Chr. Böhmer, u. a.

Palatina

Heimatblatt des Pfälzer Anzeigers

Chr. Böhmer, u. a.

Palatina
Heimatblatt des Pfälzer Anzeigers

ISBN/EAN: 9783741167089

Hergestellt in Europa, USA, Kanada, Australien, Japan

Cover: Foto ©Andreas Hilbeck / pixelio.de

Manufactured and distributed by brebook publishing software (www.brebook.com)

Chr. Böhmer, u. a.

Palatina

Palatina.

Belletristisches Beiblatt zur Pfälzer Zeitung.

Jahrgang 1869.

Speyer,

Jäger'sche Buchdruckerei.

Inhaltsverzeichniß.

I. Gedichte.

II. Pfälzische Sagen.

III. Novellen und Erzählungen.

IV. Humoristisches.

V. Länder- und Völkerkunde.

VI. Skizzen und Schilderungen.

VII. Biographisches.

VIII. Literatur und Kunstgeschichte.

IX. Verschiedenes.

X. Preisaufgaben.

* * *

Miscellen und Räthsel fast durch alle Nummern laufend.

Palatina.

Belletristisches Beiblatt zur Pfälzer Zeitung.

Nro. 1. Speyer, Samstag, den 2. Januar 1869.

* Beim Jahreswechsel.

Aus dunklem Meere steigt das Jahr,
Den Schleier im Gesichte,
Ob es sein Auge sanft und klar,
Ob traurig auf uns richte? —

Verborgen trägt's der Zukunft Loos
In seinem dunklen Schooße,
Kein Blick, kein Laut — Eins weißt du blos:
Neu bringt es alle Loose!

Was mehr? — Leb' du der Gegenwart;
Denn nicht soll Stolz und Grämen
Zum guten Werk, das deiner harrt,
Die Treu' und Kräfte lähmen!

Thu', was du sollst an jedem Tag
In deines Gottes Namen,
Dann wächst, was sonst auch kommen mag,
Dir Glück aus solchem Samen.

Ob manche Wetterwolke naht
Aus jeder Himmelsrichtung, —
Sie lenkt der Herr, sein weiser Rath
Schafft Segen aus Vernichtung.

Drum sei Ihm Alles heimgestellt,
Zu Ihm der Blick erhoben,
Der fortregiert und Treue hält,
Ob auch Titanen toben.

Dann bist du, wie das Weltmeer geh',
Auf sicherm Fels geborgen,
Dann blüht dir Freude aus dem Weh,
Aus Nacht der schönste Morgen!

Ch. Böhmer.

* Die Stiefmutter.

Von Prof. H. Walchner.

Vor wenigen Monaten, — erzählte mein Freund, ein sehr beschäftigter Arzt — stand ich an der Ecke der Johnstraße und wartete auf einen Omnibus der hier die Straßenlinie kreuzen sollte. An einen Laternenpfahl gelehnt unterhielt ich mich mit der Beobachtung von Hunderten, die jeden Augenblick hin- und herrannten.

Endlich kam ein Omnibus daher gerollt, in dem jedoch nur noch ein freier Sitz sich befand; rasch faßte ich den Wagenschlag am Griff, öffnete und ließ mich auf den Sitz nieder, froh daß ich nun dem heftigen Regen, der gerade eingetreten war, entgehen konnte. Plötzlich stieg eine junge Frau, die ärmlich aber sauber gekleidet war, auf den Tritt des Wagens und versuchte einzusteigen, als eine barsche Stimme von dem äußersten Ende des Omnibus her ausrief: „Alles besetzt, Kutscher! Kein Platz mehr hier — fahrt weiter, denn ich habe Eile! Kein Platz mehr hier, Madame!“ rief dieselbe Stimme noch barscher der Frau zu, die auf dem Tritte stand. Das arme Weib erröthete über diese Sprache und wollte davon eilen, allein im nämlichen Augenblicke bemerkte ich, daß ihr die Thränen im Auge standen und es war mir als hörte ich sie leise seufzen.

„Ja wohl ist noch Platz hier! rief ich aus, mich von meinem Sitze erhebend, der hart an der Thüre war, hier Madame, kommen Sie herein, — ich kann füglich außen stehen!“ Ich half ihr einsteigen und nahm dann auf den Stufen des Omnibus Platz, wodurch mir eine schöne Gelegenheit geboten wurde, die Frau zu betrachten, deren erste Erscheinung meine ganze Aufmerksamkeit auf sich gezogen hatte und deren Manieren, als sie für meine Gefälligkeit ihren Dank ausdrückte, von besseren Tagen zeugten, wie mir schien.

Sie war jung, vielleicht höchstens 23 Jahre alt, und obgleich nicht besonders schön, jedoch von ihr interessanten Zügen. Es lag auf ihrem Antlitz ein unverkennbares Zeichen von Kummer und der Zustand ihrer Gesundheit schien nicht in bester Ordnung zu sein; alles dieses rief in mir ein besonderes Interesse hervor und ich beschloß, wenn immer möglich, noch mehr über die Fremde in Erfahrung zu bringen.

Es war ein kalter, rauher Tag und die feuchte Luft strich durch meine dichten Kleider; ich sah mich aus diesem Grunde veranlaßt, die Kleider der jungen Frau mit den Augen prüfend zu mustern, die für ein solches Wetter nicht geeignet waren. Sie bestanden aus gewöhnlichem schwarzen Kattun und um den Nacken hatte die Fremde einen kleinen abgetragenen schwarzen Shawl geworfen, aber selbst in dem vollgepfropften Omnibus konnte ich aus dem von Zeit zu Zeit sie ergreifenden Zittern erkennen, daß sie die Kälte empfindlich belästigte.

Bald erreichten wir die Prinzenstraße, einer der Passagiere stieg aus und ich nahm neben der Frau meinen Sitz ein. Jetzt entschloß ich mich mehr und mehr ausfindig zu machen, wer und was sie wäre, denn ich glaubte die Ueberzeugung zu haben, daß sie nicht in so beschränkten Verhältnissen geboren sei. An der nächsten Straßenecke stieg sie aus, und als sie den Kutscher bezahlte, dankte sie mir wiederholt für meine Gefälligkeit, die ich ihr erwiesen.

„Ich habe ein krankes Kind zu Hause, sagte sie, und eile mich sehr dahin zurückzukehren!“ Während sie so sprach, entfiel ihr eine Thräne. Ich entrichtete jetzt auch meine Fahrgebühr und verließ den Omnibus in der Absicht, die Unbekannte anzusprechen und ihr alle Hilfe angedeihen zu lassen, die nur immer in meiner Macht lag. Rasch eilend holte ich sie in dem Augenblicke ein, als sie umbog um in ein Haus einzutreten. „Entschuldigen Sie mich, Madame, redete ich sie an, da ich Sie sagen hörte, daß Sie ein krankes Kind zu Hause haben, so möchte mir vielleicht Gelegenheit geboten sein, Ihnen hilfreich zu werden!“

Die Frau wendete sich rasch nach mir um, und als sie mich erkannte, erröthete sie und starrte mich eine Weile an, als wäre sie unentschieden, wie sie mein Anerbieten aufnehmen solle. Glücklicher Weise war ich nicht jung genug, um ihren Verdacht zu erwecken und sie zum Glauben zu veranlassen, daß meine Beweggründe unedel seien. Daher erwiderte sie mit schmerzlichem Lächeln:

„Sie haben Recht, mein Herr, ich habe ein krankes Kind zu Hause; allein, wie kann das Sie als fremden Mann interessiren?“

„Entschuldigen Sie mich, daß ich die Bemerkung machte; es möchte freundliche Hilfe Ihnen vielleicht nicht unwillkommen sein.“

„Sie haben Recht, mein Herr, entgegnete sie besänftigt, vielleicht mögen Sie durch die Erinnerung an mein krankes Kind und an die Thränen, die aus meinen Augen traten, sich veranlaßt fühlen, die Wohnung der Armuth und Krankheit zu betreten.“

„Es geschieht, weil ich Armuth sah und von Krankheit hörte, daß ich mich entschloß, Sie anzusprechen und Ihnen meine Dienste anzubieten. Ich will mit Ihrer Erlaubniß eintreten.“

Sie ging jetzt voraus und ich folgte ihr nach in ein kleines Hinterzimmer. Ein kleiner Ofen wärmte das Stübchen, in dem eine ältliche aber gutmüthig aussehende Frau mit einem schwächlichen, etwa zwei Jahre alten Kinde beschäftigt war, das auf einem Kissen zwischen zwei zusammengepreßten Stühlen lag; allem Anschein nach war dieses Kind die Ursache des ganzen Kummers der armen Frau.

„Hat das Kind geschlafen seitdem ich abwesend war? fragte die Mutter, besorgt jetzt sich ihrem Lieblinge nähernd.

„Es schlief die ganze Zeit, antwortete die Frau. Ich muß jetzt gehen!“

„Ich bin Ihnen sehr verbunden für Ihre Gefälligkeit,“ erwiderte meine Gefährtin, als die Frau das Zimmer verließ, und zu mir sich wendend, sagte sie verlegen: „Setzen Sie sich, mein Herr!“ worauf ich den einzigen im Zimmer stehenden Stuhl einnahm, während die Fremde ihren Hut und Shawl ablegte und beide auf das Bett in der Ecke des Zimmers warf. Als dieses geschehen war, näherte sie sich wieder ihrem schlafenden Kinde und sich über dasselbe beugend, schien sie seinem Athem zu lauschen, dann küßte sie die Stirne des Kleinen und sagte:

„Jetzt, mein Herr, können Sie Armuth und Krankheit sehen; ich hoffe, daß Sie nie in Ihrem Leben ein gleiches Loos erfahren.“

„Ich hoffe auch nicht, doch habe ich mir zum Zwecke gemacht, Ihnen meine Unterstützung anzubieten. Ich bin nicht gewohnt Umstände zu machen, noch bin ich jetzt geneigt hiezu — kann ich Ihnen in irgend einer Weise dienen? Doch warum soll ich eine solche Frage an Sie richten, wenn ich um mich sehe!“ Ich zog eine Börse und gab ihr etwas Geld mit den Worten: Das mag vielleicht für den gegenwärtigen Augenblick genügen! Erröthend nahm das arme Weib das Geld und erwiderte unter Thränen:

„Es wird allerdings hinreichend sein und uns wenigstens retten vor der Schande aus dem Hause geworfen zu werden!“

„Und ist es möglich, daß irgend ein menschliches Wesen so herzlos sein könnte eine hilflose Frau bei solchem abscheulichen Wetter auf die Straße zu setzen, wegen einer so unbedeutenden Summe, als der Betrag ihrer Miethe sein wird?“ Und jetzt blickte ich rings in dem ärmlichen Gemache umher.

„Ja, das kann uns treffen,“ sagte sie indem sie die Bettdecke fester über das schlafende Kind deckte.

„Ich bitte, was fehlt wohl dem Kinde,“ sprach ich, mich dem hergerichteten Bettchen nähernd.

„Sind Sie ein Arzt?“ fragte sie begierig.

„Ja,“ erwiderte ich, und beugte mich über das Kissen des kleinen leidenden Wesens.

„O, ich bin so dankbar!“ rief sie gerührt aus, „das arme kleine Geschöpf ist schon seit drei Tagen krank, und ich getraute mich nicht einen Arzt herbei zu rufen, denn ich hatte keine Mittel, ihn zu bezahlen und kaum genug, mir Medicin zu verschaffen.“

„Das ist ein böser Vorwurf, den Sie unserem Stande machen, Madame,“ entgegnete ich. „Ich bin überzeugt, daß kein Arzt sich weigern würde, irgend einem seiner leidenden Nebenmenschen beizustehen, aus einem solchen Grunde als Sie angeben — noch viel weniger wäre dies denkbar bei einem hilflosen Kinde. Ich bitte, was fehlt ihm denn?“ Jetzt nahm ich seine kleine Hand in die meinige, fühlte den Puls, und nichts findend was Gefahr andeutete, bemerkte ich: „Es ist blos mit schwerem Schnupfen behaftet. Machen Sie sich keinen Kummer, das Kind wird bald wieder wohl sein."

Nach wenigen Minuten erwachte das Kleine, und da ich nun eine bessere Gelegenheit fand, seinen Zustand zu untersuchen, war ich erfreut, daß keine Gefahr zu befürchten. Ich schrieb das erforderliche Recept, gab es der Mutter und machte Anstalten zum Abschiede mit dem Versprechen, daß ich am nächsten Morgen wieder kommen werde.

„Ich weiß kaum, mein Herr," sprach sie, „ob es sich ziemt, dieses von einem Fremden anzunehmen," und sie hielt mir wieder das Geld entgegen, welches ich ihr gegeben hatte.

„Entschuldigen Sie sich nicht, Madame," entgegnete ich; wenn es Ihnen dient, so freut es mich, ich hege nur den Wunsch, mehr für Sie thun zu können!"

„O, mein Herr, glauben Sie mir, Ihre Güte ist von mir mit dem größten Danke aufgenommen. Glauben Sie mir, ich verstehe sie zu würdigen, obgleich ich meinen Dank nicht aussprechen kann. Ich hoffe, die Zeit möge bald kommen, die mir erlaubt, mich dankbarer zu bezeugen."

„Ich bitte, Madame," sprach ich mit Hochachtung, denn es lag etwas Achtung gebietendes in ihrem Aeußern, welches zugleich von besseren und glücklicheren Tagen zeugte — „dürfte ich wohl um den Namen der Dame bitten, die mir erlaubte, ihr zu dienen?"

„Sicherlich, mein Herr, mein Name ist Merion — Madame Merion!"

„Nun denn, Madame Merion," sprach ich, „wenn Sie mir erlauben, werde ich morgen wiederkehren, — sehen Sie wie mein junger Patient sich bessert, und wenn sich irgend etwas zutragen sollte, was meine Anwesenheit früher bedingt, so haben Sie diese Adresse, nach welcher Sie mich finden werden!" Ich überreichte ihr jetzt meine Karte.

Wenige Minuten darauf nahm ich meinen Abschied von der interessanten Fremden, fest entschlossen mich nach ihrer Lebensgeschichte zu erkundigen, die meine ganze Aufmerksamkeit in Anspruch genommen.

Ich hatte nicht lange hierauf zu warten, und die erste Nachricht die ich erhielt, war für mich mit sehr peinlichen Umständen verknüpft. (Forts. folgt.)

* Der Todtendoctor.

Doctor Minutius war ein gelehrter Mann und kluger Arzt, der sein ganzes Leben im Dienste der Wissenschaft verbrachte. Nun hatte er sich seit zwei Jahren in Zettenberg niedergelassen, um zum Frommen aller mit Gebrechen Behafteten seine Kunst zu üben, aber die Zettenburger starben lieber ohne Arznei oder gingen zum Feldscheer, als daß sie Herrn Minutius riefen, denn sie hatten gar kein Vertrauen zu ihm. Hatte der Doctor ja immer ein Buch in der Hand, wenn man ihm begegnete, und war ganz vertieft und studirte darin sehr eifrig. Aus diesem Umstand aber zogen die Zettenburger folgenden Schluß: Unser Doctor thut den ganzen Tag nichts als lesen und studiren; wenn er studirt, so thut er dies um zu lernen; wenn er viel studirt, so will er viel lernen; wenn er noch viel lernen muß, so weiß er nichts; zu Einem der nichts weiß haben wir kein Vertrauen, also — gehen wir nicht zu ihm. Nach der Logik der Zettenburger war dieser Schluß unumstößlich richtig.

Ein Doctor ohne Patienten ist eine Lampe ohne Oel; das eigene Vermögen des Herrn Minutius war auf der Neige, leben mußte er aber und doch verdiente er unter solchen Umständen kaum das Wasser, das er trank, also, was thun?

Eines Tages ließ er in ganz Zettenburg herumsagen, seine Wissenschaft sei jetzt so mächtig, so tief, so umfassend, daß ihm die Heilung eines Kranken vorkomme wie ein Kinderspiel; er vermöge weit mehr, er werde einen Todten erwecken, das grenze gewiß an's Wunderbare. Und nicht gerade einen erst kürzlich Verstorbenen, ließ er sagen, dies sei nicht so schwierig; nein, er werde Einen auferwecken, der längst todt und längst begraben ist, und zwar am hellen Tag, auf dem Kirchhof, vor aller Augen.

Das war den guten Zettenburgern doch etwas zu stark und keiner wollte recht daran glauben. Die Weiseren unter ihnen aber sagten: „Was haben wir zu verlieren, wenn wir es auf die Probe ankommen lassen? Der Mann studirt viel, man hat heutzutage allerlei neue Erfindungen bei den Gelehrten, wer weiß ob nicht unser Doctor etwas ganz Besonderes aus seinen Büchern gelesen; also gehen wir auf seinen Vorschlag ein, er soll zeigen, was er kann! Wenn er ein Wunder thut, wollen wir ihn loben und preisen, wenn es ihm fehl schlägt, werfen wir ihn mit Steinen oder prügeln ihn nachträglich!"

Also wurde feierlich verkündet, daß Doctor Minutius am Sonntag Nachmittag auf offenem Kirchhofe einen Todten erwecken werde, auch zwei, wenn es Noth thue, und zwar in Gegenwart aller Versammelten.

Lange vor der anberaumten Stunde war an jenem Sonntag der Zettenburger Friedhof mit Menschen so angefüllt, wie die Kirche am Ostertag. Das ganze Dorf war auf den Beinen. Männer, Weiber und Kinder standen um die Gräber, Kopf an Kopf, nur die Zweifelhaften hielten sich etwas abseits an der Mauer. Endlich gab es ein Gemurmel, Aller Augen wendeten sich nach dem Eingangsthor, — der Doctor kam.

In einen weiten schwarzen Mantel eingehüllt, ein Barett auf dem Haupt, schritt er ernst durch die versammelte Menge, die sich an ihn herandrängte, und nur mit Mühe und Noth gelang es ihm, in die Nähe des großen Kirchhofkreuzes zu kommen, wo er auf dem erhöhten Viereck Stellung nahm. Ringsum blickte er umher, hustete, räusperte sich verschiedene Male und sprach also:

„Meine Freunde! Ich habe Euch versprochen einen Todten zu erwecken; das will ich halten. Ich strecke meine Hand aus, man schweigt Alle. Es ist mir einerlei, ob ich den Kilian aufwecke oder den Kaspar, den Gottfried oder den Sebastian, die Gertraud oder die Ursula. Wünschet ihr, daß ich den Sebastian erwecke — ja, den Sebastian, — wie hieß er doch? Richtig, Sebastian Hufnagel, der am Leibreißen gestorben, ein Jahr ist's her, daß er todt ist. Also Sebastian . . ."

„Ach, Herr Doctor, rief plötzlich Katharina, Sebastians Wittwe, ach! er war ein braver Mann, mein guter Sebastian selig, wie haben wir uns doch so treu geliebt! Ach, ich beweine ihn auch mein Leben lang und tagtäglich gedenk' ich sein! Aber, lieber Doctor, ich meine doch, Ihr weckt ihn besser nicht auf, Ende des Monats lege ich ja die Trauer ab, weil ich — Gott, eine Wittwe ist nicht zu beneiden in dieser Welt — weil ich, was blieb mir Besseres übrig, — den langen Florian heirathe. Heute in acht Tagen werden wir am Rathhaus angeschlagen —, ich kann nicht mehr zurück, also guter, bester Doctor . . ."

„Das war vernünftig, Katharina, daß Ihr mir das sagtet, sprach der weise Minutius, also mag Sebastian ruhen. Wen werde ich aber nun auferwecken, da ich mein Wort halten will? Ich denke, die reiche Crescenz, die begraben wurde auf Lichtmeßtag!"

Wäre mir sehr unlieb, rief da der schwarze Peter, die Crescenz war mein Weib, zehn Jahre lang hab' ich sie gehabt, ein Fegfeuer war's für mich, warum soll ich's nicht sagen, ganz Zettenburg weiß es. Sie soll bleiben wo sie ist, die Creszenz. Gott hab' sie selig, für ihre Ruhe ist es so besser und für die meine auch. Ich will ihr nichts Böses nachsagen, aber starrköpfig war sie, wie ein Maulesel, dabei übermüthig, und eine Zunge besaß sie, Gott diese Zunge, sie hätte den größten Heiligen zur Verzweiflung gebracht. Ich mag gar nicht Alles sagen, denn . . . ."

„Aber vielleicht hat sie sich jetzt . . ." fiel der Doctor ein.

„Nein, sprach der große Peter erregt, laßt sie ruhen, drei Kinder hat sie mir dagelassen, die ich Tag und Nacht herumschleppen sollte; ein Wittwer aber mit kleinen Kindern, das geht nicht, drum habe ich bereits ein anderes Weib genommen. Also laßt die Selige wo sie ist, ich bedarf ihrer nicht mehr!"

„Gut, sprach der weise Miraculus, sie bleibe wo sie ist. Dein Haus würde sonst zur Hölle, ein Weib ist hinreichend genug. Aber wen soll ich nun auferwecken? Ich denke, den Meister Fridolin, ja den Meister Fridolin nehmen wir."

„Welchen Meister Fridolin, rief eine Stimme, meint Ihr den Meister Fridolin Lammschaden?"

„Eben den!"

„Ach, mein guter Vater! rief da der dicke Cyprian. Gott gebe ihm die ewige Ruhe! Ja, ein guter Mann war er, nur zu gut; Alles hätte er verschenken mögen und wen er leiden konnte von den Kindern, der ist nicht schlecht mit ihm gefahren. Jetzt aber haben wir Kinder, vier Söhne und zwei Töchter, endlich Alles brüderlich getheilt, Prozeß hat es zwar gegeben, auch geprügelt haben wir uns in aller Freundschaft, nun das thut nichts, die Sache ist auseinander. Es käme gewiß unsern guten Vater hart an, wenn er sehen müßte, wie sein Eigenthum jetzt zerstückt und theilweise in fremden Händen ist, zudem wüßte ich auch nicht, welches von den Kindern ihn eigentlich zu sich nehmen sollte von Rechtswegen. Also, laßt den alten Mann ruhen, lieber Wunderthäter, es ist so besser!"

„Gut, so lassen wir ihn ruhen, den Meister Lammschaden. Aber ich bin nicht hierher gekommen um Geschichten anzuhören, sondern um einen Todten zu erwecken; deshalb muß Einer, wen nehme ich doch —"

„Ach, mein Dorchen, rief schluchzend eine Frau, erweckt mir doch mein armes Dorchen!"

„Um's Himmels willen nein! unterbrach sie rasch ein junges Mädchen, erweckt sie ja nicht, Herr Doctor; das Dorchen hat mir vor ihrem Tod noch Alles erzählt, wie es gewesen ist. Wir haben ihr dann Blumen in's Haar geflochten, und einen Kranz von Lilien und Rosen auf's Grab gelegt — ach, bleibe, armes Mädchen, bleibe wo du bist, der den du liebtest, ist mit einer Andern davon gegangen!"

„Jetzt wird mir die Sache aber zu lange, sagte der Wunderthäter. Seht da vor mir dies kleine Grab; üppiges Grün verdeckt den Sand und herrliche Blumen entsprießen dem kleinen Hügel. Dies Grab birgt ein unschuldig Kind, zehn Monate war es alt, als der Tod es ereilte, wie hier auf der Inschrift zu lesen. Es ist zwar nicht recht, das kleine Geschöpf aus dem Reich der Engel zurückzurufen in diese kalte, herzlose Welt, in der solche Sachen vorkommen, wie ich sie eben von Euch höre; aber dennoch, meine Freunde, werde ich das Kleine wiedererwecken, wenn ihr es wünschet!"

„Ach, lieber Herr, schluchzte eine arme alte Frau, das kleine Engelchen gehört uns, das heißt meiner Tochter, und ich bin seine Großmutter. Meine Tochter gab ihm noch die Brust; ach, wenn Ihr es gesehen hättet, es war gar zu lieb. Da ist es krank geworden, weil es gezahnt hat an den Augenzähnen, und da hat es der liebe Herrgott zu sich genommen. Jetzt haben wir wieder ein anderes das trinkt auch; was Gott thut, das ist wohlgethan. Zwei können wir aber nicht ernähren, und eine Amme ist zu kostspielig für arme Leute. Also, lieber Doctor . . . ."

„Ich verstehe," sagte Miraculus, „zum letzten Male mache ich jetzt den Versuch, denn meine Zeit ist mir zugemessen. Ihr wißt bei Allen etwas. Ich will nun zum Schluß Einen erwecken, an dem Ihr gewiß nichts auszusetzen habt, einen Mann, der weder Frau und Kinder, noch Bruder oder Schwester, sondern nur Euch das Beispiel seiner Tugenden und Eurem Spital sein kleines Vermögen zurückgelassen hat, ich meine Euren guten alten Pfarrer, den Ihr so sehr geliebt, den Ihr so sehr beweint habt; wollt Ihr, daß ich ihn Euch erwecke?"

„Nein, nein! riefen verschiedene Stimmen, laßt ihn wo er ist! Und die alte Margareth sagte: „Ach, der gute alte Herr! War er doch leider taub, so taub, daß man Alles zweimal sagen mußte bei ihm; und seine Predigten waren auch darnach. Laßt ihn in der Freude seines Herrn, wir haben jetzt einen jungen Herrn, einen braven Mann, der singt gut und predigt so schön, daß einem die Augen Wasser geben. Ich meine daher . . . ."

„Gut, sagte Doctor Miraculus, für diesmal ist's jetzt genug. Da Ihr mir heute nicht gestattet Wunder zu verrichten, so werde ich es später thun, jedoch nicht mehr daß ich einen Todten erwecke, was Ihr ja nicht haben wollt, sondern indem ich Euch vor dem Tode bewahre. Auf Wiedersehen!"

Nach diesen Worten verließ der weise Miraculus im schwarzen Talare den Friedhof.

Soll ich noch weiter erzählen? Seit diesem Sonntag that der Doctor Wunder auf Wunder in Zettenburg; Todte erweckte er zwar nicht, aber mehr als einem Zettenburger rettete er das Leben und alle hatten zu ihm jetzt das vollste Vertrauen.

*Preisaufgaben.

I.

„1 2" seufzt zu seiner Süßen
Einst ein Jüngling — Du mein Alles!
Zieh' mit mir durch Au und Wiesen
Dort zum Rand des Wasserfalles,
Dort an 3 4 laß uns weilen,
Meines Lebens schönste Sonne!
Wo die Stunden uns enteilen
In der Liebe sel'ger Wonne!"
„Das sind hochpoet'sche Triebe,
Sprach das Mädchen, die Sie zieren,
Doch wir würden, trotz der Liebe,
Dort verhungern und erfrieren.
Nie bin stolzer ich und reicher
Als in meines Vaters Stube,
Ist er auch nur Obersteiger
Auf „1 2 3 4", der Grube.

Leser, Du brauchst, um das Ganze zu nennen
Gewiß nicht alle Gruben zu kennen,
Von dieser aber hast Du erfahren
Sicher in den Vierziger Jahren.

II.

(Zweisilbig.)

Mit 1 2 machen die Reisenden
In vielen Ländern Bekanntschaft,
In amtlichen Farben, in gleißenden —
Die Prosa in jeder Landschaft.
Doch wenn es der Maler gut versteht
2 1 in der Landschaft zu malen,
So wird der Preis des Bildes erhöht,
Man wird es ihm theuer bezahlen.

III.

Hartbauden, Böhl und Schifferstadt
Mit 5 viel aufzuweisen hat.
Mit f sind es fast alle Matrosen
Und Leute, die gegen die Bildung verstoßen.

Für richtige Lösung dieser drei Aufgaben geben wir als Preis: **Schillers sämmtliche Werke**, schön gebunden, Cotta'sche Ausgabe.

Anonyme Einsendungen bleiben unberücksichtigt. Letzter Termin der Einsendung am 12. Januar. Die Namen der Einsender werden veröffentlicht, wenn nicht das Gegentheil gewünscht wird.

Redaction von A. L. Boll, Druck der Jäger'schen Druckerei in Speyer.

Palatina.

Belletristisches Beiblatt zur Pfälzer Zeitung.

Nro. 2. Speyer, Dienstag, den 5. Januar 1869.

* Uf der Kerwe.

Gschäftsleit hän's ganz Johr ehr Plog,
Bekummerich mer, beim Kerwe,
Drum geh' ich als der Kundschaft noch
Emool, so uf die Kerwe.
Natirlich streckt mer all viel uf
Bei denne Kerwebosse;
Die Baure gucken awer druf,
Mer muß sich sehe losse.
So war ich letzthin e mol draus,
Mei Sohn war mit, mei Gretchen,
Mer gehn zum Schimmelwirth enaus,
Zum alte Borjermeischter.
Mer trinken guter Schoppe Wein,
Ich krieg auch Lust im Mage,
Die Küch', die isch dort immer fein,
Mer kann nit annerschd sage.
s'hot Hinkel grad, Gans, Fisch
Haas, Reh und Hammelsbrote, —
Ja, nemmer do le Esser isch,
Do hält's em schwer zu rothe!
E Hinkel — des isch mer als zu kalt,
So Sache loß ich bleiwe;
Un Haas — wann der en Haberch hot,
Do kammer mich vertreiwe,
E Gans — mir macht des viele Fett
Im Mage e Gebrummel. —
„No, sag ich, Schatzeb, meenschde net
Mer essen e Stück Hammel?"
Mei Sohn der sagt, s'wär ihm egal,
Mer hän halt Hammel gesse,
Dann guck ich mich erscht um im Saal,
Wo sin viel Leit gesesse.
Hockt Eener do, ganz unbesorgt,
En alter Kerl, e Schulcher,
Wann des bei mir als Ledder borgt,
Do kracht er un do huscht er.
Do awer hockt er ganz bequem,
E reicher Mann, wahrhaftig!
Er schleckt un kaut an seiner Gans —
Herrgott, war die so saftig!
So — denk ich — gut, jetzt loßt der heut
Sei paar, drei Gulde fliege —
Bei mehr, do steht er in der Kreid,
Ich werr se Geld zu kriege.
„Ei, sag ich, Nochber, schmeckt's? No hört,
Ihr esset gern die Gans?
Ich hab en Hammel grad verzehrt,
Mer hätt nit viel verschmerde!"
„„Ja, sagt er, so e Mann wie Sie,
Do langt's, des weeß ich glaawe —
Der geht mit Recht an's große Vieh,
Der kann sich was erlawe;
Bei unsereens heeßt's — lieber Gott!
Gespart, des will ich meene,
Mer freut sich immer kleen Vieh hot,
Mer kleenern als seine Klene!""

* Die Stiefmutter.

Von Prof. A. Walchner.

(Fortsetzung.)

An demselben Abende wurde ich von einem Herrn zum Thee eingeladen, dessen Bekanntschaft ich neulich zufällig gemacht und der mein ganzes Interesse auf sich gezogen hatte. Er war ein ältlich aussehender Mann, etwa 50 Jahre alt, doch besaß er eine gewisse nervöse Reizbarkeit, welche, wie ich deutlich entdecken konnte, keine natürliche Schwäche war. Sie konnte nicht in pekuniären Verhältnissen ihren Ursprung haben, denn ich hatte genügenden Grund zu glauben, daß er in sehr guten Vermögensumständen lebte, auch konnte sie nicht in häuslichen Zerwürfnissen begründet sein, wenigstens so weit ich aus äußeren Erscheinungen abnehmen konnte; denn er hatte eine Frau, mit der, wie die Welt sagte, er sehr glücklich lebte, dabei eine sehr schöne und interessante Tochter. Es lag offenbar eine verborgene Ursache vor.

Madame Simmons war eine energische Frau, wohl gestaltet, von robustem eher männlich aussehendem Aeußern, außerordentlich eitel für ihr Alter und stolz bis zur Thorheit auf ihre schöne Figur; letzteres in dem Grade, daß sie nie ein Zimmer betrat, wo Jemand saß, ohne daß sie ihre Hände in die Hüften stemmte, so daß sie zu ihrem größten Vortheile ihre Taille zur Schau tragen konnte, als wäre sie begierig zu zeigen, daß, was immer andere von ihr halten mochten, sie sich ganz berechtigt fühle, alle Bewunderung zu ernten, die ihr gezollt werden möchte und welche ihre Eitelkeit verlangte.

Was ihre Tochter Johanna anbelangt, so war sie, wie ich in Kürze nur bemerke, sehr hübsch, besaß ein schönes mildes blaues Auge, dessen Ausdruck im Allgemeinen Kälte verrieth, aber in gewissen Momenten erwärmt und beseelt werden konnte. Ihre Zähne waren schön gebildet, glatt und perlenweiß, und in ihrem Lächeln lag eine einnehmende Milde. In der Unterhaltung wetteiferte sie mit jeder Dame und wenige vermochten dem Zauber zu widerstehen, der in ihren Manieren und in ihrer Sprache lag. Sie war von ruhigem Temperament und äußerst liebenswürdig.

Mit einem Worte, ich begab mich zum Thee zu Herrn Simmons und verbrachte bei ihm einen sehr angenehmen Abend. Madame Simmons war außerordentlich freundlich und artig gegen mich. Da ich Junggeselle war, begann ich Fräulein Johanna's Character zu studiren, und alle meine Beobachtungen vermochten nur die sehr günstige Meinung zu bestärken, die ich von ihr hatte. Im Verlaufe des Gespräches lenkte sich unsere Unterhaltung auf allgemeine Gegenstände, und zuletzt begann ich von den Tausenden von armen Personen der Stadt zu sprechen, die, aus Mangel an den geringsten Lebensbedürfnissen krank, Niemanden hatten, der ihnen Trost zu geben vermochte oder Mitleid für sie fühlte.

„O, Doctor," sprach Fräulein Johanna, während ihr Aeußeres voll edlen Mitgefühls aufleuchtete, „wie ich Sie um die Gelegenheiten beneide, Andern Trost zu gewähren, und die Schmerzen unserer Mitmenschen zu lindern, die auf das Krankenlager gefesselt sind. Sie müssen sehr oft großes Vergnügen in der Erweisung freiwilliger Dienstleistungen empfinden!"

„Allerdings, mein Fräulein," entgegnete ich, „und gerade diesen Morgen fand ich Gelegenheit einem armen Wesen Freundschaft zu erweisen, dessen Herz vor Besorgniß für ihr krankes Kind zerrissen war, während es außerdem noch in großer Angst lebte, von einem hartherzigen Miethsherrn zur Thüre hinausgeworfen zu werden!"

„Das arme Geschöpf," sprach Herr Simmons, unwillkürlich seine Hände wie zu einer Spende in die Tasche steckend, während er mir hierdurch einen Einblick in seinen theilnehmenden Character gab und meine vorgefaßte Meinung bestärkte, daß seine nervöse Reizbarkeit durch irgend eine außergewöhnliche und unnatürliche Ursache hervorgerufen wurde.

Madame Simmons war keine Frau, die irgend ein äußerliches Anzeichen von Mitgefühl für Leidende bekundete, und sie blickte auf ihren Gatten mit einem unbehaglichen Ausdrucke, den ich vergeblich auszulegen mich bemühte. Herr Simmons bemerkte den Blick und schien sein Gefühl zu unterdrücken, denn er bemühte sich das Gespräch auf einen andern Gegenstand zu lenken, doch seine Tochter vereitelte dies unabsichtlich durch die an mich gerichtete Frage, wie es denn gekommen, daß ich die Person getroffen, von der ich gesprochen. Von meiner innern Erregung fortgerissen, erzählte ich rasch, doch kurz das Zusammentreffen mit Madame Merton in dem Omnibus und den Eindruck, welchen ihre interessante Erscheinung auf mich gemacht hatte.

„Armes Wesen," sprach Johanna, während ihrem Auge eine Thräne entfiel, und im nämlichen Augenblicke zog sie ihre Börse hervor und drückte mir eine kleine Geldmünze in die Hand indem sie mit ihrem einnehmenden Lächeln sagte: „Ich bitte, geben Sie ihr dies als einen kleinen Beweis der Sympathie von mir!"

Madame Simmons warf ihr einen vorwurfsvollen Blick zu, während Herr Simmons ihr Beifall zu beweisen schien. Hätte sie sich die Mühe genommen, mich einer genauen Betrachtung zu würdigen, so würde sie in meinem Aeußern deutlich die Bewunderung gelesen haben, die ich ihr nicht vorzuenthalten vermochte.

„Ich bitte, Herr Doctor," sprach Madame Simmons mit ehrerbietiger Miene, jedoch kaltblütig, ich stehe in Verbindung mit einem Vereine zur Unterstützung dürftiger Frauen, der sich einer großen Verzweigung in der Stadt erfreut; es ist unsere Pflicht uns über alle Fälle der Armuth und des Elendes zu erkundigen und denjenigen Unterstützung angedeihen zu lassen, die wir für würdig erachten, wir finden uns jedoch oft getäuscht und betrogen. Dürfte ich Sie wohl um den Namen Ihrer interessanten Leidenden bitten? Ist sie der Unterstützung würdig, so werde ich es mir zur Pflicht machen, zu sehen, daß ihrem Elende abgeholfen wird."

„Merton heißt sie, Madame Merton," entgegnete ich begierig, als ob bei der Erwähnung des Namens, ich jeden möglichen Zweifel verdrängen könnte, doch jetzt hatte ich unbewußt eine Mine gesprengt, deren Explosion schrecklich war.

„Mein Herr! — mein Herr! — mein Herr!" sprach Herr Simmons sich erhebend, mit einem vor Wuth glühenden Angesichte, „beabsichtigen Sie mich in meinem eigenen Hause zu beleidigen? Wie können Sie sich erdreisten, diesen Namen zu nennen?"

„Doctor," hob Johanna an, mit einem Blicke, der die größte Verachtung ausdrückte, „ich muß Ihnen mein Mißfallen gestehen, daß Sie zu solcher Zeit einen solchen Gegenstand der Unterhaltung wählten!"

„Guter Gott! Herr Simmons," sprach ich verwundert mich erhebend, „was habe ich wohl gesagt oder gethan? Und wie vermochte ich Sie zu beleidigen?"

„Mein Herr," sprach Madame Simmons, ihrem Gatten einen bedeutsamen Wink zuwerfend, indeß sie auf mich zuging, — „ich muß Ihnen glauben. Es waltet hier ein Mißverständniß vor. Es ist unmöglich, daß Sie die Verhältnisse kennen, in welchen diese Frau lebt, sonst würden Sie nach meiner Ueberzeugung unsere Ohren nicht mit der Erwähnung ihres Namens verletzen!"

„Ich versichere Sie, Madame," entgegnete ich, indem ich meine Hand auf die Brust legte, um meine Betheuerung noch feierlicher zu machen, — „ich hörte nie von der Person, von der gerade Erwähnung geschehen, bis diesen Morgen; ich konnte daher nicht wissen, daß irgend etwas mit ihr in Verbindung stehe, welches unangenehme Erinnerungen in Ihnen hätte wach rufen können. Man möge mir daher verzeihen, da ich ja blos aus Unwissenheit beleidigt habe."

„Ich glaube Ihnen, mein Herr," antwortete die Dame mit großer Würde. „Ich kann keine beleidigende Absicht vermuthen bei einem Manne, der unsere Freundschaft genießt." Ich verneigte mich vor dem mir gemachten Complimente.

Herr Simmons hatte sich während dieser Unterhaltung niedergesetzt und sein Gesicht mit den Händen verhüllt. Als unsere Unterhaltung beendet war, fuhr ich gewissermaßen erschreckt zurück, so bleich war sein Antlitz. Ich weiß nicht, ob ich je einen Mann anscheinend so leidend gesehen, wie er mir in diesen wenigen Augenblicken vorgekommen. Ich sah, daß ich den Rest des Abends verdorben hatte und stammelte, mich erhebend, eine Art Entschuldigung, während ich Vorbereitungen zu meinem Weggehen machte, indeß Madame Simmons mich bis zur Thüre geleitete.

Als ich mich umwandte, Herrn Simmons und seiner Tochter eine letzte Begrüßung zuzurufen, bemerkte ich, daß er seine Frau anblickte und zwar mit einer solchen flehenden Geberde, daß es mir leid that, gegen meinen Willen solche Gemüthsbewegungen veranlaßt zu haben, — obgleich in der That ich mir keine Vorwürfe zu machen hatte; denn wie konnte ich mir vorstellen, daß Madame Merton in irgend einer Weise mit dem Glücke oder Unglücke des Herrn Simmons und seiner Familie verflochten sein sollte.

Als wir die Vorderthüre erreichten, berührte Madame Simmons meinen Arm leicht, und als ich mich nach ihr wandte sprach sie in einem Tone, der berechnet war, mir einen Begriff von ihrem eigenen Unglücke und ihrer Sympathie zu geben:

„Sie haben unglücklicher Weise eine Saite berührt, Doctor, die noch lange fortklingen wird. Die Person, deren Sie Erwähnung gethan, brachte Schande und Unheil über ihren Vater. Madame Merton ist das ausgeartete Kind meines unglücklichen Gatten!“ Ohne mir Zeit und Gelegenheit zu geben eine Antwort hierauf folgen zu lassen, außer daß ich ausrufen konnte: „Guter Himmel, ist es möglich?“ öffnete sie die Vorderthüre und im nächsten Moment, schloß diese sich hinter mir zu, so daß ich mich nun allein in der Straße befand.

Ich bin wirklich ein unglücklicher Mann, rief ich aus und blieb eine Weile auf dem Seitenwege stille stehen, in Gedanken mich wundernd, wie es möglich sein könne, daß ich mich so sehr in einer Person getäuscht habe. Was auch immer an der Sache wahr gewesen sein mochte, ich konnte noch nicht bewogen werden, zu glauben, daß die arme Frau auf die bloße Versicherung der Madame Simmons hin schuldig sei, obgleich die Anklage von den Lippen ihrer eigenen Eltern kam. Ich entschloß mich daher meinen Besuch bei ihrer Tochter zu wiederholen mit dem Vorsatze, daß sie, so weit es in meinen Kräften stand, nicht durch meine Vernachlässigung leiden solle.

In der That gedachte ich Frau Merton von der Zusammenkunft mit ihren Eltern zu unterrichten und die Art und Weise genau zu beobachten, mit welcher sie die Nachricht bezüglich der Wahrheit oder falschen Aussage der gegen sie so kühn ausgesprochenen Anklage, aufnehmen würde.

(Fortsetzung folgt.)

Miscellen.

. Wir machen unsere Leser darauf aufmerksam, daß in dem soeben erschienenen XII. Hefte der Geographischen Mittheilungen von Dr. Petermann ein umfassender Aufsatz enthalten ist über die von Dr. G. Neumayer vorgeschlagene wissenschaftliche Erforschung Central-Australiens. Wem es darum zu thun ist, eine Einsicht in den großartigen Plan unseres Landsmannes zu gewinnen, der sollte nicht verfehlen, diesen Aufsatz zu studiren.

Zu gleicher Zeit nehmen wir hier Veranlassung, der Urtheile zu erwähnen, welche zwei der bedeutendsten wissenschaftlichen Gesellschaften durch ihre Präsidenten über Dr. Neumayers Projecte zur Erforschung Central-Australiens ausgesprochen haben.

In der Jahresadresse des Präsidenten der königl. Gesellschaft von Großbritannien, General Sabine, welche bei Gelegenheit der Generalversammlung vom 30. Nov. verlesen wurde, finden wir folgende sich auf diesen Gegenstand beziehende Stelle, die in der Uebersetzung also lautet:

„Eine Abhandlung von bedeutendem Interesse und großer Bedeutung, betitelt „Scientific Exploration of Central-Australia“, wurde der königl. geograph. Gesellschaft während des letzten Aprils vorgelegt. Die geographischen und streng wissenschaftlichen Untersuchungen ihres Verfassers, Dr. Neumayer, beweisen zur Genüge seine Tüchtigkeit, welche nöthig ist, um einen Gegenstand von solcher Größe von den verschiedensten Gesichtspunkten aus betrachten zu können. Die Abhandlung ist eben so tüchtig geschrieben wie sie interessant ist und enthält die Grundzüge eines großartigen und augenscheinlich wohlerwogenen Planes, mit Ueberschlagsätzen und andern wichtigen Details. Es wird darin eine Expedition vorgeschlagen, welche 3 oder 4 Jahre dauern soll und an den östlichen Ufern von Queensland zu beginnen hätte und abschließen möchte mit der Erforschung des westlichen Theiles des australischen Continents. Dr. Neumayer bietet zur Ausführung dieses Unternehmens seine eigenen Dienste an. Im Falle der Plan eine günstige Aufnahme findet in den verschiedenen australischen Colonien, welche die Kosten zu bestreiten und den materiellen Hauptvortheil zu ernten hätten, so kann es keinem Zweifel unterliegen, daß wir eine reiche Ausbeute für physikalische Geographie und Naturgeschichte dadurch zu gewinnen im Stande sein würden. Es könnte aber auch kein Zweifel darüber walten, daß dieses Unternehmen ein warmes Interesse finden würde in allen wissenschaftlichen Gesellschaften des Mutterlandes, besonders aber in der königl. Gesellschaft, und daß sämmtliche dem Unternehmen alle in ihrer Macht liegende Unterstützung freudigst gewähren würden.“

Dr. v. Hochstetter, der berühmte Novara-Reisende und Präsident der geographischen Gesellschaft in Wien, sagte bei Gelegenheit der am 24. Nov. abgehaltenen jährlichen Versammlung: (S. Mittheilungen an die k. k. geographische Gesellschaft in Wien, Nr. 1) „Im Mai d. J. entwickelte mein verehrter Freund, Dr. G. Neumayer, in der „Royal Society“ in London seinen großartigen Plan zur wissenschaftlichen Durchforschung der noch völlig unbekannten Hälfte des australischen Continentes, verbunden mit einer Durchschreitung des Festlandes von der Ostküste in Queensland bis Perth in Westaustralien, eine Strecke von ungefähr 2149 englischen Meilen. Damit diese Expedition, mehr wie die früheren australischen Entdeckungsreisen, auch für die Naturwissenschaften Früchte trage, soll sie, außer den eigentlichen Leitern, von einem Geologen, Botaniker, Zoologen, Physiker, Maler und Photographen begleitet sein. Sie soll einen Zeitraum von 3 Jahren und 6 Monaten zur Ausführung ihrer Aufgabe verwenden und nach den gemachten Ueberschlägen einen Kostenaufwand von 21,395 Pfd. St. beanspruchen. Dr. Neumayer selbst hat sich bereit erklärt, die Führung einer solchen Expedition zu übernehmen, zu der er durch seine Reisen und langjährigen Erfahrungen in Australien — er war 6 Jahre lang Director des Observatoriums in Melbourne — vor andern berechtigt erscheint. Meiner Ueberzeugung nach könnte die große wissenschaftliche Aufgabe dieser Expedition keinem Mann übertragen werden, der besser dazu vorbereitet wäre und mit mehr Begeisterung sich dem Zwecke hingäbe, und ich wünsche nur, daß das reiche England und die freisinnigen Regierungen der australischen Colonien die Mittel finden mögen, um diesen großartigen Plan recht bald zur Ausführung zu bringen.“

Andere Gesellschaften und Männer von wissenschaftlicher Bedeutung äußern sich in ähnlichem Sinne, so daß zu erwarten steht, Dr. Neumayer werde mit seinem Plan durchdringen. Wir theilen lebhaft den Wunsch dieser Gelehrten und hoffen, daß Herrn Dr. Neumayer durch Ausführung dieser Expedition abermals Gelegenheit werden möge, seine reiche Erfahrung und seine umfassenden Kenntnisse auf allen Gebieten der Wissenschaft verwerthen zu können. Wir Pfälzer aber wollen stolz sein, daß aus unserer Mitte ein Mann hervorgegangen, auf den die bedeutendsten Forscher aller Länder mit Hochachtung blicken, dessen Name unter den Männern der Wissenschaft des besten Klanges schon jetzt sich erfreut, der aber zu noch höheren und wichtigeren Leistungen sicher berufen sein wird.

Der bekannten Jugendschriftstellerin **Isabella Braun** ist, wie die Allgemeine Zeitung meldet, von Sr. Majestät dem König ein namhafter Jahresbezug aus der Cabinetskasse zugewiesen worden. Diese edle Handlung ehrt sowohl den König wie auch die talentvolle Schriftstellerin, die trotz ihres Fleißes noch nicht die Mittel zu einem sorgenfreien Leben aufgebracht hat. Fräulein Braun, seinerzeit vom Altvater Christoph von Schmid, da sie noch Lehrerin einer Mädchenschule war, veranlaßt, mit ihrem Talent in die Oeffentlichkeit zu treten, hat sich durch eine Reihe von Kinder- und Jugendschriften, namentlich auch durch Herausgabe der weitverbreiteten „Jugendblätter", solche Verdienste erworben, daß die königliche Anerkennung freudigst und dankbarst begrüßt werden dürfte, um so mehr, als die Thätigkeit der Jugendschriftsteller gewöhnlich so ziemlich von oben herab angesehen zu werden pflegt, und man leicht vergessen will, was in Herz und Sinn der Kinderwelt durch eine gute Literatur gepflanzt werden.

(**Todte Briefe.**) Der Jahresbericht des Generalpostmeisters der Vereinigten Staaten enthält folgende interessante Angaben über sogenannte „todte" Briefe (dead letters): „Während des am 30. Juni 1868 beendeten Fiscaljahres gingen 4,162,144 todte Briefe ein, respective 144,[illegible] weniger als im Vorjahre; von denselben waren 3,995,066 einheimische und 167,078 fremde Briefe, welche letztere uneröffnet an das Ursprungs-Postamt zurückgesendet wurden. Von den einheimischen Briefen wurden 1,736,867 als unwichtig vernichtet; das gleiche Schicksal traf 333,000, mit welchen man den vergeblichen Versuch gemacht hatte, dieselben dem Absender zurückzustellen, während dies bei dem Rest geglückt war. In 18,340 Briefen befanden sich Geldsummen von 100 Dollars und mehr im Gesammtbetrage von 95,160 Dollars 52 Cents, von denen 16,061 Briefe mit 86,898 Dollars 60 Cents den Absendern zurückgegeben und 2124 mit 7862 Doll. 36 Ct. als unbestellbar zur Disposition gehalten wurden; 14,082 Briefe enthielten Geldsummen unter einem Dollar im Gesammtbetrag von 3493 Doll. 68 Ct., von welchen 12,513 mit 3120 Doll. 70 Ct. den Absendern retournirt wurden. In 17,750 Briefen befanden sich Wechsel, Anweisungen und andere Werthpapiere, zusammen im Betrage von 3,009,271 D. 80 Ct.; davon gelangten 16,809 in die Hände der Absender zurück und 941 wurden zur Disposition gehalten; 10,924 Briefe enthielten Schmuck- und andere Werthsachen, zusammen auf 6600 Doll. geschätzt, von denen 9911 den Absendern zurückerstattet wurden. 125,321 Photographien, Postmarken und andere Gegenstände von geringem Werthe, von denen 114,606 den Absendern retournirt wurden, und 2,0[illegible],342 Briefe enthielten keine Einlage. Unter den verschiedenen Ursachen, welche eine Bestellung unmöglich machten, falsche Adressen u. s. w., befand sich bei 1248 der gänzliche Mangel einer Adresse. Von 4,656,673 Briefen, welche mit den britischen, preußischen und französischen Postdampfern hier anlangten, wurden 120,801 (oder 2.59—100 Procent) als unbestellbar nach Europa zurückgesendet, und von 5,401,946 von hier nach Europa gesendeten Briefen kamen nur 30,970 oder 57—100 Procent als unbestellbar nach hier zurück.

Aus dem Staate **Indiana** wird ein Fall von Lynchjustiz berichtet, wie er seit vielen Jahren nicht vorgekommen ist. Am Abend des 11. December zog ein sogenanntes Vigilance-Comite, etwa 100 Mann stark, von Seymour, Indiana, aus nach New-Albany am Ohio. Unterwegs zerschnitten sie die Telegraphendrähte, damit keine Nachricht von ihrer Ankunft gegeben werden könne. Gegen drei Uhr trafen sie vor dem Gefängniß von New-Albany ein und verlangten Einlaß, welchen der Gefängniß-Aufseher verweigerte. Dieser wurde bald überwältigt und gebunden, worauf die Schließer gezwungen wurden, die Zellen von vier Gefangenen, drei Brüdern Namens Reno und einem Manne Namens Anderson zu öffnen, welche wegen schwerer Räuberei unter Anklage standen. Diese vier Männer wurden hervorgeholt und sofort gehenkt; gegen Morgen kehrte dann das Vigilance-Comite wieder heim. Der Vorwand zu dem Verfahren war, daß die vier Gehenkten verzweifelte Bösewichter und eine wahre Landplage der Gegend waren, deren Beseitigung durch die ordentlichen Gerichte nicht zu erwarten stände. Sie gehörten zu einer ausgebreiteten Bande von Dieben und Räubern, welche in Seymour einen Mittelpunkt für ihre Thätigkeit organisirt und lange Zeit ihre Unthaten fortgesetzt hatte, da sie so stark war, daß sie alle Versuche, sie zu brechen, vereiteln konnte. Seymour ist ein Platz, wo sich zwei große Eisenbahnlinien kreuzen, von denen eine nach St. Louis mit Cincinnati, die andere Louisville mit Indianopolis und Chicago verbindet. Diese Lage benutzten die Gauner, um bedeutende Räubereien auf den Zügen zu verüben, und wurden endlich so kühn, daß sie Expreßzüge gewaltsam zum Halten zwangen und ausplünderten. Mehrmals war ihnen das gelungen bis endlich einmal die Beamten eines solchen Zuges, vorher gewarnt, sich darauf vorbereitet hatten, wo denn verschiedene der Räuber nach einem heftigen Gefechte, wobei es auf beiden Seiten Verwundete gab, gefangen wurden. Die Brüder Reno waren die Anführer der Bande und zwei von ihnen wurden bei dieser Gelegenheit festgenommen, während der dritte und Anderson nach Canada entkamen. Diese wurden nachträglich dort ebenfalls gefangen und gemäß dem Auslieferungsvertrage nach den Vereinigten Staaten zurückgeschickt. Da Frank Reno und Anderson unter der Bedingung ausgeliefert wurden, daß sie vor ein gesetzmäßiges Gericht gestellt und, wenn freigesprochen, nach Canada zurückgesandt werden sollten, so fürchtet man, daß das summarische Verfahren der Leute von Seymour zu diplomatischen Verwicklungen Anlaß geben könne.

Ein Begleiter des neuen General-Gouverneurs von Indien, Lord Mayo, schreibt im Namen desselben einen Brief an die Times über des genannten Lords Besuch bei Herrn v. Lesseps am Suez-Kanal und über den Stand dieses wichtigen Unternehmens. Diesem Berichte nach sind etwa zwei Drittheile des ganzen Werkes vollendet, und wenn keine unvorhergesehenen Zwischenfälle eintreten, so wird dasselbe im Jahre 1870 fertig sein. Vorerst wird der Kanal nicht breit genug sein, um zwei Schiffe aneinander vorbei zu lassen; er wird also wie eine eingeleisige Eisenbahn zu befahren sein, doch wird an bestimmten Stellen Raum zum Ausweichen geschaffen werden. Der voraussichtlichen Versandung durch die Bewegung großer Schiffe wird durch Baggern begegnet werden; es ist aber noch nicht abzusehen in welchem Maße solche stattfinden wird. Was den Flugsand betrifft, so sind demselben nur verhältnißmäßig kleine Theile des Kanals ausgesetzt, und an diesen Stellen wird durch Anpflanzungen und sonstige Vorkehrungen ein Schutz dagegen geschaffen. Die Einfahrten von der See sind bereits in solchem Stande, daß sie keine Hindernisse bieten. Die Schifffahrt wird voraussichtlich durch Dampf bewerkstelligt werden müssen, entweder mit Hülfe einer Kette auf dem Boden des Kanals oder durch besondere Bugsirboote. Was der kommerzielle Erfolg sein wird, darüber läßt der Bericht in Zweifel, eben so über die Unterhaltungskosten; es wird jedoch angenommen, daß, wenn der Verkehr durch den Kanal sich einmal ausgebildet hat, eine Abgabe von weniger als 1 L. per Tonne hinreichen wird, die Kosten und Unterhaltung des Kanals zu decken.

Redaction von K. A. Woll, Druck der Jäger'schen Druckerei in Speyer.

Palatina.

Belletristisches Beiblatt zur Pfälzer Zeitung.

Nro. 3. Speyer, Donnerstag, den 7. Januar 1869.

* Die Stiefmutter.

Von Prof. A. Walchner.

(Fortsetzung.)

Am folgenden Morgen saß ich in meinem Bureau. Es war bereits die Stunde herangerückt, zu welcher ich gewöhnlich meine Besuche in der Stadt machte, als eine Dame zu mir eintrat. Als sie den schweren grünen Schleier zurückschlug, der ihre Gesichtszüge verhüllte, sah ich Madame Simmons vor mir stehen. Ich stand auf und bot ihr einen Stuhl, auf den sie sich niederließ.

„Ich hoffe, Madame, daß Niemand zu Hause krank ist!“ sprach ich, denn ich wußte nicht, welcher Ursache ich die Ehre dieses frühen Besuches hätte zuschreiben sollen.

„Nein, Doctor“, sprach sie mit einem fast demüthigen Seufzen, das mir jedoch gezwungen und unnatürlich erschien. „Ich kam in Bezug auf eine Angelegenheit, für Sie vielleicht von seltsamer Natur“ — und da sie zögerte, wagte ich sie zu unterbrechen und sagte:

„Wenn ich Ihnen dienen kann, so werde ich mich sehr glücklich fühlen!“

„Ich danke Ihnen, Doctor“, sprach sie, auf mich einen durchbohrenden Blick werfend, als wollte sie das Innerste meiner Seele lesen. „Ich zweifle nicht an Ihrer Bereitwilligkeit; ich bin gekommen, um mit Ihnen über jene unglückliche Frau zu sprechen, deren Namen, in unserem Hause bisher vermieden, Sie zufällig letzten Abend zu erwähnen beliebten.“

„Sie meinen Madame Merton?“

„Ja, allerdings. In der That, wir glauben alle, daß Sie nicht mit den eigenthümlichen Beziehungen, die zwischen unserer Familie und jener irregeleiteten Frau bestehen, bekannt gewesen, sonst würden Sie uns nicht durch eine Hindeutung auf sie vergangenen Abend so schmerzlich berührt haben.“

„Allerdings nicht“, erwiderte ich und dies so ernst, daß sie meine Aufrichtigkeit in dieser Sache nicht wohl hatte bezweifeln können. „Ich sah und hörte von ihr nicht mehr bis vorgestern, als ich ihr zufällig begegnete und ihr eine kleine Unterstützung zu Theil werden ließ.“

„O, Doctor!“ sprach Madame Simmons anscheinend bewegt, „wie gern hätten wir sie in eine Lage versetzt, in der sie nicht genöthigt wäre, sich auf die zufällige Unterstützung Fremder zu verlassen. Doch hat sie selbst eine Scheidewand zwischen uns gesetzt, die wir jetzt nicht umstoßen können. Sie waren ohne Zweifel für sie eingenommen?“

„In einem gewissen Grade allerdings; sie schien mir eine außerordentlich bescheidene, anständige Frau zu sein, die viel durch Mangel litt, zu welchem Uebel noch das der Krankheit ihres Kindes kam; sie erhielt meine völlige Sympathie — und ich hoffe, Sie wissen nichts, das mich überzeugen könnte, daß sie dieses Interesse nicht verdient.“

„Ich halte es für meine Pflicht, Doctor, Ihnen zu sagen, was ich weiß und dann mögen Sie selbst urtheilen. Vielleicht sind Sie mir zu Dank verpflichtet, wenn ich Sie abhalte, einer Person Ihre Unterstützung zu bieten die gänzlich des Gefühles entbehrt und keine Grundsätze hat. Wenn Sie Muße haben, so will ich Ihnen in wenigen Worten sagen, was mir von Madame Merton bekannt ist.“

„Ich bin wirklich begierig, von ihr zu hören.“

„Sie wissen, so setze ich voraus, daß ich die zweite Frau des Herrn Simmons bin“, sprach mein Gast, ihr thränenfeuchtes Auge mit ihrem gestickten Taschentuche abwischend.

„Ich wußte es nicht bis jetzt“ — war meine Antwort, denn meine Bekanntschaft mit der Familie fand erst vor Kurzem statt.

„Nun, es ist mein Unglück, die Stiefmutter der Madame Merton zu sein, und obgleich ich keine größeren Ansprüche auf Verdienst mache, als mir wirklich zukommt, so fühle ich doch, daß ich stets treu meine Pflichten als Frau und Mutter gethan habe.

„Ich verheirathete mich mit Herrn Simmons vor vier Jahren und von der ersten Stunde unserer Bekanntschaft an bekundete Anna die entschiedenste Abneigung gegen ihres Vaters Vermählung mit mir, obgleich — der Himmel weiß es — ich ihr niemals Ursache hierzu gab, ja sogar mich auf's Aeußerste bemühte, ihre Zuneigung zu gewinnen. Dies that ich besonders mit Rücksicht auf meine eigene erwachsene Tochter, denn ich erkannte recht wohl, mit welchen Unannehmlichkeiten es verknüpft sein würde, sollte keine Uebereinkunft stattfinden. Johanna, meine eigene Tochter, bot Alles auf, ihre neue Schwester zu versöhnen, doch vergeblich. Wir konnten, trotz allen Bemühungen, nicht mehr von ihr als die gewöhnliche Höflichkeit erringen und einmal hatte ich mich wirklich entschlossen, mit Herrn Simmons mich nicht zu verbinden, da ich das Unglück wohl voraussah, das kommen mußte. Herr Simmons jedoch versicherte mich, daß Anna sich bald über diese ungegründeten Vorurtheile hinaussetzen und mich lieben lernen würde, da ich immer ihre Liebe zu erwerben trachtete. Ich habe bisher es immer bedauert — denn, obgleich er der gefälligste und beste Gatte ist und Johanna behandelt, als wäre sie sein eigenes Kind, so kann ich mich dennoch nicht von der Idee trennen, daß ich unwissentlich — der Himmel weiß es — die Ursache so großer Zerwürfnisse war, in dem Hause, in das ich Frieden und Glückseligkeit zu bringen gedachte. Dieser Gedanke macht mich wirklich unglücklich, ich versichere Sie, Doctor."

„Ich glaube es, Madame", sagte ich, hingerissen von meinen eigenen Gefühlen und den Thränen, die ihren Augen während des Sprechens entrollten.

„Dieses elende Mädchen hat sehr großes Unheil gestiftet, aber lassen Sie mich Ihnen Alles erzählen. Bald darauf vermählte ich mich. Anna begann auf meine Gefühle sehr feindlich einzuwirken, indem sie mich daran erinnerte, wer ihre eigene Mutter war und wie sie gehandelt. Ich bemühte mich, ihrer Mutter nachzuahmen in allen Dingen, von denen sie sprach, und selbst hierin fand sie Grund genug, mich zu beleidigen, denn sie beschuldigte mich nun, daß ich den Wunsch hege, die erste Frau aus dem Gedächtnisse ihres Vaters zu bannen. Ich trug Alles in Geduld und würde bis heute geschwiegen haben, hätte sie nicht den Charakter meiner armen Johanna durch die niedrigsten Anspielungen verletzt. Nun vermochte ich nicht länger gleichgültig zu bleiben, und ich erkannte bald, daß nur Eifersucht die Triebfeder ihres Benehmens gewesen, da Johanna jünger und vielleicht einnehmender als sie war.

„Indessen, um eine lange Geschichte kurz zu machen, so will ich nur sagen, daß ich ungefähr ein Jahr später Herrn Simmons Frau wurde; bald aber sah ich, daß seine Tochter seiner Liebe unwürdig war, da sie Schande auf sich lud und Unglück über ihn brachte durch ihre Beziehungen zu einem jungen Mann, Namens Merton.

„Ich zögerte lange, ehe ich ihre Schuld meinem theuren Ehegatten berichtete, denn ich wußte, wie unglücklich dies ihn machen würde, allein, als die Sache so klar vor Augen lag, daß sie nimmer bezweifelt werden konnte, enthüllte ich sie ihm ganz. Er bemühte sich, die Ueberzeugung zu gewinnen, daß es sich nicht so verhalte, aber die Beweise waren zu überwiegend und mein Mann mußte der Sache Glauben beimessen. Wir sprachen nun mit Anna freundlich und mild, wir drangen in sie, ihre Verbindungen abzubrechen, doch trat sie uns mit der empörendsten Verachtung entgegen und gab uns zu verstehen, daß sie alt genug sei, um zu wissen, was sie zu thun hätte."

„Allein, — gestand sie eine Schuld ein?" fragte ich, denn ich hatte mich sehr für ihre Erzählung interessirt.

„O nein, sie leugnete Alles so kühn, als ob sie das reinste Wesen auf Erden wäre; als sie jedoch von den von mir gesammelten Beweisen hinreichend überführt war, beobachtete sie ein eigensinniges Stillschweigen. Ihr Vater hatte keinen andern Ausweg, als ihr fortan unser Haus zu verbieten. Sie verharrte in ihrem feindseligen Benehmen gegen mich und Johanna; sie ging selbst so weit — und jetzt verhüllte Madame Simmons wieder ihre Augen mit dem Taschentuche —, daß sie uns der Absicht beschuldigte, ihren Frieden und ihre Glückseligkeit zu stören."

„Gut, Madame", sprach ich, „doch wie verhält es sich denn, daß ich sie verheirathet finde, sie führt nun den Namen Madame Merton?"

„Nun, nachdem sie ihres Vaters Haus verlassen, heirathete sie den jungen Mann, der unser ganzes Unheil verursacht hatte und den Niemand kannte, aber, wie ich glaube, ist die Sache schlimm ausgefallen. Er war höchstens ein gewöhnlicher Matrose. Sie hielt für das Beste, sich von ihrer Familie ganz zu trennen, und wir hörten lange nichts von ihr bis zu dem Augenblicke, als Sie ihren Namen nannten. Ihr Benehmen gegen ihren braven Vater war äußerst unkindlich, und kaum gibt es eine Strafe, die für sie hart genug wäre."

„Aber, Madame", rief ich aus, „dies Alles ist so sehr im Widerspruch mit dem, was sie mir zu sein schien; denn ich hielt sie für bescheiden, zurückgezogen, geduldig und ausdauernd."

„O ja, sie kann sich das Ansehen selbst eines Engels geben, um zu täuschen, und bis Sie diese Person kennen wie wir, werden Sie kaum glauben, daß Jemand, der anscheinend so schuldlos ist, so voller Lüge und Trug sein kann. Ich habe es für meine Pflicht gehalten, Sie vor ihrer List zu warnen, denn aus Ihrer Sprache, die Sie gestern Abend führten, entnahm ich, daß Sie sich für sie interessirten.

„Und nun muß ich gehen," sprach sie, sich erhebend, „ich wünsche nicht, daß Sie Jemandem Mittheilung von meiner Anwesenheit machen, und ich hoffe, daß Sie nicht erzählen, was zu erzählen meine Pflicht war. Es leitete mich bloß das freundlichste Gefühl gegen Sie, und ich nährte den Wunsch, Sie gegen eine unangenehme Lage zu schützen."

„Ich danke Ihnen sehr, und werde mich an das erinnern, was Sie gesagt haben. Doch in Zukunft werden Sie mir erlauben, daß ich mich noch näher erkundige", versetzte ich.

„O gewiß, Sie sollen an einem der nächsten Abende noch mehr erfahren, wenn Sie zum Thee bei uns sein werden", und ihren Schleier über den Hut herabziehend nahm sie Abschied.

„Gut", dachte ich bei mir selbst, das wird eine hübsche Auskunft geben. Wer hätte sich vorgestellt, daß hinter einem solchen bescheidenen Blicke ein so lasterhaftes, undankbares Herz verborgen wäre! Und doch vermuthe ich, daß es sich so verhalte; gleichviel, ich will ihr Kind heilen und dann werden wir für immer quitt sein!"

Da bereits die Stunde herangerückt war, zu welcher ich meine täglichen Besuche machte, so setzte ich meinen Hut auf und hatte gerade die Thüre geöffnet, als ich gegen einen Herrn stieß, der vor der Thüre stand und im Begriff war, sie zu öffnen. Es war Herr Simmons, und mit einer Entschuldigung für mein Versehen trat ich von ihm begleitet in mein Bureau zurück.

(Fortsetzung folgt.)

Seelen-Telegraphie.

(Frankfurter Zeitung.)

„Lupus in fabula. — Wird der Wolf genannt, so kommt er auch gerannt." — Man ruft die Worte aus, wenn eine Person plötzlich unerwartet erscheint, deren man eben gedacht, von der man gesprochen hat. Dieses Zusammentreffen des Gedankens und der Erscheinung ist oft recht eigenthümlich und überraschend. Sollte dabei bloßer Zufall walten? In der That! Die meisten Menschen begnügen sich mit dieser Annahme und legen der Sache keine weitere Bedeutung bei.

Aber, eine so seltsame Rolle der Zufall auch in unserem Leben manchmal spielen mag, — müßte man nicht an Wunder glauben, um einen so ungewöhnlichen sich tausend- und tausendmal wiederholenden Vorgang lediglich für ein Spiel des Zufalls zu halten! Liegt es nicht näher eine andere Erklärung dafür zu suchen, und eine solche darin zu finden, daß jenes Zusammentreffen auf einer, unserer sinnlichen Wahrnehmung entzogenen Wechselbeziehung zwischen den betheiligten Personen beruht, und daß sich in derselben die Wirkung jener geheimnißvollen Naturkraft offenbart, welche wir animalischen oder Lebens-Magnetismus nennen?

Der Katheder-gelehrsamkeit ist es bis jetzt allerdings nicht gelungen, diese Naturkraft in ein wissenschaftliches System zu bringen und ihr die Zwangsjacke fester Lehrsätze anzulegen. Die Männer der Fachwissenschaft haben es daher in ihrem doktrinären Schlendrian bequem gefunden, dieselbe ganz zu ignoriren, ihr Wesen in das Reich der Fabel zu verweisen, und die Erscheinungen, in denen sie sich kundgibt, als Schwindel und Humbug hinzustellen.

Und doch unterliegt es keinem Zweifel, daß man schon im frühesten Alterthum eine, wenn auch dunkle Kenntniß derselben gehabt hat. In den Schriften des kurz vor Christi Geburt lebenden römischen Arztes Celsus wird bereits erzählt, daß der griechische Arzt Asklepiades bei tobsüchtigen Anfällen den Kranken durch Bestreichen mit den Händen in Schlaf versetzte, und daß bei längerem und zu starkem Streichen förmliche Schlafsucht eintrat. In den Geheimnissen der alten ägyptischen Priester, in den Orakelsprüchen zu Delphi, sowie in dem Gebahren der römischen Sibyllen läßt sich die Spur magnetischer Einflüsse verfolgen. Der deutsche Arzt Mesmer war es, der gegen Ende des vorigen Jahrhunderts das Wesen jener Naturkraft zuerst wissenschaftlich zu begründen versuchte, und mit seiner Theorie und den darauf gestützten Experimenten in Paris damals ungeheures Aufsehen erregte. Man nannte seine Lehre mit den sich daran knüpfenden Erscheinungen Mesmerismus, wofür später von Anderen die Bezeichnung Psycheismus, Somnambulismus gewählt wurde. Damit verwandt ist auch die Od- oder Krystallkraft, die in neuerer Zeit Karl Freiherr von Reichenbach entdeckt und zum Gegenstand seiner Forschungen gemacht hat, und aus welcher derselbe insbesondere die Sympathie und Antipathie des Menschen gegen andere Personen und leblose Objecte ableitet. Das Wesen des Lebens-Magnetismus ist freilich bis auf den heutigen Tag in den Schleier der Unergründlichkeit gehüllt — ein ungelöstes Räthsel, und in diesem Umstande, sowie darin, daß damit von Abenteurern und Schwindlern viel Mißbrauch getrieben wurde, liegt der Grund, daß man im Allgemeinen noch immer an der Existenz einer solchen Naturkraft zweifelt und Alle, die daran glauben, zu verketzern sucht.

Aber ist denn die Heilkunde darum ein bloßer Schwindel, weil sie auch von Quacksalbern und Charlatanen betrieben wird! Hätte man es noch vor mehreren Jahrzehnten für denkbar gehalten, daß wir es dahin bringen werden, mittelst des electrischen Stromes auf einem Draht unseren Gedanken und Empfindungen mit der Schnelle des Lichts über den Ocean Ausdruck zu verleihen, daß wir die Sonne zu zwingen vermögen, den Griffel, den Pinsel des Malers zu führen! Was hindert uns da zu glauben, daß wir auch ohne sichtbaren Apparat mit entfernten Personen in Verbindung treten, mittelst eines verborgenen inneren Sinnes eine Mittheilung empfangen können?

Es gibt Personen, die vermöge einer eigenthümlichen Antipathie in einem Zimmer die Anwesenheit einer für Andere nicht wahrnehmbaren Katze empfinden; — Solche, die den bevorstehenden Regen im Voraus spüren; — es gibt Quellenfinder, die eine im Schooße der Erde fließende Wasserader erkennen, wie es Metallfühler geben soll, die einen unterirdischen Erzgang errathen. Sind es die körperlichen Sinnesorgane, die bei Einzelnen eines so gesteigerten und verfeinerten Wahrnehmungsvermögens fähig sind, oder liegt nicht darin vielmehr eine Offenbarung, daß es neben dem äußeren Wege, der durch die Sinnesorgane vermittelt wird, noch einen anderen Zugang zur Seele gibt, durch welchen diese Eindrücke und Wahrnehmungen empfängt?

Was es auch sei; wenn zwischen Menschen und leblosen Gegenständen eine solche Beziehung stattfindet, ist es da nicht um so natürlicher und begreiflicher, daß dies auch zwischen Menschen unter einander der Fall ist, daß von Seele zu Seele eine Ausströmung übergeht, jenes „magnetische Fluidum", in welchem die Anhänger des Mesmerismus den Träger und Vermittler des unsichtbaren Rapports erblicken!

Es ist eine bekannte Thatsache, daß dem Auge zuweilen unter dem Einfluß einer durch atmosphärische Verhältnisse bedingten Luftspiegelung weit entfernte, außerhalb des Gesichtskreises befindliche Gegenstände, Berge, Schlösser, Schiffe, sichtbar werden — eine Erscheinung, die wir Fata morgana nennen. Nun denn, auch die Seele, der innere Gesichtssinn hat seine Fata morgana, und eine solche ist es, wenn der Mensch eine seinem äußeren Sehvermögen noch entrückte Person im Voraus gewahr wird, und in Folge dessen sich veranlaßt fühlt, ihrer in Worten zu gedenken: — lupus in fabula.

Wollte man nicht an einen unsichtbaren Rapport glauben — wo bliebe dann eine Erklärung für das Ahnungsvermögen! Was sind die Vorahnungen anders, als Seelen-Telegramme! Wer erinnert sich nicht aus seinem Leben eines dunklen Vorgefühls, einer Beklommenheit, einer unerklärlichen Angst, die genau mit der Stunde, mit dem Augenblicke zusammenfiel, in welchem sich anderwärts ein ihn treffendes Mißgeschick, der Verlust eines theuren Wesens ereignet hatte!

Ja, Viele lassen sich die Ueberzeugung nicht nehmen, daß solche Seelenbotschaften sich nicht nur in einem Vorgefühl, in einer psychischen Stimmung kundgeben, sondern sich selbst durch sinnliche Wahrzeichen an leblosen Gegenständen äußern, um sich einem in der Ferne Weilenden vernehmbar zu machen. Derartige Zeichen sind: das Reißen einer Harfensaite, das Zerspringen eines Glases, das Herabfallen eines Familienportraits, der Knall eines Schusses, das Stillstehen einer Uhr u. s. w.

Ich gestehe, daß ich, so tief ich auch von dem Glauben an einen unmittelbaren Seelen-Rapport durchdrungen bin, zu dieser letzteren Anschauung mich nur schwer zu bekennen vermag. Und doch ist mir selbst etwas begegnet, was mich auch darin hätte gläubig machen können.

(Fortsetzung folgt.)

Miscellen.

* Vor etwa zwölf Jahren zog ein armes kleines Mädchen in Schweden mit ihrem Bruder auf den Kirchweihen umher und sang um's liebe Brod, der Bruder spielte lustige Stückchen auf der Geige und beide Kinder halfen so die Familie durchschleppen. Eine vornehme Dame ward auf das Mädchen aufmerksam und gab es dem Kapellmeister Berwald in Stockholm zur Ausbildung. Als die Lehrzeit vorüber war, ging unsere Heldin nach Paris und wurde am Theater Lyrique als Sängerin engagirt. Der Musiker Ambroise Thomas, Componist der „Mignon", hatte eben seinen „Hamlet" für die große Oper vollendet, wozu ihm aber eine Ophelia fehlte. Man machte ihn auf die junge Künstlerin aufmerksam. Diese sang die Ophelia und ihr Name war alsbald berühmt und gefeiert. In London triumphirte sie über die Patti und die Lucca. Der Director der großen Oper in Paris, Perrin, bot ihr einen festen Contract, über den aber beide zur Stunde noch nicht einig sind. Die Sängerin verlangt per Jahr nicht weniger als 180,000 Franken, von Amerika aus sind ihr 600,000 Fr. in Aussicht gestellt. Dieser Stern der Oper, das arme schwedische Mädchen, heißt Christine Nilsson.

* Ein junger irischer Schullehrer, arm wie Lazarus, kam vor Jahren nach Newyork und schlug sich auf verschiedene Art durch. Schließlich versuchte er es mit dem Handel; diesen prakticirte er mit solchem Erfolg, daß er jetzt einer der reichsten Männer in Amerika ist, was einem Schullehrer sonst selten passirt. A. T. Stewart heißt der Glückliche, der seine früheren Collegen vom Schulamt jetzt ergiebiger aufbessern könnte, als es die bayerische Kammer gethan, denn er gebietet über Millionen. Dieser Mann hat kürzlich in New-York sein neues Modemagazin eröffnet, was von New-Yorker Blättern als „Ereigniß" gemeldet wird, weil es das großartigste Geschäft in Amerika ist. Und das will viel heißen, denn auf dem Broadway in New-York stehen Geschäftshäuser, für deren Reichhaltigkeit und Eleganz wir gar keinen Maßstab haben. Stewarts Geschäftslocal also, das umfangreichste und prächtigste in Amerika, ein Dorado für Frauenwünsche, liegt am obern Broadway und wird westlich von dieser Straße, östlich von der 4. Avenue, nördlich von der 10. Straße, und südlich von der 9. Straße begrenzt. Seine nach dem Broadway zu gehende Hälfte ist aus weißem Marmor gebaut, die andere aus reinem Eisen, welches mit seinem weißen Oelfarben-Anstrich gerade wie Marmor aussieht. Das Haus hat vom Broadway bis zur 4. Avenue eine Länge von 300 Fuß, eine Breite von 200 Fuß, und ist acht Stockwerke hoch, von denen sechs über und zwei unter der Erdoberfläche sind. Der erste, zweite und dritte Stock dienen als Verkaufsräume, während die übrigen zur Fabrication von Mode- und Putzwaaren eingerichtet sind. Im Parterre sind alle möglichen Kleiderstoffe und Modewaaren vom einfachsten Callicot bis zum theuersten Seiden-, Sammt- und Brocatstoffe, im zweiten Stocke fertige Mäntel, Shawls und Polsterwaaren, und im dritten Stocke Teppiche zu haben. Wahrhaft bewunderungswerth ist die Rotunde, in deren Mitte das Damenhandschuhlager, und in deren äußerem Theile das Seiden-Departement sich befinden. Ihre Kuppel ist 100 Fuß hoch und wird von sechzig weiß angestrichenen Säulen getragen. Von der Größe dieses Geschäftsgebäudes kann man sich einen ungefähren Begriff machen, wenn man hört, daß das Geschäftspersonal allein aus 1200 Personen besteht, für welche in dem Gebäude selbst eine eigene Restauration etablirt wird. Daß alle modernen Einrichtungen in diesem Industriepalaste zu finden sind, ist selbstverständlich. Die prachtvollen Kronleuchter werden vermittelst des elektrischen Funkens angezündet; zwei durch Dampfkraft getriebene Elevatoren befördern die Besucher des Locals, welche zum Treppensteigen zu schwach oder zu bequem sind, von einem Stockwerk in das andere, während den Bediensteten zwei andere Elevatoren zur Verfügung stehen; gegen Feuersgefahr sind die umfassendsten Vorkehrungen getroffen, kurz, es ist für alles Mögliche gesorgt, und es ließe sich ein umfangreiches Buch schreiben, wenn man dieses Geschäftslocal mit allen seinen Einrichtungen bis ins Detail schildern wollte.

§ Auch bei der Legislatur Californiens sind in der letzten Zeit Versuche gemacht worden, die in den nordamerikanischen Freistaaten geltenden strengen Sonntagsgesetze zu bekräftigen. Dagegen haben merkwürdiger Weise auch die Schauspieler von St. Francisco einen Protest eingereicht, in welchem sie sagen: „Die Einführung des Sonntagsgesetzes ist sowohl gegen den christlichen Anstand, wie gegen die öffentliche Moralität, sie nimmt dem Menschen die Ruhe, welche der allweise Gott und die Erfahrung der Menschen in gleicher Weise für den Körper nothwendig erachtet; von der Seele und ihren Bedürfnissen ganz zu schweigen. Als Väter und Familienhäupter, als Bürger und Vertreter der Kunst protestiren wir feierlich gegen eine so verderbliche, menschenunwürdige, einen unchristlichen Rückschritt involvirende Maßregel."

Redaction von K. A. Woll, Druck der Jäger'schen Druckerei in Speyer.

Palatina.

Belletristisches Beiblatt zur Pfälzer Zeitung.

Nro. 4. Speyer, Samstag, den 9. Januar 1869.

* Die Stiefmutter.

Von Prof. A. Walchner.

(Fortsetzung.)

„Es freut mich, Doctor", sprach er, „Sie getroffen zu haben, ehe Sie ausgingen. Haben Sie einige Augenblicke frei?"

„Sicherlich", erwiderte ich, meinen Hut und Stock niederlegend, verwundert, was ihn zu dieser Tagesstunde in mein Bureau geführt haben mochte. Ich bemerkte, daß Herr Simmons außerordentlich aufgeregt war, und ich konnte mich nicht enthalten, ihn über den Zustand seines Befindens zu befragen.

„Ich befinde mich sehr wohl", sprach er heftig. „Ich komme nicht zu Ihnen in meinen Angelegenheiten. Sie erwähnten vergangenen Abend den Namen einer Person, die mir einst theuer war!" Er legte auf das Wort: „war" eine solche starke Betonung, daß ich deutlich daraus entnahm, daß sie ihm noch werth ist, obgleich er nicht wagte, dies zu gestehen.

„Nein, mein Herr," fuhr er fort mit einer Anstrengung, „so unwürdig sie sich auch betrage, so ist sie dennoch mein Kind. Ich kann nicht sehen, daß sie in Noth ist, ohne den Wunsch zu hegen, ihr zu helfen, obgleich ich um alles in der Welt nicht wünschen würde, daß sie wüßte, woher die Unterstützung käme."

„Und warum nicht, Herr Simmons?" fragte ich, denn in meinem Herzen fand ich keine Ursache, warum eine Tochter sich weigern könnte, Unterstützung von ihrem Vater anzunehmen oder warum ein Vater den Wunsch hegen sollte, seine Neigung zur Tochter zu verhehlen.

„Sie werden mich entschuldigen, wenn ich keine Gründe angebe, doch werden Sie mir glauben, wenn ich Ihnen sage, daß ich gute habe."

„Aber, mein Herr," unterbrach ich ihn, ich zweifle sehr, ob sie irgend etwas der Art von Ihnen annimmt!"

„Nun versuchen Sie es, thun Sie mir diesen Gefallen. Hier, nehmen Sie dieses, — und hierauf gab er mir 50 Dollars in die Hand, — nehmen Sie dieses und geben Sie es ihr in der bestmöglichen Weise."

„Ich will es ihr als einen freiwilligen Beitrag eines wohlwollenden Herren einhändigen," sagte ich, und als ich sprach gab sich ein eigenthümliches Lächeln auf seinem Antlitze zu erkennen, dessen Bedeutung ich mir nicht zu erklären vermochte.

„Zu einer andern Zeit," fuhr er fort, seinen Hut zu sich nehmend, „werde ich Ihnen noch mehr in Betreff ihrer Person sagen. Morgen werde ich wieder kommen und Sie mögen mich dann das Resultat Ihres Besuches wissen lassen. Ich sehe nämlich voraus, daß Sie sie heute besuchen."

„Mein Herr," entgegnete ich, das Geld einwickelnd, „ich werde die Frau diesen Nachmittag sehen."

„Etwas anderes noch, Doctor," entgegnete Herr Simmons, mich mit eigenthümlichem Blicke betrachtend, „Sie mögen nichts von dem Beweggrunde meines Besuches bei Ihnen erwähnen."

„Ich begreife," erwiderte ich, wohl wissend, daß er damit auf seine Frau anspielte.

„Tragen Sie Sorge für mein Kind, Doctor!" sagte er beim Abschied, und im nächsten Augenblicke befand ich mich wieder allein. Ich sah, daß hier etwas Besonderes vorgehe und beschloß von Madame Merton selbst mir Näheres erzählen zu lassen, um mich über das Geheimniß, das sie zu umhüllen schien, aufzuklären.

Es war des Nachmittags, als ich das Haus der Madame Merton erreichte, woselbst ich von ihr mit einer so warmen Dankbarkeit und einem Willkommen aufgenommen wurde, das auf einen Augenblick mich erröthen machte, so daß ich beinahe ihren Charakter in Verdacht gezogen hätte; doch im gleichen Moment wirkte die Erinnerung an das, was ich von Madame Simmons hörte, sowie der geheimnißvolle Besuch des Vaters in einer eigenthümlichen Weise auf mich, und ich entschloß mich, auf der Hut zu sein. Ihre wirkliche Freiheit und Herzlichkeit machte einen entgegengesetzten Eindruck auf mich, und ich wurde namentlich von ihrem offenherzigen Willkommen nicht unangenehm berührt.

„O! Doctor", sprach sie ernst, „ich bin Ihnen so dankbar. Mein theures Kind ist fast ganz wohl, — dabei drückte sie dasselbe fester an die Brust — ich war so in Kummer um es. Wie kann ich Sie je für Ihre Güte entschädigen?"

„Nun", erwiderte ich mit gezwungener Miene, „das haben Sie nicht nöthig. Lassen Sie mich das

Kind sehen!" und als ich meine Arme ausstreckte, sprang das kleine, hübschgelockte Kind mir entgegen.

„Sehen Sie, Doctor", sprach seine Mutter lächelnd, indem die Dankbarkeit aus jedem ihrer Gesichtszüge strahlte, „Es weiß wohl, wer freundlich gegen es ist, ich bin überzeugt, es wird Sie nie vergessen, so jung es auch ist; und nun, daß ich nicht vergesse", fügte sie sich erhebend bei und sich einem Schranke nähernd, der in einer Ecke des Zimmers stand. Nach kurzem Suchen kehrte sie zurück mit kleiner Silbermünze und bot mir diese als Bezahlung.

„Aber, Madame", sprach ich zögernd, denn mit jedem Augenblicke fühlte ich mich mehr und mehr über meinen Argwohn beschämt, „könnten Sie das nicht sparen? Ich bedarf desselben wirklich nicht."

„O ja, Doctor. Herr Parsons, der es mir schuldete, schickte es mir diesen Morgen, wahrscheinlich, weil er sich beschämt fühlte, daß er mich gestern hatte warten lassen. Ich habe noch mehr zur Hand, ich versichere Sie."

„Madame Merton", sprach ich, völlig überzeugt von ihrer Offenheit, Naivetät und offenbaren Aufrichtigkeit, „ich kann mich nicht weigern, dieses anzunehmen, denn als Fremder kann ich mit Recht nicht verlangen, daß Sie irgend eine Verbindlichkeit gegen mich haben."

„Sprechen Sie nicht so, Doctor, ich versichere Sie, daß unter allen Umständen, wenn Unterstützung erforderlich sein sollte, ich sehr gern und bereitwillig mich an Sie wenden würde."

„Aber, Madame", entgegnete ich, kaum wissend, wie ich auf den Gegenstand kommen sollte, „Ich nahm mir gestern große Freiheit heraus in Bezug auf Ihre Person" —

„Mein Herr!" sprach sie, mir einen forschenden Blick zuwerfend.

— „Nämlich, ich befand mich in Gesellschaft, woselbst unter Anderem die Rede auch auf unsere dürftigen Amerikanerinnen kam, als ich zufällig Erwähnung von Ihrer Lage machte."

„Nun, mein Herr?" hob sie an, das Kind von mir nehmend, das bisher ruhig auf meinen Knieen gesessen hatte, und ich las in dem Ausdrucke ihres Aeußeren, daß sie schmerzlich berührt war.

(Fortsetzung folgt.)

Seelen-Telegraphie.

(Fortsetzung.)

Ich hatte, als ich das Gymnasium besuchte, einen jungen Mann kennen gelernt und mit ihm rasche Freundschaft geschlossen, deren Bande sich auf einer gemeinschaftlichen Ferienreise noch fester knüpften. Derselbe war frisch und gesund, in glänzenden Verhältnissen und eben im Begriff, nach Ablegung eines Examens, dessen günstigem Ausfall er entgegen sah, auf einige Jahre in die Cavalerie einzutreten, um nach erlangtem Officiers-Patent die Bewirthschaftung seiner Güter zu übernehmen. Grund genug, um die Zukunft im rosigsten Lichte erscheinen und keinen Gedanken an Lebensüberdruß aufkommen zu lassen.

Am Vormittag nach unserer Heimkehr von der Reise saß ich zu Hause über der Lectüre eines Buchs — da dröhnte die Stube wie von dem Knall eines Schusses, und wie ich aufblickte, stürzte ein Falke, den ich seit Monaten gehalten, und der eben noch munter umhergeflattert war, leblos zur Erde, als sei er von dem tödtlichen Blei eines Jägers getroffen. Ja, es war so; der Schuß klang mir noch in den Ohren und vor meinen Augen lag der todte Vogel. Eine Sinnestäuschung war unmöglich. Als ich später ausging, hörte ich die erschütternde Nachricht, daß mein Freund und Reisegefährte, der, wenn auch in derselben Stadt, doch wohl eine halbe Stunde Weges von mir entfernt gewohnt hatte, genau zur selben Zeit sich eine Kugel durchs Herz geschossen, weil sein Examen nicht als bestanden erachtet worden war. Erkläre das, wer kann und mag! Ich habe mich vergeblich bemüht, eine natürliche Lösung dafür zu finden.

Ist es vielleicht gerade in der Todesstunde, wo dem Menschen die Fähigkeit verliehen ist, sich mit seinen fernweilenden Angehörigen und Freunden in einen Seelen-Rapport zu setzen und ihnen einen Scheidegruß zusenden! Wäre es möglich, daß, wenn der Tod die Thätigkeit des Körpers hemmt, die Seele dadurch entfesselt wird, und schrankenloser, freier walten kann, wie andererseits bekanntlich die Körperkraft des Menschen gesteigert wird, wenn die Seele vom Wahnsinn umnachtet und gelähmt ist, — als ob sich Körper und Geist in ihrer Thätigkeit gegenseitig das Gleichgewicht hielten.

Man denke ferner an die Wunder der Traumwelt. Wie Vielen sind im Traume Personen und Gegenden, die sie vorher nie gesehen, mit einer bis ins Kleinste vollendeten Deutlichkeit vor Augen getreten! Wie Mancher sah die Flammen lodern, die hundert Meilen entfernt ein Gebäude verzehrten! Woher empfinge die Seele ohne Mitwirkung der äußeren Sinnesorgane solche Bilder und Eindrücke, wenn sie nicht im Stande wäre, in die Ferne zu empfinden! Und in der That, diese Fähigkeit offenbart sich tagtäglich in unserem Leben.

Es ist eine wohl von Jedermann beobachtete Erscheinung, daß man auf der Straße in einer entgegenkommenden Person einen Bekannten zu erblicken glaubt, bei näherer Begegnung indeß sich durch eine entfernte Aehnlichkeit getäuscht sieht, daß aber die vermuthete Persönlichkeit unmittelbar darauf wirklich sichtbar wird. Wie geht das zu? Es ist eben jener innere Gesichtssinn, welcher die Annäherung eines sympathischen oder antipathischen Wesens — denn die Seele ist für Beide gleich empfänglich, wie der mineralische Magnet seine anziehenden und abstoßenden Pole hat, — im Voraus gewahr geworden ist; in Folge dessen sucht das leibliche Auge nach der ihm signalisirten Gestalt, und glaubt diese in der ersten flüchtigen Aehnlichkeit gefunden zu haben, bis ihm die richtige Persönlichkeit entgegentritt. Es wiederholt sich hierbei im Leben des Individuums, was von den Weltereignissen gesagt wird, daß sie „ihren Schatten vorauswerfen".

Wie kommt es, daß, wenn man einer Person, an der man vorübergegangen, nachblickt, diese im nämlichen Moment sich ebenfalls zurückwendet? Warum nicht eine Minute früher oder später? — Fühlen wir es nicht, wenn Jemand leise und unhörbar hinter uns schleicht? — Wer, der recht tief und leidenschaftlich geliebt, hat nicht an dem schnelleren Schlage seines Herzens die Nähe des geliebten Wesens empfunden, ehe dasselbe in seinen Gesichtskreis getreten, ehe dessen Stimme ihm vernehmbar geworden?

Man spreche in einem großen Raume, etwa im Theater, in einem Concertsaal, mit seinem Nachbar von einem anderen Anwesenden, der durch die ganze Weite des Saales getrennt sitzt; ohne daß eine Schallwelle ein Wort zu seinem Ohre tragen kann, wird er es fühlen, daß er der Gegenstand des Gesprächs ist, und wird seinen Blick ohne jede äußere Veranlassung plötzlich den Sprechenden zuwenden. Dieses Gefühl wird bei ihm um so schneller und stärker rege werden, wenn das, was über ihn gesprochen wird, gehässiger, feindseliger Natur ist. Mit den Eindrücken der Seele geht es, wie mit denen des Körpers. Liebkosungen und Zärtlichkeiten lassen leichtere und flüchtigere Spuren zurück, als Angriffe des Hasses. Die Röthe, die ein Kuß auf die Wange gehaucht, geht schneller vorüber, als die Beule, die ein Schlag, als die Wunde, die ein Dolchstoß verursacht. Jene Wirkung eines Gesprächs auf einen Anderen äußert sich oft in wahrhaft überraschender Weise, und würde ohne die Annahme eines inneren Gefühlssinnes und des dadurch vermittelten Seelen-Rapports geradezu unbegreiflich sein.

Es ist eine oft erprobte Thatsache, daß ein Schlafender aufwacht, wenn man ihm fest in's Gesicht blickt. Das geschlossene Auge, der durch den Schlaf unterdrückte Gehörsinn sind außer Stande, etwas gewahr zu werden; es ist wiederum allein die Seele, welche die Nähe eines Anderen zu empfinden vermag. Ein Vater versuche es, in der Nacht geräuschlos an das Lager seiner Kinder zu treten und seinen Blick auf ihr Gesicht zu richten. Knaben werden, wenn sie nicht besonders erregbarer Natur sind, in der Regel weiter schlafen, Mädchen aber unfehlbar wach werden und ihr Auge dem väterlichen Blick zuwenden. Von diesem Einfluß des Geschlechtsunterschieds wird noch später die Rede sein.

Wenn ein Mann sein Auge anhaltend auf den Nacken einer vor ihm sitzenden Dame heftet, mit concentrirter Willenskraft und der festen Absicht, daß sie es fühlen solle, so wird es also geschehen. Sie wird nach und nach unruhig werden, die Schultern bewegen, sie wird tiefer und schwerer athmen, wird die Empfindung eines stechenden Schmerzes an der von dem Blick getroffenen Stelle des Nackens haben, und sich endlich umdrehen, um nach der Veranlassung zu forschen und — was sie dadurch auch erreicht — sich dem auf sie wirkenden magnetischen Einflusse zu entziehen. Man lächle nicht in spöttischer Ungläubigkeit, ehe man es versucht und sich von der Wahrheit überzeugt hat. Freilich wird es nicht Jedem und bei Jeder gelingen. Es gehört eben dazu, daß der Mann einer starken Willensäußerung fähig und das weibliche Wesen sensitiver Natur, d. h. für jene Seelen-Ausströmung, jenes magnetische Fluidum empfänglich sei.

Hier stehen wir vor der Frage, ob die Seele, wie sie in die Ferne zu fühlen vermag, auch in die Ferne wirken kann, und ob der Mensch im Stande ist, sich jenes Fluidum dienstbar zu machen und dasselbe durch die Kraft seines Willens auf Andere zu übertragen.

(Fortsetzung folgt.)

---

* Zwei Speisezettel.

Unsere deutschen Schweineschnitzel genießen bei Alt und Jung einen sehr guten Ruf, ebenso erfreuen sich die Würste bei der germanischen Race großer Beliebtheit, besonders, wenn sie mit Sachkenntniß hergestellt sind, wie z. B. die Wormser oder die Ottenberger; auch die romanischen Völker sind einem guten Fußlei nicht feind, wie die Berühmtheit der Salami und der Lyoner Würste beweist. Einen etwas verschiedenen Geschmack hatten die Culturvölker des Alterthums, die Römer und Griechen, welche erstere durch ihre Gourmandise, besonders in der Zeit der Verweichlichung, berüchtigt sind. Wieder andern Geschmack zeigen die Chinesen, deren Speisezettel einem civilisirten Europäer ein gelindes Schaudern verursachen. Wir geben im Nachfolgenden einige Notizen über das Küchenthema nach einem Aufsatz von Winkler in der „Allgemeinen Familienzeitung".

Bei den Römern, welche oft und gern bei Tische saßen, zerfiel jede größere Mahlzeit in drei Hauptabschnitte: Die Vorkost, die Mittelkost und die Nachkost. Die sogenannte Vorkost bestand in der Regel aus solchen Speisen, welche den Magen anregten und den Appetit reizten. Sie war aus zusammengesetzt aus kalter Küche und verschiedenen Delicatessen, wie z. B. Austern, marinirten Fischen, Fleischsalaten und dergleichen sauren Gerichten. Dazu trank man Meth und magenstärkende Weine, welch' letztere man, wenigstens in den früheren Zeiten, mit Wasser vermischte. Auf diesen, unserem zweiten Frühstück nicht unähnlichen Vorposten der eigentlichen Mahlzeit folgte die Mittelkost, bestehend aus allerhand Gebratenem und Gesottenem. Eine Schüssel mußte dabei Fettes vom Schwein enthalten, was sehr beliebt war, und dieses bildete gewissermaßen einen Glanzpunkt des Küchenzettels. Nach diesem Gange reinigten Sclaven die Tafel, servirten von neuem und trugen die Nachkost auf, die meist aus Obst, Confect und Backwerk bestand. Beiläufig sei erwähnt, daß die Römer nicht, wie wir, zu Tische saßen, sondern sie lagen auf einer Art langer Ottomane behaglich hingestreckt, wobei Männer und Frauen so geschieden waren, daß jedes der beiden Geschlechter seine Polster für sich hatte.

Es ist uns ein Speisezettel aufbewahrt, welcher aus dem alten Rom stammt, wenn auch nicht aus der ältesten Zeit desselben. Dieser Speisezettel erzählt uns, was bei dem Antrittsschmause eines zu Amt und Würden gekommenen Priesters gespeist wurde, und weist im Einzelnen folgende Gerichte auf:

I. Vorkost. A. Erster Gang. 1. See-Igel. 2. Frische Austern in beliebiger Quantität. 3. Gebratene Gähnmuscheln. 4. Lazarusklappen. 5. Gebratene Leimdrossel. 6. Spargel mit einer fetten Henne. 7. Eine Schüssel mit Austern und Gähnmuscheln nebst einer sauren Sauce. 8. Schnecken und weiße Meertulpen. B. Zweiter Gang. 1. Lazarusklappen mit Citronensauce. 2. Eine Gähnmuscheln. 3. Meeresseln. 4. Gebratene Feigenschnepfen. 5. Coteletten vom Rehwild und Wildschweinen. 7. Eine Hühnerpastete. 7. Feigenschnepfen und Spargelsauce. 8. Stachel- und Purpurschnecken. II. Mittelkost. 1. Schweine-Euter (ein Lieblingsgericht der alten Römer). 2. Wildschweinskopf. 3. Ragout vom Schweine-Eutern. 4. Gebratene Enten-Brüste. (Von den Enten wurde im alten Rom überhaupt nur die Brust und das Halsstück gegessen.) 5. Fricassee von wilder

Ente. 6. Hasenbraten. 7. Gebratener Hahn. 8. Mehlspeisen und Cremes. III. Nachtisch. Verschiedene Sorten Obst, Confect und Gebäck.

Die Stelle des Brodes vertrat bei solchen Mahlzeiten der Venetianische Zwieback, der in Milch getaucht und zu den verschiedenen Fleischspeisen genossen zu werden pflegte. Man muß übrigens zugeben, daß die altrömischen Köche recht gut wußten, was sich zu jeder bestimmten Jahreszeit am besten zum Genießen eigne. Die Mahlzeit, von der vorstehender Küchenzettel herrührt, fand im Monat August statt, und gerade um diese Zeit sollen die Meermuscheln am zartesten, die Weindrosseln am pikantesten und auch das Fleisch der Rehe, die man in den Weinpflanzungen hielt, am schmackhaftesten sein. Uebrigens war die Zubereitung der Speisen im Allgemeinen sehr reichlich. Nur das Zarteste und Fetteste am Thiere, wie Brust und Euter, pflegte man gern zu essen. Schlachtvieh pflegte man daher so lange zu mästen, bis es am eigenen Fette zu ersticken drohte. Butter kannten die Römer nicht, an deren Stelle brauchten sie Olivenöl. In ganz besonderem Ansehen stand das Fleisch der Schweine, das man auf nicht weniger als fünfzig verschiedene Methoden zuzubereiten verstand. Jedoch aß der vornehme Römer auch von diesem nur die Feintheile; der Schinken, welchen die moderne Gourmandise so hoch schätzt, ward nur von den Armen genossen.

Die Sucht nach seltenen, meist ausländischen und daher kostspieligen Producten für die Küche steigerte sich allmählig bis zur Uebertreibung. Die Folge davon war, daß mehrere Gesetze zur Beschränkung des Aufwandes bei Schmausereien erschienen, ohne jedoch die beabsichtigte Wirkung für die Dauer zu erzielen. Wie wir bereits oben sahen, erstreckten sich die Leckereien vorzugsweise auf Muscheln, feine Fische und seltenes Geflügel. Während der Kaiserzeit bestanden übrigens förmliche Schulen der Kochkunst, an der Spitze derselben stand der berühmte Schlemmer und Feinschmecker Marcus Gabius Apicius, der ein Kochbuch schrieb, das sich noch erhalten hat, und eine so leckere Tafel führte, daß sein Name für Gourmands sprichwörtlich wurde.

Auch bei den Griechen wurde die Kochkunst mit außerordentlicher Sorgfalt gepflegt. Eine der merkwürdigsten Speisen, welche der Speisezettel derselben aufweist, ist uns von Aristophanes, dem bedeutendsten Lustspieldichter der Hellenen, der um 427 v. Chr. zuerst auftrat, überliefert worden. Sie findet sich in einem seiner Lustspiele: „Die Ekklesiazusen", und ist gleichzeitig deshalb merkwürdig, weil es das längste griechische Wort ist, welches die moderne Sprachwissenschaft kennt. Es umfaßt nicht weniger als achtundsiebzig Silben, und bezeichnet ein Gericht, welches aus allen möglichen Leckereien zusammengesetzt ist, daher es eine Aehnlichkeit mit unserem Ragout haben dürfte. Dieses Gericht lautet im Urtexte: Lopadotemacho-selachogaleo-kranio-leipsano-drimypo-trimmato-silphioparaomelito-katakechymeno-kichle-pikossypho-phatto-peristeralektryo-noptegkephallio-kigklopeleio-lagoo-siraio-baphetraganopterygon. Der bekannte Homer-Uebersetzer Johann Heinrich Voß hat es versucht, diesen Riesennamen in seinen einzelnen Bestandtheilen zu erforschen und darnach folgende Verdeutschung geliefert: Austerig-bücklig-brillenlampretiges-schädelzerstückelings-herbegebrühetes-silphionwürziges-honigbeträufeltes-amselig-schnepfisch-tauben-hahniges-häsleinhirniges-brühelgebratenes-ammerling-hasiges-mostharz-grundiges Flügelgericht. Aus dieser, mit vielem Aufwand von Scharfsinn und Kenntnissen gelieferten Uebersetzung läßt sich ungefähr erkennen, was zu diesem merkwürdigen Ragout Alles gekommen ist. Als der Verfasser dieser Skizzen das Gymnasium besuchte, kamen die Primaner auf die barocke Idee, das hellenische Gericht nach diesen Angaben einmal bereiten zu lassen. Man steuerte zusammen, schaffte, soweit möglich, Alles herbei, und machte sich gegenseitig verbindlich, das gewonnene Resultat unter jeder Bedingung zu verzehren. Es geschah. Andern Tages aber konnte in der Classe kein Unterricht stattfinden, weil sich sämmtliche Schüler den Magen verdorben hatten.

Wir machen nun einen weiteren Sprung und kehren bei den Chinesen ein, jenem Volke, das doch zweifelsohne zu den interessantesten der Welt gehört. Der Geschmack der Chinesen nimmt freilich unseren Anschauungen gemäß einen höchst untergeordneten Standpunkt ein. Sie verzehren fast ohne Unterschied jedes lebende Geschöpf, welches ihnen erreichbar ist: Hunde und Katzen, Habichte und Eulen, Adler und Störche sind regelmäßig auf ihren Victualienmärkten zu finden. In Ermangelung dieser aber ist auch ein Gericht Feldmäuse, Ratten oder Schlangen ausreichend, ihren Appetit zu stillen. Schwaben und andere Insekten und Reptilien, deren bloßer Anblick genügt, um uns mit Ekel zu erfüllen, gehören dort zu den gesuchtesten Leckerbissen. Zur förmlichen Leidenschaft ist bei den Chinesen die Vorliebe für Hundefleisch geworden. Junge, zarte, saftige und fette Hündchen werden zu den höchsten Preisen gekauft und ein Hundebraten, den ein geschickter Koch zubereitet hat, gilt für ein wahres Göttermahl. Es wird kein Gastmahl in China gehalten, bei welchem nicht Hundefleisch in dieser oder jener Zubereitung erschiene, und, was uns kaum einleuchten will, Europäer, die es genossen haben, erzählen, daß es wirklich ganz delicat schmecke. Ein in China längere Zeit gewesener englischer Offizier theilt von einem großen chinesischen Diner, woran, gegen die Landessitte, auch mehrere Ausländer Theil nahmen, folgenden interessanten Speisezettel mit:

A. 1. Vogelnestersuppe. 2. Fettes Schweinefleisch mit gedämpften Kartoffeln. 3. Schweinsfüße. 4. Geschmorte Pilze. 5. Vogelnestsalat. B. 1. Gänsefleischsuppe. 2. Junges Katzenfleisch. 3. Geschmorte irländische Kartoffeln. 4. Rattenfleisch. C. 1. Thee. 2. Haifischflossen. 3. Entenbraten. 4. Gedämpfter Hund. 5. Gebratenes Hühnchen. D. 1. Gekochter Schinken. 2. Schweinebraten. 3. Geschmorte Gurken. 4. Rattenpastete. 5. Katzenragout. E. 1. Gekochter Schinken mit — Schweinefleisch (!). 2. Spanferkel. 3. Schneckenpastete. 4. Schneckensuppe.

Aus diesem Speisezettel ist ersichtlich, welch' einen guten Magen der Reisende besitzen muß, der in China leben will, zugleich aber auch die Wahrheit des Sprüchworts: De gustibus non est disputandum. (Ueber den Geschmack läßt sich nicht streiten.)

Charade.

(Dreisilbig.)

Mein jüngster Neffe kam zu mir
Vor Wochen von der Reise.
Fünf volle Jahre waren's schier,
Daß er aus unserm Kreise
Geschieden in ein fernes Land,
Zu widmen sich dem Kaufmannsstand.

Er sprach mit mir nach fremder Art
Die Erste und die Zweite;
Daß ich mit meinem grauen Bart
Verbot ihm alle beide.
Als Onkel hielt ich es für Pflicht:
Eins, zwei, klingt bei dem Neffen nicht.

Nun, sprach ich, lieber Andreas,
Wo warst Du denn gewesen?
Er zeigte mir den Reisepaß
Und sagt: Kannst's selber lesen.
Da traut ich meinen Augen kaum,
Was lese ich? Capernaum.

Von da ging er gen Osten zu
Und weilt in A. noch Jahre.
Er sehnt sich nach der Heimath Ruh
Und, wie ich jetzt erfahre,
War seine Reise wirklich kühn,
Im Land, wo ew'ge Feuer glüh'n.

Und willst Du wissen, wo er war,
So nimm, was ich verboten
Mir mit zu sprechen. Dieses Paar
Und A. löst Dir den Knoten.
Du denkst alsdann, wie ich vorhin:
Ja, wirklich! diese Reis' war kühn.

Oggersheim. Hord.

Redaction von K. A. Woll, Druck der Jäger'schen Druckerei in Speyer.

Palatina.

Belletristisches Beiblatt zur Pfälzer Zeitung.

Nro. 5. Speyer, Dienstag, den 12. Januar 1869.

* Die Stiefmutter.

Von Prof. A. Walchner.

(Fortsetzung.)

„Madame", sagte ich, „Sie können versichert sein, daß ich aus der besten Absicht zu Ihnen spreche."

„Ich bezweifle es nicht, mein Herr, — Sie werden aber den Beweggrund, der mich wünschen läßt, meine Armuth vor der herzlosen Welt zu verbergen, zu würdigen wissen."

„Ich versichere Sie, Madame Merton, daß Ihr Name nicht außer dem Kreis der Familie genannt werden soll, in der er erwähnt wurde, und um Ihnen die Wirkung zu zeigen, welche meine kleine Erzählung mindestens auf eine Person ausübte, so überreiche ich Ihnen hier diese 50 Dollars, welche ein Herr mir diesen Morgen gegeben, mit dem Wunsch, daß ich das Geld Ihnen übermittele."

Sie überblickte das Geld, aber ihre Wangen wurden todesbleich, woraus ich erkannte, daß sie außerordentlich aufgeregt war. Sie faßte sich jedoch bald und mit einem kalten Blicke mich ansehend sagte sie anscheinend ruhig: „Sie sind sehr gütig und Ihr Freund gleichfalls, doch kann ich dieses Geld nicht annehmen."

„Doch versichere ich Sie, Madame Merton, die Zurückweisung des Geldes wird dem Geber großen Schmerz verursachen."

„O nein! ich bin ihm fremd, und diese Summe mag Andern zur Unterstützung dienen, die ärmer sind als ich!" —

„Ich versichere Sie, Ihre Weigerung wird Ihrem Va—", jetzt stockte meine Sprache, jedoch zu spät. Sie hörte das Wort, und sich rasch erhebend rief sie aus:

„O, schickt mir dieses mein theurer Vater? Sagen Sie mir wirklich, Doctor, täuschen Sie mich nicht? ach, ich kann ja keine Wahrheit mehr bei irgend Jemanden in der ganzen Welt finden. Sagen Sie mir wirklich, Doctor, ist dieses die Gabe meines Vaters?" und als sie sprach, sammelten sich Thränen in ihren Augen und sie zitterte vor Aufregung.

Ich wagte nicht, sie zu täuschen, da ich bereits absichtslos genug gesagt hatte, und ich sprach frei und ernst: „Ja, Madame Merton, ja, es ist von Ihrem Vater!"

„Gott sei gedankt! Gott sei gedankt!" rief sie leidenschaftlich aus, „er liebt mich noch — mein Vater liebt mich noch! — O, ich fühle es, er liebt mich! Nun sagen Sie mir, Doctor, wie haben Sie es von ihm erhalten? Schenkte er es Ihnen? — O, sagen Sie mir Alles. Verbergen Sie nichts vor mir. Sie würden es nicht thun, wenn Sie wüßten, wie glücklich mich der Gedanke gemacht, daß er mich noch liebt!"

Hier bot sich jetzt für mich eine schöne Gelegenheit dar, zu erfahren, was ich so lange zu hören wünschte, — die Gründe ihrer Trennung von ihrem Vater; doch konnte ich keinen Vortheil aus der Lage ziehen, in welche der Zufall mich gesetzt hatte, denn ich wagte nicht, des Besuches ihrer Stiefmutter auf meinem Bureau zu erwähnen. Ich sagte ihr daher, daß ich zufällig ihren Namen bei einer Anwesenheit in ihrer Familie genannt hätte, und ihr Vater am andern Morgen zu mir gekommen sei und mich beauftragte, ihr das Geld einzuhändigen.

„Doch ist es nicht seine eigene Gabe, Doctor, es kommt nicht von einem Vaterherzen, nicht wahr?"

„Madame Merton, das nicht; es wurde mir der besondere Auftrag ertheilt, nicht zu sagen, daß es von seiner Seite komme."

„Das habe ich gefürchtet", sprach sie traurig, während ich eine Thräne in ihrem schönen Auge sah als sie sich über ihr Kind neigte und dasselbe küßte. Plötzlich wendete sie ihr Gesicht, und mir einen kläglichen Blick zuwerfend, sprach sie: „Doctor! o, sagen Sie mir Alles, was Sie von meinem Vater wissen. Sie glauben nicht, wie glücklich Sie mich dadurch machten, daß Sie mich wissen ließen, wie er noch an mich denkt!"

Ich erzählte ihr jetzt das Ereigniß am vorigen Abende im Hause ihres Vaters.

„Sie müssen es sehr seltsam gefunden haben", sprach sie nachsinnend, „eine Tochter so von ihrer Familie getrennt zu sehen."

„Ich muß es gestehen, allerdings, Madame Merton, und wenn Sie mir offen zu sprechen erlauben wollen, würde ich Ihnen rathen . . ." und jetzt hielt ich mit der Rede inne.

„Sprechen Sie weiter, Doctor. Sie können nichts sagen, auf das ich nicht vorbereitet wäre."

„Nun, mit einem Worte, offen gestanden, was

ich vernahm, ließ einen tiefen Eindruck in mir zurück, der sogar zu Ihrem Ungunsten war. Dieser hat sich nun gänzlich verwischt, und ich möchte Ihnen jetzt nützlich sein. Ich bin überzeugt, Sie verdienen die Behandlung nicht, die man Sie erfahren ließ."

„Mein Gewissen sagt mir selbst, daß ich sie nicht verdiene, und mein Herz lehrt mich, daß ein schwerer Tag der Vergeltung herankommen wird!"

„Sie spielen, Madame, damit gewiß auf Madame Simmons an?"

„Ja, warum kann sie mich denn nicht ungestört lassen?" rief sie aus, ihre Hände mit einer Geberde der Verzweiflung ringend. „Sicher dürfte sie nun zufrieden sein. Sie hat mich aus meines Vaters Hause getrieben. Sie hat meinen Charakter angeschwärzt. Sie hat — doch, Doctor, würde Sie es interessiren zu wissen, wie es kam, daß Sie mich so finden?"

„Gewiß! sehr", erwiderte ich, „und ich hoffe auf's aufrichtigste, Ihnen nützlich sein zu können!"

„Nun denn", sagte sie, und küßte ihr Kind, das auf ihrem Schooße eingeschlafen war; „ich will Ihnen die Geschichte meiner Verbindung mit jener Frau erzählen, denn sie allein trägt die Schuld an meinem gegenwärtigen Unglück, an meinem Elende."

(Fortsetzung folgt.)

Seelen-Telegraphie.

(Fortsetzung und Schluß.)

Der Aberglaube des Mittelalters hat sich in dieser Beziehung bis in's Ungeheuerlichste verirrt, wofür die Hexenprocesse damaliger Zeit zahlreiche Beispiele liefern. Wer einen Feind hatte, einen Gegenstand tödtlichen Hasses, an dem er Rache üben wollte, der formte von Wachs eine Portraitfigur jener Person, und stach ihr die Augen aus oder durchbohrte mit einer Nadel die Herzgegend unter den üblichen Zaubersprüchen, in der festen Zuversicht, daß er dadurch dem fernweilenden Feinde eine gleiche Beschädigung am lebendigen Leibe zufügen könne. Ja, selbst heut zu Tage werden für gläubige Gemüther noch Bücher gedruckt — so z. B. „Albertus Magnus von den natürlichen, sympathischen und ägyptischen Geheimnissen" — in welchen die Anweisung ertheilt ist, wie man einen Entfernten durchprügeln kann. Man schneide — heißt es darin — an einem Charfreitag vor Sonnenaufgang einen Haselstock, trage ihn unbeschrien nach Hause, lege seinen Rock auf die Thürschwelle und bearbeite denselben wacker mit besagtem Haselstock, indem man dreimal den Namen des zu Strafenden und die Worte ausruft: Ablam, Dabiam, Fabiam.

Jeden Schlag auf den Rock wird der entfernte Feind auf seinem Rücken spüren. Probatum est! —

Wahrhaftig! es stände schlimm um die Menschheit und Wenige hätten noch eine ruhige Stunde und gesunde Gliedmaßen, wenn Jedermann im Stande wäre, in dieser Weise einem Anderen eine Mißhandlung, eine Wunde oder gar den Tod zuzutelegraphiren.

Etwas Aehnliches hat sich übrigens in Italien bis zur Stunde in dem Glauben an die jettatura, an den bösen Blick, erhalten. Selbst den gebildeten Italiener sieht man jene zweizinkigen Amulette von Corallen oder Metall an der Uhrkette tragen, die gegen den Zauber des bösen Blickes schützen sollen.

Aber abgesehen von diesen Ausschreitungen — wer wollte die Macht eines starken Willens leugnen! Man hat die Behauptung aufgestellt, daß die geistige Größe eines Menschen lediglich in einer gesteigerten Willenskraft beruhe, daß Alexander von Macedonien, Cäsar, Friedrich II. und Napoleon ihre Schlachten nur durch ihren eisernen Willen gewonnen haben. In der That! wenn man die Laufbahn berühmt gewordener Persönlichkeiten näher verfolgt, wird man in der Regel gewahr werden, daß das, was man gemeinhin Genie nennt, meist nichts anderes ist, als eine frühzeitig entwickelte Kraft und Energie des Willens, der keine Schwierigkeiten achtet, vor keinen Hindernissen zurückschreckt, der sich unbeugsam allenthalben Bahn zu brechen weiß, um das vorgesteckte Ziel zu erreichen.

„Ce qu'on veut, on le peut, excepté être aimé" — lautet in Soulié's reizender Novelle Le lion amoureux die rührende Devise auf dem Medaillon eines jungen Mädchens, dem unerwiderte Liebe das Herz gebrochen.

„Was man will, das kann man, — nur nicht geliebt werden." Und in Uebereinstimmung hiermit sagt der englische Dichter Dryden:

„Je mehr er warb um ihre Lieb',
Um so ferner ihrem Herzen er blieb."

Ja, wenn dieses Werben nur schwächliches Girren, ein weichliches Gewinsel, eine unmännliche, sclavische Kniebeugung ist — dann mag es so sein, wie auch Lord Byron in Ritter Harold's Pilgerfahrt durch die Worte bestätigt:

„Der kennt fürwahr die Weiberherzen schlecht,
Der sie vermeint, durch Seufzen zu gewinnen.
Was kümmert sie denn solch' leibeigner Knecht?"

Aber man frage ein Weib, was es am Manne über Alles achtet, wodurch es am Mächtigsten zu ihm hingezogen, an ihn gefesselt wird? Es ist keine geistige Kraft, die Energie seines Willens, die Festigkeit seines Charakters, die Consequenz seines Handelns, — alles das, was ihn geistig zu einem wahrhaften Manne stempelt.

Das Weib will zum Manne hinaufblicken, — nicht auf ihn herabsehen. In der Novelle von Moritz Horst: „Spätes Erkennen" heißt es darum so treffend: „Und zuletzt vergiß nicht, daß ein Mädchen, das schon viele Männer zu ihren Füßen lag, den vorzieht, der aufrecht stehen bleibt."

Ja, daraus allein erklärt sich die unbegreifliche Anziehungskraft, der geheimnißvolle Zauber, den manche Männer auf die Seele eines Weibes ausüben, ohne daß körperliche Wohlgestalt, Schönheit des Gesichts, äußere Lebensstellung oder ein sonstiger Umbus dabei in die Waagschale fallen. „Ich weiß nicht, was es ist", — hörte ich einmal ein weibliches Wesen von einem Manne sagen — „aber wenn mich seine Hand berührt, habe ich die Empfindung, als wenn seine Fingerspitzen feurige Flammen ausströmten, und wenn ich in seiner Nähe bin, umgibt mich eine elektrische Schwüle, wie vor dem Ausbruch eines Gewitters."

Was ist es? Es ist jenes magnetische Fluidum unter der Herrschaft eines starken Willens. Es ist etwas von der Faustnatur, der sich die Tugend Gretchen's beugte, etwas von dem Wesen Don Juan's, der den Frauen unwiderstehlich war.

„Es muß in uns noch etwas Anderes geben, als das Herz, das uns einem Anderen unterwirft; etwas viel Gewaltigeres, Furchtbareres", läßt Edmund Höfer in seinem Roman „In der Irre" Hermine ausrufen. Fürwahr! dieses Andere ist die sensitive Empfänglichkeit für die magnetische Kraft, für die geistige Ueberlegenheit eines Mannes.

Nur lebhafte, leidenschaftliche Männer — daher vor Allen wahre Künstlernaturen — werden die Seele eines Weibes gewinnen und beherrschen. Das spießbürgerliche Phlegma, die philiströse Behaglichkeit können — unter der Aussicht auf eine gute Versorgung — wohl die Hand, aber nie das Herz, das innerste Sein und Wesen eines Weibes erlangen.

Manche Leserin wird sich vielleicht erinnern, daß ihr auf ihrem Lebenswege ein Mann begegnet ist, der sie beim ersten Zusammentreffen mit einer gewissen Scheu erfüllt hat, unter dessen Blicken sie erbebt ist, der in ihr die Ahnung eines in ihr Dasein tretenden Verhängnisses wach rief. Und dieser Mann war am Ende kein Adonis, kein Heldentenor, hatte nicht einmal das aristokratische Air eines Gesandtschafts-Attaché, noch die gewinnenden Mienen eines amerikanischen Dentisten — es war eben

— — „ein Mann von den Unwandelbaren,
Rastlos, verachtend Freuden und Beschwerden, —
Recht wie sie das Verhängniß braucht auf Erden."

In je höherem Grade die Stärke des Willens bei einem Manne vorhanden ist, um so größer und mächtiger wird der geistige Einfluß sein, den er auf weibliche Wesen ausübt, zumal wenn diese vermöge einer nervösen Organisation hierfür besonders empfänglich sind.

Jene Eigenschaften nun sind es, die den Magnetiseur machen, d. h. einem Manne die Fähigkeit verleihen, andere Personen und vorzugsweise weibliche Wesen durch seinen Willen in den Zustand des magnetischen Schlafes zu versetzen.

Bei hochgradig sensitiven Naturen genügt hierzu oft der bloße Wille des Magnetiseurs, der sich in dem Blick des Auges geltend macht. Ja, solche Naturen unterliegen manchmal schon dadurch diesem Zustand des magnetischen Schlafs, daß sie mit fixirter Aufmerksamkeit einen glänzenden Gegenstand, etwa eine hellpolirte Metallkugel, längere Zeit anhaltend in's Auge fassen.

Da wo die Macht des Blickes allein nicht hinreicht, um dem Willen des Magnetiseurs Eingang zu verschaffen, werden zur Verstärkung der Wirkung Manipulationen, die sogenannten mesmerischen Striche angewandt, die den Zweck haben, das magnetische Fluidum unmittelbar auf das Subject zu übertragen. Das hierbei beobachtete Verfahren ist im Wesentlichen Folgendes: Der Magnetiseur läßt die zu magnetisirende Person vor sich hinsitzen, nimmt deren beide Hände in die linke Hand, und legt seine rechte auf ihren Kopf, indem er seinen Blick fest und durchdringend auf ihre ihm zugewendeten Augen heftet. Nach einiger Zeit umschließt er die beiden Daumen der Person leise drückend mit beiden Händen, legt diese sodann fächerartig ausgebreitet, indem sich beide Daumenspitzen berühren, auf den oberen Theil des Kopfes, und läßt sie wieder getrennt zu beiden Seiten am Halse bis zur Magengegend niedergleiten, woselbst sie vereinigt eine Weile liegen bleiben. Diese Procedur wiederholt sich vom Kopfe längs der Arme herab bis zu den Fingerspitzen.

Manche Operateure gebrauchen auch die weitere Manipulation, daß sie mit beiden Händen von oben nach unten über das Gesicht der Person fächeln, wobei sie die Finger zuerst nach innen biegen und sodann wieder schnell ausstrecken. Diese Procedur haben Charlatane bei ihren öffentlichen Vorstellungen nicht selten dazu benützt, um dem Publikum das Ausströmen des magnetischen Fluidums sinnlich wahrnehmbar zu machen, indem sie mit den Fingernägeln ein dem Knistern des elektrischen Funkens ähnliches Geräusch hervorbrachten.

Diese Wirkung jener mesmerischen Striche tritt in der Regel schon nach 10 bis 15 Minuten ein; die magnetisirte Person empfindet ein leises Rieseln am Körper, welches wie ein Lufthauch von den Fingern des Operateurs ausgeht, darauf stellt sich die Mattigkeit ein und endlich Schlaf. Der Erfolg wird um so sicherer und schneller da sein, wenn die Person seinerseits keinen gegentheiligen Willen äußert, sondern sich ruhig und widerstandslos dem Einfluß des Magnetiseurs überläßt. Wenn der solchergestalt hervorgerufene Schlaf zu lange dauert, so wird derselbe dadurch aufgehoben, daß die obigen Manipulationen in umgekehrter Richtung von unten nach oben vorgenommen werden, und dem Schlafenden Wasser in's Gesicht gespritzt wird.

Was immer einzelne Kathedermänner dagegen sagen mögen, — dieser durch die Kraft des Willens hervorgebrachte Zustand des magnetischen Schlafes ist eine unbestreitbare Thatsache und längst außer Zweifel gestellt.

Dunkler und problematischer ist dagegen das Hellsehen, die clairvoyance, sowie der Zustand der Unempfindlichkeit, deren die in magnetischen Schlaf versetzten Personen in einzelnen Fällen mehr oder weniger fähig sein sollen. Dies ist denn auch vorzugsweise das Gebiet, dessen sich der Schwindel bemächtigt hat, um das Publikum zu mystificiren und zu brandschatzen. Und darum, weil einzelne Betrüger von Männern der Wissenschaft bei ihren Spiegelfechtereien entlarvt worden, ist gleich die ganze Theorie des Lebensmagnetismus in Mißcredit gerathen und in den Bann gethan worden.

Und doch, wenn bei einzelnen besonders disponirten Naturen während des magnetischen Schlafes eine Unempfindlichkeit für den Schmerz, für die Wirkung des Lichts, überhaupt für äußere Eindrücke eintritt: — kann uns das noch wunderbar und unbegreiflich erscheinen, seitdem wir eine gleiche Erscheinung tagtäglich durch Aether und Chloroform hervorgebracht sehen?

Und der Zustand des Hellsehens im magnetischen Schlafe: — was ist er am Ende anders als das Traumleben während des natürlichen Schlummers, in welchem die Seele ja auch eine geheimnißvolle und schrankenlose Thätigkeit entfaltet und nicht selten einer in weite Ferne reichenden clairvoyance fähig ist.

Der geistige Einfluß, den ein Mann durch Magnetisirung auf ein weibliches Wesen ausübt, ist übrigens zuweilen so stark und nachhaltig, daß er über den Zustand des magnetischen Schlafes hinaus fortdauert und das Weib auch nach dem Erwachen sich durch Bande tiefer Sympathie an den Magnetiseur gefesselt fühlt. Es ist vorgekommen, daß verheirathete Frauen, die sich zur Heilung eines Leidens der Behandlung eines Magnetiseurs unterzogen hatten, von Stund an nicht mehr von ihm lassen konnten und ihre Ehe lösten um ihm anzugehören.

Wenn von geheimnißvollen Naturkräften und dem Seelen-Rapporte die Rede ist, darf auch das Tischrücken und das Geisterklopfen nicht unerwähnt bleiben, — jener amerikanische Humbug, der, wie eine Epidemie, in der ganzen civilisirten Welt seinen Umzug gehalten und, unabwendbarer als die Cholera, keine Stadt, kein Dorf verschont hat. Die Wirkung haben wir Alle gesehen. Aber wie war es mit der bewegenden Kraft? — In der That! auch hier offenbarte sich in überzeugender Weise die Macht eines festen Willens. Alle, die sich zur Kette schlossen, wollten, daß sich der Tisch bewege; der Wille theilte sich dem Druck der Hände mit und die dadurch entstandene mechanische Kraft setzte den Tisch unwiderstehlich in drehende Bewegung. Alles wiederholt sich nur im Leben. Alles schon dagewesen, wie Ben Akiba sagt. Wer kennt nicht aus den Tagen seiner Kindheit das Experiment mit dem an einem Faden hängenden Ring, den man in ein Trinkglas hielt, auf daß er die Stunde angebe, „die magnetische Uhr". Man wollte, daß der Ring die richtige Zahl der Schläge thue — und er gehorchte. Der Wille ließ ja das Blut in der Hand schneller pulsiren und die Nerven zucken, bis der Faden mit dem Ringe in schwingende Bewegung gerieth und an die Wand des Glases anschlug. Mit dem letzten der erwarteten Schläge hörte der Wille auf, ging der Pulsschlag wieder seinen ruhigen Gang.

Ein Gleiches war es mit dem Geisterklopfen. Man wollte auf eine Frage eben eine Antwort hören, — und es klopfte, so lange der Wille anhielt.

Was ein fester Wille unter Umständen vermag, wird dem schönen Geschlechte am Allerwenigsten unbegreiflich erscheinen. Mag eine junge Dame wochenlang unpäßlich gewesen sein und die Stube gehütet haben: — wenn ein Ball, ein Picknick, eine Schlittenparthie bevorsteht, wo sie hoffen darf, den Mann ihres Herzens zu sehen, oder Triumphe ihrer Schönheit zu feiern, wird sie sich zur Stunde genesen und im Stande fühlen, an dem Feste Theil zu nehmen, — lediglich, weil sie den Willen hat, es zu sein.

C. Anlelein.

Miscellen.

* Aus München, 8. Jan., schreibt die Augsb. Abendzeitung: H. K. Schauberts Preislustspiel „Schach dem König" kam diesen Abend mit glücklichem Erfolge zur ersten Aufführung im kgl. Hoftheater, das trotz aufgehobenem Abonnement in allen Räumen dicht besetzt war. Der Darstellung war großer Fleiß, der Inscenirung nicht geringe Sorgfalt zugewandt; die Träger der Hauptrollen wurden nach den beiden letzten Akten stürmisch gerufen; und am Schluße auch der nicht anwesende Dichter, für den Herr Regisseur Richter dankte. Wie in Wien, so auch hier, verhielt in den beiden ersten Akten sich das Publikum kalt; die Exposition ist zu breit, eine Menge Personen tritt auf und ab, ohne unsere Sympathie in Anspruch zu nehmen, die Handlung, wie sie sich entwickeln und gestalten wird, liegt von allem Anfang an der Divination ziemlich nahe; in dem Ausspruche des Königs, daß er erst, wenn er selbst einmal eine Tabakspfeife in den Mund nehme, seinen Geheimschreiber wieder in seine Dienste nehmen werde, liegt der Schlüssel zur Intrigue und es ist leicht zu errathen, daß der König gelegentlich zum Rauchen gebracht wird. Wie aber dies bewerkstelligt wird, darin liegt des Dichters Kunst, die er mit überraschender Feinheit sehr wirksam handhabte. Vom dritten Akte an folgen sich Schlag auf Schlag frappante Situationen; im Situationswitze liegt überhaupt die eigentliche Kraft des Dichters, dessen Talent sich weniger in komischen Einzelheiten als in launiger Constellation der einzelnen Ergebnisse der Handlung manifestirt. Was an dem Lustspiele besonders anmuthet, ist die Ursprünglichkeit und Eigenthümlichkeit des sehr einfachen Stoffes und die ganze Art der Ausarbeitung, die uns nachhaltig fesselt, obgleich wir, wie bemerkt, den Ausgang der Handlung längst geahnt haben. Wenn auch die Technik des Stückes noch häufig den Anfänger in dramatischer Arbeit bekundet, wie z. B. der Ueberfluß von Personen, die nicht in die Handlung eingreifen, einzelne leicht entbehrliche Unwahrscheinlichkeiten und überhaupt die zu breite Anlage, so tritt uns doch das Talent des Autors anderweitig so gewaltig entgegen, daß wir seinen künftigen Leistungen voll Vertrauen entgegen sehen dürfen; er zeigte die Kunst aus einem geringfügigen Motive eine bedeutende Wirkung abzuleiten, einem Stoffe, an welchem Tausende gleichgiltig vorübergehen, die komische Seite abzugewinnen und was vorzugsweise die Aufgabe des Lustspiels ist, die Gegensätze von Ernst und Heiterkeit aufzufinden und die Lächerlichkeit von Personen und Verhältnissen vorzuführen. Wenn der Dichter erst, wie hier, zu Anekdoten der Vergangenheit, so in das volle Leben unserer Gegenwart greifen, die Schwächen derselben aufdecken und seiner Satyre unterwerfen wird, dann kann sein Schaffen noch ein viel lohnenderes und fruchtbringenderes werden.

Eine neue Sprache. Die Mormonen versuchen ein sonderbares Experiment, um die Gemeinde der Heiligen von der Berührung mit der übrigen profanen Welt abzuschließen. Sie haben eine neue Sprache, ein neues Alphabet exclusiv für den Gebrauch der Gläubigen erfunden. In Salt-Lake-City sind bereits Auflagen von 10,000 Stück mehrerer Schulbücher in der neuen Sprache gedruckt worden.

Redaction von K. A. Woll, Druck der Jäger'schen Druckerei in Speyer.

Palatina.

Belletristisches Beiblatt zur Pfälzer Zeitung.

Nro. 6. Speyer, Donnerstag, den 14. Januar 1869.

* Die Stiefmutter.

Von Prof. A. Walchner.

(Fortsetzung.)

„Es ist nicht nöthig, Doctor, weit zurückzugehen. Meine theure Mutter starb vor etwa sieben Jahren, und da ich ihr einziges Kind war, so wurde mir allerdings viel Nachsicht geschenkt. Ungefähr zwei Jahre nach dem Tode der Mutter wurden wir mit Madame Mean und ihrer Tochter Johanna bekannt und ich war außerordentlich über diese Bekanntschaft erfreut. Madame Mean, ich darf es nicht leugnen, hatte einige Sonderbarkeiten an sich, die ich jedoch nicht hoch anschlug, während Johanna mir als das liebenswürdigste Wesen erschien, mit dem ich je zusammengekommen war. Mein Vater war auch für beide sehr eingenommen und Madame Mean, welche bemerkte, welchen Eindruck sie auf Vater und Tochter gemacht hatte, begann bereits ihre Pläne für die Zukunft zu entwerfen. Was mich anlangt, so erwies sie mir jede mögliche Freundschaft und Aufmerksamkeit, was zuletzt so auffallend wurde, daß ich mich gedrungen fühlte, in ihre Aufrichtigkeit Zweifel zu setzen. Wenige Zeit genügte, mir ihre Unredlichkeit zu beweisen, und von dem Moment dieser Entdeckung an begann ich sie zu fürchten. Ich sah den Einfluß, den sie auf meinen Vater gewann und blickte ängstlich in die Zukunft. Ihr Benehmen gegen mich hatte sich jedoch in keiner Weise geändert, noch war dies der Fall bei Johanna.

„Ungefähr sechs Monate nach unserer Bekanntschaft sprach mein Vater mit mir über seine Absicht, sich zu vermählen; da ich wußte, auf wen er anspielte, wagte ich in zarter Weise Einwände zu machen und bemerkte ihm, daß ich nie heirathen, sondern immer zu Hause bleiben und für ihn Sorge tragen würde, so daß er nie den Mangel einer Häuslichkeit fühlen könne. Er lachte und küßte mich, bemerkte mir jedoch, daß es nun zu spät sei, da er bereits ein Bündniß eingegangen und sich mit Madame Mean in drei Monaten verbinden würde. Sie können sich denken, wie mein Herz bei dieser Nachricht erschüttert wurde.

„Ich konnte jetzt nichts besseres thun, als mich in mein Schicksal zu ergeben, während ich es mir zur Pflicht machte, die Freundschaft meiner zukünftigen Stiefmutter zu erhalten. Aber jetzt, seitdem alles zur Ehe vorbereitet war, jetzt, da sie die Gewißheit hatte, daß ihre Pläne gelangen, fand ich sie bald ganz verändert.

„Von dieser Zeit an behandelte sie mich mit einer Kälte, mit einem Stolze, den alle meine Bemühungen vergeblich bewältigten, und jeder Tag, der dahin schwand, machte mich mehr und mehr unglücklich bei dem Gedanken, daß sie meine Stiefmutter würde. Johanna indessen blieb immer so freundlich, wie früher. Ja, sie war so sanft und anscheinend so aufrichtig in ihrer Liebe zu mir, daß ich in der Unschuld meines Herzens ihr alle meine Gefühle anvertraute und ihren Rath nachsuchte in der besten Weise, um mir ihrer Mutter Zuneigung und Liebe zu erwerben.

„Und würden Sie mir glauben, Doctor, jedes Wort, welches ich aussprach, jeder Wunsch, den ich ausdrückte, wurde ihrer Mutter unmittelbar berichtet, welche auf diese Weise eine völlige Einsicht in meinen Charakter gewann und sich selbst zu beherrschen verstand. Durch meine Furcht, Unheil hervorzurufen, erhielt sie bei meinem theuren Vater mich stets in absoluter Unterwerfung unter ihren Willen.

„Nun, mein Vater war verheirathet, und auf kurze Zeit ging Alles ziemlich gut von statten, wenigstens herrschte anscheinend volle Harmonie zwischen Beiden. Meine neue Mutter behandelte mich äußerlich mit Güte und Johanna war voll Liebe und Sympathie.

„Mein Vater, wie Sie früher schon vernommen haben werden, besaß mehr als sein bloßes Auskommen. Er war reich und fand sein größtes Vergnügen darin, wenn er uns mit schönen Geschenken beglücken konnte. Er war völlig unparteiisch und machte nie einen Unterschied unter uns. Wir gingen immer zusammen aus.

„So verstrichen mehrere Monate, vielleicht ein Jahr, während welchem wir friedlich zusammen lebten, als plötzlich eine Aenderung, aber eine fürchterliche Aenderung in allen meinen Aussichten eintrat. Meine Stiefmutter nahm plötzlich eine Kälte an, die mich schaudern machte, während Johanna, die mir sonst stets eine freundliche und wohlgesinnte Gefährtin war, mich zu meiden schien, und dies zwar ohne Hehl. Vergeblich suchte ich irgend eine Ursache zu entdecken, welche eine solche Aenderung im Benehmen Beider gegen mich veranlaßte. Ich warf einen genauen Ueberblick über mein ganzes Betragen von der Stunde an, seit welcher ich zuerst mit Madame Mean zusammentraf, allein ich konnte nichts finden, was einen Vorwurf auf mich geladen hätte, die Gefühle vielleicht ausgenommen, die ich früher gegen sie hegte und von denen sie jedenfalls, wie ich annehme, nichts wissen konnte.

„So gingen die Sachen einige Wochen fort, und der Eindruck, den diese Verhältnisse sowohl auf meine Gesundheit, als auf meinen Geist gemacht hatten, war so sichtbar, daß sich mein Vater veranlaßt fand, Nachforschungen anzustellen, und er war es nun, dem ich die Gefühle und Empfindungen meines Herzens kundgab. Er bemühte sich, mich zu versichern, daß das Alles bloße Einbildung sei, daß ich ihr Benehmen mißverstanden oder falsch ausgelegt hätte, und er erklärte, daß er eine strenge Untersuchung in der Sache anstellen werde.

„Am nämlichen Abende beim Thee bemerkte ich einen Zwang in dem Benehmen meines Vaters, das so sehr von seinem früheren abwich, daß ich erstaunt war, eine solche Wahrnehmung zu machen. Beim Schlusse der Mahles ersuchte er mich, in das Bibliothekzimmer zu gehen und dort auf ihn zu warten. Ich zitterte vor unbehaglichem Gefühl, welches ich mir nicht deuten konnte; meine Stiefmutter bemerkte dieses und ich sah nun, daß sie mit Johanna bedeutungsvolle Blicke wechselte. Ich begab mich jetzt in das genannte Zimmer, und als mein Vater wenige Minuten darauf selbst kam, fand er mich in Thränen. Da ich jedoch jede nähere Bemerkung unterließ, setzte er sich und sprach zu mir in ernsten Worten:

„„Anna, weißt Du, wer Jakob Merton ist?""

„Diese so plötzliche, so unerwartete, meinen Gedanken ganz fremde Frage überraschte und verwirrte mich vollkommen, ich konnte mir nicht erklären, was er damit sagen wollte, und jetzt fühlte ich, daß mir eine Gluth in die Wangen stieg, als ich zögernd antwortete: „„Nein, Vater, ich weiß es nicht"".

„Ich will nun in wenigen Worten sagen, wer dieser Jakob Merton war: nämlich ein junger Mann von sehr guter Familie, wohlerzogen, der, in seinen Vermögensverhältnissen zurückgekommen, die See zu seinem Berufe erwählt hatte und zur Zeit, als er in unsere Familie eingeführt wurde, Seeofficier auf einem Schiffe war, das, wie ich glaube, damals gerade aus diesem Hafen lief.

„Ich habe Ursache von ihm gut zu sprechen, denn er ist mein Gatte — ein theurer, milder, treuer Gatte. Damals hatte er alle Aufmerksamkeit auf mich gerichtet, und ich gab ihm vor Allen den Vorzug, die unser Haus besuchten. Ich ging gelegentlich mit ihm aus, sowohl am Tage als auch des Abends und obgleich er mir nie ein Geständniß machte, wußte ich doch, daß er mich liebte.

„Ich kehre nun zu meinem Vater zurück und bemerke nur, daß ich erröthete als er plötzlich in vollem Ernste sagte: „„Nun denn, so ist es wahr, daß meine Tochter sich entwürdigt hat?""

„Ich vermag nicht zu wiederholen, was man mir an jenem schrecklichen Abend sagte. Ich begnüge mich zu sagen, daß man mich beschuldigte, mit Herrn Merton an Plätze gegangen zu sein, deren Besuch für ein anständiges Mädchen nicht paßte; ich konnte jedoch ein solches Gerücht ganz gut widerlegen und forderte Jeden auf, mir nachzuweisen, daß ein solcher Verdacht auf mir hafte.

„„Deine Mutter sagt es"", sprach mein Vater, und es befiel mich jetzt ein Gefühl der Angst, als er mich so anredete; ich sah nun ein, daß ich verloren war, auch glaubte ich schon seit einiger Zeit einen bösen Anschlag befürchten zu müssen, verhehlte mir jedoch Alles aus Rücksicht für meine Gefühle.

„Ich werde mich ihr gegenüberstellen, mein Vater, und ich glaube, daß sie nicht wagen wird, eine solche abscheuliche Lüge in meiner Gegenwart auszusprechen. Lassen Sie mich zu ihr gehen!" rief ich aus mit verzweifelter Energie, denn diese Aussage machte mich fast wahnsinnig.

„„Gewiß"", sprach mein Vater mit Fassung, „„es soll Dir jede Gelegenheit gegeben werden, Dich von einer Schande zu befreien, die, wenn nicht von Dir abgewälzt, uns auf immer trennen müßte"", und er verließ nun das Zimmer, meine Anklägerin herbeizurufen.

„Er kam bald von ihr begleitet zurück, und als sie eintrat, richtete ich meine Augen auf sie, doch wagte sie nicht, mich anzublicken.

„„Nun denn, Anna, hier ist deine Mutter und —""

„Meine Mutter! O Vater, vermögen Sie ein solches Wort auszusprechen! Können Sie diese denn meine Mutter nennen, die den Charakter Ihrer Tochter so herabzuwürdigen beabsichtigt?

„„Still, Anna! Deine Mutter hat bisher sich nie eine solche Handlung erlaubt. Wenn Du nun etwas zu sagen hast, so wird sie darauf vorbereitet sein.""

„„O mein Gatte"", hob nun die Frau mit affectirter Sorge an, „„verschone mich! es war nie meine Absicht, Anna zu beschuldigen; Du hast mich gleichsam hierzu genöthigt!""

„„Ich weiß es, Julie"", sprach mein Vater, „„und es thut mir wirklich leid für Dich, doch jetzt ist keine Zeit für persönliches Bedauern. Anna wünschte Dir gegenüber gestellt zu werden und ist bereit, sich gegen Anschuldigungen von Deiner Seite zu verwahren.""

(Fortsetzung folgt.)

---

* Die Preis-Aufgaben in Nr. 1 der Palatina.

Es ist nichts Angenehmes, ein Officiöser zu sein, d. h. Zeitungsartikel zu schreiben, in welchen den Lesern der Standpunkt unklar gemacht und ihnen Alles gesagt wird, was sie eigentlich gar nicht wissen wollen; trotzdem verspürt der Verfasser der Preisräthsel immer, sobald wieder Wünsche nach einem solchen laut werden, das geheime Gelüst, ein Officiöser zu sein, und zwar wegen der herrlichen Erfindungsgabe, die diese Herren auszeichnet, besonders Diejenigen, die den Norden unseres theuren Vaterlandes bewohnen. Und große Erfindungsgabe ist zu einem [illegible] Preisräthsel nothwendig, sogar mehr als zu einem zarten Gedicht, wie die vielen „Blüter" und „Blüthen" bewiesen, die bei den Buchhändlern in Goldschnitt um schön gepriesenen Preisen zu haben sind. Reime sind bei dem Wortreichthum unserer lieben deutschen Sprache sehr schnell gemacht und wer bei einem guten Kaffee seine Cigarre raucht oder gar ein Gläschen Deidesheimer trinkt, der ist nicht sicher, daß ihn eine poetische Versuchung anwandelt und ihm Verse in die Feder sprudeln. Dagegen ein Preisräthsel schreiben, welches von keinem Vorderpfälzer und keinem Westricher aufgelöst wird, das braucht Nerven und es fahren einem bei solchem Unterfangen mehr Worte durch den Kopf, als Lagen durch den Telegraphendraht. Waren doch die letzten Preisaufgaben nach der Ansicht des Verfassers so schön ausgedacht und so geheimnißvoll maskirt, daß er meinte, diesmal etwas Schwerfaßliches geliefert zu haben, weßwegen er eine Zeit lang im Stillen sich freute, wenn er im Geiste sah, wie die ganze Räthselkundschaft, Männlein und Weiblein, welch letzteren immer die schlauesten sind, sich die Köpfe zerbrechen. Die Leute sind aber jetzt zu gelehrt, als daß man ihnen mit einem Räthsel Schwierigkeiten machen könnte, sei es auch noch so weit hergeholt. Da wissen die Westricher recht gut, was „Dorthausen, Wahl und Schifferstadt geliefert hat" und was auf einer fernen Grube in Oberschlesien in den Vierziger Jahren passirte, kennen ganz genau junge Leserinnen, die noch Tanzstunden nehmen. Wenn daher der Verfasser der Räthsel der Sphinx nachmachen wollte, so könnte er sich diesmal nicht weniger als vierzigmal vom Felsen herabstürzen, denn so viele Oedipusse sind aufgetreten und zwar rasch nach einander. Für Diejenigen jedoch, welche noch im Zweifel sind, ob sie richtig gerathen, sei hiermit kund gethan, daß die Lösung des ersten Räthsels „Laurahütte" ist, das zweite heißt „Schlagbaum" und „Baumschlag", das dritte „Tabakbauer" und „Tabakkauer".

Dreimal ist in ganz verschiedenen Gegenden der Pfalz für „Schlagbaum" und „Baumschlag" als Auflösung „Genre" und „Regen" eingesendet worden, was zwar insofern paßt, als ein Maler gut bezahlt wird, wenn er Regenlandschaften naturgetreu zu malen versteht; auch mag das „Genre" mit „glänzenden Farben" in eine Landschaft gemalt, „prosaisch" aussehen, doch heißt es im Räthsel: „in amtlichen Farben" und amtliche Farben bei Genrebildern in einer Landschaft wären doch allenfalls nur anzubringen in einer Scene, in welcher etwa auf grüner Au ein Staatsdiener in Uniform vor einer ländlichen Hütte seinen Pudel über den Stock springen läßt, während die Landesfahne am Fenster weht, oder sonst etwas Aehnliches. Wenn übrigens die Fremdwörter nicht grundsätzlich bei Räthseln ausgeschlossen wären, so gäbe „Regen" und „Genre" allerdings ein gutes Räthsel, für dessen Entdeckung man den Einsendern dankbar sein könnte.

Einer hat das dritte Räthsel mit „Blech" und „Klotz" aufgelöst, ein anderer mit „Rock" und „Kork". Ein Anderer findet in der Geliebten des Jünglings als sein „Alles" keine Laura, sondern eine „Caffe", eine Art von Geliebten, die allerdings heutzutage bei alten und jungen Jünglingen oft mehr Verehrer hat, als die poetischste Laura. Die zweite Hälfte des Räthsels ist dann „Matten", das Ganze „Casematten". Casematten mögen nun zuweilen sichere „Gruben" sein, aber Oberförster gibt es wohl auf solchen nicht. Statt „Schlagbaum" ist auch „Rollloch" und „Lichtvoll" eingesendet worden, und statt „Tabakbauer": „Schaben" und „Schälen", welche Worte auch bei Abtheilung schwerlich zu finden sind. Einigemal wurde auch das zweite Räthsel mit „Nebel" und „Leben" versucht, was jedoch ebenfalls nicht paßt, auch die Lösung des ersten mit „Adelheide" statt „Laurahütte" stimmt nicht, denn der abgekürzte Frauenname heißt: Adele, und die Grube in Australien heißt „Adelaide", wenn überhaupt eine solche dort ist.

Recht originell ist die Auflösung statt Schlagbaum: „[illegible]" und „[illegible]" oder „Schenke", wozu der Einsender bemerkt, „daß sich ein Schenke in einer Landschaft gar nicht übel ausnehme." Der Ansicht war der Verfasser auch als er einmal in der Schweiz auf dem Brünig-Paß nach vierstündiger Fußwanderung in einer schönen Landschaft eine „Schenke" fand. Derselbe Einsender nennt des Jünglings Geliebte „Eula" (Eulalia) und die Grube „Eulahalde". Wo diese Grube liegt, ist dem Verfasser unbekannt.

Ein guter College im Räthselmachen, Herr B., sendet die Auflösung in folgendem Sonett:

Ich schreibe, was mir eine Dam' errathen:
Zu Laura liebt einst Petrarcas Bitte,
Zu schwärmen selig in romant'scher Hütte —
Sein wohl auch Manche kann auf große Thaten:
Der Kirchen Schlagbaum soll des Lichtes Saaten
Nicht länger wehren und nach neuem Schnitte
Soll wie ein Baumschlag machen freie Sitte:
Der Gottesdienst bei Tabak, Wein und Braten.
Dann werden Philosophen sein die Bauern;
Die Tabakbauer sollen auch nicht trauern,
Daß man dann kaum mehr weiß von Tabakkauern!
Es wird dann, edle Andachtsmüh' [illegible],
Cigarren rauchen früh die liebe Jugend,
Und opfern reichlich Weihrauch jeder Tugend!

Aus Zweibrücken sind uns einige hübsche Lösungen zugekommen. Herr H. Lang besingt in einem längeren Gedicht recht launig, wie er mit seiner „Laura" eine Reise thut, am „Schlagbaum" von den Zollbeamten durchsucht wird, dann bei einer Hütte, vom schönsten „Baumschlag" umgeben, Rast macht und sich erlabt an Speise und Trank. Dann singt er weiter:

„Nun steck ich eine Cigarr' an,
Die man nicht feiner rauchen kann.
Der „Tabakbauer", rief ich laut,
Der sie gepflanzt, die edle Kraut,
Der lebe hoch! Du Pfälzer Blatt,
An Dir raucht man sich nimmer satt!
Und hat man in der Morgenluft
Geräuchert den aromat'schen Duft,
So thut sich in dem frischen Mund
Der kräft'gen Weide Würze kund;
So wird man wahrlich auf die Dauer
Zuletzt ein ächter „Tabakkauer",
Selbst ohne ein Matros' zu sein;
Das macht das Pfälzer Blatt allein!

Von Herrn C. Lepper in Zweibrücken kam uns folgende hübsche Lösung zu:

In der Dichtung heil'ger Saiten
Greif' ich heut' mit froher Hand,
Jener Räthsel-Sinn zu deuten,
Die das junge Jahr gesandt:

I.

Amor schoß den Pfeil der Liebe
Einst in eines Jünglings Herz,
Der, mit Götterkraft gerüstet,
Sang des Lebens Lust und Schmerz.
Wer kennt nicht der Sänger Größten,
Dem die Nachwelt Kränze flicht,
Wer kennt nicht den [illegible],
Aber kennt seine Laura nicht?
Wer kennt nicht die süßen Laute,
Die sein Genius gebar:
„Raum ist in der kleinsten Hütte
Für ein glücklich liebend Paar!" —
Und wer ahnt nicht jenes Plätzchen,
„Laurahütte" einst genannt,
Das in uns'rer Zeit als Wohnort
Eines „Königs" ist bekannt?

II.

Wohl die Grenzen aller Länder
Auf dem weiten Erdenrund,
Gibt im bunten Farbenspiele
Uns ein großer Schlagbaum kund;
Kehr' die Silben um, so scheinet
Jenes Räthsels Sinn erreicht,
Denn es wird dem Maler sicher
Seines Bildes Preis erhöht,
Wenn er uns mit kühnem Pinsel
Zaubert in den frischen Wald,
Wo, das Echo donnernd weckend,
Laut der Aexte Schlag erschallt,
Läßt er uns, — um kurz zu geh'n —
Einen hübschen Baumschlag seh'n.

III.

Nicht allein dem Gott der Reben
Ist geweiht die Pfalz am Rhein,
Süße Früchte aller Arten
Reift ihr milder Sonnenschein;
Auch ein fett'ges Kräutlein pflanzt
Der Bewohner fleiß'ge Hand,
Tabaksbauer in der Runde
Gibt es viel' im Pfälzer Land. —
Nicht gelabt vom süßen Qualme,
Der dem Rohre sanft entsteigt,
Seit, mit aufgeblas'nen Backen,
Schwer ein altes Männchen keucht;
Herber Saft entströmt dem Munde,
Immer weidlich stopft es ein,
Sicher kann das liebe Männchen
Nur ein Tabakkauer sein!

Auch der „joviale alte Herr“ in Landau sandte eine launige Lösung ein, diesmal in Prosa. Möge er seinen Humor noch lange sich erhalten! Auch von Trulben ist uns eine hübsche Auflösung zugekommen; nun, der Einsender hat allerdings den schwarzen „Pannischlag“ in nächster Nähe. Herr Stamer in Dirmstein schreibt:

„Das liebe Söhl, mein Heimathsort,
Schifferstadt, Hartbaasen (?) fern' ich dort,
Da gibt es fleiß'ge „Tabaksbauer“,
Doch selten einen „Tabakkauer“!
Matrosen auf dem weiten Meer,
Die lieben's Tabakkauen sehr;
Wer möchte wohl mit ihnen kosen?
Da sie nicht duften wie die Rosen!

Auch aus Erzweiler und Kaiserslautern sind uns poetische Einsendungen geschickt worden, deren Abdruck jedoch den Raum dieser Blätter zu sehr beanspruchen würde. Richtig gerathen haben:

Fräulein Betty Weiß in Speyer, Frl. Auguste Mühlhäuser in Speyer, Frl. Emilie Henle in Frankfurt, Frl. Marie Habermann in Kandel, Frl. Emilie Englert in Dürkheim, Frl. Luise Brauer in Oberlustadt, Frau Emilie B. in Speyer, Frau Auguste Bruninger in Steinweiler, Frau Mina Gobron in Schifferstadt, Frl. Lottchen Zimmer in Lauterbern, Fr. M. Selig in Ludwigshafen, Frl. Rosa Weidmann in Weyher, Frl. Mina Ulrich in Kerzenheim, Herr C. Wolf in Kaiserslautern, L. A. in Landau, Heine in Trulben, M. B. in Weißenburg, L. M. in Grünstadt, Max Forthuber in Zweibrücken, F—r in Frankenthal, N. Bornmüller in Speyer, Schleyburg in Trulben, J. B. in Sippersfeld, S. und B. in Ludwigshafen, J. Magin in Berghausen, A. K. in Landstuhl, Dessoye in Rorheim, Pfr. S. in M., Wilhelm Diehl in Wittersheim, A. Keller in Oberhochstadt, J. Dersheimer in Kriegsfeld, Bowiz und Müller in Frankenthal, Lazenburger in Erzweiler, Theodor Lesser in Neustadt, Nußbaum in Blickweiler, M. und C. Berron in Frankenthal, H. H. in Ludwigshafen, Karl Kölsch, Ph. Long und C. Lesser in Zweibrücken, H. in Windsbach (?), N. Stamer in Dirmstein, Wolf in Gimmeldingen, L. Eberstadt in Frankenthal, H. Lombardino in Göllheim.

Bei der Verloosung gewann den ersten Preis
Schillers sämmtliche Werke:
Herr Lehrer Dessoyé in Rorheim.

Als zweiten Preis geben wir: Gedichte von A. A. Woll, welche Frl. M. Habermann in Kandel gewann.

Miscellen.

* „Handwerk hat goldenen Boden.“ Das ist ein altes Sprüchwort und als solches muß es auch wahr sein. Daß aber in unserer Zeit durch Maschinen- und Fabrikarbeit gar manchem Handwerkern kein goldener, sondern gar kein Boden mehr bleibt, ist nicht zu bestreiten. Wer jedoch das Eingreifen der Maschinenthätigkeit in sein Gebiet richtig zu benützen und seinen Verhältnissen anzupassen versteht, der wird trotz aller Hindernisse obsiegen im Kampfe des Lebens. Viel größeres Weh hat eine Maschine gebracht, deren Anwendung immer mehr zunimmt und die, im großen Ganzen genommen, der Menschheit zwar viel Zeit und Mühe erspart, einzelne Erwerbszweige aber sehr schädigt, wir meinen die Nähmaschine. Wie viel tausend armer Mädchen und Frauen sind auf die Beschäftigung mit der Nadel angewiesen und wie viel tausend nagen am Hungertuche, seitdem die rastlose Maschine den ohnedies kärglichen Lohn von Tag zu Tag herabdrückt, besonders in den Städten! Ein Ungar, der in Paris wohnende Nationalökonom Horn, berechnet nach statistischen Angaben die Anzahl der Näherinnen in Paris, die trotz der Nähmaschine gezwungen sind, ihr Brod mit der Nadel zu verdienen, wenn sie nicht dem Laster in die Arme fallen wollen. Es gibt nach seiner Berechnung 106,310 Arbeiterinnen in Paris, die in vier Sectionen zu theilen sind, nämlich in die, welche täglich 1—2½ Thlr. verdienen, und deren gibt es nur 770; ferner in die, welche täglich 15—35 Kreuzer verdienen, deren Zahl 17,000 ist; in die, welche wöchentlich 1 fl. 30 kr. verdienen, 49,000 an der Zahl, und endlich in die, welche einen Wochenlohn von 54 kr. bis 1 fl. 24 kr. haben, 89,000 an der Zahl.

Man bedenke, was 54 kr. in einer so theuren Stadt wie Paris sind; man bedenke ferner, daß diese Bedauernswerthen an (?) Sonn- und Festtagen nichts verdienen und daß sie durch Unwohlsein und sonstige Umstände viele Zeit im Jahre haben, während welcher sie kaum im Stande sind, sich Arbeit zu verschaffen. Danach also würde durchschnittlich jede Arbeiterin täglich etwa 18 kr. verdienen, und mit diesem Almosen soll ein menschliches Wesen in einer großen Stadt sich erhalten! Was dieser traurigen Berechnung die Krone aufsetzt, ist, daß die Weißnäherinnen, die am schlechtesten bezahlt werden, wenn sie in den Magazinen die Nähmaschine dirigiren, für das Säumen von einem Dutzend Taschentücher einen Sou erhalten, macht also ein Paar Pfennige!

Die ostasiatische Expedition der österreichischen Regierung hat, neben dem vorwiegend commerziellen Zwecke, auch die wissenschaftliche Ausbeute sich zur Aufgabe gestellt. In der für die sachkundigen Begleiter ausgearbeiteten Instruction findet man daher auch „naturwissenschaftliche Andeutungen“, und die darauf bezüglichen Fragen wurden von der kaiserlichen Akademie der Wissenschaften, von der geologischen Reichsanstalt, von der zoologisch-botanischen Gesellschaft in Wien, von Prof. Carl Vogt u. A. gestellt. Diese naturwissenschaftlichen Fragen betreffen die animalischen und vegetabilischen Rohstoffe des Handels, die noch nicht hinlänglich nach ihrer Erzeugung und Abstammung bekannt sind. So weiß man z. B. noch nicht, von welchem Baume der in vielen Haushaltungen als Gewürz und in den Liqueur-Fabrikation benutzte Stern-Anis abstammt; ferner ist auch die Stammpflanze des Elemi-Harzes der Philippinen und der von China und Japan bezogenen Galgantwurzel nicht sicher gestellt; ebenso herrscht in Betreff der Abstammung und Gewinnung des japanesischen Pflanzenwachses, eines sehr wichtigen ostasiatischen Handelsartikels, eine verschiedene Ansicht unter den Fachmännern. Die Instruktion empfiehlt nun diese und andere ungenügend gekannte Pflanzen und Thiere zur Aufsammlung, und sie fordert weiter auch geologische Aufklärungen über die Nummuliten-Formation in Japan, von welcher die ersten Spuren vor einigen Jahren von Richthofen entdeckt wurden. Unter den oben erwähnten Naturforschern, die sich der wissenschaftlichen Seite der Expedition zuwandten, befindet sich auch der berühmte Darwin, der eine Reihe von Fragen, die sich mit dem Studium der Geberden und des Gesichtsausdrucks der Menschen-Racen befassen, zur Beantwortung vorgelegt hat. So fragt Darwin beispielsweise, ob sich das Schamgefühl bei allen Racen, deren Farbe eine derartige Beobachtung zuläßt, durch Errothen kundgibt? ob der Entrüstete oder Trotzige die Stirn runzelt? ob die stummen Zeichen der Bejahung oder Verneinung dieselben sind, wie bei den Europäern? u. s. w. Man sieht, daß die Mitglieder der Expedition hinlängliche Gegenstände und Aufgaben zur Beschäftigung haben, und wenn sie die mitgegebenen Fragen auch befriedigend beantworten, so werden ihnen die wißbegierigen Frager, wie die Wissenschaft selbst, zu Dank verpflichtet sein.

Redaction von A. A. Woll, Druck der Jäger'schen Druckerei in Speyer.

Palatina.

Belletristisches Beiblatt zur Pfälzer Zeitung.

Nro. 7. Speyer, Samstag, den 16. Januar 1869.

* Die Stiefmutter.

Von Prof. A. Walchner.

(Fortsetzung.)

„„Der Himmel weiß! mein guter Gatte““, sprach sie, bemüht, von ihren Augen etwas wie Thränen abzuwischen, die sie gewaltsam erpreßt hatte, — „„wie sehr beklage ich dieses unglückselige Ereigniß! Jakob und Martha jedoch sind bereit, wie ich schon vorhin bemerkt habe, jedes Wort zu bekräftigen, das ich ausgesagt. Aus mir selbst, in der That, weiß ich nichts, und wie sehr wünsche ich, Alles in meinem Herzen bewahrt zu haben, was jene Beiden gesagt. Wie viel Unangenehmes wäre uns wohl erspart worden, und doch vermochte ich nicht — Deinetwillen, meiner unschuldigen und tugendhaften Tochter wegen —““

„„Wünschest Du Jakob und Martha zu sehen?““ fragte mein Vater, sich ernst zu mir wendend.

„Nein, erwiderte ich, jetzt nicht. Sie sind die Werkzeuge dieser Frau. Sie sind darauf vorbereitet und würden auf Alles, was sie wünscht, schwören. Ich sehe, daß ich gerichtet bin!

„„Und Du gestehst also Deine Schuld ein?““

„Mein Vater! — das war Alles, was ich zu sagen vermochte, in einem Tone, der aus dem Innersten meines Herzens kam, doch mein Vater blieb ungerührt.

„„Nun, Anna, Du hast also indirect meine Frau einer boshaften Verletzung Deines Charakters angeklagt und —““

„Indirect? Nein, Vater. Sie thut dies wegen Deines Vermögens, das sie gern für sich und Johanna zu behalten wünschte, sie hat diese Intrigue eingefädelt, um mich und Sie zu ruiniren.

„„Anna! Anna!““ rief Frau Simmons aus, anscheinend tief bekümmert, „„wie kannst Du Dich so ausdrücken? Habe ich mich nicht immer liebreich gegen Dich benommen? Warst Du mir nicht immer, wie mein eigenes Kind?““

„„Kannst Du dieses ableugnen, Anna?““ fragte mein Vater.

„Lieber Vater! sagte ich flehend, Sie werden doch wohl nicht gegen Ihr eigenes, Ihr einziges Kind solches behaupten?

„„Wollte Gott! ich hätte hierzu keine Ursache““, erwiderte mein Vater, offenbar bewegt — „„es ist traurig für mich, zu fühlen, daß Diejenige, auf welche ich alle meine Hoffnungen setzte, so unwürdig sich bewiesen, Verderben und Schande auf sich und Alle gebracht hat, die sie liebten. Nun gibt es nur noch einen Weg — gestehe Deine Schuld und bitte Deine Mutter um Verzeihung für den ungerechten Argwohn, den Du gegen sie hegst.““

„Niemals! mein Vater, sagte ich entschlossen. Niemals werde ich das thun! Vater, ich bin unschuldig! Sie allein trägt die Schuld; sie sollte für ihre Unbilligkeit mich um Verzeihung bitten. Doch wird sie ihrem Lohn entgegen gehen; ihrer Sünde wird die Strafe folgen. Vielleicht aber erst, wenn ich todt bin, doch so sicher, als ein Gott im Himmel ist, wird sie Vergeltung treffen!

„„Anna!““ rief meine Stiefmutter, „„sprich nicht so von mir! Wenn Du wüßtest, was ich seit der Entdeckung Deines Fehlers gelitten! —““

„Stille! sprach ich in einem Tone, der sie verzagen machte. Sie Nichtswürdige, schweigen Sie! Ihr Zweck ist erreicht, — aber die Züchtigung wird nicht ausbleiben. Und jetzt, Vater, was soll ich thun? sprach ich, mich mit erzwungener Ruhe zu ihm wendend.

„„Du weigerst Dich also, Deine Mutter um Verzeihung zu bitten?““

„„O, bestehe nicht darauf, mein Gatte““, rief Frau Simmons aus, mit beabsichtigtem Ernste. „„Ich habe ihr Verzeihung geschenkt, der Himmel weiß es!““

„Ich kann nicht, Vater! stammelte ich.

„„Dann meide dieses Haus!““

„„O, mein Gatte““, fiel seine Frau wieder ein, „„das kann nicht und muß nicht sein. Laß mich eher das Haus verlassen, denn von mir rührt alles dieses Unheil her!““ und sie weinte hierbei bitterlich mit geheucheltem Kummer.

„„Anna, Du hast nun meine Vorschläge gehört““, sprach mein Vater, sie nicht beachtend.

„Das habe ich, mein Vater, entgegnete ich.

„„Und Du willst mir nicht willfahren?““

„Vater, verlangen Sie Alles von mir, aber dazu kann ich mich nicht entschließen!

„„Gut! — dann müssen wir uns trennen. Hättest Du nur irgend ein Zeichen Deiner Reue an den Tag gelegt, bezüglich Deiner Schuld, die so klar vor Augen liegt, so würde ich gern Alles aus Mitleid für Dich übersehen haben. Aber Dein gegenwärtiges Betragen beweist, daß Du alles Schamgefühl verloren hast. Von nun an bist Du also nimmer mein Kind, wir sind geschieden auf immer!""

„O Vater! lieber Vater! rief ich auf meine Kniee sinkend aus, verlassen Sie mich nicht! So wahr ich vor meinem Gott stehe, bin ich unschuldig! Sie und ich sind die Opfer einer schlau berechneten Verschwörung!

„„Ich will nichts mehr hiervon hören! Du hast Dich geweigert, mir Gehorsam zu leisten, und es bleibt bei meinem Worte. Du sollst keinen Mangel leiden, doch hier kannst Du nicht länger verweilen. Ich werde für Dich geeignete Vorsorge treffen!""

„Mein Vater, das verlange ich nicht! Entweder muß ich Ihr Kind sein, oder allein mir selbst überlassen bleiben. Ich kann unmöglich etwas annehmen, wenn Sie mir die einfache Gerechtigkeit verweigern. Es wird einst die Zeit kommen, wo Ihr Herz lauter schlagen wird bei dem Gedanken an die Ungerechtigkeit, mit der Sie Ihr unschuldiges und harmloses Kind behandeln. Was Sie anbelangt, Madame," und ich wandte mich jetzt an meine Stiefmutter —

„„Mache ihr ja keine Vorwürfe!"" unterbrach mich mein Vater — „„sie hat blos eine heilige Pflicht, die sie sich und mir schuldig war, gethan. Du hast Dein eignes Loos verschuldet!""

„Vater, beabsichtigen Sie wirklich, mich von Ihrem Herzen zu reißen?

„„Anna, das ist Dein eigenes Werk. Du hast gesündigt und mußt jetzt dafür büßen.""

„„O, mein Gatte!"" rief seine Frau aus, — „„sei nicht so hart. Um meinetwillen bitte ich Dich, thue es nicht! Laß eher mich ziehen; vergiß das Elend, das ich über Dich so ungern gebracht — ich wollte, daß wir uns nie gesehen hätten!"" Sie hielt das Taschentuch vor die Augen und schluchzte.

„Diese Sprache machte wirklich die von ihr beabsichtigte Wirkung. Je mehr sie versuchte, Fürsprache für mich einzulegen, desto unerbittlicher wurde mein Vater, der, getäuscht durch ihre Thränen, ihre geheuchelte Sorge um ihn und mich, veranlaßt wurde, Alles zu glauben, was sie sagte. Als dies noch bestätigt wurde durch die gut erfundenen Aussagen ihrer Werkzeuge, Jakob und Martha, die Dienstboten, die sie mitgebracht hatte, da konnte nichts auf Erden meinen Vater von meiner Unschuld mehr überzeugen. Doch will ich sie nicht aufhalten, Doctor", fuhr Frau Merton weiter fort, ihre Thränen trocknend, welche die Erinnerung an ihre Leiden und Verfolgung hervorgerufen hatte, „es genüge zu sagen, daß mein Vater, ohne eine Thräne zu vergießen, mich aus dem Hause gehen ließ, um mich einsam und schutzlos der herzlosen Welt zu überlassen, denn ich hatte mir jede Unterstützung von ihm verbeten, so lange, als er mich seiner Liebe unwerth hielt und mich beschuldigte, Unheil und Schande auf seinen Namen gebracht zu haben.

„Ich sah mich sogleich nach einer Wohnung bei einer gutmüthigen Dame um, die von meiner Jugendzeit an mit mir bekannt, mir alle Pflege und Aufmerksamkeit angedeihen ließ.

„Diese Dame war schon im Voraus von dem Augenblicke an, als sie von meines Vaters beabsichtigter Vermählung wußte, auf die daraus entstehenden Unannehmlichkeiten vorbereitet und hegte die feste Ueberzeugung, daß hier eine abgekartete Intrigue vorliege, um mich eines Theiles meines väterlichen Vermögens zu berauben, das ja jedenfalls auf die Tochter hätte übergehen müssen. Ich wohnte bei ihr etwa drei bis vier Monate, ohne von meinem Vater ein Wort zu hören.

„Eines Tages war ich überrascht und ich brauche wohl nicht zu sagen, zugleich erfreut durch das Erscheinen des Herrn Merton, der eben meines Vaters Haus besucht und von Madame Simmons eine solche Behandlung erfahren hatte, daß er sich veranlaßt fühlte, über die Ursache nachzuforschen; er war über alle Maßen erschüttert, als er die gegen mich gemachten Anschuldigungen vernommen, von denen Niemand besser als er wußte, daß sie falsch und erlogen waren.

„Er begab sich zu meinem Vater und bemühte sich mit der größten Aufrichtigkeit, ihn zu überzeugen, wie ungegründet seine gegen mich gemachten Anschuldigungen seien; doch wollte dieser sich nicht davon überzeugen lassen. Von ihm erfuhr Merton auch meinen jetzigen Wohnplatz und so suchte er mich auf.

„Er war die unschuldige Ursache meines ganzen Unglücks und er säumte daher nicht, rasch unsere Vermählung zu betreiben, um mich aus meiner peinlichen Lage zu erlösen und mir eine neue Heimath zu schaffen.

„Mit unserem Ehevertrag begab er sich sogleich zu meinem Vater, der ihn aber gröblich beleidigte. Er gratulirte ihm zu seiner Verbindung mit einer durch ihn „Entehrten", wie er sagte, und weigerte sich ernstlich, irgend eine Beziehung mit mir zu unterhalten, bis ich meine Stiefmutter um Verzeihung bitten würde, wegen der Kränkungen, die ich ihr bereitet hätte.

(Fortsetzung folgt.)

* Alt und neu.

Wie Vieles ist jetzt schon alt, was vor einigen Decennien noch neu war! Das Leben unserer Zeit geht mit Dampfes- oder vielmehr Blitzesschnelle vorwärts, und Städte wie Städtchen verändern wie durch einen Zauberschlag ihre Physiognomie. Zeigen wir diesen Gegensatz zwischen „Alt und Neu" in einem kleinen Bilde.

Das war ein Jubel, als die fünf Kleinen hörten: „Morgen fahren wir nach Kusel! da dürft ihr auf der Post und auf der Eisenbahn fahren." Eine dreifach herrliche Aussicht: zuerst die beneidenswerthe Doppelfahrt — und als Ziel — nun, was Onkel und Tante besagen wollen für kleine, leckere Gaumen — wer weiß das nicht aus der Kindheitserinnerung!

Solch' großes Glück muß unter Groß und Klein ausposaunt werden! — —

Aber bald in's Bett! denn morgen gilts, unfehlbar um 4 Uhr an der Post zu sein, welche wegen ihres Anschlusses an die Eisenbahn jetzt eine volle Stunde früher geht. Und wir haben 1½ Stunde bis nach L.; um nicht zu spät zu kommen, müssen wir schon um 1 Uhr aus dem Bett heraus und um 2 Uhr auf dem Wege sein, sintemal der „Herrenberg" in der Nacht und bei feuchter Witterung etliche bedenkliche Rutschpartien hat und die Nachbaruhren, wie leider oft die Nachbarn, in der Regel nicht harmoniren.

Doch, was ist das für ein Schlaf, der mit seinen Feinden, Unruhe und Aufregung, um den Eingang kämpfen muß und von dem dunkeln Gefühle gedrückt wird, bald wieder weichen zu müssen!

In der That, kaum hat er uns in seine weichen Arme genommen und linden Mohn auf unsere müden Lider gestreut, — so entweicht uns ihm schon wieder geschäftiges Geräusch im Hause, heller Lichtglanz und, wenn das nicht weckt, — der unerbittliche, mit Schütteln begleitete Commandoruf: „Auf! es ist 1 Uhr!" Und damit das schlaftrunkene Herz, das so gern sich selbst täuscht, sich nicht einrede, der Wecker oder die Weckerin übertreibe, tönt sofort mit feierlichem Ernst der den Schluß der Geisterstunde anzeigende Eine dumpfe Schlag der Pendeluhr herüber, knarrt bald darauf die labenden Duft hauchende Kaffeemühle, dieses poetischste aller Küchengeräthe, gellt die letztere überbrausend das Halloh des kleinen wilden Heeres oben und unten! Da gilt kein Capituliren! — Im Sturm angekleidet, hastig unter verstohlenen Thränen den kochenden Labetrank, den probaten Schlafbanner, hinuntergeschlürft, mit dem „Parapluih" bewaffnet — und die kleine Karawane schreitet in die finstere regenfeuchte Nacht hinaus, durch das grabstumm schweigende, von der prosaischen Dreschmaschine des poetischen heimlichen Dreschflegeltaktes beraubte Dorf dahin, als Avantgarde vorn die die vermummte Kleine tragende Magd und das Gepäck schleppende Tagelöhnerin. Die frische Nachtluft weht wohlthuend um die schweren Stirnen und matten Lider. Wir sind froh, daß der Regen des vorigen Tages nachgelassen. Rasch geht's vorwärts; wie Riesengespenster schreiten uns zur Seite die Berge und Bäume, und Bilder längst vergangener Zeiten, Bilder ähnlicher Wanderzüge, steigen aus dem Zaubermantel der Nacht auf. Man träumt mit offenen Augen. Aber nicht lange, wenn, wie über uns, ein Gießbad niederströmt. Unter dem aufgespannten triefenden Regenschirm verengt sich der Gedankenhorizont. Und doch — welche geheimnißvolle, tiefernste, wehmüthige Poesie liegt in solchem windstillen, sanften Regen auf der weiten Hochfläche, zumal in der Nacht; es ist, als wären's die einsamen Thränen der Verlassenen auf Erden, die Niemand kennt, als Gott allein.

Aber wir haben nicht lange Zeit zu solchen Deutungen und Gefühlen; die Sentimentalität muß dem sich geltend machenden praktischen Bedürfnisse nach einem aushelfenden Regenschirme weichen. Dieser wird uns denn auch im nächsten Dorfe von einem aus dem warmen Bette herausgeklopften freundlichen Hausherrn durch's Fenster herausgelangt. Nun gilt's aufpassen! Der zur Hälfte unwegsame, fast unweltliche Weg fällt anfangs jäh in die Halde des Herrenbergs hinab und das will was heißen bei lehmigem Schieferboden, und wo er ebener wird, ist die mehrere Meter tiefe Wand links keine angenehme Zugabe zu einem ziemlich schmalen, glitschigen Wege. Da verschwinden poetische Anwandlungen; kaum hört das Ohr das leise Wanderlied des Gebirgsbaches, der tief unten rastlos dahineilt; so gibt's auch auf dem Lebenswege Strecken, wo einem der Sinn für Poesie vergeht und alle Sinne sich auf das leibliche Fortkommen concentriren müssen.

Nun, es geht leidlich; der Regen hört bald auf, die Chaussee ist erreicht, das Ziel nicht mehr fern. Durch zwei grabstille Dörfer, in welchen die dumpf aus dem Stalle tönende schlaftrunkene Stimme eines Hahnes das einzige Lebenszeichen ist — denn das Nachtwächterhorn sammt den mahnenden und tröstenden Gebetsreimen des Wächters, dies heimliche Stück der deutschen Nachtpoesie, scheint auch an den meisten Orten der „Civilisation" gewichen zu sein — bewegt sich der Wanderzug. Horch! da dröhnen von der Thurmuhr der nicht mehr fernen Stadt drei Schläge heraus. Wir fahren zusammen. Bedeuten die ¾ auf vier oder auf fünf? flüstert die ängstliche Mutter. Wir haben oft genug erfahren, daß die Land- und Stadtuhren bedeutend differiren. Jedenfalls gilt's, Nummer Sicher zu ergreifen und, wenn's ausschlägt, an Ort und Stelle zu sein. Geflügelten Schrittes eilen wir vorwärts durch den nieder rieselnden und dann strömenden Regen — und stehen bald unter triefenden Regenschirmen vor dem hohen, dunkeln, todtstillen Hause des Posthalters. Da schlägt's vier. Die eine Gefahr ist also glücklich überwunden; aber wir kommen aus dem Regen in die Traufe, unter der wir bereits uns befinden, deliberirend, was anzufangen sei, um die Kleinen während der noch langen Stunde dem verderblichen Sturzbade zu entziehen. Klopfen und Lärm machen scheint bedenklich und nur im äußersten Falle gewagt werden zu müssen. Zunächst muß die ortskundige Taglöhnerin in den Hof recognosciren gehen. Phylax begrüßt sie mit nicht mißverständlichem Knurren; aber aus dem Hintergebäude schimmert durch trübe Scheiben ein mattes und unter den obwaltenden Verhältnissen doch freundliches Licht. Der schüchtern Hineinrufenden antwortet ein tiefer Baß, ähnlich dem Rollen des fernen Donners oder des über eine Brücke fahrenden Postomnibusses. Das Licht verschwindet, schwere, von Holzschuhen herrührende, einen alten Wasgauer gar heimlich anmuthende Schritte poltern, von einer großen Stalllaterne begleitet, über den Hof und dann durch den Hausgang, der große Schlüssel dreht sich krachend im Schloß, die Thür öffnet sich und vor mir steht der Retter, vom Laternenlichte verklärt, der breitschulterige Herr Conducteur, der in rauhem Basse, aber mit dem unverkennbar treuherzigen Kuseler Dialekt, der durch das amtsmäßige Bischen Hochdeutsch nur noch liebenswürdiger klingt und einem ächt Kuseler Blut in der Ferne wie das süßeste Heimathslied in die Ohren tönt, — uns eintreten heißt und in das große Wirthszimmer weis't, mit der entschuldigenden Bemerkung: „E Licht kann ich 'ne nit gewe, weil ich keens habb." Wir waren dem guten gefälligen Mann dankbar genug, daß er uns aus der allzu romantischen, lästige Rheumatismen gewöhnlich verursachenden Situation da draußen erlöst. Wir placiren uns so gut wir können. Dann aber handelt sich's darum, geduldig still zu sitzen, fast wie eine versteinerte Gruppe, und die Kleinen auf dem Schooße festzuhalten, damit sie nicht durch etwaige neugierige Entdeckungsreisen auf dieser terra incognita die noch vom Abend her auf den Tischen aufgepflanzten schlanken Biergläser zum Fallen bringen. In's Unendliche dehnt sich die Stunde aus mit den langen Zwischenräumen zwischen ein Viertel, Halb und drei Viertel, die uns die Thurmuhr schläfrig anzeigt, und wir empfinden im vollen Maße das Gegentheil von dem Schillerischen: „Dem Glücklichen schlägt keine Stunde!" Die einzig Glückliche ist die Kleinste; die Stille und das einförmige Plätschern der Dachtraufe draußen hat sie in süßen Schlummer eingewiegt. Indeß wird auch die langweiligste trübseligste Monotonie durch irgend ein interessantes Intermezzo erträglich gemacht.

(Fortsetzung folgt.)

Miscellen.

* Die „New-Yorker Times" bespricht die Lage der Arbeiter in New-York, welche sich gegen früher sehr gebessert hat. Es sind jetzt weit weniger Handwerker und Arbeiter beschäftigungslos als sonst und namentlich im vorigen Jahre, wo deren Zahl auf 30,000 geschätzt wurde. Die Durchschnittsbezahlung der besseren Handwerker ist 3½—4½ Doll. für 9 und 10 Stunden Arbeit. Am besten beschäftigt sind die Möbel-Schreiner, welche die zahlreichste Arbeiterklasse in der Stadt sein sollen; sie haben Aussicht, den ganzen Winter beschäftigt zu bleiben. Dann kommen etwa 700 Zimmerleute, welche gut beschäftigt sind zu 4½ Doll. den Tag. Die Schiffs-Zimmerleute und andere Schiffs-Arbeiter sind auf 1000 zusammengeschrumpft und von diesen hat sich neuerdings ein Theil nach den Neu-England-Staaten gewendet, um dort zu arbeiten; die Zurückgebliebenen sind an einigen neuen Schiffen genügend beschäftigt. Von den Maurern (Backsteinlegern) arbeitet ein Theil 8 Stunden, ein anderer 10 Stunden, ein Theil gar nicht. Die Gipser sind gut beschäftigt und besser bezahlt als irgend ein anderes Handwerk. Etwa 800 Schlosser haben nicht zu klagen. Haus-Anstreicher, Gas- und Dampfleitungs-Arbeiter und Plumbers (Brunnen- und Pumpenmacher) sind für neue Gebäude sehr gesucht und gut bezahlt. Ungefähr 6000 Maurer-Handlanger werden zu 2½ Doll. per Tag den ganzen Winter beschäftigt sein. Schiffs-Anstreicher erhalten zu 3½ Doll. für 9 Stunden leichte Arbeit. Zuschneider sind mit 20 Doll. per Woche bezahlt. Unter den weniger gut bezahlten Arbeitern befinden sich die Maler, welche es auf nicht mehr als 10 bis 15 Dollars die Woche bringen, und die Schuhmacher (fast ausschließlich Deutsche), welche selbst bei dem größten Fleiße wöchentlich nicht über 12 bis 15 Dollars „machen" können. — Das genannte Blatt führt dann noch große Klage wegen eines Punktes, der auch in Europa vielfach Anlaß zu Beschwerden gibt. Es ist dies die Scheu, welche arbeitsfähiger Frauenzimmer immer mehr gegen Hausarbeit an den Tag legen. Dienstmädchen werden jeden Tag rarer und wenn sich nur ein Theil der jungen Mädchen, welche die Fabrik- und Arbeitssäle umdrängen, wo sie entweder gar keine oder nur schlecht lohnende Arbeit erhalten, der Hausarbeit zuwenden wollten, welche für ihr physisches und moralisches Wohlbefinden weit zuträglicher wäre, so würde man bedeutend weniger Klagen über das harte Loos der Arbeiterinnen hören.

---

* Schöne Gehälter. „Wie kann der Mann leben?" muß man unwillkürlich fragen, wenn in der Zeitung eine Schulgehilfenstelle ausgeschrieben ist mit 250 fl., wobei aber Derjenige, der angestellt zu werden das Glück oder das Unglück hat, auch noch eine gute Note haben muß. Vergleichen wir einmal mit diesem Gehalt, was die Welt Denen zahlt, die sich weit weniger plagen als der Lehrer, dagegen das Glück haben, Künstler zu sein. Die Malibran erhielt für jede Partie, welche sie auf dem Drurylane-Theater in London sang, 150 Pfd. St. Die Grisi bekam für zwei Arien, welche sie in einer Soirée in New-York vortrug, 400 Pfd. St. und für zwei in London gesungene 600 Pfd. St. Lablache erhielt in London für zwei Gastpartien 150 Pfd. St. und für eine der Königin Victoria ertheilte Singstunde 50 Pfd. St. Das zweite Benefiz der Taglioni in St. Petersburg brachte 51,000 Rubel ein, und während der Vorstellung ließ ihr der Kaiser ein künstliches Blumenbouquet überreichen, welches aus Diamanten und Türkisen höchst prachtvoll gearbeitet war. — In Hamburg erhielt die nämliche Künstlerin 3000 Mark für jede Gastvorstellung. Aus dem Kreise der instrumentalen Künstler führe ich Paganini an: er gab Unterricht auf der Geige, welche er sich mit 2000 Franken die Stunde bezahlen ließ. Hummel hinterließ bei seinem Tode 375,000 Franken baar und eine Anzahl kostbarer Geschenke, welche er von allen Höfen Europas erhalten. Unter diesen befanden sich 25 Diamantenringe von hohem Werthe, 34 goldene Tabatieren und 142 kostbare Taschenuhren. Mario und die Alboni sangen in ihrer Glanzzeit nie unter 2000 Franken für den Abend, und Tamberlik empfing für sein hohes C gar 2500 Franken. Herz und Thalberg haben von Einer Reise durch Amerika Jeder mehr als 300,000 Dollars mitgebracht. Jenny Lind hätte mit ihren Einnahmen in Amerika ganz Schweden kaufen können. Die kolossalen Gagen der Lucca, Wachtel's und Niemann's sind bekannt. Bogumil Dawison erhielt von dem Theaterdirector Woltersdorf in Berlin für 30 Gastabende 10,000 Thaler. — Aus Amerika soll er, nach ganz kurzem Aufenthalte, 60,000 Dollars mitgebracht haben. Dem Componisten des „Barbier von Sevilla" offerirte ein speculativer französischer Theaterdirector eine Million Franken, wenn er selber sechs Monate lang in seiner Oper den „Figaro" singen wollte. Rossini lehnte ab.

Mag nun mancher Schulgehilfe kein Künstler sein, so wird er es gewiß aber dann, wenn er mit obgenanntem Gehalte zu leben versteht und dabei nicht vergißt, „das ortsübliche Geläute" zu besorgen, ja in manchen Fällen auch noch die Thurmuhr aufzuziehen.

* Räthsel.

1 und 2.

Viel leichter ist als Bessermachen
Das erste Ganze. Eitler Dunst,
Ein Kind des Neid's, mit hämischem Lachen
Wagt es sich selber an die Kunst.

2 und 1.

Mit einem Buchstab kannst Du schreiben
Des Zweiten eigene Figur.
Soll Dir es nicht ein Räthsel bleiben,
Verwechsle erste Silben nur.

Horch.

Redaction von K. E. Woll, Druck der Jäger'schen Druckerei in Speyer.

Palatina.

Belletristisches Beiblatt zur Pfälzer Zeitung.

Nro. 8. Speyer, Dienstag, den 19. Januar 1869.

* Die Stiefmutter.

Von Prof. J. Walchner.

(Fortsetzung.)

„Merion trat meinem Vater mit ruhigem, aber männlichem Ernste gegenüber und wir waren entschlossen, der Welt und ihren Sorgen mit Muth entgegen zu sehen. Wir liebten einander zu innig, als daß wir den irdischen Besitz als einziges Lebensglück betrachteten. Bald nach meiner Vermählung machte mein Gatte in seinem Berufe von Neuem eine Seereise, die beinahe drei Jahre andauerte, ihm aber zu einer Beförderung verhalf und uns ein besseres Auskommen sicherte. Er ließ mir eine Anweisung zurück, die auf die Hälfte seines Gehaltes als Steuermann lautete, und ich bezog diese Hälfte in der That eine Zeit lang, doch das Unglück verfolgte mich; die Eigenthümer des Schiffes wurden bankerott und ich ward wieder auf meine eigenen Hilfsquellen angewiesen. Die gute alte Frau, bei der ich wohnte und speiste, starb bald nach der Geburt meines Sohnes und seit dieser Zeit hatte ich mit einem harten Schicksal zu kämpfen. Ich bemühte mich, mein Loos so gut als möglich zu ertragen, denn ich hoffte immer, daß mir noch bessere Tage vorbehalten seien. Ich erhielt von meinem Gatten vor etwa vier Monaten einen Brief, worin er die Erwartung aussprach, daß er in längstens sechs oder acht Monaten wieder zu Hause sein werde, doch kennt er meine Lage nicht, denn in Folge seiner langen Seereise war ich unfähig, mit ihm in brieflichem Verkehr zu bleiben. Er ist nun schon seit zwei Jahren abwesend, und mit des Himmels Segen lebe ich der Hoffnung, ihn bald wieder zu sehen und aus meiner drückenden Lage befreit zu werden.

„So — lieber Doctor — nun haben Sie eine kleine Erzählung von all' den Vorgängen, die mich in den Zustand versetzten, in welchem Sie mich finden. Ich zweifle nicht, daß Sie vor mir gewarnt wurden, auch wird man Ihnen gesagt haben, daß ich ein niedriges und hinterlistiges Wesen sei. Doch, sowie ich vor dem Anblick des Himmels stehe und der Hoffnung lebe, erlöst zu werden, wahrhaftig! ich sage Ihnen die nackte Wahrheit. Was ich Alles erduldet, was ich anhören und ertragen mußte bis jetzt, davon lassen Sie mich schweigen. Nun, da Sie meine Geschichte angehört, wird Ihr eigenes Herz Ihnen sagen müssen, ob ich wahr gesprochen oder nicht!“

„Ich glaube Ihnen, Madame“, sprach ich gerührt. „Sie sind grausam und niedrig behandelt worden, doch zweifle ich nicht, daß sie einem bessern Loose entgegen gehen werden. Ein solches Benehmen kann nicht lange ungestraft bleiben und es wird die Zeit kommen, in der Sie über Ihre Feinde triumphiren. Ich erkenne deutlich, daß Sie das Opfer einer hinterlistigen Verschwörung geworden sind; wie aber konnte es kommen, daß Ihr Vater so leicht verleitet wurde, einem solchen Gerüchte Glauben zu schenken? Das geht doch über alle meine Begriffe!“

„O, mein Herr“, sprach Madame Merion, „Sie kennen die Ränke jener Frau nicht. Während sie den schwersten Kummer um ihn heuchelte, sann sie auf Täuschung und Verrath. Ihr einziger Gedanke ist Johanna, und der Himmel weiß, hätten sie mich nur in Frieden leben lassen, so würde ihnen das, wonach sie so lange gelüstete, nämlich meines Vaters Vermögen, vielleicht sicher gewesen sein. Nun, Doctor, bitte ich Sie, mich nicht schief darum anzusehen, daß ich Sie mit einer solchen Familienangelegenheit bekannt machte. Ich würde es nicht gethan haben, wenn ich nicht die Ueberzeugung gewonnen hätte, daß Sie gegen mich aufgereizt wurden.“

„Ich bin Ihnen für Ihr Zutrauen sehr verbunden, und versichere Sie meines völligen Bedauerns und meiner Sympathie. Es ist mein lebhaftester Wunsch, Ihnen zu dienen, und vielleicht möchte dies noch in meiner Macht liegen. Nun sagen Sie mir, wer ist dieser Jakob und diese Martha, von deren Zeugniß Sie gesprochen haben?

„Sie sind beide Dienstboten, die meine Stiefmutter in die Familie aufnahm, als sie sich verheirathet hatte. Jakob besitzt eine Frau, die in einem der oberen Theile der Stadt wohnt, und geht jede Nacht nach Hause. Martha lebt in der Familie und ist die specielle Dienerin der Madame Simmons.“

„Sie wissen nicht, wo Jakob jetzt lebt?“

„Nein, ich weiß es nicht.“

„Doch mag der Zufall zu seiner Entdeckung führen. Nun aber, in Betreff des Geldes, das von Ihrem Vater geschickt wurde?“

„Nichts auf der Erde könnte mich veranlassen, es zu berühren. Sie müssen es ihm wieder zurückgeben!“

„Sodann, was den Gehalt Ihres Gatten anbelangt, den halben Gehalt, den er für Sie bestimmte, — wer waren denn die Schiffseigenthümer?"

„Es sind die Herren B. und W. in Waterstreet; wenigstens erhielt ich mein Geld von ihnen."

„Haben Sie die Anweisung für die halbe Summe bei sich?"

„Ja, sie befindet sich in meinem Koffer", und sich erhebend ging sie fort und holte die Papiere.

„Nun kann ich wohl sagen, daß ich Alles ohne Mühe in Ordnung bringen kann und daß Sie Ihre Bezahlung erhalten werden, die man Ihnen schuldet und man Ihnen noch schuldig werden wird. Wollen Sie mir die Anweisung anvertrauen?"

„Sicherlich, Herr Doctor. Ich rechne auf Sie, als meinen Freund", sagte sie freimüthig.

„In der That, das können Sie", war meine Antwort, „und ich hoffe meines Namens würdig zu sein; doch muß ich Sie nun verlassen, werde aber bei Ihnen morgen wieder vorsprechen. Seien Sie unbesorgt um Ihr Kind; es schwebt in keiner Gefahr." Damit nahm ich von ihr Abschied.

Ich hegte den Wunsch, noch viele Fragen an sie zu richten und viel mehr zu vernehmen, als mir gesagt worden; da ich aber keinen bestimmten Gegenstand im Auge hatte, so hielt ich mich zurück. Ich sah ein, daß sie auf das Empörendste mißhandelt worden, doch hatte ich das Bewußtsein, daß ich ihr nützlich werden könnte. Dieser Gedanke ließ mich frohen Herzens von ihr Abschied nehmen.

Meine erste Sorge war nun, in das Geschäftslokal der Herren B. und W. zu gehen, woselbst ich einen Herrn der Firma traf, der zurückgeblieben war, um die alten Rechnungen zu bereinigen, und von ihm erhielt ich die Auskunft, daß Madame Merton den rückständigen Gehalt, den man ihrem Gatten schuldig war, reclamiren könne. Ich begab mich hierauf sogleich zu einer der Parteien, die das Geschäft der früheren Schiffseigenthümer übernommen hatten, mit denen ich abmachte, daß Frau Merton regelmäßig den Gehalt in Empfang nehmen solle; nachdem ich meine Autorität in Betreff der Empfangnahme nachgewiesen, wurde mir der schuldige Betrag für sie eingehändigt.

Madame Merton machte auf mich einen günstigen Eindruck und ich interessirte mich sehr für ihr Wohlergehen, denn ich war völlig überzeugt, daß sie das Opfer einer boshaften Intrigue geworden. Ich sah wohl ein, daß eine Person, die so listig war, solche Pläne zu entwerfen, schlau genug sei, sich gegen alle möglichen Folgen zu schützen.

Es war bereits dunkel, als ich mich nach meinem Bureau begab, denn ich hatte noch viele Besuche zu machen, nachdem ich Madame Merton gesehen. Als ich eintrat, war die erste Person, die ich sah, Herr Simmons, der da saß, sein Haupt auf den Tisch gelehnt und dasselbe mit seinen Händen verhüllend.

„Herr Doctor", sprach er, sich erhebend, „es freut mich, Sie zu sehen; ich wartete lange auf Sie!"

„Das thut mir leid", erwiderte ich, denn ich war überrascht, zu bemerken, daß er so viele Besorgniß ausdrückte; ich fragte zugleich, wie lange er schon hier sei.

„O, ungefähr eine Stunde", sprach er, „doch das ist nicht von Bedeutung; haben Sie sie gesehen?" und er zögerte, weiter zu reden, als ob er besorgte, ihren Namen aussprechen zu müssen.

„Ja, ich habe sie besucht."

„Und händigten Sie ihr das Geld ein?"

„Sie weigerte sich, einen Cent davon zu nehmen. Sie schien vielmehr sich verletzt zu fühlen, daß ich von ihrem Namen Gebrauch gemacht hatte, und wie sehr ich auch in sie drang, wollte sie Ihre großmüthige Gabe doch nicht nehmen."

„Was sagte sie denn, Doctor?"

„Sie bemerkte einfach, daß sie nicht so arm sei, wie viele Andere und daß die ihr zugedachte Summe sehr Viele vor dringender Noth bewahren könne, während sie gesund sei und kräftig genug, etwas zu verdienen."

„Ist sie denn nicht arm, Doctor?" fragte er mit liebreichem Ernst, welcher den Vater ankündigte.

„O nein, ich habe Anstalten getroffen, daß sie die Hälfte des Gehaltes ihres Gatten erhält, und ich habe in meiner Tasche einige siebzig Dollars des noch rückständigen Gehaltes, den sie nicht bekommen konnte, weil die ersten Schiffseigenthümer seit der Abreise des Schiffes bankrottirten; in Folge dessen wußte sie nicht, wie sie zu ihrem Gelde gelangen sollte.

„Doctor", sprach Herr Simmons, nachdem er mir einen ernsten, durchforschenden Blick zugeworfen, „Sie haben meine T— Madame Merton nun zwei- bis dreimal gesehen. . . ."

„Ich sah sie blos zweimal", unterbrach ich.

„Und wie denken Sie von ihr?"

„Soll ich offen sprechen, mein Herr?" fragte ich, herzlich über diese plötzliche Wendung der Dinge erfreut.

„Gewiß!"

„Dann sage ich Ihnen, daß sie meiner Meinung nach unschuldig ist, daß Sie und Ihr Kind die Opfer von —"

„Halten Sie ein! —„ halten Sie ein! — ich kann das nicht hören. Meine Frau ist treu, tugendhaft, ergeben und liebevoll und so entfernt von jedem Hang zu Ränken, als der Himmel von der Erde ist. Sie machen sich mein Zutrauen durch den Gebrauch einer solchen Sprache zu Nutze, Doctor!"

Da ich sah, daß Herr Simmons in sehr ernster Stimmung war und Alles glaubte, was er sagte, so verneigte ich mich blos in Anerkennung seines Rechtes, mir einen Vorwurf zu machen und beobachtete Stillschweigen.

„Wir wollen den Gegenstand nicht verfolgen, mein Herr", sprach er etwas kaltblütig. „Ich bin Ihnen verbunden für Ihre Aufmerksamkeit auf meine Bitte und kann nur das Fehlschlagen Ihrer Mission bedauern. Es freut mich indessen, zu vernehmen, daß sie keinen Mangel hat."

„Das hat sie nicht, so lange ich es verhüten kann, Herr Simmons", sagte ich entschlossen und er blickte mich dabei forschend an, doch erwiderte ich nichts mehr.

„Nun Doctor, ich kann nur wiederholen, daß ich Ihnen für Ihre Aufmerksamkeit, die Sie meinen Wünschen schenkten, sehr verbunden bin. Ich hoffe, Sie bald wieder in unserem Hause zu sehen.“

„Mit dem größten Vergnügen“, sagte ich. Herr Simmons nahm Abschied von mir.

(Fortsetzung folgt.)

* Alt und neu.

(Fortsetzung.)

Da die Jungen mit dem „Knuspern“ an einem harten Weck sich die Zeit vertrieben, lud sich unter obligatem Spinnen und Schnurren ein Kätzchen, dessen liebenswürdige Anwesenheit uns die Dunkelheit verborgen hatte, zu Gast ein, und es war jedenfalls in unserer Lage eine erfrischende Unterhaltung, die zudringlichen Zärtlichkeiten und von allen Seiten versuchten Ueberfälle des Thierchens abzuweisen. Darüber nahte denn der ersehnte Augenblick, wo der dritte Akt unseres etwas tragischen Lustspiels beginnen sollte. Ein trübes Licht beleuchtete die Schlußscene des zweiten. Auch Zuschauer hatten sich eingefunden, reisefertige Frauen, welche ihr Mitleid mit den Kleinen nicht unterdrücken konnten.

Neuer Muth belebte Herz und Glieder, als wir glücklich im „Omnibus“ saßen, obwohl auch hier an jene comfortable Lage, die man sich nach nächtlicher Unruhe und Schlaflosigkeit wünscht, nicht zu denken war. Wir durften noch von Glück sagen, daß wir einigermaßen bequem sitzen konnten. Daß indessen Uebung in allen Dingen den Meister macht, das bewies mein vis à vis, unser guter Conducteur, der mit vorgeneigtem nickenden Haupte so sanft schlief, als läge er im Federbett, und dabei seinem Freunde, einem ihn derb neckenden Vertreter der Sicherheitspolizei mit stoischer Ruhe Antwort gab und uns von Zeit zu Zeit eine Prise bot.

So gings dem Morgengrauen entgegen, indem zu unserer Linken immer heller das Silberband des Glans aufblitzte: alle Fenster der vielen Dörfer waren erleuchtet und bezeugten daß die fleißigen Glanbauern die Wahrheit des Sprichworts beherzigten: „Morgenstund' hat Gold im Mund“: ernst und feierlich tauchte die majestätische Kuppel der einst so herrlichen, jetzt bald verschwundenen Klosterkirche in O. vor dem forschenden Blicke auf; nah und fern mahnten nach einander in verschiedenen Tonarten die Morgenglocken zum Gebet. Bilder vergangener Zeiten, Erinnerungen an ähnliche Morgenfahrten und an die allerschönste, die Morgenfahrt der Kindheit, stiegen vor dem innern halb wachenden, halb träumenden Auge aus dem Nebel der Vergangenheit auf. Auch der schon erwähnte Vertreter der Sicherheitspolizei, der vor Kurzem erst von der Elsässer Grenze bis hierher an die nordwestliche der Pfalz versetzt worden war, rief mit seinen Mittheilungen aus dem Wasgau Erinnerungen wach, die lieblich wie Morgenlicht auf den Bergen, sanft erregend wie geheimnißvolle Sagen und stärkend wie Wälderduft auf mein Gemüth wirkten.

Aber ein derber Stoß, dem ein wetternder Ruf der gerechten Entrüstung über das schlechte Pflaster aus dem Munde des Conducteurs blitzschnell folgte, schüttelte mich in dem Dorfe S.-J. aus den süßen Träumen wach — und auf dieselbe liebenswürdige Weise kennzeichnete sich die ganze Ortstraverse. In der That hörte die Gemüthlichkeit auf, um einer aufregenden Entrüstung Platz zu machen und den Zorn anständiger Leute zu entflammen, wenn an Distrikts- oder gar Staatsstraßen liegende Gemeinden, die sich der Wohlthat einer regelmäßigen Postverbindung erfreuen, nicht einmal für eine ordentliche Ortsstraße sorgen. Wir wurden jedoch bald für die Erschütterung entschädigt. Im bleichen Morgenschimmer enthüllte sich eine wunderschöne Scenerie: rechts die jäh in's Thal fallenden, zum Theil bewaldeten Wände der Steinalp, des schönsten Theiles des Winterhauchs, im Halbkreis das Thal mit dem ihnen parallel fließenden Glan umrahmend und links den „Flurberg“ mit der alten Flurkapelle, die sich von dem dort wolkenlosen Himmel scharf abhob. Dazu steigt, indem der Postwagen zwischen beiden hindurch über den Hügel rollt, unter Geschützesdonner und Schwerterklirren hoch zu Roß eine vaterländische Heldengestalt vor uns auf, der Rheingraf Otto von Grumbach, der im dreißigjährigen Kriege auf dieser Höhe die flüchtigen Spanier vernichtete. Aber eine Erquickung anderer Art, wornach das durch die Nachtunruhe erschlaffte und durch die weite Fahrt fast gerädert Nervensystem lechzt, verheißt der Moccaduft, der dem Ulmeter Wirthshause entströmt, vor dessen Thür wir halten.

Nachdem wir in aller Eile eine solche Herzstärkung zu uns genommen und das stattliche Glandorf hinter uns haben, schauen wir mit hellerem Auge nach dem nahen Ziele, dem Bahnhofe bei Altenglan aus und erfreuen uns inzwischen an dem schönen, bilderreichen Thale, das sich allmälig mit den herrlichen Viehherden und hütenden Kindern belebt, an der links durch gewaltige Eruptionen jäh aufgethürmten, oben wie durch furchtbare Orkane scharf abgeschnittenen graubraunen, verwitterten Felsenwand und endlich an dem hoch in die zerrissenen Nebelschleier hineinragenden Haupte des Potzberges, das grüßend in's Thal herniederschaut. Noch „ein kleiner Stich“ — und auf nimmt uns das stattlichste und freundlichste der oberen Glandörfer, Altenglan (alba Glenna), das, fast an den Bergabhang gelehnt, mit der freundlichen Kirche gekrönt und von dem weiten prachtvollen Wiesengrund umlacht, eine Idylle darstellt, die von keiner in der ganzen Pfalz übertroffen wird. Ohne Zweifel hatten schon die Römer, deren Dasein unter vielen Anderem schon der Name bezeugt, dies schöne Stückchen Erde zu würdigen gewußt, und gewiß hatte auch der heilige Remigius, wenn er je von dem fernen Rheims, seinem Erzstifte aus, seine Dörfer Cosla und Gleni im „Wasgau“ oder Westrich, oder vastum regnum, welche ihm sein dankbarer Täufling, der Frankenkönig Chlodwig, nebst ihrer nächsten und weitern

Umgebung geschenkt hatte, — besuchte, seine Herzensfreude an dem Reinigungsstande gehabt.

(Fortsetzung folgt.)

Russisches.

* Der Kaiser von Rußland gilt als gebildeter und verständiger Mann, der bei seinem Regierungsantritt durch manche Maßregeln gegen veraltete, stockrussische Anschauungen anfangs eine neue bessere Aera für das Czarenreich zu begründen schien; so ist ihm z. B. die Aufhebung der Leibeigenschaft der Bauern bei allen civilisirten Völkern sehr hoch angerechnet worden. Seitdem er aber seine Regierung gegen das unglückliche Polen in wirklich diabolischer Weise wüthen läßt, seitdem er durch eiserne Gewalt Sprache, Sitte und Religion des armen Volkes mit unerhörter Tyrannei von Grund aus zu vertilgen sucht, hat er die Hoffnungen, die alle Culturvölker auf ihn setzten, vollständig zu Nichte gemacht. Leider haben die sogenannten liberalen Blätter im übrigen Europa wenig Muße, um die himmelschreienden Bedrückungen des Moskowiterthums in's rechte Licht zu setzen; es darf schon deswegen nicht geschehen, weil die preußische Politik mit dem Russenreich gute Nachbarschaft zu halten gezwungen ist, woher es auch kommt, daß nicht nur die Klagen der katholischen Polen sondern auch die der armen Protestanten in den Ostseeprovinzen ungehört verhallen. In jüngster Zeit aber wurde durch einen russischen Ukas der vielgepriesenen europäischen Bildung auf eine Weise in's Gesicht geschlagen, daß doch die Presse aller Nationen mit Entrüstung ihre Stimme dagegen erheben sollte, wir meinen die am 1. Januar d. J. erfolgte Abschaffung der gregorianischen Zeitrechnung in allen polnischen Provinzen. Alle Jahrestage, Festzeiten, Termine, Dienstcontracte, ja überhaupt alle geschäftlichen Verträge sind jetzt im Datum um 12 Tage verschoben, was natürlich unabsehbare Verwicklungen in allen Verhältnissen zur Folge haben muß. Anstatt die veraltete Zeitrechnung Rußlands, welche mit der Natur, mit der Wissenschaft und mit der richtigen Erkenntniß des civilisirten Europa's im Widerspruch steht, abzuschaffen, hat die russische Regierung per Ukas in den polnischen Ländern jetzt die julianische Zeitrechnung eingeführt und somit anstatt eines gebieterischen Fortschritts einen gewaltsamen Rückschritt in die Unwissenheit alter Jahrhunderte gethan.

Das Sonnenjahr nämlich, oder richtiger, die Zeit eines vollen Umlaufes der Erde um die Sonne, beträgt nicht 365 Tage und 6 Stunden, wie es Julius Cäsar, der Gründer des julianischen Kalenders angenommen, sondern das wahre Sonnenjahr ist um circa 11 Minuten 15 Sekunden kürzer. Dieser Fehler des julianischen Jahres sammelt sich in einem Zeitraume von 128 Jahren schon auf einen ganzen Tag und führt den Uebelstand herbei, daß die Zeitrechnung von der astronomischen Beobachtung im Lauf vieler Jahrhunderte immer mehr und mehr abweicht. Eine richtigere, wenn auch nicht exacte Einsicht in diesen Fehler hatte man bereits vor 1500 Jahren. Die Christen hatten die römische Zeitrechnung Cäsar's angenommen; aber als im Jahre 325 nach Christi Geburt die nicäische Kirchenversammlung stattfand, konnte man es in diesem Kreise nicht unbeachtet lassen, daß man gar zu sehr in der Zeitrechnung vom wahren Jahre abweiche, weshalb man zur Herbeiführung einer Uebereinstimmung beschloß, drei Tage aus dem laufenden Kalenderjahr zu streichen und somit die angesammelten Fehler, wenn auch nicht gründlich, doch factisch zu verbessern. Nach dieser einmaligen Correctur, die zwar für den Augenblick ein richtigeres Verhältniß herstellte, aber für die Folge doch den alten Fehler fortbestehen ließ, vergingen tausend Jahre, bis er wieder zu sehr anwuchs. Im Jahre 1582 war die Abweichung der wahren Jahreslänge von der bürgerlich-kirchlichen Zeitrechnung wiederum auf 10 Tage gestiegen. Da beschloß der Papst Gregor XIII auf dem Tridentiner Concil eine gründlichere Correctur des Kalenders. Es wurden wiederum 10 Tage aus dem damaligen Kalenderjahre gestrichen, so daß man nach dem 4. Oktober 1582 sofort den 15. Oktober zu zählen anfing. Um aber für die Folgezeit nicht diesen Fehler anwachsen zu lassen, wurde beschlossen, daß jedes volle Jahr nur dann als ein Schaltjahr von 366 Tagen gezählt werden solle, wenn die ganzen Jahrhunderte durch die Zahl 4 theilbar sind. Nach dieser gregorianischen Zeitrechnung ward denn auch das Jahr 1600 als Schaltjahr gezählt, während die Jahre 1700, 1800 und 1900 keine Schaltjahre sind und erst das Jahr 2000 wieder als Schaltjahr gerechnet werden wird. Der Fehler der Zeitrechnung ist dadurch so wesentlich gemindert, daß derselbe erst nach 3900 Jahren einen vollen Tag betragen wird. In den protestantischen Ländern sträubte man aus Abneigung gegen Rom zwar lange, diese Verbesserung anzunehmen, bis endlich die protestantischen Stände Deutschlands im Jahre 1700 der Wahrheit die Ehre gaben und beschlossen, die Verbesserung einzuführen; man strich deshalb volle elf Tage aus dem Kalender dieses Jahres, so daß man nach dem 18. Februar sogleich den 1. März folgen ließ. In Dänemark, in Holland und der Schweiz folgte man dem guten Beispiele sofort im nächsten Jahre. Im conservativen England behielt man den Irrthum noch ein halbes Jahrhundert bei und nahm erst im Jahre 1752 die Verbesserung an, wo man sofort nach dem 2. September den 14. September folgen ließ. Auch Schweden blieb nun nicht mehr zurück. Man nahm den gregorianischen Kalender für die Folge an, und um den bisher angesammelten Irrthum auszugleichen, wurde im Jahre 1753 in Schweden sofort nach dem 17. Februar der 1. März gezählt. So sehen wir denn, wie selbst in protestantischen Ländern, wo man dem tridentinischen Concil nicht zugeneigt sein konnte, der Sieg der Wahrheit nach längerem Widerstreben sich vollzog. Länger als ein Jahrhundert hat nunmehr die ganze civilisirte Welt die bessere Zeitrechnung angenommen. Nur der Hochmuth des byzantinischen Cäsaro-Papismus verweigerte die Annahme und Rußland, der Hort dieses verknöcherten Systems, hat seinen Irrthum bisher mit Hartnäckigkeit so fest gehalten, daß derselbe immer weiter anwuchs, und nunmehr schon auf 12 Tage gestiegen ist. In allen katholischen Ländern, und zu diesen gehörte auch Polen, nahm man natürlich die Beschlüsse des tridentinischen Concils noch im sechzehnten Jahrhundert an. In Polen sind demnach an dreihundert Jahre vergangen unter der verbesserten Zeitrechnung. Nur dem neunzehnten Jahrhundert ist die Schmach vorbehalten, daß ein Gewaltstreich diesen dreihundert Jahre alten Fortschritt aus der Welt schafft und ein unglückliches Volk zwingt, in das aller Wissenschaft Hohn sprechende System zurückzukehren!

Miscellen.

* In Amerika gibt es allerhand Champions, im Laufen, im Preisfechten, im Schlittschuhlaufen, im Schwimmen, Bootfahren und was sonst noch für Sporte sind, an denen müssige Leute Gefallen finden. Jetzt hat sich auch ein Champion-Esser oder vielmehr Fresser aufgethan, welcher kühn seine Landsleute zum Wettkampf in der edlen Kunst der Selbsterhaltung einladet. Johan Plund heißt der Edle, welcher vor Kurzem in eine Restauration in Hudson, im Staate New-York trat und sich erbot, Alles aufzuessen, was man für ihn bezahlen wollte. Der Pakt wurde eingegangen und Johan verschlang 10 Apfelkuchen, 6 Weizenpfannenkuchen, 1 Pfund Crackers, 6 Pints Peanuts, 30 gebackene Clams, eine Unze Candy, 2 Schüsseln voll Clamsuppe und 4 Citronen. Hierauf trank er sechs Glas Wasser und bestellte 100 rohe Austern, worüber jedoch den Bezahlenden die Lust ausging. Da Niemand mehr an Johan's Freßcapacität zweifelte und sein Geld an die Fortsetzung des Experiments wagen wollte, entfernte er sich zürnend, weil man seinem Ehrgeize keine „Nahrung" gegeben habe.

* Räthsel.

Das Erste ein Buchstab' und auch ein Wort,
Das Zweite zieht mächtig den Wanderer fort;
Das Ganze ist Dir nah' verwandt,
Doch wälsch spricht man's meistens hier zu Land.

B.

Auflösung des Räthsels in Nr. 4 der Palatina:
Per Sie R. — Persien.

Redaction von K. L. Boll, Druck der Jäger'schen Druckerei in Speyer.

Palatina.

Belletristisches Beiblatt zur Pfälzer Zeitung.

Nro. 9. Speyer, Donnerstag, den 21. Januar 1869.

* Die Stiefmutter.

Von Prof. A. Walchner.

(Fortsetzung.)

Ich setzte meine Besuche bei Madame Merton fort und ward von ihr immer mit der Offenherzigkeit einer vertrauten Freundin aufgenommen, während ich, je öfter ich sie sah, desto mehr von dem kränkenden Unrecht, das man ihr angethan, überzeugt wurde. Ich ging nicht mehr zu Herrn Simmons, denn es war mein Plan, ihn zu nöthigen, mich rufen zu lassen, und dies gelang mir so weit, daß ich eines Nachmittags von Madame Simmons eine Einladung zum Thee erhielt.

Ich nahm die Einladung an und begab mich in's Haus, wo ich bei der Familie einen Herrn fand, den ich nie zuvor gesehen und den man mir als Herrn Barton, einen Vetter der Madame Simmons, bezeichnete. Es war ein großer, schon aussehender Mann von sehr feinen Manieren, und zugleich einer der angenehmsten Männer, mit denen ich je zusammen kam. Mit Madame Simmons und Johanna stand er auf dem freundlichsten Fuße, was jedoch nur durch seine nahe Verwandtschaft bedingt zu sein schien, auch mit Herrn Simmons war er im bestmöglichen Einvernehmen und es hatte den Anschein, als ob er ganz des Herrn Herz und Zutrauen gewonnen habe.

Ich wurde von Allen mit großer Herzlichkeit aufgenommen und fühlte mich vollkommen behaglich, ungeachtet der unseligen Aeußerung bei Gelegenheit meines letzten Besuches.

Herr Barton schenkte mir viele Aufmerksamkeit und benahm sich sehr zutraulich gegen mich; auch Fräulein Johanna war freundlicher als sonst. Nach dem Thee verließen die Herren Simmons und Barton, sich geschäftshalber entschuldigend, das Haus und ich blieb nun allein bei den Damen zurück. Da kam mir plötzlich der Gedanke, daß dieses ein vorher verabredeter Plan der Madame Simmons sein möchte, und ich beschloß auf meiner Hut zu sein um zu sehen und zu hören, jedoch Stillschweigen zu beobachten.

Eine Stunde war bereits sehr angenehm verstrichen bei Plaudern und Musik, als Fräulein Johanna von einer ihrer Dienerinnen abgerufen wurde. Ich war mit Madame Simmons allein.

Nach wenigen Augenblicken bestätigte sich all' mein Verdacht, als sie ihren Stuhl mir näher rückte und mich leise fragte: „Haben Sie neulich Madame Merton gesehen, Doctor?“

Da ich auf die Frage vollkommen vorbereitet war, wurde ich nicht verlegen, sondern erwiderte ganz offen: „Ja, ich besuche sie fast täglich ihres Kindes wegen.“

„Haben Sie Gelegenheit gehabt, über das nachzudenken, was ich Ihnen sagte, Doctor?“

„Sehr oft, Madame, und ich bin Ihnen wirklich dankbar für das Zutrauen, das sie mir erwiesen haben.“

„Halten Sie sie nicht für eine sonderbare Frau, die geneigt ist, zu trügen?“

„Ich muß gestehen, daß ich mich sehr in ihr getäuscht habe.“

„Ich wußte, es konnte nicht anders sein“, sprach sie etwas eifrig, „als Sie kamen mehr von ihr zu erfahren. Sie ist eine ränkesüchtige Frau, und es freut mich, daß ich es in meiner Macht hatte, Ihnen die Augen zu öffnen und Sie vor Betrug zu bewahren.“

Ich traute mir nicht zu, hierauf eine Antwort geben zu können, daher nickte ich blos zustimmend, denn mit meinen Lippen hätte ich nichts erwidern können.

„Aber, Doctor“, fuhr sie mit großem Ernste fort, „ich habe Ihnen etwas zu sagen, was Sie überraschen wird. Sie werden es kaum für glaublich finden, daß sie sich schon damit brüstete, Einfluß auf Sie zu besitzen. Denn ich weiß, daß sie Ihnen die Geschichte von den Gründen erzählte, welche sie von ihrer Familie trennte.“

Ich glaubte nicht, daß sie ein Wort von Madame Merton hörte, doch meine Schamröthe hatte die Wahrheit verrathen und ich war offenbar in ihrer Macht.

„Ja, Doctor“, fuhr sie fort, „sie brüstet sich noch damit, daß ihr Einfluß auf Sie sogar unbegrenzt wäre — und daß Sie Alles für sie thun würden. Nun, Doctor, was halten Sie davon?“

„Ich muß bekennen, daß ich mich selbst getäuscht habe“, das war Alles, was ich sagen konnte.

„Das kann wohl sein, aber ich will Ihnen nicht erzählen, was sie von mir sagte. — Der Himmel weiß, wie treu ich sie liebte und sie gegen die Folgen ihres Leichtsinns geschützt haben würde. Allein sie wollte das nicht, und ich weiß, daß sie mir alle Schande aufbürdet. Ist sie arm?

„O nein, keineswegs — jetzt nicht; — wenigstens habe ich Vorbereitungen getroffen, daß sie wieder die Hälfte des Gehaltes ihres Gatten erhält und es ist ihr bereits eine bedeutende Summe zugefallen.“

„In der That, Doctor, Sie machten einen guten Gebrauch von Ihrer Freundschaft.“

„O nein, Madame, ich versichere Sie, ich bin blos von den Beweggründen der Humanität geleitet worden.“

Wenige Minuten waren während unserer Unterhaltung verstrichen, als die Rückkehr von Fräulein Johanna uns unterbrach.

Zwei oder drei Tage hierauf erhielt ich einen anonymen Brief, in dem ich aufmerksam gemacht wurde, daß meine Besuche bei Madame Merton genau bewacht würden und daß ich besser thäte, auf meiner Hut zu sein, ehe mein Charakter Noth leide.

Ohne positiv überzeugt zu sein, hielt ich diesen Brief für ein Machwerk der Madame Simmons und behandelte die Sache mit Verachtung, enthielt mich jedoch vorsichtig jeder Erwähnung davon bei Madame Merton.

Die Dinge gingen nun drei bis vier Wochen ruhig von statten, während welcher Zeit ich gelegentlich Besuch im Hause Simmons machte, wo ich wieder mit Herrn Barton zusammentraf. Dieser galt fast wie ein Bewohner des Hauses, denn er war beständiger Gast und schien mit Madame Simmons und ihrer Tochter auf dem vertrautesten Fuße zu stehen.

Eines Tages ging ich auf die Einladung eines Arztes, der einer meiner Freunde war, in den obern Stadttheil, um einen seiner Patienten zu besuchen, dessen Krankheit er für so außergewöhnlich hielt, daß er sich mit meiner Beihilfe einverstanden erklärte. Ich muß gestehen, daß ich freudig überrascht war, als ich fand, daß der Patient Niemand anderes gewesen, als Jakob, der Diener der Madame Simmons und zugleich einer der Zeugen gegen meine unglückliche Freundin, Madame Merton.

Er schien erfreut zu sein, mich zu sehen und als ich ihn fragte, warum er nicht zuerst nach mir, dem Hausarzt, geschickt habe, erwiderte er ohne Bedenken, daß nicht er, sondern Madame Simmons Herrn Dr. D., meinen Freund, habe rufen lassen. Dieses führte mich sogleich auf ein anderes Geheimniß und ich zweifelte nicht, daß sie fürchtete, ich möchte von Jakob etwas hören, was sie geheim zu halten wünschen mußte.

Mein Plan war bald entworfen. Ich rief Doctor D. bei Seite und machte ihn kurz mit meiner Absicht bekannt, welchem Vorgehen er sogleich zustimmte. Ich kehrte nun zu dem Patienten zurück, der uns mit besonderem Eifer beobachtet hatte, und sagte ihm, daß seine Krankheit von äußerst ernsthaftem Charakter sei, weßhalb die größte Sorgfalt nöthig wäre, wenn seine Gesundheit wieder hergestellt werden solle; ich fügte zugleich bei, daß ich gern bereit sei, dem Doctor D. zu assistiren, unter der Bedingung, daß hiervon Madame Simmons nichts mitgetheilt würde.

Sowohl Jakob und seine Frau versprachen meinem Wunsche zu willfahren. Ich verschrieb jetzt eine einfache Medizin, fest überzeugt, daß die Furcht, die mein Patient haben mochte, eine rasche Genesung hemmen würde; alsdann verabschiedeten wir uns Beide. Auf dem Wege nach dem untern Stadttheile erzählte ich Doctor D. in Kürze die Thatsache, daß Jakob ein wichtiges Geheimniß wisse, welches des Charakters und Friedens einer unschuldigen Person wegen absolut entdeckt werden müsse. Als ich zugleich verbürgte, daß ich seinen Patienten hierdurch nicht beeinträchtigen würde, stimmte er mir völlig bei und gestattete mir, in der Sache ungestört meinen Weg zu gehen und Maßregeln hierzu zu treffen.

Da ich gerade zu dieser Zeit keinen Besuch zu machen hatte, nahm ich Dr. D.'s Einladung in sein Haus an, dem wir uns nun bereits genähert hatten. Ich blieb bei meinem Freunde zu Tische. Seine Frau war ausgegangen und wir waren uns selbst überlassen. Nur zuweilen war seine Köchin, eine Kreolin, anwesend, die ein- und ausging während wir speisten.

„Nun“, sagte mein Freund, „erzählen Sie mir mehr über Ihr Geheimniß; der Zufall mag mich vielleicht in Stand setzen, Ihnen behilflich zu sein. Selbstverständlich stelle ich diese Frage nur unter dem Siegel der strengsten Verschwiegenheit!“

(Fortsetzung folgt.)

* Alt und neu.

(Fortsetzung und Schluß.)

Doch aus solchen Betrachtungen weckt uns der sentimentale, ja jammervolle Ton des Posthorns; angesichts des Eisenbahnhofes mitten im alten, bis jetzt vom modernen Dampfe noch wenig entweihten, ziemlich verborgenen Remigiusland, klang mir diese uralte Posthornmelodie noch viel elegischer, wie das Stöhnen eines Sterbenden, des sterbenden Alten. Bald brauste der Zug vom Fuße des Poßberges her, um uns in das Kuselthal, dieses in der Anschauung eines Vorderpfälzers am Ende der civilisirten Welt gelegenen Winterhauchthales, eilig genug und doch nicht zu eilig hineinzutragen, damit wir in angenehmer Vermittelung das Alte und Neue genießen konnten. Durch einen Tunnel des „Rammelsbacher Kopfes“ (Remigiusberger Kopfes) hindurch sind wir plötzlich aus dem schönen breiten Thalkessel des Glans in eine wildromantische Schlucht versetzt, in hartes Dioritgestein eingezwängt, das rechts über dem freundlichen, schön gewundenen Sträßchen als senkrechte, von Menschenhand durchbrochene Wand starrt, und links meist in Gestalt von Gerölle und Blöcken den steilen Hang des waldigen Kopfes bedeckt. Da dieses harte Gestein, wie bekannt, eines der Hauptprodukte dieser Bahnstrecke — wenigstens vor der Hand — bildet, so liegt es, zu Pflastersteinen gehauen, in schön geschichteten Haufen, expeditbereit. Der manchmal wilde Gebirgsbach wurde ge-

gezwungen, neben der modernen Culturstraße sich eines anständigen Laufes zu befleißigen. Aber bei allen Neuerungen ist das Thälchen noch grotesk genug, um ein hübsches Stückchen alter Naturromantik darzustellen. Welche Ueberraschung steht daher dem naturfreundlichen aber auch von allen Vorurtheilen beherrschten Reisenden bevor! Trägt dieses Thälchen nicht ganz das Gepräge des wilden verrufenen Winterhauchs? rechtfertigt es nicht die altgewohnte Meinung, daß Kusel, dies entlegene Grenzstädtchen, in einer halben unwirthbaren Wildniß ein trauriges Dasein friste? Was muß das für ein Thal sein, das 1000 Schritte von seiner Mündung noch so winterhauchmäßig rauh aussieht? — Da — doch — wie auf einen Zauberschlag wechselt die Scene!

Eine wunderschöne, sanfte, freundliche Idylle, in welche das Alte wie aus fernen Zeiten Duft, aber an das ewig Neue mahnend, herüberschaut, glänzt im verklärenden Morgenschein vor dem erstaunten Blicke des Fremden und in immer neuer Schönheit vor dem offenen Auge des Einheimischen! Friedlich, malerisch an den Fuß des Berges sich schmiegend wie ein harmloses Kind an des Vaters Knie, liegt das Dörfchen „Remmelsbach" (Remigiusbach) vor uns, gerade vor dem Thore der Schlucht; aber noch mächtiger zieht unsere Blicke auf sich das breite grüne Wiesenthal, das an lachender Freundlichkeit noch die schönsten Parthieen des Glanthales übertrifft, und die schönen Fluren, die an den sanften Abhängen der waldgekrönten Berge sich hinziehen. Und links — jedoch nur wie im flüchtigen Traume — schaut von der höchsten Kuppe des scharfkantigen Bergrückens, dessen linke niedere Flanke der Remmelsbacher Kopf bildet, über das Remmelsbacher Seitenthälchen her, die Ruine des uralten Benedictinerklosters nebst der St. Michaelsburg und der wohl erhaltenen Kirche, ernst-freundlich herab, eine Gruppe, die im Verein mit dem aus ihrer Mitte emporragenden „hohen Kreuze" an die Vergänglichkeit aller Menschenwerke, aber auch an das ewig Bleibende mahnt — das auch Eisenbahnen und Telegraphen nicht überflüssig machen können.

Doch die Eisenbahn läßt uns nicht viel Zeit zu solchen Betrachtungen — kaum können wir noch im Vorüberflug unser Auge weiden an der wildfreundlichen Schönheit des wie ein Teppich hingebreiteten Thales — so mahnt uns der Pfiff, daß wir am Ziele sind. Doch nein! — ist das Kusel? das alte Remigiusstädtchen, das, obwohl es dreimal aus seiner Asche gestiegen und mit zäher Ausdauer sich erneut, doch immer das Gepräge des Alten, wenn auch nicht Alterthümlichen an sich trug? Man muß sich, auch als alter Kuseler, wirklich eine Weile besinnen, um sich zu orientiren und auszukennen. Welch' eine freundliche, ächt moderne Perspective in die neue Vorstadt hinein! Spurlos verschwunden ist das „Röhrbrunnchen" an dem Röhrbrunnen, das zu jener passte, wie ein Pflästerchen auf ein schönes Gesicht, seinem Besitzer übrigens ein artiges Vermögen einbrachte. Uebrigens wollte der arme blinde Geiger, der in demselben seine Wohnung hatte, auch nicht länger in seiner alten Gestalt sich produciren, sondern an der Seite einer treuen Lebensgefährtin, um besser mit der Zeit fortzuschreiten. Ein providentieller Gedanke des Kuseler Presbyteriums war es jedenfalls vor mehreren Jahren, von dem die Stadt überragenden Thurme der protestantischen Kirche die zweideutige Ornamentik, die weder in der alten noch in der neuen Architektur, wohl aber in einem bekannten Thiere ihre Analogie hatte und also jedenfalls eine geniale Erfindung war, zu entfernen und dieselbe mit einem himmelaufstrebenden kreuzgekrönten Helme zu vertauschen, wie es schon einfach die Pietät gegen das alte ehrwürdige Wappen der Stadt mit dem Hirtenstabe forderte. So ist denn der stattliche Thurm eine Zierde der neuen Zeit, die er prophetisch verkündete, und eine Mahnung an das Alte, das ewig neu.

Auch im Innern des Städtchens sind die Siegeszeichen des Geistes der Neuzeit allenthalben in die Augen fallend und man merkt, daß die alte rühmliche industrielle Strebsamkeit der Kuseler nicht gesonnen ist, sich von den Nachbarstädten überflügeln zu lassen, sondern die offene Eisenstraße auf den Weltmarkt hinaus, die sie so heiß ersehnt aber auch verdient, mit Klugheit und ausdauerndem Fleiße zu benützen verstehen wird. Denkt nur nicht so gering von Kusel, ihr, die ihr das Project schon belächelnd, die Rentabilität dieser Bahn für unmöglich erklärt. Abgesehen von dem unermeßlichen Reichthum der Umgegend an den vortrefflichen Pflastersteinen, haben sich gleich im Anfang die Lagerräume des Kuseler Bahnhofs als unzulänglich bewiesen und wenn, was bei der starken Verkehrsströmung aus dem Preußischen heraus und in dasselbe hinein keinem Zweifel unterliegt, die Kuseler Bahn bis an die Nahebahn oder bis Trier fortgesetzt wird, so darf man diesem alten gewerbfleißigen Städtchen da hinten ein glänzendes Prognostikon stellen, eine Zukunft weissagen, die es reichlich entschädigt für die trübselvolle Vergangenheit. Dann werden — wie wir hoffen dürfen — wie der längst verschwundene „Schlangen-, Glas- und Römerthurm" und der noch erhaltene ehrwürdige „Rothenthurm" — dem Kusel als interessante, bedeutsame Reliquie und malerische Zierde in Ehren halten möge — auf unsägliche Leiden und Drangsale herabsahen, zahlreiche Rauchfänge großartiger Fabriken auf eine neue, auf dem guten Grunde der alten deutschen Bürgertugenden wachsenden Stadt herabschauen.

Möchte sie aber noch lange als ein aufgehobener Finger, ein ernster Zeuge aus längst vergangenen schweren Tagen, die indessen wiederkehren können, der uralte „Rothenthurm" überragen, und dort drüben die alte gewaltige Burgruine Lichtenberg', die Burg der Schirmvögte des hl. Remigiuslandes, der Grafen von Veldenz, und dort drüben die erhabenen Reste des St. Remigiusberges bis in die spätesten Zeiten erinnerungsreiche, bedeutungsvolle Glanzpunkte in dem hellen schönen Rahmen des neuen Kusel bilden!

Th. B.

Miscellen.

Nach einem in Paris eingelaufenen Schreiben der Direction des Seminars für auswärtige Missionen werden seit einigen Jahren die Verfolgungen und Hinrichtungen der Christen in Korea mit immer größerer Grausamkeit fortgesetzt. Nach einem Brief im französischen „Missionsblatt" sind in Korea schon über 2000 Christen aus allen Klassen vom Leben zum Tode gebracht worden, darunter 500 allein in der Hauptstadt; während in den Provinzen die Christen in Verhör genommen werden, erdrosselt man in der Hauptstadt alle Diejenigen, die als ehemalige Christen erkannt werden, ohne Verhör auf der Stelle im Gefängniß; alle Christen sind verjagt und viele der Geächteten kommen elend um, während die Heiden die Verfolgung brauchen, um ihnen Alles, was ihnen etwa noch blieb, wegzunehmen. Ein neues Gesetz befiehlt allen Gemeindebeamten, sich bei den Bezirksbeamten zu melden, sobald sie angekommen sind, um sich auszuweisen, ob sie Christen sind oder nicht. Der König von Korea hat gesagt: „Binnen sechs Jahren will ich diese Religion mit der Wurzel vertilgen." Drei Christen der Hauptstadt sind Apostaten geworden und haben viele ihrer früheren Mitchristen angezeigt. In dem Missionsberichte wird der koreanische Regent auch sonst als habgieriger, verhaßter Tyrann geschildert, der eine werthlose Münze schlagen ließ, welche Zwangscours erhielt, die er aber selbst anzunehmen sich weigerte; mehrere Leute, welche die Annahme der Münze verweigerten, seien hingerichtet worden; sein Bruder, der ihm Vorstellungen machte, mußte entfliehen und sich versteckt halten. Es werden Beispiele von muthiger Bekennerschaft von Christenfamilien angeführt, die den Missionären, die noch auf Korea blieben, eine Zufluchtsstätte boten. Der Versuch der Franzosen, durch eine Schiffsdemonstration dem Tyrannen Schrecken einzuflößen, fiel bekanntlich schlecht aus; die Franzosen zogen vom Kampfe mit blutigen Nasen ab. Die Verhältnisse liegen, wie man sieht, auf Korea ähnlich wie in Anam vor dem letzten Kriege, der zu der Eroberung der Südprovinzen führte, aus denen die Franzosen sich eine einträgliche Besitzung mit der Hauptstadt Saigon geschaffen haben. Der König von Korea ist unumschränkter Gebieter und Herr des ganzen Grundes und Bodens im Reiche; am Pekinger Hofe, dem er jährlich zweimal Geschenke zu schicken hat, steht er in einem ähnlichen Verbande, wie der Vicekönig von Aegypten zur Pforte. Zwischen China und Korea wird, um Grenzstreitigkeiten zu meiden, ein breiter Gürtel Landes gelassen, der nicht bebaut werden darf. Die Hauptstadt Han-tsching, auch Han-jang oder chinesisch King-ki-tao genannt, ist stark bevölkert, mit Mauern nach chinesischer Art umgeben und liegt zwischen Bergen in der Mitte der Halbinsel.

Am Dienstag Nachmittag hat sich auf dem Wege von Aschaffenburg und dem Rückheimer Hof ein sehr trauriges Ereigniß zugetragen. Zwei Metzgerssöhne aus ersterer Stadt kamen mit einem Stück Schlachtvieh aus Großostheim, als ihnen der von Aschaffenburg nach Mosbach zurückkehrende Milchwagen begegnete. Wie es nun heißt, wollte der eine Metzger, Namens Matthäus Schüller, den Führer des Milchwagens wieder zur Umkehr bestimmen, indem er dem Pferde in die Zügel griff und es umzuwenden versuchte. Es sei nun zum Wortwechsel und auch zu Thätlichkeiten gekommen, wobei der Führer des Milchwagens einen Pistolenschuß auf Schüller abfeuerte, der denselben so unglücklich in das rechte Auge traf, daß er sofort bewußtlos zusammenfiel und nach einer Stunde verschied. Der Thäter ist bereits in Haft genommen.

Ein Feuerwehr-Enthusiast. Der Herzog von Sutherland ist unter den reichen jungen Leuten in England einer der angesehensten. Er ist in ganz Europa ob seiner Freigebigkeit und Großmuth bekannt, hat als Sammler die bewunderte Galerie von Bildern, Werken der Malerei und Kunstgegenständen aller Art. Er hat einen großen Park in der Nähe von London, den er nur für die Armen von London bearbeiten läßt. Zu seinen vorzüglichen Erholungen gehören Feuersbrünste. In Staffordhouse, wo er wohnt, wird er durch den Draht jedesmal von einem solchen Unfalle, welcher in London vorkommt, benachrichtigt, und eifrig, wie kein Polizeidiener, ist er zu jeder Stunde des Tages oder der Nacht bereit, mit seinen Löschmaschinen, die vortrefflich sind, und mit seinen Leuten, die eine tüchtige Schule haben, hinauszustürmen und sich an dem Löschen zu betheiligen.

Ein Riesen-Amboß in Wien. In den Floridsdorfer Stahlwerken wurde einer der schwersten Gußeisenblöcke, die überhaupt vorkommen, hergestellt, nämlich der Amboß für den großen Dampfhammer im Gewichte von 2000 Centner. Da solch' schwere Stücke sich kaum transportiren lassen, mußte der Amboß auf demselben Platze gegossen werden, den er beim Gebrauche einzunehmen hat. Der Guß selbst, aus zwei speciell hiezu erbauten Oefen, betrieben durch Locomobile, dauerte zwölf Stunden und fand ohne Störung statt. Einen Begriff von der Größe eines derartigen Gegenstandes macht man sich, wenn man bedenkt, daß die Abkühlung desselben mehr als acht Wochen beansprucht und man nach Ablauf eines Monats noch bequem seine Cigarre daran anzünden könne. (?) Während der Nacht bot der Betrieb der Gießerei und die dadurch beleuchteten äußeren Umrisse der gewaltigen Werkanlagen einen prächtigen Anblick, weshalb sich auch eine große Zuschauermenge eingefunden hatte.

Das Project in der Nähe des Tower in London, woselbst sich eine Brücke nur unter großen Schwierigkeiten und bedeutenden Geldopfern herstellen ließe, die beiden Themseufer durch einen unterirdischen Tunnel zu verbinden, ist in das erste Stadium seiner Verwirklichung getreten und wird — den bisherigen Aussichten nach zu urtheilen — in der kürzesten Zeit (6 Monate) vollendet sein. Die Bohrungen unter der Themse haben begonnen und zwar werden sie auf eine neue, höchst einfache Art betrieben. Die Maschine arbeitet in der Art wie ein Holzbohrer; so wie sie vorrückt, wird das überflüssige Erdreich nach hinten zurückgeworfen und weggeschafft. An dem Bohrer ist ein Stück Tunnel befestigt, und in dem Grade, wie die Bohrung fortschreitet, werden außen neue Rippen angenietet, bis das jenseitige Ufer erreicht ist. Die Beförderung geht folgendermaßen von statten: Die Passagiere gehen durch ein Drehkreuz und nehmen ihre Sitze in einem geräumigen, ganz aus Stahlplatten gefertigten Omnibus, welcher vermittelst einer hydraulischen Maschine in den Tunnel hinabgelassen und von dort auf Stahlschienen in 3½ Minuten nach dem jenseitigen Ufer befördert wird. Dort erfolgt die Auffahrt wiederum vermittelst einer hydraulischen Maschine.

Hamburger Vorsicht. In den Hamburger Bürgerwachen befindet sich eine Verordnung über die Behandlung eines Verunglückten. In derselben heißt es in Betreff der Ertrunkenen: „Die erste Pflicht, wenn Jemand in's Wasser gefallen, ist, ihn wieder herauszuziehen." — Jedenfalls sehr zweckmäßig!

Amerikanische Frühreife. Ein 17jähriger Jüngling aus Connecticut, Ohio, heirathete neulich bei einem Besuche in Pennsylvanien heimlicher Weise ein Mädchen von 13 Jahren. Er geht in die Schule und sie wohnt bei ihren Eltern — und beiden gebührt die Ruthe.

Die „Engl. Corr." berichtet unterm 15.: Das französisch-atlantische Kabel geht seiner Vollendung entgegen; bis gestern Abend waren über 1000 Seemeilen gefertigt, und die erste Abtheilung, 125 Meilen lang, ist bereits in Sheerneß eingetroffen, um im Great Eastern untergebracht zu werden. Im Juni dieses Jahres sollen sämmtliche Arbeiten diesseits des Kanals beendigt sein, und der Great Eastern begibt sich nach Brest, um sofort mit der Legung des Kabels zu beginnen.

Aus Mainz wird geklagt, daß auf den dortigen Promenaden fast täglich Dutzende der schönsten Bäume unter den unerbittlichen Streichen der preußischen Sappeure fallen.

Redaction von A. K. Woll, Druck der Jäger'schen Druckerei in Speyer.

Palatina.

Belletristisches Beiblatt zur Pfälzer Zeitung.

Nro. 10. Speyer, Samstag, den 23. Januar 1869.

* Die Stiefmutter.

Von Prof. A. Walchner.

(Fortsetzung.)

Nach dieser Versicherung erzählte ich ihm in Kürze die Geschichte meiner ersten Zusammenkunft mit Madame Merton und die Begebenheiten, die sich in Folge derselben zutrugen. Er fühlte alsbald die tiefste Sympathie für Madame Merton und äußerte sich sehr ungünstig gegen Madame Simmons.

„Und welches war denn der eigentliche Name des Weibes, ehe sie Madame Simmons hieß?“ fragte mein Freund.

„Madame Mean“, erwiderte ich. — „Ich glaube, sie kam aus dem Süden.“

„Und aus welchem Theile?“

„Von Charleston, wenn ich nicht irre; so hörte ich wenigstens.“ Als ich so sprach, wurde ein eigenthümliches tiefes Kichern hinter mir vernehmlich. Ich wandte mich rasch um und sah Minty, die Creolin, mit weit geöffnetem Munde, aus dem die weißen Zähne zwischen den aufgeworfenen Lippen hervorleuchteten.

„Ei Minty“, sprach mein Freund, „worüber lachst Du denn?“

„O Nichts, Massa! Ich glaubte blos etwas über die Frau zu wissen, von welcher der Herr gesprochen.“

„Du, Minty, wie kannst Du etwas von der Frau wissen?“

„Komm her, Minty!“ sagte ich, „heraus damit! Fürchte Dich nicht, darüber zu sprechen!“

„Wer sollte sich fürchten“, sprach sie, sich brüstend. „Ich bekümmere mich nicht um Madame Mean, oder jetzt Madame Simmons, und fürchte mich nicht, zu sagen, was ich von derselben weiß.“

„Nun, laß uns Alles hören, Minty“, sagte ich, ihr ein Geldstück in die Hand drückend. Darauf fing sie an auszukramen und sagte uns genug, um mich zufrieden zu stellen. Ich sah, daß die göttliche Vorsehung in's Mittel getreten zum Besten meiner armen Freundin, der Madame Merton. Ich war überzeugt, daß mein Zusammentreffen mit dieser Frau kein Zufall war, sondern eine von jenen unvorhergesehenen Führungen einer überwältigenden Macht, welche die Unschuldigen schirmt und die Schlechten bestraft.

Ich beabsichtige nicht, ausführlich zu erzählen, was Minty sagte. Sie kannte Madame Simmons von früher Kindheit an, lebte in ihrer Familie und war vollkommen vertraut mit den Ereignissen ihres Lebens bis zur Zeit, als sie Charleston verließ.

„Nun, Minty“, sprach ich, als sie schloß, „Du mußt reinen Mund halten und schweigen, bis ich Dich auffordere, über den Gegenstand zu sprechen. Wenn Deine Mittheilung von Werth ist, wie ich nicht bezweifle, so wirst Du gut belohnt werden.“

„Sehr wohl, Massa! Nur vergessen Sie nicht, was ich Ihnen sagte. Madame Mean kann keine Sylbe dagegen einwenden.“

„Gut, wir werden es bei Zeiten sehen.“ Ich entfernte mich bald, denn ich war so über die Mittheilung aufgeregt, daß ich nicht hätte stille bleiben können; ich fühlte ein unwiderstehliches Verlangen, fortzugehen, obgleich ich kein specielles Ziel im Auge hatte.

Ich machte mich sofort auf den Weg zu Madame Merton, um ihr das eben Gehörte zu erzählen und sie mit besserer Aussicht auf die Zukunft zu erfreuen.

Auf dem Wege jedoch fand ich Zeit zu überlegen und veränderte kluger Weise meinen Plan, denn ich konnte der Ueberzeugung nicht widerstehen, daß die Entwickelung ferner lag, als ich mir eingebildet hatte. Ich hielt es für das Beste, ihr keine Hoffnungen zu machen, deren Erfüllung auf unbestimmte Zeit sich hinausschieben könnte. Während ich so in Gedanken versunken dahin ging, hörte ich plötzlich meinen Namen rufen. Als ich aufblickte, sah ich Herrn Barton, dem ich die Hände schüttelte, und wir gingen nun zusammen weiter. Während unserer Unterhaltung brachte ich unter Anderem auch den Namen der Madame Simmons vor und in Erwiderung auf eine Bemerkung in ihrem Betreffe brach ich in eine schmeichelhafte Lobrede aus, indem ich ihr alle Tugenden und gute Eigenschaften zu Theil werden ließ, von denen ich wußte, daß sie keine einzige besaß.

Er schien offenbar erfreut, ja entzückt zu sein über die Art und Weise, in welcher ich von ihr sprach und stimmte in meine Lobeserhebungen ein. Ich wußte, daß jedes Wort, welches ich sagte, Madame Simmons wieder zu Ohren kommen würde, und somit wurde ein großer Zweck erreicht. Wir trennten uns an der Thüre des Simmons'schen Hauses, er trat ein und ich ging weiter, seine Einladung, mit ihm zu gehen, ablehnend.

Die Dinge gingen eine kurze Zeit ruhig ihren Gang; ich wiederholte meine Besuche täglich bei Madame Merton, und ich fühlte mich zuletzt für sie so sehr eingenommen, daß ich — offen gestanden — wünschte, ihr Gatte sammt dem Schiffe existirten nicht mehr; wenn ich aber an die unschuldige Offenheit dachte, mit der sie mich aufnahm, und an die wahrhaft aufrichtige Herzlichkeit ihres Willkommens bei jeder Gelegenheit, so dachte ich wieder, daß solche Gedanken meiner, wie auch ihres eigenen makellosen Charakters unwürdig seien, und fühlte mich darüber tief beschämt.

Seit der Erzählung der schwarzen Minty und der Krankheit Jakobs hatten meine Meinungen der armen Frau gegenüber eine große Veränderung erfahren. Ich konnte in ihrer Gegenwart nicht mehr traurig sein, denn ich fühlte, daß ein schöner Tag über ihr aufgehen werde, und zuweilen schien auch ihr Aeußeres so aufgeheitert zu sein, daß es ihres Vaters Herz hätte mit Freude erfüllen müssen.

Um jeden Argwohn zu bannen, im Falle Madame Simmons einen solchen in Betreff meines Umgangs mit Madame Merton hegen sollte, so besuchte ich häufiger denn je das Haus ihres Gatten und widmete Johanna so viel Aufmerksamkeit, daß man mich zuletzt als Bewerber um ihre Hand ansah; ich wurde jetzt mit der auffallendsten Freundlichkeit von Allen aufgenommen.

Ich glaubte überzeugt zu sein, daß durch die Bekanntschaft mit Jakob mein Plan gelingen würde; Martha war jedoch ein Stein des Anstoßes, und ich dachte über alle möglichen Mittel nach, um die Wahrheit aus ihr zu erpressen. Die Erzählung Minty's allein würde meinen Zwecken genügt haben, doch war ich entschlossen, die Angelegenheit durch einen Handstreich erst zum Ziele zu bringen, wenn Alles vorbereitet wäre.

Alles hätte jedoch fehlschlagen können durch ein unerwartetes und zufälliges Zusammentreffen mit Madame Simmons am Bette des kranken Jakob. Sie war sehr erstaunt, mich dort zu finden. Während ich aber derselben einen Blick zuwarf, den er richtig aufzufassen schien, fing ich an, sie wegen der Berufung eines fremden Arztes von der Unaufrichtigkeit in ihren Freundschaftserklärungen gegen mich zu beschuldigen, insofern, als sie mir keine Gelegenheit, ihr zu dienen, geboten hätte.

„O nein", erwiderte sie heiter, „im Gegentheil, ich glaube Ihnen vielmehr meine Freundschaft erwiesen zu haben dadurch, daß ich Sie nicht rufen ließ, da Ihre Dienste ja gratis hätten geleistet werden müssen."

„Es thut mir leid, daß Sie mich für so unhuman halten", sprach ich, erfreut, Gelegenheit gefunden zu haben, ihre Gedanken auf einen andern Gegenstand zu lenken. — „Ich hoffe, Fräulein Johanna hat keines Ihrer Gefühle eingeflößt."

„Kommen Sie! kommen Sie! Doctor, reden Sie nicht so! — Wie finden Sie Jakob?" fügte sie mit Flüstern hinzu.

„O, ich glaube, er wird sich ziemlich gut befinden", sagte ich im nämlichen Tone. „Mein Freund, nach dem Sie schickten, und der keine Zeit fand, ihn zu besuchen so oft als er gerade wünschte, übertrug ihn theilweise meiner Pflege. Ich hoffe, Sie sind mit dem, was wir gethan haben, zufrieden."

„Allerdings! — Ich bin überzeugt, daß er in guten Händen ist", erwiderte sie.

„Ich danke Ihnen für das Compliment", sagte ich mit einer Verneigung.

Einige weitere Minuten unserer Unterhaltung genügten, um bei ihr allen Verdacht zu verscheuchen, welchen meine Gegenwart am Bett Jakobs hätte erregen können; sie verließ das Haus, nachdem sie mir das Versprechen abgenommen, daß ich heute Abend den Thee mit ihr einnehme.

Sehr bald nachdem Sie fortgegangen, und zu vollen Gunsten meines Planes, kam Dr. D. herein. Ich flüsterte ihm eiligst meine Absichten in die Ohren und ging auf die Seite an's Fenster, während er sich dem Patienten näherte.

„Nun, Jakob", sprach er mit ernstem Blick, als er seinen Puls fühlte, „habt Ihr etwas gegessen, was gegen die Vorschrift ist?"

„Nein, mein Herr", erwiderte er, zitternd und bleich.

„Ist das sicher? Sage die Wahrheit oder es kann nur um so schlimmer für Dich ausfallen", fügte er mit großem Ernste bei.

„Sicher, mein Herr, ich habe nichts, was Sie verboten, gegessen."

Mein Freund kam jetzt zu mir an's Fenster, woselbst ich stand und wo wir einige Minuten lang eine flüsternde Berathung pflegten, während Jakob in Folge der ernsten Haltung meines Freundes uns mit zitternder Besorgniß beobachtete.

Da ich überzeugt war, daß der Patient aufgeregt sein müsse, begab ich mich an sein Bett und redete ihn in feierlichem Tone an.

„Eure Krankheit, Jakob", begann ich, „nimmt einen kritischen Charakter an, und es ist die äußerste Vorsicht nöthig, wenn ihr gerettet werden sollt; ich will jedoch damit nicht sagen, daß Ihr in unmittelbarer Gefahr schwebet", fügte ich hinzu, denn ich sah, daß er schwer athmete, „doch seid Ihr sehr krank."

„O, Doctor!" rief er aus, meine Hände kräftig drückend, „retten Sie mich! — retten Sie mich! ich weiß, Sie vermögen es!"

„Wir wollen Alles thun, was wir können", erwiderte mein Freund: „allein Ihr müßt nicht so aufgeregt sein. Nun, Jakob, wenn Ihr irgend etwas auf dem Gewissen habt, das Euch betrübt, so wäre es gut, wenn Ihr Euch dessen entledigtet; denn nichts wird Eurer Herstellung so förderlich sein, als wenn Ihr Euch von jeder Sorge frei wißt. In der That, Ihr müßt vor Allem Frieden im Innern haben, dann unbedingtes Zutrauen in uns setzen, oder wir können

Euch nicht gut stehen, was für Folgen es haben möchte."

(Fortsetzung folgt.)

Unser Spatz in der Fremde.

Naturgeschichtliche Skizze von Wilhelm Marr.

Von unserem Spatz, dem armen Tropf im schlichten grauen Kittel, gilt auch das alte Sprichwort, daß der Prophet in seinem Vaterlande nicht beachtet wird. Wie er von Jedermann gekannt ist, wird er auch von aller Welt verfolgt; ja man hat sogar hier und da geradezu Prämien auf seine Vertilgung gesetzt, da man ihn allgemein nur für einen unverschämten und gefräßigen Aufdringling hält, und in der That ist er ein Dieb in der verwegensten Bedeutung des Wortes. Es scheint, als wäre sein Hunger nicht zu stillen, denn sein ganzes Sinnen und Trachten läuft darauf hinaus, auszuspähen, wo etwas zu stehlen und zu plündern ist. Wir wollen nicht leugnen, daß unser Spatz ein arger Räuber und ein gar kühner und trotziger Gesell ist, aber trotz alledem ist er doch besser als sein Ruf. Wo man allzu eifrig in seiner Verfolgung war, hat man sich selbst am meisten geschadet, denn alsobald nahm das verderbliche Insektengeschmeiß dermaßen überhand, daß man sehr froh war, wenn unser Spatz, der verachtete Proletarier, wieder dahin zurückkehrte, wo man ihn so scharf verfolgt hatte. Diese empfindliche Lehre war auch dem alten Fritz nicht erspart. Da er selbst das Obst sehr liebte, empfand er großen Verdruß über den Schaden, welchen die Spatzen in seinen Gärten anrichteten, und in einer bösen Stunde befahl er einen schonungslosen Feldzug gegen die armen Spatzen. Nichts war leichter, als diese frechen Gesellen zu vertreiben, aber obgleich es nun in den königlichen Gärten keine Räuber mehr gab, wollte die Lieblingsfrucht des Königs, die Kirsche, doch nicht gedeihen; schon im nächsten Jahre war die Ernte eine viel geringere, und fast jede einzelne Frucht war von Insekten angefressen. Im zweiten Jahre war es noch ärger; nun hatten die Raupen Alles zerstört. Da mußte wohl der große König, der Sieger in so vielen Schlachten, nicht allein einen demüthigen Frieden mit diesem winzigen Feinde schließen, sondern demselben auch einen guten Theil seiner Kirschen als Tribut überlassen. Immerhin aber vergingen noch einige Jahre, bis die königlichen Obstgärten wieder gehörig mit den eifrigen Insektenjägern versorgt waren, denn der Spatz ist schlau. Wo er sich gründlich verfolgt weiß, da läßt er sich nicht blicken. Es bedarf daher einer längeren Zeit, bevor er wieder dem Frieden recht traut.

Aehnliche Beispiele haben sich noch in verschiedenen Ländern wiederholt; nur zu bald erkannte man überall den Schaden, und ergriff dann sehr energische Maßregeln, um die Vertriebenen wieder zurückzuführen, was stets nur mit großen Kosten geschah, so daß man für den übereilten Eifer, mit dem man den Spatz verfolgt hatte, hart bestraft wurde.

So ist denn unser Spatz ganz mit Unrecht so verrufen. Trotz der ungerechten Vorurtheile, die man gegen ihn hegt, ist er ein weit besserer Freund der Menschen, als man gemeinhin vermuthet. Wenn wir durch die Maikäfer und die vielen anderen beflügelten Insekten empfindlichen Schaden an den Früchten auf unseren Feldern und in unsern Gärten erleiden, so sind wir selbst Schuld daran, indem wir die eifrigen Diener, denen in dem großen Haushalt der Natur die Wohlfahrtspolizei obliegt, die kleinen Vögel nämlich, in ihrem Thun und Treiben stören, ja sie als unsere Feinde ansehen und sie vernichten. Unter diesen Polizisten in der freien Natur ist unser Spatz einer der eifrigsten, und ganz besonders läßt er es sich angelegen sein, die Obstbäume von ihren gefährlichen Verderbern, den Raupen, zu reinigen. Zwar mundet dem Spatz Alles, so daß er kein Kostverächter ist, wenn in der freien Natur Schmalhans das Amt des Küchenmeisters bekleidet, aber zu anderen Zeiten, wo Ueberfluß vorhanden, da ist unser Spatz ein großer Feinschmecker; da wählt er nur das Beste und Schmackhafteste aus, um sich daran zu letzen. Da brechen ganze Schaaren über einen Obstbaum oder einen Weinstock oder ein Kornfeld herein, um sie trotz der aufgestellten Vogelscheuchen, die der Wind in Bewegung setzt, gründlich zu plündern, denn die Listen und Praktiken der Menschen hat der Schlaue bald durchschaut. Er weiß sehr wohl den Strohmann, trotz seiner drohenden Bewegungen, von einem Menschen, der einen Steinwurf oder einen Schuß bereit hat, zu unterscheiden.

Im Grunde ist es dem armen Spatz nicht zu verdenken, wenn in ihm die Idee aufsteigt, daß auch der reiche Tisch der Natur für ihn gedeckt ist. Man versetze sich nur einmal so recht in die Lage des armen Schelmes hinein. Von Gefahren und Verfolgungen aller Art fortwährend bedroht, von Noth und Sorgen gequält, ist ihm wohl einmal ein leckerer Schmaus zu gönnen, zumal er weidlich für die Vertilgung eines ganzen Heeres von verderblichen Thieren sorgt, die uns einen größeren Schaden zufügen würden, als der muthwillige Spatz, wenn er einmal über die Stränge haut und sich als Kommunist gerirt. Ein einziges Sperlingspaar bringt seinen Jungen in der Woche durchschnittlich über *dreitausend* Raupen, und das, sollten wir meinen, wiegt doch wohl eine Handvoll Kirschen oder einige Kornähren auf das reichlichste auf, denn wir dürfen nicht vergessen, daß jeder Arbeiter, und somit auch unser Spatz, seines Lohnes werth ist.

Und doch steht der Glaube ziemlich allgemein fest, daß das Unheil, welches die Sperlinge anrichten, indem sie lüstern sind nach den reifenden Früchten in unseren Feldern und Gärten, bedeutend größer sei als das Gute, welches sie stiften. Daher ergeht es unserem Spatz daheim sehr schlecht, so daß er große Noth hat, sich nur kümmerlich durchs Leben zu schlagen; es ist ihm also nicht zu verdenken, wenn er auf den Gedanken geräth, auszuwandern. Aber auch dann folgt er immer nur der Cultur, und stets siedelt er sich in der unmittelbaren Nähe des Menschen an; trotz der Feindschaft, die ihn hier erwartet, weiß sich der Spatz doch ein Leben zu sichern, dem es bei allen Schattenseiten auch nicht an Behaglichkeit fehlt.

(Schluß folgt.)

Das Jahr 1869 als Säcularjahr.

Vielleicht kein einziges Jahr ist so reich gewesen an bedeutenden Männern, welche in ihm das Licht der Welt erblickten, als 1769, und so haben wir denn 1869 als Säcular-Geburtstagsjahr einer Menge von Personen, die theils als Helden, Regenten oder Staatsmänner, theils auf den Gebieten der Wissenschaft und der Dichtkunst sich ausgezeichnet, zu feiern. Wir nennen von ihnen zuerst Napoleon Bonaparte, welcher am 15. August 1769 zu Ajaccio auf der Insel Corsica als der zweite Sohn des Advocaten Carlos Bonaparte und der Signora Lätitia Ramolini das Licht der Welt erblickte. Gleich dem Sieger von Lodi und Arcole, von Austerlitz, Jena und Wagram waren auch mehrere seiner namhaftesten Generale im Jahre 1769 geboren. So namentlich die Marschälle Ney und Soult. Dieser ward am 29. März 1769 zu Saint Armand bei Toulouse, jener am 10. Januar desselben Jahres zu Saarlouis geboren. Auch Napoleon's und jener beiden Marschälle siegreicher Gegner Wellington wurde — eine eigenthümliche Ironie des Zufalls! im Jahre 1769, und zwar am 1. Mai geboren. Aber nicht dieser allein, sondern auch noch zwei andere namhafte Gegner des corsischen Kriegsfürsten, erblickten im gleichen Jahre mit ihm das Licht der Welt. Der Eine von Beiden ist der Graf (später Fürst) Ludwig Adolph Peter von Sayn-Wittgenstein-Berleburg, geboren am 6. Januar 1769, welcher in russischen Diensten mit Tapferkeit und Umsicht gegen Napoleon I. stritt; der Andere ein einfacher, aber namhafter Gelehrter: der Professor Ernst Moritz Arndt, geboren aus bäuerlichem Stande am zweiten Weihnachtsfeiertage zu Schoritz auf Rügen und gestorben am 29. Januar 1860. So bedeutend auch der Ruhm aller vorher angeführten Männer ist, so steht er doch — mit einziger Ausnahme des Fleisch und Blut gewordenen Mars Napoleon — erheblich zurück gegen denjenigen des am 14. September 1769 zu Berlin geborenen Freiherrn Alexander von Humboldt, des größten Naturforschers der neueren und eines der größten Gelehrten aller Zeiten.

Miscellen.

Das „Petit Journal“ erzählt: Timotheus Trimm, der Feuilletonist, der des Jahres seine 365 Chroniken schreibt und mit Hilfe der Conversations-Lexika und der Geschichtsbücher unerschöpflich dieses mühsame Geschäft schon seit Jahren treibt, ohne einmal Athem zu holen, Timotheus Trimm hat es satt bekommen, ein Opfer der Hauswirthe zu sein; er gedenkt des bekannten Spruchs: wer seine Miethe nicht bezahlen kann, muß sich ein Haus kaufen. Er kennt eine Anzahl Collegen, die Schlösser und Paläste besitzen, auch er will Hausbesitzer werden.

Unter seinen Freunden ist einer, dem ein großes, schönes Haus gehört mit Remisen, Entresol, fünf Etagen, Terrassen und allem Nothwendigen. Er wendet sich an diesen, um seinen Rath zu hören.

„Du hältst es für ein Glück, ein Haus zu besitzen“, sagt dieser. „Ueberzeuge Dich erst! Ich verreise auf vierundzwanzig Stunden, Du magst also während derselben an meiner Stelle den Hausbesitzer spielen.“

Abgemacht. Der gute Freund ertheilt seinen Leuten die nöthige Instruction. Jeder im Hause soll während seiner Abwesenheit Herrn Trimm als Eigenthümer des Hauses betrachten.

Der Freund reist ab und Herr Timotheus Trimm installirt sich als Hauswirth.

Kaum sitzt er im Arbeitszimmer des Freundes, da tritt ein Beamter der Polizei herein und bringt ihm den Befehl, er habe der gesetzlichen Vorschrift zu gehorchen und sein Haus neu anstreichen zu lassen. (In Paris existirt nämlich der sehr löbliche Befehl, daß jeder Hauswirth alle zehn Jahre sein Haus putzen zu lassen habe.)

Kaum ist der Beamte hinaus, da tritt der Commis einer Feuerversicherungs-Gesellschaft ein.

„Mein Herr“, beginnt dieser, „Sie haben einen Theil Ihres Hauses an einen Fabrikanten von Beleuchtungsgegenständen vermiethet, der mit entzündlichen Materialien umgeht. Wir sind demnach gezwungen, die Prämie Ihrer Versicherung zu erhöhen und einen neuen Vertrag mit Ihnen abzuschließen.“

Timotheus hat kaum Zeit gehabt, diesen Mann anzuhören, da tritt ein Miether herein und hält ihm in heftigen Worten folgende Rede:

„Mein Herr, der Rauchfang in meiner Küche ist im elendesten Zustande; ich muß täglich in Gefahr schweben zu ersticken; ich finde keine Köchin mehr, denn keine will sich der Möglichkeit aussetzen, bei mir den Tod durch Erstickung zu finden.“

Während Timotheus den Mann beschwichtigt, tritt ein Fremder mit einem geschwärzten Stück Kaminrohr herein und hält ihm dasselbe unter die Nase.

„Sie sind der Besitzer dieses Hauses?“ fragte er heftig.

„Zu dienen.“

„Wissen Sie, mein Herr, daß ich durch Ihre Fahrlässigkeit um ein Haar erschlagen worden wäre?“

„Nein, ich habe allerdings keine Ahnung davon!“

„Aber Sie werden wenigstens eine Ahnung haben, daß Sie verpflichtet sind, Ihr Dach und namentlich Ihre Schornsteine in Ordnung zu halten, von denen der Wind mir soeben im Vorübergehen ein Stück auf den Kopf geworfen!“

„Mein Herr, ich bedauere . . .“

„Mir gleichviel, ich werde Sie lehren, die Pflichten eines Hauswirths zu respektiren, denn Sie hätten sehr leicht meine Frau zur Wittwe und meine Kinder zu Waisen machen können.“

Somit nahm er das corpus delicti unter den Arm, um zur Polizei zu gehen und dort womöglich wegen fahrlässiger Tödtung Klage zu heben.

Timotheus ist noch sehr bewegt durch den Gedanken an die Gefahr, in welche er nicht nur diesen Gatten, sondern auch seine Frau und seine Kinder versetzt, da kommt schon ein neuer Besuch.

Die Wasserleitung ist verstopft, und die ganze oberste Etage steht unter Wasser. Es ist eilige Hilfe nöthig. Kaum werden die Ordres zur Abhilfe gegeben, da kommt schon ein anderer Polizeimann. Eine Magd im Hause hat Teppiche zum Fenster hinaus ausgeschüttelt.

Ein Miether der Dachwohnung stürzt herein und verlangt eilige Hilfe, weil der Wind ihm ein Fenster ausgehoben.

Auch dem muß geholfen werden.

Da kommen die Arbeiter aus dem Hofe, die das Pflaster hergestellt und verlangen ein Trinkgeld. Eine Dame aus dem ersten Stock sendet einen groben Brief, in welchem sie sich über die Impertinenz des Hausmeisters beklagt. Ein kleines Mädchen tritt herein und weint die bittersten Thränen. In all' der Confusion muß Timotheus sich der Kleinen annehmen. Er fragt, was ihr geschehen. Sie fleht im Namen der kranken Mutter, die in der höchsten Dachwohnung krank liegt, man möge sie doch nicht zum Hause hinauswerfen, da sie die Miethe nicht bezahlt.

So geht es den ganzen Tag hindurch. Timotheus befindet sich endlich in einer Stimmung, daß er sich mit beiden Händen in die Haare fährt und in Verwünschungen ausbricht.

Da tritt der gute Freund ein, der seinen Ausflug schneller beendet, als er geglaubt.

„Nun, wie gefällt Dir das Leben eines Hausbesitzers?“ fragt er lachend.

„Um des Himmels willen, frage nicht! Ich habe genug davon!“

„Ja, ja, lieber Freund!“ fährt der Andere fort, „und dennoch gibt es ein Vergnügen im Leben des Hausbesitzers!“

„Und welches? Ich habe keins erfahren!“

„Das eine einzige — e x p r o p r i i r t zu werden!“

Redaction von G. H. Wolf, Druck der Jäger'schen Druckerei in Speyer.

Palatina.

Belletristisches Beiblatt zur Pfälzer Zeitung.

Nro. 11. Speyer, Dienstag, den 26. Januar 1869.

* Die Stiefmutter.

Von Prof. A. Walchner.

(Fortsetzung.)

Jakob hörte diesen Rath an und blickte abwechselnd nach uns Beiden. Wir bemerkten, daß er mit sich selber stritt, ob er seine Brust erleichtern sollte oder nicht. Besorgt, er möchte unsere Beweggründe mit Argwohn betrachten, entschloß ich mich, ihn kühn anzugreifen und sagte: „Nun, Jakob, ich weiß von etwas, welches, ich bin überzeugt, Euch betrüben muß; Madame Merton", — als ich diesen Namen aussprach, fuhr er zurück und sein Gesicht erröthete.

„Madame Merton", fuhr ich fort, „erzählte mir Alles von der niedrigen Verschwörung, die auf ihren Untergang berechnet ist. Ich weiß, daß Ihr genöthigt wurdet, Euren Beistand hierbei zu leisten und Ihr könntet allerdings die Welt nicht mit ruhigem Gewissen verlassen, wenn ein solches Verbrechen noch auf der Seele lastet. Sie hat Euch sicher nie beleidigt, Jakob?"

Thränen traten in's Auge des Burschen als ich sprach, und sie hastig abwischend antwortete er: „Sie beleidigte mich nie — sie war gut und freundlich gegen mich und eine liebenswürdige Frau; ich weiß, daß ich einen großen Fehler begangen, und ich habe ihn oft bereut."

„Jakob", sprach ich, „haltet Ihr es nicht für Eure Pflicht, ein Bekenntniß von jener Verschwörung abzulegen? Ihr wißt, wie sehr Ihr der Frau Unrecht gethan, und es ist Eure Pflicht, jetzt die Wahrheit zu sagen, da Ihr nur hierdurch Genugthuung geben könnt."

„O, ich getraue mich nicht", stammelte er und fing an zu weinen.

„Ich weiß, Ihr fürchtet Euch vor Madame Simmons, Jakob, doch habt Ihr hierzu keine Ursache. Sie ist eine schlechte Frau, und ich weiß genug, um ihr für immer das Handwerk zu legen. Daher fürchtet nicht, daß sie je Euch schaden könnte; unter allen Umständen werde ich Euch beistehen."

„Sie werden mich doch kuriren, nicht wahr?" sprach er begierig.

„Wir werden das Aeußerste aufbieten, Jakob, Ihr dürft aber nicht entmuthigt, nicht niedergeschlagen sein. Das war so, aber ich sage Euch wiederholt, daß keine Gefahr mehr vorhanden ist und Ihr wieder zur Gesundheit gelangen werdet, wenn Ihr vorsichtig seid."

Nach einigen weiteren Minuten der Ueberredung willigte Jakob ein, das volle Bekenntniß seiner Rolle, die er in der niederträchtigen Verschwörung zu spielen hatte, abzulegen.

Er wurde von Madame Simmons bestochen, die Geschichte der Schuld des Fräuleins Anna zu erzählen und Martha wurde genöthigt, sich mit ihm zu verbinden. Mein Freund brachte das ganze Geständniß des Kranken rasch zu Papier und wir beide unterzeichneten es mit unseren Namen. Es war ein völliger Triumph für meine schwer verletzte und mißhandelte Freundin Madame Merton.

Bei Jakob ließen wir noch eine harmlose Medicin zurück und nahmen Abschied, nachdem wir noch die strengsten Anordnungen gegeben hatten in Bezug auf die Art und Weise, wie Alles für ihn während unserer Abwesenheit gethan werden sollte.

„Nun, Frank", sagte mein Freund zu mir, als wir das Haus verließen, „was beabsichtigen Sie zunächst zu thun?"

„Vor Allem lassen Sie mich Ihnen danken für Ihre Unterstützung, denn wie hätte ich ohne Sie, der Himmel weiß, je so viel bewirken können! Ich gehe nun zu Madame Merton, um ihr dieses Papier zu zeigen und ihr zu sagen, was wir von Minty vernahmen; wollen Sie mit mir gehen?"

„Nein, es ist nicht rathsam; denn es möchte meine Anwesenheit in der nächsten Zukunft erforderlich sein, und es ist besser, wenn ich sie nie gesehen habe."

„Sie haben Recht", erwiderte ich; „nun leben Sie wohl, ich werde Sie morgen bei James treffen."

„Nein, das sollen Sie nicht; Sie werden bei mir Thee trinken, denn ich wünsche zu wissen, wie sie Ihre Nachricht entgegennimmt."

„Nun denn, so werde ich zu Ihnen kommen." Wir verabschiedeten uns.

Ich eilte jetzt zu Madame Merton. Sie war eben eifrig mit Nähen für fremde Damen beschäftigt und dabei so heiter, daß es schien, als hätte sie alle die guten Nachrichten geahnt, die ich ihr brachte, oder hatte sie vielleicht in meinem Aeußeren eine freudige Nachricht gelesen?

„Gut, Doctor", sprach sie, nachdem sie mich gegrüßt hatte. „Ich weiß nicht wie es kommt, allein seit zwei oder drei Tagen fühle ich mein Herz außerordentlich leicht. Wer weiß! doch kommt mein Gatte bald nach Hause und schon die Ahnung hiervon beseelt mich."

„Wer weiß! In der That" — erwiderte ich. „Doch ich habe Ihnen eine Mittheilung zu machen, welche, wie ich denke, Ihnen Glück bringen wird."

„O, hat etwa mein theurer Vater sein Benehmen bereut? Hat er Sie gesandt, um mich nach Hause zu geleiten?"

„Nein, das hat er nicht, Madame Merton, allein ehe zwei Wochen vergehen, werden Sie wieder in Ihres Vaters Hause sein, und er wird Ihnen die gleiche Liebe zu Theil werden lassen, die er Ihnen früher schenkte."

„Gott gebe es!" sprach sie mit einem Seufzer; ihr ganzes Aeußere veränderte sich und man konnte auf ihm eine düstere Besorgniß lesen.

„Kommen Sie, werfen Sie keine solchen Blicke um sich; kommen Sie in meine Nähe, lesen Sie gefälligst Dieses", sagte ich erregt und händigte ihr nun Jacobs Geständniß ein.

Wenige Zeilen genügten ihr, sie mit dem ganzen Inhalt des Papiers bekannt zu machen, dann reichte sie mir die Hand, während Thränen ihre schönen Augen verhüllten, und rief aus:

„O, Doctor, wie soll ich Ihnen für die Güte danken, die Sie einer armen, verlassenen Frau erwiesen?"

„Danken Sie mir nicht und warten Sie vielmehr, bis Etwas des Dankes werth ist, den Sie mir zu erweisen wünschen. Nun habe ich Ihnen etwas Anderes zu sagen, das Ihnen beweisen wird, wie sehr Sie Veranlassung finden werden, sich zu freuen." — Ich begann nun der erstaunten Frau zu erzählen, was ich von Minty gehört hatte.

„Wahrhaftig! dies ist die merkwürdigste Enthüllung, die ich je hörte", sprach sie als ich schloß. „kann man wohl irgend einen Zweifel in die Wahrheit dessen setzen, wovon die Frau spricht?"

„Nicht im Mindesten, Madame Merton; wenige Tage, glaube ich, werden hinreichen, die ganze Geschichte zu Ende zu führen und Sie werden — jedoch gleichviel; — es ist am Besten, nicht zu viel vorauszusetzen."

„O, ich wage nicht, an das von Ihnen versprochene Glück zu denken", sprach sie und senkte den Blick zu Boden, als ob sie in Gedanken versunken wäre.

„Nun, Sie werden besser thun, wenn Sie vorerst nicht daran denken." Ich werde nichts unterlassen, was zu Ihrem Glück beitragen kann, und habe blos noch Martha zu bekämpfen. Ich hoffe sie für mich ohne viele Mühe zu gewinnen, wenn ich je Gelegenheit finden sollte, sie allein und frei von dem Einflusse der Madame Simmons zu treffen."

„Der Himmel gebe Ihnen Erfolg, Doctor, denn ich kann nicht zweifeln, daß Sie es gut mit mir meinen.

„Nun denn, ich bin jetzt genöthigt fortzugehen. Alles, was Sie zu thun haben unter den gegenwärtigen Umständen, ist, sich ruhig zu verhalten und gutes Muthes zu sein; nur noch einige Tage Geduld und Alles wird recht werden."

An demselben Abend begab ich mich in das Haus des Herrn Simmons, um, wie ich versprochen, den Thee bei den Damen einzunehmen. Ich wartete allein im Besuchzimmer eine Zeit lang, während sie, wie ich vermuthete, Vorbereitungen zu meinem Empfange machten. Martha ging wohl ein Dutzendmal ein und aus, während ich dasaß; zuletzt rief ich sie zu mir, drückte ihr einen Dollar in die Hand und bemerkte ihr, daß ich sie in meinem Bureau am folgenden Morgen zu sehen wünsche, worauf sie bereitwillig nickte.

(Fortsetzung folgt.)

Unser Spatz in der Fremde.

Naturgeschichtliche Skizze
von
Wilhelm Baer.

(Schluß.)

Nach Deutschland ist der Spatz erst mit den Ansiedelungen der Römer gekommen, und von hier ist er dem vordringenden Ackerbau nach Norwegen und Sibirien gefolgt. Am Obi erschien er z. B. um 1753, aber erst nachdem die Russen die unermeßlichen Wüsten dieses Theiles ihrer Besitzungen für den Ackerbau gewonnen hatten. In dem für jeden Ackerbau unfähigen Kamtschatka fehlt er noch heute und ebenso weiter nach Norden hin, da diese Regionen sich durch eine absonderliche Armuth an Insekten und anderem Gewürm auszeichnen.

So reiselustig unser Spatz auch ist, das Meer setzt seinem Umherschweifen Grenzen, und doch finden wir ihn auch jenseits des Oceans weit verbreitet. Aber diese weiten Reisen hat er nicht aus freien Stücken ausgeführt, sondern ist durch Menschen in die Fremde geführt worden. So waren z. B. die Holländer sehr eifrig bemüht, Alles zu thun, was nur irgend dazu beitragen konnte, der Stadt Batavia einen europäischen Charakter zu verleihen. Dazu war unbedingt auch unser Spatz erforderlich. So brachte denn ein Holländer sechs Paar Sperlinge mit, und ließ diese fliegen. Wann dies geschehen, läßt sich nicht mehr genau ermitteln; wahrscheinlich aber fällt diese Uebersiedelung der Sperlinge nach Java in die letzten Jahre des vorigen oder in die ersten unseres Jahrhunderts.

Außerdem suchten die Holländer auch noch andere Vögel aus der Heimath, wie z. B. Finken und Nachtigallen, auf Java einzubürgern; aber diese Versuche mißlangen gänzlich. Alle diese Vögel sind gestorben und verdorben, ohne Nachkommen zu hinterlassen. Unser Spatz war der einzige unter diesen Vögeln, der sich auch hier heimisch fühlte und in Fröhlichkeit gedieh. So sehr sie sich auch vermehrt haben, so findet man sie doch nicht überall auf der Insel, sondern nur längs der großen Poststraße, die sich von Batavia bis zum östlichen Ende der Insel erstreckt. In den angebauten Gegenden, die von dieser Straße durch ausgedehnte Waldungen und Wildnisse getrennt sind, kommt der Sperling nicht vor.

Obgleich unser Spatz wohl das ganze Jahr hindurch im Freien Insekten und Körner mancher Art findet, so ist er doch sehr bequem und liebt es, daß sein Tisch täglich reichlich gedeckt sei und eine größere Auswahl biete. Deshalb meidet er auch die javanischen Dörfer gänzlich und hält sich stets nur in der Nähe der auf europäische Art gebauten Häuser auf. Der Grund ist sehr einfach. Bei den Javanen fällt nichts für unsern Spatz ab, denn diese überlassen es ihren Hausthieren selbst, für ihren Unterhalt zu sorgen. Die Europäer hingegen füttern ihre Pferde, Hühner u. s. w. mit Reis, so daß unser Spatz hier, ganz abgesehen von den Abfällen der Küche, ohne große Anstrengung reichlich sein tägliches Brod findet. Ganz besonders aber ziehen ihn die Scheunen und Reismühlen an, weil das weggeworfene Stroh noch Körner vollauf enthält, so daß er sich hier das ganze Jahr hindurch seinen Unterhalt auf sehr bequeme Weise verschaffen kann, ohne lange darnach suchen zu müssen.

Interessant ist es nun, den Einfluß kennen zu lernen, den das tropische Klima auf unseren Spatz ausgeübt hat. In Größe und Färbung zeigen sich bestimmte Unterschiede, die wegen der Kürze der Zeit, seitdem der Sperling hier hauset, allerdings sehr auffallend sind. Die javanischen Sperlinge sind nämlich kleiner als die unseren und das Gefieder ist durchgängig heller, mit einem Stich ins Rostfarben. Sonst hat sich unser Spatz auf Java in seinen Sitten, seinem Betragen und seiner Stimme nicht sonderlich verändert. Wo er sich unbemerkt glaubt oder durch Verfolgung nicht scheu geworden, ist er eben so dreist und unverschämt wie daheim. Sonst ist er pfiffig und schlau, und merkt es sehr bald, wenn es auf ihn abgesehen ist. Auch hier ersetzt er die schwache Kraft durch List und Muth, und ebenso geschult, weiß er jeder Gefahr auszuweichen, wie seinen Vortheil in's Auge zu fassen. So ist er auch hier ganz der Abkömmling des kleinen Philosophen der Straße geblieben, ein ächtes Kind des Volkes mit allen seinen guten und schlechten Seiten.

Auch über den Ocean nach Nordamerika ist unser Spatz ausgewandert, und zwar hat man zuerst in Portland den Versuch gemacht, unseren Sperling dort einzubürgern; im Sommer 1852 setzte man in einem Garten mitten in der Stadt drei Paare in Freiheit. Auch hier befolgten sie den Spruch: „Seid fruchtbar und mehret Euch“, so daß sie in den folgenden Jahren nach den wichtigsten Städten gebracht werden konnten. So wurden sie auch durch einige für das Gemeinwohl begeisterte Männer in New-York eingeführt, und hier haben sie in der That in wenigen Jahren Wunder geleistet. Hier befanden sich die Bäume in den Parks und auf den öffentlichen Plätzen im kläglichsten Zustande; vom Juni an waren sie, mit Ausnahme der Ailanthus, ihres grünen Schmuckes beraubt und die nackten Aeste dermaßen mit Raupen beladen, daß die Kinder nicht mehr mit Behagen unter den Bäumen spielen konnten, und jeder Spaziergänger auf das ängstlichste deren Nähe vermied. Viele ließen sogar die Schattenbäume in der Nähe ihrer Wohnungen fällen, um dieser Plage zu entrinnen.

Das Uebel schien nicht nur unheilbar, sondern in allen Seestädten, von Boston bis Washington, im Zunehmen begriffen zu sein. Mit der Einführung des Sperlings hat sich aber das Blatt gewendet, und in New-York und den unmittelbar in der Nähe befindlichen Städten ist den Verheerungen der Raupen entschieden Einhalt gethan worden. Die Worte Cäsar's können wir freilich nicht citiren; doch sofort erklärten die Spatzen dem Raupengezücht den Krieg, und in der kurzen Zeit von zwei Jahren war ein entschiedener Fortschritt nicht zu verkennen. Im Sommer 1856 prangten die mittleren Parks von New-York im schönsten Grün, da sie vollständig von den Raupen gereinigt waren. Und jetzt sind bereits alle Bäume in ganz New-York von diesem gefräßigen Feinde befreit.

Darob herrscht natürlich große Freude; man vergißt ganz, daß der Spatz ein unverschämter Räuber ist. Während er bei uns arg verketzert und verfolgt wird, hat er sich jenseits des Oceans begeisterte und warme Freunde in Menge erworben. Als Erkenntlichkeit für so wichtige Dienstleistungen haben viele Bewohner der Stadt Sorge getragen für die Beschaffung von bequemen und niedlichen Winterhäuschen mit hellen, strohbedeckten Dächern und hervorragenden Traufen. Man hat diese Käfige in ziemlicher Zahl an den Fenstern der Häuser oder in den Parks an den Bäumen aufgehängt; sie sind stets offen, so daß unser Spatz ganz nach Belieben ein- und ausgehen kann, aber zu allen Zeiten findet er hier eine behäbige Lagerstätte und Leckerbissen in Fülle.

Große Freunde und beredte Fürsprecher haben sich die Sperlinge an den Kindern, denen sie viel Stoff zur Unterhaltung bieten, erworben. Ein Lieblingsscherz der Kinder besteht darin, daß sie eine Feder in die Luft werfen, um zu sehen, ob die Sperlinge ihr nachfliegen, um sie zu erhaschen und ins Nest zu tragen.

Jetzt ist man in Boston damit beschäftigt, die Sperlinge in die öffentlichen Anlagen zu verpflanzen. Auch in anderen Städten geht man mit diesem Vorhaben um, so daß es wohl keinem Zweifel unterliegt, daß binnen Kurzem der bei uns so arg verketzerte und verfolgte Spatz jenseits des großen Wassers zu den gehätschelten Lieblingen zählen wird.

Nach Australien hat man unseren Spatz gleichfalls verpflanzt, und vor einigen Jahren hat man auch 300 Spatzen nach Neuseeland übergeführt, einzig nur aus dem Grunde, daß sie eifrig Jagd auf die gefräßigen Raupen machen sollen. Alle diese Ehrenzeugnisse, die der Spatz sich in der Fremde erworben hat, sollten wenigstens einigermaßen unsere Vorurtheile gegen den armen Schelm ändern. (Allg. Fam.-Ztg.)

Miscellen.

„Schottische Perlen", schreibt Dickens in „All the Year Round", „sind wieder in Mode gekommen, und zwar ist dies theils dem jüngsten Mißlingen der Mannaar-Fischereien in Ceylon, theils der Billigkeit der mit dem Westen eingeführten Edelsteine, hauptsächlich wohl aber der Thatsache zuzuschreiben, daß große Quantitäten schottischer Perlen von der Königin Victoria und der Kaiserin Eugenie angekauft worden sind. Vor 15 Jahren waren diese Perlen sehr spärlich und gering geschätzt, aber in Folge der Aufmunterung eines deutschen Kaufmannes und der von ihm angewendeten Sorgfalt, die besten Gattungen auszusuchen und auszustellen, hat sich der Handel mit schottischen Perlen, der während eines Jahrhunderts gänzlich darniederlag, wieder in ansehnlichem Grade erholt, und wird nun als ein hervorragender Zweig des Edelsteingeschäftes anerkannt. Die Art und Weise, wie diese Perlen gefischt werden, ist höchst primitiv. Das Bett des Stromes zu durchsuchen, bis eine Ablagerung von Muscheln entdeckt worden, ist das erste Geschäft des Fischers, und dies ist oft der zeitraubendste und langweiligste Theil der Arbeit. Hat der Fluß einen sumpfigen Grund, so ist das Nachsuchen in den meisten Fällen hoffnungslos. Wenn aber einmal die Muschellage entdeckt ist, wird die Operation des Fischens sehr leicht. Der Fischer watet, versehen mit einem langen Stock, an dessen Ende sich ein einfacher Schlitz befindet, in den Fluß, und mit diesem Stock fährt er zwischen die Muscheln, zwängt sie in den Schlitz hinein, wirft die so gewonnenen an's Ufer und fährt in dieser Beschäftigung fort, bis er eine ansehnliche Quantität gesammelt hat. Dann werden die Muscheln geöffnet, entweder mit einem Messer, wer so glücklich ist, eins zu besitzen, oder mit einer zu diesem Behufe geschärften Muschel. Letztere Weise hat insofern den Vortheil, als weniger Risico vorhanden ist, die Perle in der Muschel zu verletzen. Der Fischer hält sich für unglücklich, wenn er hundert Muscheln öffnet, ohne eine Perle zu finden. Oefters verfolgt ihn das Mißgeschick eine ganze Woche hindurch, zuweilen aber belohnt schon die erste oder zweite Muschel seine Arbeit. Häufig geschieht es, daß er ein Dutzend Perlen findet, die sämmtlich, sei es in Folge schlechter Farbe oder Façon, oder sonstiger Defecte werthlos sind. Durchschnittlich wird eine Perle in je 40 Muscheln gefunden, und nur eine Perle im Dutzend pflegt untadelhaft zu sein. Schottische Perlen dürften nie ein Ersatz für die ächten Perlen des Orients werden, aber ihre massenhafte Entdeckung hat der Welt einen neuen Schmuckartikel zugeführt, der ebenfalls schöner und kostbarer ist, als die vielen Nachahmungen der Neuzeit."

Man liest im Moniteur von Algerien: „Montag, 4. Januar, um 6½ Uhr Morgens, ist Ali-ben-Kaddor, vom Stamme der Beni-Menzaug, welcher am 21. November vom Kriegsgerichte zu Blidah zum Tode verurtheilt worden war, weil er in weniger als einem Monat sechs Menschen getödtet und ausgeraubt hatte, im Flußbett des Oued-el-Kebir, unterhalb des Gartens der Oliven, der gewöhnlichen Hinrichtungsstätte von Blidah, erschossen worden.

Die Telegraphenlinien der ganzen Welt hatten Ende 1867 eine Total-Ausdehnung von 47,255 geographischen Meilen. In Europa bestanden 6000, in den übrigen Welttheilen ungefähr 4000 Telegraphenämter. Der Draht an allen diesen Leitungen wiegt circa 1,200,000 Centner und die Herstellungskosten belaufen sich auf 100 Millionen Gulden.

Theater-Repertoir von Mannheim vom 25. Jan. bis 8. Februar. Montag, 25. Jan. „Torquato Tasso"; Mittwoch, 27. Jan. „Waffenschmied"; Freitag, 29. Jan. „Dr. Faust's Hauskäppchen"; Sonntag, 31. Januar „Oberon"; Dienstag, 2. Febr. „Westphälischer Friede"; Mittwoch, 3. Febr. „Wasserträger"; Freitag, 5. Febr. „Iphigenie" (von Goethe); Sonntag, 7. Febr. „Wildschütz"; Montag, 8. Febr. „Donauweibchen". Vorzubereiten: „Meistersinger von Nürnberg."

Der „Bayer. Landesztg." entnehmen wir Folgendes: „In den jüngsten Tagen ist in München eine große Erfindung der vollständigen Reife und Vollendung entgegengeführt worden, nämlich die Vervielfältigung photographischer Aufnahmen durch die Presse. Alle bisherigen Versuche, so weit sie auch im photomechanischen Drucke vorgeschritten sein mögen, sind durch das photographische Druckverfahren des Hofphotographen J. Albert vollständig in den Hintergrund gerückt worden. Seine auf dem neuen Wege hergestellten Bilder unterscheiden sich in nichts mehr von den nach dem bisherigen Verfahren hergestellten Photographien, indem sowohl bei den kleinsten Formaten der Visitenkarten-Photographien, als bei den Bildern in den größten Maßverhältnissen die Kraft des Tones, wie die Weichheit und Feinheit der Mitteltöne nichts mehr zu wünschen übrig läßt. Unabhängig von den alten Witterungsverhältnissen wird es von nun an möglich sein, in kürzesten Zeiträumen große Auflagen von Bildern herzustellen, bei welchen auch die Besorgniß, daß im Laufe der Zeit deren chemische Zersetzung vielleicht eintreten würde, nicht mehr gegeben ist.

Schauffert's Preislustspiel „Schach dem König" ging am 21. Jan. in Nürnberg zum ersten Male über die Bühne. Die Aufnahme desselben von Seite des zahlreich versammelten Publikums war, besonders im dritten und vierten Akte, eine sehr günstige und gab sich im mehrmaligen Hervorruf der Darsteller zu erkennen. Auf eine angemessene Ausstattung des Stückes, sowohl in Beziehung auf Costüme als Decorationen, hatte die Direction große Sorgfalt verwendet.

In Sourabaya auf Java landete kürzlich ein von Australien kommendes Schiff, die Vergnügungsjacht eines angeblich österreichischen Grafen v. Attems. Derselbe discontirte bei verschiedenen Bank- und Handelshäusern mehrere bedeutende Wechsel und wollte bald wieder abfahren. Nun waren aber vorher zufällig per Telegraph mehrere Kaufleute in Batavia von einem Schwindler en-gros gewarnt worden, die dann auch ihre Warnung auf Java bekannt machten. Inzwischen waren auch in Sourabaya von Singapore aus Nachrichten eingetroffen, welche für den angeblichen Grafen v. Attems so gravirend waren, daß seine Verhaftung erfolgte und eine Criminal-Untersuchung gegen ihn eingeleitet wurde. Im Laufe der Untersuchung gestand der angebliche Graf v. Attems, er heiße Ernst Schmolz, sei 23 Jahre alt und aus [illegible] in Böhmen gebürtig. Er gab zu, seit 5 Jahren unter den Namen Graf von Attems, Graf v. Schönborn und Graf v. Auersperg in der Welt herumgereist zu sein und durch falsche Wechsel Betrügereien in der Höhe von 1,500,000 fl. ausgeführt zu haben.

* Räthsel.

Erste Sylbe.

Der Uebel größtes ist die Eine,
Wenn sie der Sünde angetraut,
Sie drückt in jeglichem Vereine,
In dem man sie hat aufgebaut.
Der Kaufmann hat für diesen Namen
Das inhaltschwere Wort Credit,
Und mancher hat schon durch Reclamen
Getilgt die Erste ganz liquid.

Zweite Sylbe.

Dem Weisen noch muß ich oft trügen,
Der Kluge meidet mich gar gern;
Und muß ich in der Kälte liegen,
Erblickst Du mich im kleinsten Stern.
Der Kaufmann schreibt mir keine Wunde,
Der Rentner seine Summen ein;
Und in des Winzers schlichtem Munde
Soll ich selbst Weinprophete sein.

Das Ganze gibt dem Grundwort Wahrheit,
Bekannt die Erste selbst nach Zahl;
Und diese mysteriöse Klarheit
Macht dem Beleser neue Qual.

Hord.

Redaction von R. L. Woll, Druck der Jäger'schen Druckerei in Speyer.

Palatina.

Belletristisches Beiblatt zur Pfälzer Zeitung.

Nro. 12. Speyer, Donnerstag, den 28. Januar 1869.

* Die Frau Pastorin.

Wer sind im Parke dort die beiden Alten,
Die, fern der Gäste buntbewegtem Schwarm,
Im Schatten einsam wandern, Arm in Arm,
In Schwarz gehüllt, zwei würdige Gestalten?
Er, mit dem Haupt, dem weiten, silberbleichen,
Mit trippelnd schwankem Schritt, gekrümmtem Rücken,
Scheint gradewegs dem Grabe zuzuschleichen,
Nach dem er sucht mit den gesenkten Blicken,
Gestützt auf sie, das wack're Mütterlein,
In schwarzer Haube Tracht, nach Landessitte,
Das sorglich hütet jeden seiner Tritte.
In schöner Eintracht wandern sie allein,
Gleich Baucis und Philemon anzuschauen.
Es ist, als ob ein Gram auf ihnen brüte,
Den sie, mit stillem Mund, nach Art der Frauen,
Vergebens wegzulächeln sich bemühte;
Bald Neugier lockend, drohend mit dem Finger,
Bald Fragen stellend, die sie selbst beschwichtet
Und bald allein ihr aufmerksamer Jünger,
Wenn sie erzählt, indeß er murmelnd schweiget.
Nun wird ihr Auge ernst, sie prüft den Greis,
Als läse sie die innersten Gedanken,
Mit langem Blicke, wie der Arzt den Kranken.
Dann bückt sie sich, pflückt, eine Thräne leis
Vom Auge wischend, eine junge Rose
Und steckt sie dem Gebeugten an die Brust,
So voll Gefühl, voll zarter Liebeslust,
Als ob die Jugend mit der Jugend kose.
Doch Alles, was ihm Liebe bringt entgegen,
Belohnt ein Nicken nur, ein kurzes Wort,
Bis endlich sie verstummt. Abseits gelegen
Winkt schattig eine Bank. Im Grünen dort
Ruht nun das müde Paar.

Ich trete näher, nehme grüßend Platz,
Von nicht gemeiner Neugier angetrieben.
Viel lehrt die Welt, doch selten lehrt sie lieben.
Hier zeigt mir Ahnung einen goldnen Schatz.
„Ein schöner Tag, Madame!" sprech' ich lächelnd;
„Ei wohl, mein Herr." — „Die Lüfte Balsam fächelnd,
Mit Duft gewürzt — das beste Bad der Kranken,
Dem Tausende die zweite Jugend danken.
Gewiß, die Geister der Genesung leben
In Luft mehr als im Wasser. Diese Kur
Empfehl' ich dem Gemahl." — „Herr, um Vergeben;
Wir kommen hierher zum Vergnügen nur.
Wir sind nicht krank." — „Nur zum Vergnügen? Wie?
Fürwahr, das nenn' ich viel! In Ihren Jahren
Pflegt lieber man im Sorgenstuhl zu fahren,
Als mit dem Dampfroß. Daß die Ihren Sie
Allein auf Reisen ließen, nimmt mich Wunder."
„Die Unsern! Lieber Herr, zwei Jahre schon
Sind wir allein — seit unser letzter Sohn —
Verstehn mich, Herr — das bracht' ihn so herunter."

Auf horchte jetzt der Greis. „Was sprichst Du Frau!
Um Pfingsten war's — das weiß ich ganz genau —
Da ich zum letzten Mal gepredigt habe.
Es war, da man den Friedrich trug zu Grabe."
„Ja, damals legt' er seine Pfarre nieder.
Doch irrt er in der Zeit." — „So, scheint es, starben
All' Ihre Kinder Ihnen?" — „Herr, wie Garben
In einem Herbst gemäht! Und immer wieder
Zerreißt ihm die Erinnerung das Herz,
Dem armen Mann. Drei Töchter und drei Söhne
In einem Jahr! Sechs Kinder, liebe, schöne,
Der Stolz der Eltern! Herr, das war ein Schmerz!
Kaum glaubt' ich, daß er's überleben würde.
Denn wieder stürzt' er an der sechsten Bahre,
Wie blitzgetroffen, raufte sich die Haare
Und rief: „Zu schwer, o Himmel, ist die Bürde!
Ich kann nicht mehr! Dem Jakob nahmst Du Einen,
Und diesen fand er wieder hochbeglückt;
Mir nahmst Du Alles! Finde Keinen, keinen,
Der zu des alten Vaters Auge drückt!'
Ein bitt'res Schicksal, Herr. Doch was beginnen,
Als dorthin nach der Sonne aufzuschauen,
Von wo das Wetter kam? Als dem zu trauen,
Der uns verheißen: Sterben ist gewinnen?"
So sprach, mit einem vollen Blick nach oben,
Das arme Mütterlein, dann fuhr sie weiter:
„Seit jenen Tagen ward er nimmer heiter.
Gleich einer Winterpuppe, eingewoben
In seinen Gram, nur von Erinnerung
Noch zehrend, hat er rings die Welt vergessen.
Er ließe gar das Trinken und das Essen,
Pflegt' ich ihn nicht. Ja, wär' ich selber jung,
Dann ließ' sich's gut. Zerstreuung kann ihn heilen,
Sagt mir der Arzt. So reisten wir hierher —
Zwei Wochen sind's. Wir haben nicht zu eilen.
Zu Haus erwartet uns ja Keines mehr.
Ich zog den Schlüssel ab — —."

„Der Fritz war brav", sprach jetzt der alte Mann
Halb vor sich hin. „Sie gaben ihm in Halle
Den ersten Preis. Doch liebt' ich alle, alle,
Ja wahrlich! alle." — Zitternd sprach er dann:
„Es war doch noch ein Andrer da, ein Junge,
Der Großmama sich viel. Lang sah ich ihn
Nicht mehr. Sein Name schwebt mir auf der Zunge —.
Wo kam er hin? Ist Alles denn dahin
Bis auf die Wurzel?" — „Ach, er meint das Kind
Des ält'sten Sohnes, das längst schon heimgegangen."

Jetzt rollten Thränen von den bleichen Wangen
Des Alten. „Selig", rief er, „selig sind
Die Todten in dem Herrn! Ach, herzlich, herzlich
Verlangt's mich nach dem Tode!"
Auf nun stand
Die Frau Pastorin, faßte seine Hand;
„Komm, Liebster, komm! Ihr seht, mein Herr, zu schmerzlich
Greift es ihn an. Stets lindern solche Thränen,
Wenn der helle, aufgethaute Blick.

Daß ihm des Geistes Klarheit kehrt zurück.
Dann pflegt er nach dem Tode sich zu sehnen.
Der alte, milde Mann. — „Schau, Freund! die Sonne
Ist kaum hinab. [illegible] will es mich gemahnen.
Sieh doch den Abendhimmel — welche Gluthen!
Ganz feuerroth! Wie die gemalte [illegible]!
Die Eichen auf dem Berge dort, die großen,
Sie glüh'n, sie lodern, wie in Brand gesteckt.
Verstehst Du, Freund? Weil morgen Pfingsten ist,
Bestreut der Himmel seinen Pfad mit Rosen.
Sprich, sollt' nicht dort drüben Festtag sein
Just zu derselben Zeit wie hier? Doch nein!
Der Himmel gleicht ja einem ew'gen Feste.
Früh' oder später sind wir seine Gäste."
„Ja", sprach der Greis, indem er aufwärts sah,
[illegible]
Dem Himmel geb' ich's in die Hand. — Ja, ja,
Der Fritz war brav. Doch hatt' ich alle gern."
Nun hob er keuchend sich, mit leisem Wanken,
Und langsam schwankten sie aus meinen Blicken.
Ich aber sah, in Andacht festgebannt,
Ein Kind, geführt an eines Engels Hand.

O Mutterherz! Du schilderst fremden Gram
Und schweigst vom eigenen? Herz, das all' sein Blut
Geweint, als Tod ihm seine Schätze nahm,
Das längst im Sarg bei seinen Kindern ruht!
Du, dem ein Grabstein, nur sein Schatten nach,
Und doch noch Trost der Lebenden, und doch
Hältst Du noch Scherz und Heiterkeit im Solde,
Den Mann zu stützen, der Dich stützen wollte!
O Weib! Du Dulderin von Gottes Gnaden!
Du Sklavin Deiner Liebe! Helle Kerze
Am Krankenbett! Wie schön in Deinem Schmerze
Trittst Du einher, mit Deinem Kreuz beladen!
Das Schwert, das einst in's Herz der Reinsten drang,
Dein Erbtheil ist's! Auf Deinem stillen Gang,
Trägst Du es heute noch in tiefster Brust,
Sanft lächelnd, eine Heldin unbewußt.
Wer nennt Dich schwach? Wer ist's, der mehr vermag,
Wenn neben Dir, in's gleiche Joch gebogen,
Der Mann zum Kinde wird? Es kommt der Tag,
Wo Deine stille Tugend wird gewogen,
Wenn wir vernichtet steh'n in unsrer Schuld.
Denn aus der Donnerwolke wird es schallen:
Hochmüth'ger Staub, wie konnt'st Du mir gefallen?
Die Tapferkeit des Himmels heißt Geduld.
O Weib, im Lieben, im Entsagen groß!
Zu dulden hier, zu dienen ist Dein Loos,
Drum ward der Krone schönste Dir gegeben,
Als Königin der Himmel fortzuleben.

H. A. Schauferl.

* Die Stiefmutter.

Von Prof. A. Walchner.

(Fortsetzung.)

Am nächsten Morgen erschien Martha zu früher Stunde in meinem Hause. Nach ihrem Eintreten in mein Zimmer erhob ich mich, verschloß die Thüre und wendete mich zu ihr mit drohender Geberde. Ihre Unerschrockenheit machte mich stutzig, doch ich sah, daß ich nie mehr solche Gelegenheit haben würde und beschloß, Nutzen daraus zu ziehen. Als ich das Geständniß Jakobs, das ich in meiner Hand hielt, öffnete, näherte ich mich ihr und sprach ernst:

„Ihr mögt Euch geberden wie Ihr wollt, Martha, und Ihr mögt noch so unschuldig aussehen, doch bin ich im Besitz eines Dokuments, vermöge dessen ich Euch in's Zuchthaus bringen kann, wenn ich es beabsichtige. Jakob, Euer Theilnehmer an dem betrügten Schurkenstreiche, hat ein vollständiges Bekenntniß abgelegt und Ihr seid darin so verwickelt, daß Ihr der Bestrafung nicht entgehen könnt. Ich lasse Euch noch einmal die Wahl zwischen einem offenen Geständniß oder dem Staatsgefängniß. Ihr braucht Euch vor Madame Simmons nicht zu fürchten; in wenigen Tagen wird sie so gestellt sein, daß sie nichts sagen oder thun kann, was Euch schaden könnte. — Also, was sagt Ihr hierzu?"

„Blos dieses — erwiderte sie mit der herausforderndsten Haltung — Jakob mag so viele Lügen sagen als er will, und mag Sie nach seinem Wunsche bethören. Ich weiß, was ich weiß; hier haben Sie meine Antwort. Ich glaube, daß ich jetzt nach Hause gehen kann!"

„Nein, noch nicht", erwiderte ich und läutete rasch an meinem Schellenzuge, „ich werde Euch nicht so leicht davon gehen lassen als Ihr glaubt. Ich werde nach einem Polizisten schicken und er wird sodann wissen, was er zu thun hat, wenn er dieses Papier liest." Jetzt hielt ich es ihr vor die Augen.

„Sie dürfen dies nicht thun", sprach sie mit einem erzwungenen Versuch der Großprahlerei.

„Ihr werdet sehen", erwiderte ich. In dem Augenblicke trat ein Diener herein, den ich beauftragte zu warten, während ich hastig an den Magistrat ein Billet schrieb, mit der Bitte, mir sogleich einen Polizeidiener zu schicken.

Sie fing, so schien es mir, jetzt an zu fühlen, daß sie ein vergebliches Spiel spiele und sagte ungeduldig: „Sie werden dies bereuen, Doctor; Sie haben kein Recht, mich hier zurückzuhalten."

„Ich will dies wagen, Martha", sprach ich. „Ich weiß genau, was ich thue. Ich lasse Euch jedoch noch immer Euere Wahl; Ihr habt Euch die Folgen selbst zuzuschreiben."

„Schicken Sie diesen Mann bei Seite", sprach sie mit veränderter Sprache, und ich leistete ihrem Wunsche Folge. Sie ließ sich auf einen Stuhl nieder.

„Nun, Doctor", sprach sie, „ich möchte genau wissen, was Sie wünschen?"

„Ich wünsche blos, daß Ihr mir die Wahrheit in Betreff der Madame Merion sagt."

„Und angenommen, ich habe etwas zu sagen?"

„Ihr habt die Wahl; da höret, was Jakob erklärt hat!" Ich setzte mich und begann sein Bekenntniß ihr vorzulesen, das sie ruhig anhörte, ohne jede Bewegung.

„Und Sie glauben Alles das?" fragte sie am Schluß.

„Jedes Wort. Es sind die Worte eines Mannes, welcher glaubte zu sterben, und der, ich bin überzeugt, keinen Meineid begehen konnte."

„Wollen Sie mir bürgen, daß ich nicht mit Madame Simmons in Konflikt gerathe?"

„Allerdings werde ich das."

„Dann will ich das Papier auch unterzeichnen", sprach sie mit entschlossener Miene. „Doch wann werden Sie davon Gebrauch machen? Unmittelbar jetzt, morgen vielleicht?"

„Nun, Martha, ich hege nicht den Wunsch, Euch in das Staatsgefängniß zu schicken, doch wenn Ihr nicht ein volles und freies Geständniß ablegt, bleibt mir kein anderer Weg übrig."

Bei dem Worte „Staatsgefängniß" wurde sie, die andere Vermuthungen hatte, bleich und zitterte außerordentlich, doch wurde sie bald wieder ihrer Freiheit bewußt und sprach mit auffallender Fassung: „Nun, wenn das Alles ist, was Sie von mir wünschen, so sind Sie hier an die unrechte Person gekommen. Ich würde besser thun, wenn ich nach Hause ginge und Sie Anstalten dann machen, wie Ihnen beliebt. Sie wissen ja, wo Sie mich immer finden können. — Aber ich habe wahrlich keine Lust, in das Gefängniß zu gehen, und damit Sie zufrieden sind, will ich das Schriftstück ebenfalls unterzeichnen."

„Etwas noch, Martha — Ihr dürft nicht das Mindeste zu Jemanden sagen, bis ich es Euch erlaube. Ihr müßt nicht nach Hause gehen und der Madame Simmons Mittheilung machen, damit sie nicht Gelegenheit habe zu entfliehen!"

„Nein, keine Silbe, ich verspreche es Ihnen. Ich hege für Frau Simmons weder eine besondere Liebe noch Haß. Sie bezahlte mich gut genug für das, was ich für sie that, aber nicht genug, um mehr für sie zu empfinden."

„Dann wartet einen Augenblick!" — Ich zog die Glocke und beauftragte meinen Diener, meinen Nachbar, Herrn F., auf einen Augenblick zu mir zu bitten, da ich haben wollte, daß er Zeuge ihrer Unterschrift sei. Er kam und ich schrieb unter das Geständniß von Jakob die Anerkennung von Martha, welche sie in der Gegenwart von Herrn F. unterzeichnete.

„Sie werden Ihr gegebenes Wort nicht vergessen, Doctor", sprach sie zu mir, als die Angelegenheit, welche sie hierher gerufen, so erfolgreich geschlossen war.

„Nein, fürchtet Euch nicht, — Madame Simmons' Macht ist gebrochen."

„Ich bin begierig, was Fräulein Johanna hievon denken wird", sagte Martha halblaut.

„Wie so", sprach ich, „sie wußte ja nicht, daß Ihr hierher kämet."

„O ja, sie versuchte, das von mir zu wissen. Nun, was soll ich zu ihr sagen?"

„Ihr müßt für jetzt natürlich reinen Mund halten, Martha; ich werde morgen schon sorgen, dann werdet Ihr weder etwas zu fürchten, noch zu verheimlichen haben."

„Ich wünsche Ihnen viel Glück", sprach sie, sich erhebend und bereit zu gehen, „ich wünschte, Sie hätten mich niemals in solche Verlegenheit gebracht." Sie entfernte sich.

Meine nächste Aufgabe war nun, Herrn Simmons zu sehen und ihm die Entdeckung zu enthüllen, die ich gemacht. Zu diesem Zwecke schrieb ich ein Briefchen, durch das ich ihn ersuchte, mich am nämlichen Tage um 5 Uhr auf meinem Bureau zu treffen, in Angelegenheiten eines wichtigen Geschäftes, nach dessen Abschluß mich verlangte.

(Fortsetzung folgt.)

Eine wohlbekannte Blume.

In einem steinigen Seitenthale der Berwa liegt ein kleines Dorf, das von ein paar Dutzend Walachen bewohnt wird, von denen die meisten kein anderes Nahrungsmittel kennen, als Kraut, Kartoffeln und Milch. Ein paar hundert Schritte östlich vor dem Dorfe liegt ein etwa vier Joch großer, von einem Wildbach durchrieselter Garten, in dem ein kleines Haus steht, das einzige im Dorfe, das nicht mit Stroh, sondern mit Schindeln gedeckt ist. Der auf einem Bergabhange gelegene größere Theil des Gartens, um den eine schöne Linden-Allee läuft, ist ein terrassenförmiger Acker, auf dem einige Dutzend Bienenstöcke stehen; der im Thale gelegene Theil ist der schönste Obstgarten im ganzen Dorfe.

Diese kleine Besitzung ist das Eigenthum eines freundlichen Greises, im Dorfe gewöhnlich der „Bienenvater" genannt. Er hat das „Gütchen" in einem sehr verwahrlosten Zustande und verschuldet von einem Onkel geerbt und wurde, trotzdem dasselbe das kleinste im Dorfe ist und trotzdem seine Arbeit nur darin bestand, im Winter Bienenstöcke zu höhlen und im Sommer tagaus und tagein im Bienengarten zu sitzen und sein kurzes Pfeifchen zu rauchen, binnen wenigen Jahren ein — schuldenfreier Mann. Ja, noch mehr! Er hat auf dem terrassenförmigen Acker niemals Korn oder Kartoffeln, sondern stets nur Blumen angebaut, Blumen, die man weder in's Knopfloch stecken, noch als Sträußchen in die Kirche nehmen kann, und hat von dem Ertrage des Gütchens nicht nur seine Schulden bezahlt, sein Häuschen neu gebaut und dabei wohl gelebt, sondern — er ist heute der wohlhabendste Mann im Dorfe und Vater eines — Pfarrers und eines Philologen, oder, wie er sich selbst auszudrücken beliebt: Vater eines Genies, das ihn heute noch ein Heidengeld kostet.

Ich grübelte lange darüber nach, wie es dem schlichten walachischen Kleinhäusler, der nicht einmal des Schreibens kundig ist, möglich war, seinen Söhnen eine Erziehung geben zu lassen, deren Kosten die Mittel eines Lohnbauers übersteigen, und dabei wohlhabend zu werden und zu bleiben, und fand es endlich am gerathensten und einfachsten, mich mit dieser Frage direct an ihn zu wenden.

Ich besuchte ihn an einem schönen Sommer-Sonntage. Er saß wie gewöhnlich auf der kleinen Bank im Schatten einer herrlichen Linde, rauchte sein kurzes Pfeifchen ächten schwarzen Drei-König und weidete sein vergnügtes Auge an den im Sonnenschein glänzenden, bienenumschwärmten, goldgelben Blumenterrassen. Sein Sohn, das Genie, saß an seiner Seite und rauchte eine — Regalia.

Nach einem kurzen Gespräche über Bienenzucht rückte ich mit meiner Frage heraus. Der Sohn sah den Vater lächelnd an und antwortete rasch: „Alles, was wir haben und was wir sind, verdanken wir unserer theuren, seligen Mutter, oder vielmehr ihrer Vorliebe für Blumen."

„Daß dich das Weisel beiß! Fängst schon wieder an!" stieß der Greis gutmüthig aus und fuhr dann, zu mir gewendet, freundlich fort: „Der Junge ist ein Muttersöhnchen und schiebt deshalb jedes Verdienst der Mutter zu. So kommt's, daß wir tagaus tagein im Hader leben. In diesem Punkte hat er aber nicht ganz Unrecht. Hört, wie es kam, daß die gute Selige den Grundstein zu unserer Wohlhabenheit legte."

Er klopfte sein Pfeifchen aus, legte es zur Seite und fuhr dann mittheilsam fort: „Ich habe mein Leben der Bienenzucht gewidmet und mußte daher auch, was die wenigsten der Bienenzüchter thun, auf eine reiche, nahe Weide für die Thierchen bedacht sein. Diese Linden-Allee stand zwar, als ich das Gütchen erbte, schon da; allein die Linden blühen nur ein paar Tage, worauf die Bienen weit, weit in Feld und Wald fliegen müssen. Ich stellte nun Beobachtungen an, welche Blumen und Blüthen die Bienen am fleißigsten aufsuchen, konnte aber lange zu keinem günstigen Resultate gelangen. Da — es war im dritten Frühjahre unserer glücklichen Ehe — da fiel es meiner guten Seligen ein, ein Blumengärtchen anzulegen. Unter den angepflanzten Blumensamen befanden sich auch einige von jenen Blumen . . ."

Bei diesen Worten zeigte er auf die goldgelb glänzenden Blumenterrassen und fuhr dann wieder fort: „Ich machte die Entdeckung, daß die Bienen auf diese Blumen stark gehen, daß sie den ganzen Tag auf den großen Scheiben liegen. Diese Entdeckung und der Umstand, daß diese Blumen nach der Linde zu blühen anfangen und den ganzen Sommer hindurch neue Zweige treiben, die wieder blühen, bestimmten mich, im nächsten Frühjahre zwei Terrassen mit denselben zu bepflanzen. Die Bienen hatten im nächsten Frühjahre mehr Honig und gaben mehr Schwärme.

Das Frühjahr darauf bepflanzte ich sämmtliche Terrassen mit den Blumen und das Resultat überstieg die kühnsten Erwartungen. Ich bekam von einigen Bienen-Familien sogar vier Schwärme und löste für Wachs und Honig ein Sümmchen, das mein Onkel in zehn Jahren nicht gelöst hatte. In demselben Jahre machte meine Selige auch noch die Entdeckung, daß der Samen eine vortreffliche Mast für's Geflügel sei und daß die Blätter dieser Blume ein sehr gutes Kuhfutter liefern.

So ging es nun fort. Aus dem Samen ließ ich Oel pressen und fand, daß sie über 40 Prozent eines trefflichen Oeles enthalten, das seines Wohlgeschmackes wegen als Speise-Oel benutzt werden kann. Es wurde mir auch in der That um die Hälfte höher bezahlt, als das gewöhnliche Hanf- und Rüböl. Die Oelkuchen erwiesen sich, gleich den Blättern, als ein vorzügliches und eine Vermehrung des Milchertrages bewirkendes Futter für die Kühe. Mit der Zeit lernte meine Selige die Samen auch noch anderweitig verwenden. Sie ließ dieselben, wie Gerste oder Hirse, enthülsen und bereitete uns aus dem an Geschmack den Mandeln gleichkommenden Gries allerhand Backwerk, Suppen, Marmeladen, Mandelmilch; ja sie röstete sie sogar und bereitete uns daraus mit etwas Gewürzzusatz eine sehr gute Chocolade."

Der Greis hielt einen Moment inne, sah seinen Sohn lächelnd an und fügte humoristisch hinzu: „Es ist ein Glück, daß mein Genie erst dann auf Entdeckungen ausging, nachdem wir durch die Blumen wohlhabend geworden sind, denn er hätte dieselben sonst jedes Jahr noch vor der Blüthe verspeist!"

Der Sohn stand auf, brach einige noch ungeöffnete Blumen ab, reichte mir eine und sprach: „Kosten Sie den Fruchtboden und sagen Sie mir dann, wie er Ihnen schmeckt."

Ich kostete den Fruchtboden und fand zu meinem nicht geringen Erstaunen, daß er sich wie eine Artischocke verspeisen läßt.

Der schlichte Walache ist also durch eine Blume wohlhabend geworden, und zwar nicht etwa durch eine erst neueingeführte, sondern durch eine wohlbekannte Blume, welche zwar ursprünglich aus Peru und Mexico stammt, in unseren Gärten aber bereits seit länger als 200 Jahren angebaut wird und während dieses langen Zeitraumes nicht allein fast in ganz Europa völlig einheimisch geworden, sondern in verschiedenen Gegenden auch schon verwildert ist.

Diese Blume, deren hohen Nutzertrag uns der schlichte Bienenvater bewiesen, scheint in ganz Europa, einige Gegenden Rußlands und Ungarns ausgenommen, als Nutzpflanze noch völlig unbekannt zu sein. In Rußland wird sie seit mehreren Jahren, jedoch nur als Oelpflanze mit großem Erfolge gebaut. Zuerst pflanzten die Bauern sie an den Rändern der Gräben, aber mit jedem Jahre fand die Cultur eine größere Ausdehnung, und schon im Jahre 1835 wurden daselbst aus dem Samen dieser Blume über 100,000 Centner Oel im Werthe von 1½ Million Rubel gewonnen. Der größere Theil davon wurde über Petersburg nach Stettin ausgeführt und, da die Rapsernte schlecht ausgefallen war, zu steigenden Preisen rasch verkauft.

Hierdurch ist bewiesen, daß der Anbau dieser Blume, die von keinem Insekte zu leiden hat, wegen ihres hohen Nutzens für die Bienenzucht und wegen des riskanten Ertrages der gewöhnlichen, von Insekten hart bedrohten Oelfrüchte wohl die Beachtung unserer Landwirthe, vor allem Anderen die Beachtung der Bienenzüchter verdient, zumal das Klima dem Gedeihen dieser Cultur nicht hinderlich sein würde.

Die Blume, die den schlichten Walachen zum wohlhabenden Manne gemacht, heißt: die Sonnenblume.

J. Skalla.

Auflösung der Räthsel.

In Nr. 7: Tadel — Delta.
In Nr. 8: Thron.
In Nr. 11: Schuldschein.

Redaction von K. A. Woll, Druck der Jäger'schen Druckerei in Speyer.

Palatina.

Belletristisches Beiblatt zur Pfälzer Zeitung.

Nro. 13. Speyer, Samstag, den 30. Januar 1869.

* Die Stiefmutter.

Von Prof. H. Walchner.

(Fortsetzung.)

Ich machte nun meinem Patienten Jakob einen kurzen Besuch und kehrte dann auf mein Bureau zurück, wo mich Herr Simmons bereits erwartete.

„Nun, Doctor“, war sein erster Gruß, „was gibt es denn so Wichtiges, daß Sie mein pünktliches Erscheinen auf dem Bureau verlangen?“

„Behalten Sie Platz, mein Herr“, erwiderte ich. „Bereiten Sie sich vor, etwas zu hören, was —“

„Sie ist doch nicht todt!“ rief er aus und rang nach Fassung. Seine Gedanken waren auf seine Tochter gerichtet.

„Nein — weit davon entfernt; in der nächsten Stunde vielleicht werden Sie Ihre Tochter bewillkommen.“

„Mein Herr! mein Herr!“ rief er voll Erstaunen aus, erhob sich und starrte mich an.

„Vollkommen wahr, mein theurer Herr! Nun haben Sie ein wenig Geduld. Vor einigen Wochen, als Sie mich um meine Meinung fragten in Betreff Ihrer Tochter, erklärte ich Ihnen, sie sei ohne allen Zweifel das Opfer einer niedrigen Verschwörung. Sie weigerten sich damals, mich anzuhören.“

„Ich erinnere mich dessen wohl, mein Herr; ich bin aber jetzt ebenso wenig wie früher aufgelegt, die nämliche Sprache zu hören und hoffe, Sie beabsichtigen nicht, dies zu wiederholen.“

„Herr Simmons“, erwiderte ich, „ich habe nicht blos dies zu wiederholen, sondern es Ihnen mit unbestreitbarer Sicherheit zu beweisen, daß Sie nichts dagegen sagen können.“

„Sprechen Sie im Ernst, Doctor?“ fragte er aufgeregt.

„Im vollsten Ernste. Lesen Sie zuerst dieses Papier als einen Beweis, daß ich vollkommen wahr rede.“ Ich gab ihm das Geständniß Jakobs, welchem Martha's Anerkennung beigefügt war.

„Was ist dieses?“ fragte er zögernd.

„Lesen Sie nur, dann urtheilen Sie selbst“, erwiderte ich, von ganzem Herzen den armen Mann bedauernd, dessen Qual schmerzlich anzusehen war.

Er öffnete das Papier mit zitternden Händen und las, nachdem er sich mehrmals vergeblich bemüht hatte, die Thränen zurückzuhalten, die seinen Augen entströmten und ihn halb blind machten. Er gab mir das Schriftstück zurück mit den Worten:

„Lesen Sie es selbst, Doctor, — ich kann nicht.“

Ich nahm das Papier und las es langsam und mit Nachdruck. Als ich an jenen Theil kam, in welchem Jakob geradezu die Unwahrheit jedes Wortes, das er gegen Anna aussprach, bezeugte und gestand, daß er von Madame Simmons bestochen wurde, einen Meineid zu begehen, sprang der unglückliche Vater auf und rief, seine Hände in Verzweiflung ringend: „Ist es möglich? Kann es sein? — Gütiger Himmel, welche Schlechtigkeit! Meine gute, arme Anna — wie bist Du behandelt worden! — Weiter, weiter! Doctor, beendigen Sie die Geschichte“, sprach er und wischte seine Augen, die von Thränen überflossen, — „lassen Sie mich Alles sogleich hören“, und ich las nun das Geständniß bis zum Ende, ebenso Martha's Zeugniß.

„Und ist das Alles, Doctor?“

„Alles vorerst, allein ich habe Ihnen noch Manches zu sagen, was Sie sehr unglücklich machen würde.“

„Sie können mir jetzt nichts sagen, was mich unglücklicher machen kann, als die Erinnerung an die Ungerechtigkeit, die ich gegen mein eigenes Kind begangen.“

„Sie sollen nun hören, Herr Simmons.“ Ich berichtete ihm nun Alles, was ich von Minty erfahren, mit großer Genauigkeit. Es brachte eine Röthe auf seine Wangen, denn er war ein stolzer Mann, stolz auf seine eigene Ehre und Rechtschaffenheit — stolz auf seinen makellosen Charakter sowie auf seine Abkunft von einer der ersten Ansiedlerfamilien des Landes, und diese Erzählung war ganz geeignet, seinen Stolz tief zu verwunden. Als ich so sprach, wurden seine Wangen bald bleich, bald rötheten sie sich wieder und sein Auge funkelte zuweilen vor Wuth. Als ich geschlossen hatte, schaute er mir gefaßt in's Gesicht und sagte: „Es ist kein Zweifel, daß Alles, was Sie sagten, völlig wahr ist?“

„Nicht der mindeste, Herr Simmons, ich habe hiefür den unbestreitbarsten Beweis.“

„Ich will nun nicht fragen, wie Sie in den Besitz einer solchen Nachricht kamen, Ihre Beweggründe schätze ich und werde nicht verfehlen, meine Dankbarkeit zu beweisen."

„Lassen Sie mich nun erzählen, warum ich Sorge trug, das zu ermitteln, was ich gerade Ihnen mitgetheilt. — Es geschah blos, weil ich glaubte, daß Ihre Tochter gänzlich unschuldig und das Opfer einer niedrigen Verschwörung sei. Seien Sie doch versichert, daß Alles, was ich ermittelt, blos in der Absicht geschah, der Madame Merton zu dienen, und hierin habe ich meinen Zweck erreicht; auch werde ich Alles vergessen, was ich je gehört, Alles, was so peinlich für Sie ist."

„Ich danke Ihnen, Doctor. Es ist vielleicht mehr als ich verdient. Doch muß ich nun gehen und werde sie morgen früh wieder sehen."

„Und wohin, wenn ich fragen darf, gehen Sie nun?"

„In das Haus meiner Tochter, um sie zu mir zu nehmen."

„Erlauben Sie mir, mein Herr, noch ein Wort über den Gegenstand zu sprechen. Ich wünsche auch, daß Sie sogleich sich zu ihr begeben, — doch würden Sie nicht besser thun, wenn Sie Frau Merton nicht eher nach Hause nehmen, bis Alles vorbereitet ist?"

„Mein Herr, Alles ist schon bereit. Es ist mein Haus und sie soll dessen Herrin sein. Was ist noch mehr nöthig? Uebrigens kommen Sie und gehen Sie mit mir. Sie müssen sehen, wie ich meinem unglücklichen Kinde Gerechtigkeit widerfahren lasse, denn Sie haben sich als ihren treuen Freund bewiesen." Alsbald begaben wir uns fort und erreichten rasch das Haus, wo Madame Merton wohnte. Während wir die Treppen des Hauses hinanstiegen, war Herr Simmons von Thränen gerührt; als ich aber meine Hand auf die Thürklinke legte, um sie zu öffnen, ergriff er meinen Arm und sagte nach Athem ringend: „Warten Sie nur einen Moment, ich bin zu erregt!" Ich betrat das Haus, von ihm begleitet.

„Ach, Doctor, Sie sind es, ich kannte Sie an Ihrem Schritt", rief Madame Merton aus, als sie, die Thüre öffnend, oben an die Stiege getreten war. Da sie aber sah, daß ich von einer andern Person begleitet war, fuhr sie zurück und trat in's Zimmer. Die Hausflur war so finster, daß sie die Gesichtszüge ihres Vaters nicht unterscheiden konnte und daher von seiner Nähe nichts ahnte, während er bei dem ihm wohlbekannten Laute der Stimme seiner Tochter wie ein Espenlaub zitterte.

„Nun denn, Herr Simmons", sprach ich, „hier sind wir!" Ich öffnete Madame Merton's Zimmerthüre und sagte zu ihr: „Hier, Madame, ist ein Herr, der Sie zu sehen wünscht!"

Als ihr Vater eintrat, blickte sie ihn eine Weile aufgeregt an, dann sprang sie mit einem Freudenschrei ihm entgegen und fiel unter Thränen in seine Arme.

In der That hätte ich nicht bei einem solchen Zusammentreffen anwesend sein sollen; doch berechtigte mich hierzu vielleicht die Rolle, die ich bisher in der Sache spielte, und zudem befürchtete ich, daß unter dem Eindruck des Augenblickes er mit ihr nach seinem Hause eilen und so die weitere Entwicklung der Sache stören möchte.

„Doctor," sprach Madame Merton, an ihres Vaters Brust gelehnt und ihre Hand nach mir ausstreckend, „wie kann ich Ihnen je meinen Dank aussprechen?"

„Und ich", rief Herr Simmons gerührt, „ich schulde Ihnen mehr, als ich durch Worte auszudrücken vermag. Gott wird Sie segnen, und das Bewußtsein, einen solchen Akt der Freundschaft begangen zu haben, wird für Sie kostbarer sein als irgend etwas, das wir sagen, thun oder denken können."

„Und nun, Anna", sprach er, zu seiner Tochter gewendet, indem er sie anschaute mit Blicken versöhnter Liebe, „ich wünsche Dich sogleich nach Hause zu bringen, allein Dein Freund hier meint, Du solltest hier bleiben bis er dir erlaubt, nach Hause zu gehen."

„Herr Simmons", hob ich an, denn ich befürchtete, daß er die Sache übereilen und meinen Plan vereiteln möchte, „Sie müssen für heute wenigstens die Entdeckung vergessen, die gemacht wurde; gehen Sie daher nach Hause und handeln Sie, als wenn nichts geschehen wäre. Geben Sie nicht die geringste Veranlassung zu Verdacht."

„Ich kann es nicht thun", sprach er entschlossen, — „ich sehe keinen Grund ein, anders zu sprechen — ich kann es nicht thun."

„Sie haben keine Veranlassung früher nach Hause zu gehen als bis zur Theezeit, und ich werde mit Ihnen den Abend zubringen; meine Gegenwart wird Sie beständig an die Nothwendigkeit der Vorsicht erinnern."

„Vielleicht mit Ihrer Hilfe vermag ich es. Ich will es um Ihretwillen, wenn Sie es wünschen, versuchen. Allein es ist eine schwere Aufgabe für mich."

„Sie müssen es thun, Herr Simmons. Es ist meine Pflicht, die Angelegenheit nach meiner Art zu Ende zu führen."

„Sicher, Doctor, sicher! Ich weiß nicht, daß ich irgend ein besonderes Geschäft hätte. Anna wird mich wohl nicht zur Thüre hinaustreiben, wie ich es mit ihr gethan; so glaube ich, im Allgemeinen wäre es besser, hierher zu kommen, wenn Sie denken, daß es für mich Zeit ist zum Thee zu gehen."

„Das wird sehr gut sein", erwiderte ich und, da ich einsah, daß er gern allein mit seiner Tochter reden möchte, nahm ich Abschied mit dem Versprechen, zur Theezeit ihn abzuholen und mit mir zu nehmen.

(Fortsetzung folgt.)

Ueber die Natur des Hundes

enthält die „Magd. Ztg." einen sehr bemerkenswerthen Artikel, dem wir Folgendes entnehmen: Ein sicheres Mittel zur Heilung der Wuthkrankheit ist bis jetzt wohl kaum vorhanden. Es kommt aber diese Krankheit auch verhältnißmäßig selten vor und somit auch selten zur Beobachtung und ärztlichen Behandlung.

Dessen ungeachtet sollte man, wegen ihrer Schrecklichkeit alle Vorkehrungen treffen, welche gegen die Wuthkrankheit schützen können. Nicht Hitze und Kälte erzeugen an sich diese Krankheit; denn erfahrungsmäßig erkranken die meisten Thiere im Mai und im September. Fragen wir aber nach den Ursachen, welche diese Krankheit hervorrufen, so dürften als solche in erster Linie stehen schlechte und verdorbene Nahrung, erschöpfender Hunger, namentlich aber großer nicht zu befriedigender Durst. In den meisten Fällen wird dieselbe vom Lande in die Stadt getragen, indem halbverhungerte und verschmachtete Kettenhunde von der Wuthkrankheit befallen werden und nach Entledigung ihrer Bande davonlaufen und beißen, was ihnen in den Weg kommt. Das ist nun einmal nicht zu ändern und wird ebensolang ganz so bleiben, bis ein Mittel gefunden wird, welches den Eigenthümer des Hundes zwingt, demselben statt der groben Vernachlässigung und offenbaren Mißhandlung die nöthige Pflege angedeihen zu lassen. In Städten dürfte es als eine unabweisbare Pflicht der Behörden erscheinen, bei allen öffentlichen Brunnen eine kleine Vorkehrung zu treffen, daß herumlaufende Hunde Gelegenheit finden mit reinem Wasser ihren Durst stillen zu können. Das würde sicher viel wesentlicher und entsprechender sein, als die Anordnung, daß die Hunde Maulkörbe tragen sollen. Bei an sich wirklich bissigen Hunden sind dieselben allerdings nothwendig, und deren Besitzer verantwortlich zu machen, wenn solche Hunde ohne Maulkorb getroffen werden und Schaden anrichten. Im Allgemeinen ist aber der Maulkorb ganz unnütz, ja geradezu verwerflich. Nicht das Publikum, nur der Hundefänger hat von der Maßregel, daß die Hunde Maulkörbe tragen sollen, Vortheil. Einmal berührt diese Maßregel nur die gesunden Hunde, und zwar sehr übel, denn der Maulkorb, der mehr oder weniger die Schnauze einklemmt, verhält das kräftigere Ausathmen und namentlich das Ausschwitzen durch die Zunge, was bei Hunden sehr wesentlich ist, vermehrt dagegen — auch durch seine Belästigung an sich — die innere Hitze und mag sonach unter Umständen selbst zur Herbeiführung der Tollwuth mit das Seine beitragen. Sodann liegt es in der Natur der Tollwuth, daß ein gebissener oder von selbst der Tollwuth verfallener Hund dann, wenn die Krankheit zum Ausbruche kommen will, seinem Herrn heimlich davonläuft. Ob er aber in solchem Falle sich zuvor noch den Maulkorb auf den Weg ausbitten dürfte? und ob er nicht auch diejenigen Hunde, welche ihm mit Maulkorb begegnen, beißen wird? Derartige angebliche Sicherheitsmaßregeln sind auch längst schon als solche anerkannt worden, welche sich mehr schädlich als nützlich erweisen, und in vielen größeren und kleineren Städten auch des Norddeutschen Bundesstaates trägt der Hund heutzutage deshalb keinen Maulkorb mehr, es sei denn, daß derselbe ein bissiges Thier ist. Dagegen ist es Brauch, daß die Hunde eingesperrt werden müssen, oder nur an der Leine ausgeführt werden dürfen, wenn sich im Weichbilde der Stadt ein wirklich toller Hund gezeigt hat, was aber im Ganzen doch sehr selten vorkommt. Diese letztere Maßregel ist allein rationell und zweckentsprechend und sollte darum allenthalben gehandhabt werden.

Wir bemerken dazu, daß nicht nur für Hunde, sondern auch für Menschen bei jedem öffentlichen Brunnen Gelegenheit zum Trinken, z. B. durch einen angeketteten eisernen Becher, gegeben werden sollte. In Bückeburg bestand vor Jahren auf Anordnung des dortigen Arztes Dr. Faust eine solche Einrichtung.

Wir lassen eine hiermit in Verbindung stehende Mittheilung folgen, die wir den „Annalen der Landwirthschaft" nach einer kürzlich erschienenen Schrift des Thierarztes Bourrel „de la rage; moyen de l'éviter" entnehmen. Dieser Thierarzt dirigirt in Paris eine große Hundeklinik, hatte Gelegenheit viele Beobachtungen zu machen und gibt ein Mittel, nicht wie man die Hundswuth heilen kann, sondern wie man vermeidet, daß sie Menschen und Thieren inoculirt werde. Das Mittel ist sehr einfach.

Die Wuth wird nur dann mitgetheilt, wenn die Haut des gebissenen Thieres oder des Menschen aufgeritzt worden ist und das Gift sich mit dem Blute hat vermischen können. Man hat also blos den Hunden diejenigen Zähne auszuziehen oder besser abzustumpfen, welche ihrer Form nach die Haut aufritzen können. Es sind dieß die vier Eckzähne und die zwölf Schneidezähne. Herr Bourrel hat nach und nach mit 30 Hunden experimentirt. Sobald die definitiven Zähne (dents de remplacement, Ersatzzähne) hervorgekommen sind, so kann man den Hund „entwaffnen", auch später noch in jedem Alter. Die Operation dauert 8 Minuten und hat kein Fieber zur Folge. Das Thier frißt gleich nach der Operation. Das Abfeilen der Zähne schadet in keiner Hinsicht der Schönheit des Hundes, da die Lippen dieselben zudecken.

Uebrigens wird vom Verfasser das Für und Wider ehrlich vorgeführt. Das Abfeilen verhindert das genaue Erkennen des Alters des Hundes, sein ungefähres Alter läßt sich aber übrigens leicht aus dem gesammten Aeußern des Thieres entnehmen. Dann ist auch der entwaffnete Hund im Nachtheil, wenn er mit anderen Hunden kämpft; da dies aber gewöhnlich auf der Straße geschieht und man überhaupt seinen Hund nicht herumstreifen lassen soll, so kommt dieser Punkt nicht in Betracht. Was diejenigen Hunde betrifft, die aller ihrer Waffen bedürfen, sowohl bei der Jagd gegen wilde Thiere als auch zum Schutze ihres Herrn gegen Räuber u. dgl., bei diesen würde natürlich eine Ausnahme zu machen sein, und man müßte ihren Zähnen Spitze und Schneide lassen. Andern Hunden aber, selbst Jagdhunden, die das Wildpret unnöthig zerfleischen, bösen Hofhunden und anderen hat man mit Vortheil die Zähne abgestumpft; die Operation ist auf zur Rattenjagd abgerichtete Dachshunde angewendet worden und hat weder ihre Jagdlust noch ihr Jagdglück im geringsten vermindert. Daß das Abstumpfen der Zähne bei bloßen Salonhunden nicht den mindesten Nachtheil haben kann, versteht sich von selbst. Wenn das Abstumpfen der Zähne allgemein eingeführt wäre, meint H. Bourrel, so brauchte man keine Maulkörbe und die Krankheit bliebe auf die Thiere beschränkt, in denen sie sich von selbst entwickelt hat. Jedenfalls sollen sich die bezüglichen Experimente bewährt haben. Zwei solche entwaffnete Hunde waren gebissen und wüthend geworden. H. Bourrel brachte sie mit vier andern Hunden in Berührung, letztere wurden gebissen aber nicht verwundet, also auch nicht angesteckt. Einer der Hunde biß den Thierarzt in die behandschuhete Hand, aber ohne einen Riß, also einen Schaden zu verursachen. Letzteres Experiment wurde öfter wiederholt (man sagt nicht ob mit oder ohne Handschuh), und jedesmal konnten die abgestumpften Zähne die Finger blos klemmen, kneifen, aber nicht verwunden. Die Operation der Entwaffnung geschieht auf folgende Weise. Man setzt den Hund auf einen Tisch und zwei Mann halten ihn; für kleine Hunde genügt ein Mann. Es wird dem Hunde ein Knebel in das Maul zwischen die Backenzähne gesteckt und mit einem Bande hinten der Kopf festgebunden. Mit einem andern Bande umwickelt man die Schnauze, um sie zur Unbeweglichkeit zu zwingen. Mit einer Feile werden die Schneidezähne abgestumpft und mit einer dazu geeigneten krummen Zange die Eckzähne ausgezogen, besser noch aber ist, blos die Spitzen der Eckzähne zu abzusägen und den Stumpf mit der Feile abzurunden, weil dadurch die häßlichen Lücken vermieden werden.

Miscellen.

In Leipzig ist am letzten Mittwoch die Auktion der kostbaren Andrade-Bibliothek Kaiser Maximilians von Mexico, welche seit 8 Tagen im Gang war beendigt worden. Es wurden für einzelne Seltenheiten ersten Ranges in Folge der englisch-nordamerikanischen Concurrenz ganz enorme Preise bezahlt. Zwei mexicanische Incunabeln aus den Jahren 1543 und 1547, Traktätchen des Bischofs Zummarraga von Mexico, wurden mit 905 und 483 Thlr. bezahlt, obschon das erste Quartheft nur 84, das andere Stück nur 100 Blätter enthielt. Beide Seltenheiten wurden für England erstanden. Ein dritter Druck aus Mexico vom Jahre 1544 ging um 800 Thlr. weg, ein Traktat von Dr. Juan Gerson. Ein mexicanisches Werk, Quartband mit Holzschnitten aus dem Jahre 1547: „Regla christiana breve“ erzielte 461 Thlr.; ein Compendium von Dionys Rikel (Rickel) von 16 Blättern ging bis 400 Thlr., ein anderes Büchlein von 12 Blättern und von demselben Verfasser, gedruckt 1544, bis 340 Thlr. hinauf (für Paris). Eine Sammlung von 1750 Broschüren und Aktenstücken aller Art in 28 Bänden über mexicanische Angelegenheiten, Druck aus den Jahren 1820—[illegible] und aus verschiedenen Officinen in Mexico, Puebla, Guadalajara, Habana etc., wurde mit 510 Thlr. für England erworben u. s. w.

Eine noch junge und schöne Frau, deren Anzug auf Wohlhabenheit schließen ließ, saß in diesen Tagen in einem der Säle des Hospitals zu Mâcon an der Seite und hielt einen Knaben von 7—8 Jahren mit ihren Armen umschlungen, der die grobe Kleidung des Findelkindes trug. Die Frau preßte den Knaben an ihr Herz, und indem Thränen ihre schönen Wangen hinabrollten, rief sie ihm mit herzzerreißender Stimme zu: „Mein Kind! mein Kind! erkennst du mich nicht?“ Erstaunt und fast vor Schrecken außer sich antwortete das Kind: „Nein, Frau, ich kenne Sie gar nicht!“ Ein älterer Mann mit weißem Haar kniete vor dieser Gruppe, schloß sie in seine Arme und weinte. Die Aufklärung dieser Scene findet sich in Folgendem: „Vor einigen Jahren lebte bei Mâcon ein Ehepaar, welches auf alle Weise vom Mißgeschick verfolgt wurde. Der Gatte war arbeitsam und intelligent und die Gattin rechtschaffen und sparsam. Alle Anstrengungen waren vergebens. Das Elend näherte sich mit großen Schritten. In der Verzweiflung faßten die beiden Eheleute den Entschluß, auszuwandern und in Amerika ihr Heil zu versuchen; doch sie hatten ein Kind von zwei Jahren. Sollten sie dieses den drohenden Gefahren und vielleicht noch schlimmerem Elende aussetzen? Sie entschlossen sich, dasselbe mit einem Erkennungszeichen versehen, am Hospital von Mâcon auszusetzen. — In einigen Jahren hatten die Ausgewanderten, mehr vom Glück begünstigt, sich ein Vermögen erworben, das sie zu Geld machten und mit dem sie in die Heimath zurückkehrten. Hier beeilten sie sich nun, ihr zurückgelassenes Kleinod zu reklamiren. Während der Vater die nöthigen Schritte that, seinen Sohn zurück zu erlangen, war die Mutter eben bemüht, entfernte Erinnerungen in dem Gedächtnisse des Kindes zurückzurufen, die es nicht zu behalten vermocht hatte. Der Greis, den wir oben kennen lernten, war der Großvater des Kindes.“

In Griechenland, welches bisher von allen Staaten Europa's allein noch keine Eisenbahnen hatte, ist am griechischen Neujahrstage, den 13. Januar, der erste Schienenweg mit einer Locomotive befahren worden. Diese Strecke, nämlich von Athen bis zum Piräeus, ist jedoch nur 2 Stunden lang.

* Michels Wort.

Die Lisbeth liegt im Krankebett
Und denkt dabei an's Sterwe.
Sie is noch jung, ihr Mann gewüscht:
Noch hat se schun en Erwe!
„Ach, Michel“, sagt se dann e mol,
„Gelt Du heschst mich recht gern?
Was werschst dann mache, wann mer jetz
Getrennt vun nanner wären?“
„O, Lisbeth, freilich lieb' ich Dich,
Des werschst Du besser wiße;
Wann ich Dir in dei Auge guck,
Mein ich, ich müßt Dich küsse!“
„Des weeß ich, doch a mannichmol
Do fahrt mers dorch die Glidder,
Ich denk' als, wann ich sterwe solt,
Do heiratschst Du widder.“
„Ich?“ sagt der Michel, „Lisbeth, nä —
Ich will dr's Wort druf gewe
Und do mei Hand, so was werschst Du
Nun mer nol mei erlewe!“
Un ghalte hot der Michel auch
Sei Wort so ganz ausdrücklich —
Erscht noch dem Tod der Lisbeth war
Er mit re Annere glücklich.

—k.

* E Rechnungs-Räthsel.

Der Martin hot zur Bärwel gsat:
„Mer häten [illegible] [illegible], —
Du bischt, wie ich, e Lädiekind,
Drum wolle mer net lang [illegible];
Bei Jahre sin mer alle zwee,
E Dutzend bin ich älter; —
Zwor 16 Schaltjohr hoschst Du auch,
Doch 19 mache [illegible].
Und sollt uns dann noch annres Johr
E junger Prinz beglücke,
Bis der dann dreißig, — hätte mer
Zammegenomme [illegible] em Stück. —
Wie viel hab ich und wie viel Du,
Mei allerliebschti Bärwel? —
Wann des beherzschst un überlegscht,
Dann gibschst mer auch se Kärwel!

—k.

Redaction von K. A. Boll, Druck der Jäger'schen Druckerei in Speyer.

Palatina.

Belletristisches Beiblatt zur Pfälzer Zeitung.

Nro. 14. Speyer, Dienstag, den 2. Februar 1869.

* Die Stiefmutter.

Von Prof. J. Walchner.

(Fortsetzung.)

Früh am Abend kehrte ich meinem Versprechen gemäß zur Wohnung der Frau Merton zurück, von wo ich Herrn Simmons nur mit vieler Mühe fortbringen konnte, so gern weilte er bei seiner Tochter und so sehr wurde er zu Thränen gerührt, von Neuem mit seiner Frau und Fräulein Johanna in Berührung gebracht zu werden. Nur als ich ihn versicherte, daß Alles vorbereitet sei und kein längerer Aufschub als bis Morgen stattfinden solle, versprach er, an diesem Abende weder etwas zu sagen noch zu thun, was zu einer vorzeitigen Entwickelung der Sache führen könnte.

Wir fanden die Familie, mit Einschluß des Herrn Barton, in der That zu Hause und ich wurde von Allen mit der gewöhnlichen Freundlichkeit empfangen. Wie ich bereits bemerkte, galt es als ausgemacht, daß ich der Gatte des Fräuleins Johanna werden sollte. Der Abend verstrich wie gewöhnlich sehr angenehm. Ich sprach mehr als mir zukam, und Herr Simmons, angeregt durch mich, überließ sich mehr als sonst dem Genusse geistiger Getränke, was seine Frau und Tochter sehr erstaunen machte. Sie ahnten jedoch nicht einen Augenblick etwas von dem, was der Tag bringen würde, und waren so heiter und munter, wenn Schuldige überhaupt munter sein können, wie die übrigen von uns.

Als ich mich erhob um Abschied zu nehmen, wandte sich Herr Barton zu mir und sprach nebenbei: „Doctor, ich muß Ihnen sagen, daß ich morgen nach Philadelphia gehen werde; kann ich Ihnen vielleicht eine Gefälligkeit erweisen?"

Ich konnte kaum mein Freude zurückhalten, die ich bei Anhörung dieser Worte empfand, jedoch bemerkte ich ihm, daß ich nichts zu besorgen habe. Nun nahm ich unter dem freundlichen Lächeln und den holdseligsten Blicken Johanna's Abschied, bis zur Thüre von Herrn Simmons begleitet, der, als er mich hinausließ, flüsternd sagte: „Sind Sie mit mir zufrieden, Doctor?"

„Sehr, sehr! Nur bewahren Sie Ihre Haltung bis morgen und Sie werden sicher triumphiren."

„Gott sei ihnen gnädig!" brummte er, mit den Zähnen knirschend, als die Erinnerung der Schande, die sie auf ihn gehäuft, seine Gedanken durchkreuzte.

Früh des andern Morgens begab ich mich zu meinem Freunde Doctor D., um mit ihm unsern Patienten Jacob zu sehen, den wir auf rascher Besserung fanden, und der kaum Worte finden konnte, uns seine Dankbarkeit für seine Herstellung auszudrücken.

Nachdem wir ihm Mittheilung gemacht über die günstige Wendung, welche seine Krankheit genommen und über die Sicherheit, die wir nun von seiner raschen Genesung hatten, erzählte ich ihm die Thatsache, daß Martha ihre Theilnahme an der niedrigen Verschwörung gegen Madame Merton eingestanden habe, worüber er sehr erfreut war. Und als wir ihn fragten ob er zögern würde, ein weiteres öffentliches Geständniß abzulegen über sein Benehmen, wenn es erforderlich sein sollte, erwiderte er, daß er bitterlich seine Schlechtigkeit bereut habe und sich sehne, Fräulein Anna um Verzeihung zu bitten.

Als dies geschehen, kehrten wir in die Wohnung meines Freundes zurück, wo wir Minty den Auftrag gab, sich bereit zu halten und mit uns zu Madame Merton zu gehen. Ich fand daselbst Herrn Simmons, der gierig auf uns wartete. Ich konnte mir wohl vorstellen, wie glücklich Vater und Kind bei solchem Anlaß waren.

„Nun, Doctor", sprach Herr Simmons mit einer Anstrengung, heiter zu erscheinen, denn ich bemerkte, daß er sehr aufgeregt war, „wann und wie soll diese Sache beendigt werden? Ich spielte meine Rolle außerordentlich gut vergangenem Abend und sehne mich ungeduldig nach einer Lösung."

„Sie sollen nicht länger hinausgezogen werden, Herr Simmons. Der Wagen der uns nach Ihrem Hause fahren soll, steht an der Thüre. Mein Freund Doctor D. wird uns begleiten, da durch ihn meine wichtigen Entdeckungen gemacht wurden."

„Und wo ist er?" fragte Madame Merton nun zum erstenmale sprechend.

„In dem Wagen unten wartet er, doch werde ich mit Ihrer Erlaubniß ihn heraufbringen und einführen." In wenigen Minuten war mein Freund bei uns und stellte sich Herrn Simmons und seiner Tochter vor.

„Kommen Sie nun — wir sind alle bereit"

sprach ich nach wenigen Minuten, und seine Tochter beim Arm nehmend ging Herr Simmons voraus.

Als er die Thür erreichte, stand er plötzlich beim Anblick der Creolin, welche still da saß, und fragte überrascht: „Wer ist diese Frau und was treibt sie hier?"

„Sie ist das Mädchen, welche Ihre Frau von früher kennt."

„So, so", sprach er, mich unterbrechend, und ohne eine weitere Bemerkung zu machen hob er seine Tochter in den Wagen und wir alle folgten.

Die Stille, die alle im Wagen Sitzenden beobachteten, war in der That peinlich. Madame Merton lag an ihres Vaters Brust, in ihren Augen glänzten Thränen, während in dem Aeußern des Vaters die verschiedenen Gefühle, die ihn aufgeregt hatten, ersichtlich waren. Alle schienen zu sehr in ihre Gedanken vertieft, um irgend eine gewöhnliche Bemerkung zu machen.

Wenige Minuten brachten uns an die Thüre der Wohnung des Herrn Simmons. Ich stieg zuerst aus, während ich Minty befahl, im Wagen zu bleiben bis ich sie rufe, alsdann hob ich Madame Merton heraus die an ihres Vaters Arm ihr eigenes Haus zum erste Male wieder betrat, aus dem sie so lange und mi Unrecht verbannt war.

„Gott segne Dich mein Kind", sagte Herr Simmons, stille stehend bis sie die Hausflur betreten, un küßte ihr die Thränen weg, welche aus ihren Auge rannen. „Jetzt bist Du wieder zu Hause, so Gott wil um es nimmermehr zu verlassen, es sei denn Dein eigene Wahl. — Kommen Sie, Doctor, kommen Sie herauf!" Wir schritten die Treppe hinan, Herr Simmons und seine Tochter voraus, während Doctor D. und ich folgten.

„Treten Sie herein, meine Herren!" sprach er mit lauter entschlossener Stimme, das Besuchzimmer öffnend. Im nächsten Augenblicke standen wir Madame Simmons und Johanna gegenüber, die auf dem Sopha saßen und tief im Gespräche waren.

Als die Damen diesen Zug in's Besuchzimmer treten sahen, sprangen sie auf und schienen einen Augenblick in Verlegenheit zu sein. Madame Simmons jedoch gewann zuerst ihre Geistesgegenwart wieder. Rasch eilte sie Madame Merton mit ausgestreckten Armen entgegen und geberdete sich, als wollte sie dieselbe umarmen mit dem Ausrufe: „O! meine theure Anna!" Jedoch ehe sie zu Frau Merton herangetreten, rief Herr Simmons mit donnernder Stimme:

„Hinweg, Heuchlerin! Berühre sie nicht mit Deinen entweihten Armen!"

„Gott! Mein Gatte!" sprach seine Frau, erstaunt um sich blickend, „Was soll das bedeuten? — Eine solche Sprache gegen mich, mein Gemahl!"

„Das soll bedeuten, daß ich meine Tochter hierher gebracht habe, um wieder in dem Hause zu verweilen, aus dem sie durch Deine teuflischen Lügen vertrieben war!"

„Ich werde sehr glücklich sein, mein Herr, bei dem Bewußtsein, daß Sie dieselbe eines festen Platzes in Ihrem Hause für würdig halten. Allein nach der Sprache, deren Sie sich jetzt bedienten, können Sie erwarten, daß ich unter dem gleichen Dache bleiben und den Charakter und die Moral meiner Tochter durch Berührung mit einer solchen Person wie sie gefährden lasse?"

Was Herr Simmons erwidert haben möchte, weiß ich nicht, denn auf seiner Stirn war der Ausbruch eines schweren Sturmes zu lesen, doch seine Tochter warf ihm einen flehenden Blick zu und er sprach dann blos:

„Ich hatte nicht die mindeste Idee von einer Berührung. Es ist meine Absicht — nein, selbst mein Befehl, daß Sie dieses Haus sogleich verlassen, und sollten Sie unentschlossen sein in Bezug auf den Platz, wohin Ihr Euch zu begeben gedenkt, so sei Euch die Luft von Philadelphia empfohlen. Dort wird Jemand sein, der Sie bewillkommnen, Jemand, der besser Ihren Werth zu würdigen verstehen wird, als ich es konnte."

Bei diesen Worten waren Mutter und Tochter außerordentlich aufgeregt, doch ehe sie Zeit fanden, ein Wort auszusprechen, fügte er bei:

„Ich bin nun genau mit allen Ihren garstigen Lügen und Plänen bekannt, die dahin zielten, meine Tochter zu ruiniren, und das Alles des eitlen Goldes wegen, in dessen Besitz Sie mich wußten. Es ist genug, daß ich weiß, daß Sie Ihre Diener Jakob und Martha bestachen, einen falschen Eid zu schwören. Doch Ihre Theilnehmer haben sie verrathen!"

„Mein Gatte, ich will nichts mehr hiervon hören", sprach seine Frau stolz. „Ich weiß nicht, wer solche faule Geschichten ausgeheckt hat, die Ihr Ohr so willig aufnahm. Als Gattin bin ich berechtigt zu —"

„Madame, ich erkenne Sie fortan nicht mehr als meine Gattin. Sie sind die ehrlose Zuhälterin eines noch ehrloseren Mannes, Ihr Kind ist ein Abkömmling der Sünde und Schuld! Wagen Sie nie mehr mich Ihren Gatten zu nennen, Sara Kenneth, ich weiß wer Sie sind! Wenn Sie nicht wünschen, daß die Welt über Sie, die Genossin dieses elenden Barton, erfährt, was ich erfahren, so lassen Sie diese Schwelle keine Stunde mehr durch Ihren Schatten entehrt sein!"

Mit zornfunkelndem Blick stand Herr Simmons mitten im Zimmer, die Hand erhoben wie zum Fluch. Bei seinen vernichtenden Worten fuhr Johanna's Mutter todtbleich vor Schrecken zusammen, doch faßte sie sich bald wieder und sagte:

„Herr Simmons, Sie häufen schwere und schreckliche Beschuldigungen auf eine Frau, die Sie zu ehren und lieben am Altare geschworen haben."

(Fortsetzung folgt.)

Erste Besteigung des Mont-Blanc durch de Saussure im Jahre 1787.

Aus allen Theilen Europa's strömen jährlich Züge von Touristen den Alpen zu, um die steilsten unerreichbarsten Berghöhen zu ersteigen, und bald werden alle Schneeregionen, die früher nie ein menschlicher Fuß betreten, ihrer reinen unberührten Frische, die das Entzücken der Maler bildet, beraubt sein. In England, der Schweiz, Oesterreich und Italien haben sich Gesellschaften gebildet, deren Mitglieder, von Ehrgeiz und Thatenlust getrieben, sich gegenseitig durch Kühnheit und Ausdauer zu überbieten streben; man zählt nur wenige Bergspitzen mehr, die ihrer Anstrengung widerstanden. Welch' schöneres Ziel könnte auch eine frische muthige Jugend sich setzen, um ihre noch ungeübte Kraft zu erproben? Die stereotypen gymnastischen Uebungen, die kleinen Anregungen, welche die Jagd in den Ebenen bietet, können einem unternehmenden, von kräftigem Körper unterstützten Geist nicht genügen, er muß hinaus, wirklichen Gefahren und Hindernissen entgegen zu treten und die Alpen bieten eine seiner Kampflust würdige Arena.

Bald ist der kühne Wanderer genöthigt, sein Nachtlager in einer verlassenen Sennhütte oder unter einem schützenden Felsen, dicht an der Grenze der Schneelinie aufzuschlagen; aus den jähen Abgründen und Spalten der Gletscher starren ihm Tod und Verderben entgegen; herabgestürzte Steinblöcke versperren ihm den Weg zum nah geglaubten Ziel; er muß gegen die Einwirkung der Kälte und der sich mehr und mehr verdünnenden Luft ankämpfen; Wolken umgeben ihn unverhofft und hüllen den Berg und die Gegend umher in dichte Nebel ein; Gewitter entladen sich und ihre stets nach den höchsten Spitzen zielenden Blitze bedrohen ihn; oder er sieht sich mitten in den Schnee- und Eiswüsten von der plötzlich eintretenden Dunkelheit überrascht; alles dieses sind Anstrengungen und Gefahren, die zu bestehen dem Muth und der männlichen Kraft der Jugend würdig sind. Und welche Freude, welch' lohnender Genuß, wenn das schwer erstrebte Ziel endlich erreicht ist. Mit Stolz sieht man die Welt zu seinen Füßen liegen, das trunkene Auge schweift über Berge und Thäler, über unabsehbare Fernen dahin, eine wohlthätige Ruhe läßt bald die Ermüdung und überstandenen Beschwerden vergessen und ein nie gekannter Hunger würzt das frugale Mahl, welches der Führer auf dem Blumenteppich vor uns ausbreitet; dazu verleiht die reinere Luft, das hellere Licht allen Dingen um uns her einen Reiz und eine Schönheit, wie sie die dumpfe Atmosphäre der bewohnten Regionen nicht zu bieten vermag und indem dieses Wohlbehagen des Körpers auf die Seele zurückwirkt und unser ganzes Sein erfaßt, fühlen wir uns zu erhabenen Gefühlen und großen Gedanken angeregt.

Der Ehrgeiz und die Eitelkeit der Welt stehen plötzlich in ihrer ganzen Erbärmlichkeit vor uns, wir begreifen kaum den Einfluß, den sie bisher über uns ausgeübt und nehmen uns vor, sie von jetzt an zu verachten. Solche und ähnliche Genüsse und Gefühle ergreifen jeden Gebildeten, der von diesen Höhen herab auf das großartige Panorama niederschaut, das sich zu seinen Füßen ausbreitet und dessen Mittelpunkt er bildet. Größere Genüsse noch sind dem Forscher vorbehalten, der hier die Gesetze der Welt, die Phänomene der Atmosphäre, die Natur-Erzeugnisse dieser kalten Regionen studiren oder die Construction der Berge analysiren will, welche ein zufälliges Chaos scheinen und doch der Ausdruck einer noch unentdeckten Regel sind. Die wissenschaftlichen Wanderungen sind von höchstem allgemeinstem Interesse, während die Touristen nur persönliche Eindrücke erhalten, die ihre Gefühle, ihre Bewunderung erregen, aber nicht auf Andere zu übertragen sind und deren Ausdruck sich gewöhnlich nur auf wenige Laute des Entzückens und befriedigenden Stolzes beschränken.

Bis zur Mitte des vorigen Jahrhunderts war die innere Alpenkette der Schweiz nur den Bergbewohnern bekannt. Die Bewohner der Ebenen ließen sich von den schlechten Wegen, die nur aus schmalen Fußsteigen bestanden, von dem Mangel an obdachbietenden Häusern und der Furcht vor unvorhergesehenen Zufällen und Gefahren abhalten, diese Gegenden zu besuchen. Obschon seit 1090 das Kloster der Benediktiner in Chamounix bestand und die Bischöfe von Genf es seit der Mitte des 15. Jahrhunderts besuchten, so war es doch der übrigen Bevölkerung, die die weiten Ufer des Genfersee's bewohnte, gänzlich unbekannt und der durch seine Reisen im Orient berühmte Engländer Pocok und sein Landsmann Windham waren die ersten, die das herrliche Thal am Fuß des damals „Mont Maudit" genannten Montblanc entdeckten, seine Schönheit priesen und die ungegründete Furcht vor der angeblichen Rohheit seiner Bewohner verscheuchten; obschon auch sie, geschreckt von den Lügen und fabelhaften Erzählungen, durch welche man sie von ihrem Vorhaben abzubringen suchte, sich mit unnöthigen Vorsichtsmaßregeln umgeben und in ziemlicher Entfernung von dem Kloster und den Gebäuden der Bewohner auf einer Felsplatte sich gelagert hatten, die noch jetzt „la Pierre des Anglais" genannt wird; den Schweizern Bourrit, de Saussure, Pictet und Deluc erst gelang es, das Thal bekannt zu machen. Wie die Umgegend des Montblanc, so waren auch die des Mont-Rose und selbst die Berner und Walliser Alpen unbekannt und gefürchtet. Um die Zeit, von der wir sprechen, waren nur die bekannten Alpenpässe, die nach Italien führen, und die Bergzüge, durch welche die einzelnen Thäler unter einander verkehrten, bereist; vergebens suchten Scheuchzer-Altmann und de Gruner zu Anfang des 18. Jahrhunderts in ihren Schriften und Reisebeschreibungen die Aufmerksamkeit Europa's auf die Schönheiten der Schweiz zu lenken; erst Ende des Jahrhunderts von de Saussure's und de Bourrit's Arbeiten wiederholt dazu angeregt, besuchten die ersten Fremden die Schweiz, und seitdem nimmt der Zufluß von Reisenden in jenen Gegenden von Jahr zu Jahr zu. Die Schweiz gleicht jetzt einem großartigen Parke, der nach allen Richtungen hin von Dampfschiffen und Eisenbahnen durchkreuzt wird; den Fußwanderern begegnet man nur mehr auf den Höhen der Berge, doch mehrt auch ihre Zahl sich täglich; nur die wissenschaftlichen Wanderungen gehören noch immer zu den Seltenheiten, und seit dem kühnen Unternehmen de Saussure's wurde bis zum Jahre 1843 keine Alpenbesteigung zu wissenschaftlichen Zwecken mehr unternommen.

(Fortsetzung folgt.)

Miscellen.

* Speyer, 30. Jan. Freunden der Kunst steht demnächst ein hoher Genuß bevor, indem ihnen Gelegenheit geboten wird, mehrere Meisterwerke eines der besten Maler der Jetztzeit zu bewundern. In den Räumen des Kunstvereins werden nämlich im Laufe der nächsten Woche sechs Gemälde von Anselm Feuerbach in Rom aufgestellt werden, welche der Künstler zur Ausstellung in seiner Geburtsstadt Speyer, dem pfälzischen Kunstverein direkt aus Rom übersendet hat. Ueber einen Besuch des Ateliers dieses Malers zu Rom schreibt ein Kunstkritiker der Allg. Ztg.:

„Als eine ganz besondere Gunst des Schicksals, die nicht gerade häufig dargeboten zu werden scheint, muß ich es betrachten, daß mir Gelegenheit geboten war, das Atelier Feuerbachs zu betreten — eines Künstlers, der gerade in den letzten Jahren, durch die Originalität seiner Leistungen, die [illegible] Aufmerksamkeit deutscher Kunstfreunde auf sich gezogen hat. Mich hatte früher besonders jenes die Lebensgröße übersteigende Bild einer „das Land der Griechen mit der Seele suchenden" Iphigenie frappirt, das vor mehreren Jahren an verschiedenen Orten Deutschlands zu sehen war. Den Künstler hat diese Inspiration noch weiter beschäftigt. Jetzt fand ich bei ihm eine neue Iphigenie, weicher und zarter gehalten als die erste, aber dieselbe Situation. Nur fällt hier, bei ganzem Profil, jenes Moment hinweg, das aber der ersten schwebte: die Frage wie uns ein psychologischer Eindruck so deutlich und überwältigend nahe treten könne, während wir doch bei der abgewandten Richtung des Gesichts kaum in Besitz eines ausreichenden Materials für unsere Urtheilskraft gesetzt sind. Von anderen, was ich in dem reichgefüllten Arbeitssaal am Ende der Via Nicola di Tolentino gesehen — es schweben mir außer zahlreichen Studienköpfen noch deutlich vor ein reizendes Frühlingsbild (moderne Scene), ein Mandolinenspieler (des Künstlers Portrait), eine Lesbia mit einem Vogel, eine Medea — will ich zunächst noch eine Amazonenschlacht hervorheben, ein von Kampf und Sturm außerordentlich belebtes Bild, Land- und Seeschlacht zugleich. Eine wirklich geniale Composition tritt uns in „Orpheus und Eurydice" entgegen: ein hohes Bild, nur zwei Gestalten umfassend, die eine entschlossen aufstrebend nach dem Lichte, die andere noch fast ein Schatten der Unterwelt, vom Arm des Gatten umfangen und gezogen, aber dem neuerlangten Leben kaum trauend, es kaum noch fühlend, ein geisterhaft traumendes Seelenbild. Noch größere Wirkung darf man sich aber versprechen, wenn der Künstler einmal den Vorhang von der großartigsten aller seiner bisherigen Leistungen abheben und der Welt sein „Symposion" zeigen wird, das schon jetzt der Vollendung nahe ist. Ich werde mich zeitlebens mit Freuden erinnern, dieses geistreiche Werk im Entstehen gesehen zu haben. Siebzehn lebensgroße Gestalten vertheilen sich in zwei Gruppen. Rechts Sokrates — ein unvergleichlicher Kopf, Portrait und Ideal zugleich — im tiefen Gespräch mit den um ihn her Gelagerten oder hinter ihm stehend Zuhörenden; links Alkibiades, eben eintretend an der Spitze eines kühnen bacchantischen Fackelzugs, dessen Anführerin schon die abwärts führenden Stufen verlassen hat. Auf eine andere gestützt ruft er laut in die Scene herein. Dieser wirksame Contrast wird endlich auf's schönste vermittelt in Agathon, der eben vom Tische der Freunde sich erhoben hat, um dem neuen Gast, welchen die anderen noch kaum zu bemerken Zeit gehabt haben, mit gefüllter Schale entgegenzugehen — eine Gestalt von acht attischer Würde und Anmuth. Das Bild ist sicherlich nichts weniger als dem großen Publikum zu Gefallen gemalt, aber es wird — dessen sind wir sicher — seinen Weg machen und eines durchschlagenden Erfolgs nicht verfehlen."

Einige der in diesem Bericht beschriebenen Gemälde werden in einigen Tagen hier in Speyer im Gebäude des Kaufhauses zur Aufstellung kommen, weshalb wir nicht verfehlen, alle Freunde der Kunst hierauf aufmerksam zu machen.

(Vögelverfolgung.) Der [illegible] Morris klagt in den englischen Zeitungen über die massenhaften muthwilligen Zerstörungen, welche unter den Vögeln Großbritanniens angerichtet werden. Oft nehme man die Alten vom Nest und lasse die hilflosen Jungen zu Hunderten umkommen. An der Küste von [illegible] gehe dies in großartigem Maßstabe. In dem Orte [illegible] allein belaufe sich die Zahl der getödteten Vögel wöchentlich auf nahezu anderthalb Tausend, wofür Londoner Händler 1 Schilling per Vogel bezahlen und auch die Eier in Kauf nehmen. Auf der Insel Man habe die Local-Legislatur [illegible] [illegible] [illegible] müssen. In diesem Berichte wird der massenhaften Vertilgung von Vögeln im Innern des Landes nicht gedacht. Rühmte sich doch eine Frau, eine Gutsbesitzerin in Kent, in einem Monat 18,000 Vögel, Sänger und Kukuksänger, mit vergiftetem Korn, einem [illegible] Handelsartikel in England, aus der Welt geschafft zu haben, ein Factum, das im Unterhause unter Minuten besprochen wurde. „Und [illegible] sich der Hain", wie es im Dichter heißt.

Den größten Anker der Welt besitzt nach einer Angabe des englischen „Engineer" der Great Eastern. Dieser Anker ist aus dem Ganzen mit zwei beweglichen Armen geschmiedet und wiegt mit Stock nicht weniger als 18,000 Pfund.

(Ein Collage des Monsieur Nabelgelder.) Der Wiener N. Fr. Presse schreibt ein Leser:

„Vor ungefähr acht Tagen telegraphirte ich nach Paris an einen Freund: Herr N. N., Hotel de France, Paris. — In der Depesche war der Satz enthalten: „bei drei ersten Häusern Erkundigungen eingezogen" rc. — Bekanntlich werden in Paris alle auswärtigen Depeschen auf einen langen Streifen gedruckt, der, zerschnitten auf ein Depeschenformular geklebt wird; diesmal beliebte dem Zuschneider des Bureau, die Depesche falsch aufzukleben, und der Abschreiber setzte auf das Couvert: „Monsieur Bey-Drei. Einen Hausern Erkundigungen eingezogen. Paris." Diese Depesche wanderte nun zur türkischen Gesandtschaft, wo von einem Türken die Entdeckung gemacht wurde, daß es eine deutsche Depesche war, und nach 24 Stunden gelangte mein Freund in den Besitz der für ihn bestimmten Depesche."

Aus München meldet der „Bayer. Kurier": Einen Fall eigener und äußerst seltener Art dürfte nachstehende Thatsache bilden. Vor 20 Jahren wurde dahier ein Mädchen geboren, und bald darnach in Kost und Pflege einer Familie übergeben, regelmäßig dafür eine hinreichende monatliche Alimentation bezahlt, ohne zu wissen, von wem dieselbe geflossen. Kurz vor Weihnachten kam nun unter der Adresse der Pflegeeltern besagten Mädchens (welche, nebenbei gesagt, ihrem Pflegling auf das sorgfältigste erziehen ließen) eine Summe von 30,000 fl. an, mit dem Beifügen, dieselben seien ein Christgeschenk für deren Pflegekind — und war auch hiebei die Zusendung eine anonyme. Man vermuthet, daß sie von dem verstorbenen Bürgermeister Zelinka in Wien herrühre.

Von den merkwürdigen Annoncen, die tagtäglich in der Times erscheinen, heben wir folgende hervor: „Eine Million Pfund Sterling Belohnung wird für die beglaubigte Abschrift des Taufzeugnisses des Robert Jennings, Sohn von Robert Jennings und Anna Jennings gegeben werden. Man vermuthet daß die Taufe im Jahre 1704 in der Kirche St. Giles in The Fields in London vollzogen worden ist. Adresse Robert Read, Woodman-Street, Parkroad, Leeds."

Zum Debut der Frau Adelina Patti in Petersburg hat Jemand einen Lehnstuhl von 160 Rubel, ein Anderer eine Loge mit 800 Rubel bezahlt. Um ohne Billet in Corridoren stehen zu können, bezahlten noch Andere 18 Rubel.

Redaction von F. L. Wolf, Druck der Jäger'schen Druckerei in Speyer.

Palatina.

Belletristisches Beiblatt zur Pfälzer Zeitung.

Nro. 15. Speyer, Donnerstag, den 4. Februar 1869.

* Die Stiefmutter.

Von Prof. A. Walchner.

(Fortsetzung.)

Herr Simmons blickte sie finster an. Nur noch kühner geworden, sagte sie wieder: „Sie beschimpfen ein unschuldiges harmloses Mädchen. Ich weiß, daß diese Beschuldigungen grundlos sind, und es wird die Stunde kommen, in der Sie Ihre Ungerechtigkeit und Grausamkeit bereuen werden. Es kann kein Schatten auf den Charakter fallen, den Sie angreifen, und die infame Weise, womit Sie meinen Namen mit jenem meines Vaters in Verbindung bringen, kann blos von einer wahnsinnigen Verblendung zeugen. Mein Name war Sara Mean — und jetzt heiße ich Simmons. Was Sie mit dem Namen Sara Kenneth sagen wollen, weiß ich nicht, noch bekümmere ich mich darum!"

„Doctor", sprach Herr Simmons, sich zu mir wendend, — „diese Frau ist ein vollendeter Advocat; sie handelt nach dem Grundsatze: Leugnet Alles ab, und bestehet auf dem Beweise. Seien Sie so gefällig, sie zu bitten, heraufzukommen!"

Ohne ein Wort zu erwidern verließ ich das Zimmer, seiner Bitte zu willfahren und kehrte im nächsten Augenblicke mit Minty zurück. Als ich, von der Negerin begleitet, eintrat, blickte sie Madame Simmons sinnend eine Weile an, sie erkannte bald das Aeußere einer Person, die sie schon lange nicht mehr gesehen hatte; sie wurde bleich und zitterte außerordentlich, sprach jedoch keine Silbe.

Was Fräulein Johanna anbelangt, als sie Minty sah, so schien es, als ob sie bei ihrem Anblick ihre Natur verändert hätte. Sie blickte dieselbe an mit Augen, die von Wuth strahlten, so daß ich fast fürchtete, sie möchte sie angreifen.

„Nun", sprach Madame Simmons mit mühsam errungener Fassung nach einer Pause von einigen Minuten, „was hat diese Frau mit mir zu thun?"

„Sie kennen sie demnach nicht?"

„Ja, ich kenne sie als eine Sklavin, die aus meines Vaters Hause entlief, um nun wieder zurück geschickt und tüchtig dafür gepeitscht zu werden", erwiderte sie.

„Wie verhält sich das, Minty?" sprach Herr Simmons, sich zu Minty wendend, die sich stille verhielt, wie ihr geboten wurde, bis man ihr zu sprechen erlaubte.

Ich kann es nicht unternehmen, Minty's Aussagen wiederzugeben, denn ihr Zorn hatte sich entleert, und sie brach in einen solchen Sturm von Beleidigungen aus, wie ich nie zuvor gehört hatte. Da sie mit der größten Genauigkeit erzählte und die Geschichte ihrer Vergangenheit bis in's Kleinste berichtete, schritt Madame Simmons allmälig nach dem Sopha zurück, auf welchem sie sich niederließ und auf die Sprechende blickte voll Wuth und Ingrimm. Sie machte keine Anstrengung sie zu unterbrechen, wohl wissend, daß es vergeblich gewesen wäre, da Minty's Wuth angeschürt war.

Der Inhalt der Sache, von der sie sprach, war folgender: Sie kannte Madame Simmons in Charleston, wo sie unter dem Namen Sara Kenneth wohl bekannt war als die berüchtigte Frau des Karl Barton, eines vollendeten Spielers. Sie kannte sie nicht nur gut, sondern sie war auch lange ihre Dienerin und bei ihr in Diensten, als Johanna geboren wurde. Und was Johanna anbelangt, so war sie nicht gerade so schlimm als ihre Mutter, doch blos, weil eine geeignete und nützliche Gelegenheit bisher sich noch nicht geboten hatte.

Nachdem Sara einige Jahre mit Barton zusammengelebt, verließ dieser den Süden und sie traf einen Herrn Namens Mean, bei dem sie wohnte bis er starb. Sie selbst gab sich nun aus als Madame Mean, seine Wittwe. Sie hatte eine beträchtliche Summe Geldes aufgehäuft und da sie in Charleston zu wohlbekannt war, zog sie in den Norden mit ihrer Tochter, wo sie, nachdem sie einige Zeit ruhig und in Abgeschiedenheit lebte, mit Herrn Simmons zusammentraf. Die Creolin wurde unter einem frivolen Vorwande entlassen.

„Nun, Madame", sprach Herr Simmons, als Minty geendigt hatte, oder vielmehr einhielt aus Mangel an Athem, „haben Sie noch etwas weiteres zu bemerken?"

„Kein Wort, mein Herr", sprach sie hochmüthig und erhob sich zu gleicher Zeit. „Wenn mein Gatte sich so herablassen kann, daß er sich mit verworfenen Personen und Negerinnen verbindet, um Zeugniß gegen seine eigene Frau aufzubringen, so habe ich nichts weiteres zu bemerken."

„Ihr könnt gehen, Minty", sprach Herr Simmons, sich ruhig zu der Negerin wendend, „wartet unten in der Hausflur bis ich Euerer bedarf!" Minty zog sich zurück.

„Madame Mean oder Sara Kenrick —" fuhr Herr Simmons fort, allein sie unterbrach ihn heftig.

„Madame Simmons, mein Herr, ist mein Name! Das Gesetz hat ihn mir verliehen und damit Rechte verbunden, die das Gesetz aufrecht erhalten muß; ich sehe, daß sie entschlossen sind, wenn möglich mich derselben zu berauben."

„Wie Ihnen beliebt, Madame. Für meinen Theil muß ich gestehen, daß ich dies thun werde, wenn nöthig. Ersparen Sie mir die Demüthigung, daß es die Welt erfährt, welche niederträchtige Frau ich geheirathet habe. Doch wenn Sie wünschen, Frau Simmons genannt zu werden, müssen Sie die Hilfe des Gesetzes zur Zeit in Anspruch nehmen. Hier jedoch ist mein Haus, in drei Stunden von jetzt muß es von Ihrer Gegenwart befreit sein. Die Effecten, die Ihnen und Ihrer unschuldigen Tochter gehören, und die sie nicht zusammenpacken können innerhalb dieser Zeit, werden Ihnen an den Platz, den Sie bestimmen mögen, geschickt werden."

Jetzt aber fuhr Madame Simmons, die nicht länger fähig war, sich der in ihr wüthenden Leidenschaft zu bemächtigen, plötzlich gegen Herrn Simmons auf und ergoß sich in einen Strom von Lästerungen der gemeinsten Art, so gemein, daß Madame Merton, die bisher Stillschweigen beobachtet hatte, genöthigt war, das Zimmer zu verlassen.

Herr Simmons sprach kein Wort, sondern stand ruhig und gefaßt da und hörte, was sie sagte.

„Ich vergaß noch etwas", sprach er endlich ganz kaltblütig, als Madame Simmons geendigt und sich wieder auf dem Sopha unter Thränen niedergelassen hatte. „Als ich unglücklicherweise Sie heirathete, dachte ich Ihnen 10,000 Thaler zu. Dieses Vermögen soll stehen bleiben unter der Bedingung, daß Sie diese Stadt verlassen und niemals den Namen Simmons gebrauchen. Nehmen Sie diese Bedingung an?"

„Der Himmel weiß, ich wünsche nie den Namen zu hören. Ich würde erröthen, wenn ich vernehmen müßte, daß irgend jemand von mir erfahre, ich sei Ihre Frau. Ich weiß zu gut, wie sehr ich mich dadurch entweihte, daß ich Ihre Gattin wurde", erwiderte sie, bemüht, ihre Freude über diesen Vorschlag zu verbergen.

„Dann mögen wir diese Sache als bereinigt betrachten. — Nun Madame, Sie haben nur noch kurze Zeit sich vorzubereiten, und wir wünschen nun allein zu sein!"

„Ich danke Ihnen, mein Herr", sprach sie mit spöttelnder Demüthigung und mit scheinbarer Höflichkeit. — „Komm mein Kind", fügte sie bei, zu Fräulein Johanna sich wendend, die stumm und regungslos auf einem Stuhle saß; „Dein Vater hat nun die Macht auf seiner Seite, doch er wird diesen Schritt bedauern und bereuen bis zum letzten Tage seines Lebens!"

Bei dieser Drohung stand Herr Simmons erschrocken da, denn er wußte wohl, daß diese Frau eine gefährliche Feindin sei. Forschend, welche Wirkung ihre Worte auf ihn gemacht hatten, fuhr sie fort: „Ich will sie bereuen lehren bis zur letzten Stunde Ihres Lebens, daß sie jemals diese Schwelle betrat, — ich will die Stadt mit Ihrem Namen erfüllen, mein Herr, dann wollen wir sehen, wer triumphiren wird!" Nach diesen Worten blickte sie ihn an mit einem Auge voll boshafter Freude.

„Madame", sprach Herr Simmons mit schrecklichem Ernste, „wenn ich höre, daß meiner Tochter Name über ihre Lippen geht, so soll die bitterste Rache, die das Gesetz nur verhängen kann, Sie treffen. Sie kennen mich, Madame, und Sie wissen, daß dieses keine eitle Drohung ist. Nun gehen Sie, dies ist mein letztes Wort, das ich zu Ihnen spreche. — Wo ist Anna, Doctor?" sprach er, sich zu mir wendend. Ich ging in die Hausflur, wo ich sie auf einem Stuhle bitterlich weinend traf.

(Schluß folgt.)

Erste Besteigung des Mont-Blanc durch de Saussure im Jahre 1787.

(Fortsetzung.)

Horace Benedict de Saussure, geboren zu Genf im Jahre 1740, begann schon in seinem 20. Lebensjahre die Schweiz zu bereisen und die Alpen zu besteigen. Das Studium der Meteorologie, Topographie, Geologie und Botanik sowohl als auch der malerische Anblick der Bergbewohner, ihre Sitten und Gebräuche zogen ihn hinaus und nahmen abwechselnd sein Interesse in Anspruch, und um sein Unternehmen zu vollenden, beschloß er endlich, auch die Spitze des Montblanc zu besteigen, um von dieser höchsten Stelle aus mit einem Blick die ungeheure Gebirgsmasse zu umfassen, welche er durchwandert hatte.

Die imposante, majestätische Form des Berges, den er täglich von den Ufern des Genfer See's und fast auch von seiner Wohnung aus erblickte, war ihm eine fortdauernde Mahnung, sein Vorhaben auszuführen; auch hatte er einen Preis ausgesetzt für Denjenigen, der zuerst das ersehnte Ziel erreichen würde. In den Jahren 1775 und 1783 wurden einige schwache Versuche gemacht; Bourrit unternahm es von neuem im Jahre 1784, und Saussure selbst 1785, indem er von dem Montagne de la Côte, zwischen dem Glacier des Bossons und dem Glacier de Taconnay die Besteigung versuchte. 1786 wiederholten Dr. Paccard, Pierre Balmat und Marie Couttet das Unternehmen auf demselben Wege, sie erreichten die Höhe des Dôme-du-Gouté ohne von da aus zur Spitze gelangen zu können. Balmat kehrte nicht nach Chamounix zurück, verbrachte die Nacht im Schnee gekauert und erkannte am andern Tage die schmalen Gänge, die vom großen und kleinen Plateau aus zur

Spitze führen; freudig theilte er diese Entdeckung Dr. Paccard mit und Beide verließen am andern Tage gegen 7 Uhr Abends die Spitze des Montblanc.

Nun war der Weg gefunden und am 1. August 1787 begann de Saussure in Begleitung von 18 Führern von Chamounix aus die Wanderung von neuem. Sie verbrachten die Nacht unter einem Zelte auf der Höhe des Montagne de la Côte 2563 Meter über der Meeresfläche und betraten am folgenden Morgen um 6 Uhr die Gletscher, um dieselben, bis zum Ziele hin, nicht wieder zu verlassen; große Eisspalten, die sie umgehen mußten, verzögerten ihr Vordringen und erst nach Verlauf von drei Stunden erreichten sie die kleine Felsenkette, welche am Zusammenfluß des Glacier des Bossons und des Glacier de Taconnay vereinsamt, mitten in der starren Eismasse liegt und „Les grands Mulets" genannt wird. Um Zeit zu gewinnen wollte de Saussure an diesem Tage so hoch wie möglich steigen und übernachtete auf dem großen Plateau, 3890 Meter über der Meeresfläche und, wie er selbst berichtet, 180 Meter höher als die äußerste Spitze des Pic de Ténériffa. Von der mühseligen Wanderung erschöpft und erschreckt durch die unbekannte Einwirkung der verdünnten Luft, gelang es den Führern nur mit der äußersten Anstrengung, eine Vertiefung in den Schnee zu graben, groß genug, sie Alle zu beherbergen. Diese Vertiefung wurde mit dem Zelte bedeckt und die Führer, aus Furcht vor der eindringenden Kälte, verstopften so ängstlich alle Ritzen, daß bald in dem engen, von 20 Personen bewohnten Raume eine Stickluft herrschte, die de Saussure während der Nacht zu verschiedenen Malen nöthigte, den Schlupfwinkel zu verlassen um Athem zu schöpfen, und hier überraschte ihn die magische Beleuchtung der Gegend. Der Mond mit ungewohntem Glanze leuchtend stand mitten an einem fast schwarzen Firmament, Jupiter trat strahlend hinter dem Gipfel des Montblanc hervor und ein blendender Glanz erfüllte die unermeßliche Schneemasse, so daß nur die Sterne erster Größe sichtbar blieben. — Der Donner einer stürzenden Schneelawine, die sich den Abhang hinabwälzte, den die kleine Gesellschaft den folgenden Tag ersteigen sollte, schreckte dieselbe aus ihrem ersten erquickenden Schlummer.

Mit Tagesanbruch schon waren Alle zur Weiterreise bereit; der Thermometer zeigte 4° unter Null; de Saussure bestieg die Böschung am äußersten Ende des Plateau's und sich gegen Osten wendend erreichte die Höhe der Rochers-Rouges, von wo aus er die Gebirge von Piemont erblickte; nun wandte er sich den Petit-Mulets zu, die 4080 Meter über der Meeresfläche die ewigen Schneemassen überragen, ruhte hier einige Augenblicke und drang dann langsam, alle 10 bis 15 Schritte innehaltend, vorwärts; gegen 11 Uhr endlich erreichte er das schwer erkämpfte Ziel — und mit einer Art wilder Freude, halb Zorn, halb Befriedigung ausdrückend, stampfte er den Schnee unter seinen Füßen. Der Gipfel des Montblanc hatte die Form einer langen schmalen Kante, gleich dem Rücken eines Esels, die sich von Osten nach Westen hinzog und an den beiden äußersten Enden in einem Winkel von 28 bis 30 Grad abfiel. Nach der Mitte hin war die Kante so scharf und schmal, daß zwei Personen nicht neben einander gehen konnten, doch erweiterte sie sich nach der östlichen Seite hin und bildete auf der Westseite die Form eines nach Norden überhängenden Vordaches.

(Schluß folgt.)

Miscellen.

* Der „Weiberbraten" in Berghausen.

Keine Provinz unseres lieben deutschen Vaterlandes ist durch Kriegsstürme, Plünderungen und Verheerungen so oft und so schwer heimgesucht worden als unsere schöne Pfalz am Rhein. Von den Zeiten des dreißigjährigen Krieges an, durch das Zeitalter Ludwig XIV. hindurch, während der französischen Revolution und unter dem corsischen Eroberer hatte unsere pfälzische Heimath so viele Drangsale zu erleiden und so oft leichtfertige fremde Gäste zu beherbergen, daß viel des Ursprünglichen vollständig vernichtet und vergessen, dafür aber in Sprache und Sitte manches Fremdländische hereingetragen wurde. Daher kommt es, daß viel altes Volksthum und mancher altübliche Gebrauch im Laufe der Zeit sich verflacht und verwischt hat, weshalb wir auch keine eigentliche Volkstracht, ganz wenig urpfälzische Volkslieder und Volksfeste mehr haben. Wo aber noch ein Stück alten Volkslebens durch alle Stürme und Bedrängnisse hindurch bis auf unsere Zeit sich erhalten und fortgepflanzt hat, da sollten wir es auch fernerhin nicht verschwinden lassen, besonders, wenn es seinen Ursprung einem guten Anlasse verdankt. Ein solches Herkommen aus früheren Zeiten ist der sogenannte „Weiberbraten" in Berghausen, welches Volksfest seit sechs Jahren heuer zum erstenmale wieder abgehalten wurde.

Berghauser Milchfrauen — so sagt die Tradition — haben in früheren Zeiten einmal mit Milch einen Brand gelöscht, der in dem jetzt zerstörten, zum städtischen Spital gehörigen „Gutleuthaus" an der Berghauser Straße ausgebrochen war, weshalb das Spital von jener Zeit an alljährlich auf den Dreikönigstag den Berghauser Frauen zu einem festlichen Mahle die nöthigen Speisen schickte. Seit den zwanziger Jahren wird von der Spitalverwaltung statt der Speisen alljährlich die Summe von 4 fl. 45 kr. an die Gemeinde Berghausen bezahlt, welches Geld sechs bis sieben Jahre lang admassirt und dann zur Begehung dieses alten Festes verwendet wird. Freilich sind die zur Festfeier berechtigten Weiber von Berghausen jetzt in der Zahl von 120 Personen vorhanden, weshalb das vom Spital bezahlte Geld kaum zur Bestreitung der Kosten für Musik und Beleuchtung im Saale ausreicht, und Musik ist ja doch das Erste und Nothwendigste bei einem deutschen Fest, dann erst kommt Essen und Trinken. Letzteres müssen jetzt die Weiber aus ihrer Tasche bezahlen, was doch gewiß in Anbetracht des hochherzigen Muthes ihrer Ahnfrauen eigentlich nicht sein sollte. Vielleicht bringt es die Gemeinde Berghausen dahin, daß die Spitalverwaltung in Speyer in Zukunft den Dank für die Rettung des Gutleuthauses etwas deutlicher ausspricht.

Das diesjährige Fest, welches am 1. Febr. abgehalten wurde, verlief in bester Weise. Um drei Uhr zog unter Vorantritt einer Fahnenträgerin ein Musikcorps durch die Dorfstraßen, welchem sich die Frauen des Dorfes im Festschmucke, etwa 120 an der Zahl, nach und nach im Zuge anschlossen. Im Matern'schen Saale wurde alsdann das Festmahl abgehalten, zu welchem aber nur Frauen, dann der Bürgermeister mit dem Gemeinderath Zutritt hatten; Ehrengäste aus Speyer waren ebenfalls geladen, von denen jedoch nur wenige erschienen, da ein an demselben Abend in Speyer stattfindendes großes Ballfest Viele in der Stadt zurückhielt. Besonders erfreut waren die Frauen als Se. Durchl. der Fürst von Thurn und Taxis nebst Gemahlin erschienen und das Fest eine Zeitlang durch ihre Anwesenheit beehrten; das leutselige Benehmen des fürstlichen Paares gegenüber den einfachen, ländlichen Frauen machte auf alle Anwesende den besten Eindruck und wird Allen unvergeßlich sein. Auf die Frauen Berghausens brachte der Bürgermeister, Herr Magin, einen Toast aus in gebundener Rede, nachdem als historischer Hintergrund über die Entstehung des Festes folgendes Gedicht eingefügt war:

Der Nordwind zieht durch die Ebene weit
  Erstarrt sind Quellen und Bäche,
Es deckt der Schnee mit dem Winterkleid
  Das Dörflein in grauer Fläche.
Verhüllt ist der Himmel mit düsterem Flor,
Und aus der Ferne ragen empor
  Des Domes verwetterte Thürme.

Wer zieht auf der Straße, vom Eise glatt,
  Mit raschem Schritt durch die Flur?
Das sind, auf dem Wege zur nahen Stadt,
  Berghausens emsige Frauen.
Sie tragen in Kannen, geläutert und rein,
Den Städtern nährende Milch hinein,
  Tagtäglich in der Frühe.

Und vor den städtischen Mauern drauß,
  Hart am gebahnten Wege,
Da liegt das alte Gutleuthaus,
  Den Kranken zur sorglichen Pflege;
Wohl mancher Arme dankt darin
Der Bürger treuem, werkthätigem Sinn
  Gesundheit, Heil und Leben.

Was gibt's? Es rufen die Wärter am Thor,
  Es eilen die Männer zusammen —
Es brennt! Es brennt! Schon qualmt empor
  Der Rauch aus züngelnden Flammen;
Horch! hört ihr der Kranken Wehgeschrei:
Schafft Wasser herbei! Schafft Wasser herbei!
  Doch ach! — es versagen die Brunnen.

Und sieh'! Wer eilt durch's offene Thor,
  Befreit von Gassenträumen?
Sie eilen behende die Treppen empor,
  Ein Häuflein muthiger Frauen.
Und jede trägt gewandt in der Hand
Die blinkende Kanne, gefüllt bis zum Rand
  Mit weißer köstlicher Waare.

Durch Qualm und Rauch hinauf zum Dach —
  Seht wie sie geschäftig sich sputen,
Dort gießen sie einen strömenden Bach
  Von Milch in die brodelnden Gluthen.
Aufbraust der Gischt — es knistert das Holz,
Und aus dem Kreise der Männer erscholl's:
  „Habt Dank! Das Haus ist gerettet!"

Rasch war die muthige That bekannt
  Den Kranken in ihren Betten;
Sie dankten Gott, der die Frauen gesandt,
  Vom Tode die Armen zu retten.
Sie dankten den Frauen mit thränendem Blick,
Doch diese kehrten in's Dörflein zurück
  Mit frohem, freudigem Herzen.

Und wie die Frauen mit muthiger That
  Das Haus gerettet vom Feuer,
Das kündet man rasch dem hohen Rath
  Der freien Reichsstadt Speyer;
Der hat die Frauen hochgeehrt
Und hielt sie hohen Ruhmes werth
  Bis in die spätesten Zeiten.

Damit die Nachwelt wissen mag,
  Was sich vor Zeiten begeben,
So wurde ein Fest auf diesen Tag
  Berghausens Frauen gegeben.
Sie feiern es seit jener Zeit
In Ehren und in Fröhlichkeit
  Im Kreise heiterer Gäste.

Einer der Gäste aus der Stadt dankte im Namen der übrigen für die freundliche Einladung und sprach den Wunsch aus, daß die Gemeinde Berghausen noch lange Arm und Reich zu diesem Feste in Eintracht versammeln möge. Nach dem Festmahle begaben sich die Frauen in ihre Wohnungen, um den daheim Gebliebenen Ledigen und Kindern auch ihren Antheil an dem gespendeten Kuchen zu bringen und dann die Männer zum Tanze zu holen, bei welchem sich später noch lange Alt und Jung köstlich ergötzte.

Sage noch Einer, daß unser Volk von Jahr zu Jahr seine Rüstigkeit einbüße! Wer den 72jährigen Greis gesehen, der mit einem blühenden hübschen Mädchen aus dem Dorfe, das als „Aufwärterin" das Recht der Auswahl hatte, seinen Sechsschritt tanzte, der muß sich gewiß über die Lebensfrische dieses Paares gefreut und sich im Winter des Lebens solche Rüstigkeit gewünscht haben.

Die ganze Einwohnerschaft des Dorfes, die das volle Jahr hindurch mit Feldarbeiten sich ernährt, hat diesen Tag mit Freuden begangen, und eine solche Oase heiteren Frohsinns in Zucht und Ehren nach den Anstrengungen harter Arbeit ist dem Volke überall zu gönnen.

---

* Was einem Zopf passiren kann. Die acht Mandarinen der chinesischen Gesandtschaft, welche sich eben in Paris aufhält, besuchten am verflossenen Sonntag den Jardin des Plantes. Die Professoren des Museums geleiteten die Herren und erklärten ihnen alle Sehenswürdigkeiten auf den Gallerien und in den Zwingern mit der größten Liebenswürdigkeit. Besonders die Affen ergötzten die Bewohner des himmlischen Reiches, auch waren sie hocherfreut, in dem „Riesensalamander aus Japan" einen Landsmann zu treffen. Sie bezeugten beim Anblick des Salamanders ihre Freude durch allerlei Gesten, doch keinem Sterblichen ist es gegönnt, eine Freude ganz ungetrübt zu genießen.

Als so in Betrachtung des Riesensalamanders versunken die ganze Gruppe der Beschauer den Affenkäfigen den Rücken kehrte, so daß vor den Augen der erstaunten Vierhänder die acht Zöpfe gar lieblich und anmuthig sich bewegten, da gelüstete es einem bösen Chimpanse ganz gewaltig, auch so ein schönes Zöpflein zu besitzen. Wie der Blitz fährt seine Hand durch's Gitter, faßt die zahllose Kopfzier des armen Gesandten, reißt den Zopf mit aller Affengewalt an sich und zieht aus Leibeskräften. Die Herren Franzosen konnten das Lachen nicht verbeißen, dem armen Sohn des Ostens aber war diese Liebhaberei des bösen Affen höchst empfindlich; er suchte gegen das Thier Front zu machen, um sich zu wehren, aber umsonst — der malitiöse Chimpanse zog den Chinesen immer mehr an sich, bis der Wärter kam und mit der Eisenstange dem Zopfräuber auf die braunen Finger klopfte. Der vergewaltigte Gesandte aber restaurirte sein Zöpflein so gut es ging und verwünschte den boshaften Chimpanse zu allen Teufeln.

Das Preis-Lustspiel „Schach dem König" unseres Landsmannes Schaufert macht die Runde auf allen größeren Bühnen Europa's. Das Friedrich-Wilhelmstädter Theater in Berlin und das Hoftheater in Petersburg bereiten dasselbe eben zur Aufführung vor. Das Stück wird demnächst im Buchhandel erscheinen.

---

* Homonyme.

Der Schöpfung größtes Werk, im Sphärentanz der Sterne,
Schwebt es im Aether frei in ungemess'ner Ferne;
Ist bei der Kinder-Spiel und schwenkt und hüpft und fliegt,
Bis eins der Kleinen selbst, vielleicht der Schlaf auch siegt.
Als Terpsichorens Fest, belebt von holden Damen,
Stellt es sich glänzend dar in lichtumflossenem Rahmen.
In schöner Harmonie, bei leichter Klänge Schwung
Wird der Betrübte froh, das Alter wieder jung.

U. L.

Redaction von K. A. Woll, Druck der Jäger'schen Druckerei in Speyer.

Palatina.

Belletristisches Beiblatt zur Pfälzer Zeitung.

Nro. 16. Speyer, Samstag, den 6. Februar 1869.

* Die Stiefmutter.

Von Prof. A. Walchner.

(Schluß.)

Als ich sie in das Zimmer führte, trat ihr Vater vor, und sagte, ihre beiden Hände ergreifend:

„Mein Kind, dies ist von jetzt an Dein Haus und Deine Heimath. Du bist die Gebieterin darin, und ich hoffe, daß Du in dem Glücke, welches Du darin genießen wirst, Alles vergessen mögest, was diese niederträchtigen Weiber über dich gebracht haben. — Doctor“, fuhr er fort, sich zu meinem Freunde und mir wendend, Sie werden mit uns heute speisen. Ich verdanke Ihnen beiden sehr viel und bin stolz, Sie meine Freunde zu nennen.

„Und ich, meine Herren“, sprach Madame Merton, eine Hand nach einem Jeden ausstreckend, „ich bin Gott dankbar, daß er mir solche Freunde geschickt. — Ich hoffe, daß ich sie immer verdienen möge, und ich brauche nicht zu sagen, daß Sie immer unserem Hause willkommen sein werden!“ Sie lächelte dabei mild durch die Thränen, die ihre Augen füllten.

Madame Simmons und Johanna beeilten sich aus dem Zimmer zu kommen, worin sie die beleidigten Personen gewesen; bald hörten wir sie in dem Zimmer über uns beschäftigt mit den Vorbereitungen zu ihrem Abschiede. Innerhalb der ihnen anberaumten Zeit kamen sie die Stiege herunter und die Thüre des Besuchszimmers öffnend sprach Madame Simmons mit halbgesenktem Haupte in der empörendsten Unverschämtheit: „Sie werden bald von uns hören. Johanna, mein gutes Kind, nimm von Deinem Vater noch Abschied. Du wirst ihn auf einige Zeit nimmer sehen. Hier ist meine Adresse“, sprach sie, eine Karte in's Zimmer werfend. „Haben wir Ihre Erlaubniß zu gehen? . . .“

Herr Simmons wendete sich jetzt zu mir mit einem gekränkten Lächeln. Seinen Blick deutend, sprang ich vorwärts, hob die Karte auf und sagte: „Herr Simmons beauftragt mich Ihnen zu sagen, daß Ihre Effekten an den Platz ihrer Bestimmung gelangen werden.“

„O! ja — er beauftragt Sie!“ — und mit einem spöttischen Lächeln schlug sie die Thür zu und verließ augenblicklich das Haus.

„Meine Herren!“ rief Herr Simmons aus, „ist es wohl nöthig, daß ich Sie als Mann und Vater bitte, nichts von dieser schreienden Ungerechtigkeit zu erwähnen? Ich weiß, Sie werden das nicht thun, entschuldigen Sie mich, daß ich fragte. Doch es ist so kränkend, so schmachvoll und peinlich, daß ich kaum weiß, was ich sagen oder wie ich handeln soll!“

Sobald Mutter und Tochter das Haus verlassen hatten, ließ Herr Simmons in den Zimmern schleunigst Alles zusammenpacken, was allenfalls den Damen angehörte, und schickte die Koffer an den bestimmten Ort. Er selbst konnte sich einige Tage gar nicht fassen über seine Verblendung während der ganzen Zeit und über die Ungerechtigkeit, mit welcher er seine arme Tochter bisher behandelte. Er ging von dieser Zeit wenig mehr aus und suchte sein stilles Glück an der Seite seines wiedergefundenen Kindes.

Einige Tage nach dem Bruche der Familie Simmons und der Sara Kennett saß ich eines Morgens auf meinem Bureau, als Jemand ungestüm an die Thüre pochte. Ich öffnete und sah zu meinem Erstaunen Herrn Barton. Anfangs suchte er mit süßen Worten mich für sich und seine sogenannte Base zu gewinnen, als ich ihm aber rundweg erklärte, daß fortan alle Verbindungen zwischen mir und seiner Familie aufhören müßten, da zeigte sich seine wirkliche Natur in aller Rohheit. Er polterte und drohte mit allen Arten von Verfolgungen, wenn ich nicht Sorge trüge, daß das angebliche Unrecht gegenüber der Frau Simmons wieder gut gemacht würde; als ich ihm jedoch den Standpunkt klar gemacht und meinen Bedienten durch die Zimmerglocke hergerufen hatte, da entfernte er sich demüthig und stille. Seit jener Zeit habe ich lange kein Wort mehr von der Frau und Johanna gehört. Beide hatten Baltimore zum Aufenthaltsort gewählt. Herr Simmons hatte ihnen die 10,000 Thaler pünktlich gegeben, von deren Ertrag sie hätten leben können, wenn sie nicht von Natur aus verdorben und zu jeder Schlechtigkeit bereit gewesen wären. Sie umgarnten in Baltimore abermals einige Männer, um sich in den Besitz eines bedeutenden Vermögens zu bringen, indeß kamen sie doch einmal an den Unrechten. Ihre Betrügereien wurden aufgedeckt und sie mußten mit den Gerichten Bekanntschaft machen. Glücklicherweise wußte in Baltimore Niemand von dem Verhältniß, in welchem die Frau dereinst zu Herrn Simmons gestanden, so daß dieser ganz aus dem

Spiele blieb und nicht Zeugniß abzulegen genöthigt wurde. —

Soweit erzählte mir mein Freund, der Doctor.

„Aber“, fragte ich ihn, „was ist denn aus Madame Merton und ihrem Gatten geworden?“

„Herr Merton, — nun, der wurde zu Hause fast täglich erwartet und der armen jungen Frau fehlte zur Vollendung ihres Glückes nur die Rückkehr ihres geliebten Gatten. Endlich wurde das Schiff signalisirt; alle Vorbereitungen zum Empfange des Seemannes im Hause des Herrn Simmons waren getroffen und Frau Merton harrte mit freudigem Herzen der nächsten Stunden. Das Schiff kam, aber Herr Merton befand sich nicht darauf. Ungefähr sechs Monate vor Ankunft des Schiffes war in der Nähe des Cap Horn ein schwerer Sturm über das Fahrzeug hereingebrochen; die Wellen hatten die Masten zertrümmert und den Steuermann, den wackern Merton über Bord gerissen, so daß er verunglückte. Madame Merton war Wittwe.“

„Nun, was ist denn aus ihr geworden?“ fragte ich ungeduldig.

In diesem Augenblicke trat die Frau meines Freundes, die Frau Doctorin herein, um nach uns zu sehen. Ich erhob mich, um sie zu grüßen und mein Freund stellte mich ihr vor. Dann sagte er lächelnd:

„Sie wollen wissen, was aus dieser Frau Merton geworden ist. Nun, sie hat noch einen leichtsinnigen Schritt gethan, den sie ihr ganzes Leben lang bereuen wird.“

„Ist's möglich?“

„Leider ist es wahr. Sie hat einen Mann geheirathet, der sie schon öfters besuchte, zur Zeit als diese Geschichte noch spielte.“

„Wirklich?“ fragte ich verwundert.

„Ja“, antwortete die hübsche Frau meines Freundes, „mein Mann hat Ihnen die Geschichte seiner eigenen Frau erzählt; ich bin Anna Simmons.“

Erste Besteigung des Mont-Blanc durch de Saussure im Jahre 1787.

(Schluß.)

Vom großen Plateau aus den ganzen Weg entlang hatte de Saussure die Bemerkung gemacht, daß alle sich über den Schnee erhebenden Felsspitzen, obschon mehr oder weniger aus parallelen Lagen bestehend, crystallischer Bildung seien und zu den besonderen Granitarten gehören, in denen das Chlorit den Glimmer ersetzt und die von den Geologen Protogine genannt werden.

Die Höhen der „Aiguilles“ überschauend, deren untere Regionen er bis jetzt nur gekannt hatte, fand er, daß sie aus vertikalen Blättern bestehen und in ihrer Construction völlig übereinstimmend sind, während die Gipfel der Berge mit horizontaler Ausdehnung wie der Buet aus Schichten geringeren Bodens zusammengesetzt sind. Ueberrascht war er, zu finden, daß die primitiven Gebirge, die ihn umgaben, keine zusammenhängenden Ketten bildeten, sondern aus einzelnen zerstreut und getrennt liegenden Gruppen von verschiedener Form und Größe bestanden. Doch die Zeit drängte und de Saussure wandte zögernd sein Auge von der großartigen Scenerie ab, um seine ganze Aufmerksamkeit auf die mitgebrachten meteorologischen Instrumente zu richten; er befestigte Barometer und Thermometer einen Meter hoch über dem Boden; ersterer sank auf 434^{mm},38, während der Thermometer eine Temperatur der Luft von 2°,9 unter Null angab. Gleichzeitig mit de Saussure beobachteten Senebier (bekannt durch seine „Beiträge zur Physiologie der Pflanzenwelt“) in Genf und de Saussure's Sohn Theodor in Chamounix den Barometerstand, und de Saussure berechnete nach den sich ergebenden Differenzen die Höhe des Montblanc, die er auf 4824 Meter angab. Bemerkenswerth ist, daß diese, nach einer von Deluc erfundenen und von Schuckburgh verbesserten Formel angestellte Berechnung, die sich zudem auf ungenaue Höhenangabe von Genf und Chamounix stützte, nur um 14 Meter von den späteren, mit besseren Instrumenten und nach vervollkommnetem System berechneten Messungen abweicht.

Der Montblanc ist also der höchste Berg des Continents und de Saussure hatte die größte in Europa mögliche Fernsicht vor Augen, deren Ausdehnung übrigens so bedeutend ist, daß gegen die Grenzen des Horizonts hin alle Gegenstände im dichtem Nebel verschwinden. Die Frage, ob das Meer gesehen werden kann, ist wohl mit „Nein“ zu beantworten. Der Golf von Genua bei Savona ist der dem Montblanc zunächst gelegene Theil des Mittelländischen Meeres, und wenn er nicht von Bergen umgeben wäre, so könnte der Gesichtsstrahl des Beobachters auf dem Montblanc das Meer zwischen Albenga und Noli erreichen; jedenfalls ist von den benachbarten Bergen der genannten beiden Städte aus die Spitze des Montblanc sichtbar, sowie sie auch von Dijon, vom Gipfel des Mézenc im Departement der Haut-Loire und selbst vom Plateau von Langres aus zu erkennen ist.

Um zwei Uhr zeigte der Thermometer im Schatten 3°,1 und sank auch später nicht tiefer; in der Sonne blieb er unverändert auf 1°,7.

Mit Hilfe eines selbst erfundenen Hygrometer fand de Saussure, daß die Luft sechsmal weniger Feuchtigkeit enthielt, als in Genf, d. h. daß bei einer Temperatur von 28°,2 in Genf sechsmal mehr Dünste nöthig gewesen wären, um die Luft mit Feuchtigkeit zu sättigen, als auf dem Montblanc bei einer Temperatur von 2°,9. Bei schönem Wetter hat diese Trockenheit auf so bedeutender Höhe nichts Auffallendes, obschon bei trüber Witterung die Luft auf den Bergen ebenso feucht ist als in den Ebenen.

Es ist bekannt, daß das Wasser kocht, wenn die elastische Kraft seines Dampfes der des Luftdruckes, d. h. dem Gewichte der Luftsäule gleichkommt, welche auf die Flüssigkeit drückt. Je höher man steigt, desto mehr verkürzt sich diese Säule; auf einer Höhe von 2000 Meter über der Meeresfläche ist die Säule über und 2000 Meter kürzer und das Wasser bedarf einer geringeren Dampfentwicklung und folglich eines geringeren Wärmegrades, um in Wallung zu gerathen als am Ufer des Meeres, wo die Luftsäule ihre vollkommene Höhe hat.

Am 22. April 1787 hatte de Saussure am Meeresufer bei einem atmosphärischem Druck von 761^{mm},54 sich davon überzeugt, daß sein Thermometer, in kochendes Wasser getaucht, 101°,6 angab, auf der Spitze des Montblanc stand der Barometer 434^{mm},38 und das Wasser kochte schon bei 80°,00; dagegen bedurfte es am Meeresufer nur 13—15 Minuten, um das Wasser auf einer Spirituslampe zum Kochen zu bringen, während es auf dem Montblanc über eine halbe Stunde währte. Dieser Unterschied rührt von der Kälte her und von der bedeutend verdünnten Luft; dieselben Umstände, vereint mit der vorhergegangenen Ermüdung und den schlaflosen Nächten, erklären auch die Athemlosigkeit, die schnelleren Pulsschläge, den Kopfschmerz und die Neigung zum Schlaf, welche de Saussure und seine Begleiter belästigten, so lange sie in Bewegung waren, mit der Zeit jedoch minderten sich diese Zustände und verschwanden gänzlich sobald sie ruhten.

Nach einem Aufenthalte von vier und einer halben Stunde auf der höchsten Spitze des Montblanc schickte sich die kleine Caravane zum Rückzuge an. Der Schnee hatte sich indessen bedeutend erweicht und machte das Gehen beschwerlich, dennoch erreichten sie in ein und einer viertel Stunde das große Plateau, wo sie die vorhergehende Nacht zugebracht hatten; an der Felsenkette der Grands Mulets machten sie Halt und de Saussure nannte sie „die Felsen der glücklichen Heimkehr“. Zu seiner großen Freude fand er auf dieser vereinsamten, 3470 über der Meeresfläche gelegenen Stelle eine blühende Pflanze: Silene acaulis. (Die Brüder Schlagintweit sahen diese reizende Blüthe auf dem Mont-Rose in einer Höhe von 3,630 Meter und Ramond fand sie auf dem Mont-Perdu und in den Pyrenäen 3000 Meter über der Meeresfläche; in Spitzbergen dringt sie bis zum 80. Breitegrad vor, wo man sie an den Ufern des Meeres findet, ebenso in Norwegen.)

Das Zelt wurde hier unter dem Schutze einer Felswand aufgerichtet und de Saussure erzählt: „Nachdem wir fröhlich und mit gutem Appetit unser einfaches Mahl genossen, verbrachte ich auf meiner schmalen Matratze eine erquickende Nacht. Hier erst genoß ich die volle Befriedigung, das Ziel meiner so lang gehegten Wünsche endlich erreicht zu haben. Auf meiner ersten Reise nach Chamounix im Jahre 1760 hatte ich den Plan gefaßt, und ihn seitdem unzähligemal wieder aufgenommen und fallen lassen; er war für meine Familie ein Gegenstand fortwährender Unruhe und Sorge, während er sich bei mir zu einer Art krankhafter Sehnsucht ausgebildet hatte; so oft ich den Montblanc erblickte, der in der Umgegend von Genf fast von jeder Stelle aus sichtbar ist, ergriff mich ein schmerzliches Verlangen, seine Höhe zu besteigen; dennoch empfand ich keine Befriedigung als ich sie endlich erreicht hatte, und entmuthigt trat ich den Rückweg an; ich dachte in jenen Augenblicken nur an das was ich unausgeführt lassen mußte! Erst in der Stille der Nacht, nachdem die erste Müdigkeit überwunden war und ich mir den unvergeßlichen, großartigen Anblick in das Gedächtniß zurück rief, sowie auch die Beobachtungen, die ich gemacht, empfand ich eine wahre, innige, ungetrübte Freude.

Den folgenden Tag, am 4. Aug., brachen de Saussure und seine Begleiter erst um 6 Uhr Morgens wieder auf. Sie waren genöthigt steile Abhänge herabzuklettern, um neue Einschnitte, welche sich während ihrer Abwesenheit gebildet, zu umgehen; der Gletscher hatte sich unterhalb der Grands-Mulets gänzlich verändert, die Spalten hatten sich erweitert, die Uebergänge waren gerissen und nur mit unsäglicher Mühe erreichte der kleine Zug gegen halb 10 Uhr den festen Boden und zog ein Viertel nach 12 fröhlich und wohlbehalten in Chamounix ein. „Unsere Ankunft“, erzählt de Saussure, „war zugleich heiter und rührend; alle Angehörige und Freunde meiner Führer eilten ihnen jubelnd und glückwünschend entgegen; meine Frau, ihre Schwestern und meine Söhne, welche die Zeit unserer Abwesenheit in ängstlicher Spannung zugebracht hatten, sowie mehrere meiner Freunde waren von Genf herüber gekommen, unsere Rückkehr zu erwarten, und die vorhergegangene Sorge und Angst erhöhte in diesem glücklichen Augenblick die rührende lebhafte Freude unseres Empfanges.“

Dieses ist der Bericht der ersten Alpenbesteigung im Interesse der Wissenschaft und der kurzgefaßte Abriß der gewonnenen Resultate; sie hat allen späteren derartigen Unternehmen als Vorbild gedient und de Saussure hat damit das Programm der vorzunehmenden Untersuchungen und Beobachtungen für seine Nachfolger festgestellt.

(Nach der „Revue des deux Mondes.“)

Miscellen.

Die Fußbekleidungen

wurden bis vor kurzer Zeit ausschließlich durch Handarbeit hergestellt. Seit zwei Jahren ist jedoch ein fast plötzlicher Umschwung eingetreten; das industrielle Amerika gab den Anstoß zur Construction von Maschinen, England führte dieselben rasch ein und Frankreich verbesserte dieselben so wesentlich, daß in großen Etablissements die Maschinen fast ausschließlich zur Verfertigung dieses Artikels in Anwendung gebracht werden.

In einer modernen Schuhfabrik fällt uns, wie die „Deutsche Gerber-Zeitung“ mittheilt, zuerst die Leistenschneidemaschine auf, welche die früher aus der Handarbeit hervorgegangenen Leisten in höchster Gleichförmigkeit liefert. Das Haus Latour in Paris hat sich sogar 207 verschiedene Größengattungen von Leisten in Eisen gießen lassen, und nach diesen werden die verschiedenen Sorten nach einem und demselben Muster hergestellt. Die Stanzmaschine schneidet die innere und äußere Sohle aus dem Leder, und zwar völlig gleichmäßig nach den verschiedenen Nummern, die im Gebrauche sind. Die Sohle wird dadurch so präcis erhalten, daß der Arbeiter nicht nöthig hat, wie dies bisher der Fall war, die Sohle zurecht zu schneiden, sondern dieselbe kann sofort in Arbeit genommen werden. Ehe jedoch das Leder verarbeitet wird, muß dasselbe eine Walzmaschine passiren, wodurch ein größerer Dichtigkeit und das schöne, glatte, gefällige Aussehen erzielt wird das mühsame Klopfen des Leders wie erlangt und an den englischen Fabrikaten so sehr geschätzt wird. Die Sohlenpresse gibt der Sohle die dem Fuße angemessene Form. Das Aufzwicken des Oberleders geschieht mit Hilfe von Ausschlagzeisen, welche mit kräftigen Schraubenspreitzen in Bewegung gesetzt werden. Das gewöhnlich durch die Hand des Schuhmachers ausgeführte Aufzwicken des Oberleders an die Brandsohle und das Auflegen der Außensohle wird durch eine sehr sinnreiche Maschine besorgt. Eisenklammern, ähnlich wie Finger geformt, ziehen das Oberleder an den eisernen Leisten, während ein besonderes Hebelwerk beim Halse eintreibt. Mittels einer zweiten Maschine wird durch Eindrehen von schraubenförmigen Messingschrauben die feste Vereinigung von Sohlen und Oberleder zu Stande gebracht. Während dieser Arbeit wird das Oberleder zwischen der inneren und äußeren Sohle mit einem Druck von etwa 100 Pfund gepreßt erhalten. Zur Herstellung guter Arbeit ist das beste Sohlleder erforderlich, weil sonst die Schrauben nicht festhalten. Ein einziges Mädchen ist im Stande, mit Hilfe dieser Maschine bei zehnstündiger Arbeit 40—50 Paar mittelgroße Schuhe zu besohlen. Eine weitere Maschine, eine Art Scheere, schneidet die über die Außensohle hervorstehenden Schraubenenden ab, während an der Innenseite, durch das Anpressen an die eiserne Leistensohle, von selber eine Umnietung erfolgt. Was die Scheere etwa noch stehen ließ, wird in wenigen Minuten mit einer schnell rotirenden Schmirgelscheibe entfernt. Eine weitere Maschine liefert die Lederscheiben zur Herstellung der Absätze, welche zusammengepreßt und mit starken Schrauben an die Sohle befestigt werden. Das Formen des Absatzes wird mit der Fraisemaschine bewerkstelligt, deren Schneiden der Gestalt des Absatzes entsprechen. Während der Apparat mit einer fabelhaften Schnelligkeit rotirt, bringt ein Arbeiter den bereits an der Sohle befestigten Absatz so in die Nähe, daß die Schneiden des Werkzeuges ihn gehörig fassen können. Hierdurch erzeugt man in mit unglaublicher Schnelle einen vollendeten Absatz in solcher Accuratesse, daß sich die meisten Handarbeiter vergeblich bemühen, dieselbe mit und so guten Messern hervorzubringen. Alle zur weiteren Vollendung erforderlichen Arbeiten, wie das Schaben, Poliren, Brennen, Schmirgeln und Wichsen, werden auf die hergebrachte Weise ausgeführt. Die Näharbeit wird selbstverständlich mit der Nähmaschine besorgt.

In der großen Fabrik Dupuis in Paris sind gegen 500 Personen beschäftigt unter denen sich etwa 300 Frauen und Mädchen befinden. Letztere verdienen durchschnittlich 20—30 Sgr. per Tag, während ein Mann 30 bis 60 Sgr. verdient. Der tägliche Verdienst des gewöhnlichen Schuhmachers in Paris, der anstrengender arbeiten muß, als sein Kollege in den Fabriken, beträgt 30 bis 35 Sgr. Die Gesundheit leidet ebenfalls weniger bei der Maschinenarbeit als bei dem Sitzen; die Augen werden weniger angegriffen, die Arbeit ist reinlicher und bequemer als die bisherige.

Die päpstliche Armee umfaßt augenblicklich 16,334 Mann, von denen 721 Offiziere und 15,613 Soldaten. Das Zuavencorps zählt 4258 Mann mit 103 Offizieren die fremden Carabinieri 1041 Mann mit 33 Offizieren, die römische Legion (frühere Legion von Antibes) 1653 Mann und 54 Offiziere u. s. w. Die Vertretung nach Nationen ergibt folgende Ziffern: Italiener 6240, Franzosen 2876, Belgier 676, Holländer 1713, Schweizer 970, Deutsche 1134, Oesterreicher 88, Russen 62, Canadier 234, Engländer 164, Schweden 2, Spanier 42, Portugiesen 13, Marokkaner 1, Mexikaner 1, Nordamerikaner 18, Brasilianer 2, Peruaner 1, Tunesen 8, Egypter 3, Oceanier 1, Asiaten 4.

London. Wie der Spectator mittheilt, hat der Bibliothekar des India House einen werthvollen Fund gethan, und zwar in einem bisher unbeachteten Kasten der Bibliothek Timur's, welche dieser während seiner Eroberungszüge sammelte. Unter andern Schätzen befinden sich in ihr äußerst werthvolle Documente bezüglich der Biographie Mohamed's. Es ist noch nicht bekannt, ob dieser Kasten bei der ersten oder zweiten Einnahme von Delhi erbeutet wurde, wiewohl er wohl von den Erben des großen Tataren mit religiöser Verehrung aufbewahrt wurde.

Landeck, 23. Jan. Ueber ein Fall wunderbarer Rettung wird der Schl. Ztg. von hier berichtet:

„Obwohl wir in diesen Tagen bis 19 Grad Kälte hatten, ist unsere Biele dennoch nur stellenweise ganz zugefroren; unsere warmen Quellen sind Ursache davon. An einer offenen Stelle des Flusses fiel nun vor drei Tagen der zehnjährige Sohn des Logirhausbesitzers Fischer ins Wasser. In demselben Moment, als der Knabe von dem reißenden Strome unter das Eis getrieben wurde bemerkte dies ein Nachbar und rief den Vater des Knaben. Dieser, gerade mit Eishauen beschäftigt, sprang mit seinem Beile herbei; das Eis, durchsichtig, ließ deutlich erkennen, wie der unglückliche Knabe unter der Decke weiter getrieben wurde. Schnell entschlossen, eilt der Vater etwa 100 Schritt voraus und haut rasch das Eis in der Mitte des Stromes auf, um seinen Sohn, wenn möglich, zu erfassen, sobald er an das ausgehauene Loch heran treibt. In seiner Aufregung aber hatte er nicht erwogen, wie schnell und reißend der Strom oberhalb der Schloßelbrücke dahinfließt, und während er kräftig mit der Axt das Eis durchschlägt, trifft dieselbe zweimal den Kopf des Knaben, der schon bis zu dieser Stelle herangetrieben ist. Verzweifelt läßt der Vater die Axt fallen, und der Knabe treibt unter dem Eise weiter, wird aber wenige Minuten darauf an der Schloßelbrücke an einer etwa 20 Fuß langen offenen Stelle sichtbar; man eilt herbei, zieht ihn heraus, und — der Knabe lebt noch, und obschon er etwa 5 Minuten unter dem Eise gewesen ist und von seinem Vater zwei Axthiebe in den Kopf erhalten hat (zwei Wunden, die Gott Lob nicht bedeutend erscheinen) befindet er sich außer Gefahr."

Wenn die Armenhausstatistiken Englands auch gegen voriges Jahr eine erfreuliche Verminderung nachweisen, fehlt es im Osten Londons doch noch immer nicht an Fällen, wo Menschen elendiglich vor Hunger sterben. So war vor einigen Tagen der Leichenbeschauer Zeuge einer haarsträubenden Scene. Eine 50jährige Frau war nebst ihrem neugeborenen Kinde dem Hungertode erlegen und der Gatte, welcher seit der Krise von 1866 ohne Beschäftigung gewesen, wurde zwei Tage nach dem Tode der Seinigen wahnsinnig und mußte nach dem Arbeitshause gebracht werden. Das Haus, in welchem die unglückliche Frau starb, bestand aus sechs Kammern, in denen sechs Familien wohnten und aus welchem der Eigenthümer 5 Sh. 6 P. wöchentliche Miethe bezog. Das Letzte, was die Verstorbene zu sich genommen, war ein Stück Salz, von Lebensmitteln wurde im Zimmer nichts vorgefunden, und von Möbeln beinahe eben so wenig. Die Leichen lagen auf einem Bett von Lumpen, eine alte Kiste auf einem zerbrochenen Stuhle diente als Tisch, die Fenster waren zertrümmert, und ein vorgestelltes Brett vermochte den Regen nur theilweise zurückzuhalten. An solchen Fällen, wie gesagt, fehlt es noch immer nicht, im Allgemeinen indeß stärken sich die Aussichten. In dem Bezirke von Poplar dürfte mit nächster Zeit eine große Anzahl von Personen Beschäftigung finden, da mehrere der dortigen Schiffsbauer Ordres von der türkischen und andern Regierungen erhalten haben.

Ein speculativer Buchhändler. Ein Buchhändler in Connecticut hat, um Kunden anzuziehen, zu Weihnachten in seinem Laden eine Abstimmung über die Frage veranstaltet, welches das schönste Mädchen im Orte sei. Jeder, der irgend Etwas im Laden kaufte, durfte einen Stimmzettel abgeben. Die Dame, welche die meiste Stimmenzahl erhielt, empfing von dem Buchhändler ein prachtvoll in Saffian gebundenes Album für 200 Portraits. Es wird, schreibt das amerikanische Blatt, welches den ingeniösen Gedanken des speculativen Buchhändlers erzählt, vermuthlich gerade nur die Bilder der Verehrer der schönen Miß ausreichen.

Redaction von R. A. Wolf, Druck der [illegible] Druckerei in Speyer.

Palatina.

Belletristisches Beiblatt zur Pfälzer Zeitung.

Nro. 17. Speyer, Dienstag, den 9. Februar 1869.

Am Ufer des Flusses *).

Erzählung, aus den Erinnerungen eines Künstlers mitgetheilt von C. W. Fr.

Es sind nun sieben Jahre her, daß ich im Anfange des Herbstes zum ersten Male Wales besuchte, nachdem ich mich mein halbes Leben ziellos in fremden Ländern und Meeren umhergetrieben hatte und noch einmal in den britischen Gewässern ankerte.

Ich war Künstler, leicht war mein Herz, und wohl noch leichter meine Tasche. Den Weg zur Kunst begann ich im stolzesten Selbstbewußtsein: ich war immer im Begriff, ein großartiges Gemälde zu beginnen, das mich auf den Gipfel des Ruhmes heben sollte; führte aber einstweilen ein Nomadenleben, nahm flüchtige Skizzen auf und wanderte einher, das Schöne bewundernd. Ich sprach gern über die Vernachlässigung des Genius von Seiten der Welt und den daraus folgenden Verfall der Malerei, wobei ich die moderne Kritik verspottete. Dabei machte ich es möglich, mich auf die eine oder andere Weise durch die Welt zu schlagen, unbesorgt, ob ich dabei zu Grunde ging oder nicht, stets wohlgemuth und heiter.

Ich besaß nur einen nahen Verwandten in einem Onkel, einem eigenthümlichen, unabhängigen, streng rechtlichen Mann, der Hagestolz war, weshalb ich hoffen durfte, ihn einst zu beerben. Er war ein Birminghamer Eisenhändler und hatte sich von den Geschäften zurückgezogen. Wohlhabend, praktisch und sicher in seinen Berechnungen, war er ein Feind der schönen Künste, nannte diese „Betrügereien", sprach spottend von mir und meinen Kunstgenossen, als von „Bilderkrämern". Sein und seiner Genossen größtes Vergnügen bestand darin, bei meinen seltenen Besuchen auf seiner Villa ein spöttelndes Bedauern über meine armselige Erscheinung und Anzug auszusprechen, wobei er sich sehr empört über die Dummheit der Welt stellte, die blind gegen mein Genie war. Auch sprach er seine Befürchtung aus, daß der Styl meiner Malerei zu erhaben sei, um dem Geschmack des jetzigen Zeitalters zu entsprechen. „Solltest Du dieses Leben einmal satt haben", wiederholte er oft mit scheinbarer Theilnahme und Güte, „so brauchst Du es nur zu sagen, und ich werde Dir sogleich ein behagliches Plätzchen verschaffen, was ich immer in Bereitschaft halte", worauf er stets in ein lautes, muthwilliges Lachen ausbrach. Ich muß gestehen, daß ich mich endlich jetzt nach dem kleinen „warmen Plätzchen" sehnte und mich gern darin niedergelassen haben würde. Ich stand bei meinem Wanderleben sehr allein in der Welt; oberflächliche Bekanntschaften, die ich an einem Ort gemacht, ließ ich sorglos am nächsten wieder fallen. Und was Freunde anlangte, so zweifle ich überhaupt, in jener Zeit einen solchen besessen zu haben. Jedenfalls dankte ich jetzt dem Himmel, frei von ihnen zu sein; die Natur war mir die liebste Gefährtin — die Natur, deren Stimmung sich immer gleich blieb, die den armen Herumstreicher nicht verachtete, sondern ihm ihre süßesten Geheimnisse anvertraute — die mir nie wehe that, wenn meine Mittel noch so gering, mein Anzug noch so ärmlich war.

Bei meinem Besuche in Wales suchte ich die Natur dafür zu belohnen, indem ich mit wahrem Entzücken an unzähligen Orten skizzirte. Einsam und allein saß ich vor meiner Staffelei während der ruhigen Herbsttage; zahllose Schmetterlinge und Bienen, die Gefährten meines Stilllebens, summten und schwirrten um mich her, mir mit den vorüberziehenden Vögeln ein liebliches Ständchen bringend. Wenn die Sonne sich neigte, lag ich halb wachend, halb träumend unter dem Schatten eines Baumes, unbekümmert um die Welt und ihr Treiben. Ein welkes Blatt nach dem andern fiel leise zitternd und rauschend auf mich herab, als klagten sie über das eitle Treiben der Welt.

Müßig? O nein, das war ich wahrlich nicht; mochte ich einem oberflächlichen Beobachter auch so erscheinen, dem war doch nicht so; ich war in der That, in einem Zustande der Geistesabwesenheit, hingerissen durch erhabene Betrachtungen.

Ihr werdet mir glauben, daß diese Art Leben nicht viel einbrachte. Nun, das that es allerdings nicht, aber was lag mir am Gelde, darüber war ich erhaben; ich warf es der Welt zurück und lachte ihr in's Gesicht, wenigstens würde ich es gethan haben, hätte sie es mir geboten, — aber sie schenkte mein Gesicht und gab mir nichts, was der Rede werth gewesen wäre.

An dem Tage, an welchem ich die Ehre habe, mich dem Leser vorzustellen, lag ich lang ausgestreckt

*) Erheiterungen.

auf einem moosigen Hügel, am Ufer eines lieblichen Flüßchens in Nord-Wales, das sich gerade da, wo ich verborgen, durch das felsige Thal schlängelte. Ich war in träumerische Gedanken versunken und blickte empor zu dem blauen Himmel, der durch die überhängenden Felsen und das Laubdach der Bäume hindurchblickte, hin und wieder Stellen aus dem „Lotos-Esser" singend.

Ein jedes Geschöpf genießt der Ruhe, weshalb sollte der Mensch allein immer arbeiten? Ja wahrlich, weshalb? Cui bono all' unser eifriges Kämpfen und Streben, frisches Aufstehen und Vorwärtswollen? Weshalb können wir nicht ruhen und zufrieden sein, uns in einen schattigen Winkel zurückziehen, das Leben in friedlichem Behagen, ohne Ehrgeiz im Verborgenen verträumen? Im Steigen können wir des Falles gewärtig sein, kämpfend jämmerlich unterliegen; indem wir aber gar nichts thun, können wir aber auch kein großes Unrecht thun; weshalb also arbeiten und sündigen?

Der Fluß nahm meinen sorglosen Gesang auf und trug ihn weiter, ein vorüberwehendes Lüftchen flüsterte mir seinen Beifall zu.

„Ach", seufzte ich, „das ist eine prächtige Welt, die Festigkeit eines Herzens zu prüfen, gütig, gerecht, ohne falsche Beschuldigung."

Wenn bescheidenes Verdienst kämpft und verhungert, so läßt sie es kämpfen und verhungern; wenn das Genie ihren Beistand anruft, so kehrt sie dem Flehenden den Rücken; sobald aber die Kunst ihrer Hilfe nicht mehr bedarf, siehe, so liegt sie ihr demüthig zu Füßen und ist ihr ergebenster Diener!

Kälte für unsere Theilnahme, Gleichgültigkeit für unsere Neigung, Mißdeutung bei unseren edelsten Absichten, Scheitern, Gespött und Verwirrung! Ei nun, wer sie liebt, diese Welt, mag darin leben; ich möchte es nicht, das ist gewiß. Hierbei drückte ich mein Gesicht tief in das Moos, das unangenehme Thema fern zu halten.

So versank ich in süße Träumereien und beobachtete träumerisch mit halbgeschlossenen Augen den Fluß, dessen klar sich kräuselnde Silberfluth sich leise fortbewegte. Da meinte ich fast, als mein Geist mit Wollust sich der Ruhe hingab, daß der Genius des Ortes, dessen unsichtbaren Einfluß ich fühlte, die belebende Gegenwart, die liebliche Najade des Flusses, hervortauchen werde aus der Verborgenheit ihres krystallenen Palastes; eine zarte, ätherische Gestalt, ein Gebilde aus Wasser und Luft; so sah ich sie vor mir stehen, fremdartig schweigsam und schön, Schatten meiner süßen Träume! —

O sieh'! da stand sie in Wirklichkeit vor mir!

Ich sprang auf so schnell ich vermochte, nahm die Pfeife aus dem Mund und trat unter dem Baum hervor; zur Wirklichkeit zurückgekehrt blickte ich prüfend nach dem felsigen Ufer, das sich jenseits steil emporhob und mich, wie ich glaubte, von der mir fremden Welt abschloß und mich meinen heiteren Betrachtungen ungetrübt überließ.

Dort sah ich eine Erscheinung auf dem jenseitigen Ufer stehen; Du wirst es nicht glauben, lieber Leser, aber sie war wirklich dort. Ein glänzendes Gebilde, eine Fee, ein schönes blendendes Wesen mit lächelnden, sonnenhellen Augen, verwirrend, lieblich, überirdisch, plötzlich aus dem Laubwerk hervorgezaubert, ganz meinen Erwartungen entsprechend, mit unaussprechlich lieblicher Herablassung geschmückt. Gewiß wäre ich auf meine Kniee gesunken, sie anzubeten, hätte ich den Zauber zu lösen vermocht, der mich gefangen hielt. So stand ich nun vor ihr mit offenem Munde und staunendem Auge, zu sehr überwältigt, um etwas Anderes zu thun, als sie anzublicken. Sie begann zu sprechen — ihre himmlischen Lippen öffneten sich und sie fragte: „Ach, können Sie uns nicht gütigst sagen, wo der Weg aus diesem Thal hinab zum Flusse führt?"

„Ja, ja", wiederholte eine andere Stimme; „den Weg", und genauer hinblickend, gewahrte ich zum ersten Male, daß meine himmlische Erscheinung nicht allein war, sondern bei ihr eine nichts weniger als zauberische Gestalt, genau einem ältlichen Herrn gleichend, ein dienender Geist oder vielleicht ein Kobold. Er war untersetzt und hatte eine Glatze, auf dem Kopfe trug er ein Sammetkäppchen, mit einer Troddel verziert, die ihm über die Augen hing, wenn er sprach, und anstatt des Zauberstabes trug er eine moderne Neuerung in Form eines dicken, praktischen Regenschirms, zugleich mit einem Feldstuhl und Skizzenbuch.

„Wir wünschen Sie zu sprechen, Herr West, und sind Sie nicht Herr West? Ah, gewiß, Sie müssen es sein — ich danke Ihnen. Es wurde uns von einem Wege gesagt, der in das Thal hinüberführt — hier herum", sagte er in kurzer, abgebrochener und lebendiger Redeweise, in dem er zum Schluß seinen Regenschirm in der Luft schwang.

„Der ist hier ganz nahe, mein Herr", sagte ich; „er windet sich durch das Gebüsch und hier liegen Steine zum Ueberschreiten im Fluß." Und herüber kam er geschritten mit sorglicher Vorsicht, die Erscheinung in seinem Gefolge; einige Augenblicke später waren beide diesseits des Flusses.

„Wie geht es Ihnen, Herr West?" fragte der kleine Herr in wohlwollend höflicher Weise und mit freundlichem Lächeln, indem er mit dem Taschentuche den Schweiß von der Stirn trocknete. „Bloß! das ist schön. Wir wagten, Sie zu stören, da uns ein Freund in B— gesagt — wie heißt er doch, liebe Dulcie?"

„Herr Lewis sagte uns", nahm der Vater wieder das Wort, — „(nie kann ich Namen behalten), daß Sie uns den Weg nach einer alten Mühle zeigen könnten, die hier in der Nähe an einem Wasserfall liegt, die ich skizziren möchte und nicht finden kann. Ich erlaube mir nun die Frage, im Fall Sie nicht zu sehr beschäftigt sind —"

„O durchaus nicht, keineswegs", unterbrach ich ihn, der Höflichkeit und Wahrheit gemäß, durch die ich mich überhaupt, wie ich glaube, auszeichnete. „Ich kenne den Ort sehr genau und bin erfreut, Ihren Führer machen zu dürfen."

„O, das ist sehr freundlich“, rief der kleine Herr erfreut aus, indem er mir die Hand schüttelte.

„Erlauben Sie mir, mich Ihnen selbst vorzustellen, Herr West! Mein Name ist Home und dies ist meine Tochter Dulcie. Ja, eine liebliche Heimath, wie sie sehen — Dulce domum! Aha, ja, ja“, und dabei nickte und lachte er, auf seine Tochter zeigend, bis die Troddel wieder tanzte.

„Still, still, Papa!“ sagte Dulcie zurückweisend und leise erröthend, mit einem flüchtigen, scheuen Seitenblick zuwerfend. Mir aber fehlte gerade in diesem kritischen Moment die Geistesgegenwart, und so vermochte ich nur ein undeutliches Gemurmel von mir zu geben, aus dem nur ein Wort der Zustimmung herausklang.

(Fortsetzung folgt.)

* Giftesser.

Gifttrinker gibt es fast in allen Orten und in allen Gegenden — man braucht blos die Branntweinkneipen zu beobachten, abgesehen von den vielen heimlichen Trinkern, welche behaupten, daß der Schnaps nicht allein Morgens und Nachmittags munde, sondern daß er sogar um Mitternacht nicht schädlich sei. Ueber die gefährliche Wirkung des Branntweins bei Gewohnheitstrinkern ist indeß schon genug gesagt und geschrieben worden, dagegen dürfte es nicht uninteressant sein, über Diejenigen etwas Näheres zu hören, welche wirkliches Gift, den Arsenik, essen und durch langjährige Gewohnheit gar keine Nachtheile zu empfinden scheinen. Der Arsenikgenuß, das Giftessen, ist hauptsächlich in Steiermark im Gebrauch, und wir berufen uns bei den Mittheilungen hierüber auf die bezüglichen Angaben, welche die Wiener Akademie vor einigen Jahren veröffentlichte. Die Medicinalbehörden des Landes hatten damals, durch einzelne Fälle aufmerksam gemacht, die Aerzte Steiermarks zur Mittheilung ihrer Erfahrungen über die Giftesser amtlich aufgefordert, welche denn auch mit großem Fleiße ihrem Auftrage nachkamen. Aus den gemachten Beobachtungen ergibt sich Folgendes.

Der Hauptsitz der Giftesser ist der nördliche und nordwestliche Theil Steiermarks; so zählt z. B. der Bezirk Hartberg 40, der Bezirk Lamprecht, Leoben, Oberzeiring viele Arsenikesser; vereinzelte Beobachtungen liegen auch von anderen Bezirken vor. Der Süden von Steiermark ist frei davon, nur in der Gegend von Pettau werden wieder Arsenikesser namhaft gemacht.

Vor allem wird der weiße Arsenik genossen, seltener der gelbe käufliche und der in der Natur als Auripigment vorkommende gelbe Arsenik. Arsenikesser beginnen mit der Dosis von der Größe eines Hirsekorns und steigen nach und nach bis zu Dosen von der Größe einer Erbse; von Aerzten gewogene Mengen, welche vor ihren Augen verzehrt wurden, sind 2, 4½, 5½ Grane arseniger Säure! Diese Mengen nehmen sie entweder täglich, oder jeden zweiten Tag, oder ein- bis zweimal die Woche. Im Bezirke Hartberg herrscht in dieser Beziehung folgende Sitte: „Zur Zeit des Neumonds wird mit dem Genusse des Arseniks ausgesetzt, im zunehmenden Monde mit der relativ kleinsten Gabe angefangen und bis zur Zeit des Vollmondes gestiegen, vom Tage des Vollmondes an wird die Gabe vermindert und dabei in steigender Dosis von Tag zu Tag Aloe genommen, bis starke Diarrhöe erfolgt.“ Gleich nach dem Genusse enthält man sich des Trinkens; sowie einige Arsenikesser Mehlspeisen dem Fleischgenusse vorziehen, hüten sich andere vor dem Fettgenusse; der größere Theil aber verträgt alle Speisen und ist dem Genusse geistiger Getränke sehr ergeben. Die ältern, d. h. länger dem Genusse des Arseniks ergebene Individuen empfinden bald nach der Einnahme eine angenehme Wärme im Magen, erbrechen sich auch bei größeren Dosen nicht und empfinden höchstens bei übermäßigem Genusse eine Eingenommenheit des Kopfes.

Arsenikesser sind in der Regel starke, gesunde Leute, zumeist der niedern Volksklasse angehörig, Holzknechte, Pferdeknechte, Schwärzer, Waldhüter. Obwohl das weibliche Geschlecht dem Arsenikgenusse nicht abgeneigt ist, so gehört doch die größte Zahl der Arsenikesser dem männlichen Geschlechte an, sie verfallen oft schon im Alter mit 18 Jahren in diese Gewohnheitssünde und erreichen dabei ein Alter zwischen 70 und 80 Jahren. Meistens sind sie muthig und rauflustig; Geschlechtstrieb wird in mehreren Berichten als ein Merkmal des Arsenikgenusses aufgeführt.

Veranlassung zum Arsenikessen ist der Wunsch, gesund und stark zu bleiben und sich dadurch vor Krankheiten jeder Art zu schützen; selten wird der Arsenikgenuß bei schon Kranken begonnen, obwohl er auch gegen Schwerathmigkeit empfohlen ist. Gewöhnlich bleibt der Arsenikesser auch bei längerem, 20 bis 30 Jahren fortgesetztem Genusse gesund, fühlt aber bei geringeren Dosen und zeitweiligem Aussetzen des Giftes sogleich eine Schwäche des ganzen Körpers, die ihn immer wieder zur erneuten Fortsetzung des Mittels unwiderstehlich antreibt. Obgleich die unverwüstliche, durch die härtesten Lebenseinflüsse gestählte Gesundheit der steirischen Aelpler einen Panzer gegen den Arsenik bildet und der langsame, mit kleinen Dosen beginnende nach und nach steigende Genuß den Organismus zur Aufnahme größerer Mengen vorbereitet, so enden doch gewiß viele Arsenikesser mit einem Siechthume ihres sonst unverwüstlichen Körpers. In den vorliegenden Berichten ist indeß kein Fall der Art aufgeführt.

Wir lassen hier noch einige nähere Angaben über einen constatirten Arsenikesser folgen, in dessen Harne die chemische Untersuchung auf das Deutlichste Arsengehalt nachgewiesen hat.

Johann W., dreißig Jahre alt, klein, kräftig gebaut, die Musculatur stark entwickelt, seines Gewerbes ein Holzknecht, war stets gesund. Derselbe ist Arsenik seit zwölf Jahren; anfangs nahm er ganz kleine Körnchen, später wöchentlich zweimal größere Stückchen; in den ersten Wochen fühlte er eine große Schwäche, welche sich aber immer nach einer neuen Einnahme wieder verlor; dabei habe er niemals ein Brennen im Halse oder Magen verspürt. Nur einmal, als er nach dem Genuß eines größeren Quantums geistiger Getränke, um sich das Unwohlsein zu vertreiben, ein ungefähr felddohnengroßes Stück weißen Arseniks (!) genommen habe, fühlte er große Eingenommenheit des Kopfes. Dieser Arsenikesser verzehrte in Gegenwart des Arztes an zwei Tagen weißen Arsenik in Stücken von 4½ bis 5½ Granen Gewicht, nachdem er sie mit den Zähnen zermalmt hatte. Während dieser Zeit aß er die ihm vorgesetzten Speisen mit Appetit, trank viel geistige Getränke und entfernte sich vollkommen wohl am dritten Tage.

Es wird als eine bekannte Thatsache erzählt, daß Pferde bei jahrelangem Arsenikgebrauche fett und muthig werden. Sie gehören daher zu den unfreiwilligen Arsenikessern in Steiermark und es beklagen sich viele Landwirthe über das Arsenikfüttern bei Pferden, können jedoch ihren Bedienstelen nicht leicht auf die Spur kommen, weil dieselben heimlich dem Futter Arsenik einstreuen.

Ueber die enorme Menge Arsenik, welche ein Pferd ohne nachtheilige Wirkung vertragen kann, gibt ein direkt angestellter Versuch in der Thierarzneianstalt zu Graz Aufschluß. Ein vierjähriges Pferd erhielt in dem Zeitraume von dreiundzwanzig Tagen in steigenden Gaben, die mit 5 Granen am ersten Tage begannen und mit 100 Granen am letzten Tage endeten, 555 Grane arseniger Säure, d. i. über 2 Loth. In den ersten zwei Drittheilen der Beobachtungszeit ließ sich außer einer auffallenden Munterkeit, die sich bis zur Aufgeregtheit steigerte, an dem Thiere nichts Weiteres beobachten. Am Schlusse des zweiten Drittheiles der Beobachtungszeit entstand Diarrhöe. In den letzten drei Tagen der Beobachtungszeit, in welchen dem Thiere 50, 60 und 100 Grane Arsenik einverleibt worden waren, zeigten sich auch bei diesen überaus großen Gaben keine abnormen Erscheinungen. Blut und Excremente des Pferdes waren deutlich arsenhaltig. Es muß noch bemerkt werden, daß bei diesem Pferde, welches wegen ausgebreiteter Speichelfisteln als unheilbar eigentlich zur Vertilgung bestimmt war, diese bis auf zwei kleine Fistelöffnungen ohne weiteres Zuthun während dieser Zeit geheilt waren! —

Gegenüber solchen Thatsachen dürften unsere bisherigen Ansichten über die giftige Wirkung des Arseniks beinahe etwas erschüttert werden. Kann man eine Substanz wirklich als das stärkste Gift betrachten, an die sich die Menschen, nicht vereinzelte Individuen, in so unverhältnißmäßigen Quantitäten gewöhnen können, ja die überhaupt auf einige Thiergattungen gar keinen schädlichen vielmehr einen heilsamen Einfluß auszuüben vermag?

Miscellen.

Lichtmeß hat für England — obwohl nicht wie in Schottland der halbjährige Pachttermin — auch eine gewisse Bedeutung. Der Farmer, der sich treu an seinen Bauernkalender hält, guckt heute Morgen nach dem Wetter aus, denn ein freundlicher und sonniger Lichtmeßtag verspricht einen langen Winter, während ein warmer Tag mit Wolken am Himmel einen milden Frühling verheißt. Jeder, der in England war, kennt die zweite Bedeutung von Lichtmeß, an welchem die Mistel-Zweige von den Kronleuchtern u. s. w. heruntergenommen werden, wo sie seit Weihnachten zum Entzücken der heranwachsenden Jugend hingen. Viele haben den zweiten Februar wohl mit Bedauern herannahen; mit Gefühlen ganz entgegengesetzter Art erwartet eine dritte Menschenklasse das Herannahen der Lichtmeß: die Liebhaber eines guten Salms. Heute ist der erste Salm zu erwarten, denn erst seit gestern darf er gefangen und erst heute darf er verkauft werden. Die Salmflüsse sind heuer reichlich gefegnet, und auch das gilt als eine Vorbedeutung — als die eines fruchtbaren Jahres.

* Wenn es wahr ist, daß man von der Größe und Schwere des Gehirns auf das Maß geistiger Anlagen schließen kann, so besitzen wir Deutsche am meisten Fähigkeiten von allen Nationen der Welt. Nach den Untersuchungen der Forscher J. B. Davis, Tiedemann und Morton, welche die Gehirnmasse verschiedener Bewohner der Erde genau untersucht und gewogen haben, enthielt das Gewicht der europäischen Gehirne zwischen 1425 und 1263 Gramm, im Mittel also 1328 Gramm. Die deutschen Gehirne wiegen 1425 Gramm, die englischen 1369, die französischen 1373, die romanischen 1301, die böhmischen 1265. Die asiatischen Völkerschaften haben durchschnittlich eine viel geringere Hirnmasse und man kann als Mittelgewicht etwa 1253 Gramm annehmen; nur die Bevölkerungen, welche die Abhänge des Himalaya bewohnen, haben mehr, nämlich 1301 Gramm. Die chinesischen Hirne wiegen 1357 Gramm, also schwerer als die französischen. Bei den Negern schwankt die Hirnmasse zwischen 1313 und 1249 Gramm. Die Eskimogehirne wiegen 1216 Gramm und die einiger vollständig barbarischen Stämme nur 1210—14 Gramm. Noch weniger wiegt die Gehirnsubstanz der Karaiben, der Ureinwohner der Antillen; sie hat nur 1159 Gramm.

* Räthsel.

(Vierzilbig.)

Was ist Dein Freund, und wo war er?
So frug den Gastwirth Meyer
Der Stammgast aus dem gold'nen Bär
Nach dem Besuch aus Speyer.

Er war soeben vorgestellt,
Kam aus dem Reich der Mitte,
Und war ein Mann der feinen Welt,
Doch blos nach äußerem Schnitte.

Freund übte eigne Kunst
Auf seinen weiten Reise,
Und hat der Küche seinen Dunst
Geliebt auf sei'ne Weise.

Als er des Gastes Frag' gehört,
Da schmunzelt er ganz eigen
Und spricht, für deren zu erklärt,
Von asiat'schen Reichen.

Behauptete sogar zum Schluß:
Ein Land sei da! zu finden,
Der Name mache ihm die Nuß,
Die er sucht zu ergründen.

Ich nahm den Atlas gleich zur Hand,
Las Ana und auch Laos,
Und fahe Beispiel und Strand
Wortwörtlich, nicht im Chaos.

Flora.

Auflösung der Homonyme in Nr. 15.

Ball.

Redaction von A. K. Woll, Druck der Jäger'schen Druckerei in Speyer.

Palatina.

Belletristisches Beiblatt zur Pfälzer Zeitung.

Nro. 18. Speyer, Donnerstag, den 11. Februar 1869.

Am Ufer des Flusses.

Erzählung, aus den Erinnerungen eines Künstlers mitgetheilt von Ed. W. Gr.

„Ich glaube, wir müssen den Fluß noch einmal überschreiten", sagte Herr Howe, indem er sich mit geschäftiger Miene sogleich auf den Weg begab.

„Nein, nein, Herr Howe", beeilte ich mich zu erklären; „der nächste Weg führt am diesseitigen Ufer hin, dann durch eine Allee, die sich durch den Wald längs des Flusses hinzieht."

„Diesen Berg hinan?" fragte Herr Howe, auf die schroffe Felsenwand zeigend, die sich über uns erhob.

„Den Berg hinauf", bejahte ich lachend, während Dulcie erfreut in die Hände schlug.

Herr Howe zog seine Brille hervor, putzte sie sorgfältig ab, setzte sie auf und betrachtete dann mit prüfender Miene den Weg. „Dort hinauf soll ich!" sagte er dann gelassen.

„Wenn es Ihnen gefällig ist", antwortete ich, während ich meine Geräthschaften im Gebüsch verwahrte. „Wollen Sie vielleicht vorangehen? Ich folge mit Fräulein Dulcie nach und nehme sie in meine Obhut."

„Sie würden besser thun, sich meiner anzunehmen", sagte er, noch immer den Berg betrachtend, wobei er wie ein Mandarin seinen Kopf schüttelte.

„Nun, lieber Papa, sage doch nicht, daß Du nicht kannst", schmeichelte Dulcie, ihre Lippen wie Rosenknospen zusammenfaltend, und ach, du meine Güte, den seinen nähernd. „Es ist wirklich ganz leicht. Sieh', dort ist ein kleiner zackiger Pfad. Du kriechst unter diesen Zweigen hindurch und springst dann bis zu jenem Felsenstück."

„Kriechen und springen!" wiederholte der Vater entsetzt. „Ein Mann von meiner Figur? Nun gut, ist dies denn der einzige Weg, Herr West?"

„Nein, das ist er nicht, Herr Howe, es gibt noch einen bequemeren jenseits des Flusses. Den Weg zurück, den Sie soeben gemacht und dann noch über einige Felder hin; aber dieser hier ist bei Weitem der angenehmere, die Allee am Ende ist köstlich schattig und erfrischend."

Hier entstand eine Pause. Herr Howe schien unentschlossen, Dulcie war nachdenklich und ich in Erwartung der Dinge, die da kommen sollten.

„Es thut nichts", sagte endlich Herr Howe, sich abwendend; „ich denke doch, ich ziehe einen weniger perpendiculären Weg vor", bei welchen Worten er sich sogleich in Bewegung setzte.

„O, wie schade!" seufzte Dulcie; „die schöne Allee!"

„Gut, gut, Kind," sagte Herr Howe, sich zu ihr wendend; „gehe diesen Weg — ich für meine Person möchte mich nicht gern in eine Fliege verwandeln und den Kopf voran herabsteigen; aber in der That, das ist Geschmackssache. Geh' Du diesen Weg, wenn es Dir Spaß macht. Wollen Sie sie mit sich nehmen, Herr West? so danke ich Ihnen. Bei der Pforte an der Straße treffen wir wieder zusammen! falle nicht, Dulcie." Und fort war er über die schlüpfrigen Steine, die den Weg über den Fluß bildeten, dahin gleitend und hüpfend, mit den Armen hoch in der Luft fechtend, gleich einem Telegraphen, um die Balance zu halten.

Wir sahen ihm nach, bis er am jenseitigen Ufer zwischen den Gebüschen verschwand; dann wandten wir uns einander zu, sahen uns gegenseitig an und lachten beide, ich glaube, wir wußten selbst nicht weßhalb.

„Glauben Sie, daß es Ihnen nicht zuviel werden wird?" fragte ich, um das Schweigen zu brechen.

Dulcie antwortete in bestimmter Weise, während sie ihr hübsches gepufftes Musselinkleid zusammennahm und besonders höchst praktisch aufsteckte.

„O, ich bitte Sie, welch' eine Frage; für mich ist das Alles nichts. Vergangenen Herbst waren Papa und ich in der Schweiz, um Skizzen aufzunehmen, aber die ganze Zeit waren wir in beständigem Klettern. Einen Berg ging es hinan, den andern herab — doch nein, nicht herab, dort steigt man nur immer bergan." Dabei reichte sie mir zu, ihre kleine Hand ganz voll Stecknadeln.

Nachdem sie ihr Kleid rund herum in malerischen Bogen aufgenommen und ihren Hals bei dem Versuche, auch den hintern Theil ihres Rockes zu besehen, fast verdreht hatte, sah sie mich mit befriedigter Miene an und erklärte sich fertig und bereit zum Gehen, wobei sie mir vertrauensvoll ihre zierliche Hand reichte.

Wir brachen sogleich auf, kletterten, glitten wieder zurück und rutschten bald hier- bald dorthin, dabei lachend und schwatzend, alles auf einmal. Einmal verwickelten wir uns unvorhergesehen im Gestrüppe, hatten mit impertinenten Zweigen zu kämpfen, die hinterlistig unser Fortschreiten hinderten, dann wieder verirrten wir uns im dichten Haselnußgebüsch und geriethen zwischen labyrinthartige Felsen; kämpften uns aber muthig durch alles hindurch und erreichten endlich die freie Anhöhe und die Allee, wenn auch mit glühenden Wangen und mit aufgelöstem Haar, doch triumphirend.

„O, welche Genugthuung ist es, ein vorgestecktes Ziel erreicht zu haben!“ sagte Dulcie, tief aufathmend und sich befriedigt rund umblickend. „Aber wie durstig bin ich nun“, fuhr sie fort, „wollen Sie mir nicht einige Brombeeren pflücken, Herr West, wenn es Ihnen nicht unangenehm ist?“

„Unangenehm? Welch' eine Frage, o nein, es ist mir im Gegentheil das größte Vergnügen“, und einige Minuten später saß ich bis über die Ohren in den Beeren, meine Hände wie mit Dornen gespickt und mein Gesicht nach allen Richtungen hin zerkratzt wie eine Landkarte. Bei alledem war ich aber doch überglücklich und viel zu entzückt, um solche Lappalien zu beachten. Ich schwebte in einem Meer von Wonne und hatte nur den einen Wunsch, daß nämlich die Sonne heute nicht untergehen und mein ganzes übriges Leben aus einem einzigen so herrlichen und sonnigen Herbsttage bestehen möge. Wie gern wollte ich beständig für Dulcie Brombeeren pflücken, wenn sie immer an meiner Seite geblieben wäre und wie jetzt, mir mit ihrem von Beeren befleckten kleinen Zeigefinger und ihrem reizenden mit Beeren gefüllten Mündchen die Stellen bezeichnete, wo ich sie finden konnte! —

Wir wanderten endlich weiter, den Windungen der über uns sich wölbenden Allee folgend. Dulcie schlenderte in der Mitte des Weges, ihr Kleid rauschte in den trockenen Blättern, bisweilen fiel ein Sonnenstrahl durch den Schatten der Bäume, ihre kindlich glücklichen Züge beleuchtend. Dabei plauderte sie fortwährend, ihre Worte flossen von den Lippen, wie das Plätschern eines silberhellen Baches, in tausend Variationen, bald ruhig und gelassen, dann machte sie unerwartete Sprünge von einem Thema zum andern, es folgten nachdenkliche Pausen und kleine klare Wasserfälle von hellem Gelächter. Ich warf nur bisweilen ein Wort dazwischen, stimmte hier und da bei, doch eine förmliche Unterhaltung zu führen, war mir bei meiner Stimmung unmöglich. Dulcie schien aber damit ganz zufrieden, mein Theil mit zu übernehmen. Sie erzählte; ich hörte zu und bewunderte sie.

Sie bestand darauf, die schönsten Beeren für „Papa“ heraus zu wählen, wozu sie dieselben auf ein Blatt legte. Doch schon nach wenigen Minuten war sie des Tragens müde und vertraute sie deshalb freundlich meiner Sorge an. Zu meinem Leidwesen muß ich bekennen, daß ich durch die Bewunderung, in der ich mich befand, zerstreut meine Hand mit Blatt und Beeren schloß und als ich diese später abliefern sollte, alles in einen Brei verwandelt fand.

Da Dulcie nicht im Stande war, über ein moosiges Felsstück zu gehen, ohne sich darauf niederzulassen, eine Blume zu gewahren, ohne sie zu pflücken, oder unten den Fluß schimmern zu sehen, ohne ihn zu betrachten und dabei stehen zu bleiben, so verging ziemlich eine Stunde, ehe wir die Stelle erreichten, wo uns Herr Home erwartete.

Diesen fanden wir gemüthlich auf einer Umzäunung sitzen, wohlgefällig durch seine Brille die Umgegend betrachtend, wobei er so zufrieden aussah, als könne er bis Sonnenuntergang dort sitzen, hätten wir ihn so lange auf uns warten lassen. Wir gingen nun gemeinsam in lebhafter Unterhaltung weiter, aber ehe wir die Mühle erreicht, hatte mir Herr Home schon sein Herz ausgeschüttet in der ihm eigenen offenen Weise. Er schilderte mir sein vergangenes Leben und Verhältniß; erzählte mir, er sei Witwer und Landschaftsmaler; daß er und Dulcie gleich mir keinen festen Wohnsitz hätten, aber jetzt ein Häuschen bewohnten, das zwar einfach aber ländlich schön und im Liebe-Thal gelegen sei. Ferner, daß er ein nicht ganz unbedeutendes Vermögen besitze, wodurch er unabhängig von seiner Beschäftigung war und das er kürzlich bei der Stopington-Bankgesellschaft angelegt, die sicherste und vortheilhafteste ihrer Art, wie er versicherte. Dabei rieth er mir, im Fall ich flüssiges Kapital besäße, mir einige Antheile in derselben zu sichern. Ich besaß zwar kein Vermögen, sondern nur „Aussichten“, die man leider nicht anlegen kann, doch dankte ich ihm mit solcher Herzlichkeit für seinen Rath, daß er schwerlich die Wahrheit ahnte.

Bei der Mühle lag das Wirthshaus zum Löwen, welches ich ihnen zeigte und das von ihnen sehr bewundert wurde. Der weiße schäumende Wasserfall brach unter einem Baldachin von Zweigen hervor, der kleine Fluß that hier plötzlich einen sorglosen Sprung und ließ dabei seinen wilden, wunderbaren Gesang erklingen, dann aber schlängelte er sich krystallhell weiter durch hohe, schattige Felsenpartien. Die Mühle selbst, grau, verfallen und malerisch, neigte sich über das Ufer und beschattete so den Wasserfall; das Pochen und Klappern ihrer tropfenden Räder vermischte sich mit dem Rauschen des Flusses und der mächtigen, daneben stehenden Eiche, die schon unzählige Male und seit undenklicher Zeit ihre Rolle in den Skizzenbüchern gespielt. Sie wurde auch jetzt wieder mit ihren knorrigen Zweigen und tief dunklem Laubwerk von zwei bis drei Touristen gezeichnet.

(Fortsetzung folgt.)

* Home und sein Geisterspuk.

Bekanntlich war vor einigen Jahren in öffentlichen Blättern vielfach die Rede, von dem Iren Douglas Home und seinen Geistererscheinungen, die er zuweilen vor dem Kaiser Napoleon und seiner Familie producirte und welche dem kalten, schweigsamen Kaiser so erstaunlich vorkamen, daß er für keines der gemachten Experimente eine natürliche Erklärung zu finden vermochte. Die Gebrüder Davenport aus Amerika versuchten in Paris ebenfalls allerlei geisterhafte Productionen dem neugierigen Publikum vorzuführen, konnten sich jedoch nicht über wunderbare Lösung gordischer Knoten, Spektakel in Kleiderschränken und zauberisches Saitenspiel erschwingen; ihr ganzer Hexenmeisterruf war vollends vernichtet, als ein gewandter französischer Clown die Mehrzahl der Experimente vor Aller Augen auf ganz natürliche Weise nachmachte. Indessen unterschieden sich die Gebrüder Davenport von Home besonders darin, daß letzterer für seine Productionen nie Bezahlung nahm und auch eine ansehnliche Belohnung vom Kaiser ernstlich zurückwies. Seit den letzten Jahren ist wenig mehr von Home und seinen Geistergeschichten die Rede und die ganze Sache ist bereits, wie das Tischrücken und die Klopfgeisterei, die vor Jahren auch in unserer Pfalz stark spukte, der Vergessenheit verfallen. Das letzte Heft des „Salon", von Ernst Dohm, dem Redakteur des Kladderadatsch und Julius Rodenberg herausgegeben, bringt nun wieder einen Aufsatz über Douglas Home und seine Vorstellungen in Paris aus der Feder eines ganz „glaubwürdigen" Mannes, der von Alfred Meißner und Dr. Kreißig dem deutschen Publikum empfohlen wurde und der bei einigen Productionen Homes selbst zugegen war, weßhalb die Redaction des „Salon" sich veranlaßt sieht, in einer Note ausdrücklich auf die Glaubwürdigkeit des Berichterstatters hinzuweisen.

Home ist, jenem Aufsatz zufolge, ein Mann von etwa vierzig Jahren und von irischen Eltern in Amerika geboren. Er ist leidend, anspruchslos in Anzug und Benehmen, ohne besondere Bildung, am allerwenigsten vermag er über Spiritualismus oder philosophische Fragen sich eingehend zu unterhalten und gibt sich alle Mühe, nicht an die Sache zu denken, „denn sie ist ihm eine Last, eine Qual, eine erschöpfende Krankheit, ein frevler Mißbrauch seiner Existenz und seiner Persönlichkeit. Er ist das Medium, das willenlose Werkzeug einer ihm selbst unbekannten Geisterwelt, die durch ihn hindurchzieht, seine Glieder und geistigen Fähigkeiten willkürlich gebraucht und mit ihm in gefühllosem Uebermuth umgeht." Home weiß nicht wann und in wessen Gegenwart er die „Kraft" hat; das hängt vom Versuch ab und erst nach Beginn der Sitzung bezeichnet er zuweilen Den oder Jenen als Hinderniß und ersucht ihn, sich zu entfernen. Home geht viel mit zwei polnischen Grafen um in deren Familie er Jahrelang lebte, und von denen der eine, Graf Joseph, ihm unbedingt glaubt; der andere jedoch, Graf Xaver, mißtraut der Sache und geht immer darauf aus den Geheimnißvollen zu entlarven und zu züchtigen. Doch lassen wir den Gewährsmann des Salon über eine „Sitzung" selber erzählen.

„Ich hatte Home schon längst persönlich und auf anderem Wege, als dem des „Mediums", kennen gelernt. Ich war daher nicht wenig erstaunt, als mir dieser langweilige Mensch im Hause des polnischen Grafen eben als jene Berühmtheit vorgestellt wurde, zu deren Soirée mich Graf Xaver geladen hatte. Home nahm aber kaum Notiz von mir; er fühlte sich schon schwach und nahe dem Ereignisse; denn es war bereits 8 Uhr Abends. Ich übergehe alle übrigen Zwischenscenen, und beginne nun ganz objectiv, was ich mit meinen eigenen Augen, und in Gegenwart von elf bis zwölf anderen Personen, gesehen habe, zu erzählen.

Wir befanden uns in einem der im Halbbogen gebauten Häuser der Place Vendôme, wo vor Jahren Victor Hugo gewohnt, und wo im Hôtel du Rhin Louis Napoleon 1848 als Präsidentschaftscandidat abgestiegen war. Die Stube war die letzte einer Flur von prächtigen Zimmern, hatte nur ein Fenster nach dem Platz, dagegen nahm die rechte Wand ein großer, weiß marmorner Kamin ein, in dem Kohlenfeuer brannte — es war im Januar 1863 — und über dem Kamin erhob sich ein riesiges Trumeau von belgischem Spiegelglase, vor dem zwei fünfarmige Leuchter standen. Alle zehn Kerzen waren angezündet. Sonst ergab sich an dieser rechten Wand keine weitere Oeffnung, sondern sie bot die breite dunkelgrüne Tapetenfläche. Vor dem beschriebenen Kamin zog sich ein langer ovaler Tisch hin, auf dem keine Decke lag, sondern blos zwei Lichter brannten, eine Handglocke und eine Ziehharmonika standen. Um diesen Tisch saßen wir unser acht Personen, darunter eine Dame, Engländerin, und da man in französischer Gesellschaft nie gegenseitig vorgestellt wird, so erfuhr ich die Namen der Mitgenossen erst im Verlauf der übrigen Tage, als ich mit dem Einen oder dem Andern wieder zusammentraf und wir von dem seltsamen Abend zu sprechen begannen. Der mir zunächst gesessen hatte, war ein reicher jüdischer Banquier aus Odessa, der sich später als sehr geistreich und durchaus skeptisch ergab. Neben ihm rechts hatte sich ein französischer Vicomte, alter Militair, befunden, und mit dem Rücken dem Kamin zugekehrt, die englische Wittwe. Dieser zunächst saß ein dänischer Kammerherr, den ich später in Brüssel wiederfand, und der ein Schüler Oerstedt's gewesen. Weiter, mit dem Rücken dem Fenster zugekehrt, befand sich ein deutscher Rentier, der für Spiritismus schwärmte, und neben ihm ein Landsmann, ein deutscher Rechtsgelehrter, der die Welt mit den Augen eines Criminalisten ansieht, daher steif und fest bei der Annahme von „Betrug" blieb. Der Letzte, der geradeaus in den Spiegel sehen konnte, war ein Amerikaner der englischen Besitzungen, der gar kein Wort sprach; und meine Wenigkeit hatte den Platz am untern Oval eingenommen. An der Wand links zogen sich der ganzen Länge nach hohe Bücherschränke hin, und mit dem Rücken an diese gelehnt, im Halbdunkel, saß in einem Fauteuil, eingesunken und leidend, Home, ihm zu Füßen auf einem Tabouret Gräfin Franziska, des Leidenden beide Hände haltend. Graf Joseph saß im gleichen Halbdunkel links neben dem Fauteuil, während Graf Xaver, die Hände auf dem Rücken, hinter uns in der Stube stand, und bei den folgenden Experimenten stets heiser murmelte: „nur Geduld!“

(Fortsetzung folgt.)

Miscellen.

* Spitzmausschmalz. Eine sehr drollige Jagdscene hat sich neulich in dem Atelier eines Haarkünstlers zu Speyer zugetragen. Kommt ein Bäuerlein aus der Nachbarschaft, das gerade in der Stadt zu thun hatte, in den Laden des belegten Barbiers und bittet, ihm das Kinn glatt zu rasiren. Während der Manipulation des Einseifens bemerkt der Figaro, daß dem Bauer das Kopfhaar abhanden gekommen und auf seinem Schädel eine respectable Glatze sichtbar war. Als er sein Geschäft verrichtet hatte, fragte er den Landmann mit boshafter Ironie, ob er sich nicht auch frisiren lassen wolle. Damit traf er sein Opfer an dem verwundbarsten Fleck und der Bauer erwiderte gereizt:

„Statt Euch über meine Kahlköpfigkeit lustig zu machen, wäre es viel gescheidter, wenn Ihr mir ein Mittel verkauftet, durch welches ich neue Haare bekäme!“

„O, das sollt Ihr haben, daher gibt's ja Pommade.“

„Was für Pommade? Gebt mir davon für fünf Sous! Ich habe auch schon gehört, daß man derartige Pommaden hat, die auch auf den ältesten Köpfen frischen Haarwuchs erzeugen, und zwar ganz von der früheren Farbe. Also gebt mir solche!“

Der Figaro, der sich mit dem Manne seinen Spaß erlauben wollte, sagte spitzig:

„Ich weiß wohl, daß man solche Pommade hat; mein Vater hat mir auch das Recept hinterlassen, aber das kostet Geld und ich habe die Ingredienzien dazu nicht bei der Hand!“

„Nun, was braucht man denn dazu, vielleicht ...“

„Dazu brauch' ich das Schmalz von zwei Dutzend rothen Spitzmäusen oder Feldratten — also, wenn Ihr mir dasselbe liefern könnt, dann stell' ich Euch eine Pommade her, die sich gewaschen hat; Abends salbt Ihr damit Euern Kopf und wenn Ihr Morgens erwacht, habt Ihr einen Haarbusch wie der Kronprinz von 1811!“

Unser Bauer merkte wohl, daß ihn der Haarkünstler zum Besten habe, indeß sah er anscheinend ganz gläubig darein und ließ sich den Bären aufbinden. Beim Fortgehen aus dem Laden sagte er lächelnd:

„Also abgemacht! ich liefere Euch Spitzmausschmalz und Ihr macht mir die Pommade. Koste sie dann was sie wolle! Auf Wiedersehen!“

Wirklich erschien der Landmann mit einem Sack in der Hand einige Tage nachher im Laboratorium des Pommadenchemikers, der eben damit beschäftigt war, einige Herren zu verschönern. Einer saß eingeseift vor dem Spiegel, ein anderer beugte sein Haupt unter dem Brenneisen eines Gehilfen, einige andere warteten, bis die Reihe an sie käme.

„Guten Tag, Herr Frisirer, da bin ich und bringe das Gethier!“

„Was für Gethier?“ fragte überrascht der Haarkünstler.

„Nun, die Thiere für die Haarsalbe, die Ihr mir machen wollt!“

„Das war ja nur ein Spaß, guter Mann!“

„Anfangs glaubte ich das auch, aber ich meine jetzt, Ihr solltet's wenigstens probiren! Die Thiere da sind zwar nicht gerade von den größten, aber fett sind sie, sehr fett!“

Sprach's und aus dem geöffneten Sack stürzten vierundzwanzig kräftige Ratten in wüthendem Ungestüm in's Zimmer. Unter Fluchen und Lärmen springen die Kunden auf die Stühle, die Frau Meisterin fällt in Ohnmacht, der Gehilfe verfolgt die Bestien mit dem Brenneisen, der Meister mit gezogenem Messer. Auf den Lärm hin kommen noch einige Vorübergehende herein, und sehen erstaunt die wilde entsetzliche Jagd, welche den ganzen Tag über dauerte. Am Abend glich das Rasir-Atelier einem Schlachthaus und zwanzig Leichen deckten das Gefilde. Vier der gefährlichen Nager sind dem Blutbad entgangen und halten sich in den Gemächern des Hauses in sicherem Versteck. Die Meisterin thut Nachts kein Auge mehr zu, aus Furcht vor den bösen Gästen, der Haarkünstler aber hat einen feierlichen Eid gethan, nie mehr von einem Bauer Spitzmausschmalz zu verlangen.

* Wie lange wird schon in der Pfalz Bier getrunken? Auf diese Frage gibt Lehmanns Chronik, gedruckt 1698, Antwort. Nachdem sie die Regierungszeit des Kaisers Albert, „ein tapfferer Held und Liebhaber der Gerechtigkeit, ufrechter, gerader, streitbarer Leibesgestalt“ geschildert und am Schluß angefügt, wie er am „Freitag vor Margaretii aus dem Feld an die Stadt Speyr geschrieben und derselben befohlen, ihre Anzahl Volcks zu Fuß und zu Pferd wider den König von Beheim und die rebellische Böhmen auff St. Bartholme zu schicken“, heißt es: „Manuscriptum 1438. Den ersten Bierlieder von Bamberg gen Speyr beschrieben, in Mangel Weins Bier zu sieden.“ Also hat der erste Speyerer Bierbrauer seine Kunst von den Bambergern erlernt und es scheint, daß in andern Orten der Pfalz die Kunst des edlen Gambrinus damals auch noch nicht geübt wurde, sonst hätten die Burger der freien Reichsstadt Speyer nicht nöthig gehabt, aus Bamberg sich einen „Bierlieder“ verschreiben zu lassen.

London, 6. Febr. Von der irischen Küste wird ein Unglück gemeldet. Sieben Fischer, darunter ein Vater mit zwei Söhnen, waren auf den Fang hinausgezogen, während das Wetter plötzlich umschlug. Ein mächtiger Sturm mit Regen vermischt machte es den Unglücklichen unmöglich, das Boot in der Gewalt zu behalten. Es wurde auf die Klippen bei Dunmore geworfen und Alle büßten ihr Leben ein.

Der „Telegraph“ meldet aus Leeds (England): Auf hitziger Verfolgung eines Fuchses sanden sich mehrere der eifrigsten Jäger plötzlich am Ufer des kleinen Flusses Ure, den der Fuchs ohne Umstände durchschwommen hatte. Das Flüßchen war hoch angeschwollen und so stiegen 13 Jäger mit ihren Pferden in ein Boot. Dasselbe schlug indessen um und außer den Fährleuten, Vater und Sohn, fanden vier Jäger ihren Tod. Einer von ihnen, Sir Charles Slingsby, war der Letzte seines Stammes. Carl I. erhob den Vorfahr des Verunglückten zum Baronet und dieser erste Baronet opferte für den unglücklichen Monarchen Alles, was er besaß, zuletzt sein Leben auf dem Schaffot. — General Fairfax Hall brach vergessen auf der Fuchsheße das Schlüsselbein. (In den letzten vierzehn Tagen des Januar waren auf seinem großen Jagdrevier unter Andern 8890 Feldhühner geschossen worden.)

London, 4. Febr. Ueber schwimmende Telegraphenstationen, die zugleich als Lebensrettungs- und Vorrathsmagazine als Aufnahmeort für Post und Passagiere, sowie als Leuchtthurme benutzt werden könnten, ist im Erfinder-Institut von Capitän Moody, der die Idee in Anregung gebracht, ein Vortrag gehalten worden. Später fand eine Erörterung mehrer Sachverständigen, Offiziere der Marine und Autoritäten der Telegraphie statt, in welcher bei aller Billigung für den Plan selbst gegen die Ausführbarkeit desselben vornehmlich gegen die Möglichkeit, die betreffenden Stationsschiffe sicher gegen Wind und Wetter vor Anker zu legen, viele Zweifel laut wurden.

* Räthsel.

Als ich in der Schweiz gewandelt
Hab' im 1 ich was erhandelt,
Das wohl 2 schier ähnlich war,
Aber glänzend, zart und klar.
Da ich das Räthsel schreibe zur Stunde
Halt' ich das Ganze ruhig im Munde.

Auflösung des Räthsels in Nr. 17.
Koch in China — Kochinchina.

Redaction von F. L. Woll, Druck der Jäger'schen Druckerei in Speyer.

Palatina.

Belletristisches Beiblatt zur Pfälzer Zeitung.

Nro. 19. Speyer, Samstag, den 13. Februar 1869.

Am Ufer des Flusses.

Erzählung, aus den Erinnerungen eines Künstlers mitgetheilt von G. W. Fr.

(Fortsetzung.)

Wir begaben uns in des Müllers Häuschen, ein kleines niedriges Gebäude mit weiß getünchten Wänden, und ließen uns in der kühlen alterthümlichen Küche nieder, wohin uns die Müllerstochter frisch gemolkene Milch und Walderdbeeren brachte; während des Mahles blieb das Mädchen bei uns stehen, betrachtete uns aufmerksam und erzählte dabei in ihrem hübschen Welsch, zu gleicher Zeit mit solcher Fingerfertigkeit strickend, daß es fast das Auge ermüdete.

Die Sonne stand bereits hoch und der Tag war weit vorgeschritten, ehe wir uns in die Kühle zurückbegaben. Herr Home bestand darauf, mich bis zum Eingange meines Felsenthales zu begleiten, ehe er zur Mühle zurückkehrte, um die beabsichtigte Skizze zu entwerfen.

„Das ist wohl das Wenigste, was wir zum Dank für Ihre Güte thun können", sagte er, als wir uns am Anfange des hin- und herschlängelnden Weges trennten. „Auch rechne ich fest darauf, daß Sie uns besuchen, nicht wahr, liebe Dulcie?" Diese stimmte bei, hoffentlich nicht blos aus kindlichem Pflichtgefühl, indem sie erwiderte: „Ja, lieber Papa, auch ich hoffe, daß uns Herr West besuchen wird!"

Hierauf entstand eine Pause, da Herr Home gänzlich den Namen seiner Wirthin vergessen und sich dabei auch nicht helfen lassen wollte; endlich brachte er ein halbes Dutzend verschiedener Namen hervor, den Nachbarinnen angehörend, entschied sich zuletzt aber dahin, daß Morgan-ap-Rees wohl der richtige sein werde, wenigstens könne er sich keines andern entsinnen. Dulcie durfte nur den Namen des Landhauses hinzufügen, das Bryn-Teg hieß. Mit erneuten Einladungen und warmem Dank von ihrer, sowie Versprechungen von meiner Seite trennten wir uns endlich und ich war allein, mir selbst und meinen Betrachtungen überlassen. Was nun letztere anlangt, nämlich meine eigenen Betrachtungen, so wird der Leser ohne Zweifel mit dem ihm eigenen glänzenden Verstande, der ihn doch wahrscheinlich auszeichnet, vielleicht verächtlich mit den Schultern zucken. Ich behalte mir aber das Urtheil über diesen Verstand so lange vor, bis ich ihn selbst kennen gelernt, und lasse ihm bis dahin das Seine und will versuchen, es zu ertragen. Jedenfalls will ich mit Genauigkeit weiter erzählen, mag der Leser mir mit Nachsicht folgen.

Ich warf meine Mütze jubelnd in die Luft, meine Pinsel zwischen das Farnkraut; endlich brach ich in wilden Triumphgesang aus, schwang meinen Malerstuhl à la Julien, daß alle befiederten Bewohner des Platzes aufgejagt wurden und voll Schreck meinem Gesange zuhörten. Das Echo mußte heraus und so viel singen und jubeln, wie seit vielen stillen Sommermonaten nicht, wo es tief unten im Thal zwischen verwitterten kalten Felsen schlummerte und träumte. Weshalb ich in solcher Aufregung und Fröhlichkeit war, das machte ich mir selbst nicht klar.

Frage nicht, wie es kommt zu mir
Aus des Himmels sel'gen Fernen —
Ein glänzender Smaragd, voll Schmuck und Zier,
Ein klarer Saphir leuchtend zu den Sternen.

Die Welt, die mir bisher eine Wüste erschienen, war in einen Garten verwandelt, in ein glänzendes Licht der Hoffnung, überfäet mit Blüthenknospen und Sonnenschein, belebt durch den Gesang unzähliger Vögel. — Was Armuth, Schulden, Mahnung und dergleichen Uebel anlangte, pah! sie waren mir so gleichgiltig, als existirten sie nicht. Endlich hatte ich das gefunden, wofür ich es der Mühe werth hielt zu leben, und so es Gott gefiel, so wollte ich nun leben und nicht mehr vegetiren wie bisher.

Darnach setzte ich rasch meine Mütze wieder auf, trug noch Farben auf meine Palette und begann wie ein Rasender zu malen.

II.

Den folgenden Morgen sah ich mich, theils in Folge eines gewissen heroischen Entschlusses, welchen ich am verflossenen Tage gefaßt, theils in der Erwartung, den guten, alten Herrn Home in meinem Thale wieder zu sehen, nicht lange nach dem ersten Aufsteigen der Lerche bei meiner Arbeit, obgleich der Weg von meinem Hotel in B. bis zu dem Platze, wo ich aufzunehmen begonnen, ein langer und beschwerlicher war. Aber trotz der frühen Stunde hatte ich doch kaum den Weg in meine Einsiedelei zurückgelegt, meine Utensilien ausgepackt und den übergroßen weißen Regenschirm entfaltet, ein Regenschirm, welcher meiner Zunft eigen war, als eine Stimme über mir mich bei meinem Namen rief, und ich hinaufsehend

Herrn Howe erblickte, auf einem schlüpfrigen Felsen, auf der äußersten Spitze des Berges sitzend, unsicher wie ein fremder Vogel hin und her schwankend, mit weit von sich gestreckten Armen, als ob er sofort auffliegen wolle, ohne dieß wirklich zu thun. Er wiegte sich nur hin und her, während er mich mit seinem gewöhnlichen gelassenen Lächeln beobachtete, und hinter ihm zwischen den Büschen und Schlinggewächsen stand Dulcie, in der Hand einen Strauß Feldblumen.

Halb Licht, halb Schatten,
So stand sie da, den Geist versüßend,

und einen jungen Mann, dessen Finanzen den meinigen glichen, frühzeitig alt, verzagend, menschenscheu und elend machend. Ach! Dulcie, sanfte Dulcie! Weshalb hat das neidische Schicksal mir meinen Antheil an der bekannten „Slopington-Bank" versagt? Weshalb ist mein Reichthum der Art, daß, so wie ich ihn gewonnen, er unaufhaltsam durch meine Finger gleitet und meine Aussichten mit den zunehmenden Jahren, wie ein Trugbild in der Ferne verschwinden?

„Ja", antwortete ich auf Herrn Howe's Gruß, „es ist heut ein schöner Morgen." Ich sagte dies traurig, als ob es nicht meine Ansicht sei und feuchtes Wetter mir willkommener gewesen wäre. Aber Aerger und Menschenhaß, trotz der triftigen Gründe, die ich dafür hatte (Du siehst, eine Nacht hat das Rosenroth getrübt, in dem ich gestern Alles sah), verschwanden in Dulcie's Nähe, welche, Gott segne sie! ein verkörperter Sonnenstrahl war, wenn es überhaupt einen solchen gab. Nachdem ich sie gesehen, wurde ich heiter, half Beiden herab, rückte verschiedene Gegenstände auf die Seite, um die Bank für sie frei zu machen, und dann stand ich, sie lächelnd anschauend, da. Sie sahen mich gleichfalls an und lächelten wieder, was mir sehr angenehm war.

„Hier sind wir", sagte Herr Howe, seine Hände reibend und mich über die Brille stets freundlich ansehend.

„Ich bin sehr erfreut Sie zu sehen, Herr Howe", erwiderte ich vergnügt. „So war es Ihnen diesen Morgen doch möglich, herabzusteigen?"

„O! ja, ich machte es möglich", sagte Herr Howe, welcher noch sehr athemlos war und sehr erhitzt aussah; „an einigen Stellen kam ich sogar schneller herab als — als — mir gerade lieb war. Aber nun bin ich ja hier, wissen Sie wohl, wir möchten nicht aufdringlich erscheinen", sagte er in seinem milden Ton; „aber glauben Sie, daß Sie mir auf Ihrer Bank Platz für meine Staffelei machen könnten, das heißt, wenn es Ihnen nicht unangenehm ist? Wir könnten uns ja gegenseitig beistehen, nicht wahr? Ja, Herr West, in der Kunst liebe ich sehr den Austausch der Gedanken. Diese Ansicht läßt sich fürwahr ausgezeichnet malen."

„Das thut sie in der That", erwiderte ich entzückt; „es erscheint mir am besten, wenn Sie die Skizze sofort begännen." Ich tummelte mich mit unbegreiflicher Leichtigkeit umher, in dem Eifer, mich mit meinem Kunstgenossen zu befreunden, warf meinen Malkasten dabei um und lachte, als ob ich einen großen Witz gemacht, als zwei oder drei Farbetäpfeln langsam in den Fluß rollten.

„Wir gingen gestern nach der Mühle zurück", sagte Herr Howe, indem er unruhig seine Vorrichtungen traf; „und wir skizzirten sie, aber es waren so viele Touristen und Künstler da — einige waren auch schon dort, glaube ich, als Sie bei uns waren, mit denen wir aber gar nicht zurechtkommen konnten. Es war wirklich wunderbar", sagte er still stehend und mich über seine Brillengläser ansehend, in der einen Hand einen Feldstuhl, in der anderen einen Beutel haltend; „wie jene jungen Leute, meist Künstler, um uns herum schlichen, ja, um uns."

„Unverantwortlich, wirklich", sagte ich, indem ich einen raschen Blick auf Dulcie warf, welche sich etwas an ihres Vaters Staffelei zu thun machte.

„Durchaus nicht", sagte Dulcie plötzlich, indem sie ihr strahlendes Gesicht erhob. „Durchaus nicht, lieber Papa, nichts war natürlicher, als daß sie etwas von Deiner Kunst zu sehen wünschten!" O! Dulcie, Dulcie!

„Nun ja", sagte Herr Howe, gemüthlich lächelnd, „wenn Du es von dieser Seite auffassest, meine Liebe." Indem er einen Blick auf ihr erröthendes Gesicht und schelmisch lachende Augen warf, fiel ihm wahrscheinlich noch eine andere Auffassung ein. Er schüttelte seinen Kopf, lächelte und sah mich Beistand suchend an; ich lächelte ebenfalls und dann sahen wir beide nach Dulcie hin, welche sich wieder an der Staffelei zu thun machte, so daß vor Anstrengung selbst ihre kleinen Ohrläppchen roth angehaucht waren.

„Nun gut, es schadet weiter nichts", fuhr er im nächsten Augenblick fort. „Wie Dulcie sich gestern Abend gegen mich äußerte, das Thal ist unendlich viel hübscher als die Mühle, und immer ruhig und einsam."

Ich blickte, glaub' ich, Dulcie nicht erstaunter an und diese erröthete nicht mehr als vorher, und sah auch nicht plötzlich irgend Etwas, was sie besonders in Anspruch nahm. Ei, bewahre!

Fünf Minuten später hatten wir uns gemüthlich niedergelassen, so vertraulich plaudernd, als kennten wir uns seit der Kindheit. Dulcie hatte sich ein Nestchen in einer kleinen, mit Moos gefüllten Vertiefung gemacht; ihre Locken, Grübchen und sonniges Lachen umrahmt von langem grünen Farrnkraut. Sie zog dann ein kleines Skizzenbuch, Gummi und Bleifeder hervor, und ehe die Sonne untergegangen war, hatte sie eine bewunderungswürdige, aber höchst originelle Skizze der sie umgebenden Scene entworfen.

(Fortsetzung folgt.)

* Home und sein Geisterspuk.

(Fortsetzung.)

Von meinem Platze aus konnte ich Alles übersehen; vor mir die Tischfläche, und unterm Tisch die Füße der Anwesenden, da ich meinen Stuhl etwas zurückgerückt hatte. Rechts waren mir die drei Sitzenden im Auge, sowie der Kamin, und ich sah im Spiegel den Reflex der Kerzenflammen. Nach links hatte ich Home am Besten in Sicht, der gut sechs Fuß von unserem Tische absaß, also nach demselben nicht langen konnte, und zum Ueberflusse, so oft er in leise Convulsionen gerieth und die Glieder bewegte, setzte Gräfin Franziska ihr kleines Füßchen auf die Spitze seines Fußes, als wollte sie ihn hindern, mit diesem irgend eine Action zu machen.

Es herrschte Todtenstille, man hörte nur Home langsam und schwer athmen. Die Stube war hell und angenehm warm. Niemand rührte sich. Plötzlich begannen die beiden Armleuchter mit den zehn brennenden Kerzen auf dem Kamin leise zu zittern — man sah es deutlich im Spiegel — und bevor wir diesen Beginn noch recht ins Auge fassen konnten, standen beide Armleuchter zugleich, über den Köpfen der am Kamin Sitzenden hinweg, auf dem ovalen Tische — eine Distanz von etwa drei Fuß. In der Luft hatten die brennenden Lichter geflackert, aber auf dem Tische brannten sie sogleich ruhig weiter, in Gesellschaft der Kerzen, welche bereits dort gestanden. Aber die Armleuchter waren nicht etwa vom Kamin wie eigenmächtig durch die Luft herabgesprungen, sondern es sah ihre Ortsveränderung ganz deutlich so aus, als hätte eine unsichtbare Hand sie beide zugleich fest erfaßt und, ohne ihren Willen, sie gewandt auf den Tisch hingestellt.

„Vieille farce!" murmelte Graf X:ver.

Wir saßen fünf Minuten in allgemeiner Spannung.

Home sagte in seinem schlechten Französisch, einer der Herren möge die metallene kleine Handglocke zwischen die Finger der Rechten nehmen und sie hoch doch fest in der Luft halten, aber nicht über den Tisch, sondern über dessen Rand hinaus. Da sie mir zunächst stand, nahm ich die Glocke und hielt sie nach Vorschrift und ließ sie zugleich aus Vorsicht leise klingeln. Plötzlich verstummte dieser Silberton, ich spürte genau, wie etwas den Schwengel nach abwärts zog, und so fest ich auch hielt, eine unsichtbare Gewalt zog sie mir kräftigst aus den Fingern und die Glocke verschwand zu meinen Füßen unterm Tisch, ohne daß ich sie jedoch am Fußboden hätte auffallen hören. Und in nächster Minute bereits war dem deutschen Rentier mir gegenüber, der mir eifrigst zugeschaut und dabei den Kopf auf die hohle Hand gestützt hatte, sich auf den Tisch auflehnend, die Glocke in eben jene hohle Hand eingeschoben, als hätte eine unsichtbare Person sie ihm eingedrückt. Er ließ im ersten Schreck der Ueberraschung die Glocke auf den Tisch fallen, daß sie laut klingelte, nahm sie dann aber zwischen die Finger und hielt sie ebenfalls nach Vorschrift in die Luft. Derselbe Erfolg; und im nächsten Momente war die Glocke dem rechten Nachbar neben mir auf dem Schooße, dem Odessaer Bankier, der sie lächelnd aufhob und achselzuckend auf den Tisch stellte. Und unterdeß hatten allerlei Klopfereien begonnen, auf der Tischplatte, unter derselben, auf der Rücklehne meines Stuhles und der der Anderen, an den Wänden, hinter den Bücherschränken, sogar auf dem Fußboden, wo er frei vom Laufteppich war. Drei Klopfer bedeuten: Nein! ein einziger kurzer: Ja! Ihr Ton war theils so, als klopfte man mit dem gebogenen Finger, theils aber auch als klopfte man mit einem Stäbchen oder kleinen Hammer. Doch Home hatte keine Fragen — wenigstens an jenem ersten Abend nicht — und so artete das Klopfen allmälig in einen Charakter aus, als geschehe es aus Aerger oder Bosheit, und drohte in einen Charivari überzugehen, als plötzlich all der Spuk verstummte.

Die Harmonika auf dem Tische war leise in Bewegung gerathen. Sie stand aber fest auf der Tischplatte, als wäre ihr Boden angeleimt, dagegen das Ziehleder kam allmälig so in Bewegung, als versuche eine unsichtbare Hand es emporzuziehen, anfangs zögernd und langsam, bis leiser Ton sich ergab, dann immer regelmäßiger und stärker, und zuletzt gingen die einzelnen Klappen auf, die andern zu, als spielten sie unsichtbare Finger, und deutlich ertönte ein ganz triviales Lied der Drehorgel, aber gespielt wie etwa von einem Dilettanten.

Home sagte nun mit halber Stimme den Namen der englischen Dame; im selben Momente verstummte das Spiel, die Harmonika rutschte nicht etwa auf der Tischfläche dahin, sondern wurde, als hätte sie eine unsichtbare Hand ergriffen, nach links unter den Tisch gezogen, also gerade entgegengesetzt vom Ort, wo die Dame saß. Trotzdem tauchte die Harmonika rasch bei der Engländerin empor; fast bis in die Höhe von deren Busen, daß wir sie Alle deutlich sahen; doch als die Dame danach haschen wollte, flog die Harmonika dem alten französischen Colonel in den Schooß, nicht wie ein Vogel fliegt, sondern wie ein todter Gegenstand, den Jemand nach dahin geworfen.

Der Colonel rief ein „Parbleu, c'est trop fort!" der Ueberraschung aus. Er erklärte uns nämlich sogleich, daß, als er die Harmonika gegen die Brust der Dame gehalten sah, er plötzlich und mit der ganzen Energie seiner moralischen Willenskraft geheim wünschte, das Instrument möge zu ihm kommen, „denn", sagte er, „ich wollte erproben, ob wirklich die Willenskraft Einfluß auf diesen Spuk hat." Und siehe da, in selber Secunde, als jener Proceß der Seele im Oberst vor sich ging, kam die Harmonika in's Schwanken und ward ihm wie ärgerlich in den Schooß geschleudert.

(Schluß folgt.)

Miscellen.

* Eine Riesenmücke. Der französische „Moniteur" enthält die vollständige Beschreibung einer außergewöhnlichen Mücke, welche kürzlich an den Ufern des Mittelmeeres, in der Nähe von Gibraltar erschien. Die riesige Gestalt dieser Mücke macht alle Naturforscher staunen und noch niemals sind irgend einem Specialisten solche Exemplare vorgekommen. Wir entnehmen die Angaben darüber dem „Moniteur", der für die Richtigkeit derselben einstehen mag.

Diese Fliege hat die Größe eines Hühnereies. Ihre Fühlhörner sind von enormen Verhältnissen, ihr Leib ist roth, ihre Augen, rund und aufgetrieben wie die Augen der Krebse.

spielen in's Blauschwarze. Kopf, Unterleib, Oberschenkel und Vorderfüße sind hellgelb, die Hinterfüße rothbraun. Unter dem Alter hat das Thier eine Blase von fast einem Zoll Durchmesser, etwa wie die runden Schusser-Steine, mit denen die Knaben spielen. Diese Blase ist ein Reservoir, welches das Insekt jeden Augenblick nach Belieben mit Luft zu füllen und zu entleeren vermag; der Apparat dient dem Thier als Vertheidigungswaffe und das Ausströmen der darin enthaltenen Luft geschieht unter einem mehr oder weniger lauten Knall, je nach der Spannung. Sobald irgend ein Insekt, ein Seekrebs oder sonst ein Thier sich der Mücke nähert, macht sie Nebel, wendet ihren Vertheidigungsapparat dem Feinde zu und gibt Feuer, worauf dieser schleunigst die Flucht ergreift. Ein Matrose hat viele merkwürdige Fliege gefangen und stellt sie in einem Drahtkäfig zur Schau; er füttert sie sorgfältig mit Würmern, Insekten und verzuckerter Milch. Man kann sich denken, wie die Aufmerksamkeit aller Naturforscher auf dieses Insekt gerichtet ist; ein reicher Amerikaner beabsichtigt dasselbe anzukaufen, man will es jedoch zuvor photographiren und Abdrücke davon an die europäischen wissenschaftlichen Akademien schicken. — Wie gesagt, überlassen wir alle Angaben über dies sonderbare Geschöpf, das bereits wegen seiner beständigen Detonationen durch den Schießapparat mit dem Namen „Bombardier-Mücke" belegt wurde, der Verantwortlichkeit des französischen Blattes.

In Paris sind, nach der Schätzung der „France" vom letzten Samstag an während der Fastnachtszeit jede Nacht 1500 bis 1800 öffentliche und Privatbälle abgehalten worden. Die Größe des moralischen und physischen Katzenjammers am Aschermittwoch läßt sich nicht in Zahlen ausdrücken.

In der Nähe von Mailand, auf dem Schlosse Binaglo, wurde am 1. Febr. ein Ball für wohlthätige Zwecke abgehalten. Der Saal war reich decorirt und auf einer improvisirten hohen Holztribüne spielte ein starkes Musikcorps. Plötzlich kam eine Kerze den Draperien zu nahe und im Nu stand der Saal in Flammen. Da die Treppe zur Musikgalerie beim Ausbruch der Flammen auf die Seite gestellt war, sprangen die Musikanten von ihrer Galerie herab. Sechzehn jedoch wurden dabei verwundet und zwar fünf in gefährlicher Weise; einer ist bereits im Spital zu Mailand gestorben.

Bisher wollte es den amerikanischen Baumwollspinnereien trotz ihrer trefflichen Maschinen und der Geschicklichkeit ihrer Arbeiter nicht gelingen, einen ebenso starken feindrähtigen Nähgarn zu liefern, wie die englischen Fabriken. Nach langer Prüfung kam man zu dem Schlusse, daß die feuchte Atmosphäre Englands einen eigenthümlichen, verdichtenden Einfluß auf die Baumwollfasern übe. Die Willimantic-Baumwollspinnerei hat in Folge dessen einen Apparat in Betrieb gesetzt, welcher den ganzen Fabrikraum mit einem unmerklich feinen Sprühregen von Wasserdampf erfüllt. Der Erfolg entsprach allen auf das Experiment gesetzten Erwartungen; die künstlich erzeugte englische Atmosphäre bewährt sich vollkommen ebenso gut wie die natürliche.

Die Kunst, nach der in früheren Jahrhunderten so Viele vergeblich gestrebt, die Kunst, Gold zu machen, wäre endlich erfunden. Die Mischung des neuerfundenen künstlichen Goldes besteht aus reinem Kupfer (100 Theilen), reinem Zinn (17 Theilen), Magnesia (6 Th.), Sandelsammoniak (9 Th.), Ammoniaksalz (3, 6 Th.) und ungelöschtem Kalk (1, 6 Th.). Das Kupfer wird zuerst geschmolzen, dann werden der Kalk, die Magnesia, das Ammoniaksalz und der Weinstein beigefügt, aber nur wenig auf einmal, und hierauf wird Alles eine halbe Stunde lebhaft umgerührt, worauf man das Zinn in kleinen Körnern auf die Oberfläche wirft und umrührt, bis es gänzlich geschmolzen ist. Die Schmelzung wird nun im geschlossenen Schmelztiegel etwa 25 Minuten lang unterhalten, dann der Auswurf abgeschäumt — und das Gold ist fertig. Dieses gemachte Gold hat keinen andern Fehler, als daß es gegen das ächte etwas zu leicht ist. — Diesem in Amerika schon vielfach verwendeten Golde steht eine Drittel-Silberlegirung (Mischung) zur Seite. Sie besteht aus einem Drittel Silber und zwei Dritteln Nickel. Sie besitzt größere Härte als Silber und läßt sich besser treiben als Letzteres. Die daraus angefertigten Eßbestecke und Tafelgeschirre lassen nichts zu wünschen übrig. Der Erfinder dieses Gemisches soll H. Alfred Jalouzeau in Frankreich sein.

Das Centralcomité für die Freiligrath-Schenkung in Barmen veröffentlicht das Resultat seiner Wirksamkeit. Das Ergebniß darf ein außerordentlich günstiges genannt werden. Nach Abzug der Unkosten blieben 49,439 Thlr. 20 Sgr., die theils an den Dichter baar ausgezahlt, theils für ihn in sicheren Papieren zinstragend angelegt sind. Hierzu kommen noch die in den Händen des Hamburger Comité's vorhandenen 5900 Thlr. und die beim Berliner Comité noch befindlichen 8830 Thlr., so daß die gesammte Summe der Dotation 58,444 Thlr. 8 Sgr. beträgt. Die höchsten Beiträge sind: aus Leipzig, von der Gartenlaube gesammelt, 8016 Thlr., New-York mit 4072 Thlrn., London mit 3820 Thlrn., Wien mit 2875 Thlrn., Barmen mit 1827 Thlrn., Frankfurt a. M. mit 1446 Thlrn., St. Louis mit 1425 Thlrn., Stuttgart mit 1198 Thlrn.

* Rechnungs-Aufgabe.

Dem Denker, der das Rechnen liebt
Und grad' Nichts hat, d'ran er sich übt,
Dem biet' ich eine Grübelnuß,
Daran er tüchtig knacken muß.
Ich will sie Dir genau beschreiben,
D'ran magst Du Dir die Zähne reiben:

„Ein Meister hatte sechs Gesellen,
An die er sollte Zahlung stellen.
Gleich sparsam waren sie und fleißig,
Denn Jeder hatt' der Gulden dreißig
In rhein'scher Währung zu bezieh'n.
Der Meister zählt das Geld nun hin;
Der Münzen waren's sechserlei:
„Fünffrankenstücke, Kronenthaler,
Oestreich'sche Gulden, preuß'sche Thaler
Und Francs und Gulden noch dabei." —
Der Meister hatte seine Launen
Und richtet's ein — man muß d'rob staunen —
Daß jeder der Gesell'n sein Geld
In dreißig Stücken Münz erhält:
„An Franken, Gulden, Kronenthalern,
Fünffrankenstücken, preuß'schen Thalern,
Oestreich'schen Gulden." — Und zumal
Macht er der Sache das noch eigen:
„Kein Antheil darf dem andern gleichen,
Vollständig in der Sorten Zahl."
Und netto thut sich's schließlich fügen,
Daß Jeder dreißig Stück muß kriegen
Von obgenannten Münzen allen, —
Doch theilweis stets mit andern Zahlen, —
In seinen dreißig Gulden baar."

Wie groß der Münzsort' Anzahl war
Bei Jedem Antheil der Gesellen,
Das sollt Ihr nun zusammenstellen
Correct zu sechs verschied'nen Malen;
Denn also will der Meister zahlen. —
Nun wer's versteht am anzupacken,
Wird bald dies kleine Nüßchen knacken.
Ich will nun sehen, welcher Mann
Dies Rechnungsbeispiel lösen kann.

Groß-Steinhausen. A.

Redaction von K. A. Woll, Druck der Jäger'schen Druckerei in Speyer.

Palatina.

Belletristisches Beiblatt zur Pfälzer Zeitung.

Nro. 20. Speyer, Dienstag, den 16. Februar 1869.

Am Ufer des Flusses.

Erzählung, aus den Erinnerungen eines Künstlers mitgetheilt von Fr. W. Gr.

(Fortsetzung.)

Da saßen wir drei und schwelgten in wonniger Ruhe und Sorglosigkeit, die Sonnenstrahlen flammten in wechselndem Glanze über dem nahen Ufer und der Fluß eilte murmelnd zu dem schäumenden Wasserfall hin, mit leichten Sprüngen und plötzlich capriciösen Wendungen, bald hier, bald dorthin Töne wiederhallend zwischen den kalten, grauen Felsen und Steinen, fröhliche Gesänge vor sich hin murmelnd. Feierlich zustimmend nickten die langen Binsen mit ihren Häuptern; auf der Wasserlilie schaukelte sich die Libelle in ihrer schimmernden Farbenpracht und schien ein leibhaftiger Ueberrest des Regenbogens zu sein. Hin und wieder platschte eine geschäftige Ratte herab und verschwand unter dem Felsen. Die Bäume über uns breiteten schützend ihre Aeste aus und streckten die belaubten Arme über den Fluß. Die Sonnenstrahlen stahlen sich durch das schattige Blätterdach und fielen in Myriaden kleiner Funken, Punkte und Strahlen auf die Felsen, das moosige Gestade und die sich beugenden Farnkräuter. Dulcie saß da, eine zweite Danaë, von Sonnenfülle bestrahlt, so unschuldig schön, ganz in ihre Arbeit vertieft, unbewußt und sorglos über die Verwüstungen, die sie um sich her unter den Farnkräutern anrichtete. Bisweilen schlüpfte ein Eichhörnchen, aus dem oberen Gehölz eine Entdeckungsreise unternehmend, an den Zweigen entlang; dann konnte Dulcie nicht widerstehen, und bog ihr zierliches Köpfchen in der lieblichsten Weise nach allen Seiten, um es mit ihren Blicken zu verfolgen. Zuweilen unterbrach plötzlich ein Vogel die Stille durch seinen Gesang, daß das Thal davon widerhallte und dann — o, ihr hättet dann Dulcie sehen sollen, wie sie lauschte, mit den tiefblauen großen Augen, die Lippen halb geöffnet, die Hand erhoben, um Ruhe zu gebieten! — Sie ahnte nicht, o nein, sie ahnte nicht, daß es eben so wohl Eulengelächter oder ein Chor von Fröschen hätte sein können, die ihre Stimmen erhoben, so wenig hörte und fragte sie darnach. Ich sah zu ihr hinüber über meine Staffelei und dachte darüber nach, ob es schon einmal ein so liebliches Wesen gegeben haben könne, so gefährlich und schön, wie dies zierliche Mädchen mit den himmlischen Augen.

Wir zeichneten alle nicht viel an jenem Tage, was auch nicht anders zu erwarten war, ich denke, der rechte Ernst fehlte dazu; doch wußten wir unser Gewissen darüber zu beruhigen, indem wir das Thal hinab eine Erforschungstour unternahmen und wobei ich Dulcie behilflich sein mußte, einen Felsen zu übersteigen. O, du herrlicher Fels, wie dankbar bin ich dir! Zuerst war sie sehr ängstlich, und fürchtete sich beim Ueberschreiten des Wassers so sehr, daß sie sich nicht zu bewegen wagte, wenn sie oben auf den Steinen stand und endlich herabgehoben werden mußte. Später aber ging sie so muthig weiter und ich an ihrer Seite, ihren Vater sich selbst überlassend, der denn auch weit zurück blieb und sich allein durch die Felsen hindurchschlagen mußte. Wir suchten uns endlich einen Ruhepunkt im Schatten unter dem Laubdach der Bäume, blieben aber stumm im Glücke, das der Augenblick uns bot.

Endlich, gegen fünf Uhr, entdeckte Herr Howe unsere Zufluchtsstätte, unbarmherzig den goldenen Zauber brechend der uns umgab, indem er uns anzeigte, daß er „hungrig" sei und sein Mittagbrod zu haben wünsche. Kein Gegenbeweis vermochte ihn zu überzeugen, daß ein solches Bedürfniß unter den obwaltenden Verhältnissen unbegreiflich erscheine. Dulcie und ich trugen kein Verlangen nach Speise, wir hatten während des Nachmittags Nectar und Ambrosia genossen. Widerstrebend verließen wir unsere glückliche und gesegnete Zufluchtsstätte und kehrten zurück zu der prosaischen, Mittagbrod essenden Welt.

Gemeinsam erstiegen wir nun den Berg und gingen den Felsenweg hinab, während die Sonne uns einen erhabenen Scheidegruß aus dem goldigen Westen entgegenleuchtete, und die entfernteren Berge entschwanden unseren Blicken in dem Dunkelviolett des nebeligen Herbstzwielichtes.

III.

Köstliche Wochen flogen dahin, friedliche Stunden eilten unaufhaltsam der Ewigkeit zu. Gewöhnlich trafen wir uns, Dulcie, ihr Papa und ich, in dem Thal oder am Eingange des lieben alten Felsenweges, die ruhigen Herbsttage an einem stillen, schattigen Ort am Ufer des Flusses vertändelnd, und suchten nirgends anders mehr nach Gegenständen zum Skizziren. Mit Sonnenuntergang kehrten wir durch das Holz zurück, verabschiedeten uns bisweilen an der Llebr-Brücke, doch meist trennten wir uns erst spät in der Nacht; ich kehrte mit ihnen zu ihrem Häuschen zurück und wir saßen in Frau Morgan-ap-Kerrie's engem, kleinem Besuchszimmer um das Feuer, Dulcie auf einem niedrigen Schemel, ihr ernstes, lieblich kindliches Gesicht dem flackernden Feuer zugewandt, während wir uns unterhielten, bis die Kohlen zu Asche erstarben und die leeren Kessel mich mahnten, daß es Zeit sei, mich zu verabschieden. Bisweilen gab mir Dulcie freundlich das Geleit bis zum Gitter, um zu sehen, ob ich es hinter mir auch gehörig schließe. Ihr seht, dieß war nöthig, damit die Schafe von der Bergseite her nicht während der Nacht einen Einbruch in den Garten machten und den Kohl von Frau Morgan-ap-Kerrie verzehrten. Oft währte es ewig lange, ehe wir damit zu Stande kamen, so sonderbar complicirt sind die Schlösser in Wales. Gewöhnlich standen wir dann neben dem Gitterthor, jedes an einer Seite die Hände auf der obersten Latte ruhend und den Abendhimmel betrachtend, der sich auf dem Moel Siabod lagerte, wobei wir oft in so leisem Tone darüber beriethen, daß ich mein Ohr dicht an Dulcie's Rosenlippen neigen mußte, die geflüsterten Worte zu verstehen.

Auch mußte ich ihr bisweilen auf dem Heimwege etwas vorsingen, indem ich meinen Weg durch das herrliche Thal nahm. Ich besaß einen ziemlich guten Bariton und das Echo der Berge gab die Töne voll zurück. Wenn ich zur ersten Biegung des Weges kam, dann war mein Lied gewöhnlich zu Ende; ich wandte mich dann noch einmal, um noch einen letzten Blick auf das Häuschen zu werfen, welches ich verlassen, und mich dadurch aufrecht zu erhalten, bis ich von Neuem dahin zurückkehren würde. Dann sah ich es gerade vor mir blaß hervortreten aus dem klaren Sternenlicht der Herbstnacht und dem dunklen Hintergrunde von Haide und Ginster. Die Schafe weideten friedlich zwischen den Farnkräutern am Abhange des Hügels. Das sanfte Mondlicht versilberte die Blätter der Esche, die sich, vom Wind leicht bewegt, über das Dach neigte; kleine Rauchwolken stiegen kräuselnd von den Holzfeuern im Walde empor, träumerisch in der ruhigen Abendluft verschwindend. Wenn ich dann sah, wie die zierliche, hell gekleidete Gestalt noch geduldig am Gitter lehnte und mir nachblickte, dann winkte ich ihr ein leidenschaftliches Lebewohl zu und all' meine Empfindungen sprachen sich im Schlusse meines Liedes aus, indem ich sang: „Gute Nacht, Du mein herziges Lieb.“

O Du Theure! War es nicht schön, so lange diese Zeit währte? Ich begreife nicht, wie ich im Stande war, meine Augen so gänzlich der Gefahr zu schließen, die dieser beständige Verkehr mit sich brachte, oder mich soweit zu täuschen, bei meiner Armuth kein Unrecht oder Unvernunft in meinem Verhalten zu finden; daß ich das aber that, das steht nur zu fest und zwar während vier seliger Wochen, die mir in meiner Blindheit dahin schwanden, daß ich selbst nicht wußte, wo sie geblieben. Doch endlich kam die Zeit, wo mir die Augen aufgingen, als selbst der Gedanke an meine künftigen Erwartungen, die mir so lange als Beruhigungsmittel gedient, nicht mehr Stich hielt, und sich die Selbstprüfung, vor der ich so lange zurückgeschreckt, nicht mehr verdrängen ließ.

Daß ich Dulcie liebte, daran konnte ich nicht mehr zweifeln; daß ich aber zu arm war, sie zu meinem Weibe zu nehmen, das stand eben so fest. Was bleibt mir unter solchen Verhältnissen zu thun übrig? fragte ich mich. Die Antwort ließ nicht lange auf sich warten und lautete: „Suche Sicherheit in augenblicklicher Flucht!“ Wie, und von meiner Geliebten scheiden, ohne ein Wort der Liebe? Für immer mich trennen und niemals — nein, das war unmöglich. Nun gut, es blieb mir noch Ein Weg übrig und zu diesem kehrte meine Hoffnung zurück, so sehr er mich auch anwiderte. Die Kunst, obgleich die holdeste der Freundinnen und Gefährtinnen, war mir, was ihren Lohn anlangte, als Herrin höchst armselig gewesen und versprach es auch zu bleiben. Meine Bilder wurden nicht gekauft, wie die Händler mir sagten, seien sie nicht „verkäuflich“; ich antwortete ihnen, daß ich daran nichts zu thun vermöge, es schade nichts. Ich malte mit Gewissenhaftigkeit, was ich sah; wenn das Publikum meine Werke nicht liebte, so mußte es den Kauf unterlassen, das that es aber auch. Ich prüfte ernstlich, indem ich meine Verhältnisse klar und deutlich an mir vorüberziehen ließ, und das Resultat dieser Prüfung, das sich mir in Folge des schlechten Geschmackes des Publikums aufdrängte, war folgendes: Ich wollte der Kunst den Rücken wenden und in das praktische Leben eintreten; meine Liebe zur Kunst war groß, aber die zu Dulcie war entschieden noch größer, und so war ich bereit, meine neue Neigung der alten zu opfern. Mit anderen Worten, war Onkel Ambrose noch bereit, wie er früher versprochen, mir zum Eintritt in's praktische Leben behilflich zu sein, so wollte ich ohne Verzug so bald als nur möglich dazu übergehen, und zwar zum Handelsstande. Es war in der That nicht leicht, von allen meinen Künstlerträumen zu scheiden, von der Hoffnung auf Ruhm, mein glückliches, unstätes, bequemes, herumstreifendes Leben, das geliebte „Vie de Bohème“ aufzugeben mit seinen unzähligen Vorzügen und Freiheiten. Hätte ich die Wahl gehabt, würde ich an dessen Stelle wohl den prosaischen Beruf gewählt haben? Der Unannehmlichkeit, mich dem Triumphgeschrei und Spott des elenden Birminghamer Krämers und seiner Genossen auszusetzen, nicht zu gedenken. Aber mir blieb keine Wahl als Arbeit; sie schien mir allein der mächtige Genius zu sein, der mir wieder Hoffnung und Freude bringen konnte, ja alles Liebliche und Gute, in der Gestalt Dulcie's. Und so war ich bereit, ihn um Hilfe anzurufen; ich wollte meinem ehrenwerthen Verwandten schreiben, ihm sagen, daß ich endlich das Unpraktische meines regellosen Lebens eingesehen, genug davon genossen habe, reuig und praktisch geworden sei, daher ihm danken würde, wenn er mir so bald als möglich zu dem „warmen kleinen Plätzchen“ verhelfen walle, wovon er mir früher gesagt. Ich beschloß, bis zum Empfange seiner Antwort mich wie unter Schloß und Riegel zu halten in Dulcie's Gegenwart; doch das war ein schweres Stück Arbeit, schwerer als ich selbst erwartet, denn Ihr habt keinen Begriff, könnt keinen Begriff davon haben, wie unbeschreiblich ich Dulcie verehrte; noch könnt Ihr Euch denken, da Ihr sie nicht gesehen, wie natürlich es war, sie zu lieben. Ihre Schönheit und Lieblichkeit schien sich mit jedem Male zu steigern, wo ich sie sah: sie wurde mir immer theurer; der Zauber, den sie um sich verbreitete, war unbeschreiblich. Es schien ihr Spaß zu machen, wenn sie mich leiden sah, sie entdeckte immer Wege, meinen Fesseln neue Glieder hinzuzufügen, bis ich ganz niedergedrückt war und fast unter der aufgebürdeten Last erlag. Ich war wie rasend, verlor den Appetit, vermied allen Verkehr, außer mit Dulcie, und konnte selbst mein Haar nicht mehr in Ordnung halten. Indem ich gleich einem Blödsinnigen über meine Staffelei beständig Dulcie ansah, entsank ich alle Enden der Pinsel. Zu malen war mir rein unmöglich; das Einzige, was ich zu thun vermochte, war unzählige Skizzen von Dulcie zu entwerfen, und zwar in allen nur erdenklichen und denkbaren Stellungen, worauf ich sie alle wieder mit Heftigkeit zerriß, da sie ihr nicht im mindesten glichen.

(Fortsetzung folgt.)

* Home und sein Geisterspuk.

(Schluß.)

Da ich später noch solch einem Abend, eben wieder in gleicher Stube, aber in etwas zahlreicherer Gesellschaft verlebte, seitdem aber von den dort erworbenen Bekannten mir wiederholt und wiederholt neue Stücklein von unserem Home erzählt und geschrieben wurden, — z. B. wie er die öffentliche Uhr am Spielhause zu Homburg um eine Viertelstunde voraussetzte und unversehens auch aller Anwesenden Taschenuhren die gleiche Zeit aufwiesen: so würden zehn solcher Artikel nicht ausreichen, all' diese Gaukeleien einzeln zu beschreiben. Ich will also schließlich nur noch von der Hauptscene des zweiten Abends erzählen.

Es war schon spät, gegen elf Uhr, wir Publikum trotz aller Spannung doch schon etwas ermüdet. Auch Home ließ an jenem Abend die Sache mehr gehen, als er sie betrieb; er schien selbst gelangweilt und war offenbar noch mehr ermüdet und leidend als sonst. Gräfin Franziska saß wieder zu Fuß seines Fauteuils, Graf Josef ihm zur Linken, während Graf Xaver wie ein Gefängnißwärter dastand, der in den Händen am Rücken bereits die Stricke, Ketten und eine Peitsche bereit hält.

Da gerieth plötzlich der wie im Schlummer daliegende Home in eigenthümliche Convulsionen. Er athmete hoch auf, fuhr fast erschreckt im Fauteuil empor, an dessen Lehnen er sich krampfhaft mit den Armen hielt, und indem er stier in die leere Luft blickte, begann er in mir gänzlich unverständlichem irischen Pathos, sehr heftig erregt, sich überstürzend, aber doch nur aphoristisch, entweder zu monologisiren, oder mit irgend etwas Unsichtbarem zu sprechen. Auch in all' der kommenden Scene hatte er sein horribles Französisch vergessen, sprach im Jargon seines Stammes und dazwischen einige Brocken gutes Englisch.

Wir Alle hatten uns erstaunt und fieberisch erwartungsvoll Home zugewandt. Die Beleuchtung in der Stube war die gewohnte helle der zwölf Kerzen; in dem Kamin glimmten die Kohlen. Da war's plötzlich, als wär' uns im Rücken die flache grüne Tapetenwand, an der sich keine Oeffnung befand, als blos im Winkel dem Fenster zu, der Kamin — weggehoben und eine feuchtkühle modrige Atmosphäre füllte die Stube; die Kerzen auf dem Tisch flackerten wie bei einem Luftzuge, aber die auf dem Kamin brannten ruhig fort. Home stand nun ganz aufrecht, in erwartungsvoll vibrirender Stellung, mit eingehaltenem Athem, die Arme wie nach Etwas ausstreckend — und in diesem Momente erschienen deutlich und lebenswarm mitten in leerer Luft, aber fast knapp vor seinem Munde, zwei kleine, weiße, magere, offenbar Frauenhände, und herabhängend hingehalten wie zum Kusse. Home aber ergriff mit röchelndem Aufschrei jene beiden Hände in der Luft, bedeckte sie mit Küssen, und indem ihm die heißen Thränen über die Wangen liefen, rief er: „Oh, my mother! my dearest mother!" All das war das Werk eines Augenblicks, doch lange und deutlich genug, daß Gräfin Franziska im gleichen Moment im Schwarm emporschoß und schwärmerisch auch nach den Händen langen, und wahrscheinlich gleichfalls sie küssen wollte. Aber sie griff bereits in leere Luft, die Erscheinung war verschwunden, die Luft in der Stube wieder die normale, warme, die Kerzen auf dem Tisch brannten ruhig. Home war entkräftet, wie sterbend in den Fauteuil zurückgesunken, die Arme schlaff herabhängen lassend und still fortweinend. Graf Josef aber sagte: „Schnell bringen wir Home zu Bett; er bekommt gewiß wieder seine Brustkrämpfe!" — „Oder simulirt sie", erwiderte Graf Xaver; „doch nur Geduld!" Wir entfernten uns Alle, wie verabredet, stillschweigend mit sonderbaren, nicht sehr angenehmen Gefühlen. Mir war's beinahe, als empfände ich die Richtigkeit von Napoleons III. Ausruf, als dieser einer solchen Scene beigewohnt hatte, und ihm seine Mutter Hortense erschienen war „Cela m'a bouleversé mon cerveau!"

Im Frühjahre 1864 traf ich wieder mit Home „auf anderen Wegen" zusammen. Es war im Hôtel de Louvre, wo er damals wohnte, nicht mehr bei den Grafen, mit denen er übrigens das Jahr vorher auch noch in Bad Homburg gewesen war. Er gab sich nun noch langweiliger und nüchterner als sonst, behauptete, schon seit Monaten die „Kraft" gänzlich verloren zu haben, und er sei in neuer Geldklemme. Als er mir die Hand zum Abschied reichte, war sie krampfhaft naßkalt.

Seitdem ging er mit den Polen nach Rom, wo er — wie ich aus den Zeitungen ersah — auch seinen Geisterspuk fortrieb, vom Papst aber ernstlich ermahnt wurde, ein für allemal den „unchristlichen

Frevel" sein zu lassen; ja, der heilige Vater drohte ihm mit Ausweisung aus der ewigen Stadt. Seitdem hörte man nichts mehr von seinen „Teufeleien".

Wie gesagt, Home war nie zu bewegen, irgend Etwas vom Kaiser anzunehmen. Als er aber der Kaiserin erzählte, er habe in Amerika noch eine Schwester, ein sechs- bis achtjähriges Kind, und das sei ein noch hundertmal stärkeres „Medium" als er selbst, gab er endlich dem Drängen der hohen Frau nach, die Schwester auf Kosten der Kaiserin nach Paris kommen zu lassen, wo sie in der That seit 1862 in einem Pensionat erzogen wird. Aber er machte es zur ausdrücklichen Bedingniß, daß das Mädchen vor völlig erlangter körperlicher Reife nicht „mißbraucht" werde. Also steht uns vielleicht in ein paar Jahren ein neues, noch überraschenderes „Medium" in Aussicht — während Graf Xaver, wir wollen es hoffen, nicht aufhört, die Hand fest an einer heimlich verborgenen Peitsche zu halten, um nöthigenfalls Home zu züchtigen."

Miscellen.

* Von unserem gemüthvollen Landsmann, dem Dichter Christian Böhmer ist kürzlich ein Buch erschienen mit dem Titel: „Frauenschmuck und Frauenspiegel. Ein lyrischer Blüthenkranz aus dem Sängergarten der neueren Zeit." Mannheim, bei Th. Kruell. 310 S. Preis 1 fl. 30 kr. In dieser Anthologie wird das Wesen und der Beruf des Weibes in allen Stadien der Entwickelung und allen Situationen des Lebens dargestellt und poetisch verklärt. Es ist also ein passendes Geschenk für christliche Frauen und Jungfrauen aller Confessionen. Wir werden dieses Buch noch näher besprechen.

* In der Avenue Percier Nro. 11 zu Paris wohnt der Herzog von Bauffremont, ein mittlerer Fünfziger, der seit 16 Jahren von seiner Gemahlin getrennt und geschieden lebt. Letztere führt ein ziemlich lustiges Leben und hatte in der jüngsten Zeit ein Liebesverhältniß mit dem 23jährigen polnischen Grafen [illegible]. Die Liebe des Polen war so heiß, daß er die Herzogin heirathen wollte, indeß, so lange der Herzog lebte, war daran nicht zu denken. Der junge Graf faßte daher den Plan, den Gemahl der Herzogin durch Gift aus dem Wege zu schaffen. Zu diesem Ende verband er sich mit einem Studenten Namens Masson zur Beschaffung vergifteter Bonbons, die dann dem Herzog auf einem Ball durch eine Dame beigebracht werden sollten. Als Ueberbringerin der Bonbons hatte der Pole eine junge Dame der Demi-Monde ersehen, eine große und schöne Blondine Namens Beloal, die in der Rue [illegible] ein kokettes Logis bewohnt und bei der Demi-Monde unter dem Namen Anna de Narbonne bekannt ist. Bei einem Besuch im Salon der Frau Beloal erklärte der ehrenwerthe Graf, daß er einen Carnevalsscherz vorhabe, zu welchem ihm die schöne Blondine behilflich sein und einem Herrn (dem Herzog v. Bauffremont) auf dem Balle einige Bonbons offeriren solle, für welchen Dienst er der Dame 20,000 Frcs. versprach; später, als er das Vertrauen der Beloal zu besitzen glaubte, gestand er ihr, daß der Carnevalsscherz auf eine wirkliche Vergiftung hinauslaufe. Der Beloal jedoch schien der „Scherz" zu gefährlich, weshalb sie der Polizei Mittheilung machte, nachdem sie dem Polen zur Ueberbringung der Bonbons um Mitternacht ein Rendezvous in ihrem Salon gegeben. Zu dieser Stunde traten nun zwei Polizeicommissäre mit der Beloal in das Boudoir der letzteren, wo der saubere Vogel sich bereits eingestellt hatte, und verlangten von ihm die Bonbons, die er bei sich trage. Der Graf übergab ganz ruhig den Herren eine Schachtel mit 11 Bonbons, die von einem Conditor gekauft und nicht vergiftet waren; außerdem hatte er noch 241 Franken, Visitenkarten und Pfandhausscheine bei sich. Auf die Aussage der Beloal, daß zu derselben Stunde noch ein Freund des Grafen, ein Herr Masson, diesen in einem Wagen vor dem Hause erwarte, eilte einer der Polizeicommissäre auf die Straße, wo wirklich bereits ein Wagen hielt. Er öffnete den Schlag und fragte: „Herr Masson?" „Was?" erwiderte der darin sitzende Domino. „Ich verhafte Sie." Der Domino verlor den Kopf, und folgte dem Polizeicommissär, ohne den geringsten Widerstand zu leisten. Als beide die dunkle Treppe hinaufstiegen, hörte der Polizeicommissär etwas fallen. Er steckte schnell ein Schwefelhölzchen an und fand zwei Bonbons, ähnlich denen, welche man beim Grafen gefunden. Masson leugnete zuerst, daß er sie hingeworfen, gestand es aber später ein. Auf die Frage des Commissärs, ob er nicht Jemanden damit hätte vergiften sollen, meinte er, dieses sei verabredet gewesen, er würde es aber nicht gethan haben. Die Scene im Salon, der nur schwach erleuchtet, war eine eigenthümliche. Der Domino zitterte, der Graf blieb unbeweglich, die Beloal, in höchster Erregung, stützte sich auf einen Stuhl; sie war todtenbleich. Einen Augenblick lang herrschte tiefe Stille. Dann fragte einer der Polizeicommissäre: „Ist es wahr, daß Sie Jemanden vergiften wollten?" Der Graf zögerte einen Augenblick und sagte dann: Ja. Man führte hierauf beide fort. Zwei Wagen brachten die beiden Gefangenen nach zwei verschiedenen Polizeiposten. Auf dem Posten angekommen, wollte der Graf nach einem Degen greifen, welcher an der Wand aufgehängt war. Man verhinderte ihn aber daran. Am folgenden Tage wurden die beiden Gefangenen nach dem Bureau des Polizeicommissärs Crepy gebracht. Sie hatten sich verpflichtet, kein Wort mit einander zu reden, und wurden von einem Polizeidiener überwacht. Während dieser Zeit wurden ihre respectiven Wohnungen durchsucht. Bei dem Grafen fand man ein Telegramm, welches die Herzogin von Bauffremont von London aus an den Grafen gerichtet. Bei Masson fand man eine größere Anzahl Fläschchen, deren Inhalt aber noch nicht untersucht worden ist. Der Herzog von Bauffremont hat auf eine hohe Aufforderung Paris verlassen, um sich nach Genf zu begeben.

Im Laufe der Untersuchung hat sich nun herausgestellt, daß der Herzog wirklich ein anonymes Briefchen erhalten hatte, welches ihn zu einem Rendezvous auf jenen Ball an dem verhängnißvollen Abend eingeladen.

Er war dort erschienen und hatte sich sehr gewundert, daß die einladende Dame nicht gekommen. Die chemische Untersuchung der Bonbons ergab übrigens, daß sie nichts Giftiges enthielten, jedoch gestand der Verfertiger derselben, Masson, daß der Graf allerdings ihn beauftragt habe, durch Morphin vergiftete Bonbons herzustellen, was er jedoch nicht zu thun gewagt, sondern dieselben mit einer unschädlichen Mischung in einer Gummipaste gefüllt hatte. Wirklich hatten die Chemiker diese Substanz in den Bonbons gefunden. Masson wurde hierauf freigelassen und sammt dem polnischen Graf des Landes verwiesen. Die Untersuchung wurde sowohl aus Rücksichten gegen die Familie Bauffremont als auch wegen Mangels an einem hinreichenden strafrechtlichen Thatbestand niedergeschlagen.

* Phrenologisch geprüfte Steuereinnehmer. Dem Senat der Vereinigten Staaten ist ein Vorschlag unterbreitet worden, der an excentrischer Originalität alles übertrifft, was Amerika bis jetzt in diesem Punkt geleistet hat. Die Ehre dieser Erfindung gebührt einem Herrn M. Hoar. Dieser schlägt vor, einen geschickten Phrenologen anzustellen, der alle Schädel der Einnehmerei-Candidaten genau zu untersuchen hätte, ob die Protuberanzen derselben auf Ehrlichkeits- oder auf Diebssinn schließen lassen. Als Qualification zum Amt sei erforderlich, daß die Schädelbildung der Candidaten auf Wohlwollen, ehrliches Pflichtgefühl und Beurtheilungsgabe schließen lasse. Der Senat hat den Vorschlag des Herrn Hoar dem Comite für Reformen und Ersparungen überwiesen.

Redaction von K. A. Boll, Druck der Jäger'schen Druckerei in Speyer.

Palatina.

Belletristisches Beiblatt zur Pfälzer Zeitung.

Nro. 21. Speyer, Donnerstag, den 18. Februar 1869.

's Brunnewasser.

In Neustadt hämmer 's jetzt gemacht
Un wertlich viel gewunne,
Die Strosse all sin ufgebrocht
Wege neue Brunne.
Sie führen 's Wasser aus'm Dahl
In schöne breite Röhre,
In jedem Gässel, noch so schmal,
Do kummer 's laafe höre.
Un was for Wasser! Hell un klor,
Kä Trub, kä Schmutz, kä Stäb —
Nor eene Fehler hot's, 's isch wohr:
Es macht em Rematisem.
's isch an de Wanner, schun der Luft
Beim Dahl brecht schrecklich steige,
Jetzt noch so Wasser aus der Flut —
Do kummer leicht was kriege.
's sin wertlich sehr viel Leut nit wohl,
Un hen 's Gesicht verbunne;
No, denk ich geschtern, guckscht emol,
Betrachtscht die neue Brunne.
Ich kumm bis an mein Freund sei Haus,
Do laafen an die Röhre —
Ich geh, — do kummt der Doctor raus,
Ich frog — was muß ich höre:
Mei Freund isch krank. Jetzt geh ich nei
Und richtig, jo — do hockt er.
„No, sag ich, Fritz, was soll der ei?
Ich mein du brauchst de Doctor?
Du siehscht jo aus als wie der Dod
Un werscht noch immer blasser —
's isch Rematisem! Hör mei Roth:
Des kummt vum neue Wasser!"
„O, sagt er, jo — des brauch ich noch,
Ich glaab du willscht mich foppe,
Sei still! Du weescht ich trink jo doch
Mei Lebdag nie en Troppe!"

„Nu, sag ich, bleib die Woch debeem
Do schonscht dich un do erholscht de;
Un nit viel Wasser — 's schüttelt eem,
Ich hab jo au de Husteche.
Heut Morge holt mei rauslich Mahd
E Flasch vum neue Brunne;
Ich wäsch mich, — hab dann awer grad
Die Zahnberscht nit gefunne.
Ich nemm en Schluck un gorgel als
Bebarsam ruf und runner,
Un emol kummt mer's in de Hals
Un wupp! — do wird mer 's kummer!
Du kannscht mer 's glawe, wann ich sag:
Ich hab nit viel genumme,
Doch leg ich schun de ganze Dag,
Des muß vum Wasser kumme!"

„Ei, sagt mei Freund, des muß jo sein!
Ja, glawe dann Ihr Herre
Wer trinkt des Wasser wie de Wein?
Do werr 'n er Euch doch scheerre!"

Am Ufer des Flusses.

Erzählung, aus den Erinnerungen eines Künstlers mitgetheilt von Ch. B. Gr.

(Fortsetzung.)

Ich brachte Dulcie Ständchen, schlich zwei, drei Abende, nachdem ich mich von ihr am Gitter verabschiedet, wieder zurück, verweilte so lange, bis ich glaubte, daß sie sich zurückgezogen, und sang dann unter ihrem Fenster mit unterdrückter Stimme, um Herrn Howe nicht zu stören, das Lied: „Gute Nacht." Ich muß gestehen, daß Dulcie mir zum Danke dafür erklärte, es sei eine „Albernheit"; für all meine Mühe diesen Undank, und um ihr zu gefallen, hatte ich mir noch eine heftige Erkältung zugezogen.

Als ein Tag nach dem andern verfloß, ohne daß die Antwort von Onkel Ambrose ankam, da verwünschte ich diesen, fand die Verzögerung grausam und unrecht, dachte bei mir, er solle sich schämen, und begriff nicht, was dies Schweigen bedeuten könne. Ich dachte ernstlich daran, expreß deßhalb nach Birmingham zu reisen, um mich selbst zu überzeugen, ob er noch lebe und wenn dem so sei, ihn anzuflehen, nein, ihn zu zwingen, meiner Ungewißheit ein Ende zu machen. Doch ich konnte mich dazu nicht entschließen, da es mir vierundzwanzig Stunden der Trennung von Dulcie auferlegt haben würde, und so wartete ich so geduldig als ich vermochte. Noch zwei kurze köstliche Wochen gingen schwimmend dahin in der alten, seligen, aber unhaltbaren, kindischen Weise, zu Hrn. Howe haltend mit der Beharrlichkeit, wie eine Entenmuschel zur Seite des Schiffes, dabei mit jedem Tag tiefer und immer tiefer in den bodenlosen Ocean der Liebe zu seiner Tochter versinkend.

IV.

Wir standen an dem Gitterthor, und seit einer halben Stunde „Gute Nacht" wünschend, wieder und immer wieder. Wir würden wohl bis zu dem nächsten Morgen so gestanden haben, hätte Herr Howe nicht an's Fenster geklopft und sich die Trodde! dabei mahnend hin und her bewegt, worauf ich sagte, was ich schon wenigstens ein halb Dutzendmal wiederholt, daß ich nun wirklich gehen müsse.

„Ja, ich glaube, es ist Zeit," sagte Dulcie, mir das Thor öffnend; „ich hoffe aber ernstlich," fügte sie mit erhobenem Finger drohend hinzu, „daß Sie heut Abend gleich nach Haus gehen werden und nicht wieder die halbe Nacht hier herumschleichen gleich einer — einer"

„Einer Biene um eine Blume," fügte ich leise hinzu.

„Nein, wie eine Fledermaus," sagte Dulcie fast unfreundlich, „oder eine Eule, ja, Fledermäuse halten sich still, also wie eine Eule. Wenn Sie wüßten, wie sehr Sie Frau Reece an jenem Abend erschreckt mit Ihrem „Der Mond ist aufgegangen," ich glaube wirklich, Sie würden nicht wieder singen, wenigstens nicht, wenn Sie so heiser und erkältet sind."

„Es ist heut sehr dunkel," sagte sie, einen prüfenden Blick in das Thal werfend; „werden Sie im Stande sein, den Weg zu finden?"

„Nun," antwortete ich, „wenn mein Weg hierher, anstatt von Ihnen führte, da wäre gewiß weniger Wahrscheinlichkeit für mich, ihn zu verfehlen."

„Seien Sie nicht wieder kindisch," unterbrach mich Dulcie sogleich; meine thörichten Reden waren ihr gänzlich unbegreiflich, sie mochte das Ueberschwängliche in Wort und That nicht leiden, immer hatte sie bei solchen Gelegenheiten ein Abkühlungsmittel für mich in Bereitschaft. „Ich mag Sie gar nicht leiden, wenn Sie kindisch sind," fuhr sie fort; „gehen Sie jetzt nur nach Hause, die Sterne werden Ihnen den Weg zeigen."

„Das danke ich aber den Sternen keineswegs," sagte ich leise vor mich hin; aber Dulcie, die in tiefe Gedanken verloren dastand, schien mich nicht gehört zu haben. So beobachtete ich Sie in stiller Bewunderung, wie sie im Schatten an dem Gitter die Hände darauf lehnte und ihre Augen zu den Sternen erhob.

Welch' eine kindlich liebe Erscheinung ist sie! dachte ich; mit dem reizenden Gesichtchen und dem darüber ausgebreiteten Ernst; meine Finger begannen sich krampfhaft zusammenzuziehen mit dem stürmischen Verlangen, sie zu erfassen und gleichgültig gegen die Folgen, sie mit mir davonzutragen. Wenn ich es thät, würde man mich für wahnsinnig halten — ich überlegte, aber war ich zu arm? Ich war noch in ein tiefes Nachdenken über diese Frage versunken, als Dulcie wieder zu sprechen begann.

„Es ist wohl die Kälte, die sie heut Abend so schön erscheinen läßt," sagte sie nachdenklich, noch immer zu den Sternen aufblickend, wobei sie leise eine Stelle aus einem alten Schriftsteller recitirte, die wir wenige Tage vorher gemeinsam gelesen. „Und bewahre Dir ein fröhliches Herz im Schmerz. Scheinen die Sterne nicht am klarsten in kalten Nächten?" Ich erfaßte nur das Wort „Schmerz" und fühlte es mitklar nach.

„Wovon sprechen Sie, Dulcie?" fragte ich heftig, mich vorbeugend, um ihr in die Augen zu sehen; „was hat der Schmerz mit Ihnen und mir zu thun? das Leben ist gerade jetzt so schön!"

Sie erröthete, seufzte und senkte die Augen, ehe sie zu sprechen begann. „Ach ja," sprach sie, und zwar mit zitternder Stimme; „wir sind sehr, sehr glücklich gewesen."

„Sind es gewesen?" wiederholte ich beunruhigt, eine ihrer Hände ergreifend. „Sprechen Sie nicht von unserem Glück, als ob es vorüber sei, es liegt wohl noch eher vor uns." Dulcie zog ihre Hand nicht zurück, sie ließ sie mir auch dann noch, als ich ihre kleinen weichen Finger an meine Lippen drückte, sie schalt nicht, ließ mich gewähren, blickte mich gedankenvoll an, ihr Köpfchen zur Seite geneigt und fragte: „Liegt es denn noch vor uns?" Dabei schien es mir, als ahne sie, was ich verschwieg; es war mir, als ob sie sich darüber wundere und nicht damit einverstanden sei. Unter anderen Verhältnissen würde ich es ihr klar gemacht haben; die Frage dieser verwirrt und halb erwartungsvoll auf mich gerichteten Augen war fast zu viel für meine Fähigkeit. Ein Heer von ungezählten Worten drängte sich auf meine Lippen, um meinem Herzen Luft zu machen, und fast hätte ich das mir selbst auferlegte Schweigen gebrochen, aber die Vorsicht rief mir warnend zu: Warte, bis der Brief aus Birmingham anlangt, und so schwieg ich. Still ging ich durch die Pforte, schloß sie hinter mir, lehnte dann meinen Arm darauf, und mich darüber beugend flüsterte ich: „Können Sie mir noch eine kurze Zeit vertrauen, Dulcie?"

Diese fuhr fast erschrocken auf, sah mich ernst an und zog ihre Augenbrauen zusammen, als könne sie nicht begreifen, was ich meine; dann schwand der Schatten wieder allmälig von ihrem Gesicht und machte dem hellen Glanze Platz, dessen Thron er unberufen eingenommen und der nun in alter Pracht wiederkehrte, sein Recht in Anspruch zu nehmen. Ein leises verstecktes Lächeln spielte um ihren Mund; als sie jedoch gewahrte, daß ich sie noch immer anblickte, trat es plötzlich hervor und wurde zu einem herzlichen Lachen, wobei sie den Kopf schüttelte, daß die vollen Locken über ihr Gesicht fielen und ihr Erröthen verbargen.

„Ach, Sie wunderlicher Mensch, was in aller Welt meinen Sie?" sagte Dulcie; „ich wollte nur, Sie gingen."

„Sagen Sie denn Ja auf meine Bitte?" fragte ich von neuem.

„O! ich weiß nicht," erwiderte sie immer stärker lachend, „nun ja, wenn Sie es denn durchaus wollen," setzte sie hinzu, drehte sich um, lief lachend den Garten entlang und entfloh durch die offene Hausthüre.

Was mich anlangte, so rannte ich diesmal ungestüm in's Thal hinab; ich vermochte nicht ruhig zu gehen, ich war zu aufgeregt. Zur Erleichterung meines Herzens und trotz Dulcie's Zurechtweisung ließ ich die Felsen von meinem Gesang wiederhallen, „wo still ein Herz in Liebe glüht!" erscholl es, und zwar in den höchsten Tönen, so daß die Eulen mit ihrem Geschrei einstimmten. In dieser fröhlichen Stimmung lenkte ich meine Schritte nach der hell erleuchteten Halle „zur Ulme";

in der Thür lehnte müßig eine Anzahl Herren, ihre Pfeife rauchend. Vorübergehend rief ich ihnen einen „guten Abend“ zu und wandte mich dann nach der Treppe, als ein Kellner mir entgegentrat und mir einen Brief überreichte mit den Worten: „für Sie Herr West.“

(Fortsetzung folgt.)

Ueber das neu entdeckte Polarland

so wie über die Expeditionen im Eismeere nördlich der Beringstraße von 1648 bis 1867 hat August Petermann eine Monographie, die auch im nächsten Hefte der „Mittheilungen“ erscheinen wird, als Separatheft (Geographie und Erforschung der Polarregionen Nr. 25) ausgegeben, aus dem die „Köln. Z.“ Auszüge bringt, denen wir Folgendes entnehmen:

Es ist gerade ein Jahr her, daß die „Mittheilungen“ über die Entdeckung eines neuen Polarlandes durch den amerikanischen Capitän Long, 1867“, eine kurze vorläufige Anzeige brachten. Die Beringstraße bildet eins der drei oder vier Thore zu dem weiten, noch unerforschten Centralpolargebiet und ist von dem Franzosen Lambert als Grundlage und Ausgangspunkt einer französischen Entdeckungsexpedition ausersehen, ein Grund mehr, um unseren jetzigen Standpunkt der Kenntniß jenes Gebietes einmal näher ins Auge zu fassen. Das Beringmeer war bis jetzt vorzugsweise von Russen und Engländern, aber auch von verschiedenen anderen Nationen — Amerikanern, Deutschen, Franzosen — befahren und ausgebeutet gewesen. Den meisten Nutzen haben aus ihm jedoch wohl die Amerikaner gehabt und neuerdings ist ja auch das ganze östlich der Beringstraße belegene Territorium aus russischen Händen in den Besitz der Vereinigten Staaten Nordamerikas übergegangen. Die Ehre der ersten Entdeckung dieses Meeres theilen ein Russe, ein Däne und ein Engländer, Deshnew, Bering und Cook. Kosaken waren es, die gegen die Mitte des 17. Jahrhunderts zuerst bis an das östliche Ende des asiatischen Continentes vordrangen, und unter ihnen durchfuhr die Beringstraße Deshnew 61 Jahre früher als Bering. Dann folgten von 1826 bis 1867 die Expeditionen von Beechey, Kellet, Collinson, Rodgers und Long's Walfischfahrt von 1867.

Die vorherrschende Strömung, die im Frühjahre und Sommer durch die Beringstraße setzt, geht nach Norden, hauptsächlich nordöstlich, und findet an der Küste zwischen Cap Krusenstern und Point Hope eine Ablenkung nach Nordwesten, welche in dem einen Arme zwischen der sibirischen Küste und dem neu entdeckten Lande hindurchgeht, in einem anderen Arme sich nach Norden gegen die Heraldinsel wendet, jenes Polarland also von Süden und Osten bespült. Einen frappanten Beweis seines Verlaufes bildet unter Anderem der Schiffbruch des Schiffes „Gratitude“, der sich Anfangs Juli 1865 30 nautische Meilen westlich von Point Hope in 68$^{1}/_{2}$° N. Br., 166° W. L. ereignete; das Wrack wurde im folgenden Monat (August) bei der Heraldinsel wieder gesehen. Capitän Raynor hebt besonders hervor, daß er diese nördliche Strömung bei der Heraldinsel ganz frei von Eis gefunden habe. Im Herbst und Winter geht die Strömung in der entgegen gesetzten Richtung, durch die Beringstraße nach Süden, wofür ebenfalls besonders die amerikanischen Walfischfänger, von denen manche an verschiedenen Punkten überwintert haben, neue Daten und Aufschlüsse geben. Damit stimmen die Angaben des Herrn v. Wrangel über die Strömungen an der sibirischen Küste ganz überein; im Sommer gehen dieselben nach Westen, im Herbst nach Osten. Aber auch im Sommer setzt von Norden, vom Cap Barrow her, eine Strömung nach Süden, bis dieselbe mit jener warmen Strömung aus Süden unter etwa dem 69$^{1}/_{2}$° N. Br. zusammentrifft; ihrer Einwirkung ist es wahrscheinlich zuzuschreiben, daß sich nördlich von Point Hope eine ausgedehnte unterseeische Hochterrasse gebildet hat, die von diesem Cap im Süden bis zum 72$^{1}/_{2}$° N. Br. und vom 160° bis 170° W. L. v. Gr. reicht und in der Heraldbank ihren Culminationspunkt von nur 7 Faden Tiefe hat. Aller Wahrscheinlichkeit nach hat hier die Polarströmung durch ihr Zusammentreffen mit der warmen Strömung und die demgemäße Schmelzung und Zerstörung ihrer Eismassen das Meer verflacht, wie dies bei Neufundland, Spitzbergen, der Bäreninsel und anderen Gebieten der Erde, wo zwei solche Strömungen zusammenkommen, der Fall ist. Eine der frappantesten Einwirkungen der Strömungen ist die Naturbeschaffenheit der Küsten nördlich der Beringstraße, der Unterschied zwischen der amerikanischen, von der warmen Strömung bespülten Küste und der wohl mehr den kalten Strömungen ausgesetzten asiatischen, und noch nie haben wir diesen Contrast mit ein paar Worten so klar und bestimmt kennzeichnen gesehen, als durch den aufmerksamen und gebildeten Eduard Mohr aus Bremen, der im Jahre 1851 mit einer deutschen Handelsexpedition in diesen Gebieten war und Folgendes berichtet: „Auffallend ist die enorme Verschiedenheit des Vegetations-Charakters zwischen den Ufern des Kotzebue'schen Sundes und der auf gleicher geographischer Breite in Asien liegenden Küste. Während in Asien bis auf Moose, Flechten und kleine, am Boden sich hinziehende Pflänzchen alles sonstige Vegetationsleben erstorben und kahl erscheint und durch diese traurige Polaröde ein melancholischer Eindruck auf die Gemüthsstimmung hervorgebracht wird, grünen auf der Chamisso-Insel Sträucher bis zu 20 Fuß Höhe und der Boden derselben war dermaßen von kleinen Büschen bedeckt, die kleine rothe und blaue eßbare Beeren trugen, daß wir ganze Eimer voll davon an Bord der „Rena“ brachten.“ Die Erfahrungen der beiden Polar-Expeditionen im Jahre 1868, der deutschen und schwedischen, haben die große Streitfrage, ob die polare Central-Region am besten zu Schiffe im Wasser oder zu Schlitten auf dem Eise zu geschehen hat, nicht entschieden. Die „Germania“ hat die gehoffte Erreichung der Ostküste von Grönland nicht bewirken können; man kann dafür anführen das ungewöhnlich ungünstige Jahr und die Unerfahrenheit der

Dampfkraft. Aber die Schweden hatten Dampfkraft, so kann man einwenden, und haben nördlich von Spitzbergen auch nicht in befriedigender Weise vordringen können; sie haben sich auf Grund ihrer Erfahrung bereit, ihre Ansicht aufs bestimmteste dahin auszusprechen, „daß die Lösung der Polarfrage nicht auf offenem Wasser zu erreichen sei, sondern auf dem Eise geschehen müsse." Ein einmaliger Versuch (und überhaupt der erste energische Versuch der Schweden, im Eismeere vorzudringen) in einem notorisch ungünstigen Jahr will aber nicht viel sagen, und dann ist das Vordringen gerade von Spitzbergen nach Norden wohl das ungünstigste, weil man sich da sofort mitten in das Centrum des Polarmeeres hinein begibt, wo man mit allen Winden Eis und keine Erleichterung zum Vordringen erwarten darf, wo es deßhalb gilt, wie bei Roß und Weddell im antarktischen Meere, die Eis-Barricaden förmlich zu durchbrechen; die deutsche Expedition wurde daher auch aufs entschiedenste vor einem solchen Vordringen mitten ins Polarmeer gewarnt...

(Schluß folgt.)

Miscellen.

In Springe (Hannover) ist am Aschermittwochabend nach 10 Uhr ein Extra-Postwagen von Hameln in scharfem Trab vor dem Posthaus angefahren. Der Postillon saß todt auf dem Bock. Beim Durchpassiren durch die Eisenbahnstation in Altenhagen war zufällig gerade der Schlagbaum niedergelassen worden, welcher den Postillon derart auf den Kopf getroffen, daß er auf dem Postwagen verschied. Die Pferde hatten dann den Weg nach Springe fortgesetzt und vor der gewohnten Stelle am Posthaus stille gehalten.

In der Pariser Vergiftungsgeschichte ist durch den „Figaro" wie gewöhnlich stark übertrieben worden, um einen pikanten Roman herauszubringen. Die „Weimar'sche Ztg." erklärt nun aus der besten Quelle, daß die Herzogin v. [illegible], den Grafen [illegible], welcher sie angeblich habe heirathen wollen und zu ihr in glühender Liebe entbrannt gewesen, gar nicht kenne und seinen Namen nie gehört habe. Die Herzogin hielt sich vor Kurzem noch in Weimar auf, weshalb das Weimarer Blatt genau unterrichtet sein kann. Auch ist die Untersuchung gegen den Grafen nicht — wie der „Figaro" meldet — niedergeschlagen; der Pole ist immer noch im Gefängniß und sein Complice, der Mediciner [illegible], ist nur unter Vorbehalten seiner Haft entlassen.

(Die siamesischen Zwillinge.) Aus London schreibt man: Die siamesischen Zwillinge, deren Conterfei schon seit Wochen in Lebensgröße an allen Ecken angeschlagen war, erschienen am 8. d., nach [illegible]jähriger Abwesenheit, wieder vor ihrem englischen Publikum. Ein unternehmender Amerikaner führt sie herum. Das merkwürdige Paar ist im Jahre 1811 geboren und hat sein bisheriges Leben trotz gelegentlicher Meinungsverschiedenheiten einträchtig und ohne Zank zugebracht. Wie die beiden zusammengewachsenen Männer über die kleine Bühne der Egyptian Hall dahinschritten, wunderten sich die Zuschauer nicht wenig über die seltsame Erscheinung. Die Brüder sehen einander sehr ähnlich; doch ist, wie das häufig bei Zwillingen der Fall, der Eine etwas stärker und vielleicht einen Zoll größer, als der Andere. Ihre Züge sind der chinesischen Gattung ähnlich, jedoch im Allgemeinen größer entwickelt. Das Ligament, welches sie verbindet, entspringt aus der unteren Spitze des Brustbeins und war früher so kurz, daß sie einander nur die Vorderseite ihrer Leiber zukehren konnten. In Folge anhaltender Zerrung während ihrer Kinderjahre wurden jedoch die unteren Theile des Brustknochens Beider etwas nach außen gebogen und das Ligament selber so stark verlängert (auf etwa 4", bei einem Umfang von 5" an seiner stärksten Stelle in der Mitte), daß sie beinahe Schulter an Schulter nebeneinanderstehen können, wenn sie ihre Nachbararme auf dem Rücken verschlingen. Die innere Structur des Verbindungsbandes entzog sich bisher leider jeder wissenschaftlichen Untersuchung und eine Trennungsgrenze desselben ist auch durch Anwendung von starkem Magnetismus nicht zu erzielen. An seinem obern Rande fühlt es sich härter an — wahrscheinlich Fortsetzungen des Brustbeinknorpels und der knorpligen [illegible] der sechsten und siebenten Rippen — während die untere Hälfte mit der Unterleibshöhle in Verbindung zu stehen scheint. Die Nerven eines Jeden der Beiden streichen bis über die Mitte des Bandes, weshalb ein angebrachter Druck Beiden zugleich fühlbar ist; drückt man jedoch weiter rechts oder links, dann fühlt es nur der zunächst Berührte. Aehnlich scheint es sich mit den Blutgefäßen zu verhalten. Beide sind verheirathet und zwar an zwei Schwestern von amerikanischer Abkunft. Zu dem Vielen, das sie mit einander gemein haben, ist auch die gleiche Zahl von 9 Kindern zu rechnen, die beiden Ehen entstammen. Zwei ihrer Töchter sind bei der Vorstellung zugegen und händigen den Zuschauern gegen einen kleinen Betrag die Photographie der Zwillinge ein. Wie es heißt, wird das Gefühl eines von außen kommenden Schmerzes nur von dem Betroffenen empfunden, während in Gemüthsbewegungen, Respiration und Circulation des Blutes die Gemeinsamkeit hervortritt. Das seltsame Paar spricht wenig unter sich und findet auch kein Vergnügen an Spielen, deren Hauptinteresse in einem Wettkampf der Spieler gegen einander (wie beim Schach) besteht. Ihre angenehmste Erholung ist, in einem Gig spazieren zu fahren, und die Erinnerung, daß sie sehr oft mit ihrem Fuhrwerk umgeschlagen sind, hält sie durchaus nicht ab, die Sache immer wieder zu unternehmen. Der Krieg hat ihren früheren Wohlstand zerrüttet und die jetzige Expedition nach Europa ist als eine Sache der Nothwendigkeit zu betrachten. Die angeblich beabsichtigte Körpertrennung (von der vielleicht nur als Reclame für die bevorstehende Rundreise die Rede war) sollen ärztliche Autoritäten widerrathen haben. Das nächste Ziel der Reise wird Paris sein. Vielleicht um den Gegensatz hervorzuheben, erscheint eine sehr schöne, ungewöhnlich [illegible] mit den Zwillingen vor dem Publikum, und erbietet sich, mit den Zuschauern in 5 Sprachen eine Unterhaltung zu führen.

* Aus Bevey, 11 Febr. schreibt man dem „Progrès de Lyon": „Auf dem Genfer See hat sich ein großes Unglück ereignet. Das Dampfschiff „Italie", welches bei sehr starkem Nebel von Genf abgegangen war, sollte das Schauspieler-Personal des Genfer Theaters nach Bevey bringen, wo dasselbe eine Vorstellung zu geben beabsichtigte. Man glaubt, daß unter der Gesellschaft Uneinigkeit und in Folge davon eine Revolte entstand, so daß sich einige Mitglieder derselben des Steuers bemächtigten, um das Schiff nach Genf zurück zu lenken. Schlecht geleitet gerieth das Schiff auf die Felsklippen „Cornettes de Bise", [illegible] von da an gegen die „[illegible]" und wurde zuletzt in den Strudel „Creux de [illegible]" hineingerissen. Man ist bis jetzt ohne alle Nachrichten von den Unglücklichen." Die Sache bedarf der Bestätigung. — Nach dem „Movimento" sind die Berge St. Bernhard und St. Gotthard für Fußgänger seit einigen Tagen unzugänglich wegen der außerordentlich starken Kälte, die in jenen Regionen herrscht.

Heidelberg, 15. Febr. Schmeizer's vielbesprochenes Drama ging trotz der geringen Leistungen der Darsteller mit vielem Beifall über die hiesige Bühne. Eine hiesige Kritik sagt: „Das Stück gehört nicht zu den gewöhnlichen Stücken à la Birch-Pfeiffer oder Benedix. Es gefiel außerordentlich, und auch hier stimmt das Publikum den vom Hofburgtheater in Wien gewählten Kunstrichtern bei, daß dem geistvollen Verfasser eine ehrende Anerkennung gebührt.

Redaction von K. A. Woll, Druck der Jäger'schen Druckerei in Speyer.

Palatina.

Belletristisches Beiblatt zur Pfälzer Zeitung.

Nro. 22. Speyer, Samstag, den 20. Februar 1869.

*Lenzesbrief im Winter.

Nebel wallen durch die Halde
Wie ein düst'rer Trauerflor,
Lichtverklärt vom dunklen Walde
Schimmert frisches Grün hervor.

Und sich sanft vereinend Beides —
Welch' ein Bild so mild und tief!
Licht im Dunkel schweren Leides
Aus des Freundes Liebesbrief.

Harre still, ob auch der Winter
Deine Rosen noch verwehe',
Rettung bringend zieht dahinter
Schon der holde Lenz einher.

Wie auch schrieb für alle Leiden
Ja dein Freund sein treues Wort;
Sieh, schon keimen neue Freuden,
Wenn das alte Glück verdorrt.

Ch. Böhmer.

Am Ufer des Flusses.

Erzählung, aus den Erinnerungen eines Künstlers mitgetheilt von Ch. W. Gr.

(Fortsetzung.)

Endlich war er angelangt. Ich hatte gerade angefangen vor mich hinzusingen: „Leben, laß uns lieben," als er mich unterbrach; ich sang nicht weiter, sondern betrachtete den Brief, während mich mit einem Mal eine unbegreifliche Muthlosigkeit erfaßte. Er hielt ihn mir aber unter die Nase, als sei es etwas Schönes, Genießbares und schien erstaunt, daß ich ihn nicht nahm, sondern nur anstarrte. Endlich aber steckte ich ihn in die Tasche, nahm ein Licht vom Seitentisch und sprang die Treppe, je drei Stufen auf einmal, hinan. Ich nahm nun den breiten Fenstersitz in meinem Schlafzimmer ein und untersuchte den Brief nach Gefallen. Ja, er war von dem „Tyrannen," da stand der Poststempel von Birmingham.

Ich legte ihn leise vor mich hin, als fürchte ich, er könne wie eine Granate zerplatzen; dann betrachtete ich ihn in feierlicher Stille, sein Anblick jedoch war mir zuwider. Ich habe die Theorie, wie das Gesicht, so der Geist; wenigstens zeigt uns ein Männergesicht gewöhnlich etwas davon: eine Art Titelblatt, eine summarische Uebersicht von dem, was wir von ihm zu erwarten haben. So kann man auch, mit ziemlicher Sicherheit, von dem Aussehen des Couvertes, auf den Inhalt des Briefes schließen. Onkel Ambrose's Brief trug den Stempel der Offenheit, hatte aber ein sehr wenig einnehmendes Aeußere. Seine Farbe war blaßblau, um mit dem zu beginnen, was beruhigend war; ferner war eine Eckigkeit und Unebenheit in der Schrift, eine verzweifelte Auflösung der Punkte und Unnatur in den Endigungen. Mein eigener Name z. B. war mit komischen Schnörkeln von Anfang bis zu Ende verziert; dies, ich muß es gestehen, erfüllte mich mit einer Art Bangigkeit. Ich betrachtete ihn noch einen Augenblick von der Seite mit größtem Mißbehagen, dann kehrte ich sein häßliches blaues Gesicht dem unschuldigen Mondlicht zu, nahm ihn auf, öffnete ihn und las:

„Mein lieber John. Ich will mich nicht entschuldigen, nicht eher geschrieben zu haben, da ich glaube, daß die Nachricht, welche ich Dir mitzutheilen habe, die Verzögerung erklären wird — ich bin ruinirt! Ich habe speculirt und Alles verloren. Einzelheiten würden Dich nur ermüden, denn das geringe Interesse, welches Du vielleicht an mir genommen hast, wird zugleich mit meinem Gelde verschwunden sein; sollte Dir aber doch daran liegen, es zu erfahren, so wisse, ich habe es in einzelnen Posten verloren, es seit einigen Jahren über die Erde ausstreuend. Ein Theil z. B. ist in einem Bergwerk versunken in welches Wasser drang das nicht wieder herausgezogen werden konnte. Einige Handvoll habe ich eine neue Eisenbahnlinie entlang gestreut, der nur der Verkehr fehlte, um einen Jeden der Betheiligten zu einem Crösus zu machen; doch da diese kleine Bedingung fehlte, so wurde die Hälfte davon zu Bettlern. Und endlich der letzte verlorne Posten war in einem der blühendsten Compagnie-Geschäfte angelegt, das je existirt, bis es seine Kraft verblüht, dahinschwand und endlich jämmerlich verschied. Es ging ihm schon seit längerer Zeit schlecht, aber sein Tod erfolgte plötzlich und wurde erst gestern veröffentlicht. Ich halte es für rathsam, Dich sogleich wissen zu lassen, daß es mir unmöglich ist, Dir die Hülfe angedeihen zu lassen, die ich Dir einst zugedacht. Alles was ich vermag ist, mich selbst aus der Geschichte herauszuarbeiten. Ist es nicht schade, daß Deine Neigung zum Fleiß nicht ein wenig früher kam! Aber bei Deinem Talente kann es Dir nicht an Hilfsquellen fehlen, da Du Neigung verspürst, Kaufmann zu werden, weshalb nicht Oel- und Farbehändler? Oder Du kannst bei Deinem jetzigen Handwerk nach Löthen und Verglasen nebenher treiben. Du hast nicht nöthig, mich zu besuchen, doch glaube ich, daß ich das nicht zu befürchten habe.

Dein aufrichtiger Oheim
Ambrose Fletcher.

Der Brief entglitt meiner Hand und flatterte zur Erde; der Mond, der mir bis jetzt neugierig über die Schulter geblickt, verhüllte sein gutes mütterliches Angesicht in eine Wolke, vielleicht unwillig, Zeuge meines Schmerzes zu sein. Der Nachtwind erhob sich über den nebeligen Herbstgefilden und brach sich laut stöhnend an meinem Fenster. Die Luft hatte sich plötzlich abgekühlt, der Wind verlöschte mein Licht, so daß ich mich in Kälte und Dunkelheit befand. Ach, das that nichts, beide waren meiner Stimmung angemessen; ich verbarg stöhnend mein Gesicht in die Hände. Alle meine Hoffnung hatte ich auf diesen Brief gesetzt und ihm sehnsüchtig entgegengesehen, so daß die unerwartete Enttäuschung mich betrübte. Er war der Grund, auf den ich alle meine Luftschlösser gebaut, und nun stürzten sie mit lautem Gekrach mit Einem Mal zusammen, ich aber saß allein, wie Marius zwischen den Ruinen. Alles war dahin, Hoffnung und Glück, Sonnenschein und Gesang, ich mußte Dulcie Lebewohl sagen!

Aufspringend warf ich meinen Kopf zurück, — Unsinn, weshalb sollte ich das! Ich war plötzlich auf mich selbst angewiesen, auf meine eigenen Hilfsquellen, ich war der Hilfe beraubt, auf die ich gerechnet, und mußte mir nun selbst helfen. Das war doch gewiß kein so großes Unglück. Mein Beruf hatte mir bis jetzt nichts eingebracht, weil ich gespielt, anstatt zu arbeiten, die schönsten Stunden in Dilettantenweise vertändelt, die Zeit vergeudet, „Lotos essend" und träumend, die Kunst zum Deckmantel nehmend um ein vagabundirendes Bummelleben, gleich den Zigeunern zu führen. Aber nun da ich einen Lebenszweck hatte, mir die Liebe Kraft und meinem Arm Stärke gab, welche Arbeit wäre mir da zu viel gewesen, welcher Kampf zu lang, welche Existenz zu drückend? Vielleicht bedurfte es nur einiger Jahre des beständigen geduldigen und gewissenhaften Fleißes, vielleicht nur einiger Jahre der Trennung von Dulcie, und dann — o Wonne! — Würde meine Geliebte in der Zeit, wenn sie wirklich dem armen Maler zugethan war, der ihre Bleifedern am Ufer des Flusses gespitzt, treu bleiben, so wie er ihr? Würde sie wie ich warten, hoffen und vertrauen? —

Hier hielt ich inne. Es kam mir plötzlich ein Bedenken, das all meine schönen und practischen Einrichtungen, die ich soeben gemacht, über den Haufen warf und plötzlich den Hoffnungsstrahl vernichtete.

Jahre konnten vergehen, ehe ich die verlorene Zeit wieder gewann, bekannt wurde und mir einen Namen machte. Und war es Recht, wenn ich Dulcie veranlaßte, jung und unerfahren wie sie war, eine Verbindung einzugehen von ungewisser Länge und zweifelhaftem Ausgang?

Dies war ein so unerwarteter Stoß, daß ich ihm unterlag. Zusammengedrückt in einer Ecke des Fenstersitzes starrte ich finster in die leere Nacht hinaus.

Mein Herz wurde immer schwerer und ich fühlte mich unbeschreiblich elend, schon der Versuch mich zu trösten, wäre mir unerträglich gewesen. Es that mir wohl, daß es draußen, so wie in meinem Innern stürmte; der Regen schlug gegen das Fenster, der Wind war kalt, undurchdringlicher Nebel lag über Berg und Thal, überall Dunkelheit, wohin ich mich wandte. Nur am Himmel schien die Hoffnung aufzugehen, die Sterne schimmerten durch dunkle, vorüberfliegende Wolken herab, als sei noch Glück und Freude in der Welt zu finden.

„Bewahre ein fröhlich Herz im Schmerz!"

Diese Worte tönten plötzlich mit lieblicher Stimme in mein Ohr, mir Hoffnung einflößend.

„Ich danke Dir, o mein Liebling, für diese Lehre!" sprach's und erhob mich, das Fenster zu schließen.

Ich will ringen, obgleich die Zukunft dunkel vor mir liegt; aber meine Pflicht steht deutlich vor mir, ich muß sie erfüllen und ein Mann sein. Dulcie durfte von meiner Liebe nicht hören, bis ich sie rechtschaffen zu meinem Weibe begehren konnte; ich wollte sogleich den Kampf mit der Welt beginnen, mein Herz rein halten in der Versuchung, muthig bei Schwierigkeiten, geduldig sein in hartem Geschick aus Liebe zu ihr. Ich wollte mich gebunden betrachten, sie aber sollte frei sein! —

Ich wollte nicht länger abhängig von meiner Stimmung bleiben, nahm meine Bürsten und bearbeitete stürmisch mein Haar, doch bei dem Gedanken, von Dulcie zu scheiden, fühlte ich meine Kraft wieder erlahmen und mußte mich von Neuem zur Pflicht ermannen. Wäre sie arm gewesen, so würde ich weniger Bedenken gehabt haben, sie zu fragen, ob sie meine Kämpfe und Entbehrungen mit mir theilen wolle. Aber sie war nicht arm, sie lebte im Ueberfluß und besaß diese verwünschten „Stovington-Antheile." Diese quälenden Gedanken konnte ich nicht ertragen; ich stand auf, stampfte mit dem Fuße, stieß einen Stuhl um und wollte mein Haar raufen, doch das that weh und so unterließ ich es, dabei wiederholt ausrufend: O Dulcie, Dulcie!

Ich sah den Mond zornig an und drohte ihm, als habe er Antheil an meinem traurigen Geschick. Dann mit mehr Vernunft als bisher schüttelte ich den Kopf über mich selbst, wobei ich mich in dem Spiegel sah, vor dem ich gerade stand, und bemerkte in dem Halbdunkel mit innigem Behagen, wie blaß und abgehärmt ich aussah.

Als ich endlich ins Bett stieg, setzte ich eine schwarze Mütze auf und sagte laut mit wilder Entschlossenheit: „Morgen früh!" Ja, morgen früh wollte ich Dulcie, meinem theuren Liebling, ein schmerzliches Lebewohl sagen und dann den darauffolgenden Tag meine Reise antreten. Ich fühlte, daß meine Sicherheit allein darin lag, meinen Entschluß rasch zur Ausführung zu bringen.

(Fortsetzung folgt.)

Ueber das neu entdeckte Polarland.

(Schluß.)

Es mag sein, daß 1867 ein besonderes günstiges Jahr war*), aber sicherlich widerlegen die Curse von Rodgers und Long aus verschiedenen Jahren die Behauptung, daß die Befahrung des Meeres auch im Sommer unmöglich sei; Capitän Long's Curs zumal läuft sowohl dicht der Küste entlang, als auch in verschiedenen Entfernungen weit davon ab auf hohem Meere, und von Schwierigkeiten vom Eise oder in der Schifffahrt ist bei ihm und Rodgers keine Rede. „Diese nördlichste Küste des asiatischen Continentes", sagt Eduard Mohr, „enthält zahlreiche kleine, gut geschützte Buchten, worin unser Schiff gegen das mitunter vom Norden herunter kommende Eis sicheren Ankergrund fand; meistens jedoch und selbst dann, wenn die See ganz mit Eisschollen bedeckt schien, blieb der Küste entlang ein Streifen freien Fahrwassers". Wir recapituliren unsere Ansicht über die Befahrung der Eismeere also dahin, daß wir sie mit wenigen Ausnahmen überall längs der Küsten für geeignete Dampfer ausführbar halten, und wenn diese Küste unter dem Pole selbst läge. Die Ausnahmen betreffen einzelne Localitäten, an denen durch eigenthümliche Küsten- und Seebodenbildung, durch Strömungen und Eisverhältnisse die Schifffahrt im höchsten Grade erschwert, wenn nicht unmöglich gemacht wird; gibt es doch auch gefährliche Fahrwasser in gemäßigten tropischen Gewässern, wo von Eis nicht die Rede ist. Zu solchen Ausnahmen rechnen wir die Meerengen und Baien nördlich des Smith-Sundes, das Karische Meer, die seichten Meerestheile Sibiriens, besonders zwischen den neusibirischen Inseln und den Festland-Küsten, in gewissem Grade auch die engen Fahrwasser des ganzen Parry-Archipels etc. Bei der Schifffahrt in der Baffin-Bai fährt man, in einem stets mehr oder weniger mit Eis angefüllten Meerestheile, längs der Küste weit nach Norden, etwa 23 Breitengrade hinauf und im Norden um die nach Süden sitzenden Eismassen, herum. Im antarktischen Meere, wo die Eismassen weit großartiger sind, als im Norden**), ist man durch sie hindurchgekommen und hat jenseits auf der Polseite, ganz offenes Meer fast ohne alles Eis angetroffen; theoretisch sollte beides, das Herumfahren und Durchbrechen, auch in dem weiten Polarmeere nördlich von Spitzbergen möglich sein, die Entdeckungsgeschichte hat jedoch bis jetzt noch keine praktischen Beweise dafür aufzuweisen gehabt. Daß aber Seefahrer wie Rodgers und Long mit Erforschungsexpeditionen in geeigneten Dampfern ihre Fahrt nach Westen fortzusetzen und durch das ganze Polarmeer hindurch Europa zu erreichen vermocht hätten, davon sind wir fest überzeugt, wie auch, daß Dampfer vom atlantischen Ocean zur Bering-Straße zu gelangen vermögen, sei es von Ost-Grönland oder von Nowaja Semla aus. Die Geschichte der Erforschung des Polarmeeres nördlich der Bering-Straße ist auch gegenüber der etwaigen Frage: Was in aller Welt kann uns jemals das eisbedeckte Polarmeer nutzen und wozu diese Expeditionen im Eismeer? — lehrreich. So weit bis jetzt befahren, ist es zwar nur ein sehr kleiner, beschränkter Meerestheil, von den europäischen Culturstaaten in möglichst großer Entfernung gelegen; auch kannten ihn die Russen schon seit länger als 200 Jahren und wußten so gut wie keinen Nutzen aus ihm zu ziehen. Aber die unternehmenden Amerikaner haben gezeigt, was sich trotz alledem aus einem solchen Eismeere holen läßt. Der erste amerikanische Walfischfahrer, Capitän Roys, besuchte dieses Meer im Sommer 1848; er kreuzte von Continent zu Continent bis 72° N. Br., sah nirgends Eis, aber überall viele Walfische, die ungewöhnlich furchtlos waren und leicht erlegt werden konnten, und hatte während der ganzen Saison so angenehmes Wetter, daß die Seeleute leichte Kleidung trugen. In Folge seiner erfolgreichen Fahrt und seines guten Fanges gingen schon im nächsten Jahre nicht weniger als 154 amerikanische Schiffe, bemannt von 4650 Seeleuten, nach der Bering-Straße und hatten einen enormen Ertrag im Walfischfang; der Ertrag an Thran in den beiden Jahren 1849 und 1850 betrug 6,367,711 Dollars, an Fischbein 2,074,742 Dollars, zusammen also 8,442,453 Dollars (!) „Unser ganzer Handel mit dem Osten", sagt der Staatssecretär der amerikanischen Marine in einem officiellen Documente, ist nicht so werthvoll, als dieser unser Walfischfang in der Bering-Straße, mit welchem in den beiden Jahren, für die uns die statistischen Angaben vorliegen, mehr amerikanische Seeleute an jener kleinen Stelle des Polarmeeres beschäftigt waren, als jemals zu irgend einer Zeit in unser gesammten Marine. Diese tüchtigen Seeleute fischten in der kurzen Zeit von zwei Jahren einen enormen Reichthum von mehr als 8 Millionen Dollars aus jenem Meere heraus." Zwanzig Jahre lang unausgesetzt ist der Walfischfang der Amerikaner in der Bering-Straße nun mit großer Energie betrieben worden, und noch immer, trotz der vielen Tausende getödteter Walfische, liefert er einen ungeheuren Ertrag; „der Walfischfang sei das beste

*) Nach eben (12. Januar) eingegangenen Nachrichten aus Honolulu ist vergangenen Sommer (1868) auch nördlich der Bering-Straße wie bei Spitzbergen ungewöhnlich viel Eis heruntergekommen; die Walfische erschienen erst am Ende der Saison, aber dann in großer Anzahl, sehr zahm und leicht zu fangen; die Capitäne, so wird berichtet, glauben, daß dieselben aus einem offenen Polarmeere oder vielleicht von Grönland bis zur Bering-Straße gekommen seien. — (Es ist nicht unmöglich, daß im Sommer 1868 das Polareis in ungewöhnlichem Grade gebrochen und weggetrieben ist und daß ein Vordringen im Sommer 1869 in die centrale Polar-Region verhältnißmäßig leicht sein dürfte.)

**) Man hat schwimmende Eismassen bis zu 2500 Seemeilen Länge und 840 Fuß Höhe angetroffen.

Geschäft, das in Amerika zu machen sei", sagt uns noch kürzlich (December 1868) ein deutscher Landsmann, M. E. Pechuel aus Zöschen bei Merseburg, der eine solche amerikanische Wallfischfahrt nördlich der Bering-Straße mitgemacht und viele interessante Erfahrungen gesammelt hat.

Miscellen.

*Nach einem Berichte des französischen Luftschiffers Flammarion an die Akademie haben genaue Versuche über den Schall Folgendes ergeben. In der Luft hört man den Pfiff einer Locomotive bis zu einer Höhe von 3000 Meter, das Rauschen eines Eisenbahnzuges bis 2500 Meter, einen Flintenschuß oder Hundegebell bis 1800 Meter, den Hahnenschrei oder den Glockenschall bis 1600 Meter, Orchester und Trommelschlag bis 1400 Meter, die menschliche Stimme bis 1000 Meter Höhe. Das Quaken der Frösche dringt bis zu einer Höhe von 900 Meter, das Gezirp der Grillen bis zu 800 Meter Höhe. Worte, die auf einer Höhe von 500 Meter gesprochen werden, sind auf der Erde noch deutlich vernehmbar, dagegen werden auf der Erde gesprochene Worte nur bis zu 100 Meter Höhe in der Luft vernommen.

Pflanzenwanderungen. Es ist eine anerkannte, von Botanikern oft hervorgehobene Thatsache, daß sich bestimmte Pflanzen an bestimmte Menschenstämme und Nationalitäten anschließen, sich da, wo Letztere weilen, in vorzüglichem Grade mehren, ja sogar den Ziehenden und Wandernden von selbst sympathetisch nachfolgen, indem sie sich an den von der Heimath entfernten Orten ihres Aufenthaltes freiwillig ansiedeln. Die großen Völkerzüge, die sich im Mittelalter von Asien aus dem mittleren Europa zuwendeten, werden uns noch jetzt durch das Vordringen asiatischer Steppenpflanzen bezeichnet, so der Rachia nach Böhmen und Krain, des tartarischen Meerkohls durch Ungarn und Mähren hin. Den Zigeunerzügen aus Asien her folgte der sich auf diese Weise über ganz Europa verbreitende Stechapfel, welcher von diesem Volke häufig angebaut und angewendet wurde, aber auch ungestört neben den Wohnungen wuchs. Nach den Befreiungskriegen kam an vielen Stellen, wo sich Kosaken gelagert hatten, eine Gänsefußpflanze vor, welche sonst nur am Don einheimisch ist; die Zackenschote verbreitete sich mit den russischen Heereszügen 1814 durch Deutschland bis Paris. Eine Ackerart zeigt noch jetzt die ehemaligen Wohnstätte norwegischer Colonisten in Grönland an, und der Indianer in Nordamerika pflegt unseren Wegbreit die „Fußspuren des Weißen" zu nennen. St. Hilaire äußert sich über dieses wunderbare Thema in folgender Weise. In Brasilien wie in Europa scheinen gewisse Pflanzen dem Menschen auf dem Fuße zu folgen und bilden die Spuren seiner ehemaligen Gegenwart. Oft habe ich mit ihrer Hilfe mitten in den Wüsten die Stelle einer zerstörten Hütte aufgefunden. Europäische Pflanzen haben sich in Brasilien überall angesiedelt, wo Colonisten seßhaft geworden sind oder nur ihr Lager aufgeschlagen haben. Ueberall trifft man das Veilchen, den Borretsch, den Fenchel, mehrere Storchschnabel, unsere Malven und Kamillen, und unsern Gänsedistel, besonders aber unsere in die Ebene des Rio de la Plata und Uruguay eingeführten Artischocken bedecken jetzt unermeßliche Landstriche. In Europa vorzugsweise Deutschland sind auffallende Beispiele der Pflanzen-Einwanderung: das Erigeron canadense (Franzosenkraut) aus Canada, die Chilerabistel aus den Kirchhöfen, die Wasserpest aus Amerika und das sibirische Kreuzkraut, welches neuerdings eine Landplage des nordöstlichen Deutschlands geworden ist.

*Charade.

(Dreisilbig.)

I. Silbe.

Als einst die große Völkerschlacht
Bei Aix an meiner Seite
Gewüthet hat, die blut'ge Jagd,
That man mir viel zu Leide.
Teutonenblut floß in mein Bett,
Als Jungfrau brach ich einst die Kett',
Die Albion geschlungen,
Mein Vaterland bezwungen.

II. und III. Silbe.

In Asien bin ich zu Haus
Als Stadt und Meeresbusen;
Ja, suchte mich ein Maler aus
Als Sujet für die Musen,
So fänd er es zu Wasser nur
Und in vulkanischer Natur.

Das Ganze.

Das Ganze strebt dem Himmel zu
Und unter ihm lustwandelst Du
Mag's regnen oder schneien,
Geschützt und doch im Freien.

Storch.

Auflösung der Rechnungsaufgabe in Nro. 19.

Die vom Verfasser angegebene Lösung lautet:

Erster Geselle.

1	Kronenthlr.	=	2 fl.	42 kr.
1	Fünffrethlr.	=	2 „	20 „
2	Thlr. . .	=	3 „	30 „
8	öst. Gulden	=	9 „	20 „
7	rhein. Guld.	=	7 „	— „
11	Franken .	=	5 „	08 „
30	Stücke .	=	30 fl.	— kr.

Zweiter Geselle.

2	Kronenthlr.	=	5 fl.	24 kr.
1	Fünffrethlr.	=	2 „	20 „
2	Thlr. . .	=	3 „	30 „
1	öst. Gulden	=	1 „	10 „
12	rhein. Guld.	=	12 „	— „
12	Franken .	=	5 „	36 „
30	Stücke . .	=	30 fl.	— kr.

Dritter Geselle.

2	Kronenthlr.	=	5 fl.	24 kr.
3	Fünffrethlr.	=	7 „	— „
2	Thlr. . .	=	3 „	30 „
1	öst. Gulden	=	1 „	10 „
5	rhein. Guld.	=	5 „	— „
17	Franken .	=	7 „	56 „
30	Stücke . .	=	30 fl.	— kr.

Vierter Geselle.

3	Kronenthlr.	=	8 fl.	06 kr.
1	Fünffrethlr.	=	2 „	20 „
4	Thlr. . .	=	7 „	— „
1	öst. Gulden	=	1 „	10 „
3	rhein. Guld.	=	3 „	— „
18	Franken .	=	8 „	24 „
30	Stücke . .	=	30 fl.	— kr.

Fünfter Geselle.

3	Kronenthlr.	8 fl.	06 kr.
2	Fünffrethlr.	4 „	40 „
2	Thlr. . . .	3 „	30 „
2	öst. Gulden	2 „	20 „
3	rhein. Guld.	3 „	— „
18	Franken . .	8 „	24 „
30	Stücke . .	30 fl.	— kr.

Sechster Geselle.

4	Kronenthlr.	10 fl.	48 kr.
1	Fünffrethlr.	2 „	20 „
2	Thlr. . . .	3 „	30 „
3	öst. Gulden	3 „	30 „
1	rhein. Guld.	1 „	— „
19	Franken . .	8 „	52 „
30	Stücke . .	30 fl.	— kr.

Außer dieser Lösung sind noch verschiedene andere Combinationen möglich; es sind uns noch richtige Lösungen eingesendet worden von folgenden Herren: J. L. Seyfert in Blieskastel, Gg. Schlotterer in Speyer, Th. Dualor, Student in Speyer, Philipp Wirth, Isaak Haas, David Mayer, Jakob Klop in Ingenheim, Ph. Pfeiffer in Rheinzabern. Wir danken diesen Herrn für ihre Einsendungen und werden bemüht sein, bald vielleicht eine Preisrechnungsaufgabe zu bringen.

Redaction von K. A. Woll, Druck der Jäger'schen Druckerei in Speyer.

Palatina.

Belletristisches Beiblatt zur Pfälzer Zeitung.

Nro. 23. Speyer, Dienstag, den 23. Februar 1869.

Am Ufer des Flusses.

Erzählung, aus den Erinnerungen eines Künstlers mitgetheilt von G. W. Hr.

(Fortsetzung.)

V.

Aber der nächste Morgen brach in Thränen an, das heißt, der Regen fiel in Strömen herab, und Stunde auf Stunde verstrich und noch immer mit gleicher Ausdauer und Beharrlichkeit regnete es. Bei solchem Wetter auszugehen, war mir eine Unmöglichkeit; um mich zu beschäftigen, fing ich an meine Sachen zu packen, nämlich ich zog Alles hervor und warf es auf Bett, Stühle und Kasten durcheinander, setzte mich dann in der Mitte derselben nieder, indem ich zum Trost ein wenig pfiff und über meine verlorenen Hoffnungen brütete. Dann warf ich Alles wieder zusammen und ging hinunter, denn eigentlich war, wie ihr wißt, keine Eile nöthig, und vielleicht sah ich Dulcie noch einmal.

Aber in der That hatte ich nicht die leiseste Hoffnung in Bezug auf einen Abschiedsbesuch.

Ich verbrachte den ganzen Tag mit Rauchen, lungerte im Saal und vor der Thür herum, hörte dem Rauschen des Wasserfalles zu, der von dem nahen Felsen an der jenseitigen Brücke herabfiel.

Endlich gegen fünf Uhr ließ der Regen nach, die Sonne brach unerwartet in vollem Glanze hervor. Nachdem ich entschieden auch das geringste Mittagsbrod abgelehnt, ging ich mit spartanischem Heldenmuthe daran, meinen Vorsatz auszuführen. Ich setzte meinen Hut auf und schritt die Straße hinab, einen schmalen Weg durch den Wald entlang, wo die Vögel mit melodischem Gesang die späten Sonnenstrahlen begrüßten; diesen mit seinen Bäumen und ihrem Schatten verlassend, befand ich mich in der klaren freien Luft des herrlichen Thales.

Kühl, lieblich und ruhig, fast traurig war der Abend; die untergehende Sonne warf goldene Strahlen über das Thal und der Gebirge stattliches Haupt war mit Rosen bekränzt. Die Luft war feucht, von starkem Wohlgeruch erfüllt, die nahen Berge flammten roth auf, wo der Sonne brennender Finger die Haide berührte. Weit unten zur Linken unter dem Felsengestade ließ der Fluß seine endlosen, einförmigen Klagen ertönen, lauter erschallend, wenn er hier und da plötzlich zwischen Felsen durchschoß, die, Schulter an Schulter, grau und ernst, sich über seinem Laufe schlossen.

Außer dem Geräusch des Wassers und dem Blöken der Schafe an dem Abhange über mir, war alles still.

Langsam und immer langsamer wurde mein Schritt, je weiter ich auf dem Wege dahin ging. Dämmerung lagerte sich bereits auf den fernen Bergen und entzog einen nach dem anderen meinen Blicken; der blasse Abendstern zitterte von dem klaren Himmel auf mich herab. Ein jeder Strauch, ein jeder Stein erinnerte mich an Dulcie, und diese himmlischen Tage schienen in der umdüsterten Vergangenheit zu verschwinden.

Ich nahm tief aufseufzend den Hut von der Stirn; da war es endlich, das liebe weißgetünchte Häuschen hoch über der Straße am Abhange des Berges, das Nestchen, welches mein Vöglein barg.

Wie stand das Bild so klar vor mir, das in diesem Augenblicke das kleine dunkle Besuchszimmer darbot, und die vielen glücklichen Plauderabende, die ich dort so oft verlebt! Das Theebrett stand auf dem Tisch, der Kessel, gemüthlich summend in der Nähe des Kamins, dabei sandte das helle Holzfeuer flackernde Strahlen rothen Lichtes in die Dämmerung, eigenwillig hier und dort hin tanzend, und ließ Dulcie's braunes Haar golden erglänzen. Liebliche Dulcie! sie bewegte sich zierlich im weiten, hellen Kleide, welches leise rauschte wie fallende Herbstblätter, dabei vor sich hinsingend, während sie die Tassen zurechtstellte. Ihr Vater blickte mild umher, in seinem Schaukelstuhl ruhend, und das Kätzchen blinzelte schläfrig, allen Bewegungen Dulcie's mit nachdenklichem Ernste folgend. Glückliches Kätzchen! glückliche Tassen! und ich, armer, unglücklicher Mensch! Als ich bis zu diesem Punkte angelangt war, hatte ich auch das Gitter erreicht, die Thür geöffnet, schritt den hügeligen Garten hinan und klopfte an die Hausthüre.

„Ja," erwiderte das Hausmädchen auf meine Frage, „Herr Howe ist zu Hause, aber leider nicht ganz wohl, und Miß Howe ist zu Roberts gegangen, um Eier zu kaufen."

„Auf den Wirthschaftshof auf der andern Seite des Thales, jenseit des Flusses?“ fragte ich.

Das Mädchen antwortete, daß dies der rechte Ort sei, und führte mich in das Wohnzimmer, wo Herr Howe am Kamin saß. Er sah blaß und verstört aus und die Hand, die er mir reichte, zitterte merklich.

„Es thut mir leid, Sie unwohl zu finden, Hr. Howe,“ sagte ich, indem ich mich niedersetzte.

„Ich? ja, ja,“ antwortete er zerstreut, mit der Hand über die Stirn fahrend, indem er beunruhigt um sich her blickte. „Nein; ich bin nicht ganz wohl; o Himmel!“ Er nahm die Feuerzange zur Hand, legte sie aber gleich wieder hin, ohne geschürt zu haben, was er augenscheinlich wieder vergessen hatte. Ich beobachtete ihn schweigend während einiger Augenblicke, und begriff nicht, was dies Alles zu bedeuten habe.

„Ich hoffe von Herzen, daß nichts vorgefallen, was —“ wagte ich theilnehmend zu sagen. Da mich Herr Howe aber nicht unterbrach, so beeilte ich mich, den Zweck meines Besuches zu erklären. Ich hatte reiflich vorher überlegt, wie viel er von der Wahrheit hören solle, und das war eben — nichts. Denn hätte es sein Leben gekostet, er wäre nicht im Stande gewesen, ein Geheimniß zu bewahren. Dulcie aber sollte nicht beunruhigt werden; was ich zu sagen hatte, wollte ich ihr selbst sagen, wenn der rechte Augenblick dazu gekommen war.

„Es sind dringende Geschäfte, die meine Entfernung veranlassen,“ sagte ich zum Schluß; „sehr dringende, sonst würde ich nicht gehen; da dies der Fall, so hoffe ich, Sie werden mir erlauben, mit Ihnen zu correspondiren. Ich werde Sie niemals vergessen, mich immer mit Vorliebe dieser Zeit erinnern, und ewig innig bedauern, daß —“ hier hielt ich inne, wie ein abgelaufenes Uhrwerk; meine Kraft war zu Ende und ich begann mit meinem Stock das Muster des Teppichs nachzumalen.

Als ich nach einiger Zeit voll Verwunderung über Hrn. Howe's langes Schweigen aufsah, waren seine Augen mit trüben und, wie es mir schien, ängstlich fragendem Blicke auf mich geheftet, wodurch mir das Blut in die Wangen schoß. Mir wurde unbehaglich heiß und ich wünschte mich weit fort; auch Herr Howe schien zu fürchten, daß er sich verrathen, er beugte sich zur Katze herab, um sie zu streicheln; dann sagte er: „Ach, ich bedauere es sehr — so sehr, so glücklich, wie wir zusammen waren! Mein Himmel! dringende Geschäfte sagen Sie? Nun, Sie werden es am besten wissen, aber es ist schade, daß Sie gehen, und sehen Sie, Dulcie wird traurig sein — ja, das wird sie.“ Er starrte einen Augenblick wie unbewußt ins Feuer; dann seinen Kopf erhebend, sagte er, indem er mich traurig anblickte: „Ja, sie wird traurig sein.“

„Ich hoffte auf das Vergnügen, Miß Dulcie noch zu sehen,“ bemerkte ich, nach kurzem Schweigen meinen Hut ergreifend und sah zerstreut auf den Namen des Hutmachers. „Aber ich fürchte —“. Plötzlich blickte er auf. „Natürlich sollen Sie Dulcie noch sehen — weßhalb nicht?“ sagte er, mit sichtlicher Anstrengung seine Niedergeschlagenheit überwindend, und mehr in der alten, lebhaften Weise sprechend. „Ich wünsche, daß Sie sie noch sehen, sie wird Ihnen selbst Lebewohl sagen wollen und Ihnen Alles erzählen — Sie können warten bis sie kommt, oder Sie könnten auch“ — er hielt inne, blickte mit sonderbar gedankenvollem Ernst in mein Gesicht. — „Sie könnten ihr auch entgegengehen und mit ihr wieder zurückkehren —.“

„Zum Thee?“ beendete ich entzückt den Satz. „Ich danke Ihnen, Herr Howe, ich werde mit Freuden wieder erscheinen.“ Ich war im nächsten Augenblick zum Hause hinaus und eilte mit Riesenschritten die Straße entlang, durchschritt das Birkengehölz, welches das Thal von dem Flusse schied, die Zweige mit dem Stocke auseinander biegend und blieb endlich einen Augenblick bei dem Felsen stehen, von wo aus der schmale Steg über den Fluß führte, um Athem zu schöpfen und meine Gedanken zu sammeln.

„Hatte Herr Howe mein Geheimniß errathen?“ fragte ich mich nachdenklich.

Es erschien ganz so; aber was zum Teufel meinte er, als er mich so forschend ansah? Ich fühlte von Neuem das Blut in meine Wangen steigen und bereute fast, ihm nicht alles gesagt zu haben. War es möglich, meine plötzliche Abreise unabwendbar zu finden? er konnte doch kaum meine Absicht errathen haben, sonst wäre er wohl nicht so offen gegen mich gewesen. Nein es mußte Mitleid sein; Mitleid bedurfte ich, weiß Gott, denn in fünf Minuten von jetzt ab, fünf kurze Minuten, mußte alles vorüber sein. Dies war die letzte Gelegenheit, mit Dulcie allein zu sprechen; morgen um diese Zeit war ich meilenweit fort, und heute über Jahresfrist hatte Dulcie mich vielleicht längst vergessen, oder es würde ihr gleichgiltig sein, ob ich lebe oder nicht

Mein momentaner Muth war wieder dahin, unbewußt stimmte ich in Hrn. Howe's Ausruf ein: „O Himmel, Himmel!“ Meinen Arm auf einen Fels gestützt, starrte ich hinab in die sich kräuselnden Wellen des Wassers und dachte, ob sie wohl morgen eben so fröhlich plätschern und über die Steine hüpfen würden, wenn ich mich heut hineinstürzte? Mit bitterem Lächeln über meine sonderbaren Gedanken überschritt ich den kleinen Steg, erklomm das jenseitige steile Ufer und hatte kaum die Höhe erreicht, als den moosigen, laubbestreuten Weg eine kleine, mir wohlbekannte Gestalt den Strohhut mit rothen Beeren und gelben Blättern verziert, heraufgeschritten kam.

„Herr West,“ rief Dulcie, in dem Zwielicht forschend nach mir herübersehend, „sind Sie es, Herr West?“

„Ja, liebe Miß Dulcie, ich bin es. Ihr Papa hat mich Ihnen entgegengeschickt.“

(Schluß folgt.)

Thierleben in der Tiefe des Meeres.

Einen interessanten Beitrag zur Kenntniß des Thierlebens in der Tiefe des Meeres haben in neuester Zeit M. und G. O. Sars Vater und Sohn in Christiania in den Verhandlungen der wissenschaftlichen Gesellschaft daselbst bekannt gemacht.

Das bei der Austernfischerei gebräuchliche Schleppnetz, ein sackförmiges Netz an eisernem, viereckigem Rahmen, das über den Meeresgrund hingeschleift wird und die Thiere, die es trifft, nebst Schlamm, Sand u. s. w. aufnimmt, und das den reichsten Aufschluß über das Vorkommen von Thieren in mäßigen Tiefen gegeben hat, war für Tiefen von mehr als 200 Faden à 6 Fuß kaum noch zu benützen. Das Gewicht, das nöthig war, um es bei Strömungen bis auf den Grund gelangen zu lassen, setzte dem Aufwinden aus größeren Tiefen schwere Hindernisse entgegen. Für größere Tiefen hatte man daher das Tiefloth von Brooke benützt, das durch einen eigenen Mechanismus beim Aufstoßen auf den Grund in einer kleinen, mit Talg beschmierten Vertiefung eine geringe Probe des Meeresgrundes mit heraufbrachte. Hiedurch konnten aber freilich nur sehr kleine Geschöpfe heraufgeholt und daher unsere Kenntniß über das Leben in der Tiefe nur in einzelnen Beziehungen vermehrt werden; oft brachte es gar nichts, oft nur todte Thierreste, bei denen es zweifelhaft bleiben mußte, ob die Thiere dort gelebt oder erst nach ihrem Tode so tief hinabgesunken seien. G. O. Sars, der Sohn, hat nun ein leichteres Schleppnetz construirt, immer noch schwer genug, um das Herabsinken bis in den Grund zu sichern, und dasselbe an der norwegischen Küste für Tiefen von 2 - 300 Faden, in einzelnen Fällen bis 450 Faden, benützt.

Aus solchen Tiefen waren bis jetzt in Norwegen, dem in dieser Beziehung neben England bestuntersuchten Lande, nur 92 Thierarten bekannt. Die beiden Sars haben diese Zahl durch ihre neuen Untersuchungen auf 427 erhöht, nämlich: 68 Rhizopoden, (Polythalamier), 5 Schwämme, 22 Korallen und ähnliche Thiere, 86 Seesterne, Seeigel und Holothurien, 57 Würmer, 35 Moosthiere (Bryozoen), 4 Ascidien, 4 Terebrateln und verwandte, 37 Muscheln, 50 Schnecken, 1 den Spinnen verwandtes Thier, Nymphon und 105 krebsartige Thiere. Unter den korallenartigen sind die mit den frei schwimmenden Quallen im Verhältnisse des Generationswechsels stehenden sogenannten Hydroidpolypen (Hydromedusen) weit schwächer — nur durch 2 Arten — vertreten, als die achtstrahligen „Seebäume" der Norweger (9), die eigentlichen vielstrahligen Kalkkorallen (4) und die ihnen verwandten weichhäutigen Actinien (7 Arten.)

Eine ziemliche Anzahl dieser Thiere hat eine weite verticale Verbreitung von nahezu der Meeresoberfläche bis in jene Tiefen, andere sind der Tiefe eigenthümlich, so namentlich die ebengenannten Seebäume (Alcyonium arboreum oder Paragorgia und dgl.), große Seefedern (Funiculina), Rabenschnäpler, größere Seesterne (Brisinga) und See-Igel, eine Terebratel, eine große Feilenmuschel (Lima excavata) und eine nicht unbedeutende Anzahl niedriger Krebsthiere. Im Allgemeinen kann man annehmen, daß diese der Tiefe eigenthümliche Thierwelt sich aufwärts bis etwa 100 Faden erstreckt.

Die Anzahl und Mannichfaltigkeit der Formen in den genannten Tiefen ist demnach weit größer, als man bis jetzt geglaubt hat, und es ist umsoweniger daran zu denken, daß wir in dieser Tiefe schon der Grenze des thierischen Lebens nahe seien, wie man früher aus unvollständigen Beobachtungen gefolgert, als in noch weit größeren Tiefen, 1200 bis 1400 Faden, von Wallich und Torell Thiere der verschiedensten Classen, Echinodermen, Würmer, Mollusken und Gliederthiere aufgefunden worden sind.

Noch einen anderen Irrthum berichtigten die Untersuchungen der Herren Sars. Früher hatte man nämlich angenommen, und war durch einzelne Beobachtungen auch dazu veranlaßt, daß in solcher Tiefe die Thiere nur blaß, meist weißlich gefärbt seien, und daß keine lebhaften Farben an ihnen vorkommen können, da das Licht nicht so tief eindringe. Sars führt nun mehrere Beispiele von Seesternen, Würmern und Muscheln aus einer Tiefe von 300 Faden auf, welche theils lebhaft roth, theils lebhaft kastanienbraun gefärbt sind, ganz ebenso wie die höher lebenden Individuen derselben Art. Auch andere Farben, wie Gelb, Olivengrün und Violett fehlen nicht gänzlich, doch sind Weiß und Röthlich weitaus die herrschenden Farben, und es finden sich keine so vielfarbigen Thiere, wie weiter oben in der Region der Laminarien, welche die Grenze der tiefsten Ebbe bezeichnet.

Oersted hat einst, hauptsächlich von den Tangen ausgehend, die Theorie aufgestellt, daß die Farbe der Meerthiere und Meerpflanzen mit deren Vertheilung nach der Tiefe eng und direct zusammenhänge; es sollten hienach auf der Oberfläche des offenen Meeres blaue oder violette, zunächst dem Strand grüne, dann tiefer braune und olivengelbe, noch tiefer rothe und endlich nur noch blasse, weißlich gefärbte Thiere und Pflanzen vorkommen. In dieser Ausschließlichkeit hat sich aber diese Annahme nicht bewährt, wie schon daraus hervorgeht, daß es bunt gefärbte Seethiere gibt, und daß öfters grüne Algen auf rothen aufsitzen; aber im Großen und Allgemeinen ist etwas Wahres an jener Reihenfolge, wie gerade auch diese neuen Beobachtungen der beiden Sars beweisen. Dieselben heben endlich noch die interessante Thatsache hervor, daß, obwohl Bouguer und Lambert aus ihren physikalischen Versuchen gefolgert haben, daß das von oben kommende Licht schon in einer Meerestiefe von 120 Faden durch Absorption vernichtet sei, doch noch in 300, ja 450 Faden Tiefe manche Thiere mit vollständig ausgebildeten Augen leben, daß also dort höchst wahrscheinlich nicht absolute Finsterniß herrsche.

Miscellen.

* Speyer, 23. Febr. Zum ersten Male in der Pfalz wurde gestern das Preis-Lustspiel unseres Landsmannes Schwarz: „Schach dem König“ auf dem hiesigen Stadttheater unter Leitung des Direktors Kramer zur Aufführung gebracht. Das Haus war überfüllt, alle verfügbaren Plätze waren vergeben und viele Bewohner hiesiger Stadt mußten auf den Theater-Abend verzichten, weil sie nicht rechtzeitig für Billete gesorgt hatten. Auch unsere Nachbarstadt Mannheim, sowie andere Orte hatten Besucher gesandt. Wir setzen den Inhalt des Stückes bei unseren Lesern als bekannt voraus, da wir bereits zur Zeit der Aufführungen in Wien längere Berichte und Kritiken darüber gebracht haben und beschränken uns daher auf wenige Worte.

Der Erfolg des Lustspiels auf hiesiger Bühne kann als ein recht günstiger bezeichnet werden. Bei vielen Besuchern hatte sich durch die Kritiken in Frankfurter und Münchener Blättern über die beiden ersten Akte im Voraus die Meinung festgesetzt, daß dieselben zu breit angelegt seien und daher nicht die rechte Wirkung hervorbrächten; das Publikum brachte daher diesen beiden Akten eine etwas kühle Stimmung entgegen, die sich erhielt bis zum dritten Akte, welcher, sowie der vierte, mit lebhaftem Beifall aufgenommen wurde. Zum Schluß wurde der Dichter gerufen, der jedoch nicht anwesend war.

Sämmtliche Darsteller hatten das Ihrige gethan, um den Anforderungen des Stückes gerecht zu werden, insbesondere verdient Fräulein Steinmayer als Harriet alles Lob. Ihre Sprache, ihr vortreffliches Spiel, besonders in der Scene, in welcher sie den König zum Rauchen bringt, ließen nichts zu wünschen übrig und zeigten sie als fleißige, strebsame Künstlerin. Herr Oppenheim als König Jakob, Herr Marrder als Lord Hay, Herr Kramer als Schiffsbauder, Frau Kramer als Isabella und Frau Zimmann-Müller als Herzogin von Lennox waren ihren Rollen ebenfalls recht gut gewachsen.

Noch besondere Anerkennung verdient Herr Kramer, daß er zur Beschaffung guter Costüme Sorge getragen, dieselben waren entsprechend reich und gut gewählt. Nur etwas wirkte zuweilen störend und den Lauf des Stückes hemmend, nämlich die Pausen in jedem der drei ersten Akte, welche ein Interimsvorhang dem harrenden Publikum auferlegte; vielleicht waren diese Pausen durch den bei einigen Darstellern vorkommenden Costümwechsel bedingt. Im Ganzen kann man sagen, daß das Stück recht gut zur Darstellung gebracht und besonders in den zwei letzten Akten beifällig aufgenommen wurde. Dr. Schwarz hat damit den Beweis geliefert, daß er zu einem Lustspieldichter das Zeug hat; jedenfalls hat die Bühne von seinem großen Talent und seinem regen Schaffen noch manche werthvolle Gabe zu erwarten. Wir Pfälzer aber wollen stolz sein, daß unsere Provinz, welcher mit Recht oder Unrecht der Vorwurf allzu materiellen Strebens und einer gewissen Scheu vor dem Parnaß gemacht wird, einen Dichter hervorgebracht hat, dessen Namen in allen literarischen Kreisen Deutschlands mit Achtung genannt wird.

München, 19. Febr. Auf Anregung des kgl. Hoftheater-Intendanten Freiherrn v. Perfall haben sich alle bedeutenderen Bühnen Deutschlands durch Geldbeiträge an einer Sammlung zur Errichtung eines Denkmals für die verstorbene Schauspielerin Sophie Schröder betheiligt. Das Denkmal, welches auf dem südlichen Friedhof zur Aufführung kommen soll, wird etwas über 9 Fuß hoch werden und aus einem schlanken vierkantigen Marmorsockel bestehen, welcher die überlebensgroße Büste der Künstlerin trägt, und dessen Vorderseite außer den Widmungsworten die Embleme der tragischen Kunst zeigt. Der Ausführung des Denkmals hat sich Professor Zumbusch unterzogen.

Berlin, 18. Febr. In der „Voss. Ztg.“ lesen wir: „Ein mysteriöser Vorfall erregt gegenwärtig in verschiedenen Kreisen Sensation. Der Dr. juris Franz Lemm, in Berlin Königgrätzer Straße wohnhaft, Besitzer einer ausgezeichneten Sammlung altspanischer Gemälde, Mitglied verschiedener gelehrter Gesellschaften und wohl bekannt in den weitesten Kreisen durch seine ausgedehnten Reisen, ein eben so liebenswürdiger wie fein gebildeter Mann von 32 Jahren, beabsichtigte im Sommer vorigen Jahres in Kopenhagen die schöne Gemäldesammlung des ihm von Berlin aus bekannten russischen Gesandten Baron v. Mohrenheim zu studiren. Am 8. August, Abends gegen 10 Uhr (eine Stunde vor der Abfahrt des Dampfbootes nach Kopenhagen), ist Herr Lemm, wie fest steht, noch in Kiel gesehen worden. Von da ab verschwindet jede sichere Spur. An Selbstmord ist nicht zu denken, eben so wenig an Ableben in einem Gasthofe oder Hospitale, wo kein Paß, keine Brieftasche, sowie mit Adresse versehene, im Koffer befindliche Reisehandbücher über seine Personalien Auskunft gegeben haben würden, es drängt sich vielmehr der Verdacht auf, daß der in guten Verhältnissen lebende, mit bedeutenden Geldmitteln versehene Reisende beraubt und ermordet worden ist. Jede Aufklärung würde von seinen zahlreichen Freunden willkommen geheißen. Die Herren Dr. Pohlke, Ritterstraße 105, und Assessor Friedel, Dorotheenstraße 62, sind zur Annahme von Briefen und sonstigen Benachrichtigungen bereit.“

Hamburger Blätter erzählen nachstehende tragikomische Geschichte: „Am Faschingsdienstage hielt in St. Pauli ein Club eine Privat-Maskerade ab, und hatten sich zu derselben zwei Theilnehmer, der eine in der Bismarck-, der andere in der Beust-Maske, eingefunden. Beide geriethen, von Anderen gehänselt, in einen Streit, der Anfangs ein politisches Gepräge trug, später aber in Thätlichkeiten ausartete, die in Messerstichen ihren Gipfel erreichten. Der Pseudo-Bismarck unterlag auf dem Kampfplatze und mußte später von einem herbeigerufenen Wundarzte verbunden werden; er hatte mehrere nicht unerhebliche Verletzungen davongetragen.“

Dr. Edmund Weiß, einer der Mitglieder der österreichischen Expedition zu Beobachtung der totalen Sonnenfinsterniß vom 18. August 1868, hat in diesen Tagen einen Bericht veröffentlicht, an dessen Schluß es heißt: Faßt man die Resultate zusammen, welche die vorjährige Sonnenfinsterniß geliefert, so sieht man, daß die Astronomen in Bezug auf die Wichtigkeit derselben zur Erforschung der physischen Beschaffenheit unseres Centralkörpers sich nicht getäuscht, und daß die Untersuchungen, die unmittelbar während der Finsterniß angestellt oder mittelbar durch sie angeregt wurden, uns in der That, wenn auch vorerst nur in allgemeinen Zügen, ein Bild von der Constitution verschafften. Es ist das folgende: Der Sonnenkörper selbst ist eine ungeheure feurige Kugel, welche von einer rothleuchtenden, glühenden Gasschicht rings umgeben ist. Diese Gasschicht wird uns beim Anfang und Ende der Totalität kreisförmig als rother Saum um den Sonnenrand sichtbar und kann durch lokale Ursache an einzelnen Orten weit über das gewöhnliche Niveau gehoben werden. Derartige Vorgänge geben Anlaß zu jenen Erscheinungen, die wir als Protuberanzen bezeichnen. Die rothe Gasschicht endlich wird von der eigentlichen, weit ausgedehnten Sonnen-Atmosphäre eingehüllt, welche bei totalen Finsternissen als Corona auftritt. Durch den neuen Schritt vorwärts, den wir mit diesen Ergebnissen in der Erkenntniß der Natur unseres Sonnenkörpers gethan, wurde ein sicheres Fundament errungen, auf welches künftige Forschungen aufgebaut werden können.

* Räthsel.

Sicher ist's, daß viele Leute
Von der Noth, die ich bedeute,
In der weiten Fern' befreite,
Was ein Zeichen aus mir macht,
Das Du vorne angebracht.

Redaction von K. L. Wall. Druck der Jäger'schen Druckerei in Speyer.

Palatina.

Belletristisches Beiblatt zur Pfälzer Zeitung.

Nro. 24. Speyer, Donnerstag, den 25. Februar 1869.

Am Ufer des Flusses.

Erzählung, aus den Erinnerungen eines Künstlers mitgetheilt von Ed. M. Pr.

(Schluß.)

Dulcie nickte ein wenig mit dem Kopfe, als sei sie damit einverstanden. Nachdem ich ihr aber zum Gruß die Hand gereicht und sie von ihrem Korbe befreit hatte, da sah ich auf ihrem kindlichen Gesicht einen ähnlich trüben Ausdruck wie auf dem ihres Vaters. Sollte Hrn. Hawe's Uebelbefinden doch von einer ernstlichen Sorge herrühren und nicht, wie ich geglaubt, von einer seiner Grillen? „Es thut mir leid," sagte ich, Ihren Vater so unwohl zu finden; er schien auch in Sorge um etwas zu sein und sagte mir, Sie würden mir alles darüber mittheilen."

„So? sagte er Ihnen nicht selbst, was es ist?" fragte Dulcie aufblickend.

„Nicht ein Wort," erwiderte ich; „es ist doch nichts Schlimmes?"

„O ja, es ist schlimm," antwortete sie kummervoll; „aber es hätte noch schlimmer, weit schlimmer sein können."

„So ist es doch kein Schmerz, der einen Todesfall — oder eine Trennung anlangt, was wohl fast eben so schlimm wäre, liebe Dulcie, nicht wahr?"

„Tod — Trennung!" wiederholte diese erschrocken und tief aufseufzend und selbst bei dem Dämmerlicht konnte ich bemerken, wie blaß sie geworden.

„Ich wollte Sie nicht erschrecken, mein liebes Kind," rief ich, meine Worte bereuend. „Ich wollte Ihnen nur sagen, was ich auch so eben Ihrem Vater mitgetheilt, daß ich nämlich gegen meinen Willen gezwungen bin, von hier fortzugehen — Wales zu verlassen und zwar schon morgen. Ich war daher bei Ihrem Vater, um Ihnen und ihm Lebewohl zu sagen. — Lebewohl, vielleicht für immer!"

Ich hielt inne, räusperte mich, und fuhr dann langsamer fort: „Ich werde regelmäßig mit Ihrem Vater correspondiren, wenn er es mir erlaubt, sollten auch Jahre vergehen, ehe wir uns wieder sehen. Und für Sie, Dulcie, werde ich beten und über Ihnen wachen; meine Gedanken werden Sie immer umgeben, mag auch die Entfernung noch so groß sein, die uns trennt. Könnte ich bleiben, wäre es ehrenhaft zu bleiben, der Himmel weiß, daß ich es thun würde, aber ich —"

Hier stockte ich und hielt es für besser, nicht weiter zu sprechen.

Wir hatten gerade die Spitze des Hügels erreicht, als ich zu sprechen begann. Dulcie hatte ihren Fuß auf die letzte Felsenstufe gesetzt und sah zu mir auf, während der Mond voll in ihr Gesicht schien. Bei seinem Schein sah ich, während ich sprach, wie nach und nach jede Spur von Farbe aus ihrem Gesichte wich; selbst die frischen kindlichen Lippen wurden bleich und öffneten sich zweimal, ehe Worte hervordrangen.

Mit Augen, in denen sich Schreck und Sorge spiegelten, und hochfliegendem Athem betrachtete sie mich eine Weile schweigend, ehe sie sprach.

„Herr West," fragte sie zaghaft mit leise zitternder Stimme, „o, was ist geschehen, weshalb müssen Sie fort?" und legte dabei ihre zitternde Hand auf meinen Arm.

Ich erfaßte dieselbe und überschüttete sie mit Küssen, sie fest an meine Lippen pressend, damit die unberufenen Worte nicht hervor drangen. Dennoch ließen sie sich nicht zurückhalten, ich war nur ein schwacher Mensch.

„Weil — weil ich Sie liebe!" stieß ich hervor; da nun aber der Rubikon überstiegen war, so fuhr ich lebhaft fort: „Weil ich bis gestern, wo wir uns am Gitterthor trennten, hoffte, daß der Moment nahe sei, wo ich Sie, meine geliebte Dulcie, um Ihre Hand würde bitten können. — Diese Hoffnung ist mir aber durch unvorhergesehene unglückliche Verhältnisse fast gänzlich genommen. Bleibe ich nun hier, ohne Sie mein zu nennen und Sie zu sehen wie bisher, so verliere ich den Verstand. Das ist der Grund."

Bei dieser kurz gedrängten Aufzählung der Verhältnisse beglückte mich Dulcie mit einem erschrockenen Seitenblick aus ein paar scheuen blauen Augen, antwortete aber nicht. Sie hielt wohl dies auf meine Bemerkungen nicht für nöthig.

Ich reichte ihr die Hand, um ihr beim Herabsteigen behilflich zu sein, und sie hatte sich bereits zum Gehen gewendet, als sie plötzlich wieder zurückkehrte und ihre Augen mit ganz ungewohntem Ausdruck, mit erschrocken fragendem Blick, auf den meinigen ruhen ließ, bis ihr ein neuer Gedanke zu kommen schien.

„Gestern," sagte sie, „bekamen Sie schlechte Nachrichten, nachdem Sie uns verlassen hatten?"

„Nun ja," erwiderte ich; „ich erfuhr gestern, daß Jemand, von dessen Hülfe und Einfluß mein Lebensglück abzuhängen schien, mir keinen Einfluß und Hilfe nicht mehr angedeihen lassen kann. Wenn dies nun schlechte Nachrichten zu nennen sind?" . . .

„O, ganz schrecklich! gewiß," sagte Dulcie ernst, ihre Hand nach den Eiern ausstreckend, die ich bis dahin, seit sie mir übergeben worden, beständig in gefährlicher Weise hin und her gerüttelt hatte. „Ich vermuthe, er hat —"

„Mit seinem Gelde speculirt und alles verloren," fiel ich in ärgerlichem Tone ein; „den Rest, den er in einem so blühenden Compagniegeschäft angelegt, wie nur je eines —"

„O, weh!" schrie Dulcie erschrocken auf, so daß ich glaubte, sie würde fallen. Doch sie fiel nicht, sondern wandte sich still zum Weitergehen, den Eierkorb immer in der Hand, — glitt aber beim Herabsteigen des Berges fortwährend hin und her, ohne auf meine Hilfe zu warten. Diese wurde ihr jedoch zu Theil, sie mochte wollen oder nicht, denn ich nahm sie in die Arme, Eierkorb und alles zusammen, trotz aller Einwendungen von ihrer Seite, und ließ sie nicht eher wieder frei, als bis wir das Ende des Waldes erreicht. Und auch dann erst, nachdem ich sie einen Augenblick mit Innigkeit an's Herz gedrückt und geküßt hatte. Hierauf ließ ich sie rasch gehen und da ich eine Art Schwäche fühlte, lehnte ich mich gegen einen Baum und bedeckte mein Gesicht mit beiden Händen.

Dulcie stand still vor mir, mit abgewandtem Gesicht und betrachtete gedankenvoll den Fluß, der trotz Steinen und sonstigen Hemmnissen unruhig mit hellem Getön davon eilte. Der Mond schaute durch die Buchen über uns hindurch und versilberte die leicht sich brechenden Wellen.

„Also hat Papa Ihnen gar nichts gesagt?" fragte sie endlich mit leiser Stimme, während ihr Fuß im Kiese spielte.

„Gar nichts," erwiderte ich; aber wovon?"

Alles war still um uns her, nur der Fluß ließ seine helle Stimme ertönen und der Wind seufzte leise dazu.

„Ich denke, Sie wissen," sprach sie endlich mit noch immer abgewandtem Gesicht und emsig mit dem Fuß im Kiese spielend, „daß Papa ein kleines Kapital besaß, welches er in einem Compagniegeschäft angelegt hatte?"

„Ich fuhr erschrocken auf und sah sie an; wie unbegreiflich dumm war ich gewesen — daß der Gedanke, der mich soeben mit Blitzesschnelle erfaßte, mir nicht eher gekommen war. Gewiß wäre das auch der Fall gewesen, wenn ich nicht, als ich Onkel Ambrose's Brief erhielt, oder wenigstens als ich mich über Hrn. Howe's Zerstreutheit und Sonderbarkeit wunderte, oder auch vor zehn Minuten, als ich überlegend an der Brücke stand, wenn ich nicht diese ganze Zeit über zu egoistisch, zu sehr mit meinem eigenen Kummer beschäftigt gewesen wäre, um über etwas Anderes nachzudenken.

„Ja, das wußte ich," antwortete ich und hielt den Athem an, um zu hören, was sie sprach.

Plätschere nur weiter, du kleiner lustiger Fluß, in dem silbernen Mondschein, kräuselnd und frohl plätschere weiter, lustig Dulcie's Fuß bespülend, der noch rastlos im Kiese deines Ufers spielt. Doch horch — was sagt sie?

„Es ist alles dahin," sagte sie ruhig; „wir besitzen nichts mehr; es muß dieselbe Gesellschaft sein, von der Sie so eben sprachen. Sie bekamen die Nachricht gestern Abend und Papa erst heut mit der Morgenpost; so sind wir Leidensgefährten, Herr West. Ich bat Papa, nicht mit Ihnen darüber zu sprechen, sondern wollte dies selbst thun, damit er sich nicht noch mehr damit beschäftige, als ohnehin schon der Fall ist. Er empfindet es sehr schmerzlich, aber in seiner uneigennützigen Weise nicht um seinet-, sondern um meinetwillen. Er ist nicht gewöhnt, anhaltend zu arbeiten; der geliebte Papa ist auch nicht kräftig genug dazu, und so weiß ich nicht, wovon wir leben werden. — Daß ich ihn verließe, um Erzieherin zu werden, würde er nicht ertragen. Es bekümmert ihn besonders, wie er sagt, daß, wenn ihm jetzt etwas zustößt, ich nichts besitze und auch Niemand hätte, der für mich sorgen könnte."

Mein Gott! Welch ein Hüpfen, Rieseln, Rauschen und Plätschern ließ der Fluß ertönen. — Wie triumphirend erzählte er den Felsen und Bäumen die Geheimnisse, die er hörte, und lachte und tanzte weiter, wie noch nie ein Fluß gethan.

Ich ließ die Hände herabfallen, die verzweifelte Nothwendigkeit, mein Gesicht zu verbergen, war vorüber. Ich war im höchsten Erstaunen über das Gehörte und setzte mich verwirrt, wie ich war, auf das Ufer des Flusses und versuchte das Gehörte zu verstehen und mir klar zu machen.

Und Dulcie — was that sie? Sie lachte über mein erschrockenes Gesicht, setzte auf dem Kiese nieder — und rutschte bis zu mir heran. Plötzlich fühlte ich einen kleinen Arm sich um meinen Hals legen und zwei warme Lippen um mein Ohr und die Stimme, die für mich die lieblichste Musik auf Erden ist, flüsterte mir zu: „Bleibe hier ich bitte Dich, John."

Und ich blieb, und Dulcie ward meine Gattin, und wir sind Alle glücklich und wetteifern an Thatkraft, um unser Leben anständig durchzuschlagen.

Ein neuer Sectirer.

Im Laufe der vorigen Woche kommt zu dem Wirth des „Kaisergartens", einem bekannten Bier-Lokale in der alten Jakobsstraße zu Berlin, ein Männchen mit vollem Haupt- und Barthaar, dessen halbverschleierter Blick in seltsamer Verzückung ergänzt.

„Guten Tag!" sagte er; „Sie kennen mir wohl nicht? Ich bin Miricke, Schneider und „wahrer Bruder," und wir müssen Alle einig werden!"

„Schön!“ erwiderte der Wirth; „August, stechen Sie mal ein frisches Faß an.“

„Sie verstehen mir natürlich nicht,“ fährt Miricke fort, „aber wir brauchen keinen Gott, und die Tyrannei muß nieder und den Jesus tragen wir Alle in uns, und Brüder müssen wir auch werden.“

„Aha!“ meint der Wirth: „August! der Herr hier kriegt ein Seidel.“

„Und wenn alle Leute so dächten wie ich, denn hätten wir keinen Krieg nicht mehr; aber Sie verstehen mir man nicht, und ich werde die Welt schon helfen!“

— „Sie? August! eine Flöte ist auch genug.“

„Ja, ich, und um die Menschen auf die Beine zu bringen, werde ich am nächsten Montag einen religiösen Vortrag in Ihrem Saal halten.“

„Religiösen Vortrag? In meinem Saal? Sie? Sagen Sie mal, haben Sie denn auch Geld? Denn ganz umsonst kann ich doch meinen Saal nicht geben; bei religiösen Vorträgen wird nichts getrunken, wie das bei den andern Versammlungen Mode ist.“

„Sie verstehen mir man blos nicht. Natürlich wird getrunken, sehr wird getrunken, alle „wahren Brüder“ trinken Bairisch Bier, und Brüder müssen wir Alle werden.“

„Na“ — denkt der Wirth — „was kann da sein! Sehen wir uns den Spaß mit an.“ Und bald ist bei einem frischen Seidel das Geschäft endgiltig abgeschlossen. — —

Der Montag rückt heran. Miricke fühlt, daß, trotzdem die große Idee der neuen Religion, als deren Apostel er begnadigt ist, sein ganzes Ich erfüllt, ihm doch die Gottesgaben des freien Wortes, der lieblichen Redewendungen, des vollen Organs nicht so zu Gebote stehen, wie er wohl wünscht und wie es für den Volksredner unerläßlich ist. Hätte er wenigstens einen, wenn auch heiseren, so doch rauhen, knarrenden Bierbaß im Leibe! Aber nein, nur eine erbärmliche piepsige Stimme ist ihm von der Natur verliehen. Doch hat er einen Freund und „wahren Bruder“, den „langen Dietrich“, eine herkulische Gestalt mit einem Organ, das von allen schwachnervigen Mitgliedern seines Bezirksvereines gefürchtet wird. Zu diesem eilt er, bittet um Assistenz und findet zu seiner Freude bereitwilliges Gehör. Des langen Dietrich Ehegespons will zwar nicht, daß ihr Mann das Haus verlasse, sie weiß aus Erfahrung, daß er Montags nur nach eingehendem Studium des Darwin'schen Artensystems und in einem an Professor Karl Vogt's Menschenursprung stark erinnernden Zustand heimkehrt; aber was hilft's! Die „wahre Bruderschaft“ ruft, und bereits um 4 Uhr Nachmittags verläßt Dietrich seine Penaten, um sich zu „stärken“.

Gleich nach sechs Uhr erscheint „Bruder“ Miricke im Kaisergarten, um ja nichts zu versäumen. Viertelstunde auf Viertelstunde verrinnen, allein kein Mensch läßt sich im Saal blicken, so daß Bruder Miricke bereits an der Wirksamkeit der Zeitungs-Inserate zu zweifeln beginnt. Doch Gott läßt den Gerechten nimmer zu Schanden werden. Kaum hat der Regulator neben dem Billard die achte Stunde gezeigt, so beginnt eine wahre Völkerwanderung nach der Jakobsstraße, und herein stürmen in den Saal die jungen und alten Männlein und Fräulein, die Jungen im Uebermuth, die Alten mit einer bedenklichen Anlage zur Frömmelei. Solche Fülle ist in diesen Räumen noch nie gesehen worden.

„Anfangen! anfangen!“ ertönt es aus den dichtgedrängten Reihen, und klopfenden Herzens besteigt Bruder Miricke die Tribüne, von der sonst abwechselnd die Lehren der Selbsthilfe und die Rhythmen des Walzers erklingen; noch einmal schweift sein Auge nach der Eingangsthür, ob es den langen Dietrich, den geliebten Bruder, das theure Stimmorgan nicht erspähe; dann beginnt er seinen Vortrag. Aber nur Wenigen, die in unmittelbarster Nähe des Redners stehen, ist es vergönnt, der hehren Weisheit zu lauschen: „Ich will das neue Gesetz der Religion aufrichten,“ erzählt Bruder Miricke in ungemüthlichem Tone, „denn einen Gott brauchen wir nicht, der ist überflüssig, da jeder Mensch mit Jesu im Leibe geboren wird, und den Krieg brauchen wir nicht, und die Tyrannei muß „verdrückt“ werden, und alle Menschen müssen wahre Brüder werden und die Frauensleute auch.“ — „Ja,“ ruft Bruder Miricke mit Pathos, „Sie verstehen mir man blos nicht, aber wir müssen unsere Lage verbessern, und da wir Alle an einen König glauben, so müssen wir Alle wahre Brüder werden!“

Eine solche Introduction genügt natürlich nicht. Unser politisch reifes Volk weiß, daß das erste Requisit einer öffentlichen Versammlung die Präsidentenglocke ist. Das wußte auch Herr Daubitz, als er, noch ehe er den ersten Groschen für die Inserate zu Miethssteuer-Versammlungen anlegte, eine mächtige Glocke, groß genug, um als Wirthschaftsglocke auf einem englischen Feudalsitz zu dienen, acquirirte, und einen „Kastellan“ dazu. Sothane Miethssteuerglocke, so geht die Sage, hängt jetzt inmitten eines Lorbeer- und Cypressenkranzes über einem redactionellen Arbeitstische.

Im Nu ist die Glocke des Kaisergartenwirthes herbeigeschafft; mit ihr zugleich erscheint auch der lange Dietrich; aber, hilf Himmel! in welchem Zustande! Alle Arten gebrannten Wassers hat er seiner Prüfung unterzogen und fühlt sich jetzt gerade genug erleuchtet, um das Sprachrohr Bruder Miricke's in Scene zu setzen. Ein-, zweimal setzt er an, um auf die Tribüne zu gelangen, dann plötzlich liegt er der Länge nach auf derselben, rafft sich jedoch wieder auf und widerlegt nun in einem glänzenden Plaidoyer, das sich durch übergroßen Reichthum an Worten und unarticulirten Lauten, sowie durch absoluten Mangel an Gedanken auszeichnet, die Angriffe eines der anwesenden Sieger von Königgrätz, der dem Bruder Miricke die Zurechnungsfähigkeit bestreitet. Tableau! Wunder! Die Versammlung constituirt sich nun, wählt den erleuchteten Dietrich zum ersten, einen wegen seiner drolligen Einfälle bekannten Kneipier zum zweiten Vorsitzenden, und dann „fliegt“ nun von allen Seiten eine Fluth von

Interpellationen auf den unglücklichen Miricke los: Ob er für den Pastor Knak oder für den Sprecher Schäfer sei; ob er für eine neue Kirche sammeln wolle; ob die allgemeine Brüderschaft auf's Arbeiten angewiesen sei; ob er schon den Professor Frerichs consultirt habe u. s. w. Ruhig, wie ein Fels in tobender Brandung, steht Bruder Miricke in dem allgemeinen Tumult; auf seinem Antlitz thront ein nicht zu verwischendes stupides Lächeln, seine einzigen Worte zur Abwehr sind: „Sie verstehen mir ja doch nicht!" und „Wir müssen Alle wahre Brüder werden!" Präsident Dietrich ist in süßen Schlummer versunken, und jedesmal, wenn ihn die Glocke aufschreckt, brüllt er: noch einen Gilka oder Nordhäuser. Ein in einer Ecke des Saales postirter Photograph benutzt die Gelegenheit, mit seinem „Apparat" das Bild zu fixiren und die erste Taufe der neuen Religionssecte zu symbolisiren, was unter schallendem Gelächter gelingt.

Doch wie jedes Ding ein Ende haben muß, so auch diese erbauliche Versammlung. Ein gelehrter Mann, als Anhänger der „allgemeinen wahren Bruderschaft" bezüchtigt, besteigt die Tribüne, erzählt vom Kosmos, vom Humboldt, vom allgemeinen Menschenrecht, und macht schließlich darauf aufmerksam, daß es Zeit sei, nach Hause zu gehen, welcher Vorschlag von den anwesenden Damen aufs Kräftigste unterstützt wird.

Bruder Miricke aber wird nicht aufhören, Proselyten zu machen für die wahre Bruderschaft, „wenn Sie mir auch nicht verstehn."

Miscellen.

Nach einer „systematischen Uebersicht der literarischen Erzeugnisse des deutschen Buchhandels im Jahre 1868" beträgt die Summe derselben 10,563, also 708 mehr als im Vorjahre 1867, wo man nur 9855 Bücher und Karten verzeichnete. Die Zahl ist fast in allen Fächern bemerklich; eine auffällige Abnahme zeigt sich in den altclassischen und orientalischen Sprachen, der Mythologie, der Forst- und Jagdwissenschaft, der Bergbau- und Hüttenkunde, in der slavischen und ungarischen Literatur und in den vermischten Schriften. Das stärkste Plus weist auf die „Schöne Literatur" mit 1358 Werken, gegen 1182 im Jahre 1867; nächst dem die Handelswissenschaft und Gewerbkunde mit 425, gegen 310, und die Theologie mit 1410 gegen 1365 Werke. Die durch ihre werthvollen und kostbaren Verlagsunternehmungen auf dem Gebiete der Bibelliteratur wohlbekannte Bibelanstalt der J. G. Cotta'schen Buchhandlung in Stuttgart und München ist vom 1. Januar d. J. an durch Kauf an die Firma F. A. Brockhaus in Leipzig übergegangen. Die Werke, welche in Folge dessen mit dem Verlage dieser Firma vereinigt worden sind, umfassen vor Allem die schönen Ausgaben der Bibel mit Holzschnitten nach Originalzeichnungen der vorzüglichsten Künstler Deutschlands, wie Jäger, Overbeck, L. Richter, Steinle, Strähuber, Veit rc. und namentlich J. Schnorr v. Carolsfeld. Diese illustrirte Bibel ist nicht zu verwechseln mit der sogenannten „Bibel in Bildern", von Schnorr v. Carolsfeld (Verlag von G. Wigand in Leipzig), welche letztere aus einer Sammlung von Bibelbildern ohne Text besteht. Außerdem gehören zu den Verlags-Unternehmungen der Bibelanstalt eine Hausbibel ohne Illustrationen von sauberster Druckausführung, sowie Ausgaben des Neuen Testaments und des Psalters mit Photographien von Albert in München, wahre Meisterwerke typographischer und lithographischer Kunst. Einen wesentlichen Theil der Unternehmungen der Bibelanstalt bildet ferner das reich mit farbigen Stahlstichen, Holzschnitten, Lithographien und Karten illustrirte Prachtwerk „Die Länder und Stätten der Heiligen Schrift" von F. A. Strauß und Otto Strauß. Dieses Werk bildet das ergänzende Supplement zu der Illustrirten Bibel, indem es den Schauplatz der Heiligen Schrift in landschaftlichen Architekturbildern, in Trachten und Darstellungen der morgenländischen Welt vorführt und in seinem erläuternden Texte alles zusammenstellt, was durch Wissenschaft und Kunst für das Verständniß der Bibel nach dieser Seite hin bis auf die neueste Zeit erforscht und dargeboten worden.

Zum Schutze gegen Frühjahrsfröste, berichtet die „Berl. Landw. Ztg.", legen Park- und Weinbergsbesitzer seit langer Zeit mit dem besten Erfolge Schmauchfeuer von Strauch, Haidekraut, Torfmüll, Stroh, Plaggen und dergleichen an. Der dadurch entstehende Rauch hält sich an den Boden und schützt die Vegetation gegen die Einwirkung des Frostes. Das Journal „d'Agriculture" empfiehlt als neues Mittel die Verbrennung von Kohlentheer, welches einen äußerst starken Rauch erzeugt; derselbe dürfte jedoch etwas kostbar sein.

---

* Eine reiche, excentrische Engländerin, Madame Thwaite, starb kürzlich auf ihrem Schlosse in der Schweiz. Ihre Möbel in dem letztern, sowie diejenigen in ihrem Hause zu London werden zur Versteigerung gebracht und sind geschätzt auf 600,000 Franken. Die Dame litt an einer Art Monomanie, in welcher sie behauptete die Braut Christi zu sein. Ihr Londoner Haus war daher stets zum Empfang des Bräutigams mit den kostbarsten Möbeln und Tapeten ausgeschmückt und im Salon steht ein großer, höchst werthvoller Thronsessel, auf welchem Christus dereinst das jüngste Gericht abhalten sollte.

---

*Charade.

1.

Voll Sehnsucht strebt nach mir, wer lange mich nicht sah
Und ist schon hoch erfreut, wenn er sich glaubt mir nah'.
Doch hast Du mich erreicht, gleich trittst Du mich mit Füßen,
Zur Strafe müssen oft die Hühneraugen büßen.

2.

Vom Kaiser einst gesandt, zu schirmen Recht und Gut,
Mein Wirken nun schon längst als überflüssig ruht.
Sehr häufig werde ich mit Bettel jetzt verbunden,
Obschon als Wappenvogt ich manchen Schatz gefunden.

1. 2.

Dort in Helvetiens Gau'n, vertrat ich Habsburgs Macht;
Doch trotzdem mein Gebot man höhnisch hat verlacht.
Ich ließ dafür erhöht der Rache Pfeil entsenden,
Und mußte leider selbst hiedurch mein Leben enden.

2. 1.

Die Zweite ward mit mir vom Kaiser einst belehnt,
Ich habe über Berg und Thal mich ausgedehnt.
Noch heute kannst Du mich, rings um das Städtchen Wangen,
Im Zwickauer Bezirk' im Sachsenlande schauen.

C. L.

Auflösung der Charade in Nr. 22.:
[illegible]

Auflösung des Räthsels in 23:
[illegible]

Redaction von K. A. Woll, Druck der Jäger'schen Druckerei in Speyer.

Palatina.

Belletristisches Beiblatt zur Pfälzer Zeitung.

Nro. 25. | Speyer, Samstag, den 27. Februar | 1869.

Theorie der Liebe.

Humoreske von A. Praas.*)

Erstes Capitel.

Es war vor einigen Jahren im Herbste, als ich auf einer kleinen Ferientour in das Städtchen M......., welches am Nordrande der bayerischen Alpen in sehr romantischer Umgebung liegt, kam und zwar Abends, als eben ein pomphafter, musikalischer Zapfenstreich der Nationalgarde die Vorfeier des Namenstages der Königin ankündete. Die Kaufläden hatten sich eben geschlossen, leichtgeschürzte Mägde huschten schon über die Straße, das Nachtbier für die Herrschaft zu holen, die vier Oellichter glimmten bereits an der Mariensäule des Hauptplatzes, wo unfehlbar und mit Recht in den altbayerischen Städten die alte Patrona Bavariae, die Retterin des Landes in gar vielen Kriegsnöthen, steht, — und der graue, abgeschlossene und da und dort arge Risse zeigende, zwar plumpe aber sehr massenhafte Rathhausthurm, das Zeichen — nicht der Frömmigkeit, wie anderwärts, sondern der bekannten Stadtpolitik, schaute ganz geisterhaft mit den Erinnerungen an all' die harten Kämpfe der bayerischen Herzogthümer als benarbter aber unbesiegbarer Recke in das heitere Treiben zu seinen Füßen. Ich selbst zog mich von dem Rudel Festlustiger, welche der Musikbande folgten, in die nächstgelegene Apotheke zurück, um mich nach der Wohnung eines alten Studiengenossen, den wir an der Universität nicht unpassend Dampfhuber getauft hatten — er war entsetzlich dazumal vom Dampf und den Fortschritten unserer Tage überhaupt begeistert — und der hier Arzt war, zu erkundigen. Ein junger Adept der Kunst, welche die Wunder der Natur nach dem Medicinalgewicht schätzt, zeigte mir sehr freundlich die nahegelegene Wohnung meines Freundes und ich war eben in die offene Hausthür eingetreten, als eine Stimme vom obern Stock ertönte: „Marie! lassen Sie in mein Zimmer allmälig noch 78,000 Wärmeeinheiten! —" und damit schloß sich eine Thür oben wieder. Ich stand einen Augenblick überrascht still, denn ich hatte die Stimme Dampfhubers erkannt, als bald die Tochter der Hauswirthin, ein junges Mädchen von neunzehn Jahren erschien, welches an ein Fenster ging, wo ein Thermometer hing, las und etwas von reiner Kohle — 7815 Wärmeeinheiten — Calorimeter und Buchenholz murmelte — sich wieder still entfernend. Sie grüßte mich flüchtig, öffnete mir auf Befragen die Thür zu des Doctors Zimmer und ich trat rasch ein. Der Empfang war, wie bei alten Studiengenossen fast immer, herzlich, die Neuigkeiten bald ausgetauscht, die Erinnerungen rauschten wie lustig hüpfende Wellen über die bemoosten Steine des Rinnsales und wurden manchmal durch gar schöne Cascaden plötzlich unterbrochen. So unter Anderm, als ich erfuhr, daß noch ein anderer alter Bekannter von den Schulbänken her, der von uns sogenannte Stazensachel, hier Arzt sei, — „aber," setzte Dampfhuber hinzu, „nicht ganz auf der Höhe der Zeit, sondern nur so, wie man uns auf der Schule von Seite der damals lebenden Herren des Brownianismus und der Naturphilosophie gestellt hatte."

Ich merkte nun, wenn ich es auch nicht aus der Umgebung schon geschlossen hätte, daß mein Freund noch immer der Enthusiast für den Fortschritt, daß er ein thätiges Mitglied der exacten Medicin sei und der Leser muß mir erlauben, ihn denselben nunmehr genau vorzustellen. Dr. Progressus Dampfhuber aus dem deutschen Rom, der Stadt B...... in Franken, die zwar eine ganze Reihe großer Aeskulapiden geboren, aber keinen ernährt hat, war zur Zeit praktischer Arzt in diesem Städtchen, wo er eine schöne Wohnung von nur drei Zimmern und zwar in einem bescheidenen aber alterthümlich schön verzierten altdeutschen Hause, das einer Beamtenswittwe, Frau Preußlin, gehörte, deren einziger Miethsherr er war, inne hatte. Der Doctor war ein gemüthlicher, seelenguter Mann, rastlos thätig, in und außer der Praxis, unverheirathet zwar, aber doch im ewigen Kampfe, — um an der Spitze eines wissenschaftlichen Fortschrittes zu bleiben. Da er vom Hause aus sehr vermögend war, so konnte er den modernen Bewegungen der medicinischen Studien und deren Hilfswissenschaften folgen, — gründlich naturwissenschaftlich gebildet, verachtete er solche Irrwische am freilich nur erst sternhellen Himmel der wissenschaftlichen Arzneikunde, wie sie in den Semmel- und Wasser- und zahllosen andern Curarten auftauchten.

Da standen ganze Stellagen voll von Büretten

---

*) Aus Westermann's Monatsheften.

und den nöthigen titrirten Flüssigkeiten in seinem Zimmer, sechs verglichene und corrigirte Thermometer und ein Thermograph, drei Psychrometer und zwei Barometer gaben täglich, stündlich Rechenschaft über Temperatur, Spannung und Druck der Luft, vor dem Fenster der Ozonometer, auf einem Tischchen an der Seite ein Spirometer, im Nebenzimmer zahlreiche Aräometer, dann ein kleines Laboratorium — neben seinem Bette ein Reagentienkasten und eine gewaltige Decimalwage, denn der Doctor hielt täglich Buch über Einnahme und Ausgabe — seines Körpers. Nur auf dem Wege des Versuches, des rationellen Experimentes, so behauptete er, sei Fortschritt zu hoffen, daher experimentirte er früh, wenn er aufstand und Abends, wenn er sich niederlegte, wenn er aß oder trank, wenn er ging oder stand oder saß, ja wenn er athmete. Und doch hatte Dr. Dampfsieder Praxis! —

Verliebt war der Doctor nicht, aber eben stellte er hierin einige Experimente an, von deren Resultate ich Zeuge sein sollte, und da sie den höchst wichtigen Gegenstand dieser Abhandlung bilden sollen, so muß ich seine Theorie, wie sehr auch der Leser vor Fachwissen Scheu haben mag, doch gleich hiehersetzen.

Es könne nicht geleugnet werden, so nahm er an, daß die Nerventhätigkeit im Freiwerden von Atomen sich äußere — sie müsse auf ein materielles Substrat und dessen Erklärung, das heißt die Atomistik, zurückgeführt werden. Aus dem über dem Magen liegenden Nervengeflechte — den Ganglien — der Männer strömten immer feste Nervenatome aus. Sie kämen dabei sogleich in Berührung mit den Wärmeatomen und damit in den Strudel der Anziehung und Abstoßung dieser — das heißt sie tanzten, was sich sehr häufig auch in der äußern Bewegung des Körpers bei Verliebten fortzusetzen strebe (Theorie des Tanzens). Wenn nun überflüssige Wärmeatome vorhanden seien, welche keine Verwendung im gebundenen Zustande (Kraftbildung) erlangen konnten, dann würden diese ausgestoßen, da sie keinen Gegenstand der Assimilationsäußerung im Körper mehr fänden. Rissen sie nun Nervenätheratome — die immer im Taumel, anziehend und abstoßend, zwischen den Wärmeatomen gedacht werden müssen, — mit sich fort, so kämen sie bei ihrem endlosen Streben, den leeren Raum auszufüllen, zwar überall hin, verlören aber ihre Existenz, so wie sie zu den Nervenätheratomen von den Magenganglien der Frauen kämen, welche Atome weich wären. Der Grad der Härte und Weichheit dieser Nervenätheratome bestimme die Möglichkeit einer Vereinigung beider überhaupt und die einer festen oder lockern insbesondere. Die Neigung derselben, immer wieder die Vereinigung zu suchen, heiße Liebessehnsucht, die wirkliche Verbindung heiße Liebe und verhalte sich wie ein Neutralsalz überhaupt, was in der Ehe seinen wahren Krystallisationspunkt finde. Eine silberne oder goldene Hochzeit sei nichts anderes als ein solcher großgestalteter Liebeskrystall. Die Stärke der Liebe hänge von dem Maße von Wärmeatomen ab, die ein Individuum zu entwickeln vermöge, der Thermometer und ein richtiger Küchenzettel seien auch hier die Grundlage zum Experimentiren, die Art der Bestimmung der Härtegrade aber müsse noch weiter festgesetzt werden.

Der Doctor behauptete, aus dieser Hypothese alle Erscheinungen bei Verliebten erklären zu können. So namentlich die Gefahren, welche die Liebe erleide durch Hunger und Durst, wie durch Fraß und Völlerei — dann die Dauer derselben, die Verkehrung derselben in Haß bei fortgesetzter Flucht der Ganglienätheratome einerseits, — die Erscheinungen der Untreue bei gleichfalls fortdauernder Liebe, das plötzliche Austreten derselben, Mangel an Eßlust, ja am Leben selbst, bei fortdauerndem Taumel derselben, ohne je Vereinigung zu finden, Schwierigkeit der Erkenntniß dieser, obgleich sie oft schon vollzogen sei, und Anderes. Daß jeder Mensch nach einer gewissen Ausbildung der Magenganglien verliebt sei, verstand sich nach dieser Annahme von selbst, er werde aber sich dieses Zustandes nur bei extremer Atomenflucht bewußt.

Seine eben an sich selbst anzustellenden Experimente in dieser Richtung betrafen eine junge, sehr hübsche und lebenslustige Wittwe, welche er seit vierzehn Tagen ärztlich behandelte und die in einer der nächsten Straßen wohnte. Schon seit mehreren Wochen befand sie sich unwohl und hatte unsern Doctor, wie er mir schmunzelnd erzählte, zum ärztlichen Rathgeber erwählt. Der Doctor fand ihren Zustand als einen um so gefährlicheren, als er ihn nirgends zu erforschen vermochte, — da ihm jedoch niemals etwas daran lag, seine Kranken zu curiren, sondern die wissenschaftliche Seite, welche die Krankheit für die Physiologie und Pathologie bot, ihm weitaus das Wichtigere war, die Heilung aber nur nebenbei beiging, so wurde er um so heftiger in seiner Bemühung zur Erforschung der Krankheitsursache bei Frau Ludmilla Wapdelin, wie die Wittwe hieß.

Eben als ich den Doctor anordnen fand, sein Zimmer am kühlen Herbstabend zu heizen, hatte er sich vorgenommen, ein neues Experiment vorerst einzuleiten, dessen Erfolg in die neuesten Lehren über den Stoffwechsel eingriff. Er hatte also beschlossen, zu Hause zu bleiben und erst später seine gewöhnlichen Krankenbesuche zu machen. Das hatte mir auch das Glück verschafft, nicht blos ihn zu treffen, sondern auch dem Experimente für die acht Tage, welche ich hier bleiben wollte, folgen zu können. Um aber völlig unparteiisch in einem für alle Menschen so wichtigen Falle der exacten Forschung sein zu können, muß ich ohne Zweifel mich mehr vom Schauplatz als selbstthätiger Beobachter zurückziehen und den unbetheiligten Erzähler allein hervortreten lassen. Wohlan denn, da mich der Doctor nicht mehr fort ließ und ich bei ihm wohnen mußte, so kann ich auch um so sicherer rapportiren.

Nächsten Tags früh mußte Marie, als chemischer Assistent gleichsam, zum Mechanikus Elias Cuetschabu zu eilen, um noch einige Requisiten für den Doctor zu kaufen.

(Fortsetzung folgt.)

Seltsames Leuchten.

Von P. Kummer.

Mitten in der sächsischen Schweiz liegt die von den Fluthen der Vorzeit grottenartig durchwaschene erhabene Felspartie, welche eine nüchterne Nachwelt mit dem nicht eben hochpoetischen Namen „der Kuhstall“ charakterisirt hat. Auf einem Gebirgsausfluge brachte ich einen linden prächtigen Abend da droben zu. Es galt, in dem dortigen gemüthlichen Gasthause zu übernachten, und als es zu dunkeln begann, erging ich mich unter den mächtigen Felswänden und überschaute von dem terrassenartigen Vorsprunge aus in weitem Umkreise die vom Mondlichte leise übersilberte Steinwelt, die mächtig wie von Titanenhänden rings umhergethürmt lag. Unvergeßlicher aber als dieser großartig melancholische Ausblick ist mir eine kleine winzige Freude geblieben, die von einer feuchten Felswand mich plötzlich überraschte. Ein grünlicher Stein leuchtete phosphorescirend von einer bestimmten Stelle aus durch die Dunkelheit hindurch, als hätte ein zur Felswand gehöriger Saphirgestein den Tag über Licht eingesogen, welches es nun in der Nacht unter grünem Leuchten wieder von sich gäbe.

Sollte nur der Mondschein an dem feuchten moosigen Gesteine spielen? Aber es war von dieser Seite von keinem Mondstrahl getroffen. An weißfaules Holz war desgleichen an dieser baumlosen Sandsteinwand nicht zu denken, auch war es ein ganz anderer Schein. Und so ging ich näher, das seltsame Phänomen zu untersuchen. Siehe, ich hatte die Freude, daß von jedem Bryologen und auch von mir oft gewünschte Schauspiel „leuchtenden Mooses“ zu erleben. Die nähere Untersuchung ergab, daß ich das Königsfarrnmoos*), dieses einzige leuchtende Moos, hier gefunden und es gerade in dem Stadium gefunden, wo es mit jenem sanften grünen Lichte die Dunkelheit durchdringt.

Von leuchtenden Insecten hat Jedermann schon gehört, von den buntfarbigen Leuchtzirpen, welche die tropisch-amerikanischen Nächte phosphorisch durchglühen, wenn auch nur die Uebertreibung hinzufügt, daß der Schein dieser Zirpen die trauliche Lampe ersetze. Das Johanniswürmchen hat sich jeder selbst schon gefreut, wenn er durch Park oder Wald oder Wiese an lauen weichen Frühlingsabenden sich erging und ihre goldenen Funken am hohen Grase hingen. Daß aber auch Pflanzen leuchten und zwar lebendige Pflanzen, möchte fast eine kindliche Sage scheinen. In allen sonstigen Fällen ist es freilich nur optische Täuschung. Das blitzähnliche Leuchten gewisser, besonders feuerrother Blumen zur Abendzeit ist nichts als ein durch das mächtige Feuerroth in unserm Auge hervorgerufener Reiz; sobald wir nur genauer hinsehen, ist die Lichterscheinung allemal fort. Besonders bei dem orientalischen Mohn können wir bei der in klare Nacht übergehenden Dämmerung diese optische Täuschung erfahren; wir sehen in seiner Nähe etwas Flammenähnliches, Lichtzuckendes, wenn wir leise seitwärts hinschielen; aber es verschwindet, sobald wir direct auf die Blume sehen. Auf diese Weise können wir diese Erscheinung hervorrufen, so oft wir wollen; ja sie stellt sich uns dann so häufig dar, daß sie uns lästig wird. Goethe in seinen „Physiologischen Farben“ erwähnt auch solche Beobachtung, die er gemacht, als er 1799 am 19. Juni Abends mit einem Freunde im Garten auf- und abging, und erklärt es als ein physiologisches Farbenphänomen, der scheinbare Blitz sei eigentlich das Scheinbild der Blume in der durch den Gegensatz geforderten blaugrünen Farbe.

Etwas eben ganz Anderes ist es mit dem leuchtenden Königsfarrnmoose. Von den verschiedenen Bryologen ist in gleicher Weise wie von mir der wirklich objective grüne Lichtschein beobachtet worden, der nur als eine Wirkung des intensivsten Lebens aufgefaßt werden kann. Daß dies Phänomen so wenig bekannt ist, liegt an der Seltenheit dieses ohnehin nur wenige Linien hohen und kleinrasigen Mooses und an der vielfachen Unzugänglichkeit der Felsenritzen und Abhänge, wo es wächst. Es ist eins der niedlichsten Moose. Wir nehmen ein Pflänzchen aus dem Rasen heraus und sehen die Stengelchen von den Blättchen zierlich fiederig besetzt, daß sie wie Palmenzweige oder wie die Wedel von Farren oder Cycadeen aussehen. Aus ihrer Achsel steigt der haarfeine Fruchtstiel, mit urnenförmiger Büchse gekrönt. Diese Büchse ist mit einem rothen Deckel geschlossen, von dem eine anfangs übergestülpte glashäutige Haube vielleicht schon herabgeweht ist. Bei der Reife springt der Deckel ab, und der in der Kapsel enthaltene Samenstaub (die Sporen) streut sich aus einem innern Sacke aus, damit das zierliche Völkchen der Königsfarrnmoose auch fernerhin sich vermehre, werde, wachse und gedeihe.

Aber seltsam, dies Alles leuchtet an unserm Moose nicht. Nur das Prothallium! Was ist das Prothallium? Wir können es durch „Vorkeim“ übersetzen, aber damit wäre kaum mehr gesagt. Die Moose sind, wie etwa die Insekten, einem Generationswechsel unterworfen; und wie nun Raupe und Cocon für den Schmetterling, so ist der Vorkeim für das Moos die nothwendig vorhergehende Entwickelungsstufe. Der Hergang ist einfach. Jener Samenstaub, den die Büchse enthielt, bestand nämlich aus mikroskopisch kleinen Zellen (Bläschen), welche, auf die Erde ausgestreut, zu ihrer Zeit gesprengt werden und ihren schleimigen Inhalt auswachsen lassen, und zwar zu grünkörnigen Fäden, welche sich wiederum verästeln und so bald ein filziges, smaragdgrünes Gewebe bilden. Dies ist nun eben der Vorkeim, das Prothallium, an welchem sich mit der Zeit hier und da kleine Blattknöspchen bilden, welche zu den oben beschriebenen Moospflänzchen sich entwickeln. Der Rasen einer jeden Moosart ist zuerst solches filziges Prothallium gewesen, das wir als grünen Anhauch auf der Erde, an Bäumen und Steinen oft wahrnehmen, ohne zu ahnen, daß daraus ein üppiger poetischer Moosrasen sich erheben wird. Doch aber nur vom Königsfarrnmoose

*) Schistostega osmundacea.

hat das dauerhafte Prothallium das eigenthümliche Leuchten im Dunkeln. Eine glückliche Stunde muß es daher immer sein, das seltene winzige Moos überhaupt zu finden, und es in der Entwickelungszeit gerade zu treffen, wo es noch fröhlich, vom jugendlichem Prothallium durchwirkt, in die Welt hinausleuchtet.

Miscellen.

* Speyer, 26. Febr. Der Improvisator Professor Herrmann aus Braunschweig gab gestern im Concertsaale dahier eine Soirée, in welcher er von seiner Kunst glänzende Proben ablegte. Leichtigkeit der Auffassung, rasche Verbindung der Ideen, umfassende Kenntniß geschichtlicher Details, poetische Begabung und blühende Sprache sind die Vorzüge, deren sich Herr Herrmann in hohem Grade erfreut. Wir wissen nicht, ob derselbe hier in Speyer oder in der Pfalz wieder einmal öffentlich auftreten wird; sollte dies jedoch der Fall sein, so können wir den reich begabten Mann auf das Wärmste überall empfehlen.

Ueber abgeschmackte Sensationsstücke mit prachtvollen Scenerien in den Theatern ist schon viel gesagt worden. Wohl das Höchste in dieser Beziehung leistet ein Stück im Holborn Theater zu London: „In Banden", von Herrn Watts Philipps. Die Handlung, wenn man überhaupt von einer solchen sprechen darf, ist so miserabel, daß sie durchaus keiner Erwähnung verdient; die Schlußscene bringt sie zu gar keinem Abschluß, der Vorhang fällt, ohne daß der Zuschauer weiß, wer der Liebhaber, Verliebten oder Intrigant wird, welche sich sämmtlich in höchster Lebensgefahr befinden. Die Scene stellt nämlich eine Mühle dar, rings umgeben von einem Strome, und nur durch diesen zugänglich. Innerhalb der Mühle sieht man einen Herrn bemüht, eine Dame mit Gewalt zu entführen. Er hat die Rechnung ohne den Wirth gemacht, denn mit Entschlossenheit arbeitet sich ein junger Mann durch die Wellen auf das sich drehende Mühlrad zu, ergreift dasselbe in seiner Verzweiflung, wird von ihm in die Höhe gehoben und in eine Thüre geschleudert. Während er verschwindet, erscheint der Bösewicht mit der Dame auf einer Art Galerie und droht, sie ins Wasser zu stürzen, falls sie sich ferner widersetze. Auch will er diese Drohung schon ausführen, als der Held vom Mühlenrad dazwischen springt und die Geliebte nach langem Kampf befreit. Der zurückgeschlagene Bösewicht beschließt, sich zu rächen. Er öffnet die Wasserschleusen, und alsbald schwillt das Wasser um die Mühle mit furchtbarem Toben und in rasender Geschwindigkeit; ein Stück nach dem andern wird die Mühle von dem wüthenden Elemente zertrümmert; der Bösewicht sucht sein Leben durch einen verzweifelten Sprung in die Fluth zu retten, und während das liebende Paar noch immer auf der kleinen Galerie steht, die jeden Augenblick zusammenzustürzen droht, fällt der Vorhang. Daß das Stück trotz seiner Abgeschmacktheit für eine Zeit lang zahlreiche Zuschauer anziehen wird, ist kaum zu bezweifeln, denn die Scenerie ist wirklich prachtvoll und täuschend natürlich.

Gardener's Magazin zählt alle die Winter auf, in denen weder Frost noch Schnee eingetreten ist. Im Jahr 1172 war der Winter so mild, daß sich im Februar die Bäume mit Laub bedeckten und die Vögel ihre Nester bauten und ihre Jungen flügge machten. Im Jahr 1289 trat gar kein Winter ein und 1421 blühten im März alle Obstbäume und im April der Wein. Ende April reiften die Kirschen und im Mai die Weintrauben. Im Jahre 1538 waren die Gärten im Januar schon im Blumenflor. 1572 war gleich 1172. Auch die Winter von 1607, 1612 und 1617 zeichneten sich durch eine bemerkenswerthe milde Temperatur aus. Im Jahre 1659 gab es weder Schnee noch Eis und 1692 unterließ man in Deutschland die Heizung der Oefen. Durch mildes Wetter zeichneten sich auch die Jahre 1791, 1807 und 1822 aus.

(Ein Dringlichkeitsantrag.) Die Hamburger „Reform" erzählt nachstehenden heiteren Vorfall, der sich in einer Lassalle'schen Versammlung zu Altona ereignete. In einem solchen Kreise, der in Berlin unter Anführung von Rudorf's Werkstätte den heiligen Kampf mit zerquetschten Nasen und blauen Augen so herrlich begann, passirte eine folgende kostbare Scene, welche ein kleines nettes Bild von derartigen „Debattirübungen" gibt. Es war in einem Saal, wo oben auf der Galerie Zuhörer saßen. Auf einmal fiel eine Stimme unten mitten in die Rede eines Stimmgewaltigen hinein, der gerade gegen die Presse der feilen Capitalisten donnerte:

„Ich bitte ums Wort, Herr Präsident; Es betrifft eine Sache, die von der äußersten Wichtigkeit ist."

Obgleich es gegen die Geschäftsordnung war, erhielt doch ein Mann, der so Dringendes zu berichten hatte, das Wort und feierlich begann er:

„Ich verlange, daß die Bürger dort oben nicht immerfort auf uns hier unten herabspucken. Sie können gefälligst ihr Schnupftuch gebrauchen."

„Wer wagt es, hier von Schnupftüchern zu sprechen," bemerkte auf einmal ein Orator von oben herab, „ein Schnupftuch ist das Kennzeichen eines frechen Bourgeois — ein Gutgesinnter braucht keines. Wer sich solcher Luxusartikel bedient, verdient als Verräther erklärt zu werden." — —

Und sofort entspann sich von unten nach oben die übliche Keilerei nach glücklich erfolgtem „Ausmarsch auf die Tribüne" und das unveräußerliche Menschenrecht, seine Mitbürger durch freimüthige Expectorationen von seinem Dasein zu überzeugen, war das Banner, unter dem gesiegt wurde.

In einem Brief aus Jerusalem vom 1. Februar berichtet Lieutenant Warren über eine interessante Entdeckung, welche er etwa 21 Fuß von der Südseite des Teiches Bethesda (Birket Israel) gemacht hat. In einem Garten fand er drei Zisternen, sämmtlich mit sehr schmalen Oeffnungen an der Oberfläche; zwei derselben ergaben bei einer näheren Untersuchung nichts Bemerkenswerthes, in der dritten jedoch, in welche er erst hinunterzusteigen vermochte, nachdem er sich seiner Kleider entledigt hatte, wurde er für seine Anstrengungen belohnt. Der enge Eingang der Zisterne war nur 3 Fuß lang, und 10 Fuß von der Oberfläche gelangte Warren auf den Boden einer kleinen Kammer. Von dort abwärts war die Oeffnung ziemlich weit, und ohne Schwierigkeit gelangte Warren auf den Boden. Das Wasser war nur 3 Fuß hoch und stand, wie spätere Messungen ergaben, mit dem Teiche Bethesda in directer Verbindung. Nach Erleuchtung mittelst des Magnesiumdrahtes fand Warren sich in einer großen Halle, in welcher sich Bogen an Bogen reihte, und welche eben der Kathedrale von Cordova ganz ähnlich sehen. Nachdem Warren nebst einem Gelehrten, welcher von stärkerem Körperbau war als er selber, und erst hinuntergelangen konnte, nachdem er die Oeffnung erweitert hatte, 3 Stunden lang Vermessungen angestellt, zwang die Kälte des Wassers sie, ihre Arbeit einstweilen zu unterbrechen.

* Räthsel.

Ich nenn' ein Land, von biederm Volk bewohnt;
Doch unterjocht, sein Fürst ist längst entthront.
Ein „ik" setz' man in dieses Wort hinein,
Dann muß es sicherlich der [illegible] sein.
Davon wünsch' ich Dir viele Tausend Stück;
Doch komm' ich nochmals auf das Wort zurück.
Oft ist es zur Vernichtung auch gemacht,
Darüber nun, mein Leser, nachgedacht!

Frankenthal. J. Pirschel.

Redaction von A. L. Woll, Druck der Jäger'schen Druckerei in Speyer.

Palatina.

Belletristisches Beiblatt zur Pfälzer Zeitung.

Nro. 26. Speyer, Dienstag, den 2. März 1869.

Theorie der Liebe.

Humoreske von K. Staus.

(Fortsetzung.)

Marie, die aufblühende Knospe des Hauses, voll Liebesreiz, Gehorsam und Herzensgüte, hatte anfangs nur zum Scherz auf des Doctors gelehrte Reden in allen Dingen des Hauswesens gehört, allmälig sich aber überzeugt, daß sehr viel Nützliches daraus erlernt werden konnte, und endlich bekam sie selbst Geschmack an naturwissenschaftlichen Studien, ja sie behauptete zuletzt, daß die Küche, die Waschkammer, die Milchstube, das Hühnerhaus Orte seien, wo Naturforschung beständig getrieben werden könne und selbst müsse, weil aller Fortschritt daraus zu schöpfen sei und alle Vorgänge aus ihr erklärt werden können.

Sie verlor dabei keineswegs die schöngeistige Bildung, welche Verstand und Herz des Menschen so hoch adelt; umgekehrt, sie faßte sie nur mit mehr Liebe und größerem Ernst auf, da sie die Natur Wahres vom Falschen trefflich zu unterscheiden gelehrt hatte und sie das Erstere in jeglicher Kunst nur um so tiefer empfand. Doch liebte sie Musik vor allen andern Künsten und zeigte auch darin die meisten Fortschritte.

Unsere kleine Alchymistin, wie sie der lustige Doctor Eustachius Sacherl, der häufig ins Haus kommende Collega des Dr. Progressus, hieß — Marie warf flüchtig einen Mantel um, setzte Hut und Schleier auf, schlüpfte in Gummigaloschen und war in einigen Minuten zur Thür hinaus. Hier sah sie einen Augenblick gegen Himmel, wohl des Zuges der Wolken wegen? — dann gegen einige Dächer der Häuser gegenüber, — offenbar der Wetterfahnen wegen, die den Wind anzeigen — dann sehr flüchtig über die Reihe der Fenster des zweiten Stockes desselben gegenüberliegenden Hauses, — gewiß der alten Frau wegen, die mit einer abscheulich fetten Katze am Fenster saß und gar griesgrämig hinter ihrer grünen Brille herabschielte; dann seufzte sie sehr leise und schritt fürbaß, ihrer Mutter, die gleichfalls mit einem fetten Mops am Fenster, aber Parterre, saß, freundlich zunickend. Sie seufzte — auch über eine mißlungene Beobachtung, denn der Sohn der Katzenfreundlichen, Herr Sebald, der junge Assessor am Stadtgericht, war nicht am Fenster. Herr Sebald war ein gar braver und schöner junger Mann, so ernsthaft, daß selbst ihre Mutter, die mit der Nachbarin seit zehn Jahren in bitterster Fehde lebte, nichts an ihm zu tadeln fand, als etwa blos sein stilles, geräuschloses, fast trauriges Leben, das er zu führen schien. In der Jugend zwar, noch vor der jetzigen Gestalt der Nächstenliebe zwischen ihren Müttern, als die Väter noch lebten, (auch der des Assessors war längst gestorben), da sahen sich die Kinder öfters, warfen sich mit Schneeballen nach dem Schulgange, machten schwarze Striche gegenseitig an ihren Häusern, selbst einen Papierzopf versuchte einst Marie dem kleinen Sebald anzuhängen, dem, als er schon in die Lateinschule ging, von ihr und den Freundinnen in der deutschen Schule noch gar viele Spottreime nachgesungen wurden — aber Sebald kam allmälig auf die Universität und beachtete im Tumult des gelehrten Lebens daselbst nichts mehr aus und in der Heimath, auch nicht im Praktikantenleben — und jetzt — grüßten sie sich nur noch sehr förmlich, weil es die Mütter so wollten, und waren sich fremd geworden. Doch sah der Assessor mehr als nöthig war zum gelehrten oder närrischen Doctor hinüber, wie er der Mutter erklärte, und Marie konnte, wenn ihre Mutter im Zimmer war, nicht genug an der garstigen Katze der Frau Stadträthin Kirschbaumer tadeln.

„Aha, nun weiß ich schon, wieviel es geschlagen hat;“ ruft der vielerfahrene Leser hier aus, „alte Geschichte! verliebte Hindernisse — Verlobung! altes Zeug!“ Geduld! sage ich — Praktiker möcht ihr sein, das gebe ich zu, aber die Theorie? Habt Ihr eine Liebestheorie im Kopfe? Habt Ihr auch nur einen einzigen Versuch gemacht, die Stärke der Liebe zu messen? ihren Gehalt zu wägen? Ihr fühlt sie! Ich sage darauf, das sind Täuschungen, wenn Maß und Gewicht nicht controliren! Also geht mit mir bis zum Ende.

Marie schritt auf dem glatten Wege rüstig vorwärts gegen den Laden des Meisters Curischhahn zu, während die zwei Wittwen gegenüber ihr Gedanken pflegten, Dr. Progressus aber eifrig seinen Apparat zu construiren begann und nur zeitweise gar lüstern nach Minz, dem fetten Kater der Frau Stadträthin schielte und mir indessen viel von der Bedeutung der

Verhungerungsversuche erzählte. Während dem entstand einmal plötzlich ein großes Getümmel in der Nähe auf der Straße — Menschen liefen dahin, die Stadträthin öffnete ein kleines Guckfensterchen, das im großen Fenster angebracht war, — die Wittwe unseres Hauses desgleichen, und der Doctor nahm einen Tubus zur Hand und sah gleichfalls aus dem Fenster die Straße hinaus. Es war nichts weiter, als daß die Sicherheitswache sich eines unsicheren Mitgliedes der Gesellschaft versicherte. Der Doctor warf noch einen forschenden Blick auf Mirz und grüßte die Frau Stadträthin gegenüber auf's Freundlichste.

Marie hatte inzwischen beim Meister Elias das Nöthige eingekauft und war mit mehreren Glasröhren, die sie in der Hand tragen mußte, bereits auf dem Rückwege, als sie auf der andern Seite der Straße, wie rasch sie auch den Kopf abwandte, doch Hrn. Sebald, den Assessor, erkannte. Auch er mußte sie erkannt haben, denn er machte ja den durch ihr Abwenden vereitelten Versuch, sie zu grüßen. Auch ging er mit ihr in derselben Richtung. Sollte sie rascher gehen? oder langsamer?

Wie konnte sie doch, das arme Mädchen, das wie ein Dienstmädchen in den Straßen ging, dem reichen Sohn der stolzen und geizigen Wittwe, dem angesehenen Beamten, ihre vollste Gleichgültigkeit am besten zeigen? Langsamer gehen — das schien ihr das Beste. Das Schaufenster der Kaufleute ein wenig anschielen — die Wagen der Fahrenden — ach, wenn nur jetzt eine Freundin ihr begegnet wäre, eine klatschlustige, heitere, scherzende, eben so unbefangen wie sie die Straße hinziehende Jugendfreundin. Aber nichts Bekanntes begegnete ihr, — sie mußte vor sich hinsehen, mit und ohne Willen, — ja! und da ging er keine zwei Schritte vor ihr am linken Trottoir langsam, immer langsamer, grade wie sie selbst. Sie hätte stehen bleiben müssen, um zurückbleiben zu können! Jetzt grüßte er, — ach, wie freundlich, die drei Damen, — wer sie doch sind? Die Frau Directorin von Kletten mit den zwei Fräulein Töchtern, den „Wuzerln," wie sie ihr Papa so freundlich und stadtkundig nannte. Die Wuzerln mußten etwas verloren haben, denn sie schauten gleich nach dem Gruße wieder um, gegen die Ecke zu, weit hinaus in die Ferne, begreiflich nicht auf den Assessor. Da wurde es Marie warm um's Herz — die Glanzlichtaugen Sebald's mußten nach des Doctors Theorie die übrigen, die offenbar auf rasender Flucht waren, gefunden haben, denn sie tanzten und tummelten ganz gewiß, wie es Marie vorkam, der selbst etwas schwindelte und die daher beschloß, nun rascher zu gehen, nochmals vor ihm vorbei, wenn er bei langsamem Schritte verharren sollte, um nach Hause zu eilen. Plötzlich wendete sich Sebald um und sah, als gebe es gar keinen andern Gegenstand mehr in der Straße, ihr grade ins Antlitz. Und sie — ach, sie ward in ihrem Blicke auf ihn ganz offen ertappt. Sie achtete auf nichts um sich, so sehr war sie verlegen — als eine Droschke, gegen ihr Trottoir hinfahrend, so rasch auf sie zugekommen war und so ungeschickt gegen die Häuser hindrängte, daß sie, die Glasröhren für den Doctor in der Hand, sich kaum mehr vor dem Ueberfahren zu retten vermochte. Schon war Pferd und Deichsel ihr ganz nahe, sie mußte erdrückt werden oder umfallen, da erfaßte sie, unter dem heftigsten Geschrei des in der Droschke sitzenden Herrn und Fluchen des Kutschers, der starke Arm Sebald's, der, die Gefahr erkennend, über die Straße geeilt war. Er drängte sich zwischen das Pferd und sie, dann führte er sie in eine offenstehende Hausthür, wo alle Gefahr abgewendet war.

Ueber und über mit Schamröthe übergossen, wollte Marie ihren Dank stammeln, als sie Sebald taumeln und sich an die Wand stützen sah. Er ward blaß, führte ein Sacktuch zum Munde und würde umgesunken sein, wenn nicht rasch ein kurzer, sehr dicker Herr gleichfalls eingetreten wäre, schreiend und mit dem Stocke Zirkelhiebe ziehend: „Lump, elendiger Lump von einem Fiaker! Sie litten doch keinen Schaden, Fräulein Marie? keine Röhre gebrochen? hähähä! Experimentirzeug für den Dampfhuber! Wäre das Geringste! Aber — Herr Assessor — ach! ich sehe, Sie sind unwohl? Was — Blut aus dem Munde? Gewiß — die Deichsel hat Sie an die Brust getroffen? Nicht wahr?" Und als jener blos stumm bejahte, drang der Doctor Sacherl, der es war, in ihn, sich sogleich in den Fiaker mit ihm zu setzen und in die nahe Wohnung seiner Mutter zu fahren.

(Fortsetzung folgt.)

* *

Der Untergang der österreichischen Fregatte „Radetzky".

Das Festungs-Commando Lissa telegraphirte am 22. Febr. Morg. 8 Uhr 40 Min. nach Wien folgendes Weitere: Ober-Lieutenant Wujcka sah, als ihm die Explosion gemeldet war, von der Terrasse des Forts, wohin er schnell geeilt, durch's Fernrohr nur noch eine Rauchsäule. Bormeister Jemrila, welcher aus der Stadt in das Fort zurückkehrte, versicherte, daß um circa halb 11 Uhr, als er auf der Höhe von Zupperina anlangte, er eine Kriegsfregatte in Sicht bekam, welche mit vollen Segeln von NW. gegen Lissa steuerte; er hielt die Fregatte im Auge und sah plötzlich eine große Rauchsäule. Als sich nach wenigen Sekunden der Rauch vom Meereshorizonte hob, sah er noch den ganzen Schiffskörper sammt Masten, jedoch ohne Segel, nach 4 bis 5 Sekunden bemerkte er, daß die Fregatte mit dem Achtertheile zu sinken begann, sah deutlich das Sinken der Masten in das Wasser bis zum Hauptmaste. In dieser Lage blieb die Fregatte 5 bis 6 Sekunden mit dem Bugspriet hoch aufwärts und verschwand in anderen wenigen Sekunden gänzlich unter dem Wasserspiegel. Auf gleicher Höhe mit der gesunkenen Fregatte mit beiläufigen Intervallen von fünf Seemeilen segelten zwei Kauffahrteischiffe, die Fregatte in der Mitte haltend, NW. bis zur Stelle, wo die Katastrophe stattfand, und hielten sich länger als eine Stunde, jedoch der großen Entfernung wegen konnte nicht beobachtet werden, womit sich selbe beschäftigten. Von Lissa gingen um 11 Uhr ein österreichisches und ein griechisches Trabakel und die Post-Bracciera an den Ort der Katastrophe ab; um 8 Uhr Abends traf die Post-Bracciera mit 11 Verunglückten, darunter Schiffsfähnrich Barth, um 10 Uhr das österreichische Trabakel mit 9 und um 12 Uhr das griechische Trabakel mit 3 derselben, zusammen: ein Offizier und 22 Mann, im Hafen von Lissa ein. Ein Beamter, der mitgefahren war, berichtet:

„Wind und See ziemlich heftig kamen von S.O., wir segelten in der Richtung N.W. und kamen nach dreistündiger Fahrt gegen 2 Uhr an den Ort der Katastrophe, an welchem in einem Umkreise von beiläufig zwei Seemeilen die Holztrümmer der Fregatte, ganze und verstümmelte Leichen, sowie deren Theile und die 23 noch am Leben Befindlichen an Holztrümmern sich haltend herumschwammen. Wir dachten natürlich nur an die Bergung der Lebenden, welche mit nicht geringen Schwierigkeiten verbunden war, da die ziemlich hochgehende See und herumschwimmende mächtige Holzstücke den Trabakeln und von diesen ausgesetzten Booten im Segeln und Rudern sehr hinderlich waren. Nachdem wir den ganzen Umkreis der Holztrümmer nochmals genau und nach allen Richtungen durchsucht, und die sichere Ueberzeugung hatten, daß kein lebendes Wesen mehr sich in denselben befinde, kehrten die Barken gegen Lissa zurück und trachteten so schnell wie möglich den Hafen zu erreichen, um den bereits seit drei Stunden im Wasser geschwommenen und ganz erstarrten Geretteten die nöthige ärztliche Hilfe angedeihen lassen zu können."

Dieselben waren alle so erschöpft und besonders die Verwundeten beinahe geistesabwesend, daß an ein Ausfragen der Leute gar nicht zu denken war; selbst gestern und auch heute waren sämmtliche Antworten so confus, daß ein logischer Schluß gar nicht gefaßt werden konnte; sogar Schiffsfähnrich Barth und der Lootse Tewich waren nicht im Stande, im Geringsten Anhaltspunkte zu geben, daher die kargen Details bis jetzt die vom Quartiermeister Kraus bereits telegraphirten sind. Das Resumé der bis jetzt erhaltenen Antworten ist folgendes: Die 23 Geretteten befanden sich während der Katastrophe zum Theil in der Batterie, zum Theil auf Deck und im Banjerdeck bei der angeordneten Beschäftigung und einer im Bordspitale krank; sie wissen über die Ursache der Explosion gar nichts anzugeben; so ziemlich übereinstimmend ist diese nur bei Quartiermeister Kraus mit jener des Quartiermeisters Wilhelm Jutich, welch letzterer wissen will, daß in der Achter-Pulverkammer gearbeitet, resp. mit einem heißen Löthkolben unvorsichtiger Weise irgend etwas gelöthet wurde.

Constatirt ist, daß im Momente der Explosion der Commandant mit dem Wach-Offizier, der Schiffs-Lieutenant Jäger, auf der Commandobrücke war, der Detail-Offizier in der Batterie den Rapport abhielt, Batterie-Offizier Schiffs-Lieutenant Skribanek und Schiffsfähnrich Barth vorn beim Fockmaste sich befanden und daß die Explosion am Achtertheile stattfand und dieser bis zum Großmast sich zuerst in die See senkte, sowie daß sämmtliche Geretteten am Vordertheile des Schiffes sich befanden.

Ueber den Zeitraum zwischen der Explosion und dem Momente der Rettung konnte von den Geretteten nichts in Erfahrung gebracht werden, als daß sie sich gegenseitig zum Ausharren aufmunterten; sie trachteten, Holzstücke zusammenzufassen, respective zu einem Floße zu vereinigen; es fehlte ihnen jedoch die Kraft dazu, und so suchte daher Jeder, so gut es seine Kräfte zuließen, an dem Holzstücke, welches von ihm erfaßt war, sich festzuhalten.

Linienschiffs-Lieutenant Skribanek hatte den rechten Arm verwundet und klammerte sich an einem Maststücke; er rief Schiffsfähnrich Barth mehrmals um Hilfe an. Dieser jedoch, sowie die in der Nähe befindlichen Leute, meistentheils verwundet, hatten mit sich selbst zu thun, um sich über Wasser zu erhalten, konnten sich ihm daher nicht nähern und mußten mit ansehen, wie er plötzlich entkräftet den Mast losließ und unterging. Marine-Infanterie-Lieutenant Schele soll mehrmals zwischen den Holztrümmern aufgetaucht sein, bis er plötzlich, wahrscheinlich von einem Holzstücke am Kopfe getroffen, unter dem Wasser verschwand und nicht mehr zum Vorschein kam.

Es ist dieses Unglück das dritte, welches die österreichische Kriegsmarine betroffen hat. Im Jahre 1852 ging der von Venedig ausgelaufene Dampfer „Marianne" im Sturm spurlos zu Grunde; nicht Ein Mann wurde gerettet. Im Jahre 1859 flog die Brigg „Triton" im Hafen von Ragusa bei Lacroma durch eine Explosion der Pulverkammer in die Luft. Es wurden mehrere Leute gerettet, aber die wahre Ursache der Katastrophe konnte nicht ermittelt werden.

Ueber einzelne Personen des Stabes auf der unglücklichen Fregatte bringt die „Triester Ztg." einige Mittheilungen: Linienschiffs-Capitän Adolph Ritter v. Daufalik besaß das Ritterkreuz des österreichischen Leopold-Ordens (Kriegsdecoration) und das Offizierskreuz des belgischen Leopold-Ordens. In der Schlacht von Lissa führte er das Commando der Propeller-Fregatte „Adria" und erwarb sich durch Tapferkeit und Umsicht erstere Auszeichnung. In der Marine wurde er allgemein als tüchtiger Offizier geachtet. Sein Bruder Julius dient gleichfalls in der österreichischen Marine als Corvetten-Capitän und ist gegenwärtig technischer Referent in Triest. Linienschiffs-Lieutenant Eduard Pillmer war ein talentvoller, mit außerordentlichen Sprachkenntnissen begabter Offizier. Seine beiden Brüder Maximilian (Fregatten-Capitän und Commandant der Corvette „Friedrich") und Hector (Seecadet auf der Fregatte „Donau") dienen gleichfalls in der österreichischen Marine und sind gegenwärtig der ostasiatischen Expedition zugetheilt. Schiffs-Lieutenant August Freiherr v. Skribanek (Sohn eines k. k. Feldmarschall-Lieutenants) hatte mit der Fregatte

„Novara" die Erdumseglungs-Expedition mitgemacht, war correspondirendes Mitglied der k. k. Geologischen Reichsanstalt, ordentliches Mitglied der k. k. Geographischen Gesellschaft, ordentliches und correspondirendes Mitglied der königlich geographischen Gesellschaft in London, ordentliches Mitglied der k. k. meteorologischen Gesellschaft. Schiffs-Lieutenant Julius Edler v. Jäger, geschickter und beliebter Seeoffizier, machte im Jahre 1864 die Nordsee-Expedition mit, befehligte in der Kriegsepoche 1866 ein Kanonenboot und hinterläßt eine junge trostlose Wittwe mit einem drei Wochen alten Sprößling. Linienschiffsfähnrich Karl Barth, tüchtiger und gebildeter Offizier, focht auf dem Kanonenboote „Wall" bei Lissa und erwarb sich dort das k. k. Militär-Verdienstkreuz. Dieser Offizier ist schwer verwundet und der einzige Gerettete vom Stabe. Linienschiffsfähnrich Rudolph Ritter v. Jenny, Sohn des Hofraths v. Jenny (bei der k. k. Statthalterei in Triest), ein Offizier von ausgezeichneter wissenschaftlicher Bildung, machte die Nordsee-Expedition mit und befehligte im Jahr 1866 ein Kanonenboot. Linienschiffsfähnrich Fidelio Lazarich focht in der Schlacht von Lissa auf der Fregatte „Habsburg" mit Auszeichnung. Fregattenarzt Dr. Boschics-Boschan, geschickter Arzt, veröffentlichte in den medicinischen Fachblättern mehrere interessante Abhandlungen. Ihm sind hauptsächlich die genauen klimatischen und geologischen Daten über die Insel Lissa zu verdanken. Während der Seeschlacht von Lissa befand sich derselbe auf der Panzerfregatte „Salamander". Die Seecampagne des Jahres 1868 machte er mit der Panzerfregatte „Kaiser Max" mit. Zur Einschiffung auf der Fregatte „Radetzky" war ursprünglich Fregattenarzt Dr. Kudlich bestimmt. Da jedoch der Genannte erkrankte, wurde er durch Dr. Boschics ersetzt.

Miscellen.

In einem Vortrage, welchen der Dombaumeister Regierungsrath Voigtel über den dermaligen Stand und die Fortschritte des Kölner Dombaues gehalten hat, entnehmen wir folgende bemerkenswerthe Data. Zu Anfang dieses Jahrhunderts hatte Michel Bertholet von Aachen in einem Gutachten an Napoleon die Niederlegung des Domes beantragt, weil derselbe den Einsturz drohe; dagegen ist ja vor einem ähnlichen Schicksale, im Kopfe des „Architekten" Hennequin ausgeheckt, unser Speyerer Dom nur durch energische Einsprache des Bischofs Colmar von Mainz gerettet worden; wie aber stehen heute diese bereits dem Untergange geweihten größten und hehrsten Denkmäler deutscher Kunst und Frömmigkeit neu erstanden und herrlicher als jemals vor unsern Augen! Namentlich ist der Kölner Dom seit Jahren in seinem unaufhaltsam raschen Fortschreiten der Vollendung entgegen, der gespanntesten Aufmerksamkeit werth. Welche Triumphe feiert dort jetzt auch die neue Technik, im Vergleich zu den früheren Perioden des Baues! Im Mittelalter brauchte man, um einen Stein von 40—50 Centner heraufzubringen, mindestens einen Tag. Die Steine wurden anfangs mit Klammern gehoben; später löthete man einen eisernen Ring in den Stein, an welchem dann das Hebewerk befestigt wurde. Solche Steine mit Ringen lagen jüngst noch auf den unvollendeten Mauern, seit mehr denn 300 Jahren ihrer Verwendung harrend. Mit dem jetzt beginnenden Frühjahre wird aber, nachdem der alte morsche Domkrahn entfernt worden ist, eine auf der Höhe der Thürme angebrachte Dampfmaschine von 8 Pferdekraft die Steinmassen bis zu neunzig Centner Schwere in vier Minuten in die Höhe heben, wo sie dann auf einem Schienengeleise über die beiden Thürme an ihre Stelle befördert werden. Das zweite Stockwerk des Thurmbaues (gegenwärtig zu 160 Fuß Höhe gebracht) soll in den nächsten 2½ Jahren mittelst der jährlich, durch Beihilfe der Lotterie, erübrigten 250,000 Thaler fertig gestellt, in weiteren 2½ Jahren das Octogon, und schließlich binnen andern 2½ Jahren der Bau ganz vollendet werden. Eine nicht geringe Schwierigkeit wird die Aufstellung der Kreuzesblume auf den Thurmen bieten. Wird sie, wie es am geeignetsten erscheint, aus Stein gefertigt, so beträgt ihre Schwere 181 Centner und muß ein Gerüst von mehr als 525 Fuß Höhe für sie errichtet werden, das die Thurmspitzen des Speyerer Domes um 277 Fuß überragen würde!

Dresden, 21. Febr. Die Gesammtzahl der im Laufe des vergangenen Jahres im Regierungsbezirke Dresden vorgekommenen Selbstmorde beträgt 210, und zwar bei 158 männlichen und 52 weiblichen Personen. Die meisten Selbstentleibungen kamen in Dresden vor, 39. Die Gesammtzahl vertheilt sich mit 84 auf die Städte und mit 126 auf die Dörfer des Regierungsbezirks. Der Leipziger weist sogar in demselben Jahre 222 Selbstmorde auf (bei 182 männlichen und 42 weiblichen Personen), die Stadt Leipzig insbesondere 42. Die Gesammtzahl vertheilt sich hier mit 113 auf die Städte und mit 109 auf die Dörfer. Das sind grausige Ziffern! (Allg. Z.)

(Mutterfreuden.) Man schreibt aus Despot-St.-Iván (Ungarn), 21. Februar: In dem zwei Stunden von hier gelegenen Dorfe Deromna fand gestern die heilige Taufe der, merkwürdigerweise, in einem Tage und zur selben Stunde von fünf Müttern geborenen elf Kinder — neun Knaben und zwei Mädchen — statt; drei derselben wurden nämlich von Zwillingen und eine von Drillingen entbunden. Mütter und Kinder erfreuen sich bis jetzt der besten Gesundheit.

In Paris beginnt unter den Damen wieder die Mode, sich die Haare zu pudern.

Im „Progrès de Lyon" wird auf den großen Einfluß hingewiesen, welchen der Planet Jupiter auf die Atmosphäre unserer Erde ausübt. Seit dem Monat März vorigen Jahres hat sich Jupiter in einer fast senkrechten Stellung zum Aequator der Erde gehalten, und die Anwesenheit dieses Gestirns in der Linie des Aequators ist, dem geschickten Meteorologen Mat zufolge, die Hauptursache der anhaltenden aequatorischen Strömungen, sowie der tropischen Hitze des Jahres 1868 und der ausnahmsweisen Milde des gegenwärtigen Winters. Wenn diese Behauptung richtig ist, wird es bis Ende Februars so fortdauern, obgleich von einigen kalten Nächten. Hingegen werden Spätfröste, hauptsächlich im April und Mai und zwar in den ersten und letzten zehn Tagen dieser Periode eintreten.

Räthsel.

Es ist ein Fluß im deutschen Reich;
Doch nur das letzte Zeichen streich,
So nennt's ein Wort im Zahlenkreis.
Will sehen, wer das Wort nun weiß.
Doch soll das Wort dich nicht betrügen,
So muß ich noch hinzu was fügen:
Es nennt die Zahl nur unbestimmt.
Räthst Du's jetzt nicht, mich's Wunder nimmt.
Scharfsinnig bist Du nicht, o Graus!
Ich sprech's im Namen aller aus.

Frankenthal. J. Prechtel.

Redaction von K. A. Woll, Druck der Jäger'schen Druckerei in Speyer.

Palatina.

Belletristisches Beiblatt zur Pfälzer Zeitung.

Nro. 27. Speyer, Donnerstag, den 4. März 1869.

Theorie der Liebe.

Humoreske von A. Fraas.

(Fortsetzung.)

Marie war außer sich vor Betrübniß, und doch wagte sie nicht, Sebald anzusprechen. Dieser aber, der immer blässer wurde und schwer athmete, reichte dem armen Mädchen, welchem Thränen in den Augen standen, die alle ihre Gefühle ausdrückten, beim Weggehen stumm die Hand und drückte die ihrige. Dann bot ihm der Doctor in den Fiaker und fuhr fort. Als er am Hause ankam, hatte Sebald schon einen heftigen Blutsturz, war bewußtlos und nur mit Mühe konnte er in sein Bett gebracht werden, und nur erst, als Sacherl eine Ader geöffnet hatte, kam er langsam wieder zu sich, bis zum Tode erschöpft, mit beginnendem Fieber, kurz, lebensgefährlich krank.

Marie wußte nicht, wie sie nach Hause gekommen war. Jedermann auf der Straße sah ihr verdutzt nach, ihr räthselhaftes Aussehen befremdete Alle. Kaum angekommen erzählte sie unter Schluchzen den Vorfall der Mutter, diese dem Dr. Progressus; der wußte schon, daß Sacherl einen Kranken gegenüber ins Haus geleitet habe, — nahm jedoch Anstand, ungerufen sich in dessen Praxis zu drängen, als eilig Sabina, die Magd der Frau Kirschbaumer, kam und von ihrer Frau die Bitte brachte, Herr Dr. Dampfhuber möchte eiligst ihren Sohn besuchen, der tödtlich krank sei. Nach einiger Ordnung seiner Apparate machte sich der Doctor auf den Weg und nahm mich als Kollegen mit, um, wie er zweifelsohne dachte, seine Triumphe zu bewundern.

Inzwischen lag in einem der am meisten alterthümlich erhaltenen Zimmer seines Hauses blaß und mühsam athmend mit hüpfenden Pulsen der unglückliche Sebald, umgeben von Spuren des Blutverlustes, des Schreckens, des Kummers, der namenlosen Angst die alle Hausbewohner erfaßt hatte. Auf den Zehen schritten Alle umher, nur leise flüsternd sprachen sie mit einander; ein fallender Löffel, ein klirrender Topf in der Küche erzeugte alle Zuckungen des Mißmuthes auf dem Gesichte der Wärterin, mehr noch bei der Frau Kirschbaumer selbst. Und wie traurig war auf einmal das Aussehen der sonst so gemüthlichen alten Stube geworden! Die großen braunen Wandschränke mit eckigen, gothischen Spitzen sahen jetzt viel ernsthafter aus denn früher, und der alte mit viel Schnitzwerk verzierte Lehnstuhl streckte sich wichtigthuend, als wäre er selbst ein Heilkünstler, und murmelte mit wichtigthuender Miene, wie Herr Sebald weit sicherer bei ihm gewesen wäre, als auf der Straße, und wie die Jugend das nur nicht einsehen wolle.

Da öffnete die Stadträthin leise die Thür und Dr. Progressus trat ein, grüßte stumm nickend den Collegen und ging mit diesem flüsternd an eine Fensternische.

„Ein ernsthafter Fall das, nicht gescheidt," murmelte Dr. Eustachios, Prognosis difficilis, he?

„Ich kenne die Entstehung bereits," erwiderte der Andere, „da unsere Marie ja eine Art Veranlassung dazu war. Weißt Du die Fiakernummer noch?"

„Ei freilich," entgegnete Sacherl, „es war ja der mich selbst immer fahrende Fiaker Nummer 36."

„So — ja! das ist ja vortrefflich, da kann man ja Form, Größe und Kraft des verletzenden Instrumentes leicht ermitteln."

„Der Wagendeichsel? Das ist freilich sehr einfach, — aber vorerst scheint mir hier die nächste Hilfe nothwendig. Ich habe einstweilen zwanzig Unzen Blut genommen und Salpeter verordnet, kalte Ueberschläge und Senfteig auf die Füße."

„Der alte Schlendrian! Lauter dummes Zeug!"

„Weiß schon, weiß schon, Dampfhuber, — alter Schlendrian! Nun ändere es ab, wie Du willst, ich gebe es gern zu — schlag' eine andere Methode vor, Atomenquirler," rief Sacherl im Affect.

„Pst — leise," wehrte der Andere lächelnd — „der Fall ist in der That interessant und kann die Wissenschaft fördern, verstehst Du? Kurzsichtiger Saliterer, — merk auf, wie ich es ansehe. Vorerst muß mittelst eines Kraftmessers die Größe des Gewichtes ermittelt werden, das mittelst des Wagens auf die Brust des Assessors wirkte. Ich bin überzeugt, daß nicht das Gewicht an sich, sondern nur das Plötzliche, die Erschütterung wirkte. Aber wie? leg' Dir zwei Centner Eisen stundenlang auf die Brust — doch —" hier dachte der Doctor ernstlich daran, einen Versuch zu machen, bis zu welcher Bedrückung fortgeschritten werden könne, bis menschliche

Rippen brächen, zog eine Schreibtafel heraus und notirte einige Worte. „Ist also,“ fuhr er fort, „die Ursache wissenschaftlich erforscht, dann sieh zu, ob das Blut wirklich abnorm ist, ob seine Plasticität vermehrt ist, eine interessante Analyse dieses Plasma will ich selbst anstellen, bin begierig, ob Dein Aderlassen und Salpetergeben im Stande sind, etwas an seiner Beschaffenheit zu ändern — schicke mir von dem Blut — täglich, — auch die flüchtigen Fettsäuren möchte ich dabei controliren.“

„Aber inzwischen die Cur,“ mahnte Sacherl.

Achselzuckend meinte Progressus, damit möge er beliebig fortfahren, wie er angefangen. „Jedenfalls,“ setzte er sehr leise hinzu, „wird die Section einen sehr interessanten Krankheitsherd enthüllen, und ich freue mich schon auf die Reihe von Blutmetamorphosen, die wir finden werden.“

Damit gingen die Doctoren an's Krankenbett, trösteten Frau Kirschbaumer und Sabina, die pflegende Magd, verboten dem erwachenden Kranken jegliches Sprechen, jede Beunruhigung, und empfahlen fleißiges Nehmen der Arznei. Dann machten sie Anstalt sich zu entfernen und unter allgemeinen Bemerkungen über die Temperatur des Zimmers und daß Sabina gleich einige Unzen von dem Aderlaßblut zu Dr. Progressus bringen möge, lobte letzterer hingeworfen die schöne Katze, welche am Boden um Frau Kirschbaumer schnurrend herumstrich und meinte, sie werde auch recht gut im Hause genährt, was die Wittwe mit dem Bemerken bestätigte, daß ihre liebste Kost gebratene Fische, wenn auch nur Weißfische, wären.

„Der Tausend! die Feinschmeckerin!“ sagte Progressus und streichelte die ihm übrigens sehr verdächtig anschielende Minz. Unter vielen Versicherungen, daß es mit der Krankheit „nichts auf sich habe“ entfernten sich die Asklepiaden. Noch denselben Abend stellte der Doctor gegenüber gebratene Krebslinge in die Katzenfalle, die er auf den Boden seines Hauses behufs der Gewinnung von Material zu Experimenten aufgestellt hatte.

Sacherl, der ein gewaltiger Freund von Räthselaufgaben war, ging ins Büreau des Stadtblattes.

Zweites Capitel.

Nur sechs Häuser entfernt von der Wohnung des Dr. Progressus war das Haus der Frau Ludmilla Wandelin, der kranken, siechen Wittwe, deren Zustand dem Doctor so viele Sorgen machte.

Ein prächtiges, erst jüngst gebautes Haus im modernen Stile, dem sich ein großer Garten mit Buschwerk und Zierbäumen anschloß, wurde ganz allein von der trostlosen Ludmilla, die erst achtundzwanzig Jahre zählte, bewohnt, nachdem ihr alter Ehegatte vor einem halben Jahre das reiche Zeitliche, das ihm in der Lebenszeit so viele Mühe machte, endlich gesegnet hatte. Bei Gelegenheit dieser „Segnung“ hatte Ludmilla unsern Doctor, der den Gatten behandelte, kennen und schätzen gelernt. Wie tief forschte er auch nach dem Uebel des todtkranken alten Herrn! Wie quälte er sich mit Ermittlung aller Gestaltungen, welche die Krankheit in ihrem Verlaufe annahm, so daß Herr Wandelin selbst, der „Segnende“, es zuletzt bedauerte, ihn endlich mit den Experimenten im Stich lassen zu müssen, da die letzte Metamorphose in der That das Leben gekostet hatte, noch ehe der Doctor das Factum der Erkrankung sicher analysirt hatte. Das mußte auch Ludmillen zum größten Trost gereichen, daß nichts zur gründlichsten Behandlung des Kranken versäumt worden war und die Ruhe wie das unerschütterliche Bewußtsein des Doctors, allen Forderungen der Wissenschaft genügt zu haben, trugen nicht wenig dazu bei, ihr das Leben noch erträglich erscheinen zu lassen.

Dennoch stellte sich bei Frau Ludmilla von dieser Zeit an ein schleichendes, höchst hartnäckiges Uebel ein, dessen Bekämpfung, wie schon oben gesagt, des Doctors ganze Thätigkeit in Anspruch nahm.

(Fortsetzung folgt.)

* Naturleben im Zimmer.

Das ist ein böser März! War von vornherein dieses Jahr überhaupt kein milder Winter, indem ja das Dringendste, Wichtigste und Nothwendigste schier nicht aufzubringen war, nämlich das Eis für die Bierbrauer, davon ganz zu schweigen, daß kein Bube das Glück hatte, einen respectablen Schneeballen zu werfen: so hat uns der Februar erst recht verwöhnt und uns den Glauben beigebracht, als sei der Winter vorüber und mit raschem Siegesschritt gedenke der Frühling seinen Einzug zu halten, sintemalen er bereits seine verführerischen Vorboten, die Mandel- und Aprikosenblüthen vorausgesandt, der Schneeglöckchen, Veilchen und des naseweisen Crocus gar nicht zu gedenken. Und nun, da wir heute, den 1. März schreiben, da sämmtliche Pelzmützen, Muffs, Boas und Fuchshandschuhe für heuer auf den Aussterbeetat gesetzt sind, da ferner bereits Lenzpartien an's Gebirg besprochen werden wegen der schönen Aussichten, und in's Ramberger Thal wegen der schönen Kirschenblüthen, — stürmt und tobt es draußen, in bösen Stunden fallen sogar dicke Schneeflocken, so daß die armen Blümchen im Garten und die Leute in den Zimmern gar nicht wissen, woran sie sind und beinahe glauben möchten, die Russen hätten Recht mit ihrer Zeitrechnung. Sicher kannst Du, freundlicher Leser, Dich draußen nicht ergehen, denn entblättert steht noch der Wald, der Wind geht scharf, bodenlos sind noch alle Wege und Pfade und schwarzes Gewölk droht am düstern Himmel. So komm also, ich lade Dich dennoch ein zu einem Spaziergang, bei welchem Dein Auge an der Wasserwelt sich ergötzen kann, an einem Weiher, von grünem Gebüsch, Primeln, Maiglöckchen und Veilchen rings umsäumt. Fürchte Dich nicht! Trockenen Fußes und unbekümmert um das drohende Gewölk wandelst Du am Weiher umher, ein freundliches Stück Naturleben enthüllt sich vor Deinem Blick, jedes Thierlein, jedes Pflänzchen erscheint vor Dir in nächster Nähe, der Teich steht nämlich — auf meinem Zimmer.

Siehst Du hier auf dem eichenen Blumentisch den Wasserbehälter, aus starkem Winkeleisen errichtet, mit Glasscheiben von doppelter Stärke, reinlich gefügt mit Kitt von rothglänzendem Mennig, darinnen ein Meer von klarem Brunnenwasser — sechs rheinische Gießkannen voll enthaltend! Nun beuge Dein Haupt und blicke mit ruhigem Auge durch die Wasserwelt! Langsam zieht eine Schaar von Goldfischchen vorüber, goldroth glänzend die Alten, goldgelb schimmernd die Jüngeren; auf und nieder trägt sie die ruhige Welle, tändelnd erschnappen sie bisweilen ein Semmelkrümchen, das mir vom Frühstück übrig geblieben oder ein Ameisenei, das herumschwimmt auf der glatten Fläche des Wassers. Stolz und majestätisch eilen sie jetzt hinüber unter die breiten Blätter einer üppigen Calla und halten sich in gebührender Entfernung, denn es naht in der Ferne ein Haufe Fischproletarier: braune Schleien, silberglänzende Weißfische, gelbbraun schimmernde Kärpfchen und graugestreifte Bärsche, aufstreibend die kühnen Stacheln, als schwämmen sie auf des Vater Rheins blaugrünem Grunde. Wie sie sich wiegen und schweben, wie sie die Rückenflossen heben und senken, wie sie athmen aus weit geöffneten Kiemen und schlürfen das stärkende Element, das ihnen der Besitzer allmonatlich erneut aus kühlem Brunnen! Sieh — auseinander fährt nun die Schaar, schnell wie der Blitz, sich zu bergen unter dem schirmenden Grün des Hornblattes (Ceratophyllum), ein heimlicher Feind naht, ein metallgrünglänzender Wasserkäfer (Hydrophilus piceus), mit gefiedertem Fuß rasch die Fluth durchsegelnd. Wehe, wenn er mit seiner scharfen Fangzange eines Fischleins habhaft wird! Fest klammert er sich an und läßt die zappelnde Beute nicht los, bis sie verendet unter der mörderischen Last. Damit aber dieser Feind seinen Grimm nicht auslasse an den harmlosen Fischlein, werfen wir ihm geschwind ein Stückchen feingehackten Fleisches vor die Fänge und siehe! damit ist er zufrieden und schleunigst schleppt er es hinunter in die Höhlungen des durchbrochenen Tuffsteins. Hoch ragt dieser heraus aus dem Weiher und ein prächtiges Farnkraut hebt üppig seine schön geformten Blätter oben auf der Höhe, daneben treibt seine lieben blauen Blüthen ein Vergißmeinnicht.

Aber welch ein Ungethüm hält dort seine Siesta in einer Röhre des Kalktuffs? Klar blinzeln seine Augen, zuweilen öffnet es den röthlich weißen Rachen und eine Luftblase perlt hinauf an die Oberfläche des Wassers — jetzt wendet es träg den dicken Kopf, der Bauch wird sichtbar, gelb mit schwarzen Flecken, jetzt senkt es sich hinab in die Tiefe, mit dem breiten Schwanz die Wellen zertheilend. Das ist ein Salamander, ein Molch mit gezacktem Kamme auf dem Rücken, nun kriecht er langsam hinüber in die grünen Blätter der Vallisnerie, denn dort hält sein Weibchen eben das Mahl, einen fetten Regenwurm unnachsichtlich würgend. Eine Weile sieht er zu, die Freßlust wird rege, Weib hin, Weib her, jetzt schnappt er und im Nu hat auch er den sich krümmenden Wurm erfaßt. Nun beginnt der Kampf; hier zerrt der Salamander das Hintertheil der saftigen Beute, dort hält die Salamanderin dieselbe ebenfalls im Rachen fest, beide würgen und schlingen und zerren und ringen, immer weniger sichtbar wird der Wurm, jetzt sitzen sie aneinander mit offenem gefräßigen Rachen. Abermals beginnt der Kampf, sie stemmen sich mit den Füßen, aufwirbelt der Sand vom Boden, noch ein Ruck — das Weibchen hat gesiegt, eilend schleicht es davon mit der Beute und der Gemahl hat das Nachsehen. Aber, wirst Du fragen, sind denn diese Ungethüme nicht giftig? Nein, antworte ich; von unseren Flüssen, Seen, Teichen und Bächen beherbergt keiner giftiges Gethier, sogar ganz harmlos sind diese Molche und können keinem Kind einen Schaden zufügen; daß sie sich wacker um ihr tägliches Brod wehren, ist ihnen nicht zu verdenken. Und welch einen bösen Leumund haben diese armen Bursche von jeher gehabt! Molche und Drachen galten als giftiges Gewürm, sogar im Feuer sollten erstere leben können, gar mancher wurde lebend in den Gewehrlauf gezwängt und herausgeschossen, denn durch einen aus dem Gewehrlauf geschossenen Salamander erlangte man, nach der Volkssage, sicheren, unfehlbaren Schuß.

Sieh doch, was fährt dort hinter jenem Steine in Schlangenwindungen herauf an die Oberfläche und dann pfeilschnell wieder hinab zur Tiefe? Das ist eine Grundel, die sich eben eine Ameisenpuppe erhascht hat, schön braun und gelblich gezeichnet liegt sie jetzt ruhig da, minutenlang ohne alle Bewegung, und wir haben nun Zeit, ihren sechsfachen Schnurrbart zu bewundern. Bewegt sich nicht dort leise ein grünes Blättchen des Froschlöffels (Alisma plantago)? Gewiß, ein Thierlein wandelt darauf hin und her, es ist eine Insectenlarve (Agrion virgo), schmal, mit langgestrecktem Leib, welche den Frühling erharrt um sich mehr und mehr zu vervollkommnen, bis sie zuletzt als schlanke Wasserjungfer, Libelle, davonfliegt. Ihr Hinterkörper mit dreigetheilter Feder bewegt sich mit der schwachen Strömung des Wassers, die eine eben vorbeisegelnde Wasserwanze, (Notonecta) die geschickte Rückenschwimmerin, verursacht. Sie eilt hinüber zu den feinen Blättchen des Cypergrases, an denen sich bereits ein Wasserscorpion (Nepa) festhält mit seinen langgestreckten Fühlern. Unten aber unter den Kieselsteinen wandelt träg eine große Wasserspinne, die eben dem Schlamme entkrochen, jetzt will sie sich festhalten an dem Spiralgebäude einer Tellerschnecke (planorbis); aber diese hat Wichtigeres zu thun, sie beginnt eben ihre tägliche Wanderung an den Glasscheiben, um diese von den sich beständig neu bildenden Algen zu säubern.

Das ist ein kleines Bild des Thierlebens im Innern des Aquariums; nun aber setzen wir unsern Spaziergang fort um den Rand des künstlichen Weihers. Da ist ein Park mit Blumenbeeten angelegt in kleinen thönernen Gefäßen, gefüllt mit Haidegrund und Gartenerde. Stolz strebt daraus empor eine majestätische Cypresse, welche einige Evonymus und einen Wachholderstrauch überragt, daneben eine

Tanne aus Japan, (kryptomeria) die ihre hellgrünen Aeste ausbreitet über das ganze Gefild. Unter ihrem Schatten sprießen duftende Märzveilchen, dabei blüht eine Veronika ganz im Stillen, während sich im Vordergrund blühende Primeln, Schneeglöckchen und Eriken breit machen, so daß sie die üppigen Farrenkräuter an den Felstrümmern fast gar nicht aufkommen lassen. Ist noch irgendwo ein Plätzchen frei, so zwingt sich gewiß Sauerklee oder eine Potentilla heraus, welche von dem üppig wuchernden, hochgrünen Lycopodium beinahe erstickt werden. Unten aber um den eigentlichen Träger des ganzen Tisches, einen rauhen Magienstamm, schlingt seine Ranken ein treuer, deutscher Epheu, der die Zimmerwärme geduldig erträgt und es auch nicht übel nimmt, wenn sein Herr einmal das Begießen vergißt.

Das ist ein Stückchen Naturleben im Zimmer, das dem Naturfreund, welchem Park, Garten und Weiher versagt ist, während des Winters manche lehrreiche Stunde und allerlei Genüsse bereitet, Genüsse, die um so höher anzuschlagen sind, da sie Herz und Gemüth erheben und erheitern, den Verstand zum Nachdenken anspornen und durch das beständige Beobachten animalischen und vegetabilischen Lebens die Liebe zur Natur und ihrem Schöpfer fördern und erhalten.

Miscellen.

London, 27. Febr. Ein schreckliches Unglück trug sich gestern gegen Abend in dem Stadtbezirk von Bethnal-Green zu. Eine Anzahl Arbeiter war mit der Aufführung eines Eisenbahnbogens auf einer Strecke der Great Eastern Bahn beschäftigt, als etwa vier schwer geladene Kohlenwaggons den Bogen durchbrachen und 19 Personen unter einem Haufen von Holz, Steinen und Eisen begruben. Der Bogen war 60 Fuß hoch und so groß war die durch den Einsturz verursachte Erschütterung, daß in mehreren benachbarten Häusern die Fensterscheiben sprangen. Obwohl thätige Hülfe rasch zur Hand kam, konnten nur 14 der Arbeiter lebend aus dem Trümmerhaufen befreit werden und nur wenige von ihnen kamen mit unbedeutenden Verletzungen davon. Fünf Personen dagegen fanden ihren Tod und ihre Leichen waren so zerschmettert, daß es erst heute gelungen ist, zwei derselben zu erkennen.

(Eine Riesin.) Den Siamesischen Zwillingen droht in nächster Zeit eine Concurrenz zu erstehen. Eine Riesin ist aus Neuschottland in der englischen Hauptstadt eingetroffen, um aus ihrer ungewöhnlichen Leibesbeschaffenheit eine Geldquelle zu machen. Personen, die sie gesehen, rühmen gleichzeitig die ihr angeborene Grazie und Schönheit der Formen. Miß Swan — dies ist ihr Name — zählt erst 20 Jahre und mißt 8 Fuß 2 Zoll; mehrere medizinische Autoritäten, welche diese Naturseltenheit in Augenschein nahmen, stellen ihr noch weiteres Wachsthum in Aussicht.

Petersburg, im Febr. Vor zwei Jahren erlitt ein russischer Leihhändler Namens Plotizyn auf dem englischen Markte einen Verlust von 700,000 R. Obwohl man ihn für reich hielt, glaubte man doch, daß sein Geschäft darunter leiden würde; allein dem war nicht so. Das Geheimniß tritt jetzt zu Tage. Die in Rußland weit verzweigte Secte der Skopzen (Selbstverstümmeler), hat dem Correspondenten der „Gouvernements Zeitung" zufolge, seltsame Entdeckungen gemacht. Das Haupt dieser Secte in Morschansk, der Millionär Maxim Plotizyn, ist verhaftet; in seinem Hause wurden 9 verstümmelte Frauen arretirt, Porträts in Goldrahmen von Selbstverstümmelern kirchl., wie z. B. des Selivanow, Schilow, Peter III., Mutter Gottes Anna Solowowna und andere photographische Abzüge wurden nach Petersburg geschickt. Der Gouverneur Hartung und Vice-Gouverneur Ubaky haben im Hause dieses Skopzenhauptes aller Orten in geheimen Niederlagen gefunden ganze Haufen Gold, viele Centner Silber in Kisten, namentlich vom Gepräge der Kaiserin Katharina (bestes Silber). Hinter eisernen Thüren in unterirdischen Gewölben entdeckte man viele Millionen Gold und Silber in Kisten und halbverfaulten Säcken und viele Millionen Banknoten. Die Ziffer dieses Fundes à la Monte Christo ist nicht angegeben, allein es heißt, daß 100 Säcke von der Bankbillets à 100,000 R., also 10 Millionen gefunden worden sind, und daß dieses Geld das Capital aller Skopzen in Rußland bilde, womit die Skopzen manchmal die Hände der Regierung gebunden haben; — ich bemerke dazu, daß vor einigen Jahren, vor der Emission der ersten Prioritäts-Anleihe, die Skopzen dem Kaiser 60 Millionen R. (Metallrubel) als Darlehen angeboten hatten, unter der Bedingung der Gleichberechtigung und Anerkennung der Rechtsbeständigkeit ihrer Secte. Der Kaiser lehnte ab. Plotizyn's Haus und Hof ist von Wachen umstellt, seine Correspondenz mit den sibirischen Selbstverstümmelern ist, wie die mit den Petersburgern, confiscirt. Der bekannte Millionär hier in Petersburg, Jermolai Tretjakow, ist in diese Angelegenheit verwickelt und wurde jüngst in Morschansk beinah angehalten. Gewiß wird diese Geschichte die Aufmerksamkeit höherer Regierungskreise auf sich ziehen. Dann fügt der Correspondent hinzu, die Skopzen sparen die Goldmassen für das neue Reich in Rußland, dem die jetzige Ordnung Platz machen solle, der neuen Skopzen-Aera in Rußland. Ferner hat man Verbindungen zwischen dem Skopzenthum in Morschansk und der revolutionären polnischen Partei entdeckt, an deren Spitze Czajka (Czajkowski) in Konstantinopel stehe, der einen Aufstand unter den Skopzen zu organisiren beabsichtige, indem er Peter's III. Persönlichkeit vorstelle, die in den Lehren der Skopzen-Secte eine Rolle spielt. Zu diesem Zwecke wären auch schon Emissäre in die Gouvernements Moskau, Tambow, Kursk, Simbirsk und Jaroslaw mit der Aufforderung abgegangen, sich um Alexander Krylowski zu schaaren, der über bedeutende Mittel verfüge. Plotizyn's Häuser in Morschansk bilden ein ganzes Stadtviertel, ein Labyrinth mit Häusern, deren Fenster vernagelt. Morschansk ist der Skopzen Jerusalem und das Dorf Sosnowka ihr Mekka. Die ganze Nachricht klingt höchst abenteuerlich; die von hier aus eingeleitete Untersuchung wird das Wahre nachzuweisen haben.

Charade.

1.
Die Mutter steht im Acker,
Ich wirk' zu Hause wacker,
Erzeuge Kraft und Stolz,
Verwandt der Leben Gust.

2.
An mir ist nichts zu loben,
Doch bin ich immer oben,
Ich bin ein wildes Thier,
Der Jäger jagt mit mir.

3.
Wer von mir wird getroffen,
Hat nicht mehr viel zu hoffen,
Obschon zu mancher Zeit,
Mein Ton Dich auch erfreut.

Das Ganze.
Viel Geld ich schon gekostet,
S'ist besser, wenn man mostet;
Doch ist dem, wie ihm sei:
Man braut doch Bier dabei.

C.   S.

Redaction von F. L. Wolff, Druck der Jäger'schen Druckerei in Speyer.

Palatina.

Belletristisches Beiblatt zur Pfälzer Zeitung.

Nro. 28. Speyer, Samstag, den 6. März 1869.

Theorie der Liebe.

Humoreske von A. Praas.

(Fortsetzung.)

Nebst einer schon ältlichen Tante, welche bei Ludmilla im Hause wohnte, war noch einige Dienerschaft da, denn sie konnte es zeitweise ganz unerträglich finden, allein zu sein. Sie hatte dann ihren bösen Tag und es war bejammernswerth anzusehen, welche gewaltige Seelenqualen sie dann litt und wie selbst des Doctors Anwesenheit diese nur zu verstärken schien. Da flog dann das Schoßhündchen, Mops Josi der Fette, auf die Treppe hinaus, wo er winselnd den Wechsel alles Vergänglichen beheulte, die Zofe Lisette schlich mit zerzaustem Haar und thränenschwerem Blick durch die Gemächer, wie in einen Zauberkreis gebannt, aus dem sie trotz allen Willens nicht zu entfliehen vermochte, die alte Tante bildete aus der Umgebung ihrer grauen Augen Dreiecke und aus der knappen Stirnhaut Wülste von Parallellinien, Jakob der Bediente drückte seine Augäpfel weit aus den Höhlen, zugleich hing er sein Unterkinn aus den Angeln, — deutliche Zeichen des Mitgefühls und Mißbehagens — kurz Alles trauerte und war betrübt, wenn Ludmilla den „bösen Tag" hatte.

Dazwischen aber saß Ludmilla, bald weinend, dann schellend, dann tröstend, indem sie zum zehnten Mal die Uhr aufzog, die Stühle rumpelnd zur Ordnung wies, den Ofenschirm auf den Boden warf, die Kaminklappe sechsmal zugleich umdrehte, dann ein frommes Lied sang, wie es die Tante befohlen hatte, das aber immer mit dem merkwürdigen Refrain endigte: „Einen Kuß, dann gute Nacht!"

Wenn man aber genauer beobachtete, so bemerkte man einen sehr verschiedenen, dieser Trauer ganz fremden Zug in Allem, was Ludmilla umgab, — ja in ihr selbst, der schönen Wittwe, barg sich ein Schelm, der das pure Gegentheil seines Bruders mit der umgekehrten Fackel war und seine Verwandten bei allen Angehörigen des Hauses hatte. Wenn Ludmillen's „guter Tag," ja „gute Stunde" — denn das Uebel wechselte selbst stundenweise! — gekommen war, dann bellte laut auf vor Freude der Mops, meckerte Jakob, kicherte Lisette, lauerten die Äugeln der Tante, — dann prasselte der Ofen und schenkte Wärme Jedermann, der ihm zu nahe kam, die Uhr sang vor Wohlbehagen ihr Leibstückchen: „Freut Euch des Lebens," und die Stühle stellten sich allen Ernstes zu einem Contretanz an.

Ludmilla aber saß bald am Flügel und intonirte: „So soll ich Dich nun meiden, Du meines Lebens Lust!" bald sang sie mit heller Stimme: „Bei Frauen, welche Liebe fühlen, —" ergriff die Tante oder Lisetten, wer ihr vorkam, und walzte durch den Salon, daß selbst die Fenster Beifall klirrten, bald stellte sie sich declamirend in schwärmerischer Begeisterung mitten in den Salon oder setzte sich an den Schreibtisch und schrieb Verse, — Ergießungen — bis wieder die böse Stunde kam.

Den Nachmittag, an welchem das oben beschriebene Unglück mit Sebald sich ereignet hatte, waren die Anfälle besonders häufig gewesen und Jakob mußte dreimal zum Dr. Progressus laufen, ohne ihn bringen zu können. Am Tage darauf, in aller Frühe kam schon Lisette weinend wieder und bat den Vollaugigen aus eigenem Antriebe, doch gleich wieder zum Doctor zu gehen und ihn mitzubringen, was es auch kosten möge, denn es sei nunmehr Frau Ludmilla nicht länger mehr auszuhalten. Aber immer noch kam der Heilspender nicht. Was war denn die Ursache?

Wir finden an diesem Morgen sehr früh schon Dr. Dampfhuber in seinem Laboratorium beschäftigt. Bereits waren die nöthigen Wärmeeinheiten im Zimmer vorhanden, die Blutanalyse in Arbeit genommen und zur unsäglichen Wonne des Doctors der (Verhungerungs-) Versuch mit Minz dem Kater im Gange, denn vor einer Stunde war richtig der Lüsterne mit Hilfe der Backfische in die Falle gegangen. Wie würde die Wissenschaft frohlocken, wenn sie die Resultate der Versuche mit diesem fetten Fleischfresser erfahren könnte! Welche Rolle wird das Fett dabei spielen? Welche die stickstoffhaltigen Bestandtheile?

Minz, der Unglückliche, hatte darauf nur eine Antwort, die er mit gesträubten Haaren, rechtwinklich aufgerichtetem Schwanze und gelbglänzenden, wälzenden Augen gab, — er miaute in dem Experimentirkäfig. Aber trotz aller dieser entzückenden Aussichten, konnte doch zeitweise der Doctor nicht einen Seufzer unterdrücken, ja selbst die Blutanalyse gerieth dabei nicht selten auf einige Minuten ins Stocken. — Seufzer!

— Dr. Progressus Dampfhuber seufzt nur über den Mangel des Exacten in der Medicin! Und doch! Ja doch seufzte der Doctor auch noch über andere Dinge, die er freilich nicht minder exact zu stellen hoffte. Schon dreimal gestern und zweimal heute war Jakob, von Frau Ludmilla geschickt, gekommen und hatte seine Anwesenheit bei der todtkranken Wittwe dringend begehrt. Die halbe Nacht hatte er über diese ihm ganz unverständliche Krankheit nachgedacht, und war keinen Schritt weiter in ihrer Erkenntniß gekommen! War kein Substrat, — keine palpable Materie — die lässigen Wirren aller Symptome! — Dabei war er in Halbschlummer gekommen und sah dann mit eigenen Augen eine völlige Fahnenflucht aller seiner Ganglien oder Liebesätheratome, er sah sie kugeln, rollen, taumeln, schwingen, — sah sie zu Ludmillen fliehen, wo sie, von den übrigen abgestoßen, elendiglich verkümmerten, eines nach dem andern wie Goldregen traurig zu Boden fielen und von dem mit dem einen Auge lachenden Mops gierig gefressen wurden.

Der Traum machte ihm vollends klar, was er schon lange gefürchtet hatte, nämlich seine Liebe zu Ludmilla, zur schwerkranken Frau, die von ihm Heilung aber keinen Liebesäther begehrte! Was ihn noch allein tröstete, war, daß die Wissenschaft daraus Vortheil ziehen könne, wenn durch das Experiment das Verhalten des Liebesäthers nach seiner Theorie exact gemacht werden könnte. Daß die Wärme, also zunächst die Wärmequelle damit im engsten Zusammenhange stünde, scheine vorerst klar und unbestritten, also sei damit ein Ausgangspunkt gewonnen. Wie aber sei anhaltend mit Frau Ludmilla, die von so schrecklichen Zufällen in ewigem Wechsel heimgesucht wurde, wie mit der schönen Frau, ohne Schaden in der nüchternen Auffassung der Resultate, zu experimentiren? — Da kam ihm ein neuer Gedanke — leicht auszuführen! — eine telegraphische Verbindung mit den bekannten Modellen — gleichsam ein Taschentelegraph — das werde gehen — ein Draht über einige Häuser weg werde leichtlich die Verbindung fortwährend unterhalten und Ludmilla könne ihm den ganzen Tag über die anzustellenden Beobachtungen mittheilen. Gute Idee! Der Doctor war zufrieden mit sich und als eben Marie eintrat, um den Küchenzettel wie täglich vorzulegen und sehr bekümmert und verweint aussah, ja fragte er sie emsig um ihr Herzeleid. Schluchzend erzählte nun das Mädchen, daß sie der Gedanke, an dem Tod des Herrn Sebald Schuld zu sein, ganz um's Leben bringe, und sie bat mit aufgehobenen Händen, der Doctor möge doch alle Kunst, alle Wissenschaft zur Heilung des Armen anwenden. — Alles, was sie ihm, dem Doctor, nur immer thun könne, sei sie bereit für ihn zu arbeiten und zu leiden. Und das sei noch das Betrübendste von Allem, daß sie nicht einmal den Kranken sehen, geschweige erst pflegen oder nur sprechen dürfte!

In dem durch sein eigenes Geschick mißtrauisch gewordenen Doctor tauchte Angesichts dieser allzu innigen Theilnahme der Verdacht auf, ob nicht bei Marie gleichfalls ein Ueberschuß von Wärmeatomen, zu Liebesätheratomen sich constituirend, auf der Flucht nach Herrn Sebald's begriffen wäre, um dort das bekannte Salz, „die Liebe," zu bilden, und sein Möglichstes versprechend, nahm er doch vorerst ihre Pulsschläge mit der Secundenuhr ab und bat sie, die Kugel eines sehr empfindlichen Thermometers nur einige Augenblicke in der geschlossenen Hand halten zu wollen. Er schrieb dann auf ein neues Folium seines Versuchstagebuches:

Pulsschlag 80; Temperatur 33,7 R.

Er fügte dann tröstend bei, daß er bezüglich der Verbindung mit dem Kranken die Anbringung eines kleinen Handtelegraphen versuchen werde, um ihn später auch auf größere — hm — Entfernungen anzuwenden. Uebrigens zeige das Blut des Herrn Sebald eine sehr schlimme Beschaffenheit, aber jedenfalls werde durch diesen Fall die Wissenschaft mächtig gefördert werden.

„Uebrigens recommandire ich," setzte er bei, „eine bessere Kost."

„Die Kohlenhydrate müssen zuverlässig das dreifache von den Proteinkörpern betragen — also 1 : 3, noch besser 1 : 2."

Marie versprach zu willfahren und ging an ihre Arbeit, der Doctor aber schickte sich an, seine Krankenvisite zu machen.

(Fortsetzung folgt.)

Die Zuckerthierchen.

Von B. Marr.

Die Süße des Zuckers findet zahlreiche Verehrer unter den Thieren, namentlich sind es verschiedene Kerbthierarten, die gerne naschen. Fliegen, Bienen, Wespen, Ameisen u. a. stellen sich daher zahlreich in den Zuckersiedereien, Kaufläden, Vorrathshäusern u. s. w. ein, um ihren Gelüsten zu fröhnen. Namentlich die Bienen, diese fleißigen Zuckerfabrikanten, sind auch die ärgsten Zuckerräuber, so daß die zahlreichen Runkelrübenfabrikationen, die Deutschland aufzuweisen hat, die ärgsten Feinde der Bienenzucht sind. Jene müssen sich gegen die kühnen Räuber, die in ganzen Schaaren hereinbrechen, schützen, und das geschieht, indem man die Plünderer durch Bespritzen mit heißem Wasser tödtet. Aber auch von selbst finden die Bienen hier in den klebrigen Flüssigkeiten zu Tausenden ihren Tod und auf den hochtemperirten Trockenböden liegen sie zollhoch, so daß man sie mit Schaufeln wegschaffen muß. In den beiden großen Zuckerraffinerien zu Stettin beläuft sich die Zahl der räuberischen Näscher, die auf diese Art jährlich umkommen, auf nicht weniger denn 11 Millionen. Man kocht sie aus und gewinnt dadurch für 300 Thlr. Zucker. In Mähren ging die Bienenzucht in der Umgebung einer Zuckerfabrik, als sie im Jahre 1856 bedeutend vergrößert wurde und ihren Betrieb bis in die Somwermonate ausdehnte, ganz zu Grunde, da nur die wenigsten Bienenväter ermöglichen konnten, die fleißigen Thierchen stundenweit von der Mördergrube zu entfernen.

Interessant unter diesen Näschern ist noch der „Zuckergast“, der sich überall in den Häusern findet, wo Süßigkeiten aufbewahrt werden, also in den Küchenschränken, den Speise- und Vorrathskammern. Bekannter ist dieses Thierchen unter dem Namen „Fischchen“, den es wegen seiner sonderbaren Gestalt, den silberfarbigen winzigen Schuppen, womit es oben bedeckt ist, und seiner großen Beweglichkeit erhalten hat. Man behauptete früher, der Zuckergast sei aus Amerika zu uns gekommen und habe sich dann allmählig über Europa verbreitet. Dafür fehlen aber alle Beweise.

Außer diesen Thieren, die wir alle aber nur als gelegentliche Näscher angesehen haben, gibt es auch andere, die geradezu im Zucker wohnen. Freilich mit unsern blöden Augen sind diese winzigen Thierchen nicht zu erkennen. Wenn wir eine Handvoll des gewöhnlichen Rohzuckers aufmerksam betrachten, so bemerken wir wohl zuweilen viele rothe Pünktchen, die, wenn wir genau zuschauen, sich bewegen, gleichsam als wären sie belebt. Näheren Aufschluß darüber gibt uns aber nur das Mikroskop, das uns so viele Wunder in der Natur offenbart.

Bringt man eine Probe von diesem Zucker unter das Mikroskop, so verwandeln sich die rothen Pünktchen in winzige Käferchen, die gar emsig umherlaufen. Bei näherer Beobachtung bemerken wir, daß diese Thierchen mit kräftigen, scharfen Kiefern ausgerüstet sind. Der schuppige Kopf ist mit zwei fortwährend sich bewegenden, federbuschähnlichen Fühlhörnern und der Körper mit einer bronzefarbigen Decke versehen, die Füße enden mit spitzen Krallen. Durch weiteres Suchen gelingt es auch, im Innern einiger Rohzuckerklumpen, in rauhe Hüllen eingeschlossen, die Larven und Puppen dieser Käfer aufzufinden.

Verfolgen wir das emsige Thun und Treiben dieser kleinen Käfer aufmerksam, so beachten wir bald, daß sie auf einer emsigen Jagd begriffen sind. Das Wild, das sie jagen, sind andere mikroskopische Thierchen, Milben, die in so erstaunlicher Menge in dem Zucker vorkommen, daß es unter dem Mikroskop buchstäblich davon wimmelt. Dr. Hassel fand in einem Pfund Rohzucker 100,000 und Professor Cameron in Dublin sogar 208,000 dieser Thierchen.

Man kann sich kaum etwas Häßlicheres denken als die Zuckermilben. Beim ersten Anblick gleichen sie ihren übelberüchtigten Verwandten, den Krätzmilben, die auf der Haut des Menschen den bekannten ekeln Ausschlag erzeugen, doch sind jene häßlicher und schauerlicher anzuschauen als diese. Sie sind länger rauhhaariger und haben größere Krallen. Die von harten glänzenden Schienen umgebenen Beine verlaufen in wahre gekrümmte und scharfe Dolche. Ihr Kopf besteht aus einem Apparate von gegen einander gerichteten Zangen und diese scheinen Röhren zu sein, gleichzeitig dazu bestimmt, Nahrung einzusaugen und sich zu vertheidigen. Sie haben ein so zähes Leben, daß sie, zwischen Glasplatten fest eingepreßt, noch stundenlang zu leben vermögen. Merkwürdig ist die Fortpflanzung dieser Milben; das Weibchen braucht nicht erst befruchtet zu werden, sondern erhält die Fruchtbarkeit schon bei der Geburt als Mitgabe seitens der Mutter.

Scheinen auch diese Milben anfangs sehr schwerfällig, ja selbst halb erstarrt zu sein, so daß sie kaum die Beine und Saugrüssel ein wenig rühren, so sind sie doch sehr leichtfüßig. Urplötzlich erheben sie sich und sind im Nu aus dem Gesichtsfelde entschwunden. Aber ihren Todfeinden, den Käfern, entgehen sie doch nicht. Emsig und tapfer liegen diese der Jagd auf die Milben (Acariden) ob, denn diese dienen ihnen zur Nahrung.

Die Zuckermilben sind, wie viele ihrer Genossen, begierig nach Menschenfleisch. Die sogenannten Mitesser im Gesichte von Menschen, welche die Reinlichkeit nicht lieben, die bekannte Pustelkrankheit im Gesichte, welche man Acne, Hautfinne oder Kupferausschlag nennt, sowie die leider viel verbreiteten Krätzpusteln werden von Milben erzeugt. Ja, sie begnügen sich nicht, auf und in der Haut anderer Thiere ihren Unterhalt zu suchen, sie dringen auch unter die Haut in das fettreiche Zellgewebe und vermehren sich hier millionenweise, wo ihnen der Belästigte gar nicht beikommen kann. Und nicht genug, daß sie ihrem Wirthe die Nahrungssäfte entziehen, viele peinigen denselben noch durch sehr schmerzhafte Verwundungen.

So siedeln auch die Milben aus dem Zucker sehr häufig auf die Haut der Menschen über, die viel mit Rohzucker umgehen. Bei den Handlungsdienern entstehen so zwischen den Fingern und an den Handgelenken juckende Pusteln; auf andere Körpertheile erstreckt sich aber die „Zuckerkrätze“ nie. Will man sich gegen diese häßliche Hautkrankheit schützen, so muß man sich die Hände häufig mit grüner Schmierseife und warmem Wasser waschen. Sind die Pusteln aber bereits zum Ausbruch gekommen, so muß man die darin hausenden Milben durch Petroleum tödten und die Wunden mit Glycerin bestreichen.

Uebrigens ist das Aufsehen, welches die Nachrichten, die jüngst aus England über die Zuckermilben zu uns gekommen sind, gemacht haben, insofern ungerechtfertigt, als die Verhältnisse bei uns ganz andere sind. Der Zucker, der in England verbraucht wird, ist Rohrzucker; dieser gehört aber bei uns zu den Seltenheiten, wenn auch der Kaufmann auf Wort versichert, daß er nur „echt indischen Zucker“ führe. Bei der Fabrikation des Rübenzuckers, der in Deutschland den Rohrzucker fast ganz verdrängt hat, wird viel mehr Sorgfalt verwendet und dadurch wird ein weit reineres Fabrikat erzielt. Die erste Bedingung für die Existenz der Milben im Rohzucker ist die darin enthaltene stickstoffhaltige Substanz; je mehr diese daraus entfernt wird, um so weniger ist der Zucker geeignet, das Leben der Milben zu unterhalten. Und das ist bei dem in Deutschland bereiteten Zucker der Fall. Uebrigens werden die Milben selbst aus dem ländischen Zucker durch das Raffiniren entfernt. In dem Hutzucker finden sich niemals Milben, höchstens trifft man ab und zu noch die Reste ihrer Häutung darin an. Mit den Milben fehlen selbstverständlich auch die Feinde derselben, die Scarabäen.

Der Runkelrübenzucker findet noch viele Anfeindungen unter unseren Hausfrauen. Vielleicht trägt diese Skizze dazu bei, diese Vorurtheile einigermaßen zu besiegen. Glaubt man trotz dem Gesagten sich noch gegen die ekeln Thiere schützen zu müssen, so benütze man Rohzucker, der durch seine fremden Bestandtheile Feuchtigkeit aus der Luft an sich gezogen hat, so daß er fast zerfließt, niemals anders, als nachdem man ihn auf der heißen Platte der Ofenröhre scharf getrocknet hat. Aengstliche Gemüther können solches zu ihrer Beruhigung mit dem Rohzucker, den man als Pulver kauft, stets vornehmen. (Kom.-Ztg.)

Miscellen.

Triest, 28. Febr. (Der Stapellauf der „Lissa".) Die „Triester Ztg." schreibt: Der Herr Minister des Innern Dr. Giskra ist mit dem gestrigen Schnellzuge angekommen und wohnte heute dem Stapellauf der Batteriefregatte „Lissa" bei, zu welchem auch der Herr Statthaltereileiter F.-M.-L. Möring, die Herren Vice-Admirale Tegetthoff und Baron Bourguignon, F.-M.-L. Baron Wetzlar, der Podestà Baron v. Porenta und zahlreiche andere Notabilitäten sich eingefunden hatten. Die „Lissa" ist das erste gepanzerte Casemattschiff, das in Oesterreich gebaut wurde und überhaupt das größte Schiff der österreichischen Marine, da sie das Linienschiff „Kaiser" noch um 30 Fuß an Länge überragt. Der Sieger von Lissa trat auf die mit den österreichischen Farben geschmückte, von Orangenbäumen eingefaßte Tribüne. Es mögen wohl stolze und erhebende Gedanken sein, die jetzt in ihm kreisen und flackern, dort die einsame meerumrauschte Insel, bei der in dunkler Tiefe die Heldengrüfte seiner Thaten, die Wracks der feindlichen Fahrzeuge, und hier auch eine „Lissa", das prächtige Schiff! Unter den Arbeitern entsteht eine Bewegung. Sie stemmen sich an die Taue, welche die eisernen an der Unterlage des Schiffskörpers angebrachten Hebel bewegen sollen. Das tausendstimmige Gemurmel der versammelten Menschenmasse schweigt in banger Erwartung, ein kurzes Commando ertönt, man hört wuchtige Axthiebe, einer der stützenden Blöcke um den andern fällt. Jetzt steht das Schiff frei da, die Taue spannen sich straff zum Zerreißen, die österreichische Volkshymne ertönt und unter ihren Klängen fährt rauschend und prasselnd die „Lissa" in die Wogen, daß sie hoch aufspritzen und in heftigen Wellenschlägen die Schiffe und Barken heben und senken, die im weiten Halbkreise um die Werfte liegen. Hurrah! schreien die Arbeiter, die dem Werk ihrer Hände jubelnd nachblicken, Hurrah! die Zuschauer, die dem prachtvollen Schauspiele beiwohnen, Hurrah! die Leute an Bord der „Lissa".

London, 20. Febr. Eine Schatzgräberei auf Actien ist bisher noch nicht dagewesen, und unserem Jahrhundert ist es aufgespart geblieben, eine solche entstehen zu sehen. Gestern Nachmittag wurde der Prospectus eines in seiner Art einzigen Unternehmens ausgegeben, welches zum Zwecke hat, die 1702 durch die holländische und englische Flotte im Hafen von Vigo versenkten spanischen Goldgallionen zu heben. Dem Prospectus zufolge ist nach Erlangung einer bezüglichen Concession von der spanischen Regierung die Lage von 9 Schiffen bereits bestimmt ermittelt worden, und hat Oberst Gowen, welcher dem Hafen von Vigo einen Besuch abstattete, sich dahin geäußert, daß die Schiffe leichter zu heben seien, als diejenigen, welche er unlängst aus dem Hafen von Sebastopol emporgehoben. Zur Erreichung des bezeichneten Zweckes sollen 100,000 L. in Obligationen zu je 5 L. beschafft werden; jede Obligation soll zu 10 L. mit Zinsen von 10 pCt. eingelöst werden, und außerdem soll noch jede Obligation von dem Capital einen Bonus von 5 L. erhalten. Die spanische Regierung hat ihr Anrecht auf die Gallionen gegen 25 pCt. des zu erzielenden Betrages abgetreten. Der Titel dieses Unternehmens ist „Galleon Treasure Venture".

(Ein Streitfall), der sehr große Heiterkeit erregte, wurde am verwichenen Montag von dem Dubliner Magistrat entschieden. Ein Barbier wurde nämlich angeklagt, nur die eine Seite des Gesichtes des Klägers seines Backenbartes beraubt zu haben. Der Magistrat war der Meinung, daß dieser Fall wohl unter die Clausel des Strafgesetzes komme, welche über das „unerlaubte Betreten fremden Eigenthums" bestimme, und verurtheilte deshalb den schalkhaften Seifenschläger zu 7 Schilling 6 Pence Schadenersatz, welche er in dreiwöchentlichen Raten, oder auch in Bartpommade zu bezahlen habe, gerade wie es ihm beliebe.

Räthsel.

Nach 1 2 3 4 5 6 7
Zog einst ein kleiner Knabe hin,
Aus seinem Vaterhaus vertrieben
Ganz bettelnd er mit trübem Sinn.
Er kam an eines Geiz'gen Wohnung,
Ein Hund lag vor der Thür in Ruh.
„6 5 4 8!" ruft's ohne Schonung —
Der Hund kam rüstig auf ihn zu.
Zu 7 3 4 6, ohn' Erbarmen
Zum Knaben jetzt der Geizhals spricht:
„Geh fort! Ich gebe nichts den Armen!"
Der Kleine ging und zagte nicht,
Und sieh! Es naht auf der Reise
Ein Fräulein ihm von ungefähr,
Sie fragt ihn sanft, wie er denn heiße?
„2 3 4 5 6 7" sprach er.
Die Dame reicht ihm dann gemüthlich
Ein Goldstück dar und ging davon,
Ein 1 2 3 4 5 6 — niedlich,
Ward ihm aus zarter Hand zum Lohn.
Er gab die Münze einem Kenner,
Der nahm sie gern zum vollen Werth,
Und viele münzgewand'ge Männer,
Sie haben sie zu sehn begehrt.
Nun, Räthselfreunde, nennt zum Ende
Die Stadt, in die der Knabe ging,
Auch seinen Namen und die Spende,
Die er aus schöner Hand empfing.
Dann müßt Ihr mir noch weiter sagen
Des Geiz'gen Stimmung beim Besuch,
Und ganz zuletzt will ich noch fragen:
Wie hieß der Hund? Und dann genug.

St. Ingbert. . . . f.

Auflösung des Räthsels in Nr. 24.
Land, Vogt, Landvogt, Vogtland.
In Nro. 25. Balen, Pistolen.
In Nro. 26. Ader, Ale.
In Nro. 27. Malz, Axt (Schuh), Schlag, Malzaufschlag.

Palatina.

Belletristisches Beiblatt zur Pfälzer Zeitung.

Nro. 29. Speyer, Dienstag, den 9. März 1869.

Theorie der Liebe.

Humoreske von A. Jrnas.

(Fortsetzung.)

Dr. Progressus lenkte seine Schritte zuerst gegen das Haus Ludmillens, nicht ohne lebhaftes Gefühl von Unruhe zu empfinden und zwar zunächst um die Herzgrube herum, was trotz des Unangenehmen den Doctor doch heimlich erfreute, weil er eine Bestätigung seiner Theorie, die sich mit der Annäherung immer mehrende Fahnenflucht seiner Ganglienätheratome, darin sah. Ja, als er an die Thür gekommen war und den Griff in der Hand hielt, meinte er, ganze Massen derselben in der Luft schweben und durch Fensterritzen, ja den Kamin Eingang suchen zu sehen. Denn Ludmillens Haus war überall verschlossen, still — es schien öde und voll Trauer.

Schon beim Eintritt fand er Jali, den Mops, vor Frost zitternd und wimmernd an der untersten Stufe kauernd — aus der Küchenthür stierten die Augen Jakob's, der schnell mit der Hand vor sie fuhr, wie wenn er ihr Herausfallen durch das Thürzumachen fürchtete, oben auf dem Gang schwebte Liserle, wie Lenore „früh um's Morgenroth" und die Thür ins Boudoir Ludmillens öffnete ihm die Tante, deren Augenwinkel so scharf wie ein Bratspieß geworden waren.

Der Doctor fand Ludmillen in einem jämmerlichen Zustande. Kalt und blaß, marmorgleich, lag sie in der Stellung einer verzweifelten Kassandra, von einem Rosamargentkleid umflossen, auf einem Sofa. — die Fenster ganz verhüllt, zwei Kerzen vor ihr am den Toilettenspiegel — brennend? — ach, glimmend nur und häufige Talgthränen vergießend; sie selbst, ein Buch in der Hand — Schiller's Dido — reichte matt lächelnd dem Doctor die Hand, die dieser sogleich pulsfühlend drückte.

Es war merkwürdig! Ihr Puls ging langsam, starr zusammengezogen, — der seinige (er fühlte ihn des Vergleichs halber sofort) rasch, voll, fast hüpfend und nicht selten aussetzend. — „Die Atome! die Atome!" murmelte er leise.

„Sie kommen?" flüsterte die Sterbende, die ihn nicht recht verstanden hatte. — „Sie Grausamster aller, ach! aller Menschen! Fünfmal schickte ich gestern und heute vergeblich zu Ihnen und. Sie kamen nicht. Jetzt — jetzt ist's zu spät wohl, ich fühle meine Kräfte rasch schwinden, der letzte Lebenshauch wird bald, — ja bald — über diese falsche Welt und die kalten Menschen hinweg — hinweg in's goldene Land und der ew'gen Freiheit fliehen.

„Vollbracht hab' ich den Lauf, den mir das Loos beschieden,
Jetzt fliehet aus des Lebens wildem Spiel
Mein großer Schatten zu des Grabes Frieden."

„Ludmilla!" rief entsetzt der ganz außer sich gerathene Doctor. — „Ludmilla! Verzeihung! Ach, ich wähnte Sie nicht so krank, so schwach, — so schrecklich elend schon! Jammervoller Anblick! Und ich, ich soll die Schuld tragen müssen? — Das bricht mir das Herz!"

Verzeihung in den nach Befreiung von irdischen Banden schmachtenden großen, schwarzen Augen, wandte die Unglückliche das Köpfchen gegen den Hilfeflehenden, verrückte dabei das Morgenhäubchen und eine Fluth von üppigen schwarzen Haarflechten quoll auf Hals und Schultern herab.

„Wehe!" Sie wurde dessen gar nicht mehr gewahr!

„Verzeihung?" lispelte sie, „ich habe der ganzen großen, falschen Welt verziehen und vergeben — und Ihnen, guter ernster Freund, der nur die Wissenschaft" (das betonte sie wie in den letzten Zügen schon) „liebt, zuerst."

Hier lächelte sie so zauberhaft, wie wenn es gelte, zum letztenmal die Grazien zum höchsten Dienst zu zwingen, stützte zugleich das schwache Haupt auf den schönsten Arm, den man bewundern konnte, so daß der Doctor mit thränenfeuchtem Blick vor dem Sofa niederkniete und die noch immer von ihm festgehaltene Hand mit Küssen bedeckte.

Aber Ludmillens ernste Stimmung bewog sie, die Hand zurückzuziehen, und da der Doctor sie nicht freigab, so zog sie den Grausamen begreiflich nur näher an sich heran.

„Und nun — ich bitte, Doctor, meine Arznei — bitte, bitte, sonst stehe ich selbst auf, um sie zu holen." — sprach Ludmilla plötzlich und als der Doctor auffuhr, um ihrer Bitte zu genügen, erhob sie sich selbst langsam — und schwebte dem Glockenzug entgegen. Als Lisette kam, hatte die Kranke schon einen Löffel voll Medicin unter liebreichster Assistenz des Doctors genommen und war so gestärkt, daß sie den Wunsch äußern konnte, auf die Zofe gestützt, in den Salon zu gehen, um dem Doctor eine Arie aus dem Nordstern vorspielen zu können. Ob sie aber die Tasten finde? Ob sie sie niederzudrücken im Stande sein werde?

Der Doctor mußte sie schon selbst hinführen, wenn man sicher gehen wollte. Als er dies voll Freuden that, bedauerte er doch schon wieder heimlich, keinen Thermometer in die linke Westentasche gesteckt zu haben, da gegenwärtig entschieden eine so rasche und gewaltige Metamorphose der Wärmeatome in Liebesätheratome bei ihm stattfand, daß sie meßbar werden mußten. Entsetzlicher Verbrauch von so werthvollen Atomen, die alle unzenützt das Weite suchen! Denn Ludmilla, das war ihm klar, Ludmilla hatte nicht einmal Wärme genug für ihren Lebensprozeß, woher sollten hier entgegenkommende weiche Atome der Frauenliebe kommen? Hier war Liebe absolut, d. h. physisch unmöglich, das stand ihm fest, so gewiß seine Forschung exact war.

Ludmilla genas indeß wundervoll schnell.

Nach einer Viertelstunde lauerte der Mops wieder am wärmsten Ende des Sofa und heulte zeitweise vor Wohlbehagen. Jakob lachte, daß seine Augen oceangleich den ganzen blauen Himmel wiederspiegelten. Lisette schlug dem Doctor heimlich — sehr heimlich! ein Schnippchen, als sie aus dem Salon in's Boudoir zum Aufräumen zurückkehrte, Ludmilla aber sang, tanzte, hüpfte wie ein Reh und zeigte eine solche Fülle von Lust und Heiterkeit, daß der Doctor zum ersten Mal ernstlich an ihrer Krankheit zu zweifeln anfing und sich vornahm, das nächste Mal mit Hilfe eines guten Thermometers und eines kleinen galvanischen Apparates die Sache zur Entscheidung zu bringen.

Selbst als der Doctor nach vielem Abschiednehmen doch endlich gegangen war, hielt diese Besserung Ludmillens länger an, wie jemals.

„Der Doctor ist doch ein Teufelskerl!“ sagte Jakob zu Lisette, — „der muß unser Arzt werden, wenn wir heirathen!“

„Hm,“ — meinte Lisette, — „er könnte noch viel geschickter sein!“ —

Desselben Tages noch in einer ziemlich späten Nachmittagsstunde saßen im kummervollen Krankenzimmer bei Sebald die Mutter und Sabina, die Magd. Der Kranke lag bleich, still, schlummernd. Man hörte selbst das Tiktak der kleinen Standuhr am Spiegeltischchen, so still war Alles in diesem Zimmer, welches im schwermüthigen Halbdunkel die Trauer, die hereinbrechen sollte, schon im Voraus angelegt zu haben schien.

Nachdem Sabina auf den Zehen an's Bett geschlichen und ebenso zurückgekehrt war, sagte sie leise zur Frau Stadträthin, die mit thränenschwerem Blick am Feuer saß und in einem frommen Buch gelesen hatte:

„Das laß ich mir nicht nehmen, daß der alte Hiesel von Brückendorf dem Dachdecker, der vor zwei Jahren vom Thurm herabgefallen war und sich alle Knochen im Leibe, wie wenn es Pfeifenröhren gewesen, zerknickt und zerknackt hatte, — hu mir graust's, wenn ich daran denke — die gesunden Glieder wieder verschafft hat, nachdem ihn die Doctoren gänzlich aufgegeben hatten. Ja, ja — gewiß und wahr ist's, setzte sie der ungläubig den Kopf schüttelnden Stadträthin gegenüber hinzu — er hat mir's selbst neulich im Steindäbl erzählt, wo er mit der Käthl vom Apotheker einen Schottischen tanzte, daß die Fetzen davonflogen und nachher noch obendrein den Sixtenpaulus die Stiege hinabwarf — ach Gott, wie viel Unfrieden gibt's doch auf der Welt! Wenn der Mensch doch immer daran dächte, wie bald es mit ihm gar ist!“

„Mit dem Dachdecker,“ fiel die Stadträthin ein, „fällt mir unsere Minz ein, die ich heute noch gar nicht gesehen habe. Das ist ganz gegen ihre Gewohnheit, — wo sie wohl steckt!“

„Katzen“ — flüsterte Sabina sehr leise und sah forschend auf den Kranken — „Katzen meiden die Zimmer, wo gefährlich Erkrankte liegen — das ist gewiß und wahr, denn als meine alte Base Walli vor zehn Jahren starb, wir hatten grade Maurer im Hause und ließen eine Wand durch die Hausflur ziehen, weil wir noch ein Zimmer brauchten und mein Vater immer sagte, so einen kleinen Einbruden mit 5 bis 6 Gulden Miethzins trägt's doch und im Fall der Noth kann man einen Fremden manchmal oder einen alten Menschen oder einen Kranken und wenn der Herbst kommt eine Stoppelgans und wie's manchmal geht, einige Spanferkeln dazu hineinthun, so ein Zimmerchen ist gar bequem für Einen, der seine Ruhe haben will — und da — ja, wo war ich denn — da kränkelte die Base, tröste sie Gott! den ganzen Herbst und aß Hundsfett und Dachsfett und trank Thee von Gundelreben und Ehrenpreis und nahm Zaunrübenpulver, — das half ihr doch am meisten und der Jakob, der bei Frau Ludmilla dient, und sich jetzt so aufbläht, was er gar nicht nöthig hat, denn er ist nur ein Hirtensohn von Langenzenn — der Jakob grub ihr die Zaunrüben, wofür sie ihm immer einen Zehner gab — und so starb sie. Aber in den letzten Tagen schon war ihre Katze verschwunden, — auf und davon und wir sahen sie nie wieder! Die schwarze Nanni von Trabelsdorf, die damals neben uns beim Conditor Pappsüß diente, sagte zwar, der Maurerseppl, der bei uns arbeitete, habe sie gefangen, des Pelzes wegen — und die Katze selbst habe er sogar, pfui Teufel! ich mag's gar nicht aussprechen. Aber das war neidische Verleumdung, denn der Sepp war ein reputirlicher, ordentlicher Mensch — am Sonntag sah er wie ein Baron aus — kein Mensch tanzte besser einen Rutscher wie er!“

„Sieh nur,“ sagte die Frau, durch das Fenster auf die Straße hinblickend, — „da kommt schon wieder die Marie von drüben an unsere Hausthür und will wohl nach dem Befinden Sebald's fragen. Das arme Ding weint immer um ihn, nachdem doch nun die Dummheit geschehen ist, — sie kann ja nichts dafür, ich seh' es wohl ein. Geh doch und sage ihr einige tröstliche Worte."

(Fortsetzung folgt.)

---

* Rumänisches.

Reisende, welche aus dem schönen Lande Rumänien mit heiler Haut in ihre Heimath zurückzukehren das Glück hatten, wissen nicht genug zu erzählen von den Urzuständen, in den Einrichtungen und Sitten des Volkes, dann von der Verdorbenheit der Beamten, und den Betrügereien der Bojaren, die das Stehlen nicht mehr für unsittlich halten. In der Wiener „N. Fr. Pr." erzählt ein Schriftsteller als Beispiel Folgendes: In einer moldau'schen Provinzstadt hatte ein Kaufmann einige tausend Ducaten für verkaufte Waare gelöst. Er brachte sie nach Hause. Noch am selben Abend kommen zwei Herren zu ihm, beide Masken vor dem Gesichte, riegeln die Thür hinter sich zu, stürzen auf ihn los und fordern ihn mit vorgehaltenem Revolver auf, ihnen das eingegangene Geld ohne Verzug herauszugeben. Der Kaufmann, obwohl augenblicklich überrascht, besaß Geistesgegenwart genug, seine Lage zu überdenken, und sagte: „Dort in der Truhe ist das Geld, hier der Schlüssel, öffnen Sie und thun Sie nach Belieben." Während aber die zwei Spitzbuben sich über die Truhe machen, benützt er die Gelegenheit, sein hinter einem Möbel stehendes Doppelgewehr zu ergreifen. Es war zu seinem Glücke geladen; er zielt und streckt Beide nieder. Ohne Zeit zu verlieren, eilt nun unser Kaufmann hinaus, schließt die Thür, zieht den Schlüssel ab und befiehlt seinem eben heimkehrenden Diener, Niemanden ins Haus hinein- noch herauszulassen, selbst aber begibt er sich in aller Eile zum Polizei-Director, und da er diesen nicht zu Hause findet, zum Präfecten, aber auch dieser ist abwesend — er eilt also zum Polizei-Commissär. Nachdem er ihm den Fall erzählt hatte, nimmt dieser einige Mannschaft mit und Alle begeben sich nach der Wohnung des Kaufmanns, vor welcher dessen Diener Wache hält und ihnen berichtet, daß während seiner Abwesenheit Niemand aus- noch eingegangen sei. Die Thür wird geöffnet. Vor der offenen Truhe liegen die zwei maskirten Diebe ohne Lebenszeichen. Man reißt ihnen sogleich die Masken vom Gesichte und erkennt in ihnen — den Herrn Präfecten und den Herrn Polizeidirector des Ortes, die Beide dem Bojarenstande angehörten. Dieses Factum hat sich vor Kurzem zugetragen. Einige Wochen früher ereignete sich ein anderer Fall, eben auch in der Moldau. Ein ansehnlicher Bojar, der hohe Staatswürden bekleidet hatte, lebt in einer Provinzstadt, in deren Nähe seine Güter liegen. Bei ihm war hohes Kartenspiel und daher der Mittelpunkt, wo sich Alles versammelte. In der Gesellschaft befand sich auch ein benachbarter Gutspächter. Dieser war ein leidenschaftlicher Kartenspieler und spielte in letzterer Zeit sehr glücklich, er gewann nach einander sehr hohe Summen. Nun hatte er gerade durch den Verkauf seiner Producte bedeutendes Geld gelöst und man ging darauf aus, es ihm abzugewinnen; aber anstatt zu verlieren, macht er noch beträchtlichen Gewinn und ist so klug, das Spiel abzubrechen. Der Bojar kommt nun auf den Einfall, da er ihm mit Karten nicht beikommen konnte, ihm sein Geld auf andere Art abzunehmen. Er hatte zwei vertraute Kartenfreunde, ebenfalls begüterte Bojaren, aber nicht in den besten Umständen. Mit diesen wird eines Abends der Plan verabredet und die Ausführung sogleich beschlossen, denn man wollte dem Pächter keine Zeit lassen, irgend eine Verfügung mit seinem Gelde zu machen. Er wohnte ungefähr zwei Stunden von der Stadt entfernt auf seinem Pachtgute. Die drei Bojaren kannten die Localitäten und die Hausbräuche genau, denn sie waren ja mit dem Hausherrn intime Freunde und brachten oft Wochen in seinem Hause zu. Gegen Mitternacht wurden drei Pferde gesattelt, unsere Bojaren warfen sich in unkenntliche Kleider, nahmen Masken vor's Gesicht, bewaffneten sich mit Revolvern und langen türkischen Dolchen, und ritten so ausgerüstet nach dem besagten Pachtgute. Dort lag Alles im tiefen Schlafe begraben. Es war Sommer; sie stiegen ohne Geräusch durch's Fenster in das ihnen bekannte Schlafzimmer, und ehe noch der Pächter recht munter geworden, ist er auch schon gebunden und wehrlos gemacht. „Schnell dein Geld" fährt man ihn an, „gibst du es willig, so geschieht dir nichts zu Leide." — „Dort in der Lade," entgegnete der erschrockene Mann; „hier unter dem Polster ist der Schlüssel." Während ihn Einer bewacht, öffnet der Andere die Lade, findet aber nur 1500 Ducaten. „Wie, du willst uns zum Narren halten?" ruft er voll Entrüstung; wo ist das Uebrige? Mache schnell! Wir haben Eile — dein Leben hängt an der Minute!" — „Meine Herren," erwidert darauf der Pächter, wäret ihr früher gekommen, ihr hättet 20,000 Ducaten gefunden. Ich habe gestern meinen Pachtschilling gezahlt, und das ist Alles, was mir geblieben ist. Wenn ihr es nicht glaubt, so werdet ihr dort unter den Papieren die Quittung finden." Nachdem sich nun die maskirten Herren Räuber von der Wahrheit dieser Aussage überzeugt, das vorgefundene Geld genommen und dem Pächter unter fürchterlichen Drohungen eingeschärft hatten, keinen Lärm zu schlagen und gegen Niemanden die mindeste Erwähnung von dem Vorgefallenen zu machen, huschten sie Einer nach dem Andern zum Fenster hinaus, erreichten ihre abseits gelassenen Pferde und ritten davon. Unser Pächter war zwar an den Händen, aber nicht an den Füßen gebunden; er sah ihnen nach, ging dann zu seinem im Nebengebäude schlafenden Diener, weckte ihn und befahl ihm, in aller Eile und Vorsicht hinauszutreten und zu spähen, in welcher Richtung er einige Reiter sehen oder den Hufschlag mehrerer Pferde hören würde. Er selbst weckte den Kutscher, befahl, ein Paar tüchtige Renner vor einen gewöhnlichen Wagen zu spannen, zog einen Bauernpelz an, versah sich mit Waffen und folgte in der von seinem spähenden Diener angegebenen Richtung dem Wege nach dem nahen Städtchen. Nach einer Weile erreichte er ihre Spur; er trug Sorge, sie nicht aus dem Auge, aus dem Gehör zu verlieren, sich ihnen aber nicht gar sehr zu nähern. Die Reiter hatten so große Eile, daß sie den in einiger Entfernung ihnen folgenden Wagen gar nicht merkten. So kam der Pächter ungefähr eine Viertelstunde später als jene in der Stadt an, fuhr gerade zum Polizei-Direktor, erzählte ihm den Fall und bat ihn, in allen Häusern Nachforschungen halten zu lassen. Wo man drei vom langen scharfen Ritt noch dampfende Pferde finden würde, dort würden auch die Räuber sein. Als er sich nun selbst mit den Dorobanzen an's Werk machte, wurden auf diese Weise bald die drei Pferde und nach ihnen die drei Bojaren ausfindig gemacht und sofort verhaftet. Da man bei ihnen das entwendete Geld vorfand, konnten sie nicht weiter leugnen, aber sie gaben an, daß es ein bloßer Scherz gewesen sei, um ihrem lieben Freund und Nachbar einen kleinen Schrecken einzujagen.

Miscellen.

(Die Entstehung der brennbaren flüssigen Erdprodukte.) Die Herkunft der brennbaren flüssigen und festen Erdprodukte, die als Gase, Oele in Theerform dem Boden entquellen oder früher entquollen und zu Asphalt verhärtet sind, ist lange eine offene Frage gewesen. Es lag zwar der Gedanke nahe, und Manches schien für ihn zu sprechen, daß die Wurzel solcher Erscheinungen in Steinkohlenlägern zu suchen sein möchte. Die schlagenden Wetter im Kohlenrevier zeigen, daß auch schon auf kaltem Wege sich brennbare Gase aus Kohle entwickeln können; je nachdem diese keinen Austritt an die Oberfläche finden oder sich durch den Druck unterirdischer Wasser erst theilweise verdichteten, könnten Gas- oder Oelquellen entstehen. Der Steinkohlentheer unserer Gaswerke liefert überdies Destillate, die mit den natürlichen Erdölen Naphta, Petroleum, im Wesen völlig übereinstimmen. Freilich aber mußte dagegen die Erfahrung sprechen, daß jene Erdprodukte in der Regel in Gegenden auftreten, die entschieden nicht steinkohlenführend sind; sie müßten daher erst ungeheure unterirdische Reisen gemacht haben. Erdöle finden sich vorzugsweise in tertiärem Muschelkalk und Sandsteinschichten, überhaupt aber in solchem Terrain, das als Niederschlag alter Meere betrachtet werden muß. Hiervon ausgehend und durch anderweitige Beobachtungen geleitet, ist man gegenwärtig zu einer anderen Anschauung der Dinge gelangt, dahin nämlich, daß der pflanzliche Ursprung, der bei Stein- und Braunkohlen zweifellos ist, den Erdölen und Asphalten nicht zugeschrieben werden kann, beide vielmehr aus der Zersetzung thierischer Materien herstammen. Belege für diese Theorie haben sich auch gefunden. So ist namentlich Aegypten im Besitze natürlicher, noch im vollen Betriebe befindlicher Steinöl- oder Petroleum-Fabriken. Die Mittelmeerküste dieses Landes besteht großentheils aus Korallenbänken, die auf der Wasserlinie leben und weiter wachsen, landeinwärts aber absterben und austrocknen, so daß ein löcheriger Kalkfels übrig bleibt. In diesen Löchern sammelt sich als Produkt der Zersetzung der eingeschlossenen Polypen beständig Petroleum, das von den Anwohnern ausgeschöpft und nützlich verwendet wird. Demnach mußte jede absterbende Bank von Korallen, Muscheln, Krebsthieren das Material zu öligen Produkten in sich enthalten, und ihre Bildung würde nur davon abhängen, daß die Umstände dafür günstig sind und namentlich höhere Wärme mitwirkt, wie man sie in den Aegypten vorauszusetzen Ursache hat. Stand also, so denkt man sich jetzt die Sache, eine Weichthierbank unter sehr hohem Wasserdrucke, so mußten die entstehenden Oele sogleich in die Kalkschalen der Thiere eingepreßt werden, und es entstand Asphaltkalk; in leichteren Wassern konnte das Oel frei werden und sich an die Oberfläche des Wassers erheben. Diese Schwierigkeiten lassen sich also erklären und halten jetzt die zahlreichen Fälle von Muschelkalkstreifen, in denen keine Spur von Kohlenwasserstoffen mehr anzutreffen ist. Bei den großartigen Ueberströmungen, die früher auf der Erde statt gefunden haben, konnten aber auch weite Strecken lebender Weichthierbänke von den Fluthen gleich unter feinem Material begraben werden. Die aus ihnen entwickelten Gase und Oele würden dann die eingeschlossenen Vorräthe bilden, welche die natürlichen Quellen solcher Produkte speisen oder durch die Hand des Menschen aus langer Haft befreit werden. Daß aber Erdöle durch bloße Verdunstung zu Asphalt werden können, davon liefern die Beweise an manchen Stellen, so namentlich auf der Insel Trinidad, handgreiflich vor; es finden sich dort alle Zwischenstufen mit einander vor, von der Naphtha, als dem reinsten Steinöl, bis zum festen Asphalt.

Dem Komponisten Abbé Liszt ist die Direktion des Conservatoriums in Leipzig angetragen worden. Der Maestro, heißt es, sei nicht abgeneigt, darauf einzugehen, sobald das Conservatorium von Leipzig nach Weimar verlegt werde, wo er von Neuem seinen Wohnsitz zu nehmen gedenkt. Den Sommer über will Liszt wieder in Rom verweilen.

---

* Räthsel.

Mit einem Instrument von Holz
Schlingt emsig sie die Maschen —
O könnt' ich von dem Kind, so stolz,
Nur einen Blick erhaschen!
Ich war ihr längst im Herzen gut,
Doch wagt' ich's nie zu sagen;
Nun endlich faßte ich mir Muth,
Ermunternd sie zu fragen:
„Wie wissen Sie, mein Kind, so schön
Die Wolle zu verweben,
So emsig, ohne aufzuseh'n;
Was soll das Ganze geben?"
„Noch bin ich, sprach sie, schlecht gezählt,
Doch soll mirs bald sich fügen;
Ich will es Ihnen, was es gibt,
In Räthselworten künden:
Die ersten beiden haben sich
Verlässig einst gefunden;
Mit treuem Worte geben sich
Die zwei in manchen Stunden.
Ich glaube, ihre Liebe wird
Die beiden letzten werden —
Ach wenn doch nur nicht trübe wird
Ihr kurzes Glück auf Erden!"
Und als ich scheidend von ihr wich
Da stand ich doch im Rathen —
Nun denn, mein kluger Leser, sprich
Was hättest Du gerathen?

I.

Redaction von K. A. Woll, Druck der Jäger'schen Druckerei in Speier.

Palatina.

Belletristisches Beiblatt zur Pfälzer Zeitung.

Nro. 30. Speyer, Donnerstag, den 11. März 1869.

Waldröschen.*)

Ein Röslein, aller Röslein Preis,
Blüht tief versteckt im Walde,
Kein Knabe fand, kein Wandrer weiß
Die stille Holde.

Die Sonne nur das Röslein fand
Und lernt' Waldröschens Sehnen,
Sie lächelt heiter, sie lacht ihm lind
Hinweg die Thränen.

Die Vöglein singen wohl über das Laub,
Die Quellen wandern und schäumen,
Waldröslein trauert, leis geträumt,
In tiefen Träumen.

Mit vollen Düften ohne Gruß
Muß ich hier einsam verblühen,
Mit allem Zauber ohne Kuß
Muß ich verglühen.

H. K. Schanzert.

Theorie der Liebe.

Humoreske von A. Jenas.

(Fortsetzung.)

Bald kehrte Sabina auf den Zehen schleichend zurück, näherte sich ihrer Frau und sah sie still aber lächelnd geraume Zeit groß an — dann, als diese kopfschüttelnd zu fragen schien, was es denn gebe, sagte Sabina:

„Merken Sie denn nichts? gar nichts?" Und hier machte sie eine schreckliche Halsverrenkung gegen das Haus der Frau Preußlin zu und wieder in entgegengesetzter Richtung gegen das Bett des Kranken, indem sie die Augen auf demselben Weg hin- und herlaufen ließ und fuhr fort: „Merkte ich nichts, bin ich denn stockblind und taub, daß ich nicht errathen solle, wo Barthel den Most holt, wenn der Herr Sebald den Thau oder Reif vom Fenster früh wischte und auf die Straße hinab sah, aber die Augen gegen das Fenster der Fräulein Preußlin richtete? wenn er immer die Richtung des Windes erforschte, grade wenn Marie die Thür öffnete, um die Milch in Empfang zu nehmen? Nickte er ihr da nicht immer einen guten Morgen zu und mußte sie denn nicht da allemal auch herauf zu uns schauen? Und wie lustig er dann und wie ausgewechselt er sich zum Frühstück setzte!

Mir macht man nichts weiß mehr — mir, Alles in Ehren, natürlich, aber gewiß ist's."

Die Stadträthin machte große Augen und wäre gewiß unter andern Umständen und Zeiten in schreckliche Entrüstung gerathen, nun aber seufzte sie blos, drückte erstaunt ihre Verwunderung und zugleich einige Zweifel aus und meinte, Gott möge nur vorerst ihrem Sohne das Leben wieder schenken.

Ein Geräusch vor der Thür unterbrach jetzt ihre Unterhaltung und ehe sie noch nachsehen konnten, was die Ursache davon sei, so traten schon die es verursachenden zwei Aerzte ein, legten leise Hut und Stock ab, nickten zum Gruß und fragten leise, wie es dem Kranken inzwischen ergangen sei?

Die Mutter deutete nur sprachlos vor Kummer und thränenschweren Blickes auf das Bett, in welchem Sebald noch immer schlummernd und regungslos zu liegen schien. Die Herren gingen daher rasch dahin, Sacheri bemächtigte sich sofort des Pulses, und begann Haut, Brust und Leib weiter zu untersuchen. Dabei erwachte der Kranke, starrte die Umstehenden erst lange mit leeren Augen an, seufzte endlich und versuchte zu sprechen, ohne es jedoch zu vermögen. Auch Progressus untersuchte den Kranken, faßte vor Allem Schweiß, Temperatur, Athemzüge, Kraftzustand in's Auge — und dann gingen sie, nachdem der Kranke auf die Frage, wie er sich befinde, wiederholt vergebens zu sprechen versucht hatte, an eine Fensternische und begannen leise Consilium zu halten.

„Der Kopf ist frei," sagte Sacheri, „der Puls gehoben, das Athmen ganz ruhig, nirgends ist mehr eine Agitation. — Und doch ist er noch krank! — noch krank! — Inveni aliquid! sagte unser alter Kliniker, weißt Du noch? Inveni! — ich meine, jetzt wäre Zeit, den Unterleib in Bewegung zu setzen, Laxantia zu geben und damit ja die Entzündung nicht wieder den Kopf erhebe, noch einige Unzen Blut vorsorglich wegzunehmen? Hm — meinst Du nicht auch?"

Progressus hatte inzwischen eine elegante Dose geöffnet und dem Collegen eine Prise geboten; wäh-

*) Aus dem neu erschienenen Buch von Christian Böhmer: „Frauenschmuck und Frauenspiegel". Mannheim bei Kraft.

rend beide schnupften, was Sacherl, der ein Raucher war, sehr schnell und summarisch vollzog, sah er den Collegen einige Secunden mit ernstem Blick an und sagte:

„Und während des Aderlassens würde er sterben — und die Wirkung des Laxans schmählich vereiteln!"

Und als Sacherl auffuhr und erwidern wollte, nahm er ihn sanft am Arm und sagte mild: „Sacherl, — diesmal sei gescheit und merk', daß der Patient bereits an den äußersten Marken des Lebens weilt, er ist eigentlich gar nicht mehr krank, weil die Krankheit keine Unterlage mehr findet — seine Krankheit ist gleichsam verhungert und danken wir Gott, daß wir noch die letzten Lebensfunken finden, so daß wir sie sammeln und wieder zum hellodernden Lebensfeuer anfachen können."

„Und so hab' ich sie doch zum Verhungern gebracht!" rief lauter als gut war, Sacherl, der Antiphlogistiker.

„Und ich will, nachdem Du die Krankheit zu Tode curirt hast, der Gesundheit wieder auf die Beine helfen — nicht wahr? Das können wir Stoffwechsler von heutzutage!"

„Ei freilich!" meinte Sacherl, der getröstet war, weil er doch wenigstens Etwas todt gemacht hatte, „nur erwischt Ihr manchmal die Krankheit statt der Gesundheit und helft dann jener auch auf die Beine!

„Und Ihr bringt in der Verwechslung statt der Krankheit manchmal die Gesundheit um," — erwiderte ebenso spitz Progressus und näherte sich dem Kranken und den ihn Umstehenden, untersuchte nochmals genau, führte dann die Stadträthin und Sabina zur Seite und sagte, der Kranke sei vorerst von Medicin ganz frei zu lassen, — aber müsse sehr sorgfältig ernährt werden. Das sei aber viel schwerer, als sie glaubten und er wolle daher aus seiner eigenen Küche die verordnete Speiseordnung aufrecht erhalten. Marie sei von ihm so gut unterrichtet, daß sie Alles herzurichten und zu geben verstehe. Als nun Sabina und Frau Kirschbaumer, aus leicht erklärlichen Gründen, die ganze neue ärztliche Anordnung mit nicht besonderer Befriedigung vernahmen und allerlei „Aber" auf der Zunge entwickelten, so erklärte Progressus sehr ernsthaft, daß er den Kranken auf das Aeußerste gekommen ansehe, und daß er ihn, wenn nicht Verdauungskraft und Ernährung geschickt und rasch wieder in Zug gebracht würden, für verloren gebe. Als der Doctor gar bemerkte, daß Marie vor Allem Fleischextract bereiten müsse, so gaben sich die Frauen endlich gern zufrieden, denn Sabina meinte, sie verstände allerdings nichts von Fleischextracten und ähnlichem Apothekerzeug. Auf der Stiege noch erwähnte Progressus seines Versuchs mit dem Handtelegraphen und empfahl ihn gleich hier zur Probe. Frau Kirschbaumer hatte begreiflich gar nichts dagegen einzuwenden.

Drittes Capitel.

Einige Tage nach den von uns in den vorigen Capiteln geschilderten Vorgängen in unserer alten, würdigen Stadt M., fand ich meinen Freund Progressus eines schönen Wintermorgens in seliger Selbstzufriedenheit auf seinem Zimmer.

Die Sonnenstrahlen glitzerten durch die bethauten Fenster, helle, leicht schwebende Reifkrystalle flimmerten schon in der Luft, die von größter Reinheit und Frische war und überzogen Alles mit bräutlichem Schmuck, und überall wirbelten Kamine, diese Thermometer der Gemüthlichkeit des häuslichen Herdes — dicken Rauch auf; ab- und zusteigende Schaaren von flinken Spatzen tummelten sich auf ihnen, fern zog sich der dunkle Fichtenwald der Vorberge hin. Es war ein lieblicher Anblick. Auch rieb sich der Doctor, vom Fenster zurücktretend, vergnügt die Hände. Hatte er doch auch die Drähte unverändert gefunden, die von seinem kleinen Telegraphen aus in das Zimmer der Stadträthin gegenüber, vorerst zur Probe, gezogen waren! Auch Minz, der Kater, schien sich in sein Schicksal ergeben zu haben und mit Entsagung dem Tode für die Wissenschaft entgegenzugehen. Seit zwei Tagen bereits miaute er im Käfig des nebenanstoßenden Laboratoriums nicht mehr, lag mit struppigen Haaren und sehr vernachlässigtem Aeußeren, abgemagert zum Gerippe, in einem dunkeln Winkel des Käfigs, aus dem nur sehr unheimlich gelb flammende Augen mit den weit geöffneten Pupillen des Katers entsetzliche Wuth sprühten.

Nach einer kurzen mündlichen Einleitung über „Liebesätheratome" zog Progressus ein Papier aus einem Haufwerk von Schriften hervor, welches die Aufschrift trug:

„Skizzen zu einer Theorie der Liebe."

Er setzte sich in seinen Lehnstuhl und las mir eine halbe Stunde lang daraus vor.

Die letzte der darin aufgestellten Thesen besagte, daß unnatürliche Entwicklung von Liebesätheratomen die Entwicklung auch aller übrigen geistigen Kräfte störe, daher Selbstmord aus Liebessehnsucht, Verrücktheit.

Hier stand der Doctor in großer Erregung auf, seufzte einigemale und drückte einen Thermometer an seine Herzgrube, um sein Steigen zu beobachten. Das Resultat mußte ein ihn sehr überraschendes sein, denn er schritt sehr bewegt durch das Zimmer, ging auch in's Laboratorium, seufzte und öffnete gedankenlos den Versuchskäfig, um Wasser hineinzustellen. Da faßte Minz, der auf's Aeußerste gebrachte, den Entschluß zu einer entscheidenden That. Ein gewaltiger Sprung geradeaus auf des Doctors Leib, — dann, als dieser erschrocken zurückfuhr, ein zweiter, noch entsetzlicherer gegen das Fenster und durch dasselbe an die Dachrinne und er verschwand in's Freie. Alles das war das Werk einiger Augenblicke. Minz war frei! Der Doctor ärgerte sich ein wenig, tröstete sich aber mit dem Gedanken, nicht unerhebliche Ergebnisse aus der Controle seiner Ausgaben bei aufgehobener Einnahme gewonnen zu haben.

Da übrigens die Zeit für seine Krankenbesuche gekommen war, legte er sein Manuscript wieder weg und begab sich nun auf den Weg der goldenen Pragis, nicht versäumend, den noch immer unter der Weste steckenden Thermometer diesmal mitzunehmen. Ich begleitete ihn.

In derselben Zeit war im Krankenzimmer Serbold's nicht minder einige Fröhlichkeit zum ersten Mal eingezogen, denn der Kranke zeigte offenbare Fortschritte in der Reconvalescenz. An einem Fenster saßen als Wärterinnen beisammen die Stadträthin und die von ihr inzwischen sehr liebgewonnene Marie, welche nach des Doctors Ordination wirklich die Leitung der Diät des Kranken und damit die Obergewalt der Küche übernommen hatte. Marie verstand alle Vorkommnisse im Haushalt, das Aufbewahren der Eier, Einmachen der Früchte, die Beurtheilung der Güte der Butter und des Schmalzes, des Mehles, der Fleischsorten, die Behandlung des Kellers und der Vorrathskammer, der Wäsche und Zeuge und vieles Andere, so daß allmälig das Mißtrauen, welches Meister Kirschbaumer anfangs hegte, einer großen Achtung und selbst Zuneigung Platz machte. Sie gestand gern ein, daß man jetzt wohl viel mehr als früher lerne, und daß der Haushalt, wenn naturwissenschaftlich erlernt und praktisch geübt, eine sehr angenehme Beschäftigung sei, welche den Geist veredle und stärke.

(Schluß folgt.)

Die Feuerbach'schen Bilder.

Die Feuerbach'schen Bilder, welche im Kunstvereinslokal in Speyer ausgestellt waren und hier so großes Aufsehen erregt haben, sind jetzt in Köln. Des Gegensatzes wegen dürfte es für die Leser, welche die Gemälde gesehen, nicht uninteressant sein, darüber das Urtheil eines Kunstkritikers in der „Köln. Ztg." zu hören, so übertrieben und grell absprechend es auch sein mag. Derselbe schreibt: „Die neuesten Seltsamkeiten, welche auf der Ausstellung erschienen, sind die Bilder von Anselm Feuerbach in Rom. Herr Feuerbach hat ohne Zweifel viel Talent, er hat es schon manchmal bewährt, aber er liebt das Besondere und mag es nicht wie andere Leute machen; da nun fast alle heutigen Maler nach guter Farbe und geschickter Technik streben, so arbeitet er in der entgegengesetzten Richtung und strebt nach schlechter Farbe und ungeschickter Technik; denn daß er solche Bilder, wie die hier ausgestellten, ohne bestimmten Willen und Bewußtsein und weil er eben nicht besser konnte, gemalt haben sollte, darf man nicht annehmen. Die Muse, welche Herrn Feuerbach zu diesen Werken inspirirt hat, hat es nicht freundlich mit ihm gemeint, und sollte sie etwa in einem der Modelle zu diesen Bildern verkörpert ihn besucht haben, so etwas kommt ja vor, so möchten wir rathen, solchen Umgang lieber abzubrechen. Aber wie altmodisch und abgeschmackt, unseren Modernen gegenüber von Musen reden zu wollen! Sie glauben an keine und werden von keiner inspirirt. Aber was kann den Meister nur zu diesen Werken begeistert haben? An irgend etwas muß sich der Künstler doch zu seiner Arbeit begeistern. Wäre es diese unliebsame schwarzhaarige Italienerin von gewissem Alter, die dort als „Lesbia" erscheint und hier dem „Lautenspieler" zuhört? Wir sind einer ähnlichen Dame schon in früheren Bildern des Künstlers begegnet und sie ist seitdem weder jünger noch reizender geworden. Im Gegentheil. „Lesbia mit ihrem Spatz" — das wäre Lesbia? Dieses ältliche Mädchen mit lederner Haut, welches im tiefen Negligé auf einem unmöglichen Divan sitzt und mit unangenehmem Ausdrucke ihrem Spatze zulächelt? Hätte sie sich wenigstens gewaschen, oder doch das halboffene Hemde geschlossen! Wenn Catull's süßes Liebchen dem Maler so erschienen ist, so muß er ihre Bekanntschaft erst in ihren reiferen Jahren gemacht haben, als der Dichter sie gewiß längst aufgegeben hatte. Und wie konnte ein solcher „Frühling" den Maler begeistern, wie dieser, in welchem sechs junge und jüngere Damen sich hinausgewagt haben, um am Ufer eines langweiligen grauen Flusses, unter grauem Himmel, an grauen Weidenbäumen, auf grauem Rasen eine so kümmerliche Musik zu machen! Ist das ein Frühlingswetter! Vom bloßen Ansehen des Bildes könnte man die Grippe bekommen. Und wie sehen die Damen so traurig drein und so kränklich! Die junge blonde Lautenspielerin hat die Bleichsucht, und das Gänschen, welches singt, wird sie nächstens auch bekommen. Wie traurig stimmt der Lebensfrühling dieser armen Kinder zu dem Frühlingswetter in dieser Landschaft! Und bei einigen der Gesellschaft ist selbst dieser graue Frühling schon abgeblüht, man sieht es an ihrem müden Ausdrucke, dem schmerzlichen Lächeln. Welch eine traurige, aschgraue Welt! Was aber die Intention des Künstlers war, als er den „Lautenspieler" gemalt hat, ist uns noch weniger klar. Dieses Bild nach seiner Anlage müßte und könnte nur durch den Reiz vollen, üppigen Lebens, durch die ganze Macht und Pracht einer reichen, satten Farbe, durch den Glanz der Behandlung anziehen, aber es ist nichts von alle dem darin; wir sehen eine hagere, blasse, nicht mehr ganz junge Mutter mit einem mageren nackten Kinde auf dem Schooße dem Geklimper eines in einem weiten Ueberwurfe verhüllten Herrn zuhören, der die Laute, wie es scheint, sehr dilettantisch behandelt. Andeutungen von blühenden Oleanderbüschen und ein Stück kühlblauen Himmels sollen uns die Behaglichkeiten lauer, südlicher Luft empfinden lassen, aber ach, es ist die Umgebung gerade so trocken und kalt, wie die Figuren! Alle drei Bilder sind ohne Zweifel aus einer coloristischen Intention entstanden, aber es ist fast das Gegentheil von dem Beabsichtigten zur Erscheinung gekommen. Sie sind grau, und nicht etwa von jenem feinen grauen Tone, den einige ältere Meister und auch einige neuere wieder mit so großem Erfolge anwenden, sondern von dem allerschlimmsten Aschgrau und Schiefergrau. Dieses Grau ist überall, in allen Tönen, im Schwarz, im

Blau, im Braun und in der unglücklichen blassen Rosenfarbe, die in's Fahlviolette spielt; in dem schmuzigen Teint der Lesbia, in dem blassen Gesichte der mageren Mutter wie in der kränklichen Complexion der blonden und brünetten Damen in der aschgrauen Frühlingslandschaft. Die Behandlung ist in allen Bildern nachlässig, ohne Sorgfalt, hart, trocken und großentheils skizzenhaft bis zur Rohheit. Und das, hören wir unsere Leser fragen, sollen Virtuosenstücke sein? Sie sind es doch, denn ein ungeschickter Künstler könnte so etwas nicht machen; ein Künstler, dem es recht ernst um die Kunst ist, würde es nicht machen, aber ein Virtuose kann sich in solchen Excentricitäten gefallen".

Das letztere ist jedenfalls richtig; ein bedeutender und genialer Maler ist Anselm Feuerbach gewiß; er geht eben seine eigenen Wege und da ist es erklärlich, daß die Kritik ihn nicht immer begreift und vielleicht nicht immer richtig beurtheilt.

Miscellen.

Aus Mannheim, 27. Febr., schreibt Prof. Fickler der „Allg. Ztg.": Vorgestern wurde ein seit Jahresfrist emsig betriebenes Werk vollendet: der neue Lauf des Neckars in den Rhein, beziehungsweise in den seit etwa 40 Jahren als Strombett benutzten Friesenheimer Durchschnitt. Es wird durch denselben gesicherte Einfahrt in den hiesigen Hafen gewährleistet, und für die Flößerei ein ausgezeichneter Winterhafen gewonnen. Es ist dies nunmehr die vierte Mündung, welche der wirkliche Neckar erhalten hat. Der vorhistorische Lauf desselben erreichte den Rhein oberhalb des Dorfes Altrip, nachdem er vom heutigen Seckenheim eine westsüdliche Richtung eingeschlagen hatte. Als aber Valentinian I jenes Alta ripa, welches damals noch auf dem rechten Rheinufer lag, in eine Grenzfestung umgewandelt hatte, fand er, daß diese bei Hochwasser vom Flusse bedroht sei. In der That findet sich der Neckarkies im jetzigen Rheinlauf bis in die nächste Nähe von Altrip. Er dämmte daher unter bedeutenden Schwierigkeiten und großem Menschenverlust den Fluß oberhalb Altrip ab, und gab ihm eine nördliche Richtung, so daß er zwischen dem jetzigen Dorfe Neckarau und Mannheim den Rhein erreichte. Um die Mitte des neunten Jahrhunderts fing letzterer Fluß an, sich einen neuen Thalweg zwischen Altrip und Neckarau zu bahnen, der anfänglich wohl nur bei Hochwasser den Bewohnern des letztern Filialdorfs den Weg zur Mutterkirche Altrip erschwerte, weshalb Ludwig der Fromme und Ludwig der Deutsche ihnen eine neue Kirche bewilligten. Im 13. Jahrhundert hatte der Rhein seinen jetzigen Lauf genommen, denn es wird schon einer Altriper Fähre im Val (Vadum) gedacht, und dieser neue Lauf mußte die Neckarmündung zurückstauen und versanden. So mußte der zurückgestaute Neckar sich einen neuen Thalweg suchen, den er durch Einmündung in den Mühlneckar fand, von welchem bei Wallstadt (Walhunstade) im Namen und im Boden Spuren vorhanden sind, und dieser führte ihn östlich vom Dorfe Mannheim, bei der jetzigen Glasfabrik zum Waldhof, in den Rhein. Dieser Lauf ist in den Abbildungen von 1649 verzeichnet, also um die Zeit, da die neue Stadt Mannheim anfing sich aus ihrer Verwüstung im dreißigjährigen Krieg zu erheben.

Ministerialrath Dr. Scherzer hat sich auf seiner Reise nach Singapore, wo er mit der ostasiatischen Expedition zusammentrifft, in Suez aufgehalten, um die dortigen Canalbauten zu besichtigen. In einem von ihm eingesandten vorläufigen Berichte heißt es unter Anderem: „Ich habe gemeinschaftlich mit dem mir zugewiesenen Ingenieur A. Gentilli den Canal in seiner ganzen Ausdehnung von Port-Saïd bis Suez besichtigt, und zwar zumeist in Begleitung des Herrn v. Lesseps und der beiden Unternehmer Mrs. Lavalley und Borel, welche uns überdies alle verlangten Daten und Documente bereitwilligst zur Verfügung stellten. Außerdem hat Herr Gentilli die schwierigsten Punkte des Canales ein zweites Mal besucht, sich auch mit völlig unabhängigen, dem Unternehmen fernstehenden Individuen ins Einvernehmen gesetzt und alle auf die Durchführung dieses kolossalen Werkes Bezug nehmenden Pläne und Schnittstücke einzusehen sich bemüht. Was die Rentabilität des Unternehmens betrifft, so ist es gegenwärtig fast unmöglich, darüber ein Urtheil abzugeben. Bei dem Umstande aber, daß das Werk bis zu seiner Vollendung mehr als 400 Millionen Fres. kosten wird, und die aus Indien und Ostasien kommenden oder dahin fahrenden Schiffe in den ersten Jahren wohl schwerlich massenhaft ihren Weg durch die neu eröffnete Wasserstraße nehmen werden, ist momentan an ein namhaftes Erträgniß in keinem Falle zu denken. Ein Mittel, die neue Verkehrsstraße für Oesterreich möglichst vortheilhaft auszunutzen, bestehe in der Errichtung einer directen Schraubendampferlinie für Waaren zwischen Triest und Bombay unter österreichisch-ungarischer Flagge. Von den 2½ Millionen Centnern Baumwolle, welche alljährlich aus Ostindien nach England und dem südlichen Theile von Europa gehen, verbraucht Oesterreich allein über 600,000 Centner, während der ganze Consum von ostindischer Baumwolle in England schon jetzt gleichfalls den Weg über Oesterreich nimmt."

Die „Allg. Ztg." macht in Folge einer Aufforderung aus Amerika die deutsche Gelehrtenwelt auf eine Versammlung amerikanischer Philologen aufmerksam, welche am 27. Juli 1869 in New-York stattfinden soll. Es soll darin die Organisation einer ständigen Nationalgesellschaft zur Förderung philologischer Studien in Amerika vervollständigt werden. Auch da stehen, wie bei solchen Gelegenheiten in Deutschland, unter den zu verhandelnden Fragen die obenan: wie heutzutage der Unterricht in den klassischen Sprachen behandelt werden soll, um daneben den Anforderungen unseres modernen Lebens gerecht werden zu können? wie sich dazu der Unterricht in den neuern Sprachen zu verhalten habe? u. s. w. Eine Frage lautet: „Was läßt sich thun um die Sprachen der eingeborenen Indianer Amerika's vor dem Untergang zu bewahren?" Anmeldungen und Abhandlungen sind bis spätestens 1. Juli ds. Jrs. an den Vorsitzenden des Comité-Ausschusses, Prof. W. J. Comfort (Care of Harper and Brons.) Franklin Square, New-York, einzusenden. Unterschrieben ist die Einladung von 89 Universitäts- und Collegien-Professoren aus dem Umfange der Union — ein Beweis, daß wenigstens an Pflegern der Philologie kein Mangel ist, wenn auch die bedeutenden Leistungen etwas spärlich auftreten. Einer der Professoren, von der Harvard-Universität, Cambridge in Massachusetts, heißt Sophokles. Die „Allg. Z." bemerkt hiezu: Es fällt uns dabei ein, in der „Times" gelesen zu haben, daß der Principal eines griechischen Handelshauses in London, das in Weinbeeren und Rosinen macht, Homeros heißt. Gar zu klassische Familiennamen sind aber ein kleines Unglück: sie fordern zu Vergleichungen und schlechten Witzen heraus.

Räthsel.

Ich war einst hold dem schönsten Bunde:
Doch selten aus der Sänger Munde
Hörst Du noch meinen Namen klingen;
Versetze meine letzten Zeichen,
So wird dem Einen Hundertreichen
Mich ewig Mensch und Engel singen.

M.

Auflösung der Räthsel
In Nro. 28: 1 2 3 4 5 6 7
Florenz.
In Nro. 29: Seelenwärmer.

Redaction von A. A. Woll, Druck der Jäger'schen Druckerei in Speyer.

Palatina.

Belletristisches Beiblatt zur Pfälzer Zeitung.

Nro. 31.	Speyer, Samstag, den 13. März	1869.

Theorie der Liebe.

Humoreske von A. Kraus.

(Schluß.)

Da eben Sabina die Stadträthin rief, so fand sich Marie allein im Krankenzimmer. Wie rasch wandten sich ihre nunmehr unbewachten vor Freude strahlenden Augen gegen das Krankenlager Sebald's hin, von dessen Besserung die vergangene Nacht, die er vortrefflich zubrachte, die unzweideutigsten Beweise gegeben hatte. Eben war der Kranke aus einem sanften Morgenschlummer erwacht und hatte, nicht wissend, wer an dem in seinem Rücken liegenden Fenster etwa sitze, nach Art schwacher Reconvalescenten zum ersten Mal sich daran gemacht, leise die auf dem Nachttischchen vor ihm stehenden Gegenstände zu untersuchen, mit der Hand zu betasten, die Aufschriften der Schächteln, Töpfe und Gläser mit Medicamenten zu lesen, den Lichtschirm zu prüfen und den Fabrikstempel der Silberlöffel zu studiren. Marie verrieth auch nicht durch den mindesten Laut ihre Anwesenheit, aber ihr Herz schlug ihr hörbar vor Freude, als sie diese ersten Boten des zurückkehrenden Bewußtseins und der Kraft bemerkte. Da plötzlich klingelte das kleine Glöckchen, welches an dem auf einem Seitentischchen stehenden telegraphischen Handapparat des Dr. Progressus sich befand. Erschrocken blickte Marie dahin — und der Kranke wandte gleichfalls den Kopf. Ihre Augen begegneten sich und beide blieben einige Secunden stumm vor Bewegung im Innern, der sie keinen Ausdruck zu geben vermochten. Dann nahte sich Marie dem Kranken, der seine magern, blutarmen Hände ihr entgegenstreckte und mit einer Alles sagenden Thräne im Auge ihre Hand erfaßte und das Wort: „Dank" stammelte. Wieder klingelte es! Marie flog an den Apparat und nunmehr unter der gespanntesten Aufmerksamkeit des im Bett aufgerichteten Kranken und der erstaunten Marie arbeitete dieser fort, rollte und raspelte.

Sebald, der von Allem nichts verstand, blickte fragend auf Marie, welche die Arme auf die Brust gekreuzt, lächelnd vor dem Telegraphen stand, den ihr der Doctor gründlich erklärt hatte. Endlich stand Alles still. Marie wandte sich zu dem ihr mit fragendem Blicke begegnenden Kranken und erklärte ihm die Erscheinung, indem sie zusetzte, daß dies nur ein Versuch des Dr. Progressus wäre, der einen Zimmertelegraphen aufgestellt habe, um rasch von Allem unterrichtet zu sein.

„Und nun, — liebe, theuere Marie!" sprach der Reconvalescent mit schwacher Stimme, indem er die warme, volle Hand der liebenswürdigen Wärterin im Ueberfließen der Dankbarkeit ergriff und drückte, — „und nun — sagen Sie mir doch, was denn der Doctor herüberfragte."

„Ach, das habe ich ja ganz nachzusehen vergessen," entgegnete diese, die durch den Händedruck ängstlich geworden war, und eilte an den Apparat, las, erröthete und gerieth in die unruhigste Verwirrung.

„Und was fragt der Doctor?" wiederholte der Kranke heiter lächelnd und nichts ahnend.

„Thorheit!" antwortete endlich Marie, die nun erst rechte Verlegenheit fühlte. „Er fragt, — wie kann er doch nur dazu kommen? Es muß eine Verwechslung sein, — er fragt — es ist ja unmöglich! Er fragt: Lieben Sie mich?"

Und damit eilte sie wieder an das Fenster zurück und verbarg ihre brennenden Wangen im Fenstervorhange.

Sebald aber seufzte und legte sich in's Bett zurück. Es folgte eine peinigende Stille, bis endlich der Kranke lispelte: „Marie!" Das arme Mädchen trat zu ihm.

„Marie!" wiederholte Sebald und griff wieder nach ihrem Händchen, das sie ihm gern überließ, — „was würden Sie denn zurücktelegraphirt haben, wenn ich anstatt des Doctors so gefragt hätte?" Und damit ergoß sich ein kaum sichtbarer Streifen Röthe über seine blassen Wangen, gleich einer, neues Leben verkündenden Morgenröthe und die ersten Funken der wieder thätigen Lebenswärme stahlen sich in seine Augen. Marie aber stand in namenloser Verwirrung, unfähig, ein Wort zu sprechen, bis endlich der Kranke seufzend den Kopf auf die Seite legte und flüsterte: „Der glückliche Doctor!" da ward ihr plötzlich klar, daß Sebald denken könne, der Doctor habe an sie diese Frage gerichtet und er sei der Unglückliche, der eifern durch Telegraphen mit ihr von Liebe sprechen könne. Sie sah, wie des Armen Herz pochte und die wenigen Blutwellen ängstlich an die schwache Brust schlungen, an die Brust, die sich für sie dem tödtlichen Stoße entgegengestellt hatte, sie sah die schwache Morgenröthe von seinen Wangen schwinden und den matten Strahl der sich abwendenden Augen erlöschen, — da konnte sie's nicht länger mehr ertragen, sondern ergriff wieder die ihr entzogene Hand und sank auf die Knie vor dem Bette nieder, das Antlitz in die Kissen bergend und stotterte schluchzend: „Ich liebe — Sie — wieder!" Der Kranke legte sein Haupt an ihre Stirn, streichelte mit matter Hand die Wange, drückte mit der letzten Kraft, die er besaß, ihre Hand, die sich auf seine Brust gelegt hatte und so verflossen einige Minuten des seligsten Entzückens. Als Marie aus dessen Kissen ihr Antlitz erhob und nach dem seinigen sich wandte, da traf sie der letzte Sonnenstrahl seines verlöschenden Lebens — dann sank er ohnmächtig auf das Lager zurück.

Mit welcher Angst Marie die Hausgenossen rief und wie eben so sorgfältig der Kranke wieder in's Leben zurückgerufen, als die Ursache des „Rückfalles" verschwiegen wurde, — wie der Doctor nur in seinen beständigen Gedanken an den mangelnden Liebesäther Ludmillens diese Probefrage durch den Handtelegraphen that, eben als er auszugehen sich anschickte, wie endlich Gebald Riesenschritte in der Reconvalescenz machte und einhellig Alle diesen Erfolg dem Fleischextract zuschrieben, den, wie der Kranke behauptete, nur Marie allein bereiten und ihm geben könne, — das Alles sind nothwendige Folgen, die sich jeder Leser schon von selbst gezogen hat.

Wie ganz anders stand es dagegen im Hause der kranken Ludmilla, die den Arzt schon seit früh fünf Uhr erwartet hatte, deren Zustand nunmehr in eine Phase getreten war, welche zum verstehen selbst dem philosophischen Erforscher und Controlirer aller Entwicklungen, unserem Dr. Progressus, schwer werden mußte.

Ganz entgegengesetzt früheren Vorgängen war heute das Haus in Heiterkeit versetzt, die Rouleaux von den Fenstern gezogen, manche waren trotz grimmiger Kälte selbst ganz offen.

Im niedlichsten Schlafzimmer saß Ludmilla vor dem Toilettenspiegel und sang die „letzte Rose," während Lisette vor Angst zitternd beschäftigt war, dem strengsten Befehl, sie nachlässig zu frisiren, nachzukommen. Die arme Zofe hatte längst bemerkt, daß die Lustigkeit Ludmillens nur angenommen war. Noch im Bette hatte sie früh schon declamirt, daß mit Kränzen und Blumen geschmückt sie den Opfertod für kalte — harte Herzen sterben werde und sie traf nunmehr Anstalt, ihrem tragischen Geschicke mit antiker Ruhe und Seelenhoheit entgegenzugehen. Nur der Doctor noch sollte Zeuge ihres Opfertodes sein, — er allein — sonst Niemand!

„Sollst ruh'n mir am Herzen und mit mir, ja mit mir im Grab!"

tönte eben ihr klagender Gesang, als sie plötzlich auffuhr und die Zofe zurückstoßend ausrief: „Falsche Brut, verrätherische, die mich umgibt — geh mir aus den Augen — schnell — gleich!" — Da aber der Mops, von des Gesanges Tönen irregeleitet, wedelnd neben ihr stand und die Worte nicht so rasch wie die flüchtende Zofe begriff, so warf ihn der zarte Fuß der Schönen drei Ellen weit in eine Ecke, aus der er mit dem jammernden Quiks eines schrecklich Enttäuschten mit Windeseile durch die offene Thür stiegenabwärts entfloh. Ludmilla aber stand in hehrer Gestalt aufgerichtet, eine glühendrothe Camelia im schwarzen aufgelösten, noch nicht vollendeten Haarputz, vor dem Spiegel und sann darauf, auch im letzten Augenblick noch Zucht und Sitte zu wahren, wenn sie hinsänke, ein bejammernswerthes Opfer der hartherzigen, verständnißlosen Zeit.

Da unterbrach sie Jakob, indem er mit Wohlgefühlen der Treue und Ergebenheit einige seltene, aus dem Treibhaus mit vieler Mühe erhaltene Erdbeeren servirte. Ein Blick aus Ludmillens Auge — und heftig abwehrend, stieß sie die Credenzien sämmtlich auf den Boden und gebot dem Unglücklichen mit der hohlen und ernsten Stimme des geahnten Jenseits, zu fliehen — weil dahin aus dem Hause — wo Heulen und Zähneklappern sei. Damit schlich auch dieser Treue die Treppe hinab, seufzend und nicht ohne Mitgefühl den am Stiegenende fröstelnden Mops betrachtend, der ihn treuherzig ansah, als wenn er sagen wollte: „Bist Du auch so angekommen, wie ich?"

Ludmilla aber von dieser neuen Anstrengung im Kampfe gegen ihre jammervolle Zeit erschöpft, sank auf das uns schon bekannte Sofa und dachte an ihren letzten Willen, als Lisette schüchtern die Thür öffnete und den eben angekommenen Doctor Progressus anmeldete.

Mattlächelnd winkte Ludmilla den rasch folgenden Doctor zu sich.

Dieser seufzte zwar und kam in Verwirrung, — da er aber sogleich bemerkte, daß dies von der gewaltigen Flucht seiner Atome herrühre, beschloß er innerlich um so entschiedener, diese Vorgänge nunmehr durch alle wissenschaftlichen Hilfsmittel und eine Radicalcur festzustellen und schiebte dabei in die Westenöffnung nach dem mit jedem Herzschlag hüpfenden Thermometer.

Er fühlte den Puls bei Ludmillen, welche die Augen geschlossen hatte, maß die Zeit an der Secundenuhr und murmelte etwas von 73, 74, 75, was die Kranke aufschrecken machte. Doch seufzend legte sie ihr Haupt wieder. Der Doctor legte die Hand auf die Stirn — streichelte dann den vollen, schneeweißen Arm, um die Haupttemperatur zu ermitteln, als die Kranke tonlos flüsterte: „Eine Trauerweide — und zwar eine geknickte — pflanzen Sie mir an mein Grab — das — ist mein letzter Wille — und hat die falsche Welt — noch ein — nur ein Vergißmeinnicht — dann, Doctor — ach! wie beklommen ist mir's — — —"

Solche Symptome geboten Eile und rasch lehnte der Doctor das Haupt an Ludmillens zuckendes, schlagendes, hüpfendes — gequältes Herz!"

Im hohen Grade verwirrt stand der Asklepiade

wieder auf und schüttelte den Kopf, — seufzte dann, faßte einen Entschluß und sprach mit ernster aber bekümmerter Stimme:

„Ludmilla! schönste, theuerste Ludmilla! Es muß endlich gesagt werden —“ die Kranke öffnete blitzschnell die Augen und fuhr fast zugleich mit den Händen davor, — der Doctor fuhr ermuthigt fort: „es muß heraus, so schrecklich es auch klingen mag, aber es ist sonst keine Abhilfe möglich. Ihnen, schöne Frau, der ich ja nichts, nicht mein eigenes Inneres verheimlichen möchte, Ihnen — ich sage es in fester Ueberzeugung — fehlt es an Liebesäther!“ Ludmilla ließ die Hände von den Augen sinken und starrte mit halbgeöffnetem Munde den philosophischen Denker mit der Aethertheorie staunend und nachdenkend an. Der aber fuhr fort: „Hätten Sie nur den achten Theil von den Wärmeatomen, die ich besitze, so müßte die Metamorphose in Liebesäther erfolgt sein. Aber Ihre Fleischkost, die Sie genießen, die ewigen Griesks und Cotelets — das ist's, was Sie so kalt, so unempfindlich gegen das Leben macht, daß Ihr Zustand mich wahrhaft tief bekümmert. Tag und Nacht denke ich darüber nach, wie ich diese schrecklichen Anfälle bekämpfen möge, diese eisige Ruhe und Verachtung aller Lebensfreuden — schon Thränen habe ich über diese Ihre Versteinerung des Herzens — eine Art Herzstalaktitenbildung — vergossen, und immer will es mir nicht gelingen, das Schönste — ja ich sage es ohne Scheu, das Theuerste, was ich im Herzen trage, — Sie, edle Ludmilla —“

Aber der Doctor konnte nicht vollenden, denn die gequälte, gefolterte, entsetzlich gemarterte schöne Frau flog plötzlich mit der Elasticität einer Gazelle vom Sofa auf und dem Doctor um den Hals, umschlang ihn wie der Epheu die Ulme, die er endlich findet, preßte ihn an's Herz und — krach! der Thermometer, der zehntheilige, noch dazu von Greiner in München — 5 fl. 24 kr. — er rollte in Stücken unter der Weste heraus, das Quecksilber aber fuhr in die Stiefeln. Der Doctor lächelte bloß, — die Schöne wankte nur einen Augenblick zurück, bis sie erkannt hatte, was geschehen war, dann aber umhalsten sich Beide von Neuem und küßten sich so lange, daß sie weder den die Erdbeeren zusammenkehrenden Jakob, noch den schmollenden Blick Lisettens, die inzwischen im Nebenzimmer selbst Toilette machte, noch den Mops, der sich in die Sofaecke wieder gedrückt hatte, bemerkten.

Der Hochzeitstag ward endlich festgesetzt, und nur die Pflicht, die Patienten zu besuchen, konnte den Doctor zum Fortgehen wieder bewegen. Als er auf der Straße war, schüttelte er oft den Kopf und murmelte: „Ueberschuß von Liebesäther! Merkwürdig! von Fleischspeisen — Fleischextract —, gibt der Theorie einen Stoß — aber bringt sie nicht um!“

So gelangte er in das Krankenzimmer Sebald's, wo auch Freund Sacherl eben eintrat. Hier fanden sie große Veränderung. Der Patient saß aufrecht im Bette und genoß eben etwas Fleischextract, was ihm Marie reichte, neben dieser stand Frau Kirchhammer, den Arm um sie geschlungen und Thränen im Auge, denn Sebald hatte ihr seine lange — lang geheim gehaltene Liebe zu Marie gestanden und von ihr den Segen erhalten. Nur Sabine war rasch an's Fenster gelaufen, als die Doctoren eingetreten waren, und suchte Minz, den Kater, der mit gewaltigen Sätzen auf das Fensterbrett gesprungen war, als er den Doctor erkannt hatte, zu beschwichtigen, denn der Kater machte deutlich Miene, durch das Fenster zu setzen, um das Freie zu gewinnen.

Wenige Fragen genügten, das vortreffliche Befinden des Patienten in's Klare zu stellen. Progressus entwickelte auf's Neue seine Theorie der Liebe, dann entfernten sich beide Doctoren unter aufrichtigen Glückwünschen.

Die Fama des Städtchens, die gar ein gewaltiges Mundstück führt, sagt uns, daß sowohl Dr. Progressus, wie Sebaldus, der Assessor, sehr glückliche Tage des Ehelebens vollbrachten, die Theorie meines Freundes also richtig ist. Ludmilla verlor ihre Hysterie, der Doctor aber experimentirte von da an weniger und als ich ihn neuerlich wieder besuchte und an das Experiment der naturwissenschaftlichen Erklärung der Liebe erinnerte, lächelte er zwar, meinte aber allen Ernstes, daß man mit einem richtigen Speisezettel und den übrigen Apparaten der Wissenschaft allerdings Herrschaft über diesen interessanten Naturkörper gewinnen könne. Nach habe er ihn zwar nicht krystallisirt gefunden, aber die von ihm aufgestellte Formel sei dennoch richtig, wenn sich auch gezeigt habe, daß Fleisch ihn besser nährt als Zucker und Stärkemehl.

Miscellen.

* Aus Gotha, 8. März, erhalten wir von Herrn A. Petermann folgenden Bericht: Die zweite deutsche Nordpolar-Expedition, zu deren Zustandekommen Vorbereitungen seit vorigem Herbst im Gange gewesen sind, ist bestimmt, von Bremerhaven aus in der ersten Woche des Juni, wo möglich am 1. Juni, in See zu gehen. Sie wird aus zwei Schiffen bestehen, einem Schraubendampfer von 120 Tonnen und 30 Pferdekraft, und dem Schiff der ersten Expedition, einer Segel-Yacht von 80 Tonnen. Diese wird den Namen „Grönland“, das neue Schiff den Namen „Germania“ führen. Zweck und Ziel dieser zweiten Expedition sind dieselben wie beim vorjährigen Versuch, nämlich: Erforschung und Entdeckung der arktischen Central-Region von 75° N. Br. an, auf der Basis der ost-grönländischen Küste. Aber sie wird dieses Mal nicht eine bloße nautische Sommerfahrt sein und auf die Monate Juni bis September beschränkt werden, sondern sie wird eine verhältnißmäßig reiche wissenschaftliche Ausrüstung erhalten, in möglichst hoher Breite eine Ueberwinterung effectuiren und voraussichtlich erst im October 1870 heimkehren. Die „Grönland“ jedoch, die als Begleit- und Transport-Schiff fungiren, sowie zur Communication zwischen der Expedition und Europa dienen wird, soll schon zum kommenden Winter zurückkehren und alle bis dahin (October ?) erlangten Resultate und veranstalteten Sammlungen heimbringen. Das Hauptschiff, als völlig unabhängig in sich, soll zu geeigneter Zeit im Herbst 1870 nachfolgen. Die ganze Expedition wird unter dem Befehl des Kapitän K. Koldewey stehen, der sich im vorigen Jahre in jeder Beziehung so trefflich bewährt hat, als Seemann wie als Mann der Wissenschaft und als ein ausgezeichneter Character voll Muth, Ausdauer und Hingabe für die Sache. Außer ihm werden

ein Obersteuermann, Untersteuermann, Maschinist, Heizer, Zimmermann, Koch, Steward und fünf Matrosen die Schiffsmannschaft bilden. Die wissenschaftliche Seite ist zunächst vertreten durch zwei Astronomen und Physiker, die Herren Börgen und Copeland von der königlichen Sternwarte in Göttingen, den ausgezeichneten Hochgebirgs-Forscher und Gletscherfahrer Oberlieutenant Julius Payer aus Wien, von der k. k. österreichischen Armee (für Geologie, Detail-Aufnahmen und Gletscherforschungen), und einen Arzt (hauptsächlich Chirurg), der die Zoologie vertritt, — noch nicht definitiv ausgewählt. Das ganze Personal auf dem Hauptschiff wird demnach aus 17 Mann bestehen. Die Bemannung und wissenschaftliche Begleitung der „Grönland" ist noch nicht genau festgestellt. Die wissenschaftlichen Instrumente und Apparate sind zum Theil seit vorigem Herbst in Arbeit, die Dampfmaschine der „Germania" wird construirt vom Hause Waltjen in Bremen, der Bau des Schiffes selbst geschieht auf der Werft des rühmlichst bekannten Schiffsbaumeisters Franz Tecklenborg in Bremerhaven. Das neue Schiff ist nach den sorgfältigsten Berathungen und mit Rücksicht auf die reichen Erfahrungen der vorjährigen Expedition in der Eisschifffahrt bis auf die geringsten Einzelheiten entworfen und wird, aufgetakelt und gemalt, bis zum 1. Mai vollständig fertig geliefert. Es ist selbstverständlich auf alle Bedürfnisse der Expedition speciell berechnet, — größtmöglichste Stärke zu all den verschiedenen Forschungen und Arbeiten, wohnlich im Winter, und wird ebenbürtig ein dem jetzigen Standpunkt der Wissenschaft und des Schiffbaues entsprechendes vorzügliches Fahrzeug abgeben. Unter den speciellen in Aussicht genommenen wissenschaftlichen Arbeiten befindet sich eine Gradmessung in möglichst hoher Breite; alle bisherigen Messungen dieser Art zur Bestimmung der Größe und Gestalt unserer Erde erreichten noch nicht das europäische Nordkap in etwa 71° N. Br., und nachdem die Engländer seit beinahe 50 Jahren und die Schweden seit 10 Jahren die Messungen in Spitzbergen wo möglich bis zum 80° N. Br. fortzuführen schließlich getrachtet haben, wird von dieser deutschen Expedition nunmehr der erste ernsthafte Versuch dazu in möglichst hohen Breiten an den zu erforschenden Polarküsten gemacht werden. Ausgedehnte und eingehende Berathungen, Unterredungen und Correspondenzen haben seit vorigem Herbst mit den hervorragendsten Autoritäten über alle in Frage kommenden Fächer zur Vorbereitung der Expedition stattgefunden.

Eines der reichhaltigsten Steinsalzlager der ganzen Welt befindet sich in Louisiana auf einer unter dem Namen Petit Anse bekannten Insel im Parish St. Mary. Diese Insel liegt 90 Meilen westlich von New-Orleans, ist ungefähr eine Meile vom schiffbaren Wasser und blos eine kurze Strecke von der Opelousas-Eisenbahn entfernt. Die Atchafalaya-Bay liegt in kurzer Entfernung südlich von der kleinen Insel, welche ungefähr 4000 Acker Land enthält. Der Salzstein, der 95 pCt. reines Kochsalz enthält, wird 10 bis 12 Fuß unter der Oberfläche gefunden und besteht aus unregelmäßigen hübschen Krystallen, die ungefähr einen Zoll im Durchmesser haben. In Folge seiner Festigkeit widersteht das Salz den Einflüssen der Nässe und löst sich schwerer auf als andere Salze. Das Salzlager, dessen Flächenraum sich fast über die ganze Insel erstreckt, reicht tief in den Schooß der Erde hinein. Bei Bohrversuchen hat man in einer Tiefe von 50 Fuß und an einigen Stellen noch tiefer das Salz vorgefunden. Ein St. Louiser Haus hat die Insel Petit Anse käuflich erworben und bereits Anstalten zur Anlage und Bebauung eines Salzbergwerkes getroffen. Auf der Insel, wo es früher öde und traurig aussah, hört man jetzt das Geklapper der Dampfmaschinen, Hämmern und Klopfen und bemerkt ein reges Leben.

Paris, 6. März. In Montauban (im französischen Departement Tarn et Garonne) spielte dieser Tage vor den Assisen ein Proceß gegen Kindermörderinnen. Die „Ogresse" (Menschenfresserin oder auch die Engelmacherin), wie die Montaubaner die Hauptangeklagte, Jeanne Delpech, nennen, hat in ihrem Hause ein wahres Beinhaus von Kindern, die sie für geringere oder größere Geldsummen oder Vortheile unterbrachte, errichtet. Sieben Skelette sind wieder zusammengesetzt worden, es wurden aber weit mehr (mindestens 20) geopfert und zwar gegen Belohnung, um die Mütter von einer unbequemen Last zu befreien. Außer der Ogresse sind die Hauptangeklagten: ihre Tochter und Schwester und die Hebamme Coyne. Die Delpech ist so ruchlos, daß sie auf die Frage des Präsidenten, ob sie Kinderleichen außerhalb des Hauses untergebracht habe, antwortete: „Niemals; wenn ein Kind über die Schwelle meines Hauses gekommen, kam es niemals wieder hinaus." Die Kinder wurden der Ogresse von den Müttern unter dem Vorwande anvertraut, sie würden nach dem Etablissement von „Nazareth der Boilleaux" gebracht. Die Delpech wurde auf Lebenszeit, die Hebamme Coyne auf 10 Jahre zu den Galeeren, die übrigen Angeklagten zu 3, 2 und 1 Jahr Gefängniß verurtheilt.

(Champagner.) Die officielle statistische Tabelle der „Chambre de Commerce de Rheims" ergibt nachstehenden Ausweis über die Höhe der Production von französischem Champagner. Nach derselben waren am 1. Januar 1845 in Frankreich auf Lager 23,235,813 Flaschen und während desselben Jahres exportirt 4,380,214 Flaschen. Im Jahre 1866 waren auf Lager 37,808,700 Flaschen, also 14 Millionen Flaschen mehr, und exportirt 10,283,000 Flaschen, also 6 Millionen mehr, woraus sich ergibt, daß im letztgenannten Jahre das Ausland im Verhältniß zum effectiven Bestande noch einmal so viel verbraucht hat, als 1845. Die Zunahme des Verbrauchs des Auslandes geschah ziemlich regelmäßig fortgehend, nur das Jahr 1852 fiel plötzlich um beinahe 2 Millionen Flaschen. Frankreich selbst hat, weil es an der Quelle sitzt, stets am meisten Champagner getrunken; im Jahre 1865 3,218,347 Flaschen.

(Einschienige Eisenbahnen.) Der Techniker Larmanjat in Paris hat Locomotive und Waggons construirt, die einer einzigen Eisenschiene bedürfen, um so sicher und rasch wie auf zweien fortzukommen. Bei der Generalprobe dieser Fahrt betheiligte sich im Auftrage des Kaisers sein Adjutant, General Favé, der zugleich Director der polytechnischen Schule ist. Man fuhr von Raincy ab, und langte nach zwanzig Minuten in Montfermeil an. Alles ging ausgezeichnet. Die Geschwindigkeit ist die gleiche, wie bei den bisher üblichen Bahnen. Das System Larmanjat besteht in der Anwendung einer Maschine mit drei Rädern, von denen eines in der Achsenrichtung des Fuhrwerkes in der Schiene läuft, während die beiden anderen auf dem Boden leicht hinlaufen, über denselben sozusagen nur hinzugleitend. Die ganze Last wird von dem einzigen Rade in der einzigen Schiene getragen. Die durchmessene Strecke weist große Krümmungen und Steigungen auf. Einige amerikanische Ingenieure waren eigens nach Paris gekommen, um dieser Production beizuwohnen — practische Leute, diese Amerikaner. Charlatanerie ist diese Erfindung nicht, kein Seitenstück zur Velocipedistik. Die Frage ist nur, ob die Leistungsfähigkeit der neuen Apparate allen Bedingungen des Terrains und Transports entspricht. Wäre dies der Fall, dann stünde eine gänzliche, radicale Umgestaltung des Eisenbahnwesens bevor.

* Räthsel.

Ueber den R. bin ich vor Jahren
Einst in einem Nachen gefahren,
Thiere mit R., in großer Masse,
Füllten das Element, das nasse.
Also, großer Beute gewärtig,
Machten wir uns zum Fange fertig,
Banden fest mit R. das Boot,
Lauerten bis zum Abendroth,
Speisten Abends dann die Beute
Froh im Kreise heitrer Leute.

Redaction von K. A. Moll, Druck der Jäger'schen Druckerei in Speyer.

Palatina.

Belletristisches Beiblatt zur Pfälzer Zeitung.

Nro. 32. Speyer, Dienstag, den 16. März 1869.

Die alte Jungfer.

. . . .

Es war in der Dämmerstunde eines Dezembertages, zu dunkel, um noch zu sehen, zu lesen oder zu arbeiten, und nicht dunkel genug, um Licht anzuzünden, als zwei Freundinnen vor dem Kamine saßen, jede in das Feuer blickend, welches von Zeit zu Zeit aufflackerte und ihre Gesichtszüge beleuchtete.

Das Zimmer, in welchem sie saßen, war nicht groß und nicht elegant möblirt, trotzdem trug Alles den Stempel der Wohlhabenheit und der Behaglichkeit; so gemüthlich war die Einrichtung, so sauber die Kästchen und Spielereien, welche in absichtlichem Durcheinander über den Tisch gestreut waren, daß man auf den ersten Blick sah, kein Kinderhändchen hatte die Verwirrung angerichtet und kein Kinderfüßchen hatte auf den Sophas und Ottomanen getrampelt. Dieses hübsche Zimmer wurde nur von einer Person bewohnt, aber augenblicklich hatte sie einen Gast.

Eine Weile saßen sie noch ruhig vor dem Feuer; plötzlich sprang die Eine der Beiden, ein junges Mädchen von kaum siebzehn Jahren, mit der ganzen Kraft und Fülle der Jugend, auf und bat um die Erlaubniß, das Feuer zu schüren. Der helle Schein fiel auf ein Gesicht, welches nicht mehr jung genannt werden konnte und trotzdem auch nicht alt war. Sie mochte ungefähr dreißig Jahre zählen, die älteste der beiden Freundinnen, vielleicht sogar fünfunddreißig, aber es waren Züge, über welche die Jahre ohne Spuren weggehen; Kummer und Sorge schienen darüber gezogen zu sein und hatten auch wohl Eindrücke zurückgelassen, aber die Zeit hatte sie gemildert. Die hübschen blassen Wangen waren mager aber nicht eingefallen; ihren Mund umgab ein trauriger Zug, aber keine Runzeln waren auf der Stirn sichtbar. Nur wenig Haar kam einfach gescheitelt unter dem schwarzen Spitzentuch hervor, man sah noch kein weißes darunter. Sie war eine jener Menschen, bei deren ersten Anblick man unwillkürlich ausruft: „Wie hübsch muß sie gewesen sein!“ Trotzdem sagten die, welche sie in ihrer Jugend gesehen, daß sie niemals hübsch gewesen sei. Die Augen der jüngeren Dame schienen in dem Feuerschein zu glitzern und zu leuchten, während die der älteren freundlich und sanft auf den sie umgebenden Gegenständen ruhten; dies war Miß Mortimer, eine Dame, welche einsam und allein lebte und nie unter andere Menschen ging, weßhalb die Welt sie excentrisch nannte. Endlich unterbrach der Gast das Schweigen:

„Wie schnell die Jahre verschwinden!“ rief sie aus, „Weihnachten ist schon wieder vor der Thür und doch kommt es mir vor, als sei es kaum sechs Monate her, daß ich den letzten heiligen Abend bei Ihnen verlebte. Erinnern Sie sich noch, wie ich darauf bestand, zu kommen, trotzdem daß Sie mich nicht im Geringsten dazu aufmunterten? Wissen Sie noch, wie ich hartnäckig darauf beharrte, daß Niemand in der weiten Welt, der noch einen Freund habe, diesen Abend allein verlebe? — Es ist mir, als sei es erst gestern gewesen!“

— „Der Jugend und den Glücklichen fliegt die Zeit dahin,“ sagte Miß Mortimer; „aber für mich hat das Jahr seine volle Länge von zwölf Monaten oder von zweiundfünfzig Wochen, oder von dreihundertfünfundsechszig Tagen.“ —

„Gnade, liebe Freundin, halten Sie ein!“ rief der Gast aus; „zählen Sie nicht auch noch die Minuten auf. Aber jetzt Scherz bei Seite, sind Ihnen diese langen Monate, Wochen und Tage nicht manchmal einförmig und langweilig?“

— „Niemals, ich kenne keine Langweile.“

Es entstand wieder eine lange Pause, während welcher die Augen des jungen Mädchens auf dem Gesicht ihrer Freundin ruhten, als ob sie einen Wunsch hätte und sich doch scheute, ihn auszusprechen.

„Du hast ein solch' Plaudergesichtchen, Helene,“ begann Miß Mortimer lächelnd; „sprich nur, liebes Kind, wenn es Dir Spaß macht; ich wünschte nur, ich könnte in Deine Unterhaltung einstimmen!“

— „Ich bedarf Nichts, um mich zu amüsiren,“ sagte Helene, „ich liebe es, neben Ihnen zu sitzen. Außerdem, was für ein Recht auf Vergnügungen hat ein Gast, der sich selbst eingeladen hat! Ich sehe gern in Ihr Gesicht, und in dem Augenblick, als Sie zu mir sprachen, dachte ich gerade, ob ich wohl wagen dürfte, Ihnen zu sagen, was meinen Geist beschäftigte, während wir im Dämmerlicht grübelten.“

„O ja, sag' es, — ich wundere mich aber, daß Dein froher junger Geist es der Mühe werth hielt, über mich nachzudenken,“ sagte Miß Mortimer mit einem Lächeln, welches, anstatt ihr Gesicht zu erhellen, es im Gegentheil verdüsterte; „darum sprich nur, Helene, und sage, was Du zu fragen wünschest. Sogar in Deinen Augen liegt eine Frage."

— „Ich bin dreist genug, es zu fragen, da ich glaube, ein klein wenig Ihr Liebling zu sein. Ich wünschte, Sie machten mich zu Ihrer Freundin."

„Nein, nein," rief Miß Mortimer entsetzt, als ob eine Schlange sie gebissen, ihre Hände ringend und wie in heftigem Schmerz die Brauen zusammenziehend. „Nein, nein, nein, Helene! Alles in der Welt, nur nicht Freundin! Sei mein Liebling, meine einzige Begleiterin, mein ungebetener, selbst eingeladener, aber stets willkommener Gast; aber niemals, niemals meine Freundin. Nun, Kind, fahre fort!"

Die Worte wurden mit plötzlicher Schärfe hervorgestoßen, jedoch das junge Mädchen schien an den Ton gewöhnt und nahm außer einem halb ängstlichen, halb fragenden Blick wenig Notiz davon; dann sprach es:

„Nun gut, ich will Ihnen meine Gedanken sagen. Ich habe mich oft gewundert und wundere mich immer, wie es kommt, daß Sie in ihrer Vollendung und ihren Verhältnissen und, liebe Miß Mortimer, vor Allem Ihrem Aeußern, welches, ohne zu schmeicheln, mich fesselt wie Alle, denen Sie erlauben, Sie kennen zu lernen, — wie kommt es, daß Sie niemals, daß Sie noch, — ich meine, daß Sie —"

— „Sprich das verrufene Wort nur aus, Helene, sage nur, eine alte Jungfer. Das Wort beunruhigt mich nicht, denn ich habe den Titel schon seit vielen Jahren getragen und werde ihn bis zum Grabe tragen. Aber Du bist noch jung, Helene, so jung, daß Du erst noch lernen mußt, daß es kaum eine vereinsamte Frau in der Welt gibt, welche es mehr aus eigener Wahl als aus Nothwendigkeit ist. Alle, oder beinahe Alle, haben Gelegenheit gehabt, sich zu verheirathen, aber sie haben sie entweder zurückgewiesen oder sie sich wieder entziehen lassen; aber mehr noch als dies könnten die Meisten ihre Lage einer —"

„Enttäuschung zuschreiben," sagte Helene leise.

— „Manchmal, aber noch häufiger einer Episode in ihrem Leben," erwiderte die ältere Dame, indem sie die Lippen zusammenpreßte, als ob diese Worte eine schmerzliche Erinnerung in ihr wach gerufen hätten; zuletzt erhob sie sich, indem sie sich gegen das junge Mädchen wandte, dessen Augen voll Neugier und Scheu auf sie gerichtet waren: „Möchtest Du wohl eine dieser Episoden hören?" fragte sie. „Kind, möchtest Du einmal in Deinem Leben eine wahre Geschichte hören, eine, für deren Wahrheit ich Dir bürgen könnte?"

Ein schneller bejahender Blick schoß aus des jungen Mädchens Augen und Worte zitterten auf ihren Lippen.

(Fortsetzung folgt.)

Wagner's „Meistersinger von Nürnberg".

Von Prof. Dr. W. Lübke in der „N. Fr. Presse".

Ueber die „Meistersinger" sind, so weit ich es verfolgen konnte, in der Presse Süddeutschlands bis jetzt so überwiegend die Stimmen unbedingter blinder Bewunderung laut geworden, und die wohlbekannte, wohlorganisirte Phalanx der literarischen Triarier der Zukunftsmusik hat bei dieser Gelegenheit so eifrig ihre Schuldigkeit gethan, daß Sie vielleicht einem unbefangenen Beobachter gestatten, auch seine Wahrnehmungen öffentlich darzulegen. Die kürzlich erfolgte erste Aufführung des Werkes in Karlsruhe bot mir willkommenen Anlaß, dasselbe auch aus seiner Bühnen-Erscheinung kennen zu lernen und mir ein selbstständiges Urtheil zu bilden. Daß ich keinerlei Motiv habe, mit üblem Vorurtheile an ein Werk Wagner's heranzutreten, brauche ich kaum zu versichern. Vom Anfange gehörte ich zu denen, welche mit dem geistvollen Manne in seiner Kritik der bestehenden musikalischen und theatralischen Zustände freudig übereinstimmten. Freilich ging diese Uebereinstimmung nicht so weit, daß ich in seinen Schöpfungen dann dasjenige zu erkennen vermocht hätte, was unserer Bühne noththue. Aber jedem neuen Werke Wagner's trat ich doch mit gespanntem Interesse näher, begierig darauf, ob es ihm gelingen wolle, uns etwas von dem zu bieten, was er unter dem „Kunstwerke der Zukunft" versteht. Diese erwartungsvolle Stimmung erhielt bei mir jetzt noch eine Steigerung, nachdem ich im vorigen Sommer von einem wagnerbegeisterten Musiker allerlei Aufschlüsse erhalten hatte. „Sie müssen nicht glauben," sagte der kenntnißreiche junge Mann, „Wagner zu verstehen, wenn Sie seinen „Tannhäuser" kennen; der ist durch den „Lohengrin" längst überholt. Aber auch der „Lohengrin" ist nichts: man muß „Tristan und Isolde" gehört haben. Und wie schwinden auch diese wieder zusammen vor den „Meistersingern". Da hat Wagner die Höhe erreicht."

Da dieser eigenthümliche Meister demnach die Besonderheit hat, jedes vorhergehende Werk durch ein neues gleichsam aufzuheben und zu vernichten, so könnte man leicht einer neuen Schöpfung gegenüber die fatale Empfindung haben, daß man sich für etwas begeistere, was in kurzer Zeit wieder zu einem bloßen „historischen Entwicklungsmoment" herabgesetzt wird. Allein was thut das? Haben ja Tausende mit mir die Schwachheit, sich noch immer für die schüchternen, kindlichen Versuche eines Gluck, Mozart, Beethoven zu begeistern, obwohl dieselben durch jede Wagner'sche Schöpfung längst überboten und eigentlich „abgethan" sind. Also nur Muth! Ist etwas von echter Schönheit, etwas rein Menschliches, Edles in den „Meistersingern", warum sollte es trotz alledem uns nicht innig rühren und ergreifen?

Mit solchen Erwägungen ging ich der Aufführung, die für mich die erste war, entgegen. Jedermann weiß, wie viel Gewicht Wagner darauf legt, daß seine Schöpfungen in möglichster Vollendung zur

Erscheinung kommen. Componisten, die so beschränkt waren, blos für das Ohr zu schreiben, und bei deren Klängen der Hörer entzückt ist, auch wenn er die Augen schließt, unterscheiden sich eben sehr von einem Künstler, der auf alle Sinne zugleich wirken will, und bei welchem die Augenlust häufig für allerlei Ohrenpein entschädigen muß. Um hier jedes Mißverständniß von vornherein abzuschneiden, bemerke ich, daß die Aufführung in jeder Hinsicht musterhaft war, wie man unter der dramaturgischen Oberleitung eines Devrient unter der begeisterten Hingabe eines feurigen Capellmeisters wie Levi es nicht anders erwarten konnte. Der glänzendsten Leistung des von München berufenen Nachbaur (Walther v. Stolzing) treten die einheimischen Kräfte ebenbürtig zur Seite. Ja, bis auf die letzten untergeordneten Nebenpersonen that Alles in höchstem Anspannen der Kräfte und in aufopfernder Hingabe in vollem Maße seine Schuldigkeit. Alles klappte, griff feurig in einander, und bis auf den etwas ungeschickten Vollmond im zweiten Acte war auch das Scenische überall vortrefflich. Von competentester Seite wurde versichert, daß die Aufführung in mancher Hinsicht selbst der Münchener Darstellung überlegen sei. So waren alle Vorbedingungen da, um das Werk zur vollen Geltung zu bringen.

Und nun der Erfolg? der Eindruck? — Es hat nicht an hurtigen Federn gefehlt, die sofort in den öffentlichen Blättern, z. B. der „Allg. Ztg.", den Eindruck als überwältigend, den Erfolg als durchschlagend und allgemein bezeichneten. Ich kann nur sagen, daß das Publikum sich dem Werke selbst gegenüber aufmerksam, aber kühl verhielt bis zum dritten Act, der allgemein erwärmte; daß am Ende des zweiten Actes nach der großen Prügelei sogar starkes Zischen von manchen Seiten erscholl, dagegen die Darstellenden und der Capellmeister gebührend mit Beifall geehrt wurden. Doch davon genug; ich will nur von den Eindrücken reden, die ich selbst empfangen habe.

Da kann ich freilich zunächst den zu Grunde gelegten Text nicht mit Stillschweigen übergehen. Weit entfernt indeß, eine umfassende Analyse zu geben, begnüge ich mich mit wenigen Bemerkungen. Der Inhalt ist bereits allgemein bekannt. Junker Walther tritt auf, verliebt sich spornstreichs in Eva Pogner, wird von dieser ebenso geschwind und ebenso heftig wiedergeliebt und beschließt, die Hand der Jungfrau, die dem besten Meistersinger zugesagt ist, sich am Johannesfest zu ersingen. Bei einer Probe in der Kirche fällt er durch, weil Beckmesser in ihm den Nebenbuhler wittert und weil sein Gesang wider die Regeln der Schule verstößt. In allgemeinem Tumult endet der Aufzug. Im zweiten Act spät Abends lauert die sittsame Jungfrau in der Gasse auf den schnell erworbenen Geliebten. Dieser läßt nicht lange auf sich warten. Als sie von ihm sein Mißgeschick erfährt, ist sie sogleich entschlossen, mit ihm durchzugehen. Inzwischen kommt Beckmesser, ihr ein Ständchen zu bringen. Der Lehrbube David, im Wahne, daß es seiner Geliebten Lene, der Amme Eva's, gelte, dringt aus dem Hinterhalte mit einem Prügel auf ihn ein. Es entbrennt eine allgemeine „Keilerei", aber die tugendsame Jungfrau scheint in solchen Straßenscenen so erprobt, daß sie ruhig aushält, bis endlich Hanns Sachs sie beim Arme faßt und in ihres Vaters Haus „hinausstößt". Auch dieser Act schließt mit dem wildesten Getümmel. Im dritten Acte erbarmt sich Hanns Sachs des armen Junkers, gibt ihm in der Geschwindigkeit eine Privatlection im Meistersang und wird von dem Liede, welches Walther nunmehr anstimmt, ganz hingerissen. Sachs schreibt es nieder, dann entfernen sie sich. Beckmesser kommt, findet das Lied, eignet es sich an und erhält es von dem wieder eingetretenen Hanns Sachs zum Geschenk. Ehe Alle zum Johannesfest hinausziehen, hat jung Walther noch Gelegenheit, seine Geliebte in Sachsens Werkstätte mit dem neuen Liede zu bezaubern. Dann kommt die Schlußscene auf der Festwiese. Beckmesser versucht, das fremde Lied für sein eigenes ausgebend, damit den Preis zu erringen. Aber er bringt nur eine Caricatur des Liedes heraus und muß unter allgemeinem Hohne abtreten. Walther erscheint, singt sein Lied abermals, rührt die Meistersinger und das Volk und erhält als Preis die Geliebte.

Das ist die Fabel des Stückes, die auf 125 enggedruckten Seiten ausgesponnen wird. Man muß gestehen, dürftig genug ist die Erfindung, kümmerlich die Handlung, arm an dramatischem Leben das Ganze. Aber vielleicht hat das Textbuch so viel poetischen Reiz, um dies vergessen zu machen? Fürwahr, damit ist es noch übler bestellt. Wie viel läßt schon die Charakterzeichnung der Hauptfiguren zu wünschen! Hanns Sachs würde uns am besten gefallen, wenn er nicht durch endlose philosophisch sein sollende Tiraden im elendesten Knittelversstyl bodenlos langweilig würde. Pogner ist brav und wacker, leidet aber auch an dieser breitspurigen Schwerfälligkeit. Der Lehrbube David ist eine der bestgezeichneten Gestalten, aber durch sein widerwärtiges Liebesverhältniß mit der Amme Eva's wird er bald fatal. Beckmesser ist mehr eine Caricatur als eine komische Figur. Junker Walther lassen wir in der üblichen Schablone des Liebhabers passiren; ja sein poetischer Kampf gegen pedantischen Schulzwang würde uns sogar menschlich interessiren, wenn nicht Wagner zu handgreiflich tendenziös ihn zum Substituten für seine eigene werthe Person gemacht hätte. Ganz schlimm aber ist Eva: eine von den bei Wagner epidemischen Heldinnen, liebessiech und mannstoll, dem Auserkorenen mit offenen Armen entgegenstürzend, geradezu von krankhafter Brunst getrieben, so daß man sich immer auf's neue verwundert fragt, an welchen Modellen der Autor wohl seine Studien zu diesen Musterjungfrauen gemacht hat. Es sind häßliche Caricaturen von Shakspeare's Julie und Goethe's Gretchen. Um dies an Eva nachzuweisen, genügt es, zur Erbauung der Leser die erste Begegnung der Liebenden mit den Worten des Textbuches anzuführen. Es ist in der Kirche. Die Gemeinde singt einen Choral. Eva sitzt unter den übrigen Frommen. Walther lehnt an einer Säule. Stummes Spiel: „Walther drückt durch Geberde eine schmachtende Frage an Eva aus. Eva's Blick und Geberde suchen zu antworten, doch beschämt schlägt sie das Auge wieder nieder. Walther zärtlich, dann dringender. Eva Walthern schüchtern abweisend, aber schnell wieder seelenvoll zu ihm aufblickend. Walther entzückt, höchste Betheuerungen, Hoffnung. Eva selig lächelnd, dann beschämt die Augen senkend. Walther dringend, aber schnell sich unterbrechend; er nimmt die dringende Geberde wieder auf, mildert sie aber sogleich wieder, um dadurch sanft um eine Unterredung zu bitten."

Nach dieser gottseligen Einleitung wundert es uns dann nicht, daß Eva zuerst das Brusttuch, dann die Spange künstlich vergißt, um ihre Amme einen Augenblick zu entfernen und dem Junker ein tête-à-tête zu bereiten. Dieser benützt in schicklichster Weise die Gelegenheit indem er sie sogleich fragt: „Mein Fräulein, seid Ihr schon Braut?" Ebenso passend versichert sie ihm dann: „Euch oder Keinen!" Selbst der biederen Amme kommt dies etwas stark vor, so daß sie erinnert: „Sahst ihn doch gestern zum erstenmale." In diesem jungfräulichen Style geht es dann weiter. Wie Eva gleich im zweiten Acte auf den Junker vor der Thür wegelagert, haben wir schon gesehen. Mit derselben unbändigen Sittsamkeit benimmt sie sich gegen Hanns Sachs, den sie fast zu einem Heirathsantrag hinaustreibt.

Das sind nun, wie die literarischen Klopffechter Wagner's, z. B. kürzlich noch Herr Ludwig Nohl, versichern, „Ideale unseres eigensten inneren Lebens, Verkörperungen der tiefsten und wahrhaftigsten Regungen unsres reinmenschlichen Empfindens." Ich habe nichts dagegen, wenn Herr Nohl dies „unser" auf sich und seinesgleichen bezieht. Für Ideale deutschen Frauen- und Jungfrauenthums sind sie uns etwas zu — wagnerisch. Oder sollen wir an die Scenen in „Tristan und Isolde" oder an die „Nibelungen" erinnern, wo bei mehreren Actschlüssen der Vorhang „schnell" fallen muß, um den Zuschauern nicht sowohl Allerbedenklichstes zu entziehen, sondern sie zum Fortspinnen verfänglichster Situationen in der eigenen Phantasie zu animiren? Zum Beispiel: „Brunhilde stürzt sich in Siegfried's Arme. Der Vorhang fällt." Oder: „Siegmund zieht Sieglinde mit wüthender Gluth an sich; sie sinkt mit einem Schrei an seine Brust. Der Vorhang fällt schnell." Fürwahr, äußerst erbauliche Stücke für Deutschlands Frauen und Jungfrauen! Ideale unseres innersten Lebens!

Von dem theils philiströs und trivial oder in gehobenen Stellen dunkel und bombastisch behandelten Texte will ich nichts sagen. Die Komik vollends besteht bei Wagner aus possenhaften Uebertreibungen und platter Caricatur. „Da hast's auf die Schnauze! Herr, jetzt setzt's Plauze! Kreift euch wacker, haut die Racker! Esel! Dummrian! Du Grobian! Lümmel, du!" Das sind einige zarte Blüthen Wagner'scher Komik, von welchen Herr Nohl, dieser unfreiwillige Spaßvogel, behauptet, sie stehe ganz auf der Höhe des freien genialen Shakspeare'schen Humors. Man muß Nohl'sche Begabung zu tendenziöser Verranntheit besitzen, um solcher „Dichtung" gegenüber die Texte von „Fidelio" und „Freischütz" schlecht zu finden. Selbst der Text der „Zauberflöte" ist im Vergleich damit hochpoetisch.

(Schluß folgt.)

Miscellen.

Heidelberg, 10. März. Der heute verstorbene Geh. Rath Dr. Karl Theodor Welcker war am 29. März 1790 in Oberhessen geboren und wirkte seit 1813 als Schriftsteller und akademischer Lehrer in Gießen, Kiel, Heidelberg und Bonn, am längsten und nachhaltigsten aber in Freiburg. Im Verein mit seinem um 15 Jahre älteren Collegen, Karl v. Rotteck, war er einer der gefeiertsten Vorkämpfer des badischen Liberalismus, einer von den Männern, deren Vorgehen in ganz Deutschland und weit über die Grenzen Deutschlands hinaus die größte Aufmerksamkeit erregte. In Folge der Ungunst der Regierungen wurde jedoch Theodor Welcker schon 1832 seiner Lehrthätigkeit enthoben; nur um so eifriger widmete er sich aber seiner politischen Wirksamkeit in der badischen Kammer und den schriftstellerischen Arbeiten, welche er größtentheils in dem von ihm und Rotteck gemeinschaftlich herausgegebenen Staatslexikon niederlegte. In der praktischen Politik mit Rotteck einig, wich er doch in seiner politischen Theorie nicht unerheblich von ihm ab. Während jener ganz Rousseau's und Kant's Lehre vom Staatsvertrag folgte, wollte er diese Ansicht durch eine lebendige, der altgermanischen näherstehende Auffassung des Staatslebens ergänzen. Das Jahr 1848 führte Welcker als Parlamentsmitglied und badischen Bundestagsgesandten nach Frankfurt; nach dem Scheitern des deutschen Verfassungswerkes zog er sich in den Ruhestand zurück; seinen Wohnsitz hatte er seit 1841 in Heidelberg. Aber seine Thätigkeit war damit noch nicht zu Ende, und noch bis in die neueste Zeit betheiligte sich der rüstige Greis, wo sich Gelegenheit bot, mit jugendlichem Feuer an den öffentlichen Angelegenheiten; in der deutschen Frage stand er seit 1866 auf der Seite der großdeutschen Demokratie, während er in der Paulskirche dem Centrum angehört hatte. Eine Lungenentzündung, welche er sich durch eine Erkältung zugezogen hatte, machte seinem Leben, dem man an sich noch eine längere Dauer prophezeien konnte, ein Ende, und er folgte so schneller, als man gedacht hatte, seinem unlängst verstorbenen älteren Bruder, dem berühmten Bonner Philologen.

Paris, 12. März. Die Leichenfeier von Hector Berlioz hat gestern in der Dreifaltigkeitskirche, unter Anwesenheit von Allem, was Paris Hervorragendes in Kunst und Literatur besitzt, stattgefunden. Hr. Perrin, Director der großen Oper, hatte den Freunden des Verstorbenen einen Theil des Opern-Orchesters und 2 Vocal-Quartette zur Verfügung gestellt. Das Orchester spielte zunächst den schönen Marsch aus Gluck's Alceste; hierauf wurden folgende Stücke ausgeführt: das Introitus aus dem Requiem von Cherubini, das Lacrymosa von Mozart, ein Fragment aus dem Requiem von Berlioz, von acht Männerstimmen gesungen, und endlich der Marsch den Litolff für Meyerbeer's Leichenfeier componirt. Nach der kirchlichen Feier erfolgte die Beerdigung auf dem Kirchhofe Montmartre. Drei Reden wurden am Grabe gehalten: von Hrn. Guillaume, Director der Academie der schönen Künste, im Namen des Instituts; vom Baron Taylor im Namen der musikalischen Künstler, und von Hrn. Elwart im Namen der Freunde des Verewigten.

Auflösung des Räthsels in Nr. 30:
Hymen, Hymne.

Redaction von K. A. Woll, Druck der Jäger'schen Druckerei in Speyer.

Palatina.

Belletristisches Beiblatt zur Pfälzer Zeitung.

Nro. 33. Speyer, Donnerstag, den 18. März 1869.

Die alte Jungfer.

(Fortsetzung.)

„Ich weiß, was Du zu fragen beabsichtigst,“ fuhr sie rasch fort; „aber frage Nichts — höre nur zu. Ich erinnere Dich daran, daß es eine Liebesgeschichte ist; aber sie hat den Vortheil, daß bis jetzt kein lebendes Wesen sie gehört hat.“

— „Es ist die Ihrige,“ flüsterte Helene, indem sie Miß Mortimer's Hand ergriff.

„Ich weiß nicht, warum ich sie Dir erzähle, vielleicht weil Du uneigennützig darauf bestandst, viele Abende mit Einer zuzubringen, die Dir weder Vergnügen noch Unterhaltung bieten kann; vielleicht aber auch, weil ich weiß, daß die Jugend eine krankhafte Freude an Liebesgeschichten findet, die nicht einmal die schmerzlichsten Einzelheiten trüben kann. Jetzt sollst Du sie hören; ich werde meine Augen schließen und versuchen, mich um fünfundzwanzig Jahre zurückzuversetzen und da anzufangen, wo ich, wie Du, ein junges Mädchen war — wie Du jung, Helene, aber Dir sonst nicht ähnlich; denn Du bist ruhig und ernst, ich aber war die Fröhlichste der Fröhlichen.“

— „Fröhlich!“ wiederholte Helene voll Erstaunen.

„Ja,“ sagte Miß Mortimer, „es erscheint Dir wunderbar, nicht wahr? Aber wenig Mädchen waren mehr voller Leben und knabenhafter Fröhlichkeit wie ich, als ich zuerst auftrat. Ich trat unter sehr günstigen Umständen auf. Ich hatte eine Mutter, — sie ist jetzt schon lange todt, — welche nie ermüdete, mich in Gesellschaften zu begleiten, und eine ältere Schwester, welche verheirathet mich sehr oft in die glänzendsten Gesellschaften mitnahm. Du kannst Dir denken, daß ich voller Jugend, Reichthum und dabei ganz hübsch, sogar während der ersten Saison manchen Antrag erhielt, in der zweiten verdoppelten sie sich; als aber ein Jahr nach dem andern verging und ich einen Bewerber nach dem andern abwies, war ich, obgleich ich schon drei Jahre ausging, noch unverheirathet. Umsonst redete meine Mutter mit mir, umsonst schalt mich meine Schwester, es war nicht nur schwer, sondern unmöglich, mir zu gefallen. Ich sah Niemand, der auch nur den geringsten Eindruck auf mich machte, oder vielmehr ich gab Niemand die Gelegenheit dazu. — Helene, kannst Du errathen, woher dies kam? Kannst Du errathen, weshalb ich so verhärtet war? Ich will Dir sagen, was mir meine Mutter und Schwester in ihrem Aerger vorwarfen: „ich sehe die Welt durch fremde Augen an.“ Ich entschied nicht; ich hatte kein Urtheil; ich stand unter einem Einfluß, und da ich ihn nicht bedrückend empfand, gefiel er mir, denn ich liebte meine Freundin, welche ihn besaß, und ihrem Urtheil und Rath unterwarf ich mich unbedingt. „Er ist nicht gut genug, Hester,“ pflegte sie zu sagen, „er ist Deiner nicht werth“ u. s. w.; bis ich ihr Geist und Willen unterwarf, Nichts that ohne ihren Rath und Niemand bewunderte, den sie nicht vorher beurtheilt. Es war unsinnig, nicht, liebe Helene? Es war schwach und kindisch, aber meine Gefühle waren so, ich war verblendet, ich hatte eine wahre Freundin.“

Dies sagte sie voller Bitterkeit und Verachtung; es dauerte jedoch nur einen Augenblick, dann hatte sie alle Selbstbeherrschung wieder gewonnen und fuhr fort:

„Es ist eine wohlbekannte Thatsache, daß es Wesen gibt, welche mit der Macht geboren sind, den wunderbarsten Einfluß auf Andere auszuüben; wenn ich das damals gewußt hätte, würde ich wohl auf meiner Hut gewesen sein und ihrem Zauber mehr widerstanden haben; aber ihr Einfluß auf mich war ein so ruhiger und unbemerkbarer, daß ich mein ganzes Vertrauen in sie setzte und Edith mein Herz ausschüttete, ohne den leisesten Zweifel oder Mißtrauen zu hegen. Wie aber soll ich Edith's Freundschaft beschreiben? Wie war das Wesen, welches mich Tag und Nacht umschwebte, schweigend, unsichtbar, dessenungeachtet mit der Macht begabt, mich zu leiten und anzutreiben? Manchmal fühlte ich ihre Gewalt, dann wollte ich mich dagegen auflehnen, aber ich unterwarf mich immer wieder.“

— „Wie wunderbar Sie sie beschreiben! sie kommt mir wie ein Vampyr vor.“

„Meine Mutter,“ fuhr Miß Mortimer fort, „hatte diese Freundschaft seit der Kindheit entstehen sehen, aber erst als ich in die Welt trat, bemerkte ich, daß sie nicht ihre Zustimmung hatte, was mir unbegreiflich schien. Edith war häßlich, meine Mutter konnte also keine Rivalin in ihr befürchten; doch bin ich überzeugt, hätte meine Mutter einen triftigen

Grund gehabt, sie hätte uns getrennt. So ging es denn während vieler Jahre unverändert fort, und wie sie früher unbehindert die Wahl meiner Ballkleider traf, so urtheilte sie dann über meine Liebesangelegenheiten. Vielleicht denkst Du, ob sie nicht auch welche hatte? Ja wohl, sie bekam ebenso gut Anträge wie ich, aber lachend gestand sie mir, daß sie noch kein Wesen gesehen hätte, welches fehlerfrei genug sei, um ihr Gemahl zu werden. Und dann versicherte sie mich, daß sie sich nicht eher verheirathen würde, als bis ich versorgt und unter guter Vormundschaft sein würde.

„Ich erinnere mich, daß ich sehr gerührt war durch dies Zeichen der Anhänglichkeit, meine Mutter war es weniger."

„Einmal zu Ostern erhielt ich eine Einladung meiner Schwester, nach ihrer wunderschönen Besitzung in Staffordshire zu kommen; zu meinem Erstaunen war meine Freundin nicht mit eingeladen. Sonst waren wir immer zusammen dort gewesen, aber dieses Mal hatte der Brief eine Nachschrift, welche ich gern übersehen hätte; sie lautete: „Bitte, laß Hester einmal in ihrem Leben versuchen, Edith's Gesellschaft zu entbehren." Ich grübelte, wodurch Edith wohl meine Schwester erzürnt haben könne, aber vergebens. An dem festgesetzten Tage reiste ich, nur von meiner Jungfer begleitet, nach Villars Castle ab.

„Wie gut entsinne ich mich noch des Abends meiner Ankunft! Es war spät, meine Schwester war auf ihrem Zimmer, sich zum Essen ankleidend; sie betrachtete sich von Kopf bis zu Fuß und fragte dann, was ich für Toiletten mitgebracht hätte. Als ich sie aufzählte, unterbrach sie mich rasch mit dem Wunsch, daß ich mich weiß anziehen müsse, da mir farbige Kleider nicht ständen und sie Gründe habe, daß ich den Abend vortheilhaft aussähe. Ich wandte mich mit mitleidigem Lächeln von ihr, — arme, gute Marion! — denn ich vermuthete gleich, daß sie wieder einen ihrer Lieblingspläne entworfen hätte, und lachend nahm ich mir daher vor, auf meiner Hut zu sein. Ich werde nie jenen Abend, niemals jene vierzehn Tage vergessen, Helene! Jener Abend war der Beginn einer Glückseligkeit, wie ich sie früher nie geahnt. Wie ich nun hier mit geschlossenen Augen voller Trauer sitze, kann ich, trotz der langen Spanne Zeit, die dazwischen liegt, mir im Geiste Worte, Ton und Blicke in's Gedächtniß zurückrufen. In der Stille der Nacht klingt wieder und immer wieder die Stimme in mein Ohr, welche jene Tage so glücklich für mich machte und welche mir nun auf ewig verloren ist."

— „Durch den Tod?" fragte die junge Zuhörerin sanft.

„Nein, nein, nicht durch den Tod, es ist viel schlimmer!"

— „Aber, liebe Miß Mortimer," sagte Helene, „wenn es nicht durch den Tod ist, so ist es doch vielleicht nicht ganz, nicht auf ewig."

(Fortsetzung folgt.)

Wagner's „Meistersinger von Nürnberg".

Von Prof. W. Lübke.

(Schluß.)

Doch genug vom Texte! Wir wissen ja, daß der wahre Meister selbst aus der dürrsten Textsteppe eine blühende Oase schafft, wenn er sie mit dem Zauberstabe seiner Kunst berührt. Wie steht es nun um die Musik der „Meistersinger?" Ich kann hier nur sagen, daß die beiden ersten Acte das Unerquicklichste, Oedeste, Langweiligste sind, was ich von Wagner je gehört, und das will viel sagen. Es ist jenes endlose recitativische Singen, jenes Hin- und Hersuchen in allen erdenklichen Modulationen, welches die unerträglichste Monotonie hervorbringt. In dem Bestreben, in jedem einzelnen Worte sein entsprechendes Tongepräge zu finden, geht jede Fähigkeit und Möglichkeit verloren, Situationen stimmungsvoll zu zeichnen oder individuelle musikalische Charaktere zu schaffen. Daher singen Alle in derselben unterschiedlosen Weise, in demselben gequälten quasi-Recitativstyl unaufhörlich fort, und wenn der Componist, statt die Gestalten aus ihrem Wesen heraus musikalisch zu beleben, sie durch gewisse stereotype Leitmotive ankündigt, so ist das nicht Charakterisiren, sondern blos Signalisiren. Dabei liegt die Orchester-Begleitung in der Regel von der Singstimme so weit entfernt, durch so große Intervalle getrennt, daß sie, statt zu stützen, eher hindert, statt zur Stimmung beizutragen, dieselbe nur noch mehr zerstört. Allerdings ist das Wagner's Princip, und es fehlt nicht an Leuten, welche ihn wegen der Consequenz, mit der er dasselbe verfolgt, bewundern. Ich wüßte aber nicht, warum ich Jemanden bewundern sollte, der z. B. die Monomanie hätte, beständig die Pferde hinten an den Wagen zu spannen, statt vorne. In der That ist hier die Musik „das fünfte Rad" am Wagen, denn statt aus dem Texte die Motive zu selbstständiger Entfaltung ihrer eigenen Schönheit zu schöpfen, fiehl sie sich sclavisch an das Joch des Dichters — und was für eines Dichters! — gefesselt, so daß sie fast zu freiem Ergusse in lebensvoller Schilderung sich nur zu mühsam zusammengeflickter Mosaikarbeit erheben kann. In diesem trüben Harmonien-Nebel taucht einmal ein Lichtpunkt auf: das Lied, mit welchem Walther im ersten Acte die Meistersinger zu gewinnen sucht; aber auch dies ist in Erfindung und Durchführung höchst bescheidener Natur. Von wahrhaft musikalischer Komik ist nirgends eine Spur zu finden; das emphatisch hinaufgeschraubte Wesen Wagner's, seine feierlich bombastische Selbstvergötterung würde jeden Funken echten Humors ersticken. Nur unfreiwillig komisch wirkt er zuweilen, sehr gegen seine Absicht, wenn z. B. Walther bei der Liebesscene auf der Gasse auf den Ton des Nachtwächters „mit emphatischer Geberde" an sein Schwert greift, „wild vor sich hinstarrt" und „Ha!" ruft. Oder wenn bei seiner Begegnung mit Eva in Sachsens Zimmer beide Liebende, so wie sie sich erblicken, mit aufgehobenen Armen „wie bezaubert, bewegungslos" etwa zehn Minuten stehen bleiben, einander anstarrend und anfingernd — eine Situation, die um so hochkomischer wirkt, weil sie so hochpathetisch gemeint ist. Wagner kennt aber, wie alle seine Opern beweisen, keine andere Wirkung der Geschlechter aufeinander, als die eines rein sinnlichen Fascinirtwerdens. Das sind die „Ideale unseres innersten Lebens"!

Aber zu seiner vollkommenen Entfaltung gelangt das ganz realistische, kunstmörderische Princip Wagner's in den tumultuarischen Scenen der beiden ersten Acte, namentlich in der Prügelei. Schon das Verbauen der Bühne durch eine enge Nürnberger Straße ist eines jener bequemen Motive, mit welchen er dem bestochenen Auge des gewöhnlichen Zuschauers den Beifall abzuschmeicheln sucht, den das Ohr ihm doch vielleicht versagen möchte. Ganz abgesehen davon, daß diese unnöthige Verengung der Bühne die Entfaltung des Spieles beeinträchtigt und höchstens die Prügelei zu einer wirklichen, eng ineinandergekeilten „Keilerei" macht. Musikalisch ist diese Scene aber wo möglich noch realistischer behandelt; denn wenn man allen Mitwirkenden sagte: Singt und schreit durcheinander, was und wie ihr wollt! — es könnte kein disharmonischeres Tohuwabohu geben als das, was er mit vielem Aufwande von Noten zu Stande bringt. Die Kunst ist also mit allem Fleiße nicht dazu verwendet, die Wirklichkeit zu verklären, sondern einen der schlechtesten Realität durchaus entsprechenden Eindruck zu erzeugen. Was will dagegen die Prügelscene Masetto's! Da wird doch musikalisch geprügelt, während hier ganz unmusikalisch realiter gekeilt und geholzt wird. Da darf man wohl in dem classischen Deutsch Wagner'scher Poesie sagen:

„Eitel Ohrgeschinder!
Gar nichts dahinter!"

(Die Schönheit dieses Reimes versteht man nur, wenn man erwägt, daß Herr Wagner als Sachse ein Bekenner des „weichen T" ist!)

Nach all diesen Leiden war man am Ende des zweiten Actes so ziemlich an der Grenze aller Hoffnungen. Welche Ueberraschung, als nun die Einleitung zum dritten Aufzuge uns wirkliche Musik brachte, in gutem Style klar durchgeführte Sätze! Freilich ergab sich bald, daß die Stimmung derselben den folgenden Scenen nicht entsprach; aber es war doch Musik, und alle Welt athmete auf. Und so blieb im Wesentlichen der dritte Act, obwohl auch jetzt noch zahlreiche, hie und da wohlthuend gekürzte, langweilige Recitative, elend im Texte und gequält in der musikalischen Charakteristik, diese besseren Partien unterbrechen. Aber ohne Frage, der musikalische Schwerpunkt des Ganzen liegt im dritten Acte. Er besteht in dem Liebesliede Walther's, mit welchem er den Preis gewinnt, in dem Quintett und den wirkungsvoll behandelten Volkschören. Dazu kommt im letzten Auftritte auf der Festwiese die schöne Scenerie, das heitere Volksleben, mit dem Blicke auf das im klaren Frühlingslicht daliegende Nürnberg; alles das konnte Aug und Ohr wohl erfreuen.

Um aber den musikalischen Werth des hier Gebotenen auf sein richtiges Maß zurückzuführen, ist zu sagen, daß man nach den endlosen Qualen der beiden ersten Acte moralisch und physisch so heruntergebracht war, daß das einfachste Lied von Kücken oder Gumbert als Erlösung erschienen wäre. Geht man näher auf die Musik des letzten Actes ein, so erkennt man bald, daß die Erfindung immer noch dürftig genug ist. Und wie klammert sich der Componist an das einzige werthvollere musikalische Motiv, das sein besserer Genius nach stundenlangem Ringen sich abschmeicheln ließ: das Liebeslied Walther's! Drei Verse singt der Junker zuerst seinem Freunde Sachs vor, dann einen Vers der Geliebten, endlich noch drei Verse allem Volke auf der Festwiese. Aber auch dem vielbesprochenen Quintett liegt dieselbe Melodie zu Grunde, so daß das Publikum in der kaum beneidenswerthen Lage ist, dieses Motiv achtmal zu genießen. Gluck, Mozart, Beethoven, Weber, sie Alle sind nie von irgend einer ihrer herrlichsten Melodien so entzückt gewesen, sie so oft zu wiederholen. Nur dieser moderne Narciß, dem es — das erkennt man aus der ungeschickten Breitspurigkeit seiner diffusen Texte, wie aus seiner ganzen Musik — an jeder Selbstkritik fehlt, bringt es fertig, sich selber unausgesetzt zu bespiegeln, wenn die verworrenen Wellen seiner Tongebilde sich einmal zu einer klaren Melodie geglättet haben. Und dabei ist auch diese Melodie, wenn man sie, ich will nur sagen, mit den himmelstürmenden Klängen eines Weber vergleicht, so bescheiden in der Erfindung, daß wohl durch nichts ein bündigeres Armuthszeugniß ausgestellt werden kann.

Doch genug! Man würde diese krampfhaften Versuche ruhig lächelnd hinnehmen können, wenn sie nicht mit der Prätension auftreten, alles vorher Dagewesene als überwundenen Standpunkt überflügelt zu haben. Der mehrerwähnte Herr Nohl, unter Wagner's Leibliteraten einer der betriebsamsten, gesteht Mozart „manch allerschönstes und wahrstes Ausdrucksmittel für edleres und innigeres Empfinden des natürlichen Daseins, ja hin und wieder schon wirklich deutschen Gesprächston in reizendsten Ansätzen" zu — wirklich? wie gütig, Herr Nohl! — aber er findet doch selbst im „Fidelio" noch „jenen trivial-gemüthlichen Beischmack", in den wir Deutsche so leicht verfallen; — armer „trivialer" Fidelio! großer, als trivialer Nohl! — Aber das ist noch gar nichts! Dieser sonderbare Schwärmer wirft Aristophanes und Shakspeare, Schiller und Goethe, Gluck und Mozart, Beethoven und alle Folgenden in Einen Topf, zerstampft sie nach Gebühr, übergießt sie mit dem Brei seiner wohlwollend herablassenden Anerkennung und läßt aus der Retorte den Homunculus Wagner als die Erfüllung aller Verheißungen hervorgehen. Die ganze große classische Periode unserer Dichtung und Tonkunst ist nur eine vorbereitende Basis, auf welcher die Riesengestalt dieses musikalischen Münchhausen sich erhebt.

Man kann über solche Dinge lachen und sich damit trösten, daß man ebenso gut die großen italienischen Meister des 15. und 16. Jahrhunderts als bloße Vorbereitung für Verdi[illegible] ansehen könnte, daß aber eine Zeit kommen muß, wo man über Wagner ungefähr so denken wird, wie wir heute über jenen Hauptmeister der italienischen Barockzeit. Aber wir sind nicht unbetheiligt; unsere musikalischen und theatralischen Zustände leiden unter dem unheilvollen Experimentiren mit der Zukunftsmusik. Und wie raffinirt weiß dieselbe auf die Schwächen des Zeitalters zu speculiren! Wie ersetzt sie den Mangel an Adel des Styles, an Feinheit der Charakteristik, an Klarheit der Zeichnung und an Fülle schöpferischer Gedanken durch sinnliche Klangwirkungen, die für die Musik das sind, was für die Malerei die blos coloristische Stimmung ohne Gedanken, ohne Composition und poetischen Werth, für die Sculptur die üppig reizende Virtuosität der Marmortechnik. Dazu fügt sie allen erdenklichen Aufwand scenischer Künste und weiß sogar die berechtigten nationalen Gefühle für sich zu gewinnen, indem sie ein kokett modernes Zerrbild unserer sagenhaften und geschichtlichen Vorzeit entrollt. Selbst handgreifliche Volksschmeichelei wird nicht verschmäht, und Hanns Sachs sagt im Sinne Wagner's, auf das Volk zeigend: „Den Zeugen, denk' es, wählt' ich gut: trägt ihr Hanns Sachs drum üblen Muth?"

Deßhalb, meine ich, sei es Pflicht für Jeden, in diesem Kampfe geschraubter Unnatur gegen Natur und echte Kunst, Zeugniß abzulegen. Wohl mag man unser tief gesunkenes Theater bedauern, wo eine Reihe classischer Meisterwerke niemals oder nur in lieblosester Vernachlässigung zur Aufführung kommt, während man an die Inscenirung solcher innerlich hohler Experimente Zeit, Kräfte und Mittel verschwendet. Den fanatischen Baalspriestern der Zukunftsmusik ist es gleichgiltig, ob auf dem Altare ihres Moloch die besten Stimmen, die frischesten Talente, die schönsten Kräfte hingeschlachtet werden. Jedem Freunde wahrer Kunst kann aber solches Gebahren nur als Ausdruck des tiefen Verfalles unserer theatralischen Zustände erscheinen. Wie Epidemien unwiderstehlich von Ort zu Ort sich verbreiten, so werden wir es ruhig erdulden müssen, daß auch die „Meistersinger" allmälig von Bühne zu Bühne die Runde machen. Nur das Eine tröstet uns: die künstlerische Entwicklung hat schon oft ähnliche Perioden des Rococco, wo äußere Ueberladung die innere Leere verdecken mußte, wo das Kriterium aller Verfallskunst eintrat, daß mit der denkbar höchsten Verschwendung von Mitteln das denkbar geringste Resultat erreicht wird, siegreich überwunden. Denn wenn das deutsche Volk im Stande wäre, dauernd an solcher musikdramatischer Unnatur Gefallen zu finden, so wäre es nicht werth, Meister wie Gluck, Mozart und Beethoven, Spohr, Weber und so manche Andere zu besitzen.

Miscellen.

In der neuesten Nummer (2) der technischen Monatsschrift: „Der bayerische Bierbrauer", ist ein Brief des Hrn. Sedlmayr in München (Spatenbräu) abgedruckt, worin die Mittheilung über den jährlichen Eisverbrauch in seinem Etablissement enthalten ist. Wir entnehmen demselben, daß in dieser Großbrauerei jährlich circa 320,000 bayerische Eimer Bier producirt werden. Zur Abkühlung der Lagerkeller und der Bierwürze sind jährlich circa 200,000 bis 300,000 Centner Eis erforderlich, und der Centner Eis kommt in günstigen Jahren auf 4 bis 5 kr. zu stehen, verursacht also eine jährliche Ausgabe von circa 20,000 fl.

(Ein versunkenes Schiff.) Im Jahre 1797 verließ die englische Fregatte „The Lutine" London in der Richtung nach Hamburg mit einer reichen Ladung, die zur Unterstützung der Hamburger Börse, sowie der in Hamburg liegenden Truppen bestimmt war. Für letzteren Zweck waren 140,000 Guineen an Bord; die übrige Ladung war bei Lloyds für 900,000 Pf. St., in Hamburg für 100,000 Pf. St. versichert und bestand aus Gold- und Silberwaaren, wie aus Kunstgegenständen &c. Auf der Reise sank „The Lutine" bei der Insel Ter Schelling. In der ersten Zeit lag die Fregatte noch sichtbar, und es gelang mittelst Zangen &c. circa anderthalb Millionen holländische Gulden Werth heraufzubekommen. Später versandete die Fregatte und im Jahre 1861 wurden zuerst Versuche gemacht mit einem Actiencapital, den Schatz zu heben. Das Capital ging ohne Nutzen verloren. 1857 unternahm ein Herr L. Terrel das Herausfischen mit ziemlichem Erfolge, so daß er das ursprüngliche Capital zurückzahlen konnte und noch einen Gewinn von 60 pCt. hatte. Jetzt haben die bedeutenden Erfindungen der Neuzeit seit 1867 zu einem neuen Versuche ermuthigt. Ein Herr Ter Muelen in Amsterdam hat eine Anleihe von 30,000 fl. abgeschlossen und die nöthigen Taucherapparate und ein Dampfschiff angeschafft, wodurch der Schatz, welcher noch immer im Sande liegt, bis Ende 1870 gehoben sein soll.

* Aus Italien kommen Klagen über ungewohnte, winterliche Witterung. In der Turiner Gegend liegt Schnee und ein eisiger Wind weht über die Berge; das Feuer in den Kaminen und Oefen zu unterhalten, will den Italienern nicht recht einleuchten. — Die heftigen Stürme, welche Anfangs Januar im Mittelmeer gewüthet, haben haushohe Wellen über die Klippen am Strande geworfen. In den Höhlungen der Felsen ist nun das Seewasser zurückgeblieben und mit ihm auch allerlei See-Getbier und Gewürm, so daß man in den Felsvertiefungen, besonders an den Nordufern des Mittelmeeres, merkwürdige natürliche Aquarien antrifft, in welchen Tintenfische, mit ihren sich anfeuernden Armen, rothbraune Holothurien, Krabben und Krebse in Tang, Seegras und Seepflanzen sich umhertreiben. Ein wandernder Geologe schildert diese Aquarien in der „Köln. Ztg.", bespricht hierbei den Bau verschiedener Meeresbewohner und erwähnt unter andern auch die Labyrinthfische, welche auf längere Zeit eine gewisse Feuchtigkeit in ihren Kiemen zurückhalten können, so daß sie aus dem Wasser heraus und an's Land gehen, ja sogar an Palmbäumen hinauf klettern um Nahrung zu suchen. Das scheint doch etwas stark! Der Verfasser der geologischen Briefe sagt am Schluß: So schön und lehrreich diese Beispiele von wirklicher Fähigkeit amphibischen Lebens sind, wie gering fallen sie in's Gewicht gegenüber der großen Masse von Thieren, denen der Strand die Grenze, die unübersteigliche Schranke des Daseins ist! Und wenn wir sehen, wie die Bewohner der Salzflut elendiglich zu Grunde gehen, wenn sie der wüthende Sturm oder ein anderer Anlaß an's Land geworfen, können wir noch den Gedanken festhalten, daß die Vorfahren von uns Landbewohnern einst aus dieser selben Wellen an's Land gestiegen seien? Sollte es denkbar sein, daß sie eine Schranke überschritten hätten, von der wir täglich sehen, wie unübersteiglich sie im Großen und Ganzen ist?

Räthsel.

Mit b durch seinen Sprung bekannt,
Mit l wird's oft gespielt im Land,
Mit h Fuhrgeräthe[illegible],
Mit r bedeutet's Trennungsleid.

Redaction von A. A. Woll, Druck der Jäger'schen Druckerei in Speyer.

Palatina.

Belletristisches Beiblatt zur Pfälzer Zeitung.

Nro. 34. Speyer, Samstag, den 20. März 1869.

Die alte Jungfer.

—

(Fortsetzung.)

„Höre und urtheile," war die Antwort, und Miß Mortimer fuhr fort:

Ich erschien spät zum Essen; als ich in das Wohnzimmer trat, gingen die Gäste schon paarweise hinaus, und ich hatte kaum soviel Zeit, einen Blick auf den Herrn zu werfen, welchen mir meine Schwester zuführte, und an dessen Arm ich die Treppe hinabstieg. Für Dich, Helene, heißt er Oberst Gerard.' Ehe das Diner beendet war, hatte ich die Bemerkung gemacht, daß Oberst Gerard einer der schönsten und liebenswürdigsten Männer sei, die ich je gesehen; und als am Abend meine Schwester mein Urtheil über ihn hören wollte, sagte ich ihr dieses.

„Sage nicht, einer der schönsten," rief Marion entzückt, „sondern der schönste und liebenswürdigste Mann. Je mehr Du ihn kennen lernst, desto mehr wirst Du sehen, daß die Welt nur gerecht urtheilt, wenn sie ihn einen hervorragenden Mann nennt. Ich hatte ihn gebeten, hierher zu kommen, um Dich kennen zu lernen, Hester, da er schon öfter durch einige seiner Freunde von Dir gehört hat. Er kam hierher in der Erwartung, Dich gerne zu haben, und ich hoffe, er wird nicht enttäuscht sein."

Ich hoffte dasselbe, obgleich ich vorzog, es nicht zu sagen; nach einigen Tagen wünschte ich es noch mehr, und es schien mir auch, als sei er nicht enttäuscht. Acht Tage, zehn Tage, und zuletzt waren auch die vierzehn Tage dahin; da der Oberst Gerard Mitglied des Parlaments war, verließ er uns, um nach London zu reisen, aber nicht ohne mich vorher um Erlaubniß gebeten zu haben, meiner Mutter seine Aufwartung machen zu dürfen. Diese Bitte kam mir nicht unerwartet, da ich gewöhnt war, sie von allen meinen Bekannten und Tänzern an mich gerichtet zu sehen; aber dieses Mal schien es mir, als läge etwas Besonderes in der Art, in welcher er diese Bitte aussprach. Zum ersten Mal in meinem Leben that es mir nicht leid, Willars Castle mit London zu vertauschen.

Froh kehrte ich nach Hause zurück. Der erste Tag schien mir ohne Ende zu sein, da mancher Besuch kam, aber nicht der eine, welchen ich erwartete; zuletzt ganz spät wurde laut die Glocke gezogen und herein trat — Miß Edith. Ich hatte noch nicht einmal an sie gedacht, und nun fühlte ich, daß ich ihr meine Enttäuschung nicht ganz verbergen konnte. Das ungeheure Interesse, mit welchem sie sich nach Allem erkundigte, wie ich mich amüsirt und was für Bekanntschaften ich gemacht hätte, kam mir wie ein Verhör vor; ich antwortete ihr daher nicht so offen, wie ich gewöhnt war, und — sie bemerkte es.

„Du verbirgst mir Etwas," sagte Edith, indem sie mich mit einem durchdringenden Blick ansah; ich wollte lachend diese Beschuldigung zurückweisen, als sich die Thür aufthat und Oberst Gerard eintrat.

Habe ich nöthig, zu sagen, daß ich erschrak. War es nicht natürlich? Hatte ich nicht die Stunden und Minuten bis zu seinem Erscheinen gezählt? Hatte ich mir nicht ausgemalt, wie ich gegen ihn sein würde, in meiner Heimath, in Gegenwart meiner Mutter, und wie wir uns über die schönen vierzehn Tage, die wir zusammen verlebt, unterhalten würden? Durch Edith's Gegenwart wurde ich in meinen Erwartungen getäuscht, sie rückte sogar ihren Sessel ganz in meine Nähe, während der Oberst, sich mit meiner Mutter unterhaltend, an dem andern Ende des Zimmers saß. Er blieb und blieb, wahrscheinlich denkend, daß die junge Dame, welche bei seinem Eintritt schon da war, die gewöhnliche Form beobachten und sich zuerst entfernen würde; aber Edith blieb und der Oberst empfahl sich. Ich war wie im Fieber und mein kindisches Wesen verrieth mein Geheimniß.

„So?" sagte meine Freundin, als meine Mutter mich allein ließ; „Du hattest also schon seine Bekanntschaft gemacht, vierzehn Tage mit ihm zusammen verlebt und nichts davon gesagt?"

„Was hätte ich Dir sagen sollen?" fragte ich.

„Sehr wenige Mädchen würden eine solche Ehre so hoch anschlagen," erwiderte sie.

Ich fühlte mich von Neuem erschreckt, bei einer Anschuldigung, von welcher mein Herz nichts wissen wollte; meine Lippen blieben jedoch geschlossen.

Den folgenden Tag erschien Oberst Gerard wieder, er brachte eine Mappe mit, welche Skizzen enthielt; wir hatten uns kaum an den großen runden Tisch gesetzt, um die Bilder zu besehen, als Edith hereinkam.

„Darf mich Hester heute Abend in die Oper begleiten?“ fragte sie meine Mutter.

Ich triumphirte im Innern über die Ruhe, mit welcher meine Mutter antwortete:

„Ich danke Dir, Edith; aber ich bin vierzehn Tage ohne Tochter gewesen und möchte sie nicht gern so bald wieder entbehren!“

— „Dann gehe ich auch nicht hin, denn allein macht es mir kein Vergnügen,“ damit setzte sie sich zu uns. Zum ersten Mal erschall die Tischglocke, als der Oberst uns noch erzählte und die Bilder erklärte. Meine Mutter trat zu ihm und sagte: „Wenn Sie mit uns vorlieb nehmen wollen, so würden wir sehr erfreut sein, wenn Sie bei uns äßen, dann könnten Sie die übrigen Skizzen heute Abend zeigen!“

Er wurde diesen Abend meinem Vater zuerst vorgestellt. Der Mann, welcher der Löwe des Tages war, war eben so froh und glücklich in unserem einfachen Hause, wie er es an der brillanten Tafel meiner Schwester, der Lady Villars, gewesen war.

„Ist er nicht entzückend?“ sagte ich unvorsichtiger Weise zu Edith, als wir hinaufgingen; „hast Du jemals Jemand gesehen, der so zu unterhalten versteht?“

Anstatt mir eine direkte Antwort auf meine Frage zu geben, rief sie: „Willst Du damit sagen, daß Du früher noch nie von Oberst Gerard gehört oder ihn gesehen hättest?“

„Nein,“ sagte ich verwundert; „hast Du?“

— „Ja, mehr als mir angenehm ist,“ sagte sie lachend. „Hester, er ist im wahren Sinne des Wortes ein Herzenräuber, einer der berühmtesten Courmacher.“

„Das glaube ich nicht,“ rief ich heftig.

— „Nein, ebenso geht es seinen anderen Bewunderinnen, bis sie ihn erkannt haben; ich hätte Dir Manches schon früher von ihm sagen können.“

„Und was hättest Du mir von ihm sagen können?“ fragte ich mit zitternder Stimme.

— „Vieles, doch ich freue mich, es nicht gethan zu haben, da ich sehe, wie sehr unwillkommen diese Nachrichten gewesen wären. Aber erinnere Dich, Hester, wenn Du jemals Etwas über ihn hören solltest, erschrick und zürne nicht, denn Du bist heftig; wenn Du liebst, dann erinnere Dich, daß ich Dich warnte.“

Ich hatte noch nicht ganz die Fesseln der Freundschaft abgeworfen, so daß mich diese Worte sehr beunruhigten, daher kam es, daß mein Wesen wider meinen Willen gegen ihn verändert war. Sehr unglücklich betrat ich an diesem Abend mein Zimmer, denn ich hatte gesehen, wie er über mein verändertes Benehmen erstaunt und verwirrt war; ich hatte aber nicht den Muth, in Gegenwart meiner Freundin die Befangenheit abzustreifen.

So verstrich ein Tag nach dem andern; manchmal war ich glücklich, manchmal entsetzlich elend. Immer war meine Freundin an meiner Seite, im Geheimen mit Vorstellungen machend, in seiner Gegenwart stets höflich, zuvorkommend und natürlich. Ihre gleichmäßige Stimmung machte mich manchmal halb rasend.

„Du scheinst seine Gesellschaft ebenfalls sehr zu lieben,“ sagte ich ihr eines Tages, als sie mich mehr wie gewöhnlich durch ihre Beobachtung gequält hatte.

— „Weil ich ihn um Deinetwillen bewache,“ erwiderte sie, ohne zu zögern. „Das wachende Auge einer tiefen Liebe sieht schärfer als nur die Oberfläche, und ich kann keine stumme Zuschauerin sein, da ich sehe, daß er mir meine Freundin rauben will. Oh, Hester, wenn Du mir nur Etwas versprechen wolltest!“

„Doch nicht kalt gegen ihn zu sein? Doch nicht ihn aufzugeben?“ sagte ich rasch.

— „Man kann nicht gut Jemand aufgeben, der uns nicht angehört,“ erwiderte sie; „und was die Kälte anlangt, so glaube ich nicht, daß Oberst Gerard sich darüber zu beklagen hat.“

„Ich fühlte, wie meine Wangen bei dem Vorwurf errötheten; sie fuhr, ohne es zu bemerken, fort: „Den ersten Tag, Hester, als Du zurückkamst, sagte ich Dir, daß Du ein Geheimniß vor mir hättest, ich habe es entdeckt; ich hoffe jetzt nur, daß Du noch Stolz genug besitzen wirst, Dein Herz etwas mehr vor ihm zu verbergen und nicht so offen Deine Gefühle zur Schau zu tragen!“

Ich überlasse es Dir, über die Wirkung dieser Worte nachzudenken. Gibt es ein Mädchen in dem Weltall, das es ertragen könnte, wenn es angeklagt würde, einem Manne zudringlich entgegen gekommen zu sein, der ihm nicht seine Gefühle in Worten, wenn auch durch sein Wesen und seine Handlungen dargethan hatte!

Diese Anklage nahm ich mir zu Herzen, und das erste Mal, als ich Oberst Gerard darnach sah, legte ich die größte Gleichgiltigkeit gegen ihn an den Tag. Edith war zugegen und gratulirte mir zu meinem Benehmen, während ich vor Angst und Selbstanklage zu ersticken drohte.

Den folgenden Abend traf ich den Oberst auf einem Ball; Edith war nicht da. Ich lehnte es ab, zu tanzen, indem ich überzeugt war, Oberst Gerard's erste Tänzerin zu sein; jedoch drei Tänze gingen vorüber und er kam nicht in meine Nähe. Ich sah die Unbehaglichkeit meiner Mutter und war unglücklich.

„Laß uns nach Hause gehen,“ bat ich, sie stimmte mir schweigend bei.

Als wir an der Treppe anlangten, traf plötzlich eine wohlbekannte Stimme an mein Ohr. Es war der Oberst.

„Sie gehen so bald? Sie gehen, ohne mit mir getanzt zu haben?“ fragte er.

— „Sie baten mich um keinen Tanz,“ sagte ich, indem sich meine Augen mit Thränen füllten.

„Ich hatte nicht den Muth dazu, bis Ihr Aufbrechen mich erschreckte und dreist machte.“

(Schluß folgt.)

Die Reisetaube.

Von J. H. Maertens.

(„Presse".)

Wahrscheinlich ist es auf geographische und klimatische Verhältnisse zurückzuführen, daß in keinem Landstriche Europas so viele und verschiedenartige Liebhabereien, die man häusliche Passionen nennen könnte, im Schwung sind, als am Niederrhein, in Belgien und Holland. Diese Passionen haben zuweilen ihre Geschichte; sie erleben eine Blüthezeit, oder eigentlich eine Glanzperiode; sie scheinen zuweilen zu verschwinden, in Vergessenheit zu gerathen, und mit einemmale zeigen sie sich wieder in früherer Bedeutung. Das ist die berühmte Blumenzucht der Holländer und Belgier. Aus einer Passion ist mit der Zeit ein wichtiger Handelszweig entstanden, ohne daß darunter die Liebhaberei gelitten hätte. Dann ist die Vogelzucht zu erwähnen und zu der Vorliebe für die inländischen Sänger ist jetzt die Liebhaberei für fremdländische Arten getreten. Für die Hahnenkämpfe ereiferte man sich seinerzeit am Niederrhein so heftig, wie in England; doch macht gegenwärtig diese Passion offenbar harmloseren Neigungen Platz.

Eine bedeutende Stelle unter den Liebhabereien nimmt die Taubenzucht ein, und wie bei der Blumenzucht dürfen die Anwohner des Niederrheins sich rühmen, diese Passion zu einer Entwicklung gebracht zu haben, die jede Concurrenz weit hinter sich läßt.

Man erzählt von chinesischen und japanesischen Taubenzüchtern, daß sie es in der Dressur so weit bringen, eine Schaar Tauben im Fluge zu dirigiren, sie mit einem Stabe willkürlich bald in diese, bald in jene Himmelsgegend zu fliegen nöthigen. So weit haben es die niederländischen Liebhaber noch nicht gebracht; es scheint aber auch diese Ausbildung von den Eigenschaften der Taube abzuhängen; daher unsere Züchter ähnlich die Frage aufwerfen können, ob jene östlichen Liebhaber die Fähigkeiten der Tauben, als Postboten zu fungiren, so ausgebildet haben, wie unterschiedliche Züchter hier im Norden? Der Telegraph scheint zwar in unseren Tagen diese Art von Briefpost weit überflügelt und beiseite geschoben zu haben, und dennoch könnte uns mancher Wahltag in Belgien und Holland den Beweis liefern, daß Liebhaber mit ihrer Taubenpost die Kosten des Telegraphen zu umgehen und seiner Geschwindigkeit ein Paroli zu biegen wissen. An einem Wahltage zu Roermond wurde das Resultat der Wahl schneller durch die Taubenpost nach verschiedenen, allerdings nicht zu weit entlegenen Städten und Orten befördert, als es dem Telegraphen möglich war. Kaum war nämlich die Wahl beendigt, als die Liebhaber ihre Tauben, denen sie die beschriebenen Zettel eilig anhefteten, aus den Fenstern warfen, während die andere Partei — es handelte sich um eine Wette — nach der Telegraphenstation stürzte, um die Depeschen aufzugeben. Wie wir später aus den Blättern erfahren, hatte die Taubenpost den Sieg davon getragen.

Die Zeit liegt noch nicht so weit hinter uns, wo große Geschäftshäuser, ja selbst Zeitungs-Redactionen die wichtigsten Depeschen durch die Taubenpost bezogen. Es sind uns verschiedene rheinische und belgische Blätter bekannt, welche mit den gewiegtesten Liebhabern in ihrer Nachbarschaft Uebereinkommen getroffen hatten, nach denen diese ihre Botinnen an Geschäftsfreunde in jene Städte entsendeten, aus welchen wichtige Nachrichten für die nächste Zeit erwartet wurden. Es ist bekannt, daß die Schlachtenberichte in den napoleonischen Kriegen vorzüglich durch die Taubenpost von Belgien nach England gelangten. Gegenwärtig hat diese poetische Post ihre internationale Bedeutung zwar verloren, aber in den oben genannten Gegenden ist die Leidenschaft für die Sache selbst so wenig erloschen, als die eigenthümliche Fähigkeit der Boten abgenommen hätte; ja merkwürdigerweise wird von diesen behauptet, daß mit den Eisenbahnen ihr Reisetalent bedeutend gewonnen habe. Die Gründe zu dieser Aufstellung werde ich weiter unten mittheilen, den Kennern es überlassend, die Zulässigkeit derselben zu beurtheilen.

Wer tiefer in die Liebhaberei hineingeblickt hat, wird erfahren haben, daß sie mehr räthselhafte Seiten hat, als jede andere; ich meine in Bezug auf das Talent des Thieres, sein Verständniß — seinen Instinct — man mag es nennen wie man will. An einen Renner z. B. werden gewiß nicht die Anforderungen gestellt, wie an die Reisetaube. Die Schnelligkeit ist bei der Taube natürlich gleichfalls die Hauptsache; aber wie complicirt sind die Eigenschaften, welche sie besitzen muß, bevor sie von derselben den richtigen Gebrauch machen kann! Jene auszubilden, erfordert eine überlegte Dressur, die freilich in jedem Fall von den eingeborenen Fähigkeiten des Thieres überholt wird. Schnelligkeit und Ausdauer sind immer die ersten Anforderungen an die Brieftaube. Nicht minder wichtig ist die „Festigkeit", die Hingabe an ihr Geschäft, an die Route. Sie darf sich durch keinerlei zufällige oder künstliche Hindernisse in ihrem Wege irremachen lassen. Das erfordert eine noble Absonderung; sie darf sich keinem gemeinen Geselligkeitstrieb hingeben, wodurch sie ihre Zeit vertrödeln oder in einen fremden Schlag gerathen könnte. Der Liebhaber stellt sogar an eine feine Taube die Forderung, daß sie selbst bei dem gewöhnlichen Spazierflug kein fremdes Dach aufsucht, es sei denn ein bestimmter Vorsprung dem eigenen Dache gegenüber. Er achtet genau darauf, wie beim Rundfluge seine Reisetaube sich absondert und paarweise einen höheren und weiteren Flug nimmt. In schönem ungeheuren Bogen durchschifft sie, gleich der Schwalbe, den Aether und kehrt nach angemessener Motion ohne weiteren Aufenthalt in ihren Schlag zurück. Pfeilschnell und elegant, wie ein Sperber, schießt sie hernieder auf ihre gewohnte Dachkante, von welcher sie in einem Schwunge das Futterbrett gewinnen kann. Diese Gewöhnung schließt jene weitere Bedingung ein, daß eine brave „Fliegerin" nicht abgefangen werden kann. Wo eine gute Reisetaube von diesem Mißgeschick betroffen wurde, war Erschöpfung der Grund. Der Liebhaber verlangt ferner von einer gut ausgebildeten Taube, daß sie in keinem fremden Schlage sich eingewöhnt. Dieser Punkt war in jenen Zeiten, wo die Briefträgerin, um eine bestimmte Nachricht abzuwarten, oft wochenlang an einem Orte festgehalten wurde, noch von größerer Bedeutung als heute. Ueber die Heimathliebe der Reisetaube, in der Liebhabersprache „Gewöhnung" genannt, wissen die Kenner merkwürdige Geschichten zu erzählen. Die Fälle sind nicht selten, wo der Vogel festgehalten, zur Paarung gebracht wurde, und an dem Tage, an welchem man ihn von dem Nest fortließ, sich auf und davon in seine alte Heimath machte. Beobachter wollen behaupten, daß dies ohne heftigen Kampf in seinem Innern nicht abgehe. Den ersten Tag kehrt er zum Neste zurück; auch den zweiten und dritten Tag. Dann aber auf einmal, wenn die Sonne hell scheint und er mit dem Schwarme kreist, sondert er sich ab, steigt höher und höher, gewinnt die Richtung und schießt, wie von unwiderstehlichen Kräften getrieben, dem verloren gegangenen Lande zu.

(Schluß folgt.)

Miscellen.

§ Speyer, 15. März. Es ist zu bedauern, daß der interessante Vortrag, welchen der Blindenlehrer Hr. Scherer heute Abend im hiesigen Gymnasiumsaale über die Bildung der Blinden gehalten, sich keiner größeren Betheiligung zu erfreuen hatte. Während Darstellungen und Schaustellungen vorherrschend [illegible] oder [illegible] Natur immer ein zahlreiches Publikum haben, fehlten diesmal mit geringen Ausnahmen gerade diejenigen Theile der Gesellschaft, bei welchen vermöge ihrer Intelligenz, ihrer Stellung und ihres Einflusses ein besonderes Interesse an einer Bestrebung vorauszusetzen wäre, welche Niemandem gleichgiltig sein sollte, der für das Wohl der leidenden Menschheit noch einen Sinn hat. Wird aber auch die von dem Vortragenden, im Vereine mit einem gleichfalls blinden Musiklehrer, Hrn. Hugelmann, hier bereits ins Leben gerufene „internationale" (welches Beiwort wir übrigens als nichtssagend weggewünscht hätten) Blindenanstalt noch erst ihre Probe bestehen müssen, so sollte doch schon der schwache Versuch nicht mit Gleichgiltigkeit behandelt werden. Bereits befinden sich in dieser Anstalt drei Zöglinge, welche unentgeltlich Pflege und Unterricht empfangen. — Um auf den heutigen Vortrag zurückzukommen, so schilderte derselbe mit gewählten, theilweise begeisterten Worten, die von des Redners warmer Liebe zeugten, den Hörern nicht blos den traurigen Zustand der Blinden und die stiefmütterliche Behandlung, welche diese Unglücklichen bisher noch erfahren, sondern auch ihre Bildungsfähigkeit an zahlreichen merkwürdigen Beispielen vor. Er gab ferner eine anschauliche Uebersicht über die richtige Methode der Blindenerziehung, theilte interessante statistische Notizen über den Stand der Blinden und die Fürsorge für dieselben in verschiedenen Ländern mit; (in Deutschland sollen sich 36,000 dieser Unglücklichen befinden, von welchen [illegible] als noch bildungsfähig zu betrachten ist), und knüpfte daran Vorschläge zur besseren Sorge für diese Armen, die auf die thätige Theilnahme ihrer glücklicheren Mitmenschen einen so berechtigten Anspruch haben. Ein Verein zum Besten der Blinden soll sich zur Aufgabe stellen, dieselben mit ihren Nothständen zu ermitteln, Blindenanstalten zu gründen, bestehende entsprechend umzugestalten und endlich eine Assecuranzanstalt für Blinde ins Leben zu rufen. Vereine gibt es nun zwar schon die Hülle und die Fülle, aber für diesen menschenfreundlichen Zweck sollte sich doch auch in unserer Pfalz noch ein Scherflein finden, namentlich wenn sie in so beredter und hingebender Art befürwortet werden, wie es hier der Fall ist. Wir wünschen deshalb dem Unternehmen reichere Aufmerksamkeit und glückliches Gedeihen.

Die „Independance" erzählt: Der jüngst verschiedene Lamartine verweilte auf seiner orientalischen Reise einige Tage in einer kleinen Stadt in Syrien und fand daselbst in der Familie des französischen Consuls gastfreundliche Aufnahme. Vermuthlich aus Erkenntlichkeit widmete er den beiden Töchtern des Consuls in seiner „Voyage en Orient" ein langes Capitel, indem er die Schönheit der Damen emphatisch pries und sie mit griechischen Göttinnen verglich, obschon sie in Wirklichkeit erschreckend häßlich waren. Lamartine's Buch verschaffte den beiden Mädchen rasch eine Art Weltruf, und eine große Zahl europäischer Touristen versäumten es nicht, bei ihren Reisen im Orient die kleine Stadt und das Haus des Consuls aufzusuchen, aber Alle kehrten ihm enttäuscht den Rücken. Nur zwei reiche Engländer schwuren auf die Aussage des Dichters und heiratheten die beiden Mädchen. Kurz nach der Hochzeit äußerte der eine von ihnen zu einem seiner Bekannten: Ich habe meine Frau geheirathet, weil Herr Lamartine geschrieben hat, sie sei außerordentlich schön. Ich kann das nun zwar nicht finden, aber Herr v. Lamartine versteht das besser als ich.

Meteorologische Station zu Dürkheim a. H.

(Höhe über dem Meere 396,75 Fuß.)

Witterungsbericht für Januar 1869. Im ersten Drittel des Monats war das Wetter bei südwestlichen Winden feucht und mäßig warm. Alsdann trat bei abwechselndem Nordost- und Südwestwind heiteres kaltes Winterwetter ein, welches bis zum 27. anhielt, an welchem Tage der Wind wieder nach Südwest umschlug und gelindere Tage herbeiführte. Auffallend hoch war der Barometerstand des Monats, der mittlere betrug 333.'''75, der niedrigste war am 29. Morgens bei Südwestwind 324.'''74, der höchste am 19. Morgens bei Nordwind 340.'''06, eine Höhe, wie sie im ganzen vergangenen Jahre nicht erreicht wurde. Die mittlere Wärme des Monats betrug + 0.°85 R., die höchste am 31. Mittags + 12.°0 R., die niedrigste am 23. Morgens — 11.°0 R. Mittlerer Dunstdruck: 1.'''84, die relative Feuchtigkeit in Proc. 77.25, die Regenhöhe in 9.36 Pariser Linien. An 4 Tagen (19, 23, 24 und 25) war der Himmel wolkenleer und an 6 Tagen (5, 9, 10, 12, 13 und 28) vollständig bedeckt. Vom 1. bis 17. waren jeden Morgen die Berge in Nebel gehüllt, gegen Ende des Monats zeigte sich oft starker Nebel gegen den Rhein, der jedoch nie den ganzen Tag anhielt.

Witterungsbericht für Februar 1869. Thermometer und Barometer zeigten in diesem Monat wenig Schwankungen, die Temperatur war bei stets vorherrschendem Südwestwinde constant milde, das Monatsmittel betrug 6.°72 R., der Barometerstand beständig hoch, das Mittel 334.'''29. Am 1. Mittags war der höchste Thermometerstand (13.°0) und zugleich niedrigste Barometerstand (324.'''30). An diesem Tage stieg zwischen 10 und 11 Uhr Morgens das Thermometer bei sehr warmem Südwestwind um 5°, Abends und in der folgenden Nacht trat heftiger Sturm ein. Sehr stürmisch waren außerdem die Tage vom 8.—12., die niedrigste Temperatur betrug am 7. und 14. Morgens + 0.°5, der höchste Barometerstand am 5. Mittags 338.'''61. Die Niederschläge waren unbedeutend, 7.91 Pariser Linien, und bestanden nur aus Regen. Die mittlere Dunstspannung betrug 2.'''65, die relative Feuchtigkeit in Proc. 72.83. Stets bedeckter Himmel, kein ganzer wolkenfreier Tag. Am 9. Abends 6½ Uhr heftiges Gewitter mit Hagel.

Im Auftrage des Ausschusses der Pollichia:
Dr. Neumayer.

Redaction von A. L. Wolff, Druck der Jäger'schen Druckerei in Speyer.

Palatina.

Belletristisches Beiblatt zur Pfälzer Zeitung.

Nro. 35. Speyer, Dienstag, den 23. März 1869.

Die alte Jungfer.

(Schluß.)

Endlich kehrte ich an seinem Arm in den Saal zurück, und da der Tanz schon begonnen hatte, setzten wir uns in ein langes Gewächshaus, das sich dem Saal anschloß. Ich hatte geglaubt, er würde mir Vorwürfe über mein gestriges Benehmen machen, mein böses Gewissen machte mich stumm, bis er endlich das Schweigen brach; aber anders als ich erwartet hatte.

„Miß Edith ist heute Abend nicht hier? Ich hatte auch kaum erwartet, Sie zu treffen."

— „Warum nicht?", fragte ich.

„Sie sagten mir, Sie würden heute Abend auf einem andern Balle sein, welchen Sie diesem vorzögen."

— „Wir waren allerdings noch zu einem andern eingeladen, hatten aber nie die Absicht, ihn zu besuchen; da hat sich Edith geirrt."

„Ist Miß Edith Ihre liebste Freundin?" war seine nächste Frage. Ich sagte: „Ja, die beste, welche ich habe;" und dann sagte er mit einem Lächeln, er freue sich, daß sie den Abend nicht da sei, er wäre manchmal nahe daran, eifersüchtig auf sie zu werden.

Ach, Helene, es ist reizend, solche Sachen von einem Mann zu hören, den man liebt. Ich saß und lauschte, die Welt um mich her vergessend, bis wir durch die hereinströmenden Tänzer verscheucht wurden; ehe wir uns trennten, sagte er mir noch, daß er den nächsten Tag zu uns kommen würde, um das Urtheil meiner Mutter über einige Smaragde zu hören, welche er aus Peru mitgebracht hätte.

Als wir nach Hause fuhren, bemerkte meine Mutter lachend, was ich und mein Freund uns wohl Alles zu erzählen hätten. Die Smaragde gaben eine gute Antwort und Erklärung ab; aber als ich ihr sagte, daß Oberst Gerard den folgenden Tag kommen würde, schien sie enttäuscht. Aber, Helene, der nächste Tag kam und verstrich und Oberst Gerard erschien nicht.

Am Abend erschien Edith, um die Bälle mit mir zu besprechen; sie fragte, ob ich den Oberst auf dem meinigen getroffen hätte, als ich ja sagte, erzählte sie, daß er dann auf den ihrigen gekommen. „Denke Dir mein Erstaunen," sagte sie, „denn es gibt wohl kaum zwei sich mehr abstoßende Wesen wie er und ich, und er tanzte sogar mit mir."

„Aber weshalb mißfällt Ihr Euch?" fragte ich.

— „Weil er weiß, daß ich ihn nicht mag," erwiderte sie; „weil ich sein Betragen nicht billige, und er weiß, daß ich seine Vergangenheit kenne."

„Ich bin überzeugt," rief ich voller Unwillen, „daß er nie Etwas that, worüber er sich schämen müßte."

— „Das kommt darauf an, ob ein Mann sich seiner Triumphe schämt; Du bist nicht das erste Mädchen, welches er fesselte. O Hester, wenn ich Dir nur Alles sagen könnte, Du würdest ihn nicht mehr lieben. Glaube mir, es macht mich elend, mit ansehen zu müssen, wie er gegen Dich ist, denn ich habe ihn dies Spiel scharf spielen sehen, und wenn er weit genug vorgeschritten war, um der armen Mädchen Liebe sicher zu sein, zog er sich langsam zurück."

Ich glaubte Nichts und war wüthend, aber Edith blieb fest.

— „Ich bin viel älter als Du," fuhr sie fort, „und wie ich Dir schon oft gesagt habe, mein Glück hängt von dem Deinigen ab. Nun, beantworte mir meine Frage; saß er nicht gestern Abend bei Dir?"

— „Ja." — „Und widmete er sich Dir nicht ganz?" „Ja." — „Sagte er Dir nicht, daß er heute kommen würde? Kam er?"

Was konnte ich anders als „Nein" antworten?

— „Es war auch nicht seine Absicht. O Hester! ich warne Dich noch zur rechten Zeit, laß ihn nicht die Befriedigung haben, Dich unter seine Opfer zählen zu können. Ich könnte Dir Etwas von ihm erzählen, was Dich erschrecken würde, aber ich werde es nicht thun, wenn Du mir ein Versprechen gibst. Versprich mir, ihn nicht anzunehmen, d. h. wenn er um Dich anhalten sollte; laß es mich gleich wissen, und nimm ihn nicht ehe Du mich gesehen. Hester, willst Du mir das versprechen?"

Ich habe Dir schon gesagt, Helene, was für eine Gewalt meine Freundin über mich ausübte; Du wirst Dich also kaum wundern, daß ich, obgleich nach langem Zögern, ihr das Versprechen gab. Wenige waren gewiß so unglücklich wie ich, da ich diesen Abend meinen schmerzenden Kopf in die Kissen drückte.

— Den folgenden Morgen erhielt meine Mutter einen Brief von meiner Schwester; sie gab ihn mir zu lesen, er lautete:

„Wie steht es mit Hester und Oberst Gerard? Um diese Zeit wird sich wohl schon Etwas ereignet haben, nur hoffe und vertraue ich, daß sie nicht kokettirt. Kein Mann war je so betroffen, wie er damals."

Und ich hatte versprochen, ihn nicht anzunehmen ohne Edith's Wissen, und diese würde mir dann etwas Schreckliches von ihm sagen. O jene furchtbaren Tage! Ich kann Dir nicht sagen, was ich damals litt. Mein Schmerz war darum noch um so größer, weil ich ihn geheim halten mußte.

Eines Nachmittags wollten wir in die Ausstellung der königlichen Akademie fahren; in dem Augenblick als wir in den Wagen stiegen, kam der Oberst; nachdem er gehört, wohin wir fuhren, bot er sich uns zur Begleitung an. Meine Mutter bat ihn, einen Platz in unserm Wagen einzunehmen, und im nächsten Augenblick saß er mir gegenüber. Alles, was mir Edith gesagt, fiel mir jetzt wieder ein, um Nichts in der Welt hätte ich daher nur gegen ihn freundlich sein können. Es war mir, als ob ein Geist mir zuflüstere: „Erinnere Dich Deines Versprechens"; ich beantwortete alle seine Fragen einsilbig. Er sagte, daß er den Tag nach dem Ball nicht habe kommen können, da er zu einem Verwandten habe reisen müssen, der plötzlich erkrankt sei. „Ich kam erst gestern Abend zurück," sprach er, und sein Blick sagte „hier bin ich": aber ich vermied, seinem Blick zu begegnen.

Jetzt glaube ich, daß ich wahnsinnig gewesen sein muß. Den ganzen Nachmittag durchwanderten wir zusammen die gefüllten Räume, beinah bei jedem Schritt Bekannten begegnend. Obgleich er nicht von meiner Seite ging, so hatte er doch keine Gelegenheit, mir ein Wort zu sagen, ohne daß die ganze Welt es gehört hätte. Zuletzt brachen wir auf. „Wollen Sie heute bei uns essen?" fragte ihn meine Mutter, aber er lehnte die Einladung ab, da er beschäftigt sei.

— „Edith hat recht, dachte ich, sonst würde er kommen;" ich verbeugte mich kalt und gemessen.

Den andern Morgen kam die Krisis, ein Brief an meine Mutter und inliegend einer an mich; mit einem frohen stolzen Lächeln küßte meine Mutter mich auf die Stirn, und verließ dann das Zimmer, um mich meinen Brief ungestört lesen zu lassen. Es war sein Antrag; ich schlug beide Hände vor's Gesicht. Mein Versprechen! mein Versprechen! wohin hatte mich meine blinde Bethörung gebracht? Der Brief mußte sofort beantwortet werden, denn Oberst Gerard war ein Gesandtschaftsposten angetragen worden; und während er mich überschüttete mit Entschuldigungen wegen seiner plötzlichen Erklärung, gab er als Grund an, daß die Annahme dieses Postens von meinem Willen abhinge, da ihm jetzt Ehre und Würden gleichgiltig seien, wenn ich sie nicht mit ihm theilte.

Helene, kannst Du es mir verdenken, daß, trotz dieses Briefes, trotz der Verwirklichung meines sehnlichsten Wunsches, trotz des ängstlichen Gesichtes meiner Mutter ich nicht gleich eine Antwort geben wollte, sondern Zeit verlangte? Zeit, da in meiner Gewalt das Herz war, von welchem meine Busenfreundin gesagt hatte, daß es mir nie angeboten werden würde? Aber trotz des Triumphes, welchen ich empfand, wollte ich doch lieber Gefahr laufen, es zu verlieren, als mein Versprechen brechen. Ich bestand ich darauf, daß man mir Zeit ließe.

Niemand hatte eine Ahnung, was für eine Nacht ich verbrachte, nach dem langen Tage, an welchem ich nach Edith geschickt, und sie vergebens erwartet hatte; erst spät Abends erfuhr ich, daß sie einen Besuch bei Bekannten in Rochampton gemacht und nicht vor dem folgenden Tage zurückerwartet werde.

Umsonst redete mir meine Mutter mit ihrer sanften Güte zu; ich sagte, man müsse mir Zeit lassen. Glaubte ich doch, daß Edith mir Etwas sagen würde, was meine ganze Zukunft verbittern könne; so zitterte ich und fürchtete mich. Mit einem ernsten Gesicht nahm meine Mutter die Feder zur Hand, und so schonend sie nur konnte, theilte sie Oberst Gerard meinen Entschluß mit; so bald ich mich entschieden, würde sie ihm wieder schreiben. Meine Mutter suchte mich nicht zu beeinflussen, auch machte sie mir keine Vorwürfe, aber ihr Gesicht war traurig und mißbilligend.

Den Tag darauf erhielt ich die Nachricht, daß Edith das Scharlachfieber in Rochampton bekommen hätte und daß es viele Wochen dauern könnte, ehe ich ein Wort oder einen Brief mit ihr wechseln dürfe. Was sollte ich nun thun?

„Natürlich den Oberst annehmen!" rief Helene rasch.

„Nein," sagte Miß Mortimer mit einer Stimme, welche halb erstickt war von Thränen; „ein falsches Ehrgefühl hatte mich erfaßt, ungeachtet der Bitten meiner Schwester und trotz meines Vaters Zorn gab ich Oberst Gerard einen Korb, weil — eine Entscheidung verlangt wurde."

Es folgte eine lange Pause, nach welcher Miß Mortimer fortfuhr:

Eine Woche darauf erhielt ich einen anonymen Brief, er lautete: „Ich fühle mich veranlaßt, Ihnen zu sagen, daß Sie recht handelten, daß Sie Ihr Glück gesichert haben, wenn es Ihnen auch augenblicklich nicht so scheinen mag." Dies sollte meine wunde Seele heilen.

— „Aber als sie wieder hergestellt war, als Sie sie wiedersahen?" sagte Helene.

„Ich sah sie niemals wieder, liebes Kind, sie ging gleich nach ihrer Genesung ins Ausland."

— „Und Oberst Gerard?"

Helene that die Frage flüsternd, augenscheinlich die Antwort fürchtend; sie ahnte und erwartete aber sicher nicht, daß ein einziger Satz die Erzählung beendete:

„Edith heirathete ihn selbst."

Die Reisetaube.

Von F. A. Marcleers.

(Schluß.)

Wie bei jeder bevorzugten, oder zu einem bestimmten Zweck besonders in Anspruch genommenen Thiergattung, wird auch bei der Reisetaube vorzüglich auf Reinhaltung der Race gesehen. Die Züchter suchen immer diejenigen zu paaren, welche die weitesten und schwierigsten Reisen gemacht haben. So hat man Täubchen, deren Vorältern England, Frankreich, Spanien, Deutschland, Italien selbst überflogen und durchzogen haben. Im vorigen Jahre noch ging von Brüssel eine Partie nach Rom ab, von welchen aber ein großer Theil verunglückte, wahrscheinlich durch die heftigen Stürme in den Alpen oder Apenninen, zum großen Leid der Eigenthümer, die ihren besten Schatz verloren zu haben behaupteten. Diese ausgezeichnete belgische Race ist blau von Gefieder, und röthlich-marlirt, seltener weiß. Die Gestalt ist feiner, zierlicher als bei den übrigen Racen, der Schnabel nicht ganz kurz, die Schwingen länger und geschmeidiger. Bei der außerordentlichen Pflege, welche ihnen zu Theil wird, ist jede einzelne Feder von ausnehmender Reinheit und Zartheit, ohne jedoch der Kraft und Geschmeidigkeit zu entbehren. Das Auge ist das Vorzüglichste und das besondere Kennzeichen des Thieres. Der Liebhaber sagt, „sie hat ein glühendes Auge". Dasselbe glüht in der That in röthlichem Feuer. Es muß diesem Auge eine unbegreifliche Schärfe und Kraft innewohnen. Nicht wenige Kenner behaupten, daß hier der Sitz der außerordentlichen Fähigkeit des Vogels sei. Auf die Schärfe des Auges führen sie den ganzen, sogenannten Instinct, die staunenswerthe Orientirungsgabe der Taube zurück. In der Erklärung dieser Sache ließen sich ganze Capitel schreiben. Kenner sagten mir, daß die Bahnbeamten die Taubenkörbe beim Transport am Tage oben auf die Waggons setzen, damit die Vögel Umschau halten und sich orientiren können. Nun ist wohl der Zweifel, die Frage erlaubt, ob die Tauben, etwa bei einer Reise nach dem südlichen Italien, sich die verschiedenen, stückweise sichtbaren Gegenden anschauen und dieselben im Gedächtnisse behalten können? — Es geht die Dressur allerdings darauf aus, hauptsächlich die Orientirungsgabe der Vögel auszubilden.

Die Reisen werden stufenweise, oder eigentlich meilenweise ausgedehnt; die erste Reise einer jungen Taube etwa eine Meile, die zweite zehn Meilen, die dritte dreißig oder fünfzig Meilen. Nach diesen bestandenen Prüfungen werden die Vögel dann schon in weitere Fernen, über das Meer, über die Alpen geschickt. Die Vereine — in vielen rheinischen Städten, fast in allen größeren Städten Belgiens und Hollands bilden die Liebhaber Gesellschaften — haben in den entlegensten Städten ihre Verbindungen, welche das „Auflassen" der Tauben besorgen. Jeder Vogel wird, bevor man ihn fliegen läßt, abgestempelt, d. h. mit einem farbigen Siegel wird der Name des Orts und das Datum auf eine seiner Schwungfedern gedruckt. In der Stadt, in welcher sie erwartet werden, und wo man den Tag, ja beinahe die Stunden, in welchen sie erwartet werden, berechnet hat, sitzt im Local der Gesellschaft ein Notar oder sonst ein beeidigter Mann, der die Ankömmlinge einregistrirt. Man kann sich vorstellen, in welcher Aufregung die Liebhaber auf ihren Dächern sitzen und den Fliegern entgegensehen. Es handelt sich dabei oft um bedeutende Geldsummen; aber immer ist die Passion, die Leidenschaft des Liebhabers für seine Race die eigentliche Anregung. Wäre die Taube schlecht gezogen und würde auch nur eine Minute verbleiben, bevor sie in ihren Schlag einfiele, der Liebhaber geriethe in Verzweiflung. Es sind uns Fälle bekannt, wo leidenschaftliche Vereinsmitglieder, welche auf dem Lande wohnten, den Tag über gesattelte Pferde bereit hielten, um mit dem Ankömmling so schnell als möglich in die Stadt eilen und ihn im Locale vorzeigen zu können. Nimmt man nun jenen geographischen „Sinn der Taube", wenn ich mich so ausdrücken darf, als die Basis ihrer Begabung an, dann ist nicht zu leugnen, daß das Eisenbahnwesen, die weiteren und schnelleren Fahrten ihn unbedingt verschärfen und ausbilden muß.

Die feineren und geheimeren seelischen Eigenschaften, welche der Taube nach der Ansicht vieler Liebhaber innewohnen, zu definiren, muß ich größeren Kennern und Beobachtern der Thierseele überlassen. Der unerklärte Zug, welcher die Strichvögel nach dem Süden und zurückführt, muß auf diesem Gebiete ebenfalls in Betracht genommen werden. Die verschiedenen Fähigkeiten, welche ihnen das Reisen möglich machen, scheinen bei der Reisetaube noch weit ausgebildeter zu sein. Bezeichnend und bedeutsam ist immer die Thatsache, daß die Reisetaube eine besondere und bevorzugte Race im Taubengeschlechte bildet. Keine andere Art besitzt ihre Fähigkeiten und vermischt mit dieser, verliert der Schlag an Güte und Feinheit. Ich glaube, man darf behaupten, daß sie unter den Tauben eine eigene Art bildet, fast wie der Buchfink, der Distelfink, Flachsfink unter den Finken. Lange Zeit kann man eine feine Reisetaube unter den gröberen Arten, den sogenannten Feldtauben, Schildchen u. s. w. verkehren lassen, bevor sie sich zu einer Paarung mit diesen entschließt. Ein Liebhaber theilte mir mit, daß er eine Reisetaube Monate hindurch in seinem Taubenhause, in welchem Auswahl genug war, gehabt habe, und daß sie sich immer einsam gehalten hätte, bis sie in der Freiheit die Bekanntschaft eines verwandten Vogels gemacht habe, mit dem sie die Paarung einging.

Wo eigentlich das Stammland der Reisetaube ist, wird schwer zu erörtern sein. Die Engländer haben gute Sorten; in Paris datirt die Zucht von langer Hand; die Tauben auf S. Marco zu Venedig sind entartet. Früher, bevor der Telegraph arbeitete, hatte man es bis zu einer gewissen Organisation in der Taubenpost gebracht; Belgien aber scheint immer den bedeutendsten Ruf gehabt zu haben und hier steht die Stadt Verviers den übrigen voran. Die Reise-

[illegible] der Reisenden sind, so viel mir bekannt, am Niederrheine die gesuchtesten. Die Liebhaber dazulande, in Aachen, Köln, Lüttich, Brüssel, werden aber höchst wahrscheinlich bedauern, daß ich mein Thema noch bei weitem nicht erschöpft habe.

Miscellen.

* Ein französischer Poet, der in Deutschland sich aufhielt um die Sprache und Literatur kennen zu lernen, wurde von einem vornehmen Herrn zu einem Diner eingeladen. Die Reichhaltigkeit der aufgetragenen Speisen, sowie die vorzügliche Zubereitung derselben begeisterten den Dichter so sehr, daß er die Erinnerung an die genossenen Genüsse in seinem Notizbuch zu Papier brachte und zwar folgendermaßen:

O schöner Tag, als auf dem Tisch
Die [illegible] [illegible],
Und [illegible] [illegible] [illegible]
Die [illegible].
[illegible] [illegible] [illegible]
Die [illegible] [illegible].
[illegible] [illegible] [illegible] [illegible] [illegible]
[illegible] [illegible] mit [illegible].
Ein [illegible] [illegible]
[illegible] [illegible] mit Häring —
Auch dieses hab' ich nicht verschmäht,
Denn mir [illegible] [illegible] zu gering.
[illegible] [illegible] [illegible] [illegible] [illegible]
Und [illegible] — [illegible] [illegible] [illegible]:
Doch war ich froh, als man mich frug:
„Thun Sie jetzt nichts mehr befehl'n?"
„O bitte, sprach ich, thun Sie bloß
Den [illegible] mir dort, den glänzenden,
[illegible] aus der gelben [illegible]
Ein wenig her[illegible] [illegible]!"
Und bei dem Café that ich dann
Noch zwei Havanna rauchen;
Der Wirth ist gar ein feiner Mann,
Und [illegible] [illegible] auch [illegible] [illegible].
Ich Glücklichster der Sterblichen,
Wenn so viel Tage wären!
Nun ist der Freude [illegible],
Wann wird sie wieder kehren?

Paris, 18. März. Der heutige zweite Tag der Versteigerung der Gemäldesammlung Delessert hat noch überraschendere Erträge geliefert, wie der gestrige erste. Im Verhältnisse zu den Preisen, die heute für einige niederländische Bilder gezahlt worden sind, ist der Preis von 1[illegible] Frcs., der gestern für die kleine Madonna von Raphael gezahlt wurde, ein geringer. Ein kleines Genrebild von van der Meer (in der Galerie Delessert als P. de Hooghe bezeichnet) wurde zu der unerhörten Summe von 150,000 Frcs. von einem russischen Kunstfreunde, Herrn [illegible], erstanden; es ist dies wohl der höchste Preis, der im Verhältnisse zu dem Werke und dem Rufe des Meisters jemals für ein Gemälde bezahlt worden ist; aber ein Seitenstück dazu ist der Preis von 150,000 Frcs., der für einen „Architect" von Lenain(?) gezahlt ward. Eine Landschaft von [illegible] ward mit 31,[illegible] Frcs. bezahlt, ein Preis, der für diesen Meister ohne Beispiel ist. Ein wirklicher P. de Hooghe, aber ein unbedeutendes Bild, ward mit 11,000 Frcs. für die Londoner National Gallery angekauft. Aus der gestrigen Versteigerung sind noch folgende Preise wegen ihrer übermäßigen Höhe zu bemerken. Für ein Porträt des [illegible] [illegible] von Greuze 29,000 Frcs. (!), ein mittelmäßiger Kinderkopf von demselben Meister 10,000 Frcs., zwei kleine Marinen van van de Velde 12,500 und 14,500 Frcs., ein kleines schönes Porträt von [illegible] 16,000 Frcs. Gegen solche Preise erscheinen 15,000 Frcs. für ein bekanntes schönes Porträt von van Dyck nur wenig. Der erste Tag der Versteigerung hat 6[illegible] Frcs., der zweite [illegible] Frcs. eingebracht; es sind die höchsten Bilder erzielten Erträge.

Aus Madrid, 1[illegible]. März, schreibt man der „A. Z.": Am letzten Montag verschied hier der General Karl Gärtner, ein ehemaliger braunschweigischer Offizier, der 1832 mit dem Herzog Karl das Land verließ, dann in spanische Dienste trat und im Bürgerkriege tapfer für die Sache Isabellens focht. Obschon sehr befreundet mit dem Marschall Narvaez, dessen Adjutant er einige Zeit war, hielt er sich doch vom politischen Treiben fern, so daß seine Laufbahn eine rein militärische blieb. Beim Ausbruch der letzten Revolution war er Generalgouverneur von Madrid, in welcher Stelle ihn der General Dulce(?) de Reich ersetzte, doch behielt er seinen Rang in der Armee. Seinen spanischen Kameraden [illegible] er nicht wenig durch seine stets sich gleichbleibende Pflichttreue, und auch den [illegible] Untergebenen war er stets beliebt.

(Gegen nachlässige Raupenvertilger.) Aus Düren, 4. März, schreibt man der „Cref. Ztg.": „Zur heutigen Sitzung des königlichen Polizeigerichts waren gegen 50 der säumigen Raupennester-Vertilger vorgeladen worden, welche alle nach bestimmter Norm verurtheilt wurden, und zwar solche, auf deren Grundstück ein Arbeiter eine halbe Stunde Beschäftigung gefunden hatte, zu 10 Sgr., für eine Stunde zu 15 Sgr., für anderthalb Stunden zu 20 Sgr. u. s. w. steigend. Außerdem müssen dieselben als Entschädigung für Arbeitslohn einem Arbeiter per Stunde 3 Sgr. zahlen. Aus verschiedenen Nachbarorten wird mitgetheilt, daß das Vorgehen unserer Polizei in dieser Angelegenheit dortselbst Nachahmung gefunden hat."

Man erzählt viel von den Pariser Zeitungen und den Prämien, welche sie ihren Abonnenten gewähren. Ein großes politisches Journal gibt seinen Abonnenten Bonbons, ein anderes Journal sendet ihnen chinesische Foulards, ein drittes hat, wie es jüngst hieß, 20,000 Wanduhren bestellt, von denen jeder Abonnent eine haben soll. Jetzt endlich kommt Herr De Pène, der Redakteur des Journal „Paris", und veranstaltet alle Vierteljahr ein großartiges Concert, in welchem die ersten Sänger und Künstler mitwirken, zu Gunsten seiner Abonnenten. Das erste Concert hat bereits stattgefunden; jeder Abonnent hat eine Gratis-Karte erhalten.

(Ein Warnungsruf.) Es ist bereits gemeldet worden, der Vicekönig von Egypten werde im April nach Europa kommen. Der „Osservatore" in Neapel schreibt: Der Vicekönig von Egypten geht im April nach Frankreich, um die Bäder in Vichy zu gebrauchen; es ist nicht üblich, daß diejenigen, welche die Wässer gebrauchen, so frühzeitig im Jahre dort erscheinen. Kommende Ereignisse werfen ihre Schatten voraus. Die in Florenz in englischer Sprache erscheinende „Anglo-Italian Gazette" vom 13. d. M. meint, unter den kommenden Ereignissen sei die Cholera zu verstehen, vor welcher der Vicekönig sich zurückziehe. Im Monat April kommen nämlich die „Hadgi" (Mekkapilger) von Mekka zurück und es sei nicht unmöglich, daß dieselben, wie im Jahre 1865, ein Stückchen Cholera in ihren Taschen mitbrächten. Das genannte Blatt verwahrt sich dagegen, behaupten zu wollen, daß Furcht es sei, welche den Vicekönig veranlasse, so früh nach Vichy zu reisen; er habe gewiß nicht weniger Muth als Napoleon III. und Victor Emanuel, welche die Cholera-Spitäler besuchten. Indessen sei es doch wohl, wachsam zu sein; ein wenig Vorsicht schade durchaus nicht.

Räthsel.

Mit d der Lumpen gräßlicher Schwarm,
Mit k [illegible] macht es weite Fahrten,
Mit n, sobald die Sonne scheint,
Sprießt und blüht es in dem Garten.

Auflösung des Räthsels in Nr. 23:
[illegible], Flöte, Flehe, Flore.

Redaction von K. L. Woll, Druck der Jäger'schen Druckerei in Speyer.

Palatina.

Belletristisches Beiblatt zur Pfälzer Zeitung.

Nro. 36. Speyer, Donnerstag, den 25. März 1869.

Der Fund in der Kiste.

(Erheiterungen.)

Ich war fünfundzwanzig Jahre alt und arbeitete erst seit Kurzem auf dem Bureau meines Vaters, eines schon seit langen Jahren in der wohlhabenden Provinzialstadt Otterhofen etablirten Rechtsanwaltes, als ich mich auf unserem Schützenballe in Fräulein Candida Archenheim verliebte. Wir hatten nämlich eine große Schützengilde in Otterhofen, und das Schützenfest, welches gewöhnlich am letzten Sonntag im Monat Juli gefeiert wurde, war weithin berühmt als das schönste der ganzen Provinz.

Fräulein Archenheim war die anerkannte Erbin, die gefeiertste Schönheit von Otterhofen, gerade so wie mein Vater die anerkannt bedeutendste politische Persönlichkeit, der Sachwalter, Vertrauens- und Geschäftsmann, der Vermögensverwalter und Anwalt der ganzen Gegend war. Candida wohnte bei ihrem Vater in dem hübschen, alterthümlichen, schloßartigen Landgute vor dem Oberthore, einem stolzen Ziegelbau der Renaissance-Zeit mit einem hohen Giebel, der von zwei runden Thürmen flankirt war, inmitten eines alterthümlichen Gartens, den eine hohe Mauer mit schmiedeeisernem Einfahrtsthor von der Landstraße abschied. Durch das mit eisernem Laubwerk und schwerfälligen Schnörkeln verzierte Gitterthor und über einige Stellen der alten Ziegelmauer hinweg sah man in den altväterischen Garten in italienischem Style hinein, gewahrte steinerne Terrassen mit den marmornen Balustraden, auf denen an stillen Sommerabenden die Pfauen saßen und ihr prachtvolles Gefieder beschauten und ihr mißtöniges Geschrei ertönen ließen, oder sah zwischen den dunklen Kronen herrlicher alter Bäume da und dort den silbernen Strahl einer Fontäne blinken oder den Spiegel eines kleinen, mit Seerosen gezierten Teiches glänzen. Candida's Vater, Dr. Archenheim, war ein stattlicher Herr, Wittwer, und Candida sein einziges Kind, weßhalb ich kaum zu erwähnen brauche, daß er sie anbetete und daß ihr Lebenspfad von Jugend auf freigebig mit all jenen sinnbildlichen Rosen bestreut war, welche nur die Hand der Liebe, hinter der eine reichgefüllte Börse steht, vor die Füße eines Familien-Idols streuen kann. Denn da wir heutzutage keine Nische mehr für die Penaten halten, so haben wir statt dessen in jedem häuslichen Kreise einen Gott oder eine Göttin, vor welcher die übrigen Mitglieder des Hauses in Liebe oder Furcht die Kniee beugen. Fräulein Candida ward in Liebe und Anbetung von den Ihrigen verehrt, und sie verdiente es auch.

Ich kann es kaum wagen, sie zu schildern, denn man vermag sich kaum vor Uebertreibung zu hüten, wenn man den Gegenstand seiner ersten Liebe beschreibt. Ich führe daher nur an, daß sie eine edle stolze deutsche Schönheit war, von dunklem aschblondem Haar und dunkelblauen Augen, ein bezauberndes Wesen, das den Wuchs einer Juno mit der Frische einer Hebe und der unbewußten instinktiven Grazie einer Diana verband.

Herr Archenheim war eine Art Sonderling; er hatte die Rechte studirt und war Dr. juris utriusque; er hatte in seiner Jugend um seiner Talente und Kenntnisse willen zu den schönsten Hoffnungen berechtigt, aber die juristische Laufbahn schon nach den ersten Versuchen verlassen, weil er, wie er sagte, nicht zum Diener der menschlichen Leidenschaften sich hatte hergeben wollen, und weil er reich genug gewesen war, um ohne ein Staatsamt oder ohne eine Advokatenpraxis zu leben. Er hatte sich daher nach dem Tode eines Oheims auf sein „Schlößchen" zurückgezogen, wie man seine Besitzung vor dem Städtchen nannte, und hier seinem stillen Familienglück und den Wissenschaften gelebt. Er war ein Büchernarr, und so innig er sein einziges Kind liebte, so wollten doch manche Leute bezweifeln, ob ihm seine Bücher und deren Einbände nicht theilweise noch näher gingen, als die schöne blühende Candida. Bevor ich den Doctor Archenheim kennen gelernt, hatte ich nicht die mindeste Ahnung von dem Werthe gehabt, den gewisse Aeußerlichkeiten an einem Buche für den Kenner haben können. Die abgeschrägten Ecken, die Vergoldungen und Malereien auf dem Schnitt, das schöne feste Pergament, die farbigen und vergoldeten Initialen, die Miniaturen, die gepreßten Decken von Schweinsleder oder Pergament mit den Beschlägen von Messing oder Silber, die Decken von Maroquin und Saffian in allen Schattirungen von dunklem Rothbraun, Scharlach und Orangegelb, die Verzierungen in den verschiedenen Stylen: Gothisch, Renaissance, Roccoco, Rocaille, Grolier, — die Franzbände und englischen Lederbände u. dgl. m., — des innern Gehaltes, des geschichtlichen

Werthes der Bücher, der Incunabeln, Prachtausgaben, fliegenden Blätter, Unica u. a. noch gar nicht zu gedenken. In unserer kleinen Welt zu Otterhofen pflegte man zu sagen: wenn Doctor Archenheim nicht ein reicher Mann wäre, würde er sich schon längst durch seine Bücherwuth zu Grunde gerichtet haben; und doch hatten unsere einfachen Leute nicht die entfernteste Ahnung von der enormen Höhe der Summen, welche man an seltene alte Bücher und Prachteinbände verschwenden kann, an Virgil-Ausgaben in Cursivschrift aus den Pressen eines Aldus Manutius in Venedig, an alte Folio-Ausgaben von Erasmus u. s. w. Wir wußten, daß Herr von Archenheims Onkel ihm ein hübsches Vermögen hinterlassen hatte; aber es war uns unbekannt, daß es die Millionen eines Halder in Augsburg oder eines Burckhardt in Basel erfordert, um das kostbare Steckenpferd zu reiten, welches ein Büchersammler tummelt.

Von dem Schützenballe an, wo ich Fräulein Archenheim vorgestellt worden war, sah ich Candida sehr oft. Mein Vater, und dessen Vater und Großvater vor ihm, waren von den besten Leuten in Otterhofen empfangen und hochgeschätzt worden. Wir wohnten in der Stadt, in der Kirchstraße, zum großen Unbehagen meiner beiden Schwestern, welche ihre Erziehung in einem kostspieligen Pensionat im Elsaß vollendet hatten und sich ganz gewaltig gedemüthigt fühlten durch das Bewußtsein, in der nächsten Nachbarschaft eines Kohlenhofs, eines Weinhändlers und eines Seifensieders zu wohnen. Aber das alte Haus in der Kirchstraße hatte eichenes Getäfer und geräumige Zimmer, eine viereckige marmorgepflasterte Flur und eine riesige Treppe mit einem solch breiten und massigen geschnitzten Geländer, wie man es in modernen Wohnungen nur selten mehr sieht. Es war ein altes reichsstädtisches Patrizierhaus, mit aller Behaglichkeit und Raumverschwendung einer früheren Zeit, und mein Vater hatte dieses Haus nicht um die allerschönste und weißeste jener neuen italienischen Villen vertauscht, deren hübsche schlanke Thürme auf den Hügeln um unser Städtchen her aus den grünen Obstbäumen blinkten. Meine Schwestern dagegen behaupteten, das alte Haus rieche nach Tinte und Federn und massigen moderigen Papieren, und staunten darüber, daß jemand noch so artig sein konnte, uns in einem solch abscheulichen Hause zu besuchen.

Die Leute besuchten uns jedoch trotz des Kohlenhofes, der unserem Salonfenstern gerade gegenüber lag, trotz des Weinhändlers dicht neben uns, der seine geschäftlichen Anordnungen mit einer gewissen Vorahnung derjenigen Tage zu treffen schien, an denen wir Feste oder Gastmähler gaben, denn meist an solchen Tagen empfing er Wagenladungen von schweren Stückfässern oder Kisten und seine Wagen füllten die halbe Straße, so daß unsere Gäste kaum anfahren konnten oder sich zwischen schmutzigen Fässern oder schmierigen Frachtwagen und schweren Karrengäulen hindurchzwängen mußten. Meine Schwestern behaupteten, er thue es auch Rache, weil wir ihn nicht einlüden.

„Ich will wetten, er wird es noch zu machen wissen, daß er eines Tages ein leeres Bordeauxfaß der alten Baronin Haideкraut auf den Fuß wirft, wenn sie vor unserem Hause aus ihrer alten Pritschka steigt," meinte meine Schwester Bella; „dann wird sie bei den Leuten herumgehen und sagen, sie sei beinahe auf unserer Vortreppe um's Leben gekommen, und dann wird Niemand mehr wagen uns zu besuchen."

Fräulein Candida Archenheim kam aber sehr oft zu uns, ohne sich um den schwarzen Staub des Kohlenhofs, den Lärm und die Unordnung und die Fässer und Kisten des Weinhändlers und den abscheulichen Geruch des Seifensieders zu bekümmern. Sie hatte an meinen Schwestern Gefallen gefunden, und diese waren entzückt von Candida's Schönheit und Lebhaftigkeit. Ich zählte in dieser Angelegenheit zwar für weniger als nichts, aber ich fühlte trotzdem, daß es ein hübsches Ding sei, Schwestern zu haben, und meine kleine Vaterstadt hatte keinen einzigen Anziehungspunkt, welcher stark genug gewesen wäre, mich aus unserem geräumigen, altväterischen, behaglichen Besuchszimmer fortzulocken, wenn ich wußte, daß Candida kam um den Abend bei uns zu verbringen. Sie kam in der That auch sehr häufig während des Winters, Frühlings, Sommers und Herbstes, welche auf den Schützenball folgten, wo sie die Bekanntschaft mit meinen Schwestern nach deren Rückkehr aus dem Pensionate in Beblenheim erneuert hatte. Candida hatte niemals eine Schule besucht, denn sie war ja gleichsam ein allzu kostbares Wesen, als daß man sie der Pflege von Fremden anvertraut hätte. Doctor Archenheim hatte sie unter seinen eigenen Augen und unter seinem Dach erziehen lassen, hatte ihr eine kostspielige Gouvernante und die besten Lehrer gehalten und die Folge davon war, daß Candida eine höchst gebildete und vollendete junge Dame geworden war. Meine Schwestern nannten zwar ihre Bildung etwas oberflächlich, denn sie hatten in dem Pensionate der Mademoiselle Vernier in Beblenheim eine Menge Wissenschaften gelernt, deren Nutzen ich nicht recht begreifen konnte und mit welchen Fräulein Candida nicht geplagt worden war. Einer der wesentlichsten Anknüpfungspunkte und das Band der Freundschaft zwischen der Tochter des Doctor Archenheim und meiner Schwester war Musik. Candida hatte eine prachtvolle Mezzosopran-Stimme, meine Schwester Bella einen hübschen Sopran, meine Schwester Lucie einen leidlichen Contralto, und meiner Wenigkeit hatte Mutter Natur eine kräftige Baßstimme und ein leidliches musikalisches Gehör verliehen, so daß ich allfällig in einem Quartett meine Stimme übernehmen konnte und in Otterhofen für eine Art dilettantischen Lablache galt, welcher bei jeder Gelegenheit herhalten und die Leute langweilen mußte. Dieses kleine Talent war mir seither oft lästig gewesen, aber gleichwohl dankte ich der Vorsehung dafür, seit Fräulein Archenheim in unser Haus kam, denn es setzte mich in den Stand, an den kleinen Gesangübungen Theil zu nehmen, welche unseren musikalischen Gesang bildeten. Ach wie manche Duette, Terzette und Quartette sangen wir an den langen Winterabenden, während mein Papa über seinen Zeitungen halb einschlief und meine Mama über ihrem Strickstrumpf nickte! Es waren entsetzliche, aber höchst vergnügte Gesangsübungen, welche die Hühner der ganzen Nachbarschaft um den Schlaf brachten und die Lachlust und den Spott der Vorübergehenden herausforderten, uns selber aber bald in wonnige Mailüfte, bald in säuselnden Hochwald, bald in kühle Grotten oder an murmelnde Bäche und brandende Wogen versetzten! Mit welch' glücklichem Gelächter begrüßten wir gegenseitig unsere Fehler, und wie glaubten wir die Musik der Sphären zu hören, wenn Candido's frische, jugendliche wohlgeschulte Stimme in reinem hübschem Solo ertönte! Ja mein Schicksal war besiegelt. Von jener Liebe auf den ersten Blick, wovon ich auf dem Schützenball befallen worden war, hätte ich mich möglicherweise zu erholen vermocht, jetzt aber war es um mich geschehen.

(Fortsetzung folgt.)

Die Sammlung der Alterthümer unserer heidnischen Vorzeit in dem städtischen Museumssaale zu Speyer.

Der Landrath der Pfalz hat, wie bekannt, die Alterthumsschätze, welche bis vor Kurzem in der Antikenhalle zu Speyer verborgen lagen, der Stadt Speyer zur Gründung eines Museums überlassen mit der Bedingung, daß die in geeigneten Localitäten aufzustellende, aus dem vorhandenen Kleingeräth gebildete Sammlung Jedermann zugänglich gemacht werde. Die Nachricht von diesem Beschluß wurde von allen Freunden der Volksgemeinerung nützlichen und nöthigen Wissens auf das Freudigste begrüßt.

Am Rhein, an welchem der gewaltige Streit der Völker in den ersten Jahrhunderten unserer Zeitrechnung ausgekämpft wurde, haben wir denn auch die überreichen Reste einer Vergangenheit überkommen, die zu den bedeutendsten Epochen in der Geschichte gehört. Die germanischen Völker und die sie bedrängende mächtige Roma hinterließen uns die merkwürdigsten Denkmäler ihres Culturlebens — in ihren Gräbern, welche viele Jahrhunderte hindurch vor blinder Zerstörungswuth wie von einer höheren Macht behütet, einer besseren Zeit, der unsrigen, um sie zu nützen, aufbehalten wurden.

Diese Schätze bestehen in dem, wenn auch nur zum gewöhnlichen Gebrauch in Krieg und Frieden dienenden Kleingeräth. Die Sitte, dem Todten, die ihm im Leben lieb gewordenen Gegenstände mit ins Grab zu geben, hat uns eine Menge von Gebrauchssachen erhalten, welche es uns ermöglichen, einen richtigen Blick in die Gewohnheiten der einstigen Bewohner unseres Landes zu thun, und diese Gegenstände bilden nun die archäologische Sammlung unseres neugeschaffenen Museums.

Der Reichthum und die Manchfaltigkeit der einzelnen Abtheilungen wurden noch durch zwei größere Privatsammlungen, welche in dem Museum jetzt deponirt sind, vermehrt und außerdem haben Freunde und Förderer der Sache die Sammlung mit schönen und seltenen Gaben bedacht. Die Aufstellung darf vorerst nur als eine übersichtliche, im Ganzen und Großen, betrachtet werden, da die kurz zugemessene Zeit von der Transferirung aus der Antikenhalle in das neue Local eine gründliche Arbeit nicht zuließ; die Beschreibung und genauere Ordnung der Fundstücke besorgen zu lassen, wird die weitere Aufgabe der Verwaltung des Museums bilden.

Die gewonnene Uebersicht berechtigt aber jetzt schon zu dem Ausspruch, daß unter den archäologischen Sammlungen unseres Vaterlandes die unsrige eine der hervorragendsten Stellen einzunehmen bestimmt ist.

Die Sammlung der Gläser zeichnet sich durch vorzüglich erhaltene Gefäße und durch die Seltenheit derselben aus; unter den Bronzen findet man kostbare Stücke von Kunstwerth, die Abtheilung der Terracotten weist eine Folge von bebilderten samischem Geschirr auf, welche einzig in ihrer Art nirgends anderwo ihres Gleichen findet. — Ein zweiter Saal wird in einer Reihe von wohl erhaltenen Grabmalen und in Modellen von solchen ein Bild des Todtencults der Völker der vorgeschichtlichen Zeit, der Römer und der Germanen geben.

Die Sammlung ist in hellen, dem Zwecke ihrer Aufnahme entsprechend hergerichteten Räumen des Realgymnasiumgebäudes aufgestellt und soll, wie uns mitgetheilt worden ist, in der ersten Woche nach Ostern eröffnet werden.

Miscellen.

Ein Gnadenact, der von dem Kaiser von Oesterreich in Zengg, das er von Fiume aus besuchte, signirt wurde, hat seine romantische Seite. Es handelte sich um einen zu zwanzigjähriger Festungsstrafe verurtheilten Räuber. Dieser trieb ursprünglich einen Ochsenhandel und verlegte sich, weil er damit nichts ausrichtete, auf den Straßenraub, welchem wilden Geschäfte er mit einer ziemlich starken Bande durch 16 Jahre oblag. Trotzdem man seiner nicht habhaft werden konnte und obgleich er als Räuberhäuptling ein gefürchtetes Ansehen hatte, wurde er schließlich doch dieser vogelfreien Existenz müde. Bei einer Streifung der Grenzer ließ er dem Major durch seine Leute überfallen und in sein Lager bringen. Hier räumte er dem Gefangenen den Ehrensitz ein und behandelte ihn auch sonst mit aller Courtoisie. Zugleich eröffnete er ihm, daß ihm sein Räuberwesen peinlich sei und daß er es unter der Bedingung eines General-Pardons aufgeben wolle. Er machte ihm ungefähr ein Dutzend seiner Leute namhaft, die keinen Mord begangen hätten und einer solchen Gnade würdig wären, und verpflichtete sich, selber auf die Räuber fahnden zu wollen, wenn er Aussicht auf Begnadigung hätte. Der Major versprach seine Verwendung und erwirkte auch so viel, daß der Räuberhauptmann für ein Jahr vom Generalate auf freien Fuß gesetzt und mittlerweile Alles für seinen vollen Pardon gethan wurde. Nach dem Ablauf dieser Zeit und nachdem er thatsächlich das Militär bei Streifungen auf die Räuber energisch unterstützt hatte, stellte er sich freiwillig und verlangte, mit dem Bemerken, daß er nicht länger eine solche Existenz zu tragen im Stande wäre, man solle über ihn Urtheil sprechen, wie immer es gemeint sei. Es lautete auf 20 Jahre. Zwei Jahre hat er in Festungshaft abgebüßt, die übrigen wurden ihm durch die kaiserliche Begnadigung erlassen.

(Zur Statistik Bayerns.) Nach der gegenwärtig abgeschlossenen Revision der Volkszählungslisten bezüglich der Religions-Angehörigkeit bekennen sich von den 4,724,421 Einwohnern Bayerns 3,441,629 zur katholischen, 1,225,448 zur protestantischen und 49,840 zur jüdischen Religion; 8267 sind Reformirte, 149 Griechen und 4486 Mennoniten, Wiedertäufer, Deutschkatholiken u. Auf die einzelnen Regierungsbezirke vertheilen sich diese Zahlen, wie folgt: Es leben im

Regierungsbezirke:	Katholiken:	Protestanten:	Juden:
Oberbayern	709674	25668	2154
Niederbayern	591215	3128	36
Pfalz	278852	336103	13042
Oberpfalz	451540	38715	1045
Oberfranken	226742	[illegible]	4129
Mittelfranken	137474	440307	10524
Unterfranken	470061	99017	14600
Schwaben	501321	77169	4512

Die protestantische Bevölkerung ist hienach überwiegend in der Pfalz, Ober- und Mittelfranken. Die meisten Reformirten gibt es in Schwaben (1542), in Mittelfranken (1863) und in Oberbayern (327); von den 4486 Mennoniten leben 2920 in der Pfalz, dann zwischen 3—400 in jedem der Kreise von Oberbayern, Mittel- und Unterfranken und in Schwaben. Die meisten Griechen befinden sich in Oberbayern, nämlich 86, darunter in München allein 65; dann in Unterfranken 50, wovon 40 in Würzburg wohnen, wahrscheinlich meistens Studirende an der dortigen medizinischen Fakultät. Am wenigsten gemischt sind die Religionsverhältnisse in Niederbayern, wo es neben 591,215 Katholiken nur 3124 Protestanten, 130 Mennoniten, 36 Juden, 9 Reformirte und 3 Griechen gibt.

(Amerikanische Röhrenbrunnen) haben namentlich seit der abessinischen Expedition, auf welcher sie den englischen Truppen die wesentlichsten Dienste leisteten, viel Anklang gefunden, und durch mehrfache Versuche ist auch bei uns der Werth dieses neuen Apparates constatirt worden. Der amerikanische Röhrenbrunnen besteht im Wesentlichen aus gewalzten eisernen Gasröhren von 32 Millimeter innerem und 46 Millimeter äußerem Durchmesser, welche sich durch Zusammenschrauben verschiedener Stücke auf eine Länge bis zu 30' bringen lassen. Die zuerst einzurammende Röhre ist unten mit einer stählernen Spitze versehen und über dieser Spitze auf circa 30—40 Centimeter ringsherum mit einer Anzahl von Löchern von 4 Millim. Durchmesser durchbohrt, so daß das Wasser leicht in das Rohr eindringen kann. An das obere Ende der zusammengeschraubten Röhre wird eine Saugpumpe angebracht. Um die Röhre einzurammen, bedient man sich eines einfachen, leicht anzubringenden Fallwerks. Man schraubt nämlich an die senkrecht aufgestellte Röhre 2—3' vom Boden einen zweitheiligen Klemmring, welcher innen mit Zähnen besetzt ist, so daß er großen Widerstand darbietet. Dann schiebt man auf das Rohr einen circa 70 Pfund schweren eisernen Fallbock und befestigt 6' über demselben zwei Rollen, über welche von dem Fallbock aus zwei Seile laufen, mittelst deren letzterer leicht gehoben werden kann. Nun erfolgt das Eintreiben des Rohrs durch zwei Arbeiter sehr leicht, und man braucht nur das ganze Fallwerk allmählig höher und höher zu schrauben, um die inzwischen verlängerte Röhre bis in die Wasserschicht zu treiben. Durch ein Senkblei unterrichtet man sich von Zeit zu Zeit, ob Wasser erreicht ist. Ist dies geschehen, so setzt man die Pumpe in Gang und wird dann zuerst unreines, schlammiges, jetzt bald aber reines Wasser erhalten. Der Röhrenbrunnen ist in seiner gewöhnlichen Anwendung nicht dazu bestimmt, Felsen oder feste Steinschichten zu durchbrechen, doch ist er vollkommen geeignet, in sehr harte und dichte Bodenarten einzudringen und kann ebenso mit Erfolg durch Kalkgerölle dringen, ohne von Kieselsteinen aufgehalten zu werden. Die Leichtigkeit, mit welcher das Rohr in den Boden getrieben werden kann, gestattet den Ort zu wechseln und den Versuch zu wiederholen, falls man auf Schwierigkeiten gestoßen ist. Das Herausheben des Rohres geschieht sehr leicht, indem man das Fallwerk umgekehrt wirken läßt. Die Württembergische Centralstelle hat mit dem Apparat auf dem Cannstatter Wasen sehr erfolgreiche Versuche angestellt, in Dresden hat man den Apparat nachgebaut und ihn in mehreren Höfen mit dauerndem Erfolg eingerichtet. Gleiches wird aus Elberfeld berichtet, wo bei einem Versuch auf freiem Feld in Lehm- und Kiesgrund die Brunnenvorrichtung binnen 20 Minuten hergestellt war. Die Kosten einer Anlage in Dresden betragen 45 Thaler. Genaue Beschreibung und Abbildung des in Elberfeld angebrachten Apparats findet sich im „Deutschen Maschinenbauzentralblatt" Nr. 14.

An die Bewohner von Peru, Ecuador und Mexico richtet ein Herr Rudolph Falb in der „Allg. Ztg." folgenden Warnungsruf: „Euch droht eine große Gefahr! In den Tagen des 30. September und 1. October dieses Jahres wird ein Erdbeben, noch stärker als das vom 13. August 1868, die Aequatorialländer Amerika's treffen. Verlaßt frühzeitig eure Häuser! Vorausgehen wird in den Tagen des 7., 8. und 9. August eine schwächere Erschütterung, und diese soll das Zeichen sein, daß ich wahr rede". — Eine gewisse Periodicität der Erdbeben ist von den Naturforschern seit längerer Zeit nachgewiesen; daß aber Einer auf den Tag den Ausbruch vulkanischer Stürme im Erdinnern vorhersagen will, das ist bis jetzt noch nicht dagewesen.

Aus Pera, (einer Vorstadt Konstantinopels) 7. März, wird der „N. Z." geschrieben: Bei den Ausgrabungen in der Nähe der verbrannten Säule (Konstantinssäule) ist ein kolossaler Apollokopf (etwa 4½ Fuß vom Kinn bis zum Scheitel) von Marmor und schön konservirt freigelegt worden. Wo nun die Statue erhalten, läßt sich bei der geringen Tiefe der Ausgrabung noch nicht ersehen. Man glaubt, daß es sich hier um die Statue handelt, welche einst Konstantin I. auf die noch erhaltene verbrannte Säule setzen ließ, und welche wahrscheinlich für seine eigene Statue gehalten wurde.

Paris, 21. März. Gestern wüthete ein furchtbarer Sturm im Canale, der bereits vorgestern Abend begann und besonders an den Küsten der Normandie und der Bretagne Verheerungen anrichtete. Bei Havre gingen mehrere Schiffe zu Grunde, obgleich alle Rettungsboote ausgelaufen waren. Mehrere englische Schiffe wurden stark mitgenommen, konnten aber doch den Hafen erreichen. Dem Dampfer von Southampton wurden das Steuerruder und ein Theil des Decks weggerissen, und dem Steuermann zerbrach Arm und Bein; es gelang dem Dampfer aber doch, in den Hafen zu kommen. Im Hafen von Havre zerrissen die Anker mehrere Schiffe, und der Schaden, den sie verursachten, ist sehr beträchtlich. Der deutsche Dampfer Saxonia, welcher sich gerade im Hafen von Havre befand, erlitt keinen Schaden, aber er wagt es bei dem starken Sturme nicht, in See zu stechen. In Caen richtete der Sturm ebenfalls großen Schaden an. Ein Schiff, das mit Palmöl aus Afrika kam, ging vor Cherbourg zu Grunde.

Räthsel.

Die Erste ist im Bauernhaus,
Nicht im Palast vom König.
Du bist bei ihr Jahr ein Jahr aus
Und hältst auf sie nicht wenig.
Der zweite Silbe findet sich
Bei zahmen, wilden Thieren,
Sie ist mitunter wunderlich
Und läßt sich gar verzieren.
Das Ganze ist in jeder Stadt
Als Hausthier wohl vorhanden,
Und wenn ich's nennen muß, der hat
Das Räthsel schlecht verstanden.

Ch. J.

Redaction von K. A. Woll, Druck der Jäger'schen Druckerei in Speyer.

Palatina.

Belletristisches Beiblatt zur Pfälzer Zeitung.

Nro. 37. Speyer, Samstag, den 27. März 1869.

Der Fund in der Kiste.

(Fortsetzung.)

Die Jugend hat das glückliche Vorrecht, von plötzlichen Liebesfiebern befallen zu werden und sich wieder von denselben zu erholen, um heute ihren Votivkranz zu den Füßen der einen Gottheit niederzulegen und die armen vergänglichen Blumen, welche durch das Getragenwerden nicht so viel einzubüßen scheinen, morgen wieder aufzuraffen und zu einem anderen Altar oder Heiligenschein hinzutragen. Mein jugendliches Gefallen an einem strahlenden Lächeln und einem reizenden Köpfchen mit blauen Blumen auf den aschblonden weichen Locken hätte ebenso vergänglich sein können, wie andere jugendliche Launen und Phantasieen und Illusionen; aber von der Liebe, welche in dem ruhigen Verlauf unseres Zusammenlebens in der Familie in mir heranwuchs, war keine Genesung möglich. Wir hatten einen Garten hinter dem alten Hause in der Kirchstraße, einen langen Rasenplatz mit Obstbäumen, einer Schaukel, einer Kegelbahn und einem Lustgehölz mit einer Allee von alten schwarzen Maulbeerbäumen, die ganz wie gemacht erschien zu einem Spaziergang für Verliebte. Wir hörten zwar das Rumpeln und Poltern der Fässer, die lärmende Arbeit der Küfer in dem langen bedeckten Hofe des Weinhändlers nebenan, und an warmen Sommerabenden war die Atmosphäre oft mit den Dünsten von Sprit oder Weinhefe geschwängert, aber wir schoben an Sommer-Nachmittagen oder Abenden unermüdet Kegel oder schlugen Ball, und Candida nahm gar keinen Anstand, sich an diesen munteren Spielen zu betheiligen und zweimal in der Woche regelmäßig zu uns zu kommen. Wir, nämlich Candida und ich, lustwandelten manchmal unter den alten Maulbeerbäumen in der Dämmerung und sprachen von unseren Lieblingsdichtern und ihren Werken, während über uns die Sterne durch das dichte Gezweige blinkten, und wir bemerkten uns nicht im mindesten um den Fettgeruch, der vom Nachbar Seifensieder herüber kam — hatten wir ja doch Rosen, Nelken, Reseden genug in der Nähe als Gegenmittel!

Waren wir beide beisammen, so war unsere Unterhaltung oft ganz außerordentlich alltäglich; denn in meine Unterredungen unter vier Augen mit Candida schlichen sich unbewußt und unwillkürlich alle möglichen Gemeinplätze ein, so oft wir zufällig irgend einen ernsten Gegenstand berührten — unsere Hoffnungen und Träume, die Gegenstände, die wir liebten, die Pläne, die wir für die Zukunft schufen; wir beide schreckten dann wie betroffen vor dem Gegenstand zurück und kehrten mit nervöser Bestürzung zuerst zu irgend einer nichtssagenden Erörterung über das neue Buch, das wir gelesen, das neueste Lied das wir gesungen, die jüngste Predigt unseres Pfarrers die wir gehört hatten, oder über den jüngsten in Mode gekommenen Lyriker, nur um das nicht in Worten an die Erscheinung treten zu lassen, was uns im innersten Herzen bewegte, — was unsere Seele bis zum Ueberfluthen füllte.

Wir liebten einander. Candida mußte das blindeste aller Mädchen gewesen sein, wenn sie nicht längst entdeckt hätte, wie innig sie angebetet wurde; und ohne gerade ein Geck zu sein, darfte ich mir zu meinem unaussprechlichen Vergnügen gestehen, daß ich in den Augen von Fräulein Archenheim etwas mehr als ein Bekannter war. So vergingen Sommer und Herbst und keine Woche schwand, in welcher Candida und ich einander nicht begegneten — bald in meines Vaters Hause, bald in den stillen kleinen Abendgesellschaften oder bei festlichen Mittagsmahlen in unserm beschränkten geselligen Kreise zu Oberhofen, bald in dem hübschen alterthümlichen „Schlößchen“ vor der Stadt, wo der Doctor Archenheim uns immer freundlich empfing, so oft wir ihn aufsuchen wollten, und wo der weite hübsche altväterische Garten uns mancherlei Tummelplätze darbot. Candida's Vater war sehr froh, daß seine Tochter in nächster Nachbarschaft einen ihr zusagenden Umgang gefunden hatte, in welchem sie die Langeweile des Landlebens vergessen und hinwegtäuschen konnte. Er hatte uns eines Morgens in Begleitung seiner Tochter einen ceremoniösen Besuch gemacht und in einer ebenso galanten als feierlichen Rede gegen meine Mutter und Schwestern seine Befriedigung über diesen Gegenstand ausgesprochen. Bald darauf lud er unsere ganze Familie zu einem Diner ein, bei welchem wir einige Magnaten des Bezirkes trafen, — einem Diner, wie Doctor Archenheim sie nur zweimal im Jahre gab. Er für seinen Theil war ein Mann, welcher auf geselligen Umgang nur wenig Werth legte. Die Bücher, womit er die Wände in seinem Wohn- und Studierzimmer auskleidete, waren seine Freunde und Gefährten; er lebte nur für sie und liebte sie mit einer vollgültigen Neigung die in seinem Wesen keinen Raum mehr ließ für gleichgiltigere Verbindungen. Er hing an seiner Tochter mit einer außerordentlichen Zärtlichkeit, und erfüllte jeden ihrer Wünsche mit der eifrigsten Schnelligkeit; allein ob dieses herrliche strahlende Wesen mit den weichen reichen Locken und blühenden Wangen ihm ebenso werth war wie seine Original-Ausgabe von Boccaccio mit breitem Rande oder seine Original-Ausgabe von Rabelais, — das ist eine Frage, deren Entscheidung ich nicht wage. Er liebte Candida nach seiner Weise und ließ sie in allen Dingen gewähren, und ich habe mir manchmal sagen müssen, er wäre gegen seine reizende Tochter sicher weniger nachsichtig gewesen, wenn seine Bibliothek nicht den ersten Platz in seiner Werthschätzung eingenommen hätte.

Und in all diesen heiteren und angenehmen Zusammenkünften und musikalischen Abenden, bei all diesen häufigen Begegnungen sollte ich, ein angehender Anwalt und sanguinischer Mensch, mich nicht mit stillen Gedanken und Hoffnungen wegen der Zukunft getragen haben? Und in all diese Hoffnungen und Wünsche meines Herzens sollten sich keine Zweifel gemischt haben, ob ich auch ein passender und berechtigter Bewerber um die Hand von Candida Archenheim, der schönen reichen Erbin, der künftigen Besitzerin des „Schlößchens“ und der dazu gehörigen Ländereien und des namhaften Kapitalvermögens sei, welches der Doctor angeblich von seinem Oheim und Adoptivvater Ludwig Archenheim geerbt hatte? Nein, ich muß im Gegentheil gestehen, daß der Barometer meiner Hoffnungen in diesem Stücke sehr tief stand.

Ich wußte zwar, daß mein Vater von seinen Eltern auch ein namhaftes Vermögen in Besitz hatte, welches er während einer langjährigen, emsigen und erfolgreichen Advokaten-Praxis bedeutend vermehrt haben mußte. Ich wußte, daß mein Vater mich zum Geschäftstheilhaber annehmen würde. Aber was war dies Alles? War es denkbar, daß der Doctor Archenheim sich damit begnügen würde, seine Tochter als die Gattin eines Rechtsanwaltes in einer kleinen Provinzialstadt zu sehen? Würde ich selber ein solches Opfer gebracht haben, wenn ich der Vater einer solchen Tochter gewesen wäre? Ich mußte diese Frage kühnlich verneinen, so oft ich dieselbe an mich selbst richtete. Ich verbannte daher jene jungen Hoffnungen, die hübschen Schoßkinder meiner Seele, aus meiner Brust und hielt mich selber für einen zweiten Brutus.

Ja, in der Ferne zog die düstere Wolke der Verzweiflung, der getäuschten Hoffnung für mich herauf. Ich wußte dies und war doch glücklich. Es ist so schwer, sich mit fünfundzwanzig Jahren unglücklich zu fühlen, zumal wenn man mit dem Mädchen, das man liebt, täglich in Berührung kommt. Das Bild Candida's erfüllte Tag und Nacht meine Seele, aber ich warf mich auf meine trockenen Berufs-Geschäfte mit einem Eifer, welcher meinen arbeitsamen Vater entzückte. Ach, diese einfachen Menschen von mittlerem Alter haben ja keine Ahnung von den Herzensdramen, die sich gerade unter ihren Augen zutragen! Candida's herrliches Bild schwebte mir immer zwischen den Zeilen der Prozeßakten, der Pacht- und Kaufverträge, der Vollmachten und Urkunden, mit denen ich zu thun hatte, und wenn irgend etwas die Schwalbengefühle, die mich seither in die Welt hinaus gelockt hatten, zum Schweigen brachte, so war es die unnennbare Sehnsucht und das namenlose Glück, in Candida's Nähe zu weilen.

Es war jedenfalls ein süßer angenehmer Traum, so lange er währte. Ich wurde daraus erweckt durch einen jähen Schlag, so gewaltig wie eine Kanonade, so plötzlich wie das gleichzeitige Einschlagen von Blitzstrahl und Donner, das selbst den Stärksten bis in das innerste Mark erschüttert.

Weihnachten war dicht vor der Thür und ich blickte sehnsüchtig mehreren Gesellschaften entgegen, worin Candida und ich uns treffen würden. Die düstere Wolke, welche mir in der fernen Zukunft drohte, erschien mir in dieser Zeit ferner als gewöhnlich. Meine Schwestern neckten mich mit meiner Hingebung an Fräulein Archenheim, denn Schwestern pflegen bei solchen Gelegenheiten ebenso scharfblickend als von spitziger Zunge zu sein. Ich ließ mir ihre Neckerei gutmüthig gefallen, denn obschon sie mich fragten: ob ich denn glaube, daß ein angehender Anwalt in einem Provinzialstädtchen sich um die Hand einer schönen reichen Erbin bewerben könne? schien doch ihr Ton zu verrathen, daß sie meinen Fall nicht für ganz hoffnungslos ansahen, und ihre müßige Plauderei gewährte mir einigen Trost.

(Fortsetzung folgt.)

Tod des Erfinders Ericsson.

(Baltimore Wecker.)

Im Februar starb in Richland im Staate New-York der weltberühmte Ingenieur Ericsson, der Erfinder der calorischen Maschine und des Monitors, an der Wassersucht in Folge eines vor mehreren Monaten erhaltenen Hundebisses.

Er war 1803 in Vermeland, der Eisen-Region Schwedens, geboren; sein Vater war Bergwerksbesitzer und der junge Ericsson zeichnete sich schon im 10. Jahre so durch sein mechanisches Genie aus, daß Graf Platen ihn in das Ingenieur-Corps brachte und er im 12. Jahre Inspector am großen Schiffscanal Schwedens wurde, wo er 600 Mann zu commandiren hatte. Im 17. Jahre trat er in die Armee und erhielt den Auftrag, den Norden Schwedens zu vermessen. Im Jahre 1826 besuchte er England, um Studien in der Mechanik zu machen, und 1829 erhielt er den von der Liverpool und Manchester Eisenbahn-Gesellschaft ausgesetzten Preis für die beste Locomotive; die von ihm construirte machte 30 Meilen in der Stunde.

Schon früher machte er Versuche, durch welche er nachzuweisen gedachte, daß auch erhitzte und comprimirte Luft als bewegende Kraft gebraucht werden könne. Es gelang ihm endlich, eine Maschine dieser

Art herzustellen, welche einer Dampfmaschine von 10 Pferdekraft gleichkam. Im Jahre 1833 legte Ericsson der wissenschaftlichen Welt Englands seine Erfindung — die calorische Maschine, bei welcher das bewegende Medium erhitzte atmosphärische Luft ist — vor. Die Erfindung erregte großes Aufsehen, doch verzögerte die ungünstige Meinung, welche einzelne hervorragende Fachmänner von derselben hegten, ihren Erfolg außerordentlich.

Der nie rastende Erfindungsgeist Ericsson's warf sich jetzt auf Schraubenpropellers. Trotz dem Erfolge seines Modellschiffes von nur 40 Fuß Länge, das 10 Meilen in der Stunde machte und Schooner von 140 Fuß Länge die Themse hinaufschleppte, fand die Erfindung keine Anerkennung bei den Ingenieuren und die englische Admiralität zeigte sich gleichgiltig dagegen. Er wandte sich nach Amerika; Francis B. Ogden, amerikanischer Consul zu Liverpool, und Commodore Robert F. Stockton empfahlen seinen Schrauben-Apparat der Regierung der Vereinigten Staaten, 1839 kam er nach New-York und 1841 baute er den Kriegsdampfer Princeton, der von Kennern als ein vorzüglich construirtes Kriegsschiff gepriesen wurde. Die Regierung der Vereinigten Staaten aber hat ihm niemals seine darauf verwendeten Kosten und seine Zeit und Mühe vergütet. Inzwischen suchte er seine calorische Maschine zu vervollkommnen und brachte sie 1853 auf dem großen Schiff Ericsson von 2000 Tonnen an. Es zeigte sich jedoch, daß die Maschine nicht kräftig genug war für ein solches Seeschiff.

Die Erfindungen, welche Ericsson im Laufe der Zeit an allen möglichen Arten von Maschinen machte, sind sehr zahlreich und bedeutend. Am wichtigsten und großartigsten ist aber seine Erfindung des Monitor, mit welchem er in dem Moment auf dem Kriegsschauplatze erschien, wo die Rebellen mit ihrem Panzer-Ungethüm Merrimac zum Vorschein kamen. Mit dieser Erfindung gab er dem ganzen Kriegsschiffsbau eine neue Wendung. Die alten hölzernen Schiffe kamen in Mißcredit und alle Seemächte der Welt construirten Panzerschiffe nach dem Muster des Monitors. Wäre Ericsson nicht schon ohnedies berühmt, die Erfindung des Monitor allein würde seinen Namen auf alle Zeiten verewigen. In den letzten Jahren beschäftigte er sich mit Construction einer Maschine, wobei die Concentration der Sonnenhitze die bewegende Kraft sein sollte.

Einer der größten Männer des neunzehnten Jahrhunderts ist in Ericsson dahingeschieden. Geniale und hochwichtige Erfindungen erinnern die Völker der Erde täglich an ihn; ebenso bewunderungswürdig ist sein Fleiß und seine Ausdauer; er hinterläßt der Wissenschaft und dem Erfindungsgeiste große Ideen zu weiterer Forschung und Ausführung.

Ein interessanter Fund.

* Beim Abbruch des Hauses des Nadelfabrikanten Erich zu Regensburg am 26. Februar entdeckte man unter einer alten Wendeltreppe eine Nische, welche wahrscheinlich in der Schwedenzeit dort eingemauert worden und in welcher sich folgende Gegenstände befanden: 1. Ein silberner Pokal, vergoldet, 16½" hoch, auf seiner ganzen Oberfläche mit reicher Renaissance-Ornamentik getrieben, mit einem Deckel auf dem ein Ritter, der einen Schild hält und auf welchem die Buchstaben B. K. und ein Wappen, in dessen Feld ein springender Löwe, sich befindet. Gewicht 30¼ Loth. 2. Ein Pokal, in Form einer Ananasfrucht mit hochgestelltem Fuße, daran ein zierliches an 3 Seiten sich gliederndes Thierornament als Schmuck des Knaufs. Die Spitze des Pokals krönt die fein in Silber gearbeitete Blüthe. Die Höhe sammt Deckel beträgt 14¾", das Gewicht 39½ Loth. 3. Eine silberne Kanne von 12" Höhe; auf derselben befindet sich das Wappen des Wilhelm Käser und die Jahreszahl 1590. Der flache Deckel zeigt einen s. g. Ferdinand-Thaler eingelassen v. J. 1541. 4. Ein silber-vergoldeter Pokal; auf der Schale getrieben und geziert mit 4 männlichen Figuren; der Deckel hat eine Figur (Landsknecht, welcher in der rechten Hand einen Schlegel zeigt, in der linken einen glatten Wappenschild). Höhe 12", Zeit: Ende des 16. Jahrhunderts. 5. Eine Tafelzierde in Form einer Galeere (Schiffchen) mit gebauschten Segeln und Schiffstauen, darin bewaffnete Bemannung, stellenweise emaillirt. Der Fuß zeigt in seiner Ornamentik das Meer, verschiedene Fische 2c. Höhe 14". 6. Ein silbervergold. Pokal mit einer Schale mit 6 getriebenen Buckeln. Die Ornamentik weist auf den Anfang des 16. Jahrhunderts. Höhe 7½". Deckel fehlt. 7. Eine silber-verg. Kanne, 8" hoch. Die einfach getriebenen Ornamente weisen das Gefäß ins 17. Jahrhundert. Das Silberzeichen ist M. G. 8. und 9. Zwei 7" hohe silb.-vergold. Becher in Pokalform. Die Ornamente gehören dem Ende des 16. Jahrhunderts an. Ein Deckelschluß haben diese Gefäße nicht, wie der verzierte Rand beweist. 10. Ein Pokal, silb.-verg. mit reich getriebener Kuppe, die Pressung zeigt das Regensb.-Wappen, den Schaft zieren 4 zierlich gravirte Häuschen. Zeit: Ende des 16. Jahrhunderts. 11. Ein kleiner Pokal in sechs Ecken gelegt und in Buckeln getrieben mit einem Deckel, silbern, theilweise mit Blumen. Auf demselben befindet sich der Buchstabe N. als Silberzeichen. Zeit: die II. Hälfte des 16. Jahrhunderts. 12. Eine Kanne, silb.-verg., im Gewichte — wie auf dem Boden derselben angegeben — 4½ Mark, und aus Regensburg stammend. Auf dem Deckel ein lanzentragender römischer Kriegsmann mit glattem Schilde. Höhe 8". 13. Eine ähnliche Kanne von einfacher Form, silb.-verg. Das Gepräge zeigt die Buchstaben M. B. 14. Eine kleine Kanne, silb.-verg., angeblich 1 Mark 12 Loth wiegend, von dem nämlichen Meister, ganz mit getriebener Renaissance-Ornamentik bedeckt. Höhe 8". Zeit: II. Hälfte des 16. Jahrhunderts, nach dem Gepräge in Augsburg gefertigt. 15. und 16. Ein kleiner Doppel-Pokal in Form von Kelchen, silb.-verg. und in Augsburg gefertigt. 17. Ein Trinkbecher; eine Dame hält mit erhobenen Armen das kleinere bewegliche Becherchen, der größere Trinkbecher selbst zeigt in seinen Ornamenten auf die Zeit des späteren 16. Jahrhunderts, das Gepräge zeigt auf Augsburg. 18. Ein Salzfäßchen in Dreieckform — angeblich 11 Loth — das Gepräge zeigt das Regensburger Wappen, die Handhabe bildet ein silbern Figürchen, in dessen rechter Hand jedoch die Standarte fehlt. 19. Eine kleine Kanne. Die Ornamentik und das Gepräge weist auf die Entstehung dieses 3" hohen Gefäßes Augsburg zu. Auf dem Boden steht die Inschrift: Ursula der Goll Kandl nebst Wappen. 20. Ein Becherchen aus gespaltenem Weichselholz mit silbernen Reifen. 21. und 22. Zwei halbe Dutzend silberne Löffel ohne Ornamentik. 23. und 24. Zwei dergl. mit zierlichen Handhaben und stellenweise Gravirungen. Zeit: II. Hälfte des 16. Jahrhunderts. Das Gepräge ist das Regensburger Wappen. 25. 14 hölzerne Löffel mit silbernen Stielen, auf deren schildartigen Enden die Hausmarken der früheren Eigenthümer sich befinden. 26. und 27. Zwei halbe Dutzend Löffelchen von Buxbaum mit silbernen Stielen, welche in Landsknechte enden und deren Schildchen die Buchstaben A. W. zeigen. 28. Sechs Löffel von Buxbaumholz, mit silbernen in gothischen Figuren endenden Stielen. 29. Drei beinerne Löffel mit einfach silbernen Handhaben. 30. Ein halbes Dutzend silberne Löffel mit

Regensburger Gepräge. Auf den Löffeln befindet sich das Wappen der Kändl von Siebenfeld und die Jahrzahl 1607. 31. Ein silberner Löffel, mit Regensburger Gepräge, mit stellenweisen Gravirungen und den Buchstaben G. H. 32. Ein silb.-vergoldetes Besteck, bestehend aus Löffel, Messer und Gabel mit dem Wappen der Familie Frhr. v. Freyberg und der Jahreszahl 1625. Das Ganze steckt in einem ledergepreßten Futterale. 33. Ein damascirtes Doppelmesser in ledergepreßter Scheide. Die Ornamentik weist auf orientalischen Ursprung. 34. Ein silbernes Ehegehänge, bestehend in Gabel, Messer und Streicher. Die silberne Ornamentik der Lederscheide weist auf den Anfang des 17. Jahrhunderts. 35. Eines dergl. Die silbernen Ornamente sind hier getriebene Arbeit und stellen Lauten spielende Mädchen und dergl. dar. Besonders zierlich ist das Ledergepräge. 36. Eines dergl. mit zwei Messern. Die Fassung der Lederscheide gehört ins 17. Jahrhundert und hat ihren Ursprung in Regensburg. 37., 38. und 39. Drei Gürteltäschchen von Leder mit silbernen Bügeln und besetzt mit silberdurchbrochenen Nadeln — dazu der lederne mit Silber verzierte Gürtel. 40. Ein Silbergürtel mit schön gearbeiteten Ketten und getriebenem Schließstück. Regensburger Arbeit. 41. Eine Börse mit Golddraht und kleinen Perlen. 42. Ein Sernettelband in Silberdraht und Seide in Form eines Blumenkranzes. 43. Sechs silberne Löffelstielchen mit Monogrammen. 44. Ein kleines Gehänge von fünf Bernsteinkugeln. 45. Ein Siegelstöckchen von Silber mit elfenbeinernem Griff und den Buchstaben G. K. 46. Zwei Schuld-Urkunden der Churpf. Landschafts-Commissäre von 1611 und 1616 auf den Namen Caspar Stocherer lautend. (Auf Pergament mit Siegeln in Holzkapseln.) 47. Sieben Kaufbriefe auf Pergament auf die Behausung Lit. F Nro. 6, das Eck am Markt zum Engel genannt, vom Ende des 16. bis Drittel des 17. Jahrhunderts. 48. Vier Kaufbriefe auf Pergament über das Eckhaus D 72 am Römling in Regensburg aus dem 16. Jahrhundert.

---

*Preisaufgabe.

I.

In nachfolgender Schilderung sollen die durch Striche bezeichneten Auslassungen durch Worte ergänzt werden, welche im Verlauf der Erzählung einen deutlichen Sinn geben. Sämmtliche einzufügende Worte müssen jedoch pfälzische Ortsnamen sein. Jeder Strich gilt für eine Silbe.

Vor einigen Jahren wanderte ich im Frühling auf einer Fußtour im bayerischen Gebirg durch einen alten, dunklen —, einen lang gedehnten Tannenwald. Das — des Abendhimmels erstrahlte durch das Gezweig, kaum hörbar knisterten die abgefallenen Nadeln und der — unter meinen Tritten, nur oben in den Wipfeln flüsterte geheimnißvoll der Abendwind, sonst herrschte überall — —. Andachtsvoll schritt ich weiter den stillen Wald hinein, wie in einem weiten — mit grüner Decke; bald gelangte ich in ein liebliches Waldthal, frische Wiesen dehnten sich um einen — — —, über welchen — — — führten, aus Baumstämmen gezimmert. Ich schritt hinüber, dann dem Gewässer entlang bis ich weiter unten im Forste an seine Mündung gelangte; vor mir lag jetzt ein stiller, mit Gebüsch umsäumter — —.*) In kurzer Entfernung stand auf einer ebenen Fläche ein Häuschen, von zwei — — überschattet, an denen sich, von sorglicher Hand gepflegt, blaublühende — — — emporrankten. Weiter gegen den See hin vernahm ich Stimmen fröhlicher Knaben, die sich unter Scherzen und — — im — — gebüsch ergötzten. Ich trat in das Haus, da ich Hunger und Durst verspürte. Eine freundliche Frau war eben mit der Zubereitung des Nachtessens beschäftigt; nachdem ich ihr meinen Gruß entboten und meine Bitte vorgetragen hatte, lud sie mich herzlich zu Gaste. Sie sagte mir, ihr Mann, der Förster in diesen Waldungen, sei noch im Revier draußen, er müsse jedoch bald zurückkehren. Wirklich kam bald darauf der Förster mit jungen — — und freute sich sehr, einmal wieder einen Gast beherbergen zu können, der letzte Gast sei ein Maler aus München gewesen Namens — —. „Seid mir herzlich willkommen, sagte er, Ihr müßt jedoch mit dem vorlieb nehmen, was meine Küche bietet; viel ist es nicht. Du aber, liebe Frau, bring' was Du hast, und rufe die — — —, damit wir essen können, ich habe Hunger und unser Gast gewiß auch!" Wir waren bald fertig, die Frau entfernte sich einen Augenblick und bald traten drei rothbackige Knaben zur Thüre herein. „Papa, rief der Aelteste, es sind doch was wir gefangen haben!" Der Förster und ich betrachteten die Beute, welche der Knabe gemacht hatte; es war ein großer, gelbroth gefleckter Feuersalamander, in einer Größe, wie ich sie noch nie gesehen. „Wir finden diese Thiere oft im Gebüsch, sagte der Mann, und wenn Sie in unsern Waldthälern am feuchten Moos einen großen — — —, dann können Sie fast immer ein solches Thier darunter erblicken!" Inzwischen brachte die Hausfrau das Abendessen herein, eine — suppe, gebackene Schenkel von — —, Salat und etwas Wildpret. Ich ließ es mir herrlich schmecken. Der Förster zündete bald ein Pfeifchen, ich eine Cigarre an und nun begann die Unterhaltung. Als ich sagte, daß ich aus München käme, bemerkte die Frau, daß sie früher auch einmal dort gewesen, daß sie — — — — und Thürme, der Paläste und Straßen vergesse, die sie da gesehen. Ich fragte auch nach der Forstcultur und dem Wildstand. „Der Wildstand ist groß hier und, sagte die Frau, die Leute im Thale haben sich beschwert über Wildschaden in ihrem —, und zuletzt ist meinem Manne der Auftrag geworden, sogar Geißen zu schießen; aber er schießt ungern ein — — — Mitleid mit diesen schönen Thieren hat." „So ist's, fiel der Waidmann ein, viel lieber geh' ich dem Raubzeug zu Leibe; z. B. da oben auf dem — — — einige Fuchsfamilien, da können Sie morgen am Graben mit ansehen!" So plauderten wir noch lange; ich fühlte mich so glücklich unter diesen guten, einfachen — —, fern vom — und Trug der Welt draußen und nie werde ich den Abend vergessen. Andern Tags in der Frühe verabschiedete ich mich und zog dann rüstig weiter durch den Wald, bis ich nach einigen Stunden auf die Landstraße und bald in ein hübsches Dorf gelangte. Mein Urlaub war zu Ende, zu Hause warteten meiner allerlei Beschäftigungen und liebe Briefe, deshalb trieb es mich nicht länger hinaus in die Ferne, — — — zog es mich mit starker Gewalt. Ich ging zur nächsten Bahnstation und nahm ein Billet nach München. Von hier aus besaß ich bereits ein Vergnügungszug-Retourbillet bis in die Pfalz und so gelangte ich von meiner Gebirgswanderung schnell und — — —.

*) „Weyher", weil mit y geschrieben, darf hier nicht genommen werden.

II.

Erstes Wort.

In den heil'gen Schriften ist zu lesen,
Wessen Stammes Urahn ich gewesen.

Zweites Wort.

Einen Mädchennamen will ich melden,
Aber merk! Du hörst ihn äußerst selten.

Drittes Wort.

Ein Theil des Pferdes — ja, ich kann's versichern;
Doch suche nur in Deinen Wörterbüchern.

Das Ganze.

Wie's jetzt noch steht, bin ich bestimmt, auf Erden
Ein vielgeplagter Martyrer zu werden.

Für richtige Lösung dieser zwei Aufgaben geben wir

Schiller's Werke,

sechs Prachtbände mit Goldpressung. Anonyme Einsendungen bleiben unberücksichtigt. Termin zur Einsendung 12. April.

Auflösung der Räthsel

In Nro. 31: Riemen, Riemen, Riemen.
„ „ 33: Hollunder, Hollunder.
„ „ 36: Haut, Thier, Hausthier.

Redaction von K. S. Wall, Druck der Jäger'schen Buchdruckerei in Speyer.

Palatina.

Belletristisches Beiblatt zur Pfälzer Zeitung.

Nro. 38. | Speyer, Dienstag, den 30. März | 1869.

Der Fund in der Kiste.

(Fortsetzung.)

Eines Abends im Dezember gegen 9 Uhr saß unsere ganze Familie im Wohnzimmer am Theetische beisammen, als Fräulein Archenheim ganz unerwartet in unserer Mitte erschien. Dies ging folgendermaßen zu. Mein Vater und meine Mutter spielten mit zwei Bekannten unten am Tische eine Parthie Whist. Meine Schwestern plauderten, mit ihren Arbeiten beschäftigt, bei der Abendlampe, und ich saß abseits an einem Tischchen, anscheinend in die Zeitung vertieft, aber in Wirklichkeit mit meinen Gedanken bei Candida, — als ich ein Fuhrwerk die stille Straße heraufkommen und vor unserem Hause halten hörte. Ich eilte an's Fenster, in der vagen, mir kaum selbst gestandenen Hoffnung, Doctor Archenheims kleinen hübschen Einspänner vor unserer Thüre halten und Fräulein Candida aussteigen zu sehen.

Mein Vorgefühl hatte mich nicht getäuscht: das Fuhrwerk, welches vor unserem Hause hielt, war die einspännige Droschke des Doctor Archenheim, aus welcher Candida selber ausstieg, und drei Minuten später trat diese in eigener Person, in Shawls und Pelze eingehüllt, ins Zimmer und sah ungewöhnlich bleich und verstört aus im Lichte unserer Wachskerzen, denn mein Vater hatte eine Antipathie gegen Gas, welche ich seither zu respektiren gelernt habe.

„Ei sieh da, Candida! was für eine angenehme Ueberraschung!“ rief meine Schwester Lucie. „Komm auf mein Zimmer, Liebe, und lege Deine Sachen ab. Du hast natürlich den Wagen wieder nach Hause geschickt, nicht wahr?“

„Keineswegs, meine Liebe!“ stammelte Candida in Tönen, welche von denen, die wir sonst von ihren Lippen zu hören gewohnt waren, sich wesentlich unterschieden. „Ich kann heute Abend nicht lange bleiben; Papa hat einen Freund bei sich. Ihr seht, ich bin nur im Gesellschaftsanzuge hergekommen. Ich habe mich nur unter einer Entschuldigung vom Hause entfernt, um Papa und seinen Gast den Kaffee allein nehmen zu lassen, denn mein guter Vater weiß nicht, daß ich weggegangen bin. Nur der Diener und mein Mädchen wissen darum. Ich . . . kam nur, um einige Worte mit Dir zu reden, liebe Lucie, und mir Deinen Rath in einer Angelegenheit zu erbitten, die . . . die sich ganz unerwartet in unserem Hause zugetragen hat!“

Sie war nahe daran, in Thränen auszubrechen, und ihr Kummer bewegte mich tief. Ich eilte herzu, um den Gegenstand meiner Anbetung zu trösten, als Lucie sie aus dem Zimmer schob und Bella ihnen folgte, denn meine Schwestern schienen an der Aufregung des Augenblicks Gefallen zu finden und meinen Seelenschmerz gar nicht zu bemerken. Eine halbe Stunde lang schritt ich in unaussprechlicher Seelenangst im Zimmer auf und nieder, bis die drei Mädchen wiederkehrten und Lucie, welche kein solch muthwilliges Geschöpf war, wie Schwestern gewöhnlich sind, mir zuflüsterte, sie habe von Fräulein Archenheim die Erlaubniß bekommen, mir mitzutheilen, was für eine Sorge Candida's Gemüth bewege.

„Du weißt ja mittlerweile beinahe ebenso viel von den Gesetzen verstehen, als Papa,“ sagte Lucie, „und Du kannst höchst wahrscheinlich eine Erläuterung über Candida's Lage geben.“

— „Du lieber Himmel, ich denke ja gar nicht an mich!“ sagte Candida halb weinend. „Mir selbst würde die Armuth nicht so hart erscheinen; aber Papa — er ist so sehr an Behagen und Wohlleben gewöhnt, er hat solch kostbare Liebhabereien; — ein plötzlicher Schicksalswechsel würde ihn tödten. Und nun soll er Alles verlieren, vielleicht sogar seine Bücher, wenn jenes entsetzliche Papier sich wirklich als das ausweist, was es zu sein scheint.“

„Ein plötzlicher Schicksalswechsel? — ein entsetzliches Papier?“ rief ich und bat die junge Dame, sich zusammenhängend und deutlicher auszudrücken.

Ich war mit den Familien-Verhältnissen von Fräulein Archenheim ziemlich genau bekannt. Ihr Vater, der Doctor Willibald Archenheim, hatte das Schlößchen sammt dem dazu gehörigen Gute, welches kein Majorat war, von seinem Oheim dem Rath Archenheim geerbt in Folge eines Testaments, welches der alte Herr einige Jahre vor seinem Tode und zu einer Zeit gemacht hatte, wo er mit seinem einzigen Kinde, einer Tochter, zerfallen war, weil diese gegen seinen Willen einen gewissen Herbert Farnwald, einen talentvollen Landschaftsmaler ohne Stellung und Vermögen, geheirathet hatte. Die junge Dame und ihr Gatte verschwanden beinahe unmittelbar nach der Hochzeit und übersiedelten nach Paris, wo es ihnen jedoch nicht nach Wunsch ergangen zu sein schien, denn man erfuhr später, sie seien nach Nordamerika ausgewandert, wo Fernwald Verwandte hatte. Der alte Rath Archenheim fühlte diesen Schlag schmerzlich, beobachtete ein hartnäckiges Schweigen über den Gegenstand seines Kummers; er sprach öffentlich seine Absicht aus, sein ganzes Vermögen seinem ältesten Neffen Wilibald Archenheim zu vererben und machte ein Testament in diesem Sinne, welches mein Vater verfaßt und bis zum Tode des Raths in einer Abschrift in seiner Verwahrung gehalten hatte.

Das verhängnißvolle Papier nun, welches Candida mir jetzt zeigte, war eine eigenhändige letztwillige Verordnung des alten Archenheim, erst acht Tage vor dem Tode des Erblassers aufgesetzt, an einem Tage, dessen Datum mir noch im Gedächtniß war. Diese eigenhändige Willensverordnung war unterschrieben von einem gewissen Andreas Hartmann und einem Justus Berling als Zeugen, zwei Namen, welche mir völlig unbekannt waren. Das Testament schien an keinerlei Fehler zu leiden; Text und Unterschrift waren von derselben Hand, und ich konnte keinen jener Mängel entdecken, welche es ungiltig gemacht hätten. Diese letztwillige Verordnung vermachte das Gesammtvermögen des Raths seiner Tochter Margaretha Fernwald, geborne Archenheim, oder deren rechtmäßigen Nachkommen, von welchen angenommen war, daß sie zur Zeit der Aufstellung dieser letztwilligen Verordnung irgendwo in den Vereinigten Staaten — wahrscheinlich in New-York — lebten, und speiste Candida's Vater mit einer lebenslänglichen Leibrente von 1500 Thalern ab, welche auf die in der Erbschaft vorhandenen Liegenschaften radizirt werden sollten.

Der Erblasser bat zuerst seinen Neffen um Verzeihung für diesen plötzlichen Umschlag in seinen Absichten; er fühlte seine Todesstunde herannahen, und je mehr diese näher rückte, desto mehr erweichte sich sein verbissener hartnäckiger Sinn gegen sein armes einziges Kind, und er hielt sich für verpflichtet, sein Möglichstes zu thun, um seine frühere Unfreundlichkeit wieder gut zu machen.

Dies war der ungefähre Inhalt der Urkunde, welche, soweit ich es bei dem hastigen Durchlesen in meiner Aufregung ersehen konnte, an keinem gesetzlichen Mangel litt.

„Und woher haben Sie dieses Dokument, Fräulein Archenheim?“ fragte ich.

— „Ei, es lag in einer Kiste voll alter Handschriften in dem Zimmer, wo mein Großonkel gestorben ist,“ erwiderte Candida. „Er war ebenfalls ein Sammler von seltenen Büchern und Handschriften, wie Papa, der ja eigentlich diese Liebhaberei von seinem Oheim mit geerbt hat, wie Sie wissen. — Ich habe dieses verhängnißvolle Papier erst heute Abend gefunden. Herr v. Loßwitz speiste heute bei Papa, und nach dem Essen begannen sie von interessanten Handschriften zu plaudern und Papa äußerte, er besitze noch eine ganze Kiste voll merkwürdiger alter Handschriften, die er noch nicht einmal genau untersucht habe und unter welchen sich auch, so viel er sich erinnere, eine handschriftliche Abhandlung von dem Wiedertäufer Karlstadt befinde. Herr v. Loßwitz war sehr begierig, dieses Manuscript zu sehen, und Papa sehr erpicht, es ihm zu zeigen; weil er aber in der letzten Zeit vielfach unpäßlich gewesen und das Nachsuchen mit einiger Anstrengung für ihn verbunden war, wie ich wußte, so bat ich Papa, er solle mich die Handschrift suchen lassen. Nach einigem Hin- und Herreden war er damit einverstanden und gab mir eine genaue Schilderung des Manuscripts und der Kiste, worin ich es finden sollte. Ich nahm mein Mädchen Philippine mit mir nach jenem schon seit langen Jahren unbewohnten Zimmer und wir beide schleppten mit einander mühsam die Dokumenten-Kiste aus dem Wandschranke hervor, wo sie seit langer Zeit unberührt gestanden haben mußte, wie an dem fingerhoch darauf liegenden Staube zu sehen war. Ich fand den Schlüssel an dem Schlüsselbunde, welchen Papa mir mitgegeben hatte, und es gelang mir nach einiger Anstrengung, die Kiste zu öffnen. Nun begann ich mein Nachsuchen, wobei mir Philippine das Licht hielt, während ich am Boden kniete, um die Handschriften zu untersuchen. . .“

„Und weiß Philippine um die Auffindung und den Inhalt dieses Papiers?“ fragte ich, auf die letztwillige Verordnung deutend, welche offen vor mir lag und von welcher ich meine Aufmerksamkeit sogar während Candida's Erzählung nicht ganz ablenken konnte.

— „Ja, Philippine weiß darum, denn in meiner ersten Bestürzung und meinem Entsetzen verrieth ich Alles,“ erwiderte Candida. „Aber Philippine ist ein herzensgutes Geschöpf und mir mit der treuesten Anhänglichkeit ergeben, und wird ohne meine Einwilligung kein Wort von dieser Entdeckung verlauten lassen. Ich besichtigte eine große Menge Handschriften und warf sie wieder in die Kiste zurück, vermochte aber von der Karlstadt'schen Abhandlung mit ihrem langen lateinischen Namen keine Spur zu finden. Ich wollte gerade die ganze Sache aufgeben, als mir die Rubrik — so nennet ihr Rechtskundigen ja, wenn ich nicht irre, die Aufschrift eines solchen Papiers, nicht wahr? — der gegenwärtigen Urkunde in die Augen fiel. Der Name des Oheims und die Worte: „Letztwillige Verfügung und Testament“ erregten meine Neugierde. Ich öffnete das Papier und war soeben im Begriff, es zu lesen, als die Thüre geöffnet ward und ein Ausruf Philippinens mich belehrte, daß mein Papa kam. Mein langes Ausbleiben hatte ihn beunruhigt und er seinen Freund verlassen, um nach mir zu sehen. Ich warf das Testament in die Kiste zurück und beantwortete Papa's Fragen so ruhig als mir irgend möglich, versicherte ihn, daß keine Handschrift von Karlstadt in der Kiste zu finden gewesen sei, und bewog ihn zu seinem Freunde zurückzukehren und mein Nichterscheinen zu entschuldigen.“

(Fortsetzung folgt.)

* Der Suez-Kanal.

Schon im Alterthum war die Wichtigkeit einer Verbindung des mittelländischen Meeres mit dem rothen Meere den handeltreibenden Völkern einleuchtend, weßhalb, wie Herodot berichtet, verschiedene Versuche zur Herstellung dieser Verbindung gemacht wurden, jedoch konnte man es bei den damaligen Arbeitsmitteln nur zu einem kleinen Kanal zwischen dem Nil und dem rothen Meere bringen. Der erste Napoleon hatte ebenfalls die Idee einer Verbindung beider Meere erfaßt und gab einigen Ingenieuren Auftrag, Vermessungen beider Wasserspiegel vorzunehmen. Das Resultat war, daß die Ingenieure berichteten, das Niveau des rothen Meeres sei um 30 F. höher als das des mittelländischen, eine Angabe, die 40 Jahre lang unangefochten geblieben, bis 1840 eine neue Untersuchung Zweifel an der Richtigkeit jenes Gutachtens begründete. 1847 stellten englische und französische Ingenieure eine neue Untersuchung an, die Linant Bey einige Jahre später vervollständigen ließ. Man gewöhnte sich daran, die Sache für ausführbar zu halten, und zur Zeit des Krimkrieges, als Frankreichs Einfluß im Orient am größten war, wurde der Vicekönig Said Pascha bewogen, an Ferdinand de Lesseps die Concession zur Anlage des Kanals zu verleihen.

Hr. v. Lesseps hat nun mit größter Ausdauer alle Schwierigkeiten überwunden und sein Name wird, wie die „Times" sagt, unter die größten Pionniere praktischer Wissenschaft, der Suezkanal aber zu den Weltwundern gezählt werden. Ganz sind die Gewässer der beiden Meere indeß noch nicht verbunden, jedoch hat die Eröffnung des Dammes, welcher die den Arbeiten nachrückenden Gewässer des Mittelmeeres von den sogenannten „bittern Seen" oder Lagunen trennte, und der am 19. d. M. durchstochen wurde, ihre hohe Bedeutung. Wie die „Times" mittheilt, ist eine Distanz von 59½ engl. Meilen beendet, und es verbleiben nur noch 14½ engl. Meilen, welche die Wasser vom rothen Meere trennen, und auch auf dieser Strecke sei, sagt sie, die Ausgrabung des Kanals der Beendigung nahe. Die „Times" ist der Ansicht, daß die nur langsam vor sich gehende Füllung der „bittern Lagunen", bis deren Wasserspiegel demjenigen des Mittelmeeres gleich sein würde, noch Monate in Anspruch nehmen werde, aber daß man den ursprünglich für die Beendigung festgesetzten Termin, die zweite Hälfte dieses Jahres, wohl werde einhalten können. Der Kanal hat eine volle Breite von 100 Meter vom Mittelmeere bis zu jenen unweit des rothen Meeres gelegenen Binnengewässern, so daß also die größten Schiffe Zugang haben. Eine Erweiterung des Wasserweges, wenn eine solche nothwendig befunden würde, bleibt natürlich späterer Unternehmung vorbehalten. Daß der Kanal als Post- und Passagierweg und zu Zwecken des Handels in Gegenständen, wie z. B. Seide und Gold sich nützlich erweisen wird, gibt man jetzt in England allgemein zu. Dagegen will man immer noch glauben, daß Segelschiffe nach Indien oder Australien diesen Weg nicht einschlagen werden. Einmal, wird gesagt, sei eine Zeitersparniß im Falle von Waaren, die großen Raum erfordern, wie Wolle, Baumwolle, Thee u. s. w., nicht von so großer Wichtigkeit. Sodann würden solche Segelschiffe auf einem langen Wege von Dampfern ins Schlepptau genommen werden müssen, wodurch die Fracht viel höher zu stehen käme, als auf dem gewöhnlichen Wege um's Cap. Ein Segel-Fahrzeug, das den letzteren Weg einschlägt, falle von Gibraltar an bald in die regelmäßigen Passatwinde, während es im Mittelmeere sich in der Region der veränderlichen Winde befinde. Im Rothen Meere sei die Schifffahrt für die Segel-Fahrzeuge überdies eine außerordentlich schwierige. Man will daher annehmen, daß der Kanal, ausgenommen für die oben bezeichneten Zwecke, keine Verwendung finde. Wohl werde, in Folge der Eröffnung desselben, der Küstenhandel zwischen Griechenland, Italien, Egypten und Arabien in kleinerm Maßstabe befördert werden; allein damit sei die Sache wohl zu Ende. Man könne daher nicht darauf rechnen, daß sich der Kanal rentire; und schließlich werde derselbe das Eigenthum der Regierungen werden, die das meiste Interesse an demselben haben. Der Mißerfolg werde den Ankauf durch die Regierungen erleichtern. Es bleibt zu erwarten, wie weit diese Anschauung den wirklichen Verhältnissen entspricht, oder aus dem unverkennbaren Widerwillen herstammt, mit dem man bisher das Unternehmen betrachtet hat, und der auch in denjenigen Aeußerungen der Presse noch durchschlägt, welche scheinbar von der wohlwollendsten Gesinnung eingegeben sind.

Auch der Einfluß, den die vorgeschlagene Eisenbahn-Verbindung zwischen Scutari und Bombay, oder das kleinere Projekt einer Eisenbahn durch Mesopotamien auf den Kanal haben würde, ist der Gegenstand der Besprechung. Die Wasser- und Eisenbahnwege stünden gewissermaßen in Mitbewerbung gegen einander. Indessen erkennt man an, daß für Güter noch eher der Kanal benutzt werden würde, da die Fracht zu Wasser natürlich billiger ist. Die Kohlen für die Maschinen der vorgeschlagenen asiatischen Eisenbahn kämen so theuer wie die für die „Peninsular and Oriental Steamers", während die ursprünglichen Kosten der Eisenbahn die der Dampfer weit überschreiten würden. Die Eisenbahn wäre allerdings täglich benutzbar, die Dampfer nur wöchentlich oder auf längere Zeitentfernung; allein man könne wohl bezweifeln, ob sich eine genügende Passagierzahl finden werde, um tägliche Züge auf jener beabsichtigten asiatischen Linie einzurichten. Immerhin wird es noch geraume Zeit dauern, bis Eisenbahnen dem Kanale Concurrenz machen; vorerst aber ist durch die Wasserstraße für den Welthandel ungeheuer viel gewonnen und England wird es zu bereuen haben, daß seine größten Staatsmänner die Sache geringschätzend aus der Hand ließen und dadurch dem französischen Einfluß in Egypten den stärksten Vorschub leisteten.

Miscellen.

Braunschweig, 29. März. In letzter Nacht ist der Hofkapellmeister Dr. Methfessel, im Hause seines Schwiegersohnes, des Pastors Würl zu Heckenbeck, gestorben. Er war am 6. October 1784 in Stadtilm, wo sein Vater Schullehrer war, geboren.

General Baron v. Jomini ist auf seiner Villa zu Passy heute gestorben. Henri Baron Jomini wurde zu Peterlingen im Waadtlande am 6. März 1779 geboren und diente bereits in einem der Schweizer-Regimenter in französischem Solde, die am 10. August 1792 aufgelöst wurden. Im Jahre 1805 erschien seine „Abhandlung über die großen militärischen Operationen", der 1806 eine „Denkschrift über die Wahrscheinlichkeit eines Krieges gegen Preußen" folgte. Während der Feldzüge von 1806 und 1807 war Jomini Chef des Generalstabes im Corps des Marschalls Ney, mit dem er 1808 auch nach Spanien ging; aber bald ward er in Folge von Streitigkeiten mit diesem in Disponibilität versetzt. 1811 aber wurde er Brigade-General und Historiograph von Frankreich, 1812 war er Gouverneur erst von Wilna und dann von Smolensk; bei dem Rückzuge aus Rußland entfaltete er große Energie. Die Schlacht bei Bautzen wurde nach französischer Ansicht durch Jomini entschieden. Wie früher mit Ney, bekam Jomini nun Händel mit Napoleon, in Folge dessen er zu den Verbündeten überging, von den Franzosen zum Tode verurtheilt, vom Kaiser Alexander aber zum General-Lieutenant und Adjutanten ernannt wurde, jedoch keinen activen Dienst bis zu Napoleon's Sturz nehmen zu wollen erklärte. Im Jahre 1815 begleitete er den russischen Czaaren nach Paris und blieb dort bis 1822, wo er wieder nach Rußland ging, um die Erziehung des Großfürsten Nikolaus zu vollenden, dessen Adjutant er wurde, als dieser den Thron bestieg. Seit 1855 lebte Jomini Anfangs in Versailles, dann in Passy. Seine Hauptwerke sind: „Die kritisch-militärische Geschichte der Revolutionskriege", „Das politische und militärische Leben Napoleon's" und „Die analytische Darstellung der hauptsächlichsten Combinationen des Krieges". Letzteres Werk hat eine Reihe von Auflagen erlebt.

Auch ein Zeichen der Zeit. Der englische Herzog von Argyle, Staatssecretär des Departements von Indien, hat gefunden, daß ein junger Mensch im Staatsdienst keine Aussichten mehr habe und gab deshalb seinen jüngsten Sohn zu einem Theehändler in der City von London in die Lehre.

Im Hotel Noailles zu Marseille ist vor einigen Tagen ein indischer Nabob abgestiegen, der sich auf der Reise nach England befindet. Der hohe Herr ist von seinem ersten und siebenten Sohn, seinem englischen Secretär Fox, einigen englischen Offizieren und zahlreichem Gefolge begleitet. Im Fremdenbuch des Hotels steht: Angekommen: Mumtazamul-Mool-Mahlimood-dem-Lah-Fureed-Cujah-Seid-Munsoor-Ali-Khan-Bahadoor-Nusratjung, Nabob der bengalischen Provinzen Behar und Orissa. Im Interesse der Gasthöfe wäre zu wünschen, daß Seine indische Herrlichkeit alle Städte Europas besuchte.

Es ist eine in Holland wie im Auslande oft bemerkte Thatsache, daß der Walfischfang, der von 1678—1778 beinahe ausschließlich in den Händen der Holländer war, während dieser Zeit angeblich von 29,000 Schiffen geübt wurde und einen Ertrag von ca. 420 Millionen Gulden abwarf, jetzt in die Hände englischer und nordamerikanischer Rheder übergegangen ist. Zuerst die Concurrenz der Engländer und Franzosen, besonders aber die Sperrung der Meere während der französischen Revolution reduzirten allmählich die Walfischflotte auf ein Minimum, so daß vor einigen Jahren der Betrieb, der einst neben dem Häringsfang die wichtigste Quelle der Wohlfahrt in den Niederlanden war, gänzlich aufgehört hat. Gegenwärtig will ein Herr Bottemanne in Rotterdam den Walfischfang bei seinen Landsleuten wieder zu neuem Leben erwecken, zumal da durch die bekannte amerikanische Erfindung der Rackettfell-Harpune die Gefahrlosigkeit wie der Erfolg dieser Jagd gegen früher beträchtlich gesteigert ist. Zum ersten Betriebe des neuen Unternehmens werden 80,000 Gulden erforderlich sein.

In Warschau hat Dr. Crimotel, wie das „Warsch. Tagbl." meldet, das untrügliche Mittel erfunden, um den wirklichen Tod von dem Scheintode zu unterscheiden. Dieses Mittel besteht in einem elektrischen Strome, welcher bei schwacher Einwirkung auf den Scheintodten die Muskeln in Bewegung setzt, bei stärkerer das Erwachen bewirkt. Auf wirkliche Todte äußert der elektrische Strom dagegen keine Wirkung.

Vom Cap der guten Hoffnung vom 2. Februar sind Berichte des Commandanten der österreichischen ostasiatischen Expedition, Contre-Admirals Frhr. v. Petz, eingetroffen, nach welcher die beiden Kriegsschiffe „Donau" und „Friedrich" glücklich dort eingelaufen waren und spätestens am 15. Februar die Fahrt nach Singapore fortsetzen sollten. (Die Schiffe haben am 16. Februar wieder die Anker gelichtet.) Nach einem Telegramm aus Ceylon vom 19. März waren Ministerialrath v. Scherzer und Legationsrath Baron Herbert einige Tage vorher in Singapore glücklich angekommen, um daselbst die Expedition zu erwarten.

Der Berner „Bund" vom 25. d. M. schreibt: Dreißig italienische Arbeiter wollten, von Domo d'Ossola kommend, am letzten Samstag Abend den Simplon passiren. Bis zur Kaltwasser-Galerie ging die beschwerliche Reise gut von Statten; von dort nahmen sie zwei Straßenwärter als Führer mit. Aber sie waren noch nicht weit gekommen, als plötzlich eine ungeheure Lawine auf sie herunterstürzte und alle 32 Mann unter ihren Schneemassen begrub. Zwanzig von den Italienern gelang es, sich zu retten, die übrigen zwölf, darunter die beiden Straßenwärter liegen an der Unglücksstätte begraben.

Logogriph.

Gar oftmals hört man mich vergleichen
Mit London, Wien, Paris, Berlin.
Setz'st Du mir vor ein anderes Zeichen,
So lauf' ich unter'm Meere hin.

Wirst Du dies Zeichen wieder tauschen,
So loh'n ich freundlich Dein Bemüh'n;
Du kannst dann meinen Worten lauschen
Und weise Lehren daraus zieh'n.

Veränderst Du zum dritten Male
Das Zeichen, das den Anfang macht,
So gibst Du Ausdruck dem Gemahle,
Der erstes Leben Dir gebracht.

Willst Du's zum vierten Mal probiren,
So zeigt sich Dir ein Instrument,
Das kannst in Wies' und Feld Du führen,
Bei Tisch, am Ofen, wenn es brennt.

Läßt Du dies Zeichen gänzlich schwinden,
So wirst zu Deinem Herzeleid
Du in der heil'gen Schrift mich finden
Und an des ersten Ludwig's Zeit.

Redaction von A. K. Wolf, Druck der Jäger'schen Druckerei in Speyer.

Palatina.

Belletristisches Beiblatt zur Pfälzer Zeitung.

Nro. 39. Speyer, Donnerstag, den 1. April 1869.

* Wiedersehen.

An Cl. M.

Zum Dörflein kam ich wieder waldumschlungen,
Wo ich inmitten meiner kleinen Schaar
Im Walde spielend selbst ein Kind noch war
Und kindesfroh so manches Lied gesungen.

Das Wiederseh'n, wie hat's das Herz durchklungen!
In weichem Weh zerfloß es ganz und gar;
Ein Heiligthum bot jede Stätte dar,
Voll lieber, theurer Erinnerungen!

So Vieles hatte, seit ich weg gegangen,
Sich anders, schmerzlich anders, ach, gestaltet —
Ich sah empor mit weinendem Verlangen:

O Heimat, die nicht wechselt noch veraltet,
Wird denn dein Vaterarm mich bald umfangen,
Wo Spiel und Lied der ew'gen Jugend waltet!

L. Maurer.

Der Fund in der Kiste.

(Fortsetzung.)

„Ich nahm meine Zuflucht zu der beliebten Entschuldigung der Mädchen und schützte Kopfweh vor, um nicht in das Speisezimmer zurückkehren zu müssen, schickte dann Philippine sogleich in den Stall um mir die Droschke einspannen zu lassen, und hatte keinen andern Gedanken mehr, als mit diesem verhängnißvollen Papiere hierher zu eilen. — Und nun sagen Sie mir, mein lieber Freund, hat dieses Testament wirklich etwas zu bedeuten und wird es Papa zu Armuth und Beschränkung verurtheilen? Ich kann mich nämlich der Befürchtung nicht entschlagen, daß mein Vater keine sonderliche Ordnung in seiner Vermögensverwaltung hält und daß er schon einen namhaften Theil seines Vermögens an seine Bücher verschwendet und sein Besitzthum entwerthet hat. Und bitte, sagen Sie mir offen, muß er nicht das ganze Vermögen des Großonkels zurückgeben, falls dieses Papier giltig und bindend ist?"

Wie vermochte ich ihr bündig zu antworten, so lange sie mich mit einem solchen schreckensbleichen, angsterfüllten Antlitz anstarrte, voll Befürchtungen nicht ihrer selbst wegen — ich zweifle, ob sie auch nur ahnte, daß ihre eigenen Interessen dabei auf dem Spiel standen, — sondern um ihres Vaters willen, den sie so sehr liebte! Ich konnte ihr jedoch nicht vorenthalten, daß nach meiner innigsten Ueberzeugung das Testament ein giltiges, anscheinend unbemängeltes sei.

„So muß ich es also dem Papa übergeben?" sagte sie wehmüthig. „Es wäre ein Vergehen, wenn ich es auch nur einen einzigen Tag lang versteckt halten wollte, nachdem ich weiß, was für Pflichten es uns auferlegt. Und Papa muß von dem „Schlößchen" abziehen und ein ganz neues Leben beginnen — ich bin zwar überzeugt, daß er das Opfer tapfer bringen wird; aber ich fürchte, es wird ihm gleichwohl das Herz brechen; er hängt so sehr an dem alten Schloß und seinem Garten." — Und dann dachte sie nachgerade an die Leute, welche bei dem neuentdeckten Testament interessirt waren. „Ich bin begierig, wo meine arme Cousine zu finden ist," fuhr sie fort; „es sind nahezu neunzehn Jahre seit dem Tode meines Großonkels vergangen, und Base Margareth war damals schon eine Reihe von Jahren verheirathet und nach Amerika gegangen. Sie hat meines Wissens niemals an einen ihrer Verwandten in Deutschland geschrieben. Papa erzählte mir, er habe sich nach dem Tode des Großonkels viele Mühe gegeben, Margarethen ausfindig zu machen, um sie zu unterstützen, allein er suchte sich vergebens Nachrichten von ihr zu verschaffen. Und nun gehört alles ihr und wenn sie zurückkommt, wird sie meinen armen Vater aus seinem Heimwesen verjagen und nie erfahren haben, wie freundlich er gegen sie gesinnt gewesen war!"

Ich fragte Fräulein Archenheim, ob sie mir das Testament bis zum andern Morgen in Verwahrung geben wolle, und sie behändigte mir die Urkunde mit dem holdesten zutraulichsten Lächeln.

„Thun Sie damit ganz nach Ihrem Gewissen und Gutdünken," sprach sie; „ich bin ja überzeugt, daß Sie nur gerecht und ehrenhaft handeln können. Finden Sie das Testament für wirklich giltig, dann kommen Sie gefälligst morgen Vormittag hinaus zu uns auf das Schlößchen und wir beide wollen dann unter uns dem armen Papa die schreckliche Nachricht schonend beibringen!"

Und so schieden wir denn; ich führte sie am Arme nach ihrer hübschen kleinen Droschke hinunter und hielt diesmal ihre liebe kleine Hand etwas länger als gewöhnlich in der meinigen, als ich ihr gute Nacht bot.

„Wenn es je mit Ihnen dahin kommen sollte, daß Sie arm werden, Fräulein Candida, so werden Sie wenigstens erfahren, wie innig Sie geliebt werden,“ flüsterte ich ihr wider Willen zu und nannte sie zum ersten Mal bei ihrem Taufnamen, wobei ich fühlte, wie ich in der Dunkelheit erröthete, sie aber verwies es mir nicht.

Als Candida fort war, ging ich ins Bureau, zündete die Lampe auf Papa's Schreibtisch an und wartete, bis er wieder herunter kam. Gegen 10 Uhr erschien er, ganz erfreut über das Spiel, das er gewonnen hatte, und war etwas erstaunt über die ernste feierliche Weise, womit ich ihm die letztwillige Verordnung des Raths Archenheim zur Prüfung vorlegte und ihn um seine Ansicht über dieselbe bat.

Mein Vater theilte ganz meine Ansicht, daß das Testament an keinen sichtbaren Mängeln leide. Er erinnerte sich noch gut der Namen der beiden Zeugen, alter beschränkter Dienstleute des Testators, die schon längst gestorben waren.

„Wären die beiden alten Bursche nicht ganz ausnahmsweise dumm gewesen, so würden sie irgend etwas gethan haben, um die Durchführung des Testaments ihres Brodherren zu veranlassen,“ sagte mein Vater. „Aber es ist, beiläufig gesagt, auch sehr möglich, daß der alte Rath sie gar nicht mit der Beschaffenheit des Testaments bekannt machte, welches sie attestirten. Manche Leute sind so verhängnißvoll vorsichtig.“

Das Ergebniß meiner Unterredung mit dem Vater war, daß ich am andern Morgen ziemlich frühe auf dem Schlößchen erschien, mit dem leidigen Dokument in meiner Tasche. Sobald der Diener mich eingelassen hatte, kam Candida in einem einfachen reizenden Morgenkleide aus ihrem Stübchen zum Vorschein. Wir blieben vor der Thüre von Doctor Archenheims Studierzimmer einige Minuten stehen und flüsterten mit einander, ehe wir eintraten, und irgend ein Zufall wollte, daß während des Flüsterns Candida's Hand in der meinigen blieb. Ich liebte sie so innig, ich nahm solch lebhaften Antheil an ihrem Kummer, ich freute mich so sehr über den Gedanken, daß ihre Armuth sie mir näher bringen würde, — es gährte, mit einem Worte, ein solcher Kampf der Aufregung in meiner Seele, daß es gewiß verzeihlich war, wenn ich in dieser furchtbaren Krisis Fräulein Archenheims Hand loszulassen vergaß.

Wir traten in das Studierzimmer des Doctors, das ganz vornehmlich nach Juchten und alten Büchern roch, und theilten ihm unter uns das Erforderliche mit, wobei Candida vor dem Stuhl ihres Vaters kniete und die hagere weiße Hand liebkoste, welche kraftlos an seiner Seite herabhing, während wir ihm die erschütternde Kunde mittheilten. Ich sah niemals Jemand schwächer und hilfloser, als sich der Doctor bei dieser Gelegenheit erwies, denn dieser Schicksalsschlag schmetterte ihn zu Boden.

„Ich fürchte, ich habe das Gut und das Vermögen sehr heruntergebracht, mein junger Freund,“ äußerte er gegen mich. „Die Liebhabereien eines Bücherwurms sind kostspielig wie Sie wissen, und da ich mich für einen reichen Mann hielt, so hab' ich mir keinerlei Schranken gesetzt. Ich wage kaum, Ihnen die Summe zu nennen, welche ich für meinen Decameron mit dem dritten Bande gegeben habe. Auch habe ich mir den vollständigen Fischart und die Original-Ausgaben von Shakspeare ein Sündengeld kosten lassen. Ich könnte allerdings meine Bücher im schlimmsten Fall verkaufen, aber es würde mir wehe thun, mich von denselben zu trennen. Dabei schaute er sich mit einem tiefen Seufzer unter seinen alten Folio- und Quartbänden um.

„Es ist ja noch gar nicht nöthig, an die Veräußerung Ihrer Bibliothek zu denken, Herr Doctor,“ sagte ich heiter. „Mein Vater und ich sind zwar geneigt, das Testament für unanfechtbar zu halten, aber es ist ja erst noch zu ermitteln, ob noch irgend Jemand am Leben ist, welcher Vortheil daraus ziehen könnte!“

Dies war ein neuer Gesichtspunkt in der Angelegenheit, aber er flößte Candida und ihrem Vater keine große Hoffnung ein.

„Meine Base war um mindestens zwölf Jahre jünger als ich,“ versetzte der Doctor. „Margarethe hat frühe geheirathet und vermuthlich eine starke Familie hinterlassen, falls sie selber nicht mehr am Leben sein sollte.“

„Das Gesetz hat es nur mit Thatsachen zu thun, wie Sie sehen, Herr Doctor,“ erwiderte ich mit ungeminderter Heiterkeit, denn für mich war es ja in der That sehr leicht, diesen lebhaften und tröstlichen Ton anzuschlagen, weil mir das Herz im Leib hüpfte. Ich wußte nämlich, daß Candida mich liebte; einige wenige Stunden der Angst und Sorge um ihre Familie hatten mich in ihrer Neigung weiter gebracht, als ganze anderthalb Jahre des gemeinsamen Singens, Musicirens und Vorlesens.

(Schluß folgt.)

Der Kanarienvogel.

Von Wilhelm Marr.

Die Heimath dieses niedlichen Sängers, den wir bei uns fast in jedem Hause finden, sind, wie schon sein Name sagt, die kanarischen Inseln, die von den Alten die glücklichen genannt wurden. Hier und besonders auf Madeira sind sie auf den Feldern und in den Gärten so gemein, wie bei uns der Spatz, mit dem sie übrigens nahe verwandt sind, denn beide gehören der Familie der Finken an. Daheim aber trägt der Eilandsperling ein anderes Gewand als seine Vettern, die bei uns seit dem 16. Jahrhundert bekannt und durch die Zucht mannigfache Abänderungen ihres Farbenkleides erhalten haben. Nach A. v. Humboldt, der in der Nähe der Stadt Orotava auf Teneriffa ganze Schaaren dieser Vögel antraf, sind sie fast grün, nur einige zeigen einen gelben Schimmer auf dem Rücken. Auch darin haben sie mit unserem Spatz große Aehnlichkeit, daß sie durchaus nicht scheu sind. Sie nisten hier in Sträuchern und auf Bäumen und erfüllen den größten Theil des Jahres — 9 Monate lang — die Luft und die dunkeln Haine mit ihrem Gesang, der bei weitem angenehmer ist als der unserer armen Gefangenen; wer ihn gehört, bekundet, daß den jubelnden Tönen des seiner Freiheit sich erfreuenden Sängers nichts anderes gleich kommt. Jeder Flug und, wie es scheint, jede Brut hat hier ihren eigenen Gesang.

Die Spanier, als sie die kanarischen Inseln in Besitz nahmen, wurden von den lieblichen Tönen des kleinen Sängers förmlich bezaubert, aber zugleich wurde dadurch die kaufmännische Spekulation in ihnen erweckt. Man berechnete sofort den Nutzen, den man aus dem Sange und dem Verkauf des niedlichen Vogels ziehen könne. Und man hatte sich nicht verrechnet, denn überall in Europa errangen sich die Zuckervögel, wie sie damals genannt wurden, sofort die Gunst der Frauen. Da man damals mit den Lebensgewohnheiten dieser Vögelchen noch wenig bekannt war, hatten ihre Wartung und Aufzucht in Europa mit großer Schwierigkeit zu kämpfen, wodurch der Gewinn der Spanier, die lange Zeit im ausschließlichen Besitz dieses einträglichen Handels waren, wesentlich vergrößert wurde, zumal sie ja schlau waren, nur Männchen nach Europa zu bringen. Uebrigens waren die lieblichen Sänger so theuer, daß sie nur von reichen Leuten gekauft werden konnten.

Eine Aenderung trat aber ein, als im Jahre 1650 ein nach Livorno bestimmtes Schiff, das einige Tausende von Kanarienvögel an Bord hatte, dicht in der Nähe seines Zieles, an der italienischen Küste, Schiffbruch litt. Durch diesen Unfall erlangten die Gefangenen ihre Freiheit wieder; lustig flatterten sie fort und ließen sich als freie Ansiedler auf der nahe gelegenen Insel Elba nieder. Hier trafen sie ein Klima, das ihnen zusagte, und so vermehrten sie sich zahlreich. Aber bald wurde der Friede der Kolonie gestört. Als die Italiener bemerkten, daß die viel begehrten Vögel hier gut fortkamen, da erwachte die Habsucht in ihnen. Man fing die Vögel weg und verkaufte sie; damit hatte das langjährige und einträgliche Monopol der Spanier ein Ende. Man findet zwar noch in vielen Naturgeschichten die Angabe, daß der Kanarienvogel noch heute auf Elba verwildert lebe, aber nach anderen Nachrichten sind die fremden Gäste dort schon längst ausgestorben. Wir wissen ja, wie sehr die Italiener selbst den viel weniger werthvollen kleinen Vögeln nachstellen und deshalb haben sie auch sicher nicht geduldet, daß die fremden Ansiedler auf jener Insel heimisch wurden.

Sobald man aus diesem Vorfall gelernt hatte, daß der für sehr zart und weichlich gehaltene Vogel sich auch auf einem fremden, nicht von der afrikanischen Sonne beschienenen Boden fortpflanze, fanden sich sehr bald zahlreiche Liebhaber, die aus der Zucht dieser Vögel ein Geschäft machten. Zuerst pflegte man diesen neuen Industriezweig besonders in Tyrol und vorzugsweise in Imbst, und in der That gab die Natur ihren Segen dazu. Die Kanarienvögel sind überaus fruchtbar; das Weibchen legt gewöhnlich 6 Eier, aber bevor noch die Jungen 14 Tage alt sind, macht es bereits wieder das Nest zurecht, so daß regelmäßig auf das Jahr 3—4 Bruten kommen. Die Tyroler verstehen sich auf den Handel; bald hatten sie sich Absatzquellen in England, Holland, Rußland, in der Türkei und selbst in Kleinasien verschafft, und überall fanden ihre gelehrigen Zöglinge einen solchen Beifall, daß Niemand, weder in Moskau noch in London, noch in dem Harem des Großsultans, mehr einen Vogel von den Spaniern kaufte, und noch bis auf den heutigen Tag steht dieser Handel in hoher Blüthe, obwohl jetzt auch im Schwarzwald, in Thüringen und auf dem Harz die Kanarienvögel zu vielen Tausenden gezüchtet werden.

Es liegt in natürlichen Umständen begründet, daß Thiere, die künstlich über ihren natürlichen Verbreitungsbezirk in nördlicher gelegene Länder verpflanzt werden, hellere Farbe annehmen und in Folge dessen ein schöneres und mannigfaltigeres Federkleid bekommen. So sind denn die bei uns gezüchteten Kanarienvögel im Laufe der Zeit, sowohl in der Färbung wie im Schlage, in zahlreichen Spielarten auseinander gegangen, zumal sie auch mit vielen anderen, jedoch ihren verwandten Gattungen, wie z. B. dem Stieglitz, unserem bunten Vogelharlekin, dem Zeisig, Lein- und Distelfink, mit denen der Kanarienvogel auch in seiner Heimath vielfach verkehrt, Grünling, Hänfling, Girlitz, Zitronenzeisig (Zitrinchen) und Gimpel, wie man minder respectvoll wegen seiner Dummheit den schön befiederten Blutfink nennt, Bastarde hervorbringen.

Wir haben schon angedeutet, daß diese zierlichen Vögel im Mittelalter vorzugsweise Lieblinge der Frauen waren. Diese Vorliebe ging so weit, daß der Kanari bald ein Stück des Sonntagsstaates der wohlhabenden Frauen und Mädchen ausmachte. Dem Zeigefinger der rechten Hand war der lebendige Schmuck ebenso unentbehrlich wie der goldene Ring; mit ihm saß die Ehewirthin an Sonn- und Festtagen in dem Erker des Staatszimmers, sich von den häuslichen Anstrengungen erholend und eifrig nach dem erwarteten Besuch ausspähend. Die ganze Sippschaft erkundigte sich dann nach dem Befinden des kleinen Lieblings, alle lobten seine Talente und überhäuften den Schäker, der gleichsam der Hahn im Korbe war und um den sich die ganze Unterhaltung drehte, mit Liebkosungen. Mit dem Kanari auf dem Finger ließen sich sogar die Frauen, sobald sie etwas gelten wollten, abmalen. Heute ist allerdings der Kanarienvogel in vielen vornehmen Häusern durch andere Fremdlinge, die ein mehr prunkendes Gefieder aufzuweisen haben und weil sie seltener sind, weil mehr kosten, verdrängt worden, um so beliebter aber ist er bei den weniger Wohlhabenden; hier erfreut man sich immer noch an seiner Zutraulichkeit und an seinem schönen Gesange, so daß er immer noch unter den Stubenvögeln, die man der Unterhaltung wegen hält, die erste Stelle einnimmt.

und das mit vollem Rechte, denn unter allen Vögeln versteht er wohl den Menschen am besten, so daß er uns ein wahrer Gesellschafter werden kann.

(Fortsetzung folgt.)

Miscellen.

Nach der letzten Volkszählung wohnt im Königreich Bayern eine Bevölkerung von 4,708,649 Seelen, also bei einer Gesammtfläche von 1377,[m] Quadratmeilen, durchschnittlich 3413 Seelen auf einer Quadratmeile. Die Pfalz ist am dichtesten bevölkert; sie hat 6580 Bewohner auf einer Quadratmeile. Auf die einzelnen Kantone vertheilt sich die Seelenzahl per □Meile wie folgt. Obenan steht 1. der Kanton Landau mit 9654 Seelen, 2. St. Ingbert mit 9370 S., 3. Speyer 9136 S., 4. Ludwigshafen 8945 S., 5. Frankenthal 8579 S., 6. Grünstadt 8555 S., 7. Edenkoben 8283 S., 8. Neustadt 7190 S., 9. Germersheim 6900 S., 10. Bergzabern 6899 S., 11. Zweibrücken 6678 S., 12. Dürkheim 6161 S., 13. Lauterecken 5492 S., 14. Blieskastel 5473 S., 15. Obermoschel 5176 S., 16. Kandel 5157 S., 17. Kusel 5111 S., 18. Waldmohr 4968 S., 19. Kaiserslautern 4940 S., 20. Wolfstein 4927 S., 21. Otterberg 4922 S., 22. Homburg 4889 S., 23. Winnweiler 4835 S., 24. Kirchheimbolanden 4815 S., 25. Landstuhl 4686 S., 26. Rockenhausen 4595 S., 27. Göllheim 4254 S., 28. Hornbach 4236 S., 29. Pirmasens 4225 S., 30. Annweiler 3142 S., 31. Waldfischbach 2663 S., 32. Dahn 2240 Seelen. Die Militärbevölkerung ist nirgends mitgezählt, da sich dieselbe nicht ständig am Garnisonsorte aufhält. In ganz Oberbayern erreichen nur wenige Landgerichte eine Bevölkerung von 4000 Seelen (per Quadratmeile), kommen also noch nach dem erst unter Ziff. 29 aufgeführten Kantone Pirmasens. Im Landgerichte Werdenfels kommen nur 674 Seelen auf eine Quadratmeile. Oberbayern, welches auf 309,59 Quadratmeilen 790,137 Seelen zählt, würde eine Bevölkerung von 1,758,471 Seelen (das ist 122 Proz. mehr) haben, wenn es in demselben Verhältnisse wie die Pfalz bevölkert wäre.

Der „Morning Herald" mahnt die englische Jugend, „den Sport nicht auf Gefahr der Gesundheit auf die Spitze zu treiben". Ueberhaupt droht das Gymnastik-Wesen in England zur Unsitte zu werden und bringt etwas „Kunstreiterliches" sogar in die Universitäten und anderen Bildungs-Anstalten. Vater Jahn würde sich das Haar gerauft haben, hätte er gesehen, wie auf einem früheren Turnfeste des Londoner Deutschen Turnvereins zu dessen Entsetzen und zum Entsetzen Aller, die je als „Beweiser" grauen Drillich getragen, ein Trupp englischer Collegen aus Liverpool zum Besuche debutirte. Sie erschienen in hellen Knickerbockers und bunten Jockey-Mützen und leisteten am Reck, Barren und Schwungbrett solche haarsträubende Kunststücke, wie sie der an starke Gemüthsbewegung gewöhnte Yankee mit dem einen Worte „Niagara" charakterisirt. Man sagt deutschen Studiosen mitunter nach, „sie hielten sich nur Studirens halber auf Universitäten auf" — englische Studenten thun dies sehr oft „der Sprünge halber". Gegen sich doch die Universitäten „ältere Schüler" ab, um diese aber jene Sports-Studenten zu „trainiren". Da besitzt jetzt das Exeter-College der Universität Cambridge einen Amateur-Springer, der es auf der Universität zu einem Längen-Sprunge von 21 Fuß gebracht. Oxford dagegen sich zum Besitze eines Hammer-Schleuderers, welcher ein 16 Pfund schweres Handwerks-Utensil dieser Art 98 Fuß weit schleudert; Cambridge hat einen Ebenbürtigen, der, wie Sports-Zeitungen melden, es auf 97 Fuß 8 Zoll im Wurfe gebracht hat. Oxforder Studenten springen 5 bis $5^{1/2}$ Fuß hoch. Man wettet auch auf die Herren Studiosen und streitet sie während der freien „Vorlesung", etwa wie Grooms sich über das Muskelspiel eines Renn-Pferdes sachverständig auslassen. Es ist etwas lächerlich kitzlich.

Aus London wird berichtet: Es ist eine bekannte Sache, daß die Geistlichkeit der englischen Staatskirche ihre Kanzelreden nicht frei vorträgt, wie die Prediger der Dissentergemeinden, sondern meist vom Blatte abliest. Zahlreiche Sammlungen derartiger Vorträge sind in den Druck und Buchhandel übergegangen, daneben aber ist seit langer Zeit schon ein einträgliches und schwungvolles Geschäft mit geschriebenen Predigten getrieben worden, die durch Anzeigen in allen möglichen Zeitungen ausgeboten wurden. Neuerdings aber hat die Nachfrage so zugenommen, daß ein unternehmender Buchhändler die Geistlichkeit durch Zirkular davon in Kenntniß setzt, er werde demnächst eine nur aus Kanzelreden bestehende Wochenschrift, ausschließlich für die Geistlichkeit bestimmt, erscheinen lassen. Die Sache macht einiges Aufsehen, und der Spott dürfte eine Reaktion gegen die Pfründeninhaber erzeugen.

Vor einigen Jahren ließ eine Dame vom mittleren Alter und einigen Resten ehemaliger Anmuth, welche einige Monate in einer eleganten Wohnung auf den Boulevards auf großem Fuße gelebt hatte und sich für eine Wittwe aus den Südstaaten der amerikanischen Union ausgab, einen reichen Notar rufen, der Wittwer war, und bat ihn, ihr Testament aufzusetzen, da sie sich sehr leidend fühle. Sie verfügte nun zu Gunsten entfernter Verwandten über ein Vermögen von etwa 500,000 Franken. Der Notar belästigte die Bekanntschaft der Leidenden, die sich allmählig wieder erholte, hielt nach einiger Zeit um ihre Hand an, die er erhielt, heirathete die Dame, und fand sich nach der Hochzeit als der glückliche Gatte einer armen aber schlauen Abenteurerin. Um sich nicht lächerlich zu machen, mußte er sich lautlos in sein Schicksal ergeben.

Das Werft von Laird u. Co. in Birkenhead bei Liverpool war am Samstag Schauplatz eines interessanten Vorganges. Das eisengepanzerte Widder-Thurmschiff „Capitän" wurde aus dem Trockendock, in welchem es gebaut worden, auf's Wasser gebracht. Dasselbe ist genau nach den Plänen von Capitän Coles construirt und gilt als das Repräsentativschiff vom dessen Thurmsystem. Es ist 320 Fuß lang, 53 Fuß breit und hat einen 4000 Tonnen Gehalt. Das Hauptdeck erhebt sich nur 8 Fuß über die Wasserlinie, über demselben befindet sich jedoch noch ein Sturmdeck. Die Armatur des „Capitän" besteht aus zwei großen, durch Dampfkraft beweglichen Thürmen, mit Stückpforten für je 2—600pfündige Geschütze. Die Thürme haben 9zöllige, die Decks 1zöllige und die Seiten 8zöllige Panzerplatten, welch letztere $4^{1/2}$ Fuß unter die Wasserlinie hinunterragen. Die Leichtigkeit, mit welcher die Thürme durch die Dampfmaschinen von 900 Pferdekraft gedreht werden können, setzen den „Capitän" in Stand, ein wirksames Feuer aus nächster Nähe auf ein feindliches Schiff zu unterhalten, während er selber eine solche Stellung hat, daß die feindlichen Kugeln abgleiten, ohne viel Schaden anrichten zu können. Der Marineminister Childers wohnte der feierlichen Schiffstaufe bei.

In Beilngries hat sich bekanntlich ein Comité gebildet, das sich die Errichtung eines Denkmals für den Tondichter Gluck in dessen Geburtsort Weidenwang zur Aufgabe gemacht hat. Unser König hat demselben einen Beitrag von 400 fl. zugewendet, so daß jetzt der Fond sich bereits auf 1250 fl. beläuft. Das Zustandekommen des Werkes ist also gesichert.

Räthsel.

Mit a ein Sängerthier, kein kleines,
Gesehen habe ich noch keines.
Mit e drückt's die Gesinnung aus
An ein entthrontes Fürstenhaus,
Und mancher Mann im fernen Norden,
Ist deshalb zum „Exil" geworden.

Redaction von A. L. Woll, Druck der Jäger'schen Druckerei in Speyer.

Palatina.

Belletristisches Beiblatt zur Pfälzer Zeitung.

Nro. 40. | Speyer, Samstag, den 3. April | 1869.

Pfälzische Sagen.

I.

Walther von Spangenberg.*)

Von J. Rosenthal.

„Bei der Mühle an dem Bach
Blühen Veilchen sonst und Rosen —
Seit mein Lieb' gestorben, ach,
Blühen dort nur Herbstzeitlosen.

„An dem schwarzen Burgverließ
Schon aufstrebend wie Gedanken,
Stumm und zitternd wie mein Herz,
Seh' ich bleiches Epheu ranken.

„Wo sie mir den Freund, den holden
Hingewürgt, den süßen Meinen,
Thoren, die uns trennen wollten,
Fester wird der Tod uns einen!

„Doch der stolze Spangenberger
Sprach zu seinem Sohn im Grimme:
Wie, verdirbt der Schlachtenruf,
Söhnlein, dir die zarte Stimme?

„Kann die Hand, die Laute schlägt,
Nimmer sich zum Schwert bequemen,
Mannweib! hast du ganz verlernt
Dich zu achten — dich zu schämen?

„Zu des Feindes Tochter drüben
Willst du deinen Blick erheben?
Feiger! Du hörst auf zu lieben,
Oder du hörst auf zu leben!

„Und der blonde Walther hört
Seines Vaters strenge Worte,
Nimmt die Laute von der Wand
Und verläßt die hohe Pforte.

„An dem Erlensteine drüben
Läßt er dunkle Blicke schweben:
Herz, du hörest auf zu lieben,
Oder du hörst auf zu leben. —

„Von dem hohen Söller sah ich
Wandeln ihn in stillen Schmerzen,
Mit der Laute in dem Arme,
Mit dem Liede in dem Herzen.

„Wohin eilst du trauter Walther?
Süßes Liebchen, nach der Mühle
In den stillen Thalesgrund
Will ich zieh'n an Barbelmühle.

*) Spangenberg und Erlenstein, zwei Burgen im Elmsteiner Thale.

„Bei dem Müller will ich dienen
Unerkannt und unverweilet,
Wenn mich Jutta nur erfreut,
Wenn sie Abends bei mir weilet.

„Und in Bauern-Wamms gehüllet
Stieg er zu der Mühle nieder —
Nur des Abends bei der Laute
Fühlt er Fürstensohn sich wieder.

„Ach, das waren süße Stunden,
Wenn er mir sein Lied gesungen,
Aug' in Aug', und Brust an Brust,
Und den Arm dem Arm verschlungen.

„Und da blühten um uns her
Tausend Veilchen, tausend Rosen,
Und verschämt, das Haupt gesenkt
Sah'n sie unsrer Minne Kosen.

„Späher nahen, sie ergreifen
Ihn, sie binden ihn, sie haben
Vor dem Vater ihn geschleppt
Ihn im Burgverließ begraben.

„Und nichts hörend und nichts ahnend,
Wall' ich um des Thurmes Mauer,
Da befällt mich Angst und Weh',
Mich durchrieselt Todesschauer.

„Und wie Geisterharfe drüben
Hör' ich Sterbeklänge beben:
Herz, du hörest auf zu lieben,
Wenn du aufgehört zu leben!

„Ja! es war dein Schwanensang,
Walther! süßer Quell der Lieder!
Wie ein Traumbild stumm und bang
Wall' ich zu der Mühle nieder.

„Und verwelket an dem Bach
Waren alle meine Rosen,
Seit mein Lieb gestorben, ach,
Blühen dort nur Herbstzeitlosen." —

Der Fund in der Kiste.

(Schluß.)

Nach einiger Erörterung ward beschlossen, daß mein Vater als Bevollmächtigter des Doctor Anchenheim das aufgefundene Testament der betreffenden Gerichtsbehörde vorlegen sollte mit einer Eingabe, worin beantragt wurde, sogleich die erforderlichen Aufforderungen und Vorladungen an Margarethe Farnwald geborne Archenheim oder deren etwaige rechtmäßige Erben [illegible] erlassen, während mein Vater gleichzeitig in öffentlichen Aufforderungen eine hohe Summe demjenigen versprach, welcher [illegible] über das Ableben der genannten Erbin genügende Beweismittel beibringen könne.

„Ich glaube kaum, daß dies viel helfen würde," meinte der Doctor. „Wäre Frau Farnwald nach Deutschland zurückgekehrt, so würde sie sicher diesen Ort, ihre Heimath, die Stätte ihrer Geburt und Erziehung, besucht haben."

— „Dies erscheint mir nicht so ganz sicher," erwiderte ich. „Die Dame kann unter ganz veränderten Umständen, in hilfloser Verarmung und Verlassenheit ins Vaterland zurückgekehrt und darum zu stolz gewesen sein, sich unter solch wesentlich veränderten Glücksumständen in ihrer Heimath zu zeigen."

„Das ist auch möglich," versetzte Doctor Archenheim mit einem tiefen Seufzer.

— „Die ganze Angelegenheit steht für Sie noch gar nicht so hoffnungslos," fuhr ich fort. „Sollte keine Antwort auf die öffentliche Aufforderung eintreffen, so wird das Obergericht einen Präclusiv-Termin bestimmen und nach dessen vergeblichem Ablauf annehmen, daß die Erbin und ihre rechtmäßigen Hinterbliebenen nicht mehr am Leben sind; und ich will dann, mit Ihrer Erlaubniß, sogleich nach Amerika reisen, um entweder die betreffenden Persönlichkeiten aufzufinden oder einen genügenden Beweis für ihren Tod beizubringen."

„Wie? Sie selber wollen nach Amerika gehen?" riefen Candida und ihr Vater aus Einem Munde und sahen mich erstaunt an; ich aber beantwortete ihre erstaunten Blicke nur mit einem leichten Lächeln.

— „Heutzutage ist eine Reise über den Ocean eine Kleinigkeit, Dank den Bemühungen des norddeutschen Lloyd und der Cunard- und Inman-Linie," entgegnete ich ruhig. „Ich werde noch vor Ende Januars abreisen, und mittlerweile haben Sie Zeit genug, sich auf einen möglichen Schicksalswechsel vorzubereiten, denn in der Zwischenzeit dürfen Sie ja ganz ruhig und unbesorgt sein. Die Sachen werden sich nicht so schlimm gestalten, als Sie es befürchten."

Ich fühlte einen Muth, welcher beinahe an Verzweiflung grenzte, als ich Candida beobachtete, wie sie so neben ihrem Vater kniete und ihn mit zärtlichen Blicken und einigen halb geflüsterten Liebesworten und mit dem Streicheln ihrer lieben, schönen, weichen Hand tröstete. Ha, was würde ein Mann nicht für solch eine Frau gewagt und unternommen haben! Ich fühlte mich im Stande, nicht nur für den Unterhalt einer Frau, sondern auch eines Schwiegervaters zu sorgen, und sogar noch Geld zu verdienen, damit der alte Doctor seinem Steckenpferd nachhängen konnte.

Ehe ich an jenem Tage das Schlößchen verließ, hatten Candida und ich uns feierlich mit einander verlobt, und ein abscheulicher Diener trat mit einem vollen Kohlenkasten gerade in dem Augenblicke ins Wohnzimmer, wo mein süßes Mädchen durch die Innigkeit meiner Hingabe bis zu Thränen gerührt war. Ich fuhr beinahe aus der Haut vor Ungeduld, als der verwünschte Mensch das Feuer ganz gemächlich und gründlich wieder aufschürte, während wir, beschämt und verlegen wie ein Paar ertappte Verbrecher, wortlos da standen und nichts zu reden wußten und der unglückliche Mensch so lange an dem Ofen und Kohlenkasten herum hantirte und die Schaufel und den Schürhaken mit der größten Bedächtigkeit an Ort und Stelle legte.

„Und Sie wollen auch wirklich und ausdrücklich mich versichern, daß Sie meine Armuth nicht fürchten, Friedrich?" fragte Candida, als der abscheuliche Horcher endlich wieder weggegangen war.

— „Ich versichere Dich, mein süßes Herz, daß ich mich weit mehr vor Deinem Reichthum fürchtete," gab ich zur Antwort. „Ich würde niemals gewagt haben, mich um die Hand der schönen reichen Erbin des Schlosses Otterhofen zu bewerben; nur die Aussicht auf eine Veränderung in Deinen äußeren Verhältnissen gibt mir den Muth dazu."

Ich zweifle, ob mir jemals im Leben wieder solch glückliche Weihnachten beschieden werden dürften, wie diejenigen, welche der obigen Unterredung mit Candida folgten. Die Aufforderungen der Gerichtsbehörde und meines Vaters erschienen in mehreren der gelesensten Zeitungen, und es erfolgte darauf gar kein Lebenszeichen. Aber der Doctor Archenheim konnte kein Vertrauen fassen und rieb sich vor Sorgen beinahe auf. Candida und ich dagegen bemühten uns um die Wette, ihn zu trösten und aufzurichten und selber den Kopf oben zu behalten. Als ich ihn um die Hand seiner Tochter bat, nahm er diese Werbung mit einer schmerzlichen Resignation hin, als ob es der letzte unvermeidliche Schlag wäre, welchen die Nemesis seinem Hause zufügte.

„Ich will nicht leugnen, daß ich mir ein glänzenderes Loos für sie gedacht und gewünscht habe," murmelte er. „Aber Candida ist nun die Tochter eines armen Mannes und kann nicht allzu dankbar sein für Ihre uneigennützige Neigung."

Ich schiffte mich am 26. Januar in Bremerhaven an Bord der „Union" ein, und mein Geschäft jenseit des Oceans hielt mich bis in den Dezember hinein drüben in der neuen Welt. Mit namenloser Mühe ermittelte ich die Geschichte von Margarethe Farnwald und ihrem Gatten, sowie ihrer zwei Kinder, welche beide unvermählt gestorben waren; der eine Sohn, welcher die Eltern und den Bruder überlebt hatte, war im letzten Kriege in Folge einer schweren Verwundung umgekommen. Der Tod hatte alle Ansprüche niedergeschlagen, welche auf Grund des in der Dokumentenkiste gefundenen Testaments an die Verlassenschaft des seligen Raths Archenheim hätten gemacht werden können. Im Dezember 1865 kehrte ich wieder nach Deutschland zurück und brachte die ausreichendsten Beweismittel über den Tod der Frau Farnwald und ihrer Erben, welche alle ohne Testament gestorben waren, so daß nach deren Tode das Vermögen ohnedem an den einzigen Neffen ihres Vaters übergegangen wäre. Die beruhigende Gewißheit wegen seiner Zukunft war das Weihnachtsgeschenk, welches ich dem alten Doctor Archenheim unter den Christbaum legte.

* * *

Candida und ich traten im folgenden Frühjahr mit einander vor den Altar. Ich erbot mich aus freien Stücken großmüthig, sie ihres gegebenen Wortes entbinden zu lassen. Ihr Vater hat sich in sein Geschick ergeben und ist sogar glücklich. Künftiges Frühjahr ist in Weigel's großer Bücher-Auktion ein anderes Decameron in einer noch älteren und seltneren Ausgabe zu verkaufen, als sein eigenes Exemplar mit dem breiten Rande, auf welches er sich früher so viel zu gute gethan hat, und ob er mit größerer Angst dem Verlust seiner Tochter oder der Erwerbung jenes andern Decameron entgegensieht, ist ein Räthsel, an dessen Lösung ich mich nicht machen werde.

Wir sollen künftig bei dem Doctor im alten Schlößchen wohnen, von wo ich fortan täglich ein Viertelstündchen weit bis zu meinem Pult auf dem Bureau meines Vaters zu gehen haben werde. Die kleinen vorläufigen geschäftlichen Erörterungen zwischen meinem Vater und dem Doctor Archenheim haben die Thatsache enthüllt, daß der alte Bücherwurm schon ein bedeutendes Vermögen seinem Steckenpferde geopfert hat und gar kein reicher Mann ist. Wenn Frau Harnwald oder einer ihrer Erben noch am Leben gewesen und in die Lage gekommen wäre, das ganze ererbte Vermögen herauszufordern, so würde der alte Herr in eine sehr klägliche Lage gerathen sein.

Die guten Leute von Otterhofen glauben jedoch, ich heirathe eine sehr reiche Erbin, und wissen ohne Zweifel unter sich gar nicht genug von dem seltenen Glücke zu reden, welches ich machte.

Karl von Wilsendt.

Der Kanarienvogel.

Von Wilhelm Marr.

(Fortsetzung und Schluß.)

Der Kanarienvogel gehört zu den gelehrigsten Vögeln; an Verstand wetteifert er mit dem Storche und an Lerngeschicklichkeit mit dem Pudel. Besonders ausgezeichnet ist sein Tonsinn, wobei ihm sein gutes Gedächtniß und seine Erinnerungskraft und wohl auch seine Einbildungskraft gut zu statten kommen. Der alte ist der erste Lehrmeister der Jungen, doch lernen sie auch von ihren Genossen und selbst von anderen Singvögeln, wie z. B. der Nachtigall und der Baumlerche. Sein Nachahmungstalent geht selbst so weit, daß er auch Stückchen nach der Flöte und Orgel lernt. Wie bei den Menschen beobachtet man auch hier einen großen Unterschied. Einige Vögel lernen Alles, was sie hören, mit der größten Leichtigkeit, andere wieder, obgleich sie sich große Mühe geben, nur äußerst schwer, wieder andere sind höchst aufmerksam, und einige bekunden deutlich, daß sie nichts lernen wollen. Derselbe Unterschied macht sich auch in Bezug auf die Tonarten bemerklich; der eine Vogel lernt diese, der andere jene lieber, je nachdem sie mit seiner Gemüthsart übereinstimmen.

Hört der Kanarienvogel irgend einen andern Vogel singen oder auch nur zwitschern, so ist er gleich mit einer Antwort bei der Hand, wie die Hähne am Frühmorgen. Ebenso läßt er sich auch gleich vernehmen, wenn er in dem Zimmer sprechen hört, und zwar ist er stets der lauteste, so daß man oft vor den schmetternden Tönen des kleinen Sängers sein eigenes Wort nicht hören kann. Gebietet man ihm zu schweigen, so hält er wohl einige Augenblicke inne; wird aber das Gespräch weiter fortgesetzt, so ist der Störenfried auch gleich wieder da.

Daß der Kanarienvogel ein Gemüth besitzt, bekundet er dadurch, daß er der Liebe und auch des Hasses fähig ist. Er gewöhnt sich an die Menschen und wird so zutraulich, daß er, wenn das Fenster offen steht, sich wohl im Freien umschaut, aber doch wieder zurückkehrt; von der Freiheit weiß er allerdings nichts, da er in der Sclaverei geboren und erzogen ist; allerdings würde der Aufenthalt im Freien dem verzärtelten Vogel schwerlich gefallen.

Uebrigens schließt der Kanarienvogel nicht mit jedem Menschen eine gleich innige Freundschaft; er sieht sich seine Leute wohl an und mit vielen kann er sich durchaus nicht befreunden, ja er tritt ihnen stets höchst feindselig entgegen. Dies bekundet, daß er ein gewisses Selbstgefühl besitzt, und dieses macht er oft selbst gegen weit größere Thiere geltend. So stellt er sich z. B. selbst Hunden kühn entgegen, während er andererseits sich auch mit ihnen befreundet und mit ihnen spielt.

Trotzdem der Kanarienvogel schon an die 300 Jahre bei uns eingebürgert ist, so erinnert er dennoch täglich durch sein Betragen an seine Heimath; das heiße Blut in ihm hat sich trotz dieser langen Zeit noch nicht abgekühlt; sein Temperament ist noch ganz afrikanisch. Dies bekundet besonders die leicht zu erregende Eifersucht. Eben weil er auf seinen Gesang über die Maßen eifersüchtig ist, macht er sich sofort bemerkbar, wenn er irgend eine Stimme hört. Besonders übel vermerkt er es, wenn irgend einer seiner Genossen auch etwas kann, dann schmettert er los wie die Trompeten von Jericho, so daß Ueberschwache den Höllenlärm nicht aushalten können. Kann er seinen Nebenbuhler sehen, so macht er sich fertig zum Kampfe, streckt den Schnabel vor, hebt die Flügel und bläht sich auf, als wollte er vor Zorn und Neid schier bersten. So leicht ist die Eifersucht in dem Kanarienvogel erregt, daß sie sich selbst bei den Eltern, wenn schon sie die Jungen herzlich lieben, gegen die Kinder geltend macht, denn nur zu häufig ist das Männchen von Eifersucht gegen den Sohn erfüllt und das Weibchen gegen die Tochter, das erstere wegen des Gesanges und das letztere der Liebe wegen. Ueberhaupt ist er gegen seinesgleichen am zänkischsten; hat man zwei Kanarienvögel in Einem Bauer, so kann die geringfügigste Ursache zu den bösartigsten Kämpfen Veranlassung geben.

Daß der Kanarienvogel nicht unbedeutende geistige Fähigkeiten besitzt, gibt sich weiter durch die vielerlei Kunststücke zu erkennen, die er lernt. So muß er sich z. B. sein Futter heraufziehen, wobei er das Kettchen mit dem Schnabel faßt und, wenn er es ein Stück aufwärts gezogen hat, den Fuß darauf setzt und wieder zu zerren beginnt, bis er endlich den kleinen Wagen, der sein Futter enthält, mit dem Schnabel erreichen kann. So lange er frißt, hält er die Kette fest. Auch als Zugthier hat man ihn abgerichtet. Er wird vor einen kleinen Wagen gespannt und bewegt diesen auf Commando nach allen beliebigen Richtungen, hält an und setzt sich wieder in Bewegung, wie es eben verlangt wird. Und zuletzt muß er sich ganz allein mit Hilfe seines Schnabels des Geschirres entledigen, in das er eingespannt ist.

Der kleine Künstler bekundet auch einen nicht gewöhnlichen Muth, indem er eine kleine Kanone abschießt. Er hat also die ihm natürlich innewohnende Furcht vor dem Knall überwunden; dieser Sieg deutet auf eine nicht geringe Umwandlung seiner Natur hin. Weiter lernt der Kanarienvogel nicht allein die Spielkarten kennen, so daß er auf Geheiß die vier Könige, Damen, Buben u. s. w. aussucht, sondern selbst auch das Kartenspiel. Ja, er setzt selbst aus Buchstaben Wörter zusammen, sogar das sehr lange „Konstantinopel" oder das griechische „Papupipapos" (Urgroßvater), oder aus Zahlen große Summen, und sogar aus Noten einen Gesang. Hier wird die Summe seiner geistigen Fähigkeiten offenbar; man beobachtet ganz deutlich, wie er das Wort und die Geberde seines Lehrmeisters, ja selbst die Augensprache desselben versteht. Man beobachtet ferner, wie das Vögelchen förmlich überlegt und über die Lösung seiner Aufgabe nachdenkt. Allerdings scheint er mitunter unsicher zu sein, auch versieht er sich wohl zuweilen, so daß er einen unrechten Buchstaben oder eine unrechte Zahl mit seinem Schnabel erfassen will, aber sobald man ihn vor dem Mißgriff warnt, läßt er davon ab und wählt bald darauf das Richtige.

Sogar bis zum Sprechen kann es der Kanarienvogel bringen. Ein solcher Wundervogel ist jetzt in Berlin vorhanden. Derselbe spricht die Worte: „Wo bist Du denn, Mätzchen, mein liebes Mätzchen?" mit einer solchen Deutlichkeit, daß der Berichterstatter glaubte, sie würden nicht von dem Vogel, sondern von einem in dem Zimmer spielenden Kinde ausgesprochen.

Im Verhältniß zu seiner Größe wird das Thierchen sehr alt. Es lebt nicht, wie man zu sagen pflegt, in den Tag hinein, sondern lernt beständig, so daß es mit der Zeit geschickter und klüger wird; nur kann man ihm, wie wir gesehen haben, den Zorn, der seine Quelle in dem afrikanischen Blut hat, nicht abgewöhnen.

Oft erfolgt sein Tod ganz unerwartet. Eben noch schien er ganz munter und gesund zu sein, dann wird er plötzlich krank und in kurzer Zeit verscheidet er. Gleichsam als könnte er seinen Tod ahnen, nimmt er mit einem, halblauten Tone Abschied von dem Leben, zieht sich dann zusammen, steckt den Kopf unter einen Flügel, fällt schweigend herunter, streckt sich noch und — entflohen ist sein Leben. Wie manche Thräne ist nicht einem solchen Lieblinge nachgeweint worden!

(Fam.-Ztg.)

Miscellen.

Kaiserslautern, 31. März. Heute hielt die „Pollichia" im Saale des Casinos ihre zweite Wanderversammlung, zu der denn auch das eingeladene Publikum sich zahlreich eingestellt hatte. Nachdem der Präsident, Dr. Neumayer, die Mitglieder und Bewohner von Kaiserslautern willkommen geheißen, begann Herr Dr. Emich seinen Vortrag „über die Urgeschichte des Menschen". Kurz von der Darwin'schen Theorie ausgehend, schilderte der Vortragende an der Hand des vorliegenden archäologischen und geologischen Materials Pflanzen- und Thierwelt der ältesten Zeit, dann die verhältnißmäßig spät auftretenden Spuren des Menschen. Ob wir unsere Voreltern mit Carl Vogt nach dem geringen vorhandenen Material an Schädeln dem Affen so nahe stellen dürfen, steht dahin; jedenfalls zeigen die Geräthschaften aus Stein und Knochen schon bald eine gewisse Kunstfertigkeit, und Spuren von Grabmälern und Feuerbenutzung weisen auf frühe Entwicklung religiöser und socialer Begriffe hin. Mit der Schilderung dieser ersten Entwicklungsstufe schloß der Redner. Herr Dr. Reinsch bestieg nun die Rednerbühne und sprach „über die Pflanzenwelt im Kleinsten", indem er das Publikum mit seinen sehr eingehenden Specialstudien über eine Algenart durch Bild und Wort bekannt zu machen suchte; er endete mit einer allgemeinen Betrachtung über die Naturwissenschaften. Endlich führte Herr Dr. Neumayer in eben so gründlicher als fesselnder und anschaulicher Darstellung die Zuhörer in die neueren Theorien der Physik ein, die Abplattung der Erde vermittelst der Pendelbeobachtungen zu bestimmen. Dies früher versuchte Mittel hat sich nun als das untrüglichste herausgestellt, und dem Redner gebührt die Ehre, in der ganzen Frage, die ihre vollständige Erledigung noch nicht gefunden hat, als Forscher selbst, namentlich wegen seines Aufenthaltes in Melbourne, eine hervorragende Stelle eingenommen zu haben. Es ist nicht möglich, in Kürze auf das Thema zurückzukommen, wir bemerken nur, daß nach des Redners Versicherung in nicht allzulanger Zeit ein sicheres und richtiges Resultat zu erwarten ist, das alle die früheren Irrthümer beseitigt. Wir haben uns vor allem über die frische, lebendige Art gefreut, mit der diese doch ziemlich complicirte Frage dem Auditorium zugleich interessant und anschaulich gemacht ward. — Wären doch alle Vorträge über solche Gegenstände in diesem Geiste gehalten! So wird auch wohl Jeder mit einem angenehmen Eindruck die Versammlung verlassen haben, selbst wenn er zu Hause sein Mittagessen kalt fand. (Pf. Ztg.)

Räthsel.

(Viersilbig.)

Die beiden Ersten nennen Dir
Wohl einen uns'rer Sterne;
Er glänzt als schöne Himmelszier
In endlos weiter Ferne.

Die letzten Beiden hörest Du
Bei Hunden, Füchsen, Wölfen;
Wenn Du sie hörest in der Näh',
Sie oft sich damit helfen.

Das Ganze ist als Obstart Dir
Bekannt in manchem Garten —
Wenn Du sie hast, so kannst Du mir
So oft Du willst aufwarten.

H. J—t.

Auflösung des Logogryphs in Nr. 38:
Nabel, Fabel, Kabel, Gabel, Abel.

Redaction von A. L. Woll, Druck der Jäger'schen Druckerei in Speyer.

Palatina.

Belletristisches Beiblatt zur Pfälzer Zeitung.

Nro. 41. Speyer, Dienstag, den 6. April 1869.

Pfälzische Sagen.

II.

Rietburg.*)

Von Fr. Otte.

1.

Aus der alten Worms am Rheine
Reitet Hollands Königin,
An des treuen Dieners Seite
Nach dem Schlosse Trifels hin.

Frühling ist's; der Himmel glänzet
Sonnenhell und dunkelblau,
Munt're Vogellieder klingen
Und mit Blüthen prangt die Au.

Selig ist die junge Fürstin
Aufgewacht zu neuer Lust;
Gold'ne Frühlingsträume tauchen
Wonnig auf in ihrer Brust.

Lässig, ihrer Hand entsunken,
Hängt herab des Zelters Zaum,
Und ihr Auge weilet trunken
An der blauen Berge Saum:

„Seid gegrüßt, ihr lieben Berge,
Von dem Morgenstrahl erhellt!
Sei gegrüßt, du wunderbare,
Lenzgeschmückte Zauberwelt!

„Seid gegrüßt, ihr hellen Schlößlein,
An des Hügels grünem Rand,
Dessen Fuß die dunkle Föhre,
Der Kastanienwald umspannt.

„Weg, ihr düstern Haidebilder,
Hollands Meeresstrand und Dün'!
Schöner lebt's sich hier am Rheine,
In der Pfalz so frisch und grün."

Ruft die Fürstin und von ferne
Winket ihr der Trifels schon;
Nein, so selig war sie nimmer
Auf dem stolzen Königsthron.

Sieh, da lugt die Rietburg nieder,
Dumpf und düster wie ein Grab!
Weh, von ihrer dunklen Warte
Späht der grimme Feind herab.

*) Rietburg bei Ludwigshöhe.

2.

Niederrasselt Kett' und Brücke,
Aufgesprungen ist das Thor,
Aus des Schlosses finst'rem Raume
Stürmt ein Söldnerhaufe vor.

Hohn auf ihren blassen Lippen,
Blankes Schwert in brauner Faust!
An der Spitze ragt Graf Hermann,
Der im Schlosse droben haust.

Wilden Muthes stürzen Alle
Auf die Königin sich dar,
Reißen ihr die gold'ne Krone
Aus dem braunen Lockenhaar.

Einer faßt das Roß am Zügel,
Zerrt den Teppich ihm vom Leib,
Und ein anderer aus dem Bügel
Reißt das edle Königsweib.

Mag sie jammern, mag sie flehen,
Eisern ist des Grafen Brust!
Weh, schon liegt sie in dem Thurme,
Leichenblaß, sich unbewußt. —

Jubel nun und wilde Freude
In des Schlosses düstrem Bann,
Denn ein Weib ist ihre Beute,
Das das Schwert nicht führen kann.

Wilde Knechte, blasse Zecher
Feiern froh das Siegesmahl,
Und Graf Hermann schwingt den Becher,
Trunken hebt er sich im Saal:

„Plagt dich, König, Langeweile?
Hol' dein Weib, nun ist es Zeit!
Darfst mir grollen, doch vor Allem
Sei das Lösegeld bereit!"

3.

Finster ist die Nacht und stille,
Droben doch kein Sternlein wacht;
Horch, da wird es plötzlich rege
Und zum Tag erbleicht die Nacht.

Schwerter, Helme, Hellebarden
Tauchen aus dem Dunkel auf,
Und von hüben und von drüben
Zieht heran manch' rüst'ger Hauf.

's sind die wackern deutschen Männer
Dort aus Worms der alten Stadt;
Heute gilt's dem schlimmen Grafen,
Der das Recht verletzet hat.

Seht, die Fackeln sind geschwungen,
Roth und blutig ist der Rhein!
Und die grausen Flammenzungen
Lecken schon am alten Stein.

Thurm und Giebel rollen nieder,
Nieder sinkt das stolze Schloß.
Und in Trümmern vor den Siegern
Liegt Graf Hermann und sein Roß.

Aus des tiefsten Thurmes Grunde
Steigt die Königin herfür,
Starr, mit rothgeweinten Augen
Und beraubt der Krone Zier.

Aber trunken sinkt sie nieder
An der Retter treue Brust,
Und ihr Herz schlägt freudig wieder,
Und ihr Blick strahlt neue Lust:

„Dank euch, dank euch, wack're Männer,
Die ihr Schutz dem Fremdling beut,
Wenn der Feind im Hinterhalte
Mit dem Schwerte ihn bedräut!

Ew'ger Segen eurem Lande,
Euren Feldern, euren Au'n;
Ew'ger Segen euren Hütten,
Euren Kindern, euren Frau'n;

„Nimmer soll uns Zwiespalt scheiden!
Und der Rheinstrom sei das Band,
Das euch ungetrennlich eine,
Deutsches Land und Niederland!"

Die Hacienda del Orion.

Im August 1847 traf ein deutscher See-Offizier zu Vera-Cruz in Mexico mit dem berühmten Schilderer amerikanischer Zustände, Charles Sealsfield, zusammen. Letzterer nannte sich damals Gabriel Ferry und hatte vor, wie der Offizier auch, aus Mexico nach Europa zurückzukehren. Lange warteten beide auf eine passende Gelegenheit zur Ueberfahrt, bis endlich Ferry den Vorschlag machte, auf einem Küstenschooner, der die Rückfahrt anzutreten im Begriff war, nach Tampico zu fahren, von wo sie dann leicht nach New-Orleans kommen konnten. Zuvor jedoch beabsichtigte Ferry einen Ausflug in die Prairien zwischen Brazos und Redriver, um ein frommes Werk zu verrichten. Er hatte mehrere Jahre lang einen jungen Amerikaner in seinen Diensten gehabt, den er später einmal durch einen Messerstich beim Spiel verloren. Der Sterbende übergab seinem Herrn eine nicht unbeträchtliche Baarschaft, mit der Bitte, sie seiner Mutter zukommen zu lassen, welche in der genannten Gegend, nicht weit von der Hacienda del Orion wohnte. Ferry bedachte sich keinen Augenblick, der Erfüllung dieser Pflicht einen Zeitraum von sechs Wochen zu opfern und eine ebenso mühsame, als gefährliche Reise zu unternehmen. Der deutsche Offizier begleitete ihn und was beide auf dieser Wanderung in den Prairien erlebt, schildert der Germane im „Daheim" in nachfolgender Erzählung.

Zum erstenmal in meinem Leben wagte ich mich in das Innere unbekannter wilder Länder; seither war ja viele Jahre lang die See das Feld meiner Thaten, das schwanke Schiff meine einzige Heimat gewesen. Um so mehr erstaunte ich, als mich in der Hauptstadt von Texas ein Stück Civilisation begrüßte, welches um so überraschender, da es ein rein deutsches war. Bekanntlich hatte ein Verein rheinischer Adeligen im Anfang der vierziger Jahre ein Colonisationsproject auszuführen gesucht, das im fernen Neu-Mexico einen Staat begründen sollte, zu dessen Oberhaupt ein deutscher Fürst ersehen war. Es galt, dem monarchischen Prinzip in der neuen Welt einen wenn auch noch so kleinen, festen Sitz zu gründen, von wo aus sich dasselbe Bahn zu brechen versuchen sollte. Man war keineswegs einseitig oder ohne Rückhalt vorgegangen. Auch die französischen Orleanisten suchten gleichzeitig und wahrscheinlich in Verbindung mit dem deutschen Adelsverein, ein amerikanisches Fürstenthum zu begründen, und hatten dazu das weite, goldreiche aber menschenarme Sonora ausersehen, den nordwestlichen Staat Mexico's zwischen dem Golf von Californien und der Cordillera Sierra Madre. Ein unternehmender Abenteurer, Graf Raousset de Boulbon, war hier aufgetreten, um dem Prinzen von Joinville den Weg zu einem Throne zu ebnen, und, wie man erzählte, war es seinem Titel, seinen Manieren, seiner Kühnheit und seinem — vollen Geldbeutel gelungen, die einflußreichsten Standespersonen der Presidien Los Ures, Opposura, Arispe und Tubac für seine Pläne zu gewinnen. Er hatte sich mit einer kleinen Armee der verwegensten Waghälse umgeben, welche jemals Wald und Haide unsicher gemacht haben; canadische Waldläufer, virginische oder Kentucky-Trapper und mexicanische Halfbreeds (Metis oder Mestizen, Nachkommen von Spaniern und Indianerinnen, die gefürchtetsten Freibeuter der Savannen) bildeten deren Contingent, und einstweilen folgte mit ihr der Graf den Spuren der Büffel oder führte einen erbarmungslosen Grenzkrieg gegen die Apachen und Dickbauchs.

Die Deutschen, welche ich in Texas traf, waren der großen Mehrzahl nach junge Männer vom Mittelrhein, aus Hessen, Nassau, Frankfurt und Bayern. Und zwar gehörte die überwiegende Zahl von ihnen dem gebildeten Stande an, sie hatten die alte Welt verlassen als — Studenten! Ihre Auswanderung und Ansiedlung bildet ein sehr dunkles Blatt in der Geschichte der Culturbewegung; sie waren verlockt worden durch romantische Schilderungen und gleißende Vorspiegelungen; ein in ihrer Mitte früher wohlbekannter Forstpraktikant, ein gewisser Spieß, wenn ich nicht irre, war in Dienste des Adelsvereins getreten und aus Texas zurückgekehrt, um eine Schaar von Pionieren anzuwerben, dazu bestimmt, in einzelnen, nicht zu weit von einander entfernten Posten eine Etappenstraße zu bilden zum Schutz des Landerwerbs gegen die räuberischen, blutdürstigen Indianer. Was brauchte es mehr, als feurige Erzählungen von Kämpfen mit den Rothhäuten, von Büffeljagden und

Antilopenhetzen, in Verbindung mit der idealen Bestimmung, Wächter und Träger der deutschen Civilisation gegen Westen zu sein — um mehrere hundert junge Männer zu verlocken, dem Vaterland und ihren Lieben Valet zu sagen, um jenseits des Oceans zum größten Theile schmählich zu verkommen! Denn dies Loos war ihnen beschieden.

In San Felipe konnte anfangs kein Mensch uns Auskunft geben über Existenz und Lage einer Hacienda del Orion. Endlich glückte es meinem Genossen in einer kleinen Schenke den rechten Mann zu finden. Es war ein canadischer Voyageur oder Waldläufer, eine Menschenklasse, die sich von den amerikanischen Trappern dadurch unterscheidet, daß sie keine Fallen stellt, die Jagd blos zum Unterhalt ausübt, dagegen das Amt von Führern oder Boten übernimmt, und zwar gewöhnlich zu Fuß, während der Trapper stets beritten ist und gewöhnlich noch Packthiere mitführt. Die Waldläufer sind die zuverlässigsten erprobtesten Steuermänner der Wildniß: sie verbinden den Scharfsinn und die Schlauheit des Indianers mit dem kalten Blut, der Geistesgegenwart und der überlegenen Körperkraft eines Europäers; sie handhaben die schwere Büchse ebenso sicher, wie das Ruder im Kanoe; auf diese Weise durchwandern sie tausende von Meilen, und man trifft sie — oder vielmehr traf sie, denn die Race beginnt leider auszusterben — von den Ufern des Grande Decharge River bis zu denen des Rio Grande und darüber hinaus, vom Ohio bis zum Sacramento. Sie sind fast alle französischer Abstammung, sprechen ein französisches Patois und das Englisch-Amerikanische mit komischem Accent, verstehen aber nebenbei immer Spanisch und gewöhnlich mehrere Indianer-Idiome.

Unser aufgefundener Führer hieß Frappejuste — jedenfalls nur ein angenommener Name, aber er hörte auf keinen andern — und war ein Musterexemplar seines Standes. Ungewöhnlich lang — er stand über 6 Fuß hoch in seinen Mocassins, der indianischen Fußbekleidung von Büffelhaut — war sein ganzer Körper nur ein Geflecht von Sehnen und Muskeln, aus dem alles Ueberflüssige geschieden; sein Alter war nicht zu schätzen, er konnte ebenso gut 30 bis 50 Jahre zählen. Das schlichte braune Haar, nur über der Stirn kurz geschnitten, hing lang, nach Indianerart, auf die Schultern, das von der Sonne geröstete Gesicht bartlos nach Hinterwäldlerweise; bekleidet war der Mann mit einer Pelzmütze — trotz der Sonnenglut — einem ledernen, vielfach mit Fett und Blut besudelten Jagdhemd, und ebensolchen — mit bunten Fransen an der Außennaht verzierten Beinkleidern, bewaffnet mit einer Kentucky-Rifle — einer gezogenen Büchse, welche 10—18 Kugeln auf's Pfund schießt — so lang, wie er selbst; im Gurt trug er Kugelsack, Jagdmesser und eine Pistole; Pulverhorn, Waidtasche und Mantel vervollständigten seine Ausrüstung, mit der er ohne Besinnen Märsche antrat, vor welchen ein Kind der Civilisation sorglich wenigstens sein Testament zu machen pflegt. Dieser Mann kannte nicht blos die Hacienda del Orion, auf der er mehremal übernachtet, sondern sogar Frau Traylor, die Mutter von Ferry's verstorbenem Diener. Wir wurden bei einer Flasche Xeres, von der er nur sehr wenig Gebrauch machte, bald mit ihm Handels einig und hatten es nicht zu bereuen.

Unsere Reise nach dem Innern bot vieles Interessante, allein ich fühle mich bewogen, über ihre mancherlei Abenteuer hinwegzugehen, um nur eine ergreifende Episode daraus zu erzählen. In San Theodoro, bis wohin wir eine Art Hinterwaldpost benutzen konnten, hatten wir uns beritten gemacht auf zwar kleinen, aber muthigen und ausdauernden texanischen Mustangs, und fröhlich steuerten wir neun Tage lang die Niederungen des Sabine und des Redriver entlang. Die Jagd bot uns Lebensunterhalt vollauf; freilich trug ich selber das wenigste zur Beute bei; mußte ich oft den sicheren Schuß des Canadiers bewundern, so erfüllte mich doch mit noch höherem Staunen die eminente Geschicklichkeit Ferry's, der mit der Pistolenkugel den Truthahn vom Ast und das Prairiehuhn aus der Luft so geschickt und kaltblütig herabholte, daß Frappejuste mehr als einmal eifersüchtig wurde über die Thaten des „kleinen Gewehrs“. Abends lagerten wir entweder im Freien am Fluß, wo ein tüchtiges Rauchfeuer die „Scharfgeschütze“ der Mosquitos verscheuchen mußte, oder an einer Quelle im Urwald, wo die Thiere, statt des Grases das junge Baumlaub abweideten, oder auch einmal in der Blockhütte eines Squatters, dessen freundliche Aufnahme mit Maiskuchen, Kaffee, Syrup und geröstetem Speck wir durch Tabak und Erzählungen von der „Welt da draußen“ vergalten. Allmählich nahm die Landschaft einen andern Charakter an; wir verloren die Flüsse und Wälder, statt der letzteren traten fleckenweise kleine Gehölze von Baumwollenbäumen (Cottonwood, eine Pappel mit weißflockiger Samenwolle) auf und zwischen ihnen dehnte sich bis ins Unabsehbare die Prairie aus, bewachsen mit mannshohem, jetzt dürrem Gras, das unter den Hufen raschelte und unsere Pferde an den Beinen verwundete. Es war mir nicht entgangen, daß Ferry sowohl als Frappejuste, ohne Besprechung, plötzlich vorsichtiger ritten und umherschauten, daß beide ihre Thiere mit besonderer Sorgfalt gürteten und ihre Waffen mit ungewöhnlicher Genauigkeit in Stand setzten. Wir hatten nämlich, wenn auch noch nicht das Indianergebiet selbst, so doch dessen Nähe erreicht; wir befanden uns auf dem neutralen Boden, welcher nur zu oft schon der Schauplatz der furchtbaren Schlachten zwischen den Choctaws des rothen Flusses und den Apachen, des Rio Bravo gewesen war; wir mußten fürchten, auf eine ihrer Kriegspartien zu stoßen, und unsere Scalpe waren uns sehr lieb. Daher wagten wir auch ein paar Tage lang nicht, Feuer in unserem Lager anzuzünden, nährten uns von Cecina, in der Sonne gedörrtem Fleisch und Pinole, geröstetem Maismehl, das mit Wasser zu einem Brei angemacht wird, kurz, waren recht froh, als Frappejuste, endlich auf eine ferne Rauchsäule deutend, ausrief: „Dort liegt die Hacienda del Orion!“

Es war noch ziemlich früh am Morgen, als wir uns dem Reiseziel näherten. Weite Maisfelder, mit Zwischenpflanzungen von Bohnen, deuteten es zunächst an, dann kamen Obstbaumreihen von Orangen, Citronen, Pfirsichen, Feigen, Granaten, Maulbeeren, in deren Schatten breite Gartenbeete, dachförmig angelegt und von einem kleinen Kanal auf der First bewässert, die wuchernde Pracht südlich üppiger Vegetation entfalteten in Kürbissen, Melonen, Pasteken (Wassermelonen), Tomaten, Kichern, Kohl, Ignamen, Colocasien, Dolichosbohnen und anderen Gemüsereichthümern einer warmen Zone; dazwischen rankten sich um die Bäume gewaltige Weinreben und spannten ihre mit bernsteinfarbigen oder blauschwarzen Riesentrauben überladenen Arme gleich Guirlanden zwischen ihnen aus. Es war ein wundervoller Anblick, wenn er gleich weit entfernt war, an abendländische Cultur zu erinnern, denn diese hätte schwerlich die colossale Unkrautmasse zwischen den Nutzpflanzen geduldet; aber man sah, was die beiden Factoren, Sonne und Wasser, zu leisten vermögen auf diesem unentweihten Boden. Wo die bebauten Fluren zu Ende gingen, erhoben sich Umzäunungen aus mächtigen Baumstämmen, welche die Tummelplätze für die Heerden, eine Art Viehhöfe bildeten, in die das Vieh von der Weide eingetrieben wird. Dann kam ein vollkommen freier, von jedem Busch oder Baum sorgfältig frei gehaltener, über Büchsenschußweite breiter Platz, in dessen Mitte, schattenlos und frei, das Gebäude der Hacienda stand. Diese letztere Anordnung wird bei allen Forts oder einsamen Gehöften des Grenzlandes befolgt, um einem Feinde nicht Gelegenheit zum unbemerkten Heranschleichen oder zu Schlupfwinkeln bei einer Belagerung zu bieten.

(Fortsetzung folgt.)

Miscellen.

* Am Schlusse des Jahres 1868 befanden sich in der Pfalz mit einer Civilbevölkerung von 610,621 Civileinwohnern 1 Kreismedicinalrath, 1 dirigirender Oberarzt der Kreisirrenanstalt Klingenmünster, 31 active Bezirksärzte, 110 practische Aerzte, 25 active Militärärzte und 3 pensionirte Militärärzte, zusammen 171 zur Praxis berechtigte Aerzte.

Unter dem Titel: „der Krieg von 1866 und die Seuchenstatistik" bringt die „Augsb. Allg. Ztg." einen Aufsatz, der wieder in der schlagendsten Weise den Beweis liefert, daß die blutigen Schlachten eines Krieges auch die geringsten Opfer sind, welche der Krieg überhaupt fordert. Den „Mittheilungen aus dem Gebiete der Statistik, herausgegeben von der k. k. statistischen Centralcommission" entnimmt er eine Reihe von Ziffern über die Opfer, welche die Epidemien im Jahr 1866 in den deutschen und slavischen Provinzen Oesterreichs gefordert haben und führt den entschiedenen Nachweis, daß die Seuchen, welche das furchtbare Gefolge der Heereszüge bilden, die meisten Opfer fordern. Während im Jahr 1865 nur 422 Personen an der Cholera starben und 10,283 an Epidemien und der Cholera zusammen gestorben sind, forderte das Kriegsjahr 1866 die furchtbare Zahl von 186,711 Opfern, von denen 165,272 der Cholera erlegen sind. Aus den einzelnen Ziffern geht aber ferner hervor, daß gerade die Provinzen, in welchen die Heereszüge sich entfalteten, (Oesterreich unter der Enns, Böhmen, Mähren, Galizien und die Bukowina) auch am schwersten durch die Seuchen und besonders durch die Cholera betroffen wurden. — Und nicht dort, wo die feindlichen Armeen unmittelbar auf einander stoßen, sind die epidemischen Krankheiten am stärksten aufgetreten, sondern in den Kreisen, durch welche der Vor- und Rückmarsch stattfand, woselbst die Heeresmassen am längsten weilten. In Ungarn sind 1866 an der Cholera allein 69,628 Personen gestorben, in der österreichisch-ungarischen Monarchie sind also allein der Cholera 235,000 Menschen erlegen. Eine Viertelmillion ist in Oesterreich den Kriegsseuchen überhaupt zum Opfer gefallen in einem Jahre, welches mit weniger Ausnahmen günstigen Nahrungszustand durch Ernten hatte. Die Zahl der Erkrankten war mindestens doppelt so groß als die der Gestorbenen. Der beherzigenswerthe Aufsatz schließt mit folgenden Worten: „Welche Summe von Leiden, von zerstörtem Lebensglück und von Familienglück, von Verlust an Arbeitskraft und Erziehungswerth verschließen diese Ziffern! Der Kirche, die das Ohr der Mächtigen der Erde hat, empfehlen wir dieses Material zur Geltendmachung in allen Hoflagern Europas. Die Nationalökonomie wird, wenn sie nach dem Vorgang eines Thünen, Engel, Wittstein und Anderer, den Werth der hier vernichteten Menschenkraft berechnen will, eine enorme Summe zu verzeichnen haben, die nicht in dem großen Buch der Staatsschuld erscheint, aber auf dem Verlustconto zahlloser Familien zu der menschenverzehrenden Kriegs- und Seuchenschuld der Völker hinzukommt."

Ueber die Zündhölzchen macht O. Ule in der von ihm und K. Müller redigirten „Natur", 1869, Nr. 8, folgende Mittheilung: „Man hat berechnet, daß in Frankreich 6, in England 8, in Belgien 9 Streichzündhölzer pro Kopf und Tag verbraucht werden, und in dem rauchenden Deutschland dürfte die Zahl leicht noch größer sein. Nehmen wir indeß nur die kleinste Zahl als Durchschnitt an, so erhalten wir doch für ganz Europa einen täglichen Verbrauch von 2 Milliarden, und diese repräsentiren mindestens 400,000 Pfd. Holz. Der jährliche Verbrauch würde also etwa 145 Millionen Pfd. Holz betragen. Von den leichten Holzarten (Espe und Pappel), die gewöhnlich dazu verwendet werden, wiegt der Cubikfuß nicht mehr als etwa 15 Pfd. Demnach würden in Europa allein jährlich gegen 10 Millionen Kubikfuß oder 90,000 Klaftern Holz in den so wenig geachteten Zündhölzern vernichtet werden. Rechnen wir dazu den Verbrauch an Phosphor, der ungefähr 420,000 Pfd. jährlich beträgt, und den Lohn der Arbeiter, deren Zahl man auf 30,000 schätzt, so ergibt sich ein Gesammtwerth der jährlichen Zündholzfabrication in Europa von mindestens 65 Millionen Thlrn."

Auf dem zwischen Louisville und New-Orleans fahrenden Dampfer „Richmond" erscheint eine Zeitung, die „Richmond Head Light". Ein Redacteur und zwei Setzer sind an diesem sicherlich einzig in seiner Art dastehenden Blatte, welches drei- bis viermal während jeder Fahrt herauskommt, beschäftigt, welches Vorkommnisse des Steamlebens bespricht, außerdem aber von Hotelwirthen und anderen Geschäftsleuten vielfach zur Verbreitung von Annoncen benutzt wird.

* Räthsel.

Das Erste auch der stärkste Mann
Zuweilen doch nicht halten kann;
Das Zweite oft beim Spiel ergötzt,
Auch Mancher ward dadurch verletzt;
Das Ganze ist im deutschen Land
Als ärgster Wühler längst bekannt.

Auflösung des Räthsels in Nr. 48.
Walfisch. Welfisch.

Redaction von K. A. Woll. Druck der Jäger'schen Druckerei in Speyer.

Palatina.

Belletristisches Beiblatt zur Pfälzer Zeitung.

Nro. 42. Speyer, Donnerstag, den 8. April 1869.

Die Hacienda del Orion.

(Fortsetzung.)

Die Hacienda del Orion war von den Zeiten der spanischen Besitznahme an eine Mission gewesen. Die Väter des Franziskanerordens verstanden sich trefflich auf Auswahl und Anlage ihrer Wohnsitze und Landgüter, das hatten sie auch hier bewiesen. Das Haus stand auf dem Gipfel einer unmerklichen Bodenwelle, aber doch so, daß es ringsum die Prairie weithin beherrschte; im Viereck gebaut, umschloß es einen geräumigen Hof; das Material seiner vier Fuß und darüber dicken Mauern war Adobe (gestampfter Lehm), nur wenige kleine, fast schießschartenartige Fenster, überdies noch vergittert und nahezu 40 Fuß über dem Boden angebracht, schauten ins Freie; das nach innen etwas abfallende platte Dach war rings von einer mit Zinnen gekrönten Brustwehr umgeben; eine säulengetragene Galerie lief inwendig längs des gesammten Baues hin, auf sie mündeten die zahlreichen Thüren der verschiedenen Säle, Gemächer, Vorrathskammern, Küchen, Speicher und Ställe. Dem Eingang der Hacienda gegenüber befand sich von alter Zeit her eine kleine Kapelle, überragt von einem abgestumpften Thürmchen, in welchem eine kleine Glocke hing, das unter allem Volke der Umgegend angestaunte Wunderwerk, an das sich verschiedene Sagen knüpften. Der gegenwärtige Besitzer der Hacienda und der dazu gehörigen liegenden Gründe von vielen Quadratmeilen Flächengehalt hieß Don Ramon Carvalho; er war ein Halfbreed-Mann, der es vom einfachen Vaquero, d. h. vom Rinderhirten, durch Klugheit und Ausdauer zum reichen Hacendero, d. i. zum Gutsbesitzer, gebracht hatte.

Wir gaben unseren Pferden die Sporen und sprengten auf die Thorfahrt des mächtigen Gebäudes zu; diese ward gebildet durch eine in Ketten mit Gewichten hängende Zugbrücke, welche über einen breiten und tiefen, aber trockenen Graben führt, der die ganze Hacienda umgibt. Als wir uns näherten, erblickten wir auf einer Rasenbank neben dem Eingang einen Mönch, scheinbar beschäftigt, einen vierzehnjährigen Burschen, der mit nichts bekleidet war, als einem Paar Beinkleidern in Schwimmhosenform, aus einem Brevier lesen zu lehren. Der erstere erhob sich, um uns würdevoll zu begrüßen, was ihm, in Ansehung seiner Bekleidung, nicht sonderlich gelang; denn diese bestand nur aus einem bis auf die nackten Füße reichenden Hemd, und darüber einer braunen Mönchskutte; auf dem Kopf trug er einen breitkrämpigen, von der Witterung hart mitgenommenen Strohhut. Er stellte sich uns als Fra José Ogindo dar, den Almosenier und Mayordomo des Don Ramon, und bat uns freundlich, einzutreten und es uns bequem zu machen; während der schlanke Knabe Benito unsere Pferde nach dem offenen Schuppen, der als Stall diente, führte und versorgte, schritten wir über den von Akazien und Sykomoren beschatteten Hof, in dessen Mitte sich ein stattlicher Schöpfbrunnen befand, durch ein Gewühl von zähnefletschenden, wüthend bellenden Hunden und Federvieh aller Art, angestaunt von hübschen Dirnen und alten Weibern, die da und dort unter die Thüren traten, nach der Assistencia, dem Hauptgemach des Hauses. Hier trafen wir auch dessen Herrin, Donna Jesusita Carvalho, welche uns überaus freundlich empfing, aber ohne sich zu erheben; denn sie war so corpulent, daß ihr jede selbstthätige Bewegung zur Last wurde, und sie tagsüber den Rollstuhl, den sie bewohnte, nicht verließ. Trotzdem war die Dame nicht häßlich; Verstand blitzte aus ihren immer noch funkelnden Augen und sie wußte die Zunge tüchtig zu gebrauchen: binnen weniger Minuten hatten wir erfahren, daß sie von echtem spanischen Blut, eine hija d'Andalusia sei und wie sie bedauere, daß ihr Gatte, Don Ramon, sammt seinen acht Söhnen und allen Vaqueros und Peones (Tagelöhner) seit dem vorigen Tage abwesend sei und erst am nächsten wiederkehre; sie seien hinausgeritten in die Prairie, um die Heerden zusammenzutreiben, denn ein Herradero, ein Tag der Vieheintreibung und Zählung müsse abgehalten werden. Sie sei mit ihren drei Schwiegertöchtern und dem weiblichen Gesinde jetzt unumschränkte Gebieterin der Hacienda und befehle uns, auszuruhen, es uns wohl sein zu lassen, und ihr Haus mit allem, was darinnen, auf ein paar Wochen lang als unser Eigenthum zu betrachten. Die Höflichkeit der Spanier ist bekannt, hier aber war sie aufrichtig, denn die Gastfreiheit der Prairie ist so unbeschränkt wie deren Horizont.

Bald saßen wir um die lange Tafel der Assistencia gereiht, welche sich unter der Last der Gerichte bog. Wildpret, Lammfleisch in schärfster Pimenlbrühe, Truthühner, Bohnen und Garbanzos, süße Zwiebeln, in Fett geschmorte Maislaiben, Tortillas (Maiskuchen), dazwischen riesige Pyramiden von wunderbaren Früchten aller Art und thauperlenbesäete Calabassen, poröse Wasserkrüge mit eisfrischem Wasser — das jedoch, wie Wein und jedes andere Getränk, mexicanischer Sitte gemäß erst nach vollendeter Mahlzeit genossen wird — was wollten wir mehr, wir abgehärteten Kreuzer zu Wasser und zu Land? Denn auch das Beste fehlte nicht: Frauenschönheit und Anmuth. Die drei Schwiegertöchter der Donna Jesusita waren reizende junge Frauen — nicht minder schön und graziös aber die aufwartenden Halb- und Dreiviertel-Indianermädchen.

Ferry, welcher den Ehrenplatz neben der Dame des Hauses eingenommen hatte, glaubte eine Pause benutzen zu müssen, um sich nach dem Endziel seiner Mission, dem Wohnsitz der Mrs. Drayton, zu erkundigen. Bei der Erwähnung dieses Namens schien eine plötzliche Verstimmung über die Mitglieder der Familie zu kommen; Donna Jesusita blickte mürrisch vor sich hin, und meine schwarzäugige Nachbarin, Donna Rosaria, kneipte ihren dicken Buben auf dem Schooß, daß er schrie, und sie einen Vorwand bekam, mit ihm hinauszueilen. Der Fraile stieß mich mit dem Knie — endlich sagte die Haciendera: „Wir kennen Frau Drayton, wünschen aber mit ihr nichts zu thun zu haben; übrigens befindet sich ihr kleiner Anbau nur ein paar Leguas von hier nordöstlich.“ — Ferry dankte verbindlich und wußte mit weltmännischer Gewandtheit alsbald seine Nachbarin in ein interessantes Gespräch über die Auspicien des Viehhandels zu verwickeln, so daß ihre Mißstimmung verschwand; die beiden Schwägerinnen halfen den Mädchen abräumen, Fra Jose aber lispelte mir zu: „Was wollen Sie bei der Drayton? Sie wird hier nicht geliebt, weil ein Sohn des Hauses ihre Tochter Mary absolut zur Gattin haben will; aber die Leute sind arm wie Prairiehunde!“ — Also auch hier in der Wildniß wie draußen in der Welt, dachte ich und griff nach den in Maisblättern gewickelten Cigaritos, während die braune Hebe Antonita blanke Krüge voll Mezcal, mexicanischem Branntwein aus Agavenwurzeln, und Chinguirito, verfälschtem Branntwein aus Zuckerrohr, und dunkle Flaschen mit Sherry und Teneriffaseet auf den Tisch setzte, Joaquina aber die silbernen Kohlenbecken umherbot.

„Ave Maria purissima!“ intonirte der Fraile, und: „Sin pecado concibida!“ klang ehrfürchtig die Antwort der Gäste; damit war die Tafel aufgehoben und ein kleines Gelage sollte beginnen. Da sprang plötzlich Frappejuste empor: „Was war das?“ Draußen erscholl ein Zetergeschrei von weiblichen Stimmen — die Thüre flog auf und herein stürzte der Knabe Benito, der kurz zuvor abgeschickt worden war, um einen Korb frischer Pasteten und Orangen zu holen, mit dem Schreckensruf: „Los Paganos, los Paganos!“ (Die Heiden.)

„An die Brücke, nieder mit der Brücke!“ rief Fra Jose, und wir bahnten uns rücksichtslos den Weg ins Freie durch die ihrer hilflosen Gebieterin zuflüchtenden Mägde. Noch hatten wir keine drei Schritte — nein, Sätze — gemacht, da donnerte Hufschlag über die Bohlen, und herein in den Hof flog auf schaumweißem ungesatteltem Roß, das nur ein um die Nüstern geschlungener Strick regierte — ein Wesen, das wir kaum zu unterscheiden vermochten, denn furchtbar klang von draußen herein ein Geheul, das geeignet war, das Blut in den Adern erstarren zu machen. Aber der wackere Frappejuste hing schon an der einen Kette des Aufzugs, als wir die andere erfaßten, und empor fuhr die Brücke, klappend an die Adobemauer schlagend, gerade im selben Augenblick, als draußen zwei fürchterlich bemalte Rothhäute im wildesten Galopp ansprengten, so daß der eine mit seinem Pferd kopfüber in den Graben schoß, während der andere das seine nur mit Mühe trotz der rohen indianischen Reiterkunst zu pariren vermochte, wie wir durch die Ritzen der jetzt ein festes Thor bildenden Brücke zu beobachten vermochten.

Geborgen waren wir vorläufig, denn der Indianer draußen wandte sofort das Roß, um außer Schußweite zu gelangen, während gleich darauf auch sein Gefährte an einer entfernteren Stelle sich wieder aus dem Graben half. Wir sahen uns an — was ist zu thun? Wie selbstverständlich übernahm sofort der Canadier das Commando. „Vor allen Dingen die Büchsen zur Hand,“ befahl er, „dann wollen wir Raths pflegen. Wer aber, bei allen grauen Bären der Gebirge, war das Gespenst, das da vorhin an uns vorbeiflog auf dem weißen Renner?“

„Ich war das Gespenst, ich, die unglücklichste aller Mütter“, sagte eine Frau, unter uns tretend, die wir sie staunend betrachteten.

Sie war hochgewachsen, baarhaupt und ohne Fußbekleidung, in einem vielfach ausgebesserten Hauskleid, sie mochte zwischen 40 und 50 Jahre zählen, war jedoch immer noch eine kräftige, imposante Erscheinung, aus deren nicht unschönen Zügen, wie aus jeder Bewegung entschieden männliche Energie sprach. Jetzt aber drückten sie den maßlosesten Schmerz aus, der uns alle mächtig ergriff.

„Um Gottes willen, was ist geschehen, Nachbarin Drayton?“ fragte der Pater, ihre ausgestreckte Hand ergreifend; „wo ist Mary?“

„Dort — bei — ihnen — verloren!“ stöhnte die arme Mutter und brach zusammen, so daß sie fast an der Wand niederglitt, aber von der mit anderen weiblichen Insassen herbeigeeilten Rosario aufgefangen und zärtlich beruhigt ward.

Es wurde dem armen Weib ein Schluck Eiswasser mit Tamarindensaft aufgedrungen, und es erholte sich so weit, um in abgebrochenen Sätzen erzählen zu können. Die Indianer, Apachen vom Stamme der Lipanehs, hatten sie und ihre Tochter fern von ihrer Blockhütte bei der Arbeit in den Kürbisgärten überrascht; ihr war es gelungen, in das angrenzende Maisfeld zu entweichen und ihr abgerichtetes Lieblingspferd heranzubringen, dessen Ausdauer und Schnelligkeit sie auch glücklich den beharrlichen

Verfolgern entzogen hatte. Nach der Hacienda bei Oriza war sie aber geflüchtet, weil sie hier die nächste kräftige Hülfe zu finden erwarten durfte; mit dem Ausdruck grenzenloser Verzweiflung mußte die arme Frau vernehmen, daß daran nicht zu denken sei, weil die gesammte männliche Bevölkerung abwesend war; kein Zweifel darüber, daß die Apachen diesen Umstand kannten, und ihr Raubzug der Hacienda galt.

(Fortsetzung folgt.)

Albert Methfessel.

Ein deutscher Liederfürst.

Die Lieder Albert Methfessel's leben und tönen, soweit die deutsche Zunge klingt, aber die wenigsten, die sie anstimmen, mögen seinen Namen kennen und die besser Unterrichteten kaum gewußt haben, daß er, als ein Menschen-Schatten, noch bis vor wenig Tagen auf der Erde vegetirte.

Methfessel war ein Sohn des sangesreichen Thüringens. Dort ist er am 6. Oktober 1784 zu Stadt-Ilm bei Rudolstadt geboren, wo sein Vater Schullehrer war. Schon 1801, wo er nach Rudolstadt kam, machte er Aufsehen durch sein poetisches, wie durch sein musikalisches Talent, so daß ihn die Fürstin 1807/1808 nach Leipzig und Dresden zu weiterer Ausbildung schickte. Letztere erstreckte sich auch auf seine schöne Tenorstimme, die 1810 seine Anstellung zum Hof- und Kammersänger in Rudolstadt bewirkte.

Da brachen die Freiheitskriege aus und Methfessel war es, welcher Arndt's: „Der Gott, der Eisen wachsen ließ, der wollte keine Knechte" die machtvollen Töne lieh. Unter den begeisternden Klängen des auch von ihm gedichteten: „Hinaus in die Ferne mit lautem Hörnerklang" zogen die freiwilligen Jäger ins Feld, und von andern seiner melodischen Weisen wurden vorzugsweise: „Es tönen die Hörner, es stürmt auf der Flur", „Aus Feuer ward der Geist erschaffen", „Deutsches Herz verzage nicht", „Es heult der Sturm, es braus't das Meer", „Kein schön'rer Tod auf dieser Welt, als wer auf grüner Haide fällt", „Stehe fest, o Vaterland" — durch die deutschen Heere bis unter die Mauern von Paris getragen. Neben den Liedern C. M. von Weber's waren jetzt die Methfessel'schen die populärsten in der Nation.

Neue Anregungen zu schöpfen entriß er sich 1824 den beschränkten heimathlichen Kreisen, ging nach Hamburg und gründete 1825 die erste Liedertafel für Männergesang in Norddeutschland, den Ausgangspunkt jener großartigen Sängerfeste, welche eine so bedeutende Stelle im deutschen Leben behaupten. Hier gab er auch sein berühmtes „Deutsches Commersbuch" heraus, dem er zugleich durch seine eigenen Lieder den höchsten unvergänglichen Werth verlieh. So lange eine deutsche Hochschule existirt, so lange beim vollen Glase die sangesfrohe Junge sich in Reminiscenzen des fröhlichen Studententhums ergeht, wird Methfessel's: „Bemooster Bursche zieh' ich aus" nicht verklingen. So lange es überhaupt deutsche Zecher gibt, werden die Lieder immer und immer wieder anzustimmen sein: „Ich und mein Fläschchen sind immer beisammen", „Auf, Freunde, laßt uns singen und laßt uns fröhlich sein", „Der Weintrank erhält, das lehrte die Welt", „Ein deutscher Bruch ist Goldes werth", „Frisch auf, frisch auf mit raschem Flug, frei liegt vor dir die Welt", „Von allen Ländern in der Welt", „In allen guten Stunden" ꝛc. und viele andere. Auch das herrliche: „Wohlauf, noch getrunken den funkelnden Wein" wird ihm zugeschrieben und wenn wir nicht irren, rührt es auch wirklich von ihm her.

Im April 1832 folgte Methfessel einem Rufe als Hofkapellmeister nach Braunschweig, eine Stellung, in der er eben nicht auf Rosen lag, namentlich seit er sich 1834 mit der dort engagirten Sängerin Lehmann verheirathet hatte, wonach allerlei Coulissenumtriebe nicht ausbleiben konnten. Auch war er durch sein Engagement Leuten in den Weg gekommen, welche angeblich nähere „Rechte" auf die gedachte Stellung zu haben glaubten. Willkommene Handhabe zu seiner Entfernung bot ein allmälig sich einstellendes Gehörleiden, das sich freilich nicht in der Oper, sondern nur einmal bei einem Concerte Ole Bull's bemerkbar gemacht hatte, als dieser sein Steckenpferd eines Pianissimo's ritt, das auch ein Durchschnittsgehör im Zuschauerraum nicht mehr zu vernehmen vermochte. Am 30. April 1841 wurde Methfessel pensionirt und Georg Müller, ein Mitglied des berühmten Quartetts, bestieg den Dirigentenstuhl. Jetzt lebte Methfessel wieder ganz seiner Muse, zugleich ein allmonatlich in Braunschweig erscheinendes „Musikalisches Album" redigirend, worin er namentlich jungen Talenten Raum gab. 1854 verlor er seine Frau, ein um so härterer Schlag, als dem oben erwähnten, immer zunehmenden Gehörleiden auch der Verlust des Gesichts sich zugesellte. 1861, wo wir noch mit ihm zusammentrafen, war es nur mittelst eines Hörrohrs möglich, sich mit ihm zu verständigen und seine ganze Sehkraft beschränkte sich auf einen schwachen Schimmer, der ihn einen dunklen Gegenstand im hellen Raume unterscheiden ließ. Nichtsdestoweniger bewahrte er sich neben seiner Gutmüthigkeit und Liebenswürdigkeit eine ungeschwächte Lebenslust. Täglich sah man ihn stets im schwarzen Frack und brauner Lockenperücke, mit auffallender Elastizität durch die alten Straßen streifen, in denen freilich jeder Schritt ihm bekannt war.

Für seinen seltenen Humor möge folgendes Beispiel sprechen. Als im August 1861 alle Häuser der Stadt zur Feier des 1000jährigen Jubelfestes in entsprechenden Schmuck gehüllt waren, ließ sich Methfessel, der bei einem Bäcker wohnte, eine riesen'hafte Kringel backen und hing dieselbe nebst einer aus Blumen gewundenen Lyra unter sein Fenster. Da wir nun etwas verwundert nach dem Sinne dieser eigenthümlichen Zusammenstellung fragten, erwiderte er vergnüglich: „Das soll heißen: Die Kunst geht nach Brod!"

So schwer indessen sein Ohr dem Worte zugängig war, der Musik war es seltsamer Weise nicht verschlossen. Er besuchte Opern und Concerte und man merkte, daß er ein aufmerksamer Beobachter war. So hatte er einen Kapellmeister längere Zeit vergeblich ersucht, eine seiner Compositionen in einem Concerte zur Aufführung zu bringen.

Als dies sich immer mehr verzögerte, und Methfessel endlich dringender an das gegebene Versprechen erinnerte, erhielt er die mißlaunige Antwort: „Was nützt es Ihnen, wenn ich die Composition auch bringe, Sie können Ihre Sachen ja doch nicht hören?" „So," entgegnete Methfessel, „dann ist es doch sonderbar, daß mein Gehör im Stande ist, alle Ihre Fehler resp. Böcke aufzufassen." Und nun hielt er dem entsetzten Orchester-Chef ein Sündenregister vor, daß dessen behäbiges Gesicht zu wahrhaft ungeheuerlicher Länge herabsank. Jene eigenthümliche Organisation machte es ihm denn auch möglich, noch einmal — zum letzten Male — öffentlich an das Dirigentenpult zu treten und den Taktstock zu einer Reihe seiner schönsten Kompositionen zu schwingen. Es war das am 6. October 1864, wo Braunschweig unter zahlreichen Beweisen der Theilnahme aus ganz Deutschland den 80. Geburtstag des „Liedervaters" feierte. Ehrengeschenke und Diplome aller Art haben ihm damals, wie auch sonst in seinem Leben, nicht gefehlt und die Universität hat ihn zum Doctor honoris causa ernannt. Im Mai 1868 begab sich Methfessel nach Heckenbeck bei Gandersheim, wo seine Tochter und langjährige treue Pflegerin, an den dortigen Prediger verheirathet ist. Da traf ihn das Unglück, daß im August desselben Jahres ein Nervenschlag die Reste seines Hör- und Sehvermögens fast gänzlich vernichtete. Deutschlands volksthümlichster Liedersänger war nur noch eine traurige Menschenruine, und ein wahrhafter Engel der Erlösung war es, der ihn in der Nacht zum 23. März d. J. sanft abrief von dieser Welt.

Miscellen.

* Ein Glücklicher. Folgender Vorfall ist in Florenz jetzt der Gegenstand des Tages-Gespräches. Herr Ferdinando Saletti, Verwaltungssecretär von Florenz, gab vor einigen Tagen beim Weggehen vom Bureau einem untergebenen Schreiber, den er als ehrlichen Mann kannte, ein Hundertfrancs-Billet, mit dem Befehl, in eine Lotteriecollecte zu gehen und das Geld in Quaternen auf 4 Nummern zu setzen, die er seit längerer Zeit spielte. Der Schreiber steckte die Banknote in die Tasche und entfernte sich. Andern Tages begab sich Herr Saletti nach erfolgter Ziehung an das nächste Lotteriebureau und betrachtete die ausgehängten Ziffern. Welch eine Ueberraschung! Vor seinen Augen erstrahlten unter den fünf gezogenen Nummern die vier, welche er gesetzt hatte, erlegt mit 100 Francs in Quaternen — er war jetzt der glückliche Besitzer von 1,200,000 Franken! Ganz außer sich vor Freude und Entzücken eilte Herr Saletti nach seiner Wohnung, küßte Weib und Kind und vermochte kaum den Seinen die tröstliche Mittheilung zu stammeln: „Wir haben eine Million gewonnen!" Wir verzichten darauf, die Wonne des Glückes, die Thränen der Freude zu schildern, in welche die Familie des Reichgewordenen ausbrach, bei der unerwarteten Nachricht von den glückbringenden Quaternen. Man küßte und umarmte sich, man betastete sich, um sich zu überzeugen, daß das Ganze kein Traum sei. Als der Secretär bald darauf wieder auf's Stadthaus ging, begegnete ihm der gerade Bürgermeister Peruzzi sowie der Finanzminister, Graf Digny, welchen Männern er freudigen Herzens die Mittheilung von seinem Glücke machte. Beide gratulirten dem Sonntagskind und der Finanzminister meinte beim Weggehen: „Sonst leidet man jetzt nichts mehr in Italien als dieser Dietrich, um die Staatskassen vollends zu leeren!" In wenigen Schritten war der Secretär auf seinem Bureau, das er fortan vielleicht nicht mehr besuchen wird. Er zog in größter Hast die Schelle der Portier, die Thüre öffnete sich und es erschien der Schreiber, bleich wie der Tod. „Geben Sie mir meinen Zettel!" hauchte glückstrahlend Herr Saletti. „Hier, mein Herr, sind Ihre hundert Franken — erwiderte der arme Schreiber zitternd vor Angst — ich habe vergessen zu setzen!" „Was! Unglückseliger!" „Machen Sie mit mir was Sie wollen, sperren Sie mich ein, schicken Sie mich auf die Galeere, guillotiniren Sie mich — ich habe zu setzen vergessen!" Den Schrecken, das Erbeben, die Vernichtung des Secretärs zu beschreiben ist unmöglich. Vor wenigen Minuten noch ein Millionär, jetzt auf die traurigste Art aus allen Glücksträumen gerissen, das ist zum Sterben oder zum Närrischwerden. Glücklicher Weise aber lebt Herr Saletti zur Stunde noch und erfreut sich auch seines vollen Verstandes.

* In Bailleul (Nordfrankreich) befand sich vor Kurzem eine Menagerie, die einen Löwenbändiger besaß, der durch seine Kühnheit in der Dressur der Bestien allgemein berühmt ist; in Brüssel hatte der Menageriebesitzer Bremont durch diesen Thierbändiger sehr gute Geschäfte gemacht. Nun war Letzterer unwohl geworden und konnte nicht in den Löwenzwinger eintreten, so daß die Vorstellungen der Löwendressur hätten unterbleiben müssen. Da faßte der Director Bremont einen verwegenen Entschluß; allen Abmahnungen seiner Freunde trotzend, zog er die Kleidung des Thierbändigers an und trat zu den Königen der Wüste in den Zwinger. Nach einigen Vorübungen sollte die Fütterung mit rohem Fleisch vor sich gehen; als die Löwin der blutigen Beute ansichtig wurde, regte sich in ihr die natürliche Wildheit; Herr Bremont, entsetzt in solchem Falle kaltes Blut zu bewahren, begann zu zittern und that einen Schritt rückwärts nach der Thüre. Das war sein Verderben — die nun kommende grausige Scene zu schildern, sträubt sich die Feder. Man zog bald darauf mit Eisenhaken einige gräßlich zerrissene und zerkaute Stücke eines verstümmelten Menschenkörpers aus dem Zwinger. Es waren die Reste des unglücklichen Directors.

* Räthsel.

Ein — h — geht am Bach spazieren,
Sich dort den Imbiß zu erspüren;
Ein — t — wohl, zieht die Pistole
Damit er ihn als Beute hole. —
Kein — n — lebt auf dieser Erden,
Ein Jeder strebt es zu werden.
Wenn — f — alle Völker wären,
Dann würde bald sich manches klären.
Die — b — Unterhalt erwarben
Durch Herstellung der Malerfarben.
Die — s — tragen arme Kinder
Den Eltern heim im langen Winter.
Ein — m — bin ich selber eben,
Das mag der Leser mir vergeben.

Auflösung der Räthsel in Nro. 39. (In einigen Exemplaren der letzten Nummer der „Palatina" heißt es irrthümlich: Nro. 40) Walfisch. Weißfisch. In Nro. 40. Mirabellen. In Nro. 41. Maulwurf.

Redaction von R. A. Moll, Druck der Jäger'schen Druckerei in Speyer.

Palatina.

Belletristisches Beiblatt zur Pfälzer Zeitung.

Nro. 43. Speyer, Samstag, den 10. April 1869.

Die Hacienda del Orion.

(Fortsetzung.)

Während dem von Schluchzen und Verwünschungen unterbrochenen Bericht der Frau Drayton, war, von zwei stämmigen Mägden geschoben, Donna Jesusita in ihrem Rollstuhl unter der Galerie erschienen.

„Kommen Sie zu mir, Frau Drayton“, rief die stattliche Dame, „und vernehmen Sie, daß Sie hier willkommen und sicher sind. Was für Sie gethan werden kann, wird geschehen. Hier stehen, vom Himmel gesendet, kühne Männer und Freunde, welche uns nicht in die Hand der Ungläubigen geben werden. Ehe aber zweimal die Sonne aufgeht, wird Don Ramon hier sein mit acht Stahlherzen an seiner Seite und um ihn dreißig der besten Männer, die jemals einen Lazo geschwungen. Ihnen wird es auch gelingen“ — setzte sie mit etwas schwächerer Stimme und, wie ich glaube, einiger Ueberwindung hinzu — „Ihre Tochter zu befreien. Beruhigen Sie sich.“

Obgleich ich annehmen darf, daß die gute Donna der Ueberzeugung war, Mary Drayton sei viel besser aufgehoben in dem Wigwam irgend eines Apachenkriegers, denn als Braut und Gattin ihres Sohnes Cypriano — so verbarg sie doch ihre langgenährte Abneigung oder kämpfte sie tapfer nieder, und weinend umarmten sich die Frauen, indeß alle übrigen ebenfalls Thränen vergossen.

Trappersuste hatte mittlerweile seine Anleitungen gegeben; wir waren bewaffnet, die Mägde schleppten Gewehre und Munition herbei, deren sich genug vorfanden, um der Belagerung mit einiger Zuversicht entgegensehen zu können. Offenbar hatten die Indianer die Rechnung ohne die Gäste gemacht, nämlich ohne uns, von deren Dasein sie nichts wußten; drei entschlossene Männer, von welchen überdies zwei mit allen Listen und Gefahren solcher Kämpfe genau vertraut und weitberühmte Schützen waren, konnten aber ein Kastell, wie die Hacienda, gegen hunderte von halbnackten Rothhäuten Tage lang vertheidigen, wenn sie auf ihrer Hut waren und die Munition nicht ausging; dies war aber um so weniger zu fürchten, als der Hausherr mit seinen Söhnen spätestens in der Frühe des nächsten Tages ganz bestimmt erscheinen mußte. Unsere Berathungen unterbrach ein Zuruf des als Späher am Thor bestellten Benito, daß sich eine Gruppe von Parlamentären mit grünen Zweigen in den Händen der Hacienda nahe. Um unsere Anwesenheit so lang als möglich zu verbergen, ward Fra Jose als Unterhändler erkoren und erstieg gleichmüthig das Dach des Gebäudes, um von den Zinnen herab zu capituliren; wir setzten mittlerweile die vorhandenen Gewehre in Stand und luden sie sorgfältig: es zeigte sich, daß auch Donna Rosario sowie ein paar Peones gut mit den Gewehren umzugehen verstanden, so daß die wehrhafte Garnison durch sie vermehrt werden konnte, wenn sie auch blos das Laden der abgeschossenen Läufe besorgten. Auch der Knabe Benito hatte sich eines Carabiners bemächtigt und schwur mit manchem Caramba! er wolle seinen Mann stellen gegen die verwünschten Indianer.

Mit bekümmertem Antlitz stieg nach einiger Zeit der gute Frater wieder herab von dem flachen Dach. „Sie wollen keine Vernunft annehmen,“ sagte er; „sie verlangen Oeffnung des Thors und Uebergabe der Hacienda, da sie recht wohl wüßten, daß nur Weiber deren Besatzung bildeten, und ließen uns eine Viertelstunde Bedenkzeit, nach deren Ablauf sie die Weiber aus dem Hause herausräuchern wollten; daß es ein gutes Werk ist, diese rothen Teufel von der Erde wegzuputzen wie räudige Prairiewölfe, das bekräftige ich und will es durch die That beweisen.“ Damit ergriff er eine schwere Wallbüchse und begann eine vierlöthige Kugel in ihren verrosteten Lauf zu zwängen.

Wir bestiegen nunmehr, mit Ausnahme Benitos, welcher seinen Wachposten behielt, das Dach der Hacienda. Hier vertheilte uns Trappersuste hinter den massiven Zinnen, ermahnte zur Vorsicht und zu sicherem Zielen, wies die Frauen hinter uns an, sich halbliegend niederzukauern, um laden zu können, ohne sich dem Feind zu zeigen, und empfahl Jedermann vor allem Ruhe, Kaltblütigkeit und genaue Befolgung seiner Befehle. Diese Ermahnung ging wahrscheinlich an meine Adresse, denn in der That war ich fieberhaft aufgeregt, während Ferry und der Frater mit der wunderbarsten Gemüthsruhe ihre Cigaritos rauchten, die Weiber sich unter ihrem Schutze ganz sicher zu fühlen schienen und der Canadier sich völlig in seinem gewohnten Handwerk befand.

Die Indianer ließen, als die festgesetzte Zeit

verstrichen war, nicht auf sich merken. Ein Trupp von ungefähr einem Dutzend kam über den freien Platz herüber, beladen mit dürren Baumstämmen, die sie hinter sich herschleppten; auch Pferde hatten sie zu dieser Arbeit verwendet und sie mit dem Lazo vor das Holz gespannt. Aus der hierdurch aufgewühlten rothen Staubwolke tauchten hier und da einige Reiter auf, welche den Zug escortirten und in Ordnung hielten. Je näher er der Hacienda kam, um so schwankender, langsamer erschien seine Bewegung, desto voller aber wirbelte der Staub empor; man sah, die schlauen Feinde fürchteten selbst die Gewehre der Weiber. Wir lagen gut gedeckt im Anschlag und harrten auf Frappejustes Commando; statt dessen aber drang eine andere Stimme in unser Ohr.

Frau Drayton stand auf der Leiter zum Dache hinter uns: „Wenn Ihr ein Herz im Leibe habt und wißt, was eine Mutter ist, so schießt nicht!" flehte sie. „Ich kenne die Wilden, seit einem Vierteljahrhundert hab' ich unter ihnen gelebt, mit ihnen gekämpft. Der Tod eines der Ihren entflammt sie stets zur furchtbarsten Wuth, und der Weiße, der dann in ihrer Hand ist, fällt ohne Erbarmen. Denkt an meine Tochter, harrt aus, das Thor ist fest, Don Ramon kann nicht weit sein, er kommt sicher zum Entsatz. Soll eine Mutter ihre Tochter, vielleicht ihr einziges Kind, einbüßen schnöder Wiedervergeltung zu Lieb? Seid Christen, harrt aus, ich fleh' Euch an darum!"

„Die Frau hat recht," sagte Frappejuste nach einigem Besinnen und ließ den Kolben auf die Erde gleiten, „wenn wir hier ein halbes Dutzend der Spitzbuben erlegen, was an und für sich eine Kleinigkeit wäre, so erreichen wir weiter nichts, als daß wir die übrigen erbittern und das Leben des Mädchens in wirkliche Gefahr bringen. Ich kenne das. Warten wir also ruhig ab, was sie vorhaben; es bleibt immer noch Zeit, unsere Haut so theuer zu verkaufen als möglich."

„Ich stimme bei," meinte Ferro und blies den Rauch phlegmatisch in die Luft, „wir wollen keine Scalpe gewinnen und brauchen uns nicht zu übereilen; aber gibt es denn kein Mittel, den Don Ramon von der Gefahr zu benachrichtigen, in welcher sein Haus und seine Familie schwebt?"

„Vielleicht doch!" riefen zwei Stimmen zu gleicher Zeit. Frau Drayton verschwand; aber mit einem furchtbaren Krach entlud sich des Fraters schwere Büchse in die Luft, so daß er selber von ihrem Stoß taumelte. Aus dem Indianerhaufen erscholl ein Hohngeschrei, sie glaubten, der Schuß sei auf sie abgefeuert worden und verspotteten die Ungeschicklichkeit des Schützen.

„Lacht nur, Ihr heidnischen Teufel!" murmelte Fra José, indem er ein doppeltes Maß Pulver in den Lauf rollen ließ; „lacht nur, ehe das alte Ding da ein Dutzendmal in die Lüfte gesprochen haben wird, sollen vierzig Reiter über Euch sein, gegen welche alle Eure Künste zu Schanden werden. Valga me Dios!" ..

Offenbar sammelten sich jetzt die Indianer zum Handstreich, wahrscheinlich beabsichtigten sie, ihr Holz in dem Graben aufzuhäufen, es dann anzuzünden und das Thor zu verbrennen. Zu dem Ende begannen sie sich in eine breite Reihe aufzulösen, um weniger den Geschossen ausgesetzt zu sein, welche sie selbst von Ungeübten fürchteten — und sammt ihren Pferden in Zickzackwindungen sich dem Eingang der Hacienda zu nähern, während ein halbes Dutzend Reiter hin und herflog, mit wildem Geschrei ihre Genossen anfeuernd und prahlerische Drohungen gegen das Haus ausstoßend. Schon vermochten wir das Weiße in den Augen der Vordersten zu erkennen und blickten erwartungsvoll den Ereignissen entgegen — da — horch — die Feinde stehen wie gebannt, voll und laut ertönt ein heller Klang über die weite Prairie, — die Glocke der Kapelle! Frau Drayton hatte den Strang ergriffen und mächtiger, als jemals zuvor, schallte der geweihte Ruf hinaus in die Steppe, diesmal um Hilfe. Es war, als solle er sie jetzt gleich bringen. Denn die Indianer standen alle starr, erschreckend, zitternd — sie vergaßen, den Staub aufzuwühlen, mit welchem sie sich unsichtbar machten, und lauschten mit irrem Blick und verhaltenem Athem den wunderbar tönenden Lauten.

Abergläubig bis zum Aeußersten schon von Natur, dazu mit christlichen Vorstellungen schon hinreichend erfüllt, um eine tiefe Scheu zu haben vor allem, was mit der gefürchteten Religion der Weißen in Verbindung steht, galt ihnen die selten oder nie gehörte Glocke für eine der „großen Medicinen" der Bleichgesichter und angstvoll erwarteten sie etwas Außerordentliches, das jetzt kommen mußte. Und daß es kam, dafür sorgte der brave Frappejuste. Rasch hatte er jedem seine Verhaltungsbefehle gegeben, und ehe noch die Rothhäute sich von ihrem Schreck erholt hatten, traten plötzlich schußfertige Männer in die Zinnenlücken, allen voran der riesige Canadier, während die Frauen mit Männerhüten auf den Köpfen diese mit der Büchse am Backen über die Mauern emporstreckten.

„Waah! Longrifles!" schrieen entsetzt die Indianer; im Augenblick hatten sie die Lazos in der Hand durchschnitten, sich auf die Rosse geschwungen und enteilten in wirbelnder Hast den wohlbekannten Wirkungen der Kentuckybüchse in der Hand der Waldläufer. Allerdings feuerten sie auf der Flucht einige ihrer erbärmlichen Gewehre ab, aber die Kugeln hatten nicht einmal Kraft, in die Lehmmauer einzuschlagen.

Als Antwort erfolgte eine allgemeine Salve aus zehn Läufen, ein Signal, das im Verein mit dem Glockenton, auf meilenweite Entfernung in der Prairie gehört werden mußte. Er wurde in Zwischenräumen sodann mehrmals wiederholt, des Fraters Wallbüchse ließ sich noch öfters hören, ohne Unterlaß aber dröhnte die Glocke, an der sich die Frauen wetteifernd einander ablösten, nachdem sie die Frau Drayton geradezu verdrängt hatten. Von den Indianern war vorläufig nichts mehr zu gewahren; nur der Haufen Holz, den sie bis 30 Schritte vor die Zugbrücke geschleppt hatten, und eine dünne Rauchsäule am Feldsaum mahnte an ihr Dasein.

Ich muß gestehen, daß ich einigermaßen enttäuscht war. Aus der Lectüre hatte ich mir ein ganz anderes Bild von den „Rittern der Prairie“ gebildet; das hier waren schäbige, schmutzige, zerlumpte Gesellen gewesen, Menschencaricaturen, die auf ihren zottigen, mit Distelköpfen und Geschwüren bedeckten Mustangs hockten; von der stolzen Ritterlichkeit der Rukos, Texamischs, weißen Falken oder schwarzen Adler keine Spur; nichts, als eine gemeine und noch dazu zuchtlos feige Bande von Straßenräubern, welche jedoch ihr Handwerk nur zu treiben wagten, wenn sie in der Mehrzahl des Erfolges sicher waren und gegen — Weiber.

(Fortsetzung folgt.)

Die Schlange im Paradiese.

„Nicht bald genoß ein Mann einen besseren Ruf in seiner Gemeinde,“ so wird der Wiener Presse aus Dijon vom 24. März geschrieben, „als der Müller Nikolas Chevillot aus Granery bei Dijon. Seit einer langen Reihe von Jahren betreibt er dort sein Müllergewerbe mit Fleiß, Glück und Verstand. Seine Ehefrau, eine stille, gemüthliche, fleißige Frau, unterstützte ihn hierbei in der lobenswerthesten Weise. Jetzt ist sie nicht mehr: ihr Mann hat sie gemordet. Wie das kam bei den so friedlich lebenden Eheleuten und bei dem ruhigen, gemessenen Wesen des doch schon fünfzig Jahre alten Chevillot? Das böse Geschick führte ihm eine Schlange in sein Paradies, und diese Schlange war ein fast kindlich aussehendes blühendes Mädchen, die damals 16jährige Marie Mariotte, die mit ihrer Mutter öfter in die Mühle gekommen war und endlich am 14. Oktober 1887 zu ihm in den Dienst trat. Sie sah bald, daß der Müller eine besondere Freude an ihrem blühenden Aussehen hatte, und sie baute darauf ihren Plan: Müllerin wollte sie werden, Herrin in der Mühle und nicht Dienerin wollte sie sein. Chevillot war bald in ihre Netze verstrickt, Marie verlockte ihn zu vertraulichen Beziehungen. Die Leidenschaft berückte seinen Verstand, er wurde dem Mädchen gegenüber bald willenlos. „Und wann machst Du mich zu Deiner Frau?“ sagte sie ihm eines Tages. „Kind,“ antwortete er, „kann ich denn zwei Frauen haben? Mein Weib kann ja sterben und dann heirate ich Dich; warte nur, Du wirst wohl noch die Müllerin werden. . . .“ Marie weinte. Sie schwieg. Vielleicht kam ihr da schon der erste Gedanke zur dunklen That, die auch sie heute auf die Anklagebank im dichtgefüllten Assisensaale geführt hat. Vom Tage jenes Gespräches an war Marie Mariotte wie umgewandelt, sie fühlte sich schon als die zukünftige Herrin der Mühle und benahm sich gegen die Müllerin mürrisch, unfolgsam, fast herrisch. Die Müllersfrau ahnte mit dem Instincte der Frauen den Grund des veränderten Benehmens ihres Dienstmädchens und ihres Mannes, der sie immer kälter und mürrischer behandelte, er, der sonst so aufmerksame, artige, zärtliche Gatte. Eifersuchtsgedanken stiegen ihr auf, doch gab sie ihnen keinen anderen Ausdruck, als daß sie es das Mädchen fühlen ließ, daß sie noch die Herrin sei im Hause. Marie fand das endlich unerträglich. Eines Tages, Anfangs März v. J., brachte sie bei einer zärtlichen Unterredung mit Chevillot das Gespräch wie unvorbedacht auf Gifttränker, „die Einen bald aus der Welt bringen“. Chevillot sah sie mit einem langen, durchdringenden Blicke an. Sie hatten sich verstanden. „Ah, zu was Gifttränker,“ sagte er endlich nach einer ziemlich langen Pause, „zu was ein Giftkraut, da gibt's wohl Gifte, die besser wirken“. „Und vielleicht schneller, und daß Niemand was davon erfährt?“ fiel sie rasch ein. Chevillot antwortete nicht. Aber der böse Funke war da; bald beherrschte ihn der dämonische Gedanke. Schon in einigen Tagen kam Marie auf das Giftgespräch zurück. „Aber wie Du doch langsam bist, mein guter Chevillot. Noch immer nicht so ein kleines Tränkchen, das uns beide glücklich machen kann? . . .“ flüsterte Marie. „Sollst es haben, Kind,“ antwortete der Müller mit verständnißvollem Blick, „nächstens gehe ich in Geschäften nach Bar und bringe ein Fläschchen Scheidewasser mit.“ Am 15. Juni hatte der Müller in Bar zu thun, am Tage zuvor sagte er dies Marien und fügte bei: „Du sollst es morgen haben, ich bringe Dir mit, was ich Dir versprochen habe.“ Marie jauchzte auf vor Freude. „Nun, ich werde sehen, wie Du Wort hältst. Bis jetzt hast Du mir nur geschwätzt, wie ein Professor, der ein junges Mädchen unterhalten will; will nun sehen, ob Du ein Herz im Leibe hast; ich an Deiner Stelle hätte der Sache längst ein Ende gemacht.“ Während sie so sprachen, saßen auf der Bank vor der Mühle zwei Frauen, beide mit leidender, sorgenvoller Miene. Die eine war des Müllers Frau, die andere ihre liebste Freundin, Mariens Mutter. Eben erklang feierlich das Glöcklein des Dorfes. „Nun,“ sagte die Müllerin wehmüthig, „morgen kann man das Glöcklein für uns Beide läuten.“ Dies hörte der Müller im Zimmer, er bog sich über Marie und flüsterte ihr mit einem Blicke des Verständnisses zu: „Ja, ja, das Glöcklein wird läuten wie heute, ist's nicht für die Eine, so ist's für die Andere.“ Noch an demselben Abende um 10 Uhr goß Chevillot in das Glas, aus welchem die Müllerin zur Nachtzeit zu trinken pflegte, ein Tränklein und dazu zwei Löffel voll Schwefelsäure. Die Unglückliche hatte bald davon getrunken. Oh, wie das brennt! stöhnte sie. Das Erbrechen währte bis zum frühen Morgen. Marie stand zeitweilig beim Bette der Kranken. Endlich traf sie am Morgen den Müller, der sie rasch verständigte, daß er der Frau Gift gegeben. „Aber wird's auch sicher wirken? Wird es sie uns wegschaffen?“ fragte sie. — „O gewiß, mein gutes Kind,“ erwiderte Chevillot; „eben sagten mir die Schwester Antoinette und die Frau Daven, ich möge die Frau nicht verlassen, bis Mittag sterbe sie gewiß.“ Aber sie starb an diesem Tage nicht; unter den gräßlichsten Qualen und unfähig, noch etwas zu verdauen, lebte sie noch bis zum 21. September. Marie aber war heiter, so heiter. . . . Nun war es ihr ja gewiß, daß sie die Müllerin von Granery werde. Aber lange, zu lange dauerte ihr das Sterben der alten Müllerin. „Mach doch einmal ein Ende mit ihr; wäre sie meine Mutter, ich würde mich ihrer erbarmen und es wäre rasch geschehen.“ Am 4. Juli erfuhr das arme Weib, was sie früher nur geahnt, sie wußte nun, daß es ihr Mann mit Marien halte und daß sie deshalb sterben müsse. Marie mußte das Haus verlassen; die Müllerin litt sie nicht mehr. Am 2. August schrieb die Buhlerin Marie an Chevillat: „Drei Monate gebe ich Dir Zeit, ist dann die Sache noch nicht zu Ende, so heirathe ich einen Andern; ich gönne Dir diese Zeit, um Dir das zu überlegen, aber heirathest Du mich in den drei Monaten nicht, so weiß ich, daß Du einfach nicht willst.“ Die Müllerin starb endlich. Die Gerichtsärzte constatirten, daß sie durch Schwefelsäure vergiftet worden sei. Chevillat und seine Buhlerin betraten nicht das Brautgemach, wohl aber die Zellen des Gefängnisses: endlich, endlich hatte nach Monaten die Justiz ihres Amtes gewaltet. Die Angeklagten leugnen vor den Männern der Jury nichts. Wozu auch? Zahlreiche Zeugen bestätigen ja alle Momente der Anklage. Nach kürzester Berathung spricht die Jury das Schuldig, aber — eine Feindin der Todesstrafe — nimmt sie mildernde Umstände an, ein Todesurtheil ist dadurch ausgeschlossen. Der Gerichtshof bemißt als Strafe für Chevillat: lebenslängliche Zwangsarbeit; für die „barmherzige“ schöne Müllerin von Granery, Marie Mariotte: zwanzig Jahre Zwangsarbeit. Chevillat vernimmt den Spruch stumm, erstarrt; Marie Mariotte stößt einen gräßlichen Schrei aus: sie wird nicht die Müllerin von Granery. . . .“

Miscellen.

Aus München, 1. April, wird der „National-Zeitung“ geschrieben: „Das Ereigniß bildet eine sehr demonstrative Ovation für General-Musikdirector Franz Lachner, welcher seit den Aufführungen von Tristan und Isolde Richard Wagner's, durch einen Anhänger und Günstling des letzteren, Hans von Bülow, vom Dirigentenpult verdrängt worden ist. So ausgezeichnet Bülow als Claviervirtuose ist, so problematisch ist seine Anlage zum Dirigiren, und jedenfalls ist er durch sein ganzes Benehmen zu einem der unpopulärsten Menschen in ganz München geworden; er hat im Verkehr mit Orchester und Publikum jene edlen Eigenschaften im höchsten Grade entwickelt, welche man bisher im übrigen Deutschland dem „ächten“ Berliner zuschrieb. Der Groll gegen Bülow hat sich nun endlich im königlichen Odeon, wo Lachner eine neue große Composition von sich ausnahmsweise wieder selbst dirigiren durfte, durch unerhörte Beifallsstürme des fast ausschließlich aus Abonnenten bestehenden zugeströmten Publikums Luft gemacht, an denen vor Allem die Orchester-Mitglieder selbst in demonstrativer Weise Theil genommen haben.“

Dr. A. Petermann in Gotha veröffentlicht unter dem 1. April die „erste Quittung“ über die bis dahin eingegangenen Beiträge für die erste und zweite Deutsche Nordpol-Expedition 1868 und 1869/70. Danach beläuft sich der Ertrag der bisherigen Sammlung in runder Summe auf 80,000 Thlr. Die vorjährige Expedition kostete in runder Summe 15,000 Thlr., den Werth des wieder verwendbaren Schiffes mit 5000 Thlrn. abgerechnet, nur 10,000 Thlr. Das neue Schiff (ein Schraubendampfer von 150 Tonnen) kostet 18,000 Thlr.; es sind daher für den Ertrag der bisherigen Sammlung die beiden Schiffe fast schuldenfrei acquirirt, und es bleiben durch weitere Sammlungen zu decken etwa 30,000 Thlr., da der Kostenanschlag für die neue größere Expedition sich auf 48,000 Thlr. beläuft.

Am 1. April ist in Venedig der Claviervirtuose Alex. Dreyschock gestorben. Er war 1818 zu Zack in Böhmen geboren und trat 1838 seine erste Kunstreise an. Seine letzten Lebensjahre verbrachte er in Petersburg, wo er Director des kaiserlichen Conservatoriums war. Von seiner Spielfertigkeit sagte Saphir, er habe keine linke, habe aber zwei rechte Hände, er sei ein Doctor beider Rechte.

(Der Staar als Maikäfervertilger.) Bald wird der Maikäfer, der im vorigen Jahre in so ungeheuren Massen bei uns auftrat, wieder seinen Frühlingsbesuch erneuern, um, abgesehen von dem Schaden, den er selbst an den Pflanzen anzurichten vermag, nach kurzem Aufenthalte zum Zwecke seiner Fortpflanzung sein dreijähriges Leben zu beschließen und durch das Vergraben dem Erdboden die Eier anzuvertrauen, denen die noch schädlicheren gefräßigeren Engerlinge entschlüpfen. Werden wir auch heuer kein eigentliches Flugjahr haben, so mag es immerhin nicht zu früh sein, auf eine Vertilgung der Engerlinge hinzuweisen, die, wenn auch eine unmittelbare, doch eine der wirksamsten ist. Der bekannte Hamburger Handelsgärtner John Booth schreibt der Dr. Koch'schen Wochenschrift für Gärtnerei und Pflanzenkunde: „In Ihrem Blatte sehe ich einige Mittel zur Vertilgung der Engerlinge angegeben. Es wundert mich dabei, gar nichts von dem Mittel, das ich hier anwende, zu finden, um dem Maikäfer gründlich den Garaus zu machen. Vor ungefähr 10 Jahren wurden wir auf das allerempfindlichste von dem Engerlingsfraß heimgesucht, ganze Rhododendron- und Coniferen-Anpflanzungen gingen verloren, eben so litten die Baumschulen. Bei solchen Verwüstungen boten alle künstlichen Mittel mehr oder weniger auf zu wirken. Wir griffen zu dem sehr einfachen, den Staar zu cultiviren. Wir ließen gegen 100 Brutkästen von der allereinfachsten Construction machen, und siehe da, im Frühjahre waren sie alle bezogen. In welch kolossalem Maße die Staare alles Ungeziefer fressen, darüber finden Sie Specielles in Lenz's Naturgeschichte. Wenn der Maikäfer aus der Erde kommt, oder vielmehr kommen will, so ist der Staar da; er holt ihn förmlich heraus, pickt mit seinem Schnabel auf dem Erdboden herum und findet so den Maikäfer. Fast bei jedem Loch, aus dem ein Maikäfer entschlüpft, findet man sogleich die Flügel und das sonst nicht Genießbare, Beweis genug, daß der Maikäfer sich keine Minute seines Lebens freut. Wir ließen die Brutkästen vermehren und mögen jetzt gegen 175—200 Stück haben. Maikäferjahre haben wir in den letzten 10 Jahren seit Einführung der Nistkasten genug gehabt. Der Engerlingsfraß, wie wir ihn wiederholt hier gehabt haben, ist aber nicht wieder vorgekommen und im Verhältniß zu früher ist das Aufsuchen der Engerlinge bei tiefer Bearbeitung des Bodens weit geringer.“ — In Gegenden, wo keine Reben gepflanzt werden, mag der Staar als Maikäfervertilger am Platze sein; ob aber unsere Wingertsleute damit einverstanden sind, den Staar zu hegen um ihm die Maikäferpolizei anzuvertrauen, das ist eine andere Frage. Es hieße vielleicht den Bock zum Gärtner machen.

Redaction von K. L. Woll, Druck der Jäger'schen Druckerei in Speyer.

Palatina.

Belletristisches Beiblatt zur Pfälzer Zeitung.

Nro. 44. — Speyer, Dienstag, den 13. April — 1869.

Pfalz und Pfälzer *).

Wo gibt es wohl ein schön'res Land,
So reich geschmückt von Gottes Hand,
Als Deutschlands Kaiserpfalz?
Sie spiegelt sich im blauen Rhein,
Und zeugt im warmen Sonnenschein
Die Traube und den goldnen Wein.
Hoch, hoch die Pfalz!
Der liebe Gott erhalt's.

Zieh' hin gen Süd, zieh' hin gen Nord,
Durchreis' die Erde fort und fort,
Du triffst nur — Eine Pfalz.
Wie mild die Luft, wie frisch das Grün!
Wie üppig längs der Berge hin
Die Rebe rankt, die Mandeln blüh'n!
Wie wunderschön die Pfalz!
Der liebe Gott erhalt's.

Ich sah wohl hier, ich sah wohl dort
Manch' schönes Land, manch' schönen Ort,
Doch nirgends eine Pfalz,
Mit ihrem Völkchen leichten Blut's,
Voll heitern Sinn's und frohen Muth's;
Geht's gut, geht's schlimm, — je nun, was thut's?
Das Völkchen liebt die Pfalz
Und denkt: Gott erhalt's!

Wohl wird ein wenig schwadronirt
Zuweilen auch politisirt
In unsrer schönen Pfalz;
Scharf ist das Wort und keck der Witz;
Doch schlägt auch manchmal ein der Blitz,
Das Herz hat einen guten Sitz
In unsrer lieben Pfalz;
Der liebe Gott erhalt's!

Sobald der Wein im Glase blinkt
Die Zunge aus der Scheide springt;
Und ist sie blank, — dann knallt's.
Die Kugel schwirrt, der Degen sticht,
Der Felsen springt, die Kette bricht —
Doch — so gefährlich ist es nicht
In unsrer lieben Pfalz,
Der gute Gott erhalt's!

Ein Pfälzer muß bei seinem Wein
Ein wenig über Alles schrei'n,
Sonst kratzt es ihm im Hals.
Keck stürzt er sich in's Wortgefecht,
Ob arm, ob fromm, ob falsch, ob ächt,
Ein Pfälzer Kind hat immer Recht
Und schwätzt dir jedenfalls:
Gott wohne in der Pfalz.

Dein rasches Blut, dein leichter Sinn
Reißt dich oft zum Extremen hin,
Mein Völkchen in der Pfalz.
Halt an der Farb' und bleib' ihr hold;
Hoch über Alles: Schwarz, Roth, Gold!
Und ob die ganze Welt auch grollt,
Halt fest daran, o Pfalz,
Und ging dir's an den Hals.

Behüt' dich Gott vor Annexion,
Vor Frankreich und Napoleon;
Der reckt schon lang den Hals,
Sieht gierig nach dem deutschen Rhein,
Ist lüstern nach dem Pfälzer Wein;
Doch wie, — wir rufen: nein, nein, nein
Für immer deutsch die Pfalz!
Der liebe Gott erhalt's!

Gott sei bei dir in jeder Noth,
Gesegne dir dein täglich Brod
Und geb' dir Salz und Schmalz.
Er wahre dich vor Teufelsspuk
Vor Frömmelei, vor schwarzem Muck
Und segne freundlich deinen Schluck!
Daß dem so sei, Gott walt's!
Hoch! dreimal hoch die Pfalz!

*) Auf Wunsch des Einsenders abgedruckt.

Die Hacienda del Oriza.

(Fortsetzung.)

Ein paar Stunden vergingen, der Abend war nicht mehr fern, und wir wurden immer unruhiger. Wenn Don Ramon mit den Seinen unsere Salven und die Glocke nicht hörte, wenn die Nacht mit ihrem finsteren Mantel die erbarmungslosen Feinde vor unseren Kugeln schützte — was dann? Es waren keine guten Aussichten vorhanden — aber es galt, gegen das Schlimmste gerüstet zu sein. Frappejuste befahl, Wasser auf das Dach zu tragen und das Thor von innen durch ein Pfahlwerk mit Erdauswurf zu verrammeln; eben hatten wir, etwas seufzend, die Hacken ergriffen, um den festen Boden aufzuwühlen, als plötzlich der Knabe Benito, der einen Spaziergang um das Dach gemacht hatte, ganz athemlos die Leiter herabrutschte.

„Sie sind da!" rief er.

„Wer? die Indianer?"

„Nein, die Unserigen; ich habe einen Reiter gesehen, dort, jenseits über den Glockenthurm hinaus.

er hat mir nur ein Zeichen gemacht und ist dann gleich wieder verschwunden, aber ich hab' ihn recht gut erkannt, es war Feliciano, unser Kuhhirte. Don Ramon ist da!" jubelte der Junge, und eilte, den Frauen die willkommene Nachricht zu bringen.

Statt der Verrammelung ward jetzt die Zugbrücke so gerichtet, daß sie augenblicklich niedergelassen werden konnte; gleichzeitig wurden die Pferde auf den Hof geführt, und so harrten wir ungeduldig der Dinge, die da kommen sollten. Die Glocke tönte noch wie vor in hallenden Schlägen. Plötzlich gab sich eine Bewegung unter den auf dem Hofe lungernden Hunden kund; sie erhoben sich, wie lauschend, und brachen dann, dem Eingange entgegenspringend, in ein freudiges Gebell aus.

Es ist Zeit, sie wittern ihren Herrn!" sagte der Fraile, indem er die gewaltigen Stierfänger liebkoste, welche in jenen Gegenden auf der gefahrvollen Jagd der Bisonochsen gute Dienste leisten. Im gleichen Augenblick flog auch, durch einen gewaltigen Fußstoß beschleunigt, die Zugbrücke rasselnd nieder und über sie hinweg drängte sich ein Gewühl von Menschen und Thieren — denn nicht blos die drei Fremden, auch der Fraile, Benito, Frau Drayton und Donna Rosario waren zu Roß, alle wohl bewaffnet, und ihnen voraus stürmte ein halbes Dutzend riesiger Hunde über die Ebene. Auf dieser begann sich's zu regen; die Apachen waren in voller Flucht, das sah man deutlich. Dahin, dorthin flogen sie, überall aber schienen sie auf Widerstand zu stoßen; einige Schüsse krachten, ein wildes Geheul erschallte — und jetzt stürmte der Trupp der Feinde, wenigstens zwanzig Mann stark, gerade auf uns zu. Wenn sie uns warfen, wenn sie die Hacienda erreichten, dann war alles verloren.

Aber die in der letzteren zurückgebliebenen Frauen hatten die Lage so rasch erfaßt, wie wir, und mit etwas gemischten Gefühlen hörten wir die Fallplanke wieder empor winden, indem wir uns zu einem Kampfe auf Leben und Tod fertig machten; diesen ersparten uns aber die Hunde. Die wilden Thiere waren den Reitern keck entgegengefahren und hatten den Trupp völlig in Unordnung gebracht, so daß manche darunter zu thun hatten, ihre scheu gewordenen Rosse zu bändigen; ehe sie sich aber wieder ordentlich zusammen gefunden hatten, erschienen in einem weiten Halbkreis die Leute der Hacienda. Da galt kein Besinnen mehr, die Indianer prallten auseinander und warfen sich in zügellose Flucht, indem sie von uns und der Hacienda abschwenkten in die Ferne der Prairie. Und jetzt that sich ein entsetzliches Schauspiel für uns auf. Zwei der am besten berittenen, am groteskesten geschmückten Apachen, also jedenfalls Häuptlinge, erschienen an der Spitze der Fliehenden, zwischen sich ein Handpferd, und darauf hing — der Körper einer Frau.

„Meine Tochter, dort ist sie, helft ihr!" schrie die unglückliche Mutter und warf sich wie wahnsinnig mit ihrem Renner, die Büchse schwingend, auf die Verfolgung.

Aber ihr weit voran waren Ferry und Frappesuße; der erstere hatte das schwere Gewehr fallen gelassen, und gewann, als der bessere und leichtere Reiter, einen großen Vorsprung; nicht lange, und er gebot, die Pistole in der Hand, den beiden Räubern energisch Halt! Die Antwort darauf war, daß der eine sofort sein Pferd herumriß, und die Büchse auf den Franzosen anschlug, während sein Gefährte mit seiner Beute desto eilfertiger zu entfliehen strebte. In dem Augenblick, als Ferry auf den ihm den Weg sperrenden Indianer losstürzen wollte, krachte ein Schuß, der letztere schwankte im Sattel und rollte schwerfällig nieder; Frappesußes nie fehlendes Rohr hatte ihn zu Boden geworfen. Gleich darauf war Ferry dicht hinter dem ersten Räuber; dieser hatte gerade den Arm erhoben, um seiner Gefangenen mit dem Tomahawk den Kopf zu spalten, da traf auch ihn das Blei des „kleinen Gewehrs". Leider aber entglitt, als er sank, seiner Hand der Lazo, woran er das Handpferd führte, und dieses setzte in rasenden Sätzen mit seiner bewußtlosen Last das Weite.

Das Mädchen lag, mit auf den Rücken geschnürten Händen, die Füße unter dem Bauch des Rosses zusammengebunden, wie die Indianer ihre Gefangenen zu transportiren pflegen, mit dem Kopf auf dem Rücken des Pferdes und seine langen blonden Haare vermischten sich mit denen des wehenden Schweifes seines flüchtigen Trägers. Vergebens, daß der Franzose seinen Mustang zur eifrigsten Verfolgung antrieb, daß der Canadier alles aufbot, dem Thiere beizukommen, daß Frau Drayton und ich nachzureiten strebten; unstreitig hatten die Indianer ihr edelstes Pferd für die Gefangene bestimmt gehabt, nun flog es vor uns dahin, als eile es der ewigen Freiheit der Steppen entgegen, und mit Schaudern erfüllte uns das Loos, das dem unglücklichen Geschöpf auf seinem Rücken beschert schien.

Herzzerreißend schallte vor allem der Weheruf der Mutter: „Mein Kind, meine Tochter! Rettet sie, habt Erbarmen!"

Und er wurde gehört. Denn plötzlich donnerte hinter uns erneuter Hufschlag, eine rothe Staubwolke wälzte sich heran, hotte uns ein, wallte an uns vorüber; es war ein kleiner Trupp Reiter, aber anderer Art als wir. Wir erkannten sie sofort an der Tracht und an den geschwungenen Lazos als Vaqueros; ja, das waren die Pferdemenschen, von deren Reiterstücken so viel Unglaubliches erzählt wird; wie der Sturmwind, Mann und Roß ein untrennbares Ganzes, brausten sie an uns vorüber, ohne auch nur einen Blick auf uns zu werfen; sie hatten nur ein Ziel und wollten es erreichen — sie erreichten es.

Den beiden andern noch weit voraus war es einer dieser Vaqueros, welcher in wenigen Minuten dem Renner mit der Gefangenen dicht auf den Hufen ritt; er hob sich stehend in den riesigen Steigbügeln, den rechten Arm hoch über dem Kopf, eine schwarze Linie wirbelte in der Luft, dann schoß sie gleich einer Schlange vorwärts, im gleichen Augenblick wandte der Reiter mit unbeschreiblicher Bravour seinem gleichrigsten Hengst; dieser zog an, und der am Sattelknopf befestigte, dem flüchtigen Pferd mit unfehlbarer Sicherheit um den Hals geworfene Lazo riß es wieder auf die Knie; mit hervorquellenden Augen, heraushängender Zunge, pfeifend nach Athem schnappend, gab es jeden Widerstand auf, es kannte die Wirkung der fürchterlichen Wurfschlinge aus Erfahrung. Mit Blitzesschnelle sprang der Reiter ab, Hand um Hand vorgreifend, arbeitete er sich an dem Lazo bis zu dem niedergebrachten Thier, mit der linken Hand erfaßte er dessen Nase, wie mit einer eisernen Klammer, mit der Rechten hatte er sein Messer aus der Scheide gerissen, zwei Schnitte lösten die Bande des Mädchens, welches langsam vom Rücken des Pferdes glitt.

Als die beiden anderen Vaqueros ankamen, um ihrem Lieblingsbruder beizustehen, fanden sie ihn auf dem Boden sitzend, ein schönes bleiches Mädchenhaupt im Schooße. „Sie ist todt!“ murmelte er, „wir sind zu spät gekommen!“

Da sprangen Ferry, Frau Drayton, Frappesuße von den Rossen. Die Mutter warf sich auf die Tochter mit Jammergeschrei; der Franzose hatte den Arm des regungslosen Mädchens ergriffen. „Sie lebt!“ rief er, zog ein Flacon mit englischem Riechsalz hervor und hielt es ihr vor. In der That verkündeten sofort einige Zuckungen das wiederkehrende Leben; als Mary Drayton die Augen aufschlug, fand sie sich zwischen allem, was ihr theuer auf der Erde, ihrer Mutter, und ihrem Geliebten, Cayetano Carvalho, dem sie heute ihr Leben verdankte. Wem sollte sie es lieber verdanken? Sie ward auf ein Pferd gehoben, und unter einer Escorte, wie sie sicher kein König gehabt hat, im Triumph nach der Hacienda gebracht, die ihr so lange schon den Eingang hartherzig verweigert hatte.

Der Kampf war aus. Von allen Seiten ritten die Vaqueros und Peones herbei, einige schleiften hinter sich an den Lazos Indianerkörper; auch aus ihrer Mitte war ein Braver von einer heimtückischen Apachenkugel gefallen, mehrere durch Pfeile oder Lanzenstiche verwundet — aber nichtsdestoweniger war ein großer Sieg errungen und, was mehr, Haus und Hof aus den Krallen der indischen Teufel errettet worden. Don Ramon, eine stattliche Greisengestalt, stand schon unter seines Hauses Thor neben dem Rollstuhl seiner Gattin, die sich seit Jahren zum erstenmale so weit gewagt hatte, um ihren Mann und ihre Kinder eher umarmen zu können; mit wenigen Worten hatte sie ersterem die Geschichte der kurzen Belagerung mitgetheilt; wir fanden noch einmal den wärmsten, überschwänglichsten Empfang in der Hacienda del Orion mit dem abermaligen Anerbieten, daß sie uns gehören solle mit allem, was darin und daran sei, sobald wir nur wollten.

Etwas gemessen, fast kalt, so daß es uns verwunderte, wurden Frau Drayton und ihre wiedergewonnene Tochter aufgenommen, während ein ernster, forschender Blick des Vaters auf Cayetano fiel, der darunter erbleichte. Desto herzlicher umringten seine Brüder und die Frauen den jungen Mann, welcher der bewunderte Liebling aller schien, wie er denn auch der Schönste, Stärkste, Gewandteste der ganzen Familie war, so viel jeder einzelne davon an sich werth sein mochte.

(Schluß folgt.)

Das Wanderleben der niederen Thiere.

Von Karl Ruß.*)

Ueberblicken wir die Thiere abwärts von den Säugern und Vögeln, also die Reihen der Lurche oder Kriechthiere, Fische, Krustenthiere, Spinnen, Insekten, Würmer und Weichthiere, so finden wir, daß bei uns die große Mehrzahl derselben mit dem Ende der milden Jahreszeit völlig zu Grunde geht oder in dem Zustande des Winterschlafes ihr Dasein fristet. Dennoch bieten auch diese unteren Thierklassen fast sämmtlich, entweder in ihren fremdländischen Arten oder in den einheimischen durch absonderliche Verhältnisse veranlaßt, auch für die Betrachtung des Wanderlebens der Thierwelt ebenso reiche als interessante Gesichtspunkte.

Bereits die Bezeichnung Kriechthiere läßt es zwar hinreichend erkennen, daß wir in diesen Familien weder tüchtige Läufer, noch Flieger oder Schwimmer zu erwarten haben, dennoch hat man auch bei ihnen erstaunliche Reisen zu beobachten Gelegenheit gefunden. Es sei uns vergönnt, nur ein solches Beispiel — freilich das bewunderungswürdigste — mitzutheilen: Ein Schiff, welches auf der Rückreise nach England bei der Insel Ascension anlegte, nahm mehrere große Meerschildkröten an Bord. Unter diesen befand sich eine, die durch irgend einen Unglücksfall einen Fuß verloren hatte und die daher von den Matrosen „Lord Nelson“ benannt wurde. Diese Schildkröte zeichnete man in der gewöhnlichen Weise, indem man einige Buchstaben und Zahlen, vermittelst eines glühenden Eisens, ihr in die untere Schale einbrannte, Merkzeichen, die bekanntlich niemals verwachsen, sondern unvertilgbar sind. Durch ungünstige Verhältnisse wurde die Heimfahrt des Schiffes bedeutend verzögert; infolge dessen starben die Schildkröten zum größten Theile und auch alle übrigen wurden krank. So kam auch der „Lord Nelson“ dem Tode nahe und wurde, eben als das Schiff bereits in den Britischen Canal gelangt war, von den Matrosen über Bord geworfen, um ihr wenigstens die Möglichkeit zu geben, daß er in seinem Elemente sich noch wieder erhole und gesunde. Dies geschah auch in der That — und noch viel mehr. Denn nach zwei Jahren wurde dieselbe dreibeinige Schildkröte in ihrer Heimath, bei der Insel Ascension, wieder eingefangen. Das scheinbar so einfältige und unbeholfene Thier hatte die verhältnißmäßig ungeheure Strecke von etwa achthundert Seemeilen zurückgelegt und sogar das im unermeßlichen Ocean ein so winziges Stückchen Erde bildende Eiland glücklich wieder aufgefunden. Diese an das Wunderbare grenzende Begebenheit ist durch zuverlässige Ver-

*) Westermann's Monatshefte.

sonen über alle Zweifel gestellt und in zahlreichen Schriften erzählt worden.

Annähernd ähnliche zufällige Wanderungen unternehmen manche Schildkröten, indem sie, nach Alexander von Humboldt's Mittheilungen, von den Antillen aus zuweilen dem wärmeren Wasser des Golfstromes folgen und so, zur großen Verwunderung der Leute, an den Küsten von Schottland erscheinen. Wie Hartwig erzählt hat man im Jahre 1850 sogar bei Ostende eine Schildkröte gefangen, welche mehrere hundert Pfund schwer war.

Regelmäßige Wanderungen kann man bei den Schildkröten für zweierlei Zwecke beobachten. In dem einen Falle entsteigen sie nämlich zu einer bestimmten Zeit und meistens in sehr großer Anzahl dem Meere, erklimmen die Ufer gewisser Inseln und wandern nach bestimmten, ihnen günstigen Theilen derselben, um dort ihre Eier abzusetzen. So finden sich z. B. auf den wüsten Küsten Java's jene ungeheuren Riesenschildkröten ein, welche oft fünfhundert bis tausend Fuß weit kriechen müssen, bis sie den zur Erbrütung ihrer Nachkommenschaft geeigneten, trockenen und losen Sand finden. — In dem andern Falle wandern die Schildkröten nach den Quellen, um Wasser zu trinken. Charles Darwin erzählt darüber Folgendes: Die größeren Inseln haben allein Quellen, und diese liegen immer nach dem Mittelpunkte des Eilandes zu und in einer beträchtlichen Höhe. Wenn also die Schildkröten, die in niedrigen Gegenden wohnen, durstig sind, so müssen sie weite Strecken zurücklegen. Aus diesem Grunde laufen breite und wohlausgetretene Pfade in jeder Richtung von den Quellen bis zur Meeresküste, und die Spanier entdeckten zuerst die Wohnplätze, indem sie diesen Pfaden folgten. Als ich auf der Chataminsel landete, konnte ich mir gar nicht denken, welches Thier längs der wohlgewählten Pfade ging. Es war ein merkwürdiges Schauspiel, nahe an den Quellen viele von diesen großen Ungeheuern zu sehen, ein Theil eifrig mit ausgestreckten Hälsen vorwärts wandernd, und ein anderer auf der Rückkehr begriffen, nachdem sie tüchtig getrunken hatten. Die Einwohner sagen, daß jedes dieser Thiere drei oder vier Tage in der Nähe des Wassers bleibt; aber über die Häufigkeit dieser Besuche waren sie nicht unter sich einig. Das Thier regelt sie wahrscheinlich je nach der Beschaffenheit der Nahrung, die es zu sich genommen hat.

(Fortsetzung folgt.)

Miscellen.

In Würzburg ist am 8. April der Senior der dortigen Hochschule, Dr. Leiblein, Professor der Zoologie und Botanik, gestorben.

London. Es bestätigt sich, daß die Nachricht von dem Tode Ericsson's falsch war. Wie der „Baltimore Wecker" mittheilt, war es ein Mann Namens Ericson und nicht der berühmte Ericsson, der in Richland im Staate New-York der Wassersucht erlag. Ericsson kann mit dem Todtengericht, das die Presse über ihn, den Lebenden, hielt, zufrieden sein: denn jedes Blatt, das seinen vermeintlichen Tod besprach, zollte seinen Verdiensten die wohlverdiente Anerkennung.

Die Frauen in Newyork. In Newyork und Umgegend leben nach dem Newyorker Journal 75,000 Frauen und Mädchen, die auf ihrer Hände Arbeit angewiesen sind. Ihr Lohn beträgt 2 Dollars 50 Ct. bis 18 Dollars per Woche. Dienstmädchen erhalten die erstere Summe (mit Kost und Wohnung), Redacteurinnen die letztere. Näherinnen verdienen per Woche vier Dollar 50 Ct.; Schneiderinnen 15 Doll.; Papierschachtel- und Papierkragen-Verfertigerinnen 5 Doll.; Zeichnerinnen 12 Doll.; Kolleteusen und Schreiberinnen 6 Doll.; Buchbinderinnen, Setzerinnen, Telegraphistinnen und Holzschneiderinnen 10 Doll.; Cravatt- und Crinolinenmacherinnen, Bonnetierinnen, Schneiderinnen, Putzmacherinnen und Schirmverfertigerinnen 7 Doll.; Blumenmacherinnen, Buchhalterinnen und Helferinnen, Pelznäherinnen, Strickerinnen, Hutmacherinnen, Photographistinnen, Silberpoliererinnen und Spielsachen-Malerinnen 8 Doll.; Juwelierinnen und Schuhmacherinnen 9 Doll.; die Zahl der Doctorinnen in den Vereinigten Staaten ist bekanntlich sehr groß; Postmeisterinnen hat Präsident Grant soeben mehrere ernannt, wir werden demnach in allen Zweigen der Industrie und Wissenschaft Frauen sehr stark vertreten sehen.

(Was den Büffeln Freude macht.) Ein Blatt aus dem Westen Amerika's erzählt: Die Büffel haben ein neues Privat-Vergnügen auf der baumlosen Prairie. Sie benutzten die Telegraphenstangen, um sich die Haut daran zu reiben, was der Telegraphen-Compagnie gar vielen Schaden verursachte, denn die Drähte wurden Meilen weit zerstört. Einem von der Gesellschaft kam plötzlich ein Gedanke zur Abhilfe. Man sandte nach St. Louis und Chicago und ließ sich alle Spickernägel bringen, die man auftreiben konnte. Diese wurden nun von allen Seiten in die Stangen getrieben, so daß die scharfen Spitzen weit herausstanden, damit den Büffeln ihr Privat-Vergnügen verleidet würde. Aber niemals hat eine Compagnie sich mehr getäuscht gesehen, als die Prairie-Telegraphen-Gesellschaft. Die Spickernägel waren den Büffeln gerade recht, und es kitzelte sie ganz besonders, sich ihre dicke Haut daran aufritzen zu lassen. Von allen Seiten kamen sie herangelaufen und sie bekämpften sich förmlich mit ihren Hörnern, denn jeder wollte der erste an der Stange sein. In kurzer Zeit lagen sämmtliche Stangen und Drähte niedergebrochen, und die Telegraphengesellschaft hat seitdem keine neue Nachfrage nach Spickernägeln angestellt.

Räthsel.

Aus der armen Leute Taschen
Ein'ge Gulden zu erhaschen,
Kündigt stets mit fetten Lettern
Fast in allen Zeitungsblättern
So ein fremder Doctorsmann
Jeden Tag das Ganze an.
Wirfst du die zwei letzten Zeichen
Nun an diesem Worte streichen,
Dann besagt es eine Stadt,
Die viel Interesse hat,
An die Bahn, die wir begrüßen,
Sich aus Baden anzuschließen.

Auflösung des Räthsels in Nr. 42.

Reiher, Reiter, Reiten, Reifen, Reiben, Reihen, Rennen.

Redaction von K. A. Woll, Druck der Jäger'schen Druckerei in Speyer.

Palatina.

Belletristisches Beiblatt zur Pfälzer Zeitung.

Nro. 45. Speyer, Donnerstag, den 15. April 1869.

Die Hacienda del Orion.

(Schluß.)

Die Hacienda bot, von einem Viertelhundert urwaldduftiger, gelber Wachskerzen beleuchtet, an diesem Abend wirklich ein malerisches Bild. Der würdige Hausherr und seine imposante Gemahlin, die acht Söhne, deren ältester achtundzwanzig, der jüngste vierzehn Jahre zählte, wahre Antinousgestalten, jetzt in der prächtig kleidsamen mexikanischen Festestracht, die schönen Frauen der drei ältesten, die zierlichen Mestizenmädchen, welche unaufhörlich auftrugen, was nur Küche und Keller vermochten; der Fraile, der, nachdem er ein ernstes Dankgebet gesprochen, seiner angebornen Heiterkeit gemüthlich die Zügel schießen ließ, der gravitätische Waldläufer, der den schlau blinzelnden Blick nicht von der hübschen Antonita verwandte, welche dies bemerkend das Feuer ihrer dunklen Augen spielen ließ, trotz der vollendetsten Pariser Coquette! endlich der elegante Franzose, der die Unterhaltung beherrschte, wie und wann er wollte — das alles zusammen steht als ein unauslöschliches Bild in meiner Erinnerung. Ein Schatten fällt in dasselbe nur durch die Abwesenheit der Damen Drayton und die Niedergeschlagenheit des braven Cayetano. „Hoffen Sie, mein wackerer Freund!“ flüsterte ihm Ferry im Vorübergehen zu; aber er schüttelte traurig den Kopf.

Wir erfuhren nun, daß allerdings die Glocke das Beste gethan hatte. Die Vaqueros befanden sich um die Mitte des Tages noch ungefähr drei Meilen von der Hacienda entfernt; sie hatten eine Cavallada von über 3000 Thieren, Pferde, Maulthiere und Rinder, zusammengebracht und gedachten sie am nächsten Morgen in die Corrals zu treiben. Um sie am Ausbrechen zu hindern, mußten die Reiter auf einer sehr langen Linie sich im Halbmond ausbreiten, so daß die beiden Flügelmänner meilenweit vom Centrum entfernt, dagegen den Fluren der Hacienda ziemlich nahe waren. Der eine davon, der Vaquero Feliciano, war es, welcher plötzlich die Töne der Glocke vernahm, während er, merkwürdiger Weise, des Fraires und unsere Salven nicht vernommen hatte; bestürzt sprengte er zu seinem Nachbar, dieser trug die Nachricht weiter, so gelangte sie in einer halben Stunde zu Don Ramon, der im Mittelpunkt hielt. Augenblicklich befahl dieser, die Thiere ihrem Schicksal zu überlassen und in größter Eile auf die Hacienda loszureiten, und zwar in der gleichen Ordnung, wie bisher, so daß die vierzig Reiter in einem großen Halbkreis sie beim Hervorbrechen fast umzingeln mußten. Binnen einer Stunde waren sie, zuletzt mit einiger Vorsicht, am jenseitigen Rande der Felder angelangt; hier war ihnen Schritt und Tritt bekannt, sie stürmten durch die Maisplanlagen, setzten über die Gräben und überfielen die Apachen mit einer Wildheit, welche diese gar nicht zur Besinnung kommen ließ, sonst hätten sie gewahrt, daß unter den Vaqueros nur zwei, die Jäger der Hacienda, mit Büchsen bewaffnet waren.

„Ehre der heiligen Jungfrau von Guadelupe und diesen tapferen Freunden,“ sagte Don Ramon, indem er seinen Bericht schloß und auf uns deutete, „sie haben heute mein Haus beschützt vor den Heiden. Diese werden sobald nicht wiederkehren, und wenn sie es jemals thun — unbewacht sollen sie die Hacienda del Orion nicht mehr finden, das gelobe ich.“

„Geben Sie der Wahrheit die Ehre,“ fiel ihm Ferry in die Rede; „ohne Frau Draytons klugen Einfall und die Glocke hätten wir vielleicht jetzt nicht alle mehr unser Haar auf dem Schopfe!“

Als am nächsten Morgen Ferry mit mir in die Assistencia trat, kamen wir zu einer Familienscene, welche uns anfangs in einige Verlegenheit brachte. Don Ramon und seine Gattin auf der einen, Frau Drayton und Cayetano auf der anderen Seite, geröthete Gesichter, verwischte Thränen, peinliches Schweigen sagten uns nur zu deutlich, wovon die Rede gewesen. Don Ramon, nachdem er uns würdevoll gegrüßt, nahm zuerst das Wort wieder auf: „Diese Caballeros“ — damit meinte er uns — „gehören seit gestern zu unserer Familie; ich habe kein Geheimniß vor ihnen. Du, Cayetano, hast das letzte Wort Deines Vaters gehört; gefällt Dir's nicht, steht Thor und Welt Dir offen; Sie, Dona Drayton, werden bei aller Verbindlichkeit, welche wir Ihnen bei dem gestrigen Ueberfall danken — die jedoch von uns, hoffe ich, gut gemacht worden ist — es entschuldigen, wenn wir von einer nähern Verbindung mit Ihrer Familie absehen müssen.“

„Hab' ich mich dazu gedrängt?“ fuhr die Amerikanerin auf, aber Ferry legte ihr die Hand auf den Arm.

„Ein Wort!“ sagte er. „Warum, Don Ramon, wollen Sie Ihrem Sohne Cayetano nicht das Mädchen zur Gattin geben, das er zärtlich und treu liebt?“

„Ich will annehmen, daß Sie ein Recht zu dieser Frage besitzen,“ entgegnete Don Ramon etwas hochfahrend, und antwortete daher kurz: „die Vermögensverhältnisse sind zu ungleich.“

Ferry lächelte: „Wenn aber Mary Drayton wohlhabend wäre?“

„Ja, wenn!“ zuckte Don Ramon die Achseln; aber Dona Jesusitas wie Cayetanos Augen richteten sich fragend auf den Franzosen.

„Frau Drayton,“ fuhr dieser fort, „haben Sie nicht einen Sohn gehabt?“

Die Dame blickte auf. „Ganz gewiß,“ erwiederte sie. „William oder kurzweg Bill Drayton hieß der Taugenichts und ist uns vor zwölf Jahren, kurz vor dem Tode seines armen Vaters, entlaufen. Wer weiß, wo seine Gebeine auf der Prairie bleichen!“

„Je nun, wenn er auch gestorben ist,“ meinte Ferry langsam, „so kann er ja eine Erbschaft hinterlassen haben.“

„Bill eine Erbschaft!“ lachte fast die Mutter, „er wäre der Mann dazu gewesen!“

„Und doch ist es so,“ bekräftigte Ferry. „William Drayton ist fünf Jahre lang mein treuer Diener in Mexiko und Californien gewesen; ausdrücklich um seiner Mutter sein Vermächtniß zu überbringen, habe ich den weiten Weg nach der Hacienda del Orion zurückgelegt, wie ich ihm feierlich versprochen.“

„So ist er wirklich todt, der arme Bursche!“ sagte Frau Drayton und wischte sich mit der Schürze die gar nicht nassen Augen; „aber Sie sagten von einer Erbschaft?“

„Da!“ rief der Franzose und zog eine unscheinbare silberne Uhr hervor, welche er der Mutter bot. Diese ergriff und betrachtete sie: „Wahrhaftig, seines armen Vaters Uhr, da hängt noch der Silberpfennig, den ihm sein Pathe Dick Watson, der Trapper, geschenkt, er hat sie also doch in Ehren gehalten!“

Und diesmal weinte sie wirklich; schluchzend wendete sie sich ab und murmelte: „Zwei Kinder an einem Tag, es ist zu viel.“

Ferry aber trat an den langen Mahagonitisch, zog einen Beutel aus der Tasche, griff hinein und warf eine Handvoll Goldstücke darauf: „Das alles ist Euer, Frau Drayton!“ rief er und leerte den Rest des Beutels aus, so daß die blinkenden Onzas, Escudos, Quadrupels, Doblons und Eagles lustig über die mattbraune Tafel rollten; dann zog er aus dem Portefeuille noch einen hübschen Bund Greenbacks (amerikanische Banknoten), warf sie auf das Gold und rief abermals: „Alles Euer, Frau Drayton, hier liegt die Erbschaft Eures Sohnes!“

Die Bewegung in den einzelnen Personen und ihre Gesichter bei diesem Auftritt zu beschreiben, würde sehr schwer sein. Es lagen gegen dreitausend Dollars auf dem Tisch. Das ist viel Geld in der Prairie, wo für einen Silberdollar der beste Stier zu haben ist — doppelt viel aber in Baarem; der reichste Haciendero hat niemals solche Summe beisammen gesehen.

Was soll ich noch lang erzählen? Keine Viertelstunde war vergangen, so saß die hübsche Mary Drayton neben der Dona Jesusita, welche sie zehnmal in einem Athem ihr „süßes Kind Mariquita“ nannte; Frau Drayton prangte in einem blauen Atlaskleid, dessen Taille sie noch zweimal hätte beherbergen können, Cayetanos Brüder freuten sich sämmtlich aufrichtig, so auch Fra Jose, der zugleich wieder einfließen ließ, daß alles hätte nicht geschehen können ohne ihn und seine Feldschlange. — — —

Wir mußten zur Hochzeit bleiben, welche Frater Jose Ogindo sehr feierlich vollzog unter den Klängen der nunmehr doppelt berühmt gewordenen Glocke. Als wir endlich nach ehemaligem Ansatz zur Abreise gelangten, erklärte Frappejaste, daß er bleiben und das ihm angetragene Amt eines Kastellans und Jägers der Hacienda übernehmen werde. Da wir Führer im Ueberfluß zur Verfügung hatten, ließen wir den wackeren Canadier gern in den Banden der schwarzäugigen Antonita.

In San Antonio de Texas trennte ich mich vierzehn Tage später von meinem liebenswürdigen Reisegefährten Gabriel Ferry. Ich habe niemals wieder von ihm direct gehört. Aber wenn ich später seine farbensprühenden Reiseschilderungen wiederholt las, mußte ich mich immer fragen: Warum erzählte er nicht auch von der Hacienda del Orion?

Das Wanderleben der niederen Thiere.

Von Karl Ruß.

(Fortsetzung.)

Ueber andere Wanderungen der Kriechthiere ist die Mittheilung von Spix und Martius interessant, daß nämlich in Brasilien alle Arten von Amphibien mit einer gewissen Regelmäßigkeit zu wandern scheinen, je nachdem sie die Jahreszeit mit Regen begünstigt. Bei jeder eintretenden Austrocknung der seichten Gewässer dort ziehen sie förmlich heerdenweise in feuchtere Gegenden oder in die Wälder. — Von den Krokodilen sagt Alexander von Humboldt, daß sie zuweilen aus den Mündungen der Flüsse sich bedeutende Strecken weit in das offene Meer hinaus wagen. Im Uebrigen sagt Brehm über das Wanderleben dieser ganzen Thierklasse Folgendes: „Alle Arten sind mehr oder weniger an dieselbe Oertlichkeit gebunden; kein einziges Kriechthier wandert im eigentlichen Sinne des Wortes. Die Schildkröten verbreiten sich über ein Flußgebiet und können von hieraus auch wohl in benachbarte Gewässer übersiedeln; sowie aber eine größere, wasserlose Landstrecke zwischen dem Gebiete ihres Wohnflusses und eines andern Stromes liegt, stellen sich ihrer Verbreitung unübersteigliche Hindernisse in den Weg. Genau dasselbe gilt für diejenigen Arten, welche auf dem trockenen Lande leben: sie können schon durch einen schlanken Meeresarm an einer Ausdehnung ihres Wohnsitzes gehindert werden. Gleichwohl kommt ein und dieselbe Kriechthier an verschiedenen Oertlichkeiten, welche durch ähnliche Hindernisse getrennt sind, in annähernd gleicher Menge vor, und es läßt sich in diesem Falle nur annehmen, daß die jetzt trennenden Grenzen vormals nicht vorhanden gewesen sind. Daß das Meer in gewissem Grade die Verbreitung auch dieser Thiere erleichtert, ja sogar eine Art von Reisen möglich macht, ist selbstverständlich."

Als wirkliche Wanderer und Reisende in des Wortes weitreichendster Bedeutung treten uns nun aber die Fische entgegen. Bei ihnen wiederum finden wir die verschiedensten Arten des Wanderlebens ungleich mannigfaltiger und ausgedehnter als bei allen anderen Thieren, mit alleiniger Ausnahme der Vögel. Aber auch diesen leichtbeschwingten Bewohnern des lichten Aethers stehen sie mindestens nicht nach — wenn sie dieselben nicht in mancher Hinsicht noch übertreffen.

Auch bei den Fischen treten uns also sehr verschiedene Erscheinungen in der Weise des Wanderns entgegen. Wir können, ähnlich wie in der Vogelwelt, Standfische, zufällig verschlagene oder verirrte, streichende, wandernde und ziehende Fische unterscheiden. Rafinesque, der sich wohl am eingehendsten mit der Lebensweise der Fische beschäftigt hat, theilt sie in Betreff ihres Wanderlebens in folgende fünf Gruppen: 1) Herumschweifende Fische, 2) Gesellige Sommerfische, 3) Einsame Sommerfische, 4) Gesellige Winterfische, 5) Einsame Winterfische. Und nach allen diesen Seiten hin wollen wir auch das Wanderleben der Fische kurz betrachten.

Jedenfalls sind die Standfische, d. h. solche, die ihr Heimathsgebiet niemals verlassen, in den Arten, wenn auch keineswegs in der Anzahl der Individuen, am reichlichsten unter allen Fischen vertreten. Für uns hier genügt ihre Erwähnung; weiter dürfen wir uns bei ihnen nicht aufhalten.

Zunächst wollen wir nun einen Ueberblick des Wanderlebens der Fische im Allgemeinen zu gewinnen suchen und zwar nach Schleiden's trefflichen Schilderungen: In zwei Drittheilen der ganzen Erdoberfläche scheint das Flossenthier frei und ungehindert seinen Aufenthalt wählen zu können. Dem Blicke des Forschers erscheint dies indessen nicht als richtig; ihm zeigen sich auch in dem scheinbar so gleichförmigen, grenzenlosen Meere zwar unsichtbare, doch ganz bestimmte Schranken, die den Fisch gleichsam in fest abgeschlossene Räume bannen, in Grenzen einschließen, die er nicht überschreiten kann.

Die Alten kannten den Häring nicht, denn niemals ist ein solcher durch die Straßen von Gibraltar geschwommen; der sogenannte Häring des Schwarzen Meeres ist eine andere Art. Der von den Nordamerikanern als Häring in ihren Gewässern gefangene Fisch ist von dem unsrigen durchaus verschieden, und der Strömling der Ostsee, den man noch jetzt mit unserem gemeinen Häring zu identificiren pflegt, unterscheidet sich jedenfalls durch ganz bestimmte Eigenheiten, auch verläßt er niemals die baltischen Gewässer, sowie andererseits der gemeine Häring noch niemals durch den Sund gegangen ist.

Die allgemeinste Schranke für die Fische liegt zunächst im Unterschiede des süßen und salzigen Wassers. Fast drei Viertel aller Fische sind Bewohner des Meeres. Manche Abtheilungen sind ausschließlich auf den einen oder andern Wohnort angewiesen, so die Quermäuler auf die Salzfluth, die Karpfen- oder Weißfische und Hechte auf die süßen Gewässer. Andere Familien vertheilen sich nach den Arten. Manche Fische leben vorzugsweise im Brackwasser, d. h. wo salziges und süßes Wasser mit abwechselndem Vorherrschen des einen oder anderen zusammentreffen. Viele Fische können in beiderlei Gewässern leben, so besonders die Seefische, welche, wie die Salmfische, zum Laichen in die Flüsse steigen. Auch die meisten Störe gehen auf dreißig bis vierzig Meilen weit in die Flüsse; unter den Häringsarten gehen die Alsen bis in die Bäche; schon Ausonius zählt sie unter den Fischen der Mosel mit auf, und in der Seine gehen sie bis Provins. Mehrere Rochenfische steigen hoch in die Ströme Südamerika's. Die Alfische und Zange finden sich in der Loire und ihren Nebenflüssen, erstere auch in der Seine und die zweite im Rhein bis Coblenz.

Aber auch künstlich hat der Mensch diese Verpflanzung in ein fremdes Element erzwungen. In China herrscht schon lange der Gebrauch, den Laich von Seefischen in Eierschalen ausbrüten zu lassen und dann die junge Brut im süßen Wasser groß zu ziehen; in England sind mit mehr als dreißig Seefischarten Versuche gemacht, sie in süßem Wasser anzusiedeln und zwar mit dem besten Erfolge; so von Stewart auf den Orkneyinseln, von Preston am Frith of Forth und von Arnold auf Guernsey.

Nordpol und Südpol haben eine verschiedene Fischfauna; von den Fischen der Tropen treten nur wenige zuweilen über in die Fluthen der gemäßigten Zone; auch der Osten und Westen der großen Oceane unterscheiden sich durch verschiedene Fischformen. — Wir müssen das über die Aufenthaltsorte der Fische noch weiter ausgeführte, als hier zu fernliegend, leider überschlagen und uns zum Wandern selbst wenden.

Viele Fische, sagt Schleiden weiter, verlassen zur bestimmten Zeit ihre Wohnplätze und wandern. Häufig ist Nahrungsbedürfniß die Ursache. Darum folgen die Haie und der atlantische Thunfisch den Schiffen der Küchenabfälle wegen und gelangen bei dieser Gelegenheit aus einem Meere in das andere. Auch den Fischzügen folgen die Haie; 1847 war die englische Küste reich mit Makrelen gesegnet, es hatten sich aber auch viele Haifische eingefunden. Ein anderer Beweggrund zum Wandern der Fische liegt in dem Bedürfniß, zur Laichzeit ein Wasser aufzusuchen, das für die Entwicklung der Eier und das Gedeihen der Brut nothwendig ist. Einige steigen deshalb aus größeren Tiefen an die Oberfläche, andere gehen in die flacheren Küstengewässer; einige unternehmen große

Reisen und noch andere treten in die Flüsse und verfolgen den Lauf derselben aufwärts; darunter selbst einige, die sonst sehr schlechte Schwimmer sind, wie die echte Lamprete. Zu den bis jetzt bekannten eigentlichen Wanderfischen gehören mehrere Schollen oder Seitenschwimmer, Schellfischarten, Häringsfische, Karpfen- oder Weißfische, Salme oder Lachsfische, Makrelenfische und viele andere.

(Fortsetzung folgt.)

Miscellen.

* Von dem Stadtpfarrer und königl. Distriktsschulinspektor Leyser ist ein Büchlein erschienen, welches einen Gegenstand berührt, der gegenwärtig mehr als je das allgemeine Interesse erregt, und mit der lebhaftesten Theilnahme, leider aber nicht ohne Parteileidenschaft, in den verschiedensten Kreisen besprochen wird. Das Büchlein betrifft die Schule, zunächst deren Lehrgegenstände. Es führt den Titel:

Beiträge zu einer
neuen Lehr-Ordnung
für die deutschen Schulen im Königreich Bayern.
Ein Revisionsversuch von J. Leyser w. Neustadt a. d. H.
bei Gottschick-Witter.

Das Büchlein liefert einen neuen Beweis, wie eifrig die k. Regierung bemüht ist, den Schulunterricht zu vervollkommnen und dadurch die allgemeine Volksbildung, so weit sie von der Schule abhängt, nach der intellectuellen wie nach der religiös-sittlichen Seite zu heben. Die Regierung sucht nicht bloß durch ihren erfahrenen, ungemein thätigen Schulreferenten, Herrn Dr. Jordan, welcher schon seit vielen Jahren die Schulen persönlich prüft und untersucht, die gewünschte Kenntniß von dem inneren wie von dem äußeren Stande des Schulwesens zu gewinnen, sondern hat auch in jüngster Zeit eine Anzahl Schulmänner, namentlich Inspectoren, in Speyer versammelt, um sich mit ihnen über wahrgenommene Mängel, deren Ursachen und über die Mittel der Verbesserung eingehend zu berathen. Diese Versammlung blieb gewiß nicht ohne Einfluß auf die neue Lehr-Ordnung, die wir für die deutschen Schulen der Pfalz und des ganzen Königreichs zu erwarten haben. Zu dieser neuen Lehr-Ordnung gibt uns Herr Inspektor Leyser sehr werthvolle Beiträge. Wir können sie hier, da dieses Blatt eine weitere Bestimmung hat, nicht näher besprechen, sondern müssen uns auf diese Anzeige beschränken; wir bemerken nur, daß das Büchlein mit voller Sachkenntniß geschrieben ist und seinen Ursprung nur der Liebe zur Volksschule verdankt, welcher der Verfasser seine rastlose Thätigkeit widmet. Er selbst legt es in der bescheidenen Weise, welche den wahrhaft Gebildeten charakterisirt: „Ich würde es mit lebhafter Freude begrüßen, wenn mein anspruchsloser Versuch eine Veranlassung würde, daß, nachdem die äußeren Angelegenheiten der Volksschule ihrer gesetzlichen Regelung entgegen gehen, auch diese, das innerste Leben der Schule so tief berührende Frage durch eingehende Besprechung in den Lehrerzeitungen des Königreichs einer befriedigenden Lösung immer näher gebracht würde."

Der Verfasser ist ein noch junger Mann, der seinen Gegenstand mit all' der Wärme und Hoffnung umfaßt, die dem Manne in der Blüthe der Jahre eigen ist. Der Berichterstatter selbst, in Jahren vorgerückt, kann zum Schlusse dieser Anzeige die Bemerkung nicht unterdrücken, daß er seinen sanguinischen Hoffnungen vom Schulgesetz und Schulreformen, so gut sie auch seien, sich hingeben kann. Er findet den Mangel der Volksbildung nicht in der Schuleinrichtung, so sehr auch der Verbesserung bedürftig sein mag, auch nicht bei den Lehrern, sondern in dem socialen Leben, welches Tausenden und Tausenden wegen der Lebensnothdurft nicht gestattet, ihre Kinder so lange in der Schule zu lassen, daß das Gelehrte in Geist und Herz aufgenommen werden kann. Was das Kind lernt — und Kinder sind die Menschen bis zum vierzehnten Jahre — und oft nur höchst dürftig lernt, schwindet schnell wieder, „sobald und nachdem," wie Sarrazin sagt, „die Schule verlassen ist," und, was das Wesentliche, die Sittlichkeit betrifft, die Weltschule mit ihren Beispielen den Unterricht überwiegt. So lange keine Reform der Lebensverhältnisse möglich ist, so lange Tausende von Eltern, selbst nicht unbemittelte, kaum das Brod erwerben können, bis sie in ihren Kindern eine Stütze finden: so lange werden wir in der Schule, zwar nicht vergebens arbeiten, aber lange nicht alle Früchte reifen sehen, die wir gesäet haben.

Diese Ansicht hält uns jedoch nicht ab, alle Schulverbesserungen dankbar anzuerkennen und darum auch Herrn Inspektor Leyser den Dank auszusprechen, den er durch seine einsichtsvollen und eifrigen Bemühungen, insbesondere durch sein neuestes Schriftchen, bei allen Freunden der Jugend verdient. Möge sein Büchlein nicht bloß viele Leser finden, sondern auch von den Lehrern eifrig studiert werden.

J.

* Den Spruch des griechischen Weisen: „Erkenne Dich selbst!" nimmt sich zuweilen auch das schöne Geschlecht zu Herzen. In St. Gallen wollte die Telegraphen-Direction Frauen als Telegraphen-Beamtinnen anstellen. Die Vorkenntnisse hiezu hatten die Damen sich bald angeeignet und nun sollte es zur Beeidigung kommen. Als die Direction aber den Eid auf Wahrung des Geheimnisses forderte, verließen unsere Schönen das Zimmer, indem sie erklärten, das sei doch zu viel verlangt.

* In London hat sich kürzlich ein hochberühmter, über 200 Jahre alter Club aufgelöst, der Beefsteak-Club. Derselbe war in der Mitte des 17. Jahrhunderts gegründet worden von einem reichen Lord und Theatermann in Verbindung mit dem Schauspieler Rich, der zuerst die Rolle des Harlekin auf der englischen Bühne einführte. Der Beefsteak-Club bestand anfangs aus nur 12 Mitgliedern, wurde aber später auf 24 verstärkt. Man versammelte sich jeden Samstag zu einem Diner, das aus Beefsteak und [illegible]-Pudding bestand, welche nicht zu verachtende Substanzen mit feinem Punsch und einer Ladung Porto und Claret angefeuchtet wurden. Zur beschaulichen Ruhe und besseren Verdauung waren in der Nähe des Sitzungslokales Betten und Sessel aufgestellt. Die ausgezeichnetsten und vornehmsten Staatsmänner, Parlamentsmitglieder, Gelehrte und Künstler rechneten es sich zur Ehre an, zum Beefsteak-Club zu gehören; Namen wie Fox, Sheridan, Churchill, Wilkes u. A. finden sich in der Chronik des Clubs; auch der Prinz von Wales suchte um die Mitgliedschaft nach, da jedoch die statutenmäßige Zahl von 24 Mitgliedern bereits vorhanden war, wurde für den hohen Gast ein Ehrenplatz geschaffen. Die Beefsteakisten kamen früher in einem Saale des Covent Garden-Theaters zusammen; nach der Zerstörung dieses Theaters durch eine Feuersbrunst siedelte man über in die Nähe des Lyceums. Das Wappen der Gesellschaft zeigte einen lodernden Bratrost. Eines Tages, mitten im Januar, kam der Herzog von Norfolk mit bedeutendem Appetit in die Sitzung, stellte den Antrag auf sofortige Beischaffung von Ortolanen, Zuckererbsen und frischen Erdbeeren von den Delikatessenhändlern in Covent-Garden. Da dieser Antrag wider die Vereinsstatuten verstieß, klingelte der Präsident und sprach die geflügelten Worte: „Nehmt doch den Kerl, den Gourmand, den Trunkenbold, und werft ihn in sein Bett!" Sprachs und sofort packten sechs dienstthuende Kellner den rebellischen Herzog und trugen ihn sanft in sein Lager. Im Verlauf der Sitzung jedoch zahlte der Uebelthäter ob seines Antrages eine bedeutende Strafsumme und begnügte sich darauf, sein Pfund Beefsteak nebst fünf Flaschen Porto zu sich zu nehmen. Dann war er beruhigt.

Im Acclimatisations-Garten zu Paris befindet sich derzeit eine Camelie, welche 3700 volle Blumen oder Knospen trägt.

Redaction von K. B. Wolf, Druck der Jäger'schen Buchdruckerei in Speyer.

Palatina.

Belletristisches Beiblatt zur Pfälzer Zeitung.

Nro. 46. Speyer, Samstag, den 17. April 1869.

Das Mühlchen in der Morgenbach.

Eine Begebenheit aus dem Jahre 1716.

1.

Lichtmeß war schon vorüber und obwohl das Sprüchwort sagt: Lichtmeß, Spinnen vergeß'! bei Tag zu Nacht eß'! so weiß ich doch ein kleines Stüblein, so still und traulich, da saßen zwei und spannen wacker und von Mitternacht war's doch nicht weit mehr. Der Faden des Gespräches war eher ausgegangen als der Faden, den die Hand aus dem Rocken zog, oder sie hatten ihn abbrechen lassen, weil die Gedanken eines Jeden einen andern Weg nahmen und es nicht mehr so selbander fort wollte. Wie konnt's auch anders sein? Achtzehn Jahre und dreiundsiebzig Jahre — das ist ein Unterschied! Da sind die Gedanken nicht dieselben, nicht die Richtung, nicht die Ziele!

Und so war der Unterschied bei den Spinnerinnen im Stübchen, Mutter und Kind, Mariechen und der Müllerin auf der Morgenbach. Mariechens Gedanken waren droben in dem Kirchlein, genannt Nothgottes, wo dem Mädchen einmal etwas Seltsames begegnete. Ich will's kurz mittheilen. Anno 1715 war die Müllerin, eine recht fromme arme Wittib, nach Nothgottes zur Kirche gegangen und Mariechen neben ihr. Das war ein Zusammenfluß von Menschen! Fünftausend ist zu wenig! In der Kirche war an's Knieen nicht mehr zu denken, so viele Leute hatten sich da zusammengefunden. Es war hoher Sommer, backofenheiß, und so gepreßt zu stehen, das war eine fatale Geschichte. Da wurd's dem Mariechen auf einmal blitzblau vor den Augen und ehe sie ihr Gebet vollendet, sank sie zusammen.

„Jesus, Maria, mein Kind!" schrie die alte Mutter, die sah, wie die rothen Röslein auf Mariechens Wangen auf einmal zu schneeweißen umgewandelt worden.

Wie der Blitz faßten ein paar kräftige Arme das liebliche Mädchen. Die Leute machten Platz und bald war das Mädchen draußen in der frischen Luft. Die Mutter hatte auch nachgewollt, aber die Gasse, die man der Ohnmächtigen machte, schloß sich für die Gesunde und die Arme des Mütterleins vermochten die Menschenmauern nicht zu durchbrechen, die sie umgaben. Als Mariechen die Augen aufschlug, sah sie in zwei große, schöne Augen und in ein gar schönes Jünglingsgesicht und bald merkte sie, daß sie von den Armen recht innig umschlungen war. Sie wollte sich loswinden, aber sie war zu matt. Eine Glut, zum Brennen heiß, stieg wieder auf die bleichen Wangen und sie sagte: „Laßt mich los, mir ist wieder gut!"

„Gottlob", sagte aufrichtig der junge Mensch; aber mit dem Loslassen schien's ihm kein Ernst. Fester drückte er das schöne Mädchen an sich und nachdem blitzschnell seine Augen umhergeschweift waren und sie sich die Gewißheit verschafft, daß niemand nach dem alten Nußbaum sehe, wo er mit der schönen Bürde auf einer Bank saß, drückte er einen heißen Kuß auf des Mädchens Lippen. Mariechen hätte recht bös werden sollen — aber sie kam gar nicht dazu und konnte die Kehr nicht finden. Sie stellte sich so bös, als sie konnte, und war im Nu auf den Beinen.

„Das war recht abscheulich!" grollte sie mit flammendem Gesichte. Er aber sah sie an und sagte: „Grolle mir nicht, du holdseliges Kind, ich habe nicht anders gekonnt! War's unrecht, so bitte ich, vergib! dich vergeß ich nun und nimmermehr!"

Sie hatte sich gewendet und ordnete ihr Haar und ihr Nebelkäppchen, das verschoben worden war.

„Ach, sei mir doch nicht bös, Kind," bat der Jüngling wieder so weich! „Ich hab dich ja aus der Kirche getragen, als dir's weh wurde. Denk, es sei mein Trägerlohn!"

Sie wollte ihm keine Antwort geben, aber wollte ihn doch noch einmal ansehen. Daher wandte sie sich und fragte: „Wo ist meine Mutter?"

Und nun sah sie, daß es ein vornehm gekleideter junger Mensch war, so etwa ein Student von der Mainzer hohen Schule oder dergleichen und bildhübsch dazu. Sie erröthete wieder und flog dann wie das gescheuchte Reh zur Kirche. Die Mutter fand sie bald, als der Gottesdienst beendet war. Nun konnte sie gehen und schritt denn auch, sorgfältig forschend, wie dem lieben Kinde sei, an Mariechens Hand aus der Kirche. Sie sagte kurz, es sei alles vorüber, und ließ dann ihre Augen nach der Bank schweifen — aber alles war leer und nichts von dem Jüngling zu sehen, wohl aber zu fühlen, denn der Kuß brannte noch auf ihren Lippen.

Seitdem mußte sie immer an den hübschen Jüngling denken und es war ganz kurios, daß sie sein Bild überall vor Augen stehen hatte, im Wachen und im Traume. Goß sie das Tuch auf ihrer Bleiche, so stand er vor ihr; schöpfte sie das Wasser im klaren Morgenbach, so sah sein Gesicht heraus und lächelte wie damals — kurz überall sah sie ihn und wenn sie sich auch noch so viel Mühe gab, es half absolut nichts.

So war denn auch jetzt wieder die ganze Geschichte, die sie zu Nothgottes erlebt, aus dem Rocken herausgesponnen worden und ein Seufzer setzte das Pünktlein an's Ende vor das Ausrufungszeichen, das ja auch gebraucht wird, wenn man einen Wunsch ausdrückt!

Die dreiundsechzigjährigen Gedanken der Mutter waren nicht zu Nothgottes, sondern in der Mühle; nicht bei dem hübschen jungen Herrn, den sie auch gar nicht beobachtet hatte, wie er in der Kirche ihr schönes Kind betrachtet hatte, als wolle er das Bild in seine Seele prägen, daß es nicht wieder verwischt werde, sondern sie waren bei dem Jakob, den sie gerne zum Schwiegersohn gehabt hätte.

Damit stand's so: Der Müller auf der Morgenbach war schon seit fünfzehn Jahren todt. Obwohl die Wittib mit achtundvierzig Jahren noch eine hübsche Frau war, die zu heirathen kein Mühlbursch Bedenken getragen, so mochte sie doch ihrem Mariechen keinen Stiefvater und keine Stiefgeschwister mehr geben. Das Erbe war für Mariechen klein genug, daß sich Gott erbarme!

Nun war seit den fünfzehn Jahren das Mühlchen nicht jünger geworden und der Giebel nach dem Rheine neigte sich bedenklich, so etwa, wie die Müllerin nach vornen, und es kam ihr manchmal so in den Sinn, als bedeute ihre und des Giebels Neigung die Richtung nach der Erde, wobei die ihre sechs Schuhe tiefer ging als die des Giebels, der ja, wenn er brach, oben liegen blieb, während sie hinabgesenkt würde in das enge Kämmerlein. Die Mühle bedurfte eines Baues, der Bau eines Bauers und sie, zwar nicht für sich, wohl aber für Mariechen einer Stütze, zumal, wenn etwa ihr Stündlein kommen sollte.

Nun hatte sie mit Mühlburschen gehaust. Das war auch nicht sonderlich erfreulich. Der eine hatte für sich gemaltert, der andere war faul gewesen, der dritte ein Trinker — kurz in den fünfzehn Jahren hatte sie nur einen, der ganz das war, was er sein sollte und das war der Jakob Wolfsheimer, der nun schon drei Jahre bei ihr war. So treu wie der, war keiner gewesen, daß es ihm d'rum zu thun war, in der Mühle zu bleiben, konnte man sich an den fünf Fingern abzählen. Er gab der Alten zuckersüße Wörtchen, wenn sie auch noch so mißliebig war, und dem schönen Mariechen ging er durch Wasser und Feuer. Jung war er zwar nicht mehr und die dreißig und etliche Heumonate mochte er auf den stämmigen Schultern haben; aber was that das? Ihr Seliger war auch zwölf Jahre älter als sie gewesen und in ihrer Ehe war das Sprüchlein wahr geworden: „Bei dem Alten ist die Frau gut gehalten!" Der Jakob Wolfsheimer war dabei ein schöner Mann, wenn auch sein Gesicht finster und sein Auge etwas Unstätes, Scheues, Verstecktes und Tückisches hatte. Er war brav, ein tüchtiger Müller und so weiter.

Bei dieser Angelegenheit war sie mit ihren Gedanken; denn der Jakob hatte das Mädchen lieb und hatte heute so etwas fallen lassen vom Fortgehen, wenn er nicht Hoffnung habe für immer in der Mühle zu bleiben. — Es war gar seltsam — aber mit einem Male brach der Mutter und der Tochter der Faden. Sie bückten sich beide zur Spule, ihn zu suchen. Als er wieder angesponnen war, sagte die Mutter:

„Marie, weißt du auch was Neues?"

„Was denn?" fragte das Mädchen.

„Der Jakob will fort!"

„Glück auf die Reise! Laßt ihn laufen, Mutter!"

„Du dummes Ding, hast gut reden," antwortete die Mutter. „Was fangen wir dann an?

„Wir nehmen einen andern!"

„Hättest du erlebt, was ich schon in meinem Wittwenstande erlebt habe, du würdest anders reden! So einen wie den Jakob kriegen wir nicht wieder. Was hast du nur gegen ihn?"

„Gar nichts," sagte Marie, „ich kann ihn nur nicht leiden!"

„Was hat er dir denn gethan, du tolles, aberwitziges Ding? Thut er dir nicht alles zu Gefallen? Hat dir noch den letzten Mittwoch den schönen Rosmarin von Bingen mitgebracht!"

„Er hätt' ihn für sich behalten können!"

(Fortsetzung folgt.)

Das Wanderleben der niederen Thiere.

Von Karl Ruß.

(Fortsetzung.)

Bevor wir nun zu der Betrachtung der verschiedenen Arten des Wanderns und Reisens der Fische übergehen, müssen wir kurz einen Blick auf die eigenthümlichen Weisen werfen, in denen es ausgeführt wird. Das unermeßliche, geheimnißvolle Meer ist seit Alters her eine Stätte des Wunderglaubens, der Märchen und Fabeln gewesen — und bis in unsere Zeit hinauf hält es noch immer schwer, in jeder Hinsicht das Wahre vom Falschen zu unterscheiden. Daß die Lachse, den Kranichen ähnlich, in zwei sich zuspitzenden, also gleichsam einen Keil bildenden Reihen schwimmen, an der Spitze geführt von einem sehr starken Weibchen oder Rogener, dürfte durch Beobachtungen festgestellt sein. In gleicher Weise sollen die Thunfische ziehen. Von den Häringen erzählt man sich, daß ihre Züge stets von einem besonders großen angeführt seien(?), den die Fischer

Häringskönig nennen und den sie, wenn er eingefangen wird, stets sorgfältig wieder in's Meer werfen, damit er im nächsten Jahre mit seinem Zuge wiederkomme (?). Die meisten Fische scheinen in ganz ungeordneten Schaaren zu reisen; nur bei wenigen hat man noch gewisse eigenthümliche Methoden beobachtet. Einige, z. B. die Stinten, wandern in zahlreichen, kleinen, einander folgenden Trupps. Nach L. von Buch ziehen die Rogener oder Weibchen der Dorsche und Kabeljauen in der Nähe der Oberfläche, und die Milchner oder Männchen mehrere Klafter unter ihnen. Dies soll den Zweck haben, daß die ersteren ihren Rogen in die von den letzteren fahrengelassene Milch fallen lassen, während bei anderen Fischen, nach Oken's Angabe, das Gegentheil stattfindet. Bei der gemeinen Aesche zieht das Männchen voran und das Weibchen folgt in ganz geringer Entfernung.

In gleicher Weise wie die Vögel vermögen auch die Fische ganz außerordentliche Ausdauer und Schnelligkeit zu entwickeln und zugleich in wahrhaft staunenswerther Weise Hindernisse zu besiegen. Seereisende haben oft beobachtet, daß ihr Schiff in der Fahrt mit vollen Segeln während langer Zeit von denselben Fischarten begleitet wurde. So ist namentlich der sogenannte Pilot dadurch bekannt, daß er ein Schiff wohl fünfhundert Stunden weit im Ocean unausgesetzt während der schnellsten Fahrt zu verfolgen vermag. Nicht minder ist die Ausdauer der stromaufwärts wandernden Lachse bekannt, und zugleich die staunenswerthe Kraft, mit der sie Wehre, unübersteigbar erscheinende Wasserfälle &c. dennoch zu überspringen vermögen.

Die Schilderung des Wanderns der Fische selbst beginnen wir nun mit den zufälligen, meistens wohl unfreiwilligen Reisen derselben. Hartwig erzählt in seinem schon erwähnten „Leben des Meeres“, daß auch zuweilen fliegende Fische aus ihren heimischen Gewässern um die westindischen Inseln mit dem warmen Wasser des Golfstromes fortwandern und bis in unsere Breiten gelangen. Noch häufiger hat man es beobachtet, daß tropische Haifische, ebenfalls dem Golfstrome folgend, an den Küsten Englands erschienen sind. Andere Fische, namentlich diejenigen, welche aus dem Meere in die Flüsse hinaufsteigen, verirren sich nicht selten so sehr, daß ihr Erscheinen an manchen Orten uns fast fabelhaft erscheinen muß. So hatte man z. B. erst kürzlich wieder einen gewaltigen Stör in der Spree, inmitten der Stadt Berlin, gefangen, welcher, die Elbe hinaufwandernd, in die Havel gelangt und von dieser in die Spree sich verirrt hatte.

Nächstdem giebt es auch eine Anzahl zigeunerartig umherstreichender Fische. Zu ihnen müssen wir zunächst die theils aus Lust, theils aus Nahrungs- oder Wassermangel Reisen zu Lande unternehmenden zählen. „Bekannt ist, daß unser gemeiner Flußaal oft Nachts das Wasser verläßt und die Wiesen, besonders aber gern die Erbsenfelder besucht. Dasselbe kann man von den Armflossern oder Froschfischen sagen, die lange Zeit, wie z. B. die Meergrundel, außer dem Wasser leben können. Auch der Kielwels zieht bei trockenem Wetter heerdenweise über Land, um tiefere Gewässer zu suchen. So recht eigentlich in muthwilliger Lust scheint aber ein Fisch, den wir erst durch Ehrenberg näher kennen gelernt haben, sein angestammtes Element zu verlassen, um sich im Sonnenscheine umherzutummeln. Der springende Schleimfisch lebt vom Ostindischen bis zum Rothen Meere, springt vom Wasser auf die Uferfelsen und klettert dort herum, sodaß viele Reisende ihn für eine Eidechse und selbst Forster für eine große Heuschrecke gehalten haben. Ehrenberg fand ihn zwanzig Fuß über dem Wasserspiegel an den Küstenklippen des Rothen Meeres; wenn er ihn haschen wollte, machte der Fisch wie eine Heuschrecke Sprünge von fünf Fuß. Aber es giebt noch eine ganze Familie, die der Chersobatra (Landgänger) oder Labyrinthfische, die ganz besonders zu längerem Aufenthalte in der Luft organisirt sind. Lange bekannt, angestaunt und vielleicht deshalb auch mit übertreibenden Sagen geschmückt, lebt in Ostindien, besonders im Malabar, der Pannei-eri oder Sennaal. Dieser Fisch verläßt oft freiwillig das Wasser und kann nach glaubwürdigen Berichten sechs Tage lang in der Luft leben. Von Daldorf sah einen, der fünf Fuß hoch an einer Fächerpalme in einer Rindenspalte hinaufgekrochen war (von Reinwardt, Hamilton und Buchanan stark bezweifelt). Dieser Fisch sowohl als der derselben Familie angehörende Schlangenkopf werden von den indischen Gauklern zu allerhand Belustigungen und Täuschungen benutzt.“ (Schleiden's „Meer“.)

Dazu dürfte noch die Mittheilung von Richard Schomburgk erwähnenswerth sein, welcher von verschiedenen Welsarten in Guyana erzählt, daß sie in der trockenen Jahreszeit auf ihren Landreisen, um Wasser aufzusuchen, in großen Schaaren angetroffen werden, sodaß die Neger ganze Körbe voll davon sammeln. Schon Oken beschreibt die Art und Weise dieses Landwanderns bei dem plattköpfigen Hassar: Während andere Fische sich in den Schlamm vergraben und dort die trockene Jahreszeit hindurch im erstarrten Zustande (dem Winterschlafe ähnlich) verharren, wandern diese heerdenweise über Land, um anderswo Wasser zu suchen. Sie können dabei selbst in der Sonne mehrere Stunden lebendig bleiben. Ihr Gang ist wie bei den zweifüßigen Eidechsen, indem sie mit dem elastischen Schwanze sich vorwärts auf die knöchernen Arme werfen, wobei ihnen die starken Schienen um den Leib ebenso behülflich sind, wie den Schlangen. Die Geschwindigkeit ist die eines gemächlichen Mannesschrittes. Ihr Leib wird nicht so bald trocken, als bei anderen Fischen, und wischt man ihn ab, so wird er sogleich wieder feucht.

(Fortsetzung folgt.)

Das „Judenthum in der Musik.“

* Richard Wagner hat schon mehrmals neben seiner Musik auch Schriftstellerei getrieben, so besonders ließ er sich's nicht nehmen, zu seinen Opern die[illegible] Texte zu

schreiben, an welchen die bösen Kritiker aber sehr viel auszusetzen haben. Nun das ist seine Sache; kürzlich jedoch hat er eine Broschüre vom Stapel gelassen, welche ihm eine Phalanx von unerbittlichen Gegnern geschaffen hat, die ihm seine Lorbeeren noch sehr verbittern können. Als er, wenn ich nicht irre zu Ende der vierziger Jahre, eine Broschüre über die Kunst geschrieben, in welcher das Christenthum auf das Allerempfindlichste angegriffen und dessen Stifter mit Hohn und Spott behandelt wird, da rührte sich Niemand und nach wie vor drängten sich die christlichen Herrschaften in die Theaterräume, um die Zukunftsmusik zu studiren. Vor einigen Wochen jedoch kam dem Maestro der unglückliche Gedanke, einen Aufsatz, betitelt: „Das Judenthum in der Musik", den er vor Jahren anonym in eine Leipziger Zeitschrift für Musik geschrieben, in neuem Gewande zu veröffentlichen; darin werden die Juden als Hauptanführer der Opposition gegen die Wagner'sche Musik bezeichnet und zugleich wird von dem Stamme Israel behauptet, er sei für alles Höhere und Ideale unempfänglich, weshalb man auch nie erlebt habe, daß sie auf einem Gebiete der Kunst Juden Großes geleistet hätten; hierin hat Wagner jedenfalls zuviel gesagt, denn gerade auf dem Gebiete der Bühne haben Personen israelitischen Bekenntnisses rühmliche Lorbeeren errungen, man denke nur z. B. an die große Tragödin Rachel. Vielleicht hat Wagner die Meyerbeer'schen Juwelen-, Schiffs- und [illegible], sowie die lasciven Cancanmusik des [illegible] Offenbach speciell im Auge gehabt. Sei dem, wie ihm wolle — Wagner ist seit dem Erscheinen seiner Schrift der Gegenstand des Hasses in Juda, und es regnet in Wien, Berlin, Köln, Breslau und Frankfurt Angriffe auf den großen Broschürenschreiber. Man will auch bemerkt haben, daß die Wagner'schen Opern, auch die verbreitetsten, wie „Tannhäuser" oder „der fliegende Holländer", seitdem an Zugkraft bedeutend eingebüßt haben; in Breslau kam es sogar vor, daß der Theaterdirektor einen judendeutschen renommirten Sänger, der als Gast auftreten wollte, zurückweisen mußte, weil die Favoritrollen desselben aus Wagner'schen Opern waren, für deren günstige Aufnahme der Direktor Besorgnisse hegte. Rücksichtslos und Anbeter seines eigenen Genius, wie es Wagner im hohen Grade ist, wird sich der Meister der Zukunftsmusik zwar wenig um diese Angriffe kümmern, denn er hat immer noch eine ziemlich starke und tüchtige Partei auf seiner Seite, obschon es auch aus den Reihen seiner treuesten Verehrer Manche ihm verübelt haben, daß er in seinem „Judenthum in der Musik" den sinnigen Mendelssohn nicht geschont hat. Und Mendelssohn hat gewiß Vieles geschrieben, was in dem deutschen Volke noch fortleben wird, wenn vielleicht die „Meistersinger von Nürnberg" mit ihrer „[illegible]" und „Tristan und Isolde" mit dem widerlichen Liebesgewinsel längst nur als musikalisches Curiosum noch bekannt sein werden. Ein Glück für die deutsche Musik wäre es, wenn Wagner, durch die Feindschaft auf israelitischer Seite fortan vorsichtiger gehandelt, in Zukunft die ihm innewohnende Fülle des Reichthums an Tonschätzen und besonders sein gewaltiges Talent für die Instrumentation auf wirklich deutsche Bahnen lenkte, die in Wahrheit eine Zukunft haben; unter den großen Sternen am Himmel deutscher Tondichtung würde dann der reich begabte Meister als Stern erster Größe prangen.

Miscellen.

(Ein Riesenbaum.) In den Dandenong Ranges, südöstlich von Ballarat in der australischen Kolonie Victoria ist, dem „Melbourne Argus" vom 12. Oktober zufolge, ein Eukalyptus gefällt worden, der unter den Baumriesen in vorderster Reihe steht. Einen Fuß hoch über der Erde beträgt der Umfang 66 Fuß; 12 Fuß über der Erde beträgt der Durchmesser 11 Fuß 4 Zoll; in 87 Fuß Höhe der Durchmesser 9 Fuß; bei 144 Fuß der Durchmesser 8 Fuß; bei 210 Fuß noch 5 Fuß. Der Baum hat [illegible] Fuß Länge.

* Dreitheiliges Räthsel.

I.

Ein Ganzes bin ich, doch der Worte zwei
Umfass' ich; jedes hat gleich viele Zeichen;
Die erste Farbe muß der zweiten weichen,
Wenn es beliebt — doch bin ich einerlei.

Nicht aus der Form komm' ich herbei,
Doch muß der Ferne ich die Hände reichen,
Wenn man es will. Ihr könnt mich schwärzen, bleichen,
Bis ich verbraucht brechen muß entzwei.

Dem Kinde dien' ich gern zum Leibesschutze,
Umschlinge, wie die Jungfrau, so die Alten,
Geglättet bald, bald hingelegt in Falten.
Mich ehrt der Landmann; vielbewährt zum Putze
Dient' ich der Hausfrau eine gute Gabe,
Bewährt von der Wiege bis zum Grabe.

II.

Dieselben Zeichen, wenig nur verschlungen,
Ergeben mich, der ich die Welt verliehen
Mit Freudenstoff, der Euch befreit von Wehen,
Wenn Ihr mich hegt, wie ich es bedungen.

Doch meine Kinder, tausendfach besungen
Seit alter Zeit — ich muß es frei gestehen —
Gerathen mir nicht stets, da leicht verdrehen
Ein Wind kann ihren Sinn, eh' sie gelungen.

Im Süden lebe ich, im fernen Westen;
In Eurem Klima fühl' ich mich am Besten;
Nie werd' ich sein an schneebedeckten Norden.
In Eurer Thorheit könnet Ihr mich morden,
Geschah's ja da und dort — doch Euer Streben
Versichert mir für alle Zeit mein Leben.

III.

Des zweiten Kind, führ' ich nicht gleichen Namen;
Doch gleich viel gleicher Zeichen — zwei von zehn —
In andrer Stellung nur, siehst Du mich stehn,
Erquickung Tag und Nacht für Herren und Damen.

Ob meinen Klang die Ohren schon vernahmen
In dieser Stadt? Wollt Ihr geschrieben sehn
Mich, müßt Ihr in andre Gegend gehn —
Es lieben mich die Wilden wie die Zahmen.

Ihr liebt mich Alle, habt mich oft besungen;
Von mir begeistert hat's Euch oft gedrungen
Von Bruderliebe, freien Regungen.
Derselbe stets, ob ich nach Norden wandern,
Nach Süden muß, ob man mich labt in Flandern,
Lieb' ich als Kind im Warmen nur zu wohnen.

IV.

Acht Zeichen also faßt jedes Wort,
Dieselben Zeichen kehren immer wieder
In jedem Wort; gleich ist die Zahl der Glieder,
Die Silben Ihr benennet, da wie dort.

Laß 1 und 5 des ersten Wortes fort,
In 5 und 1 im zweiten wandern, Lieder
Erklingen Dir; im Geiste auf und nieder
Steigt manches Stromes, auch des Rheines Hort.

Das zweite Glied des zweiten Wortes heiße
Zum ersten werden — gleich erklingt im Dritten
Das Lob der Pfalz, vollendet ist die Dreiheit.

Im Ersten lebt Ihr; zu des zweiten Preise
Bedarf's nicht Worte — Etwas laßt mich bitten:
Des Dritten freuet Euch in deutscher Freiheit!

Redaction von K. A. Woll, Druck der Jäger'schen Druckerei in Speyer.

Palatina.

Belletristisches Beiblatt zur Pfälzer Zeitung.

Nro. 47. Speyer, Dienstag, den 20. April 1869.

Pfälzische Sagen.

III.

Der Einang.

Von Ch. [illegible].

Wer reitet im Nebel so bleich und groß
Dort durch das alte verfallene Schloß?
Das war des Einang's drohende Burg,
Jetzt reitet er sausend als Geist hindurch.

Sein einzig Aug', wie der Blitz so roth,
Es drohte dem Wanderer blutigen Tod;
Und blitzschnell verschwand er auf schäumendem Roß
In seinem unnahbaren Felsenschloß.

Der sprach zu seinem Knechte einmal:
Auf, rüste für heute den scharfen Stahl;
Wir reiten zu Kuno, dem Ritter, gleich,
Der Alt' ist an Gold und Schätzen reich.

Sein Töchterlein hab' ich zum Weib' ersehn,
Sprich, ob eine zart und [illegible] so schön!
Wenn Alle noch fesselt des Schlafes Macht,
Dann sorg', daß der Alte nicht mehr erwacht.

Sie reiten zum fernen Schlosse geschwind,*)
Es rauschet der Regen, es heulet der Wind.
Obdach erbittet Einang für die Nacht,
Gastfreundlich wird's Thor ihm aufgemacht.

Im Saale der goldene Becher blinkt,
Darinnen der goldene Rheinwein winkt;
Der Burgherr trinkt auf des Gastes Glück,
Der schaut auf den Becher mit gier'gem Blick.

Die Tochter kredenzt dem Gaste den Wein,
Der nennt sie im Geiste jubelnd sein,
Es lacht und fiebert ihm heiß das Blut,
Wenn lüstern sein Blick auf dem Mägdlein ruht.

Und als herannaht die Mitternacht,
Erbebt die Burg vor des Sturmes Macht;
Die Tochter eilet zum Vater und fleht:
O kommt in die Kirche zum Gebet!

Dann gehen sie leise mit frommem Sinn
In die verborgene Kapelle hin,
Da beten sie still vor des Heilands Bild
Und Friede in ihre Herzen quillt.

Durch's Dunkel schleichet der schwarze Mord
Indeß mit dem Stahl durch die Gänge fort;
Der Knecht sucht des Ritters Ruhstätt',
Er findet das Zimmer, doch leer das Bett.

Und weiter schleicht er von Stub' zu Stub';
Still Alles — da steht und lauschet der Bub:
Er höret ein tiefes, lautes Geschnarch:
„Der schläft wie ein Dachs, der trank nicht karg!"

Er schleicht hinein und schwinget den Stahl,
Es springt in's Gesicht ihm des Blutes Strahl.
Ein furchtbarer Schrei, mit Fackelschein
Rasch Vater und Tochter treten herein.

Sie stehn an der Thüre, bleich wie der Tod,
Vor'm Bette der Mörder vom Blute roth
Und schaudernd starrt er auf seinen Herrn,
Den traf er tief in des Lebens Kern.

Zerknirscht enthüllt er die schreckliche That.
„Nun gebt mir den Lohn — Gott schenke mir Gnad'!"
Der Greis umarmt die Tochter und spricht:
„Wer Gott vertraut, den verläßt er nicht!"

Du aber erkenne, was Gott gethan,
Du warst sein Werkzeug an jenem Mann;
Nun eile, bekehr' dich und säume nicht,
Auf daß dich nicht treffe sein ewig Gericht!

*) [illegible]

Das Mühlchen in der Morgenbach.

Eine Begebenheit aus dem Jahre 1716.

(Fortsetzung.)

„Schäm dich, Mariechen," rief die Mutter. „Nach meiner Zufriedenheit fragst du nicht. Ich werde alle Tage baufälliger und so geht's grade der Mühle. Was soll aus dir werden, wenn ich nun sterbe! Wer schützt dich in diesen argen Zeitläuften? Wer baut die Mühle? Der Jakob hat Geld, wir keins! Und ist er nicht ein sittsamer, fleißiger und verständiger Mensch? Versteht er nicht bei seinem Mahlen auch noch die Kunst als Mühlarzt? Was hätt' ich ausgeben müssen, seit er in der Mühle ist, wenn ich alles, was er mit seiner kunstreichen Hand geflickt, hätte bezahlen sollen? Du liebe Zeit, ich hätte eine Hypothek auf's Mühlchen machen müssen, und so ist's doch schuldenfrei. Sag' mir einen Burschen zu Trechtingshausen, Assmannshausen oder Heimbach, der so zurückgezogen und sparsam lebt wie er? Frag' den Schultheiß, ob einer so wenig in sein Haus kommt, wie er, zu trinken oder zu knöcheln? Alles spart er sich. Und gelt, was hat er dir immer mitgebracht, als er an der Mosel war oder in Koblenz? Siehst du, Mariechen, ich könnt' mir kein größeres Glück wünschen, als wenn du ihn heirathetest. Wie sieht hat er dich! Er hat auch so auf den Busch bei mir geklopft und ich muß einmal im Ernste mit dir reden. Jetzt sind wir ja schon allein und er schläft schon."

„Mutter," rief das Mädchen, „sage, ich soll in den Rhein springen, ich thu's lieber, als das!"

„Ei du gottvergessenes Ding!" schalt die Mutter, „Gelt, er ist dir zu alt? Nun, laß dich jung hängen, so wirst du nicht alt! Dein Vater war auch zwölf Jahre älter wie ich, und als er starb, war er doch noch ein junger Bursche gegen mich. Wie alt ist er denn? Wenn noch ein paar Jährchen um sind, bist du eine alte Jungfer."

„Nein Mutter," sprach Mariechen darauf ruhig und fest, „gebt den Gedanken auf. Ich kann einmal den tückischen, verstockten Menschen nicht leiden. Wer Niemandem ehrlich ansehen kann, taugt nichts. Er ist ein Geizhals, ein Pfennigfuchser. Für seine Duckmäuserei geb' ich keine Hand voll Kleie. Das gute Gewissen fehlt ihm. Gegen uns stellt er sich wie ein Lamm und ist doch inwendig ein reißender Wolf. Ich hab' ihn einmal bös gesehen, da war er ein wahrer Teufel und hätt' ich nicht abgewehrt, er hätte damals den Mann, der ihn beschuldigt hatte, er habe zuviel gemaltert, mit dem Beil todt geschlagen. Und dann, wo geht er denn nachts, wenn alles schläft, hin? Meint ihr, ich schliefe immer wie ein Sack? Geht jetzt an sein Bett! Wenn er im Hause ist, soll ihr mich nicht mehr als euer Kind ansehen. Nein, Mutter, lieber sterben will ich, als seine Frau werden! Und zwingt ihr mich, so sag' ich am Altar noch Nein oder springe in den Rhein, wenn ich nicht in's Kloster gehe!"

Da schlug es auf der Stubenuhr zwölf und die Mutter sagte: „Wir wollen schlafen gehen!" Zuvor nahm sie aber noch das Licht, ging in Jakobs Kammer — und — das Bett war leer. Sie ging in die Mühle — er war nicht da. Gedankenvoll kam sie wieder und legte sich still zu ihrem Kinde; aber sie schlief nicht und hörte, wie nach ein Uhr der Jakob leise die Treppe hinauf nach seiner Kammer schlich.

Mariechen hatte zwar keinen bestimmten Argwohn ausgesprochen, aber es heißt in dem Liede:

Ein Fünklein, das da fährt in's Stroh,
Kann leicht zur Flamme lodern;
Wo der Verdacht in's Herz sich schleicht,
Da wächst er schnell, da wächst er leicht;
Der Glaube wankt, Vertrauen weicht,
Und Ruh' ist dann entflohen!

So stand's bei der Müllerin. Das Fünklein war in's Stroh gefahren! Was mag nur das Kind mit dem „reißenden Wolfe" gemeint haben? so fragte sie sich, als sie Nachts wach im Bette lag. Den Jakob zu fragen wagte sie nicht, weil sie die Sache lieber im Dunkel lassen als zu einer Gewißheit kommen wollte, die vielleicht alle ihre Hoffnung zu nichte machen konnte. Wie sie aber so sann und grübelte, kam ihr eine recht ungelegene Erinnerung. Vor einem halben Jahre [illegible] kam sie einmal morgens an Jakobs Kammer vorüber, den man eben eiligst in die Mühle gerufen, weil ein Zahn am Kammrade gebrochen war, der schnell gemacht werden mußte. Sorgfältig hatte immer Jakob seine große eichene Kiste verschlossen gehalten. Jetzt stand der Deckel auf. Er mußte in der Eile vergessen haben, ihn zu verschließen. Das alte Sprüchlein:

„Die Eva ist noch nicht todt,"

bestätigte sich auch bei ihr. Eine unbezwingliche Neugierde ergriff die Alte und leise trat sie zur Kiste. Da lagen allerlei Kleider, die sie nie an dem Jakob gesehen; feine Kleider, wie sie die Herrenleute tragen, und in der Ecke unten stand ein kleiner Sack voll Geld, so viel, wie sie niemals gesehen. Sie schlug die Hände vor Verwunderung zusammen. Ja, als sie das Deckelchen der kleinen Nebenlade hob, da lagen darin drei Uhren, zwei silberne und eine von purem Golde und etliche goldene Ringe. Gar gerne hätte sie noch mehr gesehen, aber das Herz pochte ihr, wenn sie dachte, der Jakob könne kommen. Sie deckte die Nebenlade wieder zu und machte sich aus dem Staube. Kaum war sie auf dem Speicherchen, da sprang er auch eilig die Treppe herauf, schloß seine Kiste und lief schnell wieder hinunter.

Da saß sie nun und simulirte, aber sie simulirte nichts heraus. Sollte der Jakob vornehmer Leute Kind sein? dachte sie. Er sagt doch auch sein Lebtag nichts über seine Herkunft! In Schwaben will er daheim sein, aber die Schwaben reden eine ganz andere Sprach' als er. Sie konnte zu nichts kommen.

Abends wollte sie ihn einmal ausforschen, aber der Bursch war glatt wie ein Aal. Er wich aus und sagte endlich: „Werthe Frau, ich bin verteufelt schläfrig," und ging in seine Kammer. Damit war's am Ende. Das fiel ihr jetzt ein. Sollte Marie d'rum wissen, wie's in der Kiste aussah? Sie schüttelte den Kopf. So junges Gelichter hat das Herz auf der Junge, dachte sie. Hätt' sie was gewußt, so hätt' sie geredet. Auf einmal schüttelte sie sich, weil ein Schauder durch ihre Gebeine rieselte. Den Gedanken aber, der ihn hervorgebracht, unterdrückte sie mit aller Macht.

Nicht weit von dem stolzen Felsen, auf welchem die neue Burg Rheinstein thront, mündet gegen den Rhein hin ein schmales, aber tiefes Thal, das in seinem Hintergrund allmählig ansteigend, sich oben in demjenigen Theile des Soonwaldes verliert, der „Bingerwald" genannt wird, weil er seit alten Zeiten ein Eigenthum der Stadt Bingen ist. In diesem hohen Forste liegen die Quellen, welche einen Bach bilden, der das Thal durchrinnt und unter einem Bogen hindurch, über den die Heerstraße weggeht, sich in den Rhein ergießt. Wenn der im Walde sich lange erhaltende Schnee abgeht, oder starke Regen und Gewittergüsse fallen, dann wird er wild und unbändig, stürzt sich über das Mühlwehr wie ein Strom und fällt unter weithin hörbarem Rauschen in den Rhein; aber in den heißen Sommertagen schleicht er so leise murmelnd dahin, daß man denken sollte,

Friede sei sein Wiegenlied und sein Schlummergesang für immer.

Der Bach heißt: „der Morgenbach" und das Thal trägt denselben Namen. Die Maler von Düsseldorf kennen's wohl und es vergeht kaum ein Sommer, daß nicht etliche hier Studien machen und sie wissen schon warum. Wildere, groteskere Felspartien sind weit und breit nicht. Jede Windung des engen Thales bietet ein neues eigenthümliches, immer aber wundersam malerisches Bild, daß das Auge nicht müde wird, sich d'ran zu laben und der Pinsel — zu malen.

Gerade am Eingange dieses stillen friedlichen Thales liegt die Mühle, die freilich nicht mehr die von 1716 ist, wie denn auch die Müllersfamilien seit dem Zeitraume von mehr denn hundertunddreißig Jahren vielfach gewechselt haben.

Damals war das Mühlchen höchst unscheinbar. Ein Strohdach, fast bis zur Erde reichend, deckte die Wände von Fachwerk. Neben dem Mühlwerke, das ein kleines Wasserrad trieb, war im untern Geschosse nur ein Stübchen und eine kleine Küche. Im zweiten Geschosse zwei Kammern und drüber das Speicherchen. Zwei Esel reichten hin, die Kunden zu versorgen. Aus zwei kleinen Fenstern sah man in's Thal, denn die breite Heerstraße, die jetzt vorüberführt, war nicht gebaut und der schmale Weg war zugleich die Landstraße und lief unmittelbar am Ufer des Rheines tief unter dem Mühlbach hin.

(Fortsetzung folgt.)

---

* **Die Preisaufgabe in No. 37 der Palatina** hat bessere Aufnahme gefunden, als der Verfasser anfänglich vermuthete, obschon sie für Diejenigen, welche keine umfassende Ortskenntniß der Pfalz haben, schwer zu lösen war. Freilich mochte Manchem ein getreues Handbuch als brauchbarer Werth helfend zur Seite gestanden sein; das thut übrigens nichts zur Sache. Der Verfasser des Räthsels wollte seinen Lesern eine anregende Unterhaltung bieten und dies scheint ihm gelungen zu sein; wenn Einer hiebei mehr als sonst nachgedacht und vielleicht seine geographischen Kenntnisse erweitert oder neu aufgefrischt hat, so ist dies für ein Räthsel Verdienst genug. Die richtige Lösung der ersten Aufgabe lautet:

„Vor einigen Jahren wanderte ich im Frühling auf einer Fußtour im bayerischen Gebirg durch einen alten, dunkeln Forst, einen lang gedehnten Tannenwald. Das Roth des Abendhimmels erstrahlte durch das Gezweig, kaum hörbar knisterten die abgefallenen Nadeln und der Sand unter meinen Tritten, nur oben in den Wipfeln flüsterte geheimnißvoll der Abendwind, sonst herrschte überall Schweigen. Andachtsvoll schritt ich weiter den stillen Wald hinein, wie in einen weiten Saal mit grüner Decke; bald gelangte ich in ein liebliches Waldthal. Frische Wiesen dehnten sich um einen breiten Bach, über welchen zwei Brücken führten, aus Baumstämmen gezimmert. Ich schritt hinüber, dann dem Bachufer entlang bis ich weiter unten im Forste an seine Mündung gelangte; vor mir lag jetzt ein stiller, mit Gebüsch umsäumter Weiher. In kurzer Entfernung stand auf einer ebenen Fläche ein Häuschen, von zwei Linden überschattet, an denen sich, von sorglicher Hand gepflegt, blaublühende Winden emporrankten. Weiter gegen den See hin vernahm ich Stimmen fröhlicher Knaben, die sich unter Scherzen und Lachen im Haselgebüsch ergötzten. Ich trat in das Haus, da ich Hunger und Durst verspürte. Eine freundliche Frau war eben mit der Zubereitung des Nachtessens beschäftigt; nachdem ich ihr meinen Gruß entboten und meine Bitte vorgetragen hatte, lud sie mich herzlich zu Gaste. Sie sagte mir, ihr Mann, der Förster in diesen Waldungen, sei noch im Reviere draußen, er würde jedoch bald zurückkehren. Wirklich kam bald darauf der Förster mit seinem Hund heim und freute sich sehr, einmal wieder einen Gast beherbergen zu können, der letzte Gast sei ein Maler aus München gewesen Namens Landbach. „Seid mir herzlich willkommen," sagte er, „Ihr müßt jedoch mit dem vorlieb nehmen, was meine Küche bietet; viel ist es nicht. Du aber, liebe Frau, bring' was Du hast, und rufe die Buben heim, damit wir essen können, ich habe Hunger und unser Gast gewiß auch!" Mir war dies sehr lieb, die Frau entfernte sich einen Augenblick und bald traten drei rothbackige Knaben zur Thüre herein. „Papa, rief der Kleinste, ei sieh doch was wir gefangen haben!" Der Förster und ich betrachteten die Beute, welche der Knabe gemacht hatte; es war ein großer, gelbroth gefleckter Feuersalamander, in einer Größe, wie ich sie noch nie gesehen. „Wir finden diese Thiere oft im Gesträuch, sagte der Mann, und wenn Sie in unsern Waldthälern im feuchten Moos einen großen Stein umwälzen, dann können Sie fast immer ein solches Thier darunter erblicken!" Inzwischen brachte die Hausfrau das Abendessen herein, eine Schwalsuppe, gebackene Schnitzel von Fröschen, Salat und etwas Wildpret. Ich ließ es mir herrlich schmecken. Der Förster zündete bald ein Pfeifchen, ich eine Cigarre an und nun begann die Unterhaltung. Als ich sagte, daß ich aus München käme, bemerkte die Frau, daß sie früher auch einmal dort gewesen, daß sie nie der Kirchen und Thürme, der Paläste und Straßen vergesse, die sie da gesehen. Ich fragte auch nach der Forstcultur und dem Wildstand. „Der Wildstand ist groß bei uns, sagte die Frau, die Leute im Thale haben sich beschwert über Wildschaden in ihrem Feld, und jetzt ist meinem Mann der Auftrag geworden, sogar Geißen zu schießen; aber er schießt ungern ein Reh weil er Mitleid mit diesen schönen Thieren hat." „So ist's, fiel der Waidmann ein, viel lieber geh' ich dem Raubzeug zu Leibe; z. B. da oben auf dem Berg hausen einige Fuchsfamilien, da können Sie morgen ein Graben mit ansehen!" So plauderten wir noch lange; ich fühlte mich so glücklich unter diesen guten, einfachen Leuten, fern vom Lug und Trug der Welt draußen und nie werde ich den Abend vergessen. Andern Tags in der Frühe verabschiedete ich mich und zog dann rüstig weiter durch den Wald, bis ich nach einigen Stunden auf die Landstraße und bald in ein hübsches Dorf gelangte. Mein Urlaub war zu Ende, zu Hause warteten meiner allerlei Beschäftigungen und liebe Briefe, deßhalb trieb es mich nicht länger hinaus in die Ferne, sondern heim zog es mich mit starker Gewalt. Ich ging zur nächsten Bahnstation und nahm ein Billet nach München. Von hier aus besaß ich bereits ein Vergnügungszug-Retourbillet bis in die Pfalz und so gelangte ich von meiner Gebirgswanderung schnell und billig heim."

Im Ganzen ist diese Aufgabe am schwersten errathen worden; die Varianten „Langenbach, Tiefenbach, Erlenbach" statt „Breitenbach" muß man gelten lassen, da der Sinn derselben im Ganzen nicht störend ist. Rohrbachgebüsch statt Haselgebüsch ist wohl nicht statthaft, denn Röhrig ist nur ein kleiner Weiler bei Dürkheim, außerdem wird ein Rohrdickicht, eine Rohrpflanzung, Röhricht und nicht Röhrig geschrieben; wenigstens schreibt es Beß immer so. Hirschhorn statt Hundheim paßt auch nicht, da es beim Jäger eigentlich kein Hirschhorn sondern nur ein Hirschgeweih gibt. Die Haselstaude, sowie der Ort „Hasel" bei St. Ingbert, schreibt sich nicht „Hassel" sondern „Hasel"; daß erstere Schreibart auf die Eisenbahnlinie gekommen, thut nichts zur Sache. Andere Ortschaften sind ganz falsch und passen nicht in die Erzählung, wie Gilz, Alsenkirchen, Berg, St. Julian, Petersberg.

Das zweite Räthsel bot mehr Schwierigkeiten. Seine Auflösung ist Sem, Ina und Rest. Ina ist ein Frauenname, der in Schleswig-Holstein sehr gebräuchlich ist und auch in Speyer zweimal vorkommt. Ob er, wie einige Einsender bemerken, eine Abkürzung ist, ob er aus Schweden oder Spanien kommt, das weiß der Verfasser selber nicht; auf die Etymologie des Wortes kommt es auch hiebei wenig an, wenn nur der Name correct geschrieben und im ganzen Räthselwort richtig angewendet ist. Rist heißt eine Erhöhung überhaupt, so besonders, nach Campe's Wörterbuch „der erjederer Theil am Halse der Werke über den Schultern zu Ende der Mähne." Wenn Einer jedoch später gegen die Autorität Campe's „Kiß" schreiben will, dann hat der Verfasser auch nichts dagegen. Dieses zweite Räthsel ist am meisten von Lehrern errathen worden, weil sie, wie Einer schreibt, „jetzt sämmtlich große Märtyrer seien, früher aber Seminaristen waren." Statt „Seminarist" sind noch folgende Worte errathen worden: Jakobiner (viermal), Elieser, Ahasverus, Jakob kein Kale Israel, Sem Erie Rüden, Muhamedaner, Hammerkopf, Semitatif, Cham, Mib, Sohl — Kamisol. Wegen eines Kamisols über sein Martyrium sind dem Verfasser noch nicht bekannt geworden. Für poetische Behandlung bot die Aufgabe diesmal wenig Stoff: indeß hat doch Herr Garrecht aus Hördt seine Lösung recht hübsch in nachfolgende Verse eingekleidet. Er schreibt:

Es reden und träumen die Lehrer jetzt viel
Von besseren, glücklicheren Tagen!
Sie haben schon lange geduldig und still
Ihr Elend mit Seufzen getragen.
D'rum ist ihr Verlangen für's Schulgesetz groß,
Mit Sehnsucht erwartend ein besseres Loos.

Beständig der Lehrer ein Märtyrer ist,
Das kann mir wohl niemand bestreiten;
Denn erst Präparand sein, dann Seminarist,
Das ist schon der Anfang vom Leiden.
D'rum ist sein Verlangen für's Schulgesetz groß,
Mit Sehnsucht erwartend ein besseres Loos.

Nun geht als Verweser er fort in die Welt,
Von schönen Gedanken befreiet;
Da kommt gleich ein Uebel — der Mangel an Geld —
Das stets ihn verfolget und quälet.
D'rum ist sein Verlangen für's Schulgesetz groß,
Mit Sehnsucht erwartend ein besseres Loos.

Bald führt er als Frau seine Ina in's Haus
Und wähnt sich jetzt glücklich geborgen,
Der Segen der Kinder schlägt reichlich ihm aus,
Mit jedem Jahr' wachsen die Sorgen.
D'rum ist sein Verlangen für's Schulgesetz groß,
Mit Sehnsucht erwartend ein besseres Loos.

Dann wirkt er beständig als Meister im Fach,
Doch muß da gar Vieles erdulden!
Was hat er am Ende für all' sein Geplag'?
Gewöhnlich nichts weiter, als — Schulden.
D'rum ist sein Verlangen für's Schulgesetz groß,
Mit Sehnsucht erwartend ein besseres Loos.

Immer schmachten wir Lehrer, ich will es gesteh'n,
Für Bess'rung, von Hoffnung getragen;
Doch wie jetzt die Sachen zu München dort steh'n —
Da muß man doch wahrlich verzagen!
War vorher d'Verlangen für's Schulgesetz groß,
So fürchtet jetzt jeder ein schlimmeres Loos.

Ihr Herren dort drüben, o, seht uns're Noth
Und schenket Gehör unseren Bitten:
„Berathet euch ja nicht das Schulgesetz todt,"
Wir haben genug schon gelitten.
War auch's Verlangen für's Schulgesetz groß,
Wird größer der Dank noch für's bessere Loos.

Herr Hätwohl in Gimmeldingen läßt das zweite Räthsel folgendermaßen:

1.

Dort wo man singt: „Arabien mein Vaterland!"
Wo verbreitet als höchstes Ideal
Herr Baron Rothschild viele Herzen stahl,
Dort wird der „Sem" gewiß als Ursohn anerkannt.

2.

Ja! „Ina" muß als seltner Name gelten;
Wenn ihn jedoch nur Eine Schöne trüg',
Der nie das Herz in süßem Hoffen schlüg',
So wär' das mehr noch als der Name selten.

3.

Je mehr das Rößlein Haber frißt,
Wohl um so frommer wird sein „Rist".

Das Ganze:

Sei Du getrost, mein unglücklicher „Seminarist"!
Es wird so schlimm mit dem Martyrium nicht werden,
Vergiß nur nie, daß doch das herrlichste auf Erden
Die freie Mannesthat in treuem Dienen ist.

Im Ganzen sind uns 132 Einsendungen zugekommen, wovon 31 falsch sind.

Richtige Lösungen sind uns zugekommen von den Damen: Frl. Auguste M. in Speyer, Emilie Englert in Obersheim, Dora B. in Speyer, Clara Bob in Maikammer, Marie L., Clara Spindler und Emilie S. Speyer, Anna und Emma Heilwerd in Maikammer, Apollonia Knecht in Herxheim, Marie Derr in Pirmasens, Mina Ulrich in Herxheim, Frau Anna Keilher in Böchingen, Marie Habermann in Kandel, Frau Candidus in Dreisbach, Elise Martin in Speyer, Emma Ditloff in Otterstadt, Lüdie Gräber in Weingarten.

Von den Herren: Friedrich Knecht in Waldhofen, J. Adam in Mörsfeld, Schneider in Mutterstadt, J. Luxemburger in Erlweiler, Ph. Mannweiler in Reichenbachsteegen, W. Mohr in Breitenbach, J. Ziegler in Oggersheim, H. Hand in Bergzabern, Karl Rosenthal in Landau, Ph. E. in K., Vitus Rauch in Mittelbrunn, J. Kastner in Landstuhl, K. J. in S., Jean Beilstein in Kaiserslautern, Wr. Denzel in Münchweiler, G. König in Oggersheim, der alte Herr in Landau, mit dem Motto: „Um den Preis, ich mich nicht reiß', Doch werde: Schillers Werke, wenn ich bekäme, ungeziert nähme." A. B. in C., K. Hätwohl in Gimmeldingen, Frei in Gossersweiler, Morgenroth in Kusel, Wenzler in Landstuhl, L. S. in Landau, G. J. Schneider in Hochenbühl, J. Knecht in Pirmasens, K. Hand in Speyer, Fr. Weiß in Speyer, Pfeiffer in Frankenfeld, J. B. in Klingenmünster, J—r. in Frankenthal, Dr. Freyburger in Landau, Ph. Hertel in Landau, G. K. in Zweibrücken, H. Schwarz in Hauß, Joseph Magin in Berghausen, Martin in Speyer, L. T. in Kleinfischlingen, Leibrecht in Böchingen, Engelhorn in Contwig, F. Wagner in Speyer, Carl Schäffer in Speyer, Garrecht in Hördt, Reichsauer in Niederhochstadt, C. Louis in Speyer, J. Bierling in Erlenbach, Göbel in Herxheim, J. Hilschel in Herxheim, M. Faust in Friedelsheim, J. Lichti II. zu Kiffelthal, A. Wittmer in Dudweiler, A. Merini in Speyer, F. Beilinger stud. in Speyer, C. Wolf in Königsbach, J. Seiler in Kandel, Ph. Weinz in Haardt, W. Decker in Rheinzabern, J. Scherrer in Speyer, Ziegler in Mölsheim, Becker in Steinbach, A. Glaser in Dornstein, F. G. in W., F. Gral in Maikammer, J. Spieß in Großfischlingen, J. Fröhlich in Iggelheim, J. Gamber in Steinborn, Kraus in Rheinzabern, L. Leonhard in Böhl, J. Kleber in Stadernheim, Ph. Werth in Ingenheim, C. Berron in Frankenthal, Friedrich Fleischmann in Speyer, G. in Lauterecken, Großklag in Freinsheim, J. Weinz IV. in Haardt, Naviz & Müller in Frankenthal, Morsiinus in Germersheim, J. Haud in Waldfischbach, Will in Mechtersheim, K. Tullmann in Haardt, M. Lösch in Dorlhausen, J. W. aus C., J. Kehle in Ludwigshafen, Keller in Oberhochstadt, Rapp in Speyer, Kandler in Pfarrkirchen.

Bei der Verloosung gewann den ersten Preis:

Schillers Werke,

Herr Garrecht in Hördt.

Als zweiten und dritten Preis geben wir: Gedichte von K. A. Woll, welche Frl. Emilie Englert in Obersheim und Frl. Anna Heilwerd in Maikammer gewannen.

Redaktion von K. A. Woll, Druck der Jäger'schen Druckerei in Speyer.

Palatina.

Belletristisches Beiblatt zur Pfälzer Zeitung.

Nro. 48. Speyer, Donnerstag, den 22. April 1869.

* Frühlingswunder und Freude.

1.

Welch' ein Wunder ist geschehen?
Dornen, Strauch' und Bäume stehen
Heut' in fröhlich heitrer Pracht;
Gestern hört' ich sie noch klagen
Die Natur, in Bann geschlagen
Von des Winters kalter Macht.

Sanft umfächelt von den Lüften,
Süß berauscht von Blüthendüften,
Hell umschallt vom Jubelchor, —
Steh' ich wie im Traum verloren,
Ach, als stiege neugeboren
Aus dem Grab mein Glück hervor!

2.

Was soll das wunderbare Klingen
In Hain und Wald, in Luft und Feld?
Ach, all' die tausend Lieder singen:
Wie schön, wie schön die Gotteswelt!

Sie glänzt, der ew'gen Liebe Spiegel
Und Siegel, da sie jetzt erneut —
Auf, trübes Herz, heb' deine Flügel,
Ergetz' dich Freud', wie sie dir beut!

Auch dich, auch dich will sie bedenken,
Sowie der Schöpfung ärmstes Glied;
Nimm gläubig an, was sie will schenken,
Dann klingt auch neu dein Freudenlied!

[illegible]

Das Mühlchen in der Morgenbach.

Eine Begebenheit aus dem Jahre 1716.

(Fortsetzung.)

Damals war die Gegend eine sehr verrufene, besonders bei der nahen Clemenskirche. Selten zog Abends ein Reisender die Straße. Nur Noth und Muth mußten dazu antreiben, das Wagniß zu bestehen; denn gar mancher kam nicht weiter und sein Stöhnen verhallte erst, wenn die Wellen des Rheines ihn in seinen Fluthen begruben. Drüben in Aßmannshausen vernahm man oft den Kampf auf Leben und Tod, den hier der frechen Raubmörder Schaar mit den Reisenden bestanden. Nicht leicht mochte aber auch eine Stelle zu solchen Angriffen gelegener sein. Aus den leeren Fenstern und Lücken [illegible] und Sonnecks sah nur die Eule herab auf die Scenen, die das Menschenherz erbeben machen. Die Clemenskirche war seit dem dreißigjährigen Kriege eine den Wetterstürmen preisgegebene Ruine. Weit drunten lag Trechtlingshausen, hinter dem Bergvorsprung und bis Bingen hin stand außer dem noch sehr entfernten Mühlchen am Morgenbach keine menschliche Wohnung mehr. Nannte man die Clemenskirche, so durchrieselte den Wanderer ein Schrecken; denn selbst am Tage wurde er nicht selten angehalten, obwohl es zu schweren Angriffen nicht kam, da man von Aßmannshausen aus herübersehen konnte. Nur unter dem Schleier der Nacht geht die Verworfenheit ihre blutigen Wege.

Ob die Müllerin an so etwas dachte, als ihr der Schauder über den Rücken herauflief? Wer könnte es sagen, da sie den Gedanken nicht aussprach? Ob Mariechen so Schlimmes von Jakob glaubte? Kaum; sonst würde sie nicht mit ihm unter einem Dache geblieben sein.

In der Müllerin Seele war aber ein Stachel gedrungen. Am nächsten Sonntag sagte sie zu Mariechen: „Koche dem Jakob sein Essen und stell' es ihm in die Ofenkachel, daß es warm bleibt. Wir zwei wollen heute bei der Base essen, die uns alle Sonntage quält, daß wir bei ihr bleiben sollen. Du kannst dann mit dem Jakobinchen den Mittag verplaudern und ich besuche meine Gevatterin. Kannst auch für jede zwei Pfund gerollte Gerste als Geschenk mitnehmen, wir haben ja noch vorräthig und morgen will der Jakob wieder, da kriegen wir den Malter."

Niemand führte lieber einen Befehl aus, als Mariechen diesen. Sie hatte in Trechtlingshausen ihre Freundinnen, ihre Gespielinnen. Sie war ja dort in die Schule und später zu dem Pastor lernen gegangen und in der Woche wurde ihr selten die Freude zu Theil, mit den Gespielinnen verkehren zu können. Sie waren ja zu weit weg und hatten Arbeit wie sie. Kaum hatte es in dem gegenüberliegenden Aßmannshausen zum zweiten Mal geläutet, so stand Jakobs Essen in der Kachel und sie schritt mit ihrer Mutter dem Rheine zu, die Landstraße zu gewinnen.

Die Alte zitterte heftig, als sie an der Clemenskirche vorüberging und Mariechen wurde nur von ihren süßen Träumereien abgehalten, es zu bemerken. Die Mutter schwieg mürrisch, schritt aber rascher aus dannen, als sie sonst pflegte, nahm sich auch vor, früher zurückzugehen.

Heute waren wieder Mariechens Gedanken zu Nothgottes, neben dem dickbelaubten Nußbaume und was damit zusammenhing. Sie ging, wie es der Tochter ziemt, vor den Augen der Mutter her und diese suchte die Gedanken, welche sie quälten, durch den Anblick der schlanken Mädchengestalt, die vor ihr so leicht dahinschritt, zu entfernen.

Nach der Kirche saßen sie fröhlich bei der Base und die Mädchen plauderten heimlich am Ofen von Dingen, die nicht für jedes Ohr geeignet sein mochten; denn sie flüsterten gar leise und vertraulich. Mariechen war besonders redselig.

Man mochte es aber der Müllerin ansehen, sie habe etwas auf dem Herzen; denn sie sprach heute weniger als sonst und um vieles zerstreuter. Kaum hatte sie gegessen, so gab sie vor, sie habe ein wichtiges Geschäft für ihre Mühle wegen der Schatzung bei dem Schultheiß abzuthun und eilte dorthin.

Der Schultheiß war auch der Wirth im Orte und mit seiner Frau hatte die Müllerin als sie noch ein Mädchen war, einmal ein Kind gehoben, daher sie Gevatterleute waren.

Da wurden sie denn recht freundlich aufgenommen und mit einer Tasse Kaffee bewirthet, der Anno 1716 sich höchstens in die Häuser der Schultheißen und Pfarrer auf den Dörfern eingeschlichen hatte.

Als nun die Frauen bei einander saßen und der Schultheiß in der Wirthsstube mit den Gästen ein Spielchen machte, sprach die Gevatterin vertraulich: „Nun, wird's denn bald mit deinem Mariechen und dem Jakob? Du hast das doch schon lange vor?"

„Ja freilich," sagte seufzend die Müllerin, „aber denke dir, das dumme Ding will ihn absolut nicht."

„Das Mädchen ist gescheidter wie du," versetzte die Schultheißin. „Ich sage dir, ich möchte ihn nicht, und — wenn wir zwei auch allein auf der Welt wären, wie weiland Adam und Eva!"

„Ei sieh' mal — was hast du denn gegen ihn?" rief scheinbar gereizt die Müllerin. „Glaub's wohl, wenn er um dein Käthchen freite, da gebst du ihm den Laufzettel; aber auf was will denn das arme Müllersmädchen hoffen? Es kommt kein Prinz, kein Graf und ein tüchtiger Müller ist nicht zu verachten."

„Einen, wie den, bekäme sie noch, wenn sie auch sonst keinen möchte," entgegnete die Wirthin. „Warum eilst du denn so? Ist das Kind etwa schon altersgrau? Ist sie nicht bildschön?"

„Darum nicht," sagte die Müllerin; „aber siehst du, der Jakob hat Vermögen, ist Müller und Mühlarzt und du selber sagtest, du habest nie besseres Mehl und gerollte Gerste gehabt als die, die er mahlt und rollt. Sieh'," fuhr sie fort, „da habe ich dir auch ein Pröbchen mitgebracht."

Die Schultheißin nahm's dankbar an und sagte darauf: „das ist schon alles recht gut; aber zwischen guten Mahlen und Heirathen ist ein großer Unterschied. Wenn ich den Mensch so ansehe, überläuft's mich allemal. Sieht er nicht aus wie ein ausgeheckter Straßenräuber? Hast du' auch gehört, daß heut vor acht Tagen wieder eine Mordthat an der Clemenskirche verübt worden ist? — Mein Mann hat einen Brief von Bingen erhalten, der ihm befiehlt, den rothen Jörg und den Balthes im Aug' zu behalten, weil man Verdacht auf sie hat, daß sie's gethan hätten. Die haben allen Potentaten gedient und mit denen geht der Jakob um! Sie sitzen allemal bei einander. Sind sie allein, so reden sie eine Sprache, die der Teufel versteht. Sie spielen immer Landsknecht oder würfeln nach Soldatenart um vieles Geld. Letzthin sind sie einmal streitig geworden. Da hat dein Jakob den rothen Jörg bei der Kehle gefaßt, daß er schier erstickt ist. Da rief der: „„Willst du mir's machen wie dem Juden? Brich mir nur das Maul nicht auf!"" Und obgleich der Jakob vorher noch schäumte vor Wuth, so war er doch auf diese Worte wie ein Lamm. Ich that, als schliefe ich, als der Jakob an diese Thüre kam, um zu sehen, ob's Niemand im Nebenstübchen gehört hätte."

Der Müllerin sträubten sich die Haare zu Berge. Sie schwieg eine lange Weile und seufzte dann, weil sie sich erinnerte, daß sie von dem Jakob hundert Gulden geliehen hatte und er darauf pochte, um Mariechens Hand zu erhalten. Sie hatte von dem Geld dem Mädchen auch nichts gesagt, weil sie durch die Heirath mit Jakob des Zurückbezahlens wäre überhoben worden. Jetzt fiel ihr das wie eine Centnerlast auf die Seele, zumal sie selber zu Mariechen gesagt, das Mühlchen sei schuldenfrei.

„Du wirst doch nicht glauben, der Jakob sei ein Mörder?" fragte sie endlich und das Entsetzen, das sich ihrer bemeistert hatte, schien der Schultheißin mit dieser Frage in Verbindung zu stehen.

„Ich weiß es nicht," sagte sie kurz.

„Ach du lieber Gott," rief die Müllerin, „der Jakob ist der solideste Mensch von der Welt, der . . . ."

„Bleib' mir damit vom Leibe," fiel ihr die Gevatterin in's Wort.

Zum großen Bedauern der Müllerin kam der Schultheiß herein und setzte sich zu ihnen. Die Frauen ließen ihr vertrauliches Gespräch sogleich fallen, und der Schultheiß suchte einen andern Stoff, der ihn mehr ansprach. Die Müllerin brach jedoch bald auf und lud nun den Schultheiß und seine Frau auf's Dreikönigsfest ein, doch auch einmal in der Mühle vorzusprechen; „wenn sie auch keinen Kaffee habe," sagte sie, „der zu armen Müllersleuten nicht komme, so wolle sie doch einen Apfelkuchen backen, der auch nicht zu verachten sei, denn sie habe noch Grünäpfel vom vorigen Jahre, die so frisch seien, als kämen sie eben von dem Apfelbaume hinter der Mühle. Das komme daher," versetzte sie, „weil sie so etwas zu Rathe zu halten wisse, und ihr Keller sei ganz vortrefflich, weil er ganz im Felsen liege; auch könne sie ein Glas Apfelwein vorsetzen, der freilich kein Rießling sei, aber sich doch trinken lasse. Sie sollten's einmal probiren.

(Fortsetzung folgt.)

Das Wanderleben der niederen Thiere.

Von Karl Ruß.

(Fortsetzung.)

Hiernach schließen sich die Fische an, welche durch atmosphärische Einflüsse und dergleichen veranlaßt, zu Zeiten ihre Wohnplätze verlassen; wir nehmen sie zugleich mit denen zusammen, welche kleine stehende Gewässer verlassen, um geeignete Laichplätze aufzusuchen. „Die Forellen", sagt Tschudi, „scheinen das trübe Gletscherwasser ängstlich zu verabscheuen, während sie das kalte Quellwasser lieben. Sobald im März Schnee und Eis zu schmelzen beginnen und die Bäche trüben, verlassen sie oft dieselben und schwimmen z. B. aus den Seitenbächen der Rhone in Masse in den Genfer See, wobei ihr Fang (u. A. unter dem Walliser Neubrück, wo sie aus der Nikolai- und Saasvips der Rhone zueilen) sehr ergiebig ist. Im See bleiben sie den Sommer über, steigen im Spätjahr wieder die Rhone hinauf und laufen in die Seitenbäche."

Marcel de Serres sagt weiter darüber: „Sobald die Bachforelle eine gewisse Größe erreicht hat, scheint eine dringende Nothwendigkeit sie zu treiben, den Ort ihrer Geburt zu verlassen. Dies Bedürfniß scheint in den Bedingungen ihres Daseins zu liegen, welche frischeres Wasser oder eine reichlichere und angemessenere Nahrung verlangen. Der Zeitpunkt des Absteigens von einem See in einen Fluß wird durch die Erscheinung der kleineren Forellen bezeichnet. Es sind immer die jüngsten, welche den Zug eröffnen; nach ihnen kommen die mittelgroßen, welchen die größten folgen, die den Zug beschließen. Sobald die Forellen, welche die in der Nachbarschaft der Seen belegenen Flüsse besuchen, ihre Eier abgelegt haben, sieht man sie in diese Seen wieder eintreten, was gewöhnlich gegen Ende Oktobers geschieht. Der Instinkt dieser Thiere treibt sie auch unter anderen Umständen, bis an die Quellen der Ströme und Flüsse hinaufzusteigen und sie gelangen oft bis zu einer Höhe von 7000 Fuß über dem Meere."

Unter den übrigen Fischen, welche in kleineren süßen Gewässern zur Laichzeit günstigere Orte aufsuchen und dann also, wenn auch in beschränkterem Grade, Reisen antreten, sind namentlich mehrere Weißfischarten erwähnenswerth: Die Plötze und Ukelei (auch Albe oder Blinke), welche in allen Seen und Flüssen in sehr großer Menge leben, sammeln sich in den Frühlingsmonaten zu mehrmals ungeheuren Zügen zusammen, tummeln sich an den ihnen günstigen Orten mit großem Geräusch umher und sind dabei wie blind und taub, so daß sie mit den Händen ergriffen und mit Schöpfnetzen in großen Massen gefangen werden können. In der unteren Weser z. B. ziehen die Alben bis hinauf zur [illegible] bei Sonnabend in dicht gedrängten Schaaren, und wenn sie dann dort in das aus den Färbereien Barmens und Elberfelds kommende, mit Säuren und Farbestoffen gemischte Wasser gerathen, dann sterben sie so zahlreich, daß die Ufer ausgebuchteter oder langsam fließender Stellen des Flusses massenweise angehäufte Fische zeigen, deren unausstehlicher Verwesungsgeruch weithin die Lüfte erfüllt.

Ein anderes Beispiel berichtet Cornelius in seinen „Zug- und Wanderthieren" nach den Angaben eines befreundeten Beobachters: „Die Maipieren, auch Lennepieren genannt, (Pierlinge, Pfrill oder Elritze), welche hauptsächlich in der Lenne, jedoch auch in deren Nebenflüssen und in der Ruhr vorkommen, zeigen sich zur Laichzeit, je nach der Witterung, schon im April, Mai oder erst im Juni in großen Zügen. Sie erscheinen meist bei mittlerem Wasserstande und heiterem Wetter; bei kleinem Wasser würden ihnen die Schlachten oder Wehre der vielen Fabrikanlagen, namentlich bei Alfeld, zu große Hindernisse in den Weg legen. In dieser Zeit sind fast von früh bis spät die Brücken von Kindern belagert, welche mit Vergnügen den Zügen dieser kleinen hübschen Thiere zusehen. Ein einzelner Zug ist etwa 1/2 bis 1 1/2 Fuß breit und in demselben drängen sich die Fische so dicht aneinander, als Häringe in einer Tonne. Ein Zug folgt in kurzer Unterbrechung dem andern und so geht es den ganzen Tag hindurch, sodaß die Zahl der in der Lenne befindlichen Thiere auf Millionen zu schätzen ist. Man fängt sie am liebsten im Mai und Juni, theils weil sie dann in den gewaltigsten Zügen erscheinen, theils weil sie zu dieser Zeit am schönsten sind. Von einem eigentlichen Verschwinden der Pieren nach dieser Zugzeit kann man nicht sprechen; wenn sie den Laich abgesetzt haben, verläßt sie die Geselligkeit, sie vereinzeln sich und gehen in die Tiefe. Sie befinden sich zu jeder Zeit in der Lenne, jedoch so einzeln, daß es im Winter schwierig hält, nur eine einzige zu fangen."

Außerdem wandern noch in dieser Weise folgende Fische: Das in ganz Europa einheimische Neunauge steigt im Frühlinge aus den Seen in die Flüsse, um zu laichen und wandert im Herbste wieder zurück. Die Nase zieht aus den Strömen Rhein, Donau, Elbe, Oder ꝛc. in deren Nebenflüsse und Bäche. Aus den stehenden Gewässern in Flüsse wandern ferner der gemeine Stint, Kaulbarsch, Gründling u. a. Ueber das Wandern des Aales haben die Forscher viel hin und her gestritten: ob er aus dem Meere in die Flüsse oder aus diesen in das Meer zum Laichen wandert. Letzteres dürfte jetzt wohl dabei feststehen und wir kommen darauf bei der Wanderung der jungen Aale zurück.

Demnächst folgen nun diejenigen Fische, welche alljährlich regelmäßig und zu bestimmter Zeit aus den Meeren, entweder blos in die Mündungen großer Ströme oder in diese letzteren hinauf bis in deren Nebenflüsse und selbst in kleine Bäche steigen. Beides geschieht ebenfalls für den Zweck des Laichens. In ihnen haben wir die ersten namhaften Reisenden aus der Fischwelt vor uns.

Zu den ersteren gehören verhältnißmäßig nur sehr wenige. Als besonders erwähnenswerth heben wir die Schnabelfische und den Meerstint hervor, welche im Frühjahre in die Mündungen der Ströme der Nord- und Ostsee, Rhein, Elbe, Oder u. s. w. in ziemlichen Massen bringen.

(Fortsetzung folgt.)

Miszellen.

Ueber den Werth eines Vogelnestes bringt der Thüringer Thierschutzverein folgende, überall beherzigenswerthe Ansprache: „Lieber Landmann! Dein Junge nimmt aus Langeweile ein Vogelnest, Grasmücken-, Spatzen-, Rothschwanznest oder ein Anderes, gleichviel von welchem der obengenannten Vögelchen, sei es mit Eiern oder mit Jungen aus. Es sollen davon fünf im Nest sein. Jedes dieser Jungen braucht täglich im Durchschnitt etwa 50 Stück Raupen und anderes Geschmeiß zur Atzung, die ihm die Alten aus der Nachbarschaft zutragen, macht täglich 250 Stück. Die Atzung dauert durchschnittlich vier oder fünf Wochen, wir wollen sagen 30 Tage, macht für das Nest 7500 Stück. Jedes Stück Raupe frißt täglich sein eigenes Gewicht an Blättern und Blüthen. Gesetzt, sie braucht bis sie ausgefressen 30 Tage und frißt täglich nur eine Blüthe, die eine Frucht geworden hätte, so frißt sie in 30 Tagen 30 Obstfrüchte in der Blüthe und die 7500 Raupen zusammen 225,000 solcher Blüthen. Hätte Dein Junge das Vogelnest in Ruhe gelassen, so hättest Du und Deine Nachbarn um 225,000 Aepfel, Birnen und Pflaumen mehr geerntet. Wenn jedoch die Raupe, wie sie es aus Liebhaberei manchmal thut, 10, 20, 30 Blüthen des Tages frißt, oder wenn wegen des abgefressenen Laubes die Blüthen keine Nahrung mehr haben und welk abfallen, so beziffert sich Dein und Deiner Nachbarn Verlust noch viel höher. Du kannst dann leicht berechnen, was ein Vogelnest für einen Werth hat."

Aus Wien, 10. April, schreibt man der „A. Z.": Mit fast noch größerer Einhelligkeit (wenn solche überhaupt denkbar ist) als Wolfgang Müller's „Ueber den Parteien", wurde gestern Ernst Wichert's Lustspiel „Ein Narr des Glücks", für welches von dem Preisrichter-Collegium ein Accessit-Preis erwirkt worden war, vom Publikum des Burgtheaters abgelehnt. Das Stück mit dem Shakespeare'schen Titel präsentirte sich als eine Arbeit nach mittelmäßigen Mustern der guten alten Zeit, die in Schiller's allbekannten Distichen verspottet wird: ärmliche und erbärmliche Zustände, in welchen der Dichter und seine Personen behaglich umherplätschern, possenhafte Motive, Anläufe zur Situationskomik, aber gewissenhaftes Vermeiden jeder zu intimen Berührung mit Witz und Humor. Den letzteren brachte endlich das Publikum selbst hinzu und erweckte bei den Darstellern damit eine Art Galgenhumor.

Die österreichisch-ungarische Monarchie besitzt in diesem Augenblicke noch fast an zwei Millionen Joch Urwald; Stämme in unzählbarer Menge, von den riesigsten Dimensionen, die bis jetzt unverwerthet blieben, sogar verfaulen mußten, weil die Hand nicht da war, die es verstanden hätte, jene unermeßlichen Schätze, welche die Natur hier durch Jahrhunderte aufgespeichert hatte, zu heben. Zwar in den Küstenstrichen der Monarchie hat die Axt des Holzfällers in unvernünftiger Weise ihre Arbeit gethan, aber wenige Meilen nur vom Meere weg, in der kroatischen und slavonischen Militärgrenze, beginnt schon Urwald, und in mehreren, namentlich den östlichen Provinzen, wie Ostgalizien und der Bukowina, bedeckt er ein Terrain, das mit einer Million von Jochen viel zu gering geschätzt ist. Ein wichtiger Fachmann, der [illegible] die genaueste Kenntniß von dem Stande der Forsten in der österreichischen Monarchie haben mag, der emeritirte Domainen-Inspektor Joseph Wessely, schätzt in seiner im Auftrage der k. k. Regierung verfaßten Schrift: „Oesterreichs Waldschätze und sein Holzexport", die jetzt schon schlagbaren Ueberschüsse in den Wäldern der Monarchie auf mehrere Hunderte von Millionen Gulden. Mit der geringen Ausnützung im engsten Zusammenhange steht, was nur zu sehr begreiflich, die Wohlfeilheit im Preise sämmtlicher Gattungen von Hölzern. Schiffsbauholz, und zwar die Traubeneiche im größten Durchschnitt, kostet per Kubikfuß im Mittel 23 kr., die Ulme 19, die Eiche 18, die Tanne 25, die Fichte 20 kr. x. Bei ganzen Eichenstämmen wird der Kubikfuß oft nur mit 4 bis 6 kr. angeschlagen. Das sind freilich nur die allgemeinsten Daten. Dabei aber sind die Waldprodukte sämmtlich von der vortrefflichsten Beschaffenheit, das Gefüge der Hölzer so viel gerühmt, daß ebenso jedes erdenkliche Bedürfniß, der Schiffs- und Häuserbau, der Maschinenbau, das grobe Tischlerhandwerk, die feinste Drechslerarbeit daraus befriedigt werden kann.

Rossini's nachgelassene Musikinstrumente, Gemälde, Dosen u. s. w. wurden in einer Licitations-Anstalt in Paris unter großem Zulaufe versteigert. Die trauernde Wittwe des Schwans von Pesaro ließ Alles unter den Hammer bringen, wofür sie irgendwie die Theilnahme seiner Verehrer erregen zu können glaubte. Gleichwohl belief sich der Ertrag der Versteigerung nicht ganz auf 100,000 Francs.

Im Thale von Arreau, Hautes-Pyrénées, schreibt das „Mémorial des Pyrénées", starb dieser Tage eine alte Frau mit Namen Catharine Dupate. Allem Anscheine nach war dieselbe in ihrer Jugend Mitglied einer Zigeunerbande. Sie lebte gänzlich allein, ohne Verwandte und Freunde und befriedigte ihre geringen Bedürfnisse durch Jagd und Fischfang nach Art der Mohikaner. Sie hatte sich in den Bergen eine Hütte von drei Quadratmeter gebaut und eben so waren ihr Bett, Tisch, Koffer und Stuhl von ihr selbst verfertigt worden. Ihre Kleidung war seltsam und malerisch. Sie trug Hosen von Serge, eine Blouse von weißer Wolle, schwer mit Nägeln beschlagene Schuhe und ein rothes Capulet, unter dessen Falten Gestalt und Gesicht verschwanden. Catharine war eben so gewandt auf der Jagd wie beim Fischfange. Die Sicherheit ihres Schusses war im Thale sprichwörtlich geworden und ihre Netze waren stets mit Fischen gefüllt. Zwei bis drei Mal die Woche ging sie zu der kleinen Stadt Arreau hinab, um dort ihre Vorräthe zu verkaufen, die sie in Gast- und Privathäusern absetzte. Lebte sie auch sonst sehr einfach, so trank sie doch ihren Wein bei jedem Mahle, was bei jenen Bergbewohnern sehr selten vorkam. In den letzten Zeiten konnte Catharine nicht mehr jagen in Folge einer Verletzung an der rechten Hand. Dafür stellte sie jedoch durch Schlingen jeder Art wieder ein, mit welchen sie das Wildpret einfing und worin sie eine große Geschicklichkeit erlangt hatte; denn sie hatte so zu sagen den Spürsinn der Wilden. Desgleichen hatte sie sich auch nach jenem Unfalle mit doppeltem Eifer und großem Erfolge auf das Fischen verlegt. Catharine Dupate starb im Alter von 69 Jahren, ohne jemals krank gewesen zu sein. Nach den Aussagen der dortigen Bergbewohner hatte sie das Thal von Arreau seit 50 Jahren nicht verlassen.

Logogriph.

Ein Flüßchen wallt in einem bücherreichen
 Arkad'schen Pfälzer Thal,
Dem leg' an's End' den Hauch, das erste Zeichen,
 So bringt es Sorg' und Qual
Dem Herzen, das in Noth nach Hilf' sich sehnt,
 Ein Wörtlein, das gewählt
Durch Zeit und Raum sich unermeßlich dehnt;
 Mehr' auch der Zeichen Zahl
Mit einem — war's dann [illegible] und mächtig über
 Jetzt dort im Blüthenthal!

B.

Redaction von F. L. Woll, Druck der Jäger'schen Druckerei in Speyer.

Palatina.

Belletristisches Beiblatt zur Pfälzer Zeitung.

Nro. 49. Speyer, Samstag, den 24. April 1869.

Das Mühlchen in der Morgenbach.

Eine Begebenheit aus dem Jahre 1716.

(Fortsetzung.)

Die Gevattersleute versprachen zu kommen, und nachdem sich die Müllerin vielmal bedankt für die schöne Aufwartung, ging sie wieder nach dem Haus der Base, um Mariechen abzurufen, da es schon vier Uhr geschlagen.

Die Mädchen wurden da recht unangenehm gestört. Mariechen hatte ihr Abenteuer in Nothgottes zum ersten Mal dem lieben Jakobinchen erzählt, und so lebendig erzählt, daß ein scharfes Mädchenauge, wie das Jakobinchens, schnell herausfand, daß der junge Student oder Kaufmann, sie wußte ja nicht, was er eigentlich war, recht tief in dem Herzen Mariechens saß, und daß sie das Bild jener Stunde gar oft vor ihre Seele zurückrufe.

Sie hatte Mariechen zwar gesagt, es sei gar nicht gut, daß sie sich in den schönen Menschen so in Gedanken hineinverliebe, da sie doch ihr Lebtag ihn nicht wiedersehe, aber es that ihr hintennach leid, denn es waren ein paar helle Thränen in Mariechens Auge sichtbar geworden. Dennoch wollte sie ihr noch manches darüber sagen, aber die Mutter kam und der Heimweg wurde angetreten unter Stimmungen, die weit unangenehmer waren als die auf dem Herwege. In beider Herzen lag ein scharfer Stachel.

2.

Der Hanf war aufgesprungen, als ungewöhnlich frühe der Frühling in das Rheinthal und auch in das der Morgenbach einzog.

Es war an einem sonnenlichten Sonntage gegen das Ende des März, als die Reihe an Mariechen war, zu Hause zu bleiben und der Jakob mit der Mutter nach der Kirche ging. Er hatte in der Mühle noch vorher aufgeschüttet und ein halbes Malter Korn in drei Sümmern abgetheilt, damit Mariechen, wenn es schelle, ohne Mühe aufschütten könne. Der erfahrene Müllerbursche wußte, daß er zurück sei, wenn das noch lange nicht gemahlen sein würde.

Sie gingen stille neben einander hin. Als aber die Mühle weit genug im Rücken lag, hob der Jakob an, sich zu räuspern, was er jedes Mal that, wenn er eine längere Rede halten wollte, da er in der Regel sehr einsilbig zu sein pflegte.

Der Müllerin wurde es unheimlich, denn sie kannte das Kapitel schon im Voraus, das jetzt verhandelt werden sollte, und sie sann auf das, was sie ihm sagen wollte, ohne doch eigentlich damit so weit in's Klare gekommen zu sein als nöthig war. Jakob hatte lange geschwiegen, jetzt drängte ihn seine Leidenschaft für das schöne junge Mädchen und der Wunsch nach Gewißheit zum Worte. „Es sind," hob er endlich an, als schon die Burg Vautsberg nahe war, „nun drei bis vier Wochen wieder in das Land gegangen und ich weiß noch nichts, was mir Gewißheit geben könnte. Ihr schweigt stockmäuschenstille und das Mariechen sieht Euch an, wie die Spatzen den Strohmann, der in den Erbsen steht. Soll's nicht werden, so sagt's klar heraus, gebt mir Lohn und Geld und ich gehe heim nach Schwaben, und suche das Mariechen zu vergessen, so gut es gehen mag."

„Mit der Sache," versetzte die Alte, „die so wichtig ist, soll man nicht die Treppe herunterstürzen. Vorgethan und nachbedacht hat Manchen in groß' Leid gebracht? Hat's denn so Eile?"

„Ei, ich denke, ich hab' lang genug herumgelöffelt," sagte Jakob, „um nun einmal an's Ende zu kommen. Ich steh' halt in den Jahren, wo man seinen festen Sitz haben möchte und auch sollte. Drüben zu Tiefenbach, bei Simmern, ist die Mühle feil, die kauf' ich mir dann und wir sind geschiedene Leute. Eine Frau bekomme ich auch noch in der Welt und am Narrenseile will ich mich nicht mehr lange führen lassen."

Man mochte es dem Tone anhören, daß es ihn, wie man am Rhein sagt, wurmte, daß man ihn so in die Länge hinhielt. „Das glaub' ich recht gerne, Jakob," sagte die Müllerin, „aber mein Kind ist noch gar jung und da will's noch nicht recht einwilligen."

„Was Jugend?" rief Jakob. „Mit achtzehn Jahren hat man die Kinderschuhe längst niedergetreten. Sagt's mir rund heraus, sie hat etwas gegen mich!"

„Was fällt Euch ein, Jakob?" rief die Alte. „Wenn sie irgend etwas gegen Euch hätte, so wär's etwa das, daß Ihr gar manche Nacht nicht zu Hause seid und wegschleicht, wenn Ihr glaubt, wir schliefen."

Der Alten war über der Rede der Kamm gewachsen, daß sie so ohne Hehl herausreden konnte. Sie waren am Vautsberg gegenüber und blieben stehen.

Diese Bemerkung hatte den Jakob der Art betroffen gemacht, daß er, weiß wie Kreide und völlig starr, stehen blieb und mit offenem Munde und stierem Blicken die Müllerin ansah. Endlich brachte er stotternd heraus: „Wer sagt das?“

„Ihr hört's ja,“ fiel, kecker werdend, die Alte ein, „ich sag' es!“

„Ihr seid belogen! Es ist eine Verleumdung!“

„Wißt Ihr noch, Jakob,“ sagte sie, „an dem und dem Tage nach Lichtmeß war't Ihr wieder fort; wartet einmal, ich glaub', es war an dem Tage, als an der Clemenskirche — “

„Donner!“ schrie Jakob auf einmal mit brüllender Stimme, Ihr werdet am Ende mir nachsagen, ich hätte Theil an dem Verbrechen, das dort begangen wurde?“

„Daran hat meine Seele nicht gedacht,“ sagte die Alte, der es kalt über den Rücken lief; „aber wie kommt Ihr darauf? Damals waret Ihr schlafen gegangen, aber als ich nachsah, weil ich nicht wußte wie's mit der Mühle stand, war Euer Bett völlig unberührt und Ihr fort. Daß dies Ausgehen und die Gesellschaft, die Ihr in Trechtingshausen habt, Euer Spielen und dergleichen Euch bei Marie keinen Stein in's Brett setzt, könnt Ihr an Euren Fingern abzählen. Ich hab' ihr sehr zugesetzt, aber sie will nicht.“

„So — gut; sagte er grimmig. „Gebt mir mein Geld noch heute und ich gehe noch heute fort.“

„Das kann ich nicht, Jakob,“ sagte die Alte, „aber ich will sehen, daß ich's bald bezahle. Uebrigens glaub' ich, daß sich das alles gibt, wenn Ihr das, was ihr so viel Anstoß gibt, lasset.“

Er gab keine Antwort und ging stumm und trotzig von ihr weg und so rasch, daß er sie weit hinter sich ließ. Er brummelte immer halblaut vor sich hin, das konnte sie hören.

Aber der Alten wurde es so bang, so unheimlich, daß sie's gar nicht aushalten konnte. Wo sollte sie das Geld hernehmen? Und schied er im Zorn, so mußte sie es bezahlen, da war keine Rettung. In ihrem Schmerze beachtete sie es gar nicht, daß sie an der Clemenskirche vorüberging, wo sie allemal ein Ave betete. Das alles vergaß sie. Aus all' dem Simuliren fand sie endlich so viel heraus, daß sie zu dem Schultheiß gehen und den um die hundert Gulden bitten wollte, denn nun war's ab mit der Heirath, das sah sie ein.

Sie that das nach der Kirche, allein zu ihrem Schrecken sagte der Schultheiß, er könne im Augenblick nicht helfen, und noch trostloser kehrte sie heim, wo Jakob bereits war. Mürrisch saß er bei Tische da und aß kaum halb so viel als sonst. Aerger und Grimm drückte sich in seinen Mienen aus.

Als er aufstand, fragte Mariechen: „Jakob, bleibt Ihr heute Mittag daheim, ich möchte in's Dorf gehen?“

Er bejahte die Frage und ging in's Thal hinauf spazieren.

Mariechen änderte indessen ihre Gesinnung, da die Mutter Besuch von einer guten Freundin von Aßmannshausen bekam und blieb in ihrer Kammer, wo sie mancherlei an ihren Kleidern posselte. Sie hörte Jakob in die Kammer nebenan gehen und hielt sich still.

Gegen vier Uhr Mittags pfiff es unten. Sie lugte durch die blinden Scheiben ihres Fensterleins und sah unten den rothen Jörg stehen.

Als Jakob öffnete, äußerte er: „Sind wir sicher?“

„Ja,“ sagte Jakob halblaut. „Die Alte hat Besuch und das Mädchen ist fort.“

„Kommst du heut Abend?“ fragte Jörg.

„Wozu!“

„Es gibt einen guten Fang!“

„Ich mag nicht!“

„Ei, seit wann bist du denn so wählerisch? Oder ist's Blödigkeit?“ höhnte der unten.

„Ich mag nicht!“ versetzte mit Unwillen Jakob.

„Denk' dir,“ sagte Jörg, es kommt ein Weinhändler von Mainz, der gestern in den vier Thälern Wein kaufte. Er hat einen Sack voll Geld. Sollen wir den Vogel fliegen lassen?“

„Woher weißt du so gewiß, daß er kommt?

„Weil ich's gehört habe, als er es sagte, er müsse heute noch nach Bingen, weil er morgen in Rüdesheim Wein kaufen wolle.“

„Macht's allein ab!“ sagte Jakob.

„Willst du wirklich nicht?“ rief lauter Jörg. „Ist dir's bange? Oder willst du frei ausgehen? He! hat dir die Alte Flöhe in's Ohr gesetzt? Ich sag' dir, du kommst oder es geht dir nicht gut! Willst du theilen, mußt du auch zuschlagen helfen. Heute steckt alles im Wirthshaus und kein Mensch denkt, daß etwas geschehen könne. Ich fahre mit dem Balthes nach Aßmannshausen und setze bei Vautsberg über und einer hält Wache auf der Burg, wo man weit ausschaut, so lange es hell ist. In der Clemenskirche erwart' ich dich! Hörst du! Kommst du nicht, so ist's aus und ich halte das Maul nicht mehr länger! — Dann wird mir die Straf' erlassen und du und Balthes — du weißt schon!“ — Er ging.

Jakob schlug das Fenster zu und rannte in dem Kämmerchen auf und ab wie ein Besessener. Endlich ging er hinab und schlug bald darauf die Hausthüre zu.

(Fortsetzung folgt.)

Das Wanderleben der niederen Thiere.

Von Karl Ruß.

(Fortsetzung.)

Hier nun schließen sich die Wanderungen der jungen Aale an. Vom Ende des Februars bis tief in den April hinein, sieht man in den Mündungen dieser großen Ströme ganz winzige junge Aale in so ungeheuren Mengen erscheinen, daß ihre Züge wie lange schwarze Fäden im Wasser aussehen, so daß oft das Wasser weithin wie geschwärzt erscheint. Von diesen Thierchen, deren Größe oft nur zwischen zwei bis drei Millimeter schwankt, geht fast regelmäßig der größte Theil verloren, entweder nämlich verschlungen von zahlreichen Feinden und Fressern verschiedener Art, oder bei ungünstiger stürmischer Witterung im Ankämpfen stromaufwärts gegen das Wasser. Deshalb hat man in neuerer Zeit begonnen, diese winzigen Fische in großen Massen auszuschöpfen, landeinwärts zu versenden und in geeigneten Gewässern zu erziehen. Diese Versuche haben die besten Erfolge gehabt, sodaß man in dieser Weise jetzt bereits in sehr großartigem Maßstabe die jungen Aale zu erhalten und nutzbar zu machen weiß.

Unter den Wanderern, welche aus den Meeren stromaufwärts in die Ströme, Flüsse und Bäche gehen, ist der allbekannte gemeine Salm oder Lachs einer der interessantesten — und zugleich wichtigsten. Er steigt im Frühlinge aus seiner Heimath, dem nördlichen Weltmeere, in ungeheuren Zügen die Flüsse hinauf, um passende Laichplätze aufzusuchen. Dabei befolgt er die schon erwähnte Ordnung großer Wandervögel, in einer schiefen Linie oder einem hinten offenen Dreieck, und zwar zieht der größte Rogener (Weibchen) voran, ihm folgen etwa in der Entfernung von je zwei Fuß die anderen Rogener, denen dann wiederum ebenso die Milchner (Männchen) sich anschließen, und zuletzt kommt alles jüngere Volk. Diese Züge vermögen bedeutende Hindernisse und Schwierigkeiten zu überwinden; Netze zerreißen sie zuweilen durch den Andrang ihrer ungeheuren Menge oder sie wissen neben oder unter denselben hinwegzukommen; über Felsen, Wehre, kleinere Wasserfälle schnellen sie sich mit kaum glaublicher Kraft hinweg, wobei sie gewaltige, zwölf bis fünfzehn Fuß hohe Sprünge aus dem Wasser empor machen. Die Züge halten sich meistens in der Mitte des Strombettes und an der Oberfläche des Wassers, bei sehr heißem Wetter aber in der Tiefe. An dem starken Geräusch, das sie machen, sind sie von weitem zu erkennen. In sehr reißenden Flüssen, z. B. im Lauffen bei Lauffenburg, hat man beobachtet, daß sie stets hinter einem Felsen ausruhen und dann an den Seiten desselben blitzschnell vorwärts schießen. Doch ihre gewöhnliche Schnelligkeit ist schon so groß, daß sie in einer Stunde acht bis zehn Meilen zurücklegen. Im Dezember kehren sie matt und abgemagert, jedoch noch schneller, weil stromabwärts, in die Meere zurück.

Die junge Lachsbrut, Sälmlinge genannt, bleibt in den Flüssen etwa das erste Jahr ihres Lebens, dann wandert sie, den jungen Aalen entgegengesetzt, in's Meer hinab, wo sie bleibt, bis sie erwachsen und wieder fortpflanzungsfähig ist. Man will übrigens an gefangenen Lachsen, denen man Metallringe um die Schwänze gelegt hatte, beobachtet und festgestellt haben, daß dieselben stets, gleich den Vögeln, dieselben Brutplätze alljährlich wieder aufsuchen.

Um sämmtliche Wanderfische dieser Art eingehend zu schildern, mangelt uns leider der Raum; wir können nur über die wichtigsten das Interessanteste mittheilen. Der Stör wandert aus allen europäischen Meeren wohl hundert bis zweihundert Stunden weit in die Flüsse hinauf, in der Donau bis Schwaben, im Rhein bis an den Fall bei Schaffhausen. In gleicher Weise durchzieht der Hausen, aus dem Mittelmeere und dem Eismeere, die Donau, Wolga, den Po, Jaik u. s. w. Die Lamprete oder Meerpricke, welche in der ganzen Welt, am häufigsten aber in der Nord- und Ostsee gefunden wird, geht den Rhein bis Straßburg, ferner die Elbe, Weser, Oder ꝛc. hinauf. Sie kann ebenfalls mit Leichtigkeit große Hindernisse überwinden, und um schnell und bequem fortzukommen, hängt sie sich (nach Marcel de Serres) auch an den Boden der stromaufwärts gehenden Boote an.

Der Sterlet und ebenso der Scherg wandert aus dem Schwarzen und Kaspischen Meere in die Wolga und den Jaik hinauf; die Muräne, die Meeräsche, die Flußäsche, die Binde u. a. aus dem Mittelländischen Meer in die Flüsse desselben; die Glattbutt, auch Strom- oder Elbbutt, der Stichling oder die Zinge, die Alse oder der Maifisch, die Zärthe u. a. aus der Nord- und Ostsee in deren Ströme hinauf; der Steinbarsch aus den Nordamerika umgebenden Meeren in dessen Flüsse; der ägyptische Wels, der Nilsalm und der Raschal wandern aus dem Meere in den Nil u. s. w.

(Fortsetzung folgt.)

Miscellen.

Wien. Professor Dr. Oppolzer sprach sich in folgender Weise über den so enthusiastisch betriebenen Velociped-Sport aus: „Es scheint, als wenn die Menschen nach [illegible] über die doch [illegible] große Schnelligkeitsgrenze [illegible], denn nur dadurch kann der so eifrige Velocipedes-Sport seine Begründung haben. Es ist gewiß, daß jede allzu große Muskel-Anstrengung, besonders wie sie bei der virtuosen Leitung eines Velocipedes nothwendig ist, wo alle Muskelpartien einer so starken Ueberanstrengung unterliegen, leicht nicht nur Hypertrophie aller Arterien und des Herzens verursacht, sondern auch die verschiedenen Herzkrankheiten, die in deren Gefolge auftreten, veranlassen kann. Auch Aneurysmen sind eine nicht seltene Erscheinung."

* [illegible] kann dem preußischen [illegible] und seine historische Persönlichkeit der Romanschreiberin Luise Mühlbach entgehen. Sie betreibt die Romanfabrikation en gros. Das neueste Buch, das genannte Dame in die Welt gesetzt hat, heißt: „Kaiser Ferdinand I. und seine Zeit." Als „historischer Roman" wird ein solches Buch dem leichtgläubigen Publikum vorgeworfen und es beißt an. Aber es ist darin — wie die „[illegible] Presse" über das genannte Mühlbach'sche Machwerk sagt — keine Spur von historischer Intention; die Ereignisse werden aus der Weltgeschichte, aus Memoiren, aus den Zeitungen herausgegriffen, bald mehr bald weniger anachronistisch aneinander gereiht und phantastisch [illegible] und aufgeputzt. Das ist eine sehr bequeme Art Romane zu schaffen, und Luise Mühlbach versteht es. Sie arbeitet wie eine Tapeziererin; an das Bischen historischen Stoff hängt sie eine Menge falscher Spitzen und Volants, Schleifen und Rüschen in Gestalt von Anekdoten, denen hie und da auch die Note „geschichtlich wahr" beigefügt wird, so daß ungebildete Augen glauben, ein anderes Wunder von Geschmack

vor sich zu haben, und im Grunde ist es doch nichts als — Humbug. Ihre historischen Gestalten gleichen denen in einem Puppentheater, sie sprechen und handeln nicht im Geiste ihrer Zeit, sondern nach einer gewissen Schablone, und wer etwa in diesen „historischen" Romanen ein getreues Spiegelbild der Zeit zu sehen vermeint, der irrt sich sehr. Auch dieser „Ferdinand I. und seine Zeit" ist eine solche Verballhornung der wahren Geschichte, und nöthigt uns nur Eine Anerkennung ab: die der fabelhaften Fruchtbarkeit der Verfasserin. So lange diese Richtung des historischen Romans gepflegt wird, ist für die Entwicklung eines Kunststyls wenig zu hoffen, im Gegentheil, es wird eine Auflösung aller Kunstform in eine Anekdotenprosa herbeigeführt. So viel die Kunstrichter auch an Walter Scott auszusetzen haben, er bleibt doch immer noch das maßgebende Muster für den historischen Roman.

* In London wurde am 19. April, früh Morgens, ein gewisser Sherward gehenkt, welcher vor 18 Jahren in einer momentanen Zornesanwallung seine Frau umgebracht hatte. Am 18. April legte der Mann ein umfassendes Geständniß ab, das aus dem Gefängniß von Norwich datirt und in Gegenwart mehrerer Zeugen zu Papier gebracht worden ist. Dieses Geständniß ist ganz schauerlich. Sherward versetzte seiner Frau einen Schnitt mit dem Rasirmesser in den Hals, von welchem sie augenblicklich starb. Der Mörder bedeckte den Leichnam mit einer Schürze und reiste in Geschäftsangelegenheiten nach Yarmouth. Abends kam er zurück, schlief auf dem Sopha, und ging des andern Morgens um die gewöhnliche Zeit zur Arbeit. Um 4 Uhr Nachmittags kehrte er zurück, zündete in dem Schlafzimmer, in welchem er den Mord begangen hatte, ein Feuer an, und begann den Leichnam zu verstümmeln. Nachdem er sich mit dieser schrecklichen Arbeit bis halb 10 Uhr Abends beschäftigt hatte, nahm er einige Theile des Körpers, verließ das Haus und streute sie überall umher. Dasselbe that er an sechs hintereinander folgenden Tagen, nachdem er die Ueberreste zuvor in einem Kessel in einen Brei zusammen zu kochen versucht hatte. Nachdem er auf diese Weise den ganzen Leichnam stückweise zerstreut hatte (noch ehe er sein schreckliches Werk vollendet, war die Polizei mit Nachforschungen nach dem Mörder und der Ermordeten beschäftigt, aber vergebens) verbrannte er Bettlacher, Kissenbezüge und alles was Blutspuren an sich trug. Die Bettdecken, welche mit Blut befleckt waren, schnitt er in kleine Stückchen und warf sie in allen Theilen der Stadt umher; und das lange Haar, welches er mit der Scheere in kurze Stückchen zerschnitten hatte, wurde vom Winde in alle Himmelsgegenden zerstreut. Ein Jahr nach dieser Grausamkeit verheirathete der Mörder wieder, von Keinem beargwöhnt, von Keinem über seine erste Frau befragt, und es vergingen 18 Jahre, ehe das Geheimniß von Norwich, mit dessen Lösung die Polizei sich jahrelang abgemüht hatte, durch Sherward selber aufgeklärt wurde. Das Zeugniß der Aerzte sprach sich zur Zeit der Mordthat einstimmig dahin aus, daß die aufgefundenen Knochenreste einem Frauenzimmer von höchstens 25 Jahren angehören müßte, während die Ermordete 54 Jahre alt war. Vielleicht gerade diesem Irrthum der Sachverständigen ist es zuzuschreiben, daß der Urheber einer solchen Grausamkeit sich 18 Jahre lang dem Arm der Gerechtigkeit entziehen konnte.

Der „Köln. Ztg." wird berichtet: „Die Pilgerfahrt nach Mekka wird in diesem Jahre wieder außergewöhnlich lebhaft betrieben, und Mekka schwimmt in Wohlgerüchen. Der Groß-Scherif und der General-Gouverneur der Provinz haben bereits 280,000 Hammel, 5000 Böcke und 2000 junge Rinder zu ungeheuren Preisen beikommen, die am Opfertage geschlachtet werden. Das Fleisch der Opferthiere, das sonst (bei oft 40 Grad Reaumur) im Freien verfaulen mußte, soll von diesem Jahre an sofort nach der Opferung auf Scheiterhaufen verbrannt werden, um Pest und Cholera keinen Vorwand zu einem Umgang durch Orient und Occident zu geben.

(Peabody-Ehrenbuten.) Bekanntlich hatte Präsident Grant bald nach seinem Amtsantritte den reichsten Kaufmann von Newyork, Stewart, zum Finanzminister ernannt, doch mußte dieser, wie seinerzeit gemeldet, das Amt aufgeben, weil ein altes Gesetz die Anstellung eines Geschäftsmannes verbietet. Stewart hat jetzt seinen längst gehegten Plan, einen Theil seines Reichthums dem öffentlichen Wohle zuzuwenden, zur Reife gebracht, und zwar ist der von ihm gewählte Maßstab ein solcher, daß Alles, was bisher in der Richtung geschehen, gänzlich in den Schatten gestellt wird. Er gab drei Millionen Dollars zur Errichtung eines Asyls für junge Arbeiterinnen, in welchem dieselben für die Hälfte des Preises, den sie für schlechte und ungesunde Wohnungen zahlen, ein gutes Unterkommen und Verköstigung finden, und noch drei Millionen Dollars für ein eben solches Asyl für junge Handlungsdiener. In Anbetracht, daß Stewart zugleich dem weiblichen Geschlechte die enorme Ausdehnung seines Geschäftes verdankt, wird das Hotel für Arbeiterinnen zuerst fertig gestellt; es wird 600 geräumige Zimmer, Bäder-, Speise-, Bibliothek-, Lese- und Gesellschaftsräume und jeden denkbaren Comfort enthalten. Der Bau hat bereits begonnen und wird innerhalb Jahresfrist vollendet sein.

(Napoleon als Jäger.) Es gilt auch der erste Napoleon mit den Feuerwaffen in den Händen Anderer umzugehen verstand — er selbst war der schlechteste Schütze von der Welt. Dennoch ging er häufig auf die Jagd, nicht weil er selbst Vergnügen daran fand, sondern weil er sie als eine königliche Zerstreuung betrachtete, die gleichzeitig seiner Gesundheit zuträglich war. Er galoppirte darauf los, während seine Jäger das Thier verfolgten. Eines Tages stellte der Hirsch die Hunde; nur wenige Jäger waren in der Nähe — weder der Kaiser noch seine nächste Umgebung hatten der Jagd zu folgen vermocht. Schon waren mehrere Hunde durch den Hirsch kampfunfähig gemacht, und die Jäger befanden sich in der größten Verlegenheit. Denn, tödteten sie das Wild, so war der Kaiser damit vielleicht nicht zufrieden; ließen sie noch mehr Hunde verenden, so setzten sie sich dem Zorn und der Strafe des Ober-Jägermeisters aus. „Wo mag der Kaiser hin?" fragte Einer der Jäger. „Er ist fort", sagte ein Anderer, „ich sah ihn in der Richtung nach Fontainebleau galoppiren." Nun entschloß sich der älteste der Waidmänner, den Hirsch abzufangen; kaum aber war dies geschehen, als man am Ende einer Allee eine Reiterschaar erblickte. „Wir sind verloren! Da kommt der Kaiser mit seinem Gefolge!" „Bah!" rief der Alte. „Er versteht nichts davon, und wenn er auch von manchen andern Dingen mehr weiß, als ich, so will ich ihm hier doch etwas weiß machen!" Mit diesen Worten hieß er Hand anlegen, und mittels Stützen von Baumzweigen brachte man den todten Hirsch, halb versteckt vom Gebüsch, wieder auf die Beine. Bellend umgaben die Hunde den Verendeten, und Napoleon erschien auf dem Platz. Er sprang vom Pferde, ergriff eine Büchse und schoß — den besten Hund von der Meute todt. „Sire, der Hirsch ist todt!" meldete der Alte. „Das hatten Sie nicht nöthig, mir erst zu sagen!" erwiderte der Kaiser sehr zufrieden, bestieg sein Pferd und ritt nach Fontainebleau zurück.

* Räthsel.

Mit m ist's eine Stadt in Preußen,
Viel Leute dort mit Bändern reisen;
Mit d berühmt durch Sang und Lieder,
Wann kehren ihre Zeiten wieder?
Mit l sie uns willkommen waren,
Drum unsere Eltern zu Ersparen.
Mit h sind's Thiere, sie zu fangen
Ist Mancher oft hinausgegangen.
Mit r aus Silber in den Banken,
Wir machen sie nicht viel Gedanken.
Mit t bringt sie der Waffenschmied —
Nun Freund! besinne Dich nicht länger!

Redaktion von F. L. Weil, Druck der Jäger'schen Druckerei in [illegible].

Palatina.

Belletristisches Beiblatt zur Pfälzer Zeitung.

Nro. 50. Speyer, Dienstag, den 27. April 1869.

Pfälzische Sagen.

IV.

Der Waldbrunnen.*)

Von August Stöber.

Bei Hohenburg das Brünnlein
Hat wohl die reinste Fluth!
Vom Schloß das todte Fräulein
Hält es in treuer Huth.

Sie kommt in weißer Hülle
Still lächelnd jede Nacht,
Vom Haupt in gold'ner Fülle
Wallet der Locken Pracht.

Sie schaut nach allen Wegen,
Sie harrt so bang und lauscht.
Wem fliegt ihr Herz entgegen,
Wenn's tief im Walde rauscht?

Sie hat ihn herbeschieden
Zur alten Liebesstell',
Wo einst von süßem Frieden
Nur Kunde war dem Quell.

Doch kommen will er nimmer,
Viel Jahr' sitzt sie allein;
Sie wischt im Mondenschimmer
Das Aug' vom Thränen rein.

Dann stille fragend blickt sie
In's Thal hinab und geht;
Viel tausend Küsse schickt sie —
Die der Wind verweht.

*) Bei der Hohenburg im Wasgau.

Das Mühlchen in der Morgenbach.

Eine Begebenheit aus dem Jahre 1716.

(Fortsetzung und Schluß.)

Mariechen saß da wie eine Bildsäule. Das Entsetzen hätte sie fast ihrer Besinnung beraubt. Also ein Mörder, ein Räuber war der Mensch, mit dem ihre Mutter sie zusammenkuppeln wollte! Und heute noch sollte ein Mensch hingemordet werden? Sie wollte aufstehen und hinuntergehen, aber sie konnte nicht von der Stelle. Wirre Gedanken jagten sich in ihrem Kopfe. Was sollte sie thun, den Menschen zu retten? Nach Trechtlingshausen laufen? Das ging nicht, denn die Mörder mußten sie sehen, wenn sie vorüberlief. Durch die Berge und Hecken auf Umwegen hinkommen, das ging nicht, denn die Büsche waren ohne Laub und verbargen nicht. Das Rascheln im dürren Laube mußte sie auch dem Verräther in die Hände liefern, der auf Damisberg Wache hielt. Im Dunkeln war's vollends lebensgefährlich. Und doch stand's fest, den Menschen mußte sie retten! In der Angst ihrer Seele warf sie sich vor dem Crucifix nieder, das in ihrem Stübchen hing, und betete mit großer Inbrunst und lange um Hilfe und rechten Weg.

Allmählig begann's zu dämmern. Ein Entschluß mußte gefaßt werden und er kam auch zu Stande und mit dem gefaßten Entschlusse wurde ihre Seele ruhig und freudig.

Sie ging hinab und sagte ihrer Mutter, sie wolle mit der guten Freundin nach Aßmannshausen fahren und die Nacht drüben bleiben. Dagegen hatte sie nichts einzuwenden und Mariechen fuhr mit hinüber. Die Frau hatte zwei wackere Söhne, auf die sie ihr Vertrauen setzte. Indessen kam noch ein anderer Gedanke während der Fahrt. Kaum aus dem Kahne gestiegen, lief sie zum Pastor und offenbarte ihm alles, was sie gehört, und beschwor ihn, ihr zu helfen, daß ein Menschenleben gerettet werde.

Der Pastor ließ sogleich den Schultheiß rufen und setzte ihn in Kenntniß von allem. Dieser ließ sich vom Mariechen noch einmal die Geschichte erzählen und sagte dann: „Gottlob, daß wir einmal eine Spur haben, den Strauchmördern an den Leib zu kommen! Meinen Plan, Herr Pastor, will ich Ihnen sagen. Sobald es dunkel ist, fahre ich mit zehn bis zwölf gesunden Burschen nach Trechtlingshausen und passe dem Kaufmann auf. Kommt er, so begleiten wir ihn in einiger Entfernung und so muß es gelingen, der Hacke den rechten Stiel zu finden.

Er lief fort, das Nöthige zu besorgen, und als die Dämmerung sich auf das Thal und den Rhein gelegt hatte, glitt ein Kahn fast unhörbar von Aßmannshausen den Rhein hinab und in dem Kahne saßen zwölf Bursche mit dem Schultheißen und Mariechen, die um keinen Preis zurückbleiben wollte.

Die in der Clemenskirche versteckten drei Genossen des schrecklichen Planes ahnten nichts von dem, was vorging, so wenig als der Reiter, der sorglos und sich auf sein Pferd und seine Pistolen verlassend, die scharf geladen waren, in die Nacht hineinritt. Mit den Aßmannshäusern vereinigte sich der Schultheiß von Trechlingshausen und einer Anzahl kräftiger Männer. Vier derselben gingen voraus, um sich jenseits der Kirche zu verstecken und den Mördern den Weg zu verlegen, wenn sie zu entfliehen gedachten. Sie trugen Bündel und plauderten laut von ihrem guten Verdienst, welchen ihnen der Nachtgang nach Bingen brächte. Die Versteckten hörten das und blieben ruhig, obwohl sie der Gedanke beängstigte, der Reisende könne bald kommen und die Leute sein Schreien hören. Als es aber stille blieb, wurden sie wieder ruhig, mit Ausnahme Jakobs, der gar nicht begreifen konnte, wo das Mariechen bliebe. Er hatte scharf den Weg beobachtet, wo er sie, die sonst stets früher heimging, noch nicht vorüber gehen gesehen.

Der Reisende war indessen nach Trechlingshausen gekommen und bei dem Schultheißen eingekehrt. Mit Erstaunen sah er hier die Bewaffneten und erschrak nicht wenig, als man ihm mittheilte, was ihm bevorgestanden.

Es war ein junger Mann von blühendem Aussehen. War er auch anfangs recht erschrocken, als er von dem Mordanfall hörte, der auf ihn sollte gemacht werden, so kehrte doch bald sein besonnener Muth zurück.

„Laßt mich ruhig fortreiten," sagte er, „ich habe zwei gute Pistolen und folget mir leise nach. Ich werde laut singen, damit man euer Gehen nicht höre und damit die Spitzbuben mich auch ordentlich hören."

Wie gesagt, so gethan. Er ritt singend seines Weges bis an die Clemenskirche.

Auf einmal fühlte er, daß Einer das Pferd beim Zügel faßte. Das Thier bäumte sich und ein wohlgezielter Schuß streckte den nieder, der das Pferd hielt; aber ehe die Helfer nahten, empfing der Reiter einen Schlag an den Kopf, daß er besinnungslos vom Pferde stürzte. In demselben Augenblick aber waren auch die beiden Mörder ergriffen. Nicht ohne Mühe wurde eine Laterne angezündet und erst jetzt waren die beiden Schultheißen im Stande, alles zu übersehen. Jakob lag todt an der Erde. Die Kugel hatte ihn gerade in die Stirne getroffen. Die beiden andern waren der rothe Jörg und Balthes. Erst jetzt aber bemerkte man, daß der Reisende blutend an der Erde lag und mit einem Fuße noch im Bügel hing. Hätte nicht einer der Burschen das Pferd gefaßt, so würde es ihn noch weit geschleift haben.

Schnell hob man ihn auf; aber er war bleich und das Blut rann ihm vom Kopfe nieder.

Während die Assmannshäuser die Raubmörder fesselten, trugen ihn die andern nach der Morgenbacher Mühle, wohin auch der Leichnam Jakobs gebracht wurde.

Todesschrecken ergriff die alte Müllerin, als der Trupp nahete und sie erfuhr, was geschehen war. Jakobs Leichnam wurde in seine Kammer gelegt, welche der Schultheiß bewachen ließ. Mit dem Pferde des Verwundeten war ein Bursche nach Bingen gejagt, um den Arzt zu holen und dem Gerichte die Geschichte anzuzeigen.

Mariechen war sogleich nach der Landung zu ihrer Base geeilt und hatte dort in Angst und Gebet die Stunden verlebt, bis sie den Ausgang vernahm. Dieser erschütterte sie heftig und die Nacht, welche sie im Hause der Base verlebte, war eine der schwersten ihres Lebens. Kaum graute der Morgen, so eilte sie der Mutter zur Hilfe.

Wie fand sie aber den Zustand der Mühle verändert! In der Stube lag unter den Händen des Arztes der Verwundete, der irre redete und die Binden von seinem Kopfe immer abreißen wollte. In der Kammer saß das Gericht und vernahm die Zeugen. Die ganze Mühle war voller Menschen.

Kaum war sie eingetreten, als sie ebenfalls vor den Richter gefordert wurde. Alles, was sie gehört und was sie an dem Tage erlebt und gethan, erzählte sie getreulich; sowie auch, daß Jakob oft ganze Nächte außer dem Hause gewesen.

Schon jetzt lagen die Gründe des schwersten Verdachts bei dem Verbrechen, bei dem er auf frischer That seinen Tod gefunden hatte; denn das Geld, die Kleidungsstücke, an denen überall noch Blutflecken sich befanden, die Uhren und Ringe — alles deutete auf eine Reihe ähnlicher Verbrechen wie das letzte.

Auf inständiges Bitten der Wittwe und ihrer Tochter wurde die Leiche des Mörders sammt seiner Kiste und seinen übrigen Habseligkeiten nach Trechlingshausen gebracht, wohin sich das Gericht begab, um die andern Theilnehmer zu verhören. Diese leugneten wohl, aber des Amtmanns Fragen verwickelten sie so in Widersprüche, daß am Morgen des Tages noch ihre Geständnisse zahlreiche Verbrechen an den Tag brachten, an denen Jakob Theil genommen und deren Schauplatz die Clemenskirche gewesen war. Sie wurden nach Mainz gebracht und dem Criminalgericht übergeben, Jakob aber noch an demselben Tage eingescharrt.

Der Kranke mußte in der Mühle bleiben, weil sein Zustand sehr bedenklich war. Der Arzt wich nicht von ihm Tag und Nacht. Erst nach vier Tagen erklärte er ihn außer Gefahr, aber der sorglichsten Pflege bedürftig. Diese übten Mutter und Tochter aus.

Als Mariechen ihn zum ersten Male erblickte, hätte sie fast laut aufgeschrieen, denn — sie erkannte auf den ersten Blick den, der sie im Nothgottes aus der Kirche getragen. Er schlummerte und sah sie nicht; aber als er erwachte, sah er sie lange Zeit an, gleichsam als suche er in seinem Gedächtniß nach Ort und Zeit, wo er das theure Bild gesehen, das hier so freundlich vor ihn hintrat wie ein schöner Traum. Ob er's gefunden? — Er lächelte mild und reichte ihr die matte Hand, denn zum Sprechen fühlte er sich zu schwach.

Nun wich Mariechen nicht mehr von seinem Bette. Ich muß ihm vergelten, was er an mir that, sagte sie zu sich und das, was als tieferer Beweggrund aus den geheimsten Falten des Herzens heraus sie antrieb, das kannte sie ja selber nicht oder gestand es sich doch nicht.

Der Arzt kam oft und freute sich der treuen

Pflege, die sein Leidender hatte. Jetzt erst bat der Kranke selber den Arzt, seiner alten Mutter in Mainz alles genau zu berichten und ihr zu sagen, daß sie selbst ihn nicht besser pflegen könne, als es hier geschehe.

Als aber der Brief die Mutter erreichte, ließ die Mutterliebe sie nicht ruhen. Sie kam selber, um den theuern Sohn pflegen zu helfen. Da sah sie denn, wie das Mädchen Tag und Nacht sorgte und wachte, und wie wahr das sei, was der Doctor geschrieben.

Eins beunruhigte die Mutter doch. Es fiel ihr nicht schwer zu beobachten, wie des Sohnes Blicke dem Mädchen folgten; wie sie auf der Thüre ruhten, durch die sie eintreten mußte, und wie sie leuchteten, wenn sie nun kam. Ja er erzählte ihr eines Tages, „das sei das Mädchen, das er in dem Nothgottes-Kirchlein aus dem Gedränge getragen, wie er ihr damals erzählt habe.“ — Und damals schon sprach aus des Jünglings Worten eine Begeisterung, die einen tieferen Grund zu haben schien, als ein augenblickliches Wohlgefallen. Indessen hoffte sie, die Entfernung, sobald er genesen, werde ihn auch innerlich heilen.

Darin aber hatte sich die stolze Mainzerin denn doch verrechnet. Die unverwüstliche Jugendkraft ihres Sohnes half mehr zu seiner Genesung als die ärztliche Kunst. Schon nach vier Wochen, in der Hütte der Armuth zugebracht, konnte er ausgehen, und dies that er gerne, wenn ihn Mariechen in das herrliche Thal der Morgenbach begleitete.

Diese Spaziergänge waren für das ungekünstelte Naturkind die seligsten Stunden; denn daß er ihre ganze Seele einnahm war jedem klar, der sie in seiner Nähe sah.

Einst kehrten sie an einem Nachmittag zurück und der junge Mann führte Mariechen an seiner Hand. In ihren Zügen lag die reinste Wonne glücklicher Liebe.

„Mutter,“ sagte der junge Walter, „ich muß dir ein Bekenntniß ablegen, das dir aber kaum mehr fremd sein kann. Ich liebe Mariechen. Sie hat mir das Leben gerettet und durch ihre Pflege erhalten. Ein reineres Herz gibt's nicht. Gib uns deinen Segen.“

Die Mutter wendete gar vieles ein. Sie wies darauf hin, daß Mariechen so arm sei.

„Hat uns nicht Gott gesegnet?“ fragte er.

Sie meinte: „Mariechen passe nicht in die Stadt.“

„O,“ lachte Walter, „ein so klarer Verstand findet sich schneller in das, was du Stadt nennst, als du es vermuthest!“

Sie meinte endlich: „ihre Familie würde doch großen Anstoß daran nehmen!“

„Weißt du was, Mutter,“ fiel ihr schnell der Sohn in die Rede, „so werde ich Müller und bleibe hier bis an mein Lebensende. Nur mit ihr will ich leben. Ohne Deinen Segen wird sie mein liebes Weib nicht, das hat sie mir heute gesagt; aber ich werde, wenn du ihn versagst, ehelos bleiben und nie glücklich werden können. Weißt du das? O vergiß nicht, daß du dem Mädchen das Leben deines Sohnes dankst!“

Das wirkte, und ehe der Abend kam, segneten sie die beiden Mütter und das glücklichste Paar umschloß das Mühlchen in der Morgenbach.

Wie staunten die Mädchen in Trechtingshausen, als am Sonntage darauf das Paar aufgerufen wurde! — Und welch' ein Jubel war am Tage der Hochzeit in dem Mühlchen!

Mit Einstimmung der Müllerin wurde das Mühlchen verkauft und die hundert Gulden, die sie dem Jakob schuldete, dessen Herkunft man nie erfuhr, wurden mit Bewilligung des Gerichtes zu einem Armenkapital der Kirche zu Trechtingshausen geschenkt.

Die schönen Töchter des goldenen Mainz, welche anfangs die Näschen rümpften, meinten indessen bald, der junge Walter habe eine ganz allerliebste Frau und es sei zum Verwundern, wie schnell sich die schöne Müllerin aus der Morgenbacher Mühle die Sitte und feine Art der Stadt angeeignet, ohne die natürliche Demuth, die sie so wunderschön kleide, abgelegt zu haben. Die Mutter aber war stolz auf die bewunderte Schwiegertochter und der junge Walter sagte vieltausendmal: „Der Gang zum Nothgottes-Kirchlein habe ihm das Glück seines Lebens gebracht und im Morgenbacher Mühlchen sei ihm ein Frühling aufgegangen, dessen Blüthen unvergänglich seien.“

Im Glücke ihrer Kinder lebte die alte Müllerin auf, die, obwohl sie den Sitten ihres Standes treu blieb, sich dennoch unendlich glücklich in dem Hause ihres Schwiegersohnes fühlte, wo man sie achtete und ehrte.

Wenn aber das holdselige Weib bei dem geliebten Gatten saß und er sie küßte, sagte er immer: „Warum zürnst du mir jetzt nicht, wie damals unter dem Nußbaum?“

Und ihre Antwort war die echt rheinische: „Du Wüster!“ aber sie lächelte dabei so selig, daß man leicht errathen konnte, es sei ihr auch damals mit dem Zürnen kein rechter Ernst gewesen.

Der Setzer-Automat.

* Verschiedene erfinderische Köpfe haben bereits früher Setzmaschinen construirt, welche die Arbeit des Setzens schneller und womöglich correcter verrichten sollen, als die menschliche Hand es bisher gethan. Alle diese Versuche haben sich jedoch nirgends als praktisch durchführbar erwiesen und in allen Druckereien werden nach wie vor die Lettern durch die Hand des Setzers aus dem Kasten einzeln herausgenommen und zur Bildung der einzelnen Worte zusammen gestellt. Der „Golos“, ein russisches Blatt, erhält den Bericht über eine in Rußland gemachte Erfindung, welche, die Verläßigkeit des Berichterstatters vorausgesetzt, eine vollständige Umgestaltung der Typographie zur Folge haben würde. Der Bericht lautet: „Stellen Sie sich ein Gestell von geneigter Fläche vor, welches in der Breite in viele schmale, neben einander fortlaufende Räume getheilt ist, in denen Versalien und gemeine Buchstaben, Ligaturen, Zeichen und alles übrige zum Setzen erforderliche Material sich befinden. Dies ist der Schrift- oder Setzkasten. Vor demselben befindet sich eine kupferne Walze von der Breite des Kastens, welche einen gleichen Stand mit dem untern Rande des Gestelles hat. An der Walze ist eine Vor-

richtung, ähnlich der menschlichen Hand, mit einem Winkelhaken und Fühlfäden anstatt der Finger. Die Walze bewegt sich hin und vom Kasten, während die an ihr angebrachte Hand gleichzeitig hin und her schwankt. An der obern Seite des Kastens befindet sich ein besonderer Apparat für das Manuscript, der „elektrische Fühler", wie ihn die Erfinder nennen, an der entgegengesetzten Seite ein Rad mit einer Kurbel, durch welches die Maschine in Gang gesetzt wird. Der eine der Erfinder erfaßt die Kurbel und dreht das Rad, und siehe da: der elektrische Fühler gibt der Walze ein Signal, diese setzt sich in Bewegung, das kleine Händchen greift schnell einen Buchstaben, hebt ihn den Winkelhaken, dann den zweiten, dritten u. s. w., bis die Zeile gefüllt ist, welche dann in das Schiff übergetragen wird, während das Händchen unablässig und emsig die Aneinanderreihung der Buchstaben fortsetzt. Ein anderes Signal des elektrischen Fühlers dient der Walze und ihrem Händchen als Commando, die einzelnen Buchstaben des auseinander zu nehmenden Satzes wieder in ihre Fächer zurückzuführen.

Ein ganz eigenthümliches Gefühl beschlich mich, als ich dieses Instrument aus Kupfer und Stahl ansah, welches rasch und nur mit geringem Geräusch eine Arbeit verrichtete, zu welcher früher unbedingt Schulbildung erforderlich war.

Daß die Maschine, einmal in Gang gebracht, verschiedene Bewegungen ausführt, ist selbstverständlich, aber auf welche Weise ist dieselbe im Stande, die aufeinander folgenden „vernünftigen" Bewegungen auszuführen? Daß das Händchen die Buchstaben greift und sie zur Zeile in dem Winkelhaken aneinanderreiht, ist bei dem heutigen Standpunkte der Mechanik kein großes Kunststück. Aber warum nimmt es gerade diesen und keinen andern Buchstaben, warum eben den Buchstaben, der erforderlich ist, und keinen andern? Wie sucht es das Fach auf, in dem der richtige Buchstabe liegt? Mit einem Worte: wie liest die Maschine das Manuscript und wie unterscheidet sie die Fächer?

Im Mittelalter hätte man die Beantwortung dieser Frage bestimmt mit dem Worte „Hexerei" abgefertigt. Die Erfinder verweisen den Fragesteller einfach auf die Kräfte des Elektro-Magnetismus.

Die Fächer des Kastens, in denen die Buchstaben liegen, sind mit besonderen Zeichen von rundlicher Form versehen, welche den gewöhnlichen Buchstaben entsprechen. Die gleichen Zeichen sind in die kupferne Walze geschnitten, an der sich das Händchen bewegt. Das Manuscript, welches abgesetzt werden soll, muß vorher in diese Zeichen übersetzt werden, welche auf sieben Linien nach Morse's Formel der gewöhnlichen Größe combinirt sind.

Nachdem das Manuscript in Form langer Papierstreifen mittelst eines dem telegraphischen gleichenden Apparates in die betreffenden Zeichen, welche die Form runder Durchlöcherung haben, übertragen worden, wird es unter dem elektrischen Fühler gebracht. Letzterer bildet den Haupttheil der Maschine und besteht aus zwei Theilen, einem zur Befühlung des Manuscripts, dem andern zur Aufsuchung der Zeichen, mit welchen die Fächer des Kastens versehen sind. Das Händchen, welches sich an der Walze bewegt, ist mittelst einer Schraube mit sieben metallenen Fühlfäden verbunden, und diese üben einen Druck aus auf die auf der Walze innerhalb der sieben Linien angebrachten Zeichen. An dem Apparate des elektrischen Fühlers ist ein kleiner Metallcylinder, um den sich der Papierstreifen des Manuscripts windet; dieser Cylinder steht mit den beiden Polen einer galvanischen Batterie in Verbindung und auf ihm angebrachte Fühlfäden entziffern die im Papierstreifen enthaltenen durchbrochenen Zeichen mittelst Betastens auf die Art, wie ein Blinder mit Hilfe des Gefühls liest. Der Manuscript-Cylinder steht mit der beweglichen, das Setzen und Ablegen vermittelnden Walze in Verbindung und so theilt der galvanische Strom die Entdeckungen, welche die Manuscript-Fühlfäden machen, auf der Stelle ihren Cameraden, den Buchstaben-Fühlfäden, mit.

Die Maschine ist in Paris in dem Atelier des Herrn Dumoulin Froment 85, rue Notre-Dame des champs, gebaut und steht dort dem Publikum zur Bewunderung und Anschauung aus."

Miscellen.

Landau, 16. April. In der heutigen Sitzung des Bezirkspolizeigerichts kam folgender Fall zur Verhandlung. Vor den Schranken stand Johannes Engel, Tagner von Ramberg, angeklagt der Wilddieberei und Bedrohung des kgl. Oberförsters Rull auf dem Landauer Forsthause zu Taubensuhl und des dortigen Waldaufsehers Merck bei Ausübung ihrer Berufspflicht. Am 31. Januar l. J. waren nämlich beide Forstbediensteten auf dem Heimwege von einer im Albersweiler Gemeindewalde abgehaltenen Wildschweinjagd begriffen, als ihnen plötzlich an einer Biegung des Weges am l. g. Hirschpfade drei Männer begegneten, die sie schon daran, daß einer von ihnen ein Reh auf dem Rücken trug, als Wilderer erkannten. Auf den Ruf „Halt" ergriffen sämmtliche alsbald die Flucht, und schickten sich die Forstleute zu deren Verfolgung an. Aber kaum waren sie etwa 100 Schritte vorwärts gerückt, als plötzlich die Wilderer Halt und Kehrt machten und sich schußfertig und zum Anschlag bereit stellten. — In diesem Augenblicke nun, wo insbesondere der den Wilderern am nächsten und ausgesetztesten stehende Waldaufseher Merck den Schuß von seinen Gegnern zu erwarten hatte, rief der etwas gedeckter stehende k. Oberförster Rull, um auch seinerseits die Schußlinie frei zu bekommen, dem Waldaufseher Merck „auf die Seite" zu, als auch schon von Seiten Merck's ein Schuß fiel und einer der Wilderer, wie wenigstens Oberförster Rull ersehen konnte, augenscheinlich getroffen mit der linken Hand und mit dem Ausrufe „ich bin getroffen" an seinen Hinterkopf griff. Die beiden Forstbediensteten standen nun, da die Wilderer sich in ein dichtes Gebüsch zurückzogen und ein weiteres Vordringen nicht räthlich erscheinen ließen, von einer weitern Verfolgung ab und errichteten Protokoll. — Bezüglich der Persönlichkeit der Thäter konnten nun aber der kgl. Oberförster Rull und Waldaufseher Merck nur die Angabe machen, daß der eine von ihnen und zwar der Getroffene, der das Reh auf dem Rücken getragen hatte, ein großer Mann mit rothem Barte war; und so richtete sich der Verdacht alsbald gegen den Beschuldigten, der, ein großer Mann mit rothem Barte, gerade um die fragliche Zeit an einer Verwundung darniederlag. Man veranlaßte nun — allerdings erst 10 Tage nach dem bewußten Vorfalle — eine ärztliche Untersuchung des Beschuldigten Engel durch den k. b. Bezirksarzt Dr. Gergens in Annweiler, der in seinem hierüber abgegebenen Gutachten constatirte, daß die Verwundung Engel's unmöglich, wie er behauptet, von einem Falle auf eine Traglast Holz, sondern nur von zwei eingedrungenen Schroten herrühren könne. Ein weiteres Verdachtsmoment ergab sich auch daraus, daß der Beschuldigte sich unmittelbar nach diesem Vorfalle seinen Bart abnehmen ließ, um sich so besser, wie zu vermuthen, gegen Erkennung zu schützen. — Dagegen legte heute die Vertheidigung, von Herrn Rechtskandidaten Hoheus geführt, durch die Expertise des Herrn Dr. Pauli von hier, dar, daß die Aufstellung des Angeklagten, wornach er gefallen sein will, immerhin noch und um so mehr die Möglichkeit für sich habe, als sich beim Untersuchen der Wunden auch nicht die geringsten Spuren von eingedrungenen Schroten finden ließen. Sie brachte weiter vor, daß, wenn wirklich der Beschuldigte durch einen Schrotschuß getroffen worden wäre, dieser jedenfalls auf die Entfernung von 30—40 Schritten, in der er abgefeuert wurde, ernstere Folgen gehabt haben würde, als die leichten, in einigen Tagen geheilten Wunden des Beschuldigten, wogegen jedoch die Zeugen Rull und Merck geltend machten, daß der Beschuldigte nicht eigentlich das Ziel des Schusses gewesen und daher wohl durch zwei abschweifende Schrote getroffen worden sei. Jedoch ließ sich ebensowenig durch den Zeugen Bader Torre von Ramberg, der dem Beschuldigten den Bart abgenommen hat, mit Bestimmtheit ermitteln, ob dies vor oder nach dem bewußten Vorfalle geschehen sei, so daß der Beweis gegen den Beschuldigten in keiner Weise bis zur vollständigen Gewißheit erbracht war und daher Freisprechung desselben eintreten mußte.

Redaction von K. L. Woll, Druck der Jäger'schen Druckerei in Speyer.

Palatina.

Belletristisches Beiblatt zur Pfälzer Zeitung.

Nro. 51. Speyer, Donnerstag, den 29. April 1869.

'Neumodisch.

Wie ich die Welt doch jetzt so weit
Mit alle neue Sache,
Käm' Einer [illegible] aus früh'rer Zeit,
Ja, der dädt Auge mache!
'S ist Manches gut, s' werd Mancher reich,
Mer [illegible] jetzt mehr un schneller,
Doch gibt's nach viel mehr Schampagner
Des [illegible] kein rothe Heller.
Wie ware sunscht die Hüt so gut,
Die große, bei de Alte,
Do war doch was an so 'me Hut,
Der hot was ausgehalte;
Und jetzt — abscheulich klen un schepp
Ein 'alle Hutgestelle.
Sie [illegible] [illegible] uf de Kopp
Als wie die Lampedeller.
Un früher — e lattune Kleed
Schön an de Leib geschlosse,
Des war doch, meiner Seel! e Freed.
Des war wie angegosse;
Jetzt komme se mit Wolkeraad,
Mit Griefelcher, mit Stauche,
Un könnten doch als lever [illegible]
Ganz nöthig Hemder brauche.
Sonscht hän die Mädle uf'm Land
Ihr Spinnrad noch getrete,
Un in der Stadt war 's auch ke Schand,
Do hän se [illegible] [illegible];
Jetzt kauft e Jedes nur im Spott
Sich Dickdeller Leine;
Wann awer Geld [illegible] hot,
Ach Gott! do möcht mer greine!

So war ich kürzlich in der Stadt,
Betracht' die Demderfrae,
Die waren [illegible], weiß un glatt,
Wie jetzt die Herre trage.
Der Kaufmann sagt, des wär Babier,
Sie hätten awer halte,
Sie wären fort, gar keine schier
Un trägten wie ke Falte.
Sie sehen werklich prächtig aus —
E Kreuzer die geringste,
Na gut, ich [illegible] e Dutzend raus,
Die lange jo bis Pingste.

Am Sunndag war e Waldpartie
Raus in die Dechelsange,
Ich zeh mein Krage an, un wie!
Der [illegible] mer prächtig gange;
Sie hän mich arig angeguckt,
Die Dame un die Herre,
Un Eeni hot mer zugenuckt;
Ich dächt so ettel Werre.

Mer machen Späßcher drauf un drauf,
Un erst weß ich nicht —
Un [illegible]! — do [illegible] mei Krage uf
O weh! jetzt aus de Fasse!
Ich bäbbel d'ran mit Müh und Plog,
Was war do viel zu rede —
Dann wenn' ich der Gesellschaft noch
Un schwarz als wie e Brodt.
Un wie ich widder zu 'ne komm',
Des waren schöne Sache!
Sie] dicht sich so e Mädel 'rum,
Fangt schrecklich an zu lache.
Die Annere lachen all im Nu
Un bleiwe gar net stehe —
„Ei," sag' ich, „ruft [illegible] Deiwel zu,
Was ich dann do zu sehe?"
„Na," sagt die Een un schwenzelt als,
Mer muß's Ihne sage,
Do gucke Se, an Ihrem Hals
Do schlottert Ihr Hemderkrage!"

Ich greif 'erum un [illegible]
Un hinn zu meinem Entsetze
De ganze Hals voll Kleinbabier,
So [illegible] [illegible] Fetze!
Vor Schrecke werr ich grün un blo —
Des Lache gradhereche!
Ich steh' als wie im Nachthemd do
Im beste Summdagmorge!
Natürlich war jetzt unterem
Die ganz Partie verdorwe,
Ich schleich mich durch die Hecke hein,
Bin [illegible] vor Zorn gestorwe.
Der Deiwel hol' des neu Zeug,
Des kummer merklich sage.
Mei Lebdag mit vergeß ich euch
Den miserable Krage!

Eine Jäger-Idylle.

Ehe ich den Herzog Paul von Württemberg auf seiner kühnen Forschungsreise nach den Felsengebirgen begleitete, und ehe ich dann das gefährliche Handwerk eines Pelzjägers ergriff, lebte ich als Wildschütz in Illinois in dem paradiesischen Landstrich, der sich östlich von St. Louis über Belleville, Mascoutha und weit über den Kaskaskiafluß hinaus erstreckt. Es waren nur wenige Monate, die ich dort verbrachte, doch knüpfen sich so reiche Erinnerungen an diese Zeit, daß ich mich oft und gerne in dieselben versenke. Über einzelne Ergebnisse [illegible], in anderen dagegen eine ernste und weise Fügung erkenne. Wenn ich mir in Gedanken die lieblichen Prärieen ausmale, die mit hohen Baumgruppen anmuthig geschmückt und von klaren Flüßchen und Bächen vielfach durchschnitten, dem Menschen Alles bieten, was in den Grenzen eines zufriedenen Gemüthes liegt, dann erscheinen sie mir doppelt schön, und es regt sich wohl auch der Wunsch, diese Wildniß, in der ich mich jetzt befinde, noch einmal mit jenen Gegenden vertauschen zu können. In der Nähe des Kaskaskiaflusses, dessen Name das Letzte ist, was von einem einst mächtigen Indianer-Stamm übrig blieb, dehnte ich meine Jagdzüge nach allen Richtungen aus. Wild war reichlich vorhanden, es wurde mir daher nicht schwer, selbst bei geringer Mühe, mehr zu erwerben, als zu meinem Unterhalte nothwendig war, und da ich allein und unabhängig dastand, also auch Niemandem über mein Thun und Lassen Rechenschaft abzulegen brauchte, so entsprach diese Lebensweise vollkommen meiner Neigung und meiner Lage. Auch wenn ich auf der Jagd nicht glücklich war, fand ich doch stets reichen Genuß auf meinen Streifereien, einen Genuß, den mir die gleichsam im Festschmuck prangende Natur bot und der mich nur fürchten ließ, daß sich Niemand um mich gekümmert haben würde, wenn ich irgendwo mein Ende gefunden hätte — denn ich nannte außer meiner Büchse sehr wenig mein.

Es war im Spätsommer, ein Tag so schön und sonnig, wie sie nur in jenen Breiten während dieser Jahreszeit vorkommen. Meine Jagd hatte ich beendigt; einige Präriehühner beschwerten meine Tasche und mein Stückchen Brod und geröstetes Fleisch während des Gehens verzehrend, schritt ich langsam am Kaskaskia hinauf. Oft wurde mein Pfad durch umgefallene morsche Baumstämme unterbrochen, doch kleine Umwege beschreibend, gelangte ich immer wieder an den Fluß, dessen glatter Spiegel mich erfreute, dessen malerische Einfassung und zahlreiche Holzklippen ich immer mit neuem Wohlgefallen betrachtete und zuweilen auch in meinem Taschenbuche, meinem beständigen Begleiter, skizzirte. Unmerklich hatte sich der Abend eingestellt; in der Hoffnung auf eine Farm zu treffen, verfolgte ich so lange die eingeschlagene Richtung, bis die dichter werdende Dunkelheit mich zwang, den Schatten des unwegsamen Waldes zu verlassen und mich der Prärie zuzuwenden, die sich in geringer Entfernung vom Flusse hinzog. Alle wissen, wie auf den müden Wanderer, der ein Obdach sucht, das Gebell eines wachsamen Hundes aufmunternd wirkt. Ich fühlte dieses so recht an jenem Abende, als ich die Hoffnung fast schon aufgegeben hatte, irgendwo anders als unter einem grünen Laubdache übernachten zu können, denn kaum vernahm ich in weiter Ferne die gedämpften Laute, welche mir die Nähe eines Gasthofes verriethen, als ich den lieblichen Gesang eines Spottvogels, dessen sanften Melodien ich aufmerksam gelauscht hatte, nicht mehr beachtete, schleunigst meine Richtung änderte und rüstig dahin eilte, wo ich ohne Zweifel mit Menschen zusammentreffen mußte. Nach einem kurzen Marsch über grasreiche Wiesen versperrte endlich eine plumpe Einfriedigung mir den Weg; ich kletterte darüber, und auf der andern Seite auf einem abgeerndteten Stoppelfelde hinschreitend, erreichte ich eine zweite Einfriedigung, welche einen Garten einschloß. Am andern Ende desselben erblickte ich, halb versteckt von dunklen Laubmassen, ein Blockhaus, durch dessen geöffnete Thüre mir bald das einladendste Licht entgegenschimmerte. Ich war im Begriff, auch über den Gartenzaun zu steigen, als einige Hunde sich mir mit wüthendem Gebell entgegenstellten und mir standhaft den Eintritt verweigerten. Zugleich verdunkelte aber auch die Gestalt eines Mannes die erleuchtete Thüröffnung und ich vernahm die barsche Frage: „Wer ist da?"

„Ein Fremder, der Obdach sucht," gab ich zur Antwort, und im nächsten Augenblicke wurden die Hunde zurückgerufen. Ohne Zögern sprang ich nun in den Garten und wenige Augenblicke darauf stand ich in der Thür, wo ich von einem alten Manne willkommen geheißen, von zwei jungen Burschen mittels brennender Holzscheite von oben bis unten beleuchtet und von einem allerliebsten jungen Mädchen neugierig betrachtet wurde. Mit wenigen Worten berichtete ich, was mich eigentlich hergeführt, daran knüpfte ich die Bitte um ein Nachtlager.

„Ein Nachtlager sollt Ihr haben, Fremder," antwortete mir der Ansiedler, „doch nicht eher, bis Ihr gehörig gegessen und demnächst etwas von dem erzählt habt, was draußen in der Welt vorgeht."

Glückliche Menschen, die eine zehn Minuten entfernte Stadt schon „draußen in der Welt" nennen, dachte ich, und trat in das von einem schwachen Kaminfeuer erhellte Gemach. Außer den schon genannten Personen erblickte ich in demselben noch eine ältliche Frau, die Gattin des alten Farmers und Mutter des jungen Mädchens wie eines der jungen Burschen, während der zweite als gemietheter Arbeiter im Hause in Lohn stand.

Mit wahrer Herzlichkeit wurde ich von allen Seiten wie ein alter Bekannter begrüßt; man drückte mir die Hand und nöthigte mich zum Sitzen, aber nach meinem Namen fragte Niemand; auch ich erkundigte mich nicht, von wem mir so freundliche Aufnahme zu Theil wurde, ich nahm vielmehr Alles an, wie es gegeben wurde, und nur als die Mutter dem jungen Mädchen einige Anweisungen wegen eines schnell zu bereitenden Mahles ertheilte, erfuhr ich, daß dieselbe Susanna hieß.

Ich warf meine Präriehühner in die Ecke neben dem Kamin, welcher zugleich als Küche diente, setzte mich zu den beiden Alten und befand mich bald mit ihnen in der lebhaftesten Unterhaltung, die ich durch unschuldige Scherze so würzte, daß der Hausmutter vor Lachen die Thränen über die Wangen rollten, der Vater wohlgefällig mit dem Kopfe nickte und die jungen Burschen näher rückten, und die fröhliche Tochter mehrmals den bratenden Speck in die Flammen gerathen ließ.

Bei Ansiedlern, die so abgesondert leben, daß ihnen der gesellige Verkehr mit andern Menschen fast gänzlich abgeschnitten ist, sind Reisende und Fremde gern gesehen; gelingt es aber einem solchen, einen guten Eindruck auf seine Gastfreunde zu machen, dann wissen diese nicht, was sie ihrem Besuche Gutes und Liebes erweisen sollen.

So erging es auch mir in jenem Blockhause, denn noch keine Viertelstunde hatte ich mich da befunden, als die Frau aufstand, ein kleines Schränkchen öffnete und aus demselben der schönen Susanna sechs Eier mit der Weisung überreichte, sie sorgfältig für den Fremden zu backen. Der Farmer blieb übrigens hinter seiner Frau nicht zurück, denn er nahm von einem Brett die bekannte große Korbflasche herunter und goß erst für sich und dann für mich ein Gläschen Branntwein ein, während von den jungen Leuten der eine mir die gestopfte Thonpfeife und der andere den brennenden Span hinhielt.

Wie glücklich und zufrieden leben doch diese einfachen Leute, dachte ich, als ich Beides annahm und zugleich nach der schönen Susanna hinüberblickte, die mit ihrem von der Gluth gerötheten Gesichte ein überaus liebliches Bild zeigte.

Ihre großen, blauen Augen hatten einen so fröhlichen und doch so milden Ausdruck, ihr Mund und ihre Nase war so edel geformt, ihre Haut so weiß, ihre Wangen so frisch, und wie ein dicker Turban legte sich das braune, volle Haar um ihre Schläfe; die kleinen Hände und Füße, die schlanke Gestalt, kurz Alles schien hier zu einem schönen Ganzen vereinigt zu sein.

Mit doppeltem Appetite also setzte ich mich an den gedeckten Tisch, als das Mädchen freundlich mich zum Essen nöthigte. Es gab, wie gewöhnlich in den Ansiedelungen Kaffe, Maisbrod, gebratenen Speck, Syrup und dann noch zum Schluß die Eier, die ich ganz besonders für meisterhaft zubereitet erklärte, und zur größten Genugthuung meiner Gastfreunde aß ich wie ein hungriger Jäger.

(Fortsetzung folgt.)

Das Wanderleben der niederen Thiere.

Von Karl Ruß.

(Fortsetzung.)

Als die letzten reisenden Fische lernen wir die Zug- und Wanderfische im Meere kennen. Unter ihnen steht wiederum, sowohl an Menge als auch an Wichtigkeit, der Häring oben an. Die bisher ziemlich allgemein gültige Ansicht, daß die Heimath der Häringe das nordische Eismeer sei, ist in neuerer Zeit wohl als völlig widerlegt zu erachten. Karl Vogt gibt uns die beste Aufklärung hierüber: „Es ist auffallend, in welcher sonderbaren Weise die Naturgeschichte des Härings, dieses in der Nordsee so allgemein verbreiteten Fisches, von Fischern und Romanschreibern verbrämt und verfälscht worden ist. Das plötzliche Erscheinen von ungeheuren Häringsschwärmen an den nördlichen Küsten Europas und Amerikas, das Auftreten dieser Schwärme zu einer bestimmten Zeit im Jahre; das geheimnißvolle Verschwinden von einzelnen Stellen, wo sie sich früher in Menge aufhielten, hat zu einer Menge von Fabeln Veranlassung gegeben, die trotz der gründlichsten Beleuchtung von Seiten der Naturforscher noch immer in populären Schriften und Schulbüchern gang und gäbe sind. Diesen Fabeln zufolge soll der Häring hoch im Norden in den geheimnißvollen Tiefen jener offenen Polarsee hausen, zu welcher man vergebens durch die Eisschranken der schauerlichen Sunde, in denen so viele kühne Seefahrer das Leben verloren, durchzudringen bestrebt war. Von dort aus soll der Fisch zu bestimmter Zeit des Jahres in unermeßlichen Schaaren ausbrechen und, von allen seinen Vertilgern verfolgt, den südlichen Küsten zuziehen, um zu laichen. Der Küste Grönlands folge der Zug und spalte sich an der Nordküste Islands in zwei Arme, von welchen der westliche theils die Küsten Amerikas, theils Großbritannien und Irland nebst den nördlichen Küsten des Festlandes besuche, bei welcher Gelegenheit er in zahlreiche untergeordnete Ströme sich theile, während der östliche Hauptarm nach dem Nordkap segle und, der norwegischen Küste folgend, in das Kattegat und die Ostsee eindringe. Nach vollendetem Brutgeschäft, für dessen Vollziehung sie gewissermaßen den Zehnten an die Küstenbewohner zu zahlen hätten, zögen sich die Häringe wieder, doch in mehr aufgelöster Ordnung, nach ihren Sommersitzen zurück.

„So die Fabel. Was noch weiter hinzukommt von Häringsfeldlingen mit geheimnißvollen Namenzeichen auf dem Körper, deren Bedeutung man als eine Anzeige von der bevorstehenden Minderung des Fischfangs auffaßte, gehört natürlich ganz in das Reich der Sage und bedarf keiner weiteren Widerlegung; der Fabel von Häringszügen aber muß mit allem Ernste entgegengetreten werden, da die Auffassung dieser Seite der Naturgeschichte des Fisches auch von höchster national-ökonomischer Wichtigkeit ist.

„Der Häring lebt weder vorzugsweise im Polarmeer, noch macht er weite Reisen. Er bewohnt die Tiefen derjenigen Meere, an deren Küsten er laicht; er wird dort zu allen Zeiten vereinzelt gefangen, namentlich mit solchen Geräthschaften, welche in die größeren Tiefen reichen, und hebt sich nur aus diesen Tiefen zur Laichzeit empor, um der Küste zuzusteuern, an welcher er seine Eier absetzt. So fischt man unmittelbar an der Küste z. B. im Molde-Fjord den Häring das ganze Jahr hindurch und hat dort selbst den Hauptfang im Juli, wo der Häring außerordentlich fett ist und weder Eier noch Milch in seinem Innern entwickelt sich zeigen.

„Betrachtet man eine Tiefenkarte der Nordsee, so überzeugt man sich leicht, daß Großbritannien auf einem geräumigen Plateau liegt, welches nirgends mehr als 600 Fuß Tiefe hat und welches sich so weit erstreckt, daß Frankreich, Holland, Norddeutschland und Dänemark mit England zu einem einzigen Continent verbunden wären, sobald das Niveau der See um 600 Fuß tiefer gelegt würde. Dieses Festland erstreckt sich auf der östlichen Seite Englands bis in die Nähe von Norwegen, würde aber von diesem Lande durch einen tiefen und engen Kanal getrennt sein, welcher sich um die Südspitze Norwegens in einiger Entfernung herumschlingt. Auf der westlichen Seite von England dagegen reicht das Plateau nur etwa zehn Meilen über die Küsten Irlands und der Bretagne hinaus, um sich dann steil in die Tiefen des Oceans hinabzusenken.

„Diese Tiefen sind der Wohnort des Härings. Von hier aus begibt er sich, zur Laichzeit namentlich, auf das Plateau, das den Brutplatz seiner Eier darstellt, und drängt der Küste zu, wo das seichtere Wasser ihm mehr Gelegenheit zur Ablagerung derselben bietet. Aus dieser Bildung des Meeresbodens begreift es sich aber unmittelbar, weshalb die Ostküste Englands nur unbedeutenden Häringsfang hat, während er an der schottischen und irischen Küste, im Kanal und an Norwegen äußerst ergiebig ist."

(Fortsetzung folgt.)

Miscellen.

* Speyer, 27. April. Bestrebungen, welche wohlthätigen Zwecken dienen, sind immer lobenswerth; wenn aber Diejenigen, an deren Gebersinn appellirt wird, außer dem Bewußtsein ein gutes Werk zu thun, auch noch das Vergnügen einer köstlichen Abendunterhaltung haben, so ist dies doppelt anzuerkennen. Solche Annehmlichkeit ist den Einwohnern hiesiger Stadt in zwei Liebhaber-Theatervorstellungen geworden, an denen sich Personen aus den ersten Kreisen der Gesellschaft betheiligten. Die Wahl der Stücke: „Eine kranke Familie", das vor acht Tagen aufgeführt wurde, sowie „Erziehungsresultate", dann der Schwank „Nach Mitternacht", welche gestern zur Darstellung gelangten, kann eine glückliche genannt werden; es kam in allen sehr viel guter Humor zur Entfaltung. „Kritik ist nicht erlaubt", heißt es von jeher bei Dilettanten-Theatern und Concerten und das mit Recht; denn kein böser Kritikus, der behaglich besitzt und durch sein Lorgnon ganz grausame Studien machen möchte, soll den Mehlthau seiner Beobachtungen schriftlich niederlegen, damit der gute Wille eines Mitwirkenden oder gar ein zart aufkeimendes Talent ja nicht etwa mit Bitterkeit erfüllt wird. Aber Kritik muß sein, und so haben wir denn an den beiden Aufführungen vor allem das zu kritisiren, daß wir nichts zu kritisiren haben. Die Darsteller haben alle fleißig und wacker das ihrige gethan, ja zu spielen, als ob sie seit Jahren auf den Brettern gelebt wären; nicht einmal ein gelindes Lampenfieber war ausgebrochen, was doch sonst zu den ungetrennlichen Attributen einer Liebhaberbühne gehört. Wenn eine junge Frau, die recht gut hört, als leibhaftige alte taube Tante auf den Brettern erscheint; wenn eine Dame, der es durch Rang und Stand wie möglich war „vom Lande" zu sein, dennoch ein schelmisches, naives, muthwilliges „Gretchen", wie es leibt und lebt, in jugendlicher Anmuth zur Darstellung bringt, was soll da noch Einer kritisiren? „Mütter", „Töchter" und „Nichten", bis auf die flotten Dienstmädchen herab, haben ihre Rollen wacker durchgeführt. Auch die Herren, besonders der „kranke Familienvater" voller gesunden Humors, der gemüthliche „Sanitätsrath", der Doctor und der drollige Bediente mit seinen Cigarrenstümpchen, waren köstliche Erscheinungen. Ob Jemand das Vergnügen hatte, bei dieser interessanten Theatergesellschaft das Amt eines Regisseurs zu verwalten, ist mir nicht bekannt geworden; wenn aber ein Regisseur fungirte, so verdient er alle Anerkennung. Er hat jedenfalls viele Theater gesehen. Also lassen wir's dabei: alle Mitwirkenden, Damen und Herren, haben ihre Aufgabe gelöst und das Publikum, zumal aber die Kleinkinderbewahranstalt, welche durch diese Vorstellungen [illegible] fl. erhielt, kann den Darstellern für das Gebotene dankbar sein, besonders aber der leutseligen fürstlichen Familie, welche für das Zustandekommen dieser Vorstellungen und zu deren gelungener Durchführung sich keine Mühe verdrießen ließ.

* Das Geschlecht des Grafen Tilly, des berühmten Gegners des Schwedenkönigs Gustav Adolph, ist durch den kürzlich erfolgten Tod des Grafen Carl Gustav Eduard August Tscherklas von Tilly erloschen. Letzterer ist im Alter von 85 Jahren in Holland als Kammerherr des Königs der Niederlande gestorben.

Auf dem Bahnhofe zu Blossburg in Pennsylvanien wurde kürzlich einem Herrn sein Taschenbuch mit einer beträchtlichen Summe Geldes gestohlen. Einer der Umstehenden erklärte auf Befragen, den Diebstahl mit angesehen zu haben; er habe indeß keine Lust verspürt, denselben zu verhindern, und werde auch den Dieb nicht nennen. „Während des Krieges — fuhr er fort, sich zu dem Bestohlenen wendend — waren Sie der Armee als Verkäufer von Lebensmitteln gefolgt, und als nach der Schlacht von Gettysburg ein verwundeter und zum Tod erschöpfter Soldat Sie um einen Trunk Wasser bat, weigerten Sie Sich, ihm das Verlangte zu verabfolgen, wenn er Ihnen nicht zuvor 80 Cts. bezahle. Jener Soldat war ich, und ich habe heute in dem an Ihnen begangenen Diebstahl eine kleine Vergeltung Ihrer Hartherzigkeit von damals erkannt. Wer der größere Spitzbube von Ihnen Beiden ist, Sie oder der Dieb, der Sie so eben bestohlen hat, will ich nicht entscheiden, aber ich glaube, der Letztere ist es nicht."

* (Moderne Spartaner.) Graf Carnarvon hat in einem Buche die Notizen veröffentlicht, die sein Vater auf einer Reise durch Griechenland niedergeschrieben; von den Ruhmes-Idealen moderner Griechen erhält man ein eigenthümliches Bild, wenn man den Inhalt eines Gespräches liest, das der Lord mit einem Hirten in der Gegend von Sparta geführt hat. „Dies ist das Denkmal des Leonidas," sagte der Hirte. „Wißt Ihr, wer Leonidas war?" erwiderte der Lord. „Ich weiß es nicht genau, aber es muß ein berühmter Mann gewesen sein." — „Das war er." — „Vielleicht ein Schiffscapitain?" — „Nein." — „Gewiß ein Räuberhauptmann?" fragte der edle Spartaner ganz naiv.

* Räthsel.

Wenn mich kleine Jungen tragen,
Hörst Du laut die Trommel schlagen.
Setze noch ein Zeichen vor;
Hat's die Deutschland Aug' und Ohr;
Abermals dann ein Zeichen;
Wird es bald den Herrn gleichen;
Noch ein Zeichen, wenn's gefällt;
Kostet's uns am meisten Geld;
Noch ein Zeichen setz' hinein:
Fliegt im Wald es aus und ein.
Noch ein Zeichen setzt zum Schluß:
Vor Gericht es büßen muß.

Auflösung der Räthsel

in Nro. 44. Bruchsalbe, Bruchsal.
„ „ 46. Leinwand, Weinland, Landwein.
„ „ 48. Glas, Lang, Klang.
„ „ 49. Barmen, Borken, Barten, Barben (Fische), Barren, Barsen.

Redaction von K. L. Woll, Druck der Jäger'schen Druckerei in Speyer.

Palatina.

Belletristisches Beiblatt zur Pfälzer Zeitung.

Nro. 52. Speyer, Samstag, den 1. Mai 1869.

Pfälzische Sagen.

V.

„Melchior, wie du willt!“ *)

Von Laurian Moris.

Mannen seh'n vor Falkenstein,
„Gott es ist der Bruder mein!
Wahlbrandpanier steht sein Troß,
Niederreißen wird er wild
Ueber'm Kopfe mir das Schloß:
— Melchior, wie du willt!“

Und von außen tönt es laut:
„Komm, Herr Bruder 'mal und schau,
Habt beleidigt meine Ehr',
Kann's vergessen nimmermehr,
Nur versöhnen wird's der Speer,
Drum hieher! — hieher!“

Und der Graf vom Falkenstein
Oeffnet traurig das Fensterlein;
Blicket stumm und blicket lang
Auf des Bruders Speer und Schild,
Und ergeben spricht er bang:
„Melchior, wie du willt!“

Doch erweicht ob solchem Sinn,
Ruft ihm jener gnädig hin:
„Friede zwischen dir und mir;
Doch von nun an zier' ein Bild
Mit dem Spruch die Veste hier:
„Melchior, wie du willt!“

Eine Jäger-Idylle.

(Fortsetzung.)

Nachdem ich meine Mahlzeit beendet hatte, wurde die Unterhaltung wieder aufgenommen, und da die guten Leute unerschöpflich in Fragen und unersättlich im Zuhören waren, so erzählte ich bis tief in die Nacht hinein und sprach besonders viel über mein schönes Heimathland, so wie über meine Reisen, die in den Augen der gutmüthigen Menschen an's Wunderbare grenzten. Kurz vor Aufbruch wendete ich mich mit der Frage an den alten Farmer, in welcher Richtung er mir am folgenden Tage meine Jagd fortzusetzen rathe.

„Wenn Ihr Enten schießen wollt,“ antwortete er, „so braucht Ihr gar nicht weit zu gehen; es liegt nämlich in der Entfernung von ein paar (englischen) Meilen von hier ein See, der stets mit Vogelwild bedeckt ist —“

„Von dem Ihr aber nichts erbeuten werdet,“ schaltete Susanna ein; „mein Bruder und mehrere andere Jäger haben dort oft genug gejagt, sind aber stets ohne Wild wiedergekommen.“

„Schießen mögt Ihr wohl etwas,“ bemerkte der erwähnte junge Mann, „aber die sumpfigen Ufer und das tiefe Wasser des See's gestatten Euch nicht, die Beute zu holen.“

„Und dann,“ fuhr der Alte fort, „scheint es mir, als ob Euer kurzes Gewehr, halb Büchse, halb Vogelflinte und doch keines von Beiden, nicht darnach angethan sei, das Blei bis zur Mitte des See's zu tragen.“

„Wenn Enten da sind, bringe ich einige trotz des Sumpfes und des kurzen Gewehres,“ erwiderte ich etwas verletzt durch die Zweifel an meinem Gewehr.

„Ich wette: Nein!“ rief mir Susanna lachend zu.

„Ich wette: Ja!“ antwortete ich.

„Was gilt die Wette?“ fragte das Mädchen.

„Das werde ich morgen bestimmen.“

„Nein, jetzt!“ rief sie und hielt mir herausfordernd die kleine Hand entgegen. Natürlich gab ich nach, legte meine Hand in die ihrige und versprach die Hälfte der Wette sogleich, die andere Hälfte am folgenden Morgen festzustellen.

Alle erklärten sich damit einverstanden und ich begann: „Erbeute ich eine Ente oder mehrere, so kehre ich morgen Abend zurück und genieße noch einmal Eure Gastfreundschaft; gehe ich aber leer aus, so lasse ich mich nicht wieder blicken und im Garten Kalender mag ich dann als ein schlechter Jäger fortleben, was für mich gewiß keine geringe Strafe ist.“

„Angenommen!“ hieß es von allen Seiten. Wir wünschten uns dann gegenseitig gute Nacht, ich drückte Allen die Hand, der schönen Susanna aber, wohl aus Versehen, zwei Mal und folgte dem kleinen Burschen auf der Leiter nach, die uns auf den Heu-

*) Burg Falkenstein bei Winnweiler.

baden führte. Ein hartes, aber sonst bequemes Bett nahm meine müden Glieder auf, doch lange noch, als die beiden jungen Leute schon laut schnarchten, lag ich schlaflos; ich grübelte und dachte hin und her; der Gedanke, mir eine Heimath zu gründen, wollte mich gar nicht wieder verlassen und immer beneidenswerther erschien mir das Loos eines Ansiedlers. Dazwischen tauchte denn immer das freundliche Bild der offenen, ehrlichen Tochter des Hauses auf, in welchem ich mich als Gast befand. Mit dem Gedanken an Susanna schlief ich ein und von ihr träumte ich. Als ich mich am folgenden Morgen von dem Lager erhob, hatten die männlichen Bewohner des Hauses sich schon in den Wald an die Arbeit begeben, wo sie Bäume fällten und zu ihren Einzäunungen zurichteten. Ich wurde von der Mutter und Tochter auf einfache, aber unbeschreiblich herzliche Weise begrüßt und zum Frühstück geladen. Ich saß zwischen Beiden, theilte meine Zeit zwischen Essen und Plaudern und ich würde noch lange dageblieben sein, wenn die Wette nicht gewesen wäre.

Als ich endlich das Haus verlassen wollte, schob mir die Mutter noch Lebensmittel in die Tasche, worauf ich Susanna bat mir den Weg nach dem See zu beschreiben. Nach einigen freundlichen Abschiedsworten, die ich an die alte gute Frau richtete, schritt ich mit dem jungen Mädchen der Gartenpforte zu, von wo aus sie mir die Richtung nach dem See anzugeben beabsichtigte.

„Nun der zweite Theil unseres Wettpreises,“ sagte ich an der Pforte zu Susanna.

„Das hätte ich bald vergessen,“ sagte sie zu mir und sah mich fragend mit den großen blauen Augen an. „Was ist es?“

„Wenn ich keine Enten schieße, dann seht Ihr mich nicht wieder; gelingt es mir aber, einige hierher zu bringen, dann bitte ich als Strafe für Euer Zweifeln an meinem Jagdgeschick für jede Ente um einen Kuß von Euren schönen Lippen.“

Das Mädchen benahm sich auf eine Weise, die mancher vornehmen, empfindlichen Lady Ehre gemacht haben würde. Statt Entrüstung zu zeigen oder zu heucheln, brach sie zuerst in ein herzliches Lachen aus, dann besann sie sich einen Augenblick und reichte mir zum Zeichen ihres Einverständnisses die Hand, während sie neckend sagte:

„Das gehe ich ruhig ein, denn Enten bekommt Ihr doch nicht.“

Sie bezeichnete mir darauf die Richtung, die ich einzuschlagen habe; ich bat um Vorausbezahlung für eine Ente, was mir aber rund abgeschlagen wurde, wir drückten einander zum Abschied die Hand und ich ging, kehrte aber noch einmal um, weil ich fragen wollte: „werden Taucher auch zu den Enten gerechnet?“

„Ja,“ antwortete Susanna, „wenn Ihr versprecht, auch ohne Wild heute Abend wieder bei uns einzukehren.“

Was ich alles bedachte, als ich dem Waldsaum zuschritt, wo sich der See befand, weiß ich jetzt nicht mehr; ich glaube es waren Gedanken, welche die schöne Susanna betrafen, und meinem Alter und meiner Lage ganz angemessen waren, jedenfalls mußten sie interessant sein, denn ehe ich geahnt, befand ich mich schon am See und sah auf den ersten Blick, daß der junge Mann mit seiner Beschreibung vollkommen Recht hatte, daß es keine geringe Mühe kosten würde, über die moorigen Orte bis an's Wasser zu gelangen, und daß es alsdann, nach Erlegung einiger Enten, meiner ganzen Fertigkeit als Schwimmer bedurfte, meine Beute von dem mit rankigen Wasserpflanzen reich bedeckten Spiegel des See's herzuholen.

Sinnend schritt ich mehrmals um das breite Wasser, verlangend schaute ich nach den zahlreichen Enten hinüber, welche, sich vollständig sicher wähnend, ihre harmlosen Spiele trieben, ausgelassen untertauchten, das Wasser mit den Flügeln peitschten oder kleine Strecken über die glatte Fläche hinflatterten. Auch nach der Richtung, in welcher sich die schöne Susanna befand, blickte ich gelegentlich und so verging wohl eine Stunde, ohne daß ich den Enten um einen Schritt näher gekommen wäre. Endlich kam ich zum Entschluß; ich legte das Gewehr bei Seite und begann mit meinem Jagdmesser Zweige von den Bäumen zu hauen, worauf ich dieselben nach einer Stelle hintrug, wo hohe Binsen und dichtes Schilf mich den scharfen Augen der Enten verbargen. Dort nun baute ich von den laubreichen Aesten über den moorigen Boden hinweg nach der Mitte des See's zu eine Art Brücke, die stark genug war, daß ich bei einiger Vorsicht, ohne Gefahr durchzubrechen, auf derselben hinschreiten konnte. Es war eine mühsame und langwierige Arbeit, doch nach Verlauf von einer bis zwei Stunden, und nachdem ich einige Male bis über die Hüfte in Sumpf versunken, war dieselbe so weit gediehen. Daß ich zwischen den Binsen hindurch den Wasserspiegel nach allen Richtungen hin zu übersehen vermochte, dort errichtete ich, ebenfalls von Zweigen, ein floßähnliches Gerüst, auf welchem ich mich, ohne mit dem Wasser in Berührung zu kommen, hinstrecken konnte.

Meine Arbeit war jetzt beendigt, doch glaube ich kaum, daß ich bei derselben so standhaft geblieben wäre, wenn mir das Bild der schönen Susanna nicht vorgeschwebt hätte. Es mochte um die Mittagszeit sein, als ich mich auf meinen Posten begab; zu meinem größten Leidwesen nahm ich aber wahr, daß alles Wild, mit Ausnahme einiger Taucher, wahrscheinlich in Folge der Bewegung, die ich während meiner Arbeit im Schilfe verursachte, sich nach dem jenseitigen Ufer hinübergezogen hatte; es blieb mir also nur übrig, ruhig auf meinem Posten auszuharren und auf eine günstige Wendung der Dinge zu warten. Zum Glück war es sehr warm; meine Kleider, die bei dem Bau der Brücke ganz durchnäßt waren, trockneten allmählig wieder. Stunde auf Stunde verstrich; es wurde vier Uhr und ich hatte noch keinen Schuß gethan; mißmuthig dachte ich an den kommenden Abend und beabsichtigte schon, einen Taucher, der harmlos in meiner Nähe umherschwammen, zum Ziel für meine Büchse zu machen, als ich den eigenthümlich pfeifenden Flügelschlag in der Luft vernahm, und gleich darauf zwei kleine, blaugeflügelte Enten sich in geringer Entfernung von mir auf den See niederließen.

(Fortsetzung folgt.)

---

* Walpurgisnacht.

I.

Den Aberglauben bekämpfen Wissenschaft und Religion fortwährend und dennoch sitzt er so zäh, so unverwüstlich im Volk, daß es wohl schwer dazu kommen wird, ihn ganz auszurotten. Und die „Gebildeten“ sind keineswegs frei von Aberglauben, zuweilen ist er gerade bei diesen ein größerer Tyrann als bei dem harmlosen Volk auf dem Lande. Mancher Hochgebildete fragt nach dem Sonntag nicht das Mindeste, am Freitag aber würde er um keinen Preis eine Reise antreten; der Bauer zieht sich vielleicht auf dem Kirchweihmarkt von einem Wanderheimer Kinde einen Planeten für einen Kreuzer, der Gebildete lacht ihn aus, kauft sich aber beim Buchhändler „Des alten Schäfers Thomas Geheim- und Sympathiemittel“, in welchem der tollste Unsinn steht. Mittel gegen Krankheiten, Abrichtung der Papageien, Räucherkerzen, Politik (in jüngster Zeit nationalvereinliche), Firnißrecepte und Abhandlungen über Photographie. Alles dies hat „der alte Schäfer Thomas“ zusammengeschmiert, gewissenlose Buchhändler (Altona u. s. w.) besorgen den Handel mit dem Buch und so ist dasselbe in wenigen Jahren in mehr als 40,000 Exemplaren abgesetzt worden, trotz allem Fortschritt. Ein anderes Buch: „Sohn's Kunst, aus der Handhöhle, den Fingern und Nägeln das Leben &c. genau zu bestimmen“, wurde in drei Jahren in 13,000 Exemplaren abgesetzt. Ein anderes Schwindelbuch: „Wer will heirathen, nebst einem sympathetischen Mittel, durch welches sich Jeder Gegenliebe verschaffen kann, Berlin 1858,“ erlebte schon viele Auflagen und die Buchhändler machen die besten Geschäfte damit. Alle diese Bücher kauft das eigentliche Volk auf dem Land nicht, die Bauersfrau hat höchstens ein paar Planeten oder ein altes Traumbuch, und letzteres ist, seit der Abschaffung der Lotterie, außer Curs gekommen. Eine biblische Weissagung belächelt vielleicht stolz mancher „Gebildete“ des Abends auf der Bierbank; am andern Morgen aber fährt er nach Frankenstein und läßt sich die Karte schlagen. Lassen wir indeß den Aberglauben der Gebildeten vorerst ruhen und beschäftigen wir uns mit dem Aberglauben des Volkes, wie er sich heute in der Walpurgisnacht und an dem darauffolgenden ersten Maitag kundgibt.

Der erste Tag im Mai, der Tag des Frühlings- und Sommerfestes, war bei den alten Deutschen dem Donar geweiht und galt im deutschen Heidenthum als einer der heiligsten des ganzen Jahres. Auf diesen Tag wurden die Maiversammlungen des Volkes abgehalten, er war der große Opfer- und Gerichtstag in ganz Germanien bis nach Rußland hinein; die meisten Schicksalsbedeutungen knüpfen sich an ihn und haben sich bis in unsere Zeiten beim Volke erhalten. In Mecklenburg glaubt man, daß es ein unfruchtbares Jahr gibt, wenn es heute regnet. Thau am Morgen bedeutet in Holstein ein Butterjahr; in der Oberpfalz gehören die am 1. Mai geborenen Kinder den Hexen, in Schlesien gelten solche Kinder für blöde und ungeschickt; in Ostpreußen richtet man die Brütezeit der Gänse so ein, daß sie nicht auf diesen Tag trifft, weil die heute ausgekommenen Gänse nicht gerathen.

Der größte Zauber aber entfaltet sich nach dem Volksaberglauben in der vorhergehenden Nacht, der Walpurgisnacht. Da versammeln sich die Hexen auf alten heidnischen Opferplätzen, auf dem Hörsel- und Inselsberg in Thüringen, auf dem Staffelstein bei Bamberg, dem Pilatus in der Schweiz, besonders aber auf dem Brocken oder Blocksberg im Harzgebirge, wo sie unter dem Commando des Teufels sich einfinden. Auf Besen, dreibeinigen Schemeln, Kochlöffeln, Elsterschwänzen, Butterfässern, Deichseln, Ofen- und Heugabeln, zuweilen auch auf schwarzen Katzen und Ziegenböcken, auf Wagen von Flöhen gezogen, fahren sie zum Schornstein hinaus durch die Luft, ruhen unterwegs manchmal auf Dornenhecken, brechen und essen die Spitzen des Weißdorns (crataegus) und anderer Sträuche bis sie auf dem Blocksberg anlangen. Wenn eine Hexe zu spät kommt, wird sie vom Teufel, der als Bock, schwarzer Kater, schwarzer Drache u. s. w. erscheint, gehörig geprügelt. Nun beginnen die Tänze und Lustbarkeiten mit dem Teufel, dem sie oft auf sehr obscöne Art huldigen und von welchem sie ihre Hexengaben für das laufende Jahr empfangen. Es wird ein schwarzer Bock geschlachtet und Alles schwelgt in den üppigsten Gelagen, bei denen jedoch Salz und Brod, als geheiligte Gaben, streng ausgeschlossen sind. Sobald der erste Hahnschrei vernommen wird, hat der Spuk ein Ende und alle Hexen müssen wieder in den Schornstein zurück.

Wegen des tollen Hexenspukes in dieser Nacht gilt sie, besonders die Mitternachtsstunde, für sehr unheilvoll und gefährlich für Menschen und Thiere. Im Voigtland, auch in manchen Gegenden Bayerns werden in der Walpurgisnacht die Hexen „ausgepeitscht“; nach Sonnenuntergang versammeln sich die Bursche auf Anhöhen, besonders auf Kreuzwegen, und knallen mit den Peitschen fortwährend bis nach Mitternacht, manchmal bläst auch der Hirt des Dorfes auf seinem Horn; soweit das Knallen und die Töne des Hornes vernommen werden, sind alle Hexen machtlos und keine kann einem Menschen beikommen. Besonders stark wird vor den Häusern geknallt, in welchen man Hexen vermuthet; auch werden zuweilen dicke Knoten in die Peitsche gemacht um die Hexe recht empfindlich abzublauen, man glaubt nämlich, daß die Hexen die Peitschenhiebe fühlen. (Bavaria II, 272; III, 303). In Tirol werden in der Walpurgisnacht die Hexen „ausgebrannt". Mit Pfannen, Schellen, Hausgeräthe u. dergl. wird ein großer Lärm gemacht, dann werden Reisigbündel von Kienholz, Rosmarin, Schlehen und Schierling auf Stangen gebunden und angezündet, alsdann tragen die Bursche diese Bündel siebenmal um die Häuser und das ganze Dorf, damit die Hexen verscheucht werden. Im Voigtland schließt man allgemein Thüren und Fenster während der Nacht, zündet Feuer auf den Höhen an und läßt die Kinder darüber hinwegspringen. In Brandenburg und Schlesien wacht man die ganze Nacht hindurch und schafft alles Geräthe vom Backofen hinweg, damit die Hexen nicht darauf fortreiten. In manchen Gegenden werden Buchsbüschel oder Zweige des dem Donar geweihten Eberreschenbaumes während der Nacht über die Haus- und Stallthüren gesteckt, oder man bedeckt die Düngerhaufen mit Birken- und Weidenruthen, Dornen oder Hollunder, welcher Strauch überhaupt eine große Rolle im Aberglauben spielt. Wir werden darauf zurückkommen. Zuweilen sieht Jemand in dieser Nacht eine Hexe, die auf dem Wege zum Blocksberg ist; alsdann darf er aber ja nicht über sie schimpfen oder lachen, sonst wird er mißhandelt. In Thüringen findet sich der Aberglauben, daß vorüberziehende Musikanten manchmal von den Hexen genöthigt werden, zum Tanze aufzuspielen, zu welchem Zwecke sie den Spielleuten Pfeifen, Kuchen und Geld geben; die Pfeifen erweisen sich später als Ziegenknochen, die Kuchen als Kuhfladen, das Geld als Scherben. (Wuttke 2,121. 130). Wenn ein solcher Hexentanz auf Wiesen ausgeführt worden ist, so sieht man daselbst einen Kreis, auf welchem das Gras besonders üppig und fett wächst; diese Kreise werden vom Volk Hexenringe genannt. (Pilze sollen die Ursache dieser Ringe sein.) Natürlich wollen die Hexen bei ihren Tänzen, wie überhaupt bei ihrem Thun, nicht belauscht sein und nehmen daher an jedem Unberufenen böse Rache. In Oldenburg werden die Lauscher von den Hexen in's Feuer geworfen. Die Kinder, welche der Teufel mit Hexen zeugt, sind scheußliche, schwarzhaarige Geschöpfe, die sie zuweilen ehrlichen Müttern unterschieben und die dann als Wechselbälge gelten. Dieser Aberglauben ist in Thüringen und Süddeutschland häufig.

Miscellen.

Man schreibt aus Glogau, 22. April: Mehrere Pioniere des niederschlesischen Pionier-Bataillons Nr. 5 sollten im Uebungsterrain des Bataillons einige angefangene Scheiben fertig machen, beziehentlich schadhafte repariren. Zu diesem Behufe war Kleister gekocht und, um denselben warm aufzubewahren, wurde vom Depot-Unteroffizier Legler eine Blechbüchse gegeben, in welcher vor einigen Jahren dem Bataillon Nitro-Glycerin zugeschickt war. Nach ihrer damaligen Entleerung waren die Büchsen sorgsam gereinigt und dann theils zum Aufbewahren von Farben verwendet, theils zerschnitten worden. Die Büchse, welche am Mittwoch der Unteroffizier Legler zur Aufbewahrung des Kleisters angewiesen, war seit länger als Jahresfrist zur Aufbewahrung von Oelfarben benutzt worden. Der Pionier Koteck, ein gelernter Klempner, welcher den Kleister kochte, legte die Büchse, welche er verlöthet vermuthete, an's Feuer, damit die Verlöthung sich löse. Während Legler und Koteck am Feuer stehen, erfolgte nach einiger Zeit unter einem dem Kanonenschuß ähnlichen Knall eine Explosion der Blechbüchse. Große Stücke Blech rissen dem Koteck den Unterleib auf und drangen in die Eingeweide, während Legler Verwundungen am Arme und im Gesichte erhielt. Beide wurden sofort nach dem Militär-Lazareth gebracht, woselbst Koteck nach zweistündigen Leiden starb; der Zustand des Legler wird als nicht gefährlich bezeichnet. Auf Grund sorgfältiger Erkundigungen ergab sich, daß im Augenblick der Explosion die verhängnißvolle Blechbüchse „unberührt" dalag und da man bis jetzt durch Versuche festgestellt zu haben glaubte, Nitro-Glycerin könne nur durch Schlag oder Reibung, aber nicht durch Hitze oder Feuer zum Explodiren gebracht werden, so muß man annehmen, daß im Innern der Büchse, trotzdem sie seit länger als Jahresfrist zum Aufbewahren von Firnißfarben gedient, sich einige Tropfen Nitro-Glycerin „vertrocknet" befunden haben müssen, welche die erhitzt Explosion veranlaßten.

Braunschweig. Das hiesige Tageblatt bringt eine Mittheilung über ein Wasservelociped, welches vom hiesigen Architekten Sch. construirt und gebaut, von demselben mit dem besten Erfolge hinter dem Anatomiehause auf der Oker versucht wurde. Der Leser denke sich einen Dreiräder, dessen eigentlicher Schlitten aus zwei wasserdichten leichten Blechröhren besteht; während diese Röhren den Fahrenden selbstverständlich über Wasser halten, bewirkt dieser, auf dem Stuhle sitzend, durch das vor demselben befindliche Tretwerk die Rotation einer am hintern Ende des Fahrzeugs im Wasser befindlichen Schraube (ähnlich wie bei Dampfschiffen) und durch diese die Fortbewegung. Von Augenzeugen wird versichert, daß diese auf so einfache Weise bewerkstelligte Wasserfahrt selbst für den Zuschauer äußerst interessant war.

Unlängst kam aus China die Nachricht, daß dort der Anbau von Opium wieder verboten worden sei. In indischen und chinesischen Zeitungen findet sich dazu folgende ergötzliche Erklärung: Der junge Kaiser von China wollte die Wirkung des Opiums an sich selbst erproben, rauchte heimlich eine Pfeife und mußte, was nicht anders zu erwarten stand, dafür durch schweres Leiden büßen. Darauf hin ließ die Königin Mutter dem Obersten der Verschnittenen, welcher Sr. Majestät das Opium heimlich zugesteckt hatte, den Kopf vor die Füße legen und zugleich durch einen neuen Erlaß den Gebrauch des Opiums im ganzen Reiche strengstens verbieten.

(Farbenwechsel der Blumen.) Zu den interessantesten chemischen Veränderungen der Pflanze gehört ohne Zweifel die künstliche Veränderung der Farben der Blumen durch Zuführung gewisser Stoffe in die Wurzeln derselben. Vermengt man mit der Erde, in der sie stehen, Holzkohlenpulver, so werden die Blumen der Georginen, Rosen, Nelken u. s. w. viel dunkler und greller. — Kohlensaures Natron färbt die Kelche der Hortensien roth, Eisenstaub färbt sie blau oder violett; phosphorsaures Natron verändert die Blumenpracht anderer Gartenpflanzen auf die verschiedenste Weise, je nachdem ihre frühere Farbe gewesen.

Charade.

Die erste wirkt in grauer Zeit,
Die zweite bringt der Lenz zurück;
Von Arbeitslast und Dienst befreit
Das Ganze und bringt Vielen Glück. R.

Redaction unter K. W. Moll, Druck der Jäger'schen Druckerei in Speyer.

Palatina.

Belletristisches Beiblatt zur Pfälzer Zeitung.

Nro. 53. | Speyer, Dienstag, den 4. Mai | 1869.

Eine Jäger-Idylle.

(Fortsetzung.)

Meine Freude war groß, da ich aber nur das eine Rohr meines Gewehres mit Schrot geladen hatte, so übereilte ich mich nicht, sondern blieb regungslos im Anschlag liegen und harrte wachsam auf den Zeitpunkt, in welchem ich beide Enten auf einen Schuß würde erlegen können. Zufällig blinzelte ich nach dem jenseitigen Ufer, und ich glaubte meinen Augen nicht trauen zu dürfen, als ich die ganze geflügelte Gesellschaft, aus mehreren hundert Mitgliedern der verschiedensten Arten bestehend, in gerader Linie auf mich zuschwimmen sah. Es war ein Schauspiel, wie ich es in jener Zeit zu häufig sah, als daß es mich hätte besonders aufregen können; daß aber hier mehr als Enten auf dem Spiel stand merkte ich an dem ungestümen Kreisen des Blutes in meinen Adern. Abermals wartete ich auf den Augenblick, in welchem die vordersten der Schaar sich in meinem Bereich befinden würden, und ich schaute zugleich nach den beiden ersten Ankömmlingen hinüber, die verlegen ihre Hälse ausreckten und verkürzten, gleichsam unentschieden, ob sie die Ankunft der zahlreichen Besucher abwarten oder davon eilen sollten. Endlich schwammen die Eiligsten schon in die Schußweite und immer neue Schaaren rückten heran, als die beiden Blauflügel sich plötzlich hoben und davon flogen. Diesen Augenblick hatte ich zu meinem Angriffe gewählt, ich richtete mich auf, schoß meine Büchse ab und veranstaltete dadurch ein gleichzeitiges Heben der erschreckten Vögel; als sich der dicht flatternde Haufen ungefähr zwei Fuß über der Wasserfläche befand, schickte ich die tödtliche Ladung des Flintenrohres in denselben. Sonst gewiß kein Freund von Todeszuckungen, betrachtete ich dießmal doch mit innigem Behagen die mörderische Wirkung meines Schusses, denn wie ein Regen prasselte es auf's Wasser nieder, und nachdem sich die leicht Verwundeten und Flügellahmen entfernt hatten, erblickte ich noch acht Enten, die regungslos dalagen.

Vollkommen zufrieden mit dem Erfolge, handelte es sich jetzt zunächst darum, auch in den Besitz meiner Beute zu gelangen. Es blieb nur ein Weg offen und der war: selbst hinzuschwimmen, um wie ein abgerichteter Hund die Enten zu apportiren. Ich entschloß mich schnell, traf meine Vorbereitungen und kroch dann, um nicht im Sumpfe stecken zu bleiben, wie eine Schlange in's offene Wasser; kaum aber befand ich mich darin, als ich meinen voreiligen Schritt fast bereute, denn anstatt in tiefer Fluth zu schwimmen, wie ich erwartet hatte, fühlte ich mich nur schwach getragen von seichtem, warmen Wasser und halbflüssigen Schlamm, der die Bewegung meiner Glieder auf wahrhaft erschreckende Weise hinderte. Zu diesem Uebelstande gesellte sich noch, daß sich die rankenähnlichen Stengel von Sumpfpflanzen um meine Hände und Füße legten und mich so fesselten, daß ich kaum von der Stelle zu rücken vermochte. Ich behielt indeß mein Ziel im Auge und arbeitete mit Aufbietung aller Kräfte bis ich endlich nach etwa dreißig Schritten die erste Ente erreichte; ich ergriff sie und schleuderte sie dem Ufer zu, worauf ich mich zur zweiten arbeitete, diese der ersten nachsandte; eine dritte, vierte und fünfte erreichte ich noch, aber nun fühlte ich auch, daß meine Kräfte abnahmen und ich den Rückweg antreten mußte. Mehr als einmal verwünschte ich mein Unternehmen, als ich in dem durch meine Bewegung noch verdickten schlammigen Wasser das Ufer wieder zu erreichen strebte. Eigentlich befand ich mich gar nicht mehr im Wasser, sondern im beweglichen Schlamme, der übelriechend aus der Tiefe heraufzuquellen schien. Wie eine Schnecke kroch ich dahin; die Sehnen an den Knien und Armen begannen zu erschlaffen; ich fühlte ein krampfhaftes Zittern meines Körpers und unerreichbar schien das Ufer zu sein, von welchem ich gleichwohl nur einige Schritte noch entfernt war.

Ich kann nicht leugnen, daß ich etwas Todesangst empfand, trotzdem aber vergaß ich meine Enten nicht. Bis auf eine, die ich nach falscher Richtung geworfen hatte, schleuderte ich dieselben, so oft ich sie erreichte, von Neuem dem Ufer zu und seufzend dachte ich dabei jedesmal: Wenn dich doch Jemand auch so durch die Luft beförderte.

Als meine Beute endlich auf dem Trocknen lag, ich aber fast ohnmächtig noch mit Schlamm und Schlingpflanzen kämpfte, wie beneidete ich die todten Vögel um ihren sicheren Platz! Glücklicherweise hatte ich bei dem Hereinkriechen in das Wasser einige lange Binsen umgeknickt; diese erreichte ich jetzt, als ich an meiner Rettung fast zu zweifeln begann; Zoll für Zoll an den zähen Halmen mit den beiden Händen weiter fassend, gelang es mir endlich, nach unsäglicher Mühe, meinen Körper auf den schwankenden Boden zu schleppen, wo sich mein Laublager befand. Ich warf mich auf dasselbe hin und lag wohl eine halbe Stunde, ehe ich mich so weit erholt hatte, daß ich wieder ruhig an die schöne Susanna, an die Enten und an die Wette denken konnte. Dann entfernte ich die Spuren des Schlammbades von meinem Körper, rüstete mich zur Rückkehr, befestigte die vier erbeuteten Enten an der Jagdtasche, warf einen letzten sehnsüchtigen Blick auf die zurückbleibenden und als ich endlich den Fuß wieder auf trockenen, festen Boden setzte, verschwand die Sonne hinter den hohen Bäumen des hohen Waldes.

Rüstig und fröhlich schritt ich dem bekannten Blockhause zu; die Beschwerden des Tages waren vergessen und um so lebhafter dachte ich an meine gewonnene Wette und an die frischen, rothen Lippen der schönen Susanna.

Ein eigenes Gefühl der Zufriedenheit beschlich mich, als ich durch die Fluren dahinschritt, deren überaus liebliches Grün in Folge der eintretenden Dämmerung und des fallenden Thaues in einer dunklen und frischen Farbe prangte. Anmuthige Baumgruppen ragten hin und wieder empor, und nach dem Flusse zu, da wo die schöne Susanna weilte, dehnte sich, so weit das Auge reichte, der majestätische Wald mit seinem dunklen Schatten aus. In stiller Bewunderung blickte ich von dem Einem zu dem Andern. Alles sah so freundlich still, so einladend aus, als wenn die ganze Landschaft nur zur Wohnung des Glückes und der Zufriedenheit geschaffen wäre, und dabei verrieth die üppige Vegetation eine solche Zeugungskraft des Bodens, daß ein Blick genügte, um den verborgenen Reichthum des ganzen Landstriches zu erkennen, der dem arbeitsamen und genügsamen Ackerbauer winkte.

Hier möchte ich leben und sterben, dachte ich, und zum ersten Male seit langer Zeit vergaß ich, wie sehr ich immer für ein freies Wanderleben geschwärmt und welches Ziel ich mir, nach manchen fehlgeschlagenen jugendlichen Hoffnungen, endlich gesteckt hatte.

(Fortsetzung folgt.)

Das Wanderleben der niederen Thiere.

Von Karl Ruß.

(Fortsetzung.)

Die Laichzeit der Häringe, während welcher der bedeutendste Fang geschieht, fällt in die Wintermonate, scheint aber, jenach der Witterung und andern ziemlich unbekannten Einflüssen, oft um Wochen und Monate veränderlich zu sein. Die Fischer haben verschiedene Anzeichen, aus welchen sie das Herannahen der Häringsschwärme beurtheilen; doch sind dieselben so ungenau, daß die Holländer sagen, sie geben mit Vergnügen eine Tonne Goldes für ein sicheres Vorzeichen der Zeit und des Ortes, wo die Häringschwärme erscheinen sollen. Auch sind die Jahre sehr verschieden. In einem Winter erscheinen an einem gewissen Orte ungeheure Massen, während im nächsten Winter nur einzelne Fische in die Netze gerathen. Ist dies aber zu verwundern, wenn man weiß, daß es uns noch nicht gelungen ist, die Ursachen zu enträthseln, weshalb in unseren Seen und Flüssen die Lachse und Lachsforellen ganz dieselben Erscheinungen darbieten, und weshalb in der feststehenden Reuse der Stadt Genf z. B. in einem Winter nur so viel Pfund Lachsforellen gefangen werden, als in einem andern Centner?

Der Beweis gegen die angenommenen großen Wanderungen der Häringe von dem Polarmeer aus ist leicht zu führen und wohl unwiderleglich. Der nordamerikanische Häring, der an der ganzen Küste bis hinunter nach Newyork gefangen wird, ist entschieden eine andere Art, als derjenige der europäischen Küsten, und ist von den Naturforschern unter dem Namen des langen Härings unterschieden worden. Unter den europäischen Häringen unterscheidet man auch viele Rassen, wenngleich ein specifischer Unterschied nicht anerkannt werden kann. Der Häring der Ostsee ist der kleinste und schmächtigste, der holländische und englische Häring ist schon größer, während der Häring der Shetlandsinseln und der norwegischen Küste der größte und feinste ist. Die Fischer an der Küste unterscheiden selbst, ebenso gut wie die Lachsfischer in den Flußmündungen, den landstehenden Häring, welcher in der Nähe der Küste sich aufhält und gewöhnlich zwar fetter, aber nicht von so feinem Geschmack ist, von dem Seehäring, welcher aus größeren Entfernungen an die Küste heranschwimmt. Wenn die Behauptung der wandernden Schwärme von einem gemeinschaftlichen Centralpunkte im Polarmeer aus ihre Richtigkeit hätte, wie wäre es dann möglich, daß die verschiedenen Schwärme sich so genau nach Größe, Gestalt und inneren Eigenschaften abtrennen würden, daß sie, wie Regimenter und Bataillone eines Heeres, an ihrem Sammelplatze zu bestimmter Zeit sich einstellen, ohne daß die Alles bezwingende Liebe eine Vermischung der Schwärme bedingt hätte?

Was nun aber vollends dem Fasse den Boden ausschlägt, ist einerseits die verhältnißmäßige Seltenheit in den nördlichen Gegenden, andererseits der Zeitunterschied in der Erscheinung an den verschiedenen Orten. Um Grönland herum, wo doch der eine Hauptstrom gen Amerika sich wenden soll, ist der Häring so selten, daß viele Naturforscher ihn gar nicht unter den Fischen des Landes aufführen. An den Küsten von Island, an welchen der ganze Zug sich spalten soll, ist der Häring zwar bekannt, aber niemals so häufig, daß eine besondere Fischerei auf ihn angestellt würde, und das Gleiche ist der Fall an den Finnmarken Norwegens, wo so wenig Häringe gefangen werden, daß man sich nicht einmal Mühe gibt, sie zu salzen, während in der südlichen Hälfte, zwischen Drontheim und Cap Lindesnäs, namentlich aber in der Umgegend von Stavanger und Molde, der Häringsfang fast die einzige Erwerbsquelle der Küstenbewohner ist. Wie wäre eine solche Vertheilung möglich, wenn der Häring vom Norden käme, wie man behauptet!

Wie wäre es auch möglich, daß der Häring an den südlichen Küsten bei Holland und Stavanger früher erschiene, als an den schottischen und irischen Küsten, wie dies doch häufig beobachtet wurde, wenn er in der That aus Norden käme? Wie wäre es endlich möglich, daß man Häringe von allen Größen an den Küsten finge, zu allen Zeiten des Jahres, wenn sie nicht in der Nähe dieser Küsten geboren würden, auswüchsen und stürben?

Man hat als Beweis für das Schwärmen der Häringe auch den Umstand aufgeführt, daß früher in der Ostsee und namentlich an der schwedischen Küste bei Gothenburg ein sehr schwungreicher Häringsfang geübt wurde, während jetzt der Häringsfang dort sich so sehr verändert habe, daß die Fischer in die tiefste Armuth versunken seien. Gerade aber dieser Umstand scheint uns ein Beweis für unsere Ansicht zu sein. Es wäre kein Grund abzusehen, warum die Schwärme nicht mehr die Ostsee besuchen sollten, man müßte denn die Dampfschiffe, welche das Kattegat durchkreuzen, als die Ursache der Verscheuchung ansehen. Die Ostsee aber ist ein beschränktes und überdem sehr flaches Becken, und sie ist dergestalt ausgefischt worden, daß der Häring, für dessen Schonung und Nachzucht man auch nicht die geringste Sorge trug, in den engen Gewässern der Gothenburger Scheeren fast vertilgt oder doch wenigstens sehr vermindert wurde. Dem norwegischen Häring fällt es aber gar nicht ein, um Cap Lindesnäs herum in das Becken der Ostsee einzudringen und die entstandene Lücke auszufüllen, und wenn die Schweden wieder Häringsfang haben wollen, so werden sie besser thun, das Fangen des Fisches für einige Zeit gänzlich zu verbieten und ihm Zeit zur Wiedervermehrung zu lassen, als im gläubigen Vertrauen irgend eines Häringskönigs des Schwarmes zu harren, den dieser wieder an ihre Küste schicken soll.

In gleicher Weise nur im Meere selbst wandernd sind folgende Fische bemerkenswerth: Der Kabeljau in den nordischen Meeren (er steigt nur selten in einige Flüsse hinauf) ist durch seine Menge und einen großartigen Fang ebenfalls von großer Wichtigkeit. Er durchschwärmt zu Milliarden das ganze Atlantische Meer von Europa bis Amerika. An den Küsten Norwegens und Islands erscheint der Fisch am häufigsten vom Februar bis in den April. Ueber seinen Fang seien nach Leopold von Buch einige kurze Angaben gestattet: „Lödingen liegt kaum fünf Meilen von Vaage (Lappland) entfernt, dem Mittelpunkte und Hauptorte aller Fischereien im Norden. Die Menge der hier vorbeifahrenden Boote gab uns einen kleinen Begriff von der Menschenmasse, welche dort im Winter zusammenkommt, und doch fährt davon nicht ein Viertheil hier vorbei, sondern nur ein kleiner Theil derjenigen, die im Norden von Loffoden wohnen. Rechnet man alle Boote zusammen, die sich in Vaage versammeln, so erreicht ihre Zahl beinahe viertausend. Jedes Boot ist mit vier bis fünf Mann besetzt, was in den Böten allein mehr als achtzehntausend Fischer beträgt. Dazu erscheinen noch mehr als dreihundert Fahrzeuge von Bergen und anderen Gegenden, jedes mit sieben oder acht Mann, sodaß also bei Vaage im kleinen Umkreise im Februar und März mehr als zwanzigtausend Menschen sich bewegen. Jedes Boot fängt in einigen Wochen gegen dreitausend, viele auch siebentausend bis zehntausend Stück der Fische. Rechnet man Alles zusammen, so erhält man die Summe von fast sechzehn Millionen Fische, die immer einen Werth von sechs Tonnen Goldes ausmachen.

Was mag die Fische so beharrlich an diesen Inseln erhalten, da sie doch alle andere Gegenden der Küste weit weniger beständig besuchen? Wenn man die sonderbare Lage von Loffoden betrachtet, die lange Inselreihe, wie sie gewissermaßen ein inneres Meer einschließt, das mit dem großen Meere nur durch enge Kanäle zwischen den Inseln zusammenhängt, so fällt es wohl in die Augen, daß die nächste Ursache des Kommens die Ruhe ist und der Schutz der vorliegenden Berge gegen die Ströme des Meeres. Im Sommer sind hier gar keine Fische mehr; sie erscheinen nur zur Zeit des Laichens und dann ist ihnen diese Ruhe nothwendig."

(Fortsetzung folgt.)

---

* Walpurgisnacht.

II.

Die den Hexen zugeschriebene Macht dehnt sich über die verschiedensten Gebiete des menschlichen Thuns, über Naturkräfte, Witterung, Wachsthum und Gedeihen der Saaten aus, besonders aber vermögen die Hexen Menschen und Vieh allerlei Krankheiten und Gebrechen anzuthun. An sehr vielen Orten der Pfalz gibt es heutzutage noch Personen, besonders alte Weiber, welche im Geruch der Hexerei stehen und deshalb von Alt und Jung so viel als möglich gemieden werden. Junge Mädchen müssen sich zuweilen auch das Prädikat „Hexe" gefallen lassen, aber der Zauber den diese Art Hexen Männern und Jünglingen anthun, ist anderer Natur und hat hauptsächlich seinen Sitz in den Augen und im Gesicht. Gemieden werden indeß solcherlei Hexen nicht, besonders wenn sie die Zwanziger noch nicht überschritten haben. Eine zünftige alte Hexe aber, wie sie vom Volke geglaubt wird, hat die Gewalt, dem Vieh etwas anzuthun, wenn sie dasselbe mit dem „bösen Blick" ansieht und es bespricht; solche behexte Kühe zittern und schwitzen alsdann, geben rothe oder blaue Milch oder gar keine, magern ab und crepiren oder bringen todte Kälber zur Welt. Die Hexen vermögen es, den Kühen in der Nachbarschaft die Milch zu entziehen, oder sie zum eigenen Vortheil zu melken, indem sie einen Lumpen oder ein Handtuch um den Stiel einer in einen Balken eingeschlagenen Axt hängen und daran melken. Auch melken sie zuweilen direkt die Milch der Nachbarkühe aus einem Zaunstecken, einem Besenstiel, Strick, Nagel oder sonstigen Geräthen. Sie bewirken auch Viehseuchen; wenn sie ein Milchgefäß berühren, wird die Milch mager und ungesund, wenn ein Butterfaß, geht die Butter nicht zusammen. Ueberhaupt giebt es im Bereich der Viehzucht fast kein Uebel, das nicht den Hexen zugeschrieben wird.

Die Hexen machen auch Mäuse, Flöhe, Läuse, Raupen und anderes Ungeziefer jeder Art, sie bewirken Hagel, Wirbelwind und Unwetter; manchmal fallen beim Beschwören des Wetters Hexen aus den Wolken. Hexenhagel ist dadurch erkenntlich, daß sich unter ihm Schuhnägel und Haare finden; ein Beweis der durch Hexen bewirkten Ungewitters ist das, wenn während desselben Raben, Krähen oder andere schwarze Thiere umherfliegen. Die Hexen können sich auch verwandeln und in verschiedenen Gestalten aus ihrem Leibe herausgehen; in Oldenburg glaubt man, daß während der Anwesenheit eine Hexe auf dem Blocksberg, ihr Körper in einem todtähnlichen Schlummer zu Hause liegt. Schwalben, Tauben und Lämmer sind geseite Thiere, in deren Gestalten die Hexen niemals erscheinen können; besonders gern kommen sie als schwarze Katzen, Pferde, Hunde, Schweine, dreibeinige Hasen, Elstern, Enten, Schlangen, Kröten und Schmetterlinge; unser Kohlweißling heißt daher in Schlesien Molkendieb. Das Volk, das an Hexen glaubt, nimmt sich daher vor all diesen Thieren sorgsam in Acht, besonders vor fremden und schwarzen Katzen; wenn eine solche schwarze Katze über den Weg läuft, läßt man sie ruhig gehen und stört sie nicht. Übrigens sind diese Hexenkatzen an ihren längeren Schwänzen erkenntlich. Unter Viehheerden gehen die Hexen gern in Gestalt von Hasen und richten Schaden an; sie laufen auf drei Beinen und in Westphalen glaubt man, daß sie sprechen können. Im Erzgebirge schlägt der Bauer jede Kröte auf dem Felde schleunigst todt, denn es ist eine Hexe. Was man einem Thiere, unter dessen Gestalt die Hexe erscheint, anthut, das spürt und empfindet die Hexe selber; die Hexe kann also gefangen, verwundet, gedrückt und getödtet, wenigstens gekennzeichnet werden, und dies Kennzeichen ist an der Person sichtbar. Wird z. B. ein Hexenpferd beschlagen, so hat die alte Frau, die darin stak, sofort Hufeisen und verbirgt die Füße; haut man einer Hexenkatze das Ohr oder die Nase weg, so fehlt andern Tages der fraglichen alten Frau der betreffende Theil des Körpers. Dem Schreiber dieses ist ein Dorf in unserer Pfalz bekannt, in welchem alle Bauern überzeugt sind, daß eine Frau in einer solchen Hexenaffaire als Katze durch einen Hieb das Ohr verloren und den Bezirksarzt vergebens um Heilung angefleht habe. Sie gehe seitdem immer mit verbundenen Ohren aus.

Hexen zu erkennen, erfordert besondere Zauberkünste. In Böhmen glaubt man, daß Derjenige die Hexen erkennt, der am Christabend vierblätterigen Klee bei sich trägt; sie erscheinen alsdann mit Melkkübeln auf den Köpfen. In Brandenburg erkennt man die Hexen in der Kirche, wenn man das erstgelegte Ei einer schwarzen Henne in der Tasche trägt; die betreffenden Personen erscheinen alsdann mit Butterfässern auf dem Kopfe. Im Elsaß sieht man in der Kirche durch ein Charfreitagsei, denn sieht man wie die Hexen statt der Gesangbücher Speck in den Händen und Melkkübel auf dem Kopfe tragen. In Böhmen trägt man am Walpurgistag den neunmal geweihten Zweig einer Pimpernuß (Staphylaea) bei sich, alsdann erkennt man die Hexen am Pferdefuß. An manchen Orten Oesterreichs besteht der Aberglaube, daß man zur Erkennung der Hexen (an Melkkübeln) in der Christnacht einen Weichselkirschenzweig bei sich tragen muß, den man in der Andreasnacht gepflückt hat. In Oldenburg glaubt man, daß die Hexen mit Bienenkörben auf dem Kopfe zu erkennen sind, wenn man zum Gottesdienst rückwärts bis zum Altar geht. In Süddeutschland, auch zuweilen in der Pfalz, glaubt man an „Hexenstühle". Ein solcher Hexenstuhl muß aus neunerlei Holz von Bäumen die keine eßbaren Früchte tragen, gezimmert sein; man stellt den Stuhl vor die Kirchenthür oder während des Gottesdienstes in die Kirche und setzt sich darauf, dann erkennt man alle Hexen in der ganzen Gemeinde, indem sie statt der Haube einen Bienenkorb oder einen Strohbüschel auf dem Kopfe tragen, oder das Gesicht hinten haben, das Kreuz auf dem Rücken machen oder verkehrt sitzen. Ehe der Geistliche jedoch den Altar verläßt, muß man wieder zu Hause sein und den Hexenstuhl in's Feuer geworfen haben, sonst zerreißen den Neugierigen die Hexen.

Miscellen.

Aus Jochberg, im Salzburgischen wird geschrieben: „Am 20. v. M. wüthete vom frühen Morgen bis in die späte Nacht ein solches Schneegestöber, daß die Kinder aus der Umgebung die Schule nicht besuchen konnten. Es war hiebei eisig kalt und sämmtliche Fensterscheiben eingefroren. Ein Handwerksbursche, laut dem bei demselben vorgefundenen Wanderbuche aus Mährisch in Mähren gebürtig, Namens Koll, wurde am 21. v. M. Vormittags auf der Höhe des Radstatter Tauern, unweit der Wegmacherhütte, erfroren aufgefunden."

Die Veloeiped-Manie ist schon bis in die schottischen Hochlande gedrungen, wo die Dorfschmiede mit der Construction von Maschinen beschäftigt sind, die an Schnelligkeit die französischen Veloeipedes übertreffen sollen. Die „Daily News" sieht schon die Zeit voraus, wo es eben so alltäglich sein wird, sich ein Veloeiped zu halten, wie heute mit einem Spazierstocke auszugehen. Die Veloeiped-Fabrikanten sollen alle Hände voll zu thun haben und kaum die einlaufenden Orders alle effectuiren können.

Redaction von K. A. Wolf, Druck der Jäger'schen Druckerei in Speyer.

Palatina.

Belletristisches Beiblatt zur Pfälzer Zeitung.

Nro. 54. — Speyer, Donnerstag, den 6. Mai — 1869.

Pfälzische Sagen.

VI.

Die Glocken zu Speyer.

Von Max von Oer.

Zu Speyer im letzten Häuslein,
Da liegt ein Greis in Todespein,
Sein Kleid ist schlecht, sein Lager hart,
Viel Thränen rinnen in seinen Bart.

Es hilft ihm Keiner in seiner Noth,
Es hilft ihm nur der bitt're Tod!
Und als der Tod an's Herze kam,
Da tönt's auf einmal wundersam.

Die Kaiserglocke, die lange verstummt,
Von selber dumpf und langsam summt,
Und alle Glocken groß und klein
Mit vollem Klange fallen ein.

Da heißt's in Speyer und weit und breit:
Der Kaiser ist gestorben heut!
Der Kaiser starb, der Kaiser starb!
Weiß Keiner, wo der Kaiser starb?

* * *

Zu Speyer, der alten Kaiserstadt,
Da liegt auf gold'ner Lagerstatt
Mit mattem Aug' und matter Hand
Der Kaiser Heinrich, der Fünfte genannt.

Die Diener laufen hin und her,
Der Kaiser röchelt tief und schwer; —
Und als der Tod an's Herze kam,
Da tönt's auf einmal wundersam.

Die kleine Glocke, die lange verstummt,
Die Armensünderglocke summt,
Und keine Glocke stimmet ein,
Sie summet fort und fort allein.

Da heißt's in Speyer und weit und breit,
Wer wird denn wohl gerichtet heut?
Wer mag der arme Sünder sein?
Sagt an, wo ist der Rabenstein?

Eine Jäger-Idylle.

(Fortsetzung.)

„Hier möchte ich leben und sterben,“ sagte ich laut vor mich hin, als das Blockhaus hinter den Bäumen sichtbar wurde und das liebliche Bild der unschuldigen Susanna mir vor die Seele trat. Langsam schritt ich dem Hause zu, aber allerlei Gedanken von Ansiedeln, Heirathen und Glücklichsein jagten wie toll an mir vorüber, bis mich endlich plötzlich die Stimme des alten Farmers barsch aus meinen jugendlich phantastischen Träumen weckte, der mir von der Hausthür aus zurief: „Da seid Ihr ja wieder, Fremder!“

„Ja, da bin ich,“ gab ich zur Antwort, „und zwar mit Enten,“ wobei ich die vier Vögel dem alten Mann entgegenschüttelte. Augenblicklich füllte sich die Thür mit den Bewohnern des Hauses, welche mir alle freundlich grüßend die Hände entgegenreichten.

„Ihr kommt gerade zur rechten Zeit, um an unserem Mahle Theil zu nehmen,“ bemerkte gutmüthig die Hausfrau, die mich nöthigte einzutreten.

„Nein,“ entgegnete ich aber, „nicht eher überschreite ich die Schwelle Eures gastfreundlichen Hauses, bis ich weiß, ob ich wirklich meine Wette gewonnen und also gerechten Anspruch auf Obdach habe.“

Darauf wendete ich mich zu dem Mädchen mit der Frage: „Susanna erklärt Ihr die Wette für gewonnen?“

Sie erröthete, weil ihr nicht fremd war, um was es sich eigentlich handelte, und fragte dann schalkhaft zurück: „Womit beweist Ihr denn, daß diese Enten vom See sind?“

„Mit meinen Gliedern,“ antwortete ich, indem ich die Aermel aufstreifte und die vom Schilf zurückgelassenen Wunden zeigte, „und mit meinen Kleidern, die sich jetzt gewiß in einem andern Zustande befinden, als heute morgen.“

„Ja, die Enten sind vom See,“ bekräftigte der alte Farmer.

„Und die Wette ist redlich gewonnen,“ setzte Susanna hinzu, welche im nächsten Augenblicke hinter der Thüre verschwand.

Ich trat in die einfache Wohnung ein, die ich in jenem Augenblicke mit keinem Marmorpalaste hätte vertauschen mögen und schwelgte gewissermaßen in dem Anblicke meiner Umgebung, die mir so heimisch und friedlich entgegenlächelte. Die roh behauenen Balken, welche schwer auf einanderliegend die Wände bildeten, verliehen dem Gemach einen Anstrich von überaus einladender Gemüthlichkeit, welche durch den breiten Kamin noch gehoben wurde.

Die September-Temperatur machte freilich den Gebrauch zur Erzeugung von Wärme überflüssig, doch blickte ich wohlgefällig zur Gluth hinüber, bei welcher verdeckte Gefäße mit zischendem und duftendem Inhalt standen und aufmerksam von der geschäftigen Hausfrau bewacht wurden.

Zahlreiche Pflöcke hafteten in den hölzernen Wänden und bei dem flackernden Licht der Flamme konnte ich erkennen, daß jeder derselben zu einem besonderen Zwecke bestimmt war. Auf einigen lagen Missouri-Büchsen; an anderen hingen Pulverhorn und Kugeltasche, getrocknete Hirschhäute, Hüte und Kleidungsstücke, und trotz der Unregelmäßigkeit, mit der Alles angebracht war, blickte doch wieder eine gewisse Ordnungsliebe und vor allen Dingen die größte Reinlichkeit durch.

Behaglich dehnte ich mich auf dem knarrenden Stuhle, dessen Sitz aus roher Ochsenhaut geflochten, gleichsam für die Ewigkeit berechnet war, und begann meine Unterhaltung mit den Worten: „Ich möchte wohl gern Euer Nachbar sein und eben solch ein Haus, Hof und Feld besitzen wie Ihr.“

„Wenn es weiter nichts ist,“ antwortete der alte Farmer, „so kann Euer Wunsch leicht in Erfüllung gebracht werden.“

„Wenn ich Geld hätte,“ fuhr ich fort, würde es freilich leicht sein; aber ein armer Ausländer, der über nichts zu verfügen hat, als über seine gesunden Glieder und seine Büchse?“

„Sind gesunde Glieder nicht genug, sich eine Heimath zu gründen?“ fragte der Alte weiter. „Ich setze den Fall, Ihr wäret entschlossen, mein nächster Nachbar zu werden, so könntet Ihr ganz in der Nähe Eure achtzig Acker Land kaufen, ohne einen Pfennig Geld in der Tasche zu haben, und ich bin überzeugt, daß es Euch bei einiger Ausdauer gelingen würde, innerhalb fünf Jahren den Kaufpreis vollständig abzuzahlen. Zu einem Blockhause wollten wir und einige entfernt wohnende Nachbarn Euch bald verhelfen, eine Frau sucht Ihr Euch selber, und wenn Ihr dann fleißig arbeitet, werdet Ihr nach kurzer Zeit so schön eingerichtet sein, wie ich hier, und Euch doppelt über Euer Eigenthum freuen, weil Ihr es nächst Gott nur Euren eigenen Anstrengungen zu verdanken habt.

Ich kann nicht leugnen, daß mir die Rathschläge des Alten, bis auf die schwere Arbeit, sehr zusagten; doch auch der Gedanke an das Mühsame des Farmerlebens nahm eine mildere Färbung an, wenn ich zu der schönen Susanna hinüberblickte, die aus dem einzigen Nebengemache ein weißes Tischtuch geholt hatte und mit wohlkleidender Geschäftigkeit die Vorbereitungen zu dem frugalen Abendbrod traf. —

Immer ansprechender malte mir der Farmer, wie auch seine Frau, das einsame Leben aus und immer lieblicher erschien mir das Mädchen, welches freilich keine Ahnung davon hatte und auch nie erhielt, daß sie in der Wahl meiner künftigen Lebensweise den Ausschlag geben sollte. So kam ich denn endlich zu dem festen Entschlusse, mich wirklich da anzusiedeln, vorausgesetzt, daß die schöne Susanna mich nicht verschmähe und dadurch, daß sie mir ohne Zaudern den Preis für die Wette zugesagt hatte, glaubte ich mich zu den schönsten Hoffnungen berechtigt.

Wir nahmen nun an dem Tische Platz und wie sich von selbst versteht, ich setzte mich zu dem Mädchen.

In harmloser, gemüthlicher Unterhaltung saßen wir lange beisammen und die Mitternachtsstunde konnte nicht mehr fern sein, als der Hausvater daran erinnerte, daß es Zeit sei, aufzubrechen und den noch übrigen Theil der Nacht zur Ruhe zu verwenden.

Ehe wir uns trennten, theilte ich meinem freundlichen Wirth mit, daß es meine Absicht sei, noch einige Tage in der Umgebung zu jagen und sodann, einer Verabredung zufolge, an einem Punkte am Flusse mit einem Farmer zusammenzutreffen, der auch mit dem etwa erbeuteten Wilde nach der Stadt fahren sollte; ich schloß aber damit, daß ich in nächster Zeit wieder vorsprechen würde, um weitere Erkundigungen wegen meiner Ansiedelung einzuziehen.

In herzlichster Weise wünschten wir uns gegenseitig eine gute Nacht und bald darauf befand ich mich wieder auf dem bekannten Lager und schlief nach wenigen Minuten so fest, daß ich sogar für Träume unzugänglich war.

Am folgenden Morgen verzehrte ich mein Frühstück wieder in Gesellschaft von Mutter und Tochter.

Die übrigen Bewohner des Blockhauses hatten sich schon längst in den Wald begeben und die Nachricht zurückgelassen, daß ich sie bei der Arbeit besuchen und, im Fall ich weiter zu eilen gesonnen sei, dort von ihnen Abschied nehmen möchte.

Ich übereilte mich mit dem Aufbruche nicht, denn ich wäre ja gern für immer dageblieben, und nur die Aussicht auf baldige Wiederkehr erhielt mich bei fröhlicher Laune.

Endlich dankte ich der guten Hausfrau für die genossene Gastfreundschaft, wie für den Imbiß, den sie mir wieder in die Tasche schob, sagte ihr ein herzliches Lebewohl und bat das Mädchen, mir den Weg nach dem Arbeitsplatze im Walde zu zeigen.

Bereitwillig trat Susanna an meine Seite und schweigend durchschritt ich mit ihr den kleinen Garten.

(Schluß folgt.)

* Walpurgisnacht.

III.

In Schwaben findet sich der Aberglaube, daß am Charfreitag jedesmal sämmtliche Hexen bei der Kreuzigung zugegen sein müßten; wenn man sie sehen will, schneidet man um 3 Uhr früh eine Salweide oder eine Ruthe aus Elsebeerholz und trägt diese, um den bloßen Leib gewunden in der Kirche; alsdann sieht man darin alle Hexen verkehrt sitzen. In Oldenburg trägt man am Pfingstmorgen einen Kranz von Brombeerwurzeln im Hute, dann erscheinen die Hexen mit Fäßchen oder Kübeln auf den Köpfen.

Dieses Tragen von Gläsern, Kübeln oder Strohbüschchen auf dem Kopfe kehrt fast in allen Gegenden wieder, in denen der Volksaberglaube Mittel zur Erkennung der Hexen weiß. In Tirol trägt man einen Strauß von fünf Kräutern (Ehrenpreis, Gundelrebe, Raute, Odermennig und Widerthon (Polytrichum, eine Art Laubmoos) bei sich, um die Hexen zu erkennen; in Brandenburg geht man zu diesem Zweck rückwärts auf ein Kornfeld, bricht ebenfalls rückwärts Ackerrade (Agrostemma), flicht einen Kranz daraus und trägt ihn unter der Mütze. Das stärkste Erkennungsmittel auf Hexen ist aber in allen Gegenden der Besen. Wenn eine Hexe in irgend einer Gestalt im Zimmer ist, so legt man einen Besen quer über die Thürschwelle; die Hexe kann nun nicht mehr hinaus, sondern bittet entweder, daß man den Besen wegthue, oder stellt ihn selbst beiseite; zuweilen fährt sie auch unter Gestank durch's Fenster hinaus. In Brandenburg, Schlesien und Mecklenburg sieht man in der Walpurgisnacht das ganze Hexenheer mit dem Generalstab auf dem Zuge nach dem Blocksberg, wenn man sich auf einem Kreuzwege unter eine geerbte Egge setzt, die mit den Zähnen nach oben steht, oder wenn man sich mit einem ausgegrabenen Stück Rasen auf dem Kopf auf einen Kreuzweg stellt. Auslachen darf man, wie bereits bemerkt, niemals eine der Hexen, sonst nehmen sie bittere Rache.

Was das „Anthun" betrifft, so glaubt das Volk vielfach daran, auch bei Leuten, die nicht gerade zunftgerechte Hexen zu sein brauchen. In vielen Gegenden verbietet man den Kindern strengstens, von Fremden Aepfel oder derartige Gaben anzunehmen, weil ihnen leicht etwas „angethan" werden könnte. In Ostfriesland glaubt man, daß Einem die Auszehrung „angethan" wird, wenn man ein Stück Rasen, auf welchem der Betreffende mit bloßen Füßen gestanden, aus der Erde sticht, hinter den Herd oder in den Kamin legt und dort vertrocknen läßt; mit dem Hinscheiden des Rasens schwindet auch der Mensch dahin. Dieses ist ein sehr alter Aberglaube, der sich auch in der Oberpfalz vorfindet. In Schwaben erzielt man dasselbe dadurch, daß man etwas von den Fingernägeln in ein Glas Wasser schabt und es Jemand zu trinken gibt; in Franken vergräbt man Haare von einem Menschen vor die Thürschwelle; geht er darüber hin, so fängt er an siech zu werden. In Böhmen wickelt man einen Sargspan nebst Koth von dem betreffenden Menschen in ein Stück Leinwand von einem Todtenhemde und hängt dieses in den Kamin; so wie es zusammentrocknet, trocknet auch der Mensch zusammen. Will man aber denselben Menschen wieder zunehmen lassen, so braucht man das Aufgehängte nur fleißig mit Wasser zu begießen. Allgemein glaubt man, daß einem Menschen die Zehrung „angethan" werde, wenn etwas ihm Angehöriges in einen Sarg gelegt und mitbegraben werde.

Aber nicht nur ein allgemeines Siechthum können böse Leute einem „anthun", der Volksaberglaube weiß noch Verschiedenes, was ebenfalls angehext werden kann. Was Einem zwei schöne Augen anthun können, davon weiß Mancher ein Stückchen zu erzählen. Den „Hexenschuß" bekommen auch heute noch Leute, die nicht an Hexen glauben und er ist manchmal sehr empfindlich. Will man in Böhmen Jemand Blutgeschwüre „anhexen", so schüttet man Erbsen in einen ganz neuen Topf und vergräbt diesen bei abnehmendem Monde unter einem Birnbaum; so viele Erbsen im Topfe sind, so viele Geschwüre bekommt der Mensch, und diese dauern so lange, als die Erbsen nicht vermodert sind. In Ostpreußen kann man einem Menschen Ausschlag in's Gesicht zaubern, wenn man ihn beschüttet mit einem aus verbrannten Kröten gemachten Pulver; in Böhmen bringt man dasselbe zuwege, wenn man dem Betreffenden Pulver, aus einem getrockneten Frosch bereitet, in's Getränk schüttet. Auch sonstige Uebel werden von bösen Leuten noch „angethan", deren Aufzählung hier zu weit führen würde; es sei nur noch des sehr verbreiteten Aberglaubens erwähnt, daß man durch Zaubermittel einen Abwesenden gehörig durchprügeln könne. Es geschieht dieß, wenn man am Charfreitag vor Sonnenaufgang „unbeschrauen" oder „unbeschrieen", d. h. ohne zu reden und angeredet zu werden, eine Haselruthe im Namen der heil. Dreifaltigkeit mit drei Schnitten abschneidet, das Haupt gegen Osten gewendet. Alsdann nimmt man einen alten Rock oder sonst ein Kleidungsstück, nennt den Namen desjenigen, dem die Hiebe zugedacht sind und haut wacker darauf los; der Genannte wird sofort die unsichtbaren Hiebe sehr schmerzlich empfinden.

Miscellen.

§ **Frauenschmuck und Frauenspiegel.** Ein lyrischer Blüthenkranz aus dem Sängergarten der neuesten Zeit von Chr. Böhmer. Meisenheim 1869. Kraft. Es ist überaus wohlthuend, wenn unter dem Streit der Zungen, der nimmer ruhend und Ruhe gönnend durch die Räume des Staates, der Kirche und der Schule tobt, auch zuweilen ein milder Frühlingshauch sich verspüren läßt, auch auf ein anderes Heiligthum hinweisend, als auf die zerbrechlichen Götzenbilder des lauten Marktes. Als solchen begrüßen wir das Büchlein, das unser bekannter frommer und sinniger Dichter Chr. Böhmer zunächst der Frauenwelt zum Schmuck und Spiegel dargeboten hat. Mit Recht nennt er es „Frauenschmuck"; zieht doch sein Inhalt auf jedem Blatte im vielstimmigen Chore von dem hohen Stande und dem tiefen Einflusse, den das Weib als Jungfrau, Gattin und Mutter zumal in der christlichen Gesellschaft von jeher gehabt hat und heute noch hat; dem nicht allein die Poesie des Mittelalters und der Neuzeit die blühendsten Kränze gewunden, sondern von dem schon ein großer Lehrer der Kirche im christlichen Alterthum gesagt hat: „sonst standen die Frauen den Männern nach; jetzt ist es das Gegentheil. Seht, was Christi Erscheinung auf Erden gewirkt hat! Die Frauen übertreffen uns an edlen Sitten, an christlicher Wärme und Frömmigkeit, an Liebe zu dem Erlöser, der das Joch von dem weiblichen Nacken hinweggenommen hat." (Chrysostomus.) — Das Büchlein heißt weiter „Frauenspiegel", und ist als solcher trefflich geeignet, in reichen poetischen Farbenbildern, von vielen Malern zusammengetragen, dem „schwächern" Geschlechte zu zeigen, worin die wahre Emancipation des Weibes bestehe, was der Grund, die Kraft und das Ziel seines wahren Strebens und Wirkens sei und bleiben müsse, wenn ihm selbst Frieden und Anderen Heil daraus erwachsen soll. — Daß der wackere Herausgeber dieses Bild nur auf der Folie christlichen Glaubens und positiver Frömmigkeit, aber in weiser

und Kreise, vom Centrum bis zur Peripherie reichender Fassung und Dehnung, auszuwählen gesucht, werden ihm auch die „Starken“ nicht verargen, die zwar selbst jenen Blüthen den Rücken gewendet haben, aber sie doch noch als den unentbehrlichen Halt und Trost des weiblichen Gemüthes gelten lassen müssen.

Die Auswahl der Dichtungen zeugt nicht allein von dem sittlichen Takte, sondern ebenso von der Bekanntschaft des Sammlers in dem jungen deutschen Dichterwald; gegen hundert Sänger und Sängerinnen sammelt er um sich, von Kraut bis zu Heine, Redwitz bis zu Lingg, Spitta bis zu Strauß, Annette v. Droste-Hülshoff bis zu den Verborgenen, die in den anspruchslosesten Tönen, aber im schönsten Einklang von der Frauen ächter, dauernder Schönheit singen. Für uns Pfälzer ist es besonders werthvoll, daß unter diesen Sängern unsere lieben Landsleute einen lieblichen Chor bilden: Autenbach und Becker, Blaul und Bohmer, Maurer, der Sonettenmeister, Redwitz, den wir ja wenigstens zur Hälfte unter die Pfälzer rechnen dürfen, Schmitt, Schuler, Spatz und noch einige Ungenannte bringen Blätter und Blüthen zu dem Kranze, der hier gewunden wird. Die Sammlung zerfällt in fünf Theile: I. Weiblichkeit (36 Gedichte); II. Weihe der Kindheit (24 Gedichte); III. Jungfrau (32 Gedichte); IV. Gattin, Hausfrau und Mutter (94 Gedichte); V. Greisin und Großmutter (18 Gedichte), aus welchen wir hier zwar keine Proben geben, aber desto herzlicher zum Selbstschauen und Genießen einladen wollen. Namentlich ist das Büchlein als Brautgeschenk zu empfehlen. — Bei einer hoffentlich bald nöthig werdenden zweiten Auflage wird dann auch der Setzer hie und da für etwas schärfere Lettern und der Corrector für größere Strenge gegen Druckfehler Sorge tragen.

Heidelberg, 8. Mai. Der berühmte Chemiker, Geheimrath Bunsen, hat sich nicht unerheblich verletzt, durch eine Explosion in seinem Laboratorium. Er hatte daselbst eine größere Menge eines neu entdeckten Metalls dargestellt, dessen leichte Entzündbarkeit noch unbekannt war. Als nun Herr Bunsen, um die Trockenheit des Stoffes zu prüfen, seinen Finger leicht in das Gefäß tauchte, genügte dieser leichte Druck um die ganze Masse zu entzünden, die in einer hohen Flamme emporschlug und Herrn Bunsen an den Händen und im Gesicht stark verbrannte. Die Brandwunden waren zwar sehr schmerzhaft, werden aber keinen Nachtheil zurücklassen und in etwa acht Tagen geheilt sein.

(Wir bekommen einen neuen Mond.) Ein Herr Eduard Backhaus macht in einer soeben erschienenen Broschüre der Erde die vorläufige Anzeige, daß sie einen zweiten Mond bekommen werde, der ihr näher liegt als der erste. Die Geschichte wäre einfach so: Das seit etwa 200 Jahren in den Aequator-Gegenden nach Sonnenuntergang sichtbare sogenannte Zodiakal- oder Thierkreislicht, nach der Meinung älterer Astronomen eine dem Polarlichte analoge Erscheinung oder ein Ausfluß der Sonnen-Atmosphäre, nach Humboldt aber ein unserem Planetensysteme angehöriger besonderer, rotirender Gasring, ist nach des Herrn Backhaus neuer Behauptung nichts Anderes, als ein um die Erde gehender und von derselben nur wenige tausend Meilen entfernter Gasring, dessen Dichtigkeit schon jetzt an verschiedenen Stellen eine sehr verschiedene sei und der deshalb an der dünnsten Stelle bald platzen werde, worauf beide Arme mit ungeheurer Schnelligkeit aneinanderfliegen, eine Kugel entstehen und ein neuer Mond für die Erde sich präsentiren werde, um in Compagnie mit dem alten das Geschäft der Sonnenfinsternisse, Ebbe und Fluth und des Wettermachens fortzuspielen. Nichts kann einfacher sein. Wann aber wird das geschehen? Genau hat es Herr Backhaus allerdings noch nicht ausgerechnet; er weiß nicht, ob vielleicht schon morgen oder erst später, aber so viel kann er uns, wie der astronomische Schneider im „Lumpaci-Vagabundus“, auf dem letzten Blatt schon verrathen: „Lang dauert's auf keinen Fall mehr.“

St. Petersburg, 2. Mai. Gestern starb der zur Zeit des Krimkrieges so viel genannte Admiral, Fürst Alexander Sergius Menschikow. Er war ein Urenkel jenes Pastetenbäckerjungen, den Peter der Große zu den höchsten Würden erhob; er wurde 1789 geboren, trat 1805 in die Armee ein, machte die Feldzüge 1813—1815 als persönlicher Adjutant des Kaisers Alexander I. mit und ward vom Kaiser Nikolaus, gleich nach dessen Thronbesteigung, an den Schah von Persien gesandt, um diesem ein russisches Bündniß gegen den Sultan anzubieten; doch trat er dabei so schroff auf, daß er gerade das Gegentheil bewirkte. Im Kriege gegen Persien 1827 führte er noch kein besonderes Commando, im Jahre darauf führte er in Kleinasien eine Division gegen die Türken und nahm Anapa ein. Bei der Belagerung Varnas schwer verwundet, trat er nach seiner Genesung zum Seedienste über, ward 1834 Admiral, 1836 Marineminister und dann Statthalter von Finnland, in welcher Stellung er der Ostseeflotte seine volle Sorgfalt widmete. Das Jahr 1853 machte ihn plötzlich zu einer europäischen Berühmtheit. Nach Konstantinopel geschickt, um vom Sultan für Rußland das Protektorat über alle griechischen Christen zu begehren, erschien der bärenhafte Diplomat vor dem festlich gekleideten Divan in Paletot und schmutzigen Juchtenstiefeln, und legte eine solche Verachtung gegen alles Türkische an den Tag, daß die Pforte, auf's äußerste erbittert, unter Gutheißung der Westmächte den russischen Gesandten abtrumpfte. Der Krieg brach aus und Menschikow's erste That war die Vernichtung der türkischen Flotte bei Sinope. Im Jahre 1854 war er Gouverneur der Krim und Commandant von Sebastopol, in welcher Eigenschaft er die Schlacht an der Alma verlor. Gleich nach dem Tode des Kaisers Nikolaus ward er im März 1855 abberufen und das Commando dem Fürsten Gortschakow übergeben. Nach Petersburg zurückgekehrt, hat der greise Admiral sich seitdem nicht weiter hervorgethan. Er galt für einen fanatischen Altrussen und für das Haupt der panslavistischen Propaganda absolutistischer Richtung.

Rigi-Bahn. Die Ingenieure Näff in St. Gallen, O. Zschokke in Aarau und Direktor Riggenbach in Olten haben bei der Regierung von Luzern ein Concessionsgesuch für Herstellung einer Rigi-Bahn gestellt. Der „Bund“ vernimmt über das projektirte Unternehmen: „Das System, nach welchem gebaut werden soll, ist das Zahnstangen- oder Zahnradsystem, welches in Amerika zuerst zur praktischen Anwendung gelangt ist. Das Befahren der Bahn ist vollständig sicher, indem so wirksame Bremsvorrichtungen angebracht sind, daß man den Zug auf- und abwärts augenblicklich feststellen kann. Am Rigi beabsichtigen die Unternehmer von Vitznau auszugehen; von dort kann nach dem Kaltbad und ungefähr auf die Höhe der Staffel in einem Zuge fortlaufend ohne Kehren gefahren werden mit einer jeweilig gleichmäßigen Steigung von 25 Proz. Die projektirte Strecke ist beiläufig eine Wegstunde lang und kann in einer Zeitstunde zurückgelegt werden, während der Weg von Wäggis bis Kaltbad zwei Stunden in Anspruch nimmt. Ohne Ueberschreitung der Steigung von 25 Proz. kann die Bahn bis auf den Kulm verlängert und bis vor das Hotel geführt werden.“

* Räthsel.

Die beiden Ersten sind Tyrannen,
Die sich die Frauen rasch gewonnen;
Die Letzte ist ein Held der Töne,
Er kränzt in ewig junger Schöne.
Im Ganzen bin ich vor wenig Tagen
Gewandert mit vielem Wohlbehagen,
Ein klares Bächlein im lieblichen Thal,
Ich denke sein viel tausendmal!

Auflösung der Räthsel

in Nro. 51: r, Er, Her, Herr, Heber, Hebler.
„ „ 52: Urland.

Redaction von K. A. Woll, Druck der Jäger'schen Buchdruckerei in Speyer.

Palatina.

Belletristisches Beiblatt zur Pfälzer Zeitung.

Nro. 55. Speyer, Samstag, den 8. Mai 1869.

Eine Jäger=Idylle.

(Schluß.)

Der Schall der Aexte drang deutlich herüber und hätte mir recht wohl als Führer dienen können, aber ich hatte für nichts mehr Sinn und Gedanken, als für das liebliche Wesen, das Bild der reinsten Unschuld, das neben mir ging.

Endlich blieb Susanna stehen und sagte: „Ich muß nun heimkehren; den Weg zu meinem Vater könnt Ihr nicht mehr verfehlen."

Susanna reichte mir die Hand zum Abschiede und ich wagte erst jetzt, mit einer gewissen Schüchternheit, sie an die gewonnene Wette zu erinnern. Tiefe Rothe überflog ihre reizenden Zügen, dann brach sie in ihr gewöhnliches heiteres Lachen aus und sagte: „Die Wette habt Ihr redlich gewonnen, aber Ihr verlangt doch wohl nicht, daß ich Euch geben soll, was Ihr Euch höchstens nehmen dürft?"

Im nächsten Augenblicke hielt ich sie in meinen Arm und drückte einen langen Kuß auf ihre rothen, frischen Lippen.

„Der gilt für zwei", sagte Susanna, indem sie sich lachend meinen Armen entwand, „denn für einen dauerte er doch zu lange."

Ich ließ indeß nicht mit mir handeln, sondern nahm mir den zweiten, dritten und vierten Kuß, ja ich wollte mir einen fünften als Zugabe erbitten, als sie wie ein Aal meinen Händen entglitt, sich einige Schritte von mir hinstellte, und mir auf die muthwilligste Weise auseinander setzte, daß die Wette zwar redlich gewonnen, aber nun auch redlich bezahlt sei.

„So reicht mir wenigstens die Hand zum Abschiede", erwiederte ich, näher tretend und ihr in die schönen Augen blickend. Susanna ließ mich gewähren; ich legte meine Hand auf ihre züchtig bedeckte Schulter, und war eben im Begriff, weit auszuholen, um ihr in der mir damals noch sehr unbequemen englischen Sprache einen recht zierlichen Heirathsantrag zu machen, als sie plötzlich zurücksprang und fast zu gleicher Zeit eine knochige Faust in so unbequemer Nähe vor meiner Nase sich zeigte, daß ich ebenfalls durch einen Sprung mich aus der gefährlichen Nachbarschaft zu entfernen suchte. Mein erster Gedanke war der alte Farmer, aber wider Erwarten erblickte ich ein ganz fremdes Gesicht, welches einem schlanken jungen Burschen angehörte, der mit der Miene eines gräßlichen Wütherichs vor mir stand.

„Ich werde Euch lehren, anderer Leute Bräute zu küssen!" rief er mir zu, indem er den Rock auszog und mich dadurch veranlaßte, das Gewehr fallen zu lassen und die Hand an das Messer zu legen. Ehe der Fremde aber mit seinen Vorbereitungen zum Kampfe fertig wurde, hing die fröhlich lachende Susanna an seinem Halse und sagte ein über das andere Mal: „Mach doch keinen Narren aus Dir und höre mich nur eine Minute an."

Wer hätte solchen Bitten zu widerstehen vermocht? Sogar der wüthende junge Mann, der übrigens ein wahres Musterbild eines kräftigen jungen Farmers war, gab nach, stellte alle Feindseligkeiten für den Augenblick ein und hörte aufmerksam zu, als ihm Susanna von meiner ersten Ankunft im elterlichen Hause, von der Entenjagd und von der Wette erzählte.

Das Gesicht des jungen Mannes erheiterte sich nach jedem Worte mehr und mehr und als Susanna geendet, reichte er mir treuherzig die Hand, während er mit einer gewissen Eitelkeit bemerkte: „Ihr würdet aber wohl keine Enten aus dem See geholt haben, wenn Euch das Mädchen nicht dazu veranlaßt hätte?"

„Gewiß nicht," bestätigte ich und drückte dem jungen Farmer die Hand, obgleich ich ihn, wer weiß wohin, wünschte.

Meine Lust, mich hier anzusiedeln, war indeß vollständig verschwunden. Susanna erzählte wohl, daß ich beabsichtige, der Nachbar ihrer Eltern zu werden und daß sie sich um so mehr darüber freue, weil ja in einigen Wochen ihre Hochzeit sei und sie dann das geliebte Elternhaus verlassen müsse, um in einem andern Hause, weiter oben am Flusse, ihr Regiment als Hausfrau zu beginnen.

Der junge Mann sprach sich ebenfalls anerkennend über meinen Entschluß aus, so daß ich nicht klüger glaubte handeln zu können, als Allem beizupflichten und von der Aenderung meiner Pläne nichts merken zu lassen.

Als ich Miene machte, meiner Wege zu gehen, nahm mich der Herr Bräutigam bei der Hand und sagte: „Nun, da wir uns kennen gelernt haben, lasse ich Euch nicht fort. Ich bin eben zum Besuche hierhergekommen und will nun einige Tage mit dem künftigen Nachbar meiner Schwiegereltern verleben."

Hätten die beiden Leutchen nicht so viel mit einander zu thun gehabt, so wäre ihnen schwerlich der Ausdruck gebräuchlicher Hoffnungen in meinen Zügen entgangen, den ich bei dem besten Willen nicht unterdrücken konnte.

Ich erinnerte mich plötzlich, daß die allernothwendigsten Geschäfte meine Gegenwart in der Stadt erforderten; was hätte mich auch noch an das Blockhaus fesseln können? Doch versprach ich, wiederzukommen und reichte Beiden die Hand zum Abschiede.

„Also auf Wiedersehen!" rief mir Susanna zu, „und jetzt, da mein John da ist, gebe ich Euch aus freien Stücken die Zugabe, die ich Euch vorhin verweigerte."

Mit diesen Worten trat sie zu mir heran und drückte ihre Lippen fest auf meinen Schnauzbart. Der Bräutigam lachte, das muthwillige Mädchen lachte auch und ich stimmte ein; was konnte ich besseres thun?

Dann trennten wir uns. Der junge Mann ging Arm in Arm mit Susanna dem Blockhause zu und ich sah ihnen, so lange sie sichtbar blieben, nach, aber nicht ein einziges Mal schauten sie sich nach dem einsamen Fremdlinge um. Ich wischte mir eine Thräne aus den Augen, wendete mich dem Walde zu und pfiff ein munteres Liedchen, im Herzen aber war ich traurig, tief traurig wie Einer, der recht lebhaft empfindet, daß er „heimathlos" ist. Als ich bei den Holzhauern ankam, erkundigte ich mich nach dem Hochzeitstage des Mädchens, dankte für die freundliche Aufnahme und schied mit den Worten: „Auf Wiedersehen!"

Noch einmal bin ich in jene Gegend gekommen, aber die schöne Susanna sah ich nicht wieder. Drei Wochen später nämlich und gerade einen Tag vor der Hochzeit, in der Mittagsstunde, als alle Bewohner sich in dem Blockhause befanden, hing ich an einen Baum, nahe der Gartenpforte, so daß es bald bemerkt werden mußte, den Rücken eines feisten Hirsches und — entfernte mich ungesehen. Auch ein Brieſchen ließ ich an jener Stelle zurück, und in demselben stand: „Viel Glück dem jungen Brautpaare! Morgen gehe ich nach dem Felsengebirge. Auf Wiedersehen!"

Jahre sind nun seit jener Zeit verflossen. Susanna ist gewiß eine recht brave Farmerin. Auch ich bin schon lange aus einem verwilderten Abenteurer ein gesetzter Familienvater geworden und zwar so, daß ich mich der drohenden Faust des Farmers John recht dankbarlich erinnere. Wenn ich in meiner glücklichen Heimath im traulen Familienkreise sitze, erzähle und beschreibe ich gern, wie hier, Scenen aus meinem früheren Leben, die sich in meiner Erinnerung wie bunte lächelnde Bilder aneinander reihen.

* Walpurgisnacht.

IV.

Hasel und Hollunder spielen im deutschen Aberglauben eine große Rolle. Da wir später in mehreren Aufsätzen deutschen Pflanzensagen, sowie den darauf bezüglichen Volksglauben behandeln wollen, so seien hier nur kurz einige der Hasel zugeschriebene Wirkungen angegeben. Mit einer Haselnuß kann man sich „fest machen", wenn man die Nuß aushöhlt, das Evangelium Johannis auf sehr feines Papier schreibt, es in die Haselnuß steckt und letztere unter das Altartuch legt. An einem Band trägt man alsdann die Nuß am Halse und ist fortan hieb-, stich- und kugelfest. Wer am Morgen nüchtern eine Haselnuß mit Rautenblättern ißt, bleibt den Tag hindurch vor Gift geschützt; Haselstauden sind auch gegen Schlangen gut.

Der verbreitetste Gebrauch der Hasel ist die Anwendung derselben zur Wünschelruthe, welche in dem ältesten deutschen Heidenthum, in den Eddaliedern, im Nibelungenlied, sowie bei allen mittelhochdeutschen Dichtern vorkommt. Man verwendet die Wünschelruthe zur Auffindung von Erzadern und Quellen, zur Entdeckung von Dieben u. dgl. Es gab Feuerruthen, Springruthen und Schlagruthen. Sie bestanden gewöhnlich aus einem einjährigen, gabeligen Zweig von 2—4 Fuß Länge, den man in der Charfreitags- oder Johannismitternacht mit einem noch nie gebrauchten Messer unter Beschwörungsformeln abgeschnitten hatte. Man mußte aber dabei rückwärts an den Strauch gehen, die Ruthe zwischen den Beinen durchziehen und sie abschneiden, auch mußte dabei die linke Hand mit einem weißem Taschentuch umwickelt sein, damit man die Ruthe nicht mit der bloßen Hand berühre.

Der Hollunder (Sambucus nigra), auch Holder, Holler, Ellhorn genannt, ist der Baum der Frau Holle, als solcher hochgeehrt und gepflegt in allen Höfen und Gärten. In seinem Schatten schläft man sicher vor Schlangen und bösen Mücken und ist geschützt gegen allen Zauber. Sein Holz hilft bei verschiedenen Zauberkuren, er ist die billigste und praktischste Apotheke, denn ein Zweig aufwärts geschabt dient zum Brechen, abwärts geschabt zum Abführen. Scheuert man Holz-, Eisen- und Kupfergeschirr mit Hollunderblättern, so kommt kein Gift und kein Wurm hinein. Mit den Todten hat der Hollunder sehr viel zu thun; der Schreiner nimmt heute noch in der Hildesheimer Gegend das Maß zum Sarge mit einem Hollunderstab, mit Hollunderholz wurden in alter Zeit vornehme Leichen verbrannt. Der über ein Jahrtausend alte Judenkirchhof in Prag, ist mit lauter Hollunderbäumen besetzt, was jedenfalls mit diesem Glauben zusammenhängt.

In ganz Deutschland, auch in Frankreich und andern Ländern kommt der Glaube an eine eigene Art Hexenwesen vor, die während der Nacht sich auf den Schlafenden setzen und ihn drücken. Wenn nämlich ein Mensch, besonders ein wohlgenährter, vor dem Schlafengehen den Magen zu sehr mit Speisen anfüllt, wenn die Respirationsnerven krankhaft afficirt sind, wenn er an Blutstockungen leidet, zu enge Kleidungsstücke trägt, oder beim Schlafen auf dem Rücken liegt, so stellt sich häufig ein Zustand ein, bei welchem der im halbwachen Zustande Daliegende einen

Vorstellung hat, als ob ein gespenstiges Wesen, eine Meerkatze, ein Pudel oder dgl. auf ihm sitze und ihn drücke; er versucht vergeblich sich los zu machen oder zu schreien, und wenn es ihm nach vieler Mühe gelingt vollständig wach zu werden, so hat er starkes Herzklopfen, großen Schweiß und fühlt sich matt und beängstigt. Man nennt dies das Alpdrücken. Das Volk aber hält diesen Zustand oft für die Wirkung einer Art Hexe niederer Art, der Mare oder Mahrt, in der Pfalz häufig „Drückmännchen“, in Süddeutschland Trude, Trut, in SchwabenÄtzl, in Westphalen und Oldenburg Walriderske, in Westphalen Lork (Kröte), im Elsaß Toggele genannt. Diese Hexen schleichen zur Nachtzeit umher als Katze, Hund, Marder, Maus oder sonst ein behaartes Thier und quälen den Menschen; sie schlüpfen durch das Schlüsselloch und die Bretterritzen in die Stube, setzen sich dem Schlafenden auf Brust und Kehle, so daß er nicht schreien kann, drücken und kratzen ihn, legen sich auch manchmal als bleierne Nähnadel auf sein Bett. Wenn man dem Alp ein Geschenk verspricht, Geld, Salz, Brod u. dgl., oder ihn zum Frühstück einladet, oder ihn auffordert, am andern Morgen Feuer zu holen, so verläßt er das Bett, kommt aber am Morgen in seiner wahren Gestalt, als Bettelweib oder sonst eine Person. Wenn man das Schlüsselloch oder die Ritze, durch welche der Alp hereingekommen, fest zustopft, so kann er nicht mehr hinaus und ist gefangen; erwischt man den Alp als Katze, so steckt man ihn in einen Sack und bernagelt diese mit den Pfoten fest, dann muß er am andern Morgen in seiner wahren Gestalt erscheinen.

Eine andere Art Zauberleuten ist fast bei allen Völkern bekannt unter dem Namen „Werwolf“. Nach dem Volksglauben, besonders in nordischen Gegenden, gibt es Menschen, die von Geburt aus die Wolfsnatur haben; in Oldenburg glaubt man, daß unter sieben Söhnen einer Mutter immer ein Werwolf sei. Solche Menschen werden durch einen unwiderstehlichen Trieb dazu gedrängt, etwas vom Menschen zu zerreißen, sei es auch nur ein Kleid oder einen Hut. Die Verwandlung in Werwölfe dauert oft blos wenige Stunden und geschieht, indem sich der Mensch einen Wolfsriemen, aus Menschenhaut, Wolfsleder oder der Haut eines Gehenkten gemacht, um den bloßen Leib schnallt. Der Werwolf fällt Vieh und Menschen an und zerreißt sie; man kann ihn erlegen, wenn man die Flinte mit Hollundermark ladet, in Ostpreußen mit einer Kreuzkugel, die Wunde bekommt dann der Mensch, der der Träger der Werwolfsnatur ist. Wird der Werwolf getödtet, so findet man einen todten Menschen. Menschen welche Werwölfe sind, haben Fasern (von zerrissenen Kleidern) zwischen den Zähnen, oft auch zusammengewachsene Augenbrauen, Wolfsschwänze zwischen den Schulterblättern, zwei Wirbel auf dem Kopfe u. s. w. Der Glaube an Werwölfe stammt aus der heidnischen Urzeit, wo der Wolf für Wodans Thiere galt; auch kommen in den alten deutschen Göttersagen häufig Verwandlungen in Wölfe und andere Thiere vor.

Das ist ein Stückchen deutschen Volksaberglaubens; es wäre interessant, die verschiedenen Zauber- und Hexengebräuche, wie sie speciell in unserer Pfalz sich noch vorfinden, kennen zu lernen, und wenn Einer der Leser vielleicht die Güte hätte, der Redaction der „Palatina“ Nachrichten hierüber zukommen zu lassen, so wäre diese ihm sehr dankbar. In einem späteren Artikel könnte alsdann speciell vom „Aberglauben in der Pfalz“ die Rede sein.

Miscellen.

* Speyer. (Musikalisches.) Wenn ich es unternehme, über die neuesten musikalischen Leistungen des Cäcilienvereines dahier Bericht zu erstatten, so muß ich vor Allem bemerken, daß mich ein gewisses Hochgefühl darüber, daß es eben Gutes zu berichten gibt, dazu antreibt.

Cäcilienverein und Liedertafel haben sich zwar entzweit und hiedurch zunächst die Lösung umfangreicher Aufgaben sehr erschwert; diese Entzweiung aber, die, wie ich glaube, nicht bis zum Herzen gedrungen, gab zunächst Veranlassung, daß jeder dieser Vereine nun alle Kraft für sich allein aufbot, um seinen Mitgliedern etwas Erklecklisches bieten zu können. Man arbeitete jetzt so zu sagen um die Wette. Die Liedertafel, deren vorzügliche Leistungen im Männergesang bekannt sind, wußte auch einen stark besetzten gemischten Chor zusammen zu bringen — um so mehr, da vor Allem die weiblichen Chormitglieder den ausgebrochenen Zwist ignorirten und hüben und drüben mitsangen, wie es sich für musikalische Seelen geziemt.

Der Cäcilienverein griff die Sache umfassender an. Er mußte zwar, der Liedertafel gegenüber, auf den Männerchor verzichten, schaarte aber gleichfalls einen zahlreichen gemischten Chor zusammen, was theils wieder durch die milde Herzensstimmung manches freundlichen Tafelsängers, theils durch die freundlich gestattete Mitwirkung einer Anzahl von Schulseminaristen ermöglicht wurde. Diese lieferten sehr erhebliche Leistungen, sowohl im Sologesang, als auch auf besonderen Instrumenten. In ersterer Beziehung nenne ich die Vorträge eines jungen sehr beachtenswerthen Tenors, des Herrn Reg.-Accessisten Max Huber, z. Z. in Würzburg; in letzterer das virtuose Spiel des Herrn Waller auf dem Piano, des Herrn Schwendemann auf der Violine, des Herrn Haber auf dem Horn.

Was aber die Productionen besonders bereicherte und denselben den günstigsten Erfolg bereitete, waren die Leistungen eines Orchesters, dessen Zusammensetzung und Wirksamkeit in diesem Grade der Vollendung hier bisher wohl noch nie gelungen war. Dem Vorstande des Cäcilienvereines ist es nämlich gelungen, einen Dirigenten zu finden, der in der Einübung und Leitung musikalischer Productionen nicht nur eine höchst schätzbare Gewandtheit und Virtuosität besitzt, sondern auch die ihn auszeichnende Begeisterung und Hingabe an die Sache den mitwirkenden Kräften gleichsam einzuhauchen versteht. Es ist Herr Kapellmeister Dr. Muck von Würzburg, dem wir das Gelingen von zwei Concerten, am 6. März und 20. April l. J., verdanken, in welchen wir außer den eingedrillten Einzelleistungen vom Orchester die Ouverture zu „Ruy-Blas“ von Mendelssohn, eine Fest-Ouverture von Brand und die Ouverture zur Oper „Rienzi“ von Wagner; dann vom Chor mit Orchesterbegleitung ein Ensemble aus der Oper „Jessonda“ von Spohr, das Finale des ersten Actes aus „Loreley“ von Mendelssohn, zwei sehr niedliche Chöre von dem Dirigenten und das „Halleluja“ aus dem „Messias“ von Händel zu hören bekamen. — Da gab es eine wahrhaft festliche Stimmung. Man fühlte, wie die Kräfte aller Glieder wachsen, wenn das Haupt ein tüchtiges ist.

Es kann hier nicht der Ort sein, mich über die aufgeführten Compositionen auszusprechen. Sie sind fast alle allgemein bekannt, und es ist ihr theils absoluter und klassischer, theils ihr [illegible] Werth außer Frage. Wir haben sie schon besser gehört als hier, an Orten, wo man Concerte ersten Ranges zu hören gewohnt ist — und doch müssen wir bekennen, haben wir uns dabei kaum mehr erfreut, als hier, so gelungen war die Ausführung für Speyer.

Für viele Orte mag diese Bemerkung von Interesse sein; für Speyer ist sie vielleicht ein kleiner Impuls, in den eitlen Bestrebungen für eine Kunst zu verharren, in welcher die Lösung jeder Disharmonie zu den wohlthuendsten Empfindungen gehört.

Aus Wien, 4. April, berichtet die „N. Fr. Pr.": Herr Schaufert hat in diesen Tagen Herrn Director Wolff ein [illegible] Lustspiel: „Paganini's Brautwerbung", vorgelesen. Morgen bricht er nach der Steiermark auf, um die beiden Novitäten: „Ein seltsamer Prinz" und „Bäckerlani in Wien", zu vollenden. Erst jetzt ist die pikante Thatsache ruchbar geworden, daß sich Herr Schaufert bei der Preisbewerbung außer mit „Schach dem Könige" noch mit vier anderen Stücken betheiligt hat.

Der „Post" schreibt man von der Weser vom 1. Mai: „Die Abfahrt der Nordpol-Expedition ist auf den 7. Juni festgesetzt. Die Schiffe werden ihren Cours direkt nach der Insel Jan Mayen nehmen, zwischen dieser und längs der Küste nordwärts fahren und zwischen dem 74. und 76. Grad nach einer Oeffnung suchen, um weiter nordwärts vorzudringen. Gelingt das bis Mitte August nicht, so denkt man die grönländische Küste zu verlassen, nach Spitzbergen hinüberzugehen und dort oder in Gilesland zu überwintern. Das Kapital, welches der Expedition zu Gebote steht, beträgt 88,000 Thaler.

Um 130 Millionen Gulden kommt in Europa jährlich Holz in den Handel. Schweden und Norwegen exportiren jährlich an Holz nahezu einen Werth von 80 Millionen Gulden, welchen sich zunächst das österreichische Holz mit ca. 30 Mill. Gulden anschließt. Um je 6 Mill. Gulden gelangt Holz aus dem Weichselgebiete, aus Rußland und aus den Vereinigten Staaten von Amerika in den Handel. Als Consumenten dieses Holzquantums treten Frankreich und England in den Vordergrund, welch letzteres seinen Holzverbrauch von beinahe 60 Mill. Gulden größtentheils aus Schweden und Norwegen deckt. Die Nordseehäfen scheinen beim Export mit ca. 16 Mill. Gulden betheiligt, und da sind es wieder Schweden und Norwegen, welche die namhaftesten Summen liefern. Spanien, Portugal und die Häfen des Mittelmeeres beziehen im Ganzen um 10 Mill. Gulden jährlich; davon um 4 Mill. Gulden aus Oesterreich und um 6 Mill. Gulden aus Schweden und Amerika.

Nizza hat einen seiner ältesten und getreuesten Wintergäste, einen reichen Engländer, Namens Thomas Coventry, verloren. Er hatte sich unter Anderem in den Kopf gesetzt, auf seine Kosten die Uhren in der Stadt zu reguliren, die allerdings sehr indisciplinirt sind. Seit vielen Jahren konnte man auf den Dächern des Hotels Chauvain Maschinen sehen, an denen große schwarze Ballons auf- und niederbewegt wurden, und nebst diesen eine Menge von Teleskopen und anderen astronomischen Instrumenten. Von dort gingen Signale ab, die mit dem alten Schlosse correspondirten, auf dessen Plattform Coventry eine Kanone und einen Artilleristen mit brennender Lunte placirt hatte. Zur Mittagsstunde ließ er die Ballons fallen und die Kanone lösen, wie dies im Palais Royal geschieht. Die Leute in Nizza sagten dann: „Coventry wirft jetzt." Im Winter ging Alles vortrefflich, und auch die Uhren gingen in Nizza recht; doch wenn Coventry im Frühling die Stadt verließ, um nach England zurückzukehren, riß wieder die alte Verwirrung ein und die Uhren emancipirten sich wie die Schuljungen, wenn sie auf Ferien gehen. Coventry ist im Hotel Chauvain gestorben, wo er durch zwanzig Winter gewohnt hat.

Wie die schlagenden Wetter in den Steinkohlengruben bewiesen und wie die Natur der Kohlen auch nicht anders erwarten läßt, befinden sich dieselben in fortdauernder Umwandelung. Eine solche Umwandelung findet auch statt, wenn die Kohlen in der Luft liegen. Der Sauerstoff der Luft wirkt dann oxydirend ein und bildet Kohlensäure und Wasser. Nach Varrentrapp geschieht dies bei allen Temperaturen zwischen 0—180°, und zwar bildet sich um so mehr Kohlensäure, je höher die Temperatur ist, auch findet Wärmeentwickelung statt, sobald die Kohlensäureentwickelung beginnt [illegible]. Eine solche Steigerung der Temperatur zeigt sich nicht selten in Kohlenhaufen, und es muß dann jedenfalls ein großer Verlust an Kohlenstoff erwartet werden. Verliefe der Oxydationsproceß 100 Tage in der Weise wie in den Varrentrapp'schen Versuchen bei 150—160°, so würde mehr als 1/3 des Kohlenstoffs in Kohlensäure verwandelt werden. Marsilly hat gefunden, daß in einer gut backenden Kohle schon bei 50° eine Entwickelung von Gas begann, die aber erst bei 100° erheblich wurde. Die Beobachtungen Varrentrapp's sind kürzlich von Richter's „Polytechn. Journ." bestätigt worden. Derselbe beobachtete aber zugleich eine deutliche Gewichtszunahme des erhitzten Kohlenpulvers, welche nach 20stündigem Erhitzen ihr Maximum erreicht. In einem Versuch wurde bei 190° ein langsamer Luftstrom über Kohlenpulver geleitet, dabei oxydirten sich in 10 Stunden 0,74 Proz. Wasserstoff zu Wasser und 1,17 Proz. Kohlenstoff zu Kohlensäure, und trotzdem fand eine Gewichtszunahme von 4,21 Proz. statt. Die erhitzte Kohle zeigt außerdem folgende Veränderungen: das specifische Gewicht nimmt zu und steigt von etwa 1,3 auf 1,5. Die vorher gut backende Kohle liefert nach dem Erhitzen kein Coaks, sondern verhält sich wie die Sandkohle im eigentlichen Sinne des Worts. Glüht man rasch, so tritt außerordentlich starkes Aufbrausen ein, und die entweichenden Gase, welche eine Menge Kohlenstückchen mit fortreißen, brennen mit nicht leuchtender und nicht rußender Flamme. An eine einfache Absorption von Sauerstoff ist mithin nicht zu denken, gegen eine solche spricht namentlich auch die stark saure Reaction des Destillats. Endlich ist die erhitzte Kohle auch bedeutend hygroskopischer geworden.

(Zur Geschichte der Wurst.) Schon bei den alten Griechen und Römern ist die Wurst eine beliebte Speise gewesen. Aus der griechischen Benennung der Wurst, welches Wort an allium, Knoblauch, erinnert, scheint hervorzugehen, daß die Alten Knoblauchwürste fabricirt haben. Auch bei den Römern erzählt Martial und Seneca vom botularius oder Wursthändler. Die Blutwurst scheint zuerst zur Zeit des morgenländischen Kaisers Leo IV. (886—911) das Licht der Welt erblickt zu haben. Genannter Kaiser erließ nämlich gegen dies harmlose Fabrikat folgenden, wahrhaft blutdürstigen Erlaß: „Wir haben in Erfahrung gebracht, daß die Menschen geradezu so toll geworden sind, theils des Gewinnes, theils der Leckerei wegen, Blut in eßbare Speisen zu verwandeln! Es ist uns zu Ohren gekommen, daß man Blut in Eingeweide, wie in Säcke, einpackt, und so als ein gewöhnliches Gericht dem Magen zuschickt. Wir können nicht länger zusehen und zugeben, daß die Ehre unseres Staates durch eine so frevelhafte Erfindung blos aus Schlemmerei frevelhafter Menschen geschändet werde. Wer Blut zur Speise umschafft, er mag nun dergleichen kaufen oder verkaufen, der werde hart gegeißelt und zum Zeichen der Ehrlosigkeit bis auf die Haut geschoren. Auch die Obrigkeit der Städte soll nicht gestraflos ausgehen zu lassen; denn hätten sie ihr Amt mit mehr Wachsamkeit geführt, so wäre eine solche Unthat nie begangen worden. Sie sollen (jetzt kommt die Moral) ihre Nachlässigkeit mit 10 Pfund Goldes büßen." — Da noch heute die Blutwurst nicht ausgestorben ist, scheint doch dieses furchtbare Edikt den allerunterthänigsten Unterthanen sehr — „wurscht" gewesen zu sein!

Redaction von A. L. Wolf. Druck der Jäger'schen Druckerei in Speyer.

Palatina.

Belletristisches Beiblatt zur Pfälzer Zeitung.

Nro. 56. Speyer, Dienstag, den 11. Mai 1869.

Pfälzische Sagen.

VII.

Gründung des Klosters Limburg.

Von Jäßig.

Im Schatten seiner Linden, auf seinem Limburg-Gut,
Sah Konrad einst, der Kaiser, das edle Frankenblut.
Wohl war ihm diese Veste, wie wenigen nah und fern,
Der Stammsitz seiner Väter, der ritterlichen Herrn.

Drum kam er oft geritten von Worms aus hohem Saal,
Zu ruh'n von mancher Arbeit mit Feder oder Stahl.
Bald streift er durch die Wälder, bald saß er auch zu Haus
Und übersah die Felder des Worms- und Speyer-Gau's.

Dort sitzt er jetzt und sinnet; doch strahlt sein Auge mild,
Von wundersamen Träumen die Brust ihm heimlich schwillt;
Denn schön und immer schöner schwebt's seinem Auge vor
Von seines Stamm's Erblühen und von des Reiches Flor.

Vom Ritter zum Gebieter, zum Grafen dann hinauf,
Zum Herzog, jetzt zum Kaiser, so stieg sein Haus ihm auf.
Bald werden Leh'n und Leben heimfallen seiner Hand;
Bald wird sein Banner wehen am fernen Meeresstrand.

Stark werden wird der Kaiser; groß werden wird das Reich;
Bald vor dem Sterne Deutschlands wird wohl manch and'rer bleich.
Noch etwas Zeit dem Konrad! Und sollt' es anders sein,
Rasch holt den zweiten Konrad der dritte Konrad ein.

„Wo bleibt er doch, der Knabe? Er hat wohl gute Jagd,
Die hent' ihm fern im Forste, die Zeit vergessen macht.
Doch, denk' ich, nicht mehr lange, so kommt er hergesprengt,
Siegprangend vorzuzeigen, was ihm der Wald geschenkt.

„Auf den darf Deutschland hoffen. Wie blickt er kühn umher;
Wie scheut ihn schon im Forste der Eber und der Bär;
Wie hat er schon begriffen — doch, horch da, welch' ein Schrei'n!
Das ist nicht Laut der Freude, da muß ein Unglück sein."

Ein Knappe kommt geritten: „Herr König, ach und weh!
Gestürzt ist Euer Söhnlein vom Steilweg an dem See.
Herauf den Bergweg kam er, getrost in gutem Trab;
Doch scheut sein Roß und bäumet sich, und stürzt die Schlucht hinab."

Ein Andrer kommt gelaufen: „Herr König, ach und weh!
Starr liegt in der Tiefe das Söhnlein an dem See.
Man ruft, es hört nimmer; man forscht, es athmet nicht;
Erloschen, ach, für immer ist seiner Augen Licht."

Der Kaiser ringt die Hände: „O weh, mein Sohn, mein Sohn!
Was hilft mir jetzt mein Reichthum, was helfen Kron' und Thron!
Jetzt weg, ihr stolzen Pläne! Jetzt weg auch dies mein Haus!
Mag's keiner nicht bewohnen; ein Kloster werd' daraus!

„Dem Abt Poppo reicht, gen Stabelo hinaus,
Ich schenk' ihm dies mein Erbgut, zu sein ein Gotteshaus;
Viel Messen man hier lese, damit, zu seinem Lohn,
Der Herr dem Kindlein gnädig — O weh, mein Sohn, mein Sohn!"

Eine Geldheirath.

Eine einfache Geschichte von J. Heigelder.

I.

Der Carneval ist aus. Langsam und ängstlich bricht der Frühling an und in vielen Familien mit reichen Töchtern und muntern Söhnen kehrt allmählig Ruhe und Behaglichkeit nach den Zerstreuungen des Winters ein. Lange freilich währt dies gemächliche Fürsichleben nicht. Man rüstet bald zu neuen Vergnügungen, zu Badreisen und Touristenzügen; die bewegte Brust will sich reinspülen vom Staub der Ball- und Concertsäle. Nicht Schwefel- und ähnliche Bäder genügen nun mehr, man hat es für nöthig gefunden, in frischer Gebirgswelt sich zu lüften, Kletterübungen über Fels und Geröll anzustellen und in die vielgerühmte Naivetät der Gebirgsbewohner, bisher nur vom verschwiegenen Künstler belauscht, die eigene, Erquickung suchende Blasirtheit zu tragen. Da sehe man in jene Nachbarstadt der Berge, nach München hinein! Welch ein lebendiges Drängen und Treiben, sobald der erste Schnee auf den Bergen schmilzt, die ersten Heuschober duften! Welch Suchen und Jagen nach malerischen Aussichten, romantischen Seen, im Gebirge selbst, und mitten in diesem Treiben doch wieder das alte Bild häuslicher Einrichtung mit Strickstrumpf und Kaffeegesprächen! Freilich flüchtet sich auch manche Seele aus innerstem Bedürfniß in die Berge, sammelt still in sich das Geschaute und läßt es zu lebendigem Bilde reifen; aber im Allgemeinen bringt diese Welt wenig Herz und Empfänglichkeit mit für diese Natur, dagegen viel laute, erheuchelte Bewunderung und manchen heimlichen Aerger nach Hause zurück.

Vor dem „Hofwirthshaus" in Oberaudorf hält ein schwerbepackter Reisewagen. Der Postillon hat mit lustigem Horn die Gäste an die Fenster gerufen und vom Hofwirth, einem Italiener, bewillkommt, beschreiten die Ankömmlinge unter vielseitiger Musterung die Schwelle. Kaum eine Viertelstunde war zur Toilette verbraucht, da ließ auch die neue Familie sich bereits im Gastzimmer blicken: Mutter, Sohn und Tochter. Die Geschwister unterhielten sich mit großer Innigkeit und nur die Mutter lehnte verdrießlich am Fenster und mühte sich ab, waldbehangene Felsen, luftige Berge, wohl gar Schnee und die kleidsame Gebirgstracht der Leute zu entdecken; ach, und sie sah nur in die leblose Straße eines Dorfes wie andere auch, und konnte die Steine auf den Dächern zählen, die sie allein an's Gebirge erinnerten.

Auf ihre Klagen beruhigte sie die Tochter. „Sieh', liebe Mutter, hinter diesen Häusern starren die ewigen Berge, dort im Thal glänzt der Inn und draußen vor dem Thor winkt vom Fels eine einsame, kleine Kapelle! Das Alles hast du im Wagen heute verschlafen und um so überraschter wirst du vor diesen Herrlichkeiten stehen."

„Schon recht," entgegnete die Mutter; „aber Bertha, wir werden auch müde und satt werden von dem anstrengenden Genuß, die schlimmen Gebirgsregen werden herniederschießen und da schau' dir eine solche Gesellschaft an: kalt und eisig wie Gletscher, neugierig und zugleich verschlossen, aufdringlich, wie mir deucht, und doch gleichgültig! Wenn Julius sich wieder an seinen Beruf spannen muß, wie wollen wir den langen Sommer verbringen?"

„O Mütterchen," lachte Bertha mit übermüthigem Spott, „und du denkst nicht an die seufzenden Herren, die knieenden Schwärmer, an die zärtlich bemühten Führer mit Frack und Alpenstock? Denkst nicht der freundlichen Frauen, die der reichen Banquierstochter liebkosen und mit dir von ihren feinen Söhnen plaudern?"

„Närrisches Kind, das ist alles Spielzeug für eine Stunde, und es ist deine Art, solchem Volk gar bald den Abschied zu geben! Da will mir etwas Besseres in den Kopf," setzte sie, halb Ernst, halb Scherz, hinzu; „da berufen wir dir einen beständigeren Verehrer, einen Bräutigam, als sichern Führer durch's Gebirg und durch's Leben!"

„Ja, Mütterchen," spottete Bertha, „und ganz aus Marzipan muß er sein, und statt den Augen trägt er süße Rosinen und die weißen Zähne sind vom flimmerndsten Zucker geformt."

„Muthwilliges Mädchen! Aus deinen Worten seufzt doch der Gedanke: Ach, hätt' er nur flammende Augen, wallende Locken, bleiche Denkerstirn und ein Herz warm und groß wie unsere Julisonne! Aber hüte dich, es könnte doch einmal ein Mann vor dich treten, nicht wie ihn die Dichter schildern, sondern gewöhnlich Fleisch und Blut, aber ehrlich und brav und das schwärmerische Kind müßt' ihn doch an's Herz ziehen, nicht den Geliebten, sondern einfach nur den ehrbaren Verlobten und Eheherrn! Es möchten Zeiten kommen —"

„Laßt sie!" fiel verdrießlich der Bruder ein; „Bertha ist edel und verständig; was kommen muß, das komme! Jetzt aber wollen wir mit den Gästen hier zusammen speisen und sehen, ob zum Dessert eine nähere Bekanntschaft mit ihnen geboten wird!"

Und wirklich näherte man sich freundlichst, kam vom gleichgültigsten Wettergespräch auf tiefer anregende Gegenstände, hatte allmählig Rang und Stand gegenseitig herausgefühlt und die reiche Banquierstochter stand bald in jener leichten Vertraulichkeit mit den Gästen, die oft mehr als Gebirgsluft und Naturwunder unsere nach Neuem lechzende Welt in diese Gegenden zieht.

Partieen, unter zahlreicher Begleitung ausgeführt, gemeinsamer Tisch und trauliche Abendunterhaltungen hatten nun so vierzehn Tage in freundlicher Zerstreuung fortgenommen. Bertha war viel umschwärmt und bewundert, aber in ihr that sich manchmal eine ungeahnte Oede auf und ihr Herz fühlte sich krank; ihr war es, als legte schon ein hartes Geschick seine rauhen Finger darauf. Sentimental war Bertha nicht; überreizte Geistesrichtung hatte sich noch nicht wie ein böser Reif auf ihre Nerven gelegt, ihr Herz war frisch und ihre Lebensanschauung gesund und einfach. Und doch war sie eben erst, fertig geschult, aus einer Mädchenpension gekommen. Daß sie unbelastet von jenen wunderlichen Ansprüchen an Leben und Geschick, wie sie Andere mit fortnehmen, und unverkümmert ihr Herz mit herausgebracht, zeugte sicher von ursprünglichem, tüchtigem Kern in ihr. Freilich hatte sie, das verzogene, reiche Kind, bisher nicht anders als die meisten ihrer Schulschwestern ihre Tage durchtändelt. Jetzt eine Voß'sche Phantasie durchklingen, ein Lied von Mendelssohn mit Anstand singen, dann eine heimliche Arbeit zu einem Wiegenfeste, dazwischen das Geplauder süßer Tante und das Geklingel modernster Verse, ein Ball, eine Landpartie mit der nothwendigen Schwelgerei: das ist so des Lebens reicher Rosenkranz, an dem die Mädchen heutzutage ihre Freuden abbeten!

Nun aber durchrieselte eine sonderbare Ahnung alle ihre Adern und ihrer Mutter warf so seltsame Worte in ihre Reden, und Julius, der Student, der immer mit brüderlicher Zärtlichkeit an ihr gehangen, ward täglich verschlossener. Bald sollte sie klar werden und doch wieder dunkel bleiben über Das, was man ihrethalben verhandelte.

Man hatte zusammen eine größere Fahrt unternommen; die Damen und älteren Herren der Gesellschaft waren in offenem Wagen den Fahrweg nach dem Schliersee gerollt, die jungen Herren hingegen stiegen mühsam die Oberaudorfer und Zeller Alpen hinan, vor dem Gumpflall und der Grafenherberge vorüber und kamen über Bayrisch-Zell, immer eingesperrt in hohe, dunkle Bergwände, an den kleinen, ruhig fluthenden See. Bertha war die einzige Dame, die es mit den Herren unternahm, den beschwerlichen Weg durch Waldgestrüpp und Steingeröll zu suchen.

Es war dies kein unweibliches Heraustreten aus ihrer eigensten Natur, denn als sie hinabkommen nach Zell, zur Seite den Wendelstein, vor sich den Seeberg, erklärte sie das mit den einfachen Worten: „An die gewaltige Schönheit dieser Alpen, an dies einfache Almleben werd' ich nun immer denken; denn wo mir je etwas Mühsames auf die Schultern gelegt wird, muß es mich an die Anstrengung mahnen, die ich ausgehalten und keuchend tritt dann vor meine Seele der Genuß, den ich dadurch gewonnen. Die Blumen, die man so mühelos abpflückt, wirft man auch leicht wieder in den Staub der Straße."

Im „Schifferwirthshaus" in Schliersee, welch eine muntere, behagliche Wirthschaft! Unsere Familie fand so viele Münchener Freunde wieder, hatte so viel Neues zu erfahren, daß es bereits Nacht geworden war und man es auf den andern Tag verschob, den See zu befahren. Da brach mitten durch das Gewühl der laute Ton eines Posthorns; bald öffnete sich die Thür und aus dem Gewühl heraus drängte sich Bertha, die dem Ausgang gegenüber gesessen und warf sich zärtlich an die Brust eines Mannes. Der Vater war es, der so überraschend die Seinigen wiederfand. Auf die natürliche Frage seiner Frau, was ihn hier an den See geführt habe, wandte er sich entschuldigend zu einem jungen, schlanken Mann um, der unbeachtet mit ihm eingetreten. Herr Lobach wurde mit auffallender Freundlichkeit als Neuling in Gebirgsreisen vorgestellt, der in der Absicht, zu Oberaudorf einige Zeit von der Ueberlast der Geschäfte auszuruhen, hier auch einen Gebirgssee sich ansehen wollte. Gewandt und leicht wußte der Fremde das Gespräch zu schüren und fortzuführen, sichtlich aber zeichnete er dabei Bertha aus. Der Bruder saß verstimmt und einsilbig daneben, und als die Schwester ihm die Hand reichte zum „Gute Nacht!" fragte er sie gezwungen: „Nun, wie behagt dir der neue Ankömmling?"

Da rief Bertha, plötzlich mit weiblichem Gefühl das ganze Gewicht dieser Worte herausfindend: „Also gefallen soll er mir?"

Julius nickte ernst und zog die Thür hinter sich zu. Bertha stand lange sinnend am Fenster; der See blitzte so bescheiden herüber; drüben, das dunkle Nachtgewand übergeschlagen, standen schweigend die Vorberge und dazwischen stieg vom Schenkzimmer in kurzen Pausen Lärm und Gelächter herauf. Ein ganzes Leben litt Bertha hier in sich durch, und als sie weglschritt von der Böschung da war es ihr, als ginge sie an ihr Sterbebett und habe die Aufgabe ihres Lebens nicht verstanden noch gelöst, und sie bat Gott um eine neue Seele und quälte sich ruhelos ab mit den Gedanken an die Bestimmung des Weibes.

(Fortsetzung folgt.)

Das Wanderleben der niederen Thiere.

Von Karl Ruß.

(Fortsetzung und Schluß.)

Dem Kabeljau schließt sich gleich die Kapelline oder der zottige Salm an, ein kleines, kaum acht Zoll langes Fischchen, welches eben dort in wahrhaft erstaunenswerther Menge vom März bis Juni sich in dichtem Gewimmel in die kleinen Buchten und Flußmündungen drängt und einerseits als die ergiebigste Nahrung für die armen Grönländer, andererseits als Köder zum Kabeljaufang von großer Wichtigkeit ist. Ihre Züge sind oft fünfzig englische Meilen lang und breit und ihr an dem Meergrase rc. abgesetzter Laich wird oft in solchen Massen an den Strand geworfen, daß das Meer weithin davon gelb gefärbt erscheint.

Dann folgt die Makrele, von welcher Kohl nach der Beschreibung eines Kosacken sehr ergötzlich erzählt: „Im Winter ist der Skumbria (eben die Makrele) tief unten am Grunde des Meeres, im Frühlinge aber kommt er herauf und geht hier, bei Odessa, an den Küsten vorüber in die Buchten, wo er im Sommer sich herumtreibt. Im Herbste kehren die Schaaren aus den Buchten, wo sie sich recht rund und fett gefressen haben, wieder zurück. Sie können die Kälte nicht ertragen und wissen im Voraus, wann kaltes Wetter eintritt. O, es sind kluge, verständige Fische! Dann brechen sie plötzlich alle auf wie eine Heerde Pferde oder wie die Franzosen aus Moskau — und wir wissen allemal sicher, daß, wenn die Skumbria so schnell verschwinden, wir nach ein paar Tagen Winter haben. Ich erinnere mich vor acht Jahren, da stand ich auch hier; das Wetter war noch schön und warm. Da rief mir ein Junge von dort oben zu, ich solle einmal aufschauen, es kämen Fische um das Vorgebirge des Leuchtthurmes. Anfangs war nur das Meer gefärbt und gekräuselt. Aber bald sah ich sie wie einen Sturm herankommen. Millionen über Millionen und alle so flink wie die Mäuse, als wenn der Teufel sie jagte. Puh! daß Gott erbarm', wie ein Heuschreckenheer. Eine ganze Heerstraße von Fischen mitten im Meere. Die Fischer hatten einen guten Tag; denn obwohl sie nur einige Sellerplänkler einzufangen vermochten, so bekamen sie doch so viele, daß sie kaum die Hälfte einsalzen konnten und die Armen den Rest fuderweise wegholten. Aber das war auch der letzte gute Tag, denn zwei Tage darauf kam ein großes Schneegestöber und bedeckte den Himmel mit Wolken. — Der Skumbria hatte das längst vorher gemerkt. Ein kluger Fisch, ein gescheidtes Thier!"

Nicht minder bemerkenswerth und ebenfalls wichtig ist der Thunfisch. Er zieht — hauptsächlich im Mittelmeere — in Schaaren von vielen Tausenden, welche eine dreieckige, nach vornhin sehr zugespitzte Anordnung (gleich den Lachsen u. a.) inne halten sollen, an den Küsten von Frankreich, Spanien, Italien und namentlich der Inseln Sardinien und Sicilien, Elba, Corsika rc. vorüber.

Außer diesen wandern noch in allen europäischen Meeren der Steinpicker, der Meeraal, der Hornhecht u. a.; im Mittelmeere: das große Petermännchen, die weiße, schwarze und braune Meergrundel (auch im Eismeere), der Langflosser, der Stutzkopf (auch im Großen Ocean), der gemeine und der rosenrothe Goldbrassen, der gemeine Sandaal u. a.; in den nordischen Meeren: der gemeine Seewolf, der Leng, der Stichler (Nord- und Ostsee), der Schwertfisch (in Nord- und Ostsee, ebenso aber auch im Mittelmeere), der Sprott (Nord- und Ostsee, nur bis Island hinauf), der britische Dorsch, die Heilbutt oder Heilflunder, der Pilchard u. s. w. Jedem aufmerksamen Naturbeobachter wird es bekannt sein, daß auch sämmtliche Fische unserer Binnengewässer ähnliche Wanderungen unternehmen, indem sie mit der beginnenden rauhen Witterung ihre bisherigen Aufenthaltsorte verlassen und in die Tiefe oder an andere Stellen sich zurückziehen.

Hiermit dürfen wir das Wanderleben der Fische als in allgemeinen Umrissen abgeschlossen erachten.

Ein merkwürdiges Kinderasyl.

„Sinite ad me venire parvulos!“ (Lasset die Kindlein zu mir kommen!) so lautet die Inschrift an einem jüngst erbauten Hause in Newyork, dessen Entstehungsgeschichte lieblichen Stoff zu einem kleinen Roman geben könnte. Lieblicher ist's aber, daß sie nicht auf Dichtung, sondern auf vollster Wahrheit beruht und den Beweis liefert, daß „Dankbarkeit auf Erden nicht ausgestorben sei.“

Vor länger als zwanzig Jahren wanderte ein Deutscher, mit Namen Steinbecker, nach Amerika aus, um dort, gleich so vielen Anderen, goldene Berge zu suchen. Obgleich er aber mit seinem Weibe, das er in Newyork geheirathet, im Schweiße des Angesichts arbeitete, blieb statt des gehofften Glückes die Noth unter ihrem Dache der tägliche Gast, mit dem ja so Mancher dort erst bekannt wird, nachdem er ihn in der alten Heimath zurückgelassen zu haben vermeinte. Ihr einziger Knabe machte schon die ersten Kinderjahre, die sonst von der Sonne heiterer Lust beschienen sind, in tiefem Elende verleben. Eines Tages war auch das letzte Stückchen Brod aufgezehrt; der Vater war nach dem Hafen gegangen, um Arbeit zu suchen, die Mutter hatte sich aufgemacht, um bei Mitleidigen eine Hilfe zu erbitten. Nach mehreren Stunden zurückgekehrt, fand sie zu ihrem Schrecken die Kammer leer, das dreijährige Kind war verschwunden. Alles Fragen und Suchen nach demselben war vergeblich, auch die Nachforschungen der Polizei hatten kein Resultat, ein Tag, eine Nacht nach der andern verging in Thränen, das Kind kehrte nicht wieder. Endlich entschlossen sich die verzweifelten Eltern, nachdem auch der letzte Hoffnungsstrahl erloschen war, einen Ort zu verlassen, wo jede Gasse ihnen den Verlust ihres geliebten Knaben in's Gedächtniß rief. Sie verkauften den Rest ihrer geringen Habe, und begaben sich in dem Zwischendeck eines Auswandererschiffes nach Californien. — Jahre vergingen, an Steinbecker dachte in Newyork Niemand mehr. Da landete eines Tages ein californisches Schiff im Hafen. Unter den Passagieren war ein Mann von etwa vierzig Jahren, dessen Kleidung und Haltung auf Reichthum schließen ließ. Eine fein gekleidete Dame war an seiner Seite, aber ihr Angesicht war bleich und kaum hatte sie das Land betreten, so schweiften ihre Augen wie ängstlich suchend umher. So gingen sie eine Strecke, da drängte sich ein zerlumpter Bettlerjunge an sie, eine Gabe heischend. Die Frau sieht dem Knaben in's verkümmerte Angesicht, seine Stimme bewegt eigenthümlich ihr Herz, sie kann es nicht lassen und reicht ihm einen Dollar. Der Junge betrachtet die reiche Gabe, sieht der Geberin nochmals in's Antlitz, um ihr zu danken, und sinkt ohnmächtig zusammen. Die beiden fassen das Kind, eine mächtige Ahnung erfüllt das Mutterherz: ihr Kind ist wiedergefunden! In Californien war Steinbecker reich geworden, sie hatten ihres früheren Elendes, aber ihres Kindes nimmer vergessen und nun liegt es in ihren Armen! — Es ist uns nicht mitgetheilt, was sich mit dem Wiedergefundenen seit jener schrecklichen Stunde zugetragen hatte und wie sie zur zweifellosen Gewißheit gelangt, daß hier keine Täuschung obwalte. Zum Danke aber für die Gnade Gottes, die ihre große Traurigkeit so unverhofft in Freude verwandelt hatte, gründete Steinbecker in Newyork jenes Haus, in dem obdachlose und verirrte oder verlassene Kinder eine Heimath finden können. Zweihundert kleine Betten sind dort aufgeschlagen und barmherzige Frauen, die Tochter wohlhabender Bürger, sind die Pflegerinnen der Verlassenen. Täglich kommen Polizeibeamte in das Haus, um zu sehen, ob ein vermißtes Kind eben dahin gebracht worden und das Signalement derer, die nicht gesucht oder abgeholt werden, wird in den Zeitungen veröffentlicht.

Unter den vielen großartigen Wohlthätigkeitsanstalten, welche die Weltstadt Newyork als Lichtpunkte neben den gräßlichen Bildern von Armuth, Laster, materiellem und sittlichem Elende in sich birgt, ist das genannte Haus nach seiner Entstehungsgeschichte gewiß eines der anziehendsten. Wenn aber alle Eltern, die sich der Rettung ihrer Kinder aus Leibes- oder Seelennoth zu erfreuen haben, ähnlich dächten, wie jener Steinbecker, wie viele Häuser würden wir dann haben mit der Inschrift:

„Sinite ad me venire parvulos!“

Miscellen.

Aus Hannover wird berichtet: Ein angeblicher Kaufmann Gremczinsky aus Berlin, der sich seit einiger Zeit hier aufhält, erließ in verschiedenen Zeitungen folgendes Inserat: „Eine junge Dame, Waise, mit 10,000 Thalern Vermögen, wünscht sich an einen jungen Mann zu verheirathen. Offerten u. s. w.“ Die nach Hunderten eingehenden Briefe beantwortete Gremczinsky in sehr aufmunternder Weise und erbot sich, gegen Einsendung von 2 Thalern eine Photographie der jungen Dame zu übermitteln. In den meisten Fällen erfolgte die prompte Einsendung der gewünschten 2 Thaler, wofür ein irgendwo gekauftes photographisches Bild einer jungen Dame dem schmachtenden Heirathscandidaten zugeschickt ward. Die königliche Polizei-Direction hat in dem Geschäfte eine Gesetzwidrigkeit erkannt und das Unternehmen, laut „Tagebl.“, sistirt.

„Fünfzig Dollars“ wurden von Professor Merrs in San Francisco als Preis für diejenige Dame ausgesetzt, welche die größte Anzahl Herren in ihrer Begleitung zu seiner Vorstellung in der Akademie für Musik führen würde. Anfänglich kamen einige zarte Wesen in Begleitung von 10 bis 12 Herren, aber Schlag 8 Uhr erschien die Siegerin und bugsirte die sich an ihrem Schleppkleid befindenden 76 Herren in die Akademie für Musik hinein, wo ihr alsdann der ausgesetzte Preis zuerkannt wurde; dieselbe hieß Miß Liebley. Eine andere junge Dame, Miß Emma Howe, hatte 51 Herren im Gefolge und errang den zweiten Preis.

* Räthsel.

(Viersilbig.)

Einst ein Kaufmann in der Stadt
1 und 2 bekommen hat;
Um zu hüten sich vor Schaden,
Da die Waare nicht gerathen,
Macht er später nach Gebühr
In der Rechnung 3 und 4. —
Eh' wir unser Blatt vollenden
Hab' ich leicht noch in Händen,
Was das Ganze Dir benennt;
Will doch seh'n, ob's Einer kennt.

Auflösung des Räthsels in Nr. 54.

Rohrbach.

Redaction von K. A. Woll, Druck der Jäger'schen Druckerei in Speyer.

Palatina.

Belletristisches Beiblatt zur Pfälzer Zeitung.

Nro. 57. Speyer, Donnerstag, den 13. Mai 1869.

Eine Geldheirath.

Eine einfache Geschichte von J. [illegible].

(Fortsetzung.)

Nebenan im großen Tanzsaal aber ward über ihr Schicksal entschieden. Der Vater erklärte mit dürren Worten: „Dir, Julius, hab' ich dein Ehrenwort, zu schweigen abgenommen. Du weißt, warum; die Mutter ist ganz einig mit mir und ging auch willig auf die Gebirgsreise ein, die der gute Ton verlangt und die so heiter alle innere Zerrüttung vor den Augen der Welt weglachen soll. Ich sage euch nun, Windstoß auf Windstoß rüttelt an meinem Hause, langsam droht es von innen zu zerbröckeln und ich brauche eine gesunde Kraft, die mit beiden Armen sich dagegenstemmt und dabei vorsichtig neue Steine in diese Lücken fügt. Labach ist geschäftskundig, hat Geld und Geist und wirft sich mit Allem, was er hat, freudig in meine Arme. Ihm so wenig wie der Welt sausen die Stürme vor den Ohren, die mich seither heimlich aufgeschreckt haben. Durch den Zwischenhändler Rosen, du kennst ihn, Hermine, ward er auf uns und unsere Tochter hingewiesen; das zündete gleich in ihm und ich erwarte, Bertha wird sich auch nicht lange sträuben."

„Aber das bleibt fest," erinnerte Julius, „von dem Betrug darf sie niemals wissen!"

„Betrug?" schrie der Vater und zitterte am ganzen Leibe. „Thor du! Soll ich mich auf die Gasse stellen und zu Labach aufjammern: Erbarm' dich mein und meiner Tochter? Und wer sagt dir, Junge, daß wir nicht zusammen Glück haben werden, daß unsere gemeinsamen Speculationen nicht doch das Haus wieder aufbauen, wie ich es einst eigen gehabt und wie es jetzt noch vor seinen Bräutigamsgedanken groß und sicher dasteht? Und gehen wir zu Grunde, werden alle Anstrengungen fruchtlos sein, wer sagt dir, daß dein künftiger Schwager auch ohne mich einem solchen Loos entgangen wäre? Hätt' er nicht den bescheidensten Kramladen aufthun und unter all' seinem süßen Zeug versauern und verderben können?"

„Vater, Vater!" mahnte Julius, „und wenn einst vor Labach dies ganze Gerüst zusammenbricht, das du künstlich gestützt und du, der schlaue Mann der Maschinen, nackt und blos vor ihm dastehst, an wessen Herz wird er die furchtbare Anklage des Betrugs donnern? Von wem wird er seine verlorene Existenz zurückverlangen? Die arme Bertha ist das Opfer und ihr Herz wird für dich bluten müssen."

„Schwätzer," murmelte der Vater und wandte sich der Thür zu.

Die Mutter weinte und sagte zu Julius: „Erfahren soll sie nie, was bei uns vorgeht; aber auch du sei verschwiegen! An deinen Lippen hängt unsere Zukunft."

Seltsam! Da liegt der See glatt und still, die Menschen haben sich hierher geflüchtet, wie sie sagen aus genügsamer Erquickung an stillen Naturfernen, aus Freude am idyllischen Zusammenleben. Und wie weit auseinander stehen sich all' diese zusammengeworfenen Nachbarn! Wie wühlen Leidenschaften, Schmerz und Aerger in vielen Herzen und zeichnen sich unschön auf dem Antlitz ab! Gerade wie zu Hause auch — und um nichts haben sie sich herausbemüht! Unsere Familie hatte eine ruhelose Nacht hingebracht und doch glühte Bertha des Morgens frisch und schön wie nie und die Mutter schaute verwundert zu ihr empor, wie zu einer neuen Erscheinung. So oft die Seele so recht mit sich selbst gesprochen und sich gleichsam rein und klar gewetzt hat, wächst auch an unserer äußern Hülle, wie der Jahresring am Baume, ein neu durchleuchtetes Gewand an und der Staub des gemeinen Lebens legt sich nicht so leicht wieder darauf.

Nach dem Frühstück ließ man sich auf dem See behaglich wiegen, immer in Gesellschaft Labach's, der sich wie ein Glied der Familie eingeführt. Er war ja gekommen, um die Tochter sich „anzuschauen" und, so sie ihm gefiele, sie als seine Braut zu erklären. An einen selbstständigen Willen Bertha's hatte er nicht gedacht; sie war gewiß auf seine Absicht vorbereitet und auch sonst ein gefügiges Kind. Nun hatte ihn ihr liebenswürdiges, tiefes Wesen ganz hingerissen und das war ihm anfangs genug, die Verbindung für geschlossen zu halten.

Solcherlei Freierswege zu betreten, ist in unserer Zeit keine seltene Erscheinung. Die „Brautschau", wo sich das Mädchen wie eine circassische Sklavin mustern läßt, ist oft die einzige Brücke für Ehen, in denen Geld und Geld zusammenheirathen soll.

Aber unser Bräutigam hatte doch manchen Blick

scharf in das Leben gethan und so sah er allmählig ein, daß er hier mit der den Eltern gegenüber gewahrten Förmlichkeit nicht genug thue, daß er zuvor, wenn auch nicht sogleich Bertha's Herz, doch wenigstens ihre Achtung erobert haben müsse. Er ging daher, so sehr sich seine praktische Natur manchmal innerlichst dagegen sträubte, gern auf alle die leichten Schwärmereien Bertha's ein, die, wie die meisten jungen Mädchen, so gern in die Natur all' das Unnennbare, Unfaßliche ihres eigenen geheimnißreichen Seelenlebens legte. Umsomehr bemühte sich Lobach, nicht unempfänglich für das Schöne zu erscheinen, weil ein junger Künstler, Eugen Maurer, der in Oberaudorf seine Studien machte, in gleichwarmer Bewunderung des einfachen Naturbildes sich innig an Bertha und Julius angeschlossen hatte. Und als absichtliche Heuchelei dürfen wir Lobach's lautes Begleiten Bertha's auf ihren Gedankengängen durch die Natur gerade auch nicht nehmen; so ganz leer und hohl war sein Herz wahrlich nicht, wenn sich gleich manches Gefühl in ihm wie der herabfallende Tropfen an der Höhlenwand nur versteinert angesetzt hatte. Er besaß wenigstens eine tiefe Achtung von höher begabten und feiner organisirten Naturen, so lange sie nicht rücksichtslos mit ihrem Gefühlsleben in die Alltagswelt hineintreten wollten.

Nicht lange hin und her schwankend, sprach er sich dem Abends, als er Bertha, die ihn wirklich tagsüber achtungsvoll behandelt hatte, der Führung des Malers gleichsam abgestohlen und nun Arm in Arm mit ihr den See entlang wandelte, offen und ehrlich aus. „Mein liebes Fräulein!“ begann er, „Ihre Mutter wird Sie wohl halb und halb über den Zweck meines Kommens belehrt haben: ich bin gesonnen, einen eigenen Herd zu gründen und ergreife mit Freuden die Gelegenheit, als Theilnehmer in Ihres Vaters achtbares Haus zu treten, wo meine Thätigkeit sich allseitigst ausbreiten kann. Dabei eine liebevolle Gattin in Ihnen zu finden, die dem lange einsam gebliebenen Manne nun ganz eigen in aller Neigung und Wahrheit ihres Herzens zur Seite steht, ist mir freilich erste und höchste Bedingung. Sie zu sehen und zu ergründen, wollte ich nach Oberaudorf; da hat mich schon der gestrige Abend ganz Ihnen eigen gemacht. Was ich Ihnen biete ist ein treues Herz, ein fester Halt, an dem Sie vertrauensvoll durch's ganze Leben sich lehnen können. Mögen Sie vielleicht dies geschäftsmäßige und „Brautschau“ Kommen — ich gebrauche absichtlich den Ausdruck — für frivol und leichtsinnig erklären, mögen Sie in den Träumen Ihres warmen Herzens sich eine Ehe aufgebaut haben, die aus lange genährter Liebe, aus wohlgeprüftem Zusammenklang zweier Seelen mit Nothwendigkeit sich bilden muß — ich will nicht mit altväterischer, die Welt besser kennender Moral in Ihre Anschauungen greifen — ich bitte einfach auf morgen um Ihre Antwort.“

Und Bertha? Sie hatte mit der Mutter noch eine lange Unterredung. Ohne klar zu sagen, was man von der aufopfernden Hingabe der Tochter an ihre Eltern verlange, wußte die kluge Frau doch, überall mit feinstem Gefühl die Fäden zusammenfassend, die Bertha zu der sehnlichst gewünschten Heirath führen sollten, das zaghafte Mädchen zu dem schweren Entschlusse zu bewegen — und ein neuverlobtes Brautpaar fuhr andern Tags im geschmückten Wagen beim „Hofwirth“ vor.

Und so wirst du denn herausgehoben, liebes Kind, aus dem inhaltlosen Leben deiner Mädchenjahre und die Zukunft tritt ernst an dich heran, in der Hand die verhängnißvolle Urne.

(Fortsetzung folgt.)

* Maientage am Gebirg.

„Jeder, der am Gebirg daheim ist und daselbst seine Tage verleben kann, hat fünfzig Procent Glückseligkeit voraus,“ sagte ich zu meinem Reisegefährten, als wir am ersten Maientag von der Villa Ludwigshöhe herüber unter den Kastanien nach Weyher wanderten. Und dies ist gewiß wahr. Welch' ein Anblick! Unten in der Ebene die stattlichen reichen Städte und Dörfer, so recht mitten im Obst-, Frucht- und Weinlegen, der ferne Rhein drüben mit den Wormser und Speyerer Domthürmen, den Denkmalen deutscher heldenhafter Vorzeit, und den weißen Germersheimer Kasernen, die wir freilich lieber wären, wenn sie mit ihrer militärischen Strammheit vor Bitsch lägen statt im Rheingefild, im Hintergrund das badische Gebirg in lieblicher Bläue, mit der schönen Landschaftsperle Heidelberg — Alles das zu den Füßen zweier Fußgänger, die heute gar nichts zu thun haben, als zu wandern! Herrlich, herrlich! Kaum, daß man vor der überwältigenden Pracht der Aussicht noch ein Auge hat für das junge Birken- und Buchenlaub, das rings um uns mit Frühlingsungestüm vollsaftig hervorbricht, für die hochgrünen Lärchenbäumchen und Kastanien, welche, Dank dem von seiner Pfalz unvergessenen König Ludwig, in der üppigsten Lenzesfülle malerisch die Vorderwälder schmücken, dann erst für die prachtgelben Pfriemenblüthen, die Schlüsselblumen, die Anemonen, das Haidekraut und alle die duftigen Sprößlinge des ewig jungen Lenzes, von der stillen Veronica bis zu der frechen rothen Orchis, die sich in den Wiesen breit macht oder ihrer Schwester, der gelbrothen, die ein intimes Verhältniß haben muß zu den Kastanienbäumen, weil sie denselben überall folgt. Wie oft standen wir minutenlang still, versunken in diese Naturpracht, das trunkene Auge planlos schweifend über dieses schöne Stück Gotteswelt, unsere herrliche deutsche Pfalz! Geredet haben wir nicht viel, auch nicht gesungen, obgleich das Rothbrüstchen im Buchenlaub uns freundlichst dazu einlud, gezeichnet haben wir auch nichts, auch nichts gesammelt, keine Steine, keine Thiere, keine Pflanzen, aber gefühlt haben wir recht wahr und tief, und immer noch trage ich die Eindrücke lebendig im Herzen, die ich an jenem Tage empfunden in freudiger Seele. Doch nein! —

gesammelt hatten wir doch etwas, etwas ganz Kostbares, was der reichste Russe zuweilen um all' sein Gold nicht haben kann, nämlich einen gesunden, kräftigen, pfälzischen Appetit, und diesen trugen wir still und heimlich nach Weyher in's Serr'sche Gasthaus, wo nach kurzer Zeit die geschäftige Wirthin durch einen würzigen Braten, Salat und Rühreier unserer Wanderpoesie eine materielle Unterlage verschaffte. Der „Schilcher" — ein röthlich schillernder neuer Wein — mundete vortrefflich und als uns obendrein ein befreundeter Herr die Ehre der Abendgesellschaft erwies, an der sich eine Dame aus der Stadt und das Töchterlein vom Haus betheiligten, da hatte unser erster Maitag den richtigen Abschluß.

Soll ich nun auch hier erzählen, welche ächte deutsche Gastfreundschaft uns andern Tages in einem Nachbarort erwiesen wurde? Nein, das ist Privatsache; vielleicht haben es die guten Menschen nicht gern, wenn man öffentlich ihre Herzlichkeit anerkennt, also still davon; aber einen schönen Vormittag kurz zu schildern, gelüstet's mich doch gar zu sehr.

Was kann waldsehnsüchtigen, aber des Weges unkundigen Wanderern erwünschter sein, als wenn der Hausherr des Abends nach dem Essen erklärt, er habe tief im Walde drinnen, auf dem Roßberg, nicht weit von der Ruine Scharfeneck, eigentlich auch zu thun mit Holzaufnahmen und da könnten wir ja mit einandergehen! Gerne hätten wir andern Tages in der Frühe nach eingenommenem Frühstück noch einige Stunden in der freundlichen Familie verbracht, aber die Einladung in den Wald war gar zu verlockend. Also auf! Die Sonne scheint bereits in's Gesicht, das Maiglöckchen leuchtet weiß aus dem Tannengrün hervor und die Morgenglocken hallen lieblich aus den Dörfern. So wandern wir denn zu vier in das Modenbacher Thal, links die Mühlen mit den üppigen Wiesen, rechts die fleißig gebauten Rebenhügel thaleinwärts, bis uns nach einer Stunde tiefe Waldeinsamkeit umfing, nur belebt durch den Gesang der Amseln, Rothbrüstchen und Drosseln und das Murmeln des crystallhellen Bächleins. Zuweilen auch tönt Peitschenknall an unsere Ohren, denn ein fleißiger Fuhrmann führt mit schweißigen Braunen schon Steine aus dem Walde, auch vernimmt man in der Ferne dumpf den Schall der Axtschläge, denn Eichenlohrindenschäler sind bereits emsig am Werk, einem frischen, jungen Baum grausam sein lebenerhaltendes Kleid vom Leibe zu reißen. Es thut mir recht wehe, daß dies herzlose Verfahren in die Forstkultur gehört; aber die Forstleute müssen das besser wissen. Bald sahen wir den Modenbacher Hof vor uns, darüber das Modenbacher Schloß, die Ruine Meisterseele, und wir mußten nun dem kleinen Forellenbächlein neben dem Wege, mit seinem hie und da spargelmäßig aufschießenden Schachtelhalm und der hochgrünen Montia Lebewohl sagen, denn wir bogen links in den Wald, den Roßberg hinauf. Kaum hatte ich mich still im Herzen gefreut über die Naturpracht und darüber, daß wir schon so früh im Walde waren, da begegnete uns Einer, der schon viel früher darin gewesen sein mußte, denn er war mit einer vollen Ladung Streuwerk auf dem Heimweg begriffen, und mir war es schwer zu verstehen, wie der Mann diese Last auf seinem Schiebkarren herunter zu dirigiren wußte. Hinter ihm folgten dralle, kräftige Mädchengestalten, ebenfalls das unvermeidliche Streuwerk auf dem Kopfe; aber trotz der umfangreichen schweren Bürde, schritten sie so rasch fürbaß, als gingen sie nach dem Tanzboden. Ich weiß nicht, ob je einmal eines dieser Mädchen wegen Gicht oder Zipperlein den Doctor brauchen wird. Fleißig und rührig sind die Leute; es ist gewiß recht beschwerlich für den Wingertsmann, sein Streuwerk so weit her sich beschaffen zu müssen; denselben Mann aber, der uns früh Morgens mit seiner Last im Walde begegnete, trafen wir Nachmittags in seinem Weinberg emsig mit Graben beschäftigt; man sah ihm den Streuwerk-Transport gar nicht an. Ein gutes Weinjahr ist daher den fleißigen Leuten immer von Herzen zu gönnen, und mancher Städter, der um 10 Uhr Morgens aus übergroßer Anstrengung ein saures Bratwürstchen mit Sauce und ein Halbschöpplein zu sich nimmt, weiß nicht, wie viel saure Schweißtropfen an diesem Wein kleben; von den großen Herren, die um schweres Geld den Champagner trinken, will ich ganz schweigen.

Allmählich stiegen wir höher und höher und das Ramberger Schloß wurde bereits sichtbar durch die Bäume, zuweilen blieben wir in einer Lichtung stehen und ließen die Blicke schweifen über die Haingeraiderforste, damit das geheimnißvolle Waldrauschen mit seinen ewig jungen Mährchen unser Ohr berühre und ein würziger Windhauch unsere feuchte Stirne kühle. Bald vernahmen wir Stimmen oben im Walde; es waren die Forstleute, die mit Holzaufnahmen zu thun hatten. Nach kurzer deutscher Begrüßung war unsere Bekanntschaft gemacht, die Wellen, Prügel und Teutlein an Ort und Stelle waren auch bald verbucht und nun hatte der erfahrene Forstbeamte die Freundlichkeit, uns die Richtungen und Benennungen der Höhenzüge und Waldungen, der Schlösser und Ruinen auf das Genaueste zu erklären. Der Steigerkopf, der Hochberg, der Hatschberg, das Schänzel mit dem Denkmal des Generals Pfau, der im Jahre 1794 gegen die Franzosen fiel, die Hochstraße, der Frankenberg und wie sie alle heißen, die schönen Waldpunkte — Alles dieses lag vor unseren freudig schauenden Blicken. Und wieder ging's jetzt aufwärts an einem prächtigen Waldquellchen mit bemoosten Steinen und üppigen Farnkräutern vorüber, jetzt durch junge Buchen, dann durch niedere Tannen und Lärchen, bis wir endlich ziemlich hoch oben auf dem Roßberg an der Reviergrenze standen.

(Schluß folgt.)

Miscellen.

München, 7. Mai. Die Angelegenheit der internationalen Kunstausstellung dahier nimmt nach den erhaltenen Mittheilungen von auswärts ihren erwünschten Fortgang. Mit königlicher Genehmigung werden eine interessante Auswahl der bedeutendsten Gemälde, welche von dem verstorbenen König Max II. für das Athenäum bestimmt wurden, dann die höchst interessanten Cartons zu den Glasgemälden im Kölner Dom, von dem verstorbenen Historienmaler Fischer zur öffentlichen Ausstellung gelangen. Unsere hiesige Künstlerschaft ist an der Betheiligung für die Ausstellung in ihren bedeutendsten Kräften mit Eifer beschäftigt. Von Seite mehrerer Regierungen ist in zuvorkommender Weise die Mitwirkung zur Förderung der Ausstellung zugesichert worden, wie dies namentlich von Seite der preußischen, der sächsischen und der großherzoglich badischen Regierung, sowie schon früher Seitens der französischen und italienischen Regierung, dann der schweizerischen Bundesregierung geschah. Nicht minder hat die englische Regierung ihr Interesse für die Sache an den Tag gelegt, und in den jüngsten Tagen ist die Mittheilung hieher gelangt, daß der Kaiser von Rußland die Betheiligung an unserer Ausstellung genehmigt hat und daß die Akademie der bildenden Künste sowie der Direktor der kaiserl. Ermitage zu St. Petersburg, sowie der Präsident der Kunstgesellschaft in Moskau eingeladen worden sind, im Sinne entsprechender Betheiligung zu wirken. Außerdem haben die Besitzer interessanter Privatsammlungen zu Berlin, Wien, Bremen etc. in der freundlichsten Weise einzelne Gemälde hervorragender Meister der Neuzeit für die Ausstellung angeboten. Die Anmeldung von Künstlern aus Italien, der Schweiz, aus Hamburg, Hannover, Weimar, Darmstadt, Dresden, Düsseldorf, Karlsruhe, Heidelberg, Stuttgart, Frankfurt, Berlin, Wien und Pesth, Brüssel, Antwerpen, Newyork u. s. w., dann insbesondere auch aus Paris lassen eine Ausstellung erwarten, bei welcher die Koryphäen des Auslandes in der würdigsten Weise vertreten sein werden. Der Termin der Anmeldung ist für die auswärtigen Künstler bis Ende Mai verlängert und mit Rücksicht auf die in Paris, Brüssel, England etc. stattfindenden Frühjahrs-Ausstellungen auch ein erweiterter Einsendungstermin bis Ende Juni zugestanden worden. Für die Prämiirung hervorragender Kunstwerke und besonderer Leistungen ist, abgesehen von den besonderen Auszeichnungen, deren Verleihung Se. Maj. der König sich vorbehalten hat, die Prägung einer Ehren- und Preis-Medaille eingeleitet, deren Vertheilung am Schlusse durch eine Jury erfolgen wird.

Rom, 5. Mai. Nach längerem Kranksein starb in letzter Nacht Heinrich **Im-Hof** nach zurückgelegtem 74. Lebensjahr. Er zählte zu den bedeutendsten unserer Bildhauer; in der Composition und vollendeten Technik wurde er von wenigen übertroffen, seinen plastischen Darstellungen alttestamentlicher Gestalten können nur die des Belgiers Kessel an die Seite gestellt werden. König Ludwig I. von Baiern schätzte ihn hoch, und wollte ihn in jüngern Jahren für Athen gewinnen, doch die biedere Schweizernatur besorgte, unter den Griechen nicht heimisch werden zu können, und lehnte ab.

Wie Auswanderer behandelt werden, zeigt ein von **Helsinborg** mit ca. 250 Personen über Hull nach Amerika expedirtes Schiff. Das Schiff erhielt eine fast volle Ladung Weizen, über welcher ein Raum von ungefähr 20 Ellen im Quadrat freigelassen war, und in diesen wurden nun die ca. 250 Emigranten, Männer, Weiber und Kinder, hineingesteckt. Jeder richtete sich ein Lager ein, wo er eben Platz fand. Selbst bei geöffneter Luke herrschte schon nach einigen Stunden eine solche Hitze, daß man nur mit genauer Noth athmen konnte. Wie mag es da erst aussehen, wenn bei einem Sturme die Luken ganze Tage oder nur stundenlang geschlossen werden müssen? Dabei war nicht einmal hinreichend Proviant bis Hull an Bord.

(Monster-Musikfest.) Das **Bostoner** Monstre-Musikfest wird wirklich zu Stande kommen. Die Vorbereitungen sind in vollem Gange. Amerikanische Nationallieder sollen theils von 20,000 Schulkindern geschrieen, theils als Symphonie verarbeitet und unter Accompagnement von Glockengeläute und Kanonendonner, auf elektrischem Wege dirigirt, ausgeführt werden. Hundert Schmiede werden engagirt, um bei der Riesen-Operation des Amboß-Chors aus dem „Troubadour" mitzuwirken. Man könnte es für einen schrecklichen Traum halten, aber es ist schauerliche Wahrheit. Schon wird an dem Amphitheater gebaut, welches 50,000 Personen fassen soll.

Panama ist gegenwärtig von einem seltsamen Phänomen in Gestalt einer blauen Fliege heimgesucht, deren Stich tödtlich ist. Von sechs Personen, die von diesem giftigen Insekt gestochen wurden, starben drei nach Verlauf von wenigen Stunden und die anderen retteten ihr Leben dadurch, daß sie die gebissene Stelle im Fleische entweder ausschnitten oder mit glühendem Eisen ausbrannten. Bei Prüfung einer dieser Fliegen, welche man getödtet hatte, fand man, daß ihr Stachel einen halben Zoll lang war. Die Gattung dieses Insekts, das, beiläufig bemerkt, eine kleine Panik in Panama verursacht, ist bis jetzt noch nicht festgestellt worden.

(Zur Nachahmung.) Die Prinzessin Koslowsky in Moskau, eine der schönsten Damen Rußlands, erlebte das Unglück, daß ihr Vater sein ganzes Vermögen verlor. Die adeligen Freunde erboten sich zwar, die Familie mit jährlich 300 Rubeln zu unterstützen, die tapfere Tochter aber sagte: Nein! Kurz darauf eröffnete sie einen Cigarrenladen und verdient sich genug, um ihren Vater und sich zu erhalten.

Raupenmittel.

Das jetzt allerwärts leider zu häufig zu Tage kommende Versäumniß in der Vertilgung von Nesterraupen, so wie das Ausfallen der zahlreich gelegten Ringelraupen- und Schwammraupen-Eier hat, wie der „P. K." aus Steyerbreich geschrieben wird, Gartenbeeten und Gehölze mit einer Raupenmenge überfüllt, die beim erfahrenen Landwirthe und Gärtner die ernstesten Besorgnisse erregt. Da tritt die Frage heran: wie ist die drohende Gefahr von unseren Obstbäumen und anderen Ernährungspflanzen abzuwenden? Man sieht mancherlei Mittel angewendet. Einige lesen die Raupen mit Besen von den Bäumen. Andere verbrennen das Geschmeiß mit Fackeln von Stroh oder Lappen, die in Petroleum getaucht, und wieder Andere schießen mit Sand oder losem Pulver in die Versammlungen des Ungeziefers. Alle diese Mittel sind der Reihe nach das eine noch toller als das andere und das allerverkehrteste ist das Schießen, weil es nicht nur, wie auch das Fackelfeuer, Obst und Zweige verdirbt, sondern auch die Singvögel beunruhigt und verscheucht. Das beste, zuträglichste und wohlfeilste, ungefährlichste und die Nachbarn am wenigsten belästigende Mittel ist folgendes: $\frac{1}{2}$ Pfund schwarze Seife, $\frac{1}{4}$ Pfund Pottasche (Soda) und $\frac{1}{4}$ Pfund schlechten Tabak oder Schnupftabak, oder statt des letzteren ein paar Handvoll frische Nußbaumblätter mit 6 Maß Wasser in einem Topfe gehörig gekocht, dann umgerührt und nach dem Erkalten noch 6 Maß Wasser zugegossen und mit dieser Brühe die Raupen bestrichen, tödtet diese sofort und schadet weder dem Baume, noch seinen Blüthen oder Früchten. Das Bespritzen geschieht entweder mit Lappen oder Quasten von Schweinsborsten (Weißquast), die man je nach der Höhe des Baumes an eine kurze oder lange Stange befestigt, oder mittels einer Spritze. Hat man einen Ueberfluß von der Seifenbrühe so bringt man auch Stämme und Boden durch das Bespritzen und vertreibt außer den Raupen auch Käfer, Wurmstichfliegen und anderes schädliche Ungeziefer von den Bäumen. Probatum est! Wer sich von der Wirkung überzeugen will, der mache die Brühe im Kleinen, betrachte eine Partie Raupen damit und halte die Uhr in der Hand. In Einer Minute ist keine der angefeuchteten Raupen mehr am Leben. Das kleinste Spritzchen, das sie berührt, wird ihnen tödtlich. Das Raupenschießen ist nicht so wirksam und vertreibt die Singvögel. Den Baum, worauf ein Finkennest, braucht man gar nicht abzuraupen. Wo viele Meisen leben, sind die Raupen am häufigsten. Nußbäume aber halten sie ab.

Redaction von K. L. Wolf, Druck der Jäger'schen Druckerei in Speyer.

Palatina.

Belletristisches Beiblatt zur Pfälzer Zeitung.

Nro. 58. | Speyer, Samstag, den 16. Mai | 1869.

Des Sängers Flucht und Rache.

(Eine Vogelballade.)

Es flog ein Fink in wirrer Hast
Am Baume auf und nieder,
Ein munt'rer Spatz saß auf dem Ast
Und putzte sein Gefieder.
„He, Herr College, sagte der,
Was flatterst Du so bange?
Erzähle, setz' Dich zu mir her
Und fürchte Dich nicht lange;
Die Katze Dir nicht schaden kann,
Der Hausherr hält sie ferne,
Er ist ein guter, braver Mann
Und hat uns wirklich gerne.
Doch solltest Du, was ich nicht glaub',
Vielleicht noch Hunger haben,
So kannst Du dort in jenem Laub
An Raupenbrut Dich laben!"
„Nein, sprach der Fink, College, nein,
Ich habe nichts zu essen,
Ich übe nur das Fliegen ein,
Das hab' ich fast vergessen!"
„Das Fliegen, — ei, wie kommt denn das?
Du hast doch grade Glieder —
Gewiß, Du treibst mit mir nur Spaß,
O thu' doch dies nicht wieder!"
„Nein, sprach der Andre, nein, bei Gott!
Wie würd' ich so mich quälen —
Fürwahr, ich treibe keinen Spott,
Ich will es Dir erzählen.
Ich sah im Herbst an einem Baum
Ein schwarzes Häuflein hangen,
Ich blickt' es an und rührt' mich kaum,
Da war ich schon gefangen.
Rasch schlich ein böser Mann daher,
Ein schlimmer Vogelfänger —
Wie wurde mir das Herz so schwer,
Dem frohen, kleinen Sänger!
Er lachte über meine Pein
Und sperrte mich, den Armen,
In einen engen Käfig ein
Und hatte kein Erbarmen.
Nun kam er morgens an die Thür
Mit einem Futterkännchen;
Er trieb noch seinen Scherz mit mir
Und sagte: Ei, mein Männchen!
Ein Gläschen, wie ein Fingerhut,
Das füllt' er aus dem Kübel,
Dem schmeckt' vielleicht das Wasser gut,
Mir aber ward es übel;
Die Körner, die der Mann mir gab,
Um mich an sich zu locken,
Die kauft' er einem Kaufmann ab,
Sie waren taub und trocken.
Und wenn ich Lust zum Fliegen fand
Und hob mich in die Höhe,
Dann stieß den Kopf ich an die Wand,
O Freund! das that mir wehe!
Und erst die dumpfe Luft, zumal
Im langen, trüben Winter —!
Ihr lebet auch im Freien schmal
Doch tausendmal gesünder.
Ach! als des Frühlings gold'ner Blick
Erstrahlt' auf Flur und Auen,
Da durft' ich nicht einmal das Glück
Den Himmel anzuschauen.
So flattert' ich im engen Haus
Viel lange, bange Tage,
Und preßt' sich mir ein Lied heraus,
Dann war's ein Lied der Klage.
Ich hoffte keine Freiheit mehr,
Verlangte nach dem Tode —
Da kam ein edler Mann daher,
Für mich, ein Himmelsbote.
Er sprach: „„O laßt im ganzen Land
Die Vöglein doch in Frieden,
Das Wurmgeschmeiß nimmt überhand,
Und frißt die schönsten Blüthen.
Erst, wenn Ihr einst vergeblich sucht
Nach kühlem Baumesschatten,
Nach einer süßen würz'gen Frucht
Auf den entlaubten Matten, —
Dann wünschet Ihr ein Thierlein her,
Das Eure Bäume säubert,
Doch gibt es keine Vögel mehr,
Ihr habt sie ja vernichtet!
Drum laßt die Vöglein für und für
Im Aetherblau sich wiegen!""
Er sprach's, erbrach die Kerkerthür
Und ließ — o Glück! — mich fliegen!"
So sagt der Fink und setzt sich fest —
Doch plötzlich er sich wandte,
Und stürzte in ein Raupennest
Und würgt' die ganze Bande.
Da rief der Spatz: „Halt ein sofort
Und schad're nicht mehr länger,
Denn jener ganze Garten dort
Gehört dem Vogelfänger!"
„Nein, sprach der Fink, von dieser Brut
Will ich den Mann befreien,
Er weiß vielleicht nicht was er that,
Gott mög' es ihm verzeihen!"

Eine Geldheirath.

Eine einfache Geschichte von J. Helsfelder.

(Fortsetzung.)

II.

Bertha durchlebte wie traumhaft ihre kurze Brautzeit. Lobach war mit geringer Unterbrechung immer an ihrer Seite und immer liebevoll und zart. Der Vater hatte gewünscht, die Hochzeit schon auf den Herbst bestimmen zu dürfen und so konnte Bertha, während in der Hauptstadt viele Hände an der äußern Ausstattung schafften, kaum in ihrem eigenen Herzen ausruhen und es von allen eingenisteten Mädchenträumen reinfegen für den Einzug des neuen, alleinigen Herrschers. Ueber ihren Verlobten konnte und wollte sie zuletzt nicht klar werden. Er zeigte mehr Geist und allseitige Bildung, mehr Takt und Zartheit, als sie an vielen Männern seines Standes beobachtet hatte — in sein Herz jedoch war es vergeblich hinabzusteigen; das blieb immer klar und rein; aber immer auch undurchdringlich. Zuletzt schmiegte sie sich mit zweifellosem Vertrauen an ihn an, was sie am letzten Abend ihm geloben mußte, das durfte sie von seiner Seite auch allezeit zu erhalten hoffen.

Der „Weber an der Wand“, diese liebe, goldene Schenke nämlich war es, die beide jeden Abend in ihren Räumen sah. Man steigt da einen schmalen, leichtgewundenen Weg hinan, sich lange an dem schroffen Felsen haltend, bis oben das nette Häuschen, wie an die Steinwand geklebt, zutraulich uns entgegenwinkt. Da hatte einmal ein stiller Mann gehaust, seines Gewerbes ein Weber, der die bunten Farbengewebe, die er kunstfertig in sein Tuch schoß, auch gern in Duft und Leben vor sich sah und darum an die Felsenmauer, der warmen Sonne gegenüber, ein Gewächshaus hoch und luftig anlehnte. Der Mann ist todt, seine Blumen blühen fort und zwischen diesen kleinen zarten Gewächsen schweben jetzt gar oft liebe, blumige Mädchen herum, die im Familienkreise die neue Wirthschaft, den „Weber an der Wand,“ besuchen, wie sie der seine Schenkwirth benannt hat. Hier saß denn am letzten Tage seines Aufenthalts das junge Brautpaar, allein, abgeschieden von der Welt. Aus der abendlichen Nebelfluth schossen die Felsen heraus wie verlassene Schiffswracks und über dem schroffen „Kaisergebirg“ und dem „Prinzstein“ schwamm groß und ruhig der Mond. Kein herziges Gekose ging heute zwischen den Beiden, wie ein Spielball herüber und hinüber, kein schelmischer Liebesengel zog lauschend durch das Gemach, ernste, schwunglose Worte sprach diesmal, wie noch nie, der Bräutigam, der nachlässig den Arm um sein schönes Mädchen gelegt, und lauschend schaute das Mädchen zu ihm auf.

„Sieh', mein liebes Kind,“ hub er an, „unsere Herzen wurden auf dem Markt des Lebens aneinander verhandelt, aber uns bleibt noch übrig, die wahre Weihe der Poesie und der Liebe darüber auszugießen. Schon hat deine Zauberkraft über mich gewirkt, was ich einem gleichgültigen Geschöpfe gegenüber nie gethan hätte: Ich habe, ganz im Vertrauen auf den großen Ruf seines Hauses, und mehr noch seines Herzens, nie bei deinem Vater um eine Erklärung über seine Geschäftsverhältnisse, um eine genaue Bestimmung deiner Mitgift angepocht, ja, ich habe schon mein Vermögen in den Wohlkasten seines Geschäftes ausgeschüttet und rasch einer glanzvollen Stellung entsagt, um mit dir einen freundlichen Sommer zu durchleben. Und doch scharf und schneidend spreche ich das aus, meine Liebe, nur deines Geldes, deiner äußeren Schätze wegen kam ich hierher, meine Hand in die deine zu legen; denn wenn auch der süßeste Zauber deine Huldgestalt umflösse und du säßest arm am Weg schmiegtest dich bange um, ich müßte mit kaltem Mitleid vor dir vorüberziehen. Und wie ich nun Vertrauen gezeigt, wie ich ungescheut mein Innerstes aufgeschlossen, so halte auch du dich immer bereit, in Allem rückhaltslos vor meine Augen zu treten, wenn gleich das voll ausgestrahlte Licht sie schmerzen sollte! Vergiß diesen letzten Abend zu Oberaudorf nicht! Es wird oft noththun, an ihn zu denken.“

Lobach schaute ihr bei diesen Worten ernst in das Auge und Bertha legte stumm das Haupt an seine Brust. Wie ein eisiger Luftzug aus Schneeklüften heraus, wehte sie anfänglich seine Rede an, so daß es ihr tiefstes Herz durchfröstelte; aber allmählig ward es ihr wieder warm in der Seele und zuletzt wußte sie ihm innerlichst nicht Dank genug zu sagen für diese scharfen Worte und sie glaubte, nie an ihm und der heitern Zukunft zweifeln zu dürfen. Unter Thränen schied sie von Oberaudorf, gefaßt und in sich beruhigt ging sie zur Trauung. Was nur zuweilen bange Schauer über ihre Seele jagte, war die sonderbare Zurückhaltung ihres Bruders, der gleich mit dem Beginn der Ferien eine größere Reise unternommen, wie er denn auch bald nach ihrer Verlobung sich aus den Bergen in die Stadt geflüchtet, von wo er kurze, verdrossene Briefe schrieb.

Ein altes Kalenderwort prophezeit auf frostige Weihnachten warme Ostern und es fragt sich, ob dieser Spruch, an das Leben der Ehe gehalten, nicht auch aus stürmischen Flitterwochen spätere Sonnentage hervorleuchten heiße. Stimmte dies so sicher zusammen wie eine mathematische Berechnung, dürften wir Bertha getrost in ihre fernere Zukunft begleiten. Denn wahrlich über die ersten Tage nach ihrer Hochzeit legte sich ein recht fahler Gewitterhimmel und wenn er sich aufklärte und hell auslegte, so war's nur jenes glatte zugeschliffene Winterblau, das unsern Augen beißende Thränen abzwingt. Schon zum ersten Mittagsmahle, da die Neuvermählten sich gegenübersaßen, hatte Lobach eine verbissene trockene Stimmung mitgebracht. Er hatte im Geschäftszimmer seines Schwiegervaters darauf gedrungen, die wichtigsten Bücher flüchtig durchsehen zu dürfen und nur unter verlegenem Zaudern von dessen Seite einen Blick in ihre Blätter zu werfen vermocht. Da erschien ihm der neuere und neueste Geschäftsverkehr ziemlich geflaut und verstockt, der Geldumsatz, um börsenmäßig zu reden, „flau“ und matt und hier und da mochte es ihm auch dünken, als sei Vieles mit Unordnung und besonders auf den letzten Blättern manches nur zum Scheine abgeschlossene Geschäft eingezeichnet. Seinen ernsten Fragen wußte der Banquier, der ihm die ersten Tage nicht verkümmern wollte, nur leichtsinnige Spötteleien oder hingeworfene Phrasen von schlechten Zeiten, Creditmangel und Aehnlichem entgegenzusetzen. Der neue Sohn und Mitregent des Hauses aber verstummte und in ihm setzte sich neben bitterem Verdruß der Entschluß fest, binnen wenigen Tagen ganz im Reinen mit seiner neuen Lebenslage stehen zu wollen. Einstweilen kühlte sich sein Groll in kurzer gleichgültiger Abfertigung seiner Gattin. Sie mochte mit dem weichsten Ton an sein Herz anpochen und mit den rührendsten Worten Einlaß verlangen in sein Vertrauen — er konnte den Gedanken nicht aus sich jagen, daß er am Ende statt der Goldprinzessin nur eine werthlose Aschenbrödel heimgeführt, daß er an eine, durch ein edles Frauenherz geheiligte Ehe sein materiell gesicherte Existenz gesetzt habe, die ihm gewiß nicht entschlüpft wäre, hätte ihm ein weniger bedeutsames Mädchen seinen klaren Geschäftsverstand gelassen. So aber hatte er ihretwegen jede Vorsicht vergessen und das Alles schnitt ihm wie ein rostig Messer in's Herz, was er gerade zu ihren Vorzügen zählen mußte. Als sie ihm Abends das Kücken'sche „Mädchen von Juda“ vorsang, schlüpfte er mitten in der ersten Strophe aus dem Zimmer, und ihr blieb nichts, da sie zu Ende war und sich verlassen sah, als bitter in das Sophakissen zu weinen.

(Fortsetzung folgt.)

* Maientage am Gebirg.

(Schluß.)

Auf ein Waldplätzchen drängte sich durch die Bäume der Strahl der belebenden Frühlingssonne, das junge Buchenlaub erglänzte in wundersamer Beleuchtung und die Heidelbeerblüthen zu unseren Füßen hoben neugierig die röthlich schimmernden Köpfchen. Hochauf ragte ein alter Stamm, in dessen Wipfeln der Morgenwind flüsterte; um ihn her lagen einige bemooste Steine, eine einladende Ruhebank, von der gütigen Natur dem müden Wanderer geboten. Und sagen darf ich es schon, daß wir nach dreistündigem Marsch einer kurzen Rast nicht abhold waren, auch will ich nicht verschweigen, daß die Waldluft bereits das Ihrige gethan und uns ein grimmes Gelüst nach materiellen Genüssen beigebracht hatte. Aber woher nehmen? Keiner von uns hatte während des Ausmarschirens am frühen Morgen daran gedacht, welches Verlangen der Hauch der Bergluft in unseren sterblichen Leibern erzeuge und so ließen wir uns denn nieder auf dem idyllischen Plätzchen, alle materiellen Gedanken niederzwingend. Aber unser gastfreundlicher Begleiter, als erfahrener Waidmann in allen Praktiken des Waldlebens erfahren, hatte ohne unser Wissen für Alles gesorgt. Forschenden Blickes hielt er einen Moment Umschau im Buchengrün, dann sprach er die geflügelten Worte: „Borell, jetzt mach' Er einmal seinen Zwerchsack auf!“ Und siehe! geheimnißvoll wie ein Waldgeist trat der Gerufene aus dem Gebüsch, senkte einen weißlinnenen Sack behutsam in's weiche Moos und bald lagen auf einem großen Steine auf einer Tischdecke von Zeitungsblättern ungeahnte, köstliche Gaben, als da sind: Kalbsbraten, Weißbrod benebst Achtundsechziger in erklecklichem Quantum.

Das war ein Frühstück! Die alten Ritter auf dem nahen Scharfeneck haben gewiß gute Klingen geschlagen und hatten respectabele Küchen und Keller, aber keinem von ihnen hat es je besser geschmeckt als uns an jenem herrlichen Morgen im Walde. Einer der uns begleitenden Herren hatte zum Uebermaß auch das Dessert nicht vergessen und spendete der Gesellschaft würzig schmeckende Aepfel zum Nachtisch. Auf solch ein Imbiß raucht jeder Deutsche seine Cigarre und auch wir konnten nicht umhin, in den Walddust hinein jetzt unsere blauen Ringeln zu blasen. Es ist doch etwas Herrliches um's Jägerleben, dachte ich, und intonirte sofort aus Leibeskräften das schöne Jägerlied: „Es lebe was auf Erden, stolzirt in grüner Tracht,“ in welches alle Anwesenden hellaut mit einstimmten, so daß gewiß einer oder der andere Ramberger im Thale unten still gelauscht haben mochte, ob des gewaltigen Sanges aus der Höhe herab.

Nun zogen wir neu gestärkt weiter und bald lag die Ruine Scharfeneck vor uns mit ihren gewaltigen Trümmern. Wir traten in das Gemäuer. Erschreckt huschten die Eidechsen über das sonnerwärmte Gestein, schnell sich bergend in das Weißdorn- und wilde Rosengestrüpp, die Thurmfalken aber über unseren Häuptern machten ihrem Unmuth über den unerwarteten Besuch Luft durch schrilles Gekrächze. Oben auf der Zinne des Thurmes lagerte ich hinter einer Dornhecke und alte Sagen und Geschichten zogen mir durch die Seele. Ich sah, wie es einst hoch herging im Burghof da unten; die Rosse schnaubten und die Ritter und Knappen schwelgten bei den Humpen, denn der Besitzer des Schlosses, der Churfürst Friedrich von der Pfalz hatte vom Augsburger Reichstag ein liebes Bräutchen, die schöne Clara von Tetten hierher geführt in das sichere Waldasyl. Ihr Sohn wurde später vom Kaiser Maximilian in den Reichsgrafenstand erhoben und ist der Stammvater des Geschlechts der Fürsten und Grafen von Löwenstein, die jetzt noch blühen. Ihre Burg aber wurde im Bauernkrieg von den Volkshaufen, die in Frankweiler ihr Lager hatten, belagert und erobert, die Bauern verbrannten das Archiv und die Urkunden, zerstörten die Verliesse und Keller, vergaßen jedoch nicht, vorher sämmtlichen Wein in den Fässern auszutrinken, und das soll kein schlechter gewesen sein.

Lange sah ich auf die Trümmerhaufen, von wilden Rosen und Dornhecken überrankt, meine Blicke schweiften in das Ramberger- und Annweiler Thal mit dem alten Trifels und dem schönbewaldeten Rehberg, ich vergaß auch nicht einen Gruß nach Kusserthal zu senden an den Freund, dem, pflichttreu und wacker in seinem Berufe, auch das Gefühl für schöne Kunst rege im Herzen lebt. Nun brachen wir wieder auf und schritten über den Zimmerplatz das Thal hinunter an dem Wellenbad und der Unger'schen Maschinenfabrik vorüber in die Papierfabrik, wo uns die Maschinenthätigkeit recht lebendig vor Augen führte, wie das Papier so geduldig ist. Mit freundlicher Zuvorkommenheit empfing uns der Besitzer und nach kurzer Rast zogen wir durch Gleisweiler und Burrweiler nach Hainfeld zurück.

Unsere alten Freunde in Gleisweiler und Burrweiler konnten wir heute nicht besuchen; hatten wir ja gestern erst mit ihnen einige schöne Stunden in Gleisweiler verlebt. So ein Sonntagnachmittag in Gleisweiler ist sehr interessant. Omnibusse und Chaisen, Herren und Damen, Offiziere und Studenten kommen und gehen und beleben Weg und Steg. Das Badhaus bietet allen Comfort, die Anlagen der Umgebung sind im Frühling wundersam und durch die Bestrebungen des Besitzers kunstvoll hergerichtet. Majestätisch wie ein Segelschiff steuert da der neugierige Schwan über den Weiher, aus dessen Mitte ein gewaltiger Springquell sich erhebt; daneben ergötzen das Auge fremde Thiere in den Thierhäuschen, Goldfasane, Hühner und sonstige ausländische Vögel mit dem prächtigsten Gefieder. Die Lage des Ortes ist eine der schönsten am Gebirg und die Luft ist für Gesunde und Kranke sehr wohlthuend; dabei hat das Bad Gleisweiler den Vorzug, daß die Preise für Alles, im Contraste mit andern Badeorten, sehr mäßig gehalten sind. Wir begrüßten kurz eine befreundete Dame, die sich zur Kur hier aufhielt, sich auch bereits sehr erholt hatte, und mischten uns dann unter die zahlreichen Spaziergänger, welche die schönen Anlagen erfüllten. Eine gute Flasche Bier bei Krimmich mundete uns trefflich und nachdem wir uns vor dem Abschied noch in der Glaus'schen Wirthschaft bei einem Glase Neuen versammelt, hatten wir im Abendroth den Heimweg angetreten.

Heute also gingen wir am Bade vorbei und kehrten in unser gastliches Haus nach Hainfeld zurück, wo die wackere Hausfrau bereits trefflich für uns gesorgt hatte. Zu früh schlug die Stunde des Scheidens und wir kamen gerade recht zum Zuge nach Edesheim, der uns dem herrlichen Gebirge entführte. Frisch leben die Erinnerungen an diesen Besuch in unseren Herzen fort, und wem es möglich ist, der möge doch ja jetzt im Frühling das Gebirg mit seinen Thälern und Wäldern besuchen, denn die Waldluft thut Wunder, scheucht allen Unmuth aus der Seele, und stärkt und kräftigt Leib und Geist. Fröhlich Pfalz, Gott erhalt's!

Miscellen.

* (Zweite deutsche Nordpolfahrt.) Am 7. nächsten Monats soll die zweite deutsche Nordpol-Expedition unter Führung von Kapitain Karl Koldewey in See gehen; so lautet der einstimmige Beschluß der zu endgültiger Feststellung des Planes von nah und fern am 8. Mai in Bremen versammelten Freunde des Unternehmens. Alle Theile der Ausrüstung möglichst vollkommen zu machen, ist einmüthiges und unablässiges Bestreben. Nach genauer Prüfung und Besichtigung entspricht der Dampfer „Germania", das neuerbaute Hauptschiff der Expedition, allen Erwartungen, sowohl der Seeleute, die es führen, als auch der Gelehrten, die auf ihm der Wissenschaft dienen wollen. Wie der Dampfer, wird auch das Begleitschiff für zwei volle Jahre ausgerüstet.

Die „Germania" hat eine für die Eisfahrt zweckmäßige Größe (143 Tons); das Begleitschiff „Hansa", von gleicher Größe wird für die Eisfahrt besonders eingerichtet und unter die Führung des Kapt. Fr. Hegemann aus Oldenburg gestellt. Wenn es thunlich ist, werden beide Schiffe stets bei einander bleiben, auf der Hinfahrt, bei der Ueberwinterung und während der Heimkehr. Die Rücksicht auf größtmögliche Sicherheit der Expedition hat zu dieser Erweiterung des Planes geführt.

Der von dem Leiter des Unternehmens, Dr. Petermann, in Gotha aufgestellte Plan, die Ostküste Grönlands als Basis des Vordringens in die arktische Centralregion anzusehen und zu verfolgen, bleibt der erste Zweck dieser Nordfahrt. Für die zur Beschaffung des Begleitschiffs erforderlichen Mittel (ca. 10,000 Thlr.) hat das bremische Comité Bürgschaft übernommen. Gleiche Entschlossenheit werden, so hoffen wir, auch die übrigen Freunde des Unternehmens bethätigen, da dessen erweiterter Plan größere Mittel verlangt. Die maritime und wissenschaftliche Bedeutung des Unternehmens wird überall anerkannt; die Mittel für dasselbe rasch und reichlich zu schaffen, verlangt das Interesse des deutschen Seewesens und das Interesse der deutschen Wissenschaft.

Koburg, 3. Mai. Heute Nachmittag wurde die Reliefbüste Friedrich Rückert's enthüllt, welche die hiesige Stadt an dem Hause, in welchem Fr. Rückert in den Jahren 1820—1826 wohnte, und seinen „Liebesfrühling" dichtete, anbringen ließ. Zwei Söhne Rückert's wohnten der Feier bei. Gleichzeitig ist der Straße, in welcher sich das Haus befindet, der Name „Rückertstraße" verliehen worden. Verschieden von diesem Denkmal ist das größere Monument, dessen Kosten durch allgemeine Sammlungen in ganz Deutschland aufgebracht wurden, und welches in dem Garten des Rückert'schen Landsitzes zu Neuses (eine halbe Stunde von hier) errichtet werden wird.

Einen immermehr in Aufschwung kommenden Gegenstand der Groß-Gartenkultur bilden die Veilchen, welche nunmehr in der Umgegend Berlins zu einem nennenswerthen Handelsartikel geworden sind. Z. B. hat der Gärtner Friedrich in der Nähe Potsdams am Havelufer, gegenüber Babelsberg, eine Fläche von 2 Morgen (1½ Joch) ganz zur Veilchenzucht eingerichtet. Man denke sich mehr als tausend Mistbeetfenster und unter diesen einen dichten Veilchenteppich, und man hat dann ein ungefähres Bild von dem Anblicke, der sich dort im zeitigsten Frühjahre bietet. Der Absatz erstreckt sich nicht etwa nur auf die Umgegend und namentlich Berlin, sondern täglich erfolgen Sendungen mit der Eisenbahn nach Stettin, Hamburg u. s. w.; den Löwenantheil mag freilich Berlin erhalten. Auf der vorigen Blumen-Ausstellung zu Berlin waren von Schmidt „amerikanische Veilchen" ausgestellt, welche heller in Farbe als die einheimischen erscheinen, aber stärker duften, eben deshalb nämlich, weil sie hell sind, denn es ist eine von den Blumisten anerkannte, wenn auch nicht erklärte Thatsache, daß helle Blumen stärker duften, als die dunklen derselben Art. (?)

* Räthsel.

Mit B hat's den Beruf, zu wirken
Für Rechtlichkeit im Lebenswandel;
Mit Z betreibt's mit Griechen, Türken
Und andern Völkern großen Handel.

Auflösung des Räthsels in Nr. [illegible].

[illegible]

Redaction von F. C. Woll, Druck der Jäger'schen Druckerei in Speyer.

Palatina.

Belletristisches Beiblatt zur Pfälzer Zeitung.

Nro. 59. Speyer, Dienstag, den 18. Mai 1869.

Um Mitternacht.

Um Mitternacht da heult und stöhnt
Und stürmt es wild auf weitem Plan,
Und zitternd in der Windsbraut tönt
Es fern wie Klaggeläut' heran.

So schwarz die Nacht, kein lichter Strahl,
Als läg' die Welt in Todesweh'n,
Als schrie' sie auf zum letzten Mal
Um finster grollend zu vergeh'n.

Still sinnend steh' ich leidgebannt,
Dem Sturmgewölke folgt mein Aug',
Und um die Schläfe glutentbrannt,
Weht kühlend wie der eis'ge Hauch.

Doch wie's auch draußen stürmt mit Macht,
Im Herzen weht's wie Himmelsruh.
Mir trägt durch sturmbewegte Nacht
Ein Engel sel'gen Frieden zu.

Aus weiter Fern' winkt ruhevoll
Ein Sternenlein so still und traut,
Dein Antlitz ist's, so engelmild,
Das liebend meine Seele schaut.

Und schloß dein Auge schlummernd sich,
Will ich im Traum doch bei dir sein
Und flüstern sanft und grüßen dich:
Behüt' dich Gott, du Engel mein!

Heinrich Rust.

Eine Geldheirath.

Eine einfache Geschichte von J. Holzfelder.

(Fortsetzung.)

Den zweiten Tag brachte er ganz und gar unter Berechnungen, Zusammenstellungen und Vergleichen hin, und mehr und mehr that sich die entsetzliche Wahrheit vor ihm auf, daß ihn der Banquier betrogen habe. Wüst im Kopfe warf er sich zu Hause auf das Ruhebett und bat Bertha, ihn allein zu lassen. Der Schlaf kam aber nicht über ihn; unruhig wälzte er sich hin und her und sah den goldenen Sonnenfäden zu, die sich noch dünn und heiß durch sein Fenster zogen. Es lag etwas so Lockendes, Verführerisches in dem Spiel der Abendgluth, daß ihm endlich doch wärmere Gedanken überkamen und er aufsprang und Bertha zum Abendgang aufforderte. Und wie glücklich hing sie an seinem Arme, wie harmlos und liebenswürdig suchte sie seinen Verdruß hinwegzuscherzen und stand dabei so fern all dem Wetterfahnenspiel der Frauen, die in bitterem Schmollen und süßer Versöhnung so gewandt sich bewegen. Lobach ward allmählich beruhigter und setzte sich traulich mit Bertha auf eine Ruhebank der Promenade.

Da führte ein böser Kobold gerade jenen „Rosen" vorüber, der ihn vor kurzem noch zuerst an Bertha und deren Vater gewiesen hatte, und zu spät bereut, entfuhr ihm das bitterböse Wort: „Daß ich doch diesem Eheschmied nicht in die Esse gelaufen wäre! Wie schnell sitzt so ein Goldreif am Finger und zuletzt ist's vergoldetes Blei!"

Bertha, die jenen Unterhändler durch ihre Mutter kannte, brach weinend in sich zusammen und nur mühsam konnte er sie aufrichten. Bleich und gelaßt ließ sie sich von dem unseligen Manne nach Hause geleiten und schloß sich dort in ihr Schlafgemach. Mit der verzweifeltsten Stimmung rang nun die Reue in Lobach's Herzen und er wäre sicher noch in ihr Zimmer gedrungen und hätte sich um Sühne bittend an ihr Bett geworfen, wäre nicht im selben Augenblick Bertha's Mutter eingetreten, um nach ihrem Kinde zu fragen. Diese Erscheinung jagte den noch glühenden Zorn in ihm wieder zur hellen Lohe auf. Er begegnete der bestürzten Frau mit kaltem Gruß und zog sich eilig in sein Gemach zurück. Da ging er mit großen Schritten auf und nieder, als wollte er über die Gedanken, die in ihm saßen und stachen, hinauseilen, und doch mußte er wieder umkehren und sich schleudern lassen in den wilden Sturm von Sorgen und Entwürfen.

Und all sein Sorgen und Grübeln brachte ihn nur tiefer in die Fallgrube, in die man ihn gelockt hatte. Er fand alltäglich mehr, wie unsicher und schläfrig der Geschäftsgang sich fortschob, wie da ein höfliches Mißtrauen, dort eine rauhe Kündigung des Vertrauens, gleich den Möven, den ängstlichen Vorboten des Sturms, in's Haus hereinflogen; wie heute ein neuer Verlust hohnlächelnd an der Thür pochte und morgen ein wiederholter Beweis von Leichtsinn und Vernachlässigung seine hohen Strafsteuern einforderte. Ja, auf der Straße rückte man nicht mehr ehrerbietig den Hut vor dem reichen Banquier oder suchte mit ihm im heimlichen Stolze ein vertrauliches

Gespräch anzuspinnen; jetzt blieb man, bedeutsam sich anblickend, hinter ihm stehen, wenn er, die Hände auf dem Rücken, über die Straße schlich, man flüsterte ernsthaft zusammen und warf mit weisen Sprichwörtern umher. Das bewegte Leben sah von dem hohen Fenster der Schreibstube, wenn er, um auszuruhen, das Leben an der Straße sich anschaute. Ihm selbst drückte mancher Freund bedauernd die Hand. Mancher wich ihm verlegen aus und in sein Haus fielen wie die Schlossen eines Hagelwetters scharfe, anonyme Warnbriefe nieder.

Es war zu spät. Von der Mitgift seiner Frau war keine Rede mehr und auch sein Vermögen, das er als Verlobter schon dem Geschäfte anvertraut, hatten nothwendige Zahlungen, einzugehende Verbindlichkeiten angegriffen. Nun erklärte er dem Banquier kurz und entschlossen, daß er die Rettung des Hauses ganz auf seine Schultern nehmen wolle, daß er selbstständig neue Quellen eröffnen, alte, maßlos ausgedehnte Verbindungen abbrechen und überhaupt mit neuen Ideen das kraftlose Haus speisen und kräftigen werde. Fieberheiß schlugen jetzt in Lobach alle Adern, nach allen Seiten hin flogen Briefe, Sendungen, Wechsel, das hohe Schreibpult war ihm zur Speisetafel geworden und nur am Abend kam er in das Wohnzimmer seines Hauses, wo er sich in den Sorgenstuhl streckte, den Cigarrenduft sich hinaufwinden ließ und sonst um Gattin und häusliches Glück wenig sorgte. Bertha litt Unsägliches dabei. Wie sie in süßer Bewußtlosigkeit gleichsam ihre Brautwochen verdämmerte, so suchte sie zuletzt sich auch hier durch diese schweren Stunden gewaltsam durchzuträumen. Aber dem Schmerz läßt sich nicht gebieten und sie mußte ihn mit sich herumtragen, wie ein krankes Kind, das Keiner aus den Armen der Amme nehmen will. Ihre Freundinnen waren ihr doch meist zu flach und flüchtigen Sinnes, als daß sie ihnen das trübste Geheimniß ihres Lebens, diesen ersten, großen Schmerz offenbaren mochte, und der guten Mutter, die so warm um diese Heirath gesorgt, durfte sie gewiß keine bittere Stunde bereiten. Und auch darum zumeist drängte sie den Schmerz zurück, weil es ihr sündhaft dünkte, über den Mann thränenreiche Klagen auszuschütten, dem sie sich und ihr ganzes Leben doch einmal geschenkt hatte auf ewige Zeit. Was diese sonderbare Wandlung in ihm hervorgebracht, mußte eine gewaltige Schickung sein, die sie nicht lange zu ergründen sich unterstand. Sie wagte nur einmal noch liebevoll ihn zu befragen, um dann auf lange zu verstummen. An seine Seite ihren Stuhl gerückt, ihre Hand schüchtern auf die Seitenlehne gelegt, hub sie mit zitternder Stimme an:

„Friedrich, was ist dir? Du vergräbst ganz in dich, verkehrst nur mit deinen kalten Zahlen und den finstern Geistern in deiner Brust. Soll ich das Blatt aus unserem Leben dir aufschlagen, in das du auch für mich ein Erinnerungszeichen gelegt? Ich meine den schönen Abend in Oberndorf. Vertrauen hast du da von mir verlangt und was hätte ich dir jetzt zu bekennen, ich, die ich gar nicht lebe, nichts will und nichts denke, so lange du trübst und denkst, abgerissen von mir, entfremdet meinem Herzen? Aber an deine bewegte Brust will ich mich lauschend legen, und ob der Ton, den ich da höre, wie Mitternachtsglocken schreckhaft an mein Ohr schlüge, ich habe das Recht ihn zu hören und ich will ihn zu leiten suchen an mein Herz."

Lobach sog diese Worte mit einer gewissen Freude in sich: er erkannte auf's neue, welch ein engelhaftes Weib an seiner Seite zu ihm aufschaue und doch — wer mag es so leichthin grausam und herzlos schelten, wenn er im selben Augenblicke schon mit heißer, unwahrer Anklage gegen sie losbrach!

Die Gedankenschlange, die sich eben lügnerisch durch seine Seele gewunden und sich nun aufbäumte gegen das Weib, das weinend vor ihm stand, sie hat sich schon zur bösen Stunde im Herzen eines Jeden erregt. Wohl weinten Schmerz und Reue in seinem Busen bei dem Anblicke der Frau, die sich so edel vor ihm demüthigte, den sie hätte anklagen dürfen; aber das stolze Bild, mit dem er sich an jenem Abend vor ihr gebrüstet, stieg bei ihrer Mahnung lebendig an sein Auge heran, wie sie am Wegraine saße, das schöne dürftige Bettelkind und mit nassen Augen nach liebesüchtigen Herzen schaute, und wie er gleichgültig und trocken vor ihr vorbeistolzirte, der Mann der goldenen Zukunft, der zukünftige Gemahl einer Geldbaronne! Und wie bitter fühlte er nun diesen Stolz gebüßt! Konnte es nicht noch kommen, daß sein Weib arm am Wege sitzt und bettelt — um Brod? Oder um Liebe? Und wie schoß jetzt in ihm der Gedanke auf, den er mit selbstbetrügerischer Hast ergriff: Ja, sie hebt jetzt gerade jenes Bild aus dem Rahmen und rückt es spöttisch vor dich hin, weil sie um den elterlichen Betrug vorausgewußt hat! Sie hat dich mit Anmuth und Liebenswürdigkeit umstrickt, dich in besinnungslosen Taumel zu stürzen, und sie weidet sich jetzt an ihrem Siege!

So ist der Mensch! Lieber häuft er mit des Rechts flüchtigstem Schein Unrecht über Unrecht auf sein Liebstes, eh' denn er reuig vor ihm die erste, leichte Sünde bekennt.

„Vertrauen forderst du von mir, schlaue Spielerin," rief er mit erzwungener Wuth, „und warst du es nicht, die der Lüge nahe gestanden, die nun mein ganzes Leben vergiftet? Hast du nicht so klug den Kopf geschüttelt über Julius' Launen, der noch so ehrlich war, dir nach Verdienst ein strenges Gesicht entgegenzuhalten? O ein Fluch über meine Blindheit!" Und mit dieser sich selbst aufgedrungenen Lüge schied der im Innersten zerstörte Mann von seiner unglücklichen Gattin, um sie auf lange nimmer zu sehen. Als er Nachts wieder nach Hause kam und in einem Anflug von Reue nachfragte, ob Bertha schon schlafen gegangen, sagte ihm die Kammerzofe in schnippischem Ton, die Herrin sei zu ihrer Mutter in's elterliche Haus geflüchtet, dort eine ruhige Nacht zuzubringen. Erschüttert stand Lobach lange Zeit vor dem Bilde Bertha's. Thränen auf Thränen rannen von seinen Wangen, bis er sich langsam beruhigte und mit dem seltsamen Troste sich begnügte: Du konntest nicht anders als hart und ungerecht handeln, denn eben so hart und ungerecht schaltet mit dir das Schicksal, und schon morgen ist vielleicht die Frucht jahrelanger Mühen abgefallen von deinem Lebensbaume und fault am Boden.

Und wirklich ward er noch in derselben Nacht durch zwei Depeschen aufgeschreckt, die wie mit der strengen Schere der Parze das feine Gespinnst seiner Entwürfe entzweischnitten und dem Geschäftshause überhaupt den Lebensfaden abbissen. Am andern Morgen war Lobach verschwunden, das untere Geschoß am Bankierhaus gerichtlich geschlossen und versiegelt.

Es rächt sich an jedem Sterblichen, wenn er wie im Taumel den Gedanken und Gesinnungen untreu wird, denen er lange im Leben auf breiter Straße gefolgt und zu neuen, unbekannten Göttern die schmale Bahn hinanklimmt. So hatte Lobach all' sein Heil nur auf Hab' und Gut, auf eine reiche Lebensstellung gesetzt und nun legten sich ungeahnt mit einschmeichelnder Gewalt, Schönheit und Liebe an sein Herz und ließen ihn eine Weile dem Streben nach Reichthum und Schätzen abtrünnig werden. Darauf haben ihn jetzt beide verlassen und an der treuen Freundin unsers Lebens, an der Liebe wird es sein, versöhnt zurückzukehren und ihm alles wiederzugeben nach ihren Kräften.

(Fortsetzung folgt.)

Der Mameluk Rustan.

Ein Feuilletonist des „Gaulois" hatte sich den Spaß gemacht, den Leib-Mameluken Napoleons I., ohne sich viel darum zu kümmern, ob er noch am Leben sei, als Wahlcandidat für das Corps Legislatif vorzuschlagen. Er wäre nach seiner Meinung der richtige „treue Diener seines Herrn", der gewiß auch für Napoleon III. durch Dick und Dünn gehen würde. An jene Causerie anknüpfend, erzählt nun Francisque Sarcey in dem nämlichen Blatte das Nachfolgende:

Man darf sich Rustan, den Mameluken des ersten Kaiserreiches, nicht vorstellen, wie ihn die Hofmaler herausgeputzt haben: schön und stolz, einen Turban mit der Reiherfeder auf dem Kopfe, den Yatagan in der Faust, einen prächtigen Pelz nachschleifend. Das ist der poetische Rustan, der Rustan der Sage. Der wahre und leibhaftige Rustan war viel prosaischer; ich habe ihn genau gekannt; er lebte zurückgezogen in dem Städtchen, wo ich geboren war, und wohnte ganz in unserer Nähe.

Er war ein dickleibiger Mann von gewöhnlichem Ansehen, und stiermäßig dickem Halse; er aß auf eine entsetzliche Weise, hatte ein breites, lautes Lachen, das mir noch immer in den Ohren gellt, sprach ein fürchterliches Kauderwälsch, das eine entfernte Aehnlichkeit mit der Negersprache der komischen Oper hatte. Uebrigens war er ein guter Vater, vortrefflicher Gatte, verläßlicher Nachbar, aber von einer für jede Probe feuerfesten Dummheit.

Man konnte von ihm über Scenen, denen er beigewohnt hatte, nie etwas herausbringen, das einen gesunden Sinn gehabt hätte. Er hatte Alles angeglotzt, ohne es zu sehen. Einige Geschichtschreiber des Kaiserreichs kamen zu ihm, um mit ihm in der Hoffnung zu plaudern, sie würden aus ihm einige Detailzüge über schlecht aufgehellte Vorgänge herauslocken.

„Nicht wahr," sagte man zu ihm, „an jenem Tage war ein heftiger Zank zwischen Napoleon und dem Herzog . . ."

„Oh! ja, der Kaiser im Zorn, nicht gut der Kaiser, wenn er war in Zorn."

„Nun, was sagte er?"

„Er mit großen Schritten auf und ab gehen, sehr laut schreien. Oh! nicht gut, der Kaiser, wenn er war im Zorn."

Darüber kam er nie heraus. Ich lauschte ihm mit gespannter Aufmerksamkeit, sobald er vom Kaiser sprach; ich war damals ein Kind, aber die Geschichten, die er uns erzählte und an die ich mich stückweise erinnere waren einfältig dummes Zeug. Sie endigten stets mit Reitpeitschenhieben, die er von der Hand Napoleon's erhielt. Diese Reitpeitschenhiebe gingen mir schon damals nicht recht ein, und obgleich ich einen fast abergläubischen Respect vor dem kleinen Corporal hatte, verwunderte ich mich doch, wie sich ein Mann eine solche Behandlung ohne Widerrede gefallen lassen konnte. Ueberdies wunderte ich mich, wie sich ein großer Mann zu einer solchen Züchtigung hinreißen lassen konnte.

Ich weiß heute, daß dieser Begründer einer Dynastie eine der heftigsten Personen war, welche die Geschichte aufzuweisen hat. Man erinnert sich eines geistreichen Wortes von Talleyrand. Napoleon hatte ihn öffentlich mit Beleidigung überhäuft; der Diplomat wendete sich nachlässig zu seinem Nachbar und sagte zu ihm mit halblauter Stimme und in mitleidigem Tone: „Wie schade, daß ein so großer Mann so ungezogen ist."

So war es auch. Napoleon I., Kaiser der Franzosen, König von Italien, Schutzherr des deutschen Bundes, hatte keine Erziehung erhalten und sich auch später keine angeschafft. Er war der leidenschaftlich heftige Corse geblieben, den der geringste Widerstand aus Rand und Band brachte, der sich in der Wuth nicht mehr kannte und dann jedes Hinderniß, gleichgiltig ob ein Mensch oder ein lebloser Gegenstand, mit Worten und Schlägen mißhandelte.

Rustan erzählte uns, daß der Kaiser am Tage nach einer Schlacht, Austerlitz oder Jena, einen Vogel vorüberfliegen sah und Lust bekam, diesen zu schießen. Die Pistole versagte; er griff nach einer zweiten, bei der auch das Zündkraut abbrannte.

„Rustan!" schrie er zornig.

Rustan näherte sich zitternd. Der Kaiser fiel über den armen Teufel mit der Reitpeitsche her.

Rustan wagte nicht zu fliehen und drehte sich unter einem Hagel von Schlägen im Kreise.

„Ich nicht zufrieden," endete er seine Geschichte, „ich traurig, traurig! Aber, andern Tag, Kaiser mich am Ohre fassen und ziehen. Oh! gut, der Kaiser, wenn er nicht war im Zorn."

(Schluß folgt.)

Miscellen.

In Darmstadt war am 7. Mai die Verhandlung gegen den Schriftsteller Arthur Müller und den Redacteur der „Main-Zeitung", Will, die sich in Angelegenheiten von Schauspielerinnen erhitzt, insultirt und geohrfeigt hatten. Müller wurde zu 4 Wochen Gefängniß und 100 fl. Geldbuße, Will zu 8 Tagen Gefängniß und 85 fl. Geldbuße verurtheilt.

Paris, 12. Mai. „Paris" vernimmt, daß die Reise der Kaiserin nach dem Orient mit Rücksicht auf die mit einem solchen Unternehmen verbundenen Kosten, welche auf nicht weniger als 2,400,000 Francs angeschlagen werden, wahrscheinlich unterbleiben dürfte.

Die Sängerin Tietjens ist in London das Opfer einer unabsichtlichen Brutalität geworden. Bei der Generalprobe von „Robert der Teufel" und in dem Momente, da Bertrand ruft: „Nun gehörst du mir für immer!" führte der Bassist, ein Amerikaner von athletischer Gestalt, vermuthlich um die Besitzergreifung zu bekräftigen, einen Faustschlag in das Gesicht der zitternden Alice. Fräulein Tietjens sank bewußtlos und mit Blut überströmt zusammen, und mußte durch 14 Tage das Bett hüten. Sie soll, als sie zu sich kam gesagt haben: „Das ist der stärkste Schauspieler, den ich je kennen gelernt habe."

(Das alte Jerusalem.) Die Nachgrabungen, welche der englische Lieutenant Warren unter den Auspicien des Palästina-Erforschungs-Fonds anstellt, fangen an, ungewöhnlich interessante Resultate zu Tage zu fördern. Die Arbeiten sind gegenwärtig nur auf die Stadt Jerusalem beschränkt, und der Boden der heiligen Stadt erweist sich als eine Quelle bemerkenswerther Antiquitäten. Das Jerusalem von heute steht auf den Ruinen des Jerusalems der Vorzeit. Reisende, die nach Jerusalem kommen, begnügen sich nicht länger mit einem flüchtigen Blick auf die Stadt, wie sie ist, sondern, indem sie in Lieutenant Warren's Schachte hinabsteigen, und durch Bogen, Gallerien, verschüttete Hallen, Reservoirs und Wasserleitungen wandern, erhalten sie auch einen Einblick in die Stadt, wie sie einst war. Mehr als 50 solcher Schachte sind gegraben worden, und in einem derselben hat man 80 Fuß unter der jetzigen Oberfläche den Grundstein der alten Mauern des Tempels entdeckt, welche mit seltsamen, bis jetzt noch nicht entzifferten Inschriften bedeckt sind. Bei der Ausgrabung des Birket Israel oder Sumpfes von Bethesda fand man auf ein fast 100 Fuß tiefes, gewölbtes Reservoir, dessen Ausdehnung noch nicht gänzlich erforscht ist. In einem Theile der Haram-Area gelangte man in die Oeffnung eines Beckens, das zu einem großen, 68 Fuß langen und 67 Fuß breiten, wie eine Kirche gewölbten Gebäude führte, welches Lieutenant Warren unwillkürlich an die Kathedrale von Cordova erinnerte. In vielen dieser unterirdischen Plätze, die gewöhnlich mit großen Schuttmassen angefüllt sind, fand man seltsame irdene Geräthschaften, die gegenwärtig in den Bureaux des Palästina-Erforschungs-Fonds zu London zur Ansicht ausgestellt sind. Das sind nur einzelne Beispiele der Entdeckungen, welche die ersten Anstrengungen der Forscher belohnt haben. Der Boden Jerusalems scheint die Grabstätte des vergangenen zu sein, und fortgesetzte Forschungen dürften nach und nach die Topographie der heiligen Stadt in der Zeit ihrer frühesten Geschichte vervollständigen.

Wie man der „A. Z." aus Tripolis schreibt, hat die bekannte holländische Afrikareisende Fräul. Tinne eine Reise nach dem Sudan unternommen. Sie ist bereits in Murfuk, der Hauptstadt Fezans eingetroffen, denkt von dort Ausflüge nach den westlichen Tuaregs zu machen und dann die Weiterreise fortzusetzen. Derselbe Correspondent der „A. Z." schreibt: „Eine Eigenthümlichkeit von Fräulein Tinne bildet ihr durch langes Verweilen im Orient und Entfernung von Europa ausgebildeter an Abscheu grenzender Widerwille gegen alles Europäische. Schon seit Jahren kleidet und verschleiert sie sich wie eine Araberin und hat ihr ganzes Hauswesen arabisch eingerichtet. Diesmal, als sie ihre Reise nach dem Sudan antrat, wollte sie jedoch in ihrem Abstreifen alles Europäischen noch weiter gehen und ließ sogar ihre und ihrer Diener Taschenuhren in Tripolis zurück, um gar nichts an sich zu haben was sie, wie sie sich ausdrückte, an die verhaßte Civilisation erinnerte. Aber, wie es scheint, gehört sie nicht zu den „Glücklichen, denen keine Stunde schlägt," und befand sehr bald das Bedürfniß nach einem Zeitmesser. Jetzt hat sie an den holländischen Consul hierselbst geschrieben, ihr einen solchen zu schicken, aber ja keinen europäischen, sondern eine arabische Sanduhr oder Stundenglas, mit dem sie vermittels zweier Diener, die sich Tag und Nacht dabei ablösen müssen, die Zeit auf einfache und praktische (?) Weise messen könne.

(Großartige Betrügerei in Amerika.) Die „Times" zu Newyork schreibt unterm 1. April: „Zwei oder drei Tage vor einem Gerichtshof haben genügt, um eine der großartigsten Betrügereien, die jemals an einer Regierung verübt wurden, bloßzulegen. Der Vizepräsident der Union-Pacific-Bahn machte, als er zur Abgabe von Zeugniß gezwungen wurde, das Geständniß, daß die Baucontracte zu Raten abgeschlossen worden seien, welche von Lstr. 42,000 bis zu Lstr. 90,000 per Meile gehen, und welche nominell dreimal so hoch sind, als die wirklichen Baukosten. Vergleicht man diese Ausgaben mit den Einnahmen der Gesellschaft, so ergibt sich, daß dieselbe sehr bald jeden Cent ihres Vermögens los sein wird, und daß die Gläubiger, welche die ersten Hypotheken in Händen haben, dieselben kündigen und die Bahn versteigern lassen werden, so daß den Vereinigten Staaten mit ihrem Darlehen von 30 bis 50 Millionen Dollars das Nachsehen bleibt."

(Thee in Nord-Amerika.) Im Osten Tennessees scheint die Theepflanze sehr gut zu gedeihen. Die ersten Versuche zur Cultur derselben wurden im Jahre 1858 gemacht und die damals gepflanzten Stauden liefern jetzt einen reichen Ertrag guter Theeblätter. Man glaubt, daß auch große Districte anderer Südstaaten sich für den Theebau vortrefflich eignen.

Die Stadt Charleroi droht zu versinken. Der dortige Gemeinderath hat einen Bericht an den Minister der öffentlichen Arbeiten abgeschickt, worin er darauf dringt, daß man keine Ausbeutung von Kohlen unter dem Stadtgebiet mehr erlaube, oder doch solche an strenge Vorsichtsmaßregeln knüpfe. Schon im Jahre 1819 hat eine Commission von competenten Ingenieuren die Thatsache festgestellt, daß die Aushöhlungen durch Kohlengruben unter der Stadt gefährlich seien. An den Casernen in der Haute-Ville und den dort gelegenen Magazinen deuten die gerissenen Mauern auf die vorhandene Gefahr.

Der neuesten Kap-Post zufolge (14. April) stellen sich die Goldfelder als sehr arm heraus. Dagegen nehmen die Diamanten-Entdeckungen noch immer zu. Seit der letzten Post sind ihrer etwa zwanzig aufgefunden worden. Der Post-Dampfer hat einen Stein von 47½ Karat gebracht, der 2000 Pfd.-St. werth sein soll, und der nächste Post bringt einen von etwa 83½ Karat Gewicht und 80,000 Pfd.-St. Werth.

Redaction von A. L. Woll. Druck der Jäger'schen Druckerei in Speyer.

Palatina.

Belletristisches Beiblatt zur Pfälzer Zeitung.

Nro. 60. Speyer, Donnerstag, den 20. Mai 1869.

Pfälzische Sagen.

VIII.

Der Ruprechtsfelsen.*)

Von Gustav Mühl.

Dem alten Ritter Ruprecht
Mit seinem alten Roß,
Dem konnten sie nicht langen
Im kleinen Felsenschloß.

Die stolzen Ritterburgen
Im Lande weit und breit,
Verfallen, längst bezwungen,
In stummer Einsamkeit.

Längst hatte schon gewechselt
Der Zeitgeist die Gestalt,
Dem Alten blieb noch immer
Der Panzer umgeschnallt.

Noch immer ritt er rüstig
Aus seinem Räuberhorst,
Und war noch stets der Schrecken
Des Wandrers in dem Forst.

Da naht einst mit dem Morgen
Ein kecker Bürgertroß;
Der alte Ritter Ruprecht
Schaut höhnisch von dem Schloß.

Es glänzt im Morgenlichte
Sein blaues Kleid von Stahl,
Und seine Rechte schwinget
Der Ahnen Festpokal.

„Glück zu, ihr jungen Krämer;
Wer wagt den kühnen Lauf,
Und will sich wohl versteigen
An meine Burg herauf?

„Ich trinke meinen Vätern
Und meiner alten Zeit,
Den ritterlichen Todten
Und ihrer Kraft im Streit!"

Jetzt weicht behend' zur Seite
Der Bürger dichter Hauf',
Ein weiter Schlund von Eisen
Gähnt zu der Burg hinauf.

Dem alten Ritter Ruprecht
Ward nie ein solches kund,
Er setzt den Becher lauschend
Wohl an den bärt'gen Mund.

Da zuckt mit grellem Donner
Vom schwarzen Schlund ein Strahl —
Und unten liegt zerschmettert
Der Eisenmann im Thal.

*) Ruppertsweiler bei Pirmasens.

Eine Geldheirath.

Eine einfache Geschichte von J. Helfelder.

(Fortsetzung und Schluß.)

III.

Das Elend des Lebens tritt oft genug so ungefragt und trotzig an uns heran, daß man es dieser ruhigen Erzählung wohl verzeihen wird, wenn sie mit einem Sprunge über das Geschick der Banquierfamilie hinwegsetzt und den Leser sogar aus der bekannten Oertlichkeit über den Kanal, nach der Weltstadt London führt. Dort hat Lubach in einem bedeutenden Kaufhause eine angenehme Stellung gefunden und in rastlosem Arbeiten die Gedanken an die nächste Vergangenheit zu betäuben gesucht. War es nicht durchaus edel von ihm, den morschen Bau, den er zuletzt wieder zu stützen allein sich vermaß, auch allein über seinen Schwiegervater zusammenbrechen zu lassen, indem er allen Aengsten und Qualen sich durch die Flucht entzog. So tritt jedenfalls entschuldigend das Gefühl für ihn auf, das ihn wegdrängte von dem Ort des Unglücks und der Schande. Und Bertha gab er ja doch für sich verloren, sie konnte unmöglich ihn lieben, der kaum nach ihrer Liebe gefragt und nur die Tochter des Banquiers gefreit hatte! Daß er damals am letzten Tage zu Oberaudorf so aufrichtig seinen Krämerkatechismus vor ihr aufgeschlagen, war nicht das ehrliche Verlangen, die Herzenssünde, die er durch geldsüchtiges Werben an ihr begangen haben mochte, durch redliches Bekennen wieder zu sühnen. Nun aber redete er sich ein, gerade die scharfen Worte müßten tief in ihr Herz gegriffen haben und jetzt, da er sie auch durch schmachvolle Verdächtigung so schwer gekränkt, feindselig wider ihn aufstehen und ihn völlig seiner Gattin entfremden. Reue war zur Zeit unnütz und Verzeihung von ihr zu fordern schien ihm unter solchen Verhältnissen charakterlos, denn am Ende hätte dies zarte Nachgeben ihr edles Herz wieder für ihn gewonnen, und er sagte sich's doch allstündlich, daß er ihrer unwerth sei. So stellte er ihr kurz und ehrlich vor, sie möchte den Bund der Ehe kirchlich wieder scheiden lassen, um an eines Andern Herzen das Glück zu finden, das er ihr nun einmal nicht schenken könne. In der bittersten Erregung erwartete er die Antwort, die allzu lange säumte.

Da ließ ihn eine befreundete deutsche Familie zum Abendthee bitten. Er schließt in sonderbarer Hast vor der gewöhnlichen Zeit seine Tagesarbeit und eilt zu seinen Freunden. Die Frau des Hauses empfängt ihn so gutmüthig und artig wie immer, ihr Gemahl trommelt so heiter wie allabendlich an den Fensterscheiben herum und nur die Tochter scheinen ihn so theilnehmend zu betrachten, so räthselhaft aufgeregt unter sich zu wispern und so erwartungsvoll nach der Thür zu schauen, daß ihn die seltsamste Vorahnung beschleicht, und er am Ende Alleut, was da komme, ruhig entgegenblickt. Da er nach dem Sohn des Hauses fragt, wird ihm bedeutet, daß man ihn jeden Augenblick mit einer deutschen Landsmännin erwarte und eh' man sich näher auslässt, hört er schon die Hausglocke läuten — und bald ruht weinend an seinem Herzen — Bertha, seine geliebte Gattin. In diesem Augenblick, da er sie so warm und hingegeben in seinen Armen hielt, schwor heimlich in ihm seine Seele, diesen treuen Engel rein zu wahren und zu hüten das ganze Leben lang, und abgefallen von ihm, eine elende, ärmliche Last, schien alles Unglück und alle Sorge. Diesen Abend mußte er, glücklich an Bertha's Seite, all' die heißen Fragen noch niederdrängen, die sein Herz bewegten; und erst den andern Tag, am traulichen Kamin, da Bertha ihm selbst den Thee bereitete und darreichte, lauschte er in der wohlthuendsten Behaglichkeit ihrer Erzählung. Und was ein reines Frauenherz vermag, wie die verschlossensten Kammern in ihm aufspringen vor dem Rufe der Pflicht und der Liebe, und die duftigsten, goldensten Schätze sich bloslegen und wie das Weib damit sich und den Mann loskauft aus traurigen Fesseln, das sollte er jetzt bewundernd erproben an der starken Seele seiner Bertha, die er nun mit wahrem Stolz sein eigen nennen durfte.

„Ich will dir nicht vorklagen," hub sie an, „was ich — ein eitles Kind, in den ersten Tagen unserer Ehe gelitten. Abbitte muß ich thun vor dir, daß ich in deinen Unmuth und deine Verstimmung thörichte Gedanken hineingelegt und über meine Eigenschaften stundenlang Musterung hielt, um vor dir willkommen dazustehen, und du hast indessen mit schweren Sorgen gekämpft und mit gewaltsamer Anstrengung zu retten gesucht, was du erworben und was dein Stolz und deine Ehre war. Sieh', als an jenem Tag — schon ging das Gerücht um, du sei'st geflohen — die Beamten kamen und die Thür schlossen, Alles so stumm und so kläglich unheimlich, als läge ein Todter im Hause, und die Mutter klagend sich in ihr Zimmer verschloß, da trat mein erster Gedanke an dein Bild heran und in mir stieg mahnend auf: durch dich ist er unglücklich geworden, durch die Heirath mit dir. Und als nun gar Julius bleich und entstellt zu mir stürzte, verzweiflungsvoll meine Kniee umfaßte und mich um Verzeihung bat und nun aufthat den traurigen Betrug, den man mit mir und dir gespielt und den er mir verschwiegen, weil der Vater nur unter dieser Bedingung seine Ehrenschulden tilge, und als der alte, unglückliche Mann sich schämte, vor das Antlitz seines Kindes zu treten, da habe ich nicht um mich und um sie geweint, ich habe nicht Julius und die Eltern angeklagt, alle meine Thränen und Klagen haben nur dich gemeint und was du Alles von mir erwartet und Alles durch mich verloren. Ich bin schon am ersten Tage aus dem Hause meiner Eltern gegangen und habe bei einer Freundin gesessen und da gewartet und gehofft auf dich und einen Brief von dir. Niemand ist zu mir gekommen als Julius, Niemanden habe ich aufgesucht. Meine Juwelen und Kostbarkeiten habe ich verkauft und den Erlös zu deinem Freunde Max gebracht, ich selbst habe gestickt und gezeichnet und manche stolze Dame ist vor meinem Fenster vorbeigegangen, die ein feines Krägelchen und einen gestickten Aermel von meiner Hand getragen. Da hat mich endlich dein Brief getroffen und wie wohl hat mir dein stiller Schmerz, deine kalte Entsagung gethan, aus der mir ein ganzer Frühling warm und echt entgegenduftete. Ich habe geweint und gelacht und bin mit dem armen Julius im Zimmer herumgetanzt und er mußte mir sogleich einen Paß besorgen und ich habe gepackt und gesorgt, um ja recht bald fortzukommen. Drüben bei dir wollte ich dann eine Mädchenschule gründen, Klavierunterricht suchen in großen Häusern, Muster copiren für Stickerinnen — ach, es schwirrten die wunderlichsten Pläne in meinem Kopf herum. Nun bin ich Abends in der Dämmerung still hinsinnend am Fenster gesessen, da pocht es schüchtern an meine Thür, ich zünde Licht an und vor mir steht ein alter lieber Freund, der Maler Eugen, der mit uns, weißt du noch? auf dem Schliersee gefahren und mit so wilden Blicken dich verfolgt hat. Er hatte von deinem Briefe gehört, und nun — ich will darüber rasch hinweggehen, es thut mir leid um den Freund und so verliert man oft die besten Herzen — und nun hat er mit glühendster Leidenschaft mir seine Liebe zu mir vorgeklagt, hat mir vorgehalten, daß ich als Tochter der lutherischen Kirche von dir lassen könnte und als eine Frau von Geist und Gemüth von dem kalten Rechenmeister lassen müßte und er hat so wild und feurig und wie ein Rasender vor mir gesprochen, daß mir im Schrecken der Athem versagte, bis ich ihn endlich entschieden zurückwies, auf immer. Drauf ist er hinausgestürzt und ich habe mich mit desto innigeren Gedanken an dir festgehalten. Später machte ich noch einen schweren Gang — zu meinen Eltern. Das Haus ist verkauft, sie wohnen jetzt ruhig und gefaßt zusammen; mein Vater hat laut geweint und nicht gewagt, dir Grüße mitzuschicken. Da sollte es anders kommen und zu unserem Heil. Ein Fieber hat mich auf's Lager geworfen und ich habe wochenlang die thörichtsten Dinge geschwatzt und während ich ängstlich deinen Namen rief, und dich in wilden Träumen unter der Last goldgefüllter Säcke verschwinden sah, sind still und rasch die wenigen Tausende, die ich aus den verkauften Kleinodien gerettet, zu einem stattlichen Vermögen angewachsen. Dein Freund hat glückliche Versuche mit dem anvertrauten Gute gemacht und er lädt dich ein, zu ihm zu kommen und in seinem Geschäfte als Mitregent zu thronen in aller Ehre und Würde. Ich werde auch mit Hand anlegen müssen in dem zierlichen Laden, der so hübsche Kleinigkeiten verwahrt und ich werde die Ehre zu machen suchen. Mein Vater hat seine Gläubiger mit großer Gewissenhaftigkeit zufrieden gestellt, dein Name glänzt rein und unverletzt unter unseren Mitbürgern und so können wir getrost zurückkehren in meine alte geliebte Vaterstadt. Und nun, da ich zu Ende bin, mein Freund, keine Vorwürfe, keine Anklagen, keine Entschuldigungen! Die Menschen haben uns zusammengeführt in gleichgültiger Berechnung, wie manche Andere auch, aber uns hat die Liebe wieder gerettet wie Wenige, und wir wollen ihr danken, daß sie so kurze Rache geübt und sich sobald versöhnt hat mit unserer — Geldheirath!"

Jetzt waltet Bertha wieder als reich gesegnete Dame, wie in den ersten Tagen ihrer Ehe, nur sicherer und glücklicher; in schönen Sommerabenden sitzt sie lächelnd in dem stillen Blumenhause zu Oberndorf an der Seite ihres Gatten, zu ihren Füßen ein spielendes Kind.

— —

Der Mameluk Rustan.

—

(Schluß.)

Eigentlich war der berühmte Mameluke der napoleonischen Tage für den Kaiser nur ein Wachhund. Er schlief thatsächlich auf der Thürschwelle vor dem Schlafgemache Napoleons. Eines Abends fürchtete er, die Tapeten im Saint-Cloud-Schlosse zu beschmutzen, und rückte sein Lager weiter weg. Im tiefsten Schlafe wurde er durch eine Hand geweckt, die sich auf seinen Kopf gelegt hatte. Er stürzte sich auf den Angreifer und faßte ihn an der Kehle. Es war Napoleon, welcher, da er zufällig nicht schlafen konnte, gewahrte, daß sein Bulldog nicht auf der gewohnten Stelle lag.

„Du willst mich also umbringen lassen?" schrie er. Und darauf folgten die Peitschenhiebe; das war nämlich das letzte Argument des großen Mannes mit seinen Dienstleuten, wie mit den Königen die Kanonen seine ultimo ratio war.

Bekanntlich folgte Rustan dem Kaiser nicht auf die Insel Elba. Er war verheirathet, Familienvater; er bat also seinen Herrn, der ihn ja nicht mehr brauchte, um die Erlaubniß, sich vom Dienste zurückziehen zu dürfen. Diese wurde ihm leicht gewährt und er reiste ab. Nichts war natürlicher als dieser Vorgang. Zur Zeit meiner Kindheit beurtheilte man die Sache anders. Diesen großen Mann verlassen zu haben, galt als der unverzeihlichste Verrath.

Ich erinnere mich, daß der arme Vater Rustan sehr unter diesen Vorwürfen litt, die ihn überall verfolgten. Er hatte seine eigene Art der Erklärung, warum er seinem Herrn nicht in die Verbannung nachgefolgt war. Wenn ich mich gut erinnere, war es Napoleon selber, der ihn dazu verhalten, auf daß er über die Interessen seines Ruhmes wachen solle. Der Unglückliche begab sich deßhalb auf ein Feld der Erzählung über den Kaiser, der so und so gesagt hatte, auf dem er sich sehr confus bewegte. Sein Geplauder, mit dem er für den exilirten Kaiser Reclame machen sollte, war nur höchst ergötzlich.

Die verbitterten Bonapartisten konnten ihm nicht diesen Abfall verzeihen. In Dourdan lebte ein Musiklehrer, ein trockener mürrischer alter Herr mit struppigem Barte, der einen wahren Cultus für den Kaiser bewahrte. Er hieß Lingart. Ich nahm bei ihm Violinunterricht. Er ging nie an Rustan vorüber, ohne in den Bart zu brummen: „Verräther seines Kaisers! Landesverräther! Verräther an Gott!" Rustan war, wie erwähnt, ein geduldiger Mensch, diese unablässige Beschimpfung aber brachte ihn schließlich doch aus dem Häuschen. Eines schönen Morgens faßte er ihn an der Gurgel, drehte ihn mit der einen Hand herum, und mit der andern führte er so kräftige Stockschläge auf den Rücken, daß der Stock entzweibrach. Ich hörte ihn gewiß zwanzigmal die Geschichte dieser Stockprügelei erzählen; dabei zeigte er immer das obere Stockende, das ihm in der Hand geblieben war, und ergoß sich in Klagen über den Musiklehrer, der einen so harten Rücken hatte. „Er mir den Stock zerbrochen haben, schönen Stock, Hundskopf in Elfenbein, hat theuer gekostet!"

Durch diesen gerechten Widerstand hatte er wenigstens so viel erreicht, daß man ihm nicht mehr unangenehme Dinge zu Gehör sprach; wenn man schon von seinem angeblichen Verrathe plauderte, geschah es nicht mehr in seiner Gegenwart. Er ging nicht mehr nach Paris, wo er wieder ähnliche Unbilden wie die folgende erfahren hatte. Man flüsterte sich in's Ohr, er hätte dort einmal den Circus besucht, wo man napoleonische Scenen aufführte. Als der Schauspieler Gobert in der Maske Napoleons auftrat, hatte dieser, sich gegen sein Gefolge wendend, gerufen: Rustan! Der Zuschauer Rustan war unter der Macht der Gewohnheit aufgestanden und antwortete: „Sire!" Er wurde sofort erkannt und ausgepfiffen, er machte sich in der Angst durchgeprügelt zu werden, eiligst aus dem Staube.

Rustan ist seit fünfundzwanzig Jahren todt, und man kann um so freier von ihm erzählen, da er keine Erben seines Namens hinterlassen hat. Er war aus Georgia gebürtig.

Ich habe mit dieser Mittheilung gewiß manche Illusion der kaiserlichen Epopöe auf das richtige Maß gebracht. Jene ganze Epoche hat einen so theatralischen Charakter und gleicht auf's Haar einer Feerie vom Chatelet, daß man sich Alle, die damals mitspielten, nicht anders als in Heldencostümen vorstellen kann. Man nehme ihnen aber das Paradekleid weg.

was bleibt dann von diesen prächtigen Figuranten? Die Einen waren Feiglinge, die Andern hirnwüthig; zu jener Zeit gab es weniger feste Charaktere. Das ganze Verdienst Rustan's bestand in seinem Turban, in seinem Pelze und in seinem Reiherbusche. So ist er aber ein Conterfei aus dem ersten Kaiserreiche.

Miscellen.

Die internationale Conferenz von Delegirten der der Genfer Convention beigetretenen Regierungen und der Verein zur Pflege im Felde verwundeter und erkrankter Krieger hat einen Preis von 100 Stück Friedrichsd'or für die Beantwortung folgender Fragen ausgesetzt: „Unter welchen Umständen, in welcher Form und mit welchem Erfolge hat die private Humanität bereits versucht, in Seekriegen an der Rettung Schiffbrüchiger und an der Sorge für die Verwundeten und Kranken der Kriegsflotte sich zu betheiligen? In welcher Ausdehnung und unter welchen Bedingungen können die Hülfsvereine mit Aussicht auf Erfolg sich diese Aufgabe stellen? Welche Vorbereitungen im Frieden sind nothwendig, um diese Aufgabe den Anforderungen der Menschlichkeit entsprechend zu lösen? Inwiefern ist die Lösung derselben zu fördern und zu sichern durch Anknüpfung und Unterhaltung näherer Beziehungen zwischen den ständigen Hülfsvereinen zur Pflege im Felde verwundeter und erkrankter Krieger und den bestehenden Vereinen zur Rettung Schiffbrüchiger?" Die Preisschriften können in deutscher, französischer und englischer Sprache verfaßt sein. Sie müssen anonym, mit einem Motto versehen und begleitet von einem versiegelten Couvert, welches Namen und Wohnort des Verfassers enthält und von außen dasselbe Motto trägt, bis spätestens zum 1. Mai 1870 an das Centralcomité des preußischen Vereines zur Pflege im Felde verwundeter und erkrankter Krieger in Berlin eingesendet werden. Die Zuerkennung des Preises für die Abhandlung, welche durch eine von dem Comité zu ernennende Jury preiswürdig befunden wird, erfolgt am 30. Septbr. 1870.

Die K. K. Sternwarte in Wien veröffentlicht Folgendes: Der dritte Komet des Jahres 1819, entdeckt von Pons, wurde zuerst von Encke als einer der wenigen Himmelskörper dieser Art erkannt, die durch kurze Umlaufszeiten häufigere Sichtbarkeit gewähren. Die Rechnung ergab nämlich eine Periode von 5½ Jahren. Demungeachtet gingen die Wiederkünfte des Gestirns unbemerkt vorüber, bis Winnecke, damals in Bonn, den von ihm entdeckten zweiten Kometen des Jahres 1858 als identisch mit dem Kometen 1819 III. constatirte. Die nächste Perihelrückkehr ging wieder unbeobachtet vorüber. Für die im heurigen Jahre zu erwartende Erscheinung hatte Linsser in Petersburg eine genaue Berechnung durchgeführt, nach welcher Winnecke, nun in Karlsruhe, am 9. April d. J. das Gestirn wieder aufzufinden so glücklich war. Hier wurde der Himmelskörper am 12. April zuerst aber so schwach gesehen, daß eine eigentliche Beobachtung nicht zu erhalten war. Dies gelang erst nach dem Vollmonde. Der Komet zeigt sich noch gegenwärtig, obschon seine Helligkeit bereits das 4fache von der bei der Auffindung beträgt, als ein großer, blasser, sehr verwaschener Nebel mit einer excentrisch gelegenen, sternartigen, aber schlecht definirten Verdichtung, in der zuweilen sternartige Pünktchen aufleuchten. Die heurige Erscheinung gehört übrigens zu den günstigsten, da die Helligkeit bis Ende Juni etwa 15 Mal größer werden wird, als sie jetzt ist, abgesehen von den eigentlichen Lichtentwickelungen, die bei solchen Gestirnen in der Nähe des Perihels häufig eintreten. Nach dem Ende Juni nimmt die Helligkeit des Kometen zwar noch zu, allein die Abenddämmerung wird ihm starken Eintrag thun. Er verschwindet um diese Zeit in den Sonnenstrahlen und zeigt sich erst Anfangs September nach dem Perihel, nur in weit geringerer Lichtstärke, am Morgenhimmel.

Statistische Nachweisungen über das unselige Laster der Trunksucht führen die Zahl ihrer Opfer in den verschiedenen Ländern also an: In England tödtet das Uebermaß im Trinken, der Mittelzahl nach angenommen, jährlich 50,000 Menschen, worunter 12,000 weiblichen Geschlechts. Deutschland folgt alsdann mit 40,000 Opfern nach. In Rußland zählt man nur 10,000, in Belgien 4000 und in Frankreich 1500. Die Nation aber, welche den Mißbrauch der alkoholischen Getränke am Aergsten treibt, sind die Amerikaner. Nach der von Dr. Everett verfaßten Statistik rechnet man 500,000 Personen in den vereinigten Staaten, welche in dem Zeitraume von acht Jahren an den Folgen der Trunksucht zu Grunde gegangen sind. Ein französisches Journal bemerkt dazu: „Wollen denn diese verteufelten Amerikaner in allem voran sein?"

Vorigen Donnerstag, 13. d., schifften sich 242 beschäftigungslose Arbeiter aus dem Ostende Londons auf dem Dampfer „Cleopatra" ein, um sich in Canada eine neue Heimath zu finden. Von ihnen waren 132 durch den unter dem Namen „British and Colonial Emigration Fund" bekannten Verein zur Förderung der Auswanderung unterstützt worden. Seit seinem Bestehen hat der genannte Verein bereits für etwa 3400 Auswanderer ganz oder theilweise die Reisekosten bezahlt.

Die „Times" bringt folgende Zuschrift von einem Amerikaner: „Vor einigen Wochen starb im Staate Newyork der letzte Soldat der amerikanischen Revolution, 109½ Jahr alt. Sein Leben war um mehr als ein Vierteljahrhundert länger als das der Union, und er stimmte für alle ihre Präsidenten von Washington bis Grant einschließlich. So ist der letzte noch als britischer Unterthan geborne Mensch der alten 13 vereinigten Colonien hinweggeschieden. Als er in seiner Wiege lag, gab es auf dem nordamerikanischen Continent keine 4 englischsprechenden Millionen; als er in sein Grab gelegt wurde, zählte dieser Stamm in der Union und in Canada über 40 Millionen." Der Briefschreiber wünscht zu wissen, ob in England wohl noch ein Mensch lebt, der im Unabhängigkeitskriege gegen die Amerikaner gekämpft hat.

Im Jahre 1865 erschien in London eine prachtvolle englische Ausgabe Shakespeare's zu dem hohen Preise von 100 Pfund Sterling. Es wurden von dieser Ausgabe nur 150 Exemplare abgezogen, von denen bloß eines nach Oesterreich (an die k. k. Hofbibliothek in Wien) zwei in Berlin abgesetzt wurden, die übrigen blieben theils in England, theils kamen sie nach Frankreich, Belgien und Nordamerika. Das prachtvolle Werk besteht aus 16 Großfoliobänden zu 40 Centimeter Höhe, 29 Centimeter Breite, 8 Centimeter Dicke. Der Text basirt auf den ältesten Ausgaben, und demselben wurden alle die Erzählungen, auf welchen die Shakespeare'schen Dramen beruhen, sowie zahlreiche archäologische Anmerkungen und Nachbildungen von Illustrationen aus alter Zeit beigegeben. Auch enthält das Werk bei einzelnen Dramen Facsimiles älterer Ausgaben, sowie wichtigere auf Shakespeare bezügliche Dokumente und Handschriften. Die Lettern sind groß und scharf, der Druck herrlich. Das Papier, sehr fest, wurde eigens für diese Ausgabe gefertigt.

Logogryph.

Es trägt Dein Haupt, es trägt den Himmel,
Du selber trägst's und Deine Frau,
Du ißt's mit Essig, Oel und Kümmel,
Veränderst Du der Zeichen Bau.

Redaction von K. A. Wolf, Druck der Jäger'schen Druckerei in Speyer.

Palatina.

Belletristisches Beiblatt zur Pfälzer Zeitung.

Nro. 61. | Speyer, Samstag, den 22. Mai | 1869.

Die wilde Rose.

—

„Aber was ist Dir denn, Emil?“ sagte der alte Graf von Asseline zu seinem Neffen Emil, welchen er eine Zeit lang aufmerksam beobachtet hatte. Dieser stand nachlässig an's Fenster gelehnt und trommelte leise auf den Scheiben, während seine traurigen Blicke träumerisch in den Garten hinunter starrten.

Der Jüngling erwachte bei den Worten seines Oheims aus seiner Träumerei und wandte sich rasch gegen denselben um.

„Oheim!“ rief er lebhaft, „ich liebe Gabriele — ich will sie heirathen!“

„Ah so!“ erwiderte der Alte gedehnt.

„Zürnen Sie deßhalb?“

„Warum? — Mich willst Du ja doch nicht heirathen,“ sagte der Graf lächelnd.

„Und Sie erlauben — —?“ unterbrach ihn der Jüngling freudig.

„Daß Du mit meiner Tochter sprechen kannst; sie wird schon für mich antworten. Sagt sie — —“

„Und wenn sie ja sagt?“ rief Emil.

„Nun, dann ist's ein Ja,“ entgegnete der Alte ruhig.

„O, Dank, Dank, lieber Oheim!“ rief Emil freudig bewegt. Plötzlich sich besinnend jedoch, fügte er zögernd hinzu: „Aber ach, da fällt mir ein Hinderniß ein.“

„Nun, und welches?“ fragte der Oheim.

„Ach, Sie lachen mich aus. Ich — ich wag' es nicht, mich Gabrielen zu erklären. Erblick' ich sie, so werde ich verwirrt, stammle, und sie lacht wohl gar über mich.“

„Was?“ rief der Graf herzlich lachend, indem er aus seinem Armstuhl sich erhob. „Du bist erst so weit? — Ich dachte, da Du soeben um meine Einwilligung batest, Du wärest Deiner Sache bereits sicher.“

„O, ich habe Hoffnung —“

„Nun, so sag' mir, welche? ich bitte Dich,“ fiel der Alte lächelnd ein.

Nach einigem Zögern fuhr Emil fort:

„Vor Allem scheint Gabriele mich nicht mit Mißfallen zu sehen.“

„Das ist sehr natürlich,“ sagte der Alte; „Ihr seid verwandt, und ich habe Euch zusammen auferzogen.“

„Wenn Gabriele singt,“ fuhr Emil fort, „so will sie nur von mir auf dem Klavier begleitet sein.“

„Weil Du ein guter Musiker bist.“

„Als ich jüngst in Folge eines unglücklichen Sturzes auf der Jagd halb todt zurückgebracht wurde, fiel sie fast in Ohnmacht.“

„Ja, fast!“ sagte schalkhaft der Alte; „denn da Du nur halb todt warst, so konntest Du auch mit Recht auf keine ganze Ohnmacht ihrerseits Anspruch machen.“

„Sie scherzen grausam, lieber Oheim. Ich wollte Sie um eine Gefälligkeit bitten, und Sie rauben mir alle Zuversicht.“

„Und die wäre?“ fragte der Alte.

„Sie möchten mein Fürsprecher bei Gabriele sein.“

„Das heißt, versteh' ich Dich recht, ich soll in Deinem Namen meiner Tochter eine Liebeserklärung machen.“

„Ja, lieber Oheim.“

„Nein, nein, daraus wird nichts! — Müßte dieser Schritt nicht meiner Tochter den Argwohn einer geheimen Verabredung unter uns beiden einflößen? Dies befürchte ich. Auch würde Gabriele gegen mich minder offen sein, während sie Dir gegenüber ganz unbefangen sich aussprechen kann. Liebt sie Dich nicht, nun, so wird sie Dir es freimüthig gestehen. Nicht wahr, das willst Du ja?

„Sie bringen mich zur Verzweiflung, Oheim.“

„Du siehst sehr bleich aus, lieber Emil.“

„Daran ist die Furcht schuld, lieber Oheim.“

„Aber, lieber Junge, eine solche Schüchternheit in Deinem Alter, das ist ein krankhafter Zustand! Du mußt ein- für allemal davon geheilt werden. Ich glaube, Gabriele ist soeben im Garten. Geh' hinab und suche sie auf, erkläre Dich ihr unumwunden und verschaffe Dir eine entscheidende Antwort: ja oder nein.“

„Sie fassen die Sache so leicht auf, lieber Oheim. Wenn nun aber Gabriele ohne Ihre Einwilligung mir keine entscheidende Antwort ertheilen will?“

„Geh', geh'! Du machst mich ungeduldig!“ rief der Graf ärgerlich.

„Lieber Oheim!“ flehte Emil, „ich bitte Sie —“

„Nun wir werden sehen!“ entgegnete der Alte im vorigen Ton, indem er aufstand und zur Thüre ging. Die Sache wird sich schon in's Reine bringen lassen.“

Als der Graf fort war, stand Emil einige Augenblicke in träumerisches Nachdenken versunken.

„Ei nun!“ sagte er endlich mit einem leisen Seufzer, „ich muß einmal Muth fassen!“

Er stellt sich vor den Spiegel, ordnet Halsbinde und Haare und streicht den Schnurrbart.

„Ich fühle jetzt ein kriegerisches Feuer in meinen Adern glühen,“ fuhr er fort. „Nun hinab auf's Schlachtfeld!“

Noch einen Blick warf er jetzt durch's Fenster.

„Ach!“ rief er freudig, „da unten wandelt sie im Garten! — Wie schön sie ist! — O Gabriele! — Sie geht auf die Geisblattlaube zu! — Nun schnell ihr nach, und wenn nicht Sieg, so will ich doch Gewißheit mir erringen!“

Mit diesem Ausruf stürzt er zur Thüre hinaus und die Treppe hinab.

Im kühlen Schatten einer süßduftenden Geisblattlaube saß die liebliche Gabriele, die schönen Augen träumerisch auf ein Buch gesenkt, das ihre zarte Hand auf dem Schooße hielt.

Ganz vertieft in's Lesen, gewahrte sie Emil nicht, welcher langsamen, zögernden Schrittes den Gartengang heran kam und zuletzt, in den holden Anblick versunken, ganz in ihrer Nähe unschlüssig stehen blieb.

„Ach!“ seufzte der Jüngling, „ich fühle schon meinen Muth erschlaffen und mein Heldenfeuer erkalten in der Nähe des Schlachtfeldes. Ich weiß schon nicht mehr, was ich ihr sagen wollte — meine Gedanken verwirren sich. — O mein Gott! — Was wollte ich ihr denn nun gleich sagen? — Ach ja!“ fuhr er nach einer kleinen Pause fort, indem sein Blick auf eine wilde Rose fiel, die er im Knopfloch trug, „das ist's! ich wollte ihr diese Rose überreichen und — —“

In diesem Augenblicke hob Gabriele die Augen vom Buch und gewahrte ihren Vetter.

„Mein Gott, Emil!“ rief sie etwas unmuthig, ohne von ihrem Sitz sich zu erheben, „Du legst es darauf an, mich zu ärgern! Du weißt doch, daß ich beim Lesen nicht gestört sein will!“

Emil ward durch diese für sein Vorhaben nichts weniger als günstige Anrede etwas außer Fassung gebracht; dennoch näherte er sich ihr noch einige Schritte.

„Was liesest Du denn da, liebe Gabriele?“ frug' er sie mit etwas bebender Stimme.

„Du siehst es — Verse,“ erwiderte sie, ihm das Buch vor die Augen hinhaltend.

Unwillkürlich setzte sich Emil neben seine schöne Base auf die Bank, neigte sich über ihr Buch und las laut folgendes Gedicht:

Laß' ruhen uns, geliebtes Kind!
In jener Bäume kühlem Schatten,
Am klaren Bach, der murmelnd rinnt
Zu Füßen uns durch grüne Matten.

Laß' uns im ros'gen Abendlicht
Vertraulich wandeln durch's Gefilde;
Wo still uns grüßt Vergißmeinnicht,
Das Deinem Auge gleich an Milde.

Wenn dann vor Wonne stumm mein Mund,
So werd' im lauten Herzensschlage
Der Gluth, im Blickesduft Dir kund,
Was ich Dir zu gesteh'n nicht wage.

Emil gewahrte beim Lesen dieses Gedichtes nicht die zunehmende Gemüthsbewegung seines schönen Bäschens. Diese riß ihm jetzt hastig das Buch aus der Hand.

(Fortsetzung folgt.)

Ueber die Conservation des Weines durch Erhitzen.

Von de Lapparent.

Der französische Minister der Marine und der Colonien hatte eine Commission zu dem Zwecke ernannt, um zu erörtern, ob das von Pasteur als Mittel zur Verhütung der Krankheiten des Weines empfohlene Erhitzen desselben in der That so wirksam sei, daß es bei dem für die französische Flotte und die Colonien bestimmten Weine eingeführt zu werden verdiene, und eventuell festzustellen, wie dasselbe am besten auszuführen sei. De Lapparent hat nun als Vorstand dieser Commission an den genannten Minister einen Bericht erstattet, welchen wir nachstehend seinem Inhalte nach mittheilen.

Die Commission hat nach Anstellung der nöthigen Erörterungen folgende Fragen discutirt und beantwortet:

1) Erscheint das von Pasteur als Mittel zur Verhütung der Krankheiten des Weines empfohlene Erhitzen desselben entschieden als so wirksam, daß anzurathen ist, dasselbe von jetzt an bei dem für die Flotte oder die Colonien bestimmten Wein in Anwendung zu bringen?

Diese Frage wurde von der Commission einstimmig bejaht, wobei folgende Thatsachen zu Grunde lagen: a. alle von Pasteur mit Wein in Flaschen angestellten Versuche, welche in dessen Werke „Etudes sur le vin“ erwähnt sind. Die Commission hat Gelegenheit, in Bezug auf einige dieser Versuche sich bei Pasteur selbst von der Richtigkeit derselben zu überzeugen. So hat im Jahre 1863 ein Weinbergbesitzer der Côte-d'Or eine Anzahl Flaschen Wein an Pasteur geschickt; dieser erhitzte die eine Hälfte derselben, während er die andere Hälfte im natürlichen Zustande ließ. Im März 1868 wurde der Commission eine Flasche jeder Partie zur Prüfung über-

erhalten, während der nicht erhitzte Wein einen sehr hervortretenden bittern Geschmack hatte, welcher die bei den Burgunderweinen besonders auftretende Krankheit bildet. Ein Tropfen dieses Weines, welchen Pasteur unter das Mikroskop brachte, ließ den dieser Krankheit eigenthümlichen Pilz erkennen. Im Laboratorium Pasteur's stand außerdem eine Flasche mit Wein, welche zu zwei Dritteln leer und einfach mit einem Korkstöpsel verschlossen war; die Aufschrift dieser Flasche zeigte an, daß man am 3. Juni 1865 angefangen hatte, sie zu entleeren. Der Wein dieser Flasche, sehr ordinär, da er nur 45 Centimes pro Liter gekostet hatte, hatte die den alten Weinen eigenthümliche Farbe angenommen, zeigte aber beim Kosten keine Spur von Säure oder Bitterkeit. Ein solcher, nicht erhitzter Wein würde unter denselben Umständen in einigen Tagen sauer werden.

b. Seit fast zwei Jahren wird das Erhitzen des Weines auch von Weinhändlern im Großen ausgeführt, besonders in Orleans, Beziers und Narbonne. Der Weinhändler Rassignol in Orleans braucht dazu einen Apparat, bei welchem der Wein sich während des Erhitzens in einem Fasse befindet, und die Wärme ihm durch Vermittelung von heißem Wasser mitgetheilt wird. Wenn das Thermometer die beabsichtigte Temperatur anzeigt, hört man mit dem Erhitzen auf, und läßt den Wein in das Faß fließen, in welchem er aufbewahrt werden soll. Rassignol, von der Commission über den Werth des Verfahrens befragt, gab an, daß, seitdem er seinen Kunden erhitzten Wein liefere, von denselben nie die mindeste Klage über die Haltbarkeit des Weines an ihn gelangt sei, während früher ziemlich oft Klagen gekommen wären. In Beziers wird das Erhitzen des Weines bei mehreren Weinbergbesitzern und Kaufleuten in einem großartigen Maßstabe ausgeführt, wobei der wirksame und sinnreiche Apparat in Anwendung kommt, welchen Giret und Vinas erfunden haben. Dieser Apparat besteht aus zwei Theilen, dem Wärmer und dem Kühler. Der mittelst einer Saug- und Druckpumpe zunächst auf eine angemessene Höhe gehobene Wein tritt unten in den Kühler, steigt in demselben aufwärts und gelangt dann in den Wärmer, wo er im Wasserbade erhitzt wird; dann fließt er nach dem oberen Theile des Kühlers zurück, und indem er in demselben wieder abwärts geht, gibt er einen Theil seiner Wärme an den kalten Wein ab, welcher im Kühler aufsteigt, und von welchem er nur durch eine dünne Wand getrennt ist. Giret ließ mehrere Mitglieder der Commission, welche nach dem südlichen Frankreich entsendet waren, einen Wein seiner letzten Ernte kosten, den er erhitzt hatte, weil derselbe sauer zu werden drohte: man fand diesen Wein vollkommen trinkbar. Eine Portion hatte sich seit einer Woche in dem Kübel angesammelt, welcher unter dem Hahne des Fasses stand, aus welchem der Wein abgezapft wurde; selbst diese Portion gab beim Kosten keine Spur von Säure zu erkennen, obschon sie natürlich im Vergleich mit dem Wein des Fasses schal schmeckte; wäre der Wein nicht erhitzt gewesen, so würde er in 24 Stunden in Essig übergegangen sein. Ein Kaufmann in Beziers hatte den glücklichen Einfall, alle Weine der Umgegend, welche einen Anfang von Krankheit hatten, aufzukaufen, durch Erhitzen derselben die Krankheit gewissermaßen abzuschneiden, und diesen erhitzten Wein dann mit einer gewissen Menge guten Weines zu vermischen. Er soll auf diese Weise ein sehr gutes Getränk producirt und durch den Verkauf desselben einen ansehnlichen Gewinn erzielt haben.

c. In Brest nahm man ein Faß von 500 Liter, theilte dessen Inhalt in zwei gleiche Theile, erhitzte den einen Theil auf 60° C., während der andere Theil im natürlichen Zustande gelassen wurde, und füllte dann jede Portion in ein Faß. Beide Fässer wurden, nachdem sie gut verschlossen und versiegelt waren, an Bord des Schiffes „le Jean-Bart" gebracht, und machten die Fahrt von 1866 mit, welche circa 10 Monate dauerte. Nach der Rückkehr des Schiffes ergab sich Folgendes: Der erhitzte Wein war klar, mild und kräftig und besaß die den alten Weinen eigenthümliche hübsche gelbe Farbe; er befand sich, mit einem Wort, vollkommen in dem Zustande, um wieder als Landwein verkauft werden zu können. Der nicht erhitzte Wein war ebenfalls klar, aber dunkler, und hatte einen zusammenziehenden in's Saure übergehenden Geschmack; er war noch trinkbar, aber es erschien als angemessen, ihn sogleich zu verbrauchen, um sein gänzliches Verderben zu vermeiden.*)

In Rochefort füllte man zwei Flaschen von je 10 Liter Inhalt zu Hälfte mit Wein, und zwar die eine mit Wein, welcher erhitzt worden war, und die andere mit demselben, nicht erhitzten Wein. Man verschloß dann jede Flasche mit einem Korkstöpsel, durch welchen eine mit zwei Kugeln versehene Glasröhre ging, welche das Innere der Flasche mit der äußeren Luft in Verbindung setzte, aber das Eindringen von Staub verhinderte. Die den erhitzten Wein enthaltende Flasche wurde zuerst in die Rochefortoer Essigfabrik gebracht. Nachdem sie in derselben 14 Tage lang gestanden hatte, zeigte der Wein nicht die mindeste Veränderung. Nun wurde auch die Flasche mit dem nicht erhitzten Wein in die Essigfabrik gebracht und neben die andere Flasche gestellt. Nachdem wieder eine Woche verflossen war, hatte der nicht erhitzte Wein bereits einen sehr hervortretenden sauren Geschmack angenommen, während der erhitzte Wein noch ganz unverändert war.

*) Der Verfasser des Berichtes hatte im letzten Sommer Gelegenheit, Proben dieser beiden Weinsorten, welche seitdem in Flaschen in einem Schranke gestanden hatten, zu untersuchen. Er fand den nicht erhitzten Wein vollständig in Essig verwandelt, während der erhitzte Wein noch vollkommen trinkbar war.

(Schluß folgt.)

Miscellen.

* **Des Menschenherzens Kampf und Versöhnung, oder Weltreich und Gottesreich**, so nennt sich ein anspruchsloses Büchlein einer Sammlung Gedichte in handlicher Form und anständiger Ausstattung, welche ohne Angabe des Verfassers und Verlegers, nur des Druckortes Speyer, Daniel Kranzbühler'sche Buchdruckerei 1869, erschienen ist. Der Verfasser ist dem Referenten persönlich gänzlich unbekannt; er weiß nur zufällig, daß es ein Pfälzer ist, der viele Jahre in Amerika gelebt hat, jetzt aber wohl der deutschen Heimath wieder angehört. Jedenfalls sind die Gedichte grundehrlich, tiefgemüthlich, sinnend-speculativ, vom Hauche des praktischen Materialismus, wie er etwa jenseits des Meeres sich geltend macht, völlig unberührt.

Der Titel des Büchleins „des Menschenherzens Kampf und Versöhnung“ ist nicht ganz glücklich gewählt — denn vom Kampf wird man in den Gedichten selbst wenig gewahr; Verfasser hat damit vielleicht sagen wollen, daß er durch Kampf von der ursprünglich nur realen Naturanschauung zu den edlen Ergebnissen seines Fühlens und Denkens gekommen ist, wie sie namentlich die zweite Hälfte der Sammlung aufzeigt.

Der andere Titel: „Weltreich und Gottesreich“, kommt dem Charakter der Gedichte schon näher; bezeichnender wäre vielleicht gewesen: „Weltseele und Gottesgeist“. Es spiegelt sich in diesen Gedichten der Gang einer Menschenseele ab, welche zuerst in die Anschauung der Natur versunken, überall das göttliche Geheimniß ahnend, nach Wahrheit ringt, und schließlich mit ihrem speculativen Denken eins wird in und Befriedigung findet mit der geoffenbarten christlichen Wahrheit. Unbestreitbar haben diese Gedichte einen Vorzug: den der vollständigen Originalität, dem allerdings namentlich in der ersten Hälfte hier und da auch sprachliche und metrische Mängel anhaften. Auch sind einige Gedichte des ersten Theiles offenbar Jugendproducte, die der Verfasser, weil an's Triviale grenzend, lieber hätte weglassen sollen, z. B. S. 10 „Die Stiefmutter“, S. 17 „Die Cigarren und die Lampe“, S. 21 „Katze und Bär“. Liegen auch in diesen Kleinigkeiten ganz nette Wahrheiten verborgen, so fehlt ihnen doch Adel der Form und poetischer Schwung, der dem übrigen Inhalt des Büchleins meist eigenthümlich ist. Doch das sind Aeußerlichkeiten, an welchen sich Niemand stoßen möge. Je tiefer man sich in das Büchlein hineinliest, desto lieber gewinnt man den Verfasser und seine Denk- und Gefühlsweise. An die Spitze der Gedichte hat er wirklich einen Bannspruch gestellt, der die Materialisten und Pantheisten mit einem kräftigen „Hinweg“ verabschiedet. Ref. fühlt sich darum in keiner Weise verletzt, sondern drückt als einer der „unbekannten Geistesverwandten“, denen die Sammlung gewidmet ist, dem unbekannten Verfasser herzlich die Hand.

Ganz besonders angesprochen haben ihn in der ersten Hälfte der Sammlung die Bilder aus dem Naturleben, denen immer ein tiefer und sinniger Gedanke zu Grunde liegt, z. B. „Der Sturm im Winter“ S. 23, „Die Gemse und die Lawine“ S. 23, „Vermählung der Kräfte“ u. A., ebenso die praktische Lebensweisheit in „Der Schmied und die Jungen“ S. 11, der elegische Schmerz in „Der Krüppel am Gitterthor“, ferner der überaus zarte Gedanke, mit dem das Gedicht „Waldbrand“ S. 50 schließt. Ebenso die sehr schöne ethische Gedanken enthaltenden Gedichte: „Das Feuer“, „An das Licht“, „Ebbe und …“, „Winter- und Frühlingsbild“, „Der Weinstock“, welches letztere schließt:

„Kein Baum fällt auf den ersten Schlag,
Es fällt kein Heiliger vom Himmel,
Gott hätte mögen wohl im Nu
Die Erde schaffen sammt den Sternen;
Er nahm sechs Tage Zeit dazu,
Damit von ihm Geduld wir lernen.“

Mit dem Gedicht S. 64, „Doppelter Glaubensgrund“, könnte man den höheren Aufschwung des Verfassers zum positiven Glauben anheben. In „Wie Neigung so Bildung“ tritt zuerst des Menschenlebens Urbild in den Vordergrund. Kurz und prägnant, aber ebenso tief und klar sind die Gedichte: „Welt- und Gottesdienst“ und „Demuthsdienst“. „Die Wahrheit in Menschengestalt“ bekennt sich entschieden zu Christo. Gemüthlich „Leib und Seele“ und „Glaubensblick“. Gleichsam als Anhang sind „Sinnbilder“ mitgegeben, sinnreiche Gedichte, in welchen die Räthsel des Menschendaseins niedergelegt und zugleich gelöst sind, und die sehr schön mit einem Blick auf das selige Jenseits im „Himmlischen Freudensaal“ schließen. Wer nicht blos auf der schillernden Oberfläche des Lebens gedankenlos hinschwimmt, sondern Sinn hat für seine tiefern und höchsten Fragen, wird das Büchlein nicht unbefriedigt aus der Hand legen und immer wieder gern zu ihm zurückkehren.

Dr. W. L.

(Die Stenographen für das Concil.) Einer von den „Stenographischen Blättern“ aus Tirol gebrachten Mittheilung über die bei dem Concil zu Rom beschäftigten Stenographen entnehmen wir Folgendes: „Wie eine aus Rom uns zugehende Correspondenz berichtet, fungirt als Vorstand des Stenographen-Bureaus für das Concil der Turiner Priester, Virginio Marchese, welcher, ehe er Priester wurde, mehrere Jahre im Stenographen-Bureau des Senates zu Turin beschäftigt war. Eine andere Mittheilung hingegen behauptet, seine Ernennung sei wieder cassirt worden, weil er einst im Dienste des Grafen Cavour als Stenograph gestanden habe und in den Verdacht gekommen sei, daß er als Spion des Königs von Italien agiren würde. Als Stenographen für das Concil wurden 21 junge Priester auserlesen, welche in der lateinischen Sprache sehr gewandt und zugleich tüchtige Theologen sind; sie versammeln sich täglich im Seminarium Romanum zu den theoretischen Vorlesungen über Stenographie und üben sich im Nachschreiben der Vorlesungen in den verschiedenen theologischen Cursen. Um der verschiedenartigen Aussprache des Lateinischen nach den verschiedenen Nationalitäten zu genügen, wurden vier aus dem deutsch-ungarischen Collegium für die deutsche Aussprache, acht für die italienische und romanischen spanischen und portugiesischen Sprechweisen aus drei verschiedenen Collegien, vier für die französische aus dem französischen Seminar, für die englischen Mundarten sieben aus dem englischen, irischen, schottischen und amerikanischen Collegium ausgewählt. Wie nahe liegt hier der Wunsch, daß man sich in Rom über eine einheitliche Aussprache der lateinischen Sprache einigen möchte, für welches Princip, so viel uns bekannt ist, in England auch schon vorbereitende Schritte vor einiger Zeit gemacht worden sind. In der „Correspondance de Rome“, welche schon einige Artikel zu Gunsten des lateinischen Systems von W. Duployé gebracht hatte, macht ein deutscher Stenograph, Dr. Eugen Jäger aus Speyer, auf das System Gabelsberger-[illegible] aufmerksam.“

* Räthsel.

An der ersten manchmal wetzen
Thiere sich die beiden letzten;
Will ein Haus sich Einer bauen,
Muß er nach dem Ganzen schauen,
Wenn die Baugeschäfte gehen,
Kommt es theuer oft zu stehen.

Auflösung des Räthsels in Nr. 58.

Priester, Triester.

Auflösung des Logogryphs in Nr. 60:

Atlas, Salat.

Redaction von K. A. Woll, Druck der Jäger'schen Druckerei in Speyer.

Palatina.

Belletristisches Beiblatt zur Pfälzer Zeitung.

Nro. 62. Speyer, Dienstag, den 25. Mai 1869.

Die wilde Rose.

(Fortsetzung.)

„Du lügst, verdammtes Buch, wie alle andern!“ rief sie in heftiger Aufwallung und warf es erzürnt hinweg.

Der bestürzte Emil erhob sich und brachte das Buch Gabrielen zurück, ohne ein Wort zu sagen.

„Doch, ihr armen Dichter,“ fuhr jene seufzend fort, „ist's denn Eure Schuld, wenn — —“

Sie hielt inne und wandte sich rasch zu ihrem Vetter:

„Was wolltest Du denn von mir, Emil?“

Dieser, durch solche Frage noch mehr außer Fassung gebracht, zaudert einen Augenblick; dann nimmt er hastig die wilde Rose aus seinem Knopfloch und überreicht sie seiner schönen Base:

„Hier, Gabriele! ich wollte Dir diese Blume schenken, die ich soeben im Gehölz gepflückt.“

„Ah!“ rief diese überrascht mit erheiterter Miene, „für mich hast Du sie gepflückt?! — Gib! Gib!“

Emil, entzückt über den guten Erfolg seines Einfalls fährt mit begeistertem Tone fort:

„Sieh' nur, es ist eine gefüllte. Bis jetzt wußte man nicht, daß diese Art sich unter der Flora der Umgegend befinde. Die Botaniker sprechen unbestimmt von ihr und bezeichnen sie mit dem Namen Rosa flammula. Es gibt auch verschiedene Spielarten derselben — —“

Gabriele erblaßte außerordentlich bei dieser Rede.

„Bist Du also deßhalb nur hierher gekommen, um mir Unterricht in der Botanik zu ertheilen?“ rief sie entrüstet. „Emil, Du legst es, scheint es, darauf an, mich zu erzürnen.“

Und mit diesen Worten schleuderte sie die Blume weit von sich in ein Gebüsch.

„Verzeihung, liebe Gabriele!“ sprach der bestürzte Jüngling mit bebender Stimme; „meine Gegenwart, scheint es, mißfällt Dir, erzürnt Dich — ich entferne mich.“

Emil ging schwankend einige Schritte fort.

Die erschrockene Gabriele rief ihm aber nach:

„Emil! Emil! so bleibe doch nur!“

Der Jüngling kehrte auf diesen holden Ruf zurück und blieb am Eingange der Laube schüchtern stehen.

Gabriele streckte ihm die Hand entgegen:

„Komm' nur näher, lieber Emil!“

Er ergreift heftig bewegt ihre Hand und will sie an seine Lippen drücken, läßt sie aber plötzlich wieder fallen und seufzt:

„Ach!“

„Ich will hoffen,“ sagte Gabriele etwas gereizt, „daß Du nicht die Absicht hast, mit mir zu schmollen?“

„Ich, Gabriele?“ erwiderte Emil mit kläglichem Ton.

Gabriele blickte ihren Vetter an und brach bei dessen traurigem Gesicht in ein schalkhaftes Gelächter aus, so daß Emil vollends alle Fassung verlor, was die schöne Base nur noch mehr zum Lachen reizte.

„Emil, verzeih'!“ rief sie, nachdem sie sich wieder etwas erholt hatte; „aber Du bist auch gar zu drollig, wenn Du diese klägliche Miene annimmst.“

„Gabriele!“ entgegnete Emil in gereiztem Tone.

„Da!“ sagte sie, wie auf's Neue und noch stärker lachend, „er besteht noch auf seinem ernsthaften Wesen!“

„Leben Sie wohl, mein Fräulein!“ rief Emil, auf's Höchste gereizt.

„Fräulein?! — Immer besser! — Auf Wiedersehen, mein Herr!“

Emil entfernte sich einige Schritte und kehrte plötzlich wieder um.

„Nun, was führt Dich zurück?“ fragte sie.

Emil stürzte mit dem Ausdruck des heftigsten Seelenschmerzes fort. Gabriele, von tiefem Schmerzgefühl ergriffen, brach in Thränen aus.

„O mein Gott! mein Gott! wie unglücklich bin ich!“ rief sie, indem sie schluchzend auf die Bank in der Laube zurücksinkt.

Der Graf von Asseline ging in einem Gartengang gedankenvoll auf und ab.

„Hm! Hm!“ murmelte er kopfschüttelnd, „Emil hat keinen Vortheil errungen, und der Feind, ich wollte sagen, meine Tochter, hat ihn völlig in die Flucht geschlagen. — Armer Emil! — Er hat mir soeben Alles gestanden. Aber das ist seine Schuld. Gewiß nur seine heillose Schüchternheit ist die Ursache. — Eins von Beiden,“ fuhr er nach einer Pause fort, indem er eine volle Prise Tabak zwischen die Fingerspitzen nahm und langsam und behaglich schnupfte,

„eins von Beiden: entweder liebt ihn Gabriele nicht, und dagegen hilft dann nichts mehr; oder sie liebt ihn, und — —; meiner Tochter sollte aber doch die Neigung nicht unbekannt geblieben sein, deren Ursache sie ist; und dann dieses Schmollen, diese Neckereien und Scherze — — ei was! sie liebt ihn auch, das ist klar! Emil hat durch seine ungeschickte Schüchternheit ihr Nervensystem des Herzens, wie ich es nennen möchte, wund gedrückt. Sie leidet an Anfällen von Ungeduld, an moralischem Unbehagen. Alles erklärt sich nun. Ich will alsbald darüber in's Reine kommen, und sie selbst soll mir darüber Aufschluß ertheilen. — Aha! Da kommt sie ja wie gerufen. — Doch, was seh' ich hier? eine Rose!“ er bückte sich und hob die von Gabriele kürzlich weggeworfene wilde Rose auf. In demselben Augenblick stürzte sich Gabriele auch auf das Gebüsch und wollte die Blume wieder nehmen, aber ihr Vater hatte sie bereits zwischen seine weiße Piquéweste und seinen großen Hemdbusenstreif gesteckt.

„Aber, lieber Vater,“ rief Gabriele, „diese Blume gehört mir; ich habe sie vor einigen Augenblicken verloren, und ich kam zurück, sie zu suchen. Bitte recht schön, geben Sie mir sie wieder! Sie ist so schön!“

„Auch ich finde sie recht schön,“ erwiderte der Graf lächelnd. „Wer hat sie Dir gegeben? — Wohl Emil? — Nicht wahr?“

„Vater!“ — sagte Gabriele erröthend.

„Was hat's zwischen Dir und Deinem Vetter gegeben? — Ihr habt Euch wohl gezankt? Was soll das heißen?

„Lieber Vater, wir haben uns nicht gezankt. Emil ist heute übler Laune; ich kann nichts dafür.“

„Ei, ich glaubte, Du wärest die Vertraute seines Kummers; ist es nicht so?“

„Seines Kummers?! — Emil hat also Kummer?“ rief Gabriele erschrocken.

„Das weißt Du nicht?“

„Ich?“ stammelte sie verlegen; „nein.“

„Ich habe mich also geirrt,“ sagte der Graf.

„Gewiß; denn weit entfernt mir Vertrauen zu schenken, mir die Ursache seines Kummers zu entdecken, wie dies zwischen Verwandten und Kindheitsgespielen sein sollte, ist Emil vielmehr immer traurig, schweigsam, zerstreut, übel aufgelegt in meiner Gegenwart. Sicher belästigt ihn dieselbe und macht ihn unglücklich; kurz und gut, lieber Vater, ich glaube, er verabscheut mich.“

„Und Du erwiderst ihm dieses Gefühl wohl von Herzen, nicht wahr? fragte mit schalkhaftem Lächeln der Graf.

„Ich?“ sagte Gabriele stockend und mit steigender innerer Unruhe; „durchaus nicht, lieber Vater. Ich fühle für Emil eine warme Freundschaft; und wenn nur seine Art sich zu benehmen, besser wäre, so würde er in mir die volle, innige Zuneigung und Sorgfalt einer Schwester finden.“

„Gut,“ sagte der Graf, sie mit forschendem Blick betrachtend. „Aber höre, liebes Kind, meinen Rath: sei nicht zu streng gegen Emil; er ist sehr zu bedauern, ich versichere Dich.“

„Zu bedauern? Emil!“ rief Gabriele heftig bewegt.

„Liebe Tochter!“ fuhr der Alte mit verstelltem Seufzer fort, „ich sage Dir dies unter dem Siegel der Verschwiegenheit; Emil's Leiden rührt von einer unglücklichen Neigung, einer hoffnungslosen Liebe her.“

„Wirklich?!“ sagte Gabriele trocken und biß sich in die Lippen.

(Fortsetzung folgt.)

Ueber die Conservation des Weines durch Erhitzen.

Von de Lapparent.

(Schluß.)

d. Die Commission hat mit dem Wein, welcher in Orleans in ihrer Gegenwart erhitzt wurde, selbst einen Versuch angestellt. Aus zwei Flaschen von denen die eine erhitzten, die andere nicht erhitzten Wein derselben Sorte enthielt, wurden je zwei Gläser voll ausgegossen, worauf man die Flasche verkorkt stehen ließ. Nach drei Tagen hatte sich auf dem nicht erhitzten Wein ein sehr bemerkbarer Schleier gebildet. Die mikroskopische Betrachtung ergab, daß dieser Schleier nur noch aus Weinblumen (fleurs de vin, mycoderma vini) bestand, daß diese aber bald in Essigblumen (fleurs de vinaigre, mycoderma aceti) ausarteten. Weiterhin wurde dieser Wein ungenießbar, während der erhitzte Wein, obschon er wegen der andauernden Einwirkung von Luft etwas an Kraft und Fülle verloren hat, keine Spur von Säure zeigt und noch vollkommen trinkbar ist.

Aus allem Vorhergehenden folgt offenbar, daß das Erhitzen den Wein, wenn auch nicht auf unbegrenzte, doch für sehr lange Zeit vor dem Verderben schützt. Es erscheint daher als sehr nützlich, die Weine, welche eine weitere Reise mitmachen oder in Gegenden versendet werden sollen, wo eine höhere Temperatur, das Nichtvorhandensein geeigneter Aufbewahrungsräume und Mangel an Sorgfalt sie Veränderungen aussetzt, welche sie zum mindesten ihrer hygienischen und stärkenden Eigenschaften berauben, vorher zu erhitzen.

2) Bis zu welcher Temperatur muß der Wein erhitzt werden?

Pasteur erhitzte den Wein anfangs bis 75° C. Spätere Beobachtungen zeigten ihm aber, daß man sich mit einer weit niedrigeren Temperatur begnügen könne, und jetzt sagt er ausdrücklich, daß es angemessen sei, sich bei dem Erhitzen zwischen 50 und 60° zu halten. Die Ansichten der Commission über diesen Punkt waren getheilt. Die Majorität war der Meinung, daß es, da eine stärkere Erhitzung nicht nachtheilig zu sein scheine, rathsam sei, sich in der Nähe der oberen Temperaturgrenze zu halten, und festzustellen, daß die Temperatur des Weines zwischen 55 und 60° betragen müsse. Die Minorität wünschte dagegen, daß man die Temperatur von 55° C. nicht überschreite, damit einerseits der geringe Verlust, welchen das Erhitzen des Weines veranlasse (nach der weiter unten folgenden Anmerkung findet gar kein Verlust statt, d. Red.), vermindert werde, und andererseits der Wein schneller die gewöhnliche Temperatur wieder annehme.

Der Verfasser des Berichtes meint, es komme bei ordinären Weinen auf den Grad der Erhitzung nicht viel an; bei feinen Weinen solle man aber seiner Ansicht nach 53° C. nicht überschreiten, um Alles zu vermeiden, was das Bouquet des Weines vermindern könne.

3) Ist der erhitzte Wein vor der Versendung mit Weingeist zu versetzen, wie es gewöhnlich geschieht? Das Versetzen des Weines mit Weingeist — in Frankreich viner oder vinage genannt — hat nicht nur den Zweck, denselben haltbarer zu machen, sondern auch den, seine tonische Wirkung und seine stärkenden Eigenschaften zu erhöhen, was besonders in warmen Gegenden, wie in den französischen Colonien, nöthig ist. Was den ersteren Zweck anbetrifft, so versichert Pasteur, daß das Versetzen des Weines mit Weingeist rücksichtlich der Conservation desselben unnöthig sei, wenn er erhitzt wurde; und es scheint dies als glaubhaft; in hygienischer Beziehung wird aber der Zusatz von Weingeist durch das Erhitzen nicht überflüssig gemacht.*) Auf den Märkten verlangt man, daß die zur Versteuerung gebrachten Weine wenigstens 12 pCt. Alkohol enthalten, und bei dem für die Flotte oder Colonien bestimmten Wein muß der Alkoholgehalt nach einer gesetzlichen Bestimmung 13 pCt. betragen. Die Commission war einstimmig der Meinung, daß dieser Gehalt auch für den erhitzten Wein beibehalten werden müsse. Da nun der Wein beim Erhitzen ungefähr ½ pCt. Alkohol verliere,**) so erscheine es als angemessen, ihm vor der Versendung 1½ pCt. Alkohol zuzusetzen, vorausgesetzt, daß sein Alkoholgehalt vor dem Erhitzen 12 pCt. betragen habe; wäre derselbe geringer gewesen, so sei ihm das an 12 pCt. Fehlende überdies noch zuzusetzen. Wenn der Wein in schon gebrauchte Fässer gefüllt wird, so müssen diese selbstverständlich vorher zur Zerstörung aller etwa in ihnen entstandenen Vegetationen mit heißem Wasser ausgewaschen oder besser mit Wasserdampf ausgebrüht und dann gewässert und geschwefelt werden. Zum Auffüllen darf man natürlich nur erhitzten Wein verwenden.

4) Was für ein Apparat ist zum Erhitzen des Weines anzuwenden?

Diese Frage wurde von der Commission lediglich in Bezug auf den für die kaiserl. Marine bestimmten Wein erörtert. Da der Verpflegungs-Commissar in Toulon erklärte, daß der Apparat pro Tag ungefähr 500 Hektoliter erhitzten Wein müsse liefern können, so erschien der Rossignol'sche Apparat, welcher täglich nur 30 Hektoliter, und selbst der große Apparat von Giret und Vinas, welcher täglich 120 Hektoliter liefert, als zu klein. Die Aufgabe wurde aber endlich in ganz befriedigender Weise gelöst, indem die Commission nach dem Rathe des Ingenieurs Brun den Perroy'schen Kühlapparat, welcher auf den Schiffen zur Erzeugung von süßem Wasser dient, zum Erhitzen des Weines in Anwendung brachte. Dieser Apparat besteht in einem flachen viereckigen Kasten aus verzinktem Eisenblech, in welchem sich ein Schlangenrohr befindet; letzteres dient für gewöhnlich zur Verdichtung des in einem Kessel aus Meerwasser erzeugten Dampfes und ist dann vom Wasser des Meeres umgeben. Um mittelst dieses Apparates den Wein zu erhitzen, bringt man denselben in den Kasten, so daß er das Schlangenrohr umgibt, und leitet dann durch letzteres Wasserdampf. Ein mit einem solchen Apparat der größten Sorte angestellter Versuch ergab, daß man mittelst desselben in 10 Stunden 532 Hektoliter Wein mit einem Kostenaufwande von 5 bis 6 Centimes pro Hektoliter erhitzen könne. Ein solcher, besonders für den vorliegenden Zweck bestimmter Apparat müßte doppelt sein, und man würde dann den erhitzten Wein in dem zweiten Apparate durch das Schlangenrohr fließen lassen, damit er einen Theil seiner Wärme an eine andere Portion noch kalten Weines abgebe, mit welcher der Kasten dieses Apparates gefüllt wäre; letztere Portion müßte man nachher in den ersten Apparat bringen, damit sie hier vollends erhitzt würde. Der Kasten müßte aus reinem Zinn oder aus Kupferblech, welches an der Innenseite gut verzinnt wäre, bestehen; das Schlangenrohr wäre wohl aus reinem Zinn herzustellen. Um den Einfluß des Zinnes auf den erhitzten Wein zu ermitteln, ließ man Wein, welcher auf 65° C. erhitzt war, 5 Mal nach einander durch ein kleines Schlangenrohr aus reinem Zinn fließen. Der Wein war nachher in der Farbe, dem Geschmack und den sonstigen Eigenschaften unverändert, und bei der Analyse fand man in demselben kein Zinn, sondern nur unwägbare Spuren von Eisen, Kupfer und Blei. (Polytechn. Notizbl.)

*) Die Herausgeber der „Annales de chimie et de physique" bemerken hierzu, daß die Annahme, der Wein müsse, um tonisch und stärkend zu wirken, reich an Alkohol sein, nicht haltbar sei, sondern daß man vielmehr das Gegentheil behaupten könne. Die geschätztesten Weine seien keineswegs die alkoholreichsten; der über 9 bis 10 pCt. hinaus in dem Wein enthaltene Alkohol diene nur zur Conservation desselben und sei in hygienischer Beziehung eher schädlich als nützlich. Der zum regelmäßigen täglichen Genuß bestimmte Wein sollte nicht über 10 pCt. Alkohol enthalten, und das große Verdienst des Pasteur'schen Verfahrens bestehe eben darin, den Wein bei diesem geringeren Alkoholgehalte, welcher der Gesundheit der Consumenten am zuträglichsten sei, haltbar zu machen.

**) Die Herausgeber bemerken hierzu, man begreife nicht, wie dieser Verlust eintreten könne. Er finde auch in Wirklichkeit nicht statt; Pasteur, welcher den Operationen der Commission beigewohnt und die Weine vor und nach dem Erhitzen selbst untersucht habe, habe constatirt, daß keine Spur von Alkohol verloren gehe.

Miscellen.

Breslau, 22. Mai. Gestern beging Karl v. Holtei sein 50jähriges Dichter-Jubiläum; am 21. Mai 1819 kam sein Lustspiel „Die Farben“ auf der hiesigen Bühne zur ersten Aufführung. Da er jede öffentliche Huldigung entschieden abgelehnt hatte, wurde ihm gestern in seiner Wohnung durch eine vom Polizei-Präsidenten Frhrn. v. Ende geführte Deputation von Herren und Damen ein goldener Lorbeerkranz auf Silbertablette, der Theaterzettel vom 21. Mai 1819 in Goldstickerei und ein von Verehrern und Freunden, auch vom Herzog Ernst von Sachsen Coburg-Gotha, unterzeichnetes Widmungsblatt überreicht. Holtei ist hier im Januar 1797 geboren, steht also im 73. Lebensjahre.

„Was haben Kälte und Wärme für Eigenschaften?“ fragte ein Lehrer der Physik einen seiner Schüler. — „Kälte zieht zusammen und Wärme dehnt aus,“ antwortete dieser ganz richtig. — „Woraus schließest Du das?“ fragte der Erstere weiter. — „Weil die Tage im Winter kurz und im Sommer lang sind,“ lautete die Antwort.

Die Nähmaschine zeigt mehr als die meisten andern Maschinen die Richtigkeit des mechanischen Lehrsatzes: „Was an Schnelligkeit gewonnen wird, das geht an Kraft verloren.“ Man kommt mit der Nähmaschine unendlich viel schneller vorwärts als mit der Nadel, allein man muß einen ganz andern und viel höhern Grad von Kraft anwenden, um das kleine Werkzeug in Bewegung zu setzen. Nicht ohne Grund werden die Pferde in einer Reitbahn alle drei, die Omnibusgäule alle zwei Stunden gewechselt, aber von den armen Mädchen, welche mit der Nähmaschine arbeiten, verlangt oder erwartet man, daß sie zehn, zwölf oder mehr Stunden täglich mit den Füßen das Pedal treten, während der Körper von denselben anhaltenden und regelmäßigen Bewegungen erschüttert wird. Ein französischer Arzt, Dr. Guibout, ist der erste gewesen, welcher in einem Berichte an die Pariser medicinische Gesellschaft Alarm schlug und auf die schweren Gefahren jener Thätigkeit aufmerksam machte. Während seiner Stellung am Hospital St. Louis hatte er beständig Arbeiterinnen zu behandeln, die durch ihre Anstrengungen an der Nähmaschine zu einem mehr als verdächtigen Stadium von Schwäche und Erschöpfung herabgekommen waren; ihre bleichen und hohlen Wangen, ihre gekrümmten Rücken, ihre Schmerzen in der Brust und Bauchhöhle bekundeten die Natur ihres Leidens nur allzu deutlich, und es unterliegt keinem Zweifel, daß die Nähmaschine die leibliche und moralische Gesundheit der berufsmäßig mit derselben Arbeitenden auf das Ernstlichste bedroht. Man kann zwar dem Uebel theilweise dadurch begegnen, daß man die Nähmaschinen-Arbeiterinnen mit möglichst reichlicher und kräftiger Nahrung versorgt, damit sie dauernd ohne Nachtheil die verlangte Kraftanstrengung ertragen; besser wäre es aber unbedingt, wenn man die Bewegung der Maschine durch eine mechanische statt der menschlichen Kraft herbeiführen würde. Ein erster Versuch hierzu ist bereits von dem französischen Ingenieur Cazal dadurch gemacht worden, daß er einen elektrischen Motor construirt hat, welcher sehr kompendiös sein soll und, direct mit der Maschine in Verbindung gesetzt, äußerst wenig Raum einnimmt, dabei aber dieselbe doch eben so rasch bewegt, wie der das Pedal tretende Fuß der Arbeiterin.

Am 19. Mai, Morgens, explodirte in Flensburg der Dampfkessel der Jens Bruhn'schen Tuchfabrik. Vier Frauen kamen dabei um's Leben und zehn andere Personen wurden schwer verletzt.

Der Berliner „Kreuzzeitung“ gehen folgende Zeilen zu: „Ad oculos! Der Unfall des Professor Löble, der durch einen Stoß mit dem Regenschirm ein Auge kürzlich einbüßte, sollte Veranlassung geben, gegen das unvorsichtige Tragen von Stöcken und Schirmen auf den Straßen zu warnen, da, horizontal mit den Spitzen nach hinten gehalten, bei plötzlichen Wendungen so leicht ähnliche Unfälle herbeiführen können und auch wohl öfter mögen, als es zur öffentlichen Kenntniß gelangt. Es wäre sehr wünschenswerth, daß sowohl die stock- und schirmtragenden Herren mit mehr Rücksicht gegen Andere im Handhaben verfahren, wie auch das Publikum, versteht sich mit aller Freundlichkeit, die Unvorsichtigen stetig aufmerksam mache. Consequent durchgeführt würde diese freiwillige Straßenpolizei bald dieser Unsitte steuern und ähnlichen Unglücksfällen vorzubeugen.“ — Ist auch für andere große und kleine Städte zu beachten!

Ueber die Wirkungen der Hungersnoth in Finnland hat ein Dr. Elmgren in der finnischen Literatur-Gesellschaft mitgetheilt, daß in 120 Landgemeinden und 21 Provinzialstädten, ungefähr dem dritten Theile von Finnland, im vorigen Jahre 53,103 Personen gestorben und nur 13,956 geboren worden sind, also 39,147 mehr Todesfälle als Geburten vorkamen. Gewöhnlich betragen die Todesfälle 2 bis 3 pCt. von der Volksmenge; aber 1868 betragen sie in einigen Gegenden 13 bis 16 pCt.

Genf, 16. Mai. Zur Hebung der Uhrenindustrie ist voriges Jahr auf Veranlassung des hiesigen Handels- und Industrie-Vereins von der Handelskammer ein Preis von 1200 Fr. für eine neue Art von Taschenuhren, welche bei einfachem und untadelhaftem Mechanismus um billigen Preis hergestellt, resp. verkauft werden können, ausgeschrieben worden. Es ist keine Frage, daß die Genfer Uhrenindustrie, noch vor 30 Jahren in höchster Blüthe und so zu sagen ohne Concurrenz, durch die massenhafte Fabrication von wohlfeilen Uhren in den Orten Locle, Chaux-de-Fonds, St. Croix, Biel, Besançon etc. einen harten Schlag erlitten hat und ihr nur noch die Luxusuhren und ganz gute Werke verblieben sind, so daß heute nur noch 1500 Arbeiter statt der früheren 6000, bei diesem Fache Beschäftigung haben. Es ist deshalb selbstverständlich, daß man hier Alles aufbietet, auch die Fabrication wohlfeiler Uhren, die aber gut und dem bisherigen Genfer Renommee von keinem Nachtheil sind, einzuführen. Die fragliche Preisausschreibung hatte die Einsendung von dreizehn Modellen zur Folge, von denen aber keines des vollen Preises würdig befunden, dagegen aber fünf davon als vorzügliche Arbeit und größtentheils dem Zweck entsprechend anerkannt wurden. Die preisgekrönten Uhren sind s. g. Remontoirs, d. h. solche, welche ohne Schlüssel aufgezogen werden können, sollen sehr solide aber äußerst einfache Werke haben und verhältnißmäßig sehr billig herzustellen sein.

(Eine Millionen-Erbschaft.) Es ist kein Onkel aus Amerika, sondern aus Norwegen, welcher nach seinem Ableben Millionen hinterließ und dessen Erben nunmehr in Wien aufgefunden wurden. Vor wenigen Tagen erschien nämlich bei dem in der Stadt, im Bürgerspitale wohnhaften, in dem Wiener Bureau der Kaschau-Oderberger Bahn bediensteten Beamten J. Pichler ein Advocat, erkundigte sich um dessen Verwandtschafts-Verhältnisse, und nachdem er über dieselben genau unterrichtet war, machte er ihm die Mittheilung, daß er in Folge des Testamentes eines in Norwegen verstorbenen Onkels väterlicherseits, der ein Vermögen von mehr als sechs Millionen Thaler hinterlassen habe, eine Summe von etwas mehr als 300,000 Thlr. geerbt habe, welche er binnen kurzester Zeit bereits beheben könne. Der verstorbene Onkel war vor langen Jahren aus Oesterreich ausgewandert und galt als verschollen, da er mit seinen hier lebenden Verwandten nie correspondirte. Nun hat Jeder der noch am Leben befindlichen Anverwandten des Verstorbenen eine gleiche Summe geerbt. Vor wenigen Wochen war dem Pichler merkwürdigerweise eine Erbschaft von 3000 fl. zugefallen, die er bereits gehoben hat; nunmehr ist der bisher in den beschränktesten Verhältnissen lebende Mann plötzlich ein reicher Mann geworden. Wie die „Morgen-Post“ hört, hat es dem betreffenden Advocaten nicht wenig Mühe gekostet, bei der großen Verbreitung des Namens Pichler den rechten Pichler herauszusuchen und zu finden.

Redaction von K. L. Woll, Druck der Jäger'schen Druckerei in Speyer.

Palatina.

Belletristisches Beiblatt zur Pfälzer Zeitung.

Nro. 63. Speyer, Donnerstag, den 27. Mai 1869.

Pfälzische Sagen.

IX.

Walsdberger.

Walsdberger war ein kecker Gesell,
Lag oft am dunklen Waldesquell',
Der Wand'rer will er lauern
Und plündert sie ohne Bedauern.

Kaum fährt vom Himmel so rasch der Blitz
Als von dem buchigen Räubersitz
Der Ritter kam gesprungen,
Wenn's galt Einen abzufangen.

Oft haben die Städter ihm nachgespürt,
Beim Waffenklange hat sich's gerührt,
Aus der Ecke holt man die Lanze,
Die rostigen Schwerter zum Tanze.

Doch angekommen im tiefen Wald,
Fand leer man des Frechen Aufenthalt,
Schon sucht er auf seinem Rößlein
Den steilen Weg zum Schlößlein.

Wohl mancher Wand'rer im Stillen spricht:
„Hinauf ritt wohl der Bösewicht!"
Kaum wendet er seitwärts die Blicke,
Da hält er ihn schon am Genicke.

Im Sande zeigt sich des Rosses Spur
Zur Burg, doch Täuschung ist es nur.
Es mag sich die List beweisen:
Der Huf trägt verkehrt das Eisen.

Walsdberger reitet in dunkler Nacht
Vor unsern Stadt und weckt die Wacht;
„Auf, auf, ihr Schläfer vom Schragen,
„Walsdberger liegt draußen erschlagen!"

Das Gatter rauschet, die Wächterschaar
Eilet zum Thale, dem Ort der Gefahr.
Walsdberger unterdessen
Plündert die Stadt vermessen.

Da traut sich kein Fuß zum Thale her,
Es breitet sich aus die Wundermähr:
Er stehet im Bunde mit Geistern,
Nicht kann man sich seiner bemeistern.

In dunkler Nacht vor des Schlosses Thor
Ruft's donnernd und hohl zu des Ritters Ohr:
„Drei Tage laß dir gewähren,
„Dann bist du zur Gehenne geladen!"

Drei Tage sind vorüber im Flug
Sein Roß ihn zum nahen Thale trug.
Doch wirft er, der Schelm, vom Pferde
Stets Körner als Spur zur Erde.

Mitternacht ist vom Kloster verstummt! —
Am dunkeln Walde harrt Einer vermummt,
Walsdberger steigt aus dem Bügel
Und reichet jenem den Zügel.

„Mein Schwert? das geb' ich dir nimmermehr
„Das fordert meine Ritterehr',
„Die sei mir heilig gehalten!"
So magst du's, spricht Jener, behalten.

Der führt zu dem Kreis der Richter ihn gleich;
Es winkt durch den Tann der Mond so bleich,
Wie Geister schweben die Schatten
Der Wolken auf Waldesmatten.

Walsdberger kühn mit der Waffe klirrt;
Ihm sind es Gäste und er der Wirth,
„Was befehlen eure Gnaden
„Die ihr mich hierher geladen?"

Und Einer aus der Stummen Mitt'
Mit drohender Stirne jetzt vor ihn tritt;
„Daß du tratest das Recht mit Füßen
„Das sollst du am Galgen büßen."

Walsdberger um ihn das Eisen schwang;
Dem rieselt das Blut den Hals entlang;
Und Waffengetöse deutet:
Die Spur hat die Truppen geleitet.

Und trotzig schauet der Ritter einher:
„Habet ihr wohl noch ein weit'res Begehr,
„So wollt ihr mir's schnelle künden
„Aus einfach, gewichtigen Gründen:

„Durch's Thal zieht eben ein Weingespann,
„Das ich zur Ferne nicht lassen kann.
„Wein dient mir zu meinem Heile,
„Lebt wohl, ihr Herren, ich eile!"

J. K.

Die wilde Rose.

(Fortsetzung.)

„Ja, ich versichere Dich; gestern Abend hat er mir Alles eingestanden; er hat damit gezaudert, weil er hätte anfangen sollen, und mich um Rath gefragt —"

„Ueber was?" fragte Gabriele hastig mit hellem und fast höhnischem Ton.

„Sollte ich mich demnach getäuscht haben?" sagte der Graf leise zu sich selbst. „Nun, über was anders wohl," wandte er sich wieder laut an seine Tochter, „als über die Schicklichkeit seiner beabsichtigten Verbindung."

„Und was haben Sie erwidert?"

„Ich habe meine Einwilligung verweigert," sagte der Graf, indem er jedes Wort mit Nachdruck betonte.

„Da haben Sie Unrecht gethan, lieber Vater," erwiderte Gabriele kaltblütig, „wenn das Lebensglück Emil's von dieser Verbindung abhängt."

„Ich habe mich sehr ungeschickt benommen," sagte der Graf für sich; „ich habe mich von meiner Tochter errathen lassen."

In diesem Augenblicke ertönte die Hausglocke, was dem Alten ganz erwünscht kam in seiner Verlegenheit.

„Es wird wohl Besuch angekommen sein, Gabriele; ich muß sehen, wer es ist."

Indessen saß Emil in tiefes, trauriges Nachdenken versunken auf dem Sopha in seinem Zimmer. Der Ton der Hausglocke erweckte ihn aus seiner Gefühlsträumerei; hastig sprang er auf und an das Fenster. Er sah einen jungen Mann in den Hof reiten, absteigen und sein Pferd dem alten Diener des Grafen übergeben. Emil war die Gestalt des Fremden aufgefallen, er glaubte einen alten Bekannten in ihm zu finden. Neugierig öffnete er das Fenster; in diesem Augenblick sah der Fremde hinauf und rief freudig: Emil!"

„Georg!" erwiderte ebenso froh überrascht jener, der jetzt im Gesicht und am Ton der Stimme plötzlich einen alten Universitätsfreund erkannt hatte.

Emil sprang zur Thüre hinaus und die Treppe hinab, Georg ebenso rasch hinauf, so daß beide Freunde in der Mitte zusammentrafen und sich in die Arme fielen.

„Wie? Du bist's, mein lieber Georg! mein ältester, bester Freund!" rief Emil auf's Freudigste bewegt und führte ihn eilends hinauf in sein Zimmer.

Nach den ersten gegenseitigen lebhaften Ausrufungen und Fragen nach Befinden und bisheriger Lebensweise nahm Emil seinen Freund am Arm und sagte:

„Komm' mit, daß ich Dich sogleich meinem Oheim vorstelle. Nach dieser kleinen Förmlichkeit werden wir um so freier und länger mit einander plaudern können."

Mit diesen Worten wollte er Georg mit sich fortziehen. Dieser aber hielt ihn zurück:

„Halt! einen Augenblick! — Mein Freund! wie rasch Du bist! — Ist Dein Oheim Junggeselle?"

„Nein," sagte Emil erstaunt, „er ist Wittwer. Doch wozu diese Frage?"

„Ist keine Dame im Hause?" fragte Georg wieder.

„Doch, ja: mein Bäschen Gabriele. Du sollst sie sehen, sie ist liebenswürdig."

„Also Dein Oheim hat eine Tochter?" sagte Georg erröthend.

„Noch einmal, wozu alle diese Fragen?" rief Emil verwundert.

„Aber sieh' nur selbst, lieber Freund," erwiderte Georg verlegen, „diese Reitkleidung ist doch ein wenig zu schlecht, ja unanständig für eine Vorstellung —"

„Du scherzest!" unterbrach ihn Emil lachend; „auf dem Lande macht man nicht so viele Umstände. Komm' nur!" und auf's Neue ergriff er Georgs Arm.

„Aber wenn Fräulein von Asseline —," stammelte Georg verlegen.

„Mach' mir nicht so viele Umstände!" rief Emil halb ärgerlich und zog ihn rasch mit sich fort.

Der Freiherr von Asseline war indessen aus dem Garten in den Hof getreten und hatte den alten Valentin über das Erscheinen des Fremden befragt. Auch Gabriele war inzwischen neugierig nachgekommen. Aber der alte Diener konnte wenig Auskunft ertheilen, weil der Fremde zu rasch Emil entgegengeeilt war. Nur so viel wußte er zu sagen, daß jener Georg heiße und ein Freund Emil's sein müsse.

In diesem Augenblick kam Emil mit Georg am Arm herbei.

„Mein Oheim und meine Base! ich habe die Ehre, Ihnen hier Georg von Lancé, meinen ältesten und besten Freund, vorzustellen."

„Ihren Herrn Vater habe ich sehr gut gekannt, Herr Baron," sagte der Graf; „wir waren zusammen bei der Leibgarde im Jahre 1825, in der Compagnie Grammont. Er war ein recht braver Offizier und ein ächter Edelmann. Hoffentlich wird er sich meiner wohl auch noch erinnern, wenn Sie die Güte haben wollen ihm meinen Namen zu sagen. Die Ereignisse haben uns seit etwa fünfzehn Jahren getrennt; aber nichtsdestoweniger lebt in mir das Gefühl noch immer lebhaft fort, das mich ehemals ihm zum Freunde werden ließ."

„Mein Vater hat Sie ebenso wenig vergessen," entgegnete Georg, „und ich danke Ihnen für Ihre liebreichen Worte. Darf ich Sie um die Erlaubniß bitten, meinem Vater Ihren und des Fräuleins baldigen Besuch versprechen zu dürfen? O gewiß, Sie werden es nicht abschlagen, um so weniger, da wir jetzt gleichfalls auf dem Lande wohnen und Ihre Nachbarn sind."

„Wie?" rief der Graf überrascht, „der Herr Baron wohnt hier in unserer Nähe?"

„Ei freilich; in seinem Landhaus, eine halbe Meile von hier."

„Ich bin sehr erfreut über Ihre Einladung, lieber Freund! aber erlauben Sie mir, daß ich mich nicht verbindlich mache."

Der Alte hatte während dieses Gespräches seine Tochter stets aufmerksam beobachtet, welche bei jedem Blick Georgs auf sie bald roth, bald blaß wurde.

„O lieber Oheim!" rief Emil lebhaft, „was hindert Sie, die freundliche Einladung anzunehmen? Ihre Nichte hat sie bereits seit sechs Monaten verlassen, folglich haben Sie durchaus keinen Vorwand mehr."

„Da Du es willst, lieber Emil," erwiderte der Graf lächelnd, „so bin ich es zufrieden. Gut; ich will diesen guten, lieben Baron, meinen alten Freund, wieder sehen," und zu Georg sich wendend: „Sie werden, lieber Baron, unser Gast sein beim Mittagsmahl; nicht wahr, Sie werden uns das Vergnügen schenken?"

„Ich würde mir ein Gewissen daraus machen, es Ihnen abzuschlagen, Herr von Assline," erwiderte jener sich verneigend.

(Fortsetzung folgt.)

Die Katastrophe in Wieliczka.

Ueber den Wassereinbruch in dem Salzbergwerke Wieliczka bringt die jüngsterschienene Nummer 18 der „Gartenlaube" einen Artikel aus der Feder des in Leipzig wohlbekannten gegenwärtigen k. k. österreichischen Ministerialrathes Dr. Hamm, wonach sich fast alle seitherigen Mittheilungen über die Katastrophe als theils gänzlich falsch, theils wenigstens im höchsten Grade übertrieben darstellen. Dr. Hamm gründet sein Urtheil auf die Ergebnisse einer von ihm selbst im Februar dieses Jahres, also mehrere Monate nach dem Einbruch, an Ort und Stelle vorgenommenen genauen Besichtigung und schließt seinen Bericht mit den Worten: „Nach genauer Besichtigung und Untersuchung kehrten wir wieder aus zum Tageslichte, sehr beruhigt über die Gefahr und mit vollem Vertrauen in die Umsicht der Männer, welche die Vorkehrungen zu ihrer ferneren Abwehr und gänzlichen Bannung in die Hand genommen haben. Die Besten ihres Faches, bekannte Namen in der wissenschaftlichen Welt, haben dazu mit Rath und That gewirkt; gegenwärtig ist die Leitung der Bewältigungsarbeiten, wie der ganzen Saline, dem rechten Manne übertragen; sie hat in bessere Hände nicht gelegt werden können und Anerkennung verdient, was seine Energie und Kenntniß binnen kurzer Zeit geschaffen hat. Die Ueberzeugung vom endlichen Erfolg muß sich Jedem aufdrängen, der, wie wir, mit den Augen des Sachverständigen die an Tag errichteten Bewältigungswerke betrachtet. Nicht, daß Alles vollkommen, nichts zu tadeln wäre, im Gegentheil; aber mit Hinsicht auf drängende Eile der Nothwendigkeit ist geleistet worden, was möglich war. Die Salzförderung geht ununterbrochen vorwärts im Franz-Joseph-Schacht, welcher täglich fünf- bis siebentausend Centner Szybiker Salz mittels Dampfkraft fördert, und in dem Grubelschacht Bozowola mit sechshundert Centnern Herausgebung (Vorrede). Im erstgenannten Förderschacht heben die Pumpen in der Minute 10 Kubikfuß Einbruchwasser. Der Elisabethschacht wird jetzt blos zur Wasserhebung mittels Dampfkraft benutzt; zwei eiserne Förderkasten im Wechsel bringen in 2,5 Minuten 32 Kubikfuß Wasser an den Tag. Da der Zufluß gegenwärtig höchstens 40 Kubikfuß in der Minute beträgt, so wird schon über die Hälfte desselben bewältigt. Binnen wenigen Tagen wird aber in dem Elisabethschacht eine colossale Dampfpumpe spielen, welche 90 Kubikfuß in der Minute fördert, so daß ein Steigen der Wasser unbedingt unmöglich, das ganze Entleeren des Werkes binnen 4 bis 6 Monaten aber sehr wahrscheinlich ist. Um nichts zu versäumen, wird jedoch zugleich ein Schacht auf den Kloskischlag niedergeteuft, um womöglich das Uebel an der Wurzel zu fassen und durch kunstgerechte Eindämmung gänzlich zu beseitigen. Die Gesammtkosten aller Schutz- oder Hülfsvorrichtungen und Arbeiten werden sich auf ungefähr 300,000 fl. belaufen."

Nach Dr. Hamm's Meinung ist die Gefahr beseitigt. Sehr groß ist sie hiernach überhaupt nicht gewesen und die davon entworfenen drastischen Schilderungen schreibt Dr. Hamm dem Umstande zu, daß selbst wer es als Gast befahren, sich nicht den geringsten Begriff von der ungeheuren Ausdehnung des Wieliczkaer Bergwerks machen kann. Dasselbe besteht aus 7 Etagen oder Horizonten untereinander, deren tiefster 128,5 Klafter oder 774 Wiener Fuß unter dem Tagkranz des obersten liegt. Allein nur in seiner Mitte, in einer Länge von etwa 400 Klaftern, ist das Bergwerk so tief; nach den beiden Endpunkten, welche mindestens 2400 Klafter auseinanderliegen, verflacht es sich gegen Tag auslaufend. Der Wassereinbruch ist demnach genau zu vergleichen dem in den Keller eines mehrstöckigen Hauses, der die Bewohner der oberen Stockwerke wahrscheinlich wenig geniren wird. Da das Bergwerk, je höher zum Tag, um so mehr in Länge und Breite sich ausdehnt, so müßte auch das Wasser um so langsamer steigen, je mehr es sich emporhob; man hat ausgerechnet, daß es bei ungeminderten Zustrom mindestens 15 Jahre brauchen würde, um die Sohle des Tagschachtes Danielowicz zu erreichen, wodurch erst das gesammte Werk ersoffen sein würde. Von der ungeheuren Ausdehnung des Wieliczkaer Werkes kann sich der Laie einen Begriff machen, wenn, wie Dr. Hamm ausführt, die Strecken und Gänge des Werkes schon im Jahre 1840, aneinandergereiht, eine gerade Linie von 60 geographischen Meilen Länge gebildet haben würden, und seitdem sind noch eine Menge dazugekommen.

Ueber die Ursache des Wassereinbruchs spricht auch der Hamm'sche Bericht nur Vermuthungen aus. Der Einbruch erfolgte bekanntlich am 19. Oct. v. J. in dem Querschlage Kloski. „Man hatte daselbst, gelockt von der Auffindung des Sylvins in Kalusz (in Ostgalizien) einen Hoffnungseinschlag auf Kalisalze eröffnet und dabei — was nicht ganz aufgeklärt ist — entweder den Sandstein geritzt oder den salzlosen Thon beleidigt." Anfangs legte man nicht viel Gewicht auf den Einbruch von Süßwasser. Die Bergarbeiter, welche ihn zuerst bemerkten, gaben an, daß es in einem breiten Strahl wie aus engem Spalt hervorgerieselt sei und dachten dabei, an derlei Unfälle gewöhnt, an keine größere Gefahr. Erst allmählig steigerte sich der Zustrom, am dritten Tage betrug er schon 30 Kubikfuß in der Minute. Nunmehr erwachte die Angst, man suchte Vorkehrungen zu treffen, aber zu spät. Gänzlich unaufgeklärt zur Zeit ist, woher die ungeheure Wassermenge des Einbruchs kommt. Ist man auf eine wasserführende Schicht, einen unterirdischen Sumpf oder Reservoir gestoßen, hat sich das Wasser der Weichsel durch eine Kluft des Gebirges Bahn gebrochen in das Werk? Viele sind geneigt, das Letztere anzunehmen, obgleich der Strom über eine Stunde von Wieliczka entfernt ist.

Nach Dr. Hamm's Urtheil würden aber auch bei dem gänzlichen Verluste des Wieliczkaer Werkes zwar unermeßliche Werthe auf dem Spiele stehen, aber keineswegs unwiederbringlich. Denn es ist gar kein Zweifel, daß das Land Galizien noch unendlich größere Salzschätze in seinem Schooße birgt, als Wieliczka jemals geliefert hat; an zahlreichen Orten brechen die Salzquellen zu Tage, stößt der Brunnengräber auf gesättigte Soole; eine Ausnutzung erschien aber bisher völlig überflüssig.

Die Hamm'sche Darstellung, welche durchgehends den Stempel sachkundiger Objectivität trägt, wird wesentlich dazu beitragen, das große Publicum über den wahren Sachverhalt aufzuklären. Selten ist über ein Ereigniß so viel Falsches, Verwirrtes und Uebertriebenes zum Besten gegeben worden. Für die Gegner Oesterreichs und die persönlichen Feinde des Grafen Beust mußte selbst dieser auf das unabwendbare Wirken rein elementarer Gewalten zurückzuführende Vorgang herhalten, um im gehässigen Sinne ausgebeutet zu werden. Ein Dresdener übelberufenes nationalliberales Blatt erdreistete sich beispielsweise, den gegenwärtig an der Spitze des cisleithanischen Bergwesens stehenden Bruder des Reichskanzlers, den vormaligen sächsischen Oberberghauptmann Freiherrn v. Beust, anerkanntermaßen eine der ersten Autoritäten der Gegenwart im Bergwesen, für das Unglück verantwortlich zu machen; derselbe habe nach Kalisalz bohren lassen aus purer Eifersucht gegen Preußen, welches im ausschließlichen Besitze beträchtlicher Lager dieses seltenen Minerals sei! Durch die Hamm'sche Darstellung, woraus sich ergibt, daß auch Oesterreich bereits Kalisalzlager besitzt, wird diese empörende Bosheit allerdings schlagend ad absurdum geführt.

Miscellen.

In Berlin wurde dortigen Blättern zufolge am Dienstag die Frau eines Eisenbahnbeamten von Zwillingstöchtern entbunden, welche eine seltsame Verwachsung zeigen. Beide Mädchen sind am oberen Theile ihrer Köpfe zusammengewachsen. Das Stirnbein (os frontale) des einen Zwillings setzt sich nämlich in das Vorderhauptbein (os parietale) der anderen fort, als wäre es darin eingekämmt. Beide Gesichter stehen demzufolge nicht in gleicher Richtung, sondern convergiren in einem Winkel von 90 Grad. Sieht man das eine Gesicht von vorn, so ist das andere im Profil. Höchst bemerkenswerth ist dabei, daß Geschrei, Verlangen und körperliche Functionen beider Zwillinge nicht gleichzeitig stattfinden, was zu dem Schlusse berechtigt, daß die in eine gemeinsame Knochenhöhle eingeschlossenen Gehirne dennoch vollständig getrennt sein müssen. Beide Kinder sind gesund. Wie man hört, hat die Speculation diese Zwillinge bereits schon mit Beschlag belegt.

Der mormonische Moniteur „Deseret News" vom 23. September 1868 bringt die, wie es scheint, officielle Nachricht, daß Ahasverus, der ewige Jude, auf seiner Weltwanderung, nachdem er von Sibirien aus die Behringsstraße überschritten, vor Kurzem in America eingetroffen sei, wo er jetzt von Land zu Land, von Ort zu Ort wanderpilgert. Ein Farmer, Namens Michael O'Grady, hat zum Dank dafür, daß er den alten Touristen freundlich aufgenommen, ein Andenken von ihm erhalten, das in einem Buche in Folio und in Schweinslederband besteht, in welchem sich Auszüge aus dem babylonischen Talmud und ein Zeugniß befinden, daß der bisherige Besitzer dieses Buches der echte Ahasver und kein polnischer Jude sei, wie Manche behaupten.

Ein Apotheker von Nashville hat zum Behufe der Rattenvertilgung folgendes Mittel erdacht: Man fange eine Ratte und reibe dieselbe über und über mit Phosphor ein. Sobald es dunkel wird, leuchtet dieselbe wie eine feurige Kugel. Nun läßt man sie los und wenn die feurige Ratte bei ihren Kameraden ankommt, ergreifen diese erschrocken die Flucht, um so mehr, da die phosphorescirende Ratte nicht verfehlen wird, sich ihnen nachzustürzen und hinter den Fliehenden herzugaloppiren.

Ueber den Rückfall des vom Kaiser von Oesterreich begnadigten Rosza Sandor in seine alten Räubergewohnheiten liegt nun im „Szazadunk" ein Schreiben aus Szegedin vor, dem wir Folgendes entnehmen: „Kaum war Rosza Sandor in seine Heimath zurückgekehrt, als auch schon ein Postraub auf den anderen folgte und die öffentliche Sicherheit so gefährdet wurde, daß die Regierung sich genöthigt sah, in der Person des Grafen Gedeon Raday einen königl. Commissär zu entsenden, dem es auch gelang, dem Räuberwesen ein Ende zu machen und binnen zwei Monaten die Einziehung von 60 Individuen zu bewirken, welche der Theilnahme am Szegediner Postraube beschuldigt sind. Als Haupt und Leiter dieser Bande hat die Untersuchung keinen Geringeren als Rosza Sandor herausgestellt. Die Entdeckung geschah auf folgende Weise: Es war den Wachposten bei der Theißbrücke aufgefallen, daß Rosza Sandor jeden Abend mit zwei feurigen Rossen in's Banat hinüberfuhr und zwischen 5 und 6 Uhr Morgens am anderen Tage wieder zurückkehrte; außerdem hatten die Commissäre bei einem verdächtigen Individuum einen Revolver gefunden, den der Betreffende von Rosza Sandor erhalten zu haben aussagte. Graf Raday ließ nun Rosza Sandor zu sich rufen, um seinen Rath einzuholen, wie man die Haupträdelsführer in die Hand bekommen könne; die Regierung werde seine Mühe reichlich belohnen. Rosza Sandor entschuldigte sich jedoch damit, er sei schon zu alt und gebrechlich, um einer solchen Mission sich unterziehen zu können. Da nun mittlerweile auch ein Arzt die Anzeige machte, daß Rosza Sandor an einem Fuße eine wahrscheinlich von einem Schusse herrührende Wunde habe, wurde letzterer am Tage darauf verhaftet. Seitdem sitzt er im Gefängniß, spricht sehr wenig, raucht nicht, weist oft das Essen zurück und scheint geistesverwirrt. Dieser Tage tröstete ihn der Heiduck, er möge nicht so traurig sein, er werde ja bald wieder frei werden, da die Untersuchung seine Unschuld herausstellen werde. Auf das brach Rosza Sandor in Thränen aus und antwortete: „Ich wünsche mir gar nicht, frei zu werden .... ich verdiene nicht, daß mich die Sonne bescheint, mögen sie mich lieber an den Galgen hängen.""

(Schwefelkohlenstoff als Mittel gegen Kopfweh.) Dr. Kennion rühmt den Schwefelkohlenstoff als ein sich sehr bewährendes Mittel gegen Kopfweh und Migräne. Es wird dasselbe in der Weise angewendet, daß man die Oeffnung eines Glases, in dem sich ein mit Schwefelkohlenstoff getränktes Stück Watte befindet, an die Schläfen oder hinter das Ohr oder an die schmerzende Stelle hält; es tritt danach zunächst ein prickelndes Gefühl, dann rasch Nachlaß des Schmerzes, besonders wo es sich um nervösen Kopfweh handelt, ein.
(Polytechn. Notizbl.)

Redaction von A. L. Woll, Druck der Jäger'schen Druckerei in Speyer.

Palatina.

Belletristisches Beiblatt zur Pfälzer Zeitung.

Nro. 64. Speyer, Samstag, den 29. Mai 1869.

Die wilde Rose.

(Fortsetzung.)

Gabriele ward indessen immer nachdenkender und ernster.

Der Graf bemerkte es und sagte zu sich selbst: „Mein Neffe hat da einen guten Einfall gehabt, diesen großen Jungen einzuführen. Das ist, meiner Treu', ein ganz köstlicher Gedanke, den er da hatte! — Ist es schon lange her," fuhr er, zu Georg gewandt fort, „daß Ihr Herr Vater auf dem Lande wohnt?"

„Seit etwa acht Tagen sind wir dort. Das Landleben gefällt mir sehr. Diesen Morgen habe ich einen Ritt durch den Park gemacht, das war köstlich."

„Wie? Sie sind durch den Park geritten?" rief der Graf erstaunt. „Armer Junge! da müssen Sie ja vor Hunger fast sterben! — Und Sie sagen nichts? Sie müssen entsetzlich ermüdet sein, und wir lassen Sie immer noch hier stehen! — Das ist gegen die Sitte der Gastfreundschaft! — Gehen wir in den Gartensaal, lieber Baron, ich werde sogleich ein Frühstück auftragen lassen und Ihnen dabei Gesellschaft leisten."

Mit diesen Worten ergriff er Georgs Arm und ging mit ihm voraus.

„Emil, reich' mir Deinen Arm!" sagte Gabriele.

„Endlich würdigst Du mich wieder eines Blickes und Wortes!" erwiderte dieser gereizt.

„Ich muß es wohl, da Du keine Sylbe zu mir sprichst. Sie sehen daraus wohl, mein Herr," fuhr sie mit spöttischem Tone fort, „daß ich ein besseres Herz habe, als Sie."

„Das geb' ich Ihnen zu, mein Fräulein!" erwiderte Emil in demselben Tone, und reichte ihr den Arm.

„Da haben wir's!" sagte für sich der Graf, der heimlich auf beide zurückgeblickt hatte, „er schmollt jetzt. Armer Junge! armer Junge!"

Der Graf hatte dem jungen Baron ein Gabelfrühstück vorsetzen lassen, das dieser sich trefflich munden ließ.

Während dem hatte der Graf Zeit, seinen Gast aufmerksam zu beobachten; er schüttelte den Kopf mehrmals und sagte für sich:

„Mein Gott, welch' ein großer Geck! Daß nur meine Gabriele sich nicht in ihm vergafft. Sein Gesicht ist hübsch und nichtssagend genug, um Gefallen zu erregen. — Ich will ihn einmal plaudern machen. — Nun, lieber Baron, welche Pläne haben Sie und Ihr Herr Vater für Ihre Zukunft gemacht?"

„Ich ließ bisher meinen Vater dafür sorgen. Er hat mich zu zweierlei Dingen bestimmt; erstens, mich der Diplomatie zu widmen —"

„Das ist schwierig!" unterbrach ihn der Graf.

„Und zweitens: mich zu verheirathen."

„Das ist leicht."

„Glauben Sie!" — Nun, gerade das Schwierige wäre gethan, oder doch so viel als abgemacht; aber heutzutage scheint mir aufrichtig gesagt, Das, was Sie leicht nennen, fast unmöglich."

„Wie so?" fragte der Graf erstaunt.

„Vier Heirathen haben mir schon fehlgeschlagen."

„Ei mein Gott!"

„Alles war schon bestimmt und abgemacht, und ich weiß nicht, welch' unglückliches Verhängniß stets das Spiel verdarb. Lassen Sie sich meinen letzten Unfall erzählen. Ich war im Begriff, Fräulein Godemer zu heirathen —"

„Die Tochter des freisinnigen Banquiers?" unterbrach ihn lebhaft der Graf; doch setzte er sogleich lächelnd hinzu: „Bitte um Entschuldigung, lieber Baron! ich hatte vergessen, daß Ihr Herr Vater der Regierung Ludwig Philipp's gehuldigt hat; er hat als Pair den Eid geleistet nach 1830."

Georg kam in sichtbare Verwirrung. Der Graf bemerkte es und fuhr begütigend fort:

„Glauben Sie ja nicht, daß dieß eine Mißhelligkeit zwischen Ihrem Herrn Vater und mir verursachen konnte. Wenn ich in meiner Absonderung geblieben bin, so geschah dies nur aus lang gewohnter Anhänglichkeit an die alte Regierung. Vielleicht auch liegt diesem Allem wieder etwas Selbstsüchtiges, der Wunsch nach vollkommener Ruhe, zu Grunde. Ihr Herr Vater hielt es wohl für seine Pflicht, sich an den Geschäften seiner Zeit, an der volksthümlichen Staatsregierung zu betheiligen; ich bin ihm dankbar dafür, denn sein Vaterland ist auch das meinige; und in meiner Achtung ist er nicht um das Geringste gesunken durch diese unsere Meinungsverschiedenheit. Nun, fahren Sie fort, lieber Baron, fahren Sie fort."

„Ich war also im Begriff, Fräulein Godemer zu heirathen," nahm Georg wieder das Wort, „ein liebenswürdiges Geschöpf, ein wahrer Engel, und im Besitz eines Vermögens von baaren neunmalhunderttausend Franken! — als, in Folge einer langen, heimlichen Unterredung ihres und meines Vaters, dieser mir eines Tages verkündete, man habe sich gegenseitig das Wort zurückgegeben und aus meiner Heirath mit Fräulein Silvia würde nichts."

„Das klingt fabelhaft, was Sie mir da erzählen, lieber Baron!" erwiderte der Graf.

„Durchaus nicht," eiferte dieser. „Sie können sich wohl denken, Herr von Afteline, daß ich meinem Vater keine Ruhe ließ, um von ihm die Lösung des Räthsels zu erhalten. Aber vergebliche Mühe — er blieb stumm. Nun nahm ich meine Zuflucht zu Vermuthungen, und mit Hilfe einiger ausgestreuten Gerüchte glaube ich Folgendes errathen zu haben: Irgend ein mir unbekannter boshafter Mensch muß dem Herrn Godemer meine drei mißglückten Heirathsversuche verrathen haben. Natürlich hat der Banquier, als kluger Mann, für sein Verhalten sich die thatsächlichen Beweise zu verschaffen gewußt; hierauf ging er zu meinem Vater, um sich einige Erklärungen zu erbitten. Warum Fräulein von Biarix nicht meine Gattin geworden sei? weßhalb ich nicht Fräulein von Brena oder Fräulein von Ajunio-Real geheirathet hätte? — Was war hierauf zu antworten? — Die Wahrheit, werden Sie sagen. — Wie? In einer Sachlage von solcher Wichtigkeit sollte man Herrn Godemer glauben machen, daß ich mit Fräulein Ajunio-Real gebrochen habe, weil sie ihre Kammerjungfer geschlagen? daß mich Fräulein von Brena aufgegeben, weil ich dem Sänger Ponsard Beifall klatschte, den sie verabscheut! und daß ich endlich dem Fräulein von Biarix den Abschied gegeben, weil — weil sie — einen Liebhaber hatte?"

„Ei, ei, das ist sonderbar!" sagte der Graf lächelnd. „Die Mutter des Fräulein von Biarix habe ich sehr gut gekannt; es war eine liebenswürdige Frau, ein Muster von feinem Benehmen und Geschmack; ihre Tochter hat ein gutes Vorbild an ihr gehabt."

„Ja, das hat sie!" rief lebhaft der Baron, „ich versichere Sie. Kurz und gut, Herr Godemer fand diese Aufgebungsgründe dermaßen kindisch, daß sie ihm sehr ernst erschienen; er wollte lieber fabelhaften Erdichtungen, als der reinen, einfachen Wahrheit Glauben schenken. Mein Vater gab alle verlangten Erklärungen; Herr Godemer glaubte ihm aber kein Wort. Kurz, die Heirath zerschlug sich, und ich wäre heute noch untröstlich darüber, wenn nicht ein Zufall —"

„Sie getröstet hätte," fiel ihm der Graf in's Wort.

Georg, durch die Unterbrechung des Grafen etwas verlegen und verwirrt gemacht, fuhr nach einer kleinen Pause fort:

„Ich habe oft Augenblicke, wo ich mich frage: ob es nicht besser für mich wäre, Junggeselle zu bleiben? Rathen Sie mir, Herr Graf! Sie sind Wittwer, das ist fast eben so, als wenn Sie nie verheirathet gewesen wären."

„Junger Herr," erwiderte der Alte etwas ernst, „zählen Sie das Vermächtniß für nichts, daß mir der Ehestand hinterlassen hat? — Eine junge Tochter zu versorgen — welche Verantwortlichkeit!"

„Sie ist so schön, so liebenswürdig! rief Georg feurig.

„Doppelte Gefahr!" warf der Graf ein.

„Jeder junge Mann würde sich glücklich schätzen," fuhr Georg in demselben Tone fort, „sein Vermögen und seinen Namen ihr zu Füßen zu legen!"

„Wie feurig Sie über diesen Gegenstand sprechen! Sie vergessen darüber, scheint es, Ihre vierte Wittwerschaft."

Georg ward durch diese abermalige Ironie des Alten so gänzlich verwirrt und verlegen, daß er lange Zeit kein Wort hervorzubringen vermochte.

„Den Tag nach meiner Ankunft auf dem Landgute meines Vaters," hob er endlich wieder an, „kam ich auf einem ziemlich langen Spaziergang bis an das Ende dieses englischen Gartens; ich wußte damals keineswegs noch, daß derselbe einem Freunde meines Vaters gehöre. Von Bewunderung seiner Schönheit ergriffen und angezogen, näherte ich mich immer mehr und blickte über einen Hag von Rosen. Plötzlich wurde ich aus meinem träumerischen Gaffen durch eine bezaubernde Silberstimme geweckt, die aus einem Gartenhaus drang."

„Ich weiß schon, was Sie meinen," fiel der Graf lächelnd ein. „Es ist die Strohhütte mit wilden Reben, wohin meine Tochter ihr Piano bringen ließ."

„Nie hatte ich Aehnliches gehört," fuhr Georg mit wachsender Begeisterung fort; „das war eine himmlische Stimme, deren Klang in's Herz drang — sie entlockte meinen Augen Thränen. Ich erblickte durch das Gitter der Reben eine frische jungfräuliche Gestalt. — Soll ich es Ihnen gestehen? — Von Bewunderung und berauschendem Entzücken hingerissen, brach ich eine wilde Rose vom Zaun, warf sie in die Hütte und entfloh, ohne abzuwarten, wie meine aus dem Stegreif gemachte Huldigung aufgenommen wurde."

„Und Sie sind jeden Tag wieder dahin gegangen?" fragte der Graf.

„Wer hat Ihnen das gesagt?" fragte Georg verblüfft.

„Also ist's doch wahr!" sagte der Graf für sich.

„Ja," fuhr der Baron fort, „und jeden Tag eine frische Rose, ganz dieser hier ähnlich —," setzte er hinzu, indem seine Blicke die Rose im Knopfloch des Grafen trafen.

„O, die da," sagte der Alte schalkhaft, „ist sehr schön, obschon etwas welk. Ich habe sie aber auch nicht ohne Kampf erhalten; ich habe sie meiner Tochter abgerungen."

Georgs Unruhe und Verwirrung wurde immer größer.

(Fortsetzung folgt.)

Der fliegende oder Altweibersommer.

Von Wilhelm Baer.

Bevor der Herbst in den Winter übergeht und uns die Tage bringt von denen wir sagen: „sie gefallen uns nicht," da wird es nicht selten nochmal so recht sommerlich warm, und die liebe Sonne scheint dann wieder so recht golden und prächtig, als wollte sie uns im Voraus für die Unbill, die uns bald erwartet, entschädigen. Der lichte Glorienschein dieser „herbstlich goldenen Tage" lockt uns unwiderstehlich in's Freie hinaus, um uns zu guter Letzt noch an dem blauen wolkenlosen Himmel, dem regen Leben in der Natur und den prächtigen Tinten des Waldes zu erfreuen. Lassen wir unsern Blick sinnend durch die klare Luft schweifen, so sehen wir überall zarte Fäden gleichsam wie schlanke weiße Luftgeister dahin schweben. Der Volksmund nennt diese Erscheinung den fliegenden oder Altweiber-Sommer, oder auch Jungfer- oder Marienfäden. Während die Sage berichtet, daß sie aus Thau gewoben seien, wissen wir, daß es Spinnfäden sind, die der Wind dahintreibt. Damit ist aber diese Erscheinung noch nicht ganz erklärt; es bieten sich hier noch mancherlei Momente, die man auch in weiteren Kreisen sicher mit Interesse lesen wird.

Wenn auch die Spinnen durch ihren Bau bei vielen Menschen einen unüberwindlichen, aber freilich nicht gerechtfertigten Schauder erregen, so können wir doch nicht umhin, die Geschicklichkeit derselben im Spinnen und Weben zu bewundern. Diese Kunstfertigkeit, die, wenn wir sie auch nicht bei allen Spinnen finden, eine überaus große Mannigfaltigkeit in der Feinheit und der Anordnung des Gewebes zeigt, hat der Mensch von jeher mit Erstaunen betrachtet, so daß schon der weise Salomo von der Spinne sagt: „Sie ist klein auf Erden und klüger denn die Weisen, denn sie wirket mit ihren Händen." Diese Geschicklichkeit der Spinnen, die Alles übertrifft, was der Mensch zu leisten vermag, ist auch häufig ein Gegenstand der Dichtung und Sage geworden. So ist z. B. die Beschreibung, die uns der römische Naturforscher Plinius von ihrem Netzbau gibt, in hohem Grade poetisch. Nicht allein in den Sagen der Indianer des Tafellandes von Bogota, deren Verstorbene in einem Nachen aus Spinnengewebe über den Todtenfluß setzen, sondern auch in den Legenden des Talmud und Koran, ja sogar in den christlichen, spielen die Spinnen eine große Rolle. Sie retteten David und Mohamed, den heiligen Fanimus und Felix von Nola dadurch von ihren Verfolgern, daß sie den Eingang der Höhlen, in denen Jene sich geflüchtet, durch ihre Gewebe verdeckten.

Der Saft, mit welchem die Spinne ihre Fäden spinnt, tritt in Tropfen aus den 4 bis 6 Spinnwarzen am Hinterleibe, die wie ein Sieb durchlöchert sind mit unzähligen feinen Poren, aus welchen Tausende von Tröpfchen dieses glasartigen Flusses hervorquellen. Jeder einzelne Tropfen wird zu einem einzelnen Fädchen, und alle die Tausend Fädchen vereinigen sich zu einem einzigen, das dennoch, obgleich tausendfältig, so fein, daß erst ihrer 14,000 der Stärke eines Haares gleichkommen würden. Daß sich beim Spinnen die einzelnen Fäden nicht mit einander verwirren oder zusammenkleben, bewirkt die Spinne dadurch, daß sie sich dabei der Haare, womit die Häkchen ihrer Füße bedeckt sind, gleichsam als Bürste bedient. Während das Netz einzelner unserer Kreuzspinnen wegen seiner außerordentlichen Feinheit im Schatten völlig unsichtbar ist und sich dem Auge nur im Sonnenlicht durch den Glanz der Fäden verräth, fängt sich der Kolibri und die Anolis-Echse in den Schnüren der Vogelspinne, ja selbst der Mensch kann nur mit Mühe auf dem durch diese Fäden gesperrten Waldpfad vordringen.

Die Entstehung des fliegenden oder Altweiber-Sommers ist von verschiedenen Naturforschern beobachtet worden. Dr. Ohlert fand in den ersten Tagen des Oktobers bei schönem und mildem Wetter auf einem abgeholzten Waldboden, daß der Boden, die Büsche und die aufgestapelten Holzklaftern von Spinnen der mannigfaltigsten Art wimmelten, die in lebhafter Bewegung und Thätigkeit waren. Auf einem einzigen Ellernblatt waren oft 6 bis 10 Spinnen, welche zu wetteifern schienen, die Spitze des Blattes zu erreichen. War dies einer von ihnen geglückt, so hob sie sich auf ihren acht Beinen so hoch wie möglich, kehrte sich mit dem Kopf gegen den Wind, streckte den Hinterleib schräg aufwärts und trieb aus den Spinnwarzen einen Faden, der immer länger wurde und in dem Winde flatterte. War der Faden etwa 20 bis 30 Fuß lang, so ließ sich die Spinne los und flog, von ihm getragen, durch die Luft davon. Kaum war sie davon gesegelt, so nahm eine andere Spinne ihre Stelle ein und folgte ihr nach wenigen Minuten auf dieselbe Weise durch die Luft. Da nun von allen Blättern des Busches, und von allen Büschen und den allen erhabenen Punkten der Holzklaftern, die einen freien Standpunkt gewährten, auf dieselbe Art Spinnen an ihren Fäden hängend davon segelten, so ist begreiflich, daß Tausende derselben gleichzeitig in derselben Richtung durch die Luft getragen wurden und ihnen immer neue nachfolgten. Auf dieser Reise verwickelten sich oft mehrere solcher Fäden und bildeten ganze Flocken, die meisten aber blieben an den Zweigen der Bäume auf der nahen Chaussee haften und flatterten im Winde. Geschah dies, so kletterten die Spinnen sogleich bis zur Spitze der Baumblätter, trieben neue Fäden und flogen an denselben über die Felder in die weite Ferne, bis sie aus dem Gesicht des Zuschauers verschwanden. Blieben bei dem Fluge durch die Luft mehrere Fäden an einander haften, so daß sich größere Flocken oder Gewinde bildeten, so kletterten die Spinnen auf dieselben und fuhren nun, darauf behaglich sitzend oder umherwandernd, wie auf wahren Luftschiffen dahin.

(Schluß folgt.)

Meteorologische Station Dürkheim a. H.

(Höhe über dem Meere 397. a Fuß.)

Witterungsübersicht für März und April 1860.

März. Dieser Monat brachte uns namentlich in seiner ersten Hälfte einen nicht unbedeutenden Nachwinter. Die mittlere Temperatur des ganzen Monates erreichte nur 3°.03 R., nicht die Hälfte des vorgehenden Monates, die höchste war am 21. Mittags 9°.6, die niedrigste am 8. Morgens 4°.0. Die Niederschläge, die größtentheils aus Schnee bestanden, betrugen nur 6.8 par. Lin., obwohl es an 14 Tagen schneite oder regnete. Der Barometerstand war sehr gering, der mittlere betrug 322'''.67, der höchste am 7. Morgens 330'''.30, der niedrigste am 2. Mittags 322'''.38. Stets bedeckter Himmel, nie ganz wolkenfrei. Die mittlere Dunstspannung betrug 1'''.80, die relative Feuchtigkeit in Proc. 72.29. Die mittlere Windrichtung war Nordwest.

April. Dieser Monat war im Ganzen außergewöhnlich warm und trocken, der Himmel selten vollständig bedeckt, an den beiden letzten Tagen ganz wolkenfrei. Mittags vorherrschend östliche Winde, die jedoch gegen Abend gewöhnlich in westliche umschlugen. Die mittlere Temperatur betrug 10°.30 R., die höchste Wärme war am 14. Mittags bei Südostwind 21°.5, die niedrigste am 5. Morgens bei Westwind 0°.0. Der Barometerstand war stets hoch, der mittlere 333'''.42, der höchste am 12. Morgens 337'''.15 und der niedrigste am 17. Mittags 327'''.10. Es regnete an 5 Tagen, die ganze Regenmenge betrug jedoch nur 6.38 par. Lin. Der mittlere Dunstdruck betrug 2'''.15, die relative Feuchtigkeit in Proc. 61.90. Am 14. und 15. bemerkte man lebhaftes Wetterleuchten gegen N. W.

Im Auftrage des Ausschusses der Pollichia:

Dr. Neumayer.

Frankenthal, den 19. Mai 1860.

Miscellen.

Am Abende des 13. Mai, als im Norden Europa's das auffallend starke Nordlicht beobachtet wurde, hat man in Spanien eine außerordentliche Störung der Telegraphenlinien wahrgenommen. An den Stationen in Aranjuez, Madrid und Albacete bemerkte man elektrische Ströme auf allen Drähten mit kürzeren oder längeren Unterbrechungen, und zwar hauptsächlich zwischen 6 und 8 Uhr Abends, also einige Stunden vor der Zeit, als in nördlicheren Gegenden Europa's das Nordlicht erschien.

In Dresden hat der Tapeten- und Rouleaufabrikant W. Franke eine Tapete erfunden, welche wie polirtes Holz, geschliffener Stein, Wachstuch etc. mit Schwamm und Seife waschbar ist, durch's Waschen durchaus nicht angegriffen wird und nebenbei die Vorzüge besitzt, daß sie jeder Wandfeuchtigkeit widersteht und Flecken auf ihr nicht haften, wenigstens sofort durch Waschen beseitigt werden können. Aeußerlich unterscheidet sich die neue Erfindung gar nicht von den bisherigen Tapetenstoffen, zeichnet sich in den bunten Farben nur durch intensivere, weichere Töne, in den metallenen durch größeren Glanz aus, und die neuen Tapeten sind, wie berichtet wird, verhältnißmäßig billig.

(Eisenbahnwaggons mit zwei Etagen.) Wie man der „Pr." aus Innsbruck schreibt, ist vor einigen Tagen ein in Bern angefertigter Waggon neuer Construction dort durchpassirt. Derselbe faßt 76 Plätze erster, zweiter und dritter Klasse. Die beiden ersten und ein Theil der dritten Klasse befinden sich in der untern Etage in gewöhnlicher Eintheilung, während die zweite, mit Treppen zu ersteigende Etage eine durchgehende Reihe von Plätzen dritter Klasse enthält. Bereits ist der betreffende Wagen über den Brenner gegangen, und es hatte darin ein Commissär Platz genommen, um die Neigungen bei starken Steigungen und dergleichen zu beobachten. Dieser Waggon ist für Turin bestimmt, indem vorerst die Verwendung dieser neuen Gattung nur bei Fahrten auf kurzen Strecken versucht werden soll.

Bei dem heftigen Sturme, der am zweiten Pfingsttage plötzlich über Paris einbrach, verloren viele Damen, welche gerade im Bois de Boulogne spazierten fuhren, Hut und — Haare.

Ein Engländer hat kürzlich in einer umfangreichen Dissertation den Beweis zu führen gesucht, daß das Gift, an welchem Sokrates gestorben, unmöglich Schierling gewesen sein könne. Einer jungen Frau will er 60 Gran Schierlingsextract gegeben haben, ohne ihr damit im Geringsten zu schaden; einem Manne gab er 84 Gran seines Schierlingsextractes und erreichte dadurch nur eine leichte Schwäche in den Muskeln, und nur auf eine Stunde.

(Ein Riesenbaum.) Man liest im „Journ. von Brüssel": „Zu Loo, einem alten Städtchen im Furnes-Ambacht, hat man kürzlich den König der Obstbäume, der 10 Meilen in der Runde unter dem Namen des „Großen Kirschbaums" bekannt war, gefällt. Dieser 400jährige Kirschbaum hat einen Stamm von 4 Meter 70 Centimeter Umfang auf 5 Meter 70 Centimeter Länge; er hat Aeste von 17 M. 60 C. Länge und 2 M. 60 C. Umfang. Man hat mehrere seiner Wurzeln ausgegraben von 3 M. 70 C. Umfang. Dieser außerordentliche Baum wurde von einer Person aus Poperinghe um den Preis von 750 Fr. gekauft. Gegen alles Erwarten ist das Holz dieses Kirschbaums von vorzüglicher Qualität und in solcher Quantität, daß man seinen Werth auf 9000 bis 18000 Fr. schätzt. Dieser Baum trug jährlich im Durchschnitt 80,000 Kirschen. Man fand in der Höhlung eines seiner Aeste 153 Kilogramm Honig, welcher seit undenklichen Zeiten von Bienenschwärmen herbeigetragen worden war. Man findet in Loo noch einen merkwürdigen Eibenbaum, der am ehemaligen Stadtthor steht. Dieser Baum ist noch älter als der „Große Kirschbaum": Die Sage geht, daß er aus der Zeit herstammt, wo Julius Cäsar Gallien eroberte. (?)

(Ein liebenswürdiger Heiliger.) Daß es der neuen amerikanischen Regierung nicht an bitteren Feinden fehlt, zeigt eine Rede des Mormonen-Apostels Brigham Young, in der es heißt: „Was hat man uns für Beamte hergeschickt? Die gemeinsten Kerle, die aus der Hölle zusammengeholt werden können. Und diese Leute sind die Repräsentanten des Congresses. Und erst der Präsident. Wer geht in diesen Tagen in das Weiße Haus? Ein Spieler und ein Trunkenbold. Und der Vicepräsident ist gerade so. Und es kann auch kein Mensch ein Amt bekommen, der nicht entweder ein Spieler, oder ein Trunkenbold, oder ein Spitzbube ist. Und wer geht in den Congreß? Stellt eine Heiligen durch den ganzen Senat und das Repräsentantenhaus an, und wenn ihr Leute finden könnt, die keine Lügner, Spitzbuben, Trunkenbolde und Spieler sind, dann sage ich, es sind Blutwenige, denn eine andere Sorte Leute kann da nicht hineinkommen . . . . Nun sage ich zu allen Heiligen, haltet zusammen und seid einig, dann können all die [illegible] . . . . Schaden im Lande uns nichts anhaben. Wir lachen sie Alle aus und fragen nichts nach der Regierung."

Räthsel.

Mit [illegible], beim Bau und bei Maschinen
Sie gar verschied'nen Zwecken dienen;
Mit I, ein reicher Gottessegen,
[illegible] Bäume regen:
Mit [illegible], ein Schwarm von bösen Wichten,
Die sich auf Andrer Kosten mästen.
Mit E, hat's Stamm und Wurzeln bis
Und wächst, doch Pflanze ist es nicht.

Auflösung des Räthsels in Nr. 61.

Steinhauer.

Redaction von A. A. Wolf. Druck der Jäger'schen Druckerei in Speyer.

Palatina.

Belletristisches Beiblatt zur Pfälzer Zeitung.

Nro. 65. Speyer, Dienstag, den 1. Juni 1869.

Die wilde Rose.

(Fortsetzung.)

„Herr Graf," sagte er, „gedenken Sie Ihre Fräulein Tochter zu verheirathen?"

„Ja," war die Antwort.

„Haben Sie schon eine Partie in Aussicht?"

„Ja."

„Reich, jung?"

„Ja."

„Kennt Fräulein Gabriele diesen Mann?"

„Ja."

„Und — liebt sie ihn?"

„Ja."

„Sind Sie dessen sicher?"

„So ziemlich, seit diesem Morgen."

„O Himmel!" sagte Georg für sich, „er ermuthigt mich, wie es scheint."

„Nun, mein lieber Junge," sagte der Graf für sich, „ich nenne Niemand. Ob Du der Glückliche sein wirst, wird sich zeigen. Aber was sehe ich?" fuhr er laut fort, indem er aufstand und gegen die Glasthüre des Saales schritt; „Gabriele wandelt traurig auf dem Grasplatz und Emil geht auf der andern Seite dem Gehölz zu. Gewiß haben sie sich wieder gezankt. Ich muß sehen, was vorgefallen. Entschuldigen Sie, lieber Baron, ich bin im Augenblick wieder da."

Georg stand allein, in Gedanken versunken. Nach einer Pause rief er:

„Ja, es ist gewiß, sie liebt mich! Der Vater selbst hat mich soeben das Geheimniß errathen lassen. Ha! da kommt sie, die schöne, die heißgeliebte Gabriele!"

Gabriele trat in diesem Augenblick mit träumerischer, trauriger Miene und langsamen Schrittes in den Gartensaal, ohne den Baron zu bemerken, der sich auf die Seite zurückgezogen hatte.

„Wie reizend sie ist!" rief der Baron leidenschaftlich leise bewegt für sich. „Muth, Georg, Muth! Du wirst den Sieg erringen!"

Er machte einige Schritte gegen Gabriele und sagte:

„Fräulein!"

Diese, sich allein glaubend, erschrak heftig und stieß einen lauten Schrei aus.

„Ach, Sie sind es, Herr Baron," sagte sie nach einer Pause etwas gefaßter. „Wie? man hat Sie allein gelassen?"

„Verzeihung, mein Fräulein, daß ich Sie gestört habe. Ich schätze mich glücklich, mich Ihnen jetzt erklären zu können, denn ich muß befürchten, mein plötzliches Erscheinen heute bei Ihrem Herrn Vater habe sie überrascht, ja vielleicht verletzt. Aber ich betheure Ihnen, dasselbe war ganz unabsichtlich, und ich achte Sie hoch. Doch," fuhr er mit steigender Kühnheit fort, „Achtung bedingt auch Offenheit. Ich liebe Sie, Gabriele! — Erschrecken Sie nicht über eine so plötzliche Liebe! Seit acht Tagen schon sehe ich Sie heimlich, bewundere Sie, bete Sie an!"

„Entfernen Sie sich, Herr Baron, ich bitte Sie!" sagte Gabriele verwirrt und zitternd.

„Ha!" rief Georg für sich, „diese Gemüthsbewegung, diese Verwirrung ist ein gutes Zeichen, es ermuthigt mich. Ich verlange nur ein Wort," fuhr er zu Gabriele gewandt fort, „ein einziges Wort von Ihnen, um meine Ungewißheit zu zerstreuen und mein Glück zu begründen. Ihr Herr Vater schenkt mir sein Wohlwollen — Standes- und Vermögensverhältnisse sind bei uns beiden gleich —"

„Herr Baron! Sie sehen wohl, daß ich Ihnen nicht zu antworten vermag," entgegnete Gabriele mit steigender Unruhe.

„Ihr Herr Vater hat mich also nicht getäuscht!" rief jetzt Georg im Ton der lebhaftesten Freude.

„Mein Vater hätte Ihnen gesagt —?" rief Gabriele erstaunt, indem sie einige Schritte zurücktrat.

„Daß ich der Glücklichste der Sterblichen bin!" fiel Georg feurig ein.

„Herr Baron!" erwiderte Gabriele lebhaft und mit Festigkeit, „das ist eine Unwahrheit! Ich habe meinen Vater nichts gesagt. Wahrhaftig, ich begreife Sie ganz und gar nicht. Herr Baron, sagen Sie mir, was mein Vater gesagt hat!" fügte sie mit dringendem Ernst hinzu.

„Ei nun, nur etwas sehr Vernünftiges und Natürliches: er will Sie verheirathen —"

Gabriele stieß einen Schrei aus.

„Mit einem jungen, reichen Mann," fuhr Georg fort.

„O mein Gott!" seufzte Gabriele.

„Den Sie — lieben!"

„Emil!“ murmelte Gabriele leise, von lebhafter Freude bewegt. „Ja, ja, er ist's!“ und sich rasch zu Georg wendend: „Hat mein Vater Ihnen gesagt, daß ich — ihn liebe?“

„Er hat es gesagt.“

„Wie konnte er es wissen?“ rief Gabriele lebhaft.

„Also ist es wahr?! sagte Georg für sich und warf sich höchst albern vor Gabriele auf die Knie.

„Aber mein Gott, Herr Baron!“ rief diese erstaunt und lächelnd, „wie soll ich es nur anfangen, Sie aus Ihrem Irrthum zu ziehen? — Stehen Sie auf, Herr Baron, stehen Sie auf!“

Georg erhob sich im höchsten Grad erstaunt und verwirrt.

In diesem Augenblick öffnete sich mit Geräusch die Saalthür und der alte Graf, welcher sich während dieses Gesprächs zwischen dem Baron und Gabriele mit Emil lebhaft auf dem Grasplatz draußen herumgezankt hatte, schleuderte letzteren plötzlich mitten in den Saal hinein wie eine Bombe und entfernte sich hierauf schleunigst.

Emil sah indessen noch das Aufstehen Georgs und blieb erstaunt und bestürzt bei diesem Anblick stehen.

„Du mußt doch immer zur Unzeit kommen!“ sagte Gabriele leise zu Emil im Abgehen.

Emil stand niedergeschmettert und stammelte mit matter Stimme: „O mein Gott! ich bin verrathen!“

„Georg!“ rief Emil, sich an diesen rasch wendend, „höre mich!“

„Was hast Du denn?“ fragte dieser.

„Wo hast Du Gabriele gesehen? Seit wann kennst Du sie?“

Der Baron, überrascht von dieser leidenschaftlichen Sprache, blieb stumm.

„Hast Du sie vielleicht in Gesellschaft getroffen?“

„Nein.“

„Aber wo denn?“ fuhr Emil mit steigender Leidenschaft fort.

„Ah! nun errathe ich,“ sagte Georg leise für sich, „nun löst sich der Knoten des Drama's, das seit diesem Morgen vor mir gespielt wird! — Das ist mein Geheimniß,“ wandte er sich wieder zu Emil.

„Ein Geheimniß zwischen Gabriele und Dir?!“

„Zwischen uns und Deinem Oheim,“ entgegnete der Baron kalt; „ich bin in Deine Base verliebt.“

„Sie liebt ihn!“ seufzte Emil schmerzergriffen leise. „Es ist klar — ich bin besiegt! — Wohlan, es sei!“ fügte er nach kurzer Pause gefaßter hinzu und zeigte sich wieder ganz ruhig.

„Ich habe mich also doch getäuscht,“ sagte der Baron für sich, den diese scheinbare Ruhe Emils wunderte. „Er liebt sie nicht — er ist zu gelassen.“

„Liebt sie Dich auch?“ fragte Emil mit erzwungener Gleichgültigkeit.

„Ich bin dessen gewiß,“ erwiderte der Baron. „Soeben gestand ich ihr meine Liebe und habe keinen Grund an ihrer Neigung zu zweifeln. Ich hatte schon ein Vorgefühl meines Glücks durch die vertrauliche Andeutung Deines Oheims. Er hatte sich nämlich einer Blume, einer weißen Rose, die ich Gabrielen geschenkt hatte, und zwar nicht ohne Kampf, bemächtigt. Der gute alte Herr hat mir dies Alles erzählt.“

„Die Blume, die ich ihr diesen Morgen angeboten,“ murmelte Emil weggewendet und schmerzlich seufzend, „hat sie weggeworfen! — O, es ist mir nun Alles begreiflich!“

„Ich finde Deinen Oheim sehr unterhaltend,“ fuhr der Baron fort. „Ja, siehst Du, die Oheime, die Väter, die Ehemänner, die Liebhaber sogar, sind oft außerordentlich offenherzig.“

„Er hat Recht,“ sagte Emil leise; „ich selbst habe ihn ja hier eingeführt. Georg!“ fuhr er zu diesem gewandt fort, „Du kennst das weibliche Herz: rathe mir: ich will mich an einer solchen rächen!“

„Worüber hast Du Dich bei Deiner Schönen zu beklagen?“ fragte der Baron lustig.

„Ueber ihre Treulosigkeit.“

„Ein unbestimmter Vorwand.“

„Ihre Falschheit.“

„Wie?“ rief Georg lächelnd, „Du bist noch nicht von dieser Thorheit geheilt? — Du wirfst den Weibern vor, was wir ihre Falschheit zu nennen belieben? — Laß uns klug sein, Emil, und nehmen wir sie, wie sie sind; ihre Falschheit ist ja ihre einzige Vertheidigungswaffe gegen uns Männer; ihre Falschheit, lieber Freund, ist ihr natürlicher Stand.“

„Also soll ich noch zufrieden sein, wenn ich verstoßen ward —“

„Ha!“

„Verrathen!“

„Erlaube mir ein Wort, Freund!“ fiel Georg ein; „wenn sie Dich verstoßen hat, konnte sie Dich nicht verrathen. Emil, Du bist kein guter Logiker.“

„Sie hat mich zum Besten gehabt,“ schrie Emil heftig, „verrathen, verspottet!“

(Fortsetzung folgt.)

Der fliegende oder Altweibersommer.

Von Wilhelm Baer.

(Schluß.)

Die Spinnen, welche diese Sommerfäden machten, gehörten zu vielen und verschiedenen Arten. Häufig waren darunter die kleinen schwarzen munteren Spinnen, die unter dem Namen „Glücksspinnen“ bei den Damen am ehesten Gnade finden. Von den größeren Arten waren nur junge, noch nicht ausgewachsene Exemplare dabei thätig, darunter auch solche, welche keine Fangnetze spinnen, sondern ihre Beute nur im Laufe greifen.

Schröder sah auf einer Gruppe hoher canadischer Pappeln in der Nähe von Bornheim bei Bonn eine Menge von Spinnen mit der Fabrikation des fliegenden Sommers beschäftigt. Mittelst der Fäden suchten die Spinnen dort ihren Aufenthalt zu ändern. Allein es war da nirgends ein erhöhter Gegenstand, an den der ausgesendete Faden sich anhängen konnte. Immer wieder mußte der flatternde Faden von der Spinne eingezogen werden, der sich dann kräuselte und wie ein weißes Flöckchen erschien, mit dem das Thier zu seinem Aufhängepunkt zurückkehrte, um sogleich einen zweiten und dritten vergeblichen Versuch zur Herstellung einer Brücke zu machen. Die Flöckchen blieben vorerst auf den Zweigen und Blättern liegen. Bald hier bald dort riß der Wind einen Faden los und trug ihn davon, dem Rheine zu, so daß Hunderte von Fäden und Flöckchen über die Ebene dahin schwebten.

Wenn ein Flöckchen losreißt auf dem gerade eine Spinne sitzt, so erreicht diese die Absicht einer Ortsveränderung besser, als sie gewollt hat. Wie auf einem Kahn segelt sie durch die Lüfte. Ein einziges Mal sah Schröder eine solche Fahrt mit an; es war in der Nähe von Elberfeld, der Morgenwind war nicht sehr stark; er konnte daher so rasch laufen, als das Spinnchen auf seinem luftigen Kahne dahin fuhr. Ein gutes Stückchen lief er nebenher und sah dem Thierchen dann noch lange mit Theilnahme nach.

Die Spinnen können auf diese Art sehr weit fliegen. Darwin sah 60 englische Meilen vom Lande Tausende von kleinen röthlichen Spinnen, jede auf ihrem Faden, auf seinem Schiffe ankommen. Murray und Rosenhauer meinen, daß hier nicht der Wind, sondern die Elektricität die bewegende Kraft abgibt. Die Fäden sind nämlich negativ elektrisch und werden daher von der Erde abgestoßen, dagegen von den höheren positiv elektrischen Luftschichten angezogen.

Schon Aristoteles hat die Beobachtung gemacht, daß die Spinnen sich mittelst der Fäden in der Luft fortbewegen. Sie überlassen die Fäden der Luft und spazieren auf ihnen umher, wie die Seiltänzer auf dem Seile. Virey dagegen behauptet, daß die Spinnen gleichsam mit Hülfe ihrer Beine in der Luft schwimmen können. Dies ist jedoch nicht der Fall, denn wenn man den Faden, an dem die Spinne hängt, zerreißt, so fällt sie herab.

Nun aber fragt es sich noch immer, warum man diese große Menge von Jungfernfäden nur im Herbst in der Luft fliegen sieht, und nie zu einer andern Zeit? Darüber sind mancherlei Vermuthungen aufgestellt worden. So hat man z. B. gesagt, die Spinnen würden zu dieser außerordentlichen Thätigkeit angeregt, weil sie die Herankunft des Winters fühlten, und um sich gegen die Kälte zu schützen, fertigten sie mit emsiger Thätigkeit diese Hülle. Andere finden es wahrscheinlicher, daß sie zu dieser Zeit so fleißig spinnen, weil sie des feinen Gewebes bedürfen, um ihre Eier oder ihre Jungen einzuhüllen und weich zu betten. Neuerdings hat man die Ansicht ausgesprochen, daß die Spinnen in den Geweben, die im Herbst in der Luft umherfliegen, ihre Begattung vollziehen.

Auch Dr. Ohlert weiß hierüber keine genügende Erklärung zu geben. Vielleicht geschieht es nach ihm, um den überflüssigen Spinnstoff los zu werden. Wenn die Spinnen im Spätherbst in ihre Winterquartiere sich zurückziehen; vielleicht weil die im Herbst seltener werdenden Insekten nicht mehr in genügender Zahl in die an festen Stellen aufgespannten Netze kommen und die Spinnen daher genöthigt sind, einen größeren Raum zu bestreichen, wie der Fischer das Zugnetz anwendet, wenn die Fische nicht in die Reusen gehen. Oder sollten sie die Herbstmuße benutzen, um Begattungsreisen zu machen, oder um sich doch auch einmal ihren glücklichen Verwandten, den Insekten, gleichzustellen, welche die Natur mit Flügeln ausgestattet hat, um wie diese die Wollust zu genießen, sich frei durch den Luftraum zu schwingen?

Trotz aller dieser verschiedenen Vermuthungen müssen wir doch unsere Unwissenheit bekennen, wie bei vielen anderen Erscheinungen in der Natur.

(Allg. F. Ztg.)

Miszellen.

* Meteorologisches. Bekanntlich fiel in Krähenberg, Bez. Homburg, am 5. Mai ein Meteorstein, der jetzt im Realgymnasium zu Speyer aufbewahrt ist und der bereits die Aufmerksamkeit der Gelehrten aus Nah und Fern auf sich gezogen. Unser berühmter Landsmann, Herr Dr. G. Neumayer in Frankenthal, der während seines Aufenthaltes in Australien verschiedene Meteorsteine gefunden und wissenschaftlich genau beschrieben hat, die jetzt eine Zierde des britischen Museums in London bilden, gilt als Autorität in diesem Fache; derselbe hat auch, von verschiedenen Seiten, insbesondere von der k. k. geologischen Reichsanstalt in Wien, hiezu aufgefordert, es unternommen die näheren Umstände dieses meteorologischen Phänomens genau zu untersuchen und wird hierüber demnächst in Speyer einen Vortrag halten. Wie bekannt, glaubte man anfangs, das laute Getöse während des Falles rühre von einer Pulverexplosion in Bitsch her; das Gerücht entstand deshalb, weil dort zur betreffenden Stunde wirklich ein so lauter Knall und eine solche Erschütterung bemerkbar war, daß die Bewohner der Festung anfangs die Explosion eines Pulverthurmes in Bitsch, dann in Landau vermutheten. Augen- und Ohrenzeugen aus Bitsch haben dem Schreiber dieses dahin lautende Angaben gemacht. Ein merkwürdiges Zusammentreffen ist es, daß, wie ich eben in einer französischen Zeitung lese, an demselben Tage (5. Mai) zu Ojo Caliente in Mexiko eine große Feuersäule auf die Stadtkirche niederfiel, in welcher sich eben viele Leute befanden; zugleich hörte man, wie der Bericht sagt, eine Erschütterung wie von einer Pulverexplosion herrührend, die Gewölbe der Kirche stürzten ein und begruben eine große Anzahl Menschen unter ihren Trümmern. In demselben Moment wurden auch verschiedene telegraphische Apparate im Lande zerstört. Interessant wäre es, zu erfahren, ob ein Zusammenhang zwischen den Ereignissen in Mexiko und dem Meteorfall in Krähenberg gedacht werden könne.

In den letzten Tagen hat das königl. Naturalienkabinet in Stuttgart, wie der „Schw. M." berichtet, ein werthvolles Geschenk von dem kgl. württembergischen Consul in Bern, Herrn Roeschaz-Kapff, erhalten. Es besteht in einem der Riesenkrystalle, welche im vor. Jahre am Tiefengletscher, Kanton Uri, in einer Krystallhöhle gefunden worden sind. Reisenden, welche von Meiringen schon zur Grimsel emporgestiegen sind, ist wohl der letzte bewohnte Ort Guttannen in Erinnerung, eines der höchst gelegenen Gebirgsdörfer, dessen Einwohner fast ausschließlich „Strahler" sind, d. h. sich mit dem Sammeln von Krystallen abgeben, die an Steinschleifer und Mineralienhändler verkauft werden. Einer dieser Guttanner Strahler hatte im vorigen Jahr das unverhoffte Glück, hoch oben über der Schneegrenze am Tiefengletscher eine Höhle im Granit zu entdecken, die mit den prachtvollsten schwarzen Bergkrystallen, sogenannten Morionen, angefüllt war. Seit Ende des vorigen Jahrhunderts war kein ähnlicher Krystallkeller, wie man solche Höhlen gewöhnlich nennt, aufgefunden worden, in welchem eine ähnliche Menge solcher Krystalle gelegen hätte. Die größten und schönsten Exemplare hat Herr Bürki von Bern angekauft und seiner Vaterstadt für das dortige Museum geschenkt. Der größte derselben führt den Namen „der König" und wiegt 255 Pfund. Er wurde mit 2200 Fr. bezahlt. Ein anderer doppelter führt den Namen „Zwillinge" im Werth von 2000 Fr. Der „Jüngling" kostete 600 Fr., der „Doppelprinz" 600 Fr. u. s. w. Der dem Stuttgarter Kabinet geschenkte Krystall ist ein Exemplar von 17 Zoll Höhe und 9 Zoll Breite. Sein Gewicht beträgt 60 Pfund. Die Pyramidenflächen sind spiegelblank, und es heben sich auf denselben die trüberen Flecken, welche den Zwillingskrystall ankündigen, deutlich hervor. Leider ist die Spitze etwas beschädigt, was beim Herablassen der Stücke über die fast 1000 Fuß hohe steile Granitwand am Tiefengletscher bei so schwer in's Gewicht fallenden Stücken kaum zu vermeiden war.

Gera, 26. Mai. In dem benachbarten Ronneburg hat sich vorgestern eine sehr tragische Katastrophe ereignet. Eine Anzahl junger, sämmtlich verheiratheter Männer kommt von einer Uebung der Feuerwehr. Sie kehren dann in einem Restaurationslokal ein, wo sie sich bald, infolge eines halben Eimer Biers, welches einer von ihnen spendet, in sehr gehobener Stimmung befinden. In dieser animirten Laune macht einer den Vorschlag, mit einem Krug Bier sich auf die Gondel des nahen Teiches zu begeben und eine nächtliche Wasserfahrt zu machen. Es geschieht. Acht Männer besteigen das Fahrzeug. Aber bald schlägt die Gondel um und vier junge Familienväter finden ihr Grab im Wasser, vier andere wurden gerettet. Die Katastrophe ereignete sich mitten in der Nacht zwischen 12 bis 1 Uhr.

Triest, 25. Mai. Die Anwesenheit eines großen Haifisches im Hafen ist constatirt. Das Baden im Freien ist verboten. 200 fl. sind auf den Fang desselben ausgesetzt. Bekanntlich hat im vorigen Jahre ein Hai einem Badenden die beiden Füße abgerissen. Jüngst nun hat der Stadtrath in einer langen Berathung sich nach Mitteln umgesehen, wie man den Hafen und die Badenden gegen jene Räuber schützen könnte. Es wurde u. a. vorgeschlagen, einen Badeplatz durch Netze abzuschließen, wogegen aber die Heftigkeit des Hai's und die Unebenheit des Meeresbodens geltend gemacht wurde. Man kam zu keinem Resultat.

Die Reduction der Preise hat auf die Vermehrung der Depeschen, welche das englisch-amerikanische transatlantische Kabel zu befördern hatte, außerordentlich günstig eingewirkt. Anfänglich war der Preis einer Depesche von 10 Worten Text und [illegible] Worten Adresse 20 Lstrl.; die Zahl der beförderten Telegramme betrug in den ersten drei Monaten täglich im Durchschnitt 29, die Einnahmen durchschnittlich 505 Lstrl. Hierauf folgen 13 Monate mit einem Tarif von 10 Lstrl., während dessen die tägliche Depeschenzahl auf 64, die durchschnittliche Einnahme auf 579 Lstrl. stieg. Als im Dezember 1867 der Preis einer Depesche auf 5 Lstrl. herabgesetzt wurde, stieg die Zahl der Telegramme täglich im Mittel auf 131 mit der mittlern Einnahme 635 Lstrl. Vom 1. September 1868 wurde der Tarif auf 3½ Lstrl. ermäßigt und seitdem stieg die Depeschenzahl auf 205 mit einer durchschnittlichen Einnahme von 613 Lstrl. Der Tarif soll im Lauf des Sommers (nach Vollendung der Pacific-Bahn) auf 2½ Lstrl. ermäßigt werden, schon im Hinblick auf die drohende Concurrenz des französischen transatlantischen Kabels, welches im Laufe dieses Sommers gelegt wird.

In der physikalisch-medicinischen Gesellschaft zu Würzburg berichtete dieser Tage Herr Stöhr über die Kaltwasserbehandlung, welche seit Juli vorigen Jahres auf der medicinischen Klinik des Juliushospitals an 94 Typhuskranken in Anwendung gebracht wurde. Von diesen Kranken waren 43 Männer und 51 Weiber; nur Greise und ganz kleine Kinder wurden ausgeschlossen. Alle Berufsklassen waren darunter vertreten; die Hälfte der Fälle war als schwere zu bezeichnen. Die kalten Einwickelungen, Begießungen u. s. w. wurden ganz nach den Vorschriften von Brand vorgenommen. Als Resultat dieser Behandlung ergab sich Folgendes: a) der Typhus kann durch diese Behandlung nicht abortiv gemacht werden, dagegen bewirkt dieselbe b) eine bedeutende Abkürzung der Krankheitsdauer, da besonders die Reconvalescenz rascher vor sich geht. Ferner ruft dieselbe c) eine gänzliche Veränderung der Krankheitserscheinungen hervor, die im Ganzen günstiger sich gestalten; d) das Mortalitätsverhältniß ist ein überraschend günstiges: Während das Juliusspital in den letzten 20 Jahren beim Typhus eine Sterblichkeitsziffer von 20,7 pCt. durchschnittlich nachweist, was mit der Statistik anderer Krankenhäuser übereinstimmt, so starben von diesen 94 Kranken nur 7, also etwas über 7 pCt. Unter diesen Fällen befanden sich mehrere, wo besonders ungünstige Complicationen vorhanden waren oder die Behandlung erst spät eingeleitet wurde.

Wiesbaden, 27. Mai. Die „Bonner Ztg." schreibt: „Am Spiele im Kursaale ist man einer Gesellschaft von Falschspielern auf die Spur gekommen, welche der Bank bedeutende Summen abgenommen haben soll. Ein in bedeutendem Verluste stehender Franzose hat gestern einen nur durch Zufall mißglückten Selbstmordversuch gemacht."

Coburg, 27. Mai. Gestern hatten wir hier, wird dem „Fränk. Journ." geschrieben, das gewiß seltene Schauspiel, daß der regierende Fürst des Landes in seinem Hoftheater vor circa 1200 besonders dazu eingeladenen Personen aus Stadt und Land, vom höchsten Adel bis herunter zum Unteroffizier, als Darsteller auftrat. Wie schon berichtet, fand am gestrigen Abend eine theatralische Vorstellung mit „Minna von Barnhelm" statt, wobei die Besetzung folgende war: Major von Tellheim: Herzog Ernst; Minna von Barnhelm: Miß C. Bernard; Graf von Bruchsall: Herr von Schrabisch, preußischer Major; Franciska: Frau von Rotenstein; Just: Hausmarschall von Wangenheim; Wachtmeister Werner: Graf Bredow; der Wirth: von Sommerfeld, preußischer Oberst-Lieutenant; eine Dame in Trauer: Frau v. Schrabisch; Feldjäger: Flügel-Adjutant von Beaulieu; Riccaut de la Marlinière: Ober-Hofmarschall von Loewenfels; erster und zweiter Diener: die Lieutenants Alexeur und Scharfenwind. Herzog Ernst hatte bereits im letzten Winter auf dem Residenzschloß in Gotha bei enger begrenzten Räumlichkeiten und Einladungen diese Vorstellung veranstaltet. (Schauspieler war er immer.)

Räthsel.

Das Erste Dir die Bibel nennt
Und zwar das alte Testament.
Es war der größten Riesen einer,
Und König, mächtig so wie Keiner.
2 und 3 im Bliesthal unten,
Von Blieskastel wen'ge Stunden.
1, 2, 3, nicht weit vom Rhein,
Ist ein Städtchen ziemlich klein,
Doch verschiedene Fabriken
Weithin in die Ebene blicken.

Auflösung des Räthsels in Nr. 61.

Weisen, Waisen, Wanzen, Warzen.

Redaction von F. L. Woll. Druck der Jäger'schen Buchdruckerei in Speyer.

Palatina.

Belletristisches Beiblatt zur Pfälzer Zeitung.

Nro. 66. Speyer, Donnerstag, den 3. Juni 1869.

Die wilde Rose.

(Fortsetzung.)

„Verspottet! Das ist etwas Anderes," erwiderte der Baron. „Der Spott eines Weibes schlägt dem Mann eine tiefe Wunde. Deine Rache ist sodann gerecht, nothwendig. — In welchem Verhältniß standest Du mit Deiner Schönen?"

„Je nun," sagte Emil verlegen, „in dem der Freundschaft."

„Wie, was?" rief Georg erstaunt, „Freundschaft?"

„Freilich."

„Aber mit Worten wenigstens erwiderte sie doch Deine Liebe?"

„Meine Liebe? — Sie weiß gar nicht, daß ich sie liebe. Ich habe es ihr stets verborgen."

„Vortrefflich!" rief Georg hell auflachend. „Lieber Freund, wie kannst Du denn aber, ich bitte Dich, von Treulosigkeit sprechen? — Nimm mir's nicht übel, wenn ich Dir sagen muß, daß dies eine reine Abgeschmacktheit ist. Soeben hast Du behauptet, Du seiest verrathen, wenn gleich verstoßen; und nun sehe ich, daß Du weder das Eine, noch das Andere bist — denn Du hast ja nie einen Schritt gethan."

„Aber lieber Freund," erwiderte Emil verlegen, „bedenke doch die Zurückhaltung — die Schicklichkeit — die Achtung —"

„Das ist allerliebst!" rief Georg, immer stärker lachend. „Ich wünsche Dir Glück dazu! — Auf solche Weise betreibst Du also Liebesangelegenheiten, Lovelace!"

„Georg!" rief Emil verletzt, „schone mich!"

„Nein, diese Geschichte ist lustig!" rief jener, immer fortlachend. „Wahrlich, Deine Schöne muß bis an die Fingerspitzen voll Tugend stecken, um einem so beredten Ausdruck von leidenschaftlicher Liebe widerstehen zu können!"

„Schweig'! da kommt mein Oheim."

„O, ich bin verschwiegen! Aber wenn erst Gabriele meine Frau geworden, werde ich ihr diese ergötzliche Geschichte auftischen."

Der Graf trat in diesem Augenblick zur Saalthüre ein; er betrachtete beide Jünglinge aufmerksam und lächelte sodann.

Mit lebhafter Hast eilte der Baron auf den Alten zu und sprach:

„Herr Graf, ich bin fünfundzwanzig Jahre alt, habe Vermögen, günstige Aussichten für die Zukunft in der Diplomatie; mein Name ist ohne Makel, meine Familie ehrbar und geehrt —"

„Nun, lieber Baron," erwiderte der Alte mit gutmüthigem, doch etwas schalkhaftem Lächeln, „Sie wissen, daß ich damit einverstanden bin."

„Daß Sie damit einverstanden sind!" rief Georg lebhaft und freudig. „Gut! in einer Stunde will ich Sie an diese Antwort erinnern. Ohne Abschied! In einer Stunde bin ich wieder zurück."

Mit diesen Worten stürzte er hastig hinaus.

„Aber so hören Sie doch, Baron! so hören Sie doch!" rief ihm der Graf nach, doch vergebens.

„Du bist böse auf mich, Emil, und weßhalb?" fragte der Graf in seinem Lehnstuhl sitzend, seinen vor ihm stehenden Neffen.

„Weßhalb?" erwiderte dieser heftig, „weil Sie mich getäuscht haben! Der Baron liebt Gabriele und wird von ihr geliebt! Sie wußten dies Alles und begünstigen diese Liebe."

„Ei, durchaus nicht!" entgegnete der Alte. „Warum hast Du Gabrielens Gunst nicht zu erwerben gewußt! — Aber Du besitzest eine fast unglaubliche Ungeschicklichkeit. Du lässest ihr auch nichts von Deiner Neigung merken."

„Sollte sie denn das nicht sogleich gesehen haben? sollte sie denn nicht wissen, daß es unmöglich ist, in vertraulichem Umgang mit ihr gelebt, sie jeden Tag gesehen, von Kindheit auf gekannt zu haben, ohne sie zu lieben, anzubeten? — Nein!" fuhr er mit steigendem Unmuth fort, „mag ich sie auch immer mit aller Kraft und Innigkeit, aus ganzer Seele und von ganzem Herzen lieben, sie will es nicht gewahren, sie ist ein gefallsüchtiges Mädchen!"

„Bei Gott, Neffe!" rief der Graf zornig aufstehend, „schiltst Du meine Tochter gefallsüchtig, so werde ich mich auch nicht scheuen, Dir zu sagen, was Du bist! — Ich habe," fuhr er etwas gelassener fort, „eine einzige, aber ausdrückliche Bedingung für Deine Verbindung mit ihr gemacht: gewinne Gabrielens Liebe! — An Dir liegt es, den Erfolg herbeizufühten. Bedenke hauptsächlich, daß das Mittel, Gefallen zu erregen, nicht in furchtsamer Miene, in schüchternem Erröthen und in einer stammelnden Stimme beruht. Man lacht Anfangs darüber, dann aber ergreift Verachtung die Seele des Weibes bei einer so albernen Liebeshuldigung. Muth, Kühnheit, ja selbst Verwegenheit sind vor Allem einem Mann in der Liebe nöthig. Ich würde mich wohl hüten, solche Rathschläge irgend einem Andern, als Dir, zu ertheilen, denn an Keckheit und Verwegenheit fehlt es den jungen Leuten unseres Jahrhunderts am wenigsten.

„Laß es ja nicht so weit kommen, bis Verachtung Gabrielens Herz durchdringt! Danke Gott, daß sie Dir diesen Morgen in's Gesicht gelacht; noch ist Hoffnung vorhanden."

„Sie sind sehr tröstreich, lieber Oheim!" sagte Emil beklommen.

„Ich bin aufrichtig," erwiderte dieser. „Befolge nur bald meinen Rath!"

Emil entfernte sich. Der Graf zog die Glocke.

„Sage meiner Tochter," rief er dem eintretenden Diener entgegen, „sie soll zu mir kommen, ich hätte mit ihr zu sprechen."

Als der Diener sich entfernt hatte, stand der Graf auf und ging unruhig im Zimmer auf und ab. Er zog seine Uhr hervor und murmelte verdrießlich:

„Vier Uhr vorüber und der Baron noch immer nicht zurück. Emil und Gabriele weichen sich gegenseitig aus. Umsonst hoffte ich auf eine Erklärung zwischen Beiden. Nun, jetzt muß es aber doch endlich zu einer Entscheidung kommen!"

Gabriele trat vor ihren Vater mit fragender, halb neugieriger, halb ängstlicher Miene."

„Liebes Kind," redete der Alte sie an, „es handelt sich jetzt im Ernst um eine ernste Sache."

„Sie erschrecken mich fast, lieber Vater!"

„Es betrifft Deine Verheirathung."

„Wirklich? — Ich zittere."

„Eine sehr gute Partie hat sich gefunden."

„Ich weiß schon, ich weiß!" rief Gabriele mit unbefangener Freude. „O sprechen Sie, lieber Vater, geschwind."

„Ich befürchte nur, diese Verbindung möchte Dir mißfallen —"

„Lieber Vater!"

„Du möchtest gegen das Heirathen einen Widerwillen haben."

„„Das sage ich nicht," erwiderte Gabriele mit niedergeschlagenen Augen.

„Es wäre noch Zeit, die Sache rückgängig zu machen —"

„Wie boshaft Sie sind lieber Vater!" fiel ihm Gabriele in's Wort und „schlang den Arm um seinen Hals.

„Also liebst Du ihn!" fragte der Alte mit schlauem Lächeln.

„Aber, lieber Vater, wen meinen Sie denn?"

„Kennst Du diese Blume?" sagte der Graf, indem er ihr die wilde Rose zeigte.

„Er ist's, er ist's!" rief Gabriele entzückt.

„Also Georg!" sagte unangenehm überrascht der Alte für sich. „Armer Emil!"

„Aber sagen Sie mir doch, lieber Vater, warum ist er in solch' wichtigem Augenblick nicht da — bei mir?" sprach Gabriele in freudiger Hast.

„Es wundert auch mich sehr, daß er noch nicht erschienen ist; er versprach nach Verlauf einer Stunde wieder zurückzukommen."

„Zurückzukommen!" rief Gabriele erstaunt. „Hat er sich denn vom Haus entfernt?"

„Ich vermuthe, er will die Einwilligung seines Vaters sich verschaffen."

Gabriele fuhr bei diesen Worten erschrocken zurück.

„Ich fürchte es ist ein Irrthum," sagte sie beklommen.

„Nein, nein; beruhige Dich nur, liebes Kind!" entgegnete der Alte; „Du liebst den Baron — Du sollst auch seine Frau werden."

Gabriele stand wie niedergeschmettert und zerfloß in Thränen.

„Den Baron liebe ich nicht!" schrie sie außer sich; nie — nie werde ich ihn lieben!"

„Unglückseliges Kind!" rief der Graf zornig; „den Baron liebst Du nicht? — So gestehe wenigstens, daß du einen Andern liebst!"

„Nein, nein, nein!" schrie Gabriele heftig.

„Ei was! das ist reine Kinderei! Du wirst den Baron heirathen!"

„Nein!" rief Gabriele mit Festigkeit.

„Aber so sage mir doch," fuhr der Alte etwas gelassener fort, „wen Du eigentlich liebst?

Gabriele war auf das Sopha gesunken, hatte mit vorgehaltenen Händen ihr Gesicht in die Polster gedrückt und weinte heftig, ohne eine Antwort zu geben.

In diesem Augenblick erschien Emil unter der halbgeöffneten Thüre. Der Graf, ihn erblickend, eilte auf ihn zu, faßte ihn heftig am Arm, deutete auf Gabriele und gab ihm ein Zeichen zu schweigen, indem er ihm leise in's Ohr flüsterte:

„Du siehst, in welchem Zustand das arme Kind sich befindet. Sie liebt Dich, es ist außer allem Zweifel. Mache sie glücklich, oder entferne Dich für immer aus meinen Augen!"

Mit diesen Worten ging der Graf tief bewegt hinaus.

Emil blickte scheu und verlegen auf Gabriele, die, noch immer das Gesicht in die Polster verborgen, weinte und schluchzte und von der Nähe ihres geliebten Vetters nichts ahnte.

„Da bin ich in einer verdammt bedenklichen Lage!" sagte Emil leise für sich. „Was soll ich ihr sagen?"

Auf ein Geräusch, das er machte, erhob Gabriele ihr Haupt und stieß einen Schrei aus beim Anblick Emil's.

(Schluß folgt.)

Die Sternwarte zu Greenwich.

Von Dr. August W. Peters.

Greenwich ist nicht blos ein althistorisches Städtchen und dem Kleinstädter in der Weltstadt London gar lieb und angenehm als das Ziel seiner Feiertagsausflüge, sondern vor Allem wichtig durch seine Sternwarte dort droben auf dem Hügel. Dem Ungelehrten fällt der Bau zunächst wegen des mächtigen Zifferblattes auf, dessen Minutenzeiger sprungweise die Zeit angibt, während der Stundenzeiger vielleicht auf „halb dreiundzwanzig" steht. Das nimmt den unschuldigsten Vergnügling Wunder, bis ein lebhafter Reisegenosse ihn unterrichtet, daß man an dieser geweihten Stelle die Zeit nicht wie gewöhnliche Sterbliche, sondern von Null bis Vierundzwanzig zählt. Nachmittag um 1 ist also 13 Uhr u. s. w.

Sollten wir uns einfallen lassen, um Zutritt in das geheimnißvolle Haus zu bitten, so schlägt man uns das höflich und entschieden ab. Und so muß es sein, weil drinnen hart gearbeitet wird und Störungen schaden. Ueberdem sind die Instrumente empfindlich, und wenn sie unvorsichtig die Hand auf eine Schraube legten oder nur darauf hauchten, so möchte dadurch erheblicher Nachtheil erwachsen.

Bei wichtigen Berechnungen ist Stille ein Haupterforderniß, und es erscheint nicht unmöglich, daß die Heimsuchung eines Orgeldrehers, wenn sie bei diesem Observatorium statt hätte, den Schiffbruch von einem halben Dutzend Kauffahrern nach sich zöge. Deshalb besteht das: „Verbotener Eingang!" zu vollem Rechte.

Wünscht dagegen ein Wissenschaftsmann das Gebäude zu sehen und das System zu studiren, so hat er sich nur von gehörigem Orte einführen zu lassen und man wird ihn rückhaltslos mit Allem bekannt machen. Die Beamten kennen keinerlei Geheimnißkrämerei und haben augenscheinlich nicht die Absicht, ihre Einsicht und Kenntnisse für sich zu behalten.

Der Bau der Sternwarte begann im Jahre 1675. Der vielgenannte Meister Christoph Wren wählte einen Platz, der für sämmtliche Schiffe, Themse auf und flußab, in Sicht war, so daß man ihnen nothwendige „telegraphische" Mittheilungen von oben her machen konnte. Seitdem ist mancherlei angebaut und verbessert; die einschneidendsten Fortschritte bemerken wir selbstverständlich bei den astronomischen Instrumenten.

Eine Hauptaufgabe der Anstalt ist die genaue Bestimmung der verschiedenen Himmelskörper; auf zwei, drei oder vier Jahre im Voraus berechnet man für jeden Augenblick bei Tage und bei Nacht Sonne Mond und Sterne.

Davon hängt die Genauigkeit der Landvermessungen, davon die Bestimmung eines Ortes ab, wo sich ein Schiff zur gegebenen Minute auf See befindet.

Diese und einschlagende Beobachtungen bilden, wie gesagt, die Haupttätigkeit der Angestellten; freilich nicht die einzige; obgleich das Suchen nach neuen Asteroiden und Planeten (wie es bei uns gang und gebe war oder ist) durch den wesentlich praktischen Zweck der Einrichtung zu Greenwich so gut wie ausgeschlossen erscheint."

Bei dem Eintritt durch das schmale Thor links vom Zifferblatte gelangt man in einen Hof und hat wiederum zur linken Hand die Hauptgebäude. In ihm befindet sich der „Observationssaal" mit dem mächtigen „Transitinstrumente". Es thut die meiste Arbeit und verdient deshalb eine genauere Beschreibung.

Also: Das „Transitinstrument" ist ein Riesenteleskop mit einem eben so riesigen Objectivglase. Dieses letztere vergrößert nicht sonderlich, da es hauptsächlich auf klare Schärfe abgesehen ist. In dem Fernrohr befinden sich an geeigneten Stellen feine, feine Spinngewebe, um die Zeit des Durchganges eines Sternes durch das Centrum des Glases sicherer zu bestimmen.

Der Apparat hat das Ansehen einer gewaltigen Kanone; indessen ist er so vollkommen construirt, daß ein einzelner Mann mit einem einzigen Finger ihn nach Bedürfniß richtet.

Für die Genauigkeit der Beobachtungen muß das besprochene Teleskop genau Norden oder Süden schwingen, sobald man es vom Scheitelpunkte gegen den Horizont bewegt. Die geringste Abweichung (und wäre es um eines Haares Breite) erzeugt Fehler; und daraus leuchtet ein, wie vorsichtig man das Instrument in gehöriger Lage erhält. Weicht dasselbe von der Vertikale oder auch aus seiner südlichen, resp. nördlichen Lage, und ist die fragliche Abweichung bekannt, so kann man natürlich nachträglich durch Berechnung helfen.

Ein sehr bequemer Lehnstuhl steht vor dem Riesen auf einem kurzen Eisenbahnschienenstrange; Der Beobachter kann sich mit seinem kleinen Finger vorwärts schieben. Gerade ihm gegenüber sehen wir eine Uhr mit lautem geschäftsmäßigem Tiktak. Die Arbeitsstunden sind Nachts; wir kehren also später hierher zurück.

Westlich vom großen Saale treffen wir das Reductionszimmer, wo acht bis neun Angestellte verschiedene wissenschaftliche Operationen zur Berechnung jedes beobachteten Sternes — die sog. Reductionen — vornehmen. Wenn etwa in einer langen Winternacht einige Hundert Sterne durch die Spinngewebe des Objectivglases gegangen sind, so gibt's am nächsten Morgen in dieser Stube Arbeit die Hülle und die Fülle. Dichter Nebel bringt Ferien für das Observatorium; aber man arbeitet seine Reste auf.

Jeden Montag Morgen untersucht man das Transitinstrument, weil seine einzelnen Bestandtheile so zart sind, daß schon ein einfacher Witterungswechsel und Aehnliches, oder noch irgend eine unbekannte Ursache, dasselbe beeinflussen.

(Fortsetzung folgt.)

Miscellen.

Man schreibt der „Westf. Ztg." aus Höxter: „Daß der vor einigen Jahren erfolgte Tod eines angesehenen Beamten allgemeine Theilnahme und ein tiefes Bedauern hervorrief, wird man sich in weiten Kreisen noch wohl erinnern. Man fand die Leiche des Verunglückten eines Morgens zwischen den Rädern einer Mühle, und da sich nirgends ein Anhalt für die Annahme bot, daß hier ein Mord vorläge, so befestigte sich die Meinung, der Beamte sei durch Selbstverschulden verunglückt. Im Krankenhause daselbst liegt seit längerer Zeit schwer erkrankt darnieder ein junger Mann, Namens Kuks, gebürtig aus Nieheim, welcher, da sich sein Zustand sehr verschlimmerte, nach einem Geistlichen verlangte, um zu beichten. Er mußte wohl arge Dinge gebeichtet haben, denn der geistliche Herr ermahnte ihn, sich zu dem, was er gebeichtet, auch öffentlich zu bekennen, er sei dazu verpflichtet u. s. w. Der Kranke bat sodann, man möge ihm die Verwandten des verunglückten Beamten, welcher sein Vorgesetzter gewesen, vorführen, diesen wolle er es sagen. Dies geschah und es ergab sich nun folgende schreckliche Geschichte: Kuks, früher beim Kreisgericht zu Höxter als Schreiber beschäftigt, hatte sich häufig, weil er geistige Getränke sehr liebte und in Folge dessen Unpünktlichkeiten im Dienste beging, ernstliche Rügen seines Vorgesetzten zugezogen. Da keine Besserung eintrat, so wurde K. auf Betrieb dieses Vorgesetzten entlassen. Aus Rache beschloß nun K., denselben zu tödten. Er versah sich mit einem beschlagenen Stock, stellte sich in der Nähe des Clubgebäudes daselbst in der sog. „Grube", als es dunkel geworden war, auf und wartete, bis der Beamte aus dem Club nach Hause gehen würde, um sich zur Nachtruhe zu begeben. Als jener auf die Straße kam, erhielt er von dem K. einige so heftige Schläge, daß er bewußtlos zusammenstürzte und seinen Geist aufgab. K. hätte sein Opfer nun gleich in den Bach, welcher durch die Straße fließt, an der das Clubgebäude liegt, werfen können, um es so verschwinden zu lassen, allein er befürchtete, daß der Körper in dem Bach auf irgend eine Weise hängen bleiben könnte und daß man dann aus den Kopfwunden auf einen Mord schließen würde. K. schleifte daher den Körper bis zu der Stelle, wo der Bach eine Mühle treibt, ließ ihn hier in's Wasser fallen, der Körper kam, wie er auch sollte, zwischen die Räder, und es wurde auf diese Weise die öffentliche Meinung so lange irre geleitet, bis die Gewissensqualen den Thäter veranlaßten, seine That einzugestehen."

Es wird erinnerlich sein, daß vor etwa anderthalb Jahren ein englischer Reisender, Capitain Palmer, eine Attentatsgeschichte in Prag, als Kaiser Franz Joseph dort war, zu Tage förderte, die einen Schneider in den Kerker brachte. Damals erhoben sich Stimmen dafür, daß es mit dem englischen Denuncianten nicht ordentlich im Kopf bestellt sein müsse. Jetzt hat der Herr ein Kunststückchen producirt in Konstantinopel, welches klar beweist, daß Palmer von Attentats- und Rettungsmanie befallen sei. Dieser Complotmacher und Denunciant ist Niemand anders wie Capitain Palmer. Er hielt sich seit längerer Zeit in Pera auf und unternahm es, eine regelrechte Conspiration gegen den Sultan zu bilden. Bei zwei Individuen in Pera ließ er Bomben aufbewahren. Als Alles so weit gediehen war, daß nunmehr das Attentat in Scene gesetzt werden konnte, begab sich Herr Palmer zum Großvezir und verrieth ihm dessen ganzen Plan, dessen Urheber, nach Palmer's Versicherung, Halim Pascha und Mustapha Fazil Pascha sein sollen. Der Großvezir erfuhr auch den Ort, wo die Bomben aufbewahrt waren. Diese Werkzeuge des Todes fanden sich in den bezeichneten Orten vor, allein eine genaue Untersuchung ergab, daß eben Palmer der Vater der Verschwörung ist. Der englische Gesandte, Herr Elliot, ließ ihn verhaften und der Attentats- und Rettungsritter wird nun wohl einer radicalen Cur unterworfen werden.

Ein Destillateur in der Charente-Inferieure empfiehlt einen Liqueur, den er „den alten Pharaonentrank" nennt, folgendermaßen. Erstens ist der Prospectus mit rothen und schwarzen Lettern gedruckt, durch welche sich Schlangen und Krokodile hindurch winden. Der Text lautet in wortgetreuer Uebersetzung: „Dieser Liqueur wurde nebst seinem Recepte von einem unserer Alterthumsforscher bei Gelegenheit seiner Reise nach den Pyramiden entdeckt. Derselbe befand sich in großen, mit Judenpech versiegelten Amphoren, welche in die Wände der Pyramiden eingemauert waren. (Hierbei eine Zeichnung mit der Unterschrift: „Das Innere der Pyramide, wo der alte Trank der Pharaonen entdeckt worden ist.") Auf einem alten Papyrus, welcher das Wappen der Frau Potiphar trägt, konnte man noch hieroglyphische Zeichen lesen, welche von der Hand dieser Prinzessin herrühren, und in denen sie sich über die endgültigen Entscheidungen der Geschichte beklagt . . . Sie war ursprünglich eben so klug als tugendhaft!!! . . . Nur eine übertriebene Anhänglichkeit an den Pharaonentrank, welcher durch einen Chemiker ihrer Zeit erfunden war, führte sie in Versuchung; denn niemals wäre die schöne Prinzessin auf den Einfall gekommen, den braven Joseph zurück zu halten, wenn sie nicht vom Liqueur getrunken hätte, der ihren Muth bis zur Verwegenheit gesteigert. — Was den Joseph anbetrifft, dessen Keuschheit man so sehr gerühmt hat, so verdankt er diesen seinen Ruf eben auch nur dem Liqueur, von dem er eine halbe Dosis täglich genossen, um den Muth zu erlangen, den zu unternehmenden Damen seiner Zeit zu widerstehen. — Anmuth, Geist, kluge Verwegenheit und Tugend, das sind die Eigenschaften, welche dieser unvergleichliche Liqueur je nach den Dosen zu verleihen vermag. Für Damen, welche sich durch ihre natürliche Schüchternheit genirt finden, genügt ¼ Liter, um den ganzen Reiz, mit dem sie begabt sind, zu entwickeln. — Etwas zu lebhafte Personen thun gut, den Liqueur mit Einreibungen anzuwenden. — Man brauche nur genau die vorgeschriebenen Dosen und trinke nur in kleinen Schlucken."

Räthsel.

(Fünfsilbig.)

1. 2.

E Land, des wo nit [illegible] un acht'
Kann nit zu Wohlstand kumme;
Mer schaffe fleißig Dag un Nacht,
Un heeße doch die Dumme.

3. 4.

Die junge Mädle sin's zur Eh',
Zum Krieg sin's jetzt die Staate,
Doch schreibsche es hinne mit eme d
Dann mache's die Soldate.

5.

Die Alte han mich for die Küch
Erlegt in ihre Wälder,
Un was schun alt ich werd doch mich
Gewiß am Bieres älter.

Das Ganze:

Ein Wort, der Fremde halb entstammt,
Doch gilt's als hochdeutsch eben.
Es kann's das Bürgermeisteramt
Auf Commissionen vergeben.

Auflösung des Räthsels in Nr. 65.

Lg. Gerstheim, Oggersheim.

Redaction von K. A. Woll. Druck der Jäger'schen Druckerei in Speyer.

Palatina.

Belletristisches Beiblatt zur Pfälzer Zeitung.

Nro. 67. Speyer, Samstag, den 5. Juni 1869.

Die wilde Rose.

—

(Schluß.)

„Emil, Du hier? Was willst Du?“ fragte sie heftig bewegt.

„Ich habe mit Dir zu sprechen, liebe Gabriele!“ erwiderte Emil beklommen.

„Nun, so sprich!“

„Was ich Dir zu sagen habe,“ fuhr Emil stockend fort, „ist peinlich.“

„Peinlich für mich oder Dich?“ unterbrach ihn Gabriele lebhaft. „Sei ohne Furcht, ich bin auf Alles gefaßt. — Wie? Du schweigst noch immer? Es ist also etwas Entsetzliches?“

„Gabriele! — Ich wollte Dir nur Glück wünschen zu Deiner bevorstehenden Verbindung.“

„Zu meiner bevorstehenden Verbindung?“

„Mit meinem Freunde Georg von Lauer.“

„Mit Deinem Freunde Georg? — Wie! — Das ist Alles? — Ha! das ist also das peinliche Geständniß? — Wirklich, Emil, ich begreife Dich nicht.“

„O ja!“ rief dieser mit Gereiztheit, „foppe und spotte nur! Sei glücklich! — Du bist Braut — geliebt — und ich — ich!“

„Nun, mein Gott, Emil, was kann Dir daran liegen?“

„Diese Heirath ist mir verhaßt!“ schrie Emil mit leidenschaftlicher Heftigkeit; „ich lasse sie nicht zu Stande kommen! — Ach!“ setzte er seufzend leise für sich hinzu, „es ist ja doch Alles vergebens!“

Gabriele richtete sich bei diesen Worten ihres Vetters, dessen fieberhafte Hitze bereits wieder im Sinken war, auf dem Sopha empor und heftete starr ihre Augen auf ihn.

„Und weshalb willst Du diese Heirath nicht zu Stande kommen lassen, Emil?“

„Verzeihung, Gabriele!“ erwiderte dieser wieder etwas ruhiger; „aber wir sind zusammen auferzogen worden, und die Freundschaft ist auch — eifersüchtig wie — die Liebe —“

„Das ist nicht stichhaltig,“ sagte Gabriele lächelnd. „Wenn ich die Gattin des Baron von Lauer bin, so können wir uns, hoffe ich, so oft sehen, wie früher.“

„Wie falsch verstehst Du mich, Gabriele!“

„Doch nicht. Ueberdieß kannst Du mir dann auch Deine Frau vorstellen, und ich verspreche Dir zum Voraus, ich werde sie als meine liebste Freundin aufnehmen.“

„Meine Frau?“ rief Emil erstaunt.

„Mein Vater hat mir Alles gesagt.“

„Was kann er Dir gesagt haben? — Nun, wohlan! nichts hindert mich, gleichfalls zu heirathen. Ist's gewiß, daß Du den Baron zum Mann nimmst?“

„Es ist also wahr!“ sagte Gabriele für sich, „ich zweifelte noch immer. — Wann wirst Du Deine Heirath vollziehen, Emil?“

„Zu gleicher Zeit mit der Deinigen. — Du liebst also wirklich diesen Georg?“

„So wie Du Deine Braut liebst.“

„Meine Braut!“ rief Emil heftig aufwallend. „Gabriele spotte nicht länger mehr! — Meine Braut! — O, ich weiß nicht, welch' ein unglückseliger Einfall meinen Oheim in Allem diesem geleitet hat. Doch jetzt ist mir's klar; durch ihn bin ich auf immer unglücklich! — Gabriele, schwöre mir, daß diese Heirath nicht stattfinden werde, daß Du darauf verzichtest.“

„Mein Vater will es — ich muß gehorchen.“

„Aber dies ist mein Unglück,“ rief Emil mit Leidenschaft, „dies gibt mir den Tod! — Weigere Dich, erkläre, daß Du niemals den Baron heirathen könntest!“

„Das ist doch zu arg!“ sagte Gabriele heiter. „Du willst heirathen und mich zwingen, ledig zu bleiben?“

„Nein, das nicht.“

„Nun, was willst Du denn? — der Baron kann jeden Augenblick zurückkommen. Er holt nur die Einwilligung seines Vaters.“

„Er kommt zurück? — Gut,“ sagte Emil, und schickte sich an, fortzugehen.

„Wohin gehst Du, Emil?“ rief ihm Gabriele nach.

„Ich werde den Baron auf der Landstraße erwarten und zum Duell fordern.“

„Ein Zweikampf?“ rief Gabriele erschrocken. „Und weßhalb?“

„Du bist die Veranlassung! — Ja, ein Zweikampf, und zwar einer auf Leben und Tod! Der

Baron von Laure ist ein falscher Freund, und ich will ihn dafür bestrafen."

„Emil," sagte Gabriele mit festem Ton, „ich verbiete Dir, Dich zu schlagen."

„Du kannst mich nicht verhindern, zu sterben," entgegnete jener mit Ruhe.

„Schlägst Du Dich mit dem Baron, Emil, so sehe ich Dich in meinem Leben nicht wieder."

„Gabriele, Gabriele!" rief Emil im heftigsten Schmerz, „o, wie liebst Du ihn!"

„Mein Gott," rief Gabriele mit leidenschaftlichem Ton, „so tödte den Baron, wenn Dir das Freude macht. — Aber was nützt es Dir?"

„Mich von einem Nebenbuhler zu befreien," schrie Emil, von Zorn überwältigt.

„Ein Nebenbuhler? rief Gabriele erschrocken; „der Baron Dein Nebenbuhler? — Hast Du dieses Wort auch wohl erwogen, Emil?"

Emil stand bestürzt, niedergeschmettert, und vermochte keine Sylbe zu antworten.

„Emil! Emil!" rief Gabriele mit den Füßen stampfend, „vorausgesetzt, daß Du nicht toll bist, wenn der Baron Dein Nebenbuhler ist, so will das heißen — —"

„Es ist geschehen!" sagte Emil für sich; es ist zu spät — ich muß mich erklären."

Er kniete vor Gabriele mit ernstem Anstand nieder und sprach:

„Das will heißen, daß ich Dich liebe, Gabriele!"

„Das heiße ich ein glückliches Ende," rief der eben eintretende alte Graf. „Böse Kinder, Ihr habt mir die Zeit lang gemacht. Wahrhaftig, es ist fünf Uhr; kommt nun zum Essen."

Da stürzte Georg herein und warf sich an den Hals des Grafen mit dem freudigen Ausruf:

„Mein lieber Schwiegervater!"

„Wahrlich, Baron, Sie kommen zur rechten Zeit," entgegnete ihm der Alte. „Soeben habe ich meine Tochter mit meinem Neffen verlobt."

Georg wich ganz bestürzt einige Schritte zurück.

„Herr Graf," rief er, „Sie haben mich zum Besten gehabt."

„Das muß ich verneinen," entgegnete jener.

„Ich war so glücklich — mein Vater gab seine Einwilligung —"

„Wozu," fragte der Graf.

„Nun, zu meiner Verbindung mit Fräulein Gabriele."

„Ei, Herr Baron," sagte der Alte lächelnd, wer hat Sie auf diesen Gedanken gebracht?"

„Nun, wer anders, als Sie — Sie selbst, Herr Graf."

„Sie belieben zu scherzen."

„Haben Sie mir nicht zu verstehen gegeben —"

„Daß meine Tochter liebe? Ich sagte das nicht in Bezug auf Sie, Herr Baron."

„Das Fräulein selbst — — doch hier ist ja der Beweis: diese wilde Rose —"

Es ist wahr," sagte der Graf, „ich dachte nicht mehr daran."

„Emil hatte sie mir geschenkt," fiel Gabriele ein.

„Das wäre die meinige?" rief Emil freudig. „O Dank, Dank, geliebte Gabriele!"

Der Baron richtete sich stolz in die Höhe und sprach, auf die Thür zugehend, mit tiefer Stimme zu Emil gewandt:

„Auf Wiedersehen, Herr Emil!"

Die Sternwarte zu Greenwich.

Von Dr. August W. Peters.

(Fortsetzung.)

Wir steigen eine enge Treppe hinauf und gelangen in die Chronometerstube, wo es tickt und summt, wie in einem Bienenkorbe. Auf Borden und in Kästen gewahren wir mehr als hundert werthvolle Chronometer. Sie werden hier nachgesehen und stehen so zu sagen, unter dem Commando einer laut pickenden Wanduhr, die sich ehrwürdig — großväterlich an der einen Seite des Gemaches in ihrem Gehäuse ausnimmt.

Die Regelmäßigkeit des Ganges, die „Beständigkeit," gibt dem Chronometer seinen Werth. Ob er gewinnt oder verliert, ist gleichgiltig, so bald das Vor- oder Nachgehen unabänderlich dasselbe bleibt. Gewinnt er dagegen (wenn auch noch so wenig) die eine Woche und verliert in der nächsten, so kann man sich für astronomische Zwecke nicht auf ihn verlassen.

In eine große Kiste leitet man Gasröhren und versetzt auf diese Art die Uhren in die Tropen. Täglich sieht man nach, wie ihnen das gefällt.

Zwei Beamte besorgen die in diesem Zimmer nothwendige Arbeit und sind so wunderbar geübt, daß sie ihre hundert Chronometer mit dem großen Regulator in wenig mehr als einer halben Stunde vergleichen. Verschiedene dieser Instrumente gehören allerdings dem Staate; doch kann auch jeder Geschäftsmann seinen Chronometer hier prüfen lassen.

Wir sehen auf einen Augenblick in die Bibliothek und betrachten vielleicht noch das eine oder das andere astronomische Instrument: dann verschieben wir weitere Betrachtung auf die Nacht.

Greenwich bestimmt für das gesammte offizielle und geschäftliche England die Zeit. „1 Uhr auf der Sternwarte!" — ist eine überall in den drei Königreichen sorglich beachtete Meldung. Anstatt der mannigfach künstlichen und demungeachtet unzureichenden Vorkehrungen vergangener Tage dient heute mit Blitzesschnelle die Electricität. — Bekanntlich liegt der Meridian der königlichen Sternwarte den Berechnungen der englischen Astronomen zum Grunde, und ist überhaupt uns Allen, auch die wir nicht Engländer und nicht Fachmänner sind, von der Schulbank her der geläufigste.

Als der Tagesabschnitt gekommen war, den wir gewöhnliche Menschen Dämmerung nennen, oder gar in meiner Gegend „Schummerabend", saß der Astronom vom Dienst schon bei vorbereitender Arbeit.

Neben ihm liegt eine Liste der Sterne, welche er heute Nacht beobachten soll, und bei jedem Namen ist der Augenblick angemerkt, wann jeder einzelne durch die Fäden des Fernrohres hindurchgeht, zusammt der Höhe, welche das Instrument haben muß, damit der betreffende Stern gehörig in dem Centrum des Objectivs erscheint.

Wenige Sekunden vor dem Durchgange seines Sternes blickt der Beobachter auf die ihm gegenüber hängende Uhr und merkt sich einen beliebigen Sekundenschlag. Von nun an sieht er nicht wieder hin, sondern zählt für sich selbst weiter, 32, 33, 34 rc. Hierin macht Uebung ebenfalls den Meister; die Beamten zählen wohl eine Minute in der Weise fort, ohne sich zu irren, und machen während dem Notizen; selbstfolglich muß (nach Scheve, dem Phrenologen) der Zeitsinn mit seinem Organe zu solchem Thun wacker entwickelt sein. So bald der Stern vor das Glas kommt, wird der Durchgang durch jeden einzelnen Faden des Spinngewebes mit Tinte aufgezeichnet, nicht nur die Sekunde, sondern bis auf die Zehntelsekunde. Ein solcher langer Abschnitt der Ewigkeit wird folgendermaßen abgeschätzt.

Gesetzt, ein Stern hätte bei 32 einen gegebenen Spinnenfaden noch nicht erreicht und bei 33 denselben überschritten, also daß er dem nächsten „Draht" halbwegs nahete, so würden wir 32, 5 als Durchgangszeit anmerken. Wäre der Fortschritt geringer, dann möchte vielleicht unsere Schätzung das Resultat 32, 25 ergeben u. a. m.

Nach der Beobachtung und Registrirung eines wichtigen Sternes erwartete man einige von geringer Bedeutung und erlaubte mir deshalb, meine Geschicklichkeit daran zu prüfen. Ich setzte mich bequem im Armsessel zurecht, sah durch das Teleskop und erstaunte über die Klarheit des Bildes darin. Die vor mir liegende Ebene erscheint wie mit dicken, grobgeschmiedeten Eisenstangen durchschnitten: das sind die unendlich dünnen Spinnenfäden. Ich mache einige Versuche in der Sekundenzählung, — natürlich ohne mit den Augen an dem Chronometer zu hängen, — finde indessen in Bälde, daß man zu diesem Behufe mindestens vier Tage und fünf Nächte mit einem Chronometer im Gefängnisse gesessen haben muß. Man soll nämlich zählen eben wie man geht: mechanisch, ohne etwas dabei zu denken; oder besser, ohne sich des Denkens bewußt zu werden. Ohne diese Eigenschaft bleibt man praktisch unbrauchbar.

Ich zählte so gut oder so schlecht, wie es ging; plötzlich befahl mein Freund: „Betrachten Sie Ihren Stern!"

Und in das Gesichtsfeld hinein schoß ein funkelnder Gegenstand und galopirte auf meine Drähte zu, so rasch, daß ich bei meinem Sekundenzählen und dem Uebrigen, was ich sonst noch Alles behalten sollte ... Alles vergaß und Nichts behielt. Ich mußte abermals nach der Uhr sehen; unaufhaltsam glitt mein Stern vorwärts; ich zählte wie „ein Maikäfer" und notirte Sekunden und Bruchtheile von Sekunden. Noch einmal nach dem Chronometer gesehen! . . . . . nochmals abgeschätzt, bis ich endlich neun gleich werthvolle, d. h. gleich unbrauchbare Abschätzungen auf dem Papiere besitze.

(Fortsetzung folgt.)

Apostel Miericke.

Ueber eine heitere Versammlung, die dieser Tage in Berlin stattgefunden, berichtet ein dortiges Blatt sehr drastisch: „Der Schneider Miericke, der Verkünder einer neuen, allerdings etwas unklaren Glaubenslehre veranstaltet jetzt und zwar wie wir erfahren, an jedem Montag regelmäßige Versammlungen im „Kaisergarten" hierselbst, in welchem er die Gläubigen um sich schaart, die Ungläubigen zu belehren sucht. Wir haben unseren Lesern schon früher einmal Mittheilung gemacht über die Vortragsweise dieses neu aufgetauchten Apostels; das aber, was wir durch persönliche Wahrnehmung beim Besuch der letzten dieser Versammlungen gesehen und gehört haben, übertrifft doch noch Alles, was Zeitungsberichte bisher in die Oeffentlichkeit gebracht, und wir können nicht umhin, eine ausführliche Schilderung des Schneiders Miericke und der von ihm berufenen Versammlungen folgen zu lassen.

Schon zu früher Stunde war der Saal des „Kaisergartens" mit Gästen überfüllt. Eine Temperatur von mindestens 20 Grad Reaumur, undurchdringlicher Tabaksqualm und Weißbierdunst machten den Aufenthalt in dem Saale fast unerträglich, und unsere Geduld wurde auf eine harte Probe gestellt. Endlich, gegen 9 Uhr, nachdem die Erwartung der Gäste bis auf's Höchste gestiegen war, wurde der Ruf laut: „Bruder Miericke kommt!" Und siehe da! die Thüren des Saales öffneten sich und, getragen von zwei Männern, erschien der Prophet, hinter ihm die Schaar seiner Gläubigen. Hurrah! und abermaliges Hurrah! empfing den sehnsüchtig Erwarteten, der, nachdem er bis in den Vordergrund des Saales geschleppt war, die Sitzung also eröffnete: „Jeliebte Brüder!" (Allgemeines Bravo- und Dacapo-Rufen.) Der Apostel folgte dieser ehrenvollen Aufforderung und begann noch einmal: „Jeliebte Brüder! ich habe Euch zuerst zu vermelden, daß Bruder Lehmann heute nicht jekommen ist. Schad't auch nischt, wir werden ohne ihm auch fertig. (Bravo!) Jeliebte Brüder! ich komme immer wieder auf meine Lehre zurück, das heißt, ich sage Euch, uns fehlt die Einigkeit. (Unterbrechung und stürmisches Bravo.) Jeliebte Brüder! ich sage Euch auch, wir wollen keine Kirchen mehr bauen, denn warum? wir haben Häuser genug leer stehen, und wir selbst, jeliebte Brüder, untereinander sind uns Kirche genug." (Bravo! Sehr gut!) — Der Redner, von kleiner Statur, ist von den im Hintergrund des Locals sich Befindenden nicht zu sehen; es macht deshalb einer der Zuhörer den Vorschlag, Bruder Miericke solle auf einen Tisch gehoben werden, damit auch die „Ungläubigen", welche sich in jenem Winkel zusammengespottet hätten, zur neuen Lehre herangezogen würden und Alles, was Bruder Mierice spräche, besser in sich aufnehmen könnten. Der Prophet weigert sich zuerst, muß aber den Bitten und dem Drängen seiner Schüler nachgeben; man setzt einen Stuhl auf einen Tisch und Bruder Mierice nimmt auf diesem erhöhten Sitz Platz. Jetzt erst sehen wir den Propheten in seiner ganzen Glorie und bemerken, daß sein Costüm etwas sehr nachlässig, wenn nicht geradezu unanständig ist. Das ganze Auditorium bricht in ein schallendes Gelächter aus. Mierice, nachdem sich der Sturm etwas gelegt hat, beginnt abermals: „Jeliebte Brüder! Lacht man immerzu, ich nehme den Spott auf mir, ich muß ihm hinnehmen. Schon Viele haben mir verspottet, die sich jetzt zu meiner Lehre bekennen und meine jeliebten Brüder sind.“ (Von einem der ersten Tische ertönt der Ruf: „Bruder Mierice, neben mir sitzen aber ein paar böse Brüder.“) „Auch die habe ich lieb,“ antwortete der Apostel, „denn sie werden später erkennen, was ich will. Vorläufig nehme ich den Spott auf mir. Und nun, jeliebte Brüder, schlage ich vor, daß wir einen Choral singen.“ (Bravo!) Einer von der Versammlung schlägt als abzusingenden Choral das Lied von „Röschens Piepmatz“ vor; sogleich fällt der Chorus ein und singt: Röschen hatte einen Piepmatz u. s. w. Nach der ersten Strophe jedoch verstummt der Gesang und man verlangt nach etwas Anderem. Ein Herr kletterte auf den Tisch, stellte sich neben den Propheten und intonirte das Lied: „Saßen einst zwei Turteltauben, hehste wohl! u. s. w.“, in welches die ganze Versammlung einstimmte. Nach Beendigung dieses Liedes schlug Einer vor, den Dirigenten des soeben beendigten Gesanges zum „Bruder Küster“ an der neu zu begründenden Kirche zu ernennen. Bruder Mierice ertheilte seine Genehmigung zu dieser Amtsverleihung, worauf dieselbe unter lebhafter Acclamation der Versammlung stattfand. Inzwischen hatte sich das kleine Local so sehr überfüllt, daß es dem Propheten, trotz seiner mäßigen Bekleidung zu heiß wurde, und er seine „jeliebten Brüder“ aufforderte, ihm in den Garten zu folgen. Hier wurde der Ulk weiter getrieben. Bruder Mierice wurde verschiedentlich interpellirt, unter Anderem, wie er über die Erschaffung der Welt dächte. Auch diverse Anträge wurden gestellt, z. B. der Antrag, auch Schwestern aufzunehmen, damit die neue Gemeinde auch Bestand habe u. s. w. Schließlich aber wurde die Haltung der Versammlung eine ruhigere, und wir verließen diesen Tempel des höheren Blödsinns, können aber Jedem, der sich ein Stündchen der Langeweile vertreiben will, den Besuch einer solchen von Bruder Mierice präsidirten Versammlung bestens anempfehlen.

Miscellen.

„Zur Reform der bayerischen Gymnasien von Wolfgang Bauer.“ Unter diesem Titel erschien soeben in der Lindauer'schen Buchhandlung zu München eine Schrift, welche des Gediegenen so viel darbietet, daß sie eine freundliche Aufnahme in den weitesten Kreisen zu verdienen scheint. Dieselbe floß aus der Feder eines bayr. Gymnasiallehrers, welcher, wie er selbst sagt, den Schild der Anonymität verschmähte und mit offenem Visir auftrat. Mit großer Sachkenntniß und edlem Freimuth werden darin die Fragen behandelt, welche gegenwärtig die Gedanken der bayerischen Gymnasiallehrer lebhaft beschäftigen und einer baldigen Lösung entgegenharren. Der Verfasser beginnt mit einem Vorschlage, den er bereits schon 1863 in einem Programme entwickelt hatte, daß nämlich unsere humanistische Studien-Anstalt in dreiklassige Lateinschule und ein fünfklassiges Gymnasium eingetheilt sei, und handelt sodann von der Einführung neuer Lehrfächer, von dem Fach- und Klassenlehrsystem, von dem Locationssystem und von dem Recess. In den Abschnitten, welche von der Hebung des Lehrerstandes und von der Schulleitung handeln, erreicht die Darstellung ihren Höhepunkt. Die bezeichneten Gegenstände sind ganz objectiv mit wohlmotivirten Gründen und gerechtfertigten Urtheilen erörtert, so daß dieses treffliche Schriftchen nicht nur den Fachgenossen sondern Allen auf's Wärmste empfohlen werden kann, für welche die Fortentwicklung unserer Mittelschulen von einigem Interesse sein kann.

Die Gebäudezählung in Bayern vom Sommer des Jahres 1867 nach der amtlichen Statistik. Auf den Regierungsbezirk Oberbayern treffen bei einer Bevölkerung 827,669 Seelen 127,062 Wohngebäude und 244,545 Gebäude im Ganzen; auf Niederbayern bei 591,311 Einw. 94,251 Wohngebäude 217,390 Geb. im Ganzen; auf die Pfalz bei 628,006 Bewohnern 103,480 Wohngeb. 200,828 Geb. im Ganzen; auf die Oberpfalz bei 491,285 Bewohnern 76,642 Wohngeb. 186,242 Geb. im Ganzen; in Oberfranken sind verzeichnet auf 535,060 Bew. 73,643 Wohngeb. 169,385 Geb. im Ganzen; in Mittelfranken 579,684 Bew. 86,502 Wohngeb. 178,182 Geb. im Ganzen; in Unterfranken 594,978 Bew. 102,180 Wohngeb. 274,890 Geb. im Ganzen; in Schwaben 585,160 Bew. 105,338 Wohngeb. 147,495 Geb. im Ganzen. Will man den Gebäudestand der einzelnen Regierungsbezirke auf deren Geldwerth zurückführen, so sind die Nachweisungen der bayerischen Immobiliar-Feuerversicherungs-Anstalt am geeignetsten hiezu. Nach denselben ergibt sich für ein versichertes Gebäude folgender durchschnittlicher Versicherungsbetrag: in Oberbayern 1107 fl., in Niederbayern 680 fl., in der Pfalz 717 fl., in der Oberpfalz 694 fl., in Oberfranken 744 fl., in Mittelfranken 1061 fl., in Unterfranken 582 fl., in Schwaben 1384 fl., im Königreich 846 fl.

(Ernst Wilhelm Hengstenberg †.) Einer der Vorkämpfer der hyperorthodoxen Partei im protestantischen Deutschland, der Professor der Theologie an der Friedrich-Wilhelms-Universität in Berlin, Wilhelm Hengstenberg, ist daselbst Freitag am 28. v. M., Mittags 12 Uhr, gestorben. Er war zu Fröndenberg in der westphälischen Grafschaft Mark am 20. Oct. 1802 als Sohn eines Geistlichen geboren und bezog im Jahre 1820 die Universität Bonn, wo er sich hauptsächlich philosophischen und orientalischen Studien mit großem Eifer widmete. An den damaligen burschenschaftlichen Bestrebungen nahm er lebhaften Antheil. In Basel, wohin er sich 1823 begab, kam er indeß in Verbindungen, welche ihn von den freisinnigen Ideen, denen er bisher gehuldigt, gänzlich abzogen und in die streng orthodoxe Richtung hineinführten, der er denn auch bis an sein Lebensende mit großer Consequenz treu geblieben ist. Obwohl er eigentlich theologischen Studien vorher nicht obgelegen hatte, habilitirte er sich doch schon 1824 als Privat-Docent der Theologie zu Berlin, ward 1826 außerordentlicher und 1828 ordentlicher Professor derselben, deren Doctorwürde er 1829 erhielt. Seine Hauptschriften, in denen er die hyperorthodoxe Richtung vornehmlich fundirte, sind: „Christologie des alten Testaments“ (3 Bde. 8°, Berlin 1829 ff., 2. Aufl. das. 1854 ff.) und „Beiträge zur Einleitung in's alte Testament“ (3 Bde. 8°, Berlin 1831 ff.). Außerdem schrieb er noch: „Die Bücher Moses und Aegypten“ (Berlin 1841); „Die wichtigsten und schwierigsten Abschnitte des Pentateuchs“ (Berlin 1842). Den bedeutendsten und weitgreifendsten Einfluß aber hat er durch seine „Evangelische Kirchenzeitung“ ausgeübt.

Redaction von F. R. Wolf. Druck der Jäger'schen Druckerei in Speyer.

Palatina.

Belletristisches Beiblatt zur Pfälzer Zeitung.

Nro. 68. Speyer, Dienstag, den 8. Juni 1869.

Es durfte nicht sein.

Ein amerikanisches Lebensbild.

„Blind, und keine Hoffnung? Er ist so jung und hübsch!"

„Häßliche Männer entbehren das Licht ihrer Augen eben so schmerzlich wie hübsche."

„O gewiß, aber er thut mir leid."

„Nun, so bringe ihn durch Deine Pflege wieder zum Leben. Er wird leben, wenn er sorgfältig behandelt wird. Und noch ein's Rosa!"

„Ja, Herr Doctor!"

„Vergiß die Tropfen für diesen Kranken nicht, und vergiß in Deiner Bewunderung für ihn auch nicht jenen armen Burschen, der gestern amputirt worden ist."

„Nein, Herr Doctor, ich werde keinen vergessen."

„Ich weiß, Rosa, Du thust es nie. Es wäre mir lieb, wenn ich das auch von allen anderen Wärterinnen sagen könnte. Heute hast Du viel zu thun."

„Nicht zu viel, ich kann Alles besorgen."

Nach diesen Worten hörte die Unterhaltung auf, und ein fester Mannstritt erklang auf dem Fußboden und verhallte in der Entfernung.

Ich, Roger Hall, lag still und horchte. Es waren die ersten Worte, die ich gehört und verstanden hatte, seit — wie lange? Ich wußte es nicht. Das Letzte, dessen ich mich erinnerte, war ein wilder Kampf auf dem Schlachtfelde gewesen, Gewehrschüsse, Kanonendonner, eine Granate, die vor mir eingeschlagen und zersprungen war, worauf ein furchtbarer Schmerz und Bewußtlosigkeit gefolgt war. Wo befand ich mich? Ich wollte mich aufrichten, aber vermochte es nicht. Ich versuchte meine Hände auszustrecken, allein die linke lag machtlos an meiner Seite, und nur die rechte konnte ich aufheben. Sie fiel auf ein hartes Kissen und rauhe Decken hinab. Jetzt erkieth ich, wo ich mich befand. Ich lag schwer verwundet auf einem Bett im Hospitale.

Und jedenfalls mußte es Nacht sein, denn tiefe Finsterniß umgab mich. Aber was bedeuteten jene Worte, die ich vorher gehört hatte? — O, sie bezogen sich ohne Zweifel auf einen Anderen, — ich konnte doch unmöglich blind sein!

Ich rief laut, aber meine Stimme klang so schwach, wie die eines alten Mannes.

„Ist Jemand da?"

„Ja."

„Es war die Stimme der weiblichen Person, welche der Arzt Rosa genannt hatte, — die sanfteste Stimme, die ich je gehört. Im nächsten Augenblicke legte sich eine Hand auf meine fieberheiße Stirn mit so zarter Berührung, wie nur die Hand meiner Mutter vor langen Jahren auf der Stirn ihres Sohnes geruht hatte.

„Ist es Nacht? Weshalb brennt hier kein Licht? Sagen Sie mir, ob es Nacht ist!"

Ich hörte einen leisen Seufzer, worauf die Stimme antwortete:

„Es wird sehr bald Nacht sein."

„Aber jetzt?"

„Versuchen Sie zu schlafen," versetzte die Stimme, „dann werden Sie sich wohler fühlen."

„Schlafen?" jammerte ich wie ein eigensinniges Kind. „Nein, Sie müssen mir antworten. Was bedeutet diese Dunkelheit? Ist sie wirklich vorhanden, oder bin ich blind?"

Das Mädchen — denn nach der Stimme zu urtheilen, mußte es ein Mädchen sein — kniete neben mir nieder und faßte meine Hand.

„Beten Sie zu Gott," flüsterte sie, „er wird Sie trösten! Und bedenken Sie, daß es für Ihr Vaterland geschah, für —"

Allein ich brach in den verzweifelten Klageschrei: „Blind, blind!" aus, und ihre Stimme erstarb in einem tiefen Seufzer. Selbst in diesem Augenblick des namenlosesten Schmerzes empfand ich eine Regung von Dankbarkeit für ihre Theilnahme.

Ich wandte mich jedoch von ihr ab und blieb mehrere Stunden schweigend und regungslos liegen, so daß man mich für schlafend hielt. Aber ich vernahm Alles, was vorging; ich hörte den leisen Schritt des Mädchens hin und her gehen und wie ihre sanfte Stimme die Leidenden zu trösten suchte, deren Lager mich umgaben. Von Zeit zu Zeit vernahm ich auch die ruhigen Antworten, welche sie den Aerzten gab, und wunderte mich darüber, wie sie alle die verschiedenartigen Aufträge zu behalten vermochte, welche ihr gemacht worden waren. Ich dachte darüber nach, wer und was sie sein könne, und fühlte allmälig ein neues

Verlangen nach ihrer Unterhaltung erwachen. Rosa! Es war ein hübscher Name. Aber weshalb wurde sie von Allen nur so genannt, da sie doch meiner Ueberzeugung nach eine Dame sein mußte? Es wäre viel passender gewesen, sie Miß Rosa zu nennen. Verheirathet konnte sie nicht sein, denn sie war verwaltlich noch sehr jung. Was für ein Heroismus lag darin, sich als ein so jugendliches Wesen der Erfüllung so schwerer Pflichten zu widmen! Welcher Engel mußte sie sein, daß sie die armen Leidenden, welche ihr ganz fremd waren, in so aufopfernder Weise pflegte! Dann aber erwachte ein anderer Gedanke. Vielleicht hatte sie einen Geliebten, oder einen Bruder unter den Verwundeten. Weshalb ich mich an den Gedanken klammerte, daß es ein Bruder sein müsse, und die Möglichkeit eines Geliebten durchaus verwarf, war mir selbst nicht klar; allein indem ich an sie dachte, vergaß ich mein eigenes Elend.

Bald darauf kam ein Wundarzt zu mir, um meinen Arm zu untersuchen, der über dem Ellbogen schwer verletzt war, und Rosa mußte ihn waschen und verbinden. Während sie das Geschäft auf sanfte und geschickte Weise verrichtete, fragte sie:

„Thue ich Ihnen weh?"

„Ihre Hände sind so sanft," erwiderte ich, „daß ich fast glauben sollte, die Wunden müßten von selbst unter ihnen heilen."

„Das freut mich," sagte sie darauf, „Sie glauben nicht, wie gern ich solche Worte höre. Ich würde mich grämen, wenn ich für die armen Verwundeten nicht etwas thun könnte. Ach, anfangs zitterte ich so sehr beim Anblick von Blut und Wunden!"

„Sie zittern auch jetzt noch zuweilen," bemerkte ich.

„Wie wissen Sie das?" fragte sie.

„Ich habe es gefühlt, denn die Blinden hören und fühlen schärfer als Andere. Ihre Hand zitterte, als Sie mir sagten, weshalb es so dunkel um mich sei. Sie werden mich für recht schwach gehalten haben, daß ich mich einer so kindischen Verzweiflung hingab. Ich werde es nicht wieder thun."

„Wer kann Sie deshalb tadeln?" versetzte sie. „Ihr Verlust ist groß. Ich wundere mich, daß Sie jetzt so ruhig sind."

Das Geschäft war vollendet, mein Arm verbunden, und Rosa stand auf, um zu gehen.

„Werden Sie bald wiederkommen?" fragte ich. „Es ist so tröstend für mich, Jemanden aus der Dunkelheit mit mir sprechen zu hören. Verlassen Sie mich nicht zu lange."

Sie blieb noch einen Augenblick stehen, strich das Haar aus meiner Stirn zurück und reichte mir einen Trunk Wasser. Dann lag ich mehrere Stunden lang allein. Bis dahin hatte ich es kaum empfunden, aber jetzt fühlte ich deutlich, daß mein Körper auf furchtbare Weise erschüttert worden war. Die leiseste Bewegung verursachte mir große Schmerzen, und ich glaubte fortwährend aus der Entfernung das Dröhnen einer großen Orgel zu vernehmen. Bald überzeugte ich mich jedoch, daß es nur Täuschung war, und daß die Klänge in meinem eigenen Kopfe entsprangen. Am meisten peinigte mich das heftige Schlagen meines Herzens und das wilde Arbeiten meiner Lungen, während mein wunder Arm oft wie von glühenden Zangen gepackt zu werden schien.

Ich erlitt an diesem Abende eine bittere Täuschung, denn an Stelle von Rosa kam eine andere Wärterin, mit rauhen Händen und rauher Stimme und brachte mir mein Nachtessen. Ich hätte weinen können, wie ein Kind um seine Mutter, wenn ich mich nicht geschämt hätte. Gestern noch ein starker Mann und Soldat, und heut ein zitterndes, hülfloses, furchtsames Kind! Sollte ich jemals meine Kraft wieder erlangen?

Spät in der Nacht — denn ich hatte den Wundarzt zu der Wärterin sagen hören, daß es zwei Uhr sei — wurde ich auf angenehme Weise überrascht.

Eine sanfte Hand legte sich auf meine Stirn, und eine Stimme flüsterte:

„Schlafen Sie?"

„Nein," war meine Antwort. „Ich freue mich, daß Sie kommen."

„Soll ich Ihnen vorlesen? Es ist zwar jetzt die Zeit meiner Ruhe, aber ich bin nicht müde."

„Dank, Dank Ihnen! Sie sind so gütig!"

Ich hatte zwar oft die Bibel lesen hören, aber nie hatte ich so aufmerksam zugehört, wie an diesem Abende. Blind und verwundet auf dem Hospitalbett liegend, gaben die Worte der Schrift mir Trost. Allmälig sank ich unter dieser Musik in Schlummer und träumte, ein blinder Bettler zu sein, den ein Engel an seiner Hand zu den Pforten des Himmels führte.

(Fortsetzung folgt.)

Die Sternwarte zu Greenwich.

Von Dr. August W. Peters.

(Fortsetzung.)

„Gegenwärtig haben wir sieben Minuten Pause," sagt mein Bekannter, addirt und dividirt meine Notizen und findet sie recht bis auf „zwei" Sekunden. Ich freue mich wie ein Sterngucker über meine ungeahnte Begabung; leider versichert mir der Andere, daß meine Arbeit werthlos wäre, sobald ich um eine Dezimalsekunde differirte.

„Kennen Sie den Werth Ihrer persönlichen Gleichung," fragte er dann. Ich ersuche ihn um Auskunft und er entgegnet: „Ich selbst weiche von der Regel um 0,37 ab." Daraus leuchtet mir ein, daß die angeregte Eigenthümlichkeit nichts sonderlich Schimpfliches ist, und lerne nach weiterem Forschen, daß jeder Beobachter seine „eigenen Augen" hat; ich meine, daß der eine Astronom irgend ein Phänomen, also auch den Durchgang eines Sternes, etwas früher oder später sieht, als ein zweiter dasselbe unter denselben Bedingungen thun würde. Dieses nun nennen die Engländer „persönliche Gleichung"; der wissenschaftliche deutsche Ausdruck ist mir für den Augenblick nicht geläufig, obgleich sich die Sache auch bei uns finden muß. Ob vor und nach dem Essen mehrbesprochene Abweichung sich gleich bleibt, und ob demnach das Factum mit der Verdauung zusammenhängt, bleibt unentschieden; ... ernsthaft gesprochen, empfiehlt sich die Thatsache der Beachtung unserer Psychologen. Ich brauche nicht zu sagen, daß für jeden einzelnen Fall auf die Eigenthümlichkeit in dem Redactionszimmer scharf Rücksicht genommen wird.

Wir haben von Neuem 10 Minuten Ruhezeit und mein Gefährte zeigt mir eine geistvolle Erfindung um die Dauer des Vorüberganges eines Sternes vor einer Reihe Spinnfäden zu ermessen. Eine Art Trommel dreht sich langsam, mit Papier ohne Ende bezogen, vermittelst eines Uhrwerks. Dieses electrische Werk pickt jede Sekunde ein Loch in das Papier: das gibt das Maß. Die Trommel ist durch einen Draht mit einer electrischen Batterie verbunden und der Beobachter am Transitinstrumente kann gleichfalls nach Belieben mit einer Art Drücker Löcher in das Papier schlagen. Dadurch erhält er (genauer vielleicht, wie durch eigenes Zählen) auf mechanischem Wege die gewünschte Berechnung.

Wie ich andeutete, ist die Electricität eine arbeitsame Dienerin der Astronomie; sie hält in unserer Anstalt in den verschiedenen Zimmern viele Uhren in solcher Ordnung, daß alle Sekundenschläge zugleich erfolgen. Gemeinschaftliche Untersuchungen weit von von einander entlegenen Sternwarten, wie sie vorzüglich neuerdings vorkommen, bewirkt sie in folgender Art:

Zunächst bestimmt man die Geschwindigkeit des electrischen Stromes von dem einen Observatorium zum andern; weil diese Schnelligkeit nicht allerwegs gleich ist. Dann findet man durch Signale die Verschiedenheit der gegenseitigen Chronometer aus; richtet die beiden Transitinstrumente; telegraphirt von der östlichen Warte an die westliche die Durchgangszeit des zu beobachtenden Sternes. Nach einer bestimmten Zeit — je nach dem Breiten- und Längengrade — passirt derselbe Stern das Westobservatorium. Wie unendlich viel leichter ist heutzutage durch diese wichtige Entdeckung die Gradmessung u. A. geworden!

Fünf oder sechs Stunden lang ... so lange es dunkel ist ... registrirt man in das Notizbuch eine Menge verschiedener Sterne; drei oder vier Planeten etwa; zuweilen geben gütige Wolken dem dienstthuenden Beamten willkommene Muße. In unserem besondern Falle beschränken sich die Observationen großentheils auf die Sterne im Süden von Greenwich oder unmittelbar dem Scheitelpunkte; vor Allem aber auf diejenigen, welche durch den Zenith der Sternwarte selbst gehen, weil hier und bei ihnen, aus nahe liegenden Gründen, keine Refraction stattfindet; — darum ist auch γ im Drachen und η und θ in der großen Bärin für Greenwich so bedeutend.

Ungefähr um sechs Uhr Abends begannen unsere Beobachtungen, und wir hatten mit solcher Aufmerksamkeit den Sekundenschwingungen gelauscht, daß wir erst kurz vor 1 Uhr an Minute und Stunde gedachten. Das führte zu einer Betrachtung über Zeit und ich skizzire mit grober Feder die empfangene Belehrung.

Die Uhr, welche eins wies, zeigte astronomische Zeit von 0 bis 24. Es ist 0, sobald ein gewisser Punkt am Himmel, welchen man den ersten Punkt im Widder nennt, sich gerade südlich dem Observatorium befindet und in diesem Punkte sehen wir die Sonne ungefähr vom 21. März, wo sie just über dem Aequator steht. Stellte man also eine astronomische Uhr horizontal auf, so würde ihr Stundenzeiger immer die erwähnte Stelle immer Widder bezeichnen und das ist außerordentlich bequem zur Bestimmung der jeweiligen Stellung der Gestirne. Man drückt sich so aus: der und der Stern ist so und so viel Stunden von etc. ab; eben wie wir sagen: diese oder jene Stadt liegt hundert oder mehr Stunden West resp. Ost von Greenwich. Hat man die Sternenliste, so braucht man unter den gegebenen Verhältnissen blos nach der astronomischen Uhr zu sehen und weiß, wann sie dem Meridiane nahe sind.

Anstatt der von mir mitgetheilten weitläufigen Ausdrucksweise bedienen sich Fachmänner des kürzeren lateinischen „Rectascension“; „ascensio recta“; geschrieben: AR.

(Schluß folgt.)

Miscellen.

In Oberbayern scheint großer Mangel an Schullehrern zu bestehen. In der neuesten Nummer des Kreisamtsblattes von Mittelfranken werden von der k. Regierung von Oberbayern 82 definitive Schul- und Kirchendienste, 5 ständige Verweserstellen (sogenannte Schulprovisorate) und 21 Gehilfenstellen als im Regierungsbezirk Oberbayern erledigt „zur allgemeinen Concurrenz“ ausgeschrieben. Mit den definitiven Schuldiensten ist ein Jahres-Einkommen von 350 bis 700 fl. reinem Diensteserträgniß und bis zu 47 fl. aus Nebenfunctionen dann bis zu 19 Tagwerk Dienstgründe (Aecker, Garten, Wiesen, Waldungen) und Lehrerwohnung verbunden. Die Schulprovisorate werfen je 250 fl. reines Diensterträgniß nebst Wohnung ab, und mit etlichen sind auch Dienstgründe und Einkommen aus Nebenfunctionen verbunden. Das Jahreseinkommen aus den Schulgehilfenstellen beträgt 200—280 fl. In dem Regierungsausschreiben wird noch „ausdrücklich empfohlen“, die bis 1. Juli l. Js. bei der k. Regierung von Oberbayern unmittelbar einzureichenden Bewerbungen nicht auf eine Stelle zu beschränken, sondern gleichzeitig auf mehrere der erledigten Stellen auszudehnen. Außerdem ist darin bemerkt, daß jenen Candidaten Umzugsgebühren gewährt werden und den auf Schulprovisorate oder Gehilfenstellen Reflectirenden wird Gehaltsergänzung bis zu 300 fl. in Aussicht gestellt.

---

* Jeden Freund des Waldes muß es mit Freuden erfüllen, wenn er hört, daß bei der leider immer mehr um sich greifenden Zerstörung der Wälder, es im deutschen Vaterland noch Forste gibt, die mustergiltig sind. Ein solcher ist der Spessart, von dem in einem Bericht über den Aschaffenburger Forstverein folgendes zu lesen ist: Der Spessart oder Spehshardt, im Nibelungenliede Spechteshardt, Spechtswald (silva picaria) genannt, vormals zum Gauen des hercynischen Waldes gehörig und nach der Geographie des Mittelalters bis an den Steiger- und Thüringerwald, ja, bis zu den böhmischen Wäldern sich erstreckend, füllt in seiner heutigen Ausdehnung nur den südlich gewandten Bogen des Mains von Gemünden über Miltenberg nach Aschaffenburg und Hanau.

Seine nördlichen Ausläufer werden von der Kinzig, die nordöstlichen von der Sinn begrenzt. Der Spessart im engeren Begriff, dessen Höhe in der Hauptwasserscheide ungefähr 1500 Fuß über der Nordsee beträgt, in einzelnen Gipfeln aber 1600 bis 1900 Fuß erreicht, ist von ununterbrochenen Forsten bedeckt, die ein Areal von etwa 165,000 bayerischen Tagwerk oder 218,000 preußischen Morgen (über 20 Quadratmeilen) einnehmen. Es ist begreiflich, daß, wo an hoch und günstig gelegenen Stellen die Gelegenheit zu einer Fernsicht nach allen Richtungen weit hinaus über die Rücken und Kuppen des Berglandes und in seine tief eingeschnittenen Thäler geboten ist, das Auge überall buchstäblich nichts wie Himmel und Wald erblickt. Aber weit mehr noch wie diese enorme Ausdehnung ist die Beschaffenheit des Waldes einzig in ihrer Art, und diese Beschaffenheit ist es, welche, sowohl nach dem Urtheile der Fachmänner wie der Laien, den Spessart zur Krone aller deutschen Waldungen macht. Wenn auch in Bezug auf räumliche Ausdehnung die Buchenbestände im Spessart weitaus vorherrschen, so bleibt es doch die Eiche, die ihm den höchsten Ruhm erwirbt. Nirgendwo sieht man diese Königin der Wälder in solcher Pracht wie hier; — kerzengerade Stämme, deren Schaft in der Höhe von 60 bis 100 Fuß, im beschlagenen Zustande noch einen Durchmesser von 1½ Fuß ergibt, ragen nicht etwa hier und da, sondern wie ein dichter Wald von Säulen auf. Man wird nicht müde, sie zu bewundern. Noch vor fünfzig Jahren gab es nicht wenig Stellen im Spessart, welche den Charakter des Urwaldes trugen. Große Massen von Eichenholz verfaulten unbenutzt. Selbst heute noch fällt manche Eiche dem Verfaulen anheim, obwohl im Ausbaue von Abfuhrwegen in den letzten Jahrzehnten überaus viel geschehen ist, um die Nutzbarmachung alles Holzes zu ermöglichen. Die in der Zeit von 1850 bis 1861 in den Staatswaldungen des Spessart ausgeführten Wegebauten erstrecken sich bis auf nahezu 40,000 Ruthen, also auf 20 Meilen. — Von dem gesammten Wald-Areal des Spessart gehören dem Staate 106,443 Tagwerk, den Gemeinden, Stiftungen und sonstigen Corporationen 10,515, den Standes- und Gutsherren und anderen Privaten 47,629 Tagwerk. Was die Bestände anbelangt, so gibt es gemischte Eichen- und Buchenbestände, reine Eichenbestände, reine Buchenbestände und Nadelholzbestände. Im Innern des Waldes sind es zumal die Laubholzbestände, welche in Erstaunen setzen, — ganze Abtheilungen von 120- bis 140jährigen Buchen, untermischt mit 300- bis 400jährigen Eichen, letztere mit einer Schafthöhe von 80 bis 100 Fuß. Derartige Bestände enthalten pro Tagwerk einen Holzvorrath von mehr als 120 Klaftern. — Der Eindruck, welchen man beim Durchstreifen des Spessart empfängt, ist um so mächtiger, als man halbe Tage wandern kann, ohne eine Ortschaft oder auch nur ein einziges Haus zu erblicken. Nur in den Thälern finden sich spärliche Ansiedelungen. Die Bevölkerung lebt nur vom Walde — vom Holzfällen, Holzmachen, Holztransport, Kohlenbrennen und Taglöhnerarbeiten bei Forstculturen und Wegebauten. Daß die Forstwirthe auf ihrer Tour oft genug in Bewunderung ausbrachen, bedarf keiner Erwähnung. Neben dem großen, herrlichen Walde erregte auch der königliche Wildpark viel Interesse; er umfaßt eine Fläche von etwa 22,000 preuß. Morgen und enthält Rothwild und Sauen. Außerhalb des Parks ist der Wildstand, wozu auch der Auerhahn gehört, nicht von großer Bedeutung.

Ueber die Eröffnung des neuen Opernhauses in Wien am 25. Mai, berichtet L. Schelle in der „Presse": „Der Anblick des Saales bot ein glänzendes und überaus effectvolles Bild; die von reicher Vergoldung starrenden Balkone mit ihren vielen Logen, in denen die weißen Schultern und Arme einer eleganten Damenflora sich anmuthig von den dunkelrothen Draperien abhuben, die verschiedenen, in der Frische der Neuheit prangenden architektonischen Verzierungen, über welche der brillante Kronleuchter ein wahres Lichtmeer ergoß, beschäftigten so ausschließlich Augen und Sinn, daß man es kaum bemerkte, als die Klänge einer schwindsüchtigen Fest-Introduction den Beginn des Prologs ankündigten. (Auf den Prolog folgte die Aufführung von Mozart's „Don Juan", über welche Schelle schreibt:) Schon bei den ersten so gewaltigen Accorden der Ouverture machte sich der Einfluß der großen Räumlichkeit auf das Empfindlichste wahrnehmbar. Die Tonmassen entbehrten der gewohnten Resonanz, die Klänge verloren sich ängstlich in den Dimensionen des Raumes, die bei diesem Tonwerke so wundervolle Harmonie der instrumentalen Farben zerfloß wirkungslos in einem elementarischen Charakter, die Klänge einzelner Instrumente, wie Trompeten und Oboen traten grell und schneidig hervor gegen die Geigen, welche trotz der großen Vertretung, die sie erhalten, im Ganzen matt klangen. Und wie die Instrumente, so erlagen auch die Stimmen der Sänger, ja selbst die Wirkung der scenischen Bilder dem Drucke ungewohnter Raumverhältnisse, und bei den Stimmen vermißte man schmerzlich die Fülle des Tons und den Glanz der Klangfarbe. Von den Galerien aus mag der Effect ein anderer gewesen sein, und wer nicht sowohl aus Schaulust, sondern des musikalischen Genusses wegen dies Opernhaus zu besuchen gedenkt, würde dort den besten Platz für seinen Zweck finden; nur müßte er sich eines Teleskopes statt des gewöhnlichen Operngucker bedienen, um etwas von den Reizen der Darstellung zu genießen, denn schon vom Parterre aus schrumpfen Gestalten und Bilder so zusammen, daß sie von der vierten Galerie herab gar in verjüngter Größe erscheinen müssen.

Aus Rom, 24. Mai, schreibt man der „A. Z.": „Die durch zweimaliges Austreten der Tiber im April am alten Emporium unterbrochenen Arbeiten sind wieder aufgenommen und werden fleißig weiter gefördert. Dazu muntert schon der alle Berechnungen und Erwartungen übersteigende bisherige glückliche Erfolg auf. Vorletzte Woche zog man 18, in dieser 12 farbige Marmorblöcke, durchschnittlich von Manneshöhe, heraus. Kleinere Fragmente nicht gezählt, von denen bereits 40,000 zur Verwendung für Ornamente, Toilettenstücke, Briefbeschwerer, kleine Vasen, Tassen und Confectschalen im antiken Stil den Steinmetzen überlassen wurden. Die fundreichste Stelle des Emporiums hat nach einem Senatsbeschluß den Namen „la nuova ripa Marmorata" erhalten. Die Gedächtnißsäule für das ökumenische Concil wurde ohne Unfall auf das rechte Tiberufer hinübergeschafft. Das Piedestal des Monuments werden nach der entworfenen Zeichnung vier, die verschiedenen Erdtheile vertretende allegorische Figuren in Karyatidenform bilden, über der antiken Säule soll sich ein colossales Bronzestandbild erheben, mit dem Typus der sitzenden Figur des Apostels, wie man sie in der vaticanischen Basilika sieht. Die Säule hat einen zu ihrer Länge in gar keinem Verhältniß stehenden großen Durchmesser, die zu dem vollkommenen Säulenschaft fehlenden Stücke dürften noch in einem Winkel des Emporiums verscharrt liegen.

Ueber den Nachlaß Rossini's berichtet das „Journal de Paris:" „Die Gesammtheit des Manuscripten-Schatzes umfaßt 161 Stücke und ist von Marochetti zu 150,000 Fr. erstanden worden; macht 1000 Fr. Stück für Stück, klein oder groß, wichtig oder untergeordneter Bedeutung, dazu 11 Stücke, welche von Madame Rossini gratis in den Kauf gegeben werden. Darunter sind 103 Klavierstücke und 1 Violin-Solo, [illegible] gewidmet; ferner 47 Gesangstücke, u. A. das Quartett aus den Titanen für 4 Bässe, im Conservatorium aufgeführt, die Hymnen, welche bei der Preisvertheilung für die allgemeine Ausstellung aufgeführt wurden, und drei oder vier Stücke aus Giovanna d'Arco, welche der Maestro um Wilhelm Tell's willen bei Seite ließ und die er nie vollendet, entmuthigt, wie er war, durch den anfänglichen Mißerfolg dieses seines letzten großen Werkes. Auch eine Eigenheit der Kunstgeschichte, daß Rossini's letzte tragische Oper „Wilhelm Tell" beim ersten Erscheinen schlechter vom Publicum aufgenommen wurde, als viele ungleich schwächere Arbeiten des bis dahin so fruchtbaren und dann auf einmal für die Opernbühne verstummenden Maestro."

Auflösung des Räthsels in Nr. 64.

Bauer, Baral(b), Ur, Bauernrath.

Redaction von A. L. Moll. Druck der Jäger'schen Druckerei in Speyer.

Palatina.

Belletristisches Beiblatt zur Pfälzer Zeitung.

Nro. 69. Speyer, Donnerstag, den 10. Juni 1869.

Es durfte nicht sein.

Ein amerikanisches Lebensbild.

(Fortsetzung.)

Ich könnte viel von diesen Stunden schreiben, von den langen Tagen, die sich zu Wochen ausdehnten, bis endlich meine Wunden heilten und meine Kräfte langsam wiederkehrten. Ich hörte von Schlachten, Siegen und Niederlagen sprechen. Zuweilen mischten sich die schwachen Stimmen der Verwundeten zu einem Hurrah, wenn glorreiche Nachrichten kamen, und zu anderen Zeiten, wenn der Tod bekannter und geliebter Offiziere angezeigt wurde, herrschte trübes Schweigen in dem weiten Saale. Manche meiner Leidensgefährten starben und schieden aus unserer Zahl; Andere genasen und verließen uns auch. Oefters kamen völlig fremde Personen zu mir, um mit mir zu plaudern, mir ihre Theilnahme wegen des Verlustes der Augen zu bezeugen und mich aufzuheitern. Alle waren freundlich und liebevoll gegen mich, aber die Aufmerksamkeit der guten Rosa galten mir am meisten. Ein Wort von ihr, eine Berührung von ihrer Hand machte mich glücklich. In der tiefen, traurigen Nacht, die mich umgab, horchte ich auf ihren Schritt und fühlte neuen Sonnenschein in mein Herz dringen, sobald ich ihn vernahm. Als ein Monat verstrichen war, liebte ich meine sanfte junge Wärterin mit aller Kraft des Gefühls.

Ich genas. Mit dem Arm im Bande konnte ich mir tappend den Weg in's Freie hinaus suchen und mich in dem kühlen Schatten der Bäume niedersetzen, wo die wiederhergestellten Soldaten zu mir kamen, um sich mit mir zu unterhalten. Ach, wie ich Diejenigen beneidete, welche in die Reihen ihrer Regimenter zurückkehren konnten! Und wie trostlos ich in das lange, von Nacht umfinsterte Leben blickte, das vor mir lag! Nur Eins konnte es erträglich machen, und das mußte ich haben oder sterben!

Nach einiger Zeit kam ein Brief an mich, und Rosa las ihn mir vor. Er war von meiner guten alten Großmutter. Sie zeigte mir an, daß sie mich abholen und mit sich heim nehmen werde, damit ich wieder ihr „lieber kleiner Roger" sein könne, wie in früheren Jahren.

„Also muß ich Sie verlassen," sagte ich, worauf sie mit zitternder Stimme nur „Ja" antwortete. Ich deutete mir dieses Zittern so, wie es meinen Wünschen entsprach, und empfand große Freude darüber.

Ich liebte Rosa Peyton. Das war ihr Familienname, den sie mir eines Tages auf meine Bitte nach langem Zögern genannt hatte. Als ich sie später bei diesem Namen nennen wollte, sagte sie jedoch in einem höchst seltsamen, fast schaudernden Tone, daß sie lieber nur ihren Vornamen nennen hörte und ich fügte mich ihrem Wunsche.

Nachdem sie mir an jenem Abende den Brief vorgelesen hatte, blieb sie noch lange bei mir sitzen, und ich sprach mit ihr so vertraulich wie nie zuvor. Ich gestand ihr, daß eine geheime Besorgniß mich schon seit langer Zeit gequält hatte.

„Miß Rosa," sagte ich, „wollen Sie mir aufrichtig und ohne Schonung für meine Gefühle eine Frage beantworten?"

„Recht gern," erwiderte sie, „wenn ich kann."

„Bin ich sehr entstellt? Gewähre ich einen widerwärtigen, abstoßenden Anblick?"

„Nein," entgegnete sie nur, leise lachend.

„Ich habe Leute gesehen," fuhr ich fort, „deren Gesicht auf ähnliche Weise wie das meinige verletzt worden war, und die einen wahrhaft abschreckenden Eindruck machten. Noch jetzt sehe ich oft ihre blöden erstorbenen Augen und schaudere davor. Sagen Sie mir, wie die meinigen aussehen."

„Ihre Augen sind vollkommen klar," antwortete sie, „dunkelbraun wie sie immer gewesen sein müssen, und mit langen Wimpern. Aeußerlich ist keine Verletzung an ihnen zu erkennen. Wenn ich nicht irre, hat der Arzt gesagt, daß Ihr Verlust des Gesichts nur von einer heftigen Nervenerschütterung herrühre. Ein Fremder würde Sie nicht für blind halten."

„Also ist mein Anblick nicht abstoßend für Sie? Ich habe es immer gefürchtet."

Sie gab keine Antwort. Ihr Kleid rauschte, und ein Gefühl der Einsamkeit überkam mich. Ich streckte meine Hand aus, sie war fort.

Zwei Tage wartete ich, während deren sie oft in meine Nähe kam, aber ohne lange zu verweilen. Am dritten fühlte ich mich unbeschreiblich einsam, am vierten völlig elend; denn es schien mir, als wenn irgend eine Spaltung zwischen uns eingetreten wäre.

und ich konnte sie nicht aufsuchen, um mit ihr zu sprechen, wie ich gern wollte. Am fünften Tage suchte ich den Weg nach dem Baume, unter dessen Schatten ich zu sitzen pflegte, und als ein gelähmter Soldat an mir vorüber ging, bat ich ihn, Rosa zu rufen, indem ich mich sehr schwach und krank fühlte.

Der Mann hinkte fort und nach wenigen Minuten vernahm ich leise und hastige Tritte, und Rosa war an meiner Seite.

„Sie sind krank?" fragte sie.

„Ja recht krank."

„Schmerzt Ihre Wunde? Soll ich den Arzt rufen?"

„Eine Wunde ist es, was mich schmerzt, aber nur Sie könnten sie heilen. Weshalb haben Sie mich verlassen?"

„Sie sind jetzt wohler und bedürfen meiner nicht mehr so sehr wie Andere."

„O nein, Niemand bedarf Ihrer mehr als ich. Sie wissen daß ich blind bin. Rosa, Sie müssen mir einige Augenblicke schenken, ich habe dringend mit Ihnen zu sprechen."

Ich suchte ihre Hand und fand sie. Sie ließ sie in der meinigen liegen. Das gab mir Hoffnung.

„Ueber mich selbst muß ich Ihnen etwas mittheilen," sagte ich. „Wäre ich ein armer Mann, so würde ich nie gewagt haben, Ihnen das zu sagen, was ich sagen will, allein ich bin reich. Bisher bin ich dem Himmel noch nie dankbar für meinen Reichthum gewesen, aber jetzt danke ich ihm dafür, denn er gibt mir die Macht, mit Ihnen zu sprechen. Allein wenn ich auch nicht arm bin, so bin ich doch blind und weiß daher recht wohl, welches große Opfer ich von Ihnen erbitte, wenn ich Sie frage, ob Sie mein Weib werden wollen. Ich liebe Sie innig. Vielleicht ist es selbstsüchtig von mir, daß ich so spreche, aber wenn Sie die Liebe eines armen Blinden erwidern können, so soll kein Weib so geehrt werden wie Sie. Rosa, antworten Sie mir — nur ein Wort. Sie zittern so sehr, Ihre Hand ist so kalt und ich kann Ihr Gesicht nicht sehen. Wollen Sie mein Weib werden?"

Ein tiefer Seufzer rang sich aus ihrer Brust, und sie antwortete in klagendem Tone:

„Es kann nicht — es darf nicht sein!"

Da sah ich ein, welche trügerische Hoffnung ich genährt hatte. Aber dennoch schien es mir selbst jetzt als wenn sie mich liebte, denn es lag weder Abneigung noch kalte Zurückweisung in ihrer Weigerung, sondern eher eine Art von Verzweiflung. Ich näherte mich ihr.

„Rosa, ich liebe Sie," sagte ich, „und kann Sie nicht ohne Kampf gehen lassen. Wenn Sie meine Gefühle kennten, wenn Sie wüßten, daß Sie der einzige Lichtstrahl sind, der in mein umnachtetes Leben fällt, so würden Sie barmherzig gegen mich sein. Bin ich denn ein widerwärtiges Wesen, das Sie abschreckt? Darf es deshalb nicht sein, weil ich blind bin?"

Das Mädchen schluchzte leise und antwortete mit schwacher Stimme:

„Nein, es ist mir unmöglich zu sagen, weshalb. Aber da Sie mich zwingen, will ich Ihnen gestehen, daß der heißeste Wunsch meines Herzens erfüllt worden wäre, wenn ich Sie immer hätte pflegen und durch das Leben führen dürfen. Gott hat jedoch eine Scheidewand zwischen uns errichtet, ich kann nie Ihr Weib sein!"

Plötzlich, ehe sie es verhindern konnte, schlang ich meinen Arm um sie und drückte sie an meine Brust.

„Wenn Sie mich lieben," rief ich, „so gibt es keine Scheidewand zwischen uns, und Nichts soll uns trennen."

Im nächsten Augenblick stand sie wieder einen Schritt entfernt von mir. Die Gewalt, mit der sie sich aus meiner Umarmung losgerissen hatte, machte mich scheu und ich wagte nicht sie wieder zu berühren.

„O, wenn Sie mich sehen könnten," sagte sie in klagendem Ton, „würden Sie nicht so sprechen. Ihr Weib! Nein, es kann nimmer sein, Gott hat es verboten!"

Was konnte Sie meinen? Welche seltsame Bedeutung lag in diesen Worten? Ich näherte mich ihr und faßte leise ihre Hand. Sie war von Schweiß bedeckt und zitterte wie Espenlaub.

„Meine theure Rosa," sagte ich, „wie soll ich das verstehen? Wenn Sie irgend ein äußerliches Gebrechen an sich tragen, so existirt es für mich nicht, da ich blind bin. Für mich sind Sie schön. Aber selbst wenn ich sehen und ein solches wahrnehmen könnte, würde ich Sie dennoch lieben. Ist das der Grund, theure Rosa?"

„Mein Gesicht ist, wie Gott es geschaffen hat," erwiderte sie. „Das ist nicht der Grund. Wenn er es wäre, so würde ich ihn nicht verheimlichen. Gehen Sie und fragen Sie mich nicht mehr darnach!"

Sie brach in heiße Thränen aus und fügte nach einer Pause hinzu:

„Es ist die Hand des Allmächtigen, die uns trennt! Ich ahnte nicht, daß Sie das Hinderniß nicht von Anfang errathen hatten, und später hielt die Scham mich ab, es zu gestehen."

„Sind Sie verheirathet?"

„Nein."

„Dann ist das Hinderniß nur ein eingebildetes. Sie lieben mich, ich bete Sie an und Sie sollen mein Weib werden! Ich will dieses eingebildete Hinderniß wissen, und dann wird es verschwinden. Nichts in der Welt könnte meine Liebe zu Ihnen mindern, ich schwöre es!"

„Sie wissen nicht, was Sie sprechen, und Gott wird Ihnen verzeihen," antwortete sie in ernstem Tone.

Dann trat sie mir näher, legte ihre Hand auf meine Schulter und sagte mit veränderter Stimme:

„Sie werden die Wahrheit erfahren, und ich wundere mich, daß es nicht schon durch Andere geschehen ist. Ich selbst kann sie Ihnen nicht sagen. Genug, eine von Gott errichtete Scheidewand, — eine Scheidewand der Schmach und Entehrung trennt uns. Denken Sie immer so an mich, wie Sie es jetzt thun, das ist mein Wunsch. Ich werde Sie ewig lieben und mit diesem letzten Worte sage ich Ihnen Lebewohl. Möge Gott Ihr Freund, Ihr Führer und Helfer sein!"

Sie schlang ihre Arme um meinen Hals, küßte meine Stirn und meine lichtlosen Augen, und dann — stand ich allein, griff in die leere Luft und rief vergebens nach ihr. Rosa war fort!

(Schluß folgt.)

Die Sternwarte zu Greenwich.

Von Dr. August W. Peters.

(Schluß.)

Eine andere Uhr in der Anstalt gibt die gewöhnliche Greenwichzeit an, soll heißen, Zeit, wie unsere Wand- und Taschenuhren. Bekanntlich trifft die Sonne nicht in regelmäßig gleichen Zwischenräumen den Südpunkt irgend eines Platzes. Für das Werktagsleben indessen würde sich ein Arbeitstag von verschiedener Dauer gar übel schicken und in der Gegenwart, in dieser Zeit des Dampfes und der Eisenbahnen, wäre das beständige Reguliren der „Zeitmesser" beinahe unausführbar. Daran liegt es, daß man für's Geschäft sowohl, wie für gewöhnliche wissenschaftliche Zwecke anstatt der veränderlichen Tage, wie sie in der Wirklichkeit bestehen, solche von gleicher Zeitdauer angenommen hat.

Ich wünsche hiedurch anschaulich zu machen, wie naturgemäß auf der Sternwarte die astronomische und (wenn ich so sagen darf) die Alltagsuhr nur einmal jedes Jahr überein gehen, nämlich am oder um den 31. März. Von da an geht die astronomische Uhr rascher und zeigt am 21. Juni 6 Uhr Morgens, wenn es bei uns Mittag ist. Die Berechnung geschieht sehr einfach durch ein- für allemal aufgestellte Tabellen.

Ich wiederhole: die englische Sternwarte dient wesentlich der Praxis und ihre praktischen Erfolge lassen sich zusammenfassen:

Denken wir uns: wir wären an Bord eines Schiffes mit werthvoller Ladung, irgendwo, etwa im atlantischen Ocean. Seit drei Tagen ist die Sonne sichtbar gewesen und ein heftiger Sturm hat uns, Gott weiß wohin, verschlagen. Nachts sehen wir plötzlich durch einen Riß in den Wolken ein halbes Dutzend Sterne; erkennen zwei und messen sorgfältig mit dem Sextanten die Polhöhe eines jeden. Der erste steht gerade im Süden, der andere Südwest. In dem Augenblicke, wo wir den letzteren observiren, bemerken wir uns sorgfältig die Zeit auf unserem in Greenwich regulirten Schiffschronometer und finden dann in dem Nautical Almanac, welchen die Sternwarte herausgibt, unsere beiden Sterne nach ihrer Lage bestimmt.

Weiter: Durch den südlichen Stern finden wir ohne Umstände den Breitengrad, worauf das Schiff sich befindet; durch den zweiten die astronomische Zeit unserer Beobachtung. Die eben erwähnten Tabellen verwandeln die astronomische in die gewöhnliche Zeit; der Chronometer zeigt Greenwichzeit und aus der Differenz in der Zeit zwischen den beiden Localitäten findet man den Längengrad: damit haben Sie den mathematischen Punkt, auf welchem Ihr Fahrzeug sich in der Wasserwüste befindet.

Ein anderes Exempel: Ihr Chronometer ist stehen geblieben, gleichviel weshalb: und Sie kennen die Greenwichzeit nicht, deren Sie zu Ihren Berechnungen nothwendig bedürfen. Dem läßt sich abhelfen! Dort im Süden steht der Mond, und westlich von ihm ein heller Stern. Der Schiffer mißt die beiden mit seinem Sextanten und bemerkt ihren Abstand von einander nach Graden; die Zeit vermittelst einer gewöhnlichen guten Uhr oder dem wieder in Stand gesetzten Chronometer; reducirt und berichtigt die Messungen, soviel nöthig, und findet, daß das Mondcentrum bei der Beobachtung vom Sterne just 40° 10′ 10″ entfernt war.

Nun ergibt sich aus dem letzten Berichte der königlichen Sternwarte, welchen wir an Bord haben, daß es in Greenwich auf den Schlag 10 Minuten und 4 Secunden nach 9 war, als jener Stern und der liebe Mond sich in der berechneten Entfernung von einander befanden, und wir dürfen unsern Chronometer in voller Gemüthsruhe aufziehen . . . er weist dieselbe Zeit, wie das große Zifferblatt an der Außenseite des Observatoriums.

Das Wenige mag genügen als Beleg für meine Behauptung von dem wohlthätigen Einflusse der Anstalt. — Außerdem wirkt sie noch als eine Art Hauptquartier für praktisch-astronomische Auskunftsertheilungen. Wichtige wissenschaftliche Entdeckungen sind daher kaum zu erwarten; doch auch für diese mag ich mit Recht großes Gewicht darauf legen, daß ihr Fundament zu einem bedeutenden Theile sich auf dem Boden der Arbeit aufbaut, welcher Greenwich erzeugt.

(Erheiterungen.)

Miscellen.

Die gemeine Sonnenblume (Helianthus annuus) und das Fieber. Schon haben wir die von Herrn M. Martin mit der Sonnenblume angestellten Beobachtungen, über welche er kürzlich an die „Société thérapeutique" in Paris Bericht erstattete, mitgetheilt, in denen hervorgehoben wurde, daß diese Pflanze die ausgezeichnete Eigenschaft besitze, durch ihre stark einsaugenden Blätter Sumpfmiasmen aufzunehmen und so gegen das Sumpffieber unbewohnbare Gegenden gesund zu machen. Einen sehr bemerkenswerthen Artikel bringt über diese für die Menschheit [illegible] und [illegible] Eigenschaft der Sonnenblume die „Allg. Medic. Centr.-Ztg." in ihrer Beilage zu Nr. [illegible], der wir Folgendes entnehmen:

„Die in Festungen herrschenden Fieberepidemieen werden durch das Miasma unterhalten, das sich in den die Festungen umgebenden Wassergräben aus den [illegible] gewordenen Pflanzentheilen und Resten niedriger Wasserthiere entwickelt, wenn diese von der Sonne erhitzt und nach eingetretener Fäulniß zur Verdunstung gebracht sind. Diese Fäulniß zu verhüten, empfiehlt Dr. W. Valentin, Arzt in Frankfurt a. M. (Milit. Wochenbl. Nr. 99. 1864), die Festungsgräben alle 2 bis 3 Jahre gründlich von allen Wasserpflanzen zu reinigen, alsdann aber dieselben wieder mit Wasser zu füllen, damit [illegible] und Sonne von den etwa doch noch am Boden sich befindenden, zur Fäulniß geneigten Pflanzen- und Thierresten abgehalten werden. Es stehen aber nach Valentin auch andere noch Mittel zu Gebote, die Luft im Allgemeinen zu reinigen und zu verbessern, und gewiß ist es keinem Zweifel unterworfen, daß durch die Anwendung beider Mittel im Verein ein noch viel befriedigenderes Resultat erzielt werden müßte. Diese Luftreinigung erhalten wir durch den Anbau solcher Pflanzen, von welchen es bekannt ist, daß sie die Luft in hohem Grade verbessern, indem sie eine große Masse schädlicher feuchter Dünste einsaugen und dafür der Atmosphäre eine große Quantität Sauerstoff mittheilen. Ist eine solche Pflanze außerdem noch leicht zu cultiviren und nutzbar, so erfüllt sie gewiß alle zu wünschenden Bedingungen.

Alle diesen Eigenschaften finden wir im hohem Grade vereinigt bei unserer gemeinen Sonnenblume (Helianthus annuus). — Sie hat sich bereits vor einigen Jahren in Nordamerika trefflich bewährt. Man schuf dort durch ihren Bau in Washington und Philadelphia Stadttheile, die früher wegen der beständig in ihnen herrschenden Fieber unbewohnbar waren, in gesunde, fieberfreie Wohnplätze um. — Die Pflanze ist sehr ergiebig, wächst sehr schnell und üppig, erreicht eine Höhe von 4 — 8 Fuß und kommt fast in jedem Boden und Klima fort. Ihre großen und saftigen Blätter bilden ein gutes Viehfutter, die Stengel liefern Salpeter und Pottasche, können auch als Brennmaterial dienen, und die Samen ein vortreffliches, zartes Oel, welches dem Mohnöle sehr nahe kommt und zu Brenn- und Speiseöl verwendet wird. Wenn man diese Pflanze in Masse oder in einzelnen Gruppen in der nächsten Umgebung der Festungsgräben, also oben auf den Wällen und auf dem Glacis anpflanzte, so würde sie die aus denselben aufsteigenden Dünste absorbiren und dafür reinen Sauerstoff aushauchen, somit die Luft in hohem Grade verbessern. Bei bedeutendem Anbau würde sie namentlich durch ihren Reichthum an Oel (die Samen enthalten gegen 40 pCt. Oel) gewiß ein erträglicher und nützlicher sein, als das aus den Festungsgräben zu entfernende Schilfrohr. Auch würde durch ihren Anbau der Sicherheit der Festung kein Eintrag geschehen, indem die Pflanze nach Belieben leicht gepflanzt und schnell abgemäht oder abgeschnitten werden kann.

London, 5. Juni. Der Bazar zum Besten unseres deutschen Hospitals ist mit dem gestrigen Tage zum Abschlusse gelangt, nachdem er für die wohlthätige Anstalt ein sehr erfreuliches Resultat zu Tage gefördert. Schon am zweiten Tage war der Erlös aus den Verkaufsgegenständen mehr als hinreichend, die Schuldenlast von 2000 Pfd.Strl. zu decken; es hatte sich in ganz Deutschland eine derartige rege Betheiligung für diesen edlen Zweck bekundet, daß nach Schluß des Bazars noch eine große Anzahl der Liebesgaben übrig geblieben war. In welcher Weise diese veräußert werden sollen, wird das Comite zu bestimmen haben, welchem für eine rastlose Thätigkeit bei Anregung, Anordnung und schließlich beim Verkauf selbst, das größte Lob gebührt.

* In London wird demnächst bei der Polizei ein Velocipedmann angestellt, weil bereits viele Gauner diese Art Fuhrwerk zum Entkommen benützen; es muß daher auch bei den Bureaus eine Persönlichkeit vorhanden sein, die einen Schwindler auch per Velociped zu verhaften vermag. — Die neue Mode des Velocipedfahrens nimmt jetzt in Deutschland ebenfalls rasch überhand; in den kleinsten Provinzialstädten kann man bereits kühne Renner sehen, die sich von der neugierigen Jugend bewundern lassen. Ob das neue Instrument jemals für das Leben praktisch wird, steht dahin; immerhin aber ist das Fahren auf demselben eine hübsche Unterhaltung für Diejenigen, denen es auf etwas mehr oder weniger Muskeltortur, zuweilen auch auf einzelne Unfälle, nicht ankommt. Nur sollten wir Deutsche uns doch gemeinsam wehren, daß nicht mit dem Ausdruck „Velociped" abermals ein Fremdwort, und zwar obendrein ein ganz unschönes, sich in unsere Sprache einschmuggele. Die „Velocipedclubs", welche sich bereits in den Städten gebildet haben, könnten sich ja auf irgend eine Bezeichnung für ihr Fuhrwerk vereinigen, welche gewiß überall angenommen werden würde. Man braucht nicht gerade wie der Elsäßer „Schnellwächel" oder „Strampelrad" zu sagen, Reitrad, Tretrad, Schnellrad oder etwas dergleichen wäre gewiß besser als „Velociped". Ein Zeitwort für die Fortbewegung auf dem neuen Fahrwerke wäre ebenfalls praktisch; denn es ist nach der jetzigen Ausdrucksweise ein viel zu großer Aufwand von Wörtern nöthig, um die neue Art des Reisens auszudrücken; statt „mit dem Velociped nach Mannheim fahren", ließe sich gewiß besser und kürzer sagen „nach Mannheim radeln", oder „raden", oder „treireiten" oder wie man immer will. Auch statt der Hauptwörter „ein Mitglied des Velocipedclubs" oder „ein Velocipedfahrer", würden gewiß schöner lauten „Radreiter", „Tretreiter", „Rader" oder ein ähnliches Wort; wenigstens hätten wir dann eine deutsche Bezeichnung statt einer ungefälligen ausländischen. Sollte aber doch ein Fremdwort beibehalten werden müssen, so wäre es gewiß einfacher, die langen Beisilben wegzulassen und kurzweg zu sagen, „das Ved", „ein Veder", „veden". Wir haben ja bereits einen „Plaid", einen „Shawl", eine „Chaise", die wir uns als „Pläd, Schaal, Schees" nicht mehr nehmen lassen, dann käme es vielleicht auf ein „Ved" auch nicht mehr an. Möchten sich die Herren Radreiter die Sache einmal überlegen.

London, 3. Juni. Eine Erfindung, die falls sie sich bewähren sollte, von unschätzbarem Nutzen sein würde, ist neuerdings von Amerika importirt worden. Es handelt sich um nichts Geringeres als um einen Apparat zur Rettung Schiffbrüchiger. Die Themseufer oberhalb der Stadt waren die letzten Tage über von dichten Zuschauermassen bedeckt, während ein Amerikaner mit seiner Frau, die von dem Erfinder, Capitain Stone, beauftragt wurden, für den neuen Apparat in Europa Propaganda zu machen, sich im Wasser herumtummelten. Der ganze Apparat aus einer Korkjacke, einem an Hals, Händen und Füßen dicht anschließenden Guttapercharock und ein paar Kautschukgewichten an den Füßen bestehend, kann binnen wenigen Minuten angelegt werden. So ausgerüstet, kann man im Fall eines Schiffbruchs getrost in's Wasser springen; der Anzug hält Einen oben, während die Gewichte zur Sicherung der perpendikulären Stellung dienen. Vervollständigt wird der Apparat durch eine Zinnkiste in Gestalt einer Boje, welche aus zwei Abtheilungen besteht; die obere für Biscuits, Liebig's Würste, eine Flasche Cognac, bengalisches Feuerwerk, römische Lichter und einen Revolver (die letzteren drei Gegenstände zum Signalisiren), außerdem noch für einige Cigarren (!) und eine Zeitung zur Vertreibung der Langeweile. Die untere Abtheilung hält Wasservorrath für 8 Tage, und ist mit einem wasserdicht verschlossenen Guttapercharohre zum Trinken versehen. — Wie verlautet, hat die preußische Regierung ihre Absicht kundgegeben, den Apparat einzuführen, dessen Kosten sich auf je 7 Pfd.Strl. belaufen. Der Erfinder, dem es mehr um den menschenfreundlichen Zweck als um Geldgewinn zu thun ist, hat bereits Auftrag zur Anfertigung von 50,000 dieser Anzüge und Kasten gegeben und ist bereit, dieselben für 1 Pfd.Strl. per Reise auszuleihen.

(Rechnung für enttäuschte Liebe.) Ein enttäuschter Liebhaber in Cardiganshire, Wales, sandte seiner „treulosen Flamme", nach ihrer Verheirathung mit einem andern Manne, folgende Rechnung zu: Mrs. — früher Miß — schuldet mir: Für 53 Gläser Wein, die ich mit ihr auf verschiedenen Märkten getrunken, 18 Shilling; für ein paar Schuhe und Reparatur eines anderen Paares, die ich in Folge meiner Besuche bei ihr abgenutzt habe 4 Shilling; für eine ärztliche Rechnung, betr. die Kurirung eines Schnupfens, den ich mir an einem regnerischen Abend unter ihrem Fenster zugezogen, 9 Pfd.Strl. 0 Shill.; für Briefporto u. s. w. 1 Shill.; für Begleitung zu 100 Rendezvous, à 2 Shill. 6 Pence, 12 Pfd.Strl.; für Zeitverlust von 12 Tagen, die ich in ihrer Gesellschaft zugebracht, 4 Pfd.Strl. 7 Shill. 6 Pence; für treulose Enttäuschung, indem sie mich nicht zum Bräutigam genommen, 100 Pfd.Strl. — Total 129 Pfd.Strl. 14 Shill. 9 Pence.

Redaction von K. A. Wolf Druck der Jäger'schen Druckerei in Speyer.

Palatina.

Belletristisches Beiblatt zur Pfälzer Zeitung.

Nro. 70. | Speyer, Samstag, den 12. Juni | 1869.

Es durfte nicht sein.

Ein amerikanisches Lebensbild.

(Schluß.)

Die Zeit verstrich und ich wurde abgeholt und nach Hause geführt. Niemand wunderte sich, daß ich fortwährend unruhig und traurig war; mein Unglück erklärte es genügend, und ich hatte hinreichende Muße, über Rosa's Geheimniß nachzudenken.

Hülflos lag ich auf einem Sopha, oder saß in einem Lehnstuhle, und gab mich dem Gedanken an Rosa hin. Mein verwundeter Arm blieb machtlos, und Nacht umgab mich nach wie vor. Es schien keine Hoffnung vorhanden zu sein, daß die Hülle meiner Augen je wieder von einem Lichtstrahle werde durchbrochen werden. So verstrichen die Monate und die Weihnachtszeit nahte. Meine Vettern und Basen hatten sich anmelden lassen, um das Fest bei meiner Großmutter zu verleben und überschütteten mich, als sie kamen, mit Zärtlichkeiten, die für mich weniger Werth hatten als sie verdienten. Ein Wort von Rosa, ein Gegenstand, den sie getragen hatte und den ich an das Herz hätte legen können, würde alles Andere übertragen haben. Am Weihnachtsabende flehte ich den Himmel um den Tod an, aber Gott antwortete auf andere Weise. Als ich am Morgen erwachte, war mein Gesicht zurückgekehrt. Ich konnte sehen, wenn gleich nur wie durch einen dichten Nebel, aber ich konnte sehen!

O, wie ich dem Allmächtigen dankte! Ich war wieder ein Mensch mit allen Sinnen! Ich konnte Rosa aufsuchen, sie anschauen, ihr Geheimniß ergründen, das Hinderniß vernichten und sie als mein Weib an meine Brust ziehen und ich schwor es zu thun. Kein äußerlicher Makel sollte sie meinen Armen entreißen, für mich war sie schön und rein.

In unserem Hause herrschte große Freude, ich war nicht mehr blind. Der abgestorbene Arm war jetzt vergessen, ich dachte nicht mehr daran, ich lachte und sang, während meine Sehkraft mit jeder Stunde zunahm. Die Aerzte konnten das Wunder nicht erklären und sprachen deßhalb sehr weise von der Wirksamkeit „optischer Nerven". Meine alte Großmutter nannte es Gottes Fügung und war vielleicht die weiseste von Allen. Acht Tage wartete ich noch, dann sagte ich den Meinigen für einige Zeit Lebewohl und eilte fort, um Rosa aufzusuchen.

Es war ein kalter Tag, an dem ich in dem Hospitale anlangte. Diejenigen, welche mich von früher kannten, empfingen mich mit Glückwünschen. Von einem alten Arzte, der mich behandelt hatte, erfuhr ich, wer von meinen Bekannten sich noch im Hospitale befand, wer geheilt worden und wer gestorben war. Dann fragte ich — nicht ohne leises Bangen — nach Miß Peyton.

„Miß Peyton?" wiederholte der Arzt, besann sich einen Augenblick und brach in ein lautes Lachen aus. „Sie meinen Rosa, die Wärterin?" sagte er. „O, sie ist eifrig bei der Arbeit, wie immer. Miß Peyton, — ha, ha, ha!"

Weßhalb lachte er? Ich vermochte es mir nicht zu erklären und ging in die Krankenzimmer, um sie zu suchen, aber konnte sie nirgends entdecken. Ich sah Niemand als eine alte Wärterin und ein Quadronmädchen, das sich über einen sterbenden Trommelknaben beugte.

Wo war Rosa? Ich beschloß zu warten und setzte mich an das Lager des kleinen Trommlers nieder, den ich theilnehmend beobachtete. Er war dem Tode nahe. Das Quadronmädchen trocknete den Todesschweiß von seiner Stirne, und ich dachte: „Rosa sollte hier sein, ihre Stimme würde ihm die letzten Augenblicke erleichtern!" Dann blickte ich in das Gesicht, das sich über seine Kissen beugte. Es lag viel Herzensgüte darin und auch Schönheit, — die Schönheit jenes unterdrückten und verachteten Geschlechts.

Vielleicht war Rosa nicht hübsch. Ihr Gesicht war vielleicht entstellt, ihre Augen trübe, — aber für mich mußte sie dennoch schön sein. Weßhalb kam sie nicht?

Das Quadronmädchen hatte mich noch nicht angeblickt. Ihre schwarzen, mit Thränen gefüllten Augen ruhten auf dem von Schmerz verzerrten Gesicht des sterbenden Knaben. Plötzlich verfiel derselbe in krampfhafte Zuckungen. Die Arme des Mädchens waren zu schwach, um ihn zu halten. Ich hatte zwar auch nur einen Arm, aber er war wieder stark, und trat deßhalb näher an das Bett und sagte zu dem Mädchen: „Lassen Sie mich helfen, es ist zu viel für Sie!"

Da richteten sich plötzlich ihre dunklen Augen mit

einem seltsamen, erschreckten Blicke auf mich. Eben so schnell senkten sie wieder, und ich beachtete sie nicht weiter, denn in diesem Augenblicke standen wir vor einer Leiche.

„Er ist dahin!" sagte ich.

Das Mädchen gab mir keine Antwort. Ich glaubte, die Sterbescene habe sie zu sehr ergriffen, denn sie stützte sich auf einen Tisch, zitterte an allen Gliedern und starrte mich an. In der Nähe stand etwas Wasser. Ich füllte einen Becher und reichte ihr denselben. Sie berührte ihn mit den Lippen, aber sprach nicht, setzte sich im nächsten Augenblicke, senkte den Kopf und bedeckte das Gesicht mit einem Tuche.

Ich sah mich wieder nach Rosa um. Endlich wurde ich ungeduldig und redete das Mädchen an.

„Können Sie mir vielleicht sagen, wo ich Miß Rosa Peyton finde?" fragte ich.

Bei diesen Worten stand sie auf, deutete in das Freie und winkte mir, ihr zu folgen. Ich kam auf den Gedanken, daß sie stumm sei. Sie ging voran und führte mich nach der Stelle hin, wo eine Bank unter einem alten Lindenbaum stand, auf der ich ehemals oft gesessen und das letzte Gespräch mit Rosa gehabt hatte. Dort blieb sie stehen. Wir waren Beide allein.

Unwillkürlich überschlich mich ein Schauder, ich wagte nicht zu sprechen. Das Mädchen brach zuerst das Schweigen.

„Sie haben Rosa Peyton sehen wollen," sagte sie, „hier ist sie!"

Barmherziger Himmel, welche Todespein durchfuhr mich in diesem Augenblicke! Es war die Stimme der Geliebten, welche diese Worte sprach, die Stimme, die seit so langer Zeit unaufhörlich in meinen Ohren geklungen hatte. Das Quadronmädchen war Rosa Peyton!

„Ich sprach die Wahrheit," sagte sie, „Gott hat eine unübersteigliche Scheidewand zwischen uns gezogen. Das verwöhnte Sclavenkind eines weißen Vaters muß die Schmach seiner schwarzen Mutter bis zum Grabe tragen. Können Sie sich wundern, daß ich mich scheute, Ihnen die Wahrheit zu sagen, da ich ein weibliches Herz und die Gefühle eines weißen Weibes im Busen trage? Jetzt wird es meiner Bitte an Sie, mich zu vergessen, nicht mehr bedürfen!"

Wie schön sie war! Aber die dunkle Färbung ihres Geschlechtes lag wie ein Fluch zwischen uns. Ich vernahm ihre Stimme, nach der ich mich so sehr gesehnt hatte, — ich war überzeugt, daß in ihrem Busen ein sanftes Frauenherz nur für mich schlug, und dennoch hatte sie Recht, die Scheidewand war da!

Hätte sie ein entstelltes, von Narben bedecktes, aber weißes Antlitz gehabt, so würde ich meine Arme geöffnet und gerufen haben: „Hier an meiner Brust birg Dich! Deine Seele ist schön, ich liebe Dich!" Allein ich sah die Tochter einer Mulattin, mit schwimmenden Augen und dem Rabenhaar, vor mir, deren Gesicht zwar die Züge ihres stolzen weißen Vaters trug, aber unter dem dunkeln Schleier der mütterlichen Abkunft verhüllt war. Namenloser Schmerz übermannte mich. Ich liebte sie auch in jenem Augenblicke, so wie noch jetzt, allein das Schicksal wollte, daß es nicht sein dürfe. Ich ergriff ihre Hand, küßte sie und sagte:

„Gott behüte Sie, Rosa, — ich werde nie heirathen!"

Sie antwortete nicht. Dann stand ich auf und ging. Ich habe sie nicht wieder gesehen, aber werde sie nie vergessen.

* Das olympische Theater zu Vicenza.

Von Dr. E. Jäger.

I.

Vicenza und Palladio.

Am Südabhange der Alpen, in der reichen lombardischen Ebene und an der Straße von Verona nach Venedig liegt eine freundliche Stadt, die dem Architekten und Kunstfreunde bekannt ist als Geburtsort Palladios, des berühmten Baumeisters der Renaissancezeit. Wer Venedig besucht hat, kennt seine Werke, denn in der reichen Lagunenstadt bot man dem begabten Landsmanne mannigfache Gelegenheit, sein Talent zu entfalten und heute noch spiegeln sich seine herrlichen Paläste und die stolzen Kuppeln seiner Kirchen dort in den Fluthen der Kanäle. Besonders theuer aber war dem Künstler seine Vaterstadt Vicenza selbst und sie hat ihm diese Zuneigung mit gleicher Liebe vergolten. Man wußte den Werth des Mannes zu schätzen und der Reichthum seiner Mitbürger, der Gemeinsinn der Patrizier, die Bewunderung und Liebe zur Kunst, von welcher die damalige Zeit durchdrungen war, wirkte zusammen, um in Vicenza einen zweiten Mittelpunkt für die Thätigkeit Palladio's zu schaffen.

Unter den öffentlichen Gebäuden, die er dort errichtet hat, ist vor Allem die sog. Basilika zu nennen; es ist dieß, genau der alten Bedeutung des Wortes entsprechend, der palazzo della ragione, bestimmt für gerichtliche Verhandlungen und die städtische Verwaltung. Hier hatte er, nachdem der alte Bau durch einen großen Brand zerstört war, im Jahr 1540 ein herrliches Gebäude errichtet, von großen offenen Hallengängen umgeben. Ferner hat er seiner Vaterstadt ein Museum gebaut und wenn wir die Hauptstraße, den Corso durchschreiten, begegnen wir einer nicht geringen Anzahl der schönsten Paläste, die ebenfalls seine Werke sind. Schon zu Lebzeiten des Baumeisters waren die Vicenzaner bestrebt, den großen Mitbürger zu ehren, und sein Zeitgenosse Milizia erwähnt lobend der Sorge derselben für die Werke Palladio's. Auch jetzt noch erinnern sich späte Geschlechter mit Stolz des Künstlers, dem die Stadt ihr prächtiges Aussehen verdankt und auf dem Marktplatze hat man ihm ein Marmordenkmal gesetzt.

Doch sind es nicht die Paläste, die uns nach der Stadt des Palladio geführt haben. Unser Besuch gilt ganz besonders einem Bauwerke, das ebenfalls ein Werk desselben Künstlers ist und bei welchem der Name des Meisters und die Merkwürdigkeit des Gegenstandes sich vereinigen, um unser Interesse zu erwecken. Vicenza birgt nämlich in seinen Mauern auch die Nachbildung eines antiken römischen Theaters, welches Palladio auf Veranstaltung und Kosten eines Vereins edler Mitbürger, der sog. olympischen Academie, gegen Ende des sechzehnten Jahrhunderts errichtet hat. Für Jeden, der Italien besucht, bildet dieser moderne Bau einen Anknüpfungspunkt, der ihn sehr gut in die verschiedenen Besonderheiten des öffentlichen Lebens der Alten einführen kann; denn obwohl der Geist des erbauenden Jahrhunderts aus dem ganzen Bau und aus jedem Stück der Ausstattung spricht, so ist doch die Nachahmung des alten Vorbildes eine sehr vollständige und gelungene. Zu einer sclavischen Copie nach den überkommenen Regeln der Alten, war Palladio nicht der Mann, wohl aber zu einer freien und begeisterten Auffassung jener Anleitungen, wie sie Vitruv über die Theater der Alten gibt.

Doch versuchen wir es, dem Leser eine möglichst getreue Schilderung des Ganzen zu geben.

Vom Bahnhofe kommend, betreten wir die Stadt, schreiten über den Marktplatz, wo die Basilika steht, und wir unterwegs der Statue des Meisters noch einige Blicke widmen können. Wir durchkreuzen noch einige Straßen und haben bald das entgegengesetzte Ende der nicht besonders großen Stadt erreicht. Zur Rechten liegt das ebenfalls von Palladio erbaute Museum, links aber, in einem Winkel versteckt, so daß wir erst nach einigen Fragen den richtigen Eingang finden können, das Theater. Vergeblich suchen wir an dem Aeußern des großen Hauses, mit den hohen langen Mauern, die Formen eines Theaters zu finden. Wir klopfen an die Thüre; eine Frau öffnet und führt uns durch Höfe und Gänge in's Heiligthum der Musen.

II.

Das Theater der Alten.

Ehe wir uns aber anschicken, eine Beschreibung des Theaters zu versuchen, wird es nöthig sein, in Kürze der alten Theater und ihrer Einrichtung zu erwähnen, indem es sonst unmöglich ist, das richtige Verständniß des Vicentiner Theaters zu erhalten. Vor Allem müssen wir aber den Gedanken aufgeben, als habe sich unsere moderne Bühne aus dem alten Theater herausgebildet; denn das antike und das moderne Theater haben nur insofern Aehnlichkeit mit einander, als gleiche Bedürfnisse mit Nothwendigkeit gleiche Einrichtungen zur Folge haben. Nun waren aber Leben, Anschauungsweise und Gesichtskreis der Alten ganz anders als gegenwärtig, und daher mußten auch die Bühnen anders sein.

Was bei uns ein Theater nie oder nur vorübergehend leistet, das war in den besten Zeiten Griechenlands stets der Fall. Das Theater war wirklich eine Volksbühne, und zwar die einzige Anstalt für die Bildung des Volkes; daher verwendete aber auch Perikles bei den Athenern so bedeutende Summen für die Aufführung von Schauspielen und suchte das Theater auf alle Weise zu heben. In späterer Zeit rissen auch dort Leichtsinn und Genußsucht ein; aber immer blieb die antike Bühne gegenüber unseren Theatern in ihrer ganzen Einrichtung höchst einfach. Man wußte damals noch nichts von neumodischen Schicksals-Tragödien, von Familien-Lustspielen, von Zauber-Märchen, von italienischen Opern mit Ballet, und einfach, wie der Geist des griechischen Volkes, der dieses Theater geschaffen hatte, blieben auch die Einrichtungen. Selbst in den Zeiten der größten sittlichen Fäulniß, als das heruntergekommene athenische Volk die Gelder statt für die Erhaltung des Staates und die Bedürfnisse der Flotte für die Schauspiele verwendete, erhob man sich nicht viel über die von Alters her überkommenen Einrichtungen. Auch die Römer hatten in den Zeiten des höchsten Luxus und der raffinirtesten Verfeinerung, als in ihrer Weltstadt alle Schätze der Erde zusammenflossen und das Volk durch Getreide-Spenden und öffentliche Spiele in guter Stimmung erhalten werden mußte, immer noch die alte gewohnte Eintheilung beibehalten, und obwohl sie in Technik und Theatermaschinerie bedeutende Fortschritte gemacht hatten, so war dieses Alles doch noch weit entfernt von den complicirten und mannichfaltigen Einrichtungen einer modernen Hofbühne. Stets war und blieb das antike Theater in seinen Grundtheilen bedingt durch das Leben jener beiden Völker des Alterthums und ganz besonders durch die einfache Art der griechischen und römischen Dichtung. Diesen Standpunkt muß man im Auge behalten bei der Beurtheilung der antiken Bühne, also auch bei der Betrachtung des Theaters zu Vicenza.

(Fortsetzung folgt.)

Miscellen.

Durch Immermann's „Münchhausen" sind die bäuerlichen Freigerichte Westphalens allgemein bekannt, aber sie fanden in anderen Gegenden des Reiches ihres Gleichen. Im württembergischen Oberamte Gaildorf, zu Gerlach, richteten auf dem 6 Morgen großen Gerichtsrasen 17 Bauern (daher das Gericht der Siebzehner) aus umliegenden Orten unter freiem Himmel über Blut und Leben. Der jüngste Richter hatte die Stelle des Nachrichters zu versehen, wobei er Handschuhe trug, die er nach vollbrachtem Werke hinter sich warf, worauf er wieder ein ehrlicher Mann war, wie zuvor. Erst 1843 starb die 87jährige Wittwe eines Siebzehners, welche die Handschuhe im Hause gehabt hatte und sich erinnerte, daß das Richtschwert zu einem langen Messer, welches zum Zerkleinern der Tannenäste gebraucht wird, umgeschmiedet worden sei. Löcher, welche von Galgen und Rad auf dem Gerichtsrasen hergerührt haben sollen, wurden erst 1828 ausgefüllt. Anfangs war dies Gericht ein Reichsgericht, welches die Schenken von Limburg 1403 vom Reiche zum Lehen trugen, 1518 stand es noch unter dem Vorsitze des Vogtes, um 1580 aber waren die Bauern selbst Richter.

(Stenographisches Preiswettschreiben.) Der Wiener Gabelsberger'sche Stenographen-Verein veranstaltet Sonntag, den [illegible] Juni d. J., ein Preiswettschreiben für Schüler der Mittelschulen und Hörer der Handels-Akademie. Bei demselben werden Dictate von 90, 110 und 130 Worten in der Minute durch je vier Minuten stattfinden und hierauf sofort die Uebertragung der Dictate erfolgen. Der erste Preis beträgt für die erste Abtheilung einen, für die zweite Abtheilung zwei und für die dritte Abtheilung drei Ducaten; außerdem werden anderen würdigen Bewerbern stenographische Lehrbücher und Diplome verabfolgt.

Die Omnibus-Compagnie in Paris hat ein Budget von 52 Millionen Francs, von denen 8 Millionen in Umlauf gesetzt werden. 662 Wagen mit 6725 Pferden sind in Verwendung; die durchschnittliche Einnahme für jeden beziffert sich täglich auf 84 Francs 32 Centimes. Die Gesellschaft hat im Jahre 1864 113,849,040 Passagiere, also täglich 312,184 Passagiere befördert. Die Conducteure, die bei den Wagen bedienstet sind, theilen sich in drei Classen, deren Salair von 1200 auf 2000 Francs steigt. Die Kutscher erhalten vom vierten Jahre an täglich 5 Francs. Die geheime Inspection kostet der Administration 88,000 Francs.

In Zürich hat dieser Tage ein dreijähriges — sage: dreijähriges — Mädchen ein Klavier-Concert gegeben, ein lustiges frisches Ding, welches, wenn die Zuhörer klatschten, die kleinen Händchen jubelnd mit zusammenschlug und mitten im Spiele — wahrscheinlich, weil ihm das als Prämie versprochen worden war — fragte: „Ja, wann kommt denn jetzt das Christkindlein?“

(Ein Pferd im Orchester.) Ein tragikomisches Ereigniß trug sich am Donnerstag Abends, voriger Woche in Astley's Theater in London während der Vorstellung des Spectakelstückes: „Die Schlacht bei Waterloo“, zu. In einer Scene kommt Napoleon, begleitet von seinem Stabe, auf die Bühne geritten. Bei dieser Gelegenheit wurde das Pferd eines Adjutanten scheu, und der augenscheinlich unerfahrene Reiter war nicht im Stande, das Thier zu bändigen. Das Pferd begann sich zu bäumen und bewegte sich rückwärts gegen die Proscenium-Beleuchtung, zertrümmerte dieselbe und fiel endlich zum Entsetzen der vorn sitzenden Zuschauer rücklings in das Orchester, wobei es seinen Reiter abwarf. Die Musiker beeilten sich, der gefährlichen Nähe dieses unerwarteten Besuchers zu entrinnen; indessen wurde doch einem Mitgliede des Orchester das Schlüsselbein gebrochen. Die Violinen, Violoncellos und sonstige Instrumente des Orchesters wurden in Stücke zerbrochen, die Noten zerrissen und in alle Winde zerstreut. Nicht ohne Schwierigkeit wurde das Pferd entfernt, und erst nach Verlauf von etwa 20 Minuten konnte die Vorstellung wieder aufgenommen werden.

(Das Publikum als Richter in Ehescheidungssachen.) In einem kleinen Vorstadttheater zu London wurden kürzlich lebende Bilder dargestellt. Als sich der Vorhang erhob und, dem Programm gemäß, „die Schönheit“ erschien, wie sie „die Tapferkeit krönt“, ein Bild, dem das meist aus Schiffern und Leuten der niedersten Stände bestehende Publikum seinen ganzen Beifall zollte, rief auf einmal aus der Tiefe des Saales eine Stimme: „Ha! da bist Du also, Du Ungetreue!“ und zugleich machte ein Mann von herkulischem Aussehen Miene, über die Köpfe der übrigen Zuschauer hinweg nach der Bühne zu gelangen. Das Orchester verstummte, der Beifall der Menge brach plötzlich ab, und Alles wandte seine Augen auf den unwillkommenen Ruhestörer, der seinerseits nur die auf der Bühne befindliche Dame zu bemerken schien. Die so brüsk von ihm Interpellirte trat an die Rampen, gab dem Publikum ein Zeichen, zu schweigen, und entgegnete dem Frager: „Ja wohl, hier bin ich! Was willst Du von mir?“ — „Ich verlange, daß Du mir augenblicklich folgst,“ erwiderte der Athlet und wurde immer erregter durch das Pfeifen und Lachen, das seine so bestimmt ausgesprochene Forderung begleitete. Rasch schied der „Schönheit“ von der Bühne. Sie trat bis dicht an das Orchester und plaidirte folgendermaßen für sich und ihre Freiheit: „Meine Herren und Damen, der Mensch, der so eben die Vorstellung hier unterbrochen hat, ist mein Mann, ein Faullenzer, der nichts thut und alles, was ich bisher verdiente, vertrunken hat. Drei Jahre habe ich in diesem Ehejoche geseufzt, aber jetzt bin ich ihm davongelaufen und ich habe keine Lust, zu ihm zurückzukehren. In Ihre Hände, meine Damen und Herren, übergebe ich mein Schicksal. Wenn Sie es wünschen, so werde ich sofort diese Bühne verlassen und anstatt, wie es vorgeschrieben ist, die Tapferkeit zu belohnen, meinem Schlingel von Mann folgen; andernfalls aber“ — hier unterbrach ein Sturm von Applaus die Rednerin, die ihr Publikum von der richtigen Seite gefaßt hatte. Hundert kräftige Arme erhoben sich und setzten den verdutzten Ehemann an die Luft. Die „Künstlerin“ verbeugte sich dankend nach allen Seiten und die Vorstellung nahm unter nicht enden wollendem Beifall ihren Fortgang. Vielleicht, fügt das englische Blatt, dem wir diese Schilderung entnehmen, hinzu, wird die kühne Comparse durch dies Intermezzo binnen Kurzem eine künstlerische Berühmtheit.

Gegen das von Liebig empfohlene Brod sprach unlängst Dr. Koch im Arbeiterbildungsverein zu Stuttgart. Er wunderte sich, daß man abermals auf die Idee verfallen konnte, aus Kleie Brod zu backen. Alle diese Versuche seien bisher mißglückt, weil die in der Kleie vorhandenen Nährstoffe in verholzten Zellen eingeschlossen seien, welche der menschliche Verdauungsapparat nicht bewältigen könne und die deshalb Störungen in diesem hervorbringen. Der Redner bekannte sich als ein entschiedener Verehrer der althergebrachten Methode, das Brod mit Säuerung zu backen. Es sei natürlich, daß dabei gewisse Bestandtheile des Mehles verloren gehen, aber es sei kein so großer Verlust, wenn auf 100 Pfd. Mehl bei der Brodbereitung circa 4 Pfd. Stärkmehl sich in Zucker und weiterhin in Kohlensäure und Weingeist verwandeln, weil dadurch ein leichtes, lockeres Brod erzielt werde, das auch leicht verdaulich sei. Der Redner beleuchtete dann die drei Hauptgruppen von Nährstoffen, die unser Körper zur Erhaltung nöthig hat, von Eiweißstoffen, Fett, Kohlehydraten und Salzen. Das Liebig'sche Brod führe Demjenigen, der gemischte Kost genießt, unnöthiger Weise Salze zu, die er in Fleisch, Käse u. s. w. in hinreichender Menge findet, und zwinge dadurch den Körper, indem er dieses Mehr wieder fortschaffen muß, zu einem unnöthigen Kraftaufwand. Dem, der ausschließlich Brod genieße, führe es noch mehr Stärkmehl u. s. w. nutzlos zu, als das gesäuerte. Man solle also beim Alten bleiben.

* Räthsel.

1. 2.

Der Jäger sucht im grünen Wald
Vom Wild mich zu ergründen,
Du kannst in anderer Gestalt
Uns auch beim Kaufmann finden.

3. 4.

Wir werden ämtlich hergestellt
Im's Land, in großen Haufen:
Du weißt was oft für baares Geld
Bei den Beamten laufen.

5. 6.

Wir drücken immer Dorf und Stadt,
Sind jetzt in aller Munde,
Doch wenn ein Schiff uns nicht mehr hat,
Geht meistens es zu Grunde.

1. 2. 3. 4. 5. 6.

Dies neue Wort zu schaffen, war
Dem Nordbund vorbehalten;
Wie wird sich wohl für's nächste Jahr
Das Urtheil gestalten?

Redaction von K. A. Moll Druck der Jäger'schen Druckerei in Speyer.

Palatina.

Belletristisches Beiblatt zur Pfälzer Zeitung.

Nro. 71. Speyer, Dienstag, den 15. Juni 1869.

Pfälzische Sagen.

X.

Kaiser Rudolph's Grabbild.

Von Wilhelm Wackernagel.

Was wandelt denn durch's Land für Trauerkunde?
Die Leute steh'n und weinen an den Wegen,
Und alle Glocken klagen in die Runde.

Und einen Zug seh ich herabbewegen
Zum Thale sich vom Germersheim dem Schlosse,
Und auf der Straße weit den Staub erregen.

Und herrlich ragt über all dem Trosse,
Der weinend folgt und schmerzlich wehe klagend,
Ein Greis hervor auf langsam geh'ndem Rosse.

Und Priester ihm zur Seite, Kreuze tragend,
Gebete sprechend, feierliche Lieder
Mit Schluchzen singend, Segensworte sagend.

Und durch die Felder geht der Zug hernieder
Zum Rheine hin; und alle Leute weinen
Und schau'n und fragen sich und weinen wieder.

„Der Kaiser ist's, den diese Klagen meinen,
Der Kaiser Rudolph ist's; er will mit denen,
Die schon in Speyer schlafen, sich vereinen.

„Der Kaiser Rudolph ist es: da, wo Jenen,
Die vor ihm herrschten, ist das Grab bereitet,
Will er sein Haupt auf's Sterbekissen lehnen.

„Der Kaiser ist's: er weiß, sein Engel leitet
In dreien Tagen ihn zur Todespforte;
Der Kaiser ist es, der zu Grabe reitet!" —

Und er ist todt! mit solchem Schmerzensworte
Geh'n Zähr' und Seufzer in das Land als Boten:
„Rudolph ist todt." So klingt's von Ort zu Orte.

Und alles kommt und drängt und will mit rothen,
Verweinten Augen nur noch einmal schauen,
Nur einmal nach dem heißgeliebten Todten.

Da zeigen ihren Kindern ihn die Frauen:
„Seht, diese Hand ließ einst sich das verwaiste
Deutschland als Braut in rechter Liebe trauen."

Sie steh'n und jammern; doch die allerweiseste
Wehklag' erhebt ein Alter, dem an Kinne
Und Scheitel längst die Locke schon ergreiste.

„Ihr Fürsten, gönnt mir eins nur zum Gewinne,
Nur eins zum Trost. Ich schuf aus festem Steine
Einstmal sein Bild mit meinem besten Sinne.

„Das Werk der Lieb' und Treue, laßt es keine
Ruhstätte nun für alle Zeit bewahren;
Zu Rudolph's Denkmal g'nügt sein Bild alleine.

„Zu Rudolph's Denkmal, der mit grauen Jahren
Die Krone wie ein Jüngling hat getragen,
D'rin Mild' und Recht die schönsten Steine waren."

Der Meister sprach's und trat mit neuen Klagen
Zum todten Kaiser, welchem tiefgefaltet
Der unbewegten Stirne Furchen lagen.

„Noch ist das Bild zur Erde nicht gestaltet!
So rühre, Meißel, manches Bild's Gestalter,
Noch einmal dich, eh' meine Hand erkaltet!

„Denn eine Falte grub ihm noch das Alter.
Nun sei, o Hand, zur letzten Arbeit eilig!
Wer so in Sorgen war des Reiches Erhalter,
An dessen Stirn ist jede Falte heilig."

Die Zigeunerin.

Eine Novelle.

I.

Sie werden sich also nächstens verheirathen, Mr. Weston, wie ich höre?"

„Ich? — Herr, wer soll denn die schöne Dame sein, welche ihr Glück von mir erwartet?"

„In der That, das ist eine sonderbare Frage aus Ihrem Munde! Dem Gerüchte zufolge, meiner einzigen Quelle, ist die Dame, deren Name mit dem Ihrigen genannt wird, die schöne bezaubernde Lady Woodfield."

„Wo haben Sie denn diese hübsche Geschichte gehört, Sir George, wenn ich fragen darf?" erwiderte Weston.

„Ueberall, alle Welt spricht davon."

„Ich wünschte, die Welt bekümmerte sich um ihre eigenen Geschäfte."

„Das thut sie, denn gerade das sind ihre Geschäfte und werden es ewig bleiben. Aber ich will Ihnen etwas sagen, lieber Weston, — solche Gerüchte entstehen selten ohne allen Grund und können einen

Mann in recht fatale Verlegenheit bringen, wenn sie unwahr sind. Deßhalb möchte ich Ihnen rathen, auf Ihrer Hut zu sein.“

„Es wird dessen nicht bedürfen, da Jedermann weiß, daß ich nicht an das Heirathen denke.“

„Im Gegentheil, Jedermann weiß, daß Sie daran denken, oder mindestens mit Ihrem fürstlichem Vermögen daran denken sollten. Ein armer Teufel, wie ich, mag Junggeselle bleiben, denn er hat kein Recht, sich zu verheirathen; aber ein so reicher Mann, wie Sie sind, sollte grundsätzlich eine Frau nehmen. Es ist eine Pflicht, die er gegen die menschliche Gesellschaft hat.“

„Möglich, und sobald die menschliche Gesellschaft sich die Mühe nehmen wird, alle ihre Pflichten gegen mich zu erfüllen, werde ich vielleicht auch diese Rücksicht in Betracht ziehen. Vorläufig habe ich jedoch noch nicht solche Absichten. Und selbst wenn ich sie hätte, so wüßte ich wirklich nicht, ob meine Wahl auf Lady Woodfield fallen würde.“

Sir George Grey war, wie er sagte, ein armer Mann, das heißt nach der in seiner Standesklasse üblichen Bedeutung des Wortes, indem er von seinem Vater die Baronetswürde und ein so weit verschuldetes Gut ererbt hatte, daß sein Einkommen ihm nur erlaubte, sich anständig zu kleiden, ein Pferd zu halten und in seinem Club zu leben. Er war klug und gebildet, aber zu träge, um seine Fähigkeiten zur Besserung seiner Vermögensverhältnisse anzuwenden. Es gab zwar Momente, in denen er seinen Mangel an Thätigkeit selbst einsah, sich Vorwürfe darüber machte und sogar versicherte, daß er sich seines zwecklosen, müssigen Lebens schäme; allein es fehlte ihm die moralische Kraft, einen andern Weg zu betreten. Er füllte seine Zeit so angenehm als möglich aus, kümmerte sich wenig um die Verwaltung seines Vermögens und war nie durch eine Herzensangelegenheit beunruhigt worden, welche die Stunde ihrer Geburt überlebte.

Auch sein Freund Weston war bisher von Amor's Pfeilen unberührt geblieben und war stolz auf seine Freiheit, welche er jedoch nur dem Umstand verdankte, daß er neun Jahre seines Lebens, vom einundzwanzigsten bis zum dreißigsten Jahre, im Orient zugebracht hatte, um dort die Ruinen und Ueberreste einer versunkenen Größe zu besuchen und zu bewundern. Erst seit wenigen Monaten war er nach England zurückgekehrt, wo er sich auf seinem Gute niederzulassen gedachte. Für den Augenblick befand er sich jedoch nur in London, um dort mehrere Jugendfreunde wieder aufzusuchen, zu denen auch Sir George Grey, ein entfernter Verwandter, gehörte.

Obgleich verschieden in Geschmack und Neigungen, hatte dennoch immer eine große Vertraulichkeit zwischen Beiden bestanden, so daß Weston's Rückkehr in sein Geburtsland von Georg Grey mit großer Freude begrüßt wurde. Das Gerücht von der beabsichtigten Verbindung seines Freundes mit Lady Woodfield mißfiel ihm zwar, allein er wußte eigentlich nicht, weßhalb; denn sie war eine äußerst anziehende Persönlichkeit, — eines von jenen Frauenzimmern, die gleichsam eine magnetische Kraft zu besitzen scheinen, mittelst deren sie die Aufmerksamkeit des andern Geschlechts unwiderstehlich an sich ziehen. Er hatte die Bemerkung gemacht, daß auch Weston nicht ganz frei von dem Einflusse dieser geheimnißvollen Kraft geblieben war, und seine Betrachtungen über diesen Gegenstand kamen immer zu dem Schlusse, daß sie kein für seinen Freund geeignetes Weib sei. Dennoch hatte er, wie gesagt, keinen eigentlichen Grund für eine solche Meinung, wenigstens keinen andern, als den allgemeinen Eindruck, daß ihr anziehendes Wesen mehr äußeren Glanz als innern Werth habe. Ihr verstorbener Gemahl war ein Mann von großem Grundbesitz gewesen, bedeutend älter als sie, und ohne solche Eigenschaften, welche diese Verschiedenheit der Jahre hätten aufwiegen können; er hatte nie Sinn für etwas anderes gehabt, als für seine Hunde, Pferde und sein Mittagessen. Dieser Umstand verursachte ihr jedoch keine Unruhe, als sie von ihrer Mutter gedrängt wurde, seinen Bewerbungen nachzugeben; der einzige Einwand, den sie damals gemacht hatte, bestand darin, daß sie befürchtete, von einer lästigen Gesellschaft fortwährend geplagt zu werden. Als Frau ließ sie ihn deßhalb gern seinen Neigungen folgen, und erwiderte diese Nachsicht dadurch, daß er ihr gestattete, so viel Geld auszugeben, als sie wollte. Auf diese Weise hatten sie zwölf Jahre ruhig mit einander gelebt, als er starb und ihr nichts als ein anständiges Witthum hinterließ, da die Güter ein Familien-Fideikommiß waren und beim Mangel an Kindern auf einen Nebenzweig der Familie übergingen.

Eitel, leichtsinnig und verschwenderisch, lebte die junge Wittwe weit über ihre Mittel hinaus, wodurch sie sehr bald in Verlegenheiten verwickelt wurde, welche sie nöthigten, ihre Zuflucht zu dem verderblichen Mittel zu nehmen, Geld gegen hohe Zinsen zu borgen. Sie mußte sogar den Händen eines berüchtigten Geldverleihers die kostbaren Juwelen als Unterpfand übergeben, die sie von ihrem verstorbenen Gemahl als Brautgeschenk erhalten hatte. Diese beunruhigenden Umstände wurden jedoch der Welt nicht bekannt, und da sie sich wohl hütete, ihre zerrütteten Verhältnisse durch das leiseste äußere Zeichen zu verrathen, so blieb sie nach wie vor der glänzende Stern in den Kreisen ihrer Gesellschaft.

(Fortsetzung folgt.)

* Das olympische Theater zu Vicenza.

Von Dr. G. Myer.

(Fortsetzung.)

Die dramatische Dichtung der Alten war äußerst einfach und beschränkte sich auf das Nothwendigste, um dieses desto greifbarer und unmittelbarer dem Zuschauer zur Anschauung zu bringen. Die ältesten Aufführungen sollen ursprünglich bei dem Weinlesefest entstanden sein, wo ein herumziehender Winzerchor in toller Laune die Fabel vom Gotte Dionysos besang.

Dieß wurde bald in der Weise verändert, daß ein Einzelner auftrat und vortrug, worauf der Chor dann bei entsprechenden Stellen einfiel und den Gefühlen des Volkes und der Zuschauer Ausdruck zu geben suchte. Da dieses gefiel, so beschränkte man sich nicht bloß auf diese einzige Festlichkeit, sondern Thespis stellte den Vortragenden auf ein Gerüste, den Karren des Thespis, und fuhr mit ihm in der Stadt umher. Damit sind dann die Haupttheile des griechischen Theaters gegeben: Die erhöhte Bühne für die eigentliche Handlung, der etwas tiefer liegende Platz für den Chor und der dritte Raum für die Volksmenge, welche im Kreise umher stand.

Mit dem Erwachen der eigentlichen dramatischen Kunst bei den Griechen entstand auch der Dialog, und so wurde dann aus den bisher nur gelegentlich aufgeschlagenen Bühnen ein wirkliches Theater. Die Handlung der Stücke war sehr einfach und drehte sich meist um die alten Heldensagen, um Heroen aus der Zeit des trojanischen Krieges oder nach früheren Jahrhunderten. Das Schicksal eines Fürstenhauses, die Verschuldung eines seiner Mitglieder, die Rache für eine böse That oder das blinde Walten des Fatums waren die hauptsächlichen Gegenstände der Aufführung, und Aufgabe des Chors war es, über das Geschehene Betrachtungen anzustellen, es richtig auszulegen und die Nutzanwendung daraus zu ziehen, kurz das zuschauende Volk selbst zu vertreten. Nur in wenigen Fällen sprach der Chor selbst warnend oder tröstend in die Handlung hinein, beschränkte sich aber immer nur auf wenige Worte, ohne zur Entscheidung beizutragen. Die handelnden Personen selbst waren nicht zahlreich: Der Fürst, seine Familie, einige hervorragende Bürger der Stadt und sonst noch einige durch den Stoff erforderliche Persönlichkeiten.

Fast immer ging die Handlung vor dem königlichen Palaste vor sich, aus welchem die Glieder der fürstlichen Familie hervortraten, während die übrigen Personen zu beiden Seiten der Bühne ihren Eingang hatten. Die Scene bildete also die Façade dieses königlichen Hauses, vor ihr war die Bühne und für den Chor, der nicht in die Handlung eintrat, war der in der Tiefe zwischen der Bühne und den Zuschauern liegende Raum bestimmt, wo er seinen Gesang und die schon von Alters her damit verbundenen Tanzbewegungen ausführen konnte: dieser Raum wurde die Orchestra genannt, und derselbe Platz dient bei modernen Theatern unter demselben Namen für die Musik. Das Volk gruppirte sich in der einfachsten und besten Weise im Halbkreis um die Handlung herum. Als man feste Theater hatte, wurde dieser Halbkreis in der Weise vergrößert, daß die nach außen liegenden Sitzreihen sich über die andern erhoben und so das gebildet wurde, was jetzt ungefähr den verschiedenen Logen-Rängen entspricht.

Die Handlung war durchweg sehr einfach. Es traten nur wenige Personen auf und diese selbst bewegten sich in gewisser Ruhe und Würde. Es war daher nicht erforderlich, die Bühne, auf welcher gespielt wurde, sehr tief zu machen; denn für die Bewegungen und Handlungen der Schauspieler genügte auch ein geringer Raum, und weil das Theater nicht bedeckt war, so hätte eine über die Nothwendigkeit hinausgehende Tiefe nur Nachtheil gebracht. Wegen der offenen Decke und des Mangels der Umfassungsmauern mußte man ängstlich darauf sehen, Alles zu vermeiden, was den akustischen Erfolg hätte stören können, und dieses wäre in erster Linie durch unnöthige Vertiefung der Bühne geschehen. Dagegen war es nothwendig, die Bühne sehr lang zu machen, damit auch die Stufenreihen sich ausdehnen und so mehr Zuschauer auf denselben Platz finden konnten.

Dieses war die Einrichtung des antiken Theaters, wie sie durch die äußerste Einfachheit der griechischen Schauspiele bedingt war; und in der That hätte man wohl nicht einfacher und befriedigender die Aufgabe lösen können, als es der klare Verstand und das angeborne Gefühl der Griechen eingab. Dem einfachen, sich selbst genügenden Kunstwerk des Dichters, das ohne Prunk und ohne kokette Gefallsucht vor das empfängliche Volk hintrat, entsprach die einfache Einrichtung und Ausstattung des Raumes, in welchem es aufgeführt wurde.

Andere Eigenthümlichkeiten der antiken Bühne gingen aus der Gewohnheit hervor, die eben nur bei einem einfachen Volk und in südlichen Ländern möglich ist, daß nämlich bei Tageslicht und unter freiem Himmel gespielt wurde. Ferner waren die Vorstellungen immer unentgeltlich, und man hatte die Theater, als die einzigen Fortbildungsanstalten, auf große Massen berechnet. Daher bedurfte es aber auch wegen des offenen Daches außer der geringen Tiefe der Bühne noch besonderer Mittel, um die Stimme der Schauspieler zu verstärken und die Geberden derselben auf große Entfernungen hin sichtbar werden zu lassen. Die damaligen Künstler hatten noch nicht den Vortheil der Lampenbeleuchtung, bei welcher die Täuschung besonders leicht wird, und sie waren daher auf andere Mittel angewiesen. Man nahm ein kleines Sprachrohr in den Mund, um die Stimme zu verstärken, man brachte Masken vor das Gesicht, welche in großen starken Zügen den Charakter, den sie ausdrücken sollten, darstellten. Ferner setzte man den Fuß auf einen dicksohligen Schuh, den Kothurn, man thürmte sich hohe Haaraufsätze auf den Kopf, verlängerte die Arme durch Handschuhe und stopfte die ganze Figur des Schauspielers etwas aus, damit sie der verstärkten Stimme entsprechend auch größer und stärker erschien. Doch haben diese Eigenthümlichkeiten der Alten keine Bedeutung hinsichtlich des Theaters zu Bicenza und können daher füglich aus unserer Betrachtung bleiben.

(Fortsetzung folgt.)

Miscellen.

Aus München, 10. Juni, berichtet der „B. L.": Die Zahl der bisher zur internationalen Kunstausstellung angemeldeten Objekte beträgt aus Berlin 200, aus Wien 200, aus Düsseldorf 73, aus Stuttgart 70, aus Karlsruhe 70, aus Frankfurt 30, aus anderen preußischen Städten 20, aus

Prag 20, aus Holland 30, aus Belgien 60, aus Paris 130, aus Italien 140, darunter 101 grössere plastische Werke, aus England 12, aus Amerika 6, aus Hamburg und Bremen 50. Unter den mitgetheilten Zahlen sind die architektonischen Entwürfe nicht mit inbegriffen, wohl aber die Kupferstiche. Die Plastik wird im Ganzen durch etwa 220 Gegenstände, somit weitaus stärker als je auf einer der früheren Ausstellungen in Deutschland vertreten sein. Der Gesammtwerth der angemeldeten Objekte wird beiläufig auf eine und eine halbe Million Gulden angeschlagen und hienach gegen Brandschaden versichert werden. Die Frachtlohn für die aus Italien kommenden plastischen Werke betragen trotz der erwirkten Preisermässigungen in runder Summe 10,000 fl. Die Eintheilung des östlichen Flügels für den Zweck der Ausstellung, ist im Ganzen der von 1858 ähnlich. Das Lokal besteht aus zwei grossen Sälen mit zwei Reihen von Cabineten zu beiden Seiten für die kleinern Bilder, die Stiche und architektonischen Entwürfe, und einem grösseren Raum für die plastische Kunst.

Ein Wiener Arzt, der erst jüngst in die Praxis getreten, schaffte für sich und seinen Diener ein modernes Velociped an, steckte den Diener überdieß in eine reich galonnirte Livree und durchzieht so von seinem eiligen Diener gefolgt die belebtesten Straßen Wiens. Sein Diener hat an einer Vorrichtung hängend eine elegant gestickte Tasche mit dem Instrumentarium des Herrn. Die Namenszüge des Doctors G. A. sind hübsch gestickt an der Tasche zu lesen. Auch ein Hörer der Rechte, dem die Wohnungsnoth und die Temperatur Wiens nicht gefiel, schaffte sich ein billiges Velociped an und reitet nun täglich auf seinem eisernen Rosse den Weg von Hietzing, wo er seine Wohnung hat, in einer halben Stunde bis zur Universität und übergibt dem Portier dasselbe zur Verwahrung.

Die Billardqueues werden in Paris, nach einer Mittheilung von Ritter v. Schwarz an den niederösterreichischen Gewerbeverein, von 12 ausschließlich mit deren Herstellung beschäftigten Fabrikanten mit 100 bis 120 Arbeitern erzeugt, und zwar sehr selten aus mehreren Holzstücken zusammengeleimt, sondern überwiegend aus einem einzigen Stück Holz mittelst Handarbeit auf der gewöhnlichen Drehbank verfertigt. Man nimmt an, daß täglich 1500 bis 1600 Stück solcher Queues in Paris erzeugt werden; ein Arbeiter liefert in der Regel in 10 Arbeitsstunden 10 bis 12 Stück, deren Verkaufspreis 15—20 Francs pro Dutzend beträgt. Der Maschinenfabrikant Gérand in Paris, Avenue Daumesnil, 82, hat nun kürzlich eine sinnreiche Maschine construirt, welche stündlich 110 Queues producirt. Sie braucht zur Bedienung nur einen Jungen, welcher den Holzstab einzulegen und die Maschine durch Loslösen einer Kurbel in Gang zu setzen hat; ist das Queue fertig, so bleibt sie von selbst stehen.

Der Bericht des englischen Capitäns Tyler an das Handelsamt über die Vorzüge des Brennerpasses und der Route über Brindisi für den Verkehr mit dem Orient ist in Form eines Blaubuchs veröffentlicht worden. Der Verfasser findet nichts, was der Organisation eines Expreßdienstes über den Brenner entgegenstünde. Auf diesem Wege würde dann die Reise von London nach Alexandria in 150 Stunden zurückgelegen sein, über den Mont-Cenis in 150½ oder nach Vollendung des Tunnels in 147½ Stunden. Die Zeitersparniß gegenüber der Reiselinie über Marseille betrage volle 30 Stunden. Diese Routen dürften indessen, der Ansicht Tyler's nach, nur provisorisch sein bis zur Vervollständigung des Eisenbahnnetzes im südöstlichen Europa und westlichen Asien. „Die Hoffnungen bezüglich einer Reise nach Indien in der nächsten Generation" — so schließt der Bericht — „dürften keine geringeren sein, als die Möglichkeit, trockenen Fußes von London nach Bombay zu gelangen, so chimärisch dieses augenblicklich auch noch Manchem erscheinen mag — durch einen unterseeischen Tunnel von Dover nach Calais — per Eisenbahn durch Europa — vermittelst einer Brücke über den Bosporus, das Euphrat-Thal entlang, und von den persischen Meerbusen herum nach Bombay."

Aus Cincinnati vom 12. Mai wird geschrieben: „Sechs unserer schönsten Dampfer, welche den Dienst zwischen Memphis und New-Orleans versahen, sind hier ein Raub der Flammen geworden. Das Feuer entstand in einer Cabine des „Clifton", verbreitete sich rasch auf dem ganzen Schiffe und ergriff in unglaublich kurzer Zeit die nebenan vor Anker liegenden Steamer „Westmoreland, Menotte, Mary Ewing, Darling und Cheyenne". Einige Fässer Pulver, welche sich im letzteren Schiffe befanden und explodirten, legten die ganze Flotte in ein Feuermeer und bedeckten solche mit brennenden Trümmern. Das Feuer wurde noch durch eine an Bord befindliche Menge Fässer Mineralöl genährt, so daß an eine Löschung desselben nicht zu denken war. Der Schaden beläuft sich auf 250,000 Dollars. Alles war versichert.

Die Ausgrabungen in Herculanum, sagt das „Giornale di Napoli", sind in Folge der vom Könige von Italien neuerdings wieder angewiesenen 30,000 Fr. wieder aufgenommen, und man hat einen großen Saal entdeckt, der als Küche benützt worden sein mag. Es fand sich eine Bettsponde von ganz verkohltem Holze vor, 14 Vasen von verschiedener Größe, ein Kandelaber, eine Lampe, mehrere Schüsseln von Glas und gebrannter Erde, eine Statuette mit einem Kopf (von Marmor) und zwei zerbrochene Tische, der eine von Marmor und der andere von Schiefer. Diese Gegenstände werden demnächst nach dem Museum von Neapel übergesiedelt werden.

(Ursprung des Namens Arrowroot.) In der Nähe des Amazonenstromes wohnt eine Horde Indianer, welche von anderen Stämmen Aruacas genannt werden, weil sie sich besonders mit der Bereitung des Aru oder Aaru (das Satzmehl der Wurzel der Euphorbiacee Jatropha Manihot, welches auch den Namen Cassave oder Mandioca führt) befassen. Das heiße Aru-Aru, wörtlich Mehl vom Mehl, welchen Namen sich die Engländer mundgerecht gemacht haben, indem sie ihn zu Arrowroot (Pfeilwurzel) verstümmelten, wozu die Verwechselung mit einem Namen aus der Wurzel einer chinesischen Sagittaria, das sich ebenfalls im Handel befand, beitrug.

Aus Stockholm, 5. Juni, wird der „D. A. Z." berichtet: Vorgestern sind hier zwei Mitglieder der im Laufe d. M. von Bremerhaven aus auslaufenden deutschen Nordpol-Expedition eingetroffen, nämlich der durch seine Alpenforschungen rühmlichst bekannte österreichische Oberlieutenant Julius Payer und der als Docent an der polytechnischen Hochschule in Wien fungirende Geologe Dr. Gustav Karl Laube. Die beiden Herren, welche auf einem norwegischen Küstenplatze mit den beiden Schiffen der deutschen Nordpol-Expedition zusammentreffen werden, studiren hier die reichen arktischen Sammlungen der schwedischen Academie der Wissenschaften und holen zugleich bei den erfahrensten schwedischen Spitzbergfahrern praktische Rathschläge ein. Dr. Petermann hatte den Besuch der beiden Gelehrten telegraphisch angekündigt, worauf sie von Dr. Fries und Professor Nordenskjöld empfangen wurden. Außerdem hat sich ihnen der durch seine Forschungen in den arktischen Regionen wohlbekannte Adjunct Th. Fries aus Upsala zur Verfügung gestellt.

Charade.

(Zweisilbig.)

Die Erste nennt ein neues, regst Leben,
Magst Du französisch oder deutsch sie geben;
Doch wenn französisch man die Erste spricht,
So fällt die Zweite sehr dann in's Gewicht.
Und sprichst Du deutsch die erste Silbe aus,
So ragt die Zweite in die Luft hinaus.
Das Ganze dient dem Schiff im Sinn der Zweiten,
Willst Du die Silben auf französisch schreiben.

Redaction von A. W. Woll. Druck der Jäger'schen Buchdruckerei in Speyer.

Palatina.

Belletristisches Beiblatt zur Pfälzer Zeitung.

Nro. 72. | Speyer, Donnerstag, den 17. Juni | 1869.

* Die Verlassene.

„Du siehst ihn wieder!“ — Also flüstert
Die süße Ahnung in der Brust;
„Wenn auch dein Himmel sich umdüstert,
Bald lacht er dir in sel'ger Lust!“ —
O sagt mir nicht mit argem Munde:
„Es täuschet dich ein Bösewicht!“ —
Zwar schmerzt mich tief solch' schlimme Kunde,
Doch mein Vertrauen wanket nicht!

„Als er mir unter'm Blüthenbaume
Des Gärtchens seine Lieb' gestand,
Da lauscht' ich wie in wachem Traume
Dem süßen Worte unverwandt.
Dann sah ich ihm mit festem Blicke
In's treue liebe Angesicht,
Es wich der Zweifel schon zurücke,
Ja, mein Vertrauen wankte nicht!

Wie seltsam auch sein ganzes Wesen,
Als ich zum ersten Mal ihn sah,
Hab' Gutes ich doch drin gelesen,
Ich wußte nicht, wie mir geschah.
Ich achte nimmer Spott, noch Mahnen,
Weil's innig mir im Herzen spricht:
„Dich leitet gut dein süßes Ahnen!“ —
D'rum wanket mein Vertrauen nicht.

Dürkheim. Eduard Jost.

Pfälzische Sagen.

XI.

Der Mönchskopf auf Hardenburg.*)

Der Abt von Limburg lag mit dem Grafen von Hardenburg wegen verschiedener Gerechtsamen im Streite. Schwer war zu entscheiden, wer Recht habe oder Unrecht; der Abt pochte auf den [illegible], der Graf auf sein Schwert. Endlich zeigte sich dieser geneigt, die Sache gütlich auszugleichen, und so kam jener auf freundschaftliche Einladung nach Hardenburg geritten, ohne Begleitung, keine Hinterlist ahnend. Der Graf hocherfreut über den Besuch, ließ den geistlichen Herrn anfangs köstlich bewirthen, um ihn zutraulich zu machen, und fing dann von ihren gegenseitigen Zwistigkeiten zu reden an. Da aber der Abt gar nichts nachgeben wollte, veränderten sich des Grafen Züge und auf ein gegebenes Zeichen traten Bewaffnete herein, denen er mit donnernder Stimme befahl, den Abt in's Verließ zu werfen. Umsonst sträubte sich dieser. Nur Bitten und Nachgeben konnten ihn befreien, der Abt bat nicht, noch weniger gab er nach, und demgemäß ward er in's Gefängniß geworfen. Da kamen die Klosterknechte von Limburg gezogen, ihren Herrn zu befreien; sie fingen an zu stürmen, aber sie wurden mit blutigen Köpfen von den festen Bergmauern abgewiesen. Der dumpfe Kerker, das trockene Brod und das klare Wasser erweichten indessen in wenigen Tagen des Abtes Gemüth, so daß er willig nachgab und den ganzen Streit gütlich beilegte. Darauf ward er von Seiten des Grafen mit einem Ehrentrunk, sowie bei seinem Abritte mit dem Spott und Hohn der Knappen und Stallbuben entlassen. Zum Andenken an diese Begebenheit wurde ein Mönchskopf in Stein gehauen und in der Richtung nach Limburg an dem sogenannten Treppenthürmchen der Hardenburg eingemauert, wie noch heute zu sehen ist.

*) Hardenburg unweit Limburg bei Dürkheim. — M. Frey Beschr. des Rheinkr. II., 176. & [illegible] Hardenburg S. [illegible]

Die Zigeunerin.

Eine Novelle.

(Fortsetzung.)

Sie war unzweifelhaft eine sehr hübsche Frau, und wenn auch nicht gerade klassisch schön, doch mit jener Art von Reizen begabt, die besonders verführerisch sind. Ihr Alter war, nach eigener Angabe, siebenundzwanzig; allein da Jedermann wußte, daß bei einer Wittwe siebenundzwanzig nichts als eine Redefigur ist, so konnte deren Angabe an Stelle der richtigeren dreiunddreißig, nicht gerade als ein Betrug angesehen werden. Von den vielen Anträgen, welche ihr während des Wittwenstandes gemacht worden waren, hatte sie keinen einzigen der geringsten Beachtung würdig erachtet. Anders jedoch verhielt es sich, als Weston in die Reihe der Bewerber treten zu wollen schien. Alle Menschen sind für Schmeichelei mehr oder minder empfänglich, denn es ist eine Schwäche, welche Adam in die Welt gebracht und die wahrscheinlich erst mit dem letzten Menschen daraus verschwinden wird. Niemand wußte dies besser als Lady Woodfield, und Niemand verstand es besser als sie, Nutzen aus dieser Kenntniß zu ziehen. Weston mußte sich schmeicheln lassen, er mochte wollen oder nicht; und während er behauptete, keinen Gedanken an eine Verbindung mit der Dame zu hegen, befand er sich auf dem Wege zu Hymen's Tempel schon viel weiter, als er glaubte. Sicher im Bewußtsein seiner eigenen Kraft, hörte er George Grey's Warnung mit Gleichgültigkeit an, indem er zu sich selbst sagte: „Sie ist allerdings sehr intererstaunt, aber das letzte Weib in der Welt, das ich mir zur Frau wählen würde."

Eines Tages ging er langsam durch eine nicht sehr belebte Straße von London und dachte über die Abgeschmacktheit der in Betreff seiner circulirenden Gerüchte nach, als er plötzlich einen lauten Schrei aus einem Laden erschallen hörte, an dem er so eben vorüber gegangen war. Schnell dahin zurückkehrend, sah er mit dem ersten Blicke, daß schleunige Hülfe geleistet werden mußte. Er sprang in das Local hinein, riß seinen Rock ab und warf ihn um eine Dame, deren leichtes Musselinkleid in hellen Flammen stand, während der Verkäufer besinnungslos vor Schreck hin und her rannte und nicht wußte, was er thun sollte. Durch große Anstrengung und Geistesgegenwart gelang es Weston die Flammen zu ersticken, ehe sie der Dame einen andern Nachtheil hätten zufügen können, als ihr Oberkleid theilweise zerstören. Das sehr hübsche junge Mädchen befand sich durch diesen Unfall natürlich in heftiger Aufregung, der durch die Nachlässigkeit eines Knaben veranlaßt worden war, welcher, indem er durch den Laden ging, ein sich entzündendes Streichhölzchen hatte fallen lassen; allein bald erholte sie sich genügend, um ihrem Retter danken zu können.

„Wenn ich nicht irre," sagte sie mit den süßesten Tönen, „ist es Mr. Weston, dem ich diese rechtzeitige Hülfe verdanke?"

„Mein Name ist allerdings Weston," erwiderte er erstaunt, „allein verzeihen Sie mir, ich muß zu meiner Schande bekennen, daß ich mich nicht erinnern kann —"

„Er kann sich meiner nicht mehr erinnern," war ihr trüber Gedanke. Aber schnell diesen verdrängend, sagte sie laut: „Mein Name ist Angelo. Ich glaube Sie in Mrs. Armstrong's Hause gesehen zu haben."

„Ganz richtig, jetzt erinnere ich mich. Ihr Herr Vater ist Mr. Angelo in Highgate. Ich habe die Ehre, ihm nicht unbekannt zu sein, und Sie werden mir deshalb erlauben, Sie sicher bis zu Ihrer Wohnung zu geleiten. Nach einem solchen Schreck dürfen Sie nicht allein gehen."

Die junge Dame lehnte jedoch seine Begleitung mit vielem Danke ab und sagte indem er sie in den ihrer wartenden Wagen hob:

„Mein Vater wird Ihnen seine Aufwartung machen und den schuldigen Dank für das, was Sie für mich gethan haben, besser ausdrücken, als ich es vermochte."

Weston lehnte höflich allen Anspruch auf Dankbarkeit ab, sprach seine Hoffnung aus, daß der Unfall keine nachtheiligen Folgen für sie haben werde, empfahl sich und setzte dann seinen Weg fort, ohne weiter viel an das Ereigniß zu denken. Aber nicht so die junge Dame, welche er vielleicht von einem schrecklichen Tode errettet hatte.

Rosina Angelo war die Tochter eines Diamantenhändlers, welcher in Highgate, einer Vorstadt von London, wohnte. Er war zwar in England geboren, aber von ausländischer Abkunft und Wittwer, weshalb seine Tochter Rosina als alleinige Herrin im Hauswesen herrschte. Sie war jedoch nicht sein einziges Kind, denn er hatte zwei Söhne, von denen sich der eine in der Armee, der andere aber bei einer auswärtigen Gesandtschaft befand, und sie konnte deshalb nicht für eine große Erbin gelten, obgleich ihr Vater ein reicher Mann war. Sie war ein wohlgebildetes, stilles Mädchen, höchst anspruchslos und so zurückhaltend in Gesellschaft, daß sie von denjenigen, die sie nicht näher kannten, für kalt und empfindungslos gehalten wurde. Allein eine solche Annahme war sehr irrig. Ihre anscheinende Kälte war nur Zurückhaltung, welche aus Mangel an Selbstvertrauen entsprang und ihr angeblicher Mangel an Gefühl war die Ruhe eines denkenden Geistes. Beim ersten Anblick wurde ihre Schönheit von wenigen beachtet, weil sie nicht von jener blendenden Art war, welche das Auge mit vollem Glanze trifft; aber so wie der Tag nur allmälig heraufdämmert und mit jedem Augenblick heller und heller wird, so strahlte ihr liebliches Gesicht einen immer zunehmenden Glanz aus, je länger man es betrachtete. Das tiefblaue Auge war in Gegenwart von Fremden gewöhnlich niedergeschlagen und durch lange seidene Wimpern verschleiert, aber sein warmer Ausdruck verrieth ein warmes tieffühlendes Herz. Die Häuslichkeit war ihre eigentliche Sphäre. An andern Orten wurde sie oft durch untergeordnete Sterne verdunkelt, aber dort strahlte sie und verbreitete Licht und Glanz nach allen Seiten. Da ihr Vater im Rufe großen Reichthums stand, so fehlte es nicht an zahlreichen angeblichen Anbetern; allein die Schmeicheleien derselben wurden von ihr mit einer solchen Kälte aufgenommen, daß es unter Letzteren allgemein hieß, Rosina Angelo sei zwar ein recht hübsches Mädchen, aber ein höchst beschränktes und unempfindliches Wesen. Sie ahnten nicht, welche reiche Mine häuslicher Tugenden und warmer Gefühle unter dieser Eisdecke verborgen lag.

(Fortsetzung folgt.)

Heinrich Bürkel.

Ueber unsern dahingeschiedenen pfälzischen Landsmann bringt die „Allg. Ztg." folgenden Nekrolog: Am 10 Juni ist der Maler Heinrich Bürkel gestorben, 67 Jahre alt. Kaum hat einer unter den Kleinmalern der Münchener Schule einen solchen — fast möchte man sagen europäischen — Ruf genossen. Seine vergnüglichen Genrebilder sind durch ganz Deutschland verbreitet, in allen größeren Galerien und selbst in kleineren Privatsammlungen ist ein „echter Bürkel" leicht zu finden; es gehörte zum guten Ton einen solchen zu haben, und einen „guten" zu besitzen ist auch heutzutag noch erwünscht. Der Weg zur Kunst, die ihm Ehre, Ruhm und Vermögen bereiten sollte, wurde ihm anfangs schwer gemacht. Geboren am 9. Septbr. 1802 zu Pirmasens in der Rheinpfalz, bestimmten ihn seine Eltern, ehrliche Wirthsleute und Oeconomen, zum Kaufmannsstand, wogegen indessen der Junge sich also sträubte, daß er lieber fünf Jahre lang als Schreiber auf einem Friedensgericht den Leib krumm bog, bis er so viel erspart hatte um seinen Drang zu befriedigen, größere Städte zu besuchen und Oelgemälde zu sehen. So wallfahrtete er zuerst nach Straßburg, von wo er alles aufbot um seine nicht unbemittelten Eltern zu bewegen ihn in seinem gefaßten Entschluß, sich als Künstler auszubilden, zu unterstützen. Er hatte längst schon zu Pirmasens nach schlechten Kupferstichen und nach der Natur gezeichnet, sein väterliches Heim als Wirthshaus bot ihm manchen Stoff, indem er zur Belustigung seiner Freunde allerlei lustige Scenen, Schlägereien und andere spaßhafte Auftritte zu Papier brachte — Eindrücke von echt niederländischer Humoristik, die ihm sein Lebenlang einen künstlerischen Hochgenuß gewährten. Denn solche Dorf- und Wirthsscenen, wo die steinernen Krüglein auch zu andern Zwecken als zum Trinken verwendet werden, die ländliche Turnierlust an heißen Kirchweihtagen, Fuhr- und Ackerleute in etwaigen Verlegenheiten, bei umgestürzten Heuwagen, bei Regen und Donnerwetter — das war seine Welt, die ihn, mutatis mutandis, sein Lebenlang nicht verließ. Den hartnäckigen Widerstand der Eltern besiegte endlich der Regierungspräsident von Stichaner, welcher auf einer Durchreise, als Schiedsrichter befragt, so viel erwirkte, daß der Jüngling für ein Jahr eine Unterstützung erhielt, in welcher Zeit er seine Existenz finden oder wieder auf seinen verlassenen Posten zurückkehren müsse. Mit also kurz bemessener Frist kam Bürkel 1824 nach München; die unwiderrufliche Alternative bewahrte den Jüngling glücklich vor den langsam feierlichen Irrwegen der Academie. Er machte sich mit Georg von Dillis, Peter Heß, Quaglio, Dorner und Wagenbauer bekannt, soviel es ihm gut dünkte, studierte in den Galerien zu München und Schleißheim fleißig nach den geistverwandten Niederländern, nach Wouwermann, Wynants, Brouwer u. A., zeichnete Alles, was sich ihm darbot — und es ging, weil es mußte. Nach Ablauf der bestimmten Frist saß ein anderer in der Schreiberstube zu Pirmasens, Bürkel aber fuhr in Tirol und dem bayerischen Hochland umher, die er künstlerisch zuerst entdeckte und so zu sagen zur Kenntniß des übrigen Erdtheils brachte, bereicherte sich mit Studien, die er geschickt zu verarbeiten und zu verwerthen wußte, und bald galt sein Name, und seine immer in bescheidenen Dimensionen gehaltenen Bilder wurden gesucht. Von da an erklang auch das Volkslied in der Stadt, von da an wuchs die Liebe am Volksleben; Sitte, Sage, Spruch und Märchen tauchten wieder empor, man staunte über den waldfrischen Geruch dieser urweltlichen Kraft, bewunderte ihre Schönheit; die Dichter und Novellisten folgten langsam nach. Der Malerei aber gebührt das unverwelkliche Verdienst, das echte Volksthum bei uns entdeckt, und Sinn und Verständniß dafür wieder geweckt zu haben. Im Jahre 1831 reiste Bürkel mit eigenen Mitteln nach Italien und blieb zwei Jahre in Rom und Neapel, wo er mehrere treffliche Darstellungen aus dem italienischen Volksleben ausführte. Das war seine hohe Schule. Nach München zurückgekehrt, hatte er nun Stoff genug für sein ganzes Leben. Er malte Landschaften, mit Thieren und menschlichen Figuren staffirt, Scenen aus dem Leben, ernste und heitere, letztere immer mit Vorliebe, alles aber mit gleicher Meisterschaft. Obwohl Bürkel mit sorgsamster Ausführung arbeitete, so ist doch die Reihe seiner Bilder unbestimmbar und die Zahl unzählbar, denn er war fleißig und saß alle Tage vom frühesten Morgen bis zur Nacht hinter seiner Staffelei. Da entstanden nun die vielen umgefallenen Heuwagen, welche sich bisweilen zur Abwechslung in Postkutschen, Omnibusse und Reisefuhrwerke verwandelten, dann die Heimkehr ländlicher Schützen, besonders der durch Hohe's Lithographie unsterblich gewordene Einzug von der Bärenjagd, die Schützenkönige; ihnen zur Seite gingen allerlei Scenen aus den pontinischen Sümpfen und der römischen Campagna mit Eselcavalcaden, breitgehörnten Büffeln und schmutzigen Schweinen, mit Reisenden, Bettlern, Banditen, Spitzbuben, Weibern, Mönchen und Lazzaroni; dazwischen kamen allerlei Morgen und Abende aus Tirol, Maulthiertreiber, Jahrmärkte mit Kameel- und Affenführern, glänzende Winterlandschaften und ein sommerliches Gewitter und Regenwetter, ein so gewaltiges Gießen, Schütten und Stürmen, als wären die Schleusen des Himmels zu einer neuen Sündfluth in den Bergen aufgezogen. Ein solches Bild von unwiderstehlicher Komik ist z. B. nach Partenkirchen verlegt: wolkenbruchartig regnet's über der ganzen Leinwand, von den Dächern plätschert es in Wasserwellen, die Dachrinnen haben sich die ganze Dorfzeile hinauf in Quellen und Brunnen verwandelt, der Weg in einen Bach, durch welchen angstvoll und blökend die überraschte Heerde von den Weideplätzen hereinsprengt. Bürkel's Bilder zeigen immer eine wohldurchdachte Composition, eine richtige Zeichnung, kräftige saftige Färbung und eine geistvolle heitere Darstellung des Lebens, aber Anmuth und rund fließende Schönheit blieb ihm zum guten Theil versagt. Die entschiedene Vorliebe für das scharf Charakteristische machte ihn (wie Förster, Geschichte der deutschen Kunst, 5. Bd. S. 194 richtig bemerkt) „häßlich", ihm war es möglich dem Rohen, Gemeinen, Häßlichen eben so viel Geschmack abzugewinnen wie dem Gemüthlichen, obwohl damals die „Aesthetik des Häßlichen" noch nicht entdeckt war. Aber wer kann gegen seine Natur? Bürkel selbst hatte einen knorrigen Humor, eine trockene Laune, seine Redeweise war wie eine moderne Uebersetzung des seligen Theophrastus Paracelsus, ein seltsames Gemisch von Gefühl und Burleske, eine ungesuchte Tropensprache, wie unter den Tannenzapfen aufgewachsen und immer in Zwilch und Drillich, ungeschlacht, derb und gewaltig, wie seine ganze eichbaumartige Gestalt, mit dem fest auf den breiten Schultern sitzenden Haupt und den daraus scharfblitzenden Augen.

So malte er nun fort und fort, viele Jahre in seiner Weise. Nur einmal ließ er sich verführen und schuf ein Wüsten- und Steppenbild, wurde seines Fehls aber gleich gewahr, als ein blondhaariger Sohn Albions dasselbe augenblicklich nach der geographischen Länge und Breite berechnete, und in das Herz der steinigen Sinai-Halbinsel verlegte, allwo unser Britte selbst einen Kamelsturz erlebt hatte. Der kühle Mann vom Themse-Strand war Feuer und Flamme darüber geworden; erst als der ehrliche Bürkel auf das hohe Gebot hin versicherte: „er gebe das Bild gern dafür, habe aber dasselbe aus der Phantasie gemalt, dieweilen er selber südlich nie über Neapels Gefilde hinabgekommen" — und der Britte darauf augenblicklich den Handel abgebrochen, das „Geschäft" rückgängig gemacht und zornig von dannen gefahren war, erkannte der Maler seinen Irrthum, blieb in seinem Bereich und nährte sich tüchtig und redlich. Er malte aus der Campagna, aus Tirol, aus den Bergen und dem Rebhügelgelände der Pfalz, er malte weiter und weiter, länger als es gut und seinem Namen nützlich und nöthig war, bis seine Augen und Hand schwach wurden. Verdrießlich sah er auf den jüngern Nachwuchs und auf die neue Vorliebe für Farbe; eine Kluft lag zwischen ihm und der neuern Zeit, die er nicht mehr überbrücken wollte. Kam es zur gelegentlichen Berührung und trat ihm einer zu nahe, dann platzte das langverhaltene Unwetter, wobei es nicht immer lustig war zuzuhören. Im Grunde seines Herzens nahm er es streng und ernst mit der Kunst, sie war ihm eine heilige Angelegenheit; zuletzt, da es doch nicht mehr zu ändern war, gab er sich darein, zog sich zurück und ruhte auf seinen wohlverdienten Lorbeeren aus, welche immer grün bleiben werden.

Miscellen.

London, 11. Juni. Eine gestern in der Spitzenklöppelfabrik der Herren Lowe u. Co. zu Bingley bei Bradford stattgehabte Dampfkessel-Explosion war von schrecklichen Folgen begleitet. Der Kessel wurde von seinem Platze mit ungeheurer Gewalt in die Luft geschnellt und fiel 40 Ellen davon als formlose Masse zu Boden. Die Werkstatt, in der er stand, sowie zwei angrenzende Arbeitslokale verwandelten sich in einem Nu in einen Ruinenhaufen, unter dessen Trümmern die in den Räumen befindlichen Arbeiter, Insassen der benachbarten Landhäuser und viele Kinder, die in der Nähe der Unglücksstätte spielten, begraben wurden, während große Steine und Trümmerstücke nach allen Richtungen der Stadt hinflogen und zahllose Verletzungen und Beschädigungen verursachten. Im Ganzen sind bis jetzt neun Leichen aus dem Schutt hervorgezogen worden, darunter die eines Sohnes des Fabrikherrn und mehrerer Kinder wohlhabender Fabrikanten des Ortes. Die Gesammtzahl der Getödteten schätzt man auf nicht weniger als zwanzig, während die Anzahl der Schwerverletzten noch viel größer ist, von denen die Gattin und ein zweiter Sohn des Fabrikbesitzers kaum den Tag überleben dürften.

An die Pacific-Eisenbahn knüpft sich bereits ein ziemlich reicher Anekdotenschatz. Die letzte Neuigkeit ist die, daß die Indianer ihre Gottheiten um eine neue — die Locomotive — vermehrt haben. Den Grund hierzu erklären amerikanische Blätter folgender Maßen: Eine Anzahl Indianer hatten ein Riesenungethüm mit zwei feurigen Augen unter furchtbarem Getöse durch Berg und Thal laufen sehen und glaubten einen neuen Gegenstand für ihren aristokratischen Sport gefunden zu haben. Sie legten sich daher in den Hinterhalt, spannten ein Seil über den Weg, den sie das Ungethüm mit auffallender Regelmäßigkeit hatten kommen sehen, und hielten dasselbe, etwa 30 Mann auf jeder Seite, fest. Um die gewohnte Stunde kam die Locomotive herangebraust und fuhr wider das Seil, worauf die Indianer einen unfreiwilligen Tanz aufführten, der an das Zauberhorn des Oberon erinnert und der den besten Kräften eines modernen Kunstreitertrupps Ehre gemacht hätte. Die frommen Indianer empfanden Gewissensbisse und befleißigten sich, die gegen den unbekannten Gott begangene Sünde durch eifrige Anbetung zu sühnen, um nicht dessen furchtbares Strafgericht auf sich herab zu beschwören.

Herr Adam White, einer der unerschrockensten Tigerjäger in Ostindien, hat jüngst einen schrecklichen Kampf zu bestehen gehabt. Der „Sun" erzählt nach den Aeußerungen des Herrn A. White folgender Weise: „Ich war noch nicht lange das Thal hinaufgewandert und stieß eben auf den Saume der Nullah, in welche sich der Tiger zurückgezogen hatte, als ich noch allen Seiten sorgfältig um mich spähend, ein leises, tiefes Brummen vernahm, das immer dem Angriffe dieses wilden Thieres vorangeht. Kaum hatte ich Zeit, nach der Richtung, von welcher dieser unheimliche Ton kam, hinzublicken, als ein prächtiger Tiger aus einem Gesträuche, wo er gänzlich verborgen gewesen, ungefähr 20 Schritte entfernt, sich auf mich stürzte. Ich richtete meine Doppelbüchse auf seinen Kopf, feuerte den rechten Schuß ab, und streifte die Kugel nur seinen Schädel und drang an der Wurzel des Ohres ein, ohne ihn schwer zu verwunden. Durch diesen Empfang wurde er einen Augenblick stutzig, warf sich dann aber mit größerer Wuth mir von Neuem entgegen, wobei ihn mein zweiter Schuß aus nächster Nähe in die volle Brust traf. Die Wunde war tödtlich, aber der Sprung des Tigers auf mich war so ungestüm gewesen, daß er mich in Verwendung seiner letzten Lebenskräfte mit furchtbarer Wucht traf und ich mit ihm von der Nullah eine Höhe von ungefähr fünfzehn Fuß hinabstürzte. Wir gelangten zusammen unten an, wo ich bald wieder zu mir kam und mich unter meinem todten Gegner fühlte, dessen enormer Kopf auf meinem linken Arme lag und mein Gesicht mit Blut übergoß. Nach vielen Anstrengungen befreite ich mich von ihm, doch fand ich, als ich aufzustehen versuchte, daß mein Bein gebrochen war. In diesem Augenblicke begannen meine Flintenträger, die beim ersten Anblicke des Tigers davon geeilt waren, in ihrem Schrecken auf denselben auf eine für mich sehr beunruhigende Weise zu feuern. Eine Stunde nachher hatte man ein Tragbett bereitet und wurde ich zu meinem Lager getragen, der Tiger hinter mir her von einem Eingeborenen und den Hindus der Nachbarschaft." So weit die Erzählung des Herrn A. White, der in das Artillerie-Hospital von Jubbulpore gebracht, dort den erlittenen Verletzungen unterlegen ist.

* Räthsel.

Mit G, sie jetzt zum Spiele eilen
Ich selber bin es auch zuweilen.
Mit H, in einer Stadt geboren,
Ganz nah und hart an Frankreichs Thoren.
Mit I, im Wald ein wildes Thier,
Im tiefen Winter hab ich's hier.
Mit K, wird auch das Thier geschrieben,
Doch besser wär's mit i geblieben.
Mit L, verwahrt es edle Gaben,
An denen sich die Menschen laben.
Mit P — wie strebt' kein Geist so weit!
Sein Name trägt Unsterblichkeit.

Auflösung des Räthsels in Nr. 70.

Wechselstempelsteuer.

Redaction von K. A. Woll. Druck der Jäger'schen Druckerei in Speyer.

Palatina.

Belletristisches Beiblatt zur Pfälzer Zeitung.

Nro. 73. | Speyer, Samstag, den 19. Juni | 1869.

Pfälzische Sagen.

XII.

Das graue Männchen.

Von Daniel [illegible].

Es war einmal ein Bäckermeister
Zu Pirmasens, 's ist euch bekannt,
War nächtlich auch zur Stund' der Geister
Ein graues Männchen ihm zur Hand.

Das heizt den Ofen, rührt sich tüchtig,
Er knet' die Viele, siebt das Mehl,
Und alles geht so flink und flüchtig,
Und Weck und Brod wird ohne Fehl.

Verschlafen oft und widerwillig
Ist unser Meister aufgewacht,
Doch sieht die Arbeit jetzt er fertig,
Wie hat ihm 's Herz im Leib gelacht!

Da denkt er schmunzelnd: „ein Geselle,
Der weder Kost noch Lohn begehrt,
Der ist doch wahrlich auf der Stelle
Noch mehr als Doppelt andre werth.

Nur möchte ich ihn schaffen sehen,
Wie flink und wie geschickt er ist,
Wird' heute auf die Wache gehen,
So ich's nur klug zu machen wüßt'!

Doch halt, ich hab's! ich werde passen,
Dem lieben Bürschchen zu Lust und Freud
Ein rothes Röcklein machen lassen,
Und kann es sein, noch lieber heut'."

Und richtig kommt das Männchen wieder,
Will gleich an seine Arbeit gehn,
Da tritt er vor mein kluger Hüter,
Und vor dem Männchen bleibt er stehn.

Er hält das Röcklein ihm entgegen,
Im Munde noch des Dankes Wort
Um seiner guten Dienste wegen —
Und husch! da war mein Männchen fort.

Es wartete zum guten Ende
Das Märchel in der Pfalz auf ihn
Und moralt: Du kannst nun deine Hände,
Mein lieber Bäcker, selbst bemüh'n.

Und wenn der [illegible] nützlich hätte,
Hat keinen Zeug er selbst gemacht,
Und wenn er dastand, schaut und schwitzte
Ob er an's Männchen recht gedacht.

Die Zigeunerin.

Eine Novelle.

(Fortsetzung.)

Jener Gleichgiltigkeit ungeachtet gab es doch ein männliches Wesen, dessen Blicke und Worte ihr ein mehr als gewöhnliches Interesse abgewonnen hatten, und dies war Weston. Sie hatte ihn oft in den Gesellschaften der Mrs. Armstrong gesehen, wo Lady Woodfield die herrschende Schönheit war, und hatte im Stillen fast gewünscht, einen eben so glänzenden Verstand und ein eben so leichtes Benehmen zu besitzen, wie diese Dame, deren Eigenschaften augenscheinlich einen großen Reiz für ihn hatten. Zu andern Zeiten wunderte sie sich jedoch darüber, wie sie überhaupt so oft an einen Mann denken konnte, der ihr nie die geringste Aufmerksamkeit bewiesen hatte.

Es war nicht sein Aeußeres, seine Persönlichkeit, was sie anzog, sondern es waren die hochherzigen Gesinnungen, welche sie ihn in Gesprächen mit Andern in wohlklingender, beredter Sprache hatte äußern hören, und die sie unwillkürlich mit dem faden und frivolen Geschwätz anderer Männer verglich. Kein Wunder also, daß nach jener Handlung, welche ihm einen Anspruch auf ihre Dankbarkeit gab, ein noch wärmeres Gefühl in ihrer Brust zu keimen begann. Sie wurde tiefsinnig, zu Zeiten fast melancholisch, machte gern einsame Spaziergänge und fand einen besonderen Genuß darin, sich jenes schreckliche Ereigniß mit allen einzelnen Umständen in das Gedächtniß zurückzurufen, welches ihr das Recht verliehen hatte, ihn ihren Retter zu nennen, — ein Recht, das sie nicht für alle Schätze Indiens aufgegeben haben würde.

Als sie sich eines Morgens mit ihrem Vater beim Frühstück befand, sagte Letzterer, ohne zu ahnen, welches Interesse der von ihm berührte Gegenstand für sie hatte:

„Es ist doch Jammerschade, daß ein Mann wie Weston sich an eine so herzlose Coquette wegwirft, wie diese Lady Woodfield ist."

„Woher weißt Du, daß das seine Absicht ist, lieber Vater?" fragte Rosina, während ihre Hand, mit der sie ihm den Kaffee einschenkte, etwas zitterte.

„Je nun, man spricht ja schon seit längerer Zeit ganz allgemein davon, so daß ich es für eine abgemachte Sache halte. Es thut mir leid um ihn, denn er wird diesen Handel theuer bezahlen müssen. Allein wenn ein Mann sich durchaus seinen Verstand will wegschmeicheln lassen, so muß er auch die Folgen tragen."

Rosina verstand nicht die volle Bedeutung dieser Bemerkungen, welche sich auf Mittheilungen bezogen, die ihm in seinen Geschäftsverbindungen als Diamantenhändler gemacht worden waren, und vermöge deren er in Erfahrung gebracht hatte, daß Lady Woodfield, nachdem bereits ihre sämmtlichen Juwelen für eine Summe verpfändet worden waren, jetzt noch ein neues Darlehn unter dem Vorgeben erheben wollte, daß sie mit dem reichen Mr. Weston verlobt sei. Wenn er ein vertrauter Freund des Letzteren gewesen wäre, so würde er keinen Anstand genommen haben, ihm über diese Dinge die Augen zu öffnen; allein seine Bekanntschaft mit ihm war nicht von der Art, um eine Einmischung in ein so delicates Verhältniß zu rechtfertigen. Die einzige Person, der er deßhalb diese zufällig erlangte Kenntniß von den Umständen der lebenslustigen jungen Wittwe mittheilte, war seine Schwägerin, eine unverheirathete Dame, welche unweit von ihm wohnte und, da Rosina ihre Tante sehr lieb hatte, fast täglich in sein Haus kam.

Miß Somerset war eines jener gutherzigen weiblichen Wesen, die, wenn sie den Meridian des Lebens überschritten, die warmen und heitern Empfindungen der Jugend nicht hinter sich lassen und vergessen; und obgleich sie selbst nur wenig Erfahrung in der Liebe hatte, so wurde es ihr doch nicht schwer, das Vorhandensein dieser Leidenschaft bei andern zu erkennen. Sie hegte deßhalb keinen Zweifel, daß dies auch mit ihrer Nichte der Fall sei, und sagte oft zu sich selbst: „Schade, daß er sie nicht besser kennt! Das Mädchen ist mehr werth als hundert solcher Weiber, wie diese Lady Woodfield!"

II.

Lady Woodfield hatte im Stillen alles gethan, was in ihrer Macht stand, um im Publikum den Glauben zu verbreiten, daß sie auf dem Punkte stehe, sich mit Mr. Weston zu vermählen, dessen Zögern mit der erwarteten Erklärung ihr bereits Unruhe zu verursachen begann. Sie hegte zwar keine Zweifel in Betreff seiner Absichten, aber sie hatte ihre besondern Gründe, die Schritte des Bewerbers möglichst zu beschleunigen. Nachdem sie zu diesem Zwecke mehrere Pläne entworfen und wieder verworfen hatte, entschloß sie sich endlich, einen Ausflug auf das Land zu arrangiren, indem sie hoffte, bei dieser Gelegenheit — vielleicht durch einen einsamen Spaziergang mit dem Erwählten — die Sache zur Krisis und den Zögernden zu einem entscheidenden Schritte zu bringen. Als sie Gewißheit darüber hatte, daß Letzterer geneigt war, sich dem Ausfluge anzuschließen, traf sie eiligst die nöthigen Vorbereitungen. Unter den Eingeladenen befanden sich auch Rosina Angelo und Miß Somerset. Die Tante hatte jedoch die Theilnahme an der Vergnügungspartie unter dem Vorwande abgelehnt, daß sie sich zu erkälten fürchte, da das Wetter bei solchen Gelegenheiten in der Regel eine nasse Wendung nehme. Rosina sollte sich deshalb der Armstrong'schen Familie anschließen, welche ihr einen Platz im Wagen anbot.

Sie hatte Weston seit jenem denkwürdigen Tage nicht gesehen, an dem sie ihm ihre Rettung vom Feuertode verdankte, und freute sich darauf, wieder mit ihm zusammen zu kommen, obgleich ihr das herrschende Gerücht von seiner Verlobung mit Lady Woodfield bekannt war, und obgleich sie die Ueberzeugung hatte, daß er, ungeachtet jenes ihr geleisteten Dienstes, nicht das geringste Interesse für sie hegte; denn ihr Vater hatte ihn auf die freundlichste Weise zu einem Besuche in seinem Hause eingeladen, allein er hatte dieser Einladung nicht entsprochen.

Der für den Ausflug bestimmte Tag war hell und klar; so weit das Auge reichte, sah es nichts als einen blauen Horizont. Der erwählte Ort war ein kleines, ungefähr zwölf Meilen von London entlegenes Gehölz, wohin mehrere Dienstboten mit wohlgefüllten Körben, Polsterkissen für die Damen und allen anderen Erfordernissen zu einem ländlichen Banquet nach Zigeunerart vorausgeschickt worden waren. Drei offene Wagen, welche an verschiedenen Stellen des Weges zusammentrafen, enthielten die Damen und die älteren Herren der Gesellschaft, während die jüngeren ihre eigenen Pferde ritten. Unter ihnen befanden sich auch George Grey und Weston, welcher Letztere sich dicht an der Seite von Lady Woodfield's Wagen hielt und eine sehr lebhafte Unterhaltung mit ihr führte.

„Sie hat ihn fest, das ist klar," sagte Mr. Armstrong, welcher mit seiner Gattin und Rosina Angelo im nächstfolgenden Wagen saß.

„Es sieht in der That so aus," versetzte die Frau, „aber ich hätte geglaubt, daß er sich eine Andere wählen würde. Lady Woodfield ist eine ganz angenehme Gesellschafterin, allein —"

„Still, still, nichts davon!" unterbrach sie Mr. Armstrong. „Wenn ein Mann die ihm gelegten Fallen und Schlingen durchaus nicht sehen will, so muß er darauf gefaßt sein, darin gefangen zu werden."

Gedankenvoll hörte Rosina diesen Bemerkungen zu, welche mit den neulichen Anspielungen ihres Vaters in Betreff dieser Dame so genau übereinstimmten, und konnte nicht umhin, den eleganten Reiter mit ängstlichem Interesse zu beobachten, während er neben dem Wagen der Zauberin ritt und seinen Kopf zu ihr niederbeugte, um, wie es schien, keine Silbe ihrer Lippen zu verlieren. Sie bot augenscheinlich Alles auf, um ihm zu gefallen, und ihre Bemühungen schienen nicht vergeblich zu sein; denn sein häufiges Lachen bewies, daß er von ihren Gesprächen mindestens amüsirt wurde, was in solchen Fällen häufig schon ein großer Vortheil ist. Lady Woodfield war in vortrefflichster Laune, denn sie glaubte sich auf sicherem Boden zu sehen und zweifelte nicht, daß ihr Triumph in wenigen Stunden vollendet sein werde.

Kurz nach Mittag erreichten die Wagen das Gehölz, einen in der That reizenden und ganz geeigneten Ort, um einen zaudernden Liebhaber zum entscheidenden Schritte zu bringen. Die Wagen und Pferde wurden verlassen und der Obhut der Dienstboten übergeben, worauf die Gesellschaft sich in der heitersten Stimmung nach dem Orte begab, wo die auf Rasen ausgebreiteten Erfrischungen ihrer warteten. Man nahm ein leichtes Frühstück ein, worauf Lady Woodfield, welche einstimmig als die Leiterin des Ganzen angesehen wurde, den Vorschlag machte, daß die Gesellschaft sich zwei Stunden lang zerstreuen und nach deren Ablauf zu dem inzwischen unter dem Schatten prächtiger Kastanienbäume zu servirenden Mittagsmahle wieder einfinden solle. Dieser Vorschlag wurde von Allen angenommen. Die Dame ergriff sodann Weston's Arm, schlug einen kleinen Fußpfad mit ihm ein und verschwand sehr bald im Gebüsche, während die Andern in kleineren und größeren Gruppen zurückblieben.

(Fortsetzung folgt.)

* Das olympische Theater zu Vicenza.

Von Dr. G. Jäger.

(Fortsetzung.)

Bei den Römern hatten die Theater lange nicht den hohen Werth und die weitgreifende Bedeutung für die Bildung des Volks, wie bei den idealen und mit einem so hervorragenden Sinn für Schönheit und Maß begabten Griechen. Die Ziele des römischen Volkes waren auf das Großartige und Praktische gerichtet, und lange Zeit war die einheimische Bühne, auf welcher sich die etruskischen Gaukler producirten, bei den besseren Familien verachtet. Noch in der Spätzeit der Republik wurde ein Gesetz erlassen, welches sich gegen die hellenische Sitte und die einreißende Verweichlichung aussprach; aber der Luxus und die überhandnehmenden Reichthümer hatten schon zu viel Verheerungen in den alten strengen Ueberlieferungen angerichtet. Pompejus durfte es wagen, trotz der Abneigung der alten republikanischen Partei, ein großes Theater zu bauen; doch sagt man, er habe es dadurch gegen das Gesetz geschützt, daß er auf die obersten Stufen einen Tempel erbaute und so das Gebäude heiligte.

Der Hauptsache nach war das römische Theater in gleicher Weise eingerichtet, wie das griechische; aber besondere Bedürfnisse brachten auch wieder besondere Veränderungen hervor, den Eigenthümlichkeiten der Römer entsprechend. Abgesehen von der Großartigkeit, mit welcher in späteren Zeiten die römischen Theater erbaut wurden, besteht die Haupteigenthümlichkeit derselben, wodurch sie sich besonders von den griechischen unterscheiden, darin, daß die Tänze des Chores fehlten und man die Orchestra für die Sitzplätze der Senatoren, Ritter und bevorzugten Personen verwendete; daher konnte man auch nicht mehr, wie es die Griechen gethan hatten, die Bühne zehn Fuß und noch höher über die Orchestra legen; der Höhenunterschied mußte geringer sein, indem sonst die unten sitzenden Personen nicht gut der Handlung hätten folgen können. Weil jetzt der Chor, dem die Orchestra verschlossen war, auf der Bühne sich bewegen mußte, so entstand wieder die Nothwendigkeit, das Proscenium etwas breiter zu machen und die Scene selbst mehr in die Tiefe zu rücken. So wurde die Bühne eben so tief, wie die durch die Senatoren eingenommene Orchestra.

Die Kunst der Decorations-Veränderungen, welche die Griechen bei der Einheit von Ort, Zeit und Handlung in ihren Dramen fast gar nicht pflegten, war dagegen bei den prachtliebenden Römern schon mehr entwickelt.

Treten wir in ein antikes Theater, so sehen wir im Hintergrund der breiten, aber nicht sehr tiefen Bühne die Scene, welche die Façade des königlichen Palastes darstellen sollte. In der Mitte befand sich eine durch Größe und Decoration besonders hervorragende Thüre, die regia porta, durch welche die zur fürstlichen Familie gehörenden Personen eintraten. Zu beiden Seiten waren noch zwei kleine Thüren, die eine für die Frauen und die Dienerschaft, die andere für die Gäste des Hauses, denn die wirthschaftlichen Räume waren auf der einen, die Gastzimmer auf der andern Seite des Palastes. Diese Scene hieß scena stabilis, weil sie die ständige Decoration vorstellte. Sie war in reicher Abwechslung mit Säulen, Nischen, Statuen, Reliefs und Marmor geschmückt, und ihre Höhe war gleich der höchsten Linie des Zuschauerraumes. Konnte man diese Scene nicht verwenden in der Handlung, so wurde sie bedeckt durch die scena ductilis, die auf Leinwand gemalt war und so legen je nach Bedürfniß mehrere dieser vorhangartigen Bilder übereinander. Man zog dann den einen Hintergrund nach dem andern hinweg, um so stets die richtige Decoration zu erhalten.

Die Seitendecoration hatte bei der geringen Tiefe der Bühne nur eine untergeordnete Bedeutung. Man bediente sich, um sie herzustellen, eines großen Stückes Holz oder Stein, welches wie eine dreieckige Säule aussah und um einen aufrecht stehenden Zapfen gedreht werden konnte. Jede der drei Seiten war verschieden bemalt, für die Tragödie, Komödie und Satyre, und nach Umständen wurde die eine oder andere Seite dem Zuschauerraum zugewendet, um so die Decoration der Scene zu ergänzen. Dies waren die sogenannten versurae und die ganze Seitendecoration hieß scena versilis.

Vor der Scene war die Bühne, das pulpitum oder proscenium; sie war, wie schon bemerkt, möglichst lang, damit das Theater recht breit würde und, obwohl bei den Römern breiter als bei den Griechen, doch immer noch möglichst schmal, damit wegen der offenen Decke kein Schall verloren ging. Vor der Bühne war die Orchestra, ein halbkreisförmiger Raum für die Sitze der vornehmen Personen. Gegen den eigentlichen Schauspielerraum war sie geschlossen durch eine niedrige Mauerbrüstung, von welcher aus dann die halbkreisförmigen Sitzreihen des eigentlichen Zuschauerraums, der sogenannten cavea, sich erhoben; dieser Raum war mit Säulen und Statuen geschmückt, und damit Jedermann den vorher angewiesenen Platz leicht finden, damit also das Theater sich rasch füllen und entleeren konnte, waren die Stufen in doppelter Weise eingetheilt. In bestimmten Abständen war nämlich eine Stufe breiter als die anderen angelegt, so daß sie einen halbkreisförmigen Umgang bildete, eine sogen. praecinctio. Sie entsprach ungefähr dem, was in unseren Theatern Rang genannt wird, und von ihr aus waren die Zugänge zu den einzelnen Sitzen.

Eine zweite Eintheilung der cavea geschah von Unten nach Oben durch kleine zwischen die größeren Stufen eingelegte Treppen, welche sich, von Unten ausgehend, nach Oben erstreckten und das Hinaufsteigen erleichterten. Dadurch bildeten sich in den Sitzreihen Keile, cunei, und das Theater hatte so eine doppelte Eintheilung, sowohl horizontal als vertical durch die Praecinctionen und die kleinen Zwischentreppen.

Jede der verschiedenen Abtheilungen hatte ihren eigenen Eingang, vomitorium genannt, so daß die vielen Tausende von Menschen, die in solchen Theatern sich sammelten, ohne den geringsten Unfall und ohne sich gegenseitig zu stören, rasch sich entfernen konnten.

Wie schon wiederholt bemerkt, war der Zuschauerraum durchaus nicht gedeckt, und nur in dem vorzüglichsten Comfort kam der Gebrauch auf, bei starkem Sonnenschein oder bei Regen das Theater mit einem großen Tuch, velum, zu überdecken, das auf Mastbäumen aufgespannt wurde. Dazu gesellten sich noch nebst verschiedenen andern Genüssen, die den Zuschauern geboten wurden, in der späteren Zeit Besprengungen des Publikums mit wohlriechendem Wasser, wie es uns ein aufgefundener Theateranschlag in Pompeji kund gibt.

(Fortsetzung folgt.)

Miscellen.

(Brüderliche Liebe.) Als der Schneidermeister Sch. in der Zimmerstraße zu Berlin am Sonntag Abend mit seiner Familie von einer Landpartie zurückkehrte, fand er, daß ihm sowohl seine sämmtlichen Gold- und Silbersachen, als auch verschiedene Kleidungsstücke, sowie Tuchstoffe gestohlen worden waren. Schon der Umstand, daß die Thüren der Wohnung vollständig verschlossen gefunden waren, wies darauf hin, daß nur eine mit den Lokalitäten vertraute Person den Diebstahl verübt haben konnte und als der Schneider im Hause recherchirte, erfuhr er, daß man zwei Männer bei seiner Wohnung gesehen hatte, von denen, nach der Beschreibung, der eine sein eigener Bruder gewesen sein mußte. Eine Haussuchung, die bei dem letzteren abgehalten wurde, bestätigte den Verdacht.

Caub, 14. Juni. Unterhalb unseres Städtchens ist eben ein Bergrutsch im Gange und haben bereits die drei zunächst bedrohten Häuser geräumt werden müssen.

(Freimaurer-General-Versammlung.) Am Ende dieses Monats wird in Berlin ein großer Convent der Freimaurerlogen stattfinden, auf dem es sich um Feststellung höchst wichtiger Prinzipien handeln soll. Dem Vernehmen nach sollen sich bereits gegen 400 Deputationen von Logen aus allen Theilen der Welt angemeldet haben.

(Originelle Kunstbewerbung.) Ein ungarischer Bildhauer hatte, wie „Hon“ erzählt, unlängst das Modell einer Statue im National-Casino ausgestellt, in der Hoffnung, es werde sich vielleicht irgend ein reicher Mäcen finden, der das Werk bei ihm bestellen wird. Nachdem er jedoch lange vergeblich gewartet hatte, erkundigte er sich endlich bei der Dienerschaft, was denn mit dem Modell geschehen sei, worauf er die Antwort erhielt, mehrere junge Herren hätten dasselbe in der Mitte des Billards gestellt und seien dann, allerlei Wetten machend, darüber gesprungen. Eine solche Auszeichnung, meint „Hon“, ist wohl seit Phidias bis auf Thorwaldsen herab noch keinem Bildhauer widerfahren.

London, 13. Juni. Die transatlantische Kabelgesellschaft, welche gestern ihre Jahresversammlung abhielt, zahlt ihren Actionären für dieses Jahr etwas über 24 pCt. Dividende, ein Resultat, welches um so befriedigender scheint, als die Ausbesserung des einen schadhaften Kabels 10,000 Pfd. St. gekostet hatte und eine bedeutende Ermäßigung des Tarifs vorgenommen worden war. Trotz dieser mehren sich die Einnahmen, und in den ersten zehn Tagen dieses Monats betrugen die täglichen Einnahmen 695 Pfd. St. gegen 442 Pfd. St. in der entsprechenden Zeit des vorigen Jahres. Die Gesellschaft ist eben daran, eine neue Linie von London nach Batavia herzustellen und hofft, vermittelst dieser den Verkehr nach Amerika schon zu Anfang des nächsten Jahres bedeutend beschleunigen zu können.

London, 13. Juni. Die Zahl der Eisenbahn-Unfälle mit tödtlichem Ausgange, welche sich in den 5 Jahren 1863 bis 1867 in England und Wales ereigneten, beträgt 4715, und zwar wurden 2705 Personen überfahren, 196 fielen aus einem Waggon oder von der Locomotive herunter; in Folge von Zusammenstößen starben 91, durch Entgleisung 83, durch Dampfkessel-Explosion 10 u. s. w.

Nach einem Berichte an die französische Akademie der schönen Künste von ihrem Secretair Herrn Beulé, sind in Rom sehr interessante antike Wandmalereien aufgedeckt worden. Man weiß, daß auf dem palatinischen Hügel bei der späteren Erbauung und Erweiterung der Kaiserpaläste eine Einsenkung zwischen den beiden Gipfeln des Hügels ausgefüllt und überbaut wurde. Bei der Gelegenheit wurden Baulichkeiten an dieser Stelle zum Theil verschüttet, zum Theil auch als Substruction verwandt, und so sind Räume unterirdisch geworden, die früher über der Erde waren. Solche Räume sind bei den neuesten Ausgrabungen mehrfach freigelegt worden, und so auch das Haus, worin die Malereien gefunden wurden. Man hat ein Vestibul gefunden, dessen Wände eine gemalte architektonische Decoration tragen, nicht so phantastisch und spielend wie die pompejanischen Malereien dieser Art, sondern in wirklichen baulichen Formen, Säulen, Kapitälen, Gesimsen u. s. w. In einem daran stoßenden Saale finden sich Gemälde in größerem Maßstabe und strengerem Styles wie die pompejanischen, sonst aber die gewöhnlichen mythologischen Motive darstellend: Galatea, Polyphem und mit Amoretten und Argo, Jo und Merkur. Die Namensinschriften zu den Figuren sind griechisch. Das Interessanteste aber ist das Wandbild der Thür gegenüber. Hier hat der Maler ein offenes Fenster dargestellt mit einem Durchblick in eine Straße mit allen Einzelheiten der Gebäude und einigen Figuren. Es ist das erste Mal, daß ein antikes Gemälde gefunden wurde, welches ein so deutliches Bild von dem gewöhnlichen Leben im alten Rom gibt. Ein französischer Maler, Herr Hector Leroux, wird diese Bilder copiren, bevor sie verblassen.

Redacteur von A. E. Wolf. Druck der Jäger'schen Druckerei in Speyer.

Palatina.

Belletristisches Beiblatt zur Pfälzer Zeitung.

Nro. 71. Speyer, Dienstag, den 22. Juni 1869.

Die Zigeunerin.

Eine Novelle.

(Fortsetzung.)

„Das nenne ich kaltblütig“, bemerkte ein Herr lachend, indem er den Verschwindenden nachblickte.

„Ich möchte es selbstsüchtig nennen“, sagte ein Anderer, „aber hüten wir uns, ihnen in den Weg zu kommen!“

Das Paar, dem diese Spöttereien nachgesendet wurden, setzte seinen Weg durch die waldige Einsamkeit fort und unterhielt sich über verschiedene interessante Gegenstände, namentlich über ein seltsames Abenteuer, welches Weston im Orient begegnet war.

„Also glauben Sie wirklich an magische Kräfte?“ fragte die Dame mit bezauberndem Lächeln. „Ich hätte Ihnen eine solche Schwachheit nicht zugetraut.“

„Wenn es eine Schwachheit ist, an Zauber zu glauben“, erwiderte er, ihr gerade in's Auge blickend, „so muß ich mich allerdings derselben schuldig bekennen; und da ich im Begriffe stehe, meine Sache ganz in Ihre Hände zu legen, so hoffe ich, daß Sie nachsichtig mit mir verfahren werden.“

Sie schwieg, denn die entscheidende Frage schwebte augenscheinlich auf seinen Lippen, und schon jubelte sie innerlich über das Aufhören ihrer Bedrängnisse, und die sichere Aussicht auf ein Leben in Ueberfluß und Behaglichkeit, als die Unterhaltung plötzlich durch das Erscheinen einer Zigeunerin unterbrochen wurde, welche, in der Tracht ihres Volkes, sich ihnen gerade in den Weg stellte und mit erhobenem Finger, warnender Geberde und feierlicher Stimme rief:

„Halt, es ist jetzt nicht Zeit! Ein unheilvoller Planet beherrscht diese Stunde, also bedenket, was Ihr sprechet und thut!“

„Tretet aus dem Wege, gute Frau, und lasset uns weiter gehen,“ sagte Lady Woodfield mit mühsam unterdrücktem Aerger.

„Ihr solltet nicht so große Eile haben schöne Dame,“ erwiderte die Zigeunerin. „Euer Weg ist sehr ungerade und es liegen vielleicht größere Hindernisse darauf, als ihr glaubet.“

„Machet Platz!“ rief Weston in heftigem Tone. „Mich werdet Ihr mit Eurem Geschwätz nicht täuschen.“

„Nicht ich will Euch täuschen, Charles Weston,“ versetzte die Frau, während Letzterer erstaunt zurücktrat, „aber ich kann in den Sternen lesen; und Ihr, der in dem Lande der Chaldäer so lange gewesen, solltet an Prophezeiungen glauben.“

„Woher wißt Ihr, daß ich in jenem Lande gewesen bin?“

„Durch Inspiration,“ lautete ihre Antwort. „Die Vergangenheit, die Gegenwart und die Zukunft liegen offen vor mir. Es gab vor Alters Seher, warum nicht auch jetzt?“

„Ja, Seher und Lauscher,“ bemerkte Lady Woodfield verächtlich. „Ich wundere mich wirklich,“ fügte sie dann hinzu, an Weston gewendet, dessen Neugierde mindestens erregt zu sein schien, „daß Sie die Geduld haben, solche Abgeschmacktheiten auch nur einen Augenblick anzuhören. Das Geheimniß, welches der wunderbaren Kenntniß dieser Person von Ihren Reisen zu Grunde liegt, ist leicht zu errathen. Sie beschrieben mir soeben die Ruinen von Babylon, und ich nannte Sie bei Ihrem Vornamen. Hier, gute Frau, nehmet, nehmet dies und gehet Eures Weges!“

Sie hielt ihr ein Stück Geld hin, allein die Zigeunerin trat zurück und winkte ablehnend mit der Hand.

„Nein, Lady, ich sage nochmals, dies ist eine unglückliche Stunde. Ich will Euer Silber jetzt nicht berühren, aber ehe der Tag sich neigt, werde ich Euch den Beweis geben, daß ich keine unwissende Betrügerin bin.“

„Wenn Ihr das thun könnt, so müßt Ihr allerdings geschickt sein,“ erwiderte die Dame mit erzwungenem Lächeln.

„Was noch mehr ist, Mylady,“ fuhr die Zigeunerin fort, „ich könnte es sogar in diesem Augenblicke thun, wenn Ihr es wünscht. Drei Worte würden hinreichen. Soll ich Sie hier sprechen, oder ziehet Ihr es vor, mir ein Privatgehör zu geben?“

Im Ton und Blick des Weibes lag ein so seltsamer Ausdruck, daß Lady Woodfield nur mit Mühe ihre Unruhe verbergen konnte; denn ungeachtet ihrer scheinbaren Verachtung vermochte sie die Befürchtung nicht zu unterdrücken, daß die Sybille vielleicht Offenbarungen zu machen im Stande sei, welche alle ihre goldenen Träume vernichten müßten. Die auffallende Röthe in ihrem Gesichte und ein leichtes Zittern ihrer Glieder blieben nicht unbemerkt von Weston, der ihr jedoch mit anscheinender Gleichgiltigkeit den Rath gab, die drei kabbalistischen Worte anzuhören, welche den Anspruch der Seherin auf höhere Weisheit begründen sollten.

„Tretet lieber etwas auf die Seite, Mylady, ich will sie Euch in das Ohr flüstern,“ sagte das Weib, und die Dame trat, indem sie versicherte, daß sie sich ihrer Thorheit schäme, hinter ein Gebüsch, wo das Laub sie vor Weston's Blicken schützte.

Die Zigeunerin blieb einen Augenblick zurück und flüsterte Weston mit leiser Stimme zu:

„Ihr steht am Rande eines Abgrundes. Thut keinen ferneren Schritt, ohne vorher seine Tiefe und Gefahr erkannt zu haben.“

Ein kurzes Kopfnicken sagte der Sybille, daß ihre Warnung nicht unbeachtet bleiben sollte, worauf Letzterer der Dame langsam, aber festen Schrittes folgte. Die Unterhaltung währte volle zehn Minuten, während denen Weston sinnend auf und ab schritt.

Seine Handlungsweise war unvorsichtig gewesen, er hätte sich vielleicht von einem Irrlicht blenden und verleiten lassen, dachte er; und dieses seltsame Weib, an deren Sehergabe er zwar nicht glaubte, kannte vermuthlich Manches von Lady Woodfield's Verhältnissen, dessen Veröffentlichung seine Gesinnungen verändern mußte. Auf jeden Fall wollte er sich die Sache selbst reiflicher überlegen und war froh nicht noch weiter gegangen zu sein und sich erklärt zu haben.

Endlich kam die Dame zurück. Obgleich innerlich ergrimmt, gab sie sich doch einen Schein von Heiterkeit und suchte über die ganze Sache zu lachen, aber bemerkte bald, daß diese Verstellung einen unangenehmen Eindruck auf ihren Begleiter machte. „Ein fataler Zufall!“ war ihr Gedanke. Von Herzen wünschte sie, daß das Weib längst als Hexe verbrannt worden wäre, und hätte es von ihr abgehangen, so würde diese alte Sitte gewiß zu ihrem besondern Nutzen wieder eingeführt worden sein. Sie fürchtete zwar keine Aenderung in Weston's Absichten als Folge dieser unzeitigen Unterbrechung, allein jede Verzögerung konnte ihr, wie sie nur zu gut wußte, sehr nachtheilig werden. Mit allen Künsten, in denen sie Meisterin war, bemühte sie sich deßhalb, die Unterhaltung wieder auf den Punkt hinzuführen, wo sie abgebrochen worden war, aber vergebens. Weston hatte augenscheinlich keine Neigung, sie zu erneuern, wenigstens nicht bei dieser Gelegenheit, und so endigte deßhalb der Spaziergang, von dem sie sich so große Erfolge versprochen hatte, auf höchst unbefriedigende Weise.

Inzwischen war Georg Grey ohne einiges Zuthun mit Rosina Angelo zusammen gekommen und fand zu seinem nicht geringen Erstaunen, daß sie eine viel angenehmere Gesellschafterin sein konnte, als er erwartet hatte. Sie war ihm bisher nur als eine Art von Automat erschienen, und er hatte sich deßhalb gewissermaßen mit Resignation in sein Schicksal, zwei Stunden an ihrer Seite zubringen zu müssen, ergeben und nicht geringe Verlegenheit darüber empfunden, wie er dieses empfindungslose Wesen so lange unterhalten solle. Allein bald machte er die Entdeckung, daß der still fließende Strom tiefer als der geschwätzige Bach ist, und schon nach wenigen Minuten sagte er zu sich selbst:

„Sie ist doch nicht so übel, wie ich geglaubt habe!“

Allmälig gewann er mehr und mehr Interesse für ihre Unterhaltung und fühlte sich endlich sogar hingerissen; denn in Allem, was sie sagte, lag eine solche Reinheit der Gedanken, ein so anmuthsvoller Ausdruck und ein so zartes Gefühl, wie er unter ihrem kalten Aeußern nie gesucht haben würde.

„Wäre ich ein Mann, der heirathen kann, wie Weston,“ dachte er am Schlusse der Unterhaltung, „so würde ich sicherlich diesen kleinen Stern, mit seinem sanften Lichte, jenem glühenden und blendenden Komet vorziehen. Aber jeder nach seinem Geschmack!“

III.

Nichts gewährt ein schöneres Bild von Freude und Heiterkeit, als ein ländliches Mahl im Freien, unter dem Schatten der Bäume, an einem milden Junitage, wenn Wohlgerüche und der Gesang der Waldvögel die Luft erfüllen. Das Vergessen jeder Förmlichkeit, die reine Atmosphäre und die bei solchen Gelegenheiten reiche Auswahl alles dessen, was den Gaumen reizen und die Stimmung erheitern kann, trägt gemeinsam dazu bei, der Scene einen fröhlichen Anstrich zu geben, den auch die prächtigste Banquethalle nicht verleihen kann. Allein, könnte man in die Gemüther Derjenigen blicken, welche diese heitere Gruppe bilden, so würde man auch hier häufig Mißvergnügen, Eifersucht, geheimen Kummer, der sich durch keine sinnlichen Genüsse stillen läßt und den Schmerz getäuschter Hoffnungen finden.

George Grey, der ein ziemlich scharfes Auge besaß, bemerkte bald, daß mit Lady Woodfield nicht Alles richtig war. Auch fiel es ihm auf, daß Rosina, welche bisher während des Spazierganges mit ihm die Unterhaltung ziemlich lebhaft geführt hatte, plötzlich schweigsam und nachdenkend wurde. Ihre Gedanken waren augenscheinlich mit einem besondern Gegenstand beschäftigt, denn mehr als einmal gab sie ihm ganz verkehrte Antworten auf seine Fragen und schien nur Ohren für das zu haben, was Weston sagte, obgleich Letzterer nicht mit ihr, sondern mit Andern sprach und ihr an diesem Tage überhaupt noch keine andere Aufmerksamkeit erwiesen hatte, als eine freundliche Verbeugung beim Vorübergehen. In Folge dieser Wahrnehmung brach er deßhalb die Unterhaltung mit ihr ab.

„So, so,“ dachte er, „wirft mein hübscher kleiner Stern seine Strahlen nach der Richtung? Vielleicht, wenn ich ihm einen Wink gebe, wäre er klug genug, seine gegenwärtigen Absichten zu ändern, — das heißt, wenn er nicht schon die Thorheit begangen hat, sich zu erklären, was ich, nach den Blicken der Dame zu schließen, bezweifeln möchte. Irgendwo ist eine Schraube los, denn ich habe nicht den geringsten Zweifel darüber, daß die ganze Partie nur in der Absicht arrangirt worden ist, ihn fest zu machen, und herzlich soll es mich daher freuen, wenn dieser Plan fehlschlägt."

Das Mahl neigte sich dem Ende, als die Zigeunerin abermals erschien und sich in einiger Entfernung am Fuße eines Baumes niedersetzte.

(Fortsetzung folgt.)

* Das olympische Theater zu Vicenza.

Von Dr. H. Jäger.

(Fortsetzung.)

III.

Das Theater Palladios.

Doch kehren wir nach diesen Abschweifungen zurück zu Palladio und seinem Werke. Geführt von der Frau des Custoden, betreten wir die Bühne und überzeugen uns rasch, daß wir hier wirklich die Einrichtung eines so eben beschriebenen Theaters vor uns haben; auch erkennen wir leicht, daß die ganze Anordnung sich mehr dem römischen Stile nähert, wie ja die Architektur der Renaissance-Periode fast durchweg ein Zurückgreifen auf römische Formen war. Palladio selbst hat in Italien und außerhalb desselben viele römische Theater genau gemessen und seinen Zeitgenossen ein Werk darüber versprochen, ein Vorhaben, das jedoch nie zu Stande kam.

Die Länge der Bühne, auf der wir stehen, beträgt 25,23 Meter und die Tiefe 6,60. Sie erhebt sich, was ebenfalls ganz römische Anlage ist, nur 1,5 Meter über dem Boden der Orchestra, so daß die unten auf Stühlen Sitzenden ganz gut der Handlung folgen konnten. Die Tiefe des Proszeniums gewährt ferner hinlänglichen Raum, um selbst bewegte Schauspiele hier aufzuführen, und eine große Personenzahl konnte sich in heiteren und ernsten Spielen auf der Bühne vereinigen, wie es das glänzende Leben des reich bewegten 16. Jahrhunderts mit sich brachte.

Die Scene des Theaters wurde von Milizia, einem Zeitgenossen des Baumeisters, für das schönste Ornamentalwerk Italiens gehalten. Sie stellt ganz in der Weise der antiken scena stabilis, die Façade des Fürstenhauses dar und erhebt sich in einer Höhe von 13,48 Meter bis zur Decke des Theaters. Die Hauptgliederung der Scene bilden die drei gewöhnlichen Eingänge in den Palast und zwei übereinander angeordnete Säulenstellungen.

Das mittlere Thor, als regia porta der Alten für das Heraustreten der Hauptpersonen bestimmt, ist ein schöner hoher Bogen, der in das zweite, durch die obere Säulenstellung gebildete Stockwerk hinaufragt. Zu beiden Seiten befinden sich kleinere viereckige Thüren, und alle drei Eingänge sind durch korinthische Säulen eingefaßt, welche von der Mauer losgelöst sich frei auf ihren Piedestalen erheben, und deren Gebälk das erste Stockwerk abschließt. Die Höhe des Fußgestelles der Säulen beträgt 1,22, die der Säulen selbst 3,58 und die des Gebälkes 0,86 Meter, so daß sich eine Gesammthöhe des ersten Stockwerkes von 5,66 Meter ergibt.

Ueber dem Gebälke der ersten Ordnung, welches nur durch das mittlere Thor in seinem Laufe unterbrochen wird, liegt das zweite Stockwerk. Es wird ebenfalls durch Säulen gegliedert, welche über denen des Erdgeschosses stehen, aber nicht frei, sondern halb erhaben gearbeitet sind. Der Raum, um welchen das obere Stockwerk zurücktritt, ist benützt, um vor diesen Halbsäulen Statuen aufzustellen zum weiteren Schmuck der Façade.

Die Höhe des zweiten Geschosses setzt sich in der Weise zusammen, daß auf das Piedestal der Säulen 0,89, auf die Säulen selbst 3,47 und auf das darüber liegende Gebälk 0,71 Meter kommen; die Gesammthöhe wird also 5,07 Meter, und über dem letzten Gebälke erhebt sich dann noch, 2,75 Meter hoch, eine Attika, welche durch Pilaster, die sich über den Säulen fortsetzen, gegliedert ist.

In jedem Stockwerke zählen wir 8 Säulen, je zwei an den drei Eingängen und zwei weitere an den Enden der Scene.

Einen ferneren Schmuck der Façade bilden vier Nischen in den Wandflächen des Erdgeschosses; sie sind mit kleinen Säulchen eingefaßt, mit Statuen geziert und tragen oben ein kleines Giebelfeld. Aehnliche Nischen, sechs an der Zahl, sind auch im obern Stockwerk und dort ebenfalls in gleicher Weise behandelt. Diesen sechs Nischen entsprechen in der krönenden Attika 6 Reliefs, welche die Arbeiten des Herkules darstellen, dem das Theater von seinen Erbauern geweihet war. Zwischen diesen Reliefs, in der Mitte der Façade über der königlichen Pforte, befindet sich das Wappen der olympischen Academie, welche das Theater erbaut hatte und der wir bei der Geschichte des Baues noch einige Worte widmen werden. Das Wappen stellt die olympischen Spiele in der Rennbahn dar mit dem Wahlspruch: Hoc opus; unterhalb desselben sehen wir das Wappen der Stadt Vicenza und die Inschrift:

Virtuti ac genio
Olympicorum Academia Theatrum
hoc a Fundamentis erexit
Ann. MDLXXXIII. Palladio archit.

Die vielen Statuen geben der Scene ein sehr bewegtes Leben. Wir zählen im Ganzen 26 solche Statuen, die in den Nischen und über den Säulen stehen, und welche mit den Reliefs der Attika und mit den beiden Wappen einen schönen lebensvollen Schmuck der Façade bilden.

(Fortsetzung folgt.)

Miscellen.

* Interessant für Tauben- und Hühnerzüchter. Herr Kaufmann Georg Apoelt in Rheinzabern theilt uns Folgendes mit: Wie bekannt brütet eine Taube 17 Tage und eine Henne 20 bis 21 Tage. Ich nahm daher ein Ei von einem Huhn, legte es einem brütenden Taubenpaar in das Nest, welches nur gewöhnlich 2 Eier hatte, und ließ es 4 Tage liegen; da unterbrüteten wieder ein anderes Taubenpaar zu

brüten anfing, nahm ich das Ei aus dem Nest heraus und legte es diesem Taubenpaar unter, welches ebenfalls 2 Eier hatte. Heute nun, als ich die Thür des Taubenschlags öffnete, flog zu meinem großen Erstaunen die brütende Taube vom Nest und ich erblickte nicht allein ein junges munteres Hühnchen, sondern es lagen auch die zwei jungen Täubchen dabei, matt und blind im Vergleich mit dem muntern Hühnchen. Mithin ist es also möglich, daß ein Taubenpaar 1 Hühnchen und 2 Tauben zu gleicher Zeit zur Welt bringen kann. Da mein Taubenschlag 15 bis 20 Paar Tauben hat, so sind fortwährende brütende da, so daß die Hühnereier, wenn man sie wechselt, vollständig ausgebrütet werden können, und auf diese Weise ist es ermöglicht vom März bis November junge Hühner zu erzielen.

Ein gutmüthiger Bürger aus einer Stadt am Niederrhein fuhr kürzlich auf dem Dampfboote. Er hatte mehrere Stunden Weges gemacht, um zu dem Orte zu gelangen, wo das Boot anlegte, — es verlangte ihn nach Ruhe. In der Kajüte aber war kein Platz mehr zu finden, Bänke und Sessel waren besetzt. Immer hätte er noch ein Plätzchen erlangen können, wenn ein Engländer es sich nicht gar zu bequem gemacht hätte. Dieser lag der Länge nach auf der weich gepolsterten Bank, hatte unter jedem seiner Füße einen Sessel, stemmte den rechten Arm auf einen dritten und las gleichmüthig die Zeitung. Der Bürger bat drei, vier Mal höflich den Engländer, ihm auch ein Plätzchen zu gönnen. Der Engländer würdigte den Deutschen keiner Antwort. Nicht fern davon stand ein Mühlheimer Schiffer; ruhig trat dieser vor und sagte zu dem Deutschen: „Mit dem müßt Ihr englisch sprechen, sonst versteht er es nicht!" Darauf packte er den Herumgeflegelten gelassen beim Kragen, hob ihn in die Höhe, setzte ihn auf einen Platz und sagte: „Yes!" Der Engländer verstand das Englisch des Mühlheimers vollkommen, und der andere hatte einen bequemen Platz.

In Nordamerika erscheinen jetzt im Ganzen 5102 Zeitungen, Wochen- und Monatsschriften, darunter über drei Viertheile politische Blätter. Von allen Städten des Landes hat Newyork die meisten Zeitungen, nämlich 290, von denen 41 mehr als 20,000 Abonnenten haben; die Wochen-Ausgabe der Newyorker „Tribune" zählt 180,000, die „World" 75,000, der „Herald" 65,000 Abonnenten. Von diesen Zeitungen sind gewidmet: Religiösen Zwecken 209, wovon 65 in der Stadt Newyork; die größte davon, der Newyorker „Christian Advocate", zählt 80,000 Exempl. — 66 der Agricultur und Horticultur, darunter die „Newyorker deutsche Farmerzeitung", 47 der Medicin, Heilkunde, 44 dem Lehrfache und Schulwesen, 65 der Unterhaltung und Belehrung der Kinder (Kinderzeitungen), 31 dem Temperance, Mäßigkeits-Wesen. Nicht ohne Interesse ist die statistisch nachgewiesene Thatsache, daß in den mit Temperance-Vereinen und Zeitungen gesegneten Städten der Branntweinverbrauch am größten ist. 18 Blätter dienen dem Freimaurerthum, 46 dem Handel, der Industrie und dem Finanzwesen, wovon in der Stadt Newyork 22, 13 dem Real Estate (Grundverkaufs-) Geschäfte, 10 dem Assecuranzwesen, 16 dem Handwerk und Gewerbe, davon 12 in Newyork, 17 dem Law (der Rechtswissenschaft), davon in Newyork 12, 14 den verschiedenen Sportzweigen, davon in Newyork 7, 18 der Musik, davon in Newyork 7, Chicago 3 und endlich den Frauenrechten 3, die „Newyork Revolution", die „Chicago Sorosis" und der „Dalton's Womans Advocate."

Die Zahl der deutschen Zeitungen beträgt 191; davon entfallen auf den Staat Pennsylvanien 53, den Staat Newyork 27, die Stadt Newyork 22. Davon erscheinen täglich: „Newyorker Abendzeitung, Democrat, Journal, Staatszeitung; wöchentlich: „Amerikanische Post, Atlantische Blätter, Belletristisches Journal, Beobachter am Hudson, die Welt, Frank Leslie's Illustrirte, Handelszeitung, Kathol. Kirchenzeitung, Museum, Musikzeitung, Nachrichten aus Deutschland und der Schweiz, Schule des Volks, Amerikanischer Agriculturist, der amerikanische Bierbrauer, der lutheranische Herold, Newyorker Farmerzeitung, Gerhard's Gartenlaube, Newyorker Amerikanischer Gesellschafter." In französischer Sprache erscheinen 42, in schwedischer Sprache 11, in spanischer Sprache 6, in holländischer Sprache 5, in italienischer Sprache 4 und endlich 1 böhmische in St. Louis, die „Narodni Noviny."

Die bedeutendste amerik. Zeitung ist der „Newyork Herald". Dieses Blatt ist an Gediegenheit des Inhaltes, maßgebendem Einfluß in allen Parteischichten des Inlandes, sowie großer Verbreitung in der ganzen Welt, allen übrigen Blättern voraus. Diese dominirende Stellung verdankt der „Herald" hauptsächlich dem Umstande, daß er die fabelhaftesten Kosten nicht scheut, um selbst die geringfügigsten Neuigkeiten nur möglichst schnell und stets früher als andere Blätter bringen zu können. In Folge der Stellung dieses Blattes sind auch die Annoncenpreise desselben die höchsten in ganz Amerika. Die sechsgespaltene Nonpareilzeile kostet 1 Dollar und 20 Cents, und die tägliche Einnahme des „Herald" für Annoncen beträgt 3000 bis 5000 Dollars und darüber. Das Administrations-Local, oder besser gesagt, der Salon des „Herald", liegt am belebtesten Platz der Stadt Newyork und ist höchst elegant eingerichtet. Das Publikum verkehrt in einem großen Vorsaal durch 6 Schalter mit den 16 Beamten des Blattes. Im ersten Stock befinden sich die Redactions-Locale, in welchen die zwölf ersten Redacteure mit dem Chef-Redacteur und den beiden Eigenthümern des Blattes, den Herren Bennett, Vater und Sohn, täglich eine Conferenz halten, worin die Tagesereignisse besprochen und die Meinungen ausgetauscht werden. Entlang der Südseite des Gebäudes befindet sich die Bibliothek. Dieselbe besteht aus 10 bis 12000 Bänden, meist historischen und statistischen und überhaupt wissenschaftlichen Inhaltes. Die Bücherschränke reichen vom Fußboden bis unter die Decke, eine Höhe von 18 Fuß, und um zu den oberen Schränken zu gelangen, ist ringsum eine leichte eiserne Galerie angebracht, zu welcher eine in der Mitte des Saales befindliche Wendeltreppe hinaufführt. Die Verfasser der politischen Leitartikel, fünf an der Zahl, haben ihr eigenes Zimmer. Desgleichen die Redacteure des täglichen Finanzberichtes, zwei Brüder. Das „Departement des Auswärtigen" zerfällt in vier Unterabtheilungen, deren jede einen Redacteur hat: 1) Mexico, Westindien und Südamerika; 2) der europäische Continent; 3) England, Britisch-Nordamerika und Australien; und 4) Rußland und Asien mit China, Japan und Afrika.

Im telegraphischen Departement sind sechs Redacteure beschäftigt, um die Depeschen der „Associirten Presse", sowie die aus allen Weltgegenden einlaufenden Telegramme und Privatberichte der „Herald-Correspondenten" durchzulesen, zu classificiren und zu sichten, und den betreffenden Departements zur allenfallsigen Aufnahme zu überreichen. Das Departement für Musik, Kunst und Wissenschaften umfaßt drei Abtheilungen: Ausland, Inland und deutsches Leben in und um Newyork. Das Departement für Stadtneuigkeiten steht unter Leitung des „City editor", welcher 32 Berichterstatter (Local-Notizler) unter sich hat. Von diesen Reporters sind 14 in den verschiedenen Bezirken Newyorks, der Rest in allen Vorstädten bis nach Connecticut und Trenton in New-Jersey vertheilt. Fast jedes Städtchen am Hudson entlang hat einen „Herald-Reporter", welcher seine Berichte jeden Abend per Telegraph einsendet. Daß dies ungeheure Kosten verursacht, ist natürlich. Im Jahre 1869 belief sich der Conto des „Herald" für Specialdepeschen allein auf 76,000 Dollars. Der „Herald" hält ferner zwei eigene News-Schraubdampfer, deren einziges Geschäft darin besteht, die Ankunft fremder Schiffe zu signalisiren, und die für's Blatt einlaufenden Briefe und Zeitungen von den noch außerhalb des Hafens befindlichen Schiffen möglichst rasch nach der Stadt zu bringen.

Die größte deutsche Zeitung Amerikas, die „Newyorker Staatszeitung" hat durch ihre colossale Verbreitung im ganzen Lande die deutschen Annoncen für sich monopolisirt und erzielt sich in Folge dessen einen jährlichen Reinertrag von ungefähr 200,000 bis 300,000 Dollars. Die Preise der amerikanischen Tageblätter sind 4 Cents, 3 Cents, 2 Cents und 1 Cent, die der Wochenblätter 10 Cents.

Redaction von K. A. Wolf. Druck der Jäger'schen Druckerei in Speyer.

Palatina.

Belletristisches Beiblatt zur Pfälzer Zeitung.

Nro. 75. | Speyer, Donnerstag, den 24. Juni | 1869.

Wann kommst Du, Völkerfrühling?

Und wieder singt die Nachtigall
Ihr schmelzend Lied von Lenz und Liebe,
Und wieder weckt all überall
Des Frühlings Hauch die Lebenstriebe.

Die Amsel schlägt im trauten Hag,
Und lieblich zu des Schöpfers Preise
Mischt in der Finken Trillerschlag
Sich Lerchensangs frohe Weise.

Nun sag', o Mensch, welch Lied singst Du,
Von Gottes Güte höchst begabet?
Du schweigst — doch ist's nicht süße Ruh,
Die selig zum Beschau'n Dich labet.

Du hast in wilden Streites Müh'n
Des Herzens Ruhe Dir zerschlagen,
Ob tausend Freudenblümchen blüh'n
Du darfst sie nicht zu pflücken wagen.

Die Harmonie mit Herz und Welt
Sie fehlet Dir in diesen Tagen,
Der **Gottesdienst** ist Dir vergällt,
Im **Menschendienst** mußt Du Dich plagen.

Das reine Lied der Creatur
Aus tausend muntern Vogelkehlen,
Im hehren Tempel der Natur
Kann nichts von Menschenglück erzählen.

H. v. H.

Die Zigeunerin.

Eine Novelle.

(Fortsetzung.)

„Dort ist wieder unsere Sibylle,“ sagte Weston zu Lady Woodfield. „Wahrscheinlich hat sie ein Auge auf die Ueberreste des Mahles.“

„Um des Himmels willen, so mag sie haben, was sie wünscht, und nur schnell wieder fort gehen!“ erwiderte die Dame und rief einen Dienstboten herbei, dem sie auftrug, der Zigeunerin Fleisch, Brod und eine Flasche Ale mit der Weisung zu bringen, sich sogleich wieder zu entfernen.

Die seltsame Unruhe, welche Lady Woodfield bei dem Erscheinen dieser Person verrieth fiel Weston auf und erweckte bei ihm die Vermuthung, daß dieselbe aus einer besonderen Ursache entspringe, so wie den Wunsch selbst mit der Sibylle zu sprechen, um wo möglich zu hören, ob die ihm am Morgen zugeflüsterten Worte wirklich eine Bedeutung hatten.

Während er darüber nachdachte, wie dies zu bewerkstelligen sei, ohne sich dem Gelächter der übrigen Gesellschaft auszusetzen, kam der Dienstbote, welcher der Zigeunerin die Lebensmittel hatte überbringen sollen, mit der Antwort zurück, daß sie weder Speise noch Trank bedürfe, aber bereit sei, denjenigen in der Gesellschaft ihr Schicksal zu verkünden, welche es zu hören wünschten und einzeln zu ihr kommen wollten.

Die jüngeren Damen begannen jetzt unter einander zu flüstern und verriethen durch ihr Lachen und Erröthen deutlich den Wunsch, ihr Glück zu versuchen, ohne daß eine den Muth hatte, die Erste zu sein.

Endlich erklärte George Grey, der Vergnügen an dem Scherze fand, daß er Allen ein gutes Beispiel geben wolle und die Wahrsagerin in Verlegenheit zu bringen hoffe, indem er ihr sage, daß er seit kurzer Zeit verheirathet sei, und sie auffordere ihm seine junge Frau zu bezeichnen. In dieser muthwilligen Absicht schlenderte er langsam dem Orte zu, wo sie saß, während die Blicke Aller ihm neugierig folgten. Die Unterredung dauerte ziemlich lange und mit nicht geringem Erstaunen nahmen die Zuschauer wahr, daß seine anfangs leichtfertige und spöttelnde Miene immer ernster wurde und endlich gespannte Aufmerksamkeit ausdrückte, als wenn die Bestimmungen des Schicksals seinem Auge wirklich enthüllt würden.

Bei seiner Rückkehr lag noch Erstaunen auf seinem Gesichte, und er versicherte, daß es kein sterbliches Wesen sein könne, mit dem er gesprochen habe. Alle Anderen fuhren zwar fort, die Sache als einen Scherz zu behandeln, aber waren dessen ungeachtet eifrigst bemüht, gleichfalls in die Mysterien der Zukunft zu tauchen, und kehrten sämmtlich mit verwunderten Blicken zurück.

Lady Woodfield beobachtete diese Vorgänge mit scheinbarer Verachtung und war froh, daß ihr vermutheter Anbeter keine Absicht äußerte daran Theil zu nehmen. Um so größer war ihr Schreck, als derselbe mit einem eigenthümlichen Lächeln, dessen Bedeutung schwer zu erklären war, aufstand und ganz ruhig sagte:

„Ich werde mir auch mein Schicksal prophezeien lassen."

„Nun wahrlich," rief die Dame mit feuerrothem Gesichte aufspringend, „wenn auch S i e sich zu solchen Albernheiten herablassen, so wäre es Anmaßung von mir, darüber erhaben sein zu wollen. Ich will auch hingehen, denn es fällt mir ein, daß ich noch eine Erklärung der Albernheiten haben muß, welche mir diesen Morgen gesagt worden sind."

Weston verbeugte sich und blieb zurück, um ihr den Vortritt zu gestatten. Dann den Arm seines Freundes George Grey ergreifend, schritt er mit ihm in eifriger Unterhaltung lange Zeit auf und ab.

„Mein lieber Weston," sagte Letzterer, „Sie werden mich nicht für einen solchen Narren halten, um derartigen Betrügerinnen Glauben zu schenken; aber gewiß ist, daß jene Person von manchem Mitgliede unserer ehrenwerthen Gesellschaft mehr weiß, als diesen lieb sein mag."

„Sie meinen vermuthlich Lady Woodfield?"

„Ganz richtig. Glauben Sie mir, bei dieser Dame ist nicht Alles in Ordnung. Sie thäten wohl zu hören, was die Zigeunerin Ihnen zu sagen hat und es nicht leicht zu nehmen. Wenn Sie sich übrigens von dieser unglücklichen Neigung losmachen könnten, so würde sich vielleicht ein anderes Wesen finden lassen, das Sie wegen dieser Täuschung trösten könnte."

„Wirklich? Nun wer wäre denn das?"

„Ein reizendes junges Mädchen, ich versichere Sie, — Miß Angelo."

„Bah, eine Marmorstatue ohne Seele und Leben! — Wie kommen Sie auf eine solche Idee, Freund?"

„Ich urtheile aus eigener Wahrnehmung, denn was den angeblichen Mangel an Seele und Leben betrifft, so liegt dabei ein großer Irrthum zu Grunde."

Dann sprach er mit Wärme von ihren geistigen Vorzügen, ihrem Verstande, ihrer Einfachheit und den tausend namenlosen Reizen, die er da gefunden, wo er nichts als Kaltsinn und Beschränktheit vermuthet hatte. Weston's Aufmerksamkeit wurde gefesselt und der Gedanke stieg in ihm auf, die nächste Einladung in das Angelo'sche Haus nicht unbenutzt zu lassen.

Inzwischen war Lady Woodfield zur Gesellschaft zurückgekehrt, und ihrer erzwungenen Heiterkeit ungeachtet ließ sich deutlich erkennen, daß sie äußerst verstimmt war.

„Irgend einen Haken muß die Sache haben," dachte Weston, als er sich langsam dem Baume näherte, an dessen Fuße die Zigeunerin regungslos saß. Sie hatte die braunen Hände auf der Brust gekreuzt, und das lange schwarze Haar fiel unter dem turbanartig um den Kopf geschlungenen Tuche hervor und bis auf den Gürtel hinab, während ihre Augen auf die fernen Gruppen der Gesellschaft gerichtet waren.

„Nun, Mutter, was habt Ihr mir zu sagen?" fragte er nachlässig.

„Viel, mein Sohn. Vor allen Dingen muß ich meine Warnung wiederholen, keinen ferneren Schritt auf jenem gefährlichen Boden zu thun, weil er unheilvoll für Euch sein kann."

„Natürlich, wenn ich mich in einen Abgrund stürze, so laufe ich Gefahr den Hals zu brechen, — das ist einleuchtend."

„Oder der Fall könnte Euch das Herz brechen, was noch schlimmer wäre," erwiderte die Sybille.

„Ohne Zweifel, gute Mutter. Aber aus welchem Grunde schließet Ihr auf einen so üblen Schluß?"

„Aus dem muthmaßlich vergeudeten Vermögen und dem zerstörten Seelenfrieden."

„Sprechet etwas deutlicher. Ich verschließe mein Ohr nicht gegen Vernunft und Wahrheit, aber ich bin ein einfacher Mann und liebe keine Räthsel."

„Ich kann nicht deutlicher reden, auch ist es nicht erforderlich, wenn Ihr den Willen habt, zu verstehen. Man strebt nach Eurem Golde um Schulden zu bezahlen, Juwelen einzulösen und einen ruinirten Credit wiederherzustellen. Der Name eines reichen Mannes hat unter gewissen Umständen großen Einfluß auf die Geldverleiher."

„Wollt Ihr damit sagen, daß der meinige als eine Art von Bürgschaft für erborgtes Geld benutzt worden ist?" fragte er erstaunt.

Ich will nichts weiter sagen, sondern warne Euch nur, vorsichtig zu sein."

„Aber wie soll ich in's Klare darüber kommen? Was soll ich zu diesem Zwecke thun?"

„Ihr habt Euch nur aus der bisher eingenommenen gefährlichen Stellung zurückzuziehen. Eine solche Bewegung von Eurer Seite wird bald die Gefahren an das Licht bringen, denen ihr dadurch entgehet."

„Kein Mensch wird sich absichtlich in eine Gefahr stürzen, die er vermeiden kann," sagte Weston sinnend. „Ihr habt mich überrascht; aber wenn diese Mittheilungen überhaupt einen Werth haben, so sind sie unschätzbar, und ich bin dann zu einem Danke verpflichtet, den ich später noch besser abstatten werde, als durch dieses kleine Zeichen, welches ich Euch bitte vorläufig anzunehmen."

Er zog ein Goldstück aus der Börse und reichte es der Zigeunerin.

„Ich verlange keinen solchen Lohn," antwortete sie, „weder jetzt noch später. Der Dienst, den ich Euch geleistet habe, darf nicht mit Gold vergütet werden. Aber wenn Ihr keinen Werth auf diese Börse, ohne ihren Inhalt, legt, so mögt Ihr sie mir geben."

„Sie ist kaum der Bitte werth," versetzte er lachend. „Nehmet sie in Gottes Namen und möge sie in Eurem Besitze nie leer sein!"

Ich danke Euch", antwortete sie aufstehend. „Sie wird mir wenigstens dazu dienen, die Silberstücke darin aufzubewahren, mit denen ich von Euren Freunden beschenkt worden bin; denn ich verkünde gewöhnlich Menschen ihr Schicksal nicht umsonst. Lebet wohl!"

Nach diesen Worten entfernte sie sich und verschwand hinter Bäumen. Weston ertrug ruhig die Neckereien, mit denen er von allen Seiten angegriffen wurde und erwiderte auf Lady Woodfield's dringende Fragen nur, daß er von der Zigeunerin nichts als das gewöhnliche Geschwätz gehört, aber zu wenig Aufmerksamkeit darauf verwendet habe, um jetzt klarer in seine Zukunft blicken zu können als vorher.

(Fortsetzung folgt.)

Von Drachen und Lindwürmern.

Mein Großvater selig ist in seinen jungen Jahren mit dem Ränzel auf dem Rücken und dem Stock in der Hand durch das heilige römische Reich seligen Angedenkens weit und breit herumgewandert und hat gar mancherlei Merkwürdigkeiten gesehen, die da und dort als Wahr- und Merkzeichen aufgestellt waren, und die ein Handwerksbursche ohne Geld und gute Worte sich ansehen konnte, wie den Stock-im-Eisen in Wien, das Brückenmännlein in Dresden, Sanct Georgs Hufeisen in Leipzig und was sonst jegliche Stadt aufzuweisen hat. Von derlei Merkwürdigkeiten hat er mir gar oft erzählt, wenn ich als Kind zwischen seinen Füßen stand oder wenn wir selbander über Land gingen, und als ein 8jähriger Bube habe ich in all den Handwerksburschen-Merkwürdigkeiten Deutschlands Bescheid gewußt, wie ein angehender Bädeker. Bis in meinen späteren Jahren auch nie eine einer Stadt gereist, ohne daß ich mir zuvor die Wahrzeichen ansah, und ich habe öfter die Leute in Staunen gesetzt, wenn ich nach dem oder jenem halbvergessenen Dinge fragte und auch noch den Ort anzugeben wußte, wo es sich etwa finden dürfte — es war schon so lange her, daß mein Großvater gewandert war, und so mancher Sturm war über das Reich dahingebraust, hat Manches weggefegt, hat es selber verweht, warum nicht auch ein und das andere Wahrzeichen.

Nun habe ich aber von jeher eine ganz besondere Vorliebe für Drachen und dergleichen abenteuerliches Getbier gehabt, weßhalb ich für St. Georg und den gehörnten Siegfried, und für Schiller's Gedichte von Jugend an schwärmte, und dabei war ich mit solch glücklicher Phantasie begabt, daß ich, hätte das Licht des alle Hirngespinnste zerstörenden und verfolgenden Wissens seinen Einfluß nicht auf mich ausgeübt, heute noch im lieben deutschen und außerdeutschen Vaterlande manchen Drachen und Lindwurm wüßte, die leider jetzt ganz aufhören mußten, für mich zu existiren.

So hat mir auch mein Großvater erzählt, es hänge unter dem Thore des Brünner Rathhauses ein Lindwurm, der sehe ganz greulich aus. Die Alles benagende Zeit hat ihm den grimmen Schwanz abgebissen, und den Schaden, den die Zeit angerichtet, haben die Brünner durch eine gelungene blecherne Nachbildung ersetzt, dabei dem Wurme zugleich den Schuppenpanzer mit einer grünen Farbe überstrichen. Besagter Lindwurm hat mich höchlichst interessirt, aber es sind gar viele Jahre vergangen, ehe ich seine persönliche Bekanntschaft machte. Ich bin oftmals bei dem österreichischen Manchester vorübergefahren, habe allezeit an den Wurm gedacht, aber erst unlängst hatte ich Gelegenheit, mich ein Paar Stunden dort aufzuhalten, und es wird sich Niemand wundern, wenn ich sage, daß mein erster Gang dem Wurme galt. Richtig — im hintern Thorbogen des Rathhauses da hängt er und schnappt gierig herunter, grün angestrichen, mit einem blechernen Schweife. Schade, daß ich hinging — denn auch dies lieb bewahrte Phantasiegebilde eines Lindwurms ging in Trümmer, als der Drache sich vor meinen Augen in ein plump gestopftes Krokodil verwandelte, das das Büblein auf der Bank der ersten Mittelschulklasse schon kennt und sich nicht mehr als Ungeheuer aufschwatzen läßt. — Ade, du lieber blechgeschwänzter Lindwurm!

Auf Schloß Karlstein in Böhmen haben sie mir auch den Schädel eines leibhaftigen Drachen gezeigt, und der Beschließer nahm mir's sehr übel, daß ich wissen wollte, es sei ein Krokodilenschädel, denn wie kann der Schädel von einem Krokodile stammen, wenn er, wie sich — authentischer als die Königinhofer Handschrift — nachweisen läßt, im Sande der Beraun gefunden wurde?

Als die westländischen Völker im Mittelalter gegen Morgen zogen, das Heilige Land zu erobern, brachten sie von ihren Zügen allerhand schöne Sachen mit, die sie sich von Eingebornen für Geld und gute Worte aber auch ohne dies hatten anhängen lassen, oder die sie sonstwie ersochten oder ergatterten. Sie brachten Reliquien, Fieber, Mimikri, Pest, Trophäen, abenteuerliche Geschichten und was sie sonst noch aufladen, mit. Nun war ja auch ein Kreuzzug nach Egypten, dem Lande der Nilechsen, gerichtet; so konnte es leicht geschehen, daß ein tapferer Kämpe ein sanftes Krokodil im Sande fand und diesem Drachen das Haupt abhieb, das er mit nach Hause nahm als Wahrzeichen seiner Heldenthaten, das er beim Reiten durch die Furth vom Sattelknopf verlor und das nach vielen hundert Jahren als Drachenkopf wieder gefunden wurde; und wenn nun ein Anderer einem Nilbewohner die ganze Haut abzog oder die abgezogene für gutes Geld einem Fellah abkaufte, um doch etwas heimzubringen und sie seiner Vaterstadt als besondere Merkwürdigkeit verehrte, die sie ausstopfen und im Rathhause zum ewigen Gedächtniß aufhängen ließ! Auf dem Wege von Egypten bis in's Heimathsland wurde das Krokodil schon zum Drachen, aus dem morgenländischen dann ein abendländischer, und endlich wird in Brünn der Brünner Lindwurm daraus.

(Schluß folgt.)

Miscellen.

*

Eine Versteigerung von Autographen und Stammbüchern wird am 29. Juni in Leipzig von List und Francke veranstaltet werden. Die Sammlung ist eine bedeutende und enthält unter andern Autographen von Johann von Sachsen, Martin Luther, Melanchthon, Konrad Peutinger, Götz von Berlichingen, Katharina von Medicis, Bürger, Goethe, Schiller, Voltaire u. A. m. Die Perlen der Sammlung sind ein lateinisches Gedicht des zwölfjährigen Friedrich Schiller, wohl die älteste echte Handschrift, die von dem großen Dichter existirt, und ein Stammbuch von Johann Ludwig Grimm mit einer großen Menge von Autographen berühmter Gelehrter und Schriftsteller.

Vor einigen Tagen langte ein deutscher Uhrenhändler aus San Francisco in Berlin an, welcher mit zu den Passagieren des ersten Personenzuges der Pacificbahn gehört hatte. Es waren nur 69 Personen, welche die ganze Strecke bis Newyork durchgefahren waren, wozu sie die Zeit von 7 Tagen 16 Stunden gebrauchten. Interessant sind die von dem Reisenden mitgetheilten Erlebnisse während der Fahrt durch die Prairie und das gebirgige Terrain. Bei besonders gefährlichen Stellen, deren es nicht wenige gibt, hielt der Zug auf einige Minuten an und sämmtliche Passagiere stiegen aus, um unter Führung eines Priesters niederzuknieen und zu beten. Dann ging die grausige Fahrt los über Abgründe oder Sümpfe, bei schwankenden Brücken und wankenden Schienen. Die ganze Dauer der Reise von San Francisco bis Berlin betrug nicht mehr als 19 Tage.

In „Gödecke's Grundriß zur Geschichte der deutschen Dichtung aus den Quellen" (Dresden, Ehlermann) finden sich mancherlei interessante Details, die noch nicht ganz allgemein bekannt waren. Gödecke erzählt unter Anderem: „Die französische Deputirtenkammer hatte 200,000 Frcs. zu jährlichen Unterstützungen an Flüchtlinge aus den Ländern Europa's bewilligt, deren Verwendung geheim blieb. Davon erhielt Dr. Schuster, früher bei der Gottinger Revolte betheiligt, fünf Jahre lang je 300 Frcs., Heine aber von 1830 an jährlich 4000 und im Ganzen bis zur Februar-Revolution 22,400 Frcs. als Antheil an dem großen Almosen, das das französische Volk an so viele Tausende von Fremden spendete, die durch ihren Eifer für die Sache der Revolution in der Heimath sich mehr oder weniger gleich compromittirt hatten und an dem gastlichen Herde Frankreichs eine Freistätte suchten. Guizot hatte dafür seinerlei Dienste verlangt, kannte aber seinen Mann genügend, um zu wissen, daß er seinen Gegner seiner und Frankreichs Politik bezahlte. Auf dieses bittere Brod der Verbannung haben andere Flüchtlinge, Börne, Rochau, German Mäurer, Venedey, Ch. Marx u. A. niemals Anspruch gemacht und niemals etwas davon genossen, wohl aber den frivolen Spott und die giftigsten Verläumdungen des großen Vorkämpfers der europäischen Freiheit erdulden müssen." Gödecke übt mit Recht eine scharfe Kritik an Heine und dessen Schriften, wie denn außer der bibliographischen Sorgfalt besonders die fleißigen und einsichtigen Lebensbeschreibungen zu rühmen sind.

Aus dem Kanton Graubündten in der Schweiz. Es wird dem „Bund" aus Tarasp-Schuls geschrieben: Am Abend des 5. Juni hat unser berühmter Bärenjäger Billy wieder ein Meisterstück seiner Kunst ausgeführt. Es war bereits Abends 8 Uhr, als er auf einer der höchsten Alpen des Scarlthales sich plötzlich einer ganzen Bärenfamilie gegenüber befand, einer stattlichen Bärenmutter mit ihren Drillingen. Billy mit seiner gewohnten Kaltblütigkeit suchte sofort einen möglichst sicheren Standpunkt, um auf die alte Bärin einen Schuß abzugeben, was ihm auch schnell möglich wurde. Die Bärin, obschon ziemlich gut durch die Brust getroffen, raffte aber im Angesichte der Gefahr für ihre Jungen, alle ihre Kraft zusammen und stürzte unter furchtbarem Gebrüll aufrechtgehend auf den Jäger los, welcher sie bis auf 10 Schritte herankommen ließ und ihr dann den zweiten Schuß durch den Kopf schoß, der ihren augenblicklichen Tod zur Folge hatte. Die Jungen kamen während des Schmerzensgebrülls ihrer unglücklichen Mutter auch außerdaslaufend bis zu den Füßen des Jägers, ein kläglich Geheul ausstoßend, suchten aber auf den zweiten Schuß mit möglichster Schnelligkeit die naheliegenden Felsenklüfte zu erreichen, so daß es erst nach Verlauf einer Stunde dem Jäger möglich wurde, zwei derselben aufzufinden und durch zwei glückliche Schüsse zu erlegen. Jetzt ist die ganze Bärenfamilie in Schuls zur Schau ausgestellt. Die alte Bärin ist wirklich ein Prachtexemplar, noch im schönsten Winterpelze prangend, die Kleinen sind ca. 20 Pfd. schwer.

(Ein heiteres Testament.) Die Kunstgeschichte kennt einen Katzen-Raphael, als Gegenstück dazu hat die Weltgeschichte jetzt einen Katzen-Peabody aufzuweisen. In Columbus (Ohio) ist ein vermögender Mann gestorben, welcher seine nächsten Verwandten dadurch an der Nase herumführte, daß er sie sämmtlich enterbte, und seine Hinterlassenschaft in aller Form Rechtens zur Errichtung eines Asyls für kranke und altersschwache Katzen bestimmte. Das „Columbus-Journal" liefert eine genaue Beschreibung des Planes, wie er im Testamente ausführlich vorgesehen ist. Dieselbe läßt die aufrichtige Freundschaft des Erblassers für das Katzengeschlecht und das tiefe Eindringen in dessen Natur nur ahnen, nicht begreifen. So umfaßt der Plan, der von kunstgeübter Hand gezeichnet, dem Testamente beiliegt, geräumige Höfe für den jüngern Verkehr, der dem liebenswürdigen Katzenherzen unentbehrlich ist, sowie auch künstliche Rattenlöcher, welche beständig mit Rattenkönigen und Unterthanen zu bevölkern sind. Damit aber das biedere Katzenvölkchen das Waidwerk nicht bald satt bekommt, sind den Ratten durch die geistreichsten Vorkehrungen zahlreiche Gelegenheiten zum Entschlüpfen geboten, so daß das Vergnügen des Pürschganges nicht gestört wird. Hohe Mauern mit sanft absteigenden Dächern sollen gebaut werden für die Mondschein-Promenaden und die anderen nächtlichen Lustbarkeiten, wie Concerte, Liebesabenteuer u. dgl. Daß das Katzen-Eldorado in großartigem Style erbaut und mitten in dem bevölkertsten Theile irgend einer amerikanischen Stadt (würde dem Congreß in Washington eine solche Nachbarschaft nicht vielleicht willkommen sein?) hineingesetzt werden soll, daß ferner unverheirathete Frauenzimmer von nicht unter 30 Jahren den Tempel nebst seinen Schätzen als eine Art moderner Vestalinnen beschützen sollen. Alles das sei nur nebenbei bemerkt, denn die letzte Bestimmung ist die, welche die erhabenste Idee des ganzen verwirklicht und deshalb dem prosaischen Menschenverstande des Europäers als die verrückteste von allen erscheinen mag. Es heißt darin: „Nachdem ich mein ganzes Leben hindurch gelehrt worden bin zu glauben, daß Alles an und um den Menschen angehörend sein solle, Intervallen ferner x. x. . . . . bestimme und verfüge ich hiermit, daß die Eingeweide meines Körpers zu Darmsaiten gemacht und verkauft, und daß mit dem Erlös ein Accordeon gekauft werden soll, welches in dem Auditorium des Katzenhospitals Tag und Nacht von einer der Wärterinnen gespielt werden soll, damit die Katzen das Privilegium haben, sich stets an dem Instrumente die Ohren erlaben zu können, welches ihren natürlichen Stimmen am nächsten kommt." Den Namen dieses Katzen-Peabody gibt das amerikanische Blatt nicht, er scheint demnach der Classe der „ungenannten" Wohlthäter anzugehören.

(Ein Kameelritt durch die Wüste.) Ein erfahrener Reisender erklärte kürzlich einer schwärmerischen Dame, die nach Freiligrath's poetischen Bildern Afrika's ihre Anschauungen über dieses Land gebildet, einen Kameelritt durch die Wüste folgendermaßen: „Nehmen Sie gefälligst einen Bureaustuhl zum Drehen, drehen Sie den Sitz so hoch wie möglich; setzen Sie denselben auf einen Leiterwagen ohne Federn und sich selbst auf den Schemel, und fahren Sie dann in den Hundstagen, nachdem Sie 24 Stunden gedurstet, über ein ungepflastertes Kartoffelfeld. Wenn Sie dann nicht herunterfallen und den Hals brechen, werden Sie bald einen wahrhaften Begriff von dem poetischen Kameelritt durch die Wüste erlangt haben."

Auflösung der Charade

in Nr. 71: Pallast.
„ „ 72: Kegler, Kehler, Keiler, Keller, Keller, Kepler.

Redaction von K. A. Wolf. Druck der Jäger'schen Druckerei in Speyer.

Palatina.

Belletristisches Beiblatt zur Pfälzer Zeitung.

Nro. 76. Speyer, Samstag, den 26. Juni 1869.

Die Zigeunerin.

Eine Novelle.

(Fortsetzung und Schluß.)

Inzwischen war es Zeit geworden, nach der Stadt zurückzukehren. Die Wagen und Pferde wurden aus den benachbarten Gasthöfen herbeigeholt und die ganze Gesellschaft trat den Rückweg an. Der Plan der Unternehmerin war vollständig gescheitert, aber für manchen Anderen war der Tag von großem Nutzen gewesen und Rosina Angelo kehrte mit frohem Herzen heim. Weston hatte ihr seinen Arm geboten, um sie zum Wagen zu begleiten, und beim Abschiede gesagt:

„Miß Angelo, wollen Sie mir die Gunst erweisen, mich Ihrem Herrn Vater zu empfehlen und ihm anzuzeigen, daß ich mir in einigen Tagen die Freiheit nehmen werde, ihm einen Besuch zu machen?"

„Mit Vergnügen," hatte sie geantwortet, während ihre leuchtenden Blicke und glühenden Wangen verriethen, daß nicht nur der Vater, sondern auch noch eine andere Person sehr erfreut darüber sein werde.

Während der Fahrt äußerte Mr. Armstrong scherzweise zu ihr:

„Rosina, ich hoffe, Sie werden Lady Woodfield nicht verdrängen wollen?"

„Ach nein," antwortete sie darauf, „ich bin nicht so eitel, um das für möglich zu halten."

„Nun, ich weiß nicht, meine Liebe," versetzte er darauf, „der Wind scheint sich doch seit diesem Morgen gedreht zu haben. Wir werden ja sehen!"

Rosina's Träume in der folgenden Nacht waren rosig, und mit frohem Herzen stand sie am andern Morgen auf.

„Nun, mein Kind," fragte Miß Somerset, als sie bald nach dem Frühstück kam, „wie hast Du Dich gestern amüsirt? Papa sagte mir, daß die Partie recht hübsch ausgefallen sei."

„Ach ja, liebe Tante. Nie habe ich einen so schönen Tag erlebt, wie gestern, er war reizend! Ich wollte, Du wärest dabei gewesen."

„Was machte ihn denn so reizend, mein Kind?"

„Alles, das schöne Wetter, die herrliche Gegend, — und die ganze Gesellschaft war in so heiterer Laune. Auch eine Zigeunerin war da, die uns wahrsagte."

„Und die Dir wahrscheinlich prophezeite, daß Du bald heirathen würdest, — nicht wahr!"

„Ach nein, Tante, das that sie nicht. Was sie eigentlich gesagt hat, habe ich ganz vergessen; nur so viel weiß ich noch, daß kein wahres Wort daran war. Aber ich habe Dir etwas Anderes mitzutheilen, was Dir Freude machen wird. Mr. Weston will uns in den nächsten Tagen einen Besuch machen."

„Das habe ich gehört und es würde mich sehr freuen, wenn ich nicht befürchtete, daß dies gerade der Umstand ist, welcher den gestrigen Tag für Dich so reizend gemacht hat."

„Ach nein, ich wußte es ja nicht eher, als bis wir den Rückweg antraten. Ist es denn nicht natürlich, daß ich mich freue ihn zu sehen? Er hat mir ja das Leben gerettet."

„Allerdings hat er das und ich finde auch natürlich, daß Du ihn gern siehst. Allein Du mußt Dich in Acht nehmen, mein liebes Kind, sonst kann dieses Gefühl der Dankbarkeit leicht zu einem andern werden, wenn Du diesen Herrn öfters siehst, der, wie wir Alle wissen, bereits verlobt ist."

Rosina lachte und versicherte die gutherzige Tante, daß nicht die geringste Gefahr vorhanden sei. Im Stillen aber dachte sie dennoch an die Möglichkeit, daß Mr. Armstrong mit seinen Vermuthungen nicht Unrecht gehabt habe.

Am dritten Tage nach dem ländlichen Ausfluge machte Weston seinen Besuch im Hause des Mr. Angelo und fand so großen Gefallen daran, daß er ihn fast täglich wiederholte, bis sich endlich das Gerücht ganz allgemein verbreitete, daß er um die Hand der schönen Tochter des reichen Diamantenhändlers angehalten und sie gewonnen habe. Sobald dies bekannt wurde, kamen Lady Woodfield's Angelegenheiten zu einer schnellen Krisis. Die Gläubiger wollten nicht länger warten, wiederholte Auspfändungen fanden bei ihr statt und das leichtsinnige Weib war endlich genöthigt, bei entfernten Verwandten in Frankreich Zuflucht zu suchen. —

Einige Jahre nach diesen Begebenheiten gingen eines Tages zwei Damen und ein Herr auf einem schönen Rasen vor einem herrschaftlichen Gebäude spazieren, welches von einem weiten Park umgeben war, während in einiger Entfernung zwei hübsche

Kinder spielten und eine Wärterin ein drittes trug, welches noch nicht laufen konnte.

„Weißt Du, liebe Rosina,“ sagte der Herr, „daß heute ein denkwürdiger Tag für uns ist?“

„Wie so, Charles?“ fragte die junge Frau. „Es ist weder unser Hochzeitstag noch der Geburtstag eines unserer Kinder?“

„Nein, aber es ist der 14. Juni, an dem wir vor langer Zeit jene Landpartie machten. Erinnerst Du Dich nicht?“

„O ja, recht wohl. Es war jener Tag, an dem Du mit genauer Noth der Begehung einer großen Thorheit entkamst. – Nicht wahr, Tante?“

„Ja, Du hast Recht, Rosina,“ erwiderte die ältere Dame, Miß Somerset.

„Aber nur, um vom Regen in die Traufe zu kommen,“ versetzte Weston lachend. „Dem Heirathen konnte ich doch nicht entgehen.“

„Wessen Schuld war das?“ fragte Rosina in eben so heiterem Tone.

„Die meinige gewiß nicht,“ erwiderte er. „Ich glaube in der That, ich wurde damals das Opfer eines Complots zwischen George Grey und der Sibylle; denn während diese Alles that, um mich von einem thörichten Schritte abzuhalten, that George Grey alles Mögliche, um mich zu einem andern zu bewegen.“

„Sie werden hoffentlich bekennen,“ warf Miß Somerset ein, „daß Sie beiden unendlich dankbar sind?“

„Je nun, da die Sache einmal nicht zu ändern ist,“ versetzte er, „so muß ich schon gute Miene zum bösen Spiele machen. Und sollte ich jemals die alte Zigeunerin wieder treffen, so will ich sie für ihre Dienste besser belohnen als ich es damals that.“

„Das haben Sie bereits gethan, mein lieber Charles,“ erwiderte die Dame. „Sie fühlt sich dadurch überreich belohnt, daß sie das Glück hat sehen dürfen, welches durch ihre Einmischung begründet worden ist. Kennen Sie diese Börse?“

Weston betrachtete dieselbe und rief erstaunt:

„Beim Himmel, es ist die Börse, welche ich der Zigeunerin gab! Wie in aller Welt kommen Sie dazu?“

„Ich empfing sie aus Ihren eigenen Händen, Charles. Ich kannte den herzlosen Charakter jenes Weibes, an das Sie sich wegzuwerfen im Begriffe standen und wußte, daß sie nur nach Ihrem Vermögen trachtete, aber keine einzige Eigenschaft besaß, um Ihnen eine glückliche Häuslichkeit zu schaffen. Deßhalb beschloß ich, Sie vor einem schrecklichen Elend zu bewahren. Ich war die Zigeunerin!“

Von Drachen und Lindwürmern.

(Schluß.)

Es sind aber noch andere Drachen bekannt, die keine Krokodile sind. Die Stadt Klagenfurt hat einen Drachen im Wappen, und wenn der geehrte Leser in Klagenfurt war, wird er sich eines Standbildes auf dem neuen Markte daselbst erinnern, wo ein gewaltiger Drache mit höchst merkwürdigem Kopfe Wasser speit, vor ihm ein Riese, der ihn mit wuchtiger Keule zu zerschmettern droht. Der Leib des Drachen ist ein Phantasiegebilde des Künstlers, der Kopf aber nach dem „wirklichen“ Drachenschädel gemacht, und wenn der geneigte Leser das Museum im Landhaus besucht, so wird er den vermeintlichen Drachenschädel, der viele Jahrhunderte an einer schweren Kette hing, in einem Kasten aufgestellt finden; aber es war kein Drache, der den Schädel lieferte, sondern ein büschelhaariges Nashorn, das zur Zeit der jüngsten oder sog. Quartärbildungen über ganz Europa verbreitet war. Dieses Nashorn hat eine ganz merkwürdige Schädelform; das Schädeldach ist hinten in eine hohe Haube aufgeschoben, vorn abgerundet, langgestreckt, einem Sattelbock gar nicht unähnlich. Denkt man sich noch die kräftigen viereckigen Zähne hinein, so wird man aus dem Schädel, mit nur ein wenig Phantasie einen bizarren Drachenkopf und ebenso leicht hiezu einen Leib construiren können. Solche Rhinocerosschädel und damit Knochen von einem ausgestorbenen Elephanten – dem Mammuth – finden sich überall in Löß und Lehm zerstreut, und wenn nun die Menschen auf solchem Boden den Grund zu ihren Häusern gruben, fanden sie gar manchmal solches Gebein, und da war eine Geschichte von einem Drachen oder einem Riesen gar bald dazu erfunden.

Zur selben Zeit, als die vorerwähnten Thiere in Europa lebten, bevölkerten Bären, die noch einmal so groß waren wie die unserigen, und mächtige Löwen die Höhlen, und ihre Knochen und die ihrer Beute blieben darin begraben. Wie aber vor dem Menschen auf Erden kein Oertlein sicher ist, dahin er nicht käme, forschte dieser auch gar bald die Schlupfwinkel jener Thiere aus und fand Gerippe von riesigen Thieren darin, die er nicht kannte, und nun waren es auch hier wieder leibhaftige Drachen, die da gehaust hatten; und wenn in der Nähe oder in solch einer Höhle selbst ein frommer Einsiedler sein selbstpeinigendes Wesen getrieben hatte, ist es gar nicht zu verwundern, wenn ihm die Leute dann nacherzählen, er habe Drachen in seiner Höhle gehalten wie Hunde, oder er habe den Gottseibeiuns in der Gestalt eines Drachen erschlagen und ihn in den Winkel seiner Höhle geworfen. Der berühmte Philosoph Leibnitz hat sogar im vorigen Jahrhunderte noch aus Nashorn- und Bärenknochen, die sich bei Quedlinburg in einer Gypsspalte gefunden hatten, mit Zuhilfenahme eines Narwalstoßzahnes ein eigenthümliches „Einhorn“-Skelet zusammengesetzt, das viel Aufsehen erregte; aber das geht heutzutage nicht mehr. Seit Cuvier die vergleichende Anatomie in's Leben gerufen hat, ist das anders geworden. Vor etwa zwanzig Jahren noch zog ein gewisser Koch durch ganz Europa mit einem riesigen Thierskelett von einem Halbmenschen, einem Ungethüm, das 170 Fuß lang gewesen sein sollte, aber der gelehrte Johannes Müller in Berlin, hat es stark auf's Korn genommen und gar bald gefunden, daß in einem Individuum mehrere Arten

und daß es bedeutend kürzer wurde, als er die fremden Theile ausschied. Das war auch noch kein Drache, sondern ein robbenähnliches Säugethier wie unsere heutigen Walrosse.

Auch in der Adelsberger Höhle soll es Lindwürmer gegeben haben, und als vor ungefähr 150 Jahren der Fluß, welcher aus ihr hervortritt, stark anschwoll und austrat, und nach seinem Zurücktreten eine Menge unbekannter, höchst abenteuerlicher Thiere zurückließ, die man früher nie gesehen hatte, hielt man, auch diese sofort für junge Lindwürmer. Heutzutage kennt sie Jeder wohl als den bekannten Höhlenmolch, den Olm.

Kurz, so lange der Mensch auf Erden wohnt, und geraume Zeit vor seinem Auftreten gab es weder Drachen noch Lindwürmer, vorausgesetzt wir verstehen unter diesen reptilienartige, abenteuerlich gestaltete Ungeheuer, denn das Krokodil können wir doch nicht als solches ansehen. Mit dem schauerlichen Drachenkampf der wackeren Helden ist es nun ein für alle Mal nichts gewesen. Da hätten die Menschen viel früher auftreten müssen, hätten sie noch Drachen auf der Erde antreffen wollen. Es gab nämlich in der That einmal eine Zeit, wo es an solchen Ungeheuern nicht mangelte und wo sie selbst im lieben Deutschland so gut heimisch waren, wie später das Nashorn und heutzutage das Hochwild.

Die Mittelzeit in der Geschichte unserer Erde entspricht vollkommen dem Zeitalter der Drachen, da in ihr nur Andeutungen von warmblütigen Thieren vorhanden sind, während die höchst organisirten Thiere dieser Periode gewaltige Reptilien waren. Das Auftreten derselben beginnt in der sog. Trias, dem ältesten Glied der Periode, mit gewaltigen salamanderoder froschähnlichen Ungethümen, — die Frösche sind nach ihrem Knochenbau wenigstens ihre lebenden nächsten Verwandten —, mit eigenthümlichen Zähnen, die gefaltete Schmelzsubstanz haben, daher man sie Wickelzähner nennt. Ihnen folgen dann die sog. Meerdrachen, die namentlich in der mittleren Periode der Mittelzeit lebten, und bei ihnen will ich einen Augenblick verweilen.

Der geehrte Leser findet die großen dunklen Platten, auf welchen die Reste solcher Ungethüme ausgebreitet liegen, in jedem Museum. In München haben sie eine stattliche Galerie davon und in Tübingen eine Mustersammlung in allen Größen. Letztere Stadt liegt auch nahe an der Heimstätte der deutschen Drachen. Wenn man durch das romantische Schwaben am Fuße der rauhen Alb hin, von weiland Kaiser Rothbart's Burg Hohenstaufen über Boll, Ohmden und Reutlingen nach Tübingen wandert, kommt man über große Steinbrüche, darin ein schwarzer Schiefer gebrochen wird, den die Arbeiter Fleins nennen. Dieser Schiefer steckt voll von Fischen, Ammoniten, Encriniten und Resten großer Seedrachen, von denen sie allwöchentlich einen auffinden. Der Schiefer gehört der mittleren Zone des Lias oder schwarzen Jura an, wie man die Formation geologisch nennt, und hier waren die Drachen vornehmlich zu Hause, obzwar sie auch in älteren und in jüngeren Schichten nicht fehlen. Auch in England kommen die Drachen in diesem Schiefer vor, abenteuerliche Gestalten, wie sie Schiller malt: „Halb Molch erschien's, halb Wurm und Drache", der wohl kaum an einen bestimmten gedacht hat. Da war einer, der wie ein Fisch am Körper gestaltet war, aber einen Krokodilskopf und breitgedrückten Molchschwanz hatte und mit einer Haut bedeckt war, wie sie heute die Molche und Frösche haben; kurze gewaltige Unterfüße schoben das Unthier durch die Fluthen. Das ist der Fischdrache oder die Fischechse, der Ichthyosaurus. Und wieder einer, der wie eine Schildkröte flach im Körper war, mit langem Schwanz und noch längerem Hals, als hätte man durch jenen Körper eine Schlange gezogen, dies ist die Nachbarechse, der Plesiosaurus, so genannt, weil er immer in der Nähe des vorigen auftritt. Beide konnten sich auf dem Lande nicht bewegen, denn auch der letztere hatte kurze Ruderfüße, die ihm das Gehen nicht erlaubten. Andere mit Panzern versehene und mit Schreitzehen begabte konnten auch auf dem Lande wohnen und glichen mehr unserem lebenden Krokodil, namentlich dem Gavial aus dem Ganges. Und wieder andere flatterten in der Luft — das sind die wahren Drachen. Aber das sind die Kleinsten, die zur Jurazeit nicht größer waren als eine mittlere Ente. Die Seedrachen aber erreichten eine Länge von 40 Fuß und darüber, und das will schon etwas sagen.

Wenn also die wackeren Kämpen des Mittelalters anders als in ihrer Phantasie mit Drachen sich balgen wollten, so hätten sie um einige Millionen Jahre früher zur Welt kommen müssen; zwar gab es auch in der Kreide noch Seedrachen, aber da werden sie schon seltener, und sobald nun einmal ihre Rolle ausgespielt war, mußten sie anderen Geschöpfen ihren Platz räumen.

Nun wird aber Jemand fragen wollen, was denn für Rollen diese Thiere zu spielen hatten. Das ist mit wenigen Worten beantwortet: Sie waren Hechte im Karpfenteiche. Zur Zeit als die Erde mit Meer weit und breit bedeckt war, wimmelte es ja von Seethieren aller Art, die unter größerer Wärme und bei reichlicherer Nahrung gar trefflich gediehen. Damit aber die Bevölkerung nicht so überhand nehme, daß sie sich gegenseitig in der Entwicklung hindere, mußte immer eines das andere im Schach halten. So waren die Seedrachen die größten, welche die kleineren Geschöpfe wegnahmen, während sie unter einander sich selbst bekämpften, damit keines das andere überflügle. Wie nun nach und nach die Continente weiter und weiter zunahmen, da bevölkerten sie sich bald mit Thieren und Pflanzen, und wie die Meere immer kleiner wurden, waren auch die Seeungeheuer nicht mehr nöthig, sie verloren sich von selbst und machten anderen Gethiere Platz. Nun war's aber auf dem Lande wie früher im Meere, es mußte dafür gesorgt werden, daß sich auch hier die Bewohner nicht übermäßig vermehren. Und wieder kamen große Thiere aus den Reihen der Säuger, von denen die einen dafür sorgten, daß der Thiere nicht zu viel wurden, während die anderen dem Pflanzenwuchse Einhalt thaten. So lösten diese die Drachen ab und hielten Ordnung und Zucht aufrecht, bis der Mensch kam und sie abdankte und vergaß, bis er ihre Gebeine wiederfand und zu Drachen- und Riesengebeinen machte.

So ist also der Mensch zuletzt der Erbe und Nachfolger der Drachen im Regimente geworden, und außer allen und bösen Drachen gibt es nun keine mehr auf Erden, aber vor denen wolle uns Gott bewahren!

Miscellen.

(Bremer Geschichten.) Der „Börsen-Courier" schreibt: Der Patriotismus in Bremen ist ein Factum, das sich deutlich genug kundgethan hat. Daß der Bremer bei aller Verehrung des Grafen Bismarck über seine Steuerpolitik einen Glauben für sich hat, thut dem bezeichneten Factum keinen Abbruch. An dem römischen Triumphbogen, der bei dem Besuche des Königs von Preußen vor dem Eingange der Stadt errichtet war, prangten verschiedene lateinische Inschriften, die natürlich manchem guten Patrioten unverständliches Kauderwälsch waren. Was die besonders hervorstechenden vier großen Buchstaben S. P. Q. B. (senatus populusque bremensis, der Senat und das Volk Bremens) bedeuteten, mußte denen, die damit gemeint waren, erst deutlich gemacht werden. Als Referent gerade den stolzen Triumphbogen sich ansah, äußerte ein Herr gegen die ihn um die Bedeutung der Buchstaben befragende umstehende Gruppe, das solle wohl heißen: „Stempelsteuer, Petroleumsteuer, Quittungssteuer, Branntweinsteuer."

(Eine astronomische Beobachtung.) Unter den Ursachen, denen man die wechselnde und schlechte Witterung des heurigen Sommers zuschreibt, wird von den Astronomen die wichtigste in den Sonnenflecken gesucht. Der Astronom Pater Secchi, correspondirendes Mitglied der französischen Academie, äußerte sich schon am 11. Mai im „Giornale di Roma" in folgender Weise: „Die Sonne befindet sich derzeit im Stadium sehr zahlreicher Flecken. Am Morgen des 7. Mai zählte man 63 ersten Ranges, die sich in sieben oder acht Gruppen fanden. Ihre Anzahl geht rasch auf ihr Maximum zu. Die ganze Sonne ist damit thatsächlich bedeckt. Sie erscheinen wie eine Masse weißer Flocken auf aschgrauem Grunde." Diese Beobachtung erhält noch einen wesentlichen Nachdruck durch den Zusatz, daß „die Variationen der Sonnenflecken in einer beiläufig dreijährigen Periode einzutreffen scheinen". Auf diese Weise wäre die Hoffnung vorhanden, daß die Astronomie durch die positive Feststellung eines Gesetzes über die Variationen der Sonnenflecken zugleich wichtige Anhaltspunkte bieten würde, um die Wechselfälle der Witterung und die Unregelmäßigkeiten der Jahreszeiten schon vorweg zu bestimmen.

(Ein unheimlicher Besuch in Paris.) Zu den hervorragenden Persönlichkeiten, die in jüngster Zeit Paris besuchten, ist wohl auch Herr Calcraft, der Scharfrichter Ihrer britischen Majestät zu rechnen. Der Galgen hat Ferien und der Henker will auf den Boulevards Luft schöpfen. Herr Calcraft ist ein feiner, zuvorkommender und geistreicher Mensch, kurz, was man einen Weltmann nennt; er spricht das Französische geläufig, scheint nicht sparen zu wollen und unterhält sich königlich. Man hat ihn in der Oper, in Mabille und in den Folies Dramatiques gesehen, wo er wie ein Kind weinte, als Fräulein Van-Ghel die „Jahreszeiten" sang. Auch den Roquette-Platz hat er besucht und sich lange vor der gepflasterten Stelle verhalten, wo die Guillotine aufgerichtet wird, die für ihn als Henker den Reiz der Neuheit haben mochte. Herr Calcraft ist nicht allein Henker, er ist nebenbei noch Damenschuhmacher. Am Morgen legt er den zum Tode Verurtheilten den Strick um den Hals und Abends probirt er hübschen Mädchen Schuhe an; die ganze elegante Frauenwelt läßt sich von ihm bedienen. Es hat auch etwas für sich, sagen zu können: „Mein Schuster hat heute den Mann gehenkt, der Vater und Mutter, Weib und Kinder umgebracht hat."

Boslawitz, 19. Juni. Nachdem man neuerdings durch die Entdeckung des Dynamit in demselben ein Sprengmittel von außerordentlicher Wirkung gewonnen hat, findet man öfter die Anwendung desselben in unkundigen Händen, welche bei der furchtbaren Explosionskraft häufig Unheil anrichten. Mehrere Arbeiter des hiesigen Bahnhofes hatten sich gestern Abend einige Sprengpatronen aus jenem Material zu verschaffen gewußt und sich damit nach dem Grenzflusse Bezenka begeben, um dort mit Hilfe derselben Fische zu fangen. Es geschieht dies nämlich, indem ein Zünder in Gestalt einer Schnur in Brand gesetzt und sodann die Patrone in's Wasser geworfen wird, wo die erfolgende Explosion einen trichterförmigen, mitunter sehr umfangreichen Kegel herauswirft. Die in demselben befindlichen Fische werden nun entweder getödtet oder betäubt und erscheinen an der Oberfläche, wo sie mit Leichtigkeit eingesammelt werden können. Der eine jener Arbeiter hatte die Patrone schon in einiger Entfernung vom Ufer entzündet und trug dieselbe noch mit angebranntem Zünder ein ganzes Stück in der Hand. In Folge dessen explodirte das Geschoß, ehe es in das Wasser kam, und zerriß ihm die rechte Hand vollständig, so daß die Amputation hat erfolgen müssen. Außerdem trug der Mann noch einige Brandwunden am Arme und Unterleibe davon. Derselbe ist bereits seit ca. 25 Jahren an der Eisenbahn beschäftigt.

Preisaufgabe.

I.

„Großpapa, sprach die Enkelin
Zu einem klugen Alten,
Ein Name steht im Buche drein
Den kann ich nicht behalten.
Ich las von ihm mit großem Fleiß,
Doch hilft mir nicht mein Sinnen,
Daß ich ihn morgen wieder weiß;
Was soll ich nun beginnen?"
„Ei, sprach darauf der Großpapa,
Das ist ein Geist gewesen,
Goethe — d'rum steht sein Name da
Im Buch das Alle lesen;
Jedoch das Näh're über ihn
Wird Euch der Lehrer sagen.
Nun, mit dem Worte fürderhin
Sollst Du Dich nicht mehr plagen:
An Deinem eig'nen Namen thu'
Ein Zeichen vorn, eins hinten,
Dann wirst den Namen Du im Nu
Zu allen Zeiten finden!""
Wenn's Einer jetzt nicht rathen kann
So sinne er noch sacht,
Wie hieß das Mädchen, wie der Mann
Deß Name steht im Buche?

II.

Den — wollt' ich kürzlich einmal fangen,
Aber er ist davon gegangen,
Freut sich in der Lust des Lebens
All mein Mühen war vergebens.
Ein — ist gar sehr zu beklagen,
Was ihm die besten Freunde sagen,
Alles ist bei ihm verloren
Denn sie predigen tauben Ohren.

Für richtige Lösung dieser Aufgaben geben wir als Preis:

Schiller's Werke.

Sechs Prachtbände. Cotta'sche Ausgabe.

Termin zur Einsendung 7. Juli. Bei mehreren richtigen Einsendungen entscheidet das Loos. Anonyme Briefe bleiben unberücksichtigt. Die Namen der Errather werden veröffentlicht, wenn nicht das Gegentheil gewünscht wird.

Redaction von A. A. Wolf. Druck der Jäger'schen Druckerei in Speyer.

Palatina.

Belletristisches Beiblatt zur Pfälzer Zeitung.

Nro. 77. | Speyer, Dienstag, den 29. Juni | 1869.

Sommermorgen.

Von Freudenthränen glänzt die Au',
Aufsteigt ihr würz'ger Opferduft,
Hell jauchzt der Chor in Wald und Luft,
Der Himmel neigt sich mild und blau.

Ein heil'ger Tempel ist die Welt,
Durchhaucht von Andacht und Gebet;
Im Frieden, der vom Himmel weht,
Glänzt sanft verkläret Wald und Feld.

Ich möchte betend niederknie'n —
Und wein', als säh' den Traum ich nur
Von einer schönern Maienflur,
Die längst verblüht, vorüberziehn.

E. Böhmer.

Entfremdete Herzen.

Novelle von E. Freitag.

> Im der Mannesbrust wühlen und gähren verschiedene Leidenschaften; im Herz der Frauen führen fast nur zwei die Herrschaft; haben aber diese beiden, die Vergnügungs- und die Herrschsucht, sich einmal darin festgesetzt, so können sie fast nie wieder entwurzelt werden.
>
> Locke.

I.

Karl Hermes war noch ein junger, stark beschäftigter Arzt, der gefeiertste Aesculap einer großen deutschen Residenz. Aus geringen Anfängen — denn er hatte als Sohn eines armen Unteroffiziers einst als bloßer Feldscheerer bei einem Infanterie-Regiment seinen Berufsweg betreten — hatte er sich durch seine Genialität, durch Fleiß und Ehrenhaftigkeit seines Charakters zu einer Stellung im Leben hinaufgeschwungen, die seine kühnsten Wünsche von ehedem weit übertraf. Er besaß Ruf, Rang und Vermögen, ein schönes, ein reiches Einkommen von seiner Praxis, die besonders auf seine seltene meisterhafte Gewandtheit in schwierigen Operationen sich gründete. Kein Wunder daher, wenn er viele Neider, ebenso viele Neider als Verehrer, zählte! Er stand nun in seinen besten Jahren, im ersten Viertheil der Vierziger, und besaß neben allen Gaben, die ihm das Glück bescherte, und die er mit so vieler Mäßigung zu genießen verstand — mit der Mäßigung eines wahren Weisen, jenem größten aller Erdengüter — eine schöne, junge, reiche Frau aus guter Familie, um welche ihn Manche nicht minder beneideten, als um seine sonstigen Besitzthümer.

Und der Doctor schien wirklich beneidenswerth zu sein. Man wußte, daß Malwina, die Tochter des reichen und einflußreichen Legationsraths von Bierer, aus reiner Neigung und aus Achtung vor seinem Charakter und seinen Verdiensten den Doctor geheirathet hatte, nachdem sie manch' andere glänzende Aussicht für die Zukunft abgelehnt. Zwei liebliche Kinder waren die Pfänder einer kaum vierjährigen Ehe, welche für das Auge der Welt einem unbewölkten, freundlichen klaren Maienhimmel glich, obwohl er daheim auch manche Aprillaunen zeigte. Es paßte bei den Gatten nicht Alles in ihrem geistigen Wesen und ihren Ansprüchen an das Leben so ineinander, wie es nöthig, um ein dauerndes Eheglück zusammen zu fügen. Karl war von Natur aus ernst, der Mann der Wissenschaft, der Forschung, der mit scharfem Blick dem Wesen der Dinge auf den Grund zu kommen suchte, und Wesen, nicht Schein, begehrte; der die leeren Formen und Freuden, die Eitelkeiten des alltäglichen Lebens geringschätzte, und nach etwas Solidem, Greifbarem, Körperhaftem und Positivem sich umsah. Glühender Verehrer der Musik, begeisterter Freund alles Schönen aus dem ganzen Bereich der Künste, dazu ein Mann voll Kraft und Mark, den die Schule des Lebens geprüft, gestählt und gehärtet hatte, war er kein großer Freund des geselligen Lebens der guten Gesellschaft, in welchem — wie er zu sagen pflegte — zu wenig Härte, zu wenig Stahl und Stein in den Geistern und allzuwenig Reibung unter ihnen war, um zündende Funken zu wecken. „Ich habe," sagte er, „allzuviel hartes Holz bohren und zu tief in Anderer Karten und besonders in die der feinen Leute schauen müssen, um an der übertünchten Lage und der Unnatur, an dem Quecksilberglanz dieses modischen großstädtischen Gesellschaftslebens Gefallen und Reiz finden zu können. Ich kenne diese Kreise, wo jeder wahre Mann oder jede neu auf die Bühne tretende Persönlichkeit den Zähler abgeben muß für die Unzahl gelangweilter Nullen. Ich fühle mich daheim an meinem Piano, in meinem Garten, unter meinen Blumen und Büchern, bei meinen Kindern weit behaglicher!"

Seiner jungen Frau dagegen verkümmerte er den Genuß nicht, welchen sie in dem ihr von frühe auf gewohnten Getriebe dieser „Cirkel“ fand. Er schätzte Malwinens Geist zu hoch, um nicht zu hoffen, daß sie selber eines Tages die Nichtigkeit dieser Vergnügungen einsehen und dieselben gern gegen das reinere Glück eines traulichen Familienlebens, gegen den Umgang mit einem gewählten Kreise geistvoller, verdienter Personen von tüchtigem Charakter und wahrem Talent vertauschen werde. Aus diesem Grunde ließ er sie gewähren, als sie bald nach der Hochzeit in den alten Strudel rauschender Vergnügungen und Festen sich stürzte, welchen sie nur während des Brautstandes und der Flitterwochen auf kurze Frist sich entzogen hatte. Allein die Verwirklichung seiner Hoffnungen, daß sie die Leere dieses Genußlebens einsehen und sich unbefriedigt davon abwenden werde, um reinere, wahrere Freuden und Genüsse im Schooße des Familienkreises aufzusuchen, — ließ immer noch auf sich warten, und der Doctor bemerkte mit einem stillen innern Schmerze, daß er fast vergeblich hoffe. Zuweilen kam es zu Erörterungen über diesen Punkt zwischen beiden Gatten; allein Malwine besaß zuviel Stolz und geistige Selbstständigkeit, um leicht nachzugeben; ihre Eitelkeit fand so viel Befriedigung in den Bezügen des geselligen Lebens, in dem Bewußtsein, allenthalben die leuchtende Sonne des Cirkels zu sein, in welchem sie erschien, daß sie den liebevollsten und sanftesten Vorstellungen ihres Gatten erst nur Abwehren, dann Gegengründe und endlich gar Trotz entgegensetzte. Verhetzt von Frauen ihrer Bekanntschaft, denen es schon ein Dorn im Auge war, daß sich die reiche, schöne, geistvolle Malwine „an den Emporkömmling weggeworfen“, hielt sie die Bitten ihres Gemahls für Ausflüsse des Eigensinns, der Sonderlingssucht oder gar eines auf unbefriedigtes Selbstgefühl gegründeten Neides. Sie hielt es für Kälte, daß Karl sie nicht mehr in ihre geselligen Kreise begleitete, während er ihr eben dadurch nur allmälig das Bewußtsein des Unschicklichen beibringen wollte, was sie dadurch beging.

Die Meinungsverschiedenheit dieser beider Gatten über diesen Punkt war in der That das Einzige, was den klaren Horizont ihres ehelichen Lebens mit Wolken überzog — Wolken, die zwar anfangs immer rasch wieder verzogen, aber doch nach und nach die Sonne der Liebe oft auf längere Zeit verdunkelten, ja sogar da und dort ein kleines Gewitter heraufbeschworen, welches sich in einzelnen Blitzen bitterer Vorwürfe, in Donner von Wortwechseln entlud und erst verzog, wenn Malwinens Thränen als befruchtender Regen den letzten Nebel vom Ehestandshimmel entführt hatten. An diesen Gewittern war meistens Malwinens Mutter Schuld, eine noch immer etwas eitle Frau, deren Eins und Alles das verjüngte Ebenbild ihres einstigen Ich war und die stets behauptete, die Heirath ihrer Tochter mit diesem Manne sei nach Stand Charakter und Bildungsgang eine durchaus verfehlte, eine entschiedene Mesalliance.

(Fortsetzung folgt.)

* Das olympische Theater zu Vicenza.

Von Dr. C. Jäger.

(Fortsetzung.)

Die beiden kurzen Seiten des Prosceniums wo bei den römischen Theatern die drehbaren Decorationen, die sogenannten versurae, standen, sind hier durch palastähnliche Fortsetzungen gebildet. Im unteren Geschoß sehen wir beiderseitig wieder je eine Thüre, welche in der Illusion des Publicums in's Freie führen sollten und aus welchen der Chor heraus kam, denn ja bei den römischen Theatern die Orchestra verschlossen war. Die oberen Stockwerke zeigen Fenster und das Ganze ist ebenfalls reich mit Statuen, Nischen und Reliefs geschmückt. Die Zwickel zwischen den Bögen und sonstige passende Plätze der Scene sind mit mythologischen Figuren, mit Genien, wasserausgießenden Flußgeistern und ähnlichen passenden Gegenständen gefüllt.

Einen ganz eigenthümlichen Schmuck erhält das Theater durch die Prospecte, welche sich hinter den drei Eingängen der Hauptscene öffnen und welche die Straßen der Stadt Theben vorstellen sollen. Das erste Stück nämlich, welches in dem neuen Gebäude von Seiten der olympischen Academie zur Aufführung kam, war eine italienische Uebersetzung des „Oedipus“ von Sophokles, und man traf dabei die Anordnung, daß die Zuschauer von ihren Sitzen aus in die Straßen der Stadt hineinsehen konnten. Diese Prospecte sind sehr täuschend gemacht, und man kann sich, auf den Stufen sitzend, ganz der Illusion hingeben, als blicke man in die Straßen einer reich geschmückten, wenn auch nicht altgriechischen Stadt hinein.

Man kann aber auch wirklich in diese Straßen hineingehen. Drei derselben münden auf die Hauptpforte und je eine auf die beiden Seiteneingänge der Scene. Der Boden der Straße ist etwas ansteigend gelegt und die zu beiden Seiten stehenden Häuser sind gegen das Ende hin einander näher gerückt, wodurch man die Perspective künstlich vermehrt hat. Dieser Kunstgriff war bei Bauten und ganz besonders bei Treppenhäusern der Renaissance sehr beliebt und der Beschauer erhielt so den Eindruck, als sei die Anlage noch weit länger und größer als in Wirklichkeit, ein Eindruck, den auch die Prospecte von Vicenza machen. Zu beiden Seiten der Straße stehen die Façaden von Häusern, die ebenfalls in ähnlicher Weise wie die Scene, jedoch ungeheuer überladen und schon an's Barocke streifend mit Säulen, Statuen, Gesimsen und Nischen geschmückt sind; wir wissen zwar eigentlich nicht, wie eine altgriechische Stadt aussah, aber trotzdem kann man mit Sicherheit behaupten, daß dieses die unglücklichste Darstellung ist, die sich finden ließ. Freilich kümmerte sich jenes Zeitalter, welches die Prospecte erbaute, nur wenig um eine richtige, der Sache entsprechende Darstellung und ganz besonders war die Aufführung des „Oedipus“ für die Vicentiner nur ein Anlaß, soviel Pracht und Luxus als möglich zu entwickeln; daher mögen diese Prospecte, so wenig sie eine altgriechische Stadt darstellen, doch für die Einweihung des Theaters und jene Darstellung des Oedipus ganz am Platze gewesen sein.

Zwischen dem Proscenium und dem Zuschauerraum liegt, jedoch 1,5 Meter tiefer als die Bühne, das Orchester, ein halbkreisartiger Raum mit einem Längendurchmesser von 18,10 und einem kürzeren gegen die Zuschauer gerichteten von 6,64 Meter. Da wir ein römisches Theater vor uns haben, so war die Orchestra nicht, wie bei den Griechen, für den Chor, sondern für die besonders ausgezeichneten Zuschauer bestimmt; es besteht daher zwischen der Bühne und der Orchestra keine Verbindung, wie sie bei den griechischen Theatern durch Treppen für das Auf- und Absteigen des Chores hergestellt war; auch liegt die Orchestra nicht so tief unter der Bühne wie in einem griechischen Theater, damit man von unten her bequem der Handlung zusehen konnte.

Hinter der Orchestra steigt dann im Anschlusse an die ringförmige Gestalt derselben der Zuschauerraum, die römische cavea, auf. Die unterste Stufe liegt 2,71 Meter über dem Boden der Orchestra, und von hier aus reihen sich dann 13 Stufen über- und hintereinander; jede hat eine Breite von 0,55 und eine Höhe von 0,4 Metern.

Der Zuschauerraum hat, wie dieses bei den römischen Theatern sonst immer der Fall ist, weder größere Absätze (Präcinctionen), noch keilförmige Eintheilungen durch kleine Zwischentreppen; auch lag zur Nachahmung dieser Eintheilung hier nicht der mindeste Grund vor; denn das ganze Theater kann höchstens 2000 Menschen fassen und bei diesen kleinen Verhältnissen hätten Absätze und Zwischenstufen nur Raum verschwendet ohne den Vortheil zu bringen, wie in einem großen Theater, das auf viele Tausende von Menschen berechnet ist.

Weil die Sitzreihen rund sind, die Umfassungsmauern des Theaters aber viereckig, so bleiben zu beiden Seiten des Zuschauerraumes noch kleine dreieckige Zwickel übrig, welche für Stehplätze verwendet werden können.

Ganz römische Anlage ist es auch, daß Palladio über die hinterste und oberste Stufenreihe noch eine prächtige Säulenstellung angeordnet hat. 28 korinthische Säulen, jede 3,9 Meter hoch, ziehen sich von der Orchestra angefangen, um den Zuschauerraum herum, bis sie auf der anderen Seite wieder die Bühne berühren. Da, wo die viereckige Umfassungsmauer sich an den Halbkreis des Zuschauerraumes anschließt, ragen diese Säulen theilweise aus der Mauer hervor, während sie dagegen längs des kleinen dreieckigen Raumes zwischen dem Halbrund der Sitze und der viereckigen Mauer frei stehen und dort zu beiden Seiten des Theaters kleine Galerien tragen. Diese Galerien sind wieder mit Sitzen und Stehplätzen versehen und mögen wohl die summa cavea der römischen Theater darstellen, welche dem gemeinen Volke angewiesen war; dieses ging nemlich im gewöhnlichen Werktagsanzuge in das Theater, während das feinere Publikum, das der philosophisch überlegten Sinneslust und dem raffinirtesten Lebensgenusse hingegeben war, nur in weißer Feiertagskleidung die Stätte des Luxus und der ausgewähltesten Augen- und Ohrenweide besuchte. Die runde Umfassungsmauer des Zuschauerraumes ist ebenfalls zwischen den Säulen mit Nischen versehen, welche abwechselnd mit rechtwinkeligen und rundbogigen Giebelfeldern geschlossen und mit Statuen geschmückt sind.

Das Gebälke, das über den Säulen liegt und die Galerie trägt, hat eine Höhe von 0,77 Meter; das Geländer dieser Galerie wird durch Pilaster, die sich über den Säulen fortsetzen, gegliedert und dieser ganze Abschluß des Zuschauerraumes ist wieder, wie die Scene, reich mit Bildsäulen ausgestattet. Jeder Pilaster der Galeriebrüstung trägt eine solche, und so zählen wir an dieser Seite über den Säulen und in den Nischen im Ganzen 53 lebensgroße Statuen.

Ueber dem Zuschauerraum, längs den drei Begrenzungs-Wänden, sind in der Höhe 13 einfache Fenster angebracht, welche das Licht einlassen und so eine, wenn auch nicht übermäßige, aber vollkommen genügende Tagesbeleuchtung herstellen.

Es war selbstverständlich dem Baumeister nicht möglich, sein Theater in der Weise der Alten unbedeckt zu lassen; die ganze Einrichtung war ja größtentheils von Holz und Stuck und nicht, wie bei den Griechen und Römern, aus Marmor oder sogar theilweise in den Felsen gehauen. Nach kurzer Zeit hätten Wind und Regen das Holzwerk zerstört, und die dringendste Nothwendigkeit, das Theater zu überdachen, wäre sicher eingetreten. Von den Streitigkeiten, zu denen die Art der Ueberdeckung Anlaß gegeben, wird später noch die Rede sein. Hier genüge nur die Bemerkung, daß die Decke des Theaters von der Scene über dem ganzen Raum sich gleichmäßig ausspannt und so gemalt ist, daß der Zuschauer den Eindruck eines Tuches, das durch Stricke, die von den Mauern auslaufen, gehalten wird. Wir haben also auch hier wieder die Hinweisung auf die antike Sitte.

(Fortsetzung folgt.)

* Gleisweiler.

Der Besuch von Bad Gleisweiler, welcher in diesem Jahre gleich nach Neujahr begonnen hatte, war den Winter und das Frühjahr hindurch verhältnißmäßig sehr frequent. Gelegentlich der fortwährend kühlen Witterung dieses Sommers machen wir auf einen Irrthum aufmerksam, in den man gar leicht verfällt beim Vergleich der warmen und kalten Bäder. Viele denken, die Kaltwassercur könne nur bei sehr warmem Wetter gut wirken. Die Erfahrung lehrt jedoch, daß im Frühjahr und Spätjahr im Allgemeinen günstigere Resultate durch diese Cur erzielt werden, als im Sommer, was in Folgendem begründet ist. Zu gutem Erfolg der Cur mit frischem Curbrunnen (welche Cur stets mit lauem Wasser eingeleitet wird, bei allmählichem Uebergang zum kalten) ist viel active Bewegung in frischer Luft nöthig und dieß ist bei schwülen Tagen nicht in dem Maße möglich als bei kühlerer Witterung.

In Wasserheilanstalten wird die Gesundheit erarbeitet. Diese Arbeit beginnt schon während dem Baden, denn im kalten Wasser verhält sich der Körper nicht passiv, wie dieß im warmen Bade wohl geschieht. Alle kalten Bäder haben nur die Dauer von einer halben bis zu wenigen Minuten, worauf, wenn der ganze Körper mit trockenen Tüchern gerieben worden, die vor dem Bade vorhanden gewesene Wärme schnell wieder eintritt. Währenddem es den aus einem warmen Bade Steigenden fröstelt, weil die äußere Temperatur auch bei warmer Witterung stets kühler ist als sein Badewasser, fühlt sich der aus dem kalten Bade Kommende stets behaglich und gestärkt, da bei warmer wie kühler Witterung die Temperatur der Luft beinahe immer höher ist als das Quellwasser. In kühlen Sommern finden Erkältungen nach einem warmen Bade viel leichter statt als nach einem kalten Bade; das letztere härtet den Körper ab gegen Erkältungen, während das warme Bad die Disposition dazu steigert.

Diese Bemerkungen vorausgeschickt, wird es klar sein, daß auch die kühlere Witterung zum Gebrauch der Wasserkur sehr geeignet ist. Es ist diese Kur nicht, wie so manche andere, der Mode unterworfen. Da wo sie nothwendig, oder wenigstens angezeigt ist — und diese Fälle sind durch die ärztliche Wissenschaft genau begrenzt — da wirkt sie vor allen anderen Medicamenten die Nerven direct belebend, den ganzen Organismus stärkend. Der Stoffwechsel wird bethätigt, die Verdauung verbessert; Ausscheidungen durch Haut, Nieren und Unterleib werden geregelt und dadurch säfteverbessernd, blutreinigend gewirkt. Andererseits wird die krankhaft erhöhte Nervenreizbarkeit, die sich durch Krämpfe, oder durch Schmerzen einzelner Nervenpartieen kund gibt, durch die beruhigenden Proceduren der Wasserkur abgestumpft. Vor allem aber bietet die Wasserkur das naturgemäßeste, aber doch bei weitem kräftigste Abhärtungsmittel. Und so hat auch schon in diesem Jahre eine beträchtliche Anzahl Kranker Bad Gleisweiler geheilt verlassen, insbesondere solche, die an Hautschwäche, abnormen Schweißen, eingewurzelten Rheumatismen, an Verdauungsschwäche, Wechselfieber, Bleichsucht, an Krämpfen der verschiedensten Art litten. Den schönsten Triumph feiert eine geleitete Kaltwasserkur bei der Bleichsucht und bei anderen Krankheiten die aus Säftemangel entsprungen sind. In solchen Fällen wirkt der längere Aufenthalt in kräftiger aber nicht zu kühler Berg- und Waldluft schon an und für sich äußerst günstig. Durch die einfachsten kalten Bäder, nur ganz kurze Zeit aber öfters gebraucht, verbunden mit Gymnastik, mit kräftiger Diät — in der Regel durch etwas Rothwein unterstützt, hat man in Bad Gleisweiler in den letzten Jahren fortwährend die überraschendsten Erfolge erzielt und die Ueberzeugung gewonnen, daß zur Heilung der Bleichsucht nicht immer ein gewisses Quantum Stahl oder Eisen in den Körper gebracht werden muß. Will man übrigens irgend welche Mineralquellen mit der Kaltwasserkur vergleichen, so sind es nur die Stahlquellen, welche mit derselben einige Aehnlichkeit haben, was zum Theil damit zusammenhängt, daß man die Stahlbäder kühler als andere Mineralbäder zu geben pflegt.

Miscellen.

(Sand im Futter.) Wie das „Pferde-Börsenblatt“ aus Oldenburg berichtet, wurde vor Kurzem ein der daselbst garnisonirenden Artillerie eingegangenes Pferd secirt, über dessen plötzlichen Tod sich die Thierärzte keinen Vers machen konnten. Bei der Section fand man zehn und ein halbes Pfund reinen Sand in dem Magen des Pferdes, welches bis zu seinem Eingange sich der vollsten Gesundheit zu erfreuen gehabt hatte.

** (Ein Natur-Ereigniß.) In der Gemeinde Notre-Dame de [illegible], Weiler von La Lechère, hat sich plötzlich eine Erdspalte am Ufer der Isère gebildet. Dieselbe ist 61 Meter lang und durchschnittlich 21½ Meter breit. Die Tiefe wird nach vorläufig angestellten Sondirungen in den am meisten ausgehöhlten Stellen auf 10 und die Durchschnittstiefe auf 5 bis 6 Meter berechnet. Die ganze Aushöhlung ist bis 1½ Meter unter der Oberfläche des umliegenden Erdreiches mit Wasser gefüllt, dessen Menge ungefähr 60,000 Hektoliter beträgt. Das Wasser ist mit Chlorcalium nebst organischen Stoffen rc. getränkt und trotz seiner Klarheit von unangenehmem Geruche und Geschmacke. Im Augenblicke des Erdeinsturzes vernahm man ein furchtbares Getöse und sah an dem Orte, wo derselbe herkam, sich eine Wassersäule bilden, die zu einer bedeutenden Höhe stieg und dann auf ein benachbartes Feld herabstürzte, wo deren Spuren noch zu sehen sind. Der Abfluß aus diesem Wasserbecken findet unterhalb durch einen alten Bewässerungskanal in einer Entfernung von 7½ Meter in die Isère statt. Der Wasserspiegel des See's ist fast ein Meter höher als der der Isère und kann also das Wasser von letzterer nicht herrühren. Die Erdsenkung riß fünf starke Bäume mit herab, deren Laubwerk noch im Wasser zu sehen ist. Eine ähnliche Naturerscheinung hat sich in demselben Augenblicke und unter denselben Umständen auf dem entgegengesetzten Ufer der Isère ereignet: Eine lange Erdspalte, nicht sehr breit, aber von beträchtlicher Tiefe hat mehrere hohe Pappeln verschlungen, von denen nur noch die Gipfel wahrzunehmen sind. Vor einigen Jahren, berichtet der „Courrier des Alpes“, waren nicht weit oberhalb dieses neuen See's auf ihren Feldern beschäftigte Landleute Zeugen eines ähnlichen Ereignisses: ohne irgend eine Vorbedeutung sah man plötzlich die Erde unter den Tritten der Ochsen weichen und diese verschwanden in einer tiefen Erdaushöhlung, aus der sie nur mit großen Anstrengungen wieder herausgebracht wurden.

(Ein Wahnsinniger). Man schreibt aus Wels: Der geisteskranke Joseph Spreizer in Gunskirchen hat das dortige Schulhaus angezündet. Die Mutter des Brandlegers nahm dies wahr und eilte zu der Stelle (auf dem Futterboden), wo sie bereits brennen sah, wurde jedoch von ihrem Sohne gepackt und in's Feuer geworfen, wobei sie mehrere Brandwunden erlitt. Hierauf ging Joseph Spreizer zu der Todtengräberin Sonntagbauer, packte dieselbe am Halse und wollte sie erdrosseln, wurde jedoch von dem zufällig herbeigekommenen Lehrer Wallenberger daran gehindert. Spreizer wurde sofort verhaftet und an das hiesige Kreisgericht abgeliefert. Außer dem Schulhause sind fünf Häuser, sowie das zum Schulhause gehörige Oeconomiegebäude abgebrannt. Der Schade dürfte 10 bis 12,000 fl. betragen.

Räthsel.

(Dreisilbig.)

Ein Imp'rativ vom schönen Worte
Zeigt Dir das erste Silberpaar,
Ein Wort, das Roma's lust'gem Völkchen
Wohl überall Parole war.
Du hast es sicher conjugiret
Vor eines Lehrers strengem Blick;
Vielleicht denkst Du, caro amico,
An seine tempora zurück. —
Ein Gürtel sind die beiden letzten:
„Doch was? Wozu?“ — Ja lieber Freund,
Mehr sag' ich nicht! Du sollst ergründen,
Was mit dem Gürtel ist gemeint.
„Legt er um einen schlanken Körper
Sich wohl zum Schmuck, zu schöner Zier?“
O nein! — Er ist schier unermeßlich,
Nicht sichtbar, nicht ergreifbar Dir. —
Ein Weib mit männlich schönem Sinne
Und fürchterlich in ihrer Wuth,
Nennt Dir mein Ganzes, lieber Leser;
Nun rathe Du und mach' es gut.

Dürkheim. Eduard Jost.

Redaction von K. L. Wall. Druck der Jäger'schen Druckerei in Speyer.

Palatina.

Belletristisches Beiblatt zur Pfälzer Zeitung.

Nro. 78. Speyer, Donnerstag, den 1. Juli 1869.

Am Jünglingsgrabe.

Ein grausam rasch vernichtet Saitenspiel!
Auf sonn'ger Höhe sah ich's leuchtend stehen,
Und Frühlingshauch, so frisch, so ahnungsvoll,
Durchsäuselte die rein gestimmten Saiten.
Des Himmels stürm'sche Winde rauschten her,
Und voller nur erklangen die Accorde.
Was Jugendsinn in holden Träumen schafft,
Was Jugendkraft in edlem Eifer will,
Das Alles sangen sie, frohlockend, zürnend,
Und brausend schwoll des Sängers Feuerstrom.
In stillen Weihestunden wiederum
Weht' Odem Gottes über diese Saiten,
Und sanft und sanfter ward ihr voller Ton,
Bis klar und feierlich der Hymnus klang.

Da faßt ein jäher Sturm im wildsten Toben
Die Harfe — all die Saiten sind zersprungen,
Und in den dunkeln Abgrund stürzt sie nieder,
Und liegt zerschellt in unnahbarer Tiefe.

So klagt der Schmerz. Doch Engelshände tragen
Unsichtbar das zerschmetterte Gefäß,
Das anmuthsvolle, liebereiche, reine,
Hinauf zur Heimath, bis zur Liebesquelle.
Des Himmels Chöre brauchen solche Saiten,
Die hier der ird'sche Dichtung abgelöst.
Dort fügen sie zu neuer größrer Schöne
Die Harfe, stellen sie zum Throne hin,
Und ziehen jubelnd goldne Saiten auf,
Daß sie, umglänzt vom ew'gen Lichte, selig
Des Liedes höchstem Meister ewig rausche.

W. M.

Entfremdete Herzen.

Novelle von G. Jerling.

(Fortsetzung.)

Allerdings ergriff Malwine, für den Gatten und seine trefflichen Eigenschaften des Gemüthes und Geistes noch immer eingenommen, stets seine Partei der Mama gegenüber; allein sie gerieth dadurch gleichwohl in eine falsche Stellung ihm und der Mutter gegenüber, und als der Tod ihr die geliebte Erzieherin entriß, milderte den kindlichen Schmerz einigermaßen der Gedanke, daß Karl vielleicht nur darum nicht ihre Trauer theilen könne, weil die Erinnerung an manchen gehässigen Wortwechsel mit der Verewigten, an manche Scene von unangenehmen Erörterungen zwischen beiden Gatten in seiner Seele noch zu lebendig sei. Damals hatte sie sich gelobt, von nun an mit mehr Enthaltsamkeit und nur an der Seite ihres Gatten die Freuden des geselligen Lebens zu genießen und Karl mußte zugeben, daß er während der Trauerzeit wirklich ein reineres Familienglück an seinem häuslichen Herde genoß, als vor dem. Als aber die von der Etiquette vorgeschriebene Trauerzeit vorüber war, als die alten Bekannten und Freundinnen sich wieder berechtigt glaubten, Malwinen in die rauschenderen Kreise von ehedem zu ziehen, und diese mehr und mehr wieder dem alten Zuge ihres Herzens zum gewohnten Vergnügungsleben folgte, — da schnürte die Enttäuschung dem wackern Gatten das Herz fest zusammen, und er kämpfte einen harten Kampf zwischen Liebe und Mitleiden mit dem bethörten Weibe seiner Liebe auf der einen, und verletztem Stolze, verschmähter Neigung und gekränkter Autorität auf der andern Seite. — —

Etwas mehr als ein Jahr war seit dem Tode von Malwinens Mutter, volle vier Jahre seit der Hochzeit des jungen Paares verflossen, da trat Doctor Hermes einst an einem Winterabend, von seinen Berufsgängen heimkehrend, in das niedliche Zimmer, welches seiner Frau zum Boudoir diente. Er hatte es von der Straße aus beleuchtet gesehen und ein kleines Lesekränzchen bei Malwinen vermuthet. Zu seiner Ueberraschung aber traf er sie in einem glänzenden Maskenanzuge vor dem Spiegel, im Begriffe, die letzte Hand an eine geschmackvolle Toilette zu legen, welche die Vorzüge ihres tadellosen Wuchses glänzend zeigte. Er bemerkte, daß bei seinem Eintritte Gluth und Blässe auf ihren Wangen wechselten. Malwinens Gruß war verlegen und sie geberdete sich, wie Jemand, der auf einem Unrecht ertappt worden ist.

„Wie, Malwine, Du bist geputzt? Willst Du ausfahren?"

„Wie Du siehst, mein Lieber!" entgegnete sie und verwandte den Blick nicht von ihrem Bilde im Spiegel. „Solltest Du vergessen haben, daß wir zu Geheimrath Weber eingeladen sind?"

„Ich vergaß es nicht," erwiderte der Doctor, „aber ich habe die Einladung abgelehnt, — gestern bestimmt abgelehnt," fügte er bedeutsam hinzu.

„Abgelehnt, ohne mir ein Wort zu sagen? ohne

mir wenigstens die Pflicht zu überlassen?“ fragte Malwine.

„Ich that es mündlich, bei meinem Krankenbesuch im Hause. Ich hatte besondere Gründe, es abzulehnen!“

„Und welche?“ rief Malwine, ungeduldig sich umwendend. „Noch diesen Nachmittag ließ mir Adele Weber sagen, daß man auf mein Erscheinen und meine Mitwirkung in einer Quadrille zähle, und ich ließ zurückmelden, daß ich kommen werde .... Man scheint also,“ setzte sie mit einem Anfluge von Ironie hinzu, „von Deiner ablehnenden Antwort keine Notiz genommen zu haben ....“

„Weil man schon gewöhnt zu sein scheint,“ fiel ihr der Doctor etwas strenge in's Wort, „daß meine Frau ihre eigenen Wege geht, und der lieben vornehmen Welt beweist, wie wenig ihr die Bitten ihres Gatten gelten, — weil man besonders in jenem Hause den ernsteren Gatten entbehren kann und weil man weiß, daß meine Frau sich nicht mehr entblödet, ohne mich Nächte lang den rauschendsten Vergnügungen sich hinzugeben!“

Hermes hatte dies mit mehr Ruhe und Gelassenheit gesagt, als seine strenge Miene in diesem Augenblicke hätte erwarten lassen. Malwine ward sehr betreten und rang nach einer Antwort.

„Aber die Gründe, die Gründe, warum ich nicht gehen soll?“ rief sie nach einer Pause noch ungeduldiger und sehr empfindlich.

„Erlasse mir, sie noch zu nennen!“ gab er ruhig zur Antwort und blickte durch die von seinem Hauch getrübten Scheiben auf die bereifte Straße hinab. — „Ich habe sie Dir schon in hunderterlei Formen und Tonarten genannt, und dennoch .... Zudem werde ich vor Deinem Mädchen sie nicht nennen, noch überhaupt wieder den Versuch machen, ein Sieb mit Wasser zu füllen!“ Er lehnte das Haupt an die Scheiben, und ein tiefer Schmerz sprach sich in seinen männlich-schönen ausdrucksvollen Zügen aus. Malwine sandte ihr Mädchen weg, setzte sich vor den Toilettetisch, stützte nachdenklich den Kopf auf die Hand und schwieg. Eine lange Pause entstand. Keines wollte reden, um die tiefe Gemüthsbewegung nicht zu verrathen, welche Beide beherrschte, obschon dieselbe bei Beiden eine diametral entgegengesetzte war. Man hörte nur Beider Athemzüge und das Ticken der Pendule.

„Du beabsichtigst also wirklich hinzugehen, Malwine?“ fragte Hermes endlich.

„Ich werde allerdings gehen, weil ich es versprochen habe,“ gab seine Frau hastig und empfindlich zur Antwort. „Du wirst mich hoffentlich nicht für so thöricht halten, daß ich hier bleibe, nachdem ich bereits Toilette gemacht!“

Hermes drehte sich langsam nach ihr um, sah sie fest an und erwiderte: „Ich bekenne, daß ich so thöricht war, zu glauben, Du würdest Deine Wünsche wenigstens ein einziges Mal den meinigen zum Opfer bringen. Du weißt recht gut, wie sehr mir solche Maskenbälle mißfallen, wie wenig ich den frivolen Ton in jenem Hause billige, wo Du den Abend zu verbringen gedenkst, und hättest Du auch nur einige Rücksicht für mich und meine Ansichten, so würdest Du mir den Schmerz, ja die Demüthigung erspart haben, daß ich Dich jetzt bitten muß, Deine Toilette nicht zu vollenden, denn ich werde Dich nicht begleiten!“

Malwinens Auge blitzte, allein als sie ihren Gatten anschaute, begegnete sie einem festen, kalten, entschlossenen Blicke, vor welchem sie sich ohnmächtig fühlte. Sie hatte ihm noch niemals offen Trotz geboten, und es lag in seinem ernsten unwandelbaren Blicke Etwas, was die bittern Worte zurückdrängte, die ihr schon auf den Lippen bebten. Mit einer gewaltigen Anstrengung unterdrückte sie die leidenschaftliche Aufregung, in welcher sie sich befand, und erwiderte mit einer Ruhe, welche sie selber noch mehr überraschte als ihren Gatten: „Wohlan denn, Herr Gemahl! Du kannst das natürlich halten wie Du willst, — ich werde diesmal nachgeben!“

Wiederum eine lange Pause. Der Doctor hatte nicht den Widerstand gefunden, den er erwartet hatte und die Nachgiebigkeit seiner Frau, an welcher er schon gezweifelt, stimmte ihn weicher. Er rückte sich einen Sessel zu Malwinen, setzte sich neben sie, und in seiner tiefen, leisen Stimme lag etwas Zärtliches, als er ihr zuflüsterte:

„Ich wünschte, Malwine, wir paßten besser für einander!“

„Das ist auch mein Wunsch!“ gab sie lakonisch zur Antwort.

Einen Augenblick war ihm, als übergösse man ihn mit Eiswasser, allein unter dem Einflusse der weichen Stimmung, die sich seiner unwillkürlich bemächtigt, und der Zärtlichkeit, welche wieder in seinem Busen erwachte, fuhr er fort:

„Wäre ich überzeugt, daß es Dir wirklich ein wirkliches, echtes Glück bringen würde, liebe Frau, wenn Du Dich auf dem Strome des fröhlichen bewegten Lebens treiben läßt, für welches Du so viel Vorliebe hast, so würde ich Dir auch nicht den mindesten Theil desselben mißgönnen. Ich würde um Deinetwillen sogar den Freuden der Häuslichkeit entsagen, in welchen allein ich mein Glück finde; allein glaube mir, Malwine, ein solches Leben der Zerstreuung und Zeitvergeudung, in welches Dich Deine Neigungen und Gelüste hineinlocken können, würde Dich am Ende nicht nur einer der größten Segnungen, die der Himmel uns verleihen kann, der Gesundheit, berauben, sondern auch Deine moralische Natur würde darunter leiden, und die besten Triebe und Affecte Deines Herzens würden im Glast und der Hitze des fashionablen Lebens dahinwelken. Ich habe nur allzuoft die Wirkungen beobachtet, die ein solches Leben hervorbringt, und möchte das Weib meiner Liebe davor beschützen. Möchtest Du nicht lieber Deine Hand in die meinige legen, meine Malwine, wie an unserem Hochzeitstage und mir auf's Neue geloben, daß Du mich lieben, ehren und mir gehorchen willst?“

Für einen Augenblick, aber auch nicht länger,

hatte Malwine nachgegeben. Das verhängnißvolle Wort „gehorchen“ rief plötzlich wieder den bösen Geist in ihr wach, welchen die Worte und der Ton ihres Gatten beinahe schon gebannt hatten, und sie entzog ihm barsch die Hand, die er zu erfassen gesucht hatte.

„Du predigst zwar recht gut,“ gab sie zur Antwort, „allein aller Aufwand von Beredtsamkeit von Deiner Seite kann mir die eigentlichen Motive doch nicht verhehlen. Bedenke Karl, daß Du über sechszehn Jahre älter bist als ich, daß Du also sechszehn Jahre länger als ich die Freuden und Genüsse der Welt gehabt. Ich heirathete Dich, — Thörin, die ich war, fast noch als Schulkind, Freiheit und Glück so mit einem Athemzuge hinzuwerfen — als ich kaum mein zwanzigstes Jahr zurückgelegt; jetzt wo ich kaum fünfundzwanzig zähle, möchtest Du mich als eine Nonne einmauern und absperren, wenn Du könntest. Allein ich bin jetzt älter und gereifter; vierjährige Erfahrungen stehen mir zur Seite, und ich bestehe darauf, daß ich noch sechs weitere Jahre diese erlaubten Freuden der Geselligkeit genießen darf. Vielleicht werde ich in dieser Zeit ebenfalls gleichgiltig und abgestumpft für die Weltfreuden, wie Du; dann will ich gern zu Hause bleiben, und nach Herzenslust über sie schelten; allein für jetzt verlangst Du offenbar zu viel von mir!“

Eisige Kälte lagerte sich über des Doctors Zügen, als er seine Frau mit einer ihr sonst fremden Bitterkeit und Schroffheit so unfreundlich und herausfordernd herzlos antworten hörte.

„Du sprichst von meinen Beweggründen, als hätte ich im Grunde andere als diejenigen, die ich geltend gemacht. Was willst Du damit sagen?“

„Jenun, wenn Du mich zwingst, es zu sagen, so magst Du denn wissen: ich glaube, es ist von Deiner Seite nur Eifersucht auf mich, auf die Bewunderung, die ich errege, auf die Huldigungen, die mir in Gesellschaften dargebracht werden, was in Dir den selbstsüchtigen Wunsch gebiert, mich von denselben entfernt zu halten!“

(Fortsetzung folgt.)

* Das olympische Theater zu Vicenza.

Von Dr. E. Jäger.

(Fortsetzung.)

Die Alten hatten ihre Theater theils in die Abhänge eines Hügels hineingearbeitet, wie dieses besonders die Griechen zu thun pflegten, theils aber, wie es die Römer vorzugsweise liebten, auf mächtige Fundamente aus Ziegelsteinen und Marmor aufgeführt. Dieses harte Material rechtfertigte es, daß man noch besondere hohle Gefäße aufstellte, um diese mittönen zu lassen beim Sprechen und bei den Gesängen des Chores. Man wollte dadurch die Schallwirkung möglichst begünstigen, und es war dieses auch wegen der großen Räume und der offenen Decke nothwendig. In dem sehr gut erhaltenen Theater zu Taormina in Sicilien werden dem Fremden noch die Nischen gezeigt, welche in der Begrenzungswand einer hohen Präcinction rings um den Zuschauerraum sich ziehen und zur Aufnahme solcher Resonanzgefäße gedient haben sollen.

Das Theater zu Vicenza besteht aber durchweg aus Holzwerk, das von selbst gewissermaßen eine Art Resonanzboden bildet und daher schon, sowie auch wegen der geringen Dimensionen das Weglassen solcher Hilfsmittel rechtfertigt. Das Theater ist in akustischer Hinsicht vortrefflich gebaut; denn obgleich es scheinen könnte, als seien die beiden Zwickel, welche zwischen dem Halbrund des Zuschauerraumes und der viereckigen Umfassungsmauer liegen, der guten Fortpflanzung des Schalles hinderlich, so ist dieses durchaus nicht der Fall, und selbst schwach gesprochene Worte werden überall deutlich und rein vernommen.

Bei den Alten galt, um den Schall der Worte vollständig zusammen zu halten, die Regel, daß der Säulenumgang, der sich über den letzten Sitzreihen erhob und der bei Palladio die Galerie trägt, mit seinem Geländer in gleicher Höhe liegen müsse, wie die höchste Linie der Scene; aber diese Vorschrift war für ein Theater berechnet, das oben offen und auch seitwärts nicht durch hohe Mauern abgeschlossen war. Nachdem aber die Umstände den Meister gezwungen hatten, von dieser Anlage abzugehen und seinem Theater auch Decke und Umfassungsmauern zu geben, war es ganz gerechtfertigt, daß er sich nicht an jene Regel von Vitruv hielt, sondern dieselbe frei auffaßte und selbstständig auftrat. In seiner Absicht lag es ja nicht, uns eine möglichst genaue Nachahmung eines antiken Theaters vorzuführen, sondern er wollte für die Vorstellungen der olympischen Academie eine passende Bühne herstellen und so den heiteren, glanzvollen Musen seiner Zeit eine würdige Stätte bereiten. Durch die Decke und die Seitenwände hatte er bereits hinreichend für die Zusammenhaltung des Schalles gesorgt und es war daher nicht nothwendig, das Geländer der Galerie des Zuschauerraumes in gleiche Höhe zu bringen mit der Attika der Scene. Auch wäre dies schon wegen des beschränkten Raumes nicht gut gegangen. Die Verhältnisse der Säulen konnte er unmöglich über das durch die Forderungen der Schönheit und Harmonie festgesetzte Maß hinaus verlängern, und es wäre ihm daher zur Höhersteigung der Galerie nur noch das eine Mittel übrig geblieben, mehr Stufenreihen einzuführen; aber auch dieses war ihm wegen des beschränkten Raumes unmöglich. Die Unregelmäßigkeit und Beschränktheit des vorhandenen Grundstückes, welches man erst später regelmäßig gestalten konnte, legten ihm noch die Nothwendigkeit einer weitern Abweichung von einer Regel der Alten auf, welche ebenfalls wiederum Zeugniß gibt für die meisterhafte und sichere Freiheit mit der er bei dem Baue vorging. Hätte er sich genau an die Vorschriften gehalten, so hätten Orchestra und Zuschauerraum vollständig halbkreisförmig werden müssen. Dann aber wäre das Theater zu klein geworden für das damalige Bedürfniß und für die Fremden, welche bei jeder Aufführung der olympischen Academie herbeiströmten. Es war daher eine glückliche Idee, daß er seiner Construction eine Ellipse zu Grunde legte, deren größere Achse in die Längenrichtung des vorhandenen Bauplatzes fiel. Diese Veränderung hat sich ausgezeichnet bewährt und nicht im Mindesten der Wirkung des Ganzen Eintrag gethan.

(Fortsetzung folgt.)

Miscellen.

München, 27. Juni. In unserem Glaspalast haben die Vorarbeiten für die internationale Kunstausstellung in den letzten Tagen bedeutende Fortschritte gemacht. Es sind nicht nur alle Logen und resp. Cabinette bereits hergestellt, sondern man hat auch bereits mit dem Aufhängen der Bilder begonnen, die tagtäglich in immer größerer Zahl eintreffen. Es sind namentlich auch schon die ersten Sendungen aus Belgien, Holland, Frankreich und Italien eingetroffen, aus letzteren auch schon über 100 Marmorstatuen und Gruppen, die zu den prachtvollsten Kunstwerken der Plastik zählen. Die Ausstellung wird, das läßt sich schon jetzt sagen, eine großartigere werden, als je zuvor eine in Deutschland statt fand.

Aus München, 23. Juni, schreibt man der „Kathol. Abdsg.": Nächsten Montag wird in der kgl. Erzgießerei neben einem anderen größeren Objekte Widnmann's Goethestatue gegossen werden, dieselbe, deren entschiedene Auffassung von der Kunstkritik nichts weniger als günstig beurtheilt wird. Höheren Aufträgen zu Folge durfte Professor Widnmann nämlich unseren Dichterfürsten nicht im Kleide jener Zeit, das Rietschel, Schaller u. A. mit so viel Verständniß als Wirkung plastisch behandelten, sondern mit dem klassischen Chiton und mit der classischen Leyer im Arm darstellen. Das Denkmal soll bereits am 28. August l. Js., dem 120 Geburtstage des Dichters, enthüllt werden. Als Standplatz für dasselbe ist der obere Theil des Dultplatzes, in der Nähe des Himmelhauses gewählt, so daß Anfang und Ende dieses Platzes die Colossalstatuen unserer Dichterfürsten bezeichnen werden.

Aus Regensburg, 26. Juni, schreibt man der „Allg. Ztg.": In den nächsten Tagen wird die Kunst und Technik unserer Zeit dahier einen großen Triumph feiern, da in die zu ihrer Vollendung gebrachten Thürme unseres Doms am Feste Peter und Paul (29. Juni) die Schlußsteine eingesetzt werden sollen, nachdem dieselben die feierliche Benediction erhalten haben werden. Der schwierigste Theil des Werkes, das vor beinahe 600 Jahren (1275) begonnen wurde, steht nun da, und fordert durch die Großartigkeit der Anlage wie durch die vorzügliche Ausführung zur Bewunderung heraus. Der Torso der Thürme, wie er vor wenigen Jahren noch zu sehen war, ließ die Schwierigkeiten ahnen vor deren Bewältigung mehrere Jahrhunderte zurückgeschreckt waren. Unserer Zeit war es vorbehalten, den Gedanken der Ausführung des schwierigen Werkes wieder zu fassen, und schon nach wenigen Jahren sehen wir ihn zur glänzenden That geworden. Dabei geziemt es sich, des hochherzigen Gebers zu gedenken, ohne dessen ermuthigende und thatkräftige Hilfe der Bau wohl kaum in Angriff genommen worden wäre. Leider sollte König Ludwig I. die Vollendung des Werkes nicht sehen, an welchem er so lebendigen Antheil genommen.

In Cheltenham (England) starb dieser Tage Capitän Charles Sturt, einer von den ersten Erforschern des australischen Continents und später Colonialsecretär für die Provinz Süd-Australien. Seine erste Reise in's Innere (1828) führte zur Entdeckung des Flusses Darling, 500 Meilen von Sydney, und als auf Anlaß der Regierung im Jahr 1844 der Versuch gemacht wurde, die unbekannten Gegenden von Central-Australien zu erforschen, wurde Sturt mit der Leitung einer Abtheilung von 17 Personen betraut. Bald nach der Rückkehr von dieser Expedition, welche 18 Monate dauerte, erblindete er, und dies gab der Colonie Anlaß, ihre Erkenntlichkeit für seine werthvollen Dienste durch eine liberale Unterstützung zu bethätigen.

In den Steinbrüchen von Leicestershire ist gegenwärtig eine Drahtbahn (Wire Tramway) im Gebrauch, auf welcher ansehnliche Lasten mit beträchtlicher Geschwindigkeit befördert werden. Diese „Eisenbahn ohne Durchstechungen, Tunnels, Viaducte oder Brücken ꝛc.", wie „Herapath's Journal" die neue Erfindung nennt, besteht aus einem endlosen Drahtseil, das auf einer Reihe von massiven Pfosten, die in Zwischenräumen von 150 Fuß aufgestellt sind, gespannt ist. Eine der Enden dieses Seils ist um eine Art Trommel gewunden, die, von einer tragbaren Maschine in Bewegung gesetzt, das Seil mit einer Schnelligkeit von 6 englischen Meilen in der Stunde forttreibt. An dem Seile werden am Ladungsplatze in der Nähe der Steinbrüche vermittelst eines sinnreich construirten Gehänges eine beliebige Anzahl Kasten befestigt, von denen jeder einen Centner Steine trägt, die nach der drei Meilen davon gelegenen Eisenbahnstation mit überraschender Leichtigkeit befördert werden. Aehnliche Drahtbahnen wie die in Leicestershire werden gegenwärtig in Frankreich, Italien und Spanien construirt. Anerkannte Ingenieure haben es sogar für möglich erklärt, eine solche Drahtbahn von stärkster Bauart zwischen Dover und Calais anzulegen, an welcher, wenn durch eine Linie von starken, in der Meeresmitte zu versenkenden Pfeilern unterstützt, Passagiere ohne Schwierigkeiten oder Gefahr über den Canal befördert werden können. Die Kosten einer solchen Unternehmung würden sich verhältnißmäßig sehr billig stellen, etwa 1000—1500 Pfd. Sterl. pro Meile bei einer Tragkraft von 100 Tonnen per Tag. Der Erfinder dieser Draht-Tramways ist ein Engländer Namens Hodgson.

(Neue Velocipeden.) In Schweden ist eine neue Art von Velocipede construirt worden, welche auf Eisenbahnen angewendet ist. Durch die neue Erfindung glaubt man eine große Anzahl von Bahnwärtern entbehren zu können, da man in kürzerer Zeit als bisher große Strecken der Bahn wird controliren können. Man soll auf dem neuen Velocipede in der Stunde ungefähr drei deutsche Meilen zurücklegen können.

(Champagner.) Die officielle statistische Tabelle der „Chambre de Commerce de Reims" gibt nachstehenden Ausweis über die Höhe der Production von französischem Champagner. Nach derselben waren am 1. Jan. 1845 in Frankreich auf Lager 23,285,418 Flaschen und während desselben Jahres exportirt 4,380,214 Flaschen. Im Jahre 1868 waren auf Lager 37,608,700 Flaschen, also 14 Millionen Flaschen mehr, und exportirt 10,283,866 Flaschen, also 6 Millionen mehr, woraus sich ergibt, daß im letztgenannten Jahre das Ausland im Verhältniß zum effectiven Zustande noch einmal so viel verbraucht hat, als im Jahre 1845. Die Zunahme des Verbrauches im Auslande geschah ziemlich regelmäßig steigend, nur das Jahr 1852 fiel plötzlich um beinahe 2 Millionen Flaschen.

Homonyme.

Was ist der Wein ohne mich?
Ich mach' erst zum Weine Dich!
Ob einer mich Wagend besitze,
So ist ihm zum Werthe nichts mehr,
Wie er mich hat innerlich —
Denn ich mach' zum Manne Dich!

B.

Redaction von K. A. Woll. Druck der Jäger'schen Druckerei in Speyer.

Palatina.

Belletristisches Beiblatt zur Pfälzer Zeitung.

Nro. 79. | Speyer, Samstag, den 3. Juli | 1869.

Burg Lindenschmied.

([illegible])

Grau bemoost starrt aus dem Walde
Ein zerriss'ner mächt'ger Stein,
Lauernd späht er von der Halde
Rechts und links in's Thal hinein.

Unerreichbar wie die Schwalbe,
Wie der Geier frei und keck,
Hausten Streiff und Hans von Albe
Dort, der Wandrer Graus und Schreck.

Da hielt Hans sich wohlgeborgen
Bei dem wilden Hennel Streiff,
Ohne Bangen, ohne Sorgen,
Daß der Rächer ihn ergreif'.

Und da Streiff nach seinem Rosse
Schlug verkehrt die Eisen auf,
Dünkt' es ihm nur eitle Posse,
Droht' ihm oft der Feinde Hauf'.

Doch des Lindenschmiedes Kniffe
Hatte bald der Feind erkannt,
Und daß er ihn sicher griffe,
Ganz umstellt die Felsenwand.

Das längst drohende Gewitter
Zog heran in dunkler Nacht:
Von der Lichtenburg die Ritter,
Unterstützt von Straßburgs Macht.

Aber Hennel lacht verwegen:
Klettert doch herauf den Stein,
Oder stoßt auch meinetwegen
Eure Köpfe daran ein!

Aber wie sein Zorn mag lachen,
Endlich droht der Rache Stund':
Listig hat der Feind durchbrochen
Tief des Felsens weichen Grund.

Wüthend, woll'n sich frei ergeben
Nun die Räuber — doch als Lohn
Fordern Freiheit sie und Leben —
Lachend retten sie davon! —

Doch die Burg ward eine Wildniß,
Wie im Wasgau keine mehr;
Der Verödung grau'ses Bildniß
Auf dem Felsen, rings umher.

Auf der Ritter hohem Sitze
Modern Stämme unbekannt;
Einsam bebt auf höchster Spitze
Eine Föhre wie verbannt.

Wild verworrenes Dorngestrüppe
Wuchert um den wüsten Ort;
Aus zerriss'ner Felsenklippe
Schrecken schnell und Schlangen fort.

Ch. Böhmer.

Entfremdete Herzen.

Novelle von H. Freitag.

(Fortsetzung.)

„Malwine!" rief Hermes aufspringend, „diese Worte können nicht Dein Ernst sein! Eifersucht, Selbstsucht! . . . . Sowohl um Deines eigenen wie um meines Glückes willen habe ich mir so viele Mühe gegeben, Dir die Vergnügungen des fashionablen Lebens einigermaßen zu entleiden oder Dich für dieselben kälter zu stimmen. Ich sehe nun, daß meine Liebe, mein Glück Dir Nichts gelten; Alles willst Du dem Götzen Deiner Eitelkeit opfern . . . . Ja, Malwine, wenn Du thöricht warst, Deine Freiheit fast noch als ein Schulkind wegzuwerfen, so war ich doppelt thöricht, als Mann von gereiftem Urtheil mein Glück den Händen eines Schulmädchens anzuvertrauen!"

„Herr Doctor!" rief Malwine, erhob sich ebenfalls mit gekränktem Stolz und blickte ihn herausfordernd an.

„Nun?" fragte er.

„Du hast Recht, ich bin mit Deiner letzten Aeußerung vollkommen einverstanden!" fuhr sie nach einigem Besinnen fort; „wir paßten schon nach unserem Alter nicht zusammen, und ich wundere mich nur, daß Du jemals an mich dachtest und Deine Blicke auf mich warfst, da doch jene rüstige alte Jungfer, Fräulein Helene Schwab, so trefflich für Dich paßte und, wie man allgemein behauptete, zum Sterben in Dich verliebt war. Sie ist Dir etwa geistig ebenbürtig, theilt Deine Ansichten, blickt auf gesellige Vergnügungen eben so geringschätzend herab wie Du, und predigt mir unaufhörlich von häuslichem Glück und ähnlichem Unsinn. Es ist wirklich schade, daß Du Dich nicht in sie verliebtest. Man hat mich schon oft versichert, Du habest ihr angelegentlich den Hof gemacht, ehe ich aus der Pension zurückkam. Glaubst Du nun nicht ernstlich, sie hätte besser für Dich gepaßt, als ich?"

Der Doctor schwieg eine Weile sinnend, dann

blickte er auf, sah seiner Gattin fest in die forschend auf ihn gehefteten Augen und erwiderte ruhig: „Allerdings, Malwine; ich glaube, Helene und ich hätten besser für einander gepaßt!"

Der ernste Ton, womit er diese Worte gesprochen, schüchterte Malwine nicht ein; ihr Selbstgefühl wollte sie überreden, es sei Karl mit diesem Geständniß nicht ernst gewesen und es habe niemals ein anderes Idol in ihres Gatten Herz gethront, als sie selber; sie wähnte den jetzigen Augenblick für geeignet, ihre Gewalt über ihn wieder zu erlangen, und sie entgegnete ihm in scherzhaftem Tone:

„Du liebe Zeit, hättest Du Dich lieber ihrer erbarmt und die Helene geheirathet, damit sie unter die Haube gekommen wäre!"

„Wollte Gott, ich hätte es gethan!" entfuhr unwillkührlich dem Doctor.

Malwine schaute ihn betroffen an und las nun wirklich in seinen wehmüthigen blassen Zügen, daß ihm dieses Bekenntniß unabsichtlich, aber desto wahrer aus innerstem Herzen gekommen war. Im Nu war sie wie umgewandelt, ihr Stolz gebrochen, sie sprach nicht mehr trotzig und herausfordernd, denn die weicheren Empfindungen ihrer Seele, welche des Gatten zärtliche Worte in ihr wachzurufen nicht vermocht hatten, keimten nun plötzlich in all ihrer Gewalt in ihr auf beim ersten Athemzuge jener Leidenschaft, deren sie ihren Gatten so ungerechter Weise beschuldigt hatte — der Eifersucht. Von diesem Abende an beherbergte sie einen neuen bösen Gast in ihrem Busen, von dieser Stunde an fühlte sie an ihrem eigenen Herzen die Wahrheit jenes Spruches der heiligen Schrift: „Liebe ist stark wie der Tod und Eifer ist fest wie die Hölle; ihre Gluth ist feurig und eine Flamme des Herrn."

II.

Vergebliche Thränen gebären leicht Stolz.

Wer Malwine nach dem Vorhergehenden für herzlos und frivol hielt, der würde sie doch einigermaßen verkennen. Sie wäre gern ihrem Gatten um den Hals gefallen und hätte ihm bekannt, daß von all den vielen unfreundlichen Worten, die ihr der Zorn und Eifer abgepreßt, auch nicht Eins so ernst gemeint gewesen, wenn sie nur überzeugt gewesen wäre, daß er dann aufrichtig und wahrhaftig dasselbe zugestanden haben würde. Auftritte wie der vorher geschilderte, waren bisher schon mehrfach vorgekommen, wie es bei dem reizbaren, unabhängigen und auf ihre Freiheit eifersüchtigen Wesen Malwinens und ihrer einstigen Erziehung nicht anders zu erwarten war; der Doctor hatte ihr seither jedesmal ihre kränkenden Worte verziehen und sie konnte nicht daran zweifeln, daß er es auch dieses Mal thun würde; allein ihr Stolz verbot ihr seine Verzeihung nachzusuchen. Sie hatte seiner Brust Anklänge einstiger Gefühle entlockt, welche der Staub der Zeit ihrem Blick niemals wieder vergraben konnte, und daß sie nun um dieselben wußte, machte sie täglich bitterer und gehässiger gegen ihn. Unter erheuchelter Leichtfertigkeit verbarg sie die Kämpfe und Qualen ihres Herzens, und die gemessene Kälte, womit ihr Gatte sie behandelte, hätte sie um so sprechender überzeugen können, daß sie die Liebe verscherzt, die sie einst, als sie sie noch besessen, zu gering angeschlagen hatte.

Endlich kämpfte sie ihre Selbstvorwürfe nieder oder suchte sich zu überreden, daß sie hiezu keinen Grund habe. Wenn sie unrecht gehandelt, daß sie das Glück ihres Gatten nicht gehörig erstrebt hatte, so hatte sie nach ihrer Ansicht in anderer Beziehung besser an ihm gehandelt als er an ihr; denn sie hatte ihm ein ganzes Herz zugebracht gegen ein getheiltes. Von dieser Ansicht aus beschloß sie, ihrem Gatten gegenüber ein Verfahren einzuschlagen, welches diejenige Eifersucht wachrufen sollte, die er weggeleugnet hatte.

„Hat er auch nur noch einen einzigen Funken von Liebe für mich übrig behalten, so soll er lernen, was Eifersucht ist," sagte sie und beschloß, ihn damit entweder zu sich zurückzurufen oder die Sache zu einer Erklärung zu bringen.

Von dem Augenblick an, als Malwine diesen Entschluß gefaßt, suchte sie nach einer Gelegenheit, wo sie ihm den ersten Vorgeschmack davon geben könnte. Eine ihrer früheren Bekannten, eine junge Wittwe, die durch ihre Koketterie sich einen gewissen Ruf gemacht hatte, gab einen Maskenball, welcher glänzend zu werden versprach und Malwine wußte sich eine Einladung dazu zu verschaffen, obwohl sie schon seit längerer Zeit auf das Andringen ihres Gatten dieser Dame etwas kühler begegnet war. Am Abend des Maskenballes kleidete ihr Mädchen sie in das kleidsame reiche Kostüm einer andalusischen Maja, welches sie zu ihrer Charaktermaske gewählt hatte. Ihre reichen, langen, glänzendschwarzen Flechten waren hoch über dem Scheitel in einen kunstvollen Bau geflochten und mit einem gewaltigen, zierlich durchbrochenen Kamm vom schönsten Schildpatt festgesteckt. Das enganschließende Sammtmieder umfaßte einen breiten Besatz von schwarzen reichen Spitzen, welche die vollendete Form ihres prächtigen Nackens noch mehr hervorhoben, und vom Hinterhaupte wallte ein schöner Schleier wie eine dunkle Folie für die reine weiße Haut des Nackens und der Arme über ihren Rücken, mit einem einzigen großen Rubin aufgesteckt. Reiches Geschmeide glänzte an ihren Armen und Fingern, und die tadellose Schönheit ihrer Züge wie ihres seltenen Wuchses traten ihr aus dem Spiegel in schmeichelhaftem Reflexe entgegen, als sie aufstand und sich vor dem Toilettenspiegel durch ihr Mädchen den schweren schwarzen Spitzenschleier ordnen ließ. Allein trotzdem schien Malwine nicht befriedigt; es lag in ihren Zügen eine unruhige Spannung, in ihrem Wesen eine Aufregung, deren sie nicht Meister werden konnte. Sie ersetzte die Nadel mit dem prächtigen Rubin durch eine schöne dunkelrothe Camelliablüthe, die sie aus ihrem Bouquet genommen, und mußte sich nun gestehen, daß ihre Toilette vollkommen, überraschend fremd und charakteristisch sei und daß sie ganz die Nationalität repräsentirte, deren Tracht sie trug. Aber dennoch fehlte ihr der Muth, die Unbefangenheit, die herausforderude, kecke Laune, mit welcher sie ihre Rolle durchzuspielen sich vorgenommen hatte, — sie fehlten ihr beinahe in dem Augenblicke, wo dieselbe anhub, und ihr gepreßtes, ungestüm pulsirendes Herz sagte ihr: es fehle ihrem Vorhaben die Weihe, nämlich die Genehmigung ihres Gatten und das Bewußtsein einer erlaubten sittlichen Handlung.

Es blieb ihr indeß nicht viel Zeit, hierüber nachzudenken, denn kaum war sie mit ihrer Toilette zu Ende, so rasselte ein Wagen über das Pflaster und hielt vor der Hausthüre. Frau Hermes schlug die Vorhänge auseinander und blickte hinaus. Sie sah einen jungen Mann aus dem Wagen steigen und die Haustreppe heraufspringen.

„Ich bin nun fertig, Mathilde," sagte sie zu ihrem Mädchen; „wirf mir den Mantel um und sage Herrn Hermes, wenn er nach Hause kommt, er solle mich erwarten."

„Der Herr Doctor ist in seinem Studierzimmer, Madame," gab das Mädchen zur Antwort. „Er kam mit dem Schlage halb neun nach Hause!"

„Um so besser, so will ich mich im Vorbeigehen von ihm verabschieden! Du bleibst wach bis zu meiner Rückkehr, Mathilde! Es ist mir lieber wenn Du mir öffnest, als Friedrich. Du kannst ja im Kinderzimmer aufbleiben, wenn die andern Dienstboten zu Bette gegangen sind!"

(Fortsetzung folgt.)

* Das olympische Theater zu Vicenza.

Von Dr. E. Jäger.

(Fortsetzung.)

IV.

Vicenza im 16. Jahrhundert; die olympische Academie.

Nachdem wir dem Leser, soweit es uns möglich war, einen Begriff von dem Theater und seiner Einrichtung zu geben versucht haben, wollen wir noch in Kürze der Geschichte desselben gedenken.

Wir sehen in dem Theater zu Vicenza einen, wenn auch etwas späten Ausdruck jener merkwürdigen Epoche Italiens, die unter dem Namen der Renaissance oder des Cinquecento bekannt ist. Das Zurückgreifen zur Antike und der erwachende humanistische Geist bilden die beiden hervorstechendsten Eigenthümlichkeiten jener Zeit, in welcher durch eine glückliche Verkettung der Umstände so viele große Männer dem italienischen Leben eine neue Gestaltung gaben.

Besonders in Vicenza lagen die Verhältnisse außerordentlich günstig für die Entwicklung der jenem Zeitalter eigenthümlichen Lebensformen. Die weite fruchtbare Ebene zwischen den Alpen und den berischen Bergen, der starke Handel, der von hier aus mit Getreide, Wein, Stroharbeiten und vielen anderen Gegenständen getrieben wurde, hatten der Stadt schon frühzeitig Bedeutung verschafft und sie war — was als Beweis ihrer Gesinnung und Kraft gelten mag — eine der ersten lombardischen Städte, welche sich gegen Barbarossa verbündeten. Trotzdem Vicenza von Friedrich II. erobert und zerstört worden war, hatte es sich rasch erholt und war bald wieder zu seiner früheren Bedeutung gekommen, als eine wohlhabende Stadt, mit vielen reichen, edlen Bürgern, die unter dem Schutze des Marcuslöwen, dessen Banner im Jahre 1404 dort aufgepflanzt wurde, ihren friedlichen Beschäftigungen nachgingen und besonders der humanistischen Bewegung eine freigebige Aufmerksamkeit zu Theil werden ließen. Wie in vielen Städten Italiens, so trat auch hier bald eine begeisterte Verehrung für die Künste und die Poesie auf, verbunden mit einer, wenn auch etwas dilettantenmäßigen Pflege der Wissenschaft.

In herzlicher Freundschaft vereinigten sich Männer der verschiedensten Lebensstellungen zur Förderung dieser Bestrebungen und die wirklich großartige Weise, womit dieß sich äußerte, vermag uns einen Begriff zu geben von dem Wohlstande jener Zeit. Besonders stark war der Sinn für öffentliche Vergnügungen und Festlichkeiten, für eine heitere lebensfrohe Auffassung aller Verhältnisse, für Glanz und Pracht, und keine Gelegenheit ließ man vorübergehen ohne poetische Aufführungen und Festlichkeiten aller Art zu veranstalten. Schauspiele, feierliche Aufzüge, glänzende Ritterturniere waren sehr beliebt und man suchte es in Allem den Fürsten gleich zu thun, an deren Höfen sich damals die Blüthe der italienischen Jugend versammelte in friedlichem oder kriegerischem Wetteifer.

Im Jahre 1539 wurde ein hölzernes Theater erbaut, damals das größte in Italien, um Raum zu haben für die fröhlichen Festlichkeiten, die bei allen Gelegenheiten veranstaltet wurden, und bei denen Turniere, Wagenrennen und Mohrentänze eine Hauptrolle spielten. Im Jahre 1543 gab der Einzug des Cardinals Ridolfi, des neuen Bischofs, der Stadt wieder erwünschten Anlaß zu großen Feierlichkeiten; damals hatte Palladio mit allem Aufwande der Bildhauer- und Baukunst den ganzen Corso auf eine glänzende Weise geziert. Wenige Jahrzehnte später hielt man ein großes Turnier auf dem Marktplatze mit solchem Glanze, daß die Chronisten erzählen, sie seien nicht im Stande, Alles in erschöpfender Weise und dem dabei gemachten Aufwande entsprechend zu schildern. Schon 1510 äußerte sich ein venetianischer Gesandter über Vicenza: „Obwohl klein von Umfang, ist diese Stadt doch stark bevölkert, immer großartig, berühmt durch ihre Pracht und ihren Reichthum, der ständige Sammelplatz von so vielen hochgestellten Fremden, eine Stadt, wo fröhliche Gastmähler, glänzende Turniere und die geistreichen Unterhaltungen sich gegenseitig drängen." Damals waren die Häuser der ersten Bürger gastfrei all den großen Männern Italiens geöffnet und oftmals fanden sich dort berühmte Künstler und Gelehrte zusammen. Um nun für diese Bestrebungen einen Mittelpunkt zu schaffen, vereinigten sich im März 1556 die bedeutendsten Männer, 21 an der Zahl, zu einer Gesellschaft. Sie wählten sich einen Vorstand, den sie „Principe" nannten und gaben ihrer Gesellschaft den Namen „Olympische Academie". Ihr

Wappen war die Darstellung der olympischen Wagenrennen, und dazu nahmen sie sich den stolzen Wahlspruch: „Hoc opus“. Unter den Gründern war auch der Architect Palladio neben vielen Anderen, die für ihre Zeit und die Stadt Vicenza nicht ohne Verdienste und Bedeutung waren. Der Zweck der Academie war ein doppelter. Sie wollten die Wissenschaften und Künste befördern und auch gleichzeitig den bisher üblichen öffentlichen Feierlichkeiten und Vergnügungen eine dauernde Pflege zu Theil werden lassen.

(Fortsetzung folgt.)

Der Meteorstein von Krähenberg.

* In Anbetracht des lebhaften Interesses, welches der am 5. Mai d. J. zu Krähenberg gefallene Meteorit erregt hat und gewissermaßen als Nachtrag zu dem am 3. Juni in Speyer abgehaltenen, höchst belehrenden Vortrage des Herrn Dr. Neumayer, über das Wesen und den Ursprung der Meteoriten, möge hier die chemische Analyse dieses Luftsteines folgen.

Die angewandte Substanz betrug . . 5,72 Grammes.
Hievon waren in Salzsäure löslich . . . . 57,69 % (A)
nur durch Flußsäure und Alkalien zersetzbar . 42,31 % (B).
Es enthielt:

	A.		Gesammtgehalt.		B.	
Kieselerde	15,76	a	41,12		25,36	d
Bittererde	14,44	a	18,62		4,18	d
Manganoxydul	0,78	a	0,78		—	d
Eisenoxydul	10,69	a	17,10		6,41	d
Eisen	8,90	b	8,90		—	
Schwefel	2,38	b	2,38		—	
Eisen	6,44	c	6,44		—	
Nickel	1,36	c	1,36		—	
Phosphor	0,46	c	0,46		—	
Eisenoxydul	—		0,82		0,82	e
Chromoxyd	—		0,89		0,89	e
Thonerde	0,76*		3,22	d	2,46	
Kalk	0,42*		2,06	d	1,64	
Kali	0,21*		1,22	d	1,01	
Natron	0,17*		0,17	d	—	
Zinnoxyd (Spuren)			0,18		0,18	f
	57,77		100,21		42,45	

woraus sich folgende nähere Bestandtheile ergeben:

a) 41,67 p C. einer kieselsauren Verbindung von der Zusammensetzung des Olivins (3 Mg O, Si O_3), in welchem ein Theil der Bittererde durch isomorphe Basen (Manganoxydul, Eisenoxydul) vertreten ist.

b) 6,28 p C. eines dem Magnetkies in seiner Zusammensetzung sich nähernden Eisensulfates, welches durch Säuren schon bei gewöhnlicher Temperatur Schwefelwasserstoff entwickelt aber beim Erhitzen im Wasserstoffgasstrome nur Spuren von Schwefel abgibt.

c) 8,26 p C. einer den meisten Meteoriten eigenthümlichen Verbindung von Phosphor-Nickeleisen, welches neben dem mehr bronzegelben Schwefeleisen in silberglänzenden, krystallinischen, zartblätterigen Partikeln auf Schliffplättchen unter dem Mikroskop deutlich hervortritt und in seiner Structur mit den an einer Probe von Toluca-Meteoreisen wahrgenommenen silberglänzenden Einschlüssen vollkommen übereinstimmt.

Wiederholte quantitative Bestimmungen des Phosphorgehaltes werden zugleich die Frage erledigen, ob in dem Meteorit nicht auch oxydirter Phosphor in der Form von phosphorsaurem Kalk (Apatit) vorhanden ist.

d) Ein Gemenge kieselsaurer Verbindungen 42,61 p C. unter welchen ein Pyroxen von der Formel 3 RO, 2 Si O_3 (Bronzit) vorzuherrschen scheint. Die für die genannten Mineralspecies so charakteristischen Blätterdurchgänge treten wenigstens unter dem Mikroskope sehr deutlich hervor.

e) 1,21 p C. Chromeisenstein, der allerdings nicht in den ihm zukommenden Krystallformen auftritt, aber zweifellos seinen Sitz in dem schwer zersetzbaren Silicate hat.

f) 0,18 % Zinnoxyd, ein in den Meteoriten mehrfach constatirtes Vorkommen.

Eine nähere Erörterung möchte in eine besondere Monographie dieses Meteoriten, die von mehreren Seiten gewünscht wird, zu verweisen sein.

Nach den mir zu Gebote stehenden Analysen ähnlicher Meteorsteine stimmt derselbe im Wesentlichen mit dem im Jahre 1814 zu Bachmut in Rußland gefallenen, von Wöhler 1859 analysirten Steine überein, welcher 41,56 Olivin und 39,47 durch Säuren nicht zersetzbares Silicat, 5 % Schwefeleisen, 11 % Phosphor-Nickeleisen, sowie 2 % Chromeisenstein enthält. Ferner nähert sich derselbe in seiner Zusammensetzung dem von Tadjera, Provinz Constantine, untersucht von Meunier, und dem Steine von Saint-Mesmin, Departement de l'Aube, Mai 1866 analysirt von Pisani.

Die namentlich unter dem Mikroskope ersichtliche sphäroidische Structur einzelner Einschlüsse ruft die Reichenbach'sche Theorie, daß viele Meteoriten nur Conglomerate seien, lebhaft wach und läßt der Ansicht Raum, daß diese einzelnen Partikelchen gewissermaßen Probestücke der Verdichtungsstadien sind, welche unser Sonnensystem zu durchlaufen hatte. Das specifische Gewicht des Steines fand der Unterzeichnete an einem kleinen Stücke ohne Schmelzrinde zu 3,06; der ganze Stein im einem Gewichte von 29,5 Pfd. gab nach einer durch die Herren Prof. Dr. Helmann, Prof. Staudacher und Dr. Schütz auf einer vom Herrn Mechanik-Lehrer Strauß hiezu vorgerichteten Wage, vorgenommenen subtilen Wägung ein specifisches Gewicht von 3,492. Bedarf die vorliegende Analyse eines Commentars, so sei derselbe kurz folgender.

Der Krähenberger Meteorstein, welcher seiner Structur nach zu den Chondriten G. Rose's und zu den Oligosideriten Daubrée's gehört, enthält ebenso wenig wie andere bis jetzt bekannt gewordene Meteoriten irgend einen Elementarstoff, der nicht unter den Bestandtheilen unseres Erdballes nachgewiesen worden wäre und gibt im Zusammenhange mit den spectral-analytischen Untersuchungen der Sonnenatmosphäre, der Planeten und vieler Fixsterne die erfreuliche Kunde, daß die wichtigeren Mineralsubstanzen, welche nach allen neueren physiologischen Untersuchungen als absolute Vorbedingung des thierischen und pflanzlichen Lebens zu betrachten sind, noch in weiten, weiten Fernen sich finden und somit die Existenz von Wesen „mit Fleisch und Blut“ und einer zu ihrer Ernährung dienenden Pflanzenwelt kein Monopol unserer Erde sein kann, daß vielmehr der Herr der Welten gar viele Wohnungen bereitet hat.

Der Lehrer des Zeichnens an hiesiger Gewerbschule, Herr Metz, hat eine gelungene Gelatineform des Steines gefertigt, so daß demnächst Gypsimitationen desselben in seiner natürlichen Färbung verbreitet werden können.

Wie aus einer Mittheilung des ausgezeichneten Meteoritenkenners, Herrn Prof. O. Buchner in Gießen (Poggendorf's Annalen 1869 Nr. 5.) hervorgeht, hat die wissenschaftliche Welt bereits von unserem Steine Notiz genommen; von Seiten des Berliner Museums ist durch Herrn Hofrath G. Rose der Wunsch nach einem Probestück, sowie nach einem Modelle ausgesprochen worden; sehr schätzbare Rathschläge bezüglich der Abformung des Steines und der Ermittelung der Structurverhältnisse verdanken wir dem Privatdocenten der Mineralogie und Geognosie an der Universität Bonn, Herrn Dr. Welk.

Speyer am 1. Juli 1869.

Dr. Keller.

* Sind offenbar dem schwer zersetzbaren Silicate d, durch Salzsäure entzogen worden.

Auflösung des Räthsels in Nr. 77.

Luzern.

Redaction von K. A. Woll. Druck der Jäger'schen Druckerei in Speyer.

Palatina.

Belletristisches Beiblatt zur Pfälzer Zeitung.

Nro. 83. Speyer, Dienstag, den 13. Juli 1869.

* Auf Wiedersehn!

Wend' ich meine trüben Blicke
Scheidend von des Städtchens Flur,
Wo die Zeit mir schwand im Glücke,
Spricht mein Herz voll Wehmuth nur:
Auf Wiedersehn!

Und des Liebchens zarte Hände
Zittern in der Trennungsstund';
Wenn ich schmerzerfüllt mich wende
Flüstert leis' ihr holder Mund:
Auf Wiedersehn!

Stumm am treuen Freundesherzen
Ruht mein Haupt zum letzten Mal;
Tief im stillen Trennungsschmerzen,
Spricht er, schweigend meine Qual:
Auf Wiedersehn!

Und wenn einst vom Todeshauche
Angeweht das Herz mir bricht,
Weilt daheim mein geistig Auge
Und sein letzter Blick noch spricht:
Auf Wiedersehn!

Dürkheim. Eduard Jost.

Entfremdete Herzen.

Novelle von H. Preilag.

(Fortsetzung.)

„Aber ich sehe, daß ich Ihnen Nichts gelte, Malwine!" fuhr der Assessor ungeduldig fort und sein Gesicht verdüsterte sich; „Sie scheinen mich nicht einmal als Freund anzusehen!"

„Wie mögen Sie das behaupten!" gab sie zur Antwort und reichte ihm die Hand. „Ich habe von jeher große Stücke auf Sie gehalten; aber Sie müssen selbst einsehen, wie unklug und unvorsichtig Sie heute Abend gehandelt haben, — in welche falsche Stellung Sie mich versetzt haben! Wenn mein Gatte uns nun hier überraschen würde! . . . . Und dennoch wünschte ich, er käme jetzt, — fürwahr, ich wünschte es!" setzte sie gereizt hinzu; — „ich würde ihm nicht Ein Wort der Erklärung gönnen; er sollte mir ansehen, was er an mir verdient hat!"

„Sie haben große Stücke auf mich gehalten, Malwine! sagen Sie?" wiederholte Eduard Graham; — „o Malwine, wenn Ihr ganzes Herz von Liebe überströmte für eine andere Person, wenn deren Stimme die einzige Musik wäre, welche auf Ihr Ohr jenen Zauber übte, wenn deren Lächeln Ihr einziges Sonnenlicht wäre — — Malwine! würden Sie Sich dann damit begnügen, daß diese Person Ihnen sagte, sie habe große Stücke auf Sie gehalten?"

Malwine riß betroffen ihr schönes Auge weit auf, senkte es dann aber wieder rasch vor dem festen glühenden Blick, der dem ihrigen begegnete.

„Herr Graham," sprach sie gemessen und würdevoll, „ich bin eine vermählte Frau und habe noch ein Gewissen; ich darf auf eine solche Sprache nicht hören — ich muß Sie bitten, mich sofort zu verlassen. Hätte ich jemals geahnt, daß Ihr Wohlwollen gegen mich aus anderen Gründen entspringe, als aus denen einer uneigennützigen Freundschaft, so wäre ich Ihnen sicher nicht so begegnet, wie ich es gethan!"

Der Assessor blieb bei dieser Anrede kalt. „Ja, Sie sind Gattin," entgegnete er und sah sie noch schärfer an; „aber diese Gegenstände hier bezeugen es, daß Sie ungeliebt sind; Ihr eigenes Herz bestätigt Ihnen dieß. Hören Sie mich an, Malwine! Sie äußerten vorhin, er solle Ihnen das büßen — Sie können unmöglich einen Mann lieben, der Sie so tyrannisirt, während sein Herz an einer Andern hängt — Sie lieben ihn nicht . . . ."

„Mit Nichten, ich liebe ihn — liebe ihn nur allzusehr!" seufzte Malwine; „aber er soll es niemals erfahren — ich will ihn eher das Gegentheil glauben machen!"

Sie brach von Neuem in Schluchzen aus, als ihr der Gedanke durch den Kopf schoß, sie möchte ihn vielleicht durch ihr Betragen von diesem Abend und durch ihre barschen Reden schon davon überzeugt haben. Sie begleitete den Assessor nach der Hausthüre, öffnete diese geräuschlos und sagte ernst:

„Herr Graham, Sie müssen nun sogleich gehen; — und wenn Sie irgend wollen, daß ich Ihnen noch freundlich begegne und einen Freund in Ihnen sehe, so reden Sie mir kein Wort mehr von Liebe. Ich will die Vergangenheit tief in meinem Busen verschließen, und Sie werden hoffentlich das Gleiche thun!"

Er antwortete nicht und ging, im Stillen die

Unbedachtsamkeit verwünschend, durch welche er sie nun mißtrauisch und behutsam gegen sich gemacht. Die Thüre fiel schwer hinter [illegible]'s Schloß. Malwine stieg in den Salon [illegible] und verschloß die [illegible]thüre, welche [illegible] Friedrich nachlässigerweise offen gelassen hatte.

In denselben Lehnstuhl sich werfend, in welchem sie schon vor einer Stunde sich einem Sturme von Leidenschaft hingegeben, hing sie nun ihren stillen Gedanken nach. Sie begriff nun die Gefahren, denen sie sich ausgesetzt hatte und wunderte sich nicht mehr darüber, daß ihres Gatten Absichten sie vor der Welt [illegible] wollen. Nun erst machte ihr so jählings und unsanft geweckte Gewissen ihr bittere Vorwürfe über ihre Irrthümer. Der Schleier war gelüftet, welchen Eigenliebe und Eitelkeit über Alles geworfen hatten und tief gedemüthigt von diesem Anblicke, wäre sie gern zu dieser Stunde mit dem reumüthigen Bekenntnisse ihrer Schuld vor ihren Gatten hingetreten, wenn nicht die Reliquien seiner Vergangenheit aus der geöffneten Schublade sie mit einer verhängnißvollen Bitterkeit wieder in dem Drang ihres bessern Selbst irre gemacht hätten.

„Es ist kein Zweifel, daß er mich geliebt hat," sagte sie zu sich selbst, als sie sich die mancherlei einzelnen Begebenheiten ihres bisherigen Ehestands vergegenwärtigte. „Ich kann wenigstens nicht daran zweifeln; und ich selbst habe ihn soweit gebracht, daß er die Andenken an seine erste Liebe wieder hervorgesucht hat. Allein er that seinerseits Unrecht daran, daß er mir dieß verschwiegen, denn wenn ich gewußt hätte, daß sein Herz einst einer Andern angehörte, so würde ich ihn mit mehr Schonung behandelt haben. Aber ich vertraute meinem eigenen Einfluß auf ihn allzuviel. Und wenn ich ihm nun bekennen würde, daß ich unrecht gehandelt und daß ich mein Vergehen einsehe, wie würde er fortan über mich triumphiren und mir beständig seine erste Liebe als einen Popanz vorhalten, um meine Unterwürfigkeit zu ertrotzen. Nein, wahrlich, das soll er nicht! Ich will meinen ersten Plan durchführen und ihn glauben machen, auch ich habe meine Andenken aus früheren Tagen!"

Unseligerweise gab sie diesem Drang zur Rache Gehör, eilte an den Schreibtisch in ihrem Boudoir, nahm ein Blatt Papier, schrieb darauf: „Eduard. — Um Mitternacht. — Liebe und Treue!" faltete darein die Locke, welche sie sich von Eduard Grahm erbeten hatte und legte das kleine Päckchen in eine unverschließbare Schublade ihres Schreibtisches. Hierauf begab sie sich in das Schlafgemach der Kinder, weckte Mathilde und stahl sich leise in ihr eigenes Schlafgemach. Zu ihrer nicht geringen Ueberraschung fand sie aber hier ihren Gatten, der am Porzellan-Ofen lehnte, mit Zügen so bleich und starr wie die Marmorbüste auf dem Ofen. Ihr Gewissen mahnte sie, aber sie wollte nicht seine besseren Eingebungen hören. „An ihm ist's, mir den ersten Schritt entgegen zu kommen," sagte sie zu sich selbst; allein sie wartete vergebens darauf. Er sah sie ihr Nachtgewand und [illegible] und das Zimmer verlassen, ohne [illegible] er nur im Mindesten Anstalt machte, sie zurückzuhalten.

[illegible] Beiden [illegible] in jener Nacht den erquickenden Schlummer; Jedes klagte das Andere einer Schuld oder eines Frevels an. —

Daß der Doctor im Schlafzimmer seiner Frau ihre Rückkehr erwartete, erklärt sich folgendermaßen: das Geräusch vom Zuschlagen der Hausthüre, als Malwine den Assessor Grahm hinausließ, hatte ihn aus seinem gedankenschweren Hinbrüten geweckt. Er war an's Fenster geeilt, weil er befürchtete, seine Frau habe in ihrem Trotz und Ungestüm sein Haus verlassen. Er erkannte aber in dem Weggehenden Eduard Grahm. Betroffen und in der naheliegenden Vermuthung, daß Malwine denselben hereingelassen habe, hatte er sich selbst mit Argwohn und Verdachtsgründen aller Art gequält, bis sein Hirn wahrhaft fieberte.

So wurden zwei Herzen, die einander treu und innig geliebt hatten, einander fremd, — das eine durch Erziehungsfehler und weil es sich nicht zu den Opfern bequemen konnte, welche die Liebe begehrte, — das andere, weil es vergaß, diese verfehlte Erziehung einigermaßen in Betracht zu ziehen und mit der Irrenden Nachsicht zu haben, und der Riß zwischen Beiden ward noch größer durch den in Beiden gährenden Strudel von Stolz, Eifersucht und Leidenschaft.

III.

Wo Stolz, da Schmach.

Malwine hatte in den nächstfolgenden Wochen Zeit genug, ihren Eigensinn und Trotz zu bereuen. Die Kluft, welche sie von ihrem Gatten trennte, schien täglich größer zu werden. Er gab ihr nie Gelegenheit zu Erklärungen und zur Verständigung, sondern behandelte sie bei jeder Begegnung mit erkünstelter Kälte, und hatte seit jenem Abende sogar sein Bett aus dem gemeinsamen Schlafgemach in den kleinen Alkoven neben seiner Studierstube bringen lassen. Sie fühlte jetzt mit Beklommenheit, wie weit leichter und besser sie seinen Wünschen nachgegeben und lieber auf allen Umgang verzichtet hätte, anstatt die Qualen zu tragen, welche sie nun durch ihre Verkehrtheit und ihren Eigensinn sich zugezogen. Oft war sie auf dem Punkt gewesen, sich reumüthig dem Gatten zu Füßen zu werfen und ihn zu bitten, er möge ihr doch seine Liebe wieder schenken, allein jedesmal war ihr's, als hielte ihr Stolz sie wieder mit eisernen Krallen davon zurück. Malwine fühlte aber auch, daß die Kluft, welche sie von ihrem Gatten trennte, sie auch von ihrem Schöpfer, ja von ihrem eigenen Ich geschieden hatte. Dahin war ihr Seelenfrieden, ihre Gemüthsruhe und sie konnte nur mit Mühe ihre Thränen zurückhalten, wenn sie beim Anblick ihres Gatten und ihrer Kinder sich bekennen mußte, welch innigen Dank sie ihrem Schwager darin schuldig sei, daß er ihr solche Begegnungen geschenkt. In ihrer Verstocktheit und Selbstsucht aber wollte sie mit der Vorsehung hadern, und ihre verkehrten Begriffe von Menschenwürde und Seelenadel gaben ihr nun den Vorsatz ein, wenn sie einmal dazu verdammt sei, als Gattin ungeliebt zu bleiben, dieses traurige Loos wenigstens mit dem größten Stoicismus zu ertragen. So verwandelten sie Tag für Tag die Dornen der Erde, die bitteren Wasser ihres Herzens überfluthelen sie und nur ihr Stolz allein kräftigte sie zum Aeußeren.

In der ersten Bitterkeit ihres ehelichen Zwistes hatte sie sich für Vergnügungen und Geselligkeit nicht gestimmt gefühlt; aber endlich kam doch eine Einladung zu einer Abendgesellschaft bei einer ihrer ältesten und nächsten Freundinnen. Man sollte dort lebende Bilder aufführen, welche damals ziemlich Mode waren, und man hatte Malwinen eine der ersten Rollen zugedacht; sie aber hatte weder Lust noch Laune, hinzugehen und Antheil zu nehmen. Die junge Frau von Walzen jedoch ließ ihr keine Ruhe, denn sie konnte ihrer Aussage nach nirgends eine passendere Rebecca finden und drang so lange in Malwinen bis diese zusagte.

Der Tag, an dessen Abend jene Gesellschaft stattfinden sollte, kam heran und Malwine fühlte sich den ganzen Morgen ungemein gedrückt und von unbestimmten Ahnungen gequält. Am späten Nachmittag ging sie in die Kinderstube, um sich bei ihren Kleinen zu zerstreuen. Die kleine Helene schlief, aber den Knaben hatte das Kindermädchen so eben von einem Spaziergange heimgebracht und seine Aufmerksamkeit ward durch ein neues Spielzeug ganz in Anspruch genommen.

(Fortsetzung folgt.)

* Das olympische Theater zu Vicenza.

Von Dr. E. Jäger.

(Fortsetzung.)

Vor Allem handelte es sich um die Auffindung eines Bauplatzes und die Beschaffung der nöthigen Geldmittel. Der ersten Bedingung war bald genügt, indem die Stadt bereitwillig der Academie den nöthigen Raum überließ. Ferner besteuerten sich die Academiker selbst, jedes Mitglied mit 60 und einige sogar mit 100 Scudi, und noch zweimal wurde diese Selbstbesteuerung wiederholt. Ueberdieß wurde noch ein Anleihen von 300 Ducaten aufgenommen, und auf die Bitte der Academiker überließ die Stadt die Bürgeraufnahmsgelder von zwölf Familien der Baukasse. Dieses ist der Grund, warum wir auf der Scene des Theaters unter dem Wahlspruch der Akademie auch das Wappen von Vicenza angebracht sehen.

Die Kosten der Erbauung des Theaters beliefen sich auf 18,000 Ducaten, wozu noch die Prospecte mit 1500 Ducaten kommen.

Palladio, der damals in seinem 62sten Jahre stand, übernahm die Ausführung des Baues. Er hatte schon einige Versuche in der Herstellung einer antiken Bühne gemacht, sowohl für die Vorstellungen der Academie in dem Saale der Basilica, als auch in Venedig in dem Kloster der Carità und brachte jetzt seinen schon längst gereiften Plan zur Ausführung. In derselben Zeit war er in Venedig mit dem Bau der Kirche del Redentore beschäftigt, leitete aber doch, soweit ihm dieses möglich war, die Arbeiten in Vicenza persönlich.

Allein der Meister sollte die Vollendung seines Werkes nicht mehr erleben und starb schon wenige Monate nach dem Beginne der Arbeit am 19. August 1580 als Baumeister der Republik Venedig. Nach seinem Tode wurde noch zwei Jahre an der gänzlichen Vollendung, besonders der Herstellung der Decke, der Prospecte, der Stucken und der Statuen gearbeitet. Zuerst wurde ein Aufseher eingesetzt; dann sollten, weil verschiedene Mißbräuche eingerissen waren, die Academiker selbst den Bau überwachen, zuletzt aber wurde am 18. April 1581 beschlossen:

„Da die Academie wünscht, daß man größeren Fleiß als bisher auf die Erbauung des Theaters verwende, damit es so bald als möglich zum erfreulichen Ziele gelange, so beschließt sie, daß M. Silla, der Sohn unseres in gutem Andenken stehenden, ausgezeichneten Palladio, aus der Kasse der Academie zwei Goldscudi monatlich erhalten soll, damit er den Bau überwache und sich Mühe gebe, wie in dieser, so in jeder anderen Angelegenheit. So beschlossen und sowohl von ihm, als auch von unserer Academie angenommen mit allen Stimmen."

Dieser Silla war bereits seit einigen Jahren ebenfalls Mitglied der Academie, hat derselben aber keine besondere Ehre gemacht; er besaß nicht das Geringste von dem Geiste seines Vaters; denn nur ein einziges Mal und zwar in einem Kirchenregister erscheint er als Architekt bezeichnet, wird aber nirgends als Vollender von einer oder der anderen unter den unvollendeten Arbeiten seines Vaters genannt; auch ist es auffallend, daß ihm der angeführte Beschluß der Academie nicht das geringste lobende Wort zu Theil werden läßt, während doch sonst die Olympier stets bei der Hand waren, einem der Ihrigen lobende Erwähnung zu spenden. Haben sie doch ihre Personen und Wahlsprüche in den Statuen der Scene des Theaters und in den Inschriften des daneben befindlichen Saales in einer Weise verewigt, daß dieses selbst von Seiten ihrer Zeitgenossen schon lebhaft getadelt wurde.

Aber unser Urtheil über Silla wird noch härter, wenn wir hören, daß er bald nach dem Tode Palladio's, seines Vaters, von der Academie die Summe von 15 Goldscudi erhielt, um die Architekturwerke seines Vaters herauszugeben, weil er vorgab, auch die Pläne des olympischen Theaters beifügen zu wollen. Er hat aber sein Versprechen niemals erfüllt und sogar, nachdem schon manche der Tafeln in Kupfer gestochen waren, diese 1588 einem Bildhauer Marcantonio in Venedig zum Verkaufe übergeben, so daß man seit dieser Zeit nichts mehr von ihnen erhalten hat. Auch wissen wir außer dem erwähnten Beschlusse der Akademie nichts von seiner Bauleitung, und ein anderer Venetianer Architekt, Scamozzi, der auch die neuen Procurazien in Venedig erbaute, war es, welcher das Theater zu Ende führte und sich nicht wenig zu gute that über den Antheil, den er bei der Herstellung der Prospecte der Scene hatte.

(Fortsetzung folgt.)

Miscellen.

Die „Wiener Zeitung" veröffentlicht einen Bericht über die Aufdeckung der irdischen Ueberreste Casimir's des Großen in der Domkirche zu Krakau. Es heißt darin: „Die Höhlung des Sarkophags, d. i. das Grabgewölbe, besteht aus drei großen behauenen Steinplatten. Sie erheben sich drei Schuh über die Sohle (des Seitenschiffes der Kirche). Auf vier Schienen (Rost) von dickem Eisen ruhte der hölzerne Sarg mit den irdischen Resten des Königs. Der hölzerne Sarg war zerbrochen und die Gebeine lagen daher auf dem Grunde der Gruft zerstreut; nur auf den eisernen Schienen waren hier und da noch einige größere Gebeine des Skelets liegen geblieben, welche herabhängende Stücke eines Ueberzuges bedeckten. Das nach Osten gekehrte Haupt des Königs war noch mit der Krone bekleidet, die aus einem Stirnreifen, auf welchem sich fünf Lilien (Zinken) erhoben, bestand. Die Krone, stark vergoldet, ist aus Kupfer und mit böhmischen ungeschliffenen Edelsteinen geziert. In der Richtung des rechten Armes erblickte man auf dem Grunde des Sarkophags das Scepter, eigentlich nur den oberen Theil desselben, in der Länge von 14 Zoll; dasselbe ist aus Silber und vergoldet und trägt an der Spitze eine Kugel mit Laubwerk geziert. In der Fußgegend gewahrte man große Sporen von vergoldetem Kupfer mit Schnallen an Riemen befestigt, die vom Moder nicht gelitten hatten. Die oben erwähnten Gegenstände wurden von Herrn Johann Matejko sogleich abgezeichnet. Mag sein, daß der Gürtel, der untere Theil, d. i. der Griff des Scepters, weitere Schnallen und Schließen und selbst das Schwert; wie auch andere Theile des Wehrgehänges, auf dem Grunde der Gruft unter dem Moder der Gebeine, Gewänder und Sargtrümmer verborgen liegen; gleichwohl gebot die Schonung der nach 500 Jahren aufgefundenen königlichen Ueberreste, weitere Nachforschungen einzustellen."

(Eine Adlerjagd.) Aus Gmünd in Kärnten wird berichtet: Im Maltathale an der weißen Wand rechts von der Zollers-Alpenhütte, in der Nähe der Stallwand, befindet sich ein Adlerhorst. Nach siebentägiger Lauer gelang es einem Jäger, das Weibchen zu erlegen. Dieses Steinadler-Weibchen wog 10 Pfund und hatte eine 6 Fuß 10½ Zoll große Flügelweite. Dadurch angeeifert, bemühten sich die Jäger, auch das Männchen zu erlegen, sowie den Horst ausfindig zu machen, um sich zugleich der Jungen zu bemächtigen. Es machten sich drei Bauern mit zwei Jägern auf und gingen zur mühsamen Arbeit. Die beiden Jäger blieben in der Felsenlucke, die drei Mann erstiegen die schwindelnde Felsenhöhe und gelangten weit über das Adlernest, das unter einer stark überhängenden Felswand drei Klafter einwärts gelegen ist. Hans Bartelbinder wurde hinabgelassen; er war mit einer 3½ Klafter langen Stange, die mit einem Eisenhaken versehen war, bewaffnet, um damit zuerst den einige Tage zuvor von einem Jäger erlegten Steinadler, welcher im Todeskampfe noch das Nest erreicht hatte, herauszureißen, wobei das ungeheure Thier 160 Schritte in die Tiefe geschleudert wurde. Nun kam die Reihe an die beiden Jungen. Hans Bartelbinder riß mit wuchtigem Schlage das eine Junge heraus und warf es 3.000 Schritte in die grausige Tiefe, wo es zerschlagen todt liegen blieb, während das zweite gegen 400 Schritte im Gestrüppe hängend gefunden ward und am Leben blieb. Im Neste bemerkte der Bauer Schaf-, Lämmer- und Gemsenknochen.

Als die Aufhebung der Papiersteuer im englischen Oberhause berathen wurde, hat einer der Opponenten die ungläubig belächelte Drohung fallen, daß man den hohen Herrschaften, wenn sie diese Steuer aufhoben, bald Carossen von Papier anbieten würde. Der prophetische Unwille des Peers sollte nur zu bald in Erfüllung gehen, denn wenige Jahre nach Annahme der obigen Steuervorlage patentirte ein Fabrikant in Birmingham Papierwagen, in denen er jetzt ein gutes Geschäft macht. Ein Herr Barr in Newyork hat nun eine neue Methode der Papierfabrikation erfunden, bei welcher er thierische und vegetabilische Materialien zusammenmischt und auf die bekannte Weise zu einem Papier verarbeitet, welches eine filzartige Consistenz hat. Jetzt beschränkt sich aber der Gebrauch des Papiers in der Fabrikation nicht mehr auf Kragen, Manschetten, Vorhemden, Westen und dergleichen, man benutzt es schon mit Erfolg nicht allein zu Carossen, sondern auch zu Waschbecken, Wassertrögen und Röhren, ja in Chicago baut man papierne Häuser, welche aber nicht so leicht wie Kartenhäuser, sondern eben so stark und weit wärmer als die aus Holz, Stein und Mörtel erbauten, und um ein Drittheil billiger als die letzteren sein sollen. Wenn diese Bauart aber in Aufnahme kommt, so bewahre der Herr die Stadt Chicago in Gnaden vor Feuersgefahr! Das Barr'sche Papier ist sehr biegsam, elastisch und stark; es läßt sich eben so leicht und dicht wie gewebte Stoffe nähen und wird bereits zu Tischdecken, Steppdecken, Schürzen, Unterröcken und vielen andern solchen Artikeln verarbeitet. Ein papierener Unterrock kostet sechs Pence (18 Kreuzer).

Dem „Stockholmer Aftonblad" wird aus Newyork gemeldet, daß Capitain John Ericsson sich ungeachtet der von ihm angenommenen großen Bestellungen auf Kriegsfahrzeuge, dennoch unverändert mit der Construirung der von ihm projectirten Sonnenkraft-Maschine beschäftige. Der Correspondent fügt hinzu, Kapitain Ericsson habe ihm mitgetheilt, daß er durch seine Instrumente die volle Ueberzeugung habe, daß die dynamische Kraft der Sonne zu Ausgang Mai und zu Anfang Juni nicht so groß gewesen sei, als im verflossenen Winter, sowie, daß zu der erstgenannten Zeit die Temperatur der Sonnenstrahlen mehrere Grad geringer gewesen, als in der strengsten Kälte des verflossenen Januar-Monats.

(Die Ermordung der Familie Powell in Abyssinien.) Ueber die Ermordung der englischen Familie Powell in Abyssinien, enthält der Brief eines schwedischen Missionars, datirt aus Lindice, in dem Barea- und Kunama-Lande, 30. April, die folgenden Einzelheiten: „Die unglücklichen Reisenden langten am 17. April Abends in Tilo (zwischen Gash und Taklaye) an und wurden von den Eingebornen mit Mehl, Milch und sonstigen Lebensmitteln versehen. Sie verbrachten daselbst die Nacht, wurden aber am folgenden Morgen, einem Sonntage, sehr früh von einem mit Speeren bewaffneten Eingebornenhaufen angegriffen. Mr. Powell saß im Bett, als er den ersten Speerstich in die Seite empfing; er gab Feuer, wodurch ein Eingeborner getödtet und ein anderer verwundet wurde; dann traf ihn ein zweiter Speerstoß, bald darauf ein dritter und er fiel todt nieder. Gleichzeitig erhielt Mrs. Powell, die auf einem Stuhle, mit einem Gewehre in der Hand, saß, einen Speerstoß in die Brust; sie sprang auf, flog an die Seite ihres Gatten und wurde dort zu Tode gestochen. Das Kind des unglücklichen Ehepaares, ein Knabe, wurde mit einem Speer getödtet. Die Leichen blieben auf dem Boden liegen, ohne begraben werden zu können. Am selben Tage wurden auch zwei andere Personen der Reisegesellschaft von den Eingebornen getödtet: ein Engländer Mr. M'Kerer und ein schwedischer Missionar, Namens Kjedberg. Powell's englischer Diener entging dem Gemetzel."

Redaction von K. A. Woll. Druck der Jäger'schen Druckerei in Speyer.

Palatina.

Belletristisches Beiblatt zur Pfälzer Zeitung.

Nro. 84. | Speyer, Donnerstag, den 15. Juli | 1869.

Pfälzische Sagen.

XIV.

Das steinerne Kreuz.

Auf einer Anhöhe bei Münchweiler steht ein steinernes Kreuz. Dort jagte einmal ein Rittersmann im einsamen Wald, da brach der Abend herein, und Finsterniß bedeckte Weg und Steg, also daß der Reiter sich der Führung seines guten Rosses überlassen mußte. Das Roß aber kannte den Weg und trug jenen unaufhaltsam durch die Nacht von dannen. Auf einmal stand es plötzlich still und konnte durch kein schmeichelndes Wort, auch durch keinen Sporn mehr angetrieben werden. So mußte der Rittersmann absteigen und auf derselben Stelle im dunkeln Wald sein Nachtlager nehmen. Als er nun des Morgens erwachte, wie sehr erstaunte er nicht, da sich vor seinen Augen ein gähnender Abgrund aufthat, an dessen Rand er geschlummert hatte. Wäre sein treues Roß gestern einen Schritt weiter zu bringen gewesen, so hätte der Ritter sein Grab in der Tiefe gefunden. Freudig kniete er nieder und dankte Gott für seine wunderbare Rettung, und ließ nachmals auf jener Stelle ein steinernes Kreuz zum Andenken für ewige Zeiten errichten.

Entfremdete Herzen.

Novelle von H. Jerilag.

(Fortsetzung.)

„Komm' hieher, Heinrich!“ sagte sie; „komm', Du darfst der Mama auf dem Schoos sitzen!“

„Nein, ich will nicht, ich mag gar nicht,“ versetzte der Kleine; „ich sitze in meinem eigenen Schoos!“

„Aber das ist recht böse von Heinrich, daß er so mit Mama spricht! Aber warte nur, wenn die arme Mama stirbt und in's tiefe Grab gelegt wird, dann wird der kleine Heinrich recht weinen und sich grämen, daß er gegen Mama so böse war!“

Der weichherzige Knabe ließ rasch sein Spielzeug fallen und brach in ein Weinen aus, daß ihm die hellen Thränen über die Wangen liefen und sein Busen wogte. Malwine suchte ihn zu trösten, und der Knabe sagte:

„Mama ist recht böse, daß sie so spricht und mir so weh thut! Siehst Du nicht, wie ich weinen muß?“

Schon wollte ihn die Mutter zärtlich an ihr Herz drücken, als dem Kinde plötzlich ein anderer Sinn zu wachsen schien. Er lief wieder zu seinem Spielzeuge und sagte im frühern trotzigen Tone:

„Mir ist's einerlei; ich mag Dich gar nicht mehr, Mama; wenn Du stirbst, so kauft mir der Vater eine neue Mama!“

Malwine ward von dieser unerwarteten Antwort so betroffen, daß sie große Lust fühlte, den Knaben abzustoßen; sie bezwang sich aber noch und übergab ihn dem Kindermädchen, welches über den Geist, der ihrer Ansicht zufolge in dieser Antwort lag, hoch entzückt war.

So schienen fast alle kleinen Ereignisse dieses Tages berufen, sie immer mehr zu verstimmen, und als die Stunde nahte, wo Frau v. Wolzen ihren Bruder zu senden versprochen hatte, stand sie frostzitternd an dem starkgeheizten Ofen ihres Boudoirs, und mußte sich sagen, daß sie lieber sogleich sterben würde, wenn sie nur noch ein einziges Mal ihr Haupt am Busen ihres Gatten ausruhen könnte. Sie hatte zum Wegfahren den Wagen des Doctors verlangt und dieser stand zur anberaumten Zeit harrend vor der Thüre. Aber Frau v. Walzens Bruder kam nicht und sie hoffte schon mit einer wahren Sehnsucht, sie brauche nicht zu gehen. Ihre innere Unruhe scheuchte sie von einem Zimmer in das andere, bis sie endlich wieder in ihr liebes kleines Boudoir zurückkehrte, wo sie so manche glückliche Stunde mit ihrem Gatten verbracht hatte, wenn er ihr seine Lieblingsschriftsteller vorlas und sie, in die schwellenden Kissen ihrer Ottomane gelehnt, ihm andächtig zuhörte, und sich im Stillen fragte, ob jemals eine menschliche Stimme der seinigen gleichgekommen sei an Wohlklang und Ausdruck! — Nun stand sie hier allein; allein und unglücklich. Wohin sie auch blickte, zeigte ihr der Spiegel nur ein bleiches Antlitz mit eingesunkenen von Thränen getrübten Augen, einen Kern, mit welchem die äußere glänzende Schale ihrer Toilette und Umgebung in schneidendem Kontraste stand.

Endlich ertönte die Thürglocke, und gleich darauf führte das Mädchen einen Herrn in's Zimmer — Eduard Grahm, den Assessor.

„Herr Grahm!“ rief Madame Hermes, ihm verblüfft entgegentretend, „welchem Zufall verdanke ich diesen unerwarteten Besuch?“

„Frau v. Walzen beauftragte mich so eben. Sie

abzuholen," erwiderte er; „sie bedauert sehr, daß unaufschiebbare Geschäfte ihren Bruder verhindert haben!"

Malwine lächelte, aber ihr Auge behielt den frühern traurigen Ausdruck bei, als sie entgegnete: „Da Emilie ihren Theil unserer Verabredung nicht erfüllt hat, so bin ich auch meiner Zusage entbunden. Ich werde heute Abend nicht hingehen, Herr Assessor, und ich bedauere, daß Sie sich diese vergebliche Mühe gemacht haben; allein ich will Sie nun nicht länger aufhalten!"

„Nicht doch Madame! das kann nicht sein! Ich habe Frau v. Walzen versprechen müssen, daß ich nicht ohne Sie zurückkehren wolle; Sie müssen wahrlich hingehen, denn ihre Abwesenheit würde über den ganzen Abend einen düstern Schleier breiten."

„Ich bin nicht eitel genug, dies zu glauben, Herr Assessor!" entgegnete Malwine geringschätzend.

„Ich wollte Ihnen damit keine Schmeichelei sagen, Madame, denn es ist in der That so, und Frau v. Walzen, welche darauf rechnet, daß Sie mehrere Rollen übernehmen werden, versichert, daß ohne Sie die ganze Reihe der lebenden Bilder gestört und unvollständig werden würde!"

„Das ist nicht meine Schuld, Herr Grahm. Da mich Emilie nicht durch ihren Bruder abholen läßt, wie sie es mir versprochen hat, so betrachte ich mich ebenfalls von meiner Zusage entbunden. Sie brauchen nicht darauf zu bestehen, denn sogar wenn ich gehen wollte, wissen Sie, daß mein Gatte es mir auf's Bestimmteste verboten hat, irgend welche Aufmerksamkeiten von Ihnen anzunehmen!"

„Aber Ihr Gemahl hat ja dieses Verbot zurückgenommen, Madame," fiel ihr der Assessor rasch in's Wort und sah sich hastig in den anstoßenden Zimmern um, denn sie standen mitten im Empfangszimmer; dann fuhr er mit gedämpfterer Stimme fort: „Ich traf den Doctor heute, und bat ihn um die Erlaubniß, Sie auf den Abend abholen zu dürfen; er sagte mir darauf, daß er nichts dagegen einzuwenden habe, und Sie werden sich nun hoffentlich nicht mehr für berechtigt erachten, Ihre Freunde im Stich zu lassen."

Malwinen überkam unwillkührlich und instinktmäßig ein Verdacht, daß der Assessor nicht die Wahrheit rede. Sie betrachtete ihn in der That seit jenem Abende nicht mehr als ihren Freund und mißtraute ihm, seit er sie in ihren Pflichten als Gattin hatte irre machen wollen; ja noch mehr, sie mußte in ihm die erste Ursache zu der Spannung mit ihrem Manne sehen und darum kann es nicht befremden, wenn sie fürchtete, er möchte auf's Neue den Versuch machen, sie noch weiter von dem Gatten zu trennen. Sie faßte ihn daher scharf in's Auge und fragte: „Ist das auch wirklich wahr, Herr Grahm?"

„Buchstäblich! mein Ehrenwort darauf. Was haben Sie denn für einen Grund, die Wahrheit meiner Worte in Zweifel zu ziehen, Madame?"

„Je nun, ich erachte es für möglich, daß dies eine der Gelegenheiten zu einer Unwahrheit sein dürfte, für welche die Tugendbegriffe unseres heutigen fashionablen Lebens so leicht volle Absolution gewähren!" entgegnete Malwine. „Wenn sich aber die Sache so verhält, wie Sie sagen, so will ich Emiliens Erwartungen nicht täuschen, denn mich dünkt, es wäre von meiner Seite ein Unrecht!"

Beide schickten sich zum Gehen an und als der Assessor die Hausthüre öffnete, fragte ihn Malwine noch einmal: „Sie täuschen mich doch nicht, Herr Grahm?"

Dieser hatte bei einem flüchtigen Umblick bemerkt, daß Doctor Hermes aus seinem Studierzimmer auf den Hausflur herausgetreten war und ihnen nachblickte; daher beeilte er sich, ihr auffallend laut zu erwidern:

„Gewiß nicht, Madame; ich habe Ihnen Wort für Wort wiederholt, was mir Ihr Herr Gemahl mittheilte!" Damit hob er sie in den Wagen und sie fuhren davon.

Malwine hatte den einen schmerzlichen, bittenden, verzweifelnden Blick nicht bemerkt, welcher ihr nachgesandt worden war. Sie hatte keine Ahnung von dem entsetzlichen innern Kampf, welchen Karls, bis zum Ueberfließen mit Groll geschwelltes und doch noch so unsäglich viel Liebe für sie bergendes Herz an diesem Abende kämpfte. Hätte sie auch nur das Mindeste davon geahnt, wie gerne wäre sie umgekehrt, hätte ihn auf den Knieen um Vergebung gebeten und durch die nöthigen Erklärungen über das Vergangene und die feierlichsten Versprechungen für die Zukunft den herben Kampf in seiner Brust beschwichtigt!

Der Doctor trat in sein Studierzimmer zurück und rang die Hände. „Ich hielt ihn zwar für treulos falsch und feig, für schlau und intriguant," sagte er dumpf; „allein er hat ihr diesmal all meine Worte wiederholt und sie ist dennoch gegangen. Nun muß der Sache ein Ende gemacht werden, und wenn auch . . . . . . wenn auch mein Herz darüber brechen sollte!"

Zu näherem Verständniß dieser Worte möge dienen, daß der Doctor am Morgen dieses Tages allerdings eine Unterredung mit dem Assessor gehabt hatte, als dieser ihn um die Erlaubniß gebeten, seine Frau am Abend abholen zu dürfen. Der Doctor hatte ihm allerdings erwidert, daß er Nichts dagegen einzuwenden habe, sondern es dem Willen und Schicklichkeitsgefühl seiner Frau überlassen müsse, ob sie ohne ihn, ihren Gatten, jene Gesellschaft besuche. Allein er hatte noch ausdrücklich und mit drohendem Ernst hinzugefügt: „Wenn meine Frau heute Abend mit Ihnen zu gehen einwilligt; so soll sie mein Haus nicht mehr betreten!"

Die Abendgesellschaft war vorüber. Malwine hatte alle Rollen, welche ihr zugetheilt worden waren, mit ungemeiner Vollendung durchgeführt. Namentlich hatte die ganze Zuschauermenge sie als Corinna mit athemloser Bewunderung angestaunt, und überrascht eine solche Tiefe des Ausdrucks bei ihr beobachtet, wo man früher nur ein Ebenmaß schöner Züge und einen tadellosen Teint und Wuchs bemerkt hatte. Bewunderndes Flüstern und schmeichelhaftes Lob folgte ihr allenthalben nach Beendigung der Vorstellungen; allein sie regten kein wohlgefälliges Selbstgefühl in Malwinen an, sondern gaben ihr eher Stiche in's Herz; sie sehnte sich darnach, ihrem Gatten wieder unter die Augen zu treten und war froh, als man ihr anzeigte, daß ihr Wagen warte.

(Fortsetzung folgt.)

---

* Ein bischen Küchenchemie.

Der Zucker und das Pektin.

Von Emil Sommer.

Ein alter ästhetisch schöner Sprachgebrauch bringt es mit sich, daß der bescheidene Beruf von Köchen und Köchinnen im gewöhnlichen Leben blos als Kunst, nämlich als Kochkunst bezeichnet wird, und in der That wird wohl Niemand leugnen, daß eine eben so edle als verdienstvolle Kunst darin liegt, die reichen, für die Erhaltung des Lebens bestimmten Gaben der Natur in eine genießbarere und genußreichere Form zu bringen und dadurch sowohl zu unserem körperlichen wie geistigen Gedeihen und Wohlsein beizutragen.

Aber auch eine Wissenschaft voll tiefen Inhalts liegt in dieser rührenden, würzenden und Nahrung spendenden Kunst, und wohl nur die wenigsten unserer freundlichen Leserinnen sind sich bei ihrem stillen Walten am häuslichen Herde so recht bewußt, welch' geistig anregender, ernst wissenschaftlicher Beschäftigung sie dabei obliegen, und in welch inniger Beziehung ihre anscheinend prosaische Arbeit zu den edelsten Blüthen moderner Wissenschaft, zu Chemie und Physik, steht. Ja ich möchte behaupten, daß Niemand im alltäglichen Leben mehr praktische Naturwissenschaft treibt, als die Hausfrau im freundlichen Laboratorium der Küche, und eine umfangreichere Einführung des naturwissenschaftlichen Unterrichtes wäre daher wohl nirgends mehr geboten und ersprießlicher als in weiblichen Lehr- und Erziehungs-Anstalten.

Wenn nun auch nicht geleugnet werden soll, daß unsere weiblichen Küchenchemiker, trotz des durchschnittlichen Mangels chemischer und physikalischer Kenntnisse ihre Aufgabe mit wahrer Meisterschaft erfüllen und durch ihre unendlich mannichfaltigen gesottenen, gebratenen und gebackenen Producte auch die höchsten Anforderungen der raffinirtesten Gastronomie befriedigen, so kann doch auf der andern Seite nicht in Abrede gestellt werden, daß eine tiefere Einsicht in die bei den verschiedenen culinarischen Operationen stattfindenden Naturvorgänge ihnen ihre Mission bedeutend erleichtern, gar manche Irrung, gar manchen Mißgriff und manche Mühe ersparen, sie über sehr Vieles, das sie jetzt nur mechanisch und schablonenmäßig ohne Verständniß des eigentlichen Grundes verrichten, aufklären und auf diese Weise ihnen zugleich zahlreiche geistige Genüsse bei ihrer an und für sich trockenen Beschäftigung verschaffen würde, und ich glaube mich daher meinen verehrten Leserinnen vielleicht nützlich zu erweisen, wenn ich aus dem reichen Materiale heute wenigstens ein kleines aber interessantes Kapitel herausgreife, dessen Gegenstand in dieser Jahreszeit wohl jede fürsorgliche Hausfrau beschäftigt, ich meine nämlich das Einmachen von Früchten, Himbeeren, Johannisbeeren &c. und die Bereitung von Fruchtsäften. Die Conservirungsfrage spielt eine solche Rolle im bürgerlichen Haushalte, daß es sich wohl der Mühe lohnt, die wissenschaftliche Seite derselben etwas näher in's Auge zu fassen, was zugleich Gelegenheit zu der interessanten Bemerkung geben wird, daß die Wissenschaft neben ihrer vorwiegend fortschrittlichen Tendenz zuweilen auch recht conservativ sein kann.

Das bei der Zubereitung von Confituren gewöhnlich angewendete Verfahren besteht bekanntlich im Allgemeinen darin, die genannten Früchte mit der entsprechenden Menge Zucker (gewöhnlich geläutertem und sogar bis zum Fadenziehen gekochten Zucker) vermischt, längere Zeit zu kochen, die Masse, welche hierbei meistens schon zu gelatiniren anfängt, erkalten zu lassen und hierauf in geeignete Gläser einzufüllen, welche man mit Papier oder Blase sorgfältig zubindet, nachdem man in der Regel vorher größerer Vorsicht halber noch ein mit gutem starkem Branntwein getränktes Papier auf die Oberfläche der Confiture gelegt. Es sind somit hierbei gleichzeitig die vier Hauptgruppen von Conservirungsmitteln vertreten, welche einzeln oder mit einander verbunden, auch bei den meisten übrigen Conservirungsmethoden zur Anwendung kommen; nämlich Siedehitze, Wasserbindung, Luftabschluß und Spiritus. Die Siedehitze wirkt, ebenso wie auch bei eingekochtem Obst, dadurch conservirend, daß sie die fäulnißfähigen, eiweißartigen Bestandtheile der Früchte gerinnen macht und zugleich die stets in der Luft enthaltenen, mehr oder weniger allen Stoffen anhaftenden Keimsporen oder Samenstäubchen verschiedener Schimmel- oder Fermentpilze zerstört, welche die Ursache des Schimmeligwerdens und der Gährung sowie der Säuerung sind. Der Zucker, welcher hierbei ganz eben so wie das Salz beim Einsalzen des Fleisches, nämlich durch seine große Verwandtschaft zum Wasser, wirkt, hat daher, abgesehen von der Versüßung der Confiture hauptsächlich den Zweck, den Früchten einen Theil ihres Wassers zu entziehen und zu binden und hierdurch gleichfalls dem Verderbniß entgegenzuwirken, indem das Wasser es ist, welches, als Hauptmittel der Bewegung materieller Theilchen, die Vorgänge der Zersetzung und Selbstentmischung vermittelt und deshalb bei einem bestimmten Grade der Austrocknung bekanntlich Fäulniß und Gährung nicht mehr stattfinden. Der sorgfältige Verschluß des Gefäßes hat dagegen die doppelte Bestimmung, sowohl den Zutritt der Luft und hierdurch die Einwirkung des Sauerstoffs möglichst zu verhindern, als auch die Zufuhr frischer Ferment- und Schimmelpilzkeime durch die Luft abzuschneiden. Was endlich die erwähnte Anwendung von Branntwein betrifft, so beruht dieselbe auf der bekannten conservirenden Wirkung des Alkohols oder Weingeistes, zufolge deren letzterer in großem Maßstabe auch zur jahrelangen Aufbewahrung menschlicher Körpertheile für anatomisch-medicinische Zwecke verwendet wird. Im vorliegenden Falle dient das Auflegen einer mit Branntwein getränkten Papierscheibe auf die Oberfläche der Confiture dazu, das Schimmeligwerden der letzteren, d. h. die Bildung einer Schimmelpilzvegetation zu verhüten, indem der Alkohol ein wahres Gift für alle derartigen niederen Organismen ist.

(Fortsetzung folgt.)

Miscellen.

Am 24. Juni d. J. wurde der Montblanc von dem Engländer Palmer Gannon und Joseph Nicolet aus Lyon bestiegen. Die Karawane brach um 6 Uhr Morgens von Chamounix auf und kam um 4 Uhr Nachmittags auf den Grands Mulets an. Gegen halb zwei Uhr des nächsten Morgens setzte man den Aufstieg fort und erreichte nach 7 Uhr das große Plateau. Da der Corridor wegen des Schneefalles nicht zu bewältigen war, mußte man sich unter dem Dome du Goûté eine Passage erzwingen und achthundert Stufen in das Eis hauen. So kam man auf die Buckel des Dromedar. Der Wind blies heftig. Mehreremale waren die beiden Touristen und ihr Führer in Gefahr, in den Abgrund gestürzt zu werden. Nach unerhörten Anstrengungen gelangte man gegen 12 Uhr auf den Gipfel des Montblanc. Palmer Gannon wurde hier ohnmächtig und mußte in eine Eisgrotte gebracht und mit in Rum getränkten Schneeballen frottirt werden. Die Hütte der Grands Mulets wurde wieder über die Buckel erreicht; es war dies eine der gefährlichsten Expeditionen, die je unternommen wurden. Um 8 Uhr Abends kam man in Chamounix an.

Das Museum der schottischen antiquarischen Gesellschaft ist unlängst durch eine Schenkung bereichert worden, die für alle jugendlichen Verehrer von Robinson Crusoe gewiß von höchstem Interesse sein wird, nämlich eine Kiste und einen aus einer Kokosnuß geschnittenen Becher, welche das Eigenthum Alexander Selkirk's, des Prototyps von Robinson Crusoe waren. Sie gehörten zu seinem spärlichen Besitzthum während des einsamen Aufenthaltes auf Juan Fernandez und traten mit ihm den Weg nach der Heimath an, als er durch den Kapitän Woodes Rogers befreit wurde. Die Kiste ist aus einer Art von Mahagoni, mit Selkirk's Namen und einer Zahl (wahrscheinlich die Nummer, welche er auf dem Schiffe führte) kunstlos eingeschnitten. Die Trinkschale wurde von Selkirk auf der Insel verfertigt.

Wie aus Athen berichtet wird, gewinnen die vulkanischen Erscheinungen auf Santorin immer mehr an Umfang und Stärke. Die Ausbrüche des neugebildeten Kraters wiederholen sich alle 4 Minuten unter starkem unterirdischen Getöse, indem Dampf, Asche und Steine ausgeworfen werden. Der Krater gewinnt durch neue Erhebungen aus dem Meere täglich an Umfang. Das um den Vulkan befindliche Meerwasser, welches eine hohe Temperatur und eine gelbe Färbung besitzt, dient den Einwohnern von Santorin zu Heilbädern gegen rheumatische und andere chronische Leiden.

Herr Dr. Guyon hat mit dem Namen Subconjunctival-Bandwurm einen Wurm oder Helminthe bezeichnet, der im menschlichen Auge haust, sich gewöhnlich zwischen der Bindehaut und der weißen Hornhaut befindet und dessen Bewegungen man wegen der Durchsichtigkeit der ersten dieser beiden Membranen bei den damit behafteten Personen verfolgen kann. Nach einer gewissen Zeitdauer sieht man denselben verschwinden und das mehrere Male. Im Jahre 1838 machte obiger Gelehrter diese Entdeckung bei einer jungen Negerin, einer eingeborenen Afrikanerin auf Martinique, welche mit zwei solcher Würmer von je 3 bis 4 Centimeter Länge behaftet war. Gewöhnlich befanden sie sich getrennt jeder in einem Auge, doch bisweilen kamen sie zusammen in dem einen und dem anderen Auge und machten ihren Weg durch das Zellengewebe der Nasenwurzel mit großer Geschwindigkeit. Als der Chirurg den Wurm des linken Auges herausgezogen, waren beide getrennt, als er aber nach ungefähr zwei Stunden auch am rechten Auge dieselbe Operation vornehmen wollte, war der Wurm des rechten Auges im linken, wo er durch eine zweite Operation hervorgeholt wurde. Jüngst hat derselbe Beobachter der Akademie, schreibt das „Journal Officiel", den größten bis jetzt aus dem Auge gezogenen Wurm vorgelegt. Derselbe maß 15 Centimeter und stammt von einem Neger aus Gabon her.

(Mittel, um den Appetit anzuregen.) Römische Senatoren versahen sich, wenn sie zur Tafel gingen, mit gewissen Präparaten von Brechwurzeln, welche den Magen von Zeit zu Zeit für neue Leistungen empfänglich machen mußten. Londoner Stadträte, wenn sie zu irgend einem großen City-Banquet geladen werden, lassen sich vorher schröpfen, um sich den Tafelfreuden besser hingeben zu können. Das Geheimniß ist dadurch an das Licht gekommen, daß einem Patienten vom Arzte mehrere Schröpfköpfe verordnet wurden und der zu diesem Behufe citirte Jünger Aesculaps dem neuen Kunden das Geständniß machte, er beziehe seine Einnahme hauptsächlich aus dem Honorar für das Schröpfen von Aldermen und anderen City-Gentlemen, ehe sie „zu" einem großen Diner gingen.

Ueber Zustände unter den Mormonen berichtet eine „Arbeiterzeitung" in Ogden City (drei englische Meilen von der Pacificbahn) aus „guter Quelle", daß Brigham Youngs die „geistigen" Bedürfnisse seiner Gemeinde an Wochentagen an einer offenen Bar (dem Schenktisch, an welchem in England und Amerika die Gäste ihre Herzensstärkung stehenden Fußes einnehmen) befriedige und am Sonntage den Glauben der Mormonen predige. Wenn aber seine Religion nicht reiner sei, als sein Branntwein, dann werde es das gelobte Land nie zu sehen bekommen. Der Sohn des Apostels Brigham Young, Namens Joe (eine wenig elegante Abkürzung von Joseph), scheint es diesem geistigen Würdenträger nach zuvorzuthun, denn ein anderes Blatt sagt von ihm: „Er raucht gute Cigarren, trinkt guten Schnaps, berauscht sich, spielt Karten, prügelt seine Weiber und predigt das Evangelium."

Auflösung des Räthsels in Nr. 61.

Früchte:	1. Jahr			2. Jahr		
	Ctr.	fl.	Suma.	Ctr.	fl.	Suma.
Waizen	31	à 7	217	36	à 7	252
Korn	8	à 5	40	1	à 5	5
Spelz	10	à 4	40	4	à 4	16
Gerste	1	à 3	3	9	à 3	27
	50	—	300	50	—	300

Früchte:	3. Jahr			4. Jahr		
	Ctr.	fl.	Suma.	Ctr.	fl.	Suma.
Waizen	32	à 7	224	35	à 7	245
Korn	7	à 5	35	2	à 5	10
Spelz	8	à 4	32	6	à 4	24
Gerste	3	à 3	9	7	à 3	21
	50	—	300	50	—	300

Früchte:	5. Jahr			6. Jahr		
	Ctr.	fl.	Suma.	Ctr.	fl.	Suma.
Waizen	33	à 7	231	34	à 7	238
Korn	3	à 5	15	6	à 5	30
Spelz	12	à 4	48	2	à 4	8
Gerste	2	à 3	6	8	à 3	24
	50	—	300	50	—	300

Redaction von K. A. Woll. Druck der Jäger'schen Druckerei in Speyer.

Palatina.

Belletristisches Beiblatt zur Pfälzer Zeitung.

Nro. 85. | Speyer, Samstag, den 17. Juli | 1869.

Entfremdete Herzen.

Novelle von H. Freitag.

(Fortsetzung.)

Der Assessor Grahm begleitete sie wieder nach Hause. Er schien sehr aufgeregt, und überströmte von Betheuerungen seine Verwunderung. Sie dagegen antwortete ihm kurz und einsilbig, denn der Gedanke an ihren Gatten beschäftigte sie so sehr, daß sie fest entschlossen war, noch an diesem Abend zu ihm zu eilen um ihren Fehler reumüthig zu bekennen und eine Verständigung und Versöhnung anzustreben. Von diesem Gedanken ganz eingenommen, hatte sie die Richtung gar nicht bemerkt, welche der Wagen genommen hatte. Endlich hielt dieser und Friedrich, der Kutscher des Doctors öffnete den Schlag und fragte Herrn Grahm, „ob er die Klingel ziehen solle?"

Malwine blickte hinaus und sah, daß sie vor dem Hause ihres Vaters war. „Was soll das heißen?" fragte sie barsch; „führt mich vor meine eigne Wohnung! Was fällt Euch ein, Friedrich?"

„Ich thue nur, was mein Herr mich geheißen, Madame," war des Dieners barsche Antwort. „Er hat mir den gemessensten Befehl gegeben, Sie hier abzusetzen!"

Der Ton, in welchem der Kutscher zu ihr geredet, erfüllte Malwine mit Entrüstung; sie beherrschte aber ihren Zorn und erwiderte würdevoll:

„Ihr wißt, Friedrich, daß mein Vater verreist und Niemand zu Hause ist, als seine alte Wirthschafterin. Ich bin überzeugt, daß hier ein Mißverständniß obwaltet. Fahret also unverweilt nach Hause, und wenn Euer Herr alsdann noch auf seiner Weisung besteht, will ich mich darein ergeben!"

„Ich darf's nicht wagen, Madame," sagte der Kutscher verlegen; „der Herr Doctor hat mir ausdrücklich gesagt, es koste mich meinen Dienst, wenn ich ihm nicht ausdrücklich gehorche!"

Malwine sank in den Wagen zurück und rief: „Barmherziger Gott! was soll aus mir werden! Mein Herz bricht vor Scham und Schmerz!"

Der Assessor beugte sich zu ihr hinüber und flüsterte ihr einige Worte in's Ohr. Sie aber sprang auf, als ob sie auf eine Schlange getreten wäre, eilte die Haustreppe hinauf und zog stürmisch an der Klingel.

Die Fensterläden am ganzen Hause waren waren geschlossen, nun aber öffnete sich rasch ein Laden im Erdgeschoß, und eine kreischende Weiberstimme rief: „Um's Himmels Willen, was gibt's denn in dieser späten Nachtstunde?"

„Ich bin's — ich Malwine . . . . . Malwine Hermes!" war die Antwort. „Ich bitte Sie, Frau Braun, lassen sie mich rasch ein, sonst sterbe ich hier auf der Schwelle!"

Die Zeit, bis die Hausthüre geöffnet ward, dünkte Malwinen eine Ewigkeit, wie sie so dastand, leicht gekleidet, der kurze Obermantel im Winde flatternd, sie selbst an allen Gliedern zitternd, während die kalte Nachtluft ihre entblößten Arme und den Nacken bestrich.

Der Assessor war ihr schüchtern gefolgt und bat nun demüthig: „Vergeben Sie mir, Madame; ich sehe, ich bin zu weit gegangen! . . . . Sagen Sie, daß Sie mir verzeihen, ehe wir hier scheiden!"

Malwine stampfte in ohnmächtiger aberwitziger Wuth mit dem Fuße, wandte sich voll Verachtung von ihm ab und entgegnete:

„Gehen Sie mir aus dem Wege! Bitten Sie den Himmel um Vergebung! — Sie bedürfen ihrer! — Gott mag Ihnen vergeben; ich niemals!"

Die Thüre öffnete sich und fiel hinter der erschütterten Frau wieder in's Schloß. Der Wagen rollte davon und Eduard stieg die Stufen wieder herab und murmelte eine Verwünschung. Sein heuchlerisches, gewissenloses Herz war für alle guten Regungen allzusehr abgestumpft, als daß er etwas Anderes gefühlt hätte, als Aerger über die Vereitelung seiner fein angelegten Pläne und Furcht vor den Folgen und der Rechenschaft, die Malwinens Gatte oder Vater über seine Handlungsweise von ihm begehren würde.

IV.

Der Spinne feinst gespon'ner Faden gleicht
Der Ankerkette im Vergleich zum Bande, das
Den Menschen mit dem irdischen Glück verknüpft, —
Dies bricht beim schwächsten Windhauch.

Young.

Der helle Morgen fand den Doctor Hermes noch in seinem Studirzimmer. Seine verstörten Züge und blutunterlaufenen Augen bekundeten nur allzudeutlich, wie gewaltig der Sturm in seinem Innern während dieser wenigen Nachtstunden gewüthet. Er hatte sein Wort gehalten, aber die Erfüllung desselben kostete ihm seine Seelenruhe, sein Lebensglück. Die Ueberzeugung, welche sich ihm in mancher schlaflosen Nachtstunde in seinen krankhaften Träumereien aufgedrängt, daß er in Malwinens Untreue nur die Sündenschuld für seinen Wortbruch an Helene Schwab ernte, schien aus seinem Geiste jeden Gedanken verbannt zu haben, daß er sich in einem Irrthum hinsichtlich der Schuld seiner Gattin befinde. Ja, hätte ihn sein Gewissen sogar übergroßer Strenge gegen sie angeklagt, konnte er nicht in ihrer Kälte Entschuldigungsgründe für sein Verfahren finden? sah er dem Anscheine nach in ihrem Betragen vom vorigen Abende etwas anderes als herausfordernden Trotz?

In früher Morgenstunde brachte ein Diener einen Brief für ihn, und erwartete auf der Flur eine Antwort. Er erbrach das Siegel — der Brief kam von seiner Gattin und enthielt in seinen Zeilen solch heilige Unschuldsbetheuerungen, solche glühende Worte unwandelbarer Liebe für ihn, solch flehentliche Beschwörungen um Verzeihung und Gelübde der Besserung und des Gehorsams, daß sein Herz der Irrenden die Vergebung für die eingestandenen Fehler nicht versagen konnte. Rasch schrieb er einige Zeilen der Antwort nieder und sagte darin, daß er sie sogleich abholen werde. Sie hatte ferner um eine geeignete Kleidung gebeten und er wollte der Jofe Mathilde die Weisung geben, die nöthigen Kleidungsstücke für seine Frau zusammenzusuchen. Als er seinen Brief zusammengefaltet, suchte er vergebens nach einem Briefcouvert. Wohl wissend, daß er solche in dem Schreibtische seiner Frau finde, und um Mathilde den Auftrag wegen der Kleidung zu überbringen, eilte er in Malwinens Boudoir hinauf. Als er die Schublade öffnete, worin sie ihr Briefpapier zu verwahren pflegte, war das Erste, was ihm in die Augen fiel, die eingewickelte Haarlocke, die er durch das dünne Papier erkennen konnte. Und da ihm Malwine in ihrem letzten Schreiben mit den höchsten Betheuerungen versichert hatte, daß er allein ihre ganze Liebe besitze und ihre erste und einzige Liebe gewesen sei, öffnete er rasch das Papier in der angenehmen Hoffnung, es werde eine Locke von seinem eigenen Haar sein. Nun aber las er, was Malwine in jener unglücklichen Nacht hineingeschrieben. Nun flog sein eigener Brief zerknittert in den Ofen; er nahm ein Briefcouvert aus der Schublade, verschloß darin das Schreiben seiner Gattin und sandte es ihr durch den Ueberbringer zurück.

Nun war er nicht mehr schwach und keinerlei vergebliche Zweifel und Bedenken störten mehr seinen Entschluß und seine Handlungsweise. Ein Weib, das mit den höchsten Eiden seine Unschuld und seine ausschließliche Liebe zu dem Gatten betheuern konnte, während sie eine feste Neigung zu einem Andern im Busen hegte, — ein Wesen, das auf solche Weise Meineid und Heuchelei üben konnte, — hatte keinerlei Ansprüche mehr an sein Herz. Wäre sie in diesem Augenblick vor ihn getreten, so hätte er sie von sich geschleudert wie eine giftige Schlange. — Er fühlte sich nun stark und dankte dem Himmel, daß er ihm Kraft gegeben. Wohl hatte er nur jenen Theil des Lebensweges hinter sich, an dessen Seiten Blumen blühen, und vor ihm lag ein rauher dornenvoller Pfad; aber er fühlte sich befähigt denselben zurückzulegen. Sollte er auch von den Dornen zerfleischt werden und den Mühsalen erliegen, so durfte Niemand es erfahren. — Er selbst wollte nicht schlaff und müde werden, sondern weiter, immer weiter streben, bis er die letzte Zufluchtsstätte vor dem unaufhörlichen Kummer, welche die irdische Welt bieten kann, erreicht hatte — das Grab.

Dieß war sein fester Entschluß, welcher alle seine weiteren Schritte leitete. Noch am selben Tage schickte er Malwinen ihr persönliches Eigenthum zurück und schrieb an seine alte Tante, Frau Eller, die einzige Verwandte, welche er noch hatte, und die jetzt in einem kleinen Städtchen Sachsens lebte, die freundliche Bitte, sie möge sich seines verwaisten Hauswesens und seiner Kinder annehmen. Die Tante war seine frühere Wohlthäterin gewesen und hatte ihm größtentheils die Mittel zu seiner Ausbildung geboten; aber seit seiner Verheirathung hatte sie sein Haus niemals betreten, denn sie war ihm gram über seine Handlungsweise gegen Helene Schwab, mit welcher er manche Stunde im Hause der Tante verbracht hatte, als diese noch in der Stadt lebte. Die Tante hegte noch eine seltene Zuneigung für Helene; aber gleichwohl ward ihr Groll gebrochen durch des Neffen demüthige Bitte und die Schilderung seiner unseligen häuslichen Lage, sowie durch die schwere Sühne, welche Karls Fehltritte gefolgt war; und da sie nichts an ihren neuen Wohnort fesselte, als etwa die malerische Lage und romantische Umgebung desselben, so meldete sie umgehend, daß sie kommen werde und bedingte sich nur aus, daß sie den Sommer mit den Kindern und ihren Wärterinnen auf ihrem kleinen Landsitze bei jenem Städtchen verbringen dürfe. Der Doctor war damit einverstanden, und etwa vierzehn Tage später traf Tante Eller ein und übernahm die Leitung des Hauswesens, während Doctor Hermes sich zu einer größeren Reise anschickte.

(Fortsetzung folgt.)

* Ein bischen Küchenchemie.

Der Zucker und das Pektin.

Von Emil Sommer.

(Fortsetzung.)

So einfach nun auch das eben erläuterte Verfahren in seiner Ausführung sein mag, so sind dabei doch verschiedene Umstände zu beachten, welche ein richtiges Gelingen desselben wesentlich beeinflussen, im allgemeinen aber noch zu wenig bekannt sind und daher auch nur selten berücksichtigt werden. Naturallich ist es der Zucker, auf welchen wir in dieser Hinsicht zunächst die Aufmerksamkeit zu lenken haben.

Bekanntlich giebt es zwei Hauptsorten von Zucker, nämlich Rohrzucker und Traubenzucker (in unkrystallisirtem Zustande Fruchtzucker oder Glucose genannt), welche in ihrer Zusammensetzung nur dadurch von einander abweichen, daß der Traubenzucker ein Molekül Wasser mehr enthält als der Rohrzucker, im übrigen aber sehr verschiedene Eigenschaften besitzen. So ist der Traubenzucker gährungsfähig, der Rohrzucker nicht; ferner besitzt ersterer nur die halbe Süße des letzteren und ebenso ist der Traubenzucker um vieles weniger, nämlich ungefähr nur den vierten Theil so löslich in Wasser als der Rohrzucker. Endlich geht letzterer, in Folge der geringen Verschiedenheit in der Zusammensetzung sehr leicht in Traubenzucker, d. h. also in gährungsfähigen, wenig süßen und wenig löslichen Zucker über, welche Umwandlung namentlich bei der Einwirkung von Säuren, besonders bei gleichzeitigem und längerem Erhitzen eintritt, lauter Thatsachen, welche wir sogleich für unsern Gegenstand practisch zu verwerthen haben.

Zum Einmachen von Früchten sowie zur Bereitung von Fruchtsäften, wird nämlich stets Rohrzucker verwendet, den man zu diesem Ende in der Regel erst längere Zeit mit Wasser kocht oder, wie man zu sagen pflegt, läutert, wobei sich derselbe in eine dicke, fadenziehende Masse verwandelt oder auch unmittelbar mit den Früchten oder Fruchtsäften vermischt, etwa eine halbe Stunde und darüber kocht. Dabei tritt nun aber die eben erwähnte, unliebsame Veränderung ein, indem unter diesen Umständen durch das längere Kochen der Früchte mit Zucker, d. h. also durch die gemeinschaftliche Wirkung der Hitze und der Fruchtsäuren, mehr oder weniger von dem angewendeten Zucker in Traubenzucker verwandelt wird, wodurch somit zugleich die halbe Süße und also eigentlich auch ein beträchtlicher Theil des Zuckers für den Geschmack verloren geht. Bei Fruchtsäften, wie Himbeer- und Johannisbeersaft, welche auf die oben angedeutete Weise durch Zusammenkochen des Saftes mit Zucker bereitet wurden, zeigt sich dieser Verlust am deutlichsten. Vermischt man dieselben nämlich, wie gewöhnlich, beim Genusse mit Wasser, so hat man, um einen gewissen Grad der Süße zu erhalten, unter diesen Umständen doppelt soviel von ersterem auf ein gleiches Maß Wasser nöthig, als wenn der Rohrzucker unverändert geblieben wäre. Doch ist es in diesem Falle zweckmäßiger und oeconomischer, durch einen nachträglichen entsprechenden Zuckerzusatz nachzuhelfen.

Allein auch dadurch gibt sich die durch die Hitze oder die Fruchtsäuren bewirkte Umsetzung des Zuckers zu erkennen, daß ein Theil des angewendeten Rohrzuckers sich nachher in weißen Krystallen, meistens in Form kleiner Blättchen, ausscheidet, indem derselbe nach seiner Umwandlung in Traubenzucker, wie schon erwähnt, nur etwa den Viertheil so löslich ist wie zuvor. Es erinnern sich in dieser Hinsicht wohl die meisten Leser, schon beim Genusse von Confituren derartigen, auskrystallisirten, harten, körnigen und unter den Zähnen knirschenden Zucker gefunden zu haben, welcher sich auch dem Geschmacke durch seine geringe Süße als Traubenzucker offenbart. Dieselbe Ausscheidung des letzteren findet natürlich auch bei den Fruchtsäften statt, namentlich wenn dieselben bis zu einem gewissen Grade eingedickt sind, so daß also auch auf diesem Wege ein Theil des zugesetzten Zuckers für den beabsichtigten Zweck verloren geht.

Da wir nun im Voranstehenden die Einwirkung der Säuren auf den Zucker in Verbindung mit längerem Erhitzen als die Ursache des berührten Uebelstandes erkannt haben, so ist es nicht schwer demselben durch Vermeidung jener schädlichen Bedingungen zu begegnen. Man koche hiernach bei Bereitung von Confituren die Früchte niemals gleich von vornherein mit dem Zucker zusammen, sondern setze letzteren stets zuerst über das Feuer, koche aber denselben nur ganz kurz, d. h. nur so lange als nöthig ist, um das zur leichteren Verflüssigung desselben zugesetzte Wasser wieder zu verdampfen, und nachdem man hierauf die einzumachenden Früchte hinzugefügt, setze man das Kochen der Masse gleichfalls nur möglichst kurz, etwa 5 bis 8 Minuten fort, welche Zeit vollkommen hinreicht, um die stickstoffhaltigen (eiweißartigen) Bestandtheile der Früchte, welche durch ihre leichte Zersetzbarkeit gewöhnlich eine Hauptursache der Verderbniß bilden, zum Gerinnen zu bringen und außerdem auch einen Theil des Wassergehaltes der Fruchtsubstanz auszutreiben, wobei zugleich die Farbe der angewendeten Früchte sich weit schöner und frischer erhält als bei dem meist ungebührlich langen Kochen, das jedenfalls ganz zwecklos und nach unserer Darlegung sogar zweckwidrig und schädlich ist.

Bei der Bereitung von Fruchtsäften verfährt man dagegen aus leichtbegreiflichen Gründen gerade umgekehrt, d. h. man kocht den ausgepreßten Saft zuerst für sich allein bis zu dem gewünschten Grade ein und setzt demselben alsdann, wenn er nicht mehr heiß, sondern nur noch lauwarm ist, die erforderliche Menge gestoßenen weißen Zuckers zu, welcher sich sehr rasch darin auflöst. Der auf diese Weise erhaltene Saft oder Fruchtsyrup hält sich, wie eine mehrjährige Erfahrung dargethan hat, gerade ebenso gut, wie wenn der Zucker mitgekocht worden wäre, hat aber den nennenswerthen Vortheil, nichts von seiner ursprünglichen Süße zu verlieren. Ebenso findet unter diesen Umständen keine Ausscheidung von Zuckercrystallen und somit kein Zuckerverlust mehr statt, und es erscheint deßhalb folgerichtig auch zulässig, bei dieser Methode die Menge des anzuwendenden und nothwendigen Zuckers dem entsprechend zu reduciren, woraus sich also auch in pecuniärer Hinsicht ein beachtenswerther Vorzug ergibt.

(Fortsetzung folgt.)

Miscellen.

Wie wir aus Wien erfahren, werden demnächst zwei ältere Stücke unseres Landsmannes Schaufert, nämlich „[illegible]“ und der „Der [illegible] von Lambrecht“ am Theater an der Wien zur Aufführung kommen und zwar soll das erstere Stück schon demnächst in Scene gehen.

Ein in jeder Beziehung seltener Besuch ward dieser Tage der Stadt Rain zu Theil. Die vier Brüder Lachner: Theodor, Hoforganist in München, Franz, Generalmusikdirector daselbst, Ignaz, Kapellmeister in Frankfurt und Vinzenz, Kapellmeister in Mannheim, begegneten sich am 10. d. Mts. in Rain, ihrem Geburtsorte. Der erste Besuch galt ihrem guten Vater, der auf hiesigem Kirchhofe ruht. Welche Gefühle machten wohl diese Meister, die seit 50 Jahren wieder einmal alle vier zusammentrafen, erfaßt haben, als sie an dem aus kindlicher Liebe mit einem sehr geschmackvollen Denkmale geschmückten Grabeshügel ihres Vaters standen, der unter den schwierigsten materiellen Kämpfen mit den größten Opfern in sorgfältigster Weise den Grund gelegt zu dem, was diese vier Männer geworden. Sonntag Abends vereinigte sich die Bürgerschaft Rain's in einem Garten, um den hochverehrten Besuchern ihre Liebe und Achtung zu zollen. Rührend war es, wie nach 50jähriger Trennung die früheren Mitschüler und Kameraden beim Wiedersehen einander herzlich begrüßten. Ein Ständchen herzliche Reden bei magischer Beleuchtung des Gartens durch bengalische Feuer erhöhten die Freuden des schönen Abends.

(Ein geheimnißvoller Schatz.) Kürzlich begegnete ein amerikanischer Capitain, der von Newyork nach Manchester fuhr, auf offener See einem kleinen Schiff mit einem Segel, auf welchem jedoch keine Spur von Mannschaft zu entdecken war. Er fuhr an das Fahrzeug heran, stieg an Bord und untersuchte. Zu seinem größten Erstaunen fand er keinen Menschen; zuletzt entdeckte er im untern Schiffsraum die Leiche eines Mannes von etwa 30 Jahren, dessen Kopf auf einer Kiste ruhte. In der Kiste befanden sich an Gold und Werthpapieren 800,000 Franken. Keine Zeile war aufzufinden, die über den geheimnißvollen Fund Aufschluß gegeben hätte. So meldet die „France".

Ein Maschinenwunder ist die ungeheure Dampfmaschine, welche die Presse der „Newyork Mail" und noch anderer Blätter treibt. Dieselbe gehört einer Firma in Sprucestreet zwischen William- und Nassaustreets und nimmt das ganze (ca. zwei Stock tiefe) Kellergeschoß des Gebäudes ein. Dieselbe ist von 150 Pferdekraft und arbeitet den ganzen Tag über. Zur Nachtarbeit aber wird sie von einer zweiten Maschine von 75 Pferdekraft abgelöst. Ihre Kraft wird nun von diesem Centrum aus mittelst Treibriemen und Schachten nach jeder Richtung hin vertheilt. Ein solcher Schacht geht bis zur Frankfortstreet und über dieselbe hinüber zum Dienste der Pressen der „Mail" und anderer Zeitungen. Wieder ein anderer führt über die Williamstreet und treibt die sechscylindrige Presse, welche die 300,000 Abzüge des „Newyork-Ledger" (des beliebtesten amerikanisch-belletristischen Blattes) druckt. Ein anderer Schacht führt zur Beekmanstreet, über dieselbe hinüber und versorgt dann weitere Pressen, welche in Tennstreet aufgestellt sind. Auf solche Weise treibt diese Dampfmaschine nicht weniger als 125 verschiedene Maschinenpressen. Es gehören hiezu ⅔ englische Meilen Hauptschacht, über eine englische Meile Länge an Nebenschachten, mit den Treibriemen zusammen von entsprechender Länge. Einer dieser Treibriemen von Kautschuck ist 120 Fuß lang und dient einer Presse, welche in einem Hause in der Nassaustreet im fünften Stockwerke aufgestellt ist, und derselbe steht mit dem Hauptschachte in der Sprucestreet durch die dazwischen liegenden Hofräume in Verbindung.

Aus Horace Vernet's Leben. Der berühmte französische Maler Horace Vernet kehrte eines Tages von Versailles nach Paris zurück und ward im Wagen mit zwei Engländerinnen, sehr spröden und gezierten alten Jungfern, zusammen gesetzt. Vernet's Erscheinung war eine etwas auffallende, und nachdem ihn die Damen jedesmal, so oft er nach ihrer Ansicht in der entgegengesetzten Richtung hinausschaute, aufmerksam betrachtet hatten, begannen sie sich ihre Bemerkungen über ihn in einem ziemlich hörbaren Flüstern mitzutheilen, offenbar in der Annahme, er werde dieselben nicht verstehen, da sie in englischer Sprache gemacht wurden. Der alte Maler sprach und verstand sehr gut Englisch, und amüsirte sich königlich über diese Bemerkungen, war jedoch äußerst Weltmann, um sich auch nur das Mindeste merken zu lassen. Es währte nicht lange, so hatte der Bahnzug einen Tunnel zu passiren. Vernet nahm diese Gelegenheit wahr, beugte sich so weit vor als nöthig war, um von seinen Nachbarinnen gehört zu werden, und drückte einen lauten Kuß auf den Rücken seiner Hand. Als der Zug aus der zeitweiligen Finsterniß wieder auftauchte, nahm sein Gesicht einen schadenfrohen Ausdruck an, welcher, nach seiner Absicht, bald von jeder der beiden Damen zum Nachtheil der andern ausgelegt wurde, denn jede beschuldigte die andere, sie habe von dem langbärtigen Fremden den geheimnißvollen Kuß im Dunkeln erhalten. Als bei der Ankunft im Bahnhof alle ausstiegen, bot Vernet seinen Gefährtinnen die Hand, um ihnen aus dem Wagen zu helfen, und verabschiedete sich dann von ihnen mit einer anmuthigen Verbeugung und mit den Worten im correctesten Englisch: „Adieu, meine Damen! Ich bedaure nur, daß ich nicht die Genugthuung habe, zu wissen, welcher von Ihnen Beiden ich für die unerwartete aber höchst schmeichelhafte Gunst im Wagen verbunden bin!" — Man kann sich denken mit welcher Verlegenheit und Bestürzung die beiden alten Jungfern sich aus dem Staube machten. — Vernet frühstückte in jüngeren Jahren einmal in dem berühmten Café Foy im Palais-Royal. Beim Entkorken einer Flasche Champagner flog der Kork an die Decke hinauf und hinterließ an dem ausgemalten Plafond einen sichtbaren Flecken. Vernet betrachtete sich den Schaden, der allerdings inmitten dieser Fläche von reinem Weiß und Vergoldung sehr unschön aussah; dann bemerkte er im Gesichte des Wirthes ein Gemisch voll Bestürzung und verhaltenem Ingrimm, ging daher auf ihn zu und sagte: „Beruhigen Sie sich, mein Lieber! Morgen werde ich diesen häßlichen Flecken mit einem Zauberstabe berühren, welcher ihn zu einer Quelle goldenen Regens umwandeln wird!" Der Wirth riß Augen und Ohren weit auf, war aber zu klug, um sich einem Abkommen zu widersetzen, das so vielversprechend klang, obschon er noch nichts davon begriff. Am andern Morgen zu ziemlich früher Stunde erschien Vernet mit Palette, Malerstock und Pinseln und verlangte eine Leiter; binnen weniger als einer Stunde war der Mittelpunkt des verunstalteten Plafonds durch eine fliegende Schwalbe verziert, welche ganz dazu angethan war, einen Gegenstand der Bewunderung und Anziehung für künftige Generationen von Gästen zu bilden. Sobald die Thatsache bekannt wurde, strömte halb Paris nach dem Café Foy, um das kleine Meisterstück des berühmten Malers zu sehen, und da jeder Besucher, um dasselbe zu sehen und um behaupten zu können, daß er es gesehen habe, eine kleine Summe in Speise oder Trank verzehren mußte, so kam der Wirth dabei nicht zu Schaden, und ließ bei jeder künftigen Restauration des Saales die Schwalbe gewissenhaft erhalten. Das Local hat jetzt eine andere Bestimmung, d. h. es ist kein Kaffeehaus mehr, aber die Schwalbe des Horace Vernet schwebt noch immer über den Häuptern der bewundernden Kenner, welche jetzt, nach dem Tode des Meisters, mit gesteigerter Verehrung und Begeisterung dorthin wallfahrten.

* Räthsel.

(Fünfsilbig.)

In Murchen in eine Schenke gerathen,
Sah ich am Tische drei Soldaten,
Die haben wenig Worte gesprochen,
Aber oft mit den ersten gestochen.
Wollen die Jäger dazu gelangen
Einmal die dritte und vierte zu fangen,
Müssen sie sich dazu verstehen
Schlau die fünfte zu begehen.
Nun, was sag' ich jetzt vom Ganzen?
Bursche und Mädchen sah ich tanzen,
Einmal dort die fröhlichsten Tänze —
Ein Ort an der französischen Grenze.

Redaction von K. A. Wall. Druck der Jäger'schen Druckerei in Speyer.

Palatina.

Belletristisches Beiblatt zur Pfälzer Zeitung.

Nro. 86. Speyer, Dienstag, den 20. Juli 1869.

Entfremdete Herzen.

Novelle von G. Frelling.

—

(Fortsetzung.)

V.

O Segensthränen tiefer Reue!
In eurem reinigenden Bad
Fühlt Schuld die einz'ge Lust auf's Neue,
Die schuldlos ihrer Höhle naht.

Moore.

Malwine wankte gebrochen und stumm wie ein Automat im Hause ihres Vaters umher. Seit dem Tage, wo ihr Schreiben ihr ohne ein Wort der Erwiderung zurückgesandt worden war, vergoß sie keine Thränen mehr, sondern schien ganz versteinert vom Schmerz. Ihr Antlitz ward blaß und hager, ihre Augen schienen stündlich trüber und kälter zu werden, ihre Stimme ward rauh und heiser und ihre Formen verloren die liebliche Fülle. Dazu kam, daß sie zwischen Furcht und Hoffnung getheilt, der Rückkehr ihres Vaters entgegensah, der auf einer diplomatischen Mission in Rußland abwesend war. Zwar kannte sie des Vaters strenges Ehrgefühl und männlichen Stolz, aber auch seine Liebe zu ihr, seinem einzigen Kinde; und deshalb hoffte sie im Stillen, es werde seiner Vermittlung gelingen, eine Aussöhnung zwischen ihr und dem Doctor zu Stande zu bringen. Um ihn nicht allzusehr zu erschüttern und zu beunruhigen, hatte sie auch nicht gewagt, ihm von der Wendung ihres Schicksals Nachricht zu geben; — war es doch leider früh genug, wenn er bei seiner Ankunft die erschütternde Kunde vernahm.

Schon war ein Brief angelangt, welcher ihr die nahebevorstehende Rückkehr ihres Vaters anzeigte. Da kam wenige Tage später die furchtbare Botschaft aus Lübeck an, daß der Legationsrath auf der Rückreise auf dem Dampfboote an einem Cholera-Anfall gestorben sei, und daß seine Leiche in der Tiefe der Ostsee ruhe.

Der erste Eindruck dieser Nachricht setzte die gebeugte Tochter beinahe in Wahnsinn; dann aber versank sie in eine solche stumpfe Apathie, daß ein Geistlicher aus den Ostseeprovinzen, welcher einige Wochen später sie besuchte, um ihr den letzten Segen des Verstorbenen zu bringen, dessen Reisegefährte er auf dem Dampfer von Kronstadt aus gewesen, sich dieses Räthsel eines Menschenherzens nicht zu deuten vermochte. Der wohlwollende Mann konnte in diesen kalten, versteinerten Augen nicht lesen, welcher entsetzliche Grad der Verzweiflung das Herz dieser Frau erfülle, — — ein Herz, in dessen tiefste Tiefen niemals die Sternenstrahlen der Hoffnung mehr herunterreichen konnten. Er vermochte nicht zu ahnen, daß die heiseren Grabestöne dieser Stimme nur die Echo's eines Geistes waren, der sein eigenes Grablied sang. Er wußte nicht, wie Malwine wie ein Steinbild umsank, als die Thüre sich wieder hinter ihm schloß. Eine lange Bewußtlosigkeit allein, welche diesem Zusammenbrechen aller physischen und geistigen Kraft folgte, gab den überspannten Nerven der Armen wieder einige Ruhe und erhielt ihr Leben.

Als Malwine zum Bewußtsein erwachte und wieder auflebte, trat keinerlei Veränderung in ihrem Betragen ein. Sie trauerte zwar mit den Gewändern, aber kein Zug in ihrem marmorstarren Antlitz verrieth eine Regung, so daß Frau Braun, nun ihre Pflegerin, oft betheuerte, Malwinens eigener Vater würde sie nicht wieder erkannt haben, falls er sie so wieder gesehen hätte, wenn sie, fast zum Skelett abgemagert, lautlosen Schrittes in ihren düstern Gewändern durch die geräumigen Gemächer des großen Hauses schritt.

Bald aber erforderten weltliche Sorgen, daß sie aus ihrer Betäubtheit sich aufraffte. Es handelte sich um die Ordnung der Verlassenschaft ihres Vaters, dessen weitschichtiger Besitz ihr als Alleinerbin zufiel. Sie beauftragte die betreffende Gerichtsbehörde und ihren Sachwalter, das gesammte Vermögen zu Gunsten ihrer Kinder zu übertragen und auf diese alle Besitztitel umschreiben zu lassen, während sie für sich Nichts zurückbehielt, als einen Garten mit kleinem Wohnhause in einem Dorfe in der nächsten Nähe der Residenz und eine bescheidene Rente auf Lebenszeit. Alsdann bezog sie mit der freigebig beschenkten Frau Braun jenen stillen Landsitz, und vergrub sich daselbst sorgsam vor den Augen der Welt. Zu diesem Entschluße hatte sie namentlich der Umstand gebracht, daß sie von ihrer Kleidermacherin, die ihr die Trauerkleider gefertigt, erfahren, wie das Stadtgerede über die Trennung von ihrem Gatten ihr nach gewohnter Weise alle Schuld aufbürdete und den Doctor allgemein bemitleidete. Man deutete, nach der Näherin Aussage, des Doctors Handlungsweise dahin, daß er endlich ihrer Vergnügungssucht und Verschwendung müde geworden sei und sie zu ihrem Vater nach Hause geschickt habe; daß er seitdem auch wieder heiterer und ruhiger geworden und zu seinen Kindern eine Liebe hege, wie man sie selten an einem Vater sehe. Allerdings habe auch Malwine ihre Vertheidiger, namentlich unter den Frauen der höheren Stände, aber sie verliere deren mehr und mehr, weil sie beharrlich jeden Besuch ablehne und für die ganze Welt abgestorben scheine.

Auf diese Weise beruhigt über das Schicksal ihrer Kinder und deren Erziehung, hielt es Malwine nämlich für das Gerathenste, all' den Freundinnen, welche ihr — wohl mehr aus Neugier, als aus wirklicher Zuneigung — ihren Trost aufdrängen wollten, aus dem Wege zu gehen, und so der Welt den Stoff zum Gerede zu entziehen; nebstdem aber trieb sie auch noch das eigene Bedürfniß nach Ruhe und Einsamkeit aus der Stadt. Das Wort ihres Gatten, er wolle seinen Kindern keine Schmach zum Erbtheil hinterlassen, war ihr in voller Lebendigkeit wieder vor die Erinnerung getreten und hatte ihre Uebersiedelung beschleunigt. Zudem hatte sie auch aus derselben Quelle erfahren, daß der Doctor Hermes seine Reise angetreten habe, und darin einen Grund mehr gesehen sich selber in die Einsamkeit zurückzuziehen.

Hier lebte sie nun, abgesperrt von allen Menschen, außer einem würdigen Seelsorger, welchen sie schon bald nach des Vaters Tode hatte zu sich entbieten lassen, ein Leben bitterer Reue und tiefster Entsagung. Aller Heuchelei abhold, wie es ihr stolzer thatkräftiger Charakter mit sich brachte, wollte sie auch nicht einmal den Schein einer solchen sich aufbürden, und setzte deßhalb niemals einen Fuß aus dem Hause. Frau Braun vermittelte allen Verkehr mit der Welt. Malwine aber bereute und flehte unter Thränen den Himmel um Besserung an; mit der Reue und der Einsicht in ihre Fehler und Irrthümer lebte aber allmählig auch wieder das Vertrauen auf die Vorsehung und die Hoffnung in ihr auf, wieder mit ihren Kindern und ihrem Gatten vereinigt zu werden. Sie versagte sich sogar den Anblick der Kleinen, welche der Doctor ihr zu wiederholten Malen zu senden versucht hatte, in so lange, als die Vorsehung sie nicht für würdig erachten würde, auch dem Gatten wieder vor die Augen zu treten. Sie fürchtete vor allem die Frage aus dem Munde ihres Söhnchens: warum sie von Papa weggegangen sei? Was hätte sie dem unbefangenen Kinde auf eine solche Frage antworten wollen? — doch erhielt sie immer genaue Berichte über der Kinder Befinden durch Frau Braun, welche mit einer der Wartefrauen in Verkehr zu treten gewußt hatte. Der fernen Mutter Gebet für das Wohl ihrer Kleinen schien der Kinder bester Schutzengel zu sein.

So kam der Sommer und ging zum größten Theile. Die Kinder waren mit der Großtante Eller in Waldstein; der Doctor noch immer auf Reisen. Gleichwohl erhielt Frau Braun allwöchentlich einmal einen Brief von dort, durch die stets reich beschenkte Wartefrau, und jene pflegte die Briefe immer unerbrochen an Malwine abzuliefern. Da kam eines Morgens im August auch ein Brief, dessen Inhalt, wie gewöhnlich von dem gierigen Mutterauge rasch verschlungen ward. Aber diesmal machte er einen ganz anderen Eindruck. Malwine hatte ihn kaum gelesen, so sprang sie entsetzt auf und etwas von dem wilden Feuer früherer Tage flammte aus ihrem Auge; mit gerungenen Händen und unter lautem Schluchzen wankte sie im Zimmer auf und nieder, keines Wortes mächtig. Frau Braun nahm den Brief vom Boden auf und las:

„Am Sonntag Nacht, wo wir Kirchweihe im Dorfe hatten, ist die kleine Helene von heftigen Krämpfen befallen worden. Babette, das Kindermädchen, war nicht da; sie war, wie sich nachher herausstellte, mit ihrem Liebhaber zum Tanze gegangen. Ich weckte Frau Eller und diese schickte die Köchin sogleich zum Arzt. Dieser kam und sprach sogleich beim Untersuchen der Kleinen die Vermuthung aus, das Kind habe einen starken Schlaftrunk erhalten; und siehe da! als man am Morgen bei der Heimkehr der leichtfertigen Babette scharf zusetzte, gestand sie dem Doctor, daß sie dem armen Helenchen, das immer sehr unruhig schläft, heimlich einen starken Absud von Mohnköpfen vor Schlafengehen gegeben, damit das Kind fortschlafe und sie zum Tanz gehen könne. Mit Gottes Hülfe wurde das liebe Kleine gerettet, aber es lag drei Tage sehr schwach und immer bewußtlos im Bettchen und ist noch immer sehr unruhig. Die schlechte Person aber wurde sogleich fortgejagt."

Malwine war in einen Stuhl gesunken und rief in trostlosem Jammer und mit gen Himmel gerichteten gefalteten Händen:

„Mein Kind, mein armes Kind! . . . . Meine kleine süße Helene beinahe vergiftet! — O barmherziger Vater im Himmel! habe Mitleid mit mir und führe mich wieder zu den Kleinen!"

Auf einmal sprang sie auf — ein Gedanke schoß ihr durch den Kopf, wie eine Antwort des Himmels auf ihr Gebet, denn ein brünstiges Gebet erzielt oft mehr als die Leute dieser Welt ahnen mögen.

(Fortsetzung folgt.)

* Ein bischen Küchenchemie.

Der Zucker und das Pektin.

Von Emil Sommer.

(Fortsetzung und Schluß.)

Nach der Betrachtung der eingemachten Früchte und der Fruchtsäfte gelangen wir nun zu einer dritten und nicht minder beliebten Kategorie von Konfitüren, nämlich zu den Frucht- oder überhaupt Pflanzengeleen, welche uns gleichfalls zu interessanten Betrachtungen und Schlüssen Anlaß geben werden, indem wir dabei namentlich einen im ganzen Pflanzenreiche sehr verbreiteten und für die Pflanzenchemie bedeutsamen

Körper kennen lernen werden, der jedoch den meisten unserer Leser wohl noch sehr wenig bekannt sein dürfte. Es ist dies das bereits in unserer Ueberschrift erwähnten Pektin, welches seinen aus dem Griechischen (von Pektos, dick, geronnen) stammenden Namen von der Eigenschaft herleitet, welche dieser Körper besitzt, unter gewissen Umständen dicke Gallerten zu bilden.

Neben Zucker und Cellulose (Pflanzenfaser) macht das Pektin, welches eine weiße, aus Kohlenstoff, Wasserstoff und Sauerstoff zusammengesetzte Substanz darstellt, einen Hauptbestandtheil fast aller reifen Früchte und Obstarten aus, findet sich aber auch in noch andern Pflanzentheilen, namentlich in den Möhren oder gelben Rüben, und da es zugleich in Wasser löslich ist, so enthält der durch Auspressen von Früchten gewonnene Saft fast vollständig das in denselben vorhanden gewesene Pektin.

An und für sich bildet dasselbe jedoch niemals eine Gallerte, sondern letztere entsteht immer erst dann, nachdem das Pektin eine chemische Veränderung erlitten und sich hierbei in einen unlöslichen gallertartigen Körper, Pektosinsäure genannt, verwandelt hat, der indessen fast dieselbe Zusammensetzung wie das Pektin besitzt. Damit aber diese Umwandlung des Pektins in Pektosinsäure, d. h. also in Gallerte, erfolgen könne, bedarf es der Mitwirkung eines weiteren, eigenthümlichen und fermentartigen Körpers, der sog. Pektase, welche sich in den Früchten stets neben Pektin vorfindet, und in ihrer geheimnißvollen Wirkung auf letzteres sehr große Aehnlichkeit mit der Diastase darbietet. In gleicher Weise, wie nämlich beim Malzprocesse sowie beim Keimen der Getreidekörner bekanntlich die Diastase das Stärkemehl der Körner in Dextrin oder Stärkegummi und hierauf weiter in Traubenzucker überführt, gerade so verwandelt die Pektase durch ihre Berührung das Pektin in ausgepreßten Fruchtsäften in Pektosinsäure, welche gleichfalls eine zähe, gallertige Beschaffenheit besitzt, und sämmtliche Frucht- und Pflanzengeleen sind daher ihrer Hauptmasse nach als ein Gemenge von Pektosinsäure und Pektinsäure zu betrachten. Es folgt hieraus, daß je vollständiger das Pektin des Fruchtsaftes in die beiden obengenannten Gallertstoffe übergeführt wird, desto besser die zu bereitende Gelee geräth, womit uns zugleich Veranlassung zu einer mehr praktischen Bemerkung geboten ist.

Erhitzt man nämlich den zu Gelee bestimmten Fruchtsaft über strengem Feuer zu rasch bis zum Kochen, so hat die Pektase, die eigentliche Ursache dieser Umwandlung, keine Zeit, hinreichend auf das Pektin einzuwirken und es in Pektosinsäure überzuführen, indem die Pektase, wie überhaupt alle Fermente, durch die Siedehitze zerstört und unwirksam gemacht wird. In einem solchen Falle giebt es zwar ein künstliches Ersatzmittel der Pektase, welches darin besteht, dem zu schnell erhitzten und in Folge dessen nicht gelatinirenden Fruchtsafte ein wenig Soda oder Pottasche zuzusetzen, wodurch das Pektin gleichfalls (sowie überhaupt durch verdünnte Alkalien) in Gallerte übergeführt wird. Doch ist dies nur ein Auskunftsmittel in der Noth.

Bei einer richtigen Zubereitung von Geleen erwärme man daher den Fruchtsaft nur langsam und allmälig bis zum Siedepunkt, wobei die Pektase ihre volle Wirkung auf das Pektin äußern und sich in Folge dessen die Pektosinsäure in reichlicher Menge bilden kann.

Allein nicht blos vor zu raschem, sondern auch vor zu langem Erhitzen ist dringend zu warnen und sollte man deßhalb die Masse stets nur so lange im Kochen erhalten, als zum erforderlichen Eindampfen und Verdicken des Saftes nöthig ist, da sonst derselbe auch nach dem Erkalten nicht zu Gelee gesteht, und gewiß erinnern sich in dieser Hinsicht manche meiner geehrten Leserinnen, schon die Erfahrung gemacht zu haben, daß der eingekochte Saft trotz aller angewendeten Mühe flüssig blieb und nicht zu Gallerte gestehen wollte, ohne daß ihnen die Ursache hiervon vollkommen klar gewesen wäre.

Durch länger fortgesetzte Einwirkung der Hitze geht nämlich die einmal gebildete Pektosinsäure in ein weiteres Umwandelungsproduct, nämlich in Metapektinsäure, über, welche nicht, wie die beiden erstgenannten Stoffe unlöslich, sondern im Gegentheile leicht löslich und flüssig ist, so daß sich also natürlich unter diesen Umständen auch nach dem Erkalten keine Gallerte oder Gelee mehr bilden kann.

Man mag hieraus ersehen, wie tief die Naturwissenschaft und insbesondere die Chemie in die scheinbar einfachsten kochkünstlerischen Operationen eingreift; dieselbe soll uns aber im Anschlusse hieran auch schließlich noch über einen Vorgang der interessantesten Art aus der Werkstätte der Natur, über das Reifen der Früchte selbst, Aufklärung spenden, indem wir zu diesem Zwecke der eben betrachteten Reihe von Umwandelungsproducten noch das Anfangsglied, gleichsam den Mutterkörper, die sog. Pektose, hinzufügen.

In ihrer Natur etwa dem Stärkemehl vergleichbar, findet sich die Pektose in sehr vielen Pflanzen, namentlich aber in allen unreifen Früchten, während wir dagegen, wie man sich erinnert, weiter oben das Pektin als wesentlichen Bestandtheil reifer Früchte kennen gelernt haben und der Zusammenhang zwischen beiden Körpern ist hiernach leicht zu verstehen. Unter der Einwirkung von Säuren sowie der Wärme geht nämlich die Pektose, wie sich dies chemisch auf künstlichem Wege nachweisen läßt, sehr leicht in Pektin über, und dies findet nun eben auch in der Natur beim Reifen der Früchte unter dem Einflusse der stets reichlich in denselben enthaltenen organischen Säuren und der intensiven Wärme der Sonnenstrahlen statt. Indem hiebei die feste, unlösliche Pektose sich allmählig in das lösliche und flüssige Pektin verwandelt, wird zugleich die vorher harte und ungenießbare Frucht mehr und mehr weich, saftreich und schmackhaft oder, mit andern Worten, reif und der Proceß des Reifwerdens ist daher vom chemischen Standpunkte aus in der Hauptsache als Uebergang der Pektose in Pektin zu definiren.

Für meine freundlichen Leserinnen aber dürfte sich an das sonst trockene Geschäft des Fruchtelnmachens künftig wohl außer dem praktischen, auch ein höheres geistiges Interesse und zugleich ein Genuß edler Art knüpfen, welcher für jeden Menschen im Begreifen und Erkennen liegt:

Denn das ist's, was den Menschen zieret,
Und dazu ward ihm der Verstand,
Daß er im innern Herzen spüret,
Was er erschafft mit seiner Hand.

Miscellen.

Die deutschen Philologen und Schulmänner werden ihre 27te Versammlung in den Tagen vom 27. bis 30. September in Kiel abhalten. Das Präsidium bilden die Professoren Dr. Forchhammer und Dr. Ribbeck.

(Ein Pariser Bettler.) Der „Figaro" erzählt Folgendes: Ein Beamter im Ministerium des Innern pflegte bei jedem Ausgange einem blinden Bettler, Namens Benjamin, auf dem Boulevard Sebastopol zwei Sous zu geben. Eines Tages vergriff er sich und gab ein Doppel-Louisdorstück. Einen solchen Wohlthätigkeitsact gestattete sein Budget nicht; er eilte also, nachdem er den Irrthum gemerkt, zurück, fand aber den Bettler nicht mehr an gewohnter Stelle und erhielt die Auskunft, dieser habe sich auf einige Zeit zum Frühstück entfernt und dürfte in seiner Wohnung zu treffen sein. Dort wurde er im Vorzimmer von einem Diener empfangen, der ihn auf seinen Wunsch, Herrn Benjamin zu sprechen, in einen auf das eleganteste eingerichteten Speisesalon führte, wo er den Blinden auf einem Divan sitzen fand. „Sie wollten mich sprechen?" fragte dieser. Der ministerielle Beamte antwortete darauf mit einiger Verlegenheit: „Ich bin untröstlich, Sie gestört zu haben; ich glaube aber, Ihnen an dem heutigen Morgen zwei Louisdor statt zwei Sous gegeben zu haben." — „Das ist schon möglich, ich habe noch nicht Kasse gemacht; wenn ein Fehler vorgefallen, ist es nicht mehr als billig, ihn zu repariren." Er klingelte, der Diener erschien. „Fragen Sie," wandte er sich an diesen, „Herrn Ernst, ob in der Einnahme dieses Morgens sich ein Vierzigfrankenstück vorfindet." Der Diener erscheint mit dem Goldstücke und reicht dasselbe auf Befehl seines Herrn dem Besucher auf einem Chinasilber-Teller. Als dieser sich mit einer Entschuldigung entfernen will, ruft ihm der blinde Bettler nach: „Pardon, mein Herr, Sie vergessen etwas; ich habe zwei Sous zu bekommen."

(Gesundheitsreisen.) Die „Independance belge" hat eine neue Speculation entdeckt. Ein Arzt ist auf den Gedanken gekommen, die Kranken in Geschwader einzutheilen und sie so durch Europa reisen zu lassen. Er nennt sein Project: Gesundheitsreisen. Jede Reise geht unter seiner Leitung vor sich, und zwar nach verschiedenen Richtungen hin, je nach der Art der verschiedenen Krankheiten. Der erste Zug, welcher am 15. Juli dieses Jahres von Brüssel abgeht, ist für die Blutarmen und Dyspeptiker bestimmt. Er geht nach der Schweiz. Dann kommt — nach den Plänen des Prospectus — der Zug der Corpulenten, der an Krankheit des Herzens und der Nerven Leidenden. Dieser geht nach Italien. Mit dem Winter kommt an die Schwindsüchtigen die Reihe. Jeder oder jede Reisende muß ein reglementmäßiges Gepäck mit sich führen. Wohlgemerkt, ist in dem Programm dieses medicinischen Reiseführers nirgends gesagt, daß auch Retourbillete garantirt sind.

(Eine Bärengeschichte.) Vor etlichen Jahren besuchte ein Tourist die Schweiz und, eines Tages in einer einsamen Gegend wandernd, fand er sich einem großen braunen Bären gegenüber. Flucht war unmöglich. Der Tourist zog seinen Revolver hervor und nahm den Bären auf's Korn. Der aber schrie: „Halt! halt! Schießen Sie nicht!" Als der Reisende Meister Petz menschlich und dazu französisch reden hörte, setzte er sein Mordgewehr ab und bat um Aufklärung. Der Bär kam heran und sagte: „Die Sache verhält sich so. Ich war früher Citronenverkäufer — das Geschäft ging nicht. Ich kam hieher und wurde von den Führern der Umgegend angeworben, gegen 50 Sous täglich im Gebirge die Rolle eines Bären zu spielen. Kommt ein Reisender mit einem Führer daher, so erschrecke ich ihn, der tapfere Führer verjagt mich und erhält dafür vom dankbaren Reisenden ein Trinkgeld, von dem mir die Hälfte zufällt. Dabei läßt sich leben; doch im Winter geht es mir so schlimmer." Vor zwei Jahren nahm der falsche Bär durch einen Sturz in einen Abgrund ein klägliches Ende.

Die Kunst, zu annonciren, hat immer noch nicht ihren Gipfelpunkt erreicht; von Tag zu Tag vervollkommnet sie sich, am meisten natürlich in Amerika, dem Lande, wo nichts zu den Unmöglichkeiten zu gehören scheint. Die neueste Erfindung kommt aus Canada, einer neuen Stadt in dem Far-West. Ein Annoncen-Agent hat ein Gebetbuch drucken lassen, das er an den Kirchenthüren vertheilt, und zwar gratis an Jedermann, der eintritt. Dies sonderbare Gebetbuch ist so eingerichtet, daß rechts der Text der Gebete steht und auf der linken Seite lauter Annoncen. — Aber ein Concurrent ist noch weiter gegangen; er hat die vordere Seite einer Kanzel gemiethet, um dort ein Placat zur Anpreisung eines Bruchbänders nach einem neuen Systeme anzuheften. — In Chicago hat der Municipalrath das Anerbieten eines Speculanten genehmigt, gegen Zahlung einer starken Summe seine Anzeigen auf den Rücken der Polizei-Mannschaften befestigen zu dürfen. (!)

Mr. Risch gibt in seinem jüngst erschienenen Buche über Reizmittel und deren Wirkungen folgende pikante Zusammenstellung: Hobbes, der berühmte englische Philosoph, trank kaltes Wasser, wenn er sich großen geistigen Anstrengungen hingab; Newton rauchte; Bonaparte schnupfte Tabak; Pope trank starken Kaffee und Byron Gin mit Wasser. Wedderburne, der erste Lord Ashburton, pflegte sich ein Blasenpflaster auf die Brust zu legen, wenn er eine große Rede zu halten hatte. Der berühmte Lord Erskine nahm große Dosen Opium. Eldon, während der Verhandlungen in dem Processe der Königin Caroline gebrauchte er eine starke Dosis des betäubenden Mittels; die Wirkung war die, daß er bewußtlos in die Arme des neben ihm sitzenden Lord Stanhope fiel. Eine eigenthümliche Methode hatte der Erzbischof Whateley, das Kopfweh zu vertreiben. Wenn er durch zu vieles Lesen oder Schreiben Kopfschmerzen bekam, so pflegte er, Wind und Wetter ungeachtet, eine Axt zu nehmen und im Handumdrehen einen Baum zu fällen. Sobald er durch diese Arbeit in Schweiß gerieth, ging er zu Bett, wickelte sich in wollene Decken, fiel in einen tiefen Schlaf und erwachte am nächsten Morgen frisch und munter und ohne die geringsten Kopfschmerzen zu verspüren.

Homonyme.

Allüberall in Stadt und Land
Sie früh und spät erglühen,
Wenn unter derber, kräft'ger Hand
Die heißen Funken sprühen.
Zum Walde trägt's der Knabe dort
Dem Vater beim Geschäfte;
Das Leben ruht auf diesem Wort,
Gesundheit, Wachsthum, Kräfte.
Dasselbe Wörtchen nennt Dich
Nach einer Stadt in Preußen,
In welcher die Bewohner sich
Der Industrie befleißen.

Auflösung des Räthsels in Nr. 65.
Ober (beim deutschen Kartenspiel), Otter, Bach, Oberotterbach.

Redaction von R. L. Woll. Druck der Jäger'schen Druckerei in Speyer.

Palatina.

Belletristisches Beiblatt zur Pfälzer Zeitung.

Nro. 87. Speyer, Donnerstag, den 22. Juli 1869.

Der Spielmann.

Ich zog die Welt wohl auf und ab,
Die schöne weite Welt,
War stets vergnügt bei Schritt und Trab,
Frug nicht nach Gut und Geld.
Und sang ich so vor einem Haus
Ein Lied von Liebe gleich,
Kam wohl ein schmuckes Kind heraus,
Beschenkte mich gar reich.
Und sah ich keck in's Aug' ihr,
Daß glühend ward die Wang',
Dann kündete ein Blick wohl mir,
Daß sie verstand den Sang.
Wohl Manchem fällt da sicher ein:
„Ich möchte auch ein Spielmann sein!"

Und sang ich so beim Abendschein
Im lust'ger Zecher Kreis
Am Rhein beim gold'nen Feuerwein,
Wo man zu trinken weiß:
Da ließ ich wohl ein Schelmenlied
Erschallen allgemach,
Das lustig zu dem Zofen zieht,
Der nie am Rheine schwach.
Da reichte man mir fröhlich gleich
Den blinkenden Pokal,
Ich leerte ihn wohl bis zur Neig',
Und jubelte zumal.
Wohl Manchem fällt da sicher ein:
„Ich möchte auch ein Spielmann sein!"

Lag ich im Frühlingssonnenschein
Im Wald im duft'gen Grün,
Sah aber mir so ganz allein
Die weißen Wölkchen zieh'n:
Da lauschte träumend ich dem Sang
Der Vöglein in dem Wald
Und griff beim trauten lieben Klang
Nach meiner Zither bald.
Da stand vor meiner Seele Blick
Das ferne Heimathsthal
Und wieder fühlt' ich stilles Glück,
Und wieder stille Qual.
Da sang ich wehmuthsvoll allein:
„Möcht' fürder nicht mehr Spielmann sein!"

Dürkheim. Eduard Jost.

Entfremdete Herzen.

Novelle von H. Freitag.

(Fortsetzung.)

Malwine eilte auf ihr Zimmer und kleidete sich schnell in ihre gröbsten und unscheinbarsten Kleider, eine alte schwarze Tibetrobe und einen schweren groben schwarzen Shawl und unscheinbaren Hut. Dann vertraute sie der Wirthschafterin, auf deren erprobte Treue und Verschwiegenheit sie bauen konnte, den Plan an, den ihr der Himmel eingegeben, um wieder in die Nähe ihrer Kinder zu gelangen, und verließ hastig das Haus. Mit raschen Schritten wanderte sie der Stadt zu, bis sie eine der Vorstädte erreichte, wo sie sich nach einem Friseur umsah. Als sie einen solchen gefunden, trat sie in dessen ärmlichen Laden und theilte der Frau, der sie ein schweres Goldstück in die Hand drückte, ihren Wunsch mit, sich mittelst einer falschen Haartour unkenntlich zu machen. Die Frau versprach ihre Mitwirkung, und im Hinterstübchen des Ladens fielen bald ihre prächtigen reichen schwarzen Flechten unter der Scheere, soweit es nöthig war, um durch Zurückbinden des übrigen Haares dieses unter dem falschen Scheitel und der übrigen Haartour von hellerer Farbe verstecken zu können. Dann mußte die Frau ihr diese anlegen und als sie Malwinen noch überdieß eine einfache Morgenhaube von dichtem weißen Stoff aufsetzte, hielt sie diese für ganz unkenntlich. Die Frau mußte ihr in einem benachbarten Putzladen noch ein Dutzend ähnlicher Hauben kaufen, und Malwine verließ dann, nachdem sie die Frau reich beschenkt, den kleinen Laden.

Ihr einer Zweck, sich unkenntlich zu machen, war durch die hellbraune Haartour erreicht. Aber noch fehlte ihr etwas weiteres Wesentliches zur Erreichung ihres Zieles. Sie wußte, daß sie unmöglich ohne Zeugnisse oder Empfehlungen im Hause des Doctors als Dienerin Aufnahme finden konnte, weil Frau Eller nach den neuesten Erfahrungen in der Wahl von Dienstboten besonders vorsichtig sein mußte. Die Schwierigkeit, solche zu erlangen, ließ sie beinahe von ihrem Vorhaben abstehen, als sie sich glücklicherweise noch an Helene Schwab erinnerte, die ihr ja immer freundlich begegnet war und gewiß im vorliegenden Falle leicht für einen so löblichen Plan gewonnen werden konnte. Sie beschloß also, sich dieser anzuvertrauen, ihr den ganzen Verlauf des ehelichen Zwistes zu bekennen, und sie um die nöthige Empfehlung zu bitten, weil sie wohl begriff, daß in den gegebenen Verhältnissen wohl Niemand größeren Eindruck auf den Doctor und Frau Eller haben konnte, als Helene. In dieser Absicht begab sie sich sogleich nach Helenens Wohnung.

VI.

Da bricht ein Lichtstrahl wunderbar, —
Nicht Stern und Sonne scheint so klar, —
Die Thräne, welche warm und hold
Des Büßers Wange niederrollt.
Dem leib'schen Auge wird' es bleichen,
Wie Nordlicht oder Wetterleuchten;
Jedoch die Peri erkennt's entzückt,
Das Lächeln, das der Engel schickt
Von Eden, der die Thräne weiht
Zum Herold ihrer Seligkeit.

Moore.

Helene Schwab stand im sechsunddreißigsten Jahr. Sie war nicht schön, aber der sinnige wehmüthige Ausdruck und Schnitt ihres Gesichts erregten stets auf den ersten Anblick Theilnahme. Man konnte nicht recht sagen, worin ihr stiller anmuthiger Reiz lag, denn ihre Züge waren ganz gewöhnlich, und nur aus ihrem Auge sprach Gemüth und Seele und darin mochte ihre einnehmende Gewalt hauptsächlich liegen, — eine leise Gewalt, die sie auf Alle ausübte, welche in ihren Kreis kamen. Ein älterer Mann von hoher Dichtergabe hatte sie einen „stillen Engel" genannt, und sie damit am besten bezeichnet. Manche schwere Prüfungen hatten ihren Lebenspfad gekreuzt, und sie hatte in ihrem frommen Gemüth allein die Kraft gefunden, dieselben zu bestehen, als der irdische Tempel, worin sie allzu viel Hoffnungen aufgespeichert hatte, vor ihren Augen jählings zusammengebrochen war. Sie hatte demjenigen verziehen, der diesen Tempel zerstört hatte, und sie konnte nun ruhig auf seine Trümmer zurückblicken; ja sie dankte im Stillen dem Himmel, daß er ihre irdischen Neigungen gekreuzigt und sie dadurch näher zum Ewigen im Menschenleben gezogen hatte. — In ihrem stillen, bescheidenen und zurückgezogenen Lebenskreise hatte sie keine Ahnung von der Rache, welche ihr Stiefbruder an ihrem treulosen Geliebten genommen, und von dem Antheil, den er an Malwinens und Hermers Schicksal gehabt hatte. Sie hätte niemals geglaubt, daß er einer solchen Sünde fähig wäre, und hätte den Gedanken daran, daß er es vielleicht um ihretwillen gethan, mit Abscheu von sich gewiesen, wenn er die Rolle dessen hätte usurpiren wollen, der da sagt: „die Rache ist mein — ich will vergelten."

Als sie die Gerüchte vernommen, welche über des Doctors unglückliche Ehe und deren endliche Trennung im Umlauf waren, hatte sie sich in's Geheim gesagt, es müsse auf beiden Seiten gefehlt worden sein, und den Wunsch gehegt, man möge ihr die Vermittler-Rolle übertragen. Sie hatte deßhalb Malwinen in ihrem väterlichen Hause mehrmals aufgesucht, war aber mit dem Bescheide abgewiesen worden, daß Malwine keinerlei Besuche annehme.

Um so willkommener und unerwarteter war ihr die Gelegenheit, welche die unglückliche Gattin und Mutter ihr nun selber bot. Sie hätte in der Besucherin Malwine nicht erkannt, wenn diese sich ihr nicht zu erkennen gegeben hätte, so sehr entstellte diese die matronenhafte Frisur und der Contrast zwischen den schwarzen Augen und Brauen und dem hellbraunen Haar, so wie die tief eingesunkenen Augen und das abgehärmte hagere Gesicht, sammt der heiseren rauhen Stimme, obwohl ihr der Schnitt des Gesichts im Ganzen nicht unbekannt dünkte. Als sie aber wußte, wen sie unter dieser Vermummung vor sich hatte, fühlte sie sich unwillkührlich zu der Unglücklichen hingezogen.

Malwine erzählte Helene ihre ganze Geschichte, nur nannte sie den Namen dessen nicht, der der böse Genius ihrer Ehe gewesen war, aus Schonung für Helenens Gefühle. Diese erfuhr zum ersten Male die Eifersucht, an welcher die junge Frau gelitten. Ihr Herz zuckte vor Mitgefühl, als sie in den Abgrund von Elend blickte, in welchen Malwine in ihrer Verblendung sich gestürzt hatte, obwohl sie kein Bedenken trug, auch Hermer wegen seiner Strenge und Uebereilung schuldig zu finden. Aus Helenens aufrichtigen Mittheilungen ersah Malwine nun, daß die Hochachtung, welche ihr Gatte für seine frühere Freundin noch an den Tag legte, keinen Vergleich aushielt mit der innigen, allumfassenden Liebe, welche der Gatte in der ersten Zeit ihrer Ehe an seine Lebensgefährtin verschwendet hatte.

Helene ihrerseits wußte die totale Sinnesänderung zu würdigen, welche mit der leichtfertigen vergnügungssüchtigen Weltdame vor sich gegangen sein mußte, um sie zu der Selbstaufopferung und Hingebung zu bestimmen, welche sie auszuüben im Begriffe war; eine Hingebung, welche sie veranlaßte, lieber die gemeinen Dienste einer Magd zu versehen, als noch länger die Trennung von ihren Kindern zu ertragen. Sie gab ihr daher bereitwillig ein Empfehlungsschreiben an Frau Eller mit, worin sie sie in den schmeichelhaftesten Ausdrücken dringend empfahl als eine Person aus guter Familie, die einst bessere Tage gesehen und den Rath gab, sie lieber als Gouvernante für beide Kinder anzunehmen und ihr die Abwartung derselben zu übertragen, damit sie die benöthigten Dienstboten unter ihrer Aufsicht habe. Sie bat Frau Eller, die Empfohlene doch wenigstens einstweilen anzustellen, indem sie dadurch der heimathlosen Armen, über welche sie später weitere Auskunft geben werde, wirklich eine sehr große Wohlthat erweise.

Man kam überein, Malwine solle den Namen Anna Hahn führen, und sie verließ Helene mit Thränen des heißesten Dankes und mit deren herzlichsten Wünschen eines günstigen Erfolges.

(Fortsetzung folgt.)

---

* Das olympische Theater zu Vicenza.

Von Dr. E. Jäger.

(Fortsetzung.)

Scamozzi rühmte sich nämlich offen und wiederholt, daß diese ganze Erfindung von ihm herrühre, und in Wirklichkeit sind die gegenwärtigen Prospekte, welche für die Aufführung des Oedipus von Sophokles gemacht wurden, und welche, wie bereits erwähnt, fünf Straßen Thebens darstellen sollen, sein Werk. Die Frage, von wem die erste Idee der Prospecte herrührt, wird entschieden durch das Gesuch, welches die Academie am 15. Februar 1580 gleichzeitig mit dem Beschluß der Theatererbauung, an die Stadt Vicenza richtete, und worin sie um Abtretung des nöthigen Raumes für die Erbauung des Theaters bat. Es heißt dort: „. . . . indem wir die Absicht haben, diesen Platz zur Herstellung eines Theaters zu verwenden nach dem bereits vorhandenen Modelle unseres Mitacademikers Palladio und den gleichfalls vorliegenden Zeichnungen und Prospecten.“

Sicher ist, daß Palladio schon beim Theater, welches er in der Basilika zu Vicenza für die Aufführung der Sofonisbe 1562 errichtete, eine Art perspektivischer Prospecte hinter der Scene angebracht hatte. Nach der Beschreibung eines Augenzeugen war nämlich der Fußboden, auf welchen man durch die drei Oeffnungen der Scene blickte, mit farbigen Streifen eingelegt, deren Richtung sich vom Zuschauer und der Bühne entfernte, während sie zugleich immer schmäler wurden. Durch diese künstliche Perspective rief man im Zuschauer die Idee hervor, als sei der Raum in den er schaue, weit tiefer, als es in Wirklichkeit der Fall war.

Allerdings ist die Zeichnung Palladio's, deren die Academie in obigem Gesuch Erwähnung thut, verloren gegangen; aber es kann unmöglich ein Prospect gewesen sein, wie ihn Scamozzi ausgeführt hat; denn die Academie hatte so beabsichtigt zur Einweihung des Theaters eine ländliche Fabel zur Aufführung zu bringen; erst später wurde dieser Beschluß zu Gunsten des Oedipus von Sophokles geändert und jetzt konnte Scamozzi mit seiner Zeichnung hervortreten.

Lange Kämpfe entspannen sich auch über die Streitfrage, in welcher Weise man die Decke der Bühne und des Zuschauerraumes herstellen solle. Wie bekannt waren die Theater der Alten ohne Ueberdeckung, und nur bei Sonnenschein oder Regen wurde über die Zuschauer ein Tuch gespannt, das an großen Stangen befestigt war. Von dieser Anordnung mußte jedoch Palladio, wie wir bereits gesehen haben, absehen; doch wissen wir nichts Sicheres, in welcher Weise er seine Decke ursprünglich herstellen wollte. Aus der Aeußerung eines Zeitgenossen geht nur hervor, daß er beabsichtigt hatte, die Decke ganz mit Stuckarbeiten und Gemälden zu schmücken.

Eine Zeichnung vom Jahre 1620 gibt uns dagegen Aufschluß über die Art, wie man nach dem Tode des Architekten die Sache zu Ende führte. Auf jenem Blatte war nämlich die Decke in zwei verschieden behandelte Theile geschieden. Der eine Theil, von der Attika über der Scene bis zum Ende der Bühne, wo die Orchestra beginnt, ist entsprechend den sieben Feldern der Attika, ebenfalls in sieben Flächen getheilt, welche reich mit Stuckarbeiten und Gemälden geschmückt sind; der ganze Raum aber, so weit er sich über die Orchestra, die Stufenreihen und die hinter derselben umherziehende Gallerie erstreckt, soll den Eindruck machen, als sei er gewöhnlich offen und ist daher so gebildet, daß er ein ausgespanntes Tuch darstellt.

Im Jahre 1735 erhoben sich große Streitigkeiten über diese Angelegenheit, als die Academie den Beschluß faßte, den ganzen Bau, der sehr vernachlässigt war, einer gründlichen Ausbesserung zu unterziehen und ganz besonders die Decke des Theaters auf eine würdige Weise herzurichten. Diese hatte im Verlauf der Zeit schon mehrfache Aenderungen erfahren und stellte, so weit sie sich über die Bühne erstreckte, ein mit Malerei geschmücktes Getäfel vor, an welches sich eine Leinwand zur Ueberdeckung des Zuschauerraumes anschloß.

Nun aber spaltete sich die Academie und die Künstlerwelt Italiens in zwei feindliche Lager. Die Einen wollten sich genau an die oben erwähnte Zeichnung von 1620 halten; indem sie diese als den ursprünglichen Gedanken Palladio's erachteten. Dieser Plan aber wurde von Seiten der Anderen hartnäckig bekämpft; sie wollten von einer Trennung der Decke in zwei verschiedenartig behandelte Theile, den einen über der Bühne, den andern über dem Zuschauerraum, nichts wissen, und eine einfache hölzerne Decke in der Weise malen, daß sie den Eindruck einer über das Ganze ausgespannten Leinwand mache. Das Ende des heftigen Streites, der von beiden Seiten mit vielem Aufwand von scharfsinnigen Gründen und großer Zähigkeit geführt wurde, war, wie dieß häufig sich ereignet, daß gar Nichts geschah. Die Sache wurde verzögert, und als dann mit dem Ende des Jahrhunderts die langjährigen Stürme über Italien und Europa zogen, war es zu spät. Erst 1810 gab ein Vicentiner Bürger die bedeutende Unterstützung von 30,000 Francs, womit das Gebäude wieder hergerichtet und die Decke in der gegenwärtigen Weise als eine einzige über Bühne und Zuschauerraum ausgespannte Leinwand gemalt wurde.

(Schluß folgt.)

Miscellen.

Die Grimm-Stiftung zur Gratisvertheilung der Volksausgabe von Grimm's Märchen hat kürzlich Gelegenheit gehabt, mehrere entfernte, in der Diaspora befindliche deutsche Volksschulen zu bedenken. Die eine Sendung ist nach Rußland und zwar, an die vom deutschen Lehrerseminar zu Hoffnungsthal in Bessarabien geleitete Elementarschule gegangen, und die andere an die deutschen Schulen in Wälschtirol, wo sie bekanntlich der Gefahr der Italisirung sehr ausgesetzt sind. Die letztgedachten Schulen haben in Folge der Theilnahme, die seit einiger Zeit in Süd- wie in Norddeutschland für sie erwacht ist, einen neuen Aufschwung genommen, und es verdient in der That ihr rühmlicher Kampf für deutsche Sprache und Sitte unsere wärmste Unterstützung. Einige deutsche Gemeinden, wie die von Frassilongo und Roveda, die man bereits als der deutschen Nationalität verloren angesehen hatte, haben in jüngster Zeit deutsche Schulen verlangt und erhalten. Ein Aufruf zu Beiträgen für die Unterstützung solcher Schulen, den das deutsche Comité in Innsbruck erlassen, sagt unter Anderem: „Als der Kampf für deutsche Nationalität in Schleswig-Holstein gekämpft wurde, nahmen wir im Süden daran innigsten Antheil und gaben unserer Gesinnung wiederholten, thatsächlichen Ausdruck. Möchte unser Eintreten für die deutsche Sache im Süden ähnliche Theilnahme und Unterstützung finden, wie das Eintreten für deutsche Sprache und Sitten im Norden sie gefunden!“ Geldbeiträge zu diesem schönen Zwecke nimmt die Wagner'sche Universitätsbuchhandlung in Innsbruck in Empfang.

Die amerikanische Presse ist wegen ihrer Rohheit bekannt; nichts desto weniger muß es etwas befremden, wenn ein so angesehenes Blatt wie die „Newyork World" (vom 30. Juni) die Ernennung des Generals Sickles zum Gesandten in Madrid mit einem langen Artikel begrüßt, der durchweg so gehalten ist, wie die hier wiedergegebene Ueberschrift: Daniel E. Sickles — öffentlicher Empfang unseres neuen Gesandten in Madrid. — Etwas Näheres über ihn. — Seine Carrière als Straßenrenommist (Rowdy), Postränber, Spion, Mörder, Vertrauensmann, „General", Satrap, Verführer &c. &c. — Erhebendes Beispiel von dem Erfolge eines Schurken in der amerikanischen Politik. — Ein Vorbild für Jung-Amerika &c.

(Etwas über Menschenfresser.) Nur in wenig Ländern noch herrscht der scheußliche Gebrauch, daß ein Mensch den andern aufzehrt, sei es, wenn er ihn als Feind besiegt und getödtet, sei es, daß er einfach ein menschliches Wesen handwerksmäßig abschlachtet, um sich von dem Fleisch des Getödteten zu nähren. Man hatte geglaubt, daß diese greuliche Entartung des Menschen, seit der Ansiedelung der Holländer in Südafrika dort ganz verschwunden sei; ein englischer Reisender Namens Bowker aber bestätigt in seinem Reisebericht,*) daß im Basutoland in Südostafrika noch immer Menschenfresser hausen. Bowker kam von einigen Eingebornen begleitet im Dezember 1868 in's innere Gebirg, an den verlassenen Missionsposten Cana. Die Wanderer befanden sich in einer sehr wilden Landschaft plötzlich vor einer ungeheuren Höhle. Sie traten hinein und fanden auf dem Boden ganze Haufen von Menschenknochen und Gebeinen aufeinander geschichtet. Bowker erzählt: „Man kann sich denken, unter welcher Aufregung ich diese düstere Höhle untersuchte. Der Führer geleitete mich an eine Stelle, wo einige rauhe, unregelmäßige Stufen in eine dunkle Gallerie führten; dort wurden die Schlachtopfer aufbewahrt, bis an sie die Reihe kam. An ein Entrinnen von dort war nicht zu denken. Bei Wilden, welche etwa durch Hungersnoth zum Aeußersten getrieben werden, um ihr nacktes Leben zu fristen, findet der Cannibalismus eine Erklärung. Mit dem Volke hier verhält sich aber die Sache ganz anders: Diese Menschen bewohnten ein fruchtbares Land, in welchem auch Wild in Menge vorhanden war. Aber trotzdem machten sie nicht bloß Jagd auf ihre Feinde, um dieselben aufzufressen, sondern sie verzehrten sich unter einander, sie machten Gefangene von ihrem eigenen Stamme, und wenn eben keine andere Schlachtopfer vorhanden waren, dann kamen ihre eigenen Weiber und Kinder an die Reihe! Eine träge oder zanksüchtige Frau wurde ohne weiteres abgethan und gab ein leckeres Mahl; ein Kind, das zu viel schrie, wurde ohne Weiteres still gemacht und gekocht; Kranke und Schwache ließ man nicht des natürlichen Todes sterben, sie hätten ja dann nicht den Magen Anderer füllen können. So war es mit diesem Volk beschaffen. Man sagt zwar, daß sie den Cannibalismus schon seit vielen Jahren aufgegeben hätten, ich fand aber in der Höhle ganz untrügliche Beweise dafür, daß die Praxis noch nicht verloren gegangen ist, denn einige Knochen waren sehr frisch; sie hatten augenscheinlich einem starkknochigen Manne angehört, dessen Schädel hart wie Erz war; an den Gelenken befand sich noch Mark und eine fettige Substanz. Er konnte erst vor einigen Monaten geschlachtet worden sein.

„Diese Höhle gehört zu den größten in der ganzen Gegend und diente nach den von mir eingezogenen Erkundigungen, den Cannibalen als eine Art von Hauptquartier. Vor dreißig Jahren war übrigens das gesammte Land vom Molutiflusse bis zum Calebon, dann auch ein Theil der Region am Putiflusse von Menschenfressern bewohnt, welche Schrecken unter den angrenzenden Stämmen verbreiteten. Sie schickten Jagdparthien aus, welche sich in der Nähe betretener Pfade oder Gärten, Triften oder Tränkeplätzen in Hinterhalt legten und es vorzugsweise auf den Fang von Frauen und Kindern abgesehen hatten.

„Noch heute leben viele alte Cannibalen und an derselben Lage, an welcher ich jene Höhle besuchte, machte ich mit einem derselben Bekanntschaft. Er ist nun etwa sechzig Jahre alt. Als er noch in der Höhle hauste, fing er einst drei junge Weiber; davon nahm er eins zu seiner Gefährtin, die beiden anderen wurden gekocht. Jene Ehe ist dann eine recht glückliche geworden, und die Frau Gemahlin hat sich bald an die neue Lebensweise gewöhnt; man zeigte mir den Winkel, welcher dieser glücklichen Familie zum Aufenthalte gedient. Ein Sprößling derselben, ein hübscher kräftiger Junge, brachte mir Milch. Der Mann heißt Nopulutsi, die Frau Malegwani. Als ich die Höhle verließ, fand ich einen zerbrochenen Kinderschädel, welcher gleichsam als Blumentopf für eine Knollenpflanze, eine Amaryllisform, diente.

„Ich habe mit einigen Freunden auch mehrere Cannibalenhöhlen an den Quellen des Calebon besucht. Manche derselben sind geräumig, aber keine ist so groß, wie die eben beschriebene in der Nähe von Thaba Bosin. Jene Calebonhöhlen werden noch jetzt bewohnt, aber nicht mehr von Cannibalen. Dort erzählte mir ein alter Wilder, daß er in der guten, alten Zeit etwa dreißig Menschen gekocht habe; er hielt es für sehr ungerecht und abgeschmackt, daß das Menschenkochen in Abgang gekommen sei. Es scheint, als ob für manche Leute ein großer Reiz im Cannibalismus liege. Einst wurde ein hübsches, junges Mädchen geraubt, aber nicht verzehrt, weil einer der Wilden es zum Weibe nahm. Nach Verlauf einiger Zeit kam der Vater in Begleitung eines Missionars in die Höhle und löste sein Kind aus; der Preis betrug ein halbes Dutzend Ochsen. Ein paar Wochen blieb die Cannibalgattin bei ihren Eltern, aber eines schönen Tages entlief sie wieder und blieb dann bei ihren Freunden in der Höhle.

„In früherer Zeit waren in dieser ganzen Gegend Löwen in großer Menge vorhanden. Manche derselben zogen das Fleisch des Menschen allem anderen vor und wurden namentlich auch den Höhlencannibalen lästig und gefährlich. Diese verfertigten nun, um die thierischen Cannibalen zu fangen, besondere Fallgruben; als Köder warfen sie Kinder hinein, welche durch ihr Schreien und Wimmern die wilden Thiere herbeilockten! Bei Thaba Bosin lebt noch jetzt eine alte Frau, die mir selber erzählte, daß sie als Köder in eine Löwenfalle geworfen sei; die Bestien waren jedoch nicht erschienen, und so hatte man sie nach Verlauf einiger Zeit wieder herausgenommen.

„Alle diese Höhlenbewohner sind Unterthanen Moschesch's, die aus den Ueberresten verschiedener Stämme bestehen. Der alte Häuptling gab sich die größte Mühe, den Cannibalismus unter seinem Volke auszurotten, und am Ende setzte er die Sache durch; jetzt Alle haben den barbarischen Brauch aufgegeben; sie sind Viehzüchter, Viehdiebe und treiben auch etwas Ackerbau."

*) The Cave-Cannibals of South Afrika, by James Henry Bowker, Dr. [illegible] and Dr. John [illegible]; Anthropological Review Nr. XXV, April 1869. Siehe „Globus", Bd. XV, Lief. 8.

Räthsel.

1 kam kürzlich an mir vorbei,
Trug eine Last auf 2 und 3.
1 2 3 und ein Zeichen dazu,
Nennt eine Stadt, nun rathe Du.

Auflösung der Homonyme in Nr. 86:
Essen.

Berichtigung.

In dem Artikel „Ein bischen Kücherchemie" in der vorigen Nummer lese man auf Seite 345, Spalte 1, Zeile 24 v. u., nach „Pectinsäure" noch die ausgelassenen Worte „und weiterhin in Pectinsäure". — Ferner lese man auf derselben Seite, Spalte 2, Zeile 20 u. 21 v. a., statt „Metallpectinsäure", „Metapectinsäure".

Redaction von A. A. Wolf. Druck der Jäger'schen Druckerei in Speyer.

Palatina.

Belletristisches Beiblatt zur Pfälzer Zeitung.

Nro. 88. | Speyer, Samstag, den 24. Juli | 1869.

* Der grüne Dom.

O wunderbarer grüner Dom!
O wunderkräftiger Arom!
Leis' steigt's als Opferduft empor,
Indeß anbetend singt der Chor!

Wie trägt der kühne Säulenschwung
In heiliger Begeisterung
Das Herz empor in höh're Welt,
D'raus goldnes Licht herniederfällt!

Des Vaters Arm umfängt mich lind;
Mild schaut er an sein müdes Kind.
O wunderbarer Friedensdom —
Fern rauscht des Lebens dunkler Strom.

Ch. Böhmer.

Entfremdete Herzen.

Novelle von G. Jerling.

(Fortsetzung.)

Einige Tage später erreichte Malwine das kleine Haus bei Waldstein bei Einbruch der Dämmerung und fragte nach Frau Eller. Man wies sie in's Wohnzimmer und wollte die Frau rufen, die im Garten sei. Lange, lange wartete Malwine und dieser Verzug versetzte sie in die peinlichste Spannung. Endlich ging die Thüre auf und herein trat — ihr Gatte. Ihr Herz pochte laut, ihre Stimme versagte ihr und sie hatte Mühe, sich auf den Beinen zu erhalten.

„Frau Eller hat Besuch und kann nicht abkommen," sagte er; „vielleicht können Sie mir Ihr Anliegen mittheilen!"

Sie übergab ihm den Brief wortlos, und als er sich zum Lichte wandte, um denselben zu lesen, wagte sie ihr Auge forschend auf ihn zu richten und bemerkte, daß die Leiden der jüngst vergangenen Monate auf seinem Gesichte eben so starke Spuren von Gram und Verkümmerung zurückgelassen hatten, als auf dem ihrigen.

„Es thut mir leid, Ihnen sagen zu müssen, daß Frau Eller bereits eine andere Person als Gouvernante engagirt hat," sagte Doctor Hermes, als er den Brief zu Ende gelesen; — „da aber mein Kind noch sehr angegriffen ist, dürften wir inzwischen noch eine weitere Wärterin für dasselbe brauchen und wenn Sie daher geneigt sein sollten, einstweilen aushülfsweise als Kindermädchen bei uns in Dienst zu treten, so will ich mit Frau Eller darüber reden. Falls Sie also Lust haben, belieben Sie morgen — etwa um zwei Uhr Nachmittags — wieder hier vorzusprechen!"

Malwine stand vom Stuhle auf, verbeugte sich stumm und wankte förmlich zur Thüre. Karl sprang herbei, um dieselbe zu öffnen, — ihre Blicke begegneten sich. Sie ward beinahe ohnmächtig und alles Blut stieg ihr in's Gesicht, so fest und forschend war der Blick, den er auf sie heftete. Besonders musterte er ihr Haar und seine Züge nahmen dann wieder denselben traurigen, verdüsterten Ausdruck an, wie zuvor. Als sie in's Freie trat, wollte ihr das Herz fast vor Freude zerspringen, daß sie nicht erkannt worden sei. — Am andern Tag fand sie sich zur bezeichneten Stunde pünktlich ein und ward von Frau Eller in Dienst genommen.

VII.

Ein wachsam Herz,
Doch lauernd; ein unbestechlich Ohr,
Ein Aug', geübt wie eines Blinden Fingerspitz'.
Wordsworth.

Der Herbst war nahezu vorüber. Es war nach einer seiner letzten schönen Tage, wo die Sonne wie mit sommerlicher Gluth auf die dunkle Blätterpracht der Bäume herabschien, und die milden, vom letzten herbstlichen Blumenflor mit Duft geschwängerten Lüfte durch das Fenster spielten, an welchem Anna Hahn, die vermummte Malwine, mit der schlummernden Helene auf dem Schooße saß und gedankenvoll in die schöne ländliche Gegend hinausblickte. Das holde kleine Mädchen hatte — schwächlich wie es war — lange mit den Folgen jenes frevelhaften Leichtsinns seiner früheren Wärterin zu kämpfen und erst neuerdings wieder einen Rückfall gehabt. Gerade während dieses hatte Frau Eller und der Doctor, welcher seit der Heimkehr von der Reise auf dem Gute geblieben war, oft Gelegenheit gehabt, die namenlose Sorgfalt und Hingebung zu bewundern, womit die sogenannte Frau Hahn das schwächliche Kind pflegte. Die kleine

Helene war auch so anhänglich geworden an ihre Pflegerin, daß sie sich niemals von derselben trennen wollte, so lange sie wachte, und daß Niemand als Frau Hahn sie in den Schlaf lullen konnte. Frau Eller äußerte oft ihre Ansicht dahin, das Kind würde sich von seinem Siechthum niemals wieder erholt haben, ohne die sorgsame, verständige Pflege der neugewonnenen Wärterin. Die übrigen Hausgenossen theilten diese Ansicht; nur Doctor Hermes äußerte Nichts, und schien von der neuen Hausgenossin so wenig als möglich Notiz zu nehmen. Diese wirkte still und ruhig im Hause, ließ sich mit Niemanden in irgend welche Vertraulichkeit ein und hatte sich während voller zwei Monate so demüthig und bescheiden benommen, daß keiner der übrigen Hausgenossen ihr abhold sein konnte. Nur der kleine Heinrich schien die Frau Hahn nicht leiden zu können, obwohl sie Alles aufbot, seine Zuneigung zu gewinnen. Sie lockte ihn oft schmeichelnd zu sich heran, allein er wich ihr entweder schüchtern aus, oder floh von ihr bis in's fernste Eck, wo er, wenn er ihr nicht länger ausweichen konnte, mißtrauisch und mit gerunzelter Stirn unter seinen langen Wimpern zu ihr aufblickte und in seiner stolzen, unabhängigen, schelmischen Weise mit ihr schmollte.

Der freundliche Nachmittag hatte Madame Eller veranlaßt, mit Heinrich auf's Land zu fahren und Anna Hahn war daher mit der kleinen Helene allein zu Hause, oder glaubte wenigstens allein zu sein. So saß sie denn, wie gesagt, mit der Kleinen auf dem Schooße am Fenster und dankte Gott für die hohe Gnade, die er ihr erwiesen, indem er ihr gestattet, wieder um ihre Kinder zu sein und ihr das gefährdete Leben ihres Töchterchens zu erhalten. Sie sah ein, daß die Vorsehung sie wunderbare Wege geführt hatte, um sie von Grund aus zu bessern. Sie war hier ganz auf sich selbst angewiesen, denn Madame Eller, die sie zuvor niemals gesehen, konnte sie nicht wieder erkennen und der Doctor schien ebenfalls keinen Argwohn zu hegen, denn er kümmerte sich gar nicht um sie; sie sah ihn überhaupt nur zwei bis drei Male am Tage, weil sie nicht mit der Herrschaft am Tische, sondern im Vorzimmer mit den Dienstboten speiste. Da wandte sich denn ihr Herz und Gemüth um so ungetheilter zu ihrem Kinde und den frommen Lehren der Religion, welche wie ferne Klänge dunkler Erinnerungen aus den Tagen ihrer Jugend wieder in ihr aufdämmerten und unter dem innern Drang und Bedürfniß eines sichern Ankers für das Leben in diesen Stunden strenger Selbstprüfung in ihr immer bestimmtere Gestalt gewannen. Alle edlern Triebe, welche vordem Selbstsucht, Eitelkeit und Vergnügungssucht in ihr erstickt hatten, lebten wieder in ihr auf und erfüllten ihr Gemüth mit einem heiligen Lichte.

All ihr Interesse am Leben war wieder erwacht, seit sie seinen Pflichten treulich nachkam. Es fehlte ihr nur noch die Wiederkehr der Liebe ihres Gatten, um den Becher ihres irdischen Glückes zu füllen — eines Glückes, das inniger, dauernder und vernünftiger war, als es ihr bewegtes Leben vordem in der großen Welt gewährt hatte. — Und während sie nun den Schlummer ihrer Kleinen bewachte, gedachte sie, wie sie seither schon oft gethan, der Fehler und Vergehen, welche die allweise Vorsehung so streng an ihr geahndet hatte. Ihre Eitelkeit und Hartnäckigkeit, ihren Stolz und Trotz sah sie nun in solch grellem Lichte, daß sie unwillkührlich mit der Hand über die Augen fuhr, als könnte sie sich ihrer dadurch erwehren. Da schallten Fußtritte durch das Zimmer, und aufblickend gewahrte sie den Doctor sich gegenüber, der sie forschend anschaute. Als ihre Blicke sich begegneten, nahmen seine Züge einen gleichgültigeren Ausdruck an; aber sie wähnte bemerkt zu haben, daß er sie mit einigem Mitgefühl angesehen.

„Frau Hahn," begann Hermes, „ich weiß nicht, ob Ihnen meine Tante schon gesagt hat, daß wir nächste Woche nach der Residenz zurückkehren werden. Wissen Sie es schon?"

„Nein, noch nicht," stammelte sie und schlug die Augen nieder vor seinem forschenden Blick.

„Vielleicht würden Sie lieber hier bleiben in der Nähe der Ihrigen?" fuhr er halb verlegen fort.

„O nicht doch," gab sie zur Antwort; „ich habe keine Verwandte mehr, die mich .... oder vielmehr .... ich meine, ich hänge so sehr an den Kindern, daß ich ihnen gern bis an's Ende der Welt folgen würde!" .... setzte sie stotternd hinzu.

„Haben Sie schon etwas von der Geschichte meines Ehestandes gehört, Frau Hahn?" fragte er nach einer kurzen Pause weiter.

„Allerdings, Herr Doctor; Einiges .... und ich ...." Abermals folgte eine Pause und sie wandte sich zum Fenster, um die glühende Röthe ihrer Wangen zu verbergen.

„Es wäre mir lieb, wenn Sie sich zu mir setzten, Frau Hahn, und meine Geschichte einmal aus meinem Munde hörten," sagte er endlich. „Es wäre mir lieb zu erfahren, ob sie mit derjenigen übereinstimmt, welche Sie hier gehört haben!"

„Ich kenne den ganzen Hergang, Herr Doctor!" sagte sie, sich niedersetzend. „Es muß eine peinliche Erinnerung für Sie sein, die ich nicht gerne wieder in Ihnen auffrischen möchte!"

„Jenun," meinte er, „des Auffrischens und Wachrufens bedarf es bei mir nicht, denn sie ist mir immer gegenwärtig. Wollen Sie mir einmal erzählen, was Sie über mein eheliches Leben gehört haben! — Es gewährt mir einige Erleichterung, mit Ihnen darüber zu sprechen, da ich Sie in der kurzen Zeit unseres Zusammenlebens sehr hoch schätzen gelernt habe!"

„Soviel ich hörte," hob sie an, und ihr Herz pochte laut, obwohl sie ihren ganzen Muth aufbot — „war Ihre Gattin jung, verzogen, launisch und eitel; sie studirte ihr Glück nicht, wie sie es hätte thun sollen; Sie wurden kalt gegen sie, und sie glaubte entdeckt zu haben, daß Sie sie nicht in solchem hohen Grade liebten, wie Sie — eine Andere liebten ...." Der Doctor fuhr überrascht auf, aber Frau Hahn fuhr fort: „sie wurde stolz, oder vielmehr ihr Stolz wurde gekränkt und sie wurde sehr unglücklich: sie hätte gern alle ihre Fehler eingestanden und Sie fußfällig um die Wiederkehr Ihrer Liebe gebeten, wenn sie nicht gefühlt hätte, daß Sie sie hintergangen hatten und so wurde das Verhältniß immer schwieriger, bis es endlich mit einer Trennung endete!"

„Sie haben nicht Alles erzählt; wollen Sie mich die Geschichte zu Ende bringen lassen!" entgegnete Hermes.

„Gewiß, Herr Doctor!"

„Nun denn! Ich beichte meine Frau an. Meine Liebe zu Helene Schwab war so ruhig und uneigennützig, wie die eines Bruders; allein als Jahr um Jahr verging und meine Frau immer rücksichtsloser und unnachgiebiger gegen meine Wünsche wurde, beschwor ich die Erinnerung an die ruhigeren Gefühle und stilleren Genüsse, die mein Verhältniß zu Helenen mir einst bereitet, mit einigem Schmerz und Bedauern wieder herauf. In einer Nacht, wo meine Frau mich mit herben bitteren Worten von sich gestoßen, ließ sie heimlich einen Mann in mein Haus, dessen Charakter ich verachtete — einen schlauen intriguanten Redegecken, dessen Umgang ich meiner Frau verboten und dem ich es gewehrt hatte meiner Frau Aufmerksamkeit zu schenken. Ich weiß nicht, wie lange er bei ihr war . . . . . bitte, bleiben Sie und hören Sie mich ruhig zu Ende," setzte er hinzu, als Frau Hahn mit erblaßten Lippen aufstand und ihm in die Rede fallen wollte; — „von dieser Stunde an stählte ich mein Herz gegen sie und Gott weiß es, welche Mühe und Schmerz mir das kostete. — Derselbe Mann kam später einmal zu mir und bat mich um die Erlaubniß, meine Frau in eine Abendgesellschaft abzuholen, wo sie Beide bei einer theatralischen Vorstellung oder bei lebenden Bildern mitwirken sollten. Ich erwiederte ihm, daß ich Nichts dagegen habe; daß meine Frau nach ihrem Belieben und Ermessen handeln könne; allein wenn sie gehe, mit ihm gehe, solle sie niemals wieder mein Haus betreten. Und sie ging."

(Schluß folgt.)

* Das olympische Theater zu Vicenza.

Von Dr. H. Jäger.

(Schluß.)

Doch wir eilen zum Schluß. Noch ließe sich erzählen von den Festlichkeiten und den glänzenden Aufzügen, die im Laufe der vergangenen drei Jahrhunderte im Theater zu Vicenza bei den verschiedensten Gelegenheiten aufgeführt wurden, ganz besonders aber von der Darstellung des Oedipus von Sophokles, mit welcher am 3. März 1585, dem letzten Tage des Carnevals, die Academie das Gebäude einweihte. Vieles wäre zu melden von dem ungeheuren Zusammenströmen der ersten und vornehmsten Familien von Mailand und aus dem Venetianischen, von der Eleganz der Damen, der Pracht der Karossen und Pferde, von dem glänzenden Auftreten der Cavaliere, von der Freigebigkeit und Freundschaft der Einwohner von Vicenza gegen ihre Gäste und vor Allem von dem ungeheuren Pomp, welchen die Academie selbst an diesem feierlichen Tage entwickelte.

Das aber dürfen wir nicht vergessen, daß diese Aufführung uns wieder als neuer Beweis dienen mag, wie wenig dieses Zeitalter trotz seines Cultus der Antike dieselbe verstand und zu würdigen wußte. Die einfache Erhabenheit der griechischen Tragödie, die ernste Würde der dramatischen Muse wurde benutzt, um den Luxus und die Eitelkeit der eigenen Persönlichkeit zur Geltung zu bringen. Selbst einige der Zuschauer klagen darüber, daß die Wirkung der Vorstellung unter der Erwartung geblieben sei und als Hauptgrund wird angegeben, daß man nicht die antike Tragödie so zur Aufführung brachte, wie sie der Dichter sich gedacht, sondern umhängt und bekleidet mit all dem Pomp und Flitter der eigenen prachtliebenden Zeit. Anstatt die gewaltig erschütternde Wirkung der Handlung zu heben durch entsprechende Einfachheit und großartige Würde in der Darstellung, erdrückte man sie unter der Last der seidenen Gewänder, unter dem Glanze des goldenen Schmuckes und unter den rauschenden Klängen der Musik. Noch sind uns ja von jener Darstellung die Prospecte der Scene erhalten und selbst ohne die Worte der Augenzeugen könnten wir aus ihnen den Geist ersehen, der die Aufführung geleitet hat. Obwohl sich Scamozzi mit der Herstellung dieser Prospecte besonders groß gethan hat, fragen wir uns doch mit Erstaunen, ob dieses die Straßen einer altgriechischen Stadt sind, ob dieses unorganische, willkührliche, phantastische Nebeneinanderstellen von Nischen, Statuen, Pfeilern, Bogengängen und Säulen einen passenden Hintergrund bilden kann für die einfache, erhabene Würde der Gestalten des Sophokles!

Schwerlich hätte sich Palladio je solche Verstöße gegen den guten Geschmack erlaubt, wie der eitle Scamozzi. So sehen wir auch hier im olympischen Theater zugleich wieder, wie die Kunst raschen Schrittes dem Verfalle entgegen ging. Mit Palladio war der letzte der großen Renaissance-Baumeister zu Grabe gegangen, und über ihm hielt, wie diese Prospecte uns zeigen, die Barokzeit ihren Einzug.

Miscellen.

Ueber den am 17. Juli zu Schloß Lichtenstein verstorbenen Herzog Wilhelm v. Urach, Graf von Württemberg, schreibt die „Allg. Ztg.": „Der Verewigte war geboren am 6. Juli 1810 zu Stuttgart. Am 15. Juli 1826 trat er, mit gediegenen Vorkenntnissen ausgerüstet, als Hauptmann in die reitende Artillerie, in welcher er 1835 zum Major, im Januar 1837 zum Oberstlieutenant und im December desselben Jahres zum Obersten vorrückte. 1841 trat er unter Beförderung zum Generalmajor als Brigade-Commandant zur Infanterie über, und wurde 1855 General-Lieutenant und bald darauf Gouverneur der Bundesfestung Ulm. Am 29. Mai 1857 wurde er zum General der Infanterie befördert, indem er zugleich wegen Kränklichkeit einen Urlaub auf unbestimmte Zeit antrat, und nicht mehr in den activen Dienst zurückkehrte. Am 8. Februar 1841 vermählte er sich in erster Ehe mit der Prinzessin Theodolinde von Leuchtenberg, aus welcher Ehe ihm vier Prinzessinnen geboren wurden, wovon aber zwei ihm im Tode vorangingen. Am 1. April 1857 Wittwer geworden, vermählte er sich am 16. Februar 1863 zum zweiten

Male mit Prinzessin Florestine von Monaco, welche ihm zwei Prinzen gebar. Seit einigen Jahren leidend, suchte er in dem mildern Klima der Heimath seiner Gemahlin und jetzigen Wittwe, zu Monaco, Linderung, und besuchte jüngst die Heilquellen Wildbads. Graf Wilhelm war ein Mann von klarem Verstand und ein ausgezeichneter Artillerieoffizier; in dieser seiner Lieblingswaffe machte er einige Erfindungen, namentlich in der Laffettirung der Geschütze, die in verschiedenen größeren Armeen Anwendung fanden. Sein ihm 25 Jahre im Tode vorangegangener älterer geistreicher Bruder, der zu Wildbad am 7. Juli 1844 verstorbene Graf Alexander von Württemberg, war als Dichter rühmlich bekannt durch seine „Lieder eines Soldaten“, die „Lieder des Sturmes“ und seine „Sonette gegen den Strom“. Auch seine einzige Schwester ging ihm 3 Jahre im Tode voran, als die Gemahlin des königl. Oberstallmeisters Graf v. Taubenheim. Der Vater des Verewigten war nicht minder hervorragend durch Eigenschaften des Geistes und Herzens. Derselbe, Herzog Wilhelm von Württemberg, Bruder des Königs Friedrich von Württemberg, wurde berühmt durch seine mannhafte Vertheidigung Kopenhagens zur Zeit des völkerrechtswidrigen Bombardements von Kopenhagen durch die Engländer; in Kopenhagen war demselben 1801 der Graf Alexander, der Dichter der „Lieder des Sturmes“, geboren worden. Später wurde Herzog Wilhelm, der sich mit der Freygräfin Rhodis von Tunderfeldt vermählt hatte, der Kriegsminister seines Bruders, des Königs Friedrich, verlebte aber nach dessen Tod seine letzten Lebenstage in stiller Ruhe und edlem Wohlthun im Schlosse zu Stetten im Remsthal, wo er sich aus Liebhaberei der ärztlichen Praxis widmete, und oft Nachts, aus dem Bette aufstehend, der ärmsten Taglöhnersfrau ärztliche Hülfe leistete und selbst noch die Arzneien lieferte, auch seinen Kranken sonst noch jede leibliche und geistige Unterstützung gewährte, als echter Menschenfreund. Er starb 1830 in Stetten. Der Lieblingssitz seines Sohnes, des Herzogs von Urach, war das von Heideloff im mittelalterlichen Burgstyl auf den Trümmern der alten Burg Lichtenstein, (berühmt durch Wilhelm Hauff's gleichnamigen Roman) aufgebaute Schloß Lichtenstein, wo er am 17. d. M. in der Frühe starb. Vor einigen Jahren war Graf Wilhelm zur katholischen Kirche übergetreten, der seine beiden Gemahlinnen angehörten.

Californien, zu dem die Newyorker bereits Sommerausflüge projectiren, wie man in Europa eine Schweizerreise macht, war ein fast unbekanntes Land, als 1849 das Goldfieber ausbrach. „Es gibt Wenige,“ sagt Whymper, „welche Californien kennen und es nicht lieb gewinnen; im Lande selbst weiß man es und hört es oft bemerken, daß die, welche es nach längerem Aufenthalte verließen, um in ihre alte Heimath, nach anderen Theilen der Welt zurückzugehen, bald „zu ihrer ersten Liebe“ zurückkehren, neben der sie keine gleiche finden.“ Obwohl Gold-, Silber-, Quecksilber- und Kohlenminen reichlich Ausbeute geben, liegt doch der Fortschritt des Landes im Ackerbau. Es exportirt nicht bloß Getreide nach Europa, sondern selbst nach den östlichen Staaten America's, sogar selbst über den Panama-Isthmus! Im Jahre 1866 baute es 14 Millionen Bushel (1 Bushel = ca. ¾ Berliner Scheffel) Weizen; die jährliche Weinproduction beträgt 3 Millionen Gallonen (à 4 Quart), und diese Quantitäten sind in beständiger, schneller Zunahme. San Francisco zählte im Jahre 1867 bereits 150,000 Seelen. Der Eingang zur „Goldenen Stadt“ durch die San Francisco-Bucht ist eng. Nebel hängen beständig über diese Wasserstraße, an welcher Cabrillo, Drake und Vizcaino vorbei fuhren, ohne zu bemerken, daß hier eine Bucht in's Land einschneidet. Durch den engen Felsencanal bläst jetzt jeden Nachmittag eine kalte Seebrise während der Sommermonate; im Winter herrscht Windstille. Es ist daher niemals zu heiß oder zu kalt in San Francisco, ein klimatischer Umstand, der, wie Dilke sagt, „der Stadt an sich eine große Zukunft sichert.“ Der Einfluß auf den nationalen Typus ist ein merklicher. Auf einem Balle in San Francisco sieht man englische Gesichter, nicht americanische. Selbst der magere „yankee Mann“ und die hungrigen Yankees werden in diesem Tempel der Winde dick und rosig.“ Whymper, der ein gleich günstiges Bild von den Bewohnern und dem Reichthum Californiens liefert, bemerkt, daß man nirgends eine solche Masse von „selbstbewußten, hoffnungsvollen, gutherzigen und charakterfesten Männern findet, als an dieser Küste. Fast alle sind sie durch die Mühle gegangen und stärker aus diesem Läuterungsprozeß hervorgekommen.“ Das gegenwärtige Schulsystem schildert Whymper als ausgezeichnet. Die Lincoln-Schule in San Francisco ist ein Gebäude, „das überall die Aufmerksamkeit auf sich lenken würde;“ es hält 1000 Schüler, und 9000 Schüler besuchen überhaupt die städtischen Schulen! 180 Lehrer und Lehrerinnen, meist in Boston gebildet, unterrichten sie. Dieß geschieht in einem Lande, daß so kaum Menschenarbeit hat, daß ein gewöhnlicher Arbeiter 2 Dollars, Handwerker 3 bis 4 Dollars täglich, weibliche Dienstboten 15 bis 25 Doll. und ländliche Arbeiter 30 Doll. monatlich incl. Kost und Wohnung erhalten. Der Preis des Weizenmehls ist dabei bald so hoch wie in Newyork oder Liverpool. Thee, Zucker und Kaffee nicht theurer als in England oder in Newyork, wogegen Kleidungsstücke und Hausmiethe doppelt soviel als in England kosten (die Wohnungsmiethen in den englischen Städten sind im Allgemeinen bedeutend niedriger als in den deutschen). Was Californien braucht ist die Einwanderung von geschickten Arbeitern; denn die Staaten Oregon, Nevada und Californien haben zusammen kaum eine Million Einwohner. Rohe Arbeitskräfte, Mexikaner und Chinesen, sind in genügender Zahl vorhanden, aber technische fehlen. Die Einwohnerschaft San Francisco ist die gemischteste unter der Sonne. Neuengländer und Briten prädominiren in ihrer Energie, die Chinesen in der Zahl. Franzosen und Italiener sind zahlreicher hier, als in irgend einer andern Stadt der Union. Die rothhäutigen Mexicaner versorgen mit ihren Landesproducten die Märkte. Australier, Polynesier und Chilenen sind zahlreich; die Deutschen und Skandinavier (beide durchgängig als Holländer bezeichnet) spärlich, sie ziehen es vor, wie Dilke angibt, nach Philadelphia oder Milwaukee zu gehen, wo sie bereits Freunde haben. Das irländische Element ist in Californien nicht zur Geltung gekommen, wie mächtig es auch in den atlantischen Staaten geworden ist. „Newyork“, sagt Dilke, „ist irländisch, Philadelphia deutsch, Milwaukee norwegisch, Chicago schwedisch, Sault de St. Marie französisch, aber in San Francisco wo alle fremden Racen vertreten sind, ist keine übermächtig, woher es kommt, daß dieser californische Staat, wie gemischt auch seine Bevölkerung ist, der am Meisten englische von allen ist.“

Homonyme.

I.

Herzlos bin ich immer;
Ohne Glanz und Schimmer
Meistens; doch nicht immer.
In sehr frühen Zeiten
Soll ich oft bereiten
Einen Tod voll Leiden.

II.

Fürchterliche Qualen
Bring ich denen allen,
Die von mir befallen,
Nur mit großen Schmerzen,
Gehend bis zum Herzen,
Bin ich auszumerzen.

III.

In dem schönsten Lichte
Zeigt mich die Geschichte
Neben manchem Wichte,
Als aus Schmach und Banden
Deutschland ist erstanden.
Nennt mir den Bekannten!

H. [illegible].

Redaction von K. A. Woll. Druck der Jäger'schen Druckerei in Speyer.

Palatina.

Belletristisches Beiblatt zur Pfälzer Zeitung.

Nro. 89. Speyer, Dienstag, den 27. Juli 1869.

Entfremdete Herzen.

Novelle von H. Freitag.

(Schluß.)

Abermals versuchte Frau Hahn, ihn zu unterbrechen, aber wiederum wehrte Hermes es ihr und fuhr fort:

„In dieser Nacht schickte ich sie ihrem Vater wieder in's Haus. Am andern Morgen kam ein Brief von ihr an mich und erweichte mein Herz zur Vergebung und Versöhnung, denn ich war thöricht genug, ihren Unschuldsbetheuerungen Glauben zu schenken. Ich schrieb eine Antwort, worin ich sie zur Rückkehr aufforderte, und wollte mir aus ihrem Schreibtische ein Briefcouvert zu meinem Antwortschreiben holen. Da fand ich dort eine Haarlocke von ihrem Liebhaber und einige Zeilen von ihrer eigenen Hand, worin sie ihn als solchen anerkannte. Gerechter Himmel! ich weiß nicht, was mich noch aufrecht erhielt, als ich diesen Beweis ihrer Untreue in Händen hatte! — Sagen Sie mir, Frau, kann man solche Dinge verzeihen? Antworten Sie mir! Ist in dem Himmel, an welchen Sie glauben, noch ein Raum für falsche treulose, verrätherische Seelen?“

Frau Hahn war stehen geblieben und zitterte an allen Gliedern über des Doctors leidenschaftliche Aufregung.

„Es war aber nicht so! der Schein täuschte Sie!“ gab sie mit Nachdruck zur Antwort. „O, wie machten Sie dies von einem Wesen glauben, das niemals einen andern Mann auf Erden geliebt, als Sie? — Ich wußte nicht, daß es solch elende Menschen unter der Sonne geben könne, wie jener nichtswürdige Assessor Strahm sich gezeigt hat. Herr Hermes, ich kenne ihre Frau; wenn ich Sie überzeuge, daß Sie noch Ihrer Liebe werth ist, soweit ihre Treue gegen Sie in Betracht kommt, wollen Sie ihr alsdann verzeihen und sie wieder in Ihre Liebe und Achtung aufnehmen, wie sie es verdient?“

„Ich will es, so wahr mir Gott helfe!“ sagte er ernst.

Frau Hahn setzte sich wieder, beherrschte beste möglichst ihre Aufregung und gab ihm nun eine vollständige erläuternde Darstellung über Alles, was vorgefallen war. Als sie an die Haarlocke kam und ihm, noch immer in der dritten Person sprechend, die Motive erklärte, die seine Frau veranlaßt hatten, jene Locke einzuwickeln und in ihrem Schreibtische aufzubewahren, rückte er ihr unwillkührlich näher, ergriff ihre Hand und drückte sie ungestüm in der seinigen. Seine Augen funkelten vor Aufregung und innigem Gefühl, und als sie zu Ende war mit ihrer Darstellung, drückte er sie stürmisch an seine Brust und schluchzte wie ein Kind, denn die Freude schien ihn beinahe übermüthig gemacht zu haben.

„Malwine!“ rief er, als sie sich ihm zu entwinden strebte, — „Malwine, Du darfst mich keinen Augenblick mehr verlassen! Ich habe Dich wieder, mein gutes, reines, unschuldiges Weib! Möge der Himmel Dich segnen, und Dich so glücklich machen, wie Du mich in dieser Stunde gemacht! Kannst Du mir das Unrecht vergeben, welches ich Dir gethan habe?“

Sie schlang ihre Arme um ihn, lehnte ihr armes schmerzendes Haupt an seinen Busen und bat auch ihn um Vergebung. O, es war eine heilige, selige Stunde. — Als der erste Sturm ihrer Gefühle sich gelegt, fragte ihn Malwine bei welchem Theile ihrer Geschichte sie sich ihm denn verrathen habe.

„Arme Malwine,“ versetzte er; „wähnst Du denn, Du habest mein forschendes wachsames Auge jemals täuschen können? Ich erkannte Dich, meine Liebe, auf den ersten Blick, als Du, mit Helenens Empfehlungsschreiben in der Hand, auf dieses Häuschen zu kamst und zitternd auf seiner Schwelle standest! Ich kannte Dich, und schon hundert Male seitdem war ich auf dem Punkte, Dir meine Liebe zu verrathen. O mein süßes, theures Weib! Ich danke dem Himmel für das Mißgeschick, das unsere Herzen geläutert und unsere Liebe einander enthüllt hat!“

Und Beide hatten wahrlich allen Grund, dem Himmel dankbar zu sein, denn nur selten ereignet es sich, daß, wenn Stolz, Eifersucht und Argwohn sich in zwei Herzen einnisten und sie von einander trennen, eine spätere Wiedervereinigung und Versöhnung das Unkraut ganz ausrotten kann, das unter dem verderblichen Einflusse jener einmal hier seine Wurzel geschlagen. Häufiger erweitert und verschlimmert sich der Riß mit den Jahren, und Jedes kommt so weit, das Andere für den Urheber zu halten und daraus entsteht eine vollständige Vereinzelung, welche so entsetzlich anzusehen ist. Derartige Beispiele hat die sogenannte gute Gesellschaft gar viele aufzuweisen, und wenn nur in jedem einzelnen Falle die erste Schuld auf ihren Ursprung zurückgeführt werden könnte, so würde die Aussöhnung leichter sein und die Ursache sich kaum als eine erhebliche ergeben, wie die in unserer Erzählung angeführte.

Tante Eller ward vor Schreck beinahe zur Salzsäule, als sie bei ihrer Rückkehr die schüchterne und demüthige „Frau Hahn“ scheinbar ganz zufrieden und vertraut in ihres Neffen Armen erblickte. Doctor Hermes versuchte keine Erläuterung in Worten, sondern nahm Malwinen nur die Haube und die falsche Haartour ab, und als nun Malwinens dunkles Haar auf ihre Schultern herabfiel, konnte die Tante unmöglich die Aehnlichkeit des seitherigen Kindermädchens mit dem Bleistiftportrait verkennen, welches sie so oft im Studierzimmer des Doctors gesehen und so häufig mit Interesse betrachtet hatte, seit sie seine Hausgenossin geworden war. Instinctmäßig drückte auch sie Malwinen an ihr Herz, denn die Dulderin hatte sich dort einen Platz verschafft durch ihre aufopfernde demüthige Hingebung an die Wartung des kranken Kindes, und die ihr gebührende Anerkennung tilgte alle Vorurtheile der Tante gegen sie mit Stumpf und Stiel. Auch Heinrich erkannte nun seine Mama wieder und weigerte sich nun nicht mehr ihr in die Arme zu fliegen.

Einige Tage darauf kehrte das wiedervereinigte Ehepaar in die Residenz zurück. Sein erster Gang war zu Helene Schwab, welche bei dem kleinen häuslichen Feste, das einen engen Kreis würdiger Freunde in des Doctors Hause versammelte, den Vorsitz führen mußte.

Die „Welt“ fand es sehr auffallend, daß Karl Hermes, der stolze, auf seine Ehre so eifersüchtige Mann, seine Gattin wieder zu Gnaden aufgenommen, allein die „Welt“ wußte nicht und erfuhr niemals, wie sehr die beiden Gatten über ihre kurze Trennung erfreut und der Vorsehung dankbar waren, als für eine Schickung, durch welche der allgütige und allweise Lenker der Menschengeschicke diese beiden Herzen sich gegenseitig selber und ihm näher hatte bringen wollen!

⊕ Im bayerischen Gebirg.

Gebirgsreisen, für Viele ein beliebter Luxusartikel, sind für Manche zu einem Bedürfniß geworden. Die Aerzte haben sie unter ihre Medicamente aufgenommen und dieses Medicament mag leicht zu den verständigsten und wirksamsten gehören. Man spricht von „Luftbädern“, „Bergkuren“ und zwar durchaus nicht bildlich, sondern mit dem vollen Rechte der Wirklichkeit. Und diese Bäder und Kuren haben den großen Vorzug, daß sie Leib und Seele gleichermaßen erfrischen und erkräftigen. Nun stellen sich freilich auch gar manche Schattenseiten ein, namentlich die mit den vermehrten Verkehrsmitteln alles Maß übersteigende und alle Annehmlichkeit verscheuchende Ueberfluthung und Ueberfüllung gerade der bekanntesten, beliebtesten und zugänglichsten Orte und Gegenden. So hörte ich von verschiedenen Seiten klagen, daß man sich in dem so herrlichen „Touristenstelldichein“ Graubünden voriges Jahr im eigentlichen Sinn vor seinen Nebenmenschen nicht zu helfen und zu retten gewußt. Da ist es denn gut, daß es noch terrae minus cognitae gibt, Orte, an denen man nicht eine bis zum Ueberdruß ausgebeutete Illustration erhält zu dem Schiller'schen: „Wer zählt die Völker, nennt die Namen, die gastlich hier zusammen kamen!“ Auf einen solchen Punkt möchten nachfolgende Zeilen hinweisen, bei denen ich den ganz harmlosen Zweck habe, dem oder jenem, welchem es gehen möchte, wie mir es gegangen ist, die Qual der Wahl zu erleichtern und ihm dadurch einen Dienst zu erzeigen, daß ich ihm einen Ort nenne, wo er Ruhe, Erholung, stärkende und erfrischende Luft nebst der nothwendigsten Bequemlichkeit findet. Der Punkt, den ich meine, ist der Walchensee im oberbayerischen Gebirge. Das bayerische Hochland ist zwar lange nicht mehr eine terra incognita, wie vor 30 bis 40 Jahren, wo es einer Perle in einer verschlossenen Schale glich, deren schöne Geheimnisse nur von den einsam streifenden Malern und Studenten bewundert wurden. Einzelne Punkte, wie z. B. Tegernsee, sind wahrlich schon ziemlich „schweizerisch“. Aber im Ganzen geht es doch noch an und der verhältnißmäßig stillsten einer ist der Walchensee.

Von München aus fährt uns die neue Bahn mit ihren, den württembergischen ähnlichen bequemen Wagen über Pasing, an dem reizenden Mühlthälchen vorbei nach Starnberg und seinem See, dem Liebling der Münchener. Wenn man so mit der Bahn am See vorüberfährt, wird man die Lieblichkeit des Sees nicht so gewahr; anders, wenn man sich einige Tage an seinen Ufern niederläßt. Ein guter Kaffee ist immer eine hübsche Sache; aber ein Morgenkaffee in den Tutzinger Uferanlagen oder in Ammannshausen, Ammerland und wie alle die kleinen Weiler auf- und abwärts heißen, ist geradezu „reizend“, wie unsere norddeutschen Brüder sich ausdrücken, und nicht minder ein mondheller Abend in den Laubgängen des Ufers oder auf dem Spiegel des Sees. Bei Tutzing trennt sich von dem nach Weilheim führenden Hauptzug die nach Penzberg abzweigende Kohlenbahn, die über Bernried, Seeshaupt, nach längs des Sees hinführt. Von Penzberg fährt ein Omnibus über Benedictbeuern in die Berge hinein nach Kochel am gleichnamigen See. Wer, der in eine bayerische Schule ging, hätte nicht vom riesenstarken Schmied-Balthes von Kochel gehört, der in der Mord-Weihnacht 1705 auf dem Sendlinger Kirchhof nebst seinen 2 Söhnen gegen die Oesterreicher fiel, nachdem er zuvor viele mit seinem Morgensterne niedergeschmettert hatte. Man sollte denken, der Name dieses Tapfern und die Erinnerung an ihn sei in Kochel noch sehr lebendig. Aber wie uns erzählt wurde, ist keine Spur von Tradition vorhanden und so möchte es nicht ganz ohne einige Wahrscheinlichkeit sein, wenn Andere den riesigen

Balthasar auf einen Hof Kogel bei Tölz verweisen, der heute noch von einer Familie Schmied oder Schmidt bewohnt werde. Unterhalb des auf der Höhe gelegenen Dörfleins befindet sich die wohleingerichtete Badeanstalt, nahe bei dem See. Der Kochelsee ist allerliebst, wunderschön grün liegt er da wie in einer Wiege, überragt von gewaltigen Berghäuptern, dem Herzogenstand und Heimgarten. Auf der andern Seite befindet sich ein im Sommer vielbesuchtes Gasthaus, dem „Müller am Joch" oder Jochmüller gehörig. Es soll bei mäßigen Preisen einen angenehmen und bequemen Aufenthalt bieten. Von der südöstlichen Spitze geht es dann über den steilen Kesselberg auf der alten, schon 1492 (im Jahr der Entdeckung Amerikas) durch Herzog Albrecht erbauten Straße an den Walchensee. Zwei Wasserfälle auf dem Kochel zugewandten Abhang schmücken diesen Weg. Der untere liegt etwa eine Viertelstunde von der Straße ab und ist von einem dünnen Wasserstrahl gebildet, der sich durch einen tiefen und hohen Felsenspalt herabstürzt. Der Eindruck wird durch die ihn umgebende düstere Waldeinsamkeit noch erhöht. Der obere Wasserfall, fast unmittelbar an der Straße, ist bei weitem großartiger. Der Jocherbach, wie man vermuthet, einer der unterirdischen Ausflüsse des Walchensees, der weiter oben aus der Erde hervortritt, sucht sich in mehreren starken Fällen seinen Weg durch eine waldige Schlucht; eigentlich ist es eine Kette von größern und kleinern Fällen, bis hinab zur Jochmühle, die er treibt, bevor er sich in den Kochelsee ergießt. Endlich ist man oben, rechts geht der Reitweg ab, der auf den Herzogenstand hinaufführt; nach vorn aber öffnet sich der Ausblick auf die Gebirge an der bayerisch-tyrolerischen Grenze, über welche einige der Tyroler Ferner ihr weißes Haupt emporstrecken, während von unten herauf, durch die Fichten und Tannen, das dunkle Gewässer des Walchensees im Sonnenschein heraufblitzt.

Der Kochelsee und Walchensee sind Nachbarn und sogar, wie man sagt, bluts- oder vielmehr wasserverwandt; denn der hochgelegene Walchensee soll den ersteren durch seine unterirdischen Abflüsse nähren. Aber sie sind sehr verschiedener Art. Jener hat ein heiteres, hübsches Aussehen. Der Walchensee aber, der viel höher liegt, ist ernst, fast melancholisch, hat aber einen zauberischen Reiz und steht sich an wie ein dunkles, die Seele ergreifendes Geheimniß. An sich schon beträchtlich größer als der lange schmale Kochelsee, macht er durch breite Formung, wodurch er den ganzen weiten Bergkessel ausfüllt, einen imposanten Eindruck. Es ist alles See und die hohen Berge ringsum, von 3 bis 6000 Fuß Höhe, sind nur zum Rahmen des glänzenden Wasserbildes da. An seinen Ufern ist meistens nur gerade Platz für einen schmalen Weg. So liegt dieser herrliche See, der entschieden einer der schönsten ist in dem bayerischen Seenkranz, zwischen seinen Bergen da, bereit seine Labungskräfte jedem zu spenden, der sie aufsucht. Und zu diesen gehört vor allem die erquickliche und kräftige Luft, die wesentlich mit auf seine Rechnung kommt. Auch an den heißesten Tagen des Juli und August spürt man nichts von jener verzehrenden Gluth, welche die Nerven lähmt und die Lebensfaiten herabstimmt. Und andererseits kann man auch bei anhaltendem Regenwetter oder bis spät in die Nacht im Freien verweilen, ohne Zug und Erkältung fürchten zu müssen. Das Wasser des (6 bis 700 Fuß) tiefen Sees ist stets frisch und kalt und darum das Baden in demselben nicht für Jedermann einladend. Es mag dies wohl daher kommen, weil der See, wie bei seiner hohen Lage und dem fast geringen Zufluß vermuthet wird, seine Quellen in sich selbst hat. Auch gehört er zu den fischreichsten seiner Art. Zahllose Renken sind die tägliche Beute der Fischer, die ihr Geschäft übrigens noch in ziemlich ursprünglicher Weise treiben. Als eine besonders edle Sorte wird der Saibling, eine Lachsforelle geschätzt, der im Herbst in großer Masse gefangen und künstlich bis in die nächste Saison gefüttert wird, da er außer dieser Zeit nur ausnahmsweise in's Garn geht. Einen prachtvollen Anblick gewährt der See auch bei einer schönen Mondnacht. Einige Hamburger, die auf der Rückkehr von Italien hieher kamen, waren entzückt über die „venetianische Nacht" am Walchensee und wurden es nicht müde, auf einem Kahn die breite Wasserbahn zu durchstreifen und mit ihren Pistolenschüssen das donnernde Echo zu wecken. In einer solchen Nacht sieht denn der See recht manierlich aus, obschon er fast nie ruhig ist (wird er dies einmal, so flieht der Fischer vor diesem Anzeichen eines vorhandenen Sturmes), sondern immerfort seine grollenden Wogen an die Uferränder treibt; man kann diesen dumpfen, unheimlichen Wogenschwall am besten auf einem Gange am nördlichen Ufer genießen, auf dem Wege nach dem am Ostende liegenden Weiler Sachenbach, auf welchem Wege sich auch ein Punkt findet, von wo aus angesehen das Seebild eine überraschende Aehnlichkeit mit dem Rheinbild am Drachenfelsen zeigt, jedenfalls einer der schönsten Punkte am ganzen See. Aber der See hat auch seine bösen Stunden und da wird er gefährlich genug. Ich sah bei einem Gewitter einen Sturm mit an, von dem auch ein anwesender Seemann meinte, für so eine Landratte wäre der grimme Walch gerade genug. Die ganze Nacht hindurch, auch nachdem das Gewitter lange vorbei war und der Mond mit bleichem Antlitz das wilde Treiben beschaute, tobte der See fort, als wollte er nun endlich die alte Sage zur Wirklichkeit machen, den Kesselberg durchbrechen und das ganze Land ringsum in ein wildes Meer verwandeln.

(Fortsetzung folgt.)

Miscellen.

Die Vollendungsbauten am Dome zu Köln schreiten zusehends vor. Der nördliche Thurm hat die Höhe des vorhandenen südlichen Thurmes erreicht. Das Kapitelsaal- und Sakristeigebäude ist bis auf die Errichtung des aus Eisen construirten Dachwerks vollendet. Die Umgebungen des Domes sind aus städtischen Mitteln durch Pflasterungen, Trottoir- und Gartenanlagen bis auf Kleinigkeiten regulirt worden. Im Jahre 1858 sind zur Vollendung des Domes im Ganzen

385,617 Thlr. 13 Sgr. 6 Pf. verausgabt worden, wovon auf den nördlichen Thurmbau 161,385 Thlr. 24 Sgr. 7 Pf. kommen. Bis jetzt, d. h. seit dem Jahre 1864, hat die Ausgabe für den Ausbau des nördlichen Thurmes 330,000 Thlr. betragen.

Der orthographische Messias ist endlich erschienen und wandelt im Kreise Schweidnitz der preußischen Provinz Schlesien. Dieser Tage hat er sich mit einer Zuschrift an die k. k. Ministerial-Commission zur Regelung der deutschen Rechtschreibung in Wien gewendet und ihr angezeigt, daß er ein vollständiges Ton- und Staub-Gesabe (phonetisch-statistisches Alphabet) der deutschen Volks- und Büchersprache erfunden habe, durch welches alle Rechtschreibung überflüssig gemacht und der Schüler befähigt wird, „nicht nur die deutsche, sondern auch alle europäischen Sprachen richtig zu lesen, in Sylben zu theilen und zu betonen." Der Mann nennt sein Werk eine „Geistesarbeit von 33 Jahren" und bietet es der Commission „zum Kauf" an, „mit dem Versuche betreff, mit ihr der gesammten Menschheit den größten Dienst zu erweisen, welcher ihr jemals durch eine nützliche Erfindung geworden ist." Eine Abschrift der wunderlichen „Schriftzeichen" ist dem Schreiben beigegeben. Unter den orthographischen Curiositäten, welche der Commission aus Wien und Oberösterreich, aus Constantinopel und Zara zugekommen sind, ist die aus Preußen die curioseste.

(Türkische Statistik.) Während seines Aufenthaltes im Orient schrieb der englische Reisende Layard an einen türkischen Kadi, den er hatte kennen lernen, um sich von ihm einige Details über die Bevölkerung, über den Handel und die frühere Geschichte der Stadt zu erbitten, in der er angestellt war. Er erhielt folgende Antwort:

Mein berühmter Freund, o Du Freude der Lebendigen!

Was Du von mir verlangt hast, das ist zugleich unnütz-lich und schädlich. Obwohl meine Tage in diesem Lande verflossen sind, so habe ich doch niemals daran gedacht, die Häuser dieser Stadt zu zählen oder nach der Anzahl seiner Einwohner zu fragen; und ob dieser Handelsmann seine Waaren auf Maulthiere ladet und jener sie im Boden seiner Barke fortführt, das ist eine Sache, die mich ganz und gar nichts angeht. Was die frühere Geschichte dieser Stadt betrifft, Gott weiß sie; Er allein könnte Dir sagen, in wieviel Schlacht und Irrthum ihre Einwohner sich gewälzt haben, bevor der Islam eingeführt wurde. Für uns würde es gefährlich sein, sie kennen zu wollen.

O mein Freund, o Du mein Schaf! suche nicht Dinge zu lernen, was Dich nichts angeht. Du bist unter uns gekommen, und wir haben Dir den Gruß des Willkommens gegeben; geh wieder im Frieden! Alle die Worte, die Du mir geschrieben hast, haben mir in Wahrheit kein Leids gethan, denn es ist einer, der spricht und ein anderer, der hört. Nach der Sitte der Leute Deines Volkes hast Du viele Länder durchlaufen, bis Du in keinem das Glück gefunden hast. Wir (Allah sei dafür gepriesen!), wir sind hier geboren und wir verlangen nicht von hier fortzugehen. Aber Du wirst vielleicht zu mir sagen: „Schweige, o Mann, denn ich bin gelehrter als Du, und ich habe Dinge gesehen, die Du nicht weißt." Wenn Du glaubst, daß diese Dinge Dich besser gemacht haben als ich bin, so sei zweifach willkommen; ich aber preise Allah dafür, daß ich nichts suche, was ich nicht bedarf. Du bist unterrichtet in Dingen, die mir nicht wichtig sind, und das, was Du gesehen hast, das verachte ich. Wird Dir Deine große Wissenschaft einen zweiten Magen erschaffen, und werden Deine Augen, wenn sie so viel herumschweifen, Dich ein Paradies finden lassen? O mein Freund! Wenn Du glücklich sein willst, so rufe aus: Gott allein ist Gott! Thue nichts Böses, alsdann wirst Du weder die Menschen noch den Tod fürchten, denn Deine Stunde wird kommen.

Imam Ali Zadil.

(Papier-Servietten.) In neuerer Zeit hat man es sich angelegen sein lassen, dem Beispiele der Chinesen und Japanesen zu folgen, welche seit Jahrhunderten auf mannichfaltigste Weise ihren Papierstoff verarbeiten. In kurzer Zeit haben sich Kragen, Chemisettes und Manschetten aus Papier, zuerst in Amerika, jetzt auch in Deutschland die Gunst des Publikums erobert und beschäftigen einzelne Fabriken eine noch immer im Steigen begriffene erhebliche Zahl von Arbeitern. Auf der Wittenberger Ausstellung sehen wir als neu Papier-Servietten auf, aus weißem feinem Seidenpapier, die an Stelle des Waschzeichens ein hübsches Ornament mit der Firma eines Dresdner Restaurants in farbigem Blaudruck zeigen. Gewiß ist die Idee, statt der theuren Leinwand-Servietten solche aus Papier anzuwenden, practisch (beim Essen von Krebsen substituirt man so lange schon das Leinen durch Papier) und um so empfehlenswerther, als die Papier-Servietten laut Preiscourant ihres Fabrikanten, C. F. Brückl in Dresden, billiger sind als das Waschgeld der Leinwand-Servietten beträgt, nämlich 1000 Stück 5 Thaler also das Stück noch nicht 2 Pfennige.

Die Processionsraupe ist auch dieses Jahr in vielen Gegenden Deutschlands und der Schweiz aufgetreten, wie wir aus den Mittheilungen verschiedener Blätter ersehen. Von dem Landrath des Kreises Kleve ist eine Veröffentlichung über dieses schädliche Insekt in den dortigen Blättern ergangen, der wir Folgendes entnehmen: „Neuere, über den feinen Haarstaub der Raupe angestellte Untersuchungen haben ergeben, daß dieser giftige Stoff Ameisensäure ist, welche sich in höchst concentrirtem Zustand in den Haaren der Raupe befindet. Diese Säure verflüchtigt sich und das Einathmen der Luft, welche die Säure enthält, sowie die leicht abspringenden, feinen, widerhakigen, in der Haut sitzen bleibenden Härchen verursachen Entzündungen der Augen, der Schleimhäute in Mund und Nase, Ausschläge und Beulen über den ganzen Körper." Ueber die Maßregeln zur Vertilgung dieses gefährlichen Insekts bemerkt die Bekanntmachung des Landraths, daß die Raupen sich gegen Ende des Monats Juli bis Anfangs August in großen Haufen sammeln und gemeinschaftlich ein großes rundes Gespinnstnest bilden und sich verpuppen. Das Abnehmen dieser Nester sei das beste Vertilgungsmittel und geschehe durch Abstoßen oder Abreißen mit einem an einer Stange befestigten eisernen Haken, wobei besonders darauf zu achten ist, daß die Nester ziemlich unversehrt zur Erde gelangen um verbrannt zu werden. Wo die Nester zwischen Aesten sitzen und nicht gut abgestoßen oder abgerissen werden können, hat man das Verbrennen derselben auf dem Stamme mittelst Strohfackeln mit Erfolg angewendet, was in Waldungen aber nur bei feuchter Witterung mit großer Vorsicht geschehen darf. Der Umstand, daß die an Bäumen hängen bleibenden Gespinnste oft noch nach Jahren schaden, fordert um so dringender auf, die Vertilgung derselben nicht zu versäumen.

Räthsel.

(Viersilbig.)

1.

Ein alter König, dem geschah
Von Römern viel in Afrika;
Doch können wir ihn nur verwenden,
Wenn wir das letzte Zeichen trennen.

2.

Ein Zahlwort zwischen eins und dreißig
Nun wackrer Leser, rathe fleißig!

3. 4.

Kleine Fäßchen, ohne Reifen,
Ei, das läßt sich schwer begreifen!

1. 2. 3. 4.

Von Jungen, aber meist von Alten
Wird 1 2 3 4 abgehalten;
Wenn Jeder nur vor seinem Thor,
In schönster Form es [illegible] könnte!

Redaction von A. A. Woll. Druck der Jäger'schen Druckerei in Speyer.

Palatina.

Belletristisches Beiblatt zur Pfälzer Zeitung.

Nro. 90. Speyer, Donnerstag, den 29. Juli 1869.

Unter'm Gerichtssiegel.

Humoreske von Hermann Kleinstauber.

I.

Herr Sommerfeld, Inhaber der Firma Sommerfeld und Compagnie, hatte heute Morgen seine Gattin zu Grabe bestattet. Es litt ihn, da er kinderlos war, nicht mehr zu Hause und er wollte daher eine längere Reise antreten.

„Herr Wartenberg," sagte er zu seinem Commis, „ich vertraue Ihnen während meiner Abwesenheit das Haus an. Wenn Sie demselben, wie ich nicht zweifle, zu meiner Zufriedenheit vorstehen, so werde ich Sie demnächst zu meinem Nachfolger machen; denn ich habe die Absicht, mich von den Geschäften zurückzuziehen."

Wer war glücklicher, als Julius Wartenberg?.. Er versicherte seinem Principal, daß er — auch ohne diese Aussicht — Alles aufbieten werde, um das ihn ehrende Vertrauen zu rechtfertigen.

Herr Sommerfeld reiste noch denselben Mittag ab und der Commis Julius Wartenberg bewegte sich nun mit der Würde eines Principals zwischen den Häringstonnen, Kaffeesäcken und Schmelzbutterfässern hin und her. Er commandirte die beiden Lehrlinge mit dem stolzen Bewußtsein, daß er in diesem Laden jetzt die höchste Autorität repräsentire.

Aber die angenommene Strenge seiner Züge wurde zuweilen durch ein freundliches Lächeln gemildert. In seiner Seele stiegen gar liebliche Bilder auf, als da sind: ein kleines, hübsches Weibchen, pausbäckige Kinder, ein wohlgefüllter feuerfester Cassaschrank. Und da sollte ein gelehriger Jünger des Mercur nicht still in sich hineinlächeln? . . . Ja, Julius Wartenberg rieb sich zuweilen die Hände, die — durch Frostbeulen etwas geröthet — zwar den Eindruck der Kälte machten, aber keineswegs kalt waren. Der hoffnungsvolle Commis rieb sich dieselben vor Vergnügen.

Da trat ein schmuckes Mädchen in den Laden, einen Korb am Arme tragend.

Julius Wartenberg, der es bisher seinen Lehrlingen überlassen hatte, einen Häring aus der Salzbrühe herauszufischen oder ein Pfund Kaffee abzuwägen, drängte sich jetzt mit lebhaft gerötheten Wangen heran und frage mit freundlichem Lächeln:

„Sieht man Sie auch endlich einmal wieder, Fräulein Amalie?"

„Ich wünsche ein Pfund Sago, Herr Wartenberg," versetzte die hübsche Jungfrau, ebenfalls erröthend und die Augen zu Boden schlagend.

„Gleich, mein liebes Fräulein. Wollen Sie Kartoffel-Sago, indischen oder französischen?"

Die Jungfrau schien sich in ihrer Wahl nicht sogleich entscheiden zu können.

„Wollen Sie sich nicht einmal die verschiedenen Sorten ansehen, liebes Fräulein?" fragte der dienstbeflissene Commis, der in diesem Augenblicke aber doch dem Mercur weniger, als dem Amor huldigte. „Haben Sie nur die Güte, mir in dieß anstoßende Ladenzimmer zu folgen," fuhr der Commis fort, indem er auf eine offene Thür zeigte. „Dort stehen verschiedene Säcke mit frischem Sago, die wir erst kürzlich erhalten haben; da können Sie sich nach Belieben eine Sorte auswählen."

Amalie folgte, ein wenig zögernd, der Einladung. Wartenberg schritt hinter ihr her und lehnte, wie absichtslos, die offen stehende Thür an. Er hatte eine kleine Mulde in der Hand, wie um darin die Sagoproben vorzuzeigen. Kaum aber hatte er die Thür hinter sich angelehnt, als er die Mulde bei Seite legte und mit zärtlichem Blick Amaliens Hände ergriff. Sie entzog ihm dieselben nicht.

„Es drängt mich, Ihnen mein Glück zu verkünden, theuerste Amalie," flüsterte er halbleise mit einem Tone, der seine innere Bewegung verrieth. „Bald werde ich selbstständig sein — der Inhaber dieser Firma."

Amalie sah ihn an mit einem Blick voll zärtlicher Rührung und fragte dann:

„Wie ist das so schnell gekommen?"

Julius Wartenberg war eben im besten Zuge, ihr dies auseinanderzusetzen, als sich plötzlich Tritte und Stimmen von Männern vernehmen ließen. Erschreckt machte Amalie ihre Hände aus denen des Commis los und dieser näherte sich horchend der Thürspalte.

„Ist Herr Sommerfeld zu Hause?" hörte er die Männer draußen fragen.

„Nein," antwortete einer der Lehrlinge; „aber der Commis, Herr Wartenberg, ist zugegen."

„Gut, wir kommen im Auftrage des Gerichts

und werden mit dem Herrn Commis Rücksprache nehmen.

Man kann sich den Schrecken des Liebespaares denken.

Der Ruf des Mädchens stand auf dem Spiel und der Commis sah schon im Geiste das zornige Gesicht des Principals, welcher ihm, bei seiner zweifelhaften Moralität, nun schwerlich noch das Geschäft übergeben werde und was dergleichen furchtsame Gedanken einer liebenden Seele mehr waren.

Es gab nur ein Rettungsmittel.

„Um des Himmelswillen! Amalie, verbergen Sie sich hier, bis die Männer wieder fort sind," flüsterte Wartenberg der Bestürzten hastig zu, indem er sich zugleich ängstlich nach einem Schlupfwinkel für dieselbe umsah.

Er deutete auf einen großen Schrank, auf den sein Blick gefallen war.

Amalie begriff die Gefahr, in welcher ihr beiderseitiges Glück schwebte, und besann sich daher nicht lange. Geschmeidig wie eine Katze, schlüpfte sie in den Kleiderschrank und drückte sich zwischen die Garderobe der seligen Frau Sommerfeld.

Julius schloß die Thür zu, drehte den Schlüssel um, steckte ihn zu sich und trat dann in den Laden, in dem er die Gerichtsbeamten mit ruhiger Miene grüßte.

II.

„Was steht zu Diensten, meine Herren?" fragte er die beiden Männer.

„Wir erscheinen auf Ansuchen der Erben der verstorbenen Frau Sommerfeld," entgegnete einer der Beamten, dem der andere untergeordnet zu sein schien. „Aber Herr Sommerfeld ist verreist wie wir hören?"

„Seit heute Mittag und wird auch sobald nicht wiederkehren."

„Nun, dieß darf uns in der Ausführung unseres Auftrags nicht hindern," fuhr der erste Gerichtsdiener fort. „Sie sind der erste Commis und vertreten Herrn Sommerfeld?"

„Zu dienen, meine Herren," entgegnete der Gefragte würdevoll.

„So haben Sie also die Güte, uns die Wohnung des Herrn Sommerfeld zu öffnen."

Es steht Ihnen frei, einzutreten meine Herren," versetzte der Commis; darf ich indeß nach dem Zweck Ihrer Anwesenheit fragen?"

„Wir kommen, wie schon bemerkt, im Auftrage der Erben der Frau Sommerfeld, um die Mobilien, die zu deren Nachlassenschaft gehören, unter Siegel zu legen."

Das Gesicht Wartenbergs entfärbte sich ein wenig; aber er zwang sich, mit Ruhe zu antworten, um nicht in einen schlimmen Verdacht zu gerathen.

„Ich werde nicht verfehlen, Ihren Wünschen zu entsprechen. Treten Sie näher, meine Herren!"

Mit diesen Worten voranschreitend, führte der Commis die Gerichtsdiener in die kleine Ladenstube, dieselbe, wo er so eben seine Geliebte verborgen hatte.

„Dort im Ankleidezimmer steht der Secretair meiner verstorbenen Frau Principalin," sagte er dann. „Thun Sie, was Ihres Amtes ist!"

Er deutete dabei auf die anstoßende Thür, welche zu dem Zimmer führte, das Frau Sommerfeld bewohnt hatte. Er hegte dabei die Hoffnung, die beiden Gerichtsdiener würden sich nach dem bezeichneten Zimmer verfügen und er selbst währenddem Gelegenheit finden, die verborgene Geliebte aus dem Spinde entwischen zu lassen.

Aber nach dem gerichtlichen Geschäftsreglement durften jetzt die betreffenden Mobilien nicht aus dem Auge gelassen werden, damit nicht etwa inzwischen Etwas beseitigt würde. Einer der Gerichtsdiener begab sich also nach dem bezeichneten Wohnzimmer, während der andere in der Ladenstube zurückblieb.

Das Herz Wartenbergs fing nun doch zu klopfen an. Wie, wenn man seine geliebte Amalie, als zu den Mobilien der Frau Sommerfeld gehörend, mit unter Siegel legte? . . . Ehe er noch ein Auskunftsmittel, wie er dieß abwenden solle, finden konnte, hatte der erste Diener schon seinen Auftrag an dem Secretair in der Wohnstube ausgeführt und kehrte nun in das Ladenzimmer zurück, um sich auch hier seines Auftrags zu entledigen.

„Im Namen des Gerichts, Herr Commis! Welches sind hier nach Ihrem besten Wissen und Gewissen die Mobilien, die zur Nachlassenschaft der Verstorbenen gehören, oder in welche dieselbe wenigstens ihre Effecten zu legen pflegte?" fragte der erste Gerichtsdiener.

Dieser Aufforderung gegenüber durfte Julius Wartenberg nichts verschweigen. Er bezeichnete also eine Commode und den verhängnißvollen Schrank, welcher sein Liebstes barg, als die betreffenden Mobilien. Gern hätte er von dem Schranke geschwiegen, aber er überlegte wohl, welch schwere Verantwortung er damit auf sich genommen hätte. Es hätte ihn leicht eine entehrende Freiheitsstrafe kosten können.

„Also diese Commode? . . . Gut!" versetzte der Gerichtsdiener und nahm aus einem grauen Leinwandbeutel ein großes Petschaft, eine Siegellackstange und mehrere Bindfadenstücke. Der andere Diener hielt ihm einen angezündeten Wachsstock hin und bald war die Procedur des gerichtlichen Versiegelns an der Commode vollzogen.

„Und dieser Schrank, sagten Sie, gehört auch zu der Nachlassenschaft?" wendete sich der erste Diener wieder an den Commis, indem er auf das verhängnißvolle Möbel zeigte.

Julius Wartenberg war in der peinlichsten Verlegenheit. Er bejahte zwar die Frage unwillkührlich mit einem Kopfnicken, drängte sich aber zugleich zwischen den Schrank und den Beamten, indem er diesen mit flehenden Blicken ansah.

„O, ich verstehe!" rief der Diener, dem die ängstliche Bewegung des Jünglings nicht entgangen war. „Sie haben wahrscheinlich auch einige von Ihren Effecten in diesem Schranke aufbewahrt?"

„Ich — Effecten? . .“ wiederholte der Commis in größter Verwirrung, indem er einen leisen aber tiefen Seufzer aus dem Schranke hervordringen hörte.

„Nein, ich werde Dich nicht compromittiren, ich werde Dich nicht verrathen, Amalie. Sei ruhig, liebes Herz!“ antwortete er in Gedanken auf diesen Seufzer.

„Sie haben also keine Effecten in dem Schranke?“ fragte der Gerichtsdiener.

„Nein — nein, ich habe nichts darin!“ rief der Sandhasen-Liebhaber, welcher sich schlechterdings nicht zu rathen und zu helfen wußte. Es war ihm Alles so schnell über den Hals gekommen.

Die Benannten legten nun drei große Siegel an den Schrank und fragten hierauf den Commis:

„Also Frau Sommerfeld hat keine Mobilien weiter gehabt?“

„Daß ich nicht wüßte,“ antwortete jener.

„Gut!“ fuhr der erste Gerichtsdiener fort. „Ich übergebe nun die Siegel Ihrer Obhut und unterlasse es nicht, Sie auf den Artikel des Strafgesetzbuches über das Abreißen oder Verletzen gerichtlicher Siegel aufmerksam zu machen. Wer ein solches Siegel ablöst oder Jemanden verleitet, dies zu thun,“ fuhr der Beamte in feierlichem Tone fort, „fällt in eine Gefängnißstrafe von einer Woche bis zu sechs Monaten. Adieu, Herr Commis!“

(Schluß folgt.)

⊕ Im bayerischen Gebirg.

Der See ist ringsum nur wenig bewohnt; es werden etwa 12—15 Häuser mit ungefähr 60 Einwohnern sein, welche die Gemeinde Walchensee bilden. Auffallend wenig Kinder sind zu sehen, eine Beobachtung, die auch von Anderen und an anderen Orten des Gebirgs gemacht wurde und an die ich vor einiger Zeit erinnert wurde, als ich las, daß Oberbayern verhältnißmäßig viel weniger Schulkinder zähle als die Pfalz. Wäre interessant zu vergleichen, inwieweit dies Verhältniß auf die Schul- und Unterrichtsverhältnisse einwirkt. An zwei Punkten bietet sich gastliche Unterkunft; am nördlichen Ende des Sees, da wo man ihn von Kochel her erreicht, steht das vor einigen Jahren neuerbaute Wirthshaus „Zum Jäger am See“ und eine Stunde weiter aufwärts das Posthaus im Weiler Walchensee. Letzteres kenne ich nicht näher, hörte aber von mehreren, daß kein wesentlicher Unterschied zwischen beiden sei, außer etwa, daß droben etwas höhere Preise seien. Wer mit einfacher Bequemlichkeit, Reinlichkeit und mäßigen Ansprüchen in Essen und Trinken vorlieb, und vor allem Luft und Wald „kneipen“ möchte, dürfte sich im „Jäger am See“ sehr befriedigt finden und sich gern in's „Urfeld“ weisen lassen; denn Urfeld ist der Name dieses Weilers, der aus dem Wirthshaus und einem Fischerhaus besteht. Das Haus steht sehr günstig an der untern nordwestlichen Seespitze; von ihm, namentlich von seiner schönen Halle aus, sieht man den See in seiner ganzen Breite vor sich und hat den vollständigsten Ueberblick über die prächtige Landschaft; jenseits des Sees erheben sich die Wände und Schluchten des Karwendel- oder Wettersteingebirgs, zur Rechten thront der hohe Herzogenstand, im Süden erhebt sich die waldige Dorfelwand und Jachenalm, auf denen allen, wenn auch in geringer Zahl, Gemsen stehen. Links führt der schöne Weg am düstern Seeufer nach dem Weiler Sachenbach und von da in die Jachenau und weiter in die Riß. Und die „Mutter im Urfeld,“ wie sie in der Gegend heißt, die alte dicke freundliche Wirthin, sieht ihre Gäste nicht blos als „bemerkenswürdige Objecte“ an, wie so manche Herren Gasthofbesitzer, sondern nimmt sich derselben mit wirklich herzlicher Sorgfalt an.

Am meisten von hier aus wird der Herzogenstand besucht. Dieser zweigipflige Bergherzog ist aus zwei Gründen bei den Touristen beliebt. Einmal wegen der herrlichen und weiten Aussicht, die man von seinem Gipfel auf die Tyroler Schneeberge, auf die bayerischen Seen vom Ammersee bis zum Starnbergersee und die düster stolze Gebirgswelt ringsum genießt. Dann wegen der bequemen Zugänglichkeit. Etwa eine Viertelstunde oberhalb Urfeld zweigt der von König Max angelegte Reitweg ab, der die Ersteigung des hohen Berges auch für Frauen und Kinder zu einer angenehmen und nicht sehr anstrengenden Wanderung macht. Auf dem höchsten Punkt befindet sich ein königliches Schirmhaus, einige hundert Schritte weiter unten das einfache einstöckige Berghaus und nahe dabei ein Forsthaus nebst den Stallungen. König Ludwig II. besucht gleichfalls sehr viel diesen prächtigen Punkt. Weiter unten steht eine Senn- oder, wie man hier sagt, Almhütte, in der man sich an der köstlichen Alpenmilch laben und seine etwa gesammelten Alpenrosen ordnen kann. Ich will nur noch bemerken, daß Amthor's „Tyrolerführer“ behauptet, der Herzogenstand sei der schönste Aussichtspunkt in dem ganzen Bereich der bayerischen Alpen; jedenfalls ist er einer der schönsten. Bergsteiger, welchen diese bequeme Zugänglichkeit all zu prosaisch ist und denen es aber einige Aussicht, Hals und Beine zu brechen, nicht wohl zu Muthe ist, brauchen nur, um ihres bösen Herzens Tücke zu folgen, den Rückweg über den nahen Heimgarten anzutreten, an welchem mir ein Bekannter, der dergleichen Dinge schon in der Schweiz durchprobirt hatte, ganz Respectables erzählte. Ich zog es aus guten Gründen vor, auf der Straße der Alltäglichkeit zu bleiben.

(Fortsetzung folgt.)

Miscellen.

Aus Boppard, 21. Juli, schreibt man der „Köln. Z.“ „Ein in der Nähe von Caub wohnendes Mädchen israelitischer Eltern, hatte sich mit einem jungen Manne katholischer Confession verlobt, aber die Einwilligung ihrer Eltern zur Heirath nicht erlangen können. In Folge dieser Weigerung schrieb sie an ihren Bräutigam, daß sie die feste Absicht habe in den Rhein zu springen. Dieser, die Festigkeit ihres Charakters und die Unabänderlichkeit dieses Entschlusses kennend, erschoß sich sofort. Am bestimmten Tage und zur festgesetzten Stunde führte das Mädchen seinen Entschluß aus, legte Uhr und Hut auf eine Werke und sprang, in schwarze Seide gekleidet, bei Caub in den Rhein. Die Leiche wurde an dem andern Städtchen gegenüberliegenden Rheinufer gelandet und den Schiffern, welche die Landung bewerkstelligt, der hiefür ausgesetzte Preis von 50 Thalern ausbezahlt. Das Jammern und Wehklagen der Mutter und Schwester der Unglücklichen an der Leiche war herzzerreißend. Die Leiche wurde gestern auf dem hiesigen israelitischen Friedhofe beigesetzt.

Kellerwohnungen sind in keiner ebenbürtigen Großstadt so allgemein verbreitet, als in Berlin. Wir zählen in Berlin 14,292 Kellerwohnungen, auf jedes Grundstück durchschnittlich mindestens eine, die Zahl der Bevölkerung dieser Wohnungen beträgt 62,574 oder 9,6 pCt. der Bevölkerung. Durchschnittlich kommen 4,4 Personen auf eine Kellerwohnung. Andererseits vier und mehr Treppen hoch belegen sind 11,243 Wohnungen oder 7,4 pCt. mit 46,990 Einwohnern. Ohne heizbare Zimmer sind 2265 Wohnungen mit 6091 Bewohnern (meist Aftermiether), mit einem heizbaren Zimmer wurden 74,972 Wohnungen, d. h. 49,1 pCt. sämmtlicher Wohnungen mit einer Bevölkerung von 280,120 Personen (42,9 pCt. der Bevölkerung) gezählt. Mit zwei heizbaren Zimmern fanden sich 39,440 Wohnungen oder 25,8 pCt. der Wohnungen, mit 161,918 Bewohnern (26,8 pCt. der Bevölkerung) vor. In der glücklichen Lage mehr als fünf Zimmer bewohnen zu können, befinden sich nur 10½ pCt. der Berliner Bevölkerung, eine Thatsache, die wohl deutlich genug beweist, daß sich nur ein kleiner Bruchtheil der Berliner Bevölkerung über den Durchschnitt mittlerer Wohlhabenheit erhebt.

Le Père l'Epingle, der König der Lumpensammler, ist in Paris gestorben und mehr als 1500 Lumpensammler begleiteten ihn zu seiner letzten Ruhestätte, an der drei Reden gehalten wurden. Er wurde als König geehrt, geliebt und seine Befehle fanden strengen Gehorsam. Sein Nachfolger heißt Philippe le Redouteur.

Der „Times“ wird Mittheilung von einer neuerdings erfundenen Maschine, dem „Hay- and corn-dryer“ gemacht, mittelst welcher Gras oder Getreide ohne Mitwirkung der Sonne auf einfache und praktische Weise getrocknet werden kann. Ein von Pferde- oder Dampfkraft getriebener Feuerfächer leitet die Hitze aus dem Rauchfang eines Kohlen- oder Coaks-Schornsteins auf das dem Trockenproceß zu unterwerfende frische Gras oder Getreide, und binnen 8 oder 10 Minuten ist ersteres in Heu von besserer Qualität verwandelt, als wenn es auf dem Felde langsam getrocknet worden wäre. Der Apparat, dessen Erfinder die goldene Medaille der „Society of Arts“ und einen Preis von 50 Pfd. St. davongetragen, empfiehlt sich namentlich durch seine Billigkeit und den Umstand, daß sein Betrieb keine Kosten verursacht.

Wie unter den Ansiedlern im fernen Westen Amerikas eine Zeitung entsteht und wie sie gemacht und expedirt wird beschreibt Franz v. Rammersdorf folgendermaßen: „Kaum hatte im fernen Westen deutscher Fleiß begonnen, den Urwald auszurotten, kaum sind die Wohnungen nothdürftig abgegrenzt und die Felder bestellt, so entfaltet sich schon in dem rührigen Leben der innige Zug der Heimath, indem für gemüthlich-geistige Bedürfnisse Befriedigung geschafft wird, schon auf dem ersten Unterbau des materiellen Daseins. Kräftige Männer vereinigen sich zu den Turnübungen; sie sind es auch, die bei Feuersgefahr gewandt dem verheerenden Elemente Einhalt thun. Der Sängerchor ist gekommen weither über den Ocean, und bei ihm versammeln sich froh die Bewohner der neuen Stadt. Aus ihrer Mitte erschallt das deutsche Lied. Das politische Streben des neu sich bildenden Gemeinwesens, die geistigen Interessen desselben bedürfen ein Organ — so entsteht die erste Zeitung. Einer unter den Ansiedlern hat den Muth, für seine Mitbürger die im Beginne oft undankbare Aufgabe zu übernehmen. Während die Anderen Land und Vieh, Thiere züchten, lohnende Gewerbe treiben und sich im Handel bereichern, greift einer der Gebildetsten unter ihnen zu den schwarzen Gaumen der Lettern. Dort aber im fernen amerikanischen Westen hat ein Redacteur aus spärlichen Briefen, aus selbstgesammelten Neuigkeiten und einigen Zeitungen seinen Stoff mühsam zusammengetragen. Nachher sitzt er auf dem Setzerbocke oder dem Letternkasten gebückt. Hierauf druckt er sein Blatt eigenhändig. Dann greift er bedächtlich den von manchem Sturme umtosten Hut, den durch allzu langen Dienst lederschimmernd gewordenen Rock. Zum Schlusse nimmt er seinen Stoß Zeitungen unter den Arm und wandert von Haus zu Haus. Ungeachtet der fast übermenschlichen Anstrengung vermag der Redacteur an der Grenze der Civilisation den Wolf nicht immer von der Thür fern zu halten. Steht er allein, so drückt ihn die Sorge doppelt schwer, denn er hat Niemanden, der sie ihm tragen hilft. Nimmt er ein Weib, und gerade die im Elende sind zum Heirathen am meisten geneigt, dann klagt ihm bitter die abgehärmte Wange der Frau. Das Mädchen liebte ihn und folgte ihm freudig, die Gattin liebt ihn noch, aber sie kann nicht umhin zu finden, die Nachbarin mit dem sicheren Broterwerbe sei glücklicher als sie selbst. Stumm klagt der Schmerz der Gattin, bis sie ein schreiendes Kind auf dem Arme hält und sich der Schmerz der Mutter in Wildheit löst. Mit bleicher Stirn geht der gequälte Redacteur an sein mühebeladenes Tagewerk. Auch ihm dämmert der Zweifel auf, ob er nicht besser gethan hätte, Schuhe zu fertigen oder den Boden zu bebauen, der nie so undankbar ist, als es die Menschen sind. Doch er überwindet den Kleinmuth. Er ist ein Ritter des Geistes und hält die eingelegte Lanze fest — wenn auch mit brechenden Händen. In das bleierne Einerlei von Arbeit und Entbehrung klingt das Kriegsgeheul der Wilden. Kein geordnetes Staatswesen schützt die Pflanzung; die Rothhaut ist eingefallen, um die Weißen niederzumetzeln. Alle Waffenfähige greifen zu ihren Büchsen, der Feind wird abgeschlagen, aber er ist vernichtend über die Saaten gezogen. Der kaum erblühende Wohlstand ist wieder auf Jahre dahin. Der deutsche Muth bleibt unbesiegt, der deutsche Fleiß erlahmt nicht, und die deutsche Ausdauer dringt durch. Sie haben wieder von vorn angefangen. Das Städtchen wächst, es wird einem der Unionsstaaten einverleibt und Gesetz und Ordnung beginnen zu walten. Auch die kleine Zeitung ist gewachsen; der Herausgeber wohnt jetzt im freundlichen Hause, seine Frau trägt Seidenkleider und ist stolz auf ihren Gatten. Er aber hat Augenblicke geistiger Erhebung gefeiert inmitten des Elends; jetzt erinnert er sich noch, wie er gekämpft, was er gelitten hat, und gedenkt mit freudigem Bewußtsein dessen, was er vollbrachte.“

Der Blitz schlug unlängst in Titusville, Pennsylvanien, in eine Anzahl von Petroleumbehälter, welche über 1000 Fässer dieses Brennstoffes enthielten. Das brennende Oel ergoß sich mit furchtbarer Gewalt über mehrere anstoßende Petroleum-Anlagen und verbrannte acht andere Brunnen nebst 8000 Fässern Petroleum.

Räthsel.

(Dreisilbig.)

Viel reiche Schätze in der Ersten schliefen,
Die beiden Letzten gehen in die Tiefen
Und fördernd machen sie die Erste wohl.
Willst Du der Stadt entrinnend einmal reisen,
Und kannst Dich als das Ganze nicht erweisen,
So bleibe aus der Schweiz und aus Tyrol.

Auflösung des Räthsels in Nr. 87.
Weib., Nacken, N. Zweibrücken.

Auflösung der Homonyme in Nr. 88:
I. Stein, als Felsen; II. Stein, als Krankheit;
III. Freiherr v. Stein.

Redaction von K. A. Woll. Druck der Jäger'schen Druckerei in Speyer.

Palatina.

Belletristisches Beiblatt zur Pfälzer Zeitung.

Nro. 91. Speyer, Samstag, den 31. Juli 1869.

An einen jungen Mann.

(Sonett)

Genieß' das Leben in der rechten Weise
Und freu' dich stets der schönen Gotteswelt,
Kämpf' gegen Ungemach als muth'ger Held,
Dann lacht der Friede dir in jedem Kreise.

Kurz ist sie ja, des Menschen Lebensreise,
Und karg das Glück hier unter'm Himmelszelt;
Wohl dem, der sich mit Muth entgegenstellt
Dem Ungemach auf schlüpfrig bösem Gleise.

Wohl dem, der einst sich sagen kann mit Freuden:
„Du hast dein Leben nicht umsonst gerungen,
Hast jeden Feind, doch auch dich selbst bezwungen!

„Du unterlagst der Lüste nie, dem Leiden,
Du warst ein Mann in ernsten, schweren Zeiten
Und hast des Herzens Frieden dir errungen!"

Dürkheim. Eduard Jost.

Unter'm Gerichtssiegel.

Humoreske von Hermann Kleinsteuber.

(Schluß.)

III.

Kaum haben die Schrecklichen das Ladenzimmer verlassen, so beginnt es im Schranke lebendig zu werden, zu ächzen und zu stöhnen.

Eine Stimme dringt flehend daraus hervor:

„Herr Wartenberg! — Julius — Julius!"

„Süße Amalie!" flüstert der Verzweifelte, den Kopf an die Thür des Schrankes lehnend...

„Sind sie fort — die Männer?" dringt es aus demselben dumpf hervor.

„Ja, liebes Herz. Aber verhalte Dich nur ruhig, damit Niemand etwas merkt!"

Eine kleine Pause tritt ein, während welcher der Commis anfängt, den ganzen Umfang seines Mißgeschickes zu begreifen: Die Geliebte unterm Gerichtssiegel — es ist schrecklich! . . .

„Julius!" ruft die Eingesperrte. „Ist's nun sicher? Darf ich wieder heraus?"

„Bei Leibe nicht, gute Amalie!"

„Nun, wann denn aber?"

„Das weiß ich nicht."

„So — das weißt Du nicht!" wiederholte die Eingesperrte im Tone des Vorwurfs. „Ich soll wohl hier zwischen den Kleidern der seligen Principalin verhungern — verdursten — ersticken?"

„Ach Amalie!" seufzt der unglückliche Commis, die Hände ringend.

„Schließe doch den Schrank auf, Julius! Ich gehöre doch nicht mit zur Verlassenschaft der Frau Sommerfeld — Du hast ja selbst immer gesagt, ich sei Dein."

„Gewiß, liebe, theure Amalie, Du gehörst mir, Niemand soll Dich mir streitig machen."

„Was helfen mir aber diese Betheuerungen, wenn Du mich hier im Schranke umkommen läßt? . . So öffne doch nur!"

„Der Gerichtsdiener hat den Schrank versiegelt."

„So reiß die Siegel ab."

„Um des Himmelswillen — ich darf es ja nicht! Ich würde sonst bestraft werden! . ."

Die Eingesperrte begreift jetzt erst ganz ihre verzweifelte Lage.

„Ach was! . ." ermuthigte sie den Aengstlichen. „Löse nur die Siegel ab! Wir wollen ja damit die Erben der Frau Sommerfeld nicht betrügen — ich nehme nichts mit heraus. Oeffne also!"

„Nein, ich darf nicht; ich würde Gefängnißstrafe bekommen."

„Du Herzloser! Lieber hältst Du mich eingesperrt."

„Aber, Amalie, so bedenke doch nur die öffentliche Schande, wenn ich in den Kerker wandern müßte!"

„Geh', Du Grausamer! Ich will nichts mehr von Dir hören. Wenn Du mich durchaus nicht befreien willst, so hänge ich mich wie die Crinoline der Frau Sommerfeld, die mich sehr incommodirt, an einem der Haken auf."

Nach dieser furchtbaren Drohung wurde es still im Schranke. Der geängstigte Commis warf einen Blick in den Laden hinaus, um sich zu überzeugen, ob auch die Lehrlinge in seiner Abwesenheit die Geschäfte ordentlich besorgten und nicht etwa — müssig umhergaffend — sich in unzeitigen Späßen ergingen über das Mißgeschick, welches ihn und seine Geliebte durch die gerichtliche Procedur betroffen hatte.

Aber die Lehrlinge, die den Zorn ihres Herrn

und Meister fürchteten, wogen ruhig ihr Pfund Kaffee oder Rosinen ab, ohne auch nur eine Miene zu verziehen oder verstohlene Blicke nach dem Ladenzimmer zu werfen.

Der Commis trat jetzt wieder an den Schrank zurück und horchte. Es war still darin — nichts regte sich.

„Amalie!“ rief er; und als keine Antwort erfolgte, wiederholte er den Ruf immer lauter.

„So antworte doch, Amalie, und foltere mich durch Dein Schweigen nicht noch mehr!“

Aber sie blieb hartnäckig. Der Commis gerieth in eine unbeschreibliche Angst.

„Lebst Du noch, Geliebte? — Du hast Dich doch nicht etwa schon aufgehängt? . . . Das wäre eine schreckliche Uebereilung.“

Der Commis legte das Ohr fest an die Thürspalte; aber er hörte auch so nichts drinnen sich regen.

„Amalie!“ rief er nun in voller Verzweiflung. „Wenn Du noch lebst, so gib ein Zeichen, damit ich Dich befreie!“

Endlich hob eine Stimme im Schranke wieder an:

„Also mit einem Selbstmord muß man erst drohen, ehe Du Erbarmen mit Einem hast!“

Sobald aber der Commis Amalien noch am Leben wußte, wurde er in seinem Entschluß, den Schrank zu erbrechen, wieder schwankend.

Es begann eine neue Verhandlung zwischen den getrennten Liebenden, bis die Eingesperrte endlich mit der größten Entschiedenheit erklärte, sie werde sich das Leben nehmen, wenn sie etwa die Nacht über im Schranke bleiben solle.

„Gut, Du wirst befreit werden, Amalie,“ versicherte nun der mürbe gewordene Commis. „Es bleibt mir nichts übrig, als nach dem Gericht zu eilen, die beiden Diener aufzusuchen und ihnen Alles zu gestehen. Bis dahin gedulde Dich, liebes Herz.“

Amalie versprach es.

IV.

Im Gerichtsgebäude erfuhr Wartenberg, daß die Beamten, welche die Versiegelung vorgenommen, nicht mehr anwesend wären, weil die Geschäftszeit heute bereits abgelaufen sei.

Dies war ein neuer fürchterlicher Schlag für den Jüngling. Was nun thun?

Er fragte den Portier, „wo er sogleich einen Beamten sprechen könne, der über die gerichtlichen Versiegelungen zu verfügen habe.“

„Gehen Sie nach der Wachtstube hinauf!“ erhielt er zur Antwort; „dort wird man Ihnen die gewünschte Auskunft geben.“

Diesem Rathe folgend, stieg er die Treppe zum ersten Stockwerk hinauf und traf bald eine Thür mit der Aufschrift: „Wachtstube.“

Er klopfte an und heraus trat ein hoher, ältlicher Mann mit langem Schnurrbart.

„Was wünschen Sie, mein Herr?“ fragte er den Commis.

„Das Gericht hat meine Geliebte eingeschlossen,“ stammelte dieser.

„Nu — da hat sie's gewiß auch verdient!“ brummelte der Alte.

„Nein — nein!“ rief der Jüngling eifrig. „Sie ist ganz unschuldig.“

„Desto besser, mein Herr; dann wird Ihre Geliebte die Freiheit bald wieder erlangen.“

„Aber sie will sich erhängen, wenn sie nicht diesen Abend noch frei wird,“ rief Wartenberg mit steigender Angst.

„Hat die Sache wirklich so viel Eile? . . Wo ist denn Ihre Geliebte eingeschlossen?“

„Im Schranke der Frau Sommerfeld.“

„In einem Schranke,“ wiederholte der Beamte lachend. „Ich dachte im Arresthause. Nun dann kann ich nichts zu ihrer Befreiung thun. Bitten sie die Frau Sommerfeld, den Schrank zu öffnen.“

„Die Frau, meine Principalin, ist ja aber todt!“ schrie der Commis wie verzweifelt. „Man hat ihren Schrank versiegelt.“

„Ah so!“ — sagte der Beamte lächelnd, indem er jetzt erst die verworrene Rede des Jünglings zu entwickeln vermochte und die unangenehme Lage erkannte, in welcher sich dessen Geliebte befand.

Wartenberg bat ihn nun inständig, Amalien sogleich zu befreien. Der Beamte war auch bereit und begab sich mit dem Jünglinge sofort in die Wohnung des Herrn Sommerfeld.

Julius Wartenberg schritt voran und trat auf den Schrank zu.

„Amalie!“ ruft er freudig. „Jetzt schlägt die Stunde Deiner Befreiung. Wie geht es Dir denn?“

„Schlecht!“ klagt es dumpf heraus. „Was werden meine Eltern sagen, daß ich so lange fortgeblieben bin!“

„Sei ruhig, theure Amalie! Wir gestehen ihnen unsere Liebe und werden dann auch ihre Verzeihung erhalten.“

Der Beamte reißt nun die Siegel ab; die Thür des Schrankes wird geöffnet und heraus tritt — Niemand.

„Wo bist Du denn, Amalie?“ ruft der Commis ganz verblüfft in den Spind hinein.

„Mein Herr, haben Sie mich etwa gefoppt? . . Sind Sie vielleicht ein Bauchredner, der die Stimme eines Menschen in dem Schranke nachahmte?“ fragte der Beamte mit drohend erhobener Stimme.

„O nein! Ich begreife gar nicht wo . . . . .“ stottert der Commis, indem er ein seidenes Kleid der Frau Sommerfeld bei Seite schiebt.

„Ah, da bist Du ja, Amalie!“ ruft er, einen runden, vollen Mädchenarm hervorziehend, dessen Besitzerin sich aber immer noch sträubt, sichtbar zu werden.

„Komm doch nur hervor!“ bittet Julius zärtlich.

„Heraus — oder ich versiegele den Schrank von Neuem!“ ruft der Beamte ungeduldig dazwischen.

Mit einem rasch entschlossenen Sprung hüpft endlich Amalie heraus und — ihrem Vater an den Hals.

„Element — Du — meine Tochter — unter'm Gerichtssiegel! . . . . .“ stößt der Beamte überrascht hervor.

Julius Wartenberg weiß inzwischen nichts Besseres zu thun, als sich seinem gestrengen Herrn Schwiegervater, den er bisher noch nicht gekannt, zu Füßen zu werfen, indem er flehend ruft:

„Ich werde demnächst ‚Sommerfeld und Compagnie Nachfolger‘ sein und bitte um Amaliens Hand!“

Der Alte wollte losdonnern, aber Amalie versiegelte ihrerseits mit zärtlichen Küssen seinen Mund.

⊕ Im bayerischen Gebirg.

(Fortsetzung.)

Ein anderer schöner Ausflug führt über Sachenbach, wo man rückwärtsblickend eine prächtige Ansicht des Herzogenstandes hat, durch die 4 Stunden lang von der Jachen, einem Ausfluß des Walchensees in die Isar, durchströmte Thallandschaft Jachenau. Prachtvolle Waldpartien, in denen auch der schöne Ahornbaum keine Seltenheit, und frische Wiesen schmücken diese wenig bewohnte Gegend, in der man mehr „Marterl“ (Kreuze oder Standbilder zum Andenken an daselbst Verunglückte) als Menschen trifft. Diese häufigen Unglückszeugen, welche eine bekannte Eigenthümlichkeit der Gegend bis hinein nach Oesterreich bilden — bisweilen mit guten und sinnreichen, oft aber auch mit herzlich schlechten Reimen versehen —, geben der Gegend fast das Gepräge des Kirchhofs und erhöhen ihren düstern Eindruck. Etwa eine Stunde oberhalb Länggries tritt man in das Isarthal und begleitet diesen wild strömenden Fluß nun bis an jenes reizend gelegene, städtisch aussehende Dorf, das den Mittelpunkt einer großen Pfarrgemeinde bildet, zu der auch die durch ihre Naturschönheit und ihren Wildreichthum bekannte bayerische (Vorder-)Riß — die Hinter-Riß ist tyrolisch — einer der Lieblingsjagdgründe König Max II., gehört. Man findet sehr gute Unterkunft in der dortigen Post. An dem Tage, als ich dahinkam, war das Dorf und die ganze Umgegend in Aufregung. Es wurde nämlich gerade der in der Nacht des 26. Juli erschossene Wilderer Anton Krönwald aus dem Riß auf dem Länggrieser Kirchhofe beerdigt, was begreiflicherweise unter großem Zulaufe geschah. An seinem Grabe stand auch sein Bruder, der in Folge eines Schusses, welchen er als Wilderer vor einigen Jahren erhielt, lahm ist. Auch Anton hatte sich schon einmal auf seinen Wildererwegen schwer verwundet. In der „Post“ wurde erzählt, wie er vor einigen Wochen zu einem Mädchen gesagt habe: „Paß' auf, bald hoaßt's, der Toni is derschoss'n.“ Auf die Mahnung, das Ding doch zu lassen, erwiderte er: „Jetzt grad.“ Er wußte, daß die „Jäger“, Forstgehilfen, besonders einer, mit dem er einen Zusammenstoß gehabt, ihm und den übrigen „Schützen“ scharf auflauerten. In jener Nacht nun wollten die Wilderer ihre ziemlich reiche Jagdbeute auf einem Isarfloß fortschaffen, als sie vom Ufer aus durch die Jäger angegriffen wurden; der eine fiel, zwei andere wurden schwer verwundet und einer ertrank beinahe, als er vor den Kugeln in's Wasser sprang. Es ist dies wohl derselbe Vorfall, welchen vor einiger Zeit die „Pfälzer Ztg.“ (1. Mai) nach einem Artikel des „Bayr. Kuriers“ erwähnte. Uebrigens war kein sonderliches Mitleid mit dem armen Menschen zu spüren; denn allgemein, auch bei den Bauern, wird das Treiben der „Schützen“ verdammt, welche als eine Rotte wilder ausschweifender Raufbolde geschildert werden. Haben sie es lange genug getrieben, so drehen sie wohl den Stiel um und gehen unter die Jagdhüter. Das Unwesen dieser Wilderer war früher übrigens noch viel stärker; jetzt soll es außer hier im „Isarwinkel“ noch besonders in der Traunsteiner Gegend bei Ruppolding grassiren. Es werden wahre Schaudergeschichten erzählt (wenn man auch nicht gerade alles zu glauben braucht, was z. B. Heinr. Noë in seinem „Bayr. Seebuch“, München 1865, berichtet); so ist es z. B. noch in aller Gedächtniß und wurde mit Namensnennung erzählt, wie die Schützen einmal einen Förster an einem Baum unterwärts angebunden und ihn dem schauerlichen Tod durch die Ameisen preisgegeben hätten, von welchem er noch gerade rechtzeitig durch eine dazu gekommene Holzsammlerin errettet wurde. Auf dem Kirchhofe fand ich manche schöne und interessante Grabsteine, so z. B. den des Veteranen Graf Heinrich Geist du Ponteil. An dem Grabsteine eines Bauern findet sich ein fein und edel ausgeführtes Hautrelief, eine „Mater dolorosa“. Man merkt hier den Einfluß von Isaralben und daß, wie mir ein Münchener sagte, manche Künstler froh um jede Arbeit sein müssen. Eine besondere Anziehung hat Länggries durch das eine Viertelstunde aufwärts liegende Schloß Hohenburg, das seitdem, wie die Blätter vor einiger Zeit berichteten, aus dem Besitz des Baron Eichthal, dem auch die Kohlenwerke von Penzberg gehören, in den des Prinzen Adalbert übergegangen ist. Das Schloß ist ein stattlicher und weitläufiger, wenn auch architektonisch unbedeutender Bau. Man hat aber von da aus einen schönen Ueberblick über das Isarthal und die jenseitige Berggruppe. Wahrhaft erquicklich ist der das Schloß umgebende Park mit seinen Schattengängen, in denen man den saftigen und kraftvollen Baumschlag reichlich bewundern kann.

(Fortsetzung folgt.)

Miscellen.

Der „Südd. Telegr.“ berichtet über die Bauten im Münchener Hoftheater: Bezüglich der neuen Maschinerie läßt sich mit vollem Recht behaupten, daß die Münchener Hofbühne in ihrer neuen technischen Umgestaltung in ganz Deutschland keine Rivalin finden wird. Das neue Podium ist so eingerichtet, daß ganze Decorationen und die größern Gruppen in die Tiefe versinken können. Man ist früher wegen der technischen Schwierigkeiten, die das Aufbauen und Abbrechen des Riesenschiffes erforderte, an die Aufführung der Oper „Afrikanerin“ immer mit Zagen gedacht; von nun an wird das große Schiff einfach versinken, und [illegible] so lange in der Tiefe bleiben, bis man seiner wieder bedarf. Der Schnürboden und die Gasbeleuchtung ist gelegt, so daß mit dem Podium nun begonnen wird, bei dessen Construction Bedacht genommen wurde, in Zukunft bei Galastücken die [illegible] [illegible] der Meubels dadurch, weglassen zu lassen, daß die Einrichtung eines ganzen Zimmers in dem Momente versinkt, wo eine andere Einrichtung durch die Versenkungen erscheint. Was das Tieferlegen des Orchesters anbelangt, so ist die Absicht der Intendanz, [illegible] eine Probe Versuchs der Klangwirkung zu machen, später aber dem Orchesterraume statt seiner seitherigen Tarenfront eine runde Form zu geben, um das Streichquartett mehr zu vereinigen.

* Berlin, 28. Juli. Gestern Mittag begingen die Studirenden der hiesigen Universität ihre wegen der Ferien verspätete Humboldtsfeier unter Anwesenheit des Senats, des gesammten Professoren-Collegiums und einer großen Anzahl eingeladener Gäste. Von der Humboldt'schen Familie wohnten der Feier bei Frau v. Bülow, geb. Freiin v. Humboldt, Frau v. Heinz, Premier-Lieutenant v. Bülow von den Zieten-Husaren &c. Von den städtischen Corporationen bemerkte man nur den Stadtrath Fiende, wogegen sich viele Vertreter der Wissenschaften und Künste eingefunden hatten. Der Katheder, mit den Fahnen der vier Facultäten und dem preußischen Banner geschmückt, war mit blühenden Topfgewächsen umstellt, da sich bis zur lorberbekränzten Büste Humboldts emporhoben. Die Feier selbst begann mit dem Gesange des 100. Psalms: „Jauchzet dem Herrn, alle Welt,“ ausgeführt von der akademischen Liedertafel. Die Festrede hielt stud. phil. Sohr. Derselbe führte (nach der Sp. Z.) aus, daß Humboldt nicht bloß auf den Namen eines Gelehrten, sondern auch auf den eines Dichters Anspruch habe, und zwar durch die Herausgabe seines „Kosmos“, desjenigen Werkes, welches die geniale Conception der Beziehungen und Wechselwirkungen aller Theile des Universums enthalte. Wie man der „Kreuzztg.“ mittheilt, ließ der Redner auch verschiedene Angriffe auf die Theologie mit unterlaufen. Er behauptete, daß der Naturwissenschaft vor allen Wissenschaften deshalb der Vorrang gebühre, weil sie nie ein System umgestoßen hätte, das einmal von ihr aufgestellt worden wäre. Ferner erklärte er, daß ein Gegensatz zwischen Glauben und Wissenschaft bestände, und daß daher feste Charaktere erforderlich wären in dem Kampfe zwischen Orthodoxie und Freiheit des Geistes. Auch stellte er die Behauptung auf, daß der Mensch auch im Kosmos einen Trost im Todeskampf finde, daß der Kosmos ihm, wie im Leben, so auch im Sterben ein treuer Führer sei. Der Redner schloß seine, über eine Stunde dauernde Festrede mit dem bekannten Sonett W. v. Humboldts: „Nach nichts mehr auf der Welt geht mein Verlangen“ &c. Mit dem Gesange des Liedes: „Die Himmel rühmen des Ewigen Ehre“, endete die akademische Feier. Um 7½ Uhr versammelte sich die Studentenschaft im Kastanienwäldchen zu einem Fackelzuge. Leider wurde derselbe durch den eintretenden starken Gewitterregen gestört. Um 10½ Uhr fanden sich sodann die Festtheilnehmer in der städtischen Turnhalle zu einem Fest-Commers zusammen. Die großen Räume der Halle waren reich und auf das Geschmackvollste durch den Decorateur Maler Triebler mit Fahnen, Wappen und Guirlanden decorirt. Unter den Anwesenden bemerkte man außer dem Rector und den Professoren der Universität den amerikanischen Gesandten Dr. Bancroft und viele Mitglieder der städtischen Behörden. Die Eröffnung des Commerses erfolgte durch einen Salamander, welchen dem Andenken Humboldts zu reiben der Vorsitzende des Studentischen Comités stud. jur. v. Jagemann aufforderte. Nach dem Gesange des „Gaudeamus igitur“, sprach der Universitätsrector Professor Kummer, und brachte ein Hoch auf den König aus, dann wurden wieder zwei Salamander gerieben auf Berlin und die Gäste; hierauf sprachen die Professoren Dove und Virchow. Professor Holtzendorff brachte ein Hoch auf den anwesenden amerikanischen Gesandten Bancroft. Das Fest dauerte bis zum Morgen.

Der Chignon soll also richtig abgeschafft werden, — sagt der Hausfreund — so ist's im Rathe der Damen zu Paris beschlossen, der bekanntlich viel mächtiger und einflußreicher ist als der höchste Ministerialbeschluß. Was aber werden sie an seiner Stelle anschaffen? Perrücken sollen wieder getragen werden, ganz reguläre Perrücken, wie sie unsere Großväter getragen haben, oder vielmehr, wie sie ehedem die Abbés trugen, mit einem kleinen seidenen Beutel [illegible] und natürlich auch dem Puder darin! Es läßt sich erwarten, daß die Damen nur eine Narrheit aufgeben werden, um dafür eine andere und noch viel ärgere wieder anzunehmen. Es wird also lange, lange währen, ehe wir zur Natürlichkeit und Einfachheit zurückkehren. Inzwischen aber steigen die Damen in New-York, London und Paris auf die Katheder, halten große Versammlungen zu Schutz und Emancipation des weiblichen Geschlechtes, und die Kinder bleiben zu Hause der Obhut nachlässiger Ammen und Wärterinnen übergeben. Was aber, frage ich, werden wir armen Männer auf unsern Schädel setzen, wenn uns vor Nahrungssorgen und Steuern die letzten Haare ausfallen, die uns ohnehin schon spärlich genug gesäet sind? Es gibt nur ein Mittel dem Luxus des Weibsvolks zu wehren: man belege mit all den hohen Steuern, die der Staat nicht entbehren kann, die Seidenstoffe und was sonst an überflüssigem Luxus vorhanden ist. Den Armen würde das nicht treffen, und die Frauen unserer Minister und Finanzräthe würden auch nicht sterben, wenn sie ein Paar Roben weniger angezogen hätten, als es gegenwärtig der Fall ist.

Wie viel Abenteuerliches ist schon von der Pacific-Eisenbahn erzählt! Erst kürzlich las man von einem Ueberfall und der Ausplünderung eines Bahnzuges durch die Indianer. Es scheint aber, als hätte diese unglückliche Bahn auch mit andern Feinden noch zu kämpfen, und früh genug zeigen sich alle die Schattenseiten dieses Riesenwerks. Ueber die Möglichkeit, in den menschenleeren, von den furchtbarsten Schneewehen heimgesuchten Gebirgsstrecken die Bahn auch im Winter practicabel zu machen, wurden schon früher Zweifel ausgesprochen, welche jetzt ihre Bestätigung erhalten haben durch einen Bericht über die Erlebnisse eines etwa 300 Reisende zählenden Zugs auf der Union-Pacific-Bahn. Die Reisenden wurden 10 Tage lang auf einer Station aufgehalten, ohne daß Anstalten zur Freimachung der Bahn getroffen wurden. Als sie endlich weiter reisten, mußten sie Schnee schaufeln; aber als sie auf diese Weise eine Schneemasse von 1000 Fuß Länge fortgeschafft hatten, war der Locomotive der Dampf ausgegangen und sie blieben abermals liegen, bekamen schlechte Kost und litten Mangel an Allem. Etwa 30 Passagiere hatten den Muth, zu Fuß nach dem 80 Meilen entfernten Laramie zu wandern, wo sie nach vier Tagen und vielen ausgestandenen Leiden angekommen sind. Ob auch die bittern Beschwerden der Reisenden über die Eisenbahn-Beamten, deren Gleichgültigkeit, Nachlässigkeit und Trunksucht begründet sind, dürfte zweifelhaft sein, da nach einem alten Erfahrungssatze bei allen solchen Ereignissen ohne Weiteres den Beamten die Schuld aufgebürdet wird.

* Räthsel.

Ein kleiner Hausgott war's der Alten,
Den sie in Ehren hoch gehalten,
Den sie um seinen Rath gefragt;
Ich weiß nicht, was er zu gesagt.
Doch willst Du, Leser, nun ein Zeichen
Aus diesem meinem Worte streichen,
So sind's Producte der Chemie,
Und manch' Gelehrt verwendet sie.

Redaction von A. A. Wolf. Druck der Jäger'schen Druckerei in Speyer.

Palatina.

Belletristisches Beiblatt zur Pfälzer Zeitung.

Nro. 92. Speyer, Dienstag, den 3. August 1869.

*Dein Auge.

Es blickt Dein blaues Auge
So freundlich in die Welt,
Leicht fesselt es die Herzen,
Die es gefangen hält.

Es schaut aus Deinem Auge
Ein holder Kindessinn,
Es spiegelt sich die Unschuld
So rein und schön darin.

Ein Strahl aus Deinem Auge
Weckt leicht der Liebe Gluth;
Bei seinen Blicken wallet
Manch jugendliches Blut.

Es liegt ein stiller Zauber,
Den ich nicht deuten kann,
Tief, tief in Deinem Auge
Und hält den Sinn im Bann.

Dahin war all mein Friede,
War meine Ruhe ja,
Als ich zum ersten Male
Dir in das Auge sah.

Und wenn Dein blaues Auge
Mich freundlich angeblickt,
Dann fühl' ich stille Wonne,
Dann bin ich hochbeglückt.

Dürkheim. Eduard Jost.

Die Schmuggler.

Erzählung von Guido Volz.

1.

Bei Eger zieht sich das voigtländische Gebirge hin und bildet gewissermaßen die natürliche Grenze zwischen Böhmen, Bayern und Sachsen. Je mehr es zur Grenze geht, desto wildromantischer gestalten sich die Berge, desto rauschender stürmt der Egerfluß durch sein enges Felsenbett. Den Wanderer faßt ein wehmüthiges Gefühl in diesen Bergen, von denen herab man Eger mit seinem alten, finstern Schlosse und seinen grauen Thürmen sieht; wie ein Krippenspiel hingeklebt an Berg und Thal. Suche nicht den Schatten des ermordeten Wallenstein und seiner Genossen; der Wind fährt durch die leeren Fensterböschungen der verfallenen Schloßruine, die Festungswerke sind geschleift und ein neues Geschlecht wohnt in den alten Häusern. Aber bist du allein mit dir selbst und deinem Herzen im Bergkessel der Eger, dann horchst du vergebens nach dem Schalle irgend eines Wortes, denn Niemand besucht diese Felsen, es wäre denn ein Trupp Schmuggler, die in Böhmen einen ewigen Krieg mit den Finanzsoldaten führen. Das Reisig knistert trocken unter den Füßen des Pilgers und nichts antwortet dem Rufe als das vielstimmige Echo der Felsen und hie und da schwirrt ein Geier oder ein schneller Falke aus dem bergenden Neste hinter grünen Wäldern empor in die blaue Luft, es ist der einzige Bewohner der Einöde.

Nach einer kurzen Wanderung gelangt man an die sächsische Grenze, wo sich ein neues furchtbar schönes Bild aufrollt. Zu Füßen des Wanderers gähnt einerseits ein entsetzlicher Abgrund, in dessen Tiefen ein Wildbach herabstürzt, der sich in tausendfarbigen Prismen an den Felsen bricht, während auf der andern Seite sich jenseits eines freundlichen Thales eine grüne Weide ausbreitet, wohin zuweilen der Hirtenknabe seine Heerde treibt. Man steigt aus dem Thale aufwärts und immer häufiger steigen die Tannen empor, immer dichter belaubt sich der Wald. Endlich nimmt auch hier das duftige Grün ab, man befindet sich in einer felsigen Einöde, von der höchsten Höhe herab sieht man die scheidende Abendsonne und in ferner Weite begrenzen die grauen Thürme der einstigen Reichsstadt Eger den Horizont. Eine feierliche Stille lag über der Erde, Abenddämmerung breitete sich über Fels und Thal, kein Lüftchen regte sich in der Natur — doch horch, was war das für ein schwerer dumpfer Schrei in der Ferne? Und jetzt noch einmal? Und wiederum? Es sind die grünröckigen Grenzwachen, die ihren eintönigen Ruf drüben in Sachsen und in Bayern und herüber in Böhmen von Posten zu Posten weiterpflanzen. Ihre Kugeln könnten recht gut das dreifache Gebiet beherrschen. Sie werden wohl heute eine ruhige Nacht haben und friedlich in Blockhäusern schlafen können. Zudem leuchtet der Mond, die Sterne blinken so hell wie Kinderaugen, und da geht der Grenzwächter nicht auf den Schmugglerfang aus. Der Pascher benützt nur die finstere, sternenlose Nacht, und da tritt ihm dann zuweilen auf heimlich stillen Wegen Einer der Grenzsoldaten unverhofft entgegen, wehe dann — Diesem und Jenem!

Zwischen diesen Felsen durch läuft gegen Westen eine Thalschlucht mit üppiger Vegetation in's Innere des Gebirges. Hie [illegible] da [illegible] einzelne Hütten auf den Bergen, [illegible] die Schmugglervereine von böhmischen Geschäftsleuten, von denen aus das Schmuggeln des in großen Quantitäten in Bayern lagernden Salzes, der Colonialwaaren und des Tabaks [illegible] erleichtert wird.

Von Seite der Kameralverwaltung hat man zwar von jeher alles Mögliche angewendet, um diesem im größten Maßstabe getriebenen Schmuggelhandel ein Ziel zu setzen, aber nie hat man einen Erfolg bemerkt. Die böhmischen Grenzen sind ein organisirtes Schmugglerland und waren es besonders zur Zeit des französisch-deutschen Befreiungskampfes. Während Napoleon den Krieg um Land und Menschenleben führte, führten ihn die Schmuggler mit nicht geringerem Glücke um einige Ballen Waaren; ihre Verwegenheit, ihre List und Entschlossenheit siegte zu allen Zeiten der Gefahr. Kam es ja einmal, daß ein Zusammenstoß zwischen den Schwärzern und der Grenzwache stattfand und die Pascher ertappt wurden, dann büßten bei einem der nächsten Züge auch sicherlich zehn Grenzjäger für das Leben eines Schwärzers, und man fand oft einen der strengsten Patrouillenführer furchtbar verstümmelt oder mit zerschelltem Kopfe an einer Felsenwand liegen. Wurde ja einmal einer gefangen genommen, so war es höchstens ein einfacher bezahlter Bauer, der für einen guten Preis sich bei dem Wagstück verwenden ließ, während jedoch der Führer dieses geheimen Unternehmens unbekannt blieb. Solcher Hauptführer gab es nun in diesen Bergen einige, die mit den bayerischen und sächsischen Kaufleuten den Handel im Großen abschlossen und dann partienweise die geschmuggelten Waaren um den drei- bis vierfachen Preis absetzten. Es waren meist bankerotte Kaufleute, die sich hier niedergelassen hatten, allenfalls vor der Welt ein ehrliches Gewerbe trieben, oder wohl ganz und gar von ihrem Unternehmen lebten und Leute für guten Lohn in Menge fanden, welche auf ihrem Rücken die Waaren landeinwärts expedirten. Ein ziemlicher Theil der Grenzbevölkerungen aller Länder liebt den Schmuggel mit Leib und Seele, und schon der dreizehnjährige Knabe kennt das Evangelium des Paschers. Es ist, als ob diese Bevölkerungen zum kleinen Krieg geboren wären, und ich möchte fast sagen daß sie noch etwas Ritterliches in ihrem Wesen bewahrt haben. Der Schmuggler sieht sein Gewerbe als nichts weniger als eine Sünde an, er treibt es bis zum Grabe und bewahrt gegen Seinesgleichen, sowie dem Kaufmanne gegenüber, der ihm seine Waaren anvertraut, stets eine unbefleckte Ehrlichkeit.

Endlich gelang es, etwa um das Jahr 1840, einen solchen Hauptschwärzer auf die Spur zu kommen. Man fand jedoch blos ein leeres Nest. Er wohnte in einem elenden böhmischen Dorfe, das halb nach Sachsen hinübergehörte und von dem Kurorte Franzensbad nicht allzuweit entfernt war. Man hielt ihn für einen abgelebten, müden Greis, der mit seiner Enkelin seine Tage in stiller Zurückgezogenheit verlebte, und unter dem Namen Peter Ahrens bekannt war. Seine Enkelin hieß Maria.

Um die Mitte des Monats October konnte man drei Personen an einem Feuer sitzen sehen, das von trockenen Tannen- und Fichtenzweigen unterhalten, recht lustig brauste und prasselte. Der Schein der Flammen beleuchtete das runzlige, farblose Antlitz eines hohen Sechzigers, dessen graue Augen unter den buschigen Wimpern lauernd hervorsahen. Kinn und Nase stießen fast aneinander, und das Ganze gab das Aussehen eines biederen Geldmenschen. Er trug einen Ledergurt und die ledernen Beinkleider, die an den hohen Stiefeln festgebunden waren. Im Gürtel saßen ein Paar Doppelpistolen. Dieser Mann war Peter Ahrens. Er wärmte seine ring kalten Hände an dem Feuer und sprach zu den neben ihm Sitzenden in heiserem Tone:

„Ich sage Dir, Mädchen, es wäre mehr als toll, wenn wir zurückkehren wollten. Unser Haus ist nun gewiß occupirt, Alles, was darin ist, mit Beschlag belegt."

„Also das Bild meiner Mutter, Deiner Tochter, ist für mich auf ewig verloren?" fragte das Mädchen mit den großen schwarzen Augen.

„Hm, es ist schade darum, es hat mich in dem schönen Goldrahmen wohl an zwanzig Stück Dukaten gekostet. Ja, damals war Deine Mutter gerade so wie Du jetzt, 16 Jahre alt, sie hatte eben so dunkle, feurig wilde Augen, eben solche ebenholzschwarze, bis zu den Fersen reichende Haare wie Du. Auch ihre Stimme klang nicht minder schön und tief, als die Deinige. Du hast viel, ja Alles von ihr. Nur möchte ich Dir rathen, daß Du nicht ihrem Beispiele und ihrem Loose folgen mögest."

„Ich will sie davor beschützen, doch noch besser schützt sie ihr eigenes herrliches Herz," sprach nun die dritte der anwesenden Personen. Der Jüngling, der also sprach, war bisher schweigend dagesessen und ein kaum 24jähriger, schlanker junger Mann. Auf dem Haupte trug er einen grünen Hut, wie die Jäger, mit einer Feder.

„Fängst Du mir schon wieder mit Deinen Narrheiten an, Georg?" brummte Peter Ahrens. „Du weißt, und ich habe Dir's oft gesagt: Marie darf nie eines Schmugglers Weib werden."

„Peter!" rief der junge Mann wild, „vergiß nicht, daß Du selbst ein Schmuggler bist, oder sticht Dich noch der Kaufmann, der Du früher einmal drüben in Sachsen gewesen bist! Jetzt bist Du nicht besser, wie ein anderer Schwärzer, und dann — erinnerst Du Dich nicht, daß ich nur aus Liebe zu Marien und in der Hoffnung mich Dir anschloß, daß Du mir ihre Hand gibst. Willst Du jetzt Dein Wort brechen?"

„Ich habe es nie gebrochen, weil ich's nie gegeben habe. Nur Hoffnung gab ich Dir. Mein Sohn ist von Grenzjägern erschossen worden; in einer finstern Nacht stürzte Dein Vater einmal in einen tiefen Abgrund und Niemand hat seitdem etwas von den Beiden gehört. Ich habe selbst seit Jahren keine ruhige Secunde. Kann an der Seite eines solchen Mannes die Gattin glücklich sein? Oder hätte ich darum etwa mein Leben so oft in die Schanze geschlagen, um das Kind meiner Tochter unglücklich oder als junge Wittwe zu sehen?"

(Fortsetzung folgt.)

⊕ Im bayerischen Gebirg.

(Fortsetzung und Schluß.)

Von Länggries abwärts 2 Stunden liegt Tölz an der Isar. Unterwegs kann man die Benedictenwand sich recht zur Anschauung bringen. Tölz selbst, eine helle, freundliche Stadt, der Sitz eines Bezirksgerichts, hat mit seiner Badeanstalt „Krankenheil" auf dem anderen, linken Isarufer eine reizende Lage. Vom Kalvarienberge aus betrachtet, hat dieselbe manche Aehnlichkeit mit der Heidelbergs. Die Kirche des Kalvarienbergs, in geschmacklosem Zopfstyl erbaut, ist berühmt durch ihr Nachbild der s. g. heiligen Treppe in Rom, welche man nur knieend heraufrutschen darf; rechts und links befinden sich jedoch kleinere Treppen zum Gehen für diejenigen, welche keinen Anspruch auf den hiefür zu gewinnenden Ablaß machen. Auch hier tritt wieder das katholisch-kirchliche Gepräge in hohem Grade hervor. Besonders auffallend war mir auf dem Weg zum Kalvarienberg ein ganz eigenthümlicher Brunnen, ein großes Crucifix oder, wie man eigentlich sagen müßte, ein großer Crucifix, aus dessen Arm- und Fuß-Wundenmalen helle frische Wasserstrahlen hervorspringen. Vielleicht eine etwas realistische und concrete Symbolisirung von Joh. 7, 38. (?)

Eine sehr dankbare Tour ist die in das nahe Tyrol. Den Walchensee entlang über den Katzenkopf, Walgau, Krün, von wo die Straße nach Partenkirchen, Eibsee und Hohenschwangau abzweigt, führt der Weg durch das Wettersteingebirge in den schön gelegenen Grenzort Mittenwalde, 5 Stunden vom Walchensee. Ein Sommermorgen in dem Garten der dortigen Post, Auge in Auge mit den stattlichen Bergen, ist ein wahrer Hochgenuß. Rasch geht's über die Grenze nach Scharnitz, dann über den hohen Scharnitzer Paß, der in den Kämpfen Andreas Hofers eine Rolle spielte, nach dem alten Seefeld mit seinem 1809 aufgehobenen Kloster, über Zirl die tiefe Steige hinab in das schöne liebliche Innthal, in das von drüben her die hohen Ferner geisterhaft hereinschauen, hinab nach dem schönen Marktflecken Zirl nahe der Martinswand, wo einst „der Böse den König Max verlockt habe, bis man den höchsten Gott hinausgetragen habe, wodurch der böse Zauber gebrochen worden sei und der Kaiser wieder den rechten Weg gefunden habe," wie mir eine alte Bäuerin mit Lebhaftigkeit erzählte, während sie von Hofer viel weniger wußte, obgleich „ihr eigener Vater 1809 mit dabei gewesen sei." Von Zirl, dessen sehr schöne neue Kirche bemerkenswerth ist, geht's dann das schöne Thal aufwärts nach Innsbruck, eine schöne Stadt in einem schönen Land. Doch der Weg ist an sich schon anziehend und auch bekannt genug.

Nur noch einen Ausflug, zu dem der Aufenthalt am Walchensee einladen dürfte, sei vergönnt zu skizziren: nach dem etwa 4 Stunden entlegenen Murnau am Staffelsee. Der bequeme Weg geht von Kochel aus über Schlehdorf, Großweil, den Milchwirthschaftshof Schwaiganger. Murnau ist ein sehr hübsch gebautes Städtchen mit einer breiten Hauptstraße, welche durch die vielen laufenden Brunnen einen frischen und angenehmen Eindruck macht. Ich kehrte im „Pantlbräu" ein und hatte gar nichts zu bereuen, gutem Rath gefolgt zu sein. Schon deßhalb nicht, weil man dort den in diesem Erblande des Gambrinus immer seltener werdenden Genuß von wirklich gutem Bier hat — die bayerischen Herren Bierbrauer scheinen fast alle in die bekannte Tochter der Alchymie verliebt und wenn die Bierbrauer Chemiker und die Chemiker Bierbrauer werden, dann braucht man nicht mehr in die Apotheke nach bekannten wirksamen Mitteln zu schicken. Um von dem Ding noch ein Wort zu sagen, ich habe in Stuttgart und Innsbruck, in Seefeld und Ulm gutes Bier getrunken, aber nur sehr wenig solches in Bayern gefunden. Tempora mutantur et cerevisia mutatur in illis, und etwas Rückschritt der Wissenschaft wäre auf diesem Gebiete gar nicht zu verachten. Dann aber hatte ich dort bei Abends in einem Kreise von Beamten und Offizieren, meistens Münchenern, eine wirklich interessante Unterhaltung, deren Löwenantheil freilich der Pantlbräuer, ein schöner stattlicher Herr, trug. Das mir interessanteste Thema waren die Passionsspiele in dem 3 Stunden entfernten Oberammergau, worüber ich auf meine Erkundigungen reichlichen Aufschluß erhielt, da die meisten Anwesenden ein- oder mehreremal dieselben gesehen hatten. Unser Wirth hatte seiner Zeit auch den Schauspieler Emil Devrient, der bekanntlich die Oberammergauer Spiele mit so großer Liebe geschildert und dadurch ihr Ansehen gehoben hat, als Cicerone begleitet auf die Bitte eines gemeinschaftlichen Bekannten hin. Er schilderte, wie Devrient noch auf dem Hinweg voll geringschätzigem Mißtrauen gewesen, dann aber entzückt zurückgekehrt sei. Auch über die innern Verhältnisse der merkwürdigen, auch durch ihre Schnitzarbeiten bekannten Gemeinde wußte er manches Interessante zu erzählen und ergötzlich war seine Schilderung, wie dann im Herbst nach einem Spielsommer auf den Murnauer Viehmarkt die Oberammergauer herauzögen und da der frühere Petrus ein Ochsle, dort der grimmige Judas ein Kühle oder der boshafte Kaiphas ein Rindel herbeiführe. Eben seien wieder die Vorbereitungen und Vorübungen zu der nächsten, wenn ich nicht irre, 1860 stattfindenden Aufführung im Gange, und mit diesen Uebungen werde es sehr ernst genommen. Ueberhaupt sei noch ein ernster religiöser Zug in den dortigen Spielen, die sich bekanntlich auf ein altes Gemeindegelübde gründen, anders als bei den zahlreichen Theater-Spielen der Art, die so ziemlich zu einer gewöhnlichen Geldspeculation herabgesunken. Wirklich sah ich nachher in Innsbruck einen öffentlichen Anschlagzettel eines Passionsspiels, der sich, den Gegenstand, die bischöfliche Approbation und einige religiöse Ausdrücke abgerechnet, nicht — von einem marktschreierischen Theaterzettel unterschied. Auf dem W...

nach Ammergau gelangt man auch nach dem alten Ettthal, wo sich eine vortreffliche Orgel befindet. Eine Viertelstunde unterhalb Murnau liegt der Staffelsee, dessen ganze Physiognomie aber gegenüber Kochel- und Walchensee eine sehr unscheinbare ist. Es ist aber viel Wasser beisammen, „eine große Pfütze", wie Lafaulx einmal in einer Hyperbel ad minus vom Bodensee meinte; aber es fehlt das geistige Fluidum, der poetische Hauch über dem Ganzen, trotzdem, daß die nahen Hügel mit schönen Anlagen versehen sind. Aber das Wasser des Sees, welches über Moorgrund hergeflossen, soll nicht unwirksame Heilkräfte bergen, und so gibt es jetzt auch ein Staffelbad, das nicht unbesucht ist. Freilich, wo gibt's jetzt keine Bäder mehr und am Ende haben die Gebirgsbäder alle eine und die gleiche Heilkraft, das ist die gesunde Luft.

Vielleicht habe ich manchem, der das sucht, was ich dort gefunden, frische stärkende Luft, grüne Wiesen und würzigen Waldesduft im Gebirgsthal, einen Gefallen gethan, indem ich ihm diesen Theil des bayerischen Hochlandes etwas eingehender zeichnete.

J. B.

Miscellen.

* Tauben- und Hühnerzucht betreffend. Aus Neulauterburg schreibt man uns: Nach der Methode und Lehre des Kaufmanns Herrn H. Appell in Rheinzabern habe auch ich den Versuch gemacht Hühnereier durch Tauben ausbrüten zu lassen und zwar mit bestem Erfolg, denn ich legte 4 Eier den Tauben unter und nach 3 Wochen bekam ich zu meinem großen Erstaunen 3 schwarze und 1 weißes Hühnchen; dieselben sind munter und sind sehr gut ohne Bruthenne zu erziehen durch Hirsenfütterung, nur müssen sie etwas warm gehalten werden, aber offen gesagt, die Freude ist groß, im Taubenschlag junge Hühner zu haben.

Erfurt, 27. Juli. Die Thür. Ztg. berichtet: Wiederholt befand sich im „Allgemeinen Anzeiger" hier eine Annonce, nach welcher „Handarbeit für Jedermann", welche Winter und Sommer gehe, sich für männliches und weibliches Geschlecht eignet rc., einen jährlichen Gewinn von 300 bis 600 Thlr. bei 5 Stunden täglicher Arbeitszeit abwirft und nur 6 Thlr. Betriebscapital erfordert, nachgewiesen werde. Gegen Franco-Einsendung von nur einem Thaler wird Information durch den Kaufmann L. Rosenbaum in Berlin, Schönhauser Allee Nr. 119, ertheilt, und derselbe verspricht doppelte Zahlung des Betrages als Entschädigung zurück, wenn die Information die Annonce nicht rechtfertigt. Angelockt durch diese glückverheißende und ein lucratives Geschäft versprechende Annonce wandte sich vor wenig Tagen eine arme Handarbeiterin von hier brieflich an den Menschenfreund und erhielt als Antwort unter Erhebung von einem Thaler Postvorschuß, ein Druckschriftchen, in welchem als einen Gewinn von 300 bis 700 Thalern abwerfend empfohlen wird: „Briefcouverts anzufertigen" und solche in Masse an sich findende Abnehmer zu verkaufen. Die enttäuschte Briefschreiberin beklagt den Verlust ihres Thalers. Möge dies eine Warnung für Andere sein."

* London, 29. Juli. Viele Bewohner des West-End erinnern sich eines ältlichen Herrn mit grauen Haaren, der in den letzten 20 Jahren mit einem rothen Wagen, der wie eine Feuerspritze aussah, [illegible] durch die Straßen zu fahren pflegte. Er fuhr immer selbst, angekleidet wie ein Kutscher der alten Schule. Man wußte nur vom Hörensagen, daß er viel Geld mit aus Frankreich gebracht habe, das ihm gestattete, allen möglichen Excentricitäten sich hinzugeben. Dieses Original, das sich Garange nennen ließ, ist vor einigen Tagen gestorben und hinterließ ein Testament, in welchem sein ganzes Vermögen, 120,000 Pfd. St., also beinahe 1½ Millionen Gulden, vermacht war — dem Kaiser Napoleon!

Stockholm, 25. Juli. Die große Feuersbrunst in Gefle, welche so viel Unglück angerichtet, hat auch verschiedene literarische Schätze von geschichtlichem Werthe zerstört. Der Reichshistoriograph Schönberg, welcher 1811 starb, hatte dem Gymnasium von Gefle seine werthvolle Bibliothek nebst seiner kostbaren Sammlung von Handschriften testirt; das Alles ist mitverbrannt. Außerdem sind in dem Rathhausarchiv der Stadt Gefle zahlreiche ungedruckte Original-Documente vom Reichstage des Jahres 1792 zu Grunde gegangen, die großen historischen Werth besaßen.

(Ein schreckliches Fest.) Wie die „Newyorker Staatsztg." meldet, soll in Newyork ein großes Jubiläum der Eröffnung der Pacific-Eisenbahn abgehalten werden. Bei dem großen Concerte sollen mitwirken: 2000 wilde Indianer, welche den Schlachtchor von „Rienzi" brüllen sollen; 1500 Stück Locomotiven, welche mit ihren Dampfpfeifen die Symphonie „Mazeppa" von Liszt heulen sollen; 10,000 Mormonen, welche die Arie: „Ein Mädchen oder ein Weibchen wünscht Papageno sich" singen, und 100,000 Chinesen, welche das alte Volkslied: „Guter Mond, du gehst so stille" anstimmen sollen. Die Sache soll großartig werden und die Bostoner Sängerfeste ganz in den Schatten stellen, woran gar nicht zu zweifeln ist, denn wenn die Weltstadt Newyork etwas unternimmt, dann wird sie die Welt in Staunen versetzen.

Die Dampf-Luft-Schifffahrts-Compagnie in San Francisco hat sich, laut Depesche aus San Francisco vom 8 ds., in Folge des befriedigenden Ausfalls des Experiments mit dem Dampf-Luftschiff „Avitor" entschlossen, Fahrzeuge von solcher Größe, daß Passagiere damit befördert werden können, zu erbauen.

* Räthsel.

Erstes Wort.

Der Mensch hat eine Seele,
Doch hat der Mensch auch mich.
Für beide soll er sorgen,
Denn so gebührt es sich.
Die Seele strebt zum Himmel,
Sie folgt des Ew'gen Spur,
Doch ich bedarf zum Wachsthum
Der ird'schen Stoffe nur.

Zweites Wort.

Gelehrt, gewandt, gebildet,
Ein sehr studirter Mann,
Gelangt er zur Berühmtheit,
Wenn er was Rechtes kann.
Doch gibt's auch manchen Stümper,
Voll Phrasen hohl und leer
Und mancher schlichte Bauer
Weiß wirklich mehr als er.

Erstes und zweites Wort.

Das Ganze — von dem Zweiten
Ist's eine eigne Art,
Doch trotz der Kunst und Praxis
Ist einer nichts erspart.
Nun denn, ihr Räthselrather,
So sagt mir in's Gesicht,
Wer ist der Mann, wie heißt er?
Ein Leibarzt? Nein, das nicht.

Redaction von K. A. Wolf. Druck der Jäger'schen Druckerei in Speyer.

Palatina.

Belletristisches Beiblatt zur Pfälzer Zeitung.

Nro. 93. Speyer, Donnerstag, den 5. August 1869.

* Zeitbild.

Das ist ein Mann der Zeit, wer schwimmt in jedem Strome,
Der sich von ohngefähr durch unsere Reihen zwängt,
Heut' auf die Kniee sinkt im goldgewirkten Dome,
Doch morgen, wenn es gilt, den Beter hart bedrängt.

Er nennt der Sterne Kranz nur lustige Atome
Im Spielwerk der Natur, das nur der Zufall lenkt,
Den Gottesglauben drückt er nieder zum Phantome
Und lächelt, wenn ein Herz am treuen Schöpfer hängt.

Kein Thor ist ihm zu hoch, zu niedrig, durchzukommen;
In allen Farben sprüh'n, zu keiner sich bekennen,
Gleich dem Chamäleon —, dies Künstchen ihm willkommen,

Und wenn der Richtung hold —, für Volkeswohl entbrennen
Und doch ein Egoist, für sich nur eingenommen —,
Nach Amt's, Glück und Gunst sich ewig abzurennen —

Das thut der Mann der Zeit, man könnt' ihn anders nennen! —
Neustadt a. d. H. im Juli 1869.

Johannes Hall.

Die Schmuggler.

Erzählung von Guido Volz.

(Fortsetzung.)

„Laß das gefährliche Handwerk, Du hast ja seit Jahren Geld genug zusammengescharrt, wir könnten nun sorgenfrei leben."

„Ah, also mein Geld möchtest Du, meinen Blutschweiß?" höhnte der Greis, „und darum bist Du lüstern nach der Hand des Mädchens? Nein: Morgen reist Marie zu ihrer Tante nach Dresden. Du wirst sie in Jahren vielleicht nicht wieder sehen. In drei Jahren bringe ich sie erst zurück. Nachher wollen wir sehen. Ohnehin müssen wir uns eine Zeitlang von hier entfernen, denn die Grenzjäger, die Gott verdammen möge, sind uns auf der Spur. Nur diese Nacht wollen wir noch ein Geschäft abmachen und dann sind wir wohl im Trocknen!"

„Gehe nicht diese Nacht, Großvater!" flehte Marie mit ihrer schönen, tiefen und so klangvollen Stimme. „Du sagst ja selbst, daß die Grenzjäger hinter Euch her sind! höre nur, wie der Sturm durch die Föhren pfeift, und wie die Wellen der Eger das Felsenufer peitschen. O wie das braust, pfeift und schallt!"

„Das ist eine herrliche Musik! Verstehst das nicht, mein Kind," wies sie Peter Ahrens zurecht. „Ich habe bereits 1000 Thaler drüben baar daran gegeben und die wären hin; ich gewinne 4000, wenn das Unternehmen gelingt. Laß heulen den Sturm, laß heulen, so besser; desto finsterer ist die Nacht. Da sind die Scharten, die Grenzjäger mit Blindheit geschlagen. Allons, Georg, es ist bald Zwölfe!"

„Und Marie?"

„Sie wartet hier unsere Heimkehr ab. Ehe der Morgen graut, sind wir zurück. Du hast wohl keine Furcht?"

„Ach, ich habe mich ja schon an diese Einöde gewöhnt."

„Bist ein gutes, braves, gescheidtes Mädchen, Marie; wir schließen den Eingang wieder mit dem Steine, da kann wohl Niemand hereinbringen und Du bist ganz und gar sicher."

„Und wenn wir nun Beide, was sehr leicht geschehen könnte, diese Nacht umkämen?" fragte Georg leise.

„Das ist wahr, sie bliebe dann versperrt, doch bewahre, das wird nicht der Fall sein. Also vorwärts, Georg, unsere Leute warten schon." Mit diesen Worten drängte Peter den Jüngling fast gewaltsam hinaus.

Unbemerkt flüsterte Georg dem Mädchen zu: „Sei ruhig, Marie, ich werde Dir das Portrait Deiner Mutter bringen und kostete es welches Opfer immer." Er folgte rasch dem Alten.

Marie war allein. Das Feuer brannte hell und erleuchtete die moosigen Felswände, in ihrem Haupte kreuzten sich tausend Gedanken. Nur zu gut wußte sie, daß die Höhle durch den Stein, den der Alte gewöhnlich vor den Ausgang zu wälzen pflegte, versperrt und daß sie dem Hungertode preisgegeben sei, wenn der Alte mit Georg nicht wieder zurückkehrte. Doch das ängstigte sie nicht, hatte sie doch in ihrem jungen Leben schon weit größere Gefahren erlebt.

Gerade die Einsamkeit, an die Marie von Jugend auf war gewöhnt worden, hatte ihren Geist mächtig gereift. Nebstdem hatte sie in einem Pensionate zu Dresden eine gute Erziehung genossen. Die Mutter hatte sie nie gekannt. Der Großvater brachte aus der Hauptstadt ein trefflich erzogenes, allem Edlen und Schönen zugängliches Mädchen nach seiner in dem einsamen böhmischen Dorfe gelegenen Hütte zurück.

Nur Eines fehlte Marien: des Weibes schönster Schmuck — die Weiblichkeit. Nur sehr selten bemerkte man ein Lächeln auf ihren wunderschön geformten Lippen, und sprach sie, dann flammten ihre dunkeln Augen in verzehrendem Feuer. Ihre bräunlichen Gesichtszüge hätte man regelmäßig schön nennen können, wenn die schwarzen, dichten, über der Nase in schwacher Schattirung zusammenlaufenden Augenbrauen ihnen nicht einen etwas männlichen Ausdruck verliehen hätten. Sie liebte Georg, den Sohn des Schullehrers aus dem nahen Städtchen Adorf, mit der Innigkeit einer Schwester, denn beide hatten dieselbe Amme gehabt, aber auch mit aller Entsagung und Hoffnungslosigkeit, denn es war ihr nichts weniger als unbekannt, daß der alte Geizhals ganz andere Absichten an seine zusammengescharrten Schätze knüpfte. Auch Georg, den Alten wohl durchschauend, hatte, um sich seine Neigung zu erwerben, sich ihm bei seinen Wagnissen als Gehilfe angeschlossen. Obwohl der Erfolg nicht sonderlich günstig war, so ließ Georg darum doch nicht alle Hoffnung sinken und vertraute der Zukunft. Sterben mußte doch der Greis über kurz oder lang, und daß Marie keinen andern Gatten nehmen würde, dessen glaubte er sicher zu sein.

So standen die Dinge, als der alte Ahrens noch zu rechter Zeit Wind erhielt, daß man wegen Schmuggels Verdacht auf ihn geworfen und er in Folge dessen sich gezwungen sah, sein Haus, ja selbst die Gegend zu verlassen. Er hatte den Plan, auf bayerisches Gebiet überzugehen, doch wollte er seine Enkelin nicht mit sich nehmen, sondern sie zu einer nahen Verwandten nach Dresden geben.

Marie befand sich also am Vorabend ihrer Abreise allein in der Höhle, von den Annehmlichkeiten der Hauptstadt sich tausend schöne Bilder entwerfend. Lange Zeit saß sie im geheimen Lager ihres Großvaters in der Höhle, die weit in die Felsen hineinging und offenbar seit Jahren von Schmugglern zu einem geheimen unterirdischen Magazin war geformt worden.

Nur Georg und Peter wußten um diese Höhle; der Eingang, den eine große Steinplatte, die sich auf den Druck der geübten Hand hob und senkte, schloß — war Anfangs enge und niedrig, weiter einwärts waren die Felswände höher und weiter, dann wieder enger, und als ob die Natur hier selbst waltete, verzweigte sich die Höhle nach unzähligen Richtungen; doch konnte man aus diesen engen Gängen nicht in's Freie gelangen, wenigstens gelang es dem Alten selbst nach langen und sorgfältigen Forschungen nicht, außer dem Haupteingange einen Ausgang zu entdecken. Dieser aber war von wildem Gesträuch derart verdeckt, daß man nur mit Mühe zur deckenden Steinplatte gelangen konnte. Gegenüber diesem Eingange befindet sich im Hallgerise eine andere Felsenkette hin, deren jenseitige Wände die dahinbrausenden Wogen des Egerflusses bespülten.

Auch für Bequemlichkeit war im Innern der Höhle nicht zum Besten gesorgt, vielmehr bezeigte im Innern Alles, daß dasselbe nur zur Zeit der Noth oder als Zufluchtsstätte benützt wurde. Ein aus Tannenholz roh zusammengezimmertes Tischchen und eine abgenutzte härene Decke bildeten die Meublirung; statt dem Kamin diente ein ungeheuerer Steinblock, auf dem das dürre Tannenreisig brannte und so wenig Rauch verursachte, daß dieser in der hohen Wölbung spurlos verschwand. Rings um diesen Block lagen einige flache, große Steinklötze, welche die Stühle ersetzen mußten.

Von einem dieser steinernen Sitze erhob sich Marie plötzlich aus ihren Träumereien, durch einen weithin schallenden Schuß erschreckt. Mit gespannter Aufmerksamkeit horchte sie einige Sekunden; dem ersten Schusse folgte ein zweiter, ein dritter — ein vierter, dann folgte ein regelloses Geknatter. Sie hielt den Athem inne und lauschte längere Zeit, doch war nun alles wieder still und öde.

„Sie sind von den Grenzjägern attakirt worden," sprach sie ahnungsvoll zu sich selbst. „Gott! wenn sie gefallen, wenn sie gefangen wären! Ach, was würde ihr Loos sein! Schande, Kerker, vielleicht auch mehr; und was erwartet dann mich? — Der Hungertod!"

Sie ließ sich wieder auf einen Stein nieder, warf einige Reiser auf das bereits verlöschende Feuer und legte ihr schönes Haupt auf die auf ein Knie gestützte Hand. Ihr Antlitz mit den zusammengepreßten Lippen und in einanderfließenden Brauen nahm in diesem Augenblicke den Ausdruck der Entschlossenheit an. Es verfloß wieder eine unendlich scheinende halbe Stunde; ein neues, von dem vorigen ganz verschiedenes Getöse drang an ihr Ohr; es schien hinter der Höhle oder aus einem der vielen Gänge herzukommen. Es schien, als wäre es Steingeröll, endlich hörte sie menschliche Schritte. Schnell ergriff sie eine in einem Winkel gelehnte halbverbrannte Fackel, brannte dieselbe an und eilte jener Richtung zu, woher sie den Schall der Tritte vernahm. Bevor sie jedoch dem bezeichneten Orte zueilen konnte, trat aus einem der Gänge eine hohe Gestalt hervor und stand betroffen stille vor der schönen Fackelträgerin, die ebenfalls erschrocken zurücktrat. So standen sie einige Sekunden lang schweigsam, wortlos auf sechs Schritte Entfernung einander gegenüber.

Welches von Beiden war mehr überrascht? War's das Mädchen, als sie aus dem Hintergrunde der Höhle, aus welcher nach der Behauptung ihres Großvaters kein Ausgang außer dem Haupteingang in die äußere Welt führte, — einen Jüngling, mit unbedecktem Haupte, zerstörten Gesichtszügen, zerrissenen Kleidern, mit der linken Hand den rechten Arm festhaltend, während zwischen seinen Fingern Blut aus der zusammengepreßten Wunde hervorrieselte — mehr hervorwankten, — als treten sah? Oder war's der Jüngling, der aus der höllischen Finsterniß hervortappend, plötzlich ein Weib vor sich erblickte, deren bis zum Halse schwarz gekleidete Gestalt und bildschönes Antlitz durch den rückwirkenden Fackelschein in ihrer sonderbaren Situation überirdisch schön war?

Nach einer kurzen Pause träumerischer Befangenheit fragten Beide fast zu gleicher Zeit:

„Wo kommen Sie her? Wie konnten Sie hierher gelangen?"

„Wo bin ich? Ist dies Wirklichkeit oder nur ein Traum?"

Marie kam zuerst wieder zu ruhiger Ueberlegung und fragte:

„Noch einmal, wer sind Sie, mein Herr? Kamen Sie vorsätzlich oder durch ein Ungefähr an diesen Ort?"

„Letzteres, meine schöne Dame. Aus Sucht nach Abenteuern schloß ich mich den nach den Schmugglern fahndenden Grenzjägern an, vor einer Stunde etwa stießen wir auf einander, die Schmuggler waren uns jedoch bei Weitem überlegen, mich traf eine Kugel am Arme, und —"

„Sie bluten ja," unterbrach ihn Marie, „und Ihre Wunde ist nicht unbedeutend. Das Bluten muß gestillt werden, es wird gut thun, die Wunde mit diesem Tuche zu verbinden."

(Fortsetzung folgt.)

Ueber die Zugvögel.

Von den vielen Tausenden von Zugvögeln, welche unsere Felder und Gebirge beleben, hier brüten und den Sommer fröhlich verbringen, kehrt immer nur ein kleiner Theil zu den alten, gewohnten Büschen, Felsen und Thälern wieder. Wenige erliegen den Anstrengungen der Herbst- und Frühlingsreise, mehr den Raubvögeln, welche ihre Spur verfolgen, die meisten aber der Jagdlust der Menschen. Diese artet namentlich in Italien in eine förmliche Jagdwuth aus und ist epidemisch geworden. Nicht nur die Schnepfen, Wachteln, Drosseln, Tauben und ähnliche jagdbare Vögel werden gefangen, sondern auch Nachtigallen, die bei uns so freundlich geschonten Schwalben, die herrlichen Grasmücken, die kleinen Sänger aller Art werden in dem todbringenden Lande der Citronen ohne Unterschied von Alten und Jungen, von Kaufleuten, Handwerkern, Priestern und Edelleuten mit Fallen, Netzen, Flinten, Sperbern und Käuzen während der Zeit ihres Durchzugs unablässig verfolgt. Am Langensee werden alljährlich an 60,000 Sänger gefangen; bei Bergamo, Verona, Chiavenna, Brescia aber bei Millionen, — größtentheils Thierchen, denen bei uns Niemand etwas zu Leide thut und die ihres herrlichen Gesanges wegen eher gehegt werden. Am großartigsten aber wird das Würgergeschäft vielleicht an der neapolitanischen Küste und auf Sicilien betrieben. Hier treffen die Wachteln gegen Mitte April bei Westwind ein und nehmen sogleich das allgemeine Interesse in Anspruch.

Alles spricht von den Wachteln, verläßt Magazin, Werkstatt, Comptoir und eilt zur Jagd. In Messina allein werden über 3000 Jagdpatente gelöst und ein guter Jäger schießt täglich seine 100—160 Wachteln. Die Bauern aber, die ihre Felder mit unzähligen Schlingen belegen, machen noch bessere Beute, und einzelne fangen sogar an einem einzigen Tag 500 bis 700 Stück; ja Fänge von 1000 Stück per Tag sind nichts Unerhörtes.

Wenn im Mai mehr die Zugwachteln im Hügelrevier, von den Dörfern und Städten etwas entfernt einfallen, so wird sogar für die Jäger in Feldkapellen eigens Gottesdienst gehalten.

Der Herbstwachtelzug ist etwas spärlicher, dafür kommen die Feldlerchen zahlreich und werden oft zu 6—10 Stück auf einen Schuß erlegt. Neben diesen Vögeln verspeist der Italiener auch alle übrigen mit Behagen, von den Falken, Reihern, Möven bis zu den Schwalben, Bachstelzen, Goldhähnchen hinunter, und die einfältigsten Bauern sind ebenso scharfäugige Späher und gute Schützen als passionirte Geflügelesser. —

In Folge dieser mörderischen Epidemie ist auch Italien, das Land der Musik, des Gesanges, so äußerst arm an Singvögeln, ebenso der Kanton Tessin, wo die italienische Mordlust schon lange grassirt und selbst die Sperlinge zur großen Seltenheit geworden sind. —

Aus dem Tessin und dem Veltlin steigen die Vogelsteller bis an den Gotthard hin und auf die Bündnerberge, um die freundlichen Thierchen schon an der Grenze mit den verrätherischen Netzen zu empfangen. Darum hat man auch in der Schweiz eine wachsende und gefahrdrohende Abnahme der insektenfressenden Vögel bemerkt. Der Canton Tessin hat durch seine Vogeljäger weit mehr reellen Schaden als Nutzen. Zwar werden jährlich an 1500 Jagdpatente, die dort freilich nur mit einem Franken gelöst werden können, verkauft, allein die Vogeljagd mit Netzen, Schlingen, Leimruthen, Fallen, Käuzchen und selbst mit großen Vogelherden (Rocoli) ist ganz frei. Jenseits der Cenere krönt der Rocolo eine Menge kleiner Hügel und oft fängt ein einziger Rocolodore, worunter nicht etwa ein armer Teufel von Vogelsteller, sondern reiche und gebildete Herren zu verstehen sind, an einem schönen Octobertag bei 1500 kleinere Vögel.

Wie groß der Verlust an Zeit und Arbeitskräften für ein Land ist, das in so manchen Zweigen des Gewerbsfleißes noch sehr zurücksteht, läßt sich leicht ermessen.

Und wie nachtheilig das allgemeine und großartige Würgergeschäft auf den Volkscharakter einwirken muß, erfährt man bald genug, wenn man überhaupt die unmenschliche Mißhandlung der Thiere, die in Italien überall zu finden ist, und daneben das blühende Banditenthum des Volkes ansieht. In der deutschen Schweiz ist dagegen der Vogelfang von sehr geringer Bedeutung und trifft nur etliche Finken- und Drosselarten. Die Vogelherde sind namentlich in den Bergen sehr selten.

Die Jagd mit Schießgewehren betrifft hier ausschließlich die Hühnerarten, Tauben und Krammetsvögel, Wachteln, Schnepfen, Enten und die Raubvögel. Die kleineren Vögel, sogar die Lerchen bleiben ziemlich unbehelligt. Die Schwalben stehen unter der Aegide der Volkspietät und noch in neuerer Zeit (1858) ist im Waadtland sogar ein Gesetz zu ihrem Schutze erlassen worden, während man in Italien wohl die

Rücksichtslosigkeit sieht, für die nistenden Schwalben eine Feder an die Fischangel zu hängen, auf welche sie zufliegen und sich spießen. Die meisten Cantone haben in neuester Zeit durch wohlthätige Verordnungen den Insektenfressern Freistätten im Lande gewährt.

Pillen gegen Schwindsucht.

* Das Unwesen der Schwindler, welche sich nicht schämen, durch Reclamen in den Zeitungen den armen kranken Leuten das letzte Geld abzulocken, nimmt immer mehr zu, je mehr das Gewissen bei der Menschheit abnimmt. Wenn so ein armer Kranker lang medicinirt hat ohne Hoffnung auf Besserung, auf einmal aber in der Zeitung von einem „Specialarzt" liest, der gar noch hundert Zeugnisse von Geheilten veröffentlicht, dann wagt er seinen letzten Gulden daran und wendet sich um Hülfe an den „Specialarzt." Dieser aber ist nur ein guter Special für seinen eigenen Geldbeutel, in welchem mancher Blutgulden sich verlieren mag, den der Schwindler gewissenlos der kranken, hoffenden Armuth abgezapft hat, durch sein Unwesen in den Zeitungen. Sagen wir heute einmal ein paar Worte über die Pillen gegen Schwindsucht, hergestellt vom „Specialarzt" Dr. Reimann in Berlin, indem wir dabei den Aufsatz der vortrefflichen „Industrieblätter" von Dr. Hager benutzen.

Einen Specialarzt nennt man einen Arzt, welcher die Behandlung einzelner gewisser Krankheiten und deren Heilung als seine Lebensaufgabe hinstellt. Er sagt in den Zeitungen, daß er Special-Arzt für die und die Krankheit sei, aber mancher thut dies auch nicht, weil sein Ruf schon ein allgemein verbreiteter ist. So hat Graefe in Berlin als Augenarzt einen großen Ruf. Andere sind berühmte Ohrenärzte, Special-Aerzte für Frauenkrankheiten, Kinderleiden ec. Alle diese verdienten Aerzte machen aus ihrer Kunst und der Art der Heilung kein Geheimniß, am allerwenigsten ahmen sie in den Zeitungen die Reclamen der Geheimmittelschwindler nach. Die richtige Erkennung der Krankheit und die richtige Behandlung derselben gilt ihnen als erste Aufgabe und ihre Erfolge machen sie berühmt.

Wie in jedem Stande, so auch im Stande der Aerzte finden wir Ausnahmen, denen der Schwindel keine Schande macht, welche sich für Specialärzte ausgeben, die Kranken über einen und denselben Kamm scheeren, denselben ein und dieselbe Arznei, häufig ohne allen Heilwerth, geben und sich dafür exorbitant bezahlen lassen. Da diese schamlosen Aerzte wegen ihrer Reclamen in den Zeitungen viel Zulauf haben, so ist es Pflicht, das Publikum vor denselben zu warnen, da es in 100 Fällen 90 mal keine Heilung zu erwarten hat, aber sicher sein kann, gründlich übers Ohr gehauen zu werden. Amerika zählt solche Aerzte zu Tausenden, doch es hat daselbst das Menschenleben auch weniger Werth, wo alle Jahre allein durch die Mississippi-Dampfboote Tausende verbrüht, gekocht, verbrannt und ertränkt werden, wo der künstliche Abortus von vielen Aerzten als bekanntes Geheimniß unzählig betrieben wird. Bei uns in Europa mögen nimmer solche Zustände Eingang finden! — Doch aber die als Geheimmittelschwindler fungirenden Aerzte bahnen den Weg zu diesen Umständen.

In Berlin existirt ein Arzt mit Namen Reimann, welcher in Schwindsucht macht und wie es scheint, diese Krankheit nach einer gewissen Schablone behandelt. Die Pillen, welche er gibt, sind verdammt theuer, denn circa 200 Stück kosten 2⅔ Thaler, obgleich sie jeder Apotheker für 10 Sgr. (⅓ Thlr.) auch machen würde. Man wird neugierig sein, woraus diese Schwindsuchtspillen denn bestehen. Wenn wir die Bestandtheile aufzählen, so wird der Sachverständige diese Bestandtheile mit Achselzucken ansehen, denn merkwürdig sind sie gerade solche Medicamente, welche nicht viel nutzen und nicht viel schaden, von welchen der größte Theil der Aerzte behauptet, daß sie bei Licht besehen einen überflüssigen Ballast im Arzneischatz bilden. Jede Pille (mit Bärlappsamen bestreut) besteht aus eisenhaltigem Salmiak 0,06 Gramm, Goldschwefel 0,012 Gramm, Bitterkleeextract 0,04 Gramm und Pulver von Wasserfenchel 0,012 Gramm. Das sind die Pillen, womit Hr. Dr. Reimann in Berlin der Schwindsucht den Fuß auf den Nacken setzt! Nur das Bischen Eisen wäre der Gegenstand, dem man einige Wirkung zutrauen könnte, ist aber kein Mittel gegen Schwindsucht. Im Uebrigen ist keiner der genannten Pillen-Bestandtheile etwas Neues, vielmehr ein jeder von den Aerzten im Allgemeinen ziemlich verlassen, und allen Aerzten bekannt. Es würde also auch, wie man sich selbst sagen kann, ein jeder andere Arzt ebenso glücklich sein, die Schwindsucht zu heilen, wie der Herr Dr. Reimann, nur daß dieser einem armen kranken Menschen 2⅔ Thaler dafür abnimmt.

Miscellen.

Am 28. Juli Abends starb, wie bereits gemeldet, in Dresden der Geheimrath Dr. Karl Gustav Carus, Präsident der kaiserlich Leopoldinisch-Carolinischen Akademie. Carus, als Gelehrter, Physiolog, Arzt und bildender Künstler bekannt, wurde am 3. Januar 1789 in Leipzig geboren, wo sein Vater eine Färberei besaß. Er bezog früh die Hochschule seiner Vaterstadt und widmete sich besonders dem Studium der Chemie für die erfolgreichere Betreibung des väterlichen Geschäftes. Doch fühlte er sich bald zu den medicinischen Vorlesungen gezogen und wandte sich nach einiger Zeit gänzlich der ärztlichen Wissenschaft zu. Er promovirte 1811 in Leipzig und habilitirte sich noch in demselben Jahre als Privatdocent. Das akademische Lehramt begann er mit Vorlesungen über vergleichende Anatomie. Später las er über Entbindungskunst, Geschichte und Behandlung der Frauenkrankheiten. Als im Jahre 1813 die französischen Armee-Commissäre ein Hospital in Pfaffendorf bei Leipzig errichteten, wurde Carus zum Director desselben ernannt. Im folgenden Jahre, als die medicinisch-chirurgische Akademie in Dresden neu organisirt wurde, folgte er dem Rufe dahin als Professor der Entbindungskunst und Director der geburtshilflichen Klinik. Dreizehn Jahre später wurde er unter Enthebung seiner Stellung zum königlichen Leibarzt, Hof- und Medicinalrathe ernannt, in welcher Stellung er als Reisebegleiter des Prinzen Friedrich August Italien und die Schweiz besuchte. Im Jahre 1833 gewann er den Preis der Akademie der Wissenschaften in Paris durch die Schrift über den Blutkreislauf der Insecten und seine Beiträge zur Entwicklungsgeschichte der Thiere. Die späteren Jahre brachten für Carus vielfache und glänzende Auszeichnungen. Uebrigens erfreute er sich eines großen Wirkungskreises als pract. Arzt, und sein mit Kunstschätzen geziertes Haus versammelte oft einen gewählten Kreis zu literarischen und musikalischen Genüssen. Carus hat sehr viel geschrieben; unter seinen zahlreichen Schriften nennen wir die folgenden Werke, welche für die Vielseitigkeit des Autors sprechen: Lehrbuch der Zootomie, Leipzig 1818; Erläuterung zur vergleichenden Anatomie, 1826; Vorlesungen über Physiologie, 1831; Briefe über Landschaftsmalerei, 1835; Paris und die Rheingegenden, 1835; Zwölf Briefe über das Erdleben, 1841; Goethe und seine Bedeutung für diese und die künftige Zeit, 1849; England und Schottland, 1846; Zur Entwicklungsgeschichte der Seele, 1851 ec.

London. Der Verlust des Dampfers „United Kingdom", der, obwohl noch immer durchaus keine Einzelheiten vorliegen, als sicher anzunehmen ist, hat auf's Neue zu dem Vorschlag veranlaßt, daß auf allen zu regelmäßigen Fahrten verwendeten Schiffen, jedenfalls aber auf allen Postlagier-Dampfern, Brieftauben gehalten werden, um mittelst dieser von einem etwaigen Unglücksfalle Nachricht zu geben. Daß sich ein solcher so plötzlich ereignen sollte, daß selbst zur Absendung einer solchen Brieftaube mit der kurz gefaßten Nachricht derselben auf einem Zettel unter die Flügel gebunden, keine Zeit mehr vorhanden, ist nicht anzunehmen. Jedenfalls sind die Kosten äußerst gering und stehen in keinem Verhältniß zu der Möglichkeit, Nachrichten mit Sicherheit in solchen Fällen zu übermitteln, wo jede andere Communication abgeschnitten ist.

Redaction von A. L. Moll. Druck der Jäger'schen Druckerei in Speyer.

Palatina.

Belletristisches Beiblatt zur Pfälzer Zeitung.

Nro. 94. Speyer, Samstag, den 7. August 1869.

Die Schmuggler.

Erzählung von Guido Volz.

(Fortsetzung.)

Das entschlossene Mädchen machte sich rasch an das Verbinden mit ihrem Tuche, wozu der Fremde mit einem dankbaren Blicke seinen Arm bereitwillig bot. „Und nun erzählen Sie weiter," sagte sie.

„Vom Wege abgekommen, flüchtete ich vor meinen wüthenden Verfolgern über Felsen und Gestrüppe. Plötzlich wich die Erde unter meinen Füßen und ich stürzte in eine tiefe, von jahrealtem, feuchtem Moose bedeckte Schlucht. Bei dem unerwarteten Sturze entfiel mir Schießwaffe und Hut. Da ich sehr tief und in schräger Richtung fiel, so konnte ich an ein Hinausklimmen nicht mehr denken; ich tappte nun im Finstern weiter und ging instinktmäßig dahin, wo sich mir ein offener Weg bot, bis ich endlich nach langem Umherirren in weiter Ferne einen schwachen Lichtpunkt zu bemerken glaubte. In dieser Richtung drang ich nun vorwärts, und als ich dahin gelangte, bemerkte ich, daß dieser lichte Punkt der Widerschein von einem Lichtstrahle war, der durch eine kaum spannbreite Oeffnung dringe, und daß hier mein ferneres Vordringen gehemmt sei. Doch war dieser so schwache Lichtstrahl in meiner verzweifelten Lage für mich der goldene Strahl der Lebenshoffnung und ich wendete alle meine Kraft an, um den Stein unter der Oeffnung wegzuwälzen; es gelang, und die Oeffnung war nun so erweitert, daß ich mit Mühe und Noth durchzuschlüpfen vermochte; ich drang weiter vor, das Licht wurde immer lebhafter, und nun — bin ich da."

„Und wissen, ahnen Sie nicht, wo Sie sich befinden? Sie sind in der Höhle desselben Schmugglers, vor dem Sie eben geflohen sind. Unglücklicher, Sie sind verloren."

„Wie? Ist also von hier keine Rettung möglich?"

„Keine! Der einzige Ausgang, der aus dieser Höhle führt, ist von Außen verschlossen; und wenn er sich öffnet, werden Ihre Verfolger durch denselben eintreten, von denen Sie kein Erbarmen zu gewärtigen haben. Dahin, woher Sie gekommen sind, werden Sie sich nicht mehr zurückfinden, im Hierhergehen diente Ihnen der Widerschein vom Feuer als Leitstern, im Rückwege ist aber Alles schwarze Nacht. Sie würden sich in dem Labyrinth der Gänge verirren, dem Hungertode verfallen — und doch müssen Sie eines von den beiden Uebeln wählen."

„Und gäbe es durchaus kein drittes Auskunftsmittel?" stammelte der todtenbleiche Fremdling und lehnte sich matt und verlassen an die Felsenwand.

„Ein drittes Mittel?" wiederholte Marie nach kurzem Besinnen, „vielleicht findet sich eines; Sicheres aber kann ich beim besten Willen nicht versprechen. Jedenfalls schwören Sie, daß Sie von alle dem, was Sie hier sahen und noch sehen werden, nie und vor Niemandem auch nur mit einem Worte Erwähnung thun werden."

Der Fremdling leistete den feierlichen Eid.

„Und nun schnell zurück in den Gang, denn ich höre vom Eingang her ein Getöse, sie kommen. Wenn Ihr Leben Ihnen theuer ist, so darf kein Laut, kein Ton Ihr Dortsein verrathen."

Kaum blieb dem Jüngling so viel Zeit, um sich in ein Versteck der Höhle zurück zu ziehen, als auch Peter und Georg schon Marie fanden. Diese schien so ruhig, als hätte sie sich während der Abwesenheit der Männer gar nicht von ihrem Sitze erhoben. In den Gesichtern der beiden Männer, besonders aber bei Peter, waren Verdruß und Zorn ausgeprägt.

„Mädchen," sprach der Alte, „Du hattest richtig geahnt, daß diese Nacht eine unglückliche sein werde. Die gesammte Waare liegt in bodenloser Tiefe unter den Wellen der Eger begraben, und der beste unserer Männer bei ihr. Verdammte Spürhunde! Wir haben indeß keine Minute zu verlieren; der Morgen graut, bereitet Euch. bereite Dich vor, Marie, wir werden sogleich aufbrechen. Die Lastthiere erwarten uns bereits bepackt an der Straße. Ihr Beide geht voraus und nach einigen Minuten folge auch ich Euch."

Georg und Marie verließen die Höhle.

„Der Alte zählt nun sein Geld," sprach Georg, als sie außerhalb der Höhle anlangten, „er hat sein Vergnügen an dem Mammon und hat uns deshalb vorausgeschickt, damit wir nicht sehen, in welchem Versteck er seine eiserne Kiste verbirgt."

„Georg," sprach leise das Mädchen, „ich habe eine Bitte an Dich."

„Marie, liebe Marie! nimm mein Leben, mein Heil," antwortete dieser und ergriff mit Begeisterung den schönen Arm des Mädchens, den ihm Marie ohne Widerstand überließ.

„Georg! Außer meinem Großvater athmet noch ein lebendes Wesen in der Höhle."

„Noch ein lebendes Wesen? Wer ist's? Ist's ein Mann? fragte hastig der junge Schmuggler mit in Eifersucht aufblitzenden Augen.

„Ein Fremder," erwiderte Marie, „seinen Namen kenne ich nicht. Uebrigens ist er einer Derjenigen, die Euch diese Nacht anfielen, die aber so schnell die Flucht ergreifen mußten. Während der Flucht ist er in den einen der Höhlengänge gefallen und gelangte, vom Feuerschein geleitet, auf wunderbare Weise in meine Nähe. Wenn mein Großvater die Höhle verschließt, wird dieser Mensch dem Hungertode verfallen."

„Ja, er wird dem Hungertode verfallen!" entgegnete Georg wie ein dumpfes Echo.

„Nein, er wird nicht, er darf nicht dort verenden," antwortete Marie in ihrer gewohnten energischen Weise; „jener Mensch hat mir auf sein Seelenheil, seine Ehre geschworen, Euch nicht zu verrathen. Georg, Du mußt ihn retten."

„Dein Großvater würde sein Leben nicht verschonen."

„Eben deshalb, Georg, ich bitte Dich bei unserer Liebe, rette ihn. Vermag denn etwas unserer hoffenden Liebe mehr Segen zu geben, als die Rettung eines Lebens?"

„Marie," sprach Georg nach einer kurzen Pause, „der Fremde wird binnen weniger als einer Stunde befreit sein."

„Ich danke Dir, Georg," lispelte Marie, denn ihr Großvater nahte mit eiligen Schritten.

II.

Der Karneval war in Dresden eben so heiter, als lebhaft. Die Jugend in dem deutschen Athen war unermüdlich, als hätte sie geahnt, daß ernstere Tage kommen würden; öffentliche Gesellschaftsbälle und Belustigungen folgten in ununterbrochener Reihe. In einer sternhellen kalten Februarnacht rollten die Lohnkutscherwägen und Carossen die Gassen der Altstadt entlang und setzten vor dem Portale eines palastähnlichen Gebäudes reich und glänzend gekleidete Ballgäste ab, die dann eilig die mit Tuch belegten Treppen hinaufeilten. Um Mitternacht hörte das Wagengerasse auf, die neugierige Menge hatte sich verlaufen, nur eine dunkle Gestalt lehnte an der Ecke der Frauengasse und betrachtete die hellerleuchteten Fenster, an deren musselinen Vorhängen man graziöse Gestalten vorüberschweben und von deren Höhe man die lockenden Töne der Quadrille, der Nationaltänze und der Mazurka vernehmen konnte. Obschon diese Gestalt in einem dunkeln Mantel bis über's Kinn eingehüllt und die Stirne von einem breiten grünen Hut mit einer Feder beschattet war, ist es uns doch ein Leichtes, in ihm, während eines Aufblicks zu den hellerleuchteten Fenstern, unsern alten Bekannten, Georg, schon an seinen wildfunkelnden Augen wieder zu erkennen. Georg ist vor einigen Stunden in Dresden eingetroffen, aus der Gegend von Franzensbad kommend, woselbst vor einigen Tagen jener königliche Beamte, der die in Peters Hause confiscirten Effecten unter Sequester bei sich hielt, beraubt wurde.

Bei diesem Raube wurde sonst nichts entwendet, als ein Frauenportrait in Goldrahmen, das sich jetzt in Georgs Brusttasche befand. Er hatte es mit Gefahr seines Lebens geraubt. Er ließ sich gleich nach seiner Ankunft in der Hauptstadt, ohne sich Ruhe zu gönnen, nach der Wohnung von Mariens Tante geleiten; seit vier langen Monaten war ja das Wiedersehen sein einziges Sehnen, seine Hoffnung und jetzt, wo ihn eine Entfernung von nur wenigen Schritten von Marien trennte, jetzt stand er unentschlossen, mit stürmisch klopfendem Herzen vor dem sein Theuerstes in sich schließenden Hause, stundenlang die an den Fenstervorhängen vorüber schwebenden Schatten betrachtend, um jenen Mariens aus denselben herauszufinden. Endlich richtete er sich auf und ging, anfangs zögernden, dann aber eiligen, entschlossenen Schrittes durch das Portal und die tuchbelegten Treppen hinan.

In diesem Augenblicke reichte Marie ihr kleines, in Glacehandschuhe gezwängtes Händchen ihrem jugendlichen Tänzer, der sie zur eben beginnenden Quadrille führte.

Mit diesem jungen Manne war Georg schon einmal zusammengetroffen; er sah ihn hier nicht zum ersten Mal; nur war jetzt seine schlanke Gestalt statt der damaligen zerrissenen Kleider in ein gewähltes Ballcostüm gekleidet, statt der wirren Haare trug er jetzt eine sorgfältige Frisur und seine Züge erschienen jetzt nicht von Angst zerwühlt wie damals, sondern sicher und strahlend in Lust und Fröhlichkeit, zum Beweise, daß er die Wunde am Arm nicht so leicht erträglich finde, als die Wunde im Herzen, die ihm Jene geschlagen, welche die erstere bei ihrem früheren Zusammentreffen in der Höhle verband.

Auch Mariens schneeiger Nacken war nicht wie damals von einem schwarzen Kleide neidisch verfleckt; ein weißes, prächtiges Ballkleid mit den auserlesensten Spitzen deckte ihre schön geformte, einnehmende Gestalt. Ihr reiches, künstlich geflochtenes rabenschwarzes Haar legte sich in graziösen Formen um ihr schönes Haupt, und auf diesem glänzend schwarzen Grunde prangte eine einzige frische Camellie rein und unangetastet wie frisch gefallener Schnee.

Ein schöneres, passenderes Paar konnte man sich nicht denken. Friedrich, der allgemein Beneidete, der Erobernde, doch Unerobertbare, machte seit zwei Monaten entschieden und offenkundig dem in den Gesellschaftszirkeln neu aufgetauchten, schnell zum höchsten Glanze gelangten Gestirn, er machte Marie den Hof.

Und sie, das arglose Kind der Einöde?

O, wie viel vermögen vier Freudenmonate in dem Wirbel der Genüsse, in dem Kreise einer glanz- und genußsüchtigen Frau, selbst an dem engelgleichsten Gemüthe zu ändern. Armer, vergessener Georg!

Die Tanzcolonne war geordnet und der Dirigent Friedrich wollte eben das Zeichen zum Beginn geben, als ein im Vorsaale entstandener Tumult die Aufmerksamkeit aller Gäste dahin lenkte. Ein Unbekannter drängte sich durch die Masse der Bedienten und stieß diejenigen, die ihn zurückhalten wollten, mit seinen nervigen Armen nach links und rechts.

An der Schwelle des Tanzsaales blieb er stehen, und während er in seiner Linken den breitkrämpigen grünen Hut hielt, breitete er seine rechte Handfläche gleich einem Vordache über seine Augen aus, als wollte er das ungewohnte lästige Lichtmeer von seinen Augen entfernen und mit den Blicken Jemand aus der Menge herausfinden. Seine solchige Fußbekleidung stach fürchterlich gegen die spiegelglatten Parquetten ab, und zu seiner unmodischen Kleidung verglichen, spielte auch der letzte Bediente einen Stutzer.

Bei dem Entstehen des Tumultes schwieg die Musik. Aller Augen waren auf den Eindringling gerichtet und einige Sekunden lang herrschte eine wahre Todtenstille im Saale.

Georg stand vor Marien.

Sie schrie halbleise auf und biß sich in die Lippen.

(Fortsetzung folgt.)

Das Brod.

Das Brod ist ein so allgemein verbreitetes Nahrungsmittel, daß es sogar sprichwörtlich geworden ist; „sich sein Brod verdienen" bedeutet: sich den Lebensunterhalt erwerben. Wir finden es bei jeder Mahlzeit ebenso gut auf dem Tische des Reichen wie des Armen, und die Völker aller Zonen genießen Brod oder brodähnliche Nahrung.

In Europa sind es hauptsächlich Weizen, Roggen, Gerste, in den armen Bergländern wohl auch Hafer — in den südlichen Gegenden Mais, welche zur Brodbereitung verwendet werden; die Indianer backen Brod aus geschrotetem Maismehl und aus der Cassavawurzel, die Neger aus Palmenmark, den Südsee-Insulanern dient hiezu die Frucht des Brodbaumes. Die ehrsame Bäckerzunft läßt sich nicht träumen, daß sie auf Egyptens Denkmalen verewigt ist und daß man allehrwürdige Fabricate egyptischer und römischer Bäckermeister in den Pyramiden und in den Ruinen Pompejis gefunden hat. Die Geschichte aller Völker erwähnt des Brodes, welches neben gebratenem Fleische vielleicht die am längsten bekannte aller künstlich zubereiteten Speisen ist. Ja selbst die noch heute gebräuchliche Bereitungsweise des Brodes ist in ihren Grundzügen uralt; bekanntlich erzählt uns das heilige Buch der Hebräer, die Bibel, daß die Juden bei ihrer Flucht aus Egypten das ungesäuerte Brod mit sich nahmen.

Man sollte denken, daß die Bereitungsweise eines so lange bekannten Nahrungsmittels die größte Vollkommenheit erreicht haben müsse, allein dies war bis in die jüngste Zeit nicht der Fall; erst die Neuzeit hat auch hier die Schranken gebrochen, Chemie und Mechanik wirken zusammen, um durch rationelle Bereitungsweise und zweckmäßige Maschinen billigeres, besseres und auch auf appetitlichere Weise bereitetes Brod herzustellen. In den Brodfabriken Englands und Nordamerikas wird das Wirken und Theilen des Brodteiges nicht durch die schweißbedeckten Hände von Arbeitern, sondern durch Maschinen ausgeführt. Auch bei uns fängt man schon hie und da an, Brod fabriksmäßig darzustellen, welches oft naiverweise als „Dampfbrod" bezeichnet wird, weil die Maschinen der Brodfabrik durch Dampf getrieben werden.

Jedes Kind weiß, daß das Brod aus Mehl, Wasser, Salz und Sauerteig bereitet wird; allein die Vorgänge hiebei sind trotz ihrer Einfachheit den Laien unbekannt. Jedes Kind kann dieselben erfassen, und es wäre gewiß für unsere Schuljugend belehrender, wenn sich in ihren Lesebüchern weniger Geschichten „Vom kleinen Hänschen", dafür aber mehr leichtverständliche Aufsätze über die wichtigsten Gegenstände des täglichen Bedürfnisses, wie Brod, Salz, Leinwand und dergleichen vorfänden. Untersuchen wir das Mehl der verschiedenen Getreidearten, so finden wir zwar in jedem die gleichen Bestandtheile, aber in verschiedenen Verhältnissen, welche im Weizen am günstigsten für die Ernährung sind. Jedes Mehl enthält Stärkemehl, einen Körper, welcher, an und für sich unlöslich, die Fähigkeit besitzt, mit heißem Wasser zu verkleistern, d. h. vermöge seiner Structur große Mengen Wasser aufzunehmen und durch verschiedene chemische Processe oder durch bloße Einwirkung von Wärme sich in lösliche Körper zu verwandeln. Das Stärkemehl enthält so wie das Fett, nur Kohlenstoff, Wasserstoff und Sauerstoff, aber keinen Stickstoff; es kann daher nicht zur Bildung von Muskel- und Nervensubstanz, welche beide stets stickstoffhaltig sind, dienen, sondern im Organismus nur in Fett umgewandelt, aufgespeichert und als Athemmittel verwendet werden, d. h. es wird beim Athmungsproceß zu Kohlensäure und Wasser verbrannt und liefert hiebei einen Theil der Körperwärme.

Mehl in ein Säckchen aus dichter Leinwand eingebunden und unter Wasser so lange geknetet, als letzteres noch durch Stärkemehl milchig wird, hinterläßt einen braungelben, elastischen Körper, der leicht in Fäulniß übergeht, den sogenannten Kleber. Dieser, neben Kohlen-, Wasser- und Sauerstoff auch noch Stickstoff enthaltend, besitzt in Bezug auf seine chemische Zusammensetzung eine gewisse Verwandtschaft mit dem Eiweiß und ist ein wahrer Muskel- und Nervenbildner. Je mehr Kleber ein Mehl besitzt, desto werthvoller ist es; Weizenmehl steht in dieser Beziehung oben an, indem es $\frac{1}{8}$—$\frac{1}{7}$ seines Gewichtes davon enthält. Kleberreiches Mehl ballt sich zu einem Klumpen, wenn man es in der Hand drückt, daher die bekannte „Mehlprobe" der Bäcker, und wird in Folge der beginnenden Zersetzung des Klebers leicht „dumpfig", wenn man es an einem feuchten Orte aufbewahrt.

Die Schalen der Getreidekörner enthalten viel von stickstoffhaltiger Substanz (beim Weizen 16 Procent);

vermahlt man einen Theil derselben (Kleie) mit dem Mehle, so erhält man ein entschieden nahrungsreicheres, wenn auch etwas dunkleres Mehl und Brod, als wenn man dies nicht thut. Obwohl nun Jeder beistimmt, daß das Brod zum Essen und nicht zum Anschauen gehört, so setzt doch die Macht der Gewohnheit der Verwendung der Kleie unübersteigliche Hindernisse entgegen; namentlich weisen die Diener in den Städten das „schwarze" Brod zurück; bekanntlich erzählt uns Goethe in seiner Lebensbeschreibung ergötzliche Dinge von den Franzosen, welche nur „du pain blanc" essen wollten. Zieht man in Erwägung, welch riesige Mengen von stickstoffhaltiger Substanz durch Absonderung der Kleie dem directen Consum entzogen werden, so muß man dieses grundlose Vorurtheil, gegen welches selbst Männer wie Liebig bis jetzt vergebens ankämpfen, auf das tiefste bedauern. Doch gibt's ja etwas, gegen welches Götter selbst vergebens kämpfen. Ganz abgesehen von diesem Verluste, erleidet man einen noch weit größeren durch die gewaltige Verminderung der Nährsalze. Mit der Kleie vermahlenes Weizenmehl enthält nahezu 2 Procent phosphorsaurer Salze; feines Weizenmehl nur 0.8 Procent; die Kleie hingegen 4.5 Procent. Diese Salze sind zur Knochenbildung absolut unentbehrlich und bedingen außerdem den Nahrungswerth der Speisen: für sich allein nährt weder Kleber, noch Stärkemehl, noch Salze — nur alle drei zusammen in richtigem Verhältnisse nähren wirklich.

Die Entfernung der Kleie bedingt große quantitative Verluste und Arbeit; das Mehl wird dadurch zwar theurer und weißer, aber weniger und schlechter. Das „Kraftmehl", wie man das Stärkemehl oft nennt, verdient nichts weniger als diesen Namen, weil es eben gar keinen Kleber und möglichst wenig Salze enthält. Mehl und Brod enthalten Alles, was der Körper zu seinem Aufbaue benöthigt, in ziemlich günstigem Verhältnisse, so daß man in einer Rangordnung der Nahrungsmittel etwa folgende Eintheilung machen könnte: Milch, Eier, Fleisch, Käse, Brod.

(Schluß folgt.)

Miscellen.

(Eine verhängnißvolle Otterjagd.) In einem Dorfe bei Lebelich trug sich am 22. v. M. folgender traurige Fall zu: Der Müller des Dorfes, welcher außerhalb desselben wohnt, bemerkte am benannten Tage in dem in der Nähe liegenden Teiche eine Fischotter. Froh der gemachten Entdeckung, lief er in das Haus, nahm das Gewehr, um sie zu erlegen. Der Sohn wollte sich dem Vater beigesellen. Da er aber keine Schußwaffe mehr besaß, so lief er in das Dorf und kam bald mit einem Gewehre zurück, lief zu dem Teiche, um seinen Vater zu suchen. Er sah ihn nicht sogleich und stellte sich daher auf die Lauer. Plötzlich hörte er in dem den Teich umgebenden Gesträuch etwas sich räuspern. In der Meinung, es sei die Fischotter, schoß er ab und traf — seinen Vater, der mit einem lauten Schrei stürzte. Die Hausleute eilten auf diesen Schrei sogleich herbei und fanden den Müller in seinem Blute liegen. Er lebte noch wenige Stunden, testirte und verschied. Man hatte große Mühe, den Sohn zurückzuhalten, der sich tödten wollte.

Ein reicher Particulier hat jüngst in London das Zeitliche gesegnet und sein großes, mehrere Millionen betragendes Vermögen der Miß B. vermacht. Die Gerichtspersonen stellten sich der Dame vor, um die Empfangsbescheinigung des Legats zu erwirken; doch zu ihrem großen Erstaunen erklärt sie, „den Erblasser nicht zu kennen." Doch fügt sie nach einiger Ueberlegung hinzu, „führen Sie mich zu ihm hin." Bei der Leiche angekommen, wird deren Antlitz aufgedeckt und Miß B. stößt einen Schrei der höchsten Ueberraschung aus. „Ich kenne ihn," sagt sie, „das ist der Herr, der mich drei Jahre hindurch mit seinen Gunstbezeigungen verfolgt und selbst Verse auf meine Nase gemacht hat. Im Hyde-Park und Covent-Garden war er immer vor mir in Betrachtungen versunken." Bei der Eröffnung der Papiere des Verstorbenen, fand man wirklich mehrere Episteln zu Ehren der hübschen Nase und mehr als fünfzig Entwürfe derselben als Profil oder en face. Das Testament übrigens schloß mit folgenden Worten: „Ich bitte Miß B., die Uebermachung meines ganzen Vermögens anzunehmen, zu gering noch gegen die unaussprechlichen Gefühle, die mir während dreier Jahre die Betrachtung ihrer Person, namentlich ihrer wundervollen Nase verschafft hat!" Miß B. hat angenommen.

Ladenburg, 5. August. Beim Anhalten des 8½ Uhr Vormittags von Frankfurt hier anlangenden Personenzugs, ertönte aus einem Waggon III. Classe ein fürchterliches Geschrei. Es hatte sich nämlich kurz vorher ein junger Mann zum Wagenfenster hinausstürzen wollen, war aber durch zwei Mitreisende, die ihn an den Füßen hielten, daran gehindert worden. Kaum stand der Zug, so sprang der junge Mann über den Damm hinunter und suchte sich an einem Baum zu erhängen, was ihm jedoch nicht gelingen wollte, da das Sacktuch zerriß. Als er sich hierauf verfolgt sah, eilte er auf die Straße gegen Ilvesheim zu, schnitt sich mit einem Messer in den Hals und sprang dann in den Neckar, aus dem man ihn todt herauszog. In dem Waggon waren Reisetasche, Stock und Schirm zurückgeblieben. Bei der Durchsuchung dieser Sache ergab sich, daß der Unglückliche, 27 Jahre alt, Küfer und Bierbrauer, aus Sontheim bei Heilbronn gebürtig, im Begriffe war, nach Amerika auszuwandern. Ein abgeschlossener Schiffsvertrag und ein Wechsel von 80 Doll. auf ein Newyorker Bankierhaus beweisen dies auf überzeugende Weise. (N. B. L.)

*Homonyme.

Mich brauchet mancher Arbeitsmann
Zur Arbeit, doch kann ich nicht stechen,
Nicht schneiden und nicht Steine brechen;
Ich leite nur zur Arbeit an.
Ich pflege sie oft, der ich's bin,
Mit zartem, frommem Liebessinn;
Oft quäl' ich sie mit Vorbedacht
Und thu' nur was Verdruß ihr macht, —
Werd' „Engel", „Teufel" oft betitelt,
Mein Thun mit Eifersucht bekrittelt.
Ein Würdenträger schwelgt in erpreßtem Gut;
Es klebt daran so manches Armen Blut.
Ich komme von Stambul — dort ist kein Uebermuth —.
Doch sieh', der Fatalist,
Er folgt dem Machtgebote;
Wie er so resignirt mich küßt
Und geht — zum Tode.

L. M. M. A.

Auflösung des Räthsels

in Nr. 89: Jubel = Jub, el, Eier, Jubelfeier.
„ „ 90: Bergsteiger.
„ „ 91: Birnen, Bienen.
„ „ 92: Bauch, Redner, Bauchredner.

Redaction von K. A. Woll. Druck der Jäger'schen Druckerei in Speyer.

Palatina.

Belletristisches Beiblatt zur Pfälzer Zeitung.

Nro. 95. | Speyer, Dienstag, den 10. August | 1869.

Die Schmuggler.

Erzählung von Guido Volz

(Fortsetzung.)

„Marie, meine geliebte Marie, endlich bin ich hier, bin an Deiner Seite," sprach er begeistert und ergriff des Mädchens Rechte; die Linke hatte Friedrich noch immer im Besitz. Mariens entfärbte Lippen bebten, als wollten sie sprechen und vermochten es nicht, sich zu öffnen. Friedrich aber kam ihr zuvor. Seine Ansprache war halb an einige Diener, halb an den Fremden selbst gerichtet, den die Gesellschaft mit außerordentlicher Begierde anstaunte.

„Führt diesen Unglücklichen hinaus," sprach er mit einer Würde affectirenden Miene, „denn ich weiß wahrlich nicht, sind Sie wahnsinnig oder nur ein Unverschämter?"

Georg warf einen wilden Blick auf die ihn umstehenden Bedienten, und diese wagten nicht Hand an ihn zu legen; denn sie kannten seinen gewichtigen Arm aus dem Vorsaale her. Dann wandte er sich an Friedrich:

„Und Sie, Sie sprechen so zu mir? Ist Ihnen denn mein Antlitz gänzlich aus dem Gedächtniß geschwunden?" fragte er seinen Gegner und heftete einen durchdringenden Blick auf ihn.

„O nein," erwiderte Friedrich, „vielmehr erinnere ich mich sehr wohl an die Physiognomie des Schmugglers, des Diebes, der zur rechten Zeit herkam, damit die Behörde —"

„Friedrich, um Gotteswillen, Sie irren sich," schrie Marie, „Georg ist mein Freund, mein Verwandter, mein Milchbruder und —" fügte sie in leisem Tone hinzu, „Ihr Lebensretter!"

Diese Scene war rührend schön. Georg stand mit von der Schamröthe der Verletzung und Erniedrigung erfülltem Antlitz da, wie ein brennendes Haus, das der Bösewicht über seines Brodherrn Haupte in Brand gesteckt, der von ihm nur Gutes, nur Dankbarkeit zu erwarten berechtigt war, statt dessen aber sich verhöhnt sieht. Diesem Bösewichte glich Friedrich; und im Bewußtsein seiner Niedrigkeit, und Erbärmlichkeit verfärbten sich seine Wangen zur Todtenblässe. Er allein vermochte die Flammen zu dämpfen, statt dessen aber schürte er das Feuer noch — und dies schmerzte Georg eben am meisten.

„Ich will, ich muß mit Dir sprechen, Georg," flüsterte Marie diesem in's Ohr, „folge diesem Bedienten in meine Kammer, und sobald ich mich frei zu machen vermag, werde ich Dir dahin folgen.

Georg verließ mit dem durch Marie angewiesenen Diener den Saal.

Den Anwesenden, die von den früheren Vorgängen nichts wußten, war diese Scene natürlich unbegreiflich. Einige blickten mit Theilnahme dem sich entfernenden männlich schönen Jüngling nach, Andere lachten und flüsterten sich zu und Jene, die Friedrich und Marie beneideten, machten Witzeleien über des Letztern Stammbaum. Eine allgemeine Spannung und Verwirrung trat an die Stelle der früher so im Zuge gewesenen Fröhlichkeit. Hauptsächlich aber war die Hausfrau sehr ungehalten, daß sich gerade auf ihrem Gesellschaftsabend ein Vorfall ereignen mußte, der nun einige Wochen hindurch der Gegenstand des Spottes der Klatschgesellschaften der Stadt bilden werde. Indeß wurden zwei Flügelthüren geöffnet und die Gesellschaft zur Tafel geladen.

Der arme vergessene Georg saß in Mariens Zimmer auf dem Divan. In seinen Adern kochte das Blut. Sein starrer Blick mit einem Paar unbeweglicher Augen war auf die vor ihm brennende Lampe gerichtet. Wie ganz anders war ihm die Welt, das Leben noch vor einer kurzen Viertelstunde erschienen. Die Tapetenthüre öffnete sich geräuschlos und Marie trat herein. Georg stand von seinem Sitze auf. Seit vier Monaten waren sie zum ersten Mal allein beisammen.

„Marie," sprach Georg wehmüthig, und sein Blick haftete auf dem Mädchen, „Du bist auch in dieser zauberischen Gestalt schön, fast schöner als daheim im einfachen Kattunkleide, im niedrigen Gemache."

„Du warst nicht gewohnt, mir Schmeicheleien zu sagen, Georg, und nun —"

„Ja, Du hast recht, das verstehen Jene dort im Saale besser. Weißt Du, Marie, wer jener Mann ist, der mit Dir tanzte, der mit so heißer, mit so erkennender Innigkeit Dir in's Auge geblickt, der mich dann so tödtlich beleidigte und den Dienern befahl mich hinauszuwerfen?"

„Es ist derselbe, den Du am Abend vor meiner Abreise aus der Höhle bei Eger geleitet hast."

erwiderte in erzwungenem, festem Tone die Gefragte.

„Das heißt, derselbe, dem ich das Leben gerettet," betonte Georg, „denn Du sagtest ja, daß unsere Liebe durch nichts eine höhere Weihe erhalten könne, als eben durch die Rettung dieses Lebens. Marie," setzte er bebend hinzu, „Du liebst diesen Mann?"

Ein eifersüchtiger Geliebter hat einen scharfen Blick, er dringt bis in's Innerste des Herzens. Und Marie — sie starrte die gestickten Blumen auf dem Fußteppich an — und schwieg.

Nach einigen qualvollen Augenblicken wiederholte Georg:

„Marie, Du liebst diesen Mann?"

Diese Worte waren nicht mehr im zweifelnden Tone des Verdachts, sie waren mit der donnernden Stimme des Vorwurfs gesprochen.

„Ja, ich liebe ihn," sprach sie und ihre geistige Energie, die sie für eine kurze Zeit verließ, kehrte allmählich wieder; „ich liebe ihn mit jener verzehrenden, wahnsinnigen Leidenschaft, womit ich für einen Blick von ihm, für einen einzigen Druck seiner Hand selbst mein Leben zu opfern bereit wäre. Auch wohl weiß ich es, daß meine Leidenschaft die Quelle meines Unglücks sein wird, ich fühle es, daß ich mich gegen das edelste, aufopferndste Herz versündige und dennoch, Georg, fühle ich mich nur in den Momenten meiner wahnsinnigen Leidenschaft glücklich, wie durch einen Zauber angezogen, stürze ich unwillkührlich in mein Verderben, und vermag Dir gegenüber nichts als den Tod oder Vergebung erflehen!"

Die letzten Worte sprach sie bereits auf den Knieen liegend und die eiskalten Hände des Jünglings erfassend, drückte sie dieselben gegen ihre brennend heiße Stirne.

Georg stand vor ihr, den Kopf auf die Brust gesenkt, seine schönen Züge waren durch den Schmerz verzerrt, seine stolze Gestalt unter der Wucht des Grams gebrochen, von seinen Wangen war die Jugendblüthe plötzlich verschwunden, wie das Laub vom Baume, den der Blitz gespalten.

„Heiße Dein Herz," sprach Marie weiter, „eine seiner Liebe Unwürdige, von diesem Augenblick an auf ewig vergessen, und urtheile dann nach dem Erfolge, ob ich dem meinigen wohl zu gebieten vermag!"

Georg zog seine Hände zurück, sie waren von Thränen gefeuchtet, vielleicht von den ersten Thränen, die aus Mariens Augen seit ihrer Kindheit geflossen. Und dieses Weib schämte sich, daß sie weinen mußte, denn sie bedeckte ihr Antlitz mit beiden Händen.

„Werde also glücklich, Marie, wenn Du kannst, ich will Dir nicht hinderlich sein," entgegnete Georg im gebrochenen Tone der Ergebung, „werde glücklich, wie ich's nicht sein werde. Werde glücklich," wiederholte er nochmals, „dann werde ich doch vielleicht wenigstens ruhig sterben!"

Mit diesen Worten entfernte er sich rasch durch die Tapetenthüre. Als das Mädchen wieder aufblickte, sah sie ein Weib in weißem Ballkleide vor sich knieen, deren Busen sich in Aufregung hob und senkte, in deren schwarzem Haar eine weiße Camellie steckte, und auf deren beiden Wangen die hervorbrechenden Thränen Furchen zurückließen. Marie fuhr erschrocken vor ihrem eigenen Bilde zurück, das sich in dem ihr gegenüber stehenden großen Spiegel zeigte.

Georg umging den Tanzsaal und eilte die Treppen hinab, von dem leisen Spottgelächter des Bedientenvolkes begleitet, das jedoch nicht bis zu Georgs Ohren drang.

(Fortsetzung folgt.)

Das Brod.

(Schluß.)

Die Entfernung der Kleie bedingt große quantitative Verluste und Arbeit; das Mehl wird dadurch zwar theurer und weißer, aber weniger und schlechter. Das „Kraftmehl", wie man das Stärkemehl oft nennt, verdient nichts weniger als diesen Namen, weil es eben gar keinen Kleber und möglichst wenig Salze enthält. Mehl und Brod enthalten Alles, was der Körper zu seinem Aufbaue benöthigt, im ziemlich günstigem Verhältnisse, so daß man in einer Rangordnung der Nahrungsmittel etwa folgende Eintheilung machen könnte: Milch, Eier, Fleisch, Käse, Brod.

Bei der Brodbereitung werden Mehl, Wasser Salz und Sauerteig durch das „Wirken" auf das innigste gemengt und dann eine zeitlang sich selbst überlassen. Sauerteig ist Brodteig, der so lange gelegen hat, daß er in Folge der Zersetzung des Klebers in saure Gährung übergegangen ist; ein Theil des Stärkemehles wird von dieser Zersetzung gleichsam angesteckt, er verwandelt sich in Zucker und dieser zerfällt in Folge jenes geheimnißvollen Vorganges, welchen wir Gährung nennen, in Alkohol und Kohlensäure. Letztere als gasförmiger Körper treibt die zähe Teigmasse beim „Aufgehen" oder „Treiben empor und verleiht dem Brode seine schwammige Beschaffenheit; nicht genügend gegangenes Brod ist dicht, „speckig". Es findet also beim Gehen des Brodes genau dasselbe statt, wie bei der Gährung der Bierwürze oder des Mostes: es tritt Alkoholgährung ein; diese bedingt nothwendigerweise einen Verlust an Stärkemehl, den man in den Brodfabriken dadurch auszugleichen sucht, daß man die beim Backen entweichenden Alkoholdämpfe auffängt und verdichtet. Die Gährung wird bei der Brodfabrikation zu dem Zwecke eingeleitet, um durch die entweichenden Kohlensäurebläschen das Brod schwammig zu machen; man vermeidet sie in englischen Fabriken ganz indem man dem Brodteige weder Sauerteig noch Salz zumischt, wohl aber eine gewisse Menge von kohlensaurem Natron und reiner Salzsäure; die Kohlensäure des ersteren wird ausgetrieben und macht das Brod aufgehen; das Natron bildet aber mit der Salzsäure Chlornatrium, d. i. Kochsalz; das so dargestellte „Patentbrod" wird durch einen und denselben Proceß getrieben und gesalzen.

Die erwähnte Methode ist zweckmäßiger und billiger als die gewöhnliche Art, Brod zu bereiten, weil sie keine Verluste an Material und Zeit zur Folge hat; eine neue Erfindung von Professor Horsford zu Cambridge in Nordamerika scheint jedoch berufen zu sein, eine totale Revolution in der Brodbereitung herbeizuführen. Nach Horsford's Verfahren erhält man ohne Anwendung von Sauerteig in sehr kurzer Zeit Brod, welches unbeschadet seiner Weiße, doch eben so viele Nährsalze enthält, als wenn die gesammte Kleie beim Mehl wäre.

Horsford's „Backpulver", welche von Liebig genau geprüft und warm empfohlen wurden, bestehen aus zwei Präparaten: das eine derselben, das „Säurepulver", ist saure, phosphorsaure Kalk-Magnesia, in Stärkemehl eingehüllt; das andere „Alkalipulver", doppel kohlensaures Natron. Werden diese beiden Pulver nebst Chlorkalium in der nöthigen Menge mit Wasser dem Teige beigemischt, so geschieht Folgendes: Das Natronsalz und das Chlorkalium zersetzen sich in Kochsalz und doppelt kohlensaures Kali um; die Kohlensäure des letzteren wird durch die Phosphorsäure ausgetrieben und macht das Brod „gehen" — gleichzeitig wird phosphorsaures Kali gebildet, welches nebst der phosphorsauren Kalk-Magnesia die Nährsalze des Brodes ausmacht. Durch eine Operation wird das Brod getrieben, gesalzen und mit Nährsalzen versehen. Auf 100 Pfd. Mehl benöthigt man beiläufig 4 Pfd. Backpulver, welche nicht ganz auf einen Gulden zu stehen kommen; dafür gewinnt das Brod aber 10 Procent an Nährwerth. Die Pulver werden trocken mit dem Mehle innig gemischt, dieses mit Wasser zu Teig geformt und die Laibe sogleich in den Ofen gebracht; eine noch innigere Mischung erhält man, wenn Mehl und Wasser in zwei gleiche Theile getheilt, der eine mit dem Alkali, der andere mit dem Säurepulver versetzt und dann gemengt werden. In Nordamerika verwendet man jetzt schon sehr häufig das „self raising-flour" (selbstaufgehendes Mehl), welches die Backpulver im gehörigen Verhältnisse enthält und einfach mit Wasser gemengt alsogleich Brodteig gibt. Wie wichtig dieses einfache Verfahren für weite Kreisen ist, braucht nicht erst erläutert zu werden; daß die Sache wirklich praktischen Werth hat, ergibt sich aus der Thatsache, daß im Jahre 1868 über eine Million Pfund Backpulver verkauft wurde und Horsford seine Professur aufgegeben hat, um sich ganz dieser Industrie zu widmen. Bekanntlich sind die Yankees die Letzten, welche auf etwas Unpractisches Geld ausgeben.

Kehren wir nun in die Backstube zurück, das Brod ist schon im Ofen. Durch die Hitze wird die Wirkung des Sauerteigs aufgehoben; es entweichen Wasser- und Alkoholdampf, das Stärkemehl wird theils mechanisch, theils chemisch verändert; namentlich ist letzteres an jenen Stellen des Laibes der Fall, welche der stärksten Erhitzung ausgesetzt wurden — in der Rinde. Die Rinde enthält neben unverändertem Stärkemehl eine Reihe von löslichen Körpern, welche durch die Erhitzung aus dem Stärkemehl gebildet wurden. Die wichtigsten derselben sind: Dextrin, ein gummiähnlicher Körper, der den glänzenden Firniß des Brodes bildet; Traubenzucker, welcher den süßen Geschmack mancher Stellen der Rinde, Caramel, das die braune Farbe derselben bedingt. An jenen Stellen, an welchen die Brodrinde zu sehr erhitzt, „verbrannt" wurde, schmeckt sie bitter durch Assamar oder Brandbitter, welches sich auch in einem „angebrannten" Braten findet.

Der Zweck des Brodbackens ist also, die Bestandtheile des Mehles in lösliche Körper zu verwandeln oder doch in eine Form zu bringen, welche ihre Löslichkeit sehr erleichtert; denn nur das Lösliche kann verdaut werden. Auch im besten Brode überwiegt der Stärkemehlgehalt weitaus die Klebermenge in Bezug auf das Erforderniß des Körpers, und um genügend stickstoffhaltige Nahrung zu haben, müssen wir einen nicht nöthigen Ueberschuß an Fettbildnern mitessen, deswegen „lebt der Mensch nicht allein vom Brode", und die Strafjustiz versteht unter einem „Fasttage" Nahrung mit Wasser und Brod. Um die für einen arbeitenden Mann für 24 Stunden nöthige Stickstoffmenge beizuschaffen, muß derselbe nahezu 3 Zollpfund Weizenbrod, aber nur etwa ⅗ Pfund Käse oder nicht ganz 1 Pfund Linsen genießen; bei fehlender Fleischkost genieße man nebst Brod noch Käse oder Hülsenfrüchte, nicht aber Gemüse, denn:

„Sauerkraut und Rüben, die haben mich vertrieben,
Hätt' meine Mutter Fleisch gekocht, so wär' ich bei ihr blieben."

sing: schon der Handwerksbursch im „Faust" und bewieß damit seine bedeutenden physiologischen Kenntnisse.

Je mehr Kleber das Brod enthält, desto mehr nähert sich die Mischung seiner Bestandtheile dem vom Organismus geforderten Verhältnisse (Weizenbrod); je mehr es davon abweicht, desto mehr muß davon gegessen werden (Haferbrod). Die „ausgeweiteten" Magen solcher, welche schlechtes Brod oder gar nur Kartoffeln genießen, sind dadurch erklärlich; sie müssen fressen, um sich satt zu essen. Ein Stück guten Brodes mit einer ganz geringen Menge von Fleisch, Käse oder Hülsenfrüchten sättigt mehr und kommt billiger zu stehen, als Brod und viele Kartoffeln.

Wie richtige Staatsformen nur durch das Erkennen der wahren Bedürfnisse des Volkes geschaffen werden können, so kann eine rationelle Ernährung nur durch richtige Erkenntnisse der Bedürfnisse eingeführt werden; ein Gegenstand, welcher auch für den Staat von höchster Bedeutung ist; denn nur der richtig genährte Mensch wird ein tüchtiger, freier Arbeiter, kein „Sclave der Arbeit", und in Folge dessen ein Steuerzahler sein.

Miscellen.

Mainz, 5. Aug. Ein Opfer der Wiesbadener Spielhölle wurde gestern früh an einem Baume eines wenig betretenen Gebüsches an der Straße unseres Gemeindedorfes Zahlbach erhängt gefunden. In einer der Taschen, der an einem Stückchen Packschnur baumelnden gut gekleideten Leiche, fanden sich auf der Rückseite eines preußischen Steuerzettels die mit Bleistift geschriebenen Worte: „Am 30. Juli verspielte ich in Wiesbaden mein ganzes Geld. Ich wohne in Berlin und hinterlasse dort eine Frau und vier Kinder in größtem Elend.“ Der Unglückliche gehört dem Kaufmannsstande an.

(Unglücksfall am Schreckhorn.) Aus amtlicher Quelle lassen wir dem „Berner Bund“ Folgendes über den Unglücksfall des Engländers Elliot, welcher sich am 27. Juli am Schreckhorn ereignete, mittheilen: „Der Verunglückte, Julius Elliot, Pfarrer aus Brighton, ledig, circa 29 Jahre alt, scheint ein tüchtiger Bergsteiger gewesen zu sein. Seit vier Jahren besuchte er die Schweiz jeden Sommer und machte jedes Jahr Gletschertouren, so letztes Jahr diejenige des Matterhorns und des Mönchjochs. Sein steter Begleiter war Franz Biner, genannt Weißhorn, aus Zermatt im Wallis, einer der besten dortigen Führer. Biner wurde schon im Winter für den Juli nach Luzern bestellt, zum Beginn der diesjährigen Campagne. Herr Elliot war dieses Jahr von einem Freunde, William Philipps, ebenfalls Geistlicher aus Brighton, begleitet. Mit noch einem zweiten Führer, Joseph Lauber, aus Zermatt, traten sie am 21. Juli von Luzern aus die Reise an, bestiegen den Pilatus, Engelberg, den Titlis und kamen Samstag, den 24. Juli, über die Scheidegg nach Grindelwald. Dort wurde noch der Führer Peter Baumann engagirt. Montag, den 26. Juli, traten alle fünf die Reise an; sie kamen bis zum sog. Kastenstein, wo sie die Nacht zubrachten. Am Dienstag, den 27. Juli, mit Tagesanbruch trat die Karawane die Besteigung des Schreckhorns an. Dieselbe ging ganz gut von Statten bis oben an den sog. Schreckhornsattel, von wo aus man einen Ueberblick über die einschlagende Richtung hatte. Elliot, der rasch marschirte, ging voraus, gefolgt von seinen beiden Führern, während Peter Baumann mit Herrn Philipps noch zurückblieb, um diesen etwas ausruhen zu lassen und ihn an's Seil zu binden. Während dieses geschah, kamen jene drei nun circa eine halbe Stunde in Vorsprung, Herr Elliot immer rasch voraus und, weil etwas viel zu seitwärts vom gewöhnlichen Wege, Stellen passirend, die selbst die Führer für höchst gefährlich erklärten und ihn davon abmahnten. Dessenungeachtet kamen sie auf den Kamm, der den Anfang des eigentlichen obersten Schreckhorns bildet. Hier wurde Herrn Elliot vorgeschlagen sich anbinden zu lassen, was derselbe aber ablehnte. Nach kurzer Rast setzten die drei den gefährlichen Marsch fort. Herr Elliot befand sich in der Mitte. Der voranschreitende Führer mußte stellenweise Stufen in den Gletscher hauen. Als sie weiter oben wieder auf Felsen kamen, sagte Herr Elliot zu Lauber, der voranging, „gehen Sie etwas links in die Felsen.“ Lauber trat etwas links aus, rief aber sogleich: „es sei dort nicht fest, es gehe nicht gut,“ und stand stille. Zu gleicher Zeit trat Herr Elliot rechts aus, wahrscheinlich in der Absicht Lauber vorauszugehen und der Erste oben zu sein. In diesem Momente (es war noch auf Gletscher) glitschte Herr Elliot aus, fiel auf den Leib und rutschte neben dem nachfolgenden Führer hinab. Dieser konnte ihn noch am Arme fassen, allein nicht fest genug, um ihn zu halten. Herr Elliot rutschte auf dem Eisfeld weiter, Anfangs nicht besonders geschwind und suchte sich noch zu halten, jedoch vergebens. Bald kam er in's Rollen wie ein Stein und verschwand den Blicken der entsetzten Begleiter. Die beiden Walliser Führer kehrten zu Herrn Philipps Führer Baumann zurück. Diese beiden sahen Herrn Elliot vom Anfang an über die Eisfläche hinabrollen, kaum 30 Schritte von ihnen vorbei. Baumann wurde hierauf an beide Seile festgebunden und über den Abhang hinunter gelassen, um nachzusehen, ob er etwas vom Verunglückten entdecken könne, aber vergebens, worauf alle vier den Rückzug antraten. Das Unglück fand Morgens 9 Uhr statt, um 7 Uhr Abends erreichte die Gesellschaft Grindelwald. Hier wurden sofort sechs bewährte Gletscherführer zum Aufsuchen ausgerüstet. Sie verließen Abends ungefähr 8 Uhr Grindelwald, passirten den obern Gletscher, den Gleckstein, Berglistock und Lauteraarsattel und entdeckten endlich von hier aus am gegenüber befindlichen Schreckhorn Spuren vom Herunterstürzen. Sie stiegen nun vom Lauteraarsattel zum Gletscher gleichen Namens hinab und gelangten endlich am Mittwoch Mittag, nach ununterbrochenem Marsch, unten an den Fuß des Schreckhornsgletschers, wo sie den Verunglückten im Schnee und Eis fanden. Wegen herabstürzender Steine konnten sie die Leiche nur mit Lebensgefahr fortbringen. Dieselbe wurde in Leintücher gelegt und mittelst einer mitgenommenen Stange getragen. Die Führer wählten nun die Strahlegg zum Rückweg. Sie kamen am Mittwoch Abend bis zum sog. Rößchenweg. Donnerstag früh setzten sie den Weg nach Strahlegg fort und erreichten erst um Mitternacht Grindelwald. Der Transport war mit ungeheurer Anstrengung und Mühe verbunden. Außer einer Kopfwunde war Herr Elliot merkwürdigerweise wenig verletzt und zerschlagen, obschon der Fall 3—4000 Fuß beträgt. Die Leiche wurde am 30. Juli in Grindelwald unter Beisein vieler Fremden beerdigt.

Der Dichter Tennyson ist von seiner Schweizerreise zurückgekehrt, ohne von ihr — wie der Londoner Berichterstatter eines Provinzial-Blattes versichert — sehr erbaut zu sein. Seine Landsleute verdarben ihm nämlich den Genuß jedes Vergnügens und folgten ihm auf Schritt und Tritt in hellen Haufen. Einem der Reisebegleiter des Dichters wurde der Hut entwendet, aber, wie sich später herausstellte, irrthümlicher Weise: ein excentrischer Reliquiensammler hatte geglaubt, er gehöre dem „Lorbeerbekränzten“. Einem anderen Reisegefährten wurde ein für den Druck bestimmtes Tagebuch, in welchem derselbe — ein bekannter Schriftsteller — die Erlebnisse des Tages und die hauptsächlichsten Gespräche niedergelegt hatte, gestohlen. Nach dem Prinzen und der Prinzessin von Wales sind zahlreiche Schaaren loyaler Engländer nach Wildbad gefolgt, obwohl man die Abreise dorthin möglichst geheim hielt und es sollte uns nicht wundern, wenn sich dort eine Scene wiederholte, die unlängst beim Besuche des Thronfolgerpaares in einer Provinzialstadt Schottlands, wo eine Anzahl Hoheitsanbeter wegen der auf dem königlichen Teller zurückgelassenen Kirschkerne handgemein wurde und durch die Polizei auseinander getrieben werden mußte.

(Fische in artesischen Brunnen.) In Harper's Weekly, Newyork, findet man folgende Mittheilung: Zu Ain-Sola in Algerien wurde ein artesischer Brunnen gegraben. Nachdem eine Tiefe von 44 Meter durchteuft war, schlug ein dicker Wasserstrahl in die Höhe, welcher eine Anzahl kleiner Fische zu Tage förderte. Die Fische sind einen halben Zoll lang und gleichen Weißfischchen. Die Weibchen unterscheiden sich von den Männchen durch dunkle Streifen am Körper. Aus der Thatsache, daß der Sand, der aus dem Bohrloche gehoben wurde, identisch ist mit jenem des Nilflusses, ergibt sich die Schlußfolgerung, daß eine unterirdische Verbindung zwischen diesem Brunnen und dem Nil bestehen muß.

Räthsel.

Durchsuchest du das „Erdenrund“
Mit schärfstem Forscherblicke,
Und richtest du zum „Höllenschlund“,
Zum Himmel deine Blicke,

Suchst du bei „Menschen, Engeln“ mich,
Ja selbst — beiden „Zonen“,
Am „Nord- und Südpol“; schone dich;
Da werd' ich niemals wohnen.

Du sahst mich in der „Wiege“ zwar,
Im „Leben“ nimmer wieder;
Doch komme ich mit jedem „Jahr“,
Im „Frühling“, mit dem „Flieder“.

Das größte und das kleinste „Thier“
Nennt zwiefach mich sein eigen,
Im „Spiegel“ auch erschein' ich dir,
Und damit will ich schweigen.

H. Fehre.

Redaction von F. A. Wolf. Druck der Jäger'schen Druckerei in Speyer.

Palatina.

Belletristisches Beiblatt zur Pfälzer Zeitung.

Nro. 96. Speyer, Donnerstag, den 12. August 1869.

Am Meeresstrande.

Der Sturm fliegt durch die Wogen,
Rings auf der Fluth liegt Nacht;
Am steilen Felsgestade
Hält eine Maid noch Wacht.

Des Meeres ew'ger Donner
Umbrauset ihren Sitz;
Es kreist ob ihrem Haupte,
Ihr leuchtet der zuckende Blitz.

Sie jammert, fleht und starret
In dunkle Wasserbahn,
Ob sie den Liebsten erspähe,
In seinem leichten Kahn! — —

Die Morgenröthe glühet, —
Der Sturm ist weggebannt:
Und Eine Woge spület
Zwei Leichen an den Strand.

Fr.

Die Schmuggler.

Erzählung von Guido Volz.

(Fortsetzung.)

Vor dem offenen Thor hielt ein einziger Wagen, auf dessen Sitz der Kutscher in einem Pelzrock mit seinen schläfrigen Augen kämpfte.

„In wessen Diensten stehst Du?" fragte ihn Georg.

„Mein Herr heißt Friedrich von Werner," antwortete der Kutscher kurz, den Fragenden mit einem stolzen Blicke messend.

„Könntest Du mich nicht zum . . .schen Gasthofe und wieder zurückfahren?"

„Nein," brummte der Kutscher, „ich muß seit Mitternacht auf meinen Herrn warten, denn er kommt und geht, wenn's ihm einfällt."

„Also sei vernünftig und verdiene Dir etwas."

Der Kutscher war für das Verdienen auf Seitenwegen eingenommen, und den erhaltenen und angestaunten Ducaten schnell in die Tiefen seiner unergründlichen Tasche versteckend, hieb er auf die Rosse. Vor seinem Gasthofe haltend, stieg Georg aus, stürmte in das zweite Stockwerk des Hotels und kehrte nach einigen Minuten, eine Chatouille tragend, wieder in den Wagen zurück, der auf dem früher zurückgelegten Wege wieder nach der Frauengasse rollte.

„Hier hast Du einen zweiten Ducaten," sprach Georg," als sie unter den erleuchteten Fenstern wieder anlangten, „ich bleibe jedoch im Wagen, bis Dein Herr herunterkommt."

„Meinetwegen," erwiderte einwilligend der Kutscher; „ohnehin gehören Wagen und Pferde mein und Herr von Werner pachtet sie nur; die Welt aber darf das nicht wissen." Er setzte sich wieder auf seinem Sitze zurecht und nickte schläfrig weiter.

Oben dauerte die Tanzunterhaltung noch fort. Die Hausfrau hatte, um die vorgefallene Störung wieder gut zu machen, Alles angewendet, was zur Belebung der Heiterkeit dienen konnte. An der Tafel floß der Champagner, man trank, man lachte und wurde noch lärmender. Die Tänze begannen abermals und dauerten bis zum grauenden Morgen.

Der letzte der sich Entfernenden war Friedrich. Als er sich müde in den Wagen geworfen, fühlte er neben sich und auf den weichen Kissen einen Körper. Die Kutsche rollte auf dem Pflaster fort.

„Wer erkühnt sich hier —" fuhr er empor, doch er konnte nicht aussprechen, denn er fühlte seinen Arm von einer eisernen Faust zusammengepreßt.

„Ruhig, mein Herr," sprach eine Stimme an seiner Seite, „derjenige, den Sie erstlich in's Elend gestürzt und dann mit Schmach überhäuft haben, hat mit Ihnen eine kleine Abrechnung zu pflegen."

„Gut, gut, aber lassen Sie doch wenigstens meinen Arm — und wollen Sie diese Abrechnung hier und jetzt abschließen?"

„Nein, hier nicht; doch lassen Sie Ihren Wagen außer der Stadt nach irgend einem menschenleeren öden Platze fahren."

„Und was haben Sie dort mit mir vor?"

„Tausend Teufel!" fuhr Georg bitter lachend empor, „und das können Sie noch fragen, Sie, der mir meine Geliebte verführt und mich dann öffentlich vor Hunderten von Menschen einen Dieb genannt!"

„Ich verstehe, Sie wollen also einen Zweikampf? Ich bin aber nach dieser Ballnacht äußerst müde und schlaftrunken."

„Und glauben Sie etwa, daß ich diese Nacht in glücklichen Träumen verlebt habe?"

„Dann ohne alle Vorbereitung, ohne alle Zeugen," sprach Friedrich, „wer steht mir gut, daß Sie mich nicht meuchlings morden?"

„Solcher Ausflüchte bedient sich nur ein Feigling."

Friedrich war nicht feig. Frühzeitig elternlos geworden, hatte er Niemand, der seinen Hang nach Abenteuern gebändigt hätte, dem er oft bis zur Tollkühnheit die Zügel schießen ließ; nach einer zweijährigen europäischen Reise verpraßte er die letzten Ueberreste seines einst sehr großen Vermögens leichtsinnig in den Genüssen der Hauptstadt, in seinem Charakter aber behielt er jenen Muth, den man in dem Wörterbuche der Salons mit dem Namen Ritterlichkeit benennt.

Statt aller Antwort auf die höhnende Rede Georgs, hieß er daher den Kutscher in barschem Tone den kürzesten Weg vor die Stadt nehmen.

„Apropos, ich hoffe doch, Sie bringen Waffen mit?“ fragte Friedrich, während der Wagen bei dem sogenannten Trompeterschlößchen vorüber fuhr.

„In diesem Futteral befinden sich zwei Pistolen,“ lautete die Antwort.

Von nun an wechselten beide kein Wort mehr, bis der Wagen an einem kleinen Gebüsche auf der Landstraße hielt. Friedrich hieß den Kutscher einige hundert Schritte zurückfahren und ihn dort erwarten.

„Wir müssen nun warten, bis der Morgen anbricht,“ begann Friedrich, denn in dieser Finsterniß können wir ja nicht einmal auf zehn Schritte sehen.

„Wozu zehn Schritte, wo sich's um Leben und Tod handelt,“ entgegnete Georg finster, „drei Schritte sind auch hinreichend. In eine dieser Pistolen ist eine sicher treffende Bleikugel geladen, die andere ist ohne Ladung und blos mit einem Zündhütchen versehen. Sie sind der Geforderte, Ihnen gehört die Wahl und der erste Schuß. Wählen Sie gut, so sind dies meine letzten Worte in diesem Leben; mißlingt Ihnen aber die Wahl, dann kann Ihr Kutscher Sie bis zum jüngsten Tage erwarten. Sie oder ich!“

„Wohl, aber dies wäre ja kaum besser als ein Mord,“ bemerkte Friedrich, und sein noch vom Schweiße der Ballnacht triefender Körper zitterte in der frostigen Morgenluft.

„Der Feige zittert,“ sprach absichtlich der Unerbittliche.

Ohne eine fernere Einwendung ergriff nun Friedrich eine der wunderschön gearbeiteten Waffen. Georg nahm ruhig die zweite zur Hand, machte drei Schritte und stand Aug' in Aug' seinem Gegner gegenüber.

„Ich bin bereit, Sie können schießen!“ sprach er eintönig mit seiner tiefen wohlklingenden Stimme.

„Nun denn, so sterbe, wenn Du selbst den Tod suchst,“ antwortete sein Gegner leidenschaftlich, spannte den Hahn, zielte kurz; der Hahn knackte — und der Zünder platzte mit einem schwachen Knall. Friedrich hatte den Tod in Georgs Händen gelassen.

„Es scheint, das Schicksal wollte diesmal nicht, daß ich der unterliegende Theil werden sollte,“ sprach nun im dumpfen Tone der Sohn der Alpen. Sein Antlitz blieb ruhig, wie die erkaltende Lava und behielt die frühere Farbe, ja selbst sein Auge blinzte nicht einmal, als er in den mörderischen Lauf der Waffe geblickt.

„Sind Sie nun bereit zu sterben?“

„Schonen Sie meinen Kopf vor dem Zerschmettern und trachten Sie lieber mein Herz zu treffen,“ stotterte Friedrich mit zusammengebissenen Lippen und wendete sich mit entfärbtem Antlitz ab. „Lebe wohl, Marie!“ flüsterte er kaum hörbar.

Georg ließ die bereits erhobene Waffe wieder sinken. „Lieben Sie Marie?“ frage er von Leidenschaft durchdrungen.

„Mariens Bild wird auch Ihre Kugel nicht aus meinem Herzen zu reißen vermögen.“

„Und glauben Sie, daß Sie Marie glücklich machen können und wollen?

„Nur Sie werden die Schuld tragen, wenn ich es nicht vermag.“

„Schwören Sie, daß Marie als ihre Gattin nie eine unglückliche Minute an ihrer Seite verleben wird! und ich . . . . . !“

Friedrich blickte zweifelnd zu Georg empor. „Enden Sie schnell,“ sprach er nach kurzem Schweigen, „und verhöhnen Sie nicht meine letzten Augenblicke.

„Nein, ich morde Sie nicht, kein Haar soll Ihnen für diesmal gekrümmt werden, wenn Sie auf das, was ich verlange, den Eid leisten.“

Diese ernsten wohlwollenden Worte erweckten in dem bereits am Rande des Grabes stehenden Jüngling wieder die Hoffnung, und die Lebenslust umklammerte ihn mit riesigen Armen. Er ließ sich auf ein Knie nieder, und die ungeladene Pistole wegschleudernd erhob er die Hand zum Eide. Er schwur, Marien zur Gattin zu nehmen, ihr in diesem Leben nie auch nur die geringste Ursache zur Unzufriedenheit, im Gegentheil ihr ein Glück bereiten zu wollen, wie es nur Gott für irgend eines seiner Geschöpfe bestimmen konnte.

„Mensch!“ sprach Georg nach dem Schwur, und seine ruhige Stimme wuchs bis zur donnernden Sprache, „Mensch! Jener Augenblick, in dem Du Deines Schwures vergißt, wird der letzte Deines Lebens sein. Zwei Mal treffen wir uns bereits im Leben; bete, daß wir uns zum dritten Male nicht treffen mögen. Zwei Mal hatte ich Dein Leben in meiner Hand; zum ersten Mal habe ich Dich aus dem sicheren Felsengrab gerettet, denn Marie bat mich darum, und ihr vermochte ich's nicht abzuschlagen. Jetzt habe ich Dich begnadigt, weil ich Marie das Wort gab, ihrem Glücke nicht hinderlich sein zu wollen. Gehe Deinem Schicksal entgegen, doch magst Du hingehen, wohin Du willst, ich werde Dir folgen, getreuer und geheimnißvoller als Dein Schatten; ich folge Dir, ja, und diesem Weibe, das ich besser kenne, als mein eigenes Ich: denn ich aus der Seele, aus den Augen, aus den Worten, aus den Athemzügen die leisesten, geheimnißvollsten Gedanken lese. Wenn Du sie beglückst, dann treffen wir uns niemals wieder; wenn Du aber auch diesen Deinen zweiten Eid brichst, wenn in Mariens Glück auch nur ein Fleck wie ein Atom sich bildet, der den Azur ihres Himmels trübt, dann siehst Du mich wieder, und dann Mensch! — dann wehe Dir und mir!“

(Fortsetzung folgt.)

Schlagende Wetter.

Ein Augenzeuge der Gruben-Explosion im Plauen'schen Grunde bei Dresden, gibt im Chemnitzer Tageblatt folgende Erläuterungen zu der Explosion:

„Die Entstehung und Verbreitung von „schlagenden Wettern" ist ihrer Natur nach, so viel man sich auch nach dieser Richtung hin bemüht hat, noch so wenig erkannt, die zu ihrer Wahrnehmung und gegen ihre Entzündung anzuwendenden Mittel sind im Ganzen noch so unzuverlässig, daß bei der größten Vorsicht der Gruben-Verwaltung doch leicht einmal alle Maßregeln noch ungenügend sein können, oder daß nur ein Einziger von den in der Grube Anwesenden ein wenig unvorsichtig zu sein braucht um diese alle der Verbrennung oder dem augenblicklichen Tode auszusetzen.

„Das Kohlenwasserstoffgas bildet im Gemenge mit atmosphärischer Luft die schlagenden Wetter. Es entwickelt sich in vielen Steinkohlengruben aus den Steinkohlen. Da es leichter ist, als die atmosphärische Luft, so steigt es bei ungestörter Ausströmung aus dem Kohlenflötze in die höher gelegenen Theile der Grubenbaue, ohne sich mit dieser zu vermischen, und in diesem Falle brennt es bei der Entzündung mit blauer Flamme ohne Detonation ruhig weg. Vermischt sich aber das Kohlenwasserstoffgas mit der Luft, entweder durch die Bewegung der Arbeiter, oder durch die in den Gruben stattfindende Ventilation, so explodirt das Gemenge bei der Berührung mit einer Flamme. Bei dieser Explosion entsteht ein außerordentlich starker Luftstoß und eine für den Augenblick sehr hohe Hitze. Die weiteren Folgen der Explosion bestehen darin, daß an Stelle der vorherigen schlagenden Wetter der sogenannte „Nachschwaden" tritt, d. i. ein Gemenge von Kohlensäure und Stickstoff, in dem einen oder anderen Falle noch mit etwas Kohlenwasserstoff oder etwas Sauerstoff. Dieser Nachschwaden macht das Athmen der Menschen unmöglich, führt sie daher oft noch zur schnellen Erstickung, wo sie nicht vorher schon verbrannt oder zerschmettert wurden, und zwar verbreitet sich der Nachschwaden in den Gruben bedeutend weiter, als vorher die Explosion, so daß oft noch Leute dieser nachträglichen Erstickung unterliegen, welche weit von dem Herde der eigentlichen Explosion entfernt liegen.

„Die gewöhnliche Art der Kohlenwasserstoffgas-Entwickelung in den Kohlengruben findet aus den eben in der Kohlengewinnung stehenden Flötztheilen, also an den Arbeitspunkten statt. In dieser Art liegt die geringere Gefahr, denn in allen Grubenbauen, wo sich Spuren solcher Entwicklung zeigen, läßt man ununterbrochen arbeiten, damit das ausströmende Kohlenwasserstoffgas durch die Grubenlampen fortlaufend zur ruhigen Verbrennung gelange und überhaupt sich nicht in größerer Menge unbeobachtet ansammle. Bleibt dennoch einer oder der andere solcher bedenkenerregenden Punkte Feiertags ohne Arbeiter, so läßt man zur allmählichen Verbrennung des Kohlenwasserstoffgases in dem höchsten Punkte eine ewige Lampe brennen und läßt jedenfalls den Bau von einem zuverlässigen Manne zuerst untersuchen, ob auch keine Gefahr vorhanden sei. Es geschieht dieß mittels der sogenannten Sicherheitslampe, d. h. einer besonders construirten Grubenlampe, welche bei richtigem Gebrauche die Anwesenheit von Kohlenstoffwasserstoffgas durch Vergrößerung und blaue Färbung der Flamme verräth, bevor dieses Gas zur Entzündung gelangen kann.

Die Voruntersuchung aller einigermaßen bedenkenerregenden Baue nach einem Arbeitsstillstande hat auch bei dem freiherrlich v. Burgk'schen Werke stets gewissenhaft stattgefunden und so auch ohne allen Zweifel am Unglücksmorgen nach dem vorhergegangenen Feiertage. Zeugenberichte darüber gibt es natürlich in diesem Falle nicht.

Bei vorliegendem Ereignisse mag dagegen die andere, seltenere, aber ungleich gefährlichere Art von Verbreitung schlagender Wetter stattgefunden haben. Nämlich in den alten unzugänglichen, weil zusammengebrochenen Kohlenabbauen sammelt sich ebenfalls Kohlenwasserstoffgas an, welches, wenn es hier und da einmal durch eine der zahlreichen offenen Verbindungen in die gangbaren Grubenbaue in geringer Menge übertritt, bei einer guten Ventilation mit weggeführt wird, ohne schädlich zu werden. Geschieht es aber in großer Menge und geschieht es bei etwas gehemmter Ventilation, so kommt es vor, daß sich unter jedenfalls gleichzeitigen noch andern nicht erforschten Einflüssen die gangbaren Grubenbaue von den verbrochenen aus innerhalb kurzer Zeit in ausgedehntem Maße mit schlagenden Wettern füllen, ohne daß man eine Ahnung davon hat. So scheint es auch hier der Fall gewesen zu sein. Am 1. August trat nach lange anhaltender Hitze ein Gewitter ein, welches, wie es gewöhnlich geschieht, so wahrscheinlich auch hier die Ventilation mehr oder weniger hemmte. Gleichzeitig wurde am 2. August früh ein besonders niedriger Barometerstand beobachtet, welcher, wie man andern Orts mehrfach bemerkt hat, den Austritt von schlagenden Wettern aus den alten Bauen zu befördern scheint. Dazu mögen noch andere Umstände hierbei mitgewirkt haben; kurz, als die 327 Mann ziemlich vor ihren Arbeitspunkten angelangt waren, trat die Explosion der unvermutheten Ansammlung von schlagenden Wettern ein. Die Heftigkeit des Schlages war derartig, daß die Meisten durch das Hinanwerfen an die Wände, die Decke und den Fußboden zerschmettert, ja, buchstäblich zerfetzt wurden. Man findet sie häufig ohne Kopf, ohne Arme oder Beine, welche Theile weit fortgeschleudert sind; dabei wurden die Kleider sämmtlich vom Leibe gerissen und überzog sich dieser durch die hohe Hitze mit einer schwarzen Kohlenkruste. Nur die weitest Entfernten erlagen der Erstickung durch den Nachschwaden; die große Mehrzahl aber wird gänzlich verstümmelt und deßhalb völlig unkenntlich angetroffen, weil sie von der Explosion unmittelbar betroffen wurden. Diese war so heftig, daß ein 300 Schritt langes, etwa 4 Schritt weites Tunnelgewölbe zum Theil auseinandergepreßt und die Zimmerung in den Strecken größtentheils zerstört wurde. In

Folge dessen sind diese Strecken vieler Orts derartig zusammengebrochen, daß jetzt 130 Mann mit ihrer Wiederaufräumung beschäftigt sind und man gewiß noch verschiedene Wochen dabei zubringen muß. Unter den herringebrochenen Stein- und Holzmassen liegen nun die Leichen verstreut umher.

Miscellen.

Berlin, 6. August. Wie von officiöser Seite gemeldet wird, kommen jetzt nicht selten Fälle vor, daß unverehelichte Personen weiblichen Geschlechtes das Gesuch stellen, das Prädicat „Frau" führen zu dürfen und begründen sie dasselbe gewöhnlich mit besonderen Familien- und intimen Verhältnissen. Nun hat der König neuerdings bestimmt, daß bei allen solchen Gesuchen seine Entscheidung eingeholt werden solle, und sind die königl. Regierungen davon mit dem Bemerken in Kenntniß gesetzt worden, daß Anträge dieser Art nur ausnahmsweise und aus besonders zu berücksichtigenden Gründen anzunehmen und zu befürworten seien.

(Mittel, das Alter einer Schrift zu erkennen.) In der Sitzung der **Pariser** Academie vom 24. Mai theilte Herr Carré ein Verfahren mit, welches gestattet, mit ziemlicher Genauigkeit das Alter einer Schrift zu erkennen, wenn dieselbe mit einer Eisensalz enthaltenden Tinte geschrieben ist. Das Mittel besteht darin, entweder eine Copie der Schrift mit der Presse zu nehmen, wobei man das Wasser durch eine schwache Lösung von Salzsäure ersetzt, oder daß man die Schrift längere Zeit in dieser Lösung weicht. Die Tinten aus Eisen erleiden nämlich mit der Zeit eine Veränderung, die sich in einem gelblichen Tone zeigt und um so ausgesprochener ist, je älter die Schrift; der organische Bestandtheil der Tinte verschwindet immer mehr und läßt nur eine Eisenverbindung in einem Zustande zurück, daß sie theilweise von Säuren gar nicht angegriffen werden kann, wenn die Schrift ein genügendes Alter hat. Tränkt man nun ungeleimtes Papier mit einer Lösung, die ein Zehntel gewöhnlicher Salzsäure enthält, so erhält man auf demselben unter einer gewöhnlichen Presse Abdrücke, wenn die Schrift acht oder zehn Jahre alt ist, fast ebenso leicht, wie man mit Wasser eine Copie von einer frischen Schrift erhält; so daß eine Schrift von dreißig Jahren nur noch einen unleserlichen Abdruck ergeben und ein authentisches Actenstück vom Jahre 1787 kaum wahrnehmbare Spuren zeigte. Das Umgekehrte tritt beim Weichen ein: Schriften von einigen Monaten bis zu zehn Jahren verschwinden spurlos, wenn man sie einige Stunden oder einige Tage in dieselbe Lösung taucht, während eine Schrift von dreißig Jahren lesbar blieb, nachdem man sie vierzehn Tage in der Lösung hatte liegen lassen. Ohne an diesem Resultate etwas zu ändern, kann man statt der Salzsäure Oxalsäure, Schwefelsäure und Salpetersäure anwenden.

Die „Köln. Ztg." läßt sich aus **Paris** folgenden romantischen Brief schreiben: Neulich meldete das „Journ. Officiel" den Tod eines Mannes, dessen Leben nur eine Kette von Entsagungen war und dessen frühes Ende den schönen Augen der Kaiserin die perlendsten Thränen entriß.

Auf dem Antillengeschwader war der Fregattencapitain Des Varmes ein Opfer des gelben Fiebers geworden. Er hatte sich zuerst als einfacher Schiffslieutenant im chinesischen Kriege ausgezeichnet. Als Adjutant des Admirals Page war er in dessen unmittelbarer Nähe bei der Einnahme irgend einer wichtigen Stadt des Reiches der Mitte. Der Admiral, in etwas unvorsichtiger Weise, ging mit etwa 200 Marinesoldaten an's Land, und fiel, durch falsche Kundschafter getäuscht, in einen Hinterhalt. Die Franzosen mußten sich zurückziehen, der Admiral blieb und Alles schien verloren, als sich Des Varmes selbst an die Spitze der kleinen Schaar stellte und so kühn und wirksam manövrirte, daß er nicht nur die Chinesen zurückschlug und seine Leute rettete, sondern sogar die Einnahme der Stadt bewirkte. Er erzählte später diese Episode selbst in der Revue des deux Mondes ohne auch nur seines Namens dabei Erwähnung zu thun. Der Kaiser aber hörte davon und nach seiner Rückkehr aus Ostasien wurde er zum Fregattencapitain und zum persönlichen Adjutanten des Kaisers ernannt. So kam er an den Hof.

Kaum aber hatte Des Varmes ein- oder zweimal mit der Kaiserin verkehrt, als er sich wahnsinnig in sie verliebte. Vergebens suchte er die Flamme zu ersticken, die ihn verzehrte — seine Liebe entzündete sich immer mehr. Da griff er zu dem heroischen Mittel, seine Bitte dem Kaiser selbst zu gestehen und sich die Gnade zu erbitten, wieder anderswo verwendet zu werden. Napoleon III. lächelte mitleidsvoll und sandte ihn nach China zurück. Nach drei Jahren kam er wieder, um auf's Neue in seine alte Stellung in den Tuilerien einzutreten. Aber seine Liebe war nicht erkaltet; im Gegentheil, sie beherrschte ihn mehr als je. Nur kurze Zeit hielt er die Qual aus und verlangte dringend entfernt zu werden. Auf diese Weise wurde er zum Commandanten des Dampfschiffes „d'Estrées" ernannt und nach den Antillen entsendet. Dort ergriff ihn das gelbe Fieber, der schreckliche Vomito. Sein letztes Stündlein nahte. Er beichtete, ließ sich das Bild der Kaiserin bringen, welches ihm einst die nichts ahnende Eugenie selbst geschenkt, bedeckte es mit heißen Küssen, bat, es sie wissen zu lassen, wie er in ihrem Anblick seinen letzten Trost gefunden und starb. Eugenie erhielt die Botschaft durch das Marine-Ministerium und an jenem Abend war St. Cloud von unheimlich-hysterischen Schluchzen erfüllt. (?)

(Dominospieler unterm Wasser.) Eine der interessantesten Abtheilungen der letzten **Pariser** Welt-Ausstellung war die sogenannte Berge, welche, zwischen der Jena-Brücke und der Brücke des Invaliden-Hotels am Ufer der Seine anlegen, alle auf den Seedienst und die Flußschifffahrt bezüglichen Gegenstände umfaßte. Da die Taucher namentlich die Aufgabe haben Werthgegenstände, die auf gestrandeten Schiffen sich befanden, aus der Tiefe des Wassers hervorzuholen, so wurden auch die zur Ausstellung gebrachten Taucher-Apparate jener Abtheilung zugewiesen. Ein Vergleich derselben mit den ehemaligen Taucherglocken weist darauf hin, daß die Technik auch auf diesem Gebiete einen gewaltigen Schritt nach vorwärts machte, obwohl das Princip, dem unter dem Wasserspiegel beschäftigten Arbeiter die zur Erhaltung seines Lebens nöthige Luft zuzuführen, dasselbe geblieben ist. Die schwerfällige Taucherglocke fiel aber weg und während die minder empfindlichen Theile des Tauchers durch einen Kautschuk-Anzug lediglich gegen den Zudrang des Wassers geschützt sind, ist der Kopf des Tauchers von einem Apparate umschlossen, bei dessen Herstellung der Maschinenschlosser, der Metalldreher, der Glaser, der Riemer, der Handschuhmacher und Seiler in gleicher Weise mitwirkten. Derselbe bildet eine Maske, welche an ihrem oberen Theile am Kopfe des Tauchers befestigt und derselben erlaubt, mittelst der an dem Helme angebrachten Fenster nach allen Richtungen umherzuspähen. Gegen den Mund zu erweitern sich dieselben derart, daß der Taucher die in der Maske vorhandene unverdorbene Luft einathmen kann, während er die von der Lunge ausgestoßene Luft durch ein Ventil in das Wasser hinausbläst. Selbstverständlich wird die gute Luft fortwährend erneuert, da eine auf dem Schiffe befindliche Luftpumpe, welche mit dem Taucher durch einen wasserdichten Schlauch in Verbindung steht, dem Apparate fortwährend frische Luft zuführt. Die mit solchen Apparaten versehenen Taucher der Pariser Ausstellung hielten sich stundenlang unter dem Wasserspiegel auf, und das Publikum konnte mittelst eines bis auf den Grund der Seine hinabreichenden wasserdichten Baues bis zu ihnen hinabsteigen, alle ihre Bewegungen beobachten und zu seinem Erstaunen bemerken, wie diese modernen Flußgötter, in der Tiefe des Wassers in bequemen Lehnstühlen sitzend, auf einem kleinen Tischchen ihre Partie Domino spielten.

Redaction von F. L. Wolf. Druck der Jäger'schen Druckerei in Speyer.

Palatina.

Belletristisches Beiblatt zur Pfälzer Zeitung.

Nro. 97. Speyer, Samstag, den 14. August 1869.

Sehnsucht.

Tief im Busen stilles Wehe,
Seh' ich dort die Wolken zieh'n
Und ein namenloses Sehnen
Fasset mich und will nicht flieh'n.

Und mein Blick starrt in die Ferne,
Nach des Horizontes Rand,
Wo die Berge blau verschwimmen,
Wo du liegst, mein Heimathland.

Wo mir theure Herzen schlagen,
Wo mir schwand die Jugendzeit,
Ach, die Zeit der goldenen Träume
Und der Lust und Heiterkeit.

Heimath, o geliebte Stätte,
Tausend Grüße send' ich dir,
Tragt sie hin, ihr lauen Winde,
Und ihr Vögel, bringt sie ihr!

Dürkheim. Eduard Jost.

Die Schmuggler.

Erzählung von Guido Bolz.

(Fortsetzung.)

III.

Es war im Jahre 1849, ein wolkenloser warmer Maitag. Peter Ahrens saß in seiner kühlen geheimnißvollen Höhle vor dem improvisirten Kamine, auf welchem zwischen halbabgebrannten Scheitern, den Resten eines längst verloschenen Feuers, eine Oellampe so viel Licht verbreitete, als eben erforderlich war, damit der Alte den Werth der in Häufchen gesonderten Banknoten, Gold- und Silbermünzen zu unterscheiden vermochte. Aus der an seiner Seite stehenden eisernen Casse blitzte noch der blasse Schein des edlen Metalls. Der Alte blickte so liebevoll und vergnügt auf seinen Schatz, wie eine jugendliche zarte Mutter auf ihren Erstgebornen. Er sprach zu seinen schön klingenden runden Dingchen, er zählte sie mit lauter Stimme, um seinen Genuß noch zu erhöhen, er betrachtete sie einzeln Stück für Stück, und bevor er einen gewichtigen Thaler oder einen nagelneuen Ducaten in die Casse zurücklegte, führte er denselben mit Entzücken an seinen lippenlosen Mund. Alle seine Bewegungen verriethen die aus jahrelangem Geize entwickelte Geld- und Goldgier.

„Euch, meine buntscheckigen Papierchen, euch nur muß ich noch in Gold verwandeln," murmelte er, während er zwei Päckchen Banknoten in die Tasche steckte, „dann werden wir ziemlich in Ordnung sein. Wir haben böse, bittere Zeiten!" seufzte er, „der Arme muß stets auf seiner Hut sein, um nicht zu Grunde zu gehen. Meine letzten Lieferungen für das Haus W. & K. hat man mir nicht einmal in Scheinen bezahlt, darum hängt mir noch so ein Wechsel von viertausend Thaler am Halse; aber ich will ihn wohl versorgen. Meine Commissionäre dürfen künftig durchaus keine Wechsel mehr für ihre Waaren annehmen, denn man kann ja nicht wissen, ehe einer die Hand umschlägt können die Herren fallit sein. Ihr hier, ihr braven Thaler und Zwanziger seid freilich sicher, 10,000 und 5000 macht 15,000! So viel das Silber, aber viel Raum nimmt es ein; da seid ihr denn doch viel bravere Burschchen, ihr gemüthlichen, lieben, niedlichen, gesegneten Ducätchen, ihr vertragt euch so brüderlich neben einander, ihr nehmt mit so wenig Raum vorlieb; laßt euch doch einmal zählen. In Ducaten wie viel — — halt! wer kommt?" Ein Klopfen vom Ausgang der Höhle her, drang dem alten Geizhalz an's Ohr; er zuckte erschrocken mit den dürren Beinen und trachtete den Goldhaufen mit seinen zitternden knochigen Händen zu verdecken.

Das Klopfen am Ausgang erneuerte sich zum zweiten und dritten Male.

„Er ist's, ja, er ist's endlich, er hätte schon gestern hier sein sollen," sprach er mit einem tiefen Seufzer, räumte die ausgebreiteten Münzsorten eilig, geräuschlos in die Kasse, schleppte diese mit vieler Mühe nach einer tiefen Spalte in der Felswand und verdeckte die Oeffnung mit einer vollständig hineinpassenden Steinplatte.

Peter Ahrens schlich nun lautlos wie eine Katze zum Eingang der Höhle und horchte. Es wurde wiederholt geklopft und zu gleicher Zeit ertönte Georgs bekannte Stimme:

„Alter, ich bin's, Georg, laß mich eintreten."

„Endlich bist Du da," begann der Alte, nachdem Georg eingetreten und der Eingang wieder verschlossen war. „Wo kommst Du her, mit welchem Erfolge und warum bliebst Du so lange aus? Eine höllische Hitze das, he?"

Der Ankömmling wischte sich den Schweiß von

der Stirne, seine Augen gewöhnten sich nach und nach an die dichte Finsterniß, die in der Grotte herrschte, und in welcher ihm Anfangs nur ein bunter Flimmern vor seinen Augen und das schwache Licht des blinzelnden Lämpchens sichtbar war. Er nahm, Peter gegenüber, auf einem Steinklotze Platz, stemmte seinen Reisestock gegen die Erde und sich daran stützend, ließ er sein Haupt wortlos, mißmuthig sinken.

„Nun, Junge, sprich," fuhr der Alte ungeduldig werdend auf, „hat der Commissionär Dich in Silber oder Gold bezahlt?"

Georg schwieg, als hätte er nicht gehört. „Welcher?" fragte er nach einer Weile.

„Nun, der Doctor drüben in Adorf."

Georg schwieg wieder, dann fragte er verdrießlich den Alten:

„Kennst Du den ‚Fels des irren Weibes'?"

„Wie sollte ich ihn nicht kennen," entgegnete jener, „vor zwanzig Jahren stürzte sich meine einzige Tochter von demselben in den darunter brausenden Wirbel der Eger. Seit jener Zeit hat der Felsen den Namen bekommen! Doch, was willst Du damit sagen?"

„Und aus welcher Ursache that das Deine einzige Tochter?"

„Weil sie auf zehn Meilen in der Runde das schönste Mädchen gewesen und weil sie in Franzensbad den verlockenden Worten eines hübschen Herrn Glauben geschenkt, während ich meinen Geschäften nachging; der hübsche Herr hat sie verführt und verlassen. Ihre Schande brachte sie zum Wahnsinn, da wandelte sie bald hier- bald dorthin, ging allabendlich auf jene Felsenspitze, um zu singen, bis sie von dort in die Eger sprang. Doch zur Sache; hat man Dich bezahlt? Wo ist das Geld?"

„Allmächtiger Gott!" rief Georg, „kann die Geldgier alle Gefühle aus dem Vaterherzen tilgen! Schrecklich! Alter Sünder Du!"

Mit diesen Worten packte Georg den Alten an den abgemagerten Schultern und ihn emporreißend, schüttelte er ihn heftig. „Du alter, elender Schurke, für dies wirst Du einst verantwortlich vor dem Richterstuhle des Allmächtigen stehen: Du hattest mitten in Deinem verbrecherischen Treiben und von Leidenschaft für Deinen Mammon verblendet, Deine Tochter und Deine Enkelin vernachlässigt und trägst die alleinige Schuld der Schande der Beiden!"

„Wehe mir, meine alten Knochen zerschellen," jammerte der Schmugglerhäuptling; „laß mich, Georg, oder willst Du mich vielleicht gar meiner paar Gulden wegen morden?"

Der junge Mann schleuderte ihn mit Gewalt in eine Ecke, dann sprach er in hartem Tone zu ihm: „Weißt Du, woher ich komme?"

„Ich hoffe, von W. & K. die Lieferungen —"

„Sind weder mit Gold, noch Silber, noch mit Schatzscheinen, sondern mit dieser Quittung bezahlt, mit welcher Du getrost Deine Pfeife anzünden magst. Uebrigens gibt es keine Firma W. & K. mehr. Die Herren sind mit 500,000 Thlr. Banquerott und haben nach Amerika Reißaus genommen."

„Ha! daß Dich die Erde verschlinge, Du Dieb, Betrüger, der Du mein Geld verbirgst und mich mit dieser Quittung abzufertigen gedenkst, ich bin ruinirt, Du hast mich zu Grunde gerichtet; Du hast mir 500 Thlr. gestohlen!"

„Wüthe nur, wüthe, verstocktes Geschöpf," sprach Georg zähneknirschend weiter, „und werde vollends wahnsinnig, wenn Du auch noch das Uebrige erfährst. Wisse, ich komme jetzt aus der Stadt drüben wo —"

„Wo Du vielleicht mein Geld vergraben hast?"

„Wo Deine Enkelin, die Du ebenso wie ihre Mutter durch Deine Sorglosigkeit der Schande und der Verzweiflung preisgegeben, denn ebenso wie ihre Mutter von Dir stießest, — lange in der Verzweiflung umherirrte, weil ein Elender, auf ihr Geld speculirend, sie mit den heißesten Schwüren seiner Liebe versicherte und sich feierlich und öffentlich mit ihr verlobte, dann aber sie sitzen ließ, weil er inzwischen vernommen hatte, daß sie ein armes, verlassenes Kind sei. Ja, im Hospitale eines Dörfchens draußen siecht Deine Enkelin dahin, ohne Hilfe, ohne Hoffnung, in Gram und Kümmerniß!"

Georg hoffte, seine Worte würden den Großvater, wie ein Blitzstrahl treffen. Doch dieser blieb völlig theilnahmlos, seine ganze Aufmerksamkeit war auf das verlorne Geld, auf seine Ducaten gerichtet. Kaum vernahm er die Worte Georgs, er achtete nicht auf die Verzweiflung des jungen Mannes, als dieser ihm die Details erzählte, wie die frivole Tante in Dresden, die mit ihrer Nichte Marie erhaltenen Gelder auf Gesellschaften verpraßte und dann ihrer Pflegebefohlenen Gelegenheit ließ, einem charakterlosen, leichtsinnigen Manne zum Opfer zu fallen, der sich Marien verlobte und sie später verließ.

„Ich weiß es," brummte der Gefühllose, „ich habe sie oft genug gewarnt, sie solle nicht dem Beispiele ihrer Mutter folgen; daß sie den Verlockungen dennoch nicht widerstand, ist nicht meine Schuld; wenn ich nur das Geld für die Lieferung hätte."

„Und glaubst Du mit dieser letzten Ausrede Deiner Vaterpflicht Genüge geleistet zu haben!" sprach Georg in höchster Verachtung. „Siehe, Mensch, hättest Du vor zwei Jahren in unsere Vereinigung gewilligt, so wäre all' dies Unglück nicht geschehen; wir wären nun drei glückliche Menschen, und Du könntest, wenn sich Deine niedrige Seele außer an Erz sonst noch an etwas zu erfreuen vermöchte, das Kind Deiner Enkelin, Deinen Urenkel auf den Knieen schaukeln. Doch dieses Glückes bist Du unwürdig. Du wirst bitter für Deine Herzlosigkeit büßen; elend, verlassen wirst Du enden, Du wirst Niemand haben, um Dir die Augen zuzudrücken, Deinen Leib werden die Raben aufzehren und Deine morschen unbedeckten Gebeine werden den Hirtenknaben zum Spielzeug dienen."

„Willst Du mich vielleicht ermorden? Du hättest keinen Nutzen von dieser That, denn außer mir weiß Niemand, wo ich meine goldgefüllte Casse aufbewahrt habe, he, he, he! Kannst mich ermorden, aber meinen Schatz findest Du nicht!"

Diese Worte hatten in Georg plötzlich eine Idee

erwacht, mittelst deren er sich an dem alten Schmuggler zu rächen hoffte.

„Du irrst, alter Geizhals,“ sprach er, „wenn Du glaubst, daß der Aufbewahrungsort Deiner Casse Dein alleiniges Geheimniß sei; es lebt ein Mensch, der den Versteck eben so wohl kennt, als Du selbst.“

„Das ist unmöglich, Georg. Du scherzest wohl. Du willst mich nur erschrecken, böser Schalk. Es konnte ja Niemand den Ort sehen.“

„Erinnere Dich, es werden nun bald zwei Jahre her sein, an jene stürmische Octobernacht, in welcher wir, Marien ganz allein bei der Greatte zurücklassend, auf den Schmuggel ausgingen. In jener Nacht befand sich ein Fremder hier in der Höhle, der genau bemerkte, von wo Du die Lade genommen und wohin Du sie zurückgethan hast.“

Und nun erzählte Georg jene Scene, die wir bereits kennen, fügte auch hinzu, daß er den Fremden befreit habe. Peter erblaßte von Wort zu Wort mehr und mehr, und dieser Greis, den die Nachricht von dem traurigen Schicksal seiner Tochter und seiner Enkelin kalt und theilnahmlos ließ, schauderte, als er vernahm, daß sein Geldgeheimniß gefährdet sei.

(Fortsetzung folgt.)

Der Kreuzschnabel.

Der Kreuzschnabel (loxia) ist ein Stammverwandter der Sperlinge, einer Sippe, in deren Werthschätzung die öffentliche Meinung merklich schwankt. Die zudringlichen Bettlermanieren, die lärmende, schreiende Weise, mit der sich die Sperlinge überall, wo sie sich im Uebergewichte wissen, geltend machen, ihre Streitsucht und Unverträglichkeit, mit der sie den gestohlenen oder erbettelten Brocken einander abjagen und den Schwächeren unter ihrer Schaar bis zum Hungertode verfolgen, hat sie bei der Mehrzahl der Menschen um Wohlwollen und Achtung gebracht. Von Sanftmuth, Ruhe, gegenseitiger Duldung und Liebe wissen die Sperlinge nicht viel zu sagen, und es mögen eben diese Eigenschaften die den Kreuzschnabel von seinen Verwandten so vortheilhaft auszeichnen, ihn den Menschen so lieb und werth gemacht haben.

Der Kreuzschnabel ist ein holder, räthselhafter Vogel. Sein schönes, buntes Gefieder, sein absonderlich geformter Schnabel, von dessen Gestalt er den Namen trägt, sein Klettern und Klimmen, welches ihn einem Papagei oft täuschend ähnlich macht, seine Lebensweise und viele Eigenthümlichkeiten, die ihn vor anderen Vögeln auszeichnen, räumen ihm eine Ausnahmsstellung unter ihnen ein.

Die Kreuzschnäbel sind die Aristokraten unter ihren Verwandten, die Fremdlinge, die Weltgereisten. Ihnen steht die Welt offen, und sie machen von diesem Vorrechte Gebrauch. Unbekümmert um Jahreszeit und Wetter, kommen sie bald mit den lauen Sommerlüften, bald — und zwar zu uns nach Deutschland viel häufiger — auf den Flügeln des Nordwindes geflogen; oft wenn draußen Eis und Schnee liegt, wenn der Winter über die bereiften Laubbäume streift, kommen die schönen, absonderlichen Vögel gezogen, streichen lebendig und munter durch die starren weißen Wipfel des Waldes und beginnen zur Zeit, wo draußen jeder Jubel, jede Lust verklungen, wenn uns die meisten Vögel um der schmeichlerischen Lüfte eines wärmeren Klimas willen längst verlassen, ihr Liebesleben, ihren Liebesfrühling, bauen mitten unter die Eisblumen des Waldes ihr warmes Nest hinein und singen und jauchzen, und treiben ein Leben, so apart wie ihre Erscheinung, ihr traumhaftes Ziehen, ihr heimathloses Wandern.

Niemand weiß die Zeit, wann die Kreuzschnäbel kommen und gehen. Sie bleiben oft Jahre lang von einem Landstriche weg, auf dem sie gehaust und genistet, und sind dann plötzlich wieder da. Ein reiches Kiefern- oder Fichtensamen-Jahr bringt den Kiefern- oder den Fichtenkreuzschnabel (loxia pityopsittacus, loxia curvirostra) oft mit sich, ohne daß es ihn bedingt. Er kommt dann mit einer lustigen, lebendigen Schaar, die mit einem Male den Wald ringsum belebt. Man sieht die bunte Gesellschaft sich geschäftig durch die Zweige der Nadelbäume drängen, an die sie um der Nahrung willen, da sie in der Freiheit nur Schwarzholzsamen treffen, angewiesen sind. Das Knacken der Zapfen, die sie höchst kunstgerecht mit ihren starken, gekreuzten Schnäbeln aufbrechen und oft von einem Baume zum anderen tragen, ihr Klettern und Huschen, ihr sanfter Gesang bringen Leben und Schönheit in den dunkeln Wald und verleihen ihm, namentlich wenn so eine Vogelgesellschaft während des Winters anlangt und die schönen rothbrüstigen Vögel sich auf den beschneiten Zweigen herumtreiben, einen zauberhaften Reiz. Dazu kommt noch, daß der Kreuzschnabel in seiner Liebeszeit nicht Schritt hält mit dem Umschwunge des Jahres, wie dies bei den anderen Thieren der Fall ist. Wo es ihm gut geht, wo er reichlich Nahrung findet, da baut er sich zu jeder Jahreszeit sein Nest, zieht seine Jungen groß, lebt bequem und behaglich, bis der Wandertrieb wieder neu erwacht und er mit Weib und Kindern über Berg und Thal weiterzieht.

(Schluß folgt.)

Miscellen.

Das Preisverzeichniß eines Möbelmagazins lehrt uns, daß wir deutschen Leute, wenn wir auch in den Anfängen unserer Geschichte lange auf der Bärenhaut gelegen haben, später doch immer sehr hart und steif saßen; wir hatten nur die Bank, den Schemel, den Stuhl, und der bequemste Sitz des deutschen Hauses war meist der — Sorgenstuhl. Das Faulbett und das Lotterbett scheinen lediglich „Begriffe“ gewesen zu sein, die nur literarisch zu brauchen waren. Allen Hausrath, welcher wirklich der Bequemlichkeit dient, erhielten wir aus dem Auslande; so die Ottomane und den Divan von den Türken, das Sopha von den Persern (wahrscheinlich), das Canapé von den Italienern, die Chaise-longue — wir könnten sehr gut Lang- oder Liegestuhl sagen — ist spanischen, wahrscheinlich maurischen, Ursprungs; der Wiegestuhl ist ein transatlantisches Produkt. Was die Tische betrifft, so hat die Toilette den Putztisch, die Console den Pfeiler- oder Spiegeltisch, der Secretär den Schreibtisch, ja selbst das Buffet den bevorzugtesten aller Tische, den Schenktisch (die Schenke) vertrieben, und nur der Krieg, letzter Rückhalt der deutschen Frau, hat siegreich seinen Platz behauptet.

Aus Paris schreibt man: „Das Theater Gaîté hielt am 6. d. M. bereits zum 17. Male Rasttag, denn es werden hier noch immer Vorbereitungen für das sehnsüchtig erwartete Spectakelstück „Die weiße Katze“ getroffen. Die Ausstattung ist wahrhaft feenhaft; die Unkosten belaufen sich im Ganzen auf mehr als 800,000 Frcs. Es werden 26 brillante Tableaux vorgeführt, unter anderen: Das Schloß von Roche-Noire, das Zauberhaus Cherubert's, die Zerstörung von Mazapa, ein Eulenwerk, der Juwelenpalast mit dem ersten Ballet, das Fußbad des Königs, der Drache mit den drei Köpfen, die Verwandlung der Frau in eine Katze, das Land der Vögel, das ländliche Fest, die freien Vögel und ein zweites Ballet. Der Palast der Katze, das Erwachen der Titania, zum Schluß prachtvoll farbige Lichteffecte und lebende Statuen aus rosenrothem Marmor u. s. w., die berüchtigte Teresa wirkt in den meisten Tableaux in bekannter Weise mit.

(Das electrische Licht auf Schiffen.) Das französische Postschiff „Saint Laurent“, unter dem Commando des Capitains Bocandé, hat auf seiner letzten Fahrt nach Newyork einen magnet-electrischen Beleuchtungs-Apparat, wie sie zur Erhellung der Leuchtthürme in Frankreich benutzt werden, an Bord genommen und Versuche über die Vortheile solcher Apparate bei Seeschiffen angestellt. Diese Versuche sind, wie „Les Mondes“ berichten, ganz über Erwarten günstig ausgefallen. Die Reise war ebenso glücklich als angenehm; das Meer war auf weite Fernen beleuchtet, die Schiffe, das Land, die Bojen sah man bereits in großer Entfernung, und das Licht durchdrang so leicht die tiefsten Dunkelheiten und die dichtesten Nebel, daß man, nach den Angaben des Herrn Bocandé, nothwendigerweise genügend Zeit hat, die Richtung zu ändern, um jede Collision zu vermeiden. Außerdem sind die Vortheile noch sehr bedeutend, welche die helle Beleuchtung des Schiffes selbst gewährt, sowohl wenn man die Ladung ordnen oder an den Maschinen etwas ausbessern, oder an der Landungsbrücke Kohle und Waaren einnehmen will u. s. w. Es scheint, daß diese Beleuchtung der Schiffe sich bald in's practische Leben einbürgern und in Kurzem jedes größere Schiff mit einer solchen versehen sein wird.

London, 9. August. Einem amtlichen Ausweise zufolge zählt der englische Civildienst im Ganzen 43,109 Beamte, welche jährliche Gehalte im Betrag von 6,001,747 Pfd.Strl. beziehen. Von diesen sind 609 höhere Civilbeamte, 300 stehen in einem Gehalt von je 800 Pfd.Strl., 11,212 erhalten weniger als 800 Pfd.Strl., und 31,028 sind Subalternbeamten. — Als Illustration zu dem Capitel der Sinecuren im englischen Staatsdienst sei folgende Thatsache, welche durch das Budget für das laufende Jahr belegt wird, erwähnt. Herr Thomas Thurlow, ein Geistlicher der anglicanischen Kirche, welcher das Glück hat, Neffe des verstorbenen und Bruder des jetzigen Lord Thurlow zu sein, bezieht bis zu seinem Tode einen Jahrgehalt von 7352 Pfd.Strl., für welchen er nichts zu thun braucht, da das Amt eines „Patentee beim Concursgericht“, das er früher verwaltete, abgeschafft wurde. Als Entschädigung ward er mit vollem Gehalt pensionirt. Was das Amt eines „Patentee beim Concursgericht“ eigentlich gewesen, läßt sich gegenwärtig nicht mehr genau ermitteln, keinesfalls aber — das steht fest — bürdete es seinem Träger schwere Arbeit auf. Aber hier ist die Geschichte noch nicht zu Ende. Herr Thurlow war außerdem königl. Schatzkammerwächter (Keeper and Clerk of the Hamper) — ein gleichfalls ziemlich mysteriöses Amt, welches gleichzeitig mit dem obigen Pöstchen abgeschafft wurde und seinem Inhaber als „billige Entschädigung“ das Sümmchen von 4028 Pfd.Strl. jährlich einbringt. Außerdem bezieht der Herr die Bagatelle von 835 Pfd.Strl. für den schmerzlichen Verlust des Amtes, welches die vorige Generation, oder doch ein beschränkter Theil derselben — unter dem Namen „Prothonotary of the Court of Pleas“ kannte. Herr Thurlow steht daher im Genuß einer Jahresrente von 11,716 Pfd.Strl., und da er dieselbe seit 37 Jahren bezieht, hat die Nation ihm seine gewiß nicht hoch genug zu schätzenden Verdienste um das Vaterland schon jetzt mit dem Sümmchen von 433,509 Pfd.Strl. 2 Shilling 9 Pence vergütet.

Mr. Josiah Mason, ein Einwohner Birminghams hat eben ein von ihm errichtetes Armen- und Waisenhaus zu Erdington dem Curatorium überwiesen. Die Gesammtkosten dieser schon im Jahre 1858 in kleinerem Maßstab begonnenen Wohlthätigkeitsanstalt belaufen sich auf 200,000 Pfd.Strl., die nämliche Summe, die Herr Peabody den Armen Londons geschenkt hat. Das Armenhaus beherbergt augenblicklich 26 arme Wittwen und das Waisenhaus ist auf 300 Kinder eingerichtet. Der Religionsunterricht soll sich auf die heilige Schrift ohne Katechismus, ohne Auslegung (!) und ohne Glaubensbekenntniß beschränken. Herr Mason und Herr Peabody wurden beide im Februar 1795 geboren.

(Atlantisches Kabel.) Voraussichtlich wird das neue transatlantische Kabel über die Orkney- und Faröer-Inseln nach Labrador, so wie die Linie Portland-Halifax, nach ihrer Vollendung in die Hände der englischen Regierung übergeben. Ein anderes großes Telegraphen-Unternehmen wird geplant. Es soll nämlich Jamaica mit den übrigen westindischen Inseln, sowie mit Surinam und Neu-Granada an der südamerikanischen Küste in Verbindung gebracht werden. Von Surinam aus würde man dann den Anschluß an die jetzigen brasilianischen Linien und von Neu-Granada aus an die Linien von Ecuador, Peru und Chile bewerkstelligen. Für diese Verbindung der westindischen Inseln mit Buenos Ayres, dem argentinischen Bunde und den Republiken an der Ostküste Südamerikas, hat die spanische Regierung eine Concession auf 40 Jahre zugesagt und die Gouverneure verschiedener Inseln haben für 10 Jahre beträchtliche Subsidien versprochen. Zur Ausführung dieses Planes sind 2230 englische Meilen unterseeisches Kabel und 850 Meilen Landlinien von Nöthen.

Buenos-Ayres, 9. Juni. Am 23. vorigen Monats haben wir hier einen merkwürdigen Vorfall erlebt. Es war ein Luftballon aufgestiegen, der beim Herablassen den Landungsplatz verfehlte und herabstürzte, nicht weit von einem eben vorüberfahrenden Dampfboote. Obgleich die Gefahr nicht groß war, denn die Gondel diente dem Aeronauten als Boot, so fischte die Mannschaft des Dampfers den Ballon doch auf und zog ihn an das Schiff heran. Plötzlich erfolgte eine furchtbare Explosion; ein Funken aus dem Schornstein des Dampfers muß das Seidenzeug durchgebrannt haben und mit dem ausströmenden Gase in Berührung gekommen sein; denn der Ballon zerriß in tausend Fetzen und die ganze lodernde Gasmasse zündete mit einem Schlage den Dampfer an. Von allen Seiten eilten zwar Boote herbei, aber der Verlust an Menschenleben und die schwersten Brandwunden bei der Mannschaft waren nicht zu vermeiden.

Räthsel.

Mit L wird's in den Keller getragen,
Damit man im Dunkeln sehen kann,
Mit S wird's aus dem Keller getragen,
Wenn es des Guten zu viel gethan.

Auflösung der Homonyme in Nr. 94:

Schnur (Gartenschnur, Richtschnur), Schnur (Schwiegertochter), Schnur (seidene Schnur, die der Sultan schickt zur Vollziehung der Todesstrafe).

Auflösung des Räthsels in Nr. 95.

Das Dehnungszeichen.

Redaction von F. A. Woll. Druck der Jäger'schen Druckerei in Speyer.

Palatina.

Belletristisches Beiblatt zur Pfälzer Zeitung.

Nro. 98. Speyer, Dienstag, den 17. August 1869.

Die Schmuggler.

Erzählung von Guido Volz.

(Fortsetzung.)

„Lieber, guter Georg, wer ist dieser Fremde? Lebt er noch und wo ist er?“ fragte Peter Ahrens zitternd und aufgeregt.

„Dieser Fremde lebt, ich traf ihn vor drei Tagen; dieser Fremde befindet sich nun in der Nähe von Franzensbad, seine Name aber ist Friedrich v. Werner, Mariens Verführer.“

„Höre Georg,“ sprach der alte Sünder geheimnißvoll, „diesen Menschen müssen wir ermorden.“

„Ich bin selbst der Meinung,“ versetzte Georg, „und ich habe denselben Grund dazu, den Du hast, nämlich, daß er den Versteck Deiner Schätze kennt. Hätte der Elende ihn nicht gesehen, nicht gewußt, so hätte er vielleicht auch nicht Marien Liebe geheuchelt. Später, als das arme Mädchen keinen Ausweg mehr hatte, wollte er sie zwingen, ihn hierher zur Höhle zu geleiten, denn selbst vermochte er den Weg nicht wieder zu finden.

„Also er kennt den Eingang nicht,“ fragte der habsüchtige Greis gierig mit freudestrahlenden Augen.

„Nein. Ich führte ihn mit verbundenen Augen in's freie Feld, so war er nicht im Stande, sich zu orientiren. Marie aber weigerte sich entschieden, ihn herzuführen, nachdem der Verdacht in ihr erwacht war, daß ihre uneigennützige Liebe nicht mit gleich liebevoller Anhänglichkeit erwidert werde; sondern daß in ihrem Geliebten blos die Liebe zu den Schätzen ihres Großvaters erwacht sei. Dieser Verdacht wuchs von Tag zu Tag mehr zur Gewißheit, und daß sie richtig ahnte, bewies die Zukunft, indem der charakterlose Mann nach wiederholten fruchtlosen Drohungen das ihrem Vorsatze getreue Mädchen von sich stieß, und Friedrich hätte die Tochter eines reichen Dresdener Bürgers zum Altare geführt, wäre dies Vorhaben nicht durch den Einmarsch der Preußen rückgängig geworden. Er trieb sich hie und da herum und entfloh jetzt, als die Revolution in Dresden besiegt wurde. Die unglückliche Verstoßene aber kehrte in die Höhle zu ihrem Großvater zurück, das Uebrige weißt Du.“

„Wirklich, ich bedauere jetzt die Arme, es war ein braves Kind, wollte den Großvater nicht verrathen. — Doch, Georg, mein Sohn, wäre es nicht besser, das Vergangene zu vergessen, und heute noch auf bayerischen Boden überzutreten.“

„Ich thue keinen Schritt von hier,“ versetzte Georg leidenschaftlich, „keinen Schritt, so lange die Schuldigen nicht bestraft sind. Wenn Du verkörperter Geldteufel, auf nichts als Rettung Deines Goldes bedacht zu sein vermagst, so werde ich's vermögen. Mein Leben hat nunmehr nur noch einen Zweck, die Rache. Uebrigens, wenn Du gehen willst, gehe, ich halte Dich nicht, aber auch helfen werde ich Dir nicht.“

„Ja, mein Sohn, ohne Dich kann und will ich aber nicht gehen. Meine Arme ermüden schnell, sie vermögen nicht das Steuerruder zu führen, wie einst; und dann, wem dürfte ich sonst trauen, als Dir? Du weißt, ich theile mit Dir, was ich habe; aber — mein — nicht theilen, aber nach meinem Tode ist mein ganzer lieber Schatz Dein Eigenthum.“

Es war Georg wohl bekannt, daß der Alte ohne ihn nicht fort könne und daß ihn seine mißtrauische Natur Niemand anderem zu vertrauen heiße. Und dies machte Georg den Handel leicht.

„Also gedulde Dich,“ sprach er, „bis Mariens Unglück an dem Entdecker Deines Schatzes gerächt sein wird. Ich habe Hoffnung, ihn binnen wenigen Tagen in meine Gewalt zu bekommen.“

„Dann aber eilen wir sogleich von hinnen?“ fragte der Greis unruhig.

„Halt, ich habe auch noch andere Bedingungen. Du stimmst unbedingt meinem Racheplan bei, den ich nach Umständen ordnen werde. Du darfst nicht zweifeln, nicht unentschlossen oder mißtrauisch sein, vielmehr eine hilfreiche Hand bieten in der Ausführung, die gleichfalls auch in Deinem Interesse liegt. — Versprichst Du mir dies?“

„Wohl, wohl, ich verspreche Dir's, aber wirst Du mich nicht hintergehen?“

„Tausend Teufel! Schon jetzt kommst Du mit Mißtrauen? Nun denn, gehe allein, doch sogleich, denn noch diese Nacht kannst Du Deines Schatzes verlustig werden.“

„Ich habe Dich ja nur gefragt, mein lieber Sohn, eine Frage ist denn doch erlaubt. Aber so sage mir doch, was Du im Sinne führst?“

„Ich will dem Verführer in den Wellen der Eger ein Grab bereiten. Dies ist mein Ziel, und ich werde es auch vollbringen, und sollte ich jenem Menschen auch von einem der beiden Erbtheile herbeischaffen."

Er sprach diese Worte wohl in kaltem Tone, seine Miene aber hatte eine unheilverkündende Wildheit angenommen.

IV.

Vier Tage später kamen Gäste mit eigenthümlichem Aeußern nach Franzensbad. Ernste Physiognomien mit dem Ausdrucke der Hoffnungslosigkeit und schmerzlichen Entsagung. Sie waren schweigsam und düster, wie es Unglückliche zu sein pflegen. Es waren Flüchtlinge, die meist unter fremden Namen nach andern Ländern fliehen. Zwei Männer, die sich vor der drückenden Schwüle des heißen Sommernachmittags in eines der kühlen Badegemächer zurückzogen, beriethen sich über eine wichtige Angelegenheit.

Der jüngere der beiden Männer lag rücklings nachlässig hingeworfen auf einer invaliden Bettstatt des anspruchslosen Kämmerchens und sog von Zeit zu Zeit aus einer langen Pfeife den wohlriechenden Rauch an sich und ließ ihn dann in dichten Ringen die Luft durchtanzen. Seine, einen Wollüstling bezeichnende Physiognomie hatte Züge, die, wenn der Mund sich zum Sprechen öffnete, oder die Augen aufblickten, auf einen natürlichen, angebornen Muth hinwiesen. Es war Friedrich von Werner, der sich vor Andern dadurch erkenntlich machte, daß er stets sorgfältig gekleidet, doch nicht minder tapfer war.

Der orientalische Typus in der Physiognomie des Andern, läßt in ihm auf den ersten Blick den Sohn des alten Testaments erkennen. Sein kupferbraunes Antlitz ziert ein bläulich schwarzer dichter Schnurr- und Backenbart, die Lippen und das Kinn gänzlich bedeckend. Ein in weite Falten gelegtes weißes Tuch deckt seinen Hals, unter den dichten Augenbrauen glänzt ein Paar feuriger Augen, deren Lebhaftigkeit die Jahre, die man nach den in seinem dunklen Barte vorkommenden grauen Fäden und den künstlichen Falten seines Antlitzes auf mehr denn fünfzig anschlagen könnte, Lügen zu strafen schienen. Auch er dampfte aus einem langen Rohre. In einem Kästchen lagen treffliche Tabakrollen und wohlriechende Pastillen.

„Also Du kannst mir, Aron, für gewiß sagen, daß der alte Schmuggler nicht mehr lebt?" fragte der Flüchtling im Verlaufe des Gespräches.

„So gewiß als ich lebe," entgegnete der jüdische Handelsmann mit einer näselnden dünnen Stimme. „Ich sah ihn mit eigenen Augen an dem Aste eines über einem Fluß stehenden Baumes hängen, welche Strafe ihm gewiß von seinen Gefährten geworden war, die er oft beim Schmuggel zu bevortheilen pflegte."

„Gut, und so glaubst Du, daß man sich vor ihm nicht mehr zu fürchten braucht?"

„Nicht im Mindesten, wenn nicht seine Seele als Gespenst den Schatz bewacht. Nur ein Umstand beunruhigt mich, es lebt nämlich noch jemand, der das Versteck kennt, ein junger Mann, der sein Sohn, Neffe oder sonst irgend ein Verwandter sein mag."

„Hinsichtlich dessen kann ich Dich beruhigen. Dieser hieß Georg Reimann und fiel in Schleswig, ich selbst habe seinen Namen im Verzeichniß der Todten gelesen."

Der Handelsmann, der bisher schon verstohlen, scharf und mißtrauisch den Sprechenden beobachtete, nahm bei diesen Worten des Flüchtlings plötzlich eine heitere, zufriedene Miene an.

„Es gelang," murmelte er für sich, seinen langen Bart streichend, „er hält mich für todt!"

„Was sprichst Du, Aron?"

„Ich dachte nur, daß nunmehr die Casse so viel wie unser ist. Sie wissen, wo das Geld aufbewahrt ist und ich kenne den Eingang der Höhle; keiner von uns könnte ohne die Hülfe des andern zum Ziele gelangen, so aber werden wir einer des andern Geheimniß ergänzen und dann brüderlich theilen. Aber unter anderm, ich glaube mich zu erinnern, daß der alte Geizhals auch eine Tochter hatte."

„Das Mädchen war seine Nichte," verbesserte jener, „doch die ist verschollen; gestern hörte ich, daß sie sich den Tod gegeben. Um so besser, wenigstens ist sie uns nicht mehr hinderlich."

Aron warf einen vernichtenden Tigerblick auf den Sprechenden, nach einer Pause sprach er: „Es steht uns also kein Hinderniß im Wege?"

„Noch eins, bevor wir an's Werk gehen; Du magst der redlichste Mensch von der Welt sein, aber wer bürgt mir dafür, daß Du, wenn wir den Schatz einmal gehoben haben, nicht zu Mitteln greifst, die Dich in seinen alleinigen Besitz bringen würden?"

Dieser antwortete ruhig: „Ein Jude handelt oft ehrlicher als ein Christ. Ich habe keine Waffen, Sie führen ein Stilet und gute Pistolen bei sich, und dennoch hegen Sie Furcht und Mißtrauen. Uebrigens habe ich Ihnen ja nicht den Vorschlag gemacht, meinetwegen können wir die Sache auch lassen."

Der Jude packte seine Sachen zusammen und wollte sich entfernen. — Der andere hielt ihn zurück.

(Fortsetzung folgt.)

Der Kreuzschnabel.

(Schluß.)

Der Kreuzschnabel ist ein regsamer, thätiger, aber ernster Kumpan; nur zur Zeit der Liebe weicht der Ernst dem Jubel in der eigenen Brust; zur Zeit des Werbens um die Braut, wird er ekstatisch. Dann singt er, schwebt er, tanzt und dreht sich, um sich vor ihr in voller Schönheit zu zeigen, und jauchzt und lärmt, bis er seine Gattin erworben hat. Gegen diese ist er liebevoll und treu. Beim Bau des Nestes, den sie allein ausführt, weicht er nicht von ihrer Seite, bewacht sie und schützt sie, und von dem Augenblicke, wo sie um der Eier willen das Haus hütet, fliegt er nur fort, um Nahrung zu holen, mit der er sie reichlich versorgt. Während der Brutzeit, wo das Weibchen die drei bis vier kleinen weißgrauen oder weißblauen, mit dunkelbraunen und lichtrothen Strichen und Flecken bedeckten Eier unaufhörlich warm hält und nicht verläßt, sitzt der Gatte auf einem Zweige in nächster Nähe und singt ihm seine Lieder vor, als wollte er ihm damit die Zeit verkürzen, bis nach fünfzehn bis siebzehn Tagen die Jungen ausgeschlüpft sind, welche aber auch dann noch, namentlich wenn die Brut in den Winter fällt, geraume Zeit der wärmenden Mutterbrust bedürfen und auf die Pflege und Fütterung der Eltern angewiesen bleiben, da ihr Schnabel noch nicht gekreuzt ist und erst nach ihrem Flüggewerden die Form und Gestalt annimmt, die ihn zweckentsprechend macht.

In der Gefangenschaft wird der Kreuzschnabel sehr zahm und ist durch seine bedächtigen Manieren, sein kluges Wesen, sein schönes buntes Gefieder und die eigenthümlich papageiartigen Geberden ein höchst angenehmer Zimmergenosse, dessen lieblicher, wenn auch bescheidener Gesang viel Freude gewährt. Man füttert ihn mit allerhand Sämereien, am liebsten nimmt er Hanf- oder Schwarzholzsamen; ausschließlicher Genuß des ersteren ist ihm schädlich, ja, kann ihm sogar tödtlich werden. Er befindet sich in der Gefangenschaft sehr wohl, und wird unglaublich zutraulich. Ich besaß wiederholt einzelne Exemplare dieser schönen Vögel, wovon namentlich ein Fichtenkreuzschnabel sich so drollig und pathetisch betrug, daß er der Liebling aller Hausgenossen ward. Er war den ganzen Tag thätig und lebendig und benahm sich immer, als hätte er sich eine bestimmte Aufgabe gestellt, nach deren Lösung er erst auf die Genüsse und Freuden des Tages übergehen könne. Des Morgens, gleich nachdem er sein Gefieder in Ordnung gebracht und genügend geputzt hatte, ging er an die Arbeit. Diese bestand im Holzspalten. Alles, was von diesem Materiale in seiner Umgebung war, seine hölzerne Futterschale, seine Sitzstäbchen, sein Käfig, wurde in Angriff genommen. Und zwar nicht planlos, nicht schwärmend, sondern systematisch und regelrecht. Er verließ nie einen Gegenstand, den er zu bearbeiten begonnen, bevor er nicht ganz und vollständig erledigt war. Am liebsten spaltete er die Stäbchen, die in seinem Käfige angebracht waren. Alle Bemühungen, diese darin zu befestigen, waren vergeblich; mit einer Consequenz, die geradezu achtungeinflößend war, beharrte er bei der bestimmten Stelle und der bestimmten Angriffsweise, mit der er zum Ziele zu gelangen hoffte. Er hing sich zu diesem Zwecke, nach Papageienart, an dem Käfiggitter auf, bog mit dem Schnabel und einem der Füße das Stäbchen in die Höhe und zerrte und rüttelte so lange, bis er es losgemacht hatte; dann flog er damit auf irgend eine bequeme Sitzstelle, hielt es mit einem seiner Füße fest und begann es der Länge nach von oben herab zu spalten. Erst zerfaserte er eines der Enden und bog es wie ein Strauch in unzähligen Spähnen auseinander, und dann erst riß er immer tiefere Spalten, bis er das Holz so gänzlich zerfädelt hatte, daß es in dünne, zwirnartige Theilchen zerfiel. Diese Beschäftigung war ihm so lieb, daß er selbst durch das Aufbrechen von Fichtenzapfen, mit welchen ich ihn täglich versorgte, nur theilweise davon abzubringen war und daß ich nur durch immer neue Holzvorräthe ihn von dem Zerspalten der einzelnen hölzernen Theile seines Käfigs abhalten konnte.

Gegen Fremde war er anfangs stets etwas mißtrauisch und bewies dies durch eine höchst komische Entrüstung, wenn sie sich zu plötzlich nahten oder ihm gar einen Finger hinhielten und ihn bewegen wollten sich darauf zu setzen. In diesem Falle flog er stets eilig in seinen Käfig, faßte mit dem Schnabel das offenstehende Thürchen und schlug es mit einer Heftigkeit hinter sich zu, die jede weitere ungebetene Annäherung zweifellos zu verbieten schien und stets bei den so Zurückgewiesenen große Heiterkeit erregte.

Herzgewinnend war sein ernster, verständiger Blick, sein treuherziges, bedächtiges Kopfwenden, wenn man zu ihm sprach, und die Aufmerksamkeit, mit der er in jedweder Arbeit innehielt, um auf die Stimme seiner Freunde zu horchen.

Die Schönheit, die Liebenswürdigkeit und das absonderliche Wesen des Kreuzschnabels haben ihn zum Lieblinge des Volkes gemacht, das ihn längst in den Kreis seiner frommen Sagen gezogen hat. Es erzählt, daß, als einst Christus in der Todesstunde, die Dornenkrone tief in die blutende Stirn gedrückt, mit brechendem Auge um Hilfe flehte, der Kreuzschnabel herzugeflogen sei, um die Qualen des Sterbenden zu lindern. Er löste die Dornen aus der Stirne, er zog und zerrte an den eisernen Nägeln, um die Hände und Füße des Gekreuzigten zu befreien. Die Nägel widerstanden seiner Kraft, sein Schnabel ward krummgebogen, das Blut des Erlösers überströmte die kleine befiederte Brust. Da fiel ein dankender Blick aus dem Auge des sterbenden Gottmenschen auf ihn, und dieser Blick feite den kleinen Vogelleib, so daß er nie verwest; sein Schnabel blieb gekreuzt seit jener Stunde, seine Brust rothgefärbt, und alljährlich zieht er noch heute, wenn ihn die Sehnsucht erfaßt, nach Golgatha, um den Ort zu besuchen, wo das Kreuz des Heilandes gestanden hat — und daher kommt sein absonderliches Wandern.

Die Wissenschaft hat wohl festgestellt, daß die Unverweslichkeit des Kreuzschnabels von seiner harzhaltigen Nahrung herrührt und auch nur dann stattfindet, wenn er sich blos von Schwarzholzsamen nährt; aber das Volk kümmert eine derartige Erklärung nichts; der Kreuzschnabel ist und bleibt ihm ein gefeiter Wundervogel, dem zu liebe es zum heiteren Dichter wird.

Miscellen.

Der Weinstock. (Eine Parabel.) Als Dionysos noch ein Knabe war, machte er durch Hellas eine Reise nach Naxos. Der Weg war lang, der Knabe wurde müde und er setzte sich auf einen Stein, um auszuruhen. Als er seinen Blick zu Boden warf, erblickte er ein kleines Kraut, das er so schön fand, daß er es mitnahm, um es in seiner Heimath anzupflanzen. Da jedoch die Sonne sehr heiß brannte, fürchtete er, daß das Kraut in seiner Hand verdorre. Als er aber auf dem Wege einen hohlen Knochen von einem Vogel fand, steckte er das Kraut hinein und ging weiter. In der Hand des jungen Heros begann nun das Kraut in einer Weise zu wachsen, daß es den Knochen nach allen Richtungen ausdehnte.

In der Furcht, daß der Knochen gesprengt würde, nahm Dionysos das Bein von einem Löwen, das größer war, als des Vogels und steckte die Pflanze sammt dem Gehäuse hinein. Die Pflanze wuchs auch da in einer Weise, daß sie das Löwenbein nach der Breite und der Länge erweiterte. Zum Glücke hatte aber Dionysos ein Eselsbein gefunden, das noch größer war als der Löwenknochen, und jenes benützte er um die Pflanze zu verwahren. So kam er denn nach Naxos. Hier wollte er die Pflanze in den Boden stecken, als er bemerkte daß ihre Aeste durch das Bein des Vogels, des Löwen und des Esels durchgedrungen seien, und daß man die Pflanze, ohne sie zu verletzen, nicht aus dem Gehäuse nehmen könne. So pflanzte er denn das Ganze in den Boden. Die Pflanze wuchs überraschend schnell, und Dionysos bemerkte zu seiner Freude, daß sie wunderbare Beeren trug. Diese preßte er aus und so entstand der erste Wein, den er den Menschen zu trinken gab. Aber Dionysos erlebte daran folgendes Zeichen: Wenn die Menschen den Wein zu trinken anfingen, wurden sie lustig und sangen wie die Vögel. — Hatten sie etwas mehr getrunken, wurden sie kühn und muthig wie die Löwen. — Hatten sie aber lange getrunken, so ließen sie die Köpfe hängen und wurden dumm, wie die Esel.

Die meisten der Bergleute, welche bei der Explosion im Plauen'schen Grund verunglückt sind, haben wohl einen plötzlichen Tod gefunden. Nur ein kleines Häuflein der Unglücklichen suchte sich unter Anführung des Steigers Bähr in einer links vom „Hoffnungsschachte" gelegenen Flügelstrecke vor dem furchtbaren Andrange der brandigen Wetter und unathembaren Gase zu retten. Sie waren nicht hinter Brüchen lebendig in einem großen Grabgewölbe begraben, wie man meinen sollte; nein, die ganze brüchfreie Wetterstrecke und der Weg zur Tagesstrecke des „Hoffnungsschachtes" stand ihnen offen, allein diese Strecken enthielten so concentrirte Gase, daß sie dieselben zu ihrer Rettung nicht betreten konnten. Einige Verwegene haben es gewagt, wahrscheinlich in schnellem Laufe zur Tagesstrecke zu gelangen. Umsonst, sie bezahlten ihr Wagstück mit dem schnellen Erstickungstode. Man fand sie einzeln in der Tagesstrecke liegend vor, und zwar unweit der letzten Zufluchtsstätte des Steigers mit seinen wenigen Getreuen. Bis gegen Mittag 2. August haben einige derselben noch gelebt, wie aus dem hervorgeht, was sie in ihrer letzten Noth noch bei dem matt brennenden Grubenlichte niedergeschrieben. Es sind erschütternde Abschiedsworte aus der Tiefe an die Lieben in der Oberwelt. Der Bergarbeiter Christian Schmidt hatte sich mittelst einer Stecknadel ein kleines Papier an den Brusttheil seines Bergkittels geheftet, auf welchem mit fester Hand geschrieben war:

„Meine lieben Angehörigen! Indem ich vor Augen sehe, daß wir sterben müssen, erinnere ich mich noch an Euch. Lebt Alle wohl und ein frohes Wiedersehen. Das Andere muß ich Euch überlassen. Zwischen 9 bis 10 Uhr."

Und auf der andern Seite des Zettels stand:

„Liebe Frau! Versorge die Marie gut. In einem Buche in der Kammer liegt 1 Thlr. Geld. Lebt wohl, liebe Mutter und Geschwister. Auf Wiedersehen!"

Dieser wahrhaft fromme und getreue Knecht hoffte sterbend mit Zuversicht auf ein Wiedersehen. Von 10 Uhr an haben die Verunglückten ihre Rechnung mit dem Himmel abgeschlossen. Wahrscheinlich sind in Folge des Umsichgreifens der giftigen Wetter die Grubenlichter verlöscht, und in undurchdringlicher Finsterniß haben die Verlassenen des Engels gewartet, der ihre Seelen vor den Richterstuhl des Höchsten leiten sollte.

Die Sommer-Residenz der russischen Czarenfamilie Zarskoje-Selo, besitzt mitten im Wiesenlande einen künstlich geschaffenen Teich, an welchem durch die Fürsorge des Großfürsten Alexis eine Sammlung aller möglichen Modelle von Schiffen und Booten, sowie Marinegegenstände aller Völker der Erde zusammen gebracht und den Liebhabern zur Einsicht überlassen sind. Am östlichen Ufer des Sees liegt, von rothen Ziegelsteinen erbaut, mit weißen, ragenden Thürmen, ein Gebäude, welches einem Offizier und der Mannschaft zur Wohnung dient, mit einer Werkstätte, wo der Großfürst Alexei Alexandrowitsch, der Vertreter der Marine in der kaiserlichen Familie eigenhändig arbeitet; dort befindet sich eine Halle, reich vergoldete, altmodische Schiffe enthaltend aus der Zeit Catharina's II., Scaphibren aller Größen und andere zum Seedienst gehörige Gegenstände. Den Vordergrund schmückt eine Statue Peter des Großen, des genialen Schöpfers der russischen Flotte, links das Bild des heiligen Nicolai des Seefahrers, des himmlischen Beschützers der Schiffsleute, umgeben von Fahnen, und davor die ewige Lampe. Von hier aus erstreckt sich der See nach rechts und links, mit einigen hübschen Inseln. Wie auf dem Hinterdeck eines Schiffes liegt auf der nächsten und kleinsten die Kanone, welche durch einen Schuß die Mittagsstunde verkündet, weiterem Kreise zu praktischem Nutzen, dem harmlos Promenirenden und in der Nähe Sitzenden zu unerwartetem Schreck. Weiterhin ein Denkmal des Sieges der Russen über die Türken bei Tschesme. Architektonisch edel gehaltene Terrassen und Anfahrten schmücken die Inseln und die Ufer.

Um die Mannschaft in einem kleinen Halbkreise liegen in Reih' und Glied die Schiffe, Boote und Kähne der verschiedenen Länder. Vor Jedem ist eine Tafel angebracht mit Benennung, Heimathland und Jahreszahl der Erbauung. Da liegen neben einander eine venetianische Gondel, auf dem Kronstädter Werft gebaut; ein türkischer Kaik aus Konstantinopel, sehr lang von prächtiger Form und reicher Goldverzierung; ein kleines Boot aus Manilla auf den Philippinischen Inseln; eine Dschunke aus Nangasaki; ein nationales Boot aus Westindien; eine Pirogue von den Carolinen-Inseln; eine zierliche Nachahmung des sogenannten Einbaumes des bayerischen Hochgebirges; eine chinesische Sampanka, in Schanghai gebaut, höchst sonderbarer Form, vorn einfach, nach hinten zweigetheilt, ein einziges Ruder bewegt sie, welches der Matrose stehend, wie einen Quirl im Wasser hin und her bewegt; ein japanesisches Fischboot aus Hakodadi; ein kleines Boot von der Mündung des Amur; ein Kahn aus Astrachan; eine Gichkka für das Meer; eine andere für die Flußschifffahrt; ein finnisches Boot; ein Kahn aus Nischnei-Nowgorod; ein anderer aus dem Ladoga-See; mehrere sog. Wasserschuhe; ein Kahn vom Ekmankanal und ein holländischer Pramm; Boote von den Aleutischen Inseln und Fahrzeuge der Eskimos aus Grönland, mit Häuten bezogen, ganz schmal, für eine oder zwei Personen; die dazu gehörigen Anzüge sind vorhanden und bei passender Gelegenheit bedienen sich die Matrosen derselben. Außer diesen liegen noch andere niedliche Fahrzeuge da, auch ein eisernes Rettungsboot. Hier und da zerstreut auf dem See ankern kleine Segelschiffe, malerisch gruppirt, alle mit der Marineflagge, an Sonn- und Feiertagen mit vielen bunten Flaggen geschmückt; vom Pelikan und Schwan bis herunter zur Ente und zum Fisch, tragen sie die Namen alles dessen, was im Wasser schwimmt und kriecht. Bei ausreichendem Winde manövriren die Matrosen auf ihren Segelbooten und beleben für den Vorübergehenden die Landschaft als angenehme Staffage. Abends Schlag 9 Uhr werden wie auf einem Kriegsschiffe alle Flaggen gestrichen und die Boote unter eine aus Holz und Glas gebaute Anfahrt gezogen, wo sie zur Nacht aufbewahrt werden und vor Regen geschützt sind. Hier befinden sich noch einige zum Gebrauche der höchsten Herrschaften reservirte Fahrzeuge und solche, deren Bauart nur geschickten Seeleuten erlaubt sich darauf zu wagen. Am belebtesten ist der See Abends, wenn die Musik vor dem Schlosse spielt und die Boote von Offizieren und geputzten Damen benutzt werden. Aber seinen Glanzpunkt erreichte der See bei den Manövern an ersten Pfingsttage.

Newyork, 8. August. Die Witterung war den Beobachtungen der Sonnenfinsterniß (am 7. d.) im Ganzen günstig. Zahlreiche Deputationen gelehrter Gesellschaften und Anstalten waren im Stande, erfolgreiche Aufnahmen zu machen. Die Finsterniß war sehr beträchtlich und an manchen Orten des Westens eine totale, so daß furchtsame und unwissende Personen in nicht geringe Bestürzung geriethen.

Redaction von A. K. Woll. Druck der Jäger'schen Druckerei in Speyer.

Palatina.

Belletristisches Beiblatt zur Pfälzer Zeitung.

Nro. 99. Speyer, Donnerstag, den 19. August 1869.

Die Schmuggler.

Erzählung von Guido Bolz.

(Fortsetzung.)

„Aber, Aron, nimm es doch nicht so hoch auf, es war leere Furcht, sonst nichts. Wenn Du willst, können wir gehen, nur muß ich vorher meinen Reisepaß und mein Gepäck besorgen.“

„Der beste Reisepaß ist Gold,“ bemerkte Aron, „und erreichen wir dies, so wird der laufendste Theil von dem, was wir finden, das Gepäck hinreichend ersetzen, welches mitzuschleppen uns nur im Vorwärtsbringen hindern würde. Nehmen Sie das Allernothwendigste und vergeuden wir keine Zeit.“

Und die beiden Männer verließen das Gemach, dann die Bader und machten sich auf dem Weg nach dem Gebirge. Welche verschiedenen Zwecke verfolgten diese Männer!

Am nördlichen Himmel hingen schwere schwarze Wolken, die herabstürzen zu wollen schienen, und die riesigen Thäler der Berge wiederhallten von dem Echo der Donnerschläge des immer näher und näher anrückenden Gewitters. Unsere Wanderer verließen die Hauptstraße und drangen auf verlassenen engen Seitenpfaden zwischen steilen Felsen vorwärts. Aron besaß vollkommene Ortskenntniß, sprach wenig und ging überall und eiligen Schrittes vorwärts. Nach seiner Berechnung war durch Benützung der Seitenpfade ein Zeitraum von anderthalb Stunden zu ersparen.

„Sehen Sie dort linker Hand jenen kolkhaltigen Felsenrücken?“ sagte er ohne sich umzusehen, „er wird durch den anhaltenden Blitz völlig beleuchtet. Es ist das Grenzgebirge. In der Nähe dieses Felsens hat sich der Vorfall ereignet, dessen ich Ihnen schon erwähnte. Es war eine neblische Novembernacht und der dichte Nebel nur entriß uns den verfolgenden Korbanisten. Sie waren kaum fünfzig Schritte von dem Orte, wo ich die Nacht in Sicherheit zubringen konnte, aber als ich dem Alten im Falle der Weigerung drohte, ihn mit einem einzigen Schrei zu verrathen, gab er nach und so kam ich in seine Höhle, von wo er mich Tags darauf mit verbundenen Augen in's Freie führte.“

„Wie konntest Du Dir also den Ort merken?“ fragte Friedrich gierig, „denn auch ich kam auf diese Weise aus der Höhle.“

„Ich habe den alten Fuchs überlistet; während er mir die Augen verband, habe ich mir unbemerkt eine Wunde am Fuße beigebracht und das Blut diente mir bei der Rückkehr als Spur. Dennoch aber wäre Alles vergebens gewesen, da ich die Höhle stets verschlossen fand, nur bei meinem letzten Dortsein vor Kurzem fand ich die Steinplatte, welche als Thüre diente, eingestoßen.“

„Verdammt, wenn uns schon jemand zuvorgekommen wäre!“

„Ich glaube nicht; das doppelte Versteck kannte Niemand außer ihm. Doch eilen wir, Herr, das Gewitter hat uns bereits ereilt.“

„Sind wir noch fern vom Ziele?“

„Es ist jenseits dieser Felsenkrümmung, eine kleine halbe Stunde haben wir nur noch zu gehen.“

Zwei Stunden mochten die Beiden schon gegangen sein, indeß brach der Abend herein, dichtes Gebüsch und schwarze Nacht umgab sie und die Krümmungen des Pfades konnte man nur noch während des Leuchtens der Blitze erkennen. Bis auf die Haut durchnäßt, langten sie endlich an der Stelle an, wo ein dichtes Gestrüppe den Eingang zur Höhle barg. Der Regen fiel nicht mehr und ein scharfer Wind jagte die braunen, zerrissenen Wolken am nächtlichen Himmel in tausendfachen Gestalten, hinter denen dann und wann die silberne Sichel des Halbmondes hervorguckte.

„Was ist das für ein brausendes Geräusch in der Ferne?“ fragte Friedrich.

„Es sind die Wogen der Eger, die, vom Sturmwind gepeitscht, sich an den Felsenufern brechen,“ entgegnete der Jude.

„Eine solche Nacht war auch jene,“ sprach Friedrich, in welcher ich zum ersten Male in diese Höhle gerieth.“

„Die erste gleicht der letzten,“ dachte der Jude.

Sie traten in die Höhle. Es brauchte eine geraume Zeit, bis sie die mitgebrachten, doch völlig durchnäßten Fackeln anbrennen konnten.

„Ich habe Sie an den erwünschten Ort geführt, der zweite Theil der Ausführung ist nun Ihre Aufgabe,“ sagte Aron.

Friedrich beeilte sich, sich zu orientiren.

„Hier stand das Mädchen,“ sprach er zu sich selbst, „von dort kam ich, und als die Schmuggler kamen, verbarg ich mich dorthin." Dann sprach er laut: „Der Alte ist, wenn ich nicht irre, in jene Oeffnung und gerade auf diese den Schatz bergende Felswand zugegangen.

Nach einem vierteljstündigen Tappen und Suchen wollte er schon erfolglos zurückkehren, als er durch einen Griff von ungefähr eine Steinplatte berührte und beim röthlichen Scheine der Fackel den verrosteten Deckel der eisernen Lade erblickte.

„Ich hab's, ich hab's!" schrie er in seiner Freude. „Pst! was war das?" fragte er gleich darauf mit beklommener Brust, denn er vernahm in demselben Augenblicke in seiner Nähe ein Geräusch.

„Nichts!" beruhigte ihn der Jude, „was sollte es sein? Der Wind, ein Wiederhall, oder hat sich vielleicht ein Kiesel losgelöst und ist herabgerollt. Indeß kann ich ja nachsehen."

Mit diesen Worten ging er gegen die Krümmung, von wo das Geräusch hergekommen war und blickte rings umher.

„Wie ich sagte, es ist nichts," fuhr er fort; draußen saust der Sturm so fürchterlich. Bei solchem Wetter können wir keinen Schritt machen, die Wellen würden unsern Kahn im ersten Augenblicke umwerfen. Außerdem müssen wir auch Rast halten. Ich kenne den Gang der Stürme sehr wohl, binnen wenigen Stunden wird die Natur so lammfromm werden, wie eine besiegte kokette Spröde."

Friedrich hatte gegen die Rast nichts einzuwenden, und sie lagerten sich, nachdem die eiserne Lade mit großer Mühe hervorgeschleppt und die Schlösser abgeschlagen worden, am Boden, mit wollüstigen Blicken sich an dem bleichen Goldglanze sättigend.

„Wollen Sie nicht eine Pfeife anbrennen? Und hier ein Glas Wein." Er reichte eine Flasche aus seiner Wandertasche und stopfte die beiden Pfeifen.

„Prächtiger Tabak; mit solchem bediene ich nur meine besten Kunden," sprach Aron mit einem eigenthümlichen Blick auf Friedrich.

„Du bist sehr gütig. Aber es scheint als verbreite Dein Tabak einen weit angenehmeren Duft, als meiner."

„Das machen nur die Pastillen, der Tabak ist ganz derselbe."

„Und was sind das für Pastillen?"

„Angenehmer duftende genießt selbst der Großherr in seinem Serail nicht. Habe dergleichen in Hamburg gekauft. Legen Sie ein Paar auf den glimmenden Tabak; ohnedem ist es schicklich, daß wir in Allem brüderlich theilen."

Friedrich nahm das Anerbieten an und sog die lieblich duftenden kreiselnden Rauchringe an sich, mitunter seinen Beifall ausdrückend. „Also Du hast derlei Prachtdinge eingeschmuggelt?"

„O bis nach Prag und Wien hinunter, ich habe die Zollwächter immer überlistet und hatte eine Menge Abenteuer zu bestehen."

„Also auch so ein Stück von einem Schmuggler? Ich fühle mich jetzt so behaglich, Aron, erzähle mir doch eins Deiner Abenteuer, ich bin in der besten Stimmung zuzuhören."

„Herzlich gern, Herr," entgegnete Aron und begann nun seine Abenteuer mit Witz und Laune vorzutragen; Friedrich horchte aufmerksam zu und unterbrach manchmal lachend den Erzähler, dann wurde er mehr und mehr schweigsam und konnte nur mühsam die müden Augenlider offen halten, wobei die Finger manchmal das Tabakrohr fallen ließen.

(Schluß folgt.)

Die Katze des Vogelhändlers.

Von Karl Ruß.

Es ist längst bekannt, daß viele, selbst der blutdürstigsten und mordlustigsten Raubthiere gewöhnt werden können, mit den sonst von ihnen erwürgten Thieren harmlos, ja wohl sogar zärtlich umzugehen. Manche Katzen, welche Amme bei Kaninchen, Ratten &c. spielen, schonen diese auch später, wenn sie erwachsen sind, mindestens in vielen Fällen, obwohl meistens eine solche Stiefmutter diese ihre Pfleglinge denn doch auffrißt.

Jeder Vogelfreund wird es ferner wissen, daß selbst ein Kater durch rechtzeitig applicirte Hiebe wohl dahin gebracht werden kann, daß er den frei neben ihm umherfliegenden Canarienvogel &c. schone, bis er ihn beim Alleinsein oder sonstigen passenden Gelegenheit denn doch einmal abfängt. Merkwürdig ist es hierbei jedenfalls, daß dieser Kater gerade jenen Vogel, der Hund des Hauses gerade den auf dem Hofe frei umherlaufenden Hasen &c. ganz genau kennt und in ihnen eben eine Persönlichkeit schont, jeden andern Vogel, Hasen &c. selbstverständlich aber nach wie vor mit äußerster Leidenschaft verfolgt. Dergleichen Beispiele sind so alltäglich, daß wir keineswegs noch mehrere aufzuzählen brauchen.

Dennoch muß es auf jeden Thierfreund einen ganz eigenthümlichen Eindruck machen, wenn er mitten zwischen den Hunderten der Vögel eines Händlers durchaus ruhig und harmlos eine Katze frei sich umherbewegen sieht, die kein Auge regt, selbst wenn sich ein Vogel dicht neben sie setzt oder ihr vor die Nase gehalten wird, während sie jedes Mäuschen mit lebendigster Jagdlust sofort angreift; für welchen Zweck sie auch eben hier im großen Vogelladen expreß gehalten wird.

Der Vogelhändler Mieth, welcher eine der bedeutendsten Vogelhandlungen in Berlin mit fast ausschließlich fremdländischen Vögeln hat, belehrte mich über diese eigenthümliche Erscheinung in folgender Weise. Eine der größten Plagen der Vogelhändler sind Mäuse und Ratten, ja selbst Wiesel stellen sich nicht selten in seinen Räumen ein, und während die beiden letztern die Vögel selbst gefährden und die erstern vorzugsweise das Futter rauben, so können doch auch diese, die Mäuschen, sogar alten, namentlich aber jungen Vögeln gefährlich werden. In meinem Buche „In der freien Natur" habe ich in dem Naturbilde „In den Abendstunden" eine dies bestätigende Beobachtung mitgetheilt. Jede gewöhnliche Hauskatze ist nun aber zur Abwehr dieser heimlichen Feinde der

Vogelhandlung durchaus unbrauchbar. Denn selbst die sanfteste und durch jahrelange Gewöhnung anscheinend harmloseste, erwacht in irgend einem unbeaufsichtigten Augenblicke doch wieder einmal zu der vollen Wildheit ihres Geschlechts, um dann entsetzliche Verheerungen anzurichten.

Dieser Umstand bereitet hier außerordentliche Schwierigkeiten, denn mit Fallen ist den Mäusen und Ratten hier nur sehr schwer, da sie ja anderweitig ausreichende mundende Nahrung haben, und den Wieseln gar nicht beizukommen. Der Ausweg, eine castrirte Katze anzuschaffen, hatte auch keinen Erfolg, weil diese allerdings den Vögeln nicht leicht gefährlich, dagegen aber auch sich gegen jenes Ungeziefer fast völlig unbrauchbar erweist.

Seit einer Reihe von Jahren sind indessen alle großen Vogelhandlungen bereits aus dieser Verlegenheit befreit und besitzen je eine Katze, welche den Vögeln durchaus unschädlich ist und doch ihre Obliegenheiten auf das Beste erfüllt. Ein Vogelhändler hatte es nämlich auf einer Reise zum Einkauf bemerkt, daß man an allen den hauptsächlichsten Orten des Vogelfangs und der Vogelabrichtung in Deutschland, namentlich in Ruhla, Katzen besaß, die zwischen allen Vögeln tapfer Mäuse fangen und den erstern doch niemals etwas zu Leide thun. Er hatte sich beeilt, sogleich eine solche zu erwerben, und seitdem sind diese Ruhlaer u. s. w. Katzen ein besonderer Handelsartikel geworden.

Dort werden nun vorzugsweise schöne und große Katzen, schon viele Generationen hindurch, in der Weise aufgezogen, daß sie, inmitten der Vögel von frühester Jugend auf heranwachsend, sich an diese viel zu naturgemäß gewöhnen, um jemals gegen sie Mordlust zu verspüren; damit sie aber dennoch die nöthige Raubgier bekommen und behalten, welche für ihren Dienst als Sicherheitswächter nothwendig ist, werden sie zugleich schon in der Jugend fleißig mit lebendigen Mäusen versorgt.

Solche Katzen bei denen der Verkäufer nun mit vollster Sicherheit für ihre Unschädlichkeit der Vögel gegenüber, in gleicher Weise aber auch für ihre Trefflichkeit als Mäusefängerin bürgen kann, werden außer von Vogelhändlern auch von wohlhabenden Vogelliebhabern gern gekauft, und zwar haben sie die Preise von 2 bis 4 Friedrichsdor, je nach ihrer Schönheit.

Immerhin darf es uns wohl interessant erscheinen, bis zu welchem hohen Grade der Mensch seinen Einfluß und seine Macht über seine Mitgeschöpfe auszudehnen vermag. Wenn er es freilich in der Züchtung bereits bis zu ganz außerordentlichen, wahrlich fast ungeheuerlichen Resultaten gebracht, so daß er z. B. Fettviehrassen mit unförmlichen Leibern und ganz kleinen Köpfen zu erzielen wußte, warum soll er denn nicht auch verhältnißmäßig bedeutenden Einfluß auf das Seelenleben der Thiere gewinnen? Jedenfalls bleibt die Erscheinung der Vogelhändlerkatze aber doch immer eine bemerkenswerthe, trotz der allerdings großen Fügsamkeit gerade dieses Hausthiers, welche bekanntlich körperlich so weit geht, daß es durch Gewöhnung an pflanzliche Nahrung während vieler Generationen, was den Bau der Eingeweide betrifft, aus einem Raubthier zum Theil bereits in einen Pflanzenfresser verwandelt worden ist.

Zum Schluß sei uns hieran eine nebensächliche, hier wohl gerade nicht hergehörende, doch des Mittheilens werthe Bemerkung gestattet. Nachdem zahlreiche deutsche Schriftsteller und andere Volksfreunde lange Zeit hindurch gegen den Vogelfang unaufhörlich angekämpft und zum Schutze unserer einheimischen Vögel dringend aufgefordert haben, steht endlich demnächst ein Schutzgesetz der Singvögel mindestens in ganz Norddeutschland in Aussicht. Dennoch werden Vogelliebhaber und -Freunde auch fernerhin nicht auf Stubenvogelzucht vollständig zu verzichten brauchen, denn abgesehen von der sich immer mehr einbürgernden und selbst dem minder Wohlhabenden heutzutage schon unschwer zugänglichen Kanarienvogelzucht werden von Westindien und Australien aus alljährlich ganze Schiffsladungen voll kleiner, mannichfaltig verschiedener und sehr lieblicher Finkenarten bei uns eingeführt. Diese Vögelchen, die jetzt allerdings noch im Preise von 3 bis 5 Thaler für's Pärchen wechseln, werden dennoch bereits so zahlreich verkauft, daß der erwähnte Vogelhändler Mieth in Berlin alljährlich schon einen Umsatz von 1000 Pärchen und darüber erzielt. Da einerseits diese Vögel sämmtlich Körnerfresser und daher im Naturhaushalt ihrer Heimathsländer noch am ehesten zu entbehren sind, da andererseits dieser Vogelhandel sowohl nach Deutschland, als auch nach andern Ländern bereits mit solchem Schwunge betrieben wird, daß ihm schwerlich mehr Einhalt gethan werden kann, so scheint es zweckmäßig, die leicht zu veranstaltende Zucht dieser lieblichen Vögelchen möglichst zu verallgemeinern, um sie dadurch billiger und auch ärmern Vogelliebhabern zugänglich und zugleich am ihren Import so bald als es nur möglich überflüssig zu machen.

Meteorologische Station Dürkheim a. H.

Witterungsbericht pro Mai, Juni und Juli 1869.

Mai. Kühl und feucht. Die mittlere Temperatur betrug 12°,13 R., die höchste am 27. Mittags 20°,0, die niedrigste am 2. Morgens 5°,4. Das Barometer zeigte wenig Schwankungen, der mittlere Stand war 330''',64, der höchste am 14. Abends 336''',62, der niedrigste am 8. Abends 327''',04. Es regnete an 16 Tagen, die Regenmenge betrug 19,62 par. Linien. Stets bedeckter Himmel mit Ausnahme des ersten Tages. An 4 Tagen (7., 21., 26. und 28.) Gewitter, am 13. Abends prachtvolles Nordlicht. Der mittlere Dunstdruck betrug 3''',81, die relative Feuchtigkeit in Proc. 60,87. Vorherrschender Wind S.-W.

Juni. Derselbe Charakter der Witterung wie im vorhergehenden Monat. Mittlere Wärme 12°,53, die höchste am 7. Mittags 23°,8, die niedrigste am 2. Morgens 5°,4. Mittlerer Barometerstand 331''',30, der höchste am 7. Morgens 336''',71, der niedrigste am 14. Morgens 324''',81. Die Regenmenge betrug 17,72 par. Linien. Kein einziger wolkenleerer Tag. Mittlerer Dunstdruck 3''',57, relative Feuchtigkeit in Proc. 61,15, mittlere Windrichtung N.-W.

Juli. Warm und trocken. Mittlere Wärme 17°,40, die höchste am 24. Mittags 27°,0, die niedrigste am 1. Morgens 11°,0. Stets hoher Barometerstand, der mittlere betrug 333''',61, der höchste am 11. Morgens 337''',09, der niedrigste am 24. Abends 330''',95. In der ersten Hälfte des Monats starker Höherauch. An 4 Tagen (5., 12., 22. und 27.) ganz wolkenfreier Himmel, an 5 Tagen Gewitter, die Regenmenge betrug 15,63 par. Linien, der mittlere Dunstdruck 5''',15, die relative Feuchtigkeit in Proc. 61,93, mittlere Windrichtung N.-W.

NB. Barometerhöhe im Mai 436,2, im Juni und Juli 412,1 par. Fuß über dem Meer.

Für den Ausschuß der „Pollichia":
Dr. Neumayer.

Frankenthal, den 15. August 1869.

Miscellen.

Ludwig Steub läßt sich in der „Allg. Ztg." in einem Artikel aus den bayerischen Alpen mit folgenden Klagelauten vernehmen: „Das längst Befürchtete ist eingetroffen, der Schlag ist gefallen — das bayerische Hochland ist fashionabel geworden! In Schliers gibt es bereits Markgräfler mit Sodawasser und das Pfund Forellen um 1 fl. 30 kr.; in Tegernsee ringen fremde Prinzen, deutsche Livrée-Bediente und Pariser Toiletten wetteifernd um die Aufmerksamkeit eines auserlesenen Publikums. An den Tabledhoten findet sich allenthalben jene vornehme schweigsame Gesellschaft, die immer den Eindruck macht, als könne Keiner das Andere ausstehen, als möchte Jeder den Nachbar wenigstens nach Helgoland oder in die Vogesen verwünschen."

Hannover, 13. August. Die Anwendung des Velocipedes für den Postdienst ist bereits in der Praxis eingeführt. Der Postfußbote, welcher die Postbotengänge zwischen Celle und Bergen bei Celle zu besorgen hat, legt seine Touren auf dem Velocipede zurück; in Folge dessen hat die Beförderungsfrist bei der Botenpost zwischen genannten beiden Orten schon vorläufig von 5 auf 4 Stunden herabgesetzt werden können, und es ist wahrscheinlich, daß eine weitere Abkürzung dieser Frist möglich wird.

Wien. (Die Doppelgängerin.) Folgendes drastische Geschichtchen aus dem neuesten Wiener Leben wird der „Presse" mitgetheilt: „Der Geschäftsgeist, der alle Schichten der Bevölkerung in der Form rastlosen Jagens nach Geld und Gewinn durchdringt, und in allen möglichen Entwürfen und Thaten zum Ausdrucke gelangt, hat wieder ein Opfer gefordert. Das Object des Attentats und in unserem Falle zugleich der leidende Gegenstand ist ein Fräulein O. vom Neubau, schon lange über den Frühling und Sommer des Lebens hinaus, mit einer Körperfülle, die sie absolut unfähig macht, als schöne Helena zu figuriren, aber mit tiefer, ungestillter Sehnsucht im altjüngferlichen Herzen, welche sie täglich mit unbezwinglicher Macht hinaustreibt um den Gegenstand ihrer romantischen Träume zu finden. Beinahe ein Menschenalter hindurch, spazierte das Fräulein unverstanden die Promenaden Wiens ab; die Basteien fielen, die Glacis verschwanden, ganze Stadttheile wurden erbaut, das Jagdterrain wurde dem Fräulein immer mehr verkleinert, doch in demselben Maße belaubte sich der Baum ihrer Hoffnung; mußte doch das Wild nun auf dem kleineren Boden sich zusammenfinden, und die Möglichkeit des Entwischens aus den Maschen des gezogenen Netzes immer geringer werden. Doch auch jetzt dauerte es noch Jahre, ehe der ersehnte Mann sich finden wollte, bis — an einem schönen Tage zu Ende des vorigen Monats — da ereignete sich das Ungeheuerliche. Wie gewöhnlich saß das Fräulein auf einer Bank auf der Ringstraße, als ein Herr sich näherte; gedankenvoll ließ er den Kopf hängen, den ein Wust stark röthlicher Haare bedeckte, nur manchmal schaut er auf, um prüfend den Blick über die vorbeischwebenden Frauengestalten gleiten zu lassen, der jedesmal wieder mit dem Ausdrucke schmerzlicher Enttäuschung zum Boden zurückkehrte. Da fällt sein Blick auf Fräulein O. — ein freudiger Schreck scheint seine ganze Gestalt erzittern zu machen, ein Seufzer der Erleichterung entringt sich seiner Brust, er möchte aufschreien vor Entzücken, doch er bemeistert seine Aufregung — die allzu auffällig bereits einige Sicherheitswachmänner bewogen haben mag, aus ihrer reservirten Stellung zwischen den Tramway- und Omnibus-Kästen herauszutreten, um ihn zu fragen, ob ihm etwas fehle — eine Legitimation oder was sonst arretirwürdigen Menschenkindern abgeht. Er entfernt sich und setzt sich in der Nähe auf eine Bank, von wo aus er das Fräulein fortwährend beobachtet. Immer glühender wird sein Blick, als Fräulein O. sich erhob um nach Hause zu gehen, er folgt ihr und entfernt sich erst, als er sich genau die Wohnstätte des Fräulein O. gemerkt hat. Diese konnte die ganze Nacht kein Auge schließen, das Bild des Mannes, dessen Schönheit selbst die rothe Nase und der schielende Blick nicht zu stören vermochten, schwebte ihr immer vor, und immer deutlicher setzte sich die Ueberzeugung in ihr fest, daß dies derjenige sein müsse, der ihr vom Schicksale bestimmt sei, die dornenvolle Landstraße ihres einsamen Lebens in einen blumenvollen Pfad zu verwandeln. Des Tags darauf in aller Früh erschien der Briefträger mit einem rosafarbigen Schreiben; mit zitternder Hand und hochklopfendem Herzen erbrach sie es und las Folgendes: „Schätzbares Fräulein! Die Krakauer Kloster-Affaire, die in ganz Europa so großes Aufsehen erregt und in jeder Brust das Gefühl des tiefsten Mitleids für das unglückliche Opfer wachgerufen hat, wird Ihnen ohne Zweifel bekannt sein. Ein Metier betreibend, welches in den jetzigen schlechten Zeiten leider gezwungen ist, sich mit hervorragenden oder solchen Persönlichkeiten zu befassen, die durch besondere Zufälle und Wechselwirkungen in die Oeffentlichkeit gezogen worden sind, scheute ich keine Kosten, um die Reise nach dem Orte des schauderhaften Verbrechens zu machen, um so die Möglichkeit zu haben, mit dem Verkaufe der photographischen Abbildung der gemißhandelten Nonne Barbara Ubryk ein gutes Geschäft zu machen. Der Machtspruch des Gerichtes vereitelte meine Absicht, und Zeit, Geld und Mühe waren umsonst vergeudet. Seit vielen Tagen suche ich nun in Wien ein Wesen, welches durch Aehnlichkeit mit der genannten Nonne mich in den Stand setzen sollte, mein Geld nicht nur hereinzubekommen, sondern auch noch einen erklecklichen Gewinn zu erzielen; fast wollte ich mein Beginnen als gescheitert ansehen, da erblickte ich gestern nach langem Suchen Sie, mein Fräulein, die vollendete Doppelgängerin .... Gewohnt, als ehrlicher Mann immer den geradesten Weg einzuschlagen, offerire ich Ihnen, schätzbarstes Fräulein, die Hälfte des Gewinnes, welcher sich nach meiner Berechnung sehr hoch belaufen wird, wenn Sie sich herbeilassen sollten, mir Ihre werthe Person behufs photographischer Abbildung zur Verfügung zu stellen. Die Spuren von Mißhandlungen dürften auch leicht künstlich herzustellen sein und auf diese Art das Bild schnell ein unentbehrliches Stück in jedem Hause, ja in jeder Familie und Haushaltung werden. Wollen Sie mir daher gefälligst Ihren Entschluß über diesen Gegenstand bekanntgeben, worauf, im Falle der Annahme von Ihrer Seite, der Aufnahme von meiner Seite kein Hinderniß mehr in den Weg gelegt werden soll. Im Uebrigen, schätzbarstes Fräulein, verbleibe ich Ihr ergebenster N. N., Photograph." Mehr todt als lebend brach Fräulein O. in sich zusammen. Der Brief, der Schreck hat sie um einige Decennien älter gemacht — jetzt gehört sie bereits zu den ältesten Greisinnen Wiens.

Räthsel.

— h —, hinter der Oeffnung des Mundes,
— i —, Symbol geheimen Bundes,
— l —, werden in's Holz geschlagen,
— r —, nach der Bibel verjagen,
— n —, [illegible], wie weltbekannt,
Einst ein Heros in Griechenland.

Auflösung des Räthsels in Nr. 97.

Lämmchen, Löwchen.

Redaction von A. E. Woll. Druck der Jäger'schen Druckerei in Speyer.

Palatina.

Belletristisches Beiblatt zur Pfälzer Zeitung.

Nro. 100. Speyer, Samstag, den 21. August 1869.

Kirchweihe.

Wie tönt die Geige schroff und schrill,
Sie tanzen den Reigen, den bunten —
Ich aber wand'le stumm und still
Zum alten Friedhof unten.
Wie war ich da so sehr betrübt,
Daß ich geweint habe;
Die Einzige, die mich geliebt,
Sie ruht im kühlen Grabe.
Ich weiß nicht mehr, wie lang' ich verblieb,
Anstarrend die trocknenden Schollen —
Mir war's als habe mein süßes Lieb
Vom Himmel mich grüßen wollen.

Die Schmuggler.

Erzählung von Guido Volz.

(Fortsetzung statt Schluß.)

„Jetzt erst kommt mein vorzüglichstes Abenteuer, aber Sie sind ja schläfrig, Herr von Werner."

„Der Schlaf und Müdigkeit wollen mich überwinden, doch sprich nur, ich höre."

„Ich hatte in Dresden einen Bekannten, einen leichtsinnigen, charakterlosen Wüstling, der ein liebes, liebes Mädchen verführte und sie dann schändlich verließ."

„Diese Geschichte ist — nichts — Besonderes," gähnte Friedrich. „Wer war dieses junge Mädchen und der junge Mann?" fragte er mit so viel Lebhaftigkeit, als ihm nur immer in seinem schlaftrunkenen Zustande möglich war.

„Das Bild des verführten Mädchens ist hier; betrachten Sie es, vielleicht wird Ihnen auch der Verführer bekannt sein," sprach nun der pseudonyme Aron mit seiner natürlichen starken Stimme und hielt das in Gold gefaßte Miniaturbild Mariens vor die Augen des Erschrockenen.

„Marie Ahrens!" rief dieser mit schwacher Stimme und machte eine letzte Anstrengung, um sich zu erheben, fiel jedoch wieder rückwärts; das Rauchen der mit Opium geschwängerten Pillen hatte die beabsichtigte Wirkung geübt.

„Ja aber — wer sind — Sie denn?" stammelte Friedrich. „Sind Sie Aron oder Georg Schulten?" und seine Augenlider schlossen sich unwillkürlich.

„Georg bin ich mit Leib und Seele! Elender, Du hast Deinen Eid gebrochen; ich habe Dich zum dritten Male in meiner Macht und nun darfst Du auf keine Gnade mehr hoffen."

Friedrich vermochte kaum noch einmal aufzublicken, um sein Todesurtheil zu vernehmen, und dieser Blick zeigte ihm Georg, der, seinen falschen Bart von sich werfend, wie ein rächender Engel vor ihm stand.

„Einmal wirst Du noch erwachen, um dann auf ewig zur Hölle zu fahren," sprach Georg in drohendem Tone zu dem Schlafenden; doch dieser hörte die letzten Worte nicht mehr, von den Fesseln des bleiernen Opiumschlafes befangen, lag er gleich einem Entseelten da.

„Jetzt darfst auch Du aus Deinem Versteck hervorkriechen, Du glücklicher Großvater," schrie der junge Mann; „komm, erfreue Dich an dem Anblick Deines theuren Schwiegersohnes. Bald hättest Du Dich durch das Geräusch verrathen."

Aus jener Gegend, wo Friedrich beim Auffinden des Schatzes das Geräusch vernommen, trippelte nun die gebeugte Gestalt des alten Ahrens hervor.

„Der Verdammte," grinste er, „wie genau er wußte, wo ich meinen Schatz habe." Er zog einen kurzen Dolch und bog sich über den Schlafenden.

„Bist Du wahnsinnig, altes Ungeheuer?" brüllte Georg und hielt den Dolch mit seiner Hand zurück. „Meine Rache erstreckt sich weiter, sie ist noch nicht zu Ende. Komm, helfe mir diesen Elenden in den Kahn schleppen."

„Und was werden wir dann thun, werden wir dann, wie Du mir es versprochen, auf bayerischen Boden übergehen?"

„Wir werden auch Deinen Schatz in den Kahn schleppen und dann, wie Du wünschest, über die Berge gehen; doch müssen wir zuvor diesen Verräther in die Eger werfen."

„Gut, sehr gut, mein lieber Georg, trage Du aber nur allein diesen Körper, sieh, ich bin ein alter Mann und vermag solche Last nicht zu tragen, und werde indeß unseren Schatz hier hüten."

Der alte Geldnarr war von seinem Schatze nicht zu entfernen. Georg lud den Schlafenden auf seine breite Schulter und trug ihn aus der Höhle. Nach Verlauf einer halben Stunde kehrte er wieder zurück und nun, als die Reihe an das Geld kam, theilte der Alte willig alle Lasten beim Tragen. Sie legten die Lade auf zwei Stangen und trugen sie bis an's Ufer der Eger, deren Wellen sich nach dem Sturme spiegelflach geglättet hatten.

Der Morgen graute bereits. —

An einem der Felsen war der Kahn festgebunden, in welchem Friedrich, von Georg dorthin gebracht, fest schlief und in welchen nun die beiden Schmuggler den geretteten Schatz brachten. Georg setzte sich an's Steuerruder und sagte zu Peter in befehlendem Tone:

„Mache den Kahn los, dann komm herein und mach Dich an's Ruder!“

Peter that, wie ihm Georg geheißen, doch in dem Augenblicke, wo die den Kahn festhaltende Kette los war, stieß Georg mit einem kräftigen Stoß vom Ufer, auf dem der Geldmensch vor Schreck wie versteinert zurückblieb.

„Georg, mein lieber Sohn, scherze nicht so mit mir in meinem Alter, komm zurück und nimm mich in den Kahn. Du theilst ja ohnehin, was ich habe!“ schrie er zitternd vor Angst.

Der junge Mann achtete nicht der Klagen des Alten, und als er bereits einige Klafter weit gegen die Mitte des Flusses gekommen war, schrie er in kalt verhöhnendem Tone zurück:

„Nimm von Deinen Schätzen Abschied, alter Sünder; ich führe sie Deiner Tochter als ihr Eigenthum zu, und wenn dann dieser Mammon an ihrer Seite in der Tiefe ruhen und die Wellen der Eger zur Decke haben wird, dann wirst Du sie vielleicht mehr lieb gewinnen und ihrer öfter gedenken.“

„Dieb! Räuber! Hilfe! Hilfe!“ wehklagte der sinnlose Geizhals, „er raubt mir meine hunderttausend Gulden in lauter schönem Gold und Silber; Hilfe! Hilfe!“ schrie er und begann nun immer in gleicher Richtung vom Kahne am Ufer zu laufen, wo er dann je nach den Krümmungen am Strome, bald verschwand, bald wieder zum Vorschein kam.

Georg wischte indeß die in seinem Antlitz Falten bildende Kupferfarbe ab und starrte auf seinen Gegner.

„Nun schläft er bereits anderthalb Stunden,“ sprach er, „er muß erwachen; wir sind dem Ziele nahe.“ Und er hielt eine kleine Phiole mit einer geistigen Flüssigkeit seinem Opfer zum Riechen vor. Friedrich erwachte nach und nach, wie ein vom Rausche Befangener. Er wollte seine Arme erheben, doch vermochte er es nicht; verwundert blickte er um sich und stammelte dann mit schwerer Zunge:

„Ach, das war ein fürchterlicher Traum! Ich sah ihn auferstehen und rächend vor mir erscheinen; aber wo bin ich denn? Wer ist jener Mann dort? Ha! also träumte ich nicht, Du bist's Georg?“

„Ja, ich bin's; Friedrich von Werner, erinnerst Du Dich jenes Wintermorgens, als ich zu Dir sprach: ‚Bete, damit wir uns nicht zum dritten Male treffen, dann wehe Dir und mir!‘? Wir haben uns jetzt zum dritten Male getroffen.“

„Mensch, welche Absichten hast Du? frug Friedrich bebend vor Schreck.

„Und das kannst Du fragen? Ha, ha, ich werde Dich an's jenseitige Ufer hinüberbefördern.“

„An welches jenseitige Ufer?“

„Und das kannst Du fragen, das ahnest Du nicht, elender Schwachkopf? An jenes Ufer, von dem noch Niemand zurückgekehrt ist. Du bist verloren!“

Friedrich schwieg; er hatte wieder einigermaßen seine Besinnung und sah, daß auf keine Rettung zu hoffen sei.

„Also solch' einem schmachvollem Tode muß ich zur Beute werden, warum nicht lieber auf dem Schlachtfelde,“ ächzte der Kraftlose.

„Friedrich, Du warst ein guter Soldat, ich habe Dich früher nicht ermorden wollen, weil man Dich noch benöthigte. Laß jetzt ab mit Deinen Bemühungen, Du hast Dich ja sehr nach diesen Schätzen gesehnt, nun gehe mit ihnen zu Grabe.“

(Schluß folgt.)

Die Ausstellung von Erzeugnissen der Nürnberger Kunstschule in Speyer.

* Es ist etwas Schönes und Erhabenes um die bildende Kunst, und ein Volk, das sich darin hervorthut, beansprucht mit Recht einen hohen Rang im Geistesleben der Nationen. Nur Wenigen aber ist es gegeben, von der hehren Weihe der Kunst begnadet in das innerste Heiligthum derselben einzudringen und im Wettkampf der Meister aller Zeiten die Palme der Unsterblichkeit zu erringen. Aber das Streben nach Höherem, das Ringen nach Edlerem und die Liebe zu Dem, was den Menschen über das Materielle erhebt, sollte wenigstens dem größeren Theile des Volkes innewohnen, es sollte nicht abgeneigt sein, den Einfluß der Kunst vom glänzenden Salon des Reichen bis zur bescheidenen Wohnstube des Bürgers herab veredelnd und bildend wirken und alle Lebensverhältnisse durchdringen zu lassen. Nicht Jeder kann und soll ein Maler oder Meister im Zeichnen sein, aber jeder Gebildete sollte durch Antheilnehmen am Kunstleben der Nation sein Urtheil bilden, seine Anschauungen läutern und sie auf eine höhere Stufe bringen. Nicht Jeder kann große Summen aufwenden, um sein Haus mit den Meisterwerken der ersten Künstler zu zieren, aber auch der Stahlstich und die billigste Lithographie in den Zimmern des Bürgers, sollte von einem gewissen Geschmack zeugen. Thurm und Haus, Halle und Thor, Schrank, Tisch und Stuhl, Schloß und Thürbeschläg würde in seiner Form beweisen, daß derjenige, der es gemacht, Zeichnen gelernt und etwas Gutes und Vollkommenes gesehen hat. Nicht jeder Baumeister braucht ein Palladio in seiner Kunst zu sein, aber Bauten, die einigermaßen an die Pfahlbauerzeit erinnern, sollten Einem doch auch weniger oft zu Gesicht kommen. Und leicht ist es für jeden Gewerbsmann, bei den jetzigen Einrichtungen der Schulen und den reichlich gebotenen Hülfsmitteln, soviel und noch mehr zeichnen und bauen zu lernen, als er für den besseren Betrieb seines Geschäfts

bracht. Was aber das periodische Vorführen guter Muster anbelangt, so ist darin durch die Sorgfalt und Pflege, die das künstlerische Streben Seitens der Regierungen genießt, gewiß Viel geschehen. Für unsere Pfalz ist zu diesem Zweck, durch die Fürsorge des Herrn Regierungspräsidenten v. Pfeufer ein Schritt vorwärts gethan worden, durch die Ausstellung von Erzeugnissen der Nürnberger Kunstschule, welche seit dem 15. d. M. in den Räumen des Realgymnasiums zu Speyer eröffnet ist. Der Hauptzweck dieser Ausstellung ist, eine innigere Verschmelzung von Kunst und Gewerbe zu ermöglichen, unseren Gewerben mustergiltige Zeichnungen und Modelle vorzuführen und dadurch zum Aufschwung und zur Hebung derselben beizutragen. Dann auch soll durch diese Ausstellung den am 21. August in Speyer tagenden Lehrern der technischen Schulen Bayerns behufs der Pflege des Zeichnenunterrichts Stoff zu besonderen Studien geboten werden. Der Ruf des begabten und geistvollen Künstlers August v. Kreling, des Directors der Nürnberger Kunstschule, bürgt für die künstlerische Vollkommenheit sämmtlicher ausgestellten Werke.

Die Ausstellung ist in vier großen Sälen, je nach den verschiedenen Kunstzweigen, geordnet. Im ersten Saal an der Wand links sind die Details der kirchlichen Baukunst gothischen Styles durch eine Anzahl von Capitälen, Consolen, Baldachinen, architektonisch-stylisirten Reben-, Eichen- und Distelornamenten, durch Füllungen und Schlüsselverzierungen vertreten; an den beiden andern Saalwänden sind in zwei Gruppen hauptsächlich dieselben Details der Renaissanceperiode, sowie Bestandtheile von Möbeln und sonstigen Gebrauchsgegenständen zusammengestellt. Alle diese Modelle sind durch ihre schöne Form und stylgerechte Behandlung in hohem Grade geeignet, den sich dafür interessirenden Künstler und Gewerbsmann zum Studium und zur Nachahmung anzuspornen und werden gewiß alle Beschauer befriedigen.

In der Mitte des Saales finden sich theilweise unter Glas und Rahmen Studienköpfe, nach lebenden Modellen gezeichnet, deren Vollendung in Auffassung und Behandlung jeden Kenner zur Bewunderung hinreißen wird. Von diesen Köpfen sind auf einem Tische gut ausgeführte photographische Nachbildungen ausgebreitet, welche käuflich von Nürnberg bezogen werden können.

Der zweite Saal, von der Thür rechts, enthält eine Serie von trefflichen Bleistiftzeichnungen nach Gypsmodellen, von denen sowohl die Copien der Antiken als auch die Zeichnungen nach Gypsornamenten eine Meisterschaft bekunden, die wohl selten bei einer Kunstanstalt erreicht werden wird. Es finden sich hier Zeichnungen von Meisterwerken der Bildhauerkunst, Zeuskopfe, Bacchus, Faunen, Fechter, sowie Ornamente aller Arten in reicher Fülle.

Im dritten Saale sind Aktzeichnungen, über lebensgroße und kleinere, vollständig ausgeführte so wie Entwürfe, ausgestellt, dann Köpfe nach lebenden Modellen, welche an Correctheit der Zeichnung und fleißiger Ausführung nichts zu wünschen übrig lassen.

Im vierten Saale endlich befinden sich Grundrisse und Entwürfe von Privatbauten und Geräthen, welche jeden Fachmann sicher zufrieden stellen. In weitere Einzelheiten einzugehen verbietet uns der Raum; wir können nur hoffen, daß die höchst interessante Ausstellung allerseits gehörig gewürdigt werde. Und so schließen wir, indem wir Denjenigen, die uns Pfälzern diese Ausstellung verschafft, unseren Dank sagen und zugleich den Wunsch aussprechen, daß der Besuch dieser Kunstwerke Seitens der Künstler, Gewerbs- und Bürgersleute ein recht lebendiger sein möge. Dies ist um so mehr zu hoffen, da in demselben Bau des Realgymnasiums auch die pfälzische Kunstausstellung sich befindet, welche außer zwei großen historischen Gemälden von Düsseldorfer Künstlern, durch den starken Zuwachs aus der Schleißheimer Galerie viel Interessantes und Sehenswerthes bietet. Außerdem ist den Besuchern noch Gelegenheit geboten, in denselben Räumen eine dritte, höchst interessante Ausstellung zu sehen, nämlich die römischen und germanischen Alterthümer des historischen Vereins der Pfalz, vermehrt durch die reichliche Sammlung eines hiesigen Alterthumsfreundes, welche in ihrer Art von wenigen übertroffen wird. Wenn wir noch beifügen, daß sich dieser Sammlung ein gut geordnetes zoologisches und mineralogisches Cabinet unmittelbar anschließt, so glauben wir, daß das Gesagte vollständig genüge, um Diejenigen, die einen Tag zur Verfügung haben, zu einem Besuch der alten Kreishauptstadt Speyer einzuladen.

Miscellen.

Das neue „Fremdenblatt" schreibt: Wir wollen heute über die kleinen und großen Mittel berichten, welche unsere Sänger und Sängerinnen in der Garderobe anwenden, um noch wenige Minuten vor ihrem Auftreten die Stimme zu kräftigen, beziehungsweise die Kehle zu stärken und die Brust — wie sie sagen — „frei" zu machen. Auf die Idee, diesen Stoff zu behandeln, brachte uns der schwedische Tenorist Labatt, welcher sich während seines jüngsten Gastspieles im hiesigen Opernhause (Wien) der seltsamsten Arznei bediente, die man sich denken kann — er aß allen Ernstes kurz vor seinem Auftreten zwei Salzgurken und versicherte, daß nichts auf der Welt existire, was dem Sänger mehr Kraft verleihe und die Stimme metallisch klingender mache, als diese Frucht. Selbstverständlich sind die anderen Stimmbegabten anderer Ansicht, und Jeder von ihnen hält sein Mittel für das beste. Sontheim schnupft während der Vorstellung ein Loth Tabak und trinkt kalte Limonade; Wachtel trinkt mit Zucker vermischte Eidotter; Steger, der corpulenteste Tenorist, feuchtet seine Kehle mit braunem Saft des Gambrinus; Walter schlürft kalten, schwarzen Kaffe; Niemann trinkt Champagner und Tichatscheck Glühwein. Ein drastisches Mittel wendet der Tenorist Ferenczy an, er raucht während der Vorstellung eine oder auch zwei Cigarren, während seine Collegen gerade das Rauchen als „Gift" für die Stimme bezeichnen. Der kleine Draxler-Brini leert nach dem ersten Acte einer großen Oper ein Glas Bier, nach dem dritten und vierten eine Tasse weißen Kaffe's und vor dem großen Duett im vierten Acte der „Hugenotten" regelmäßig eine Flasche Moët Cremant rosée. Nachbaur findet Bonbons als sehr heilsam; der Baritonist Rübsam netzt Gaumen und Kehle mit Kindermeth; Mitterwurzer und Kindermann kauen während der Zwischenacte gedörrte Pflaumen; der Baritonist Robinson trinkt Sodawasser, Formes Porter und Hrabanek hält „Gumpoldskirchner" für das wunderwirkendste Arcanum. Eine seltene Ausnahme bilden Beck, v. Bignio und Draxler. Diese Herren bedienen sich gar keines Mittels, nur wäre von dem erstgenannten Baritonisten zu erwähnen, daß er weder raucht noch schnupft, sehr wenig ißt und trinkt und an den Tagen, an denen er zu singen hat, mit Niemandem spricht, um, wie er vielleicht mit Recht behauptet, Kehle und Brust zu schonen und die ganze Kraft für den Abend zu sparen. Draxler ist in dieser Beziehung anderer Meinung. Er raucht türkischen Tabak, trinkt sein Glas Bier bis kurz vor Beginn der Vorstellung und singt nichts desto weniger in der Regel mit Erfolg. Sehr subtil behandelt Dr. Schmid seine Stimme. Er läßt nichts unversucht und gleicht in dieser Beziehung fast dem seligen Ander, welcher in den letzten Jahren seines Wirkens seine Garderobe zu einer förmlichen Apotheke umgestaltet hatte. Bald trank er Kaffee, bald Thee, in der nächsten Viertelstunde Limonade, Kindermeth, Champagner, Biliner Wasser, dann aß er Pflaumen, Aepfel, trockenes Brod, und zu alledem schnupfte er zwei oder auch drei Loth Tabak.

Wien, 16. August. Vom Semmering wird berichtet: Seit 10. August hat das Wetter plötzlich umgeschlagen. Auf überaus sonnige Tage folgte in der Nacht Sturm und Regen. Das Thermometer ist bedeutend gesunken; am 11. Morgens waren nur 3 Grad Reaumur über Null. Tief herab sind alle Berge eingeschneit und mußte von den hohen Alpen das Vieh wegen tiefen Schnees abgetrieben werden.

Auf einer jüngst zu Newcastle abgehaltenen Conferenz von englischen Mechanikern erregte ein ausgestellter neuer Apparat, das „Chronoskop" oder Geschwindigkeitsmesser genannt, zur Messung der Geschwindigkeit der Kugel, während sie den Geschützlauf passirt, allseitige Aufmerksamkeit. Dies wundervolle Instrument, eine Erfindung des Artilleriekapitäns Andrew Noble (Theilhaber der Firma William Armstrong und Comp.), zeigt den Millionentheil einer Secunde an. Es besteht aus sechs messingenen Kreisflächen (discs) von je 36 Zoll in der Peripherie und etwa $^1/_4$ Zoll Dicke. Diese sind an einer Spindel oder Achse befestigt, welche mit einem Räderwerk in Verbindung gebracht ist, während das Ganze durch ein Gewicht, ähnlich dem an Schwarzwälder Uhren gebräuchlichen, in Bewegung erhalten wird. Jedes Rad dreht sich zehn Mal so schnell wie das unmittelbar vorhergehende, so daß die Discen sich mit außerordentlicher Geschwindigkeit drehen, welche durch eine Uhr gemessen wird, die mit dem langsamsten rotirenden Discus in Verbindung gebracht worden. Bei voller Thätigkeit des Apparats drehen sich die Discen 28 Mal in einer Secunde, und da sie 36 Zoll Peripherie haben, entspricht ein Zoll des Discus ungefähr $^1/_{1000}$ einer Secunde, der zehnte Theil des Zolles $^1/_{10000}$ einer Secunde, und der tausendste Theil eines Zolles $^1/_{1000000}$ einer Secunde. Eine abgetheilte Scala, mit Vergrößerungsglas versehen, macht es möglich $^1/_{1000}$ eines Zolles zu bemerken. Die Geschwindigkeit der Kugel im Lauf wird am Rande jedes Discus durch einen electrischen Funken der Rhumkorff'schen Batterie notirt. Drähte, welche in bestimmten Zwischenräumen das Metall des Laufes durchbohren, bringen den Apparat mit letzterer in Verbindung, so daß jede Kugel diese verschiedenen Drähte zerreißen muß und jede Zerreißung einen electrischen Funken verursacht, der sich in rapider Folge am Rande jedes Discus markirt. In Woolwich ist der Apparat bereits seit zwei Monaten in Gebrauch und wird namentlich dazu verwendet, um bei Experimenten mit Explosivkugeln die Kraft verschiedener Schießpulversorten in den Läufen schwerer Geschütze zu messen.

Am 15. Juli hat sich in Amerika auf der Eriebahn ein großes Eisenbahnunglück ereignet. Der Nacht-Schnellzug Nr. 3, der am 15. Juli, Abends 7 Uhr, von Newyork abging und mit der vorgeschriebenen Schnelligkeit fuhr, mußte nämlich bei Mast Hope an einem Frachtzug vorbeifahren, der an einer bestimmten Stelle in ein Seitengeleise einbiegt, um den Schnellzug vorüber zu lassen. Der Frachtzug war auch vorschriftsmäßig ausgewichen und erwartete das Passiren des signalisirten Schnellzuges. Der Führer des ersteren, James Griffin, war während des Haltens eingeschlafen gewesen, erwachte jedoch plötzlich und öffnete, ohne zu wissen, was er eigentlich wollte, das Dampfventil, so daß der Train sich rückwärts in Bewegung setzte. In diesem Momente kam der Schnellzug mit einer Geschwindigkeit von etwa 25 Meilen per Stunde heran, der Zugführer sah das Signallicht des Bahnhofes von Mast Hope vor sich, zu gleicher Zeit entdeckte aber sein geübtes Auge einen schwarzen dunklen Gegenstand auf der Bahn, der ihn mit Schrecken erfüllte; im nächsten Augenblicke hörte er das dumpfe Rollen eines Frachtzuges. Ein scharfer Pfiff gab das Signal zum Bremsen, doch es war zu spät. Die schwere, mächtige Locomotive des Eilzuges fuhr in rasender Eile auf den Frachtzug zu, ein donnerähnlicher Krach und das ganze Dampfroß war ein Trümmerhaufen, von Feuer und Dampf umringt. Der Kohlen- und Expreßwagen stürzten auf die zerschmetterte Locomotive, der Rauchwagen wurde gerade auf die glühenden feurigen Kohlen derselben geworfen, und im Nu standen sechs Wagen in hellen Flammen, während die Heftigkeit der Collision den hintersten Wagen des Zuges umstürzte. Der Schnellzug war sehr gut besetzt und bestand in neun Wagen, in welchen sich 400 Passagiere befanden. Im vorderen Theile des Rauchwagens hatten sich gegen 10 Uhr eine Anzahl Einwanderer zusammengesetzt, um ein Pfeifchen zu rauchen, oder sich über die vor ihnen liegende Zukunft in ihrer neuen Heimath zu besprechen. An Turner's Station wurde noch das Abendessen eingenommen, über die verhängnißvolle Weiche bei Militown, wo schon verschiedene Unfälle sich zugetragen hatten, war man glücklich gekommen, und nach und nach fielen die meisten Passagiere dem Schlummergotte in die Arme. Jedes Bett in dem Schlafwagen war besetzt, und nach Aussage der Ueberlebenden, schliefen sämmtliche Passagiere des Rauchwagens im Augenblicke des Zusammenstoßes. Der Verlust von 19 Menschenleben ist zu beklagen; die Leichname der Verunglückten wurden verkohlt aus den Trümmern aufgelesen. Die reichlichste Ernte hielt der Tod unter den deutschen Einwanderern. Unter 150 Wagen waren 11 unverletzt geblieben, die übrigen waren gänzlich zerstört oder hatten ihre Seitenwände durchgeschlagen, oder lagen mit dem Dache nach unten. Donnerstag Abend kam ein Extrazug mit Aerzten, aber wenig Hilfe war da zu spenden.

Räthsel.

Jüngst bin ich in's Haus eines Künstlers gekommen,
Und habe, auf Einladung, Platz mir genommen.
Da seh ich, o Grausen, ein Särglein, so klein;
D'rauf schlummern vier Schwestern, so niedlich und fein.

Ein Kettchen aus Silber umschließet die eine;
Es ruhen die andern entblößt auf dem Schreine.
Stumm, regungslos liegen sie da, wie entseelt,
Weil jeder der Schwestern ein Brüderchen fehlt.

Es harren die Brüder des Künstlers Befehlen;
Sie möchten sich gern mit den Schwestern vermählen.
Ein Wink — es geschieht, und ein hagerer Mann
Mit ergrautem Bart tritt zu Allen heran.

Er segnet den Bund, und in munteren Sprüngen
Sehen wir den Hagern; die Schwesterlein singen,
Und haben uns Herzen und Ohren entzückt.
Wie freudevoll haben die Brüder beglückt!

H. Meyer.

Auflösung des Räthsels in Nr. 97.

Kehle, Kelle, Keile, Kerle, Krale.

Redaction von K. J. Wolf. Druck der Jäger'schen Druckerei in Speyer.

Palatina.

Belletristisches Beiblatt zur Pfälzer Zeitung.

Nro. 101. Speyer, Dienstag, den 24. August 1869.

Die Schmuggler.

Erzählung von Guido Bolz.

(Schluß.)

„Schrecklicher Mensch, bist Du denn so ganz unerbittlich?"

„Ja," lautete die eisig kalte Antwort, „und wenn ich's auch nicht wäre, so habe ich doch jetzt keinen freien Willen mehr. Die Kraft des Wirbels hat uns bereits erfaßt, wir sind in dem weiten Ringe, der immer enger und enger wird, gefangen."

Mit diesen Worten schleuderte Georg das Steuerruder in den schäumenden Wirbel. Da ertönte von oben herab eine heisere Stimme:

„Mein Geld, meine Ducaten, meine hunderttausend Gulden! Georg rette Dich, noch vermagst Du's, wenn Du willst!"

Es war Peter Ahrens, der von der höchsten Kante des „Felsen des treuen Weibes" zu dem unter ihm im Kreise sich drehenden Kahn herabschrie. Als der Nachen seinen Blicken entrückt war, fiel er erschöpft nieder auf's Angesicht. Angst und Schrecken hatten ihn getödtet.

„Siehst Du jenen alten Mann dort auf der Felsenspitze," sprach Georg zu Friedrich; „von derselben Höhe stürzte sich seine Tochter herab, die er in seiner höllischen Goldsucht vernachlässigte und einem Teufel, wie Du, zum Opfer werden ließ; ich weiß nicht, wer von Euch Beiden ein größeres Verbrechen begangen, er oder Du?"

Der Kahn drehte sich Anfangs langsam und in breitern, dann in immer engerem Kreise und immer schneller und schneller.

„Bete, Friedrich, wenn Du kannst und willst; der Augenblick ist da, in welchem Dich die Strafe für Deinen zweimaligen Eidbruch ereilt," sprach Georg mit eisiger Ruhe.

In einem der Bretter, aus denen der Nachen gefügt war, befand sich eine durch einen Zapfen verspundete Oeffnung, durch welche, nach der Entfernung des Zapfens sofort das Wasser hereinbrechen, den Nachen füllen und zum raschen Sinken bringen mußte. Es war die Absicht Georgs, den Zapfen herauszustoßen, den Nachen mit dem betäubten Friedrich zu versenken, sich selbst aber, als geübter Schwimmer, an's Land zu retten. Von Rachedurst entflammt und voller Gluth des Hasses stieß er mit dem Fuß an das verhängnißvolle Holz — ungestüm dringt die Fluth herein und bedeckt den Boden des Fahrzeugs. „Fahr' hin, Elender," brüllte Georg mit dem Grimm des Hasses, ein Sprung in's Wasser — und er zertheilt mit mächtigen Armen die Wellen des Stromes, indeß sein Todfeind dem Verderben entgegeneilt.

Da in diesem Augenblick tönt die Stimme des Gewissens mit fürchterlicher Gewalt in seiner Seele. Zum Mörder werden, zum feigen Mörder an dem wehrlosen Feind, vielleicht auch noch Selbstmörder — das ist eine gewaltige Schuld, von deren Last gebeugt kein Sterblicher vor dem Richterstuhl des Ewigen zu erscheinen sich vermessen soll. Tausend quälende Gedanken durchflogen den Geist des Schwimmers, entsetzliche Bilder stiegen auf vor seiner Seele, da vernahm er den schrillen Ruf Friedrichs aus den Wellen:

„Hilfe, Hilfe! Um Gotteswillen Hilfe!"

Und kaum schlug dieser Ruf aus der Todesnoth an Georgs Ohr, da reißt es ihn mit Gewalt, seine Menschlichkeit erwacht, nieder kämpft er den Haß im Herzen und übt die schönste Tugend — dem Feinde verzeihen. Einige kräftige Stöße mit den Händen, da hat er den Sinkenden am Gewand erfaßt, einen Ruck, er hält ihn oben und mit kräftigen Armen die Wellen theilend, trägt er erschöpft seinen Todfeind an's Ufer.

Einige Jahre waren vorüber. Auf einem Gütchen in Böhmen schaltet ein thätiger Landwirth. Früh mit dem Anfang der Sonne geht er im Frühjahr der Arbeit nach und besorgt emsig die Saaten, damit ihm der Herbst Keller und Scheune fülle mit goldenem Segen. In den Ställen gedeiht sein Vieh, zwei starke Rosse fahren die Früchte zum Markt in die Stadt und allmählich sammelt der fleißige Hausherr Schätze für sich und die Seinen. Im Innern des Hauses waltet die treue Gattin, eine stolze schöne Gestalt, deren Antlitz das Glück wiederspiegelt, das im Herzen wohnt. Zuweilen jedoch ist es, als ob ein flüchtiger Schatten über die Stirne ziehe, die Rückerinnerung an vergangene Tage des Leides und des Kummers. So saß sie eines Abends im traulichen Zimmer und wiegte ein Knäblein auf dem Schooße, von Zeit zu Zeit durch's Fenster sehend, als ob sie Jemanden erwartete. Endlich trat ein Mann herein und bot ihr die Hand.

„Grüß Gott, liebes Weib!“ sagte der Mann, „Du hast heute lange auf mich gewartet. Aber ich bin in der Stadt länger, als ich gewollt, zurückgehalten worden!“

„Nun, ich freue mich, Dich wohl zu sehen, lieber Georg,“ antwortete die Frau, komm' nun zum Essen, Du wirst Hunger haben.“

„Wohl bin ich müde und hungrig, liebe Marie, aber laß Dir zuvor etwas Ernstes sagen. „Ich habe in der Stadt den alten Theobald getroffen, dessen Sohn in Amerika ist. Er hat einen großen Brief erhalten, in welchem der Sohn die Kreuz- und Querzüge der Kriegführenden schildert, ein sehr interessantes Schreiben. Auch der Kampf vor Gettysburg ist ausführlich beschrieben, bei welchem viele Deutsche kämpften. Da ist auch ein Mann gefallen, den wir beide kennen, Du und ich, — Friedrich v. Werner.“

Die Frau erblaßte. Sie senkte still das Haupt und sprach: „Gott sei seiner Seele gnädig!“ Dann beugte sie sich über das Gesicht des Mannes und küßte ihn zärtlich. „Ich habe ihm verziehen, Georg, und Du sagtest mir, daß auch Du ihm verziehen hast. Gott hat mich durch Trübsale geläutert und eines braven Mannes werth gemacht, und mein Stolz ist, fortan Dein treues, liebendes Weib zu sein.“

„Und ich,“ sprach Georg, „danke dem Ewigen, daß er mich aus der gefährlichen und sündhaften Laufbahn, in die ich durch die Verhältnisse gekommen, errettet und daß er mir in Dir eine treue Stütze beschieden. Durch Arbeit und Redlichkeit will ich wieder gut machen, was ich gesündigt gegen das Wohl der Gesellschaft. Möge uns der Herr seinen Segen geben.“

Zur Frage der Rheinfischerei.

(Köln. Ztg.)

In früheren Zeiten war die Fischerei im Rheine und dessen Nebenflüssen eine sehr ergiebige; insbesondere war der Salmen- oder Lachsfang von großer Bedeutung. Seit einer Reihe von Jahren hat dieser Fischreichthum abgenommen; viele Gewässer sind an Fischen gänzlich verarmt und der Salm, der früher eine gewöhnliche Nahrung der Anwohner des Rheines war, erscheint nur noch auf der Tafel der Reichen. Die Ursache dieses Verschwindens der Fische aus den rheinischen Gewässern sind theilweise die Correctionsbauten am Rheine, in Folge deren viele Seiten- und Altwässer eingegangen sind, die günstige Laichplätze boten, theilweise die Dampfschifffahrt, deren Wellenschlag gleichfalls die Fische von früheren Laichplätzen verscheuchte oder den Laich und die junge Brut vernichtet, vor Allem aber in dem irrationellen Betriebe des Fischfanges, indem unbekümmert um die Zukunft die laichenden Fische und die junge Brut weggefangen werden. Soll der Fischerei im Stromgebiete des Rheines wieder aufgeholfen werden, so ist deshalb zunächst nothwendig, den Betrieb derselben in rationeller Weise zu regeln.

Da die Fische ihre Standorte wechseln, die einen Arten auf geringere, die anderen auf größere Entfernungen, so kann der einzelne Fischereiberechtigte zur Vernichtung des Fischbestandes wohl viel beitragen, zur Erhaltung und Vermehrung aber können nur gemeinsame Vorkehrungen führen.

So weit es sich um Fische handelt, welche ihren Aufenthalt nur auf kurze Entfernungen ändern, liegt es in der Hand der Fischereiberechtigten eines Flußlaufes oder Flußgebietes und in der Hand einer einzelnen Regierung, durch Beobachtung eines rationelleren Fischereisystemes und durch Einsetzung von durch künstliche Zucht gewonnener Brut, beziehungsweise durch polizeiliche Anordnungen über die Einhaltung der Schonzeiten und über den Schutz der Nachzucht dem Uebel zu steuern und die verödeten Gewässer neu zu beleben. Alle verschiedene Fischarten, darunter mehrere edle und werthvolle (wie die Forellen, Aeschen, Aitter), wechseln die Standorte auf weite Entfernungen in den süßen Gewässern, je nach dem Wasserstande, der Wasserwärme, den Nahrungsverhältnissen, der Lage und Sicherheit der Laichplätze. Noch andere unternehmen, wie die Zugvögel, zu bestimmten Jahreszeiten und Lebensperioden große Wanderungen, indem sie sich von dem oberen Laufe des Rheines und dessen Nebengewässern bis in's offene Meer und umgekehrt von diesem hinauf bis in die Quellflüsse begeben. Neben mehreren weniger geschätzten Fischarten (z. B. den sog. Maifischen) gehören auch hierher zwei edle Fischarten, der Aal und der Salm. Der erstere, welcher übrigens hier weniger in Betracht kommt, da sich eine Abnahme desselben bisher nicht bemerkbar gemacht hat, laicht im Meere; die jungen Aale steigen in die süßen Gewässer auf und kehren später zum Fortpflanzungsgeschäfte in's Meer zurück. Die Salmen dagegen besorgen das Laichgeschäft in dem oberen Stromgebiete; sie steigen zu diesem Zwecke aus der See in den Oberrhein und dessen Nebenflüsse auf und wählen dafür besonders gern klare und reine Stromstrecken und Quellflüsse. Auf diesen Reisen überwinden sie die stärksten Stromschnellen und selbst Wasserfälle von geringer Höhe. Im Rhein selbst setzt erst der Schaffhauser Fall ihrem Aufsteigen eine Grenze; oberhalb desselben kommen Salmen nicht vor; dagegen finden sie sich über die Schweizerseen hinaus in den Gebirgsströmen von Uri, Glarus &c. Die Laichzeit der Salmen fällt in die Spätherbst- und Wintermonate, namentlich in den November und Dezember. Schon bald nach dem Aufgange des Eises beginnen die erwachsenen Thiere aus dem salzigen in das süße Wasser aufzusteigen, um zu jener Zeit an den Laichplätzen anzulangen. Die jungen Fische, die sog. Sälmlinge, schwimmen dann in der Regel im zweiten Lebensjahre, und zwar in den Frühlingsmonaten März bis Juni, in's Meer hinab, nehmen dort rasch an Größe zu und kehren erstmals nach zwei bis drei Jahren in die Süßwasser, am liebsten zu ihren Gebruttstätten, zurück. Die starke Vermehrung, das schnelle Wachsthum, die große Schwere, das schmackund nahrhafte Fleisch machen den Salm zu der werthvollsten Fischart des Rheingebietes, und ihr Fang bildet deßhalb nicht nur den Schwerpunkt der bestehenden Rheinfischerei, sondern ist auch für das Streben, derselben wieder aufzuhelfen, vorzugsweise in's Auge zu fassen.

Bei der zuvor angedeuteten Lebensweise der Salmen ist es klar, daß das Ziel nur durch ein Zusammenwirken aller Uferstaaten des Rheines vom Meer bis Schaffhausen erreicht werden kann. Da die Thiere auf ihren Wanderungen den ganzen Rheinlauf oder doch den größten Theil desselben zurücklegen, so ist es den Fischern einer beliebigen Strecke in die Hand gegeben, durch vollkommene Fangeinrichtungen und durch rücksichtslosen Gebrauch derselben den Bestand an Salmen gänzlich zu vertilgen oder doch auf ein Minimum zu reduciren. Leider, und zu ihrem eigenen Schaden, haben die Fischer diese Lage ziemlich gründlich ausgebeutet. Insbesondere entgeht den niederländischen Fischern in der Regel nur ein geringer Theil der aufsteigenden Salme, so daß es im Oberrheine in den letzten Jahren schon an Salmenweibchen gemangelt hat, um den für die künstliche Salmenzucht erforderlichen Laich zu gewinnen. Würde im Oberrheine gleich rücksichtslos verfahren, so möchte der Salm bereits gänzlich verschwunden sein. In Frankreich, Baden und einigen Schweizercantonen ist jedoch das Tödten der Salmenweibchen in den Monaten November und Dezember und der Fang der Sälmlinge in den Monaten März, April und Mai untersagt. So mangelhaft dieses Verbot auch befolgt werden mag, so ist doch ihm und der Aussetzung einer großen Anzahl künstlich ausgebrüteter Sälmlinge durch die kaiserlich französische Fischzuchtanstalt bei Hüningen allein zu danken, daß solches noch nicht eingetreten ist. Auf die Dauer würde jedoch auch dieser Schutz und diese oder noch weitere Vermehrungsversuche sich erfolglos erweisen, so lange in irgend einem Theile des Rheines alle durchziehenden Salmen abgefangen und getödtet werden. Soll deßhalb die Salmenfischerei im Rheine noch eine Zukunft haben, so muß endlich ernstliche Anstalt getroffen werden, um den laichenden Salmen und den Sälmlingen im Oberrheine einen ausreichenden Schutz und im Niederrheine wenigstens einem Theile der aufsteigenden Fische den Durchzug zu gewähren.

Wenn dieses Ziel gesichert wird, aber auch nur dann, wird es sich lohnen, die oberen Gewässer in größerem Umfange und an verschiedenen Stellen mit künstlich erzeugter Sälmlingsbrut zu besetzen und rasch den Salmenbestand zu heben. Könnte es indessen nicht erreicht werden, wollten namentlich die holländischen Fischer von ihrem allzu gründlichen Systeme nicht ablassen, so würde man allerdings besser thun, nutzlose Versuche aufzugeben und die Salmen ihrem Schicksale überlassen, dafür aber um so mehr dahin zu trachten, die oberen Gewässer mit solchen edleren Fischen zu bevölkern, welche das Süßwasser nicht verlassen. Hierfür würde sich besonders die Zucht von Bastarden der Bergforelle und des Salms eignen.

Die Mittel zur Erhaltung und Vermehrung der Salmen und zugleich einzelner anderer werthvoller Fischarten der rheinischen Gewässer, über welche die Uferstaaten sich zu verständigen und zu deren Anwendung sie sich zu verpflichten hätten, sind nach dem Vorhergehenden an die Hand gegeben; Sorge für die Gewinnung und Erhaltung möglicher junger Brut, insbesondere Einhaltung der Schonzeiten, gänzliches Verbot des Fanges der jungen Fische (Sälmlinge) im Oberrheine und Einstellung des Salmenfangs im Niederrheine während gewisser Zeiten (eines bestimmten Theiles jeder Woche). Nicht minder würde es sich empfehlen, solche Fangarten zu untersagen, welche den gesammten Fischbestand eines Gewässers gefährden (in's Trockne legen) und solche, welche die Fische verwunden (insbesondere die Schlagfallen), so wie das beliebige Ableiten giftiger Stoffe (Fabrikrückstände) in die Fischereigewässer. Gelangen die Rheinuferstaaten zu einer Vereinbarung über eine derartige Beschränkung und einen derartigen Schutz der Fischerei, so werden die wohlthätigen Folgen nicht ausbleiben, sich vielmehr bei der großen Fruchtbarkeit und dem raschen Wachsthum des Salms im Laufe weniger Jahre zeigen.

Die wirthschaftliche Ausnutzung der Wasserweiden ist eine wichtige Aufgabe. Zur Hebung der Seefischerei in der Nordsee haben die deutschen Häfen angefangen, dem von England gegebenen Beispiele zu folgen. Es wäre wohlgethan und an der Zeit, wenn auch dem Vorgange Schottlands in der Flußfischerei in größerem Maßstabe als bisher nachgeeifert würde. Man muß deßhalb der badischen Regierung Dank wissen, daß sie bei den übrigen Rheinuferstaaten die Frage der Verständigung über allgemeine und gleichmäßige Fischereivorschriften angeregt hat.

Im Laufe des verflossenen Monats Juli hat bereits zu Bern eine Besprechung badischer und schweizerischer Delegirter über diesen Gegenstand stattgefunden, welche dem Vernehmen nach, einen günstigen Verlauf genommen hat. Und vorigen Montag, am 10. d. Mts., ist darauf in Mannheim eine Konferenz von Bevollmächtigten Preußens, Bayerns, Badens, Hessens, Frankreichs und der Niederlande (der durch die Rheinschifffahrts-Convention verbundenen Staaten) zusammengetreten, um über gemeinsame Bestimmungen für die Fischerei im Rheine, in seinen Zu- und Abflüssen, von Basel bis in's offene Meer, zu berathen. Hoffen wir, daß eine Verständigung und Einigung hierüber gelingen werde.

Miscellen.

Forstliches. Nach statistischen Zusammenstellungen beträgt die Waldfläche des Königreichs Bayern 7,022,045 Tagwerk oder 34 Procent des Gesammtareals. Die meisten Waldungen besitzen die Pfalz, Unterfranken und Oberbayern mit 37 bis 38 Procent Wald auf ihrer Gesammtfläche; am wenigsten Wald hat Schwaben, nämlich nur 23 Procent. Von der gesammten Waldfläche sind 36 Proc. im Besitze des

des Staates, 13 Proc. gehören den Gemeinden und Körperschaften, 2 Proc. Stiftungen und 49 Proc. Privaten. Seit 1861 hat sich die Waldfläche vermehrt um 87,018 Tagwerke (darunter die Staatswaldungen um 71,224 Tagwerke), obgleich an Preußen 58,000 Tagwerke (einschließlich 61,099 Tagwerke Staatswald) abgetreten worden sind.

Bei den Forstfreveln zeigt sich eine merkliche Abnahme; sie betragen 1861/67 auf je 1000 Tagwerke Staatswald 37 Fälle, in den übrigen Waldungen 20 Fälle, worunter jedoch die Pfalz mit 116 im Staatswald und 131 in den übrigen Waldungen ganz vereinzelt dasteht. Hier sind namentlich die Streufrevel sehr zahlreich, und betragen 10 Proc. mehr als die Holzfrevel. Im Vergleich mit der Periode 1849/53, unmittelbar vor dem Erscheinen des Forstgesetzes, haben die Frevel im Staatswald um 32, in den übrigen Waldungen um 25 Proc. abgenommen — ein Ergebniß das, in Rücksicht auf die inzwischen wesentlich besser gewordenen Erwerbsverhältnisse, nicht als besonders günstig bezeichnet werden kann. Baden, mit 15 kr. Minimalstrafe, hat noch höhere Zahlen als die Pfalz: 242 Fälle auf 1000 Morgen Staatswaldungen im Durchschnitt der Jahre 1845/58; Preußen dagegen, welches allerdings in mehreren Provinzen abweichende Verhältnisse hat, mit 35 kr. Minimalstrafe, 12 Fälle auf 1000 bayerische Tagwerke der Gesammtwaldfläche, oder auf 45 Einwohner einen Fall, während in der Pfalz auf 7 Einwohner, in Ober- und Niederbayern auf 264 und 279, im ganzen Land auf 23 Einwohner ein Frevel kommt.

Der jährliche Holzertrag, mit Ausschluß von Astreis und Stockholz, betrug 1861/67 von 2,221,546 Tagwerken productiver Fläche Staatswald 1,044,451 Klafter, 0,47 Klafter per Tagwerk, gegen 0,30 Klafter in der Periode 1819/25, und 0,57 per Tagwerk in Württemberg. Das Nutzholz-Ausbringen stieg von 15 auf 25 Proc.; in Württemberg steht solches auf 33, in Baden auf 21 Proc. Bei obiger Jahresnutzung hat die Steigerung des Nutzholzes um 1 Proc. eine Mehreinnahme von 100,000 fl. zur Folge. Der Geldertrag per Tagwerk betrug 1861/67 3 fl. 58 kr., 1855/61 2 fl. 30 kr., 1819/25 1 fl. 10 kr. (in Württemberg per bayerisches Tagwerk 1863/66 6 fl. 33 kr., in Baden 1860 5 fl. 40 kr.)

Unter den Nebennutzungen spielt die schädliche Laub- und Moos-Streu immer noch die wichtigste Rolle; zwar hat sich die Ausdehnung derselben seit 1837/43 nahezu um die Hälfte vermindert, nämlich von 211,450 auf 122,050 Fuhren, während gleichzeitig der Geldwerth von 246,361 auf 372,441 fl. jährlich gestiegen ist, wovon übrigens nur 38 resp. 32 Proc. baar eingingen.

Von den Ausgaben interessiren besonders die Culturkosten, welche per Tagwerk betragen 1861/67 in sämmtlichen Staatswaldungen 8 kr. (im ehemaligen Salinenbezirk 3 kr., in Unterfranken und Pfalz 9 kr., in Mittelfranken 11 kr.), während z. B. Baden nach dem Etat von 1868/69 18,3 kr. und Württemberg für 1867/70 32,4 kr. per bayerisches Tagwerk aufwenden. Die Ziffern dürften namentlich die günstigen Erfolge der natürlichen Verjüngung in den vorgenannten Staaten beweisen. — Die jährliche Culturfläche beträgt 34,780 Tagwerk, 16 Proc. der ertragsfähigen Fläche; davon kommen auf Laubholz-Culturen etwa 22 Proc., auf Nadelholz 78 Proc.; auf Saat 55 Proc., auf Pflanzung 45 Proc. Die Gesammtausgaben haben 1819/25 46 Proc., 1837/43 37 Proc. und 1861/67 39 Proc. der Gesammteinnahme beansprucht; die Verwaltungskosten aber sind von 25 Proc. auf 18 Proc. zurückgegangen.

(Hygrometer.) Naudet & Comp. in Paris haben ein tragbares Hygrometer in Form einer Taschenuhr construirt, bei welchem zur Messung der Feuchtigkeit ein durch Schwefeläther entfettetes Menschenhaar von 0,35 m. Länge benutzt wird. Die Graduirung erfolgt auf die Weise, daß das Instrument einmal unter eine Glasglocke, unter welcher die Luft durch frischgebrannten Kalk und Chlorcalcium möglichst trocken erhalten, und dann unter eine zweite Glasglocke gebracht wird, in welcher sich ein mit Wasser getränkter Badeschwamm befindet. Der Abstand zwischen den beiden Standpunkten, welche der Zeiger unter diesen beiden Glocken auf der Zifferscheibe einnimmt, wird in Theile getheilt. Diese Hygrometer, deren Preis 25 Frcs. beträgt, werden außer meteorologischen Beobachtungen auch für industrielle Zwecke empfohlen, z. B. als Feuchtigkeitsmesser für Getreidespeicher, Tabakfabriken, Seidenspinnerei &c.

(Pullmann's Hotel-Eisenbahnwagen.) Bekanntlich sind die großen achträdrigen Wagen schon längst mit besonderen Schlafsälen und Gesellschaftszimmern eingerichtet; kürzlich hat man auch die Chicago-, Burlington- und Quincy-Eisenbahn in ihren Werkstätten solche Wagen mit Restaurations-Localen oder förmliche Hotelwagen nach der Construction von G. und B. Pullmann bauen lassen, die zwischen Newyork und Chicago laufen und sich durch ihre zweckmäßige, höchst elegante Einrichtung, freilich auch durch ihren hohen Preis, auszeichnen. Die Wagen sind 60 Fuß lang, 10 Fuß 8 Zoll breit, mit einer 9 Fuß langen Küche in der Mitte, so daß an beiden Enden des Wagens zwei getrennte Speisesalons für die I. und II. Klasse-Passagiere übrig bleiben. Eine Trennung der Passagiere in zwei verschiedene Classen scheint nämlich in Nordamerika immer mehr Eingang zu finden. In den Zügen muß also der Restaurationswagen in der Mitte, die Wagen I. Classe an einer Seite und die Wagen II. Classe an der anderen Seite desselben stehen. Die größeren Speisesalons in den Restaurationswagen sind sehr geräumig, luxuriös und behaglich eingerichtet, auch gut ventilirt; die beweglichen Tische sind seitwärts an den Wänden befestigt, an jedem Tische sind 3½ Fuß lange, mit Seidendamast überzogene Sophas, à zwei Sitze vis-à-vis angebracht. Ein Spiegel zwischen den Fenstern bildet die Thür eines Wandschrankes, der das erforderliche Tischzeug, Porzellan &c. enthält. Längs der Mitte des Wagens befindet sich der Durchgang, 3 Fuß breit, mit reichen Teppichen belegte Durchgang zur Communication. An den beiden Enden sind noch ähnliche kleinere Cabinete, die, wenn es verlangt wird, für sich abgeschlossen werden können, angebracht. Nach Beseitigung des Tischgeräthes und Niederklappen der Tische lassen sich diese Restaurations-Locale in Gesellschafts-Salons und Cabinete verwandeln. Ebenso können zur Nachtzeit durch Auflegen von Matratzen über zwei vis-à-vis stehende Sophas an jeder Seite des Wagens eine Reihe bequemer, zweischläfriger Betten und darüber durch Herunterklappen von andern über den Fenstern angebrachten, den unten mit Armleisten verzierten Sprungfederrahmen mit Matratzen, die am Tage an den Wänden schräg aufgezogen sind, an jeder Seite eine zweite Reihe einschläfriger Betten gewonnen werden, so daß die Reisenden, sobald sie sich in ihre Betten zurückgezogen haben, ungestört vom übrigen Verkehr der Ruhe pflegen können. Der Boden von der Küche ist niedriger als der übrige Theil des Wagens, nur 18 Zoll von den Schienen entfernt. Die Küche enthält außer einem sehr compendiösen, mit den vorzüglichsten Einrichtungen versehenen Kochapparat, Eisbehälter zur Aufbewahrung von Fleisch &c. Das Essen in diesen Restaurationswagen soll recht gut und die Preise dabei mäßig sein. Der Wagen ruht an jedem Ende auf einem beweglichen Gestell von je acht Rädern und soll so gut gebaut sein, daß selbst dann, wenn er über eine schlecht unterhaltene Bahnstrecke rollt, auf den Tischen stehende gefüllte Weingläser nicht verschüttet werden.

Räthsel.

Die ersten Beiden [illegible] das Licht,
Doch bei den Kerzen suche sie nicht;
Auch kann man seit den letzten Jahren
Sie mit der Eisenbahn befahren.
Die Letzte ist des Lebens Quell,
Oft groß, oft klein, oft trüb, oft hell.
Das Ganze liefert Spirituosen,
Doch nicht in Gläschen, sondern im Großen.

Auflösung des Räthsels in Nr. 100.
Die Violine mit den Saiten.

Redaction von K. A. Wolf. Druck der Jäger'schen Druckerei in Speyer.

Palatina.

Belletristisches Beiblatt zur Pfälzer Zeitung.

Nro. 102. Speyer, Donnerstag, den 26. August 1869.

Die deutsche Stunde.

I.

Auf einer etwas entlegenen, aber nicht unbelebten Straße der Universitätsstadt X. ging an einem Frühlingstage des Jahres 1845 ein Student im eifrigen Nachdenken auf und ab. Sobald er an das Ende der Straße gekommen war, horchte er regelmäßig auf, um den Glockenschlag der benachbarten Thurmuhr nicht zu überhören. Seine eigene Uhr war nämlich längst bei einem Orientalen verpfändet. Unser Studiosus hatte einen schwarzseidenen Hut auf dem Haupte, aber das Haupt des Musensohnes fügte sich mit Mißbehagen in die ungewohnte Bedeckung. Jedenfalls war der Hut von einem glücklicher situirten Commilitonen geliehen; daher kam es, daß trotz einiger in die Seitenwände gesteckten Zeitungsbogen, der Hut fortwährend drohte, über die Ohren hinabzusinken und jegliche Physiognomie zu begraben. Das bunte Cerevisläppchen würde zu dem schönen, etwas blassen Gesichte jedenfalls besser gestanden haben. Die übrige Bekleidung deutete ebenfalls genügend an, daß alles specifisch Studentische mit Absicht vermieden war.

Der Studiosus war armer Eltern Kind! Das kleine Capitälchen, womit er seine Studien begonnen, war von dem Strome der Zeiten vorlängst fortgerissen worden. Seine jetzige Existenz war keine besonders erfreuliche; er lebte von sechsunddreißig Thalern, die ein menschenfreundlicher, sehr weitläufig mit ihm verwandter Pastor ihm jährlich mit vielen beigepackten Ermahnungen und philiströsen Redensarten zuschickte, — ferner von dem Verkaufe einiger zum Studium sehr unentbehrlicher Bücher, von der Hoffnung auf Privatstunden — und vom Hungerleiden. Daß er es dabei in dem Studium bisher nicht weit gebracht hatte, werden alle Diejenigen begreifen, denen es ebenso ergangen ist. Heut jedoch hatte er gegründete Hoffnung, seine zerrissenen Verhältnisse etwas aufzubessern, daher der schwarzseidene Hut. Ein Universitätslehrer war von dem General a. D. Mellenheim ersucht worden, ihm einen jungen Mann zu besorgen, der befähigt sei, seiner Nichte Privatunterricht zu geben, und das Auge des Professors hatte unsern Studiosus herausgesucht. Zwei Lehren hatte jener dem in der Welt unerfahrenen academischen Bürger mitgegeben, sie lauteten: „Sie sind Dienstag früh neun Uhr zum General bestellt; der General liebt die exacteste Pünktlichkeit; gehen Sie demnach schon um halb neun Uhr auf der Straße auf und ab und mit dem Glockenschlage neun Uhr ziehen Sie an der Klingelschnur. — Zweitens: Suchen Sie, so oft es schicklicher Weise thunlich ist, die Redensart anzubringen: ‚Zu befehlen, Herr General!‘“

Die erste Lehre hatte sich der Studiosus weislich zu Herzen genommen; denn er spazierte sogar schon seit acht Uhr auf der Straße und seit die Glocke drei Viertel geschlagen hatte, wich er nicht mehr von der Hausthür, jeden vorbeifahrenden Wagen verwünschend, der den Schall der Thurmuhr übertönen könne. Je näher die neunte Stunde rückte, desto mehr Schweißtropfen lagerten sich auf seiner Stirn, desto beklommener wurde sein Gemüth, er hatte noch nie in seinem Leben mit einem General gesprochen.

Endlich ertönte vom Thurme die neunte Stunde, hastig ergriff er den Klingelzug, um alle Brücken hinter sich abzubrechen, und wenige Secunden darauf stand er dem General Mellenheim gegenüber. Der General war ein Mann von ungefähr fünfundsechzig Jahren, seine Haltung verrieth auf den ersten Blick den Soldaten, der wohl mancher Schlacht beigewohnt und gar manchmal dem Tod ins grausige Antlitz geschaut haben mochte. Das Haar war gebleicht, aber die edlen Züge des Gesichts waren von der Zeit und dem Kriegsgetümmel unversehrt geblieben. Als der Student in's Zimmer trat, war der General mit mathematischen Zeichnungen beschäftigt.

„Herr General!“ brachte der Musensohn mit Mühe hervor, „der Herr Professor B . . . . hat mir gesagt, daß Sie wünschen —“

„Sie sind wahrscheinlich der Studiosus Herr Walden!“ fragte der General, die Verlegenheit des Studenten bemerkend.

„Zu befehlen, Herr General!“

„Bitte, Herr Walden,“ sagte der General, „setzen Sie sich!“

„Zu befehlen, Herr General!“ Dabei setzte sich Herr Walden. Der General rückte seinen Stuhl ganz in die Nähe des Studenten, betrachtete ihn ein paar Augenblicke ganz aufmerksam und schien von der Prüfung befriedigt zu sein. In einem Tone aufrichtigen Wohlwollens fuhr er darauf fort: „Ich habe Sie ausersehen, meiner Nichte, einer achtzehnjährigen Dame, Unterricht im Deutschen zu geben."

„Zu befehlen, Herr General!"

„Ich bezahle Ihnen für jede Unterrichtsstunde einen Thaler."

Mit vergnügtem Schmunzeln antwortete Walden: „Zu befehlen, Herr General!"

„Indessen," fuhr der General fort, „muß ich mir erlauben, Ihnen die Unterrichtsweise vorzuschreiben."

Der Studiosus horchte gespannt auf.

„Sie werden vorläufig Ihrem deutschen Unterricht keinen Schriftsteller zu Grund legen."

Mit verzagtem Herzen antwortete Walden: „Zu befehlen, Herr General!" denn er hatte sich gerade vorgenommen, an der Hand eines deutschen Schriftstellers die Wanderung durch das Deutsche zu unternehmen; wie er es auf anderem Wege anfangen solle, war ihm durchaus unklar.

„Späterhin," fuhr der General fort, „vielleicht nach einem Jahre, können Sie die Bibel, Schiller und Goethe mit der Dame lesen. — Sie sind doch auch der Meinung, daß diese drei ganz gut zu einander passen?"

„Zu befehlen, Herr General!" antwortete herzhaft der jetzt auf Alles gefaßte Studiosus, und wenn der General noch den Koran und Ovid's Metamorphosen zu dem Bunde gewünscht hätte, fürwahr, der Studiosus hätte in diesem Augenblicke gesagt: „Zu befehlen, Herr General."

„Sie werden," sagte der General, „in der Unterrichtsstunde sich lediglich mit meiner Nichte unterhalten und durch Konversation dieselbe zu einem logischen Denken und vernünftigen Stile führen; einen schriftlichen Aufsatz können Sie zwar jedesmal aufgeben, aber auf die mündliche Korrektur desselben dürfen nur wenig Minuten verwendet werden, das Uebrige bleibt für die Konversation."

„O weh! ich armer, geschlagener, akademischer Bürger," hatte der Studiosus in seinem Schrecken beinahe gesagt; allein er besann sich noch zur rechten Zeit auf die Lehren des Professors B . . . . und sagte pflichtschuldigst, diesmal mit einem verzweifelten Bücklinge: „Zu befehlen, Herr General!"

„Dabei," fuhr der General fort, „müssen Sie nicht glauben, als sei meine Nichte, welche zwar achtzehn Jahre alt und für ihr Alter recht hübsch und naiv ist, in den Wissenschaften wer weiß wie sehr bewandert; sie soll es erst durch Ihre Mitwirkung werden, vorläufig ist sie noch eine recht dumme Gans."

„Zu befehlen, Herr General!" platzte der Studiosus vorschriftsmäßig heraus; aber kaum war das unwiderbringliche Wort den unbewachten Lippen entflohen, da fühlte er, was er gesagt und gefehlt, und die ungeheuerste Verlegenheit bemächtigte sich seiner.

Der General lächelte und weidete sich einen Augenblick an dem Entsetzen Waldens; darauf sagte er freundlich: „Sie sehen nun wohl selbst ein, lieber Herr Walden, daß Ihre verdammte Redensart: Zu befehlen, Herr General, nicht auf alle Fälle paßt; ich schlage vor, Sie lassen sie künftig ganz weg und wir behandeln die vorliegende Sache auf so natürliche und ungezwungene Weise, wie nur immer möglich. Zur Besiegelung dieses Uebereinkommens will ich Ihnen eine Cigarre präsentiren, und bitte mir die Erlaubniß aus, meine Pfeife weiter fortrauchen zu dürfen."

„Zu befeh . . ." weiter kam Walden diesmal nicht; der General drohte mit dem Finger, schmauchte vergnügt einige starke Wolken und präsentirte Walden die nöthigen Utensilien. Darauf erkundigte er sich nach Walden's Familienverhältnissen, nach dessen bisherigen Studien und Beschäftigungen, und je mehr es dem Studiosus gelang, seiner Verlegenheit los zu werden und auf natürliche Weise, wie andere vernünftige Menschenkinder zu reden, desto mehr gewann er sichtlich das Herz des Generals, kurz dieser war nach Verlauf einer halben Stunde recht sehr für den Studiosus eingenommen. Als Waldens Cigarre zu Ende ging, sagte der General: „Noch Eins, seien Sie in Ihrem Unterrichte nicht zu pedantisch in Bezug auf das Zeitmaß; wenn Sie sehen, daß die Schülerin absolut keine Lust mehr hat, so suchen Sie nicht das Interesse mit Gewalt hervorzuzwingen, sondern gehen Sie ruhig nach Hause."

Walden beschloß in seinem männlichen Gemüthe, diese Ermahnung sich ganz besonders einzuprägen.

Unterdessen ging der General in's Nebenzimmer, aus welchem er nach einer kleinen Weile, völlig zum Ausgehen angekleidet, heraustrat. „Nun lassen Sie uns gehen," sagte er, „ich will Sie meiner Nichte und der verwittweten Professorin Padrock, bei der sie in Pension ist, vorstellen."

Walden war recht verwundert, er hatte geglaubt, die Nichte wohne im Hause des Onkels; doch galt hier kein Bestaunen und keine Frage. Es dauerte keine Viertelstunde, so stand der General mit seinem Schützlinge vor einem alterthümlichen Gebäude; sie stiegen zwei Treppen hinauf, der General klopfte an eine große Flügelthüre, sie traten hinein und standen zwei Damen gegenüber. Die Eine war tief im Sommer des Lebens, ungefähr dort, wo der Herbst schon mahnend vor der Thüre steht. Sie hatte eine Brille aufgesetzt, ihre strengen, kritischen Blicke musterten den fremden Jüngling, und wäre dieser nicht in Begleitung des ehrwürdigen Generals hereingekommen, fürwahr! sie hätten den Kühnen, der es wagte, in ein solches Heiligthum einzudringen, wie ihr Pensionat für Damen höheren Standes war — sie hätte ihn mit ihren Blicken wieder hinausgeschaut. Es war die Professorin Padrock, deren seliger Mann Professor der Philologie gewesen war; wer nicht schon von selbst wußte, was der Mann [illegible] hatte, der konnte es der Frau ansehen.

(Fortsetzung folgt.)

Das Börsenspiel der Gegenwart.*)

Die öffentliche Meinung hat von jeher den Stab über jenes Spiel gebrochen, welches an den besten und schönsten Heilquellen Deutschlands das gesellschaftliche Leben vergiftet, tausend und aber tausend Familien zu Grunde richtet; ein Spiel, bei dem nicht allein der Unternehmer, sondern auch der Tod alljährlich seine Ernte hält.

Seit längerer Zeit hat ein ähnliches verderbliches Spiel eine Ausbeutung des Publikums begonnen, wie man sie früher nie gekannt. Dieses Spiel hat die Börsen namentlich in den Hauptstädten in Beschlag genommen und treibt dort sein zügelloses Wesen. Wie die Roulette zwei Farben hat, bieten diese Börsen zwei Schwankungen dar: ob man auf Hausse oder Baisse, auf Steigen oder Fallen der Curse oder auf Roth oder Schwarz wettet, das bleibt sich ganz gleich, das blinde Glück schafft hier wie dort Erfolge und Niederlagen. Es ist dieses Börsenspiel nichts anderes als eine Umgestaltung des Rouge et Noir, und fordert, dem letztern gleich, unablässig neue Opfer.

Vor einigen Jahren war es ein Verwandter des Hrn. Mirès, der im Bois de Boulogne mittels einer Kugel sein Leben endete, dann der reiche Bankier Thurneyssen, der beladen mit dem Rest seiner Schätze über den Ocean flüchtete, und dann wieder ein reicher Baron B., der, mit der Anklage der Fälschung in der Hand, von dem nördlichen Thurme der Notre-Dame de Paris auf das Pflaster sich herabstürzte, nachdem er seine letzten 20 Centimes dem Wächter gegeben hatte. Nur die Opfer, die in mehr als Einer Beziehung Eclat machen, gelangen an die Oeffentlichkeit.

An die großartige Entfaltung der Industrie hat sich in unserer Zeit diese eigenthümliche Erscheinung geknüpft; mit einer natürlichen und wohlthätigen Entwickelung unserer ernsten mercantilischen Zustände stellt eine unnatürliche, vielfach verderbliche auf, ja diese letztere droht theilweise auch das Gute zu ersticken.

In Frankreich hat der Dämon des Börsenspiels durch seine Berührung die ehrenwerthesten Geschäfte befleckt. An der Pariser Börse wird dieses Spiel im größten Umfange betrieben, von dort her liegen die vorzüglichsten Nachrichten vor.

Fast alle Staatsregierungen, die in Frankreich aufeinander gefolgt sind, sahen sich veranlaßt, ihre Maßregeln gegen jenes spielsüchtige und speculirende Publikum zu ergreifen. Schon die Börsenordnung von 1724 bestimmt, daß diejenigen, welche öffentliche Effecten kaufen wollen, das Geld oder die Effecten dem Börsenagenten vor der Börsenstunde einhändigen müssen; der Gesetzgeber glaubte damit das Spiel zu beschränken. Der Nationalconvent wollte in seiner dictatorischen Logik: wenn die Börse der Mittelpunkt verdächtiger Kunstgriffe und Handlungen sei, so wäre es das Einfachste, sie zu schließen; dies geschah in der That bis zum 6. Floreal des Jahres III (1795), wo ein Decret derselben Versammlung sie wieder zu öffnen befahl; dagegen erließ der Convent unterm 30. August 1795 folgende Bestimmung: „In Betracht, daß die Börsengeschäfte nur noch ein Prämienspiel sind, wo jeder verkauft, was er nicht hat, und kauft, was er nicht nehmen will, wo man überall Handelsmänner findet, nirgends aber Handel, ist es bei sehr strengen Strafen verboten, Waaren oder Effecten zu verkaufen, deren Eigenthümer man im Augenblicke des Umsatzes nicht war." Die Strafe bestand in zweijährigem Zuchthause, öffentlicher Ausstellung mit der Schrift auf der Brust: „Agioteur", und der Vermögensconfiscation. Ein anderer Beschluß vom 21. Februar 1796 befahl, daß jeder von einem Börsenagenten oder einem Mäkler abgeschlossene Kauf laut auszurufen, und von dem Ausrufer unter Beifügung des Namens und des Wohnortes des Verkäufers, sowie des Verwahrers der Effecten registrirt werden solle, damit die Polizeibehörde von der Existenz der verkauften Gegenstände sich überzeugen könne; dieselbe Verordnung erlaubte den Zutritt zu der Börse nur den gesetzlich ernannten Börsenagenten und Waarenmäklern, sowie den Bankiers und Geschäftsleuten, die durch ein Zeugniß ihrer vorgesetzten Behörden bescheinigen konnten, daß sie ein Bankierhaus in Frankreich besäßen oder Handel trieben.

Die Gesetzgebung unterlag indeß meist immer in ihrem Kampfe wider das Börsenspiel, und des Haders müde, hob der Staat im Jahre 1802 die Verpflichtung auf, Verkäufer und Käufer zu bezeichnen, öffnete die Börse allen Bürgern, selbst den Fremden, und verzichtete darauf, daß man das Eigenthumsrecht der verkauften oder ausgetauschten Gegenstände erst beweisen sollte. Doch alle französischen Erlasse von 1724 bis auf unsere Tage stimmen noch dahin überein, daß kein Geschäft in Effecten außerhalb des dazu bestimmten Locals und der dazu angesetzten Stunde geschehen darf.

Die Regierung Ludwig Philipp's schloß zwar die Augen hinsichtlich der Zusammenkünfte im Café Tortoni und der Passage de l'Opéra. Doch im Jahre 1840 ließ der Polizeipräfect Carlier, damit Achtung dem Gesetze verbleibe, den Cercle du Boulevard des Italiens schließen; zur Thür hinausgejagt, kamen die Speculanten jedoch, wie man zu sagen pflegt, zum Fenster herein. Seit 1853 ist die Polizei noch zweimal gegen sie zu Felde gezogen und hat sie zuerst aus der Passage de l'Opéra und sodann aus dem Casino vertrieben, wohin sie sich geflüchtet hatten. Jetzt halten sie ihre wandernden Versammlungen auf dem Asphalt des Boulevard, und nie hat sich die Speculation ihrem Spiel ruhiger überlassen können.

Die Börsenpolizei gehört in Paris dem Polizeipräfecten. Kein Militär darf im Innern der Börse Functionen ausüben. Sie ist allen Bürgern und Fremden geöffnet. Den Frauen ist sie bereits durch den Beschluß von 1724 verboten und kein Gesetz hat bis jetzt dieses Verbot aufgehoben.

Seit dem 1. Januar 1857 erhebt die Gemeindebehörde von Paris an der Börse eine Eintrittsabgabe, die 1 Fr. für die Person und 30 Cent. ...

*) „Unsere Zeit".

ment beträgt. Die Einnahme im Monat Januar 1857 betrug 120,000 Frs., mithin kamen auf 26 Börsentage täglich 4615 Frs.

Die Börse ist gegenwärtig von 1—3 Uhr der Speculation in Fonds und von 3—5 Uhr dem Handelsverkehre geöffnet. Die Börsenagenten haben allein das Recht zur Betretung des Parkets, ein Raum, der von zwei kreisförmigen Gebäuden umgeben ist. Die Coulisse ist kein bestimmter Raum, wie das Parket, das Wort hat nur bildliche Bedeutung. Man sagt: die Operation der Coulisse, im Gegensatz zu den Operationen des Parkets, um den Verkehr zu bezeichnen, der ohne die Mitwirkung der Börsenagenten geschieht. Der Gang der Geschäfte muß mit lauter Stimme ausgerufen werden, wenn es sich um öffentliche Fonds handelt.

Die ernst gemeinten wirklichen Geschäfte ziehen sich immer mehr von der Börse zurück, in je stärkerm Grade dort das Spiel auftritt. Die Wechselgeschäfte nehmen mehr die Banken und Discontocomptoirs in Anspruch, die festen Waarenverkäufe geschehen in Fabriken und Niederlagen oder durch Vermittelung von Commissionären. Die Versicherungen figuriren nur im Parket, um ihre Actien notiren zu lassen. An der Börse bleiben nur noch öffentliche Fonds und Actien der industriellen Unternehmungen. Unter der Masse der täglich binnen zwei Stunden abgeschlossenen Geschäfte kann man unter zehntausend kaum eins finden, das ernst gemeint wäre.

(Fortsetzung folgt.)

Miscellen.

Vor Kurzem ist in Berlin der bekannte Augenarzt Dr. Böhm am Leichengift gestorben. In einem Nekrologe, den ihm die Kreuzzeitung widmet, findet sich folgende Schilderung des fürchterlichen Todes, den der Unglückliche erlitt: Am 19. Juli fand an Böhm eine geringfügige Verletzung des mittleren Gelenkes des kleinen Fingers der linken Hand statt, während er an einer sehr verwesten Leiche seinen Schülern eine Operation demonstrirte. Am 20. Morgens war das Gelenk roth, geschwollen und schmerzend, trotzdem wiederholte er am Abend seinen gewohnten [illegible] Unterricht im Obductionshause. Am 21. Juli Morgens hatte die Entzündung den ganzen kleinen Finger ergriffen, er hielt das bis dahin rein örtliche Leiden für so unbedeutend, um sich veranlaßt zu sehen, seine Thätigkeit einzustellen. Seine Gattin, welche ihn stets mit zärtlicher Sorgfalt überwachte, hatte er mit den Kindern für die Zeit der Schulferien nach Thüringen geschickt. Am Nachmittag des 21., nach seiner Rückkehr aus der Praxis, ersuchte er schriftlich einen Freund, statt seiner den Operationsunterricht zu ertheilen. Vorher war er auf Bitten eines alten Freundes bewogen worden, Geheimrath v. Langenbeck in dessen Wohnung zu consultiren. Am Abend des 21. nahm die Krankheit eine durchaus unerwartete Wendung. Schüttelfrost, [illegible], heftiges Fieber mit Delirien traten auf; das Leichengift hatte durchaus unabhängig von der mäßigen, örtlichen Affection eine intensive Blutvergiftung herbeigeführt. Geheimrath v. Langenbeck verhehlte sich die Gefahr nicht und stand ihm mit der Sorgfalt eines treuen Freundes zur Seite. Die rosenartige Entzündung der Haut und der [illegible] Bahn des Armes zog sich immer höher und höher hinauf; wo Einschnitte gemacht wurden, verschwand die Entzündung, doch ohne sich im Fortschritte aufhalten zu lassen. Das Bewußtsein des Kranken kehrte wieder, er ordnete seinen letzten Willen; seine auf Nachricht der Erkrankung eiligst herbeigeeilte Gattin tröstete er auf das Zärtlichste, empfing mit ihr, der er in tiefer Liebe ergeben war, das heilige Abendmahl, und war freudig bereit zu scheiden, wenn der Herr es von ihm fordere. Das Fieber stieg, die Wunden zeigten keinen Eiter. Geheimrath Frerichs wurde am 26. zugezogen. Bei aller Klarheit des Geistes trat Schwächung des Herzmuskels als Wirkung des lähmenden Giftes ein, die Erstarrung nahm immer mehr und mehr zu. Als bleierne Schwere seine Glieder ergriff und Todesbeklemmung auf der Brust sich lagerte, flüsterte er leise zu den beiden Freunden, Professor Peters und Dr. Lender, die sein Bett umstanden: „Ist das nun Sterben?" Er wollte noch manche Frage stellen, allein die Werkzeuge des Körpers versagten, er wurde mit zunehmender Nacht stiller und stiller, und so schlummerte der edle Mann unter den ersten Glockenklängen des Sonntagmorgens sanft hinüber.

Jenul, ein Insasse aus Ratschach in Ober-Krain, fuhr nebst seinem Knechte in den nahen Berg am [illegible]. Als sie eine Strecke Wegs zurückgelegt hatten, bemerkten sie im Abgrunde ein abgefallenes Rind liegen, welches schon mehrere Spuren vom Besuche der Raubthiere an sich trug. Als sie nun weiter fuhren, machte sie ein in der Nähe entstandenes Geräusch aufmerksam; da sie nun aufsahen, erblickten sie auf einem Steine hockend einen Steinadler, der wahrscheinlich hier die [illegible] Mahlzeit verdauen wollte. Obgenannter Jenul hatte nichts Eiligeres zu thun, als sein Pferd an einen Baum zu binden. Mit Steinen bewaffnet, nachdem der Knecht seine Stellung auf der entgegengesetzten Seite genommen hatte, begannen sie von beiden Seiten das Raubthier zu attaquiren. Der Hund jedoch wurde desselben sogleich gewahr und fiel darauf los, in welchem Momente sich der [illegible] in die Lüfte erhob. Als er aber des Hundes recht ansichtig wurde, ließ er sich auf ihn nieder; doch dieser konnte seinen Gegner gar nicht erwarten, sondern sprang ihm entgegen, packte ihn beim Schnabel und jener den Hund mit den Krallen an der Brust. Nach kurzem Kampfe schien der Hochälpler die Lust zum weiteren Streite verloren zu haben, denn er schwang sich nebst seinem Gegner, der ihn festhielt, in die Luft. Ueber den naheliegenden Alpensee [illegible], mochte ihm die Last, da sein Gegner ihn beim Schnabel noch immer fest hielt, doch zu schwer sein; beide sanken immer tiefer und endlich in den See. Dieses unwillkürliche Bad mochte beide ungewöhnlich berührt haben, denn sie ließen sich los. Der Flügelmann wollte diese Gelegenheit zur Flucht mittelst Schwimmens benutzen; allein der Verfolger bewachte dieses und ließ nicht lange auf sich warten. Es wäre wieder zu einer Geschichte gekommen, wenn Jenul nicht mit allem Ernste seinem Hunde das Weiterverfolgen verboten hätte. Der Aar, von dem Kampfe müde geworden, schwamm nach dem Ufer, um auszuruhen und sich zu trocknen. Diesen Moment benutzte Jenul, er warf seine Jacke schnell über ihn und sprang auf die beiden Enden derselben. Nun war der Arme gefangen. Mit Hülfe des Knechtes wurden ihm die Füße gebunden und er wurde heim nach Ratschach geführt, wo er sich sehr wohl befindet. Dieser Adler mißt von einer bis zur andern Flügelspitze 9 Fuß. Der Hund gehört zur größeren Gattung der [illegible]. Bemerkenswerth ist noch, daß Jenul vor einigen Jahren, als er noch als Gendarm in diesen Gebirgen recognoscirte, auf ähnliche Weise einen noch größeren [illegible] fing, welcher in das Eigenthum des Erzherzogs Albrecht überging.

Auflösung des Räthsels in Nr. 101.

Bernstein.

Redaction von R. A. Wolf. Druck der Jäger'schen Druckerei in Speyer.

Palatina.

Belletristisches Beiblatt zur Pfälzer Zeitung.

Nro. 103. Speyer, Samstag, den 28. August 1869.

Die deutsche Stunde.

(Fortsetzung.)

Die andere Dame war eine liebreiche Erscheinung, im blühendsten Lenze des Lebens, mit allen Gaben der Natur geschmückt. Sie warf auf den Fremdling einen unbefangenen Blick, aber auch nur einen einzigen und wendete darauf ihre ganze Sorgfalt dem General zu. Der General küßte der Professorin die Hand und dem schönen Mädchen die Stirn. Der Herr Studiosus war einen Augenblick zweifelhaft, ob er Beides nachzuahmen habe; zwar nach der Professorin zog es ihn nicht gewaltig hin, aber — die Andere! Doch, Unsinn! dachte er, du armer Musensohn mit dem Hute des Commissionärs!

Er unterließ also Beides. Der General wurde zum Niedersitzen aufgefordert, der Herr Studiosus nicht; dieser blieb demnach pflichtschuldigst stehen und harrte mit brennenden Sohlen der Entwicklung der Dinge. So viel wußte er wohl, es lag nicht an ihm, sich vorzustellen. In Ermangelung einer andern Beschäftigung zählte er vorläufig die Finger an seinen Händen und die Knöpfe an seinem Rocke und überzeugte sich zugleich von der Tadellosigkeit und Festigkeit der letzteren; denn so hart er in seiner precären Stellung daran zupfte, es ging keiner los. Der General erkundigte sich vorerst nach dem Befinden der Frau Professorin und ging wohlwollend in ein Gespräch über Gesundheitszustände und Witterungsverhältnisse ein; denn die Professorin, so gelehrt sie war, wagte doch selten, sich mit dem noch gelehrteren General in eine Unterhaltung über gelehrte Dinge einzulassen. Darauf fragte der General auch seine Nichte Marie über dieses und jenes, und über alledem verging wohl eine Viertelstunde, und Studiosus Walden war noch immer im Stehen und Knöpfezählen begriffen; er hatte jedoch trotz dieses eifrigen Geschäfts Zeit genug gehabt, zu bemerken, wie die Professorin ihn immer merkwürdiger anblickte und auch die schöne Nichte sich nicht enthalten konnte, von Zeit zu Zeit einen Blick auf ihn zu werfen, einen Blick voll Uebermuth und Schelmerei.

„Liebe Marie," sagte endlich der General nach einer Pause, „ich habe mich entschlossen, neben dem Unterrichte, den Du hier in dieser ausgezeichneten Pensionsanstalt genießest, Dir noch Privatunterricht im Deutschen, namentlich Anleitung zur Conversation ertheilen zu lassen. Dieser junge Mann hier ist der Herr Studiosus Walden, welchen ich als den geeigneten Lehrer ausersehen habe; er wird wöchentlich zweimal erscheinen. Herr Walden! wollen Sie sich gefälligst an den Tisch zu meiner Nichte, Fräulein Marie Mellenheim, setzen und den Unterricht beginnen!"

O Schrecken über Schrecken! diese Ueberraschung hatte der Studiosus nicht erwartet, darauf war er nicht im geringsten vorbereitet. Er blickte nach der Professorin, diese machte ein ganz unbeschreibliches Gesicht; denn auch ihr war die Sache wie ein Donnerschlag gekommen. Er schaute den General an, der unterdeß aufgestanden war, um die Professorin zu beobachten; aber auf dem Gesichte des Mannes, der gewohnt war, Kanonen gegenüber zu stehen, thronte die kälteste Ruhe. Walden sah nach seiner nunmehrigen Schülerin, die ihren Stuhl bei Seite rückte, um dem jugendlichen Lehrer einen Platz zu sichern. Da dachte er: Mitgegangen, mitgefangen; — hängen werden sie mich wohl nicht. Und er setzte sich zu Fräulein Marie Mellenheim.

Doch, worüber nun sprechen? Woher den Faden zu einer Conversation nehmen? Und dabei konnte er im gegenüberhängenden Spiegel sehen, wie der General und die Professorin erwartungsvoll dastanden.

Indessen, wie dem Soldaten, wenn er nur erst im Feuer steht und nicht rückwärts kann, von selbst die Courage kommt, so auch unserem akademischen Bürger. Er räusperte sich, hustete einige Mal krampfhaft, blickte seine Schülerin gleichsam um Verzeihung und Schonung bittend an und begann die Unterhaltung. Und siehe da, als er sich erst sprechen gehört und sich überzeugt hatte, daß er wirklich noch im Stande sei, articulirte Töne hervorzubringen, — da ging es besser, als er gedacht hatte. Er befragte seine Schülerin nach den Unterrichtsgegenständen, die sie bisher betrieben, wie weit sie in jedem derselben gekommen; die Antworten gaben zu weiteren Fragen und Bemerkungen Anlaß, und bald hatte der akademische Bürger es so weit gebracht, daß er es wagte, Fräulein Marie Mellenheim auf Augenblicke anzuschauen. Einmal mochte er denn doch zu lange in das niedliche Gesicht geblickt haben, der Faden ging ihm darüber verloren, trotz alles Hustens und Räusperns konnte er das Geleise nicht wiederfinden. Da kam ihm ein glücklicher Gedanke; er entschloß sich anzunehmen, daß die Dame keine besondere Lust zur Fortsetzung der Unterhaltung habe, und beendigte seine erste Conversationsstunde. Er empfahl sich mit bei weitem leichterem Gemüthe, als er gekommen war, und der General, der mit ihm fortging, sagte ihm beim Abschiede: „Ich bin mit Ihnen zufrieden, fahren Sie so fort, nur immer natürlich! natürlich!“

II.

Der Studiosus fuhr regelmäßig fort: jeden Montag und Donnerstag fand er sich bei Fräulein Mellenheim ein. Die Professorin hatte sich in das Unabänderliche gefügt. In der ersten Zeit war sie beständig während des Unterrichts gegenwärtig, um die vom General vorgeschriebene Methode zu prüfen und deren Ausführung zu überwachen. Herr Walden nahm sich der Sache mit Eifer an, und je öfter er kam, desto natürlicher wurde er, desto mehr flog die Verlegenheit von dannen, so daß die Professorin sich höchlichst verwunderte, daß aus dem blöden schülerhaften Lehrer bisweilen ein gewisser Fluß der Rede strömte, der sich bis zu einer Art von Beredsamkeit steigerte. Es war denn auch wohl der Mühe werth, eine so allerliebste Schülerin zu unterrichten.

Regelmäßig eine volle Stunde vor dem Unterrichte ging Walden auf der nahen Promenade spaziren und studirte Conversation; und wenn dann die Glocke schlug, trat er mit dem Bewußtsein, nach allen Richtungen hin gepanzert zu sein, zu seiner Schülerin. Ach ja, gepanzert nach allen Richtungen hin, — wie irrte er sich darin! Die Schülerin hatte einen blonden Lockenkopf und große blaue Augen und ein so hübsches Gesicht, wie er auf Erden noch keines gesehen, und war so naiv. Armer Studiosus mit dem geborgten Hute, was helfen Rüstungen, was helfen Panzer und Schilde, wenn du nicht im Stande bist, den Blick abzuwenden und dein junges Herz zu vermauern! Wenn du so fortfährst zu unterrichten, so wirst du gar bald lernen, daß es ein gefährliches Wagniß ist, im Alter von einundzwanzig Jahren einer liebenswürdigen achtzehnjährigen Dame Unterricht im Deutschen zu geben! —

Und die Schülerin war nicht Willens, ihm seine schwere Aufgabe zu erleichtern. Oft ließ sie ihn dreißig Minuten lang die Conversation allein führen; kein Fragen, kein Bitten vermochte die hartherzige Schülerin aus ihrer stoischen Ruhe aufzuscheuchen; sie sagte ihm höchstens lachend: „Bitte, lassen Sie mich schweigen, während Sie so schön sprechen; ich lerne, indem ich höre.“ Ein andermal, wenn sie mehr redselig war, ließ sie ihn kaum zu Worte kommen und bestürmte ihn mit einer solchen Fluth von schwer zu beantwortenden Fragen, daß ihm Hören und Sehen verging. Den Aufsatz, den er am Schlusse der Stunde regelmäßig aufgab und welcher meist mit der gepflogenen Unterhaltung in Verbindung stand, fertigte sie ohne alle Pünktlichkeit und Sorgfalt an. „Ei, was Aufsätze, Herr Walden,“ sagte sie, „wir Damen sind nicht geboren, um in unserem Leben Aufsätze zu machen, dazu sind Sie geboren, Herr Studiosus; uns bestimmt das Leben zu ganz anderen Dingen, wir kochen und nähen und halten Haus und so weiter.“

Nach einigen Wochen hatte die Professorin, wie es schien, doch die Lust verloren, dem Unterrichte beizuwohnen, und da sie Lehrer und Schülerin nicht füglich allein lassen durfte, so hatte sie beim General die Erlaubniß bewirkt, eine zweite Pensionärin, Fräulein Henriette Bieber, an dem Unterrichte Theil nehmen zu lassen, versteht sich, gegen eine kleine Extravergütung an den Lehrer. Der Herr Studiosus war ganz damit einverstanden, nicht blos im Hinblicke auf den letzterwähnten Umstand, sondern noch mehr, weil er nun das philologische Gesicht der Wittwe Professorin höchst selten zu sehen bekam.

Fräulein Henriette war siebzehn Jahre alt, nichts weniger als schön, die Tochter eines sehr reichen Apothekers aus der Provinz. Mutterwitz war ihr von der Natur nicht verabfolgt worden; der Vater hatte sie deßhalb auch nicht in die Pension geschickt, weil er etwa glaubte, die Pension werde der Tochter Kenntnisse beibringen, sondern einfach deshalb, weil es Sitte ist, die Töchter, ehe man sie verheirathet, aus dem Hause zu senden. Obwohl Herr Lehrer Walden Fräulein Henriette in der Conversation sehr links liegen ließ, so sah er sie doch ganz gern anwesend, denn sie verhinderte das Erscheinen des größeren Uebels, der Frau Professorin. Henriette war viel zu gutmüthig, um sich in die Unterhaltung zu mischen, und viel zu schüchtern, um die Richtung der Augen des Herrn Walden zu verfolgen.

(Fortsetzung folgt.)

Das Börsenspiel der Gegenwart.

(Fortsetzung.)

Die Zahl der Mäkler und Börsenagenten in Frankreich wird durch eine Ordonnanz bestimmt. Sie haben das Recht, wie die Notare und Anwälte, ihre Nachfolger der Regierung vorzuschlagen; diese Präsentation geschieht zu einem vereinbarten Preise zum Vortheil des Abgebers. Die Corporation der Börsenagenten von Paris ist auf 60 Mitglieder bestimmt. Diese haben allein das Recht, die Geschäfte mit französischen und fremden Staatspapieren und den Actien von Handels- oder Finanzgesellschaften, die am Parket notirt sind, sowie mit Wechseln und Privateffecten zu vermitteln. Sie machen gemeinschaftlich mit den Waarenmäklern die Geschäfte in Gold- und Silbermünzen, haben aber ausschließlich das Recht, ihren Curs, sowie den Curs der Staatspapiere und der Wechsel zu constatiren. Der Börsenagent in Paris muß eine Caution leisten, die 125,000 Frk. beträgt; er ist für die Ueberlieferung und Bezahlung dessen verantwortlich, was er verkauft oder gekauft hat; er garantirt auf fünf Jahre die Gültigkeit der Uebertragungsurkunden vom Renten und Bankactien, insofern es die Identität des Eigenthümers, die Richtigkeit seiner Unterschrift und der Urkunden betrifft; er muß endlich denjenigen seiner Kunden, die nicht genannt sein wollen, unverletzliches Geheimniß bewahren; seine Caution verfällt den Gläubigern, gegen die er sich innerhalb seiner Verantwortlichkeit vergangen hat.

Der Börsenagent oder Mäkler darf in keinem Falle und unter keinem Vorwande für seine eigene Rechnung Handels- oder Bankiersoperationen machen und sich weder direct noch indirect an einem Handelsunternehmen betheiligen. Handelt er dagegen, so wird er abgesetzt und hat 3000 Frs. Geldbuße zu erlegen, und im Falle eines Fallissements tritt die Strafe der Zwangsarbeit ein. Auch ist es verboten, Geschäfte zu besorgen, wenn der Auftraggeber nicht die entsprechende Summe dem Agenten zum voraus eingehändigt hat.

In den letzten Jahren der Restauration wurden die Stellen der Börsenagenten zu Paris schon mit 400,000 Frs. bezahlt, am Ende der Regierung Ludwig Philipp's erreichten sie den Preis von 850,000 Frs., seit dem zweiten Kaiserreich ist derselbe auf 1,800,000 Frs. gestiegen. In der Regel hat eine Stelle mehrere Theilhaber, die je nach Verhältniß mit dem Namen Viertel-, Achtel- und Sechzehntelagenten bezeichnet werden. Der Hauptagent ist häufig von fünf oder sechs Associés commanditaires umgeben, denn manche kauften ihren Antheil, um mit größerer Sicherheit speculiren zu können.

Das Syndikat der Börsenagenten besteht aus sieben Personen, die alljährlich mit Stimmenmehrheit gewählt werden und die Interessen der Körperschaft vertreten. Trotz der riesigen Zunahme des Verkehrs ist die Zahl der Börsenagenten immer dieselbe geblieben, es sind heute wie auch im Jahre 1794 nur 60. Während der letzten neun Monate des Jahres 1852 war das Zuströmen der Speculanten so stark, daß diese Zahl nicht ausreichte, um nur die gegen baare Zahlung eingegangenen Aufträge ausführen zu können.

Es war der Anfang des zweiten Kaiserreichs. Fould war in jenen Tagen Finanzminister der Republik und Bankier oder Hauptfinancier des Prinz-Präsidenten. Achille Fould, Benedict Fould, Emile und Isaac Pereire, Morny, Haußmann und Persigny, sie alle, diese Anhänger des Napoleonischen Staatsstreichs, standen am Spieltische. Durch eine ungeheuere Hausse auf der Börse sollte der Staatsstreich legitimirt, dem kommenden Kaiserthum ein goldener Empfang bereitet werden. Die Kunst, über Nacht reich zu werden, war in jenen Tagen die ganze Staatsweisheit und namentlich auch die platonische Philosophie Persigny's. Am 18. Nov. 1852 wurde der Crédit mobilier durch ein Decret des Prinz-Präsidenten errichtet. Hr. Benedict Fould, im Jahre 1858 gestorben, wurde neben Isaac Pereire Präsident der Anstalt, welche Hand in Hand mit dem Finanzminister, mit Morny und Genossen arbeitete. Der Anstalt mit einem Actienkapital von 60 Mill. Frs. wurde eine Papierausgabe von 600 Mill. Frs. gestattet. Die 3proc. Rente, schon auf 70 Proc. getrieben, wurde auf 86 Proc. hinaufgeschwindelt, sowie die Actien der Südbahn von 400 auf 800, Bankactien von 2000 auf mehr als 4000. Die Besitzer und Genossen dieser ungeheuern Macht, welche nach Belieben die Hausse und die Baisse machten und die Roulette mit vollkommener Sicherheit leiteten, erwarben ungeheure Privatreichthümer. Eine Nachricht von dem Place Vendôme trieb die Actien des Crédit mobilier binnen zwei Tagen von 1200 auf 1865, und eine Berichtigung von derselben Stelle führte sie unter 1100 zurück. So wurde Jahre hindurch gespielt, bis die Dynastie Fould mit der Dynastie Pereire sich überwarf und der Minister Fould das Ende vom Liede, nämlich die traurige Katastrophe des Crédit mobilier, voraussah und deshalb die staatsgefährliche Solidarität des Kaiserthums mit dem Crédit mobilier anfocht.

Das Minimum der Gebühren der Börsenagenten beträgt seit dem 21. Jan. 1856 theils ein Viertel, theils ein Achtel Procent; es ist begreiflich, wenn die Gebühren den Minimalsatz gewöhnlich überschreiten, denn der höchste Satz ist nicht bestimmt. Die Masse der Börsengeschäfte ist überhaupt dermaßen angewachsen, daß die Gesammtsumme der Gebühren durch Hrn. v. Mericlet, der selbst ein Achtelsagent ist, jährlich auf 80 Mill. Frs. angegeben wird. Vertheilt man diese Summe auf 60 Beamte, so kommt auf jeden blos an Gebühren $1\frac{1}{3}$ Mill. In Wirklichkeit steigt der Gewinn aber auf das Fünffache. Bei einem solchen Einkommen ist es schwer, den Versuchungen zum unerlaubten Verdienst widerstehen zu können, welche sich tagtäglich darbieten. Gesetzt, es hat ein Agent den Auftrag, gewisse Actien für den einen zu kaufen und für den andern zu verkaufen; der Curs schwankt an diesem Tage zwischen 4000 und 4020; nun ist es gleichsam eingeführt, daß der Verkäufer den geringsten Tagespreis erhält, der Käufer aber den höchsten entrichten muß; wem fällt nun wohl der Unterschied zu? Wie maßlos verderblich indeß dieses Börsenspiel selbst für diese Eingeweihten wird, kann man aus folgendem Berichte entnehmen, den Coffinières im Jahre 1825 schrieb: „Von 121 Börsenagenten haben sich binnen 23 Jahren 4 selbst getödtet, aus Verzweiflung, ihre Verpflichtungen nicht erfüllen zu können; 61 von ihnen haben fallirt, indem sie ihren Gläubigern einen beträchtlichen Verlust zufügten, oder haben ihr Amt aufgegeben, indem sie theils ganz zu Grunde gerichtet, theils im Vermögen herabgekommen waren".

Hr. von Mericlet, der Achtelagent, sagt über einige der gewöhnlichsten Mißbräuche: „Ihr bestellt bei einem Börsenagenten 30 Actien, am Tage der Abrechnung geht ihr zur Kasse und bezahlt 50—60,000 Frs. Der Kassirer beachtet euch kaum und gibt euch auch keine Quittung, daraus entstehen mancherlei Gefahren für euch. Es ist möglich, daß ihr bei einem untreuen Kassirer bezahlt habt; das Feuer kann das Register zerstören, in welcher die bezahlte Summe eingetragen ist. Ist der Kassirer ein Spieler und geht durch, ohne die Zahlung in das Register eingeschrieben zu haben, so lauft ihr Gefahr, eure 60,000 Frs.

zu verlieren. Zu Lyon brannte das Haus Millanerais nieder, die Werthpapiere wurden durch das Feuer vernichtet und die Eigenthümer eines Theils derselben zur Einlösung nicht zugelassen. Eine andere Anzahl von Kunden deponirt bei Börsenagenten 30—40,000 Frs., um Reporte zu machen; sind sie Fremde oder müssen sie oft reisen, so kann sie der Tod ereilen und niemand weiß um das Geld; die Zeit verfließt und die Familien wissen nichts von der Erbschaft. Wir kennen einen Bankier, der seit 15 Jahren die Zinsen von einem Depositum von 200,000 Frs. genießt, ohne daß ihm je eine Reklamation zugekommen wäre."

Die 80 Mill. Frs., welche die Börsenagenten jährlich einnehmen, ergeben bei einem Maximalsatz von ¼ Proc. 32 Milliarden Börsenumlauf, mithin dreimal soviel, als die jährliche Production von ganz Frankreich beträgt. Außer den amtlichen Agenten gibt es aber noch eine Menge Kommissions- und Winkelmäkler, die bei den Börsenoperationen als Vermittler dienen, so daß man die jährlichen Käufe und Verkäufe, deren Markt der Börsentempel in Paris ist, mindestens auf 60—80 Milliarden schätzt.

(Fortsetzung folgt.)

Eisenbahnunglück in Amerika.

Ein schrecklicher Eisenbahnunfall hat sich auf der Eriebahn in der Nacht auf den 16. Juli in der Nähe von Mast Hope zugetragen. Der Nachtschnellzug ging am 15. Juli, Abends 7 Uhr, von New-York ab. Die Wagen waren voll von Passagieren, etwa 400 an der Zahl. Die Ecalangen bei Midvern waren glücklich passirt. Der Conducteur machte einige Male seine pflichtgemäße Runde durch die Rauch- und Schlafwaggons und fand alles in Ordnung. Jedes Bett war besetzt. Während so Alles in den Waggons der Ruhe pflegte, die Raucher ihre Pfeifen ausgehen ließen, und nur die Thüren der Wagen manchmal leise knarrten, wenn der Conducteur seine Runde machte und der Zug in seiner rasenden Schnelligkeit dahin jagte, schweifte der grübelnde Kennerblick des Maschinisten über die Fläche, wo eben eine im weiten Bogen sich windende Curve seine volle Aufmerksamkeit erheischte. Die Signallaternen von Mast Hope glänzten weithin in die Nacht, und schon mag der Führer sich auf die kurze Rast in der naheliegenden Station gefreut haben. Da auf einmal schreckt er zusammen. Nicht etwa, daß die Curve etwas Gefährliches für ihn wäre; hunderte Male hat er mit sicherer Hand seine Maschine über dieselbe gebracht. Heute ist es etwas ganz Anderes. Ein Blick in die Ferne hatte ihm alles Blut aus dem Gesicht getrieben. Ein zweiter Blick durch das „Schleierauge", und er sieht, er hat sich nicht getäuscht. Da ist etwas Dunkles, Außerordentliches und Unrichtiges in seine Linie gerathen — jeder Augenblick kann den fürchterlichen Zusammenstoß bringen. Ein Moment noch und sein Licht beleuchtet die Locomotive des Frachtzuges vor ihm, während sein Ohr ängstlich lauscht auf die Bewegungen desselben, ob er denn noch nicht schneller rückwärts fahre. Nein — das Unglück kommt schnell. —

Er läßt den Dampf aus allen Pfeifen strömen, und zischend und pfeifend tönt sein Nothsignal durch die stille Nacht. Erschreckt lauscht mancher dem ihm wohlbekannten Zeichen — doch kaum hat er noch begriffen, was eigentlich vorgeht, war die mächtige Maschine mit ihrer ganzen Kraft in die des Lastzuges gefahren, hatte dieselbe umgeworfen, einige Wagen zertrümmert, und war dann selbst mit fürchterlichem Gekrache umgefallen. Der Tender stürzte über die Locomotive, der Postwagen fuhr gegen den Berg von Eisentrümmern, die Bagage- und Personenwagen, drei an der Zahl, mit sich in die Zerstörung reißend, und in kurzer Zeit waren alle von einem Feuermeere eingeschlossen. Der Stoß war ein furchtbarer, in seiner ganzen Kraft bis in den letzten Wagen fühlbarer. Die Schläfer wurden aus ihren Betten geschleudert und Stücke Holz oder Bettzeug flogen um sie her. Halb nackt sprangen sie aus den Wagen, unbewußt einer Gefahr entgehend, deren ganze furchtbare Größe sie erst jetzt kennen lernen sollten. Die Auswanderer im Rauchcoupé waren mit demselben in das Feuermeer geschleudert worden. Für die war keine Hoffnung mehr. Stücke von zertrümmerten Wagen deckten das Geleise. Der Postwagen lag an der einen, der Gepäckwagen an der anderen Seite, während über dieselben, mit dem Dach nach unten, die Rauchwaggons lagen. Wohin immer das Auge sah, züngelten gierig die Flammen an dem leichten, trockenen Material herum. Es war eine erschütternde herzzerreißende Scene, in langer Reihe hoch gen Himmel die Flammen emporlodern zu sehen, zu wissen, daß ein Dutzend Menschen, von ihnen umgeben, dem sichern Tode geweiht sind, und kein Sterblicher von den Hunderten, die es sehen und fühlen, kann sie retten. Dr. Hallock war im Schlafwaggon, als der Zusammenstoß geschah; die heftige Erschütterung warf ihn nach vorn unter die Trümmer des zerschmetterten Wagens, jedoch ohne ihn auch nur im Geringsten zu verletzen. Von dem Wirrwar der Eisen- und Holzstämme umgeben und eingezwängt stand er da; wohin auch sein Auge sah, wüthete das schreckliche Element. Er versuchte sich mit gewaltiger Kraftanstrengung loszureißen, aber umsonst — die Masse war zu dicht und zu schwer. Mit besorgten vom Schreck fast verzerrten und todtenbleichen Gesichtern rannten seine Bekannten hin und her, indem sie riefen: „Ist keine Hülfe für Dr. Hallock?" Mit Blitzesschnelligkeit griff das Feuer die nächste Umgebung des Doctors an; er verschwand im Flammenmeere, indem er immer wieder rief: „Ich bin nicht im Geringsten verletzt, aber ich kann nicht entkommen!" Nach und nach wurde es still. Entsetzt blickte einer den andern an — keiner wollte seine fürchterliche Ueberzeugung laut aussprechen. Alles wußte, daß der Doctor verbrannt war. Mit ihm zusammen verbrannte ein Deutscher, Namens Daniel Bauer, ein noch junger Mann. Als man endlich des Feuers Herr geworden, fand man sechs menschliche Körper vollständig verkohlt unter den Trümmern des Rauchwaggons, und am Nachmittag wurden noch weitere Ueberreste von den Arbeitern aufgefunden. Verwundet wurden sehr Wenige. Herumfliegende Splitter waren nur von Wenigen bemerkt worden; vielmehr läßt sich bei der Heftigkeit des Stoßes annehmen, daß außer Dr. Hallock alle schnell gestorben waren. Vom Personal des Expreßzuges war keiner todt, nur zwei leicht verletzt. Unter den Todten sind noch als Deutsche bekannt: Ein Mann und ein Weib mit drei Knaben und ein junger Mann D. Baer. Ein „Gottfried Krauß" ist schwer verwundet. Alle sind Auswanderer nach dem Westen. Unter 130 Wagen waren 11 unverletzt geblieben. Die Ursache des furchtbaren Unglücks war folgende: Der Schnellzug, der mit der vorgeschriebenen Schnelligkeit fuhr, mußte nämlich bei Mast Hope an einem Frachtzug vorüberfahren, der an einer bestimmten Stelle in ein Seitengeleise einbiegt, um den Schnellzug vorüber zu lassen. Der Frachtzug war auch vorschriftsmäßig ausgefahren und erwartete das Passiren des signalisirten Schnellzuges. Der Führer des ersteren, James Griffin, war während des Haltens eingeschlafen, erwachte jedoch plötzlich und öffnete, ohne zu wissen, was er eigentlich machte, das Dampfventil, so daß der Train sich rückwärts in Bewegung setzte. In diesem Moment sauste der Schnellzug mit einer Geschwindigkeit von etwa 25 Meilen per Stunde heran. Ein schriller Pfiff gab das Signal zum Bremsen, doch es war zu spät. Die schwere, mächtige Locomotive des Schnellzuges fuhr in rasender Eile auf den Frachtzug. (Köln. Ztg.)

Redaction von A. A. Woll. Druck der Jäger'schen Druckerei in Speyer.

Palatina.

Belletristisches Beiblatt zur Pfälzer Zeitung.

Nro. 104. Speyer, Dienstag, den 31. August 1869.

Die deutsche Stunde.

(Fortsetzung.)

Eines Morgens als die Unterrichtsstunde beendet und Walden zu gehen bereit war, brach urplötzlich ein heftiges Gewitter herein, begleitet von einem herzhaften Regengusse, so daß er, in der Furcht, den Hut des Commilitonen zu verderben, den Muth faßte, Fräulein Marie um einen Regenschirm zu ersuchen. „Wir sind natürlich sehr gern erbötig", sagte die Schülerin, „Ihnen einen Schirm zu leihen, auch zwei, auch drei, wenn Sie wünschen; aber ich fürchte, selbst mit drei Schirmen bewaffnet, würden Sie von der gewaltigen Masse der schweren Tropfen zu Brei erweichen; und abgesehen davon, daß mein General-Oheim über meine Grausamkeit, Sie einem solchen vernichtenden Unwetter preisgegeben zu haben, sehr erzürnt sein würde, hätte ich auch noch den Verlust meiner interessanten deutschen Conversationsstunden zu beklagen, und der Oheim schickt mir in seinem Zorne vielleicht einen alten Magister. Ich denke, Sie erbarmen sich meiner und warten hier das Ende des Unwetters ab."

So viel Uebermuth und Schelmerei auch in Wort und Mienen der Sprecherin lag, Walden ließ sich überzeugen und blieb. Wäre er lieber gegangen und zu Brei erweicht! Fräulein Rittenheim öffnete während des heftigen Gewitters das Fenster; entsetzt trat Walden einen Schritt zurück, denn er war bei Gewittern sehr ängstlich. „Fürchten Sie sich, Herr Studiosus?" fragte Marie ihn spöttisch, und hielt ihm eine Vorlesung über die Allgegenwart, Allmacht und Güte Gottes. Er mußte schweigen. Das Gewitter wollte gar kein Ende nehmen, und da Walden etwas still geworden war, bemächtigte sich Marie der Unterhaltung. Sie kam auf allerlei Fragen, wie dieser und jener Potentat dieses und jenes deutschen Landes hieße, ob er verheirathet sei, wie alt er sei — und allerlei, was Walden nicht wußte. Endlich kam sie auf die Gewitter zu sprechen, wunderte sich, daß dieselben im Winter so selten seien, und wünschte Auskunft, aus welchen Ursachen sie im Winter entstehen. Der arme Studiosus, der sich niemals in der Naturlehre zurecht gefunden hatte, antwortete verzagt: „Ganz aus denselben Ursachen, aus denen sie im Sommer entstehen."

„Aber", fuhr Marie fort, und der Studiosus sah das Schreckliche stückweise kommen, „aber Sie sind heut recht unartig, Sie zwingen mich, meine noch größere Unwissenheit einzugestehen; ich weiß nicht einmal, aus welchen Ursachen die Gewitter im Sommer entstehen, geschweige im Winter. Nachdem Sie meine Demüthigung gelesen, bitte ich, daß Sie mich gütigst belehren wollen."

Walden war aus sieben Himmeln gefallen, er wußte von der fraglichen Sache gerade so viel, wie seine Schülerin, und entschloß sich endlich zu der Antwort: Man wisse es augenblicklich gar nicht genau, die alte Theorie sei als unhaltbar erwiesen, und eine neue noch nicht allgemein anerkannt.

Bei diesen Worten trat die Professorin ein, welche unbemerkt seit einer Viertelstunde an der Thür gestanden hatte. Sie verzog den Mund zu einem sehr kritischen Lächeln, blieb aber sonst stumm. Marie schien noch etwas auf den Lippen zu haben, unterdrückte es aber, als sie die Gebieterin sah.

Darauf ersuchte Walden noch seine Schülerin, bis zur nächsten Stunde als Aufsatz einen Brief an eine Freundin zu schreiben; den Inhalt überlasse er ihr, sie möge schreiben, was sie wolle. Das Gewitter war unterdeß vorüber, er empfahl sich. „Wie schrecklich", sagte er, als er auf der Straße war, „daß das Mädchen kein Herz hat."

„Dummkopf", fuhr er nach einer Weile fort, sich an die Stirn schlagend, „was könnte es dir auch nützen, wenn sie eins hätte; sie wird wohl eins haben, nur für dich, armen Studenten nicht."

Wie er so mit Selbstgesprächen und Selbstbekämpfung beschäftigt dahin ging, begegnete ihm ein befreundeter Student.

„Höre", sagte dieser, „wie siehst Du aus? Du kommst mir vor, als kämest Du direct vom Hängen oder vielmehr vom Gehangenwordensein; keine Spur von allem Leben, das sonst durch Deine Adern floß, und pfui! der philiströse Hut! Commilito, was fehlt Dir?"

„Was mir fehlt", antwortete Walden, „das läßt sich nicht genau beschreiben, es ist so ein allgemeiner, nicht recht greifbarer Kummer, es ist Verdruß über zerplatzende Seifenblasen, Aerger über nicht haltbare Luftschlösser, Seufzer über wunderschöne untergehende Ideen."

„Sprich den Unsinn nicht weiter", erwiderte der Andere, „ich merke schon, wo es Dir fehlt. Du bist absolut und schlechtbin verliebt, und kommst von einem Gange, wo Du dir nichts als Zweifel geholt hast; alter Freund, junges Blut! laß fahren, was Liebe heißt, komm, geh mit mir."

„Wo gehst Du hin?"

„Geraden Wegs in die Kneipe; wir kommen bei Deiner Wohnung vorbei, da legst Du den Hut von Seide ab, setzest Dein Cerevisläppchen auf, steckst die Pfeife in den Mund und ergibst Dich meiner Leitung. Ich bin zwar kein Mediciner, aber vielleicht kann ich Dich doch heilen, wenn ich Dir als Philosoph das Unhaltbare Deines Systemes nachweise."

Walden befolgte den Rath und übergab sich seiner Leitung. Wie sie nach einer Viertelstunde so traulich beim Glase Bier saßen, fing der Philosoph wieder an:

„Nun Commilito, erzähle, öffne Dein Herz, schütte Dein Geheimniß aus! Sage mir einfach, wo bist Du heute Morgen gewesen? Vielleicht gelingt es mir schon dadurch, den rothen Faden aufzufinden, der sich durch Dein Insichversunkensein zieht."

„Ich gebe Unterricht bei der Professorin Padrock," antwortete Walden.

„Doch nicht der Professorin selber?" frug der Andere.

„Gott bewahre!" sagte Walden lächelnd, „diese könnte das Amt ihres seligen Mannes fortsetzen."

„Die Sache wird mir schon durchsichtiger", erwiderte der Freund; „Du bist der Magister einer von den vielen Pensionärinnen, sage geschwind von welcher? ich kenne sie alle, da ich als Freund von solchen Erziehungsinstituten absichtlich den Sohn der Professorin, den Auscultator Padrock kennen gelernt habe und ihn hin und wieder objectiv besuche; subjectiv gilt mein Besuch der Pensionsanstalt. — Geschwind, wie heißt Deine Schülerin?"

„Marie Mellenheim", antwortete Walden in verzagtem Tone.

„Marie Mellenheim?" wiederholte der Philosoph. „Armer Commilito! die Welt ist groß, ja sogar die Pensionsanstalt der Frau Professorin ist schon recht groß, — such' Dir eine andere aus, sei es aus der großen Welt, sei es aus der großen Pensionsanstalt."

„Bist Du auch der Meinung", frug Walden traurig, „daß sie kein Herz hat?"

„Wer? die Welt? oder die Pensionsanstalt?"

„Blödsinn! ich meine Fräulein Mellenheim."

„Gewiß", erwiderte der Freund, „gewiß hat diese ein Herz, aber ein bereits verschenktes."

„Das glaube ich nicht", sagte Walden, „sie ist erst achtzehn Jahre alt."

„Ich sehe schon", versetzte der Philosoph, „Du hast noch kein Mädchen gesehen. Glaube mir, wenn die Mädchen sechzehn Jahre alt sind, fangen sie schon an zu verschenken, sie verschenken ihr Herz in einem Alter, wo wir Studenten noch gar keins haben."

„Das mag eine allgemeine Theorie sein", meinte Walden, „aber paßt sie auch auf die erwähnte Person?"

„Nur zu gut," erwiderte der Freund; „ich will Dir jeden Zweifel benehmen und Dir auch sagen, wem sie ihr Herz verschenkt hat. Der Auscultator Padrock wartet nur darauf, sein Assessorexamen zu bestehen, um Fräulein Mellenheim als Gattin heimzuführen."

Walden versetzte: „Vorher muß er doch Referendar werden, ehe er sich dem Assessorexamen unterziehen kann, das dauert also noch lange!"

„Und wenn es noch vierzig Jahre dauert", erwiederte der Philosoph, „was kann's Dir helfen? Ich gebe Dir auch zu, daß es schon Fälle gegeben hat, wo ein Referendar das Assessorexamen gar nicht, also auch innerhalb vierzig Jahren nicht bestanden hat. Willst Du auf diese Perspective Deine Hoffnung und Dein Glück bauen? Wie wäre es, wenn das Mädchen, eines langen Brautstandes überdrüssig, die Staatsexamina ganz ignorirte und sich entschlösse, den Referendar als solchen, oder, wie wir Philosophen sagen, an und für sich zu heirathen? Das Mädchen, obwohl Waise und bitterarm, hat in der Provinz einen reichen, kinderlosen Vormund, welcher entschlossen ist, bei seinem Heimgange seine irdischen Schätze auf Fräulein Mellenheim, seine entfernte Verwandte, übergehen zu lassen. Der Auscultator Padrock, der die löbliche Eigenschaft besitzt, nicht blind zu sein, weder gegen Schönheit noch gegen Geld, hat das Vortheilhafte, was in der Person Deiner Schülerin sich vereinigt, sehr wohl erkannt, und die günstige Situation, in der er sich befindet, nicht unbenutzt gelassen; er hat mir wenigstens auf Pandekten und corpus juris — sein gewöhnlicher Schwur — versichert, Marie sei seine Auserwählte. Er spielt alltäglich vierhändig mit ihr Clavier, bekanntlich eine nicht zu verachtende Gelegenheit zu Austauschungen der Herzen; er wohnt mit ihr unter denselben Penaten, er trägt einen feinen Schnurrbart; mein lieber Commilito, laß fahren, was Liebe heißt; die Welt ist groß, der Töchter des Landes sind viele, laß Dich nicht auf Abgeschmacktheiten ein, pereat tristitia!"

„Du hast gut sprechen," sagte Walden kleinlaut, „Du weißt gar nicht, wie mir zu Muthe ist, Du bist wahrscheinlich noch nie verliebt gewesen."

„Schon mehrmal", erwiderte der Philosoph, „aber niemals gefährlich, Studentenwitze und ein lustiger Commerce gingen mir stets darüber."

Als sich die Beiden endlich trennten, waren sie doch in ihren Ansichten nicht einig geworden; es saß dem Studiosus Walden zu tief.

(Fortsetzung folgt.)

Das Börsenspiel der Gegenwart.

(Fortsetzung.)

Rechnet man die Civillisten von Frankreich, England, Oesterreich und Preußen zusammen, so ergeben sich erst 68 Mill. Frs., 12 Mill. weniger, als blos die Diener des Börsenspiels in der französischen Hauptstadt allein an legalen Gebühren beziehen. Nimmt man den sonstigen Gewinn der Börsenagenten, der auf das Vierfache der angegebenen Summe geschätzt wird, so haben die Spieler blos an Sensal- und sonstigen officiellen und nichtofficiellen Bezügen jährlich gegen 350 Mill. Frs. zu bezahlen. Dies ist mehr als die ganze französische Armee kostet, dann kommen erst die Speculanten und Spieler selbst an die Reihe.

An den grünen Tischen des Noir et Rouge sind die Verhältnisse der Spieler völlig gleich; weder die Gewandtheit noch die Klugheit übt hier einen wesentlichen Einfluß; das Geschick allein bringt Glück oder Unglück. Nicht immer ist es so beim Börsenspiel; zu den Unsittlichkeiten desselben kommt noch die Thatsache, daß die Stellung der Spieler nicht gleich ist. Es ist oft nicht genug, die Schwankungen der Börse aufmerksam zu verfolgen, man muß auch ihren geheimen Gedanken errathen. Die Börse als das Organ der öffentlichen Meinung hat nur zwei Worte, um ihr Urtheil zu sprechen, nämlich Steigen und Fallen. Wichtig ist es also zu wissen, nach welchen Regeln die Börse urtheilt.

Die Börse beachtet weder die Eifersucht der Staaten, noch den Haß zwischen Religionen und Stämmen. Sie hat nur zwei Elemente der Abschätzung, nämlich das Risico, welches man eingeht, und den Nutzen, den das Ergebniß bringt. Was riskiren wir bei einem Kriege gegen Rußland? fragte sie, und welche Vortheile kann der Einsatz uns bringen? Als im Jahre 1853 die Russen sich bemühten, in den Donaufürstenthümern mit der türkischen Armee fertig zu werden, während die Engländer und Franzosen Konstantinopel besetzt hatten, nährte die Börse den geheimen Wunsch: die vollbrachte That werde den Gordischen Knoten der Politik zerhauen, und wenn die Türkei von den Verwüstungen ihrer Feinde, den Forderungen ihrer Verbündeten, dem Aufruhr ihrer Unterthanen vollends geschwächt sei, würden sämmtliche Großmächte zur Theilung der Türkei schreiten; in diesem Gedanken der hohen Finanz stieg die Börse mit ihren Papieren in dem Zeitraum vom 3. April bis zum 1. Juni um 10 Frs.; wer ihn nicht kannte, hatte großen Verlust.

Die Gesellschaft des Industriepalastes konnte nicht errichtet, das Gebäude nicht erbaut werden, ohne daß die Regierung die jährlichen 4 Proc. Zinsen des Anlagekapitals garantirte; niemand in der That hatte je geglaubt, daß ein so riesiger Bau, dessen Kosten sich auf 17 Mill. beliefen, der in der Regel zu keinem andern Gebrauch als zu Ausstellungen zu verwenden war, ein industrielles Geschäft wäre. Der Staat rief durch eine indirecte Anleihe Privatkapitalien herbei zur Errichtung eines Gebäudes, das sehr wenig Nutzen brachte. Die Actien des Industriepalastes haben nie mehr als je 4 Proc. eingebracht, also die vom Staate garantirten Zinsen. Bald nachdem die Actien von 100 Frs. al pari in Umlauf gesetzt waren, machten sie indeß 40 Frs. Prämie. Im Jahre 1854, als das Gebäude noch gar nicht fertig war, wurden sie zu 170 Frs. notirt und sind nachher sogar auf 176 gestiegen. Während die weit besser garantirte $4\frac{1}{2}$proc. Rente auf 92 stand, riß sich eine bethörte und gierige Menge um jene 4 Proc. zu 176, die bald nachher auf 70 Proc. gefallen sind. Man sieht aus solchen Thatsachen, daß die Stellung des Spielers nicht gleich ist.

Die Börse, welche weder von der Staatspolitik noch von der Politik der Nationalitäten sich rühren läßt, folgt gar oft, je nach Laune, trotz aller entgegenstehender jahrelanger Erfahrungen, nur ihrer vorgefaßten, von Parteiungen sorgfältig unterhaltenen, irrigen Anschauung. Einen Beleg hierfür bieten die Actiencurse der Steele-Vohwinkeler Eisenbahn. Die Steigungen auf dieser Bahn sind sehr bedeutend, bis zu 1 auf 70: horizontal nur 840, steigend 3530, fallend 2222 Ruthen, bei vielen Krümmungen mit kleinen Halbmessern. Die Erdarbeiten waren beträchtlich; die größte Schwierigkeit bot ein tiefer Einschnitt, welcher an die Stelle eines früher projectirten Tunnels getreten und 70 Ruthen lang, 70 Fuß tief ist. Eine früher beabsichtigte, mittels einer stehenden Maschine zu betreibende schiefe Ebene zwischen Neviges und Vohwinkel, mit einer Steigung von 1 auf 30 und einer Länge von 300 Ruthen, ist durch Anlegung einer sogenannten Kopfstation und Verlängerung der Bahn vermieden worden. Die Kunstarbeiten bestehen in 226 Brücken, Durchlässen und Kanälen auf einer Länge von $4\frac{3}{8}$ geographischen Meilen. Zu diesen an sich schon ungünstigen Verhältnissen trat noch der wesentliche Umstand hinzu, daß man nach der Lage der Bahn, ohne allen weitern Anschluß von Steele aus, eine bedeutende Personenfrequenz nicht erwarten konnte und nur der Kohlentransport aus den Gruben an der Ruhr die Rentabilität hoffen ließ. Das Anlagekapital betrug bis zum Jahre 1854 2 Mill. Thlr. Trotz alledem wurden die Actien im Jahre 1845 bis auf 111 Proc. hinaufgeschwindelt und die Curse bis zu Anfang des Jahres 1848 stets über 70 Proc. gehalten. Von 1844—54 wurde nur einmal, und zwar im Jahre 1849 1 Proc. Dividende vertheilt. Der Actiencurs fiel bis auf 30 Proc. Am 1. April 1854 waren 66,000 Thlr. Schulden vorhanden, und davon 36,000 Thlr. an rückständigen Zinsen von Prioritätsactien. Die Inhaber der Prioritäten traten klagbar auf und wollten die Bahn subhastiren lassen. Jetzt wurde zu den bisherigen Anleihen eine dritte von 400,000 Thlrn. aufgenommen, und der Actiencurs von 30 Proc. wieder auf 79 hinaufgetrieben. Der Spieler, der die innern Fäden nicht kannte, die trotz des schlechten Ertrags der Bahn die Curse wieder steigerten, mußte nothwendig in Verlust gerathen, denn das Jahr 1855 brachte ebenfalls wieder nur 1 Proc. Dividende. Die Stellung der Spieler war mithin nicht gleich.

Das Börsenpublikum zerfällt, wie Proudhon sagt, in zwei Klassen: die eine, bei weitem die zahlreichere, sind die Ausgebeuteten, die andern die Ausbeutenden.

Die ersten, eine gutmüthige Menge aus allen

Ständen der Gesellschaft, fleißige, aber nach Gewinn begierige Leute, wissen von der Börse und ihrem Nutzen nichts, als daß man da sein Glück versucht. Eigentlich stellen sie sich den Gang der Dinge auf der Börse wie bei einer Lotterie vor, wo alles vom Glück oder von einer Wahrscheinlichkeitsberechnung abhängt. Ohne die geringste Geschäftserfahrung, vollständig unbekannt mit den Combinationen, vermittels welcher die Eingeweihten und Privilegirten des Börsentempels die schädlichen Katastrophen von sich abwenden oder ihnen begegnen, versucht der Spieler dieser Art sein Glück bis zur völligen Erschütterung desselben, die selten auf sich warten läßt.

England, das Land der commerziellen Macht und Größe, erlebte schon zu Anfang des 18. Jahrhunderts jene Schattenseite der Association, welche das richtige Maß wie die nöthige Vorsicht und Ruhe im Speculationsgeiste verliert.

Nachdem einerseits die Herrschaft Englands zur See gesichert war und andererseits die innere politische Aufregung durch die Accession des Hauses Hannover sich gelegt hatte, oder wenigstens mehr und ausschließlicher auf den parlamentarischen Kampf sich beschränkte, hatte der Sinn des Volks größere Muße und Neigung, sich auf das weite Feld der mercantilischen und maritimen Unternehmungen zu werfen. Durch die Unermeßlichkeit dieser neuen fast noch unbetretenen Weltbahn verlockt, führte der erste Drang der Expansion zu einem Speculationsrausch, wie unsere speculationstrunkene Zeit in dieser Weise sie kaum erreicht hat.

(Fortsetzung folgt.)

Miscellen.

Ueber die Renovation der Münchener Hofbühne theilen die N. Nachr. Folgendes mit: Der Vorhang fällt jetzt nicht mehr an der Rahme der Bühne herunter, sondern wurde etwas zurückgerückt, so daß der Hervorruf des Künstlers bei geschlossenem Vorhange stattfinden kann. Das Bühnenpodium ist nach den Gesetzen der Perspective eingetheilt, an ihm können die Balken herausgenommen und alsdann ganze Bühnentheile in beliebiger Größe versenkt werden. Das alte Podium hatte in der Mitte, rechts und links nur größere oder kleinere Versenkungen, welche 9 bis 10 Fuß tief benutzt werden konnten; dagegen hat das neue Podium eine durchgehende Versenkung von 45' Länge und 27' Tiefe, so daß in jeder der acht Bühnenbahnen eine solche Versenkung mit 3theiliger Theilung sich befindet. In gleicher Weise ist in jeder der 8 Bahnen eine Kassettenklappe in einer Breite von 60' mit 27' Tiefe angebracht, welche ebenfalls in 3theiliger Theilung zu gebrauchen ist. Die Coulissenständer sind ganz und gar beseitigt, statt ihrer sind in jeder der 8 Bahnen 3 durchgehende Freifahrten, mittelst deren man in jedem Theil der Bühne Einschiebungen vornehmen kann. An diesen Freifahrten ist eine schiebbare, einfache und doppelte Coulissenbeleuchtung angebracht, auch sind mit jenen Freifahrten die noch von früher her vorhandenen Dekorationen, welche mit Coulissen ausgeführt worden sind, ganz in der alten Weise zu gebrauchen. Betrachten wir unter dem Podium die erste Untermaschinerie, so finden wir daselbst zur Bewegung der Versenkungen 8 Zahnradwellen mit Triebrädern, Bremsvorrichtungen und Kuppelungen und ferner 4 Zahnradwellen zum beliebigen Gebrauche, in der zweiten Untermaschinerie, 2 Walzenlinien — jede in 4 Theilen — mit Kuppelung, und in der dritten Untermaschinerie liegen 8 Walzenlinien — jede in 6 Theilen — zur Bewegung der Kassetten. Wieder aufwärts zur Bühne steigend fällt uns die Größe der Gardinen ins Auge; dieselben haben nämlich bei einer Breite von 60 Fuß eine Höhe von 50 Fuß. Die im Gleichgewichte sich befindenden Gardinen werden sowohl auf der Seitengallerie der Obermaschinerie, als auch auf der Bühne selbst mit größter Bequemlichkeit auf- und abbewegt. Was die die Seiten begrenzenden Panoramawände anlangt, so können sie ebenso wie die Luftgardinen verwendet werden. Die Zahl der Gardinenvorrichtungen beläuft sich auf 75. Unter den Uebergangs- und Verbindungsgalerien, welche sämmtlich in Eisen hängen, sind nochmals 56 Züge angebracht, um Soffitten und dergl. bewegen zu können. Die Einrichtung zur Hebung großer Lasten, zur Bewegung von Flug- und Gittereinrichtungen x. besteht aus 5 Walzenlinien, jede in 4 Theilen, die beliebig gekuppelt werden können. Unter dem Schnürboden laufen die Flugbahnen, ganz aus Eisen gebaut. Durch die neue Einrichtung der Bühnenbeleuchtung können im Ganzen jetzt 1820 Flammen für die Bühne benutzt werden. Zu deren Beleuchtung von oben sind allein 1268 Flammen angebracht, während früher nur etwa 300 Flammen vorhanden waren. Die Soffittenkästen sind aus Blech von 60' Länge, in denen die Flammen nebeneinander auf einem Rohre von 1½' Weite angebracht sind, und die ihre Gaszuleitung nicht wie früher von der Seite, sondern von der Mitte aus erhalten, damit das Licht gleichmäßig nach beiden Seiten sich vertheilt. Die doppelten Soffittenkästen haben nicht nur den Zweck, einen Lichteffect von doppelter Wirkung zu erzeugen, sondern auch einen allmählichen Uebergang zwischen weißer und farbiger Beleuchtung zu ermöglichen. Um die bei Anwendung von Panorama-Wänden sonst so störenden Schatten zu beseitigen, haben die doppelten Soffittenkästen auch noch seitliche Flammen bekommen. Die Flammen brennen ruhig und ohne zu flackern. Das Portal-Oberlicht, welches unmittelbar hinter dem Portalabschlusse aufgehängt ist, hat 44' Länge und enthält 80 Argandbrenner mit Reflectoren von Neusilber und Cylindern von Glimmer. Das Licht wird durch die Reflectoren senkrecht auf die Vorderbühne hinuntergeworfen. Die Rampe enthält in zwei quer über die Bühne laufenden Reihen 192 Argandflammen, von denen die eine Reihe mit weißen, die andere mit farbigen Cylindergläsern versehen ist. Die Rampe soll übrigens in Betreff der Beleuchtung selbst nur eine untergeordnete Rolle spielen und bei der Stärke des Oberlichtes wahrscheinlich ganz entbehrlich werden. Zur Regulirung der Beleuchtung dienen zwei große Regulirungsapparate, von denen der vordere Hauptapparat unmittelbar hinter dem Proscenium, der andere weiter rückwärts an der Seite der Bühne aufgestellt ist. Der Erstere enthält 30 Abtheilungshähne mit Theilscheibe und Mikrometerbewegung und 3 Blitzhähne. Unter Anderm dient ein zweispitziger Hahn zur Regulirung des Lüsters und ein gleichfalls zweispitziger für die Feilbeleuchtung. Dadurch ist es möglich geworden, auch die Feilbeleuchtung an den Sängern während der Vorstellung herzustellen zu können, was bisher nicht der Fall war. Im Ganzen sind 40 Haupthähne vorhanden, um jeden Theil der Beleuchtung genau reguliren zu können, während früher nur 4 Hähne zu diesem Zwecke sich vorfanden. Die Apparate sind übersichtlich arrangirt, so daß der Beleuchtungsaufseher dieselben mit der größten Bequemlichkeit zu behandeln im Stande ist. Daß die vermehrte Beleuchtung auf der Bühne eine größere Hitze im Auditorium erzeugen werde, ist nicht zu befürchten, da die Verbrennungsproducte aus dem obern Theil des Bühnenraumes direkt ihren Abzug finden.

Redaction von L. F. Woll. Druck der Jäger'schen Druckerei in Speyer.

Palatina.

Belletristisches Beiblatt zur Pfälzer Zeitung.

Nro. 105. Speyer, Donnerstag, den 2. September 1869.

Die deutsche Stunde.

(Fortsetzung.)

In der nächsten Conversationsstunde schien es besser zu gehen. Fräulein Mellenheim war diesmal nicht so spitz, wie das vorige Mal: sie ging gelassen und zutraulich auf die Unterredung ein und schuf dem Lehrer keine Verlegenheiten. Sein gequältes Herz fing von neuem an zu hoffen und sich am Strohhalme anzuklammern. „Vielleicht“, dachte er, „hat sie das Unrecht eingesehen, das sie dir fortwährend zugefügt.“ Fräulein Mellenheim hatte diesmal auch wirklich den erwähnten Aufsatz, den Brief an eine Freundin, gefertigt und er beeilte sich, sobald er nach Hause kam, denselben durchzulesen. Der Brief lautete:

„Liebe Freundin!

Mein deutscher Conversationslehrer hat mich ersucht, Dir einen Brief zu schreiben; ich thue es hiermit, obwohl ich solche Briefe, die an ihre Adresse nicht abgehen, keineswegs liebe. Ich soll Dir schreiben, was ich wolle. Dies ist kurz abgemacht. Erstens will ich, daß die Professorin etwas sanfter mit mir umgehe; sie tadelt immer meinen „Uebermuth“, wie sie's nennt. Zweitens will ich, daß ich der Pension endlich einmal entwachsen sei, denn ich bin schon achtzehn Jahre alt. Drittens und schließlich will ich, daß mein Lehrer nach meinem Abgange aus der Pension niemals eine Schülerin finde, die so wenig bei ihm lernt, als ich. Nun weißt Du, was ich will. — Bis in alle Ewigkeit Deine

Dich herzlich liebende Freundin
M. Mellenheim.

Walden versank nach der Lectüre eine Zeit lang in stummes Nachdenken. Der arme Jüngling! eine ganze Welt von schönen, bunten Kartenhäusern war ihm zusammengestürzt. Nach einer Weile blitzte der Muth der Entsagung aus seinen Augen. „Noch sind es nur Träumereien gewesen“, sprach er laut vor sich hin, „ich will euch bannen, es ist ja noch keine Leidenschaft! Ich wasche mir die Augen mit dem kalten Wasser der Betrachtung und die Träume werden verfliegen.“

Sehr schön, aber er bedachte im Augenblicke nicht, daß er nach wie vor wöchentlich zweimal zu Fräulein Mellenheim ging, um den Unterricht fortzusetzen.

III.

Ein Vierteljahr war seit jener Briefstilübung verflossen. Die Professorin saß nachdenkend und erwartungsvoll in ihrem Paradezimmer. Sie hatte keine Arbeit vor sich liegen, kein Strickzeug, kein classisches Werk zum Lesen, — sie hing ihren Gedanken nach. Wen sie erwartete, das war ihr Sohn, der Auscultator. Dieser lag heute der unangenehmen Beschäftigung ob, das Referendarexamen zu machen. Es schlug bereits sieben Uhr Abends und noch immer war er nicht da. Durch das bekümmerte Mutterherz fuhr der Gedanke: Sollte er durchgefallen sein und sich ein Leides angethan haben? Sie hatte den schweren Gedanken kaum ausgedacht, da stürmte es die Treppe herauf, und vor der Mutter stand der Sohn.

„Geschwind! wen habe ich die Ehre vor mir zu sehen?“ fragte sie.

„Den Referendar Rudolph Padrock!“ war die Antwort.

„Gott sei Dank!“ sagte die erfreute Mutter, „nun mache es Dir bequem und dann erzähle mir das Nähere, wie es Dir ergangen ist.“

„Ich habe es mir schon unterwegs etwas bequem gemacht“, sagte Rudolph, „ich war mit meinen Schicksalsgenossen in einem Restaurationslocale.“

„Recht gut“, sagte die Professorin, „aber Deine Mutter war unterdeß in großer Unruhe.“

„Unruhe? weshalb?“ sagte der Referendar. „Daß ich durchfiele? Spaß! Da müßte ich meiner Sache nicht gewiß gewesen sein. Ja, wenn sie's gekonnt hätten, sie hätten mich sicher durchfallen lassen. Die malitiösesten Fragen wurden mir vorgelegt, aber ihre Angriffe prallten von mir ab, wie hölzerne Pfeile von einer Festungsmauer. Ich wußte auf Alles Antwort; ich glaube nicht, daß ein solches Referendarexamen, seit die Welt steht, abgelegt worden ist. Die Examinatoren frugen nach Allem, sogar aus der Naturgeschichte.“

„Zum Beispiel?“ frug die Mutter.

„Zum Beispiel: Was ist ein Fixstern?“

„Und was antwortetest Du?“

„Ich antwortete ihm, und wie sie's verdienten: Meine Herren! ein Fixstern ist eigentlich gar nichts, denn er ist weder Subject noch Object von Rechten."

„Lieber Referendar!" sagte die Mutter, „ich sehe, Du bist in vergnüglicher Stimmung, dieselbe Frage und dieselbe Antwort habe ich ganz kürzlich als Witz in einem Journal gelesen."

„Liebe Mutter! das beweist nichts gegen mich, das beweist nur, daß unsere Examinatoren ebenso albern, wie anderwärts, fragen können, und daß ich ebenso witzig bin, wie jener Candidat, von dem Du gelesen. Man hat Beispiele genug, daß große Geister einen und denselben Ausspruch gethan haben, gerade so, wie, um bei der Naturgeschichte zu bleiben, schon oft zwei verschiedene Professoren zur selben Zeit einen und denselben Kometen entdeckt haben."

„Du wirst müde sein", sagte die Mutter, vom Examen ablenkend, „ich habe Dir Dein Lieblingsessen bereiten lassen, nach der Mahlzeit erzählst Du mir weiter." Während sie fortging, um den Tisch zu besorgen, zerbrach sie sich den Kopf darüber, auf welche Weise die Kometen und Fixsterne in die sogenannte Naturgeschichte kämen.

Bei Tische empfing der Referendar die Glückwünsche der Pensionärinnen, von denen übrigens die meisten nicht wußten, was ein Referendar sei. Nachdem sich die weibliche Jugend entfernt hatte und Mutter und Sohn wieder allein waren, begann die Mutter nach einer Pause:

„Mein lieber Sohn! nun noch eine andere Sache von großer Wichtigkeit für Deine Zukunft. Ich bin überzeugt, in kurzer Zeit wirst Du das Assessorexamen eben so glänzend bestehen; das ewige Examiniren hört dann auf und das Staatsamt beginnt; es beginnt damit zugleich die Zeit, wo der junge Mann sich ernstlich nach einer Lebensgefährtin umsieht, denn er kann sie alsdann ernähren. Es ist dies jedenfalls besser, als wenn die Frau den Mann ernähren soll. Auch ich war ganz arm, mein seliger Mann hat mich lediglich wegen meiner übrigen Tugenden, wegen der Gleichstellung unserer Charaktere, wegen meiner Neigung zur Kritik geheirathet. Aber man soll das Irdische nicht verachten; läßt sich mit der Liebe noch eine gediegene materielle Mitgift vereinigen, um so besser, denn die kleinen Sorgen des täglichen Lebens tragen nicht dazu bei, die Ehe glücklicher zu machen. Nun sage mir, lieber Rudolph, Du hast mehr als tausend andere junge Männer, Gelegenheit gehabt, Mädchen aus höheren Ständen, liebenswürdige, reiche, gebildete, kennen zu lernen, mein Pensionat war ein ergiebiges Feld für Deine Beobachtungen; sage, hat Dein Herz vielleicht schon eine Wahl getroffen?"

„Schon längst!" antwortete der Referendar.

„Schon längst?" sagte die Professorin, „und es entging den scharfen Blicken Deiner Mutter? Sage geschwind, wer ist es? ich brenne vor Ungeduld."

„Fräulein Wellenheim."

„Das ist gut, das ist schön, das ist mir lieb," sagte die Mutter. „Lieber Sohn, wie freue ich mich, daß Du so glücklich gewählt hast. Es war immer mein geheimer Wunsch, Du möchtest Marie liebenswürdig finden. Ich hab' sie auch nur deshalb so oft gescholten, damit sie nicht merken sollte, wie lieb ich sie habe, wie gern ich sie als Schwiegertochter sähe. Sie hat Alles, was einen Assessor glücklich machen kann, Schönheit, Jugend und demnächstigen Reichthum. Sie ist zwar etwas wild und übermüthig, aber bis dahin, nachdem Du das Assessorexamen bestanden hast, wird sie wohl etwas sanfter werden."

„Ich gestehe", sagte der Sohn, „ich möchte sie am liebsten als Referendar heirathen, so wie sie jetzt ist, wild, übermüthig, schön, jung und demnächst reich."

„Ja, mein lieber Rudolph!" erwiderte die Mutter, „wenn das nur so ginge! die Jugend ist schnell fertig mit dem Worte: Heirathen! Weißt Du denn auch genau, ob sie Dich als Referendar heirathen möchte? Ob der General damit zufrieden wäre? Und der Vormund, namentlich der Vormund, der bei dieser Heirath die wichtigste Rolle zu spielen hat? Denn er vertritt das irdische Glück! — Und nun, lieber Rudolph, verzeihe der Mutter eine Frage, es ist heut doch einmal ein Tag des Examens; ich versichere im Voraus, meine Frage soll nicht aus der Naturgeschichte entlehnt sein; sage mir, lieber Sohn, bist Du überhaupt sicher, daß Marie Dich liebt? Wie stehst Du mit ihr?"

Das schien dem Referendar eine kitzliche Frage zu sein; er hätte lieber über Kometen geantwortet. Endlich sagte er zögernd: „Liebe Mutter, wie kannst Du so fragen! Da ich bis heute Nachmittag noch Auscultator war, und ein verheiratheter Auscultator eine gar zu große naturhistorische Seltenheit ist, so habe ich natürlich auch keine Veranlassung gehabt, Marie zu fragen, ob sie mich heirathen wolle. Also so weit stehe ich noch nicht mit ihr. Jetzt ist die Sache eine andere, jetzt nehme ich einen ganz andern Rang im Staate ein und ich werde bald Gelegenheit suchen, die Sache in's Reine zu bringen."

(Fortsetzung folgt.)

Das Börsenspiel der Gegenwart.

(Fortsetzung.)

Schon bald nach der Revolution von 1680 hatten sich in England die ersten Symptome der erwähnten Speculationswuth gezeigt und seitdem unter periodischen Ausbrüchen mehr und mehr entwickelt, die insbesondere in den Jahren 1694, 1698 und demnächst 1711 bereits unter so gewaltigen Proportionen in die Erscheinung traten, daß sie mit Fug und Recht als Nationalereignisse betrachtet wurden. Die bekannte „Südseecompagnie" war, wie Francis in seiner „Geschichte der Bank von England" bemerkt, ein vernünftiges und legitimes Unternehmen im Vergleich zu vielen andern, die um dieselbe Zeit auftauchten und im Publikum unbegreiflicher Weise nur zu viele Gläubige fanden. Die eine dieser Unternehmungen war z. B. eine neue Auflage des alten Problems, der Entdeckung eines Perpetuum-mobile. Eine andere Gesellschaft verlangte Subscription zur Höhe von 2½ Mill. Pfd. St. für ein vielversprechendes Unternehmen, „das später bekannt gemacht werden wird“; eine dritte beabsichtigte ein „Unternehmen von großem Vortheile, Niemand aber dürfe wissen, was es sei; jeder Actieninhaber, der 2 Pfd. St. pro Actie deponirt, solle zu 100 Pfd. St. per Anno berechtigt sein“, und in fünf Stunden waren 2000 Pfd. St. in die Hände der Unternehmer deponirt!

„Um diese Zeit“, heißt es in Anderson's „Geschichte des britischen Handels“, „war London mit neuen Projecten und Planen überfüllt, die alle Berge von Gold versprachen, selbst die wildesten dieser Projecte fanden großen Zudrang. Um die Mitte des Sommers von 1723 belief sich der Gesammtwerth des sogenannten Grundkapitals dieser Kompagnien und Projecte auf mehr als 500 Mill. Pfd. St., mithin beinahe fünfmal mehr als der Gesammtbetrag des damals in ganz Europa vorhandenen geprägten Geldes. Am meisten blühte der Schwindel und diese Jagd nach Agio an der Stockbörse, und nicht nur London, sondern alle größern Städte waren überreich von Lotterien aller Gattung.“

Es fehlte auch damals nicht an warnenden Stimmen. Schon im Jahre 1695 erschien das Buch: „Angliae Tutamen, oder die Sicherheit Englands“, in dem über die vielen zur Zeit auftauchenden verderblichen Projecte, die auf die Vernichtung des Handels und die Verarmung des Reiches hinzielten, geklagt und gegen sie zu Felde gezogen wird; später erschien das Buch „Essay on Projects“ ähnlichen Inhalts. Das Uebel ward indeß immer ärger und griff immer mehr um sich, denn nach dem gemeinen Rechte waren Gesellschaften mit vereintem Kapital bis dahin völlig und in unbeschränkter Weise statthaft, sofern sie nur in ihren Zwecken der Staats- und Handelspolitik nicht zuwider waren und nicht eine offenbare Belästigung der Reichsunterthanen zur Folge hatten. Der Mißbrauch indeß, der, wie oben erwähnt, unter der Hülle solcher Associationen mit dieser gesetzlichen Freiheit in verderblichster Weise getrieben wurde, bewog endlich die Legislatur zu schärfern Bestimmungen. Verschiedene Acte erschienen von Zeit zu Zeit, doch ohne den beabsichtigten Erfolg, bis endlich das Parlament, durch die im englischen Rechtswesen berühmte und allgemein bekannte sogenannte Bubble Act von 1719 dem Unwesen die Axt an die Wurzel legte, und der Börsenschwindel, der seinen Culminationspunkt erreicht hatte, gleich einer Seifenblase plötzlich zusammenbrach. Diese Acte bezeichnete alle Gesellschaften als illegal, wo die Zwecke in ihrer Tendenz gemeinschädlich seien, und wo die Gesellschaft nicht bona fide in der Absicht begründet sei, ihren Zweck zu verfolgen, sondern nur zum Privatnutzen der Unternehmer als ein Mittel, um Gelder zu erheben oder in Actien zu speculiren; diese Acte blieb in Kraft bis zum Jahre 1825.

Die Geschichte hat noch eine zweite Erscheinung aufbewahrt, die eine frappante Aehnlichkeit mit dem Actien- und Börsenschwindel unserer Zeit bietet und uns in ihrer Entstehung, ihrer Blüthe und ihrem kläglichen Ende mit historischer Gewissenhaftigkeit überliefert worden ist; es ist die Tulpomanie der ernsten besonnenen Holländer. Von ihr sagt S. Francis in seiner Schrift über die Londoner Börse: „Diese Geschichte ist so reich als irgendeine an Lehren. Es war im Jahre 1634, als die bedeutendsten Städte der vereinigten Provinzen begannen, sich in einen für jede Art wirklichen Verkehrs verderblichen Handel zu stürzen. Die Spielwuth, die er erzeugte, weckte die Begierde des Reichen und die thörichten Hoffnungen des Armen. Man steigerte den Preis einer Blume höher, als deren Gewicht war, wenn man sie mit Gold aufwog, und endigte, wie die Thorheiten dieser Art gewöhnlich pflegen, mit der ganzen Wuth und allem Elende der Verzweiflung. Neben einigen Reichgewordenen gab es eine ganze Menge Zugrundegerichteter. Im Jahre 1634 riß man sich um die Tulpen ebenso sehr als in neuester Zeit um Promessen von Eisenbahn- und Creditactien. Die Speculation ging in beiden Fällen genau denselben Weg. Man verpflichtete sich zur Lieferung gewisser Zwiebeln, und da sich oft nur wenige dieser Art, einmal sogar nur zwei gleiche auf dem Markte befanden, so wurden Schloß, Landgut, Pferde und Rindvieh verkauft, um die „Differenzen“ zu bezahlen. Man schloß Verträge ab und zahlte Tausende von Gulden für Tulpen, welche weder der Mäkler, noch der Verkäufer, noch der Käufer je zu Gesicht bekommen sollte. Man kann abnehmen, wie weit sich diese Manie ausdehnte, wenn man durch verschiedene Behörden beglaubigt findet, daß diese Varietät der Tulpen um 200 Frs. und 2000 Gulden bezahlt ward, daß für eine dritte eine neue Caroffe und zwei Pferde sammt Geschirr, für eine vierte 12 Morgen Landes gegeben wurden. Ein einziger Speculant verkaufte in wenigen Wochen für 60,000 Fl. Zwiebeln. Endlich aber schlug die Stunde des panischen Schreckens, das Vertrauen schwand, die Verbindlichkeiten wurden nicht mehr erfüllt, man hörte von allen Seiten zu zahlen auf, die goldenen Träume verschwanden. Diejenigen, welche vor acht Tagen noch die kühnsten Hoffnungen auf den Besitz einiger Tulpen gesetzt hatten, der genügend war, ein fürstliches Vermögen dafür einzutauschen, standen mit langen Gesichtern und stierem Blick vor ihren Zwiebeln, die jedes innern Werthes entbehrten und welche sich nun nicht verkaufen ließen. Um das Uebel zu beschwören, beriefen die Tulpenhändler Versammlungen und hielten schöne Reden, in denen sie bewiesen, daß ihre Tulpen mehr Werth hätten als jemals, und daß der panische Schrecken ebenso ungereimt als übel begründet sei. Die Reden fanden schallenden Beifall. Nichtsdestoweniger blieben die Zwiebeln werthlos.“

Ein anderer Geschichtschreiber, Namens Beckmann, gibt über diesen wahnwitzigen Schwindel unter anderm noch folgende Nachrichten: „Nicht Kaufleute allein gaben sich damit ab, sondern auch die vornehmsten Edelleute,

Handwerker, Schiffer, Bauern, Torfträger, Schornsteinfeger u. s. w. Im Anfang gewann jeder und keiner verlor; die Aermsten gewannen in wenig Monaten Häuser, Kutschen und Pferde, und kamen, wie die Holländer sagen, als „de groatste Hansen" daher. In allen Städten suchte man Wirthshäuser aus, welche statt der Börse dienten, wo Vornehme und Geringe um Tulpen handelten und die Contracte oft unter den größten Gelagen bestätigt wurden. Sie hatten unter sich ihre Gesetze, ihre Notarien, ihre Schreiber." In einer Zeit von drei Jahren wurden in einer einzigen Stadt von Holland mehr als 10 Mill. Fl. für Tulpen umgesetzt, der ganze Handel war ein Hazardspiel, eine Wette, und was in unsern Zeiten der Actienhandel ist, was jetzt Actien heißt, hieß damals Tulpe oder Zwiebel, hätte aber auch jeden andern Namen haben können.

Ein drittes Bild des gegenwärtigen Actien- und Börsenschwindels haben die Law'schen Plane geliefert, von denen wir nur den folgenden erwähnen. Die von dem berühmten Schotten im Jahre 1717 gegründete Indische Gesellschaft (Compagnie des Indes) sollte gleichzeitig die Operationen der Bank und den Handel nach China, Indien, Afrika und Amerika umfassen, sodann die Pacht der Steuern und des Tabaks, wie die Rückzahlung der Staatsschuld; endlich die Ersetzung des Metallgeldes durch Papiergeld. Doch nur eine wahnsinnige Agiotage knüpfte sich an diese riesige Finanz- und Handelsspeculation, und bald hatte die französische Nation statt ihres baaren Geldes nichts mehr als 6000 Mill. Livres in werthlosen Papieren.

Man erzählt sich weitläufig, wie man sich zur Law'schen Zeit gedrängt und geschlagen habe, um „Mississippiactien" zu erhaschen. Unsere Zeit liefert ähnliche Beispiele. Dem Verfasser dieser Zeilen sprach ein Vater die dringende schriftliche Bitte aus: man möge doch seine Subscription von 30,000 Thlrn. auf die neuprojectirte Bergisch-Märkische Eisenbahn, aus Rücksicht für seine sieben Kinder, noch annehmen; die Bitte konnte nicht mehr zugestanden werden, und die Actien dieser Bahn fielen später bis auf 65 Proc.!

(Fortsetzung folgt.)

Miscellen.

Ueber den Unglücksfall in Ulm bringt die „Ulmer Schnellpost" nachträglich folgende Details: „Bei dem entsetzlichen Unglücksfall, der die ganze Einwohnerschaft aufs tiefste erschüttert hat, fehlt es nicht an Momenten, die ihn besonders tragisch erscheinen lassen. Das Hirschmauer'sche Ehepaar ward kinderlos, indem es beide Kinder verlor. Malzfabrikant Bühler und seine Frau hatten den Schmerz, Vormittags ein Kind von etwa anderthalb Jahren begraben zu müssen. Wenige Stunden darauf war von der Familie allein die Frau noch am Leben, nachdem sie Mann und einen weitern Sohn bei dem Unglück verloren hat und sie selber bewußtlos ans Land gezogen, auch nur mit Mühe wieder ins Leben zurückgebracht worden ist. Fuchs und seine Frau, junge Leute, sind erst seit Kurzem verheirathet. Sie hielten sich im Tode noch fest umschlungen, als sie aus dem Wasser gezogen wurden. Großes Bedauern erregt der Tod der Minna Pfister. Diese, ein blühend schönes Mädchen, hatte (wie man erzählt) ihren Geburtstag, an welchem sie 17 Jahre alt wurde, und darum die Wasserfahrt mitgemacht. Die Leiche des Schreinergesellen Däng ist bei Neuffingen aus der Donau gezogen worden (bis jetzt die achte Leiche); 14 von den Verunglückten werden noch vermißt."

In der Fabrikation künstlicher Augen steht Paris bis jetzt ohne jegliche Concurrenz da. Weder den Engländern noch den Deutschen ist es gelungen, etwas Gutes und Brauchbares in diesem Artikel zu verfertigen. Es gibt in Paris in der Faubourg St. Honoré zehn bis zwölf größere derartige Fabriken, die aber zweihundert geschickte Arbeiter beschäftigen, und doch nicht im Stande sind, alle Aufträge auszuführen. Kleinere Fabriken, die nicht so gute Fabrikate liefern, liegen außerdem noch in den kleinen Querstraßen des Boulevard du Temple. Ganz Europa wird mit diesen Augen versorgt, Reisende gehen damit nach Petersburg und Madrid, London und Neapel. Die luxuriösen Empfangszimmer der Fabrikanten in Paris zeigen, daß sie gerade mit den höchsten Schichten der Gesellschaft in Verbindung stehen. Gewöhnlich haben sie einen einäugigen Diener, den sie dem Hilfe Suchenden präsentiren, ihm die Gleichheit des gesunden und gläsernen Auges zeigen und durch das leichte Herausnehmen des letzteren alle Furcht benehmen. Ein passendes, gut gearbeitetes Auge kostet 40 bis 50 Francs. Es gewährt einen eigenthümlichen Anblick, die große Menge der blauen, braunen und grauen Augen ausgestellt zu sehen, die alle den Blick auf den Beschauer gerichtet zu haben scheinen. Augen auf Bestellung, die nicht nach Wunsch ausgefallen sind, werden an die ärmeren Klassen billig verkauft; noch ärmere, die selbst den geringen Preis nicht bezahlen können, miethen sich Augen, natürlich nur zu festlichen Gelegenheiten; auch die ganz in der Farbe verfehlten Augen haben in Paris ihre Abnehmer, nämlich — die Todten aus reichen Familien, die einbalsamirt werden. Diesen werden, zum besseren Aussehen auf dem Paradebett, Glasaugen unter die verschlossenen Augenlider geschoben. Ein General des Kaisers von Hayti bestellte sich auch für sein blindes Auge ein künstliches in Paris. Der Fabrikant gibt sich die größte Mühe, um im Lande des Schwarzen seine Kunden dadurch zu gewinnen und sendete das Kunstwerk endlich ab. Nach sechs Monaten bekommt er einen Brief, nicht mit den erwarteten Lobeserhebungen, sondern mit Grobheiten, weil — das Weiße des Auges gelblich aussehe und dadurch naturgemäß an die spanische Flagge erinnerte. Der Fabrikant hatte nichts Eiligeres zu thun, als auf dem Marineministerium die Flagge von Hayti anzusehen, deren Hauptfarben roth und grün sind. Mit diesen beiden Farben versetzte er nun zum Entsetzen aller Kunstverständigen das Weiße des Auges und hatte die Freude, damit den pechschwarzen General aufs höchste befriedigt zu sehen. (Ind.)

(Alkohol aus Kehricht ꝛc.) Die Bereitung von Alkohol aus Abfällen ist ein neuer, von einem Schotten, Peter Robinson in Chicago, ins Leben gerufener Industriezweig, welcher sich sehr gut rentiren soll. Man sammelt den Kehricht der Häuser, Abfälle aller Art, verdorbene Speiseüberreste, todte Ratten, faule Kohlblätter und andere noch weniger ästhetische Stoffe, kocht das Gemisch 6 Stunden lang unter 212 Grad Fahrenheit, schöpft das Fett, welches zur Seifenfabrikation sehr geeignet ist, ab und gewinnt aus dem Reste der Flüssigkeit vermittelst Gährung und Destillation einen klaren Alkohol, der nur einen etwas stärkeren Fuselgehalt hat, als der gewöhnliche. Eine Karrenladung (10 Zentner) voll Abfälle gibt durchschnittlich 30 Pfund Seifenfett und 40 Gallonen Alkohol von 90 Grad Stärke. Demnach würden allein aus den Abfällen von Chicago wöchentlich 15,000 Pfund Fett und 30,000 Gallonen Alkohol zu gewinnen sein.

Redaction von F. L. Wolf. Druck der Jäger'schen Druckerei in Speyer.

Palatina.

Belletristisches Beiblatt zur Pfälzer Zeitung.

Nro. 106. Speyer, Samstag, den 4. September 1869.

Pfälzische Sagen.

XV.

Das versunkene Kloster.

Die Glock' im stumpfbehelmten, uralten Kirchenthurm,
Um den viel hundert Jahre gebraust der Zeitensturm,
Summt oft wie eine Sage mit träumerischem Klang,
Stöhnt oft wie eine Klage so tief, so dumpf und bang.

Sie singt wohl von drei Schwestern, die sie dem Herrn geweiht,
Die ihren Namen gruben ihr ein für alle Zeit,
Die ihre ird'sche Liebe durch himmlische verklärt,
Da nicht zurück die Liebsten vom heil'gen Grab gekehrt.

Sie gründeten drei Kirchen mit gottergeb'nem Sinn
Und wollten forthin suchen nur himmlischen Gewinn;
Und weil das ird'sche Leide sie ganz dem Herrn getreut,
So haben ihm zum Danke ein Kloster sie erbaut.

Wyndweiler war's geheißen im stillen Ostergrund;
Dabei entsprang ein Brünnlein, das Kranke macht gesund.
Im Kloster aber zogen im heiligen Verein
Marg'reth, Martha, Cath'rine als Gottesbräute ein.

Suchst du das Kloster, Wandrer — vergebens, es verschwand!
Kaum zeigt den Ort die Sage, wo es erhaben stand;
Die Himmelssehnsucht hat es erbaut als Zufluchtsort,
Der Fluch der Sünde warf es in ew'ges Dunkel fort.

Den heil'gen Bund vergaßen die Schwestern allesammt,
Denn ihre Herzen waren von nied'rer Lust entflammt,
Den heil'gen Raum durchtönte nur selten frommer Sang,
Doch täglich immer wilder der Sünde Jubelklang.

Nah' war Advent, wo rufen die Wächter Zions laut:
„Dein König kommt, o Zion, auf, schmücke dich als Braut!"
Noch eine Nacht, so stehet der König vor der Thür —
Die Gottesbräute denken nicht an der Seelen Zier.

Wohl Andre zu empfangen, sind sie geschmückt, bereit, —
Da saust's und braust's um's Kloster zur stillen Abendzeit,
Als käm in Sturm und Wettern der König zum Gericht,
Die Leute draußen flehen, die drinnen hören's nicht.

Zugleich schwebt durch die Dämm'rung ein weißer Nebel her,
Der sich wie Dunst der Fäulniß legt auf die Herzen schwer,
Der wie zum Leichentuche sich um das Kloster webt
Und es vor Aller Augen in seinem Qualm begräbt.

Als sie am andern Morgen in's nahe Kirchlein gehn,
Ist keine Spur vom Kloster mehr auf dem Berg zu seh'n.
Wo ist es hingekommen? Das sagt kein Menschenmund.
Das Loch dort drüben meldet's: es sank in finstern Schlund.

Noch springt die frische Quelle, der Lebensquelle Bild,
Mit der das ew'ge Leben im Menschenherzen quillt;
Noch schallt in den drei Kirchlein das ew'ge Gnadenwort,
Aus dem das Leben kommet, das blüht im Tode fort. —

Ch. Böhmer.

Die deutsche Stunde.

(Fortsetzung.)

„Lieber Rudolph!" sagte die Mutter, „aus Deinen Worten habe ich entnommen, wie weit Du mit Marie nicht bist, ich wollte etwas Anderes wissen."

„Ich will Dir klaren Wein einschenken", antwortete Rudolph; „ich weiß, daß Marie mich liebt; sie hat es selbst gestanden, daß sie dem Eindrucke meiner Persönlichkeit nicht widerstehen kann; denn mehrfach, wenn ich am Clavier mit ihr saß, hat sie mir erklärt, sie habe nie einen liebenswürdigeren Auscultator gesehen, ja sie setzte einmal schalkhaft hinzu, sie habe auch noch keinen Referendar und Assessor gesehen. Kurzum, liebe Mutter, ich bin juristisch überzeugt, daß sie mich liebt, ich stütze mich auf Beweise."

„Ich verlange natürlich nicht", erwiderte die Mutter, „in so zarter Angelegenheit Beweise kennen zu lernen. Aber noch eine Frage möchte ich Dir vorlegen. Siehst Du den Studiosus Walden gern in meinem Hause? Wie kommt er Dir vor?"

„Als ein höchst gutmüthiger, etwas einfältiger Mensch, der erst kürzlich in der Welt erschienen ist."

„Anders nicht?" fragte die Mutter. „Hast Du gar keinen Argwohn gegen ihn? Stille Wasser sind tief."

„Argwohn gegen ihn? Nicht den geringsten! Er sollte im Stande sein, mich, mich aus dem Felde zu schlagen? er, der sich von Privatstunden kümmerlich nährt? er, mit dem blöden Angesichte? mit der frommen Seufzerphysiognomie? er mich aus dem Felde schlagen und zwar bei der lebenslustigen, heiteren, wilden Marie Wellenheim? Ha! ha! ha! Nein, Mutter! das hat Marie doch nicht von Dir verdient!"

Die Professorin erwiderte: „Die Augen einer Frau und namentlich einer Mutter, sehen in solchen Dingen scharf; Du nimmst die Sache zu leicht. Gleichwohl ist es möglich, daß ich mich irre. Es hat mir geschienen, daß der General einen sehr dummen Streich begangen hat, indem er bei dem Unterrichte die Zugrundelegung irgend eines Schriftstellers ausschloß; die Augen des Lehrers und der Schülerin sind bei der freien Conversation an keinen Schulgegenstand gebunden und haben volle Muße, herumzuschweifen. Um den Studenten besser zu beobachten, habe ich mich seit lange aus der Unterrichtsstunde zurückgezogen und deshalb Henriette Bender Theil nehmen lassen; so war es mir möglich, den Jüngling durch das Schlüsselloch zu beobachten. Derselbe verwendet fast kein Auge von seiner Schülerin und ist seit Kurzem so zerstreut geworden, daß ich glaube, er ist sterblich verliebt in Marie."

„Und gesetzt, dies wäre wahr", erwiderte Rudolph, „was könnte es schaden? Laß ihn seufzen, laß ihn träumen, laß ihn sehnsüchtig blicken, damit erringt er Mariens Herz nicht. Und wäre auch dies geschehen, selbst dann halte ich die Gefahr noch nicht für groß, für mich wenigstens nicht."

„Du bist sehr zuversichtlich, lieber Referendar", sagte die Mutter, „aber glaube mir, es ist leichter, ein Examen vor einer Prüfungscommission zu bestehen, als ein widerspenstiges Mädchenherz zur Liebe zu zwingen. Besser ist besser! Ich halte es am zweckmäßigsten, wenn die leidige Conversationsstunde zwischen Walden und Marie gänzlich aufhört. Wozu soll der General das schwere Geld für so leichte Waare ausgeben. Ich will morgen dem General persönlich die Sachlage schildern und bin überzeugt, daß die letzte Stunde Waldens sehr bald geschlagen hat. Du kannst, wenn etwa der General auf Conversation bestehen sollte, die Sache ebenso gut übernehmen, wie Walden, und thust es gewiß ganz gern gratis, nicht wahr?"

„Gewiß", sagte der Referendar, „nur nicht in regelmäßigen Stunden — ich kann nicht zum Magister herabsteigen — sondern gelegentlich, vor Tische, nach Tische, beim Spazierengehen, nach Sonnenuntergang, bei Mondschein, aber nur gelegentlich — und Du mußt Dich hübsch in angemessener Entfernung halten."

Für heute war das Gespräch zu Ende, es war schon neun Uhr geworden. Der Referendar ging noch aus; und nachdem die Professorin ihren Zöglingen empfohlen hatte, die Kerzen nicht zu lange brennen zu lassen, begab sie sich zur Ruhe.

Punkt neun Uhr des anderen Morgens stand sie in großer Toilette vor dem General, der sie mit freundlicher Zuvorkommenheit empfing.

„Ich befinde mich in einiger Verlegenheit", sagte sie, obwohl sie die Sache vorher studirt hatte, „ich befinde mich in einiger Verlegenheit wegen der Angelegenheit, die mich zu Ihnen führt. Jedoch, der besten Absicht mir bewußt, kann ich überzeugt sein, der Herr General werden einer einfachen Frau, die nicht viel Worte zu machen versteht, in Güte nachsehen, was vielleicht am Ausdrucke mangelt."

„Wenn die Sache schwer zu begreifen ist", sagte der General lächelnd, „so [illegible] sich, Frau Professor, [illegible] übernommen haben, — nichts [illegible] sein."

„Herr General! ich komme in Sachen Ihrer meiner Pflege und Obhut anvertrauten Nichte."

„Und wie befindet sich meine Nichte?" fragte der General, nicht im Geringsten gespannt.

„Sie ist dasselbe gute, wilde Mädchen, das sie von Anfang war, [illegible] wollen die Wissenschaften wenig bei ihr anschlagen, und namentlich Herr General — dies ist der Beweggrund meines Erscheinens — namentlich ist der durch den Studenten Walden bisher ertheilte deutsche Unterricht erfolglos gewesen. So weit meine Beobachtung reicht, hat der junge Mann den Sinn der von Ihnen vorgeschriebenen Methode gar nicht begriffen."

Der General erwiderte gelassen: „Vielleicht liegt es eben an der Methode, die ich vorgeschrieben, sie war vielleicht grundfalsch. Walden hat dies vielleicht eingesehen und will nicht gegen seine Grundsätze verfahren. Vielleicht hat er ganz recht. Frau Professorin! ich will gelegentlich kommen und mich überzeugen, seien Sie ganz beruhigt!"

Die Professorin wollte sich aber nicht beruhigen lassen, und fuhr fort: „Der Herr General verzeihen, daß ich die Sache angeregt habe, aber ich hielt es für meine Pflicht, Ihnen meine Ueberzeugung nicht zu verhehlen, damit Sie nicht in gutem Glauben das schwere Geld für einen Unterricht ausgeben, der möglicher Weise seinen Zweck verfehlt."

„Das ist das Geringste bei der Sache", versetzte der General, „was thut es, wenn ich monatlich einige Thaler, selbst auch zwecklos, ausgebe? Ganz zwecklos sind sie übrigens doch nicht verausgabt, sie helfen einem armen, aber strebsamen Jünglinge zum leichteren Fortkommen; das genügt mir schließlich, das war auch eigentlich meine Hauptintention."

Die Professorin sah sich nunmehr genöthigt, ihren letzten Trumpf auszuspielen.

„Herr General!" sagte sie beinahe pikirt, „wenn dies Ihre Hauptintention war, so thut es mir leid, daß der Studiosus Walden Ihre menschenfreundlichen wohlwollenden Absichten sehr mit Undank vergilt."

„Obwohl ich an Undank gewöhnt bin," versetzte der General, „so würde mich dies von Herrn Walden doch recht sehr schmerzen, gerade für ihn interessirte ich mich ungemein. Wäre es nicht möglich, daß Sie sich hier einmal geirrt hätten? Ich nehme so ungern meine Neigung zu dem Manne zurück. Sagen Sie, worauf gründet sich Ihr Urtheil?"

„Herr General!" sagte die Professorin äußerst lebhaft, „wenn mein Auge mich nicht gänzlich trügt, so hat er die von Ihnen angeordnete Conversationsstunde dazu benutzt, um sich in Fräulein Wellenheim sterblich zu verlieben, und dafür läßt er sich noch bezahlen! Ist es nicht schändlich, Herr General, ist es nicht schwarzer Undank gegen Sie?"

„Da bin ich denn doch nicht Ihrer Meinung, verehrte Frau Professorin", sagte der General, wie immer ruhig und gelassen; „wenn er sich verliebt hat, was kann der arme Schelm dafür? Das ist kein Undank, das ist keine Absicht, das kommt wie der Wind, man weiß nicht woher. Verehrte Frau Professorin! wie ist es uns ergangen? Wir sind Beide verheirathet gewesen, es ist also zu unserem Besten anzunehmen, daß wir Beide verliebt gewesen sind. Schande über den jungen Mann, der sich in seines Lebens Lenze niemals verliebt!"

(Fortsetzung folgt.)

Das Börsenspiel der Gegenwart.

(Fortsetzung.)

Ein anderes Beispiel lieferte Oesterreich. Es war im December 1855, als für die Oesterreichische Creditanstalt die Unterzeichnungen angenommen wurden. „Trotz der strengen Witterung", so berichtet ein Augenzeuge, „umlagerten Tausende Tag und Nacht das Bankgebäude. Alle Schichten der Bevölkerung, die hohe Aristokratie wie der kleine Gewerbsmann wollten sich an der Sache betheiligen, wollten beglückt sein; man sah Männer, Weiber und selbst Kinder Tag und Nacht in der Herrengasse, die eher einem wildromantischen Zigeunerlager als der Straße einer civilisirten Hauptstadt ähnlich, campiren, um durch ihre Ausdauer wenigstens ein Certificat zu erringen. Die Summe der Subscriptionen war eine so ungeheure, daß die Gründer über den Modus der Repartition in Verlegenheit geriethen. Auf den Wunsch des Finanzministers wurden die kleinen Leute, die ihre Certificate oft mit Lebensgefahr erobert, vorzugsweise berücksichtigt, während die Subscribenten größerer Beträge auf je 50 Stück Eine Actie erhielten." Bei dem rapiden Steigen dieses Papiers kamen dann Leute aus den untern Volksschichten, die für ihre kleinen Ersparnisse einige Certificate gekauft und für sechs Actien eingezahlt hatten, ohne weiteres in den Besitz einer Summe, die sie vielleicht in ihrem Leben nicht beisammengehabt, und waren auch bald so sehr für diese leichte Manier, Geld zu gewinnen, eingenommen, daß sie ihre Beschäftigungen aufgaben und sich ganz der Börse widmeten. Doch als man im September 1856 die zweite Einzahlung ausschrieb, erwachte plötzlich das Publikum aus seinen süßen Träumen. Das Mißtrauen griff um sich, und ehe man sich dessen versah, waren so viele improvisirte Börsenspeculanten um eine Illusion ärmer und ließen nun ihrem Groll den Zügel schießen.

Die Börse macht keinen Unterschied zwischen Parteien. Beim Bankett des Börsenspiels sitzen die verschiedensten Leute in guter Brüderlichkeit nebeneinander: Absolutisten, Liberale, Führer der Rechten und der Linken, Kaiserliche und Royalisten, Republikaner und Socialisten wallfahrten zum Börsentempel und lösen beim Spiel das große Problem der Einheit.

Die Börse ist der Markt der Kapitalien in Werthpapieren, der Tempel der spielsüchtigen Speculation geworden, die Actiengesellschaften liefern das Material dazu.

Der „Almanach de la Bourse" von 1856 entwickelt uns das Treiben in Frankreich wie folgt:

„Ist die Gesellschaft gebildet, so reserviren sich die Gründer häufig die große Mehrzahl der Actien. Diejenigen Interimsscheine, welche man den Subscribenten überläßt, haben zunächst nur den Zweck, das Papier auf dem Platze bekannt zu machen. Dieses und die Bereitwilligkeit der „guten Presse" wirken besonders, um die Sache in Schwung zu bringen (pour lancer l'affaire). Von allen Seiten kommen nun die Nachfragen. Je zahlreicher sie sind, desto besser wickelt sich die Sache ab. Unterdessen bringen die Gründer die Actien, welche sie sich reservirt beiseite und nehmen nun eine Repartition der disponibeln Anzahl vor, pro rata der Unterzeichnungen dergestalt, daß, wer 200 Thlr. verlangt hat, etwa 20 bekommt. Dieses bringt schon die gewünschte Wirkung hervor, die Käufer beeifern sich, ihrerseits weil mehr Actien zu verlangen, als wozu sie wirklich Lust und Geld haben, nur damit sie nicht zu kurz kommen. Dies gibt dann Grund, ganz der Wahrheit gemäß bekannt zu machen, daß die Nachfrage zehn-, zwanzigmal größer gewesen als die vorhandene Zahl. Neue Anregung zur Nachfrage! Wie groß, heißt es, muß das Vertrauen zum Unternehmen sein und zu den Gründern? Nicht selten lassen die Gründer noch einen Theil der ausgegebenen Interimsscheine selbst wieder aufkaufen. Dies erhöht den Werth in jeder Viertelstunde. Endlich kommt es zu dem Erscheinen der Originalactien. Nun realisiren die Gründer ihre conservirten Papiere, indem sie gegen baares Geld verkaufen, indeß sie, um den Curs noch zu halten, gleichzeitig hier und da auf „Prämien" einkaufen, Prämien, welche sie übrigens auf Lieferungszeit „abandonniren". Nun ist die Sache ins Werk gesetzt und dem Unternehmen sind die schönsten Hoffnungen gesichert."

Bei den Actiengesellschaften spielen die Gründer stets eine hervorragende Rolle. In Frankreich sieht man gern vornehme Personen an der Spitze. In Deutschland sieht man sich meistens nach Börsenmatadoren um. Eine Speculation, die sich nicht durch bekannte Namen empfiehlt, findet selten Theilnehmer.

Deplanque schätzt im „Almanach de la Bourse" von 1856 die in Frankreich von den Generalunternehmern in der Regel den Gründern gemachte Remise bei Eisenbahnen durchschnittlich auf 10 Proc. Da nun in jenem Lande ungefähr 3 Milliarden für Eisenbahnbauten ausgegeben worden sind, so kann man annehmen, daß von vornherein die sogenannten Gründer, etwa 100 Personen, nicht weniger als 300 Millionen verschlangen, ja der obengenannte Herausgeber des „Almanach de la Bourse" ruft aus: Man werde kaum eine einzige derartige Gesellschaft in Frankreich finden, deren Gründer, Verwalter, Directoren und Gerenten es wagen würden, zu schwören, sich von jeder zweideutigen Operation fern gehalten zu haben.

Auch in England lassen diese Zustände vieles zu wünschen. „Die Masse des Publikums", sagt die „Edinburgh Review", „welches nie eine Eisenbahnzeitung liest und das höchstens in den täglichen Blättern die Rechnungslage der Versammlungen der Actionäre flüchtig übersieht, bildet sich ein, daß alle die Ungerechtigkeiten, von denen es von Zeit zu Zeit sprechen hört, Ausnahmen seien, welche mit den phantastischen Speculationen einer fieberhaften Zeit zusammenhängen, die, wie alle Krisen, vorübergehend sei. Man sträubt sich gegen den Glauben, daß die großen Kapitalisten und einflußreichen Personen, von denen die Geschäfte der Gesellschaft verwaltet werden, fähig seien, sich indirect auf Kosten derjenigen, die sie eingesetzt haben, zu bereichern. Eine geheime Geschichte der Gesellschaften würde die gläubigen Seelen bald enttäuschen. Man würde erfahren, wie noch vor kurzem die Directoren irgendeiner Gesellschaft 15,000 neue Actien unter sich vertheilten, die dann mit Prämien verkauft wurden; wie sie sich der Gesellschaftskapitalien bedienten, um die noch schuldigen Summen für diese Actien zu bezahlen, und wie einer von ihnen Beträge bis zu 80,000 Pfd. St. aus der gemeinschaftlichen Kasse nahm. Man würde in Erfahrung bringen, wie eine andere Gesellschaft eine halbe Million Pfd. St. auf erdachte Namen ausgeschrieben, wie bei dritten die Direction mehr Actien auf Rechnung kaufte, als ausgegeben worden, wie sie bei mehreren andern ihre eigenen Actien für die Gesellschaft wieder ankaufte, und so sich selbst mit dem Gelde der Actionäre bezahlte. Man würde erfahren, daß Directoren, wenn die Zinsen hoch stehen, auf ihre eigene Rechnung Anleihen zu einem niedrigen Zinsfuß auf Gelder machten, welche die Gesellschaft bei dem Bankier stehen hat; daß noch andere sich höhern Gehalt ausbezahlten als den ihnen bewilligten, indem sie den Mehrbetrag unter der Benennung „verschiedene Kosten" in irgendeinem dunkeln Winkel des Rechnungsbuches unterbringen. Man würde finden, daß in gewissen Fällen die Vollmachten, mit deren Hilfe man bestimmte Maßregeln hat aufheben können, durch ungenaue Darstellungen erhalten sind, und daß man besondere Vollmachten zu ganz andern Geschäften gebraucht hat, als zu denen, wozu sie gegeben worden."

(Fortsetzung folgt.)

Lady Byron.

Die kürzlich angekündigte Arbeit der Frau Beecher-Stowe über das Verhältniß Lord Byron's zu seiner Gemahlin, welche in der September-Nummer von Macmillans Magazine veröffentlicht werden wird, liegt heute schon vor. Unter dem Titel „die wahre Geschichte vom Leben der Lady Byron" gibt die Verfasserin uns Enthüllungen, die, wenn sie wahr sind — und das Gegentheil ist schwer zu beweisen — peinlicher sind, als das peinliche Geheimniß, welches bisher über den Beziehungen Byrons zu seiner Gattin schwebte. Als Grund, weshalb sie die vertraulichen Mittheilungen der Lady Byron an die Oeffentlichkeit bringe, gibt Frau Beecher-Stowe das Vorurtheil an, welches das Buch der Gräfin Guiccioli gegen Lady Byron hervorgerufen habe. Der Kern dieser wahrhaft schrecklichen Geschichte ist kurz. Lord Byron sah Fräulein Milbanke, verliebte sich in sie, hielt um ihre Hand an und wurde abgewiesen. Sie blieben gute Freunde. Aber „von der Höhe, welche ihn als den Gatten eines edlen Weibes vielleicht glücklich gemacht hätte, fiel er in den Abgrund einer geheimen verbrecherischen Intrigue mit einer Blutsverwandten, deren Verwandtschaft eine so nahe war, daß Entdeckung gleichbedeutend mit vollständigem Verderben und Verbannung aus der civilisirten Gesellschaft gewesen wäre." Dann folgt in dem Aufsatze die Beschreibung der Umstände, unter denen die Heirath mit Fräulein Milbanke doch zu Stande kam, bis zur „Stunde der Enthüllung, wo Lady Byron in einer Art und Weise, die keinen Zweifel übrig ließ, die volle Tiefe des schmachvollen Abgrundes sah, welchen ihre Heirath zudecken sollte, und in Erfahrung brachte, daß sie der Mantel und die Mitschuldige dieser Nichtswürdigkeiten werden sollte." Daß sie sich einer solchen gräßlichen Zumuthung widersetzte und in Folge dessen ihrem Gatten als die Personification des Gewissens verhaßt wurde, können wir der Verfasserin leicht glauben. Lord Byron war entschlossen, sich ihrer zu entledigen. Ihr einziges Kind war zur Welt gekommen, um eben diese Zeit war es, daß sie mit ausgesuchter Grausamkeit von ihm getrieben wurde. „Am Tage ihrer Abreise ging sie in sein Zimmer, wo er und die Mitschuldige seiner Sünden beisammen saßen und sagte: „Byron, ich komme, um Lebewohl zu sagen", während sie ihm gleichzeitig ihre Hand hinreichte. Lord Byron zog die Hände hinter seinen Rücken zurück, retirirte zum Kamin und während er die Beiden ansah, sagte er mit einem sarkastischen Lächeln: „Wann werden wir drei uns wieder begegnen?" Lady Byron antwortete: „Im Himmel, hoffe ich" und dies waren die letzten Worte, welche sie zu ihm sprach. Dann nahm die Gesellschaft, obwohl sie die wahre Sachlage nicht einmal ahnte, gegen Byron Partei und er floh aus Furcht, das schreckliche Geheimniß möchte enthüllt werden. Seine Flucht brach die naturwidrige Intrigue ab und er schrieb „Manfred." „Jedermann" — so sagt Frau Beecher-Stowe — „der „Manfred" mit dieser Geschichte in seinem Gedächtniß liest, wird sehen, daß sie wahr ist." — Es ist schwer ein Urtheil über diese Arbeit zu fällen, denn während wir keine Beweise für die Unwahrheit anführen können, kann Frau Beecher-Stowe keinen Beweis der Wahrheit liefern, da es leicht genug möglich wäre, daß „Manfred", welcher jetzt zum Beweise citirt wird, ursprünglich den Verdacht nach dieser Seite gelenkt hätte.

(Gesunder Schlaf.) Kürzlich legten sich in einem rheinischen Orte zwei Ehegatten zur Ruhe, als inzwischen ein furchtbares Gewitter losbrach. Um halb 10 Uhr schlug der Blitz in den Rauchfang des Hauses, zertrümmerte diesen, fuhr in das Wohnzimmer, wo die Beiden schliefen, hierauf durch die Mauer auf die Gasse und dann circa drei Schritt weiter noch einmal ins Zimmer, zertrümmerte hier einen Tisch und mehrere andere Gegenstände, ohne daß die Beiden erwacht wären. Der den Blitz begleitende Donnerschlag war so gewaltig, daß in dem gegenüber liegenden Häuschen ein Kind vor Schrecken in die Fraisen verfiel und eine Stunde später starb; aber auch vom Donner hörten die beiden Schläfer nichts; sie wunderten sich nur beim Erwachen am andern Morgen, wer ihnen solchen Schaden bereiten konnte.

Charade.

Das Erste kommt mit der Frühlingszeit,
Doch mehr als all die Frühlingsfreud
Ergötzt es die munteren Knaben,
Die schwärmend und eilend sich daran laben.
Das Zweite ist nahe und weit,
Auch klein und groß, schmal und breit.
Es ist zu finden im Gegentheile
Des Zweiten — doch weiter als eine Meile.

r.

Redaction von R. L. Wolf. Druck der Jäger'schen Druckerei in Speyer.

Palatina.

Belletristisches Beiblatt zur Pfälzer Zeitung.

Nro. 107. Speyer, Dienstag, den 7. September 1869.

Die deutsche Stunde.

(Fortsetzung.)

„Aber!“ entgegnete die Professorin, welche kaum ihrem Gehörorgane traute, „aber, wenn es dem jungen Manne gelänge, gleiche Gefühle in Fräulein Mellenheim, der Nichte des Herrn Generals, zu entflammen, oder, Gott weiß, wenn es ihm schon gelungen wäre? Was dann? Wäre es nicht schrecklich?“

„Nicht im mindesten, verehrte Frau Professorin!“ sagte der General. „Es steht zu hoffen, daß Herr Walden in wenig Jahren ein Mann von Amt und Würden sein wird, wohl berechtigt, einen eigenen Herd zu gründen. Sollten sich dann die Beiden noch in treuer Liebe begegnen, vorausgesetzt, daß überhaupt etwas Derartiges am Brennen ist, so würde ich keinen triftigen Grund haben, meine Zustimmung zu versagen. Uebrigens ist die Frage ja noch lange keine drängende, kommt Zeit, kommt Rath. Seien Sie ganz ruhig und unbesorgt. Ich danke Ihnen für Ihren werthvollen Besuch und seien Sie versichert, ich weiß Ihre Fürsorglichkeit für Ihre Pflegebefohlenen wohl zu schätzen.“

Die Professorin fühlte instinktmäßig, daß es für sie Zeit sei, das Straßenpflaster aufzusuchen, und sie empfahl sich so ergebenst, so freundlich, so unterthänigst, wie sie gekommen war, obwohl sie Gift und Galle im Herzen hatte. Als am Mittage Erbsensuppe und saure Linsen auf den Tisch kamen, wußten sämmtliche Pensionärinnen, daß sich die Vorsteherin des Instituts heute in der übelsten Laune befinde.

— —

IV.

Am andern Tage war die Professorin gefaßter; nach einer höchst unruhigen Nacht war sie in der angenehmen Lage, sich sagen zu können: Ich hab's! Als sie's hatte, wurde es auch ausgeführt. Sie schrieb an Marien's Vormund und setzte ihm die Gefahren der studentischen Conversationsstunde so fein, so leise andeutend und doch greifbar, so diplomatisch, so kritisch auseinander, sie wußte sich dabei so uneigennützig, so blos von Marien's Wohle beseelt, so würdig und bescheiden zu geben, daß sie sich nach Vollendung des Briefes sagte: „Das Schreiben hätte selbst meinem seligen Professor Ehre gemacht.“

„Unterdeß hielt Studiosus Walden nach wie vor deutsche Conversationsstunde; er fuhr fort, in Gedanken seine Arme nach der schönen Schülerin auszubreiten. Heut glaubte er, sie liebe ihn; morgen sah er schon die sprechendsten Beweise vom Gegentheil; heut lag er der Hoffnung, morgen der sogenannten Verzweiflung in den Armen, er war wie Einer, der nicht leben kann und nicht sterben; er war wie Jener, der, vom grimmigsten Durste geplagt, bis an den Hals im Wasser stand und nicht trinken durfte. Einmal hatte er sogar ungeheuren Muth gefaßt und dem Mädchen sein Leiden angedeutet. Sie hatte ihn nämlich gefragt, warum er stellenweise so melancholisch aussehe; wäre sie ein Student, so wollte sie viel lustiger dreinschauen. Darauf hatte er geantwortet, sein trauriges Aussehen komme von einem Seelenleiden her, das er ihr nicht näher beschreiben könne. Hierauf hatte sie ihn lange angeschaut, darauf hatte sie aus vollem Halse wohl fünf Minuten gelacht und ihm schließlich gesagt, er möchte sich in Acht nehmen, daß nicht auch noch ein Kopfleiden dazu träte. — Und Walden war wieder einmal für drei Tage überzeugt, daß sie ein herzloses Geschöpf sei. – –

Es mochten vierzehn Tage seit der Unterhaltung der Professorin mit dem General verflossen sein, da fand Walden an einem Unterrichtstage nur Henriette Breder anwesend. Er wartete einige Minuten auf die Ankunft Mariens, — vergebens! Er frug Henriette, ob Marie vielleicht krank oder sonst verhindert sei. Das wisse sie nicht, war die Antwort. Auch die Professorin ließ sich nicht sehen. Endlich mußte er beginnen. Gott, wie langweilig! Die Stunde verging, er blieb noch eine Viertelstunde länger, Marie war nicht gekommen. Endlich mußte er gehen. Als er in's Vorzimmer trat, siehe! da saß Fräulein Mellenheim, ganz allein, die Hände unter den Kopf gestützt, und weinte.

„Um Gottes willen!“ rief Walden, der sich jetzt nicht bemeistern konnte, „Fräulein Marie, was weinen Sie?“

„Was ich weine, können Sie böser Mensch noch fragen?“ antwortete sie; „sehen Sie's denn nicht, was ich weine! Thränen, bittere Thränen weine ich.“

„Aber warum? verehrtes Fräulein!“ erwiderte

bestürzt der Lehrer. „Bin ich die Ursache Ihrer Thränen?“

„Das fehlte auch noch, daß ich um Sie weinte, Sie verdienten es wahrlich!“ antwortete sie.

„Ich bitte Sie dringend“, sagte Walden, „mir den Grund Ihrer Thränen zu nennen. Ich weiß von Nichts, und ich bin mir nicht bewußt, Sie jemals absichtlich gekränkt zu haben.“

„Haben Sie die Professorin vorhin nicht gesprochen?“

„Mit keiner Silbe“, antwortete Walden, „ich hab' sie mit keinem Blicke gesehen.“

„Dann bitte ich Sie um Verzeihung, ich habe Ihnen Unrecht gethan“, sagte Marie. „Ich glaubte, Sie wüßten Alles und machten sich über meinen Schmerz lustig.“

„O erzählen Sie“, flehte Walden, „ich weiß Nichts; ich freue mich, daß Sie mir Unrecht gethan haben.“

Marie erzählte: „Ich habe immer gewünscht, bald die Pensionsanstalt zu verlassen. Vorgestern ist mein Vormund gekommen, um meine Ausbildung für vollendet zu erklären und mich heut mit sich zu nehmen. Ich habe mich so lange darauf gefreut, und, nun die Sache so weit ist, wird mir der Abschied so schwer, daß ich die Thränen nicht zurückhalten kann.“

Walden war wie versteinert, mit Mühe brachte er die gestotterten Worte hervor: „Das — ist — nicht — möglich, das wäre schrecklich!“

„Es ist die volle Wahrheit, Herr Walden!“ sagte Marie. „Aber sagen Sie mir, für wen finden Sie das schrecklich?“

„Für mich!“ seufzte Walden hörbar genug.

Marie wollte antworten, da trat die Professorin in die Thür. Mit einem etwas veränderten Tone fuhr Marie fort, indem sie dem jugendlichen Lehrer die Hand reichte: „Herr Walden! ich habe Sie hier erwartet, um mich von Ihnen zu verabschieden. Ich danke Ihnen herzlich für die Mühe, die Sie meinetwegen gehabt; ich wünsche, daß es Ihnen auf Ihrem ferneren Lebenswege recht gut, recht gut gehe. Leben Sie wohl!“

Mit diesen Worten entfernte sie sich. Darauf nahm die Professorin das Wort: „Herr Walden! Sie werden aus dem Munde Mariens erfahren haben, daß dieselbe aufgehört hat, Schülerin zu sein; ich beabsichtige nicht, Fräulein Breder allein unterrichten zu lassen. Ich habe demnach die Ehre, mich Ihnen zu empfehlen und Ihnen am Schlusse der letzten Unterrichtsstunde meinerseits für Ihre Pünktlichkeit und Ihren bewiesenen Eifer zu danken.“ Damit entfernte sich auch die Professorin. Die schönen Lehrstunden waren auf immer vorüber. —

Am andern Tage begegnete Walden seinem Freunde, dem Philosophen, auf der Promenade; dieser schloß sich ihm an. Schweigend gingen sie eine Weile neben einander, der Eine den Blick zur Erde gesenkt, der Andere den Ersten scharf beobachtend.

„Lieber Walden!“ brach endlich der Philosoph das Schweigen, „bitte, beantworte mir eine Frage, hast Du ernstlich vor, innerhalb vierundzwanzig Stunden Dich in den Stadtgraben zu stürzen?“

„Wie kommst Du zu der Frage?“

„Du siehst mir danach aus. Wenn Du es wirklich vor hast, so will ich Dich acht Tage lang nicht verlassen; während der Zeit hoffe ich, Dir andere Ideen beizubringen. Du hast meinen Rath nicht befolgt.“

„Welchen?“

„Ich sagte Dir einst: Laß fahren, was Liebe heißt. — Du hast meine Warnung verschmäht. Was macht Deine schöne Schülerin?“

„Sie ist fort.“

„Seit wann?“

„Seit gestern.“

„Wohin?“

„Das weiß ich nicht.“

„Hat sie der Referendar entführt?“

„Der Vormund hat sie abgeholt und behält sie bei sich!“

„Wo ist der Vormund ansässig?“

„Das weiß ich nicht.“

„Was ist er, wie heißt er?“

„Das weiß ich nicht.“

„Aber, Mensch! woher weißt Du, daß der Vormund sie abgeholt hat?“

„Aus Mariens eigenem Munde; sie erwartete mich im Vorzimmer, um von mir Abschied zu nehmen.“

„Und Du hast sie nicht gefragt, wohin sie zieht?“

„Theils war meine Verwirrung zu groß, theils hinderte mich das Erscheinen der Professorin, meines bösen Engels; denn diese ist sicherlich auch an dem schnellen Verschwinden Mariens schuld.“

„Was die Liebe nicht den Verstand umnachtet!“ rief der Freund aus, und konnte das Lachen nicht zurückhalten; „läßt dieser Mensch seine Angebetete ziehen, vielleicht ins wilde Türkenland, wo die bösen Paschas, vielleicht in's ferne Spanien, wo die Kastanien, oder gar in's kalte Sibirien, wo die wilden Thierchen, — und fragt nicht einmal um die Adresse! Und bringt seine Liebe der Frau Professorin zum Opfer! Commilito! trage Dein Mißgeschick mit Ergebung, Du hast es verdient. Mir hätten zehn Professorinnen aus allen Facultäten gegenüberstehen können, ich hätte doch so viel Courage gehabt, zu sagen: „Fräulein, welches ist der Ort, der sich rühmen darf, durch ihren demnächstigen Aufenthalt verherrlicht zu werden?“ — Du siehst aus dieser Probe, ich würde vorkommenden Falles auch blumige Redensarten winden können.“

(Fortsetzung folgt.)

Das Börsenspiel der Gegenwart.

(Fortsetzung.)

Unter der kleinen Zahl derjenigen, die an der Börse Geld gewinnen, unterscheidet man die Vorsichtigen und die Listigen.

Die Vorsichtigen stellen von einem Jahre zum andern Wahrscheinlichkeitsberechnungen an. Es sind solche Kapitalisten, welche nie über ihr verfügbares Vermögen hinaus kaufen, sie benutzen die Baisse, um ihre Gelder anzulegen, und begnügen sich damit, indem sie die Hausse erwarten, ihre Differenzen einzuziehen. Sie setzen ihre Gelder vier- bis sechsmal im Jahre, je nach Umständen, um, gehen von einem Papier zum andern, immerhin aber nur in der Absicht, um Agio zu machen; um wirklichen Austausch oder Ankäufe zu ernst gemeinten Geschäften ist es ihnen nicht zu thun; sie spielen, und zwar möglichst sicher, erleiden indeß mitunter empfindliche Schläge, wenn etwa der wahre innere Werth der Actien sich als gering erweist oder Concurrenzlinien bei den Eisenbahnen entstehen.

Die Listigen nennt Proudhon „die Zigeuner der Börse". Mit einem unbedeutenden Kapital oder gar ohne Kapital speculiren sie täglich, kaufen und verkaufen quand-même. Ihre Liquidationen bringen nie Originalurkunden; es handelt sich immer nur um Ausgleichung der Cursdifferenzen. Sie können jahrelang spielen auf Millionen operiren, ohne jemals eine einzige Actie oder eine einzige Staatsobligation mit einem Finger berührt, oder je einen Coupon abgeschnitten zu haben. Es ist das Spiel à découvert in der umfassendsten Ausdehnung. Dafür sind sie auch vollständig die Herren ihres Gebiets: alle Schleichwege, Wolfsgruben und Abgründe der Börse sind ihnen bekannt; sie werfen nur einen Blick auf ihren Kompaß, um sich in diesem Labyrinth zurechtzufinden. Die Faiseurs suchen und protegiren sie, weil sie ihren Geruchsinn und ihre Geschicklichkeit benutzen, um das Wild je nach Bedarf aufzuspüren und aufzuscheuchen, zu lenken und irrezuführen. Auch leben sie ziemlich gut von ihrer Jagd. Wenn einer dieser Leute zufällig den Hals bricht, hört man am folgenden Tage sagen: „Es war ein geschickter Mensch, schade um ihn."

Die Listigen, vereinigt mit den Gutmüthigen und Dürftigen, wie sie Mirès in seinem Eisenbahnjournal nennt, entzünden das Spiel, und die Vorsichtigen unterhalten die Flamme.

Zu dem Gesagten entnehmen wir der „Gazette des Tribunaux" folgendes Beispiel: „Ist eine Gesellschaft nur erst durch ihren Prospectus auf der Börse bekannt, und will man ihre Actien in Umlauf bringen, so bietet man die Actien gegen baar und al pari an; zugleich erbietet man sich, sie zu 110 Frs. auf Ende nächsten Monats gegen Prämie mit höchstens 5 Frs. wiederzunehmen. Das heißt, wenn die Zeit der Abrechnung kommt, und ich mir die Actien nicht abliefern lassen will, die ich zu 110 Frs. gekauft habe, so behält sie der Empfänger, indem ich ihm 5 Frs. auf die Actie bezahle. Er hat so 5 Frs. gewonnen, und die Actie, für die er 100 Frs. bezahlt hatte, kostet ihm nur 95 Frs. Auf diese Weise kann man einen Markt an der Börse eröffnen, hat Käufer und Verkäufer geschaffen und die Actien der neuen Gesellschaft in Curs gebracht, und zwar mittels einer Operation, welche in der Regel die unmittelbare Wirkung hat, die Actien steigen zu lassen. Diese Operation wird alsdann zu den steigenden Preisen öfter wiederholt. Nun aber sucht man ein Sinken der Actien herbeizuführen. Ohne Actien zu besitzen, verkaufen jetzt die Baissiers beträchtliche Mengen, je nach ihrem Credit. Je stärker aber das Angebot einer Waare ist, desto billiger wird sie. Wenn nun die Actien so niedrig stehen, daß sie billiger sind, als man sie zu Anfang vertauscht hat, so kaufen sie dieselben wieder und gewinnen die Differenz."

In solcher Weise kommen die „Gutmüthigen", die an sich ganz unschuldig eine Börsenoperation machen wollen, um Geld dabei zu gewinnen, in große Verluste. Die Gefahren des eigentlichen Börsenspiels sind eben für sie durch die ungleiche Stellung der Spieler ganz unabsehbar; bei aller Aufmerksamkeit erfahren diese „Gutmüthigen" meist immer zu spät, wie die Karten liegen. Blos durch den Reiz des Agio getrieben, nehmen sich die Leute oft kaum die Mühe, eine motivirte Auswahl unter den verschiedenen Papieren zu treffen; es genügt ihnen, wenn dieselben nur im Curszettel notirt sind. Sie behandeln alle der Reihe nach mit gleicher Gunst; ohne sich um den wirklichen Werth der Unternehmungen zu kümmern, escomptiren sie eine unbekannte Zukunft. Diese Leute machten Geschäfte mit Oberberger Actien in die Hunderttausende hinein, oft ohne zu wissen, was Oberberg ist. Für Bexbach unterzeichneten solche gutmüthige Speculanten in Mailand viele Millionen, und suchten dann längere Zeit vergebens nach dem Orte auf einer Karte, um nur die Richtung der Bahn ungefähr errathen zu können, nicht etwa ihrer selbst wegen, sondern um andern, welche das Papier kaufen möchten, auf etwaige Anfrage einigen Bescheid geben zu können.

„O! wenn dieses Gomorrha verbrennen könnte, ohne Verwünschung, pestilenzialische Ausdünstungen, Ohnmachten und Tod im Lande zu verbreiten, wie viel geneigter wären wir, das Feuer anzufachen, als es auszulöschen", sagt der Senator von Lefebre-Durufle in seiner Einleitung zur „Börse von London".

Proudhon sagt: Unter den großen und kleinen Spielern, die von einem Tage zum andern ihr bald gewinnendes, bald verlierendes Spiel an der Börse treiben, steht obenan der Mann mit Millionen und der Mann mit klugen Gedanken, der Jude Shylock und der erfinderische Figaro, Männer, welche durch die Verbindung ihres Vermögens und ihrer Klugheit an die Spitze der Speculation gestellt werden, denn die speculirende Welt bildet eine vollständige Gesellschaft, welche ihre Millionäre, ihren Bürgerstand und ihr Proletariat hat!

Shylock ist der Unternehmer von concessionirten Gesellschaften, ihm werden die Anleihen abgenommen, er ist der Patron von allem, was große Gewinnste bietet. Wenn er einmal auf Waaren speculirt, so macht er ungeheuere Ankäufe. Bald entschließt er sich, alles im Handel befindliche Kupfer aufzukaufen; er beherrscht nun den Markt, und da die Industrie jenes Metall nicht entbehren kann, muß sie dasselbe um 25

Proc. theuerer bezahlen, oder er erwirbt den Besitz aller Hauptquecksilbergruben und erhöht den Preis dieses unentbehrlichen Metalls um 10 Proc.

(Fortsetzung folgt.)

: Ein Pfälzer Künstler.

Wir hatten dieser Tage Gelegenheit, im Atelier des Bildhauers Renn in Speyer ein Kunstwerk zu bewundern, von dem wir auch dem größern Publikum Kunde geben wollen. Es war dies nämlich ein für die Liebfrauenkirche in Worms hergestellter gothischer Altar von seltener Schönheit und von großem kunsthistorischem Werthe. Renn hat in dieser Schöpfung ebenso sehr seine Tüchtigkeit als restaurirender wie als selbstständig-schöpferischer Künstler bewährt. Der Haupttheil des Altares, nämlich der sogenannte Altarschrein, stammt aus der zweiten Hälfte des fünfzehnten Jahrhunderts und war früher in der St. Martinskirche aufgestellt, hatte aber später einem Zopfaltar weichen müssen und wurde in die Sacristei verwiesen, wo er bisher unbeachtet stand und dem Verfalle preisgegeben war. Da wurde der jetzige, für Erhaltung mittelalterlicher Kunstwerke eifrig thätige Pfarrer auf das ehrwürdige Kunstwerk aufmerksam und beschloß es dem Meister Renn zur Restauration zu übergeben. Und dies war ein glücklicher Gedanke. Der sinnige und gewissenhafte Künstler hat aus dem sehr verfallenen Altarschreine nun einen so herrlichen Altar geschaffen, daß ihm die religiöse Kunst hiefür zum größten Dank verpflichtet ist.

Die herrliche Holzschnitzerei des Altarschreines stellt den Tod Mariä dar, wie sie selig entschlummerte, um in's himmlische Leben aufgenommen zu werden. Sie ist umgeben von den trauernden und klagenden Aposteln, derben Gestalten, aber so voll treuherzigen frommen Lebens, daß wir die ganze Gruppe nur mit Rührung und Erbauung anschauen können. Mit feinem künstlerischem Gefühle wußte Renn alles Beschädigte und Fehlende so herzustellen und zu ergänzen, daß man, die neue Farbengebung ausgenommen, kaum die Restauration merkt. Wir müssen deshalb der Selbstverleugnung des Künstlers eben so sehr als seiner richtigen Erkenntniß der mittelalterlichen Kunstformen unsere Anerkennung aussprechen.

Ueber der Gruppe im Schrein waren drei Stellen sichtbar, an denen ursprünglich offenbar Brustbildfiguren sich befunden hatten, wie aus der Gestalt und den Umrissen der freigebliebenen Stellen geschlossen werden mußte.

Ganz entsprechend der Form des Bildwerkes brachte Renn drei von ihm selbst geschaffene höchst fein stylisirte Brustbildchen an jenen freien Stellen an, und zwar in der Mitte das Bild Christi, mit der Seele der Madonna, nach der alten goldenen Legende, zu seinen beiden Seiten aber die beiden Engel Michael, den Führer zum Himmel, und Gabriel, der Maria die frohe Botschaft gebracht, daß sie Gottesmutter werden solle.

Der Aufsatz und die Seitentheile des Altares sind mit demselben sinnigen künstlerischen Takte von Renn neu entworfen und dem mittelalterlichen Schreine angepaßt. Auf den beiden Seiten des Schreines sehen wir die Bilder des Nährvaters Joseph und Johannes des Täufers, welche in so naher Beziehung zur göttlichen Mutter und zu dem Heilande stehen. Ueber dem Schreine steht das Bild der Immaculata, der fleckenlos empfangenen Jungfrau, eine Gestalt so innig fromm und dabei so schön und hehr, daß wir die über ihrem Haupte angebrachte goldene Krone gerne noch glänzender sehen möchten. Zu beiden Seiten der Madonna erblicken wir die Statuetten der Eltern Joachim und Anna, und im Schlußgiebelthurm die Gestalt des auferstandenen Heilandes.

So geht ein einfacher aber großer und klarer Gedanke in schönster Gestaltung durch den Altar! Maria stirbt, aber nur um sofort ins ewige Leben einzugehen. Sie ist aber solcher Verklärung ohne vorhergehende Verwesung würdig, weil sie, wie der mittlere Theil des Altares mit der Immaculata zeigt, fleckenlos war und blieb, vom ersten Augenblicke ihres Lebens an. Nicht durch sich selbst ist sie aber die fleckenlose Empfangene, sondern durch Christus den Erlöser; darauf deutet das Bild des Auferstandenen im Schlußgiebelthurme hin.

Wir haben also hier ein nach Idee und Ausführung in allen seinen Theilen vollendetes Kunstwerk vor uns. Das ist nun freilich auch bei Renn gar nicht zu verwundern, denn ganz Deutschland kennt ihn als einen der tüchtigsten Bildhauer. Aber dennoch wollten wir bei Gelegenheit dieses neuen Werkes auf diesen Künstler wieder einmal entschieden aufmerksam machen. Denn wir müssen fast fürchten, daß er in der Pfalz weniger beachtet wird, als er es verdient.

Wenigstens scheint es uns ein arger, für Renn sehr empfindlicher und für die kirchliche Kunst sehr nachtheiliger Mißgriff zu sein, wenn man in neuester Zeit anfängt, unsern tüchtigen pfälzischen Künstler zu umgehen und sich um theures Geld von München oder sonstwoher Bilder für Altäre zu bestellen, die von sehr geringem künstlerischem Werth sind und sich mit den Meisterwerken Renn's jedenfalls gar nicht vergleichen lassen. Wer sich freilich mit Stümperarbeiten zufrieden gibt, der mag unserem Künstler die Arbeit entziehen, wer aber ein Kunstwerk will, der hat Unrecht, wenn er es sich nicht durch Renn schaffen läßt.

Herr Capellmeister H. M. Schletterer schreibt in der Augsb. Abdztg. über die neueste Oper Richard Wagner's Folgendes: „Die neue Oper von Wagner, „Das Rheingold", die so immense Vorbereitungen, so unberechenbare Unkosten bisher verursacht hat, und deren Aufführung plötzlich am Hängenbleiben einiger Decorationen scheiterte, theilt mit früheren Opern des Componisten alle Vorzüge und Mängel. Sie ist mit äußerstem Raffinement erdacht, sehr kunstreich instrumentirt, ihre Erscheinung mit vollen Backen in die Welt hinausposaunt worden, sie zählt viele schöne Effekte und hat einzelne wahrhaft genial erfundene Motive (so das Loge's wie das der Riesen und die Scene der Erda), aber der Text ist schwülstig und unbegreiflich in die Länge gezogen, einzelne der Zaubereien werden stets lächerlich oder beängstigend wirken, die Gesangspartien sind bis auf wenige Ausnahmen ganz melodielos, die Musik ist ohne inneren Zusammenhang, ohne Anziehungskraft. Das Ganze zerbröckelt sich in unzählige kleine Partien, die, so schön sie auch einzeln sein mögen, im großen Ganzen wirkungslos vorübergehen. Die Handlung ist so ausgedehnt und breitgeschlagen, daß der Zuhörer vor Langweile zur Verzweiflung gebracht wird, der Mangel aller Entwicklungsfähigkeit ist unerträglich. In früheren Opern Wagner's entschädigten hie und da ein Chor, ist das Ausfallen von Duetten und Terzetten u. s. w., hier aber herrscht die furchtbarste Monotonie. Die singenden und spielenden Personen bewegen sich auf dem prachtvollen Decorationshintergrunde wie Schattenfiguren; sie vermögen auch nicht Einen Moment unsere Theilnahme zu gewinnen. Und dergleichen Machwerke wagt man der Welt als die vollendeten Gebilde der musikalisch-dramatischen Kunst hinzustellen! Bei dieser neuen Oper tritt aber noch ein Moment hinzu, das selbst die fanatisirten Jünger des Musikheilands mit einem gewissen Schreck erfüllte. Sie zeigt nicht nur keinerlei Fortschritte gegen frühere Werke Wagners und zahlreiche Reminiszenzen, sondern auch eine bedeutende Abnahme der schöpferischen Kraft (die übrigens nie eine besondere war) des Componisten. Und obwohl man das in den leitenden Kreisen längst fühlen mußte, hat man doch so viel Geld, Zeit und Mühe an diese Sache gewendet. Vielleicht fangen nun auch die Heißsporne der Zukunftsmusik an, zu begreifen, daß, wie man im Leben sich nicht ungestraft über die Gesetze der Sitte, die Verpflichtungen der Freundschaft und Dankbarkeit hinwegsetzen darf, man auch nicht ungestraft die Grenzen überschreitet, welche die ewigen Gesetze der Kunst gezogen haben, und daß ein Werk, wenn es ein Kunstwerk sein will, das Maß der Form, die Tiefe des Inhalts und den gewinnenden Zauber der Schönheit besitzen muß."

Redaction von R. A. Woll. Druck der Jäger'schen Druckerei in Speyer.

Palatina.

Belletristisches Beiblatt zur Pfälzer Zeitung.

Nro. 108. | Speyer, Donnerstag, den 9. September | 1869.

Die deutsche Stunde.

(Fortsetzung.)

„Warte nur", sagte Walden, „vorkommenden Falles fehlt es Dir vielleicht nicht minder an Ueberlegung, als mir. Sage mir lieber, wie erfahre ich die Adresse von Fräulein Wellenheim?"

„Frage den General!"

„Das kann ich nicht; wer weiß, ob er nicht meine schüchternen Liebesversuche erfahren und gegen mich gehandelt hat."

„Dann frage den Referendar, den künftigen Bräutigam, oder die Professorin, die künftige Schwiegermutter, die sollen's wohl wissen."

„Ich habe keine Lust, meine Hände in ein Wespennest zu stecken."

„Ehe ich mit Dir die Sache weiter überlege", erwiderte der Philosoph, „sage mir zuerst, hast Du jetzt sichere Anzeichen, daß sie Dich liebt?"

„Ich weiß es nicht bestimmt", antwortete Walden, „sie wollte mir noch etwas sagen, wahrscheinlich wäre es die Entscheidung über mein Lieben und Leben gewesen — da gerade erschien mein böser Engel, und sie verschluckte es."

„Nun höre", sagte der Freund, „ein vernünftiges ernstes Wort. Du springst nicht in den Stadtgraben. Unter dieser ersten Bedingung verspreche ich Dir, Alles aufzubieten, um den Aufenthalt des besagten Cheims auszukundschaften und für Dich durchs Feuer zu gehen. Eine zweite Bedingung ist die, daß Du aufhörest den Kopf hängen zu lassen. Fange endlich wieder an, am Tage zu studiren und Abends in die Kneipe zu kommen, sonst wird kein ordentlicher Mensch aus Dir. Nimm Dir ein Beispiel an mir. Und nun komme und laß uns den Contract besiegeln." Und er zog den willenlosen Commilitonen mit sich fort, wir wissen schon, wohin.

Wir haben noch eine Scene vom vorigen Tage nachzuholen. Als Marie sich aus dem Vorzimmer, wo sie von Walden Abschied genommen hatte, mit verweinten Augen ins Nebenzimmer zurückgezogen hatte, gerieth sie dem von der andern Thür eintretenden Referendar in die Hände. „Gut, daß Sie hier sind", sagte sie mit gezwungener Ruhe; „Herr Referendar, ich wollte mich von Ihnen verabschieden."

Der Referendar sah das verweinte Antlitz Mariens, er hatte natürlich nichts Eiligeres zu thun, als die Thränen zu seinen Gunsten zu deuten. Armes Kind, dir kann geholfen werden! Wir wollen uns wöchentlich zweimal schreiben und ich will das Assessorexamen möglichst beschleunigen. Welch' schöne Frau Assessorin wird sie sein! Das waren so ungefähr seine Gedanken. Er nahm all' seine Zuversicht zusammen und sagte: „Verehrtes Fräulein! in dieser für uns Alle so unerwarteten Trennungsstunde bitte ich Sie um das Eine: gönnen Sie mir das, was mich bedrückt, bis zu Ende aussprechen zu dürfen. Verehrtes Fräulein! Seit lange trage ich unsägliches Weh im Herzen. Ein Gedanke hat mich Tag und Nacht, selbst bei dem schweren Referendarexamen verfolgt, und wäre ich nicht sonst so fest gewesen, fürwahr — ich wäre durchgefallen. Meine Ruhe ist hin, mein Herz ist schwer, ich weiß nicht, was soll es bedeuten? So manchesmal, wenn wir am Clavier vierhändig beisammen saßen, hab' ich es Ihnen angedeutet, ich weiß nicht, ob Sie's verstanden haben. Aber jetzt will es mir das Herz abdrücken. Verehrtes Fräulein, ich spüre Alles in mir, was erforderlich ist, eine Frau subjectiv und objectiv glücklich zu machen. — O, Alles, meinen Titel, meinen Namen, meine Stellung, meine künftigen Würden und Aemter und meine Person lege ich der Einen, die ich liebe, in freiwilliger Subhastation zu Füßen. O, theuerste Marie, sprich aus das beseligende, das wehvertreibende Wort, o sprich es aus, daß Du mich liebst und daß Du Frau Assessor werden willst. Ich harre des Urtheils, ich bin zu Ende." Er lag zu ihren Füßen.

„Sie sind ein Narr, Herr Referendar!" sagte Marie, die während der Scene ihr altes Temperament wiedergefunden hatte, riß ihre Hände los und ließ den Juristen liegen.

Einige Tage nach Mariens Abgange überbrachte der Bediente des Generals Herrn Walden einen Brief, welcher die kurze Anfrage enthielt, ob der Herr Studiosus um elf Uhr den General behufs einer Besprechung besuchen könne. Walden sagte natürlich zu.

„Was soll da wohl zu besprechen sein?" fragte er sich. „Wahrscheinlich will der General meine stille Liebe einer Musterung unterziehen. Uebrigens darf ich lieben, wen ich will, und selbst, wenn meine Neigung sich auf die Professorin lenkte, wer will es mir verwehren? Ich bin mit meiner Liebe Niemandem zu nahe getreten, ich lege auch keine Rechnung darüber ab."

Wir sehen, unser Walden war nicht mehr ganz blöde.

Als er zum General trat und auf dessen Geheiß Platz genommen hatte, fing der General an: „Ich habe mich vor Allem einer Pflicht zu entledigen! ich danke Ihnen herzlich für die treue Sorgfalt und unermüdete Ausdauer, die Sie bei dem Unterrichte meiner Nichte bewiesen haben. Wer, wie ich, weiß, wie unaufmerksam bisweilen das Mädchen sein konnte, der wird einsehen, wie viel Verdruß Sie gehabt haben müssen. (Der General beobachtete Walden scharf, dieser zuckte merklich zusammen.) Es sollte mir leid thun, wenn deshalb, weil der Vormund das Mädchen für flügge erklärt hat, wir Beide von nun an verschwinden müßten. Sagen Sie: haben Sie sich wohl hin und wieder mit Mathematik beschäftigt?"

Herr Gott! dachte Walden, er beabsichtigt am Ende, mir nunmehr eine achtzehnjährige Dame für den Unterricht in der Trigonometrie zu recommandiren. —

Er antwortete etwas gedrückt: „Herr General! ich halte mich nicht für befähigt, eine derartige Lehrstelle zu übernehmen."

„Es ist auch nicht meine Absicht, Ihnen eine solche zu übertragen", sagte der General; „ich wollte nur wissen, ob Sie der Mathematik genug Interesse abgewonnen hätten, um für eine Beschäftigung mit derselben noch Lust zu haben?"

Es fehlte nicht viel, so hätte Walden geantwortet: Zu befehlen, Herr General. Er erwiderte indeß: „Ich glaube wohl, Herr General!"

„Der Grund, warum ich frage, ist folgender: Ich glaube in der Mathematik genügend fest zu sein, um Jemandem mit Erfolg Unterricht ertheilen zu können. Nebenbei werde ich von einer unüberwindlichen Neigung gedrängt, in meinen alten Tagen noch einen lateinischen Schriftsteller, aber einen militärischen, den Cäsar zu lesen. Ich mache Ihnen den Vorschlag, daß Sie zweimal wöchentlich eine Stunde lang bei mir seien, um die eine Hälfte der Stunde mich Cäsar lesen zu lassen, die andere Hälfte von mir Unterricht in der Mathematik zu erhalten. Und da ich von Ihnen nicht verlangen kann, daß Sie den weiten Weg zu mir um Gotteswillen zurücklegen, so bezahle ich Ihnen dasselbe, was ich für meine Nichte bezahlt habe. Abgemacht?"

Walden wollte repliciren, der General ließ sich aber auf Nichts ein, sondern verlangte von dem überraschten Studenten ein einfaches Ja oder Nein, und so nahm denn Walden den Vorschlag an.

Hatte aber schon die achtzehnjährige Nichte dem jugendlichen Lehrmeister den Kopf bisweilen warm gemacht, so ging es Walden mit dem fünfundsechzigjährigen Onkel nicht viel besser. Der General machte sehr geringe Fortschritte im Lesen des Cäsar; die Geheimnisse der fünf Declinationen und vier Conjugationen waren ihm während eines thatenreichen Lebens abhanden gekommen; für unregelmäßige Verba und Ausnahmen von der Regel hatte er überdies als Freund einer strengen Ordnung gar keinen Sinn, und er las oft ganze Sätze aus dem Cäsar heraus, die gar nicht darin standen. Viel besser ging es in der zweiten Hälfte der Stunde. Auf dem Felde der Mathematik war der General zu Hause und mit großer Klarheit und Gewandtheit weihte er Walden in manche schwierige Aufgabe ein, und wußte ihm außerordentlich viel Interesse an der Sache beizubringen.

Es dauerte nicht lange, so kam der General selbst zur Einsicht, daß der Cäsar für ihn nicht geschrieben sei, und es ward nun die ganze Stunde für die Mathematik benutzt. Dabei wurde das Verhältniß zwischen Beiden von Stunde zu Stunde ein trauteres.

Endlich sollte auch dem General, der so gern Andere überraschte, eine Ueberraschung zu Theil werden.

Eines schönen Morgens trat Walden zu ihm ins Zimmer und nahm sich die Freiheit, folgende Worte von sich zu geben: „Herr General! ich sehe mich in die unabweisbare Nothwendigkeit versetzt, Ihnen unsern mathematischen Contract zu kündigen, falls Sie denselben nicht modificiren können."

„Siehe da", scherzte der General, „wollen Sie Ihre Stellung vergessen und Unfrieden säen?"

„Bitte sehr um Entschuldigung, Herr General!" sagte Walden, „seit gestern bin ich Studiosus der Medicin."

„Hören Sie!" erwiderte der General und lachte laut auf, „gleich am ersten Tage, wo Sie Doctor werden, will ich um Mitternacht ohne Halsbinde auf dem Exercierplatz spazierengehen, um mir den Schnupfen zu holen und so Ihr erster Patient zu werden. Doch, nun allen Unsinn bei Seite! Welche Modificationen des Contractes wünschen der Herr studiosus medicinae?"

„Herr General", sagte Walden, „Sie haben mir bisher für jede mir ertheilte Unterrichtsstunde einen Thaler bezahlt; wenn Sie es von nun an nicht gratis thun, so verlieren Sie Ihren Schüler."

„Und warum gratis?" fragte der General.

„Weil ich jetzt Mediciner bin."

„Das verstehe ich nicht; doch zur zweiten Sache, vielleicht wird die erste dadurch klarer. Warum sind Sie seit gestern Jünger des Aeskulap geworden?"

„Das ist eine traurige Geschichte", erwiderte Walden, „denn sie beginnt mit einem Todesfalle. Ich hatte einen weitläufigen Verwandten, der war Pastor in einer großen Bauerngemeinde. Sein Einkommen war gut, die Bauern schlecht. Bei seinen Lebzeiten hat er mir jährlich sechsunddreißig Thaler zur Förderung meiner Studien gegeben. Nun ist er todt. Ob ihn die Bauern zu Tode geärgert haben, oder ob er einer andern Krankheit erlegen ist, das weiß ich nicht genau, ich vermuthe das Erstere. In seinem Testamente hat er ein paar tausend gesammelte Thaler auf meine Person verschrieben, jedoch unter der ausdrücklichen Bedingung, daß ich der Theologie den Rücken kehre und mich einem andern Studium widme, wideigenfalls der Nachlaß unter die Bauern, die ihn so sehr geärgert hatten, zu vertheilen sei. Herr General! ich hatte keine Lust, glühende Kohlen auf das Haupt der Bauern durch meine Verzichtleistung zu sammeln — und wurde Mediziner!"

(Fortsetzung folgt.)

Das Börsenspiel der Gegenwart.

(Fortsetzung.)

Will die Regierung eine 3proc. Anleihe machen, so stellt sich Shylock und bekommt sie zu 73 Frs. 25 C. An demselben Tage steigt die 3proc. auf 77 Proc.; er verkauft den Speculanten sein Privilegium, die Anleihe herzugeben, und ohne daß aus seiner Kasse mehr gekommen ist als die Caution, deren Zinsen man ihm bezahlt, gewinnt er in einigen Stunden 15 Millionen.

Voll von Sorge um das Wohl des Landes, macht Shylock eines schönen Tages dem Staate das Anerbieten, daß er auf seine Kosten eine Eisenbahn bauen wolle, wenn er eine Concession auf 99 Jahre bekäme, wenn er schadlos gehalten und ihm die Zinsen garantirt würden, indem die Handelsbedürfnisse eine solche Anlage dringend forderten. Der Staat, Beschützer des Handels, beeilt sich eine so schöne Gelegenheit wahrzunehmen und Shylock das Privilegium zu bewilligen, um das er bittet. „Das Privilegium, um sich zu Grunde zu richten", rufen die Leute, welche dazu gedungen sind, dem Publikum vorzuspiegeln, daß Shylock keinen andern Beweggrund hätte als glühende Menschenliebe.

Wenige Zeit nachher bildet Shylock, der danach strebt, den Gewinn jedermann zugänglich zu machen, eine Gesellschaft, welcher er gegen eine Anzahl von Actien und einen fortwährenden Abzug von dem Reinertrage vor der Vertheilung an die Actionäre sein Recht verkauft, eine Eisenbahn im Interesse des Handels zu erbauen und auszubeuten.

Der Mann mit klugen Gedanken ist eine Art Figaro, der Speculant geworden; sein Gewissen ist sehr dehnbar und sein Verstand von derber Verschmitztheit. Er kennt alle Hilfsmittel von bezahlten Zeitungsartikeln und von Zeitungsenten durch und durch. Er hat seinen Herrn übertroffen in der Kunst, Procente zu machen, wie die folgende lehrreiche Geschichte zeigt:

„Ein gewisser Abenteurer in einer in Afrika gelegenen Stadt, der, wie so viele andere auch nach einem klugen Gedanken suchte, richtet sich eines Tages ganz vergnügt im Bette auf, reibt sich die Stirn und ruft wie Archimedes: „Ich habe es gefunden, ich habe es gefunden". Er kleidete sich schnell an und geht zum Beamten. Er käme im Interesse der Sittlichkeit zu ihm, sagte er. Die ehrbaren Bewohner der Stadt wären sehr unwillig über die Frechheit, mit der sich die Prostitution verbreite. Seine Mitbürger würden ihm gewiß beistimmen, wenn er darum bäte, daß so schnell wie möglich befohlen würde, den Freudenmädchen einen gewissen einsamen Stadttheil anzuweisen. Der Beamte, Hüter der Sittlichkeit und Familienvater, aber auch Speculant, verspricht die Sache bald zu erledigen. Nun läuft der Mann zu einem Bankier. Ich brauche Geld, sagt er, und setzt ihm sein Verfahren im Interesse der Sittlichkeit auseinander. Da ist Gold in Barren, antwortet dieser. Nun gehen die drei Mächte, die Behörde, die Speculation und die Bank denselben Weg. Am Tage, wo das Reinigungsedict erscheint, ist unser Abenteurer Miether der ganzen Straße, die den Freudenmädchen zugewiesen ist."

„Wir würden einen ruhmreichen Namen an den Pranger dieser wahren Geschichte stellen können. Wir kennen den Bankier, der das Geld geliefert und 8000 Frs. dabei verdient hat. Er selbst hat uns die Anekdote erzählt", sagt Proudhon, und fügt noch eine hinzu, für deren Wahrheit wir auch stehen:

„Eine Eisenbahn, die nicht einmal die Kosten deckt, wird zu hohem Preise gepachtet. Der Pächter gibt zu, daß es vielleicht ein schlechtes Geschäft werden könne, doch will er die Gefahr tragen.

„Nach einiger Zeit hat die Verlängerung der Eisenbahn dem Endpunkte eine große Bedeutung gegeben; die nothwendigen Erfordernisse des Dienstes verlangen die Aufhebung der Pacht. Unser Pächter sträubt sich. Endlich willigt er ein, dem Gemeinwohl ein Opfer zu bringen. Der Pacht wird gegen eine Entschädigung von 2 Millionen aufgehoben."

Aus dem Gesagten geht zur Genüge hervor, daß, wo Shylock und Figaro sich zu einem Geschäfte verbunden und gemeinschaftlich ihr Spiel an der Börse betreiben, in den meisten Fällen alle diejenigen Spieler, die ihnen gegenüberstehen, in großer Gefahr sind, den kürzern zu ziehen. Die falschen Börsengerüchte wie der Verrath an telegraphischen Depeschen gehören in den Bereich solcher Verbindungen und bewirken jene Ausbeutungen, wobei Millionen den Eigenthümer wechseln, ohne daß die Ausgebeuteten irgendeine Ahnung von der wahren Ursache haben, weil das Börsenspiel, so unschuldig in gewisser Beziehung es erscheint, gar nicht selten entweder eine Verletzung der öffentlichen Treue, oder den Mißbrauch eines Geheimnisses, oder einen Verrath gegen die Gesellschaft in sich schließt, in welchem Falle die Speculation allerdings nicht immer ein bloßes Spiel ist.

Wir erinnern beispielsweise an den im Jahre 1857 zu Berlin entdeckten Betrug der regelmäßigen Mittheilung telegraphischer Depeschen an jenen „reichen Speculanten, an den sie nicht gerichtet waren, der sie aber Tag für Tag ausbeutete". Und wer erinnert sich nicht an die berühmte Tatarennachricht von dem Falle Sebastopols, die in ihren Täuschungen so erfolgreich war, daß Monarchen sich glückwünschten, ja ganz Europa 80 Stunden lang im Freudentaumel lag?

Von solchen falschen Nachrichten wurde keine häufiger gebraucht und keine günstiger in England aufgenommen als der Tod Napoleon's I. So erhielt Lord Granville eines Tages eine Botschaft dieser Art. Niemand zweifelte daran, die Fonds stiegen und die Nachricht verbreitete sich bald überall; man versicherte, daß Napoleon im großen Kriegsrathe ermordet wäre. Diese Erfindung war indeß nicht von Börsenleuten ausgegangen, sondern von zwei Männern, die in Staatspapieren specülirten und denen einige Mitglieder des Hauses der Gemeinen hilfreiche Hand leisteten. Aber obgleich die Börsenspieler unschuldig waren bei dieser Erfindung, so mußten doch viele von ihnen unter den Folgen bitter leiden.

Im Schatten jener beiden Mächte, nämlich des Kapitals und des Talents, hat mancher Spieler vielleicht gute Geschäfte gemacht; der Zufall hat es gewollt, daß er gerade, ohne es zu wissen, mit Shylock und Figaro denselben Weg gegangen ist, und deshalb hat er Glück gehabt.

Man hat aus dem Vorhergehenden sich schon überzeugen können, daß das Börsenspiel keine wirkliche Partie mehr ist, bei der jeder Spieler wie sonst gewöhnlich nur durch Zufall oder durch seine eigene Ueberlegung gewinnt. Es wirken hierbei nur zu oft die eigenthümlichsten Verhältnisse zum großen Nachtheil vieler mit, denn jeder Gewinn setzt einen Verlust bei andern voraus. Es gibt sogar Leute, „die in die Karten sehen", wie Berryer sagt, und mithin gar sehr im Vortheil sind. Wir nennen zuerst den spielenden Börsenagenten, der außer dem Preise seines Amtes von 1,800,000 Frs. noch eine Caution von 125,000 Frs. bezahlen muß. Dieser Börsenagent ist der erste, der gegen seine Kunden speculirt; er kennt den Markt schon vorher, durch seine Aufträge, die er empfängt; „er sieht in die Karten". Zahlreiche Beispiele geben Aufklärung darüber und das Eisenbahnjournal von Mirès nennt specielle Fälle. Es ist wahr, sein Mandat verbietet dem Börsenagenten irgendeine Operation auf seinen eigenen Namen, wer aber kann es besser beurtheilen, als er, ob der Kauf oder Verkauf zur rechten Zeit geschieht? Und wie gar leicht kann er seine Operation unter dem Namen eines dritten oder durch Einmischung eines Verwandten machen?

(Fortsetzung folgt.)

Miscellen.

Die Wagner'sche Oper „Rheingold" findet fast einstimmige Verurtheilung. Ein Berichterstatter der „Presse", welcher der Generalprobe beiwohnte, schreibt: „Schade um die Mühe und das Geld, welche auf die Ausstattung dieses erbärmlichen Krams verwendet wurden." — Die „N. Fr. Pr." bringt eine eingehende Kritik, die wir vielleicht, wenn es der Raum gestattet, wieder geben werden.

Aus Dieburg (Hessen-Darmstadt), 3. Sept., schreibt man der Frkf. Ztg.: „Ein eigenthümlicher Reisender hat gestern unsere Stadt berührt. Ein Sohn Albions war die Wette eingegangen, zur Eröffnung des Suezkanals von seiner heimathlichen Insel nach dem Lande der Pharaonen zu reisen, ohne dabei sein Vehikel, ein eigens construirtes, mit Schraube und Dampf bewegliches Schiffchen, zu verlassen. Richtig fuhr er auch über den Kanal, dann den Rhein herauf bis nach Mainz. Der niedrige Wasserstand erlaubt ihm nicht, die Reise, wie beabsichtigt, auf dem Main fortzusetzen, um so den Kanal, der diesen in neuerer Zeit so viel genannten Fluß mit der Donau verbindet, zu erreichen. John Bull weiß sich rasch zu helfen. Er läßt in Mainz sein Schiff auf drei aneinander gekoppelte Eisenbahnwaggons verbringen, setzt sich wieder in seine Kajüte und fährt auf der Main-Rhein-Bahn weiter nach Bamberg, um auf dem gedachten Kanal wieder das flüssige Element zu erreichen und so sein Fahrzeug wieder flott zu machen. Der Kanal mündet in die Donau, auf der die Reise dann weiter nach dem schwarzen Meere fortgesetzt werden wird. Gestern berührte der seltsame Reisende unsere Stadt und der ungewohnte Anblick eines Schiffes auf dem Eisenbahnzuge mitten im Binnenlande erregte die nicht geringe Bewunderung von uns Landratten. Im Gefolge des Engländers, der mit indianischer Ruhe und Gelassenheit von seiner Kajüte aus die Welt und ihre Erscheinungen betrachtete, befand sich bloß ein Diener."

Stolberg, 5. Sept. Ein bedauerliches Ereigniß, welches den einer hiesigen Gesellschaft zugehörigen Bleiweißfabrikanten betroffen, bildet das Tagesgespräch. Am Freitag waren 7 Arbeiter unter Leitung eines Oberaufsehers beschäftigt, Bleierze nach einem neuen, jedoch schon wiederholt ohne nachtheilige Folgen erprobten Verfahren zu entsilbern. Leider waren, ohne daß solches vorher zu beweisen war, die Erze arsenikhaltig, und während der Lösung verflog dieses und vergiftete sämmtliche Arbeiter. Zwei derselben starben nach qualvollen Leiden bereits innerhalb 24 Stunden, die anderen, darunter der Beamte, haben ebenfalls so viel des Giftes eingeathmet, daß an ihrem Aufkommen gezweifelt wird. Der tragische Unfall findet die allgemeinste Theilnahme.

Bei der Vertiefung des Hafens bei Calmar fand neulich ein Arbeiter eine von den alten plumpen viereckigen schwedischen Kupfermünzen, 16 Zoll lang und 11 Zoll breit, 3¾ Pfd. schwer, versehen mit 5 Stempeln, von denen die in den Ecken abgenutzt und undeutlich sind; in der Mitte aber steht deutlich „X Daler Silbermynt" (6 = 1 Thlr.). Man pflegte sich in Deutschland früher, wie Referent selbst in seiner Jugend dort gehört hat, zu erzählen, daß der schwedische Bauer, wenn er Sonntags in den Krug ginge, das dazu erforderliche Geld in einem Sack auf dem Rücken mitschleppen mußte und daß das mitgenommene schwere Geld dann nur zur Bezahlung des Verzehrten hinreichte, so daß bei der Rückkehr der Geldsack leer wäre. Wenn diese Erzählung auch übertrieben war, so beweist doch der erwähnte Fund, daß etwas Wahres daran gewesen sein muß. — Auf dem Kirchhofe von Thorsåkra in Westerås Län unweit Köping fand man, als man ein Grab machte, in einem zerfallenden morschen Sarge, der vor wenigstens 50 Jahren niedergesenkt worden war, unter Gebeinen eine kleine Flasche, gefüllt mit — Branntwein.

Zwölf Kleider hat die Handelskammer der reichen Stadt Lyon der durchreisenden Kaiserin Eugenie zu Füßen gelegt. Darunter befindet sich eine große Ceremonialrobe von weißer Seide, mit Tausend Blumenkränzen durchwebt, Genre Pompadour. Die Sträuße bilden 60 Verschiedenheiten und bewegen sich bei dem Rauschen der Robe, wie sich die Blumen beim Wehen des Windes bewegen würden. Dann kommt ein Kleid, genannt „robe de fantaisie habillée" aus kirschrothem Seidendamast, besäet mit weißen Rosen und „cerise camaïeu", d. h. kirschroth auf kirschroth, Nuance auf Nuance. Die dritte Robe ist von weißem gros de Tours, weiß auf weiß façonnirt; das ist eine Robe für den großen Empfang und soll der Kaiserin ganz besonders gefallen haben. Die vierte Robe ist von grauem Tuche (drap suprême) mit grauer Seide garnirt, Besuchkleid. Dann kommt die saphirblaue Seidenrobe, „ombrée irisée", von unglaublichem Reichthume, der Licht von zauberhafter Wirkung u. s. w. Die pfirsichblüthfarbene Sammtrobe und die weiße mousselineseidene streiten um den Preis. Uebrigens soll sich der Werth der zwölf Roben zusammen auf mehr als 200,000 Frcs. belaufen, welche Angabe uns etwas übertrieben zu sein scheint.

Auflösung der Charade in Nr. 106.
Eiland.

Redaction von K. A. Woll. Druck der Jäger'schen Druckerei in Speyer.

Palatina.

Belletristisches Beiblatt zur Pfälzer Zeitung.

Nro. 109. Speyer, Samstag, den 11. September 1869.

Die deutsche Stunde.

(Fortsetzung.)

„Ich verstehe," sagte der General, „das Geld hat Sie bereits übermüthig gemacht, und darum verlangen Sie den Unterricht gratis. Sei's d'rum! Also Sie kommen nach wie vor zu mir; ich möchte den hoffnungsvollen Schüler nicht gern verlieren."

Walden ergab sich eifrig dem Studium der Medicin, er hatte seine Thatkraft wieder gewonnen. Bin ich erst Arzt, dann kann ich frei und offen das Mädchen, das ich liebe, fragen, ob sie's wagen will, mit mir vereint durch's Leben zu gehen. Natürlich muß ich bis dahin wissen, wo sie ist. Vielleicht gelingt's dem Philosophen, sie aufzufinden. Wo nicht, so frage ich, sobald ich Arzt bin, den General; ich habe redliche Absichten, habe alsdann eine Stellung, warum soll ich's nicht wagen? —

Er hatte nun bereits zwei Jahre Medicin studirt; die Zeitungen, nach denen er begierig jeden Morgen griff, hatten unter den Verlobungs- und Verbindungsanzeigen den Namen Marie Mellenheim nicht gezeigt, und Rudolph Padrock war auch noch Referendar.

Walden war heut schon vor fünf Uhr aufgestanden, um den herrlichen Morgen zum Studiren zu benutzen. Die Koffermaschine dampfte bereits auf dem Tische, die lange Tabakspfeife war in Bereitschaft gesetzt, da trat der Philosoph fast athemlos herein.

„Höre Commilito! —" fing er sofort an.

„Na, ich bitte Dich," unterbrach ihn Walden, „sage mir erst einen guten Morgen, oder bedarfst Du meiner ärztlichen Hilfe? Ich bin zwar nicht approbirt, aber ich kann Dir allenfalls einen Zahn ausziehen oder eine Mixtur verschreiben."

„Ja wohl, verschreiben, das sollst Du wohl können," sagte der Freund: „doch laß mich endlich zu Worte kommen; jede Unterbrechung, die Du mir angedeihen läßt, verzögert Deine Glückseligkeit. Sage, hast Du heut mathematische Stunde beim General?"

„Ja."

„Dann suche Deine Feierkleider heraus und panzere Dein Gemüth mit Seelenruhe, Fräulein Marie Mellenheim ist beim General!"

„Woher weißt Du das?"

„Ich vermuthe es, ich weiß es nicht."

„Böser Mensch!" sagte Walden, „Du mußt es wissen. Warum weißt Du es nicht?"

„Böser Mensch!" entgegnete der Philosoph, „sie könnte ja schon wieder abgereist sein."

„Woher weißt Du, daß sie überhaupt hier war?"

„Ich hab' sie mit meinen eigenen Augen gesehen."

„Wo und wann?"

„Gestern Abend im Theater."

„Schändlich! Du hast sie gesehen und hast mich nicht sofort herbeigeholt! Bist Du vielleicht selbst in sie verliebt?"

„Verliebter Mediciner!" sagte der Philosoph, „laß mich doch wenigstens zu Ende erzählen; ich laufe sonst Gefahr, daß Du mir für meine Gutmüthigkeit noch Grobheiten sagst. Ich war im Theater, wo Robert der Teufel gegeben wurde. Da der erste Act schon begonnen hatte, so vertiefte ich mich sofort in die Musik, ohne erst, wie gewöhnlich, die anwesenden Damen zu mustern. Hierzu gelangte ich erst nach Beendigung des ersten Acts. Und wen sehe ich da? den General, seine schöne Nichte und einen anderen Herrn."

„Wie sah der Letztere aus?"

„Zwischen fünfzig und sechzig; es schien der Vormund zu sein; beruhige Dich und laß mich ausreden. Ich hatte natürlich nichts Eiligeres zu thun, als die schöne Musik sich selber zu überlassen, und Hals über Kopf renne ich nach Deiner Wohnung — der Herr Liebhaber ist nicht zu Hause. Ich stürze nach der Kneipe, der Herr Studiosus ist nicht da, ich suche und suche, und wie ich lange genug vergebens gesucht habe, und wieder an's Theater komme, ist die Oper seit einer Viertelstunde abgewickelt. — Jetzt bin ich so frei und schenke mir eine Tasse Kaffee ein, — gib mir eine Cigarre dazu."

Nachdem der Philosoph sich eine Weile gestärkt hatte, empfahl er sich; es wurde noch vereinbart, daß Walden vor Tische in das gemeinschaftliche Lokal zur Berichterstattung kommen sollte.

Der Mediciner suchte jetzt die geschmackvollsten Toilettesachen heraus. Das Schwierigste war das Binden der Schleife an der Halscravatte. Endlich war auch dieses Problem glücklich gelöst. Noch nie hatte er solchen Durst nach Mathematik empfunden wie heut. Die Zeit verstreicht gar zu langsam. Es fehlen noch dreißig Minuten zur festgesetzten Stunde. Er beschließt, sich langsam auf den Weg zu machen. Noch einen prüfenden Blick nach der Schleife, noch ein Stäubchen von dem feinen Rocke fortgeblasen, noch einmal den Hut abgebürstet — so, nun ist Alles tadellos, er wendet sich zum Gehen, da klopft es und vor ihm steht der Bediente des Generals, einen Brief übergebend und sich wieder entfernend. Der Brief lautete:

„Mein lieber Freund!

Ich bitte um Ihre gütige Nachsicht, daß ich heut durch einen lieben Besuch abgehalten bin, mit Ihnen der Mathematik obzuliegen. Also bis nächsten Montag! Mit aufrichtiger Ergebenheit Ihr

Mellenheim."

Walden zerdrückte den Brief in tausend Falten, zerzupfte die tadellose Halsschleife und warf den glattgebürsteten Hut in die entlegenste Ecke des Zimmers. Aus Aerger kochte er noch einmal Caffee — der Philosoph hatte die ganze erste Auflage vergriffen — er that unendlichen Zucker hinein, aber der Caffee schmeckte bitter. — Er nahm die Tabakspfeife zur Hand, schmauchte nun was er schmauchen konnte und bemerkte nicht, daß er den Stoff in Brand zu setzen vergessen hatte. Endlich verbesserte er den Fehler, und dicke Wolken strömten aus seinem Munde. Er riß ein Fenster auf und bog sich mit Pfeife und dem Oberkörper weit hinaus, um frische Luft in sein Gemüth strömen zu lassen; da fiel ihm der kostbare Pfeifenkopf, ein altes Erbstück, auf das Steinpflaster hinab und zerbrach. Verdrießlich zog er sich zurück und schleuderte den andern Theil in die Gegend, wo der Hut seiner Aufhebung entgegenharrte. Es trieb ihn in die freie Natur. Vor Tische besuchte er den Philosophen. Auf dessen Rath gingen beide Abends in's Theater, aber kein Oheim, keine Nichte, kein Vormund war im Theater. Am andern Tage wurde das Mellenheim'sche Haus genau überwacht; es stellte sich heraus, daß keine Gäste mehr da waren. Ehe die Beiden schieden, sagte der Philosoph: „Lieber Commilito! ich hab Dir noch etwas zu eröffnen. Du weißt, ich meine es ehrlich mit Dir — und ich habe Dir versprochen, Dir zur Habhaftwerdung von Fräulein Mellenheim alle möglichen Freundesdienste zu erweisen. Verzeihe, wenn ich mich hinfür nicht mehr ausschließlich Deinen innern Angelegenheiten widmen kann."

„Und warum nicht?" fragte Walden.

„Weil ich mit meinen eigenen jetzt vollauf zu thun habe."

„Bist Du vielleicht auch verliebt?"

„Und zwar diesmal ganz ernstlich," antwortete der Philosoph, „das kommt aber daher, weil ich kürzlich mein Examen bestanden habe und im Begriffe stehe, mich an der Universität zu habilitiren. Seit ich die Prüfung absolvirt, habe ich mein Herz zu wenig in Acht genommen."

„Hab' ich's Dir nicht immer gesagt," meinte Walden, „daß auch Deine Stunde derermaleinst schlagen würde? Und wer weiß, ob Du nicht am Ende noch mehr jammern und seufzen wirst, als ich! Es wäre mir dies in so fern lieb, weil ich Dir dann Deine Freundesdienste erwiedern und Dich trösten könnte."

„Du bist im Irrthum, Commilito," versetzte der künftige Privatdocent, „ich bedarf des Trostes nicht. Ich weiß, wo meine Auserwählte wohnt, ich besitze ihr Herz, kein Zweifel waltet zwischen uns ob."

„Beneidenswerther!" sagte Walden, „ich wollte, ich wäre an Deiner Stelle!"

„Ich bedanke mich höflichst dafür," replicirte der Doctor der Philosophie.

„Aber," fuhr Walden fort, „mit welch außerordentlichen Vorzügen muß das Mädchen geschmückt sein, daß Du, bedächtiger Mann, Dich so rasch für überwunden erklärt hast!"

„Ich will sie Dir ganz unpartheiisch beschreiben," sagte der Philosoph. „Sie ist neunzehn Jahre und fünf Monate alt, hat blonde Haare, blaue Augen, ist tadellos hübsch, beispiellos tugendhaft, unglaublich sanft und besitzt nicht das geringste Vermögen. Sie heißt Anna Lauerl; und ist die Tochter des berühmten mittellosen Musikdirectors gleiches Namens."

„Habt Ihr den Tag Eurer Vermählung schon festgesetzt?" frug Walden.

„Gewiß," erwiederte der Philosoph, „wir feiern unsere Hochzeit drei Wochen nach jenem Tage, wo ich als Docent so viele Zuhörer gewonnen haben werde, daß zwei genügsame Personen sich davon satt essen und trinken werden können."

In der Weise ging das Gespräch weiter, bis der späte Abend sie trennte. Walden nahm innigen Antheil an dem Glücke des Freundes.

Am darauffolgenden Montage war die nächste mathematische Zusammenkunft. Der General entschuldigte sich nochmals: „Meine Nichte," sagte er, „und ihr Vormund hatten mich so mit Beschlag belegt, daß ich keine freie Stunde für Mathematik gewinnen konnte. Ihre ehemalige Schülerin erinnert sich dankbar des Lehrers und hat mich beauftragt, Ihnen zu bezeugen, daß sie ihre frühere Wildheit bedeutend abgelegt hat. Sie meinte, wenn sie jetzt noch einmal bei Ihnen Unterricht haben sollte, würde sie eine viel zahmere Schülerin sein und Ihnen weniger Verdruß bereiten."

„O, sie hat mir keinen Verdruß bereitet," sagte Walden, und war ganz glücklich und begriff heut' wenig Mathematik. Die Worte des Generals waren ihm kostbar gewesen, wie ein Oelzweig, getragen in die Arche Noahs, — für einen Andern, Unbefangenen, wären sie vielleicht ein unbedeutender Strohhalm gewesen.

(Fortsetzung folgt.)

Das Börsenspiel der Gegenwart.

(Fortsetzung.)

„Der Fürst Talleyrand", sagt Merkel, der

Börsenagent, „hatte das Gefahrvolle des Spiels sehr gut begriffen. Wenn er eine Operation machte, so wollte er sicher gehen. Er spielte deshalb nur, wenn er ein wichtiges Geheimniß wußte, ein Ereigniß, dessen Tragweite er voraussah. Er antwortete einst einem seiner Freunde, der darüber klagte, daß er beim Spiel getäuscht wäre: „Das ist abscheulich, aber finden Sie mir einmal ein anderes Mittel zu gewinnen." Doch auch er wurde einmal selbst getäuscht und erfuhr thatsächlich, daß er nicht unfehlbar sei. Er wußte nämlich den bevorstehenden Ausbruch des spanischen Kriegs von 1823 und ließ darauf hin für 600,000 Frcs. Renten auf Lieferung verkaufen. Der Krieg erschreckt ja immer die Börse. Die Nachricht ward bekannt, aber seltsam, die Curse stiegen dennoch, denn man hatte gleichzeitig die Zustimmung der fremden Mächte erfahren. Talleyrand verlor eine Einbuße von 100,000 Frcs., die er dem Börsenagenten mit den Worten bezahlte: „Wir werden ein andermal glücklicher sein."

Mericlet berichtet ferner, daß ihm eines Tages die Herzogin von R. vorgeschlagen hätte, ihr einmal eine solche Börsenoperation zuzuwenden, wie sie Talleyrand zu machen pflegte. „Es würde mir möglich sein", sagte sie, „mich an Besprechungen zu betheiligen, welche den größten Einfluß auf die Börsencurse haben. Ich habe mir freilich eine Pflicht daraus gemacht, nie Geheimnisse zu mißbrauchen, deren Wichtigkeit ich errathen habe; aber die Nothwendigkeit hat mich anders denken lehren. Sie erinnern sich vielleicht noch der Zeit, wo die französische Bank ihr Disconto von 5 auf 4 Proc. herabsetzte? Ich erfuhr vorher etwas davon und kaufte 120,000 Frcs. Rente. Einige Tage später hatte ich dadurch einige tausend Francs gewonnen. Der Fall wird noch einmal vorkommen, die Herabsetzung wird von neuem beansprucht oder von der Bank selbst beschlossen werden. Sie begreifen die Wichtigkeit eines solchen Beschlusses, Sie sind ein Mann von Einsicht und von Geld, wie so viele Männer unserer Zeit. Es sind keine politischen Neuigkeiten, die nichts Entscheidendes haben, es sind Gewißheiten einer Operation, die nicht fehlschlagen kann, es ist ein Goldregen oder vielmehr ein Sieg, der ohne die Zufälle des Kampfes gewonnen wird."

Ein solcher Goldregen überfällt meist immer alle spielenden Directoren von tausend und aber tausend Aktiengesellschaften der Welt.

Die Kosel-Oderberger Eisenbahn, genannt Wilhelmsbahn — jene Schöpfung des bei Frankfurt ermordeten Fürsten Lichnowsky, der 1844 in Berlin die Concession und in Wien den Anschluß bei der Kaiser-Ferdinands-Nordbahn erwirkte, die an sich pro Meile nur 235,000 Thlr. kostete und stets reichliche Dividenden in Aussicht stellte; nämlich 1852 $9\frac{3}{4}$ Proc., 1853 $10\frac{1}{2}$ Proc., 1854 12 Proc., 1856 16 Proc. gab, indeß durch neue Unternehmungen, namentlich durch die im Jahre 1854 begonnene Herstellung der Zweigbahnen von Nendza nach Nikolai, von Ratibor nach Leobschütz, von Orzesche nach Mittel-Lazisk und von Leobschütz nach Neisse ihre finanziellen Verhältnisse zerrüttete — erlitt durch diesen Verfall im Aktiencurse einen Sturz von 237 auf 60 Proc. Wer aber konnte diesen Umschlag in seinem ungeheuren Umfange vorhersehen? Niemand als der hinter die Coulissen schaute und, wie Berryer sagt, „in die Karten sah." Werden aber diejenigen, welche sich dieser Gunst der Situation entweder selbst oder durch Freundeshand erfreuten, ihre Aktien behalten, dieselben nicht vielmehr noch rechtzeitig mit Agio verkauft und andere damit beglückt haben?

Wir gedenken dieser Zustände, einerseits zur Aufklärung, wie es möglich war, daß seit etwa zehn Jahren Vermögen von 10, 15, 20 ja 40 Millionen erworben worden sind. Die ehemalige Simonistische Kirche, deren Oberhaupt bekanntlich Père Enfantin war, während einer der Hauptleiter des Crédit mobilier zu den hervorragendsten Aposteln gehörte, hat allein, so sagte der Neid, eine Razzia von einer halben Milliarde gemacht. In Frankreich und Algerien gehören ihr unermeßliche Besitzthümer; Parks, Schlösser, Latifundien mit dem vom Staate gepachteten Cheptel. Einer der Hauptbetheiligten am Decemberstaatsstreiche, der am Tage vor diesem Ereignisse vergebens in ganz Paris herumgesandt, um 15,000 Fr. als Anleihe zu erhalten, besitzt jetzt ein Vermögen von 50 Millionen; er stand lange mit an der Spitze von Credit- und Eisenbahngesellschaften.

Wir gedenken dieser Umstände andererseits zur Warnung für alle Harmlose und Gutmüthige, die ohne Kenntniß solcher Verhältnisse mit ihrem Gelde zur Börse gehen, um ein hochzinstragendes Papier zu erhandeln oder sich ernstlich bei einem oder dem andern größern Unternehmen zu betheiligen, oder endlich um ihr Glück zu versuchen, damit sie wenigstens die große Ungleichheit aller dieser Zustände und die Gefahren kennen lernen, die ihnen beim Börsenspiel in unseren Tagen drohen.

„Der „Crédit mobilier," sagte der berühmte Advokat Berryer, in dem Prozesse Haupt, „ist das größte Spielhaus der Welt. Man lasse sich nicht durch Worte täuschen. Ich weiß es, wir haben ihrer viele, die Beschäftigung der Industrie, die Befreiung des Credits vom Staate, die Entwickelung des Privatcredits, die Consolidirung aller industriellen Werthe, — doch es ist dies alles nur Schein: man hat dem Spiel einen neuen Namen gegeben und nennt es in den Berichten die ‚Industrie des Credits'."

Unter den vielen Creditinstituten der neuern Zeit, die in das jetzige Börsenleben durch massenhafte Actienacquisitionen und ebenso massenhafte Entäußerungen unter dem Schilde der Unterstützung der betreffenden Unternehmungen so gewaltig eingreifen, ist allerdings der Credit mobilier in Paris das mächtigste Institut. Nicht sparsam in Worten ist er in seinem Programm, gewissermaßen unbeschränkt in Zeit und Raum und verkündet Glück nach allen Seiten hin, wohin seine Wirksamkeit sich erstreckt. Mit gleicher Fürsorge umfaßt er Mutterland und Colonien, Länder und Meere. Als seine große und herrliche Mission verkündet er unter anderm, den Osten heranzuziehen an die westeuropäische Civilisation und ihn seinem allem Glanze zurückzugeben, schnellere und weniger kostspielige Verbindungen zwischen den beiden Hemisphären zu eröffnen, die französischen Besitzungen in Afrika in großem Maßstabe zu cultiviren, die Handelsmarine Frankreichs zu entwickeln, den Ackerbau zu heben durch eine enge Verbindung mit Handel und Fabrikation, das Kapital zu vervielfältigen durch Association und die Wohlthaten des Credits auszudehnen auf alle Gewerke und Professionen und selbst auf die durch das Glück am wenigsten begünstigten Personen! Ein verlockendes Programm in der That!

(Fortsetzung folgt.)

Miscellen.

Paris, 1. Septbr. (Bettlergrundsätze.) Auf der Anklagebank des Polizeigerichtes sitzt ein siebzehnjähriges rothwangiges Bürschchen in eleganter Kleidung; ungeheure Heiterkeit strahlt aus seinen Mienen. Die Anklage gegen Frisse lautet auf Gewohnheitsbettelei und Vagabondage.

Präsident: Ihr Charakter ist?

Angeklagter: Ich habe keinen Charakter, man lebt auch ohne Charakter ganz gut. (Heiterkeit.) Meine Leute sprachen mir auch immer davon, daß ich denn doch einmal einen Charakter haben müsse und ich sagte ihnen dasselbe. Sie bestimmten mich endlich, Ofensetzer zu werden.

Präsident: Es kommt aber vor, daß Sie sich wenig mit der Ofensetzerei abgegeben haben.

Angeklagter: Das kommt daher, weil man nicht den rechten Zeitpunkt dazu gewählt hat. Denken Sie sich einmal, Herr Präsident, was das für ein widernatürlicher Gedanke ist, im Hochsommer ein Ofensetzer zu sein, wo die Sonne sie alle überflüssig macht . . . (Heiterkeit.) Das verdroß mich denn auch, und weil die Oefen alle rauchen, so dachte ich mir, daß auch ich besser thäte, zu rauchen, statt bei den rauchenden Oefen zu stehen und Thränen in den Augen zu haben.

Präsident: Haben Sie sich einem anderen Erwerbszweige zugewendet?

Angeklagter: O nicht doch, vorderhand freute mich nur das Rauchen, und als ich kein Geld mehr dazu hatte, ging ich ins Spital.

Präsident: Fehlte Ihnen etwas?

Angeklagter: O nicht doch, aber ich hatte meinen Plan dabei. Ich erzählte den Herren Aerzten die absonderlichsten Dinge über meine Zustände im Innern, daß sie, voll Freude über die Complicirtheit meiner Uebel und das Interessante meines Falles, mich auf das beste Zimmer brachten, und über mich die gelehrtesten Abhandlungen hielten. Leider waren sie lateinisch, und was sie zu mir französisch sprachen, erfüllte mich mit ebenso viel Freude, als sie von meinem Falle erfüllt waren: sie verschrieben mir nämlich aus Freude über die glänzenden Fortschritte ihrer Curmethode täglich eine bessere und eine stärkere Ernährung. Eben war ich daran, von der Dreiviertel-Portion Braten zu einer ganzen Portion zu avanciren, als mich die Herren Aerzte nach der bekannten Spitalspraxis plötzlich als geheilt entließen, damit ich nicht in den Genuß der ganzen Portion gelange. (Heiterkeit.)

Präsident: Nachdem Sie das Spital verlassen hatten, was thaten Sie dann?

Angeklagter: Ich that, was ein hungriger Mensch thut, den man im Spital durch die Viertel-, halben und Dreiviertel-Portionen für die ganze Portion vorbereitet und dann plötzlich entläßt, weil — der Fall nicht mehr interessant ist. Ich machte auch meine Diagnose und da ich ohne Arbeit und Geld war, ging ich mit meinem Wolfshunger betteln.

Präsident: Sie sind da schlecht angekommen, Sie haben einen Secretär von der Mairie angebettelt.

Angeklagter: Ich sah ihm das nicht an. Und dann, begreift ein Secretär von der Mairie nicht am besten einen jungen hungrigen Menschen? (Heiterkeit.) Richtig gab er mir ein tüchtiges Stück Brod.

Präsident: Das Sie bei dem nächstbesten Weinschänkler gegen ein Gläschen Branntwein eingetauscht haben. Sie müssen also nicht recht hungrig gewesen sein.

Angeklagter: Aber bedenken Sie doch, Herr Präsident, die heiße Jahreszeit. Der Durst geht vor Hunger, und Branntwein ist gut für beides.

Präsident: Sie haben dann fortgebettelt, gingen zum Pfarrer, zu den frommen Schwestern und in viele Bürgerhäuser, überall baten Sie um Brod oder Geld.

Angeklagter: Der Mensch lebt nicht vom Brod allein, das sagt schon die Bibel.

Präsident: Wenn Sie Geld erhielten — sagt der Gendarm — machten Sie inbrünstige Kreuzzeichen, erhielten Sie aber blos Brod, so schnitten Sie jämmerliche Grimassen und warfen es über die nächstbeste Mauer.

Angeklagter: Ich folgte nur den Eingebungen meines Magens, und Geld macht auf jeden Menschen einen freudigeren Eindruck als ein Brod ohne Butter und Schinken. (Gelächter im Auditorium.)

Präsident: Ihre Art zu betteln heißt Mißbrauch treiben von der öffentlichen Mildthätigkeit.

Angeklagter: O, Herr Präsident, das Publikum hat ein besseres Herz als der hohe Gerichtshof. (Große Heiterkeit.) Nur eine Bitte hätte ich noch, schicken Sie mich in kein Arbeitshaus, ich hasse das, lieber wäre mir gleich ein ordentliches Gefängniß, wo ich nicht zu arbeiten brauche.

Der unverschämte Bettler wird zu einem Monat Gefängniß verurtheilt.

Angeklagter (sich seelenvergnügt die Hände reibend): Tausend Dank, tausend Dank, ich brauche also nichts zu arbeiten . . .

(Ein originelles Duell) fand in Klausenburg statt. Zwei Fiaker rollten aus der Stadt; im Freien angelangt, stieg von jedem Wagen der Kutscher herab, beide zogen Rasirmesser hervor, und begannen mit dieser Todeswaffe einen schrecklichen Kampf, der übel hätte enden können, wenn der eine Duellant nicht nach dem ersten Gange schon die Flucht ergriffen hätte.

(Die Ermordung von Frl. Tinne.) Aus Bengasi lief durch das Englische Consulat, datirt vom 20. August, bei G. Rohlfs in Bremen folgende Nachricht über die (schon telegraphisch gemeldete) Ermordung von Frl. Tinne ein: Eines Morgens, auf dem Marsche nach Rhat, begannen die Kameeltreiber beim Laden unter sich zu streiten, und Frl. Tinne's beide holländische Diener gingen aus dem Zelte, um sie zu trennen, ohne daran zu denken, ihre Waffen mitzunehmen. In dem Augenblicke stand Frl. Tinne in der Thür des Zeltes mit dem Chef der Tuareg (höchst wahrscheinlich Hadj Ahmed, welcher Duveyrier begleitete und nach früheren Nachrichten auch Frl. Tinne begleiten sollte). Sie trat dann vor, um nach der Ursache des Streites zu fragen, wurde aber im selben Augenblick vom Targi von hinten mit dem Schwerte niedergeschlagen. Auf ihr Schreien kamen die beiden christlichen Diener herbeigelaufen, um zu den Waffen zu greifen, wurden aber auf der Stelle getödtet. Die Tuareg stürzten nun auf die eisernen Wasserkisten, glaubend, daß diese Schätze enthielten, und dieß muß als der Grund der Ermordung angesehen werden. Sie waren sehr enttäuscht, als sie nichts fanden. Sie wollten nun sogleich eine Razzia auf Mursuk machen; ob sie aber das Project ausgeführt haben, ist unbekannt (wohl kaum möglich, da in Mursuk Türkische Infanterie und einige Artillerie). Etwas früher, als auf Frl. Tinne's Einladung 600 Tuareg ankamen, Frl. Tinne in Mursuk zu besuchen, ließ der Pascha die Garnison verstärken. Der General-Gouverneur von Tripolis, Ali Riza Pascha, hat nach Rhat geschickt, um die Auslieferung des Mörders zu verlangen unter der Drohung, daß der Chef von Rhat sonst der Mitschuld würde angeklagt werden.

Redaction von K. A. Woll. Druck der Jäger'schen Druckerei in Speyer.

Palatina.

Belletristisches Beiblatt zur Pfälzer Zeitung.

Nro. 110. Speyer, Dienstag, den 14. September 1869.

Die deutsche Stunde.

(Fortsetzung.)

5.

Zwei Jahre waren seit dieser mathematischen Stunde verflossen. Der Doctor der Philosophie hatte genug Zuhörer gefunden, und war seit Kurzem ein überaus glücklicher Ehemann.

In Walden haben wir den Doctor medicinae und praktischen Arzt zu begrüßen. Es ist selbstverständlich, daß nunmehr die Mathematik aufgehört hatte, zu seinen Beschäftigungen zu gehören. Verheirathet war er noch immer nicht, verlobt auch noch nicht, seine Marie hatte er nicht wiedergesehen, aber auch nicht vergessen. Er hatte sich vorgenommen, recht bald dem General sich zu entdecken. An Patienten hatte er keinen Mangel; denn es war im Jahre 1849. Die Cholera durchzog würgend Länder und Städte und schlug auch in unserer Universitätsstadt ihr Lager auf. Der Schrecken war groß, wer fliehen konnte, floh. Die Pensionsanstalt der Professorin Padrock wurde gleich anfangs verödet; die Pensionärinnen wurden von den besorgten Eltern bis auf bessere Zeiten heimwärts geholt. Die Professorin glaubte keine Ursache zu haben, den Tod herauszufordern und zog sich mit ihrem Sohne Rudolph zeitweise auf's Land zurück.

Am meisten besorgt war Walden um den General, er rieth ihm wiederholt, das Bad S . . . . . n zu besuchen.

„Nein!" antwortete der General, „ich alter Soldat sollte fliehen? Ich habe dem Tode oft genug in's Auge geschaut." Trotz seiner anstrengenden Thätigkeit, denn Walden war den ganzen Tag oder die Nacht im Cholerahospitale beschäftigt, besuchte er doch täglich den General und auch den Philosophen, um sich von deren Gesundheit zu überzeugen.

Eines Abends, es war bereits elf Uhr, als er nach Hause gekommen, fühlte er sich so recht der Ruhe und des Schlafes bedürftig und legte sich mit dem verzeihlichen Wunsche nieder, daß er diesmal nicht durch Hilfesuchende gestört werden möchte. Er mochte eine Stunde geschlafen haben, da riß es trotz seines Wunsches heftig an der Klingelschnur. Er fragte zum Fenster hinaus, was es gäbe? „Ich bitte Sie um Gotteswillen, Herr Doctor," sagte eine Stimme, „o kommen Sie rasch, der General Wellenheim hat die Cholera!"

Diese Worte electrisirten Walden; nach fünf Minuten war er schon auf dem Wege zum General. Er flog die Treppe hinauf. Es war Gefahr, die fürchterlichsten Krämpfe verzerrten bereits den Kranken. Walden that sein Mögliches, ihm selbst lief der Schweiß von der Stirn. Hatte er jemals mit banger Angst den Erfolg seiner Mittel abgewartet, so war es hier. Das Leben, in welches der Tod schon seine gierigen Krallen eingesetzt hatte, war ihm überaus theuer, nie hatte er einen gediegeneren, aufrichtigeren Freund und Rathgeber besessen.

Gott! welche übermenschliche Freude fühlte der junge Arzt, als er sich nach einigen Stunden sagen konnte: Der Mann ist gerettet. Welche Wonne empfand er, daß er Arzt geworden war!

Der General ging unbesiegt aus dem schweren Kampfe hervor; die Sonne sollte ihm noch ferner scheinen. Als er wieder genesen war, sagte er zu Walden: „Lieber Doctor! ich habe mich früher gesträubt, den Kampfplatz zu verlassen; jetzt steht die Sache anders, ich habe keine Feigheit gezeigt, jetzt darf ich fort. Halten Sie das Bad S . . . . . n noch für mich zuträglich? Ich möchte wohl hin."

Der Doctor bejahte es.

„Dann will ich in drei Tagen abreisen. Doch, ich habe noch eins mit Ihnen abzumachen," sagte der General und zog dabei den Doctor zu sich auf's Sopha und legte seine Rechte auf dessen Schulter. „Honorar erhalten Sie nicht von mir. Daß Sie mir das Leben gerettet haben, das ist überdies nicht zu bezahlen; ich kann es nicht, die Schuld ist zu groß. Und doch möchte ich so gern erkenntlich, so gern dankbar sein. Ich sinne hin und her — o wüßte ich, was Ihnen Freude machte! Schade, daß ich kein König bin, ich würde Ihnen sagen: Bitten Sie sich eine Gnade aus!"

„O, verehrter Herr General," erwiederte Walden, „dürfte ich Sie beim Worte halten! Auch wenn Sie kein König sind, können Sie mir eine Gnade erweisen."

„Lieber Freund!" sagte der General, „gewiß, ich bleibe bei meinem Worte, bitten Sie sich eine Gnade aus! Nur recht geschwind, recht geschwind, damit ich's rasch bewilligen kann. Geben

Sie, an jenem Cholerageabende habe ich gleichzeitig zu drei Aerzten geschickt. Nur Einer ist gekommen, das waren Sie. Nun rasch mal Ihrem Gnadengesuche, ich bin König."

„Herr General," sagte Walden in einem Tone, dem man es anhörte, daß aller Muth concentrirt war, um die Worte hervorzubringen, „Herr General! Nennen Sie mir die Adresse von Fräulein Marie, Ihrer Nichte!"

„Ist das der Inhalt des Gnadengesuchs?"

„Ja."

„Dann sind Sie bescheidener als Diogenes, aber nicht vernünftiger. Die besagte Adresse hätte ich Ihnen an jedem beliebigen Tage auf Befragen mitgetheilt; meine Nichte wohnt in B . . . . r bei ihrem Vormunde dem dortigen Gerichtspräsidenten."

Walden blickte zur Erde; er konnte deshalb nicht sehen, wie jeder Zug seiner Physiognomie vom General auf das Gewissenhafteste beobachtet wurde.

„Nun, mein lieber Freund," fuhr der General mit äußerster Seelenruhe fort, während das Gesicht Waldens noch von der brennendsten Gluth flammte, „lieber Freund, das war Bagatellsache, keine Gnade, bitten Sie etwas Anderes."

„Ich bin befriedigt," sagte Walden bedeutsam.

„Genügsamer Mann!" erwiederte der General, „ich bleibe Ihr Schuldner. Ich will mir Mühe geben, manchen Wunsch von Ihnen zu errathen und denselben unausgesprochen zu erfüllen. Und wenn Sie jemals in irgend eine Lage kommen sollten, wo ein aufrichtiger, treuherziger Rathgeber noth thut, so pochen Sie an das Zimmer des alten Mellenheim! Es wird den alten Mann freuen, wenn Sie's thun."

Der General umarmte gerührt den jungen Walden.

Nach drei Tagen hatte der Erstere seine Badereise angetreten. Walden erlangte bald mehr Muße; die Cholera war im Verschwinden begriffen und drei Wochen, nachdem der General die Stadt verlassen, war die Zahl der Erkrankungsfälle kaum noch nennenswerth. Walden konnte sich jetzt mehr mit seinem Geschicke beschäftigen. Er wußte jetzt, wo seine Marie wohnte. Ach ja, seine! Frommer Wunsch! Doch die Entscheidung konnte nicht mehr lange ausbleiben; denn er war nicht willens, die vom General erlangte Auskunft unbenutzt in sein stummes Herz zu vergraben. Was mochte der General wohl gedacht haben, der biedere, der unergründliche Mann! Warum hast du ihm nicht Alles gestanden, schalt sich Walden. Doch es war vorbei, er hatte diesen Moment vorübergehen lassen, ihm blieb nichts übrig, als sich selbst zu helfen. Noch immer war er am Ueberlegen, wie diese Selbsthülfe am besten anzugreifen sei, ob durch ein frisch gewagtes Schreiben, oder durch eine kühne Gelegenheitsreise in die Stadt des Vormundes: da erhielt er auf einmal eine andere Beschäftigung. Es langte ein Schreiben vom General aus dem Bade an. Der General theilte ihm mit, daß er sich seit kurzem weniger gut befinde, und da jetzt in der Stadt ohnehin für Aerzte etwas Ruhe sei, so bäte er hiermit, Herr Walden möchte ihn doch auf ein paar Tage in S . . . . n aufsuchen, um seinen Zustand beobachten zu können.

Walden zögerte um so weniger, als er wohl wußte, daß der General eine kleine Unpäßlichkeit niemals achtete und in der Regel erst bei eintretender Gefahr ärztlichen Beistand suchte. Zwei Tage nach erhaltenem Briefe war der Doctor schon in S . . . . n. Zu seiner freudigen Ueberraschung fand er den General ausnehmend munter und gesund. „Wenn Sie so bleiben, wie Sie jetzt sind", sagte er zu ihm, „so garantire ich für ein ewiges, irdisches Leben."

„Berühmtester Doctor", scherzte der General, „kann ich's nicht im Innern sitzen haben, so tief, daß es kein Arzt versteht? Sagen Sie, lieber Doctor, gibt es nicht solche Zustände?"

„O ja!" erwiederte seufzend der Arzt, „nur glaube ich nicht, daß Sie daran leiden."

„Bewahre der Himmel den alten Mellenheim davor! Es war auch nur mein Scherz. Aber erlauben Sie mir einen Vorschlag! Wie wäre es, wenn Sie hier im Bade blieben, und ich reiste nach der Universitätsstadt?"

„Was wollten Sie dort machen?"

„Ich würde für Sie dort Ihre Kranken behandeln, während Sie für mich die Cur gebrauchten."

„Ich fürchte," erwiederte Walden, „Keiner von uns würde etwas bei dem Tausche gewinnen."

„Das glaube ich doch," versetzte der General, „Sie würden gewinnen."

„Wie so?" scherzte Walden, ich verlöre sicher alle gegenwärtigen und zukünftigen Patienten."

„Das ist wohl wahr," sagte der General, „ich würde dem Tode mehr Beute zutreiben, als abjagen, aber Sie, Sie würden gesund werden."

„Bin ich es denn nicht?" fragte Walden.

„Nein!" sagte der General, „Sie haben mehr vom Patienten als vom Arzte an sich. Das ist mir schon früher aufgefallen. Deshalb bat ich Sie, mich in S . . . . n zu besuchen; ich gebrauchte eine kleine List dazu, den Kriegsleuten ist so etwas erlaubt. Sie wären sonst nicht gekommen. Sie sollen sich hier einige Wochen erholen, wir wollen tüchtig Ausflüge in die reizende Umgegend machen, das stärkt die Gesundheit und verscheucht die Grillen."

„Sie sprechen wie ein Arzt!"

„Ich will auch Ihr Arzt sein, ich will Sie curiren, Sie sollen wieder lebensfroh werden."

„Bin ich es denn nicht, Herr General?"

„Ei was, ein Misanthrop sind Sie geworden, ein Grillenfänger, ein Melancholicus. Das soll anders werden. Sie werden freilich denken, das wird auch eine schöne Erholung sein, Tag für Tag allein mit dem alten General herumzuwandern, Gott weiß auf welchen verwitterten Steinen und Felsblöcken. Sie irren sich, wir wollen uns der Gesellschaft nicht verschließen, mitten hinein wollen wir uns stürzen, wenn's Ihnen recht ist. Vorläufig will ich Ihnen nur sagen, daß Sie auch alte Bekannte hier treffen werden."

„Und das wären?“ fragte Walden rasch und voll Spannung.

„Die Frau Professorin Padrud nebst Herrn Sohn,“ antwortete der General mit einem scharfen Blicke auf Walden.

„So!“ sagte dieser gedehnt und im Tone der Enttäuschung.

„Sie meinen, die Genannten können Ihnen alle Beide gestohlen werden, ohne daß Sie einen Steckbrief nachschicken,“ bemerkte der General, „aber meine Liste ist noch nicht zu Ende; vorgestern ist auch der Gerichtspräsident aus N . . . . . angekommen.“

(Schluß folgt.)

Das Börsenspiel der Gegenwart.

(Fortsetzung.)

Doch diese Rücksichten auf das allgemeine Wohl empfingen überhaupt durch die Enthüllungen aus dem Prozesse Pouyo einen harten Stoß. Die Ausgabe von neuen 240,000 Obligationen, bei deren Subskription die Actionäre das Vorrecht hatten, entwickelte Berryer wie folgt:

„Die Gesellschaft des Credit mobilier hatte bereits in einem ihrer Berichte angekündigt, daß ihr 60 Millionen starkes Kapital zu den riesigen Operationen, die sie bekanntlich macht, nicht ausreiche. Der Erfolg, den sie, ich will hier nicht untersuchen auf welche Art und Weise, erreicht hatte, machte eine Vergrößerung des Kapitals nothwendig. Im August 1855 kündigte man schon an, daß die Dividende für dieses Jahr mindestens 200 Frcs. betragen werde. Es war eine seltsame Voraussicht des Ertrags von 1855, wovon fünf lange Monate noch gar nicht abgelaufen waren, zum voraus eine Dividende von 200 Frcs. zu bestimmen, zumal da wir uns im vollen Kriege mit Rußland befanden, welcher unvorhergesehene Ereignisse bringen konnte.

„Bei dem Plan der Kapitalvermehrung sind die neuen Actien den frühern Actionären vorbehalten; es bekommen also nur die, welche schon Actieninhaber sind, unter vortheilhaften Bedingungen die neuen Actien. Augenscheinlich gibt es kein besseres Mittel, zwei Fliegen mit Einer Klappe zu schlagen: 1. Kapitalien herbeizulocken, an dem Schmause theilzunehmen; 2. den Curs der Actien, deren Inhaber man ist und die im Umlaufe sind, steigen zu lassen.

„Was anfangs nur Gerücht war, nimmt an Gewißheit zu; am 1. Sept. zeigten die Zeitungen an, daß die Vermehrung des Kapitals bestimmt sei, und zwar vermittels Obligationen zu 280 Frs., wovon 200 Frs. bei der Unterzeichnung und 80 Frs. am 1. März 1856 zahlbar; die Actiencoupons, welche am 1. Jan. und am 1. Juli 1856 fällig würden, nehme man auf die erste Einzahlung statt baaren Geldes an und zwar zu 200 Frs. Der „Moniteur“ wiederholte wörtlich die Nachricht.

„Nun lief Jedermann nach Actien. Von dem schon sehr hohen Stande von 1200 Frs. waren sie bereits Ende August auf 1300 und 1400 Frs. gestiegen, nach diesen Mittheilungen sah man sie am 6. und 8. September mit Blitzesschnelle auf 1600 Frs. emporgetrieben.

„Da erschien aber plötzlich am 28. September, am Tage vor der Börsenabrechnung und trotz des Versprechens eine Anzeige im „Moniteur“, daß die Gesellschaft, den Absichten der Regierung entsprechend, keine neuen Obligationen ausgeben werde. Die Wirkung kann man sich denken. Augenblicklich fielen die bis zu 1653 Frs. emporgetriebenen Actien auf 1200 und selbst bis auf 1100 Frs. herab. Während früher auf Gerücht und officielle Anzeigen hin ein Steigen von 500 Frs. stattgefunden hatte, sahen wir jetzt in weniger als 20 Tagen ein Sinken um 500 Frs.“ So sagte Berryer.

Um jene Zeit verloren die Speculanten einer einzigen Provinzialstadt, Nancy, gegen die von Paris zusammen 12 Mill. Frs. Es entstanden manche Bankrotte, und da es an Maßregeln fehlte, dergleichen Handlungen zu unterdrücken, glaubte der Stellvertreter des Staatsanwalts, Hr. Pinard, wenigstens einige strenge Worte darüber äußern zu müssen. „Man hat“, sagte er, „uns die Liste der großen Unternehmungen vorgelegt, welche der Credit mobilier ins Leben gerufen habe; sei es! Man hat uns von seinen industriellen Diensten gesprochen; mögen sie gleichfalls dahingestellt bleiben! Aber inmitten des Fiebers dieser Epoche, inmitten dieser rasenden Spielwuth und dieser verderblichen Kämpfe hat sich da der Credit mobilier keine Vorwürfe zu machen? Hat er dieses Fieber beschwichtigt oder aufgereizt? Hat er dieses Ueberstürzen nicht gesteigert, verdoppelt? Hat er, indem er die Unternehmungen über die vorhandenen Kräfte des Platzes vermehrte, indem er sie der Habgier der Spieler mit der Gewißheit enormer, durch die Speculation noch verdoppelter Prämien hinwarf, indem er die Zukunft escomptirte zum Vortheil der Gegenwart, — hat er da nicht mit andern, die seine Verantwortlichkeit zu theilen haben, ernste Gefahren für die öffentliche Moral und selbst für die materiellen Interessen geschaffen? Sind nicht unter einer so gespannten Situation die Reports das normale Gesetz des Platzes geworden? Sind nicht bei jeder Liquidation 30 oder 40 Millionen an Reporten erforderlich, um die Spieler zu retten, indem sie gleichzeitig aufs neue angereizt werden? Und wie viele Verluste, wie viele Familientrauer, wie viele Todte und Verwundete wird das geben an dem Tage, an welchem diese gefährlichen Mittel einen Augenblick fehlen, an dem Tage, an welchem der zu straff gespannte Bogen reißen wird! Ist doch bereits kürzlich schon einer der Administratoren des Credit mobilier selbst auf dem Schlachtfelde gefallen! Dies die moralische und finanzielle Bilanz, die ihr vergessen habt und welche das unparteiische Wort des öffentlichen Ministeriums in die Wagschale der Passiva werfen muß, wenn ihr ohne Beschränkung mit den Wundern eurer Operationen prahlt.“

Dieser unparteiische Ausspruch wirft ein helles

Sicht auf die Situation; die Speculationswuth hat mit unwiderstehbarer Leidenschaft sich auf das Börsenspiel geworfen, und die Associationen, deren Bedeutung für die weitere menschliche Entwicklung wir an sich nicht verkennen, hat leider mitunter eine Richtung angenommen, die vermittels Scheinschöpfungen nur zum Deckmantel und Vorwand der Ausbeutung dient.

Das Börsenspiel hat endlich auf die öffentlichen Sitten einen höchst nachtheiligen Einfluß geübt und ihr Verderbniß in hohem Grade gefördert.

Beim Anblick all jener Reichthümer, welche einzelne plötzlich erworben haben, ist das Sittlichkeitsgefühl im Volke schwankender geworden. Stillschweigend hat sich die Ueberzeugung in den Gemüthern gebildet, daß von allen Quellen des Reichthums die Arbeit gerade die unsicherste und die geringste sei; daß hoch über der Arbeit die Börsenspeculation stehe und die Mittel biete, um jeglichen Durst nach Wohlsein zu befriedigen. Die Principien, welche bei diesem Spiele regieren und die Börsenwelt leiten, ihr Geist, ihr Gewissen, ihre Gedanken über Recht und Unrecht, haben der großen Menge den sittlichen Zustand dieses gesellschaftlichen Krieges in einem beklagenswerthen Spiegel gezeigt. Jene 3—4000 unruhige und leidenschaftliche Personen, die täglich zu einer bestimmten Stunde im Mittelpunkte der Hauptstadt sich versammeln und dort eine halbe Million Spieler repräsentiren, die im ganzen Lande zerstreut sind, bilden ein ungeheueres Pandämonium, wo große Herren und Bedienten einander stoßen, wo die Börsenfürsten mit ihren Hausknechten und ihren Thürstehern unterhandeln, wo die mächtigsten Interessen des Landes: Staats- und Gemeindeschulden, Banken und Creditanstalten, Kanäle und Eisenbahnen, Fluß- und Seeschifffahrten, Versicherungen und Bergwerke in der Form von Actien und Werthpapieren widereinander streiten, ja, wo unter dem Anscheine eines regelmäßigen und freien Verkehrs und legitimer Benutzung des Eigenthums Unredlichkeit und Untreue herrscht.

Dieses täglich wiederkehrende Schauspiel, welches seine Agiotage und seine Wirkungen sofort mittels Telegraphen und Presse dem Lande kundthut, hat die Menge erschüttert, die Menge der Geister, in denen der Sinn für gute Tage sich schneller entwickelt als das moralische Gefühl, irregemacht in ihren Anschauungen, in ihren Begriffen von Handel und Speculation, von Recht und Unrecht, Ehrlichkeit und Klugheit, und so ist endlich der Widerwillen gegen ernste Geschäfte, das Fieber nach unerlaubtem vom Zufall abhängendem Gewinn nicht das alleinige Uebel des Börsenspiels geblieben.

(Schluß folgt.)

Aus Ungarn.

Ueber das Ende des Räubers Marczowsky erfährt man folgende Einzelheiten: Am Donnerstag den 2. d. kam Mackowsky mit einem treuen Genossen in Parage bei N. N. an; er wurde von einem nach dem auf seinen Kopf gesetzten 1000 fl. dürstenden Individuum verrathen, und Schlag 11 Uhr waren auch die Commissäre mit allen ihren Panduren an Ort und Stelle. In dem Hause, wo Mackowsky so oft schon sein Asyl hatte, ist eine Fleischbank; in diese flüchtete er sich; als er sah daß er verrathen und es um ihn geschehen sei, öffnete er mit größter Geistesgegenwart den zur Gasse führenden niedrigen großen „Laden" der Fleischbank und drückte sich in die herbeigeströmte Menschenmenge. Auf Zurufen der Commissäre, daß er sich ergebe, wurde mit Flüchen und spanischen Geberden geantwortet. Um 11 Uhr waren auch die aus Biharcze herbeigerufenen Uhlanen da. Nun folgten Schüsse auf Schüsse. Um 2 Uhr Nachmittags wurde das [illegible] des Hauses von vier Seiten in Brand gesteckt. „Diese Niederträchtigkeit" — bemerkte Mackowsky, [illegible] — „wird mich noch nicht zur Uebergabe zwingen." Er feuerte ununterbrochen auf seine Gegner. Sein Spießgeselle war nur mit dem Laden der Schießwaffen beschäftigt. Um 3 Uhr sah man schon verbrannte Banknoten-Fetzen, die Mackowsky beim Laden der Pistolen als Stöpsel verwendete, umherfliegen. Um 1/4 4 Uhr rief er den Uhlanen zu, es thue ihm leid, auf sie schießen zu müssen, man möge Jene ... (auf die Sicherheitsorgane zeigend) vorausschicken. Um 1/2 4 Uhr waren 3 Uhlanen und der Commissär [illegible] aus [illegible] verwundet. Mackowsky, der seinen Sturz vor Augen sah, besonders da sein Munitionsvorrath zu Ende ging, soll mehrere dicke Ballen Hunderter, Zwanziger, Zehner, Fünfer und Einser auf den „Hackstock" der Fleischbank gelegt und vor den Augen Aller verbrannt haben. Nach 4 Uhr war er so in die Enge getrieben, daß man schon glaubte, er werde sich entleiben; aber er versuchte noch ein Letztes und sprang mit zwei Revolvern in der Hand durchs Fenster um die dadurch verursachte Ueberraschung zur Flucht zu benützen. Kaum mochte er aber 12 Schritte gelaufen sein, als ihn auch schon einige nachgeschickte Kugeln nach fünfstündigem hartem Kampfe niederstreckten. Sein Spießgeselle, der nur leicht verwundet, ergab sich.

Miscellen.

Berlin, 9. Sept. Gestern Abend erfuhr die Vorstellung im Victoria-Theater eine traurige Störung. Man gab zum ersten Male ein nach dem Marlitt'schen Roman „Reichsgräfin Gisela" bearbeitetes gleichnamiges Stück, als im dritten Acte plötzlich unter dem Rufe „Feuer!" der Vorhang fiel. Nun war allerdings keine Feuersbrunst ausgebrochen, aber ein anderes schweres Unglück vorgekommen. Zwei Choristinnen hatten durch Unvorsichtigkeit ihre dünnen Kleider dadurch in Brand gesetzt, daß sie ein Stück Papier an einer Gasflamme entzündeten. Ein herzzerreißendes Wehklagen drang aus der Bühne in den Zuschauer-Raum, den Viele in voreiliger Bestürzung verlassen hatten; ein Schauspieler meldete das eingetretene Unheil, worauf alsbald die Vorstellung abgebrochen wurde. Das junge Mädchen starb noch gestern Abend, das zweite liegt am Tode. Vor einem halben Jahre etwa war in demselben Theater ein gleiches Unglück geschehen.

Ueber den religiösen Wahnsinn der Skopzen laufen wieder neue und noch schauerlicher klingende Nachrichten ein. So z. B. schreibt das russische Blatt „Don": „Am 13. August begaben sich achthundert Skopzen aus Balaschow nach dem nächstgelegenen Orte um zu beten und sich zu geißeln. Nachts mit zerrissenen Kleidern und blutrünstigen Körpern langten sie schon dort an, doch sollte es auf dem Heimwege noch ärger und toller zugehen. Einer unter ihnen Namens Wasiliew erklärte sich als Gottgesandter und Christus in Person und viele Andere riefen sich nach ihm als Heilige aus. Sie erklärten, es sei nothwendig, Menschenopfer zu bringen, und rissen fünf Individuen aus der Menge heraus, warfen sie zwischen mehrere über einander gestapelte Holzstämme und zündeten diese lichterloh an. Ein Weib, das sich zur heiligen [illegible] ausgerufen hatte, geißelte eine Magd mit einem Wagenreifen so lange, bis dieselbe den Geist aufgab. Ein anderes Weib wurde von den Wüthenden förmlich zu Tode getreten."

Redaction von L. A. Woll. Druck der Jäger'schen Druckerei in Speyer.

Palatina.

Belletristisches Beiblatt zur Pfälzer Zeitung.

Nro. 111. | Speyer, Donnerstag, den 16. September | 1869.

Zur deutschen Humboldt-Feier.

14. September 1869.

Nach Zahl der Jahre schon war reich genug
Des großen Mannes hochbetagtes Leben;
Von seinem Gipfel mochte leicht den Flug
Ins Ewige der reifste Geist erheben,
Doch war es auch an Inhalt reich und That,
Wie wen'ge reich an ausgestreuter Saat.

Nichts war ihm ungekannt, nichts ungedacht,
Die kleinste [illegible], wie die höchste Sphäre,
Der Stern am Himmel und der Stein im Schacht,
Das Moos am Meergrund und die Palmenähre,
Das Reich der Steppe, die Kometenbahn,
Das Thier im Keim, der Gletscher und Vulcan.

Bereisend, forschend, wirkend, ruhelos,
Fast glich er einem jener Geisterschaaren,
Die, an Erkenntniß wie die Götter groß,
Beim ersten Werk der Schöpfung thätig waren;
So sah ihn Meer und Urwald, die wohin
Sein Wissen ein durchdringend Leuchten schien.

Dem Wilden, der im Boot am Ruder saß,
Und staunend sah wie Strom und Wald und Hügel
Der weiße Fremdling niederschrieb und maß,
Dem Condor über ihm, die stolzen Flügel
Im Luftraum wiegend, beiden schien es [illegible]:
Ein mächt'ger Herrscher sei der fremde Mann.

Er war es auch, und Weltgeschicke gab
Sein Werk, sein Buch, unew'ge, wandellose,
Es legt ein Zeugniß von der Allmacht ab,
Die Wahrheit hält's erklärt auf dem Schooße,
Das Auge des Erkennens lebt darin,
Der hohe, freie, urtheilsvolle Sinn.

Dieß Buch! Gedanken hegt's vom kühnsten Flug,
Und ist ein Grund um endlos fortzubauen,
Es ist was vor den Schwertern ist der Pflug,
Ist der Vernunft besiegelt Selbstvertrauen;
Dieß große Buch! Mit ihm erst trat in Kraft
Das volle, ganze Recht der Wissenschaft.

Und dieß ist Deutschlands Ruhm, sein schönster Lohn,
Daß solch ein Werk der deutsche Geist geschaffen.
Vom Niagarafall, vom [illegible],
Bis wo des Himalaja Schlünde klaffen,
Wie auf der ganzen Erde festlich heut
Wird Humboldts Ruhm jahrhundertlang erneut.

Nicht nur sein Ruhm, was wär' erschallend nur
Des Namens Klang? Doch dieses reiche Wissen
Ist wie die ewig [illegible] Natur,
So fruchtbar stets und segensreich beflissen,
Und was der Menschengeist erfand und schafft —
In allem keimt es seine Wirkungskraft.

Hermann Lingg.

Die deutsche Stunde.

(Fortsetzung statt Schluß.)

Pause. — Walden war ganz Ohr, wagte aber nicht, weiter zu fragen, weil er, auch ohne aufzuschauen, den stechenden Blick des Generals fühlte.

Nach einer Weile, fuhr der General fort: „Vielleicht macht es Ihnen auch Freude, meine Nichte, Ihre ehemalige Schülerin wiederzusehen, sie ist mit dem Vormunde angekommen; ich höre, sie ist der deutschen Conversation noch immer nicht ganz mächtig, da können Sie gleich wieder den Magister spielen."

Walden war um seine ganze Fassung gebracht. Jetzt, wo das Begegnen mit Marie so nahe bevorstand, so unvermeidlich schien, jetzt durchschauerte ihn namenlose Angst. Er fühlte, daß der Moment gekommen war, wo über sein Geschick das Loos geworfen werden mußte. „Jetzt oder nie!" das ist oft eine verzweifelte Alternative, besonders, wenn sie unerwartet eintritt.

Das obige Gespräch hatte am Morgen stattgefunden, und schon am Nachmittage sollte der junge Arzt seine Feuerprobe bestehen; denn der General sagte zu ihm: „Mein lieber Freund, ich bin vom Gerichtspräsidenten zum Kaffee eingeladen; er weiß zwar nicht, daß Sie hier sind, aber Sie müssen mit mir, ich will's verantworten." Walden ging mit, ungefähr wie Einer, den die Armensündenglocke auf dem letzten Gange begleitet. Sie traten in das Zimmer des Präsidenten. Fräulein Mellenheim war mit ihrem Vormunde anwesend. „Lieber Freund", sagte der General zum Präsidenten, „ich bin so frei, mir einen Gehilfen mitzubringen. Dieser Herr ist der Doctor Walden, der frühere Lehrer Mariens, er ist derselbe Mann, der vor Kurzem den verglimmenden Funken meines Lebens wieder angefacht hat."

„Ich habe Ihr Lob schon aus verschiedenem Munde gehört," sagte der Präsident. „Sie sind uns willkommen."

Fräulein Mellenheim reichte ihm die Hand zur Begrüßung, indem sie sagte: „Wie schön, daß Sie hier sind; so kann ich Ihnen persönlich für die Rettung meines Oheims danken."

Der Kaffee verlief in gemüthlicher Stimmung.

Nach Beendigung desselben wurde ein Spaziergang unternommen. Da die beiden Alten sich eng an einander hielten, so ergab sich für Walden die süße Pflicht, der Dame seine Aufmerksamkeit zuzuwenden.

Bald fing das Eis in ihm zu schmelzen an, er gewann seine alte Beredsamkeit wieder. Marie war wirklich nicht mehr so wild, der frühere Spott und Hohn, den Walden manchmal so in ihren Worten gefunden hatte, war ganz verschwunden. Walden bemerkte dies mit Entzücken. In gemüthlicher Heiterkeit wurden die deutschen Conversationsstunden von ehemals besprochen und kein Wölkchen trübte den Frohsinn Waldens. Am Abende wurde die Mahlzeit ebenfalls beim Präsidenten eingenommen. Der nächste Tag verging auf dieselbe Weise, ebenso der dritte. Am vierten Tage hatten die beiden Alten einige geschäftliche Angelegenheiten zu besprechen und der Spaziergang sollte ausfallen. Marie schien verdrießlich darüber zu sein. So erbot sich denn Walden, ihr den Spaziergang möglich zu machen und sie zu begleiten. „Jetzt oder nie!“ dachte er.

Walden und Marie blieben lange aus, sie mußten viel verhandelt haben und lebhaft — denn sie kamen Beide sehr erhitzt zurück. Marie wußte sich den fragenden Blicken des Oheims rasch zu entziehen, indem sie Geschäfte im Haushalte vorschützte.

„Habt Ihr die schöne Musik gehört? Habt Ihr die prachtvollen Umgebungen von S . . . . . n gesehen?“ fragte der General den Arzt.

„Wir haben nichts gesehen und nichts gehört,“ stotterte der Verlegene.

„Das scheint mir auch,“ versetzte der General leichthin und drehte sich zum Präsidenten um.

Bei Tische aßen die beiden Spaziergänger fast Nichts. Nach Tische wurde eine Partie Whist versucht, aber das Spiel krankte an den unzähligen Versehen Mariens und Waldens. — Beim Nachhausegehen fragte der General: „Doctor, zum Teufel, was ist Ihnen? Sie kommen mir vor, wie nicht recht gescheit!“

„Herr General!“ antwortete Walden in sichtlicher Erregung, „darf ich auf morgen früh um eine feierliche Unterredung bitten?“

„Heute Nacht noch, wenn Sie wollen,“ versetzte der General.

„Verzeihen Sie, Herr General! ich bin heute nicht gesammelt, darf ich bitten auf morgen?“

„Gewiß,“ sagte der General, „also morgen früh Unterredung, feierlich, wie Sie sagen; ich will mir meine Regimentsuniform zu diesem Zwecke hervorsuchen, um acht Uhr erwarte ich Sie.“

Um acht Uhr des andern Morgens stand Doctor Walden vor dem General. „Sie sind pünktlich“ sagte dieser, „Sie kommen doch nicht, von mir Abschied zu nehmen?“

„Vielleicht, vielleicht auch nicht,“ sagte Walden ernst, „je nachdem unsere jetzige Unterredung endet.“

„Und wenn Sie nicht nach Wunsch endet, lieber Walden, Sie schießen Sich doch nicht etwa todt!“

„Nein, ich würde dann das erbärmliche Leben verachten, aber tragen.“

„Nun, bitte, lassen Sie hören, ich befinde mich jetzt in der erforderlichen, feierlichen Stimmung.“

„Herr General,“ begann Walden, „ich weiß sehr wohl, was heut Alles für mich auf dem Spiele steht; gleichwohl kann ich die Entscheidung nicht länger hinausschieben. Es gilt mein ganzes künftiges Geschick. Ich will frei und offen reden, wie es einem Manne von Ehre, als welchen Sie mich kennen, geziemt. Darf ich mir vorerst eine Frage erlauben?“

Der General nickte bejahend. Je ernster Walden geworden, desto komischer war dem General zu Muthe, so daß er kaum zu sprechen wagte, aus Furcht, den Doctor zu beleidigen. Deßhalb nickte er blos. Walden fuhr fort: „Darf ich mir zu fragen erlauben, wer das künftige Lebensgeschick des Fräuleins Wellenheim endgiltig zu bestimmen hat?“

„Vor allem sie selbst,“ antwortete der General.

„Und außer ihr?“

„Soweit es Aeußerlichkeiten betrifft, der Vormund und namentlich ich, weil sie zu mir das meiste Zutrauen hat. In einem Falle jedoch würde sie sicherlich weder nach dem Vormund noch nach dem Oheim etwas fragen, nämlich, wenn es ihr einfiele, heirathen zu wollen.“

Walden ward durch die Rede des Generals, der sich zeigte, als verstehe er nicht im mindesten das Ziel der Unterredung, zur äußersten Noth getrieben.

„Herr General!“ preßte er mit letzter Kraft heraus, „würden Sie einen Frevel an Ihrer Gastfreundschaft darin sehen, wenn ich bei Ihnen um die Hand Ihrer Nichte anhielte?“

„Es würde vor Allem die Einwilligung besagter Nichte einzuholen sein,“ erwiederte der General.

„Die habe ich seit gestern Nachmittag.“

„Lieber Doctor,“ sagte der General und drückte ihm herzlich die Hand, „bedurfte es solcher Anstrengung, um Ihrem alten Freunde eine so einfache Sache zu eröffnen? Wie haben Sie sich selbst das Leben schwer gemacht! Nun, ich denke, das Herzeleid wird jetzt wohl ein Ende haben. Mit innigster Freude erkläre ich Ihnen meine Zustimmung. Der Vormund wird sicher gegen Ihre Bewerbung nichts zu erinnern haben. Mögen Sie in der Verbindung mit meiner lieben Marie das Glück finden, das Sie verdienen. Aber, potz Bomben und Element, was sind Sie für ein blöder Schäfer! Ich habe Sie in dieser Hinsicht schon bewundert, als Sie noch der Magister Mariens waren. Ich sah, daß bei Ihnen etwas am entflackern war. Die Professorin spie Feuer und Flammen gegen Sie, wahrscheinlich aus mütterlicher Fürsorge für das eigene Blut. Ich konnte mir wohl denken, daß sie sich nicht scheuen würde, Sie auch bei dem Präsidenten zu verdächtigen. Ich kam ihr zuvor, ich schrieb ihm, es werde wahrscheinlich bald ein Brief von der Professorin anlangen, enthaltend allerlei Gewäsch, auf welches er kein Gewicht legen solle; übrigens möge er Marie aus der Anstalt, der sie entwachsen sei, sobald als möglich herausnehmen. Das geschah denn auch, wie Sie wissen, und zwar ganz unerwartet für die Professorin sowohl, als für Sie. Ich wollte dabei auch Ihre Neigung prüfen; hielt sie Stand und wurde sie erwiedert, so sah ich kein Hinderniß. — Nun, seien Sie ganz beruhigt; mit dem Vormunde will ich sofort selbst sprechen, er ist ein vernünftiger Mann. Ich gehe voraus; kommen Sie in einer halben Stunde nach; Sie werden den Weg zu Ihrer Braut ja wohl ohne mich finden."

(Schluß folgt.)

Das Börsenspiel der Gegenwart.

(Schluß.)

Untergeordnete Angestellte, Zeugen der großen „Coups" ihrer Vorgesetzten, geben der irrigen Auffassung sich hin, daß sie, alles zusammengenommen, ihre Pflichten nicht mehr verletzen, als solches durch ihre ehrbaren Patrone geschehen, wenn sie die ihnen anvertrauten Kassen berauben.

Dieser allgemeinen gegenseitigen Mißachtung, welche in einer gewissen Sphäre leider die alte Treue ersetzen zu sollen scheint, muß man die Verderbniß der öffentlichen Sitten, jene großartigen Veruntreuungen beimessen, welche so oft und so unerwartet die großen Gesellschaften treffen und ihren Actionären großen Schaden bereiten.

Die Versicherungsgesellschaft [illegible] in Paris erlebte z. B. eine Entwendung von mehr als einer Million durch den Director; bei der Nordbahngesellschaft nahm der Kassier 5—6 Millionen; bei dem Bankfilial in Besançon entwendete der Kassirer 40,000 Frs., bei dem Credit mobilier veruntreute der Geschäftsmäkler eine Summe von 147,000 Frs. Und wie viel bleibt verborgen, wie viel verheimlicht aus Rücksicht auf die Familien oder um den Ruf der Gesellschaften zu schonen? Und dennoch wäre ein ganzer Bogen mit solchen Erscheinungen auszufüllen, denn es gab eine Zeit, wo fast kein Departement, kein Hauptort in Frankreich nicht seinen Scandal hatte, eine Zeit, von der Proudhon sagen durfte: „Man stellt sich im Lande jetzt die Frage: „Gibt es Jemand in Frankreich, der noch an Gerechtigkeit und Ehre glaubt? Haben wir alle ein böses Gewissen, oder bleiben noch einige reine Seelen übrig?""

Die in dieser Frage liegende Beschuldigung ist zu stark, das Bild zu grell; in einer Zeit aber, in welcher sich eine so furchtbare Erschütterung der öffentlichen Moral zeigt, in einer Periode, in der eine Ausbeutung und ein Treiben begonnen hat, das, wenn es mit seinen Schwindeleien und Täuschungen, seinem Lug und Trug, in der Weise, in der es angefangen, fortwuchern könnte, unfehlbar zu den verderblichsten socialen Umwälzungen führen müßte, in einer solchen Zeit ist es begreiflich, wenn das mitunter heftig hervortretende Mißtrauen ebenso sehr die zu befürchtenden wie die schon geschehenen Dinge umfaßt. Haben sich nicht jenseits des Kanals in dem so praktischen und soliden England die düstern Erscheinungen und die Betrügereien bei öffentlichen Unternehmungen dermaßen vermehrt, daß man den Vorschlag machte, eine Assecuranz gegen den Raub und den Diebstahl zu bilden? Diese Thatsache, die bis jetzt noch kein Jahrhundert und kein Staat aufzuweisen hatte, beweist unverkennbar, wohin man gekommen, und wie sehr man der öffentlichen Sittlichkeit mißtraut.

Die Ereignisse drängen sich und werfen dunkle Schatten vor sich her, die Börsenwelt fühlt, daß etwas faul ist in ihrem engern Bereiche. Der Credit mobilier in Paris, das größte Spielhaus der Welt, wie Berryer sagte, ward durch seine Processe längst in seinen Grundfesten erschüttert; der Proceß Houry hat seinen Operationen die Maske abgenommen, und der Proceß Thurneyssen, wiewohl er die Anstalt nicht betraf, raubte ihr seinen Administrator und steigerte das bestehende Mißtrauen gar sehr. Gegenwärtig ist eine Sturm- und Drangperiode eingetreten, man hat den Credit mobilier und das Treiben seiner Führer im Gesetzgebenden Körper in den Sitzungen vom Monat Mai und Juni 1868 neuerdings gewaltig angegriffen. Man beginnt aufrichtiger zu werden. Pouyer Quertier, der Abgeordnete von Rouen, war der beredte Ankläger und erkannte es an, daß die Ausschreitungen des Schwindelgeistes zu herausfordernd waren, um nicht auch der tolerantesten Regierung Schutzmaßregeln gegen so systematische Ausbeutungen der Gesammtheit durch eine übermächtige Association von Börsencliquen abzunöthigen, daß Tantièmen, Gründerbenefice und schnöde Agiotage der Zweck waren, zu dessen Verhüllung die wohlklingendsten Phrasen gebraucht und ceremonielle Reden gehalten würden. Oeffentlich erkennt man es an, wie es dem Andenken des Finanzministers Fould zur Ehre gereicht, daß er in den letzten Jahren zu den offenen Gegnern der Pereire'schen Wirthschaft gehörte und die staatsgefährliche Solidarität des Kaiserthums mit dem Credit mobilier angefochten hat. Die Pereire hielten sich für gerettet, als Fould die Staatsfinanzen an Rouher abgab. Aber ein Protest der öffentlichen Meinung, ein Aufschrei des öffentlichen Gewissens riß die Solidarität entzwei, und im letzten Augenblicke konnte selbst der Kaiser den Herren Pereire höchstens das Schicksal des Hrn. Mirès ersparen, nicht aber den Fall des Credit mobilier aufhalten, dessen Actien bereits angesichts seiner Liquidation bis auf 217 Proc. gefallen sind.

Noch unlängst fanden wir die in Werthpapieren circulirenden Summen bis zum Betrage von 60 Milliarden Frs. angegeben, und immer werden neue Millionen für neue Actiengesellschaften bestimmt.

Als 1825 die französische Kammer die Entschädigung der Emigranten auf eine Milliarde festsetzte, erinnerte General Foy, um die Größe der vorliegenden Summe anschaulich zu machen: daß seit Christi Geburt noch keine Milliarde Minuten verstrichen seien. Ueber die Milliarde Minuten wird unsere Zeitrechnung erst in der zweiten Hälfte des Jahres 1901 hinauskommen. Eine Milliarde Francs wiegt 10 Mill. Pfd.; um sie zu Lande zu transportiren, bedarf man 2000 vierspänniger Wagen, und will man sie zu Wasser fortschaffen, braucht man ein Schiff nach den Dimensionen der Arche Noah, die 3000 Ellen lang, 50 Ellen breit und 30 Ellen tief war. Wenn man eine Milliarde Francs zu einer einzölligen Stange ausschmieden wollte, so würde die Totallänge dieser Stange völlig ausreichen, um ganz Paris mit einem 10 Fuß hohen Gitter zu umgeben.

„Wo sollen diese Unternehmungen aufhören?" fragt in Beziehung auf Frankreich Julius Mareschal, der ehemalige Director der Civilliste. „Diese anomalen Schöpfungen des Geschäftsgeistes, die nicht allein zur höchsten Macht gelangt sind, sondern die sich weit über die Grenzen des Erlaubten ausbreiten; unerhörte Schöpfungen, welche, auf das erworbene Vermögen oder den ehrlichen Gewerbfleiß des Nächsten gestützt, dahin führen, die meisten außerhalb ihrer gewohnten Wege zu drängen und oft in das Elend zu stürzen, während von der Höhe des Abgrundes herab, in den sie gefallen sind, einige wenige der „Habitués" das Mittel gefunden haben, sich alle Genüsse zu verschaffen; Schöpfungen, welche die große Menge als ein wunderbares Ergebniß der Geschäfte ansieht, als ein sichtbares Zeichen des Fortschritts betrachtet und bewundert, während sie bei vernünftiger Prüfung beunruhigende Symptome eines bevorstehenden Verfalls, das Heranschleichen eines Krebses sind, der endlich den socialen Körper zum Vortheil einiger wenigen und zum großen Schaden der Interessen aller entkräftet; Schöpfungen, die man pomphaft „ökonomische" nennt, die mit dem Mißbrauche der reinen Concurrenz beginnen, mit dem Scandal des Monopols enden; kurz Vereinigungen, die dem Gesetze trotzen und es verhöhnen, indem sie sich frech genug unter seinen Schutz stellen, bis sie den Gewerbfleiß Frankreichs ausgebeutet haben."

Miscellen.

Frankfurt, 4. Aug. Frankfurter Blätter schreiben: August Götz (der bei einer hiesigen Bankfiliale einen untergeordneten Posten bekleidete) ist geständigermaßen der Verfasser einer großen Anzahl seit 1848 in hiesiger Stadt erschienener Pamphlete. Er versuchte sich seit 1848 zuerst auf dem Felde der anonymen Allarmirung, indem er an den in seiner damaligen Nachbarschaft wohnenden Schöffen und Senator Scharf Branddrohbriefe richtete, in Folge deren die Bürgerschaft beunruhigt wurde und zur Sicherheit Nachts ein Feuerpiquet ausrücken mußte. Später wurden zu verschiedenen Zeiten, namentlich auf den sogenannten Wällen, Branddrohbriefe gefunden, welche sämmtlich von ihm herrühren sollen, bis er endlich zu Anfang dieses Jahrzehnts die der gesammten damaligen Bürger- und Einwohnerschaft noch in Erinnerung befindlichen Schandbriefe über eine Reihe höchst achtbarer Familien fabricirte und versandte. Götz hatte ein großes Nachahmungstalent. So konnte er die Unterschrift des Polizeisenators Speltz täuschend ähnlich nachmachen und sandte, mit derselben versehen, verschiedene Steckbriefe gegen achtbare Personen in verschiedene Zeitungen. Im Namen des Senats erkühnte er sich, an den Scharfrichter in Hannover zu schreiben und denselben zu ersuchen, mit seiner Guillotine hierher zu kommen, um einen Raubmörder zu köpfen, — der Mann ging in die Falle, schrieb an den Senat, eine Guillotine habe er nicht, wohl aber einen Block und ein scharfes Beil. Eine Masse Annoncen sandte er in auswärtige Zeitungen, welche eine große Anzahl hiesiger Personen in den Augen ihrer Mitbürger der Verachtung auszusetzen geeignet waren und den betr. Blättern große Unannehmlichkeiten bereiteten. Die Steine, welche er zur Anfertigung von Schandbildern und Briefen über die Familien der Herren v. Guaita, Bernus, Krebs, Dr. Sauerländer, Janauschek, Mayer, Lutteroth x. benutzte, vergrub er in dem Frankfurter Stadtwald, dieselben wurden gestern in seinem Beisein ausgegraben. Götz benutzte nun einige Zeit, bis er endlich die Familie Wohlfahrt, welche in seiner Nachbarschaft wohnt, zur Zielscheibe seiner Schändlichkeiten nahm. Um den Verdacht von sich abzulenken, schrieb er Schandbriefe an sich selbst und brachte sie zur Polizei; er schrieb an die hiesigen Zeitungsexpeditionen, keine Annonce über die Familie Wohlfahrt mehr aufzunehmen, während er sie doch vorher selbst eingesandt hatte. Die gegen Götz eingeleitete Untersuchung erstreckt sich jedoch nicht allein auf anonyme Schandschriften, es sollen vielmehr auch Wechselgeschäfte in den Kreis derselben gezogen sein.

(Gefährliche Lage.) Ein Friseur, dessen Laden auf der Chaussée du Maine in Paris liegt, hatte vor einiger Zeit seinen Nachbarn angezeigt, daß er entschlossen sei, seine Kunden unentgeltlich zu rasiren. Man hielt dieses Anerbieten anfänglich für einen einfachen Schwank, allein einige Personen konnten sich durch Versuche, die sie machten, überzeugen, daß es ernstlich gemeint sei. Man forschte nicht lange nach dem Beweggrund, der ihn leitete. Da die Sache einiges Aufsehen machte, so wurde der Laden nicht mehr von Besuchern leer, die von diesem uneigennützigen Barbiere rasirt sein wollten. Gestern Mittag trat ein Maurergeselle bei ihm ein, um sich rasiren zu lassen; der Barbier nährte sich ihm mit seinem Rasirmesser, betrachtete ihn mit stierem Blicke und sagte: „Wie wär's, wenn ich Ihnen den Hals abschnitte?" „Was sagen Sie da?" ruft der Maurergeselle, indem er erschrocken aufspringt. „Ich? nichts", erwidert der Barbier; „ich spaße bloß. Setzen Sie sich doch." Der Andere setzt sich, einigermaßen wieder beruhigt, allein er beobachtet in einem fort den Barbier, der ihn zu rasiren beginnt. Nach einer Minute spürt der Maurergeselle eine leise Berührung seiner Schulter. Das Rasirmesser fährt wie ein Blitz vor seinen Augen vorüber, und er bemerkt im Umwenden den Barbier, der mit funkelnden Augen ihn von neuem fragt: „Nun, wie wär's, wenn ich Ihnen den Hals abschnitte?" „Machen Sie doch diesem schlechten Spaß ein Ende!" antwortet der Andere, der ärgerlich zu werden begann. „Sie wollen also nicht, daß ich Ihnen den Hals abschneide?" „Nein, beim Teufel, ich habe gar keine Lust dazu." „Nun, wenn Sie nicht wollen, daß ich Ihnen den Hals abschneide, so will ich es mir thun." Mit diesen Worten legt der Barbier das Messer an seinen Hals. Der Maurergeselle schreit auf, die Vorübergehenden eilen herbei; man stürzt sich auf den Barbier, nimmt ihm sein Messer; der Unglückliche war verrückt geworden! Noch denselben Abend ward er in eine Irrenanstalt verbracht.

Eine curiose Ehe wurde jüngst in St. Louis, Vereinigte Staaten, geschlossen. Ein blinder Bräutigam erscheint am Arme seiner Braut vor dem Altare des Friedensrichters. Dieser ehrliche und gutmüthige Beamte hält es für seine Pflicht, dem Blinden zu sagen, daß dessen Herzensauserwählte das häßlichste Frauenzimmer von der Welt und, wie ihm zu Ohren gekommen, bereits zweimal Wittwe gewesen sei. Hierauf erwiedert der Bräutigam, daß er die Dame vor langen Jahren gesehen und dieselbe nach seiner besten Erinnerung damals ein Muster der Schönheit und Tugend war. Als der Blinde darauf bestand, mit dem Traum seiner früheren und glücklichen Tage verbunden zu werden, wurde der Knoten geschürzt; aber der Richter verweigerte unter dem Vorgeben, daß er es mit seinem Gewissen nicht vereinbaren könne, die Annahme der Eheschließungsgebühren.

Redaction von G. F. Kolb. Druck der Jäger'schen Druckerei in Speyer.

Palatina.

Belletristisches Beiblatt zur Pfälzer Zeitung.

Nro. 112. Speyer, Samstag, den 18. September 1869.

Die deutsche Stunde.

(Schluß.)

Als der Doctor nach einer halben Stunde kam, fand er die Situation vollständig aufgeklärt, der Vormund hatte nichts einzuwenden.

Das war ein glücklicher Vormittag, wie Walden sich ihn vor acht Tagen sicherlich nicht geträumt hatte. Es ward beschlossen, die Verlobung schon den folgenden Tag zu feiern und zwar in demselben stillen, häuslichen Kreise, in welchem die Dinge sich entwickelt hatten. Verwandtschaft war nicht eingeladen und die Professorin, welche sonst wohl eine Einladung hätte erwarten können, hatte sich merkwürdiger Weise bei dem Präsidenten noch nicht sehen lassen.

Es gab noch so Manches anzuordnen und zu bestimmen, und die beiden älteren Herren entfernten sich bald aus dem Hause. Walden wäre gern bei Marie zurückgeblieben, allein auch er hatte noch so vielerlei zu besorgen, diese und jene Kleinigkeit zu kaufen, um wenigstens irgendwie, so gut es in der Eile ging, seine Braut am folgenden Tage zu überraschen; und so mußte auch er bald gehen.

Marie mochte seit einer halben Stunde allein sein, da klopfte es an der Thür, und siehe da! herein trat Herr Rudolph Padrock.

„Verzeihen Sie, verehrtes Fräulein!“ sagte er sehr artig, „habe ich vielleicht die Ehre, den Herrn Präsidenten hier anzutreffen? Ich komme im Auftrage meiner Mutter.“

Bitte, Herr Referendar! nehmen Sie Platz! Der Präsident ist ausgegangen und dürfte vor Mittag schwerlich zurückkommen. Indessen, wenn Sie sich für ermächtigt halten, den Auftrag in meine Hände zu legen, so dürfen Sie einer prompten Besorgung versichert sein.“

„Meine Mutter“, erwiderte Padrock, „ist außerordentlich unglücklich, daß es ihr noch nicht möglich geworden ist, den Besuch zu erwidern, den Sie und Ihr Herr Vormund bei uns, ohne uns anzutreffen, gemacht haben.“ Meine Mutter ist seit einigen Tagen bettlägerig geworden und bittet deshalb tausendmal um Entschuldigung. Um es nun einigermaßen wieder gut zu machen, sendet sie mich, um die Ursachen des verzögerten Gegenbesuchs persönlich darzulegen.“

„Es thut mir recht leid“, sagte Marie, „daß Ihre Frau Mutter nicht wohl ist. Ich freue mich dagegen, zu sehen, daß Sie sich wenigstens einer vergnügten Gesundheit erfreuen. Das ist hübsch von Ihnen. Nun erzählen Sie mir auch, Herr Referendar, wie ist es Ihnen in den letzten Jahren ergangen?“

„O Fräulein! nicht gut, das Assessorexamen hat mir viel zu schaffen gemacht, es ist ein schreckliches Examen, für Einen beinahe zu viel; es wird noch dahin kommen, daß immer zwei Referendare zusammentreten müssen, um dies eine Examen zu bestehen.“

„Sind Sie durchgefallen?“

„Gott bewahre! nein, darum hatte ich auch keine Angst, ich war fest in meiner Sache, aber ich glaube, noch nie, seit die Welt steht, ist ein solches Assessorexamen abgelegt worden. Aber glauben Sie mir, verehrtes Fräulein, das Studiren Tag und Nacht, bis man so weit ist, um gegen alle maßlosen Fragen stich- und hiebfest zu sein, das strengt an, es reibt manche weniger kernige Constitution ganz auf.“

„Ich bitte tausendmal um Entschuldigung, Herr Assessor, daß ich Ihnen vorhin den veralteten Titel Referendar beigelegt, es soll nicht wieder geschehen. Zur Vermeidung von Irrthümern wäre es eigentlich gut, wenn für die verschiedenen Abstufungen Abzeichen eingeführt würden, etwa wie bei den Offizieren.

„Sie haben Recht, Fräulein, indessen Rang und Titel haben jetzt wenig Werth für mich.“

„Worauf legen Sie jetzt den meisten Werth, Herr Assessor?“

„Mein jetziges Hauptstreben ist: innere Harmonie.“

„Was verstehen Sie darunter, Herr Assessor?“

„Es ist schwer zu sagen, verehrtes Fräulein, obwohl ich ganz deutlich fühle, was ich meine, ich will sehen, ob ich's in verständliche Worte fassen kann. Ich meine so eine innere Ruhe und Behaglichkeit, so eine feste, abgeschlossene Zukunft, so eine friedliche stille Genügsamkeit, so ein trauliches Ausruhen von den Stürmen der Examina.“

„Es ist mir trotz alledem noch nicht klar, Herr Assessor!“

„Ach Fräulein, jetzt fällt mir's ein; mit einem

einzigen Worte kann ich's Ihnen klar machen: darf ich freimüthig reden?"

„Sie dürfen."

„Ich meine einen häuslichen Herd. O Fräulein, schon einmal habe ich mein Herz vor Ihnen ausgeschüttet: es war Frevel von mir, denn ich war damals erst Referendar. Verehrtes Fräulein, der Gedanke an Sie hat mich in der schweren Prüfungsstunde, die ich vorher geschildert, begeistert. Ich habe das Ziel erreicht, eine Anstellung winkt mir. O lassen Sie sich in diesem ewig schönen Momente rühren, alles, was ich bin und habe, biete ich Ihnen an. O sagen Sie, daß Sie's acceptiren, sagen Sie, daß Sie die Meinige werden wollen, wie ich der Ihrige bin, ich auf Leben und auf Tod. Denn, selbst wenn Sie meine Hand verschmähen — ich bleibe Ihnen ewig treu."

„Herr Assessor!" erwiederte Marie lächelnd, „Sie haben Unglück mit Ihren Bewerbungen. Sie gestanden eben ein, daß Sie als Referendar zu früh gekommen sind; ich muß Ihnen gestehen, daß Sie heute als Assessor zu spät kommen; auf morgen ist meine Verlobung mit Herrn Doctor Walden festgesetzt. Ich will Ihnen den Rath geben, seien Sie vernünftig und lieben Sie eine Andere."

„Niemals," betheuerte der Assessor, „ich bin unglücklich aber ich bleibe Ihnen ewig treu."

Er empfahl sich nach Aussprechung dieses Gelübdes.

Am anderen Morgen war die Professorin urplötzlich gesund und reiste mit Ihrem Sohne ab.

Die Verlobung Marien's und Walden's fand an demselben Tage statt.

Drei Monate später führte der glückliche Doctor seine geliebte und liebende Marie zum Altar. Vierzehn Tage früher war auch der Assessor Vadand in den Ehestand getreten; Hand in Hand mit Henriette Breder, die wir aus der Pensionsanstalt kennen, wollte er das irdische Leben durchschreiten. Für denjenigen Leser, welchem die Schilderung der besagten Dame nicht mehr gegenwärtig sein sollte, wiederholen wir das Conterfei: Die Frau Assessorin, geborne Breder, war die einzige Erbin eines anständigen Vermögens, und außerdem sehr, sehr gutmüthig, — andere Eigenschaften besaß sie nicht.

Die Brillen.

Es gibt kein optisches Geräthe, welches bekannter und verbreiteter wäre als die Brille; woher mag diese Popularität der Brille kommen? Während der Taube sein Hörrohr zu verbergen strebt und, wenn auch bisher vergebens, darauf sinnt, es mit Erfolg in seinen Dimensionen derart zu verkleinern, daß es sich irgendwo und irgendwie — etwa im Hut oder im Ohr selbst — verstecken ließe, suchen Alt und Jung mit der Brille zu glänzen, doch nicht, weil sie selbst glänzt? Beim Hörrohr vermeidet man ja gern das Auffallende des Glanzes. Vielleicht, weil die Brille nicht so plump wie das Hörrohr gebaut ist; vielleicht auch, weil sie nicht eigens wie das letztere ihre Wellenquelle zur besonderen Thätigkeit auffordert; oder weil sie nicht, wie das Hörrohr, stets zu neuen Fragen zwingt? Vielleicht, weil sie dem edelsten Sinne wirklich hilft und nicht wie das Hörrohr seinen Herrn oft im Stiche läßt? Oder weil die Brille in der Erfindung viel älter als das Rohr der Schwerhörigen ist, und weil wir sie bei den von uns verehrten Personen — Eltern, Lehrern, Magistraten — von Jugend an sehen? Allein da stehen wir vor einem logischen Zirkel: Warum nehmen aber unsere Alten die Brille in Affection und nicht das Hörrohr?

Die Antwort ist in den vorstehenden Fragen angedeutet. Die Brille leistet in der That mehr und Verläßlicheres als das Hörrohr und verunstaltet den Träger so wenig, daß sie in der Einbildung sogar zur Zierde ihres Besitzers werden kann. Indeß hat auch hier der gesunde Geist des Volkes das Bessere erkannt, und sein Witz treibt sich oft genug an den „Glasaugen", an den „vier Glasaugen" u. dgl. m., ohne daß jedoch der sogenannte gemeine Mann die Brille von sich weist, wenn er ihrer wirklich bedarf.

Der Erfinder der Brillen hat sich bis heute nicht mit Bestimmtheit ermitteln lassen, und man weiß nur, daß die Brillen gegen Ende des 13. Jahrhunderts in Italien auftauchten und gegen 1870 auch in Deutschland bekannt wurden. Die hohlgeschliffenen Brillen für Kurzsichtige kamen noch später, obwohl man aus einer undeutlichen Stelle im Plinius hat schließen wollen, Nero habe sich eines concav geschliffenen Smaragdes wie eines Augenglases bedient. Sicher ist, daß die Alten die vergrößernde Kraft der Wasserkugeln und Brenngläser beim feinen Steinschnitt benützten, jedoch in anderer Weise, als dies bei der Brille geschieht; sie brachten nämlich jene durchsichtigen Mittel bis an das zu vergrößernde Object und hatten eigentlich ein einfaches Mikroskop.

Ihren Namen hat die Brille vermuthlich vom Beryll, weil sie vielleicht anfangs aus grünem, beryllähnlichem Glase angefertigt wurde. Die Chinesen scheinen die Brillen, wie so vieles Andere, auf ihrem eigenen Culturwege gefunden zu haben; sie schleifen die Scheiben zu ihren Brillen theils convex, theils concav aus dem durchsichtigen Scha-chi oder Theestein, welcher die Farbe eines Thee-Aufgusses besitzt, und binden diese eigenthümlichen Linsen vor die Augen mittelst hinter den Ohren gelegter Seidenschnüre. Unter den südamerikanischen Alterthümern will man einen Kopf mit einer Brille erkannt haben; ob aber das vor den Augen jenes Kopfes befindliche Ding wirklich eine Brille ist? Gewiß würde man irregehen, wenn man den Anachronismus einiger älteren Maler ernst nähme, die den heiligen Hieronymus mit einer Brille darstellten, obschon er im vierten Jahrhundert, also lange vor Erfindung der Brillen, lebte.

Es scheint, daß man die Brillengläser anfänglich mittelst einer Fassung in der Hand hielt; später sollen sie an der Mütze befestigt und mittelst dieser vor die

Augen gebracht worden sein. Gegen die Mitte des 15. Jahrhunderts stemmte man die Brillen mit Hülfe ihrer federnden Fassung an die Nase, was in neuerer Zeit in verbesserter Form wieder geschieht, welches Verfahren aber jenem nachsteht, bei welchem die Brillen mittelst der Gestelldrähte hinter den Ohren gehalten werden.

Interessant war auf der zweiten Londoner Weltausstellung (1862), sowohl in Beziehung auf die äußere Form, als auch in Hinsicht auf den Schliff der Augengläser, die historische Brillensammlung des Optikers J. Brahams. Die Brillen waren von ihrem ersten Bekanntwerden fortschreitend bis zum Jahre 1862 geordnet. Auch die Brillen großer Naturforscher, z. B. Scheiner's, Newton's, Kitchener's, Herschel's u. A. m., hatte sich der Aussteller zu verschaffen gewußt. Man konnte also aus der Nummer der Brillen auf das Sehvermögen jener berühmten Männer zurückschließen.

Die Brillen, welche ursprünglich nur in ihrer Gebnoth von alten Leuten gebraucht wurden, kamen später bei den Spaniern in die Mode; zum Glücke griff aber diese gefährliche Thorheit bei den übrigen Völkern nicht durch. Die Theorie der Brillen konnte selbstverständlich erst gegeben werden, nachdem das Wesen des Sehens klar geworden war. In der That glückte es erst Kepler (1604), die Leistung der Brillen in einer noch heute gültigen Weise verständlich zu machen.

Das Bild eines jeden Gegenstandes muß genau auf die Netzhaut fallen, wenn jener deutlich wahrgenommen werden soll. Da das Auge wie eine erhabene Linse wirkt, so wäre dies eigentlich nur für eine bestimmte Entfernung der Sachen vom Auge zu erwarten. Die Erfahrung zeigt aber, daß jedes Auge sich für verschiedene Entfernungen einrichte oder „accommodire", das heißt, es vermag für je andere Abstände des Objectes vom Auge ein deutliches Bild auf die Netzhaut zu bringen. Zeichnet man auf einer Glastafel einen Pfeil, so kann man willkürlich den Pfeil oder die hinter der Tafel befindlichen abliegenden Dinge deutlich sehen. Im ersteren Falle erscheinen die Gegenstände verschwommen, im zweiten der Pfeil. In ähnlicher Weise verhält es sich mit einer Schrift, die man durch einen vor letzterer befindlichen, etwas entfernten Flor ansieht. Man kann das Sehorgan nach Belieben auf die Fäden des Gewebes oder auf die Buchstaben scharf einstellen.

Indeß hat das Einrichtungsvermögen des Auges seine Grenze. Ein normales Auge nimmt einen Gegenstand nicht mehr deutlich wahr, wenn es demselben näher als 8 bis 10 Zoll gebracht wird. Nur jene Gegenstände, welche sich außerhalb dieser Grenze befinden, unterscheidet man scharf. An dieser Grenze selbst sieht man den Gegenstand am deutlichsten. Die Entfernung von 8 bis 10 Zoll heißt daher die Weite des deutlichen Sehens oder kurzweg die Sehweite. Bei manchen Personen ist jedoch die Sehweite viel geringer, bei anderen bedeutend größer als die vorhin angegebene; erstere heißen kurzsichtig, letztere weitsichtig. Weil kurzsichtige Augen eine Annäherung, weitsichtige aber eine Entfernung des in der Sehweite befindlichen Gegenstandes fordern, so müssen sich die Strahlen bei ersteren schon offenbar vor, bei letzteren erst hinter der Netzhaut vereinigen. Das kurzsichtige Auge wirkt also wie eine zu viel, das weitsichtige wie eine zu wenig erhabene Linse. Man muß daher jenem vermittelst eines hohl geschliffenen Glases, diesem aber vermittelst eines erhaben geformten Glases oder mit einer passenden Brille zu helfen suchen.

Je weitsichtiger ein Auge ist, desto schärfer muß seine Brille, d. h. desto kleiner muß die Brennweite und die am Glase eingeritzte Nummer der Linse sein. Die stärksten convexen Brillen brauchen die am grauen Staar Operirten, weil bei ihnen die wegen ihrer Trübheit aus dem Auge genommene Krystall-Linse durch die Glaslinse der Brille ersetzt wird. Da ein seiner Krystall-Linse beraubtes Auge nicht adjustiren kann, so wird für dasselbe die Brille versuchsweise gewählt. Für Augen jedoch, welche accommodiren können, läßt sich die Brennweite berechnen, indem man die Entfernung, in welcher der Weitsichtige am deutlichsten sieht, mit dem Abstand, in welchem er durch die Brille am schärfsten sehen soll, multiplicirt und dieses Product durch den Unterschied beider Entfernungen dividirt. Für ein kurzsichtiges Auge gilt die nämliche Regel; man nimmt aber hiebei die Brennweite des Glases negativ, d. h. das Glas wird entsprechend concav gewählt.

Die Stecher-, Feder- oder Curtischbrillen gestatten, daß man die eine oder die andere ihrer Seiten dem Auge zuwenden darf; beide Flächen ihrer Linsen müssen daher gleiche Krümmungen haben. Wird jedoch, wie bei den Sattelbrillen mit Kopfstangen, immer die nämliche Seite nach dem Auge gekehrt, dann sind die Menisken, deren Hohlflächen stets nach dem Auge hin liegen, vorzuziehen, weil sie auch das Sehen seitwärts befindlicher Gegenstände besser gestatten; solche von Wollaston (1812) vorgeschlagene Brillen heißen daher, mit Anspielung auf das seitliche Sehen, periskopische; sie haben den Fehler einer allzu starken Spiegelung.

Das grelle Sonnenlicht, wie es von weißlichen Gebäuden, Pflastersteinen u. dgl. m. zurückgeworfen wird, überreizt die Netzhaut und wird dem Sehorgan schädlich. Empfindliche Augen bedürfen daher gegen solche nachtheilige Einflüsse des übermächtigen Lichtes eines Schutzes, und man versieht sie daher mit Brillen aus blauem oder schwärzlichem Glase. Letzteres, eine neuere Erfindung der Engländer, ist vorzuziehen. In früherer Zeit verwendete man zur Lichtabschwächung auch grünes Glas; man ist aber davon abgekommen, weil es das überflüssige Licht nicht so gut mildert, wie das blaue oder schwärzliche Rauchglas, auch „Londonsmoke"-Glas. Empfindliche, aber sonst normale Augen erhalten nur solche gefärbte Gläser, welche an beiden Seiten entweder vollkommen eben oder gekrümmt wie die Uhrgläser und wie letztere überall gleich dick sind. Solche dunkle Brillen finden beispielsweise auch als Schneebrillen Anwendung, um der gefährlich blendenden Einwirkung des Gletscherfirns zu entgehen. Den gleichen Dienst leisten zur Noth künstliche Pepillen, das sind vor die Augen gebundene Brettchen, welche sehr kleine Lichtöffnungen besitzen. Die Gläser der Staubbrillen für ein normales Auge müssen dünn und beiderseits eben oder uhrglasförmig gestaltet sein. Nur in diesem Sinne haben Conservirbrillen für geschwächte, aber sonst normale Augen eine Berechtigung; mit Brillen einem ganz gesunden Auge beispringen wollen, damit es nicht anormal werde, ist ebenso lächerlich und gefährlich, als ob ein Gesunder Medicin nehmen würde, damit er nicht krank oder als ob ein Geradbeiniger auf Stelzen ginge, damit er nicht krumm werde.

Auch die Weit- und Kurzsichtigen können sich gegen das zu starke Licht blauer oder dunkler Brillen bedienen; aber diese sollen dann isochromatisch, das ist solche sein, bei denen die eigentliche Linse aus weißem Glase besteht, die aber mit einem überall gleichmäßig dicken, blauen oder dunklen Glase belegt sind. Denn wäre die Linse selbst aus blauem oder dunklem Glase, so würden die ungleich dunklen Färbungen an den verschiedenen dicken Stellen desselben dem Auge schädlich werden.

Sehr interessant und wichtig ist die von Arago (1835) erfundene Turmalinbrille, welche dazu dient, die den Schiffen gefährlichen unterseeischen Klippen, Riffe und Felsen zu errathen. Sieht man nämlich durch eine zweckmäßig geneigte Turmalinplatte schräg nach einer Wasseroberfläche, so werden die von letzterer schief reflectirten Lichtstrahlen größtentheils polarisirt und daher vom Turmalin absorbirt. Die unter dem Wasser befindlichen Gegenstände senden natürliches Licht oder zum vorigen Lichte entgegengesetzt polarisirte Strahlen an den Turmalin, daher sie durch letzteren ins Auge gelangen. Durch einen Turmalin erblickt man also unter dem Wasser befindliche Objecte und Schifffahrtshindernisse, was dem freien Auge nicht möglich ist, weil dann die von der Wasseroberfläche reflectirten Strahlen die aus dem Wasser kommenden an Stärke übertreffen. Da man sich der Turmalinbrille nur für die gefahrdrohenden Stellen der Gewässer, mithin nicht immer bedient, so genügt es, blos das eine Auge mit der Turmalinplatte zu bewaffnen und das andere zu schließen.

Bei Besprechung dieses Turmalin-Monocles fällt uns das bei den Stutzern so sehr beliebte Glas-Monocle ein, vor dessen Gebrauch wir nachdrücklichst warnen, weil dadurch ungleiche Sehweiten beider Augen und eine ebenso lächerliche als unschöne Verzerrung der Physiognomie entspringen. Ueberhaupt ist die Frage, ob man eine Brille aufsetzen soll, eine sehr ernste Angelegenheit, die mit Sachverständigen reiflichst zu erwägen wäre, denn es ist nicht gleichgiltig, durch welche Brille man die Welt ansieht.

(N. Fr. Pr.)

Miscellen.

Stephan Heller, der in München der Probe-Darstellung der Wagner'schen Oper „Rheingold" beigewohnt hat, liefert in dem Karlsbader „Sprudel" vom 12. Sept. ein Feuilleton über diese „große musikalische Schweinsproduction in einem Tempo". Wir erfahren daraus zunächst, daß die erste Auflage der zu der Probe gebrauchten Theaterzettel als Makulatur eingestampft werden mußte, weil schon der Titel einen „Druckfehler" enthielt, indem statt „Rheingold" „Reingold" gesetzt war. Dann schreibt Heller: Einzig in seiner Art ist die Novität auch schon dadurch, daß keine Menschen in ihr vorkommen. Die Handlung, wenn von einer solchen die Rede sein kann, wird von den Göttern (Wotan, Donner und Loke), zwei fabelhaften Riesen (Fafolt und Fafner), zwei Nibelungen (Alberich und Mime), drei Göttinnen (Fricka, Freia und Erda) und drei Rheintöchtern (Woglinde, Wellgunde und Floßhilde) gespielt und beginnt auf dem Grunde des Rheines. In welcher Stabreim- und Alliterationsbereich das Textbuch sich bewegt, ist bereits bekannt. Die „Handlung" ist nach Heller etwa folgende: „Wotan will mit dem im Rheine lagernden, von den Rheintöchtern gehüteten Golde die Freia erlösen, die er den Riesen für den Bau der Walhalla gegeben. Aber die Nibelungen haben den Rheintöchtern das Gold geraubt. Durch List gelingt es Loke, dem Staatskanzler und Diplomaten Wotan's, die Nibelungen um das Gold zu betrügen. Jetzt wird Freia aus den Händen der Riesen losgekauft und Wotan zieht mit ihr und den anderen Göttern und Göttinnen auf einer Regenbogenbrücke in die Walhalla. „Die hat das wär ein Ende, dies ist des Rheingold Rat"."

Herr Simon, Consul in Peking, hat Fische aus China, zu einer seltenen Karpfenart gehörig, nach Frankreich gebracht. Im „Reiche der Mitte" kostet das Stück etwa 2 Sous; bis sie nach Paris kamen, bezifferten sich die Kosten für das Stück auf 500 Francs. Die Fische sind reizend, wie geschnitten aus einem Goldblocke und mit dem reinsten Azur gravirt; die Flossen schimmern in den Farben eines Pfauenschweifes. Herr Simon hat einige Stücke dem Acclimatisationsgarten gegeben, diese gingen aber binnen 24 Stunden zu Grunde. Mehr Glück hatte mit den Fremdlingen der sachkundige Gelehrte Carbonnier; er setzte sie in seinem Aquarium ein und erlebte die Freude, daß sie sich paarten und etwa 500 jungen Karpfen das Dasein gaben, die nun schon lustig wachsen und gedeihen.

Der „Times" wird aus Gibraltar geschrieben, daß daselbst augenblicklich große Wassernoth herrscht, und daß Garnison und Einwohner nach Verlauf von 50 Tagen, sollte inzwischen kein Regen fallen, vollständig ohne Wasser sind. Es ist zu bemerken, daß dieses unentbehrliche Lebensbedürfniß in Gibraltar überhaupt zu den Luxusartikeln gehört, und daß dort stationirte Offiziere für sich und ihre Familie schon über 30 L. (200 Thlr.) in einem Jahre an die Wasserträger gezahlt haben, abgesehen von den ihnen durch die Garnison-Regulationen bewilligten Quantitäten.

(Hohes Alter) In der brasilianischen Stadt Franca starb unlängst, wie das Diario de Sao Paulo meldet, ein Greis Namens Eustodio Jose Moreira in dem methusalemitischen Alter von 135 Jahren. Er war aus Portugal gebürtig und daselbst beim Leichenbegängniß Königs Don Joao V. anwesend. Bis 8 Jahre vor seinem Tode ging er rüstig seiner Beschäftigung, der eines Landwirths, nach; seine Nahrung bestand in geschabtem Kale, Wein und Zucker. — Einen anderen Todesfall in ungewöhnlich hohem Alter meldet die Anglo-Brasilian Times, nämlich den der Donna Sabina Maria de Lemos, Mutter des Baron de Rio Verde, welche im Mai zu Minas Geraes, 115 Jahre alt, verschied und eine Nachkommenschaft von über 300 Personen, bis zur fünften Generation herab, hinterließ.

Redaction von A. L. Woll. Druck der Jäger'schen Druckerei in Speyer.

Palatina.

Belletristisches Beiblatt zur Pfälzer Zeitung.

Nro. 113. Speyer, Dienstag, den 21. September 1869.

* Die III. Kreisversammlung des pfälzischen Lehrervereins.

(Fortsetzung aus Nro. 215 der Pfälz. Ztg.)

Herr Gärtner setzte seine Eröffnungsrede etwa in folgender Weise weiter fort: Man kann die Frage aufwerfen: Was hat unser Verein schon gethan? Diese Frage hat allerdings ihre volle Berechtigung und man darf nicht darüber hinweggehen. Ich will die Frage nur andeutungsweise beantworten. 1. Die Verbindung aller Kräfte zu einer Zeit, wo Kämpfe unvermeidlich sind, ist von großer Wichtigkeit. Wenn der Einzelne nicht Muth und Kraft hat, so hat er es im Vereine mit Genossen. Im Vereine findet das Mitglied gegenseitige Aufforderung zur Fortbildung. Wer jedoch Mitglied ist, der darf seine Ansichten nicht rein durchgeführt sehen wollen, sondern muß sich unterordnen können. 2. Solche Verbindungen fördern Standesbewußtsein, Standesgefühl und Selbstbewußtsein. Dieses Selbstbewußtsein in allen Lagen muß sich in männlichem Auftreten manifestiren. Das sind gute und anerkannte Erfolge des Vereins. Ich erkenne 3. in unseren Jahresversammlungen schöne Feste. Sind es nicht Feste, wo neue Verbindungen eingegangen, neue Bekanntschaften geschlossen, alte erneuert werden, wo zu neuem frischen Leben angeregt wird, wo das Leben wieder neuen Muth erhält? Wer nicht im Stande ist, den Versammlungen beizuwohnen, der mag die Verhandlungen zu Hause nachlesen und daraus deren Resultate ersehen. Und so wirken diese Verhandlungen auch in das Leben hinaus. Die Lehrerkränzchen, keine befohlenen, zeugen von dem Wirken des Vereins u. s. w. Der Redner schließt dieses Thema, wie folgt: Ich wollte nur die Frage aufwerfen: Verdient nicht ein solcher Verein immer mehr ausgebaut zu werden? Lassen wir uns darin durch Tadel nicht stören.

Sodann fuhr Hr. Gärtner fort: Ich beehre mich Ihnen Näheres über den Personalstand des Vereins mitzutheilen. Im Ganzen sind es 1358 Mitglieder. Da im vorigen Jahre die Mitgliederzahl nur 1156 war, so ist die Zahl derselben unterdessen um 202 gewachsen, was ein erfreuliches Zeichen ist, daß die Lehrer das Bedürfniß für das Aneinanderschließen immer mehr fühlen und was uns ermuthigen muß, immer noch weiter auf der betretenen Bahn fortzufahren. Es sind aber auch, was besonders erfreulich ist, viele Nichtschullehrer in den Verein eingetreten und zwar 17 Geistliche, dann Lehrer aus höheren Schulen, Lehrer aus Präparandenschulen und dem Seminare, Beamte, Privatleute, Handwerker, Wirthe, Bäcker u. s. w., zusammen 140 nicht eigentliche Schullehrer. Unter den Mitgliedern sind auch zwei Lehrer aus dem Elsaß. Man sieht, daß unser Bestreben auch in allen Ständen Unterstützung und Anerkennung findet; besonders erfreulich muß es aber sein, daß der geistliche Stand Zutrauen zu uns gewinnt und unseren Bestrebungen sich anschließt. Es möchte manchmal für Nichtfachmänner so aussehen, als seien unsere Bestrebungen und Ansprüche gerade gegen diesen hochachtbaren Stand gerichtet; allein es ist purer Schein. Diejenigen, die ein offenes Auge haben wissen den Schein von der Wirklichkeit zu unterscheiden. Der geistliche Stand ebensowohl wie der Lehrerstand, beide Stände müssen immer mit einander gehen, müssen beisammen bleiben, mögen die Verhältnisse sich gestalten wie sie wollen.

Nachdem Herr Lehrer G. L. Krebs einen von ihm selbst in poetischer Form verfaßten Prolog vorgetragen, hielt Herr Lehrer Trescher von Trippstadt eine Rede über das Thema: Was wir wollen? Drei Punkte betonte der Redner besonders: 1. Bildung. 2. entsprechendes Auskommen und 3. rechtliche und würdige Stellung der Lehrer.

Herr Gärtner drückte dem Sprecher den Dank der Versammlung aus, den diese durch Bravo- und Hochrufen bestätigte. Hr. Thiroff, Lehrer in Rheingönheim, Rechner des Vereins, legte darnach die Hauptmomente aus der Jahresrechnung vor, wonach die Einnahmen 702 fl. 48 kr., die Ausgaben 611 fl. 5 kr. betragen und ein baarer Ueberschuß von 91 fl. 43 kr. in den Händen des Rechners sein muß.

Hr. Gärtner: Meine Herren! Ich stelle den Antrag, es möge die Versammlung genehmigen, daß dem Kreisrechner Herrn Thiroff die Reisekosten zum deutschen allgemeinen Lehrertage in Berlin aus dem Vereine vergütet werden! — Die Versammlung ist damit einverstanden. — Ich erlaube mir ferner zu beantragen, es möge ein für allemal bestimmt werden, daß sowohl die bayerische Lehrerversammlung, als die allgemeine deutsche Lehrerversammlung regelmäßig durch ein oder zwei Mitglieder beschickt werden sollen. Auch diesem Vorschlag stimmt die Versammlung bei.

Hr. Lehrer Thiroff: Ich beantrage gleich hier, die Zahl der Abgeordneten festzusetzen und schlage vor, die allgemeine deutsche Lehrerversammlung, die doch große Kosten in Anspruch nimmt, nur mit einem, die bayerische Lehrerversammlung aber mit zwei Abgeordneten zu beschicken. Im Falle eines Anschlusses an den allgemeinen bayerischen Lehrerverein, würde vielleicht der letzte Antrag gegenstandslos. Auf die Frage des Hrn. Lehrers Gartner erklärt sich die Versammlung auch mit diesen Anträgen einverstanden.

Herr Lehrer Janson von Zweibrücken: Meine Herren! Förderung des Volksschulwesens, Kräftigung und zeitgemäße Besserstellung des Lehrerstandes waren die großen Zwecke des Schulgesetzes, welches unsere hohe kgl. Staatsregierung in wohlwollendster Absicht zur Hebung des Volksschulwesens in unserem lieben Vaterlande einzuführen bemüht war, welches aber zur tiefsten Betrübniß des gesammten bayerischen Lehrerstandes, zum größten Leidwesen derjenigen, die es mit Schule und Lehrer wohl meinen, und zum innigsten Bedauern S. M. des Königs nicht möglich war, durchzuführen. Diese Interessen stehen als Strebeziele an der Spitze. Manche von ihnen, ja alle gehören in die Vereinssatzungen geschrieben. Es ist dieß der Fall in den Satzungen des bayer. Hauptlehrervereins, es ist der Fall mit den Satzungen der Kreisvereine im jenseitigen Bayern, wo diese Vereine bereits mit dem Hauptlehrervereine vereinigt sind, es ist der Fall bei unserem pfälzischen Kreislehrervereine. Dieser Umstand zeigt das Vorhandensein gleicher Bestrebungen; dies war auch der Punkt, von welchem unser College Teler am 23. September 1868 bei der vorjährigen Jahresversammlung ausging, indem er den Antrag einbrachte: Der pfälzische Lehrerverein schließt sich an den bayerischen Lehrerverein an und steht zu demselben im gleichen Verhältniß, wie die übrigen Kreisvereine. Nachdem bei der vorjährigen Versammlung dieser Antrag durch die Debatte nach allen Seiten hin beleuchtet war, faßte die Generalversammlung in ihrer Majorität den Beschluß: Der pfälzische Kreis-Lehrerverein schließt sich unter Wahrung seiner Selbstständigkeit an den jenseitigen Gesammt-Verein an. Großer Jubel war im Hause. Unser I. Herr Vorstand beglückwünschte den Verein ob dieses Beschlusses. Telegramme, Briefe, Zeitungsnachrichten verkündeten unseren Brüdern jenseits des Rheins dieses freudige Ereigniß, das in der Pfalz vollzogen war. Meine Herren! bis zur Stunde ist dieser Antrag faktisch noch nicht vollzogen. Bei der anerkannten Thätigkeit unseres Ausschusses kann dieses Nichtanschließen in nichts Anderem seinen Grund haben, als in der Nichtannahme der beiderseitigen Anschlußbedingungen, resp. in der Interpretation des gefaßten Beschlusses. Da aber viele Lehrer diese Sache auf der heutigen Versammlung bereinigt sehen möchten, wurde mir von Lehrern aus verschiedenen Theilen der Pfalz der ehrende Auftrag, bei der heutigen Generalversammlung dahin zu wirken, daß dieselbe diesen Beschluß etwa in folgender Weise ausführe: Der pfälzische Lehrerverein schließt sich in allgemeinen Fragen über Volksschule und Lehrerstand dem jenseitigen Hauptverein an, seine speciellen Kreisinteressen leitet und vertritt er aber unabhängig und selbstständig.

(Fortsetzung folgt.)

Alexander von Humboldt

von Max Kahn.

Im dem großen 18. Jahrhundert spielt die Zahl 9 eine merkwürdige Rolle. 1789 bricht die französische Revolution aus; 1739 wird Schubart, der Vater der Sturm- und Drangperiode des vorigen Jahrhunderts, geboren, 1749 Goethe und 1759 Schiller, 1779 Berzelius, aber in dem Jahre 1769 scheint die Zeugungskraft der Natur in ihrer höchsten Potenz auftreten zu wollen: Napoleon und Humboldt, und außerdem Wellington, Cuvier und Arndt erblicken in diesem Jahre das Licht der Welt. Und wie verschieden ist ihre gegenseitige Stellung, ihre Lebensaufgabe. Napoleon zertrümmert das ganze morsche Staatsgebäude Europa's; seinen brausenden Heereszügen stemmen sich Wellington und Arndt entgegen, Cuvier und besonders Humboldt gestalten die Naturwissenschaft um, diese gewaltige Macht unserer Tage. Es ist eigenthümlich, daß die Kämpfer mit den Waffen des Geistes Deutsche sind; Cuvier ist leider dem deutschen Ruhme entrissen, aber Arndt und Humboldt sind uns geblieben und zu ihnen blickt die deutsche Nation in dankbarer Verehrung und Bewunderung empor.

Vor wenigen Tagen waren es hundert Jahre, daß Alexander von Humboldt geboren wurde, und nicht allein diesseits des Oceans, sondern auch jenseits desselben wurden tief empfundene Worte der begeisterten Erinnerung an den Mann gesprochen, dessen Leben der Menschheit von so unberechenbarem Nutzen war und sein wird. Ihm sind diese Zeilen geweiht, und möge es mir gelingen, ein würdiges Bild seiner großartigen Leistungen, seines edeln Charakters, seiner Größe vor den Augen der Leser zu entrollen.

Wenn man vor Erstaunen über die großen Thaten eines Mannes, wie eines Alexander von Humboldt stille steht, so drängt sich Einem unwillkürlich die Frage auf, wie wurde der Grundstein zu solcher Größe gelegt? Wir suchen dann nach der Geschichte seiner Jugend; möge daher ein kurzer Blick auf dieselbe vorausgeschickt werden.

Humboldt ist von reichen Eltern, die eine hohe gesellschaftliche Stellung einnahmen, zu Berlin geboren. Reichthum und gesellschaftliche Stellung waren bei ihm zwei glückliche Umstände. Drückende materielle Sorgen trübten nicht seine Jugend und spätern Jahre. Der Reichthum gewährte Humboldt in reichlichem Maße die Mittel zu seiner Ausbildung und zu seinen ersten, so kostspieligen wissenschaftlichen Unternehmungen. Die adelige Geburt erleichterte ihm den Weg nicht allein zu den höchsten, sondern auch zu den gelehrten Kreisen.

Nicht immer sind Reichthum und Adel der Erwerbung von Kenntnissen, einer rastlosen Thätigkeit, einer ernsthaften Auffassung der Lebensaufgabe hold, vielmehr verweichlichen sie oft Geist und Körper und verleihen nicht jene Energie, jene Ausdauer, welche im Kampfe mit Widerwärtigkeiten angeeignet werden und zur Erreichung eines hohen Zieles nothwendige Bedingungen sind. Was ist es, das die nachtheiligen Einflüsse von Reichthum und Adel paralysirte und dieselben zu Dienern einer hohen Lebensaufgabe machte? Das war die treffliche Erziehung. Humboldt's Jugendjahre fielen glücklicher Weise in jene Zeit, in der besonders durch Rousseau und Pestalozzi eine vollständige Revolution auf dem Gebiete der Erziehung vollzogen wurde, wo die alte Eintrichterung und Abrichtung und die finstere Härte der liebevollen Behandlung und der Anregung zur Selbstthätigkeit wichen. Es ist jedenfalls ein Verdienst und spricht für die vorzüglichen Eigenschaften der Eltern Humboldt's, daß sie für die neuen Erziehungsprincipien eingenommen waren und so ausgezeichnete Lehrer für ihre Kinder Wilhelm und Alexander zu wählen wußten. Von besonderer Bedeutung für die Richtung derselben erscheint uns Campe, welcher in beiden den Sinn für Sprachwissenschaft und Weltkunde zuerst weckte. Der Herausgeber des Robinson mag wohl in die empfängliche Knabenseele des jüngeren den mächtigen Trieb zu Entdeckungsreisen in fernen Ländern gelegt haben. Campe, der nicht lange im Humboldt'schen Hause weilte, fand an Christian Kunth, einem jungen Manne von 20 Jahren, aber von ausgedehntem Wissen und feinem Umgangston, einen würdigen Nachfolger, der mit der Befriedigung des den beiden Knaben angeborenen Dranges nach Universalität Gründlichkeit paarte und die reichen Unterrichtsmittel einer großen Stadt zu Hilfe nahm. In den früheren Knabenjahren fiel es dem jüngeren Alexander, der schwächlich war und anfänglich langsam lernte, bis es „plötzlich licht im Kopfe" wurde, schwer, mit seinem älteren Bruder Wilhelm gleichen Schritt zu halten.

Von Tegel, dem Familienschlosse, nach Berlin übergesiedelt, wurden sie im Griechischen, in der Philosophie, Rechts- und Staatswissenschaft von ausgezeichneten Männern unterrichtet, hörten später in Göttingen unter Heyne Geschichte und Alterthumswissenschaft. Wie sehr Alexander diesen Studien oblag, beweist des 19jährigen Jünglings erster literarischer Versuch, „Die Weberei der Griechen". Auf der Universität trat immer mehr die Divergenz der Geistesrichtung der beiden Brüder hervor; immer entschiedener wandte sich der ältere Bruder der Sprachwissenschaft, worin er später bahnbrechend war, und der schönen Literatur zu, und fester fesselte den jüngeren die Kenntniß der Natur, und während der erstere, von der Krankheit jener Zeit, der Sentimentalität, nicht verschont blieb, erhielt sich dieser die Nüchternheit der Sinne, die zur unbefangenen Anschauung so nothwendig ist. Schon in Berlin ließ er sich in die Botanik einführen und in Göttingen gab er sich der belehrenden Einwirkung des berühmten Naturforschers Blumenbach hin. Die strebsamen und talentvollen Jünglinge erfreuten sich des Glückes des so anregenden Verkehrs mit den bedeutendsten Geistern, insbesondere mit den Heroen unserer Literatur, Schiller und Goethe. Schiller und unser Alexander waren jedoch zwei zu verschiedene Naturen, als daß ihre erste Begegnung einen gegenseitigen günstigen Eindruck hervorbringen sollte. Schiller's kühner Geistesflug hoch oben in den ätherischen Räumen und Humboldt's gemessener aber sicherer Schritt auf der niedrigen Erde standen in zu großem Widerspruch, dagegen fühlten sich unser junger Naturforscher und Goethe, dessen Genius auch in seinen naturwissenschaftlichen Arbeiten in so hellem Lichte strahlt, zu einander hingezogen. Von nachhaltigstem Einflusse auf den jungen Humboldt war Forster, der Begleiter Cook's, „ein Mann von Kühnheit und Productivität, voll heiligen Ringens nach Freiheit". Er ward durch dessen erweiterte Anschauung der menschlichen Verhältnisse über die Vorurtheile der Zeit hinweggeführt in das Gebiet der Freiheit, in dem er bis zu seinem Lebensende verweilte.

Forsters herrliche Schilderung transatlantischer Naturscenen vermehrten die in ihm von früher Jugend liegende Sehnsucht nach den geheimnißvollen Wundern ferner Gegenden und erregten seinen Wissensdurst so sehr, daß in ihm die Unternehmung einer großen Entdeckungsreise zum festen Entschluß sich gestaltete, und er die nöthige Vorbereitung zu einer umfassenden Lösung seiner Aufgabe traf. Unter dem Begründer der Geognosie, Werner, betrieb er Mineralogie, erwarb sich die Kenntniß der Gebirgsarten und deren Schichtenfolge in der Erdrinde, vervollkommnete sie als Oberbergmeister, studirte in Ermangelung eines Lehrers privatim Chemie, eignete sich in Hamburg an der unter Busch und Ebeling stehenden Handelsakademie die für Reisen nothwendigen neueren Sprachen an und unternahm zur Vorübung Reisen an den Rhein u. s. w. Wie fleißig Humboldt war, wie tief er in den Gegenstand seines Studiums eindrang, das beweisen seine Schriften aus dieser Periode.

Uebergehen wir seine Jugendarbeiten über den Basalt, über den Galvanismus, über die Ernährung und Respiration der Pflanzen, über die chemische Zusammensetzung der Luft, über die unterirdischen Gasarten und seine humanen Bemühungen, eine das Leben der Grubenarbeiter sichernde Lampe zu erfinden; folgen wir ihm zur Verwirklichung des Traumes seiner Jugend, zur Erreichung des vom Manne festgehaltenen hohen Zieles. Ein zweiter Columbus segelt er nach Westen hin, um das geographisch entdeckte Amerika der Wissenschaft zu entdecken. Gleich seinem großen Vorgänger besteigt er ein von der spanischen Regierung gebotenes Fahrzeug. Er landet an der Insel Teneriffa und erkennt schon von der 11,000 Fuß hohen Spitze des Pic de Teyde, daß die unorganischen Formen der Erde sich selbst in den entlegensten Ländern der Erde ähnlich bleiben, daß aber die organischen Formen von einander verschieden sind. Er treibt dahin auf den oceanischen Strömen, durchschneidet das Tangasmeer und am 16. Juli 1799 betritt unser Alexander den südamerikanischen Continent, um ihn für die Wissenschaft und Menschheit zu erobern. Er dringt durch die dichtverschlungene Phalanx der tropischen Urwälder, erklimmt unter Anstrengungen, vor denen seine Begleiter zurückwichen, die Riesen der südamerikanischen Anden, fährt auf ungebändigten Strömen, deren Wasser noch kein menschliches Wesen getragen, auf schwankem Kahne Tausende von Meilen; bald schmachtet er in dem von der Hitze ausgedorrten und aufgesprungenen Boden der unabsehbaren baumlosen Llanos, bald droht er in ihrem von sündfluthartigen Regengüssen aufgewühlten Schlamm zu versinken. Weder der im hohen Grase versteckt liegende Jaguar schreckt ihn, noch täuscht ihn die steingleiche Starrheit der gepanzerten Krokodile, die tausendfache Pein der Moskitostiche erschöpft nicht seine Geduld.

Seine Begeisterung für die Wissenschaft kennt keine Schwierigkeiten. Wie Zeus im wolkenlosen Aether hoch oben über dem irdischen Getriebe thront, so bewährt er inmitten der Gefahren und Strapazen, in der erdrückenden Masse neuer Erscheinungen die Ruhe und Klarheit seines Geistes. Seine poetische Seele ist entzückt bei dem Anblicke der ungekannten Schönheiten tropischer Landschaften und Formen und reflectirt sie in ihrem reinen Spiegel. Er beobachtet mit sicherem scharfem Blicke die Erscheinungen, sucht nach ihren Ursachen und ihrem Zusammenhange, er sammelt Tausende von Thieren, Pflanzen und Mineralien, er mißt die Höhe von Hunderten von Bergen, bestimmt die geographische Lage einer Menge von Orten, forscht nach den Flußverhältnissen, der Structur des Gebirges und der Bodenform, dringt in das geheimnißvolle Walten der unterirdischen Mächte und erhebt das Auge zu den ewigen Gestirnen. Aber über der ihn umgebenden Natur vergißt er nicht den Menschen. Er macht sich mit den Sitten, der Lebensweise, der Geschichte, dem Bau der Sprache, den commerciellen und industriellen Verhältnissen der Bewohner jener fernen Gegenden aufs Innigste vertraut; sein Verstand verurtheilt die dort herrschende Sclaverei, gegen die sein Gefühl empört war, und er zeigt dem Europäer über die Landenge von Panama einen neuen Weg nach den Schätzen Indiens.

(Fortsetzung folgt.)

Miscellen.

Dr. Carl von Pfeufer, ordentlicher öffentlicher Professor für spec. Therapie und Klinik, Obermedicinalrath, Vorstand des Obermedicinal-Ausschusses und Oberarzt der II. medicinischen Abtheilung am städtischen allgemeinen Krankenhause zu München, war geboren am 22. Dezember 1806 zu Bamberg. Nach Vollendung seiner Studien auf den Universitäten zu Würzburg und Erlangen, wurde er Assistent am Juliushospitale zu Bamberg. Als ein Schüler Schönleins wird sein Name unter den Begründern der rationellen Medicin genannt, welche es sich zur Aufgabe machten, die Doctrinen der Naturwissenschaft als entscheidende Factoren der Diagnose zur Geltung zu bringen. Im Jahre 1832 sandte ihn die bayerische Staatsregierung nach Wien, um den Verlauf der dortselbst herrschenden Cholerakrankheit zu beobachten. Dieselbe Veranlassung führte ihn 1836 nach Mittenwald. Im Jahre 1838 wurde er Landgerichtsarzt in der Vorstadt Au. Nach zweijähriger Wirksamkeit in dieser Stellung folgte er 1840 einem Ruf an die Universität Zürich, um den dort erledigten Lehrstuhl der Klinik einzunehmen. Im Jahre 1844 wurde er als Professor der Klinik an die Universität Heidelberg berufen. Von hier kehrte er 1852 nach München zurück, wo er zum Professor der speciellen Therapie und Klinik an die Universität und zum Obermedicinalrath ernannt und mit der Leitung des bayerischen Medicinalwesens betraut wurde. Der Verstorbene war im Jahre 1848 Mitglied des Vorparlaments zu Frankfurt. Seine literarische Thätigkeit blieb nicht beschränkt auf das Gebiet der medicinischen Wissenschaften. Er gab auch den Briefwechsel Platen's aus dessen Nachlaß heraus. Im Jahre 1854 verehelichte er sich mit einer gebornen Hardegg. Begleitet von seiner Gattin und Tochter unternahm er am 13. September von Egern am Tegernsee, wo er einen längeren Landaufenthalt zu nehmen gedachte, eine Partie nach dem Achensee. Am Gestade desselben, während seine Familie vorausging, machte ein Schlaganfall seinem thätigen Leben plötzlich ein Ende.

Der „Berliner B. C." schreibt: Durch die Praxis der preußischen Bank, für gefälschte Noten keinen Ersatz zu leisten, ist in eigenthümlicher Weise ein hiesiger Kaufmann arg benachtheiligt worden. Der Hausdiener desselben hatte in seinem Auftrage bei der Postexpedition am Dönhofsplatz eine größere Summe erhoben und will dabei einen preußischen Hundertthalerschein empfangen haben. Bei seiner Rückkehr erhielt er den Auftrag, 400 Thaler bei derselben Poststelle einzuzahlen. Der erwähnte Hundertthalerschein wurde ihm hierzu belassen und drei andere gleiche Werthpapiere zur Vervollständigung der Summe übergeben. Bei der Einzahlung in der Postexpedition wurde jedoch gerade der Schein, den der Hausdiener kurz vorher an derselben Stelle erhalten haben will, als unächt zurückgewiesen. Eine gleich darauf veranstaltete Prüfung durch Sachverständige hat denn auch ergeben, daß der Schein ein mit ungemeiner Geschicklichkeit angefertigtes Falsificat ist, welches von keinem Laien als solches erkannt werden würde. Die Postexpedition erklärte unter Hinweis auf ihren amtlichen Charakter, daß ihrerseits kein Versehen vorgekommen wäre; der Hausdiener glaubt jedoch eidlich beschwören zu können, daß er den betreffenden Schein von der Post erhalten hat, und dem Kaufmann bleibt nichts weiter übrig, als den Schaden zu tragen.

In Frankreich hat ein Schiffslieutenant Farcy ein neues Kanonenboot erfunden. Dasselbe wurde auf besonderen Befehl des Kaisers in Havre gebaut und liegt gegenwärtig in Cherburg, wo es der Gegenstand einer wahren Procession von Officieren ist. Dieses Kanonenboot hat kaum 40 Tonnen und trägt eine gezogene Kanone von 24 Centimetern, das größte im Seewesen gebräuchliche Geschütz. Es stellt gegen einen auf das Wasser gelegten riesenmäßigen Holzschuh dar, dessen Ferse gespalten ist, um den Schußkugeln seiner ungeheuren Kanone den Weg offen zu lassen. Hinten befindet sich die Maschine, oder vielmehr befinden sich die zwei kleinen Maschinen, von fünf Pferdekraft jede, und wovon jede ihre eigene Schraube hat, was dem Fahrzeug eine besondere Leichtigkeit der Schwenkung gibt, während dadurch noch die Gefahr eines Seeschadens vermindert wird. Außer diesem hat es nichts mehr als ein Rauchgitter und überall Scheidewände zu Abschließen; dieß bewirkt, daß, ohne versperrt zu sein, das Kanonenboot ohne Schaden von mehreren Kugeln getroffen werden kann, welche, wenn sie auch durch und durch fahren, jede nur zwei oder drei Abtheilungen mit Wasser füllen und auf diese Weise nur bewirken, daß das Schiff um ein oder zwei Centimeter tiefer geht. Lebensmittel und Wohnungen des Schiffspersonals sind nicht vorhanden, weil das Kanonenboot nicht ein Schiff für die hohe See ist, sondern nur eine Kampfschaluppe, eine schwimmende Laffete, die sich überall in's Feuer stellen und nach vollbrachter Wirkung sogleich wieder sich daraus zurückziehen soll.

Redaction von A. W. Woll. Druck der Jäger'schen Druckerei in Speyer.

Palatina.

Belletristisches Beiblatt zur Pfälzer Zeitung.

Nro. 114. Speyer, Donnerstag, den 23. September 1869.

Ein Frühstück in Malmaison.

Von E. M. Oettinger.

Josephine, der Glücksstern Napoleons, war eine Sonne strahlender Tugenden, die blendend aus den Wolken hundert kleiner Fehler durchschimmerte; die Kaiserin hatte ein edles Herz, erfüllt von jener seltenen Menschenliebe, die an der Wimper eines Andern keine Thräne sehen kann, ohne das Bedürfniß zu fühlen, diese Thräne, das sichtbare Zeichen eines unsichtbaren Gram's, zu stillen. Die Kaiserin war einer jener irdischen Engel, welche den Haß, diese häßlichste aller Leidenschaften, nur dem Namen nach kennen. Sie war versöhnlich, großmüthig und wohlthätig, ein Vormund der Waisen, eine Mutter der Armen. Sie besaß, wie gesagt, tausend liebenswürdige Eigenschaften, aber auch, ich wiederhole es, hundert kleine Schwächen; sie war abergläubisch, leichtsinnig, verschwenderisch, prunksüchtig und wie Rousseau's Julie, ein wenig eine Gutschmeckerin.

An einem Tage, an welchem die Nachricht von einem gelungenen Unternehmen des Kaisers eingetroffen, war der Glücksstern Napoleons ganz außer sich vor Freuden und bei so gutem Appetit, daß er dieses glänzende Ereigniß in der Zurückgezogenheit Malmaison's, in einem kleinen Zirkel vertrauter Freunde, so recht con amore zu feiern beschloß.

Der Zufall hatte es gewollt, daß sie Nachts vorher, vor dem Einschlafen, J. P. Chaussard's Héliogabale ou Esquisse morale de la dissolution romaine sous les Empereurs (Paris, 1802) gelesen. Der genäschigen Creolin war das Wasser im Munde zusammengelaufen, als sie darin die Beschreibung seiner luxuriösen Gastmähler gefunden.

Sie hatte sich todtlachen wollen, als sie an die Stelle gekommen war, in der erzählt wird, Heliogabalus, welcher in dem Glauben gelebt, daß der Wundervogel Phönix keine Fabel sei, sondern wirklich existire, habe seinem Mundkoch den Befehl ertheilt, ihn zu fangen und an den Bratspieß zu stecken, um zu wissen, ob ein Phönixbraten besser schmecke, als Pfauen- und Nachtigallenzungen, als Papageien- und Fasanengehirn, als Straußen- und Flamingofleisch, die bekanntlich die Lieblingsbraten dieses großartigen Verschwenders waren.

Josephine hatte es verzeihlich gefunden, daß jedes der gewöhnlichen Diners dieses Kaisers 30,000 Drachmen gekostet!

Ich beneide diesen Heliogabal, hatte sie ausgerufen und ein Ohr in's Buch gemacht, um mit all diesen Genüssen einzuschlafen. Ihre durch die Lesung dieses Buches aufgeregte Phantasie war so galant gewesen, alle die schönen Dinge, wovon sie gelesen, ihr im Traume noch einmal vorzuführen. Sie hatte eine Phalanx goldener Schüsseln gesehen, worauf Straußen- und Flamingofleisch, Papageien- und Fasanengehirn, Pfauen- und Nachtigallenzungen so appetitlich zubereitet lagen, daß sie träumend sich das Versprechen abgenommen, sobald als möglich ein Diner à la Heliogabale zu veranstalten.

Als sie am Morgen erwacht war und die frohe Nachricht erhalten hatte, beschloß sie, das, was sie sich träumend versprochen hatte, sogleich auszuführen.

Zehn Minuten später stellte sich der Intendant der kaiserlichen Küche in Galauniform im Arbeitskabinet der Kaiserin ein. —

„Wissen Sie, Laguipierre, warum ich Sie habe rufen lassen?"

„Nein, Majestät!"

„Ich habe Sie rufen lassen, um Ihnen bittere Vorwürfe zu machen."

„Kaiserliche Majestät!" stotterte der Koch, der vor Schreck so weiß wie sein Vatermörder wurde.

„Erschrecken Sie nicht! so ernst war es nicht gemeint; Sie sind ein ausgezeichneter Koch, dessen Verdienst Niemand am Hofe der Tuilerien besser zu würdigen versteht als die glückliche, beneidenswerthe Gemahlin des Kaisers. Aber dennoch habe ich die Bemerkung gemacht, daß sich in unseren Küchenzettel eine gewisse Einförmigkeit eingeschlichen hat, die, aufrichtig gesagt, mir allen Appetit benimmt. Das ewige Rindfleisch, das Wildpret habe ich satt, Laguipierre. Sie kennen das Sprichwort: Toujours perdrix! Ich wünsche endlich einmal etwas Anderes als das ewig wiederkehrende Einerlei zu genießen."

„Ich bitte Eure kaiserliche Majestät, mir zu sagen, welche Speisen Ihren Appetit reizen . . ."

„Laguipierre, darf man Ihnen ein Geheimniß anvertrauen?"

„Majestät, mehr als eins," erwiederte der Intendant, der den Sinn ihrer Rede nicht begreifen konnte.

„Nun denn, so will ich Sie in ein Geheimniß einweihen, das Sie Keinem verrathen dürfen. Gestern Nacht habe ich dort in jenem Buche eine pikante Sittenschilderung des römischen Hoflebens zur Zeit des Kaisers Heliogabalus gelesen und vor Allem die Schilderung seiner Gastmähler, die Abwechslung seiner vielen Speisen, die Geschicklichkeit und Erfindungsgabe seiner vielen Kochkünstler bewundert. Ach, Laguipierre, damals gab es Köche, welche Fische zubereiten konnten, daß sie wie Fleischspeise schmeckten!" —

„Ich glaube, ohne unbescheiden zu sein, behaupten zu können, daß wir unsere Vorfahren in Hinsicht der Küche weit überflügelt haben. Die Küche der alten Römer war massenhaft, bizarr und kostspielig, die französische Küche hingegen ist zierlich, geschmackvoll und succulent. Die Römer liebten mehr Luxus als Gediegenheit. Des jets étincelants plutôt que de l'ensemble, wie Carème in seinem gelehrten Werke: Manière de faire vivre son Seigneur, so richtig sagt."

„Ich will dem Verdienste der neuern Kochkunst nicht im mindesten nahe treten und gerne zugeben, daß auch sie ihre guten Seiten hat. Aber wiederholen muß ich, daß sie vor Allem an einer trostlosen Monotonie leidet, die wirklich etwas Appetitverscheuchendes hat. Die Römer kannten viele Speisen, die mit Unrecht vom Repertoir unserer Küche verschwunden sind. Kaiser Heliogabalus bekam Papageien- und Fasanengehirn, Pfauen- und Nachtigallenzungen, Straußen- und Flamingobraten und viele andere seltene Herrlichkeiten, die unsere gelehrten Herren Köche nur vom Hörensagen kennen. Das sind Delikatessen, die ich schon darum allen andern vorziehe, weil sie so theuer sind, daß sie nicht zum Gemeingut aller Küchen werden können. Ihr Wildpret, Ihre Fische kann der geringste Banquier der Chaussée d'Antin, der ärmste Vicomte des Faubourg St. Germain haben, und schon darum, weil sie Jeder haben kann, finde ich an diesen Alltäglichkeiten der Köche keinen Gefallen mehr. Hören Sie, Laguipierre, wenn Sie Ihrer Kaiserin einen Dienst erweisen wollen, so treffen Sie sogleich die nöthigen Anstalten, daß Sie morgen früh ein Déjeuner à la Héliogabale, d. h. Papageien- und Fasanengehirn, Pfauen- und Nachtigallenzungen, Straußen- und Flamingobraten serviren können."

„Majestät, wo soll ich so schnell einen Strauß oder Flamingo herbekommen."

„Wozu hat der Kaiser einen Jardin des plantes und all' diese wilden Thiere, die Keinem etwas nützen."

„Es ist ein Strauß im botanischen Garten. Ob man ihn mir geben wird?

„Die Kaiserin befiehlt es."

„Ich halte es für Pflicht, Eure Majestät darauf aufmerksam zu machen, daß das verlangte Frühstück theuer werden wird."

„Qu'importe! Jedes Mittagsbrod Heliogabals kostete 30,000 Drachmen. Was liegt daran, wenn Sie mir einmal ein Frühstück bereiten, das 30,000 Franken kostet! Sind wir nicht Kaiserin von Frankreich?"

„Wo aber die vielen Papageien auftreiben?"

„In der kaiserlichen Menagerie finden Sie einen ganzen Wald voll Papageien."

„Eine Nachtigall kostet wenigstens 25 Franken."

„Und wenn sie 50 kostet, das gilt mir gleich. Gehen Sie, Laguipierre, thun Sie, was ich Ihnen befohlen, und reizen Sie meinen Appetit nicht noch durch Ihren Widerspruch."

Der Koch machte eine tiefe Verbeugung und ging.

Laguipierre warf sich in einen Fiacre und fuhr zum Director des botanischen Gartens.

„Ich komme im Auftrage Ihrer Majestät."

„Was befiehlt Madame?" fragte der Director, der den Mundkoch schon von früher her kannte.

„Ich bin beauftragt, Sie im Namen der Kaiserin zu ersuchen, einen Strauß, zwei oder drei Flamingos, eben so viele Gold- und Silberfasanen und Ihren ganzen Papageivorrath so schnell als möglich nach Malmaison abzuliefern."

„Ist es erlaubt zu fragen, wozu?"

„Sie werden es früh genug erfahren", erwiderte der Mundkoch mit besonderem Lächeln.

„Sie machen mich neugierig . ."

„Leider ist es ein Geheimniß, das ich nicht verrathen darf."

„Nun gut, in spätestens fünf Stunden soll das Verlangte in Malmaison sein."

Der Koch verfügte sich dann von einem Vogelhändler zum andern, erkaufte mit schwerem Gelde fünf Dutzend Nachtigallen, und ließ sie gleichfalls nach Malmaison bringen.

(Schluß folgt.)

* Alexander von Humboldt

von Max Kohn.

(Fortsetzung.)

Während im alten Europa unter dem ehernen Tritte seines gleichalten Zeitgenossen die Erde erdröhnt, Wehklagen unter rauchenden Trümmern hervorerschallt, der Boden von Strömen Blutes dampft, durchwandelt Humboldt mit lautloser Stille eine unberührte Natur, umfängt ihn der Duft der üppigsten Vegetation und donnert ihm entgegen das lebensfrohe Concert des Waldes; während unter den Riesenschlägen jenes Kriegshelden der Panzer der alten Ordnung zerschmettert wird, beginnt unser Heros der Wissenschaft eine Aussaat, aus der Früchte hervorgehen, an denen die Menschheit sich labt; Beide wirken im Dienste der Weltgeschichte, jenen treibt die engherzigste Selbstsucht, diesen die Liebe zur Wahrheit. Der Ruhm seiner Thaten eilt seiner Ankunft in Europa voraus und übertönt das wilde Getöse des Krieges. Aber seine Lorbeeren unterbrechen nicht seine Feuereifer. Rastlos verfolgt er seine weltgeschichtliche Bahn. Gestützt auf seine in Amerika gesammelte Erfahrungen und die in Europa mit unausgesetztem Fleiße zusammengestellten Thatsachen, ruft er eine Reihe neuer Wissenschaften ins Leben, die Thier- und Pflanzengeographie, die

Hydrographie, die vergleichende Klimatologie und die vergleichende Erdkunde.

Der Sternschnuppenfall im November des Jahres 1833 erinnert ihn an einen ähnlichen, den er im selben Monat des Jahres 1799 an den Ufern des Orinoko beobachtete, und erzeugt in ihm die Idee einer Periodizität der Sternschnuppen-Phänomene, die wiederum den Anstoß zu einer Theorie gibt, welche die bisher unfaßbaren Gespenster des Himmels in die Gewalt des menschlichen Geistes bringt und sie zu Himmelskörpern macht, die in ihren weit ausgedehnten Reigen, gehorsam dem Newton'schen Gesetze, um unsere Sonne tanzen. Im Auftrage des Kaisers von Rußland führt der Sechziger, von Ehrenberg und Rose begleitet, im Jahre 1829 eine wissenschaftliche Expedition nach Asien aus, die reich an Ergebnissen war. Auf seine Veranlassung läßt der russische Kaiser durch die ganze Ausdehnung seines Reiches von West nach Ost eine Reihe von magnetischen Stationen errichten.

Es würde die Grenzen dieser Skizze überschreiten, wenn man seiner übermenschlichen Thätigkeit folgen und die verschiedenen Gebiete seiner Forschungen mit ihm durchwandern wollte. Aber, um die Universalität seines Geistes, die schon aus seinen naturwissenschaftlichen Leistungen hervorleuchtet, einigermaßen weiter kennen zu lernen, dürfen seine historischen u. sprachwissenschaftlichen Arbeiten nicht unerwähnt bleiben. Wenn man seine über die ganze Welt ausgedehnte Correspondenz, die ihm aufgebürdeten politischen Missionen und so Manches noch in Betracht zieht, so ist seine Arbeitskraft geradezu eine titanenartige zu nennen.

Und in einem Alter, in dem der Mensch lebensmüde sein Haupt zum Sterben niederlegt, unternimmt er ein Werk, das nur einem Humboldt möglich war, er faßt die Resultate der Forschungen auf fast allen Gebieten der Naturwissenschaft zu einem herrlichen Gesammtbilde beinahe der ganzen physischen Welt zusammen, er schreibt den unsterblichen Kosmos.

Selbst die gebildete Welt theilweise, von der anderen ganz abgesehen, ist lange noch nicht so gebildet, daß sie die Verdienste der Wissenschaft vollkommen zu würdigen weiß, man betrachtet vielmehr die Männer der Wissenschaft mit einem eigenthümlichen Respect, der nicht selten an den vor einem halben Hexenmeister anstreift, oder man sieht auf sie sogar herab als grundgelehrte aber durchaus unschuldige Menschen. Ich erlaube mir solcher Lächerlichkeit entgegenzutreten.

Der Mann der Wissenschaft hat bei seinen wissenschaftlichen Forschungen keinen praktischen Zweck, nicht die unmittelbare Ausbeutung derselben für das Leben im Auge, in seiner rein geistigen Thätigkeit reiht sich Schluß an Schluß, Folgerung an Folgerung mit Nothwendigkeit zu einer ununterbrochenen Kette an einander an, aber aus der Werkstätte des Geistes sprühen die zündenden Funken in das Leben der Menschen, aus der reichen Quelle der Gedanken schwellen Ströme an, die den Erdball befruchten. „Als Newton“, sagt Brandes in einer Note zu Newton's Leben von Brewster, „seine Fluxionsrechnung und Leibnitz seine Differential- und Integralrechnung erfand, da erschienen ohne Zweifel den Nichtmathematikern, wenn sie irgend Notiz von diesen großen Entdeckungen nahmen, diese Rechnungsarten als Mittel zur Auflösung einiger artiger geometrischer Aufgaben; und doch sind es diese Rechnungsarten, ohne welche keine genaue astronomische Tafel, keine vollkommene Mechanik- und Maschinenlehre entstehen konnte, und denen die praktischen Theile der Mathematik ebensoviel verdanken, als die theoretischen. Möchte dies von allen denen erwogen werden, die mit ächtem Krämergeiste nicht die Wissenschaften an sich, in ihrem eigentlichen Werthe für die Veredlung des Menschengeschlechtes, achten, sondern nur nach den unmittelbarsten Vortheilen, die sich abwägen und abzählen lassen, beurtheilen. Möchte es von denen erwogen werden, die den innern Zusammenhang der Wissenschaften, wie eine der andern zur Stütze dient, nicht beachten rc.“ Als Franklin seine electrischen Experimente begann, die manchem wie Spielereien vorkommen mochten, wer hätte damals daran gedacht, daß heute ein electrischer Telegraph durch den atlantischen Ocean die Entfernung zwischen Europa und Amerika aufhöbe?

Solcher Beispiele von Resultaten der Wissenschaft, welche für die materiellen Verhältnisse der Völker von der umgestaltendsten Wirkung waren, gibt es nicht wenige. Wenn man aber blos die Electricitätslehre, von ihr practische Vortheile ahnend, für sich allein betrieben hätte, nimmer wäre eine Legung eines unterseeischen Kabels nach Amerika gelungen. Man kann sagen, alle Zweige der Wissenschaft mußten helfend hier eintreten; die Wissenschaften ergänzen sich gegenseitig in der practischen Verwerthung; aber auch in der rein theoretischen Untersuchung darf kein Glied in der Kette der logisch sich folgenden Gedanken fehlen, ist jedes gleich wichtig, wenn auch erst dies oder jenes Glied unmittelbar vor der überraschenden Entdeckung sich befindet, und greift eine Wissenschaft in die andere ein, denn es herrscht ein streng gesetzlicher Zusammenhang in der gesammten Erscheinungswelt, wie Helmholtz erst kürzlich auf der Naturforscher-Versammlung so schön ausführte.

Kehren wir zu Humboldt zurück, hat nicht er, wie einst Moses mit seinem Stabe aus dem trockenen Felsen Wasser schlug, dem Ural, aber mit dem Zauberstabe der Wissenschaft, Gold, Platin und Diamanten entlockt. Als er an dem schwindelnden Abhange südamerikanischer Berge herumkletterte, um ihre Formation, Structur und Zusammensetzung zu erforschen, dachte Niemand daran, daß 30 Jahre später auf unserer Hemisphäre durch den Vergleich der ähnlichen Bildung des Ural unermeßliche Schätze erschlossen würden. Ja, Hexenmeister sind sie, die Männer der Wissenschaft, aber keine des Betrugs. Hat nicht seine Hydrographie die Seefahrt abgekürzt, läßt sich das in Zahlen berechnen? Welche Rolle spielt, um auch ein Beispiel vom Zusammenhang der Wissenschaften zu geben, die Thier- und Pflanzengeographie im Darwinismus? Doch genüge auch dies, um eine Meinung, die aus Unkenntniß entsteht, zu berichtigen, und werde nach einer Seite hin die Größe von Forschungen wie Humboldt'scher einigermaßen erkannt!

(Schluß folgt.)

Lord Byron.

Obgleich die Besprechung des Byron-Scandals in der englischen Presse noch immer fortdauert, darf man doch diese leidige Sache als erledigt betrachtet werden, und zwar durch fast allseitige Zurückweisung der Beecher-Stowe'schen Anklageschrift. Lord Wentworth, der Enkel des Dichters, wiederholt in einer Zuschrift an die „Pall Mall Gazette" die neuliche Verwahrung der Sachwalter seiner Familie. Eine 82 Jahre alte Dame, Lady C., tritt in der Times als Schutzrednerin für den sittlichen Charakter der verstorbenen Halbschwester Byrons, Mrs. Leigh, auf, und bemerkt dazu: sie sei im Jahre 1815/16, wo das sträfliche Verhältniß stattfinden sollte, bereits mit einem Häuflein Kinder gesegnet gewesen. Auch in der amerikanischen Presse — denn in Amerika erschien der fragliche Artikel der Mrs. Stowe gleichzeitig — hat das Libell einen Sturm der Entrüstung heraufbeschworen. Da Mrs. Stowe, wie erwähnt, als Nebenbeweis für ihre Behauptung den Manfred des Dichters angezogen, so sei hier bemerkt, daß sie damit nur einen alten Klatsch neu angeregt hat. Die bezügliche Stelle Manfreds II, 2, lautet (nach Gildemeisters Uebersetzung) also:

„Eine gab es . . .
Sie war mir gleich an Zügen. Ihre Augen,
Ihr Haar, ihr Antlitz, alles bis zum Klang
Der Stimme, sagten sie, war meinem gleich,
Gesänftigt nur und mild verklärt zur Schönheit.
. . . .
Ich liebte sie, und ich zerstörte sie u. s. w."

Eine mir vorliegende Pariser Ein-Band-Ausgabe der Byron'schen Dichtungen (aus Galignani's Verlag, 1837), welche an Noten reicher ist als selbst die Murray'sche Ausgabe in 17 Bänden, enthält dazu folgende Anmerkung von Galt: „Gleich von seinem ersten Erscheinen an wurde der Manfred vom Publikum sonderbar mißdeutet. Das ganze Gedicht wurde mißverstanden, und die gehässige Vermuthung, welche das furchtbare Geheimniß und die Gewissensbisse des dramatischen Helden einer schnöden Leidenschaft für seine Schwester zuschreibt, hängt wahrscheinlich mit einer der groben Verleumdungen und Anklagen zusammen, die man auf den Autor selbst gehäuft hat. Wie kam es nur, daß keiner der Kritiker daran dachte, daß die Geschichte Manfreds (der ein Zauberer und Geisterbeschwörer ist) sich auf die alte Tradition bezieht, daß solche Zauberer sich durch Menschenopfer in die schwarze Kunst einweihen mußten?" u. s. w. So dürfte am Ende die ganze „wahre Geschichte" ihren ersten Ursprung im Manfred und dessen abgeschmackter Auslegung haben. Merkwürdig genug hat auch Goethe in „Kunst und Alterthum" (1820) obige dunkle Andeutung im Manfred auf ein tragisches Liebesabenteuer Byrons in Florenz zurückgeführt; worüber Thomas Moore in seiner Biographie dieses Dichters scherzt. (Allg. Z.)

Miscellen.

Hannover, 15. Sept. Ueber das im Teutoburger Walde projectirte Denkmal Hermanns des Cheruskers kann ich Ihnen Folgendes mittheilen: Der Plan entstand im Anfang dieses Jahrhunderts zu einer Zeit, wo Deutschland unter dem Joche der Fremdherrschaft schmachtete. Ernst v. Bandel, geb. 17. Mai 1800 zu Ansbach, damals ein Knabe, faßte die schöne Idee, das feste Zusammenstehen Deutschlands in einem Denkmal unseres frühesten Helden Armin dem deutschen Volke vor Augen zu führen. 1834 stellte der Künstler zuerst eine 4 Fuß hohe Figur Armins in der Kunstausstellung zu Berlin auf. Die Idee fand überall Anklang, und 1836 modellirte Bandel in Hannover eine 7 Fuß hohe Arminstatue; 1837 bereiste er den Teutoburgerwald — denn hier, die Thäler überschauend, wo die Varusschlacht geschlagen, sollte das Standbild stehen — und erwählte die Grotenburg bei Detmold, als höchste Spitze des Teutberges, zur Trägerin des Denkmals. Doch der ursprüngliche Plan, die Bildsäule auf einem hervorragenden Felsen des Gebirges aufstellen zu können, erwies sich, da das Gebirge solche Felsen nicht hat, als unausführbar, und es galt einen mächtigen sichtbaren Unterbau zu errichten. Dieser aus ungeheuren Quadern gebaut, wurde mit Hülfe freier Gaben aus dem ganzen deutschen Volke 1846 fertig; er faßt 160,000 Kubikfuß des härtesten Sandsteines und hat 87,764 Thaler und außerdem Bandel neun Jahre lange Arbeit gekostet, denn der wackere Künstler verschmähte und verschmäht bis auf diesen Tag jedes Honorar. Seit 1837 (so lange hatten Vorarbeiten, widrige Zeitereignisse u. s. w. die Sache gehemmt) sind die Arbeiten an dem riesigen Kolossalstandbilde im Gange. Die Figur wird 50½ Fuß bis zum Kopfe, bis zur Spitze des Helmschmuckes 55 Fuß, bis zur Spitze des erhobenen Schwertes 85 Fuß, inclusive Standplatte 90 Fuß, der Unterbau ist 92 Fuß hoch, und es beträgt also die Höhe des ganzen Denkmals 182 Fuß. Auf dem Schwerte steht die Inschrift: „Deutschlands Einigkeit meine Stärke, meine Stärke Deutschlands Macht." Das kolossale Schwert zeigt uns das mahnende Wort: „Treufest." Fertig gestellt hat Hr. v. Bandel fast die ganze äußere Figur, als: den Kopf des Armins, Arm und Schwert, Schild, Rumpf, beide Füße. Das noch Fehlende ist unbedeutend; aber zum Tragen der Figur und Schutz gegen Sturmesgewalt ist ein kolossales Eisengerüst nöthig (eine Cylinderconstruction), welches inwendig in die Figur kommt. Dies muß noch geschafft werden, und dazu fehlen etwa noch 9000 Thlr. Sind die beschafft, so kann das Riesenwerk binnen Jahresfrist aufgestellt prangen. (Hannov. Corresp.)

Zwei wüthende Billardspieler haben in einem Großwardeiner Kaffeehause von Donnerstag halb 10 Uhr Vormittags bis Freitag Nachmittags 4 Uhr mit einander ununterbrochen gespielt und während dieser Zeit 494 Partien fertig gebracht.

Folgenden Dialog will der Gaulois an der Börse in Paris belauscht haben: Am Morgen: „Wie geht es Ihnen?" — Gut, und dem Kaiser?" — „Erträglich wie man sagt; was gedenken Sie zu thun?" — „Ich kaufe, da es ihm gut geht." — Am Abend: „Haben Sie gekauft?" — „Ich habe Morgens gekauft und Abends verkauft." — „Der Kaiser befindet sich aber noch immer wohl; er hat selbst seine Promenade gemacht." — „Ja wohl; sie könnte ihm aber vielleicht schlecht anschlagen."

Herr Sternberg, Professor der Chemie in Stockholm, hat ein Mittel entdeckt, aus dem isländischen Moos, dem Moos der Rennthiere, Alcohol zu fabriciren, und beginnt dieser Moosspiritus, oder Branntwein, bereits in Schweden und Norwegen Verbreitung zu finden. In 42 Tagen wurden aus 44,000 Kilogramm rohen Mooses, welches gereinigt von allen fremden Bestandtheilen sich auf 31,240 Kilogramme reducirte, 21,105 Liter Spiritus von 50 Grad bereitet. Man hat durch Experimente bereits constatirt, daß 1275 Kilogramm rohen Mooses, gleich 905 Kilogramm reinen Mooses, durchschnittlich 570 Kilogramm Zucker enthalten. Zudem hat man aus dem Moosspiritus vorzüglichen Essig bereitet. Dieser Moosschnaps soll gewöhnlich einen sehr ausgeprägten Geschmack von Genever-Branntwein haben, den Herr Sternberg den Tannenblättern und anderen Waldabfällen, von denen das Moos sehr schwer zu reinigen ist, zuschreibt. Bei kleinen Quantitäten ist eine vollständige Reinigung eher möglich und hat dann der daraus gewonnene Branntwein den Geruch und Geschmack bitterer Mandeln.

Redaction von R. A. Wolf. Druck der Jäger'schen Druckerei in Speyer.

Palatina.

Belletristisches Beiblatt zur Pfälzer Zeitung.

Nro. 115. Speyer, Samstag, den 25. September 1869.

Ein Frühstück in Malmaison.

Von E. M. Oettinger.

(Schluß.)

Fünf Stunden später begab er sich zur Kaiserin.

„Majestät", sprach er, den Schweiß von der Stirne wischend, „Ihr Befehl ist erfüllt. Ich eile nach Malmaison, um Anstalten zum morgigen Frühstück zu treffen."

„Haben Sie auch einen Strauß bekommen?"

„Ja, Majestät!"

„Und wie viel Papageien?"

„Dreiundzwanzig."

„Und werden wir daran auch genug haben? Ich habe alle meine Hofdamen eingeladen."

„Ich dachte mir das und habe zur Vorsorge fünf Dutzend Nachtigallen aufgekauft."

„Fünf Dutzend? Was kosten die lieben Thierchen?"

„Das Stück 25, zusammen 15,000 Franken."

„Eh bien! machen Sie Ihre Sache gut, morgen Vormittag mit dem Glockenschlage elf bin ich mit meinen Hofdamen in Malmaison. Ach, ich kann Ihnen nicht sagen, Laguipierre, wie sehr ich mich auf dieses Frühstück freue. Apropos, wir haben doch auch Flamingo?"

„Alles, was Eure Majestät verlangt haben."

„Nun, denn, auf Wiedersehen!"

Laguipierre fuhr, begleitet von sechs Unterköchen, ohne Aufschub nach Malmaison. Bald darauf kam auch die Menagerie aus dem Jardin des plantes an.

Am andern Morgen, mit dem Glockenschlage elf, fuhr die Kaiserin, begleitet von einem Schwarm von Hofdamen, in den Schloßhof von Malmaison ein.

„Zur Feier der frohen Siegesnachricht, die gestern eingelaufen ist, habe ich beschlossen, Ihnen heute eine seltene Ueberraschung zu bereiten", sagte die Kaiserin. „Erfahren Sie nun, meine Damen, daß Ihrer ein Frühstück harrt, das Ihre kühnsten Erwartungen übertreffen wird. Sie werden neue, höchst interessante Bekanntschaften machen. Wenn es Ihnen gefällig ist, so wollen wir ohne Aufschub ans Werk gehen; denn ich habe, aufrichtig gesagt, einen heidnischen Appetit und kann das Frühstück kaum erwarten."

Die Kaiserin und ihre Damen begaben sich zu Tische. Josephine klingelte . . . und einen Augenblick später erschienen die zwei ersten Schüsseln. Ein Page annoncirte:

„Nachtigallen- und Pfauenzungen."

„Sie erstaunen, meine Damen. Sagte ich Ihnen nicht gleich, Sie würden neue interessante Bekanntschaften machen? Kommen Sie, meine Lieben, und haben Sie die Güte, sich dabei zu erinnern, daß sowohl diese als alle andern Speisen, welche nachfolgen werden, ausgesuchte Lieblingsgerichte des großen Heliogabalus waren."

„Heliogabalus?" wiederholte die jüngste Hofdame. „Der Name kommt mir bekannt vor. Ich glaube ihn unlängst im Moniteur gelesen zu haben. War dieser Heliogabalus nicht ein englischer General?"

„Wo denken Sie hin, meine Liebe?" sagte eine ältere Hofdame mit einem Schminkpflästerchen. „Heliogabalus war ein römischer Trauerspieldichter."

„Ich bitte um Entschuldigung, liebe Herzogin", entgegnete Josephine mit allatweichem Lächeln, „Heliogabalus hatte die Ehre, Kaiser von Rom zu sein."

„Richtig! richtig!" rief die Herzogin; „mein Gedächtniß läßt mich dann und wann im Stiche . . ."

„Essen Sie, meine Damen, sonst wird es kalt."

Die Damen fingen zu kosten an; aber keiner von allen wollten die Speisen recht behagen; auch der Kaiserin schienen sie durchaus nicht zu munden, obgleich sie sich die Miene gab, als ob sie dieselben, Gott weiß wie sehr, delikat fände.

„Nun, meine Damen," fragte Josephine, „schmeckt es Ihnen?"

„Verzeihen Eure Majestät," sagte die jüngste Hofdame, „wenn ich offenherzig bekenne, daß ich aus diesen Speisen nicht klug werden kann."

„Wie soll ich das verstehen, Marquise?"

„Ich will damit sagen, daß diese Speisen, streng genommen, weder gut noch schlecht schmecken."

„Der Geschmack, reizende Freundin, ist sehr verschieden."

„Ich finde namentlich die Nachtigallen-Zungen ganz excellent!"

„Ich auch! ich auch!" riefen alle Uebrigen, der Kaiserin zu Liebe, schnitten aber ein Gesicht dabei, als ob sie eine Dosis Colaquinten hinabgewürgt hätten.

In demselben Augenblick erschienen zwei neue Schüsseln.

Der Page annoncirte:

„Papageien- und Fasanen-Gehirn."

Der ganzen Tischgesellschaft fuhr ein Schreck durch alle Glieder.

„Nehmen Sie, meine Damen," bat die Kaiserin; „vielleicht finden diese Speisen vor Ihrem Richterstuhle, Ihrem Kennergaumen, mehr Gnade als deren Vorgängerinnen."

Die Damen kosteten abermals; aber diese Schüsseln schienen ihnen noch weit weniger zu gefallen.

„Welch' ein barbarischer Geschmack!" flüsterte eine Hofdame ihrer Nachbarin zu. „Die Zungen waren zäh wie Leder, und diese Hirnspeisen sind so weich wie Pommade."

„Was sagten Sie soeben, liebe Gräfin?" fragte die Kaiserin, die das Gemurmel gehört hatte.

„Ich sagte zu meiner Nachbarin, daß ich das Papageien-Gehirn außerordentlich delicat finde."

„Das freut mich, theure Gräfin; aber wie kommt es denn, daß Sie wenig davon essen?"

„Ich esse gern etwas von Allem."

„Und Sie, liebe Marquise, Sie essen ja gar nichts," sagte die Kaiserin zu einer andern Hofdame.

„Ach, Majestät, ich habe leider gar keinen Appetit."

„Sagen Sie lieber, es schmeckt Ihnen nicht."

„Im Gegentheil, ich bewundere den Geschmack Heliogabals."

„Wie man nur so lügen kann!" sagte die jüngste Hofdame zu ihrer Nachbarin. „Diesem Heliogabal könnte ich, wenn er noch am Leben wäre, . . ."

„Was könnten Sie, liebe Marquise?" fragte die Kaiserin, deren feines Gehör die Phrase aufgeschnappt hatte."

„Ich könnte ihm," fuhr die Marquise fort, „vor Freuden um den Hals fallen."

„Schmeckt es Ihnen wirklich so gut?"

„Vortrefflich!"

„So greifen Sie doch zu; Sie sehen ja, daß noch genug Vorrath da ist."

„Ich spare den letzten Funken meines Appetits für die Braten auf," erwiederte die Marquise, die in einem Nu lügen gelernt.

In demselben Augenblicke erschienen die zwei letzten Schüsseln.

Der Page annoncirte:

„Flamingo- und Straußenbraten."

„Das fehlte noch," rief die junge Marquise und hielt sich ein Tuch vor's Gesicht, um das Lachen zu unterdrücken.

„Mein Gott!" rief die Kaiserin, „warum essen Sie denn nicht, meine Damen?"

„Ach! Majestät," rief der ganze Hofstaat wie aus einem Munde, „wir sind schon völlig satt."

„Das ist nicht wahr, meine Damen. Sie sind so hungrig wie ich, aber es schmeckt Ihnen nicht, und, aufrichtig gesagt, ich kann es Ihnen gar nicht verdenken, mir (es schien der Kaiserin schwer zu werden, dies zu gestehen) schmeckt es auch nicht. Gott im Himmel, ich habe mir diese Speisen ganz anders gedacht, aber trotz allem Respect für Meister Heliogabalus kann ich seinen Lieblingsgerichten auch nicht den mindesten Geschmack abgewinnen. Ich glaube Ihren Wunsch zu errathen," sprach Josephine, schellte und sagte zu dem eintretenden Kammerdiener:

„Tragen Sie diese Schüsseln ab und sagen Sie dem Koch, daß er schnell etwas Anderes bereiten soll. Ich habe Hunger!"

„Ich auch, ich auch!" riefen die Hofdamen unisono.

„Also doch nicht satt?" fragte die Kaiserin.

„Ach nein, Majestät," riefen Alle.

Die Kaiserin lachte, und ihre Damen mußten mitlachen.

Eine halbe Stunde später servirte ihnen Laguipierre ein einfaches Gabelfrühstück, das Alle mit wahrem Heißhunger verschlangen.

Als der Kaiser nach Paris zurückgekehrt war, sagte er zu seiner Gemahlin:

„Ich habe schöne Dinge von Ihnen gehört. Sie haben in Malmaison Ihren Damen ein römisches Frühstück gegeben, das, wie ich aus guter Quelle weiß, ein enormes Geld gekostet und Ihnen nicht einmal geschmeckt hat. Was Sie für Einfälle haben, Madame! Wie man sein Geld auf solche Weise verschwenden kann! Ich habe nichts dagegen, wenn Sie für eine Blume, die in Ihren Treibhäusern in Malmaison fehlt, 3 bis 4000 Franken bezahlen; aber an ein abgeschmacktes Frühstück 30,000 Fr. vergeuden, ist wirklich etwas stark, Madame. Ein Frühstück à la Heliogabale, Pfauen- und Nachtigallenzungen, Papageien- und Fasanengehirn, Flamingo- und Straußenbraten, ich begreife nicht, wie Jemand solches Zeug essen kann! Sie haben mir die halbe Menagerie des Jardin des plantes, meinen Strauß und Flamingo abschlachten lassen. Das Alles hätte ich Ihnen gern verziehen, hätten Sie wenigstens so viel Aufmerksamkeit für mich gehabt, meinen Lieblingspapagei zu schonen."

„Welchen meinen Eure Majestät?"

„Den dreifarbigen Arras, der in sieben verschiedenen Sprachen vive l'Empereur! rief."

„Haben wir den auch gegessen?" fragte die Kaiserin ganz bestürzt.

„Freilich! Freilich! ich hätte lieber ein Land als diesen Papagei verloren."

„Trösten sich Eure Majestät! So lange es noch eine Nation gibt, die vive l'empereur ruft, können Sie den Verlust eines Papageien, dem man diesen Ruf eingelernt, leicht verschmerzen."

„Sie haben Recht, Madame. Einem Engel, wie Josephinen kann man nicht zürnen! Alles ist vergessen und vergeben," sprach der Kaiser, drückte einen Kuß auf ihre Stirne und verließ lächelnd das Cabinet seiner erlauchten Gemahlin, die freudestrahlend ihm nachsah, dann mit einer Thräne gegen den Himmel blickte und: „Gott segne ihn!" ausrief.

---

* Alexander von Humboldt

von Max Kahn.

(Schluß.)

Der praktische Nutzen, der von der reinen Wissenschaft, wie vom Baume die reife Frucht, von selbst abfällt, erschöpft nicht die Fülle der wohlthätigen Geschenke, welche diese hohe Göttin dem menschlichen Geschlecht gewährt.

Wie der Athlet an dem die ganze Kraft des Körpers erfordernden Ringkampfe die vollste Lust empfindet, und seiner gewaltigen Anstrengung der Triumph des Sieges winkt, so erfüllt schon das geistige Schaffen und Ringen den Denker mit hoher Befriedigung, dazu harrt als Lohn die Lösung der schwierigen Aufgabe, die Entdeckung neuer, ungeahnter Wahrheiten, und entzückt ihn der glänzende Strahl, vor dem wiederum eine dem menschlichen Auge bisher dunkle Partie des unermeßlichen Weltalls verschwindet. Der mit Perikles befreundete Philosoph Anaxagoras antwortete auf die Frage, warum Einer wohl lieber geboren sein möchte als nicht geboren: „Darum, um den Himmel und die Ordnung in der ganzen Welt zu betrachten.“ Sie, die Wissenschaft läßt uns einen Blick thun in die Werkstätte der Natur, in die ewigen Gesetze, nach denen der Kampf der Elemente und Kräfte geregelt ist, uns ahnen die unendliche Größe eines ewigen Geistes und bereitet hiermit dem Forscher eine der reinsten, seligsten Freuden, die sich auch dem mittheilt, der, von dem Forscher geführt, die Ordnung und Wunder der Welt betrachtet. Bei den Hellenen galt der für unglücklich, wer dahin fuhr, ohne den Zeus des Phidias geschaut zu haben. Dem, welcher der Wissenschaft nicht folgt, ist versagt die höhere Sphäre des Lebens, die dem Menschen angewiesen ist.

Die Wissenschaft, zumeist die Naturwissenschaft reißt die Scheidewände nieder, die eine niedrige Selbstsucht zwischen Mensch und Mensch, Volk und Volk aufführte, sie flicht das Band der Liebe um die Menschheit und lehrt uns den Menschen und das Dasein würdigen. Wenn nun Humboldt sein Leben der Wissenschaft weihte, und zwar mit einem Erfolge, wie er in der Geschichte fast einzig dasteht, sind wir ihm nicht zu tiefstem Danke und Verehrung verpflichtet!

Aber seine wissenschaftlichen Leistungen, in die sich Mehrere hätten theilen können, und Jeder hätte noch genug zur Berühmtheit gehabt, bilden noch nicht seine volle Größe. Vor Humboldt befand sich insbesondere die Naturgeschichte in einem argen Zustande. Die trockenste Systematik war deren höchster Zweck, die Philosophen schwindelten aus einigen Prämissen eine Welt herauf und vom hohen Olymp herab diktirten diese Götter ihre Gesetze der Natur. Die Naturgeschichte war geknebelt. Humboldt vorzüglich erkannte, daß in der Systematik das Heil der Welt nicht allein beruhe, er kehrte dem Dünkel der Philosophen den Rücken, er war etwas bescheidener, er beobachtete mit Unverdrossenheit und nüchternem Sinne die Merkmale und Eigenschaften, er verglich sie, suchte nach ihrem Zusammenhange und ihrer Ursache und verließ nicht den sicheren Boden der Erfahrung. Begeistert und überzeugt durch die glänzenden Resultate dieser Methode umstanden ihn eine Menge von Jüngern, und dem früheren Unsinn wurde gründlich der Garaus gemacht.

Durch seine ungeheure Bekanntschaft wirkte er anregend und fördernd über die ganze Erde, und der lebhafte Verkehr, der heutigen Tages unter den Männern der Wissenschaft herrscht, verdankt ihm vorzugsweise den ersten Anstoß, er war wie ein leuchtender und erwärmender Mittelpunkt, von dem die Strahlen nach allen Seiten hin ausgesandt wurden.

Welch großartiger Umschwung wurde in den Naturwissenschaften durch ihn bewerkstelligt, welch' kolossalen Fortschritt machten dieselben durch ihn und durch die Männer, die in seinem Geiste fortarbeiteten, den von ihm geschaffenen Disciplinen sich hingaben und sie weiter vervollkommneten!

Aber fahren wir weiter; immer höher wächst die Riesengestalt Humboldt's empor. Er trat heraus aus der Engherzigkeit und dem Hochmuth einer Gelehrtenzunft unter das Volk und gewann es mit dem Zauber seiner musterhaften Sprache für die Naturwissenschaft. Von Humboldt's Auftreten, besonders von der Erscheinung des Kosmos an, datirt sich die so bedeutungsvolle Popularisirung der Wissenschaft überhaupt. Keiner wie er verstand es, die Natur treu und wahr zu schildern und den Hauch der Poesie über deren Schilderungen auszubreiten. Er ist nicht allein der Forscher, sondern auch der Dichter der Natur. Wenn mehr Bildung und damit mehr Humanität und größere Einsicht in die uns umgebenden Verhältnisse herrscht, wenn der Mensch seine Stellung besser erkennt, so ist es vor allen Humboldt, dem wir dies verdanken.

Nachdem ich nun versucht habe, den großen Gelehrten, den großen Forscher, den großen Schriftsteller, den umwälzenden Geist zu skizziren, so will ich auch einige Züge des großen Menschen entwerfen. Humboldt war im Reichthum und in angesehener adeliger Familie geboren, aber der Reichthum entnervte ihn nicht, und der Reichthum machte ihn nicht hochmüthig, so wenig wie sein Weltruhm. Wenngleich er mit König und Kaiser Umgang pflegte, so benutzte er sie nur für die Wissenschaft, verleugnete er nie seine freien Ansichten und sein Herz schlug für das Volk. Er, der heute im königlichen Zirkel verkehrte, trat morgen an die Wahlurne und stimmte nach seiner Ueberzeugung. Humboldt starb arm, er hatte sein großes Vermögen der Wissenschaft und der Menschheit geopfert.

Männer von großer universeller Bedeutung zählt eine Nation in einem Jahrhundert nur wenige; Deutschland darf sich rühmen, in der Erzeugung solcher geistiger Heroen nicht hinter anderen Nationen zurückgeblieben zu sein; aber nicht allein darf es sich dessen rühmen, es m u ß vor Allem stolz darauf sein. Bei den andern Nationen gesellt sich zu der erhebenden Erinnerung an ihre großen Männer das Bewußtsein politischer Größe oder doch wenigstens Einheit. Aber Deutschland, du armes Deutschland, wie warst du gesunken an Achtung, an Macht, wie warst du zerwühlt von den Kämpfen Tausender, die an deinem herrlichen Leibe zerrten und nagten. Ein Deutscher war ein armseliger Mensch, zum Gespötte der Nationen geworden. Nicht allein Deutschland war die vollständigste politische Ohnmacht, Lächerlichkeit, ja man traute dem einzelnen Individuum kaum eine höhere Fähigkeit zu. Konnte doch der französische Abbé Bouhours die Behauptung wagen, un allemand ne peut avoir d'esprit. Wer hat Deutschland dieser Verachtung entzogen, wer hat den gebeugten Nacken des deutschen Volkes wieder emporgerichtet? Jene Denker, welche unter Anstrengung nach der Wahrheit ringen, und mit dem Muthe, welchen die Erkenntniß der Wahrheit verleiht, sie auch verkünden. Als man an dem deutschen Volke verzweifelte, waren es diese, welche das Selbstbewußtsein des Volkes wieder weckten, den Glauben an seine hohe Bestimmung lebendig machten, welche der Welt Achtung abzwangen vor dem urkräftigen Geiste des deutschen Volkes und die sittliche Einheit, welche die politische Einheit, so weit die deutsche Zunge reicht, nothwendig nach sich zieht, unaufhaltbar schufen. Verdienen diese muthigen, unermüdlichen Arbeiter an dem Wohle und Ruhme von uns allen, einer ganzen Nation, nicht unsere dankbarste Erinnerung? In der ersten Reihe der großen Männer, welche ihr Leben auf die Erforschung und Verbreitung der Wahrheit mit staunenswerthem Erfolge verwendeten, deren Wirksamkeit sich auf die ganze Menschheit ausdehnte, welche den Ruhm Deutschlands durch die ganze Welt tragen, glänzt auch immer wie eine Sonne Alexander von Humboldt.

* Die III. Kreisversammlung des pfälzischen Lehrervereins.

(Fortsetzung.)

Die Berichte über die Verhandlungen sind uns nur bruchstückweise und in der Art zugekommen, daß wir Reden, die wir bereits auszugsweise gedruckt hatten, nachträglich noch vollständig erhalten haben. Um nicht die Leser durch Wiederholungen zu ermüden, können wir zu unserm Bedauern von dieser nachträglichen Mittheilung nur einen beschränkten Gebrauch machen. Vorträge, von denen wir noch keine Auszüge gebracht, werden wir nächstens bringen. Einstweilen theilen wir hier die Wahl des Ausschusses mit. Es erhielten von 600 Abstimmenden: 1. Gärtner (Ingelheim) 572 Stimmen; 2. Janton (Zweibrücken) 554; 3. Thiroff (Rheingönheim) 543; 4. Weidel (Sippersfeld) 538; 5. Röhm (Kaiserslautern) 534; 6. Hammel (Bergzabern) 522; 7. Drescher (Trippstadt) 512; 8. Krebs (Weidenthal) 472; 9. Bärmann (Jugenheim) 433; 10. Fröhlich (Haßloch) 432; 11. Vögeli (Kandel) 270 Stimmen. Ersatzleute Hildebrand (Kaiserslautern) 260; Grenz (Edesheim) 212 Stimmen.

(Fortsetzung folgt.)

Miscellen.

Ueber den Mord in Pantin, ganz nahe bei Paris, schreibt man der Köln. Ztg. 24. Septbr.: Es scheint sich zu bestätigen, daß die Mörder der Mutter und der fünf Kinder der Vater und dessen ältester Sohn sind. Sie sollen keine weiteren Mitschuldigen haben. Sie führten ihre Opfer paarweise nach dem Felde, welches sich neben dem Wege befand, und ermordeten sie dort. Der Sohn soll sich in den Canal de l'Ourcq, wo man bekanntlich gestern eine Leiche fand, geworfen haben, der Vater dagegen verhaftet sein (?). Der Name Kinck — so sagt man hier — sei nicht ihr wirklicher Name. So lauten die letzten Nachrichten. Der Andrang zur Morgue — die Leichen sind aber nicht ausgestellt — ist noch wie vor ungeheuer. Seit gestern fanden sich dort 300,000 Personen ein. Auch Pantin und Aubervilliers, in deren Nähe die That verübt wurde, ist mit Parisern angefüllt, die sich das Feld anschauen wollen, wo die Leichen verscharrt wurden. Man bemerkt auf demselben noch viele Blutspuren. Die beiden Personen, welche in Aubervilliers verhaftet wurden, scheinen nur deshalb festgenommen worden zu sein, weil sie sich in dem nämlichen Eisenbahnwagen mit der Familie befanden und in Pantin ebenfalls ausstiegen. Die Untersuchung der Leichen, die jetzt beendet, hat dargethan, daß die Opfer in keinerlei Weise beschimpft wurden. Vor dieser Operation hat der Photograph der Polizeipräfectur, Richebourg, die Leichen einzeln und gruppenweise aufgenommen. Dieselben bieten einen höchst traurigen, peinlichen Anblick dar. Die beiden kleinen Knaben und das Mädchen haben die Augen geöffnet; man sieht ihnen an, daß sie von furchtbarem Schrecken ergriffen worden waren. Das eine der Kinder scheint lebendig begraben worden zu sein, und sein Gesicht drückt noch den schweren Todeskampf aus, den es bestanden haben muß. Die beiden ältesten Kinder wurden nackt aufgenommen. Die Mutter, die Augen weit aufgerissen, scheint den Mörder zu betrachten. Ihr Gesicht trägt eher den Ausdruck tiefer Trauer, als den des Schreckens. Die Wuth der Mörder muß eine furchtbare gewesen sein. Die Mutter hat 30 Wunden; im Ganzen zählt man 157 Wunden auf den Leichen. Es scheint übrigens, daß die beiden Mörder, Vater und Sohn, noch des Morgens, als der Bauer — er heißt Langlois — die Leichen entdeckt, sich in der Nähe des Feldes befanden. Derselbe erinnerte sich nämlich später, zwei ihm unbekannte Männer gesehen zu haben, die ihm zuschauten, als er die Gruft entdeckte. Sie folgten ihm dann zum Polizeidiener, welchen er herbeirief, und verschwanden dann.

Auch anderen Berichten zufolge hätten Joh. Kinck und Gustav Kinck, der Vater und der Sohn, die Familie ermordet. Der letztere war aus der ersten Ehe seines Vaters. Die Familie wohnte in Roubaix, bei Paris und erfreute sich eines gewissen Wohlstandes. Johann Kinck stammt aus dem Elsaß und wollte sich dort ankaufen, allein seine Frau, welche kein Wort Deutsch verstand, widerstrebte längere Zeit, scheint aber zuletzt eingewilligt zu haben. Sie hatte erst jüngst 5000 Franken flüssig gemacht und ihrem Manne gegeben. Um sich ihr ganzes Vermögen, bestehend unter anderem in drei Häusern in Roubaix, anzueignen, wurde der scheußliche Mord begangen. Die beiden Kinck, Vater und Sohn, wurden in Havre verhaftet.

Charade.

(Zweisilbig.)

Das Erste ist der Liebling der Nation,
Im Volkesmund und im Liede festgehalten;
Das Zweite ist von Weltenanfang schon
Der Wünsche Ziel bei Jungen und bei Alten.
Das Ganze ward im Großen einst gefunden,
Was jüngst zu Tage kam, scheint schon entschwunden.

Redaction von K. A. Wolf. Druck der Jäger'schen Druckerei in Speyer.

Palatina.

Belletristisches Beiblatt zur Pfälzer Zeitung.

Nro. 116. | Speyer, Dienstag, den 28. September | 1869.

* Die III. Kreisversammlung des pfälzischen Lehrervereins.

(Fortsetzung.)

Wir fahren in der Berichterstattung fort und theilen hier, auf besonderen Wunsch die Rede des Hrn. Janson aus Zweibrücken über den Anschluß des pfälzischen an den bayerischen Lehrerverein mit. Hr. Janson sprach:

Förderung des Volksschulwesens, Kräftigung und zeitgemäße Besserstellung des Lehrerstandes waren die Grundideen des Schulgesetzes, welches unsere erlauchte Staatsregierung in der wohlmeinendsten Absicht zur Hebung allgemeiner Volksbildung im Königreiche Bayern einzuführen bemüht war, was aber zur tiefsten Betrübniß aller bayerischen Lehrer, zum größten Leidwesen aller Derjenigen, die es mit Schule und Lehrer wohl meinen, und zum innigsten Bedauern Sr. Maj. unseres allergnädigsten Königs und Herrn nicht möglich war. — Dieselben Ideen finden sich auch in der Regel als Strebeziele an der Spitze der Satzungen von Lehrervereinen verzeichnet, wie dieß bei dem bayerischen Landeslehrerverein, bei den mit dem Hauptverein in Verbindung stehenden jenseitigen Kreisvereinen und auch bei dem pfälzischen Lehrerverein der Fall ist. — Zeigen diese Umstände nicht deutlich das Vorhandensein gleicher Bestrebungen in allen angeführten Verhältnissen?

Dies waren auch die Augenpunkte, von welchen unser College Trier in Zweibrücken ausging, als er bei der letzten Generalversammlung am 23. Sept. 1868 zu Kaiserslautern den Antrag stellte:

„Der pfälzische Lehrer-Verein schließt sich an den bayerischen Landeslehrerverein an und steht zu demselben in gleichem Verhältniß, wie die übrigen Kreisvereine."

Die Generalversammlung faßte, nachdem der Antrag nach allen Seiten hin durch die Debatten gehörig beleuchtet war, in ihrer Majorität folgenden Beschluß:

„Der pfälzische Lehrer-Verein schließt sich unter Wahrung seiner Selbstständigkeit an den allgemeinen bayerischen Lehrer-Verein an."

In der ganzen Versammlung herrschte große Freude ob dieses Beschlusses; unser verehrter I. Herr Vorstand beglückwünschte den pfälzischen Lehrerverein, Telegramme, Briefe und Zeitungsartikel benachrichtigten unsere wackern Collegen jenseits des Rheins von dem freudigen Ereigniß.

Doch bis zur Stunde ist dieser gefaßte Beschluß faktisch noch nicht vollzogen, und der Grund dazu kann bei der bekannten Thätigkeit unseres geehrten Ausschusses nur in der Nichtgenehmigung der von beiden Seiten gemachten Anschlußbedingungen respective in der Interpretation des fraglichen Beschlusses liegen. Da es aber vielen Gliedern unseres pfälzischen Lehrervereins ernstlich darum zu thun ist, diese Frage auf der heutigen Versammlung bereinigt zu sehen, so wurde mir von vielen Lehrern aus verschiedenen Gegenden der Pfalz der ehrende Auftrag zu Theil, heute dahin zu wirken, daß die heutige Generalversammlung in ihrem primitiven Recht der Interpretation den gefaßten Beschluß in folgender Weise auslege:

„Der pfälzische Lehrerverein schließt sich unter den nämlichen Bedingungen an den bayerischen Volksschullehrerverein an, wie die übrigen bayerischen Kreislehrervereine", d. h. mit andern Worten:

„In allgemeinen Fragen über die Volksschule und den Lehrerstand schließt sich der pfälzische Kreislehrerverein an den bayerischen Volksschullehrerverein an. — Seine speciellen Kreisinteressen leitet und vertritt er selbstständig."

Werthe Collegen! Ich erlaube mir diese Interpretation möglichst kurz zu motiviren und gehe dabei zuerst vom sachlichen, sodann vom finanziellen Standpunkt aus.

In erster Hinsicht erlaube ich mir Folgendes anzuführen:

Nur in dieser Weise, wie ich sie eben interpretirt habe, können Anschluß und Selbstständigkeit neben einander bestehen, anders ist dies nicht möglich! Es liegt dies aber auch ganz in der Natur der Sache; denn die allgemeinen Fragen sind für alle bayerischen Lehrer ganz gleich und in dieser Hinsicht wird keiner etwas Besonderes erhalten. In welcher Weise aber diese allgemeinen Fragen durch den Ausschuß des Hauptvereins vertreten werden, das hat Ihnen der Antragsteller im vorigen Jahre zur Genüge dargethan. Aber auch im letzten Jahre hat der Hauptausschuß nicht nachgelassen, die allgemeinen Fragen an der einschlägigen Stelle zu vertreten; ich erlaube mir, Sie nur darauf hinzuweisen, welche rastlose Thätigkeit genannter Ausschuß entwickelte bei den verschiedenen Stadien, welche das Schulgesetz zu durchlaufen hatte, wenn ich die weitere Ausführung übergehe, da ich sie als jedem bekannt voraussetzen darf. — Nach dem Falle des Schulgesetzes ist das Streben des Ausschusses vom Hauptverein ein äußerst thätiges. Der Hauptausschuß hat bereits dem kgl. Staatsministerium für Kirchen- und Schulangelegenheiten eine mit Tausenden von Unterschriften bedeckte Adresse vorgelegt, des Inhalts, daß die Gehaltsverhältnisse der Lehrer in einer der Jetztzeit entsprechenden Weise geregelt, und daß die anderweitigen Verhältnisse von Schule und Lehrer so weit als möglich auf dem Verordnungswege geordnet werden möchten.

Ferner hat die diesjährige Hauptversammlung dieses Vereins auf die 20 pfälzischen Lehrer, welche in Würzburg anwesend waren, sowohl durch die Gediegenheit, als auch durch die Freimüthigkeit ihrer Verhandlungen den allerbesten Eindruck gemacht. Gewiß, m. H., wollen wir der Wahrheit die Ehre geben, so müssen wir hier das Zeugniß ablegen, daß die Vertretung allgemeiner Fragen bei dem Hauptausschusse in den besten Händen steht. Und hierin haben sie den Anschluß.

Die Selbstständigkeit unseres Vereins aber besteht in der Leitung und Vertretung der besonderen Kreisinteressen.

Ganz dasselbe Verhältniß, wie ich es hier bezeichnete, besteht zwischen den jenseitigen Kreisvereinen und dem Landes-Lehrverein. Es ist dies in den Satzungen der einzelnen Kreisvereine niedergelegt, wovon ich nur aus einigen die betreffenden §§ vorzulesen mir erlaube.

In den Satzungen für Oberfranken heißt es:

§ 2. Der Kreisverein schließt sich in allen allgemeinen Fragen über Schule und den Lehrerstand an den bayerischen Volksschullehrerverein an. Kreisinteressen leitet und vertritt er selbst.

Für den mittelfränkischen Lehrerverein sagt § 1 der Satzungen: In allgemeinen Fragen über Schule und den Lehrerstand schließt sich derselbe dem bayerischen Volksschullehrerverein an. In der Leitung und Vertretung seiner besonderen Kreisinteressen ist der Kreisverein selbstständig und unabhängig.

Die Satzungen für den unterfränkischen Kreisverein sagen:

§ 1. Der Verein, als Glied des bayerischen Volksschullehrervereins adoptirt die Satzungen. Des letzteren unter denjenigen Modificationen, welche sich aus dem Charakter des Vereins als Kreisverein von selbst ergeben. Im § 1 der Satzungen des schwäbischen Kreisschullehrervereins heißt es:

„Der Verein schließt sich unter Wahrung seiner Unabhängigkeit in Vertretung und Leitung seiner Kreisinteressen und Angelegenheiten — allen allgemeinen Fragen über die Schule und den Lehrerstand an den bereits bestehenden bayerischen Volksschullehrerverein an."

Ebenso besagen den Anschluß die Satzungen der übrigen bayerischen Kreisvereine.

Das nämliche war die Intention des ersten Antragstellers; es war der Wille der abstimmenden Majorität im vorigen Jahre; es wird auch, wie ich wünsche und hoffe, der Wille der heutigen hochgeschätzten Versammlung sein. Ein großer Theil der Lehrer ist für den Anschluß in dieser Fassung; dies sehen Sie, geehrte Collegen, in dem Vorgehen vieler pfälzischen Lehrer, die sich bereits, ohne die allgemeine Bereinigung abzuwarten, dem jenseitigen Landeslehrerverein angeschlossen haben, und andere stehen, wie ich sicher weiß, im Begriffe, denselben Schritt zu thun, warten aber nur die heutige Abstimmung in dieser Sache ab. — Aus diesen Umständen erhellt: 1. daß der Anschluß ein Wunsch von der Mehrzahl der pfälzischen Lehrer ist; 2. daß die Nichterfüllung dieses Wunsches sehr leicht die Interessen unseres pfälzischen Kreisvereins schädigen dürfte, und 3. daß die Anschlußfrage nicht mehr zu umgehen sein dürfte.

Diese von mir vorgeschlagene Art des Anschlusses liegt ganz im Sinne der §§ 13 und 15b der Satzungen des Landeslehrervereines und wird deshalb von keiner Seite beanstandet werden können. Wollte man entgegenhalten, daß wir Pfälzer im Falle eines derartigen Anschlusses mundtodt gemacht würden, so ist diese Behauptung nach meinem Dafürhalten eine durchaus irrige; denn abgesehen davon, daß die Pfälzer überhaupt nicht so leicht mundtodt zu machen sind, hat jedes Mitglied und jede Gliederung des Vereins nach § 13, Absatz 1 das Recht, Anträge an den Hauptausschuß gelangen zu lassen. Diese Anträge können selbstverständlich nur allgemeiner Natur sein, da im Hauptausschusse nach § 15b nur allgemeine Fragen verhandelt werden. In diesem Hauptausschusse sind nach § 13 Absatz 4 die Kreisvereine durch den 1. Vorstand und möglicher Weise durch einen Beisitzer vertreten. Das Interesse der Kreisvereine in Bezug auf allgemeine Fragen stellt sich daher im Hauptausschusse als vollständig gewährleistet dar.

In den Hauptversammlungen des Landeslehrervereins stimmen nach § 4 der Geschäftsordnung nicht alle Anwesenden ab, sondern nur die mit Vollmachten versehenen Delegirten der verschiedenen Bezirksvereine, und die Mitglieder des Hauptausschusses. Wir können uns also auch bei dieser Versammlung nach Bedürfniß vertreten lassen, und so kann auch hier das Interesse der Kreisvereine in keiner Weise als gefährdet erscheinen.

Freilich gibt es in der Pfalz Verhältnisse, welche mit jenen in den übrigen Provinzen Bayerns verschiedentlich collidiren, als: Anstellungsmodus, Gehalt, sociale Verhältnisse, Vorsitz in der Ortsschulcommission &c. &c. — Doch dies sind specielle Fragen, welche durch den Kreisverein zu vertreten sind. Sie werden sich übrigens erinnern, daß bei Berathung des Schulgesetzes in der Abgeordneten-Kammer auf die eigenthümlichen Verhältnisse der Pfalz billigste Rücksicht genommen wurde, nachdem zuvor den verehrl. Herren

Abgeordneten das einschlägige Material zu Handen gekommen war.

Wollte man die Entfernung der Pfalz von den jenseitigen Kreisen als Hinderungsgrund des Anschlusses an den bayerischen Volksschullehrerverein aufstellen, so hat Ihnen der Antragsteller im Vorjahre nachgewiesen, daß es von der Pfalz nicht weiter nach Würzburg ist, als von Passau und Lindau, und von Hof, Aschaffenburg und der Pfalz nach München ist die Differenz nicht so bedeutend. Ueberhaupt kann dieser Umstand bei den jetzigen Reisegelegenheiten und den gewöhnlich eintretenden Fahrtaxermäßigungen nicht von Belang sein.

Sollte man allenfalls zu glauben versucht werden, daß das jenseitige Bayern mit der Pfalz in anderweitigen Verhältnissen nicht so verbunden sei, wie wir es bezüglich der Schule anstreben, so würde man sich auch hierin gewaltig irren. Abgesehen von der beinahe ganz vollzogenen gleichen Gesetzgebung für die beiderseitigen Landestheile, ist hier zu bemerken, daß die bayerischen und pfälzischen Gewerbschullehrer von Zeit zu Zeit mit einander tagen, was erst vor drei Wochen in Kaiserslautern geschah, und die Statuten für den Verein der Lehrer an den humanistischen Anstalten bin ich in der Lage, Ihnen vorlegen zu können.

Manchem von Ihnen dürfte vielleicht auch das von den jenseitigen Lehrern gegründete Waisenstift als Hinderniß des Anschlusses der beiderseitigen Vereine erscheinen. Im Falle des Anschlusses von unserem Vereine an den jenseitigen ist es durchaus nicht nöthig, daß wir uns bei dem Waisenstift betheiligen, sondern das ist unser ganz freier Wille. Eine andere Frage ist es aber, ob es nicht im größern Interesse der pfälzischen Lehrer läge, sich an diesem Stifte zu betheiligen; denn dieses Waisenstift ist durchaus wohlthätig und hinsichtlich des Kostenpunktes nicht belästigend, weil hiebei Alles freiwillig ist.

Ich kann nicht unterlassen, Sie hiebei aufmerksam zu machen, daß der Hauptausschuß des bayerischen Volksschullehrervereins außer den Vortheilen des Vereins, eben so wie im Waisenstift den Mitgliedern auch noch anderweitige Vortheile zuzuwenden sucht; ich erinnere hiebei nur an die Vereinigung mit einer Mobiliar-Feuerversicherungsgesellschaft, ferner an die Uebereinkunft mit der Direction einer soliden Lebensversicherungsgesellschaft, wo den Lehrern bei dem niedrigsten Prämiensatz die größten Vortheile gewährt sind.

Werthe Freunde und Collegen! Ich könnte noch Manches vom sachlichen Standpunkte aus hier anführen, glaube es aber besser übergehen zu sollen und wende mich zur Motivirung meiner Interpellation vom finanziellen Standpunkte aus.

Liebe Freunde! Ein oft gesprochenes Wort sagt uns: „Wo es sich um Geld handelt, da hat die Gemüthlichkeit ein Ende." Ich bitte Sie, machen Sie diesen Satz heute zu Schanden, und folgen Sie mir nur noch ganz kurze Zeit mit Ihrer bisherigen Gemüthlichkeit.

Aber denkt mancher meiner wackern Collegen: „Bezahlen und immer wieder bezahlen, und welche Resultate wurden bis jetzt erzielt?" Ich weiß es wohl! Mit Bienenfleiß haben wir gearbeitet und manche pecuniäre Opfer gebracht, um das Wohl der Volksschule und ihrer Träger zu fördern! Leider sind viele unserer Hoffnungen, als sie am höchsten gespannt waren, wie mit einem Schlage vernichtet worden! Durch den Fall des Schulgesetzes sind wir Lehrer, viele armen Lehrerwittwen und viele hilfsbedürftigen Lehrerwaisenkinder schwer geschädigt worden. Ja, wie sich ein Redner in Würzburg äußerte, dürfte vielleicht hierüber manches Lehrerherz gebrochen sein. Aber liebe Freunde, lassen wir uns hierdurch nicht entmuthigen, und verzagen wir nicht! Zeigen wir uns vielmehr durch fortwährend getreue Pflichterfüllung und durch geistige Hebung unseres Standes, des Wohlwollens würdig, welches Se. Majestät unser allergnädigster König und Herr und die k. Staatsregierung gegen den Lehrerstand durch Vorlage eines Schulgesetzentwurfes an den Tag legten, und vertrauen wir fest, daß die k. Staatsregierung gewiß anderweitige Mittel und Wege finden werde, das der Volksschule und dem Lehrerstande zu gewähren, was als unabweisbares Bedürfniß der Zeit allgemein anerkannt ist. Von diesem Standpunkte aus müssen wir die sich uns entgegenstellende Frage zu lösen suchen, ob wir auch noch fernerhin materielle Opfer bringen und ob wir im Falle des Beitritts zu dem bayerischen Volksschullehrerverein einen Beitrag werden leisten müssen?

Wer einem Vereine beitritt, muß sich dessen Satzungen unterwerfen. Wir haben im vorigen Jahr unsern Beitritt beschlossen, folglich haben wir nach §. 18 der Satzungen 18 kr. Jahresbeiträge zu leisten. Das Nämliche geschieht von sämmtlichen Mitgliedern aller jenseitigen Vereine, und keinem dieser Vereine ist es in den Sinn gekommen, daß er dadurch seine Selbstständigkeit aufgegeben hätte. Warum sollen aber unsere jenseitigen Collegen mehr belastet werden und wir weniger? Geschieht etwa für jene mehr, als für uns? — Daß von diesen Beiträgen der Vorstand, Kassier, Schriftführer Entschädigungen für ihre Bemühungen erhalten und daß für die sehr gut redigirte bayer. Lehrerzeitung Redactionshonorar bezahlt wird, ist ganz recht und ändert an der Sache gar nichts; denn im Falle unsers Anschlusses werden ja diese Functionen auch für uns versehen. Aus den angeführten Gründen erscheint die Beitragspflicht vollständig gerechtfertigt. Außer den Beiträgen zum bayer. Volksschullehrerverein zahlen aber auch die Mitglieder desselben zu ihren Kreisvereinen noch besondere Beiträge, nämlich: Oberfranken nach §. 20 der Satzungen 18 kr. und Honorar oder Diäten (Anzahl der Mitglieder: 888, Vereinsversammlung alle 2 Jahre, haben ein eigenes Schulblatt). Mittelfranken zahlt nach §. 10 seiner Satzungen 12 kr., kein Honorar oder Diäten, (zählt 247 Mitglieder, hat alle 2 Jahre eine Versammlung, kein eigenes Schulblatt). Unterfranken zahlt nach §. 6 12 kr., drei Ausschußmitglieder erhalten je 25 fl. (zählt 1142 Mitglieder, versammeln sich nach Bedürfniß, haben kein Schulblatt). Schwaben zahlt nach §. 24 der Satzungen 18 kr. nebst Diäten, (zählt 1052 Mitglieder, hat alle 2 Jahre eine Kreisversammlung, ist ohne eigenes Schulblatt). Pfalz nach §. 10 zahlt 24 kr. (zählt 1808 über 1270 Mitglieder, hält jedes Jahr eine Kreisversammlung, besitzt ein eigenes Schulblatt).

(Fortsetzung folgt.)

Die Entstehung des Hoftheaterbrandes in Dresden erklärt sich nach den Aussagen der beiden auf der Entstehungsstelle befindlich gewesenen Arbeiter folgendermaßen: Die Beleuchtungsgehilfen Karl Ludwig Grohe und Theodor Junghanns waren in dem über dem Kronleuchter des Zuschauerraums befindlichen großen Bodenraume, behufs Anfertigung von Gasschläuchen, welche Abends während der Vorstellung von der äußern Rohrleitung unterhalb der Bühne aus an die verschiedenen Beleuchtungs-Gegenstände angelegt werden sollten, damit beschäftigt, einen auf einer hölzernen Tafel ausgebreiteten Leinwandstreifen mit einer Gummilösung zu überstreichen. In jenem Raume, welcher etwa 40 Ellen im Durchmesser hat, wurde neben den mit der Gummilösung bestrichenen Leinwandstreifen auch verschiedenes Geräthe, alte Decorationsstücke x., aufbewahrt. Bei Anfertigung der Gasschläuche pflegte wegen des damit verbundenen übeln Geruches fast im ganzen Hause geräuchert zu werden, und es hatten die Gehilfen auf Weisung des Beleuchtungsinspectors Fahrenwaldt, jedoch nicht ohne warnende Belehrung über die leichte Entzündbarkeit des in der Gummi-Lösung befindlichen Benzens, Räucherkerzchen vom Apotheker Rathe, welcher die Lösung lieferte, mit erhalten. Als die Arbeit schon fast beendet war, nachdem um halb 12 Uhr der Feuerwächter Hübler den Raum eben verlassen hatte, wollte Junghanns, welcher in seiner freien Zeit bei Anfertigung der Schläuche mithalf, zur Vertreibung des scharfen Geruchs, wie er es öfter ohne alle schlimmen Folgen gethan, ein Räucherkerzchen anzünden. Dazu ist er aber gar nicht gekommen; denn kaum hatte er unterhalb der langen Tafel, ziemlich an deren Ende, ein Streichhölzchen angezündet, so bekamen sich bereits seine mit dem benzinhaltigen Klebstoffe bedeckten Hände und der vor ihm liegende, frisch gestrichene Leinwandstreifen in hellen Flammen. Während er nun bemüht war, den brennenden Klebestoff durch Schütteln der Hände und Wischen an der Diele abzustreifen, fing die ganze auf der Tafel befindliche Leinwand Feuer, und bald ergriff dasselbe auch andere bereits gestrichene Leinwand, die von der Tafel einige Ellen entfernt in demselben Raume auf der Diele lag. In der Ueberzeugung, das Feuer allein nicht löschen zu können, und aus Furcht, in dem bereits sich stark verbreitenden Dunste und Qualme zu ersticken, hat Junghanns den brennenden Raum verlassen und über die nach der Bühne führende Treppe zu entkommen gesucht, ist aber vor derselben, nachdem er sie verschlossen gefunden, vom Rauch betäubt liegen geblieben; nach einigen Minuten wieder zum Bewußtsein gelangt, ist er auf den obern Schnürboden zurückgegangen und hat sich von dort an einem Seil auf einen andern und sodann auf einen noch tiefer gelegenen Schnürboden heruntergelassen. Er eilte in die unter der Bühne befindliche Oelkammer, steckte dort seine verbrannten Hände in ein Oelreservoir und flüchtete sodann auf den Theaterplatz, von wo er ins Stadtkrankenhaus gebracht worden ist. Der Krankenhausarzt Dr. Ahsmann hat die an beiden Händen und der linken Seite des Gesichts befindlichen Brandwunden des Junghanns für unerheblich erklärt und so hat dessen polizeiliche Vernehmung, da er bei vollem Bewußtsein war, mit ärztlicher Genehmigung erfolgen können. Sein College Grohe hat die Entstehung des Feuers, da er von dem etwa 5 Ellen links von ihm arbeitenden Junghanns abgewendet gestanden, nicht gesehen, vermag es aber nur auf die von Letzterem angegebene Weise zu erklären. Mit einem Male ist die Gummimasse unter seiner Hand in hellen Flammen aufgegangen, und er hat, erschreckt aufblickend, die 8 Ellen lange Leinwandstrecke in vollem Feuer und den vor Schmerz laut schreienden Junghanns an den Händen brennen gesehen. Während jener das Feuer von den Händen abzustreifen versuchte, habe dasselbe sich mit rasender Schnelle allen in der Nähe befindlichen Gegenständen mitgetheilt und im Augenblicke den ganzen Raum ergriffen. Während Junghanns „Feuer" schreiend, auf der einen Seite heruntergelaufen, rannte Grohe auf der andern Seite hinunter, wo er dem Feuerwächter Hübler das Unglück berichtete, und betheiligte sich dann, nachdem er zuvor seine Kleider von der in der Höhe des ersten Ranges befindlichen gemeinsamen Stube in den Souterrain geborgen hatte, an der Rettung der Decorationen.

Miscellen.

In Zaslin kam am 15. Sept. der interessante Fall eines Kinderraubes zur Verhandlung. Die Angeklagte, ein junges, hübsches, den untern Ständen angehörendes Weib, welches sich schon längst den Besitz eines Kindes gewünscht hatte, bekam, als sie in einem Hause ein Kleines, zwei Monate altes Kind antraf, Lust, dasselbe mitzunehmen. Da das Kind einer ledigen Frauensperson gehörte, welche ohnedies bereits drei Kinder besaß, überwand das Weib alle Scrupel, entfloh mit dem Kinde, spiegelte ihrem Manne vor, guter Hoffnung zu sein und präsentirte ihm später das fremde Kind als ein eigenes. Der Raub des Kindes wurde jedoch eruirt und führte die Thäterin vor das Strafgericht. Sie legte ein reumüthiges Geständniß ab. Der Gerichtshof verurtheilte sie zu zweijährigem Kerker, beschloß jedoch, die Acten zur weiteren Strafmilderung dem Oberlandesgerichte vorzulegen.

Der „Evening Standard" gibt ein Verzeichniß folgender berühmter Perlen. Eine solche von Panama in Form eines Taubeneies, welche man Philipp II., dem Könige von Spanien, 1579 zum Geschenke machte, wurde damals auf 100,000 Franken geschätzt. Zu Anfang dieses Jahrhunderts besaß eine Dame in Madrid eine Perle im Werthe von 81,000 Ducaten. Papst Leo X. bezahlte 350,000 Fr. für eine Perle einem Juwelier von Venedig. Tavernier, der berühmte Reisende, kaufte in Persien zu 4,500,000 Fr. eine prachtvolle Perle, die der Schah besessen hatte. Die Perle, welche die Krone Rudolph's II. schmückte, soll so groß wie eine Stachelbeere gewesen sein. Ein Fürst von Maskat hatte eine Perle, die 12 Karat wog und die er nicht zu 100,000 Fr. abgeben wollte. Der Werth derselben bestand weniger in der Größe, als in der wundervollen Klarheit. Der gegenwärtige Schah von Persien soll einen Perlenschrein besitzen, an welchem jede Perle so groß wie eine Haselnuß ist.

Kurz nach den Stürmen der letzten Tage erscheint das vom englischen Handelsamte veröffentlichte Schiffbruchs-Register für das Jahr 1868, welches mit seinen Zahlen gar traurige Dinge erzählt. Im Folgenden geben wir einen gedrängten Auszug aus demselben: Stürme von außergewöhnlicher Heftigkeit oder Dauer suchten die englischen Küsten im Jahre 1868 nicht heim, und daher ist die Zahl der Schiffbrüche eine kleinere als in 1867 und 1866. Im Ganzen wurden 2131 Fahrzeuge mit zusammen mehr als 427,000 Tonnengehalt von Unglücksfällen betroffen, oder 382 weniger als in 1867. Von diesen 2131 Schiffen gehörten 1801 dem Königreiche Großbritannien und seinen Besitzungen und 272 dem Auslande an. Die Flagge der übrigen 58 Schiffe war unbekannt. Von den britischen Schiffen waren 1317, von den fremden 20 bei der britischen Küstenschifffahrt betheiligt. Mit Ausnahme der Zusammenstöße (deren 379 registrirt sind) lassen sich 158 Schiffbrüche auf Sorglosigkeit und Fahrlässigkeit zurückführen, und von den 841 leichteren Unfällen sind 205 der nämlichen Ursache zuzuschreiben. Wie groß der Lebensverlust bei diesen aus Fahrlässigkeit resultirenden Unglücksfällen war, ist in den vorliegenden Statistiken nicht angegeben, er muß aber ein ungeheurer sein, da gerade in diesen Fällen die Fahrzeuge am schnellsten zu sinken pflegen. Im Ganzen erreichte der Verlust an Menschenleben an oder in der Nähe der Küste von Großbritannien und Irland die hohe Zahl von 824.

Redaction von K. A. Wall. Druck der Jäger'schen Druckerei in Speyer.

Palatina.

Belletristisches Beiblatt zur Pfälzer Zeitung.

Nro. 117. Speyer, Donnerstag, den 30. September 1869.

* Die III. Kreisversammlung des pfälzischen Lehrervereins.

(Fortsetzung.)

(Schluß des Janson'schen Vortrags.) Daraus ist ersichtlich, daß die Beiträge in den jenseitigen Kreisvereinen 6 resp. um 12 kr. weniger betragen als bei uns, und daß durch die Abhaltung der Kreisversammlungen von 2 zu 2 Jahren für die Mitglieder jener Vereine ebenfalls eine Ersparniß eintritt. In Folge unseres Anschlusses könnten auch für unsere Vereinscassa noch Ersparnisse eintreten: 1. Nach § 13, Absatz 4 der Satzungen des Hauptvereins ist unser I. Vorstand (möglicher Weise auch ein aus der Pfalz gewählter Beisitzer) Mitglied des Hauptausschusses; diese haben in den Sitzungen des Hauptausschusses und bei den Hauptversammlungen zu erscheinen und erhalten nach § 14 aus der Hauptcassa Reiseentschädigungen; diese wären für den Kreis erspart. Es wird zwar nebstdem nicht daran fehlen, daß auch andere Mitglieder unseres Vereines auf eigene Kosten die Versammlungen des Hauptvereins besuchen, wie dies in diesem Jahre schon der Fall war. Diejenigen unter diesen, welche sich mit Abstimmungsvollmachten versehen ließen, werden zur Abstimmung in der Delegirtenversammlung zugelassen, wodurch also für unseren Verein die Absendung besonderer bezahlter Delegirten erspart würde. 2. Eine weitere Ersparniß könnte dadurch erzielt werden, daß wir im Falle des Anschlusses nicht nöthig hätten, künftighin die allgemeine deutsche Lehrerversammlung zu beschicken, indem wir ja dorten durch einzelne Mitglieder des Hauptausschusses vertreten wären. Zudem werden gewiß bei den allseitigen Interessen für die Volksschule manche unserer pfälzischen Städte dem schönen Beispiele der Stadt Ludwigshafen nachahmen und auf städtische Kosten durch einen Lehrer die allgemeine deutsche Lehrerversammlung beschicken.

Angesichts dieser Verhältnisse wäre es vielleicht möglich, daß auch unser Beitrag zum Kreisverein um 12 oder 6 kr. abgemindert werden könne, und könnte vielleicht auch bei gehörigem Wachsthum des Hauptvereins die Möglichkeit eintreten, daß jene Beiträge ebenfalls reducirt würden, wodurch dann das einzelne Mitglied nicht zu sehr belastet würde.

Ich glaube hierdurch auch hinsichtlich des finanziellen Standpunktes meine Interpellation hinreichend motivirt zu haben. Werthe Collegen und Freunde! Unsere Collegen im jenseitigen Bayern wünschen nichts sehnlicher, als daß sich die pfälzischen Lehrer an sie anschließen. Fragen Sie die 26 Lehrer aus der Pfalz, welche die jüngste Versammlung (in Würzburg) besuchten, mit welcher Herzlichkeit die Pfälzer aufgenommen waren, und mit welcher Aufmerksamkeit sie behandelt wurden, hundertmal konnte Jeder die Frage hören: „Warum sind die Pfälzer noch nicht beigetreten?" — Einen Beweis für die freundschaftliche Gesinnung der jenseitigen Collegen gegen uns gibt Ihnen noch der Umstand, daß der Hauptausschuß eines seiner hervorragendsten Mitglieder, Herrn Pfeiffer von Augsburg, welcher in unserer Mitte weilt, zu unserer Kreisversammlung entsendet hat, dem sich noch andere angeschlossen haben würden, wenn nicht schon hie und da drüben der Schulunterricht begonnen hätte.

Indem ich Ihnen, werthe Collegen und Freunde, nochmals meinen Antrag dringend zur Aufnahme empfehle, erlaube ich mir, Sie auf einen Passus aufmerksam zu machen, aus der bayerischen Chronik vom Jahre 1863, handelnd über das Vereinsleben bayerischer Lehrer. Dort heißt es zum Schlusse: „Der bayerische Lehrerverein hat in den diesseitigen Kreisen eine große Anzahl von Freunden und gewinnt immer mehr Terrain. Nur in der Rheinpfalz hat derselbe bis jetzt keine Wurzel fassen können, was sicherlich nicht in der Apathie des als thätig und strebsam bekannten pfälzischen Lehrerstandes, sondern in ungünstigen äußeren Verhältnissen seinen Grund haben wird. Hoffen wir, daß wir unsere rheinländischen Amtsbrüder bald als thätige Vereinsgenossen begrüßen, und daß der Tag nicht mehr ferne sein wird, an welchem sich der bayerische Lehrerstand geeinigt haben wird."

Meine lieben Collegen und Freunde! Documentiren Sie nun durch Ihre heutige Abstimmung, daß heute dieser Tag herangenaht ist, wo die Volksschullehrer in der schönen Pfalz am Rhein ihren Collegen von der Donau und am Main in Liebe und Ehrfurcht die **Bruderhand zum Bruderbunde reichen zur Einigung**: zum Heile unserer lieben vaterländischen Jugend — zur Förderung des Volksschulwesens, zur

Kräftigung und zeitgemäßen Besserstellung des Lehrerstandes;

Mit Gott für König und Vaterland!

Hr. Pfeiffer aus Augsburg, ein ausgezeichneter Lehrer und Pädagog, wurde von Hrn. Vögeli, Lehrer in Kandel, der Versammlung vorgestellt.

Hr. Pfeiffer nahm hierauf das Wort und sprach klar und liebevoll der „hochansehnlichen und lieben Versammlung“ seinen Dank für den Antrag des Anschlusses des pfälz. Kreisvereins an den bayerischen Hauptverein aus unter Hervorhebung der Gründe für den Anschluß.

Der Vorsitzende, Hr. Gärtner, läßt hierauf zur Abstimmung schreiten, durch welche der Janson'sche Antrag angenommen wird.

Herr Ph. Schneider, Lehrer in Mosbach, erörterte den Antrag auf Gründung eines pfälzischen Pestalozzistiftes.

Herr Regierungsrath Jordan versichert die Theilnahme der königlichen Regierung an diesem Pestalozzistifte und fordert auf zur sofortigen Zeichnung der Beiträge zur Verwirklichung des edlen Gedankens; er erklärt, seinen Namen oben anzusetzen, oder, wenn man wolle, unten an die Liste. Er verkennt wohl nicht die Schwierigkeit der raschen Ausführung der wohlmeinenden Absicht des Antragstellers; er hofft auch Zuschüsse für dieses Pestalozzistift von den Gemeinden, den Distrikten und dem Kreisfond und empfahl, einen Bericht in Betreff dieses Vorschlages seiner Zeit an hohe kgl. Regierung zu richten. An der kurzen Debatte über diese Sache betheiligten sich noch die HH. Pfeiffer, Gärtner, Vögeli und Huth. Hr. Pfeiffer glaubt die Bemerkung schuldig zu sein, daß, da die Pfälzer Lehrer durch den Anschluß ihres Kreisvereines an den jenseitigen Hauptlehrerverein auch Gleichberechtigung an das jenseitige, schon bestehende Waisenstift erlangen, diesem jenseitigen Waisenstifte auch ein etwaiger Zuschuß aus der Pfalz zufallen dürfte.... Man einigte sich zur einstweiligen Anlegung der eingehenden Gelder, welche nach Hrn. Jordan's Vorschlag bis zur nächsten Generalversammlung, wo der Antrag nochmals zur Sprache zu bringen sei, rechtlich, redlich, frisch, fromm und frei verwaltet werden mögen. Die Majorität stimmt — obschon sie mit der Mitbenützung des jenseitigen Waisenstiftes zufrieden gewesen sein dürfte — für den Antrag. Eine Liste circulirte und viele der Herren zeichneten 1 fl.

Unterdessen wurde ein vom Bezirkslehrerverein herübergesandtes Telegramm verlesen.

Da durch den Anschluß des pfälzischen Lehrervereines an den bayerischen Hauptlehrerverein eine Neugestaltung des pfälzischen Lehrervereins eintreten muß, so zog Hr. Bärmann, Mitvorstand eines Instituts in Ingenheim bei Landau, seinen Antrag: „Das pfälzische Schulblatt werde Vereinsorgan“, zurück.

Hierauf kam die Adreßfrage zur Sprache.

Der Vortrag des Hrn. Drescher von Lettstadt lautet:

„Was wir wollen!“

„Hochgeehrte Versammlung!

Das im Landtagsabschiede vom 25. Juli 1850 schon verheißene und am 31. October 1867 der Abgeordnetenkammer in Vorlage gebrachte bayerische Schulgesetz, welches Regierung und Landstände mehrere Jahre beschäftigte, ist bekanntermaßen in der letzten Kammersession gefallen. Gleich einem verheerenden Blitzstrahle durchzuckte diese Kunde vor wenigen Monaten die bayerische Lehrerwelt! Wie! — so fragte ein Schulfreund den andern, ein Lehrer den andern — Wie! — während alle Verhältnisse und Zustände unseres deutschen Vaterlands unaufhaltsam nach Vorwärts schreiten, soll das bayerische Schulwesen allein in den starren Formen vergangener Jahrhunderte verharren? Alle Zeichen der Zeit, das gehobene Kulturleben unseres Jahrhunderts, die Lehren einer tausendjährigen Geschichte der deutschen Pädagogik und die neuesten Erfahrungen, wie sie insbesondere bei Königgrätz gemacht wurden, ließen ein anderes und besseres Resultat erwarten. Je sicherer aber die Rechnung gewesen, desto schlimmer wirkte das negative Facit. Ja, die Sensation mußte um so größer und stärker hervortreten, als durch die Niederlage des Schulgesetzes auch dem vernünftigen Fortschritte und dem allgemeinen Rufe nach gesteigerter Bildung ein sehr bedenkliches Dementi gegeben worden ist. Lassen wir das! Die Geschichte wird auch über diese Materie ihr gerechtes Urtheil fällen. Die Weltgeschichte ist das Weltgericht.

Versäumen wollen wir aber nicht, vor Allem Denjenigen dankbar zu gedenken, die mit lobenswerther Energie bestrebt waren, diese wichtige Zeit- und Lebensfrage in das gesetzliche Fahrwasser zu leiten. Wen ich damit meine, daß wissen Sie. Niemand anders als unsere königliche Staatsregierung.

Sowohl der Gesetzentwurf, wie auch alle Erklärungen, welche die Vertreter der königlichen Staatsregierung vor beiden Kammern abgegeben haben, liefern den evidenten Beweis, daß man von dieser Seite ernstlich bestrebt ist, das Schulwesen auf die Höhe der Zeit zu bringen und die materielle Lage des Lehrerstandes aufzubessern. Die Worte jenes edlen Schulfreundes und unvergeßlichen Königs Maximilian II., der da sagte: „Ich achte nicht nur meine Lehrer, ich liebe sie auch“, haben Wurzel geschlagen. Trotz allen Stürmen und Fluthen wird daraus ein fruchtbarer Baum emporwachsen, dem Niemand die Krone rauben dürfte. Dank, tausendfachen Dank dieser unserer königlichen Staatsregierung, welche die heiligsten Interessen des Volkes zu schützen und zu fördern bereit ist.

Meine Herren! Nirgends und niemals haben sich die zuversichtlichsten Hoffnungen und die bittersten Enttäuschungen der Schullehrer so nahe berührt, wie anno 69 in Bayern. Anderwärts ist der Schule und dem Lehrerstande ein besseres Loos gefallen. Das Kaiserthum Oesterreich, der vielgeschmähte Concordatstaat, hat in der kurzen Zeit seines constitutionellen Lebens die erfreulichsten Ergebnisse in der Schulgesetzgebung aufzuweisen. Die freie Schweiz, das Königreich Württemberg, das Großherzogthum Baden, die sächsischen Länder und die freien Städte sind in der Schulfrage längst vorangegangen, auch Preußen hat vorbereitende Schritte gethan, während eine gewisse Partei in Bayern sich hartnäckig sträubt, auch nur im Trippeltakte nachzumarschiren. Aber der Weltgeist stehet nicht stille; sie bewegt sich doch! Niemand vermag das Rad der Zeit aufzuhalten, so wenig eine Schildwache der Donau oder dem Rheine das Fortfließen zu wehren vermag. Allerdings wird es noch Arbeit und Mühe kosten bis die widerstrebenden Elemente sich unter den ewig wahren Rechtsgrundsatz beugen: „Jedem das Seine." Unsere Aufgabe aber ist es, mit Muth und Ausdauer die gerechten Forderungen immer wieder zu formuliren, sie immer dringender zu wiederholen und aufs Neue zur Debatte zu bringen, bis sie die rechte Lösung finden. Ohne Kampf kein Sieg! Die Engel in Göthes Faust rufen auch uns zu:

„Wer immer strebend sich bemüht,
Den können wir erlösen."

Meine Herren! Ein universeller Geist, der berühmte deutsche Philosoph Leibnitz, sagte schon vor 200 Jahren: „Es sei der festen Ueberzeugung, daß durch eine allgemeine Verbesserung der Erziehung der Jugend das menschliche Geschlecht verbessert würde. Allein — sagt er weiter — so leicht wird dieses nicht kommen können, ohne die Mithilfe solcher Menschen, die mit reinem Willen und ausgebreiteten Kenntnissen zugleich Ansehen und Würde verbinden." — Das sind nur wenige, aber inhaltschwere Sätze, deren Wahrheit Niemand bestreiten wird und die gerade in der Jetztzeit ihre volle Bedeutung erlangt haben. Sie bilden zugleich den Maßstab und begründen die Berechtigung für unsere Forderungen. Soll ich diese näher präcisiren, so sage ich: Alles was wir wollen, wünschen und hoffen, concentrirt sich in den drei Worten: **Bildung, Brod, Recht.**

Wir fordern 1. eine zeitgemäße **Lehrerbildung.** So alt und vielseitig dieses Thema auch schon ventilirt wurde, es kann und wird noch lange nicht von der Tagesordnung verschwinden.

Ein renommirter Schulmann der Gegenwart — Rector Gustav Fröhlich — sagt: die Lehrerbildung ist der Kardinalpunkt unserer Forderungen, sie ist zugleich die Seele unserer Hoffnungen auf die Zukunft. Mit ihr vor Allem steigt und fällt die Schule! Seit einem halben Jahrhundert hat die Lehrerbildung enorme, ja Riesenfortschritte gemacht; aber zum Abschlusse ist sie noch nicht gekommen. Ueber das Ziel dieser Bildung und über die Wege, welche zu diesem Ziele führen, mögen die Ansichten noch auseinander gehen. Daß dieselbe aber nach Breite und Tiefe, nach Qualität und Quantität, nach Extensität und Intensität eine andere und zeitgemäßere werden muß, darüber besteht kein Zweifel. Der Schullehrer der Neuzeit muß den Gebildeten des Volkes angehören. Neben einer tüchtigen allgemeinen Bildung bedarf er zugleich eine pädagogische Fach- und Berufsbildung. Doctor Schwarz, der bekannte Heidelberger Pädagoge sagt: „Das Erziehungs- und Lehrgeschäfte gehört zu der Idee der höchsten Menschenbestimmung und ist Wissenschaft und Kunst zugleich." Erst ein festes Wissen und sicheres Können, erst eine bewährte Praxis, die auf wissenschaftlicher Theorie basirt, macht den Meister in der Schule. Praxis ohne Theorie ist blind, Theorie ohne Praxis ist lahm, und beide müssen sich daher gegenseitig einander ergänzen. Der Apostel der deutschen Genossenschaften, Schulze-Delitzsch, ruft den deutschen Arbeitern zu: Ihr werdet das Ziel eures Strebens nur erreichen können, durch eine höhere Bildung, alles Uebrige wird von eurer Selbsthilfe abhängen. Diese Mahnung wird gewiß mehr oder weniger auch den Arbeitern an dem großen Erziehungswerke der Menschheit — dem Lehrerberufe, der doch vorzugsweise geistiger Natur ist. Alle Culturverhältnisse, Haus, Staat, Leben, Zeitgeist haben ja in den letzten Dezennien einen solchen Umschwung genommen, daß selbst in der kleinsten Landgemeinde nur ein durchgebildeter Lehrer genügen kann.

Mit dem Rufe nach gesteigerter Bildung soll aber durchaus nicht gesagt werden, daß die Bildungslosigkeit im Lehrerstande zu Hause sei. Nein! nein und abermals nein! Wer kann sie alle zählen, die tüchtigen Lehrkräfte, die gebildeten Männer, die in aller Stille segensreich wirken und meistens mehr sind, als sie scheinen. Die zahlreichen Literaturprodukte, Lehrbücher, Zeitschriften rc., welche alljährlich erscheinen und Eigenthum des Lehrerstandes sind, geben sie nicht ein vollgiltiges Zeugniß für den erfreulichen Bildungsgrad ihrer Verfasser? Oder sollte das Ideal eines gebildeten Lehrers vielleicht ein Viel- und Alleswisser sein, der da zu reden weiß von der Ceder auf dem Libanon bis zum Ysop, der an der Wand wächst? oder der seine Zeit und Kräfte mit todtem Buchstabenkram vertändelt? — Was wir wollen und fordern ist etwas anderes; nämlich: Die Bildungselemente der einen oder anderen fremden Sprache sollen uns erschlossen werden, die Realien, insbesondere die mathematischen und naturwissenschaftlichen Disciplinen sollen bei dem Bildungsgange der Lehrer mehr in den Vordergrund treten und die Pädagogik als Wissenschaft soll eine besondere Pflege erhalten. Daß auch der Umgang mit gebildeten Leuten, der Aufenthalt in ehrenwerthen Familien den Lehramtszöglingen zu gestatten ist, daß also das Internat dem Externate zu weichen hat, erscheint selbstverständlich. Ebenso sind Communalseminare gewiß ein Bedürfniß der Zeit. Wer den Menschen erziehen und bilden will, der muß ihn kennen und verstehen. „Wer aber den Menschen verstehen will, der muß Natur und Gott im Menschen und den Menschen in Gott und Natur verstehen." Wer ist der Lehrer? fragt Karl Schmitt. Die Antwort lautet:

Wer Wahrheit sucht,
Wer Freiheit liebt,
Wer Liebe will,

der ist der Lehrer.

Wir fordern 2. **Brod**, d. h. eine auskömmliche Besoldung. Von der richtigen und billigen Lösung dieser Frage wird gleichfalls die Zukunft der deutschen Volksschule abhängen. Sollen tüchtige Lehrkräfte für dieselbe gewonnen und erhalten werden, so müssen unabweisbar andere und bessere Besoldungen Platz greifen. Napoleon der Große, als er noch General der französischen Revolutionsarmee gewesen, sagte zu dem Directorium in Paris: „Gebt euren Soldaten zuerst Schuhe und Brod, sonst kann ich mit ihnen die Oesterreicher nicht schlagen.“ Ihr Regierungen, Landstände und Gemeinden! gebt euren Schullehrern zuerst eine auskömmliche Besoldung, sonst können sie nicht leisten, was sie sollen und wollen und was die Gegenwart von ihnen fordert. Das Amt hat seinen Mann zu ernähren. Wer aber der Lehre warten soll, der muß sonst nichts zu thun haben und kann weder pflügen, noch die Ochsen mit der Geisel treiben, so lesen wir schon bei dem alten Sirach, Kapitel 39. Wir Lehrer streben nicht nach hohem Rang und hoher Stellung, wir sind auch nicht solche Leute, die sich nach den Fleischtöpfen Egyptens sehnen; aber wir dürfen fragen, was werden wir essen und trinken, womit sollen wir uns kleiden, durch welche Mittel können wir unsere Kinder erziehen und bilden? Nach officiellen Erhebungen und Mittheilungen soll in Bayern ein lediger Beamter mit 600 fl. Jahresbesoldung kaum leben können; — die Lehrer mit ihren Familien sind etwa auf die Hälfte einer solchen Besoldung angewiesen.

(Fortsetzung folgt.)

Miscellen.

Pola, 23. Sept. Gestern sollte der k. k. Kriegsdampfer „Vulcan“ mit dem Schooner „Camaleon“ von hier nach Triest abgehen. Da frische ONO.-Brise wehte, setzte der Schooner Nachmittags unter Segel, während „Vulcan“ heizte und nach 3 Uhr Nachmittags unter Dampf ging. Kaum hatte der Dampfer den inneren Hafen verlassen, als man das Aufsteigen von dichten Rauch- und Dampfmassen bemerkte und sofort erkannte, daß in der Maschine irgend ein Unglück geschehen und an Bord Feuer ausgebrochen sein müsse. Nach ungefähr zehn Minuten warf „Vulcan“ hinter dem Scoglio Franz, geschützt vor dem Winde, die Anker und signalisirte Havarie in der Maschine und Feuer an Bord; gleichzeitig wurden Maschinisten und Aerzte verlangt. Die Boote der Fregatten „Novara“ und „Bellona“, so wie jene sämmtlicher hier anwesenden Kriegsschiffe mit Mannschaften und Feuerlösch-Requisiten, dann die Dampf-Barcassen und die Dampf-Feuerspritze des Arsenals eilten sofort an die Unglücksstätte, und manche derselben langten, bevor noch das oben erwähnte Signal gegeben war, an Ort und Stelle an. Am Bord selbst herrschte die musterhafteste Ordnung, die Mannschaft befand sich auf ihren Posten, und die Feuerlöscharbeiten unter der Leitung des Commandanten Linienschiffs-Lieutenants Tschernatsch und der übrigen Bordoffiziere waren in vollem Gange. Die Ruhe und Kaltblütigkeit der Schiffsbemannung ist um so mehr zu bewundern, als eine Kesselexplosion zu befürchten war. Die angekommenen Dampf- und sonstigen Spritzen wurden in Thätigkeit gesetzt, und nach anstrengender, fast zweistündiger Arbeit konnte das Feuer bewältigt und der Dampfer „Vulcan“ in den inneren Hafen geschleppt werden. Die traurige Katastrophe, welche dem gesammten Maschinenpersonale Unglück und Verderben brachte, entstand auf folgende Weise: Eine Schraube der Schlammlochthür des Kessels hatte sich etwas gelockert und sollte angezogen werden. Bei dieser Arbeit — die der Maschinenmeister Bauer ausgeführt zu haben scheint — wurde das Schlammlochthor durch den inneren Druck zerrissen und das Kesselwasser siedend durch den Dampfdruck mit Riesengewalt durch das Schlammloch hinausgepreßt und verbrühte alles, was sich in der Nähe befand. Maschinenmeister Bauer und zwei Feuerleute blieben sogleich todt (verbrüht und durch die Dampfmassen wahrscheinlich erstickt), ein Feuermann erlag seinen Wunden auf dem Wege. Schwer verwundet wurden Maschinenmeister Heinrich Gaster und Karl Sperwal. Beide sind wie ich eben vernehme, bereits heute Nachts ihren Wunden erlegen. Von dem übrigen Maschinenpersonale sind fünf Maschinenwärter und Feuerleute schwer verwundet. Da in Folge dieses traurigen Ereignisses, ohne sich dem Verbrühen und dem Erstickungstode auszusetzen, Niemand zu der Maschine Zutritt erlangen konnte, mithin es nicht möglich war, das Feuer hinauszuwerfen und zu löschen, wurde der entleerte Kessel durch die große Hitze glühend und versetzte die Kesselverschalungen in Brand. Auf diese Weise entstand das Feuer. Bei dem Umstande, daß in Folge dessen die Nachfüllung des anderen Kessels nicht bewirkt werden konnte, war im Anfange eine Kesselexplosion zu befürchten.

Vor dem Friedensrichter des Bezirks 87 von Petersburg kam vor einigen Wochen der folgende Fall zur Verhandlung: Die Herren Sarubow und Robert, beide im Gefängnisse befindlich, gehen im Garten spazieren. Da fragt Hr. Robert Hrn. Sarubow, ob der spanische Thron noch immer unbesetzt sei. Als ihm die Vacanz derselben bestätigt und zugleich in einer Nummer des Pet. Listok eine Notiz gezeigt wird, nach welcher englische Blätter den Cortes gerathen haben sollen, den spanischen Thron zu versteigern, fragt er, ob er wohl hoffen könne, König von Spanien zu werden, wenn er die Cortes darum bitte. Hr. Sarubow, der in dem Ganzen einen Scherz sieht, bejaht diese Frage. Hierauf schreibt Hr. Robert einen ausführlichen Brief an die Cortes, und übergibt denselben der spanischen Gesandtschaft am russischen Hofe zur Beförderung. In dieser Zuschrift heißt es unter Anderem: „Ich bin der Edelmann von Robert, folglich eine Persönlichkeit. Ich habe einige Jahre als Aufseher der Kraslow'schen Postsstation fungirt und nichts erworben, als 140 Criminalprocesse (was für meine Uneigennützigkeit zeugt); außerdem habe ich in einem Husaren- und in einem Grenadier-Regiment gedient. Ich werde schon fünf Jahre in Haft (davon vier im Gefängnisse) gehalten. Ich spreche geläufig drei lebende Sprachen. Meine Gestalt ist majestätisch, einnehmend und ausdrucksvoll, folglich werde ich auf dem Throne das spanische Volk, welches ich wie mein eigenes zu lieben hoffe, nicht durch ein miserables Aeußeres compromittiren.“ Da ein solcher Brief an die spanischen Cortes nicht abgeschickt werden konnte, wenigstens nicht auf diplomatischem Wege, so verklagte Hr. Robert Hrn. Sarubow, weil dieser ihm einen moralischen und materiellen Verlust verursacht habe, und zwar ersteren dadurch, daß er in der Hoffnung, König von Spanien zu werden, getäuscht worden, und letzteren durch die Ausgabe für Papier und Feder. Durch Vermittlung des Friedensrichters kam ein Ausgleich zu Stande, in Folge dessen der Prätendent auf den spanischen Thron sich mit 5 Rubel abfinden ließ. — So berichtet das Feuilleton der Petersburger deutschen Zeitung.

Eine Doppellocomotive von neuer Construction und großer Kraft wird jetzt in Taunton, Mass., für die Pacificeisenbahn gebaut; sie hat an jedem Ende drei paar Räder 3' 9" Durchmesser, jedes Paar getrieben durch 15zöllige Cylinder mit einer Kraft von 25,700 Pfund, kann 3000 Gallonen Wasser und 2½ Tons Kohlen mit sich führen, wiegt 54 Tons und macht, da sie rückwärts wie vorwärts läuft, Drehscheiben überflüssig.

Auflösung der Charade in Nr. 115.

Rheingold.

Redaction von K. A. Woll. Druck der Jäger'schen Druckerei in Speyer.

Palatina.

Belletristisches Beiblatt zur Pfälzer Zeitung.

Nro. 118. Speyer, Samstag, den 2. October 1869.

* Vom Herzen zum Herzen.

Gedichte von Ferdinand Bibra.

1. An der Mutter Grab.

Bin in's Städtchen, lieb und klein,
Ach von langer, weiter Reise
Wiederum gewandert ein,
Weinte dort nach alter Weise
An der Mutter Grab — allein.

Hab' dem Mütterchen geklagt,
Was mich fern an Gram und Leiden
Und an Liebesweh geplagt,
Dachte an der alten Zeiten,
Als sie „liebes Kind" gesagt.

Mütterchen ist lange todt,
Ihren Hügel darf ich finden,
Kann im frischen Morgenroth
Einen Kranz um's Kreuz ihr winden
Und ihr klagen meine Noth.

Todt ist auch mein Liebchen nun,
Ach ich kann ihr Grab nicht schmücken,
Kann ihr nichts zu Liebe thun:
Einen Andern zu beglücken,
Muß für mich im Grab sie ruh'n.

Drum in's Städtchen, lieb und klein,
Von der langen Trauerreise
Kehr' ich jetzt für immer ein,
Wein' am Grab der Mutter leise,
Daß ich jetzt so ganz — allein.

* Die III. Kreisversammlung des pfälzischen Lehrervereins.

(Fortsetzung und Schluß.)

Für alle Beamten-Branchen bestehen Normalgehalte und ist ein Vorrücken in höhere Besoldungsklassen gesichert. Die Schullehrer beziehen Minimalgehalte ihr Leben lang ohne Alterszulagen, eine Inconsequenz, die dem gesunden Menschenverstande unbegreiflich erscheint. Im letzten Decennium haben alle Beamten, geistliche und weltliche, Militärs, Forst-, Finanz-, Administrativ- und Justizbeamten namhafte Gehaltserhöhungen, Theuerungszulagen rc. erhalten. Selbst alle Subalternbeamten, Unteroffiziere und Gendarmen, Gerichts-, Polizei- und Bureaudiener, Schreibgehilfen und Botengänger wurden in erfreulicher Weise bedacht; nur der Lehrerstand ist abermals bei der Theilung der Erde zu kurz gekommen. Als Aequivalent dagegen hat die gute und die schlechte Presse — nach vielem pro und contra — die berüchtigten „zehn Procent" auf unsere Rechnung geschrieben, also abermals ein Soll ohne Haben. — Der große Menschenkenner Göthe sagte einmal über einen deutschen Schriftsteller: „Er würde bessere Gedanken haben, wenn es ihm besser ginge." Derselbe hatte gewiß Recht und sein Urtheil gilt auch für uns. Wir würden besser denken und reden, mehr wissen und können, Größeres wirken und leisten, wenn es uns nicht so schlecht gehen würde. Daß dem aber also ist, wer trägt die Schuld?

Es ist ein altes Lied auf einer alten Leyer, das uns täglich in neuen Variationen vorgesungen wird: „Die Schullehrer sind viel zu schlecht bezahlt, aber es wird anders und besser kommen, leider fehlen auch die Mittel!" Wie! — so frage ich — die Mittel sollen fehlen? Die Zehner- und Hundert-Millionen-Budgets, die Vorder- und Hinterlader, die „Gezogene" und „Ungezogene", die Pracht- und Luxusbauten, die imposanten Casernen, die noblen Zuchthäuser, die luxuriösen Bahnhöfe, die majestätischen Brücken mit Statuen und Büsten, sind sie ein Beweis von Mittellosigkeit? Die Antwort gebe ich mir selbst: sie liegt in dem bekannten Ausspruche Junker Alexanders: „Ja, Bauer, das ist ganz was anders!" Allerdings! es ist etwas anderes und wird vielleicht auch noch etwas anderes bleiben, aber gewiß nur solange, bis die Ueberzeugung und die Wahrheit sich Bahn gebrochen hat, daß gute Schulen nur durch gutbezahlte Lehrer bedingt sind, und daß gute Schulen die solideste Grundlage in einem wohlorganisirten Staatsgebäude und die sicherste Stütze für Thron und Altar sind. Ein humanes, Gesetz und Ordnung liebendes, für Staats- und Kirchenzwecke gebildetes Volk erwächst nur in wohleingerichteten Schulen. Der Praeceptor Europa's, Pestalozzi, sagte in prophetischem Geiste zu den Zöglingen einer Lehrerbildungsanstalt: „Gesegnet das Haus, das Ihr schaffen, das Ihr bauen werdet, eurem Könige, eurem Lande, eurem Herzen." —

Wir fordern 3. eine rechtliche und würdige Stellung. Ueber die Pflichten der Lehrer wurden Foliannten geschrieben, Rescripte und Decrete schockweise erlassen, so daß man vor lauter Bäumen den Wald kaum sehen kann. Der Codex über die Rechte der Lehrer soll dagegen noch sehr compendiös sein, nota bene wenn ein solcher existirt, was nämlich von gar Vielen noch bezweifelt wird. Die Motive zu dem gefallenen Gesetze sagten daher eben so schön als wahr: „Die Stellung der Lehrer zum öffentlichen und Gemeindeleben, ihr Dienstesverhältniß, ihre Anstellung, Beförderung, Versetzung, Pensionirung und Entlassung bedürfen der gesetzlichen Regelung.“ Wir alle werden zu diesem amtlichen Bekenntnisse gewiß gerne unser Ja und Amen sagen. Unwillkürlich wird man aber zu der Frage gedrängt, welche Verhältnisse denn bereits gesetzlich geregelt sind, wenn die Stellung der Lehrer zum öffentlichen und Gemeindeleben, ihr Dienstesverhältniß, ihre Anstellung, Beförderung, Versetzung, Pensionirung und Entlassung noch der gesetzlichen Regelung bedürfen? Der Dichter sagt:

Nicht rühmen will ich, nicht verdammen,
Untröstlich ist's noch allerwärts;
Doch sah ich manches Auge flammen
Und pochen hört ich manches Herz.

Ja, meine Herren! Die Augen flammen, die Herzen pochen, denn untröstlich ist es für uns noch allerwärts! In der zweiten Hälfte des 19. Jahrhunderts haben die Schullehrer, denen man die Aufgabe gestellt hat, Cultur und Civilisation zu verbreiten, noch die Verpflichtung, Küster- und Meßnergeschäfte, Kehrbesen- und Nachtwächterdienste zu verrichten. Die Vorbereitungen und Zurüstungen in der Kirche, das Uhraufziehen, das Läuten, das Morgen-, Mittag- und Abend-, Polizei- und Kirchen-, Sturm- und Trauergeläute stehen mit dem Lehramte in gar keiner Verbindung und Beziehung. Was Maschinen ebenso gut können als Menschen, und wozu nur gesunde Knochen nothwendig geworden sind, das sollte man einem Manne, der einem geistigen Geschäfte vorsteht, nicht aufhalsen. — Es ist ein längst gefühltes dringendes Bedürfniß, daß der Lehrer Mitglied, stimmberechtigtes Mitglied der Ortsschulcommission werde und an allen Sitzungen derselben Theil nehme. Man denke sich einen Kirchenvorstand ohne den Geistlichen, eine Gerichtscommission ohne Rechtsgelehrte, eine Handelskammer ohne Kaufleute, einen Gewerberath ohne Handwerker und Fabrikanten! Das Alles wären ja Mühlen ohne Wasser, Widersprüche in sich selbst: — ergo ist eine Ortsschulcommission ohne den Lehrer ein Etwas, das seinen Namen kaum halb verdient!

Die Nothwendigkeit einer Leitung und Beaufsichtigung des Schulwesens durch Sach- und Fachkenner, durch Männer, welche auf der Höhe der Zeit stehen und in theoretischer und praktischer Beziehung eine pädagogische Bildung besitzen ist allgemein anerkannt. Es hieße Eulen nach Athen tragen, darüber weitere Worte verlieren zu wollen.

In Bayern ist die Schule Gemeindeanstalt, und die Lehrer sind Gemeindebedienstete. Vom pädagogischem Standpunkte aus wie im Interesse einer gedeihlichen Erziehung und Bildung, müssen wir dieses Sachverhältniß auf Tiefste beklagen. Die größten Staatsrechtslehrer unseres Jahrhunderts, Pölitz, Held, Schmitt, Bluntschli, der Franzose Guizot u. A. haben an eclatanten Beispielen nachgewiesen, daß die Gemeindeschule, namentlich wie sie in Belgien, England und Nordamerika sich entwickelt hat, der Staatsschule das Wasser nicht reichen kann. Die berufenen Vertreter der deutschen Nation haben mit Stimmeneinhelligkeit als Grundrecht proclamirt: „Die öffentlichen Lehrer haben die Rechte der Staatsdiener.“ Die liberalsten Verfassungen und die freisinnigsten Schulgesetze deutscher Länder haben diese Worte bereits als einen Fundamentalsatz adoptirt. Die öffentlichen Lehrer haben die Rechte der Staatsdiener, so lautet das Testament, die bestimmte Willenserklärung des deutschen Volkes.

Unser Anstellungsmodus ist nicht zeitgemäß und ist nicht sachgemäß. Das freie Wahlrecht der Gemeinden lastet wie ein Alp auf Schule und Lehrerstand. Nicht die Tüchtigkeit und Würdigkeit der Bewerber, sondern Parteiintriguen, Familieninteressen und Nebenrücksichten geben bei der Wahl häufig den Ausschlag und Lehrer mit einer zahlreichen Familie haben keine Aussicht auf Beförderung. In den Städten, wo doch weit eher die Intelligenz das Regiment führen sollte, ist es damit kaum besser bestellt, wie in den Landgemeinden. Es gibt allerdings ehrenwerthe Ausnahmen, wir wollen sie dankbar anerkennen, aber gegen die Regel beweisen sie nichts. Die sonstigen Beamten werden nach den Bestimmungen der neunten Verfassungsbeilage, nach den Vorschriften des Staatsdieneredikts pensionirt und entlassen. Auf diese Wohlthat der Verfassung haben wir gleichfalls keinen Anspruch. So erfreulich auch der Aufschwung ist, den in wenigen Jahren unser Pensionsverein genommen hat, — Rechte wie sie ein Förster, Geometer, Zoll-, Bau- und Postbeamter genießt, haben wir noch lange nicht erreicht. — Es gab eine Zeit, in welcher man uns von x-beliebiger Seite her sagen konnte: durch einen Federstrich sind Sie nicht mehr, was Sie jetzt sind. Sie ist vorüber. Wir Lehrer wollen Gott im Himmel bitten und uns mit Händen und Füßen wehren, daß sie nimmer, nimmer wiederkehrt. Als Palladium gegen eine solche Reaction mit ihren Krallen und Geiersgriffen, mit ihren Praktiken und bösen Kniffen gibt es aber nur ein einziges Mittel und dieses heißt: Gesetz, das Jedermann zu respectiren hat, Gesetz, das Jedermann heilig sein muß.

Das Loos unserer Wittwen und Waisen konnte kaum trauriger sein als es ist. Bei unserer kärglichen Besoldung haben wir für dieselben schon die schwersten Opfer gebracht und wollen auch fernerhin noch gerne das unserige thun, deshalb beanspruchen wir auch, daß der Staat uns entsprechende Beihilfe leistet.

Soweit, meine Herren! unsere Forderungen, wie sie durch die Tagespresse, in unseren Versammlungen und Vereinen, in unsern Petitionen sich geltend machten, und die ich nur in aphoristischer Kürze reproduciren wollte und konnte, soweit es mir die bestimmte Zeitfrist von 30 Minuten ermöglichte. Dem Theoretiker mögen sie alt erscheinen — in der Praxis und Wirklichkeit sind sie leider immer noch neu! Es gibt Wahrheiten, die lange Zeit brauchen, um sich Bahn zu brechen, und noch längere, um Realisirung zu finden. Durch öftere Wiederholung werden sie aber zum Gemeingute und durch eine allseitige Beleuchtung gewinnen sie an Klarheit und Bestimmtheit. So ist es auch mit diesen unseren Forderungen. Die Gewährung derselben ist gewiß nur eine Frage der Zeit. Wann und wie sie aber ihre Erledigung finden werden, das weiß ich allerdings nicht; denn Niemand weiß, was in der Zeiten Hintergrunde schlummert. Eines aber ist gewiß. Soll die Jugend- und Volksbildung mit dem Fortschritte in allen anderen socialen Verhältnissen gleichen Schritt halten, so muß auch der Volksschule, der vielregierten, vielgedrückten, vielgeschmähten, Hilfe kommen. Daß diese Hilfe aber bald und durchgreifend eintreten möge, — das walte Gott! (Stürmischer Beifall.) Der erste Vorstand dankte dem Redner für seinen gediegenen Vortrag, fragt, wer darüber das Wort ergreifen wolle, spricht aber zugleich den Wunsch aus, es möge jegliche Debatte unterbleiben, weil sie leicht den günstigen Eindruck verwischen könne, den der Vortrag gemacht. Die Versammlung gibt ihre Zustimmung durch ein donnerndes Hoch.

Literatur.

Die „Participes français" von M. Aube, Subrector zu Neustadt a. H.

* Beim Beginne des neuen Schuljahrs glaube ich die Aufmerksamkeit der Lehrer und Aller, denen es um eine gründliche Kenntniß der schwierigen Lehre von den französischen Participien zu thun ist, auf obiges Schriftchen lenken zu sollen. Der Verfasser, ein praktischer Schulmann, behandelt seinen Gegenstand auf die lehrreichste Weise und entwickelt die einzelnen Fälle so, daß er nicht alle Regeln über das P. passé, was das Wesentliche des Schriftchens ist, auf eine einzige zurückführt. Er drückt diese Regel in französischer Sprache also aus:

Les Participes passés, qualifiant un mot, personne ou chose s'accordent toujours (excepté un cas) comme les Adjectifs qualificatifs, avec le mot auquel ils se rapportent ou qu'ils qualifient.

Seule exception. Ils ne varient pas dans les temps composés du v. actif (transitif), quand le mot qu'ils qualifient, est placé après eux, ou qu'il n'y en a pas. Ce mot-là est le régime direct du verbe composé.

Il est évident, que les P. p. qui par leur nature ne peuvent qualifier, sont invariables. Tels sont: dormi, [illegible] abri, nui.

Eine genaue Prüfung wird diese eine Regel zur Erklärung aller Fälle für ausreichend und das Büchlein für geeignet erkennen, den Lernenden methodisch zu einer bewußten, denkenden, nicht mechanischen Auffassung des Gegenstandes zu führen.

Das Büchlein umfaßt mit einer großen Menge von sprachlich und sachlich lehrreichen Beispielen nur 28 Seiten und kann daher wohl bei dem Unterricht neben jeder Grammatik gebraucht werden. Es ist von dem Verfasser selbst oder durch eine Buchhandlung zu beziehen.

Der Schiffsbrand in Bordeaux.

Ueber die bereits im Hauptblatte gemeldete schreckliche Feuersbrunst in Bordeaux berichten französische Blätter aus jener Stadt vom 29. Sept. Nachmittags:

Heute ist unsere Rhede von einem furchtbaren Unglück heimgesucht worden. In Folge der zufälligen Explosion eines mit Petrol beladenen Lichterschiffs brach eine große Feuersbrunst aus. Die steigende Fluth trieb das entzündete Petrol auf zahlreiche Schiffe. Die gänzlich vom Feuer verzehrten sind die folgenden: Der „Moses", der „Louisa" und der „Cripsba", welche vollgeladen waren; der „Chemik" und der „Mamaru", die eine Dreiviertelsladung hatten; der „Karl der Große", der zur Hälfte beladen war; der „Ulysses", der 300 Tonnen an Bord hatte; der „Pionnier", der „Lieutenant Bellot", die „Marie", die „Charlotte", die „Harmonie", das italienische Schiff „Ariel", das spanische „Chorsin", das norwegische „Fortschritt", die ausgeladen hatten. Große Havarien erlitten: das „Junge Frankreich", der „Cormont", die „Josephine", die „Marie." Leichte Havarien erlitten: die „Margaretha", der „Niger", der „Guipuzcoano", der „Marschall Pelissier", der „Calendar", die „Souveränin", das „Vertrauen". Man spricht von keinem dabei vorgekommenen Todesfall, nur zwei Seeleute erhielten schwere Brandwunden. Der erlittene Schaden beträgt zum Mindesten sechs Millionen. Viele Schiffsherren sind ruinirt. Die Blätter von Bordeaux haben zu Gunsten dieses schweren Unglücksfalles eine Subscription eröffnet und laden die Collegen aller Länder ein, sich dabei zu betheiligen.

Miscellen.

Speyer, 30. Sept. Der „Aufruf an die Dichter und Feuerwehrmänner Deutschlands und der Schweiz" zur Beschaffung eines „Allgemeinen deutschen Feuerwehr-Liederbuches", welchen Anfangs Juli d. J. der Feuerwehr-Instructor Franz Gilardone in Speyer ergehen ließ, hat einen überaus großen Anklang gefunden. Aus allen Gauen Deutschlands sind Lieder und Gedichte (allein über 100 Originalbeiträge) zugeflossen und selbst unsere gefeiertsten Dichter der Gegenwart, wie: Dr. Friedrich Bodenstedt in Meiningen, F. v. Kobell und Dr. Herm. Lingg in München, Müller von der Werra in Leipzig, Rodenberg in Berlin, Joseph Victor Scheffel in Karlsruhe, J. N. Seidl in Wien, Friedrich Stoltze in Frankfurt a. M. u. a. haben an den Herausgeber Original-Beiträge und Gesammelteingeschrieben ergehen lassen. Ebenso haben von unseren hervorragenden Componisten mehrere Original-Compositionen bereits eingesandt oder solche in Aussicht gestellt. (N. Pf. Z.)

Frankfurt a. M., 28. Sept. Heute Mittag wurde der zweite Philosophen-Congreß von dem Vorsitzenden des ständigen Ausschusses, Bischof v. Leonhardi aus Prag, in dem Kaisersaal mit einer kurzen Begrüßungsrede der Mitglieder und Freunde des Congresses eröffnet. Es hatte sich ein ansehnliches Publikum eingefunden; dagegen sind die meisten angemeldeten Mitglieder noch nicht angekommen; etwa 20 hatten sich zur ersten Sitzung in die Präsenzliste eingezeichnet, die gleiche Zahl mag ohne diese Einzeichnung an den Verhandlungen Theil genommen haben. Unter den Anwesenden bemerkten wir u. A. Prof. Dr. Fichte aus Tübingen, Prof. Röder aus Heidelberg, Prof. Schliephake aus Dresden, Prof. Schad aus Aschaffenburg, Prof. Leitner aus Lahore in Indien. Auch Damen nahmen als Mitglieder (!) an dem Congreß Theil; in die Liste eingezeichnet haben sich Frau Marenholtz-Bülow aus Berlin und Miß Cad, Oberin einer Bürgerschule in London. Nach der Begrüßungsrede begann Herr Prof. Röder aus Heidelberg einen längeren Vortrag, dessen Grundgedanke sich in den Satz zusammenfassen läßt, daß für die sittliche Erziehung der Menschheit weder die Institutionen der Kirche, noch die Organisation des Staates ausreichen, vielmehr die Gesellschaft selbst in wohl organisirten

Vereinen (?) die sittliche Erziehung eines neuen freien selbstbewußten Menschen in die Hände nehmen müsse. Auf Antrag von Prof. Schliephake wurde Herr v. Leonhardi zum Präsidenten, Prof. Röder zum Vice-Präsidenten ernannt. Die übrigen Mitglieder des Bureaus soll das Präsidium ernennen. Sodann wurde noch auf Antrag des Präsidiums Herr Prof. Fichte zum Ehrenpräsidenten und Herr Prof. Schliephake zum Vorsitzenden eines für die Erziehungsfrage niedergesetzten Special-Comités ernannt. Für die Erziehungsfrage sind heute schon als Redner eingeschrieben die Herren Leitner aus Lahr, Prof. Schad aus Kitzingen, Dr. Schneider und Prof. Combé von hier.

In Limburg an der Lahn erschoß sich am 11. Sept. ein Schwimmlehrer und ehemaliger Sergeant Namens Kern. Es ist dies derselbe Kern, welcher in die durch die Darstellungen von Kriminalfällen im „Neuen Pitaval“ auch in weiteren Kreisen bekannt gewordene Untersuchung wegen Mordes des Kadetten Baglitus verwickelt war, nachdem die wirklichen Schuldigen hingerichtet worden, noch mehrere Jahre in Untersuchungshaft saß, da er weder der Betheiligung am Morde überführt werden, noch den Alibibeweis erbringen konnte. Erst bei dem Ableben einer im damals herzoglichen Schlosse zu Oranienstein wohnenden Gräfin X. stellte sich seine Unschuld heraus; dieselbe bekannte auf dem Todtenbette, daß Kern die fragliche Nacht bei ihr im Schlosse zugebracht habe. Erst da erfolgte die Freilassung des ritterlichen Inhaftirten, welcher bis dahin nicht die geringste Andeutung über den Sachverhalt gemacht hatte. Zu dem Selbstmorde haben schwere körperliche Leiden den Anlaß gegeben.

(Zum Verbrechen von Pantin.) Der Leichnam vom Vater Kinck ist noch immer nicht aufgefunden. Wahrscheinlich wurde er im Elsaß von Traupmann oder Troppmann ermordet und verscharrt. Der „Industriel alsacien“ schreibt: „Johann Baptist Troppmann, nicht Traupmann, ist der zweite oder dritte Sohn von Johann Troppmann, Mechaniker, noch wohnhaft zu Sennheim (Cernay), wohin er 1851 von Brunstadt gekommen ist. Troppman Vater war der Hauptangestellte des Hauses Cambis, wo er mit 5000 Fr. Besoldung lebte. Er hat dieses Haus seit einiger Zeit verlassen, um sich einzig der Vervollkommnung eines Mitrailleurgeschützes zu widmen, welches in einer Minute hundert Schüsse thun soll. Troppmann ist ein sehr geschickter Arbeiter. Sein Sohn Johann Baptist, der, welcher jetzt so viel von sich reden macht, ist zu Brunstadt geboren, gegenwärtig 19 Jahre und 8 Monate alt, und ebenfalls Mechaniker. Dieser junge Mensch war von sanften Sitten und ruhigen Gewohnheiten; er rauchte nicht, ging nicht in Wirthshäuser, zeigte sich eifrig in den Kirchendiensten und — las viele Romane. Sein Gang war der eines Mädchens. Dabei war er ziemlich ungesprächig, theilte sich nicht mit und lebte für sich. Er verließ Sennheim Anfangs 1869, um nach Pantin zu gehen und Maschinen für Webefabrikation aufzustellen. In Pantin wohnte er in der Straße des grünen Wegs; es war ihm daher möglich, sich eine genaue Kenntniß derjenigen Oertlichkeiten zu erwerben, die er zum Schauplatz seiner Verbrechen machte. Im verflossenen Monat Juli begab sich Johann Baptist Troppmann von Pantin nach Roubaix, um ebenfalls daselbst Maschinen einzurichten. Man weiß, daß er daselbst die Bekanntschaft der Familie Kinck machte, die ihn als Landsmann herzlich aufnahm. Schließlich — und dies ist das in der That Wichtigste unserer Erkundigung — kam an einem Tage, wahrscheinlich am 31. August, Johann Baptist Troppmann, derselbe, der seine Mitschuld an dem Verbrechen von Pantin eingestanden hat, zu Sennheim an, nicht auf der Eisenbahn, sondern auf der Straße von Uffholz und von Wattweiler in der Richtung von Gebweiler mit einem Leiterwagen. Es ist also fast mathematisch erwiesen, daß es Johann Baptist Troppmann war, der vermöge einer falschen Vollmacht die 5500 Fr. in Empfang nehmen wollte, welche Kinck auf der Post zu Gebweiler erwartete. Unter andern Gegenständen, die dem Troppmann weggenommen wurden, befand sich, wie bekannt ist, ein kleiner schwarzer Kamm von Büffelhorn, in einem Etui und ein weiß seidenes Foulard mit darauf befindlichen Rosen. Diese Gegenstände wurden von der Frau Delpierre, einer Waarenhändlerin von Roubaix, als diejenigen erkannt, die sie dem Gustav Kinck einige Tage vor seiner Abreise nach Gebweiler verkauft habe; er sagte ihr, er bestimme das Foulard als Geschenk für ein Bäschen von ihm, das in der Umgegend von Paris wohnt, und das er noch niemals gesehen habe. Einer seiner Arbeitsgenossen, Désiré Clemmens, gibt an, Troppmann habe in seinen Aeußerungen stets dasselbe ungemessene Verlangen kund gegeben, Vermögen zu erwerben; er sagte, er suche nach einer Gelegenheit hierzu, gleichviel welcher; er werde sich alsdann nach Amerika begeben, und später, wenn alles vergessen sei, wieder nach Frankreich zurückkehren.

Paris, 29. Sept. Der Generalpostdirector Vandal ist nach Gebweiler, dem Geburtsorte Johann Kinck's, abgereist, um den Postdirector dieser Stadt wegen der sich auf dem dortigen Postbureau befindenden 5500 Fr. zur Rede zu stellen. Diese 5500 Fr. sind in drei chargirten Briefen, (2000, 2000 und 1500 Fr.) enthalten. Zwei Mitschuldige Troppmann's sollen heute vom Polizeicommissär Berillon verhaftet worden sein. Andererseits heißt es, daß ein Mitschuldiger des Mordes sich freiwillig gestellt habe. Wie nachlässig die Behörden in der ganzen Sache verfahren sind, geht deutlich daraus hervor, daß am 24. noch kein einziger ihrer Agenten sich in Cernay eingestellt hatte. Man hatte bisher vielfach geglaubt, daß der „Figaro“ und die übrigen Blätter ihre genauen und detaillirten Berichte von Polizeiagenten erhalten hätten. Dieses ist aber keineswegs der Fall, sondern die Journalisten machten dieses Mal einfach die Voruntersuchung, und der Untersuchungsrichter erhielt von ihnen seine Renseignements. Wie man noch erfährt, hat Troppmann in seinem Gefängniß Aeußerungen gethan, die darauf schließen lassen, daß Johann Kinck in Belgien, zwischen Bentiel und Gebweiler, ermordet wurde. Da die Mörder das gewünschte Geld nicht bei ihm fanden, so beschlossen sie, sich nach Paris zu begeben und den Rest der Familie dahin zu locken. Sie hofften, auf diese Weise sich in den Besitz der Gelder dieser Familie zu setzen. Die Leichen der Familie Kinck werden morgen nach Roubaix gebracht.

In Straßburg war am 30. Sept. das Gerücht verbreitet, der Leichnam des Vaters Kinck sei bei Bollweiler gefunden worden. — Pariser Blätter dagegen melden als Gerücht, daß die Leiche Johann Kincks bei Gebweiler gefunden worden sei.

Räthsel.

Liegt ein Schiff im sichern Hafen,
Ausgeruhet von weiter Fahrt,
Soll es unbeweglich stehen,
So wird es durch mich bewahrt.
Aber — Anker heiß' ich nicht.

Klappert munter eine Mühle,
Schwingt das Rad sich um und um,
Störe ich des Meisters Ruhe
Und er schilt mich darum.
Aber — Wasser heiß' ich nicht.

Streift ein Dammhirsch durch die Wälder,
Siehst auf seinem Haupt du mich.
Rauschend theil' ich die Gebüsche,
Wehr' im Kampf mich männiglich.
Doch — Geweih, so heiß' ich nicht.

Ist die Wallfahrt hier geendet,
Und umfängt Dich ew'ge Ruh',
Dien' ich Dir zur letzten Stätte,
Decke warm und weich Dich zu.
Aber — Erde heiß' ich nicht.

Redaction von K. A. Wolff. Druck der Jäger'schen Druckerei in Speyer.

Palatina.

Belletristisches Beiblatt zur Pfälzer Zeitung.

Nro. 119. Speyer, Dienstag, den 5. October 1869.

Der Herr des Hauses.

Erzählung von Werner Maria.*)

I.

„Es ist nicht gut, daß der Mensch allein sei."

„Ich muß eine Frau haben! — es ist nicht länger auszuhalten", seufzte der junge Mediciner Lebrecht Sittig recht aus der Tiefe seines Gemüths. „Die vierte Haushälterin innerhalb dreier Wochen! Sollte man nach diesen Erfahrungen glauben, daß die Frauen zum Haushalten geschaffen sind? Glücklicher Adam, der gleich seine Eva mitbekam! — Freilich, hätte man ihn gefragt, wer weiß, was geworden wäre; ich hätte sie bestimmt nicht genommen, diese verführerische unvernünftige Person!"

Verstimmt sah er sich im Zimmer um; so spät es war — keine Spur von Mittagsbrod!

„Verhungern läßt sie mich, geradezu verhungern!" fuhr er fort mit der Miene eines beleidigten Kindes, das man verabsäumt. „Wären wir doch nicht so abhängig von diesem abscheulichen Geschlecht! Ich werde auswärts essen müssen." — Gleich einer Gebirgskette, nach und nach sich dem Blick enthüllend, stieg die Reihe der Unannehmlichkeiten vor ihm auf, die sich mit oder ohne Wirthschafterin für ihn bereitete. „Elendes Loch", apostrophirte er sein dunkles kleines Gemach, „warum lieb' ich dich? — was hält mich so eisern in diesen Mauern fest? Weshalb such' ich immer wieder in Dir die Heimath zu bereiten, die Du doch nicht bist! — Birgst Du das Paradies? — Wann wirst Du dich mir erschließen?"

Heut' wie es schien, sicher nicht! — Weder die Wirthschafterin noch das Essen ließ sich blicken. Mißmuthig nahm er Hut und Stock und öffnete die Thür.

Ein sonniger Frühlingstag zeigte sich ihm; strahlend, wie ihn freundlicher kein Mai erdacht. Es war Sonntag. — Fröhliche geputzte Menschen zogen in Schwärmen hinaus, wo es grünte und blühte. — Aus Kammern, dunklen Kellern waren sie gekrochen wie die Schmetterlinge aus den Puppen, ihre bunten Kleider umwehten sie gleich Fittigen. — In den Gärten saß die Menge an vielen gutbesetzten Tischen; die Musik spielte; — vollblühende Büsche umgaben sie — Jeder schien des Elends vergessend für kurze Zeit das Leben wie ein Fest zu nehmen.

Kleine Mädchen in weißen Sonntagsröckchen haschten sich auf den grünen Wiesen; übermüthige Jungen kugelten sich im Grase; Alles war Lust und Bewegung, helle Farben und Licht. —

Lebrecht strich finsterer als ein Regentag an ihnen vorüber. Er hatte die Auswahl; wie die Gärten der Armide lockten und zogen sie die Vorübergehenden, nur ihn nicht. Dort, wo die frischbelaubten Buchengänge standen, trat er endlich ein; es war versteckter hier und ländlicher.

In dem Fliederbosquet, durchflochten von Sonnenstrahlen, vor einladendem Tisch und goldenem Bier, saß ein Mann, breitschulterig, blondhaarig, wie die Helden der Vorzeit.

Mit einem Wonneruf voll Erstaunen begrüßte er den Freund.

„Lebrecht!" rief er, „Du hier in einem Kaffeegarten?"

„Schlimm genug", klagte der Angeredete und sah sich mißtrauisch um; „gezwungen hier im Freien zu essen unter diesem Gewühl von fremden Menschen, es ist barbarisch!"

Siegfried lachte. — „Den Tempel Deines Hauses mit dem wirthschaftlichen Drachen kann ich nicht besser finden für diese heilige Handlung. — Was haßt Du gegen vergnügte Menschen? — Ein Thier freut sich, wenn es Seinesgleichen sieht und Du!"

„Ich bin eben kein Pferd oder Mops; die Creatur im Ganzen ist mir verhaßt", antwortete Lebrecht, „für den Einzelnen spar' ich mein Gefühl auf."

„Glücklicherweise", rief Siegfried, „hat man darin wenigstens keine Oekonomie nöthig. Die ganze Menschheit unternehm' ich zu lieben ohne bankerott zu werden. — Komm, setz' Dich her, es ist herrlich hier!"

„Die Würmer werden mir in die Suppe fallen", fuhr Lebrecht mißmuthig fort, „und am Ende gar die Mücken." —

„Du träumst; im Wonnemond gibt es keine Mücken. — Hier ist's wie im Paradies; die fröhlichen Menschen verderben nichts. — Sieh nur das reizende Gesichtchen dort unter dem schattigen Hut oder Jene, die ihr Mütterchen so sorglich führt —"

„Ich bin kein Don Juan", äußerte Lebrecht tugendhaft, „was gehn sie mich an?"

*) Aus dem „Salon".

„Alles geht Dich an, was schön, was lieb, was gut ist", rief Siegfried: „ist es nicht das Leben unserer Seele, ein Anfang zur Seligkeit?"

„Der Anfang der Seligkeit in einem Kaffeegarten?"

„Wo es sei", fuhr der Lustige fort, „wir müssen uns die Goldkörner zusammensuchen, sie liegen sehr verstreut im Bache des Lebens."

Schnell wie durch Zauber erschien der gedeckte Tisch vor Lebrecht, einladend, appetitlich, Alles auf das Beste.

Er konnte nicht leugnen, daß es angenehm war.

„Es leben die Restaur[illegible]onen, Kaffeegärten und so fort", rief Sie[illegible]gfried; „das ist unsere Häuslichkeit, das ist das [illegible] wahre Leben für uns Junggesellen! Hier ist unser [illegible] Tischchen deck Dich, und wahrhaftig, manche Haus[illegible]frau könnte uns darum beneiden. — Oftmals denk' ich's, wenn ich am häuslichen Tisch der Wirthin die Angströthe sehe in das Gesicht steigen, weil der Hammel hart oder die Sauce zu dünn ist. — Arme geplagte Sklaven des täglichen Lebens!"

„Du hast eben keinen Sinn für die Häuslichkeit, Siegfried, für das stille ideale Eiland, nach dem ich steure."

„Mit der idealen Hausfrau unserer Träume — ach, Lebrecht, wenn wir die erst hätten! . . . . Für mich hat's zwar keine Eile, meine Freiheit ist mir lieber; ich denke mir das so als letzten Ruheposten."

„Ich aber muß eine Frau haben", fuhr Lebrecht heraus, „ich kann's mit den Wirthschafterinnen nicht länger aushalten!"

Siegfried sah ihn erschreckt an. — „In der Eile da nimm Dir lieber eine Köchin!"

„Weißt Du nicht," antwortete Lebrecht muthlos, „daß man sich als Junggeselle keine Köchin miethen kann, die nicht sofort Wirthschafterin wird, darin ist keine Hilfe; ich muß heirathen!"

„Wenn Du durchaus häuslich sein willst, wird's wohl nicht anders werden, aber überleg Dir's recht, mir wird's himmelangst. Sobald ich daran denke, läuft's mir ordentlich heiß und kalt den Rücken hinunter. — Was fehlt uns eigentlich und was kann uns eine Frau alles für Noth bringen!"

„Ich habe schon an Manche gedacht," fuhr Lebrecht nachdenklich fort; aber wenn ich Ernst machen wollte, bekam ich's wie Du mit der Angst. — Welche mag wohl die Rechte sein?"

„Schade, daß der liebe Gott ihr nicht gleich einen Zettel mitgegeben hat," meinte Siegfried; „da wäre man von all dieser schrecklichen Liebesconfusion befreit!"

„Liebe!" wiederholte Lebrecht; „Verliebtheit hat nichts bei meinem Entschluß zu thun — ich will mit voller Ueberlegung und offenen Augen heirathen.

„O weh," sagte Siegfried, „blind kommt man viel leichter dazu. Gehen wir die Mädchen durch; es ist kein Mangel daran und Alles in Allem genommen bist Du keine schlechte Partie."

„Hier im Kaffeegarten!"

„Dichte Hecken umgeben den Platz. Nachtigall und Kukuk allein könnten uns hören; die verstehen sich aber nur auf Liebesaffairen, nicht auf vernünftige Heirathspläne, wie Du sie hast. — Wie wär's mit der schönen Fernanda; vornehm, reich, edel von innen und außen . . ."

„Glänzend wie der Falter," antwortete Lebrecht; „ich bin nicht die Blume, aus der sie Honig saugen würde, Misère müßte ihr mein Leben scheinen; Du thust ihr auch Unrecht, wenn Du glaubst, daß ihre Gedanken je bis zu mir herabgereicht haben."

„Darauf kommt es jetzt gar nicht an, was die Mädchen denken," rief im Eifer, ihm zu helfen, sein Freund, „sondern was Du denkst; das Andere findet sich. Heirathen werden oft wunderbar zu Stande gebracht, plötzlich reichen sich Zwei die Hände, die man meilenweit auseinander glaubte."

„Sie paßt nicht für mich," fuhr Lebrecht fort; „wenn ich sie mir so an meinem Herde denke . . ."

„Wieder auf die Köchin aus!"

„Nenne es wie Du willst; Eine, die für das Haus sorgt . . ."

„Und daneben Deine idealistische Gelehrtin ist — da kann ich nur zu einer Art Doppelehe rathen. Nimm Dir die reizende Felicie, reich wie eine Märchenprinzeß, und dazu einen tüchtigen Koch. Geld vereinfacht die Wirthschaft —"

„Geld soll nicht Herr im Hause bei mir sein!" rief Lebrecht; „es bleibt ein Mißverhältniß, wenn die Frau das Geld hat, dazu bin ich zu stolz . . ."

„Und zu wenig verliebt", ergänzte Siegfried, „weil Du noch solch' ein Rechenexempel anstellen kannst. Wie wär's mit der träumerischen Annette? . . ."

„Träumerisch!" — das ist eine gräßliche Eigenschaft für eine Hausfrau — träumen, sie, die eigentlich mit hundert Augen sehen soll, wie Argus . . ."

„Schön wäre das auch nicht gerade," fiel Siegfried ein, „und manchen Männern sicher nicht recht. Also die praktische Susanne?"

„Praktisch! — schon das Wort ist mir fatal — Die, die Alles zu verstehen glaubt, weil sie eine Mehlspeise einrühren kann — Alles abwägt und eintheilt nach ihrem Küchenrecept. — Frauen, die sich für vollkommen halten, weil sie es nach einer Richtung hin sind, das sind die Schlimmsten, mit denen ist gar nicht auszukommen."

„Eleonore, das schüchterne Kind . . ."

„Eine dumme Lise ist sie", eiferte Lebrecht, „deren sechzehn Jahre ihre dürftige Seele schmücken, wie ein Frühlingstag dürres Land — laß sie nur alt werden."

„Könntest Du sie nicht bilden, erziehen? Es soll ja so reizend sein, sich die Frau aus der Knospe hervorzulocken."

„Da ist nichts zu bilden," rief Lebrecht, „wie der Keim so die Pflanze. — Klatschrose wird nie Centifolie."

„Die kluge, geistvolle . . . ."

„Damit bleib' mir nur vom Halse — Geist ist eine gefährliche Mitgift, noch gefährlicher als Geld. Ich will Herr im Hause sein!"

Hoffnungslos schloß Siegfried. „Eine zu reich,

Eine zu arm, Eine zu klug, Eine zu dumm, sie haben eben Alle etwas für und etwas wider sich; sonst ist es ein Mädchenflor, wie man ihn selten beisammen sieht, jede reizend in ihrer Art —"

„Aber meine Art nicht", fiel Lebrecht ein — „ich hatte etwas in Gedanken . . . ."

„Ach so," sagte der Blonde lustig, „deshalb passen sie Alle nicht —"

„Wie Du gleich immer losstürmst," erwiderte Lebrecht bedächtig. „Luzie kannte ich nur als Kind — wer weiß, wie sie mir jetzt gefällt. Ich bin auf dem Lande erzogen, hier in der Nähe bei dem Onkel und der Tante, — seit vierzehn Jahren bin ich fort, weil in der Welt herumgeworfen — wir wurden Fremde in der Zeit. Nun bin ich wieder hier — Du weißt, für die Kinderheimat hat nun einmal Jeder eine Schwäche. Ich möchte hin — ich bin dort sehr glücklich gewesen. — Du sollst aber mit — Du bist mein besseres Ich und vier Augen sehen mehr als zwei."

„Es kann aber zuletzt doch nur Einer heirathen", sagte Siegfried etwas bedrückt durch den Vorschlag — — „wenn sie nun unser Beider Ideal wäre, welch' ein Unglück!"

„Es sind sechs Töchter dort," antwortete Lebrecht geschäftsmäßig.

„Sechs heirathsfähige Töchter!" rief Siegfried immer mehr erschreckt.

„Alle gewiß vortrefflich erzogen", fuhr der Freund fort; „die Tante ist das Muster einer Hausfrau."

„Fahre lieber allein", bemerkte Siegfried, dessen Angst immer stieg; „ich habe ein wahres Grausen vor dem Heirathen, ich würde Dir keine Ehre machen, ich brauche keine Hausfrau und keine Wirthschaft — ich behelfe mich, wie Du siehst."

„Es zwingt Dich ja Niemand zur Ehe", beruhigte ihn Lebrecht. — „Ich nur will heirathen — das ist doch keine ansteckende Krankheit. — Die Fahrt durch Wald und Feld wird gerade Dir gefallen, mir aber, ehrlich gestanden, leistest Du einen großen Dienst; auch ich fürchte mich . . . Wahrhaftig, ich wollte, die Operation wäre erst glücklich überstanden."

(Fortsetzung folgt.)

---

* Sicilien.

Von Dr. Eugen Jäger.

Das leuchtende Eiland im wogenden Meer[illegible],
Die hehre Insel Sikelia,
Welche mit reicher Früchte [illegible]
[illegible] als herrlichstes frucht-[illegible] Land'
Pindar.

Palermo.

I.

Ueberfahrt, Seesturm und Seekrankheit, Palermo, Panorama der Stadt, Volksleben, Museum, Klöster, Corso, Abend auf der Marina, italienischer Charakter, öffentliche Schreiber, Kaffeehäuser, Casino, der Handel, italienische Nachlässigkeit und deutscher Fleiß, Cathedrale, die Gräber der Normannen und Hohenstaufen, der königliche Palast, die Schloßkapelle, normannische Architectur, Beginn und Wachsthum der Normannenherrschaft in Sicilien, Robert Guiscard, Roger I., Roger II., Siciliens wahres Bedürfniß, spanische Vicekönige, Friedrich II. als Fürst und Staatsmann.

Ostern war vorüber und die Tausende von Fremden, welche zu den Feierlichkeiten nach Rom geströmt waren, verließen die ewige Stadt; die meisten gingen nach dem schönen Neapel, und auch uns gelüstete es bald, nach Süden zu reisen. Ein Tag wurde noch dem Albanergebirge gewidmet, ein zweiter dem Besuche des alten Benedictiner-Klosters Monte Cassino, in der Geschichte der Wissenschaft berühmt, und eines der wenigen, die man in Italien — auf ausländische Vermittlung hin — noch nicht aufgehoben hat. Noch wurde das alte Capua, jetzt Maria Maggiore, mit seiner herrlich erhaltenen Arena besucht, das königliche Schloß von Caserta, das Potsdam und Versailles der neapolitanischen Bourbonen. Als wir endlich in der Hauptstadt ankamen, waren alle Gasthäuser mit Fremden überfüllt und mit vieler Mühe gelang es uns, unter einem wolkenbruchartigen Regen ein trockenes Plätzchen für die Nacht zu finden. Wie es war, will ich dem Leser lieber nicht beschreiben, denn wer kurz nach Ostern, noch dazu bei solchem Wetter spät Abends nach Neapel kommt, kann nichts besseres thun, als sich ruhig seinem Schicksal zu fügen.

Was soll man aber in Neapel thun, wenn der Regen vom Himmel gießt, der Vesuv sich eine Nebelkappe über die Ohren zieht und der herrliche Golf verschleiert vor uns liegt, Besseres thun, als nach dem herrlichen Eilande Trinakria hinüber zu fahren, das nicht bloß in Bevölkerung, Culturzuständen und Geschichte, sondern auch bei Helios und Aeolus eine Ausnahmestellung einnimmt?

So war der Entschluß bald gefaßt, und als wir bei einem Spaziergange am Molo in dem Agentur-Bureau der sicilianischen Dampfschiffsgesellschaft Florio erfahren, daß ein Dampfer, der Abends vorher wegen des Sturmes nicht hatte auslaufen können, sich fertig mache, da wurde rasch unser überflüssiges Gepäck dem freundlichen deutschen Wirthe an der Fontana Medina übergeben und, mit dem Nothwendigsten ausgerüstet, begaben wir uns auf das Schiff. Das von dem Agenten uns mitgetheilte Orario — der Fahrplan der Gesellschaft — ergab, daß wir auf allen Punkten der Küste bei der jetzigen Combination stets den genügenden Aufenthalt und den richtigen Anschluß finden konnten. Man darf solche Erkundigungen nicht außer Acht lassen sonst kann man vielleicht acht Tage oder noch länger in Girgenti liegen bleiben und auf ein Schiff warten, an manchem Punkt noch länger.

Bald waren wir auf dem Dampfer, wo man schon begonnen hatte, den Anker zu heben. Auf der Treppe angelangt, empfing uns ein Kellner und wies uns die Schlafstellen an. Die Gesellschaft, die wir in der Kajüte trafen, war sehr angenehm und anfänglich sehr munter. Das italienische Element überwog natürlich, aber auch mehrere Deutsche waren hier, so ein Frankfurter, dessen Gesundheitsverhältnisse ihn eine Stelle in Palermo bei einem deutschen Handfangehause annehmen ließen; auch zwei französische Architekten waren unter den Reisenden; sie kamen von Rom und wollten die ganze Insel bereisen und Kunststudien machen, ein abenteuerliches Unternehmen, das man eben nur als Künstler durchführen kann.

Ungeduldig erwartete Alles die Abfahrt, besonders da die meisten Reisenden sich schon seit gestern Abend auf dem Schiffe befanden. Es war Nachmittags 1 Uhr, und endlich war der große Anker glücklich oben und ein Flaschenzug brachte ihn an die richtige Stelle. Alles war auf dem Verdecke, als der Dampfer sich endlich langsam bewegte, mit kräftigen Schraubendrehungen die Handels- und Kriegsschiffe hinter sich ließ und gegen die offene See hinaus fuhr.

Von dorther hatten uns aber die weißen Kämme der langen Wellenzüge schon einige nicht mißzuverstehende Winke gegeben. Der Sturm von gestern Abend hatte sich zwar gelegt, aber es ging noch ein starker Wind, und je weiter wir in das Meer hinauskamen, desto stärker wurden die Schwankungen des Schiffes.

Hinter uns aber entrollte sich unterdessen ein herrliches Bild. Immer länger und unabsehbarer traten die langen Häuserreihen hervor, die sich am Strande unter den verschiedensten Namen hinzogen, vom Vorgebirge des Posilipp bis nach Castellamare an den Golf von Salerno.

Bald that sich auch die weite Bucht von Bajä auf, und die Eilande schimmerten noch im Nebel hindurch und ließen es uns doppelt bedauern, daß nicht eine reine Luft und heiterer Sonnenschein über der Gegend waltete.

Der Vesuv selbst machte ein mürrisches Gesicht. Hie und da hüllte er sich fest in die Nebel; dann sah man wieder deutlich, wie der Rauch vom Winde an dem Krater hin- und hergetrieben wurde, und den Berg herab zogen sich als dunkle Streifen die Lavaströme, die im Laufe der Zeit herabgeflossen waren. Der jüngste Strom kennzeichnete sich durch schwache Dampfwolken, die aus ihm aufstiegen, und die in seinem Innern noch herrschende Gluth verriethen.

So ist Neapel von Norden und Süden her durch den Vesuv und die noch immer-thätige Solfatare bei Pozzuoli von zwei vulkanischen Herden bedroht, und schon eine einzige dieser unterirdischen Werkstätten würde genügen, um die Verhältnisse von Land und Meer dort gänzlich auf den Kopf zu stellen.

(Fortsetzung folgt.)

Miscellen.

Eine Hochstaplerin erster Classe, die unverehelichte Pauline Louise Baum, stand am 27. Sept. vor den Geschworenen in Berlin. Eine Urkundenfälschung, acht Betrugsfälle, drei Unterschlagungen und drei Diebstähle wurden der Angeklagten, welche früher schon mehrfach wegen Vergehen gegen das Eigenthum Strafen erlitten, zur Last gelegt. Im August 1867 hatte die Schwindlerin in eleganter Toilette auf dem niederschlesischen Bahnhof zu Breslau einen Droschkenkutscher zu einer Fahrt nach dem einige Meilen entfernten Gaischwitz engagirt, unter dem Vorgeben, daß sie dort bei der Gräfin Sauerma eine seidene Robe anzufertigen habe. In Gaischwitz angekommen, ließ sie den Kutscher vor dem Gasthause halten und verfügte sich nach dem Schloß, kehrte indeß nach kurzer Zeit wieder zurück mit dem Bemerken, daß Frau Gräfin nicht anwesend und sie gezwungen sei, weiter nach Kanth zu fahren, woselbst die Sauerma'sche Equipage bereits ihrer warte. Der Rosselenker, der schon unterwegs einiges Chausseegeld verauslagt hatte, da seine Passagierin, die sich inzwischen ihm als die gleichnamige Nichte des Ober-Bürgermeisters a. D. v. Ellwanger vorgestellt, ihre Börse vergessen, fing jetzt an, wegen der Bezahlung einige Bedenken zu tragen, die indeß das redselige gnädige Fräulein sehr bald zum Schweigen brachte durch die bestimmte Zusicherung eines in Kanth ihm aus der gräflichen Schatulle werdenden noblen Fahrgeldes. Doch wer beschreibt den Schreck des Breslauer Droschkenführers, als bei der Ankunft in Kanth sich keine Equipage blicken ließ, die Fräulein von Ellwanger auslöste. Man fuhr beim ersten Hotel vor, Fräulein v. Ellwanger präsentirte sich fast athemlos der gerade im Empfangszimmer anwesenden Tochter des Hoteliers und dictirte dieser das nachfolgende Scriptum in die Feder, da sie selbst zu echauffirt war — in Wirklichkeit aber weder schreiben noch lesen konnte: „Lieber Onkel! sei so freundlich und zahle dem Kutscher 8 Thlr. 14 Sgr.; auch lasse die Sachen einpacken und schicke den Koffer nach Warmbrunn, auch einiges Geld kannst Du mir senden. Deine Nichte Emilie v. Ellwanger." Diese Zahlungsanweisung händigte sie dem Droschker ein, der sich, heiteren Sinnes dankend, verabschiedete, um in Breslau beim Herrn Oberbürgermeister statt baarer Münze die trostlose Nachricht in Empfang zu nehmen, daß er beschwindelt sei und daß er keine Nichte des Namens Emilie besitze. In einem Betrugsfalle hatte die Industrieritterin, die mit einem Commis Hübner, den sie im Jahre 1866 während des Feldzuges in Böhmen, allwo sie sich kurze Zeit der Krankenpflege als barmherzige Samariterin gewidmet, kennen gelernt, ein zartes Verhältniß eingegangen war, den Principal des Geliebten, einen Kaufmann Hildebrandt in Dortmund, aufgesucht und diesen veranlaßt, um den ihrer ehelichen Verbindung entgegenstehenden Starrsinn der reichen Verwandtschaft zu brechen, gemeinschaftlich eine Reise nach Breslau, dem vermeintlichen Sitze der Ihren, zu unternehmen. Um mit der gehörigen Noblesse bei den stolzen Verwandten aufzutreten, beschenkte Herr Hildebrandt sowohl den Commis als auch dessen Braut auf Wunsch der letzteren mit einer goldenen Uhr und Kette und zahlte a conto der Reise einen Vorschuß von 25 Thlr. an die Angeklagte. Hübner berichtigte hiervon die Reisekosten, so lange die Casse reichte; später übernahm in liebenswürdigster Zuvorkommenheit der Dortmunder das Geschäft; 100 Thlr. wurden dabei in dulci jubilo absorbirt. In der schlesischen Hauptstadt angelangt, hatte Fräulein Baum die Ehre, sich zu empfehlen auf Nimmerwiedersehen. Die Angeklagte ist in den meisten Fällen geständig; sie will früher Vermögen besessen haben, um dasselbe aber durch ihr Verhältniß mit dem schon erwähnten Hübner gekommen sein. Der Vertheidiger, Dr. jur. Hoßmann, suchte von seiner Clientin das Zuchthaus abzuwenden, indem er die unter Anklage gestellte Urkundenfälschung als nicht vorhanden erachtet im Sinne des Strafgesetzbuches, eventl. beantragt er Annahme mildernder Umstände, solche in dem notorisch krankhaften Zustande der Angeklagten findend, auch in deren philanthropischer Thätigkeit als Krankenpflegerin im Kriegslazareth, von welcher Stelle sie mit den besten Zeugnissen entlassen sei und sogar die Anwartschaft auf eine monatliche Pension von drei Thalern sich erworben habe. Das Verdict der Geschworenen erachtet sie nur in einem Diebstahlsfalle für nichtschuldig, in allen übrigen für schuldig. Der Gerichtshof setzt für die ganze Serie von strafbaren Handlungen eine Zuchthausstrafe von drei Jahren fest, darunter ein halbes Jahr als Aequivalent für die verhängte Geldbuße von 450 Thlr., außerdem spricht er die Polizei-Aufsicht auf gleiche Dauer aus.

Redaction von K. A. Woll. Druck der Jäger'schen Druckerei in Speyer.

Palatina.

Belletristisches Beiblatt zur Pfälzer Zeitung.

Nro. 120. Speyer, Donnerstag, den 7. October 1869.

* Vom Herzen zum Herzen.

Gedichte von Ferdinand Gibes.

II. Das möcht' ich wissen.

Das möcht' ich wissen, wie es ist,
Wenn man des Liebchens ganz vergißt,
Ob dann das Herz noch ferner schlägt,
Das Aug' noch frohe Blicke trägt?

Das weiß ich wohl, wie weh' es thut,
Wenn sie bei einem Andern ruht:
Das Herz, das schlägt in stillem Leid
Und ist zum Sterben gern bereit.

Die Sonne sank so wehmuthsschön,
Kein Stern schwebt in den dunklen Höh'n;
Da schließt das Auge trüb sich zu,
Winkt auch im Traume keine Ruh'.

Dann naht des Liebchens Traumgestalt,
Geleitet dich durch Hain und Wald,
Wo ihr dereinst gewandelt seid
In erster Liebe Seligkeit.

Und ist dein Blick beglückt erwacht,
Dann schwelgt das Bild der süßen Nacht,
Wie Trost, um's Herz sich manches Jahr
Als wär's erlebt, als wär' es wahr.

Das möcht' ich wissen, wie es ist,
Wenn man des Liebchens ganz vergißt,
Ob dann das Herz noch ferner schlägt,
Das Aug' noch frohe Blicke trägt?

Der Herr des Hauses.

Erzählung von Werner Maria.

(Fortsetzung.)

II.

„Im wunderschönen Monat Mai,
Als alle Knospen sprangen . . ."

Die Natur trug heut' ihren Heiligenschein; eine Art feierlicher Wonne lag auf der Erde ausgebreitet. Goldige Strahlen zitterten herab zu den Gräsern und stiegen wieder hinauf in die dichtbelaubten Bäume; regungslos standen sie da, Blatt um Blatt in Glanz getaucht, als fürchteten sie im Geflüster den Zauber zu stören.

Der Wagen, in dem die Zwei saßen, zog langsam an all' der Herrlichkeit vorüber, immer den Waldweg entlang, der, sandig, voll von duftigen Kräutern, unter den Rädern hervor würzigen Weihrauch spendete. Aus dem Dickicht tönte der Drossel wildes volltönendes Lied und die Insecten brummten den Chor dazu.

In vollen Zügen genoß Siegfried die leichte linde Luft; so mag dem Fisch sein, wenn er aus dem Trockenen in sein Element, in den silbernen Bach kommt, in dem er allein vermag zu athmen.

„Lebrecht", rief er, „warum haben wir uns von der Natur entfernt, warum ist den meisten Menschen der größte unschuldigste Genuß, die Freude an einem solchen Abend so selten gegönnt? Da sitzen sie, werden kahl und grau an ihren Arbeitstischen und haben nicht einmal Zeit, aufzusehen, wenn das Frühjahr kommt, um mit seiner belebenden Kraft uns ewig jung zu erhalten wie die Erde!"

„Mit der Jugend hat's nicht viel auf sich", sagte Lebrecht und zog den Rockkragen herauf gegen die kühle Abendluft; „wie Dir hier in der freien Luft, ist mir zu Muth in meinem Zimmer zu Haus — die Lampe leuchtet — still und doch beredt steh'n um mich her meine Freunde, die Bücher, jedes verschließt eine Welt, größer und schöner als Dein Waldfleckchen. Auch mir wird das Herz weit dabei — wenn ich fort bin, hab' ich Sehnsucht danach und nur eins fehlt mir darin — eben die geträumte Hausfrau, die diese leidige Wirthschafterin ersetzt, welche mir, wie bei Euch im Wald die Raupen, alle Herrlichkeit zerstört. — Sind die Bäume gewachsen!" fuhr er fort, als sie sich einer großen Lindenallee näherten.

„In vierzehn Jahren wächst schon Manches, was man nicht sieht, wenn man in der Stube bleibt", meinte Siegfried.

Sie hielten vor einem altmodischen Herrensitz. Nach hier bildeten mächtige Linden den Vorplatz. Die Hunde bellten, rissen an den Ketten, die Hühner flatterten und gackerten; aber trotz dem gewaltigen Lärm ließ sich kein menschliches Wesen sehen.

„Sie sind nicht sehr zuvorkommend, Deine Verwandten", sagte Siegfried; „wir hätten uns anmelden sollen."

„Anmelden! — verstehst Du nicht, daß ich sie überraschen will, ihnen so recht unvorhergesehen in das Haus fallen, damit sie mir nichts vormachen können."

„Die armen Leute! Das ist ja aber eher wie ein Polizist, der einen Dieb ertappen möchte, als wie ein Bräutigam, der die Braut sucht.“

„Zum Beispiel“, fuhr Lebrecht fort, „das sieht hier schon sehr liederlich aus! — Wußten sie, daß Gäste kommen, sie hätten es gewiß glatt gemacht.“

„Liederlich“, rief Siegfried, „nennst Du diese prächtige Hopfenranke, die sich, umwoben von sternengleichen Winden, um die Kletterhecke schlingt —“

„Ja, liederlich“, wiederholte Lebrecht; „in der Nähe des Hauses muß man überall die Hand fühlen, die beschneidet, in Form hält, nichts wild wachsen läßt — Du, ein Architekt, müßtest das doch verstehen.“

„Ich hasse jede Knechtschaft“, antwortete Siegfried, „mir wird so bedrängt dabei zu Muth, sei ich nun Herr oder Sclave. Nebenher, wo der liebe Gott selbst die Unordnung macht, gefällt sie mir immer. Lebrecht, ich entzücke mich an dieser Verwirrung. Wir Künstler finden überhaupt ganz andere Dinge schön als ihr. Eleganz macht uns Grauen — Ordnung oft auch.“

„Also für Dich, Siegfried — die liederliche Hausfrau!“

„Immer Dein altes Steckenpferd! Nein, für mich die Hausfrau, die dem prosaischen täglichen Leben den Reiz der Poesie zu geben weiß; ohne engherzigen Ordnungssinn materielle Dinge, die uns so leicht über den Kopf wachsen, im Zaum zu halten versteht durch den Flug ihres Geistes, der fröhlich über dem Staube schwebt, wie die Lerche in den Lüften — mit einem Wort, unser Ideal! Unter dem thue ich's nun einmal nicht!“

Bei diesem Gespräch waren sie durch das Haus gegangen; wie ein verwunschenes Schloß lag es da. — Im Garten hofften sie Jemand zu treffen. Lebrecht, durch die alten Plätze lebhaft in die Vergangenheit versetzt, träumte von seinen Kinderzeiten. —

„Luzie war sehr wild damals“, hub er an; „immer in Verlegenheit, in Noth um einen Retter. Ich sehe sie vor mir, mit ihren langen schwarzen Zöpfen und dem etwas derben rothwangigen Gesicht, kräftig und gesund wie ein junges Füllen — das lieb' ich an den Frauen, nur keine zarte interessante kränkliche Zierliese.“

Ein alter Bedienter kam in Sicht, einer von denen, die wie die alten Stämme dem Boden zu gehören scheinen, auf dem sie stehen.

„Job, alter guter Job — lebst Du noch?“ rief ihm der junge Arzt zu, seine runzlige Hand ergreifend.

„Ja, mit Verlaub“, antwortete der Alte freundlich grinsend, „wenn Ihr erst so weit seid, wird's Euch nicht Wunder nehmen, daß man so lang lebt. Ein Jahr nach dem andern geht dahin, man merkt's kaum, nur an der Jugend, die wie die Pilze aufschießt, hinter Einem, vor Einem, und sagt — alter Job seid Ihr auch noch da! — Ihr seid auf Eure Manier auch ganz hübsch groß geworden, Herr Lebrecht —“

„Das glaub' ich“, antwortete der junge Mann; „ich konnte doch nicht immer zwölf Jahre bleiben.“

„Na — außer dem bischen Größe“, meinte Job, „seid Ihr noch ganz wie vor vierzehn Jahren; grad' so gesetzt und verständig saht Ihr aus in Jacke und Pumphöschen, als Euch die Tante mitbrachte aus der Stadt. — „Ein Junge wie ein alter Herr“, sagte die gnädige Frau damals, „der wird uns keine Noth machen“. — Und so war's auch — nie eine zerbrochene Fensterscheibe — kein Loch im Kopf.“

„Schon gut“, unterbrach ihn Lebrecht, der das Bild seiner tugendhaften Jugend dem lustigen Freund nicht gönnte. — „Wo ist Deine Herrschaft?“

„In die Stadt gefahren“, antwortete der Alte; „die Mamsell hat einmal wieder alle Töpfe zerbrochen und der Kutscher besäuft sich, es soll ein anderer genommen werden. Eisstrümpfe für die Fräuleins besorgt — die reißen Euch Alles kurz und klein — kurz und klein“, wiederholte er gleichsam mit dem Kopf nickend. — „Wir haben keine Jungens, seht, das ist unser Kummer; aber Gott sei Dank, unsere Mädels sind wie die Jungens.“ —

Siegfried lachte.

„Ich sage Ihnen“, fuhr der Alte begeistert fort, „schwarz wie die Mohren kommen sie manchmal nach Haus. Na, der Herr Lebrecht wissen wohl, so tell wie unsere Luzie ist doch Keine wieder geworden. Wißt Ihr noch, wie sie in den Graben fiel und das neue Kleid verdarb? — Dort unten standet Ihr am Bach und wuscht wie die beste Waschfrau, damit nur das Bräutchen keine Schelte bekam. — Sie hießen Braut und Bräutigam“, wandte er sich erläuternd an Siegfried.

„So“, fiel der lachend ein, — „jetzt kommt man hinter Deine Schliche.“ —

Lebrecht zog aber ein saures Gesicht. „Kinderreden!“ murrte er. „Job, ich möchte die jungen Damen sehen.“

„Junge Damen“, kicherte Job; „na — wie man's nehmen will — auf die Weihnacht war unser Fränzchen sechzehn Jahr; dort unten sind sie am Bach; vom Vetter Lebrecht wissen sie wohl.“

„Mir ist die Zeit verschwunden wie ein Traum, Siegfried“, sagte der Arzt, als sie in die Allee eingebogen. „Nur das rothwangige Kind seh' ich vor mir; von den Anderen weiß ich nichts.“

„Was! — dort bist Du erzogen und weißt von nichts — kein Verkehr, kein Brief — nichts — nichts —!“

„Briefe? — Ich halte nichts von Briefen; wichtige Dinge kann man ja telegraphiren. Frauen mögen sich schwatzhaft mit der Feder ihre kleinen Leiden und Freuden anvertrauen — ich habe die Heimat deshalb, wie Du siehst, nicht weniger im Herzen behalten.“

Sie waren durch den hohen Lindengang bis an den klaren Bach gekommen, eine Blüthenhecke verbarg sie Denen da drunten. Sprudelnd hüpfte das Wasser über die Steine, glänzend und lustig. Wo das Laubdach Platz ließ, guckte die Sonne durch und beleuchtete, was dort vorging. Auf dem bemoosten felsigen Vorsprang jetzt ein Mädchen, die üppig gewellten Haare, unvollkommen zusammengefaßt, hingen ihr nachlässig über die Augen, leinenes Röckchen, lederner Gurt, blaue Strümpfe vollendeten den durchaus nicht gepflegten Anzug. Aber ein Glanz von Jugend und Gesundheit lag auf ihrer Gestalt, der es mit jedem Putz aufnehmen konnte. Drei kleine Mädchen, das vierte lag ihr im Schooß, folgten gespannt ihren Bewegungen. Mit einem improvisirten Netz suchte sie eifrig die kleinen Gründlinge des Bachs in ihr Verderben zu locken — selten gelangs, dann und wann aber zog sie doch eins oder das andere heraus. Endloser Jubel folgte. Mannigfache Tropfen aus der Quelle funkelten wie Diamanten an den Kinderhänden; hatten sie sich satt gesehen, warfen sie den kleinen Fisch mit demselben Freudengeschrei wieder in die kühle Fluth, das Wasser spritzte hoch auf und netzte sie und die Blumen ringsumher.

(Fortsetzung folgt.)

---

* Sicilien.

Von Dr. Eugen Jäger.

Palermo.

I.

(Fortsetzung.)

Sicher und ruhig ging unser Schiff vorwärts und näherte sich bald der Meerenge zwischen Capri und Ischia. Der Wind trieb uns stark an die erstere Insel hin; aber der Steuermann that seine Schuldigkeit und unbeschädigt kamen wir an den drohenden Felswänden vorüber. Das Eiland lag reizend vor uns, die beiden Städtchen Capri und Anacapri blickten freundlich auf uns herab; hoch oben auf den himmelansteigenden Felsen mischten sich Wald-, Wiesen- und Feldflächen mit weißen Häusern lieblich ineinander, und Sonnenbeleuchtung mit wechselnden Wolken ergoß sich darüber. In langen Zügen rollten die Wellen gegen das Felsgestade, brachen sich dort schäumend, und hoch hinauf leckte die weiße Brandung. Der Eingang zur blauen Grotte, an welcher wir vorüberkamen, war nicht sichtbar schon wegen der geringen Höhe desselben, als auch wegen des hohen Wellenschlags, der beständig gegen das Ufer brauste.

Bald verloren sich auch diese Bilder und immer wilder und großartiger wurde der Anblick der Insel. Eine steile Felsenmasse erhob sich düster und drohend aus der wild erregten Brandung gen Himmel und war in den abenteuerlichsten Formen ausgerissen und zerstört. Kühn bot ein weißer Leuchtthurm auf felsigem Vorsprung seine Brust dem empörten Meere dar, und noch weiter hinten erhoben sich einsame Felskolosse im Wasser als letzte Zeugen von der gewaltigen Kraft, welche einst hier den Krater eines Vulkans zertrümmert und die größere Hälfte desselben, wer weiß wohin, geschleudert hat. Während ich so, auf dem Verdecke stehend, die herrlichsten Naturschauspiele vor meinen Blicken vorüberziehen ließ und mich der wilden Fluthen freute, die in wechselnder Beleuchtung gegen unser Schiff heranrollten, waren mit den übrigen Reisenden bedeutende Veränderungen vorgegangen. Die Seekrankheit hatte sich schon bei den meisten eingestellt, und überall war man beschäftigt, dem erzürnten Meeresgotte Opfer zu bringen in Gestalt der auf dem Lande verzehrten Gegenstände. Einer nach dem Andern zogen sich die vorher so fröhlichen Leute unter Deck, um sich dort ächzend auf ihr Bett zu legen. Am längsten hielt einer der beiden Franzosen und der Frankfurter aus; sie waren schon zur See nach Neapel gekommen und hielten sich daher für gefeit; aber auch sie wurden vom unerbittlichen Schicksal erreicht, und als ich mich wieder einmal nach ihnen umsah, waren sie ebenfalls verschwunden und vermehrten das Konzert in der Kajüte. So blieb ich schließlich der einzige Gesunde, obwohl sich auch bei mir anfänglich das fatale Gefühl im Unterleib eingestellt hatte, mit welchem die Unbehaglichkeiten beginnen. Bald aber gewöhnte ich mich daran und hielt mich so viel als möglich oben, um die frische Luft zu athmen.

Immer größer wurde der Sturm, immer wilder raste und heulte es in der Luft, immer höher wurde das Schiff gehoben, um dann um so tiefer in den Schooß der Wellen zurück zu sinken. Es war ein wunderbar schönes, majestätisches Schauspiel, wenn man auf dem Verdecke sich festhaltend, in das weite endlose Meer hinausblickte und die Wellen heranziehen sah. Immer höher anschwellend, kamen sie in zerrissenen wilden Massen brüllend gegen das Schiff, brachen sich an der Spitze, schickten einen Theil des Wassers, in Staub zerflogen, zu uns auf, hoben unser Fahrzeug auf der Vorderseite hoch in die Luft, schlüpften unter demselben hindurch und kamen dann wieder in weißen Schaummassen auf der anderen Seite hervor, um weiter fortzustürmen auf der ungeheuren Fläche, die wie ein wild bewegtes Ackerfeld sich um uns legte.

Aber das Schiff ging seinen gewöhnlichen Gang. Der wetterharte Matrose, dem das Steuer anvertraut war, hielt festen Curs gegen den wüthenden Nordwestwind, den unser alter Schiffer von Neapel Maestro genannt hatte. In Ruhe und Ordnung wurden die Obliegenheiten der Matrosen und Maschinisten besorgt und regelmäßig ging der Dienst seinen Gang, trotz der Mühsale mit der sich die Leute bei jedem Schritte mit beiden Händen halten mußten. Aber mitten in diese ruhigen nur vom Commandorufe beherrschten Bewegungen platzte dann wieder eine mächtige Welle über das Verdeck und hob das Schiff empor, so daß Alles, was nicht angefesselt dalag, Kübel, Ketten, Kisten, Taue, Körbe, Bretter, in bunter Menge polternd durcheinander rollte.

In der Kajüte lagen indessen die Patienten regungslos in ihren Betten, und Jeder hatte ein für seinen Gebrauch bestimmtes Geschirr neben sich. Hob sich das Dampfschiff stärker auf die Seite, so rutschte dasselbe umher und machte Entdeckungsreisen auf dem Boden des Saales, worauf der dienstfertige Kellner ihm nachjagte, und selbst vom Sturme umhergeworfen, an den Wänden und dem Tische hintappend, den Flüchtling wieder einfing. Aber weil die Fenster geschlossen waren, so entwickelte sich bald in diesem Raum eine Luft von solcher Art, daß ich es trotz des

Sturmes stets wieder verzog, auf dem Verdecke zu bleiben.

Unterdessen war die Zeit zum Essen herangekommen und eine große Aufgabe war jetzt zu lösen. Mit bewunderungswürdiger Kühnheit und Sicherheit balancirte der Kellner auf dem tanzenden Fußboden hin und her und brachte die einzelnen Gerichte, die wir auf einer festgenagelten Bank und an dem ebenfalls vor Anker gelegten Tische verzehrten; dabei bestand das Hauptkunststück, Acht zu geben, daß nicht Teller, Brod, Löffel, Gabeln, Messer, Trinkglas und wir selbst bunt durcheinander auf den Boden der Kajüte flogen. Aber auch dieß gelang mit vielem Aufwand von Scharfsinn, und dann kam ich auf dem Verdecke gerade noch recht, um mitten in dem rasenden Sturme eines der großartigsten Naturschauspiele zu genießen, den Anblick eines Gewitters auf der wild erregten See.

Die Nacht verging in Ruhe und ohne den geringsten Unfall. Kräftig ging das Schiff seinen Weg und arbeitete sich durch die empörten Wogen. Nach Tagesanbruch passirten wir die Insel Ustica, und schon begann sie wieder in das Wasser zu sinken, da tauchten endlich die längst ersehnten Umrisse Trinakrias, wenn auch noch ganz schwach, vor unsern suchenden Augen auf. Immer mehr aber traten die hohen Berge der Küste hervor und für die armen Seekranken kam damit Aussicht auf Erlösung. Dabei wurde gleichzeitig das Wetter immer schöner, die Sonne trat hervor und beschien die lange felsige Uferlinie in herrlichem Glanze. Immer deutlicher wurde das Bild, immer herrlicher erschienen uns die Häuser, Paläste und Thürme Palermos; hinter denselben erhob sich in langer schöner Linie der Monte Cuccio, an dessen Fuß das alte Monreale mit seiner berühmten Kathedrale uns entgegenleuchtete; rechts wurde die glänzende Ebene von dem Berge der heiligen Rosalia, links vom Cap Zaffarano begrenzt. Herrliche, kühn und scharf geschnittene Berglinien umrahmten das Ganze und Lichtfülle strahlte über dem Bilde, das aller Beschreibung spottet. Rasch fuhren wir in den Mastenwald hinein, der sich vor uns erhob, und warfen Anker. Bald waren wir am Land, und nachdem die Polizei unsere Namen aufgeschrieben, und wir uns, wie dieß nicht anders sein kann, noch etwas mit den Schiffern und Gepäckträgern herumgezankt hatten, lag der Weg offen vor uns. Auf Prellversuche muß man bei Schritt und Tritt gefaßt sein und je rascher man dieselben abzuschneiden weiß, um so höher steigt man in der Achtung dieser Leute; Nachgeben und sich ihrer Großmuth überlassen, ist stets nur ein Sporn zu noch höheren Anforderungen, da Alle in geheimem Einverständniß mit einander stehen.

(Fortsetzung folgt.)

Miscellen.

Am 30. September starb in Wiesbaden die Wittwe des Dr. Rudolph Christiani, Charlotte, geborne Heine, eine Schwester des Dichters Heinrich Heine.

(Ein durch einen Welschhahn gefangener Adler.) Zu Linden, bei Hannover, griff ein ganz junger Adler einen Welschhahn an und tödtete ihn; als er aber seine Beute in die Luft tragen wollte, war er zu schwach dazu. Er bestand darauf, und seine Klauen drangen so in das Fleisch seines Opfers ein, daß, als man herbeikam, er nicht loskommen konnte und gefangen wurde.

Nachrichten von Seiten des Directors Cavallari in Palermo, der sich der Vollendung des Grabdenkmals des Dichters Platen in Syrakus mit voller Hingebung gewidmet hat und auch die Aufstellung an Ort und Stelle übernehmen wird, besagen, daß alle Vorbereitungen ausgeführt seien. Die treffliche Kolossalbüste ist von Prof. Peter Schöpf in Rom in Carrara-Marmor, die Zeichnung zum Monument von dem Architekten Prof. Emil Lange, im altgriechischen Styl, von vorzüglicher Schönheit. Als Tag der Aufstellung des Monuments ist des Dichters Geburtstag, der 24. October, festgesetzt.

Paris, 4. Oct. Gestern wurde auf dem Boulevard de Grenelle wieder ein Mann ermordet. Derselbe lag gegen 5½ Uhr auf einer Bank und schlief, als sich ein Individuum ihm näherte und ihm sieben Messerstiche beibrachte. Ein Voltigeur der Garde verhaftete ihn. Der Grund zu dieser That soll Rache gewesen sein.

Man schreibt dem Blatte „Le Soir": Alle zwischen Sulz und Bollweiler gelegenen Teiche sind trocken gelegt worden, um nach der Leiche des Vaters Troppmann zu suchen. Alle Felder, alle Gärten und Weinberge wurden unter der Leitung eines Sicherheitsbeamten durchsucht, allein nichts wurde gefunden. Dieselbe Operation fand zwischen Gebweiler und Sennheim statt.

Der einem Rheder in Glasgow gehörende Schooner „Magheba" wurde in der Nacht vom 3. August an der westafrikanischen Küste beim Eingange des Flusses [illegible] durch eine Anzahl Piraten überfallen, die alles, was nicht niet- und nagelfest war, hinwegtrugen, nachdem sie Capitän und Mannschaft mißhandelt hatten. Den Capitän fesselten sie an Händen und Füßen und schleppten ihn mit sich nach einer ihrer Städte. Es gelang ihm, zu entkommen und das Schiff wieder in seinen Besitz zu bringen; darauf machte er Anzeige von dem Vorfalle bei den französischen Behörden in Gabon, doch haben diese bisher noch keinen Schritt in der Angelegenheit gethan.

Charade.

Einst war mein Liebchen eifersüchtig,
Und weil die erste leer und nichtig,
So nahm ich Hut und Stock und ging
Zur Ersten, die mich kühl umfing.
Dort stand beim Wirthshaus eine Linde
Und bei der Linde eine Bank,
Und bald von einem holden Kinde
Ward mir gereicht ein frischer Trank.
Bis Mitternacht verträumt ich da
All' meinen Groll und all' mein Leiden,
Bis ich im Kruge von der Zweiten
Zum siebenten Mal die Erste sah.
Des andern Tags da meint' sie's bitter:
„Willst Du das Ganze nicht zerstören
Von unser'm Glück, sei eifersüchtig
Nie mehr, so lang die Erste nichtig."

Auflösung des Räthsels in Nr. 118.
Schaukel.

Redaction von K. A. Wolf. Druck der Jäger'schen Druckerei in Speyer.

Palatina.

Belletristisches Beiblatt zur Pfälzer Zeitung.

Nro. 121. Speyer, Samstag, den 9. October 1869.

* An die Frauen.

(Nach Heinrich Frauenlob *)

—

1.

Ich sprech es wohl auf meinen Eid,
Daß in der Welt mir nichts bewußt,
Das alle Sorgen, alles Leid
Vertreiben mög' mit süß'rer Lust,
Als ein so rein, traut selig Weib.
Ach wie so wohlgemuth ein Mann
Muß sein, wenn sie ihn lachet an!
Den Spiegel heiß' ich Leidvertreib.

2.

Ihr hohen Frau'n, Du reines Weib,
Ich hab das Recht, daß ich euch sage,
Was so mag zieren euern Leib,
Je besser und besser alle Tage,
Denn daß die eine mit Willen nicht
Hör' von der andern ein schwaches Wort?
Beschützet hie und decket dort,
Das ist eine schöne Zuversicht.

G. M.

Der Herr des Hauses.

Erzählung von Werner Maria.

—

(Fortsetzung.)

Siegfried war ganz versunken in den reizenden Anblick. Lebrecht aber wandte sich enttäuscht und unbefriedigt um.

„Luzie ist nicht dabei," sagte er; „wo hatte ich meine Gedanken, sie war ja die Aelteste aus einer andern Ehe — dies mußten ja Alles Kinder sein."

„Kinder!" rief Siegfried und wies auf die blühende Jungfrau.

„Kindische Kinder; die Jahre machen's nicht allein oder die Größe. — Solch' ein dummes zweckloses Spiel — wenn sie erwachsen ist, sollte sie sich schämen es anzugeben. Einen Schnupfen werden sie sich holen und sieh nur — das Kleinste wird gleich in das Wasser fallen . . ."

Gerade noch zu rechter Zeit erwischte Lebrecht das Kind, wie es mit hocherhobenem Röckchen Miene machte, in den Bach zu steigen, weil ihm der Fischfang zu langsam ging.

Als wäre ein Geier unter die Tauben gefahren, stob die bestürzte kleine Gesellschaft auseinander; undankbar zappelte und schrie die Gerettete in seinem Arm.

Siegfried stand vor Fränzchen und verwickelte sie in eine lange Erklärung über Treistigkeit und Vetterschaft, von der er selbst zuletzt nichts mehr verstand; sie aber schlug rathlos die blauen Augen auf und frug, ob er ihr Vetter sei.

„Ich bin's", fiel Lebrecht ein; „aber Ihr junges Volk wißt nichts vom Vetter Lebrecht, das kann ich mir schon denken."

„Doch, doch", schrie der kleine Chor; „Luzie hat uns genug davon erzählt!"

„Du wirst uns immer zum Muster gestellt", fing eine naseweise kleine Dirne an, „wenn wir wild sind; dabei gesagt: „Und das war sogar ein Junge!" — Dürfen denn die Jungen immer unartiger sein, als die Mädchen?"

„Hast Du Dir wirklich nie die Füße naß gemacht oder den Rock befleckt?" frug ein neugieriges kleines Stumpfnäschen mit erforschenden blauen Kinderaugen, die Einem bis in die Seele gingen. Lebrecht konnte den Blick aushalten.

„Nein, nein" — antwortete er, im Bewußtsein seiner Tugend im Ganzen, über die Einzelheiten weggehend; „ich that nie, was ich für Unrecht hielt. — — Aber wo ist denn Schwester Luzie, die sich meiner so freundlich erinnert?"

„In der Stadt!" riefen Alle, außer Fränzchen, „sonst wären wir wohl nicht hier; sie erlaubt uns nie, am Wasser zu spielen, heut hat Fränzchen das Regiment."

„Luzie thut sehr recht, es Euch zu verbieten", sagte Lebrecht steif; „im besten Fall verdirbt es die Kleider, geht nach Hause und trocknet Euch."

Fränzchen stieg eine hohe Gluth in das Gesicht; sie nahm das Kleine auf den Arm und ohne viel Abschied verschwand sie hinter den Baumen.

„Abscheulich", sagte Siegfried empört, „Du hättest nicht unfreundlicher sein können."

„Du vergißt", antwortete Lebrecht, „daß Fränzchen meine Verwandte ist, der ich die Wahrheit schuldig bin."

---

*) Minnesänger, geb. zu Meißen 1260, gest. zu Mainz 1318, wo auch im Tode die Frauen ihn dadurch ehrten, daß einige aus ihrer Mitte seinen Sarg zur Ruhestätte trugen.

„Wer weiß, wie betrübt das liebe Gesicht jetzt ist! Sie weint vielleicht“, fuhr Siegfried, sich steigernd fort.

Ein Gekicher in der Laube über ihnen wie von Spottvögeln antwortete dieser trübseligen Bemerkung — durch das Grün schimmerten die Kindergesichter und am hellsten lachte Fränzchen.

„Sie lacht, sie lacht“, jubelte Siegfried; „ich hätte sie nicht für so verständig gehalten —“

„Verständig — abgeschmackt ist's, wie ihr Spiel.“

„Sie ist noch ein Kind, Lebrecht.“

„Nun ist sie plötzlich ein Kind! So verdirbt man die Frauen.“

„An unsere ideale Hausfrau dachte ich eben nicht; ich gebe zu, für sie wäre die Stellung hier oben im Lindenbaum etwas sonderbar gewesen.“

Am Thor fanden die Beiden ihre Gäule erfrischt und ihren Kutscher sammt dem alten Job etwas angeheitert.

„Na“, rief der Alte, als er ihrer ansichtig wurde, „das sind Mädels — nicht wahr! So Etwas sieht man nicht alle Tage. Sie kommen doch wieder, Herr Lebrecht, wenn unsere Luzie zu Hause ist? Das war ja doch immer ihr Vorzug. Mein Himmel was haben Sie von der für Püffe und Unart ausgehalten, es war eine richtige Range und jetzt — ich wollte, sie gäb' mir 'mal wieder so einen Derben wie damals oder kletterte auf den großen Kirschbaum —“

„Die Zeiten sind vorüber“, sagte Lebrecht; „man wird verständig mit den Jahren.“

„Der ist der Verstand von einer andern Seite gekommen. Ihr würdet sie nicht wiedererkennen — weiß wie ein Hemd — und lang wie eine Bohnenstange. Sie ist krank, unser armes Fräulein.“

„Krank?“ rief Lebrecht erschreckt.

„Nun ja, oder nervenschwach, wie's der Herr Doctor nennt; mit einer Feder könnt Ihr sie umstoßen. Sie weint, man weiß nicht weshalb, und lacht, man weiß nicht warum. 'S wird eben Keiner klug daraus.“

„Wie kam's? Wie ist das aus dem blühenden Kind geworden?“

„Es ist eine recht dumme Geschichte“, meinte Job. „Ihr wißt, Fräulein Luzie war dreister als ein Husar. — Hase! hat sie wie oft zu Euch gesagt, wenn Ihr nicht mitwolltet. Einen schwachen Punkt muß aber doch jeder Mensch haben. So wenig die kleine Dicke danach aussah, mit einer Gespenstergeschichte konntet Ihr sie todt machen.“

„Nie erzählt' ich ihr dergleichen dummes Zeug“, fuhr Lebrecht heraus.

„Ihr nicht, aber Andere;“ meinte Alte zum Beispiel. „Wo Einer ein Loch im Rock hat, findet sich bald Einer, der den Finger durchsteckt. Also — sie schlief doch oben allein in der großen Dachkammer. Um Mitternacht, wir haben's später aus ihr herausbekommen, hört sie Einen schnarchen — auf und ab wie 'ne Orgel. — Schnarchen! mir wär's ganz beruhigend gewesen; wer schläft, sündigt nicht; sie aber bekommt Angst — — sitzt hoch auf — immer und immer, g'rad wie unter ihrem Bett — regungslos sitzt sie da, wagt nicht rechts, nicht links zu sehen, wagt nicht herauszugehen. Stundenlang sitzt sie Euch so in wahrer Todesangst. Endlich wird ihr das Herz zu groß; mit einem letzten Entschluß springt sie auf — fühlt, daß sie Einer faßt — hält — mehr weiß sie nicht. — — Wir fanden sie auf der Erde lang ausgestreckt in Krämpfen; ihr Nachtgewand gefaßt von einer Krampe an der Bettstelle. Was glaubt Ihr, war der Grund? — Der Förster hatte einen Fuchs gegriffen, den wollte er morgen den Kindern zum Präsent machen; wir hatten ihn heimlich dort oben Wand an Wand mit Fräulein Luzie einquartirt. Den hörte sie schnarchen und wahrhaftig, ich sage Euch, er schnarchte wie ein Mensch. Seit dem Tage war's aus mit Fräulein Luzie's rothen Backen; was so 'n Fuchs und eine alte Bettkrampe machen können“, schloß der alte Job weise. — „Nichts hilft, kein Bad, kein Arzt — auch heut fragen sie wieder Einen. Aber die Natur ist nun einmal aus dem Geleise gekommen. Probirt Ihr's doch einmal, Herr Lebrecht, Ihr seid ja Arzt und wußtet immer am besten mit unserer Luzie umzugehen.“

Lebrecht sagte nichts darauf, schüttelte dem Alten die Hand und stieg mit Siegfried ein, der für sein Theil eifrig versicherte, sie würden wiederkommen.

Endlich fing der junge Arzt an:

„Es ist besser so; überdem ist sie meine Verwandte, da wäre es so wie so nicht vernünftig gewesen.“

„Ach“, sagte Siegfried, „daran denkt man nur, wenn sie Einem nicht gefällt.“

„Durch und durch krank, wie es scheint“, fuhr Lebrecht fort; „vollständig zerrüttetes Nervensystem, vielleicht überhaupt Anlage zu Krämpfen in der Familie . . .“

„Lebrecht“, rief Siegfried entrüstet; „wenn ich nicht wüßte, daß Du blos vernünftig sein willst, ich müßte Dich für ein Ungeheuer erklären. — Du interessirst Dich für Deine Verwandte und so bald Du erfährst, daß sie unglücklich ist, Deiner Liebe erst recht bedürftig — ist es aus damit.“

„Ich würde das Unheil nur größer machen und mich hineinverwickeln“, antwortete Lebrecht verständig.

„Schäme Dich“, fuhr enthusiastisch Siegfried auf, „das ist wieder diese elende Weltweisheit, die nicht sieht, wie sie selbst hier überall zu kurz kommt — sich salvirt und in Acht nimmt, wo sie kann. Von daher diese Flucht vor Allem, was dem Körper schaden kann — mit der Seele ist sie nicht so ängstlich — von daher diese Trennung der Glücklichen und Unglücklichen, schlimmer wie jeder Standesunterschied . . . Der Elende ein Paria, wie es nirgends Einsamere gibt!“

„Du verlangst doch nicht, daß ich zum Beispiel einem Aussätzigen die Hand reiche!“ frug Lebrecht spöttisch.

„Wenn er sie braucht, ja!“

„Ueberspannte Ansichten! Glücklicherweise steht es nicht so zwischen mir und Luzien, wir kennen uns ja nicht, es war nur so ein Jugendtraum, die verfliegen fast immer. Aber gesetzt, ich liebte sie — male Dir die Folgen solcher Ehe aus — ich bin zu human, Dir die Erfahrung davon zu wünschen, mich selbst werde ich davor zu hüten wissen. Sieh doch einmal klar, romantischer Freund! Die Hausfrau, das Haupttriebrad der Maschine, immer zerbrochen, krank, eine Last, statt einer Hilfe. Wenn ich nach Hause komme, nach all' dem Elend draußen in der Welt, dies doppelte in meinen vier Wänden! Wäre ich nicht Arzt und wüßte nicht, was es heißt, Kranke pflegen — Nervenkranke besonders mit ihren tausend Launen! Ich habe einen Schauder vor diesen modernen hyperzarten Frauen, die nichts pflegen können, weder Mann noch Kinder. Gesund sei die Hausfrau an Leib und Seele, das hängt immer zusammen."

„Nimm sie Dir heut'", rief Siegfried, „derb, rothwangig wie ein Fischweib, und morgen schon kann sie Gott in die Kranke verwandeln, die Du fürchtest."

„Morgen steht nicht in meiner Hand, aber das Heut' gehört mir."

„Ist das so sicher?" frug Siegfried nachdenklich, und das Spiel an der Quelle erschien neckend vor seiner Seele.

„Also, was wird aus unserer Brautfahrt? Eine neue Haushälterin!"

„Was da will", rief Lebrecht unwirsch, „nur keine kranke Frau und noch dazu eine neue Haushälterin. Da käme ich ja aus dem Regen in die Traufe!"

(Fortsetzung folgt.)

Sicilien.

Von Dr. Eugen Jäger.

Palermo.

I.

(Fortsetzung.)

Der Weg vom Landungsplatze der Schiffe in das Innere Palermos zieht sich noch eine Strecke weit hin durch die Vorstadt, welche sich hier angesiedelt hat, und die fast ausschließlich dem Hafenleben, dem Handel und der Schifffahrt gewidmet ist. Viele der großen Kaufleute haben ihre Magazine mit dem Namen ihrer Nation bezeichnet, und man liest hier: Proprietà Inglese, Russa oder sudditi francesi. Bei Aufruhr und Krieg soll das fremde Eigenthum respectirt werden, und man wird zugleich bei dem Eintritte in die Stadt erinnert, daß man auf gefährlichem Boden wandelt und daß hier in der größten Stadt der Insel, der letzteren Geschicke schon so manchesmal in blutigem Aufstande entschieden worden.

Auch in Palermo hat man jetzt die alte Umwallung niedergelegt und rings um die Stadt ziehen sich statt der Wälle und Gräben breite Spaziergänge und trennen so die Vorstädte von dem Kern der Häusermassen. Die Hauptstadt wird von zwei langen geraden Straßen durchzogen, welche sich rechtwinkelig kreuzen und an ihrem Schnittpunkte den Platz der vier Ecken, Quattro cantoni, bilden. Die eine Straße, welche sich von Süden nach Norden, vom höchsten Theile der Stadt zum Meere zieht, führt die Namen Corso Vittorio Emanuele, Cassaro oder Toledo; den letzteren Namen mag sie wohl, wie ihre neapolitanische Schwester, von dem spanischen Vicekönig Pietro di Toledo haben. Die andere Straße, welche von Osten nach Westen zieht, heißt Maqueda oder Corso Garibaldi. Die neueren officiellen Benennungen haben sich aber selbstverständlich noch lange nicht in das Bewußtsein des Volkes eingelebt und die alten volksthümlichen Bezeichnungen werden immer noch gebraucht.

So ist die Stadt in vier Quartiere getheilt, deren jedes nach einer der Kirchen benannt ist. Was rechts und links von den beiden Hauptstraßen liegt, ist aber eng und krumm gebaut, und der Fremde wird nicht gerne seine Schritte hineinsetzen wollen. Während man in Deutschland und Frankreich bestrebt ist, die engen Gassen unserer mittelalterlichen Städte in breite luftige Spaziergänge zu verwandeln, hängt der Südländer immer noch mit Vorliebe an diesen engen Straßen, und in heißen Tagen söhnt man sich gerne mit dieser Sitte aus; denn nur hier kann man Kühlung und etwas Luftzug finden. Schon Tacitus beklagt sich, daß man bei dem Wiederaufbaue Roms nach dem Neronischen Brande die engen Gassen der alten Stadt durch weite prächtige Straßen ersetzt habe, in denen die heißen Winde und der glühende Sonnenbrand ungehindert sich breit machen konnten.

In diesen engen Gassen haust nun das eigentliche palermitanische Volk, und wer vorsichtig ist und sich nicht zu Unbesonnenheiten hinreißen läßt, kann mit Ruhe und Sicherheit, wenigstens bei Tag, sorglos in denselben umherstreifen. Die öffentliche Sicherheit ist lange nicht so schlimm bestellt, als sie oft geschildert wird. Palermo und seine Umgebung ist allerdings ein Vulkan; aber seine Kraft ruht gegenwärtig, um sich von der jüngsten, sehr gewaltigen Anstrengung zu erholen.

Da lebt nun das Alles zusammen in dicht gedrängten Massen, und dieses braune Volk, das mit den Anforderungen des Anzuges und der Reinlichkeit stets auf etwas gespanntem Fuße steht, läßt uns noch das heiße maurische Blut erkennen, das in seinen Adern rollt. Palermo war zur Zeit der arabischen Herrschaft die Hauptstadt des Reiches und zählte seine Bewohner nach Hunderttausenden. Zwischen vier kleinen Wänden, denen nur durch eine große, stets offenstehende Thüre das nöthige Licht zukommt, haust Alt und Jung bei einander; ein kleiner unsauberer Vorhang sperrt im Hintergrund des Zimmers die Betten von dem gegen die Straße gelegenen Theil ab. Was braucht man eigentlich auch ein Zimmer! Die Sonne scheint hier gleichmäßig für Alle und Nahrung findet man auch ohne übermäßige Beschwerden.

Bunt treibt sich Alles durcheinander: Da bieten die Krämer, die Trödler, die Schuhmacher, die Metzger, Bäcker, Garköche oder Geldwechsler ihren Kram feil, und Alles schreit und stößt und drängt sich durcheinander im schönsten Wechsel und der buntesten Mannigfaltigkeit. Nur wenn es regnet, oder die Nacht kommt, zieht man den Aufenthalt unter Dach vor; aber selbst dann lebt man, in Gedanken wenigstens, in der Oeffentlichkeit. Der Italiener und selbst der besseren Standes hat immer und überall den Hut auf, und weder des Tages in seinem Geschäfte, noch des Abends im Kaffeehaus bringt er denselben vom Kopfe; am Gegentheil erkennt man den Fremden.

Die Häuser der beiden Hauptstraßen haben selten Fenster, sondern jedes Zimmer hat eine große Thüre, die sich auf die Straße öffnet. In den oberen Stockwerken haben diese Thüren noch einen Balkon vor sich und von diesem aus betrachten dann die Frauen, welche sehr eingezogen leben, sich das Treiben auf der Straße. Die Balkone haben durchweg schmiedeeiserne, stark ausgebauchte Geländer, und es sieht schwerfällig und grotesk aus, wenn man so eine lange Straße hinauf oder hinabschaut und überall diese plumpen Balkone an den Häusern hängen sieht.

In der Nähe der Universität und in der Mitte der Stadt ist ein großer Platz, auf welchem man 1554 ein großes Brunnen-Monument errichtet hat. Es sind übereinander sich erhebende Terrassen, zwischen welche man auf Stufen und Treppen umher steigt. Alle Absätze sind — entsetzlicher Geschmack — aus dem schönsten weißen Marmor mit Statuen geschmückt, die eine bunte und phantastische Verwirrung von Menschen- und Thierformen zeigen. Die zügelloseste Phantasie ist hier ins Kraut geschossen und der Eindruck des Ganzen wird noch widerlicher dadurch, daß man sich vergeblich nach dem vielen Wasser umsieht, auf welches der Bau berechnet ist. Der Wasserreichthum Palermos, den die mittelalterlichen Reisenden, besonders die arabischen so preisen, hat bedeutend nachgelassen und doch ist nichts im Süden nothwendiger als frisches Wasser.

Während der heißen Jahreszeit wird dieses Bedürfniß befriedigt durch die vielen Verkäuferinnen von Eiswasser und Limonade, die in allen Städten des Südens so häufig sind. Ein frisches, kühles Plätzchen im Schatten oder unter einem überhängenden Leinwanddach, einige Verzierungen mit Orangen, Zitronen, Springbrunnen und ein hübsches Mädchengesicht, das freundlich die Gäste begrüßt, machen diesen Platz stets von Trinklustigen besucht. (Fortsetzung folgt.)

Im „Daheim“ liest man:

Eine Wiener Redactionsglocke.

Wie! Ich traute meinen Augen nicht, putzte meine Brillengläser, las wieder und sah, daß da deutlich auf dem Papierbogen unter der Klingel stand:

„Der Gebrauch dieser Glocke ist Bettlern, Hausirern und Klostergeschichtenverfassern ausdrücklich untersagt!“

Ich zog lächelnd die Glocke und stand bald dem gestrengen Herrn Redacteur gegenüber, zu dessen Gemächern der Leitungsdraht der mit diesem merkwürdigen Avis versehenen Glocke führte.

Nachdem ich meine Angelegenheiten mit ihm geordnet, konnte ich nicht umhin, auf die eigenthümliche Inschrift an seiner Thür hinzudeuten. Er lächelte, dann aber legte sich sein Gesicht in ernstere Falten, und er sagte:

„Was haben Sie an meinem stummen Portier auszusetzen?“

„Daß er den Bettlern und Hausirern, diesem zahlreichen, irregulären Plagegeistercorps Wiens, den Gebrauch der Glocke verbietet, finde ich ganz natürlich. Doch weshalb sich die Klostergeschichtenverfasser den Bettlern und Hausirern anreihen — auf dem Plakat unter ihrer Glocke nämlich — das bleibt mir denn doch noch ein Räthsel. Ich glaubte anfangs, irgend ein Spaßvogel hätte Ihnen den Streich gespielt und die Klostergeschichtenverfasser Ihrem stummen Portier nachträglich angehängt.“

„Nein, dieser Anhang stammt aus meiner höchsteigenen Feder, und ich kann Ihnen die Versicherung geben, daß er von ausgezeichneter Wirkung gewesen. Während ich vorher von Klostergeschichtenverfassern geradezu landtags- und polizeiwidrig bedrängt wurde, habe ich jetzt Ruhe, Ruhe wie nach einem Gewitter, das sich ausgetobt. Ich sage Ihnen, wie Pilze nach dem Regen tauchten hier in Wien die Klostergeschichtenschreiber auf seit der Barbara Ubryk-Affaire. Ich habe mir die Augen krank gelesen an den zu Dutzenden eingehenden Klostergeschichten, bis ich endlich dahinter kam, daß alles nur an den Haaren herbeigezogenes Machwerk war. Sehen Sie, da liegt noch ein Stoß von wenigstens zwanzig Manuscripten — alles Klostergeschichten und wahrscheinlich alles Klostergeschichten mit jahrelangen Einmauerungen und endlichem Wiederans-Licht-ziehen. Ich muß mich durch den Stoß noch durcharbeiten, denn vielleicht, ich sage vielleicht, ist doch noch eine brauchbare Arbeit dabei. Hier habe ich mir ein Register gemacht von den eingegangenen Manuscripten und ihren Titeln . . .“

Bei den Worten schlug der Redacteur ein Buch auf, deutete auf gewisse Spalten und fuhr fort:

„Es gingen unter anderen ein: fünf Klostergeschichten, die in der Lorettokapelle der Augustinerkirche spielten — in jeder wurde eingemauert —, drei Klostergeschichten aus dem Kamaldulenserkloster auf dem Kahlenberge, vier Geschichten aus dem Kloster der sogenannten Schwarzspanier in der Alservorstadt, drei Geschichten aus dem Carmeliternonnenkloster zu den „sieben Büchern“, drei Geschichten aus dem Paulanerkloster auf der Wieden — in allen wurde wiederum eingemauert. Nun sehen Sie hier die Titel der folgenden Klostergeschichten: „Bedrängnisse der Chorherren bei St. Dorothea in Klosterneuburg.“ „Rache eines Mönches zu St. Jacob.“ „Was in den Katakomben der Pfarrkirche zu den sieben Zufluchten im Altlerchenfeld passirte.“ „Franziskanerrache bei den Carmelitern auf der Laimgrube.“ „Mysterien des Margarethenklosters im Sonnenhof.“ „Lebendige Einmauerung in der Josephstadt bei den Piaristen, ans Licht gezogen von . . .“ Und so geht das spaltenlang fort, eine Geschichte ist haarsträubender wie die andere, aber sämmtlich sind sie erfunden . . .“

„Woher wissen Sie das?“

„Weil ich den Verfassern gründlich auf den Zahn fühlte und sie um die Quellen befragte, aus denen sie geschöpft. Da stellte es sich denn regelmäßig heraus, daß ihre eigene Phantasie die Urkunde war. Viele hatten über Klöster geschrieben, von denen sie nicht einmal wußten, daß sie längst eingegangen, daß Zinswohnungen, Gärten, Leihhäuser, Stapelplätze für Kaufmannsgüter, Tabak- und Stempelgefällsadministrationslokale daraus geworden. Als endlich durch das Aufpacken der immer zahlreicher eingehenden, verkleisterten Klostergeschichtenmanuskripte mein Bureau einer kaufmännischen Packkammer glich, da zwang mich die Nothwehr, meinen Portier zu verbessern und ihn also rede zu lassen: „Der Gebrauch dieser Glocke ist Bettlern, Hausirern und Klostergeschichtenverfassern ausdrücklich untersagt.“ Haben Sie nun noch etwas gegen meinen stummen Portier einzuwenden?“

„Durchaus nicht! Er verdient vielmehr Nachahmung in Norddeutschland, wohin sich die Fluth der in Wien abgewiesenen Klostergeschichten vermuthlich wälzen wird.“ (Die Redaction des „Daheim“ bestätigt dies aus eigener Erfahrung.)

Redaction von L. A. Woll. Druck der Jäger'schen Druckerei in Speyer.

Palatina.

Belletristisches Beiblatt zur Pfälzer Zeitung.

Nro. 122. Speyer, Dienstag, den 12. October 1869.

* Vom Herzen zum Herzen.

Gedichte von Ferdinand Wibra.

III. Ein Greis.

Kenn' ich doch von allen Leiden
Keines tiefer, als den Schmerz,
Den nach Liebes Seligkeiten
Fühlt ein liebverlass'nes Herz.

Kind, ich hab' ihn selbst empfunden,
Wollt' ich dich bewahren doch;
Keinen Trost hab' ich gefunden,
Fühl' den Schmerz im Alter noch.

Brauchtest du nur nicht zu leiden,
Weil ich einst so Großes litt!
Ach ich kann dich nur begleiten;
Leben will den eig'nen Schritt!

Jeder soll es selbst empfinden
Auf dem rauhen Lebenspfad,
Wie der Liebe Reize binden,
Spät'rer Qualen Unglückssaat.

O mein Kind in deinen Blicken
Wohnt noch Lust und Unschuld tief,
Lächelt noch der Welt Entzücken,
Als sie Gott in's Werden rief.

Der Herr des Hauses.

Erzählung von Werner Maria.

(Fortsetzung.)

III.

„Weil ich nicht anders kann,
Als nur Dich lieben."

Acht Tage darauf saß mit langer Pfeife und Zeitung Lebrecht Zittig vor seiner morgendlichen Tasse Kaffee. Plötzlich ward die Thür aufgerissen und in der Fluth Sonnenschein, die durch die geöffnete eindrang, stand wie in goldenem Licht Siegfried's kräftige Gestalt. Sein Gesicht lachte ordentlich um die Wette mit der Sonne und es schien, als sei mit seinem Eintritt eine neue Atmosphäre eingedrungen, bis in das letzte Eckchen hinein strahlte Alles und die Papiere des Schreibtisches flatterten und flogen wie lustige Vögel.

„Schließ' doch die Thür, es zieht"' rief ihm der Freund empört zu — „Du siehst ja, daß ich zu Hause bin, nicht Jeder hat eine Riesennatur wie Du und kann diesen eisigen Zug vertragen." Damit zog er den Rock ängstlich um die feinen Glieder.

„Das macht", sagte der Ankömmling und schloß behutsam, anders als man von ihm gedacht, die Thür — „mit meinem Besuch hat es eine eigene Bewandtniß."

„So!" meinte Lebrecht gedehnt, hörte aber nicht auf, zu rauchen.

Der Andere hatte offenbar mehr Aufmunterung erwartet; er saß ihm gegenüber, die Arme verschränkt, und blitzte ihn aus seinen blauen Augen an — sagte aber nichts."

Nun fing Lebrecht endlich an: „In Dich hineinsehen kann ich nicht — was gibt's!"

„Lebrecht", antwortete der junge Mann und schöpfte tief Athem — „ich bin verliebt." —

„Wenn's weiter nichts ist", sagte der Andere; „das mußte so kommen, es war zu herrliches Wetter und Du bist sehr empfänglich dafür. Einmal, sagt man übrigens, passirt es Jedem, der nicht recht Acht gibt — besonders im Frühjahr."

„Ich sagte: verliebt", fuhr der Blonde fort, „versteh mich nicht falsch. Ich liebe sie wie mein Leben."

„Das will nichts heißen: wenn man sein Leben jedesmal dabei einsetzte, würde die Sache nicht so oft spielen. Verlieben wirst Du dich noch manches Mal. Die Liebe hat eben neun Leben wie die Katze, dort ist sie todt, hier steht sie wieder auf; wer wird gleich das erste Mal anbeißen! . . ."

Schlau lächelnd sah ihn Siegfried an. „Ich fürchte," sprach er, „ich großer, dicker Fisch habe schon angebissen — ich bin so gut wie verlobt!"

„Bedenke doch!" fuhr Lebrecht, aus seiner Ruhe geschreckt, auf.

„Was ist da zu bedenken?" antwortete Siegfried, „Ueber die Zeit bin ich hinaus: ich gehöre ihr — Seele und Leib. Ich glaube, Dir nichts Neues zu sagen," fuhr er fort, „Du hast ja gesehen, wie es Schritt für Schritt mit mir ging, vom ersten Abend an, als ich sie mit den Geschwistern sah . . . Es ist gar nichts Erstaunliches dabei und ist ganz nach und nach gekommen."

„In acht Tagen!“

„Sind es wirklich erst acht Tage her? Mir ist, als hätte ich sie mein Leben lang gekannt.“

„Abgedroschene Redensart aller Verliebten!“ Die Pfeife war ausgegangen; Lebrecht Sittig stand vor dem Freund.

„Ich habe Dich lieb,“ sagte er, und seine Stimme klang bewegt; „sonst würd' ich denken: haben sich so Viele zu Narren gemacht, mag er es auch thun. Der Schritt, der Dir bevorsteht, ist entscheidend für Dein Leben; thue ihn nicht leichtsinnig.“

Aber der verstockte Sünder lächelte fort und sagte: „Daß sie reizend ist, mußt Du doch zugeben, frisch wie der Gebirgsbach, übermüthig, glänzend, neckisch wie er.“

„Eben mit solchen Nixen sind den Sterblichen nie gut bekommen.“

„Und immer wieder,“ antwortete Siegfried mit einem komischen Seufzer, „haben solche Nixen die armen Sterblichen verlockt —“

„Was ist aus Deinem Schwur, Deinem Ideal geworden?“

„Was so oft in der Welt daraus wird“, entgegnete der Blonde demüthig.

„War Das die Frau unserer Träume, das vollkommene Weib, welches ein patriarchalisches Leben an unserem Herde verwirklichen sollte — die edle Erscheinung, die nach unserem Willen in weiser Mäßigung uns das Haus gestaltet, eine Stütze, eine Hilfe und wieder in demüthiger Liebe dem Hausherrn unterthan? Paßt Die in das Bild, das wir von unserer Zukunft entworfen? Verführerisch ist sie, Eva's echte Tochter. Wer weiß, wozu sie Dich noch Alles verlockt!“

Es schien etwas Treffendes in der Sache zu liegen. Konnte Siegfried wissen, wie weit ihn die Macht führte, die ihn jetzt ganz beherrschte? Bedrückt schwieg er ein Weilchen; dann aber brach er in helles Lachen aus!

„Zu komisch“, sagte er, „daß meine Liebe so verschieden ist von meinem idealen Hirngespinnst. — Verblaßt ist's davor, wie ein grauer, lebloser Schatten. Laß mich zufrieden mit der heiligen Frau meiner Gedanken. Eva's Töchter sind sie schließlich Alle, und wir Adam, der in den Apfel beißt.“

„Ich begreife auch meine Tante nicht; so klug, so haushälterisch in allen Dingen, erzieht diesen Schmetterling! . . .“

„Gerade deshalb! Hast Du nicht gemerkt, wirthschaftliche Mütter erziehen immer unpraktische Töchter, weil sie sie eben zu nichts zulassen. — Bei mir ist freies Feld.“

„Unbrauchbar, unzuverlässig“, fuhr Lebrecht fort; „hast Du gemerkt das einzige Mal, als ihr die Schlüssel anvertraut waren — weg sind sie und ein Rumor, eine Unbehaglichkeit —“

„Unbehaglichkeit — nein, davon habe ich nichts gemerkt; nichts als Wonne in ihrer Nähe“, rief Siegfried. „Gieb mich auf, ich bin nicht mehr zu retten, ich habe nun einmal mein Herz an diese kleine Nixe verloren, die nichts versteht als Fische und arme Leute fangen.“

„Schon die Art, in der Du von Deiner Liebe sprichst, zeigt, daß es Dir nicht tief geht“, sagte Lebrecht verstimmt.

„Das Leben wird es zeigen“, rief Siegfried. „Liebe ist verschieden — meine ist fröhlich. — Mein Herz geht in Sprüngen und kann nicht ruhig sein. — Heut' — heut' geh' ich hin — sie liebt mich, Lebrecht!“

„Warum kamst Du mich um Rath fragen, wenn Alles schon eine abgemachte Sache war?“ sagte der Freund beleidigt.

„Rath“, wiederholte Siegfried, „Rath wollte ich nicht. Mitgefühl, Freude, Wonne — aber ich seh', dazu bist Du zu vorsichtig, vielleicht über ein Jahr, wenn wir uns recht gut vertragen.“

„Spotte nicht“, antwortete Lebrecht, „wenn es gut ausschlägt, so ist es unverdientes Glück — in acht Tagen! Solch ein unerfahrenes, übermüthiges Ding — — Du hast leichtsinnig gewählt.“

„Gewählt!“ wiederholte Siegfried, indem er aufstand. „Denke an mich; es überfällt Einen wie das Schicksal und Jeder hat nachher darnach zu handeln. Gieb mir die Hand; traurig durftest Du nur sein, wenn ich nach Geld, nach irgend äußeren Vorzügen mir die Frau gesucht hätte — ich fühl's — so wenig sie unseren Träumen gleicht, diese hat mir Gott geschenkt!“

(Fortsetzung folgt.)

Sicilien.

Von Dr. Eugen Jäger.

Palermo.

I.

(Fortsetzung.)

Wie jede italienische Stadt von Bedeutung besitzt Palermo auch ein Museum, das sehr viele Dinge enthält, die für die Geschichte des Landes und der sicilianischen Kunst von Interesse sind. Man hat die ganze Sammlung wegen des zu klein gewordenen Raumes aus dem Universitätsgebäude in ein aufgehobenes Kloster gebracht, und dort kann man unter Anderem auch die berühmten Metopen von Selinunt betrachten, die meist als Beweis der allmähligen Loslösung der altgriechischen Kunst von der orientalischen und als Ueberreste „orientalischer Stiltradition“ angeführt werden.

Palermo besaß früher viele Klöster, die aber unter der jetzigen Regierung sämmtlich, wo nicht besondere Gründe walteten, aufgehoben wurden. Von den Nonnenklöstern, deren Bewohnerinnen vielfach aus den vornehmsten Familien stammten, erzählt man sich, daß diejenigen, welche nicht am Toledo lagen, durch einen unterirdischen Gang mit einem zum Kloster gehörigen an dieser Straße liegenden Hause in Verbindung standen, damit die Schwestern, ohne ihre Clausur zu brechen, doch bei besonderen Gelegenheiten noch einen Blick in das bunte Treiben der Welt werfen konnten.

Man kann sich nichts Angenehmeres denken, als auf dem Toledo umherzuschlendern, besonders wenn gegen Abend, nachdem die Siesta abgehalten ist, die Wagen und Carossen der vornehmen Welt zum Vorschein kommen. Da wird Corso gefahren, ein Vergnügen, das sich die höhere Gesellschaft nicht nehmen läßt und das bei ihr zu den Lebensbedürfnissen des Tages gehört. Man durchfährt die Hauptstraße und biegt dann unten an der See hinaus auf die lange Marina, die Straße, welche sich am Meere hinzieht. Von hier aus dehnt sich die Spazierfahrt stets am Strande hin, und man kann bis weit hinausfahren in die fruchtbare, von Landhäusern besäete Landschaft der Bagaria.

Der Hauptreiz besteht aber darin, daß man hübsch beisammen bleibt, daß Alles hinter- und nebeneinander herfährt, man Besuche austauscht, sich von eleganten jungen Reitern Höflichkeiten sagen, seine Toilette bewundern läßt, überhaupt sich unterhält und plaudert; denn eine „conversazione" geht hier über Alles.

Diese Marina bietet in der That einen der schönsten Spaziergänge dar. Der Anblick des herrlichen Monte Pellegrino oder der scharf geschnittenen Berge über der Bagaria, das Rauschen des Meeres, das in den mannigfaltigsten Farben, blau und grün, hell und dunkel, schimmert, die vielen lebensfrohen, vergnügten Menschen, die sich hier unter dem Klange von Musik ergehen und unterhalten, der herrliche Wohlgeruch, der von dem benachbarten botanischen Garten und überall herströmt — Alles wirkt zusammen, um unverlöschbare Eindrücke hervorzubringen. Wenn aber die Sonne sich zum Scheiden rüstet und die Berge golden und purpurn erglühen, wenn die Luft rein und zart sich allen Gegenständen anschmiegt und die kräftigen edlen Linien der braunen Berge doppelt scharf hervortreten, wenn sanfter Hauch vom Meere herweht und mit der warmen, fächelnden Landluft sich vermischt, wenn die Palmen im Abendschatten feierlich rauschen: da denken wir an die Mährchen von Tausend und eine Nacht und schwerer fällt es uns, zu scheiden.

Eine Leidenschaft der Sicilianer, und ganz besonders in Palermo, ist die Sorge für schöne Wagen und Pferde. Die erste Sorge der Frau ist, in Seide sich kleiden und auf der Marina in eigenem Wagen und mit eigenem Gespann sich zeigen zu können. Freilich hat das böse Volk ein Sprichwort erfunden und sagt: „Der Wagen zieht den Magen"; die Familie muß manchmal darben, damit sie ihren Rang und ihre Stellung nach der Zahl der Pferde behaupten kann.

Dabei ist aber die Erziehung der Töchter sehr streng und sie werden sorgfältig gehütet. Die Verwandten, einige nahere Freunde und manchmal auch der Hausgeistliche, besuchen die Familie täglich. Man sieht sich indessen nach einer passenden Partie um, bestimmt die beiderseitige Mitgift, und so wird manchmal die Hochzeit gemacht, ohne daß die jungen Leute darum gefragt werden. Man denkt eben in Italien anders als in unserem sentimentalen, romantischen Deutschland, und die Handelsspeculation ist dem Italiener nicht aus dem Blute zu treiben. Er bleibt immer der listige Mann, der mit starkem Selbstgefühle stets Gewinn und Verlust abrechnet. Dazu kommt das blitzschnelle Auffassen, das rasche, gewandte Wesen seines feurigen Blutes; dieses treibt ihn zum raschen Entschluß und schneller Ausführung, daher auch die Unbeständigkeit und der Wankelmuth. Leider ist die Selbstachtung und das Gefühl der Ehrlichkeit, das Mutter Natur dem Deutschen wenigstens vielfach noch mitgibt, bei dem Italiener nicht häufig zu finden; von Natur aus setzt er sich leicht über solche Rücksichten hinweg, und daher mag man sich auch das ewige Parteitreiben, die furchtbaren Leidenschaften, die oft grausame Tücke und Rachsucht erklären, von welchen die Geschichte dieses Landes reiche Beispiele aufzuweisen hat. Diese stete Hingebung an den Eindruck des Augenblicks erschwert natürlich die Herrschaft eines starken, leitenden Gedankens sehr, und man hat daher diesem Volk die Fähigkeit, sich selbst zu regieren, oft gänzlich abgesprochen.

Im Allgemeinen ist man aber in Palermo ziemlich gebildet, und gerne und freundlich erhält der Fremde überall Auskunft; besonders erfreut sind sie, wenn man Interesse zeigt für ihre Zustände und Verhältnisse. Die Leute kleiden sich anständig, und man sieht ihnen an, daß sie sich als Bewohner der Hauptstadt und des Königssitzes fühlen. Der Adel ist sehr wohlhabend, sehr gebildet und zeigt vielfach Interesse für die Bedürfnisse des Landes. Er treibt manchmal auch Wissenschaft und Landbau und ist, wie jeder ächte Sicilianer, stolz auf die Vergangenheit seines Landes; in neuerer Zeit hat er angefangen, seine Paläste und Landhäuser im maurisch normannischen Stile herzurichten und auszuschmücken.

Von den Läden, die am Toledo liegen, sind außer einigen hübschen Modemagazinen besonders die vielen Conditoreien am auffallendsten. In keiner Stadt der Welt, vielleicht nicht einmal Berlin ausgenommen, mögen wohl mehr Süßigkeiten verzehrt werden, als in Palermo von den Damen und Stutzern. Dagegen scheint die Kenntniß jener geheimnißvollen Schriftzüge, deren wir uns zum Gedankenaustausche bedienen, nicht sehr verbreitet zu sein; denn vor dem Bureau der Post sitzt wenigstens ein Dutzend öffentlicher Schreiber nebeneinander. Manche werden in ihrer Thätigkeit noch von einem alten Weibe unterstützt, das wohl bei besonders zarten Angelegenheiten seinen Rath gibt.

Das Leben in den Kaffeehäusern, die sonst durch ganz Italien zu den Hauptplätzen der Oeffentlichkeit gehören, ist in Palermo sehr gering. Während in den größeren italienischen Städten des Festlandes Alt und Jung des Abends bunt durcheinander sitzt, Kaffee, Liqueur und Limonade trinkt, Eis ißt, Zeitung liest, spielt, raucht, lacht, plaudert, sind die Palermitaner Kaffeehäuser sehr unbedeutend, das Getränke herzlich schlecht und der Besuch sehr gering. Man kann kaum eine Zeitung auftreiben, und selten bleiben die Gäste längere Zeit hier sitzen. Es hängt dieses zusammen mit der Sucht nach geschlossener Gesellschaft, die man in Unteritalien und besonders Sicilien so häufig findet. So hat in Palermo fast jeder Stand, von Oben angefangen bis in die geringsten Bürgerkreise herab, sein „Casino“ und des Abends bemerkt man auf dem Toledo gar viel hell beleuchtete aber mit undurchsichtigen Vorhängen verdeckte Fenster, hinter welchen diese Gesellschaften sich versammeln. Dort findet man alle Bequemlichkeiten und getrennte Räume für die verschiedenen Unterhaltungsweisen, Restauration, Kaffee, je nach dem Charakter der Mitglieder und in dem Grade von Ausdehnung und Luxus, den man der Anstalt geben will.

Palermo ist eine bedeutende Handelsstadt, und von hier, noch mehr aber von Messina, werden hauptsächlich die sicilianischen Produkte ausgeführt. Sehr viele Deutsche sind hier ansässig und fast Allen ergeht es gut. Die ersten Firmen tragen deutsche Namen, und wir finden auch hier wieder, daß deutsches Talent, deutscher Fleiß und deutsche Beharrlichkeit sich überall in der Welt Bahn machen. Der Italiener überhaupt und in noch weit höherem Grade der Süditaliener und Sicilianer hat eine große Scheu, sich in größere Unternehmungen einzulassen. Stets müssen ihm die Fremden dabei zu Hilfe kommen, die Sache leiten und in das richtige Fahrwasser bringen; und doch ist der Italiener nicht so faul und nachlässig, wie man ihn so oft hinstellt. Die italienischen Eisenbahnarbeiter sind die besten und fleißigsten, die es gibt, und auch im Süden plagt sich der Bauer und Handwerker im Schweiße seines Angesichtes und in der fürchterlichsten Hitze auf seinem gepachteten Gütchen oder mit seinen Werkzeugen. Aber im Ganzen hat das Volk doch sehr wenige Bedürfnisse, und diese sind bald befriedigt, besonders je weiter man nach Süden kommt. Dort wird die Lebensweise immer einfacher, das Volk immer mäßiger und das Klima wird für eine stetige anstrengende Arbeit auch immer ungünstiger. Dazu kommt dann, daß die große Mehrzahl der Leute, eben weil sie leicht leben, dauernde Anstrengung scheuen; das Geldverdienen steckt ihnen allerdings immer im Kopf, und der ist kein ächter Italiener, der nicht stets an eine Gelegenheit denkt, sein Profitchen zu machen; aber nur keine zu große Anstrengung dabei, nur keine allzustarke Mühe, sondern lieber zuwarten und eine günstige Gelegenheit beim Schopf fassen. Die Sorglosigkeit für die Zukunft ist besonders eine Haupteigenschaft des niederen Volkes und es hat ihr in dem Sprichwort Ausdruck gegeben: „Al domani pensa il signore“ — an den nächsten Tag denkt nur der vornehme Herr. Besonders scheut man sich aber vor größeren Unternehmungen, wozu ein weiter schauender Blick und fortwährende emsige Thätigkeit gehört, so zum Beispiel im Buchhandel. Hier sind fast die einzigen Mustergeschäfte die von Deutschen in Venedig, Verona, Florenz, Rom und Neapel geleiteten größeren Buchhandlungen, und auch diese haben immer mit bedeutenden Hindernissen zu kämpfen. Der Italiener unterscheidet allerdings auch zwischen einem gewöhnlichen Buchhändler und einem Herausgeber, zwischen libraio und editore; aber doch ist Alles bunt durcheinander gemischt, und Jeder hat Altes und Neues durcheinander zu verkaufen; Keiner weiß, wo Das oder Jenes zu finden ist, wenn er es nicht selbst hat, und man braucht sich durchaus nicht zu scheuen, auch ein löchriges Abgebot zu machen. Solche Zustände sind natürlich für den deutschen Unternehmungsgeist erwünscht, und daher sind die Fabriken, Handelshäuser, Comtore, überhaupt Unternehmungen, zu denen emsige Thätigkeit und größerer Ueberblick gehört, vielfach in Händen von Deutschen oder haben Deutsche an der Spitze.

(Fortsetzung folgt.)

Miscellen.

Kaiserslautern, 9. Oct. Die vom hiesigen Stadtrath erwählten Preisrichter zur Beurtheilung der Baupläne für die Markthalle haben sich gestern hier versammelt und die 16 eingelaufenen Pläne ihrer Beurtheilung unterzogen. Der erste Preis von 150 Gulden wurde zuerkannt dem Plane, welcher das Motto trägt: „Zur Ehre der Stadt“ und als dessen Verfasser sich der Architekt und Professor Alb. Geul in München herausgestellt hat, derselbe, der auch den Plan zu dem neuen „Gasthof zum Schwanen“ entworfen hat. Die Commission hat diesen Plan als denjenigen bezeichnet, welcher sowohl in Beziehung auf architektonische Anordnung, als auf die Möglichkeit, denselben mit den bestimmten Mitteln (20,000 fl. für den Oberbau) zur Ausführung zu bringen, dem Programm am meisten entspricht. — Der zweite Preis (100 fl.) wurde dem Projekt zuerkannt, welches das Motto trägt: „Fröhlich Pfalz, Gott erhalt's.“ Der Verfasser desselben ist der Architect J. Enk aus Lindau. — Die Commission bestand aus den Herren Oberbaurath Voit aus München, k. Kreisbaubeamte Lavarra zu Speyer und k. Baubeamte Haas von hier. (K. Z.)

* Die als noch in Aussicht stehend angedeutete Felssprengung an der Altmühlbahn hat bereits am 27. September stattgefunden. Der letzte der Bahnvollendung im Wege gestandene Felskopf wurde dabei mittelst eines Kreises von Minen in die Luft gesprengt. 190 Centner Pulver (die große Mainzer Pulverexplosion im Jahre 1857 wurde von 24 Centnern Pulver hervorgebracht) waren in 7 Minenkammern vertheilt. Die Explosionskraft war auf das Beste berechnet und so kam es, daß man von dieser größten Pulversprengung, die je bei bayerischen Eisenbahnbauten und wohl auch anderwärts ausgeführt wurde (die Sprechensteiner Felssprengung nächst Sterzing an der Brennerbahn wurde am 9. Januar 1867 nur mit 40 Centnern in 3 Minenkammern bewerkstelligt), nur ganz in der Nähe einen dumpfen Schlag und in Entfernung von nicht viel über ¼ Stunde schon Nichts mehr hörte, als das Uebereinanderstürzen der Felsstücke, die in der Größe kleiner Häuser auf dem Stationsplatze umherliegen. Die Zündung erfolgte, wie bei der letzten Minensprengung, auf electrischem Wege gleichzeitig in allen 7 Minen und zwar von einem 800 Schritte entfernt liegenden Berge aus, wo die dirigirenden Techniker sich und den Zündapparat unter einer festen Rundhütte verschanzt hatten, doch blieb jeder Steinregen diesmal ganz aus. Die bereits in der Station fertigen Gebäulichkeiten und im Thale stehenden Hütten wurden nicht im mindesten beschädigt. Der Erfolg der Sprengung befriedigte in jeder Beziehung und die beabsichtigte Wirkung wurde vollständig erreicht.

Herr Voll ist schon seit einigen Wochen verreist und wird noch einige Zeit von hier abwesend sein. Beiträge für die Palatina wollen daher nicht unter seiner Adresse eingesendet werden.

Redaction von Dr. Eugen Jäger. Druck der Jäger'schen Druckerei in Speyer.

Palatina.

Belletristisches Beiblatt zur Pfälzer Zeitung.

Nro. 123. Speyer, Donnerstag, den 14. October 1869.

Herbstabend.

Schwarz wie Trauerflöre wallen
Wolken um's Gebirge her,
Dunkle lange Schatten fallen
Auf die Felder kahl und leer.

An den blätterlosen Zweigen
An den Sprossen junger Saat
Hängen Tropfen — tiefes Schweigen
Herrscht auf jedem Weg und Pfad.

Nur aus halb verwelktem Halme
Tönt bang ein einsam Lied,
Als ob eine Seele weine,
Daß die letzte Freude schied.

Aber sieh! die Wolkenschichte
Glänzt wie Gold im letzten Strahl
Und verklärt vom ros'gen Lichte
Schimmert Ebne, Berg und Thal.

Ch. Böhmer.

Der Herr des Hauses.

Erzählung von Werner Maria.

(Fortsetzung.)

IV.

„Du bist vom Himmel mir beschieden."

Gerade als hätte er vom Freunde die kräftigste Ermuthigung erhalten, ging Siegfried direct auf die Freite. — Lebrecht sah ihn vom Fenster aus die Straße mit mächtigen Schritten hinuntersteigen, wie Jemand, der in sein Verhängniß schreitet.

„Das ist wieder einer von den Verlorenen", dachte er; „Einer, der nicht weiß, was er thut. Nun, er mag es auf seine breiten Schultern nehmen, ich habe ihn genug gewarnt. . . Sollte ich unter meinen Freunden der einzige Vernünftige bleiben — das verlobt sich links und rechts auf die unverständigste, unpassendste Weise."

Er setzte sich in seinen Studirwinkel, nahm die Arbeit, tauchte die Feder ein, aber Siegfrieds Liebessturm hatte ihn doch so weit aufgeregt, daß er statt der Lettern auf dem Papier die ideale Hausfrau seiner Gedanken hin und wieder tanzen sah, mit den unterthänigsten Gefühlen und Bezeigungen für ihn; wie sie in seine Arme sank und ihn um Himmelswillen bat, ihr doch zu gestatten ihn lieben zu dürfen.

Der Freund dagegen, tapfer wie sein Vorfahr vergangener Zeit, ging sorglos der Wirklichkeit entgegen; — auch er ein Held, ein adeliger, wenn ihr wollt; der Name thut nichts zur Sache, aber die Vorfahren, mögen es nun Bürger oder Fürsten gewesen sein, wenn es nur Edle waren, eine Schaar reiner, hoher Gestalten, bereit für uns einzutreten sobald die Welt uns messen will nach der eignen kurzen Spanne Leben, in der dem Einzelnen so selten der Augenblick kommt, sich hervorzuthun. Verlöschend geht der Strom der Zeit drüber hinweg; Alles was wir thun, Wenige ausgenommen, wie klein, wie ungenügend! — Immerhin; aber dennoch Etwas, wenn es sich wie das Glied einer goldenen Kette der Vergangenheit anreiht. Diese goldene Ordensketten der Thaten seiner Vorfahren trug der junge Mann. Siegesmuthig zog er aus wie ein Olympier, kein Schatten auf der hellen Stirn; kein Zweifel — die Geliebte gehörte ihm wie Eva dem Adam, wie das Weib dem Manne.

Vogelsang und Blüthenduft vollendeten, ihn ganz zu berauschen; die Welt schien ihm ein Paradies. Vetter Lebrecht stand draußen Arm in Arm mit der Vernunft, Siegfried sehnte sich nicht nach ihm, im Gegentheil, er war froh, daß er wenigstens lauen war. Ohne sich umzusehen, warf er die Zügel seines Pferdes dem alten Job zu.

„Sachte — sachte" murmelte der Alte hinter ihm her — „die Jugend hat eine Eile, als wäre morgen der letzte Tag. — Das sieht ja verwunderlich aus. Ich bin schlauer als ihr denkt", fuhr er im Selbstgespräch fort — „das war so 'n Bräutigamsschritt, aber der alte Job versteht sich nicht mehr darauf. Ja, hinein springen sie wie die jungen Fullen, aber wenn nachher Sattel und Zaumzeug so recht drückt! — — na, ich will nichts gesagt haben, es war doch hübsch, wie meine Alte noch lebte. Job, sagt sie, und die Thräne kollert ihr über die dicke Nase. Job, sagt sie, Du bist wieder bei der Schnapsbuddel gewesen. — Ja, Mütterchen, sag' ich ganz fidel, das geht Niemand an, davon bin ich Herr im Hause. — Ach was, sagt sie und flennt ganz beweglich, die Sch… ist bei uns Herr im Hause! — So sag ich — deshalb muß ich so viel trinken. — Die gute Dicke! es war eine schöne Zeit. . ."

Siegfried suchte inzwischen die Geliebte. Vater und Mutter waren verschwunden. Sie wollte ihn sprechen, nichts Fremdes sollte dazwischen sein.

Fränzchen sah ihn kommen, absteigen, in das Haus treten. Die muthwillige Grazie bekam ihren ersten Todesschrecken, es überlief ihr die Seele wie ein kaltes Bad. — Sie wußte weshalb er kam; wählen sollte sie zwischen dem fremden Mann und der Heimath. — Wählen! — sie sagte mit Siegfried: da ist nichts zu wählen. Ihre Gespielinnen, einige älter, hatten ihr erzählt von der Wonne der Brautzeit — sie dachte darüber nach und konnte das Gefühl nicht finden, nur die fremde Macht, die über sie kam und sagte: ich bin Dein Herr! — Herr! — sie liebte keinen Befehl; wer liebt den? — wer liebt nicht die goldene Freiheit, die Gott uns selbst im höchsten Sinn in die Hand gegeben hat? Aus Liebe sollen wir es thun, sonst ist es ihm nichts werth. Hier aber, grad in der Ehe, sie wußte es vom eignen Haus, ist Tyrannei sanctionirt, Knechtschaft üblich, Freiheit die Ausnahme. — Würde ihr Gefühl für Siegfried stark genug sein, die Fessel zu tragen? — was zwang sie in seinen Arm, was zog sie hinüber zu ihm und öffnete wie eine Kluft zwischen ihr und dem Vaterhaus? — Bis in ihr Dachkämmerchen war sie hinaufgekrochen — (da standen noch allerlei Kindereien, ja gar noch die Puppe, eben verlassen) sie war noch so jung, kaum sechzehn Jahre.

„Wer immer klein bleiben dürfte oder dumm wie Du", seufzte sie und sah auf das stereotyp lächelnde Gesichtchen, das aus dem weichen Bettchen rosig herausleuchtete — „ich fürchte mich . . . Hier wird er nicht herkommen, hier bin ich sicher, erst muß er doch die Eltern fragen."

Aber sie irrte sich — Siegfried hatte den Weg gefunden; leise pochte er und rief ihren Namen. Sie hörte es wohl und erkannte die Stimme, aber sie machte nicht auf und antwortete auch nicht.

„Warum geht er nicht erst zu den Eltern, wie sich's schickt?" dachte sie grollend; „der scheint mir wenig Umstände zu machen."

Er pochte noch eine Weile und rief dann noch einmal leise ihren Namen; dann wurde alles still. Langsam hörte sie ihn die Stufen hinabsteigen — ein Grauen ergriff sie — „er verläßt Dich! Du hast ihn verloren, auf immer verloren!"

Angsterfüllt, hastig riß sie die Thüre auf. — „Siegfried!" — mehr brachte sie nicht heraus. Mit einem Sprung und Schrei des Entzückens war er wieder oben; er hatte wollen eine lange Rede halten, jetzt aber ging er auf sie zu mit ausgebreiteten Armen. Erschrocken über seine Dreistigkeit wich sie zurück bis in den hintersten Winkel ihres Kämmerchens und machte ihm von dort aus einen rührend verlegenen schüchternen Knix, wie um die Grenze der Form als Abbildung zwischen ihnen aufzustecken. Als der starke Mann das arme junge Ding so vor sich sah, voll Furcht zitternd und doch sein eigen, strich über sein kräftiges Gesicht ein Schein göttlichen Mitleids, seine Liebe wuchs in's Hohe auf, als wollte sie gen Himmel. Er dachte Lebrecht's und lächelte; „grad als ob man den Wolf vor dem Lamme wärnt", sagte er zu sich.

„Fränzchen", fing er an, „warum fürchtest Du Dich."

„Weil Du mich den Eltern fortnehmen, weil Du mich heirathen willst", antwortete sie trotzig vor Angst.

„Das habe ich alle Tage gewollt, vom ersten da ich Dich sah — Du kannst ja Nein sagen — auf Dich kommt es ja noch an."

Er faßte ihre beiden kleinen Hände und umschloß sie fest mit seinen großen Tatzen.

„Ich liebe Dich, wie Du weißt", sagte er, „da brauchst Du Dich nicht vor mir zu fürchten; magst Du nun Ja oder Nein sagen, an mir ist nichts mehr zu ändern, auf alle Fälle hast Du keinen Schaden davon; wärst Du nicht zu jung und zu viel geliebt, Du würdest wissen, was es werth ist, ein Herz gewonnen zu haben. Du brauchst auch nichts zu sagen," fuhr er leidenschaftlich fort; „ich versteh es schon und gehe still von hier weg, wie ich gekommen bin. Du bist noch zu jung, ich fiel zu sehr mit der Thür ins Haus."

„Wie soll ich Nein sagen?" rief sie endlich, der ihr eigenen schelmischen Art wieder mächtig. „Du hast mich gefaßt wie der Oger den Däumling. Sieh nur, die eine Hand ist schon entzwei!"

Roth und gedrückt kam sie aus seiner nervigen Faust hervor.

In Siegfried's ehrlichen Augen sammelte sich Wasser, bis sie glänzten wie ein klarer Quell. Er küßte den rothen Fleck.

„Wie wenig solche kleine Hand aushalten kann," sagte er kopfschüttelnd; „ich grober ungeschlachter Gesell!"

„Das pflegt Ihr immer zu vergessen," antwortete sie altklug, „ich kenne die Männer genug dazu; es ist sehr gewagt Euch zu heirathen."

„So!" sagte er vergnügt. „Du kannst ja Deine Bedingungen machen."

„Erstens," sagte sie, „sind wir gleich und gleich. Zweitens bekomme ich keine geistigen Prügel, wie sie unter wohlerzogenen Eheleuten oft Mode sind, die sich sonst nicht recht beikommen können."

„Es soll keinerlei Art Prügel in unserem Haus geben," versprach er lachend, „ich liebe den Frieden."

„Aber ich bin sehr geduldprüfend, der Vetter sagt's — Du mußt Geduld mit mir haben —"

„Das Beste wird sein, ich gebe ein für allemal nach."

Sie sah ihn zweifelhaft von der Seite an. „Da müßtest Du kein Mann sein! Du hältst mich am Ende nicht der Mühe werth mit mir anzubinden? kleine Pinscher beißen auch."

„Große dagegen kitzelt das nicht", ergänzte er lustig. — „Was würde Vetter Lebrecht sagen, wenn er uns so frevelich über die Ehe sprechen hörte!"

„Fränzchen, würde er sagen, sie machte seinen

Ton nach). Du willst mit Allem spielen. Dein Mann ist kein Spielzeug. Das wirst Du bald merken, jetzt wird's Ernst mit Dir."

„Ja, es wird Ernst", antwortete Siegfried, nahm sie, als wär's eine Feder, setzte sie auf die Fensterbrüstung und sich dazu.

Breite Zweige vom Kastanienbaum hingen herein, die Vögel kletterten neugierig auf ihnen herum, bald leise küsternd, bald hell aufjauchzend und die Sonnenflammen redeten in feurigen Zungen dazwischen.

Strahlend sah Siegfried auf die Geliebte. Jetzt war der Moment, jetzt mußte sie ihm, wie Lebrecht und er sich oft ausgemalt, voll Wonne an das Herz sinken.

Aber sie saß stramm aufrecht.

(Fortsetzung folgt.)

---

* Sicilien.

Von Dr. Eugen Jäger.

Palermo.

I.

(Fortsetzung.)

Am oberen Ende des Toledo, von der Straße durch einen großen, mit Steingeländer und Statuen geschmückten Vorplatz getrennt, steht die Kathedrale. Sie liegt mit ihrer ganzen Langseite vor uns als ein mächtiger Bau im sarazenisch-normannischen Stile. Das ganze Aeußere ist reich mit spitzbogigen vielfachen Wandarkaden, Gesimsen und zugespitzten Zinnen geschmückt. Durch diese Zinnen und die kleinen Fenster in der langen Mauerreihe erhält die Kirche etwas Festungsartiges, wie dieses überhaupt der Charakter der Bauten jener Periode ist. Das Portal ist sehr fein und reich gearbeitet, mit kleinen zierlichen Steinthürmchen geschmückt, und nähert sich schon ganz der nordischen Gothik. Die Kathedrale stammt aus dem Jahre 1170, wo sie an der Stelle einer arabischen Moschee erbaut wurde; ganz modern und durchaus nicht zu dem Uebrigen passend ist die Kuppel, die 1801 daraufgesetzt wurde, damit doch jedes Zeitalter durch seine Bauweise vertreten sei.

Man hat diese Kirche ebenfalls eine gothische genannt; allein die ganze Anlage hat doch vielmehr Verwandtschaft mit einer Basilika als einem nordischen gothischen Münster. Wir treffen hier noch keine Spur von dem Pfeilersystem, das gleichzeitig mit dem Bau dieser Kirche im Mutterlande der Normannen sich entwickelte. Was uns hier von Gothik begegnet, so besonders der Spitzbogen, ist nur äußerlich und steht in keiner Beziehung zum innersten Wesen dieses Baustiles.

Treten wir in das Innere, so machen wir damit einen Sprung aus der originellsten Zeit des Mittelalters in die Gegenwart oder vielmehr in jene nüchterne Zeit, wo man Alles mit weißer Kalkfarbe übertünchte. Denn unsere Zeit fängt doch bereits wieder an, Charakter und Farbe zu erhalten. Im Innern des Domes sehen wir kahle Wände, hie und da unterbrochen durch einige verzopfte Altäre mit reichem Schmucke von Gold und farbigen Marmorarten, womit die frommen Palermitaner ihre Heiligen geehrt haben.

Von Allem, was uns hier umgibt, haben neben der reichen Kapelle der heiligen Rosalia, die wir im Vorübergehen betrachten, ein ganz besonderes Interesse die vier Grabmäler der sicilianischen Fürsten, die in einem Seitenbaue stehen und durch ein langes Gitter von der Kirche getrennt sind. Hier ruhen König Roger II., der 1154 starb, seine Tochter Constanze nebst ihrem Gemahle, dem deutschen Kaiser Heinrich VI. Sie starb 1198, ein Jahr nach dem Kaiser, und neben ihr ruht ihr Sohn Kaiser Friedrich II., der letzte Kaiser jenes weithinragenden schwäbischen Adlergeschlechts. Die Leichen ruhen in vier mächtigen Porphyr-Sarkophagen von äußerst einfacher Haltung; jeder ist durch ein steinernes Dach überdeckt, das von Säulen getragen wird. Der Sarkophag des Kaisers Friedrich ruht überdieß noch auf vier schreitenden Löwen. Eine imponirende Würde und Hoheit liegt in diesen einfach dunkelrothen Sarkophagen und doch wieder ein solch machtvoll ergreifendes Moment in der Ausstattung, daß sich schwerlich dazu ein Vergleich finden läßt. Da ruht jener Friedrich II., der ächte Hohenstaufe, mit all dem Stolz und der Kraft seines Geschlechts, mit all dem Adel der Persönlichkeit, mit der weittragenden Kühnheit seiner Entwürfe und dem Blicke, der die ganze Erde umfassen wollte. Es ist weit von hier bis zu dem Berggipfel in den schwäbischen Gauen, wo die Wiege dieses Heldengeschlechtes stand, aber noch weiter ist der Abstand zwischen den glänzenden Plänen der Hohenstaufen und dem kläglichen Ende ihres Stammes.

Im Jahre 1781 wurden die Särge geöffnet und man fand bei den Todten arabische Inschriften und Friedrich noch im vollen kaiserlichen Schmucke.

Am oberen Ende der Toledostraße, in der Nähe des Domes erhebt sich der königliche Palast, die ehemalige Residenz des Landesherren. Regellos neben einander gesetzte Gebäudemassen zeigen uns, wie jedes der verschiedenen Fürstengeschlechter und Jahrhunderte hier gearbeitet hat. Der Palast umschließt die königliche Capelle, wohl die herrlichste Schloßkirche der Welt.

Durch die Corridore des Schlosses gelangt man in einen kleinen Hof, gegen welchen sich die Capelle öffnet. Schon die Außenseite ist mit lebensgroßen Mosaikfiguren geschmückt. Aber welcher Eindruck, wenn man in das Innere tritt! Das ungewohnte Auge muß sich zuerst an das Halbdunkel gewöhnen, das hier herrscht, und in welchem uns goldschimmernd die ernsten, streng gezeichneten Mosaikgestalten entgegen treten, angethan mit faltenreichen, langen Gewändern. Hie und da läßt ein kleines Spitzbogenfensterchen etwas Licht in den Raum fallen und bald können wir auch auf die Decke hinaufschauen, die sich flach über den Spitzbogen und Säulen ausbreitet. Sie ist in eigenthümlich arabischer Weise verziert und zeigt noch eine arabische Inschrift; denn diese Sprache war damals auf einer hohen Stufe und vermittelte den Christen die Werke der Griechen. Noch lange nach der Eroberung blieb sie in Urkunden und selbst, wie wir hier sehen, bei christlichen Bauwerken im Gebrauche.

Das Bestreben, überall die ernste Kunst der Mosaik anzuwenden, geht sogar so weit, daß manche Säulen mit einem feinen Ornamentenschmuck eingelegt sind, der aus drei- und viereckigen Stückchen von verschiedenen Farben besteht; es ist eine merkwürdige Starrheit und Phantasterei in diesen kleinen geometrischen Figuren, welche den Marmor der Säulen bedecken.

Die Capelle ist sehr klein und trägt, selbst von der Behandlung der Mosaik abgesehen, ganz den byzantinischen Charakter. Höchst wahrscheinlich hatten sich schon die Araber, wie später die Türken in Constantinopel, griechischer Baumeister bedient, die sie auf der Insel vorfanden. Bei den Normannen, die als kriegerische Abenteurer das Land eroberten, war das Streben, dem neuen Herrscherhause Glanz und Pracht zu verleihen und ihrer Herrschaft durch monumentale Bauwerke Ausdruck zu geben, in hohem Grade vorhanden. Dabei sahen sie sich ebenfalls genöthigt, zur byzantinischen Schule, als der einzigen christlichen der Insel, zu greifen. Aber sie durchdrangen die starre griechische Bauweise in lebendiger Fruchtbarkeit mit ihrem germanischen christlichen Gefühle und riefen dieselbe zu neuer erhöhter Wirksamkeit auf. Besonders charakteristisch für die normannische Auffassung ist der Christuskopf, den sie in gewaltiger Größe mit halb segnend, halb drohend erhobener Hand in der Absis hinter dem Hauptaltar anbrachten, um den Erlöser als Mittelpunkt des Ganzen und gleichsam als Beherrscher der Kirche darzustellen.

(Fortsetzung folgt.)

Miscellen.

* Es ist sonst für eine Zeitungs-Redaction eine mißliche Sache, reisende Künstler oder auch Nichtkünstler zu empfehlen. Um so angenehmer, wenn es sich um eine wirkliche Künstlernatur handelt, wie um den jungen Violin-Virtuosen Benno Walter von München, welcher am nächsten Sonntag hier in Speyer ein Concert geben wird. Der beste Ruf geht ihm voraus und die Besucher seines Concertes dürfen daher eines großen Kunstgenusses sicher sein.

Bamberg, 8. Octbr. Ein schweres Unglück versetzte heute die hiesige Stadt in Aufregung. Ein Gärtner, der schon wiederholt in Wahnsinn verfallen und seit einem Anfall von Tobsucht, in welchem er vor Jahresfrist einem hiesigen Wirth einen Finger abgebissen hatte, in der Irrenanstalt „St. Getreu" untergebracht war, wurde heute Vormittags neuerdings tobsüchtig. Aus dem Garten, welcher der Obhut des scheinbar Genesenden anvertraut war, stürzte er plötzlich in die Küche, ergriff ein großes Messer, verfolgte mit demselben einen Wärter, der ihm aber entschlüpfte, und versetzte, als ihm unglücklicherweise der Hausknecht der Anstalt in den Weg kam, diesem in kaum glaublicher Schnelligkeit 18 Stiche, so daß der Unglückliche augenblicklich zusammensank und nach wenigen Minuten verschied. Der Rasende schwang sich sodann über die hohe Gartenmauer und entsprang in einen benachbarten Hopfengarten. Der dort beschäftigte Eigenthümer, Weißgerber Neundörfer, trat ihm entgegen, wurde aber sofort durch einen wuchtigen Hieb zu Boden gestreckt, und als der Sohn des Genannten, ein kräftiger junger Mann von etwa 30 Jahren, herbeieilte, um seinen Vater aus den Händen des Wüthenden zu befreien, versetzte ihm dieser drei schwere Wunden, deren eine vom Schulterblatt an fast den ganzen Rücken aufschlitzte. Der junge Neundörfer mußte sofort in das Spital gebracht werden und schwebt in Lebensgefahr. Der Wahnsinnige ließ seine beiden Opfer liegen und verschwand spurlos. Obwohl zahlreiche Patrouillen der Polizei- und Gendarmeriemannschaft die Umgegend durchstreiften, ist es bis jetzt — Abends 6 Uhr — nicht gelungen, des gefährlichen Kranken habhaft zu werden.

Aus Bamberg, 8. Oct., wird gemeldet, daß der dem dortigen Irrenhause entsprungene Irre, welcher, wie gestern gemeldet, in einem Anfall von Tobsucht einen Wärter getödtet und zwei Personen lebensgefährlich verwundet hat, bei Weigendorf festgenommen worden ist.

(Der neue Berliner Rathhauskeller) wurde jüngsten Dienstag unter dem Geläute unzähliger Pocale und dem Donner großer Heiterkeit einer munteren Zechgesellschaft eingeweiht. Das Urtheil derselben nach der schweren Sitzung lautete: „Es trinkt sich gut unter dem Rathhaus!" und allerdings ladet, nach der Versicherung der „Tribüne", jede Nuance der glänzenden Einrichtung zum Trinken ein. Der Schmuck der Wände in Bild und Vers erinnert den Trinker lebhaft an seine Pflicht, den letzten Rest brennenden Durstes zu löschen. Einer der Sprüche, bei welchen der Redacteur Löwenstein vom „Kladderadatsch" stark betheiligt sein soll, lautet:

„Amate, da Ihr jung noch seid,
l'amate, so Ihr trauert seid,
Doch ob Ihr habet Lust und Weh,
Ob jung, ob alt seid: — bibite!"

Sir Samuel Baker schreibt aus Egypten, daß seine Flotille von Dampfern und Segelfahrzeugen bereits auf dem Wege nach Chartum sei. Achthundert Kameele stehen bereit, die aus England bezogenen eisernen Dampfboote stückweise durch die Wüste nach ihrem Bestimmungsorte zu befördern, wo sie zusammengefügt und zur Schifffahrt auf dem Albert Nyanza benutzt werden sollen. Sir Samuel's Reise geht von Suez zunächst nach Suakim, von dort mit Kameelen nach Berber am Nil und dann weiter aufwärts nach Chartum, wo der Sammelplatz der Expedition ist. Abgesehen von dem allgemeinen Interesse, mit welchem man einer Expedition folgt, die bald als Handelskarawane, bald als streitbare Heeresmacht auftritt, überall aber die Zwecke der Wissenschaft im Auge behält, fällt auch der Umstand mit ins Gewicht, daß Sir Samuel Baker südlich vom See Tanganyika, wenn nicht früher, Nachrichten über Dr. Livingstone zu erhalten hofft.

Logogriph.

Fünf Zeichen nennen uns eine Stadt,
Die Deutscher, wie Franzmann besessen hat.
Verkehrst Du dieselben Zeichen,
Wird wieder eine Stadt sich zeigen;
Nur fängt sie an, wie jene endet,
Und ist dem Osten zugewendet.

Auflösung der Charade in Nr. 120.

Grundstein.

Redaction von Dr. Eugen Jäger. Druck der Jäger'schen Druckerei in Speyer.

Palatina.

Belletristisches Beiblatt zur Pfälzer Zeitung.

Nro. 124. Speyer, Samstag, den 16. October 1869.

* Vom Herzen zum Herzen.

Gedichte von Ferdinand Bibra.

IV. Worte der Warnung.

1.

In eines Urwalds wilde Schrecken,
Wo deine Schritte Leuen wecken,
Hast du dich kühn hineinbegeben, —
Liebst du zum ersten Mal im Leben!

2.

Ward das Herz dir weh zerrissen,
Daß es nie gesunden kann,
Wahr' dir rein doch das Gewissen,
Lebe muthig, wie ein Mann!

3.

Nicht zu viel von Welt und Glück zu halten,
Mög' dir eine Lehre für das Leben sein;
Laß den edlen Zweifel denkend walten,
Er erkennt, was Wahrheit und was Schein.

Der Herr des Hauses.

Erzählung von Werner Maria.

(Fortsetzung.)

„Siegfried“, sagte sie, „Du hast eine Riesenhand, trägst mich dahin, dorthin wie einen gefangenen Vogel; fort kann er nicht, aber glücklich ist er auch nicht.“

„Nicht glücklich!“ rief Siegfried schmerzlich.

„Nein,“ antwortete sie mit einem komischen Seufzer; — „es ist mir — wie soll ich sagen — sehr störend, daß Du meine arme Seele so zur Entscheidung drängst. Lebten wir nicht glücklich wie die Engel im Himmel, ich hatte Euch alle so lieb, Dich, die Eltern, konnte das nicht noch ein Weilchen so fortgehen? mußte die eine Glückseligkeit die andere verdrängen? Weißt Du auch sicher, daß das neue Glück das größere ist? Kannst Du mir das versprechen, Siegfried?“

„Ja, Schatz, Glück! — wer kann dem Andern Glück versprechen? Das liegt in einer andern Hand. Liebe will ich Dir versprechen. Wenn ich denke, daß ich Dich hier herausnehme aus dieser wonnigen Umgebung, wie man die Blume pflückt, die am Bache steht, geschützt und sicher umringt von Allem, was sie braucht, wird mir selbst angst. — Wäre ich vernünftig, wie Vetter Lebrecht, ich warnte Dich vor mir und sagte, Sieh' ihn Dir zwei Mal an, den Menschen, der Dich von den Eltern nimmt, der Dich zwingt, die Arbeit des Lebens gegen diese himmlische Muße im Schooße der Mutter zu vertauschen.“

Er war mit diesen Worten dicht an sie heran gerückt. — „Wähle,“ sagte er noch einmal, „ich will Dich nicht drängen.“

Sie bewegte sich ein wenig fort von ihm, ihn von dort aus mit dem ihr eigenen schlauen Lächeln betrachtend. „Hättest Du nur die Mutter nicht genannt“, sagte sie spielend. „Wählen zwischen Dir und der Mutter — Siegfried!“ — und ihr helles Gesichtchen verfinsterte sich, plötzlich überströmt von Thränen, wie eine sonnige Landschaft durch den Regen. „Ich fürchte mich nicht vor Dir, aber vor mir selber“, fuhr sie schnell sich fassend fort, „vor der fremden Welt, in die Du mich hineinführst. Ich mag keine brave Hausfrau werden, wie sie Lebrecht beschreibt.“ — Sie fiel wieder in ihre Lustigkeit. — „Kochen mag ich nicht, nähen mag ich nicht, zu Hause sitzen mag ich erst gar nicht — am liebsten mag ich auf den Bäumen herumklettern und gehen wohin es mir gefällt. — Hörst Du, Siegfried, wohin es mir gefällt.“

„Meinethalb“, sagte er vergnügt; „glaubst Du, ich werde Dich an der Kette halten wie ein zahmes Eichhörnchen?“

„Das wollen wir mal sehen, ob Du mich gehen läßt“, rief sie übermüthig, und schwang sich geschickt wie eine kleine Katze auf den dicken Ast der Kastanie, der vor dem Fenster hing. Er schwankte und zitterte, die Vögel flogen auf, aber eh' sie sich's versah, hatte sie Siegfried gefaßt und wieder in das Dachkämmerchen gebracht. Er war doch froh, daß Lebrecht die Geschichte nicht mit ansah; noch einmal erschien sein warnender Geist vor ihm, an der Hand die ideale Hausfrau, diesen typischen Engel, der gut kocht und den Mann beglückt.

„Du hättest den Tod davon haben können“, sagte er erschrocken.

„Tyrann!“ antwortete sie; „tausendmal hab' ich's gemacht, als ich noch frei war; soll ich all' meine Gewohnheiten lassen, muß ich eben eine Andere werden. Gehört das zu einer guten Ehe?“

„Nichts gehört dazu, als daß wir uns lieb haben“, sagte er, das junge Ding in seine Arme nehmend. „Kannst Du das?“

Sie antwortete, indem sie wie ein Siegel mit ihren frischen Lippen den ersten Kuß auf seine Lippen drückte.

Damit gingen sie zu den Eltern; hastig und bewegt erzählten sie die Geschichte ihrer jungen Liebe. Ueber das Gesicht des Mütterchens ging's wie ein Frühlingstraum, denn die Mütter denken nicht an sich dabei, sondern nur an das Glück des Kindes. Glück nennt es die Frau immer, den Geliebten finden, wenn auch oft der Tyrann dahinter steckt — immer wieder hofft sie Den zu treffen, wenn nicht für sich, doch für ihr Kind, der das Bild erfüllt, das sie sich vom häuslichen Leben macht, diesem kleinen Himmel auf Erden voller Friede und Freude. Freundlich reichte sie ihm die Hand; daß sie sich liebten, wußte sie ja, eh' sie es selbst wußten.

Der Alte aber sah den blonden Siegfried von oben bis unten prüfend an.

„Vetter Lebrecht gibt ein gutes Zeugniß“, sagte er; „aber beim Heirathen kommt es auf etwas Reelleres an, als Charaktereigenschaften. Womit wollt Ihr Euch ernähren?“

„Reellere Dinge!“ dachte Siegfried; „der Charakter, meine ich, wäre die Hauptsache für die Frau.“

Er nannte sein Talent, seine Kraft, seine arbeitgewohnten Hände.

„Zum Heirathen gehört mehr“, dabei blieb der Alte.

„Geld!“ warf Siegfried ein, „reich bin ich nicht, aber ich kann wohl eine Frau ernähren.“

Angestrengt war das Mädchen der Verhandlung gefolgt. „Ich heirathe ihn auf alle Fälle“, sagte sie entschieden — „reich — ist er nicht reich — reich an Herzensgüte, reich an Geduld, an Liebe, an Kraft, an Allem, was einen guten Mann macht?“

„Sacht! sacht!“ lachte der Alte, „das kann man so genau nicht vorher wissen; niegends kauft man die Katze mehr im Sack, als beim Heirathen. Aber da die Sache ganz fertig scheint, so seht, wie ihr zusammen auskommt, mit dem was ihr an Vermögen und guten Eigenschaften zusammenbringt.“

V.

„O alte Heimath süß,
Wo find' ich wieder Dich? ...“

„Das würde ich nicht dulden,“ sagte Lebrecht Sittig, „die Hochzeit von einem Tag zum anderen verschoben, von einer Woche zur anderen.“

„Was willst Du,“ sagte Siegfried achselzuckend — „die Eltern!“

„Ach was, die Eltern!“ fuhr Sittig in tugendhafter Entrüstung auf. „Heirathest Du die Eltern? Jetzt ist sie Dein — Dir gehört sie.“

„Will Gatte und Vater Dir sein“ — summte Siegfried.

„Dein unverbesserlicher Leichtsinn wird Dir von vornherein die ganze Stellung verderben. Du wirst ihr gehorsamer Diener werden, ein Weichling, ein Weiberknecht, ein Pantoffelheld.“

Sein Auge traf bei dieser Rede zufällig den Gewaltigen; edel und mächtig stand er vor ihm wie ein geborener König. Er sah ihn an und stockte.

Siegfried schlug aber sein gesundes Lachen an, das sonor und erschütternd, einer Art Donner glich, der alle Nebel zerstreuend die Luft rein fegt wie nach dem Gewitter.

„Ich armer Unterdrückter!“ fing er an, als er wieder zu Athem kam; „Schwächlinge an Leib und Seele mögen um ihre Macht markten, ich habe nur Angst, daß ich zu derb bin, wenn ich an das Heimchen denke.“

„Mücken im Zimmer sind für Klein und Groß gleich schlimm“, äußerte Lebrecht; „ich brachte Dich dort in das Haus, mir sind sie verwandt, ich liebe Euch beide. Der Warner spielt immer eine schlechte Rolle und doch scheut sie kein treuer Freund. Poche nicht zu sehr auf Deine Stärke; ein Verhältniß im Anfang verpfuscht, kommt nie wieder in Ordnung. Die Rechte, die Du vergibst —“

„Rechte! — Die hab' ich beim ersten Liebesgeständniß schon vergeben“, fiel Siegfried lustig ein; „höchstens bring' ich es auf gleich und gleich.“

„In der Nähe betrachtet, wird das nicht so angenehm aussehen.“

„Nicht!“ rief er, „und ich stelle mir das so köstlich vor. Im Ernst, Lebrecht; hältst Du das für die richtige Art, eine Ehe anzufangen: hier faß ich an, hier Du, nun reißen wir — wer das größte Stück bekommt, gewinnt. — Ich würde übrigens doch das größte Stück bekommen.“

„Mit dem Spaß überzeugst Du mich nicht,“ sagte Lebrecht, „im Grund habe ich doch recht — es soll kein Kampf sein — der Hausherr steht darüber in milder Ueberlegenheit, Gerechtigkeit, edel — weise —“

„Hör' auf, hör' auf“, schrie Siegfried vergnügt. „Wo soll ich all' die Tugenden herbekommen? Diese Stellung möchte mir noch saurer werden, als die vorige.“

„Wenn man nicht dem Ideal hier in der Welt nachstrebt, wird man den Weg zu etwas Höherem ganz verlieren.“

„Du hast recht,“ antwortete Siegfried; „recht, wie immer zuletzt. Ich wollte, ich könnte ein solcher Hausherr werden.“

(Fortsetzung folgt.)

* Sicilien.

Vom Dr. Eugen Jäger.

Palermo.

I.

(Fortsetzung.)

Eine der eigenthümlichsten normannischen Kirchen ist die sogenannte Martorana. Sie war ursprünglich fast ganz in der Weise eines kleinen byzantinischen Centralbaues angeordnet, wurde in späteren Zeiten aber mehrfach umgeändert, so daß sich von ihrem ursprünglichen Charakter nur wenig, aber immerhin noch genug bemerken läßt. Ihr Erbauer war der große Admiral des Königs Roger II., Georg Antiochenus, derselbe, der mit 150 Schiffen nach Afrika zog, die Araber in Schrecken setzte und das Land unterwarf, von welchem früher die saracenische Eroberung ausgegangen war. So band König Roger, wie einst die Römer, jene nordafrikanische Küste, wenn auch nur auf kurze Zeit, wieder an Europa.

König Roger! Wer denkt nicht bei diesem Namen an all den romantischen Zauber, mit dem die Sage jene kühnen Abenteurer umkleidet hat, die aus Norden kamen und, nachdem sie durch Jahrhunderte die christlichen Küsten verwüstet hatten, endlich ihre Seßhaftigkeit und ihr Christenthum sich mit dem Besitze eines der besten Länder Frankreichs bezahlen ließen! Dort saßen sie auf ihren Gütern und in den gewerbreichen Städten, und fast in allen Ländern Europas treffen wir ihre Spuren. Sie gaben Rußland eine Dynastie, eroberten England und lieferten zu den Kreuzzügen die besten Kämpfer; durch sie erhielt der Rittergeist des Mittelalters seine Ausbildung und Verfassung, und von ihnen aus begann der gothische Stil seinen Siegeslauf durch das Abendland; immer blieben sie ein Volk von unruhigem ritterlichen Geiste. Aber die Güter der vornehmen Herren vermehrten sich nicht mit den heranwachsenden Kindern, und das Recht der Erstgeburt gab den nachgeborenen Söhnen blos die Kenntniß des Waffenhandwerkes und ein Pferd. So zogen sie in die weite Welt, und wo es Etwas zu gewinnen, Ruhm und Beute zu erwerben gab, besonders wo es den Kampf gegen die Ungläubigen galt, da waren immer die Normannen dabei.

Unter diesen Abenteurern, die so in regelmäßigen Schaaren auf gut Glück in die Welt hinauszogen, waren einst auch zwei Söhne eines Grafen Tancred von Hauteville, denen ihr Vater ebenfalls nichts mitgeben konnte, als ein Pferd und Waffen; denn er hatte zwölf Söhne, und doch konnte nur einer von diesen das Gütchen erhalten. Schon Viele ihrer Stammesgenossen waren nach Unteritalien gezogen und hatten dort in den ewigen Kämpfen der kleinen Fürsten sich Besitzthümer erworben. Warum sollte nicht auch ihnen das Glück günstig sein! Glückte doch normannischem Ungestüme und normannischem Geschicke fast Alles, was es unternommen. Gaimar, Herzog von Salerno, wies sie an die Griechen und mit diesen zogen sie nach Sicilien, um bei den Arabern Beute zu suchen. Aber die Treulosigkeit der Byzantiner verleidete ihnen deren Waffengenossenschaft; sie ließen dieselben im Stiche und gingen wieder über die Meerenge zurück. Sodann setzten sich die Hautvilles vor Allem in dem herrlichen Apulien fest, wo Getreide und Wein in unerschöpflicher Menge wachsen. Aus eigener Machtvollkommenheit ließen sie sich Grafen von Apulien nennen, und als die Nachricht von ihrem Glücke in die Heimat kam, da waren Viele, welche Genossen desselben sein wollten. Ihre Brüder kamen ebenfalls, und unter diesen war auch Robert der Schlaue — Guiscard; dieser und der jüngste Bruder Roger beerbten bald die übrigen, und Robert ließ sich, um seine Herrschaft legitim zu machen, vom Papste mit Apulien belehnen; dann machten die Brüder von Reggio aus wiederholte Einfälle nach Sicilien, wo sie den Arabern großen Schaden zufügten und stets reiche Beute heimschleppten. Auf der Insel war Alles in der Auflösung begriffen und die Feindschaften unter den Arabern nahmen immer mehr zu. Benceumen, Emir von Syrakus, von seinem Bruder vertrieben, ging zu den Normannen und reizte ihre Lust, sich der Herrschaft zu bemächtigen, immer mehr. Besonders Roger war sehr für die Eroberung; aber es gab noch harte Kämpfe zu bestehen. Die Egypter zogen ihre Landsleute zu Hilfe und bei Caltanisetta kam es zur Hauptschlacht. Die christlichen Waffen siegten; aber doch mußten die Normannen wieder zurückweichen vor der Uebermacht. Einstweilen sammelte Roger neue Kräfte und wiederholte seine Einfälle und Angriffe, bis die Normannen endlich 1071, nachdem ihr Anhang unter den von Secten zerrissenen Arabern immer größer geworden war, es wagen konnten, die Hauptstadt Palermo selbst zu belagern. Auf die Zusicherung, das Leben und den Glauben der Bekenner Muhameds zu achten, ergab sich ihnen die volkreiche Stadt, in welcher ungeheuere Schätze und Herrlichkeiten aufgehäuft waren. Damit war die Herrschaft der Normannen über Sicilien entschieden, obwohl die Kämpfe um die befestigten Bergstädte im Innern noch lange Jahre währten.

Dieses ist die entscheidenste That in der mittelalterlichen Geschichte Siciliens; die herrliche Insel war von ihrem fast dreihundertjährigen Zusammenhange losgerissen und damit für immer an die abendländische Culturströmung gebunden.

Die Linie Robert's starb 1127 aus, und damit hatte die bisherige Theilung der Insel in zwei Herrschaften ein Ende. Roger, der Sohn von Guiscard's Bruder, vereinigte Alles und besaß nun als König Roger II. das schönste Reich der Christenheit: Calabrien, Apulien und Sicilien. Er war der kühnste und weitschauendste der normannischen Fürsten, sprach unparteiisch Gerechtigkeit und hielt treffliche Ordnung im Reiche. Ackerbau, Finanzen, Handel und Schifffahrt blühten unter ihm auf, und die Zustände der Insel hoben sich immer mehr. Besonders unterstützte er die Industrie und ließ aus Griechenland Seidenwürmer kommen zur Hebung dieser Cultur. Die

Wissenschaft pflegte er sehr und zog viele arabische Gelehrte in das Land; denn die arabische Bevölkerung war noch sehr stark und ihre Sprache war neben der hebräischen noch auf dem ganzen Mittelmeere als Handelssprache in Gebrauch. Daneben hielt sich auch, durch die immer noch vorhandene byzantinische Bevölkerung getragen, das Griechische, und Kirchensprache und Liturgie gehörten noch ganz dem orientalischen Ritus an.

(Fortsetzung folgt.)

Miscellen.

Nürnberg, im October. Die XVI. Wanderversammlung deutscher Bienenwirthe gab sich die Ehre nach vorher erfolgter Anfrage, einen in einer Glasglocke trefflich gelungenen Honigwabenbau Sr. Maj. dem Könige zu übersenden. Der König war über die interessante, am k. Hoflager in Berg unversehrt angelangte Gabe, nach Mittheilung des k. Cabinetssecretariats an den Präsidenten der Versammlung, sehr erfreut. Ueberdieß ließ der König Herrn Dehring (Mehring ?), auf dessen Stand der Bau gelungen und von welchem die Versammlung ihn als Gabe für seine Maj. acquirirt hatte, eine werthvolle Brillantnadel zustellen.

Berlin, 18. Oct. Die Kreuzzeitung schreibt: „Wir erlebten gestern wieder den Fall, daß ein Herr, der seinen Stock in der Quere fest unter den Arm geklemmt trug, bei raschem Zurücktreten eine alte Dame ins Gesicht stieß, so daß dieselbe laut aufschrie. Glücklicher Weise war nicht das Auge getroffen; wir konnten es auch nicht gerade mißbilligen, daß der Begleiter der Dame mit seinem Stock auf den des Unvorsichtigen schlug, daß derselbe zu Boden fiel. Es ist das vielleicht das einzige Mittel, dergleichen höchst gefährlichen Nachlässigkeiten ein Ende zu machen." (Neulich hat Wilhelm Löble auf solche Weise ein Auge eingebüßt.)

Berlin, 13. Oct. Der „Norddeutschen Schulzeitung" zufolge hatte ein Lehrer im Kreise Flatow (Westpreußen) der königlichen Regierung in Marienwerder vorgetragen gehabt, daß er mit seinem Gehalte von 100 Thlrn., freier Wohnung und drei Klaftern Holz nicht auskommen könne und deshalb um eine kleine Unterstützung gebeten. Die Antwort lautete: „Wir befinden uns nicht in der Lage, Ihnen eine Unterstützung zu gewähren." Das Blatt fügt hinzu: „Der Aermste hat seit länger als einem Jahre sich kein einziges Kleidungsstück von seinem Lehrergehalte kaufen können, da er nicht einmal zu den allernothwendigsten Bedürfnissen hinreicht."

In **Wien** begann am 11. ds. die für zwei Tage anberaumte Generalversammlung der Deutschen Schillerstiftung. Zu derselben hatten sich die Abgeordneten von 18 Zweigstiftungen (Frankfurt, Danzig, Lübeck, Karlsruhe, Wien, Graz, Salzburg, Köln, Königsberg, München, Berlin, Dresden, Leipzig, Hamburg, Breslau, Stuttgart, Weimar und Brünn) eingefunden. Die Zweigstiftungen von Mainz und Nürnberg waren nicht vertreten. Freiherr v. Münch-Bellinghausen begrüßte die Abgeordneten und bemerkte, daß sich die zweite Verwaltungsperiode der Schillerstiftung dem Ende nahe und nunmehr die Verwaltung an einen anderen Ort übersiedeln werde. Dr. Rupert erstattete den Bericht über die finanzielle Gebahrung der Verwaltung für die Zeit vom 1. Juli 1865 bis 1. October 1869. Die Gesammteinnahmen beliefen sich während dieser Zeit auf 63,199 Thlr. und 10,348 fl. Für Unterstützungen wurden ausgegeben 66,158 Thlr. und 5385 fl. oder durchschnittlich per Jahre 13,211 Thlr. und 1077 fl. Davon entfallen 7678 Thlr. und 5035 fl. auf die verschiedenen Zweigstiftungen, 58,420 Thlr. und 350 fl. auf das Centrale der Deutschen Schillerstiftung, und zwar wurden 18,405 Thlr. und 310 fl. an lebenslänglichen Pensionen vertheilt und 40,075 Thlr. und 50 fl. an einmaligen, ein- und mehrjährigen Unterstützungen. Der Vorsitzende theilt sodann mit, daß der Verwaltungsrath auf sein nach den alten Satzungen ihm zustehendes Recht, über die Verleihung der Pensionen an Schriftsteller allein zu beschließen, verzichten und, die Bestimmung der neuen Satzungen anticipirend, die Beschlußfassung über die Verleihung der Pensionen schon jetzt der Generalversammlung anheimgeben wolle, doch müssen dann die diesfälligen Verhandlungen, weil es sich um Personalien handelt, unter Ausschluß der Oeffentlichkeit geführt werden. Nach längerer Debatte wurde dieser Antrag des Verwaltungsrathes angenommen. (In ihrer Sitzung vom 12. hat die Generalversammlung der deutschen Schillerstiftung **Weimar** zum Vororte gewählt.)

Straßburg, 18. Oct. Die Elsässer Blätter erwähnen noch nichts von der Auffindung der Leiche des Bauers [illegible]. In den Gegenden, wo man vermuthen konnte, daß die Leiche ins Wasser geworfen worden sei, hat man alle Teiche und Weiher abgelassen, jedoch vergeblich.

In **Piacenza,** in der Kaserne Farnese, ist ein Pulvervorrath in die Luft geflogen, wobei das Dach zerstört und 3 Mann getödtet und 3 schwer verwundet wurden.

London, 13. Oct. Die letzten Wochen sind für die Hauptstadt und ihre nächste Umgebung auffallend fruchtbar an entsetzlichen Vorgängen gewesen. In Hounslow ermordete am 21. September ein Mann seine Frau; in Bolton schlug am 25. ein Schwiegervater den Schwiegersohn todt und nahm sich darauf selbst das Leben; ein Bewohner der Little Suffolk-Straße brachte Tags darauf seine Geliebte um, alles Mordthaten, die unter begleitenden Umständen von besonderer Grausamkeit geschahen. Am 1. Oct. raffte die Explosion in Bayswater sieben Menschen hin; am 4. Oct. erschoß ein Mann Namens Hewson in Woodgreen seine Frau und darauf seinen Nachbar, der seine Eifersucht auf sich geladen, worauf er einen Selbstmordversuch machte. Am Sonntag verbrannten vier Kinder in Kensington; an demselben Tage kamen, in etwas größerer Entfernung, sieben Leute auf der Midland-Bahn um, und am Montag gipfelte dieser Katalog der Schrecken in einem Ereignisse, welches gewiß eine Seltenheit ist. Ein Greis von 82 Jahren verübte einen Mordanfall auf einen noch älteren, einen 83jährigen Greis und erschoß darauf sich selbst.

Die Allg. Ztg. bringt einen Bericht aus **Lima** vom 15. August, in welchem es wörtlich heißt: „Mit Bangen blickt die Bevölkerung der nächsten Zukunft entgegen: der Boden wankt und nirgends halten mehr die unsicheren Sohlen. Aus Nord und Süd der Republik laufen täglich Nachrichten von starken und heftigen Erdstößen ein, welche die Gemüther um so mehr ängstigen, als der deutsche Astronom Rudolph Falb sie für den Monat August vorhergesagt hatte, und durch dieses Zutreffen glaubhafter wird, daß auch die auf Ende September oder Anfang October von ihm angekündigte große Katastrophe in Erfüllung gehen könne, die den Aequatorial-Gegenden am stillen Ocean so verderblich werden soll. Unsere Hafenstadt Callao bleibt jetzt Nachts ganz verödet, denn die Bewohner schlafen außerhalb im Freien oder in Zelten, weil sie fürchten, in ihren Häusern verschüttet zu werden. Selbst hier in der Hauptstadt bringen die Furchtsameren — und es sind ihrer nicht wenige — die Nächte angekleidet zu oder campiren auf den Spaziergängen, und alle Unterhaltungen drehen sich ausschließlich um die bevorstehende allgemeine Ueberschwemmung. Gesteigert wird der Schrecken noch durch den Umstand, daß das Meer an den Nordküsten sehr aufgeregt ist und besonders an dem von Falb bezeichneten 10. August heftige Erderschütterungen verspürt wurden. Viele unserer deutschen Landsleute schicken sich an, noch vor Ende September sich einzuschiffen."

Redaction von Dr. Eugen Jäger. Druck der Jäger'schen Druckerei in Speyer.

Palatina.

Belletristisches Beiblatt zur Pfälzer Zeitung.

Nro. 125. Speyer, Dienstag, den 19. October 1869.

Der Herr des Hauses.

Erzählung von Werner Maria.

(Fortsetzung.)

Im nächsten Frühjahr, als Lebrecht schon die Sache für hoffnungslos erklärte und Predigt auf Predigt an den Freund verschwendet hatte, kam der Hochzeitstag; gerad' als die Welt wieder zum ersten Mal ihr weißes Blüthenkleid trug. „Für mich hätte es noch ein Weilchen länger dauern können“, sagte Fränzchen lachend zu Lebrecht, „der Siegfried ist ein gar zu bequemer Bräutigam.“

„Als Bräutigam sind wir Alle bequem“, antwortete Lebrecht, „das Andere kommt später. Was der Bräutigam an Geduld zuviel zahlt, nimmt er meist in der Ehe mit Zinsen wieder.“

„Einem Mann, der mich schlecht behandelt, lauf' ich auf der Stelle fort“, sagte Fränzchen entschlossen.

„Ja, wenn das so ginge! gleich kommt das Gericht und bringt Dich ihm wieder, Du bist ganz in seiner Gewalt.“

„Ganz in seiner Gewalt!“ — wiederholte sie nachdenklich; „da muß er mich doppelt gütig behandeln, damit ich's vergessen kann und nicht Schaden leide an meiner Liebe.“

„Ist die so schwach?“

„Schwach nicht“, antwortete sie eifrig — „aber frei; die kann Niemand binden, kein Gericht, keine Macht — die hat Flügel.“

„Wenn er sie stutzt . . .“

„Da hätte er nur Schaden davon; dann kriecht sie krank am Boden, statt daß sie sonst bis zum Himmel reicht.“

Lebrecht war während der Brautschaft unzertrennlich von seiner kränklichen Cousine. — Er trug ihr Tuch, Stuhl, Fußbank nach, warnte sie vor kühlen Lüftchen, war ihr Schutz und Schirm wie in der Kinderzeit.

„Du“, sagte schelmisch Fränzchen, „gerade zwei Paare, wie in dem Lindengang, Die bei den Buchen. Wann wird wohl der Vetter Hochzeit machen mit unserer Luzie?“

„Ei bewahre! die denken nicht daran; ich nahm ihn neulich vor und sagte — Lebrecht, die Cousine wird Dich heirathen. — Er wurde sehr bös — Du siehst jetzt nichts als Brautpaare! rief er. — Ihr seht auch gerade so aus, sagte ich, wovon sprecht ihr denn so vertieft? — Von der Gesundheit, sagte er ärztlich — wenn Du es durchaus wissen willst, ob Lindenblüthe oder Camillenthee besser wäre. Nein, Fränzchen, die sind noch nicht auf der rechten Straße.“

„Es führen viele Wege nach Rom!“

Abends kam Lebrecht sehr bewegt auf Siegfried's Zimmer.

„Sie ist ein Engel, ist ein Engel,“ wiederholte er.

„Halt!“ dachte der Freund, „Fränzchen ist doch schlauer als ich.“

„Wir haben uns unsere Liebe gestanden,“ fuhr der Aufgeregte fort.

„Gott sei Dank, daß es endlich so weit ist, ich wünsche Dir von Herzen Glück!“

„Lieber Freund,“ antwortete Lebrecht, und zog die Hand zurück, „man sieht, welch' eine gewöhnliche Auffassung Du in dieser Sache hast.“

„Nun, ist das nicht die natürlichste Folge, daß Zwei, die sich lieben, sich heirathen? Das Andere findet sich Alles mehr oder weniger, weshalb sagtet Ihr es Euch sonst — das war doch sehr gefährlich, um nicht zu sagen unvernünftig.“

„Weshalb sagt man so etwas? weil man es eben nicht lassen kann. Luzie ist die Entsagung selbst — ich kann nie eine ordentliche Hausfrau für Dich werden, nie Küche, Speisekammer, Wäsche beaufsichtigen, es würden immer Knöpfe an deinen Hemden fehlen, unerfüllt blieben die Pflichten, Anforderungen — ich entsage!“

„Eine großartige Anschauung des Lebens! Lebrecht, für mich ist sie zu hoch, ich heirathe mein Fränzchen und wir stümpern uns so durch!“

. . .

Alle Glocken läuteten Hochzeit, ein blauer Himmel gab seine Zustimmung. — Der Weg zur Kirche ging durch den kleinen Garten. Blumengeschmückte Dorflinder streuten Grün und sperrten Mund und Nase auf.

Die Braut sah sehr anmuthig, fast zu kindlich aus; sie bewegte sich aber so vortrefflich, daß selbst Vetter Lebrecht in steifer weißer Cravatte nichts auszusetzen hatte.

Jetzt aber kam der Abschied; nur noch einmal die Mutter küssen — es war wohl das zwanzigste Mal. Siegfried und der Vater warteten schon lange.

„Frauen kommen immer zu spät", brummte der Alte, „was das nur für ein Genuß ist, sich die Sache schwer zu machen, zu heulen um nichts und wieder nichts."

„Das gehört so dazu, gnädiger Herr," gab Job seine Ansicht, wie er's immer that, „Meine hat auch erschrecklich geflennt, als sie mich nahm."

Oben schluchzte Fränzchen herzzerbrechend, so thöricht als möglich, den Kopf an der Mutter Wange gelegt.

Die kleinen Geschwister umstanden sie entsetzt. Luzie rathlos daneben mit Stärkungsmittelein; „es sind die Nerven, nichts als die Nerven. Mein Himmel, was ist das Kind unvernünftig, Deine Augen sind schon ganz roth und die Nase dick —"

„Das ist ganz gleich," schluchzte Fränzchen, „er soll mich deshalb doch eben so lieb haben, wie es die Mutter thut — Mutter, wird er mich so lieb haben, wie Du?"

„Liebe gibt Liebe", antwortete die Mutter diplomatisch; „je mehr Du gibst, Herzenskind, je mehr bekommst Du."

„Siehst Du!" rief sie, „und bei Dir hatte ich Alles umsonst."

„Ich hätte Dir nie so kühles Blut zugetraut", sagte Lebrecht unten zu Siegfried; „Du wartest und wartest —"

„Kühles Blut — ich hab' es nie heißer gefühlt, wie wärmer entgegenströmen, als diesem armen verweinten Gesicht, was sich eben da einschleicht. Sieh nur, wie sie Alles umdrängt, alle Liebe, jede Liebe gönne ich ihr — meine ist doch die beste."

„Ich muß fort, ich muß von Euch Allen fort" — wiederholte die junge Frau immer wieder.

„Mach' ein Ende, Siegfried", sagte der Vater; „Du kannst uns ja doch nicht Alle mitheirathen."

Siegfried hob die Geliebte in den Wagen. Die alte Heimath verschwand vor ihren Blicken, all' die wehenden Tücher und tausend nachgesandten Grüße.

Fränzchen schüttelte sich wie eine junge Taube, der man das Gefieder verwirrte.

„Siegfried", sagte sie, „so klein ich bin, das Herumtragen mußt Du Dir abgewöhnen, das kann ich nicht leiden. Ich bin jetzt Deine Frau und wünsche Respect!"

„Respect!" rief er, sie zärtlich an sich drückend. „Wenn Du wüßtest, welche Ehrfurcht ich dicker großer Kerl vor Dir habe! vor dem frischen Maimorgen Deiner jungen Seele!" (Fortsetzung folgt.)

Sicilien.

Von Dr. Eugen Jäger.

Palermo.

I.

(Fortsetzung.)

Die Griechen wohnten besonders an der Ostküste, in den Städten Messina, Catania, Augusta, Syracus und Taormina, wo sie leichten Verkehr nach dem Mutterlande hatten und von ihrer herrlichen Lage für den Welthandel Vortheil zogen. Die Africaner hatten den Süden und Westen der Küste inne, die Städte Trapani, Sciacca und Girgenti, die dem Lande, aus welchem die Araber herüber gekommen waren, nur auf wenige Tagreisen gegenüber liegen. Aber auch in der Hauptstadt Palermo saßen sie noch in dichten Schaaren, und im Innern der Insel gab es noch über hundert Jahre lang rein muhamedanische Städte. Die Juden waren überall und lebten nach ihrer Weise, Handel treibend. Was nicht zu diesen Völkern gehörte, hieß Lateiner und darunter war besonders ein germanischer Volksstamm, der im Innern der Insel hauste und dessen Nachkömmlinge heute noch bei Castro Giovanni zu erkennen sind.

Diesen Stämmen gegenüber wurde die vollständigste unparteiische Duldung eingeführt, und nur dadurch waren die wenigen Normannen im Stande, sich zu erhalten.

Die Mehrzahl der Christen der Insel gehörte wegen der langen Herrschaft der byzantinischen Kaiser dem griechischen Cultus an, und deren Sitten mußten ebenfalls beachtet werden; andererseits aber lag dem römischen Stuhle viel daran, sie von Constantinopel abzuziehen und an die abendländische Kirche zu knüpfen. Dieses Ziel wurde dadurch erreicht, daß der König von Sicilien in die Hoheitsrechte eintrat, welche der griechische Kaiser über seine Landeskirche besaß, so daß zu allen Anordnungen des Papstes die königliche Bestätigung erforderlich war. Nach und nach verschwand aber die griechische Liturgie und Sprache ganz aus dem Gebrauche der sicilianischen Kirche.

Besondere Kämpfe hatte Roger noch mit seinen Vasallen zu bestehen. Diese konnten es nicht vergessen, daß die Hautevilles einst eben so arme Barone gewesen waren, als sie selbst, und daß das Glück denselben jetzt die Herrschaft über sie verliehen hatte. Die Grundlagen zum Feudalsystem waren auf der Insel schon durch die Römer gelegt worden, welche in Sicilien große Landgüter gebildet und den freien Bauernstand durch Sklaven ersetzt hatten, um so den Ackerbau großartiger betreiben zu können. Die Vasallen wollten mehrmals aufstehen und sich unabhängig machen; aber rasch erfuhren sie die starke Hand, die gewaltig über ihnen herrschte.

Ehe sich aber Roger am letzten Ziel seiner Wünsche sah, hatte er noch gewaltige Kämpfe zu bestehen. Die kleinen unteritalienischen Fürsten wollten nichts von der gefährlichen Nachbarschaft wissen, der byzantinische und deutsche Kaiser sahen die so rasch gewachsene Macht der normannischen Abenteurer auch nicht gerade gerne, und der Papst mochte mit Schrecken daran denken, daß die Macht Rogers immer näher vor die Thore Roms rücke.

In wiederholten blutigen Kämpfen erwarb sich aber Roger die Herrschaft über ganz Unteritalien, setzte die griechische durch seine Seemacht in Schrecken und erzwang sich die Anerkennung von allen Seiten.

Noch ehe dieser Krieg durch den Friedensschluß zu Konstantinopel 1140 beendet wurde, ließ er sich Weihnachten 1130 feierlich zu Palermo als König krönen. Von Alters her war ja diese Stadt Hauptsitz gewesen, und großer Jubel herrschte in Sicilien. Endlich besaß das Land wieder, was es von jeher wünschte und auch heute noch erstrebt, einen eigenen, selbstständigen, im Lande wohnenden Fürsten. Stets war Sicilien am glücklichsten, wenn seine Könige im Lande selbst wohnten. Aber nach kurzer Blüthe ward aus der selbstständigen Insel eine fremde Provinz eines großen Reiches und sie wurde von Spanien und später von Neapel aus regiert, ohne Kenntniß des Landes und seiner Verhältnisse. Die Vicekönige kamen und gingen, wie der Hof sie schickte und waren die Sündenböcke für die Fehler desselben. Nur die wenigsten konnten sich dauernd um die Interessen des Landes kümmern.

Auf Roger II., den großen Herrscher folgten, wie dieß so oft geht, weniger große Nachfolger. Wilhelm I., der Böse, und Wilhelm II., der Gute, Söhne und Enkel Rogers, waren nicht im Stande, in seine Fußstapfen zu treten, und das Zeitalter des Glückes und der Macht fortzusetzen.

So hoch aber war der Werth der sicilianischen Herrschaft und des normannischen Stammes in den Augen Europas, daß der Kaiser von Deutschland, die weltliche Spitze der Christenheit, Barbarossa, seinen Sohn Heinrich mit Constanze, der Tochter Rogers, vermählte. So knüpfte sich das Schicksal der Hohenstaufen an Unteritalien, um dort blutig zu enden.

Der Sprößling jener Ehe war Friedrich II., Normanne und Hohenstaufe zugleich, eine herrliche Erscheinung als Jüngling, eine gewaltige als Kaiser des Abendlandes, als König von Jerusalem und als Herr von Sicilien. Seitdem die edelste Cultur Griechenlands sich auf der Insel entfaltet hatte, waren noch nie glänzendere Zeiten über das herrliche Land gekommen, als damals, wo Friedrich auf der Königsburg zu Palermo Hof hielt. Er sprach sechs Sprachen und errichtete eine Akademie, auf welcher die klassischen Sprachen, sowie das Hebräische und Arabische betrieben wurden. Die Naturwissenschaften wurden eifrig gepflegt; aber noch eingreifender war sein Einfluß in der nationalen Poesie. Selbst Dichter versammelte er, die Troubadours der Provence und die Talente Italiens um sich, und seine beiden Söhne Enzio und Manfred wetteiferten mit diesen. Seit jener Zeit wurde das Italienische als Schriftsprache gebildet, nachdem es bisher stets unter der verächtlichen Bezeichnung „Volgare", als die Sprache des gemeinen Volkes gegolten hatte, als plump und unbrauchbar für den Gelehrten oder gar um die zarten Gedanken des Dichters hineinzuweben.

Dieß war die Zeit, in welcher arabische und jüdische Reisende nicht müde werden konnten in den Schilderungen der Stadt Palermo, ihres Reichthumes, ihrer Paläste, Thürme und Kuppeln, ihrer Gärten, Lustschlösser, Quellen und Wasserleitungen.

Als Staatsmann hat Friedrich II. sehr viel für die Insel gethan. Er führte Reformen ein, pflegte Handel, Industrie und Landwirthschaft, hob das Unterrichtswesen, sorgte für Gleichheit Aller vor dem Gesetze und gab den Gemeinden ihre eigene Verwaltung. Die Sarazenen zog er gleich anfangs zu regelmäßiger Steuerleistung heran. Sie empörten sich und erhielten Zuzug aus Afrika. Aber der König fuhr mit eiserner Hand über sie her, besiegte sie und versetzte die Unruhigen im Jahre 1220 nach Nocera in Unteritalien, wo sie unschädlich waren.

Von Sicilien aus, dem Mittelpunkte der damaligen Welt, konnte der Kaiser dann seine Herrschaft begründen, um, wie einst das alte Rom, alle Länder des Mittelmeeres zu umspannen; es war dieß ein Gedanke, so groß, daß ihn menschliche Kraft nie auf die Dauer durchzuführen vermochte. Er war gegründet auf die Herrschaft eines einzigen großen Mannes, und daher hätte nach Friedrich's Tod Alles wieder auseinander fallen müssen, und Zustände, ähnlich denen unter den spätern römischen Kaisern, wären eingerissen. War ja schon das zunehmende Faustrecht in Deutschland und die überhandnehmende Zersplitterung des Reiches eine Folge dieser allzu hochfliegenden hohenstaufischen Politik.

(Fortsetzung folgt.)

Miscellen.

* **München**, 14. Oct. In den Tagen vom 29. September bis 4. October d. Js. hielt die historische Commission ihre statutenmäßige Plenarversammlung. Vor 10 Jahren, am 29. September 1859, hatte die erste Plenarversammlung stattgefunden. Beim ersten diesjährigen Zusammentritt der Commission stellte deßhalb der Vorsitzende, Geheimer Regierungsrath von Ranke aus Berlin, die in den vergangenen 10 Jahren vollendeten oder begonnenen Arbeiten derselben in ihrem Zusammenhange unter einander dar, und wies darauf hin, wie sie sämmtlich mit dem großen nationalen Gedanken in Verbindung ständen, welcher den verewigten König Maximilian II. bei der Gründung geleitet habe, und in welchem König Ludwig II. das Werk seines hochherzigen Vaters fortsetze. In dem letztverflossenen Jahre sind, wie aus dem Geschäftsberichte des Secretärs, des Professors von Giesebrecht in München, zu ersehen ist, von den durch die Commission herausgegebenen Schriften in den Buchhandel gekommen: 1. Deutsche Reichstagsacten. Bd. I enthaltend: Deutsche Reichstagsacten unter K. Wenzel. Erste Abtheilung 1376–1387. Herausgegeben von J. Weizsäcker. 2. Chroniken der deutschen Städte vom 14. bis ins 16. Jahrhundert. Bd. VII enthaltend die Magdeburger Schöppenchronik, bearbeitet von Dr. K. Janicke. 3. Die historischen Volkslieder der Deutschen vom 13. bis 16. Jahrhundert, gesammelt und erläutert von R. von Liliencron. Bd. IV. 4. Geschichte der Wissenschaften in Deutschland. Neuere Zeit. Bd. VIII enthaltend Geschichte der Sprachwissenschaft von Th. Benfey. 5. Bayerisches Wörterbuch von J. Andreas Schmeller. Zweite mit des Verfassers Nachträgen vermehrte Ausgabe, bearbeitet von G. K. Frommann. Lieferung I–III. 6. Jahrbücher der deutschen Geschichte: Die Zeit Karl Martells von Th. Breysig. 7. Forschungen zur deutschen Geschichte. Bd. IX. Mit Unterstützung der Commission ist ferner im Drucke erschienen: Die Grafschaft und die Grafen von Spanheim, erläutert von J. G. Lehmann (zwei Bände). Die Mittheilungen des Secretariats und die Berichte, welche im Laufe der Verhandlungen die Leiter der einzelnen Unternehmungen erstatteten, legten dar, daß auch eine nicht geringe Zahl anderer Werke bereits unter der Presse sei und die Arbeiten der Commission überhaupt nach allen Seiten im rascheren Fortgange ständen; außerordentlich werden dieselben gefördert

durch die zuvorkommende Liberalität, mit welcher die hiesigen und auswärtigen Behörden, wie die Verwaltungen der Archive und Bibliotheken alle Bestrebungen der Commission zu unterstützen fortfahren. So sind z. B. die Arbeiten für die Herausgabe der deutschen Städtechroniken auch in diesem Jahre nach verschiedenen Seiten fortgeführt worden. Professor Hegel, der Leiter des ganzen umfangreichen Unternehmens, hat selbst die Bearbeitung der Straßburger Chroniken von Closener und Königshofen übernommen; sie werden zwei Bände füllen, von denen der erste schon in den nächsten Wochen die Presse verlassen wird. Die Bearbeitung der Nürnberg'schen Chroniken aus der zweiten Hälfte des 15. Jahrhunderts bis zum Jahre 1506 ist von Professor von Kern in Freiburg so weit gefördert worden, daß im nächsten Jahre der vierte Band der Nürnberg'schen Chroniken wird in den Druck gelangen können. Dieser Band wird die Fortsetzungen, beziehungsweise Zusätze zu den bereits gedruckten älteren Chroniken von Ulman Stromer und der Chronik aus K. Sigmunds Zeit bis zum Jahre 1487 enthalten, die weiteren Fortsetzungen von Tucher bis 1499, wie von Deichsler bis 1506 werden voraussichtlich noch einen fünften Band der Nürnberg'schen Chroniken füllen. Die Herausgabe der Kölnischen Chroniken ist durch die sprachliche Herstellung der Texte der Hagen'schen Reimchronik und der im Jahre 1499 gedruckten Chronik van der hilligen Stat van Köln, welche der philologische Mitarbeiter Dr. C. Schröder in Rudolstadt ausgeführt hat, vorbereitet worden. Die Herausgabe des zweiten Bandes der Braunschweiger Chroniken in der Bearbeitung des Archivars Hänselmann steht in Aussicht. Der Druck der Lübeck'schen Chroniken hat wegen einer längeren Krankheit des Professors Mantel, welchem die Bearbeitung übertragen ist, noch aufgeschoben werden müssen. Die Commission hatte in ihrer vorigen Plenarversammlung zwei neue Unternehmungen in das Auge gefaßt, welche nach der von Seiner Majestät dem Könige ertheilten Genehmigung auch bereits im Laufe des Jahres in Angriff genommen wurden. Das eine betrifft eine Sammlung der historischen Gedichte der deutschen Lyriker im 13. Jahrhundert. Professor W. Wackernagel, der dieses Unternehmen zuerst angeregt, hat die Ausführung desselben in Gemeinschaft mit Dr. M. Rieger in Darmstadt übernommen und vorbereitet. Das andere ist die vom Geheimen Rath von Ranke und Reichsrath von Döllinger beantragte allgemeine Biographie der Deutschen. Für dieses Unternehmen umfassendster Art ist in dem Geh. Cabinetsrath a. D. Freiherrn von Liliencron ein Redacteur gewonnen worden, der alle erforderlichen Eigenschaften in hervorstehendem Grade besitzt. Freiherr von Liliencron, der seinen Wohnsitz jetzt hierher verlegt hat, wohnte den Verhandlungen bei, welche über die Begrenzung, Einrichtung und Ausführung des Werkes in der Plenarversammlung gepflogen wurden. Um ihn bei den einleitenden Arbeiten weiter zu unterstützen, wurde ein besonderer Ausschuß aus hiesigen Mitgliedern der Commission bestellt und in denselben Reichsrath von Döllinger, Reichsarchivdirector von Löher und Professor von Giesebrecht gewählt. Wie das Werk die Theilnahme der gesammten deutschen Nation in Anspruch nimmt, wird auch auf die Mitwirkung der deutschen Gelehrtenwelt im weitesten Umfang gerechnet. Ein Programm soll in möglichst kurzer Frist veröffentlicht werden. — Professor von Giesebrecht schließt den Bericht über die diesjährige Plenarversammlung mit folgenden Worten: „Das erste Triennium, welches die Commission beschlossen hat, ist reich an Arbeit und Gewinn gewesen; mit frischen Kräften tritt sie in das zweite ein, um die großen Werke, welche sie vor Jahren begonnen, zu vollenden und die neuen Aufgaben, welche ihr gestellt sind, zu lösen. Man wird es in Deutschland nie vergessen, daß Alles, was sie für die historische Wissenschaft geleistet hat und leisten wird, Bayerns Königen Maximilian II. und Ludwig II. zu verdanken ist."

Schermen (preußische Provinz Sachsen), 13. Oct. Dem „Magdeb. Corr." entnehmen wir Folgendes: Ein dreifacher Mord setzt die Gemüther in der ganzen Umgegend in die höchste Aufregung. Der Müllermeister Dieckmann, dessen Frau und dessen Geselle sind in der verflossenen Nacht, wahrscheinlich gegen Morgen, erschlagen worden. Dieckmanns Mühle und Wohnhaus liegen auf der weithin sichtbaren Höhe zwischen Derpauh und Schermen ganz isolirt und nicht allzu fern von einer Ansiedelung. Erst am hellen Morgen fanden Herzukommende die Spuren der grausigen That. Ein Kind von anderthalb Jahren, das einzige lebende Wesen, welches man noch im Hause fand, ist unverletzt. Ueber dem Verbrechen ruht zur Zeit völliges Dunkel, namentlich soll es an Spuren einer Beraubung noch gänzlich fehlen. — Doch meldet man dem nämlichen Blatte unterm 15. aus Magdeburg: Des Mordes dringend verdächtig ist ein Arbeiter, dessen Ergreifung gestern hier gelungen ist. Derselbe ist gestern Nachmittags bereits der Staatsanwaltschaft zu Burg zugeführt worden.

(Folgen eines Scheinduells.) Aus Raab wird über folgenden bedauerlichen Unglücksfall berichtet: Vergangene Woche fand hier das Leichenbegängniß des Gymnasialprofessors Arnulph Auersperl statt. Die Schüler des Gymnasiums versammelten sich zur Leichenfeier in ihren betreffenden Classen, da ertönte plötzlich in der sechsten Classe ein Schuß und einer der Schüler, Namens Kossovics, Sohn des Ikrinyer Hofrichters, stürzte leblos zu Boden. Sein Freund und Mitschüler Rangel hatte ihn mit einer Pistole vor die Stirne geschossen. Der bedauerliche Fall ereignete sich folgendermaßen: Kossovics war ein geschickter Mechaniker, er pflegte Uhren, Messer und andere kleine Werthsachen seiner Mitschüler mit vielem Geschicke zu repariren; nun übergab ihm sein Freund Rangel vor einigen Tagen eine Pistole, deren Hahn verdorben gewesen. Der geschickte Junge setzte die Waffe in Stand, lud sie und nahm sie in die Schule mit, wo er dieselbe seinem Freunde einhändigte. Dieser machte ihm für seine Mühe einen Dolch zum Geschenke. Nun fiel es aber den beiden Unglücklichen ein, ein Scheinduell auf Pistole und Dolch zu versuchen. Während des Hantirens entlud sich die Pistole und drang die Kugel über dem rechten Auge in die Stirne Kossovics', welcher augenblicklich besinnungslos zusammenstürzte. Der herbeigeholte Arzt sondirte die Wunde, konnte aber die Kugel trotzdem, daß er drei Zoll tief in die Schußwunde drang, nicht finden. Der unglückliche Thäter schien wie wahnsinnig über das an seinem besten Freunde verursachte Unglück und mußte, da er sich in seiner Todsucht an das Leben gehen wollte, Tag und Nacht überwacht werden. Kossovics dürfte seinen Wunden bereits erlegen sein.

*Homonyme.

Ein Student sprach zu dem andern,
Der gerüstet war zur Reise:
Bruder, wohin wirst du wandern,
Während ich mit heißem Schweiße
Vor den dicken Büchern sitze,
Weil mir dräut die Prüfungshitze

Sprach der andre: das kann sagen
Dir der Wissenschaften Namen,
Die mit ihrem Wirrwarr plagen
Deine Seele vor'm Examen;
Wundersam, wie gleiche Namen
Auf für ganz Verschiedenes kamen!

Während schwitzend du mußt brüten
Ueber trock'nen Folianten
Schau' ich in dem schönen Süden
Vom Gebirg nach goldnen Landen;
Und gleichnam'ge Steinschichten
Von versunk'ner Welt berichten. r.

Auflösung des Logogryphs in Nro. 128.
Mainz und Main.

Redaction von Dr. Eugen Jäger. Druck der Jäger'schen Druckerei in Speyer.

Palatina.

Belletristisches Beiblatt zur Pfälzer Zeitung.

Nro. 126. Speyer, Donnerstag, den 21. October 1869.

Sonett.

Willst du die Welt mit deinem Thun versöhnen,
So laß des Glaubens Ueberzeugung fallen,
Treib' Politik der Menge zu Gefallen
Und dir wird Lob aus ihrem Munde tönen.

Dann darfst du keck auch allen Lüsten fröhnen
Und jedes Feld der Leidenschaft durchwallen,
Doch niemals laß ein Wörtlein nur verhallen,
Womit du magst ihr den Verstand zu höhnen.

Sie wird auch nie für dich in Lieb' erkalten
Wenn deines Geistes ewig frisches Streben
Nach ihrem Wunsche weiß sich zu gestalten.

Doch Eines kann sie nimmer dir vergeben:
So dicht gewinkel lerne dich zu halten,
Zu suchen dir den eignen Weg im Leben! —

Johannes Hüll.

Der Herr des Hauses.

Erzählung von Werner Marle.

(Fortsetzung.)

VI.

„O liebe Hand, so göttergleich!
Die Hütte wird durch Dich zum Himmelreich."

Auch Häuser haben ihre Physiognomien. Dies sah etwa aus, wie das Nest von einem Paar Rothkehlchen. — Kein Stadthaus, dazu lag's zu weit vor dem Thor, und kein Landhaus, dazu lag's zu nah an der Stadt, hatte Wiese und Gärtchen, sogar einen kleinen Teich, auf dem die Enten plätscherten.

Fränzchen's Mutter hatte Alles eingerichtet, wo die junge Frau hinsah, liebe Erinnerungen von zu Haus. Siegfried fand sie oft in Thränen zwischen ihren Heiligthümern.

„Mir wäre das unleidlich", meinte Lebrecht; „Du mußtest ihr klar machen, daß sie ein neues Leben anfangen muß — wie's nach Deinem Geschmack."

„Wie soll' ich das so schnell? — verwischen in ein paar Tagen, was, so lange sie auf der Welt ist, mit ihr aufwuchs! was schadet es mir, wenn sie einige von ihren alten Hausgöttern mit hinübernimmt in die neue Heimath?"

„Du wirst am Ende diese Fetische, diese Götzen mit anbeten müssen."

„Meinethalb, wenn sie Anbetung bei mir hervorrufen."

„Immer, wenn Dir Etwas mißfällt, wird es heißen: so machte es die Mutter, so war's bei uns zu Haus. — Ich habe oft gesehen, wohin das führt. Plötzlich ist das Haus ganz nach ihrem Geschmack eingerichtet."

„Desto besser", rief Siegfried, „anders kann sie es ja gar nicht machen, wenn sie überhaupt das Hauswesen einrichten will; oder soll ich das thun? Dazu hab' ich doch nicht die Zeit: laß sie nur die Heimat hier auf den Grund der Kinderheimat bauen, es ist kein schlechter Grund — wohl dem, dessen Frau ihn hat, die ein Bild der Glückseligkeit in sich trägt, das sie im eignen Haus verwirklichen möchte."

„Du willst nun einmal mit Allem zufrieden sein."

„Ja, das will ich — will das junge Herz nicht gleich stutzig und verirrt machen, bis ihm zu Muth wird wie einem Lindenbaum, der plötzlich Rosen tragen soll."

„Bei Euch ist die verkehrte Welt", sagte eines Morgens Lebrecht; „Du erheiterst Deine Frau, streichst ihr die Falten aus der Stirn, gibst ihren Launen nach, als wäre sie der Mann — der Herr im Hause. Du bist wohl für die Frauenemancipation?"

„Die armen Dinger!" sagte Siegfried lachend, „im Grunde haben sie gar nicht Unrecht, sie fangen's nur falsch an, wie ein Küchlein, das, weil's nicht mehr im Ei sitzt, durch's Meer schwimmen wollte. Männer können sie doch nun einmal nicht werden. Aber es gibt eine Art Knechtschaft, Lebrecht, von der möcht' ich sie selber emancipiren!"

„Ums Himmelswillen! das fehlte noch, es steigt ihnen so Alles gleich zu Kopf."

„Ich wäre schon dabei, rief Siegfried fröhlich. „Zeigen wir ihnen auf edlere Weise, daß wir die Stärkeren sind. Wo nicht Ueberlegenheit, wie von selbst, befiehlt, herrscht brutale Gewalt. Ich mag sie nicht für mich; die Frau, die sie erträgt in unerschütterlicher Liebe, ist bewundernswerth, aber den Mann muß ich geringschätzen, der sich durch Grobheit, Heftigkeit, Chicane aller Art, unterstützt von Sitte und Gesetz, oben hält."

„Du wirst doch nicht leugnen, Siegfried, daß nach

der natürlichen Ordnung ein für alle Mal der Mann der Frau überlegen ist. Kunst, Wissenschaft, Kraft —"

Siegfried unterbrach ihn kopfschüttelnd. „Das Alles meine ich in diesem Fall nicht, ein Gefühl muß kräftiger sein. Du fändest wohl kaum eine Frau, die sich von solcher Gewalt befreien möchte, von einer Liebe, die stärker ist, als die ihre."

„Wieder die verkehrte Welt! Liebe ist ja hauptsächlich Frauensache."

„Oho", rief Siegfried, „so geb' ich das Heft nicht aus der Hand und ihnen das Regiment. Wie käme das?"

„Die Frauen haben nichts zu thun, als zu lieben; hingegen wir . . ."

„Beide haben zu arbeiten, nur auf verschiedene Art; warum soll ich das geringer schätzen, was die Frau thut, sei's auch nur Kartoffeln zu schälen? Wie oft dreschen wir leeres Stroh! — Lieben kann man, Gott sei dank, neben Allem her."

„Während wir uns draußen in der Welt herumbeißen, ruht sie in stiller Häuslichkeit, umgeben von Allem, was das Gefühl fördert . . ."

„O Lebrecht, welch' eine ideale Ansicht! Welt ist Welt — drinnen oder draußen. Ich sage immer: Fränzchen, nimm's nicht so schwer mit der Sache! — laß Dir Deine Seele nicht vergällen von Dingen, die nicht mitzählen bei der großen Rechnung, damit Du nicht plötzlich ganz anders, als wo Du denkst, ein großes Deficit findest! . . . Nicht wahr?" sagte er zu der eben Eintretenden, „lieber alle Braten verbrannt!"

„Im ersten Jahr!" fügte Lebrecht hinzu. „Du müßtest ein Engel sein, wenn Du das länger aushieltest!"

„Das ist er auch", versicherte sie, ihm den dicken Kopf küssend; „übrigens sind nicht alle Braten verbrannt, Verleumder! — Weißt Du", sagte sie, sich wie ein Backfisch übermüthig auf der Lehne des Sophas schaukelnd, hausmütterlich angethan, mit weißem Mützchen und Kochschürze. „Weißt Du, Lebrecht, es ist sehr amüsant haushalten; wenn man einen guten Mann hat, ist's Kinderspiel."

„Und es gar nicht darauf ankommt, wie?" ergänzte der Vetter.

„Ich mach' es, so gut ich kann", antwortete sie beleidigt; „Du solltest sehen, wie würdig ich Trine entgegen trete und sage: Trine! — (sie ist so groß wie ein Kirchthurm) Trine, sag' ich, was werden wir kochen? — ich weiß es natürlich nicht."

„Natürlich!" fiel Lebrecht ein.

„Du glaubst, wir Mädchen werden mit dem Speisezettel geboren? Ich habe keine Phantasie in der Richtung. Trine, sag ich diplomatisch, schlag vor. Hammelfleisch und Bohnen, antwortet der Kirchthurm (ihr Lieblingsgericht nebenbei), das sollt' ich mich nun unterstehen, nicht gut zu finden! . . . Ich erkenne aber meine Position. Sehr richtig! sag' ich, gerade auch mein Gedanke . . . Die Sitzung ist aufgehoben, mein Premierminister zieht sich zufrieden zurück. — O", fuhr sie fort, „mit mir, das ginge wohl, ich bin verträglich. Aber mit der Trude! — nein, das ist manchmal eine Wirthschaft im Hause, man denkt, die Hexen fahren durch den Schornstein!" Die junge Frau lachte vergnügt.

„Es wäre Deine Pflicht, Friede zwischen ihnen zu stiften", bemerkte Lebrecht salbungsvoll.

„So!" sagte sie nachdrücklich, „meinst Du auch, Siegfried?"

„Als ob es so leicht wäre, Frieden zu stiften!" erwiederte er, „versuchen kannst Du es immer, aber wenn es Dir mißlingt, werde ich keinen Stein auf Dich werfen. — Gieb uns den Kaffee, Lebrecht muß fort."

„Ach du mein Himmel!" rief sie muthlos, die Hände sinken lassend, „seit einer halben Stunde gieß' ich Wasser auf und habe keinen Kaffee in der Kanne! — Lebrecht", fuhr sie fort, „so hart wirst du mich nicht strafen, daß Du ohne Kaffee fortgehst; glaube mir, ich bin ohne dies sehr gekränkt in meiner Hausfrauen-Ehre, weil mir das gerade vor Dir geschehen muß. Siegfried wartet ganz geduldig, seinethalb bin ich unbesorgt."

„Ich habe keine Zeit", antwortete Lebrecht trocken, „wo Siegfried sie hernimmt, weiß ich nicht."

„Für mich hat er immer Zeit", sagte sie vergnügt, „ich bin solche Hauptsache, für die er sie zusammenspart. Bei uns ist's nicht wie in der Eisenbahnrestauration. Eile hat er nie, fortzukommen, im Gegentheil."

„Ein Weilchen dauert's noch", antwortete Lebrecht, „im ersten Jahr versäumt sich jeder Mann bei der Frau."

„Darum ist auch das erste Jahr so oft das beste. — Siehst Du, so lange wir sprechen hattest Du doch Zeit, ich habe Dich überlistet: hier ist der Kaffee."

Sie bot ihm anmuthig die Tasse — er dankte aber consequent und verließ das Zimmer.

„Ein richtiger hainbüchener Spazierstock, dieser Vetter", sagte sie lachend. „Warum er mich nur immer erziehen will, ich bin doch nicht seine Frau!"

„Er denkt, ich verderbe Dich."

„Du — solch' ein Vorbild! solch ein Muster der Geduld, aller Tugenden, die mir fehlen! Nein, wenn ich da verdorben gehe, ist nichts an mir verloren."

„Meinst Du?" rief er, sie küssend, daß das ehrwürdige Häubchen rückwärts flog und den vollen Flechten ihr Recht gönnte, ich meine es auch, wer durch Liebe verloren geht, an dem ist nichts verloren."

„So lang ihr jung seid, geht's", fing Lebrecht am andern Tag seine Predigt wieder an, denn er ließ nie eine unvollendet und hatte noch viel zu sagen. — „Schönheit und Jugend macht selbst den Fehler anmuthig; eine alte Frau, die nicht weiß, was gekocht werden soll, oder vergißt den Kaffee in die Maschine zu thun, wird der Mann schwerlich mit einem zärtlichen Kuß belohnen."

„Bin ich erst alt und runzlich, ist er's auch", sagte sie schnell, „und dann küssen wir uns überhaupt nicht mehr."

„So" — rief Siegfried, „wer weiß! am Ende doch; ich küß' Dir die Hand, die runzliche und sage: Mütterchen, Kaffee kochen und Essen bestellen ist Deine schwache Seite geblieben; aber Du hast so viel vortreffliche Eigenschaften und ich habe das in all' den Jahren so gründlich erfahren, daß Du mir alten Mann schöner scheinst, als wie Du jung warst. Uebrigens dergleichen lernt jede kluge Frau, wenn sie nur will."

„Er hält ja aber nun einmal keine Frau für klug, nicht wahr? Vetter, und mich nun erst gar nicht."

„Verstand hast Du genug", antwortete er mit einer lächerlichen Miene, als ob er ihn zu vertheilen hätte, „Verstand genug für eine Frau."

„Die Portion wird immer abgewogen in der Ehe", sagte sie schelmisch; „so und so viel der Mann, also so und so viel die Frau, es ist doch gewiß nicht gut, wenn sie klüger ist?"

„Nein", antwortete Lebrecht, „das gibt uns falsche Prätensionen — ihr Mann muß ihre Welt sein."

„Da muß sie sehr klug sein", antwortete sie schlau, „wenn sie in der großen Gotteswelt, die doch Allen zu gehören scheint, sich so klein einzurichten versteht, etwa wie einer mit einem großen Vermögen, der als Armer lebt."

„Arm nennst Du das?"

„Ja, arm, und der Mann hat das Schlimmste von solcher dummen Gans, die an ihn den Anspruch macht, er solle ihre Welt sein."

„Recht so!" rief Siegfried lustig, „Lebrecht wäre der Erste, der einer so schwierigen Rolle müde würde."

(Fortsetzung folgt.)

Sicilien.

Von Dr. Eugen Jäger.

Palermo.

II.

(Fortsetzung.)

Monte Pellegrino, billige Orangen, Jagd, Cactus und Agaven, die Höhle der hl. Rosalia, Belvedere, Hamilkar Barkas, die goldene Muschel, Blick in das Thal. — S. Giovanni dei Leprosi, St. Maria di Gesu, Marbolce. — Arabische Bauereste, Arabisches Zeitalter Siciliens, Ziza, Kuba. — Kapuzinerkloster.

Unter den Umgebungen Palermos ist vor Allem der Monte Pelegrino, der Berg der hl. Rosolia, zu erwähnen. Er zieht schon von Ferne unsere Aufmerksamkeit an sich und überall in der Stadt schaut er uns nach. Von der Marina aus gesehen, steigt er herrlich über dem Hafen empor; seine steilen Abstürze legen sich in gewaltigen Massen, aber ruhig und energisch, in großen kraftvollen Zügen übereinander. Von allen Seiten unzugänglich, zeigt sich nur gegen die Stadt eine tiefe Einsenkung und dort führt die Straße in Schlangenlinien auf Bogenstellungen hinauf.

Um zum Berge zu gelangen, muß man zuerst die Vorstadt durchschreiten, welche sich von der Stadt aus an den Fuß des Berges hinzieht. Aber ein Freund saftiger Orangen ist, kann sich hier an denselben ergötzen. Ueberall werden sie feil geboten, und sie wachsen dem Armen an seinem Haus, wie bei uns die Rosenbüsche. Die Frauen setzen sich vor ihre Häuser, aber immer in den Schatten — denn nur Hunde und Engländer gingen in der Sonne, meint der Italiener — und halten die Früchte feil, wobei sie zum Zeitvertreib der zahlreichen Nachkommenschaft die ersten Begriffe von Reinlichkeit beizubringen suchen. Anfangs waren wir noch bescheiden in unseren Forderungen; bald aber vermehrte sich unsere Praxis, und dann durften wir uns für 5 Centimes regelmäßig fünf von diesen herrlichen goldenen Aepfeln der Hesperide auswählen.

Der Pellegrino dient den Nimroden Palermos, deren es viele zu geben scheint, als herrlicher Tummelplatz und kein zur hohen oder niedern Jagd gehörendes Thier wird sich lange hier seines Lebens und seiner Freiheit erfreuen. Gegen Erlegung einer geringen Summe darf man jagen und schießen, so viel man will, und besonders sind es die Wachteln — quaglie — denen der Italiener mit Vorliebe nachstellt. Diese Vögel werden in ganz Italien gefangen, und von Capri allein geht jede Woche ein mit Wachteln beladenes Schiff nach Neapel.

An dem Schießplatze der italienischen Infanterie vorüber, wo es eifrig blitzt und knallt, gelangen wir an den Fuß des Berges. Ueppige Felder ziehen sich an der Straße noch eine Strecke hinauf, und zum ersten Mal sehen wir hier den italienischen Cactus. Es sind große fleischige Blätter, reich mit Stacheln besetzt und überaus saftreich. Diese Blätter dienen als Futter für das Vieh, die Früchte dagegen, deren Bezeichnung Figolini auch für die ganze Pflanze gilt, werden vom Volke gerne verzehrt und mögen wohl dieselbe Stellung in der Volksnahrung einnehmen, wie die Kartoffeln in Deutschland. Es sind kleine länglich runde, röthliche Früchte, mit außerordentlich feinen Stacheln bedeckt, so daß schon eine bedeutende Gewandtheit dazu gehört, sie ohne Schmerzen zu schälen. Man kann auch eine Art Brod aus ihnen backen. In frischem Zustande schmecken sie süß und kühlend. Meist sind diese Cactusfelder mit Agaven eingefaßt, der auch bei uns bekannten Aloë. Die harten dicken Blätter dieser Pflanze werden zu einer Art Gespinnst verarbeitet. Bekanntlich blüht die Agave nur sehr selten und treibt dann auf einmal einen dicken und oft 20 Fuß hohen Stengel, an dessen oberem Ende sich die Blüthenkrone ansetzt. In einigen Ländern wird dieser Stengel, kaum in der Bildung begriffen, abgeschnitten, und in der dadurch entstandenen Höhlung sammeln sich dann die zur Ernährung desselben und zur Herbeiführung der Blüthe bestimmten Säfte, aus denen man ein berauschendes Getränke bereitet. Doch scheint dieses in Sicilien nicht üblich zu sein.

Um jedoch einen Eindruck dieser mit Cactus überwachsenen Felder zu haben, braucht man noch nicht nach Sicilien zu gehen. Schon am Felsen von Monaco, das überhaupt ein kleines Sicilien ist, kann man sie beobachten, und dort findet man auch auf dem kleinen Raume weit mehr Palmen beisammen, als dem Reisenden in ganz Sicilien zu Gesicht kommen.

Eine breite Steinstraße führt den Berg hinauf. Dieser selbst ist überall mit zahllosen Steintrümmern bedeckt und scheint an vielen Stellen nur ein einziger weißgrauer Steinhaufen zu sein, aus dessen Fugen spärliches Gras hervorwächst. Ziegenheerden treiben sich hier herum und erst weiter oben, wo die Fläche breiter wird und die Vegetation mehr Raum hat, können Kühe und Pferde weiden.

Unterdessen ist uns Palermo ganz aus dem Gesichte verschwunden und wir befinden uns in einer wilden, grausigen Felswüste, durch welche sich der sehr gut erhaltene Fahrweg zieht. Rechts oben auf steiler, von hier aus unzugänglicher Höhe blicken einige alte Mauerreste herab; wir biegen um die Felswand; nach einigen Minuten kommen endlich menschliche Wohnungen zum Vorschein und wir stehen vor der Grotte selbst.

Die hl. Rosalia, eine Verwandte des Königs Roger, zog sich nach der Legende vor 700 Jahren vom Hofleben hierher zurück in die Einsamkeit. Sie lebte in einsiedlerischer Strenge in dieser Höhle, wo sie auch starb. Ihre Gebeine wurden später aufgefunden und ruhen jetzt in der Domkirche, in einer reich mit Silber und Edelsteinen geschmückten Capelle. Vor den Eingang dieser Höhle aber hat man einen kleinen geschmacklosen Porticus gebaut, durch den man das Heiligthum betritt. Die Höhle ist sehr geräumig und zieht sich tief in den Berg hinein. An der Decke sind überall Zinkrinnen angebracht, welche das beständig hier abtropfende Wasser sammeln und im Hintergrunde in ein Bassin leiten, aus welchem ein köstlicher Trunk nach dem anstrengenden Steigen uns erfrischte. Dort liegt unter einem Altare durch ein Drahtnetz geschützt, die lebensgroße Statue der Heiligen, und das Halbdunkel der Umgebung, die matte, geheimnißvolle Lampenbeleuchtung, die Einsamkeit, die uns hier umgibt, sind wohl geeignet, eine schöpferische Phantasie wach zu rufen, und den Glauben zu erregen, als liege hier ein überirdisches Wesen im Schlummer vor uns.

(Fortsetzung folgt.)

Miscellen.

* München, 15. Oct. Ueber die Arbeiten der historischen Commission bei der k. Bayer. Academie der Wissenschaften entnehmen wir den Mittheilungen des Secretariats noch Folgendes. Für die noch fehlenden Abtheilungen der Geschichte der Wissenschaften wird von mehreren ausgezeichneten Gelehrten mit großem Eifer gearbeitet. Die Geschichte der germanischen Philologie und Alterthumskunde, bearbeitet von Professor von Raumer in Erlangen wird jetzt zunächst dem Druck übergeben werden. Da auf die Mitwirkung der Gelehrten, welche früher die Geschichte der classischen Philologie, der Historiographie und der Medicin übernommen hatten, leider nicht mehr gerechnet werden kann, sind Verhandlungen eingeleitet worden, um für diese Abtheilungen neue bedeutende Kräfte zu gewinnen. Die Arbeiten für die deutschen Reichstagsacten haben ihren regelmäßigen und ununterbrochenen Fortgang. Der zweite Band wird in den nächsten Monaten in den Druck kommen; er wird die zweite Hälfte der Regierung K. Wenzels umfassen. Die Sammlung, welche für die Zeit K. Ruprechts gemacht ist, soll auf ein Maß zurückgeführt werden, welches die Bewältigung des Stoffs in einem Bande ermöglicht. Für die Regierung K. Sigmunds sind drei Bände bestimmt. Schon jetzt haben sich mehrere Nachträge zum ersten Bande gefunden und weitere Ergänzungen werden sich später ergeben. Diese sollen in einem Supplementband zusammengefaßt werden, welcher nach den sieben für die Regierung Albrechts II. bestimmten Bänden erscheinen soll. Die Reisen, welche der Herausgeber, Professor Weizsäcker, und seine Mitarbeiter, Bibliothekar Dr. Kerler in Erlangen und der hiesige Archivsecretär Dr. Schäffler, nach dem Elsaß, Bamberg, Nürnberg und Augsburg gemacht haben, sind für das Unternehmen in mehrfacher Beziehung gewinnreich gewesen. Von den Jahrbüchern des deutschen Reichs lag eine neue Abtheilung im Manuscript vollendet vor: dieselbe umfaßt die Geschichte K. Pippins von Dr. Oelsner in Frankfurt a. M. Die Geschichte Ludwigs des Frommen vom Archivar Dr. Simson in Düsseldorf wird der nächsten Plenarversammlung druckfertig vorgelegt werden. Dr. Steindorff in Göttingen ist in seinen Arbeiten für die Geschichte K. Heinrichs III. weiter vorgeschritten und wird auch die Geschichte K. Konrads II. bearbeiten. Dr. Toeche in Berlin hat die Geschichte K. Heinrichs V. übernommen. Die Sammlung der historischen Volkslieder der Deutschen ist mit dem vierten Bande zum Abschluß gediehen. Der Herausgeber, Geheimer Rath von Liliencron, wird zunächst ein Supplementheft folgen lassen, welches den musikalischen Theil der Volkslieder erläutert; der Druck desselben hat bereits begonnen. Ein zweites Supplementheft, ein Glossar enthaltend, soll später folgen. Der sechste Band der Weisthümer ist im Druck fast vollendet und wird schon in den nächsten Tagen in die Oeffentlichkeit treten. Damit wird auch diese Sammlung, welche J. Grimm begonnen und Professor R. Schröder in Bonn unter Oberleitung des Staatsraths von Maurer fortgeführt hat, einen vorläufigen Abschluß erhalten. Als nothwendige Ergänzung des Werkes wird jetzt ein ausführliches Wort- und Sachregister ausgearbeitet werden; das letztere soll eine möglichst vollständige und bequeme Uebersicht des gesammten Materials der Sammlung geben.

Die „Schles. Landesztg." enthält nachstehenden Artikel über das Aufsuchen von Wasserquellen. Vor einigen Jahren sollte auf dem Vorwerke Conthen wegen Wassermangel ein dritter Brunnen gegraben werden und wurde wegen Mangel an Vertrauen zu einem bereits versuchten „Rezept zur Auffindung von Wasser", um nicht möglicherweise erfolglos 50 Fuß tief zu graben, der Abbé Richard hieher berufen. Dieser gab mehrere Punkte an, wo Wasser in genügender Menge vorhanden sein solle, worauf der dem Gehöft am nächsten gelegene gewählt und gebohrt wurde. Die Angabe des Abbé bestätigte sich als vollkommen richtig; es fand sich in einer Tiefe von 34 Fuß reichliches gutes Wasser; aber das Rezept hatte derselbe auch ebenso genau angegeben. Ich fühle mich deshalb verpflichtet um Vielen, welche an Wassermangel leiden, vergebliche Versuche oder die kostbaren Ausgaben, den Herrn Abbé kommen zu lassen, zu ersparen, jenes auf ganz bestimmten Gesetzen beruhende Rezept zu veröffentlichen. Man gräbt bei trockenem Wetter und trockenem Boden ein Loch von einem Fuß Tiefe, in das man einen neuen irdenen Topf, in welchen man vorher

5 Loth ungelöschten Kalk,
5 „ Grünspan,
5 „ weißen Weihrauch

gethan, Alles fein pulverisirt mit 1 Loth Schafwolle (kurze Wolle von den Hoden) zugedeckt und das Ganze gewogen hat. Dann schütte man die Erde darüber hin. Hat der Topf 24 Stunden (ohne Regen) in der Erde gestanden, so hebe man ihn heraus, schüttle den Boden schnell von der Wolle und wiege den Topf, sobald er gereinigt ist. Hat man das Gewicht abgenommen, so ist kein Wasser an dieser Stelle, hat es aber zugenommen um

2	Loth,	so liegt das Wasser	75	Fuß	tief,
4	„	„ „	50	„	„
6	„	„ „	37½	„	„
8	„	„ „	25	„	„
10	„	„ „	12½	„	„

Auflösung der Homonyme in Nr. 125:
Jena.

Redaction von Dr. Eugen Jäger. Druck der Jäger'schen Druckerei in Speyer.

Palatina.

Belletristisches Beiblatt zur Pfälzer Zeitung.

Nro. 127. Speyer, Samstag, den 23. October 1869.

Der Herr des Hauses.

Erzählung von Werner Maria.

(Fortsetzung.)

In der Wirthschaft ging es aber nicht gut.

Die Rechnungen wurden immer länger, die Fragen kürzer, der Streit draußen feuriger. Fränzchen war zu Muth wie auf einem Vulcan. „Sie lassen sich gar nichts sagen", klagte sie Siegfried, „und haben auf Alles so gute Antworten; als ich Trude bemerkte, die Stube sei nicht rein gefegt, antwortet sie: „Wenn's Herz man rein is"; — und als ich Trine tadelte mit dem Mittagbrod sagt sie: „Recht gut, wenn reiche Leute auch einmal merken, wie der Hunger thut".

Siegfried lachte.

„Ich wollte", fuhr die junge Frau in Sorgen fort, „die Mutter hätte mir die Trine nicht so groß und alt gewählt, ich habe eine wahre Angst vor ihr — die soll ich schelten, heruntermachen? Versuch' ich's, ist mir nachher, als habe ich einen tüchtigen Zopf bekommen und kann noch zufrieden sein, daß sie sich nicht an mir vergreift. Respect hat die vor nichts. — Du solltest nur sehen, wie sie die Trude schüttelt; es ist noch viel, wenn sie mich in meine eigene Küche hereinlassen — ich bin ganz ausgesperrt. Mit solchen Menschen kann ich nicht leben, Siegfried; ich kann Dir nicht die Wirthschaft führen. Lebrecht hat Recht, ich tauge nicht dazu. — Heut' beschuldigt gar die Eine die Andere, sie habe gestohlen — gestohlen, Siegfried — so etwas Schreckliches in meinem Hause! Und die Trine sagt, sie zöge lieber heut' wie morgen; bei einer Herrschaft, die weder befehlen könne, noch die Wirthschaft führen, bliebe sie nicht länger; was fang' ich dann an!"

„Ich werde einmal dazwischen fahren", sagte Siegfried.

„Du!" rief sie erfreut, „ach, das wäre herrlich! bringe die Sache wieder in Ordnung."

Der Eintritt des Hausherrn in der Küche wurde begrüßt durch ein wirres Geheul und Geschrei von Stimmen. — Fränzchen hörte es mit Entsetzen, es klang gerade als ob Jemand umgebracht würde — darauf tiefe unheimliche Stille.

Den Triumph auf der Stirn, trat Siegfried wieder ein. „So!" sagte er, sich vergnügt die Hände reibend — „das wäre abgemacht!"

Erstaunt starrte ihn Fränzchen an.

„Sind sie wirklich so schnell wieder gut geworden?" frug sie. „Wer hat denn nachgegeben? Die Trine gewiß nicht, die ist so störrisch wie ein Stück Holz."

„Nachgegeben!" rief Siegfried selbstzufrieden, „dazu hab' ich ihr nicht die Zeit gelassen; ich habe aufgeräumt."

„Aufgeräumt", wiederholte Fränzchen verwirrt.

„Nun ja, oder aus dem Haus geworfen. Wer wird mit solcher Person lange Umstände machen."

„Siegfried!" schrie die junge Frau jetzt vollständig entsetzt, „so meint' ich's nicht! und das Mittagbrod! wer wird denn kochen?"

„Die Trude ist ja noch da!"

„Die Trude! die nichts kann als Klunkermus machen!"

„Das kommt davon", sagte Lebrecht, der mitten in dieser Verwirrung eingetreten war, „wenn man den Mann in die Küche schickt!"

Fränzchen ging hinaus und seufzte.

Lebrecht lächelte zufrieden. Wer freut sich nicht, wenn seine Prophezeihungen eintreffen; er war aber so großmüthig, nicht „Siehst Du!" zu sagen.

„Um dies abscheuliche Ding", rief Siegfried, einen schwärzlichen Lumpen, wegen dessen sich die Mägde gezankt, mit dem Fuß fortstoßend, „um diesen elenden Lappen machen sie sich und uns das Leben zur Hölle."

„Nicht doch", antwortete Lebrecht — „um das Mein und Dein — 's ist der alte Streit."

„Welche harte Seele müßte das sein, die solche Leute im Zaum hielte", sagte Siegfried; „eine Art Feldherr, nicht die sanfte anschmiegende Weiblichkeit, die der Mann sich träumt. Haare auf den Zähnen müßte sie haben, eine Frau mit einem Schnurrbart hätte ich mir dazu nehmen müssen."

„Oder eine, die es versteht, besser versteht, als die Leute."

„Richtig, da hast Du es getroffen, das ist wieder, wie ich es meine mit dem Befehlen, wie es überall in Staat und Kirche am Besten geht; aber ich habe nun zum Unglück dies unerfahrene kleine Schäfchen liebgewonnen und muß sehen, wie ich mit ihr durchkomme."

Fränzchen trat wieder herein. — „Siegfried, jetzt ist die Trude auch davon gelaufen. O, was soll nun aus uns werden! — Trine hat ihr die Kommode aufgerissen. — Der Teufel hat sie hergebracht, sagte sie, der Teufel mag sie wieder holen — es lagen von meinen Sachen darin. Ach Siegfried, bis heute hab' ich nicht gewußt, daß es schlechte Menschen gibt! — und wir mit ihnen unter einem Dach und Alles Lüge, Zank und Falschheit. — Ich wollt' ich wäre todt! Ich hätt' es nie erlebt!"

„Du machst Deinem Mann gut den Kopf warm; andere Hausfrauen machen so Etwas mit sich ab."

„Wie der spartanische Knabe, den der Fuchs unterm Mantel todtbiß", sagte Siegfried; „klage nur, Fränzchen, aber freue Dich, daß nun reiner Tisch ist."

„Wie soll ich mich darüber freuen", schluchzte sie; „wir können unterwegs verhungern, denn ich — kann nicht einmal Klunkermus kochen!"

„Ich würde Euch anbieten, bei mir zu essen", sagte Lebrecht; „aber leider bin ich wieder im Stadium der weggejagten Wirthschafterin."

„Du siehst, es geht auch andern Leuten so", rief Siegfried; „trockne Deine Thränen, Fränzchen; wir wollen wie zwei lustige Burschen im Café essen — in demselben, das mich als Junggesellen bewirthete."

„Dorthin", rief Lebrecht entrüstet, „führst Du Deine Frau — in d i e Gesellschaft! wie unpassend!"

„Lauter gute Jungen", antwortete Siegfried, „vernünftig oder unvernünftig, wir müssen jetzt etwas zu essen haben."

VII.

„Draußen zu wenig oder zu viel,
Im Hause nur ist Maaß und Ziel."

Im Café gab es großen Jubel, als die Drei eintraten. — Siegfrieds alte Kameraden umringten, Bekanntschaft fordernd, die hübsche junge Frau.

Unter grünen Bäumen wurde die Tafel gedeckt; oft machten die Gläser die Runde, lustiges Geschwätz, etwas laut, aber nichts Böses dabei, ging von Mund zu Munde. Fränzchen, in vergnügtester Laune, brach in Lob über Lob auf das herrliche Leben aus.

„Ich begreife, daß Ihr nicht heirathen mögt", sagte sie; „wenn ich ein Mann wäre, ich hätte es auch noch aufgeschoben. — Wie gut es schmeckt, so von Feenhänden angerichtet und wenn man nicht immer weiß, was kommt. Man kriegt die Gerichte so satt, mit denen man seinen Kopf schon vorher ordentlich vollgestopft hat. Und die Köchinnen! Jede hat ihren Kreislauf, das hat man bald weg; ihr Küchenzettel ist wie die Walze beim Leierkasten — abgespielt, geht das alte Lied von vorne wieder an. — O, ich bin der Sache gründlich müde!"

Sie ließen die Studentenwirthschaft leben, die Männer rauchten, erzählten schnurrige Geschichten. — Lebrecht war längst zu Haus als Siegfried in der Abendluft mit seiner vergnügten kleinen Frau nach Hause wanderte.

„Nicht wahr", bat sie, „wir nehmen gar keine Köchin wieder. das Feuer macht so hitzig! Nur ein junges Ding vom Land, vor der ich keine Angst habe, es ist noch dazu billiger und gar zu herrlich!"

Umsonst redete, warnte Lebrecht. „Es ist so unweiblich, Dich dort wohl zu fühlen, Fränzchen — wer hätte das von Dir gedacht! — Schüchterner als ein Hase vor den Dienstboten und hier zwischen all' den Männern!"

„Sie haben mich gern, Jeder von ihnen", — antwortete sie; „statt daß ich zu Hause bei meinen Riesen immer die Ihre hatte, am liebsten vergiften sie Dich. Du weißt nicht, Lebrecht, wie schrecklich es ist", fuhr sie ernsthaft eifrig fort, „mit dem Haß unter dem Dach zu wohnen. — Ich liebe die Menschen, ich möchte die ganze Welt lieben können und nun zu fühlen, wie sich täglich das Herz vergällt und mit Bitterkeit füllt — es ist eben sehr traurig, daß das im eigenen Haus sein kann, aber es war so — da lebe ich lieber nicht so intim, aber herzlicher."

„Zwischen einer solchen Menge von Leuten!"

„Je mehr je besser, wenn's gute Freunde sind — in den Städten sind Einsiedler nur solche, die kein Mensch mag."

„Wie sie dich immer angucken; fremde Menschen stieren Dir in das Gesicht."

„Nun ja, ich bin eine Seltenheit hier; in die Wirthshäuser, geht Ihr Männer lieber allein."

„Gott sei Dank, daß es so ist, daß die deutsche Frau —"

„Lieber allein zu Haus sitzt", fiel Fränzchen munter ein, „wenn der Mann schwärmt. — O, ich weiß, wie es in der Welt zugeht; früher dacht' ich auch, Frau und Mann die säßen immer beisammen auf einem Zweig wie die Inseparables. Lebrecht", rief sie mit all' ihrer Lustigkeit und tragischen Stimme, „wo ist der M a n n für die deutsche F r a u!"

(Fortsetzung folgt.)

---

* Sicilien.

Von Dr. Eugen Jäger.

P a l e r m o.

II.

(Fortsetzung.)

Neben dem Eingange der Höhle stehen ein Kloster und einige andere Gebäude, welche als Stallungen für die hier weidenden Pferde dienen. Natürlich betteln uns die Bewohner wieder an; denn das ist einmal so ihre Gewohnheit, und nach der Meinung des süditalienischen Volkes muß jeder Fremde unerschöpflich viel Geld haben.

Von der Grotte aus sichtbar und in etwa zehn Minuten zu erreichen, ist ein kleiner Tempel, der hart am Felsenrande des Berges steht. Der Weg ist hier aber weniger felsig, und über eine weite Wiesenfläche erreichen wir die kleine Anhöhe, auf welcher dieses „Belvedere" steht. Es ist in der Gestalt eines kleinen griechischen Tempels gebaut, und hier stand einst die überlebensgroße Statue der hl. Rosalia und schaute weit hinaus auf das in endloser Tiefe ihr zu Füßen liegende Meer und die Segel, die es belebten. Schon längst aber hat ein Blitzstrahl der Statue den Kopf abgerissen, die Wand weggeschleudert, und das Uebrige vollendet, wenn auch langsam, die nie ruhende Zeit.

Man sieht hier wohl 1500 Fuß über dem Wasserspiegel des Meeres und blickt fast senkrecht hinab. Tief unten streift der weiße Schaum den Felsenrand, und dann rollt sich vor unsern Augen die weite blaue Fläche auf, glänzend im Sonnenlicht und in der herrlichsten Färbung leuchtend. Fischersegel ziehen ruhig ihre Wege oder stehen still über der Tiefe, während weiter draußen mächtige Dampfer ihre vergänglichen Furchen in die Oberfläche zeichnen.

In der Ferne erblicken wir die Insel Ustica, auf welcher einst die Carthager eine größere Truppenzahl zum Lohn für ihre geleistete Dienste aussetzen und zu Grunde gehen ließen: fides punica.

Im ersten punischen Kriege hatten die Römer schon Sicilien erobert, da zog Hamilkar Barkas hier herauf und benutzte die günstige Lage des Berges, um sich drei Jahre hier gegen die Feinde zu halten. Er lieferte manches glückliche Treffen und unternahm mit seinen Schiffen, die unten in einer geschützten Bucht lagen, manch' verheerenden Streifzug. Hier oben hausten seine Söldner mit Weibern und Kindern und pflanzten sich Getreide. Jedenfalls war der Berg damals noch nicht so gänzlich waldlos, wie gegenwärtig; denn sonst hätte das Erdreich nicht auf der Oberfläche sich halten können, sondern wäre schon damals in das Thal hinuntergeschwemmt worden. Noch im 15. Jahrhundert stand niedriger Wald hier, wo jetzt eine wüste, steinige Einöde uns anstarrt und nur kümmerliches Futter für Ziegenheerden wächst.

Kein Berg in der ganzen Umgebung Palermo's war für das Unternehmen der Carthager passender, als dieser Monte Pellegrino. Ganz einsam und unzugänglich erhebt er sich aus dem Flachlande, und ein breites Thal trennt ihn von den übrigen Bergen. Dazu kommt die Nähe Palermo's, der carthagischen Hauptstadt Siciliens, das Meer, das zwei Seiten des Berges bespült, die Leichtigkeit der Vertheidigung gegen den Feind, weil man von allen Seiten durch senkrechte Abstürze geschützt war, die weite Ebene, die sich oben befindet und die Erzielung der Lebensmittel gestattete, die freie Lage, die den spähenden Blick nach allen Seiten von dieser natürlichen Warte hinaus streifen läßt.

Unser Rückweg führt uns wieder dieselbe Straße, die wir herauf gekommen sind. Je weiter wir hinab steigen, desto herrlicher wird das Bild, das sich vor unseren Augen entfaltet. Im hellsten Gegensatze zu dem öden todten Steinhaufen hier oben steht die herrliche Landschaft, die lachend zu unseren Füßen liegt. Es ist die Conca d'oro, die goldene Muschel, die weite, muschelförmige Ebene, welche Palermo umschließt und die schon im Alterthume Hortus Siciliae genannt wurde. Sie ist ganz mit großen und kleinen Dörfern, Oelpflanzungen, Citronen- und Orangenhainen bedeckt. Als die merkwürdigste der Villen gilt die Favorita, ein im chinesischen Geschmacke erbautes königliches Lustschloß, dessen Dächer über und über mit kleinen Glöckchen behängt sind und in dessen Gärten Natur und Kunst sich wechselseitig zu überbieten suchen.

Von oben herab können wir die liebliche Anordnung und die üppige Vegetation dieser zahllosen Ansiedelungen bewundern, die sich, wie auf einer Landkarte, vor uns ausbreiten. Als ein kleines Paradies liegt das Thal tief unten vor unseren sehnsüchtigen Blicken, und es zieht uns hinunter in den Schatten der Orangenbäume, um in dem Dufte derselben zu schwelgen und an den herrlichen Früchten uns zu laben. Aber wir müssen wieder denselben steinigen Weg zurück, den wir herauf gestiegen sind; denn an einer anderen Stelle wäre das Hinabsteigen ein waghalsiges Unternehmen und ohne einen kundigen Führer würden wir bald rathlos am Rande eines jähen Abgrundes stehen.

Bald kommt auch das „glückliche" Palermo zum Vorschein mit seinem Meere von Häusern, aus welchem die Façaden und die Kuppeln der Kirchen und die großen Paläste so stattlich hervorragen. Dort liegt der kleine Hafen, der sich, durch das arg zerstörte Fort Castellamare beherrscht, als schmaler Wasserstreifen, von Schiffen bedeckt, in das Innere der Stadt hineinzieht. Früher war er noch viel größer und gab der Stadt den griechischen Namen Panormus — ein Platz, wo Alles Anker werfen konnte. Die Phöker, die bekanntlich schon lange, ehe sie durch Cyrus aus Kleinasien vertrieben wurden, Colonien am Mittelmeere hatten, sollen der Stadt, die nach Diodor den besten Hafen Siciliens hatte, diesen Namen gegeben haben.

Ueber Palermo hinaus schweift unser Blick längs des Meeres hin auf die ebenfalls ganz mit Landhäusern und Dörfern übersäete und äußerst sorgfältig bebaute Bagaria, die Landschaft, welche sich zwischen dem Meere und den Bergen nach Osten zieht und eine Verlängerung des palermitanischen Paradieses bildet; überall, wohin wir blicken, entzückt uns der herrliche Pflanzenwuchs, die Fülle von Leben, Reichthum und Schönheit, welche die ganze Gegend durchströmt, und unter dieser wunderbaren Beleuchtung, dem reinen Lichte erscheint das Ganze nur noch blendender und zauberischer.

Auf der dem Monte Pellegrino entgegengesetzten Seite Palermos führt der Weg, nachdem man eine kleine Stunde weit die fruchtbare Ebene durchkreuzt hat, zu einer alten spitzbogigen Normannenbrücke, die sogenannte ponte del Ammiraglio. Sie wurde von Rorio, Großadmiral Rogers I., 1131 erbaut. Der Fluß führt den Namen Oreto und konnte in früheren Zeiten ebenfalls Papyrusstauden aufweisen, so daß die Cyanequelle bei Syracus doch nicht das einzige Vorkommen derselben in Sicilien war.

In Folge der schlechten Waldbewirthschaftung hat der Oreto seinen Lauf verändert und fließt gegenwärtig neben der Brücke vorüber, so daß wir erst weiter oben auf einer elenden Holzbrücke den Fluß überschreiten können; in der Nähe steht die Kirche St. Giovanni dei Leprosi, die älteste Normannenkirche Siciliens. So treffen wir auch hier die Spuren der Lehen, jenes

Aussatzes, der im Mittelalter das christliche Abendland in solcher Häufigkeit heimsuchte, daß man genöthigt war, die von ihm Befallenen außerhalb der Städte zu verbannen und ihnen dort eigene Niederlassungen mit Spaziergängen und Kirchen zu gründen.

(Fortsetzung folgt.)

Eine Börsenschlacht in Newyork.

Die Blätter bringen haarsträubende Berichte von einem Börsenschwindel, der sich am 22., 23. und 24. Sept. an der Börse in New-York abspielte und der wohl alles hinter sich läßt, was in dieser Richtung in der alten Welt schon erlebt worden ist. Binnen 24 Stunden stieg der Preis des Goldes um circa 30 Prozent und eine halbe Stunde später fiel er wieder um 20 Prozent. Vergeblich sucht man nach einer realen Ursache dieser entsetzlichen Schwankung, welche Tausende von Privatvermögen ruinirt hat. Das Nähere ist:

J. Fisk, Gould u. s. w., die berüchtigten Beherrscher der Erie-Eisenbahn, und einige andere Dollar-Magnaten von gleicher Moralität verschworen sich, den Preis des Goldes künstlich zu steigern. Bei dem ungeheuren Kredit und den großen Kapitalien, über welche sie gebieten, fällt es ihnen nicht schwer, mehrere Millionen Gold „hinzulegen". Nachdem das in aller Stille geschehen, verlangen sie sehr bedeutende Beträge zu hohen Preisen zu kaufen. Von Minute zu Minute steigern sie den künstlich geschaffenen Bedarf, und der Preis geht natürlich in demselben Verhältnisse in die Höhe. Ist das so weit getrieben, daß alle Grundlagen für eine noch halbwegs vernunftmäßige Speculation fortgerissen sind und niemand mehr zweifeln kann, daß es sich nur um einen Schwindel handelt, so werfen sich die Elemente auf den Markt, die nichts zu verlieren haben, aber viel gewinnen möchten. Grenzen gibt es kaum für die Speculation dieser Leute, da die „Goldwechselbank" es dem kleinsten Capital möglich macht, die größten Transactionen vorzunehmen. Jeder Börsenspieler nämlich muß dieser Bank bis halb 1 Uhr ein Verzeichniß seiner Käufe und Verkäufe einreichen, und hat dann nur die Differenz durch Wechsel zu decken. Das Vermögen des Spielers kann daher 1000 Dollar sein und doch vermag er, mit Millionen zu operiren, so lange er den Unterschied zwischen seinen Käufen und Verkäufen nicht über 1000 Dollar zu seinen Ungunsten sein läßt. Wenn er aber an solch einem Fiebertag, wie der 24. es war, dieselbe auf eine halbe Million oder darüber anwachsen läßt, so müssen die Gläubiger eben mit den 1000 Doll. sich zufrieden geben. Derartige Leute waren am Freitag bereits stark in den Vordergrund getreten, als Gold auf 160 — nach Andern auf 165 — stand. Das allein wäre genügend gewesen, die Börse fast in ein Irrenhaus zu verwandeln. Allein es sollte noch schlimmer kommen. Plötzlich hieß es, die große Nationalbank — angeblich im Dienste der „Bulls" (Hausse) stehend — sei insolvent, und in hellen Haufen stürzte alles von der Börse aus hin, um zu retten, was zu retten wäre. (Sie hat sich früher als vollkommen solvent erwiesen.) Und nun erfolgten die beiden Schläge, welche die „Bulls" mit einem Streiche zu Boden fällten und den ganzen Markt in eine bisher unerhörte Bewegung versetzten, die noch zur Stunde so groß ist, wie im ersten Augenblicke. Aus dem Schatzamt zu Washington und aus verschiedenen der bedeutendsten Städte wurden auf telegraphischem Wege Millionen und Millionen auf den Markt geworfen. Das Fieber der „Bulls" wurde im Augenblick zum reinen Delirium. „Ich kaufe fünf Millionen für 160", schrie noch immer einer der Führer in der einen Ecke des Saales, während in der andern bereits für 135 verkauft ward. Wahnwitz, heißt es, hätte ihn erfaßt, und mit Gewalt mußte er entfernt werden. Und fast hätte man glauben können, Wahnwitz habe auch die ganze unübersehbare Menge dort unten erfaßt, welche die Straße so dicht versperrt hielt, daß man nur mit großer Anstrengung und sehr langsam sich einen Weg durch sie bahnen konnte. Die „Goldwechselbank" erklärte, ihr Bulletin nicht ausgeben zu können. Fünfhundert Millionen waren in diesem furchtbaren Schwindel umgesetzt worden und es war ihnen nicht möglich, die Rechnungen zum Abschluß zu bringen. Bis heute ist es noch nicht geschehen. Es herrschte auf einmal das vollständigste Dunkel, ein so vollständiges Dunkel, daß man mehrere Stunden lang vergebens fragen hörte, ob die Führer der „Bulls" Millionen gewonnen hätten oder bankerott wären. Bald jedoch stand soviel fest, daß die Liste der Bankerotte eine schreckliche Länge haben werde und mehrere der Erzschwindler einfach nicht zahlen würden. Auf einige konnte man gleich mit Fingern weisen; was aber die Masse anlangt, so herrscht noch immer die größte Ungewißheit.

Ein so frevelhaftes Umspringen mit fingirten Werthen ist mehr als eine bloße Immoralität; es ist ein gefährlicher Angriff auf die Existenz der Gesellschaft, und die Allg. Ztg. hat Recht, wenn sie an die Nachricht von diesem colossalen Schwindel die Frage knüpft, ob denn der Staat, welcher Diebstahl von wenig Thalern mit schwerer Strafe belegt und belegen muß, für die Schurkenstreiche der Haute-Finance keine Strafen habe oder zu decretiren wage. Ist das nicht der Fall, so wird die vom herzlosen und ehrlosen Egoismus ausgeplünderte und zur Verzweiflung getriebene Staatsgesellschaft endlich zum Lynchgesetz greifen.

Miscellen.

Am 17. ds. Abends ereignete sich nächst dem Bahnhofe in Großhesselohe ein gräßliches Unglück! Der dort stationirte Expeditionsgehilfe Lachl, Forstmeisterssohn aus Erlangen, büßte die Unvorsichtigkeit, daß er aus dem noch im Laufe begriffenen Zuge sprang, mit dem Leben, indem er unter die Räder gerieth und in Mitte des Leibes entzweigeschnitten wurde.

Bei Nassau an der Lahn wurde am 12. October in der gothischen Halle welche bei der Stammburg Stein dem Freiherrn vom Stein zu Ehren errichtet worden ist, die Grundplatte eingefügt, auf die das Marmorbild zu stehen kommen soll. Die das Denkmal abschließende Rotunde ist noch nicht vollendet. Der bei Wetter an der Ruhr auf dem Kaiserberge zu Ehren Stein's errichtete Wartthurm ist am 17. October bei leider sehr ungünstiger Witterung feierlich eingeweiht worden. Friedrich Harkort, Präsident des westfälischen Comite's, das dieses Denkmal errichtet hat, und Emil Rittershaus traten als Festredner auf. Der Unterraum des Thurmes ist als Capelle eingerichtet, in welcher Stein's Büste aufgestellt werden soll. Das säulengetragene Dach oben über dem Zinnenkranze ist noch nicht vollendet. Ueber dem Eingange zum Thurme liest man die Widmung: „Dem Freiherrn Fr. Dr. C. vom und zum Stein, geb. 26. October 1757, gest. 29. Juni 1831. Des Guten Grundstein, des Bösen Eckstein, des Deutschen Edelstein. Das dankbare Bürgerthum 17. October 1869."

In Ghiordes bei Magnesia zerstörte ein Brand 825 Häuser, 815 Gewölbe, das heißt den ganzen Bazar sammt Waaren, 5 Moscheen, darunter 2 Bäder, 3 Khans und 2 Schulen. Es wurden dort die berühmten, auf der Pariser Weltausstellung mit der goldenen Medaille bedachten sogenannten Smyrnaer Teppiche fabricirt.

(Ein Spinnenregen.) Aus Carlisle wird eine eigenthümliche Erscheinung gemeldet, ein vollständiger Regen kleiner, wachsgelbfarbiger Spinnen, in ameisenähnlicher Gestalt, und noch kleiner, welche, sobald sie den Boden erreicht hatten, anfingen, Netze zu spinnen. Ein ähnlicher Vorfall wird aus Kendall gemeldet.

Redaction von Dr. Eugen Jäger. Druck der Jäger'schen Druckerei in Speyer.

Palatina.

Belletristisches Beiblatt zur Pfälzer Zeitung.

Nro. 131. Speyer, Dienstag, den 2. November 1869.

Der Herr des Hauses.

Erzählung von Werner Maria.

—

(Fortsetzung.)

Draußen heulte ein wilder Dezemberwind. Regen und Schloßen prallten gegen die Fenster, die Thüren klapperten, ein Klageton ging durch den Kamin.

„Pack' Alles ein, Nelle“, sagte die junge Frau, „für das Kind die wollene Jacke und das wärmste Mützchen!“

„Das Kind willst Du doch nicht mitnehmen!“ rief Lebrecht entsetzt, „in diesem Wetter nach einem Landhaus, wo es immer zieht und kalt ist, wo eine Todtkranke liegt, die alle Aufmerksamkeit für sich in Anspruch nimmt!“

„Ich werde mein Kind über Nichts vergessen, nicht einmal über meiner Mutter“, schloß sie schluchzend, „obgleich ich doch jetzt weiß, was es heißt, eine Mutter sein. Sie würde es auch mitnehmen, sie hat uns nie verlassen!“

„Sei vernünftig, Fränzchen“, bat Siegfried; „laß das Kind hier — für Euch Beide ist's besser — ich bin ja noch da und die Nelle.“

„Die Nelle versteht nichts davon, ist auch noch zu jung.“

„Zu jung! Eine Woche jünger als Du“, warf Lebrecht ein.

„Aber nicht seine Mutter! Er ist so an mich gewöhnt und Du bist ein Mann, hast Dein Amt, Siegfried — ich lass' es nicht hier, auf keinen Fall“, fuhr sie fort, schroff werdend, weil sie merkte, daß es einen Kampf galt.

„Nelle ist ganz zuverlässig“, bekräftigte Lebrecht.

„Zuverlässig! Wie willst Du das wissen?“ rief sie. „Mir ist kein Mensch dafür zuverlässig, kaum ich selber; alle Tage bitte ich den lieben Gott, daß er mich keinen Fehler bei dem Kind machen lasse und mir das rechte Verständniß gebe.“

„Hörst Du das Unwetter! Es kann der Tod des Kindes sein.“

„Sprich nicht so grausam, Lebrecht, schon das Wort ist mir ein Stich durch das Herz; überall kann es sterben, aber ich will's nicht verlassen und muß es mir genommen werden, soll's Gott aus meinen Armen nehmen, in die er's hineingelegt hat.“

„Reg' Dich nicht auf, Fränzchen“, sagte Siegfried, ihr die glühende Wange streichelnd, „um die paar Tage! Es ist ja nicht der Rede werth. Wie viele Mütter lassen ihre Kinder länger allein, gezwungen oder ungezwungen.“

„Das mag schon sein, da kann Jedes nur für sich selbst urtheilen. — Mir aber ist's, als wär' ich ein Posten, der seine Wache im Kriege verläßt.“

„Laß' es Dein Gewissen nicht beschweren“, fuhr er schmeichelnd fort, „ich nehme Alles auf mich, spiele einmal Herrn im Hause und behalte den Jungen mit Gewalt zurück.“

Sie ging aber auf seinen scherzenden Ton nicht ein, sondern erwiderte scharf:

„Ich nehme Hänschen doch mit — in kleinen Dingen magst Du befehlen; in diesem Fall, wo jede Seele nur allein weiß, was sie zu thun hat, geht es nicht.“

„Ho — ho —“, sagte er immer noch scherzend, aber doch heftiger — „Gewalt gegen Gewalt?“

„Ja“, sagte sie, „mag ich Dir noch so schwach erscheinen, ich wehre mich, ich lasse mir das Kind nicht nehmen. Siegfried“, rief sie schluchzend, „wer hätte das von Dir gedacht, daß Du — so großmüthig, so gütig — im Grund auch nicht besser wärst — ?“

„Als die Uebrigen“, ergänzte Lebrecht. „Wir sind Alle Tyrannen, die zu Eurem Besten in den Fällen, wo Ihr den Kopf verliert, die Zügel nehmen.“

„Ich hasse Dich“, rief die junge Frau außer sich, „mit Deiner Weisheit, die hohler ist als eine taube Nuß. In meinem ganzen Leben hab' ich nicht so viel böses Blut über die ganze Männerwirthschaft in mir verspürt als heut'. — Die Herren verstehen Alles besser selbst die Kinderwartung. — Auch darin müssen sie uns bevormunden, überall die Regierung führen bis in die Küche und Kinderstube! Davon wissen sie Nichts, wissen nicht einmal, wo ein Kind hingehört — zur Mutter — möchten sein wie der liebe Gott — ach, wenn sie so barmherzig wären“, rief sie schluchzend, „wie der Mann in der Bibel, dem wir unterthan sein sollen. — Siegfried“, sagte sie und hing an seinem Halse, „sei barmherzig, laß mir das Kind, wenn Du mich lieb hast — laß mir das Kind — Du kannst es mir schon anvertrauen“, fuhr sie fort und versuchte unter Thränen ihn anzulächeln, „so unvernünftig ich sonst war — wild — unbändig.

bin ich nicht weise und gesetzt geworden? — Selbst Lebrecht sagte, eine bessere Pflege kennt er nicht."

Nette brachte den Kleinen.

„Sieh nur", sagte sie.

„Eben darum, Herzensschatz", antwortete Siegfried. „Willst Du die Gesundheit Deines Kindes einer sentimentalen Laune wegen auf das Spiel setzen?"

„Ihr versteht mich nicht", sagte sie unwillig, „aus Angst nehm' ich's ja mit; wüßt' ich wen, der es besser wartet, und wär's wer weiß wer und sollt' ich wer weiß wie lang' sein liebes Gesicht nicht sehen, ich gäb' es hin, so schwer es mir würde.

„Quäle mich nicht", sagte Siegfried erregt, weil es ihm schwer wurde, gegen sie zu sein. „Das Kind kann ich nicht mit geben — bleib' auch hier, wenn es Dir unmöglich scheint, es bei mir zu lassen."

„Das sagst Du nicht aus Deinem Herzen", antwortete sie, ihn scheu ansehend, „so schlecht bist Du nicht, die Mutter ruft mich und ich sollte hier bleiben! Bestell mir den Wagen."

Sie drehte den Männern den Rücken und ging mit ihrem Kind in das Schlafstübchen — dort brach sie wieder in Thränen aus, wenn sie an all' die tausend kleinen Dienste dachte, die sie ihm selbst leistete, all' seine Mienen, die sie allein verstand.

„Ich kann Dich nicht lassen, Hänschen", sagte sie, den Jungen an sich pressend. „Sie sind selbst schuld, wenn wir Frauen zweizüngig, listig, verstellt werden — könnt' ich's, ich nähme den Jungen heimlich mit. Ich nehme Dich mit, auf alle Fälle", antwortete sie mit der ganzen Heftigkeit ihrer leidenschaftlichen Natur, als das Kind die Aermchen nach ihr ausstreckte — „ich kann Dich nicht hier lassen, komme was da wolle!"

Seine Sachen packte sie sorglich ein, setzte ihm das Pelzmützchen auf, hüllte ihn in ihren Mantel. Wenn er sieht, daß ich so resolut bin, wird er Dich mir schon lassen, kleiner Bengel — grad' wie der Vater sieht er aus, grad' solchen erzieh' ich wieder. — Zu Anfang und später, immer kosten sie unser Herzblut."

Der Wagen stand vor der Thür — Siegfried kam sie holen — sie hatte den Mantel über das Kind geschlagen, es verrieth sich aber und jauchzte, denn es hielt die Sache für ein Spiel.

„Ich nehme ihn doch mit", sagte sie halb drohend, halb flehend, das rosige Gesichtchen enthüllend.

„Fränzchen!" rief er schmerzlich und die Zornader schwoll an seiner Stirn; „das hätte ich nicht von Dir gedacht — auf die Art laß' ich mir nicht das Regiment nehmen. — Hättest Du mich betrogen, wäre es aus zwischen uns gewesen. Gott hat das verhütet. Gib mir den Jungen gutwillig, mit meinem Willen kommt er nicht fort."

„Ohne Deinen Willen denn", sagte sie aufgeregter, verwundbarer gemacht durch den Schmerz um Mutter und Kind, Alles vergessend — Zukunft und was nachher werden würde. Er wurde schneebleich wie Einer dem alles Blut nach dem Herzen geht.

„Fränzchen!" rief er und faßte sie eisern am Arm, „noch bin ich Herr im Hause! Wähle zwischen mir und dem Kind."

Der Kleine und die Mutter erschracken über den Ton — der Junge fing kläglich an zu schreien. Sie sagte kein Wort, machte seine Aermchen von ihrem Halse los und legte ihn Siegfried in den Arm — sie sah sich nicht mehr um, küßte ihn auch nicht — stieg in den Wagen, die Pferde zogen an — sie hörte das Kind noch lange weinen oder glaubte es zu hören.

Der Sieger im Kampfe ging gedrückt mit seiner kleinen Last in das Haus. — Lebrecht traf ihn auf der Schwelle.

„Hätt' ich doch nicht geglaubt, daß sie Dir den Jungen lassen würde", sagte er; „Du hast doch mehr Macht, als ich glaubte."

„Und mir ist fast leid, daß ich sie gebrauchte", antwortete Siegfried. — „Nun ich den Befehl gab, scheint es mir plötzlich, als könne sie doch Recht haben, oder vielmehr, als hätte ich ihr das überlassen sollen. Ein andermal, Lebrecht, glaub' ich, thue ich das.

(Fortsetzung folgt.)

Die Kriegshäfen des Norddeutschen Bundes.*)

Die natürliche Beschaffenheit der langgestreckten, meist flachen und sandigen norddeutschen Küstenstriche weist darauf hin, für die Kriegsmarine nicht allein Häfen anzulegen, sondern sich an minder wichtigen Stellen mit der weniger kostspieligen Einrichtung von Marinestationen und Marinedepots zu begnügen. Es sind dies Anlagen, welche den Zweck haben, den Kriegsschiffen einen unter allen Witterungsverhältnissen sicheren, durch Batterien gedeckten Ankerplatz zu gewähren, sie in den Stand zu setzen, kleine Reparaturen auszuführen und die Vorräthe an Proviant, Munition und Kohlen zu ergänzen.

Die eigentlichen Kriegshäfen bedürfen auch von der Landseite der strategischen Deckung und müssen deshalb nicht nur für temporären Schutz und leichtere Ausbesserungen der Kriegsschiffe genügen, sondern auch vollständige Reparaturen zulassen, sowie alle für den Neubau nöthigen Einrichtungen enthalten. Erforderlich sind außerdem hinreichende Wassertiefe, Raum zur Aufnahme der Flotte, also ein großer Binnenhafen, der durch einen Kanal mit der See verbunden und um welchen sich die Magazine mit Vorräthen aller Art für Ausrüstung der Flotte, die Werkstätten, die Docks und die Werften gruppiren. Die Sicherheit gegen einen Angriff oder ein Bombardement des Feindes von der Seeseite wird durch Anlage von Strandbatterien und Forts, durch große Entfernung des Hafens von der See und große Länge des verbindenden Hafenkanals erreicht.

Um den Hafen von der Landseite, sei es gegen Bombardement, sei es gegen einen überraschenden An-

*) Nach dem Buche von der norddeutschen Flotte.

griff, geschützt zu wissen, muß ein Kreis detachirter Forts und eine Umschließung des ganzen Hafens mit Wall und Graben angelegt sein.

Die Kriegshäfen sind unentbehrlich für die rasche Ausrüstung der Flotte, sie bilden den Ausgangspunkt aller Operationen, und nur sie sind Punkte, auf welche sich die Flotte in Sicherheit zurückziehen kann. Ihre Größe und Gestalt richtet sich nach der Zahl und Größe der Schiffe, welche sie aufzunehmen bestimmt sind, wobei namentlich die Dimensionen der Panzerfregatten der Neuzeit bedeutend ins Gewicht fallen; so faßt das Hafenbassin des Jahdebusens z. B. allein 20 Panzerschiffe von der Größe des „König Wilhelm“, während der Verbindungskanal des Bassins und der Vorhafen Raum für kleine Schiffe gewährt.

Die Erwerbung des Jahdebusens datirt aus dem Jahre 1854, in welchem Jahre Preußen mit Oldenburg einen Vertrag abschloß, wonach an Preußen die Benützung des Jahdebusens als Kriegshafen überlassen und zur Anlage von Marine-Etablissements ein Territorium an der westlichen Seite bei Heppens, so wie ein kleineres am östlichen Ufer bei Eckwarde abgetreten wurde. Nach Ueberwindung mannigfaltiger und erheblicher Schwierigkeiten hinsichtlich der Herbeischaffung des Baumaterials in Betreff der ungünstigen Bodenverhältnisse und des Kampfes gegen die Meeresfluth ist das Werk so weit gefördert, daß am Ende des nächsten Jahres der Vollendung des Hauptkriegshafens der norddeutschen Kriegsflotte entgegengesehen werden darf und derselbe als Stützpunkt der norddeutschen Kriegsmarine deren Schiffe aufzunehmen vermag. Der ganze Bau besteht aus der Einfahrt, dem Vorhafen, dem Verbindungskanal und dem inneren Hafen. —

Der Hafen von Geestemünde, welcher im Jahre 1862 vollendet worden, hatte in commerzieller Beziehung durch die schnelle Entwickelung Bremerhavens eine nur geringe Bedeutung. Für die kleineren Kriegsschiffe ist er aber jetzt ein vortrefflicher Stationsort, da der Jahdebusen noch nicht vollendet und der erstere eine große Anzahl von Docks, Schiffbau-Etablissements und ein Marinedepot besitzt, welche für die Reparaturen und sonstigen Bedürfnisse die nöthigen Mittel gewähren. Immerhin reicht das Hauptbassin, an welches sich noch zwei Seitenhäfen schließen, aus, eine nicht unbeträchtliche Zahl von Schiffen aufzunehmen.

Der Hauptkriegs- und Constructionshafen für die Ostsee, ist Kiel, doch wird noch einige Zeit vergehen, bis er in allen seinen Theilen vollendet ist. Die Vorzüge dieses Hafens bestehen hauptsächlich in der Geräumigkeit der Kieler Fohrde, welche in dieser Hinsicht alle anderen deutschen Häfen übertrifft und Flotten jeder Größe aufzunehmen gestattet. Die Kieler Föhrde ist nämlich eine weit in das Land hineinreichende Bucht, etwa zwei Meilen lang, bei einer Breite, die zwischen einigen Tausend Schritten und einer halben Stunde varirt. Ferner sind als Vorzüge des Kieler Hafens hervorzuheben: eine gleichmäßige Tiefe und vollständige Sicherheit gegen alle Stürme. Friedrichsort und Strandforts schließen den Hafen, dessen Eingang bei Friedrichsort nur 1250 Schritt beträgt. Der Festung gegenüber liegen auf den am meisten vorspringenden Landspitzen die Forts Moellenort und Laboe; neue Werke sind noch im Entstehen begriffen. Das linke Ufer wird nicht minder stark befestigt durch die Erweiterung und Verstärkung von Friedrichsort und ein frontwärts gelegenes starkes Fort, welches 1864 begonnen und an welchem noch gearbeitet wird.

Danzig, bisher von allen anderen preußischen Häfen der am günstigsten situirte, ist insofern von historischem Interesse, als sich dort die preußische Marine entwickelt hat. Wenn auch die geringe Wassertiefe in der Hafeneinfahrt von Neufahrwasser und in der Weichsel dem Einlaufen größerer Schiffe Schwierigkeiten entgegenstellt, so können doch kleinere Schiffe stets bis zur Werft gelangen. Deshalb wird auch Danzig, bis jetzt die einzige preußische Werft, vorläufig Constructionshafen für kleinere Kriegsschiffe bleiben.

Zum Schlusse sei noch der kleine Kriegshafen bei Stralsund erwähnt, in welchem, seiner geringen Wassertiefe wegen, nur Kanonenboote Aufnahme finden können. Dieser Hafen ist auf der 2500 Fuß breiten Insel Dänholm gelegen, welche mit ihren Befestigungen zugleich die seit 1848 angelegten Kanonenbootsschuppen und Hafenanlagen schützend einschließt, und für die Deckung der Insel Rügen und der weiter östlich gelegenen Küste nicht zu unterschätzen.

Miscellen.

* Lauterburg. In und bei unserer Stadt hat man schon zu wiederholten Malen römische Alterthümer entdeckt; Münzen, Vasen, Inschriften sind in großer Anzahl ausgegraben worden und Herr Samuel Kuscher hier besitzt davon eine hübsche Anzahl. Vor einiger Zeit fand man nun in dem Garten des Herrn Eckert, eines pensionirten Militärs, einen alten Stein, welcher von Herrn Spach, dem Vorsitzenden des elsässischen Alterthumsvereins (Société pour la conservation des Monuments historiques d'Alsace) als ein römischer Altar erkannt wurde. Er ist rechtwinklig bearbeitet und an der Basis mit Ornamenten verziert. An ihm befindet sich ferner ein Carnies, das ebenfalls Verzierungen zeigt.

Das Ganze ist aus einem Stück Sandstein.

Eine Seite des Altares zeigt die etwas beschädigten Buchstaben

IOM
CELIAN
VSPAC
ANI. [v] L [s].

Diese Inschrift wurde gelesen als: *Jovi optimo maximo Cellanus pacator* (oder wenn der letzte Buchstabe der dritten Zeile ein O ist, was man noch bestreiten kann, *pacorus*).

Die fünf letzten Buchstaben der vierten Zeile sind noch nicht erklärt; einige derselben sind sehr schwer zu erkennen.

Der Altar hat eine Höhe von 73, eine Breite von 25 und eine Länge von 34 Centimeter. Man fand ihn im Jahre 1860 bei dem Abbruch eines Thurmes an der westlichen Ecke des früher bischöflich speyerischen Schlosses in die Mauer eingelassen.

In Würzburg starb am 27. October an den Folgen eines Schlaganfalles der pens. Rechtsrath Dr. Johann Joseph Roßbach, in weiteren Kreisen bekannt als Verfasser mehrerer Schriften über Volkswirthschaft und sociale Verhältnisse.

Ein württembergisches Schnaderhüpferl aus dem Sommer 1866 lautet:

Mein Schatz ist a Reiter,
A bad'scher muß sein,
Den läßt der Prinz Wilhelm
In's Feuer net 'nein.

Daun in der Eifel, 28. Oct. Der allseitig prophezeite frühe Winter hat sich plötzlich eingestellt. Seit vorgestern haben wir anhaltenden Frost, ziemlich heftige Schneestürme und heute hat selbst im Lieserthale die Schneedecke eine Stärke von 2 Zoll. Auf den kalten Höhen ist dieselbe bedeutend mächtiger und an den exponirtesten Punkten bereitet sie dem Postverkehr schon einige Schwierigkeit. Noch wenige Tage und wir sind völlig eingeschneit. Die Landschaft gewährt jetzt einen um so eigenthümlicheren Anblick, als die Bäume theilweise noch grün sind. Auch in den Feldern befinden sich noch viel Gemüse (vielfach freilich erfroren) und besonders Kartoffeln, und letztere sind nun in Folge des Schneefalls um so mehr den Verheerungen durch die in großen Rudeln in den hiesigen Forsten vorhandenen Wildschweine ausgesetzt. Ein fernerer Schaden erwächst aus diesem Wetter dem Landmann, da der Krammetsvogelfang nun sein Ende erreicht hat. Dafür wird er jetzt mit Wildschwein fürlieb nehmen müssen.

Als ein erprobtes Heilmittel der Maul- und Klauenseuche wird der Nordd. Landw. Ztg. vom Dominium Kisgaar in Schlesien vom 26. d. Mts. folgendes Recept mitgetheilt: „Nimm Eichen-Borke, koche daraus eine starke Lohbrühe, thue in zwei Quart Lohbrühe eine Hand voll blauen Vitriol. Ist letzterer aufgelöst und die Flüssigkeit etwas abgekühlt, so wird mit solcher täglich drei Mal der kranke Fuß anhaltend gebadet, und sanft abgewaschen, auch möglichst rein gehalten auf reinlicher Streu. Gegen die Maulfäule nimm pulverisirten Alaun, löse ihn in Wasser auf, setze so viel Wasser zu, daß die Flüssigkeit nicht mehr ätzend, sondern nur scharf beißend schmeckt, wenn man sie mit der Zunge berührt. Nimm sodann einen weichen Pinsel oder eine Feder, und pinsele das Maul und die Zunge des kranken Thieres mindestens drei Mal täglich rein aus, so daß aller Schleim und Eiter entfernt wird. Je reiner man die entzündeten Stellen durch häufige Waschungen hält, um so rascher geht die Heilung vor sich. Eine leicht verdauliche, nahrhafte Suppe ist als Speisung rathsam, um das leidende Vieh bei Kräften zu erhalten. Auch muß mit dem Mittel möglichst zeitig eingeschritten werden. In größeren Herden ist ein wohl instruirter Mann zu der Behandlung des Viehes anzustellen." — „Wir haben", schreibt der Einsender, „bei Anwendung dieses Mittels sämmtliche Milchkühe bei voller Milch erhalten, und alle Ochsen auf weichem Boden ruhig arbeiten lassen. Binnen fünf bis acht Tagen waren alle kranken Thiere völlig hergestellt. Alle während der Krankheit fallenden Kälber sind zu verkaufen, da sie nicht am Leben zu erhalten sind."

Die Schweizer Uhrenfabrikation. Sehr interessant sind einige Notizen über den gewaltigen Aufschwung, den die Uhrenfabrikation in verschiedenen Städten und Bezirken der Schweiz genommen hat. Kein Land Europa's kann sich in Bezug auf diesen Industriezweig mit der Schweiz messen, nur ein einziger Ort, die französische Stadt Besançon, bereitet eine nennenswerthe Concurrenz. Der Canton Neuenburg allein producirt jährlich 800,000 Uhren im Werthe von 35 Millionen von welchen die Hälfte etwa als Reinertrag den Fabrikanten und Arbeitern zufällt. Die Zahl der Arbeiter beiderlei Geschlechtes beträgt hier 30,000. Genf besitzt 7000 Uhrmacher, welche jährlich 100,000 Uhren im Werthe von 11 Millionen liefern. Waadt (vorzüglich das Jouxthal) und Bern liefern jährlich gegen 300,000 Uhren im Werthe von zehn Millionen. Die Gesammtproduction der Schweiz beträgt also etwa eine Million und 200,000 Stück, welche einen Werth von fünfundzwanzig bis sechzig Millionen Francs ergeben. Die Gesammtzahl der Arbeiter wird auf 60,000 geschätzt.

London, 28. Oct. Der gefürchtete 5. October mit seinen Springfluthen ist hier, wie erinnerlich, bei ruhendem Winde ohne böse Folgen vorübergegangen, während an einigen Küstenstrecken Nordamerika's die hohen Wogen, vom Sturme gepeitscht, erheblichen Schaden anrichteten. Das größte Unheil aber hat — nicht der fünfte October selbst — denn so weit gehen unsere Nachrichten noch nicht — sondern die Furcht vor diesem Tage in Südamerika gestiftet. Frühere uns mitgetheilte Berichte, die bis zum 13. Sept. reichten, sprach von der Geschäftsstockung, die sich schon in Erwartung der „unterirdischen Ebbe und Fluth" und deren Wirkungen, den Erdbeben, im Vereine mit der gewaltigen Meeresbewegung eingestellt hatte. Die neuesten Nachrichten, welche der westindische Postdampfer „Tasmanian" gestern nach Plymouth gebracht hat, lauten aus peruanischen Häfen vom 28. Sept. Die Hafenstadt Callao, so vernehmen wir, war ganz und gar verlassen; Soldaten und Polizei patrouillirten durch die Straßen, um zu verhindern, daß die Räuber in aller Form Besitz von den Häusern nähmen. Eben so verödet war die ganze peruanische Küste. Unterrichts-Anstalten aller Art zeigten geschlossene Thüren; denn die Eltern hielten ihre Kinder zu Hause, um sie nicht aus dem Gesichte zu lassen. Selbst die Kriegsschiffe im Hafen von Callao waren in die hohe See gegangen, um bei der hohen Fluth nicht mit der übrigen Schifffahrt in Collision zu gerathen. Man glaubte, daß der Schrecken bis zur Mitte October anhalten würde, wenn man auch von den ersten Tagen des Monats die Hauptkatastrophe befürchtete. Die Sachlage war um so schlimmer, als der Süden Peru's fortwährend von starken Erdstößen erschüttert wurde. In Guayaquil kamen am 21. Sept. drei Erdbeben vor, so daß auch in Ecuador die angebliche Prophezeihung — in Wahrheit nur eine Hypothese — des Astronomen Falb die Gemüther in Aufregung erhält.

London, 29. Oct. Von allen Punkten der Ost- und Nordostküste liegen heute Berichte über den vorgestrigen ungeheuren Sturm vor. Eine Anzahl von Schiffbrüchen wird gemeldet, und in Yarmouth allein werden sechs Fischerschmacken vermißt welche, muthmaßlich mit Mann und Maus zu Grunde gegangen sind. Seit dem denkwürdigen Sturme von 1866, wo etwa 100 Wittwen und Waisen ihrer Ernährer beraubt wurden, herrschte in Yarmouth nicht so große Trauer.

* Tripolis, 28. Octbr. Der Consul von Oesterreich in Tripolis hat die Nachricht erhalten, daß der berühmte afrikanische Reisende, Dr. Nachtigall, der mit einer Mission des Königs von Preußen an den König von Bornu betraut war, von seiner Forschungsreise bei den Stämmen von Fizzan und von Tibesti nach Murzuk zurückgekehrt ist.

Der Chignon-Pilz. Die Entstehung der Pilzgebilde in den Chignons ist ganz erklärbar. Allenthalben in der Luft schweben Pilzsamen (Sporen) als sogenannte Sonnenstäubchen umher, am massenhaftesten in Wohnzimmern, wo wir sie in Menge einathmen. In gleicher Weise setzen sich die schwärmenden Pilzsporen in die Haare, sowohl in die lebenden als auch in die todten. In den Chignons, wo sie durch Kämmen und Reinigen nicht gestört werden und sich aus dem Schweißdunst, gelegentlich auch wohl aus atmosphärischer Feuchtigkeit (Nebel, Regen ꝛc.) nähren können, wachsen sie mit dichtgedrängten Sporen zu dichten Knötchen (sogenannten Sklerotien) aus. In ganz ähnlicher Weise wachsen und gedeihen verschiedene Schimmelformen in den so sorgfältig vor Kamm und Bürste gehüteten Wichtelzöpfen (fälschlich Weichselzöpfe genannt) der Polen. Also etwas Unreinliches ist der Chignonpilz jedenfalls, und er kann auch Kopf- Gesichts- und Nacken-Ausschläge erzeugen. Und so lange die Damen kein Mittel haben, den Chignon eben so zu kämmen und zu bürsten, wie sie es alle Tage mit ihrem eigenen Haupthaar zu thun pflegen, so lange wäre es wohl hübscher, wenn sie sich blos mit dem letzteren begnügten.

Redaction von Dr. Eugen Jäger. Druck der Jäger'schen Druckerei in Speyer.

Palatina.

Belletristisches Beiblatt zur Pfälzer Zeitung.

Nro. 132. | Speyer, Donnerstag, den 4. November | 1869.

Der Herr des Hauses.

Erzählung von Werner Marie.

(Fortsetzung.)

XI.

„Schweig Herz, kein Schrei,
Denn Alles geht vorbei."

Der alte Job stand vor der Thür, als die arme junge Frau ankam. Das Unwetter hatte noch nicht nachgelassen.

Es war ihr, als könne es nie wieder blauen Himmel geben, als sei etwas in Stücke geschlagen, etwas zerbrochen an ihrem Herzen. Nicht einmal den Schmerz um die Mutter konnte sie gesund empfinden, Alles nur wie ein dumpfes Wehgefühl.

In der Kinderstube saßen die Geschwister zusammengedrängt, wie die Vögel beim Gewitter. Der Vater kam und gab ihr die Hand. „Sie schläft", sagte er, „es geht Alles gut." Er konnte sich nicht denken, daß sie sterben könnte, daß er ohne die lieben Gewohnheiten werde leben müssen, die ihm wie sein Dasein schienen.

Als er heraus war, drängten sich die Kinder um die Schwester und das Stumpfnäschen flüsterte ihr in das Ohr:

„Der Vater will es nicht sehen, wie es steht; mir aber, als der Stärksten, hat es der Arzt gesagt, es ist keine Hoffnung mehr. — Du weißt, Luzie kann Gemüthsbewegung nicht ertragen — Einer aber muß sein, der den Kopf oben behält und für das Haus sorgt, es geht ja doch nicht von selbst."

Fränzchen sah auf das kleine Ding, wie es so heldenmüthig dastand, der Liebling, der Verzug der Mutter, ihr am Aehnlichsten. „Gestern, als ich bei ihr im Zimmer war", fuhr das Mädchen fort, „nahm sie Abschied von mir: Bertchen, sagte sie — wer wird für Euch und den Vater sorgen, wie Ihr's gewohnt seid, der Vater mit all' seinen Eigenheiten, Luzie krank und kann's nicht, Fränzchen hat Mann und Kind. Kann ich's Mutter? frug ich. — Du kannst's, wenn Du mich lieb hast, sagte sie — ich kann's", schloß das Mädchen, aber das brave Herz verließ sie und ihre Versicherung ging unter in Thränen.

Fränzchen schlich sich in das Zimmer der Mutter, sie hatte eine grenzenlose Sehnsucht, einmal noch von ihr geküßt zu werden wie in alter Zeit — sie hatte es eigentlich erzwingen wollen. Aber es lag etwas Feierliches, Fremdes auf dem Gesicht, das sie zurückhielt. Ihr eigenes Herz schlug so angstvoll — sie hätte noch nicht so ruhig daliegen und sterben können — ihr Kampf begann erst. Die Mutter hatte ihn auch gekämpft, es war nicht leicht gewesen, sich unterzuordnen wie sie es gethan, freiwillig, bis sie sich dem Manne unentbehrlich machte, abhängig wie ein kleines Kind — er commandirte und befahl noch bis zuletzt sehr laut und wußte nicht einmal wie lange die wahre Gewalt in ihre gütigen Hände übergegangen war. Jeden Stein hatte sie aus dem Wege geräumt, alle Unannehmlichkeiten auf sich genommen.

In ihr Leben mit den Kindern hatte er sich aber nie gemischt, darin war ihr ganz freie Hand gelassen; im Gegentheil, er überließ ihr eben Alles, alle Arbeit, alle Mühe, darum sah auch jetzt wohl in der Ruhe des letzten Schlafes das Gesicht so selig aus.

Ruhe hatte sie im Leben nie gehabt — es war auch als ob das Antlitz Fränzchen sage: „Gönne es mir, rufe mich nicht zurück!"

Keinen Rath konnte sie mehr geben, keinen Trost — allein stand sie Siegfried gegenüber.

„Wenn es auch dies Mal gut geht", dachte sie, „Kampf wird mein Leben sein, Kampf um meine heiligsten Rechte."

Sie wußte nicht, wie lange sie dort gesessen hatte; es war dunkel geworden.

Der Vater, die Geschwister traten ein.

Der Arzt bekräftigte, was er längst wußte. Laute Klage füllte das Zimmer.

Der alte Mann allein wollte es nicht glauben, immer wieder faßte er nach dem Puls, nach dem Herzschlag. — „Es ist nicht möglich", sagte er, „so stattlich und frisch, wie sie noch vor acht Tagen war — sie ist ja jünger als ich!"

Der treue Job tröstete ihn.

„Gnädiger Herr", sagte er schluchzend, „wissen am besten wie unsere gnädige Frau war, immer voraus bei allen Mühen, damit Sie's Nest schon warm fänden; jetzt ist sie auch voraus in den Himmel und bestellt dort beim lieben Gott Quartier — es ist nur ein bischen weiter ab, sehen wir, daß wir nachkommen."

Lebrecht erschien — er brachte die besten Nachrichten von Hans.

Da hier nichts mehr zu thun war, wie er sagte, ging er gleich wieder zurück zu seinen Kranken in der Stadt.

Auch Fränzchen wollte nicht warten, bis sie die Mutter in das Grab gelegt hatten. Alle wunderten sich darüber.

„Du wirst es verstehen, Mutter", sagte sie in Thränen, als sie Abschied von der Hülle nahm, „mir ist so bange um Hänschen. — Ich wollte wir lägen Beide hier neben Dir; Du hast es gut — Du hast es verstanden, eine gute Frau, eine gute Mutter zu sein — ich weiß es nicht zu vereinigen. Gott helfe mir!"

Lebrecht war der Vorläufer der jungen Frau. „Siehst Du" sagte er, „es war gar nicht all' den Lärm werth. Frauen haben eine Vorliebe für Scenen! Wenn sie morgen früh kommt und Alles beim Alten findet, mag sie Dir den vielen unnützen Kummer abbitten, den Du Dir darüber gemacht hast. Komm! meine Wirthschafterin hat Alles für uns zurecht."

„Erst muß ich dem Jungen gut' Nacht sagen."

„Schön, aber mach's kurz, ich warte hier."

Mit verstörtem Gesicht kam Siegfried wieder heraus. — „Dem Jungen ist Etwas", sagte er, „Nelle meint, er ist müde — aber dem Jungen ist Etwas. — Sieh' ihn Dir an, Lebrecht."

„Was wird es sein? ein Schnupfen, die Zähne, man merkt, daß Du das Kinderwarten nicht gewohnt bist, Du siehst aus wie ein Geist."

Als Lebrecht aber an das Bettchen trat, nahm sein Gesicht denselben Ausdruck an. „Was ist hier vorgefallen?" herrschte er das Mädchen an — „lüge nicht! — was ist hier vorgefallen?"

Während dessen befaßte er sorgfältig den kleinen Körper des Kindes, das im Fieber den Kopf auf dem Kissen hin und her bewegte.

„Lüge nicht!" rief Siegfried außer sich dazwischen. „Was hast Du gethan?"

Wimmernd, zitternd, selbst kaum ihrer mächtig, gestand Nelle, daß das Knäblein gefallen sei.

„Er ist immer so unbändig", jammerte sie, „wir spaßten miteinander, er warf sich rückuber, gnädiger Herr", schluchzte sie seine Knie umfassend, „ich sterbe ja selbst vor Kummer."

Siegfried antwortete nicht. — Sie nahmen das Kind heraus, um es ihm zu erleichtern — es lag in Krämpfen bis am Morgen auf Siegfried's Knieen — Lebrecht umsonst bemüht, mit allen Mitteln, die die Kunst hat, das theuere kleine Leben zu erhalten.

Zehn Stunden mußte Siegfried die Qual seines Lieblings mit ansehen — er zuckte nicht; — er redete mit den süßesten Schmeichelnamen zu dem Knäbchen, aber das Kind erkannte den Vater nicht mehr.

Um sechs Uhr kam die Mutter — es hielt sie Keiner auf, es bereitete sie Keiner vor; was hätte man sagen können. — Den Schrei, den sie ausstieß, als sie ihr Kind fand, werden die Nachbarn nicht vergessen.

Man übersteht Vieles, was man nicht geglaubt hätte aushalten zu können. — Sie lag ein paar Tage krank unterdeß begrub Siegfried den Kleinen. — Fassungslos fand ihn Lebrecht, als es vollbracht war.

„Mein Junge! mein Junge, mein Schatz", schrie er unaufhörlich, „mein Hänschen!"

Die Mutter hörte seine Klage nicht — sie mochte ihn nicht sehen. Wenn er die Thür aufmachte, wo sie lag, wandte sie sich nach der Wand.

Als sie wieder aufstand, schien's als sei sie gewachsen, die kindlichen Contouren oval geworden — es war eine Verwandlung mit ihr vorgegangen. Um den Mann kümmerte sie sich nicht, obgleich sie Alles im Haus heimlich ordentlich besorgte — es war eine gewisse Vollkommenheit darin und doch das Beste, der Glanz des Lebens fehlte, das, was manche Schwäche, manche Entbehrung gern übersehen läßt.

Meist saß sie im Zimmer des Kleinen, ordnete wohl zum tausendsten Mal seine Kleiderchen, küßte auch eins oder das andre verstohlen, oder saß an der leeren Wiege in Thränen.

„Du mußt sie da herausreißen, Siegfried", sagte Lebrecht — sie bringt sich um. — Die Wiege wird ja wieder voll werden mit der Zeit, wenn sie nur vernünftig ist — wäre das Kind nur erst da — dann bist Du über den Berg, darüber vergißt sie Alles."

Siegfried sah ihn düster an. — „Den Jungen kann sie nie vergessen, wie ich auch nicht."

„Nenne es wie Du willst, aber vor Allem bring' sie da heraus, aus diesem unseligen Zimmer."

„Ich vermag nichts mehr über sie", antwortete er muthlos.

„Dann werde ich es thun", fiel er ein — „geschehen muß Etwas — macht eine Reise miteinander, schöne Luft, schöne Gegend, das thut oft Wunder; es ist ein großes Unglück, daß euch das Kind starb und es war ein reizender Junge, aber wie viel Eltern verlieren zwei, drei, eh' sie eins behalten."

„Es ist nicht allein, daß das Kind starb; aber daß es so sterben mußte, ohne sie" . . . und er stockte, „als wär' ich Schuld daran . . ."

„Grillen! Du wirst auch Hypochonder. Fränzchen hätte ebenso gut selbst den kleinen Unband fallen lassen können, es war oft nahe genug daran, ich sah's mit Besorgniß."

Die junge Frau leistete nicht den Widerstand, den Lebrecht erwartet hatte, als sie sich von ihren Erinnerungen trennen sollte.

„Es ist mir gleich, wo ich bin", antwortete sie, er braucht nur zu befehlen, er weiß ja, daß ich gehorche."

Nur als Lebrecht auf das Kind anspielte, das sie unter dem Herzen trug, wurde sie bitter und scharf. „Das gehört mir wohl auch nicht mehr", sagte sie höhnend; „mit dem mache ich was ich will."

(Fortsetzung folgt.)

Vom Suez-Kanal.

(Neue Fr. Presse.)

Vom Nil, 23. October.

Alle Bitten und Gebete kamen aus dem Morgenlande, und so bitte denn auch ich den Leser, mich vorläufig wie einen Musikanten zu betrachten, der erst im Begriff ist, sein Instrument zu stimmen. Denn es wird ein großes, ungeheures Concert am Nil werden; an die achtzig Schriftsteller und Journalisten, abgesehen von all den übrigen „esprits éclairés“, hat der Vicekönig zur Nil-Ouvertüre eingeladen, und es ist vorauszusehen, daß sie meist Alle kommen, sofern sie nicht schon da sein sollten, sofern sie nicht schon dem blauen Nil entgegensteuern, da gestern Morgens bereits die erste Expedition nach Ober-Egypten, ein Schub von hundertundzwölf Gästen und Dienern, ins Innere hinausgegangen ist.

Zum viertenmal also hab' ich jetzt die Schwelle des Orients betreten, ich sitze seit gestern Morgens in Alexandrien, wo der Himmel noch Wolken hat, aber die orientalische Gastfreundschaft mir ihr schönstes Willkommen entgegensendete.

Soll ich von der Reise an der dalmatinischen und griechischen Küste entlang erzählen? Ich habe sie schon oft beschrieben, denn ich bin das Adriatische und Mittelländische Meer Jahre hindurch schon hin- und hergeschwommen, ich habe die Berge und die Oelbäume gezählt, und es fehlte kein einziger, selbst auf Candia und Kreta war's wieder so still geworden wie ehedem, und der Geier, der über den nackten Felsen kreiste, suchte vergebens nach den Resten einer verunglückten Volkserhebung.

Fünf Tage und sechs Nächte sind eine lange Fahrt, wenn man in zehn Tagen von Hamburg nach Amerika reisen kann; indeß die Vortrefflichkeit der Lloydschiffe, die Liebenswürdigkeit der Schiffsoffiziere helfen manchem bleichen Passagier über seine Schmerzen hinweg, und als vorgestern Morgens die schönste Sonne uns den Leuchtthurm von Alexandrien zeigte, waren die letzten Spuren vom Lebensüberdruß an Bord verschwunden. Im Hafen flaggten alle Schiffe; es war ja Freitag, der mahomedanische Sonntag. Der Lootse aber, als er an Bord kam, erzählte uns, die Kaiserin von Frankreich sei soeben in Alexandrien eingetroffen und also werde heute großer Jubel drinnen sein. Klarer und in immer schärferen Umrissen trat die Küste uns entgegen. Ich kannte den Rand der Sandbüchse von lange her, aber sie schien mir hügeliger als sonst; schwarze Röhren streckten ihre Hälse über die scharfen Contouren der Lehmbänke — es waren Forts, Bastionen, Schanzen, Kanonen vom Ras-el-Tin über den Hafen hinweg bis tief im Halbkreise die ganze Bucht entlang. Gewiß haben die Vertrauten des Padischah diesen Trotz des Khedive gesehen, sie haben die Feuerschlünde gezählt, die er in der ganzen Bucht da aufgepflanzt, sie haben die Forts auf der Landseite gezählt, und der große Mittrinker, der Padischah, befahl seinem Statthalter, die Kanonen in den Schoppen zu ziehen und seine Soldaten nach Hause zu schicken. Aber der Statthalter versteht seine Sache besser, als sein erhabener Principal; er wendete sich gerade zur rechten Zeit an die Journalistik aller vier Welttheile — er, ein Geschäftsmann, der seine Zeit begreift, lud die ganze Presse zu sich ein, er erdrückte sie mit Liebenswürdigkeiten, von denen ich alsofort erzählen will.

Der „Apollo“ ankerte im Hafen. Eine Seeräuberflottille von Hamals, von Packträgern, ein Raubgesindel mit kreischenden heiseren Kehlen umzingelte das Schiff, sie erkletterten den Bord und schrieen uns sogar hoch auf dem Oberdeck ihre Guttural-Laute entgegen. Wir waren unserer zwei mit Einladungen kommende Gäste: ich mit sicherem Vertrauen auf die oft erprobte Gastfreundschaft der Orientalen im Herzen, mein Reisegefährte mit den Wölkchen des Zweifels auf der Stirn.

Vor sich ging die Ausschiffung. Wir beschlossen, zu warten, ob man sich um seine Gäste kümmern werde. Der Commandant des Schiffes bat uns, zu warten; man werde ohne Zweifel uns abzuholen kommen. Wirklich erschien eine Deputation von vier jüngern arabischen Beamten in der ersten Cajüte, an ihrer Spitze Loutfy Efendi, der Ceremonienmeister des Vicekönigs, ein überaus interessanter Mann, der uns erklärte, er sei beauftragt, uns abzuholen und in die Stadt zu bringen. Von diesem gesegneten Momente ab bin ich nun ein Opfer der Liebenswürdigkeit der Empfangs-Deputation, die sich bei Ankunft jedes Passagierschiffes an Bord desselben begibt, um die etwa auf demselben befindlichen Gäste auf Händen nach Alexandrien zu tragen. Auf Händen, sage ich, denn man kann nicht aufmerksamer, verbindlicher sein, als diese Herren.

Erlaube mir, Leser, dir dieselben vorzustellen. Da ist also Loutfy Efendi, ein Mann in den mittleren Jahren, der in Europa geboren, in Amerika sich verheirathet und in Afrika einer der interessantesten Palastbeamten des Vicekönigs ist. Ferner Ahmed Samy Bey, als Repräsentant der Municipalität von Alexandrien, Emir Bey, Attaché der Daira Sanie, und noch zwei andere junge Männer, die den Tag hindurch beschäftigt sind, die Gäste mit Artigkeiten zu umgeben.

An der Leeseite des Schiffes hatte inzwischen ein kleiner Dampfer, commandirt von einem Reis, angelegt, in den wir hineincomplimentirt wurden. Mit uns stieg auch „der reiche Mann aus dem Morgenlande“ ein, der begütertste Kaufmann von Alexandrien, Antoniades, derselbe, der kürzlich zu Ehren des Vicekönigs den berühmten, 300,000 Francs kostenden Ball veranstaltete und dafür zum Range eines Bey erhoben wurde. Herr Antoniades war vor vierzig Jahren der Diener irgend eines andern reichen Mannes; jetzt besitzt er Millionen, und auf dem Schiffe, auf welchem er mit uns von Triest aus fuhr, war ihm Alles unterthänig; Griechen, Chinesen und Araber waren seine Dienerschaft, selbst die beiden Kühe oder Ochsen, die an Bord waren, brüllten Hosannah ihrem Herrn Antoniades.

Am Hafenkai erwartete uns die Equipage. Ein Kawaß begleitete uns in das „Hotel d'Europe“, nachdem uns Loutfy Efendi wiederholt gebeten, uns als Gäste seines erhabenen Herrn in keinerlei Unkosten zu stürzen, da derselbe für Alles, bis auf die Equipage hinab, die Sorge übernommen.

Du siehst also, lieber Leser, es wird mir kaum

möglich sein, über den Suez-Kanal etwas Unangenehmes oder Unfreundliches zu schreiben; indeß werde ich mir die Sache doch noch überlegen. Es liegt in jedem Menschen der Stoff zur Undankbarkeit, und es kann also wohl sein, daß ich schon in den nächsten Tagen all die unendliche Gastfreundschaft des Vicekönigs als einen mir schuldigen Tribut betrachten werde.

Die Consuln der europäischen Souveräne sind sehr empfindliche Herren. Also nach dem Frühstück Besuche, dann eine Rundreise durch die Stadt, durch die Palmenhaine, welche sie auf der Landseite umgeben, zu den Nadeln der Cleopatra, von denen der Herzog von Wales die eine daliegende ganz escamotirt hat, zur Pompejus-Säule und endlich zum öffentlichen Garten, um die Honoratioren der Stadt dort lustwandeln zu sehen.

Schon auf der Fahrt dahin wurden wir wieder von unserer liebenswürdigen Deputation aufgegriffen, die uns vergeblich im Hotel gesucht. Noucha heißt diese reizendste aller Anlagen, in denen der liebe Gott mit seiner unerschöpflichen Natur der Gärtner und ein freundlicher Efendi, dessen Namen ich vergessen habe, der Director ist.

Unter Palmen, Magnolien, Bananen und all der Blumenpracht, welche der Himmel in diese von Sand umgebene Oase geschüttet hat, wandelten wir zu dem Rondeau, in welchem die Marine-Capelle, dirigirt von Juppa Bey, dem Kapellmeister, uns ihre arabischen Melodien und einige sehr europäische Polkas vortrug. Juppa Bey gebührt das Verdienst, diese Natursöhne in die Geheimnisse unserer Tonzeichen eingeweiht zu haben. Ehre sei Juppa Bey! Sinnend steht er während der Musik in der Mitte des Pavillons; er hat seine Noten alle im Kopfe und braucht dazu kein Directionspult. Er verschmäht auch den musikalischen Marschallsstab, den Tactirstock; eine Haselgerte genügt ihm; aber selbst diese hält er stets zur Erde gesenkt, und nur dann und wann, wenn einer seiner Hornisten gar zu arge Mißtöne hervorbringt, wirft er dem Verirrten einen vorwurfsvollen Blick zu.

Die Beau monde war schwach im Garten vertreten, denn Viele von der europäischen Gesellschaft, der französischen und deutschen Colonie, sind noch drüben in Europa, wohin sie vor der Sommerhitze geflohen. Die Kinder spielten mit ihren arabischen Dienern und Bonnen in dem Rondel, die Musikanten in ihren rothen Jacken und rothen Fessen bliesen, was das Zeug halten wollte. Endlich gab Juppa Bey ein Zeichen, daß es genug des grausamen Spieles; die Musikanten packten ihre Noten ein und wir begannen unter den Palmen, deren Datteln eben reifen, unter den Bananen, deren Früchte noch nicht gezeitigt, dem Ausgang zuzuwandeln.

Da trat der Director des Gartens zu uns — derselbe Efendi, dessen Namen ich unverzeihlicherweise vergessen — und bot uns seinen Selam in der liebenswürdigsten Weise. Er bot Jedem von uns ein reizendes Rosenbouquet und ließ uns durch Louisa Efendi sein Bedauern ausdrücken, daß er nicht im Stande, uns sein Willkommen in seinem Paradiese in irgend einer uns verständlichen Sprache auszudrücken. Aber wie kann man eine schönere Sprache reden, als die der Blumen!

Auf dem Rückwege großer Corso der europäischen Schönheiten. Wieder durch die Palmenhaine des Thores von Rosette, von dessen Bastionen uns wiederum die drohendsten Feuerschlünde entgegenstarrten. Am Abend kein Theater, hingegen Souper inmitten der Deputation. Hiezu gesellten sich der Correspondent des Standard und der Flügeladjutant des Vicekönigs, Antonio Nanuchi, ein Italiener. Toaste auf Se. Hoheit, auf den Suezkanal, auf die „Union des peuples“, wie das bei einer solchen Gelegenheit unvermeidlich ist. Danach große Promenade durch die glänzend illuminirten Straßen; die Araber saßen dicht gedrängt auf dem Mehemet-Ali-Platz vor dem „Feuermeer“ des französischen Generalconsuls, die graziöse Kaiserin aber war bereits am Mittag nach Kairo abgereist, wohin sie der Khedive begleitet. Die hohe Incognitoreisende hatte am Morgen dem Letzteren den Scherz gespielt, früher mit ihrem Schiffe anzulangen, als der Vicekönig sie erwartet. Nicht Jerusalem, nicht Alexandrien hatten Interesse für sie, und ich kann erst morgen, am Sonntag, ihr nachreisen, weil gewöhnliche Sterbliche sehr neugierig sind und ich mir heute erst das neue Schloß Ismail Paschas, das schöne Ramleh, besehen will, von dem man mir Wunderdinge erzählt.

Wie schade, daß ich leider schon zu viel hinter die bunten Coulissen des Orients geschaut, daß ich meine zwanzig Jahre nicht mehr habe, um an Wunder und Märchen zu glauben. Aber man hat mir ganz neue und moderne Märchen in Kairo versprochen, und ich erzähle sie, sobald ich dahintergekommen bin. Man hat mir gestern schon die Geschichte von der Braut des Isthmus und von so mancher Peri erzählt, die zu der Quelle gepilgert ist, die da heißt Selsebil. Mein Wort darauf, ich erzähle das Alles, sobald ich nur erst warm geworden bin.

Hans Wachenhusen.

Miscellen.

In einem Actenstück des 16. Jahrhunderts finden sich folgende verschiedene Schreibweisen des Namens unserer Stadt Zweibrücken; nämlich außer dieser Form und der fast ebenso gebräuchlichen mit y: Zwaiprüglen, Zwaybrüglen, Zwaypruckhen, Zwaybrucken, Zweypruden, Zweipruken und Zweybrucken.

J. S.

Man schreibt aus München 20. d.: Das k. Bezirksgericht München hat durch rechtskräftiges Decret die Eröffnung des Universal-Concurses gegen die Actien-Gesellschaft des Münchener Volkstheaters beschlossen und zur Liquidation der Forderungen u. dgl. seine Termine anberaumt. Nach gerichtlicher Mittheilung entziffert der Vermögensstand folgende Details: Wohn- und Schauspielhaus wie Gärtnerplatz im Werthe von 222,626 fl., bewegliche Maschinen-Decorationen im Werthe von 16,853 fl., Mobiliar, Requisiten, Garderobe, Bibliothek und Musikalien im Werthe von 31,000 fl. Der Passivstand beläuft sich auf 311,925 fl. Wenn kein berechtigter Einspruch erhoben wird, soll das Theater mit seiner ganzen Einrichtung im nächsten Frühjahre zur öffentlichen Versteigerung gebracht werden.

Redaction von Dr. Eugen Jäger. Druck der Jäger'schen Druckerei in Speyer.

Palatina.

Belletristisches Beiblatt zur Pfälzer Zeitung.

Nro. 133. Speyer, Samstag, den 6. November 1869.

Der Herr des Hauses.

Erzählung von Werner Marie.

(Fortsetzung.)

XII.

„Weißt du keine Grabstätte für mich?
Sieh der Frühling kommt nun wieder
Und die Nachtigall;
Und wir singen Frühlingslieder
Und darin fallen in den Schall
Tausend weiße Blüthen nieder.
Weißt du keine Grabstätte für mich?"

Keine schöne Luft half ihr — kein blauer italienischer See, kein Gebirge im durchsichtigen Abendlicht — nicht Venedig mit all' seinen Gondeln, nicht Rom mit seiner Pracht. Geduldig sah sie sich Alles an; es war trostlos sie so herumzuführen.

Eigentlich achtete sie auf nichts mehr, nicht auf ihre Kleidung, nicht auf ihre Gesundheit. Wie Eine, die den Tod sucht, schlich sie umher ihre Schönheit verzehrt von Gram, ihre Jugend verhüllt durch alternden Schmerz.

Mancher, der das Paar vorüber gehen sah, dachte wohl über das Räthsel nach, das die Beiden verhinderte, glücklich zu sein.

Je jammervoller sie wurde, je heißer drängte Siegfried's Herz zu ihr hin; sie stieß ihn zurück, wo sie konnte, suchte einsame Wege. Oft mußte er lange forschen, eh' er sie fand, bei jedem Wetter draußen, manches Mal in Lebensgefahr.

„Geh' nach Haus, Fränzchen", bat Siegfried, „was machst Du hier? Du tödtest Dich! Schone Dich des Kindes wegen, das sein Leben von Dir fordert."

„Weißt Du", antwortete sie wild, außer sich, „warum ich Gott täglich bitte? — es möge todt sein."

„Fränzchen!" rief er fassungslos, „Du weißt nicht, was Du thust — Geh hinein."

Folgsam wie immer stand sie auf und wandte sich dem Hause zu. — „Nein", sagte sie, „ich weiß nicht, was ich thue, noch was Kindern gut ist; das weißt Du allein."

Er sah sie sich entfernen — was half es, daß er folgte — zusammen kamen sie dennoch nicht.

Der nächste Tag brachte einen Brief von Lebrecht — das war so verwunderlich und erstaunlich, daß Siegfried fast erschrocken das Siegel brach.

So schrieb der Freund.

„Ich habe Euch etwas zu melden, was Euch überraschen wird; Ihr wißt, ich schreibe nie unnütz. Seit acht Tagen bin ich mit meiner Cousine Luzie verheirathet — es ging sehr schnell, das ist wahr. — Wie ich dazu kam, weiß ich selbst kaum und doch ist mir jetzt als hätt' es nie anders sein können. Erst fuhr ich nur heraus, die armen Kinder und den Onkel zu trösten — drei Wochen fuhr ich alle Tage heraus, da lag wohl der Fehler; wer sich in Versuchung begibt, kommt darin um. In Einem Wort: wir konnten es nicht lassen — und das gerade jetzt, wo ich die erste gute Wirthschafterin habe."

„Wir konnten nicht anders — grad als ob ich's geschrieben hätte", wiederholte Siegfried; „auf dem Boden begegnen sich doch die verschiedensten Leute wunderbar."

Mißmuthig hörte Fränzchen die Nachricht. „Anderen", rief sie, „räth er zum Unglück, sich aber hilft er zum Glück!"

„Glück nennst Du das! Krankheit wird bei dem armen Freund Herr im Hause sein."

„Wir verstehen uns nicht mehr", antwortete sie scharf; „ich könnte ihn beneiden."

Muthlos schlugen sie den Heimweg ein.

Lange schon waren sie im Gasthof eingerichtet, da hörten sie noch immer rufen, klingeln, Trepp ab, Trepp auf laufen.

„Es ist eine Kranke", erklärte die rosige Hauswirthin; „mein Himmel, grad' als hätten wir zwölf statt einer. Wie Die sich hat, und der Mann, wie der herumspringt, um Alles zu besorgen! Es ist gut, daß nicht Jede so 'nen Mann braucht. Der Herr ist Doctor", fuhr sie fort, „das ist noch das Beste an der Sache, ein Anderer hielt's erst gar nicht aus."

„Lebrecht! gewiß er ist's" flüsterte Fränzchen Siegfried zu, „ich kann ihn nicht sehen; ich kann Niemand sehen und am wenigsten ihn."

„Aber Schwester Luzie!"

„Niemand, Niemand", wiederholte sie ängstlich und eine fiebrige Röthe ergriff ihre Wange; „ich kann kein Wort von Liebe hören, ich kann das Leben nur ertragen, wenn man mich in Ruhe läßt."

„Wer weiß, ob sie es sind?"

„Ich weiß es, geh — geh."

Kaum herausgetreten, umfing Jemand Siegfried mit stürmischer Umarmung.

Konnte das Lebrecht sein? er war es wirklich; mit einer Fluth verliebter Wonne überschüttete er den Freund, dann legten sich die Wogen und endlich stand er wieder vor ihm, der Alte.

„Was hat sich nun geändert in den Verhältnissen?" frug der Freund.

„Nichts", antwortete er beschämt — „ich allein, ich liebe sie — da hast Du die ganze Auflösung des Räthsels — wer's nicht erfahren, kann nicht darüber reden — Du aber verstehst mich."

„All' Deine Grundsätze, Lebensregeln inconsequent, Lebrecht?"

„Für mich, ja" — gab er zu, sich die Cravatte zurechtzupfend — „im Allgemeinen nie — das Princip bleibt dasselbe — es ist schauderhaft unvernünftig. — Jedem werd' ich abrathen, ich konnte nicht anders."

„Grad' wie ich damals."

„Nicht grad', mein Freund. — Du gingst unbewußt hinein, ich bewußt — Herr meines Schicksals — wissend, was ich zu erwarten hätte."

„Herr Deines Schicksals! Lebrecht! — O, wir sind elende Herren, wir armen Menschen", fuhr er tiefbekümmert fort — „Nichts vermag ich über die, die ich mehr liebe, als mein Leben. Befehlen könnt' ich von Morgen bis Abend, es würde Alles ausgeführt werden und doch — ich, ihr Herr! — nicht dienen, nicht einmal helfen kann ich ihr, nicht über eine Faser dieses armen gequälten Herzens hab' ich Macht. — Fort mit dem ganzen Plunder Eurer eingebildeten Herrschaft — ein Stückchen Liebe — ich könnte darum betteln, Lebrecht!"

Erschreckt stand der Freund neben diesem Kummer, er tröstete, wie so Viele trösten. „Du hast keine Schuld", sagte er. „Alle Männer werden Dir Recht geben, sogar die meisten Frauen — nur Wenige haben diese fixe Idee, daß das Kind immer an ihrer Schleppe hängen muß — wenn sie vernünftig wäre, sähe sie lange ein, daß es ebensogut vor ihren Augen hätte geschehen können."

„Was nützt das Alles?" antwortete er muthlos, „ich habe ihre Liebe verloren, ihr Vertrauen, ich habe sie vernichtet; wenn Du sie sähst, Du würdest sie nicht wieder kennen."

„Es ist eine schreckliche Wirthschaft mit den Frauen", sagte Lebrecht, dem Angst in der Sache wurde; „eigentlich müßte es doch so leicht sein, so einfach, aber nein, der stärkste Mann kann an ihnen zu Grunde gehen. Ermanne Dich, Siegfried — denk' an Deine Kunst, an Dein übriges Leben — ein Mann lebt doch nicht nur durch seine Frau!"

„Wenn Etwas im Herzen nicht recht ist", antwortete er, „ist immer die ganze Welt nichts werth. Laß uns von anderen Dingen reden. Kann ich Deine Frau sehen?"

„O ja", sagte Lebrecht ängstlich, „das heißt, man darf ihr nicht von betrübten Sachen reden. Ich lasse so zu sagen alles Elend draußen zurück, wenn ich bei ihr eintrete."

Siegfried erkannte den Egoismus der Liebe. „Ihr lebt in einer Welt apart", sagte er, „wie die Glücklichen immer — auf einer Oase in der Wüste."

„Ja", erwiderte er, scheu des Freundes große Gebirgsstiefel betrachtend, „wir gehen so zu sagen auf Socken durch das Leben, jede Klingel ist umwickelt, die Stuhlbeine mit Filz versohlt. — Aber es ist auch eine himmlische Stille, eine friedliche Stille."

„Wahrhaftig ein großes Lob für Haus und Hausfrau", antwortete Siegfried.

„Hausfrau! ja weißt Du, eigentlich bin ich die Hausfrau."

Der Freund lächelte. — „Also nur so", rief er, „hast Du Dein Ideal verwirklichen können!"

Sie ließen einen glänzenden Sonnenuntergang draußen, einen prachtvollen Anblick auf das Grün, auf den ewigen Schnee der Alpen und traten in das dunkelverhangne Zimmer. „Wie gemüthlich es hier ist, nicht wahr?" sagte Lebrecht; „draußen der blendende Sonnenschein thut selbst gesunden Augen fast weh."

Als Siegfried die Wonne sah, die sich bei Lebrecht's Eintritt über Luziens Gesicht verbreitete, begriff er Alles.

Der Mann überschüttete die kränkliche Frau mit den zärtlichsten Schmeichelnamen, recht lächerliche darunter, wenn man sie dazu ansah und doch — die Heiligkeit echter Liebe ließ keinen Spott aufkommen.

Als Siegfried die Thür wieder hinter sich schloß, athmete er hoch auf; ihm war als müsse er ersticken in dieser lautlosen Atmosphäre. „Das wäre kein Leben für mich", sagte er. „Ob ich es gekonnt hätte? Und er — grade er. — Welche Knechtschaft! — ihm wird sie zur Seligkeit."

Immer schöner schmückte sich der Abend. — Einsam schlich Siegfried umher, dachte an das dunkle Zimmer des Freundes, an ein anderes dunkles, in dem sich die Geliebte verbarg — würde sie je wieder lächeln? — ihm lächeln wie Luzie dem Freund?

„Ich gehe mit ihr so schnell ich kann nach Haus", sagte er nächsten Morgen Lebrecht; „es war besser dort als hier."

(Fortsetzung folgt.)

Die jüngsten Erderschütterungen.

* Nach den bis heute vorliegenden Berichten über die in diesen Tagen in der Rhein-Maingegend verspürten Erderschütterungen waren dieselben in Bezug auf Dauer und Heftigkeit nicht unerheblich und ist die Ausdehnung eine bei Weitem größere, wie die der Erderschütterungen vom 3. auf den 4. October. Der Mittelpunkt jener Stöße scheint in der Gegend von Groß-Gerau zwischen Darmstadt und Mainz, wo schon in der Nacht vom 26. zum 27. October Erschütterungen vorkamen, gewesen zu sein. Von dort aus erstrecken sich die Wahrnehmungen östlich bis über Geln-

hausen und Aschaffenburg, südöstlich bis über Heilbronn und Stuttgart, wo man die Stöße am Sonntag Abend (31. Oct.) und Montag (1. Nov.) früh verspürte. Als nördlichste Grenze wird Frohnhausen (südlich von Marburg) bezeichnet. Nordöstlich reichen Nachrichten bis Hennef a. d. Sieg, wo man am Sonntag (31. Oct.) Abends drei auf einander folgende, im Ganzen neun Secunden dauernde Erdstöße bemerkte; ferner aus Remagen am Rheine wird gemeldet, daß in der Nacht vom 1. zum 2. Nov. um $11\frac{3}{4}$ Uhr ein Stoß von 4—5 Secunden Dauer sich sehr deutlich machte. In derselben Nacht haben sich auch die Stöße in Wiesbaden, Frankfurt bis Darmstadt wiederholt. Als südwestlichster Punkt ist bis jetzt Saarbrücken bekannt. Der heftigste aller Stöße trat am Montag (1. Nov.), Morgens 4 Uhr 10 Min., ein. Nach Nachrichten aus Frankfurt sind Erdstöße wahrgenommen worden in Hattersheim, Hofheim, Flörsheim, Mainz, Großgerau, Nauheim (Kr. Großgerau) Rüsselsheim, Trebur, Goddelau, Griesheim, Pfungstadt, Eberstadt, Langen, Langstadt, Wallsdorf, Aillanstädten, Sprendlingen, Schneppenhausen, Weiterstadt, Mörfelden, Bieber und Hanau. Im sogenannten Ried bei Darmstadt soll man die ganze Woche schon kleine Erdstöße verspürt haben. Trebur, Großgerau und Nauheim (Kr. Großgerau) haben starke Verluste an Schornsteinen, die theilweise eingestürzt und geborsten sind. In Darmstadt zählte man am 1. Nov. seit dem 30. Oct. schon vier heftige Erdstöße. Der erste fand statt den 30. Oct., um halb acht Uhr Abends, der zweite den 31. Oct. um 3 Uhr Nachmittags, der dritte um $6\frac{1}{4}$ Uhr Abends, und gingen diese vermuthlich in der Richtung von Süd-West nach Nord-Ost. Der vierte und heftigste Stoß fand am 1. Nov. Morgens um $4\frac{1}{4}$ Uhr statt und ging in der Richtung von Westen nach Osten, welche Richtung überhaupt bei den meisten Stößen angegeben wird. In Darmstadt verlängerte man die Dauer der Straßenbeleuchtung und hielt die Löschmannschaft bereit, um die Bevölkerung zu beruhigen. In der Geschichte der Erdbeben wird das Gegenwärtige wegen seiner langen Dauer und der großen Zahl der Erschütterungen von Interesse sein.

Weitere Nachrichten sind:

Eberstadt, bei Darmstadt, 1. Nov. Seit Samstag Abend sind hier fünf Mal mehr oder weniger starke Erderschütterungen verspürt worden. Zuerst am Samstag gegen halb 9 Uhr, dann des Nachts um 12 Uhr und gestern Nachmittags 3 Uhr, Abends 6 Uhr, welches die stärkste war; der Boden schien unter den Füßen zu schwanken, man mußte sich unwillkürlich festhalten, wobei ein ziemlich starkes donnerähnliches Getöse wahrgenommen war. Eben so heute Morgen genau um $4\frac{1}{4}$ Uhr so stark, daß das Bett wie ein Kahn zu schaukeln schien; auch hierbei war ein grausiges Getöse vernehmbar.

Gießen, 1. Nov. Gestern Abend halb 6 Uhr wurde hier eine ziemlich heftige Erderschütterung verspürt, drei Schwingungen binnen weniger Secunden. Dieselben gingen von Osten nach Westen. Die Erschütterung war so heftig, daß Leute von den Stühlen aufgesprungen sind, im Gefühl und in der Furcht, umzufallen, und daß (wörtlich) Schreibenden die Feder aus der Hand gefallen ist, während das Klirren der Fenster, in Stößen erfolgend, nicht mit der Bewegung vom Winde zu vergleichen war. Die Erschütterung wiederholte sich heute früh 4 Uhr, obwohl weniger stark.

Frankfurt, 2. Nov. Noch einmal sind die Bewohner unserer Gegend durch einen Erdstoß erschreckt worden, der bedeutender war, als alle früheren. Derselbe fand um 11 Uhr 45 Min. in der letzten Nacht statt und hatte eine Erschütterung im Gefolge, die 10 Minuten lang andauerte. Bei Tage beobachtet man die Erschütterung mit nur sehr geringer Beunruhigung, in dunkler Nacht, während zugleich ein starker Novembersturm an die Fenster schlägt, fühlt man sich unbehaglich einer unheimlichen Naturgewalt gegenüber, über die dem Menschen keine Macht gegeben ist.

Frankfurt, 3. Nov. Gestern Abend halb zehn Uhr wurde unsere Stadt abermals durch einen sehr heftigen Erdstoß erschüttert. Derselbe übertraf alle vorhergehenden an Intensität und dauerte gegen 40 Secunden. Aus verschiedenen Theilen der Stadt liegen Nachrichten vor, welche die durch die Erschütterung hervorgerufene Verwirrung schildern: Thüren sprangen auf, Ziegel fielen von den Dächern, Gläser und Nippsachen stürzten um. Im Saalbau, wo eine Capelle concertirte, geriethen die Kronleuchter in klirrende Bewegung. Im Thaliatheater geschah dasselbe, zudem schwankten die Bänke und die Stühle in den Logen.

Groß-Gerau, 1. Nov. Die zahlreichen Erdbeben, denen Groß-Gerau seit sechs Tagen ausgesetzt ist, beginnen einen schreckenden Charakter anzunehmen. Seit der Nacht vom 26. auf 27. Oct., wo der erste, leichte Stoß beobachtet wurde, sind bereits an 200 deutliche Erschütterungen mit unzähligem zitterndem Donnern und Rollen bemerkbar gewesen, worunter sich sieben heftige Stöße befanden. Am 29. Abends begannen die Erschütterungen bereits in Gruppen von mehreren aufzutreten, welche Gruppen sich bis zum folgenden Abend in immer kürzer werdenden Intervallen noch fünfmal wiederholten. Allen diesen Stößen, welche nur ein leises Zittern oder Krachen hervorbrachten, schenkte die Bevölkerung noch wenig Aufmerksamkeit, da sie mehr interessant als gefährlich schienen. Dies änderte sich jedoch plötzlich, als am 30., Abends 8 Uhr, ein heftiger Stoß erfolgte, der alle Wände und Geräthe in Bewegung brachte und die Einwohner in großen Schrecken versetzte. Aehnliche Stöße fanden noch um $11\frac{1}{2}$ und um 1 Uhr Nachts statt. Von diesem Zeitpunkte an folgten alsdann die leichten Erschütterungen und das Rollen und Donnern in ununterbrochener Reihenfolge bis zum Tagesanbruch. Während der Tageszeit am 31. traten wieder 2 starke Stöße auf, um $12\frac{1}{2}$ und $3\frac{3}{4}$ Uhr Mittags, welche eben so wie die früheren in den benachbarten Städten nicht besonders bemerkt wurden. Schon hatte sich die Bevölkerung durch die häufige Wiederkehr auch an diese Stöße gewöhnt, als um 5 Uhr 20 Min. Sonntag Abends eine solche Erschütterung eintrat, daß Schornsteine einstürzten, der Bewurf der Decken herabfiel, Wasser aus den Gefäßen geschleudert wurde und Lampen und Flaschen auf den Tischen umherwankten, so daß sie festgehalten werden mußten. Der Schrecken, den diese, mehrere Secunden andauernde und in wiederholten Stößen wirkende Erschütterung hervorrief, war ein ganz außerordentlicher. Hunde sprangen entsetzt hinter dem Ofen hervor und flüchteten zu ihren Herren, Pferde rissen in den Ställen ihre Ketten los und die Bevölkerung suchte rasch die Straße zu gewinnen. Die hierauf folgende Aufregung war der Art, daß viele der wohlhabenderen Familien sogleich per Eisenbahn die Nachbarstädte zu erreichen suchten und die Zurückbleibenden die Nacht größtentheils in ängstlichem Wachen zubrachten. Diese zeichnete sich jedoch außer dem ununterbrochen fortdauernden Rollen und Zittern nur durch einen bedeutenden Stoß um 4 Uhr Morgens aus, der durch seine lange Dauer alle übrigen übertraf. Da die ersten Erschütterungen nur in dem hiesigen Städtchen und die stärkeren am 30. und 31. zwar in den umliegenden Orten, aber noch nicht besonders in den Nachbarstädten Darmstadt und Mainz auffielen, so scheint Groß-Gerau der Mittelpunkt des Verbreitungsbezirks zu sein. Erst der heftigste Stoß am 31., Abends 5 Uhr 20 Min., wurde in Darmstadt und Mainz, jedoch als verhältnißmäßig leichte Erschütterung beobachtet. Allen Erschütterungen ging ein dumpfes Rollen voraus, welches häufig auch nur von einem leisen Zittern begleitet ist, aber so zahlreich auftritt, daß man den Geschützdonner eines fernen Gefechtes zu hören glaubt. Die Bewegung der Stöße ist eine wellenförmige, größtentheils von West nach Ost bis Nord nach Süd verlaufende, die häufig mit einem Ruck abschloß. Der stärkste Stoß am 31. zeigte zugleich eine aufwärts gehende Bewegung.

Groß-Gerau, 2. November, Morgens 8 Uhr: Nachdem am gestrigen Nachmittag die Erschütterungen leichter und seltener geworden waren, glaubte man die Erscheinung im Verschwinden begriffen, als plötzlich um 11¾ Uhr Nachts wieder ein sehr starker und andauernder Stoß an allen Gebäuden rüttelte und die Furchtsamen auf die Straße trieb. Das Rollen dauerte alsdann die Nacht hindurch fort. Um 4¾ Uhr fand ein zweiter starker Stoß statt, dem bis 6 Uhr Morgens eine ganze Reihe rüttelnder Beben folgte. Auch jetzt noch dauert das Donnern fort in Intervallen von 2—3 Min., untermischt mit zahlreichen leichten Stößen. Die größere Masse der Bevölkerung ist in Betreff des Ausganges in der größten Besorgniß, besonders mit Rücksicht auf den Jahrestag der Zerstörung von Lissabon, weil auch dort der Katastrophe ein längeres Donnern und Rollen vorausging.

Mainz, 2. Nov. Auf dem St. Quintinsthurme wurden von dem Thürmer zwei starke Stöße verspürt innerhalb 8 Sekunden, so daß Balken, Thüren und Fenster krachten und klirrten. Da nach diesen Stößen die Uhrgewichte noch stark hin und her schwankten, so hat der Thürmer sie mehreremal still gehalten, aber immer aufs Neue fingen sie an zu wanken; erst um 12 Uhr konnte er dieselben zum Stillstand bringen. Diesen Versuch hat er absichtlich gemacht, weil es ihm vorkam, als wanke der Thurm noch.

Wiesbaden, 3. Nov. Die Erregung, in welcher sich unsere Bevölkerung seit einigen Tagen befindet, erhielt gestern Abend gegen 9 Uhr 30 Minuten neue Nahrung durch einen wiederholten (Rebenten) heftigen Erdstoß. Derselbe war von einer, einem Kanonenschlag ähnlichen Detonation begleitet. In einigen Häuser sind Oefen und andere Gegenstände umgefallen, nicht ganz dicht geschlossene Thüren und Fenster aufgesprengt worden.

Vielfach wird zur Erklärung all dieser beunruhigenden Stöße und Zuckungen der alten, sonst doch so unbeweglichen Mutter Erde an die von dem Grazer Astronomen Rud. Falb aufgestellte Theorie der Erdbeben erinnert. Bekanntlich behauptet nämlich ein großer Theil der Geologen, die Erdkugel sei ursprünglich feurig flüssig gewesen und allmälig habe sich durch die Abkühlung im Weltraum die gegenwärtige feste Rinde über den flüssigen Kern gelegt. Die Vulkane sind dann Oeffnungen in der Rinde, aus welchen zeitweise noch das Erdinnere hervorquillt. Die Falb'sche Theorie über die Erdbeben beruht nun auf der Annahme einer Fluthbewegung des feurigflüssigen Erdinnern, die durch die Attraction von Sonne und Mond hervorgebracht wird. Ganz wie die Meeresbewegungen der Ebbe und Fluth kann auch diese unterirdische Fluth durch das Zusammenwirken verschiedener Momente verstärkt werden: wenn nämlich 1. der Mond in der größten Erdnähe ist (Perigäum); wenn 2. eine vom Mond hervorgebrachte Fluthwelle mit einer Sonnenwelle zusammentrifft; 3. wenn der Mond im Himmelsäquator steht und 4. wenn die Declination (Abstand vom Aequator) des Mondes gleich der der Sonne ist. Es werden also heftige Erderschütterungen eintreten: zur Zeit des Perigäums, bei Neu- oder Vollmond, weil dann Mond- und Sonnenwelle sich verstärken, ferner beim Stand des Mondes im Aequator und im vierten Falle. Nun treffen in den Tagen des 2. bis 4. November der erste, zweite und vierte Fall zusammen. Ist also die Falb'sche Theorie begründet, so liegt hier die Wahrscheinlichkeit heftiger Erdbeben für unsere Gegenden nahe. Das Perigäum, die Zeit der stärksten Attraction, war am 2. Nov. Abends 7 Uhr, von da an nimmt seine Kraft ab; der Eintritt des Neumondes ist am 4. Nov. 12 Uhr 23 Minuten früh und die ungefähr gleiche Declination von Sonne und Mond gegen den 4. November. Nach dieser Ansicht ist also die Zeit der größten Gefahr bereits vorüber und wir hätten blos noch schwache Nachstöße, vielleicht aber auch gar keine mehr zu erwarten.

Wenn diese Falb'sche Ansicht richtig sein sollte — und es wird ihr von vielen Seiten gehuldigt — so müßten diese Erdbeben ganz wie die Springfluthen in regelmäßigen Zwischenräumen wiederkehren und überdieß müßte man sie in ebenso regelmäßigen Zeitabschnitten schon längst beobachtet haben. Freilich bliebe dann immer noch zu erklären, warum grade in jener örtlich so beschränkten Ausdehnung die Erdstöße sich bemerklich gemacht haben, zumal da die ganze Spalte des Rheinthales bis in weite Tiefen mit aufgeschwemmtem Boden überdeckt ist, welcher gegen Erschütterungen nur ein geringes Leitungsvermögen besitzt.

Wir bemerken noch, daß man als einfachstes Seismometer, als ein Instrument, welches die Intensität der Stöße wenigstens annähernd kund gibt, ein Trinkglas benützen kann, welches gegen sonstige Erschütterungen gesichert und bis an den Rand mit Wasser gefüllt ist.

Miscellen.

London, 1. Nov. Ein Artikel des japanischen Buchhandels macht gegenwärtig hier einiges Aufsehen. Es ist eine japanische „Geschichte des englischen Parlamentes", schön ausgestattet und auf leicht [illegible] Papier gedruckt. Von der Hand eingeborner Künstler sind auch die nach Holzschnitten der Illustrated London News mit großer Sorgfalt und Feinheit, anscheinend auf lithographischem Wege, hergestellten Abbildungen, Ansicht des Parlamentsgebäudes von der Themse aus gesehen, und innere Ansicht des Unterhauses während der Debatte. Das Werk ist ein Compendium und ist von der japanischen Regierung zunächst zum Gebrauche und zur Belehrung des neuen Parlamentes veröffentlicht worden.

Charade.

(Dreisilbig.)

Laß, so lang Du Dir vertrauest,
Und nach Muth und Kräfte Dein,
Jenes Feld, das Du bebauest,
Nimmermehr die Erste seyn.

Wenn des Herbstes Blätter fallen,
Hörst Du über's Saatgefild
Hell den Ruf des [illegible] schallen,
Wenn es als die Letzten gilt.

Denn auch einen [illegible]dichter
Nennt es, der für's ernste Spiel
Einen [illegible] schuf, dessen lichter
Geist dem Gram zum Opfer fiel.

Redaction von Dr. Eugen Jäger. Druck der Jäger'schen Druckerei in Speyer.

Palatina.

Belletristisches Beiblatt zur Pfälzer Zeitung.

Nro. 134. Speyer, Dienstag, den 9. November 1869.

Der Herr des Hauses.

Erzählung von Werner Maria.

— —

(Fortsetzung.)

Müde an Leib und Seele kamen Beide Abends in einem einsamen Gebirgshäuschen an — Kranke, die umsonst mit schwerer Mühe und vielen Opfern eine Heilquelle gesucht, die nutzlos war. Hänschens lieblicher Geist hatte die Eltern begleitet; wo sie hinsahen, sahen sie nur ihn, wie einen Friedensengel, und doch konnte er nie einer für sie werden. Während die Leute ihnen die Stube zurecht machten, es war eine sehr armselige Wirthschaft, saßen sie am Feuerherd in der Küche. Eine Alte, mit braunem Mumiengesicht und auf dem Wirbel zusammengedrehten grauen Haaren, kochte das Abendbrod, ein kleines Mädchen war ihr dabei zur Hand. Unterdeß ging die Thür auf und eine junge Frau trat ein, an der Hand einen Knaben, den zweiten auf dem Rücken festgebunden.

„Mußt Du immer fortlaufen, Sabine?“ brummte die Alte sie an; „und während dessen sind Herrschaften gekommen; wer soll das Alles zurechtmachen? Vom Mann hast Du doch gewiß nichts Erfreuliches gehört. — Der Galgenstrick! wird er bald zurückkommen, Dich schlagen, mißhandeln?“

„Aber Mutter“, flüsterte die junge Frau, „sprecht doch nicht so und noch dazu vor Fremden. — Wenn er nur wieder hier wär', möcht' er mit mir machen was er wollte.“

„Und ich, Deine Mutter, kann das nicht länger mit ansehen“, rief die Alte zornig; „ich muß es von der Leber reden und wenn Du nicht klagst, klage ich, — zeuge gegen Dich vor Gericht! Du weißt, daß ich keine Unwahrheit sage, wenn ich sage: er ist —“

Die junge Frau hielt ihr den Mund zu. — „Es nutzt Euch doch nichts, Mutter“, sagte sie mit einem eigenthümlichen Lächeln; „nur ich kann ihn in dieser Sache verklagen, es ist Keiner dabei gewesen als ich.“

„Ich sage Euch“, wandte sich die Alte an Siegfried, „sie hat ein Herz wie Wachs für den Bösewicht und hart wie Stein gegen mich — wenn ich nicht noch die Liesele hätte, ich verginge. Er bringt uns Alle in's Verderben, sie hält still dazu, bered't mich immer von Neuem; aber jetzt laß ich mich nicht länger bereden, er ist ein [illegible] hier [illegible], Dein Alois [illegible] und verdient nicht, daß Du ihn lieb hast. — Warum hast Du ihn lieb, den Schuft?“

Die junge Frau stand betrübt und erröthend da, man sah, daß sie viel erduldet hatte, gewiß auch manchen Schlag; eine frische Narbe zog sich wie ein rother Strich über die Schläfe.

„Alois ist mein Mann“, sagte sie wie entschuldigend gegen Siegfried, „der Vater von meinen Buben.“

„Ein schöner Vater“, rief hitzig die Alte, „es ist nicht seine Schuld, wenn die Jungen nicht lahm und krüppelig geschlagen sind! Du erniedrigst Dich, Sabine, bist nicht besser als der Packesel, der seinem Herrn die Säcke nachträgt — Prügel der Lohn. Du solltest Dich schämen.“

„Wie soll ich mich schämen, daß ich ihn lieb habe?“ antwortete sie kurz, „was ich trage, ist meine Last und ist mir noch nie zu schwer geworden. Der Junge da“, sagte sie, ihn liebkosend, „ist so plump wie ein Stein, ich trag ihn hin und her den ganzen Tag und, gelt Schatz“, fuhr sie fort, ihn an die Brust drückend, „nicht um ein Haar möcht' ich Dich leichter haben.“ Damit nahm sie den Zweiten an die Hand und verschwand mit beiden in die Kammer.

„Da seht Ihr's“, murrte die Alte, „mit dem Alois kam das Unglück in's Haus — Er muß leben wie ein Prinz, wir mögen satt werden von den Resten. — Meist merkt er nicht einmal, wie sich's die Frau am Munde abspart. — Mach' Licht, Sabine“, rief sie der wieder Eintretenden zu, „leuchte der Dame!“

Sabine nahm das Licht — der Kleine lag ihr schlafend an der Brust — stumm ging sie voraus, die Stiege hinauf. Oben standen sich die beiden Frauen gegenüber. Junge Mütter haben immer einen Zug zu einander; Fränzchen frug nach dem Knaben — „ich hatte auch so einen“, brachte sie nicht über ihre Lippen, wenngleich ihre Seele es wie ein Schrei rief.

Die Mutter lüftete das Tuch und zeigte stolz den derben Kleinen.

„Es ist ein ganz toller Junge“, sagte sie entzückt. „Der haut Alles in Stücke; thue ich nicht gleich, was er will, haut er sogar nach mir, der Schlingel.“

„Und darüber freut Ihr Euch?“

Sabine sah sie erstaunt an: „nun ja — es gibt einen kräftigen Burschen, wie der Vater. Wär' der Alois nur wieder da“, fuhr sie [illegible] gend fort, „ich kann's gar nicht mehr ohne ihn machen. 'S ist mir Alles verleidet."

„So liebt Ihr ihn?"

„Ich bin ja seine Frau", antwortete sie einfach. „Ich weiß nicht, was das Gericht will. Wenn ich's nicht werde aushalten können, werde ich schon klagen; was hat es sich in unser Haus zu mischen? Der Alois liebt mich. — Wenn ich damit zufrieden bin, mögen sie's auch sein. — Die Mutter ist Schuld mit ihrem Winseln; sie liebt den Alois nicht."

„Wie kann sie ihn lieben, wenn er Euch mißhandelt?"

„Sie versteht es nicht, gnädige Frau; nur das hitzige Geblüt vom Alois ist schuld, hinterher ist er wie ein Kind. — Mir wäre ein Zänker viel schwerer zu ertragen. Ihr werdet nicht weiter davon reden — so kann's. Schlagen thut er mich alle Tage, daran hat sich die Mutter schon gewöhnt; aber jetzt am Johannisabend haben sie mich gefunden dort unten am Wasserfall, besinnungslos — aus der Wunde", sie zeigte auf ihre Schläfe, „floß das Blut — die ganze Nachbarschaft erhob Geschrei, wie einen Mörder hetzten sie ihn. — Als ich zu mir kam, sah ich ihn vor mir, ich vergeß es nicht und werd' ich hundert Jahre alt, Handschellen hatten sie ihm angelegt — meinem Alois! — Gesteh, Du thatest es — er that's, fuhren Alle auf ihn ein."

Sabine sah Fränzchen wieder mit dem eigenthümlichen Lächeln an; „ich aber blieb dabei, daß ich gefallen wär' auf einen Stein. — Die Mutter schrie dagegen, sie glaubte mir nicht, aber ich bleibe dabei, ich fiel auf einen Stein, mögen sie mit mir machen, was sie wollen; mit gutem Gewissen kann ich's sagen, denn ich lag auf einem Stein und wie ich dahingekommen, weiß ich nicht. Sie werden ihn mir wiedergeben, nicht wahr?"

Fränzchen sah ihr verwundert in das wettergebräunte unschöne Gesicht, auf dem noch die Thränen rannen — ihr erschien wie in einer Verklärung die Alles duldende Liebe, die nichts erniedrigen kann, die oft grad auf dem gemeinsten Elend wie ein Zeichen vom Himmel, wie ein Zeichen der Erlösung ruht.

„Er wird wiederkommen und ein Anderer werden", sagte sie tröstend.

„Wenn er nur wiederkommt! ein Anderer wird man nicht so leicht, es ist auch nicht nöthig, ich bin so an ihn gewöhnt."

Sie hob den eben erwachenden Knaben in die Höhe und schüttelte ihn kräftig.

„Du Schlingel", sagte sie, „Du liebst mich doch, so oft Du mich auch beißt."

Der Junge reckte die Aermchen sehnsüchtig nach ihr hin und äußerte einen halb befehlenden, halb ungeduldigen Schrei.

„Wie er commandirt", sagte sie lächelnd, „ich glaub', die Männer sind Alle so."

Damit ging sie hinaus.

Fränzchen stand in Gedanken. „Sie ist eine ungebildete Frau", sagte sie sich. „Körperschmerzen überwindet man, aber Seelenschmerzen! — Wenn ich mich auch zwänge. — Die Liebe ist todt, es wäre nur Heuchelei. — War der Schmerz das Kind zu verlieren nicht allein groß genug? — Mußte ich auch ihn darüber verlieren?"

Draußen zog ein Gewitter mit mächtigen Schlägen auf. — In der kleinen Kammer war es drückend, die Fenster, eng wie Löcher, ließen keine Luft ein. — Heimlich schlich sie hinaus. Wie ein Raubnest in Felsecken lag das Haus, sie fand leicht einen Versteck. — Ueber ihr hingen die schwarzen Wolken, alles Lebende verbarg sich.

Plötzlich hörte sie neben sich im Gebüsch ein Flüstern.

„Alois!" hörte sie dann einen unterdrückten Schrei der Wonne.

„Still, Sabine", antwortete der Mann, „Du verräthst mich."

„Die Mutter ist drinnen beschäftigt — kommst Du wirklich nach Haus?"

„Ich bin ihnen entsprungen", sagte er finster, „das halt ein anderer aus in ihrem Loch! Sie werden streiten, daß es möglich ist herunter zu kommen, wo ich's that, aber es geschah doch!"

„Konntest Du nicht abwarten?"

„Warten! das kann ich nicht, wie Du weißt", antwortete er heftig.

„Sie werden Dir nachstellen! Dich greifen", flüsterte sie erschrocken — „wo verberg ich Dich?"

„Ich habe das Verbergen satt — das ganze Leben hier! Uebrigens nutzt es nichts mehr, daß Du meinethalben lügst — Sandel, der Kuhhirt hat alles angesehen, wie ich Dich stieß und wie ich das Messer zog — mir ist nicht zu helfen", schloß er muthlos. „Zum Besten muß ich in ihrem Loch ein Paar Jahre sitzen, lieber auf der Stelle sterben! Waldvögel kann man nicht im Bauer halten. Ich will fort, Sabine."

(Schluß folgt.)

Die Ueberrumpelung des Postens von Stanjevich.

Das befestigte Wachhaus Stanjevich, welches mit zwei Stück 12pfündigen Gebirgshaubitzen, einer glatten 6pfündigen Feldkanone und ausgiebiger Geschütz- und Taschenmunition ausgerüstet war, wurde von dem Lieutenant Karl Weiß commandirt und hatte eine Besatzung von einem Feuerwerker, 11 Artilleristen und 21 Jägern der vierten Compagnie des 27. Feldjäger-Bataillons. Verproviantirt war der Posten auf 10 Tage, und es war angeordnet, um den sogenannten eisernen Proviant, welcher seit längerer Zeit aus Ersparungsrücksichten bei allen festen Posten auf ein Minimum gebracht war, unberührt zu erhalten, daß der Mannschaft regelmäßig die tägliche Verpflegung von einer Panduren-Stane mit Namen, zugeführt wurde.

Am Abend des 21. October war das Wetter sehr regnerisch und es herrschte ein so dichter Nebel, daß man nicht die geringste Aussicht hatte. Niemand im Fort hatte eine Ahnung von einem feindlichen Ueberfall. Es war etwa halb 7 Uhr, als man die genannte Pandurin vor dem Eingang des Wachthauses laut rufen hörte, man möge ihr aufmachen, da sie den täglichen Proviant bringe. Auf diese Aufforderung hin befahl der Commandant der aus einem Patrouilleführer und drei Jägern bestehenden Thormannschaft, die Zugbrücke, welche den Eingang, der direct ins Freie führt, schließt, niederzulassen, und begab sich der Offizier in Person auf die Brücke, um in Begleitung eines Jägers den Proviant persönlich in Empfang zu nehmen. Kaum hatte jedoch Letzterer das erste Paket ins Fort getragen, als plötzlich mehrere Schüsse fielen, welche den auf der Brücke stehenden Commandanten niederstreckten, und eine große Anzahl Mortalen mit Hurrahrufen durch das Thor stürmte.

Von der Wachmannschaft trug, wie erwähnt, ein Mann gerade in jenem Augenblicke ein Paket in die inneren Räume; ein Mann stand mit einer Lampe in der Hand unter dem Thor. Der Patrouilleführer war beim Herablassen der Zugbrücke, welche wohl von 1 bis 2 Mann niedergelassen werden kann, aber 5 bis 6 Mann zur Wiederhebung erfordert, auf Befehl des Officiers in die Mannschaftszimmer gegangen, um Leute zur Fassung der Victualien zu beordern. Es war somit nur die eigentliche Schildwache zur Hand, die im Defensionsgange auf ihrem Posten stand. Der Alarmruf derselben und die Schüsse machten zwar sofort die Mannschaft in ihre Zimmer eilen und zu den Waffen greifen, aber unmittelbar auf dem Fuße folgten ihnen auch die Mortalen und feuerten durch Fenster und Thüren. Die Jäger nahmen nun zwar das Feuer auf und drängten die Feinde wieder die Treppe hinunter und in den unteren Stock hinab, aber dort konnten diese sich auf dem Allarmplatze vor dem weiteren Feuer der Besatzung sichern. Die Jäger bemerkten nun, daß die Mortalen die Thür zum Pulvermagazin im unteren Stocke mittelst eines großen Steines zu zertrümmern versuchten, und machten sich deßhalb daran, den Fußboden aufzubrechen, um ihr Feuer durch die gemachte Oeffnung zu richten. Die Besatzung wurde jedoch zum Einstellen dieses Versuches gezwungen, weil sofort ein heftiges Feuer des Feindes durch den dünnen Fußboden schlug; sie mußte sich auf den Vorplatz zwischen Zimmer und Stiege und später auf die Terrasse Nr. 1 zurückziehen, wo sie sich bis halb 7 Uhr Früh behauptete, indem die Jäger auf Jeden schossen, welcher sich im unteren Gange zeigte. Beim Beginne des Kampfes war ein Artillerist gefangen worden, welcher um die genannte Stunde den Jägern die Aufforderung verdolmetschen mußte, sie möchten sich ergeben oder sie würden sonst in die Luft gesprengt werden. Diese Aufforderung blieb jedoch von Seite der Besatzung ohne Erwiderung. Nun begann der Feind von der schon in seinem Besitze befindlichen höheren Terrasse Nr. 2 das Dach der Terrasse Nr. 1 mit großen Steinen einzuwerfen und feuerte dann durch die Scharten der Terrasse Nr. 2 und die im Dach der Terrasse Nr. 1 gemachten Oeffnungen. Als nun bei dieser Sachlage jede Aussicht auf eine erfolgreiche weitere Vertheidigung entschwand, unterhandelte nach einiger Zeit der mit der Landessprache vertraute Feuerwerker Laudon mit dem Feinde, und die Besatzung beschloß, nachdem sie von dem Ergebnisse verständigt, sich zu ergeben.

Der Feind führte dann die Gefangenen nach Poderi Inferiori. Gefallen waren von den Jägern während des Gefechtes zwei Mann, und vier Mann und der Führer verwundet. Auf wiederholtes Bitten erhielten die Leute noch die Erlaubniß, die Leiche ihres Officiers, den sie, von mehreren Schuß- und zahlreichen Hieb- und Stichwunden getödtet, unter der Zugbrücke liegend fanden, nach Poderi Inferiori mitzunehmen, wo sie für denselben am Morgen des 22. ein Grab gruben. Als dasselbe fertig war, es mochte zwischen 8 und 9 Uhr Vormittags sein, erhielten die Jäger zwar die Freiheit, aber auch den Befehl, sofort den Ort zu verlassen und sich nach Budua zu begeben. Es wurde ihnen verwehrt, die Leiche mitzunehmen und ebenso sie zu beerdigen, doch zugesagt, daß sie bestattet werden sollte. Die Nachricht vom Falle des Wachthauses Stanjevich wurde nach Cattaro durch einen Jäger, Johann Jung, überbracht, welcher sich durch die Aufständischen schlich. Späteren Nachrichten zufolge haben die Aufständischen bald darauf das Fort in die Luft gesprengt.

Bruder Mieride.

Bruder Mieride, der neue Prophet in Israel, das da heißt Berlin, stand am 29. Octbr. vor dem Polizeirichter. Derselbe war durch polizeiliches Mandat zu 20 Thaler Geldbuße verurtheilt, weil er eine Versammlung veranlaßt haben sollte, ohne sie polizeilich angemeldet zu haben; gegen den Gastwirth Hoffmann, in dessen Lokal die Versammlung stattgefunden, war eine Geldbuße von 5 Thalern ausgesprochen worden. Beide hatten gegen das Urtheil die richterliche Entscheidung angerufen. Im Audienz-Termin ließ Mieride sich vor dem Richter dahin vernehmen: „Ich muß bestreiten, gegen das Vereinsrecht gefehlt zu haben. Ich war bei Bruder Hoffmann, der sagte mir: Lieber Bruder, willst Du mir nicht besuchen? Da sagte ich: warum nicht? Also hatte er mir eingeladen, und in der Schrift steht geschrieben: wenn Dir Jemand einladet, da bleibe nicht weg, sondern gehe hin. Wie ich nun kam, sagte er: „Nun da bist Du ja lieber Bruder, willst Du uns nicht was verzählen? Und weil dieses nicht verboten ist, thue ich dies; folglich habe ich das Vereinsgesetz nicht übertreten." Auf die Frage, was in der Versammlung verhandelt, und ob auch andere Personen gesprochen, erwiderte er: „Ja, ich ging darauf los, eine liebe Brudergemeinde zu gründen und andere Personen sprachen auch; es war sehr gemüthlich an dem Abend, ich wurde viel interrogirt oder interpellirt, wie Sie dies nennen, und ich sagte: Es freut mir, Ihr Brüder, wenn ihr unter Euch einig seid." Hoffmann bestreitet gleichfalls, das Vereinsrecht überschritten zu haben und erklärte: „Ich sagte zu Mieride, werden Sie mich besuchen bei einem Glase Bier, so ist's gut, ich habe kein anderes Lokal zu Versammlungen; auf welche Weise sich dasselbe so füllte, weiß ich nicht. Die Sachen, welche verhandelt wurden, waren ja lauter Quatsch." Der Polizeianwalt hält die Strafe von 20 Thalern gegen Mieride deshalb hier nicht zu hoch, weil in der Versammlung Dinge vorgekommen seien, die an groben Unfug grenzten. Der Polizeianwalt motivirt dies namentlich durch die Art und Weise, wie Mieride die an ihn gestellte Frage beantwortet habe, ob es wahr sei, daß der Mann eine Rippe weniger habe, als die Frau, da Eva aus einer Rippe Adams genommen sei.

In Bezug hierauf antwortete Mierike: „Wenn die Brüder Fragen stellen, muß ich antworten, denn ich muß sie belehren, und den Reinen ist Alles rein; meine Aufgabe ist es, nicht eher zu ruhen, bis die Einigkeit unter alle Brüder hergestellt ist, denn mir genügt es, das Reich zu stiften. Ich habe aber euch gesagt, daß wir nicht spotten sollen über eine Sache, die sich nicht ziemt. „Der Richter verurtheilte Mierike zu 10 Thlr. Geldbuße oder einer Woche Gefängniß, den Schenkwirth Hoffmann zu 5 Thalern Geldbuße.

— —

Miscellen.

Die N. Pr. Ztg. schreibt: „Wir hören die Klagen über die Kaffeebereitung in Norddeutschland immer lauter und allgemeiner werden; seit dem letzten Kriege namentlich genießt die Kaffeebereitung Böhmens einer oft nicht ganz verdienten Bewunderung, in welche mit mehr Berechtigung die Curgäste der böhmischen Bäder einstimmen. Aber man kann den Kaffee in Norddeutschland eben so gut bereiten wie in Böhmen; denn sie haben dort keine besseren Sorten. Man röste nur auch, wie dort, die Kaffeebohnen leicht in offener Pfanne, statt sie in einer Trommel zu verbrennen, und setze auf ein Viertelpfund Kaffeebohnen eine oder zwei Cacaobohnen zu; dann zerstoße man in einem hölzernen Mörser die leicht gerösteten Bohnen, statt sie in einer Mühle zu pulverisiren, setze sie endlich mit kaltem Wasser auf das Feuer und lasse sie so kochen, statt das Aroma mit kochendem Wasser zu verbrühen. Trinkt man weiß, so nehme man die Sahne frisch und heiß dazu. Aber so einfach das Recept ist, man wird es nicht befolgen; denn die Herrschaft der Kaffeetrommel, der Kaffeemühle, des kochenden Wassers und der kalten Sahne stehen in der norddeutschen Küche viel zu fest; diese Quadrupel-Allianz ist unbesiegbar. Sie war schon aus mancher Küche vertrieben, hat aber bald in aller Stille wieder ihren Einzug gehalten."

———

Im Kanton Appenzell, sagt die „Gazette de Lausanne", hat sich eine ganz besondere Gewohnheit, unter dem Namen Zettelabend bekannt, erhalten. Es ist eine Art Börse, die jedes Jahr am 11. October in dem Flecken Appenzell abgehalten wird. Die meisten Zahlungen für Güter-Käufe und andere, die Abzahlung von Interessen, die Anleihen geschehen an diesem Tage, an welchem Gläubiger und Schuldner zusammentreffen. Alle Wirthshäuser, Straßen und Gassen des Ortes sind dann mit Menschen gefüllt. Man macht Geschäfte für Tausende, selbst Millionen Franken, ohne schriftliche Verbindlichkeiten, ohne Quittungen u. s. w. und nie hat man von einem Proceß gehört, der die Ableugnung einer Schuld, die Unredlichkeit eines Gläubigers, welcher leugnete die Zinsen erhalten zu haben, zur Ursache gehabt hätte.

Ueber den Suezcanal wird der Triester Ztg. aus Port Said, 10. October, vom Präsidenten der k. k. Central-Seebehörde folgende Mittheilung gemacht: „Im Timsah-See arbeiten vier und im Serapeum-Canal siebenzehn große Baggermaschinen à long couloir Tag und Nacht. An letzteren Orte, wo die Tiefe noch am geringsten ist, arbeiten außerdem an den Wandböschungen circa 1000 Araber mit fast eben so vielen Kameelen. Sie haben das ausgebaggerte Erdreich wegzuschaffen, worauf dann bis zum 17. November die Wandungen geebnet und senkrecht hergestellt werden sollen. Bei der Enge des Canals — 58, ja, an einigen Orten 48 Meter — und dem heutigen Stande der Tiefe, wird es selbst bei mittlerem Tiefgang der Schiffe sehr vorsichtiger Leitung bedürfen, um nicht anzufahren. Der große Bitter-See gewährt jetzt schon den wahrhaft überraschenden Anblick eines Meeres, in welchem der eine parallel gelegten eisernen [illegible] Signalen [illegible] ausgesteckte [illegible] überall durchaus über 9 Meter Tiefe hat. Auf der Rückfahrt nach Sonnen-Unter-gang fand ich die Fahrstraße im See Timsah mit Feuersignalen angezeigt. Tags darauf, den 18., besuchte ich die Strecke Ismailia-Port-Said. Um El-Ghisr traf ich wieder Baggermaschinen à long couloir und etwas vor dem 60. Kilometer an einer scharfen Biegung des Canals bei 48 Meter oberer Breite Tausende von Arbeitern und Lastthieren beschäftigt, bei Tag und Mondlicht eine zur Schwächung der Strömung gelassene Winkelspitze zu räumen. Weiter unten sind zur Herstellung der vorgeschriebenen Tiefe die großen Maschinen à élévateur im Gange; bis dann vom Kilometer 46 an der Canal in seiner vollen Breite und nahezu vollen Tiefe bis Port-Said den wahrhaft erhebendsten Eindruck macht. Die Strömung vom Mittelländischen Meere, welche noch vor 15 Tagen eine gewaltige war, ist nahezu unmerklich geworden und das Wasser fängt schon seit einigen Tagen merklich zu wachsen an, woraus zu schließen ist, daß die Seen nahezu gefüllt sind, und daß das Niveau des Wassers der ganzen Länge nach demnächst hergestellt sein wird. Es ist denn die technische Durchführbarkeit dieser neuen Weltstraße nicht mehr anzuzweifeln, die Vollendung und Befestigung derselben ist nur mehr Sache der Zeit. Es muß nur bedauert werden, daß die Eröffnung des Canals nicht noch auf drei bis vier Monate hinausgeschoben worden, wo dann jedes Schiff fast ohne Einschränkung unter der Führung eines geübten Lootsen hätte zugelassen werden können. Ein ehemaliger französischer Mercantil-Capitän und ein französischer Linienschiffs-Lieutenant sind hier eingetroffen, um den Remorqueur- und Lootsendienst des Canals zu organisiren.

———

Aus Kairo, 21. October, wird dem Wiener Fremdenbl. geschrieben: Seit einigen Tagen ist das Frankenquartier der „heiligen" Stadt in voller Aufregung, und Hunderte von Arbeitern sind beschäftigt, Triumphpforten, Obelisken und dergleichen Aufmerksamkeiten der französischen Colonie für ihre Kaiserin in den ohnedies ziemlich engen und für den riesigen Verkehr nicht ausreichenden Straßen aufzustellen. Das arabische Viertel hat mit den Illuminationsgegenständen vollauf zu thun, da der Vicekönig anbefohlen hat, daß an dem Abende, an welchem die Kaiserin Eugenie hier ankommt, die ganze Stadt beleuchtet werde. Aber nicht nur die Franzosen sind mit ihren Empfangsfeierlichkeiten für ihre Kaiserin beschäftigt, auch die österreichische Colonie arbeitet über Hals und Kopf, um den Kaiser Franz Joseph auf afrikanischem Boden würdig zu empfangen. Indessen ist man in der egyptischen Regierung ebenfalls über Hals und Kopf beschäftigt, um den hohen Gast würdig zu empfangen. Sofort nach Einlangen der amtlichen Nachricht, daß der Kaiser kommen werde, ließ der Khedive nach Paris um neue Tapeten und Möbel telegraphiren, während er seine Beys entsandte, um das Schönste und Prachtvollste an persischen und türkischen Teppichen für die Gemächer Sr. Maj. in der Citadelle aufzutreiben. Nicht weniger als 70,000 Pfd. St. sollen für die Ausschmückung der kais. Wohnung und die sonstigen Empfangsfeierlichkeiten vom Vicekönig angewiesen worden sein. Für den Reichskanzler wird das prachtvolle, von Seid Pascha erbaute, auf Eilbefehl gelegene Palais Kasr-el-Nil(?) in Stand gesetzt. Indessen ist auch bereits das Programm für die Festlichkeiten bei Eröffnung des Suezkanals festgestellt. Nach demselben findet am 16. Nov. in Port Said ein koptischer (christlicher) Gottesdienst und nach demselben ein mohamedanischer Ritus statt, worauf sofort die Fahrt nach dem Kanal angetreten wird. In Ismailia wird ein großer Ball gehalten und Tags darauf die Fahrt nach Suez fortgesetzt. Dort sollen abermals einige Festlichkeiten stattfinden und hiermit die ganze officielle Feierlichkeit ihren Abschluß finden. Am 21. Nov. treffen die Gäste wieder in Kairo ein. Am 11. d. M. soll die Probefahrt durch den Canal stattfinden, allein bis heute ist es noch immer fraglich, ob die Durchfahrt bis Suez möglich sein werde. Hr. v. Lesseps ist freilich voll der rosigsten Hoffnungen; allein er selbst kann die Thatsache nicht wegleugnen, daß der Canal mindestens noch ein Jahr brauchen wird, bis er dem allgemeinen Verkehr wird übergeben werden können.

Redaction von Dr. Eugen Zagen. Druck der Jaeger'schen Druckerei in [illegible].

Palatina.

Belletristisches Beiblatt zur Pfälzer Zeitung.

Nro. 135. Speyer, Donnerstag, den 11. November 1869.

Der Herr des Hauses.

Erzählung von Werner Maria.

(Schluß.)

„Fort! — aber nicht ohne mich“, rief Sabine, Alles vergessend und sich an seinen Hals klammernd.

„Still“, sagte er wieder — „Du thust mir weh, der Arm ist verrenkt, ich könnte nicht einmal meinen Jungen tragen, wenn Ihr mitwolltet.“

„Ich trag' sie Beide“, rief sie eifrig, wie oft that ich's den langen Weg, nur um Dich eine Minute zu sehen und jetzt . . .“

„Aber die Mutter!“

„Sie hat noch die Lisette! Du hast Niemanden als mich!“

„Das ist wahr“, sagte er bitter, „gehetzt, verachtet, verfolgt wie ein Wild — elend bin ich.“

„Elend“, wiederholte sie, „und ich bin so glücklich, Dich wiederzuhaben — so glücklich, als ginge das Leben heut' wieder von vorn an. Komm, ich nehme die Kinder schlafend, Gepäck ist ja nicht viel“, fuhr sie lächelnd fort; „in den Bergen kann man sich leicht verstecken. Tags ruhen wir, Nachts wandern wir zusammen. Alois, dort sieht uns Keiner — Keiner spürt uns nach und in der neuen Heimath finden wir wohl ein Fleckchen, wo Du mit mir leben kannst wie Du willst.“

„Wie Du willst“, sagte er; „Du hast Gewalt über mich; die Leute wissen nicht, was sie reden, wenn sie meinen, ich knechte Dich.“

„Laß sie reden“, fuhr Sabine fort — was kümmert es uns!“

Fränzchen hörte sie sich dem Hause zuwenden, sie würde sie nicht verrathen, um keinen Preis. Welch' ein Leben die Frau muthig auf sich nahm, als wär's Glück!

„Wer so lieben könnte!“ seufzte die junge Frau, „Ob wohl je die starre Kälte, die mein Herz umgibt, nachlassen wird!“ und sie sehnte sich nach dieser Erlösung, wie die Natur nach dem Frühling.

Ehe sie es sah, stand Siegfried neben ihr. Sie fühlte ihr Blut empört zu ihrem Herzen dringen. Zornig, anders wie sonst, empfing sie ihn.

„Komm herein“, sagte er wie damals — „Du tödtest Dich.“

„Und wenn es wäre“, antwortete sie wild, ihn trotzig aus den blauen Augen anblickend — „mein Leben gehört mir!“

„Nein“, rief er leidenschaftlich. — „Mir gehört's!“

„Natürlich, Euch gehört Alles hier auf Erden.“

„Nicht deshalb“, antwortete er, „nicht weil Du meine Frau bist, sondern weil ich Dein Leben mehr liebe als Du, mehr als mein eignes.“

Er hob sie in seinen Armen auf wie ein Kind; mit erwachendem Bewußtsein fühlte sie sein Herz zum ersten Mal wieder nah dem ihren schlagen.

„Ich bin der Mächtige! Dein Herr!“ rief er, „das ungebildete Weib da drinnen versteht mehr von der Ehe als Du.“

„Das weiß ich längst, daß Ihr die Gewaltigen seid, die die Kraft haben“, sagte sie erregt; „wenn Du mich mißhandeln willst, thue es. — Kein Schlag kann mich mehr verwunden, als Du es schon gethan.“

„Fränzchen“, rief er, „ich meine eine andere Macht, eine Macht, die Du nicht hast, die das arme Weib hat, die ich habe — die Macht zu vergeben, zu lieben — mir kannst Du nicht verzeihen, mich kannst Du nicht wieder an Dein Herz lassen, so viel ich auch gelitten habe. Täglich versündigst Du Dich ganz anders, als ich es gethan, bewußt, vorsätzlich, und ich liebe Dich! — Darin bin ich Dein Herr, Fränzchen, darin bin ich Dir überlegen und werde Dich überwinden, wie der Stärkere den Schwachen.“

In derselben Nacht wurde ein kleines Mädchen geboren, zwei Monate zu früh, ein schwächliches, jammervolles Ding.

Es war große Verwirrung. — Sabine mit den Kindern blieb verschwunden.

„Sie ist sicher zum Mann gelaufen“, schalt die Mutter; „hier hatte sie es zu gut, sie will es nun einmal schlecht haben. — — Es wird sterben, gnädiger Herr“, sagte die Alte von dem Kind, „und grämt Euch nicht, es ist besser so.“

Fränzchen richtete sich hoch im Bett auf und reckte die Hände nach dem Kind aus.

„Gebt es ihr nicht“, fuhr die Alte fort, „so schwächlich wie das Ding scheint, sterben ist nie leicht und schaurig anzusehen.“

Aber Siegfried nahm dennoch das Kleine und legte es der Mutter in den Arm.

Sie schluchzte und lachte, Alles in einem Athem. „Es lebt! es lebt!“ rief sie und immer wieder, „es lebt!“

Sie versuchte es zu stillen, aber die Quelle war versiegt. — Fast klang ihre Klage wie ein Schrei. Sie sah den Liebling verschmachten, wie Hagar Ismael in der Wüste.

Scheu wandte sie sich von Siegfried fort.

„Wenn das Kind stirbt“, sagte sie, „darfst Du mich nicht mehr lieb haben.“

„Die Liebe hat kein Maß“, antwortete er.

Angstvoll verlebten sie die Stunden, während in der Nachbarschaft eine Frau gesucht wurde, die neben dem Ihren das Kleine übernahm. Die Mutter wandte sich ab und weinte.

„Hasse mich“, sagte sie, „ich hasse mich selber“; und sie verglich immer wieder die kleinen Milchschwestern.

Siegfried begriff, welch einen Stich in das Herz es der armen Mutter geben mußte. Seine Gedanken wie ihre irrten um ein blondes Köpfchen, das er damals klein, winzig nannte.

Wochen, Monate vergingen, das kleine Dasein schwankte zwischen Leben und Tod.

„Armer Schatz“, sagte er oft, sie streichelnd, wenn sie so angstvoll und verzweifelt aussah; „ich weiß, wie Dir zu Muth ist — es ist schrecklich, sich ohnehin schuldig zu glauben an den Leiden Derer, die man liebt.“

Mühsam erholten sich Mutter und Kind. Beide wie Gestalten aus einer andern Welt, die noch einmal versuchen zurückzukehren.

Die laue Luft, die reiche Natur lockten sie heut' zum ersten Mal hinaus.

Sie trug ihr Kleines — es schlief. — Schwach war sie noch sehr; man hatte ihr das Kind nehmen wollen; aber sie drückte es an sich mit einem Blick, der davon abstehen hieß. Weil kam sie ja auf keinen Fall.

Siegfried ging daneben, — der Platz bei den Weihern sollte erreicht werden, derselbe, von dem er die Geliebte auf ihr Lager getragen hatte.

Die Büsche hingen voller Blüthen, von durstigen Bienen umschwirrt, sonnige Gluth küßte warm die Wiedererstandenen.

Ein paar Stufen nur ging es hinan, aber der armen Mutter war selbst die kleine Last zu viel — sie strauchelte, schwankte, wäre gefallen. — Siegfried hielt sie mit festem Arm; — tiefe Blässe, ein Schrecken, der sich nicht beschreiben läßt, malte sich in ihren Zügen; sie drängte ihm hastig das Kleine auf, das erstaunt die Augen aufschlug.

Er ließ sie sanft auf die Bank nieder und gab ihr das Kind in den Schooß.

„O“, sagte sie, „ich bin es nicht werth, mir darf man nichts mehr anvertrauen!“

„Der liebe Gott muß wohl anders denken“, sagte er, „und ich auch.“

„Du auch“, rief sie und drückte sich fast leidenschaftlich an ihn — „vergibst Du mir wirklich, kannst Du verstehen, wie ich so schlecht wurde? Mein Herz war mir vergiftet — immer wieder sah ich Dich, der mir das Kind entriß, nicht Gott — nicht der Tod — Du warst es, Siegfried — Du, der sich dazwischen drängte. — Es war wie Wahnsinn, — wie ein Gedanke, um den ich mich drehen mußte. — Jetzt werd' ich wieder gesund; sieh, wie Du trotz allem an mir gehangen hast, — an mir, die ich mich selbst verachte, auf die man mit Fingern weisen konnte, wenn alle Gedanken offenbar wären in der Welt.“

„Still!“ antwortete er, mit einem glühenden Kuß ihr den Mund schließend; „laß uns nicht miteinander rechten, wir haben Beide gefehlt. — Aus dem vollen Schatz des Einen laß uns immer wieder die Fülle finden, die des andern Mangel deckt.“

Der Spätsommer sah sie wieder vor dem kleinen Haus am Thor. Auf dem Grasplatz lag das Heu — stolz führte die Entenmutter ihre goldene Brut nach dem Teich.

Das Kindchen saß auf der Mutter Schooß. „Du, Du!“ machte es, einen Blumenstengel in der Hand.

Und der gewaltige Mann lachte sein altes Lachen und rief: „Schlag zu, schlag zu, Elschen! Hau den Herrn des Hauses todt!“ und das Kind versuchte es mit der Blume.

Vom Nil.

„Neue Freie Presse.“

Kairo, 29. October.

Und der Herr ließ Ungeziefer kommen über Pharao, seine Knechte, sein Volk und sein Haus, und alle Häuser wurden voll. Und der Herr ließ Heuschrecken kommen mit dem Ostwind, die fraßen Alles.

Also erinnere ich mich, im zweiten Buche Mosis gelesen zu haben zu einer Zeit, da ich noch besser in der heiligen Schrift Bescheid wußte als heute, und also würde ungefähr ein neuer Geschichtschreiber des gelobten Landes schreiben, denn ohne Zweifel sind alle die europäischen Journalisten, die sich der Vice-Pharao ins Land geladen hat, die letzte Plage dieses unglücklichen Landes, von der die Kinder und Kindeskinder Egyptens erzählen werden.

Der Leser erinnert sich der dankbaren Gefühle gegen den hohen Amphitryon, mit denen ich von Alexandrien nach Kairo abzureisen mich anschickte. Ich gestehe, es mischte sich am letzten Abende meines Aufenthaltes ein wenig Wehmuth hinein, denn die Diplomaten, die bekanntlich jeden Spaß verderben, erzählten mir, es sehe sehr bedenklich aus zwischen dem Khedive und seinem erhabenen Gebieter, dem Padischah; der letztere habe eine unbedingte Unterwerfung seines Statthalters verlangt, und wenn er nicht vor Eröffnung des Suezcanals zu Kreuze krieche, so werde er ihn mit Gewaltmaßregeln zur Raison bringen.

Diese Drohung konnte unmöglich so ernst gemeint sein, aber es lag etwas sehr Rücksichtsloses darin, einem Gastgeber gerade in dem Momente das Dach über dem Kopf anzünden zu wollen, wo seine Gäste bei ihm zu Tische sitzen. Es war das zugleich eine Kriegserklärung an die Presse der ganzen Welt, denn etwa sechzig Journalisten befinden sich bereits in Unter- und Oberegypten, die in Treu und Glauben an die Gastfreundschaft des Vicekönigs gekommen waren. Konnte der Padischah die Unbesonnenheit haben, die gesammte Journalistik Europa's, Amerika's und Australiens hinterrücks bombardiren zu wollen, ohne ihr vierzehn Tage Frist zur Räumung des Landes zu geben? Und welche Miene mußten die auf der Reise nach Egypten befindlichen allerhöchsten Herrschaften machen, wenn der Padischah, dem sie gerade heute einen Besuch machten, hinter ihnen drein etwa den Hobbard Pascha mit seinen Panzerschiffen und Brandern schickte, um einen Boden mit Granaten bewerfen zu lassen, an dessen Gastfreiheit sie glaubten? Was müßte die graziöse Eugenie davon denken, wenn der Padischah, der doch fünfhundert Weiber in seinem Harem hat und also die Galanterie kennen sollte, den Hobbard Pascha mit seinen Panzerschiffen vor ihrer Schwelle hin- und herschaukeln ließ?

Die Sache konnte und durfte nicht so bedenklich sein, wie sie aussah, und als ich in Kairo eintraf, sagte man mir, auch Ismail Pascha habe sich nicht bange machen lassen; er habe rundweg Alles verweigert, und als ich ihn am zweiten Tage meines Hierseins in der größten Seelenruhe, ja mit der lustigsten Miene an der Seite der Eugenie auf einem Esel daherreiten sah, dachte ich mir: die Beiden lachen sich ins Fäustchen über den Zorn des großen Sultrinsters; wir werden hier in Ruhe unseren Canal eröffnen, und der Padischah wird sich's dreimal überlegen, ehe er den Sandschak-Scherif entfaltet, um alle seine Gläubigen selbst im Egypterlande zu den Waffen zu rufen gegen den Giaur auf dem Vice-Throne, der den fremden Tänzerinnen das Geld in den Schooß wirft, das er den armen Fellahs durch die Bastonade erpreßt; der die fremden Journalisten ins Land ruft und sie wie die Fürsten bewirthet, der das Land in Armuth und Unglauben stürzt und, wie oben schon gesagt, eine neue Landplage über das arme Egypten bringt. Der Padischah wird sich in sein eigenes Bewußtsein greifen und sich sagen: Der Ismail da drüben in Egypten gibt zwar viel, sehr viel Geld aus, viel mehr, als er verantworten kann, und es ist deßhalb nothwendig, daß ich alle Jahre seine Ausgaben und Einnahmen revidiren lasse; aber machst du's denn besser? Bist du nicht selbst in steter Klemme, weil du selber nicht haushalten verstehst? Der Ismail ist zwar ein Schuldenmacher, aber borgst denn du nicht selber bei Juden und Christen? Der Ismail hat ein „mauvais entourage", aber hab' ich ihm nicht selbst schon vergebliche Vorschläge gemacht, in meine Dienste zu treten?

Es ist, um es gleich vorauszuschicken, nicht meine Absicht, in dem Concerte all der Orient-Enthusiasten mitzuwirken, das, wie ich mir denke, bereits in unserer heimischen Presse begonnen haben wird. Ich werde dem Himmel dankbar sein für jede poetische Anwandlung, die mich etwa überfallen dürfte, aber im Herzen will ich mir die Sache hier diesmal so nüchtern wie möglich anschauen, also demselben Zuge folgen, dessen Gepräge die Dinge hier allgemein tragen, d. h. von der Europäisirung reden, der dieses Land wider seinen Willen entgegengeführt wird. Egypten steht nämlich unverkennbar vor einer Krise: überwindet sie das gegenwärtige Regime, gelingt es Ismail, der europäischen Cultur die nächste Zukunft hier zu erhalten, so gewinnt das Abendland einen seiner glänzendsten Stapelplätze, und ich rathe unseren deutschen Speculanten, denselben nicht aus den Augen zu lassen. Triumphiren die der Cultur feindlichen Elemente, von denen der Vicekönig überall umgeben ist, fällt Alles wieder in seinen orientalischen Schlendrian zurück, so lagern sich die räudigen Hunde wieder auf die Ruinen halb fertig gewordener Cultur, denn kein Volk ist geschickter, dieselbe mit seinem Schmutze und seiner Faulheit wieder vom Boden zu vertilgen, als gerade das orientalische.

Daß ich es ebenfalls vorausschicke, um den Gesichtspunkt zu bezeichnen, von welchem aus ich hier Alles beurtheile: ich knüpfe für den Augenblick wenig Hoffnungen an den ganzen Suez-Kanal, der in der That ebenso unfertig ist wie Alles, was cultivatorisch neben ihm hergeht; ich sehe in der ganzen Geschichte, wie man sie eben feiert, einen ungeheuren Humbug, dessen Regisseur nur ein Franzose wie Hr. v. Lesseps sein konnte, einen Humbug, der eigentlich der ernsten Bedeutung der Sache nicht würdig, dessen der Urheber aber bedurfte, um alle die schönen Ziele zu erreichen, die weniger den Canal als seine Person betreffen.

(Fortsetzung folgt.)

Miscellen.

Großgerau, 6. Nov. Die unheimlich interessante Naturerscheinung ist immer noch nicht ganz zu Ende. Nachdem am Mittwoch die Stöße zwar noch zahlreich, aber schwach waren, und am Donnerstag auch ihre Zahl bedeutend abgenommen hatte, ließ der Freitag wieder eine wachsende Zunahme erkennen. Glücklicher Weise blieb ihre Stärke weit hinter der Vermehrung ihrer Zahl zurück. Zwischen 4 und 7 Uhr Abends hörte man 3—6 in der Stunde, und von 7—8 Uhr sogar 20 Stöße, Rollen und Donner. In der Nacht vom 5. auf den 6. brachten außer zahlreichem Rollen 8 Stöße die Wände zum Schüttern und Krachen, und in ähnlicher Weise setzte die Erscheinung sich während des heutigen Tages fort, so daß die Bevölkerung immer noch nicht bei verschlossenen Thüren und ausgelöschtem Licht zu schlafen wagt. In der Qualität der einzelnen Erschütterungen gibt sich eine eigenthümliche Aenderung kund. In den ersten Tagen hatten sie mehr einen rollenden und erschütternden Charakter, der mehr in einen stoßartigen übergiang und jetzt häufig ganz der einer momentanen Explosion ist, welcher trotz ihrer Stärke nur ein kurzer und schwacher Donner folgt.

In Hochheim wollte ein Schalk bei dem letzten Pferdemarkte billig zu einem Pferde kommen. Damit er nun ganz kategorisch dem Verkäufer die Möglichkeit abschneide, entweder sein Pferd zu behalten, oder wegen Preisforderungs Skandal zu machen, zählte er diesem gemüthlich siebenzehn Gulden hin während er mit der einen Hand die Zügel hält, und nimmt dann mit dem Thiere Reißaus. Hunderte jagen gleich hinterher und holen bald den Flüchtigen ein. Froh, sein Rößlein wieder zu haben, gibt nun unser guter Bauer dem Schelm sein Geld zurück und läßt ihn ruhig laufen, er selbst aber kehrt sofort dem gefährlichen Platze den Rücken und treibt sein Pferd wieder heimwärts.

Für Freunde des Maitranks. In einer Sitzung des physikalischen Vereins zu Frankfurt a. M. legte Professor Böttger eine Probe von ausgezeichnet schön crystallisirtem Cumarin, dem riechenden Princip im sogenannten Waldmeister (Asperula odorata) vor, beschrieb dessen leichte Gewinnungsweise, besonders aus den Tonkabohnen, und zeigte schließlich, wie schon ein ganz kleines Crystallfragment dieses reinen Cumarins genüge, um eine ganze Flasche leichten, mit Zucker versüßten Weines in den wegen seines Aroma's so beliebten Maitrank zu verwandeln.

Berlin, 5. Nov. Der Staatsanwalt beim hiesigen Kreisgericht erläßt folgende Bekanntmachung: „30 Thaler Belohnung. Von der Grabstätte Alexander v. Humboldt's zu Schloß Tegel ist in der Nacht zum 24. Oct. d. J. die ganze, innerhalb des eisernen Gitters der Familiengruft befindliche Einfassung, aus mehr als 60 Stück blühenden Monatsrosen bestehend, und ein Theil der außerhalb des Gitters befindlichen Buchsbaumeinfassung von ruchloser Hand ausgegraben und entwendet worden. Die Besitzerin des Schlosses sichert demjenigen eine Belohnung von 30 Thlr. zu, welcher den Thäter derartig ermittelt, daß dessen gerichtliche Bestrafung bewirkt werden kann."

Der „N. Elb. Anz." enthält eine Schilderung des Schmugglertreibens an der preußisch-russischen Grenze, welcher wir folgendes entnehmen: Wie der Gemsjäger mit seinen Abgründen, Schneestürmen und Lawinen, werden die Schmuggler bald mit den Gefahren ihres Gewerbes vertraut und gar oft durch die Gefahr selbst gereizt. Die unberittenen Schmuggler von geringerer Bedeutung, die sich in größere Unternehmungen nicht einlassen, haben gewöhnlich Rollen und Säcke um Leib und Brust geschnallt. Sie entwickeln bei ihren Gängen, um die Wachsamkeit der Postenkette zu täuschen, oft eine Gewandtheit und List, die an die der amerikanischen Indianer erinnert. Wie dort werden im Winter oft künstliche Fährten im Schnee gemacht, um die Soldaten irre zu führen, oft gehen sie ganze Strecken rückwärts, oft vergraben sie sich bei starker Gefahr im Schnee. — Die berittenen Schmuggler haben gewöhnlich zu beiden Seiten des Sattelbogens ziemlich große Kisten angeschnallt und um den Leib Rollen gewickelt, so daß sie oft noch einmal so dick erscheinen, als sie wirklich sind. Das Geschäft wird theils auf eigene Rechnung und Gefahr getrieben, theils gegen einen bestimmten Antheil am Gewinn. Die Reiter haben vortreffliche Pferde, die mit der Schnelligkeit und Sicherheit der Gazelle über Graben und andere Hindernisse hinwegsetzen. Auf verschiedenen Schleichwegen geht es nach der Grenze, wo es gilt, eine dreifache Postenkette zu täuschen. List und Kühnheit, im Nothfalle auch Bestechung helfen ihnen meistentheils glücklich zum Ziele. Haben sie den Feind im Rücken, so vertrauen sie sich der Schnelligkeit ihrer Pferde an. Die Russen sind schlechte Schützen und die nachgesandten Kugeln treffen selten. Sind ihnen die Verfolger zu nahe auf den Fersen, so geben sie einen dazu bereit gehaltenen Theil der Waare Preis. Der Soldat fahndet darauf viel lieber, als auf den Schmuggler selbst; denn von der Waare erhält er seinen Beuteantheil; durch Fang des Schmugglers hat er nur Unannehmlichkeiten und Mühen. — Große Schmugglerbanden, die sich in einzelnen Grenzdörfern jenseits der Memel aufhalten, gehen bis an die Zähne bewaffnet und bringen beträchtliche Ladungen, oft ganze Wagenzüge herüber. Zwischen ihnen und den Grenzsoldaten kommt es nicht selten zu hitzigen Gefechten, bei denen es von beiden Seiten Todte und Verwundete gibt. Wenn es irgend angeht, suchen sie den Offizier des Grenzkorps zu bestechen. Dieser beordert dann unter dem Vorgeben, sichere Kunde erhalten zu haben, seine Leute an eine bestimmte Stelle und läßt auf diese Weise den Schmugglern freien Weg, an einer unbewachten Stelle die Grenze zu passiren. Auf diese Weise sind namentlich zur Zeit des Krimkriegs Hunderte von Wagenladungen hinübergeschafft worden. Stets hat es in diesen Banden Führer gegeben, die sich durch hervorragende List und Kühnheit auszeichneten, wie der bekannte Raubmord Fratimis (Koßbrust). Er trotzte Jahre lang allen Verfolgungen, bis er zuletzt vom Schicksal ereilt wurde. Von falschen Freunden verrathen, gerieth er in russische Gefangenschaft und wurde auf dem offenen Markte eines Grenzstädtchens zum Tode geknutet. Seine zähe Lebenskraft ertrug eine zweimalige Knutung, erst bei der dritten erlag er.

Triest, 3. Nov. Die österreichische Panzer-Fregatte „Salamander", befehligt vom Fregatten-Capitän Ritter v. Eberle, ist aus dem Orient heimgekehrt und hat die durch den Professor Essenwein für das Germanische Museum in Nürnberg ausgewählten, von der hohen Pforte der bayerischen Regierung zum Geschenk gemachten antiken Bronze-Geschütze (aus dem Mittelalter) mit sich gebracht. Die Einschiffung derselben in Rhodos war mit nicht geringen Schwierigkeiten verbunden, da sie erst von den Festungsmauern an den Strand gebracht, eine derselben sogar von der Außenseite eines Thurmes an die See herabgelassen werden mußte. Es sind fünf Stück. Die größte derselben ist mit dem Bildnisse des hl. Johannes geziert, hat 95 Ctr. im Gewicht, 15 Fuß Länge und 8½ Zoll Durchmesser der Rohrmündung. Sie trägt außer dem Bildnisse auch das Wappen des 21. Großmeisters von Cypern 1289—1297, Jean de Villiers; wahrscheinlich wurde sie ihm zu Ehren gegossen. Die zweite Kanone, 60 Centner schwer, 12 Fuß lang, 10½ Zoll Mündungsdurchmesser, mit der Inschrift: „La Donnoda 1482", trägt das Wappen des 38. Großmeisters zu Rhodos, Pierre d'Aubisson, welcher von 1476—1503 regierte. Das dritte Geschütz, 50 Centner schwer, 12 Fuß 7 Zoll lang, 6½ Zoll Mündungsdurchmesser, dessen Alter nicht zu ermitteln ist, zeichnet sich durch schöne, schlanke Form und höchst geschmackvolle erhabene Arbeit aus. Die französischen Lilien schmücken das Längenfeld des Rohres. Die vierte Kanone, 30 Ctr. schwer, 10 Fuß 4 Zoll lang, 8 Zoll Mündungsdurchmesser, Inschrift: „Fait à Lyon 1507", mit der Devise: „Horrible suis" — mit altgermanischen Buchstaben. Auch befindet sich auf derselben das Wappen des 39. Großmeisters von Rhodos, Emery d'Amboise, welcher von 1503—1512 regierte. Das fünfte Geschütz, 30 Centner schwer, 10 Fuß 2 Zoll lang, 12½ Rohrmündung, hat eine vier Fuß lange Kammer und zwei Bronze-Ringe an der Mündung, aber außer der Eigenthümlichkeit der Form nichts Besonderes an sich; ihr Alter ist durch nichts bestimmt. Drei antike Lanzen, eine eiserne Pickelhaube und drei mit Blei überzogene Steinkugeln wurden ebenfalls mitgebracht.

Dein Aug'.

Dein Aug' ist wie des Mondes Licht,
So ruhig, klar und mild,
Wie wenn sein holdes Angesicht
Durch düstrer Wolken Schleier bricht,
Des tiefsten Friedens Bild.

O mög' es nie ein Sturm umgrau'n,
Dies liebe treue Aug',
O mög' es klar so heiter blau'n,
So rein und hold in's Leben schau'n
Getrübt von keinem Hauch!

Speyer. W. P.

Redaction von Dr. Eugen Jäger. Druck der Jäger'schen Druckerei in Speyer.

Palatina.

Belletristisches Beiblatt zur Pfälzer Zeitung.

Nro. 136. Speyer, Samstag, den 13. November 1869.

* Vier Bilder.

(Glosse.)

Fahret wohl, ihr Freuden dieser Sonne,
Gegen schwarzen Moder umgetauscht!
Fahre wohl, du Rosenzeit voll Wonne,
Die so oft das Mädchen lustberauscht!
Schiller.

Abenddämm'rung decket Flur und Aue
Und die Sonne sinkt im Meer von Gold,
Und der Abendwind, der süße, laue,
Spielt im Laub und küßt die Blüthen hold.
Ruhe labt der Erdenpilger Herzen,
Stille Freude zieht in manche Brust; —
Doch ein Herz, ach, drücken bange Schmerzen,
Nimmer theilt es solche reine Lust.
Siehst du dort das graue Kloster ragen
Und die Jungfrau an dem Gitter stehn?
Horch, sie flüstert; — sind es Klagen?
Kannst den Blick voll Wehmuth du verstehen?
Doch, da spricht sie leis', die bleiche Nonne:
Fahret wohl, ihr Freuden dieser Sonne!

Schau' den Zug, der dort zum Friedhof wallet,
Endlos schier, und welche Pracht er zeigt!
Wie der Todtensang ergreifend schallet
Und die Menge ernsten Blickes schweigt!
Prächtig ist das Sargtuch ausgeschmückt,
Kron' und Wappen sind darein gestickt.
Den sie tragen: hoch stand er im Leben,
War des Fürsten Arm in schwerer Zeit,
Glanz und Reichthum waren ihm gegeben,
Niemals traf ihn Kummer, Schmerz und Leid;
Doch dahin ist nun der eitle Schimmer
Und der Flitter all, der ihn umrauscht';
Aller Glanz, er ward für immer
Gegen schwarzen Moder umgetauscht.

In des Häuschens grüngeschmücktem Gange
Steht die Braut im weißen Unschuldkleid,
Leichte Röthe deckt die zarte Wange,
Und hinaus schaut sie durch's Fenster weit.
„Lebet wohl, ihr meiner Kindheit Tage,“
Flüstert sie und ihre Lippe bebt,
„O wie selig, heiter, ohne Klage
Hab ich euch entschwundene verlebt!
Fahret wohl, ihr goldnen Mädchenträume,
Die geträumt ich an der Freundin Brust
Unter Blüthen, unterm Dach der Bäume,
Auf der Wiese Plan mit Kinderlust!
Ach, du fliehst, du meiner Kindheit Sonne,
Fahre wohl, du Rosenzeit voll Wonne!“

Sieh' dort schleppt sich mühsam durch die Gasse,
Nah dem Hungertod, ein Bettelweib,
Abgehärmt das Angesicht, das blasse,
Und in Lumpen eingehüllt den Leib —
Einstens lachte Heiterkeit und Jugend
Diesem Weib, gepaart mit schöner Tugend.
Doch sie gab Gehör den Schmeichelworten,
Eines Mannes, schlau und abgefeimt,
Glatten Reden, die die Tugend morden
Und das Edle, das im Herzen keimt.
In des Elends und der Sünde Tiefe
Sank sie bald, weil Lügen sie gelauscht.
Traun, mein Kind, die Schmeichelei nur prüfe,
Die so oft das Mädchen lustberauscht.

Dürkheim. Eduard Jost.

Das Kreuz im Walde. *)

Von H. Engelcke.

In dem großen Forst, der südlich von der kleinen Stadt N. im nördlichen Thüringen beginnt und sich dann ost- und westwärts zwischen Saale und Unstrut erstreckt, liegt ein kleines Gasthaus an der großen Heerstraße, „Der Wachtmeister“ genannt. Gegenüber steht das von Epheu dicht umwachsene Forsthaus, Jahrhunderte alt, erbaut von den Herzögen zu Sachsen-Weißenfels und in der Regel das Rendezvous der hohen Herrschaften auf der Jagd. Wenn man den schmalen Fußweg, der östlich vom Forsthause aus in den Hochwald führt und der noch in den dreißiger Jahren im Munde des Volkes den Namen „Mördersteig“ führte, verfolgte, so kam man um jene Zeit an eine kleine, von Bäumen entblößte Stelle, auf der sich unter einer alten Eiche ein Doppelkreuz, roh aus Baumstämmen gezimmert, erhob.

Die Geschichte dieses Kreuzes will ich erzählen.

Um das Jahr 1817, kurz nachdem jener Forst unter preußische Herrschaft gekommen, wohnte im Gasthause zum Wachtmeister ein junger Wirth, Namens Jänisch. Er war Wachtmeister in einem preußischen Uhlanenregiment gewesen, hatte sich tapfer in den Freiheitskriegen geschlagen, zwei französische Standarten und am Schlachttage von Dennewitz eine sächsische Fahne erobert und sich das eiserne Kreuz erworben. Nach dem Feldzuge stand sein Regiment in D . . . Janisch nahm hier seinen Abschied und erhielt von der neuen preußischen Regierung den besagten Gasthof in Erbpacht, der nun bald nach der militärischen Charge

*) „Daheim“.

des Besitzers im Volke „Der Wachtmeister" genannt wurde und diesen Namen bis auf den heutigen Tag behalten hat. Als Jänisch in den Gasthof einzog, war das gegenüberliegende Forsthaus ohne Förster. Der bisherige Beamte hatte das Zeitliche gesegnet, seine Wittwe und seine Tochter aber hatten von der Regierung in Ansehung der treugeleisteten Dienste des Verstorbenen lebenslängliche freie Wohnung in dem Seitengebäude des Forsthauses erhalten. Bertha Wulst war eine gar reizende Förstertochter. Aufgewachsen in der balsamischen Luft des uralten Waldes, schlank wie die schönste Tanne im Forst, zählte sie damals 18 Jahre und war geistig und körperlich gleich bevorzugt. Da war es nun freilich nicht zu verwundern, daß der junge Wachtmeister von seiner Schenkstube her gar häufig sehnsüchtige Blicke nach dem Forsthause sendete und insbesondere eine dunkle Laube in das Auge faßte, welche Bertha in ihrem Hintergrunde barg. Kam dieselbe nun gar in seinen Krug, um für die Wirthschaft irgend etwas einzukaufen, so wurde dem jungen Wachtmeister siedend heiß. Er, der dem feindlichen Angreifer fest in das Auge geschaut hatte, senkte das seinige verzagt zu Boden, wenn Bertha in sein Zimmer trat. Wenn sie dasselbe aber verlassen und in frohem Laufe zurück nach dem Forsthause eilte, dann blickten ihr die verzagten Augen sehnsüchtig nach. Indessen hörten Berthas Besuche bald auf. Mit dem Scharfblicke der Frauen hatte Frau Wulst die Gefühle des verliebten Wachtmeisters errathen, und wenn von nun ab in der Wirthschaft etwas gebraucht wurde, so ging sie selbst nach dem Kruge, um es zu holen. Frau Wulst hatte an dem Wachtmeister eigentlich nichts auszusetzen, indessen wollte sie mit ihrer Tochter höher hinaus, und ein Waldwirth, der den Holzbauern und Handwerksburschen Bier und Schnaps einschenken mußte, schien ihr für ihre Tochter nicht passend. Bertha dachte dagegen anders. Der stattliche Nachbar gefiel ihr gar wohl, und wenn er Sonntags mit dem eisernen Kreuze auf der Brust einen Spaziergang nach der Schöneiche machte, so bogen sich wohl mitunter die Blätter der Laube auseinander, und ein paar dunkle Augen schauten freundlich dem Wachtmeister nach.

Indessen kamen sich beide nicht näher. Unser Wachtmeister nahm zwar alle seine taktischen Kenntnisse, die er im Kriege gesammelt, zu Hilfe und unterhielt mit dem holden Gegenstande seines Angriffs kleine bedeutsame Plänkeleien, er legte des Nachts verstohlen auf Berthas Platz in der Laube die schönsten Blumensträuße, bestreute den Tisch und die Bank mit Rosenblättern, verehrte Berthas Liebling, dem alten Nimrod, die besten Knochen aus seiner Küche, die dieser dann seelenvergnügt nach Hause trug; und eingedenk des alten Sprichwortes, daß, wer die Tochter zur Frau haben will, es mit der Mutter halten muß, erzeigte er der letztern die zartesten Aufmerksamkeiten. Er sah aber bald, daß er hiermit nicht weiter kam. Die Mutter blieb höflich, aber zurückhaltend, und Bertha ließ sich nicht merken, was in ihr vorging. Da faßte unser Wachtmeister in einer schlaflosen Nacht den Vorsatz, die Sache schnell zur Entscheidung zu bringen. Die beiden Frauen waren eben vom Kirchgange heimgekehrt, als der Wachtmeister nach dem Forsthause ging. Bertha, die ihn kommen sah und mit dem Scharfsinne des liebenden Mädchens errieth, um was es sich handle, ergriff scheu durch die Hinterthür die Flucht nach dem Walde und überließ ihrer Mutter die ersten Verhandlungen. Unser Wachtmeister trat ein und brachte in kurzen, schlichten und ernsten Worten sein Anliegen vor. Er berief sich darauf, daß seine Wirthschaft im besten Gange sei, er ohne Bertha nicht mehr leben könne, und bat um den mütterlichen Segen. Er hatte sich aber verrechnet. Frau Wulst dankte dem Nachbar für die Ehre, die er ihr und ihrem Kinde anthue, erklärte ihm dann aber rund heraus, daß Bertha zum Heirathen zu jung sei, daß sie bei ihrem vorgerückten Alter dieselbe nicht missen könne, mit ihr in die Stadt ziehen werde und lehnte den Heirathsantrag ab. Unser Wachtmeister zog mit einem Korbe nach Hause. Es war die herbste Stunde in seinem Leben gewesen, und als er am Abende auf sein Lager sank und die Vergangenheit vor seinen Augen vorüberziehen ließ, wünschte er sich in das sächsische Carré zurück, dessen Fahne er erbeutet, und fragte sich, warum ihn damals denn nicht eine mitleidige Kugel getroffen.

Im Forsthause ging es nun auch eigenthümlich zu. Als Bertha aus dem Walde zurückkehrte und ihre Mutter ihr die Vorgänge erzählte, überzog eine Leichenblässe ihr Antlitz. Sie stürzte zu den Füßen der Mutter und gestand ihr, daß der Wachtmeister der einzige Mann ihres Herzens sei und beschwor die Mutter, das Geschehene wieder gut zu machen. Die Mutter aber blieb felsenhart, und alles Flehen war vergebens.

Jetzt gab es in den beiden Nachbarhäusern zwei gebrochene Herzen. Der Wachtmeister ging in seinem Hause wie träumend umher, sprach mit den einkehrenden Bauern kaum ein Wort, und ging, wenn es seine Zeit irgend erlaubte, in den Wald, um den Bäumen sein Leid zu klagen. Mitunter war es ihm, als ob die hohen Eichen ihm zuflüsterten, daß er nicht verzagen solle, daß die Zeit kommen werde, in der sein Kummer sich in Freude verwandeln würde, dann aber war es ihm wieder, wenn der Sturm die Gipfel beugte, als solle er weg, weit weg ziehen aus dem Walde, der das Theuerste seines Herzens barg, das er nicht besitzen konnte.

Es war inzwischen Herbst geworden, als der Wachtmeister eines Tages unter der Schöneiche saß und allen Ernstes daran dachte, nach dem fernen Amerika auszuwandern. Da plötzlich hörte er, wie das dürre Laub neben ihm raschelte, und sich umdrehend gewahrte er Nimrod, der freudig an ihm emporsprang. Nimrod kam aber nicht allein, es folgte ihm seine junge Herrin. Plötzlich standen sich die Liebenden gegenüber. Da wurde kein Wort gesprochen, kein Laut ertönte von ihren Lippen, aber ihre Augen tauchten in einander und mit dem ersten Kusse besiegelten sie den Bund ihrer Herzen.

(Fortsetzung folgt.)

Vom Nil.

(Fortsetzung.)

Der Canal ist fertig, sagt man. Gewiß ist er das, insoferne das Wasser hindurchläuft, und auf der Landkarte nimmt er sich vortrefflich aus. Jeder, der ihn auf der Karte sieht, wird sagen: Es ist ja nichts nothwendiger als dieser Canal; selbst die Amerikaner müßten ja Thoren sein, wenn sie ihn zu ihrer Verbindung mit dem östlichen Asien nicht benützten! Wirklich sammeln sich auch schon die Adler um ihn, denn eine ganze Anzahl von deutschen, französischen und englischen Kaufleuten ist schon in Port Said eingetroffen oder noch auf der Reise dahin, um sich durch eigene Anschauung zu überzeugen, was aus und namentlich an dem Canal zu „machen" sei. Jeder Speculant von einiger Energie und Unternehmungslust sagt sich, er müsse der Erste sein, um die neue Ader auszubeuten; ob er aber selbst bei dem größten Scharfsinn die Tragweite dieses neuen Werkes wird übersehen können, ob er unter allen den Fahnen, Lampen und anderen Decorationen das wahre herausfindet, ist sehr zweifelhaft.

Gewiß kann ich mich irren, aber ich scheue mich nicht, meine Ansicht auszusprechen: Der Canal ist da, ob fertig oder nicht; man wird ihn im letzteren Falle vielleicht fertig machen, und da er es in der That noch nicht sein soll, werden noch Millionen über Millionen daran verwendet werden müssen. Wer diese vergeben wird, das ist der Zukunft überlassen. Meine Meinung ist, England, das während der letzten Jahre ruhig der Vollendung des Canalbaues zugesehen, werde ihm durch Eisenbahnen nach Ostasien alle und jede Bedeutung nehmen, ihn zu einer egyptischen Gosse machen, auf der allenfalls eine Nilbarke hin- und herschwimmen kann. Es fragt sich nur, auf wessen Kosten diese Eisenbahn gebaut werden soll.

Man glaube dabei nicht, daß der Vicekönig so einfältig ist, wie er sich bald den Franzosen, bald den Engländern gegenüber präsentirt. Die Rivalität dieser beiden Nationen ist ihm die sicherste Garantie für seinen Thron und für die Ruhe in seinem Lande; er gibt dem Einen heute Recht und morgen dem Anderen, und wenn Beide dann glauben, ihn überlistet zu haben, lacht er sich heimlich ins Fäustchen. Wenn er nach Frankreich reist und das Geld mit vollen Händen ausstreut, läßt er seinen Rock in Paris, und wenn er nach England kommt, ziehen sie ihm, mit Respect zu sagen, die Beinkleider aus; der Vicekönig kommt also nackt nach Hause, das ist wahr, aber er weiß, daß er seine Vortheile zu Hause findet.

Eine Thatsache z. B. ist es, daß während von Paris aus die Einladungen zu der festlichen Eröffnung geschrieben wurden, der Vicekönig von London kaum vierundzwanzig Stunden nach seiner Ankunft den Befehl nach Alexandrien sendete, den Hafen endlich zu reguliren, so daß die Schiffe auch während der Nacht einzulaufen im Stande seien; das wäre der erste Spatenstich der englischen Pionniere. Man behauptet, es seien zwischen Ismail und den englischen Staatsmännern bei dieser seiner letzten Anwesenheit in London gewisse Verabredungen wegen der zu bauenden Eisenbahn nach dem östlichen Asien getroffen worden — ein Beweis, daß der Vicekönig gleichzeitig zu Lande und zu Wasser zu fahren versteht, während Frankreich und England ihn an der Nase zu führen glauben.

Inzwischen hat Hr. v. Lesseps die Zwecke und Ziele seines Ehrgeizes erreicht. Er präsentirt den Canal als fertig der ganzen Handels- und Geschäftswelt; ob, wie man als ganz bestimmt behauptet, der Canal in der Wirklichkeit noch unfertig; ob, weil das Geld wieder zu früh zu Ende gegangen, die ganze Strecke bei der Quarantaine von Suez so seicht geblieben, daß man selbst die fremden Festlichkeitsschiffe nicht wird ins Rothe Meer bringen, vielmehr eine künstliche Rolle machen wird, um die Gäste durch allerlei locale Arrangements zu täuschen; ob mit Einem Worte der hinkende Bote hinterdrein kommt und das erste größere Schiff selbst mit dem vorgeschriebenen Tiefgang stecken bleiben wird, das kümmert Herrn von Lesseps nicht.

Vorläufig hat dieser geschickteste aller Faiseurs die reiche Braut seines Neffen, eine Mademoiselle de Brissac, erobert. Seine vier- oder fünfundsechzig Jahre haben ihn nicht gehindert, sich zu verlieben. Doch größere Freuden sollen, so sagt man, dem Canalisator des Isthmus noch bevorstehen; zu höheren Zielen noch soll ihn sein Ehrgeiz tragen. Man behauptet — man schwätzt freilich hier viel — Herr v. Lesseps werde zum Duc de Suez erhoben werden, und wenn man erwägt, daß es Hrn. v. Lesseps gelungen, die Kaiserin von Frankreich herüber zu citiren, so wird es schwer, hierin etwas Unglaubliches zu finden. Ist er es nicht, der einen napoleonischen Gedanken ins Werk gesetzt? Platz für eine Idee! Sagte nicht Voltaire, der Gedanke, den alten egyptischen Canal wiederherzustellen, sei der aufgeklärtesten Jahrhunderte würdig! Und sprach nicht Bonaparte fünfundzwanzig Jahre später: der Gedanke ist großartig, aber ich bin nicht der Mann, der ihn durchführen wird! Wer ist seit Sesostris größer als Herr v. Lesseps? Also Ehre dem Erbauer des neuen Bosporus, wenn auch Egypten darüber zu Grunde geht!

Das Letztere ist nämlich die Ueberzeugung aller derer, die in diesem Lande überhaupt eine Ueberzeugung haben. Die Verarmung Egyptens begann mit den bons du trésor, und seitdem ist diese anfangs sehr galant erscheinende Finanz-Operation zu einer Lawine geworden. Said Pascha war es, der Nachfolger Abbas Paschas, der Herrn v. Lesseps im Jahre 1854 mit den Plänen zu sich beschied, über welchen der Letztere seit 1831 gegrübelt, seit jenem Jahre nämlich, in welchem er, vor Alexandrien in Quarantaine liegend und sich langweilend, den Gedanken faßte, den alten Canal der Pharaonen wieder aufzugraben.

Man sieht, zu was die Langeweile gut sein kann. Die Lobredner Lessep's legen auf jenen Moment das höchste Gewicht, um ihm das Recht der Anciennetät zu erhalten, d. h. um darzuthun, daß Lesseps schon dieses Project geboren, ehe Talabot und Barrault daran dachten. Said Pascha also ließ Herrn von Lesseps mit seinen Plänen kommen; vierzehn Tage später schon unterzeichnete der Vicekönig eine Concessions-Urkunde und gab dem Concessionär die beiden Ingenieure Linant Bey und Mougel Bey zur Seite. Alles, was von da ab zur Geschichte des Canalbaues gehört, ist dem Leser wenigstens in allgemeinen Umrissen bekannt, und daß es dem Egypter bekannt ist, daß er davon gespürt hat, erzählt uns hier Jedermann.

Ismail übernahm also nur, was ihm sein Vorgänger überließ. Hat Said nebenbei unendlich viel Gutes gethan, war er es, welcher der europäischen Cultur das Land öffnete, der die Kaufleute und Speculanten ins Land zog, so war Ismail es leider, der den Franzosen die ganze Rennbahn öffnete, der seine eigene persönliche Cultur von den Franzosen bezog, der diesen seinen Pathen das Geld zu Millionen in die Hand drückte und eine ganze Galerie von französischen Abenteurern oder Geschäftsleuten durch Abschluß von Lieferungs-Contracten und andern Abschlüsse zu reichen Leuten machte — natürlich zum schweren Verdrusse Alt-Englands, das mit seiner Transit-Post immer über den französischen Einfluß stolperte und trotz des grimmigen Kriegsschiffes „Krokodil“, das es im Hafen von Alexandrien stationirt hat, trotz seiner Garnisonen im Rothen Meere ruhig mit ansehen mußte, wie die Franzosen die Geldschränke des Vicekönigs erbrachen, wie, was den französischen Faiseuren und Fourniseuren nicht erreichbar, die Emissärinnen vom Quartier Breda davontrugen und endlich eine financielle Sündfluth hereinbrechen mußte, deren Brandung schon an die Mauern der Citadelle schlägt und die Minister da droben sich vergeblich die Köpfe über neue Hilfsquellen zerbrechen läßt.

(Fortsetzung folgt.)

Miscellen.

** Der Stenographieunterricht in der Pfalz hat sich im abgelaufenen Schuljahre auf folgende Anstalten und Lehrer vertheilt:

Kirchheimbolanden: Herr Lehrer Lambert an der Lateinschule, 13 Schüler; in zwei Privatkursen 14 Schüler; Herr Hauptlehrer Kronenberger an der Präparandenanstalt 31 Schüler. Landau: Herr Lehrer Stichler an der Lateinschule 17 Schüler; Oberlieutenant Steppes in einem Uebungskurs 4 Schüler. Pirmasens: Herr Bauschaffner Steinhauer in einem Privatkurs 7 Schüler. Speyer: Herr Lehrer Mühe am Gymnasium 21 Schüler; Herr Hauptlehrer Werner an der Präparandenanstalt 45 Schüler, in einem Privatkurs 21 Schüler; Zweibrücken: Herr Prof. Ph. Krafft am Gymnasium 61 Schüler. Am Gesammtunterricht haben sich mithin 217 Schüler betheiligt.

Die neuen Satzungen des germanischen Nationalmuseums zu Nürnberg haben die Allerhöchste Genehmigung erhalten. Laut dieser Satzungen ist das germanische Museum eine Nationalanstalt für alle Deutschen und hat den Zweck, die Kenntniß der deutschen Vorzeit zu erhalten und zu mehren, namentlich die bedeutsamen Denkmale der deutschen Geschichte, Kunst und Literatur vor der Vergessenheit zu bewahren und ihr Verständniß auf alle Weise zu fördern. Diesem Zwecke dienen möglichst reichhaltige kunst- und kulturhistorische Sammlungen, welche, übersichtlich geordnet, zur öffentlichen Benützung aufgestellt sind, eine aus Handschriften und Druckschriften gebildete Bibliothek und ein Archiv. Das letztere hat seine Bedeutung besonders durch Erhaltung solcher Urkunden, welche verloren zu gehen oder dem allgemeinen Gebrauche entzogen zu werden drohen. Um die Benützung der kunst- und kulturhistorischen Sammlungen, der Bibliothek und des Archivs zu erleichtern, werden Specialkataloge und Repertorien geführt. Im Anschlusse an die wissenschaftlichen Arbeiten des Museums können sich diese Repertorien auch auf solche Gegenstände erstrecken, welche nicht im Museum enthalten sind; insbesondere sind mit den Kunstsammlungen durch die Repertorien auch bildliche Nachweise über verwandtes, nicht im Original oder Nachbildungen in den Sammlungen selbst befindliches Material verbunden. Um die Kenntniß der historischen Denkmale zu verbreiten und ihr Verständniß zu vermitteln, macht das Museum gelehrte und populäre Veröffentlichungen, welche sich über alle Theile der deutschen Geschichte, Literatur und Kunst erstrecken können, theils durch seinen Anzeiger, theils durch besondere Druckschriften. Auch der Herausgabe von größeren geschichtlichen Quellenwerken, welche ein allgemeines nationales Interesse darbieten, wird sich das Museum unterziehen, wenn für dieselbe nicht anderweitig gesorgt ist, und zu einer allen Anforderungen entsprechenden Durchführung der Aufgabe die Mittel vorhanden sind. Das Museum hat sich mit den wissenschaftlichen und Kunstanstalten und Vereinen, welche verwandte Bestrebungen verfolgen, sowie mit allen hervorragenden Gelehrten, welche sich mit der deutschen Vergangenheit beschäftigen, in Verbindung zu setzen, um so einen möglichst lebendigen Zusammenhang zwischen allen die Vorzeit des deutschen Volkes betreffenden Studien herzustellen. Das Museum wird zugleich alle derartigen Studien, ob sie von Vereinen oder Einzelnen ausgehen, insofern sie Erfolg versprechen, bereitwillig unterstützen. Der Sitz des germanischen Museums ist Nürnberg. Das Museum ist eine von der königlich bayerischen Regierung, als der Regierung des Landes, worin es seinen Sitz hat, anerkannte juristische Person und hat die Eigenschaften und Rechte einer Stiftung zum Zwecke des Unterrichts. Das Vermögen des Museums ist unveräußerlich und untheilbar, vorbehaltlich der bereits erworbenen Rechte Dritter. Die Sammlungen des Museums umfassen auch Gegenstände, welche der Anstalt unter Eigenthumsvorbehalt nur geliehen sind. Bei diesen sind stets die Bedingungen genau aufrecht zu erhalten, unter denen sie übergeben wurden. Das Vermögen des Museums besteht: a) in den Gebäuden, Grundstücken, Inventargegenständen und Sammlungen, b) in gestifteten, unangreifbaren Kapitalien, c) in dem Reservefonds, d) in den zur Verausgabung im laufenden Jahre bestimmten Geldern. Die Mittel zur Erhaltung der Anstalt werden geliefert: a) durch Zinserträgnisse des Vermögens, b) durch Unterstützung der deutschen Regierungen, c) durch freiwillige Beiträge von Fürsten, Standesherren, Städten, Körperschaften, Vereinen, Gesellschaften, Privaten, d) durch Erträgnisse der Druckschriften und der Eintrittsgelder für die Besichtigung der Sammlungen, so lange Eintrittsgelder nicht entbehrlich werden.

Charade.

(Dreisilbig.)

Der Himmel ist, was meine Ersten sagen,
Dem Heiligen, ja selbst dem reu'gen Sünder.
Die Dritte war in längst vergang'nen Tagen
Der Harmonie'n gewaltigster Verkünder.
Auch löscht die Dritte wilder Thiere Durst.
Das Ganze ist in Oestreich ein Hanswurst,
Ein lust'ger Kerl, der viele Jünger hat,
Dann ist das Ganze auch noch eine Stadt.

Auflösung der Charade in Nr. 133.
Brachvogel.

Redaction von Dr. Eugen Jäger. Druck der Jäger'schen Druckerei in Speyer.

Palatina.

Belletristisches Beiblatt zur Pfälzer Zeitung.

Nro. 137. Speyer, Dienstag, den 16. November 1869.

Das Kreuz im Walde.

Von A. Engelcke.

(Fortsetzung.)

Von dieser Stunde an gab es im Walde zwei fröhliche Menschen, der Wachtmeister war wieder der alte, er erzählte nach wie vor den Bauern seine Kriegsthaten, und die Rosen auf Bertha's Wangen blühten wieder empor. Wußten doch Beide, woran sie waren, trösteten sie sich doch mit ihrer Liebe, mit der Hoffnung, daß das Herz der Mutter sich erweichen würde. Darin hatten sie sich nun freilich verrechnet. Frau Wulff blieb nach wie vor unerbittlich und bewachte ihr schönes Töchterchen strenger als je. Sie untersagte ihr die einsamen Spaziergänge nach dem Walde, und nur früh morgens, wenn sie noch im süßen Schlafe lag, war es Bertha möglich, auf ein paar Augenblicke den Geliebten zu sehen und ihn an ihr treues Herz zu drücken. Nimrod mußte bei diesen Zusammenkünften die Stelle des Wächters vertreten. Ein leises Knurren deutete oft den Liebenden an, daß irgend Jemand sich nahe, und unser Wachtmeister ergriff dann, seinem Naturell ganz entgegen, die Flucht in den Wald. Einmal war aber Nimrod unaufmerksam. Zu den Füßen seiner Herrin liegend, hatte er den leichten Schritt der Mutter überhört, die früher als gewöhnlich aufgewacht, ihr Töchterchen und Nimrod vermißt hatte und in banger Ahnung, daß hinter ihrem Rücken süße Complotte geschmiedet würden, ausgegangen war, sie zu suchen. Sie hatte nicht weit zu gehen, um sich zu überzeugen, daß all ihre Vorsichtsmaßregeln vergebens gewesen. Unter der alten Eiche fand sie das Pärchen, das an nichts weniger als an die mütterliche Störung dachte. Man kann die Scene, die jetzt folgte, sich denken. Die jungen Leute, anfangs vor Schrecken stumm, faßten sich bald, drangen nun mit vereinten Kräften und mit Aufbietung aller Ueberredungskünste in die Mutter, den heimlich geschlossenen Bund zu segnen. Frau Wulff aber blieb unerbittlich, sie würdigte den Wachtmeister keines Blickes, faßte ihre Tochter an dem Arm und führte sie, ohne ein Wort zu sprechen, nach dem Forsthause. Nimrod ließ die Ohren hängen und schlich traurig hinterher.

Die Situation der beiden Liebesleute war nun schlimmer als je. Frau Wulff bewachte ihre Tochter jetzt mit Argusaugen und kündigte ihr eines Tags an, daß sie beschlossen, die freie Wohnung im Forsthause aufzugeben und in die Stadt zu ziehen. Bertha brach in lautes Weinen aus. Sie sollte das Vaterhaus, den alten heimischen Wald und denjenigen verlassen, an dem ihr ganzes Leben hing. Der Wachtmeister, durch einige Zeilen Bertha's unterrichtet, welch neues Gewitter heraufziehen würde, biß sich in den Bart und fuhr sich dann mit der Hand über die Augen. Zu ändern war die Sache aber nicht, und man mußte sich in das Unvermeidliche schicken. Schon hatte Frau Wulff die ersten Vorbereitungen zum Umzuge getroffen, als die Sache plötzlich eine andere Wendung nahm. Eines Morgens fuhr ein Wagen vor das Forsthaus, und aus demselben stieg der Oberforster mit einem jungen Mann in Jägertracht.

„Guten Morgen, Frau Wulff," so begann der Oberforster freundlich, „ich bringe Ihnen hier einen Hausgenossen, den Forstanwärter Weinreich. Er ist commissarisch mit Verwaltung der Försterei beauftragt, er ist unverheirathet, sorgen Sie für seine Küche; ich denke, der Ernennung des jungen Mannes zum Förster wird nichts entgegenstehen."

Frau Wulff befand sich in einer unbeschreiblichen Verlegenheit. Sie hatte kurz zuvor sehr ernst an ihren Umzug gedacht, und nun erschien der alte wackre Herr Oberförster, der langjährige Gönner und sogar Freund ihres Hauses und trug ihr die leibliche Sorge für den neuen Forster auf. Im Augenblicke drängten sich auch andere Gedanken durch ihren Kopf. Nur durch das Liebesverhältniß ihrer Tochter mit dem Wachtmeister bewogen, hatte sie den Entschluß der Uebersiedelung nach der Stadt gefaßt. War jetzt nicht die Möglichkeit vorhanden, daß der neue Forster und Bertha ein Paar werden könnten, und konnte sie dann nicht lebenslänglich mit der geliebten Tochter zusammen im alten, ehrwürdigen Forsthause bleiben? Und als nun der neue Forstanwart artig und höflich auf sie zutrat und sie bat, sich seiner anzunehmen, da gab sie den Entschluß des Umzuges schnell auf und willigte in die Bitte des Oberforsters.

Weinreich wurde installirt. Der Oberforster durchging mit ihm das Revier, ertheilte ihm die nöthigen Anweisungen und kehrte in der Dämmerung mit ihm in das Forsthaus zurück, auf das herzlichste von Bertha empfangen, die es ja dem neuen Ankömmling zu danken hatte, daß sie im Forsthause und in der Nähe ihres geliebten Wachtmeisters bleiben konnte.

Heinrich war ein auffallend hübscher junger Mann von 26 Jahren. Auch er hatte, wie alle damaligen jungen Leute, den Krieg mitgemacht, er war aus sächsischem Kriegsdienste übernommen, und ein tiefer Säbelhieb über die Stirn zeigte, daß er dem Feinde nicht den Rücken gekehrt hatte. Das eiserne Kreuz schmückte auch seine Brust, bei Waterloo hatte er es sich erworben.

Der Oberförster war abgefahren. Er hatte beim Abschiede der Frau Wulst und Bertha herzlich die Hand gedrückt und letzterer bedeutungsvoll zulächelnd, empfohlen, mit dem neuen Hausgenossen gute Freundschaft zu halten. Bis zur Stirn erröthend hatte Bertha, den Sinn der Worte des Oberförsters ahnend, sich losgemacht und war auf ihr Kämmerchen gelaufen. Weinend warf sie sich dann hier vor ihrem Bette auf die Knie. Warum richtete sie ihre thränenden Augen auf das Crucifix über ihrem Lager, warum faltete sie ihre Hände zu heißem Gebet? Sie wußte es selbst nicht. Was war es, das ihre Seele durchzog?

Ahnungen, trübe Ahnungen bevorstehenden Unheils waren es, die das Herz ihr zusammenpreßten, die sie die Hände ringen ließen, als wolle sie das drohende Wetter abwenden von sich und dem geliebten Manne. Arme Bertha!

Bald war auch der Wachtmeister von dem neuen Stande der Dinge in der Försterei in Kenntniß gesetzt. Von seinem Fenster aus hatte er Beobachtungen angestellt und den neuen Nachbar mit Augen gesehen. Bald erfuhr er auch, daß die Familie Wulst im Forsthause bleiben werde. Es ist ein sonderbares Ding um das arme Menschenherz. Neben der glühendsten Freude, die der Wachtmeister über das Verbleiben Bertha's empfand, traf ihn gleichzeitig und urplötzlich der Stachel der Eifersucht. Er hatte den jungen Förster gesehen, er überlegte im Augenblick, daß dieser mit Bertha unter einem Dache wohnen, an einem Tische essen werde, daß der Förster eine höhere Lebensstellung einnehme, als er, und daß er gewiß der Frau Wulst ein annehmbarer Schwiegersohn sein würde. Vergebens sagte er sich, daß Bertha ihn treu liebe und mit ganzer Seele an ihm hänge, immer und immer wieder drängte sich des Försters Bild vor seine Augen, und wenn seine Nächte bisher unruhig gewesen waren, so war von jetzt ab an Schlaf fast gar nicht zu denken.

Inzwischen hatte sich Frau Wulst mit ihrem neuen Hausgenossen schon befreundet. Am Tage nach seiner Ankunft hatte sie Bertha mit einem durchfahrenden Bekannten nach der Stadt geschickt, um Einkäufe zu machen, und saß mit Heinrich am Fenster beim Kaffee. Mit der Geschwätzigkeit mancher Frauen brachte sie das Gespräch sehr bald auf den gegenüberliegenden Gasthof und dessen Besitzer. Ein Wort gab das andere, und nach einer halben Stunde wußte der Förster die ganze verunglückte Liebesgeschichte. Ein aufmerksamer Beobachter hätte dem Förster leicht ansehen können, wie scharf er den Worten seiner Wirthin lauschte, und als diese ihre lange Erzählung mit der Versicherung schloß, daß die Wünsche des Wachtmeisters nie in Erfüllung gehen würden, verbreitete sich ein ruhiger Ausdruck über sein Gesicht. „Leid thut er mir," schloß Frau Wulst, „er ist ein braver Mensch, aber für meine Tochter paßt er nicht. Sehen Sie ihn sich an, dort tritt er eben aus der Thür!"

„Der ist es, der!" rief der Förster.

Der Förster war bleich geworden, ein krampfhaftes Zucken spielte um seinen Mund, und starr blickte er der gewaltigen Gestalt des Wachtmeisters nach, der eben in sein Haus zurückkehrte. Frau Wulst, anfangs über die Heftigkeit des Försters erschreckt, deutete dieselbe sofort nach ihrem Sinne. Sie dachte gleich, daß ihr schönes Töchterchen bereits gewaltig Bresche in das Herz des Försters geschossen und daß dieser auf den mit allen körperlichen Vorzügen ausgestatteten Nachbar und bevorzugten Liebhaber eifersüchtig war. Berthas Zurückkunft unterbrach das Gespräch. Der Förster begab sich still und ruhig in sein Zimmer.

Wenn man in der Seele der beiden jungen Männer hätte lesen können, so würde man gelesen haben, daß der Haß in beiden, die noch nie ein Wort mit einander gewechselt, bereits Platz gegriffen hatte. Wenn man aber beide mit einander näher verglichen hätte, so würde man einen eigenthümlichen Unterschied in dem Ausdrucke des Hasses gefunden haben. Der Wachtmeister suchte offenbar die Leidenschaft, die ihn beseelte, und die in nichts anderem, als in grenzenloser Eifersucht bestand, niederzukämpfen, er erschien ernst und ruhig, und nur mitunter ballte sich seine Faust, als ob er kämpfen wolle mit dem Manne, den er für seinen Nebenbuhler hielt, auf Leben und Tod. In den Augen des Forstanwärters glühte dagegen eine andere unselige Flamme. Sein Gesicht gerieth, sobald er die Gestalt des Wachtmeisters sah, in krampfhaftes Zucken. Die Zähne fest auf einander gebissen, erhob er drohend die Faust, und unheimlicher, stechender Blick entstrahlte seinem Auge. Bei alledem konnten beide Männer den heimlichen Wunsch, mit einander zu reden und sich persönlich gegenüber zu stehen, nicht unterdrücken, und da der Wachtmeister das Forsthaus nicht betreten durfte, so entschloß sich endlich der Förster, zuerst zu seinem Nebenbuhler zu gehen. Um zu imponiren, legte der Förster sein eisernes Kreuz an, rüstete sich sachmäßig aus und trat in der Dämmerung in den Krug. Der Wachtmeister hatte den neuen Gast kommen sehen und sich schnell gefaßt. Er beschloß, von seiner Eifersucht nichts merken zu lassen, sondern dem Förster offen und ehrlich und so freundlich wie möglich entgegenzutreten. Der Förster trat in die Krugstube, in der noch andere Gäste sich befanden. Der Wachtmeister kam ihm entgegen und bot ihm die Hand zum Willkommen, aber der Förster sah diese Hand nicht, machte sich mit seinem Gewehre, das er von der Schulter nahm, zu schaffen und setzte sich, einen Krug Bier bestellend, an den Tisch. Der Wachtmeister ging in die Nebenstube und brachte zwei Krüge. Zu Ehren seines Gastes hatte er aber inzwischen seinen Sonntagsrock angezogen. Der Förster war geschlagen. Auf der Brust des Wachtmeisters glänzte ebenfalls das eiserne Kreuz. Der Wachtmeister setzte sich zu seinem Gaste und begann ein Gespräch, das nicht in Gang kommen wollte. Der Förster war höflich, aber eisig und kalt und machte sich bald auf den Rückweg. Der Wachtmeister schaute ihm nach und hörte eine Stimme in seinem Innern, die da sprach: „Nimm dich vor Dem in Acht, einen größeren Todtfeind hast du nicht auf Erden!"

(Fortsetzung folgt.)

Vom Nil.

(Fortsetzung.)

Der Undank ist eine der bequemsten Gewohnheiten des Menschen. Der Leser sieht, ich bin da schon auf dem besten Wege, meinen Gastfreund zu kritisiren, wie ich das vorausgesehen. Ich koste den Khedive täglich fünfundsechzig Francs, was nicht nur discutirbar, sondern löblich ist, und wenn ich sechs Wochen sein Gast bin, an die dreitausend Francs machen wird. Indeß werde ich ihm dieser Tage bei der Vorstellung mit ruhigem Gewissen entgegentreten können, wenn ich consequent bleibe und wiederhole, was ich an dieser Stelle schon mehrmals gesagt, daß dieser Vicekönig in meinen Augen das Ideal eines Monarchen ist. Es ist wahr, er preßt seine Fellahs bis auf den letzten Blutstropfen, und ich allein verzehre hier, wie ich mir berechne, während meiner Anwesenheit wohl ein Dutzend armer Bauern, welche die Bastonnade bekommen, wenn sie, sobald der Scheich-el-Beled erscheint, um die Steuern zu holen, nicht meinen Champagner bezahlen wollen. Aber weiß ich denn nicht ebenso gut, wer meine Steuern zu Hause verzehrt?

Ich, ein norddeutscher Fellah, der nicht murren darf, wenn die Regierung einen neuen Steueraufschlag von 25 bis 50 Procent fordert, ich verzehre hier ein Dutzend meiner egyptischen Mitbrüder. Das ist Unrecht; aber ist es gerechter, wenn man von meinem Schweiß zu Hause Kanonen gießt, die ich ebensowenig verlange, wie mein egyptischer Mit-Fellah den Suez-Canal? Und welch einen Unterschied finde ich zwischen Nubar Pascha und Herrn v. d. Heydt oder Herrn v. Roon? Es ist Alles dasselbe, hüben wie drüben; man wandelt in Wien am Graben und in Berlin unter den Linden ebensowenig ungestraft, wie hier unter den Palmen, und der Vicekönig, der immerfort ausgibt und augenblicklich nicht mehr weiß, woher er es nehmen soll, ist ganz in derselben Lage, in welcher zu sein das preußische Finanzministerium vor Kurzem erst erklärte und wohl noch sehr oft erklären wird.

In meinen Mittheilungen werde ich Gelegenheit haben, auf dieses Thema zurückzukommen; sprechen wir heute von der augenblicklichen Physiognomie Unter-Egyptens. Die Civilisation ist großentheils barfüßig ins Land gekommen und geht jetzt in Lackstiefeln. Der Egypter ist von ihr beleckt, und wenn ich aufrichtig sprechen soll, traue ich dem Vicekönig selbst zu, daß er im Stande ist, plötzlich Kehrt zu machen, wenn er sieht, daß er nicht mit ihr durchdringt; so lange die Cultur dem Egypter nicht in succum et sanguinem gedrungen, ist jeder Umschlag zu befürchten, und so lange diese Cultur der Eingebornen hier nur auf der Haut sitzt, halte ich Alles für möglich.

Auch Kairo selbst, die Residenz, ist ein Zeugniß hiefür. Kairo vor Allem hat sein Gesicht verändert. Wo sind die schönen Nächte Kairos, von denen so viel Poeten und sogar ich selbst in meinen poetischen Augenblicken gesprochen? Was ist aus der Esbekieh geworden, auf der ich einst so wonnige Nächte verträumt! Damals war Alles noch so ganz arabisch; die Poesie leuchtete aus Mond und Sternen auf uns herab, des Himmels wunderbare Nachtbläue übergoß uns mit einem Zauberschleier so schön, wie ihn keine Peri um ihr Rabenhaar gewunden. Des Orients unverfälschte Staffage umgab uns vor zehn Jahren mit den Erzählungen der „Tausend und Eine Nacht" — und jetzt? Moderne Boulevards laufen über die Esbekieh, hohe Eisengitter umziehen die Sykomoren und Akazien, Rohrgeflechte umgeben leere Stätten, an denen Schwarz auf Weiß ein Zettel die Schrift trägt: „A vendre", und Gaslaternen werfen den Glanz der Sterne in die vom Staub der Wagen geschwängerte Luft zurück. Wohl ziehen die Kameele hin und her, wohl sitzen wie heute die Neger vom Sudan und von Nubien, die braunen Abyssinier und die Berber von Assuan auf dem Bock der Arabieh und rufen uns mit ihren dummen Gesichtern ihr „Mossiu" entgegen. Wohl leucht der Sais noch heute vor der Carrosse der Consuln und hohen Würdenträger, aber dazwischen jagt die Pariser Schönheit, der Schwindler der Börse, der Eisenbahn-Lieferant und der Geldwechsler, Alle den Sais voran. Wohl sind noch heute die Esel von Kairo in ihren alten Vorrechten, und die schwarzen Jungen, die Eseltreiber, sind noch von demselben urkomischen Humor, aber der europäische Schwindel durchwächst das Alles, verwischt den poetischen Charakter des ganzen Getriebes und hat seit lange selbst diejenigen Eingebornen inficirt, die uns sonst in ihrer einfältigen Industrie so vielen Spaß verursachten.

Heute hat Alles den unverkennbaren Stempel der Frechheit der Corruption, und die Einfalt paart sich mit einer ekelhaften Zudringlichkeit, welcher die bekannte Anstelligkeit und Gelehrigkeit des Arabers eine wirksame Lehrmeisterin und Erzieherin gewesen ist. Als ich vor zehn Jahren hier war, standen wir Fremden mit den Eseljungen in einer Art von Vertraulichkeit, die für uns keine Gefahr hatte; der Verkehr mit ihnen gab uns so häufigen Stoff zur Heiterkeit, wenn sie unsere Nationalität an den Lauten unserer Sprache schnell erkannt hatte und uns einen „Gut Esel" oder „Consul Esel" offerirten. Heute sind die Bursche ebenso frech wie die schwarzen Kutscher; nur die Esel, diese ehrlichsten und unbestechlichsten aller Thiere, sind dieselben geblieben, denn sie haben aller Corruption die ehernste Stirn gezeigt. Aber wie ehrlos haben sie ihre Spitznamen nach denen, welche ihre Hilfe oft in Anspruch genommen. Ein Fremder, der Kairo noch nicht kennt, wird überrascht sein, wenn ihm so ein schwarzer Bursche einen „Baron Esel“ offerirt, denn er weiß nicht, daß der ehemalige **sche Consul, ein Baron v. H., den Namen dazu geliefert, der zuweilen wohl auch mit „Berliner Esel“ abgewechselt wurde; und gestern erst war ich humoristisch überrascht, als mir am Ausgange meines Hotels einer der Jungen einen „Englisch Esel“ offerirte, da er mich wahrscheinlich mit meinem verehrten Freunde, der hier eben mit der Gründung der [illegible] Akademie beschäftigt ist, zusammen gesehen. Man sieht, die Esel-Reclame folgt hier in ihrer Naivität ganz der europäischen Geschäftstheorie, und ein Jupon à l'Impératrice Eugénie oder eine Cravate à la Prince de Galles haben dieselben unfreiwilligen Protectoren wie die Esel von Kairo.

(Fortsetzung folgt.)

Miscellen.

Die deutsche Sprache im Elsaß und in Lothringen. Im Sommer dieses Jahres wurde dem Kaiser Napoleon eine Bittschrift überreicht, in welcher 27000 Eigenthümer, Beamte, Gewerbtreibende, Ackerleute, Arbeiter, Familienväter von jedem Range des Moseldepartement begehrten, daß den Schullehrern im deutschen Theile jenes Departements geboten werde, die Kinder nicht nur das Französische, sondern auch das Deutsche zu lehren, als die Volkssprache, die im Schooße der Familien gesprochen wird. Diese Bittschrift war eine Reaktion gegen das Treiben einiger Fanatiker, welche dem zähen Bauernthum jener ehemals deutschen Gegenden seine Muttersprache entreißen wollten. Der Kaiser erließ alsdann durch den Minister des öffentlichen Unterrichts den Befehl, dieser billigen Genugthuung zu geben und Hr. Paul [illegible], Präfect der Mosel, sowie der Rector der Akademie von Nancy wurden beauftragt, diesen Befehl in Ausführung bringen zu lassen.

Auch in dem unserer Pfalz benachbarten Departement des Niederrheins sind ähnliche Bestrebungen vorhanden, wie in Lothringen. Auch in diesem Lande, ehemals wie unsere Vorderpfalz eine Perle in der Krone des deutschen Reiches, will man der Landbevölkerung ihre Muttersprache rauben. Dagegen hat der Präfekt nun eine Verfügung erlassen, in welcher es heißt: Wegen der Lage und der Bedürfnisse des Niederrheinischen Departements, umfaßt der Volksschulunterricht das Lesen, Schreiben und die Anfangsgründe der deutschen Sprache.

Allein immer noch stößt diese Verordnung auf Widerstand und viele, besonders Prüfungscommissäre wollen immer noch wie früher, den Unterricht in der deutschen Sprache als einen freiwilligen statt als einen obligatorischen Unterrichtsgegenstand betrachten.

Groß-Gerau, 13. Nov. Wiederum haben wir eine Steigerung der Erschütterungen zu verzeichnen, die sich sowohl in der Zahl als auch in der Intensität der Stöße bemerkbar machte, und die Bevölkerung, welche bereits die ganze Erscheinung der Geschichte anheim gefallen betrachtete, nur zu sehr davon überzeugte, daß die zu besonderer Energie erregten Kräfte der Natur nicht allzu schnell zur Ruhe gelangen. Vielleicht steht die neue Aufregung im innigsten Zusammenhange mit der auffälligen Ruhe, die sich am 11. November beobachten ließ. Die Aufzeichnungen, welche bis jetzt zwischen sieben- und achthundert Stöße, Erschütterungen und Rollen mit Stunde und Minute notirt enthalten, ergaben seit Dienstag, wo gleichfalls eine Steigerung stattfand, ein langsames Abnehmen, das sich besonders durch die Schwäche der Donner und Rollen, so wie durch das fast gänzliche Fehlen der Erschütterungen kennzeichnete, so daß nur aufmerksame Beobachter an ruhigen Orten die Fortdauer constatiren konnten und man auf ein baldiges Schweigen glaubte rechnen zu dürfen. Am 10. November gelangten 23 Rollen und Donner zur Verzeichnung, darunter nur ein Stoß mit Erschütterung; am 11. November nur 25, größtentheils sehr schwache mit einem Stoß gegen Mitternacht, der bereits der Steigerungs-Epoche des 12. November angehört. Während der 24 Stunden dieses letzteren Tages fanden 34 Aufzeichnungen statt, darunter 6 Erschütterungen, deren Stärke theilweise der am 30. October Abends 8 Uhr 5 Minuten fast gleich kam. Die letzte Nacht endlich ergab bis 7 Uhr Morgens außer zahlreichen Donnern 9 Erschütterungen, welche ebenfalls zum Theil eine solche Stärke erlangten, daß die Thüren, Fenster und Schränke sich bewegten und rasselten und die Wände krachten. Der heutige Morgen zeichnete sich durch große Ruhe aus, indem selbst das Rollen fast ganz zu schweigen schien, um sich während des Nachmittags in zwei heftigen Stößen zu concentriren, wovon der zweite um 4 Uhr 32 Minuten ganz plötzlich eintrat. Diese eigenthümliche Aenderung in dem Eindruck der Stöße, welche sich bereits schon am 2. Nov. bemerkbar machte, wurde in den letzten Tagen so auffallend, daß einzelne Donner nur mit einem [illegible] Schlage ohne sehr merkliches Nachrollen auftraten, ähnlich aber viel kräftiger als der Knall eines in 1 bis 2 Stunden Entfernung abgeschossenen sehr großen Geschützes. Unter diesen Verhältnissen wird sich der sonst unbestreitbare Ruf unseres gegenwärtig so unsoliden Grundbodens so bald nicht herstellen lassen, wie sich dies auch nach der Analogie mit anderen heftig und ähnlich zahlreich auftretenden Erdbeben nicht wohl erwarten ließ. (K. Z.)

Berlin, 10. Nov. Der „Staatsanzeiger“ veröffentlicht einen Erlaß des Cultusministeriums, wonach Geibel für die Tragödie „Sophonisbe“ den durch das Patent vom 9. Nov. 1859 festgesetzten Preis von 1000 Thalern in Gold und die goldene Medaille erhalten hat. Der ungenannte Verfasser des Trauerspiels „Die Gräfin“ erhält die große goldene Medaille für Kunst. (Der Autor ist den neuesten Leipziger Berichten zufolge Heinrich Kruse, Redacteur der Kölnischen Zeitung. (Pf.)

Nach Berichten aus Peru vom 13. October hatten die Erdbeben aufgehört, und die Bevölkerung fing an, von ihrer Angst vor der Falb'schen Prophezeiung aufzuathmen, da die gefürchtete Periode vorbei ist.

Der Viaduct von Holborn in London hat schon am ersten Tage nach Eröffnung des allgemeinen Verkehrs erhebliche Senkungen erlitten. Mehrere Granitsäulen zeigen Risse, eine scheint sogar senkrecht mitten durchgespalten zu sein. Wenn man auch noch hoffen darf, daß das kostspielige Bauwerk keinen weiteren Schaden nehmen wird, so sind doch gründliche Untersuchungen und Ausbesserungen nöthig.

Welchen Werth die Yankee's auf ihr Gewicht legen, erhellt daraus, daß bei dem kürzlich in Boston abgehaltenen [illegible] 36,000 Personen sich wägen ließen, die ein Durchschnittsgewicht von 130 Pfund ergaben; der schwerste Mann mit 370½ Pfund.

Logogryph.

Zwei Wörter sind sich nahe verwandt,
Ein Laut nur macht sie verschieden;
Sie gehen jetzt beide Hand in Hand
In Staat und Kirche, das ist bekannt,
Doch dienen sie nicht dem Frieden. r.

Redaction von Dr. Eugen Jäger. Druck der Jäger'schen Druckerei in Speyer.

Palatina.

Belletristisches Beiblatt zur Pfälzer Zeitung.

Nro. 138. Speyer, Donnerstag, den 18. November 1869.

Das Kreuz im Walde.

Von H. Engelcke.

—

(Fortsetzung.)

Der Winter kam und verging. Der Förster hatte nie wieder im Hause des Wachtmeisters verkehrt, desto mehr aber in der Wulff'schen Familie. Es dauerte nicht lange, als Frau Wulff abermals einen Freiersmann für ihre Tochter vor sich sah. Es war der Förster. Frau Wulff machte dieses Mal ein freundlicheres Gesicht, denn wenn der Freier auch immer noch nicht definitiv angestellt war, so war doch an der Anstellung nicht zu zweifeln, und Frau Wulff gab ihre Einwilligung und überließ dem Förster, seine Werbung direct bei Bertha vorzubringen. Wie der Wachtmeister von der Mutter einen Korb bekommen, so erhielt jetzt der Förster einen solchen von Bertha. Sie sagte dem Freier ins Gesicht, daß ihr Herz längst versichert sei, daß sie nie von ihrem Entschlusse weichen und lieber niemals heirathen wolle, wenn sie den Mann ihrer Liebe nicht bekommen könne. Der Förster war auf den Korb offenbar vorbereitet. Er erwiederte ihr mit kurzen Worten, daß er die Einwilligung ihrer Mutter habe, daß er sie aber nicht drängen, sondern ihr Zeit zur Ueberlegung lassen wolle. Bertha gerieth außer sich, da sie von der Einwilligung ihrer Mutter nichts wußte, sie stürzte zu ihr hin, und bat weinend und jammernd, sie nicht an den fremden, kalten Mann zu verhandeln. Es half ihr aber nicht, Frau Wulff blieb bei ihrem Sinn, stellte der Tochter vor, welch gute Partie sie an dem Förster mache, und verlangte, daß Bertha den Wachtmeister sich aus dem Sinn schlage. Letzterer hatte indessen durch Vermittelung von Nimrod, der unter seinem breiten Halsbande den Briefwechsel der beiden Liebenden vermittelt hatte, den Stand der Angelegenheiten erfahren. Bald wußte auch die ganze Umgegend, um was es sich handele, man nahm für diesen und jenen Partei, alles war gespannt, wie die Sache enden würde. Da schien sich der Sieg auf des Försters Seite zu lenken. Die Verwandten der Familie Wulff und auch der alte Herr Oberförster hatten sich ins Mittel gelegt und hatten Bertha gemeinsam bestürmt. Frau Wulff war inzwischen erheblich erkrankt, sie genas zwar wieder, blieb aber siech und elend, und die fortgesetzte Weigerung ihrer Tochter, den mütterlichen Willen zu erfüllen, drohte einen vollständigen Bruch zwischen beiden hervorzurufen. Und als endlich der Geistliche auch noch hinzutrat und an Bertha eine ernste Ermahnung über den Spruch: „Des Vaters Segen bauet den Kindern Häuser, der Mutter Fluch reißet sie nieder," richtete, da erschöpfte sich Berthas Kraft. Die Macht der Liebe des Kindes zur Mutter und die kindliche Pflicht trat in directen Gegensatz zu der Neigung ihres Herzens, so daß sie eines Tages ihr Jawort gab. Sie hatte zuvor an den Wachtmeister geschrieben — das Papier war mit ihren Thränen getränkt.

So stand die Sache im Mai 1818. Ich war zu jener Zeit junger Amtsassessor und verwaltete selbstständig das Gerichtsamt in H . . . . . . Sämmtliche Personen waren mir gar wohl bekannt. Ich hielt jeden Monat am ersten Montag und Dienstag Termin in Holzrügesachen ab, zu welcher stets die Förster der Umgegend als Zeugen geladen waren.

So auch am 3. und 4. Mai 1818. Ich hatte eben die Termine des zweiten Tages beendet, die nur sehr kurze Zeit gedauert hatten und hatte schon gegen 9 Uhr morgens sämmtliche Förster, darunter auch Weinreich, entlassen. Ich war eben beschäftigt, meine Acten zu ordnen, als Gensdarm Leopold in mein Zimmer trat und mit erstickter Stimme mir zurief: „Herr Amtsassessor, Fräulein Bertha Wulff liegt an der Schöneiche erdrosselt." — „Um Gottes Willen," rief ich aus, „ist die Nachricht sicher?" — „Habe sie selbst gesehen, Herr Amtsassessor," erwiederte Leopold, „das arme Mädchen ist mit einem Strange erdrosselt, sie liegt noch im Walde, habe die königlichen Holzhauer im weiten Kreise um die Leiche postirt, so daß keine Spuren verwischt werden können." — „Weiß es denn Weinreich schon?" fragte ich weiter. — „Habe ihn nicht finden können, wahrscheinlich hat er vom Gerichte aus den Fußsteig durch das Holz eingeschlagen."

Nach einer Viertelstunde saß ich mit Leopold im Wagen. Das Forsthaus war gut zwei Meilen entfernt, aber der Weg war fest, die Pferde liefen rasch. Und doch nicht rasch genug für mich, der ich das arme Mädchen so gut gekannt. Wohl nicht einen jungen Mann gab es in der ganzen Umgegend, der nicht Weinreich um diese Braut beneidet hatte. Ich sah ja voraus, was kommen mußte, ich sah das Messer der obducirenden Aerzte in dem Körper des Mädchens wühlen, ich hörte schon im Geiste den Ton der Säge, die bei der Eröffnung der Kopfhöhle ihre Schuldigkeit thun mußte. Um diesen entsetzlichen Gedanken los zu werden, wandte ich mich zu Leopold. „Haben Sie eine Ahnung, wer der Mörder sein kann?" — Leopold, ein noch junger Gensdarm, aber mit seltenem Scharfblick begabt, war für mich, der ich damals meine später langjährige Carriere als Criminalist eben erst begonnen, ein überaus schätzbarer Beamter. Leopold hatte bis zu meiner Frage starr auf die Bäume des Waldes geblickt, man sah es ihm an, welche Gedanken seinen Kopf durchkreuzt hatten. Ich sah ihn unschlüssig, mir zu antworten. „Man kann sich manches denken, Herr Assessor", erwiderte er, „wenn es nicht Wahnsinn wäre, es zu denken."

„Sprechen sie deutlich, Leopold!"

Leopold nahm seinen Czako ab und fuhr sich mit der Hand durch sein Haar. „Als ich zu Ihnen ritt, Herr Amtsassessor", begann er zögernd, „hatte ich meine eigenen Gedanken. Ich überlegte mir, daß Bertha Wulst vor wenigen Tagen sich erst mit Weinreich verlobt hat, ich hatte gehört, daß das Verlobungsfest mehr einem Trauermahl geglichen haben soll, daß Bertha Wulst, als der Herr Oberförster die Gesundheit des Brautpaares getrunken, in lautes Weinen ausgebrochen war. Der Kerl, der Weinreich, gefällt mir nun einmal nicht; seit dem ersten Augenblicke, daß ich ihn gesehen, ist es mir immer vorgekommen, als ob ich mit ihm zusammentreffen müßte. Eifersucht, Herr Assessor, spielt eine Hauptrolle, und so dachte ich mir denn — — — aber wozu das? Ich habe mich geirrt. Weinreich hat die ganze Nacht zusammen mit dem Förster Franz im Eichhorn zu H. geschlafen, und um 8 Uhr ist er schon bei Ihnen auf dem Gerichte gewesen, es muß also ein anderer gewesen sein."

„Ja, Leopold, ein anderer. Wenn es ein anderer gewesen ist, dann haben wir freilich nicht weit zu suchen."

„Um Gottes Willen, Herr Assessor, ich weiß, auf wen Sie zielen. Aber wenn der es gewesen ist, dann muß alles trügen. Ich habe die ganze entsetzliche Geschichte erst heute früh beim Wachtmeister erfahren. Ich war dort auf der Patrouille abgestiegen und sprach mit dem Wachtmeister, der eben seine Pferde anschirrte, um auf das Feld zu fahren, als das furchtbare Geschrei der Frau Wulst zu uns herüber drang. „Meine Tochter ist todt, meine Tochter ist todt, er hat sie ermordet", so schrie und jammerte es vom Forsthause durch die Morgenluft. Bei dem ersten Schrei hatte sich der Wachtmeister bleich wie der Tod an sein Pferd gelehnt und als ich ihm zurief: „Kommen sie schnell, Jäuisch!" da stürzte er neben mir zum Forsthause, aber seine Füße schlotterten, seine Arme flogen durch die Luft. Und als wir an der nahen Schöneiche angekommen, da stürzte der Wachtmeister neben der Leiche nieder auf das Gras, da umfing er mit seinen Armen die Füße des Mädchens, und es drang aus seiner Brust ein so entsetzlicher Jammerton, wie ich ihn nie gehört. Ich habe Frauen jammern hören, Männer nur selten, aber so wie in diesem Tone habe ich nie etwas gehört. Mit Gewalt mußte ich ihn von der Leiche reißen, damit nichts in Unordnung käme. Der ist es nicht. Auf dem Rückwege nach dem Kruge fiel er mir abermals zu Boden und streckte seine Hände wehklagend zum Himmel. Der ist es nicht, Herr Assessor, beim allmächtigen Gott, der ist es nicht."

Ich hatte nichts zu erwidern, ich sah Leopold weinen, wie ein Kind im Andenken jener furchtbaren Stunde, seine Ueberzeugung stand eisenfest auf Grund der psychologischen Beobachtungen, welche er, vielleicht unbewußt, in jedem einzelnen Falle anzustellen pflegte.

„Vielleicht ist es auch Selbstmord!" begann ich nach einer Weile.

„Dahin ging auch mein erster Gedanke", erwiderte Leopold, „ich glaubte, sie könne sich an den untern Zweigen der Eiche erhängt haben, und der Strang könnte durch den Gewitterregen, der heute früh über die Gegend gezogen, vom Aste abgerutscht und der Körper so zu Boden gefallen sein, aber sie liegt zu weit vom Stamme entfernt, und die Sache ist nicht ohne Kampf abgegangen, denn die Haare sind zerzaust und die Kleider auf der Brust zerrissen. Mord ist es, grausamer Mord!"

Wir waren inzwischen an das Forsthaus gekommen. Vor demselben hielt der alte Oberförster zu Pferde. Er wankte im Sattel, als er mich gewahrte und bot mir stumm die Hand in den Wagen hinein. „Wo ist Frau Wulst, Herr Oberförster?" begann ich. „Im Hause, aber sprechen werden Sie sie schwerlich können, gehen Sie hinein." Der Anblick war ein entsetzlicher. In sich ganz zusammengekauert saß die Gestalt der alten, magern Frau in einem Winkel am Kamin. Ihre Lippen bewegten sich convulsivisch, als wollte sie reden, als wollte sie jammern, fluchen und beten in einem Athem, in ihren Augen sah man nur das Weiße, und nur mitunter rollte der Augapfel auf kurze Augenblicke unter den Lidern hervor. Ihre grauen Haare hingen aufgelöst und zerzaust vom Haupte herab, und ihre Hände griffen wirr durch die Luft, als wollten sie einen Gegenstand erfassen, festhalten und zerreißen. Dann schlugen tönend die Kiefern aufeinander, und wollte man sich ihr nahen, so streckte sie abwehrend die mageren Hände entgegen, sie war für jeden unnahbar.

Es war der erste, der entsetzlichste, der namenlos heilige Schmerz der Mutter um das geliebte einzige Kind!

Ich ließ den Oberförster zu ihrer Sicherheit zurück und ging mit Leopold nach der Schöneiche.

(Fortsetzung folgt.)

Vom Nil.

(Fortsetzung.)

Wie sehr der Eingeborene hier den Eindringling verachtet, sucht er doch ihm in seine Fußstapfen zu treten. Er weiß, der Fremde bereichert sich auf Kosten des Landes, er weiß, daß er selbst ihm unterliegen.

deßhalb tauscht er ihm gern seine industriellen Geheimnisse ab. Selbst der Beduine, der es sonst vorzog, als Nomade jede dauernde Berührung mit dem Europäer zu vermeiden, hat der eindringenden Civilisation bereits alle die Vortheile abgelauscht, die er aus ihr zu ziehen vermag. Der Beduine wird Trödler und Antiquitätenhändler; er wühlt an den Stellen, die ihm der Fremdenbesuch als historisch merkwürdig bezeichnet; er rafft zusammen, was er findet, und bietet es zum Verkaufe, oder er wird Cicerone und Lohnlakai wie jener junge Wüstenscheik, von dem mir gestern der österreichische Generalconsul erzählte, jener junge und in seiner Weise elegante Beduine, der bei dem kürzlichen Besuche des genannten Herrn in Oberegypten einer jungen Dame seiner Familie eifrig den Hof machte und sie mit den ausgesuchtesten Artigkeiten umgab, so daß diese sich auf eine Liebeserklärung gefaßt machte. Die Sache war aber nicht so schlimm, wie sie aussah, denn als die Familie sich von dem jungen Häuptling trennte, warf derselbe der Dame seiner Verehrung einen warmen, flehenden Blick zu, streckte die Hand aus und bat um — ein Batschisch, um ein Trinkgeld!

Batschisch ist ja das Losungswort aller dieser Leute des Orients, von der Donau bis ins tiefste Asien hinein, soweit sie im Stande sind, einen Europäer anzubetteln. Batschisch auf den heiligsten Stätten in Jerusalem; Batschisch, wo Christus gelitten und gekreuzigt wurde; Batschisch, wo Moses die Quelle aus dem Felsen zauberte; Batschisch, wo unsere Kreuzritter die Sarazenen bekämpften; Batschisch, wo Maria auf der Flucht geruht, wo Pilatus sich die Hände gewaschen und wo die Juden durch das rothe Meer gewandert; das erste Wort, welches das Kind des Armen im Orient zu lallen erlernt, ist ohne Ausnahme Batschisch und immer nur Batschisch.

Aber das ist keine neue Erfindung der eindringenden Civilisation; ich kenne den Orient seit vierzehn Jahren, habe ihn nach allen Richtungen durchkreuzt und nur gefunden, daß eben was früher ein stolzer Beduine war, jetzt ein Schlucker ist, der den Europäer verachtet, aber von seinen Almosen lebt.

Des Vicekönigs Galanterie, die chevaleresken Gewohnheiten, welche ich ihn namentlich in Paris entfalten sah, haben natürlich ihre Wirkungen auf Egypten geübt. Schon während des Orientkrieges beobachtete ich namentlich in Konstantinopel und Scutari die Schlauheit, mit welcher die Frauenwelt allerdings die Vorschriften des Koran befolgte, aber damit zugleich alle die Koketterie verband, welche der Himmel in die Natur des Weibes gelegt hatte. Der Jaschmak verschleierte nach wie vor das Gesicht, aber er ward so dünn, daß er nur wie ein leichter Nebel die Züge deckte und der Gesichtsfarbe ganz denselben Teint gab, welchen unsere Damen durch die poudre de riz leider herzustellen gewohnt sind. Das große schwarze Auge der Orientalin gewann dadurch an Tiefe, an Glanz; jener flagende Ausdruck des orientalischen Frauenauges, der uns für das ganze Sklaventhum des weiblichen Geschlechtes verantwortlich zu machen scheint, trat deutlicher und beredter hervor, und was Niemand sehen und wissen sollte, was die Religion dem profanirenden Auge des Vorübergehenden verheimlichte, ward ein doppelt süßes, weil nun halb entschleiertes Geheimniß.

So schöne Neuerungen konnten natürlich selbst ohne ein mahomedanisches Modenjournal den Egypterinnen nicht entgehen, und tagtäglich begegnen mir also auf der Promenade der Schubra-Allee die geschlossenen Equipagen der vornehmen Damen des Landes, hinter deren leicht zurückgebogenen rothen Vorhängen ein von einer leichten Gaze übernebeltes zartes Frauengesicht neugierig herausschaut. Es ist immer das große dunkle Auge; vom Kohol sind Brauen und Wimpern gefärbt, die Lippen haben künstlich die Farbe der Walderdbeere, denn vom Orient kamen uns ja alle die Geheimnisse der Schönheit, aus denen wir eine Akademie gemacht haben; da sitzen sie zu Dreien und Vieren hinter den rothen Vorhängen, alle die Julmas, die Zuleikas und wie sie heißen. Verlangend blickt das mandelförmig umrahmte Auge über den Schleier hinweg zu den übrigen Carrossen hinüber, in denen sich eine Pariser Dame oder die Actrice des kürzlich eröffneten französischen Theaters vorüberfahrend zurücklehnen. Wäre das Sklavenjoch nicht, wäre das mohamedanische Vorurtheil zu überspringen, wer weiß, zu was sie im Stande wären!

Aber auch diese letzte dünne Gaze wird ja überwunden werden! Der Koran freilich gibt kein Tüpfelchen auf dem i her; mit dem Koran läßt sich nicht handeln, wohl aber mit den Consequenzen der Gewohnheit, und wenn einmal ein Stein herausgebröckelt ist, da fallen die anderen von selbst hinterdrein. Es gilt hier, wie gesagt, nur die Frage, ob Ismail's Regiment von Dauer sein wird. Die Gläubigen hassen ihn, die Fanatiker verdammen ihn, weil er die Europäer und den Unglauben ins Land schleppt; sie sehen den Teufel selbst in der von ihm eröffneten französischen Comödie, und in wenigen Tagen wird der Teufel sogar Opern singen und Ballet tanzen. Sie sehen die höchste Frivolität in dem Circus, denn sie wissen, daß ein großer Theil der den Kaufleuten und den Fellahs abgepreßten Steuern der Dame in den Schooß geworfen wird. Es wäre sogar in dem gegenwärtigen Conflicte des Khedive mit seinem Lehensherrn nicht unwahrscheinlich, daß ein Theil der egyptischen Armee (von deren Vorzügen gegen die türkische ich noch sprechen werde) von dem Vicekönig abfallen würde, wenn es wirklich zu Thatsachen kommen sollte; daß der größte Theil des egyptischen Volkes aufstehen und wie damals in Dschedda über die Europäer herfallen werde. Aber Ismael kennt ja die Schwäche des kranken Mannes; er weiß, daß keiner der europäischen Großstaaten eine militärische Operation von Seite des Sultans zugeben, daß sofort sowohl Frankreich als England ihre Truppen hersenden würden. An Ismail selbst liegt es also, in der Frage, ob er selbst europäische Farbe halten, ob er, wenn Nubar Pascha vielleicht nicht am Ruder bleiben würde, nicht selber plötzlich Kehrt mache und sein Straßenbau, seine Squares und Boulevards, überhaupt sein ganzer moderner Aufputz wieder ein Raub des orientalischen Schlendrians, der schnödesten Faulheit und der Verlumpung wird.

Wie es in Egypten augenblicklich steht, ist's schwer, etwas Besseres an die Stelle zu setzen. Der Eingeborne verarmt, das ist unleugbar; er ist der Paria, der Lasten- und Steuerträger seiner Heimath geworden, während der Fremde, namentlich aber das Franzosenthum, sich bereichert. Das Geld wird mit vollen Händen zum Fenster hinausgeworfen; einzelne Speculanten pressen dem Vicekönig ungeheure Summen ab, der Hofstaat ist ein Sumpf, in welchem Millionen verschwinden, und die Diamantenhändler machen die glänzendsten Geschäfte, während der Bauer die letzte Kraft am Pflug verwendet, um dem Steuer-Einnehmer zu genügen, natürlich erst wenn dieser mit der Bastonnade droht oder dieselbe in Anwendung gebracht hat, denn es ist nicht anständig, ohne solche die Steuern zu zahlen. Der Beamte endlich murrt, denn es ist nichts Ungewöhnliches, daß er plötzlich anstatt zwanzig Pfund Sterling des Monats nur zehn erhält, weil kein Geld da ist. Der Beamte selbst murrt, sage ich, denn er, für den kein Geld vorhanden, sieht, daß es für Andere in Millionen aufgetrieben wird; er sieht es für Illuminationen und allerlei Festlichkeiten verschwenden, wie sie vor einigen Tagen zu Ehren der Kaiserin Eugenie in Kast-el-Ali stattfanden.

(Fortsetzung folgt.)

Miscellen.

Dem „Vaterland" schreibt man aus Rom: In der Concilscapelle war in vergangener Woche in Gegenwart des Bischofs Fessler von St. Pölten und anderer Prälaten eine Probe der Akustik; auf einem provisorisch errichteten Katheder sprachen und lasen Theologen verschiedener Nationen; die Stenographen waren an mehreren Plätzen postirt. Das Resultat dieser Sprach- und Gehörprobe war, daß es ziemlich schwer sei, einen Redner auf allen Seiten zu verstehen. Die Concils-Capelle, das ist das ganze rechte Querschiff (vom Portal aus) kommt allerdings in ihrer Länge einer großen Kirche gleich; sie hat circa achtzig Schritte in der Länge; ihre Höhe ist begreiflicherweise überaus groß. Von anderer Seite wird über diese Proben geschrieben: Man stellt jetzt ganz interessante Sprach-, oder besser Gehörproben an; man läßt Franzosen und Italiener, Deutsche und Engländer nacheinander in der Runde Lateinisch sprechen, um den Punkt zu finden, wo die Rednertribune zu stehen kommen soll, von dem aus Jeder an jedem Punkte bequem gehört werden kann. Auch ist noch nicht entschieden, ob alle Väter des Concils das Lateinische nach römischer Art sprechen müssen; wahrscheinlich wird man von jeder Vorschrift darüber absehen, obgleich freilich die Sapienza (die römische Universität) römische Aussprache verlangt.

Die Straßenreinigung in Paris ist verpachtet und bringt der Stadt jährlich — sechshunderttausend Francs ein. Der Staub und Schmutz wird nach Argenteuil geschafft, dort zu Dung verarbeitet und an Tausende von Gärtnern, welche die Vorstädte bewohnen, zu 3 bis 5 Francs der Cubikmeter verkauft, wodurch die Pachtgesellschaft einen Ueberschuß von 2—2½ Millionen Franken jährlich erzielt! Die Straßenreiniger-Gesellschaft bildet eine merkwürdig abgerichtete Masse von 1600 Mann. Sie sind in achtzig Brigaden getheilt, von denen je vier auf eins der zwanzig Arrondissements der Stadt kommen. Merkwürdiger Weise ist auch nicht ein einziger Franzose unter ihnen, sie bilden die Fremdenlegion von Paris, und alle sind Deutsche, meistens aus dem Elsaß. Punkt vier Uhr beginnt ihr Tagewerk; sie strömen herbei von La Villette, jeder mit dem Besen oder der Schaufel auf der Schulter. Die meisten sind elend gekleidet, eine gestickte Regenkappe ist schon ein Luxus, und Männer wie Weiber tragen ihre heimathlichen, ungeschlachten Holzschuhe, aus denen die zur Erwärmung hineingestopften Strohhalme hervorsehen. Ihre Einnahmen pro Tag oder vielmehr für ihre fünfstündige Arbeit ist zweiundvierzig Cent., also kaum vier Silbergroschen und doch sparen sie davon, um wieder in die alte Heimath zurückkehren zu können.

Man kommt endlich hinter alle Klopfgeister. Ein Herr Faulkner, Fabrikant von physikalischen Instrumenten in London, erklärt sehr ruhig im „Standard", daß er lange Jahre hindurch eine große Anzahl von Magneten und electrischen Batterieen construirt habe, eigens zu dem Zwecke, unter den Fußboden im Getäfel der Wände, den Thürschwellen, unter den Tischen, ja, in den Tischen selbst, verborgen zu werden. Er erzählt ferner, daß Eisen- und Kupferdrähte zu Leitungen in bedeutender Menge von ihm angefertigt worden sind, die unter den Teppichen hingezogen, in die Fensterrahmen u. s. w. eingelassen wurden. Vermöge dieser Leitungen und der Batterieen wurden die Klopfgeister lebendig und die Tanzlust der Tische angeregt. In Bewegung wurde der Apparat gesetzt durch Knöpfe, die unter dem Teppich oder sonst wo an einer Stelle angebracht waren, die blos dem Spiritisten oder dem Medium bekannt war, ein Druck genügte, um das ganze bezauberte Spiel in Gang zu setzen. Auch Klingeln, die von Geistern gezogen wurden und im ganzen Hause zu gleicher Zeit schellten, hat derselbe Herr Faulkner angefertigt.

Ein in der Grafschaft Lindenborg bei Aalborg (Jütland) wohnender Pächter Jens Christensen, welcher früher als Goldgräber in Amerika sein Glück vergebens gesucht hat, fand in diesen Tagen in einem ihm gehörenden Torfmoore 5 massive doppelte, goldene Halsringe, welche zusammen 4 Pfd. wogen. Da das Gold jedoch ziemlich silberhaltig ist, konnte der Werth derselben nur auf 1581 Rt. 24 Sch. geschätzt werden, und diese Summe hat der Finder vom kgl. Museum für nordische Alterthümer in Empfang genommen. Die Halsringe stammen aus dem 6. oder 7. Jahrhundert nach Christus und haben demnach 1200 Jahre in der Erde gelegen.

Am 8. Nov. wurde in Petersburg die neue Panzerfregatte „Minin" vom Stapel gelassen. Sie hat zwei Thürme, führt vier neunzöllige Geschütze, ist 300 Fuß lang und 49 Fuß breit, enthält 5740 Tonnen und hat einen mittleren Tiefgang von 21 Fuß 7 Zoll. Der Bau hat drei Jahre gedauert und kommt auf 1,233,000 R. zu stehen. Die Maschine von 800 Pferdekraft wird auf der baltischen Maschinenfabrik gebaut und kostet 521,000 Rubel.

Die „Gowler Times" in Australien erzählt: „Eine Wittwe hatte schon häufig bemerkt, daß Theile ihres Feuerholzes ohne ihr Zuthun verschwunden waren. Sie ließ deshalb eine Anzahl Holzstücke anbohren und die Bohrlöcher mit Sprengpulver anfüllen. Eine oder mehrere dieser so präparirten Bomben waren nach einiger Zeit verschwunden. Merkwürdiger Weise passirte kurz nachher auf einem benachbarten Heerde eine Explosion, welche den Obertheil des Schornsteins hinausschleuderte und den ihres Abendbrodes harrenden Bewohnern einen nicht geringen Schreck einjagte.

Auflösung der Charade in Nr. 186.

Thürbach.

Redaction von Dr. Eugen Jäger. Druck der Jäger'schen Druckerei in Speyer.

Palatina.

Belletristisches Beiblatt zur Pfälzer Zeitung.

Nro. 139. Speyer, Samstag, den 20. November 1869.

Das Kreuz im Walde.

Von H. Engelcke.

(Fortsetzung.)

Der alte Baum stand 200 Schritt vom Forsthause entfernt auf einer circa 20 Fuß im Quadrat haltenden freien Stelle, die mit kurzem Birken- und Buchenreisig umstanden war. Dicht hinter der Schöneiche begann der Hochwald, dessen äußerst vorgeschobener Baum die Eiche war.

Auf dem freien Platze lag der Leichnam des Mädchens, dessen Kleider vom Regen total durchnäßt waren. Das frische Gras dicht an der Eiche war niedergetreten; auf den Gräsern und Halmen saßen noch Regentropfen, ein schlagender Beweis, daß das Niedertreten vor dem Regen stattgefunden hatte. Am Halse des Mädchens zeigten sich rechts und links dunkle Flecke von einem Durchmesser von ¼ Zoll, um den Hals befand sich eine lose Schlinge, aus einem gewöhnlichen Pferdestrange gefertigt.

Offenbar von dieser herrührend, fanden sich leichte Hautabschürfungen am Kehlkopf und auf dem obersten Nackenwirbel, sowie unter dem linken Ohr und an der rechten Hand, eine Strangulationsrinne war aber nirgends sichtbar. Das Gesicht des Mädchens war todtenbleich, nicht aufgedunsen und blau, wie bei Erwürgten und bei Erdrosselten. Die Todtenstarre war eingetreten. Aus Mund und Nase floß ein blutiger Schaum bis auf das an der Brust total zerrissene Kattunkleid des Mädchens. Daß ein Kampf zwischen ihr und dem Mörder stattgefunden, war ganz unzweifelhaft, und von Selbstmord konnte keine Rede sein.

Ich mußte die Leiche aus dem Walde entfernen, die Holzschläger waren nicht mehr im Stande, die Leute der Umgegend, zu denen die Schreckenskunde gedrungen war, abzuhalten. Auf eine Holztrage wurde ein Bett gelegt, der Leichnam mit dichten, frischen Birkenzweigen bedeckt und der Leichenzug ging dem Forsthause zu.

Arme Bertha! Die Birke war die bräutliche Myrthe, die Deine Stirn umschatten sollte, und die Trage war Dein Hochzeitsbett. Statt des fröhlichen Reigens folgte Dir eine Schar ernster schweigender Männer und Frauen, und nur aus dem nahen Schlage ließ die Nachtigall ihr süßes Lied ertönen, und wenn sie anschlug in lang gehaltenen Zügen, so mischte sich damit manch unterhaltenes Schluchzen.

Wir kamen im Forsthause an und legten Bertha auf ihr Bett. Dasselbe war unberührt. Bertha hatte in der vergangenen Nacht nicht darin gelegen. Ich hatte inzwischen einen reitenden Boten nach dem nächsten, auf dem Lande wohnenden Arzte gesendet, weil ich die vorläufige vollständige Besichtigung nicht ohne solchen vornehmen wollte. Wir verschlossen und versiegelten das Todtenzimmer und gingen einstweilen nach unten. Mich trieb es immer wieder nach der Eiche, als sollte ich dort noch etwas suchen und finden. Mit Leopold ging ich hin. Der Platz war ganz leer, die Menschen waren alle am Forsthause geblieben. Ich untersuchte gerade die Eiche, ob an deren Aesten zu sehen, daß der Strang daran befestigt gewesen, als Leopold plötzlich kurz aufschrie:

„Um Gottes Willen, was ist das!"

Aus den niedergetretenen Gräsern zwischen den vorjährigen abgefallenen Eichenblättern blitzte etwas Weißes. Leopold hob es auf. Es war der Orden des eisernen Kreuzes! Sprachlos starrten wir beide uns an, als plötzlich Schritte hinter uns ertönten. Schnell barg ich das Kreuz in meiner Hand. Weinreich stand vor uns. Wie ein Blitz fuhr es mir durch den Kopf, daß ich heute früh im Termine ebenso wie gestern das eiserne Kreuz in seinem Knopfloche gesehen hatte. Auch jetzt trug er es.

Ich ging auf ihn zu und reichte ihm die Hand. Die seinige war kalt wie Eis. Er war bleich wie der Tod, dicke Tropfen standen auf seiner Stirn, der Mund war krampfartig verzogen, unter dem schwarzen Schnurrbart blitzten die weißen Zähne hervor. Sein Blick war wie immer. Die schwarzen Augen schauten mich fest an, nur noch starrer als sonst. Keine Thräne war darin zu schauen. Der wahre Schmerz macht immer thränenarm.

„Wo haben Sie meine Braut?" fragte er tonlos.

„Wissen Sie alles, Herr Weinreich?" fragte ich ihn.

„Ja, ich weiß, sie ist todt."

„Ja, todt, aber auch ermordet!"

„Man sagt es; wo haben Sie meine Braut?"

„Haben Sie eine Vermuthung, wer der Mörder ist?"

„Wie sollte ich, ich war die Nacht ja in H."

„Von wem haben Sie die Nachricht erfahren?"

„Jetzt eben im Forsthause, als ich ankam."

„Und Sie fragen, wo Ihre Braut ist? Man wird Ihnen ja doch gesagt haben, daß sie in ihrer Kammer liegt."

„Man wies mich hierher zu Ihnen, wo sie ermordet sein soll. Ist das wahr?"

„Ja, unter dieser Eiche; sehen Sie sich den Platz an!"

Weinreich trat näher und betrachtete die Stelle. Sein Haupt war gebeugt, seine Augen blickten auf die Eiche, dann suchten sie den Boden.

„Ich sehe kein Blut," sagte er mit erstickter Stimme.

„Blut, wo soll Blut herkommen? Ihre Braut ist erwürgt oder erdrosselt."

„Erdrosselt," sprach er mir tonlos nach.

„Wenn Sie Ihre Braut sehen wollen, so kommen Sie jetzt."

Weinreich wandte sich rasch um, um mir zu folgen. Schweigend schritten wir nebeneinander hin, nach dem Forsthause zu. Leopold ging hinterher. Ich löste die Siegel der Thür und führte Weinreich an das Todtenlager. Er selbst hob das weiße Tuch, mit dem die Leiche bedeckt war, in die Höhe. Um ihn nicht zu stören, trat ich an das Fenster. Weinreich blieb tonlos vor dem Leichnam stehen, seine Hände hatten sich gefaltet wie zum Gebet. Starr und unbeweglich stand er einer Bildsäule gleich. Dann legte er das Tuch ruhig über das Mädchen und wendete sich zu mir.

„Ich habe Abschied von meiner Braut genommen, ich will jetzt gehen, haben Sie noch etwas zu befehlen?"

„Nein, gehen Sie, Herr Weinreich!"

Weinreich ging auf sein Zimmer. Eiskalt, wie er gekommen, ging er festen Trittes von der Leiche weg. Sein Gesicht, bis auf das krampfhafte Zucken, war unbeweglich wie aus Stein gehauen. Der Schmerz, wenn er die ganze Tiefe der Seele durchdringt, äußert sich je nach dem Charakter verschieden. Weinreich war einer von jenen Charakteren, die der Schmerz zu bewältigen nie im Stande ist. Oberhand hatte bei ihm immer der Verstand, und was er in seinem Innern dachte und fühlte, ließ er die Außenwelt nicht schauen.

Die Ankunft des Arztes unterbrach uns.

Seine Sorge erstreckte sich zunächst auf die alte Frau Wolf, die mit Mühe zu Bett gebracht und in demselben erhalten wurde. Dann begaben wir uns zur Besichtigung der Leiche. Außer dem Arzte und mir waren noch der Oberförster und Leopold in dem Todtenzimmer; der Arzt und der greise Oberförster begannen die Entkleidung.

Unverhofftes passirt dem Juristen und insbesondere dem Criminalisten gar oft. Er wiegt sich in der unumstößlichen Sicherheit, daß er das Rechte getroffen, wenn urplötzlich ein Umstand eintritt, eine Thatsache constatirt wird, die die geträumte Sicherheit über den Haufen wirft.

Der Oberförster hob den Kopf des Mädchens in die Höhe, der Arzt nestelte das Kleid auf, zog es von der Brust und stieß in demselben Augenblicke einen Schreckensschrei aus. „Hier", rief er, „hier ist die Todeswunde!" Das Hemd und das Corset des Mädchens war mit dunklem Blut getränkt, und als ein rascher Messerschnitt das Corset getrennt hatte, da klaffte zu unser aller Entsetzen eine breite Wunde dicht unter der linken Brust. Die Ränder, platt und scharf, ließen keinen Zweifel, daß Dolch oder Messer angewendet waren. Die Sonde des Arztes that ihr übriges. Der Stich hatte das Herz durchbohrt und im Augenblicke den Tod herbeigeführt.

Doch damit war die Ueberraschung für uns noch immer nicht am Ende. Leopold untersuchte das Kattunkleid und holte aus der Tasche einen weißen, zusammengedrückten Zettel hervor. Der Zettel war, wie das Kleid, vom Regen durchnäßt, und doch las man deutlich die mit Tinte geschriebenen Worte:

„Montag Nacht 12 Uhr an der Schöneiche" darunter stand mit Bleistift von einer andern Hand, fast total durch den Regen verwaschen:

„Ich komme."

(Fortsetzung folgt.)

Vom Nil.

(Fortsetzung.)

Seit Said Pascha's Tode ist der Wohlstand der Nation einer schnellen Verarmung entgegengegangen, und der Moment ist nahe, wo das Schiff einen Leck bekommt. Aber wenn die Erbfolge in der Familie Mehemet Ali bleiben soll, wäre mit Mustapha Fazyl Pascha, dem Bruder, etwas gewonnen gewesen? Ich habe diesen Herrn während seines letzten längeren Aufenthaltes in Paris beobachtet, wo er mit Versteigerung seiner ganzen Habe endete; ich habe ihn kürzlich erst in Homburg sein Geld (die Millionen, die er von Ismail erhielt) an der Spielbank vergeuden und leichtfertigen Pariserinnen opfern gesehen; auf dem Throne Egyptens würde er es also schwerlich anders getrieben haben. Für Egypten ist demnach einstweilen kein Heil, denn seit seine Baumwollcultur auf dem europäischen Markt eine Rolle spielt, darf diese nicht wieder in die egyptische Faulheit zurückversinken; und was Ismail selbst anbetrifft, so schiens mir um des Friedens mit der Pforte willen das Klügste, er opferte von allen Millionen, die er maßlos ausgibt, noch einige an den Bruder Mustapha, der sie zwar auch nicht nutzbringender placiren, aber dann wenigstens mit ihm an Einem Strange ziehen wird.

Aber es ist schwer, bei 25 Grad Hitze im Schatten sich den Kopf zerbrechen, wie Egypten zu helfen sei. Der Schweiß läuft uns hier von der Stirn und die Fliegen fressen einem die Augen aus dem Kopfe, und unter meinem Fenster brüllt eine Gesellschaft arabischer „Heuler", die ihren Gottesdienst auf der Straße feiert. Eine gewisse Schadenfreude beschleicht mich bei dieser

Temperatur, wenn ich mir die erste der etwa 8 Tagen abgegangene Nilexpedition nach Oberegypten vorstelle und mir sage, daß ich bei günstigerer Witterung der zweiten mich anschließen kann. Zwei jener Nilpassagiere sind bereits in Minieh krank ans Land gesetzt worden, nämlich Monsieur Tarbé, der Correspondent des „Gaulois", an welchem das Klima durch eine Augenkrankheit alle die kleinen und großen Bosheiten gerächt, mit welchen dieses Blatt den Vicekönig gepricke lt, und Monsieur Boulanger, der sich eine Dysenterie geholt.

Unter den hiesigen Gästen ist auch Abd-el-Kader, der in meinem Hotel eine ganze Etage in Anspruch genommen. Die graziöse Eugenie hat gestern ihre Nilfahrt angetreten, nachdem sie von dem Vicekönig mit Artigkeiten überschüttet worden. Mehrere Abende hindurch schwamm das Schloß Kasr-el-Ali ihr zu Ehren in einem Meere von Lichtern; ihr zu Ehren auch mußten die Almehs auf dem Schießplatz ihren Bärentanz aufführen; Nationalspiele wurden veranstaltet, die in ihrer etwas comischen Weise natürlich für das Volk, nicht für die Kaiserin bestimmt waren. Improvisatoren wurden losgelassen, und das Volk wälzte sich zu Abertausenden auf den Plätzen und in den illuminirten Gassen. Mühselig gelang es mir, durch zahllose Bakschische einen Platz auf der engen und aus rohen Brettern errichteten Estrade, dem Tanzboden der Almehs, zu erzwingen, und da saß ich in Verzweiflung über die plumpen Geschöpfe, die den Dichtern schon so viel Bewunderung abgewonnen — einen elenden Bärentanz vor mir, aufgeführt von vier fetten, natürlich unverschleierten Egypterinnen, die Alles preisstellten, was ihnen die Natur gegeben, und wackelten, was allgemein für ein Zeichen von großer Grazie galt. Ich habe sie in der Wüste schöner gesehen und machte, eingeklemmt in die mich Umgebenden, buchstäblich zwischen den Beinen eines die Almehs bewachenden egyptischen Soldaten sitzend, convulsivische Versuche, aufzustehen und von dem Gerüste herunterzuspringen. „O kur!" (Bleib' sitzen) schrieen die Enthusiasten von allen Seiten, denn es war eine Begeisterung, wie wenn die Elßler tanzte, und so transpirirte ich denn eine halbe Stunde lang die schwersten Tropfen, bis es durch erneuerte Bakschische gelang, das Freie zu gewinnen.

Ein Flammenmeer überall, an die Millionen kleiner Laternen, darunter die dunkle Volksmasse voller Jubel, dazwischen die vor den Equipagen trabenden schwarzen Sais in ihren weißen Costümen und der süße egyptische Pöbel mit seinem Geruch von eau de mille choses. Es war ein großer, denkwürdiger Abend, und glücklich schätzte ich mich, als ich die Esbekieh erreichte, um im Kaffeehause die Mitternacht zu verträumen.

Am andern Tage große Fantasia. Der Vicekönig, so hieß es, hätte einem seiner Beamten, einem jungen Bey, eine seiner Damen zur Frau gegeben, um seinem hohen Gast, der Kaiserin, das Schauspiel einer orientalischen Hochzeit zu veranstalten. Deshalb ward die große Fantasia veranstaltet. Die Sache verhielt sich aber anders. Der Vicekönig hatte sich erkundigen lassen, ob nicht irgendwo ein Brautpaar zu vermählen sei; man fand es, und so gab es denn Gelegenheit, dem hohen Gast eine orientalische Hochzeit zu zeigen. Der Bräutigam war natürlich an diesem Tage der glücklichste aller Sterblichen; die Kameele marschirten hin und her, die Reiter saßen stolz auf ihren Rossen, die Weiber schrieen „Lulu, Lulu," eine dichte Menge drängte sich um den Zug. Vom Vicekönig aber und von der Kaiserin war nichts zu sehen. Endlich gegen Abend entdeckte man eine kleine Esel-Karawane, von zahllosen Neugierigen und eseltreibenden Jungen begleitet. Zu unserem Erstaunen erkannten wir zuerst Scherif Pascha, dann den Vicekönig und an seiner Seite — Eugenie! Man denke: die Kaiserin von Frankreich auf einem Esel! Was soll aus der Etiquette Frankreichs werden! Der Vicekönig von Egypten auf einem Esel, auf einem Khedive-Esel! um in der Sprache der kleinen kairinischen Jockeys zu reden. Was soll das Volk von Egypten dazu sagen!

Und dennoch war's buchstäblich so. Die hohen Reisenden kamen von Heliopolis, wo Eugenie den Obelisken und den versteinerten Wald besuchte. Sie, die es verschmähte, die heiligen Stätten von Jerusalem zu besuchen, erinnerte sich vielleicht, daß Maria und Joseph einst hier auf einem Esel geritten, und also that auch sie. Eugenie bestieg einen „Buriko," der, sie kann sich darauf verlassen, mit allen seinen Nachkommen bis in die spätesten Generationen noch „Impératrice-Esel" heißen, der vorläufig die Ehre haben wird, im Journal Officiel des französischen Hofes zu figuriren, und in der Geschichte vielleicht ebenso glänzen wird, wie sein berühmter Vorfahre und Landsmann, der Esel des Bileam.

(Fortsetzung folgt.)

Miscellen.

Düsseldorf zählt gegenwärtig gegen 200 Maler, schreibt man der Elbf. Ztg., die Professoren und Schüler der Akademie eingegriffen, welche zusammen in diesem Jahre gegen 300,000 Thlr. Geldwerth in Bildern erzeugt haben. Der Kunsthandel, der directe, wie der indirecte nach dem Auslande, besonders nach America ist bedeutend. Dieser Exporthandel, für welchen einige tüchtige Maler fast ausschließlich beschäftigt sind, umfaßt nahezu die Hälfte des Werthes aller gemalten Bilder und America allein bezog in diesem Jahre Bilder von dort im Werthe von ungefähr 50,000 Thalern. Der Handel mit Bildern der gewöhnlichen Sorten ist auch im Steigen begriffen, wie die vermehrte Anzahl der Kunsthändler beweist. Dieser Handel mit den sogenannten „Eintagsfliegen" und den falschen Copien beziffert ebenfalls jährlich die Summe von ungefähr 50,000 Thlr. Die Massen von Kram, welche mit den Erzeugnissen der fürs tägliche Brod malenden Anfänger in die größeren und kleineren Städte Deutschlands wandern, sind enorm, und der Profit der Händler, trotz des geringen Werthes und der meistens nach dürftiger gezahlten Preise, bedeutend. Der Handel mit den falschen Copien geht ebenfalls, trotz verschiedener, von den betreffenden Künstlervereinen dagegen ergriffenen Mittel, seinen blühenden Fortgang.

Ueber die Ausgrabung der Gebeine C. L. Sand's schreibt der „N. Bad. Landbotg." aus Mannheim: „Nach mehrstündigem Graben stieß man endlich auf den Sarg, der nicht, wie die Tradition besagte, in gleicher Richtung mit der hinteren Kirchhofsmauer lag, sondern, wie die meisten Leichen, von Norden nach Süden gestellt war. Die Hauptgebeine waren sämmtlich sehr gut erhalten und von so heller und reiner Farbe, als wären sie künstlich gebleicht worden. Am Kopfe waren die Ober- und Unterkiefer fast ganz gesüdert und die Zähne mangelhaft. An der rechten Kniescheibe war noch deutlich der Einschnitt wahrzunehmen, den das Richtschwert des Scharfrichters dadurch verursacht hatte, daß es bei dem zweiten Hieb abgeglitten war und das Bein verletzt hatte. Ein kleiner Sarg von Eichenholz mit einfacher Verzierung und einer Aufschrift mit Datum der Transferirung nahm die Gebeine auf. Gegen 11 Uhr wurde der Sarg durch einen Leichenwagen nach dem neuen Friedhofe gebracht. Ein schmerreicherer Ueberlarg nahm dort den kleineren Behälter auf und wurde alsdann fest verschlossen versenkt."

(Großer Pretiosen-Diebstahl.) Ein Diebstahl der verwegensten Art ist in der Nacht vom Freitag zum Samstag gegen die frühere Tänzerin Frau Lutz verübt worden, welche mit dem um 5 Uhr anlangenden Courierzuge der Ostbahn in Berlin eintraf. Frau Lutz, auf der Rückreise von Petersburg nach Berlin begriffen, benützte in der angegebenen Nacht den Courierzug von Königsberg nach Berlin; sie hatte ihre Schmuckgegenstände, welche einen Werth von etwa 15,000 Thaler haben sollen, und die sich in einem kleinen Koffer befanden, in das von ihr benützte Coupé erster Classe mitgenommen. Sie befand sich in dem Coupé allein und war glücklich bis zur Station Kreuz gelangt; sie war in einen Halbschlummer gesunken als der Courierzug von Kreuz sich in Bewegung setzte. Nach ihrer Aussage erlosch kurz nach Abgang des Zuges die Coupélampe, ein Mann trat in das dunkle Coupé, ergriff den Handkoffer, welcher die Schmuckgegenstände, sowie einen zweiten, welcher die Toiletten-Gegenstände enthielt; außerdem fielen ein Damenpelz von echtem Sammt, sowie 1000 Thaler baares Geld in Kassenanweisungen dem Diebe in die Hände, welcher sich sodann schleunigst entfernte. Das Hülferufen, welches Frau Lutz auf der Fahrt bis zur nächsten Haltstation Landsberg ausstieß, wurde durch das Geräusch des Zuges übertönt, und erst auf dieser Station befand dieselbe sich in der Lage den räuberischen Anfall zur Kenntniß der Bahnbeamten zu bringen; die sofort angestellten Nachforschungen haben bis jetzt kein Resultat geliefert.

Gumbinnen, 11. Nov. Gestern fand ein bedauerlicher Unglücksfall statt. Der Studiosus H. hatte einem Verstorbenen seiner Mutter ein geladenes Terzerol weggenommen, um etwaiges Unheil zu verhüten. Gestern Abend vor seiner Abreise nach Königsberg nahm er das Terzerol aus einem verschlossenen Schranke, um es dem jungen Menschen, dem es gehörte, zurückzugeben, versuchte wiederholentlich, dasselbe durch das Fenster der Stube, neben welcher sich seine Braut und einige junge Mädchen befanden, abzuschießen. Das Terzerol, schon seit Wochen geladen, ging jedoch nicht los. In kaum erklärlicher Unbesonnenheit setzte er sich dasselbe mit den Worten an die Schläfe: „Mit dem Dinge kann man sich nicht einmal todtschießen!" In demselben Augenblick entlud sich der Schuß und streckte ihn sofort todt zu Boden.

In Wien hat der Sturm am vergangenen Sonntag Menschenleben gekostet. Die siebenzehnjährige Kassierin des Fleischhauers Braun, welche in ihrem neben der Elisabethkirche befindlichen Stande beschäftigt war, wollte eben aus der Hütte heraustreten, als plötzlich eine der vier Statuetten, mit denen der Thurm verziert ist, durch die Gewalt des Sturmes von ihrem Standpunkte getrennt wurde und mit donnerndem Getöse über das Dach der Kirche auf das Mädchen fiel, welches von dem fünf bis sechs Centner schweren Steine zu Boden geworfen und förmlich zerschmettert wurde. Das Gehirn der Unglücklichen bespritzte das Pflaster, die Finger waren abgerissen und wurden erst nach Wegräumung des Schuttes unter demselben gefunden. — Unweit Gaudenzdorf wurde ein Weinbauer, welcher mit seiner Frau gegen Wien fuhr, plötzlich vom Sturme erfaßt und sammt dem Fuhrwerke in den Straßengraben geworfen. Die Frau stürzte so unglücklich auf den Schotterhaufen daß sie zwei tiefe Wunden am Kopfe erlitt und, ehe noch Hilfe geleistet werden konnte, bereits eine Leiche war. Der unglückliche Gatte, welcher die Zügel der Pferde vorsichtshalber um den Leib schlang, wurde durch das scheu gewordene Pferd, welches mit dem zertrümmerten Wagen über die Felder davonjagte, einige Klafter weit geschleift und mit bis zur Unkenntlichkeit verstümmelten Körper vom Bauernknechten leblos aufgefunden. Auf der Donaucherstraße wurde ein Milchhändler sammt seinem Wagen in den Straßengraben geschleudert und starb bald darauf an den erlittenen Verletzungen. Bei der Ecke der Leopoldstraße wurde eine Frau mit ihrer vierjährigen Tochter von herabfallenden Ziegeln tödtlich getroffen, und während einige Vorübergehende der Unglücklichen Hilfe leisten wollten, wurden dieselben vom Sturme erfaßt und zu Boden geschleudert.

Rom, 13. Nov. Gestern starb hier der berühmte deutsche Maler Friedrich Overbeck, geboren am 3. Juli 1789 zu Lübeck. Seine erste Ausbildung für die Kunst erhielt er in Wien und ging im Jahre 1810 nach Rom, wo er seitdem blieb. Sein erstes größeres Gemälde, der Einzug Christi in Jerusalem, war die Grundlage zu seinem nachmaligen Ruhme. In Rom trat er auch vom Protestantismus zur katholischen Kirche über und schuf nun, seine Kunst lediglich dem Dienste der Religion weihend, nach und nach eine Reihe von vortrefflichen Bildern. So die Fresken aus der Geschichte Josephs, den Verkauf Josephs und die sieben magern Jahre; Fresken aus Tasso's „Befreitem Jerusalem", das Rosenwunder des heiligen Franz in der Engelkirche bei Assisi. Unter seinen Oelgemälden werden als die vorzüglichsten hervorgehoben der schon erwähnte Einzug Christi in Jerusalem (das Bild befindet sich in der Marienkirche zu Lübeck), ein Christus auf dem Oelberge, eine Vermählung Mariä, der Tod des heiligen Joseph, eine Grablegung (gleichfalls für Lübeck gemalt) und eine Himmelfahrt Mariä (jetzt in Köln). Auch als Zeichner war Overbeck von hoher Bedeutung; wir nennen hier nur die Zeichnungen der 14 Stationen. Unter seinen neueren größeren Werken sind die sieben Cartons mit den sieben Sacramenten zu erwähnen.

Eine Zeitung illustrirt die Ehescheidungsgesetze in Indiana durch einen Holzschnitt, der einen Eisenbahnzug in dem Augenblick darstellt, wie er in einen dortigen Bahnhof hineinfährt und der Conducteur in die Wagen schreit: „Meine Herren, 15 Minuten Zeit zur Ehescheidung!"

Homonyme.

In lau'rer Schwüle frohnt um mich
Oft lang die Schaar der Braunen;
Im Wasser dien' als Wohnung ich
Für wachsame Gendarmen.
Ein Schütz auch dankte seinen Ruhm
Nur einzig meinen Tönen:
D'rauf zog ich weit und breit herum
Im Wunderland des Schönen.

Auflösung des Logogryphs in Nr. 127:

Wählen — Wühlen.

Redaction von Dr. Eugen Jäger. Druck der Jäger'schen Druckerei in Speyer.

Palatina.

Belletristisches Beiblatt zur Pfälzer Zeitung.

Nro. 140. Speyer, Dienstag, den 23. November 1869.

Das Kreuz im Walde.

Von H. Engelcke.

– – –

(Fortsetzung.)

So hatten wir denn schon beim Beginne der Untersuchung ein gewaltiges Material. Die Obduction wurde auf den zweitfolgenden Tag angesetzt, inzwischen mußten aber die weiteren nothwendigsten Recherchen vorgenommen werden. Nachdem das Zimmer wieder versiegelt und Wachen für zwei Tage beordert waren, kündigte ich Leopold an, daß wir noch, so spät es auch geworden war, zu dem Wachtmeister gehen und dessen vorläufige Vernehmung bewirken müßten. Leopold seufzte tief, als er diesen Entschluß vernahm, gehorchte aber willig. Wir traten in die Schenkstube, die voller Menschen war. Die Magd bediente, der Wachtmeister hatte sich in seiner Hinterstube eingeschlossen.

Ich klopfte; anfangs keine Antwort. Erst als ich im Namen des Gesetzes zu öffnen befahl, hörte ich im Zimmer einen langsamen und schweren Schritt, der sich nach der Thür bewegte. Der Wachtmeister stand vor uns. Was war aus dem blühenden Mann geworden! Geisterbleich, ein Licht in der Hand haltend, den anderen Arm schlaff niederhängend, den gewaltigen Nacken gebeugt und einen unbeschreiblichen Ausdruck des Schmerzes und der Wehmuth im Antlitze, stand er da.

„Ich muß Sie fragen, Herr Jänisch, wo Sie die vergangene Nacht zugebracht haben, und was Ihnen von dem Morde an Bertha Wulst etwa bekannt geworden. Setzen Sie sich.“

Wir hatten alle drei an einem Tische Platz genommen.

„Herr Assessor“, begann der Wachtmeister, „ich habe die Nacht über in meinem Bette geschlafen, ich bin nur um 12¾ Uhr früh aufgestanden, als das Gewitter heranzog, und habe die Pferde und Kühe losgemacht. Um 6 Uhr kam Gensdarm Leopold, mit dem ich eine halbe Stunde verplaudert, als das Jammergeschrei vom Forsthause herüberdrang. Herr Assessor, Bertha war mit mir versprochen, allerdings gegen den Willen der Mutter. Aber vor Gott war sie doch meine Braut, ich hatte mehr Anrechte auf sie, als jener Fremde da drüben, wir hatten uns beide Treue gelobt bis in den Tod. Sie hatte freilich ihr Wort gebrochen, aber es geschah um ihrer Mutter willen, daß sie es that. Meine Braut blieb sie im Geiste doch. Gott hat recht gethan, ich sollte sie nicht haben, er aber auch nicht. Wir sind quitt.“

„Und was meinen Sie denn, wo der Mörder zu suchen?“

„Ich glaube, Herr Assessor, daß Bertha, weil ich auf ihren letzten Absagebrief, den ich vorige Woche erhielt, ihr nicht geantwortet habe, weil ich ihr ihr Wort nicht zurückgeben wollte, selbst Hand an sich gelegt und sich an der Eiche — — —“

„Sie sind im Irrthum, in starkem Irrthum!“ unterbrach ich ihn. „Bertha Wulst ist nicht erhängt, nicht erdrosselt, sie ist erstochen mit Dolch oder Messer.“

Der Wachtmeister sprang vom Stuhle auf, wie vom electrischen Schlage getroffen. Seine Augen traten hervor und seine Arme reckten sich gegen mich aus, als wolle er mich beschwören, das Wort zurückzunehmen.

„Erstochen! um Jesu Christi willen, erstochen?!“

„Ja, ja“, erwiderte ich, „und zwar ganz augenscheinlich, nachdem der Mörder zuerst mit ihr gerungen und versucht hat, sie zu erwürgen und dann zu erdrosseln, was ihm nicht gelang, da das Mädchen sich offenbar heftig gewehrt hat.“

Der Wachtmeister war wieder auf den Stuhl gesunken und starrte mit glanzlosen Augen vor sich hin. „Ja, ja“, murmelte er, „gewehrt hat sie sich sicher, o, sie war stark wie ein Mann.“

„Wann haben sie den letzten Brief von Bertha erhalten?“

„O, heute vor acht Tagen, es war ihr Absagebrief, am Donnerstag war ja die Verlobung.“

„Haben Sie seitdem keinen Brief oder auch keinen Zettel von ihr erhalten, besinnen Sie sich wohl!“

„Nein, nein, keine Zeile.“

„Besinnen Sie sich, vorgestern oder gestern am Montag?“

„Nein, nein, gewiß nicht, Herr Assessor!“

„Kennen Sie die Handschrift auf diesem Zettel?“

Ich reichte ihm den in Berthas Tasche gefundenen Zettel.

„Ja, ja, das ist Berthas Hand, das hat sie geschrieben, o, daran ist kein Zweifel.“

„Und die Worte darunter mit Bleistift?“

Der Wachtmeister führte das Blatt näher zum Lichte, um die verwaschenen Züge zu betrachten.

„Mein Gott, ich weiß es nicht!“

„So geben Sie wieder her!“

Der Wachtmeister reichte mir den Zettel zurück. Er sah mich starr an, als wollte er in meiner Seele lesen, woher ich den Zettel habe. Ich beschloß im Augenblicke, mit allen Mitteln den Wachtmeister anzugreifen.

„Kennen Sie dieses Kreuz? Es lag neben Berthas Leiche!“

Der Wachtmeister sah mich wiederum starr an, dann sagte er: „Ich kenne es nicht. Es sieht eins wie das andere aus!“

„Sie tragen selbst das Kreuz, nicht wahr?“

„Ja wohl!“

„Holen Sie es.“

Der Wachtmeister stand auf und ging nach dem Fenster, neben welchem unter einer Gardine Kleider hingen. Auf das höchste gespannt, sahen Leopold und ich uns an. Da erdröhnte im Zimmer ein lauter Schlag. Erschrocken wandten wir uns um. Der Wachtmeister lag am Boden. Er war hintenübergestürzt und mit dem Kopfe auf den Estrich der Stube geschlagen. Mit dem Lichte sprangen wir zu. In dem Augenblicke, als ich mich über den Wachtmeister beugte, rief Leopold:

„Abgerissen, abgerissen vom Rock, hier hängen ja die Fetzen!“

Und so war es auch. Das Kreuz war vom Bande gerissen und das Tuch des Rockes da entzwei, wo das Band angenäht gewesen.

„Also doch!“

„Was war zu thun? Der Wachtmeister lag regungslos am Boden und athmete nur schwach. Als wir ihn aufheben wollten, sank sein Kopf wie der eines Sterbenden hintenüber. Unsere Kraft reichte nicht aus, den gewaltigen Mann zu tragen, und wir holten uns Hilfe. Vergebens rüttelten wir ihn, er kam nicht zur Besinnung. Wir sendeten zum Arzte, der noch bei Frau Walsh war. Der Arzt erklärte, zumal im Augenblicke seiner Ankunft sich heftiges Erbrechen einstellte, daß der Wachtmeister eine schwere Gehirnerschütterung erlitten. Wir überließen ihn der Pflege seiner alten Magd und begaben uns auf die Rückreise. Die Untersuchung begann. Die Section am zweiten Tage ergab nichts Neues. Sie constatirte das vorläufige Gutachten der Aerzte. Der Wachtmeister war noch immer ohne Besinnung und lag im heftigsten Fieber. Kein Wort war bis dahin über seine Lippen gedrungen.

Alles vereinigte sich gegen den Wachtmeister. Die Sachverständigen erklärten die Handschrift auf dem Zettel nach sorgfältiger Vergleichung mit den bei dem Wachtmeister in Beschlag genommenen Briefen ganz unzweifelhaft als Berthas Hand. Unter den Briefen fanden sich mehrere ganz gleiche Zettel, augenscheinlich aus verschiedenen Zeiten herrührend, sie enthielten alle in gleicher Weise die Bestimmung eines Rendezvous. Die Unterschrift unter dem Zettel: „Ich komme“ war zu sehr verwaschen, als daß die Sachverständigen ein bestimmtes Gutachten hätten abgeben können. Indessen sprachen sie in Folge der Vergleichung mit der authentischen Handschrift des Wachtmeisters die Vermuthung aus, daß die Schrift wohl von seiner Hand herrühren könne.

Die Druckflecke am Halse des Mädchens waren breit, so breit, daß nur Finger von außergewöhnlicher Stärke sie hervorgebracht haben konnten. Des Wachtmeisters Hand war breit und schwer. Der Strang, mit welchem die Erdrosselung versucht war, wurde später auch recognoscirt. Es meldete sich ein Bauer, dem der Strang gehörte, der ihn tagtäglich benutzt und dem er kurze Zeit vor dem Tode des Mädchens — genauer ließ sich die Zeit nicht bestimmen — vom Wagen abhanden gekommen war, als dieser eines Abends auf dem Hofe des Kruges gehalten.

Die Botenfrau, welche 9 Uhr Abends von H. weg nach R. zu gehen pflegte, um die Kühle der Nacht zu benutzen, war nach ihrer Meinung kurz nach 12 Uhr die große Landstraße beim Wachtmeister vorbei passirt. Ungefähr 100 Schritt hinter dem Kruge hatte sie plötzlich einen lauten unarticulirten Schrei vernommen und zwar aus der Gegend der Schöneiche her. Entsetzt war sie einen Augenblick stehen geblieben und hatte sich dann, da die schwere Bürde auf ihrem Rücken ihr nicht zu fliehen erlaubte, in Todesangst in den Graben der Landstraße geflüchtet. Noch hatte sie sich überreden wollen, daß sie den Schrei einer Eule gehört, als sie in einiger Entfernung vor sich das Gebüsch und namentlich das noch feste alte Laub der Buchenbüsche knistern hörte und eine große Gestalt in der Entfernung von 50 Schritt aus dem Walde heraus über den Berg gespensterhaft im Scheine der Blitze über die Landstraße fliehen sah. Die Gestalt floh nach der Seite des Waldes zu, wo der Krug lag und verschwand im Gebüsch. Deutlich aber hörte sie nach einer kurzen Zeit, daß durch den Wald ein Ton drang, als werde eine Thür zugemacht. Ein Erkennen jener Gestalt war selbstverständlich unmöglich gewesen, und die Todesfurcht hatte die Frau abgehalten, zum Kruge zu gehen und nachzuforschen.

(Fortsetzung folgt.)

Vom Nil.

(Fortsetzung.)

Erdrückend liegt mit „bleiernem Gefieder“ die Hitze über der Chalifenstadt, schweißtriefend bewegt sich das bunte Diorama unter meinem Fenster an der Esbekieh hin und her; kein Blatt regt sich in den Sykomoren, wo jetzt faule Arbeiter ihren Boden durchwühlen, um europäische Gartenanlagen für die hohen Gäste zu schaffen; träge hängt die Halbmondfahne von meinem Balcon, die Palmen sind ihrer Früchte entladen, die Minarets strecken sich wie unbewegliche Rohre in die durchsichtige blaue Luft, selbst der Kutscher, der vor einer Stunde noch mit seinen Collegen die lauteste Unterhaltung führte, ist auf dem Bock seiner Ambieh eingeschlummert und liegt zusammengekrümmt wie ein weißer Baumwollenballen. – Auch die heulenden Derwische, die während der letzten Tage neben mir in der Ecke des französischen Generalconsulats unter der sogenannten Napoleon-Palme das Andenken irgend eines großen Marabu durch wilde Gesänge und die wunderlichste Gymnastik feierten, sie sind seit gestern verstummt. Nur die mit dem letzten Alexandriendampfer eingetroffenen Fremden mit dem „Egyptenführer“ unter dem Arme, einen Dragoman an der Seite, den Kopf in einen ganzen Wust von Beliwodsche gehüllt, den weißen Schirm über sich, einen unglücklichen Esel zwischen den Beinen, ziehen noch mit ungeschwächten Kräften über den Platz. Noch treibt sie die Pyramidenwuth, die Sehnsucht nach der Stätte, wo die Mutter Gottes in der Krypte geruht, nach dem Schilf der Insel Rhoda, wo die Tochter Pharao's einst das Kind Moses gefunden, nach dem Baume der Jungfrau, der heiligen Sykomore, die der Vicekönig unlängst der Kaiserin Eugenie zum Geschenk gemacht, nach der längst verschwundenen Balsamstaude, mit deren Saft die Königin von Saba den Salomon beschenkte, nach Heliopolis, nach dem versteinerten Walde und all den übrigen wunderbaren Dingen, die sie wähnen lassen, schon auf der Schwelle Jerusalems zu stehen.

Sie sind noch so flink und mobil wie die Fische im Wasser, diese neuen Ankömmlinge. Aber wie lange wird's dauern, so schleicht auch ihnen dieselbe orientalische Faulheit in die Glieder, die mir die Erfindung der Buchdruckerkunst hier zur Qual macht; es wird auch ihnen das bischen Gedanke, das man aus Europa noch mit herübergebracht, aus allen Poren heraustranspiriren.

Und doch war's bis jetzt noch leer, sehr leer an eingeladenen Gästen. Dahingegen kommen jetzt die Heerden der Entrepreneurs, und der Vicekönig hat noch vollauf Muße, alle die schönen Dinge vollenden zu lassen, mit welchen er die hohen Fremden überraschen will. Was nämlich vor einigen Wochen noch ein Haufe orientalischen Kothes war, was sich vor ganz Kurzem noch als arabische Pfütze oder (nimm dein Riechfläschchen zur Hand, Leserin!) als ein Monument von Kammerknist präsentirte, trotz der Faulheit der Arbeiter ist es dem Khedive gelungen, eine ganz respectable Avenue, eine Chaussee, einen modernen Perron oder gar einen Nôsage daraus zu machen. Ganze Häuserreihen hat er an Stelle der Troglodyten-Wohnungen aufführen lassen, Promenaden und Esplanaden hat er geschaffen, und die Esbekieh, auf der mir sonst unter den Sykomoren und dem wunderblauen Himmel so wonnige Nächte verlebten — die Esbekieh wird zu egyptischen Champs Elysées umgeschaffen und Blumen-Rabatten, Fontainen und Kioske werden angelegt; mit Hacke, Spaten und Gießkanne wirthschaften die nacktbeinigen Arbeiter hinter den schützenden Rohrgeflechten; Alles wird neu und modern bis hinein in die arabischen Quartiere, und so wird denn das alte Kahirah, das siegreiche, in den bevorstehenden Jours de fêtes sich ausnehmen wie ein Neger, dem man den Frack und gelbe Glacés angezogen und den chapeau claque in die Hand gesteckt hat.

Es wird alles neu; selbst droben in der Citadelle, wo sich die viceköniglichen Ministerien befinden, wird Alles getüncht, möblirt, tapezirt, Alles alla franca eingerichtet, denn der Khedive will seinen gekrönten Gästen wahrscheinlich zeigen, wie er seinem erhabenen Lehensherrn in der Civilisation um eine ganze Pferdelänge voraus ist, und wie er in der That seine Aufgabe verstehen gelernt, als er wiederholt das Abendland besuchte. Weht auch der Halbmond über der massiven Citadelle, spukt auch der Geist Saladin's in den alten Mauern seiner Veste, und schleicht auch der Islam barfüßig über die Teppiche der Moschee Mehemet Ali's; fremdsprechende Beamte in ihren schwarzen Stambulis, dem kurzen Rocke mit dem Stehkragen und dem Tarbusch auf dem Kopfe, die Effendis des Diwan, der Ministerien sitzen an den modernen Bureaux hinter den Holzverschlägen der Bureauabtheilung, und daneben in den anderen Sälen hocken die arabischen Kalibs und Katib-efir, die nationalen Secretäre mit ihren dunklen Gesichtern. Sie wissen nicht, was sie mit den großen Schreibtischen machen sollen; sie, die gewohnt sind, das Papier in die Hand oder auf das Knie gelegt zu schreiben, sie fühlen sich verlegen durch all die Neuerungen und fahren deshalb fort, einstweilen ihr Knie als Schreibpult zu benützen. Sie machen es wie die Serben, als man ihnen schöne Chausseen mit vielen Windungen und Wiederkehren über ihre Berge baute — die Serben ließen die Chaussee verkommen und ritten nach wie vor quer über den Bergrücken.

Es geht also droben in den Ministerien gerade so her, wie auf den Straßen und Plätzen. Dabei haben die beiden Ministerien des Innern und des Aeußern, Scherif Pascha und Nubar Pascha, über Räumlichkeiten zu verfügen, wie sie kein Ministerium der Welt so glänzend aufzuweisen vermag. Der Vorsaal zum Ministerium des Innern wäre der Bedeutung eines Thronsaales würdig; der Plafond ist höchst werthvoll, die Wände sind zwar von griechischen Künstlern etwas unbeholfen decorirt, aber doch in ihrem Effect vortrefflich, und die neuen, eben erst von Paris und London eingetroffenen Mobilien der Empfangs- und Conferenzsäle sind vom letzten Chic. Schwer wäre es zu berechnen, wie viele Lieferanten sich erst bei diesen Bestellungen die Hände gewaschen; jedenfalls hat Ismail Pascha Recht, wenn er die Gewohnheit verfolgt, möglichst immer die Hälfte von allen Rechnungen zu streichen, denn es ist anzunehmen, daß er selbst dann noch immer fünfundzwanzig Procent zu viel gezahlt hat.

Die großen Säle, die zum Theil noch unter der Hand der Tapezierer sind, die Möbeltransporte, welche man den Weg zur Citadelle hinauf nehmen sieht, Alles beweist, daß es Ernst mit der äußeren Reform nach abendländischem Muster ist; selbst die uniformirten Ordonnanzen der Minister, die husarenartig equipirten Reiter in blauem, rothem und dunklem Dolman mit weiten, rothen Pantalons (jeder Minister hat seine Lieblingsfarbe) haben eine unverkennbare militärische Haltung; die Kavaßen schreiten mit Bewußtsein und ohne jene türkische Trägheit, die ihren konstantinopolitanischen Kameraden eigenthümlich, durch die Corridore; ja staune, Leser, hier im Ministerium des Innern hat man dem Abendlande die tiefsten Geheimnisse der inneren Verwaltung so weit schon abgelauscht, daß bereits ein Preßbureau unter der Direction meines verehrten Hotelnachbar Paternostro Bey errichtet ist, das Verwarnungen und Confiscationen decretirt, ganz comme chez nous.

Ist man doch hier bereits so weit in den europäischen Staatseinrichtungen avancirt, daß man eine geheime Polizei organisirt hat. Was sage ich, eine geheime Polizei — ein Viertelduzend! Der Vicekönig hat seine geheime Polizei, Scherif Pascha hat ebenfalls seine geheime Polizei und endlich hat die Municipalität ganz begreiflich ihre geheime Polizei. Was zu viel, das ist immer vom Uebel, und so ist denn die Folge aller dieser geheimen Polizeien, daß die eine gegen die andere intriguirt, daß die eine die Geheimnisse der anderen belauscht und ihrem Herrn rapportirt. Der eine Pascha erfährt dadurch so genau wie möglich, was der andere thut, die Wohlfahrt des Allgemeinen und die öffentliche Sicherheit haben also nichts dabei gewonnen.

(Fortsetzung folgt.)

Miscellen.

Darmstadt. (Zur Statistik der Erdbeben.) Die Hypothesen durch welche man die Erdbeben zu erklären sucht, sind neuerdings wieder der Gegenstand lebhafter Controversen geworden. Veranlaßt durch die verschiedenen Theorien, haben wir, um einen besseren Ueberblick über die Erdbeben und vulcanischen Erscheinungen der Monate Juli bis November d. J. zu gewinnen, uns über die in den uns zugänglichen Zeitungen enthaltenen Nachrichten Aufzeichnungen gemacht, die wir hier, soweit sie bis jetzt vollständig sind, chronologisch zusammenstellen. — Aus dem Monat Juli besitzen wir nur dürftige Nachrichten. Am 9. Juli fanden Erderschütterungen in Innsbruck statt. Erst gegen Ende des Monats zeigt sich eine vermehrte vulcanische Thätigkeit. Am 21 fanden heftige Erderschütterungen in Guayaquil, am 22 in Tacna, Lima und Arequipa Erdstöße statt. In Guayaquil wiederholten sich die Erschütterungen am 23 und 24, und am 28 wurden in Jauxuare und Arequipa (Peru) Erdstöße beobachtet. Der 23 Juli ist zugleich durch eine vermehrte Thätigkeit der Vulkane Pichincha und Cotopaxi bezeichnet. — Zahlreichere Bewegungen des Erdbebens haben wir aus dem Monat August zu erwähnen. Am 6. Aug. beobachtete man Erderschütterungen im Kaukasus, am 6. zu Mit-Ramara in Ungarn. Am 8. Aug. fanden drei Erdbeben statt; eines in der Umgebung des Vesuvs, und zwei zu Mollendo in Peru. Am 9. wurden gleichfalls in der Nähe des Vesuvs Erschütterungen beobachtet; am 10. fanden heftige Erdstöße zu Lima, Callao und Chorillos in Chile statt. Am 12. wurde in Agram ein Erdstoß wahrgenommen. Am 21. Aug. um 3 Uhr 4 Minuten Nachmittags legte ein heftiges Erdbeben einen großen Theil der Stadt Schemacha im Kaukasus in Trümmer. Am 15. haben wir ein Erdbeben in Jassique, am 20. ein solches in Arica (vierzig Erdstöße) zu verzeichnen. Am 21. und 24. Aug. endlich fanden heftige Erdstöße in Chile, Peru und West-Indien statt. Am 26. wurden Erderschütterungen in Bologna und Malfi (Italien) beobachtet. — Zahlreich sind die Erdbeben des Monats September. Am 3. Sept. fand ein Erdstoß in Batna (Algier), am 8. einer in Jaszberenyi und am 9. einer in Jaszapati statt (beide Orte liegen in Ungarn) statt. Es ist sodann am 11. Sept. um 5 Uhr 15 Minuten beobachteter Erdstoß zu erwähnen, der in der Bigorre stattfand. Derselbe wurde in Bagneres, Barèges, St. Jean de Luz und Saint-Sauveur beobachtet. Am 13. Sept. um 4 Uhr 30 Minuten, und am 17. und 18. nahm man heftige Erdstöße in St. Thomas und Ste. Croix wahr. Am 19. wurden starke Erderschütterungen in Algier, am 20 in Ephyra (?), Salona und Lamia (Griechenland), und vom 19. bis 23. heftige Erdstöße in verschiedenen Theilen von Chile wahrgenommen. Am 24., 25. und 26. erschreckten wiederum heftige Erderschütterungen die Bewohner von Chili und Süd-Peru. Guayaquil wurde am 26. gleichfalls von Erdstößen heimgesucht. An demselben Tag fanden Ausbrüche des Aetna und des Vulkans von Colima (Mexico) statt. Am 30. Sept. beobachtete man einen Erdstoß in Wales. — Nicht minder bedeutend ist die Zahl der bis jetzt aus dem Monat October bekannten Erderschütterungen. Der 1. Oct. ist durch einen Erdstoß in Biltmore im Staat Utah bezeichnet. Am 2. Oct. 7 Uhr Abends wurde ein heftiger Erdstoß in Cormons bei Triest, und um 11 Uhr 35 Minuten Abends ein solcher in den Rheinlanden Neuwied, Andernach, Bergisch-Gladbach, Almelkirchen, Erpdorf, Remagen, Honnef, Ems und Montabaur beobachtet. Am 11. wurde ein heftiges Erdbeben in Vizzini und in anderen Orten des Aetna verspürt. Am 13. Oct. um 4 Uhr 45 Minuten Morgens fanden Erdstöße in Laibach und Kainachdorf in Steiermark statt. Endlich ist aus dem Anfang des Monats October noch eine Nachricht aus Manila zu erwarten, da nach Berichten aus Ceylon vom 27. Oct. in Manila ein heftiges Erdbeben großen Schaden verursachte. Aus der Entfernung beider Orte schließen wir daß das in Rede stehende Erdbeben zu Anfang Octobers oder Ende Septembers stattfand. Am 22. Oct. fanden in New-York und New Brunswick Erderschütterungen statt, und am 27 nahmen die Erderschütterungen in Groß-Gerau ihren Anfang. Die dortigen Erschütterungen erstrecken sich bereits auf einen Zeitraum von außergewöhnlicher Dauer, da man noch in der Nacht vom 14. auf den 15 Nov. daselbst unterirdisches Rollen und Schwankungen wahrgenommen haben will. (A. Z.)

Ueber den Gesundheitszustand des Grafen Bismark in Varzin bringt ein Blatt das unten folgende Bulletin. Je nachdem man bloß die linke Hälfte liest oder jede Zeile sogleich nach rechts fortsetzt, ist der Sinn ein ganz verschiedener. Welche Lesart die richtige sein mag, konnte bisher trotz aller Anstrengungen von Seiten der offiziellen und offiziösen Presse noch nicht festgestellt werden.

Da der wiederholte Gebrauch des Carlsbader Wassers den gewünschten Erfolg hat und die Schlaflosigkeit im Abnehmen begriffen ist — sowie auch jene öfteren Gallen-Erbrechungen fast vollständig als beseitigt zu betrachten sind, so ist natürlich die baldige Rückkehr des Grafen nach Berlin und besonders eine Wiederbetheiligung an den Staatsgeschäften sicher in Aussicht.

auf den Gesundheitszustand des Grafen durchaus nicht nach demselben vielmehr im Wachsen, als bedeutende Reizbarkeit der Nerven, und ebenso die wie früher auftreten, die Gefahren also keineswegs jedes, von anderer Seite ausgesprengte Gerücht über verfrüht; vielmehr ist von den Aerzten jede Aufregung strengstens untersagt und also ein längeres Verweilen in Varzin

Redaction von Dr. Eugen Jäger. Druck der Jäger'schen Druckerei in Speyer.

Palatina.

Belletristisches Beiblatt zur Pfälzer Zeitung.

Nro. 141. Speyer, Donnerstag, den 25. November 1869.

Das Kreuz im Walde.

Von H. Engelcke.

(Fortsetzung.)

Im Gesangbuche des Wachtmeisters fand man eine Art Tagebuch, das fast nur Bezugnahme auf sein Verhältniß mit Bertha hatte. Der erste Theil athmete die unendlichste Liebe zu dem Mädchen, auf den spätern Blättern aber mischte sich ein tödtlicher Haß gegen seinen Nebenbuhler hinein. Auf einem Blatte hieß es: „Es ist alles aus, sie hat mich verrathen, sie hat die Treue gebrochen, lieber Gott, verzeihe mir die Sünde!“ Auf einem andern Blatte las man: „Die kurze Frist, die ich noch habe, läuft ab; mein Gott, mein Gott, schon morgen. Nimrod brachte heute den Zettel.“

Um die Beweise gegen den Wachtmeister zu häufen, mußte selbstverständlich das Alibi Weinreichs näher constatirt werden. Der Förster Franz bekundete eidlich, daß er am Montag Abends bis 9 Uhr mit Weinreich zusammen in der Schenkstube des Eichhorns zu H. gesessen und dann mit ihm schlafen gegangen sei. Ihre Betten hätten neben einander gestanden; er habe in der Nacht sehr schlecht geschlafen und habe bis 10 Uhr gewacht. Er hätte es doch hören müssen, wenn Weinreich aufgestanden wäre. Er habe aber nichts gehört. Früh 3 Uhr habe er Weinreich im Bette gesehen. Er wisse dies genau, da der Morgen gedämmert und die nahe Thurmuhr geschlagen habe.

Aber unsere Untersuchung sollte vergebens gewesen sein. Der Wachtmeister hatte zwar die schwere Kopfverletzung überstanden, sein riesiger Körper hatte vorläufig gesiegt, aber die Nacht des Wahnsinns hatte sich über seinen Geist gelegt, und die Aerzte gaben ihr Gutachten übereinstimmend dahin ab, daß der Wahnsinn unheilbar, gleichzeitig aber auch, daß der Wachtmeister nicht mehr lange leben könne.

Das Justizdepartement in N. befahl die vorläufige Einstellung des Verfahrens und die Entlassung des Wachtmeisters, der inzwischen verhaftet worden war.

Die Aerzte hatten recht. Als der Herbstwind die Blätter der Schöneiche zu Tausenden zu Paaren trieb, die in ihrem jungen, saftigen Grün Zeugen des grausamen Mordes gewesen, da fanden Holzschläger eines Tages den Wachtmeister unter der Eiche, mit dem Gesichte auf dem Grase liegend, als habe er jene Stelle küssen wollen.

Sie hoben ihn auf, der Wachtmeister war . . . todt!

Inzwischen hatte sich auch das Leben im Forsthause vollständig geändert. Frau Wulst war mit Nimrod in die Stadt gezogen, auf deren Friedhofe ihre Tochter bestattet lag. Weinreich war entlassen. Die Förster des Reviers hatten einstimmig bei dem Oberförster um seine Versetzung gebeten. Es hatte sich das Gerücht verbreitet, er sei nicht ehrlich in seinem Amte, treibe mit Wildhändlern versteckten Handel und sei mit einigen Müllern, die als Holzdiebe berüchtigt waren, befreundet. Unter den ehrenwerthen Förstern gab es außerdem viele, die da fest behaupteten, daß der Förster Franz in jener Nacht im Eichhorn möglicherweise sehr fest geschlafen habe könne, daß das Gericht auf einer ganz falschen Fährte und der Mörder wo anders zu suchen sei, als in der Person des armen, wahnsinnigen Wachtmeisters. Weinreich kam den Wünschen der Förster zuvor. Er schrieb eines Tages an den Oberförster, daß die Ereignisse seiner Probezeit ihm den Forstdienst vollständig verleidet hätten und er um seine Entlassung bitte. Sie wurde ihm augenblicklich gewährt. Weinreich verschwand aus der Gegend, ohne von Jemand Abschied zu nehmen.

Das Gras war hoch gewachsen über den beiden Gräbern. Die Acten waren mit dem Bemerken deponirt, daß Inculpat verstorben sei. Ein Jahr war vergangen; von Weinreich hatte kein Mensch etwas gehört, es hieß, er sei nach Amerika ausgewandert. Da hatte ich eines Tages Gelegenheit, mit dem Förster Franz zu conferiren. Franz war grundehrlich, aber geistig etwas beschränkt. Bald kam auch unser Gespräch auf den Mord von Bertha Wulst.

„Sie sind ein Hauptzeuge in der Untersuchung gewesen, Herr Förster. Wenn Ihr Zeugniß nicht das Alibi so fest constatirt hätte, würde auch der Verdacht des Gerichtes sich möglicherweise mehr auf Weinreich gelenkt haben.“

„Ich kann doch nichts anderes aussagen, als ich weiß“, erwiderte der Förster, „und ich weiß ganz genau, daß Weinreich um 10 Uhr in seinem Bette lag, als ich einschlief und daß er um 3 Uhr, als ich aufstand, noch schnarchte. Ich weiß es deßhalb so genau, weil ich noch in der Dämmerung seinen Rock mit dem meinigen verwechselte und meinen Irrthum erst gewahrte, als ich fühlte, daß sein Rock durch und durch — —"

„Was, was, durch und durch?" schrie ich auf.

„Durch und durch naß war."

„Naß, und das sagen sie heute erst, sehen Sie denn nicht, welch bedeutendes Indicium dies ist. Es hatte ja in der Nacht von Bertha's Tode so stark geregnet. Woher dachten Sie denn, daß der Rock naß sei?"

„Ich habe mir gar nichts dabei gedacht."

Ich ließ Leopold kommen und theilte ihm diese Thatsache mit. Ueber sein Gesicht flog ein Strahl der Freude, dann sprach er ärgerlich: „Warum habe ich den Kerl, als er zu uns nach der Eiche kam, nicht an den Arm gefaßt, der Rock mußte noch naß sein, und dann wäre alles anders geworden."

Wir constatirten aus den Witterungsberichten, die der Oberförster führte, daß es in jener ganzen Woche nur am 4. Mai früh 2 Uhr geregnet hatte. Ich nahm die Untersuchung wieder auf. Weinreich ließ ich steckbrieflich verfolgen. Ich vernahm Zeugen über Zeugen, ich ließ auch Frau Wolff kommen und theilte ihr den neuen Verdachtsgrund mit. Sie schüttelte ungläubig den Kopf. Die arme Frau hatte gar keine Meinung, sie hatte die ganze Nacht geschlafen bis zum Morgen, als sie ihre Tochter vermißt.

Etwas ermittelte aber Leopold doch: einen Knaben, freilich nur im Alter von 10 Jahren, der birz nach dem Regen von H. aus in den Wald, um Holz zu suchen, gegangen war, und der behauptete, daß ihm an der Windmühle vor der Stadt in der Dämmerung ein Förster, der es sehr eilig gehabt, begegnet sei. Der Förster sei groß gewesen und habe einen schwarzen Bart gehabt.

Die Steckbriefe hinter Weinreich blieben fruchtlos, ich ließ sie durch zwei Jahre immer wieder erneuern, bis endlich im Frühjahr 1821 vom Großherzogthum Posen her die Nachricht einlief, daß dort ein Individuum wegen Landstreichens eingefangen sei, auf welches das Signalement und besonders die tiefe Säbelnarbe auf der Stirne passe. Leopold mußte die weite Reise machen, um die Recognition vorzunehmen, und bald erhielt ich ein Schreiben, daß Weinreich der Gefangene sei und daß er sich mit demselben auf dem Transporte nach H. befinde. Nach fünf Wochen kamen sie an. Vagabund im höchsten Sinne des Wortes, abgerissen wie ein Bettler, das Laster der höchsten Trunksucht auf dem Gesichte, stand Weinreich vor mir. „Fragen Sie Herrn Leopold", so redete mich Weinreich an, „er weiß alles."

Und so war es auch. Leopold, der während des langen Transportes nicht einen Augenblick von der Seite des Arrestanten gewichen war, hatte die Rolle des Inquirenten übernommen. Der Mörder war geständig, mir blieb nichts übrig, als sein Geständniß zu Protokoll zu nehmen.

Actum den 4. Mai 1821 auf dem Königlichen Gerichtsamte zu H.

Inculpat aus dem Gefängnisse vorgeführt, erklärt nach Ablegung der Fesseln:

Ad Personalia.

„Ich heiße Carl Theodor Weinreich, bin am 1. April 1792 zu S. in der Altmark geboren. Ich habe meinen Vater nicht mehr gekannt, er war Lehrer in S. gewesen. Meinen ersten Unterricht erhielt ich in der Dorfschule, dann nahm sich meiner der Ortspfarrer an, der mich mit seinen eigenen Söhnen unterrichtete und mich mit denselben auf das Gymnasium zu W. schickte. Meine Mutter wendete ihr letztes Vermögen auf, um mich auf der Schule zu erhalten. Als ich in Secunda saß, starb sie, meine Subsistenzmittel waren am Ende, ich mußte die Schule verlassen. Ich war damals siebzehn Jahre alt. Ich wurde Schreiber bei einem Justizcommissarius. Das Leben gefiel mir nicht, die sitzende Lebensweise war mir zuwider, nach zwei Jahren verließ ich diesen Dienst. Ich nahm Handgeld bei den Sachsen und trat in ein Schützenbataillon. Ich habe den Feldzug nach Rußland mit durchgemacht, ebenso die Feldzüge von 1813. Bei Dennewitz wurde ich verwundet. Nachdem die Sachsen bei Leipzig zu den Verbündeten übergegangen, trat ich in die Kriegsdienste meines Vaterlandes und habe bei Waterloo das eiserne Kreuz erhalten. Nach dem Feldzuge wurde ich entlassen. Ich hatte mir in den Feldzügen so viel von meinem Gehalte als Sergeant erspart, daß ich vorläufig leben konnte. Ich trat bei dem Oberförster R. in die Lehre. Meine Kenntnisse kamen mir zu Hilfe, und schon nach Jahresfrist war ich soweit, um mich zum Probedienst melden zu können. Ich war zur Civilversorgung notirt und wurde bald zur Vertretung des verstorbenen Försters Wolff einberufen. Im Sommer 1818 kündigte ich diesen Dienst und begab mich nach Westpreußen, um dort einen Privatdienst als Förster zu suchen. Ich fand ihn auch, aber das Unglück verfolgte mich. In den langen Feldzügen, die ich durchgemacht, hatte ich mir den Branntwein angewöhnt, die Neigung hierzu nahm bei mir überhand. Man schickte mich fort. Ich war ganz ohne Mittel, ernährte mich eine Zeit lang von Wilddieberei und Schmuggel an der polnischen Grenze, ich bin mehrmals deswegen bestraft. Bettelnd bin ich dann im Großherzogthum umhergezogen, niemand nahm mich zur Arbeit, ich war ja eben ein Bettler, den jeder von sich stieß. In G. wurde ich zuletzt verhaftet."

(Schluß folgt.)

Vom Nil.

(Fortsetzung.)

Daß der Vicekönig zu der ganzen Modernisirung seiner Residenz und seiner Verwaltung fast nur französischen Firniß verwendet, ist ziemlich bekannt. So viel ich weiß, ist es bisher nur Einem Deutschen gelungen, sich in den oberen Regionen Einfluß zu verschaffen, und zwar dem Dr. Aissel aus Speyer, der die Stelle eines Hof-Advocaten bekleidet und für Organisation gewisser Verwaltungszweige thätig ist. Frankreich ist nur allzu geschickt, das Kind hier so in seinen Armen zu balanciren, daß es ihm nicht aus den Windeln fällt, und der einflußreichste Vertrauensmann in der unmittelbaren Nähe Ismail's ist noch immer der französische Leibarzt Burguière Bey.

Wie man mir sagt, hat die Vicekönigin-Mutter einen bedeutenden Einfluß auf ihren Sohn. Natürlich schließt dies die übrigen Einflüsse nicht aus. Wie überall, gilt jedes Mittel für Intrigue, und der Jupon muß im Orient seine guten Dienste thun, wie er es im Occident thut, ja zuweilen beherrscht er zwei Welttheile zugleich.

Die Zeit der egyptischen Theuerung, die durch den Canal heranziehen mußte, ist inzwischen schon gekommen. „Vu la cherté des vivres!" so besagt ein in den Hotels seit mehreren Tagen affichirtes „Avis"; es wird die tägliche Pension der Gäste, die bisher in allen ersten Hotels zwanzig Francs betrug, auf fünfundzwanzig erhöht. Trotzdem klagen die Wirthe auf unsere Beschwerde wegen der Unverdaulichkeit der Speisen, es sei ihnen unmöglich, ein besseres Fleisch zu serviren. Indeß erklärt sich der unserige bereit, für die Gäste des Vicekönigs eine besondere Table d'hôte zu arrangiren. Fünfundsechzig Francs täglich erhält so ein Hotelier für jeden eingeladenen Gast, der natürlich selten zu Hause und viel eher bei den Pyramiden und den Mamelukengräbern als an der Hoteltafel zu finden ist; die Mehrzahl genießt des Tages nur ein Frühstück für fünfundsechzig Francs, und daneben verdienen die Wirthe noch an den Equipagen der Gäste, für die der Vicekönig ebenfalls noch fünfzig Francs täglich ausgesetzt hat!

Dieselbe „cherté des vivres" bringt uns denn auch soeben einen österreichischen Nomaden-Tribus, die Reisegesellschaft Rau, die mit der Wüsten-Philosophie eines Beduinen jedes Hotel verachtet und mit Zelten zum Campiren, mit comprimirten Lebensbedürfnissen, überhaupt einer vollständig eingerichteten Beduinen-Haushaltung im Anzuge ist und auf den Feldern umherziehen wird. In Gesellschaft mag dieses afrikanische Zeltleben seine Reize haben; ich aber, der ich es aus langer Erfahrung kenne, bedauere diese Reisenden, wenn ihnen nicht ganz besonders günstige Sterne leuchten. Sie werden wie die Egypter der heiligen Schrift Balsam und Honig, Datteln und Mandeln essen und einige gesottene Scorpione in ihrer Suppe finden.

Mag die Cultur, wie es zu wünschen und zu hoffen ist, noch so tief und fest in dieses Land hineinwachsen, sie wird und kann nichts ändern an den mahomedanischen Gebräuchen, da die religiösen und bürgerlichen Gesetze des Landes in einem Buche geschrieben stehen. In Alexandrien, der Hafen- und Handelsstadt, kämpft allerdings der Fabrikschlot schon siegreich mit dem Minaret, und das arabische Proletariat gibt sich gern zum Handlanger der eindringenden europäischen Fabrikindustrie hin, wenn es nicht die bequemere und traditionelle Industrie des Bakschisch vorzieht; in der Hafenstadt, wo sich das ganze liederliche Gesindel des Küstenstriches niederschlägt, lockern sich freilich auch bereits die Fesseln mahomedanischer Sittenstrenge; wo das Kreuz sich besudelt, da wird auch der Halbmond seine Flecken davontragen. Kairo und Damascus werden aber nach meiner Ueberzeugung stets die Brustwehren des Islam bleiben, selbst wenn in der egyptischen Hauptstadt der moderne Khalif den Pulsschlag dieses trägen Volkes durch fremde und künstliche Mittel zu beschleunigen sucht.

Egypten und die Türkei tragen zwei ganz verschiedene Physiognomien. Während in der letzteren seit dem Tansimat Alles starr und todt, unterbunden von den Fesseln des Islam, verwahrlost von der Apathie der Herrscher daliegt, weht hier der Athem des Abendlandes durch das Land. Ein englischer Lieutenant, als er die Ueberlandpost nach Indien herstellte, bahnte der Industrie den Weg; Egypten ward eine Etappe derselben und das Land verdiente an dem Transit nach Indien. Durch die Herstellung der Eisenbahnen ging zwar an Verdienst viel verloren, und am meisten verlor Kairo, als die Post nicht mehr über die Hauptstadt ging. Noch mehr büßte das Land finanziell durch den Bau des Suez-Kanals ein, ja es ward durch denselben in Armuth gestürzt. Aber die Etappe ist geblieben, sie hat an Bedeutung tausendfach gewonnen, und die Aufgabe der egyptischen Regierung muß es jetzt mehr als je sein, durch die Bodencultur zu ersetzen, was das Land durch den Transitverkehr verlor.

Es ist Alles Decoration, was hier mit solcher Hast gebaut, getüncht, lackirt und gefirnißt wird; man hat das Talent der Mohren im Flechten von Rohrgeländern benützt, um an den Gärten und Straßen eine ganz passable Umfriedung herzustellen, aber hinter denselben blicken noch die scheußlichen und schmutzigen Palissaden von verfaultem Holze hervor. Wohin man kommt, überall ist man mit dem Straßenbau und dem Wegräumen arabischer Ruinen und Kothhaufen beschäftigt, welche den guten Eindruck stören; aber man kann den armen Fellahs doch ihre Schwalbennester nicht zerstören, und am Ende macht sich's ganz hübsch, wenn zwischen all dem modernen Lustre ein Stückchen Arabien stehen bleibt. Aber wer anders als Ismail Pascha ist der Arrangeur des Ganzen? Aus Allem, was ich hier Neues sehe, leuchtet unverkennbar der Geschmack hervor, den er in der That besitzen soll.

Einen Beweis hiefür lieferte mir mein gestriger Besuch in seinem neuen Lustschlosse Gezireh, dem zwanzigsten oder dreißigsten, das im Besitze dieses glücklichen Mannes. Gezireh, auf einer Insel des Nil gegenüber dem Bulak stehend, ist von dem deutschen Architekten Franz erbaut, der unlängst zum Bey ernannt wurde; an seinen inneren Decorationen war ein anderer deutscher Architekt betheiligt, Hr. v. Diebitsch, der vor Kurzem hier an den Pocken gestorben. Herr v. Diebitsch pflegte vorzugsweise die eigentliche arabische Baukunst, die in der Alhambra ihren Mittelpunkt gefunden hat. Also ein bedeutendes Stück deutscher Kunst inmitten all der französischen Mache und der englischen Kapitalien. Ismail selbst soll in Manchem seine eigenen Dessins zum Bau gegeben haben. Die Kaiserin Eugenie wohnte in Gezireh, ehe sie nach Ober-Egypten fuhr, und sie wohnt noch heute dort, denn sie hat den Schlüssel zu ihren Schlafgemächern mit auf die Reise genommen.

Orientalische Pracht, ins Moderne übersetzt, herrscht

im Innern des Schlosses; das Treppenhaus ist ein Meisterstück, wenn auch ein wenig gedrückt durch den Maßstab nach oben, ein Saal schlägt den anderen durch Aufwand von kostbaren Stoffen, von Marmor, Onyx, von Spiegeln, Vergoldungen, Basreliefs, Candelabern und Büsten, Mosaikböden, Lyoner und Smyrnaer Teppichen. Im Garten selbst die Blumenpracht des Nil und des Ganges. Ein Kiosk, lang sich hinziehend mit einer reizenden Colonnade, die zum Süden gewendet, wiederum die schönsten Säle, ein Badezimmer und was sonst zum allerhöchsten Comfort gehört, enthält.

(Fortsetzung folgt.)

Miscellen.

Unter dem Getümmel der Wahlbewegung ist eine Broschüre erschienen, welche im hohen Grade das öffentliche Interesse in Anspruch nehmen muß, da es sich hiebei um nichts Geringeres, als um die Kunstschätze der Münchener Pinakothek handelt. Der ausgezeichnete Kunstkenner, Carl Förster, herzogl. S.-M. Rath dahier, hat sich gedrungen gefühlt, einen Protest gegen das s. g. Pettenkofer'sche Regenerations-Verfahren zu veröffentlichen „aus reiner, uneigennütziger Liebe zur Sache, deren Dienst er sich von Jugend auf geweihet, zum Lebensberufe gemacht" und zu dem Zwecke, „damit jeder Gebildete, Vorurtheilsfreie ihm beistehen möge, ein Uebel, welches schon so tiefe Wurzeln geschlagen, und eine Errungenschaft der Civilisation bedrohet, zu beschwören." Er kommt zu dem Schlusse, daß die s. g. Regeneration die Bilder total ruinirt, und bezeichnet in einem Anhange mehrere jener Gemälde nach Saal- und Catalog-Nummern, welche bereits zu Tode regenerirt worden, damit sich jeder den Beweis seiner Behauptungen selbst holen könne. Da hier unersetzliche Kunstschätze auf dem Spiele stehen, so ist zu hoffen, daß dieser Gegenstand nach allen Seiten zur Erörterung gebracht werde. Man wird sich erinnern, daß Hr. Pettenkofer für seine Erfindung 40000 fl. aus der Staatskasse auf sehr warme Bevorwortung des Herrn Cultusministers von Gresser erhielt. Hr. Gresser äußerte in der Abg.-Kammer, Sitzung v. 17. April 1868, das Urtheil der erleuchtetsten Sachkenner spreche sich übereinstimmend zu Gunsten der Pettenkofer'schen Erfindung aus; und doch hatte schon längere Zeit vorher der k. k. Rath Engert, Director der k. k. Gallerie des Belvedere zu Wien, eine der ersten Autoritäten auf diesem Gebiete nach einer auf Befehl seiner Regierung vorgenommenen Untersuchung sich entschieden gegen jenes Verfahren, als die Bilder zerstörend, aber nicht regenerirend ausgesprochen! Dies Urtheil ist auch von anderen Gallerie-Directionen bestätigt worden, da keine das Verfahren in Anwendung bringt.

Von der Expedition des Oberst-Brigadiers Jovanovics zur Verproviantirung von Dragalj wird folgende Episode im Pester Lloyd erzählt: Auf einer beherrschenden Kuppe stand weithin sichtbar eine riesige Insurgentenfigur, ohne Gewehr, nur den Handschar in der Faust, jedenfalls ein Anführer, der nach der Art, wie das Rufen in diesen Bergen üblich, mit mächtiger, weithin schallender Stimme seine Untergebenen leitete. Der gute Mann stellte sich ungedeckt hin, denn unsere Truppe, von jener Kuppe mindestens 1200 Schritte entfernt und durch eine tiefe Felsenschlucht getrennt, machte ihm noch etwas weit erscheinen. Seine Stentorstimme, wie er seinen Leuten zurief: na levo — na desno, na levo — na desno, und jedesmal mit seinem Handschar gegen die angedeutete Richtung wies, drang bis zu den vordersten Schwarmgliedern. Ein ruhiger Mann nun von Grenz-Infanterie, der sich auch auf der Schießstätte die Schützenauszeichnung erworben, schlich sich so weit vorwärts, als es möglich war, und schlug, aber noch immer auf eine Distanz von beinahe 900 Schritten, auf den unvorsichtigen Führer an. Der Schuß fällt und der Riesige stürzt mit ausgebreiteten Gliedmaßen kopfüber in die gähnende Tiefe hinab. — Ein Zug, der bei einem jungen Unteroffizier von sehr viel Ueberlegung und richtiger Beurtheilung der Verhältnisse zeugt, wird weiter mitgetheilt. Als nämlich der Aufstand eben im Ausbruche war, hatten es die Insurgenten zunächst auf die Forts und die übrigen Punkte abgesehen. So erschien auch ein großer bewaffneter Haufen vor dem Wachhause Gerlovice, welches nur von einem Corporal und acht Soldaten von Grenz-Infanterie besetzt war, und forderte den Unteroffizier auf, das Wachhaus zu übergeben. Der Corporal wies entschieden diese Forderung zurück und drohte, sofort auf sie schießen zu lassen, wenn sie sich nicht ungesäumt aus dem Bereiche des Wachhauses entfernen würden. Den Insurgenten blieb nichts übrig, als sich zurückzuziehen, doch beobachteten sie Tag und Nacht durch einen starken Posten die Besatzung, um derselben keine Nachrichten und keine Lebensmittel von Außen zukommen zu lassen. Nachdem das kleine Häuflein der Unseren fast zwei Tage und zwei Nächte in dieser peinlichen Situation im Wachhause zugebracht — das Eine aber sei nebenbei bemerkt, daß Proviant an Lebensmitteln vorhanden war — erschienen mit einemmale zwei Gendarmen vor dem Thore des Wachhauses, begehrten Einlaß und gaben vor, vom Festungs-Commandanten in Cattaro entsendet zu sein, mit der schriftlichen Order für den Corporal, das Wachhaus zu räumen. Der Corporal des Wachhauses, minder vertrauensselig als der Lieutenant Weiß im Fort Stanjevich, verweigerte den Einlaß. Darauf verlangten die angeblichen Gendarmen wenigstens einen Brief überreichen zu dürfen. „Den will ich annehmen", sagte der Corporal. Aber während er sich über die Mauer beugte, um das Schriftstück entgegenzunehmen, hielten zwei Mann, die Flinte mit gespanntem Hahn auf die Gendarmen anlegend, strenge Wacht. Diese übergaben den Brief — es war nichts als leeres Papier. Die Falle lag klar zutage — zwei Schüsse krachten und die verkleideten Insurgenten lagen todt am Boden...

(Ein brennender Dampfer.) Auf dem Mississippi, in der Nähe von Neely's Landing, zehn (englische) Meilen von Grand Tower, ereignete sich am 27. October, 8 Uhr Abends, eine jener Katastrophen, an denen die Annalen der amerikanischen Dampfschifffahrt so reich sind. Durch die Unvorsichtigkeit eines Deckpassagiers des Dampfers „Stonewall", der für seine Pfeife Feuer machte, gerieth das mit dem Deck gehaltene Heu in Brand, und binnen kürzester Frist stand der ganze stattliche Dampfer in vollen Flammen. An Bord befanden sich 40 Cajüten-, 150 Deckpassagiere und eine Bemannung von 60 Köpfen. Beim ersten Feuerlärm entstand eine entsetzliche Verwirrung. Eine Anzahl Deckpassagiere bemächtigte sich sofort der einzigen Jolle, ließ sie ins Wasser und trieb ohne Ruder mit derselben fort. Der Pilot steuerte das Schiff dem Ufer zu, doch befand es sich noch 200 Ellen vom Missourier Ufer, als es in einer Untiefe von 6 Fuß aufsaß. Als die Hoffnung, das Ufer zu erreichen, geschwunden, ergriff Jeder, was ihm zunächst war, Thüren, Fensterläden, Balken, Bretter, Tische, Stühle, Matratzen, und warf sich, daran anklammernd, in die eisig kalten Fluthen des Mississippi, aus denen bald der Nothschrei von etwa 250 vom Tode bedrängten Personen in die Nacht hinaus ertönte. Man denke sich dazu den schrillen Ton der Dampfpfeifen, das Gebrüll des vom Feuer ergriffenen Rindviehs und der Pferde an Bord, das Geprassel der Flammen, und die Scene hat den Culminationspunkt des Schrecklichen erreicht. Nur circa 60 Personen retteten sich ans Ufer, und wurden, unter der grimmigen Kälte beinahe erstarrt, von dem um 10 Uhr nach St. Louis fahrenden Dampfer „Belle Memphis" aufgenommen. Ein anderer Dampfer „Submarine", war neben dem brennenden „Stonewall" vorbei, und durch die in den Fluthen mit dem Tode ringenden Verunglückten hindurchgefahren, ohne seinen Lauf eine Secunde lang anzuhalten. Das Ungeheuer von einem Capitän, der einer solchen [illegible]amerikanischen Gefühllosigkeit fähig war, heißt Washington Lyon. Er soll zur Rechenschaft gezogen werden; lassen ihn die Gerichte laufen, so erreicht ihn Richter Lynch sicher.

Redaction von Dr. Eugen Jäger. Druck der Jäger'schen Druckerei in Speyer.

Palatina.

Belletristisches Beiblatt zur Pfälzer Zeitung.

Nro. 142. Speyer, Samstag, den 27. November 1869.

Das Kreuz im Walde.

Von [illegible].

(Schluß.)

Ad causam.

„Ich will ein offenes und reumüthiges Geständniß ablegen. Ich bekenne mich für schuldig, Bertha Wulff am Morgen des 4. Mai 1818, heute vor drei Jahren ermordet zu haben. Seit jenem Tage ist keine Ruhe in mein Gewissen zurückgekehrt. Von wahren Furien getrieben, bin ich umhergezogen von Ort zu Ort, von Land zu Land, immer und ewig hat das Bild der Ermordeten vor meinen Augen gestanden, immer hat die Todsünde schwer auf mir gelastet, und Ruhe habe ich nirgends gefunden. Mehr als einmal bin ich auf dem Punkte gewesen, mich den Behörden zu stellen, und nur der Branntwein brachte mich von meinem Entschlusse ab. Zum Geständniß bin ich gekommen, als ich vom Gensdarmen Leopold erfuhr, daß der Wachtmeister Jänisch im Wahnsinn verstorben sei.

„Meine Rache war zu Ende.

„Wir standen am Schlachttage von Dennewitz im Carré, umschwärmt von preußischer Reiterei. Ich trug an diesem Tage die Fahne und stand in der Mitte. Da plötzlich brach über eine Anhöhe ein preußisches Ulanenregiment hervor. Der Angriff war ein gewaltiger, das Carré wankte, und urplötzlich saßen die feindlichen Reiter darin. Ich hielt selbst waffenlos mit beiden Händen meine Fahne, stolperte aber über den Leichnam eines Kameraden und stürzte zur Erde. In demselben Augenblick sah ich einen riesigen Reiter mit hoch erhobenem Säbel über mir. Ein schwerer Hieb traf meine Stirn. Zur Abwehr streckte ich unwillkürlich meine Fahne entgegen. Der Reiter ergriff sie und setzte seinem Pferde die Sporen in die Seiten. Ich hielt fest, ich wurde von dem Pferde durch das Carré geschleift und verlor die Besinnung. Aber das Gesicht dessen, der mir die Fahne raubte, der mich zum Tode verwundete und mich von den Hufen seines Pferdes treten ließ, hatte ich mir gemerkt. Ich lag blutend auf dem Schlachtfelde, und mein erster Gedanke war Rache an dem Räuber meiner Fahne. Ich beschloß damals, ihn zu suchen, hätte ich auch an das Ende der Welt wandern müssen. Auf jedem späteren Marsche, in jedem Dorfe, in jedem Gefechte habe ich ihn gesucht. Ich hoffte ihn zu finden, zumal ich ja nun selbst in ein und demselben Heere mit ihm diente. Ich fand ihn nicht. Gleich am zweiten Tage nach meiner Ankunft im Forsthause saß ich mit Frau Wulff am Fenster. Sie hatte mir das Verhältniß ihrer Tochter zu dem Wachtmeister erzählt, als dieser gerade aus seiner Thür trat. Da drängte sich das Blut nach meinem Herzen zusammen, da überkam mich die alte furchtbare Rache, die ich in meinem Herzen auf dem Schlachtfelde geschworen. Ich hatte ihn ja aus Tausenden herausgekannt, er war es, der mir meine Fahne genommen.

„Schon am Morgen dieses Tages war es bei mir fest beschlossene Sache gewesen, mich um Bertha Wulff zu bewerben. Mit dem ersten Augenblicke, als ich sie sah, liebte ich sie. Ich überlegte, daß eine Verlobung mit ihr, die in hoher Gunst bei dem Herrn Oberförster stand, dazu beitragen müßte, die Stelle zu erhalten. Ich wußte, daß Bertha Wulff ein wohlhabendes Mädchen war, und ich wiegte mich in dem Traume einer schönen Zukunft. Da sah ich ihn und erfuhr sein Verhältniß zu Bertha. Er, der mir meine Fahne genommen, wollte mir auch das geträumte Glück meines ganzen künftigen Lebens entreißen. Ich mußte mich rächen, mich doppelt rächen. Ich wußte nicht, wie ich es anfangen sollte.

„Verschiedene Male hatte ich schon den Entschluß gefaßt, ihn bei einer Begegnung im Walde zu tödten, und ich würde den Entschluß wohl auch ausgeführt haben, wenn nicht die Liebe zu Bertha Wulff sich von Tage zu Tage in mir gesteigert hätte. Ich mußte das Mädchen besitzen, und ein Mord auf dem Gewissen hätte mir ihren Besitz nur verkümmert. Jene heiße Zuneigung zu Bertha Wulff ließ in einsamen Stunden, wenn ich allein in meinem Zimmer oder im Walde war, mich auf eine mildere Rache denken. Wie er mir das Theuerste, was ich als Soldat besaß, genommen, so dachte ich ihm das Liebste, was er auf Erden hatte, zu nehmen, dann sollten wir quitt sein. Als ich nun um Bertha anhielt, wußte ich, daß ich abgewiesen werden würde, ich hoffte aber von der Zukunft und dachte, daß in der Ehe sich alles schon finden werde. Ich wandte mich an den Herrn Oberförster und bat um seine Vermittelung. Und als mir das Mädchen eines Morgens ihr Jawort gab, mir ihre Hand reichte und mir mit thränenden Augen versprach, mir ein treues Weib zu sein, da hatte ich eigentlich dem Wachtmeister vergeben. Eine Centnerlast fiel mir vom Herzen. Durch die Liebe zu meiner Braut, die zwar ernst aber freundlich zu mir war, kam ich zu ruhiger Ueberlegung. Ich bedachte, daß der Wachtmeister eigentlich nur seine Pflicht als Soldat gethan habe. Ich glaube, wir hätten können Freunde werden. Da trat ein Zufall ein, ein so furchtbarer Zufall, der alle bessere Gedanken über den Haufen stieß, der den alten Zorn, die alte Rache im furchtbarsten Maße wieder wach rief. Es kam der unselige Nachmittag des 2. Mai 1818. Ich hatte von meiner Braut schon Abschied genommen, um für die folgenden Tage nach hier zu den Terminen zu gehen. Zunächst ging ich nach einem Schlage, und da ich etwas vergessen, kehrte ich auf einen Augenblick nach dem Forsthause zurück. Vor dem Hause traf ich den Hund, der auf dem Wege war, nach dem Kruge zu laufen. Er sprang an mir in die Höhe, unter seinem breiten Halsbande schimmerte es weiß. Es war ein Stück Papier mit der Bestimmung eines Stelldichein für Montag Nacht an der Schöneiche. Ich sah, daß ich furchtbar verrathen war. Ich hatte nicht an die Liebe, aber an die Treue meiner verlobten Braut geglaubt und sah, daß ich hintergangen wurde. Es war ihre mir nur zu wohl bekannte Handschrift. Kaum meiner mächtig, mit wirren Gedanken im Kopfe drängte es mich zu einem furchtbaren Entschluß. Nicht er sollte zuerst sterben, sondern sie, das war erst für mich die wahre Rache. Ich entschloß mich kurz, sie mußte zum Stelldichein kommen, dort, beschloß ich, sollte sie sterben. Dann er. Ich schrieb mit verstellter Hand unter den Zettel: „Ich komme“, und verbarg das Billet unter dem Halsbande. Nach zehn Minuten ließ ich den Hund ungesehen in den Hof und entfernte mich schnell in den Wald. Ich hatte noch über 24 Stunden Zeit zum Ueberlegen. Aber die Stunden verflossen mir bald wie die Secunden, bald dünkten sie mir Jahre lang. Mein Entschluß stand fest, unwiderruflich fest. In der Nacht vom Montag zum Dienstag machte ich mich auf. Mein Schlafgenosse schlief fest. Ich lief über Stock und Stein quer durch den Wald, um zu rechter Zeit da zu sein. Ich kam noch zu früh. Vom Wachtmeister her schimmerte ein mattes Licht. Ich schlich mich über den Hof und sah zum Fenster hinein. Der Wachtmeister schlief bei einer kleinen Lampe in seinem Bette. Er schlief so ruhig. Das Fenster stand offen, und offenbar mir zum Hohne glänzte im Scheine der Lampe sein eisernes Kreuz mir entgegen. Der Rock hing dicht am Fenster. Die Wuth überkam mich, mit einem Rucke riß ich es ab und steckte es zu mir. Die Nacht war sternenhell, jenseit des Waldes ertönte ein dumpfer Donner. Da hörte ich es Mitternacht schlagen. Es war Zeit. Ich stolperte über etwas, es war ein Strang. Er war mir willkommen, vielleicht dachte ich in meinem wirren Geiste: vielleicht kannst du ihn brauchen.

„Ich schlich zur Schöneiche. Sie war schon da. Sie trat weinend mit den Worten: „Vergib mir!“ auf mich zu. Da prallte sie entsetzt zurück. Sie hatte mich für ihn gehalten. Mich aber faßte der Teufel der Wuth. Meine Hände krallten sich um ihren Hals, und ich drückte ihr die Kehle zu. Aber sie war stark, es kam zum Kampfe zwischen uns beiden. Das Gewitter war nahe gekommen, ihr Hilfegeschrei erstickte in dem Rollen des Donners. Da dachte ich des Stranges und warf ihn blitzschnell dem Mädchen um den Hals. Auch das half mir aber nicht, sie griff mit den Händen in den Strang. Vor Wuth meiner nicht mehr mächtig, griff ich nach meinem Jagdmesser und führte einen Stoß nach ihr. Mit einem einzigen kurzen Aufschrei stürzte sie zu Boden. Mich aber ergriff eine furchtbare Angst; ich floh den Weg zurück, den ich gekommen. Ueber mir stand der Himmel in Flammen, er leuchtete dem Mörder auf seinem Wege. Ich floh, floh über den Wald und über die Haide, gepeitscht von den Furien des Mordes. Da traf ein eiskalter Regen mein Gesicht und meine glühende Stirn. Ich war kaum eine und eine halbe Stunde gelaufen, da befand ich mich wieder in der Nähe von H. Wenn man mich im Eichhorn gesehen hätte, ich wäre verloren gewesen, der Mord mußte ja auf meinem Gesichte stehen. Ich faßte mich fest und war auf meiner Hut. Das Gewitter war längst vorüber, im Gasthofe schlief alles, ich schlich mich auf mein Zimmer und zu Bett. Ich habe die volle und reine Wahrheit gesagt, ich habe nichts verschwiegen und erwarte den Urtelspruch meiner Richter.“

Geschehen wie oben.

Weinreich entzog sich selbst der irdischen Gerechtigkeit. Der nächste Morgen fand ihn todt in seiner Zelle.

* * *

Das ist die Geschichte des Tappenkreuzes im Walde, das der greise Herr Oberförster errichten ließ aus den Resten der Schöneiche. Und wenn Du, freundlicher Leser, eines Tages an dem Kreuze vorbeigehst, so gedenke in Deinem Herzen des armen Wachtmeisters und seiner Bertha.

Vom Nil.

(Fortsetzung und Schluß.)

Kairo, 8. November.

Das neue Babel ist wieder das alte geworden; es ist seit einigen Tagen hier ein Zungensalat, aus dem man seine eigene Sprache kaum herausfindet. Die Völkerwanderung ist über uns hereingebrochen; es gibt in den modernen Quartieren keine Türken und keine Egypter mehr; unter jedem Fez steckt ein Türke von Wien, von Berlin, selbst in den arabischen Kaffeehäusern findet man falsche Egypter, die an den blassen Gesichtern erkennbar sind. Kommt da z. B. auf dem Perron der Fährlich ein dicker alter Herr mit großem weißen Bart daher, den Fez auf dem Kopf und den mahomedanischen Rosenkranz in der Hand — man hält ihn für irgend einen reichen Effendi oder für einen Pascha, der Erholung sucht; es ist aber kein Anderer als der Herr Müller aus Berlin, der Herr Huber aus

München oder der Herr Vorder- oder Hintermayer aus Wien.

Nichts erklärlicher, als daß der Khedive bei seiner großen Munificenz in eine „heidenmäßige“ Geldklemme gerathen. Was machen, wenn man, laut Vertrag in vier Jahren keine neue Anleihe contrahiren kann, gar nicht zu reden von dem Interdict der Hohen Pforte! Man verpfändet die bons du trésor, diese unseligen Papiere, die Egypten ins Elend gebracht. Und das ist jetzt geschehen.

Das Finanzministerium hat nämlich soeben mit der Société générale pour le développement de l'agriculture etc. en Egypte, an deren Spitze Emil de Girardin steht, einen Contract geschlossen, laut welchem dieselbe für diese Bons nach vier Wochen eine Summe von 68 Millionen gegen 12 Procent zu zahlen hat. Ein Extrazug brachte gestern den Unterhändler des Herrn Girardin nach Alexandrien, von wo er mit dem fälligen Dampfer nach Marseille ging, denn es brennt und die Zahlung hat Eile.

Gestern fand die Vorstellung von zweiunddreißig Repräsentanten des europäischen Handels beim Vicekönig durch Nubar Pascha statt. Vertreten waren die Handelskammern von Frankreich, England, Oesterreich, Norddeutschland, Schweden und Italien. Rußland fehlte. Von Nubar, um 11 Uhr empfangen, begann die Vorstellung um halb zwölf Uhr. Die ganze Wache im Schlosse trat unter das Gewehr. General Tonnat, ein Franzose und specieller Freund des Vicekönigs, führte das Wort. Der Vicekönig antwortete, es freue ihn, daß die Herren aus den entferntesten Ländern gekommen, um ihre Theilnahme einer Sache zu widmen, die allerdings der ganzen europäischen Industrie von hoher Bedeutung sein müsse. Er wisse wohl, fügte er hinzu, welche Gegner dieses Project noch habe und wie die Zweifel allerdings von maßgebender Seite kämen; er glaube jedoch, daß, wenn auch das Unternehmen wie alle anderen großen Werke seine Mängel habe, diese beseitigt werden würden; im Princip sei die Frage gelöst, man werde sich am besten selber hiervon überzeugen.

Wie ich schon in meinen vorigen Mittheilungen schrieb, sind es Frankreich, England und Italien durch ihre Faiseurs, die hier sich die lucrativsten amtlichen Stellungen und den persönlichen Einfluß bei dem Vicekönig zu verschaffen und zu erhalten wissen; England durch seine Kapitalien. Deutschlands Industrie und Gewerbefleiß blühen allerdings in Alexandrien, aber Deutschlands Ehrlichkeit versteht es nicht oder verschmäht es, den Egyptern so in Mark und Knochen hineinzudringen, ihnen beides auszusaugen, wie es namentlich Frankreich und Italien thun. Oesterreich bei seiner directen Seeverbindung mit Egypten hätte schon früher seine Aufmerksamkeit auf dieses Land der Zukunft richten müssen; ganze Fabricationszweige, in welchen Oesterreich jeder Concurrenz erfolgreich hätte die Spitze bieten können, sind hier den Engländern und Franzosen ausschließlich überlassen; beide Länder wissen ihre Fabrication hier in einer Weise zu repräsentiren, die den Egyptern nicht nur imponirt, sondern auch durch Kapitalien getragen wird.

Hier macht sich Niemand mehr ein Geheimniß daraus, daß der Canal, wie er augenblicklich da ist und trotz all den Arbeiten, die bisher noch Tag und Nacht fortgesetzt wurden, von gar keiner praktischen Bedeutung, daß er erst werden soll, werden kann, wenn das dazu nöthige Geld beschafft ist. Woher das nehmen, ist noch die Frage.

Indeß ist nach meiner Ueberzeugung dieser Canal eine Nebensache. Die Aufgabe, welche der Canal nicht löst, wird die Eisenbahn nach Ost-Asien lösen. Für Segelschiffe ist das Rothe Meer kein Wasser wegen seiner Stürme, der Tarif des Canales ist von einer so wahnsinnigen Höhe, daß er das Dreifache der bisherigen Transitkosten beträgt; wenn er also nicht leisten kann, was er für beinahe eine halbe Milliarde seiner Kosten leisten soll, so wird er, wie ich schon sagte, ein egyptischer Rinnstein sein, über dessen trostlose Zukunft die Locomotiven dahinfahren. Es handelt sich nur um die Straße nach Asien, und dies auch ist im Grunde nur der Gegenstand, über welchen die Handels-Repräsentanten Europas berathen können. Ein Canal ist kein Canal, wenn er nicht zu gebrauchen ist, wo aber ein Weg ist, da kann man Straßen bauen, und diesen hat man nach Ost-Asien gefunden, obgleich er schon seit Anbeginn da war.

Hans Wachenhusen.

Meteorologische Station Dürkheim a./H.

Witterungsbericht

über die Monate August, September und October 1869.

August. Die erste Hälfte des Monats trüb, feucht und stürmisch, die zweite Hälfte brachte hellere und freundlichere Tage, jedoch nur an 2 Tagen (27. und 24.) war der Himmel vollständig wolkenleer. Der Thermometerstand war ziemlich beständig, die mittlere Wärme des Monats betrug 14°,20, um 2°,42 weniger als im gleichen Monat vorigen Jahres, die höchste Temperatur war am 29. Mittags 22°,8, die niedrigste am 6. Morgens 7°,0. Der Barometerstand war namentlich in der zweiten Hälfte des Monats sehr hoch, der mittlere betrug 334‴,00, der höchste war am 24. Mittags 336‴,21, der niedrigste am 9. Abends 329‴,31. Die Regenmenge betrug 11,67 par. Linien, der mittlere Dunstdruck 5‴,60, die relative Feuchtigkeit in Proc. 57,97. Die mittlere Windrichtung war N.-W. Am 2. Morgens 1 Uhr Gewitter mit starkem Regen.

September. Dieser Monat brachte viele, oft sehr heftige Stürme, meistens aus S.-W., die häufig, wenn auch nur wenig Regen brachten. Denn obwohl es an 13 Tagen regnete, betrug doch die ganze Regenmenge nur 8,60 par. Linien. Die mittlere Temperatur war der im vorhergehenden Monate ziemlich gleich, sie betrug 14°,69, um 0°,31 weniger als im gleichen Monate des vorigen Jahres. Die höchste Wärme war am 10. Mittags 24°,8 und die niedrigste am 4. Morgens 3°,0. Der mittlere Barometerstand betrug 332‴,78, der höchste war am 21. Morgens 337‴,18, der niedrigste am 20. Abends 327‴,89. Der mittlere Dunstdruck 3‴,63, die relat. Feuchtigkeit in Proc. 56,15. Am 10. und 11. Gewitter, an 3 Tagen (4., 8. und 29.) vollständig wolkenleerer Himmel.

October. Ungewöhnlich rauh und kalt, namentlich in der 2. Hälfte des Monats. Am 27. kehrte mit Frost und Schneegestöber der Winter ein. Die mittlere Monatswärme betrug 6°,82, um 2°,18 weniger als im October 1868, die höchste Temperatur war am 13. Mittags 17°,7, die niedrigste am 29. Morgens — 2°,6. Der mittlere Barometerstand des Monats war 333‴,71, der höchste am 22. Abends 337‴,31, der niedrigste am 17. Morgens 327‴,71. Die Niederschläge aus Regen und Schnee betragen 14,1 par. Linien, der mittlere Dunstdruck 1‴,93, die relat. Feuchtigkeit in Proz. 46,09. Die mittlere Windrichtung war S.-W. Nur an einem Tage (11.) vollständig wolkenfreier Himmel. Am 31., Abends 3½ Uhr, wurde eine nicht unbedeutende Erderschütterung bemerkt.

Im Auftrage des Ausschusses der „Pollichia“:
Dr. Neumayer.

Miscellen.

München, 24. Nov. Mehrere Blätter, und darunter vorzugsweise der „Bayerische Kurier“, besprechen die kürzlich erschienene Flugschrift von Karl Förster, herzoglich sachsen-meiningischen Hofrath und Bilderrestaurateur, welche über die Restauration der Gemälde überhaupt sich verbreitet, vorzugsweise aber gegen das von Pettenkofer’sche Regenerationsverfahren und, wie es scheint, gegen die Besetzung der Central-Gemäldegalerie-Directorstelle gerichtet ist. Ohne in eine nähere Erörterung des letzteren Gegenstandes und der Stellung des Autors zu dieser Frage einzugehen, bemerken wir, daß die besagte Schrift eine gründliche und erschöpfende Erwiderung erhalten wird, welche, wie wir glauben, die Sachverständigen und das kunstliebende Publikum vollständig beruhigen kann. Zur vorläufigen Charakteristik der Flugschrift, welche von sachlichen Irrthümern wimmelt, diene der Aufschluß, daß jene zwölf Gemälde der Pinakothek, welche Herr Förster als Beleg für seine Behauptungen in Betreff der üblen Wirkungen des Regenerationsverfahrens speciell benennt, nie einem solchen Verfahren unterworfen worden sind.

Frankfurt, 24. Nov. Die Fr. J. schreibt: „Vorgestern Abend schickte ein hier wohnender Buchdrucker sein siebenjähriges Kind, einen schönen blondlockigen Knaben, fort, um Brod zu holen. Stunde auf Stunde verging, aber bald der Knabe zurückkam; endlich trat er in das Zimmer. Doch wer beschreibt den Schrecken der Eltern, als sie ihr Kind völlig entstellt wiedersahen; seine schönen, langen, blonden Haare waren ihm bis zur Wurzel abgeschnitten. Vater und Mutter stellten sofort Ermittelungen an und erfuhren von dem Knaben, daß er beim Vorübergehen in den Laden eines Friseurs gerufen und ihm hier das Haar abgeschnitten worden sei. Der Vater begab sich in das betreffende Geschäft und hier sagte man ihm in der größten Ruhe, daß der Gehülfe den Kopf des Knaben zu seinem Studium kahl geschoren habe und lachte den Mann noch obendrein aus. Die Sache wird vor dem Strafgericht zur Verhandlung kommen.“

Bremen, 19. Nov. Dieser Tage ist hier eine Probesendung australischen, frischen Fleisches eingetroffen und es soll der Versuch gemacht werden, dasselbe auch hier einzuführen. Australien besitzt bekanntlich einen unerschöpflichen Reichthum an Viehheerden, namentlich an Schafen. Diese wurden aber, so weit sie nicht zur Wollproduction dienten, nur zur Gewinnung von Talg geschlachtet, das Fleisch derselben ging völlig verloren. Neuerdings hat man vielfach versucht, den Heerdenreichthum auch zu Nahrungszwecken auszubeuten und das Fleisch nach Europa zu exportiren. Anfangs hatte man mit Vorurtheilen zu kämpfen, die jetzt aber beseitigt sind, denn die Etablissements, welche sich mit der Conservirung des Fleisches beschäftigen, sind in blühendem Betriebe und es entstehen neue ähnliche Etablissements. Das Verfahren, durch welches das Fleisch der oben erwähnten Sendung in rohem Zustande unverdorben nach Europa gebracht ist, ist ganz einfach folgendes: Das Schaf- oder Rindfleisch wird von seinen Knochen und Sehnen befreit, leicht gesalzen, aufgerollt und in Fässer verpackt, die dann vollständig mit geläutertem geschmolzenem Fett ausgegossen werden, so daß der Zutritt der Luft zu dem Fleische abgeschnitten ist. Wenn das Fleisch in den Gebrauch kommen soll, nimmt man es aus der Fettmasse heraus, taucht es fünf Minuten in kochendes Wasser, um den Talggeschmack zu vertreiben und umbindet es mit einem Faden, der das Fleisch während des Kochens zusammenhält. In der englischen Marine u. A. sind auf Anordnung der Admiralität Versuche gemacht, dieses so präservirte Fleisch statt gesalzenen oder in luftdichten Büchsen verpackten Fleisches zur Verproviantirung zu benutzen, und die Zeugnisse lauten nach Aussage der Mannschaften, namentlich in Betreff des Hammelfleisches, höchst günstig.

Ueber die österreichische Kaiserreise wird der Triester Ztg. geschrieben: „Freitag, 5. November. Wir fahren durch den Archipel auf St. Giorgio. Der Wind weht aus Südost, geht über Süd nach Südwest und ist ziemlich frisch, die See bewegt. Unter den Passagieren stellen sich die ersten Spuren der Seekrankheit ein. Die Tafel war während des Dejeuners und Diners schwach besetzt, die Seekrankheit übt ihre Wirkungen, Neptun fordert zahlreiche Opfer. Der Kaiser ist wohl und bei guter Laune. Er läßt der „Elisabeth“ signalisiren: „Welche Passagiere sind seekrank?“ „Elisabeth“ antwortet: „Der Reichskanzler und Hofmann.“ Se. Majestät telegraphirt an die „Elisabeth“: „Wärme Theilnahme den Kranken.“ Abends fragte Se. Majestät die „Elisabeth“ abermals telegraphisch: „Wie geht es den Patienten?“ Antwort: „Entsprechend.“ — Samstag, den 6. d.: Der Südwestwind ist aufgefrischt, der Seegang im Zunehmen begriffen. Unter den Passagieren herrscht Angst und Schrecken; die Seekrankheit mit allen ihren gräßlichen Folgen ist epidemisch aufgetreten und verschont weder Minister noch Hofräthe. Die Herren klagen über Schwindel; es fehlt ihnen der feste Boden. An der Tafel sitzen fast nur noch See-Offiziere. In früher Morgenstunde passirten wir Methone und das Land kommt gänzlich außer Sicht. Der Reichskanzler Beust hat trotz heftiger Seekrankheit seine gute Laune nicht verloren. In der neunten Morgenstunde läßt er (von der „Elisabeth“) an den Kaiser telegraphiren: „Caesar, morituri te salutant!“ (Kaiser, die Sterbenden begrüßen Dich!) Der Kaiser antwortete telegraphisch: „Requiescant in pace!“ (Sie mögen in Frieden ruhen!)“

Während andere Blätter Telegramme über das glückliche Gelingen des Suezcanals veröffentlichen, erhält die Times die folgende Depesche von ihrem Berichterstatter: „Alexandria, 20. Nov. Der P.- und O.-Dampfer „Delta“ hat den Suezcanal durchfahren und bei einem Tiefgang von 15½ Fuß mehrmals aufgestoßen. Der egyptische Dampfer „Fayoum“ strandete zehn Minuten lang. Das Schiff „Latiff“ fuhr auf und kehrte um; der Yacht „Mahroussah“ wurde nicht gestattet, weiter zu fahren als Ismailia; der Dampfer „Carbeth“ mußte seine Fahrt unterbrechen weil sein Anker sich mit der Schraube verwickelt hatte. Die Ufer sind arg beschädigt.“

(Preise der Büchsen und des Kriegszeugs i. J. 1566.) Am 9. März 1566 schrieb Kaiser Maximilian II. an den Rath zu Nürnberg, dieser möge ihm zur Ausrüstung seines Kriegsvolkes in Ungarn etliche Landsknechtsrüstungen, halbe Haken und Schützenhauben gegen baare Bezahlung zukommen lassen. Der Rath antwortete, von Harnischen sei nichts mehr vorhanden, dieselben seien bereits alle verkauft und verführt, aber Hanns Heuselder habe noch vorräthig: Item 440 lange Handrohre mit Feuerschlössern, eins sammt seiner Zugehörung um 4 fl.; Item 150 lange Rohr mit Schwammschlössern, eines um 2 Thlr., und dann 150 Schützenhauben, eine auch um 2 Thlr. Aus dem städtischen Zeughause könne der Kaiser haben: Item 120 Rück und Krebs mit Krägen und Sturmhauben, einen zu 8 fl.; Item 400 Rück und Krebs ohne Krägen, allein mit Sturmhauben, einen zu 6 fl.; Item 1000 Böhmische Rohr mit Schwammschlössern, eines zu 1½ fl.; Item 500 kurze halbe Haken mit Schwammschlössern, einen zu 1½ fl.; Item 800 spanische lange Rohr mit Schwammschlössern, eines zu 2 fl.; Item 80 Centner gutes frisches Schlangenpulver, jeden Centner um 18 fl.; Item noch 120 Centner gutes frisches Schlangenpulver, jeden Centner um 12 fl. (Anz. f. Kunde d. d. Vorzeit).

Redaction von Dr. Eugen Jäger. Druck der Jäger’schen Druckerei in Speyer.

Palatina.

Belletristisches Beiblatt zur Pfälzer Zeitung.

Nro. 143. Speyer, Dienstag, den 30. November 1869.

* Mannesadel.

Mit dem Strome fortzutreiben,
Das ist federleichte Kunst! —
Bei der Wahrheit fest zu bleiben,
Unbewegt von Haß und Gunst —
Das geziemt dem Mann, der nimmer
Für den Augenblick nur lebt,
Der vom hohlen Schein und Schimmer
Sich zum Ewigen erhebt.

Der da weiß, daß sich die Menge
An dem Neuen gern ergötzt,
Weil der Wahrheit heil'ge Strenge
Ihren leichten Sinn verletzt.
Der da weiß, daß nur gesundet
Unser Volk, wenn's Wahrheit hört,
Daß nicht heile was ihm mundet,
Und den Selbstbetrug nicht stört.

Wer sein wahres Heil zu gründen,
Nicht zu schmeicheln ihm begehrt,
Muß die Lüge überwinden,
Denn: „ihr seid das Salz der Erd."
Krön' ihn Lob, beschimpf' ihn Tadel, —
Fest bei Gottes Wahrheit stehn,
Das ist ächter Mannesadel,
Siegend noch im Untergehn!

Ch. Böhmer.

* Ein Geisterseher als Reisegesellschafter.*)

Novellistische Reiseskizze von August Becker.

Es sind nun sechzehn Jahre her, daß ich einmal wieder meine Heimath an den pfälzischen Vogesen verließ, um über Mannheim, Heidelberg, Stuttgart nach München zurück zu reisen. Die schönen Bergformen und grotesken Felsbildungen des Wasgau, sowie die weinreiche Haardt lagen hinter mir, auch das heitere Leben eines pfälzischen Weinherbstes. Speyer, die alte Todtenstadt des Reichs mit ihrem hohen Kaiserdom stack im dicken Rheinnebel, der weit und breit über der oberrheinischen Ebene lag und in den letzten Wochen die Trauben bis zu den Hängen der Haardt hinan vollends gereift hatte. Ueber den Kaisergräbern im Königschor und tief unterm Dom in der Crypta verweilte ich, hier vor dem alten ächten Grabsteine Rudolphs von Habsburg mit dem unverzeichneten Steinbild des Kaisers, — dann in der St. Afrakapelle, wo Heinrich IV. Leiche vier Jahre unbeerdigt im Kirchenbanne lag. Die Erinnerung hatte mich trüb gestimmt und ich floh mit derselben die altberühmte Stadt.

Während nun der Dampfwagen dem Rheinübergange bei Mannheim zuschnaubte, ward es mir immer mehr zu Gemüthe geführt, daß ich mich im Lande der Nibelungen oder „fränkischen Nebeljungen" befand, wie nach dem Liede des Mönchs Ekkehard Walther von Spanien vor dem Waskensteine die Helden Königs Gunther höhnend nannte. Lag doch Worms, die alte Königsstadt, nicht mehr weit rheinabwärts, — Odinheim, wo Siegfried erschlagen ward, in der Nähe, — Kloster Lorch, wo er begraben liegt, wenige Meilen fern. Die Nebel des Stromes, welche oft wochenlang die oberrheinische Ebene zwischen Odenwald und Haardt, Schwarzwald und Vogesen bedecken, hatten sich so sehr verdichtet, daß die modernen Gebäude gleichsam wie von ihnen verschlungen waren. Kaum daß ich noch den Bahnhof sah, als ich die Dielen der Schiffbrücke betrat.

Das pfälzische Altona für das gegenüber liegende Mannheim war damals noch nicht zehn Jahre alt, und dennoch hatte auch Ludwigshafen bereits das Schicksal aller pfälzischen Städte getheilt, durch Krieg, Brand und Zerstörung heimgesucht zu werden. Waren die älteren Schwesterstädte im dreißigjährigen und französischen Mordbrennerkriege eingeäschert worden, so brachte dem jungen Ludwigshafen das Jahr 1849 ein gleiches Loos durch das von Mannheim herüber unterhaltene Bombardement der Freischaaren. Aber die Spuren der Zerstörung waren bereits wieder getilgt und ein starker Verkehr von Wagen, Reitern und Fußgängern belebte die Schiffbrücke, über welche ich schritt.

Grau und trübe, wie der Nebel selbst, floß heute der gewaltige Strom da unten. Das freundliche Mannheim, das, wie Jedermann schon aus Hermann und Dorothea weiß, „gleich und heiter gebaut ist", lag gleichsam in den Schatten des Erebus hinter der stygischen Fluth. Diese aber schien sich endlos hinzudehnen, denn vom Ufer war nichts zu sehen und die Leute gingen da auf der Brücke scheinbar nur aus einer nebeligen Unendlichkeit in die andere.

Ich war damals noch jung und hoffnungsfreudig,

*) Der Nachdruck ist nicht gestattet.

aber der dicke Nebel lag drückend auf meinem Gemüthe. Gleichwohl empfand ich in meiner schwermüthigen Stimmung doch einen gewissen Stolz im Anblick der ossianischen [illegible], die Alles — Land, Strom und Stadt — wie ihn trüben Schleier hüllte. Von Mannheim sah ich auch da nicht viel, als ich die Stadt erreicht hatte und ungewiß, welchen Weg ich wählen solle, einen Augenblick da stand. Denn meinen Koffer hatte ich der Bahnpost übergeben und führte nur eine leichte Ledertasche bei mir, so daß ich mich frei bewegen konnte. Während ich nun so dastand und viele Leute an mir vorüberkamen, trat eine Männergestalt an mich heran und fragte in norddeutschem Dialekte nach dem Wege zur Kuhwiese. Nun wußte ich aber nichts von einer Kuhwiese und verwies den Fremden an eine Höckerfrau, die eben vorüber kam. Ich selbst aber schritt langsam weiter und vergaß bald die Begegnung.

Ich hatte mir vorgenommen, bei der diesmaligen Durchreise die Concordienkirche zu besuchen, den „Tempel der Vereinigung aller Confessionen“, den der Wiederhersteller der Pfalz nach dem dreißigjährigen Kriege, des Winterkönigs staatskluger Sohn, Kurfürst Karl Ludwig, über dem Grabe seiner geliebten Raugräfin erbauen ließ. Dem „deutschen Salomo“, der in einer zelotischen Zeit sogar den weisen Spinoza nach Heidelberg zu berufen unbefangen genug war, hatte ich von je ein besonderes Kämmerlein in meinem Herzen gewidmet. Trotz seiner Fehler und zeitweilig so despotischen Laune konnte er doch so sehr menschlich empfinden.

Von den Zinnen seiner Friedrichsburg zu Mannheim sah er mit blutendem Herzen die rauchenden Städte und Dörfer seiner Pfalz, denn Ludwig XIV. wollte ihn damit wegen seiner Anhänglichkeit an Kaiser und Reich strafen. Aber: „so lang ich noch ein schwarzes Brod habe, soll Gewalt mich nicht schrecken!“ sagte er, schickte seinen Trompeter hinaus an Türenne mit folgender Herausforderung: „Was Sie an meinem Lande verüben, kann unmöglich Befehl des allerchristlichsten Königs sein; ich muß es vielmehr als die Wirkung eines persönlichen Grolles gegen mich annehmen. Es ist aber unbillig, daß meine armen Unterthanen büßen, was Sie vielleicht gegen mich im Herzen haben können, darum mögen Sie Zeit, Ort und Waffen bestimmen, unseren Zwist abzuthun. Nicht aus romantischer Laune oder eitlem Stolze, eine abschlägige Antwort zu erhalten, fordere ich Euch, sondern weil ich jetzt nicht an der Spitze einer Armee, die Euch gewachsen, erscheinen kann und darum nur die Genugthuung durch meine eigene Hand vor Augen sehe.“ Marschall Türenne schlug in submissester Weise die edle Herausforderung des Kurfürsten aus, zog aber doch beschämt mit seinen Banden ab.

Mit solchen Erinnerungen hatte ich die Stadt betreten. Nun empfand ich aber sehr geringe Lust, bei diesem Nebel in ihren trostlosen Quadraten umher zu irren, und so wanderte ich am Schlosse vorüber geraden Wegs dem Bahnhof zu. Ich konnte dabei freilich nicht unterlassen, nach zwei Häusern in der Nähe der Jesuitenkirche und des Theaters emporzuschauen. In dem dritten Stock des einen verlebte Schiller harte Stunden am Fieber und auf der Flucht aus der Karlsschule; im andern erdolchte der unglückliche Sand den frivolen Kotzebue. Wenn ich rechts hinschaute, zog hinter den grauen Nebelschleiern fast geisterhaft und in unabsehbarer Länge der weite Schloßbau der pfälzer Kurfürsten hin, in welchem damals nach Napoleons [illegible], die verwittwete Großherzogin Stephanie von Baden, vereinsamt lebte. Still und öde lagen der Schloßplatz und der gewaltige Bau selbst, dessen theilweise Ruinen den trüben Eindruck noch vermehrten. Etwas Geheimnißvolles schwebt um das Schloß; flüsterte doch die Mitwelt jahrzehnte lang vom Kaspar Hauser und der kinderlosen Fürstin im Mannheimer Schlosse. Durch die langen öden Corridore weht es geisterhaft. — Die Ahnfrau schwebt über die Marmortreppe in die hohen Säle.

Ich war wieder stehen geblieben und stellte so meine stillen Betrachtungen an, als ein Mann aus dem Nebel heraus zu mir trat und mich mit scharfer Betonung dreist fragte:

„Stehen Sie mir bei, lieber Herr, und wollen Sie mir den kürzesten Weg nach der Kuhwiese zeigen.“

Wieder die Kuhwiese! Oder war es derselbe Fremde, der mich schon vorhin nach derselben gefragt? Die norddeutsche Aussprache und auch die Figur entsprach dieser Vermuthung. Die wiederholte Frage nach der mir völlig unbekannten Kuhwiese machte die Identität noch wahrscheinlicher.

„Ich bin selbst fremd hier“, erwiederte ich jetzt, indem ich mir den Mann genauer betrachtete. Ich konnte jedoch nichts weiter bemerken, als daß er seine hagere Gestalt von mittlerer Größe in einen Plaid bis über die Nase hinauf gewickelt hatte, während der Schild der Reisemütze den oberen Theil des Gesichtes beschattete.

„Es thut mir leid“, fuhr ich fort, „Ihnen nicht dienen zu können, da mir die Kuhwiese noch immer völlig unbekannt ist.“

Mit einer entschuldigenden Bemerkung wandte sich jetzt der Fremde von mir ab und einem älteren Manne zu, welcher des Weges kam. Dieser schien ein einheimischer zu sein und vermochte die Frage zu beantworten, wie ich an seinem Geberdespiel bemerken konnte, während ich weiter schritt. Den Bahnhof hinter dem Schloßgarten erreichte ich denn auch, ohne daß man sich weiter nach der Kuhwiese bei mir erkundigt hätte. Da der Abendzug nach Heidelberg erst in anderthalb Stunden abging, richtete ich mich in der Restauration nach Möglichkeit behaglich ein und vertiefte mich bei einer Tasse Kaffee in die Langeweile der Zeitungen. Bald jedoch hatte ich diese satt, rief den Kellner, um zu zahlen, und fragte nebenbei:

„Sie, Garçon, was ist denn mit der Kuhwiese?“

„Mit der Kuhwiese?“ fragte der Jüngling zurück und machte ein sehr einfältiges Gesicht.

„Nun ja, gehört sie nicht zu den Merkwürdigkeiten der Stadt?“

„Wüßte nicht,“ war die Antwort.

„Ist etwas Besonderes da zu sehen, hat sich einmal etwas da ereignet?“ fragte ich weiter.

„Im Herbst weideten früher die Kühe da und davon heißt sie Kuhwiese. Sonst kann ich mit nichts dienen, bin auch noch nicht lange hier.“

Nun stellte ich meine Erkundigungen ein, und da ich das Sitzen müde war, machte ich vom Bahnhof aus einen Spaziergang um die Stadt, nicht eben weit, nur bis zum Heidelberger Thore hin, um den Zug nicht zu versäumen. Der Abend brach herein, da ich so auf dem Straßendamm, der sich rings um die Gärten der Stadt zieht, dahin schlenderte, und der Nebel war noch nicht gewichen, sondern brütete auf einer weiten Wiese mir zur Linken die Nacht aus. Ich weiß nicht, was mich anwandelte, den Damm zu verlassen, der sich dort zum Theil in Anlagen verliert, zum andern Theil als belebte Straße durch die „Heidelberger Gärten“ abzweigt. Vielleicht zogen mich einige Herbstzeitlosen an, die blaßroth aus dem kurzen, thauigen Rasen leuchteten. Mit einigen Sprüngen abwärts stand ich unten im feuchten Grase der Wiesenniederung, mitten im Nebel, der dort so dick war, daß ich kaum drei Schritte vor mich hinsehen konnte und meinen Ueberrock fast völlig durchfeuchtete.

(Fortsetzung folgt.)

Die Bocche di Cattaro.*)

Land und Leute.

Mit den Bocche di Cattaro, den Felsenschlünden an der Südspitze Dalmatiens hatte Oesterreich im Jahre 1797 ein Territorium von 18 Quadratmeilen und über 40,000 Einwohnern übernommen. Bei der Organisirung im Jahre 1814 bildeten sie den fünften Kreis des Königreiches Dalmatien.

Schon vor der ersten Occupation 1797 hatten sich jene Deputirten der Bocche, welche für den Anschluß an Oesterreich thätig waren, darunter vor Allen Burovich und Voleri, bemüht, dem neuen Souverain ein geographisches und ethnographisches Bild des Landes zu geben. Ihnen folgten noch mehrere, darunter besonders der General-Adjutant des Erzherzogs Karl, Oberst Graf Crenneville, dessen Schilderung die eingehendste ist. Drei Städte waren es von jeher, in denen sich alle Geschichte und die Eigenthümlichkeiten des Landes concentrirten: Cattaro, Budua und Castelnuovo. Die Linie Castelnuovo-Budua liegt dem Meere zu, das für die Zufuhr der Lebensmittel in das gebirgige Innere des Landes von höchster Bedeutung ist.

Die Detailschilderungen haben uns ein ziemlich trauriges Bild dieser Städte hinterlassen, namentlich was ihren strategischen Werth betrifft. Zwar unternahmen es die bocchesischen Deputirten im Jahre 1797, den Zustand der Vertheidigungs-Anstalten und die sonstigen Verhältnisse mit rosigen Farben zu malen; aber die Darstellung des Grafen Crenneville im Jahre 1801 klingt weniger sanguinisch. Dieser findet zerfallene und zerbröckelnde Werke, schlecht situirte oder jämmerlich verwahrloste Kasernen — wie z. B. in Castelnuovo, in dessen Kaserne nur mehr zwei bewohnbare Gelasse zu finden waren — Ruinen von öffentlichen Gebäuden, ungesunde Lazarethe. Ein einziges Vertheidigungs-Object war in gutem Zustande, nämlich das 1¹/₂ Meilen von Castelnuovo entfernt liegende sogenannte spanische Fort, das mit seinen vier Thürmen, auf einer Höhe liegend, welche die Pläne von Morrine, Komeno und Zlicbi beherrscht, nach Crenneville's Ansicht von weniger als zweihundert Mann gehalten werden kann. Um diese Städte herum — und darin stimmen alle Schilderungen überein — lag wohlangebautes Land, namentlich das Thal um Cattaro, und die Ebene von Zupa. Diese ist 1—2 Meilen breit, der Länge nach von mühltreibenden Bächen durchzogen und galt als der Kornboden der Provinz. Bei Castelnuovo stand die Ebene von Cuti in gutem Rufe. Außer diesen Strichen konnten nur noch drei kleinere als solche genannt werden, die sich einer verhältnißmäßig guten Cultur erfreuten. Damit ist aber alles erschöpft. Die Grenzgebiete gegen die Herzegowina waren stets nur theilweise, die gegen Montenegro gar nicht cultivirt; selbst die besseren Ländereien waren nichts als dürre Wiesen, welche, wie Crenneville meint, mit einiger Pflege in Getreidefelder verwandelt werden könnten. Mit der Kartoffel machte man im Jahre 1801 die ersten Anbauversuche, aber erst nachdem der Erzbischof von Montenegro die Bocchesen darauf aufmerksam gemacht hatte. Schlimm wurde mit den Waldungen gehaust; man zog wenig Bauholz aus ihnen, und das Brennholz brachte ganz unzugeben. Die vielen Schafe und Ziegen, welche die Einwohner hielten, arbeiteten an dem Ruine des Holzes mit, und was man hätte verwerthen können, verdarb aus Mangel an Verkehrs- und Transportmitteln.

Die Aufzeichnungen Crenneville's über den Charakter dieser Nation sind noch schonend und mit Rücksicht auf die damaligen politischen Verhältnisse zurückhaltend; er wälzt die Schuld der ungeheueren Vernachlässigung der Bocchesen auf die frühere Regierung. Gleichwohl muß er gestehen, daß das Land ein Drittel mehr Menschen ernähren könnte, wenn diese Menschen dem Boden entgegenkommen wollten; daß die Bildung auf der niedrigsten Stufe stehe und selten Einer lesen kann; daß sie arbeitsscheu sind und daher für ihre leiblichen Bedürfnisse so schlecht sorgen, daß sie nicht wissen, was ein Bett ist. Selbst von der städtischen Bevölkerung, die in der Cultur um einen Grad höher steht, als das Landvolk, warnt Crenneville. Sie habe den Mund stets voll von ihren Privilegien und sei jeden Augenblick bereit, ihren Einfluß zum Nachtheile der Regierung geltend zu machen.

Entschiedener urtheilen spätere Beobachter, wie z. B. der Oberst Baron Lay, der die Bocchesen geradezu diebisch und räuberisch nennt. Die äußerste Rohheit der Sitten, dazu die Blutrache und abergläubische Vorurtheile geben stete Veranlassung zu Raub und Mord unter sich, und selbst die friedlichen Bewohner der angrenzenden türkischen Gebiete empfinden

---

*) „Neue Freie Presse“.

die Ausschreitungen dieses barbarischen Volkes. Graf Goëß, der im Jahre 1814 wegen seiner Kenntniß des Landes zu den Berathungen über dessen Organisirung gezogen ward, verlangt ausdrücklich wegen der Eigenschaften der Bewohner und aus Sicherheitsrücksichten eine militärische Verwaltung der Provinz. Er gibt zu, daß die Bocchesen an Muth und Entschlossenheit, besonders als Seefahrer alle anderen Nationen Dalmatiens übertreffen, bemerkt aber zugleich, daß sie an Kunst und Rechtlichkeit hinter ihnen zurückstehen.

In der That, nur auf dem Meere konnten diese Menschen es zu einiger Bedeutung bringen, insoweit wenigstens, daß sie ihre physische Existenz sicherten. In ihrer Schiffahrt concentrirt sich ihre Industrie, und der Küstenstrich von Cattaro bis Castelnuovo sah in Folge dessen leidlich cultivirte, wohlhabende Menschen. Aber die bocchesischen Schiffe waren nur die Zwischenhändler der benachbarten Gebiete, zumal der Türken im Archipel. Dieser Handel wurde durch patentirte Capitäne betrieben.

Ein einziges Moment konnte in den Bocche den Schimmer eines activen Handels herstellen, und das war der lebhafte Transport ihres Hauptproductes, des Oeles, und vieler anderer Artikel, die aus Bosnien und Montenegro bezogen wurden, und zwar von eingesalzenem Hammelfleisch, rohen Häuten, Wachs, Honig, Käse, Ochsen, Schweinen und Wolle.

Aber auch diese Anfänge an Verkehr und Handel wurden mannichfach getrübt. So trat z. B. in Castelnuovo, das einen ziemlich lebhaften Handel mit der Herzegowina auf dem Wege von Marine über Trebinje unterhielt, eine monopolistische Speculation herrschend auf. Es war nämlich durch die längste Zeit den fremden Handelsleuten gestattet, mit ihren Karawanen bis vor die Thore der Stadt zu kommen und mit den dortigen Kaufleuten zu verkehren. Mit Einemmale mußten sie an der Grenze auf dem Wege von Lepetich Halt machen. Die Leute von Castelnuovo, welche außerhalb der Stadt keine Etablissements hatten, um ihre Waaren sicher niederzulegen, mußten nun auf den Verkehr mit den Fremden verzichten, und dies lag ganz im Sinne einiger Speculanten, welchen diese Maßregel zur ausschließlichen Beherrschung des Marktes verhalf. Im Jahre 1801 ward ein gewisser Jancovich als Haupt dieses Alleinhandels genannt; man vermuthete aber, daß dies nur ein vorgeschobener Name und die Seele des Ganzen jener Conte Burovich sei, der in der politischen und socialen Geschichte der Bocche damals eine Rolle spielte.

Miscellen.

Paris, 27. Nov. Die Leiche des Johann Kinck ist endlich aufgefunden; sie wird nach Paris gebracht und Troppmann soll mit ihr confrontirt werden. Die Leiche ist nämlich nicht so sehr in Verwesung übergegangen, als man Anfangs geglaubt.

Sie wurde entsprechend der Angabe Troppmann's in der Nähe der Ruinen des Schlosses Herrenfluh in einem Loche gefunden, welches von einer ausgegrabenen Eiche herrührte. Troppmann hatte sie dort hineingeworfen und dann mit Sand und Blättern zugedeckt. Die Leiche war schwarzgrün gefärbt. Der Kopf befand sich zwischen den Beinen. Dicht neben dem Loche befand sich die Brille und der Tabaksbeutel Kinck's. Das Loch lag nur ungefähr 24 Fuß von einem Fahrwege entfernt. Wie die polizeilichen Berichte besagen, trägt die Leiche keine Verwundung; nach Privatmeldungen ist dies aber nicht der Fall, sondern sie hat eine tiefe Wunde im Genick, eine andere in der Brust. Die chemische Untersuchung, welche in Paris stattfinden soll, wird jedenfalls herausstellen, ob es wahr ist, daß Troppmann Kinck mit Blausäure vergiftet hat. Nachdem die Justizbehörden an der Leiche die nöthigen Formalitäten erfüllt, trug man dieselbe fort.

Bis jetzt hat man dem Mörder noch nicht mitgetheilt, daß man den Vater Kinck aufgefunden hat. Es scheint, daß man ihn demselben plötzlich gegenüber stellen will. Die Geständnisse, welche Troppmann bis jetzt gemacht hat, sollen ziemlich weitgehend sein. Es ist der Advocat Lachaud, sein Vertheidiger, der ihn bestimmte, mit der Wahrheit hervorzutreten. Zu Lachaud soll er geäußert haben, daß er zwei Mitschuldige habe. Dies ist bis jetzt aber noch keineswegs verbürgt. Wie es scheint, hat er jetzt zugestanden, daß er die ganze Familie Kinck umgebracht. Er bleibt aber dabei, daß der Vater Kinck sich mit ihm verständigt hatte, falsches Geld zu machen, und daß Gustav Kinck, der älteste Sohn, sich der 5000 Franken, die in Gebweiler auf der Post lagen, hätte bemächtigen wollen. Aus den Geständnissen, welche Troppmann gemacht hat, ist noch Folgendes hervorzuheben: Troppmann hat die Blausäure, die er in den Wein gemischt, welchen er Kinck im Walde zu trinken gab, selbst fabricirt. Gustav Kinck tödtete er zwei Tage vor der Mutter und den übrigen Kindern. Er führte denselben nach dem Hôtel du Chemin de fer du Nord (zu Paris) und ließ ihn an seine Mutter schreiben, nach Paris zu kommen, da ihr Mann ein kleines Haus in Pantin gekauft habe. Diese Fabel benutzte er auch, um Gustav Kinck nach Pantin zu locken. Sie kamen mit dem Omnibus dort an. Als sie den sogenannten „grünen Weg" entlang gingen, stieß Troppmann Gustav plötzlich ein Messer in die Kehle. Er hatte dieses in einer Restauration weggenommen. Vorher hatte er auf dem Felde eine Hacke und eine Schippe vergraben. Nachdem er die Grube für Gustav zurecht gemacht, scharrte er die Uebrigen wieder ein. Er will bei dieser Arbeit ganz ruhig gewesen sein, da er gewußt, daß nach 10 Uhr Abends dort Niemand mehr vorbeikomme. Mit seinen übrigen Opfern verfuhr er auf die nämliche Weise. Die Schippe und die Hacke, welche er am 19., am Tage, wo er die Mordthaten beging, gekauft, hatte er auch vorher auf dem Felde eingescharrt. Er führte zuerst die Mutter und die beiden jüngsten Kinder nach dem Felde. Dort angekommen, stürzte er sich über die Mutter her und ermordete erst die beiden Kinder, als die Mutter bereits schwer verwundet zu Boden lag, darauf tödtete er die Mutter. Er ließ die drei Leichen auf dem Felde liegen, um die anderen Kinder herbeizuholen. Im Wagen bereitete er die Mittel vor, um dieselben zu erdrosseln. Er erinnert sich nicht, daß er denselben auch Messerstiche beigebracht hat, was beweisen würde, daß er in diesem Augenblick gänzlich den Kopf verloren hatte. Er ging dann an das Graben, wozu er drei Viertelstunden gebraucht haben will. Nach der That las Troppmann die Journale sehr eifrig, um zu erfahren, ob man auf seiner Spur sei. Troppmann behauptet ferner, daß er zuerst nicht die ganze Familie habe ermorden wollen. Seine Absicht sei nur gewesen, sich der 1500 Franken zu bemächtigen, welche Kinck Vater bei sich gehabt, und der 5000, welche Frau Kinck aus der Bank von Roubaix geholt hatte. Da die Familie aber gewußt, daß er mit dem Vater im Elsaß sei, so habe er zu seiner Sicherheit die Zeugen beseitigen wollen, die ihn hätten verklagen können.

Redaction von Dr. Eugen Jäger. Druck der Jäger'schen Druckerei in Speyer.

Palatina.

Belletristisches Beiblatt zur Pfälzer Zeitung.

Nro. 144. Speyer, Donnerstag, den 2. December 1869.

* Ein Geisterseher als Reisegesellschafter.

Novellistische Reiseskizze von August Becker.

(Fortsetzung.)

„Hier war es!" sagte Jemand neben mir, so daß ich fast über die laute Stimme erschrack, während ich doch Niemanden zu erblicken vermochte.

„Also hier!" erwiderte eine zweite Männerstimme leise.

„Ja, hier stand das Gerüst", fuhr der Erstere fort, „und das Volk ringsum in Todesangst. Endlich kam der Zug, — es war in der Frühe des 20. Mai 1820, — ich denke meine Lebtage daran. Vier Wagen von Dragonern begleitet, fuhren von der Stadt her in die lange Gasse hinein, welche von Soldaten gebildet wurde und rings um das Gerüst standen sie mit aufgepflanzten Bajonetten. Aber damals sah Alles nach dem ersten Wagen, denn auf diesem saß der alte Wittmann von Heidelberg und hatte einen schönen bleichen Jüngling im Arme, dem das lange dunkle Haar um das edle Gesicht wallte. Das war er. Mit freundlich wehmüthigem Gruße sah er auf das Volk herab, und das Volk weinte!"

Dem Manne, der so erzählte, zitterte die Stimme, — ich konnte es deutlich vernehmen. Er stockte und machte eine Pause. Ich aber vermochte jetzt wenige Schritte von mir im dichten Nebel zwei schemenhafte Gestalten zu gewahren, von welchen kaum die Umrisse zu bemerken waren, so daß ihre Figuren fast nur eine Verdichtung des Nebels schienen. Nach einer unwillkürlichen Pause fuhr der Erzähler in seinem Berichte weiter:

„Ja, es ist schon eine alte Geschichte und wenig Leute denken mehr an sie, denn es ist seitdem — vor Kurzem — Blut genug geflossen wegen ähnlicher Dinge. Aber damals sahen wir Jungen uns nur immer nach den Heidelberger Studenten um, die in Masse kommen wollten, — aber wir konnten nur da oder dort einen unter der Menge bemerken, und wir warteten vergeblich auf das Zeichen, wo wir Jungen zur Befreiung des Verurtheilten herbei laufen wollten. Da hatte der arme bleiche junge Mann schon das Gerüst bestiegen, und sie lasen ihm sein Todesurtheil vor. Das hatte er ruhig angehört, setzte sich auf den Armensünderstuhl, und der alte Heidelberger Scharfrichter neben ihm zitterte wie ein Kind. Nochmals erhob sich der leichenblasse Jüngling, sah sich in der schönen Maiennatur zum letzten Male um, reckte die Hand auf und seufzte: „Gott, Du hast mich in Gnaden angenommen!" Alles Volk aber wartete in Todesbangigkeit auf einen lauten Gnadenruf, während der alte Wittmann, bleicher als sein Opfer, das breite Schwert prüfte und bei sich gelobte, den besten Streich zu führen, um den Leiden des ihm liebgewordenen Jünglings ein rasches Ende zu machen. Da schlugen die Glocken von der Stadt her halb sechs Uhr. Kein Gnadenruf, ein Schreckensschrei erscholl. Das Schwert blitzte in der Faust des alten Wittmann, und das schöne jugendliche Haupt sank vornüber auf die Brust herab. Der alte Wittmann hatte zum ersten Mal fehlgehauen. Aber nochmals sauste das Schwert, und jetzt erst rollte das Haupt vom Rumpfe. Der alte Wittmann stand bebend vor seiner Arbeit, und hat seitdem keine frohe Stunde mehr gehabt. Das Volk aber stob in ohnmächtigem Racheschmerz aus einander und sang noch lange nachher zur Erinnerung dieses Tages in allen Kunkelstuben am Oberrhein: „Ach, sie naht, die bange Stunde!"

„Und der Reiter, der vom Richtplatz davongeritten?" fragte jetzt die andere Stimme, dieselbe, die mich nach der Kuhwiese gefragt hatte.

„Von dem weiß ich nichts, denn ich ging wie taumelnd hinweg, sobald der Streich gefallen war", erwiderte der Berichterstatter. „Den alten Wittmann habe ich später noch öfter in Heidelberg gesehen. Er war melancholisch geworden."

Nun war es wieder still geworden auf der Wiese. Die Nacht war auch schon da, und so ging ich unbemerkt im feuchten Grase hinweg, wie ich gekommen. Aber ich nahm doch einen tiefen Eindruck von der Scene mit.

Als ich in die Bahnhofrestauration zurück gelangte, dauerte es noch etwa eine halbe Stunde, bis der Abendzug nach Heidelberg abging. In der alten Pfalzgrafen- und Studentenstadt wollte ich die Nacht zubringen. Als die Lichter und Gaslampen des Bahnhofs vorbeigehuscht waren und der Zug draußen im nebeligen Felde rollte, betrachtete nur noch ein schwaches Lämpchen an der Decke des Wagens das Innere desselben, das sich eben nicht sonderlich von dem Innern anderer Eisenbahnwaggons derselben Klasse unterschied. Da saßen die Passagiere oder lagen in den Ecken, wie sie der Zufall zusammen zu würfeln pflegt: einige Studenten, die nach der Universität gingen, ein ungemischter Weinreisender, ein besjvenirter Offizier in Civil, alle mehr oder weniger in ihre Ueberröcke gehüllt. Mir schräg gegenüber saß tief in die Ecke gedrückt ein Herr mit einem Plaid, den er öfter fest an sich zog; denn mehrmals durchschüttelte es ihn wie im Fieber, aber außer häufigem Hüsteln gab er keinen anderen Laut von sich.

Die Nebelscene vor dem Heidelberger Thore lag mir noch schwer auf dem Gemüthe, und ich nahm so wenig als der in der Ecke Theil an dem Gespräch im Wagen, das sich bei Gelegenheit des Anzündens der Cigarren entsponnen hatte, und von dem Weinreisenden lebhaft geführt wurde. Mir wollte es dabei bedünken, der Mann im Plaid müsse der Fremde sein, welcher mich in Mannheim zwei Mal nach der Kuhwiese gefragt hatte. Aber das einzige untrügliche Erkennungszeichen, seine Stimme, ließ sich nicht vernehmen. Ich hatte dem Manne bei der zweimaligen Begegnung keine besondere Aufmerksamkeit geschenkt, der dicke Nebel hatte seine Persönlichkeit dabei meinen Augen rasch wieder entzogen, und jetzt, wo mich seine Person nach der Scene auf der Kuhwiese etwas mehr interessirte, vermochte ich bei dem schwachen, ungewissen Dämmerlichte der Wagenlampe seine Physiognomie um so weniger genau zu betrachten, als er fortwährend im Schatten der Wagenecke verweilte, und sein Kopf nur dann zu unterscheiden war, wenn sein Nachbar sich wendete und ein schwacher Lichtstrahl in die Ecke fiel.

Bei einer derartigen Gelegenheit, wo der Fremde sich aus seiner halb liegenden Stellung etwas erhob, um seinen schauernden Körper tiefer in den Plaid zu hüllen, kam sein Kopf für einen Augenblick in den vollen Lichtstrahl der Lampe, so daß ich ein blasses mageres Gesicht mit einer stark vorspringenden, an der Spitze gerötheten Nase sah und noch unterscheiden konnte, daß auch die Parthie um die Augen geröthet schien, besonders an der Stelle, wo alte Schauspielerinnen die Schminke dick aufzutragen pflegen. Darauf beschränkten sich meine Beobachtungen, da der Unbekannte sich wieder rasch in die dunkle Ecke zurückgelehnt hatte.

Inzwischen war das Gespräch im Wagen allmählig in's Stocken gerathen, und trotz der Bemühungen des Weinreisenden, die Unterhaltung wieder an- und fortzuspinnen, zuletzt gänzlich verstummt. Die Köpfe lagen rückwärts auf den Polstern, rauchend oder schlafend, oder Beides zugleich. Der in der Ecke, welcher nicht rauchte, hatte sich in seinem Plaid fast völlig unsichtbar gemacht und hüstelte nur manchmal aus dem mysteriösen Dunkel seiner Umgebung hervor. Ich selbst überließ mich beim Wegfall besserer Unterhaltung alter Gewohnheit gemäß den historischen Erinnerungen, zu welchen die Umgegend der Bahn anregte, so wenig auch bei Nacht und Nebel von der Landschaft zu sehen war.

Lag doch da drüben am Neckar das Dorf Edingen, wo jener Wiederhersteller der Pfalz, Kurfürst Karl Ludwig, auf der Reise von Mannheim nach Heidelberg sein vielbewegtes Leben aushauchte in einem Bauernhause und — echt pfälzisch — in einer Rebenlaube und im Schatten eines Nußbaumes. So starben und so stritten die Pfälzer, indem sie Nußlaub auf die Sturmhauben steckten. War es doch gerade hier auf dem Felde von Seckenheim, durch das der Zug brauste, wo vor vierhundert Jahren Friedrich der Sieghafte von der Pfalz, den seine Feinde den bösen Fritz nannten, eine seiner herrlichen Schlachten schlug. Der Papst hatte den siegreichen Pfalzgrafen in den Bann gethan, der Kaiser denselben in die Reichsacht erklärt. Sengend und brennend kamen die Vollstrecker der Acht daher, die Bischöfe von Speyer und Metz, die Fürsten von Baden und Württemberg. Ihre Reisigen banden Aeste an die Schwänze der Pferde, um beim Durchreiten der Fruchtfelder den Schaden noch größer zu machen; jetzt wollten sie gen Heidelberg, um die Weinberge daselbst zu zertreten, denn sie glaubten den Kurfürsten außer Land. Der aber war ihnen schon auf der Ferse und drängte sie zwischen Rhein und Neckar zur Schlacht. Friedrich hatte seine Pfälzer Bauern und Bürger zusammengerafft, die nun racheglühend, wenn auch zum ersten Mal in Waffen, als Fußvolk dem Feinde gegenüberstanden. „Wehrt euch als fromme Leute!“ rief ihnen der Pfalzgraf zu, und: „Lieber Herr, wir wollen allesammt Leib und Leben mit Euch wagen und mit Euch sterben und genesen!“ war ihre Antwort. Mit Nußlaub schmückten sie ihre Sturmhauben, dann ging's an den Feind. Anfangs wichen die Pfälzer Reiter und Ritter, — Bürger und Bauern aber standen fest, drangen unaufhaltsam mit dem übrigen Fußvolk in den Feind, stachen die Rosse mit den langen Spießen nieder, stürzten Alles über'n Haufen, daß wilde Flucht begann. Es war für die Feinde zu spät, — sterben oder ergeben mußten sich selbst deren Fürsten und wurden gefangen zu jenem Gastmahl nach Heidelberg geführt, wo bei allem Ueberfluß das Brod fehlte und Kurfürst Friedrich, als sich die Herren darüber beklagten, auf die zerstörten Felder seiner Unterthanen wies. Auf der Stelle der Schlacht aber wurde unter Kurfürst Karl Ludwig das Dorf Friedrichsfeld von vertriebenen Hugenotten erbaut.

(Fortsetzung folgt.)

Vom Nil.

Port-Said, 16. November.

Am 12. Morgens verließ der Handelscongreß, bestehend aus hervorragenden Handelsmännern der verschiedenen europäischen Staaten, mit der Eisenbahn die Khedivenstadt. Die Liebenswürdigkeit und Aufmerksamkeit, mit der hier in Allem für die Gäste gesorgt wird, bereitete uns auch ein Frühstück in Zagazich vor, die einzige Collation, die uns auf dem Wege durch die Wüste erwarten konnte. Die Eisenbahn von Kairo nach Zagazig führt durch die üppigsten Felder, unterbrochen von arabischen Dörfern, von Palmen und Akazien-Hainen, die sich poetisch auf beiden Seiten der weiten Ebene gruppirten und zum Theile noch aus der Wasserfläche der Nil-Ueberschwemmung hervortraten. Ganze Gesellschaften von Kuhreihern hatten sich in den Feldern versammelt, der Geier zog seine weiten Kreise in der blauen Luft, der Fellah arbeitete bis an die Knie im Wasser stehend, lustig trabten ganze Eselheerden an dem Feldwege längs der Bahn daher, langsam und bedächtig schritten die Kameele neben uns dahin. Ueberall dasselbe Gepräge der Landschaft bis Zagazig, wo die ersten Fabriksschornsteine sich als die äußersten Schildwachen der Industrie unter die Minarets und die Palmen mischten. Im Bahnhofe von Zagazig wurde das Frühstück eingenommen; denn uns stand der Wüstenritt mit dem Dampfroß nach Ismailia bevor, und zieht sich auch der „Tell", das bebauterе Land, in einer schmalen Zunge bis auf die Hälfte der Strecke zum Canale hin, so war doch vor Suez auf keinerlei Erfrischung zu hoffen, und Suez sollte erst um 5 oder 6 Uhr Abends erreicht werden. Den Tell entlang kamen wir in das Land Gessen, von dem die Bibel erzählt. Nichts als Wüste, rings umher Sand, ewiger, todter Sand. Die Hitze war erschlaffend und selbst der Süßwassercanal, der uns so lange begleitet, hatte uns verlassen. Erst gegen den Canal hin erschienen die Spuren künstlicher Vegetationen. Man hatte die Niederung unter Wasser gesetzt und mit Tamarisken eine Anpflanzung versucht, die allerdings gedieh, wie kümmerlich sie einstweilen auch aussah. Die Sonne hatte den Zenith bereits verlassen, als uns ein Zeltlager begegnete. In Gruppen mitten in der Sonne lagen die Soldaten in ihren sauberen Costümen. Wer die türkischen Jäger kennt, wird sich doppelt überrascht fühlen durch die Sauberkeit, welche in dem egyptischen Militär herrscht. Mit diesem Lager zugleich tauchte links von uns Ismailia auf, eine Barakenstadt im Wüstensande. Alles fieberhafte Thätigkeit, um diese aus dem Sande geborene Niederlassung in festliches Gewand zu werfen. Alles Volk aus der ganzen Welt war hier zusammengelaufen; sie redeten aller Welt Sprachen, trugen aller Welt Trachten und machten einen Höllenlärm, in welchem sich, wie immer, die Araber auszeichneten. Zelt an Zelt, Barake an Barake, Schnapsbude an Schnapsbude, mit französischen und italienischen Aufschriften. Und Alles im tiefen Flugsande umherwatend, Alles schaffend in der Sonnengluth! Man sieht, was der Wille kann! Vor uns wurden die Frontien für das während der Festlichkeit abzubrennende Feuerwerk errichtet, und Tausende von Lampen wurden angenagelt, allerlei orientalischer Luxus gepinselt und tapezirt.

Unser Weg ging am Canal entlang. Die Bitterseen hoben sich mit ihrem dunklen Blau aus der Steppe. Hie und da sahen wir über die Böschungen einen Streifen vom Canale selbst; an der Stelle des Serapeum lagen auf den Böschungen die Steinbrocken, die man aus den alten Substructionen der Ruinen herausgesprengt; an einzelnen Stellen ragten die Blockhäuser der Canalarbeiter über die Sandhügel hervor — sonst ewiges Einerlei, bis endlich die Quarantaine und die Bucht von Suez vor uns auftauchten. Etwa um 4 Uhr erreichten wir den Bahnhof, wo der Agent der Canalgesellschaft uns empfing und in das Hotel geleitete. Auch hier noch keine Muße, sich vom Staube zu reinigen, denn am Kai lag schon ein kleiner Dampfer bereit, auf welchem die Handels-Deputation zu den Hafenarbeiten hinausfahren sollte.

Das größte Interesse am Hafen von Suez nimmt das Dock in Anspruch, das dem größten Kriegsschiffe genügenden Raum gewährt. Auch hier im Hafen dieselbe unermüdliche Thätigkeit. Der Vicekönig scheint Suez zu einem Hafen ersten Ranges erheben zu wollen. Die Fahrt ging hin und zurück an der Mündung des Canals vorüber. Beim wunderbarsten Abendlichte, das violette Tinten auf die schroffen Ausläufer des Attaka-Gebirges warf, während die asiatische Seite mit ihren Höhen in eine goldene Gaze gehüllt war, landeten wir wieder vor dem Hotel.

Am nächsten Morgen, am 13., lag um 8 Uhr ein englischer Hafendampfer, der „Prompt", zu unserer Disposition am Kai. Die Morgensonne warf ihre rosigen Lichter über die Bucht, fernhin die Moses-Quelle und die Höhen zum Sinai vergoldend; die Schaufeln des Radkastens griffen in das saphirfarbene Wasser und wühlten Millionen glitzernde Perlen auf. Einige Bojen bezeichneten vor der Mündung des Canals das Fahrwasser. Der Dampfer arbeitete sich zwischen den unfertigen Böschungen in die Bucht hinein, und hier entfaltete sich gleich zu Anfang das ganze Ameisenleben der Arbeiter. Nicht das Werk selbst, nicht der Canal ist es, der zur Bewunderung zwingt, denn todt wie seine Ufer sind, gleicht er einer großartigen Rinne, hat er nichts, was dem Auge zu schmeicheln vermöchte. Aber die Arbeit, die rohe, riesenhafte Arbeit, die vor unseren Augen noch geschaffen ward, der Gedanke, wie ein Spatenstich nach dem anderen unter unendlichen Mühen die Sache vollendet, diese Vorstellung ist eine überwältigende. Dort an jener Stelle, wo die Baraken sich erheben, wo zu beiden Seiten die Schaufeln noch thätig sind, geschah an dieser Seite des Canals der erste Spatenstich — wie viel Mühsal hat es bis zum letzten gekostet, der noch lange nicht gethan sein wird; den halben Canal würde man füllen können mit dem Schweiße, der um ihn vergossen worden ist.

An zehntausend Arbeiter sind noch heute beschäftigt, sagt man mir; Deutsche, Oesterreicher, namentlich Dalmatiner, Franzosen, Italiener, Griechen und Araber, eine babylonische Arbeitsgesellschaft, schaffen hier vereint, und sie verstehen sich Alle, denn über Allen schwebt das Commando der Ingenieure. Diesen und den Arbeitern also gehört das Verdienst um die großartigen Schöpfungen der sogenannten Quarantaine, der Hafendämme und der um das Trockendock geschaffenen Aufschüttungen, die den der Rhede zunächst gelegenen Stadttheil von Suez zu bilden bestimmt sind. Die vorhandenen Kaimauern sind eine Art Trockenbau, ausgeführt von den Vinodoler oder Küsten-Croaten, die eigens aus Oesterreich herbeigezogen wurden und in der Solidität ihrer Arbeiten ein gutes Zeugniß zurückgelassen haben. Eben jetzt, in dieser letzten Stunde, wo der Canal seine Festtags-Toilette machen soll, waren Alle mit Sicherheit an der Arbeit; einem Ameisenhaufen ähnlich wirkten sie an den Abhängen der hohen Böschungen, bis an die Kniee im Wasser stehend. Erstaunt blickte Alles auf unseren Dampfer herab, die Ingenieure in ihrem blauen Cattun-Anzug mit dem großen pilzartigen Sommerhut auf dem Kopfe, die Arbeiter, gestützt auf ihre Spaten; selbst aus den Baraken lief die ganze Wirthschaft zusammen.

(Fortsetzung folgt.)

Statistisches.

Die Volkswirthschaft, welche eine Zeit lang ganz in dem engen Kreise der Production und der Consumtion aufzugehen zu wollen schien, erweitert sich immer mehr zu einer allgemeinen Wissenschaft von der menschlichen Gesellschaft. Von Tag zu Tag wird klarer, daß sie nur auf socialem Boden eine Weiterentwickelung finden kann, wenn sie nicht in die Sackgasse des bloßen Genusses sich festfahren und der Menschheit mehr Unheil als Nutzen bringen will. Je mehr aber die Nationalökonomie sich von jenem engen Bande frei macht und die weiten Gewässer der Socialwissenschaft hinaus einlenkt, desto nothwendiger wird es ihr, sich nach einer Gehilfin umzusehen, welche ihr nicht blos leitend und belehrend zur Seite steht, sondern auch immer wieder von neuem ihren Spuren nachfolgt und die Richtigkeit der ausgesprochenen Ansichten und vorgeschlagenen Maßregeln prüft. Diese Bundesgenossin ist die noch verhältnißmäßig junge Wissenschaft der Statistik.

Sie ist die in Zahlen redende Controle der administrativen Handlungen, indem sie Rechenschaft ablegt über die von der Verwaltung direct oder indirect hervorgerufenen Thatsachen. Sind jene Handlungen lediglich der Ausfluß der Gesetze, so ist die Statistik also zugleich der Prüfstein der Gesetze selbst. In England und Belgien wie in den vereinigten Staaten von Nordamerika wird dieser Grundsatz so sehr anerkannt, daß niemals ein neues Gesetz erlassen wird, ehe die Statistik die älteren Zustände als schädlich und unhaltbar erwiesen hat, und auch die laufende Verwaltung wird von ihr auf Schritt und Tritt begleitet. Ihre Forschungen, jede Falte des socialen Lebens bloß legend, gelangen vor das Parlament und als Inhalt der Parlamentsschriften in die weiteste Oeffentlichkeit. Jeder Fehler, der in der Verwaltung erkannt wird, wird dort keineswegs lediglich der Regierung in die Schuhe geschoben, sondern das Volk selbst hält sich mitverantwortlich dafür, und es sucht ihn rasch zu verbessern. In England namentlich ist die Statistik geradezu Sache des Volkes und nicht entfernt bloß ein Instrument der Verwaltung zum beliebigen Gebrauche.

Auch in Deutschland hat man bereits seit längerer Zeit angefangen, sich mit der Statistik zu beschäftigen. Das bedeutendste der vom Staate unterhaltenen Bureaus ist das preußische, dessen oberste Leitung in den Händen Dr. Engels, eines früheren sächsischen Bergbeamten liegt. Allein die amtliche Statistik genügt lange nicht. Die Organe des Staates sind weder geeignet noch zahlreich genug, um die bedeutungsvollen Erscheinungen im Gesammtleben eines Volkes beobachten und registriren, sowie das Registrirte sammeln, gruppiren und weiter verarbeiten zu können. Auch ist gerade der Staat auf diesem wichtigen Gebiete der Ermittlung des Zustandes menschlicher Gemeinschaften keineswegs eine neutrale, sondern stark interessirte Instanz. Denn er ist nach dem Begriffe Dr. Engels selbst nur eine solche Gemeinschaft, zwar höchster Ordnung, jedoch nicht der Inbegriff sämmtlicher.

Der Staat hat für sich allein nicht die Macht, auf statistischem Gebiete vollständig Genügendes zu leisten; gerade oft den bedeutungsvollsten socialökonomischen Thatsachen kann die amtliche Statistik selten die gebührende Aufmerksamkeit zuwenden. Dazu kommt noch jener oben erwähnte Umstand, daß der Staat nicht das ganze sociale Leben umfängt, wenn auch alle Verhältnisse stets auf sein Gebiet hinüber ihre Wellenkreise ziehen, und daß mithin die Statistik gerade als die ureigenste Aufgabe der Societät im Ganzen erscheint.

Aus diesen Gründen hat Dr. Engel von Berlin aus so eben einen Aufruf erlassen, in welchem er die Privatthätigkeit zu Hülfe rufen will für seine statistischen Zwecke; der ungenügenden und stets unvollkommenen operirenden amtlichen Statistik soll die Privatstatistik fördernd zur Seite treten. Dr. Engel erstrebt demnach die Bildung eines „statistischen Vereinswesens für die Länder deutscher Zunge“, also die bewußt organisirte Mitwirkung der Bevölkerung zu folgenden Zwecken:

1. Selbstständige Beschaffung statistischer Notizen aus allen Gebieten des Staats- und Volkslebens, zur Beantwortung von Fragen der Wissenschaft, der Gesetzgebung und Verwaltung und des öffentlichen Interesses;

2. werkthätige Unterstützung der Staats- und Gemeindebehörden bei allen größeren statistischen Operationen, namentlich aber bei den periodischen Volkszählungen, bei den Gebäude- und Viehzählungen, bei den Aufnahmen für die landwirthschaftliche, gewerbliche, Handels- und Verkehrsstatistik, ferner bei statistischen Untersuchungen (sogenannten Enqueten) über einzelne Zeitfragen &c.;

3. Verbreitung richtiger Ansichten über den Nutzen der Statistik und der Darlegung des rechten Gebrauchs ihrer Resultate durch Wort und Schrift;

4. mündlicher Gedankenaustausch und gegenseitige Belehrung über statistische Fragen und Angelegenheiten und

5. gedeihliches Zusammenwirken der amtlichen mit der privaten Statistik.

Indem wir die Aufmerksamkeit des Publikums auf jenes Unternehmen richten, glauben wir, daß der Vorstand des statistischen Bureaus in Berlin auf Anfragen gerne die Statuten des beabsichtigten Vereines übersenden und nähere Aufschlüsse ertheilen wird.

Miscellen.

Künzelsau (in Württemberg), 23. Nov. Am Freitag Morgens den 19. d. M. bemerkte ein Mann aus Eberthal zwischen diesem Ort und Jagstlangen auf dem Rücken des Gebirgszuges zwischen Kocher- und Jagstthal bei dem sog. Vogelsang eine Erdsenkung von viereckiger Gestalt. Das Gerücht hievon verbreitete sich in der Umgegend und so auch nach Künzelsau. In Folge dessen begab ich mich heute an die Stelle und fand folgendes: Die Oeffnung hat einen Flächenraum von 12□', ist nahezu quadratisch; so weit das Auge in die Tiefe dringen kann, behält das Loch seine viereckige Gestalt und ist mit Muschelkalkfelsen wie ausgemauert. Bei einer Tiefe von circa 25 Fuß scheint sich die Höhle zu erweitern. Beim Hinunterwerfen von großen Steinen hört man zweimal bestimmtes Auffallen, das erstemal nach ca. 2 Sek., das zweitemal nach 3 Sek.; dann hört man ein wenige Sek. andauerndes Fortrollen über Gestein und dann ein dumpfes Auffallen, aber kein plätscherndes Geräusch. Bei der Untersuchung mit einer durch einen ungefähr 7 Pfund schweren rundlichen Stein belasteten Schnur fand, nachdem die Schnur ungefähr 100' versenkt war, ein zweites Auffallen, dann konnte der Senkel allmälig noch 25' in der Tiefe gelassen werden; von da aus war ein tieferes Einsenken nicht mehr möglich. Ob diese Erdsenkung mit den in der letzten Zeit in weiten Kreisen, wie man sagt, auch hier verspürten Erdbeben in Verbindung zu bringen ist, lasse ich dahin gestellt und bemerke nur noch, daß in ganz geringer Entfernung von dieser Stelle eine ganz ähnliche Erdsenkung älteren Datums sich vorfindet, die mit Wasser angefüllt ist, deren Tiefe ich mit meiner Senkschnur (150' lang) nicht ermessen konnte. (Schw. Kr.)

Redaction von Dr. Eugen Jäger. Druck der Jäger'schen Druckerei in Speyer.

Palatina.

Belletristisches Beiblatt zur Pfälzer Zeitung.

Nro. 145. Speyer, Samstag, den 4. December 1869.

* Ein Geisterseher als Reisegesellschafter.

Novellistische Reiseskizze von August Becker.

(Fortsetzung.)

„Friedrichsfeld!“ rief der Conducteur in den Wagen, und die Träumer richteten sich auf bei dem Namen der Station, die zugleich als Gabelpunkt der Main-Neckarbahn für Mannheims Handel so verhängnißvoll geworden. Ich wollte mich eben in Betrachtungen über die vielgerügte Mündung der Bahn auf diesem todten Punkt verlieren, als Jemand im Wagen fragte:

„Kommt noch eine Station bis Heidelberg?“

Da erkannte ich die Stimme, welche mich in Mannheim nach der Kuhwiese gefragt hatte. Es war der Fremde, welcher von seinem Plaid umwickelt in der Ecke saß.

„Nein“, erwiederte ich, „es kommt keine mehr. Friedrichsfeld ist die einzige!“

Der Fremde seufzte tief auf, barg sich hüstelnd wieder in sein Tuch und lehnte sich in seine Ecke zurück.

Bald setzte sich der Zug in Bewegung, und ohne daß ein weiteres Wort gesprochen wurde, erreichten wir den Bahnhof in Heidelberg. Mich jetzt nicht weiter um meine Reisegefährten, sondern um einen Wagen kümmernd, ließ ich mich nach dem „Ritter“ fahren. Derselbe steht tief in der langen Stadt, der Heiligen-Geistkirche gegenüber, und ist ein eben so alter als interessanter Ritter, wie jeder weiß, der Heidelberg gesehen hat.

Obgleich es nun schon Nacht war und der Nebel auf der Stadt lag, litt es mich nicht lange am Wirthstisch. Ich wollte auch keine Novembernacht in Heidelberg verweilen, ohne dem hohen Pfalzgrafen-Schloß einen Besuch abzustatten. So stieg ich zu der herrlichen Ruine empor, am Garten der schönen Klara von Detten vorüber, welche dem sieghaften Friedrich angetraut war. Mächtig hoben sich die wunderbaren Trümmer aus der Nebelnacht über Stadt und Thal in eine reinere Atmosphäre, wo der Mond durch die Wolkenschleier drang und die Giebel des prächtigen Ottheinrichsbaues, die Thürme und stolzen Façaden feenhaft beleuchtete. Es war ein seltener und seltsamer Anblick bei der ringsum herrschenden Todesstille. Nur der Nachtwind, der hier oben den Nebel zerriß, regte sich in der Ruine, wisperte und flüsterte in den Blättern des Epheu, heulte leise durch die Fenster und Säle, um welche noch einzelne Nebelstreifen wehten, — und manchmal klang es wie dumpfes Stöhnen, wie ein Geisterlaut aus den herrlichen Trümmern, während aus dem Nebel heraus die Glocken der Stadt die Stunde schlugen.

Da war es mir, ich sehe die Mutter des Winterkönigs am Fenster lehnen und höre ihre prophetische Klage, als dieser vom Schlosse seiner Väter weg nach Böhmen zog; oder ich vernehme am Schloßthor jenen Fluch seines Sohnes Rupprecht, des Cavaliers, der von Cromwell durch die Welt gejagt hier im Palast seiner Ahnen Zuflucht suchte und sich den Eintritt verwehrt sah. Und eine solche Nacht, wie die heutige, mag es gewesen sein, wo aus dem Ottheinrichsbau jener unheilkündende Geisterruf erschall: „Wehe dir Pfalz! Wehe dir Pfalz!“

Neben mir schauerte es im dürren Gezweig, es raschelte von den Trümmern her. Als ich mich nach dem Geräusche umwendete, hätte es mich nicht gewundert, eine der Erscheinungen zu erblicken, welche durch meine trüben Erinnerungen hervorgerufen waren. Aber da war nichts, als ein hohler Menschentritt, der vom Schlosse herunterkam. Ohne mich zu bemerken, kam der Mann an mir vorüber, in einen Plaid gehüllt. Vielleicht war es mein Reisegesellschafter von Mannheim her, aber gegenüber der großen Geschichte und der gesunkenen Pracht des Pfalzgrafenschlosses hatte seine Person alles Interesse bei mir eingebüßt.

Als ich dann ebenfalls wieder in die neblige Stadt hinuntergestiegen war und meinen Gasthof erreicht hatte, verweilte ich nicht mehr lange am Wirthstisch und ließ mich frühzeitig auf mein Zimmer führen. Es ging im thurmartigen Bau eine Wendeltreppe hinan und dann in ein hochgewölbtes Thurmgemach, wo ich schlafen sollte. Hätte ich es eigens bestellt, würde es nicht passender für meine Stimmung und Neigung gewesen sein. In wirklichem Behagen legte ich mich nieder, ließ die Lampe neben mir brennen, dachte an meinen Spaziergang nach dem Schlosse und rief mir allmählig die Erscheinungen zurück, welche oben mit den Tönen des Windes vor meinem geistigen Auge vorüber geschwebt waren. Aber keine blieb haften. So sehr ich in der großartigen Ruine angeregt worden war, Gei-

Sterbaltern zu lauschen, so wenig wollte es mir jetzt gelingen, mich in jene Stimmung zurück zu versetzen. Vor der Traulichkeit [illegible] Zimmers wichen alle unheimlichen Empfindungen, alle nächtlichen Schauer. Vergebens lud ich alle Gespenster des alten Hauses zu mir ein, — ich hatte so schöne Gelegenheit und Muße, den Geistern des alterthümlichen Gasthofs Audienz zu geben. Aber keiner schien Neigung für meinen Umgang zu haben. Ich löschte die Kerze aus, um sie etwas weniger scheu zu machen, — es half nichts. So schlief ich denn in der Erwartung ein, daß sie mindestens an das Bett des Träumenden herantreten würden. Aber ich wachte in der Frühe auf und konnte mich bei aller Anstrengung meines Gedächtnisses an keinen Geisterbesuch erinnern.

„Aber," so höre ich jetzt den verehrten Leser und die noch verehrtere Leserin: „wo bleibt denn der Geisterseher?"

Auf eine ähnliche Frage läßt Schiller seinen Sicilianer antworten: „Fürchten Sie nicht, er wird nur zu zeitig erscheinen!" Nur ein wenig Geduld, man wird mit meinem seltsamen Reisegesellschafter noch genau genug bekannt werden.

Als andern Tags der Zug um den Kaiserstuhl und an den flachen Weinhalden des Kraichgaues und Bruchreins hinbrauste, wo die Bauern im Mittelalter am frühzeitigsten den Bundschuh aufwarfen und die Freischaaren von 1849 wieder blutig kämpften, lag die Rheinniederung rechts noch immer im Nebel. Kaum aber hatten wir in Bruchsal die großen württembergischen Wagensäle bestiegen und durch die niederen Berge die schwäbische Grenze erreicht, schien die Novembersonne durch die Fenster und auf die Idylle des herbstlichen Gefildes. Ich hatte mich noch wenig unter der Gesellschaft im Wagen umgesehen und sah zu einem der Fenster hinaus auf den raschen Wechsel von Wald, Flur und Wiesengründen, als Jemand hinter mir in norddeutscher Betonung sprach:

„Es ist ein freundliches Stück Erde, dieses Schwaben."

Ich wendete mich nach dem Sprecher um, den ich schon an der Stimme erkannt hatte, und da stand der Mann im Plaid dicht hinter mir und zwar in vollem Tageslicht, so daß ich ihn genauer ins Auge fassen konnte. Er war, wie schon einmal gesagt, ein Mann von mittlerer Größe, ziemlich hager, und von schwärzlicher Haut. Sein schwaches Schnurrbärtchen und sein Haupthaar war völlig schwarz und letzteres kurz geschoren, an den Schläfen schon ein wenig ergraut. Die dunkeln Augen hatten einen etwas unwilligen Glanz, der Ausdruck seines Gesichtes verrieth eine gewisse Gedrücktheit. Wieder fiel mir die Röthe auf den Backenknochen auf, wie denn auch die vorspringende Nasenspitze geröthet war, während sonst eine starke Blässe auf dem Gesichte lagerte. Dabei athmete er manchmal mit einer Art von Beklemmung auf. Der Fremde trug ein kleines Bändchen in der Hand, in welchem er gelesen hatte, denn noch stak sein Zeigefinger zwischen den Blättern. Wie ich später bemerkte, war es Feuchterslebens Diätetik der Seele.

Wenn sich der grüngewürfelte, etwas durchsichtige Plaid verschob, sah ich, daß die Kleidung des Fremden zwar immer noch anständig, dennoch etwas ärmlich war. Jedoch war seine Haltung die eines Mannes von Bildung, und es sprach sich in derselben deutlich eine unverkennbare Neigung zum Anschluß an Andere, das Bedürfniß nach Gesellschaft aus. Da er unmittelbar hinter mir stand, mußte ich seine Worte als an mich gerichtet ansehen.

„Ja, das Thal ist Württemberg eines der anmuthigsten Länder Deutschlands", erwiederte ich mit einem Gemeinplatz, da mir eben nichts besseres einfiel.

„Entschuldigen Sie, mein Herr," fuhr der Fremde im Gespräche weiter, „sind wir nicht gestern mit einander von Mannheim weggefahren?

„Ja", sagte ich. „Glaube ich doch auch, mich Ihrer erinnern zu können."

„Dann erlauben Sie, daß ich Ihnen näher rücke," sprach er, holte von einem andern Sitze seine sieben Sachen herbei und siedelte auf die Bank über, welche ich bereits eingenommen hatte. Nun spann er die weitere Unterhaltung mit der Frage an:

„Uebernachteten Sie auch in Heidelberg?"

„Ja!" war meine Antwort.

„Haben Sie gut geschlafen?" fragte er nach einer kleinen Pause weiter, und begleitete diese so harmlose Frage mit einem seltsam lauernden, fast stechenden Blick, der sonst seinen Augen fremd war.

„Ich? In der That vortrefflich," versetzte ich.

Er seufzte. Erst nach einer kleinen Pause setzte er sein Fragesystem fort und zwar mit einer gewissen verfänglichen Wichtigkeit und Bedeutsamkeit in der Betonung, was ich meinerseits nicht begriff, ohne mich dadurch hindern zu lassen, mit aller Unbefangenheit gleichgiltige Antworten auf unbedeutende Fragen zu geben. Denn wenn auch der melancholische Fremde eine seltsame Mischung von Scheue, Befangenheit und — Neugierde zeigte, fand ich doch keinen Grund, mich und mein Thun und Lassen seinen Erkundigungen zu entziehen. Was ihm auf dem Gemüthe lastete, konnte mir gleichgiltig sein. So hub er wieder an:

„Wo sind Sie abgestiegen?"

„Im Ritter."

„Im Ritter? Ist's da gut?"

„Gut und nicht theuer. Es ist ein altes Haus, ein von außen und innen interessanter Bau," theilte ich mit, indem ich Alles gleich zusammenfaßte, was ihm zu wissen nöthig war, da ich ihm so mehrere Fragen ersparen konnte.

„Das war also da, wo Götz von Berlichingen einzukehren pflegte."

„Nein", erwiderte ich, „der Ritter mit der eisernen Hand kehrte im Hirsch ein."

„So!" sagte der Fremde nachdenklich und fragte dann weiter: „Und was hatten Sie für ein Quartier?"

„Ein altes Thurmzimmer, — ein recht behagliches Nest für unser Einen."

„Und ist Ihnen darin nichts begegnet?" fragte er wieder, seinen lauernden Blick nach mir richtend.

„Nein! Nicht das mindeste!"

„Seltsam! Seltsam! Hm! Ich habe in einem ganz anderen Gasthof übernachtet und —

Das letztere äußerte er weniger gegen mich, als in einem unwillkührlichen Lautwerden seiner Gedanken, in einer Art Selbstgespräch, das er jedoch plötzlich tief aufseufzend abbrach, indem er sich mit den Worten an mich wandte:

„Heidelberg ist eine alte, glorreiche Stadt mit großer Vergangenheit. Es muß sich da früher und auch noch im vorigen Jahrhundert viel ereignet haben, manches Unheimliche, nicht wahr. Wenigstens denke ich mir das so, daß in Schloß und Stadt manches Ungeheuerliche vorging, wie das in solchen fürstlichen Residenzen nicht allzu selten war."

„Die Geschichte hat uns allerdings manchen Zug aufbewahrt, der dahin einschlägt, antwortete ich."

„Das dachte ich mir. Ich bin ein Norddeutscher, mein Herr, aus dem Nordwesten unseres Vaterlandes, und wenig mit der Spezialgeschichte Süddeutschlands bekannt. Sie würden mich sehr verpflichten, mein Herr, wenn Sie mir derartige Züge, wie sie Ihnen zweifelsohne bekannt sind, gefälligst mittheilen wollten."

(Fortsetzung folgt.)

Vom Nil.

(Fortsetzung.)

Kaum hatten wir einige Kilometres hinter uns, als sich uns die ganze immense Arbeitsmaschinerie offenbarte, die noch im Canal thätig ist, und thätiger denn je. Die erste Drague lag vor uns; ein schwarzes Ungeheuer, das die größere Hälfte des Canals in Anspruch nahm, dahinter auf der anderen Seite der Elevateur, der seine eiserne Bahn wagrecht vom Land über die aufgeworfenen Sandhügel hinweg in das Wasser hinaus und mitten hinein in unser Fahrwasser streckte.

Man hatte uns gesagt, es sei die Ordre vorausgegangen, uns den Weg zu ebnen; aber die Arbeit hat ihre Prärogativen vor den Glacéhandschuhen der Neugier. Die Ingenieure auf den ersten Baggern erklärten, die Ordre, Platz zu machen, sei ihnen zu spät überkommen, und wenn man bedenkt, daß die Deplacirung eines Baggers mindestens einen halben Tag verlorner Arbeit bedeutet, so ist anzunehmen, daß sie hier, wo keine Stunde verloren werden durfte, die Ordre dahin verstanden: sich nicht stören zu lassen. Unserem Dampfer fehlte das Fahrwasser; der Engländer wollte aber durchaus weiter und unser Schiff fuhr also schon beim 155. Kilometer auf den Sand. Große Verlegenheit. Eine halbe Stunde dauerte es, bis der Dampfer wieder flott wurde, und zwar durch Hilfe der Bagger selbst. Alsdann dampften wir weiter. Alles schien gut, obgleich vor uns Alles schwarz war von anderen Draguen und Elevateuren. Um die Sonne zu vermeiden, trat ich mit einem der Herren in die Cajüte. Wir sprachen eben bei einem Glase Sodawasser über die Aussichten des Canals, als ein heftiger Stoß uns die Gläser auf dem Tische übereinanderwarf. Die Sache schien so ernst, daß wir aufs Deck sprangen. Richtig saß unser Schiff wieder mit einem Bagger zusammen. Er hatte ein vor dem letzteren liegendes Kohlenboot zwischen sich und den Bagger genommen, dem Kohlenboote die Rippen zerquetscht, sich selbst aber gründlich festgefahren. Nach diesem wiederholten Unglück erklärte der Capitän, er müsse die Fluth erwarten, die hier etwa einen Meter zwanzig Centimetres beträgt. Die beiden uns officiell beigegebenen Begleiter Dr. Kissel, ein mir lieb gewordener Freund, und Hr. Remy, beide Ministerialbeamte, wußten die Pause durch ein Frühstück auszufüllen. Ein Theil der Passagiere ließ sich ans Ufer setzen, um die Erdarbeiten zu sehen; ein anderer Theil plauderte oder sah dem Arbeiten des Elevateurs zu.

Nach einer Stunde etwa wurden wir wieder flott, denn die Fluth war da. Alles ging fortab glatt durch die vierzehn Draguen und die Elevateure der ersten Section, die alle dieselbe vorgeschobene Position innehalten. Wir hatten die Spur des alten Pharaonen-Canals passirt, Chalouf glücklich hinter uns und liefen beim 135 Kilometer neben einer vorspringenden Station in das kleine Bassin der Bitterseen. Am Eingange in das große Bassin steht einstweilen erst das Gerüst eines Leuchtthurms zwischen dem 120. und 115. Kilometer. Ein breites schönes Fahrwasser, durch Baken bezeichnet, die Küste fern auf beiden Seiten, volle lustiges Wasser, wo früher nur ausgetrocknetes oder großentheils trockenes Bett gewesen. Etwa um 6 Uhr Abends passirten wir die gefährliche Stelle des Serapeum. Die ausgehobenen Steinbrocken der Ruinen decken die Sandhügel der Ufer. Die Maschinen arbeiten rastlos, um diese etwas verwahrloste Stelle fahrbar zu machen, denn hier ist die Achillesferse des Canals. Die Besorgniß, Ismailia heute gar nicht mehr zu erreichen, war überwunden, als wir das Serapeum hinter uns hatten, wo der Granit noch unendliche Schwierigkeiten bot. Inzwischen ward es Nacht. Der Mond zog herauf, leuchtete uns in den Timsah-See und breitete seinen Schein über das Hyänen-Plateau. Wir hatten glücklich die riesigen Maschinen hinter uns, die wie schwarze Gespenster über uns hinragten. Die Brise, die den ganzen Tag hindurch im Canal wehen soll, ward stärker; gleich Irrlichtern umtanzten uns die das Fahrwasser bezeichnenden Laternen der Baken; langhin zogen sich die Malen des Sees, im Westen zeichneten sich die Höhen in dem dunkelgelben, oderfarbigen Nachglanz der untergegangenen Sonne. Vor uns tauchten die Lichter von Ismailia auf. Um 8 Uhr lagen wir dort am Kai. Einige Beamte empfingen uns an Stelle des Hrn. v. Lesseps, der bereits dem Vicekönig nach Port-Said gefolgt war. Man führte uns durch den sandigen Weg zur Brücke über den Süßwassercanal, unter einer Ehrenpforte hinweg, an der noch gearbeitet wurde. Zur Rechten dehnen sich die Baraken, zur Linken die Zeltreihen hin, in welchen man die nur zu dem Balle geladenen Gäste des Landes zu beherbergen gedenkt. Sand und immer Sand, der uns bis über die Knöchel ging. Indeß erreichten wir eine festgestampfte große Promenade, die in die neugeborne Stadt führt. „So kamen wir vor das „Hotel Anric", ein Regierungsgebäude, von Pappe errichtet, aber reizend, von einem herrlichen Garten umgeben, in dem Alles vegetirte, was der Orient hervorbringt. In der offenen Halle wieder officieller Empfang, dann Einquartierung, dann Souper. Vor dem Schlafengehen noch einen Spaziergang durch die Stadt. Tiefer Sand, sobald man die Promenade verläßt; Zelte und Baraken, zum Theile mit den kostbarsten Tapeten beklebt und mit schweren orientalischen Teppichen versehen. Weiter östlich beginnt die eigentliche Geschäftsstadt, streng genommen nur eine lebendige Straße. Für fünf Francs Tagelohn hatte man Abertausende aus allen Nationen hiehergelockt; die große Masse ist entlassen, aber es ist ein bedeutender Rest geblieben und der sitzt hier in den Wein- und Bierhäusern. Die Harfe, Fiedel, die Clarinette liefern die Abendunterhaltung, böhmische Musikantinnen tragen nicht ganz unbekannte deutsche Lieder vor. Gegenüber sitzen die Griechen mit ihrer Mandoline, singen die Dalmatiner ihr wilden Gesänge, oder träumen die deutschen Arbeiter beim Bier vom Vaterlande. Dazwischen allerlei Quincaillerie-, Schnaps-, Tabaks- und Gott weiß was für Boutiquen, alle die nothwendigsten Bedürfnisse darbietend. Und ernst, gemessen, den krummen türkischen Säbel in der Hand, den Burnus auf dem Rücken, schreiten oder reiten in ganzen Patrouillen die Kawassen, die sich wohl hüten, in einen Streit sich einzumischen, sondern als Aufrechthalter der Ruhe ihres Weges gehen.

Wie still ist's drüben in dem arabischen Viertel, in den Zelten oder draußen auf dem Sande in den kleinen Duars bei den Wüstensöhnen, die schon mit der Sonne zur Ruhe gegangen! (Fortsetzung folgt.)

Der Mann mit der eisernen Maske.

** Nicht wenige der Leser werden wohl schon der Aufführung eines „historischen" Schauspieles beigewohnt haben, das unter obigem Namen für das naive Theaterpublikum einen geheimnißvollen Reiz besitzt; doppelt rührend wird es noch gemacht durch eine alte Liebe, welche den eisernen Mann verfolgt. In jenem Machwerk gilt der Gefangene auf allgemeine Muthmaßungen späterer Zeit hin für einen Zwillingsbruder Ludwigs XIV. von Frankreich; um dem Streit wegen der Erbfolge mit seinen verderblichen Rückwirkungen auf den machtvollen französischen Einheitsstaat die Spitze abzubrechen, habe man dann den Unglücklichen zeitlebens gefangen gehalten und ihn ständig eine schwarze Maske tragen lassen, damit Niemand die Welt mit Familienähnlichkeiten unterhalten könne. Zur besseren Wirkung bei unserem deutschen Theaterpublikum ist aus jener schwarzsammetenen Maske dann eine eiserne gemacht worden.

Lange Zeit hat man sich vergebens den Kopf zerbrochen über jene geheimnißvolle Persönlichkeit; alle möglichen Ideen tauchten in den Köpfen berufener und unberufener Geschichtsforscher auf. Schon vor einem Jahrhundert jedoch hat man sich ziemlich allgemein dahin verständigt, jenen halbmythischen Unglücklichen für einen mantuanischen Grafen Antonio Matthioli zu halten. In neuerer Zeit hat man unwiderlegliche Beweise aufgefunden, welche die Richtigkeit jener Ansicht bestätigen.

Jener Matthioli war ein Vertrauter seines Fürsten, des Herzogs Karl IV. von Mantua; er hatte sich mit dem Abbé d'Estrade, dem französischen Minister in Venedig, ins Einvernehmen gesetzt, um die Stadt Casale, einen der wichtigsten Punkte Piemonts, an Frankreich zu überliefern. Der Vertrag war unterzeichnet, der Herzog sollte 100,000 Thaler erhalten und sein Zwischenhändler Matthioli ein kostbares Geschenk; da fiel es dem letzteren ein, um auch von anderen Seiten her belohnt zu werden, den ganzen Handel dem Kaiser, den Venetianern, den Spaniern und der Regentin von Savoyen zu verrathen. Die letztere benachrichtigte sogleich Ludwig XIV. von dem Verrathe, allein es war bereits zu spät. Als der französische Abgesandte, Herr von Asfeld kam, um den Vertrag zu ratificiren, hielten ihn die Spanier fest. Der Abbé d'Estrade sah sich hintergangen und schwur Rache dem Verräther.

Vor Allem that er, als sei nicht das Geringste vorgefallen. Er fing neue Unterhandlungen an, sprach besonders von neuen Geschenken, die man bewilligen wolle und lockte so den geldgierigen Italiener nach einem abgelegenen Orte bei Turin, wo man ihn festhielt.

Ganz in der Nähe, in Pignerol, war damals Saint Mars Gouverneur, dorthin brachte man ganz heimlich den Gefangenen und hütete ihn sorgfältig. Fünfzehn Jahre, von 1679—1694, blieb er dort und in der Welt galt er als todt. Niemand frug nach ihm, am allerwenigsten sein Herzog, der, wie es scheint, ein großes Interesse daran hatte, daß der Mitwisser des Handels verschwunden war.

Im Jahre 1694 verlor Frankreich die Festung Pignerol und Matthioli wurde nach den Margarethen-Inseln in der Provence gebracht. Dort blieb er vier Jahre und kam dann in die Bastille. Seit jener Zeit trug er eine Maske von schwarzem Sammt, welche er nicht mehr ablegen durfte. Er starb 1703 und wurde auf dem Kirchhofe St. Paul unter dem Namen Marchialy beerdigt.

Miscellen.

In der „France" gibt ein Herr Nick aus Perigueux folgende Weissagungen über die Witterung des Monats December.

Nach der Stellung der astronomischen Einflüsse, der Stärke und Richtung ihrer Kräfte, wird der December sehr feucht, bewegt und belebt sein. Der Himmel wird bedeckt aber neblig, ganz besonders im nördlichen Frankreich, in England, Belgien, Bayern und der Schweiz. Unterbrochene und zunehmende Fröste kommen am 6., 9., 15., 18., 22. und 29., besonders während der ersten 20 Tage des Monats. Viel Schnee gegen den 11., 20. und 27. Starkes Steigen der Gewässer. Der Frost wird sich noch heftiger und anhaltender während der ersten drei Wochen des Januars fühlbar machen. Gußregen und Hagel kommen gegen den 5., 8., 10., 12., 20., 27. und 31. Der kommende Winter wird viel Aehnlichkeit mit dem von 1868 haben und sehr streng sein. Heftige Stürme auf den nördlichen Meeren und allen französischen Küsten vom 4. bis 7., vom 10. bis 14., vom 19. bis 22. und vom 25. bis 28. Besonders gefährlich werden die Stürme der ersten, dritten und vierten Periode werden.

Man schreibt der „N. Fr. Pr." aus München, 26. Nov.: Bekanntlich schickte unser König vor einiger Zeit seinen Stallmeister, den Grafen Holnstein, nach Tunis, um dort für den königlichen Marstall mehrere Pferde zu kaufen. Der Stallmeister fand in Tunis die freundlichste Aufnahme, und der Bey übergab ihm einen Schimmel, ein edles Racepferd aus seinen eigenen Ställen, als Geschenk für den König von Bayern. Das Pferd kam wohlbehalten in München an, starb jedoch bald darauf, sei es, weil es seinen früheren Aufenthalt nicht vergessen konnte, sei es, weil ihm das Klima der bayerischen Hauptstadt nicht behagte. Der König aber, eingedenk der erwiesenen Freundlichkeit übersendete dem Bey einen der einheimischen hohen Orden, worüber dann der afrikanische Fürst hinwiederum so erfreut war, daß er ein ganzes Dutzend tunesischer Orden nach München schickte, um sie dort vertheilen zu lassen. Den schönsten, mit Diamanten reich verziert, übersendete er natürlich dem König, den weniger reich garnirten dem Fürsten Hohenlohe, die anderen sollten den „Würdigsten" gegeben werden. Nur Einem Glücklichen, der einen solchen tunesischen Orden erhalten sollte, bezeichnete der Bey noch ausdrücklich: „illustrissimo compositore Riccardo Wagner."

Redaction von Dr. Eugen Jäger. Druck der Jäger'schen Druckerei in Speyer.

Palatina.

Belletristisches Beiblatt zur Pfälzer Zeitung.

Nro. 146. Speyer, Dienstag, den 7. December 1869.

Der erste Schnee. *)

Schön ist's wenn in frühen Stunden
Sich das Aug' entringt dem Schlaf,
Das noch halb von Nacht umwunden
Ungewohnter Schimmer traf.
Wenn vom Himmel Flocken schweben
Und geschäftig er beginnt
Für ein neues Kleid zu weben,
Eh' der eis'ge Frost beginnt.

Schön ist's, wenn der ernste greise
König naht mit lichtem Glanz,
Das Gelock, das silberweiße,
Schmückt der reiche Perlenkranz;
Wenn nach sterngekröntem Steige
Glänzt sein Auge friedlich klar
Und in seiner Säle Weite
Wärmt sich traut manch' frohe Schaar.

Schön ist's, wenn in reine Linnen
Die Natur sich ahnend hüllt,
Und dann harrt mit süßem Sinnen
Dessen, der ihr Sehnen stillt.
Wenn der Geist der Welt entschwebet
Weit zurück und hoch empor,
Und Erinn'rung neu belebet,
Was das Herz schon längst verlor.

Schön ist's, wenn auf hellem Grunde
Sie verblich'ne Bilder malt;
Wenn in Traumen stiller Stunde
Wieder reich der Christbaum strahlt!
Wenn die Qualen sanft sich lindern
Sich in's Aug' die Thräne schleicht
Und umjauchzt von frohen Kindern
Wehmuth still das Herz erweicht.

Ch. Böhmer.

* Ein Geisterseher als Reisegesellschafter.

Novellistische Reiseskizze von August Becker.

(Fortsetzung.)

Nun war ich damals noch jung und ergriff einem Fremden gegenüber gerne die Gelegenheit, meiner Neigung für die Geschichte meines Heimathlandes vollen Lauf zu lassen.

„Ich glaube Sie verstanden zu haben," fing ich an, „und werde meine Mittheilungen auf solche Einzelheiten beschränken, von denen ich Interesse bei Ihnen erwarten darf."

Während wir am alten Kloster Maulbronn vorüberfuhren erzählte ich nun, was ich an dunkeln Geschichten aus dem Pfalzgrafenschloß wußte: von Ritter Lindenschmidt und Marschall Erlinger von Rodenstein, vom Junker von Hirschhorn, der den letzten Handschuhsheimer zu Heidelberg erstach und im Fluche kinderlos starb und von Anderem mehr. Aber nichts von Allem schien meinem Reisegefährten zu passen. Da berichtete ich von der ahnungsvollen Klage der Mutter Friedrichs V., da ihr Sohn nach Böhmen abreiste, verweilte bei den nachfolgenden Blut- und Zerstörungsscenen des dreißigjährigen Krieges, ohne jedoch meinen Nachbar zu befriedigen. Endlich sprach ich vom Prinzen Rupert, der für seinen Ohm, Karl I. von England, kühne Reiterschlachten schlug, dann von Land zu Land gejagt, von Meer zu Meer irrend mit seinem Bruder Moritz, der dabei spurlos verschwand, ein wildes Piratenleben führte, zuletzt als englischer Admiral zur See siegte und endlich, den Wissenschaften und der Kunst ergeben, starb. War er doch auf unsteter Fahrt, Ruhe ersehnend, einmal nach der heimischen Pfalz zurückgekommen, von seinem Bruder, dem Kurfürsten, Land zu erbitten, um heirathen zu können. Aber er fand die Thore versperrt, sich selbst den Eintritt in's Schloß seiner Väter verwehrt. Da warf er den Arm auf mit lautem Schwur, daß es an den stolzen Mauern empor gellte, und sprengte fort: auf Nimmerwiederkommen, — mochte der Kurfürst, als er sein Haus aussterben sah, demüthig noch so sehr um Rückkehr bitten.

Daß ich es nicht versäumte, die Fluchscene vor dem Schloßthore, welche so verhängnißvoll für die Pfalz geworden, recht wirkungsvoll zu schildern, läßt sich denken. Dennoch machte ich keinen besondern Eindruck bei meinem Reisegefährten, dessen Seele mit einer ganz anderen Erinnerung erfüllt sein mußte.

„Und ist Ihnen weiter nichts dieser Art aus der Geschichte von Stadt und Schloß bekannt?" fragte er.

Da spielte ich meinen letzten Trumpf aus und berichtete:

„Als Karl Ludwig nach dem westphälischen Frieden in sein völlig verwüstetes Land zurückkehrte, ging er mit Eifer und Einsicht daran, es zu heben, hatte aber noch sehr mit der Mißgunst seiner Nachbarn und

*) Aus einer neuen Sammlung: „Lieder aus der Fremde".

der Feinde seines Hauses zu kämpfen. Das zeigte sich, als er zum Wahltag nach Frankfurt ging. Im kurfürstlichen Collegium und in Gegenwart Karl Ludwigs selbst hielt der bayerische Bevollmächtigte, Doctor Oechsel, einen Vortrag, in welchem des unglücklichen Winterkönigs nicht sehr glimpflich gedacht war. Vergeblich mahnte der Kurfürst, das Andenken seines Vaters zu schonen. Oechsel fuhr fort. Da griff der Kurfürst zum Tintenfaß und warf es dem Oechsel vor der ganzen Versammlung an den Kopf."

„Ha, das ist gut!" unterbrach mich hier mein Nachbar lebhaft. „Dem Oechsel ist Recht geschehen. Ganz dramatisch. Vortrefflicher Lustspielstoff à la Glas Wasser. Wahrhaftig nicht übel: Ein Glas Tinte! Natürlich Krieg —"

„Nein, nur zu Kriegsvorbereitungen kam es und schließlich zur Versöhnung."

„Noch besser — ein völlig versöhnender Schluß. Ihr Kurfürst gefällt mir; das ist eine ganz gute Geschichte, aber sie ist doch wohl nicht zu Ende?"

„Nein, sie fängt erst an", erwiederte ich. „Karl Ludwig hatte während seiner Abwesenheit seinen Vetter, einen Pfalzgrafen von Zweibrücken, als Statthalter des Kurfürstenthums im Heidelberger Schloß zurückgelassen. Dieser hatte die Gewohnheit, auf seinem Zimmer allein zu speisen. Als sich der bedienende Edelknabe entfernt hatte und Alles still war, der Pfalzgraf aber, wie gewohnt, in der Einsamkeit sich Betrachtungen über die bedenklichen Zeitläufte und die Zukunft überließ, da erhob sich mit einem Male eine klagende Stimme, die laut aus dem Otthrinrichsbau klang, dreimal: „Wehe Dir Pfalz! Wehe Dir Pfalz! Wehe Dir Pfalz!" Erschrocken sprang der Pfalzgraf auf, um nachzuforschen, wer gerufen, — er fand aber Niemanden, der ihm eine Erklärung geben konnte. Nun theilte er dies pfälzische „Mene tekel" den kurfürstlichen Räthen mit, durch welche sich der Vorfall noch im ganzen Lande verbreitete und viel Aufsehen und Bestürzung erregte. Mit bangen Ahnungen sah man der Zukunft entgegen, und als der französische Einfall das Land verwüstete, Karl Ludwigs Sohn kinderlos starb, der mordbrennerische orleans'sche Krieg über das Land zog, und die Pfalz sich allmählig ihrem politischen Untergange zuneigte: da erinnerte man sich immer wieder jenes Geisterrufs im Ottheinrichsbau. Man war eben in jener Zeit noch sehr geneigt, an übernatürliche Erscheinungen, Vorbedeutungen und geisterhafte Stimmen zu glauben."

„Und Sie meinen wohl mit Unrecht?" fragte mich jetzt mein Nachbar, der zuletzt sehr ernst geworden war, und nun seltsam verdüstert zu mir herüber schaute. „Glauben Sie mir, die Schranken unseres Erdenlebens sind nicht so undurchdringlich, daß nicht ein Hereinragen der Geisterwelt möglich wäre. Ich könnte Ihnen einen Beweis dafür liefern. Doch, ich muß, nachdem Ihre Erzählungen alle in früheren Jahrhunderten wurzeln, auf die Frage zurückkommen: ist Ihnen nichts dergleichen aus dem vorigen Jahrhundert bekannt, — kein Verbrechen, kein unerklärliches Verschwinden eines vornehmen Mannes?"

„Nichts dergleichen. Schon in der ersten Hälfte des vorigen Jahrhunderts siedelten die Kurfürsten aus der neuen katholischen Linie nach Mannheim über, da sie mit den Heidelbergern wegen der Heiligen-Geist-Kirche Händel bekamen. Da zerfiel das Schloß, Heidelberg büßte seine Bedeutung ein, wogegen sich Mannheim hob. Die Vorgänge in einer heruntergekommenen Stadt, die keine allgemeine Bedeutung mehr haben, entziehen sich der Forschung."

Mein Nachbar schwieg eine Minute lang. Dann fragte er wieder ruhiger und gelassener:

„Sie sind wohl Geschichtsforscher?"

„Doch nicht", erwiederte ich geschmeichelt und mit selbstgefälligem Lächeln, mehr zugebend als ablehnend, denn ich war noch jung, wo man so gerne für das gilt, was man sein möchte.

Da ich nicht weiter herausrückte, und zwar mit gutem Grunde, da ich damals überhaupt nicht anzugeben wußte, was ich eigentlich sei, richtete der Fremde keine bezügliche Frage mehr an mich, sondern warf jetzt ziemlich leicht hin:

„Verweilen Sie in Stuttgart?"

„Nur eine Nacht, denn ich reise weiter."

„Ich bleibe. Ich will mich da um eine Stellung umsehen."

Nun hätte ich gerne gewußt, was das für eine Stellung sei, nicht aus Neugierde, die mir sonst völlig fremd ist, sondern um einen richtigen Anhaltspunkt zur Beurtheilung einer Persönlichkeit zu gewinnen, die mir immerhin Theilnahme zu erwecken begann. Demnach mußte meine verblümte Nachforschung nach seinem Stande mehr vorwitzig als vorsichtig ausgefallen sein. Denn mit einem kaum bemerkbaren melancholischen Lächeln hüstelte er:

„Hm! Nun, wofür halten Sie mich?"

Das war eine Frage, die mich in nicht geringe Verlegenheit setzte. Wenn ich auch mit einiger Gewißheit behaupten konnte, oder zu behaupten mich wenigstens getraut hätte, daß er weder ein Bankier noch ein Bürstenbinder, auch kein Weinreisender wäre, so dünkte mir dennoch unmöglich, irgend welche berechtigte Vermuthung über seinen Stand zu hegen. Meine Neugierde war nun aber einmal erregt und in den von ihm zuletzt beliebten Ton eingehend, fragte ich:

„Erleichtern Sie mir die Auflösung des Räthsels und —"

„Nun", fiel er ein, „der erste Buchstabe ist Sch—"

Auf dieser Stufe angelangt, konnte ich nun weiter operiren. Mein erster Gedanke war, ich muß es gestehen: Schneider. Doch fehlte hierzu meinem Gefährten außer der Windigkeit noch viel Anderes, auch im Anzug. Für einen Schmied, Schäfer, Schweinehändler paßte sein Wesen noch weniger, und seine Bildung widersprach eben so dem Begriffe eines Scheerenschleifers. Seltsamer Weise fuhr mir jetzt die Erinnerung durch den Kopf, daß der Mann ein besonderes Interesse am Unheimlichen an den Tag legte. Er hatte Sand's Richtstätte auf der Kuhweide zu Mannheim besucht, hatte sich vom alten Scharfrichter Widmann in Heidelberg erzählen und über die

Hinrichtung genau berichten lassen. Und — wie ein Blitz durchzuckte mich der Gedanke — hatte er sich nicht besonders dringlich erkundigt, ob im vorigen Jahrhundert in Heidelberg ein vornehmer Mann heimlich und für immer verschwunden sei, — und: war es nicht auch am Ende des vorigen Jahrhunderts, daß der letzte Scharfrichter von Landau mit verbundenen Augen weggeführt wurde über den Rhein, um in einer geheimnißvollen Versammlung einem vergeführten Opfer den Kopf abzuhauen? Vielleicht kam ich so ganz durch Zufall auf die Enthüllung jenes unheimlichen Vorgangs, über welchen der wiederheimgekehrte Scharfrichter durch den Rath von Landau einen noch vorhandenen Akt aufnehmen ließ, ohne daß jenes Abenteuer je aufgeklärt worden wäre.

Es war nur ein Moment — aber in diesem erschien mir mein Reisegefährte nachgerade etwas unheimlich. Und, um Gottes willen, dachte ich, wie anders erklärt sich sein Interesse für die Kuhwiese, nach welcher er, im Nebel der vierzehnten Stadt umherirrend, alle Welt fragte, — die er vor allen anderen Merkwürdigkeiten, als die ihm bedeutsamste, noch in der Nacht aufsuchte? Und die Theilnahme für alle Umstände jener traurigen Hinrichtung? Dann des Mannes sichtliche Befangenheit und gelegentliche Verdüsterung als ob ihm etwas schwer auf der Seele liege! Aber der Teufel auch, er konnte doch wohl nicht gar — — Scharfrichter!

Nein! Obgleich ich in meinem Leben noch keinem Scharfrichter begegnet war, auch nie eine Lust dazu verspürt hatte, hielt ich, was sich mir da aufdringen wollte, doch schnell wieder für eine Unmöglichkeit. Der wunderlichen Annahme widersprach ja Vieles, — vollends wieder das gebildete Wesen des Fremden, obgleich unsere vorgeschrittene Zeit auch Scharfrichter von Bildung hervorzubringen vermöchte. Dann war ja der Mann auch bei weitem nicht kräftig genug gebaut zu dem erbaulichen Handwerk. D'rum verwarf ich den Gedanken so rasch, als er mir gekommen war. Um jedoch endlich zum Ziele zu gelangen, sagte ich:

„Dann sind sie wohl Scha — — Schauspieler!"

Beinahe hätte ich dennoch Scharfrichter gesagt.

„Errathen," rief der Fremde heiter, „wenn auch nur zu einem Drittheile."

„So!" machte ich jetzt. „Was sind sie denn noch?"

„Schriftsteller, oder wenn Sie lieber wollen: Dichter, und dann — last not least — Buchhändler."

Nicht ohne Humor hatte er diese Erklärung gegeben. Ich jedoch sah nunmehr dieses vielseitige Talent etwas von der Seite an. Was war der Mann nicht Alles, — und dagegen ich? Dieser momentanen Stimmung entsprangen wohl auch meine Worte:

„Bei solcher Vielseitigkeit können Sie Ihre Stücke schreiben, spielen und verlegen."

„Ja," antwortete er mit gutmüthigem Lächeln, „wäre es nur schon an Dem. Für's Erste will ich sehen, ob ich nicht beim Stuttgarter Theater unterkommen kann. Ich habe nicht ohne Glück Intriguanten gespielt und in Graz z. B. als Sekretär Wurm sogar Furore gemacht, das Publikum faktisch in Wuth gebracht. Wenn es mir jedoch mit dem Theater nicht gelingt, will ich bei einer Buchhandlung in Condition treten, da ich das Geschäft von Jugend auf gelernt habe und verstehe. Schlägt auch das fehl, so habe ich die Absicht, einer Stuttgarter Verlagshandlung einen Band Gedichte zu offeriren."

(Fortsetzung folgt.)

Vom Nil.

(Fortsetzung und Schluß.)

Am Morgen des 14. empfing uns am Kai ein kleiner Dampfer, der uns nach Port-Said führen sollte. Abermals dieselbe Staffage zu beiden Seiten auf unserer Fahrt. An der Krümmung waren noch an 4000 Arbeiter beschäftigt, um die Böschung zurückzuwerfen. Ueber El-Gisr ging's nach El-Ferdane, durch den Ballah-See nach El-Kantara. Wiederum Frühstück. Unser hoher Gastwirth läßt uns nämlich dejeuniren, diniren und soupiren, daß Niemand zu sich selber kommt. Der Menzaleh-See nahm uns auf und brachte uns über die Pelikan-Inseln nach Port-Said. Schon eine Stunde vorher sahen wir den Leuchtthurm und endlich alle die festlich geflaggten Schiffe. Herr v. Lesseps empfing uns selbst am Kai. Große Vorstellung. Danach wieder Diner bei welchem Lesseps selbst präsidirte. Nach Tische eine Promenade an dem Ufer, später große Cour bei Herrn v. Lesseps, in dessen Salon „die Braut des Isthmus", die Huldigungen entgegennahm, während unten im Garten die französische Marinemusik ihre Melodien spielte.

Heute Morgens Kanonendonner fast ununterbrochen im Hafen. Der „Greif" führte den Kaiser von Oesterreich herein. Die österreichische Nationalhymne erklang vom Bord des Schiffes und wurde von dem egyptischen Schiffe accompagnirt — Kanonendonner und Hurrah von allen Schiffen, namentlich von dem türkischen Kriegsschiffe. Die Matrosen standen auf allen Fahrzeugen in den Raaen, während der „Greif" sich langsam näherte; eine ganze Flotte von Booten umschwamm das Schiff des Kaisers. Kaum hatte dieses Anker geworfen, als das Boot des Vicekönigs von der „Marossa", dem Leibschiffe desselben, sich zum „Greif" bewegte. Ismail Pascha bewillkommte den Kaiser, begleitet von seinen Ministern, dem Leibarzte und Lesseps, der den Osmanie, das grün-roth geränderte Großband trug.

Der Kaiser erwiederte den Besuch auf der „Marossa". Herr v. Lesseps hatte inzwischen die Handels-Deputation eingeladen, dem Kaiser vorgestellt zu werden. In vier Booten fuhren wir zum „Greif". Der Kaiser verließ aber eben die „Marossa", wir legten also an dieser bei, und so fand denn die Vorstellung beim Vicekönig auf dem mit echt orientalischer Pracht ausgestatteten Fahrzeuge statt. Am Abend Ball auf der „Marossa". Am anderen Morgen Ankunft des Kronprinzen von Preußen und eine Stunde später der Kaiserin Eugenie, die, in einen weißen Paletot gehüllt, auf dem Oberdeck des Schiffes stand. Kanonendonner, daß das Trommelfell erbebt. Zwei Tage hindurch dieselbe Kanonade. Heute Abends große Illumination der Stadt und namentlich des Hafens, in welchem ganze Seeschlachten durch Raketen geschlagen wurden. Heute Nachmittags endlich fand die große religiöse Ouvertüre der Festlichkeiten statt. In den in der Brandung des Meeres erbauten Tempeln wurde das Werk gesegnet. Die hohen Gäste erschienen, durch ein Militär-Spalier dahinschreitend, der Kaiser von Oesterreich die Kaiserin Eugenie führend, begleitet von dem Kronprinzen von Preußen und gefolgt von einer großen Suite. Rechts und links in den beiden Tempeln waren einerseits die Ulemas mit ihrem Oberhaupt, andererseits die christlichen Diener Gottes im Orient mit dem apostolischen Delegaten in Egypten versammelt. Monsignore Bauer hielt eine Predigt. Tausende hatten sich am Ufer versammelt. Gibt es Eines, was mir den höchsten Respect für die Energie des Herrn v. Lesseps einflößt, so ist es der Umstand, daß es ihm gelungen, die Ulemas zur Einweihung einer Schöpfung der Ungläubigen zu überreden. Auf der einen Seite der frommen Ceremonie ward Allah, auf der anderen der Gott der Christen um seinen Schutz für das große Werk angefleht.

Ismailia, 17., Abends.

Die officielle Einweihungsfahrt durch den Canal ist glücklich von statten gegangen. Schon des Morgens um 7 Uhr wurden wir auf einen kleinen Dampfer umgeladen, als die Nachricht kam, daß der Vicekönig mit dem „Latif" auf den Sand gelaufen und erst durch Remorqueure wieder flott geworden. Nachmittags 3 Uhr trafen wir nach einer siebenstündigen Fahrt hier ein. Alles war am Canal in festlicher Toilette. Wir, die Eclaireurs, liefen der Kaiserin Eugenie voran; ebenso waren der „Greif" und die „Grille", die Fahrzeuge des Kaisers von Oesterreich und des Kronprinzen von Preußen, bereits unter Dampf, als wir den Hafen von Port-Said verließen. Man sagte uns, die Kaiserin von Frankreich habe erst bei den Commandeuren der übrigen französischen Schiffe angefragt, ob sie sich auf dem „Aigle" in den Canal wagen solle. Eben um 5 Uhr donnern die Kanonen der Schiffe vor Ismailia; die Kaiserin kommt, und mit ihr treffen wohl auch die übrigen fürstlichen Gäste ein, wenn ich die Salutschüsse recht verstehe, die im Hafen donnern. In Ismailia ein Chaos von Baraken und Zelten, von Arabern und Fremden, das nicht zu beschreiben ist. Das Obdach ist knapp: ich habe mich auf einer Dahabieh, einer Nilbarke, angesichts des Araberlagers einquartiert, und vor mir wird eben eine glänzende Fantasia mit verwirrendem Flötenspiele und dem Bum-Bum der Trommeln ausgeführt, welcher die Kanonen der Schiffe accompagniren.

Hans Wachenhusen.

Miscellen.

Das fürstbischöfliche Schloß zu Bruchsal soll nach einem im Ministerium des Innern in Karlsruhe bestehenden Plane die Normalschule oder das Seminar von Ettlingen aufnehmen. Dieses Schloß, das bis zum Jahre 1806 den Fürstbischöfen von Speyer zur Residenz diente, ward im Jahre 1722 unter den Auspicien, man könnte hinzusetzen, unter der persönlichen Leitung des Cardinals von Schönborn errichtet. Ein großartiges Portal mit herrlichen Säulen, ein eben solcher Treppengang mit doppeltem Geländer, ein Fürstensaal, der mit den Portraits der Bischöfe von Speyer in ganzer Figur geschmückt ist, ein „Marmorsaal", dessen Boden und Wände mit dem schönsten Marmor ausgelegt ist, prachtvolle historische und allegorische Fresken; — alles dies vereinigt sich, um aus diesem Schlosse eine wahrhaft fürstliche Wohnung zu machen, und die Kunstliebenden würden es ungerne sehen, wenn man daraus ein Spital für Unheilbare oder ein Seminar für Lehrer, wie es anfänglich die Absicht war, machen wollte. Indessen sind die großen und prachtvollen Säle des Schlosses so schwer zu heizen, daß dieser Umstand neben künstlerischen und geschichtlichen Erwägungen stark in die Wagschale fällt.

In Straßburg werden gegenwärtig Uebungen gemacht, um die Truppen an das Ein- und Aussteigen auf der Eisenbahn zu gewöhnen. Ist das Bataillon auf dem Platze angelangt, so theilt es sich, parallel mit dem Wege in vier Reihen, mit dem Rücken gegen die Wägen ab. Die Sergeanten und Korporale öffnen die Wagenschläge. — Die Leute tragen ihr Gepäck und alle nöthigen Geräthschaften. — Auf ein gegebenes Signal wendet ein jeder sich um und das ganze Bataillon steht mit dem Gesicht gegen die Wägen gekehrt. — Es erfolgt ein anderes Signal: die Leute nehmen ihre Säcke in die Hände. — Wieder eines: Die Leute einer jeden dem Wagen nächsten Reihe steigen ein, stellen ihre Säcke unter die Bank, und kommen zurück, um nach und nach die außerhalb zurückgebliebenen Säcke eines jeden ihrer Kameraden zu holen, und sie ebenfalls unter die Bank zu stellen. — Es wird abermals geläutet: Mann für Mann steigen die von ihren Säcken befreiten Leute, nachdem sie ihre Patrontaschen von hinten nach vorne um den Gürtel geschoben haben, in die Wägen, indem sie ihre Waffen vor sich halten, setzen sich, stellen ihre Schießgewehre zwischen ihre Beine und verhalten sich unbeweglich. — Gesammtzahl der Leute in jeder Wagenabtheilung, welche zehn Plätze hält, 9 Mann. Auf ein letztes Signal schließt derjenige, der dem Wagenschlag am nächsten ist, denselben und das Manöver ist beendigt. Um auszusteigen, finden die Bewegungen in umgekehrter Reihe statt. Alle für die Soldaten, Korporale und Unteroffiziere bestimmten Wagen sind dritter Klasse. Mitten im Zuge nimmt ein Wagen der Klasse die Offiziere auf. Diese Bewegungen sind sehr einfach. Man glaubt daß nach mehrmaligen Uebungen das Ein- und Abladen zusammen in längstens 4 Minuten sich leicht werde bewerkstelligen lassen, ohne zu irgend einer Störung Anlaß zu geben.

Charade.

(Dreisilbig.)

Die Ersten zeigen sich in allen Dingen
Wohin du schaust, wirst Du sie gewahr;
Sie können Reichthum uns und Armuth bringen,
Sie drohen auf der Eisenbahn Gefahr.
Die Dritte find'st Du an Gethier und Pflanzen,
Des Himmels Huld bewahr' uns vor dem Ganzen!

Redaction von Dr. Eugen Jäger. Druck der Jäger'schen Druckerei in Speyer.

Palatina.

Belletristisches Beiblatt zur Pfälzer Zeitung.

Nro. 147. Speyer, Donnerstag, den 9. December 1869.

* Ein Geisterseher als Reisegesellschafter.

Novellistische Reiseskizze von August Becker.

(Fortsetzung.)

Nun hatte gerade damals eine Stuttgarter Buchhandlung meine erste Erzählung, eine Dorfgeschichte im damaligen Geschmack, in einer Unterhaltungsschrift abgedruckt, und bei Cotta lag das Manuscript meines ersten größeren Werkes, der lyrisch-epischen Dichtung „Jungfriedel", nach dessen Schicksal ich mich bei der Durchreise erkundigen wollte. So unvermuthet einen Mitstrebenden zu treffen, öffnete mir natürlich den Mund über meine Hoffnungen und Aussichten, und wir achteten nicht mehr auf die übrige Gesellschaft, noch auf die Gegend, obgleich das wald- und wildreiche Revier des Strom- und Heuchelbergs dem freundlichen Gefilde dorten einen hübschen Abschluß gibt. Da unsere Namen nicht so berühmt waren, daß sie errathen werden konnten, waren wir genöthigt, sie gegenseitig auszutauschen. Der seinige klang so biedermännisch, daß ich ihn halb mit Biedermaier verwechseln konnte. Als wir nun soweit in unserer jungen Bekanntschaft gediehen waren, dauerte es auch nicht lange mehr, daß ich manches aus seinem Leben erfuhr. Viele und trübe Erfahrungen und Enttäuschungen hatten jedoch noch immer nichts über den Sanguinismus vermocht, der solchen Naturen nun einmal in der Haut sitzt. Unter anderem verweilte er mit Vorliebe bei einer Liebelei mit der schönen Tochter eines Principals, die so sehr für ihn eingenommen gewesen, daß sie ihn, dem Willen ihrer Verwandten zum Trotz, beinahe geheirathet hätte; sie wurde jedoch später die Frau eines berühmten Mannes, dessen Namen allerwärts in Deutschland bekannt ist, hier aber füglich nicht genannt zu werden braucht.

Nun aber lag mir an diesen Mittheilungen viel weniger, als an der Geschichte, über welche er mehrmals im Verlaufe unserer früheren Unterhaltung mysteriöse, abgebrochene Andeutungen fallen ließ und die einen tiefen Eindruck auf ihn gemacht haben mußte. Nachdem ich das Gespräch vorsichtig wieder auf geheimnißvolle Vorgänge zu lenken gewußt, wurde er wie früher ernst und nachdenklich. Ich kam auf jenen Geisterruf im [illegible] zurück, um die Mutter abergläubischer Anwandlungen, die tief in der menschlichen Seele liegende Neigung zum Wunderbaren dafür verantwortlich zu machen, daß die meisten Menschen Vorkommnisse jener Art sich viel lieber außerhalb der Grenzen menschlicher Forschbegierde vorstellen, als daß sie sich zu mühsamen Untersuchungen darüber entschließen konnten. Wenn auch nur um meines Reisegefährten Widerspruch hervorzulocken, bestand ich entschieden darauf, daß derartige Erscheinungen sich fast immer auf die eigene Einbildung der erregten Phantasie zurückführen lasse.

Er hatte mich längere Zeit reden lassen, bis er endlich anfing:

„Ich könnte Ihnen das Gegentheil beweisen. Freilich, so war es von je:

Horatio sagt, es sei nur Einbildung,
Und will dem Glauben keinen Raum gestatten,
An dieses Schreckbild, das wir zweimal sah'n.

Aber Freund Hamlet wußte es besser:

Es gibt mehr Ding' im Himmel und auf Erden,
Als Eure Schulweisheit sich träumt, Horatio."

„Wenn ich mich recht entsinne," fing ich jetzt an, „und wenn ich Ihre eigenen Andeutungen nicht mißdeute, liegt der Beweis, auf den ich begierig bin, in der verflossenen Nacht. Es muß Ihnen da etwas Besonderes vorgekommen sein."

„Allerdings," sagte er, den Arm auf das Knie stützend und sein Kinn in die Hand legend. „Ich habe zwar nie das Hereinragen der Geisterwelt als eine Unmöglichkeit betrachtet und oft genug erfahren, daß die sogenannte Nachtseite der Natur kein leeres Hirngespinnst, — dennoch ist es mir nie so nahe getreten, als in der vergangenen Nacht."

„Ich bin wirklich gespannt zu hören, was Ihnen begegnete."

„Gut. Mein Gasthof für diese Nacht war keiner ersten Ranges, jedoch ein neues Haus, modern eingerichtet, mit Einem Wort: nichts weniger als die Phantasie anregend, sondern gründlich nüchtern."

„Aber vielleicht waren Sie —"

„Nicht nüchtern, meinen Sie wohl. Es ist gut, daß Sie mir Gelegenheit geben, vorauszuschicken, was Mißdeutungen vorbeugen muß: Ich bin von der Natur und durch meine Umstände auf Mäßigkeit angewiesen, auch mein körperliches Wohlbefinden erlaubt mir kaum ein Glas Wein. Frühzeitig begab ich mich in mein Zimmer, das ganz dem nüchternen Charakter des Hauses trug, — es war ein ganz gewöhnliches Gastzimmer. Da ein vollständiges Schreibzeug und ein Blatt Postpapier auf dem Tischteppich unter dem kleinen Spiegel stand und das Gemach angenehm erwärmt war, setzte ich mich nieder, um einer poetischen Stimmung zu genügen, die ich mir zu Mannheim auf der Richtstätte des edeln deutschen Jünglings, Carl Ludwig Sand, der den Kotzebue erdolchte, gesammelt hatte. Der erinnerungsschwere Ort an einem düstern Nebelabend hatte mir schöne Motive sowohl zu einer Ballade, als zu einem Sonettenkranz gegeben. Erlauben Sie einmal," unterbrach er sich, indem er in die Brusttasche griff, ein Taschenbuch heraus und nach einigem Suchen mir ein Blatt Papier hinreichte: „Lesen Sie gefälligst."

Und ich las. Da standen mit leserlicher Schrift die Verse:

„O, Kotz'bue, der Du das die deutsche Jugend
Begeisternde nur höhnend hast begeifert, —
O Du, der Du die —"

Hier war das Gedicht zu Ende und ich sagte, mich beherrschend: „Der Anfang des Sonettenkranzes ist originell und besonders die Apostrophirung des Erdolchten effektvoll."

Nun aber rief er mir zu, ich hätte das unrechte getroffen und solle das Blatt umwenden. In der That fand ich auf der andern Seite ein vollständiges Sonett, von untadeliger äußerer Form, höchst ehrenwerther politischer Gesinnung und auch dem Gehalte nach so gut, oder mindestens nicht schlechter, als hundert andere unserer zeitgenössischen Plateniden. Da war hingewiesen auf den Opferjüngling Sand, und Jeder möge erheben Herz und Hand zu einem festen Band fürs deutsche Vaterland. Dies war ungefähr der Inhalt, dem ich nur rühmen konnte, wie mir denn auch die reinen Endreime Anerkennung abzwangen. Dann aber gab ich das Papier dem Dichter zurück, der es wieder sorgsam verwahrte, während ich, auf den Fortgang der Geschichte meines Reisegefährten gespannt, mich mit den Worten zu demselben wandte:

„Das hatten Sie also fertig, als — —"

„Nicht ganz vollendet, denn ich saß noch schreibend am Tische, als ich, über einen weitern Reim nachdenkend, den Kopf erhob und dabei zufällig in den Spiegel über mir sah. Es war ein kleiner Spiegel in gewöhnlicher länglich viereckiger Umrahmung. Erst als ich so einige Zeit nachdenklich hineingeschaut hatte, fiel mir auf, daß mich aus dem Glase keineswegs mein eignes Gesicht anschaute, sondern ein ganz anderes; ein von dem meinigen völlig verschiedenes, ein sehr seltsames, bleiches Gesicht. Ich war natürlich sehr überrascht, als ich einmal diese Wahrnehmung gemacht hatte, und dabei sah mich das Gesicht so ernst, so unmuthig an, daß ich hätte erschrecken können. Es hatte in der That und in keinem Betracht irgend eine Aehnlichkeit mit meinem Gesichte, nicht einen Zug, und um nach dieser Richtung überhaupt keine Täuschung aufkommen zu lassen, bemerkte ich, daß die Erscheinung im Spiegel gepudertes Haar und Zopf trug, oder diesen doch wahrscheinlich hinten hängen hatte, da ich ihn selbst nicht sehen konnte.

„Mir war schon viel Verwunderliches im Leben vorgekommen, aber so etwas noch nicht. Wenn ich trotz alledem hätte glauben wollen, es sei dennoch mein eigenes Spiegelbild in seltsamer Veränderung, so nahm ich alsbald wahr, daß ich bei meiner sitzenden Stellung gar nicht im Stande gewesen wäre, mein eigenes Bild im Spiegel zu sehen, sondern daß die ganze Haltung des unheimlichen fremden Gesichts sich so abspiegelte, als gehöre es einer hinter mir stehenden Person, die mir über die Schultern auf die schreibende Hand sah.

„Nicht so lange, als ich jetzt davon rede, dauerte es, bis ich mich trotz des Schauers, der über mich kam und mir wie Quecksilber den Rücken herunter und wieder hinauf rieselte, daß es mir die Haare sträubte, — nicht so lange also dauerte es, bis ich mich, Muth fassend, auf meinem Stuhl umwendete, um zu sehen, wer sich erkühnt hatte, ohne meine Erlaubniß in mein Zimmer zu dringen. Aber — da war Niemand zu sehen. Wer da? rief ich laut. Wer ist da? — Keine Antwort erfolgte. Todtenstille herrschte in dem engen Gemach. Nur im Ofen, der von Außen geheizt wurde, fiel die Gluth mit einem schwachen, dumpfen Laut zusammen, und hinter der Tapete knisterte und krächzte etwas, wie das in Zimmern vorkommt, die erwärmt werden. Die Thüre, welche in den Corridor hinausführte, war nicht gegangen, hatte sich nicht einmal geregt, und ich — sehr empfindlich gegen den leisesten Luftzug — hatte kein Lüftchen gespürt. Das Gemach, in welchem ich wohnte, war aber so eng, daß sich Niemand in demselben verbergen konnte, ohne unter das Bett zu kriechen, das vor einer andern Thüre in ein nebenliegendes Zimmer stand und dieselbe sperrte. An entgegengesetzter Wand hatte mein Quartier keine Thüre, sondern die ununterbrochene ganze Tapete.

„War also Jemand in der oben beschriebenen Weise in's Zimmer gedrungen, so konnte sich der Eindringling nur unter die Bettlade versteckt haben. Bei genauerem Nachsehen bemerkte ich jedoch, daß selbst das nicht so leicht möglich, da der Zwischenraum zwischen Boden und Bett zu eng war, um selbst ein Kind hinunter kriechen zu lassen. Dennoch faßte ich nach dieser Beobachtung entschlossen nach meinem Schirm und stöberte mit diesem so lange unter der Bettlade umher, bis ich die feste Ueberzeugung hatte, daß sich Niemand darunter versteckt hielt.

„Jetzt fiel mir ein, ob nicht das, was ich für einen Spiegel angesehen, ein Porträt unter Glas wäre. Ich schaute nicht ohne einige Befangenheit in den kleinen Spiegel, indem ich mich zu ihm aufrichtete. Was mir entgegen schaute, waren jedoch meine mir wohlbekannten Züge, wie sie jeder Spiegel zeigt. Vielleicht aber mußte ich in ganz bestimmter Richtung in das Glas sehen, um jenes seltsame, geisterhafte Kopfbild wieder zu erblicken, und so nahm ich meine frühere sitzende Lage am Tische ein, und sah zu dem Spiegel empor. Es gibt ja solche Kunstwerke. Aber die Glastafel zeigte nichts, als das Spiegelbild der gegenüberliegenden Wand. Zu allem Ueberfluß nahm ich noch den Spiegel von der Wand, — es war ein gewöhnlicher Zimmerspiegel, wie man sie allenthalben findet."

(Fortsetzung folgt.)

* Die Ritter vom Fleische und die Ritter vom Gemüse.

Ein Kapitel aus der Küche von Dr. G. Jäger.

Unser stolzes Jahrhundert rühmt sich der großartigsten Fortschritte auf allen Gebieten menschlicher Thätigkeit, und besonders ist es die Naturwissenschaft, welche nicht nur alle schon bekannte Gebiete in's Unermeßliche ausgedehnt, sondern auch neue Reiche der Forschung und des Gedankens eröffnet hat.

Auch die Frage, wie sich der Mensch am richtigsten seiner Natur und Anlage entsprechend ernähren soll, hat die Naturwissenschaft vom Standpunkte der Chemie und Physiologie aus in die Hand genommen. Die Ergebnisse der Forschungen und Entdeckungen haben bisher eine Art von Abschluß in der fabrikmäßigen Herstellung verschiedener Präparate gefunden, unter welchen der Fleischextract die erste Stelle einnimmt. Anfangs schien es fast, als könne man sich in einem Topfe Fleischextract Lebenskräfte und Sicherheit gegen Krankheiten auf lange Zeit hinaus erkaufen. Dem war jedoch nicht so, und der Erfinder dieses Medicaments hat sicher auch nicht im Entferntesten daran gedacht.

Wir haben des Fleischextracts erwähnt; aber nicht blos dieser, sondern auch viele andere Präparate sind aus jenem Bestreben hervorgegangen, wenn auch nicht immer in der reinsten und uneigennützigen Absicht. Immerhin aber bildet der Fleischextract den Mittelpunkt dieser Menschen beglückenden Resultate, nicht nur weil der Name seines Erfinders eine der ersten Größen der heutigen Naturwissenschaft ist, sondern auch weil eine große Menge von Gelehrten der Neuzeit dem Fleisch die Hauptrolle bei der Ernährung des Menschen zugedacht hat.

Man hat des Scherzes halber diese Herren als Ritter vom Fleische bezeichnet, und wir stehen nicht an, ihnen hier diese Bezeichnung zu lassen. Ihnen sind in den letzten Jahren Andere gegenüber getreten, denen nicht nur das Fleisch an sich eine unangenehme Erscheinung ist, sondern die den Fleischgenuß als den gräßlichsten aller Gräuel bezeichnen. Wir wollen sie des Gegensatzes halber als Ritter vom Gemüse bezeichnen; jedoch müssen wir von vornherein bemerken, daß beide Bezeichnungen weder allgemein zutreffend sind, noch die sich gegenüberstehenden Lehren genau wieder geben können. Die Herren vom Fleische leben nicht ausschließlich vom Fleische, so wenig wie der Mensch nach der Bibel vom Brode allein leben soll; und auch die Ritter vom Gemüse treiben die Einfachheit noch nicht bis zur Lebensweise eines Diogenes, wenn ihnen auch ihre Gegner manchmal mit boshafter Satyre nachgesagt haben, daß sie sich ausschließlich von Aepfeln ernährten.

Wenn wir im Nachstehenden versuchen die beiderseitigen Ansichten etwas näher gegeneinander zu halten, so muß doch vorher des besseren Verständnisses wegen noch bemerkt werden, daß Schreiber dieser Zeilen sich weder zu den Rittern vom Fleische, noch zu denen vom Gemüse zu rechnen die Ehre hat, obwohl er nicht leugnen will, daß er bisher mehr auf Seite der ersteren gestanden ist und dort noch ferner zu bleiben gedenkt.

Wenn auch die reine Fleischtheorie, in das Extrem getrieben, bald Hungersnoth und neue Völkerwanderungen hervor rufen müßte, so möchte doch die reine und ausschließliche Pflanzennahrung für unsere heutigen Kulturverhältnisse sich ebenfalls nicht allgemein vorschreiben lassen. Doch werden wir nicht umhin können, einige der sonderbarsten Einwände, welche man gegen die Ritter vom Gemüse erhoben hat, zu besprechen und zu beleuchten.

Cuvier, der Vater der neuern Zoologie, verglich die einzelnen Thiergattungen mit einander und untersuchte besonders den Bau derselben hinsichtlich der Nahrung, welche sie im wilden Zustande aufsuchen und für deren Genuß sie daher von der Natur bestimmt erscheinen. Auf Grund dieser Untersuchung theilte er die Thiere in Fleisch- und Pflanzenfresser ein; die letzteren unterschied er wieder in die Kraut fressenden Thiere, die Herbivoren, und in solche, die sich von Früchten ernähren, die Frugivoren. Zu den letzten rechnet er die Affen und die Menschen. Die Anlage der Menschen ist ihm eine frugivore, und er meint, als Nahrung des Menschen scheinen Früchte, Wurzeln und andere saftige Pflanzentheile bestimmt zu sein; Kräuter und rohes Fleisch könne er nur dann verzehren, wenn er diese Stoffe zuvor einer Kochung unterwürfe.

Darnach sollen Früchte, Wurzeln und sonstige saftige Pflanzentheile die Nahrung eines solchen Volkes bilden, das auf der tiefsten Stufe sich befände und dem nicht einmal das Feuer bekannt wäre. Ein solches Volk gibt es aber nicht, und selbst der verkommenste Wilde kann Feuer machen durch Reibung zweier Hölzer. Nimmt man ferner als natürlichen Beruf des Menschen, daß er sich die ganze Natur unterwerfen, alle ihre Kräfte in seinen Bereich ziehen und für sich nutzbar machen soll, so vermag man nicht einzusehen, warum der Mensch bei jener ihm durch Cuvier angewiesenen natürlichen Nahrung stehen bleiben, oder vielmehr auf diese zurücksinken soll, wenn ihm sein erfinderischer Geist schon seit Jahrtausenden die Mittel an die Hand gab, noch andere Nahrungsmittel als jene sich zurecht zu machen.

(Fortsetzung folgt.)

„1683",

das neueste Schauspiel Schauferts, wurde am 3. December im Hofburg-Theater zu Wien aufgeführt, und hat, wie bereits im Hauptblatte gemeldet, keinen guten Erfolg gehabt. Die „N. Fr. Pr." spricht sich sehr scharf darüber aus, legt jedoch die Schuld mehr der Direction des Theaters, als dem Dichter selbst zur Last. Bekanntlich waren es dieselben Bretter, auf welchen vor einem Jahre Schaufert durch sein preisgekröntes Lustspiel „Schach dem König" sich eine so glänzende Laufbahn zu eröffnen schien.

Den Inhalt jenes Schauspieles bildet die heldenmüthige Vertheidigung Wiens gegen die Türken. Der Held ist der Bäckergeselle Anton Schardinger, nach welchem das Stück früher „Bäckertoni" geheißen. Er liebt Adelheide, die Tochter seines reichen Meisters Ambrosius Frank. Dieser aber hat sie bereits dem reichen Kaufherrn Augustin Weilhardt zugesagt und des Bäckertoni Hoffnungen schwinden täglich mehr. Da kommen die Türken; Weilhard verkriecht sich feige, Toni feuert in begeisterten Reden die Bürger zum Kampf auf. Diese Scene, ganz vortrefflich angelegt, trug Hrn. Schaufert einen Hervorruf mitten im Acte ein, und man hielt den Abend schon für gewonnen.

Anton wird bei einem Ausfalle verwundet und für todt beklagt, kehrt aber plötzlich als kaiserlicher Soldat zurück. In der Stadt reißen Noth und Krankheit ein, die Reihen der Vertheidiger lichten sich. Adelheid, von Vaterlandsliebe hingerissen, zieht Männerkleider an und wandelt des Nachts auf den Basteien umher. Graf Rüdiger v. Starhemberg, Bischof Kollonitsch und der Bürgermeister Liebenberg feuern die Bürger an. Näher und näher rückt die Gefahr; für den 12. September steht der Hauptsturm bevor, und der entscheidende Tag bricht an. Die Mine an der Löwelbastei fliegt auf, Alles scheint verloren, aber schon greift das Entsatzheer an. Eine Verwandlung führt uns in das christliche Lager; im Hintergrunde sieht man Wien, Sobieski erscheint und beräth sich mit dem Herzoge von Lothringen, ob er angreifen solle. Auf diesem Schauplatze kommt Alles zur glücklichen Lösung; Kreisleb, der lustige Freund und Mitgeselle Anton's wird verwundet hereingebracht; Adelheid, welche bei dem Ausfalle der Wiener mit ausrückte, stürzt in einen Laufgraben, aber sie wird glücklich herausgezogen und die Liebenden vereinen sich auf dem Schlachtfelde.

Der Berichterstatter der N. Fr. Presse warnt auch gleichzeitig vor einer Unterschätzung von Schauferts dichterischem Talente, wie sie gerade jetzt leicht kommen könnte; denn er meint, Schauferts Talent für das Lustspiel, seine gesunde Auffassung volksthümlicher Gestalten, seine heitere Laune zeigen sich auch in dem mißrathenen Kinde, dessen frühes Ende er beklagt. Es sind einige Figuren voll des besten Humors darin. So der Bäckergeselle Kreisluß, eine kernige Natur voll derber Späße und rührender Freundestreue. Ferner der fahrende Soldat Gerhard Schütz aus Stralsund, dieser unverwüstliche Aufschneider, der in Holland drei Stunden unter dem Eise geschwommen sein will. Selbst eine ernste Episode ist dem Autor gelungen: die Erzählung des alten Hausmeisters Elias Mühe von dem Ueberfalle der Türken und dem Raube seiner Tochter.

Die Composition des Ganzen scheint etwas zerfahren zu sein, und besonders sollen zu viele Personen darin vorkommen, ein Vorwurf, der, wie bekannt, auch seiner Zeit gegen „Schach dem König" erhoben worden ist. Die uns vorliegende Recension vermißt Einheit und Entwickelung der Handlung. Sie findet zu viele Episoden, so daß das Ganze sich wie ein zertrümmertes Mosaik-Bild ausnähme.

Soviel über das Stück selbst. Ein weiterer Fehler soll auf Seiten der Direction des Hofburg-Theaters liegen, welche „1683", das doch ein Volksstück sein soll, einem Publikum vorführte, das für solche Volksstücke zu wenig Geschmack hat, und dieselben gar nicht zu verstehen im Stande ist; man hat nämlich bisher Volksstücke grundsätzlich von dem Burgtheater ferne gehalten, man hätte also das Schauspiel weit eher in dem auf das große Wiener Publikum berechneten Theater an der Wien zur Aufführung bringen sollen, wo die Nachkommen jener Vertheidiger sitzen, deren Heldenmuth damals die kaiserlichen Soldaten in staunende Bewunderung versetzte. Ferner hat sich die Direction des Burgtheaters einer großen Rücksichtslosigkeit gegen den Dichter schuldig gemacht, indem sie, wie allgemein angegeben wird, zu wenig Sorgfalt auf die Inscenirung des Stückes verwendet hat. „Wenn Männlein und Weiblein, wie es am Schlusse des 4. Actes geschah, wie eine Heerde Schafe durcheinander laufen, so ist das allgemeine Gelächter unausbleiblich."

Noch Etwas müssen wir erwähnen, denn es dient zur Kennzeichnung des Publikums, das über Schauferts Stück zu Gericht saß. Der Geist des christlichen Glaubens und der Frömmigkeit war es, welcher 1683 Wien rettete und damit die Völker Süddeutschlands vor dem Untergang in der türkischen Sündfluth bewahrte; dieser Geist ist im heutigen Wien, so weit es sich öffentlich ausdrückt, nicht mehr vorhanden, denn der Recensent der „N. Fr. Pr." sagt uns mit klaren Worten, daß jene Gefühle von 1683 ihm und dem Publikum des Burgtheaters zuwider seien. Sicherlich hat dies nicht wenig zur gleichgiltigen Aufnahme des Stückes beigetragen und Manches läßt sich darüber denken.

„1683" wurde indessen am 4. Dec. wiederholt aufgeführt, und erfuhr im Ganzen eine günstigere Beurtheilung als das erste Mal. In den beiden ersten Acten gab es sogar unbestrittenen Beifall.

Miscellen.

Engen, 3. Dec. Im hiesigen Amtsgefängniß sitzt ein interessanter Dieb, der hier und an andern Orten unter merkwürdigen Umständen aus seiner Zelle entflohen ist und die gefährlichen Diebstähle fortgesetzt hat. Endlich wurde man seiner in der Schweiz habhaft. Martin Hauser vom Hohenwalde ist an Händen und Füßen gefesselt, die Kette läuft in ein Nebengemach, wo sie befestigt ist und ein Gendarm ist dort als Wache aufgestellt. Zu diesen Vorsichtsmaßregeln war man genöthigt, da Hauser die zuerst angelegten eisernen Bande geradezu gesprengt hatte.

(Diamanten-Reichthum.) Der k. k. Consul in Port Elisabeth in Südafrika, Herr Adler, schreibt an Herrn Professor Hochstetter in Wien: „Die Diamanten sind, wie Alles, was hier vorkommt, ganz außergewöhnlich: sie erstrecken sich über 1000 Meilen. Jede Post bringt Nachrichten, daß an neuen Stellen Diamanten gefunden worden. Aber die Hauptstelle ist Likatlong am Kolong, einem Zufluß des Vaal, nahe der Grenze des Oranje-Fluß-Freistaates. Die Diamanten wurden bis jetzt nur auf der Oberfläche gefunden; es sind Stücke von ½ bis 150 Karat. Die größten waren: 30½ Karat in meinem Besitze, „Firstwater", regelmäßiges Octaeder; 46 Karat, in London verkauft für 4000 Pfd. St., 80½ Karat, jetzt in London; 10,000 Pf. St. dafür geboten; endlich 130 Karat. Dieser letzte Stein wurde gesprengt; ein Bruchstück von 21½ Karat ist in meinem Besitze. Steine von 5 bis 18 Karat sind die gewöhnliche Größe. Herr Mauch ist jetzt auf einer Reise den Vaal-River entlang, und es heißt, er habe eine Diamantenmine entdeckt, wo man Granaten, Topas und andere Steine einstweilen ausgegraben habe. Ich werde nächstens nähere Mittheilungen machen." — Im Briefe heißt es weiter: „Mit einer der letzten Posten empfing Dr. Rubidge den [illegible] Bericht, worin Sie der Geologie des Caps erwähnen und seinen Namen nennen. Dr. R. war höchst erfreut darüber. Sie haben ihm in den letzten Tagen seines Lebens noch eine große Freude gemacht. Er hatte den Vorsatz, Ihnen zu schreiben, wie er mir sagte. Heute vor acht Tagen — Anfangs August — um 12 Uhr sprach ich ihn noch, um 1 Uhr war er eine Leiche. In einem plötzlichen Anfall von Wahnsinn nahm er sich das Leben mit Strychnin."

Redaction von Dr. Eugen Jäger. Druck der Jäger'schen Druckerei in Speyer.

Palatina.

Belletristisches Beiblatt zur Pfälzer Zeitung.

Nro. 148. Speyer, Samstag, den 11. December 1869.

* Ein Geisterseher als Reisegesellschafter.

Novellistische Reiseskizze von August Becker.

(Fortsetzung.)

„Sie sehen also, ich versäumte nichts, um dem Grund der Erscheinung nachzuforschen. Auch war es keine Einbildung meiner erregten Phantasie, die sich mit etwas ganz anderem beschäftigte, und weder das Porträt Sands, noch das Kotzebue's, die mir hinlänglich bekannt sind, stimmten zu dem Kopfe, der mich aus dem Spiegel angestarrt. Daß es aber auch keine Sinnestäuschung war, werden Sie sogleich erfahren."

„Natürlich war ich aus meiner poetischen Stimmung herausgebracht und glaubte auch nicht rasch wieder mich in dieselbe hinein arbeiten zu können, da mich die Erscheinung, für welche ich keine Erklärung gefunden, eben doch sehr beunruhigte und meine Gedanken beschäftigte. Mit gemischten Gefühlen entkleidete ich mich und legte mich nieder, rückte den Tisch neben das Bett, um nur rasch den Gedankengang und die Endreime des begonnenen Sonetts auf's Papier zu werfen, damit ich die Arbeit andern Morgens vollenden konnte. Aber mit der Beschäftigung kam mir auch wieder Lust und Stimmung. Nur dann und wann störte mich der Knall einer im Hause zugeschlagenen Thüre, von dem man sagt, daß er auch die Geister der Verstorbenen quäle, — oder der mehr oder minder schwere Tritt eines Fremden, der im Corridor draußen nach seinem Quartier eilte, oder die Lustigkeit einer Zimmerjungfer oder Hausmagd, die trällernd die Stiege heraufkam und nach ihrem Stübchen schlurfte.

„Es war schon spät geworden. Ich hörte irgend wo eine Uhr lang fortschlagen. Als sie geendet hatte, vernahm ich nur noch ein leises Gestöhne. Es mochte im Kamin gewesen sein, denn einige Male fuhr ein Windstoß über das Haus hin. Ich beachtete es weiter nicht und verlor mich ganz in meine Arbeit. Da schauerte es mich mit einem Male wieder seltsam an. — es war, als wenn leise wie Eulenflug eine Thür sich öffne und zuklappe. Dennoch bewegte sich weder die nach dem Corridore, noch jene versperrte hinter meinem Bette. Vielleicht hatte der Wind einen Fensterflügel aufgedrückt, daß die Zugluft hereindrang. So richtete ich mich auf, um darnach zu sehen. Aber das Fenster war fest geschlossen. In diesem Momente bemerkte ich aber auch etwas Seltsames zwischen meinem Bett und der Tapetenwand, das sich mir näherte. Ich rieb die Augen, um mich zu überzeugen, daß ich wahr und richtig sehe."

Hier machte mein Reisegefährte eine so lange Pause, daß ich in meiner Spannung auf den Ausgang seiner Mittheilung fragte:

„Und was sahen Sie denn?"

„Zwischen mir und der Tapetenwand stand Jemand im Zimmer, sehr deutlich sichtbar, ein Mann in der Tracht des vorigen Jahrhunderts, wohlfrisirt, mit Kleblöckchen, Haarbeutel, aufgethürmtem Toupé, das Haar stark gepudert; Halskrause und Manschetten bestanden aus feinen Spitzen, der silbergestickte und von Brillantknöpfen funkelnde Staatsrock aus feinem gelbem Sammet. Ein Hofdegen mit vergoldetem Griff stak in horizontaler Richtung an seiner Hüfte, die Schnallen an seinen Stumpfschuhen blitzten wie Edelsteine."

„Und Sie hatten die Ruhe, das Alles so genau zu beobachten?" fragte ich etwas mißtrauisch.

„Allerdings," sagte mein Reisegefährte, „denn ich maß den Eindringling von Kopf bis zu Fuße und er beeilte sich eben nicht, vor meinen Blicken den Rückzug anzutreten, sondern starrte mich mit einem seltsam schauerlichen Blicke an, indem er stetig langsam näher kam. Dabei hielt er das dreieckige, mit Federn garnirte Hütlein unter dem linken Arm, während er mit der rechten Hand immer wieder nach dem weißen Tüchlein an seinem Halse emporfuhr, als sei dasselbe zu fest geschlungen und er wolle es lockern, wobei er eine Bewegung machte, wie die eines Erstickenden. Ich konnte ihm dabei in das mumienartige Gesicht sehen. Es war dasselbe, das mich aus dem Spiegel angesehen hatte."

„So sehr mich dabei der Schauer erfaßte, glaubte ich doch auch jetzt noch eine Täuschung der Sinne annehmen zu dürfen, oder eine Vorspiegelung meiner Einbildungskraft. Jedoch war es keineswegs die äußere Gestaltung dessen, was eben noch ganz meine Seele erfüllt hatte. Auch hatte ich ein ähnliches Gesicht, eine gleiche Figur vor diesem Abende niemals gesehen, weder auf einem Bilde, noch auf der Bühne. Aber immer wollte ich noch einen natürlichen Vorgang annehmen, und als ob ich glaubte, es habe sich Jemand einen Spaß mit mir erlaubt und sei in dieser

Maske, um mich zu schrecken, vor mein Bett getreten, fragte ich bei voller Spannung:

„Was wollen Sie? Wer sind Sie?“

„Die Gestalt antwortete nicht, sondern griff wieder nach der Halsbinde, als sei ihr mit derselben die Kehle zugeschnürt. Zugleich sah ich auf dem fast blüthenweißen Tüchlein einen dunkeln Fleck, der von einem mit Blut beschmutzten Daumen herrührte. Denn jetzt war die Gestalt völlig an mein Bett herangetreten. Mir kam nun doch der Angstschweiß, das Blut drang mir zum Herzen zurück, als mich die Gestalt mit grünen gläsernen Augen anstarrte und auf mich einrückte, als wolle sie mich aus dem Bette verdrängen.

„Zurück!“ schrie ich jetzt, indem ich mich verzweifelt aufraffte. „Zurück, oder —“

Zugleich hob ich den Arm empor und schlug zu, — aber in die leere Luft. Ich sah nur noch die Gestalt, rückwärts schwebend, an einer Stelle der Tapetenwand verschwinden, die ich genau bezeichnen konnte.

Außen an der Thüre nach dem Corridor klopfte man.

„Wünschen Sie noch etwas, mein Herr?“ fragte die Stimme des Kellners, der mir das Zimmer angewiesen hatte.

„Ja wohl“, sagte ich, aus dem Bette springend, um die Thüre aufzuriegeln, nicht ohne einen scheuen Blick nach der Stelle an der Wand zu werfen, wo die Gestalt verschwunden war. „Ich wünsche noch für diese Nacht ein anderes Zimmer.

„Wie? Warum? Warum, mein Herr?“

„Weil ich kein Freund von Störungen und nächtlichen Besuchen bin.“

„Ich verstehe wirklich nicht,“ erwiederte der Kellner, und ich glaubte seiner Versicherung, bestand aber auf meiner Behauptung und Forderung, indem ich weiter erklärte:

„Es war Jemand hier in meinem Zimmer, um mich zu erschrecken oder in anderer Absicht, — gleichviel.“

„Nicht möglich, gar nicht möglich!“ meinte der ehrliche Kellner.

„Ich sage dennoch! Also vorwärts ein anderes Zimmer. Ich bleibe unter keiner Bedingung in diesem.“

„Dann muß ich den Herrn Gastwirth selbst rufen und ihn entscheiden lassen.“

„Gut, aber schnell!“ sagte ich und zog nun so rasch meine Kleider wieder an, als es eben möglich war.

Als nach wenigen Minuten der Wirth erschienen war und meine Forderung und deren Ursache vernommen hatte, schüttelte er eben so erstaunt als ungläubig den Kopf, und dies je mehr, je bestimmter ich auf meinem Bericht und der Uebersiedelung bestand.

„Hier ist er herein!“ sagte ich, nach der Stelle an der Tapete zeigend. „Und hier auch wieder hinaus!“

„Aber wer denn?“ fragte der Wirth etwas ungeduldig. „Hier ist doch keine Thür! Es ist ja die blasse, glatte Wand. Hier stößt ja mein Gasthof an ein nebenliegendes Haus.“

„Gleichviel. Was ich gesehen, lasse ich mir nicht ableugnen.“

Der Wirth, mit der Absicht, mich zu beruhigen, tastete nun an der Tapete hin und her, indem er immer wiederholte:

„Sehen Sie, hier ist keine Thüre, keine Idee von einer Thüre, nicht die leiseste Spur von einer — — halt! Doch! Hier ist eine Fuge! Schau, die Tapete weicht! Und doch kann hier niemals eine Thüre gewesen sein, da das Nachbarhaus an dieser Wand angebaut ist. Aber, Jean, hole mir einmal das Brecheisen, das drüben in meiner Schlafstube liegt. Wir wollen doch gleich nachsehen, um Sie gründlich zu beruhigen.“

(Fortsetzung folgt.)

Vom Nil.

— —

Kairo, 21. November.

Seit meinem letzten aus Port-Said datirten Schreiben ist die Weltgeschichte um eine Thatsache reicher geworden. Am Abend des 16. war Nubar persönlich bei uns zu Port-Said erschienen, um der Handels-Deputation anzuzeigen, daß sie am anderen Morgen um 6 Uhr auf dem „Mehemet Ali“, einer der schönsten Corvetten, die Fahrt durch den Canal eröffnen solle. Keine Ruhe die Nacht hindurch. Illumination und Feuerwerk im Hafen hielten Alles bis zum Morgen wach. Um 5 Uhr steuerten wir schlaftrunken durch das Dunkel und den Sand dem Hafen zu. Durch die schwarzen Schiffsriesen, die bereits ihre dicken Qualmsäulen in die Luft des dämmernden Morgens sendeten, ging die Fahrt zum „Mehemet Ali“. Mühselig wurden alle Koffer und Reisesäcke die hohe Treppe hinan auf das Verdeck geschafft. Es tagte allmälig während dieser Arbeit. Fröstelnd schritten wir am Deck auf und ab, wo auf dem Hintertheile des Schiffes die Mannschaft eben mit einem dicken Tau-Ende zum Appell zusammengeprügelt wurde. Eine Stunde verstrich. Wie eine große gelbe Orange stieg die Sonne im Osten herauf. Ermüdet hatte sich so Mancher bereits auf die Sofas und Fauteuils des schönen Salons geworfen, als plötzlich die Nachricht Alles aufschreckte: Der „Latif“, der in der Nacht vorausgegangen, sitzt im Canal fest, wir fahren nicht mit dem „Mehemet Ali“, sondern gehen auf die „Alexandra“, die eben auf der Leeseite des Schiffes anlegt. Wieder begann die Packerei. Unten am Fuße der Schiffstreppe lag ein kleiner türkischer Postdampfer, neben demselben die „Alexandra“. Beide standen zu unserer Verfügung. Die Koffer und Kisten wurden hinabgeschafft. Auf dem Deck der Postjolle stand ein Herr im Tarbusch und Stambulin, der das Umpacken leitete und selbst die hinabkommenden Koffer und Säcke empfing, um sie auf die „Alexandra“ hinüberzureichen. Mit Erstaunen erkannte ich Nubar Pascha, den Minister des Auswärtigen, der eine Kiste nach der anderen nahm, sie weitergab, für Jeden ein Wort hatte und Allen lächelnd einen guten Morgen wünschte. Er schüttelte dem Baron v. Gagern und dem Baron v. Keudell, dem österreichischen und dem preußischen Präsidenten der Deputation, lachend die Hände und — packte weiter. Acht Uhr war's, als wir zum Hafen hinaussteuerten. Vor uns lief der kleine Postdampfer in den Canal; neben uns lagen der „Greif“, die „Grille“, der „Aigle“ mit den allerhöchsten Herrschaften, die uns zunächst folgen sollten. Ein halbes Dutzend anderer Schiffe war wie diese bereits unter Dampf. Der „Latif“ war inzwischen durch Remorqueure flott geworden, das Fahrwasser im Canal mußte also frei sein. Im hellsten, sonnigsten Morgenlichte dampften wir zwischen den beiden künstlichen Obelisken hindurch in den Canal. Sie stehen zwar beide etwas schief, aber das schadet nichts. Die scharfe Brise, die stets in dem Canal weht, empfing uns. Alles still auf den Böschungen; nur hie und da lagen einige Neugierige auf den Sand hingestreckt. Erst nach etwa einer halbstündigen Fahrt kam uns ein anständiger türkischer Dampfer entgegen, wahrscheinlich um uns zu beweisen, daß zwei rechtschaffene Fahrzeuge sich sehr wohl im Canale begegnen können. Einige Feluken segelten daher, auch eine venetianische Gondel, die sich hieher verirrt. Nichts zu erzählen, als was ich schon bei der Fahrt von Suez nach Port-Said gesagt. Dieselben trostlosen Sandufer; ein Geier, ein Volk Möven flogen über uns dahin, seine Flügelspitzen in den Menzaleh-See tauchend. Endlich änderte sich die Staffage. Bei den Pelikan-Inseln zeigte sich uns ein weißer Streif im Wasser, der sich hinzog, so weit das Auge reichte. Hinter dieser Fahrt ein Dutzend anderer lichter Streifen, die sich bewegten. Ueber sie hin zogen einzelne Schwärme von Flamingos, die sich zwischen den Streifen auf dem blauen Wasser verloren.

Sämmtliche Fernröhre wurden in Bewegung gesetzt. Man erkannte eine Gesellschaft von Flamingos und Pelikanen, die hier zu Tausenden versammelt waren, vielleicht auf Befehl des Hrn. v. Lesseps, den ich in Allem, was Arrangement und „Mache“ betrifft, das Erstaunlichste habe leisten gesehen. Kein Regisseur hätte wie er dieses große Volksschauspiel zu sceniren verstanden.

Eben dampfte an uns die kleine Postjolle vorüber. Nubar stand an der Spitze derselben. Ein Hurrah empfing ihn von unserem Schiffe, denn die Delegirten der europäischen Handelskammern waren ein Hauptgegenstand seiner Aufmerksamkeit. An die zwanzig andere kleine Postdampfer, die den Canal befahren, dampften hin und her, um den Postdienst während dieser unruhigen Zeit mit großer Gewissenhaftigkeit zu unterhalten. Vor dem vierzigsten Kilometer durchschnitten wir die sich in den See hineinstreckende Landzunge. Hinter derselben tauchte El Kantara vor uns auf, und hier begannen die Ufer lebendig zu werden. Die Araber, Männer, Weiber und Kinder, lagen in ganzen Klumpen auf den Anhöhen der Ufer. Die Weiber riefen uns ihr „Lululu“ entgegen; die Arbeiter der Compagnie standen Front machend am Rande oder der Draguen und Maschinen, welche man als einen imposanten Park am Ufer aufgestellt. Die Depesche des Agenten Schiff in Suez, welche Lesseps uns am Abend vorgelesen, hatte ihre Richtigkeit. Alle Maschinen waren beseitigt. Alles klar, und nichts war geeigneter, die ganze riesenhafte Bedeutung dieses Canalwerkes zu demonstriren, als eben dieser ganze, fast unabsehbare Apparat von Maschinencolossen. Kanonendonner vom Bord des egyptischen Kriegsschiffes bei El Kantara. Er galt nicht uns; vielleicht dem uns vorausgeeilten Minister. Vorbei ging's an El Kantara, wo die Straße nach Syrien abgeht; hier ist die Süßwasserstation für die Karawanen, welche durch die Wasserleitung gespeist wird. Von hier aus ist der Canal bis zum Kilometer 54 ausgebaggert. Zwischen 54 und 60 existirt nur ein beschränktes Fahrwasser von 15 Metres Sohle mit der entsprechend zweifüßigen Böschung; den Grund dieses Mangels bilden vorgekommene Agglomerationen, welche weit über die Befürchtung die Vollbaggerung verhinderten. Wir passirten im Kilometer 54 das ganze zu den noch übrigen Arbeiten aufgestellte Material, bestehend aus 10 Elevateurs, 2 Draguen à long couloir und dreien zu 25 Metres. Dasselbe war im Kilometer 56 noch der Fall, wo für die nach Eröffnung des Canals sogleich beginnende Vollbaggerung zwei Elevateurs und sechs Draguen aufgestellt sind. Vom Kilometer 60 an bis 75, also von El Ferdane bis zum Chantier 6 am sogenannten Seuil de el Gisr, ist der Canal nach dem Normalprofil fertig.

Zu erwähnen ist hier die Stelle von Tagiar-el-Abir, gefährlich durch die Dünen, welche für die Erhaltung des Canals bedrohlich sind; desgleichen ist bei Chantier 5 im Kilometer 75 der scharfen Curven wegen die Abgrabung der Böschungen zur Verbreiterung und zur Erleichterung des Steuerns mit langen Schiffen nothwendig. Bei Kilometer 75 erreichten wir den Timsah-See. Die Einfahrt bietet keine Schwierigkeiten. Die schon bestehenden Vorkehrungen für Signalisirung des großen Fahrwassers und die von der Compagnie publicirte hydrographische Karte der Seen überhaupt erleichtern dem Schiffer je nach dem Tiefgang das Erkennen der Ankerplätze. Zwei Uhr Nachmittags war's, als die hohe, auf dem Ufer errichtete Ehrenpforte am Landhause des Vicekönigs in Ismailia vor uns auftauchte, umringt von einer dichten Menge Neugieriger, die uns jubelnd empfing. Um halb drei Uhr liefen wir in den Timsah-See.

Da lag Ismailia, und wie anders als vor wenigen Tagen! Weithin streckte sich das Araberlager, mit Fahnen und Lampen geschmückt. Ein ganzer Park von Kameelen, Pferden und Eseln bewegte sich am Ufer hinter der Reihe zierlicher Nilbarken; Tausende von Flaggen wehten in der durchsichtigen Luft und hoch hinauf, auf den Sandhügeln zeigte sich die unverfälschteste orientalische Staffage. Ueber dem Ganzen lag jener zarte Duft, der in der dünnen Atmosphäre das Ineinandergehen des Wüstensandes mit dem Aether hervorbringt, in welchem der Farbenreichthum der Orientalen auf dem unbestimmten Grundtone der Zelte seine wunderbarste Wirkung übt. Es war ein großes, unübersehbares Duar, denn alle Stämme Syriens, Arabiens und Lybiens, die Stämme bis zum Sinai und Tripolis hatten ihre Goums, ihre Reiter gesendet, die vornehmsten Scheiks und Scheriffs waren gekommen, selbst die Djemmas, der Rath der Edlen und Aeltesten in den Tribus, hatten ihre Würdigsten geschickt. Das zierliche Mahara und das Lastkameel, der „Trinker der Lüfte“ und das geplagte Saumthier bewegten sich vor uns auf der sandigen Ebene durcheinander, auf ihrem Rücken der Beduine mit Schild und Lanze, der Schausch und der Kadi, der Sultan, der Emir der Wüste und der Negersklave. Alle gemischt mit dem Costüm der Franken, der Nazarener, die mit weißen orientalischen Shawls auf den Hüten oder die bunte seidene Koffieh um das vor dem Sonnenstrahl zitternde Haupt, neugierig durch die Zeltgassen stiegen und über die Stricke der Zelte oder die der gefesselten Pferde stolperten.

(Fortsetzung folgt.)

Miscellen.

Der englische Geistliche Harry Jones erzählt im „Guardian“ von einem amerikanischen Schulfeste, bei welchem der Präsident der Vereinigten Staaten ein wahres Martyrium auszustehen hatte. Es war das „Jubiläum“ einer Sonntagsschule der methodistisch-bischöflichen Kirche; und der Vorstand hatte dem Präsidenten Grant, welcher sich zu jener Kirche bekennt, die Zusage abgezwungen, das Fest mit seiner Gegenwart zu verherrlichen. Auf der Bühne des theaterähnlichen Gebäudes saßen etwa 1100 Sonntagsschülerinnen in weißen Kleidern, viele von ihnen erwachsene Mädchen, plaudernd und ihre Fächer handhabend. Als der Präsident mit seiner Frau und mehreren Freunden erschien, nahm er, von endlosem Händeklatschen begrüßt, seinen Sitz in einer Loge, wo er in zurückgezogener Ruhe die Feierlichkeiten, hauptsächlich musikalische Aufführungen, zu überstehen gedachte. Aber das Schicksal, der Schulvorstand und das amerikanische Heldencultus-Fieber hatten es anders beschlossen. In dem zweiten Theile des Programms prangte der berühmte Händel'sche Chor „See the conquering hero comes“ (Seht, der Held und Sieger kommt); diesen griff man heraus um ihn durch den leibhaftigen Helden zu illustriren. Einige Mitglieder des Vorstandes jedoch lockten den Präsidenten trotz seines schüchternen Sträubens ab und führten ihn aus seiner Loge auf die Bühne, wo er sich hinter eine Coulisse stellen mußte, bis der Vers kam „See the godlike youth advancing“ (Seht, der göttergleiche Jüngling naht). Bei diesen Worten mußte er seine Schritte zu einem mitten im Vordergrunde der Bühne errichteten Sessel lenken, wo er, das Gesicht gegen den Zuschauerraum gewandt und einen dicken Blumenstrauß in der Rechten, in offenbar höchst unbehaglicher Stimmung niedersaß. Nachdem der Gesang zu Ende, forderten die Leute ihn auf, eine Rede zu halten. Präsident Grant ist ein kluger Mann, und es ist bekannt, daß er öffentlich möglichst selten und möglichst wenig spricht. Aber die Ungestümen ließen sich nicht beschwichtigen, er mußte nachgeben. Er sprach so leise, daß der Ruf „lauter!“ erscholl; was er verständiger Weise für das Zeichen hielt abzubrechen und sich zu setzen. Damit war seine Geduldsprobe noch nicht zu Ende; er wurde genöthigt, über die Bühne hin und her zu marschiren, um sich den Schülerinnen zu zeigen. Den jungen Damen in Weiß war diese Versuchung zu stark, sie flogen von ihren Stühlen auf und stürzten auf ihn zu, um den „göttergleichen Jüngling“, der freilich schon den Fünfzigern nahe ist, zu küssen, wo sie ihn nur fassen konnten; Ohren, Augen, Nase, Mund, Bart waren den rothlippigen Angriffen ausgesetzt. Sie verschlangen ihn fast, und lange Zeit war nichts von ihm zu sehen, als die bräunlichen Haare seines Kopfes — der Präsident ist kleiner Statur — in einem Strudel von weißem Muslin. Der Anblick war so lächerlich, daß die ganze Zuschauermenge in Heiterkeit ausbrach; der arme Präsident aber bot alle seine Kräfte auf, um aus dem Wirbel herauszuschwimmen, und nachdem ihm dies gelungen, machte er sich unverzüglich auf den Weg nach Hause. Er wird sich wohl nicht mehr zu einer Schulfeier einfangen lassen.

Dem französischen „Officiellen Journal“ wird aus Valparaiso vom 9. Oct. geschrieben: „Vor einigen Monaten erschien eine Brochüre, die einen gewissen Dr. Falb aus Königsberg zum Verfasser hat, welcher sich, wie erzählt wird, seit lange mit Astrologie beschäftigt. Zahlreichen Berechnungen zufolge glaubte der Astronom in positiver Weise für die ersten Tage des October eine ähnliche Katastrophe vorherverkündigen zu können, wie die, welche Peru 1868 heimgesucht hat. Die Prophezeiung lautete dahin, daß zwischen dem 29. September und 8. October längs der Küste des stillen Oceans ein heftiges Erdbeben verspürt werden und in dessen Folge eine allgemeine Ueberschwemmung der Häfen eintreten würde; ferner sollte die Fluth vom 7. Oct. die gewöhnliche Fluthhöhe zur Aequinoctialzeit bedeutend übersteigen. Diese im Journal von Panama ohne Commentar veröffentlichte und von allen Blättern Peru's und Chili's wiederholte Nachricht brachte auf die Küstenbevölkerungen einen unermeßlichen Eindruck hervor. In wenig Tagen war der Schrecken ein allgemeiner geworden und die Häfen an der Küste des stillen Oceans wurden fast sämmtlich von ihren Bewohnern verlassen. In Valparaiso war die Aufregung die nämliche und vom 27. September an begann die Auswanderung eines Theiles der Bevölkerung. Eine große Anzahl Familien flüchteten in's Innere nach den etwa 12 Leguas vom Hafen entfernten Ortschaften, während sich das Volk auf den Höhen niederließ, welche die Stadt beherrschen. Dahin ließen auch die Kaufleute und viele der ersten Handelshäuser ihre in den Zollhäusern gelagerten Waaren bringen. Zeltlager von oft bizarrstem Anblick entstanden und die längs der Höhen ausgebreitete ungeheure Menschenmenge bot dem Auge ein sehr malerisches Bild. — Die Behörde vernachlässigte keine Maßregel, welche die Lage erheischte. Auf ihren Befehl wurden die verlassenen Häuser in der Stadt gegen alle Plünderungsgelüste sichergestellt und die Bevölkerung ward in Kenntniß gesetzt, daß man von den Forts der Stadt abgefeuerte Kanonenschüsse die ersten Anzeichen der Gefahr, wenn sie eintreten sollte, verkünden würden. Als endlich der 8. October herankam, ohne daß die Prophezeihungen des deutschen Gelehrten in Erfüllung gingen, fingen die Bevölkerungen an, sich zu beruhigen und kehrten allmälig nach ihrem häuslichen Herd zurück und alles läßt hoffen, daß der während der Krise gänzlich gelähmte Handel bald wieder zur früheren Thätigkeit zurückgekehrt sein wird.“

Mittel gegen Ratten und Mäuse. Man nehme Terpentinöl, gieße Etwas davon auf Läppchen und lege hin und wieder eins derselben in eine Ecke des Hauses an die Löcher, wo sie herauskommen und wo man ihren Aufenthalt vermuthet. Die Ratten weichen davon weg, und sollten auch ihre liebsten Nahrungsmittel dabei liegen. Dieses Mittel ist auch gegen andere schädliche Thiere, wie Motten und Kornkäfer anzuwenden.

Berichtigung.

In dem Gedichte: „Der erste Schnee“ in No. 146 der Palatina soll es in der vorletzten Zeile der ersten Strophe statt: Für ein neues Kleid zu weben, heißen: **Für die Erd' ein Kleid zu weben.**

Redaction von Dr. Eugen Jäger. Druck der Jäger'schen Druckerei in Speyer.

Palatina.

Belletristisches Beiblatt zur Pfälzer Zeitung.

Nro. 149. Speyer, Dienstag, den 14. December 1869.

* Ein Geisterseher als Reisegesellschafter.

Novellistische Reiseskizze von August Becker.

(Fortsetzung.)

Bald war denn auch Jean wieder zurück mit dem Instrument, mit welchem der Wirth die Tapete vorsichtig aufriß, einige ältere Tapeten aufdeckte und das Brecheisen nun in eine sichtbar werdende Fuge stemmte. Es bedurfte nur noch eines tüchtigen Druckes — und eine leichte, überklebte Thüre sprang auf. Es war natürlich, daß ich mit der größten Spannung dieses Moments geharrt hatte und nun der Lösung des düsteren Geheimnisses entgegen sah. Aber was wir erblickten, entsprach keiner Erwartung. Da war nichts als eine nicht sehr tiefe Mauernische, deren hintere Wand zugleich die des Nachbarhauses war, aber erst später als der übrige Theil der Mauer gebaut worden sein mochte. In dieser Mauernische nun fand sich, so sehr wir in alle Winkel leuchteten, nichts als ein einziger Bretterabsatz und auf diesem ein feines, weißes Tüchlein, wie man sie im vorigen Jahrhundert um den Hals schlang.

„Da haben Sie die ganze Bescheerung!“ sagte der Wirth wegwerfend, indem er mir das Tüchlein herreichte. „Das verlohnte sich der Mühe nicht“, setzte er hinzu.

Ich betrachtete das Tuch näher; es zeigte einen Fleck, wie der Abdruck eines blutbeschmierten Daumens. Mir erschien es als das Halstuch des gespenstischen Mannes, der immer darnach griff, als ob er erdrosselt würde. Zu dem Wirthe aber sagte ich jetzt in bestimmter Weise:

„So wenig Ihnen das scheinen mag, genügt es mir dennoch vollständig, um auf meinem Auszug aus diesem Zimmer zu bestehen. Wollen Sie mir kein anderes in Ihrem Hause einräumen, so geben Sie mir Jemanden von Ihren Leuten mit, um mich in einen andern Gasthof zu führen, da ich hier fremd bin.“

Das wirkte, und der Herr Wirth ließ meine Sachen in ein Zimmer bringen, welches zwischen einigen andern wohlbesetzten lag. Da schlief ich denn auch endlich ein und ungestört bis zum Morgen. Beim Frühstück trat der Wirth zu mir und bedauerte, daß ich in jenes Zimmer gewiesen worden sei, wo ich auf so unangenehme Art in der Ruhe gestört wurde. Es thue ihm recht leid. Aber ich möchte das Vorkommniß vergessen und sein Haus nicht in's Gerede bringen, weßwegen ich auch Ihnen und jedem Andern gegenüber den Namen des Gasthofs nicht nennen werde! Uebrigens war der Mann noch nicht lange auf dem Hause und wußte nichts von dessen früherer Geschichte oder der des Nachbarhauses. Gestehen muß ich und setze es ausdrücklich hinzu, daß Speise und Trank im Hause gut, die Rechnung überraschend billig war.“

Hier endete mein Reisegefährte seine Mittheilung. Ich aber konnte mich nicht zurückhalten zu sagen:

„Das ist ja eine höchst wunderliche Geschichte. Haben Sie das blutige Tüchlein zu sich genommen?“

„Nein. Wozu? Es liegt noch in dem unheimlichen Zimmer.“

„Und haben Sie keine weitere Aufklärung erhalten?“

„Keine. Das Nachbarhaus sah ich in der Frühe; es ist älter als der Gasthof, aber ein gewöhnlicher Bau. Und ich konnte doch wohl nicht hinein treten und fragen, ob da nicht Jemand umwandle, oder ob da nicht im vorigen Jahrhundert eine Standesperson erdrosselt worden sei.“

Das war nun allerdings richtig, und ich mußte die Erzählung nun einmal so hinnehmen, wie sie mir mitgetheilt worden. Unterdessen war der Zug bei Bietigheim über die Enz und später am Asperg vorüber gekommen, wo die unbequemen württembergischen Genies für eine Zeit lang freie Wohnung und Kost, sowie Muße zur Selbstbetrachtung und Entwicklung zu erhalten pflegten. Je mehr sich der Zug den reizenden Umgebungen der württembergischen Hauptstadt näherte, desto mehr schloß sich mir mein Gefährte an. Wir waren soweit bekannt geworden, daß er fragen konnte, wo ich einkehren werde. Als ich nun erwiederte, daß das Hôtel garni zum König von England, hinter dem alten Schlosse neben der Hauptkirche, gewöhnlich mein Absteigquartier in Stuttgart sei, fragte er, ob ich erlaube, wenn er mit dahin gehe. Natürlich hieß ich ihn mitgehen, man sei da gut aufgehoben und keinem Zwang unterworfen.

Jetzt aber rückte er mit einem zweiten Vorschlag heraus, der mich unangenehmer überraschte: nämlich ein gemeinschaftliches Zimmer zu nehmen. Nun bin ich aber der abgesagteste Feind von solchen gemeinsamen Quartieren. Ich konnte nie in einem Zimmer schlafen, wo noch ein anderes Wesen athmete, und wäre es mein eigenes Kind. Der Vorschlag verstimmte mich.

Ich sagte gerade heraus: das gehe nicht. Da kam er aber auf den Vorschlag immer wieder zurück, daß ich nicht anders glauben konnte, als er fürchte sich vor der Nacht und einer Wiederholung des Geisterbesuchs. Und ich wiederholte bei mir das Citat, das früher mein Reisegefährte angewandt hatte:

„Horatio sagt, es sei nur Einbildung,
Und will dem Glauben keinen Raum gestatten
An dieses Schreckbild, das wir zweimal sah'n.
Deswegen hab' ich ihn hieher geladen,
Mit uns die Stunden dieser Nacht zu wachen,
Damit, wenn wieder die Erscheinung kommt,
Er unsern Augen zeug' und mit ihr spreche."

Obgleich ich Mitleid mit meinem Reisegefährten empfand, suchte ich ihm noch immer zu entschlüpfen. Aber er ließ keinen Vorwand gelten. Und als ich mich verleumdete, ein gefürchteter Schnarcher zu sein, lächelte er ob solcher Kleinigkeit; schnarchen müsse der Mensch. Ich glaube, er fand das Schnarchen deßwegen angenehm, weil es in der Nacht die sichere Ueberzeugung gibt, daß man nicht allein sei. Nach und nach ließ ich mich wirklich überreden, theils aus Theilnahme für ihn, andertheils aber reizte es mich, mit einem Geisterseher in einem Zimmer zu übernachten.

Schon rollte der Bahnzug in das sonnige Neckarthal hinein, in welchem Stuttgart wie in einem Mostkessel liegt. Und bald wanderten wir auch durch die freundlichen Straßen der lieben, gemüthlichen Hauptstadt der Schwaben. Unsere Sachen ließen wir von einem dienstbeflissenen Jünglinge voraustragen, und so ging es am weiten Schloßplatz vorüber durch einen Bogen an der Schillerstatue neben der alten Burg hin nach dem König von England, unserem auserwählten Hotel garni. Das gemeinschaftliche Zimmer war rasch bestellt, und nun ging es, der Kellner voran, himmelwärts. So hoch war ich im König von England zu Stuttgart noch nie gestiegen, als an jenem Novembertage mit meinem Reisegefährten. Als wir nun so weit gen oben vorgedrungen waren, daß wir in die Nähe des Mondes angelangt sein konnten, steckte endlich der Kellner den Schlüssel in ein Schloß und öffnete uns ein ziemlich geräumiges Gemach, in welchem zwei Betten einander gegenüber standen. Hüben und drüben an den Wänden zeigten zwei verschlossene Thüren verschiedene runde Löcher, die irgend ein wißbegieriger Weinreisender für sich und seine Nachfolger gebohrt hatte, um sie als Perspektive zu benutzen. Uns genirte das nun gar nicht. An das Fenster tretend, sahen wir, wie erhaben wir über der Welt standen, — die Gasse unten so tief, der Eckthurm des alten Schlosses gegenüber so nah, daß man Lust bekam, hinüber zu fliegen.

Die Zeit, in der jeder von uns Beiden seinen Geschäften nachging, kann ich wohl füglich verrinnen lassen. Ich hatte die Buchhandlung besucht, welche meine Erzählung aus der sentimentalen Dorfgeschichtenperiode gebracht hatte, war auch bei Hrn. von Cotta gewesen und kam von da glücklich und mit dem Vorgefühl der Unsterblichkeit zurück. Meinen Genossen traf ich beim Abendessen und bei einem Glas Biere. Wir saßen etwa zwei Stunden beisammen, wobei sich nun die liebenswürdige, gutmüthige Natur meines Gefährten gar anmuthig entfaltete. Dann erklommen wir die Höhe unseres Quartiers, wie die Hühner, wenn der Abend kommt. Mein neuer Freund mit dem biedermännischen Namen legte sich in das Bett rechts, ich in das links. Jedoch ließen wir die Lichter brennen und fingen an zu lesen, — er in meiner gedruckten Dorfgeschichte, ich in seinem noch ungedruckten Bande Lyrik. Von Zeit zu Zeit unterbrach er mich, um mir das Compliment zu machen, daß er noch niemals eine schönere Dorfgeschichte gelesen habe, sie sei so dramatisch und gäbe ein prächtiges Volksstück. Obgleich ich nun gegen derartige Lobsprüche früh genug abgestumpft worden bin, thaten sie mir doch damals noch pudelwohl. Ich fing an, meinen Gefährten für ein bedeutendes, kritisches Talent zu halten, eine Ehre, die später auch mir immer da widerfuhr, wo ich etwas zu loben fand.

Jedoch wäre es meinem Zimmergenossen wahrscheinlich lieber gewesen, wenn ich sein lyrisches Genie hätte anerkennen wollen. Er hatte mir das Manuscript mit der bescheidenen Bemerkung überreicht: wenn auch nicht Alles darinnen vollendet sei, so sei doch Alles wahr und tief empfunden.

Seine Sammlung begann mit einem Gedichte an Anna, die einzig Geliebte, die ihn so sehr betrübte und für welche er im Todesschmerz sein Leben so freudig hinzugeben entschlossen war, daß ich gefürchtet hätte, der Dichter habe die mörderische Kugel bereits empfangen, wenn er nicht ganz gesund und wohl mir gegenüber in seinem Bette gelegen wäre. Nach mehreren Nummern, die sich mit Anna beschäftigten, kam eine Hymne an Bertha, die noch einziger Geliebte, für die er zehn Leben hinzugeben bereit war in Wonne, und für die er glühte, wie die Sonne. Mehrere Perlhabsymnen folgten nach, dann kam ein Sonett an Cäcilien, die weiß und rein wie Frühlingslilien, zu der er betete in frommen Vigilien, und für die sein Herz brannte, wie der Aetna auf Sicilien. Ich war begierig darauf, ob das so im Abc fortgehe, und richtig: auf einer der nächsten Seiten fand ich eine Ghasele, betitelt Dorothea, die schön wie Rachel, tugendhaft wie Lea, doch an großer Leidenschaft Medea u. s. w.

(Schluß folgt.)

Vom Nil.

(Fortsetzung und Schluß.)

Wir legten am Bollwerk an, wo Tausende von Neugierigen bereits der Ankunft der Dampfer harrten. Eine mühselige Stunde im Sonnenbrand, ehe alle die Bagagen gelandet und auseinandergesucht waren. Das Militär in seinen weiten rothen Hosen bildete ein Spalier zur Hauptstraße hinauf; die egyptische Musik spielte ihre arabischen Hymnen. Von einer Herde Knaber mit dem Gepäck gefolgt, keuchte ich mit Dr. Kissel durch den tiefen Sand zum „Hotel Aurie", in welchem wir am 13. gewohnt und wo sich das Gouvernement mit der Einquartierungs-Commission niedergelassen. Der Gedanke an ein häusliches Obdach wäre eine Schwärmerei gewesen. Das ganze Feldlager, welches sich rechts und links auf der Ebene der erst werdenden Stadt Ismail, war für die Gäste errichtet; es blieb nur die Wahl zwischen einem Zelt und einer Nilbarke.

Schaarenweise bewegten sich die von Kairo bereits eingetroffenen Gäste in der Straße; haufenweise drängten sie sich vor dem „Hotel Paris“, fast ohne Ausnahme in ihre Shawls und die braun-gelben Koffiehs gehüllt, denn mag einer noch so sehr Beduine sein, der erste beste Wiener oder Berliner, der nach Egypten kommt, wird ihn an äußerer Wildheit überflügeln. Wir erhielten Anweisung für eine der Dahabiehen, die unmittelbar vor dem Araberlager am Ufer des Sees aufgefahren waren. Ueber die Brücke des Süßwassercanals, fast betäubt von dem nicht eine Secunde rastenden Höllenlärm der Pfeifen und Trommeln, der während des ganzen Festes nur gegen Morgen auf einige Stunden unterbrochen ward, erreichten wir unsern Capitän, den Reis Tahib. Reis Tahib, ein Mohrengesicht, empfing uns und führte uns in den kleinen reizenden, mit zwei blauseidenen Divans und gleichfarbigen Vorhängen ausgestatteten Salon. Hinter demselben ein Schlafzimmer und wieder dahinter ein Schlafsalon mit zwei Betten, Spiegeln und allem Comfort. Sauber und hübsch war Alles, aber um des Himmels willen, wenn wir hier zu Vieren sein sollten, wie uns in Aussicht gestellt worden! Das Alles war hier ganz schön und elegant, aber es war nicht größer als ein geräumiger Kleiderschrank, und wie man sich auch bewegte, man stieß sich überall das Genick und die Ellbogen. Wirklich kamen zwei Fremde im Boot herangefahren. Sie verzichteten aber und fuhren wieder davon. Ermattet streckte ich mich oben auf dem Deck des Salons auf einen der Divans, während Reis Tahib den Kaffee servirte. „Jetzt wette ich meinen Kopf gegen eine Orange“, rief ich, „daß neben mir auf der nächsten Nilbarke ein Berliner oder ein Wiener, vielleicht gar mein Schuhmacher, mein Schneider oder mein Hotelwirth wohnt!“ Kissel lachte. Als ich den Kopf erhob, erschien mir auf dem Dache der andern Barke, kaum drei Schritte von mir richtig ein Bekannter aus Deutschland. Ich wußt' es ja! Und wäre ich an der geheimnißvollsten aller Nilquellen, ich wäre auf das Begegnen eines Deutschen vorbereitet gewesen. Meine Ruhe ward gestört durch ein Bombardement, kaum zweihundert Schritte von mir entfernt. Die Kaiserin Eugenie lief auf dem „Aigle“ ein. Der ganze See hüllte sich in Pulverqualm. Danach kamen auch der „Greif“ und die „Grille“ mit dem Kaiser von Oesterreich und dem Kronprinzen von Preußen.

Der Abend fiel inzwischen herab. Das Pfeifen und Trommeln vor uns im Lager ward wilder und betäubender; in dem Kameelpark entstand Bewegung. Eine Fantasia entwickelte sich, aufgeführt von zwei Beduinen, die ihr ritterliches Lanzenspiel trieben, ohne sich etwas zu Leide zu thun, denn es gibt nicht wohl größere Spiegelfechter, als es die Araber sind. Drüben links, einer Fata morgana gleich, das eigenthümlichste Diorama. Die scheidende Sonne, der vom See heraufsteigende Nebel hüllten das Tableau der Anhöhe in einen von glitzerndem Gold durchwirkten Schleier, hinter welchem sich wie Schattengestalten die Kameele bewegten. Die bunten Fähnchen und Standarten, die Laternchen, die „Fanusch“, warfen ihre Blitze durch den Schleier; die Farben der Araber, die Turbane, die Tarbusch, die Schabracken und Decken bildeten ein Kaleidoskop der eigenthümlichsten Art, das endlich dem Auge verletzend ward. Die Nacht fiel. Wilder ward der Lärm der Pfeifen und des Tamtam. Alle die Laternen strahlten ihre Lichter aus, die sich in den großen Räumen der innen dunkelfarbigen Zelte der Scheils verloren. Von der Fantasia kommend, zogen die Reiter am Süßwassercanal, der Fronte des Araberlagers, vorüber; ihren Tschibuk rauchend saßen die weißbärtigen Effendis auf den Kissen ihrer Divans, bereit, jeden Gast zu empfangen und mit Kaffee zu bewirthen, der sie mit seinem Eintritte beehren werde. Dazwischen liefen die Mohren, die braunen Söhne der Wüste, die Eseljungen; die Reiter auf den „Hamars“ jagten hin und her, und die arabischen Gauklerzelte füllten sich mit Neugierigen. Hier tanzten die Almeés ihren Bärentanz, dort hatte sich eine arabische Musikanten-Gesellschaft in einem großen, mit schönen Teppichen und Divans geschmückten Zelte niedergelassen und lud jeden Fremden zu sich ein, ihn bewirthend und mit peinlicher Aufmerksamkeit umgebend. Die Musikanten klimperten auf ihrer orientalischen Zither, auf ihrer einseitigen Guitarre; ein Vorsänger mit dem Tenor des chronischen Katarrhs sang seine Lieder in langweiligen, näselnden Cadenzen, und zur rechten Zeit fiel der Chor mit einem „Ah!“ ein, wie man bei uns einen Canon singt. Dort gab eine Tänzerin, verschleiert von oben bis unten, ihre unbeholfenen Pas zum Besten, und endlich dort stand das große Zelt der Saadijeh, der Schlangenfresser, der hauptsächlichste Anziehungspunkt des ganzen Lagers.

Zur bestimmten Abendstunde war das Zelt belagert. Auf dem Teppich saß und stand der ganze Schlangenfresser-Orden, und während im Halbkreise die größten Notabilitäten und Celebritäten Europas erwartungsvoll dasaßen, begann die Bande ihre entsetzliche Vor-Ceremonie, bis endlich die Schlangen eßbar geworden, der Ober-Schlangenfresser, schon ganz in Ekstase gerathen, der Schlange den Kopf, dann den Schwanz abbiß und in seiner Tollwuth das ganze Reptil zu verspeisen drohte, wenn ihm seine Brüder nicht dasselbe entrissen hätten. Hinterdrein noch eine lange, wahnsinnige Tanzceremonie mit dem ewigen Hin- und Herwiegen des Körpers und namentlich des Kopfes unter einem tactmäßigen, summenden Gesang, der den nervenschwachen Damen Schwindel verursachte. Diese Schlangenfresserei ist ein gräulicher Humbug, eine Ausgeburt der Schlangenbezauberung, die in der Zähmung der unschädlichen Schlangen besteht, und unschädlich werden selbst die gefährlichen gemacht, indem man ihnen die Giftzähne ausreißt. Die Schlange hat nämlich für gewisse Töne ein musikalisches Gehör; der

Schlangenbezauberer lockt daher die Schlangen aus den tiefsten Verstecken in den Häusern, wenn es keinem Sachverständigen durch seine Kenntnisse gelingen will, wie dies erst vor einigen Tagen bei einem Bekannten von mir geschah, dessen Wohnung vollständig durch einen Zauberer von diesen Reptilien gesäubert wurde. Das Schlangen fressen der Saadijeh-Derwische hingegen ist ein Blödsinn, der ihnen von ihrem Oberhaupte schon früher einmal untersagt wurde, weil die Schlange nicht zu den Thieren gehört, welche das religiöse Gesetz zu essen erlaubt. Diese Comödianten der Wüste machen aber ein Geschäft daraus; sie verfallen scheinbar in eine förmliche Raserei, damit der Effect erhöht werde. Weiter hat die Sache keine Bedeutung. Auch das Austreiben der Giftschlangen hat zwar seine Schwierigkeiten, aber meist keine Gefahr, denn die Schlange wird in einen Sack gesteckt, durch Hunger so weit herabgebracht, daß sie den Proceß geschehen läßt, und die Zähmung ist hinterdrein nichts Schwieriges mehr. Macht man doch selbst mit den Scorpionen dieselben Kunststücke, sobald man ihnen den Stachel genommen. Die Widerwärtigkeit des Thieres trägt den Hauptantheil des ganzen Effectes.

Herr v. Lesseps hatte sich Abends in den kleinen Saal, in welchem die Handels-Deputation speiste, eine Gesellschaft eingeladen. Um sich zu überzeugen, ob die Chambres du comm... denn noch immer nicht mit ihrem Diner fertig sei, steckte er den Kopf zur Thür herein. Man erkannte den Unvorsichtigen; er wurde hereingeholt, umringt, gratulirt, und das entfesselte seine stets fertige Suada. Er begann eine emphatische Rede in welcher er erklärte, daß ihm dreißig Millionen zur Vollendung des Canals jede Minute zur Verfügung seien. Er sprach Ueberschwengliches von der Bedeutung seines Werkes für die Verbrüderung der Völker. „Messieurs!“ rief er, das Glas erhebend. „le commerce a pris la place du canon!“ Einstimmiger Applaus, ein donnerndes Hoch auf den Vicekönig; noch eines auf Lesseps. „Le commerce a pris la place du canon!“ wiederholte er, als er sah, welch glänzenden Erfolg dies Wort gehabt. Noch einmal ein Hoch auf den Handel. Dann benachrichtete er die Herren, daß er sofort in einem Nebensalon eine Medaille unter sie vertheilen werde, welche auf der einen Seite sein Bildniß, auf der anderen den Canal darstelle. Und so geschah es.

Um 9 Uhr sollte der Ball im Palais des Vicekönigs beginnen. Die Stunde ward jedoch auf Elf hinausgerückt, weil eben erst die letzten nothwendigen Mobilien für dies in aller Eile vollendete Palais eingetroffen und noch einige Arrangements zu treffen waren. Der Ball war glänzend, überfüllt, ich glaube sogar, es ist auf demselben auch getanzt worden. Was an Uniformen bei dieser Festlichkeit geleistet wurde, ist unbeschreiblich. Die ausschweifendste Poesie hätte nicht so viel Ungeheuerliches ersinnen können, wie hier sich breitmachte. Alles was nur irgend einen ganz entfernten Vorwand hatte, Uniform zu tragen, hatte dieselbe über Land und Meer hieher geschleppt. Es war, als seien sämmtliche Schützengilden Deutschlands hier in Deputationen erschienen, denn Deutschland hatte wiederum das größte Contingent zur Suez-Feier geliefert. Man hörte Deutsch wohin man sich wendete; selbst unter dem Tarbusch und der Beduinen-Kopftuch sprach der Deutsche heraus.

Am andern Morgen ging's nach Suez weiter. Ich zog es wie eine große Anzahl anderer vor, nach Kairo zurückzukehren, denn Suez noch einmal zu sehen, hatte keinen Reiz für mich. Ich war durch die ununterbrochene Illumination und Feuerwerkerei bereits lichtscheu geworden. Die Canalstrecke von Ismailia bis Suez kannte ich; es hätte mich also höchstens die Neugier treiben können, zu sehen, wer stecken bleibe und wer nicht, und das hätte mich selbst ebenso gut treffen können, wie die Anderen. Was ich sonst über diese jedenfalls interessanteste Canalstrecke noch zu erzählen habe, lasse ich hier folgen:

Im Momente der Abfahrt lichteten trotz der Verabredung sämmtliche Schiffe zugleich die Anker. Es entstand eine wahre Jagd nach der Ausfahrt. Hyremsen nach rechts und links, besonders durch rücksichtsloses Vordrängen der Franzosen, Engländer und Egypter. In Folge dessen blieben die „Pelusi“ und eine englische Corvette stecken und versperrten den übrigen Schiffen 5½ Stunden lang den Weg. Da noch manche andere Unfälle hinzukamen, mußte die ganze Flotille unterwegs übernachten und gelangte erst am Morgen des 20. anstandslos nach Suez, wo sie um halb 11 Uhr Früh eintraf und auf der Rhede inmitten der großartigsten Ovationen der dort liegenden Schiffe Anker warf.

Der Kaiser verabschiedete sich in Suez sogleich von der Kaiserin Eugenie, fuhr mit einer Dampfjolle durch die Hafenbauten und stieg ans Land. Von dort fuhr er in die österreichische Missionskirche und setzte dann seine Reise nach Kairo fort. Am nächsten Morgen um 6 Uhr folgte der Reichskanzler dem Kaiser nach Kairo.

Was ich von Kairo zu schreiben habe, könnte im Allgemeinen nur eine Wiederholung früherer Mittheilungen sein. Die Oesterreicher haben ihrem Kaiser eine glänzende Triumphpforte errichtet, die am Abend in Flammenlichtern glänzte. Großer Enthusiasmus; ein unverkennbar aufrichtiges Interesse zeigte sich im hiesigen Volke für den „Remsa“-Kaiser, und nichts ist erklärlicher, gerechtfertigter als dies. Der Kaufmannsstand, die Besitzer aller der kleinen und größeren Magazine, die Griechen und Levantiner stehen großentheils entweder unter österreichischem Schutz oder mit Oesterreich in regen Handelsbeziehungen. Der Maria-Theresia-Thaler ist bis nach Abyssinien und Nubien hinein die gangbarste Münze, ja man läßt sich dieselbe prägen, wenn Mangel daran ist.

Hans Wachenhusen.

Auflösung des Homonyms in Nr. 139:

Kreuzer (als Componist: Kreutzer).

Redaction von Dr. Eugen Jäger. Druck der Jäger'schen Druckerei in Speyer.

Palatina.

Belletristisches Beiblatt zur Pfälzer Zeitung.

Nro. 150. Speyer, Donnerstag, den 16. December 1869.

* Wünsche.

Ich wollt' ich könnte tauchen
Hinunter in's tiefste Meer,
Und fänd' eine schöne Perle,
Die schönste, die drunten wär.

Ich wollt', ich könnte fahren
In den tiefsten Bergesschacht,
Und fände Gold im Berge,
Das reinste, das drinnen lacht.

Ich trüge Gold und Perle
Vergnügt zum Goldschmied hin,
Der müßte ein Ringlein schmieden
Für dich, meine Königin.

Lorenz Mohr.

* Ein Geisterseher als Reisegesellschafter.

Novellistische Reiseskizze von August Becker.

(Schluß.)

„Mein Bester," sagte ich jetzt, „an Gelegenheiten, einzig und ewig treu zu lieben, scheint es Ihnen nicht gefehlt zu haben, — Sie haben ja da ein ganzes Alphabet einzig treugeliebter Weien!"

Darüber mußte er nun so herzlich lachen, daß seine Versicherung, es sei Alles in seinen Gedichten wahr und tief empfunden, ihm wahrscheinlich selbst komisch erschienen sein mußte. Indessen blätterte ich fort und stieß wirklich im Verlauf der Seiten noch auf eine Edmunde, Friederike, Gertrud, Hedwig, Ida, Karoline, daß es mir endlich langweilig wurde. Auch er hatte bereits genug gelesen; wir löschten die Kerzen aus und suchten einzuschlafen, nachdem wir noch geplaudert hatten, bis das Gespräch seinerseits zu stocken begann. An gewissen Tönen, die einen stets schauerlicheren Charakter annahmen, merkte ich dann, daß er glücklich eingeschlafen war. Mich hatte dagegen das Ungewohnte, mit einem Andern in einem ohnehin fremden Zimmer eine Nacht zubringen zu müssen, noch nicht zum Schlummer kommen lassen, — nun noch dies eintönige Concert.

Lieber Leser! Schnarchen ist eine der Eigenschaften oder Thätigkeiten, die wirklich allen Idealismus fern zu halten und zu verscheuchen geeignet sind. Ich habe immer angenommen, daß Lord Byron's Gattin geschnarcht haben müße und daß er selbst so empfindlich dagegen war, wie etwa meine Wenigkeit, und daß dies der geheimnißvolle Grund der verhängnißvollen Ehescheidung gewesen sein mag. Ich habe später einmal mit einem berühmten Dichter, den ich so sehr verehrte, als er heute noch von vielen meiner Leserinnen verehrt wird, unter einem Dache — nicht in einem Zimmer, sondern bei geöffneten Thüren in einem Nebenzimmer — geschlafen, leider! Denn seitdem ist meine Verehrung für ihn aus keinem andern Grund geschwunden, als weil ich ihn schnarchen hörte. Ich hatte es hierin mit einem meiner verstorbenen Freunde, einem wackeren schwäbischen Baron, der sich vor sechzehn Jahren auf der Durchreise nach Wien in München aufhielt. Dieser machte nämlich mit andern Freunden eine Tour ins Hochgebirg, wobei es kam, daß am Abend Niemand mit einem bewährten Schnarcher das Zimmer theilen wollte. Mein Baron wußte sich jedoch selbst groß in diesem Fache und erklärte sich lachend bereit, es mit dem Schnarcher zu wagen. Aber schreckliche Strafe des Uebermuths. Als sich die Freunde in der Frühe nach dem Tollkühnen umschauten, saß der roth vor Wuth bei brennender Kerze und mit einem Buche in der Hand aufrecht im Bett und sagte:

„Nein, das ist nicht mehr schön. Kein Aug' hab' ich zugebracht. Es soll so Einer nicht mit Einem reisen, wenn er so einen Umstand an sich hat!"

Das ist nun auch gerade meine Meinung, und ich rief deßwegen so lange den Schnarcher in meinem Zimmer bei Namen, bis ich ihn weckte, worauf er seine Lage änderte und so anständig athmete, daß ich allmählig selbst einschlafen konnte.

Ich schlief, aber nicht gerade sehr ruhig. Ein gewisses Etwas, das mir verworrene Traumbilder weckte und über das ich mir keine Rechenschaft zu geben wußte, störte meinen Schlaf. Endlich wachte ich auf: Ein Glockenschlag dröhnte nach von der nahen Kirche her durch die Nacht. Aber nicht das, sondern ein dumpfes Geheul und Gestöhne, das in der Stille der Nacht schauerlich klang, hatte mich geweckt und dauerte in kurzen Absätzen noch fort. Ich sah auf. Mein erster Blick fiel auf das Fenster. Der Mond war erst spät aufgestiegen und lag hell auf dem Dache des alten gespenstigen Schlosses da drüben. Im Zimmer selbst war es so hell, daß man fast jeden größeren Gegenstand unterscheiden konnte. Ich mußte mich zuerst erinnern, wo ich sei, und nun merkte ich, daß das seltsam unheimliche Heulen und Stöhnen nicht von außen kam, sondern im Zimmer selbst seinen Ursprung haben mußte. Doch [illegible] es immer erst nach todesstillen Pausen, und war es verklungen, so herrschte wieder das frühere Schweigen wie im Grabe.

Warum soll ich leugnen, daß mir die Sache hier, in einem fremden Zimmer und fremden Hause eben nicht sehr heimlich noch erbaulich klang! Als ich mich jedoch nunmehr nach der Ursache der ungeheuerlichen Töne umschaute und mein Blick dabei nach dem Lager meines Genossen in der rechten Zimmerecke gezogen wurde, ward mir eine unheimliche, furchterregende Erscheinung. Ueber den Kissen, in welchen ich meinen armen Gefährten liegen wußte, saß nämlich oder vielmehr lauerte eine weiße Gestalt, als ob sich ein gespenstiges Ungethüm über den Schlafenden geworfen habe, daß dieser heule und stöhne in seiner Qual.

Genau wie ich es jetzt sah, schildert der Volksglaube eine Heimsuchung durch die gespenstige Trud oder Mare, noch zutreffender aber die Heimsuchung durch einen Vampyr selbst, wie im Osten Deutschlands auf sonst slavischem Boden. Die lauernde weiße Gestalt mit dem niedergebeugten Kopfe, die klagenden winselnden Töne: es war eine unheimliche Erscheinung. Dürfen wir also dennoch an der Wirklichkeit solcher gespenstigen Vorgänge nicht mehr zweifeln? Ist es dennoch kein Wahn, was der Volksglaube seit Jahrtausenden festhält? Und mein armer Reisegenosse war einer der unseligen Menschen, deren Organisation solche Quälgeister anzieht?

So überkamen mich schwarze Gedanken der Nacht. Jedoch war es nur ein Moment der Schwäche. Im nächsten Augenblick schüttelte ich alle Schauer abergläubischer Furcht ab, war entschlossen zu handeln und meinem bedrängten Zimmergenossen beizuspringen.

Eben wollte ich mich in dieser Absicht erheben, als sich auch die Gestalt drüben im Bett aufrichtete, eine Secunde lang, bis zur Decke des Zimmers reichend, verweilte, und dann leise auf die Dielen des Stubenbodens herunter glitt. Ich glaubte nun für einen Augenblick, sie wolle sich jetzt auf mich werfen, und hatte mich schon zur verzweifelten Abwehr gefaßt. Aber offenbar achtete sie meiner nicht, denn sie bewegte sich langsam durch die ganze Länge des Zimmers hin, bis zum Fenster, vor welchem der Mondschein lag. Hier verweilte die Erscheinung mehrere Secunden lang, heulte unheimlich und kehrte zurück, um ihr Umwandeln von Neuem zu beginnen.

Wie schon gesagt war es im Zimmer hell genug, um all' das beobachten zu können. Und ich beobachtete jetzt genauer. Glaubte ich doch den Geist nunmehr zu durchschauen, der mein Schlafgemach heimsuchte. — konnte ich doch die gespenstige Gestalt jetzt genauer unterscheiden und, als sie da auf- und niederwandelte, die weiße Mütze auf dem Kopfe erkennen und die Leinwandhülle am Körper, welche jedoch — nebenbei bemerkt — für ein Gespenst auffallend kurz war.

Da hatte ich aber auch schon meinen Entschluß gefaßt, um die Erscheinung zu bannen, die mir eben noch so viel Grauen erregt hatte. Der Aerger über den schwachen Moment war groß genug, um den umwandelnden Geist dafür entgelten zu lassen. Genau den Rücken des Gespenstes in's Auge fassend, wartete ich ab, bis mir die Erscheinung bei nochmaliger Umwandlung wieder so nahe kam, daß ich den unteren Theil des Rückens bequem mit der flachen Hand erreichen konnte, und schlug dann auch so herzhaft zu, daß statt gespenstiger Töne nur ein lauter Klatsch durch das Zimmer hallte.

Damit hatte ich vor allen Andern auf fühlbare Art die Ueberzeugung gewonnen, daß der Geist zwar aus wenig Fleisch, aber desto mehr Knochen bestand. Jedoch erschreckte und überraschte mich die augenblickliche Wirkung meines handgreiflichen Unternehmens. Denn die geisterhaft hagere Gestalt war bei meinem Schlage wie ein Taschenmesser zusammengeknickt. Als ich nun wirklich erschreckt aus dem Bette sprang und die Gestalt wieder vom Zimmerboden aufrichtete, sah mich ein bleiches Antlitz mit rother Nasenspitze so unheimlich starr an, daß ich fast schaudernd zurückwich.

Das Gesicht aber, das ich sah, war mir nicht unbekannt, denn es war das meines poetischen Reisegefährten selbst.

Schon seit geraumer Zeit, nachdem er seinen nächtlichen Spaziergang im Zimmer begonnen, hatte ich ihn erkannt und ihm die Absicht zugeschrieben, mich in Furcht setzen zu wollen, was den Entschluß in mir reifte, ihm das Mißlingen seines Versuchs auf handgreifliche Art zu demonstriren. Nun aber bemerkte ich, daß er sich wirklich in einem mondsüchtigen Zustande befand, als ich ihn so unvorsichtig berührte.

Allmählig erholte sich mein Reisegefährte aus der Erstarrung, welcher er durch meinen unbedachten Schlag verfallen war. Nur der vermeintlichen Absicht, mich zu schrecken, hatte dieser gegolten und war glücklicher Weise ohne weitere schlimme Folgen. Denn als ich meinen Zimmergenossen, der nicht zum vollen Bewußtsein eines Wachenden zurück gelangte, wieder in sein Bett gebracht hatte, schlief er bald wieder ein, und ohne weitere nachtwandlerische Neigungen bis zum Morgen.

Andern Morgens konnte er sich des Vorfalls nicht mehr entsinnen. Als ich ihn jedoch fragte, ob er nicht wieder ein Gesicht im Spiegel gesehen habe, antwortete er verneinend, — er habe vortrefflich geschlafen. Nur einmal sei es ihm gewesen, er falle rückwärts in einen auf dem Boden liegenden Spiegel, worüber er sehr erschrocken sei und selbst einen leichten Schmerz empfunden habe. Auf meine weiteren Erkundigungen gestand er mir, daß man ihn früher für mondsüchtig gehalten, aber das sei schon lange her und er wisse selbst nicht, ob man ein Recht dazu gehabt habe.

Die Geisterseherei meines Reisegefährten war mir durch seine mondsüchtigen Anwandlungen, wenn auch nicht völlig, so doch zu gutem Theil erklärt. Mir wollte bedünken, ein Mann von phantastischer Gemüthsstimmung, der schlafend bei nächtlicher Weile wie ein Gespenst umher wandelt, könne wachend in der Nacht wohl gelegentlich einen Geist zu sehen wähnen. Nun hat aber Jedermann über die eigentliche Natur solcher

Dinge seine eigene Meinung und macht sich sein selbstständiges System, weswegen derartige Erzählungen billig dem Urtheile eines Jeden überlassen bleiben.

Einige Jahre gingen hin. Ich hatte meinen geisterschauenden Reisegefährten völlig vergessen, nachdem ich seit jenem Zusammentreffen nichts mehr von ihm gesehen, noch gehört. In jener Zeit mühte ich mich gewöhnlich ab, mich durch den Wust von neuen literarischen Erscheinungen durchzuringen, welche der Buchhandel mir Tag für Tag auf den Recensententisch geworfen; denn ich arbeitete damals viel für die Beilage einer bekannten Zeitung. Die Wogen der lyrischen Sündfluth, welche damals über Deutschland kam, gingen immer höher und schwemmten täglich neue Goldschnittsdichter an. Ohne Wahl griff ich in den aufgestapelten Büchervorrath vor mir, ohne den Titel anzusehen, las ich. Da war auf der ersten Seite des schön gedruckten Bandes ein Gedicht. Anna, die einzig treu Geliebte, die den Dichter viel betrübte. Einige Seiten weiter Bertha, des Dichters Wonne, für die er glühte, wie die Sonne; dann Cäcilia, die reine Lilie und so weiter in Herz und Schmerz, Brust und Lust, wahrhaftig ein ganzes Alphabet angesungener Schönen. Nun dünkte mir diese alphabetische Ordnung einer Sammlung von Liebesgedichten nicht nur sehr originell, sondern wie wollte scheinen, ich sei dieser Anna, Bertha, Cäcilie, Dorothea, Edmunde, Friederike und so weiter, schon einmal in ähnlicher Weise begegnet. Jetzt schaute ich auf dem Titel nach dem Namen des Verfassers — er klang sehr biedermännisch. Und nun stieg die Erinnerung an meinen geisterschauenden Reisegefährten aus dem Dunkel der Vergangenheit hell auf.

Jedoch war dieser Band Gedichte die einzige Spur, die ich von ihm entdeckt habe, und auch diese ist mit der Zeit wieder verweht worden. Wahrscheinlich ist er noch am Leben und wirkt — da ich füglich annehmen darf, daß ihm der gedruckte Band Gedichte keine Reichthümer gewann — auf irgend einer Bühne oder in den Gewölben irgend einer Buchhandlung, denn er war, wie die Leser schon wissen, ein vielseitiges Talent. Sollte ihm diese Skizze je einmal zu Gesicht kommen, möge sie ihm den Beweis liefern, daß ich mich des Geistersehers als Reisegesellschaft noch gerne erinnere.

* Die Ritter vom Fleische und die Ritter vom Gemüse.

Ein Kapitel aus der Küche von Dr. G. Jäger.

(Fortsetzung.)

Anders aber die Ritter vom Gemüse oder, wie sie sich selbst nennen, die Vegetarianer. Diese Bezeichnung leiten sie nicht allein davon her, daß sie sich ausschließlich von Pflanzen ernähren und das Fleischessen grundsätzlich verwerfen, denn sonst müßten sie Vegetabilianer heißen — sondern sie entwickeln ihren Namen aus dem lateinischen Worte vegetare — gedeihen; sie erstreben also eine Lebens- und nicht blos Ernährungsweise, welche Jedem das schönste, reichste und gesundeste Leben sichern soll. Als Hauptmittel zu diesem Zwecke dient ihnen allerdings die reine pflanzliche Ernährungsweise, aber nicht blos diese, sondern überhaupt ein mäßiges, genügsames und regelmäßiges Leben. Sie vermeiden die Ueberreizungen und Extreme in der Nahrung, welche bei fleischessenden Gourmands so oft sich ablösen, und wozu besonders die pikanten Umhüllungen der verschiedenen Gerichte mit Saucen und Gewürzen so viel beitragen. Freilich sind dann die Ritter vom Fleische so boshaft, ihnen entgegen zu halten, daß nicht die Enthaltung vom Fleische, sondern gerade die Regelmäßigkeit der Lebensweise und das Fernhalten jeder Ueberreizung die Hauptursache jener Gesundheit sei, deren sich die reinen Vegetarianer mit Recht so sehr rühmen.

Man hat den Vegetarianer schon manchmal vorgeworfen, sie seien eine Art religiöser Secte. Dieser Vorwurf trifft, wenigstens was die Anhänger dieses Systems in Deutschland betrifft, nicht zu, und wird auch von denselben beharrlich zurückgewiesen. Wohl mag es in England und noch mehr in dem sectenreichen Amerika der Fall sein. Dort wird ja jede neue Ansicht, auch wenn sie mit der Religion nicht im entferntesten Zusammenhange steht, sogleich auf kirchliche Gebiete angewandt, und deren Anhänger bilden sich zu einer neuen religiösen Genossenschaft aus.

Der Ursprung der vegetarianischen Lehre scheint in England zu liegen; Lord Byron soll schon einer der Ihrigen gewesen sein. Unter den Franzosen der älteren Zeit nennen sie besonders Rousseau, der vorschlug, man solle sich ausschließlich nach dem Muster des Pythagoras von den vom Gott und der Natur gegebenen Früchten ernähren. In Deutschland hat sich unter vielen Anderen auch G. v. Struve dadurch bekannt gemacht, daß er ein vegetarianisches Buch schrieb, in welchem er die Pflanzenkost als Grundlage einer neuen Weltanschauung pries. Man sieht daraus, daß wenn auch nicht eine religiöse, so doch eine philosophische Idee beim Vegetarianismus mit unterläuft, und eine solche wird früher oder später auch zu einer besonderen Art religiöser Anschauung führen. Die Schule ist unterdessen langsam gewachsen und scheint immer an Ausdehnung zu gewinnen; bereits zählt sie eine ziemlich umfangreiche Literatur und sogar förmliche Natur-Heilanstalten wurden errichtet, in welchen die Lehre vom ausschließlichen Pflanzengenusse und von der Verwerflichkeit des Fleisches praktisch geübt wird.

Virchow, der gewiß nicht auf Seite dieser Schule steht, gibt den Vegetarianern das Zeugniß, daß sie mit allen Hilfsmitteln der Wissenschaft und mit allem Ernste eines tief sittlichen Strebens das Fleischessen als eine der schlechtesten und widernatürlichsten Verirrungen des Menschengeschlechtes bekämpfen. Damit ist die Sache am besten bezeichnet. Die Vegetarianer erklären das Fleischessen für eine verkehrte Nähr- und Lebensweise, welche dem Entwicklungsgange des menschlichen Geistes eine entscheidende Richtung zum Schlimzen gebe. Nach ihrer Meinung ist die naturgesetzliche Anlage des Menschen auf Früchtenahrung berechnet. Erst später habe sich die Vernunft gegen den Instinkt aufgelehnt, indem sie zur Fleischnahrung gegriffen habe. Allerdings genießen viele der Vegetarianer noch Milch und Eier; aber sie behaupten nicht, daß diese von Thieren herstammenden Nahrungsmittel zu denjenigen gehörten, auf welche der Mensch von Natur aus hingewiesen sei. Ob ihre Abneigung gegen thierische Nahrung und Lebensmittel sich einst noch so weit erstrecken wird, daß sie auch keine ledernen Schuhe und keine wollenen Kleidungsstücke mehr tragen, vermögen wir nicht zu sagen.

Der echte und wahre Anhänger der vegetarianischen Lehre genießt weder Milch, noch Eier, weder im warmen, noch im kalten Zustande; sondern er lebt vorzugsweise von Brod und Obst, oder Habermuß und Obst; dazu kommen Salat, Gemüse, Körner und fälligende Baumfrüchte. Der Durst wird mit Wasser gestillt; allein auch von diesem Getränke bedürfen sie nicht viel, weil sie mäßig leben und die Nahrung eine sehr reizlose ist. Dabei behaupten sie, daß sie nicht den allergeringsten Nachlaß an Kräften und Gesundheit verspüren, selbst, wenn sie jahrelang diese Lebensweise fortsetzen; im Gegentheil fühlten sie sich seit dem Aufgeben der Fleischkost zu geistigen Arbeiten viel tüchtiger und weit mehr befähigt. Als Folge ihrer Lebensweise nehmen sie das gewöhnliche Lebensalter der Menschen zu etwa 120 Jahren an; auch soll bei ihnen der Puls, wenn die sonstigen Lebensgewohnheiten gut sind, nur 50—60 Schläge in der Minute machen, dagegen derjenige der Fleischesser 70—80. Dieses legen sie zu Gunsten eines ruhigen und gleichmäßig verlaufenden Lebensprozesses und somit einer längeren Lebensdauer aus.

Den Beweis für die Richtigkeit ihrer Lehre führen die Vegetarianer vor Allem dadurch, daß sie behaupten, bei sich selbst ungetrübte Gesundheit und ungeschwächte Kraft zu besitzen; ferner aber auch, indem sie sagen, daß gerade die kultivirten Völker, trotz dem sie noch etwas Fleisch genössen, doch wegen ihrer vorherrschenden Körner- und Früchte-Nahrung und weil sie vorwiegend dem Ackerbau obliegen, zu so hoher Kultur und Gesittung gelangt seien; bei noch weniger Fleischkost aber und nach mehr bewußt durchgeführter vegetarianischer Lebensweise würden sie zu noch höheren Kulturleistungen befähigt sein. Die vorwiegende Fleischkost mache roh, jähzornig, rachsüchtig und blutdürstig, wie man dieses bei den Raubthieren und denjenigen wild lebenden Völkern ersehen könne, die ausschließlich von Fleisch leben; dagegen verleihe die reine Körnerkost ihren Anhängern eine milde und sanfte Gemüthsart. Auch den Umstand, daß die arbeitenden Klassen und besonders die ländlichen, vorwiegend von Pflanzenkost leben und Fleisch in diesen Kreisen nur selten gegessen wird, legen die Vegetarianer zu ihren Gunsten aus.

(Fortsetzung folgt.)

Miscellen.

Ottleben (bei Oschersleben), 3. Dec. Ueber die gestern hier erfolgte Explosion eines Dampfkessels gehen der Magdeb. Ztg. von Augenzeugen noch einige Berichte zu. In der hiesigen Zuckerfabrik waren gestern während der Mittagszeit eine Anzahl Arbeiter in die Maschinenstube und das Kesselhaus gegangen, um dort ihr Mittagsbrod zu verzehren und sich bei dem naßkalten Wetter zu erwärmen. Einige Knaben hatten sich eben auf den steinernen Mantel der dort liegenden vier Dampfkessel gesetzt, als plötzlich einer derselben mit ungeheurer Gewalt explodirte, die drei anderen Kessel vom Lager hob, Dach und Wände des Kesselhauses zertrümmerte und 220 Schritt weit von der Fabrik auf dem Acker niederfiel. Der innere fliegende Cylinder flog nach entgegengesetzter Richtung gegen die Wand der Maschinenstube und begrub dadurch die dort sitzenden Leute unter den Trümmern. Schrecklich wurden die Menschen durch Feuer, Dampf und Steine zugerichtet. Einige Knaben flogen mit dem Stückchen Brod in der Hand durchs Dach weithinein auf den Acker. Einen anderen Knaben fand man als Leiche im Darrlocal. Eine junge Frau wurde todt neben ihrem Manne, dem sie Essen gebracht, hervorgezogen, eine Mutter neben ihrem Sohne hart verletzt. Dreizehn Leichen wurden im Rübensaale neben einander gelegt, — ein Grausen erregender Anblick. Von den Verwundeten sind heute noch sechs durch den Tod von ihren Qualen erlöst worden, bei einigen anderen zweifelt der Arzt noch an deren Wiederherstellung. Jammer und Noth sind groß. In einem anderen Berichte heißt es: Von den drei Heizern starben zwei nach kurzer Zeit, der dritte hatte eine lebensgefährliche Verletzung am Kopfe erhalten und die Hände verbrannt. Die Gewalt der Explosion war überhaupt furchtbar. Der unheilvolle Kessel flog über 100 Fuß in die Höhe und liegt 200 und einige Schritte entfernt auf der Wiese mit halb abgerissenem Cylinder, zersprungener Vorderwand und zusammengedrückten Seitenwänden, und hatte erst Ruhe gefunden, nachdem er eine mannshohe Vertiefung gemacht, den tiefen Wassergraben im Ueberschlagen übersprungen und sich mit Erde gefüllt hatte. Hier nun liegt das Ungethüm, angestaunt von einer Menge Menschen, welche die Kunde von diesem Werke der Zerstörung in langen Zügen aus zuführt.

Deutsche Goldkronen sind in Deutschland fast gar nicht im Umlauf, obgleich seit zehn Jahren schon große Quantitäten geprägt wurden. Sie wandern sofort in die Keller der Bremer Bank und von dort nach Amerika. In Amerika sind die Kronen stark im Umlauf und sehr populär. Herr Kelley, der Präsident des Comité's für die Münzfrage im amerikanischen Congreß, erklärt sogar in seinem Berichte, daß die deutschen Goldkronen alle fundamentalen Erfordernisse einer internationalen Goldmünze enthalten und das deutsche Münzsystem einen entschiedenen Vorzug vor dem französischen habe.

Ein Thierquäler vor Gericht. Vor dem Polizeigericht der Division von Leicester stand kürzlich ein Geflügelhändler unter der Anklage, gegen einen Hund und eine Katze in Newarke am 30. v. Mts. Grausamkeiten verübt zu haben. Hr. Darby, als Vertreter einer Gesellschaft, welche es sich als Zweck vorgesetzt hat, Grausamkeiten gegen Thiere zu verhüten, stellte an den Gerichtshof das Ersuchen, den Beklagten zu einer Gefängnißstrafe zu verurtheilen, ohne ihm die Wahl zwischen Gefängniß und Geldstrafe zu lassen. Der Angeklagte war an demselben Tage auf der Heimkehr vom Markte von Melton begriffen. Beim Eintreten in eine Schenke bemerkte er einen kleinen Hund, der sich auf dem Vorplatz wärmte, und schleuderte denselben mitten ins Feuer. Dann ergriff er eine Katze und warf sie in einen Kessel voll siedenden Wassers. Die Katze war todt, als man sie herauszog und ihre Haut löste sich von selbst von ihrem Körper ab. Der Angeklagte erklärte zu seiner Rechtfertigung, er sei betrunken gewesen und habe nicht gewußt was er gethan habe. Der Gerichtshof verurtheilte ihn zu sechsmonatlicher Zwangsarbeit, (drei Monate für jedes der beiden gemarterten Thiere). Der Magistrat sprach zugleich sein Bedauern aus, daß das Gesetz ihm nicht gestattete, den schuldigen Bösewicht zu Peitschenstrafe zu verurtheilen.

Redaction von Dr. Eugen Jäger. Druck der Jäger'schen Druckerei in Speyer.

Palatina.

Belletristisches Beiblatt zur Pfälzer Zeitung.

Nro. 151. | Speyer, Samstag, den 18. December | 1869.

Dunkle Wolken.

Novelle von J. L. Reimer.*)

Die kalten aber glänzenden Strahlen der Januarsonne hatten in der Residenz ein buntes Leben und Treiben entfaltet und die Bewohner ins Freie gelockt. Ein Theil der vornehmen Welt hatte sich auf einem dort befindlichen Teiche vereinigt, um sich dem Vergnügen des Schlittschuhlaufens hinzugeben, das seit einiger Zeit auch bei der Damenwelt in Mode gekommen war und mit ebensoviel Eifer als Geschick geübt wurde. Eine ganze Schaar junger eleganter Damen wetteiferte unter einander und selbst mit den Herren, welche die Schönen ritterlich begleiteten, in der Entfaltung ihrer Kunst, und manche unter ihnen feierte auf dem Eisboden ähnliche Triumphe wie auf dem Parquet des Ballsaals. Aber auch die männliche Jugend fand Gelegenheit, sich von der vortheilhaftesten Seite zu zeigen, und manches schöne Augenpaar haftete bewundernd an den eleganten und kühnen Bewegungen einzelner Herren, welche die Kunst des Schlittschuhlaufens zu besonderer Vollkommenheit gebracht hatten. Vor Allem aber zog Einer unter ihnen die allgemeine Aufmerksamkeit auf sich und seinen Leistungen wurde bald einstimmig der Preis zuerkannt. Man konnte nichts Gewandteres sehen, als wenn er auf den blitzenden Stahlschuhen mit der Schnelligkeit eines Vogels über die glänzende Fläche dahinschoß und sich dann wieder mit der Leichtigkeit eines solchen wandte und allerlei Kurven und Linien in die Eisdecke schnitt. „Eiskönig!" hatte ihn bald eine schlanke junge Brünette getauft und der Name ging rasch von Mund zu Munde, indem er zugleich das Ohr des also Ausgezeichneten erreichte, der sich damit schmeicheln konnte, der Held des Tages zu sein. Er verrieth indessen nicht, ob ihm an dieser Ehre viel gelegen sei, höchstens stahl sich ein leichtes Lächeln über seine regelmäßigen, von einem dichten schwarzen Bart eingerahmten Züge, deren etwas stolzer, fast finsterer Ausdruck dem jungen Mädchen vielleicht die erste Idee zu jener Bezeichnung eingegeben hatte. Sie konnte ihn übrigens nicht, wenngleich das gegenwärtige zwanglosere Treiben sie verschiedentlich mit ihm in Berührung brachte, wobei einige Worte, die indessen nur auf das Eislaufen Bezug hatten, gewechselt wurden. Zum Beschluß des gemeinschaftlichen Vergnügens wurde eine Kette gebildet, in welcher die Damen den Herren in wechselweiser Gliederung die Hände reichten. Es kam hierbei viel auf die Führung der Herren an, um die Bewegungen ihrer Damen sicher und anmuthig zugleich erscheinen zu lassen, und unsere junge Brünette schätzte sich daher glücklich, daß ihr der Eiskönig zugetheilt wurde, an dessen Hand sie bald an der Spitze des Zugs dahinschwebte, ein Lächeln des fröhlichsten Triumphs auf dem wirklich schönen Gesicht.

Man war jetzt wieder auf der Stelle angelangt, wo die übrige Gesellschaft, welche nicht an dem Schlittschuhlaufen theilgenommen, meistens ältere Damen und unter ihnen die Beschützerinnen der jungen Mädchen, der Rückkehr derselben harrten, um mit ihnen den Heimweg anzutreten, denn der kurze Winternachmittag neigte sich bereits seinem Ende zu. Die Kette sauste heran; noch im Lauf lösten sich die verschlungenen Glieder auf und auch der Führer des Zugs hatte gerade die Hand seiner Dame fahren lassen, als er ihr plötzlich: „Geben Sie Acht!" zurief und sie zugleich aufs neue kräftig mit seinem Arm unterstützte. Sie fühlte, daß sie auf einen im Eise festgefrorenen Stein gestoßen war und daß er sie vor dem Fallen geschützt hatte.

„Großen Dank!" sagte sie, freundlich, aber etwas verwirrt zu ihm aufschauend.

„Geben Sie mir den Dank in der Erlaubniß, mich Ihnen vorstellen zu dürfen", erwiderte er artig, indem er der Dame seinen Namen mittheilte aber so rasch, daß dieselbe ihn kaum hörte. Mit einer Verneigung trennte sich das Paar und Isabella ward von ihrer zeitweiligen Beschützerin, einer freundlichen und gutmüthigen ältern Dame, der Frau eines Majors, in Empfang genommen und bis zur Thür der elterlichen Wohnung geleitet, wo sie sich von den Freundinnen und der Majorin verabschiedete. Letztere trug ihr noch eine Empfehlung an die Frau Mama auf und schien es nicht zu beachten, daß sich bei der Nennung dieses Namens ein leichtes Lächeln durch die lebhaften Züge des jungen Mädchens stahl, das nun rasch die Treppen hinanflog und nachdem sie die winterlichen Umhüllungen abgeworfen hatte, in das Wohnzimmer trat.

„Guten Abend, Melita, mein herzallerliebstes Mütterchen!" rief sie einer jungen Frau zu, die sich aus dem Sopha erhoben hatte und ihr entgegen kam.

*) Monatshefte.

„Da bringe ich Dir Deine große, pflichtvergessene Tochter wieder, die Dich daheim ließ, um ihrem Vergnügen nachzulaufen! Aber was für ein Vergnügen war es auch! Ich glaube, es ist in der Welt kein größeres zu finden als auf dem Eise und ich habe wirklich christliches Mitgefühl für Alle, die nicht daran theilnehmen können, vor Allem aber mit Dir, Du arme Melitta, da Dein böses Kopfweh Dich zwang, zu Hause zu sitzen! Du bist doch jetzt hergestellt?“

Die junge Frau lächelte leise zu dem Geplauder, vielleicht auch zu dieser späten und nur so à propos ausgesprochenen Frage nach ihrem Befinden, versicherte dann aber, daß sie wieder ganz wohl sei und zog das junge Mädchen zu sich auf das Sopha, um sich noch allerlei von ihrem gehabten Vergnügen erzählen zu lassen. Des fremden Schlittschuhläufers wurde dabei natürlich auch gedacht und Isabella rühmte seine Leistungen mit wahrer Begeisterung; auch seines letzten kleinen, für sie aber doch großen Dienstes gedachte sie und schloß mit den Worten:

„Und vorgestellt hat er sich mir auch, Melitta!“

„Nun und sein Name?“ fragte diese lächelnd.

„Ja, den habe ich eben nicht gehört, oder doch nicht recht gehört! Er klang aber fast wie Braunhold oder Brunthal.“

Einen Moment zuckte es wie ein Schatten, ein plötzliches Erschrecken durch Melitta's Züge und sie fuhr unwillkürlich mit der Hand nach der Stirn, als wenn sie eine Erinnerung hätte verscheuchen wollen. „Ich wollte doch, ich hätte meines Kopfwehs nicht geachtet und Dich nach dem Eise begleitet“, sagte sie nachdenklich.

„Ja, das Vergnügen wäre es werth gewesen“, sagte Isabella, der jene Bewegung Melitta's entgangen war.

„O nein, nicht des Vergnügens wegen!“ rief die junge Frau.

„Nun?“ fragte Isabella gespannt.

„Weil mein Platz als Deine natürliche Beschützerin an Deiner Seite sein muß, Isabella.“

Wieder glitt ein schelmisches Lächeln über Isabella's Züge und sie sah einen Augenblick auf die jugendliche, zarte Gestalt mit dem halb schüchternen Ausdruck in dem feinen Gesicht, die ein Fremder schwerlich für ihre Mutter, sondern für eine kaum ältere Schwester gehalten haben würde.

„Es kommt mir fast vor, Melitta“, sagte sie heiter, „als ob ich vielmehr über Dich wachen und Dich behüten sollte, damit Dir kein Schaden und kein Unrecht geschieht!“

Das Wort schien die junge Frau doch ein wenig zu verletzen und nicht ohne Ernst sagte sie:

„Isabella, Du vergißt — —“

„Daß Du zweiundzwanzig Jahre alt bist und ich erst siebzehn?“ fragte lachend die Tochter.

„Daß ich dennoch Deine Mutter ward, als Dein Vater mir seine Hand reichte.“

„Nein, das vergesse ich nun und nimmermehr!“ rief Isabella, „vergesse es nie dem Vater, daß er mir in Dir eigentlich das Liebste und Beste gegeben hat, was ich auf der Welt habe.“ Sie umschlang die junge Frau, streichelte ihr schönes Haar und sagte:

„Ich weiß es noch wie heute, Melitta, als vor — ja vor zwei Jahren, da ich noch in der Pension war, der Brief des Papa mir verkündete, daß er hoffe, ich werde ihm für die zärtliche und liebevolle Freundin danken, die er mir zuführe und ihr mit kindlichem Herzen anhangen. War das ein Jubel unter mir und meinen Freundinnen! Und als dann gar Dein herziges Schreiben eintraf und Dein Bild, das mir zeigte, wie wunderbar schön Du warst! Nein, werde nicht roth, Melitta, es sagten's ja Alle, die Dich sahen, und ich ward unglaublich stolz auf mein schönes Mütterchen, um das Alle mich beneideten. Einige meinten, Du sähest aus wie eine Madonna und eine Andere erklärte Dich für eine weiße, rothangehauchte Mädchenrose — und den Namen der weißen Rose hast Du in der Pension behalten, Melitta.“

Melitta lachte, erröthete aber zugleich und wollte dem jungen Mädchen den Mund zuhalten, doch Isabella ließ sich nicht irre machen und fuhr fort zu plaudern:

„Das Liebste und Herzigste von der ganzen Sache aber war, daß Du Dich mir gleich stelltest und nichts sein und heißen wolltest als meine Freundin, freilich aber auch meine allerbeste, um derentwillen ich nahe daran war, all meinen Gefährtinnen die Freundschaft zu kündigen.“

„Bis Du bemerktest, daß die weiße Rose auch Dornen führt“, wollte Melitta erwidern.

„Ach, Melitta, Du hast nur den einen Fehler, daß Du eigentlich ohne Fehler bist, ohne die kleinen Eigenheiten und Schwächen, in die man sich hineinzuleben hat, in jedem Augenblick ganz gleich und immer Du selbst!“

„Mit einem Wort also — langweilig, gestehe es nur, Isabella!“ sagte Melitta.

„Langweilig? — Du? Wie wäre das möglich?!“ Und dann in einem der raschen Uebergänge, die ihrem Wesen eigen war, ließ sie das Thema fallen und rief plötzlich: „Melitta, sage mir, wie es eigentlich gekommen, daß Du Dich mit dem Papa verlobt hast?“

„Wie Du fragen kannst, Isabella! Wir lernten uns kennen und da bildete er sich ein, ich gefiele ihm und bot mir seine Hand.“

„O ja, so ungefähr, das denke ich mir schon, wird's gewesen sein! Nein, Melitta, halte mich nicht zum besten! Ich frage Dich in allem Ernst: wie konnte es geschehen, daß Ihr beide, die Ihr doch im Wesen, im Alter, im Temperament, in Allem so verschieden seid, Euch anziehend genug finden konntet, um Euch zu lieben?“

„Muß man denn ganz gleichgeartet sein, um sich lieben zu können?“ fragte Melitta.

„Ich weiß das nicht genau; aber mich dünkt, wenn der Unterschied der Charaktere gar zu groß ist, tritt doch wohl leicht etwas Anderes an die Stelle der Liebe.“

„Und was, Isabella?“

„Auf der einen Seite allzu großer Respect oder

wohl gar Furcht und auf der andern das Gefühl der Ueberlegenheit."

„Es ist möglich, daß Du recht hast", sagte Melitta, aber so leise, daß Isabella es kaum hören konnte.

„Was mich nun betrifft", fuhr diese fort, „so würde ich eine solche Ueberlegenheit an einem Manne nie dulden!"

„Aber Isabella!" warnte Melitta.

„Nein, Melitta; ich würde tapfer mein Recht und meine Stellung behaupten, mich zum Beispiel einem Manne nie so unterwürfig zeigen, wie Du es dem Vater gegenüber so manchmal thust."

„Aber, Isabella, er hat ein Recht, Gehorsam und Ergebenheit von seiner Frau zu verlangen, der er doch an Einsicht und Erfahrung, wie an gereifter Willenskraft so weit überlegen ist!"

„Da haben wir's: schon wieder die Ueberlegenheit!" rief Isabella ungeduldig aus. „Melitta, mir, als seinem Kinde kommt es zu, diese Ueberlegenheit anzuerkennen. Dir, als seiner Gattin, aber gebührt es, den Platz an seiner Seite einzunehmen."

„Ich habe mich ja aber einmal seinem Kinde gleichgestellt", sagte Melitta lieblich und legte den Arm schmeichelnd um die Schultern des jungen Mädchens. Isabella umschlang die junge Frau und küßte sie zärtlich auf die Stirn, dann sagte sie:

„Nun aber, Melitta, erzähle mir endlich, wie es mit Eurer Verlobung zugegangen ist! Ich erfuhr nie das Nähere darüber, und es ist mir ganz unglaublich interessant, das zu wissen. Bei welcher Gelegenheit lerntet Ihr Euch kennen?"

(Fortsetzung folgt.)

---

* Die Ritter vom Fleische und die Ritter vom Gemüse.

Ein Kapitel aus der Küche von Dr. G. Jäger.

(Fortsetzung.)

Für uns beweist jedoch dieser Umstand, sowie die Thatsache, daß ganze Völkerschaften und Zeitalter sich fast ausschließlich von Nahrungsmitteln des Pflanzenreichs ernährt haben, nichts weiter, als daß die eigentlichen Nahrungsmittel, wenn man also von denjenigen absieht, welche mehr den Charakter der Reizmittel haben, mit den Fähigkeiten und den Kräften bei sonst gleichen und gesunden Verhältnissen lang nicht so viel zu thun haben, als man vielfach behauptet. Ein Volk, das vernünftig lebt, sich von gesunden und reichhaltigen Nahrungsmitteln nährt, wird aber auch seine Aufgabe in der Geschichte erfüllen können. Wenn es arbeitet und in Bildung und Gesittung sich vorwärts bringt, so ist weder die Fleisch-, noch die Pflanzennahrung daran Schuld, sondern neben kräftiger Nahrung und guter Lebensweise kommen noch moralische Elemente ins Spiel, die weder auf den Bäumen gepflückt werden können, noch im Habermus enthalten sind, ebenso wenig wie in einer Gänseleberpastete oder in einem geräucherten Schinken.

Die Vegetarianer sprechen dem Fleische eine besondere kulturfeindliche Kraft zu; denn sie sagen, daß die ausschließlich fleischessenden Völker, die Indianer, Kirgisen, Eskimo u. s. w. gerade aus diesem Umstande niemals Völker der Kultur, der Gesittung, Bildung und Wissenschaft geworden seien. Bei ihnen beginnt alle Kultur erst, wenn die Menschen seßhaft geworden sind, also zum Ackerbau gegriffen haben. Dies Letztere hat freilich seine Richtigkeit. Im weiteren Verlaufe dieser Idee aber erklären die Vegetarianer das Evangelium von der außerordentlichen Wirksamkeit des Fleischgenusses, oder gar des Fleischextractes für eine der schrecklichsten Verirrungen, denen sich das Menschengeschlecht je hingegeben hat; eine Kultur, welche auf solchen Elementen beruht, ist ihnen eine Afterkultur, über welche sie ein dreifaches Wehe rufen.

Dieses ist nun im Ganzen eine ziemlich harmlose Idee, von der Jedermann halten kann, was er will. Wenn aber die Vegetarianer ferner die Behauptung aufstellen, daß die rein fleischessenden Völker sämmtlich von der Civilisation ausgeschlossen seien und daß alle Kultur erst von dem Zeitpunkte an beginne, wo der Mensch zum Ackerbau greife, so vermögen wir den Zusammenhang der Kultur mit der reinen Pflanzenkost dennoch nicht recht einzusehen; denn gar viele Völkerschaften in den tropischen Gegenden nähren sich ausschließlich von Körnerfrüchten und Obst und sind dennoch ebenfalls von der Civilisation ausgeschlossen. Es scheint daher, daß der Kultur ganz andere Momente zu Grunde liegen. Die Vegetarianer verwerfen ferner das Fleisch noch aus dem weiteren Grunde, weil es bei gleichem Nährwerthe das theuerste Lebensmittel sei. Hierin gibt ihnen die Geschichte sowohl, als die tägliche Erfahrung Recht; wir sehen, daß ganze Völker in ihrem überwiegend größten Theile seit Jahrhunderten von Pflanzennahrung leben. In Deutschland, Frankreich, England, Rußland, Italien lebt die Landbevölkerung, die doch die ungeheure Mehrzahl bildet, größtentheils, mitunter sogar ausschließlich von Pflanzennahrung und so lebte sie von jeher. Wer möchte aber im Ernste behaupten, daß diese Bevölkerungsschichten degenerirt seien, oder ihre wichtigsten Eigenschaften durch die Pflanzenkost eingebüßt hätten!

Wenn man die ganze Welt auf Fleischkost setzen wollte, wo kämen wir hin! Die Aecker und blühenden Felder müßten verwildern und die Länder Europas würden bald eine weite große Wiese darstellen, eine riesige Steppe mit ungeheuren Heerden und halbwilden Hirten. Dann aber wäre es aus mit der Dichtigkeit der Bevölkerung in diesen Ländern. Die Hungersnoth würde immer weiter um sich greifen, wilde Kämpfe und blutige Völkerwanderungen müßten von Neuem über Europa hereinbrechen. Denn nur im Ackerbau ruht die nachhaltende Kraft eines Volkes. Erst seitdem die Völker Europas seßhaft geworden sind, konnte ein gedeihliches Leben mit ständiger Entwicklung nach aufwärts Platz greifen. Bei einem wandernden Jäger- oder Hirtenvolke kann von Kultur nicht die Rede sein und mit der Rückkehr zu solchen Zuständen ginge freilich die ganze Civilisation in die Brüche. Soll das deutsche

Volk seine Kraft, die es bisher noch ungeschwächt den nachfolgenden Generationen überliefert hat, behalten, so muß man es mit solchen Experimenten verschonen; denn nur im Ackerbau wurzelt der echte deutsche Bauerngeist, dem wir es zu verdanken haben, daß unser Volk auf seinem bisherigen Gange durch die Jahrhunderte sich seine Kraft so unverwüstlich erhalten hat.

Wir fassen daher den Vegetarianismus als eine natürliche Rückwirkung gegen das übertriebene System der Fleischnahrung auf; hierin liegt sein Werth; aber einen höheren können wir ihm doch nicht zugestehen. Wir vermögen uns nicht von der Richtigkeit seiner sonstigen Behauptungen, am allerwenigsten aber von der Kulturfeindlichkeit des Fleischgenusses zu überzeugen, ebensowenig wie von der allein seligmachenden Lehre vom Fleische.

(Fortsetzung folgt.)

---

* Vom Büchertische.

Weihnachtsfreud und Weihnachtsleid von Christian Bodmer. Tascher in Kaiserslautern. Preis, elegant gebunden mit Goldschnitt, 36 Kr. Der Verfasser dieser kleinen Sammlung, prot. Pfarrer in Einsiedel, ist den Lesern der Palatina schon längst bekannt; denn seine Muse beehrt uns zuweilen mit ihrem Besuche. Wir können das Büchlein, welches 15 Gedichte voll zarter Empfindung und inniger Gemüthsauffassung enthält, ähnlich gestimmten Seelen nur empfehlen, um so mehr, als der billige Preis und die hübsche Ausstattung es Vielen zu einer lieben Weihnachtsgabe machen wird.

Der griechische Münchhausen, Lucians wunderbare Reise. Halle, Schwetschke. Preis 15 Sgr. Dieses Büchlein erinnert uns an die deutschen Lügenmährchen, in denen die heitere Laune unserer Vorfahren so Gewaltiges zu leisten verstand. Der Verfasser lebte etwa 130 Jahre n. Chr. und war einer der spätern griechischen Philosophen, die sich über Alles lustig zu machen suchten. Die gegenwärtige Bearbeitung ist für die Jugend berechnet, und es sind daher die politischen und socialen Betrachtungen und Satyren weggelassen, so daß das Ganze einer großartigen Münchhausiade gleichsieht. Für die Jugend war eine solche Behandlung des lucianischen Spottes ganz passend; weniger aber vermögen wir uns damit einverstanden zu erklären, daß man auch gleichzeitig auf ältere Leser gerechnet hat. Jedenfalls hätte alsdann die politische Würze nicht so bei Seite gelegt werden dürfen; der Humor ist allerdings nur dann wahrer Humor, nur dann wirklich komisch und allgemein packend, so lange er sich vom Glatteise des politischen Gebietes ferne hält, nicht aber die Satyre. Diese wurzelt im socialen Leben. Das ist es ja eben, was Swifts berühmten Reisen ihre unvergängliche Bedeutung verleiht. Wer sich aber einmal an haus- und hergebackenen Lügen ergötzen will, wird auch vorliegendes Büchlein nicht unbefriedigt aus der Hand legen.

In demselben Verlage ist neben den bekannten naturwissenschaftlichen Schriften von Ule, unter dem Titel: Der französische Comptoirist, ein deutsch-französisches Correspondenz- und Waaren-Lexicon, erschienen, das auf 20 Bogen großen Formates die gebräuchlichsten Wendungen der französischen Correspondenz, sowie die technischen Ausdrücke der Industrie, des Eisenbahn- und Seewesens und insbesondere der Waarenkunde enthält; bearbeitet ist es von Ulrich. Preis 1 Thlr. 10 Sgr.

(Zur Erinnerung an Chr. F. Gellert.) Am 13. Dec. waren es hundert Jahre, daß Christian Fürchtegott Gellert gestorben ist (geboren 4. Juli 1715 zu Hainichen in Sachsen). Nicht an Genie und Begabung unter den ersten stehend, aber an Einfluß und Herzensgüte von wenigen erreicht, verlangt und bedarf er keines lärmenden Festes, das seinem unter dem heute lebenden Geschlechte fast verschollenen Namen doch nur zu flüchtigem Schein aufzufrischen vermöchte. Die Wirkung von Gellerts Geist und Werken zwar ist auch heute noch nicht erloschen, denn sie fiel zu gewichtig auf unsere Großväter und Väter, als daß sie, wenn auch unerkannt in den Enkeln nicht noch nachklingen sollte. Für die aber, welche den unmittelbaren Verkehr mit Gellert noch nicht abgeworfen haben, für die, welche einen Impuls zu erneuern die Lust fühlen, hat die Arnoldische Buchhandlung in Leipzig in würdigster Weise vorgesorgt, indem sie Gellerts „Geistliche Lieder," mit Zeichnungen und Arabesken von K. G. Winkler vortrefflich geziert, in einem mäßigen, einfach edel ausgestatteten Groß-Quartbande (112 Seiten) so eben veröffentlicht hat. Wir empfehlen mit bestem Gewissen diese schöne Gabe, das würdigste Denkmal der Erinnerung an Christian Fürchtegott Gellert.

---

* Preisaufgabe.

1.

Freundlicher Leser! Es findet Dir 1
Einen Ort in der Nähe des Rheins,
Dorthin war ich von meinem Pathen
In diesem Jahre zur Kirchweih geladen.
Es wurde tüchtig aufgetragen,
Alles was erfreut den Magen.
Und als das Essen war vorbei,
Da tranken wir ein 2 und 3,
Das war so fein, so lieblich, so gut,
Daß mich's noch heut erfreuen thut.
Da trat in unser traulich Stübchen
Auch ein Zuckerwerkbübchen;
Der trug etwas zur Schau auf den Armen;
Wir thäten uns des Kleinen erbarmen,
Er wurde gespeist und getränkt vom Pathen;
Nun, weißt Du, was er trug, errathen,
So mache in 1 ein e statt a,
Dann hänge 2 3 an, und so
Erscheint als Ganzes 1 2 3 —
Da ist doch nicht viel Müh dabei.

2.

„Theure Gattin, süßes Täubchen,
Sprach ein Mann zu seinem Weibchen,
Sprich, von allen Weihnachtsgaben
Welche möchtest Du denn haben?"

„Danke, sagt sie, treue Seele,
So vernimm denn, was ich wähle:
Schreibe Deinen lieben Namen,
Dieser sei des Wortes Rahmen,
Füge dann hinzu — ich bitte —
Noch ein Zeichen in die Mitte,
Lies alsdann das Wörtchen still
Und Du hast es, was ich will!"

Sagt, wie war der Mann getauft,
Und was hat er ihr gekauft?

Als Lösungspreis werden Schiller's Werke, Cotta'sche Ausgabe, gegeben. Der letzte Termin zur Einsendung ist der 31. December.

Auflösung der Charade in Nr. 148.
Wechselbalg.

Redaction von Dr. Eugen Jäger. Druck der Jäger'schen Druckerei in Speyer.

Palatina.

Belletristisches Beiblatt zur Pfälzer Zeitung.

Nro. 132. Speyer, Dienstag, den 21. December 1869.

Dunkle Wolken.

Novelle von F. L. Reimar.

(Fortsetzung.)

„Die Gelegenheit war sehr einfach, Isabella. Ich war mit meinem Vater erst kurz vorher nach dieser Stadt gekommen, nachdem ich ihn in langer trauriger Krankheit gepflegt und wir in Folge von — den trüben Erinnerungen unseren früheren Wohnsitz aufgegeben hatten. Eine gewisse Beziehung zwischen uns und Deinem Vater wurde durch eine entfernte Anverwandte von uns vermittelt, die damals noch lebte und die auch ihn zu ihrer Verwandschaft rechnete. In ihrem Hause trafen wir uns einst zufällig und bald darauf ließ er sich durch sie bei uns einführen. Ich war damals in einer Stellung, die ich nach allen Seiten hin ausfüllen konnte, wenigstens erklärte mein guter, alter Vater, daß meine Pflege und meine Liebe ihm Ersatz für die ganze übrige Welt böten, und das verlieh mir neben dem Gefühl glücklicher Befriedigung eine gewisse Sicherheit in meinem ganzen Auftreten und Thun, welche Deinem Vater den Glauben einflößen konnte, ich würde auch andere und größere Verhältnisse in gleicher Weise zu beherrschen wissen, mich überall am Platze fühlen; — und so bot er mir den an, welchen ich jetzt als seine Gattin einnehme," schloß sie lächelnd, aber doch mit einem leisen Anflug von Wehmuth in der Stimme.

Isabella hatte ihr schweigend zugehört und blieb auch jetzt noch eine Weile nachdenklich; dann fragte sie plötzlich: „Melitta, findest Du meinen Papa schön?"

Melitta erröthete wie ein junges Mädchen, sagte aber doch unverholen: „Ich habe nie einen Mann gesehen, dessen Aeußeres mir auch nur halb so anziehend und imponirend zugleich erschienen wäre."

„Hm, sonderbar!" sagte Isabella; „ich hätte eigentlich nie gedacht, daß man dies noch von einem dreiundvierzigjährigen Manne sagen könnte; freilich habe ich aber auch bis zur Stunde nie darüber nachgesonnen, ob der Papa schön sei oder nicht."

„Und wie kommst Du denn gerade heute auf diese Betrachtungen?" fragte Melitta lachend.

„Offen gesagt, verglich ich den Papa in Gedanken mit meinem Eiskönig, der natürlich weil jünger und hübscher aussieht! Ja, auch hübscher, Melitta, denn es war auch die Meinung aller meiner Freundinnen, daß keiner der anwesenden Herren sich nur entfernt mit ihm messen könnte. Er war offenbar der Schönste von Allen."

„Du scheinst ihm tief in die Augen gesehen zu haben, Isabella!" sagte Melitta, mehr besorgt als neckend.

„In die Augen? Das wäre ungefährlich gewesen!" lachte Isabella, „denn die Augen — das gebe ich zu, Melitta! — die Augen waren nicht halb so schön als die des Vaters und hatten einen eigenthümlichen Ausdruck, der es Einem fast unmöglich machte, gerade in sie hineinzublicken."

„Und sein Name war Brunold? — sagtest Du nicht so, Isabella?"

„Sagte ich das, Melitta? Aber nein, ich hatte seinen Namen ja gar nicht recht gehört. Aber laß ihn immerhin Brunold oder ein anderer sein; zur Bezeichnung dient mir doch am besten: der Eiskönig!"

Der Eintritt des Präsidenten unterbrach die Unterhaltung. Es war ein hoher, stattlicher Mann, dessen Gesicht, trotzdem sich die Haare an seinen Schläfen bereits leicht ergraut zeigten, noch schön zu nennen war und das in jedem Zuge geistige Bedeutung verrieth. Unleugbar prägte sich dieselbe in seinem ganzen Auftreten aus, das von einem gewissen Stolze nicht ganz frei war und ihm manchmal etwas Herbes verlieh, wie sich denn selbst in seine Freundlichkeit ein Ton von Herablassung mischte, der etwas Bedrückendes für seine Umgebung behielt. Auf Melitta schien seine Weise besonders deprimirend zu wirken, und mochte seine Behandlung ihr Benehmen, oder umgekehrt dieses die erstere hervorgerufen haben — genug, sie war in seiner Gegenwart in der Regel schüchtern wie ein Kind.

Auch heute verlor sie den letzten Rest von Sicherheit und fröhlicher Laune, als ihr Gemahl zu ihr trat, und wurde still und befangen, während die muthigere Isabella dem Papa gegenüber freier blieb, ohne daß aber auch sie gewagt hätte, ihr früheres sorgloses Geplauder fortzusetzen. Der Präsident schien es aber gerade auf eine trauliche Familienstunde abgesehen zu haben und war offenbar zu gemüthlicher Unterhaltung aufgelegt.

„Womit habt Ihr Euch denn heute beschäftigt?" fragte er, um die Seinigen zu Mittheilungen anzuregen.

„Ich war auf dem Eise“, sagte Isabella, und von dem Vater aufgefordert, nannte sie ihm die Namen der Bekannten, die sie dort getroffen; — von dem Eiskönig war keine Rede.

„Und warum war die Mama nicht von der Partie?“ fragte er und setzte zu Melitta gewandt hinzu: „Du weißt, ich sehe es nicht gern, wenn Isabella ohne Deine Begleitung ist.“

Es war vielleicht eine Freundlichkeit, welche er ihr mit diesen Worten sagen wollte, Melitta aber erkannte in ihnen nur einen Vorwurf, den sie sich bereits selbst gemacht hatte; stockend und verlegen antwortete sie:

„Ich weiß, es wäre meine Pflicht gewesen, aber —“

„Melitta hatte heftiges Kopfweh!“ fiel Isabella rasch und mit einem halb vorwurfsvollen Ton ein.

Der Präsident gehörte zu den Menschen, die selbst nie krank gewesen sind und es daher höchst unbequem finden, wenn von Anderer Krankheit die Rede ist, ja, die leicht zu dem Glauben neigen, Kranksein beruhe meist in der Einbildung, oder doch im Mangel an Willenskraft. Es lag daher auch kein allzutiefes Bedauern in seinem: „Schon wieder?“, womit er Isabella's Mittheilung beantwortete, und Melitta glaubte sogar einen Ausdruck von Ungeduld darin wahrzunehmen, der sie zu der eifrigen Versicherung trieb, sie sei wieder ganz wohl, — obgleich ihr leidendes Aussehen die Behauptung einigermaßen Lügen strafte.

Der Präsident sagte jetzt seinen Damen, er sei gekommen, um ihnen mitzutheilen, daß er für sie Alle eine Einladung zu einem Balle, der an dem morgenden Abend stattfinden solle, angenommen habe und sie bitten wolle, ihre Einrichtungen danach zu treffen.

„Aber natürlich doch nur in dem Fall, daß Melitta wieder ganz hergestellt ist!“ rief lebhaft Isabella, die Melitta's Rechte dadurch beeinträchtigt hielt, daß der Vater, ohne vorher ihre Einwilligung einzuholen, über sie verfügt hatte.

„Ich habe keinen Grund, Melitta's Versicherung in irgend einer Weise zu mißtrauen,“ versetzte der Präsident, „und diese lautet dahin, daß sie sich wohl fühlt.“

Es lag eine unverkennbare Schärfe in seinem Ton, die allerdings der unberufenen Fürsprecherin gelten sollte, die aber Melitta peinlich für sich empfand, und der Eindruck milderte sich kaum, als er sich jetzt gütig gegen sie wandte, mit der Bemerkung:

„Es liegt mir daran, daß wir die Höflichkeit der Einladung mit gleicher Rücksicht erwidern. Du wirst daher meinem Wunsche entsprechen, nicht wahr, Melitta?“

„Gewiß“, versetzte die junge Frau, „wir werden den Ball jedenfalls besuchen.“

Als Mutter und Tochter später allein waren, wollte Isabella einige unmuthige Aeußerungen über des Vaters allzu dictatorisches Verhalten wagen, aber mit großem Ernst stellte sich Melitta auf seine Seite und behauptete, der Frau und der Tochter gezieme es, sich die Wünsche des Familienhauptes als erste Richtschnur dienen zu lassen und ihnen selbst das eigene Behagen zu opfern. „Und ich wette, das Behagen meiner Isabella wird durch einen Ball nicht einmal beeinträchtigt“, schloß sie scherzend, um das junge Mädchen mit ihrem Tadel zu versöhnen.

„O, von mir ist nicht die Rede!“ entgegnete Isabella noch halb schmollend.

„Und mich überlaß nur mir selbst!“ sagte Melitta mit einem heiteren Lächeln.

Als Isabella sie dann aber verlassen hatte, sagte sie schmerzlich zu sich selbst, während Thränen in ihre Augen traten: „Er erkennt und weiß es, daß ich nicht für ihn passe, nimmer für ihn passen werde!“

Der Ball war überaus glänzend, sowohl was die Einrichtung des Festes von Seiten des Wirths, als was die Anstrengung der Gäste betraf, diesem Feste Ehre zu machen. Zu den anziehendsten Erscheinungen gehörten jedenfalls Melitta und Isabella, denen sich mit der allgemeinen Aufmerksamkeit auch die allgemeine Huldigung zuwandte. Von regelmäßigerer Schönheit — das war die allgemeine Stimme — war jedenfalls das Antlitz und die Gestalt Melitta's, und nie war sie schöner gewesen, als an dem heutigen Abend.

Als Isabella sie im Schmuck gesehen, hatte sie sich neidlos an der Schönheit ihrer jungen Mutter gefreut. Auf dem Ball ward dagegen auch ihr volle Anerkennung zu Theil, denn wenn ihre Züge auch nicht mit denen Melitta's an classischer Reinheit wetteifern konnten, so entschädigten sie dafür durch den Reiz großer Lebendigkeit, durch den stets wechselnden Ausdruck und die blitzenden, lachenden Augen.

Der Präsident sah zur Seite eines älteren Herrn, der ihm verwandt und ein treuer Freund des Hauses war, dem Tanz zu, an dem auch Melitta theilnahm. Er hatte sie selbst dazu aufgefordert und sie sich mit wieder erwachter Jugendlust dem früher sehr von ihr geliebten Vergnügen hingegeben.

Das Fest hatte schon eine geraume Zeit in Anspruch genommen, als noch ein verspäteter Gast erschien, der, nachdem er sich dem Herrn des Hauses vorgestellt, in die Reihe der Zuschauer trat, da gerade ein neuer Tanz begonnen hatte, der seine sofortige Betheiligung an dem Vergnügen nicht zuließ. Melitta tanzte in diesem Augenblick an ihm vorüber.

„Wer ist und wie heißt diese Dame?“ fragte er seinen Nachbar hastig.

„Es ist die Gemahlin des Präsidenten Ostheim“, lautete die Erwiderung; „wie Sie sich überzeugt haben werden, die Zierde und Krone des Balls.“

Der Andere antwortete nicht darauf, aber es war ein eigenthümlicher Ausdruck von Ueberraschung auf seinem Gesicht, der sogar etwas Finsteres hatte. Ein aufmerksamer Beobachter hätte vielleicht einen gewissen Kampf an ihm wahrgenommen, doch dauerte alles dies nur einen Augenblick. Er bezwang sich sofort wieder und schien sich rasch zu einem Entschluß zu sammeln.

Als der Tanz beendigt war, trat Isabella zu ihrer Stiefmutter und flüsterte ihr erregt zu: „Der Eiskönig, Melitta! Ich sah ihn schon während des Tanzes eintreten — aber still, er kommt auf uns zu.“

Melitta war kaum eines Wortes mächtig; ihr

erster Blick hatte ihr gezeigt, daß ihre Ahnung sie nicht betrogen: der Fremde war der Mann, dem sie unter allen Menschen vielleicht am wenigsten hätte begegnen mögen. Einen Moment hegte sie die Hoffnung, er werde auch sie meiden, aber zu ihrem Entsetzen nahm sie wahr, daß er sich ihrem Gatten, welcher sich gerade unweit von ihr befand, näherte und diesem eine Bitte vorzutragen schien, worauf Ostheim mit ihm der Stelle zuschritt, wo Mutter und Tochter standen. Sie fühlte sich wie vom Schwindel gefaßt, als jetzt die Worte an ihr Ohr schlugen:

„Auf seinen Wunsch stelle ich Dir hier den Regierungsassessor Brunold vor, liebe Melitta, der erst kürzlich in die Dienste unseres Staats getreten und zu meiner besonderen Freude meiner Behörde zugetheilt worden ist."

Die Erklärung diente dazu, Melitta's Schrecken zu steigern: nähere Beziehungen zwischen ihr und diesem Manne — es war ja nicht auszudenken! Während sie sich, fast ohne zu wissen, was sie that, verneigte, entglitt ihrer zitternden Hand das duftige Ballbouquet und fiel vor die Füße des Fremden. Er hob es auf und reichte es ihr, während er sie dabei mit einem einzigen Blick ansah. Isabella hatte gesagt, man vermöchte nicht, gerade in seine Augen zu sehen — sie hatte es in diesem Moment gezwungen, es zu thun, und sie fühlte sich so gelähmt dadurch, wie ein Vöglein vor dem Blick der Schlange. Den Nebenstehenden war dies blitzartige, stumme Spiel völlig entgangen, und sie hörten nur, daß der Fremde jetzt ganz unbefangen zu Melitta sagte:

„Wissen Sie auch, gnädige Frau, daß wir alte Bekannte sind?"

„Bekannte — ja!" sagte Melitta ihm fast mechanisch nach.

„Freilich darf ich mich nicht wundern, wenn Sie selbst dies vergessen haben", fuhr er rasch fort, indem er ihr Zugeständniß zu überhören schien, „denn es liegen schon fünf bis sechs Jahre dazwischen; Sie waren noch sehr jung und nur zu einem Besuch aus der Pension auf ganz kurze Zeit in Ihr väterliches Haus gekommen. — Es waren damals viele Feste in W., wo auch ich zu der Zeit eine Anstellung hatte, und auf einem dieser Feste haben wir uns gesehen. Ich erkannte Sie auf der Stelle wieder, als ich in den Saal trat."

„O ja, auch ich erinnere mich sehr gut — und an Alles!" versetzte Melitta, aber nur der Fremde vernahm die Bitterkeit ihres Tones.

Die Musik kündigte in diesem Augenblick einen neuen Tanz an, und es war nur der Höflichkeit gemäß, daß der kaum ihr vorgestellte Herr, welcher sie bis dahin in der Unterhaltung gefesselt hatte, sie um die Ehre eines Tanzes bat. Sie schauderte schon vor dem Gedanken, ihre Hand in die seinige legen zu sollen, und mit einer Geberde des Abscheus, die indessen nur ihm erkennbar war, wandte sie sich von ihm ab, indem sie nur einige unzusammenhängende Worte hervorbrachte, die andeuten sollten, daß sie an dem Abend nicht mehr tanzen wolle. Er machte eine Verbeugung, bei der sie noch einmal ein dunkler Blick aus seinen Augen traf, und trat zu Isabella, die sich während der Unterhaltung in den Kreis ihrer Freundinnen zurückgezogen hatte. — Einige Minuten später sah Melitta die Tochter mit glücklichem, strahlendem Lächeln im Arm des Fremden dahinschweben.

(Fortsetzung folgt.)

* Die Ritter vom Fleische und die Ritter vom Gemüse.

Ein Kapitel aus der Küche von Dr. G. Jäger.

(Fortsetzung.)

Eine Zusammenstellung von Fleisch und Mehl hinsichtlich ihres Nährwerthes gibt folgendes Resultat:

Es enthält

das Mehl	Albuminate (Eiweißstoff oder Stickstoffgebilde)	Heizstoff (Stärkemehl oder Kohlenstoffgebilde)	Nähr-Salze	
das Fleisch	Albuminate	Heizstoff (Fett)	Nähr-Salze	Extractstoffe.

Ferner behaupten die Vegetarianer auf Grund wissenschaftlicher Untersuchungen, daß bei einem gesunden Magen die Fleischspeisen der längsten, ihre eigene Nahrung dagegen der kürzesten Verdauungszeit bedürfe, und daß ganz besonders der außerordentlich stärkemehlreiche Reis am schnellsten, also auch am leichtesten verdaut sei.

Darauf stützen sie sich nun weiter und sagen, in den Getreidearten sei der Stickstoffgehalt gerade im richtigen Verhältnisse zum Kohlenstoffe vorhanden, ebenso in den Hülsenfrüchten, und diese seien daher die passendste Nahrung für den Menschen; die verschiedenen Vegetabilien, namentlich Weizen, seien daher mindestens ebenso nährend und ebenso leicht verdaulich als Fleisch.

Virchow theilt die Lebensmittel in 3 Classen.

1. Eigentliche Nahrungsmittel; diese sollen nach Liebig möglichst indifferent sein, d. h. weder den Stoffumsatz beschleunigen, noch verlangsamen.

2. Gifte und Heilmittel; solche gibt es aber nicht absolut, d. h. es bedarf, damit ein Gift oder Heilmittel wirksam werde, immer einer gewissen Menge dieser Substanz, und der Körper kann sich an dieselben gewöhnen.

3. Zwischen beiden stehen die Reiz- oder Genußmittel, deren Aufnahme in den Körper keine Nothwendigkeit, sondern bloß Annehmlichkeit ist. Sie wirken wesentlich auf die Empfindung, einige mehr auf die äußern Organe, besonders die Geschmackswerkzeuge, andere mehr auf Gehirn- und Rückenmark. Aber sie ernähren nicht, sondern sie verändern blos diesen Theil und zwar meist nur auf kurze Zeit. Man genießt viele derselben täglich in den Speisen; aber man irrt sich, wenn man sie für wahre Nahrungsmittel hält. Auch wenn man sie oft für unentbehrlich hält aus Angewöhnung, so sind sie dieß doch nicht, während die Nahrungsmittel durchaus nicht entbehrt werden können. Zu diesen Reizmitteln gehören Kaffee, Thee, Tabak, deren wirksame Bestandtheile, in größerer Menge genossen, geradezu vergiftend wirken. Die meisten Menschen

können sich daran gewöhnen, bei gewissen Naturen aber führt der fortwährend starke Gebrauch, weil sie sich gar nicht daran gewöhnen können, zu einer langsamen Vergiftung.

Auch die Extractivstoffe des Fleisches, — Kreatin, Kreatinin und Sarcin, welche nach der oben angeführten Zusammenstellung den Hauptunterschied zwischen Fleisch und Mehl in der Ernährungsfrage bilden — gehören hierher. Ueber die Fleischbrühe sagt Virchow in seiner Schrift über Nahrungs- und Genußmittel, daß er sie in ihrer reinsten Form nur als Reizmittel anerkennen kann. Man möge ihr durch Zusatz von Eier, Mehl, Fett, einen gewissen Nähr- und Heiz-Werth geben; ursprünglich aber sei sie doch nur eine höchst wässerige Lösung von theils wenig wirksamen Heiz-Stoffen, z. B. Leim, theils von leicht erregenden aromatischen Theilen des Fleisches. Warm genossen, stehe sie dem Kaffee oder Thee, dem Wein, Schnaps oder Bier nahe, sie errege die Nerven.

Was für die Fleischbrühe gilt, gilt natürlich in noch höherem Grade von dem Fleisch-Extract, welcher nichts ist, als bis zur Honigdicke eingekochte Fleischbrühe.

An einem andern Orte sagt Virchow ferner: „Für unsere heutige Art zu leben, wo ein Reizmittel das andere abzulösen bestimmt ist, ist es ein Gewinn, den mittlern Reiz der Fleischbrühe zwischen die großen Reize der anderen Classe einschieben zu können..... Das Fleisch ist kein so unentbehrliches Nahrungsmittel, wie man es jetzt so häufig ansieht.“

Aus diesen Aeußerungen folgern die Vegetarianer, daß die Fleischesser auch Kaffee- und Schnapstrinker werden müßten, weil eben ein Reizmittel zum andern führe. Auch ihre Gegner geben theilweise zu, daß der übermäßige oder ausschließliche Fleischgenuß die Neigung zu Gewürzen, Spirituosen u. s. w. hebe und daß durch diese Ueberreizung mancherlei Krankheitsstoffe entstünden.

Unter den Vertretern des Fleisches ist es besonders Moleschott, der ihm begeisterte Hymnen gesungen hat. Das Dogma dieser Schule lautet: Fleisch macht Fleisch. Daraus wird dann geschlossen, daß der Mensch daher den natürlichsten Ersatz für einen Kraftverlust durch Arbeit nur im Fleische finden könne. Dem steht aber die Thatsache entgegen, daß weitaus die meisten Thiere sich nicht von Fleisch, sondern von Vegetabilien ernähren und daß daher wenigstens hinsichtlich des thierischen Fleisches eine Ausnahme von jener Behauptung gemacht werden müsse, daß Fleisch Fleisch mache. Warum soll gerade das menschliche Fleisch das Privilegium haben ganz vorzugsweise durch Fleisch neu gebildet zu werden? Und gerade diejenigen Thiere, welche im Dienste der Menschen am meisten arbeiten und Kraft aufwenden, die Pferde, Kühe, Ochsen, Maulthiere, Kameele und Elephanten sind Pflanzenfresser!

(Schluß folgt.)

Literatur.

△ Unter den Kindern pfälzischer Lyrik, welche für den Weihnachtstisch empfohlen werden, darf auch eins nicht ungenannt bleiben, das mit allzugroßer Bescheidenheit sich bisher incognito gehalten. Wir meinen die anonyme Gedichtsammlung: „Des Menschenherzens Kampf und Versöhnung, oder Weltreich und Gottesreich, Speier 1858; 48 kr. Es ist uns aber auch verstattet, den Dichter selbst zu nennen, der in wechselnden Schicksalen diesseits und jenseits des Oceans die Perlen gesammelt, welche er uns hier in einfach schmuckloser, aber ansprechender Fassung darbietet; es ist Herr Heinrich Bisler, evangel. Pfarrer in Mittelbach bei Zweibrücken. Hinter dem etwas langen Titel des Büchleins darf man freilich kein hochfliegendes Lehrgedicht erwarten; es sind vielmehr kürzere Dichtungen (etwa 150), theils ernster, theils heiterer Art, in wechselndem Versmaß, auf soliden Grunde ruhend, die in Betrachtungen, Schilderungen, Contrasten, Parallelen und Allegorien des Lebens Fragen und Freuden, Hiebe und Absorge an der Seele vorüberführen. Wer ein Freund heimischer Poesie ist, der möge auch an diesem bescheidenen Büchlein nicht vorübergehen; und wer es lesend liest, wird unter kräftigen Blumen und buntem Gestein auch solide Goldkörnlein finden.

Miscellen.

(Eine gefährliche neue Erfindung.) Einer der tüchtigsten Lithographen in Kopenhagen, welcher von dem Industrievereine das Oersted'sche Legat für eine von ihm erfundene Weise, Photolithographien herzustellen, erhalten hat, hat dem „Dagtelegraphen“ zufolge, der Nationalbankdirection in diesen Tagen eine unangenehme, aber doch zugleich nützliche Ueberraschung bereitet, indem er ihnen ein Packet Fünfthalerscheine präsentirte, die von ihm durch Hülfe der Photolithographie angefertigt waren und welche in jeder Beziehung den ächten Scheinen so ähnlich sahen, daß keiner der Beamten der Bank sie von denselben unterscheiden konnte. Das Schlimmste bei der Sache ist indeß der Umstand, daß der Fabrikant der Direction im Vertrauen mitgetheilt haben soll, daß er — und was der eine ausführen kann, ist keine Unmöglichkeit für den andern — sich im Stande sehe, alles inländische und fremde Papiergeld ebenso täuschend ähnlich nachzumachen. Als vorläufiges Resultat dieser Mittheilung soll er dazu aufgefordert worden sein, einen Vorschlag zur Anschaffung einer neuen Art von Papiergeld, welches nach seinen gemachten Erfahrungen nicht nachzumachen sei, einzureichen; wie weit er aber im Stande sein wird, diese Aufgabe in zufriedenstellender Weise zu lösen, ist gewiß höchst problematisch.

(Die Franzosen in Kairo.) Eigenthümlich war die Art und Weise, wie man die Mitglieder des französischen Theaters empfing. Man nahm die ganze Gesellschaft in Alexandrien in Empfang, packte sie in die Coupés, und nun ging es fort nach Kairo, wo bei dem Wohnungsmangel das frühere Polizeigefängniß und eine verlassene Kaserne als Tusculum herhalten mußten. Man denke sich den Schrecken der Artisten, als sie in diese „Gemächer“ geführt wurden. Auf dem Boden lagen Matratzen und Strohsäcke. Großes Geschrei, heftige Debatten der ersten Volkstenöre mit den Beamten, beantwortet mit Achselzucken. Mit Grauen beobachteten die Elfen und Feen, in Paris so verhätschelt, das Treiben des umherkriechenden Gewürmes. Die Phantasie malte Entsetzliches aus, Hinrichtungen und Martern aller Art. Die Verzweiflung ergriff Alle, und ein Fiaker wurde occupirt, dessen Führer endlich begriff, daß man „zur Kaserne“ wolle. Neues Entsetzen! Die Soldaten waren über den kühnen nächtlichen Besuch verblüfft und geleiteten dieselben in ein mit Pritschen angefülltes Gemach. Lautes Schluchzen, als man einsah, daß man in eine militärisch besetzte Kaserne gebracht worden. Was konnte alles passiren, und wie wieder herauskommen? Da öffnet sich die Thür, und einige tapfere Krieger der egyptischen Armee erscheinen, um den Hof zu machen. Den [illegible] gelingt es endlich, diese Helden zurückzuschlagen. Abermals wird ein Wagen bestiegen, und ein Hotel, wimmelnd von Scorpionen und Molchen, nimmt für je 20 Frs. die Unglücklichen auf.

Redaction von Dr. Eugen Jäger. Druck der Jäger'schen Druckerei in Speyer.

Palatina.

Belletristisches Beiblatt zur Pfälzer Zeitung.

Nro. 153. Speyer, Donnerstag, den 23. December 1869.

Dunkle Wolken.

Novelle von P. L. Reimar.

(Fortsetzung.)

Während Melitta mit verschleierten Augen auf das Paar starrte, hörte sie sich von der Stimme ihres Gatten angeredet. „Hat Deine Tanzlust schon ihr Ende erreicht, Melitta?“ fragte er.

„Das Vergnügen ist für mich kein Vergnügen mehr!“ antwortete sie, mit einem Versuch zu lächeln.

„Das trat wenigstens dem Fremden gegenüber schroff hervor, den ich übrigens Deiner besonderen Rücksicht anempfehlen möchte, falls sich die Gelegenheit bieten sollte, sie gewähren zu können. Er gilt für einen ausgezeichneten, höchst begabten Menschen und ist mir von der **schen Regierung, in deren Diensten er früher stand, sehr warm empfohlen worden.“

Melitta vermochte vor dem Beben ihres Herzens kaum zu athmen, geschweige denn zu antworten. Sie sehnte sich nach dem Ende des Balls und fühlte sich wie erlöst, als sie endlich mit Ostheim und Isabella im Wagen saß, obgleich sie still und in sich gekehrt blieb. Die Brust war ihr beklemmt; sie dachte daran, daß sie morgen eine Reise antreten und Isabella, wenn auch nur für kurze Zeit, allein lassen sollte. Von einer einige Meilen entfernt wohnenden Freundin war sie nämlich ersucht worden, Pathenstelle bei deren jüngstgeborenem Töchterchen zu übernehmen und hatte ihr Erscheinen bei der Taufe zugesagt.

Obwohl sie gern jenen Besuch aufgegeben hätte, so konnte sie das einmal gegebene Versprechen nicht außer Acht lassen und verließ am folgenden Tage Mann und Tochter, sowie auch ihren alten Vater, der gleichfalls in der Residenz lebte und den sie täglich besuchte, um auf eine Woche zu der Freundin zu reisen.

Für Brunold galt es nun, sich trotz der ungünstigen Meinung Melitta's dem jungen Mädchen zu nähern und ihrer Neigung gewiß zu werden. Daß er einen günstigen Eindruck auf sie gemacht hatte, konnte sich seinem geübten Blick nicht verbergen, und er zweifelte auch jetzt keinen Augenblick an seinem Siege über dies junge Herz. Der Zufall war seinen Absichten förderlich. Melitta war auf ihrer Besuchsreise von einer heftigen Erkaltung ergriffen worden und obgleich ihr Zustand zu keiner ernstlichen Besorgniß Anlaß geben konnte, verhinderte er doch die Rückkehr und sie sah sich mehrere Wochen im Hause der Freundin festgehalten.

In der That konnte Brunald sich seines Erfolgs während ihrer Abwesenheit rühmen; dem Präsidenten hatte er sich bald als höchst geschickter und fleißiger Arbeiter gezeigt und zugleich durch seine sonstigen Eigenschaften eine ganz ungewöhnliche Gunst desselben erworben. Und Isabella? Das gesellige Leben hatte beide vielfach mit einander in Berührung gebracht; er hatte sich ihr anfangs mit einfacher Höflichkeit genähert, ihr aber allmälig wärmere Huldigungen gebracht, die er zuletzt auch nicht mehr vor den Augen des Vaters verbarg, und welchen Eindruck dieselben auf das junge Mädchen gemacht, wie es überhaupt mit ihrem Herzen stand — das wußte und empfand er mit stolzer Freude.

Melitta's Gesundheit hatte sich endlich so weit gekräftigt, daß sie heimkehren konnte, und mit gemischten Gefühlen, die ihr selbst fast wie die Ahnung eines großen Unglücks vorkamen, betrat sie wieder die Schwelle ihres Hauses. Isabella und der Präsident begrüßten sie mit herzlicher Freude. Nach Brunold wagte sie keine Frage, doch brachte Ostheim, als er am Tage nach ihrer Rückkehr bei ihr im Wohnzimmer war — Isabella war abwesend — selbst die Rede auf ihn und erzählte seiner Gattin, daß sein Wohlgefallen an dem jungen Mann sich von Tag zu Tag gesteigert habe und daß er sich wohl nicht in der Voraussetzung irre, derselbe hege den ernstlichen Wunsch, sich der Familie noch näher zu verbinden.

„Du willst doch nicht sagen“, rief Melitta in tödtlichem Schreck, „daß er — daß Isabella —?“

„Freilich beziehe ich mich auf eine mögliche Vereinigung der jungen Leute“, erwiderte der Präsident mit einem halben Lächeln, „die ihnen beiden wenigstens sehr stark im Sinne zu liegen scheint.“

„Aber das ist ja nicht möglich!“ brach Melitta unwillkürlich aus. „Du kennst Brunald erst kurze Zeit und auch Isabella kennt ihn nicht — nicht genau. Ich — ich habe ihn früher gesehen ...“ sie stockte wieder.

„Du hast wie Brunald nur von einer ganz flüchtigen Bekanntschaft gesprochen — hat er Dir denn bei dieser Gelegenheit einen so entschieden ungünstigen Eindruck gemacht, wie die Art, mit welcher Du von ihm sprichst, verräth?“

Melitta rang nach Worten, aber bevor sie noch etwas sagen konnte, fuhr der Präsident fort:

„Nun, Melitta, laß mich nicht glauben, daß Dich ein eingebildetes Vorurtheil beherrscht! Wer hat Dich gegen Brunold eingenommen?"

Sie war blaß wie die Wand und zitterte am ganzen Leibe. „Meine verstorbene Schwester!" brachte sie endlich mühsam heraus.

Der Präsident stand auf und ging mit starken Schritten durchs Zimmer. „Du mußt einsehen, liebes Kind", sagte er, „daß nicht vorgefaßte Meinungen uns irre machen dürfen, und nicht wie andere dachten, sondern wie wir selbst eine Sache ansehen — das muß uns leiten. Dem ganzen Lebenswege der einzelnen Menschen können wir nicht folgen, aber Alles, was wir von Brunold wissen, spricht zu seinen Gunsten. Ich denke, er wird Dir selbst noch Gelegenheit geben, Deine Ansicht von ihm zu verbessern, denn er hat bereits um die Erlaubniß gebeten, Dir bei Deiner Rückkehr seine Aufwartung machen zu dürfen."

Ehe Melitta noch eine Antwort geben konnte, meldete ein Diener der gnädigen Frau den Besuch des Regierungsassessor Brunold, und der Präsident sagte in freundlichem, aber doch bestimmten Ton zu seiner Gattin:

„Ich denke, er wird Dir willkommen sein, liebe Melitta?"

„Ja, er ist mir willkommen!" hauchte sie, und auf einen Wink des Präsidenten entfernte sich der Diener, um den Besuch hereinzuführen.

Bei Brunold hatte sich in dem Maße, wie er bei dem Präsidenten und Isabella avancirte, die Meinung von dem Widerstande, den er bei Melitta fürchten zu müssen glaubte, verringert und wenn er auch die Einsicht nicht verlor, daß er sich ihres Beistandes oder doch mindestens ihrer Neutralität versichern müsse, ehe er wagen dürfe, offen mit seiner Werbung um Isabella's Hand hervorzutreten, so hatte er doch die Ueberzeugung, daß es ihm leicht werden würde, sie umzustimmen, und in dieser Erwartung den Weg heute zu ihr angetreten. Er hatte schon die Schwelle seines Zimmers überschritten, als er noch einmal zurückkehrte, aus einem Fach seines Tisches ein Papier nahm und dasselbe zu sich steckte. „Man kann nicht wissen, ob mir das Blatt im äußersten Fall nicht dienen muß", sagte er zu sich selbst, „aber helfen wird's dann sicher."

Als Brunold zu Melitta ins Zimmer trat, war der Präsident noch bei ihr und die Freundlichkeit, mit welcher er den Gast empfing, verdeckte einigermaßen das kalte und gemessene Benehmen seiner Frau, das diese nicht ganz verbergen konnte. Er verabschiedete sich jedoch bald wegen Dienstgeschäften und die junge Frau war nun mit Brunold allein, den sie durch eine kühle Handbewegung zum Sitzen einlud. Er ließ sich durch ihre zurückweisende Haltung nicht abschrecken und begann in einem Ton, dem nichts an der vollendetsten Höflichkeit mangelte:

„Ich bin Ihnen dankbar, gnädige Frau, daß Sie mir gestattet haben, an die frühere kurze Bekanntschaft und das lang ebenso kurze Wiedersehn anzuknüpfen und Ihnen an dieser Stelle die Hoffnung auszusprechen, daß uns auch die Zukunft noch freundliche Begegnungen aufbehalten möge."

„Und was berechtigt Sie zu dieser Hoffnung?" sprach sie kurz und scharf.

„Die Aufnahme, deren ich mich von Seiten Ihres Herrn Gemahls zu erfreuen hatte, und Alles, was ich von der Liebenswürdigkeit der Damen dieses Hauses bisher erfahren habe, unter deren Scepter ich mich stellen möchte als ein treuer Vasall!"

Es gelang ihm nicht, wie er vielleicht gehofft hatte, Melitta durch den leichten Ton seiner Unterhaltung von dem schweren Ernst, der sichtbar auf ihrer Stirn lag, abzuziehen und statt auf denselben einzugehen, versetzte sie nicht ohne Bitterkeit:

„An die Vergangenheit, welche zwischen uns liegt, dachten Sie wohl nicht dabei?"

Er sah ein, daß es nicht länger möglich war, diese Vergangenheit zu ignoriren, und nun auch seinerseits plötzlich zum Ernst übergehend, sagte er:

„Ja, wohl dachte ich auch an die Vergangenheit und gerade diese Erinnerung führt mich zu Ihnen!"

„Und das wagen Sie mir zu sagen, so offen und unverhohlen?" fragte sie, erstaunt über seine Dreistigkeit.

„Ja, Melitta! Ich kam, um Ihnen zu sagen: Lassen Sie Schuld und Verirrung begraben sein, lassen Sie dieselben das Glück der Lebenden nicht mehr trüben! Schweigen und Vergessen ist Alles, was wir noch für die Vergangenheit haben können: lassen Sie uns einander zu Beidem die Hand reichen!"

Sie trat einen Schritt von ihm zurück. „Vergessen!" sagte sie bitter. „O, mein Gedächtniß ist nur zu gut und vergißt nimmer des Elends und der Schmach, worunter ich und die Meinen gelitten, vergißt nie, wer sie über uns gebracht hat!"

„Lassen Sie die Todten ruhen!" bat Brunold noch einmal, aber mit unsicherer Stimme.

„Die Todten, ja!" rief Melitta, und in diesem Augenblicke rannen große Thränen über ihre Wangen; „sie, die Todte ruht, und ich glaube und hoffe, sie ruht in Gottes Frieden und in seiner Vergebung; aber meine Anklage geht gegen Sie, den Lebenden, Brunold! Sie haben das Herz und das junge Leben meiner Schwester vergiftet!"

Die Stimme des sonst so schüchternen, sanften Weibes war bei den letzten Worten hart und fest geworden und fast drohend trat sie ihm gegenüber. Aber auch ihm kehrte in diesem Moment die Festigkeit zurück.

„Hüten Sie Ihre Worte, Melitta!" sprach er, „Sie möchten sie schwer vertreten können! Wer sagt Ihnen, daß ich schuldig bin an dem Unglück Ihrer Schwester, daß nicht auch ich gelitten habe unter ihrer Schmach, daß mich ihre Untreue nicht tief gebeugt, daß mein Herz nicht geblutet hat, als es sich von ihr verstoßen sah und den Verrath erkannte?!"

„Verrath? an Ihnen?" rief Melitta, und es war, als klänge etwas wie Hohn durch ihre Stimme.

„Ja, Verrath! Oder nennen Sie es nicht so, wenn eine Braut ihren Verlobten in seinen heiligsten Rechten und Gefühlen kränkt, wenn sie einem Andern — —"

„Halten Sie ein!" rief Melitta, „und sprechen Sie nicht von Rechten, die Sie nicht haben konnten, weil sie von Ihnen selbst mit Füßen getreten waren! Sie haben meine Schwester nie geliebt!"

„Und von wem haben sie diese Offenbarung, die Jedem neu sein möchte, der unser Verhältniß gekannt hat?"

„Wer es mir offenbart hat, fragen Sie? So antworte ich Ihnen: Sie selbst haben es mir gesagt! Und nicht allein in jedem Wort, das Sie heute gesprochen, haben Sie sich mir verrathen — ich sagte mir schon damals, als das Entsetzliche geschah: das wäre nicht möglich gewesen, wenn die Liebe Sie gehalten hätte. Ein Verrath konnte in Adelheid's Seele nicht keimen! — — Und dann, Brunold, hat es mir der Mund der Sterbenden gesagt, wer an ihrem Elend schuld sei, wer sie ihrem Verderben überliefert habe. — — Ich bin nicht ihr Richter, Brunold, aber das frage ich Sie: Können Sie jetzt begreifen, daß die Empfindungen meiner Schwester aus ihrem gebrochenen Herzen in das meine übergegangen sind?"

Einen Augenblick war er verstummt; dann sagte er: „So hassen Sie mich, Melitta?"

„Ich weiß nicht, ob mein Gefühl Haß genannt werden muß; nur das weiß ich, daß ich wünschte, unsere Wege kreuzten und begegneten sich nie mehr!"

Wenn Brunold sich einen Augenblick erschüttert gefühlt hatte, so war die Empfindung mit dem Moment vergangen und er sagte sich, daß er keinen Zoll breit weichen dürfe, wenn er nicht sein ganzes Spiel verloren geben wollte.

„Gegen Gefühle läßt sich nicht streiten und mag ich Ihre Abneigung verdienen oder nicht, ich unterlasse es dafür Rechenschaft von Ihnen zu fordern. Was ich aber fordern darf, oder vielmehr, um was ich Sie bitte — hören Sie wohl, Melitta, jetzt bitte ich noch darum! — ist, daß Sie diese Gefühle in Ihrer Brust verschließen, daß Sie es mir vergeben, wenn ich Ihnen die Begegnungen auf unserem Wege, die sich nun einmal nicht vermeiden lassen, nicht erspare."

„Wie, verstehe ich Sie recht? Sie wollen — Sie könnten wagen — —?"

„Ich sage es Ihnen frei: ich werde wagen, um die Hand Isabella's, Ihrer Stieftochter, zu werben und hoffe, daß man mir dieselbe nicht verweigert!"

„Wie, Sie hoffen?!" rief Melitta fast außer sich; „und wagen Sie auch zu hoffen, daß ich nicht mein Wort gegen Sie in die Wage legen und daß dies Wort nicht genügen würde, um jeden Gedanken an eine Verbindung mit Ihnen, den Isabella oder ihr Vater hegen könnten, unmöglich zu machen?"

„Es ist möglich, daß es Ihnen gelingen dürfte, Ihre vorgefaßte Meinung über mich auf Ihren Gatten oder Ihre Tochter zu übertragen, möglich, daß Ihnen somit die Rache für eine vermeintliche Unbill gelänge, aber glauben Sie mir, es wäre auch für Sie nicht gut, mich zum Feinde zu haben, Melitta!"

(Fortsetzung folgt.)

* Die Ritter vom Fleische und die Ritter vom Gemüse.

Ein Kapitel aus der Küche von Dr. G. Jäger.

(Schluß.)

Ein Haupteinwand gegen den Vegetarianismus wird vom politischen Standpunkte aus gemacht. Wir sind, wie schon bemerkt, keine Anhänger des Vegetarianismus, können aber doch nicht umhin, die gänzliche Unrichtigkeit dieses Einwandes darzulegen.

Der Stuttgarter Beobachter, ein demokratisches Blatt aus Schwaben, schreibt nämlich am 20. November 1868, daß die Pflanzennahrung ruhige, apathische, schlaffe, sanfte, folgsame, friedliche Hirtenvölker erzeuge; politische Freiheit und Entsagung von Fleischspeisen vertrügen sich nicht mit einander; es bestehe ein Zusammenhang zwischen Fleischkost und Energie, zwischen Blut und Freiheit; wo die Freiheit gedeihe, könne der Vegetarianismus nicht wohnen; einen Bundesgenossen aber habe er und dieser sei der Militarismus. Als Beispiel werden die Hindu in Indien angeführt, welche seit Jahrhunderten die Beute der Despotie seien, während die fleischessenden Engländer und Nordamerikaner die freiheitsstolzesten Völker der Erde seien. Dabei übersieht der Verfasser jenes Artikels aber doch, daß diese Indier, die also nach seiner Theorie ein apathisches, folgsames, friedliches Volk sein sollen, noch vor wenigen Jahren in einem der furchtbarsten Aufstände das freiheitsstolze England erzittern gemacht haben.

Als weiterer Beleg für diese Theorie wird Irland angeführt, dessen Bevölkerung durch die Kartoffelnahrung so herabgekommen sein soll. Aber die Kartoffelnahrung, das weiß Jeder, der in die irische Geschichte hineingeschaut hat, ist nicht Ursache der Zustände auf der grünen Insel, sondern umgekehrt die Wirkung jener schnöden Politik des Egoismus, mit welcher das engherzige Volk der stolzen Britten ihr Nachbarvolk zu unterdrücken versucht hat. Die irische Landbevölkerung hatte die Wahl, entweder auszusterben, oder ihre Lebensweise auf das allergeringste Maß herabzuschrauben. Daß sie das letztere wählte, ist ihr um so weniger zu verdenken, als es nicht ihre Schuld ist. Und dieses angeblich so feige, schlaffe Volk liefert England seine besten Soldaten und hat sich nicht nur seit Jahrhunderten in offenem Kriege gegen die von England importirten Zustände befunden, sondern auch einen Geheimbund in seiner Mitte entstehen sehen, vor welchem das stolze England fast noch mehr zittert als vor den Mordplänen des weiland Nena Sahib.

Die rein vom Fleisch lebenden Indianer sind freilich stolz auf ihre Freiheit, aber die Geschichte hat sie auf den Aussterbe-Etat gesetzt; daß dieses allerdings nicht, wie die Vegetarianer behaupten, wegen der Fleischnahrung geschah, thut nichts zur Sache.

Sind die Araber, die oft wochenlang nur von wenigen Datteln leben, nicht heute noch ebenso stolz auf ihre Freiheit und Unabhängigkeit, wie vor 12 Jahrhunderten, als sie, eine neue Sündfluth, die bewohnte Erde überschwemmten? Und sind nicht gerade die fast ausschließlich vom Fleisch lebenden Steppen-Völker Asiens von den Russen unterworfen worden, die mehr der Pflanzennahrung huldigen? Und das von Milch, Käse und Hafer lebende Volk der inneren Schweiz, das sich in blutigen Kämpfen unabhängig von fremder Herrschaft hielt, war es vielleicht friedlich, folgsam und sanft?

Fast das ganze letzte Jahrhundert des ancien régime hindurch lebte das französische Volk außerordentlich schlecht; Fleisch war bei der weitaus größten Mehrzahl der Bevölkerung gar nicht mehr zu sehen und selbst Stände, die sonst bessere Nahrung genossen hatten, sahen sich auf die allererbärmlichsten Aushilfsmittel angewiesen. Unter Ludwig XIV. und XV. war die Nahrungs- und Lebensweise des Volkes die elendste, die man sich denken kann, und dennoch sehen wir auf einmal aus demselben Volk eine der großartigsten Revolutionen entstehen und fast 20 Jahren hintereinander entwickelt es in den vernichtenden Feldzügen Napoleons die nachhaltigste Kraft.

Solcher Beispiele ließen sich noch gar manche anführen; doch genügt schon die Thatsache, daß die überwiegende Menge der europäischen Bevölkerungen seit Anbeginn unserer Kultur mehr von Pflanzen- als von Fleischnahrung lebt, daß sie ihre Kraft meist ungeschwächt erhalten und der Nachwelt überliefert haben, daß gerade aus dem Schoße des eigentlichen Volkes oft die ausgezeichnetsten Männer hervor gegangen sind; der Militarismus, jener angebliche Bundesgenosse des Vegetarianismus, ist doch erst eine Erfindung der Neuzeit.

Aus dem Gesagten ersehen wir, wie auch Virchow meint, daß die Menschheit nach so vielen Jahrtausenden weder durch die Erfahrung, noch durch die Wissenschaft mit der ersten Frage nach der zuträglichsten Nährweise zum Abschluß gekommen ist. Der bekannte, durch seine Forschungen über die Ernährungsfrage ausgezeichnete Gelehrte sagt ferner, daß die rein chemische, also einseitige Behandlung der Ernährungsfrage eine große Verwirrung angeregt habe. Für die Erkenntniß der erregenden Wirkungen der Nahrungs- und Genußmittel habe die chemische Untersuchung nur eine untergeordnete Bedeutung und die physiologische Betrachtungsweise sei hier die maßgebende; denn die genossene Nahrung stärkt und kräftigt schon viel früher, ehe die Verdauung vor sich gegangen ist. Das Gefühl von Stärkung, das man sogleich nach genossenem Mahle und sogar noch vor Beendigung desselben empfindet, kann also unmöglich blos von der Assimilation der Nahrung durch die Gewebe herrühren.

Dr. Kleule in Hannover, ein Gegner der Vegetarianer, sagt: „Die Frage, ob Fleisch-, ob Pflanzennahrung, ist eine rein individuelle, je nach Constitution, Alter, Anlagen und zufälligen Zuständen des Organismus. Nicht die Fleischnahrung macht den Menschen krank, nicht die ausschließliche Pflanzennahrung erhält ihn gesund und kräftig, sondern Mäßigkeit in der Menge und den Reizstoffen."

Mit der Cultur und Civilisation hat die Frage über den Vegetarianismus unsers Erachtens blos insofern zu thun, als alle civilisirten Völker erst durch Uebergang zum Ackerbau seßhaft geworden sind; freilich durften sie, um in der Kultur weiter zu schreiten, nicht beim Ackerbau stehen bleiben, denn sonst gäbe es keine höhere Entwicklung; Hand in Hand mit der Bodenkultur müssen Industrie und Handel gehen. Bei einem Volke, das ausschließlich Fleisch ißt, kann aber keiner dieser drei Zweige der menschlichen Thätigkeit sich gedeihlich entwickeln.

---

* Der neue Bergermeeschter.

„Nä, Alter, sei doch norre g'scheidt,
Die Wahle sinn jetzt bei;
Do mecht Dich halt mit de' Brut,
Wer weiß doch Eppes gelle!
Der G'halt, na freilich der isch schwach,
Der dhät em net verführe;
's isch awer als e' schöni Sach,
Im Dorf ze kommediere!
Der Name schunn e' ganz ellee,
Der treib em jo ze höre!
Mer isch der Gedicht in d'r Gemä; —
Drumm geh un loß Dich wehle!"

Ne gut, ich denk' mer im Ort
Un plauder weiter Alle,
Un Jeder gibt mer's Ehrenwort:
Sei' Stimm dhät uff mich falle.
„Ei", sag ich, „Bärwel, 's macht sich schö',
Sie wähle mich all, die Herre;
Do kann's jo gar net annerscht geh.
Des Kandel muß mer werre!"
Die ganz Gesellschaft lad ich ei'
Gleich uff die nächschte Tage.
Ich hab jo noch e Fäßel Wei'
Un Wericht un Schwartemage! —
So kummt die Wahl; ich greif mei' Kapp
Un geh in's Schulhaus nunner;
Der Amtmann nimmt die Zettel ab
Un liest die Name runner.
Ich horch un kann net warte schier,
Was muß ich awer höre?
Mei' Name steht uff keem Babier. —
Des war emol vor's Wehre!
Der Deuwel glab ke noch e' Wort
Was em die Lumpe sage!
Mei' Wei' isch all, mei' Werischt sinn fort
Mit sammt em Schwartemage!
Ich schleich mich heme hinnerum, —
Mer schämt sich dorch die Gasse —
Un wie ich vor die Hausdhür kumm,
Do dhut mei' Fraa schunn basse.

„Nä", segt se, „awer hör ich grad,
Isch's werklich wohr? — Du bischt's!"
„Jo", sag ich, „im Gemänrath,
Nix wenn'ger Bergermeeschter!"

Bruchmühlbach. Han.

---

* Räthsel.

Erstes Wort.
Das Meer, der See, sie haben mich immer,
Auch lieben mich die Frauenzimmer.

Zweites Wort.
Ich mußte meine Kraft entfalten
Bei dem Kampfesspiel der Alten.

Drittes Wort.
Aus mir entsprosset alles Leben,
Auch werd' ich zum Salat gegeben.

Das Ganze.
Der Räthselschmied wird praktizirt,
Gar Mancher wird dadurch verführt.

Redaction von Dr. Eugen Jäger. Druck der Jäger'schen Druckerei in Speyer.

Palatina.

Belletristisches Beiblatt zur Pfälzer Zeitung.

Nro. 154. Speyer, Dienstag, den 28. December 1869.

Dunkle Wolken.

Novelle von F. L. Reimar.

(Fortsetzung.)

Dieses Wort, obgleich es in eigenthümlich drohendem Ton gesprochen wurde, schreckte Melitta nicht und mit einem Stolz, den kaum Jemand bei der jungen Frau gesucht haben würde, versetzte sie:

„Ich fürchte ihre Feindschaft nicht, oder vielmehr: ich nehme sie auf mich, um dafür Leib und Seele meiner Tochter zu retten!"

Eine flammende Röthe schoß in Brunold's Gesicht. „Sie denken sehr — sehr schlecht von mir! Glauben Sie denn, daß ich auf Wegen wandle, die unfehlbar zum Abgrund — zur Hölle führen müssen? Ich hätte kaum so viel Härte in einem Frauenherzen vermuthet!"

Für einen Moment fühlte Melitta sich betroffen und Brunold, diesen Eindruck bemerkend, fuhr fort, indem sein tiefes Organ jenen einschmeichelnden Ton annahm, der ihm so wohl zu Gebote stand:

„Melitta, nehmen Sie an, daß ich mit heißem Verlangen nach einem reinen Wesen strebe, an dessen Seite ich selbst rein sein werde, daß ich dies Wesen liebe, wahr und aufrichtig, wie ich noch nie geliebt habe, und daß ich — ich darf es sagen! — von ihm wieder geliebt werde, daß sich meine Hoffnung an diesen Besitz klammert wie an ein anderes und höheres Dasein — und dann fragen Sie sich, ob Sie das Recht haben, zwischen mich und diese Hoffnung zu treten, ob Sie es vor Gott verantworten können, mir ein Herz zu entziehen, das ich — ich schwöre es Ihnen! — glücklich machen werde, gleichwie ich meine eigene Seligkeit von ihm erwarte!"

„Ja, ich kann es — und ich werde es!" rief Melitta fest und entschieden. „Ich würde nur Eins nicht verantworten können vor Gott und den Meinen: wenn ich schwiege, wo ich reden sollte!"

Brunold preßte die Lippen fest zusammen, während seine Wangen erblaßt wurden.

„Also, Sie werden reden"; sagte er dann langsam: „wissen Sie auch, was Sie damit aussprechen?"

„Ja, ich weiß es", erwiderte sie ernst, aber ruhig; „die Schande und Schmach meiner Schwester; aber die Todte wird mir verzeihen — ich kann nicht anders!"

„Und wird auch Ihr Gemahl Ihnen verzeihen, wenn er erfährt, welcher Flecken auf Ihrer Familie, Ihrem Namen haftet? Ich glaube gehört zu haben, daß der Präsident Ostheim ungewöhnlich reizbar in Bezug auf seine Ehre ist."

Melitta zuckte zusammen. Brunold hatte einen wunden Punkt berührt, den schmerzlichsten ihrer Ehe, ihres ganzen Lebens. Sie wußte, daß Ostheim's Empfindlichkeit in dieser Beziehung nach einer Seite bis zur Schwäche, nach der andern bis zur Härte ging, daß er ihr die Mittheilung ihres eignen leiden Geheimnisses, das sie ihm schon zu Anfang ihrer Vereinigung hatte bekennen wollen, unmöglich gemacht. — Aufsehend gewahrte sie, daß Brunold's unheimliche Augen mit einem lauernden Ausdruck auf ihr ruhten, und sie erwiderte fest:

„Das kann und wird nicht hindern, daß Ostheim erfährt, was er erfahren muß!"

„Und das wird vielerlei sein", entgegnete er, „vielerlei, was ihn empfindlich treffen wird, denn wie Sie wissen, reihen sich an diese erste traurige Geschichte noch manche andere Begebenheiten, die dann ebenfalls wieder aus halber Vergessenheit hervortreten würden. Sie sehen mich so erstaunt und fragend an, gnädige Frau? Ich werde Sie doch nicht an die Katastrophe zu erinnern brauchen, die fast mit jenem Ereigniß, das Ihre Schwester betraf, zusammenfiel und von manchen Seiten sogar in eigenthümliche Verbindung mit demselben gebracht wurde?"

„Sie meinen ohne Zweifel jenen Diebstahl, welcher an der meinem Vater anvertrauten Casse verübt ward, zur Zeit, als er Kriegszahlmeister in W.. war", versetzte sie kalt, „und der allerdings dazu diente, sein schwer getroffenes Gemüth vollends zu erschüttern."

„Eben auf ihn beziehe ich mich. Sie waren damals noch nicht aus der Pension zurückgekehrt und daher werden Ihnen wohl kaum die näheren Umstände dieses jedenfalls sehr eigenthümlichen Vorfalls bekannt sein. Erlauben Sie mir, daß ich Ihnen in Kurzem den Sachverhalt mittheile, wie er durch die damalige Untersuchung festgestellt wurde."

„Aber ich begreife nicht, wozu — —"

„Sie werden es sogleich erfahren, gnädige Frau! — Jener Diebstahl betrug die Summe von fünftausend Thaler, die aus der Casse, welche noch Tags vorher von der zuständigen Behörde revidirt und richtig befunden worden, auf anscheinend unerklärliche Weise verschwunden waren. Ihr Vater zeigte das Geschehene, nachdem er es entdeckt, sofort an und erklärte dabei, daß ihm selbst jede Spur des Verdachts mangle. Nach seiner Angabe hatte er auf seinem Bureau Auszahlungen vorgenommen und war gerade im Begriff, die Cassen zu schließen, als er durch eine plötzliche Meldung abgerufen wurde, die, wie er sagte, Familienangelegenheiten betroffen habe. Diese dem Gericht näher zu bezeichnen, weigerte er sich, doch Ihnen kann ich sagen, daß sie mit dem überraschenden Verschwinden Ihrer Schwester, was er in diesem Augenblicke erfuhr, zusammenhing. Da dies jedoch auf die Sache selbst unmittelbar keinen Einfluß hat, so kann ich darüber hinweggehen, wie auch das Gericht es gethan hat. Genug, er hatte in ungeheurer Aufregung das Zimmer verlassen und vergessen, daß die Cassen unverschlossen geblieben waren. Als er nach etwa einer halben Stunde zurückkam, entdeckte er sein Versehen, und zugleich, daß jene Summe fehlte. Von gewaltsamem Einbruch ließ sich keine Spur entdecken. Die Fenster waren mit eisernen Gitterstäben versehen, die sich vollkommen unverletzt zeigten, und es war kein anderer Ausweg aus dem Gemach, als durch ein Nebenzimmer, wo die Schreiber arbeiteten, die Ihr Vater kurz vor seinem Forteilen entlassen und von deren Weggang er sich überzeugt hatte. Er glaubte, bei dieser Gelegenheit den Schlüssel in der dahin führenden Thür selbst umgedreht zu haben, wenigstens zeigte sie sich von innen verschlossen und auch sonst verrieth kein Anzeichen, daß jemand inzwischen das Gemach betreten oder verlassen habe, wie denn auch durch die Aussagen den Hausbewohner fast bis zur Evidenz erwiesen wurde, daß während der Zeit, die zwischen dem Kommen und Gehen Ihres Vaters lag, Niemand die Schwelle des Hauses überschritten hatte. Kurz, die Sache war sehr räthselhaft! — Ihr Vater klagte sich selbst der Pflichtverletzung an, die in jener Nachlässigkeit zu finden war, und einzelne Stimmen gingen in ihren Beschuldigungen gegen ihn selbst noch weiter."

„Unerhört!" fiel Melitta entsetzt ein.

Brunold beachtete nicht ihren Ausruf und fuhr fort: „Das Gericht theilte indessen nicht diese Ansicht; gestützt auf die bisher bewiesene und auch sonst allgemein anerkannte Rechtschaffenheit Ihres Vaters, sprach es diesen von jedem Verdacht frei und da die eifrigste Untersuchung den Thäter nicht zu ermitteln vermochte, so wurde die Sache niedergeschlagen, nachdem Ihrem Vater nur ein amtlicher Verweis wegen Fahrlässigkeit in Ausübung seiner Dienstpflicht zu Theil geworden war. Sein Erbieten, die geraubte Summe aus seinem Vermögen zu ersetzen, wurde vom Landesfürsten abgelehnt."

„Dafür aber mußte mein armer Vater auf Jahre hinaus mit dem Frieden und selbst mit der Klarheit seines Gemüths büßen!" rief Melitta bitter-schmerzlich.

„Die Sache hatte allerdings noch schwere Folgen, die Sie aber vielleicht nicht in dem Umfang ermessen können, weil Ihnen das Wenigste davon zu Ohren gekommen sein mag.

„Es gab Manche, die mit jenem Ausspruch des Gerichts nicht zufrieden waren und die allerlei Verdachtsgründe sahen, wo das Gericht keine Indicien gefunden hatte oder, wie es hie und da im Publikum hieß, nicht hatte finden wollen; und es ward dabei von allerlei Einflüssen gemunkelt. Vorzüglich war es ein Umstand, der dem Verdacht einigen Grund zu geben schien. Ihr Vater hatte nämlich verschwiegen, daß er bei der Rückkehr auf sein Bureau mit einem Fremden gesprochen habe, der dort, oder doch wenigstens in der Nähe jener Thür, auf ihn gewartet haben mußte, daß er einige aufgeregte Worte mit ihm gewechselt und sich dann von ihm getrennt hatte. Als dies durch Aussagen von Zeugen erhärtet worden war, leugnete er jenes Zusammentreffen nicht und gab sogar Auskunft über die Person jenes Fremden, in dem er einen wegen seiner politischen Gesinnung Verfolgten bezeichnete, mit dem er innig befreundet gewesen sei und der vor seiner Flucht ein letztes Lebewohl mit ihm ausgetauscht, wozu er sich des ihm bekannten Weges durch ein Hinterpförtchen des Hauses bedient habe. Einen möglichen Verdacht wegen der Thäterschaft des Verbrechens wußte er aber so eifrig und geschickt von dem Haupte des Fremden abzulenken, dessen bürgerliche Ehre allerdings rein und unangetastet war, daß das Gericht nicht darauf kommen konnte, diesen Mann, dem übrigens auch das Entkommen nach Amerika geglückt war, zur Verantwortung zu ziehen. — Darin glaubte man nun wieder vielfach den vorhin erwähnten höheren Willen zu erkennen, der die Sache erledigt sehen wollte. Aber todtschweigen ließ sie sich dennoch nicht und des geheimen Geredes und zweideutiger Aeußerungen war kein Ende. Die Ohren Ihres Vaters blieben nicht davon verschont und es ist zu begreifen, daß er sie bitter und schmerzlich empfand, umsomehr, als der Zusammenhang der Sache ein unlösbares Räthsel blieb und er somit den allerdings nicht offenen, aber darum vielleicht desto empfindlicheren Anklagen und Verdächtigungen seiner Ehrenhaftigkeit waffenlos gegenüberstand. Was aus all diesem entsprang, wissen Sie. Er forderte und erhielt seinen Abschied."

Melitta hatte dem Redenden mit einer steigenden Erregung zugehört und sagte jetzt, während ihr die Thränen der Entrüstung in die Augen traten:

„Und wollen Sie sich etwa auf die Seite derer stellen, welche jenen schimpflichen Verdacht gegen meinen theuren Vater zu hegen wagten? Ich hatte geglaubt, daß der Gedanke an sein weißes Haar, welches von so viel Kummer und unverschuldetem Elend gebleicht ist, selbst Sie davon abhalten würde, der schmählichen Verleumdung aufs Neue eine Sprache zu leihen!"

Brunold zuckte die Achseln. „Bei der Tochter ist diese Auffassung der Sache natürlich; doch fragt es sich, wie die Welt, wie z. B. auch das Gericht unseres Landes urtheilen dürfte, wenn die Untersuchung noch einmal wieder aufgenommen würde, wenn vielleicht ein neuer Belastungszeuge gegen Ihren Vater aufträte."

„Was meinen Sie — ich verstehe Sie nicht!" fragte Melitta mit einer ihr selbst unerklärlichen Unruhe.

„Melitta, ich habe Ihnen schon einmal gesagt, daß es nicht gut sei, mich zum Feinde zu haben. Wenn Sie mich zwingen, es zu sein, so dürfte dies für Ihre

Ruhe und die Ehre Ihres alten Vaters gefährlich werden. Es steht in meiner Hand, ihn zu verderben!"

„Reden Sie, erklären Sie sich!" rief Melitta fast außer sich.

Er griff langsam mit der Hand in seine Brusttasche und zog ein Papier hervor, das er entfaltete und ihr hinhielt. Es war ein Brief und, wie ihr die Ueberschrift zeigte, an ihren Vater gerichtet. „Lesen Sie!" forderte er sie auf.

Sie vermochte es nicht, die Buchstaben tanzten vor ihren Augen.

„So will ich Ihnen vorlesen, was er enthält", sagte er und begann:

Bremerhafen, den 24. Mai 185*.

„Mein theurer Freund!

Das Werk meiner Rettung ist bis so weit gelungen; ich stehe im Begriff, das Vaterland zu verlassen. Ohne Deine Hilfe hätte ich elend verkommen müssen, wenn es Deine ehrliche Seele auch Kampf kostete. Daß es Dir hart, sehr hart ankam, mich zu unterstützen, weiß ich, aber den „Raub am Staate", wie Du meinst, schlage ich nicht so hoch an und statt des Kerkers winkt mir nun die weite Welt, wo auch das Kapital, welches ich mit mir nehme, mir gute Dienste leisten wird. Denke nur auch an Deine Sicherheit, die mir gefährdet zu sein scheint, sobald meine Flucht entdeckt ist! Der Deinige auf immer.

Friedrich Horn."

Ohne einen Laut hatte Melitta dem Vorlesen des Briefes gelauscht, doch verriethen ihre schweren Athemzüge, daß sie nach Luft rang. „Und diesen Brief?" brachte sie endlich mühsam hervor.

„Diesen Brief lege ich in ihre Hand, mit ihm den Frieden und die Sicherheit Ihres alten Vaters, und gelobe Ihnen mit einem heiligen Schwur ewiges Stillschweigen; — aber natürlich nur unter einer Bedingung."

„Und diese Bedingung ist?"

„Daß auch Sie mir Schweigen geloben, mir versprechen, nicht in meinen Weg treten zu wollen, wenn ich um Isabella werbe. Hier ist meine Hand, Melitta, lassen Sie uns — nicht Freundschaft, aber Waffenstillstand schließen!"

Auf's Neue wich sie scheu vor der Berührung seiner Hand zurück: „Und wenn ich mich weigere, auf Ihre Bedingung einzugehen?"

„Dann — ja dann werde ich diesen Brief einfach den Gerichten ausliefern, und wir müssen erwarten, ob er wichtig genug befunden wird, um eine alte Sache auf's Neue zur Verhandlung zu bringen."

Einen Augenblick stand sie vernichtet und seine Augen blickten mit dem Ausdruck des Triumphs auf die bleiche, bebende Gestalt. Aber noch war ihr Muth nicht gebrochen und sich fassend, fragte sie scharf:

„Und wenn man Sie dann fragt, wie ich Sie jetzt frage: Wie kamen Sie zu dem Briefe?"

„So werde ich antworten, wie ich jetzt Ihnen antworte: Ich fand ihn zwischen den Blättern eines Buches, das Poesien enthielt und das ich Ihrer Schwester eine Zeitlang vorher geliehen hatte."

„Wenn Sie ihn denn damals schon fanden, wie kommt es, daß Sie ihn nicht auch damals, sondern erst jetzt, nach Jahren zum Vorschein brachten?"

„Ich sagte Ihnen schon, daß das Buch, in welchem er lag, Poesien enthielt. Vielleicht hatte ich gerade in diesen Tagen poetische Anwandlungen und dachte an halbvergessene Lieder und Geschichten; so fiel denn der Fund in meine Hände."

Sie war in der Ecke des Sophas zusammengesunken und verbarg ihr Gesicht mit den Händen. Er trat auf sie zu.

„Melitta, denken Sie jetzt an das weiße Haar Ihres Vaters, denken Sie an Ihr eigenes Glück, die Ehre Ihres Hauses und Namens, ich sage Ihnen, es steht Alles, Alles auf dem Spiel!"

Sie schauderte und ihre Lippen murmelten: „Hebe Dich weg von mir, Versucher!"

Mit einem stolzen Lächeln sah er auf den furchtbaren Seelenkampf der jungen Frau, dann beugte er sich über sie und flüsterte: „Gott hat Ihnen ein Kinderherz und ein Herz für Ihren Gatten gegeben — es verleugnen hieße Beide verrathen. Sie werden schweigen, Melitta!" —

Melitta wollte antworten, sie wollte seine Voraussetzung zurückweisen — aber sie vermochte es nicht, die Zunge versagte ihr den Dienst. — In der nächsten Minute hatte Brunold sie verlassen.

Als Melitta allein war, überließ sie sich einem fast wilden Ausbruch ihres Schmerzes. Nachdem die erste furchtbare Aufregung vorüber und es ihr gelungen war, die äußere Haltung wiederzugewinnen, bereitete sie sich zum Ausgehen und verließ mit der Weisung an den Diener: „Ich gehe zu meinem Vater!" das Haus.

Der pensionirte Rittmeister Hollfeld, Melitta's Vater, hatte nach ihrer Verheirathung des Präsidenten Vorschlag, der Tochter in ihre neue Wohnung zu folgen, den sie mit ihren dringendsten Bitten unterstützte, abgelehnt und es vorgezogen, in dem stillen, kleinen Hause, das er seit seiner Uebersiedlung nach der Residenz bewohnt hatte, zu bleiben. Obgleich Melitta nur schmerzlich darauf verzichtete, stets um ihn und dadurch in jedem Augenblick wie bisher das Licht seines Lebens zu sein, hatte sie sich doch endlich dem Willen des alten Mannes gefügt, indem sie sich der Einsicht nicht verschließen konnte, daß das bewegte und geräuschvollere Leben des großen Hauses zu seinen stillen Gewohnheiten nicht immer passen dürfte. Eine Reihe von harten Schicksalsschlägen hatte den früher kräftigen Mann physisch wie geistig gebrochen und Jahrelang war er einer Gemüthskrankheit verfallen gewesen, aus der er nur langsam und allmälig wieder zu einem weniger schmerzlichen Dasein genas. Und wenn der Rückblick in die Vergangenheit ihn jetzt ruhiger ließ, wenn diese ihren Stachel für ihn verloren hatte, so war dies der unermüdlichen Pflege und Sorge Melitta's zu danken, wie es denn wiederum nur die Liebe zu diesem einzigen Kinde war, die ihn noch mit dem Leben verband. Als vor zwei Jahren der hochangesehene Präsident Osthelm um Melitta warb und er erkannte, daß ihr junges Herz eine wahre und tiefe Neigung für ihm empfand, da war zum ersten Male seit langer schwerer Zeit ein Freudenschimmer in dies müde Herz gekommen, zu dessen geringsten Schmerzen nicht die Sorgen um Melitta's Zukunft gehört hatten — er ließ sie allein und fast ohne Vermögen zurück — und mit einem heißen Segenswunsch hatte er ihre Hände in einander gelegt. Daß er vorher noch eine lange und geheime Unterredung mit Ostheim gehabt, in der ernste und traurige Dinge zur Sprache gekommen sein mochten, erfuhr Melitta nicht. Das Benehmen ihres Verlobten verrieth durchaus nicht, was er von ihrer und der Ihrigen Vergangenheit wußte, und die Hindeutungen, welche sie selbst wagte, schnitt er immer mit kurzen und entschiedenen Worten ab, so daß beständig und zu Melitta's stillem Kummer ein unausgesprochenes Geheimniß zwischen ihnen blieb, denn leider entwickelte sich später kein solches gegenseitiges Vertrauen, daß es sich von selbst hätte lösen können. Der Vater wußte indessen nicht, daß nicht Alles klar zwischen den Gatten sei, wußte überhaupt nicht, daß etwas an dem Glück seiner Tochter mangelte.

Es war Dämmerungszeit als Melitta heute in das Haus ihres Vaters trat. Auf dem Flur kam ihr eine Dienerin, die treue Pflegerin des alten Mannes, entgegen und wies sie in das Wohnzimmer, mit dem Bemerken, der Herr sei heute nicht ganz wohl gewesen und habe schon viel nach der Tochter gefragt. Leise öffnete Melitta die Thür und sah den Vater in der Ecke des Sophas lehnen, das weiße Haupt vornüber auf die Brust gesenkt, augenscheinlich in sanftem Schlummer. In der nächsten Secunde kniete sie zu seinen Füßen und heiße Thränen flossen unaufhaltsam, stromweis über ihre Wangen und auf die Hände des Alten, die gefaltet auf seinen Knieen lagen.

In diesem Augenblicke erwachte derselbe und schaute sie mit klaren, freundlichen Augen an. „Melitta, mein liebes Kind,“ sagte er, „Gottlob, daß Du bei mir bist! Mein altes Herz kann schon nicht lange ohne Dich sein. Und nun setz Dich zu mir und zeige mir, daß Du froh und glücklich bist — ich kann es nicht oft genug hören und doch ist's mir, als müßte ich es mir noch recht fest einprägen, weil's für eine lange Zeit das letzte Mal sein könnte. Nein, sieh mich nicht so erschrocken an, Kind! Vielleicht läßt uns ja Gott noch eine Weile beisammen — aber mir kommen jetzt manchmal auch andere Gedanken, und schilt mich nicht liebes Kind, wenn ich sie nicht traurig nennen mag!“ setzte er mit wehmüthig-freundlichem Lächeln hinzu.

Mit den Worten, „Vater! mein lieber, lieber Vater!“ warf Melitta sich an des Alten Brust und brach in ein so krampfhaftes Schluchzen aus, daß er sie mit sanften Worten beruhigen mußte, und dabei streichelte er ihr schönes Haar und sagte ihr zärtliche Liebkosungen wie einem Kinde.

Endlich hatte sich Melitta gefaßt; sie trocknete ihre Thränen und zwang sich zum Lächeln. Dann that sie wie er ihr geheißen hatte, und erzählte ihm wieder wie sonst, heiter und fröhlich; und er hörte aus Allem heraus, wie glücklich sie war. — Als sie ihn spät am Abend verließ, um heimzukehren, richteten sich seine Augen nach oben und seine Lippen murmelten ein dankbares Gebet.

Als Brunold von Melitta ging, war er in der Ueberzeugung, den Sieg über sie gewonnen zu haben; nur schien es ihm geboten, Vortheil aus der Betäubung zu ziehen, worin seine Mittheilung sie versetzt hatte, und mit dem entscheidenden Schritt nicht länger zu zögern. Er setzte in aller Form seine Werbung um Isabella's Hand auf und übersandte sie dem Präsidenten.

Melitta saß nach einer schlaflosen Nacht müde in ihrem Zimmer, das bleiche Haupt auf die Hand gestützt, als Ostheim zu ihr eintrat.

„Diesen Brief sendet mir Brunold; — er enthält was wir erwartet haben und überrascht mich somit nicht. Wir sprechen später darüber das Nähere, lies ihn nur jetzt und bereite vielleicht Isabella vor, denn von ihrer Entscheidung muß ja doch hauptsächlich die Antwort, welche wir zu ertheilen haben, abhängen.“

Damit verließ er sie und Melitta blieb zurück mit einem Gefühl, als ob sie ihr Todesurtheil in der Hand hielt. — Der Brief war in ehrerbietiger Form abgefaßt und enthielt neben der Erklärung, daß Isabella schon bei der ersten Begegnung einen tiefen Eindruck auf ihn gemacht, der sich bei jedem späteren Zusammentreffen gesteigert habe und allmälig zu einer heißen Liebe geworden sei, einen genauen Nachweis über seine Stellung, seine Aussichten, und seine Familie, der in jeder Weise befriedigend genannt werden mußte, und man konnte durchaus nichts Unrechtes darin entdecken, wenn er am Schluß die Hoffnung aussprach, „daß weder der Herr Präsident, noch seine verehrte Frau Gemahlin, die ihn noch gestern einer längeren Unterredung gewürdigt habe, eine allzu kühne Anmaßung in seiner Bewerbung um Isabella erblicken würde.“

Ein schmerzlich-bitteres Lächeln flog über Melitta's Gesicht. — Es blieb ihr nur noch eine einzige Hoffnung: Isabella's Entscheidung, von der ja die Antwort an Brunold abhängen sollte, und mit klopfendem Herzen begab sie sich in das Zimmer ihrer Stieftochter.

Isabella empfing ihre junge Mutter liebevoll wie immer, aber es entging Melitta's scharfem Blick nicht, daß sich eine gewisse Spannung und sogar Verwirrung in ihrem Wesen kund gab, welche sie auf den Gedanken brachte, Isabella habe bereits eine Ahnung von dem, was sie erwartete, und da sie sich selbst nach der Lösung ihrer furchtbaren Ungewißheit sehnte, begann sie auch bald, auf den Zweck ihres Morgenbesuchs zu kommen.

„Isabella,“ sagte sie, „der Vater hat einen Brief von dem Assessor Brunold erhalten, der Dich betrifft, kannst Du seinen Inhalt ahnen?“

Wie ein leuchtender Blitz flog es über die Züge des jungen Mädchens: „Ja, Melitta, ich ahne, ich weiß, daß Brunold mich liebt!“

(Schluß folgt.)

Redaction von Dr. Eugen Jäger. Druck der Jäger'schen Druckerei in Speyer.

Palatina.

Belletristisches Beiblatt zur Pfälzer Zeitung.

Nro. 155. Speyer, Donnerstag, den 30. December 1869.

Dunkle Wolken.

Novelle von F. L. Weimar.

(Schluß.)

„Und du selbst, Isabella," fragte Melitta in fast athemloser Spannung, „wie ist Dein Gefühl, wie denkst Du über Brunald? Ich kann es nicht fassen und nicht glauben, daß Du ihn liebst!"

Erstaunt und fast verletzt richtete Isabella sich auf und sah in Melitta's todbleiches Gesicht, dessen Augen fast erloschen waren. „Melitta!„ schrie sie entsetzt auf: „was ist das? Warum soll ich ihn nicht lieben dürfen: Ist er nicht schön, edel, liebenswürdig! — In meinen Augen wird er der Schönste und Beste sein und ich werde in meinem Leben keinen andern Mann lieben können!"

„Wenn ich Dir nun sagte", erwiderte Melitta und faßte krampfhaft die beiden Hände des jungen Mädchens: „Isabella, Du darfst Brunald nicht lieben!"

Isabella trat einen Schritt zurück. „Ich darf nicht? — und wer sagt mir das?"

„Ich, Isabella!" rief sie, die Arme ausbreitend und sich mit leidenschaftlicher Heftigkeit an Isabella's Brust werfend. „Frage nicht, forsche nicht! aber um Gottes Barmherzigkeit willen: laß von diesem Mann! Du kennst ihn nicht!"

„O ja, ich kenne ihn und kenne auch seine Geschichte. Er war verlobt mit Deiner Schwester — er hat es mir gesagt, weil er es mir schuldig zu sein glaubte, aber er verbot mir, mit Dir davon zu sprechen, weil die Erinnerung Dir schmerzlich sein könnte.... Wir wollen nicht länger streiten — aber auch nicht länger reden, Melitta! Mein Entschluß ist fest und unwiderruflich: ich werde Brunald gehören, wie er mir gehört. Ich will suchen zu vergessen, daß Du — es warst, die meinem Glück entgegentreten wollte."

„Gott möge mir helfen und mir gnädig sein!" murmelte Melitta, als sie mit wankenden Knieen das Zimmer ihrer Tochter verließ.

Eine Stunde später öffnete sich die Thür des Zimmers, wo der Präsident an seinem Arbeitstische saß, und Melitta trat ein. Bei ihrem Anblick legte er die Feder nieder und sagte freundlich: „Nun, hast Du den Brief gelesen und hat sich Deine Meinung über Brunald geändert?"

Sie trat zu ihm, legte die Hand auf seine Schulter und sagte: „Ja, lieber Ferdinand, den Brief habe ich gelesen. Ehe ich aber von Brunald und Isabella rede, erlaubst Du gewiß, daß ich von einer Angelegenheit spreche, die uns beide noch näher betrifft. Ich habe Dir Vieles zu vertrauen, Ferdinand, und Du darfst nicht ungeduldig werden und — und auch nicht heftig", setzte sie leise hinzu.

„Ich verspreche Dir Geduld und Sanftmuth, so viel Du willst."

„Ferdinand, weißt Du von der Schuld und der Schmach meiner Schwester?"

Er blickte sie ruhig an. „Ja, Melitta, ich weiß Alles, weiß es durch den Mund der Leute sowohl, wie aus dem Deines Vaters, und Adelheid sollte womöglich ganz aus dem Gedächtniß ausgelöscht werden. Darum auch sprach ich nie mit Dir von der Sache und es ist mir nicht einmal lieb, daß Du dieselbe heute gegen mich erwähnst."

„Sie hängt zu sehr mit der Gegenwart zusammen, Ferdinand, und deshalb muß ich auch noch einen Augenblick dabei verweilen. — Du weißt, daß Adelheid" — sie stockte — „in die Hände eines vornehmen gewissenlosen Mannes fiel, der sie mit Schmach und Schande zu Grunde gehen ließ. Weißt Du auch, wie dies kam?"

„Ich habe nie nach den Einzelheiten der Geschichte geforscht."

„Und doch mußt Du sie jetzt kennen lernen. — Adelheid war ausnehmend schön, und mit der Liebe unseres alten Vaters, dessen Abgott sie war, wurde ihr die Huldigung der ganzen Welt zu Theil. Da kam jener Mann in unsere Stadt und lernte Adelheid kennen. Ihre Schönheit bezauberte ihn und sie war schwach und neigte ihr Herz ihm hin. Allein die Familienverhältnisse jenes Mannes erlaubten keine ehrenhafte Verbindung und sie gab daher den Bewerbungen eines anderen Mannes Gehör, indem sie ihm versprach, seine Gattin zu werden. Dieser Mann war Brunald. Er wußte vom ersten Augenblick, daß sie ihn nicht liebte; sie selbst hatte ihn gefragt, ob er unter diesen Umständen bei seinem Antrage bleiben könne. Als er ihr dies bejaht hatte, stellte sie sich und ihre Ehre unter seinen Schutz. Er hat sie schmachvoll darum betrogen! Jener Mann — Du kennst ihn und seine Stellung — verdoppelte seine Bemühungen von Tag zu Tag, das schwache Weib wandte sich hülfesuchend an ihren Verlobten; aber er — er selbst arbeitete jenem in die Hände. Sie büßte ihren Fehler mit dem Tode.

Ostheim hatte der Erzählung seiner Gattin mit großer Theilnahme zugehört und als sie geendet hatte, sagte er: „Nun begreife ich allerdings Deine Abneigung gegen Brunold, die ich mir bis dahin nicht erklären konnte."

„Nicht wahr, Ferdinand, dieser Mann wird nie Isabella's Gatte?" fragte Melitta.

„Nimmermehr!" rief er empört aus.

Sie athmete hoch auf. „Ich wußte es! Nun aber höre, was ich Dir sonst noch zu sagen habe."

„Betrifft es auch Brunold?"

„Zum Theil — zum Theil mich selbst. Ferdinand, weißt Du, daß Dein Weib die Tochter eines Mannes ist, der dem Gesetz verfallen ist?"

Der Präsident sprang auf: „Melitta, um Gottes willen, was redest Du da?"

Sie legte sanft die Hand auf seinen Arm und sagte: „Du hast mir versprochen, daß Du ruhig und gelassen bleiben willst, und so höre mich an!"

Klar, einfach und kurz erzählte sie ihm nun die Geschichte des Diebstahls, des Verdachts gegen ihren Vater und des wiederaufgefundenen Briefes, wie sie dieselbe aus Brunold's Mund gehört hatte. „Nachdem, was ich Dir nun gesagt habe, weißt Du, was er mit diesem Briefe thun wird", schloß sie.

„Schurke!" knirschte er zwischen den Zähnen. „Aber es gibt noch Mittel —"

„Nein, Ferdinand, es gibt keins! Glaube mir, es gibt keins, die Gefahr abzuwenden!... Wir beide aber, Ferdinand, müssen scheiden, denn Dein Name kann nicht länger mit dem meinigen und dem meines armen Vaters geeinigt bleiben. Ich weiß, es muß sein und bitte Dich selbst darum, hier auf meinen Knieen, Ferdinand, laß mich von Dir und zu meinem alten Vater gehen, daß ich seine Stütze und sein Stab bleibe! Ich weiß Du darfst nichts thun, um ihn dem Gesetz zu entziehen, aber ich bin sein Kind und muß ihn retten. Ferdinand, ich kann es nicht ausdenken, wenn das Schuldig über sein graues Haupt gesprochen würde! . . . Sieh, ich habe mir schon Alles in meinem Kummer ausgedacht, wie es werden soll. In England wohnt noch eine jüngere Schwester meines Vaters; zu der will ich ihn führen, schnell und heimlich — und wenn dann der Schlag fällt, so trifft er ihn nicht mehr. Ich weiß, Du bist großmüthig, Ferdinand, und ich bin nicht zu stolz, von Dir anzunehmen, was Deine Güte mir gewähren will, ja ich rechnete auf Deine Unterstützung, als ich meinen Plan entwarf, denn Du weißt, ich bin arm."

„Und so wolltest Du mich verlassen, Melitta? Hast Du das gekonnt?" fragte er, aufs schmerzlichste bewegt.

„Ich habe Dein Herz nie auszufüllen vermocht", sagte sie, und zum ersten Mal seit dieser Unterhaltung rannen Thränen über ihre Wangen, „und glaube mir, von allen meinen Schmerzen habe ich diesen vielleicht am bittersten empfunden. — Vergib es mir und laß mich zu meinem Vater ziehen! Bei ihm, das weiß und fühle ich, ist der Platz, den ich ausfüllen kann, dieselbe Pflicht, die mich zu ihm führt, gebietet mir, mich von Dir zu scheiden. Wenn es Dir aber möglich ist, Ferdinand, so denke an mich — an uns ohne Groll!"

Sie hatte die gefalteten Hände gegen ihn ausgestreckt und er stand erschüttert vor dem Anblick dieser flehenden Gestalt. „Melitta", sagte er, „in Deiner Bitte liegt ein Vorwurf, den ich mir selbst nie schwerer hätte machen können!"

„Ein Vorwurf, ich — Dir?!" fragte sie erstaunt und ängstlich. „O, Ferdinand, kann es Dich so kränken, wenn ich Dich um Vergebung bitte?"

„Ich soll Dir vergeben, Du armes Kind, während ich es mir selbst nicht vergeben kann, daß es so weit kommen konnte, daß ich Dich in Verzweiflung ringen ließ, wo ich Dir Stab und Stütze hätte sein sollen. Melitta, kannst Du — Du mir vergeben, daß ich durch meine Härte das Vertrauen in Deinem Herzen getödtet habe? und darf ich zu Gott hoffen, daß nicht auch die Liebe darin ganz und gar gestorben ist?"

„O, mein Gott, Ferdinand!" war Alles, was sie hervorbringen konnte.

„Ich habe in dieser Stunde erst erkannt, wer und was Du bist, Melitta. Zugleich aber habe ich die andere bittere Erkenntniß gewonnen, daß ich Deine Liebe nicht mehr verdiene, aber auch die Ueberzeugung, daß ich nicht ohne sie leben kann. Und so frage ich Dich denn: ist es möglich, daß mein Weib mich verlassen will?"

Sie lag an seiner Brust, an seinem Herzen. „Ferdinand, Gott ist mein Zeuge, ich kenne kein höheres, kein anderes Glück, als an Deiner Seite, aber —"

„Es gibt kein Aber, Melitta, wenn Dein Herz noch für mich spricht! Und so sage ich Dir: Dich scheidet nichts von mir, es scheide uns denn der Tod!"

Er beugte sich nieder und küßte sie, die ihn innig und selig — selbst in dieser schweren Stunde selig umfangen hielt, auf die Stirn. „Ich will gut machen, Melitta!" flüsterten seine Lippen.

„Und nun laß uns von Deinem Vater sprechen!" fuhr er nach einer Pause mit fester Stimme fort. „Kann Brunold mit seiner Anklage nicht Unrecht haben? — glaubst Du wirklich, daß jener Brief echt ist?"

„Ich habe mich mit heißem Verlangen gesehnt, daran zweifeln zu können — es ist umsonst! Wie er auch in Brunold's Hände gekommen sein mag — daß er von Horn geschrieben ist, davon bin ich überzeugt. Ich erkannte seine Handschrift auf den ersten Blick."

„Und Du hast keine Auslegung, die auf etwas Anderes als die bezeichnete Schuld Deines Vaters zu schließen erlaubte?"

„Wo sollte ich sie finden?" versetzte sie traurig.

Er dachte eine Weile nach und sagte dann: „Mir ist immer noch, als ständen wir vor einem Räthsel, das sich lösen müßte, denn so wie ich Deinen Vater kenne, scheint es mir eine Unmöglichkeit, daß er je nur auf einen Augenblick seiner Pflicht hätte untreu werden können. In keinem Augenblick werde ich vergessen, daß es der Vater meines Weibes ist, der gefehlt hat, und willig mit Dir und mit ihm tragen, was getragen werden muß, wenn unsere Ehre die seinige nicht zu decken vermag."

Er hatte sie aufs neue an sich gezogen und sie blickte mit unsäglicher Dankbarkeit zu dem geliebten Manne empor. Da kam der Diener mit der Meldung, daß eine Botschaft aus des Rittmeisters Hause die Präsidentin zu ihrem Vater riefe, der plötzlich erkrankt sei. Mit bleichen Lippen vernahm Melitta die Nachricht und mit dem Weheruf: „Glaube mir, Ferdinand, er stirbt!" sank sie halb ohnmächtig an Ostheim's Brust.

Nach kurzer Weile traten beide in das stille kleine Haus, dessen einziger Sonnenschein Melitta so lange gewesen war. Der Rittmeister war vom Schlage getroffen und noch nicht wieder ins Bewußtsein zurückgebracht worden. Die rasch herbeigeschaffte ärztliche Hülfe that ihr Möglichstes und nach langen Stunden voll banger Erwartung und Furcht zeigten sich wieder die ersten Spuren des Bewußtseins und des zurückkehrenden Lebens. Melitta wich keinen Augenblick von dem Lager des Kranken, während der Präsident zwischendurch abwesend war, immer aber so bald als möglich zu seiner Gattin zurückkehrte. Den Gedanken an Brunold, nach dem sie einmal forschte, bat er, sich ganz aus dem Sinn zu schlagen und ihm allein das Handeln in dieser Beziehung zu überlassen.

„Und Isabella?" fragte sie.

„Sie weiß Alles und trägt es, wie sie muß!" war seine Antwort.

Gegen Abend endlich schlug der Rittmeister wieder die Augen auf und erkannte seine Tochter. Aber der Athem des Kranken wurde immer schwerer; seine Lippen bewegten sich, als ob er noch etwas sagen wollte, doch brachte er keinen Laut mehr hervor. Melitta wurde von einer entsetzlichen Angst erfaßt, sie beugte sich über ihn — da zog noch einmal ein Lächeln wie der Schimmer der Verklärung über sein Gesicht, die Augen schlossen sich und das Haupt sank zurück. — Mit einem Laut unendlichen Schmerzes brach Melitta über der Leiche ihres Vaters zusammen. — —

Es mochte vielleicht eine Viertelstunde vergangen sein, als die Thür mit einer gewissen Heftigkeit aufgerissen wurde und Ostheim, mit einem Briefe in der Hand, auf der Schwelle erschien. Sein Gesicht zeugte von großer Aufregung, doch war es nicht zu verkennen, daß ein freudiger Glanz aus seinen Augen leuchtete. In diesem Moment aber sah er, was geschehen war und erschüttert stieß er die Worte hervor: „Zu spät — ich kam zu spät!"

In der nächsten Secunde hatten seine Arme Melitta empfangen und zu sich empor ans Herz gezogen. Dort gönnte er ihr eine Weile Ruhe, dann aber sagte er — und eine tiefe Rührung bebte dabei durch seine ernste Stimme:

„Vor wenigen Augenblicken erhielt ich diesen Brief von einem Freunde aus W...., der Deines Vaters volle Rechtfertigung enthält: willst Du ihn hören?"

Sie antwortete nur durch ein stummes Neigen des Hauptes, denn sprechen konnte sie noch nicht. Er entfaltete den Brief und las:

„Vor einigen Tagen hat hier ein Vorfall große Sensation gemacht, der vor Allem verdient, zu Ihrer Kunde gebracht zu werden, da er mit einem Ereigniß in Verbindung steht, das vor Jahren ihren Herrn Schwiegervater berührt hat. Der hiesige Rendant Schneider, der früher als Schreiber auf dem Bureau desselben arbeitete, ist nämlich kürzlich wegen grober Unterschleife verhaftet worden. Er bekennt sich in Folge der Untersuchung auch als Urheber jenes Diebstahles an der Kriegskasse. Seine Darstellung der Sache ist folgende: Nachdem damals Schneider mit den übrigen Schreibern entlassen und schon auf der Straße war, besann er sich, daß er etwas vergessen hatte. Sein Weg hatte ihn an der Hinterseite des Hauses vorbeigeführt und im Umkehren bemerkte er, daß ein Hinterpförtchen desselben, das für gewöhnlich geschlossen war, geöffnet stand. Um Zeit zu gewinnen, trat er dadurch ein, kam auf einer besonderen Treppe in die Schreiberstube und fand den Eingang in das Bureau noch nicht versperrt, den Zahlmeister dagegen nicht mehr in demselben. Ein Blick auf die Casse belehrte ihn dann, daß hier die Gelegenheit zu einem kühnen Griff war und — ob vorbedacht oder nicht — er wagte denselben, entkam mit seinem Raube glücklich in das Nebenzimmer und dann ebenso unbemerkt aus dem Hause.

Das ist der Thatbestand, den Ihnen sofort mitzutheilen ich mir indessen nicht versagen konnte."

Melitta blickte dankbar zu dem Gatten auf, dann aber neigte sie sich wieder über das stille Lager des Todten und mit heißer Inbrunst küßte sie seine erkalteten Hände.

Nach einer Weile fragte Ostheim sie leise: „Darf Isabella zu Dir kommen? Sie sehnt sich nach Deinem Anblick."

„Ihr Platz ist an meinem Herzen!" erwiederte sie.

Er ging hinaus und kehrte gleich darauf mit der Tochter zurück. Melitta wollte aufstehn, ihr entgegengehn, aber in demselben Augenblick schon lag das junge Mädchen zu ihren Füßen, umschlang sie leidenschaftlich und rief:

„Melitta, Mutter, vergib, o vergib!"

Melitta aber legte die Arme um ihren Nacken und flüsterte: „Wir wollen zusammen trauern!" —

Am nächsten Tage hatte der Präsident noch eine geheime Unterredung mit Brunold, in der ernste und schwere Dinge zur Sprache gekommen sein mochten. Was die beiden Männer in dieser Stunde mit einander gesprochen, erfuhr Melitta nicht, wohl aber sagte ihr Ostheim bei seiner Rückkehr: „Du darfst sicher sein, Melitta, daß Brunold unsere Wege nie mehr kreuzen wird!" Und als sie fragend zu ihm aufschaute, fuhr er fort: „Er hat Urlaub genommen für eine längere Reise und nach seiner Rückkehr wird er, seinem eigenen Wunsche gemäß, einen Posten an einem entfernten Gerichtshofe unseres Landes antreten."

Melitta's Gedanken flogen zu Isabella und unwillkürlich und leise kam der Name über ihre Lippen. „Wird sie genesen, ihren Frieden wiederfinden?“ fragte sie bewegt.

„Gewiß,“ versetzte Ostheim zuversichtlich, „und auch bald! Es bleibt ihr ja die köstliche Heilkraft ihrer Jugend und daneben eine wundervolle Stütze: Dein Herz, Melitta!“

Miscellen.

* Nachdem wir in fast einem Dutzend Wiener Blätter die Kritik über Schaufert's „1683“ gelesen, ist uns über die wahre Ursache des Mißerfolgs kein Zweifel geblieben. Das Stück ist durchgefallen, weil es conservativ, weil darin von Gott und Religion die Rede ist und von Loyalität gegen das Kaiserhaus. Die Wiener Presse hat alle diese Dinge zum Theil schon ausgemerzt, zum Theil arbeitet sie fortwährend an deren Ausmerzung. Einige eingemauerte Nonnen hatten dagegen sicher durchgeschlagen. Auch die Allg. Ztg. schreibt aus Wien: „..... Schlimmer für Oesterreich möchte es sein daß auch die zwei letzten Jahre constitutionellen Regime's keinen österreichischen Patriotismus erwecken konnten. Der arme Schaufert, der auf ihn rechnete, als er seinen „Bäckertoni,“ später „1683“ getauft, bei der Direction des Burgtheaters einreichte, ist schmerzlich enttäuscht worden. Er mochte wohl selbst fühlen, daß sein Volksstück in sich geringe Bürgschaften des Erfolgs trug, daß es eine schwache Arbeit, ein lückenhafter Versuch in einem neuen Genre war. Aber er dachte: die historischen Erinnerungen würden eine Begeisterung erzeugen, die über Mängel und Schwächen hinweghilft. Es kam gerade umgekehrt. Schaufert hat offenbar trotz seines längeren Aufenthaltes den Geist der Wiener Gesellschaft gar nicht kennen gelernt. Die loyale Schwärmerei für das Herrscherhaus, die er seinem Starhemberg in den Mund legt, die salbungsvolle Frömmigkeit des Bischofs Kollonitsch haben dem Stück schweren Schaden gethan. Man liebt hier dergleichen nicht; darauf beruht ein großer Unterschied zwischen Wien und Berlin. Die Direction des Burgtheaters mußte das wissen, sie mußte ein Stück zurückweisen, welches für Ausstattung, Gefechte und Tableaux berechnet ist. Von der Aufführung hat Schaufert wahrlich keinen Nutzen: materiell nicht, weil die zweite Vorstellung die letzte war, künstlerisch nicht, weil er decimirt und verhöhnt ward. Ungerecht wie die Welt nun einmal ist, hat sie heute schon vergessen wie viel Unterhaltung „Schach dem König“ gewährte.

Kürzlich wurde vom Kaiser Napoleon dem Herrn Johann Heinrich Hope, einem Sohne des reichen Handelsherrn Adrian Hope in Amsterdam, die Erlaubniß ertheilt, den Namen und Titel des Grafen Rapp, seines Großvaters von mütterlicher Seite, annehmen zu dürfen. Anläßlich dieses kaiserlichen Gnadenactes leitet ein englisches Blatt einige Reminiscenzen aus dem Leben des Grafen Rapp auf, der, 1771 in Colmar geboren, sich von einem gemeinen Soldaten zur Würde eines Generals und Pairs von Frankreich hinaufgeschwungen. Rapp war bekanntlich der einzige in der nächsten Umgebung Napoleon's der sich den Launen des großen Mannes nie unterwarf und seinem kaiserlichen Herrn manchmal derb die Wahrheit sagen durfte; der Kaiser schätzte ihn dieserhalb nur um so mehr. Einst spielte er mit Sr. Majestät Carte und war stark im Glück. „Aha!“ bemerkte der Kaiser, als der General-Adjutant die Goldstücke einstrich, „Sie scheinen die kleinen Napoleons gern zu haben!“ „Lieber als die großen!“ erwiederte Rapp und steckte seine Taschen zu. Bei einer anderen Gelegenheit, als der Kaiser einem Italiener Audienz ertheilte, erschien Rapp jeden Augenblick an der Thür und fragte, ob Se. Majestät ihn gerufen habe. Als der Fremde sich entfernt, fragte Napoleon seinen Adjutanten etwas ärgerlich, warum er ihn so oft gestört habe. „Sire,“ erwiederte der biedere Rapp, „das Gesicht dieses Menschen gefiel mir ganz und gar nicht, und ich hielt es nicht für rathsam, Ew. Majestät mit ihm allein zu lassen. Ich halte ihn jeder schurkischen That für fähig, denn — er ist ein Corsicaner!“

* Die Wahle.

„No, Vetter, was werd do gesagt —
Ich muß mol zu Euch kumme —
Zum Stadtrath hän se Euch gemacht
Un habt nit angenumme?“

„Ich mag nit; bei dem Treibe heut
Wär ich nit mehr dabei —
Ja, wann noch wie zu meiner Zeit
Die Bürger einig wäre!
Do war noch ke Spectakel so
Mit Steure und mit Wahle,
's war alles einig und war froh,
Un nit so viel zu zahle.

Jetzt Owends, wann e Fremder kummt
Zum Bier un 's krawl en Kerner,
Do werd gefragt, do werd gebrummt:
Was is dann des for Eener?
Vom Fortschritt? oder der Volkspartei?
E Preuß, e Ruß, e Mucker?
Mit dummi Froge geb'n se glei
Scharf an dem arme Schlucker.
Un hockt er do e Viertel Stunn,
So kann sich's gar nit kühle,
Beim zweite Schoppe müssen se schun
Ganz fürchterlich krakehle.
Wie gehts erst bei de Wahle zu!
Im allerliebste Städtel
Do hot mer Dag un Nacht ke Ruh
Vor lauter frische Zettel;
E jeder nennt die Männer, wo
Uns schütze vor Gefahre,
Der roth, der weiß, der gehl, der blo —
E jeder hot die wahre.
Der Hauptspectakel geht erscht an
Am Morge vor de Wahle,
Do werd geschafft, do werd gelaafe
In alle Wirthslokale;
Bei dem geht's hart, bei dem uf Biege,
Der Streit werd immer ärger,
Do is der allergrößte Lump
Der allerbeste Bürger.
Der schilt, der redt vom Vaterland,
Der schreibt, der will die Klasse,
Der reißt die Zettel aus der Hand
Un sagt: Die do sinn besser!
Die Hirsche, die Bärche, die Kreuzköpf
Die müssen all in's Feuer.
E Jeder is beim Wahle heut
E deutscher Mann, e freier.
Die Stub is voll, der Gang, die Küch' —
Als noch en frische Schoppe!
Un Owends nochher duhn se sich
In aller Freundschaft kloppe.
Ja, emol war ich jetzt debei
Do kann ich was verzähle,
Un so e wunderbi Hetzerei
Des heißt mer nochher wähle!
Na — so e Wirthschaft mag ich nit
Ich leb' zurückgezoge,
Nun heut an do ich nimmeh mit,
Was brauch ich mich zu ploge!

W.

Redaction von Dr. Eugen Jäger. Druck der Jäger'schen Druckerei in Speyer.

www.ingramcontent.com/pod-product-compliance
Lightning Source LLC
Chambersburg PA
CBHW022028120726
47901CB00003BA/835

9783741167089